Victor Hugo
Die Elenden
Les Misérables

VICTOR HUGO

DIE ELENDEN

Les Misérables

Aus dem Französischen übertragen
von Paul Wiegler und Wolfgang Günther

Albatros

Titel der französischen Originalausgabe:
Les Misérables. © Editions Gallimard, Paris 1951

Bibliographische Information der Deutschen Bibliothek

Die Deutsche Bibliothek verzeichnet diese Publikation in der Deutschen Nationalbibliographie; detaillierte bibliographische Daten sind im Internet über http://dnb.ddb.de abrufbar.

Umschlaggestaltung: butenschoendesign.de
Umschlagmotiv: Eugène Delacroix, Die Freiheit führt das Volk an
Printed in Germany
ISBN 3-491-96169-6
www.patmos.de

Solange nach Gesetz und Sitte eine soziale Verdammnis besteht, die künstlich inmitten der Zivilisation Höllen schafft und das Schicksal, das göttlich ist, mit menschlichem Unheil mischt, solange die drei Probleme des Jahrhunderts, die Entwürdigung des Mannes durch das Proletarierdasein, die Erniedrigung der Frau durch den Hunger, die Verkümmerung des Kindes durch die geistige Finsternis, nicht bewältigt sind, solange in gewissen Gegenden der soziale Erstickungstod möglich ist, oder, mit anderen Worten und von einem noch höheren Gesichtspunkt aus betrachtet, solange es auf Erden Unwissenheit gibt und Elend, werden Bücher wie dieses nicht ohne Wert sein.

Hauteville-House, *Victor Hugo*
1. Januar 1862

ERSTER TEIL

FANTINE

ERSTES BUCH

DER GERECHTE

Herr Myriel

Im Jahre 1815 war Herr Charles-François-Bienvenu Myriel Bischof von Digne. Er war ein Greis von etwa fünfundsiebzig und hatte den Bischofsstuhl von Digne seit 1806 inne.

Obwohl diese Einzelheiten in keiner Weise unsere Erzählung tiefer berühren, ist es, und sei es auch nur, um in allem genau zu sein, wohl nicht müßig, hier von Gerüchten zu sprechen, die damals, als er in der Diözese ankam, über ihn verbreitet wurden. Was man von den Menschen behauptet, ob es wahr sein mag oder falsch, ist oft für ihr Leben und zumal ihr Geschick ebenso wichtig wie das, was sie tun. Herr Myriel war der Sohn eines Ratsherrn beim Parlamentsgericht in Aix, der zum Gerichtsadel gehörte. Es hieß, sein Vater, der ihn zum Erben des Amtes bestimmte, habe ihn sehr früh, mit achtzehn oder zwanzig Jahren, verheiratet, nach einem bei Parlamentarierfamilien ziemlich häufigen Brauch. Ungeachtet dieser Heirat hatte Charles Myriel, wie man sagte, vielfach Aufmerksamkeit erregt. Er war von gutem Aussehen, trotz seiner etwas kleinen Figur, elegant, geschmeidig und geistreich. Der ganze erste Teil seines Daseins war dem Weltleben und der Galanterie gewidmet.

Da brach die Revolution aus, die Ereignisse überstürzten sich, die Parlamentarierfamilien, dezimiert, verjagt und verfolgt, lösten sich auf. Herr Charles Myriel wanderte schon in den ersten Tagen nach Italien aus. Seine Frau starb dort an einem Lungenleiden, an dem sie schon längere Zeit litt. Sie waren kinderlos. Was ereignete sich nun in Herrn Myriels Schicksal? Riefen der Zusammenbruch der alten französischen Gesellschaft, der Sturz seiner eigenen Familie, die tragischen Schauspiele von 1793, noch schrecklicher vielleicht für die Emigranten, die sie von fern, durch das Entsetzen vergrößert, sehen, in ihm Gedanken an Verzicht und Einsamkeit wach? Erlag er inmitten der Zerstreuungen und flüchtigen Neigungen, die ihn beschäftigten, plötzlich einer geheimnisvollen, furchtbaren Erschütterung, wie sie bisweilen den Mann ins Herz trifft, den die allgemeinen Katastrophen, wenn sie ihm Existenz und Vermögen nehmen, nicht umwerfen? Niemand hätte das entscheiden können. Man wußte nur, daß er bei seiner Rückkehr aus Italien Priester war.

1804 war Herr Myriel Pfarrer in Brignolles. Schon bejahrt, lebte er in völliger Zurückgezogenheit.

In den Tagen der Kaiserkrönung veranlaßte ihn irgendeine unbedeutende Angelegenheit in seiner Pfarre zu einer Reise nach Paris. Unter anderen mächtigen Persönlichkeiten sprach er seiner Pfarrkinder wegen auch mit einer Bitte bei Kardinal Fesch vor. Der Kaiser besuchte seinen Onkel, und der würdige Pfarrer, im Vorzimmer wartend, stand gerade dort, als Seine Majestät vorüberging. Als Napoleon merkte, daß der Greis ihn mit einiger Neugier betrachtete, drehte er sich um und sagte unvermittelt: »Was schaut der gute Mann mich so an?«

»Sire«, erwiderte Herr Myriel, »Sie sehen einen guten Mann an und ich einen großen Mann. Jeder von uns beiden kann davon lernen.«

Am selben Abend fragte der Kaiser den Kardinal nach dem Namen des Pfarrers, und bald darauf erfuhr Herr Myriel zu seiner Überraschung, daß er zum Bischof von Digne ernannt worden sei.

Was war übrigens wahr von den Erzählungen, die über den ersten Lebensabschnitt Herrn Myriels umliefen? Niemand wußte es. Nur wenige Familien hatten die Familie Myriel vor der Revolution gekannt.

Herr Myriel sollte das Los eines jeden Neuankömmlings in einer Kleinstadt tragen, wo es viele Münder gibt, die reden, und sehr wenige Köpfe, die denken. Er sollte es tragen, obwohl er Bischof und weil er Bischof war. Doch alles in allem war das Gerede, in dem sein Name fiel, eben doch nur Gerede, das heißt Gerüchte, Worte, weniger als Worte, Palaver, wie die kraftvolle Sprache des Südens sagt.

Wie dem auch sei, nach neun Jahren Bischofsamt und Aufenthalt in Digne waren all diese Klatschereien, die Gesprächsthemen, die in der ersten Zeit Kleinstädte und kleine Leute beschäftigen, tiefer Vergessenheit anheimgefallen. Niemand hätte gewagt, darüber zu sprechen, niemand hätte gewagt, sich auch nur daran zu erinnern.

Herr Myriel erschien in der Stadt in Begleitung einer alten Jungfer, Fräulein Baptistine, seiner Schwester, die zehn Jahre jünger war als er. Sie hatten einen einzigen Dienstboten, eine Hausangestellte im gleichen Alter wie Fräulein Baptistine, Frau Magloire, die, zuvor »die Magd vom Herrn Pfarrer« genannt, jetzt auf den Doppeltitel eines Stubenmädchens bei dem Fräulein und einer Wirtschafterin Seiner Gnaden Anrecht hatte.

Fräulein Baptistine war lang, bleich, dünn und sanftmütig. Sie erfüllte das Ideal dessen, was man unter ehrbar versteht; denn um verehrungswürdig zu sein, muß eine Frau, scheint es, Mutter sein. Hübsch war sie nie gewesen. Ihr ganzes bisheriges Leben war nur eine Aufeinanderfolge frommer Werke und hatte um sie etwas wie ein weißes Leuchten gelegt. Alternd hatte sie das gewonnen, was man als Schönheit der Güte bezeichnen kann. Die Magerkeit ihrer Jugend war im reifen Alter Durchsichtigkeit geworden und ließ erkennen, daß sich ein Engel in ihr verbarg. Mehr noch als eine Jungfrau war sie eine Seele. Es schien, als sei sie nur ein Schatten; kaum ließ der Leib ihr Geschlecht erkennen, sie war etwas Materie, die einen Lichtkern einschloß, dazu die großen, stets gesenkten Augen – ein Vorwand für eine Seele, auf Erden zu verweilen.

Frau Magloire war eine kleine Alte, bleich, dick, untersetzt, emsig, beständig keuchend, erstens wegen ihrer Emsigkeit und dann wegen ihres Asthmas.

Bei seiner Ankunft führte man Herrn Myriel in seinen Bischofspalast ein, mit den durch kaiserliche Verordnungen bestimmten Ehrungen, die dem Bischof seinen Rang unmittelbar hinter einem Brigadegeneral zuwiesen. Der Bürgermeister und der Präsident statteten ihm den ersten Besuch ab, den er seinerseits dem Kommandierenden General und dem Präfekten machte.

Nach dem Einzug erwartete die Stadt, ihren Bischof tätig zu sehen.

Herr Myriel wird Gnaden Bienvenu

Der bischöfliche Palast in Digne grenzte an das Spital. Er war ein weiträumiges, schönes, massives Gebäude, zu Beginn des vorigen Jahrhunderts von Seiner Gnaden Henri Puget, Doktor der Theologie an der Fakultät Paris, Abbé von Simore, errichtet, der 1712 Bischof von Digne wurde. Dieser Palast war ein richtiger Wohnsitz für einen erlauchten Herrn. Alles war großzügig angelegt, die Gemächer des Bischofs, die Salons, die Zimmer, der breite Innenhof mit Wandelgängen unter Rundbögen im frühen florentinischen Stil, der mit herrlichen Bäumen bepflanzte Garten.

Im Speisesaal, einem langen, prächtigen Raum, der sich im Erdgeschoß befand und auf die Gartenanlagen hinausging, hatte Seine Gnaden Henri Puget am 29. Juli 1714 ein Festessen gegeben. Geladen waren Seine Gnaden Charles Brûlart de Genlis, Fürstbischof von Embrun, Antoine de Mesgrigny, Kapuziner und Bischof von Grasse, Philippe de Vendôme, Großprior von Frankreich und Abt von Saint-Honoré de Lérins, François de Berton de Crillon, Baron und Bischof von Vence, César de Sabran de Forcalquier, Herr und Bischof von Glandève, und Jean Soanen, Oratorianerpriester, ordentlicher Hofprediger, Herr und Bischof von Senez. Die Bildnisse dieser sieben Ehrfurcht gebietenden Männer zierten den Saal, und das denkwürdige Datum des 29. Juli 1714 war in goldenen Lettern in die weiße Marmorplatte eines Tisches eingraviert.

Das Spital war ein enges, niedriges Haus, einstöckig, mit einem Gärtchen.

Drei Tage nach seiner Ankunft besuchte der Bischof das Spital. Als die Besichtigung zu Ende war, ließ er den Leiter bitten, zu ihm zu kommen.

»Herr Direktor«, fragte er ihn, »wie viele Kranke haben Sie im Augenblick?«

»Sechsundzwanzig, Bischöfliche Gnaden.«

»So hatte ich gezählt«, sagte der Bischof.

»Die Betten«, erwiderte der Direktor, »stehen sehr dicht nebeneinander.«

»Das hatte ich beobachtet.«

»Die Säle sind nur Zimmer und schwer zu lüften.«

»Den Eindruck habe ich.«

»Und wenn es einen Sonnenstrahl gibt, ist der Garten zu klein für die Genesenden.«

»Das sagte ich mir.«

»Bei Epidemien – wir hatten dieses Jahr den Typhus und vor zwei Jahren das Schweißfieber – haben wir manchmal hundert Kranke und wissen nicht, wohin.«

»Ich dachte es mir.«

»Was hilft es, Bischöfliche Gnaden«, sagte der Direktor, »wir müssen uns damit abfinden.«

Dieses Gespräch hatten die Herren in dem Speisesaal im Erdgeschoß. Der Bischof schwieg einen Moment, dann wandte er sich plötzlich dem Spitaldirektor wieder zu. »Was glauben Sie, wie viele Betten würde dieser Saal allein fassen?«

»Ihr Speisesaal, Bischöfliche Gnaden?« rief der Direktor verblüfft.

Der Bischof schaute sich um, und es war, als messe er mit den Augen den Saal und rechne seine Fläche aus. »Zwanzig Betten gingen gut hinein«, sagte er, als rede er mit sich selbst. Dann erhob er die Stimme: »Also, Herr Spitaldirektor, ich möchte Ihnen etwas sagen. Es liegt da unzweifelhaft ein Irrtum vor. Sie sind sechsundzwanzig Personen in fünf oder sechs kleinen Zimmern. Wir sind hier drei und haben Platz für sechzig. Das muß ein Irrtum sein, hören Sie! Sie haben meine Wohnung und ich die Ihre. Geben Sie mir meine zurück. Sie sind hier zu Hause.«

Tags darauf waren die sechsundzwanzig armen Kranken in dem Palast des Bischofs untergebracht, und der Bischof bewohnte das Spital.

Herr Myriel war durch den Ruin seiner Familie in der Revolution vermögenslos. Seine Schwester bezog eine lebenslängliche Rente von fünfhundert Francs, die innerhalb des Pfarrhauses für ihre persönlichen Ausgaben genügte. Herr Myriel empfing als Bischof vom Staat ein Gehalt von fünfzehntausend Francs. Noch an dem Tage, an dem er in das Spitalgebäude einzog, entschied Herr Myriel ein für allemal über die Verwendung dieser Summe. Wir geben eine von seiner Hand geschriebene Aufstellung wieder.

Verteilung der Kosten meines Haushalts	
Für das Kleine Seminar	1 500 Francs
Missionsgesellschaft	100
Für die Lazaristen von Montdidier	100
Seminar der Auslandsmissionen in Paris	200
Brüderschaft vom Heiligen Geist	150
Religiöse Niederlassungen im Heiligen Lande	100
Vereinigungen der Mütterlichen Caritas	300
Dazu für die in Arles	50
Werk der Verbesserung von Gefangenenhäusern	400
Werk der Wohlfahrt und Befreiung Gefangener	500
Für Befreiung von Familienvätern aus Schuldhaft	1 000
Gehaltszuschüsse für arme Schullehrer der Diözese	2 000
Vorratsspeicher des Departements Hochalpen	100
Damenverein von Digne, Manosque und Sisteron für Gratisunterricht bedürftiger Mädchen	1 500
Für die Armen	6 000
Persönliche Ausgaben	1 000
in summa	15 000 Francs

In der ganzen Zeit, in der er auf dem Bischofsstuhl von Digne saß, änderte Herr Myriel diese Maßnahmen in nichts. Er nannte das, wie man sieht, Verteilung der Kosten seines Haushalts.

Was er beschlossen hatte, billigte Fräulein Baptistine mit demütigem Gehorsam. Für diese heilige Jungfer war er zugleich Bruder und Bischof, ihr befreundet durch Bande der

Natur und ihr Oberer durch die Satzung der Kirche. Sie liebte und verehrte ihn mit schlichtem Gemüt. Wenn er sprach, beugte sie sich vor ihm; wenn er handelte, pflichtete sie ihm bei. Nur die Wirtschafterin, Frau Magloire, murrte ein wenig. Herr Myriel hatte, wie man festgestellt haben wird, nur tausend Francs für sich behalten, was mit der Pension von Fräulein Baptistine fünfzehnhundert Francs jährlich ergab. Von diesen fünfzehnhundert Francs lebten die beiden alten Frauen und der Greis. Und wenn ein Dorfpfarrer nach Digne kam, ermöglichte der Bischof es noch immer, ihn zu bewirten, dank der strengen Sparsamkeit von Frau Magloire und der klugen Verwaltung des Hauses durch Fräulein Baptistine.

Eines Tages, er war seit ungefähr drei Monaten in Digne, sagte der Bischof: »Ich bin doch eigentlich sehr knapp an Geld!«

»Das will ich meinen, Bischöfliche Gnaden!« rief Frau Magloire. »Sie haben nicht einmal die Rente verlangt, die Ihnen der Bezirk für Ausfahrten mit der Kutsche und Rundreisen in der Diözese schuldet. Die Bischöfe vor Ihnen machten das.«

»Ja«, sagte er, »Sie haben recht, Frau Magloire.«

Er meldete seine Forderung an.

Bald darauf erwog der Generalrat sie und erkannte ihm eine jährliche Summe von dreitausend Francs zu unter der Rubrik: Zahlung an den Herrn Bischof für Karossenspesen, Spesen für Extrapost und Spesen bei seelenhirtlichen Rundreisen.

Das empörte die Bürgerschaft des Ortes sehr, und aus diesem Anlaß schrieb ein Senator des Kaiserreichs, ein ehemaliges Mitglied des Rates der Fünfhundert, ein Parteigänger vom Achtzehnten Brumaire, der mit einer großartigen Senatorenpfründe in der Nähe von Digne belohnt worden war, an den Kultusminister Herrn Bigot de Préameneu einen kurzen, gereizten und vertraulichen Brief, aus dem wir die nachstehenden Zeilen im Wortlaut zitieren:

»Karossenspesen? Wozu in einer Stadt von unter viertausend Einwohnern? Spesen für Rundreisen? Erstens, wozu solche Rundreisen? Und dann, wie soll Extrapost in diesem gebirgigen Land fahren? Es gibt keine Chausseen, man reist nur zu Pferd. Die Brücke über die Durance bei Chateau-Arnoux kann kaum Ochsenkarren tragen. Diese Priester sind alle so. Geizig und habgierig. Der da hat, als er kam, den guten Apostel gespielt. Jetzt benimmt er sich genauso wie die anderen. Er braucht eine Karosse und Extrapost. Er braucht Luxus wie die Bischöfe von damals. Oh, diese ganze Pfaffenclique! Herr Graf, es wird erst reiner Tisch sein, wenn der Kaiser uns von den Kutten erlöst hat. Nieder mit dem Papst!« (Es stand schlecht um die Verhandlungen mit Rom.) »Was mich betrifft, ich bin allein für Cäsar«, und so weiter und so weiter.

Zum Ausgleich war Frau Magloire sehr erfreut. »Gut«, sagte sie zu Fräulein Baptistine, »Seine Gnaden hat soviel für die anderen getan, er mußte zuletzt für sich selbst was tun. Er hat die Sache mit den Geldern für die Barmherzigkeit in Ordnung gebracht. Da sind nun dreitausend Francs für uns. Endlich!«

Noch an diesem Abend schrieb der Bischof eine Aufstellung, die also abgefaßt war und die er seiner Schwester übergab:

Spesen für Karosse und Rundreisen		
Für Spende von Fleischbrühe an Spitalpatienten	1 500	Francs
Für die Vereinigung der Mütterlichen Caritas in Aix	250	
Für dieselbe in Draguignan	250	
Für die Findelkinder	500	
Für die Waisen	500	
in summa	3 000	Francs

Das war das Budget des Herrn Myriel. Die Nebeneinkünfte des Bischofsamtes für Freispruch vom Kirchenbann, Dispense, Nottaufen, Predigten, Einsegnungen von Kirchen und Kapellen, Trauungen und so weiter trieb der Bischof von den Reichen mit um so größerer Schärfe ein, als er sie den Armen schenkte.

Nach kurzer Zeit flossen ihm Spendenangebote zu. Die Geld hatten und denen es mangelte, klopften an Herrn Myriels Tür, die einen, um das Almosen sich abzuholen, das die anderen bei ihm niederlegten.

In weniger als einem Jahr wurde der Bischof der Schatzmeister aller Wohltaten und der Kassierer aller Not. Beträchtliche Summen gingen durch seine Hände.

Aber nichts konnte bewirken, daß er irgendwie von seinen Lebensgewohnheiten abwich oder das geringste Maß von Überflüssigem dem für ihn Unentbehrlichen beifügte.

Er war weit davon entfernt. Da es hienieden immer mehr Elend in den unteren Ständen gibt als Brüderlichkeit in den oberen, war alles sozusagen vergeben, bevor es empfangen wurde.

Es versickerte wie Wasser in trockenem Boden. Soviel Geld er auch erhielt, nie hatte er welches. Und dann plünderte er sich selbst.

Da es Brauch war, daß die Bischöfe ihre Taufnamen an den Kopf ihrer Erlasse und ihrer Hirtenbriefe setzten, hatten die armen Leute der Gegend mit einer Art zärtlichen Instinkts von den Namen und Vornamen des Bischofs denjenigen gewählt, der für sie einen Sinn hatte, und nannten ihn nur Gnaden Bienvenu, den Willkommenen. Wir werden wie sie tun und ihn manchmal so nennen. Übrigens gefiel ihm die Bezeichnung.

»Ich liebe den Namen«, sagte er. »Bienvenu verbessert den gnadenvollen Titel.«

Wir behaupten nicht, daß das Bild, das wir hier entwerfen, wahrheitsgetreu sei. Wir begnügen uns damit, daß es ähnlich ist.

Dem guten Bischof ein rauhes Bistum

Obwohl der Herr Bischof seine Karosse in Almosen umgewechselt hatte, veranstaltete er seine Rundreisen. Die Diözese Digne ermüdet sehr. Sie hat wenig Ebene und viel Berge, fast keine Straßen, wie man gesehen hat; zweiunddreißig Pfarren, einundvierzig Vikariate und zweihundertfünfundachtzig Filialkirchen. Das alles zu besichtigen ist ein Stück Arbeit. Der Herr Bischof wurde damit fertig. Er ging zu Fuß, wenn er sich in der Nachbarschaft zeigte, er nahm eine zweirädrige Halbkutsche in der Ebene, eine Sänfte im Gebirge. Die beiden alten Frauen begleiteten ihn. Wenn die Reise für sie zu beschwerlich war, machte er sie allein.

Eines Tages gelangte er auf einem Esel nach Senez, einer alten Bischofsstadt. Seine Börse, in der in diesem Augenblick Ebbe herrschte, hatte ihm keinen anderen Aufzug erlaubt. Der Bürgermeister der Stadt empfing ihn am Tor des bischöflichen Palais und sah entrüstet zu, wie er von seinem Esel stieg. Um ihn herum lachten ein paar Bürger. »Herr Bürgermeister und meine Herren Bürger«, sagte der Bischof, »ich weiß, woran Sie Anstoß nehmen. Sie finden es sehr hochmütig von einem armen Priester, ein Tier zu reiten, das Jesus Christus benutzt hat. Ich habe es aus Not, das versichere ich Ihnen, und nicht aus Eitelkeit getan.«

Auf diesen Rundreisen war er nachsichtig und sanft und predigte weniger, als daß er plauderte. Er legte keine Tugend auf eine unzugängliche Waagschale. Seine Erwägungen und seine Beispiele holte er nicht von weit her. Den Bewohnern einer Gegend hielt er die nächsten Nachbarn als Muster vor. In den Kantonen, in denen man zu den Notleidenden unfreundlich war, sagte er: »Betrachtet die Leute von Briançon! Sie haben den Bedürftigen, den Witwen und Waisen das Recht erteilt, ihre Wiesen drei Tage vor allen anderen zu mähen. Sie bauen ihnen umsonst die Hütten auf, wenn sie in Trümmer fallen. Darum ist das eine gottgesegnete Gegend. Während eines ganzen Jahrhunderts hat es dort keinen Mörder gegeben.«

In den Dörfern, in denen man gierig war nach Gewinn und Ernte, sagte er: »Seht euch die Leute von Embrun an! Wenn ein Familienvater in der Erntezeit seine Söhne beim Militär hat und seine Töchter in der Stadt dienen und wenn er krank und behindert ist, empfiehlt der Pfarrer ihn auf der Kanzel dem Gebet; und am Sonntag gehen nach der Messe alle Leute im Dorf, Männer, Frauen und Kinder, auf das Feld des armen Mannes und schneiden für ihn und bringen ihm Stroh und Korn in seine Scheune.« Zu Familien, die durch Geld- und Erbschaftsfragen in sich uneins waren, sagte er: »Betrachtet die Gebirgler in Devolny, einer Landschaft, die so wild ist, daß man die Nachtigall in fünfzig Jahren kein einziges Mal hört! Nun, wenn in einer Familie der Vater stirbt, gehen die Burschen fort, ihr Glück zu suchen, und lassen die Habe den Mädchen, damit sie Ehemänner finden können.« In den Regionen, in denen man zu Prozessen neigt und die Landwirte sich durch Pfändungen ruinieren, sagte er: »Seht euch die guten Bauern im Tal von Queyras an! Dreitausend Seelen sind sie. Mein Gott! Es ist wie eine kleine Republik. Man kennt dort weder Richter noch Gerichtsvollzieher. Der Bürgermeister macht alles. Er schreibt die Steuer aus, schätzt jeden gewissenhaft, schlichtet umsonst die Streitereien, verteilt ohne Gebühren das Erbgut, trifft kostenlos Entscheidungen; und man gehorcht ihm, weil er ein Gerechter ist unter Einfältigen.« In den Dörfern, in denen er keine Schullehrer fand, zitierte er nochmals die Leute von Queyras: »Wißt ihr, wie das bei ihnen ist?« sagte er. »Da ein Ländchen von zwölf bis fünfzehn bäuerlichen Wirtschaften nicht immer einen Lehrer ernähren kann, haben sie Lehrer, die das ganze Tal bezahlt, die durch die Dörfer wandern und acht Tage in einem, zehn in einem anderen sich aufhalten und unterrichten. Diese Lehrer gehen auf die Jahrmärkte, wo ich sie gesehen habe. Man erkennt sie an den Gänsefedern, die sie an der Hutschnur tragen. Die nur das Lesen lehren, haben eine Feder, die Lesen und Rechnen lehren, haben zwei Federn, die Lesen, Rechnen und Latein lehren, drei. Sie sind große Gelehrte. Aber welche Schmach ist es, unwissend zu sein. Tut wie die Leute von Queyras!«

Er sprach so, ernst und väterlich; und wenn es ihm an Beispielen fehlte, erfand er Gleichnisse, die den Kern trafen, mit wenig Phrasen und vielen Bildern, wie die Beredsamkeit Jesu Christi war, überzeugt und überzeugend.

In der Unterhaltung war er leutselig und heiter. Er paßte sich dem Verständnis der beiden alten Frauen an, die neben ihm lebten. Wenn er lachte, war es das Lachen eines Schulbuben.

Frau Magloire nannte ihn gern Eure Hoheit. Eines Tages erhob er sich aus seinem Sessel und ging in seine Bibliothek, ein Buch zu suchen. Dieses Buch hatte seinen Platz auf einem der obersten Querbretter. Da der Bischof von ziemlich kleinem Wuchs war, konnte er nicht hinaufreichen. »Frau Magloire«, sagte er, »bringen Sie mir einen Stuhl! Meine Hoheit langt für das Brett nicht hoch genug.«

Eine seiner entfernten Verwandten, die Frau Gräfin Lô, versäumte selten eine Gelegenheit, in seiner Gegenwart das aufzuzählen, was sie die »Hoffnungen« ihrer drei Söhne nannte. Sie hatte mehrere männliche Verwandte in aufsteigender Linie, dem Tode schon nahe, deren natürliche Erben ihre Söhne waren. Der jüngste der drei hatte von einer Großtante gute hunderttausend Francs Rente zu erwarten; der zweite war Nacherbe des Herzogstitels seines Onkels; der älteste sollte seinem Großvater in der Pairswürde folgen. Der Bischof hörte meist stumm diese harmlosen und verzeihlichen Prahlereien einer Mutter an. Einmal jedoch schien er träumerischer als sonst, indes Frau von Lô sich in allen Einzelheiten über alle diese Aussichten und »Hoffnungen« verbreitete. Sie unterbrach sich mit einiger Ungeduld: »Mein Gott, Vetter! Worüber denken Sie denn nach?«

»Ich denke«, sagte der Bischof, »an irgendeinen seltsamen Spruch, der, ich glaube, bei dem heiligen Augustinus steht: ›Setzt eure Hoffnung in den, dem niemand nachfolgt!‹«

Ein andermal empfing er die Anzeige vom Tode eines Aristokraten aus der Umgebung, in der auf einer langen Seite außer den Titeln des Dahingeschiedenen die feudalen und adelsrechtlichen Würden aller Verwandten aufgeführt waren. »Was für einen kräftigen Rücken der Tod haben soll! Welche erstaunliche Titellast soll er mit Vergnügen schleppen, und wieviel Geist muß in den Menschen sein, daß sie so das Grab für ihre Wichtigtuerei verwenden!

Er hatte bisweilen einen sanften Spott, der fast immer einen ernsten Sinn enthielt. Während einer Fastenzeit erschien ein junger Vikar in Digne und predigte im Dom. Er war ein recht guter Redner. Der Gegenstand seiner Predigten war die spendende Nächstenliebe. Er lud die Reichen ein, den Bedürftigen zu geben, zur Vermeidung des höllischen Feuers, das er so furchtbar malte, wie er nur konnte, und zur Gewinnung des Paradieses, das er als begehrenswert und anmutsvoll schilderte. Unter den Zuhörern saß ein reicher Kaufmann, der sich von den Geschäften zurückgezogen hatte, ein wenig auch Wucherer, namens Géborand, der eine halbe Million durch die Erzeugung von Linnen, geköperten Webstoffen, dicken und leichten Wollstoffen verdient hatte. Nie in seinem Leben hatte Herr Géborand einem Unglücklichen ein Almosen zukommen lassen. Seit dieser Predigt beobachtete man, daß er an jedem Sonntag den alten Bettlerinnen am Domtor einen Sou schenkte. Zu sechst mußten sie ihn unter sich teilen. Eines Tages sah der Bischof, wie er sein Scherflein zückte, und lächelnd sagte er zu seiner Schwester: »Da kauft sich Herr Géborand um einen Sou das Paradies.«

Wenn es sich um Wohltätigkeit handelte, ließ er sich auch durch eine Weigerung nicht abschrecken, und dann fand er Worte, die zum Nachdenken zwangen. Einmal sammelte er in einem Salon der Stadt Almosen für die Armen. Der Marquis Champtercier war dort, alt, reich und geizig. Er brachte es fertig, zugleich Ultraroyalist und Ultravoltairianer zu sein. Diese Spielart hat wirklich existiert. Der Bischof berührte, als er zu ihm kam, seinen Arm. »Herr Marquis, Sie müssen mir etwas geben.«

Der Marquis wandte sich um und erwiderte trocken: » Herr Bischof, ich habe selbst meine Armen.«

»Geben Sie sie mir«, sagte der Bischof.

Eines Tages predigte er im Dom: »Meine lieben Brüder, meine guten Freunde, in Frankreich stehen dreizehnhundertzwanzigtausend Bauernhäuser, die nur drei Öffnungen haben, achtzehnhundertsiebzehntausend mit zwei Öffnungen, der Tür und einem Fenster, und endlich dreihundertsechsundvierzigtausend Buden, deren einzige Öffnung die Tür ist. Und das erklärt sich nur aus einer Sache, die man Tür- und Fenstersteuer nennt. Setzen Sie arme Familien, alte Frauen, kleine Kinder in solche Wohnungen, und sehen Sie die Fieber und Seuchen, die dann ausbrechen! Ach! Gott gibt den Menschen die Luft, das Gesetz verkauft sie ihnen. Ich klage das Gesetz nicht an, doch ich preise Gott. In der Isère, im Var, in den Hochalpen und den Niederen Alpen haben die Bauern nicht einmal Schubkarren, sie befördern den Dung im Huckepack. Sie haben keine Kerzen und brennen harzige Stöcke und Enden von Seilen, die sie in Pech tauchen. So ist es im ganzen Bergland des Dauphiné. Sie backen Brot für ein halbes Jahr, sie erhitzen es mit ausgedörrten Kuhfladen. Im Winter zerbröckeln sie dieses Brot mit Beilhieben und tunken es vierundzwanzig Stunden in Wasser, um es essen zu können. Meine Brüder, erbarmt euch, seht, wie man rings um euch leidet!«

Als geborener Provenzale hatte er sich leicht mit allen Mundarten des Südens vertraut gemacht. Wie im Niederlanguedoc sagte er: »Na, seien Sie vernünftig, mein Herr«, wie in den Niederalpen: »Wohin willst du?«, wie im Oberdauphiné: »Ich bringe ein schönes Stück Hammelfleisch und guten Fettkäse mit.« Dies gefiel dem Volk und hatte nicht wenig dazu beigetragen, ihm alle Herzen zu öffnen. In der Hütte und im Gebirge fühlte er sich wie zu Hause. Er konnte die erhabensten Dinge in den gewöhnlichsten Mundarten darlegen. Er sprach alle Sprachen und fand Zugang zu allen Seelen.

Überdies war er der gleiche für die Leute von Rang wie für die Leute aus dem Volk.

Nichts verurteilte er vorschnell und ohne die Umstände zu beachten. Er sagte: »Wir wollen den Weg prüfen, auf dem die Sünde sich eingeschlichen hat.«

Er war, wie er sich selbst lächelnd bezeichnete, ein ehemaliger Sünder, kannte keine schroffe Unduldsamkeit und verkündete laut und ohne das Stirnrunzeln der grausamen Tugendhaften eine Lehre, die sich in etwa so zusammenfassen ließe: »Der Mensch hat bei sich das Fleisch, das seine Last und zugleich seine Versuchung ist. Er schleppt es mit sich herum und gibt ihm nach.

Er muß es überwachen, zügeln, in Schranken halten und darf ihm nur in der äußersten Not gehorchen. In diesem Gehorsam kann abermals Sünde sein, aber die so begangene Sünde ist erläßlich. Das ist ein Fall, doch ein Fall auf die Knie, der im Gebet vollendet werden kann.

Ein Heiliger sein ist die Ausnahme, ein Gerechter sein ist die Regel. Irrt, fehlt, sündigt, aber seid Gerechte.

So wenig wie möglich Sünde ist das Gesetz des Menschen. Überhaupt keine Sünde ist der Traum des Engels. Alles Irdische ist der Sünde unterworfen. Die Sünde ist eine Schwerkraft.«

Wenn er alles aufschreien und sich eilig entrüsten sah, bemerkte er lächelnd: »Oh, oh, es scheint, daß ich da von einem großen Verbrechen gesprochen habe, dessen alle Welt schuldig ist. Die Heuchler sind aufgestört und beflissen, zu protestieren und sich zu decken.«

Er war duldsam gegen die Frauen und die Armen, die mit dem Gewicht der menschlichen Gesellschaft beladen sind. Er sagte: »Für die Verfehlungen der Frauen, der Kinder, der Dienenden, der Schwachen, der Bedürftigen und der Unwissenden sind die Ehemänner haftbar, die Väter, die Herren, die Starken, die Reichen und die Gebildeten.«

Er sagte auch: »Die Unwissenden sollt ihr so viel lehren, als ihr könnt. Es ist eine Schuld der Gesellschaft, daß sie den Unterricht nicht umsonst gewährt. Sie ist verantwortlich für die Finsternis, die sie hervorruft. In einer Seele, die voller Dunkel ist, steckt die Sünde. Der Schuldige ist nicht der Sünder, sondern der, von dem die Finsternis kommt.«

Wie man sieht, hatte er eine seltsame, eigene Art, die Dinge zu beurteilen. Ich vermute, er hatte das dem Evangelium entnommen.

Eines Tages hörte er in einem Salon von einem schwebenden Kriminalprozeß, dessen Termin nahte. Ein beklagenswerter Mensch hatte aus Liebe zu einer Frau und dem Kind, das er von ihr hatte, Falschmünzerei begangen, weil all seine Mittel erschöpft waren. In jener Zeit wurde Falschmünzerei mit dem Tode bestraft. Die Frau war festgenommen worden, als sie das erste von dem Mann verfertigte Falschgeld ausgab. Man behielt sie im Gefängnis, hatte jedoch Beweise nur gegen sie. Sie allein konnte ihren Liebhaber belasten und, indem sie bekannte, verderben. Sie leugnete. Man bedrängte sie. Hartnäckig leugnete sie weiter. Da hatte der Königliche Staatsanwalt einen Einfall. Er hatte eine Untreue des Liebhabers geargwöhnt, und es war ihm gelungen, mit geschickt vorgelegten Bruchstücken von Briefen die Unglückliche zu überzeugen, daß sie eine Nebenbuhlerin hatte und dieser Mann sie betrog. Außer sich vor Eifersucht, denunzierte sie ihren Liebhaber, bekannte und bewies alles. Der Mann war verloren. Demnächst sollte er mit seiner Komplizin in Aix abgeurteilt werden. Man erzählte von diesem Geschehnis, und jeder war von der Gewandtheit des Staatsanwalts begeistert. Indem er die Eifersucht ins Spiel einsetzte, hatte er die Wahrheit aus dem Zorn, die Gerechtigkeit aus der Rache hervorbrechen lassen. Schweigend hörte der Bischof zu. Als man zu Ende war, fragte er: »Wo werden der Mann und die Frau abgeurteilt?«

»Vor dem Schwurgericht.«

»Und wo«, erwiderte er, »wird man den Herrn Königlichen Staatsanwalt aburteilen?«

In Digne ereignete sich ein tragisches Abenteuer. Ein Mann wurde wegen Mordes zum Tode verurteilt. Der Unglückliche, nicht richtig gebildet und nicht ganz ungebildet, war Schausteller auf Jahrmärkten und bezahlter Briefschreiber gewesen. Die Stadt beschäftigte sich sehr mit dem Prozeß. Am Tag vor der Hinrichtung erkrankte der Anstaltsgeistliche. Man bedurfte eines Priesters, der dem armen Sünder in seinen letzten Augenblicken beistehen sollte. Man suchte den Pfarrer auf. Wie es scheint, lehnte er ab und sagte: »Das geht mich nichts an. Mit dieser widerwärtigen Arbeit und diesem Gaukler habe ich nichts zu tun. Auch ich bin krank. Übrigens ist das nicht mein Platz.«

Man hinterbrachte seine Antwort dem Bischof, der sagte: »Der Herr Pfarrer hat recht. Es ist nicht sein Platz, es ist meiner.«

Er ging sofort zu dem Gefängnis und stieg in die Zelle des Gauklers hinab. Er rief ihn bei seinem Namen, faßte seine Hand und sprach mit ihm. Er blieb den ganzen Tag bei ihm, vergaß Essen und Schlaf, betete zu Gott für die Seele des Verurteilten und bat den Verurteilten um die seine. Er sagte ihm die besten Wahrheiten, die die einfachsten sind. Vater war er ihm, Bruder, Freund; Bischof nur, ihn zu segnen. Er lehrte ihn alles, ermutigte und tröstete ihn. Der Mann wäre in Verzweiflung gestorben. Der Tod war für ihn eine bodenlose Tiefe. Vor der düsteren Schwelle stehend und erschauernd, bebte er mit Abscheu zurück. Er war nicht unwissend genug, um ganz gleichgültig zu sein. Seine Verurteilung hatte ihn von Grund auf erschüttert und hier und da gewissermaßen die Wand um ihn durchstoßen, die uns vom Geheimnis der Dinge trennt und die wir das Leben nennen. Er starrte krampfhaft durch diese vom Schicksal geschlagene Bresche in die jenseitige Welt und sah nur Nacht. Der Bischof ließ ihn Helligkeit schauen.

Als man tags darauf den Unglücklichen abholen kam, war der Bischof da. Er folgte ihm und zeigte sich den Augen der Menge in violettem Mantel, sein Bischofskreuz um den Hals, dicht neben dem Elenden, der mit Stricken gebunden war.

Mit ihm stieg er auf den Karren, mit ihm stieg er auf das Schafott. Der arme Sünder, am Tag vorher noch so trübsinnig und niedergeschlagen, strahlte. Er spürte, daß seine Seele ausgesöhnt war, und er hoffte auf Gott. Der Bischof umarmte ihn, und bevor das Eisen niederfiel, sagte er zu ihm: »Den der Mensch tötet, läßt Gott auferstehen. Den die Brüder vertreiben, findet der Vater wieder. Bete, glaube, tritt ein in das Leben! Der Vater ist da.« Als er vom Schafott stieg, war in seinem Blick etwas, was das Volk beiseite treten ließ. Man wußte nicht, was wunderbarer war, seine Blässe oder seine Ruhe. Als er in seine bescheidene Behausung, die er lächelnd sein »Palais« nannte, zurückgekehrt war, meinte er zu seiner Schwester: »Eben habe ich eine Pontifikalmesse gefeiert.«

Da das Erhabenste oft am wenigsten verstanden wird, gab es in der Stadt Leute, die, wenn sie über dieses Verhalten des Bischofs redeten, sagten: »Das ist bloß Mache. «Aber nur in den Salons lästerte man so. Das Volk, das bei den heiligen Handlungen Bosheit nicht kennt, war gerührt und bewunderte.

Der Anblick der Guillotine erschütterte den Bischof, und er brauchte lange, um sich davon zu erholen.

Tatsächlich hat das Schafott, wenn es aufgerichtet dasteht, etwas Halluzinierendes an sich. In gewisser Weise kann man der Todesstrafe gleichgültig gegenüberstehen, sich nicht dafür oder dagegen aussprechen, solange man nicht mit eigenen Augen eine Guillotine gesehen hat. Doch wenn man einer begegnet, erschüttert es einen sehr. Man muß sich entscheiden und dafür oder dagegen Partei ergreifen. Die einen bewundern sie, wie de Maistre, die anderen verabscheuen sie, wie Beccaria. Die Guillotine ist die Verhärtung des Gesetzes, sie heißt Sühne, sie ist nicht unparteiisch und erlaubt einem nicht, unparteiisch zu bleiben. Wer sie erblickt, erschauert in den geheimnisvollsten Schauern. Um dieses Beil herum setzen alle sozialen Fragen ihr Fragezeichen. Das Schafott ist kein Gerüst, das Schafott ist keine Maschine, das Schafott ist kein lebloser Mechanismus aus Holz, Eisen und Stricken. Es ist scheinbar eine Art Lebewesen, das irgendeine düstere Initiative ergreift. Fast möchte man meinen, dieses Gerüst sehe, diese Maschine höre, dieser Mechanismus begreife, dieses Holz, dieses Eisen und diese Stricke wollten. In dem gräßlichen, traumhaften Zustand, in den der Anblick des Schafotts die Seele versetzt, erscheint es schrecklich und mit dem befaßt, was es tut. Das Schafott ist der Helfershelfer des Henkers. Es verschlingt, es frißt Fleisch, es säuft Blut. Das Schafott ist so etwas wie ein Ungeheuer, das Richter und Zimmermann gezeugt haben, ein Gespenst, das ein entsetzliches Leben aus all dem Tod heraus, den es gebracht hat, zu führen scheint.

Deshalb war der Eindruck so fürchterlich und tief, am Tag der Hinrichtung und viele Tage später war der Bischof wie benommen. Die fast gewaltsame Heiterkeit der Todesminute war verschwunden; das Phantom der sozialen Gerechtigkeit bedrückte ihn. Er, der sonst von all seinem Tun mit so strahlender Befriedigung zurückkehrte, schien sich mit einem

Vorwurf gegen sich selbst zu quälen. Mitunter sprach er zu sich allein und stammelte mit gedämpfter Stimme traurige Monologe. Einen hörte eines Abends seine Schwester und bewegte ihn in ihrem Herzen: »Ich dachte nicht, daß es so ungeheuerlich sein würde. Es ist ein Unrecht, sich in Gottes Gebot zu versenken, bis man auf das Menschengesetz nicht mehr achtet. Der Tod ist nur Gottes Sache. Mit welchem Recht tasten die Menschen dieses Unbekannte an?«

Allmählich wurde der Eindruck schwächer und erlosch vielleicht. Aber man bemerkte, daß der Bischof es seitdem vermied, an der Richtstätte vorbeizukommen.

Herr Myriel ließ sich zu jeder Tages- und Nachtzeit an das Lager der Kranken und Sterbenden rufen. Er wußte sehr wohl, daß ihn dort seine schwerste Pflicht und seine schwerste Arbeit erwarteten. Die Witwen und Waisen brauchten ihn nicht zu bitten, er kam von selbst. Neben dem Mann, der die geliebte Frau verloren hatte, neben der Mutter, die ihr Kind verloren hatte, konnte er stundenlang sitzen und schweigen. Er wußte, wann es zu schweigen galt, und er wußte auch, wann er sprechen mußte. Oh, wunderbarer Tröster! Er versuchte nicht, den Schmerz durch das Vergessen zu lindern, sondern ihn durch die Hoffnung zu adeln, ihm durch Hoffnung Würde zu verleihen. Seine Worte waren: »Gebt acht darauf, wie ihr euch den Toten zuwendet. Denkt nicht an das, was verwest. Schaut unverwandt hin, und ihr seht das lebendige Licht eures geliebten Toten in der Tiefe des Himmels.« Er wußte, daß Glaube gesund ist. Den verzweifelten Menschen suchte er zu beraten und zu beruhigen und wies ihm den Weg mit dem Finger eines Mannes, der sich gefügt hat. Er verwandelte den Schmerz über einem Grab dadurch, daß er von dem Schmerz sprach, der einen Stern betrachtet.

Wie Gnaden Bienvenu seine Priesterröcke zu sehr auftrug

Das intime Leben des Herrn Myriel war von denselben Gedanken wie sein öffentliches erfüllt. Wer ihn aus der Nähe beobachten konnte, dem hätte die freiwillige Armut, worin der Bischof von Digne lebte, ein ernstes und reizendes Schauspiel gewährt.

Wie alle Greise und wie die Mehrzahl der Denker schlief er wenig. Dieser kurze Schlaf war tief. Morgens sammelte er sich eine Stunde lang, dann las er seine Messe, im Dom oder zu Hause. Danach aß er zum Frühstück ein Roggenbrötchen, das er in Kuhmilch tauchte. Dann arbeitete er.

Ein Bischof ist ein vielbeschäftigter Mann. Er muß alle Tage den Sekretär des Bistums empfangen, der meist ein Domherr ist, fast jeden Tag seine Obervikare. Er hat die Aufsicht über die Kongregationen, muß Privilegien erteilen, eine ganze kirchliche Bibliothek nachprüfen, Gebetbücher, Katechismen der Diözese, Stundenbücher und so fort, Erlasse niederschreiben, Predigten billigen, Pfarrer und Ortsvorstände einigen, geistliche Korrespondenz und Verwaltungskorrespondenz führen. Hier Staat, hier Heiliger Stuhl. Es sind tausend Obliegenheiten.

Die Zeit, die die tausend Angelegenheiten, die Gottesdienste, die er veranstaltete, und sein Brevier ihm ließen, widmete er vor allem den Notleidenden, den Kranken und den Betrübten; die Zeit, die ihm die Betrübten, die Kranken und die Notleidenden ließen, der Tagesarbeit. Bald grub er seinen Garten um, bald las und schrieb er.

Er hatte für diese beiden Arbeitsarten ein einziges Wort: den Garten bestellen. »Der Geist ist ein Garten«, sagte er.

Zu Mittag aß er. Das Mittagsmahl glich dem Frühstück.

Bei schönem Wetter ging er gegen zwei Uhr aus, durchstreifte zu Fuß die Felder oder die Stadt und trat oft in baufällige Häuschen ein. Man sah ihn allein des Weges gehen, ganz in sich versunken, die Augen gesenkt, auf seinen langen Spazierstock gestützt, in seinem wattierten und sehr warmen violetten Überrock, violetten Strümpfen und groben Schuhen, auf dem Kopf seinen flachen Hut, durch dessen drei Ecken drei goldene Quasten mit Fransen herabhingen.

Es war ein Fest, wo er auch erschien. Daß er vorüberging, hatte etwas Erwärmendes und Erleuchtendes. Kinder und alte Leute kamen des Bischofs halber an die Schwelle der

Türen, als wäre er die Sonne. Er segnete, und man segnete ihn. Man zeigte jedem, der einen Bedarf hatte, sein Haus. Dann und wann verhielt er den Schritt, sprach mit den kleinen Jungen und Mädchen und lächelte den Müttern zu. Er besuchte die Armen, wenn er Geld hatte; wenn er keins mehr hatte, besuchte er die Reichen.

Da er seine Priesterröcke zu sehr auftrug und nicht wollte, daß man es sah, ging er nie anders durch die Stadt als in seinem violetten Überrock. Im Sommer war ihm das ein wenig lästig.

Abends um halb neun Uhr speiste er mit seiner Schwester; Frau Magloire stand bei Tisch hinter ihnen und bediente sie. Es gab nichts Einfacheres als diese Mahlzeit. Wenn jedoch der Bischof einen seiner Pfarrer zu Gast hatte, nutzte Frau Magloire die Gelegenheit, um irgendeinen vorzüglichen Fisch aus den Seen oder ein feines Wildbret aus dem Gebirge zu servieren. Jeder Pfarrer war ein Vorwand, gut zu speisen; der Bischof ließ es zu. Sonst setzte sich sein Abendessen nur aus in Wasser gekochtem Gemüse und Suppe in Öl zusammen. Man sagte daher in der Stadt: »Wenn der Bischof nicht Pfarrerkost hat, dann hat er Trappistenkost.«

Nach dem Abendessen plauderte er eine halbe Stunde mit Fräulein Baptistine und Frau Magloire. Dann ging er wieder in sein Zimmer und schrieb, bald auf lose Blätter, bald am Rande eines Foliobandes. Er war der Literatur kundig und hatte einige Gelehrsamkeit. Fünf oder sechs ziemlich erstaunliche Handschriften hat er hinterlassen, unter anderem eine Abhandlung über den Bibelvers der Genesis: ». . . und der Geist Gottes schwebte auf dem Wasser«. Er verglich diesen Vers mit drei Textstellen: mit der arabischen Version, die da lautet: »Die Winde Gottes wehten«, mit Flavius Josephus, der da sagt: »Von oben her fuhr ein Wind über die Erde«, und schließlich mit der chaldäischen Paraphrase von Onkelos, die besagt: »Ein Wind, der von Gott kam, blies über das Antlitz der Wasser«. In einer weiteren Abhandlung untersuchte er die theologischen Werke von Hugo, Bischof von Ptolémaïs und Urgroßonkel vom Verfasser dieses Buches, und bewies, daß die verschiedenen kleinen Schriften, die im vorigen Jahrhundert unter dem Pseudonym Barleycourt veröffentlicht wurden, diesem Bischof zugeschrieben werden müßten.

Manchmal verfiel er mitten in einer Lektüre, welches Buch er auch in Händen haben mochte, plötzlich in ein tiefes Sinnen, dem er sich nur entriß, um auf die Seiten des Bandes selbst ein paar Zeilen zu schreiben. Zwischen diesen Zeilen und dem Buch selbst bestand oft keinerlei Beziehung. Uns liegt eine Anmerkung vor, die er auf den Rand einer Seite in einem Quartband mit dem Titel »Briefwechsel des Lord Germain mit den Generalen Clinton und Cornwallis und den Admiralen der Niederlassung in Amerika. Erschienen in Versailles bei Poinçot, Verlagsbuchhändler, und in Paris bei Pissot, Verlagsbuchhändler, Quai des Augustins«, geschrieben hatte.

Sie lautet: »O du, der du bist!

Der Prediger nennt dich Allmacht, die Makkabäerbücher nennen dich Schöpfer, der Epheserbrief nennt dich Freiheit, Baruch nennt dich Unermeßlichkeit, die Psalmen nennen dich Weisheit und Wahrheit, Johannes nennt dich Licht, die Bücher der Könige nennen dich Herr, das zweite Buch Mose nennt dich Vorsehung, das dritte Buch Mose Heiligkeit, das Buch Esra Gerechtigkeit, die Schöpfungsgeschichte nennt dich Gott, der Mensch nennt dich Vater, doch Salomo nennt dich Barmherzigkeit, und das ist der schönste von allen deinen Namen.«

Gegen neun Uhr abends zogen sich die beiden Frauen zurück, stiegen in ihre Zimmer im ersten Stock und ließen ihn bis zum Morgen im Erdgeschoß allein.

Hier nun müssen wir von der Wohnung des Herrn Bischofs ein genaues Bild geben.

Von wem er sein Haus bewachen ließ

Das Haus, in dem er wohnte, bestand, wie wir schon sagten, aus dem Erdgeschoß und einem einzigen Stockwerk; drei Zimmer im Erdgeschoß, drei im ersten Stock, darüber ein Speicher. Hinter dem Haus ein Garten von etwa zehn ha.

Die beiden Frauen hatten den ersten Stock inne. Der Bischof lebte unten. Der erste Raum nach der Straße zu diente ihm als Eßzimmer, der zweite als Schlafzimmer, der dritte als Betzimmer. Man konnte dieses Betzimmer nicht verlassen, ohne durch das Schlafzimmer zu gehen, und das Schlafzimmer nicht, ohne das Eßzimmer zu durchschreiten. Im Hintergrund des Betzimmers lag ein verschlossener Alkoven mit einem Bett für gastliche Beherbergung. Der Herr Bischof bot dieses Bett den Pfarrern vom Lande an, die von persönlichen Angelegenheiten oder der Obsorge für ihre Pfarre nach Digne geführt wurden.

Die Apotheke des Spitals, ein kleiner, dem Garten weggenommener Anbau, war in Küche und Keller verwandelt worden. Im Garten stand ferner ein Stall, die ehemalige Spitalsküche, worin der Bischof zwei Kühe hielt. Wieviel Milch sie auch gaben, die Hälfte schickte er jeden Morgen den Kranken im Spital. »Ich zahle meinen Zehnten«, sagte er.

Sein Zimmer war recht groß und in der kalten Jahreszeit schwer zu heizen. Da Holz in Digne sehr teuer ist, hatte er sich ausgedacht, im Kuhstall eine von einer Bretterwand abgesperrte Kammer herstellen zu lassen. Hier verbrachte er bei strenger Kälte seine Abende. Er nannte das seinen Wintersalon.

In diesem Wintersalon gab es wie im Eßzimmer keine anderen Möbel als einen viereckigen Tisch von Fichtenholz und vier Strohsessel. Das Eßzimmer war außerdem mit einem alten, in Wasserfarben rosig bemalten Büfett geziert. Aus einem gleichen Büfett, das schicklich mit weißen Mundtüchern und falschen Spitzen umhüllt war, hatte der Bischof den Altar gemacht, der sein Betzimmer dekorierte. Seine reichen Büßerinnen und die frommen Frauen von Digne hatten oft zusammengelegt, um das Geld für einen schönen, neuen Altar im Betzimmer Seiner Gnaden aufzubringen; jedesmal hatte er die Summe an sich genommen und den Armen gegeben.

»Der schönste Altar«, sagte er, »ist die Seele eines getrösteten Unglücklichen, der Gott dankt.«

In seinem Betzimmer hatte er zwei aus Stroh geflochtene

Betstühle und einen Armstuhl, gleichfalls mit Strohsitz, in seinem Schlafzimmer. Wenn er durch Zufall sieben oder acht Personen auf einmal empfing, den Präfekten oder den General oder den Stab des in Digne in Garnison liegenden Regiments oder einige Schüler des Kleinen Seminars, mußte man aus dem Stall die Stühle des Wintersalons, aus dem Betzimmer die Betstühle, aus seinem Schlafzimmer den Armstuhl holen. So kam man bis zu elf Sitzgelegenheiten für Besucher. Mit jedem neuen Besuch wurde ein Zimmer kahl.

Bisweilen war man zu zwölft. Dann verheimlichte der Bischof die Mißlichkeit der Situation, indem er, wenn es Winter war, vor dem Kamin stehen blieb, und war es Sommer, schlug er einen Spaziergang im Garten vor.

In dem verschlossenen Alkoven war noch ein Stuhl, aber er war halb ohne Stroh und stand nur auf drei Beinen, so daß er sich nur gebrauchen ließ, wenn man ihn gegen die Wand lehnte. Zwar hatte Fräulein Baptistine in ihrem Zimmer eine sehr große, gepolsterte Ruhebank aus einst vergoldetem Holz, mit geblümter Pekingseide bespannt, aber man war gezwungen gewesen, die Bank durch das Fenster in den ersten Stock hinaufzuschaffen, da die Treppe zu eng war. Sie konnte also nicht als Notbehelf für das Mobiliar gerechnet werden.

Fräulein Baptistines Ehrgeiz ging dahin, eine Saloneinrichtung kaufen zu können. Sie sollte mit gelbem, samtverziertem Möbelplüsch bespannt, geschweift und aus Mahagoni sein, dazu ein Sofa. Aber das hätte mindestens fünfhundert Francs gekostet, und als sie merkte, daß es ihr in fünf Jahren lediglich gelungen war, dafür zweiundvierzig Francs und zehn Sous zurückzulegen, hatte sie schließlich darauf verzichtet. Wer kann schon sein Ideal verwirklichen?

Nichts Einfacheres kann man sich vorstellen als das Schlafzimmer des Bischofs. Eine Glastür ging auf den Garten hinaus. Ihr gegenüber stand das Bett, ein eisernes Spitalbett mit einem Baldachin aus grüner Seide. Im Schatten des Bettes, hinter einem Vorhang, verriet das Toilettengerät noch die früheren eleganten Gewohnheiten des Mannes von Welt. Zwei Türen waren da. Eine, neben dem Kamin, verband mit dem Betzimmer, die andere, neben der Bibliothek, mit dem Eßsaal. Die Bibliothek – ein großer verglaster Schrank voller Bücher. Der Kamin von Holz, wie Marmor bemalt, meist ohne Feuer. Im Kamin ein paar eiserne Feuerböcke, mit zwei Vasen als Zierat daran, deren Ranken und Rinnen ehedem mit schraffiertem Silber versilbert waren, was ein gewisser bischöflicher Luxus war. Über dem Kamin, wo gewöhnlich der Spiegel hängt, ein kupfernes Kruzifix, von dem das Silber abblätterte, auf schäbigem schwarzem Samt befestigt, in einem Rahmen mit brüchiger Vergoldung. Neben der Glastür ein großer Tisch mit einem Tintenfaß, beladen mit ungeordneten Papieren und Wälzern. Vor dem Tisch der stroherne Armstuhl. Vor dem Bett ein dem Betzimmer entliehener Betstuhl.

Zwei Bildnisse in ovalen Rahmen waren zu beiden Seiten des Bettes an der Mauer aufgehängt. Kleine vergoldete Inschriften auf dem neutralen Rand der Leinwand neben den Gesichtern besagten, eines der Porträts stelle den Abbé de Chaliot dar, Bischof von Saint-Claude, das andere den Abbé Tourteau, Generalvikar von Agde, Abt von Grand-Champ vom Zisterzienserorden in der Diözese Chartres. Der Bischof hatte, als er nach den Kranken des Spitals in dieses Zimmer gezogen war, die Bildnisse hier gefunden und sie belassen. Es waren Priester, wahrscheinlich Stifter, zwei Gründe, sie zu respektieren. Alles, was er von diesen beiden Männern wußte, war, daß der König sie am gleichen Tag, am 27. April 1785, eingesetzt hatte, den einen in sein Bistum, den anderen in seine Pfründe. Als Frau Magloire die Bilder abnahm, um sie abzustauben, hatte der Bischof diese Besonderheit entdeckt. Sie war mit blauer Tinte auf einen kleinen quadratischen Zettel geschrieben, der im Laufe der Zeit vergilbt und mit vier Oblaten hinter das Bildnis des Abtes von Grand-Champ geklebt war.

An seinem Fenster hing eine alte Gardine aus grobem Wollstoff, die nach und nach so alt wurde, daß, um den Aufwand für eine neue zu vermeiden, Frau Magloire gezwungen war, sie mittendrin zusammenzunähen. Die Naht war groß und hatte den Umriß eines Kreuzes. Der Bischof wies oft darauf hin. »Das tut wohl!« sagte er.

Alle Zimmer des Hauses, im Erdgeschoß wie im ersten Stock, waren ohne Ausnahme mit Kalk geweißt, wie das in Kasernen und Spitälern üblich ist.

In den letzten Jahren jedoch fand Frau Magloire unter dem getünchten Papier Gemälde, die das Zimmer von Fräulein Baptistine schmückten. Bevor es Spital geworden war, war dieses Haus der bischöfliche Empfangsraum für das Publikum gewesen. Von damals stammte diese Dekoration. Die Zimmer waren mit roten Ziegeln ausgelegt, die man jede Woche abwusch, mit Strohmatten vor allen Betten. Im übrigen wurde die Wohnung von den beiden Frauen mit aller Sorgfalt rein gehalten. Dies war der einzige Luxus, den der Bischof erlaubte. Er sagte: »Den Armen nimmt das nichts weg.«

Man mußte indes zugeben, daß ihm von seinem einstigen Besitz sechs silberne Gedecke und ein Suppenlöffel geblieben waren, den Frau Magloire jeden Tag beglückt auf dem großen weißen Leinentuch prächtig schimmern sah. Und da wir den Bischof von Digne so schildern, wie er war, müssen wir hinzufügen, daß er mehr als einmal sagte: »Ich würde ungern darauf verzichten, von silbernem Geschirr zu speisen.«

Zu diesem Silbergeschirr kamen zwei große, massiv silberne Leuchter, die er von einer Großtante geerbt hatte. Sie trugen zwei Wachskerzen und prangten meist auf dem Kamin des Bischofs. Wenn er jemanden zum Essen da hatte, zündete Frau Magloire die beiden Kerzen an und setzte die beiden Leuchter auf den Tisch. Im Schlafzimmer des Bischofs, zu Häupten seines Bettes, stand ein kleiner Schrank, in dem Frau Magloire jeden Abend die sechs silbernen Gedecke und den großen Löffel einschloß. Es sei erwähnt, daß der Schlüssel nie abgezogen wurde.

Den Garten, den die recht häßlichen Umbauten ein wenig entstellt hatten, zerschnitten vier Alleen, die krenzförmig von einer Senkgrube ausgingen. Eine andere Allee umgab den ganzen Garten und begleitete die weiße Mauer, die ihn umschloß.

Zwischen den Alleen lagen vier quadratische Beete, mit Buchsbaum umsäumt. In drei hatte Frau Magloire Gemüse gepflanzt; im vierten züchtete der Bischof Blumen. Hier und da wuchsen Obstbäume. Einmal hatte Frau Magloire mit behutsamer Bosheit gesagt: »Bischöfliche Hoheit, wo Sie alles verwerten, das Beet ist doch unnütz. Besser, Sie hätten davon Salatköpfe als Sträuße.«

»Frau Magloire«, antwortete der Bischof, »Sie irren sich. Das Schöne ist ebenso nützlich wie das Nützliche.« Und nach einer Pause: »Mehr noch vielleicht.«

Dieses drei oder vier schmale Streifen umfassende Beet beschäftigte den Herrn Bischof fast ebenso wie seine Bücher. Er brachte dort gern eine Stunde zu oder zwei, handhabte Schere und Jäthacke und stach hier und da in die Erde Löcher, in die er Samen steckte. Er war den Insekten nicht so Feind, wie ein Gärtner es gewünscht hätte. Sonst erhob er keinen Anspruch auf Botanik. Er war der Gruppen und der einzelnen Pflanzennamen unkundig, er versuchte gar nicht erst, sich für Tournefort oder das natürliche System zu entscheiden, er ergriff weder Partei für die Schläuche gegen die Samenlappen noch für Jussieu gegen Linné. Er studierte nicht die Pflanzen; er liebte die Blumen. Er hatte große Achtung vor den Gelehrten und noch größere vor den Ungelehrten, und ohne es in dieser Richtung oder in jener daran fehlen zu lassen, besprengte er die Streifen seines Beetes an jedem Sommerabend aus einer grünbemalten Blechkanne.

Das Haus hatte nicht eine einzige Tür, die mit einem Schlüssel versperrt wurde. Die Tür des Eßzimmers, das auf gleichem Boden nach dem Domplatz zu lag, war früher mit Schlössern und Riegeln ausgestattet gewesen wie eine Kerkertür. Der Bischof hatte all diesen Eisenbeschlag beseitigen lassen, und die Tür war nur durch eine Klinke verschlossen. Jeder Passant, zu welcher Stunde er auch vorbeikam, brauchte sie nur zu heben.

Zu Beginn hatte diese nie zugesperrte Tür die beiden Frauen sehr gestört. Aber der Bischof von Digne hatte zu ihnen gesagt: »Laßt doch Riegel an euren Zimmern anbringen, wenn ihr das wollt.« Sie hatten sodann sein Vertrauen geteilt oder wenigstens so getan, als ob sie es teilten. Nur Frau Magloire hatte hin und wieder Angst. Den Gedanken des Bischofs kann man erklärt oder doch angedeutet finden in den Zeilen, die er an den Rand einer Bibel geschrieben hat: »Das ist der Unterschied: Die Tür des Arztes darf nie verschlossen sein, die Tür des Priesters muß immer geöffnet sein.«

In einem anderen Buch mit dem Titel »Grundsätze der Heilkunde« hatte er angemerkt: »Bin ich nicht Arzt wie sie? Auch ich habe meine Kranken. Zunächst habe ich ihre, die sie die Kranken nennen, und dann habe ich meine, die ich die Unglücklichen nenne.«

An anderer Stelle hatte er wieder geschrieben: »Fragt den nicht nach dem Namen, der euch um ein Nachtlager bittet. Vor allem derjenige, dem sein Name Verlegenheit bereitet, braucht ein Obdach.«

Es traf sich, daß ein würdiger Pfarrer, ich weiß nicht mehr, ob es der Pfarrer aus Couloubroux oder der aus Pompierry war, auf den Gedanken kam, wahrscheinlich von Frau Magloire dazu angestiftet, ihn eines Tages zu fragen, ob Seine Gnaden auch ganz sicher sei, nicht bis zu einem gewissen Grade unvorsichtig zu sein, wenn Tag und Nacht seine Tür jedermann offenstehe, und ob er nicht kurzum befürchte, es könne in einem so schlecht behüteten Haus zu irgendeinem Unglück kommen. In mildem Ernst klopfte ihm der Bischof auf die Schulter und erwiderte: *»Nisi Dominus custadierit demum, in vanum vigilant qui custodiant eam.«* Dann sprach er von etwas anderem.

Er sagte häufig: »Es gibt die Tapferkeit des Priesters, wie es die des Dragonerobersten gibt. Nur muß die unsere eine Tapferkeit in der Stille sein.«

Cravatte

Hier hat ein Geschehnis seinen natürlichen Platz, das wir nicht übergehen sollten, denn es zählt zu denen, die am besten zeigen, was für ein Mensch der Bischof von Digne war.

Nach der Vernichtung der Bande des Gaspard Bès, der die Pässe von Ollioules beunruhigt hatte, floh einer seiner

Unterführer, Cravatte, in die Berge. Einige Zeit versteckte er sich mit seinen Banditen, dem Rest der Truppe des Gaspard Bès, in der Grafschaft Nizza, dann gelangte er in das Piemont, und plötzlich erschien er wieder in Frankreich, in der Gegend von Barcelonnette. Man sah ihn im Jauziers zuerst, dann in Les Tuiles. Er verkroch sich in den Höhlen des Joug-de-l'Aigle und stieg von dort durch die Schluchten von Ubaye und Ubayette zu den Weilern und Dörfern ab. Er stieß sogar bis Embrun vor, drang eines Nachts in den Dom ein und räumte die Sakristei aus. Seine Raubzüge verheerten das Land. Die Gendarmerie saß ihm im Nacken, aber vergeblich jagte sie ihn. Er entrann immer; mehrfach widersetzte er sich mit aller Kraft. Dieser Elende war kühn. Mitten in all dem Schrecken kam der Bischof. Er war auf der Reise nach Chastelar. Der Bürgermeister suchte ihn auf und redete ihm zu, alsbald umzukehren. Cravatte beherrschte das Gebirge bis zur Arche und darüber hinaus. Sogar mit einer Eskorte drohte Gefahr. Das hieß das Leben von drei oder vier unglücklichen Gendarmen aufs Spiel setzen.

»Ich will ja auch ohne Eskorte gehn«, sagte der Bischof.

»Denken Sie im Ernst daran, Bischöfliche Gnaden?« rief der Bürgermeister.

»Ich denke so sehr daran, daß ich durchaus keine Gendarmen will und in einer Stunde aufbrechen werde.«

»Allein?«

»Allein.«

»Bischöfliche Gnaden, das werden Sie nicht tun.«

»Es liegt da im Gebirge«, fuhr der Bischof fort, »eine bescheidene, winzige Gemeinde, so groß ist sie nur. Seit drei Jahren habe ich sie nicht gesehen. Das sind meine guten Freunde. Sanfte, ehrbare Hirten. Sie besitzen eine Ziege unter dreißig, die sie weiden. Sie machen sehr hübsche Wollschnüre in verschiedenen Farben und spielen Berglieder auf kleinen Flöten mit sechs Löchern. Sie haben das Bedürfnis, daß man ihnen ab und zu vom lieben Gott spricht. Was würden sie von einem Bischof sagen, der Furcht hat? Und was würden sie sagen, wenn ich nicht zu ihnen ginge?«

»Aber, Bischöfliche Gnaden, die Räuber? Wenn Sie den Räubern begegnen!«

»Ach«, sagte der Bischof, »ich habe daran gedacht. Sie haben recht. Ich kann ihnen begegnen. Auch sie muß es verlangen, vom lieben Gott zu hören.«

»Bischöfliche Gnaden, es ist eine Bande! Ein Wolfsrudel!«

»Herr Bürgermeister, zum Hirten gerade dieser Herde bin ich vielleicht von Jesus erkoren. Wer kennt die Wege der Vorsehung?«

»Bischöfliche Gnaden, sie werden Sie ausplündern.«

»Ich habe nichts.«

»Sie werden Sie töten.«

»Einen biederen alten Priester, der vorübergeht und seine frommen Sprüchlein murmelt? Bah! Was hätten sie davon?«

»Oh, mein Gott, wenn Sie mit ihnen zusammenträfen!«

»Ich werde sie um ein Almosen für meine Armen bitten.«

»Bischöfliche Gnaden, gehen Sie nicht, um des Himmels willen! Sie wagen Ihr Leben.«

»Herr Bürgermeister«, sagte der Bischof, »ist es bestimmt nur das? Ich bin nicht auf der Welt, mein Leben zu behüten, sondern Seelen. «

Man mußte ihn gewähren lassen. Er brach auf, nur von einem Kind begleitet, das sich erbot, ihm als Führer zu dienen. Von seiner Hartnäckigkeit wurde im Lande herumerzählt, und man erschrak darüber.

Er wollte weder seine Schwester noch Frau Magloire mitnehmen. Er durchquerte das Gebirge auf einem Maultier, begegnete niemandem und kam heil und gesund zu seinen »guten Freunden«, den Hirten. Vierzehn Tage blieb er bei ihnen, predigte, spendete die Sakramente, lehrte und redete den Menschen ins Gewissen.

Als seine Abreise nahte, entschloß er sich, ein feierliches Tedeum zu singen. Er sprach darüber mit dem Pfarrer. Aber wie sollte er es tun? Er hatte keinen bischöflichen Ornat. Man konnte ihm nur eine kärgliche Dorfsakristei und einige alte, abgetragene damastene Meßgewänder, die mit falschen Goldborten geziert waren, zur Verfügung stellen.

»Bah!« sagte der Bischof. »Herr Pfarrer, kündigen wir dennoch von der Kanzel unser Tedeum an! Es wird schon gehen.«

Man suchte in den Kirchen der Umgegend. Die vereinigte Pracht aller dieser demütigen Pfarrkirchen hätte nicht ausgereicht, einen Domsänger geziemend zu bekleiden.

Als man in solcher Verlegenheit war, wurde eine große Kiste für den Herrn Bischof im Pfarrhaus abgesetzt. Zwei unbekannte Reiter hatten sie gebracht, die sich sofort wieder entfernten. Man öffnete die Kiste; sie enthielt einen Chorrock von Goldstoff, eine mit Diamanten geschmückte Mitra, ein erzbischöfliches Kreuz, einen prunkvollen Krummstab, alle die hohepriesterlichen Gewänder, die einen Monat zuvor aus dem Schatz der Notre-Dame in Embrun gestohlen worden waren.

In der Kiste lag ein Zettel, auf dem geschrieben stand: »Cravatte für Gnaden Bienvenu.«

»Sagte ich nicht, es werde schon gehen?« lächelte der Bischof. »Wer sich mit dem Chorhemd eines Pfarrers begnügt, dem schickt Gott den Chorrock eines Erzbischofs.«

»Bischöfliche Gnaden«, flüsterte der Pfarrer und schüttelte, wobei auch er lächelte, den Kopf, »Gott – oder der Teufel.«

Der Bischof sah den Pfarrer fest an und erwiderte mit Nachdruck: »Gott!«

Als er nach Chastelar zurückkam, strömte man herbei, ihn zu betrachten. Er fand im Pfarrhaus von Chastelar Fräulein Baptistine und Frau Magloire, die ihn erwarteten, und sagte zu seiner Schwester: »Nun, hatte ich recht? Der arme Priester ist mit leeren Händen zu den armen Bergbauern gereist und kehrt mit vollen Händen wieder. Als ich aufbrach, trug ich nur mein Gottvertrauen bei mir; ich bringe einen Domschatz heim.«

Abends, bevor er schlafen ging, sagte er noch: »Wir wollen uns weder vor Dieben fürchten noch vor Mördern. Das sind die Gefahren von außen, die kleinen Gefahren. Fürchten wir uns vor uns selbst! Die Vorurteile sind die Diebe, die Laster die Mörder. Die großen Gefahren sind in unserem Innern. Was kommt es darauf an, was unseren Kopf oder unsere Börse bedroht? Denken wir nur an das, was unsere Seele bedroht!«

Und zu seiner Schwester gewandt: »Meine Schwester, der Priester darf nie Vorsicht gegenüber dem Nächsten walten lassen. Was der Nächste tut, erlaubt Gott. Begnügen wir uns damit, zu Gott zu beten, wenn wir meinen, eine Gefahr komme über uns. Beten wir zu ihm, nicht für uns, sondern daß unser Bruder unseretwegen nicht in Sünde verfällt.«

Übrigens ereignete sich selten etwas in seinem Dasein. Wir berichten, was wir wissen, aber für gewöhnlich verbrachte er sein Leben damit, stets die gleichen Dinge zur gleichen Zeit zu tun. Ein Monat seines Jahres war wie eine Stunde seines Tages.

Die Frage, was aus dem »Schatz« der Kathedrale wurde, wäre schwierig zu beantworten. Es waren sehr schöne Dinge, und es verlockte sehr, sie zum Nutzen der Unglücklichen zu stehlen. Zudem waren sie ja schon gestohlen. Das halbe Abenteuer war bestanden. Es handelte sich nur noch darum, die Richtung des Diebesgutes zu ändern und es ein kleines Stück Wegs zu den Armen gehen zu lassen. In dieser Beziehung schweigen wir uns aus. Unter den Aufzeichnungen des Bischofs hat man eine einigermaßen dunkle Notiz gefunden, die vielleicht dieser Affäre gilt und also lautet: »Entscheiden, ob dem Dom zurückzugeben oder dem Spital zu überweisen.«

Philosophie nach dem Trinken

Der Senator, von dem wir bereits weiter vorn sprachen, war ein erfahrener Mann. Seinen Weg hatte er mit einer Geradheit gemacht, die all diese hinderlichen Begegnungen mit dem Gewissen, dem Treueschwur, der Gerechtigkeit und der Pflicht nicht achtete. Unbeirrbar war er auf sein Ziel losgegangen, ohne auch nur ein einziges Mal auf der Bahn seines Aufrückens und seines Vorteils zu straucheln. Er war ein ehemaliger Staatsanwalt, den der Erfolg gerührt hatte, keineswegs ein schlechter Mensch, und seinen Söhnen, seinen Schwiegersöhnen, seinen Verwandten, sogar seinen Freunden erwies er kleine Gefälligkeiten, wo er nur konnte. Dem

Leben hatte er klug die schönsten Seiten, die besten Gelegenheiten, die Glücksfälle abgewonnen. Alles übrige kam ihm ziemlich dumm vor. Er war geistreich und gerade so gebildet, daß er sich für einen Schüler Epikurs hielt, und war vielleicht doch nur ein Produkt von Pigault-Lebrun. Gern und liebenswürdig lachte er über die unendlichen und ewigen Dinge, über die »Hirngespinste des guten Bischofs«. Bisweilen lachte er freundlich autoritär darüber vor Herrn Myriel selbst, der ihm lauschte.

Anläßlich irgendeiner halboffiziellen Feierlichkeit mußten der Graf (ebendieser Senator) und Herr Myriel beim Präfekten speisen. Beim Nachtisch rief der Senator, ein wenig angeheitert, obwohl immer noch würdevoll: »Bei Gott, Herr Bischof, unterhalten wir uns. Ein Senator und ein Bischof können sich doch nur schwerlich ansehen, ohne zu blinzeln. Wir sind zwei Auguren. Ich muß Ihnen gestehen, ich habe auch meine Philosophie.«

»Und Sie haben recht«, antwortete der Bischof. »Wie man philosophiert, so schläft man. Sie liegen auf dem purpurnen Bett, Herr Senator.«

Ermutigt versetzte der Senator: »Seien wir nett zueinander.«

»Meinetwegen sogar sehr«, meinte der Bischof.

»Ich sage Ihnen«, fuhr der Senator fort, »der Marquis d'Argens, Pyrrho, Hobbes und Naigeon sind keine Schufte. In meiner Bibliothek stehen alle meine Philosophen mit Goldschnitt.«

»Wie Sie selber, Herr Graf«, unterbrach ihn der Bischof.

Der Senator ließ sich nicht beirren: »Ich hasse Diderot. Er ist ein Schwärmer, ein Phrasendrescher und ein Revolutionär, im Grunde gottgläubig und bigotter als Voltaire. Voltaire hat sich über Needham lustig gemacht, und er hatte unrecht, denn Needhams Aale beweisen, daß Gott überflüssig ist. Ein Tropfen Essig auf einen Löffel Teig ersetzt das *Fiat lux*. Nehmen Sie Tropfen und Löffel größer an, und Sie haben die Welt. Der Mensch ist der Aal. Wozu dann noch Gott Vater? Herr Bischof, die Hypothese mit Jehova langweilt mich. Sie bringt nur magere Leute hervor, die Grillen fangen. Nieder mit dem großen Alles, es ärgert mich! Es lebe Null, die läßt mich in Ruhe! Unter uns gesagt, und um mich mal richtig auszuquatschen und um meinem Seelenhirten zu beichten, wie es sich gehört, gestehe ich Ihnen, ich folge meinem gesunden Menschenverstand. Ich bin nicht verrückt auf Ihren Jesus, der bei jeder Gelegenheit Verzicht und Opfer predigt. Ein Geizkragen rät Bettlern Verzicht! Warum? Opfer! Wozu? Ich habe noch nicht erlebt, daß sich ein Wolf für das Glück eines anderen Wolfes aufopfert. Bleiben wir doch bei der Natur. Wir stehen auf dem Gipfel, haben wir also auch die überlegene Philosophie? Wozu ist man oben, wenn man nicht über die Nasenspitze der anderen hinaussieht? Leben wir fröhlich. Das Leben ist alles. Daß der Mensch noch eine Zukunft hat, woanders, da oben, da unten, irgendwo, davon glaube ich kein Sterbenswörtchen. Ach, mir werden Opfer und Verzicht empfohlen, ich soll auf alles achten, was ich tue, ich soll mir den Kopf über Gut und Böse zerbrechen, über Gerechte und Ungerechte, über *fas* und *nefas.* Warum? Weil ich Rechenschaft über meine Taten abzulegen habe. Wann? Nach meinem Tod. Was für ein Hirngespinst! Wer mich nach meinem Tod erwischen will, muß früher aufstehen. Lassen Sie doch eine Hand aus Schatten eine Handvoll Asche aufheben. Sagen wir die Wahrheit, wir, die wir Eingeweihte sind und der Isis den Rock gelüpft haben: Es gibt weder Gut noch Böse, es gibt nur vegetierendes Leben. Suchen wir das Wirkliche. Ergründen wir es ganz. Gehen wir den Dingen auf den Grund, zum Teufel noch mal! Die Wahrheit muß man wittern, unter der Erde aufstöbern und packen. Dann gewährt sie einem erlesene Freuden. Dann wird unsereins stark und lacht. Ich habe festen Boden unter den Füßen. Die Unsterblichkeit des Menschen, Herr Bischof, ist eine sehr unsichere Hoffnung. Oh, das wäre ein Narr, der sich auf dieses Versprechen verließe. Der arme gefoppte Adam! Unsereins ist Seele, wird Engel, und es wachsen einem blaue Flügel aus den Schultern. Helfen Sie mal meinem Gedächtnis nach. Sagt nicht Tertullian, die Seligen wanderten von einem Stern zum anderen? Meinetwegen. Dann sind wir die Heuschrecken der Sterne. Und erblicken Gott. Ach, was! Alle diese

Paradiese sind lauter läppisches Zeug. Gott ist ein ungeheures Geschwafel. Ich würde das keineswegs im ›Moniteur‹ sagen, beileibe nicht! Aber ich flüstere es unter Freunden. *Inter pocula.* Die Erde dem Paradies opfern heißt die Beute um des Schattens willen fahrenlassen. Sich vom Unendlichen an der Nase herumfahren lassen! So dumm bin ich nun doch nicht. Ich bin nichts. Ich heiße Herr Graf Nichts, Senator. War ich vor meiner Geburt? Nein. Werde ich nach meinem Tod sein? Nein. Was bin ich? Ein bißchen Staub, den ein Organismus angehäuft hat. Was habe ich auf dieser Erde zu tun? Ich habe die Wahl. Leiden oder genießen. Wohin führt mich das Leiden? Ins Nichts! Aber ich habe gelitten. Wohin führt mich der Genuß? Ins Nichts. Aber ich habe genossen. Meine Wahl ist getroffen. Man muß fressen oder wird gefressen. Ich fresse. Es ist besser, der Zahn zu sein als das Gras dazwischen. Solcherart ist meine Weisheit. Danach mag die Sache gehen, wie sie kann, der Totengräber wartet auf die einen, das Pantheon auf die anderen, alles plumpst ins große Loch. Schluß. *Finis.* Völlige Auflösung. Das ist der Ort des Verschwindens. Der Tod ist tot, glauben Sie mir. Daß mir dort jemand etwas zu sagen hat, bringt mich zum Lachen, wenn ich bloß daran denke. Ammenmärchen. Den Schwarzen Mann für die Kinder, Jehova für die Großen. Nein, unsere Zukunft ist Nacht. Jenseits des Grabes wartet nur noch ein und dasselbe Nichts. Ob Sie Sardanapal oder Vincentius a Paulo waren, das läuft auf das gleiche Nichts hinaus. Das ist die Wahrheit. Vor allem leben Sie! Bedienen Sie sich Ihres Ichs, solange Sie es haben. Wahrlich, ich sage Ihnen, Herr Bischof, ich habe meine Philosophie, und ich habe meine Philosophen. Mit Possen lasse ich mir nicht um den Bart gehen. Trotzdem muß es schon etwas für die geben, die unten sind, für die Habenichtse, die armen Schlucker, die Elenden. Sie bekommen die Heiligenlegenden zu schlucken, die Hirngespinste, die Seele, die Unsterblichkeit, das Paradies und die Sterne. Das kauen sie. Das streichen sie sich auf ihr trockenes Brot. Wer nichts besitzt, hat den lieben Gott. Das ist das mindeste. Ich stelle mich dem nicht entgegen, aber für mich behalte ich Herrn Naigeon. Der liebe Gott ist gut für das Volk.«

Der Bischof klatschte in die Hände. »Das nenne ich reden!« rief er. »Dieser Materialismus ist doch vortrefflich, wirklich ausgezeichnet! Nicht jeder kennt sich darin aus. Und wer Bescheid weiß, wird nicht mehr zum Narren gehalten. Man läßt sich nicht einfach verbannen wie Cato oder steinigen wie Stephanus oder bei lebendigem Leibe verbrennen wie Jeanne d'Arc. Die, denen es geglückt ist, sich dieses wunderbaren Materialismus zu bemächtigen, haben die Freude, aller Verantwortung ledig zu sein, sie meinen, sie könnten alles an sich reißen, die Stellen, die Sinekuren, die Ehrenämter, die gut oder schlecht erlangte Macht, ihnen sei alles erlaubt, die einträglichen Widerrufe, die ersprießlichen Verrätereien, die köstlichen Abfindungen mit dem Gewissen, und sie würden erst ins Grab gelegt, wenn sie alles verdaut haben. Wie angenehm das doch ist! Ich sage das nicht Ihretwegen, Herr Senator. Indes ist es mir unmöglich, Sie nicht zu beglückwünschen, Ihr hohen Herren, Sie sagen es selbst, habt eure eigene auserlesene, raffinierte Philosophie, die nur den Reichen zugänglich, zu allem brauchbar ist und den Wonnen des Lebens die rechte Würze verleiht. Diese Philosophie ist aus den Tiefen hervorgeholt, von besonderen Suchern ausgegraben worden. Aber ihr seid herzensgut und mißbilligt nicht, daß der Glaube an den lieben Gott die Philosophie des Volkes ist, etwa so, wie die mit Kastanien gefüllte Gans die getrüffelte Pute des Armen ist.«

Wie die Schwester den Bruder sieht

Um eine Vorstellung vom Familienleben des Herrn Bischof von Digne zu vermitteln, von der Art und Weise, in der diese beiden frommen Jungfern ihre Handlungen, ihre Gedanken, ja sogar ihre Instinkte leicht zu erschreckender Frauen den Gepflogenheiten und Absichten des Bischofs unterordneten, ohne daß er viel Worte machen mußte, können wir nichts Besseres tun, als hier einen Brief von Fräulein Baptistine an ihre Jugendfreundin, die Vicomtesse de Boischevron, wiederzugeben. Dieser Brief befindet sich in unserem Besitz.

»Digne, den 16. Dezember 18. . . Liebe, gnädige Frau, kein Tag vergeht, an dem wir nicht von Ihnen sprechen. Das ist so unsere Gewohnheit, aber es gibt noch einen Grund mehr dafür. Stellen Sie sich vor, als Frau Magloire die Zimmerdecken und Wände abwaschen und abreiben wollte, hat sie etwas entdeckt. Jetzt würden unsere beiden Zimmer mit den alten, weißgetünchten Tapeten nicht einmal ein Schloß wie Ihres verunstalten. Frau Magloire hat die ganze Tapete abgerissen. Darunter kam's zum Vorschein. Mein Salon, in dem keine Möbel stehen und wo wir die Wäsche zum Trocknen aufhängen, ist fünfzehn Fuß hoch und mißt achtzehn Fuß im Quadrat. Die Zimmerdecke war früher vergoldet und wird von sichtbaren Balken getragen, wie bei Ihnen. Ein Vorhang, der noch vom Spital stammte, hatte das Ganze verdeckt. Und da sind auch noch Holztäfelungen aus der Zeit unserer Großmütter. Aber mein Zimmer sollten Sie erst einmal sehen. Frau Magloire hat unter mindestens zehn darübergeklebten Tapetenlagen Malereien entdeckt, die zwar nicht überwältigend, aber immerhin ganz passabel sind. Telemach wird darauf von Minerva zum Ritter geschlagen, außerdem ist er noch in den Gärten von ..., der Name ist mir entfallen, zu sehen. Schließlich, wohin sich die römischen Frauen in einer einzigen Nacht begaben. Was soll ich Ihnen sagen? Ich habe Römer, Römerinnen« (hier folgt ein unleserliches Wort) »mit allem Drum und Dran. Frau Magloire hat alles gesäubert, und im Sommer will sie ein paar kleine Schäden ausbessern, das Ganze wieder überfirnissen, und dann wird das Zimmer ein richtiges Museum sein. In einem Winkel auf dem Dachboden hat sie auch zwei altertümliche Wandtischchen aus Holz gefunden. Sie neu vergolden zu lassen hätte zwei Laubtaler gekostet, aber es ist wohl besser, das den Armen zu geben. Zudem sind sie grundhäßlich, und ich möchte lieber einen runden Tisch aus Mahagoni haben.

Nichtsdestoweniger bin ich sehr glücklich. Mein Bruder ist so gut. Alles, was er hat, verschenkt er an Bedürftige und Kranke. Wir haben nie Geld. Den Winter über ist das Leben in dieser Gegend hart, und man muß schon etwas für die tun, die Mangel leiden. Alles in allem reicht es ja bei uns für

Feuerung und Licht. Sie sehen, das sind große Annehmlichkeiten.

Mein Bruder hat so seine Gewohnheiten. Wenn er sich mit uns unterhält, meint er, ein Bischof müsse so sein. Stellen Sie sich vor, die Haustür wird nie abgeschlossen. Es trete ein, wer will, und sogleich ist er bei meinem Bruder. Er fürchtet nichts, nicht einmal die Nacht. Das ist seine Art, tapfer zu sein, wie er sagt.

Er mag es nicht, daß ich mich um ihn sorge oder daß Frau Magloire Angst hat. Er setzt sich allen Gefahren aus, und wir sollen uns nicht einmal anmerken lassen, daß wir darum wissen. Man muß es verstehen, ihn zu begreifen.

Er geht bei Regen aus, er läuft durch das Wasser, er reist im Winter. Weder durch die Nacht noch durch gefährliche Wege oder Begegnungen läßt er sich abschrecken.

Im vorigen Jahr hat er sich ganz allein in eine Gegend voller Diebe begeben. Er wollte uns nicht mitnehmen. Zwei Wochen blieb er weg. Bei seiner Rückkehr fehlte ihm nichts, man hielt ihn für tot, und er war gesund. ›So bin ich bestohlen worden!‹ sagte er und machte einen Koffer auf, in dem alle Kleinodien aus der Kathedrale von Embrun lagen. Die Diebe hatten sie ihm gegeben.

Wie er diesmal zurückkam, bin ich ihm mit ein paar von seinen Freunden zwei Meilen entgegengegangen und mußte ihn einfach ein wenig schelten. Dabei habe ich darauf geachtet, nur zu reden, wenn die Kutsche rumpelte, damit niemand anders zuhören konnte.

In der ersten Zeit habe ich mir gesagt: Es gibt keine Gefahr, die ihn aufhalten könnte, er ist schrecklich. Jetzt habe ich mich schließlich daran gewöhnt. Frau Magloire gebe ich einen Wink, damit sie ihm nicht widerspricht. Er setzt sich der Gefahr aus, wie er will. Wenn ich auf mein Zimmer gehe, nehme ich Frau Magloire mit, bete für ihn und schlafe ein. Ich bin ruhig, weil ich wohl weiß, daß es mein Ende wäre, stieße ihm ein Unglück zu. Mit meinem Bruder und meinem Bischof würde ich vor unseren Herrgott hintreten. Frau Magloire konnte sich nicht so leicht wie ich mit dem abfinden, was sie seine Unvorsichtigkeiten nennt. Aber jetzt ist das zur Gewohnheit geworden. Wir beten alle beide, ängstigen uns miteinander und schlafen ein. Der Teufel könnte das Haus betreten, und niemand würde ihm wehren. Wovor fürchten wir uns eigentlich in diesem Hause? Es ist doch immer jemand bei uns, und der ist der Stärkste. Der Teufel kann hereinkommen, aber der Herrgott bewohnt es.

Das genügt mir. Mein Bruder braucht mir jetzt nichts mehr zu sagen, ich verstehe ihn auch so, und wir geben uns ganz der Vorsehung anheim.

So muß man mit einem Menschen leben, dem der Sinn nach Großem steht.

Ich habe meinen Bruder wegen der Familie de Faux befragt, über die Sie mich um Auskunft baten. Ihnen ist ja bekannt, was er alles weiß und daß er sich in seiner unverbrüchlichen Treue zum Königshaus an vieles erinnert. Sie ist wirklich eine sehr alte normannische Familie aus dem Steuerbezirk Caen. Vor fünfhundert Jahren gab es einen Raoul de Faux, einen Jean de Faux und einen Thomas de Faux. Sie waren Edelleute, und einer von ihnen brachte es zum Herrn von Rochefort. Der letzte, Guy Étienne-Alexandre, war Regimentsoberst und etwas bei der leichten bretonischen Reiterei. Seine Tochter Marie-Louise hat Adrien-Charles de Gramont geheiratet, den Sohn von Louis, Herzog von Gramont, Pair von Frankreich, Oberst der Gardes françaises und Generalleutnant des Heeres. Sie schreiben sich Faux, Fauq und Faoucq.

Liebe, gnädige Frau, bitten Sie Ihren gottseligen Verwandten, den Herrn Kardinal, daß er uns in seine Gebete einschließt. Ihre liebe Sylvanie hat gut daran getan, mir in der kurzen Zeit, die sie bei Ihnen weilt, nicht auch noch zu schreiben. Daß sie wohlauf ist, nach Ihren Wünschen arbeitet und mich noch immer liebt, ist alles, was ich möchte. Über ihren Gruß, den Sie mir übermittelten, habe ich mich sehr gefreut. Gesundheitlich kann ich nicht gerade klagen, aber dennoch magere ich von Tag zu Tag mehr ab. Leben Sie wohl, das Papier geht mir aus, und ich muß mich verabschieden. Viele herzliche Grüße Baptistine

PS – Ihre Frau Schwägerin ist mit ihrer kleinen Familie noch immer hier. Ihr Großneffe ist reizend. Wissen Sie, daß er bald fünf wird? Gestern sah er ein Pferd mit bandagierten Fesseln vorbeikommen und fragte: »Was hat es denn an den Knien?« Ein allerliebstes Kind! Sein Brüderchen zerrt einen alten Besen als Kutsche durch die Wohnung und ruft dazu: ›Hottehüh!‹«

Wie aus diesem Brief zu ersehen ist, paßten sich die beiden Frauen der Lebensweise des Bischofs mit jener besonderen Gabe der Frau an, die den Mann besser versteht als der Mann sich selbst. Der Bischof von Digne, dieser milde und offenherzige Mensch, der sich stets gleichblieb, vollbrachte bisweilen große, kühne und herrliche Dinge und schien nicht die geringste Ahnung davon zu haben. Sie zitterten um ihn, aber sie ließen ihn gewähren. Mitunter versuchte Frau Magloire, ihm Vorhaltungen zu machen, doch nur vor, nie während oder nach einer Handlung von ihm. Nie wurde er, und sei es auch nur durch einen Wink, bei einem begonnenen Werk gestört. In gewissen Augenblicken, ohne daß er es sagen mußte – vielleicht war es ihm selbst bei seiner schlichten Gemütsart nicht einmal bewußt –, spürten sie, daß er als Bischof handelte. Dann waren sie nur noch zwei Schatten im Haus. Sie dienten ihm bedingungslos, und wenn Gehorsam darin bestand, unsichtbar zu werden, so wurden sie unsichtbar. Sie wußten aus einem wunderbar feinfühligen Instinkt heraus, daß eine gewisse Fürsorge lästig sein kann. Selbst wenn sie ihn in Gefahr glaubten, begriffen sie, ich will nicht sagen, seine Gedanken, aber doch sein Wesen so weit, daß sie nicht mehr über ihn wachten. Sie vertrauten ihn Gott an.

Übrigens sagte Baptistine, wie soeben zu lesen war, daß das Ende ihres Bruders auch das ihre sei. Frau Magloire sprach es nicht aus, aber sie wußte es.

Zu einer anderen Zeit tat er etwas, was, wenn man die Bürger der Stadt hörte, noch gefahrvoller war als sein Spaziergang über die Berge der Banditen.

Auf dem Land nahe bei Digne hauste einsam ein Mann. Er war, wir wollen das schwerwiegende Wort nicht scheuen, ein ehemaliges Konventsmitglied und hieß G. Man redete von ihm in der kleinen Gesellschaft von Digne mit einem gewissen Schauder. Ein Mitglied des Konvents, kann sich einer das vorstellen? So etwas lebte aus den Tagen nach, wo man einander duzte und Bürger nannte. Dieser Mann war sozusagen ein Ungeheuer. Er hatte den Todesspruch gegen den König nicht bejaht, aber doch fast. Er war ein Fast-Königsmörder. Er war furchtbar gewesen. Warum hat man nicht bei der Rückkehr der legitimen Fürsten den Mann vor ein Ausnahmegericht gestellt? Man hätte ihm den Kopf nicht abgehauen. Milde ist empfehlenswert, gut; aber lebenslängliche Verbannung wäre die rechte Strafe gewesen. Ein Beispiel endlich! Und so fort. Im übrigen war er ein Gottloser, wie alle diese Leute. Geschnatter der Gänse über den Geier!

Und war G. ein Geier? Ja, wenn man ihn nach der Ungeselligkeit beurteilte, mit der er sich absonderte. Da er nicht für den Tod des Königs gestimmt hatte, war er von den Verbannungsdekreten nicht betroffen worden und hatte in Frankreich bleiben können.

Er wohnte drei Viertelstunden vor der Stadt, fern jedem Weiler und jedem Weg, in irgendeiner verlorenen Senke eines sehr wilden Tales. Er hatte da, wie man sagte, eine Art Feld, ein Loch, eine Höhle. Keine Nachbarn; nicht einmal Passanten. Seit er sich in diesem Tal niedergelassen hatte, war der Pfad, der dahin führte, unter Gras verschwunden. Man gedachte dieses Winkels, als wäre dort das Haus eines Henkers.

Der Bischof jedoch schaute sinnend ab und zu über den Horizont nach dem Ort, an dem eine Baumgruppe das Tal des alten Konventsmitglieds andeutete, und sagte: »Da drüben ist eine Seele allein.« Und insgeheim fügte er hinzu: »Ich habe die Pflicht, ihn zu besuchen.«

Aber, gestehen wir es, diese im ersten Augenblick natürliche Idee schien ihm nach kurzer Überlegung sonderbar, unmöglich und fast abschreckend. Denn im Grunde schloß er sich dem allgemeinen Eindruck an, und das Konventsmitglied erregte in ihm, ohne daß er sich darüber klare Rechenschaft gab, ein Gefühl, das gewissermaßen die Grenze des Hasses ist und durch das Wort Abneigung so gut wiedergegeben wird. Darf indes der Schafhirt zurückweichen, wenn ein Lamm die Räude hat? Nein. Aber was für ein Lamm war dieses? Der gute Bischof war ratlos. Manchmal begann er in jene Richtung zu gehen, dann kam er wieder.

Eines Tages verbreitete sich das Gerücht, eine Art von Hirtenknabe, der den Konventsabgeordneten in seinem schmutzigen Neste bediente, sei gekommen, einen Arzt zu holen. Der alte Verbrecher liege im Sterben, fortschreitende Erstarrung der Glieder überwältige ihn, und er werde die Nacht nicht überleben. »Gott sei Dank!« setzten einige hinzu.

Der Bischof nahm seinen Stock, legte seinen Überzieher an, weil, wie wir schon sagten, sein Priesterrock zu abgenutzt war und bald der Abendwind wehen mußte, und ging.

Die Sonne sank und berührte fast den Horizont, als der Bischof an den durch den Bann verpönten Ort kam. Mit einigem Herzklopfen erkannte er, daß er nahe dem Versteck des wilden Tieres war. Er kletterte über einen Graben, durchquerte eine Hecke, klappte einen hölzernen Riegel auf, betrat ein verwahrlostes Gärtchen, machte kühn ein paar Schritte, und plötzlich sah er hinter dem Brachfeld die Höhle, die hohes Gestrüpp umwucherte. Es war eine ganz niedrige, ärmliche, kleine, saubere Hütte mit einem vor die Außenwand genagelten Weingatter.

Vor der Tür saß in einem alten Rollstuhl, einem bäuerlichen Sessel, ein weißhaariger Mann, der in die Sonne lächelte. Neben dem Greis stand ein junger Bursche, der kleine Hirt. Er reichte dem Greis einen Napf Milch.

Indes der Bischof ihn ansah, erhob der Greis seine Stimme: »Danke, ich brauche nichts mehr.« Und sein Lächeln glitt von der Sonne ab, um auf dem Kinde zu haften.

Der Bischof trat vor. Bei dem Geräusch, das er im Gehen machte, wandte der sitzende alte Mann den Kopf um, und sein Gesicht drückte alles Maß von Überraschung aus, das man nach einem langen Leben empfinden kann. »Zum erstenmal, seit ich hier bin«, sagte er, »besucht mich jemand. Wer sind Sie, mein Herr?«

Der Bischof antwortete: »Ich heiße Bienvenu Myriel.«

»Bienvenu Myriel! Den Namen habe ich schon gehört. Sind Sie es, den das Volk Gnaden Bienvenu nennt?«

»Der bin ich.«

Der Greis entgegnete mit halbem Lächeln: »Dann sind Sie mein Bischof?«

»Ein wenig.«

»Treten Sie näher, mein Herr.«

Der Konventsabgeordnete hielt dem Bischof die Hand hin, aber der Bischof nahm sie nicht. Er beschränkte sich darauf, zu sagen: »Ich bin zufrieden zu sehen, daß man mich getäuscht hatte. Sie scheinen mir durchaus nicht krank.«

»Mein Herr«, erwiderte der Greis, »ich werde wieder genesen.«

Nach einer Pause sagte er: »In drei Stunden werde ich sterben.«

Dann fuhr er fort: »Ich bin ein wenig Arzt; ich weiß, wie die letzte Stunde herankommt. Gestern waren mir nur die Füße kalt, heute hat die Kälte die Knie erfaßt; jetzt fühle ich, wie sie mir bis zum Gürtel steigt; wenn sie am Herzen ist, wird mein Puls stillstehn. Die Sonne ist schön, nicht wahr? Ich habe mich hier hinausfahren lassen, um ein letztes Mal die Welt zu schauen. Sie können mit mir sprechen, das strengt mich nicht an. Sie tun wohl, daß Sie gekommen sind, einen Menschen zu betrachten, der sterben wird. Es ist gut, daß dieser Augenblick Zeugen hat. Man hat so seine närrischen Einfälle; ich hätte bis zum Tagesanbruch leben wollen. Aber ich weiß, daß ich kaum noch drei Stunden vor mir habe. Es wird Nacht werden. Aber was liegt daran? Scheiden ist so einfach. Dazu braucht man nicht den Morgen. Sei es. Ich werde unter freiem Himmel sterben.«

Der Greis drehte sich nach dem Hirtenknaben um. »Du

gehst zu Bett. Du hast in der vorigen Nacht gewacht. Du mußt müde sein.«

Das Kind ging in die Hütte. Der Greis folgte ihm mit den Augen und setzte, als rede er mit sich selbst, hinzu: »Indes er schläft, werde ich sterben. Die beiden Formen des Schlafs können gute Nachbarschaft halten.«

Der Bischof war nicht bewegt, wie er, so scheint es, hätte sein können. Er glaubte nicht, Gott in dieser Art des Sterbens zu fühlen. Sagen wir es offen, denn die kleinen Widersprüche in großen Herzen wollen, daß man auf sie hinweist wie auf alles andere: Er, der mitunter über den Titel Seine Hoheit so gern lachte, war etwas verdrossen, daß er nicht Bischöfliche Gnaden genannt wurde, und hätte fast erwidert: Bürger. Ein Verlangen nach grober Ungeniertheit wandelte ihn an, wie sie bei Ärzten und Priestern häufig ist, die er aber nicht gewohnt war. Dieser Mann, dieses Konventsmitglied, dieser Volksvertreter war trotz allem ein Mächtiger der Erde gewesen; und vielleicht zum erstenmal in seinem Leben war er in einer Laune, die ihn zur Strenge reizte.

Der Konventsabgeordnete indes sah ihn mit einer bescheidenen Herzlichkeit an, in der man wohl die Demut hätte spüren können, die sich für den Menschen schickt, der so nahe daran ist, sich in Staub aufzulösen.

Der Bischof seinerseits prüfte, obgleich er sich sonst vor der Neugier hütete, die seiner Meinung nach an Beschimpfung grenzte, das Konventsmitglied, ohne es zu wollen, mit einer Aufmerksamkeit, deren Ursprung nicht Sympathie war. Jedem anderen gegenüber hätte ihn sein Gewissen ihretwegen zweifellos getadelt. Ein Abgeordneter des Konvents wirkte auf ihn eigentlich wie ein Mensch außerhalb des Gesetzes, sogar außerhalb des Gesetzes des Mitleids.

G. war ruhig, von fast geradem Wuchs und mit schwingender Stimme, einer jener Achtzigjährigen, über die der Physiologe staunt. Die Revolution hatte eine große Zahl solcher Männer hervorgebracht, die dem Zeittyp gemäß waren. Man witterte in ihm den Vielgeprüften. Dem Verlöschen so nahe, hatte er noch immer die Gesten der Gesundheit. In seinem klaren Blick, seiner festen Sprache, dem robusten

Recken seiner Schultern war etwas, was den Tod bestürzen mußte. Azraël, der mohammedanische Grabesengel, wäre umgekehrt und hätte geglaubt, er habe sich in der Tür geirrt. G. schien zu sterben, weil er es wollte. Es war Freiheit in seinem Todeskampf. Nur die Beine starben ab. An ihnen erfaßte ihn die Finsternis. Die Füße waren regungslos und kalt, der Kopf lebte mit aller Kraft des Lebens und erschien in vollem Licht. In diesem ersten Moment glich G. dem König des orientalischen Märchens, der oben Fleisch ist und unten Marmor.

Ein Stein lag da. Der Bischof setzte sich darauf und begann *ex abrupto.* »Ich gratuliere Ihnen«, sagte er im Ton der Rüge. »Sie haben immerhin nicht für den Tod des Königs gestimmt.«

Der Konventsabgeordnete bemerkte offenbar den bitteren Nebensinn nicht, der in dem Worte »immerhin« verborgen war. Er erwiderte – das Lächeln war von seinem Antlitz hinweggewischt –: »Gratulieren Sie mir nicht zu sehr, mein Herr, ich habe für das Ende des Tyrannen gestimmt.« Es war die strenge Sprache angesichts der Nachsichtslosen.

»Was wollen Sie damit sagen?« entgegnete der Bischof.

»Ich will damit sagen, daß der Mensch einen Tyrannen hat, die Unwissenheit. Ich habe für das Ende dieses Tyrannen gestimmt. Dieser Tyrann hat das Königtum gezeugt, die auf das Falsche gegründete Autorität, während die Wissenschaft die dem Wahren entnommene Autorität ist. Der Mensch darf nur von der Wissenschaft beherrscht werden.«

»Und vom Gewissen«, setzte der Bischof hinzu.

»Das ist dasselbe. Das Gewissen ist die Menge angeborenen Wissens, die wir in uns tragen.«

Gnaden Bienvenu hörte ein wenig verwundert diese für ihn sehr neuen Reden an.

Das Konventsmitglied fuhr fort: »Bei der Abstimmung über Ludwig XVI. habe ich verneint. Ich halte mich nicht für berechtigt, einen Menschen zu töten; aber ich fühle mich verpflichtet, das Böse auszurotten. Ich habe für das Ende des Tyrannen gestimmt. Das heißt für das Ende der Prostitution des Weibes, der Sklaverei des Mannes, für das Ende der Nacht für das Kind. So tat ich, indem ich meine Stimme für die Republik abgab. Ich habe für die Brüderlichkeit gestimmt, die Eintracht, die Morgenröte. Ich habe geholfen, Vorurteile und Irrtümer umzustürzen. Ihr Einsturz verbreitet Licht. Wir haben die alte Welt niedergelegt, und die alte Welt, das Gefäß des Elends, ist, indem sie auf die Menschheit sich ausschüttete, eine Urne der Freude geworden.«

»Einer gemischten Freude«, sagte der Bischof.

»Sie könnten sagen, einer getrübten Freude, und heute, nach der verhängnisvollen Rückkehr der Vergangenheit, die man 1814 nennt, einer verschwundenen Freude. Ach! Das Werk war unzulänglich, ich gebe es zu. Wir haben das alte System den Tatsachen nach vernichtet, wir konnten es nicht ganz in den Ideen beseitigen. Mißbräuche abzuschaffen genügt nicht; abgeändert werden müssen die Sitten. Die Mühle ist nicht mehr, der Wind weht noch.«

»Sie haben zerstört. Zerstören kann nützlich sein; aber ich habe kein Vertrauen zu einer Zerstörung, die der Zorn verwirrt.«

»Das Recht kann zürnen, Herr Bischof, und der Zorn des Rechtes ist ein Fortschrittselement. Gleichwohl, und was man auch sagen mag, die Französische Revolution ist der mächtigste Aufstieg der Menschheit seit der Ankunft Christi. Unzulänglich, sei es; aber erhaben. Sie hat alle unbekannten sozialen Größen freigemacht. Sie hat die Geister besänftigt; sie hat sie beruhigt, befriedet, erhellt; sie hat Ströme der Zivilisation über die Erde fließen lassen. Sie war gut. Die Französische Revolution ist die Weihe der Menschheit.«

Der Bischof konnte sich nicht enthalten zu murmeln: »Ja? Und 1793?«

Der Konventsabgeordnete richtete sich mit fast düsterer Feierlichkeit in seinem Stuhl auf, und sofern ein Sterbender schreien kann, schrie er: »Ah! Da habe ich Sie! 1793! Auf das Wort habe ich gewartet. Fünfzehn Jahrhunderte lang hat ein Gewölk sich zusammengezogen. Nach fünfzehn Jahrhunderten ist es geplatzt. Sie wollen gegen Blitz und Donner prozessieren.«

Der Bischof fühlte, vielleicht ohne es sich einzugestehen,

daß etwas in ihm getroffen war. Aber er bezwang sich. Er antwortete: »Der Richter spricht im Namen der Gerechtigkeit; der Priester spricht im Namen des Erbarmens, das nichts ist als eine höhere Gerechtigkeit. Ein Blitzschlag darf nicht irren.« Und fest sah er das Mitglied des Konvents an: »Ludwig XVII.?«

Der Mann des Konvents streckte die Hand aus und packte den Bischof am Arm. »Ludwig XVII., so! Wen beweinen Sie? Das unschuldige Kind? Dann weine ich mit Ihnen. Den Königssohn? Ich zaudere. Mir ist der Bruder des Cartouche, ein schuldloses Kind, das auf dem Grève-Platz unter den Achseln gehängt wurde, bis der Tod eintrat, nur des Verbrechens halber, daß er der Bruder des Cartouche war, nicht minder schmerzlich als der Enkel Ludwigs XV., der unschuldige Knabe, den sie im Turm des Temple marterten einzig um des Verbrechens willen, daß er Ludwigs XV. Enkel war.«

»Mein Herr«, sagte der Bischof, »diese Zusammenstellungen von Namen liebe ich nicht.«

»Cartouche? Ludwig XV.? Für welchen von den beiden erheben Sie Einspruch?«

Ein kurzes Schweigen entstand. Der Bischof bedauerte beinahe, daß er gekommen war, und dennoch empfand er eine schwer faßbare, seltsame Erschütterung.

Der Konventsabgeordnete versetzte: »Ach, Herr Priester, Sie mögen nicht die ungeschminkte Wahrheit. Christus mochte sie. Er nahm eine Gerte und reinigte den Tempel. Seine Rute voller Blitze sagte grob die Wahrheit. Als er rief: *Sinite parvulos,* machte er keinen Unterschied zwischen den kleinen Kindern. Er hätte keine Hemmungen gehabt, des Barabbas Sohn mit dem Thronfolger des Herodes zu vergleichen. Mein Herr, die Unschuld ist sich selbst ihre Krone. Die Unschuld braucht nur Hoheit zu werden. In Lumpen ist sie ebenso erhaben wie mit Lilien geziert.«

»Das ist wahr«, sagte leise der Bischof.

»Ich bleibe dabei«, fuhr das Konventsmitglied G. fort. »Sie haben mir Ludwig XVII. genannt. Verstehen wir uns recht! Weinen wir um alle Unschuldigen, um alle Märtyrer, um alle Kinder, um die unten wie um die oben? Ich bin dabei. Doch dann müssen wir weiter zurückgehen als bis 1793 und vor Ludwig XVII. mit unseren Tränen anfangen. Ich werde mit Ihnen die Söhne der Könige beweinen, wenn Sie mit mir um die Kinder des Volkes weinen.«

»Ich beweine alle«, sagte der Bischof.

»Gleich gewogen«, rief G., »und wenn die Waage sich neigen soll, mag sie es auf die Seite des Volkes tun. Denn es leidet länger.«

Abermals entstand ein Schweigen. Der Konventsabgeordnete brach es. Er erhob sich auf einem Ellbogen, nahm ein Stück seiner Wange zwischen seinen Daumen und seinen gekrümmten Zeigefinger, wie man das mechanisch wohl macht, wenn man ausfragt und Urteil spricht, und sandte dem Bischof einen forschenden Blick zu, in dem alle Energie des Todeskampfes lag. Es war wie ein Ausbruch.

»Ja, mein Herr, schon lange leidet das Volk. Und überhaupt, was kommen Sie und fragen mich und reden zu mir von Ludwig XVII.? Ich kenne Sie nicht. Seit ich in diesem Lande bin, habe ich hinter diesem Zaun gelebt, allein, ich war mit keinem Schritt aus dem Haus, habe niemanden gesehen als das Kind da, das mir hilft. Ihr Name ist allerdings verworren bis zu mir gedrungen, und, ich muß es sagen, man sprach nicht schlecht von Ihnen. Aber das bedeutet nichts. Gewandte Leute haben so viele Künste, um den biederen Mann aus dem Volk an sich glauben zu machen. Übrigens habe ich das Knarren Ihres Wagens nicht gehört, Sie haben ihn sicher dort hinter den Büschen gelassen, am Kreuzweg. Ich kenne Sie nicht. Sie sagten mir, Sie seien Bischof, aber das lehrt mich nichts über Ihre moralische Beschaffenheit. Mit einem Wort, ich wiederhole meine Frage: Wer sind Sie? Sie sind ein Bischof, also ein Kirchenfürst, einer jener vergoldeten, wappengezierten, mit Renten ausgestatteten Männer, die große Pfründen haben – das Bistum Digne bringt fünfzehntausend Francs fest, zehntausend Francs Nebeneinnahmen, im ganzen fünfundzwanzigtausend Francs – , die Küchen und Livreen haben, die sich vortrefflich nähren und am Freitag Wasserhühner essen, die sich, Lakaien vorn und Lakaien hinten, in der Galakutsche spreizen, die in Palais wohnen und in ihrer Karosse daherrollen im Namen Jesu Christi, der barfuß ging! Sie sind ein Prälat; Renten, Palais, Pferde, Diener, üppige Tafel, alle Sinnesfreuden der Erde, Sie haben sie wie die anderen, und wie die anderen genießen Sie sie. Gut, aber das sagt zuviel oder nicht genug; das belehrt mich nicht über Ihren wirklichen inneren Wert, nachdem Sie mich wahrscheinlich zu dem Zweck aufgesucht haben, mir Weisheit zu spenden. Mit wem rede ich? Wer sind Sie?«

Der Bischof senkte den Kopf und antwortete: *»Vermis sum.«*

»Ein Erdenwurm in einer Karosse!« murrte der Konventsabgeordnete.

Nun war an dem Konventsmitglied die Reihe, hoffärtig, und an dem Bischof, demütig zu sein.

Sanft erwiderte er: »Gut, mein Herr. Aber lassen Sie mich hören, wieso meine Karosse, die zwei Schritte von hier steht, hinter den Bäumen, meine üppige Tafel und die Wasserhühner, die ich freitags esse, meine fünfundzwanzigtausend Francs Rente, mein Palais und meine Diener beweisen, daß das Erbarmen nicht eine Tugend ist, die Mildherzigkeit nicht eine Pflicht und daß 1793 nicht unerbittlich grausam war?«

Der Konventsabgeordnete fuhr sich mit der Hand über die Stirn, als wolle er eine Wolke verjagen. »Ehe ich Ihnen antworte, bitte ich Sie, mir zu verzeihen. Ich habe soeben Unrecht begangen, mein Herr. Sie sind bei mir, Sie sind mein Gast. Ich schulde Ihnen Höflichkeit. Sie zweifeln meine Ideen an, es gebührt sich, daß ich mich darauf beschränke, über Ihre Schlußfolgerungen mit Ihnen zu debattieren. Ihre Reichtümer und Ihre Genüsse sind Vorteile, die ich dabei gegen Sie anwenden kann, aber es ist eine Sache des Geschmacks, daß ich mich ihrer nicht bediene. Ich verspreche Ihnen, keinen Gebrauch mehr davon zu machen.«

»Ich danke Ihnen«, sagte der Bischof.

G. antwortete: »Kommen wir auf die Frage zurück, die Sie an mich richteten! Wo standen wir? Was sagten Sie? Daß 1793 unerbittlich grausam war?«

»Unerbittlich, ja«, sagte der Bischof. »Wie denken Sie über Marat, der mit den Händen der Guillotine Beifall klatschte?«

»Wie denken Sie über Bossuet, der mit einem Tedeum die Dragonaden pries?« Die Entgegnung war schonungslos, sie traf mit der Härte einer Stahlspitze ins Ziel. Der Bischof erbebte, er wußte keine Antwort; indes, diese Art, Bossuet zu nennen, verletzte ihn. Die besten Geister haben ihre Fetische, und mitunter fühlen sie sich durch Mangel an Respekt von der Logik unbestimmbar beleidigt.

Das Konventsmitglied begann zu stöhnen. Das Keuchen des Todeskampfes, das in die letzten Atemzüge sich einmengt, schnitt ihm die Stimme ab. Jedoch in seinen Augen leuchtete eine ungeminderte Klarheit der Seele. »Wir wollen gern noch ein paar Worte tauschen«, sagte er dann. »Wenn wir von der Revolution absehen, die, als Ganzes betrachtet, eine gewaltige Bestätigung der Menschlichkeit war: 1793 ist ein Einwand. Sie finden es unerbittlich; aber die gesamte Monarchie, mein Herr? Carrier ist ein Bandit, aber was für einen Namen geben Sie Montrevel? Fouquier-Tinville ist ein Lump, aber was halten Sie von Lamoignon-Bâville? Maillard ist fürchterlich, aber Saulx-Tavannes, bitte schön? Der Père Duchêne ist grausam, aber was für ein Beiwort gestehen Sie mir für den Père Letellier zu? Jourdau-Coupe-Tête ist ein Ungeheuer, aber er bleibt hinter dem Marquis de Louvois zurück. Ich beklage Marie-Antoinette, Erzherzogin und Königin, aber ich beklage auch das arme Hugenottenweib, das 1685 unter Ludwig dem Großen, mein Herr, bis zum Gürtel nackt, an einen Pfahl gebunden wurde, wobei man ihr Kind von ihr fernhielt. Die Brust schwoll ihr von Milch, das Herz vor Angst. Der Kleine, der, hungernd und bleich, kaum noch lebte, sah ihre Brust und schrie. Und der Henker sagte zu der Frau, der Mutter und Amme: Schwöre ab! und ließ ihr die Wahl zwischen dem Tod ihres Kindes und dem Tod ihres Gewissens. Was sagen Sie zu dieser auf eine Mutter angewandten Folter des Tantalus? Mein Herr, schreiben Sie sich das ins Gedächtnis: Die Französische Revolution hat ihre Gründe gehabt. Ihr Zorn wird von der Zukunft entsühnt werden. Ihr Ertrag ist eine bessere Welt. Ihre furchtbarsten Schläge werden zu einer Wohltat an der Menschheit. Ich kürze ab. Ich halte ein, meine Partie im Spiel steht allzu gut.

Im übrigen sterbe ich.« Und indem er davon abließ, den Bischof anzuschauen, beendete der Mann des Konvents seinen Gedankengang in Ruhe mit den wenigen Worten: »Ja, die Brutalitäten des Fortschritts werden Revolutionen genannt. Wenn sie vorüber sind, erkennt man, daß die Menschheit gestäupt worden ist, aber man sieht auch: Sie geht ihren Weg weiter.«

Der Konventsabgeordnete ahnte nicht, daß er nach und nach alle Verschanzungen in der seelischen Bastion des Bischofs überwunden hatte. Eine aber blieb, und aus ihr, der letzten Wehr der Widerstandskraft von Gnaden Bienvenu, kam das Wort, in dem fast alle ursprüngliche Schroffheit sich wieder kundgab: »Der Fortschritt muß an Gott glauben. Ein Gottloser kann dem Guten nicht dienen. Der Atheist ist ein schlechter Menschheitsführer.«

Der alte Volksvertreter entgegnete nichts. Ein Zittern durchlief ihn. Er blickte zum Himmel auf, und langsam quoll eine Träne aus seinem Auge. Als das Lid voll war, rann die Träne seine fahle Wange hinab, und er sagte fast stammelnd, leise und als spräche er mit sich selbst, den Blick in die Tiefen verloren: »O du, o Ideal! Du allein bist!«

Den Bischof wandelte eine unaussprechliche Rührung an.

Nach einem Schweigen hob der Greis einen Finger zum Himmel und sagte: »Das Unendliche ist. Es ist da. Wenn das Unendliche kein Ich hätte, wäre das Ich seine Grenze; es würde nicht unendlich sein; mit anderen Worten, es würde nicht sein. Nun ist es aber. Es hat also ein Ich. Dies Ich des Unendlichen ist Gott.«

Der Sterbende sprach diese letzten Worte mit lauter Stimme und mit dem Erschauem der Begeisterung, als sähe er jemanden. Als er gesprochen hatte, schlossen sich seine Augen. Die Anstrengung hatte ihn erschöpft. Sichtlich durchlebte er in einer Minute die wenigen Stunden, die ihm noch geblieben waren. Was er da sagte, hatte ihn dem genähert, der schon mitten im Tod ist. Der letzte Augenblick kam.

Der Bischof begriff es, die Zeit drängte, als Priester war er erschienen. Die äußerste Kälte war in ihm allmählich zu äußerster Bewegung geworden. Er sah die geschlossenen Augen, ergriff diese alte, runzlige, eisige Hand und bückte sich zu dem Sterbenden hinab: »Diese Stunde ist Gottes Stunde. Scheint es Ihnen nicht, daß es zu bedauern wäre, wir hätten uns umsonst getroffen?«

Der Konventsabgeordnete öffnete die Augen wieder. Ein Ernst, auf dem ein dunkler Schatten lag, prägte sich in seinem Antlitz aus. »Herr Bischof«, sagte er mit einer Langsamkeit, die sich vielleicht noch mehr aus der Würde der Seele herleitete als aus dem Schwinden der Kräfte, »ich habe mein Leben in Nachdenken, Studium und stiller Betrachtung verbracht. Ich war sechzig Jahre alt, als mein Land mich rief und mir befahl, mich um seine Angelegenheiten zu bekümmern. Ich habe ihm gehorcht. Es gab Mißbräuche, ich habe sie bekämpft. Es gab Tyranneien, ich habe sie zerstört. Es gab Rechte und Prinzipien, ich habe sie proklamiert und bekannt. In unser Gebiet war der Feind eingedrungen, ich habe es verteidigt. Frankreich wurde bedroht, ich habe denen, die es taten, meine Brust entgegengehalten. Ich war nicht reich; ich bin arm. Ich war einer der Herren des Staates, die Schatzkammern waren von Geldsorten so überladen, daß man sich gezwungen sah, die Mauern zu stützen, die fast unter dem Gewicht von Gold und Silber geborsten wären, ich aß in der Straße Zum dürren Baum zu zweiundzwanzig Sous das Gedeck. Ich habe den Unterdrückten geholfen, ich habe das Los der Leidenden gebessert. Ich habe das Tuch des Altartisches zerrissen, es ist wahr; aber das geschah, um die Wunden des Vaterlandes zu verbinden. Ich war immer für den Marsch der Menschheit vorwärts, zum Licht, und habe mich bisweilen dem gnadenlosen Fortschritt widersetzt. Ich habe manchmal meine eigenen Gegner, euch, begünstigt. In Peteghem in Flandern steht ebenda, wo die merowingischen Könige ihren Sommerpalast hatten, ein Urbanistinnenkloster, die Abtei von Sainte-Claire in Beaulieu. 1793 habe ich sie gerettet. Ich habe meine Pflicht erfüllt und gut gehandelt, wie ich nur konnte. Dann wurde ich gehetzt, verfolgt, angeschwärzt, verhöhnt, bespuckt, verflucht, geächtet. Seit langen Jahren fühle ich, daß viele Leute glauben, sie hätten das

Recht, mich mit meinen weißen Haaren zu verachten. Ich habe für die arme, unwissende Menge das Gesicht eines Verdammten, und ohne jemanden zu hassen, willige ich in die Vereinsamung des Hasses. Jetzt bin ich sechsundachtzig Jahre alt; ich werde sterben. Was wünschen Sie von mir?«

»Ihren Segen«, sagte der Bischof und kniete nieder.

Als er den Kopf wieder hob, war das Antlitz des Konventsabgeordneten voll Erhabenheit. Soeben war er gestorben.

Der Bischof ging heim, in irgendwelche Gedanken tief versunken. Die ganze Nacht verbrachte er im Gebet. Tags darauf versuchten einige biedere, neugierige Leute, mit ihm über das Konventsmitglied G. zu sprechen. Er zeigte nur nach dem Himmel. Von diesem Moment an verdoppelte sich seine Zärtlichkeit und brüderliche Liebe zu den Kleinen, zu denen, die in Not sind. Jede Anspielung auf den »alten Verbrecher G.« erfüllte ihn mit sonderbarer Befangenheit. Niemand könnte sagen, daß die Begegnung mit diesem Geist und der Widerschein, den dieses große Gewissen in dem seinen hinterließ, nicht zu einer Annäherung an die sittliche Vollkommenheit beigetragen hätte.

Der Hirtenbesuch war natürlich für die kleinen Klatschzirkel der Stadt ein Vorwand, um zu tuscheln: »War am Kopfkissen eines solchen Sterbenden der rechte Platz für einen Bischof? Offenbar war eine Bekehrung nicht zu erwarten. Alle diese Revolutionäre sind rückfällige Ketzer. Wozu ist er also hingegangen? Was wollte er da sehen? Er mußte schon sehr gespannt sein, wie es sich ausnimmt, wenn der Teufel mit einer Seele zur Hölle fährt.«

Eines Tages richtete eine Witwe von Stand, von der dreisten Spielart, die geistvoll zu sein wähnt, an ihn die boshafte Frage: »Bischöfliche Gnaden, man möchte wissen, wann Ihre Hoheit die Jakobinermütze aufsetzen werden.«

»Oh, oh, das ist eine grelle Farbe«, antwortete der Bischof. »Ein Glück, daß die, die eine rote Mütze verachten, sich vor dem roten Hut in Verehrung beugen.«

Ein Vorbehalt

Es wäre ein großer Irrtum, daraus zu schließen, daß Gnaden Bienvenu »ein philosophischer Bischof« oder »ein patriotischer Pfarrer« war. Seine Begegnung, fast möchte man sagen seine Verbindung mit dem Konventsabgeordneten G. ließ bei ihm eine Art Staunen zurück, das ihn noch milder machte. Das war alles.

Obwohl Gnaden Bienvenu alles andere als ein Politiker war, ist es an dieser Stelle vielleicht angebracht, kurz darauf hinzuweisen, welches seine Einstellung zu den damaligen Ereignissen war, gesetzt den Fall, Gnaden Bienvenu hätte je daran gedacht, eine Einstellung zu haben.

Gehen wir also ein paar Jahre zurück.

Bald nach der Ernennung zum Bischof hatte der Kaiser Herrn Myriel zum Baron des Kaiserreichs gemacht, zugleich mit mehreren anderen Bischöfen. Die Verhaftung des Papstes ereignete sich in der Nacht vom 5. zum 6. Juli 1809. Aus diesem Anlaß wurde Herr Myriel von Napoleon in die Synode der französischen und italienischen Bischöfe in Paris berufen. Sie tagte in Notre-Dame und versammelte sich zum erstenmal am 15. Juni 1811 unter dem Vorsitz des Kardinals Fesch.

Herr Myriel zählte zu den fünfundneunzig Bischöfen, die sich hinbegaben. Aber er wohnte nur einer Sitzung und drei oder vier Sonderkonferenzen bei. Er, Bischof einer Gebirgsdiözese, der so nahe der Natur lebte, in Bäuerlichkeit und Entbehrung, brachte, wie es scheint, Gedanken unter diese hervorragenden Persönlichkeiten, die den Wärmegrad der Versammlung abänderten. Sehr schnell kam er nach Digne zurück.

Man fragte ihn wegen dieser raschen Umkehr aus, und er antwortete: »Ich habe sie gestört. Durch mich empfingen sie die Luft von draußen. Es war ihnen, als sei ich eine offene Tür.«

Ein anderes Mal sagte er: »Was wollen Sie? Diese erlauchten Herren sind Fürsten. Ich bin nur ein armer Bauernbischof.«

In der Tat hatte er Verdruß erregt. Neben anderen Merkwürdigkeiten war ihm eines Abends, als er bei einem seiner bedeutendsten Kollegen zu Gast war, der Ausspruch entschlüpft: »Die schönen Stutzuhren! Die schönen Gobelins! Die schönen Livreen! Das muß doch recht lästig sein. Oh! Nie möchte ich all diesen Luxus haben, daß er mir immerzu in die Ohren schreit: Es gibt Menschen, die hungern! Es gibt Menschen, die frieren! Es gibt Arme! Es gibt Arme!«

Nebenbei bemerkt, der Widerwille gegen den Luxus ist unklug. Er würde eine Abneigung gegen die Künste nach sich ziehen. Indes ist bei den Geistlichen, von der Repräsentation und den Zeremonien einmal abgesehen, Luxus ein Unrecht. Wie es scheint, läßt er nicht allzu barmherzige Gepflogenheiten erkennen. Ein reicher Priester ist Unsinn. Der Priester muß sich bei den Armen aufhalten. Kann man nun unentwegt Tag und Nacht mit allen Nöten, mit allem Unglück, mit aller Armut in Berührung kommen, ohne selber, gleich dem Staub der Arbeit, etwas von diesem heiligen Elend an sich zu haben? Kann man sich einen Menschen vorstellen, der in der Hitze steht und dem nicht heiß ist? Kann man sich einen Arbeiter vorstellen, der ständig an einem Brennofen schafft und kein versengtes Haar, keine schwarzen Fingernägel, keine Schweißtropfen auf der Stirn, keine Ascheflocken im Gesicht hat? Der überzeugendste Beweis für die Barmherzigkeit des Priesters, vor allem des Bischofs, ist Armut.

So dachte ganz zweifelsohne der Bischof von Digne.

Man darf im übrigen nicht vermuten, er habe über gewisse heikle Punkte die Ansichten gehabt, die man die Tendenzen des Jahrhunderts nennen könnte. Er mischte sich wenig in den theologischen Zank der Stunde und schwieg zu den Fragen, in denen Kirche und Staat uneins sind. Aber hätte man ihn sehr bedrängt, würde man ihn wahrscheinlich mehr ultramontan als gallikanisch gefunden haben. Da wir hier ein Bildnis zeichnen und nichts verhehlen wollen, müssen wir auch erwähnen, daß er gegen Napoleon in dessen Niedergang frostige Kühle verriet. Von 1813 an beteiligte er sich seiner Gesinnung nach an allen feindseligen Kundgebungen oder zollte ihnen Beifall. Als der Kaiser bei der Rückkehr von der Insel Elba den Süden durchzog, weigerte er sich, ihn zu sehen, und unterließ es, während der Hundert Tage in seiner Diözese öffentliche Gebete für Napoleon anzuordnen.

Neben seiner Schwester, Fräulein Baptistine, hatte er zwei Brüder. Der eine war General, der andere Präfekt. An beide schrieb er ziemlich oft. Dem ersten verargte er es eine Zeitlang, daß er sich als Inhaber eines Armeekommandos in der Provence in der Epoche der Landung in Cannes an die Spitze von zwölfhundert Mann gestellt und den Kaiser verfolgt hatte wie einen Ausbrecher, dem ermöglicht werden soll zu entkommen. Wärmer blieben Herrn Myriels Briefe an seinen anderen Bruder, den ehemaligen Präfekten, einen wackeren, ehrenwerten Mann, der zurückgezogen in Paris in der Rue Cassette lebte.

So hatte auch Gnaden Bienvenu seine Stunde, in der er sich dem Parteigeist verschrieb, seine Stunde der Bitterkeit, auch er umdunkelte sich. Der Schatten der Leidenschaften des Augenblicks trat wie eine Wolke vor diesen milden und großen, mit dem Ewigen beschäftigten Geist. Gewiß, ein solcher Mann hätte es verdient, keine politischen Ansichten zu haben. Unser Gedanke soll jedoch nicht falsch aufgefaßt werden, wir verwechseln keineswegs das, was gemeinhin unter »politischen Ansichten« verstanden wird, mit dem edlen Streben nach Fortschritt, mit dem erhabenen, patriotischen und demokratischen Glauben der Menschheit, von dem heutzutage jeder hochherzige Geist ganz durchdrungen sein muß. Ohne näher auf Fragen einzugehen, die nur mittelbar das Thema dieses Buches berühren, sagen wir nur: Es wäre schön gewesen, hätte Gnaden Bienvenu keine königstreue Gesinnung gehabt und kein einziges Mal von dieser heiteren Betrachtung abgelassen, in der man deutlich über dem stürmischen Hin und Her der irdischen Dinge das reine, strahlende Licht der Wahrheit, Gerechtigkeit und Barmherzigkeit sieht.

Obwohl wir zugeben, daß Gott Gnaden Bienvenu durchaus nicht für eine politische Aufgabe geschaffen hatte, hätten wir den Protest im Namen des Rechts und der Freiheit, das mutige Widersprechen, den gefährlichen und berechtigten Widerstand gegen den allmächtigen Napoleon verstanden und bewundert. Allein was uns gegenüber denen gefällt, die emporsteigen, gefällt uns minder gegenüber denen, die fallen. Wir mögen den Kampf nur, solange Gefahr besteht, und auf jeden Fall haben einzig und allein die Kämpfer der ersten Stunde das Recht, die letzte Stunde zu tilgen. Wer nicht beharrlich während der Blütezeit angeklagt hat, muß angesichts des Zusammenbruchs schweigen, und es ist nur recht und billig, daß der, der den Erfolg angeprangert hat, auch über den Sturz zu Gericht sitzt. Wir hingegen lassen die Vorsehung gewähren, wenn sie sich einmischt und zuschlägt. 1812 beginnt uns zu besänftigen. Im Jahre 1813 löste das feige gebrochene Schweigen in dieser stummen gesetzgebenden Versammlung, die das anhaltende Unglück kühn werden ließ, lediglich Empörung aus, und es war ein Unrecht, Beifall zu spenden. Im Jahre 1814 war es eine Pflicht, den Blick abzuwenden angesichts dieser verräterischen Marschälle, angesichts dieses Senats, der immer tiefer im Schlamm versank, der verhöhnte, nachdem er göttliche Ehren erwiesen hatte, angesichts dieser Götzendienerei, die das Weite suchte und den Abgott bespie. Im Jahre 1815, als sich die letzten Katastrophen ankündigten, als Frankreich bei ihrem unheilvollen Nahen erschauerte, als irgendwo Waterloo vor Napoleon lag, hatte der schmerzliche Jubel der Armee und des Volkes für den vom Schicksal Verdammten nichts Lächerliches an sich, und unter allem Vorbehalt gegenüber dem Despoten hätte ein Sinn wie der des Bischofs von Digne vielleicht nicht verkennen dürfen, wie erhaben und ergreifend die innige Umarmung einer großen Nation und eines großen Mannes am Rande des Abgrunds war.

Aber sonst war er und erwies er sich in allem gerecht, wahrhaft, ausgeglichen, klug, demütig und würdig; wohltätig und wohlwollend, was wiederum eine Art ist wohlzutun. Er war ein Priester, ein Weiser und ein Mensch. Und sogar in der politischen Haltung, aus der wir ihm einen Vorwurf gemacht haben und die wir fast streng zu beurteilen geneigt sind, war er duldsam und zugänglich, vielleicht mehr als wir, die wir hier sprechen. Der Pförtner des Stadthauses hatte sein Amt vom Kaiser. Er war ein bejahrter Unteroffizier der alten Garde, Legionär von Austerlitz, bonapartistisch wie der Adler des Feldzeichens. Dieser arme Teufel äußerte einmal von ungefähr wenig besonnene Worte, die das damalige Gesetz als aufrührerisch bestrafte. Seit das Profil des Kaisers vom Kreuz der Ehrenlegion verschwunden war, kleidete er sich nicht mehr nach der Vorschrift, um, wie er sagte, nicht zum Tragen des Kreuzes gezwungen zu sein. Er selbst hatte andächtig das Bild des Kaisers aus dem Kreuz, das er ihm gegeben hatte, abgekratzt, so daß ein Loch entstand, und nichts anderes daran befestigen wollen. »Lieber sterbe ich«, sagte er, die drei Lilien der Bourbonen schmähend, »als daß ich auf meinem Herzen die drei Kröten trage.«

Gern verhöhnte er laut Ludwig XVIII. »Der alte Kerl mit der Gicht und den englischen Gamaschen«, sagte er, »soll mit seinem Ziegenbart nach Preußen gehen!« Er war froh, in demselben Fluch die beiden Dinge vereinigen zu können, die er am meisten verabscheute: Preußen und England. Er trieb es so weit, daß er seinen Posten einbüßte. Nun lag er mit Frau und Kindern brotlos auf der Straße. Der Bischof ließ ihn kommen, schalt ihn milde und ernannte ihn zum Schweizer des Doms.

Herr Myriel war in der Diözese der wahre Seelenhirt und der Freund aller. In neun Jahren hatte er durch heilige Handlungen und Sanftmut die Stadt Digne zu zärtlicher und kindlicher Verehrung seiner Person gebracht. Auch seine Abwendung von Napoleon hatte das Volk hingenommen und in Schweigen verziehen als eine gute, schwache Herde, die begeistert an ihrem Kaiser hing, aber ihren Bischof liebte.

Gnaden Bienvenus Einsamkeit

Wie ein General von jungen Offizieren umschwärmt wird, so hat ein Bischof fast ständig eine Rotte kleiner Abbés um sich. Irgendwo nennt sie der unwiderstehliche heilige Franz von Sales »die Naseweise von Priestern«. Jede Laufbahn hat ihre Bewerber, die den Arrivierten das Geleit geben. Kein Fürst, der nicht seine Umgebung hat, kein Reichtum, der nicht seinen Hofstaat hat. Die Sucher der Zukunft wirbeln um die glänzende Gegenwart herum. Jeder erzbischöfliche Sitz hat seinen Stab. Jeder auch nur ein bißchen einflußreiche Bischof hat seine aus pausbäckigen Seminaristen zusammengestellte Streife, die die Runde macht, für Ruhe und Ordnung im bischöflichen Palais sorgt und rings um das Lächeln Seiner Gnaden auf Wache zieht. Einem Bischof angenehm auffallen heißt auf dem besten Wege zum Subdiakon sein. Man muß doch vorwärtskommen, und das Apostelamt verschmäht nicht die Domherrnpfründe.

Ebenso wie anderwärts von hohen Tieren gesprochen wird, gibt es in der Kirche etwas Ähnliches. Das sind die in Gunst stehenden, reichen, wendigen Bischöfe, die über Einkünfte verfügen, die die Gesellschaft anerkannt hat, die zweifellos zu beten, aber auch zu bitten verstehen, die wenig Gewissensbisse haben, höchstselbst einen ganzen Sprengel lange im Vorzimmer warten zu lassen, und die Bindestriche zwischen der Sakristei und der Diplomatie, mehr Abbés als Priester, mehr Prälaten als Bischöfe sind. Wohl dem, der sich ihnen naht! Als angenehme Männer lassen sie rings um sich fette Pfarrgemeinden, Pfründen, Archidiakonate, Almosenpflegerstellen und Domämter auf die Eilfertigen und Günstlinge herabregnen, auf diese ganze Jugend, die zu gefallen weiß und auf die Bischofswürde wartet. Selbst aufsteigend, lassen sie ihre Trabanten vorankommen. Ein ganzes Sonnensystem ist unterwegs. Die Ausstrahlung, die von ihnen ausgeht, wirft ein purpurrotes Licht auf ihr Gefolge. Von ihrem Glück fallen hinter den Kulissen die Brosamen der schönen kleinen Beförderungen ab. Je größer die Diözese des Gönners, desto größer die Pfarrei für den Schützling. Und dann ist da noch Rom. Ein Bischof, der es versteht, Erzbischof zu werden, ein Erzbischof, der es versteht, Kardinal zu werden, nimmt einen als Konklavist mit, man zieht in die Rota Romana ein, es wird einem das Pallium verliehen, man wird Auditor, Kämmerer, Monsignore, und von Seiner Gnaden bis zur Eminenz ist es nur ein Schritt, und zwischen Eminenz und Seiner

Heiligkeit steigt nur die Rauchwolke einer Wahl auf. Jedes Käppchen kann von der Tiara träumen. Heutzutage ist der Priester der einzige Mann, der regulär König werden kann. Und was für ein König! Oberster König. Was für eine Pflanzschule von Bestrebungen ist daher so ein Priesterseminar. Wie viele errötende Chorknaben, wie viele junge Abbés tragen Perrettes Milchtopf auf dem Kopf! Der Ehrgeiz nennt sich gern Berufung, vielleicht in gutem Glauben und sich selbst betrügend, scheinheilig, wie er ist!

Gnaden Bienvenu, demütig, arm, wunderlich, zählte nicht zu den hohen Tieren, denn er hatte keine jungen Priester um sich. Wir sahen ja schon, daß er in Paris »nicht für sich einnehmen« konnte. Nicht eine Zukunft dachte daran, sich diesem einsamen Greis aufzupfropfen. Kein noch so grüner Ehrgeiz beging die Torheit, sich in seinem Schatten entfalten zu wollen. Seine Domherren und Generalvikare waren gute alte Männer, ein bißchen zum Volk gehörig wie er, eingemauert wie er in diese Diözese ohne jede Aussicht auf die Kardinalswürde, und sie glichen ihrem Bischof, nur mit dem Unterschied, daß sie am Ende waren, er hingegen vollendet war. Die jungen Leute, die von Gnaden Bienvenu zum Priester geweiht worden waren, kaum daß sie das Seminar hinter sich hatten, erkannten deutlich, wie unmöglich es war, sich bei ihm zu entwickeln, so daß sie sich von ihm den Erzbischöfen von Aix oder Auch empfehlen ließen und sehr rasch gingen. Denn schließlich, wir sagen es noch einmal, will man gefördert werden. Ein Heiliger, der in übertriebener Selbstverleugnung lebt, ist eine gefährliche Nachbarschaft. Er könnte einen mit unheilbarer Armut anstecken, mit dieser Gelenkversteifung ausgerechnet der Gelenke, die der Beförderung dienlich sind. Kurz und gut, mehr Entsagung, als man willens ist, und so flieht man vor dieser krätzigen Tugend. Daher die Abgeschiedenheit von Gnaden Bienvenu. Wir leben in einer trübseligen Gesellschaft. Erfolgreich sein lautet die Lehre, die von der überhängenden Verderbnis herabtröpfelt.

Nebenbei bemerkt, Erfolg ist etwas ziemlich Häßliches. Seine scheinbare Ähnlichkeit mit dem Verdienst täuscht die

Menschen. Für die Menge hat der Erfolg fast das gleiche Gesicht wie die Überlegenheit. Der Erfolg, dieser Doppelgänger der Begabung, betrügt die Geschichte. Allein Juvenal und Tacitus murren darüber. Heutzutage ist eine nahezu offizielle Philosophie in seine Dienste getreten, trägt seine Livree und wartet in seinem Vorzimmer auf. Seid erfolgreich, das ist die ganze Theorie. Glück setzt Befähigung voraus. Gewinnt in der Lotterie, und ihr seid tüchtig. Wer triumphiert, wird verehrt. Kommt als Sonntagskind zur Welt, das ist alles. Habt Glück, und alles übrige fällt euch so zu. Seid glücklich, und ihr werdet für groß gehalten. Abgesehen von den fünf, sechs gewaltigen Ausnahmen, die den Glanz eines Jahrhunderts ausmachen, ist die zeitgenössische Bewunderung kaum mehr als Kurzsichtigkeit. Vergoldetes ist Gold. Es schadet nichts, der erste beste zu sein, wenn man es nur zu etwas bringt. Das Gemeine ist ein alter Narziß, der sich selbst bewundert und dem Gemeinen Beifall klatscht. Jene ungeheure Kraft, durch die man Moses, Aischylos, Dante, Michelangelo oder Napoleon wird, erkennt die Menge ohne weiteres und durch Zuruf jedem zu, der sein Ziel erreicht, worin auch immer es bestehen mag. Ob ein Advokat sich in einen Abgeordneten verwandelt, ob ein falscher Corneille einen »Tiridates« schreibt, ob es einem Eunuchen gelingt, einen Harem zu besitzen, ob ein Soldat namens Prudhomme zufällig die Entscheidungsschlacht eines Jahrhunderts gewinnt, ob ein Apotheker Schuhsohlen aus Pappe für die Sambre- und Maasarmee erfindet und mit dieser als Leder verkauften Pappe vierhunderttausend Francs Rente zusammenrafft, ob der Trödel sich mit dem Wucher verbindet und daraus sieben, acht Millionen hervorgehen, ob ein Prediger durch sein Näseln Bischof wird oder ob der Verwalter eines guten Hauses solchen Reichtum erwirbt, daß er, nachdem er den Dienst aufgekündigt hat, zum Finanzminister ernannt wird, die Menschen nennen das Genie, ebenso wie sie Mousquetons Gesicht schön und die Kragenweite von Claudius majestätisch finden. Sie verwechseln die Gestirne des Abgrunds mit den Sternen, die die Füße der Enten im weichen Schlamm des Pfuhls hinterlassen.

Unter dem Gesichtspunkt der Rechtgläubigkeit dürfen wir den Bischof von Digne nicht erforschen. Einer solchen Seele können wir nur mit Ehrfurcht nahen. Dem Gewissen des Gerechten muß aufs Wort geglaubt werden. Zudem lassen wir bei gewissen Wesen gelten, daß sich möglicherweise alle Schönheiten der menschlichen Tugend in einer Gläubigkeit entwickeln, die sich von der unsrigen unterscheidet.

Was hielt er von diesem Dogma oder jenem Mysterium? Diese innersten Geheimnisse sind nur dem Grab bekannt, das die Seelen nackt betreten. Fest steht, daß für ihn die Glaubenszweifel sich nie in Heuchelei auflösten. Der Diamant kann nicht faulen. Er glaubte, was ihm nur möglich war. *»Credo in Patrem«,* rief er oft. Überdies gewährten ihm die guten Werke jenes Maß an Befriedigung, das dem Gewissen genügt und einem ganz leise sagt: Du bist mit Gott.

Anmerken müssen wir, daß der Bischof, gleichsam außerhalb seines Glaubens und darüber hinaus, eine maßlose Liebe in sich trug. Deshalb wurde er, *quia multum amavit,* von den »ernsthaften Menschen«, den »gesetzten Personen« und den »vernünftigen Leuten« – beliebte Ausdrücke unserer traurigen Welt, in der der Egoismus die Parole von der Pedanterie erhält – für verwundbar gehalten. Was war diese maßlose Liebe? Sie war ein heiteres Wohlwollen, das, wie wir schon erwähnten, auf die Menschen überströmte und sich gelegentlich bis auf die Dinge erstreckte. Er kannte keine Geringschätzung und war nachsichtig gegen Gottes Schöpfung. Jeder Mensch, selbst der beste, hat in sich eine gedankenlose Härte, die er dem Tier vorbehält. Dem Bischof von Digne war diese Härte fremd, die dennoch vielen Priestern eigen ist. Er ging nicht so weit wie der Brahmane, aber anscheinend hatte er das Wort des Predigers Salomo überdacht: »Wissen wir, wohin die Seele der Tiere geht?« Das häßliche Äußere, die monströsen Instinkte störten ihn nicht und brachten ihn nicht auf. Er war davon bewegt, nahezu gerührt. Grüblerisch suchte er, über das sichtbare Leben hinaus, die Ursache, die Erklärung oder die Entschuldigung dafür. Mitunter schien er Gott um Verwandlungen zu bitten. Frei von Zorn und mit dem Auge des Sprachwissenschaftlers, der einen Palimpsest entziffert, durchforschte er das Maß an Chaos, das noch in der Natur vorhanden ist. Diese Träumerei ließ ihn bisweilen seltsame Aussprüche tun. Eines Morgens schritt er langsam durch seinen Garten. Er wähnte sich allein, doch seine Schwester ging hinter ihm, ohne daß er ihrer gewahr wurde. Plötzlich blieb er stehen und betrachtete etwas auf der Erde. Es war eine dicke Spinne, schwarz, behaart und gräßlich. Seine Schwester hörte, wie er sagte: »Armes Tier! Es ist nicht seine Schuld.«

Warum soll man nicht über diese geradezu göttlich kindliche Güte reden? Kindereien – meinetwegen! Doch diese erhabenen Kindereien gemahnten an den heiligen Franz von Assisi und an Marc Aurel. Eines Tages verstauchte er sich den Fuß, weil er eine Ameise nicht zertreten wollte.

So lebte dieser gerechte Mann. Manchmal entschlummerte er in seinem Garten, und dann war er schlechthin verehrungswürdig.

Wenn man den Redereien über Gnaden Bienvenu Glauben schenken darf, war der Bischof in seiner Jugend und selbst in seinem Mannesalter ein leidenschaftlicher, vielleicht sogar ungestümer Mensch gewesen. Seine allumfassende Milde entsprang weniger einem angeborenen Trieb, sie war vielmehr Ausdruck einer edlen Überzeugung, die im Laufe des Lebens seinen Sinn durchdrungen hatte und langsam, Gedanke zum Gedanke, in ihn gefallen war. Stete Tropfen höhlen Löcher in einen Charakter wie in einen Felsen, und diese Gebilde sind unvergänglich, ja unzerstörbar.

1815, wir haben es wohl schon gesagt, ging er auf die fünfundsiebzig zu, aber er wirkte nicht älter als sechzig. Er war nicht groß, und weil er ein wenig beleibt war, unternahm er gern lange Fußmärsche, um dagegen anzukämpfen. Sein Schritt war fest, und das Alter hatte ihn kaum gebeugt, ein Merkmal, aus dem wir keine Schlußfolgerung ziehen wollen. Mit achtzig Jahren hatte Gregor XVI. noch eine aufrechte Haltung und stets ein Lächeln übrig, was ihn nicht hinderte, ein schlechter Hirte zu sein. Gnaden Bienvenu hatte, was das Volk »einen prachtvollen Kopf« nennt, doch sein freundliches Gesicht ließ vergessen, wie prachtvoll er war.

Wenn er mit dieser kindlichen Heiterkeit plauderte, die ihn so anziehend machte und über die wir bereits gesprochen haben, fühlte man sich wohl in seiner Nähe. Wie es schien, strahlte seine ganze Person nur Freude aus. Die gesunde und frische Gesichtsfarbe, die schneeweißen Zähne, die er sich alle erhalten hatte und die beim Lächeln sichtbar wurden, verliehen ihm dieses offene und umgängliche Wesen, das von einem Mann sagen läßt: »Das ist ein gutmütiger Kerl«, und von einem Greis: »Das ist ein guter Alter«. Wie man sich vielleicht erinnert, hatte er so auf Napoleon gewirkt. Auf den ersten Blick und für den, der ihn zum erstenmal sah, war er tatsächlich kaum mehr als ein guter Alter. Verbrachte man hingegen ein paar Stunden mit ihm zusammen, verwandelte sich der gute Alte allmählich und wurde in seiner Nachdenklichkeit irgendwie Ehrfurcht gebietend. Seine breite und ernste Stirn, durch das weiße Haar schon erhaben genug, machte das Meditieren noch erhabener. Hoheit löste sich aus dieser Güte, und die Güte selber leuchtete weiter. Man empfand etwas von der Ergriffenheit, die einen überkäme, sähe man einen lächelnden Engel langsam seine Flügel ausbreiten, ohne daß sein Lächeln dabei erlöschen würde. Achtung, eine unsägliche Achtung durchdrang einen unmerklich und erfüllte einem das Herz, und man fühlte, daß man vor sich eine jener starken, leidgeprüften und nachsichtigen Seelen hatte, in denen die Gedanken so groß sind, daß sie nur noch milde sein können.

Wie wir sahen, füllten das Gebet, das Abhalten des Gottesdienstes, das Almosengeben, die Tröstung der Betrübten, das Bebauen von einem Stück Land, die Brüderlichkeit, die Genügsamkeit, die Gastlichkeit, die Entsagung, das Vertrauen, das Studium und die Arbeit jeden Tag seines Lebens aus. »Ausfüllen« ist das richtige Wort, und sicher war des Bischofs Tagesablauf mit guten Gedanken, guten Worten und guten Taten bis zum Rand vollgepackt. Indes fehlte ihm etwas, wenn kaltes oder regnerisches Wetter ihn daran hinderte, des Abends, nachdem die beiden Frauen sich zurückgezogen hatten, ein, zwei Stunden vor dem Zu-Bett-Gehen in seinem Garten zu verbringen. Offenbar war das eine Art Ritus für ihn, sich durch Meditieren angesichts der großartigen Schauspiele des nächtlichen Himmels auf den Schlaf vorzubereiten. Wenn die beiden alten Jungfern nicht schliefen, hörten sie ihn bisweilen zu recht vorgerückter Stunde langsam die Wege auf und ab schreiten. Hier war er allein mit sich selbst, andächtig, friedfertig und anbetend. Hier verglich er die Heiterkeit in seinem Herzen mit der Heiterkeit des Äthers, betrachtete bewegt in der Finsternis die sichtbaren Herrlichkeiten der Gestirne und Gottes unsichtbare Herrlichkeiten, öffnete seine Seele den Gedanken, die aus dem Unbekannten kommen. In jenen Augenblicken, da er sein Herz der Stunde darbot, in der die nächtlichen Blumen ihren Duft verströmen, da er hell wie eine Lampe in der Mitte der sternenklaren Nacht brannte und sich ekstatisch im allumfassenden Strahlen der Schöpfung erging, hätte er vielleicht selbst nicht zu sagen vermocht, was in seinem Geist vorging. Er fühlte, wie etwas von ihm aufflog und sich etwas in ihn herabsenkte. Geheimnisvoller Austausch zwischen den Tiefen der Seele und den Tiefen des Alls!

Er sann über die Größe und Gegenwart Gottes nach, über die künftige Ewigkeit, jenes seltsame Mysterium, über die vergangene Ewigkeit, jenes noch seltsamere Mysterium, und über alle Unendlichkeiten, die sich vor seinen Blicken nach allen Richtungen hin verloren. Und ohne das Unbegreifliche begreifen zu wollen, betrachtete er es. Gott erforschte er nicht, er war von ihm geblendet. Er bedachte die großartigen Zusammenstöße der Atome, die der Materie Gestalt verleihen, Kräfte an ihren Wirkungen erkennen lassen, Besonderheiten in der Einheit und räumliche Dimensionen schaffen, die das Unzählbare mit dem Unendlichen verbinden und mit dem Licht die Schönheit hervorbringen. Unaufhörlich stoßen die Atome zusammen und trennen sich wieder, daher das Leben und der Tod.

Er setzte sich auf eine Holzbank vor einem morschen

Weinspalier und schaute durch die kümmerlichen und verkrüppelten Silhouetten seiner Obstbäume nach den Sternen. Dieser so armselig bepflanzte Viertelmorgen, den Mauern und Schuppen arg bedrängten, war ihm lieb und teuer und genügte ihm.

Was mehr brauchte dieser Greis, der die wenigen Mußestunden seines Lebens am Tage mit Gartenarbeit und in der Nacht mit beschaulichen Betrachtungen ausfüllte? Reichte dieses kleine Stück Erde mit dem Himmelszelt darüber nicht aus, um Gott abwechselnd in seinen anmutigsten und seinen erhabensten Werken anbeten zu können? War das nicht tatsächlich schon alles? Was blieb da noch zu wünschen übrig? Ein Gärtchen zum Spazierengehen und die Unendlichkeit zum Träumen. Zu seinen Füßen, was angebaut und geerntet, über seinem Haupte, was erforscht und worüber nachgedacht werden kann. Ein paar Blumen auf der Erde und alle Sterne am Himmel.

Was er dachte

Ein letztes Wort.

Dieses aus Einzelheiten zusammengefügte Bild könnte besonders in der heutigen Zeit dem Bischof von Digne eine gewisse »pantheistische« Überzeugung, um uns eines gegenwärtig beliebten Ausdrucks zu bedienen, unterstellen und, sei es ihm zum Vorwurf oder zum Lobe gereichend, glauben machen, daß er einer jener exzentrischen Lehren anhing, wie sie unserem Jahrhundert eigen sind und die bisweilen einsame Geister entwickeln und in sich so groß werden lassen, daß sie schließlich die Religion ersetzen. Doch wir möchten betonen, daß keiner von denen, die Gnaden Bienvenu gekannt haben, auch nur im entferntesten an so etwas gedacht hätte. Was diesen Menschen erleuchtete, war das Herz. Seine Weisheit war das Licht, das von daher kommt.

Keine Lehrgebäude, viele Werke. Die schwer verständlichen Theorien machen benommen. Nichts weist darauf hin, daß er sich in apokalyptischen Vorstellungen verlor. Der

Apostel kann kühn sein, doch der Bischof muß furchtsam sein. Er hätte wahrscheinlich Bedenken gehabt, in bestimmte Probleme, die gewissermaßen den großen gewaltigen Geistern vorbehalten sind, zu tief einzudringen. Heiliger Schrecken herrscht in den Vorhallen des Rätsels. Düstere Öffnungen klaffen da, und etwas, es klingt wie die Stimme des Lebens, sagt einem: Tritt nicht ein. Wehe dem, der sich trotzdem hineinwagt! In den unerhörten Tiefen der Abstraktion und der reinen Theorie unterbreiten die Geistesfürsten, gleichsam über den Dogmen stehend, Gott ihre Gedanken. Ihr Gebet bietet keck den Disput an. Ihre Anbetung befragt. Das ist der unmittelbare Glaube voller Angst und Verantwortung für den, der sich auf seine steilen Hänge wagt.

Das menschliche Denken kennt keine Grenzen. Auf eigene Gefahr untersucht und erforscht es sein eigenes Staunen. Fast möchte man meinen, es blende durch eine Art herrlicher Rückwirkung die Natur. Die geheimnisvolle Welt, in der wir leben, gibt zurück, was sie empfängt, und wahrscheinlich werden die Betrachter betrachtet. Wie dem auch sei, auf Erden gibt es Menschen – sind das noch Menschen? –, die in der Tiefe der Traumhorizonte die Höhen des Absoluten deutlich sehen und die die furchtbare Vision vom unendlichen Gebirge haben. Gnaden Bienvenu gehörte nicht zu jenen Menschen, Gnaden Bienvenu war kein Genie. Er hätte diese Erhabenheit gefürchtet, aus der manche, sogar sehr große Männer wie Swedenborg und Pascal, in den Wahnsinn hinübergeglitten sind. Sicher sind diese gewaltigen Grübeleien von sittlichem Nutzen, und auf diesen steilen Wegen nähert man sich der idealen Vollkommenheit. Er hingegen ging den Pfad, der abkürzt, den Pfad des Evangeliums.

Er versuchte gar nicht erst, seinem Meßgewand den Faltenwurf vom Mantel des Elias zu geben, er sandte keinen Strahl der Zukunft auf die geheimnisvoll wechselhaften Ereignisse, er war nicht bestrebt, das Licht der Dinge zur Flamme zu verdichten, er hatte nichts von einem Propheten und Weisen an sich. Diese demütige Seele liebte, das war alles.

Wahrscheinlich erhob er das Gebet zu einem übermenschlichen Sehnen. Doch des Gebets wie der Liebe kann nicht zuviel sein, und wenn es Ketzerei wäre, beim Beten mehr als den vorgeschriebenen Wortlaut zu sprechen, zählten die heilige Theresa und der heilige Hieronymus zu den Ketzern.

Er mühte sich um das, was ächzt und büßt. Die Welt schien ihm eine einzige Krankheit. Überall spürte er Fieber, überall horchte er am Leid, und ohne das Rätsel lösen zu wollen, trachtete er die Wunde zu verbinden. Das fürchterliche Schauspiel der erschaffenen Dinge erregte sein Mitleid, und seine größte Sorge war, wie er selbst am wirkungsvollsten die Not lindern und seine Mitmenschen dafür begeistern könnte, es ihm gleichzutun. Das Bestehende war für diesen gütigen und seltenen Priester ein ständiger Anlaß zur Trauer, über die er hinwegzutrösten suchte.

Es gibt Menschen, die sich damit abplagen, nach Gold zu graben. Er förderte Mitleid zutage. Das allgemeine Elend war sein Bergwerk. Der Schmerz allenthalben bot nur Gelegenheit zu immerwährender Güte. »Liebe deinen Nächsten«, das erklärte er umfassend, nichts wünschte er sich sehnlicher, und das war seine ganze Lehre. Eines Tages sagte der Mann, der sich für einen »Philosophen« hielt, jener bereits erwähnte Senator, zum Bischof: »Aber sehen Sie sich doch in der Welt um. Krieg aller gegen alle. Der Stärkste hat am meisten Verstand. Ihr ›Liebe deinen Nächsten‹ ist Unsinn.«

»Nun denn«, antwortete Gnaden Bienvenu friedfertig, »wenn das Unsinn ist, muß sich die Seele eben damit als Gehäuse begnügen wie die Perle mit der Muschel.« In diesen Unsinn zog er sich also zurück, damit lebte er, und damit war er vollauf zufrieden. Er ließ die gewaltigen Fragen beiseite, die locken und erschrecken, die ins Dunkel führenden Ausblicke der Abstraktion, die Abgründe der Metaphysik, all dieses Unergründliche, das für den Apostel in Gott und für den Atheisten ins Nichts einmündet, das Schicksal, Gut und Böse, den Krieg des Seins gegen das Sein, das Gewissen des Menschen, das in sich gekehrte Schlafwandeln des Tieres, die Verwandlung durch den Tod, die geraffte Wiederholung des Lebens vor dem Ende, das unbegreifliche Aufpfropfen der fortwährenden Liebe auf das beharrende Ich, das Wesen, die Materie, *Nil* und *Ens,* Seele, Natur, Freiheit und Notwendigkeit. Unlösbare Rätsel, düstere Nacht, über die sich die riesenhaften Erzengel des menschlichen Geistes beugen, fürchterliche Tiefen, in die Lukrez, Manu, Paulus und Dante schauen und in denen ihr blitzendes Auge, das unverwandt die Unendlichkeit ansieht, scheinbar Sterne aufblühen läßt.

Als Außenstehender stellte Gnaden Bienvenu die geheimnisvollen Fragen lediglich fest, ohne daß er sie untersuchte, erörterte oder sich durch sie verwirren ließ, und in seiner Seele war tiefe Ehrfurcht vor dem Dunkel.

ZWEITES BUCH

DER RÜCKFALL

Am Abend eines Wandertags

An einem der ersten Tage des Oktobers 1815, etwa eine Stunde vor Sonnenuntergang, betrat ein Mann, der zu Fuß daherkam, die kleine Stadt Digne. Die wenigen Einwohner, die gerade an ihren Fenstern saßen oder auf der Schwelle ihrer Häuser standen, blickten ihm mit einer gewissen Unruhe nach. Es war schwer, einen Wanderer anzutreffen, der jämmerlicher aussah. Er war mittelgroß, breit, gedrungen, in reifen Jahren. Etwa sechsundvierzig oder achtundvierzig mochte er alt sein. Eine Kappe mit heruntergeschlagenem Lederschirm verbarg zum Teil sein von Sonne und trockenem Wind verbranntes, schweißtriefendes Gesicht. Sein Hemd aus grober gelber Leinwand, am Hals mit einer silbernen Klammer geschlossen, entblößte seine behaarte Brust. Er hatte eine wie ein Strick gewundene Binde, eine abgenutzte, schäbige Hose von blauem Zwillich, an einem Knie blankgewetzt, am anderen zerrissen, eine alte, zerlumpte graue Bluse, an einem Ellbogen mit einem Fetzen grünen Tuches geflickt, der mit grobem Faden aufgenäht war. Auf dem Rücken trug er einen vollen, gutgeschnallten und ganz neuen Soldatentornister, in der Hand einen riesigen Knotenstock. Die unbestrumpften Füße staken in genagelten Stiefeln. Sein Kopf war geschoren, sein Bart lang. Schweiß, Hitze, Wanderschaft und Staub gaben diesem zerrütteten Gesamtzustand des Reisenden obendrein etwas Schmutziges. Sein Haar war abgeschoren und dennoch stachlig, denn es begann nachzuwachsen und schien seit geraumer Frist nicht geschnitten.

Niemand kannte ihn, er war offenbar nur ein Vorüberkommender. Woher kam er? Vom Süden. Vielleicht vom Ufer des Meeres. Denn er zog in Digne durch dieselbe Straße ein, die sieben Monate vorher Kaiser Napoleon von Cannes nach Paris hatte marschieren sehen. Der Mann mußte den ganzen Tag auf den Beinen gewesen sein. Er war sichtlich sehr müde. Frauen aus dem alten Marktflecken, der tiefer als die Stadt liegt, hatten ihn beobachtet, wie er unter den Bäumen des Boulevards Gassendi anhielt und aus dem Brunnen am äußersten Ende der Promenade trank. Er mußte großen Durst haben, denn Kinder, die hinter ihm hertrotteten, sahen, wie er zweihundert Schritt weiter, an dem Brunnen des Marktplatzes, nochmals anhielt und trank.

Als er an die Ecke der Rue Poichevert gekommen war, wandte er sich nach links und ging auf das Bürgermeisteramt zu. Er trat ein und verließ es eine Viertelstunde später. Ein Gendarm saß neben dem Tor auf der Steinbank, auf die am 4. März General Drouot kletterte, um den verstörten Einwohnern von Digne die Proklamation vom Golf Juan vorzulesen. Der Mann zog seine Kappe ab und grüßte in Demut den Gendarmen. Dieser besah ihn sich, ohne seinen Gruß zu erwidern, aufmerksam, folgte ihm einige Zeit mit den Augen, dann ging er in das Rathaus hinein.

Es gab damals in Digne eine schöne Herberge mit dem Schild »Zum Kreuz von Colbas«. Sie hatte einen Wirt namens Jacquin Labarre. Man achtete ihn in der Stadt wegen seiner Verwandtschaft zu einem anderen Labarre, der in Grenoble die Herberge »Zu den drei Dauphins« hatte und bei der Leibwache gewesen war. Als der Kaiser landete, waren in der Gegend viele Gerüchte über diese Herberge »Zu den drei Dauphins« in Umlauf. Man erzählte, General Bertrand habe, als Fuhrmann verkleidet, im Januar häufig Reisen dorthin unternommen und Kreuze der Ehrenlegion an Soldaten und Hände voll Napoleons an die Bürger verteilt. In Wahrheit hatte der Kaiser, als er Grenoble betrat, sich geweigert, im Haus der Präfektur zu wohnen. Er hatte dem Bürgermeister mit den Worten gedankt: »Ich gehe zu einem wackeren Mann, den ich kenne« und war in den »Drei Dauphins« eingekehrt. Dieser Ruhm des Labarre in den »Drei Dauphins« warf über eine Entfernung von fünfundzwanzig Meilen hin seinen Abglanz auf den Labarre im »Kreuz von Colbas«. Man sagte in der Stadt von ihm: »Er ist der Vetter von dem in Grenoble.«

Der Mann schritt auf die Herberge zu, die beste ringsum. Er trat in die Küche, die zu ebener Erde, nach der Straße zu lag.

Alle Öfen brannten; ein großes Feuer flammte im Kamin. Der Wirt, zugleich Oberkoch, ging vom Herd zu den Pfannen. Er hatte viel damit zu tun, ein köstliches Diner zu überwachen, das für Rollkutscher bestimmt war. Man hörte sie in einem benachbarten Saal lärmend lachen und reden. Wer viel gereist ist, weiß, daß niemand besser zu speisen versteht als Rollkutscher. Ein fettes Murmeltier, umgeben von weißen Rebhühnern und Birkhähnchen, drehte sich vor dem Feuer am langen Spieß; auf den Öfen kochten zwei große Karpfen aus dem See von Lauzet und eine Forelle aus dem von Alloz.

Als der Wirt hörte, daß die Tür aufging und ein neuer Gast eintrat, sagte er, ohne die Augen von den Öfen zu erheben: »Was will der Herr?«

»Essen und schlafen«, sagte der Mann.

»Nichts leichter als das«, antwortete der Wirt. In diesem Moment wandte er den Kopf um. Mit einem Blick musterte er die Erscheinung des Wanderers. »Gegen Bezahlung«, sagte er.

Der Mann holte eine große Lederbörse aus der Tasche seiner Bluse und erwiderte: »Geld habe ich.«

»In dem Falle – Ihnen zu Diensten«, sagte der Wirt.

Der Mann steckte seine Börse wieder in die Tasche, nahm seinen Tornister ab, stellte ihn neben der Tür auf den Boden, behielt seinen Stock in der Hand und setzte sich auf einen niedrigen Schemel nahe dem Ofen. Digne ist eine Bergstadt. Die Oktoberabende sind dort kalt.

Hin und her gehend, betrachtete inzwischen der Wirt den Reisenden.

»Wird bald gegessen?« fragte der Mann.

»Gleich«, sagte der Wirt.

Während sich der Neugekommene mit abgewandtem Rücken wärmte, nahm der würdige Inhaber der Herberge, Jacquin Labarre, aus seiner Tasche einen Bleistift, dann trennte er einen Zipfel einer alten Zeitung ab, die sich auf einem kleinen Tisch nahe dem Fenster herumtrieb. Auf den unbedruckten Rand schrieb er eine oder zwei Zeilen, faltete das Stück Papier, ohne es zu versiegeln, und gab es einem Kind, das ihm als Küchenjunge und auch als Lakai zu dienen schien. Der Wirt flüsterte dem Jungen ein Wort ins Ohr, und das Kind ging eilends fort, in Richtung des Bürgermeisteramtes.

Der Reisende hatte nichts davon gewahrt. Er fragte noch einmal: »Wird bald gegessen?«

»Gleich«, sagte der Wirt.

Das Kind kam zurück. Es brachte das Papier wieder. Der Wirt entfaltete es hastig, wie jemand, der einen Bescheid erwartet.

Er schien gespannt zu lesen, dann schüttelte er den Kopf und dachte einen Moment nach. Endlich machte er einen Schritt auf den Reisenden zu, der sichtlich in wenig frohe Überlegungen versunken war.

»Mein Herr«, sagte er, »ich kann Sie nicht beherbergen.«

Der Mann fuhr auf seinem Sitz halb hoch: »Wie? Haben Sie Angst, daß ich nicht bezahle? Soll ich vorausbezahlen? Ich habe Geld, sagte ich Ihnen schon.«

»Das ist es nicht.«

»Was denn?«

»Sie haben Geld . . .«

»Ja«, sagte der Mann.

»Und ich«, erwiderte der Wirt, »habe kein Zimmer.«

Der Mann sagte ruhig: »Lassen Sie mich im Stall schlafen!«

»Ich kann nicht.«

»Warum?«

»Die Pferde brauchen den ganzen Platz.«

»Nun«, entgegnete der Mann, »ein Winkel im Dachgeschoß. Ein Bündel Stroh. Wir werden nach dem Essen schon sehn.«

»Ich kann Ihnen kein Essen geben.«

Diese in maßvollem, aber festem Ton ausgesprochene Erklärung schien dem Fremden ernst. Er stand auf. »Ach was! Ich sterbe vor Hunger. Seit die Sonne heraus ist, bin ich marschiert. Zwölf Stunden. Ich bezahle. Ich will essen.«

»Ich habe nichts«, sagte der Wirt.

Der Mann brach in Gelächter aus und ging auf den Kamin und die Öfen zu. »Nichts! Und das alles hier?«

»Ist bestellt.«

»Von wem?«

»Von den Herren Rollkutschern.«

»Wieviel sind es?«

»Zwölf.«

»Das Essen reicht für zwanzig.«

»Sie haben alles bestellt und alles vorausbezahlt.«

Der Mann setzte sich wieder und sagte, ohne die Stimme zu heben: »Ich bin in einer Herberge, ich habe Hunger, ich bleibe.«

Der Wirt neigte sich zu seinem Ohr hinab und sagte zu ihm, so unwirsch, daß ein Zittern sich seiner bemächtigte: »Gehen Sie!«

Der Reisende hatte sich in diesem Augenblick gebückt und stieß mit der Eisenspitze seines Stockes ein paar glühende Kohlen ins Feuer. Nun wandte er sich heftig um. Als er, um zu erwidern, den Mund auftat, sah der Wirt ihm ins Gesicht und fügte mit noch immer leiser Stimme hinzu: »Jetzt aber genug der Worte. Soll ich Ihnen Ihren Namen sagen? Sie heißen Jean Valjean. Wollen Sie auch, daß ich Ihnen sage, wer Sie sind? Als ich Sie eintreten sah, habe ich etwas geahnt, ich habe zur Bürgermeisterei geschickt, und die Auskunft hat man mir gegeben. Können Sie lesen?«

Dabei hielt er dem Fremden auseinandergefaltet den Zettel hin, der von der Herberge ins Bürgermeisteramt und vom Bürgermeisteramt in die Herberge gereist war. Der Mann warf einen Blick darauf. Nach einem kurzen Schweigen sagte der Wirt: »Ich bin's gewohnt, zu jedem höflich zu sein. Gehen Sie!«

Der Mann senkte den Kopf, schnallte den Tornister wieder um, den er auf den Boden gelegt hatte, und ging.

Er schlug den Weg über die Hauptstraße ein. Aufs Geratewohl schritt er dahin und streifte die Häuser wie ein Mensch, der beschimpft wurde und traurig ist. Er schaute sich kein einziges Mal um. Hätte er es getan, hätte er den Wirt des

»Kreuzes von Colbas« an der Schwelle seiner Tür gesehen, von allen reisenden Gästen seiner Herberge und allen Passanten der Straße umgeben, wie er lebhaft sprach und mit dem Finger auf ihn wies, und an den feindlichen Blicken und dem Schrecken der Gruppe hätte er erraten, daß in kurzem sein Auftauchen das Stadtereignis sein würde.

Er sah nichts von alledem. Menschen, die ohne Hoffnung sind, spähen nicht hinter sich. Sie wissen nur zu gut, daß das Unheil mit ihnen geht.

So wanderte er eine Zeitlang, wanderte immerfort, überließ es dem Zufall, durch welche ihm unbekannten Straßen er ihn führte, und vergaß die Müdigkeit, wie das im Kummer so ist.

Plötzlich empfand er den Hunger in aller Schärfe. Die Nacht nahte, er sah sich um, ob er vielleicht irgendwo ein Lager entdecken könne.

Der schöne Gasthof hatte sich ihm verschlossen. Er suchte eine dürftige Schenke, eine armselige Spelunke. Eben jetzt erglomm am Ende der Straße ein Licht. Ein Fichtenzweig, der an einer eisernen Stange hing, hob sich vom weißen Himmel der Dämmerung ab. Dahin ging er. Es war wirklich eine Schenke. Die Schenke in der Rue de Chaffaut. Der Wanderer stand einen Augenblick und sah durch die Scheibe in den niedrigen Saal der Schenke, den eine kleine Lampe auf einem Tisch und ein großes Feuer im Kamin erleuchteten. Einige Männer tranken dort. Der Wirt wärmte sich. In einem Eisenkessel, der an einem Haken über der Flamme hing, brodelte es.

Man betritt diese Schenke, die auch eine Art Herberge ist, durch zwei Türen. Die eine geht auf die Straße, die andere auf einen kleinen Hof mit einem Misthaufen. Der Wanderer hatte nicht den Mut, durch die Straßentür einzutreten. Er schlüpfte in den Hof, blieb nochmals stehen, dann hob er schüchtern die Klinke und stieß die Tür auf.

»Wer da?« fragte der Wirt.

»Einer, der zu Abend essen und schlafen möchte.«

»Gut. Hier kann man essen und schlafen.«

Er trat ein. Alle Leute, die da tranken, drehten sich um. Die

Lampe erhellte seine eine Seite, das Feuer die andere. Während er seinen Tornister abschnallte, prüften sie ihn mit Ausdauer.

Der Wirt sagte zu ihm: »Da ist Feuer. Das Abendessen kocht im Kessel. Kommen Sie und wärmen Sie sich, Kamerad.«

Er ging und hockte sich neben den Ofen. Er streckte vor dem Feuer seine vor Ermüdung schmerzenden Beine aus. Dem Kessel entschwebte ein guter Geruch. Was von seinem Gesicht unter dem herabgelassenen Schirm der Kappe erkennbar war, täuschte ein unbestimmtes Wohlbehagen vor, das sich mit dem anderen, so ergreifenden Zug ständigen Leidens verband. Im übrigen war sein Profil fest, energisch und traurig. Dieses Antlitz war seltsam zusammengesetzt. Anfangs schien es demütig und zuletzt streng. Das Auge schimmerte unter den Brauen wie ein Feuer im Gestrüpp.

Einer der Männer am Tisch war ein Fischhändler, der, bevor er die Schenke in der Rue de Chaffaut betrat, sein Pferd im Stall von Labarre eingestellt hatte. Zufällig hatte er am selben Morgen diesen verdächtigen Fremden gesehen, wie er zwischen Bras d'Asse wanderte und … (Ich habe den Namen vergessen, ich glaube, es war Escoublon.) Als er ihn traf, hatte der Mann, der schon sehr erschöpft war, ihn gebeten, ihn hinten aufsitzen zu lassen. Der Fischhändler hatte nur damit geantwortet, daß er das Fahrtempo verdoppelte. Er war eine halbe Stunde vorher bei der Gruppe gewesen, die Jacquin Labarre umgab, und er selbst hatte von der unangenehmen morgendlichen Begegnung den Leuten im »Kreuz von Colbas« erzählt. Von seinem Platz aus gab er dem Schankwirt einen unmerklichen Wink. Der Schankwirt ging zu ihm. Mit leiser Stimme wechselten sie einige Worte. Der Mann war wieder in sein Brüten versunken.

Der Schankwirt ging zum Kamin zurück, legte dem Mann barsch die Hand auf die Schulter und sagte: »Du machst, daß du wegkommst.«

Der Fremde wandte sich um und erwiderte sanft: »Ach, Sie wissen?«

»Ja.«

»Man hat mich aus der anderen Herberge weggeschickt.«

»Und verjagt dich aus der hier.«

»Wohin soll ich gehen?«

»Anderswohin.«

Der Mann nahm seinen Stock und seinen Tornister und ging.

Als er hinaustrat, schleuderten einige Kinder, die ihm vom »Kreuz von Colbas« her gefolgt waren und ihn zu erwarten schienen, ihm Steine nach. Ergrimmt drehte er sich um und drohte ihnen mit seinem Stock. Die Kinder zerstreuten sich wie ein Vogelschwarm.

Er kam am Gefängnis vorbei. Am Tor hing eine Eisenkette, an der eine Glocke befestigt war. Er läutete.

Ein Schalter öffnete sich. »Herr Schließer«, sagte er und zog respektvoll seine Kappe, »würden Sie mir auftun und mir für diese Nacht Obdach geben wollen?«

Jemand antwortete: »Ein Gefängnis ist keine Herberge. Lassen Sie sich verhaften! Dann wird Ihnen aufgetan.«

Der Schalter schloß sich wieder.

Er betrat eine kleine Straße mit vielen Gärten. Einige sind nur von Hecken umrandet, wodurch das Bild der Straße heiterer wird. Zwischen den Gärten und Hecken sah er ein kleines einstöckiges Haus, in dessen Fenster Licht war. Er sah durch die Scheibe wie vorhin an der Schenke. Es war ein großes weißgetünchtes Zimmer mit einem Bett, das einen Vorhang von bedrucktem Kattun hatte, und einer Wiege in einer Ecke, ein paar Holzstühlen und einer Doppelflinte an einem Nagel an der Wand. Inmitten des Zimmers war ein Tisch gedeckt. Eine kupferne Lampe erleuchtete das Tuch von grobem weißem Leinen, die wie Silber blinkende und mit Wein gefüllte Schleifkanne und die irdene Suppenschüssel, die dampfte. An diesem Tisch saß ein etwa vierzigjähriger Mann mit lustigem, ehrlichem Gesicht, der ein kleines Kind auf seinen Knien hüpfen ließ. Neben ihm säugte eine blutjunge Frau ein zweites Kind. Der Vater lachte, das Kind lachte, die Mutter lächelte.

Der Fremde stand einen Moment träumerisch vor diesem lieblichen, beruhigenden Schauspiel. Was ging in ihm vor? Er allein hätte es sagen können. Vermutlich dachte er, dieses fröhliche Haus werde gastfreundlich sein, und da, wo er soviel Glück sah, werde er wohl ein wenig Mitleid finden.

Er klopfte kurz und sehr schwach gegen das gläserne Viereck. Man hörte es nicht. Er klopfte ein zweites Mal. Er vernahm, wie die Frau sagte: »Mann, ich glaube, es klopft einer.«

»Nein«, antwortete der Gatte.

Der Mann klopfte zum drittenmal. Der Gatte erhob sich, nahm die Lampe, ging zur Tür und öffnete sie. Er war hochgewachsen, halb Bauer, halb Handwerker. Er trug eine breite Lederschürze, die bis zu seiner linken Schulter reichte und die ein Hammer, ein rotes Schnupftuch, ein Pulverhorn aufbauschten – allerlei Gegenstände, die der Gürtel wie eine Tasche hielt. Er bog den Kopf zurück; sein weitklaffendes und umgeschlagenes Hemd zeigte seinen weißen, nackten Stierhals. Er hatte dicke Brauen, einen ungeheuren, schwarzen Backenbart, vortretende Augen, die untere Gesichtshälfte wie ein Tiermaul und über alledem das nicht wiederzugebende Bewußtsein, zu Hause zu sein.

»Mein Herr«, sagte der Wanderer, »verzeihen Sie! Könnten Sie mir gegen Bezahlung einen Teller Suppe überlassen und einen Winkel zum Schlafen in dem Schuppen da im Garten? Sagen Sie, können Sie das? Gegen Bezahlung.«

»Wer sind Sie?« fragte der Hausherr.

Der Mann erwiderte: »Ich komme von Puy-Moisson. Ich bin den ganzen Tag marschiert, zwölf Meilen. Können Sie? Gegen Bezahlung.«

»Ich würde mich nicht weigern«, sagte der Bauer, »einem redlichen Menschen Unterkunft zu geben, der zahlt. Aber warum gehen Sie nicht in die Herberge?«

»Es ist kein Platz.«

»Bah! Unmöglich. Es ist doch keine Messe und der Markttag vorbei. Waren Sie denn bei Labarre?«

»Ja.«

»Na und?«

Der Wanderer erwiderte verwirrt: »Ich weiß nicht, er hat mich nicht angenommen.«

»Waren Sie bei Dingsda in der Rue de Chaffaut?«

Die Verwirrung des Fremden wurde noch größer. Er stammelte: »Der hat mich auch nicht angenommen.«

Das Gesicht des Bauern nahm einen Zug von Mißtrauen an. Wieder betrachtete er den Reisenden vom Kopf bis zu den Füßen, und plötzlich rief er mit einer Art Schauder: »Sind Sie etwa der Mann ...?«

Er warf von neuem einen Blick auf den Fremden, wich drei Schritte zurück, stellte die Lampe auf den Tisch und holte die Flinte von der Wand.

Indessen war bei den Worten des Bauern: »Sind Sie etwa der Mann ...?« die Frau aufgestanden, sie hatte ihre beiden Kinder in ihre Arme gerissen und war schleunigst hinter ihren Gatten geflüchtet. Mit Entsetzen starrte sie den Fremden an, die Brust bloß, die Augen verstört, und murmelte leise in der Sprache des Bergvolks: »Wildkater, grauslicher!«

Das alles ging über jede Wahrscheinlichkeit schnell vor sich. Nachdem der Hausherr mit seinem Blick den Mann einen Moment lang durchbohrt hatte, als wäre er eine Viper, kam er wieder an die Tür und sagte: »Geh!«

»Erbarmen«, sagte der Mann, »ein Glas Wasser!«

»Eine Kugel aus der Flinte!« sagte der Bauer.

Dann zog er heftig die Tür zu, und der Mann hörte, wie er sie mit zwei schweren Riegeln verrammelte. Unmittelbar danach wurde das Fenster mit dem inwendigen Laden versperrt, und das Geräusch von einem Querbalken, den der Hausherr vorlegte, drang nach außen.

Die Nacht sank immer dunkler herab. Der kalte Alpenwind wehte. Im Licht des scheidenden Tages bemerkte der Fremde in einem der Gärten, die die Straße begrenzten, eine Art Hütte, die, so schien es ihm, aus Rasenschollen gemauert war. Entschlossen überquerte er eine Holzschranke und sah sich im Garten. Er näherte sich der Hütte. Sie hatte statt einer Tür einen schmalen, sehr niedrigen Eingang und glich den Baracken, die sich die Straßenarbeiter am Rande der Chausseen bauen. Zweifellos dachte er, es sei die Wohnung eines Straßenwärters. Er litt unter Kälte und Hunger. Er hatte sich darin ergeben, zu hungern, aber wenigstens bot sich ihm hier Schutz gegen das Frieren. Derlei Wohnungen sind nachts meist leer. Er kroch auf dem Bauch in die Hütte. Es war warm darin, und er entdeckte ein recht gutes Strohlager.

Einen Moment streckte er sich in diesem Bett aus, ohne sich regen zu können, so müde war er. Alsdann begann er, da ihm der Tornister auf seinem Rücken lästig und übrigens ein geeignetes Kissen war, einen der Riemen loszuschnallen. In diesem Augenblick ließ sich ein erschreckendes Knurren hören. Er sah auf. Der Kopf einer riesigen Dogge wurde im Schatten am Eingang der Baracke sichtbar.

Es war die Hütte eines Hundes.

Er selbst hatte große Kraft, und man konnte sich vor ihm fürchten. Er bewaffnete sich mit seinem Stock, machte aus seinem Tornister einen Schild und verließ die Hütte, wie er konnte, wobei die Risse seiner Lumpen noch größer wurden.

Er verließ auch den Garten, aber er ging rücklings, da er, um die Dogge in Respekt zu halten, gezwungen war, sich mit jenem Schwenken des Stockes zu helfen, das die Meister in dieser Art der Fechtkunst die gedeckte Rose nennen.

Als er nicht ohne Mühsal die Schranke wieder überstiegen hatte und sich allein in der Straße sah, ohne Nachtlager, ohne Dach, ohne Schutz, sogar von diesem Strohbett und aus dieser elenden Hütte verjagt, ließ er sich auf einen Stein mehr fallen, als daß er sich darauf setzte, und es schien, daß ein Passant, der die Straße überquerte, ihn rufen hörte: »Nicht mal ein Hund bin ich!«

Bald stand er wieder auf und begann von neuem seinen Marsch. Er ging aus der Stadt hinaus, in der Hoffnung, einen Baum oder eine Mühle in den Feldern und dort ein Obdach zu finden. So schritt er einige Zeit vorwärts, immer mit gesenktem Kopf. Als er fühlte, daß er abseits von jeder menschlichen Wohnung war, hob er die Augen und suchte um sich her. Er war auf einem Feld. Vor sich hatte er einen der flachen, mit kurzgeschnittenen Stoppeln bewachsenen Hügel, die nach der Ernte geschorenen Köpfen gleichen.

Der Horizont war pechschwarz. Es war nicht nur die Finsternis der Nacht; es waren sehr niedrige Wolken, die sich an den Hügel selbst zu lehnen schienen und steigend den Himmel ausfüllten. Da indessen der Mond im Begriff war aufzugehen und am Zenit noch ein Rest von Dämmerungshelligkeit schwamm, bildeten diese Wolken droben am Himmel etwas wie ein weißliches Gewölbe, von dem ein Lichtschein auf die Erde fiel.

Die Erde war also mehr beleuchtet als der Himmel, was von besonders düsterer Wirkung ist, und der Hügel mit seinen armseligen, kümmerlichen Linien zeichnete sich undeutlich und fahl vom dunklen Hintergrund ab. Das Ganze war häßlich, klein, unheilverkündend, dumpf. Nichts auf Feld oder Hügel als ein mißgestalteter Baum, der, wenige Schritte von dem Wanderer entfernt, sich erschauernd hin und her wand.

Dem Mann waren augenscheinlich die verfeinerten Fähigkeiten der Intelligenz und des Geistes fremd, die für den geheimnisvollen Anblick der Dinge empfänglich machen; und doch lag über dem Himmel, auf Hügel und Ebene, über diesem Baum eine so tiefe Trostlosigkeit, daß er nach einem Moment unbeweglichen Träumens plötzlich umkehrte. In manchen Augenblicken scheint auch die Natur ein Feind.

Er ging denselben Weg zurück. Die Tore von Digne waren versperrt. Digne, das in den Religionskriegen Belagerungen getrotzt hatte, war im Jahre 1815 noch von alten Mauern umgeben, die viereckige, seither zerstörte Türme flankierten. Er zwängte sich durch eine Bresche und betrat wieder die Stadt.

Es mochte acht Uhr abends sein. Da er die Straßen nicht kannte, strich er von neuem umher. So kam er zur Präfektur, dann zum Seminar. Als er über den Domplatz ging, zeigte er der Kirche die Faust.

In einer Ecke des Platzes liegt eine Druckerei. Hier wurden zum erstenmal die Proklamationen des Kaisers und der kaiserlichen Garde an die Armee gedruckt, die von der Insel Elba gebracht worden waren und die Napoleon selbst diktiert hatte.

Von Müdigkeit zerbrochen und auf nichts mehr hoffend, legte der Mann sich auf die Steinbank am Tor dieser Drukkerei. In diesem Augenblick verließ eine alte Frau die Kirche. Sie sah den Mann im Schatten ausgestreckt. »Was tun Sie da, mein Lieber?« fragte sie.

Er antwortete hart und im Zorn: »Wie Sie sehen, gute Frau, ich will schlafen.«

Die gute Frau, die in der Tat diesen Namen verdiente, war die Marquise von R. »Auf der Bank?« erwiderte sie.

»Neunzehn Jahre hatte ich eine Matratze von Holz«, sagte der Mann. »Heute habe ich eine Matratze aus Stein.«

»Sie sind Soldat gewesen?«

»Ja, gute Frau, Soldat.«

»Warum gehn Sie nicht in die Herberge?«

»Weil ich kein Geld habe.«

»Ach«, sagte die Frau von R., »ich habe auch nur vier Sous in der Börse.«

»Geben Sie sie dennoch!«

Der Mann nahm die vier Sous. »Für so wenig Geld«, fuhr Frau von R. fort, »können Sie in der Herberge nicht übernachten. Haben Sie es denn versucht? Sie können unmöglich die Nacht so verbringen. Sie haben gewiß Hunger und frieren. Man hätte Ihnen aus Barmherzigkeit Obdach gewähren müssen.«

»Ich habe an alle Türen geklopft.«

»Und?«

»Überall hat man mich weggejagt.«

Die gute Frau berührte den Arm des Mannes und wies ihm auf der anderen Seite des Platzes ein kleines, niedriges Haus neben dem Bischofspalast.

»Sie haben«, fragte sie nochmals, »an alle Türen geklopft?«

»Ja.«

»Haben Sie an die da geklopft?«

»Nein.«

»Klopfen Sie!«

Klugheit, angeraten der Weisheit

An diesem Abend war der Bischof von Digne nach seinem Spaziergang durch die Stadt bis ziemlich spät in seinem Zimmer eingeschlossen geblieben. Er beschäftigte sich mit einer großen Arbeit über die Pflichten, die leider nicht vollendet wurde. Sorgsam machte er Auszüge aus allem, was die Kirchenväter zu diesem bedeutenden Thema gesagt hatten. Sein Buch gliederte sich in zwei Teile, in den ersten über die Pflichten aller und in den zweiten über die Pflichten eines jeden einzelnen je nach der Volksschicht, der er angehört. Die Pflichten aller sind die Hauptpflichten. Es gibt vier davon. Auf sie weist Matthäus hin: Pflichten gegenüber Gott (Matth., VI), Pflichten gegenüber sich selbst (Matth., V, 29, 30), Pflichten gegenüber dem Nächsten (Matth., VII, 12) und Pflichten gegenüber der Kreatur (Matth., VI, 20, 25). Die übrigen Pflichten hatte der Bischof andernorts genannt und vorgeschrieben gefunden. Für die Herrscher und Untertanen im Römerbrief. Für die Richter, Gattinnen, Mütter und jungen Männer gibt sie Petrus an. Für die Gatten, Väter, Kinder und Diener im Epheserbrief. Für die Gläubigen im Hebräerbrief und für die Jungfrauen im Korintherbrief.

Mühevoll verband er alle diese Vorschriften zu einem harmonischen Ganzen, das er den Menschen anbieten wollte.

Er arbeitete noch um acht Uhr und schrieb unbequem auf kleine Zettel, wobei er ein dickes Buch auf den Knien hielt, als Frau Magloire nach ihrer Gewohnheit eintrat, um das Silbergeschirr aus dem Wandschrank nahe dem Bett zu holen. Einen Augenblick danach klappte der Bischof, da er fühlte, daß der Tisch gedeckt war und seine Schwester ihn erwartete, sein Buch zu, stand auf und trat in das Eßzimmer.

Das Eßzimmer war ein länglicher Raum mit einem Kamin, einer Tür nach der Straße (wie wir schon erwähnten) und einem Fenster nach dem Garten.

Frau Magloire war in der Tat mit dem Tischdecken fertig. Während sie ihre Arbeit tat, plauderte sie mit Fräulein Baptistine. Eine Lampe stand auf dem Tisch, der sich nahe dem Kamin befand. Ein recht gutes Feuer brannte darin.

Unschwer kann man sich die beiden Frauen vorstellen, die beide über sechzig Jahre zählten. Frau Magloire klein, dick, lebhaft; Fräulein Baptistine sanft, hager, gebrechlich, ein wenig größer als ihr Bruder, in flohbraunem Kleid nach einem Modell von 1806, das sie damals in Paris gekauft hatte und das sie noch immer trug. Um der Volkssprache Redensarten zu entleihen, die das Verdienst haben, mit einem einzigen Wort eine Vorstellung zu erwecken, die eine Seite kaum ausdrücken könnte: Frau Magloire sah wie eine Bäuerin aus und Fräulein Baptistine wie eine Dame. Frau Magloire hatte eine Haube mit Röhrenfalten, um den Hals ein goldenes Kreuz mit einem Herzen darüber, den einzigen Frauenschmuck im Hause, ein sehr weißes Busentuch, das aus einem Kleid von schwarzem Wollstoff mit weiten, kurzen Ärmeln hervorsah, eine Schürze von Kattun mit roten und grünen Karos, am Gürtel mit einem grünen Band geknüpft, mit einem ebensolchen Brustlatz, der mit zwei Nadeln an die beiden oberen Ecken geheftet war, und an den Füßen grobe Schuhe und gelbe Strümpfe wie die Frauen von Marseille. Das Kleid von Fräulein Baptistine war nach dem Schnitt von 1806 genäht, mit kurzer Taille, eng anschließend, Ärmel mit erhöhten Schultern, mit Zeugstreifen und Knöpfen. Sie verbarg ihre grauen Haare unter einer nach der Mode, die man »für das Kind« nannte, gelockten Perücke. Frau Magloire hatte ein gescheites, lebendiges Gesicht. Die beiden ungleich gehobenen Winkel ihres Mundes und die Oberlippe, die dicker als die Unterlippe war, gaben ihr etwas Mürrisches und Gebieterisches. Solange der Bischof schwieg, sprach sie zu ihm mit einer Mischung von Respekt und Freimut; aber sobald er redete, gehorchte sie ihm, wie man gesehen hat, so ergeben wie das Fräulein. Baptistine sprach nicht einmal. Sie begnügte sich damit, ihm zu gehorchen und willfährig zu sein. Auch in ihrer Jugend war sie nicht hübsch gewesen, sie hatte große, blaue, runde Augen und eine lange, gebogene Nase. Aber ihre Züge, ihr ganzes Wesen strahlten eine unsagbare Güte aus. Von jeher war sie zur Sanftmut vorherbestimmt gewesen, doch Glaube, Barmherzigkeit und Hoffnung, jene drei Tugenden, die gelinde die Seele erwärmen, hatten diese Sanftmut nach und nach bis zur Heiligkeit gesteigert. Die Natur hatte aus ihr nur ein Schäfchen, die Religion hatte aus ihr einen Engel gemacht. Armes frommes Mädchen! Freundliche, entschwundene Erinnerung!

Fräulein Baptistine hat seitdem so oft erzählt, was sich an diesem Abend im Haus des Bischofs begab, daß mehreren Personen, die noch leben, die kleinsten Einzelheiten im Gedächtnis sind.

In dem Moment, in dem der Bischof eintrat, sprach Frau Magloire mit einer gewissen Erregung. Sie redete zu dem Fräulein von einer Sache, deren Erwähnung ihr vertraut und der Bischof gewohnt war. Es handelte sich um die Klinke der Straßentür.

Anscheinend hatte Frau Magloire, als sie für das Abendessen noch etwas einkaufen ging, an verschiedenen Orten gehört, wie eine Neuigkeit erörtert wurde. Man erzählte von einem verwahrlosten Landstreicher. Ein übler Vagabund sollte aufgetaucht sein und irgendwo in der Stadt weilen. Es könne für die, die sich herausnähmen, in dieser Nacht sich spät auf den Heimweg zu machen, böse Begegnungen bringen. Die Polizei sei im übrigen schlecht verwaltet, da der Herr Präfekt und der Herr Bürgermeister sich nicht liebten und einander zu schaden suchten, indem sie Zwischenfällen nicht vorbeugten. Also mußten besonnene Leute selbst die Polizei spielen und auf der Hut sein, und jeder sollte dafür sorgen, daß sein Haus richtig versperrt, verriegelt und verbarrikadiert sei und seine Türen gut schlossen.

Frau Magloire verlieh diesen letzten Worten besonderes Gewicht. Aber der Bischof kam aus seinem Zimmer, wo er es ziemlich kalt gehabt hatte. Er setzte sich an den Kamin und wärmte sich, und dann dachte er an anderes. Er griff die wirksam betonte Anspielung von Frau Magloire nicht auf. Sie brachte sie noch einmal vor. Da wagte Fräulein Baptistine, die Frau Magloire zufriedenstellen wollte, ohne ihren Bruder zu verdrießen, schüchtern zu fragen: »Bruder, hörst du, was Frau Magloire sagt?«

»Ich habe nur so ungefähr etwas gehört«, erwiderte der

Bischof. Er drehte seinen Stuhl halb herum, legte seine beiden Hände auf die Knie und hob nach der alten Wirtschafterin hin sein gutmütiges und arglos fröhliches Antlitz, das von unten die Flamme erhellte. »Also, was gibt es? Wir sind also in irgendeiner großen Gefahr?«

Nun begann Frau Magloire von neuem die ganze Geschichte, die sie, ohne es zu ahnen, ein wenig übertrieb. Ein Zigeuner, ein Barfüßler, eine Art von verdächtigem Bettler sollte in der Stadt sein. Er hatte sich, um beherbergt zu werden, bei Jacquin Labarre gemeldet, der ihm die Aufnahme verweigerte. Man hatte ihn durch den Boulevard Gassendi sich nähern und in der Dämmerung durch die Straßen strolchen sehen. Einen verkommenen Menschen mit fürchterlichem Gesicht.

»Was Sie nicht sagen!« meinte der Bischof.

Diese Bereitschaft, sie auszufragen, ermutigte Frau Magloire. Es schien ihr ein Zeichen, daß der Bischof doch ängstlich zu werden begann. Triumphierend fuhr sie fort: »Ja, Bischöfliche Gnaden. So ist es. Heute nacht wird es in der Stadt ein Unglück geben. Alle Leute sagen es. Dabei ist die Polizei so schlecht.« (Eine nützliche Wiederholung.) »In einem Bergland soll man leben und nicht einmal nachts Laternen in den Straßen haben! Man geht aus. Schwarz wie im Ofenloch. Und ich sage, Bischöfliche Gnaden, und das Fräulein sagt wie ich . . .«

»Ich«, unterbrach die Schwester, »ich sage nichts. Was mein Bruder tut, ist wohlgetan.«

Frau Magloire redete weiter, als wäre kein Einspruch erfolgt. »Wir sagen, daß dieses Haus hier gar nicht sicher ist. Und wenn Bischöfliche Gnaden gestatten, werde ich Paulin Musebois, den Schlosser, bestellen, daß er die alten Riegel wieder an die Tür legt. Dort liegen sie, es bedarf nur einer Minute. Und ich sage, daß Riegel nötig sind, und sei es auch nur für heute nacht. Denn ich sage, daß nichts schrecklicher ist als eine Tür, die der erste beste Passant mit einer Klinke von außen öffnen kann. Dabei pflegen Bischöfliche Gnaden immer zu sagen: Herein!, und sogar mitten in der Nacht, o Gott!, brauchte keiner erst um Erlaubnis zu bitten ...«

In diesem Moment wurde ziemlich heftig an die Tür geklopft.

»Herein!« sagte der Bischof.

Heroismus des passiven Gehorsams

Die Tür öffnete sich.

Sie wurde ungestüm weit zurückgeworfen, als stieße jemand sie mit Kraft und Entschiedenheit auf.

Ein Mann trat ein.

Wir kennen ihn bereits. Er ist der Wanderer, den wir eben noch auf der Suche nach einem Nachtlager umherirren sahen. Er trat ein, ging nur einen Schritt vor und bewegte sich nicht, wobei er die Tür hinter sich offenließ. Er hatte seinen Tornister auf der Schulter, seinen Stock in der Hand, in den Augen einen rauhen, kühnen, müden und gewalttätigen Ausdruck. Das Kaminfeuer beleuchtete ihn. Er war häßlich, ein finsteres Gespenst.

Frau Magloire war nicht einmal imstande aufzuschreien. Sie zitterte, mit offenem Munde stand sie da.

Fräulein Baptistine wandte sich um, bemerkte den Eintretenden und fuhr verstört halb in die Höhe, dann richtete sie langsam ihren Kopf nach dem Kamin und betrachtete ihren Bruder, und ihr Gesicht wurde wieder tief ruhig und heiter.

Der Bischof maß den Mann mit einem gelassenen Blick. Als er den Mund öffnete, sicherlich um den Fremden zu fragen, was sein Begehren sei, stützte der Mann beide Hände zugleich auf seinen Stock und ließ seine Augen abwechselnd über den Greis und die Frauen schweifen.

Ohne zu warten, bis der Bischof sprach, sagte er laut: »Also. Ich heiße Jean Valjean. Ich bin Galeerensträfling. Neunzehn Jahre war ich im Bagno. Seit vier Tagen bin ich frei und auf dem Weg nach Pontarlier. Vier Tage, seit Toulon, bin ich auf dem Marsch. Heute bin ich zu Fuß zwölf Meilen gegangen. Als ich heute abend in die Gegend hier kam, war ich in einer Herberge, und man hat mich abgelehnt, wegen meines gelben Passes, den ich auf dem Bürgermeisteramt gezeigt hatte. Das mußte so sein. Ich war wieder in einer Herberge. Man hat mir gesagt: Hinaus! In der wie in der anderen. Keiner hat mich haben wollen. Ich war vor dem Gefängnis, der Schließer hat mir nicht aufgemacht. Ich war in einer Hundehütte. Der Hund hat mich gebissen und verjagt, als wäre er ein Mensch. Es war, als hätte er gewußt, wer ich bin. Ich bin in die Felder gegangen, um unter den Sternen zu schlafen. Es war kein Stern da. Ich dachte, es werde regnen und es gebe keinen lieben Gott, der den Regen verhindere, und ich bin in die Stadt umgekehrt, einen Mauervorsprung an einer Tür zu finden. Da auf dem Platz wollte ich mich auf einen Stein schlafen legen, eine gute Frau hat mir Ihr Haus gewiesen und mir gesagt: ›Klopfen Sie!‹ Ich habe geklopft. Was ist das hier? Sind Sie eine Herberge? Ich habe Geld. Mein ganzes Vermögen. Hundertundneun Francs und fünfzehn Sous, die ich in neunzehn Jahren durch meine Arbeit im Bagno verdient habe. Ich zahle. Was liegt daran? Ich habe Geld. Ich bin sehr müde, zwölf Meilen zu Fuß, ich habe großen Hunger. Soll ich bleiben?«

»Frau Magloire«, sagte der Bischof, »bringen Sie ein Gedeck mehr!«

Der Mann machte zwei Schritte, und nun war er der Lampe auf dem Tisch nahe. »Nein«, sagte er, als hätte er nicht recht verstanden, »so ist das nicht. Haben Sie gehört? Ich bin ein Galeerensträfling. Ein Zuchthäusler. Ich komme von den Galeeren.« Er zog aus seiner Tasche ein großes Blatt gelben Papiers, das er entfaltete. »Hier ist mein Paß. Gelb, wie Sie sehen. Das dient dazu, mich von überall, wohin ich gehe, wegjagen zu lassen. Wollen Sie lesen? Ich kann lesen. Ich habe es im Bagno gelernt. Für die, die es lernen wollen, ist dort eine Schule. Sehen Sie, das haben sie in den Paß geschrieben: ›Jean Valjean, aus dem Zuchthaus freigelassen, geboren in …‹, aber das ist Ihnen ja egal, ›… hat neunzehn Jahre im Bagno gesessen. Fünf Jahre für Einbruchsdiebstahl. Vierzehn Jahre, weil er viermal auszukneifen suchte. Der Mann ist sehr gefährlich.‹ So ist das. Alle haben mir die Tür gewiesen. Wollen Sie mich aufnehmen? Ist hier eine Herberge? Wollen Sie mir Essen und Obdach geben? Haben Sie einen Stall?«

»Frau Magloire«, sagte der Bischof, »beziehen Sie das Bett im Alkoven frisch!«

Wir haben bereits erklärt, welcher Art der Gehorsam der beiden Frauen war.

Frau Magloire ging, den Befehl auszuführen. Der Bischof wandte sich dem Mann zu. »Mein Herr, setzen Sie sich und wärmen Sie sich! Sie werden gleich mit uns zu Abend essen, und währenddessen wird Ihr Bett gemacht.«

Nun begriff der Mann völlig. In seiner Miene, die bis dahin düster und hart gewesen war, prägten sich Verblüffung, Zweifel, Freude aus, und dann wurde er ganz seltsam. Der Mann fing wie ein Wahnsinniger an zu stammeln: »Wahrhaftig? Wie denn? Sie lassen mich da? Sie jagen mich nicht fort? Mich, einen Sträfling? Sie nennen mich Herr? Sie duzen mich nicht: Geh, Hund!, wie man immer zu mir sagt? Ich glaubte bestimmt, Sie würden mich fortjagen. Darum habe ich auch gleich gesagt, wer ich bin. Oh, die brave Frau, die mir den Wink gegeben hat anzuklopfen! Ich soll zu Abend essen! Ein Bett mit Matratze und Leintüchern wie jeder andere! Ein Bett! Seit neunzehn Jahren habe ich in keinem Bett geschlafen. Sie wollen, daß ich nicht wieder abziehe! Sie sind hier hochanständige Leute. Übrigens habe ich Geld, ich werde gut zahlen. Entschuldigen Sie, Herr Wirt, wie heißen Sie? Ich werde alles bezahlen, was gewünscht wird. Sie sind ein braver Mann. Sie sind Gastwirt, was?«

»Ich bin«, sagte der Bischof, »ein Priester, der hier wohnt.«

»Ein Priester?« erwiderte der Mann. »Oh, ein braver Priester! Also Sie verlangen kein Geld von mir? Der Pfarrer, was? Der Pfarrer der großen Kirche da? Ja, wahrhaftig, wie dumm von mir, ich hatte Ihr Käppchen nicht gesehen.«

Während er sprach, hatte er seinen Tornister und seinen Stock in eine Ecke gestellt, seinen Paß wieder in seiner Tasche verschwinden lassen und Platz genommen. Mild betrachtete ihn Fräulein Baptistine. »Sie sind menschlich, Herr Pfarrer«, fuhr er fort. »Sie kennen die Verachtung nicht. Das ist schon was Gutes, ein guter Priester. Dann brauchen Sie keine Bezahlung?«

»Nein«, antwortete der Bischof, »behalten Sie Ihr Geld! Wieviel haben Sie? Sagten Sie nicht hundertundneun Francs?«

»Und fünfzehn Sous«, ergänzte der Mann.

»Hundertundneun Francs und fünfzehn Sous. Und wieviel Zeit hat es Sie gekostet, das zu verdienen?«

»Neunzehn Jahre.«

»Neunzehn Jahre!« Der Bischof seufzte tief.

Der Mann sprach weiter. »Ich habe noch mein ganzes Geld. Seit vier Tagen habe ich nur fünfundzwanzig Sous ausgegeben, die ich mir verdient habe, indem ich in Grasse beim Abladen half. Da Sie Abbé sind, will ich Ihnen sagen, daß wir im Bagno einen Hausgeistlichen hatten. Und eines Tages habe ich auch einen Bischof gesehen. Gnaden, wie man ihn nennt. Es war der Bischof der Majore-Kirche in Marseille. Der Pfarrer, der über allen Pfarrern ist. Sie wissen, entschuldigen Sie, ich drücke mich ungeschickt aus, aber für mich ist das so fern. Sie verstehen, für mich und uns andere. Er hat die Messe inmitten des Bagnos gelesen, an einem Altar, er hatte ein spitzes Ding von Gold auf dem Kopf. Im hellen Mittagslicht funkelte das. Wir waren in Reih und Glied auf drei Seiten aufmarschiert, die Kanonen mit glimmender Lunte uns gegenüber. Wir sahen nicht gut. Er hat geredet, aber er war zu sehr im Hintergrund, wir hörten ihn nicht. Das ist also ein Bischof.«

Indes er sprach, war der Bischof zu der Tür gegangen, die sperrangelweit offengeblieben war, um sie zuzustoßen. Frau Magloire kam wieder. Sie brachte ein Gedeck, das sie auf den Tisch stellte.

»Frau Magloire«, sagte der Bischof, »stellen Sie das Gedeck möglichst nahe dem Feuer hin.« Er wandte sich an seinen Gast. »Der Nachtwind ist rauh in den Alpen. Es muß Ihnen kalt sein, mein Herr?«

Jedesmal, wenn er »mein Herr« sagte, mit seiner in Sanftmut ernsten und freundlichen Stimme, erstrahlte das Gesicht des Mannes. »Mein Herr« zu einem Sträfling, das ist wie ein Trunk Wasser für einen Schiffbrüchigen der »Medusa«. Die Schmach dürstet nach ehrender Behandlung.

»Die Lampe da«, sagte der Bischof, »verbreitet sehr schlechtes Licht.«

Frau Magloire begriff und holte vom Kamin im Schlafzimmer der Bischöflichen Gnaden die beiden silbernen Leuchter, zündete ihre Kerzen an und setzte sie auf den Tisch.

»Herr Pfarrer«, sagte der Mann, »Sie sind gut. Sie verachten mich nicht. Sie geben mir Obdach. Sie brennen für mich Ihre Kerzen an. Dabei habe ich Ihnen nicht verschwiegen, woher ich komme und daß ich ein unglücklicher Mensch bin.«

Der Bischof, der neben ihm saß, berührte leise seine Hand. »Sie mußten mir nicht sagen, wer Sie sind. Das hier ist nicht mein Haus, es ist das Haus Jesu Christi. Die Tür da fragt den, der eintritt, nicht, wie er heißt, sondern ob er einen Schmerz hat. Sie leiden, Sie haben Hunger und Durst: Seien Sie willkommen. Und danken Sie mir nicht, sagen Sie mir nicht, daß ich Ihnen ein Obdach gebe. Niemand ist hier daheim als der, der einer Zuflucht bedarf. Ihnen, der Sie hier auf der Wanderschaft einkehren, sage ich, Sie sind hier mehr zu Hause als ich selbst. Alles, was hier ist, gehört Ihnen. Was brauche ich Ihren Namen zu wissen? Und bevor Sie mir ihn sagten, hatten Sie einen, den ich wußte. «

Der Mann riß staunend die Augen auf. »Ist das wahr? Sie wußten, wie ich heiße?«

»Ja«, entgegnete der Bischof, »Ihr Name ist: mein Bruder.«

»Ach, Herr Pfarrer«, sagte der Mann, »als ich dieses Zimmer betrat, spürte ich großen Hunger. Aber Sie sind so gut, daß ich jetzt gar nicht weiß, was ich habe, der Hunger ist mir vergangen.«

Der Bischof blickte ihn an und sagte: »Sie haben vieles erlitten?«

»Oh! Die rote Sträflingsjacke, die Schleifkugel am Fuß, ein Brett zum Schlafen, Glut und Frost, die Arbeit zwischen all den Galeerenruderern, die Stockprügel! Die Kette mit Doppelringen für jedes Nichts. Die unterirdische Einzelzelle für ein Wort. Auch wenn einer krank im Bett liegt, die Kette. Die Hunde, die Hunde sind glücklicher. Neunzehn Jahre. Ich bin sechsundvierzig. Und jetzt der gelbe Paß. So ist das.«

»Ja«, erwiderte der Bischof, »Sie kommen von einem Ort voll Traurigkeit. Hören Sie! Es wird mehr Freude im Himmel sein über das betränte Gesicht eines bußfertigen Sünders als über das weiße Kleid von hundert Gerechten. Wenn Sie diesen Ort der Schmerzen mit Gedanken des Hasses und des Zornes gegen die Menschen verlassen, haben Sie ein Recht auf Erbarmen. Verlassen Sie ihn mit Gedanken des Wohlwollens, der sanften Sinnesart und des Friedens, sind Sie mehr wert als irgendeiner von uns.«

Indessen hatte Frau Magloire die Speisen aufgetragen. Eine mit Wasser, Öl, Brot und Salz gekochte Suppe, ein wenig Speck, ein Stück Hammelfleisch, Feigen, einen frischen Käse und ein dickes Roggenbrot. Sie hatte von selbst der gewohnten Mahlzeit des Herrn Bischofs eine Flasche alten Weines von Mauves hinzugefügt.

Das Gesicht des Bischofs nahm plötzlich den heiteren Ausdruck an, der gastlichen Naturen eigen ist. »Zu Tisch!« sagte er lebhaft. Wie er es zu halten pflegte, wenn ein Fremder mit ihm aß, ließ er den Mann zu seiner Rechten sitzen, Fräulein Baptistine setzte, völlig ruhig und zwanglos, sich links von ihm.

Der Bischof sprach das Tischgebet, dann teilte er wie immer die Suppe aus. Der Mann begann gierig zu essen.

Plötzlich sagte der Bischof: »Aber mir scheint, es fehlt etwas auf der Tafel.«

Frau Magloire hatte in der Tat nur die drei notwendigen Gedecke gebracht. Nun war es, wenn der Bischof jemanden zum Abendessen dahatte, Hausbrauch, daß auf dem weißen Tuch die sechs silbernen Gedecke standen, als unschuldiges Schaugerät. Eine so anmutige Vortäuschung von Luxus wirkte als kindliche und bezaubernde Spielerei in diesem milden und strengen Hauswesen, das die Armut bis zur Würde erhob.

Frau Magloire verstand die Belehrung, stumm begab sie sich nach nebenan, und alsbald erglänzten die drei Gedecke, die der Bischof gewünscht hatte, auf dem Tischtuch ausgerichtet vor jedem der drei Speisenden.

Eine Vorstellung, wie es an dieser Tafel herging, könnten wir nicht besser vermitteln als durch Zitate aus einem Brief von Fräulein Baptistine an Frau von Boischevron, worin das Gespräch des Sträflings und des Bischofs mit naiver Genauigkeit aufgezeichnet ist:

Der Mann beachtete niemanden. Er aß gefräßig wie ein Verhungernder. Nach Tisch jedoch sagte er: »Herr Pfarrer des lieben Gottes, das alles ist viel zu gut für mich, aber mit Verlaub, die Rollkutscher, die nicht wollten, daß ich mit ihnen aß, speisen viel besser als Sie.«

Unter uns, die Bemerkung hat mich ein wenig geärgert. Die Antwort meines Bruders war: »Sie rackern sich mehr ab als ich. «

»Nein«, erwiderte der Mann, »sie haben mehr Geld. Sie sind arm, das sehe ich. Vielleicht sind Sie nicht einmal Pfarrer. Sind Sie überhaupt Pfarrer? Meiner Seel, wäre der liebe Gott gerecht, gebührte es sich, daß Sie Pfarrer wären.«

»Der liebe Gott ist mehr als gerecht«, sagte mein Bruder. Und gleich darauf fragte er: »Herr Jean Valjean, nach Pontarlier gehen Sie?«

»Mit vorgeschriebener Marschroute.«

Ich glaube, so etwa redete der Mann. Dann fuhr er fort: »Morgen früh in der Dämmerung muß ich unterwegs sein. Das ist hart, das Wandern. Die Nächte sind kalt und die Tage schwül.«

»Sie gehen da«, sagte mein Bruder, »in eine erfreuliche Gegend. In der Revolution ist meine Familie um alles gebracht worden. Ich bin zuerst in die Franche-Comté geflohen und habe dort eine Zeitlang von meiner Hände Arbeit gelebt. Ich war guten Willens und fand Beschäftigung. Man hat die Wahl. Es gibt Papiermühlen, Gerbereien, Brennereien, zahllose Uhrenfabriken, Stahl- und Kupferwerke, wenigstens zwanzig Eisenwerke, vier davon in Lods, Châtillon, Audincourt und Beure, die sehr angesehen sind.«

Wenn ich nicht irre, sind das die Namen, die mein Bruder anführte, dann unterbrach er sich und richtete das Wort an mich: »Liebe Schwester, haben wir nicht Verwandte in der Gegend?«

Ich erwiderte: »Wir hatten unter anderen Herrn von Lucenet, der in der königlichen Zeit Hauptmann war, Torkommandant in Pontarlier.«

»Ja«, entgegnete mein Bruder, »aber 1793 hatte man keine Verwandten mehr, man hatte nur noch seine Arme. Ich habe gearbeitet. Man hat in der Gegend von Pontarlier, wohin Sie gehen, Herr Valjean, ein ganz patriarchalisches Gewerbe, das reizend ist, Schwester. Es sind ihre Käsereien, die sie Sennereien nennen.«

Nun erklärte mein Bruder, indem er den Mann essen ließ, ihm in allen Einzelheiten, was es mit diesen Sennereien von Pontarlier auf sich habe. Daß man zwei Arten unterscheide: die Großmolkereien, die den Reichen gehören und deren vierzig bis fünfzig Kühe sieben- bis achttausend Käse in jedem Sommer erzeugen, und die Sennereigenossenschaften, die von den Armen betrieben werden, den Bauern der mittleren Berge, die ihre Kühe zusammengeben und sich die Produkte teilen. Sie nehmen einen Senner in Löhnung, den sie in ihrer Sprache den Grurin nennen. Er erhält von den Genossenschaftlern dreimal täglich Milch und kerbt die empfangenen Mengen auf dem Eichmaß mit zwiefachem Einschnitt an. Gegen Ende April beginnt die Arbeit der Käsereien. Gegen Mitte Juni führen die Senner ihre Kühe in die Berge.

Der Mann belebte sich wieder, indem er aß. Mein Bruder gab ihm den guten Wein von Mauves zu trinken, von dem er selbst nicht trinkt, weil es, wie er sagt, teurer Wein ist. Mein Bruder legte ihm alle diese Dinge in dem heiteren Plauderton dar, den Sie an ihm kennen, und vermischte seine Worte mit galanten Scherzen für mich. Immer wieder kam er auf diese gute Stellung eines Grurin zu sprechen, als sollte der Mann begreifen, ohne daß ihm mein Bruder geradezu und lieblos riet, daß er da ein sicheres Unterkommen finden würde. Etwas fiel mir auf. Der Mann war so, wie ich Ihnen sagte. Nun, während des Essens und auch den ganzen Abend über redete mein Bruder kein Wort, bis auf die etlichen im

Hinblick auf Jesus, als der Mann eintrat, das ihn hätte daran erinnern können, wer er war, oder einweihen, wer mein Bruder ist. Zwar hätte sich, so schien es, ein Vorwand geboten, ein wenig zu predigen und mit dem Bischofsrang den Galeerensträfling zu bedrücken, um das Mal der flüchtigen Begegnung in ihm zu hinterlassen. Vielleicht hätte ein anderer es so aufgefaßt und, da er den Unglücklichen in der Hand hatte, ihm die Seele so genährt wie den Leib, ihm mit Moral und Ratschlägen gewürzte Vorwürfe gemacht oder ihm ein bißchen Mitleid gezeigt mit einer Ermahnung, sich künftig zu bessern. Mein Bruder hatte ihn nicht einmal gefragt, woher er stamme und was seine Geschichte sei. Denn in seiner Geschichte liegt auch seine Verfehlung, und mein Bruder schien all das zu vermeiden, was dem Mann Grund geben mochte, daran zurückzudenken. Das ging so weit, daß mein Bruder, als er von den Bergbauern in Pontarlier sprach, die eine angenehme Arbeit nahe dem Himmel haben und, so setzte er hinzu, glücklich sind, weil sie unschuldig sind, plötzlich einhielt, da er besorgt war, etwas in diesem Wort, das ihm entschlüpfte, könne den Mann kränken. Je mehr ich nachsinne, desto mehr glaube ich begriffen zu haben, was sich in dem Herzen meines Bruders abspielte. Zweifellos war er der Ansicht, diesem Mann, der sich Jean Valjean nennt, sei nur allzusehr sein Elend im Geist gegenwärtig, man müsse ihn davon ablenken und ihm, mindestens für einen Moment, vortäuschen, er sei eine Person wie eine andere, indem man sich zu ihm ganz so benahm wie zu einem jeden. War das nicht eine wohlverstandene Mildtätigkeit? Ist nicht, liebe, verehrte Frau, etwas wahrhaft Evangelisches in diesem Zartgefühl, das auf Tugendpredigten, Moral und Anzüglichkeiten verzichtet, und ist es nicht die größte Schonung, wenn ein Mensch eine schmerzende Wunde hat, daran nicht zu rühren? Es schien mir, dies könne die innere Erwägung meines Bruders sein. So oder so, ich kann sagen, daß er, wenn er alle diese Gedanken hatte, sie nicht kundgegeben hat, auch mir nicht. Er war von Anfang an bis zuletzt derselbe wie alle Abende, und er speiste mit diesem Jean Valjean mit der gleichen Miene und in der gleichen Art, wie er mit Herrn Gédéon Le

Prévost oder mit dem Herrn Pfarrer des nächsten Sprengels gespeist haben würde.

Gegen Ende, als wir bei den Feigen waren, wurde an die Tür geklopft. Es war die Mutter Gerbaud mit ihrem Kind im Arm. Mein Bruder küßte den Kleinen auf die Stirn und borgte von mir fünfzehn Sous, die ich bei mir hatte, um sie der Mutter Gerbaud zu geben. Der Mann sah ziemlich unaufmerksam zu. Er war verstummt und schien müde. Als die arme alte Gerbaud sich verabschiedet hatte, sprach mein Bruder das Dankgebet, dann wandte er sich an den Mann und sagte zu ihm: »Sie werden Ihr Bett nötig haben.« Frau Magloire deckte schnell ab. Ich verstand, daß wir uns zurückziehen mußten, um den Wanderer schlafen zu lassen, und so gingen wir beide hinauf. Ich schickte jedoch alsbald Frau Magloire wieder hinunter, auf das Bett des Mannes ein Rehbockfell aus dem Schwarzwald zu tragen, das in meinem Zimmer liegt. Die Nächte sind eisig, und das hält warm. Leider ist das Fell alt; die Haare fallen aus. Mein Bruder hat es gekauft, als er nach Deutschland reiste, in Tuttlingen, nahe den Quellen der Donau, ebenso wie das kleine Messer mit Elfenbeinstiel, dessen ich mich bei Tisch bediene.

Frau Magloire ist gleich danach wieder hinaufgegangen, wir begannen in dem Salon, in dem Wäsche getrocknet wird, zu Gott zu beten, und dann haben wir, ohne miteinander zu sprechen, jede unser Zimmer aufgesucht.

Stille

Nachdem Gnaden Bienvenu seiner Schwester gute Nacht gewünscht hatte, nahm er vom Tisch einen der beiden silbernen Leuchter, gab den anderen seinem Gast und sagte zu ihm: »Mein Herr, ich werde Sie in Ihr Zimmer führen.«

Der Mann folgte ihm. Wie wir schon bemerkten, war die Wohnung so eingeteilt, daß man, um in das Betzimmer zu kommen, in dem der Alkoven lag, oder es zu verlassen, das Schlafzimmer des Bischofs durchschreiten mußte. In dem Moment, in dem sie dieses Zimmer betraten, schloß Frau

Magloire das Silbergeschirr in den Wandschrank am Kopfende des Bettes. Dies war ihre letzte allabendliche Verrichtung, bevor sie sich niederlegte. Der Bischof brachte seinen Gast im Alkoven unter. Ein weißes, frisches Bett war aufgeschlagen. Der Mann stellte den Leuchter auf ein Tischchen.

»Nun«, sagte der Bischof, »schlafen Sie wohl! Morgen früh, ehe Sie aufbrechen, werden Sie eine Tasse Milch von unseren Kühen trinken, ganz warm noch.«

»Danke, Herr Abbé«, sagte der Mann.

Kaum hatte er die friedfertigen Worte ausgesprochen, als er, plötzlich und ohne Übergang, so seltsam auffuhr, daß die beiden frommen Mädchen, wären sie Zeugen gewesen, vor Entsetzen erstarrt wären. Noch heute fällt es uns schwer, uns klarzumachen, was ihn in diesem Augenblick trieb. War diese Regung warnend oder drohend? Gehorchte er einfach einem triebhaften und ihm selbst dunklen Impuls? Er drehte sich jäh nach dem Greise um, kreuzte die Arme, heftete auf seinen gastlichen Wirt einen wilden Blick und rief mit heiserer Stimme: »Dann ist es also ausgemacht, Sie lassen mich bei sich übernachten, dicht neben sich!«

Er unterbrach sich und fügte mit einem Lachen, in dem etwas Unheimliches war, hinzu: »Haben Sie all das gut bedacht? Wer hat Ihnen gesagt, daß ich nicht gemordet habe?«

Der Bischof blickte zur Zimmerdecke empor und erwiderte: »Das geht nur den lieben Gott an.« Dann erhob er ernst und die Lippen bewegend wie ein Beter oder einer, der zu sich selbst spricht, zwei Finger seiner rechten Hand und segnete den Mann, der sich nicht beugte, und ohne den Kopf noch einmal zu wenden oder zurückzuschauen, ging er wieder in sein Zimmer.

Wenn der Alkoven bewohnt war, verbarg eine große Gardine von Körperstoff, die quer durch das Betzimmer gezogen war, den Altar. Der Bischof kniete, als er an diesem Vorhang vorbeikam, nieder und sprach ein kurzes Gebet.

Gleich darauf ging er durch seinen Garten, träumend und betrachtend, Seele und Gedanken ganz in die großen Geheimnisse versenkt, die Gott nachts den Augen darbietet, die offenbleiben.

Der Mann war wirklich so müde, daß er die guten weißen Tücher gar nicht benutzte. Er hatte nach Sträflingssitte die Kerze mit seinen Nüstern ausgeblasen und sich in Kleidern auf das Bett geworfen, auf dem er sofort tief entschlummerte.

Zwölf Uhr schlug es, als der Bischof aus seinem Garten wieder in sein Zimmer trat. Wenige Minuten später schlief alles in dem kleinen Haus.

Jean Valjean

Um die Mitte der Nacht erwachte Jean Valjean.

Er war aus einer armen Bauernfamilie in der Grafschaft Brie gebürtig. In seiner Kindheit hatte er nicht lesen gelernt. Als er das Mannesalter erreicht hatte, war er Baumputzer in Faverolles. Seine Mutter hieß Jeanne Mathieu; sein Vater nannte sich Jean Valjean oder Vlajean, was wohl ein Spitzname ist und eine Zusammenziehung von *voilà Jean* (das ist Jean).

Jean Valjean hatte einen grüblerischen Sinn, ohne traurig zu sein, nach der Eigenart gefühlvoller Menschen. Im ganzen aber war er ein ziemlich schläfriges und unbedeutendes Wesen, zumindest dem Anschein nach. Sehr früh hatte er seinen Vater und seine Mutter verloren. Sie war an vernachlässigtem Milchfieber gestorben. Der Vater, Baumputzer wie er, hatte durch Sturz von einem Baum den Tod gefunden.

Es war Jean Valjean nur eine Schwester geblieben, älter als er, verwitwet, mit sieben Kindern, Mädchen und Buben. Diese Schwester hatte ihn erzogen, und solange ihr Mann lebte, gab sie ihrem jungen Bruder Wohnung und Nahrung. Der Mann starb. Das älteste der Kinder war acht Jahre, das letzte ein Jahr alt. Jean Valjean stand in seinem fünfundzwanzigsten Jahr. Er ersetzte den Vater und unterstützte seinerseits die Schwester, die ihn erzogen hatte. Das tat er einfach wie eine Pflicht, sogar nicht ohne Anwandlungen übler Laune. So verausgabte sich seine Jugend in harter und schlechtbezahlter Arbeit. Nie hatte man in der Gegend gehört, daß er eine »Freundin« habe. Er hatte keine Zeit, verliebt zu sein.

Abends kam er müde heim und aß seine Suppe, wobei er kein Wort sprach. Indes er aß, nahm seine Schwester Jeanne oft aus seinem Napf das Beste, das Stück Fleisch, die Scheibe Speck, die Herzblätter vom Kohl, um es einem ihrer Kinder zu geben. Er aß weiter, über den Tisch gebeugt, den Kopf fast in der Suppe, so daß seine langen Haare um seinen Napf niederfielen und seine Augen verhüllten, schien nichts zu sehen und ließ mit sich machen, was man wollte. Nicht fern der Hütte der Valjeans, über die Gassen von Faverolles hinweg, lag der Pachthof der Marie-Claude. Die immer hungrigen Valjean-Kinder gingen manchmal zu ihr und entliehen bei ihr im Namen ihrer Mutter einen Schoppen Milch, den sie hinter einer Hecke oder in einem Winkel am Fluß leerten, indem sie einander das Gefäß so heftig fortrissen, daß die kleinen Mädchen die Milch auf ihre Schürze oder in die Wasserrinne vergossen. Hätte die Mutter etwas von der Dieberei gewußt, so hätte sie die Missetäter streng bestraft. Der jähzornige und brummige Jean Valjean zahlte hinter dem Rücken der Mutter Marie-Claude den Schoppen Milch, und die Kinder wurden nicht gezüchtigt.

In den Monaten, in denen die Bäume gestutzt wurden, verdiente er täglich vierundzwanzig Sous, dann verdingte er sich als Schnitter, als Tagelöhner, als Ochsenknecht, als Hausknecht. Er tat, was er konnte. Auch seine Schwester arbeitete, doch was sollte sie mit ihren sieben Kindern anfangen? Es war eine traurige Familie, die das Elend umstrickte und allmählich erdrosselte. Ein rauher Winter begann. Jean war arbeitslos. Die Valjeans hatten kein Brot. Buchstäblich. Sieben Kinder!

An einem Sonntagabend rüstete Maubert Isabeau, Bäcker am Kirchenplatz in Faverolles, sich zum Schlafengehen, da hörte er einen heftigen Schlag in die vergitterte und verglaste Auslage seines Ladens. Er kam noch zurecht, um zu sehen, wie sich durch ein Loch, das ein Fausthieb in das Gitter und das Glas gestoßen hatte, ein Arm schob. Der Arm packte ein Brot und trug es davon. Isabeau eilte auf den Platz hinaus; der Räuber floh, aus Leibeskräften rennend. Isabeau lief ihm nach und faßte ihn. Der Räuber hatte das Brot auf die Erde geworfen, aber noch blutete ihm der Arm. Es war Jean Valjean.

Das geschah im Jahre 1795. Jean Valjean wurde vor ein Tribunal jener Zeit gestellt, »wegen nächtlichen Einbruchsdiebstahls in einem bewohnten Haus«. Er hatte ein Gewehr, das er sicherer handhabte als irgendein Schütze auf der Welt, er wilderte ein wenig; und das schadete ihm. Gegen Wilderer ist ein berechtigtes Vorurteil fest verwurzelt. Wie der Schmuggler steht auch der Wilderer dem Banditen sehr nahe. Dennoch, das sei nebenbei bemerkt, gähnt ein Abgrund zwischen diesen und dem scheußlichen Meuchelmörder der Städte. Der Wilderer lebt im Wald, der Schmuggler im Gebirge oder auf dem Meer. Die Städte machen die Menschen grausam, weil sie die Menschen verderben. Das Gebirge, das Meer und der Wald machen die Menschen wild. Sie entwickeln die ungezähmte Seite, ohne oftmals die menschliche Seite in ihnen zu zerstören.

Jean Valjean wurde für schuldig erklärt. Die gesetzlichen Bestimmungen waren unwiderruflich. In unserer Zivilisation gibt es fürchterliche Stunden. Das sind die Augenblicke, in denen das Strafrecht zum Schiffbruch verurteilt. Wie schaurig, wenn sich die Gesellschaft abwendet und in nicht wieder gutzumachender Weise ein denkendes Wesen aufgibt! Jean Valjean wurde zu fünf Jahren Galeere verurteilt.

Am 22. April 1796 wurde der von dem Kommandierenden General der Italienischen Armee errungene Sieg bei Montenotte in Paris ausgeschrien, die Botschaft des Direktoriums an die Fünfhundert vom 2. Floréal des Jahres IV nannte den General Buona-Parte. Und am selben Tag wurde in Bicêtre eine große Kette geschmiedet. Jean Valjean war eines der lebenden Glieder dieser Kette. Ein ehemaliger Pförtner des Gefängnisses, der heute fast neunzig Jahre als ist, erinnert sich noch genau an den Unglücklichen, der am äußersten Ende der vierten Reihe in der Nordecke des Hofes angeschmiedet wurde. Er kauerte am Boden wie alle anderen. Er schien von seiner Lage nur zu begreifen, daß sie gräßlich war. Vermutlich erkannte er auch, durch die dumpfen Vorstellungen eines in allem unwissenden armen Menschen hindurch, ihre sinnlose Grausamkeit. Indes man mit wuchtigen Hammerschlägen den Bolzen seines Halseisens hinter seinem Kopf vernietete, weinte er, die Tränen erstickten ihn, sie hinderten ihn zu sprechen, er konnte nur ab und zu sagen: »Ich war Baumputzer in Faverolles.« Dann erhob er, noch immer schluchzend, seine rechte Hand und senkte sie in Stufen siebenmal, als betaste er nacheinander sieben ungleiche Köpfe, und an dieser Geste war zu erraten, daß er, was er auch getan haben mochte, getan hatte, um sieben unmündige Kinder zu kleiden und zu ernähren.

Er wurde nach Toulon abtransportiert. Nach einer Reise von siebenundzwanzig Tagen kam er dort an, auf einem Karren, die Kette um den Hals. In Toulon wurde er in die rote Sträflingsjacke gesteckt. Alles, was bisher sein Leben gewesen war, erlosch, auch sein Name. Er war nicht mehr Jean Valjean; er war die Nummer 24 601. Was wurde aus seiner Schwester? Was aus den sieben Kindern? Wer befaßte sich mit ihnen? Was wird aus der Handvoll von Blättern des am Fuß angesägten jungen Baumes?

Es ist immer dieselbe Geschichte. Die bedauernswerten atmenden Wesen, diese Geschöpfe Gottes, ohne Rückhalt hinfort, ohne Führung, ohne Schutzstatt, wurden vom Zufall weggetrieben, niemand weiß, wohin, jedes in eine andere Richtung vielleicht, und verschwanden allmählich in dem kalten Nebeldunst, der die Geschicke der Einsamen verschlingt, in den grauen Schatten, die auf dem Gang der Menschheit durch die Finsternis die Häupter so vieler Unglücklichen umwallen, bis sie nicht mehr zu sehen sind. Sie entfernten sich aus der Gegend. Der Kirchturm des Dorfes, das einst das ihre war, vergaß sie. Der Grenzstein ihres verlorenen Ackers vergaß sie. Nach einigen Jahren der Gefangenschaft im Kerker vergaß sie sogar Jean Valjean. In diesem Herzen, das einst eine blutende Wunde war, blieb eine Narbe. Kaum hörte er in der ganzen Zeit, die er in Toulon verbrachte, ein einziges Mal von seiner Schwester sprechen. Das geschah wohl gegen Ende des vierten Jahres seiner Haft. Ich weiß nicht mehr, auf welchem Wege diese Nachricht zu ihm gelangte. Jemand aus der Heimat, der die

Familie gekannt hatte, begegnete seiner Schwester. Sie war in Paris und wohnte in einer armseligen Straße nahe von Saint-Sulpice, der Rue du Gindre. Sie hatte nur noch ein Kind bei sich, einen kleinen Knaben, das letzte. Wo waren die sechs anderen? Vielleicht wußte sie selbst es nicht. Jeden Morgen ging sie in eine Druckerei in der Rue du Sabot, Numéro 3, in der sie Falzerin und Hefterin war. Um sechs Uhr früh mußte sie dort sein, im Winter erheblich vor Tag. Im Haus der Druckerei befand sich eine Schule, sie brachte ihren siebenjährigen Knaben hin. Da sie aber in der Druckerei schon um sechs zu sein hatte und die Schule erst um sieben geöffnet wurde, mußte das Kind eine Stunde im Hof warten; eine Nachtstunde im Winter, unter freiem Himmel. Man wollte nicht, daß es die Druckerei betrat, weil es, so sagte man, störte. Wenn die Arbeiter des Morgens vorüberkamen, sahen sie den armen Wicht auf dem Pflaster hocken, taumelnd vor Schlaftrunkenheit und oft im Dunkeln eingeschlummert, über seinen Korb gebeugt. Wenn es regnete, erbarmte sich seiner eine alte Frau, die Concierge. Sie nahm ihn in ihre dürftige Kammer auf, in der nur ein schlechtes Bett, ein Spinnrad und zwei hölzerne Stühle standen, und der Knabe schlief in einem Winkel, an die Katze geschmiegt, um weniger zu frösteln. Um sieben wurde die Schule aufgemacht, und er trat ein. Das schilderte man Jean Valjean eines Tages. Es war nur ein Moment, ein Blitzstrahl, als erhellte sich ihm durch ein plötzlich aufgerissenes Fenster das verborgene Leid der Menschen, die er geliebt hatte; dann schloß sich alles wieder. Er hörte nie mehr von ihnen reden. Nichts über sie drang zu ihm. Nie sah er sie wieder, nie traf er sie irgendwo, und in der Folge dieser schmerzensreichen Geschichte werden sie niemals erwähnt werden.

Gegen Ende dieses vierten Jahres traf Jean Valjean das Los: Er wurde für einen Fluchtversuch ausgezählt. Seine Kameraden halfen ihm, wie es an diesem traurigen Ort üblich ist. Er entrann. Zwei Tage durchirrte er die Felder, in Freiheit, wenn frei sein dasselbe ist wie gehetzt werden, in jedem Augenblick mit dem Kopf herumfahren müssen, beim leisesten Geräusch erzittern, Angst vor allem haben, vor dem

Dach, von dem Rauch aufsteigt, vor jedem Menschen, der daherkommt, vor einem Hund, der bellt, einem Pferd, das galoppiert, vor dem Schlag der Uhren, vor dem Tageslicht, weil man sieht, vor der Nacht, weil man nicht sieht, vor der Straße, dem Pfad, dem Strauchwerk, vor dem Einschlafen. Am Abend des zweiten Tages wurde er wieder verhaftet. Seit sechsunddreißig Stunden hatte er weder gegessen noch geruht. Das Marinegericht verurteilte ihn wegen dieses Vergehens zu einer Strafverlängerung von drei Jahren, so daß sich seine Gesamtstrafe auf acht Jahre erhöhte. Im sechsten Jahr wurde er abermals für eine Flucht ausgelost. Er machte Gebrauch davon, aber er kam nicht durch. Beim Appell hatte er gefehlt. Ein Kanonenschuß gab das Alarmsignal, und nachts entdeckte die Ronde ihn unter dem Kiel eines Schiffes, das im Bau war. Dorthin hatte er sich verkrochen. Er widersetzte sich den Schergen, die sich seiner bemächtigten. Flucht und Aufruhr. Dieser vom speziellen Strafrecht für die Galeerensklaven vorgesehene Tatbestand trug ihm eine Zubuße von fünf Jahren ein, zwei Jahre davon an der Kette mit Doppelringen. Dreizehn Jahre. Im zehnten Jahr wurde er wieder ausgezählt, wieder floh er. Und wieder hatte er kein Glück. Drei Jahre für diesen neuen Versuch. Sechzehn Jahre. Endlich, ich glaube im dreizehnten Jahr, wagte er es ein letztes Mal, wobei es ihm nur beschieden war, nach vierstündiger Abwesenheit wieder gefaßt zu werden. Drei Jahre für diese vier Stunden. Neunzehn Jahre. Im Oktober 1815 wurde er freigelassen. 1796 war er eingekerkert worden, weil er Fensterglas zertrümmert und ein Brot genommen hatte.

Raum für einen kurzen Einschub. Zum zweitenmal stößt der Verfasser dieses Buches bei seinen Untersuchungen über die Strafrechtsfrage und die Verdammung durch das Gesetz auf den Diebstahl eines Brots als Ausgangspunkt für den Zusammenbruch einer Existenz. Claude Gueux hatte ein Brot gestohlen, Jean Valjean hatte ein Brot gestohlen. Eine englische Statistik stellt fest, daß in London der Hunger die unmittelbare Ursache bei vier von fünf Diebstählen ist.

Schluchzend und erschauernd war Jean Valjean in das Gefängnis eingezogen. Er verließ es unbewegt. Verzweifelt hatte er es betreten. Er verließ es umdüstert. Was war in dieser Seele vorgegangen?

Innenansicht der Verzweiflung

Versuchen wir es zu sagen.

Die Gesellschaft muß schon einen Blick auf diese Dinge werfen, denn sie ist es ja, die sie hervorbringt.

Jean Valjean war ein Unwissender, aber kein Dummkopf. Das Licht des natürlichen Verstandes hatte sich in ihm entzündet. Auch das Mißgeschick schafft Klarheit; und es mehrte die geringe Tageshelle, die diesem Geiste gegeben war. Unter dem Stock, unter der Kette, in der Zelle, in der Fron, in der glühenden Sonne des Bagnos, auf der Pritsche der Sträflinge sammelte er sich und dachte nach.

Er bildete sein eigenes Tribunal. Er begann, sich selbst zu richten.

Er erkannte, daß er nicht ein ungerecht bestrafter, schuldloser Mensch war. Er verhehlte sich nicht, daß er eine in ihrer Narrheit tadelnswerte Handlung verübt hatte. Daß man ihm vielleicht das Brot geschenkt haben würde, hätte er darum gebeten. Daß es jedenfalls einsichtiger gewesen wäre, es entweder von der Barmherzigkeit oder von der Arbeit zu erwarten. Daß es keine unwiderlegliche Rechtfertigung ist, zu sagen: Kann man warten, wenn man Hunger hat? Erstens, so hielt er sich vor, stirbt man sehr selten buchstäblich an Hunger. Ferner ist der Mensch, zu seinem Glück oder Unglück, so geartet, daß er seelisch und körperlich lange und viel leiden kann, ohne zu sterben. Er hätte sich also gedulden sollen. Das hätte auch den armen Kleinen mehr genützt. Ein Wahnwitz war es von ihm, dem unseligen, elenden Mann, gewalttätig die ganze Gesellschaft an der Gurgel zu fassen und sich einzureden, man befreie sich vom Elend durch Diebstahl. Wollte man sich dem Elend entziehen, so irrte man, wenn man die Tür wählte, die in die Schande führt. Er war mithin im Unrecht.

Dann fragte er sich, ob einzig er in seiner zwangsläufigen

Geschichte mit diesem Unrecht belastet sei. Ob es nicht eine ernste Unbill bedeutete, daß er, der Arbeitsame, keine Arbeit und kein Brot gehabt hatte. Ob nicht, nach dem Geständnis seiner Verfehlung, die Strafe gnadenlos und allzu hart war. Ob das Gesetz mit der Züchtigung nicht mehr Mißbrauch betreibt als der schuldige mit dem Vergehen. Ob nicht allzuviel Gewicht in eine der beiden Waagschalen gelegt wurde, in die der Sühne. Ob nicht die übertriebene Strafe den Fehltritt der Vergessenheit anheimfallen ließ und eine völlig neue Lage schuf, die Schuld des Straffälligen durch die Schuld der Strafverfolgung ersetzte, aus dem Schuldigen das Opfer, aus dem Schuldner den Gläubiger machte und schließlich das Recht auf die Seite dessen brachte, der es gebrochen hatte. Ob sie nicht, nach den mehrfachen Verschlimmerungen wegen der Fluchtversuche, zuletzt ein Attentat des Starken gegen den Schwachen wurde, ein Verbrechen der Gesellschaft an dem Individuum, ein Verbrechen, das mit jedem Tag sich wiederholte und neunzehn Jahre währte.

Er fragte sich, ob die menschliche Gesellschaft berechtigt sei, ihre Mitglieder einerseits unter ihrer törichten Sorglosigkeit und andererseits unter ihrer unerbittlichen Voraussicht leiden zu lassen und einen armen Mann auf ewig zwischen Mangel und Übermaß zu halten, zwischen dem Mangel an Arbeit und dem Übermaß an Züchtigung. Ob es nicht ungeheuerlich war, daß sich die Gesellschaft so schnöde gerade gegen die ihrer Mitglieder benahm, die bei der willkürlichen Verteilung der Güter am schlechtesten ausgestattet worden waren und daher am meisten Nachsicht verdienten.

Er richtete die Gesellschaft und verdammte sie. Er überlieferte sie seinem Haß.

Er machte sie verantwortlich für das harte Los, das er trug, und sagte sich, eines Tages würde er dafür vielleicht Rechenschaft von ihr fordern. Er setzte sich selbst auseinander, daß zwischen dem Schaden, den er angerichtet hatte, und dem Schaden, der ihm zugefügt wurde, keine Ausgewogenheit bestünde. Schließlich kam er zu dem Schluß, daß seine Strafe zwar keine Ungerechtigkeit, aber ganz bestimmt ein himmelschreiendes Unrecht war.

Zorn kann töricht und unsinnig sein. Man kann zu Unrecht wütend werden. Empört ist man nur, wenn man im Grunde in irgendeiner Beziehung recht hat. Jean Valjean war empört.

Nie hatte die menschliche Gesellschaft ihm anderes als Böses getan. Immer hatte er nur ihr zorniges Antlitz gesehen, das sie Gerechtigkeit nennt und das sie denen zeigt, die sie niederstreckt. Die Menschen hatten ihn nur berührt, um ihn zu quälen. Jede Begegnung mit ihnen war ein Schlag gewesen. Nie war ihm seit seiner Kindheit, seit der Zeit mit Mutter und Schwester, eine freundschaftliche Anrede und ein Blick der Zuneigung widerfahren. Im gehäuften Leid überzeugte er sich allmählich, daß das Leben ein Kampf war, ein Krieg; und in diesem war er der Besiegte. Er hatte keine Waffe als seinen Haß, und er beschloß, sie im Kerker zu schärfen und, wenn er freikam, bei sich zu tragen.

In Toulon gab es eine Schule für die Galeerenruderer, die von Mönchen des Ignorantinerordens geleitet wurde. Sie brachten denen der Unglücklichen, die bereit waren zu lernen, das Notwendigste bei. Jean Valjean gehörte dazu. Mit vierzig Jahren trat er in die Schule ein und lernte lesen, schreiben und rechnen. Er fühlte, daß mit seinem Verstand auch sein Haß wuchs. Bildung und Wissen können in bestimmten Fällen dem Einfluß des Bösen noch Vorschub leisten. So bedauerlich es ist, nachdem er die Gesellschaft gerichtet hatte, die ihm für sein Unheil verantwortlich schien, richtete er die Vorsehung, die die Gesellschaft gemacht hatte, und verdammte auch sie.

In neunzehn Jahren der Marter und der Sklaverei stieg diese Seele und sank zugleich. Licht drang in sie von hier, Finsternis von dort.

Jean Valjean war, wie wir sehen, seinem Wesen nach nicht schlecht. Er war noch gut, als er im Bagno ankam. Dort verdammte er die Gesellschaft und merkte, daß er böse wurde. Dort verdammte er die Vorsehung und merkte, daß er gottlos wurde.

An dieser Stelle fällt es schwer, nicht einen Augenblick nachzudenken.

Verändert sich das Wesen des Menschen so von Grund auf und ganz und gar? Kann der von Gott gut geschaffene Mensch durch den Menschen böse gemacht werden? Kann die Seele vom Schicksal noch einmal aus einem Stück geformt und schlecht werden, weil das Schicksal schlecht ist? Kann das Herz unter dem Druck eines unverhältnismäßig großen Unglücks verunstaltet und unheilbar krank werden wie die Wirbelsäule unter einem zu niedrigen Gewölbe? War nicht in jeder menschlichen Seele, und ganz besonders in der Seele Jean Valjeans, der erste Funke, das göttliche Element, unzerstörbar in dieser Welt, unsterblich im Jenseits, das durch das Gute entwickelt, geschürt, entfacht werden, glänzen und strahlen kann und durch das Böse nie ganz erlischt? Schwerwiegende und dunkle Fragen, die jeder Physiologe wohl verneint haben würde, und zwar ohne Zögern, hätte er in Toulon, in den Stunden der Rast, die für Jean Valjean Stunden der Träumerei waren, ihn gesehen, wie er dasaß, die Arme über dem Gestänge einer Schiffswinde gekreuzt, das Ende seiner Kette in die Tasche gezwängt, damit es nicht nachschleppte, ihn, den düsteren, dumpfen, schweigsam brütenden Sträfling, den Paria der Gesetze, der voller Grimm die Menschen betrachtete, den von der Zivilisation Verfemten, der mit Strenge zum Himmel aufsah.

Freilich, und wir wollen es auch gar nicht verhehlen, hätte der beobachtende Physiologe dort ein nicht wieder gutzumachendes Elend erblickt und vielleicht sogar diesen Kranken beklagt, den das Gesetz dazu gemacht hatte, eine Behandlung hätte auch er nicht versucht. Er hätte den Blick abgewandt von den Höhlen, die sich in dieser Seele öffneten, und wie Dante vor der Höllenpforte hätte er aus diesem Leben das Wort gestrichen, das der Finger Gottes dennoch auf die Stirn eines jeden Menschen schreibt: Hoffnung!

War diese seelische Verfassung, die wir zu analysieren versucht haben, Jean Valjean ebenso klar wie dem Leser nach unseren Darlegungen? Erkannte Jean Valjean, worin sein geistiges Elend bestand, und wußte er, wie es dazu gekommen war? Hatte sich dieser ungehobelte und ungebildete Mann die Gedankenfolge auch richtig klargemacht, die ihn zu den trostlosen Ansichten, welche seit so vielen Jahren schon den inneren Horizont seines Geistes bildeten, von Stufe zu Stufe hinan- und hinabgeführt hatte? War er sich all dessen bewußt, was in ihm vorging, was sich in ihm regte? Das zu behaupten, würden wir nicht wagen, das nehmen wir nicht einmal an. Zuviel Unwissen steckte in Jean Valjean, als daß nach solchen Schicksalsschlägen nicht eine große Unklarheit in ihm zurückblieb. Mitunter wußte er selbst nicht genau, was er empfand. Jean Valjean lebte in der Finsternis, er litt in der Finsternis, er haßte in der Finsternis, ja, man hätte meinen mögen, er haßte so für sich hin. Tastend wie ein Blinder und wie im Traum vegetierte er für gewöhnlich in diesem Dunkel. Nur hin und wieder packte ihn plötzlich der Zorn, nahm der Schmerz zu, zuckte ein fahler Blitz, der seine ganze Seele erhellte und jäh um ihn herum, vor und hinter ihm, die gräßlichen Abgründe und die düsteren Aussichten seines Geschicks in einem schaurigen Licht zeigte.

War der Blitz erloschen, wurde es wieder Nacht, und wo war er? Er wußte es nicht mehr.

Das Eigentümliche an dergleichen Strafen, bei denen das Unerbittliche, das heißt das Geisttötende, überwiegt, ist, daß sie allmählich durch eine Art blöder Verklärung einen Menschen in ein wildes, mitunter sogar in ein reißendes Tier verwandeln. Jean Valjeans hartnäckig wiederholte Fluchtversuche sind ein überzeugender Beweis für diese seltsame Arbeit, die das Gesetz an der menschlichen Seele vollbringt. Er hätte diese so gänzlich unnützen und törichten Versuche ebensoviele Male wieder gewagt, wie sich Gelegenheit dazu bot, ohne einen Augenblick an das Ergebnis oder die bereits gemachten Erfahrungen zu denken. Wenn er immer wieder mit Ungestüm floh, glich er dem Wolf, der seinen Käfig offen findet. Der Instinkt sagte ihm: Rette dich!

Die Vernunft würde ihm gesagt haben: Bleibe! Aber einer so heftigen Lockung gegenüber war die Vernunft ausgeschaltet. Nur noch der Instinkt war Herr über ihn. Das Tier allein war in ihm wach. Wurde er gegriffen, dann hatten die neuen Züchtigungen, denen man ihn unterwarf, nur die Folge, ihn noch mehr aufzureizen.

Er war übrigens von einer Körperkraft, der kein Insasse des Kerkers sonst nahekam. Im Roboten, um ein Ankertau zu ziehen, eine Schiffswinde zu drehen, war Jean Valjean vier Männer wert. Er hob bisweilen enorme Gewichte und hielt sie auf seinem Rücken, und manchmal ersetzte er auch die Wagenwinde, früher *orgueil* genannt, woher, nebenbei bemerkt, die Rue Montorgueil in der Nähe der Pariser Markthallen ihren Namen bekommen hat. Bei seinen Kameraden hieß er Jean der Wagenhexer.

Einmal löste sich, als der Balkon des Stadthauses in Toulon neu ausgemauert wurde, eine der herrlichen Karyatiden von Puget, die den Balkon stützten, und fast wäre sie heruntergefallen. Jean Valjean, der an Ort und Stelle war, stützte die Karyatide mit der Schulter, bis die Arbeiter herbeigelaufen kamen.

Seine Geschmeidigkeit war noch größer als seine Kraft. Einzelne Sträflinge, die ewig von Flucht träumen, machen mit der Zeit aus der Vereinigung von Kraft und Gewandtheit eine wahre Wissenschaft. Es ist die Wissenschaft der Muskeln. Täglich befassen sich die Gefangenen, die immer Fliegen und Vögel beneiden, mit einer ganzen geheimnisvollen Statik. Eine Vertikale erklettern und Stützpunkte finden, wo kaum ein Vorsprung bemerkbar ist, war ein Spiel für Jean Valjean. Bot sich ihm ein Mauerwinkel, so schwang er sich mit Anspannung seines Rückens und seiner Kniekehlen, indem er Ellbogen und Fersen in die rauhen Risse des Steines einpaßte, wie durch Zauber bis in einen dritten Stock hinauf. Manchmal erklomm er so das Dach des Kerkergebäudes.

Er sprach wenig. Er lachte nicht. Nur äußerste Erregung entriß ihm einmal oder zweimal im Jahr das grausige Gelächter des Sträflings, in dem das Lachen des Dämons widerzuhallen scheint. Schaute man ihm zu, war es, als betrachte er ohne Unterlaß etwas Schreckliches.

Er war tatsächlich versunken.

Die krankhaften Wahrnehmungen einer unvollkommenen Veranlagung und eines niedergedrückten Verstandes ließen ihn dumpf etwas Ungeheuerliches über sich ahnen. Sooft er sich umschaute, sooft er aufzublicken versuchte, sah er mit Schrecken und Wut in diesem trüben, bleichen Halbdunkel, in dem er dahinkroch, eine fürchterliche Anhäufung von Dingen, Gesetzen, Vorurteilen, Menschen und Tatbeständen einmal stufenweise ansteigen, dann wieder steil abfallen, soweit das Auge reichte. Die Umrisse verschwammen vor ihm, die Masse entsetzte ihn, und doch war sie nichts anderes als diese großartige Pyramide, die wir Zivilisation nennen. Hier und da erkannte er, bald in seiner Nähe, bald fern und in unzugänglicher Höhe, in diesem wimmelnden und scheußlichen Ganzen irgendeine Gruppe, irgendeine grell beleuchtete Einzelheit, hier den Stockmeister mit seinem Stock, den Gendarmen mit seinem Säbel, dort den Erzbischof mit der Mitra und ganz oben in einer Art Sonne den gekrönten und blendenden Kaiser. Ihm schien, als machte dieser ferne Glanz seine Nacht, weit davon entfernt, sie zu erhellen, nur noch trauriger und dunkler. Gemäß der komplizierten und geheimnisvollen Bewegung, die Gott der Zivilisation mitteilt, ging all das, Gesetze, Vorurteile, Tatbestände, Menschen und Dinge, über ihm hin und her, schritt über ihn hinweg und zertrat ihn, gleichsam friedfertig in der Grausamkeit und unerbittlich in der Gleichgültigkeit. Als Seelen, die alle möglichen Leiden ausgekostet haben, als unglückliche Geschöpfe, die in die tiefste Vorhölle gestürzt sind, da, wo niemand mehr hinschaut, fühlen die vom Gesetz Verstoßenen die menschliche Gesellschaft mit ihrem ganzen Gewicht auf sich lasten. Für den, der außerhalb der Gesellschaft steht, ist sie schon fürchterlich, wieviel entsetzlicher muß sie dann für den sein, der sich darunter befindet.

In dieser Lage überlegte Jean Valjean, und welcher Art konnte seine Grübelei sein?

Wenn ein Hirsekorn unter der Mühle Gedanken hätte, würde es zweifellos denken, was Jean Valjean dachte.

Alle die Dinge, die ihn umgaben, Wirklichkeiten voller Spuk, Phantasiegebilde voller Wirklichkeit, hatten nach und nach in seinem Innern eine fast nicht zu beschreibende Verfassung hervorgerufen. Mitten in seiner Kerkerfron zauderte er manchmal. Er begann zu überlegen. Seine Vernunft, gereifter und dennoch aufgewühlter als zuvor, empörte sich. Was ihm geschehen war, schien ihm sinnlos; was er um sich sah, unmöglich. Er sagte sich: Es ist ein Traum. Er betrachtete den Stockmeister, der einige Schritte von ihm entfernt stand. Der Stockmeister schien ihm ein Gespenst; plötzlich jedoch prügelte das Gespenst ihn.

Die sichtbare Natur existierte kaum für ihn. Man könnte geradezu behaupten, daß Jean Valjean weder die Sonne noch die Schönheit der Sommertage empfand, weder strahlenden Himmel noch kühle Aprilmorgen. Das Halblicht, das in ein Kellerloch fällt, beleuchtete zumeist seine Seele.

Um abschließend zusammenzufassen, was sich zusammenfassen und mit Bestimmtheit sagen läßt, wollen wir uns mit der Feststellung begnügen, daß in neunzehn Jahren Jean Valjean, der arglose Baumputzer von Faverolles, der furchtbare Galeerensträfling von Toulon, dank der Verstümmelung durch den Kerker zweier Arten von schlechten Handlungen fähig geworden war. Einer zähen, nicht bedachten, verworrenen, triebhaften, zur Rache für das erlittene Ungemach. Oder aber einer ernsten, mit der er in einem Gewissenskampf sich auseinandersetzte und die er an den von einem solchen Mißgeschick geweckten Ideen überprüfte. Er machte nacheinander die drei Phasen durch, die Menschen seines Schlages allein durchlaufen können: Nachdenken, Wille und Halsstarrigkeit. Treibende Kräfte waren für ihn die übliche Empörung, die Bitternis in der Seele, das tiefe Gefühl der erlittenen Ungerechtigkeiten und die Gegenreaktion, selbst gegen die Guten, die Unschuldigen und die Gerechten, falls es solche gibt. Der Ausgangspunkt wie der Endpunkt aller seiner Erwägungen war der Haß gegen das menschliche Gesetz. Wenn dieser Haß nicht durch eine Fügung der Vorsehung gehindert wird, sich zu entfalten, steigert er sich bald zum Haß gegen die Gesellschaft, dann gegen die Menschheit, dann gegen die Schöpfung und gibt sich als dumpfe, unstillbare, brutale Begierde kund, irgendwem zu schaden, irgendeinem lebenden Wesen.

Nicht ohne Grund wurde also Jean Valjean in seinem Paß als gefährlicher Mensch bezeichnet. Jahr um Jahr war diese

Seele mehr ausgedörrt, langsam, aber mit der Unentrinnbarkeit des Verhängnisses. Ist das Herz trocken, ist es das Auge. Als er das Bagno verließ, hatte er neunzehn Jahre hindurch keine Träne geweint.

Die Woge und das Dunkel

Mann über Bord!

Was tut's! Das Schiff hält nicht an. Der Wind braust, und dieses düstere Schiff muß seinen Kurs einhalten. Es fährt weiter.

Der Mann verschwindet, dann erscheint er wieder, er taucht unter und kommt wieder an die Oberfläche, er ruft, er wirft die Arme hoch, und niemand hört ihn. Im Sturm erbebend, hat das Schiff vollauf mit seinem Manöver zu tun, Matrosen und Passagiere sehen nicht einmal mehr den Ertrinkenden, in den ungeheuren Wogen ist sein elender Kopf nur noch ein Punkt.

Er schreit verzweifelt in die Weite. Wie gespenstisch doch dieses Schiff ist, das davonfährt! Er betrachtet es, betrachtet es wie ein Wahnsinniger. Es entfernt sich, verblaßt, wird kleiner. Eben noch war er dort, gehörte zur Mannschaft, ging mit den anderen auf Deck hin und her, atmete und hatte als lebendiger Mensch seinen Anteil an der Sonne. Doch jetzt, was war bloß geschehen? Er war ausgerutscht, gefallen, aus und vorbei.

Er liegt in dem gräßlichen Wasser. Unter seinen Füßen weicht alles zurück, stürzt alles ein. Unheildrohend umgeben ihn die vom Sturm zerrissenen und zerfetzten Wellen, die schwankende Tiefe reißt ihn hinunter, Scheuerhader aus Wasser klatschen ihm um den Kopf, der Pöbel der Wogen speit ihn an, und weite Öffnungen versuchen ihn zu verschlingen. Sooft er untergeht, schaut er in Schluchten voller Finsternis. Scheußliche, unbekannte Pflanzen packen ihn, umschlingen ihm die Füße, ziehen ihn an sich, und er fühlt, daß er Abgrund wird. Er ist Teil des Gischtes, die Wellen werfen ihn sich zu, er trinkt Bitternis, und der feige Ozean müht sich verbissen, ihn zu ertränken, das Ungeheuerliche spielt mit seinem Todeskampf. Wie es scheint, ist all dieses Wasser Haß.

Er kämpft dennoch, versucht sich zu wehren, versucht sich zu halten, strengt sich an und schwimmt. Er, diese armselige, sogleich erschöpfte Kraft, nimmt den Kampf gegen den nie Versiegenden auf.

Wo ist das Schiff? Da drüben, kaum sichtbar in der trüben Finsternis des Horizonts.

Der Wind bläst böig, all der Schaum drückt ihn nieder. Er blickt auf und sieht nur die bleiernen Wolken. Mit dem Tode ringend, erlebt er den maßlosen Wahnsinn des Meeres, wird von ihm gemartert. Er hört dem Menschen fremde Geräusche, die scheinbar von jenseits der Erde, aus irgendeinem schrecklichen Draußen kommen.

Vögel kreisen in den Wolken wie die Engel über den menschlichen Nöten, aber was können sie für ihn tun? Das fliegt, singt und schwebt, und er röchelt.

Zwei Unendlichkeiten, der Ozean und der Himmel, hüllen ihn zugleich ein. Die eine ist ein Grab, die andere ein Leichentuch.

Die Nacht sinkt hernieder, seit Stunden schwimmt er nun schon, die Kräfte versagen ihm. Dieses Schiff, dieses ferne Etwas, auf dem Menschen waren, ist verschwunden, und er ist allein in dem fürchterlichen, dämmerigen Schlund. Er versinkt und macht sich steif, er windet sich und spürt unter sich die ungeheuerlichen Wogen des Unsichtbaren, er ruft.

Es gibt keine Menschen mehr. Wo ist Gott?

Er ruft. Irgend jemand! Irgend jemand! Er ruft immer noch. Nichts zeigt sich am Horizont. Nichts am Himmel.

Er ruft die Weite an, die Welle, die Alge, die Klippe, sie sind taub. Er fleht den Sturm an, doch der unbeirrbare Sturm gehorcht nur dem Unendlichen.

Rings um ihn Finsternis, Nebel, Einsamkeit, dazu das seelenlose Toben des Unwetters, der unscharfe Faltenwurf der wilden Wasser. In ihm Schrecken und Müdigkeit. Unter ihm der Absturz. Nichts, woran er sich festhalten kann. Er denkt an die geheimnisvollen Abenteuer des Leichnams im grenzenlosen Dunkel. Die eisige Kälte lähmt ihn. Seine Hände verkrampfen und schließen sich und greifen ins Nichts. Winde, Wolken, Strudel, Sturmgebraus, unnütze Sterne! Was tun? Der Verzweifelte gibt sich auf. Wer müde ist, entschließt sich zu sterben. Er sträubt sich nicht mehr, läßt sich gehen, läßt los, und schon wird er von den schaurigen Tiefen für immer verschlungen.

O erbarmungsloser Gang der menschlichen Gesellschaften! Verluste an Menschen und Seelen unterwegs! Ozean, in den alles fällt, was das Gesetz fallen läßt! Unheilvolles Ausbleiben der Hilfe! O moralischer Tod!

Das Meer ist die unerbittliche soziale Nacht, in die das Strafrecht seine Verdammten stößt. Das Meer ist das unermeßliche Elend.

Die Seele, die in diesem Abgrund verschwindet, kann ein Leichnam werden. Wer wird sie wieder zu neuem Leben erwecken?

Weitere Beschwerdegründe

Es war ein unverhoffter und unerhörter Moment für ihn, als das seltsame Wort: Du bist frei! an sein Ohr tönte, ein heller Lichtstrahl, ein Strahl vom wirklichen Licht der Lebenden fiel plötzlich auf ihn. Doch er verblaßte sehr bald. Jean Valjean war von dem Gedanken an die Freiheit geblendet gewesen. Er hatte an ein neues Dasein geglaubt. Schnell wurde er belehrt, was eine Freiheit ist, der man einen gelben Paß mit auf den Weg gibt.

Und viel Bitternis kam noch hinzu. Er hatte sich errechnet, sein Guthaben aus dem Aufenthalt im Kerker müsse hunderteinundsiebzig Francs betragen. Zur Berichtigung ist zu sagen, daß er dabei vergaß, die erzwungene Sonntags- und Festtagsruhe einzukalkulieren, die für neunzehn Jahre einen Ausfall von etwa vierundzwanzig Francs zur Folge hatte. Jedenfalls war die Summe durch mehrere ortsübliche Abzüge auf hundertundneun Francs und fünfzehn Sous verringert worden, die man ihm am letzten Tag auszahlte. Er hatte das nicht begriffen und glaubte, er sei geschädigt. Oder, um das Wort zu gebrauchen, bestohlen.

Am Tag nach seiner Freilassung sah er in Grasse vor dem Tor einer Presse für Orangenblüten Männer, die kleine Ballen abluden. Er erbot sich zu helfen. Die Arbeit war dringend, man nahm seine Dienste an. Er machte sich ans Werk. Er war klug, kräftig und gewandt und tat sein Bestes. Der Eigentümer schien zufrieden. Während er arbeitete, ging ein Gendarm vorbei, beobachtete ihn und verlangte seine Papiere. Er mußte den gelben Paß zeigen. Sodann fuhr Jean Valjean in seiner Arbeit fort. Ein paar Minuten vorher hatte er einen der Arbeiter gefragt, was sie für ihre Mühe täglich verdienten.

Man hatte ihm erwidert: »Dreißig Sous.« Abends meldete er sich, da er am nächsten Tag wieder aufbrechen mußte, bei dem Besitzer der Presse und bat um Zahlung. Der redete kein Wort und gab ihm fünfundzwanzig Sous. Er widersprach. Man entgegnete ihm: »Für dich genügt das.« Er beharrte auf seinem Einspruch. Der Herr blickte ihm scharf in die Augen und sagte: »Hüte dich vor dem Gefängnis!«

Wiederum war er überzeugt, daß er bestohlen wurde. Die Gesellschaft, der Staat hatten, indem sie sein Guthaben kürzten, ihn im großen bestohlen. Jetzt bestahl man ihn einzeln im kleinen.

Freilassung ist keine Befreiung. Die Kerkerstrafe ist zu Ende, nicht die Verurteilung.

Das hatte er in Grasse erlebt. Man weiß, wie er in Digne empfangen wurde.

Der Mann ist wach

Als es an der Domuhr zwei Uhr morgens schlug, erwachte Jean Valjean. Das Bett war zu gut für ihn, das riß ihn aus dem Schlummer. Seit bald zwanzig Jahren hatte er in keinem Bett gelegen, und obgleich er sich nicht ausgezogen hatte, war ihm das Gefühl zu fremd, um seinen Schlaf nicht unruhig werden zu lassen. Über vier Stunden hatte er gedauert. Jean

Valjeans Müdigkeit war vorbei. Er hatte sich daran gewöhnen müssen, mit den Stunden des Schlafs zu kargen. Er öffnete die Augen und spähte einen Augenblick in das Dunkel im Raum, dann schloß er sie wieder, um erneut zu versinken.

Wenn der Tag viele wechselvolle Eindrücke gebracht hat, wenn die Dinge den Geist beschäftigen, schlummert man zwar ein, aber einmal aufgewacht, bleibt man wach. Der Schlaf stellt sich leichter ein, als daß er wiederkommt. Bei Jean Valjean war das der Fall. Er konnte nicht wieder einschlafen und begann zu grübeln.

Er war in einem geistigen Zustand, in dem die Ideen sich verzerren. In seinem Hirn ging es unklar durcheinander. Seine alten Erinnerungen und die an den heutigen Abend vermengten sich, kreuzten sich wirr, verloren ihre Formen, wuchsen ins Maßlose, dann verschwanden sie plötzlich wie in einem schlammigen, quirlenden Wasser. Viele Gedanken kamen ihm, aber einer war es, der sich ihm ohne Unterlaß aufdrängte und alle anderen verscheuchte. Er hatte die sechs silbernen Gedecke und den großen Löffel bemerkt, die Frau Magloire auf dem Tisch verteilt hatte.

Die Vorstellung dieser sechs silbernen Gedecke wurde zu einer Sucht für ihn. Sie waren da. Nur wenige Schritte entfernt. In dem Augenblick, als er durch das Zimmer nebenan ging, um in das zu gelangen, in dem er war, legte die alte Wirtschafterin sie in einen kleinen Wandschrank am Kopfende des Bettes. Er hatte den Wandschrank genau gesehen. Rechts, wenn man durch das Eßzimmer eintrat. Sie waren von massivem altem Silber. Mit dem großen Löffel würde man wenigstens zweihundert Francs dafür haben können. Das Doppelte von dem, was er in neunzehn Jahren verdient hatte. Allerdings hätte er mehr verdient, hätte die Verwaltung ihn nicht bestohlen.

Sein Geist flackerte und schwankte eine ganze Stunde, während er mit sich selber rang. Es schlug drei. Er öffnete wieder die Augen, richtete sich im Sitzen jäh empor, streckte den Arm aus und betastete seinen Tornister, den er in die Ecke des Alkovens geschleudert hatte, dann ließ er seine

Beine hängen und streifte mit den Füßen den Boden. So saß er nun auf dem Bettrand, ohne zu wissen, wie.

Brütend verharrte er einige Zeit in dieser Haltung, die jedem, der ihn so im Schatten gewahrte, ihn, der allein in dem schlummernden Hause nicht schlief, unheilverkündend erschienen wäre. Plötzlich bückte er sich, zog seine Stiefel aus und setzte sie leise auf die Matte vor dem Bett, dann nahm er wieder seine Stellung ein, die der eines Träumers glich, und regte sich nicht mehr.

In dieser gräßlichen Versonnenheit kreisten seine Gedanken unaufhörlich in seinem Hirn, sie gingen ein und aus und kehrten wieder, und es war, als wäge er sie gegeneinander ab. Und dann dachte er, ohne sich dessen bewußt zu sein, in der mechanischen Hartnäckigkeit des Traumes, an einen Sträfling namens Brevet, den er im Kerker gekannt hatte und dessen Hose mit einem einzigen Träger aus gestrickter Baumwolle befestigt war. Die bunten Karos dieses Hosenträgers sah er im Geist immer wieder vor sich.

Er saß und rührte sich nicht und wäre vielleicht unverändert bis zum Tagesbeginn so verblieben, hätte die Uhr nicht einen Schlag getan, um ein Viertel oder um halb. Es war, als befehle dieser Schlag ihm: Los!

Er stand auf, zögerte einen Augenblick und horchte.

Alles im Hause schwieg. Da ging er gerade und mit kleinen Schritten auf das Fenster zu, das im Halblicht vor ihm blinkte. Die Nacht war nicht sehr dunkel. Über den vollen Mond liefen breite, vom Wind gejagte Wolken. Schatten und Helligkeit wechselten draußen, Verfinsterungen und Erleuchtungen, und drinnen lag eine Art von Dämmerung. Sie genügte, um dem, der da schritt, den Weg zu weisen. Das Gewölk unterbrach die Dämmerung. Dem fahlen Schein ähnelte sie, der aus einem Kellerloch dringt, vor dem Straßenpassanten hin und her gehen. Als Jean Valjean das Fenster erreicht hatte, prüfte er es. Es hatte kein Gitter, war dem Garten zugewandt und nach landesüblichem Brauch lediglich mit einem kleinen Splint verriegelt. Er öffnete es, da aber ein kalter Wind mit einemmal in das Zimmer wehte, schloß er es sofort wieder. Er sah in den Garten mit einem

Blick, der, alles beachtend, mehr forschte als schaute. Den Garten umgab eine weiße, ziemlich niedrige, leicht zu erkletternde Mauer. Im Hintergrund, darüber hinaus, unterschied er Baumwipfel in regelmäßigem Abstand, der verriet, daß die Mauer den Garten von einer Allee oder einer bepflanzten Gasse trennte.

Nach dieser Musterung gab er sich einen Ruck wie ein Mann, der bereit ist. Er ging in seinen Alkoven, griff seinen Tornister, durchwühlte ihn, holte etwas hervor, was er auf das Bett legte, schob seine Stiefel in eine seiner Taschen, schnallte den Ranzen wieder zu und lud ihn auf seine Schultern, drückte sich die Kappe auf den Kopf, senkte ihren Lederschirm über seine Augen, suchte unsicher seinen Stock und stellte ihn in den Winkel am Fenster. Dann ging er wieder zum Bett und faßte entschlossen, was er darauf niedergelegt hatte. Es schien ein kurzer Eisenbarren zu sein, an einer Spitze wie ein Spieß geschärft. Kaum hätte sich in der Finsternis beurteilen lassen, zu welchem Zweck dieses Eisenstück so bearbeitet worden war. War es etwa ein Hebel oder eine Keule? Bei Tageslicht hätte man gesehen, daß es nichts anderes war als ein Bohrer für Bergleute. Man verwendete damals die Sträflinge bisweilen dazu, aus den hohen Felsenhügeln rings um Toulon Steine abzusplittern, und nicht selten verfügten sie über Bergmannsgerät. Die Gesteinsbohrer der Bergleute sind aus massivem Eisen und haben am unteren Ende eine Spitze, die man in den Felsen treiben kann.

Er nahm den Bohrer in seine rechte Hand und schritt, mit verhaltenem Atem, geräuschlos zu der Tür des Zimmers nebenan, in dem, wie man weiß, der Bischof schlief. Als er vor dieser Tür war, fand er sie nur angelehnt. Der Bischof hatte sie nicht zugemacht.

Seine Tat

Jean Valjean lauschte. Nichts war zu hören. Er stieß die Tür auf, nur mit einem Finger, leicht, mit dem verstohlenen Zagen einer Katze, die hinein will. Die Tür gab dem Fingerdruck nach und bewegte sich unmerklich und sacht, so daß der Spalt sich ein wenig vergrößerte.

Er wartete einen Augenblick, dann stieß er ein zweites Mal gegen die Tür, nun aber dreister. Wieder gab sie stumm nach. Jetzt genügte die Öffnung, er konnte hindurch. Aber nahe der Tür stand ein Tischchen, das mit ihr einen hinderlichen, den Zugang sperrenden Winkel bildete.

Jean Valjean erkannte die Schwierigkeit und sah, daß er die Öffnung unbedingt verbreitern mußte. Er entschloß sich und stieß ein drittes Mal gegen die Tür, energischer als bisher. Diesmal warf eine schlechtgeölte Angel plötzlich einen heiseren, gedehnten, ächzenden Ton in die Dunkelheit.

Jean Valjean erzitterte. Das Gekreisch dieser Angel schwang in seinem Ohr nach, dröhnend und furchtbar wie die Posaune des Jüngsten Gerichts. In der phantastischen Übersteigerung der ersten Minute wähnte er fast, dieses Ächzen habe sich beseelt und auf einmal ein erschreckendes Leben angenommen, es belle wie ein Hund, um alle zu warnen und die Schlummernden aufzuwecken.

Er stand erschauernd, verstört und sank von den Zehen auf die Fersen. Er hörte seine Adern wie zwei Schmiedehämmer gegen seine Schläfen pochen, und es schien ihm, sein Atem keuche aus seiner Brust wie das Pfeifen des Sturmes, der aus einer Höhle kommt. Es war ihm, als müßte der grauenhafte Aufschrei dieser gereizten Türangel wie der Stoß eines Erdbebens das ganze Haus erschüttert haben. Die Tür mochte, von ihm bewegt, Alarm gegeben und gerufen haben. Der Greis würde sich erheben, die beiden Frauen würden zeternd zu Hilfe eilen. In weniger als einer Viertelstunde konnte die Stadt in Aufruhr und die Gendarmerie auf den Beinen sein. Einen Moment lang glaubte er, er sei verloren.

Er blieb stehen, wo er war, zur Salzsäule erstarrt, und wagte nicht, sich zu rühren. Ein paar Minuten verstrichen. Die Tür war weit offen. Er brachte den Mut auf, in das Zimmer zu spähen. Nichts hatte sich geregt. Wieder horchte er. Kein Laut im ganzen Hause. Der Lärm der eingerosteten Angel hatte niemanden geweckt.

Die erste Gefahr war vorbei, aber noch war ein schrecklicher Aufruhr in ihm. Dennoch wich er nicht zurück. Auch wenn er sich verloren geglaubt hatte, war er nie zurückgewichen. Er dachte nur daran, schnell zu Ende zu kommen. Er machte einen Schritt und trat in das Zimmer ein.

Das Zimmer lag in völliger Stille. Hier und da waren undeutliche, ungewisse Formen von Dingen erkennbar, die am Tag Papiere waren, auf einem Tisch verstreut, aufgeschlagene Folianten, dicke, auf einem Schemel gestapelte Bücher, ein mit Kleidern beladener Sessel, eine Beibank. Zu dieser Stunde waren es nichts als dunkle Umrisse und helle Flecken. Jean Valjean ging mit Vorsicht näher, indem er vermied, gegen die Möbel zu stoßen. Er hörte aus der Tiefe des Zimmers den gleichmäßigen, ruhigen Atem des schlafenden Bischofs.

Plötzlich stand er bei dem Bett. Er war früher dahin gelangt, als er erwartet hatte.

Undurchdringlich und doch wie ein denkendes Wesen findet bisweilen die Natur für ihre Stimmungen und Schauspiele, die sie mit unseren Handlungen verbindet, gleichsam den passenden Augenblick, als ob sie uns zum Nachdenken bringen wollte.

Seit etwa einer halben Stunde bedeckte eine große Wolke den Himmel. Gerade als er vor dem Bett stand, zerriß diese Wolke wie absichtlich, und ein Mondstrahl, der durch das hohe Fenster fiel, beleuchtete das blasse Gesicht des Bischofs. Er schlummerte friedlich. Fast angekleidet lag er auf seinem Bett, wegen der kalten Nächte in den Alpen, ein braunes Wollgewand bedeckte ihm die Arme bis zu den Handgelenken. Sein Kopf ruhte entspannt auf dem Kissen. Seine mit dem Bischofsring geschmückte Hand, von der so viele gute Werke und fromme Handlungen ausgegangen waren, hing aus dem Bett herab. Sein Antlitz war von einem unbestimmten Ausdruck der Zufriedenheit, der Hoffnung und der Glückseligkeit erleuchtet. Es war mehr als ein Lächeln, fast ein Strahlen. Auf seiner Stirn der unsagbare Abglanz eines Lichts, das man nicht sah. Die Seele der Gerechten schaut im Schlaf einen Himmel, der voller Geheimnis ist. Ein Widerschein dieses Himmels lag auf dem Bischof. Und zugleich war dieser Widerschein ein durchschimmerndes Licht, denn der Himmel war im Innern des Bischofs, er war sein Gewissen.

Als das Mondlicht dieses innere Leuchten gewissermaßen noch überstrahlte, erschien der schlafende Bischof wie in einem Glorienschein. Dennoch blieb das Bild friedvoll und von einem unbeschreiblichen Halbdunkel verhüllt. Der Mond am Himmel, die nächtliche Ruhe der Natur, der Garten, in dem kein Blatt raschelte, das stille Haus, die Stunde, der Augenblick gaben dem ehrwürdigen Schlaf dieses Menschen etwas unaussprechlich Feierliches und legten eine majestätische und heitere Aureole um seine weißen Haare, seine geschlossenen Augen, um dieses Antlitz, in dem alles Hoffnung und Zutrauen war, um den Kopf eines Greises und den Schlummer eines Kindes.

Es lag nahezu etwas Göttliches in dieser unbewußten Erhabenheit.

Jean Valjean stand im Schatten, den eisernen Bohrer in der Hand, unbeweglich, fassungslos vor dem lichtumfluteten alten Mann. Nie hatte er etwas Ähnliches gesehen. Dieses Vertrauen entsetzte ihn. Die Welt der Gedanken hat kein grandioseres Schauspiel zu bieten als ein verwirrtes und unruhiges Gewissen, das kurz vor einer bösen Tat steht und den Schlaf eines Gerechten betrachtet.

Dieser einsame Schlaf neben einem Nachbarn, wie er es war, hatte etwas Großartiges, das er dumpf, aber gebietend fühlte.

Niemand hätte sagen können, was in ihm vorging, nicht einmal er selbst. Um dennoch einen Begriff davon zu bekommen, muß man sich das Gewalttätigste angesichts des Gütigsten vorstellen. Auch von seinem Gesicht ließ sich nichts mit Bestimmtheit ablesen. Lediglich ein scheues Staunen malte sich darauf ab. Er schaute, das war alles. Doch was dachte er? Das konnte niemand erraten. Offensichtlich war er bewegt und erschüttert. Aber welcher Art war diese Erregung?

Sein Auge konnte sich von dem Greis nicht trennen. Das einzige, was aus seiner Haltung und seiner Miene klar wurde, war eine seltsame Unentschlossenheit. Er schwankte sozusagen zwischen zwei Abgründen, dem der Verderbnis und dem der Rettung. Er schien bereit, diesen Schädel zu zerschmettern oder aber diese Hand zu küssen.

Nach wenigen Minuten hob er die linke Hand langsam zu seiner Stirn, und er nahm seine Kappe ab, dann sank mit derselben Langsamkeit sein Arm, und Jean Valjean verfiel wieder in die Betrachtung, in der Linken seine Kappe, in der Rechten seine Keule, das Haar auf seinem wilden Haupt gesträubt.

Der Bischof schlief unter diesem furchtbaren Blick in tiefem Frieden weiter. Im Widerschein des Mondes wurde über dem Kamin verschwimmend das Kruzifix sichtbar, das ihnen beiden die Arme zu öffnen schien, mit Segen für den einen und Verzeihung für den anderen.

Plötzlich setzte Jean Valjean die Kappe wieder auf, dann ging er rasch, ohne auf den Bischof zu achten, am Bett entlang, gerade auf den Wandschrank zu, den er am Kopfende im Halbdunkel sah. Er hob den eisernen Bohrer, als wolle er das Schloß sprengen. Der Schlüssel steckte darin; er öffnete. Das erste, was sich ihm zeigte, war der Korb mit dem Silberzeug. Er ergriff ihn, durchquerte das Zimmer mit großen Schritten, ohne Vorsicht und ohne sich um das Geräusch zu kümmern, kam bis zur Tür, trat wieder in das Betzimmer, riß das Fenster auf, packte seinen Stock, stützte sich mit einem Bein auf das Sims des Erdgeschosses, stopfte das Silberzeug in seinen Tornister, warf den Korb weg, lief quer durch den Garten, sprang wie ein Tiger über die Mauer und entfloh.

Der Bischof bei der Arbeit

Als am Morgen die Sonne aufging, spazierte Gnaden Bienvenu durch seinen Garten. Frau Magloire hastete bestürzt auf ihn zu. »Bischöfliche Gnaden«, rief sie, »wissen Eure Hoheit, wo der Korb mit dem Silbergeschirr ist?«

»Ja«, sagte der Bischof.

»Gelobt sei Jesus Christus«, erwiderte sie. »Ich wußte es nicht.«

Der Bischof hatte auf einem Beet den Korb gefunden. Er reichte ihn Frau Magloire. »Da.«

»Na und?« sagte sie. »Es ist ja nichts drin. Wo ist das Silbergeschirr?«

»Ach«, entgegnete der Bischof. »Sie sorgen sich um das Silber? Wo das ist, weiß ich nicht.«

»Gütiger Gott! Es ist gestohlen. Der Mann von gestern abend hat es gestohlen.«

Im Nu eilte Frau Magloire mit all dem Eifer einer hurtigen Alten ins Betzimmer, betrat den Alkoven und kam zum Bischof zurück. Der Bischof hatte sich eben gebückt und besah seufzend einen Setzling von Löffelkraut, den der Korb, als er in das Beet fiel, geknickt hatte. Als Frau Magloire schrie, richtete er sich wieder auf.

»Bischöfliche Gnaden, der Mann ist fort, das Silber ist gestohlen!«

Während sie das rief, traf ihr Blick einen Winkel des Gartens, in dem man an den Spuren entdecken konnte, daß jemand die Mauer erklettert hatte. Vom Mauerwerk war etwas abgeblättert. »Sehen Sie! Da ist er ausgerissen! Er ist in die Rue Cochefilet gesprungen. Ach, wie greulich! Er ist der Dieb unseres Silbergeschirrs.«

Der Bischof schwieg einen Moment, dann schlug er seine ernsten Augen auf und sagte milde zu Frau Magloire: »Zunächst, hat das Silber denn uns gehört?«

Frau Magloire war sprachlos. Wieder entstand ein Schweigen, dann fuhr der Bischof fort: »Frau Magloire, ich habe dieses Silbergeschirr seit langem zu Unrecht behalten. Den Armen gehörte es. Was war dieser Mann? Offenbar ein Armer.«

»Ach, Jesus«, erwiderte Frau Magloire. »Es ist nicht meinet- oder des Fräuleins wegen. Uns ist das gleich. Aber es ist für Bischöfliche Gnaden. Woraus werden Sie jetzt essen?«

Der Bischof sah sie erstaunt an. »Gibt es nicht Gedecke von Zinn?«

Frau Magloire zuckte die Achseln. »Zinn hat einen Geruch.«

»Dann Gedecke von Eisen.«

Frau Magloire zog eine vielsagende Grimasse. »Eisen hat einen Geschmack.«

»Nun gut«, antwortete der Bischof. »Dann Teller von Holz.«

Wenige Minuten später frühstückte er an demselben Tisch, an dem Jean Valjean am Vorabend gesessen hatte. Indes er frühstückte, hielt Gnaden Bienvenu seiner Schwester, die nichts sagte, und Frau Magloire, die gedämpft brummte, heiter vor, man brauche keineswegs einen Löffel oder eine Gabel, auch von Holz nicht, um einen Bissen Brot in eine Tasse Milch zu tauchen.

»Ist das möglich!« redete Frau Magloire, indem sie kam und ging, mit sich allein. »Einen Menschen soll man so aufnehmen und neben sich übernachten lassen! Und was für ein Glück, daß er nur gestohlen hat. Ach, mein Gott, man zittert, wenn man daran denkt!«

Als Bruder und Schwester aufstehen wollten, wurde an die Tür geklopft. »Herein!« sagte der Bischof.

Die Tür öffnete sich. Eine sonderbare und ungestüme Gruppe erschien auf der Schwelle. Drei Männer zerrten einen vierten am Kragen. Die drei Männer waren Gendarmen; der vierte war Jean Valjean.

Ein Gendarmerieunteroffizier, wohl der Führer der Gruppe, stand an der Tür. Er trat ein und schritt, militärisch grüßend, auf den Bischof zu. »Bischöfliche Gnaden«, sagte er.

Bei diesem Wort erhob Jean Valjean, der düster und niedergeschlagen aussah, stutzend den Kopf. »Bischöfliche Gnaden«, murmelte er. »Dann ist also nicht der Pfarrer …«

»Still!« sagte ein Gendarm. »Es ist der Bischof.«

Indessen hatte Gnaden Bienvenu sich so lebhaft genähert, wie sein hohes Alter es gestattete. »Ach, Sie sind es!« rief er und schaute Jean Valjean an. »Ich freue mich, Sie zu sehen. Aber ich hatte Ihnen doch auch die Leuchter geschenkt, die von Silber sind wie das andere und für die man Ihnen gewiß zweihundert Francs zahlen würde. Warum haben Sie sie nicht samt Ihren Gedecken mitgenommen?«

Jean Valjean riß die Augen auf und betrachtete den ehrwürdigen Bischof mit einem Ausdruck, den keine menschliche Sprache wiedergeben kann.

»Bischöfliche Gnaden«, fragte der Unteroffizier, »so ist das wahr, was der Mann sagte? Wir sind ihm begegnet. Er ging wie einer, der sich dünnmachen möchte. Wir haben ihn angehalten, um ihn zu durchsuchen. Bei sich hatte er das Silberzeug.«

»Und er hat Ihnen gesagt«, unterbrach der Bischof lächelnd, »daß es ihm von einem guten alten Mann, einem Priester, bei dem er genächtigt hatte, geschenkt worden ist? Ich verstehe. Und Sie haben ihn wieder hergebracht? Das ist ein Irrtum.«

»Also«, fragte der Unteroffizier, »können wir ihn laufenlassen?«

»Zweifellos«, sagte der Bischof.

Die Gendarmen ließen Jean Valjean los, der zurückwich. »Ist es wahr, daß ich frei bin?« sagte er mit fast unartikulierter Stimme, als spräche er im Traum.

»Ja, du kannst laufen, hörst du denn nicht?« sagte ein Gendarm.

»Mein Freund«, fuhr der Bischof fort, »ehe Sie gehen, hier sind Ihre Leuchter. Nehmen Sie sie!«

Er ging auf den Kamin zu, nahm die beiden silbernen Leuchter und reichte sie Jean Valjean. Die beiden Frauen sahen dem stumm zu, ohne eine Geste oder einen Blick, die ihn hätten verdrießen können. Jean Valjean schlotterte an allen Gliedern. Mechanisch und mit irrer Miene nahm er die beiden Leuchter.

»Nun«, sagte der Bischof, »ziehen Sie hin in Frieden! Übrigens, wenn Sie wiederkommen, mein Freund, es ist nicht nötig, daß Sie durch den Garten gehen. Sie können immer durch die Straßentür ein und aus. Sie ist Tag und Nacht nur mit einer Klinke verschlossen.« Dann wandte er sich an die Gendarmen: »Meine Herren, wenn Sie sich empfehlen wollen!«

Die Gendarmen entfernten sich. Jean Valjean schien am Rande einer Ohnmacht. Der Bischof trat an ihn heran und sagte leise: »Vergessen Sie nicht, vergessen Sie nie, daß Sie mir gelobt haben, durch dieses Geld ein ehrlicher Mann zu werden!«

Jean Valjean, der sich nicht erinnerte, irgend etwas gelobt zu haben, war sprachlos wie zuvor. Der Bischof hatte seinen Worten Gewicht verliehen. Und weihevoll begann er wieder: »Jean Valjean, mein Bruder, Sie gehören nicht mehr dem Bösen, sondern dem Guten. Ihre Seele kaufe ich frei; ich löse sie von schwarzen Gedanken und vom Geist der Verderbnis und übergebe sie Gott.«

Der kleine Gervasius

Jean Valjean verließ die Stadt wie auf der Flucht. Er begann über die Felder zu hasten, schlug Wege und Pfade ein, die sich ihm gerade darboten, ohne zu merken, daß er immer wieder in umgekehrter Richtung zurückging. So irrte er den ganzen Vormittag umher, ohne etwas gegessen zu haben und ohne Hunger. Er war einer Menge neuer Empfindungen preisgegeben. Er fühlte eine Art Zorn, gegen wen, wußte er nicht. Er hätte nicht sagen können, ob er gerührt oder gedemütigt war. Manchmal spürte er eine seltsame Weichheit, die er bekämpfte und der er die Verhärtung seiner letzten zwanzig Jahre entgegenhielt. Dieser Zustand strengte ihn an. Mit Unruhe sah er, wie die furchtbare Gelassenheit erschüttert wurde, die die Ungerechtigkeit seines Schicksals in ihm bewirkt hatte. Er fragte sich, was statt dessen für ihn kommen werde. Bisweilen wäre er lieber bei den Gendarmen im Gefängnis gewesen. Hätten die Dinge sich anders abgespielt, hätte es ihn minder erregt. Obwohl die Witterung schon herbstlich war, blühten noch hier und dort einige Spätblumen, deren Duft ihm seine Kindheit ins Gedächtnis zurückrief, wenn er hindurchging. Diese Erinnerungen waren für ihn kaum erträglich, so lange hatten sie ihn nicht heimgesucht. Gedanken, die er nicht in Worte umsetzen konnte, häuften sich im Verlauf des ganzen Tages in ihm.

Als die Sonne im Westen sank und den Schatten des winzigsten Kiesels am Boden verlängerte, saß Jean Valjean hinter einem Gebüsch auf einer großen rotgelben, völlig leeren Ebene. Nur die Alpen sah man am Horizont, nicht einmal den Kirchturm eines fernen Dorfes. Jean Valjean war vielleicht drei Meilen von Digne weg. Ein Pfad, der die Ebene durchschnitt, zog sich nur einige Schritte von dem Busch entfernt dahin.

Inmitten seines Sinnens, das nicht wenig dazu beigetragen hätte, seine Lumpen für einen Passanten abschreckend zu machen, hörte er ein lustiges Hallo. Er blickte sich um und sah auf dem Pfad einen etwa zehnjährigen Savoyardenknaben nahen, der, seine Drehorgel an der Seite und das Kästchen mit dem Murmeltier auf dem Buckel, sang. Eines der sanften und heiteren Kinder, die von Land zu Land wandern und durch die Löcher in ihren Hosen ihre Knie zeigen. Indes er sang, unterbrach der Knabe von Zeit zu Zeit seinen Marsch und warf ein paar Münzen, die er zwischen seinen Fingern hatte und die wohl sein ganzes Vermögen waren, in die Luft. Unter diesen Geldstücken war eines zu vierzig Sous.

Das Kind blieb, ohne daß es Jean Valjean sah, neben dem Buschwerk stehen und ließ seine Handvoll Münzen wirbeln, die es bis dahin behend mit dem Handrücken aufgefangen hatte. Diesmal entwischte ihm das Vierzigsousstück und rollte an das Gesträuch heran, zu Jean Valjean. Dieser trat mit dem Fuß darauf. Aber das Kind war seiner Münze mit den Augen gefolgt und hatte es gesehen. Es wunderte sich nicht und ging direkt auf den Mann zu.

Der Ort war gänzlich verödet. Bis an die Horizontlinie war niemand in der Ebene oder auf dem Steg zu sehen. Man hörte nur die kleinen, schwachen Schreie eines Schwarms von Zugvögeln, die unendlich hoch über den Himmel flatterten.

Das Kind stand gegen die Sonne, die ihm goldene Fäden ins Haar spann und mit blutigem Licht das wilde Antlitz Jean Valjeans purpurn färbte.

»Sie, Herr«, sagte der kleine Savoyarde mit der kindlichen Zutraulichkeit, die halb Unwissenheit ist, halb Unschuld, »meine Münze!«

»Wie heißt du?« fragte Jean Valjean.

»Sie nennen mich den kleinen Gervasius, Herr.«

»Geh«, sagte Jean Valjean.

»Herr«, erwiderte der Knabe, »geben Sie mir mein Geld wieder!«

Jean Valjean senkte den Kopf und antwortete nicht.

Der Knabe wiederholte: »Mein Geld, Herr!«

Das Auge Jean Valjeans haftete am Boden. »Meine Münze«, schrie das Kind, »meine weiße Münze! Mein Silbergeld!«

Jean Valjean schien nichts zu hören. Das Kind faßte ihn am Kragen seines Hemds und schüttelte ihn. Und zugleich mühte es sich, den plumpen, genagelten Stiefel wegzuschieben, der auf seinem Schatz lastete. »Ich will mein Geld, mein Vierzigsousstück!«

Das Kind weinte. Jean Valjean hob den Kopf. Er saß noch immer. Seine Augen waren trüb. Er betrachtete den Knaben nicht ohne Erstaunen, dann streckte er die Hand nach seinem Stock aus und schrie mit unheimlicher Stimme: »Wer da?«

»Ich, Herr«, antwortete das Kind. »Ich, der kleine Gervasius, ich! Geben Sie mir bitte meine vierzig Sous zurück! Nehmen Sie Ihren Fuß weg, bitte!« Dann, so klein er war, empört und aufsässig: »Werden Sie Ihren Fuß wegnehmen? Nehmen Sie Ihren Fuß weg!«

»Ach, du bist noch da«, sagte Jean Valjean, richtete sich plötzlich steil auf und fügte, den Fuß wie zuvor auf dem Geldstück, hinzu: »Schau, daß du weiterkommst!«

Das eingeschüchterte Kind sah ihn an, dann begann es von Kopf bis Fuß zu zittern, und nach Sekunden der Verblüffung floh es aus Leibeskräften, ohne daß es wagte, den Hals zu drehen oder einen Schrei auszustoßen. Jedoch in einiger Entfernung wurde es durch sein Keuchen gezwungen stillzustehen, und durch seine Träumerei hindurch hörte Jean Valjean es schluchzen.

In wenigen Augenblicken war der Knabe unsichtbar. Die Sonne war untergegangen.

Schatten breitete sich um Jean Valjean; den ganzen Tag über hatte er nichts gegessen, wahrscheinlich fieberte er.

Er stand noch und hatte seit der Flucht des Kindes seine Haltung nicht verändert. Sein Atem hob seine Brust in langen, ungleichen Intervallen. Sein Blick, der zehn oder zwölf Schritte von ihm haftete, schien mit tiefer Aufmerksamkeit die Form eines alten Scherbens von blauem Steingut zu studieren, der ins Gras gefallen war. Plötzlich erbebte er, er hatte die Abendkälte gespürt.

Er preßte die Kappe wieder in seine Stirn, suchte mechanisch seine Bluse zusammenzuziehen und zuzuknöpfen, tat einen Schritt und beugte sich, um seinen Stock aufzunehmen. Dann bemerkte er das Vierzigsousstück, das sein Fuß halb in die Erde gedrückt hatte und das inmitten der Kiesel glänzte. Es durchzuckte ihn wie ein galvanischer Strom. »Was ist das?« sagte er zwischen den Zähnen. Er trat drei Schritt zurück, dann stand er wieder, ohne von dem Punkt wegsehen zu können, den sein Fuß eben noch niedergestampft hatte, als wäre das Ding, das da im Dunkeln blinkte, ein Auge, das ihn anstarrte.

Nach ein paar Minuten stürzte er sich wie im Krampf auf das Geldstück, packte es, richtete sich wieder auf und begann über die Ebene in die Ferne zu schauen. Zitternd wie ein wildes, aufgeschrecktes Tier, das sich verkriechen will, suchte er den ganzen Horizont auf einmal ab.

Er sah nichts. Die Nacht sank, die Ebene war kalt und scheinbar unbegrenzt, große violette Dunstschleier stiegen in der Dämmerungshelligkeit auf. Er sagte: »Ah!« und begann schnell in der Richtung auszuschreiten, in der das Kind verschwunden war. Nach etwa dreißig Schritt hielt er an, spähte und sah nichts.

Da schrie er mit voller Kraft: »Kleiner Gervasius! Gervasius!«

Er schwieg und wartete. Nichts antwortete. Die Landschaft war eintönig, von Menschen verlassen. Die Weite umgab ihn. Nichts war um ihn als Schatten, in dem sein Blick sich verlor, und ein Schweigen, in dem seine Stimme ertrank.

Ein eisiger Wind schnob und lieh den Dingen um ihn her eine Art düsteren Lebens. Bäumchen schüttelten mit unglaublicher Wut ihre kleinen, mageren Arme. Es war, als bedrohten und hetzten sie ihn. Er nahm seinen Marsch wieder auf, dann lief er, und von Zeit zu Zeit stand er und schrie in die Öde mit einer Stimme, so furchtbar und so trostlos, wie irgendeine Menschenstimme sein mag: »Gervasius! Kleiner Gervasius!« Hätte das Kind ihn gehört, hätte es sich geängstigt und sich gehütet hervorzukommen. Aber das Kind war sicherlich schon auf und davon.

Er begegnete einem Priester zu Pferde, ging auf ihn zu und fragte ihn: »Herr Pfarrer, haben Sie ein Kind vorübergehen sehen?«

»Nein«, sagte der Priester.

»Ein Kind, das der kleine Gervasius genannt wird?«

»Ich habe niemanden gesehen.«

Er holte zwei Fünffrancsstücke aus seiner Geldtasche und händigte sie dem Priester aus.

»Da, Herr Pfarrer, für Ihre Armen. Herr Pfarrer, es ist ein Knabe von ungefähr zehn Jahren, der ein Murmeltier hat, scheint mir, und eine Drehorgel. Er war zu Fuß. Einer von den Savoyarden. Sie wissen.«

»Ich habe ihn nicht gesehen.«

»Kleiner Gervasius? Ist er nicht aus einem der Dörfer hier? Können Sie mir das sagen?«

»Wenn dem so ist, mein Freund, ist es ein fremdes Kind. Das wandert nur durch. Hier kennt man das nicht.«

Jean Valjean nahm heftig noch zwei Fünffrancstücke, die er dem Priester gab. »Für Ihre Armen«, sagte er. Und verstört setzte er hinzu: »Herr Abbé, lassen Sie mich verhaften. Ich bin ein Dieb.«

Der Priester spornte sein Pferd an und flüchtete in großem Schrecken.

Jean Valjean lief in der Richtung weiter, die er zuerst eingeschlagen hatte. Er legte so einen ziemlich langen Weg zurück, rief und schrie, traf aber niemanden mehr. Zwei- oder dreimal rannte er in der Ebene auf etwas zu, was ein liegendes oder kauerndes Lebewesen schien; es war nur Gestrüpp oder Gestein unmittelbar am Boden. Endlich hielt er an einer Stelle, an der drei Pfade sich kreuzten. Der Mond war aufgegangen. Er ließ seinen Blick in die Ferne schweifen und rief ein letztes Mal: »Gervasius! Kleiner Gervasius! Gervasius!« Sein Schrei erlosch im Nebeldunst, ohne auch nur ein Echo zu wecken. Er flüsterte wieder: »Kleiner Gervasius!«, aber leise und unverständlich. Es war seine letzte Anstrengung. Seine Kniekehlen versagten plötzlich unter ihm, als beschwere eine unirdische Macht sie mit der Last des bösen Gewissens. Er fiel erschöpft auf einen großen Stein, die Fäuste in seinen Haaren, das Gesicht auf den Knien, und schrie: »Ich Elender!« Da barst ihm das Herz, und er begann zu weinen. Zum erstenmal seit neunzehn Jahren weinte er.

Als Jean Valjean das Haus des Bischofs verließ, geriet er aus allem heraus, was bis dahin seine Gedankenwelt war. Unfähig einer Rechenschaft vor sich selbst über das, was in ihm vorging, trotzte er der Engelsgüte, die der Greis bekundet hatte, und seinen sanften Worten: Sie haben mir gelobt, ein ehrlicher Mann zu werden. Ich kaufe Ihnen Ihre Seele ab. Ich löse sie vom Geist der Verdammnis und schenke sie dem lieben Gott. Daran mußte er ohne Unterlaß zurückdenken. Er wehrte sich gegen diese himmlische Duldsamkeit mit der Hoffart, die in uns wie eine Burg des Bösen ist. Er empfand unklar, daß die Verzeihung dieses Priesters der größte und furchtbarste Angriff war, unter dem er je gewankt hatte, daß seine Verhärtung unausrottbar war, wenn er dieser Gnade sich verschloß. Ergab er sich, dann mußte er auf den Haß verzichten, den das Handeln der anderen Menschen während so vieler Jahre seiner Seele eingeflößt hatte und in dem er sich gefiel. Diesmal mußte er siegen oder besiegt werden, und Kampf, ein ungeheurer und entscheidender Kampf, war zwischen seiner Bosheit und der Milde dieses Mannes entfesselt. Angesichts all dieses Glanzes ging er wie ein Berauschter dahin. Indes er so marschierte, mit wüsten Augen, hatte er einen deutlichen Begriff, was für ihn die Folge seines Abenteuers in Digne sein konnte. Hörte er das geheimnisvolle Brausen, das den Geist in gewissen Momenten warnt oder hemmt? Eine Stimme raunte ihm ins Ohr, daß er die feierlichste Stunde seines Schicksals durchlebt hatte und daß es keine Mitte für ihn mehr gab. War er nicht hinfort der beste der Menschen, dann war er der schlechteste unter ihnen. Jetzt mußte er sozusagen höher steigen als der Bischof oder tiefer sinken als der Galeerensträfling. Wollte er gut werden, mußte er sündenlos wie jener sein, wollte er böse bleiben, ein Scheusal.

Hier müssen wir uns abermals diese Fragen stellen, die wir uns schon andernorts gestellt haben: Widerspiegelte sich undeutlich von alldem irgendein Abglanz in seinem Geist? Gewiß erzieht, wir sagten es bereits, Unglück den Verstand. Indes ist zu bezweifeln, ob Jean Valjean in der Lage war, alles zu durchschauen, was wir hier andeuten. Wenn ihm diese Gedanken kamen, ahnte er sie eher, als daß er sie faßte, und sie bereiteten ihm lediglich eine unerträgliche, geradezu schmerzhafte Unruhe. Nach diesem scheußlichen und düsteren Etwas, das Bagno heißt, hatte der Bischof seiner Seele einen Schmerz zugefügt, wie man ihn in den Augen verspürt, blickt man, aus der Dunkelheit kommend, in zu grelles Licht. Das künftige, das mögliche Leben, das sich ihm hinfort ganz rein und strahlend bot, erfüllte ihn mit Schauder und Angst. Er wußte wirklich nicht mehr, woran er war. Wie eine Fledermaus, die plötzlich die Sonne aufflammen sieht, war der Sträfling von der Tugend geblendet, als erblinde er. Er war nicht mehr derselbe Mensch, alles in ihm war anders als früher. Er hatte nicht mehr die Macht, sich so zu gebärden, als hätte der Bischof nicht zu ihm gesprochen und ihm die Seele nicht bewegt.

In dieser geistigen Verfassung hatte er den kleinen Gervasius getroffen und ihm seine vierzig Sous geraubt. Warum? Er hätte es sicher nicht erklären können. War es ein letzter Nachhall und gleichsam ein letzter Kampf der schlechten Gedanken, die er aus dem Kerker mitgebracht hatte, der Rest eines Impulses, ein Ergebnis dessen, was in der Statik die Trägheit genannt wird? Es war dies und vielleicht auch weniger als dies. Sagen wir es schlicht: Nicht er hatte gestohlen, nicht der Mensch, sondern das Tier, das aus Gewohnheit und Instinkt den Fuß auf dieses Geld setzte, während der Verstand, von soviel Unerhörtem und Neuem besessen, sich abquälte. Als der Verstand erwachte und diese tierische Tat sah, wich Jean Valjean in Angst zurück und schrie vor Grauen auf.

Eine eigentümliche Erscheinung, die nur in seiner augenblicklichen Lage möglich war – als er dem Kind das Geld raubte, hatte er etwas getan, wozu er schon nicht mehr fähig war.

Wie dem auch sei, diese letzte böse Tat beeinflußte ihn nachhaltig, sie durchbrach jäh dieses Chaos, das in seinem Verstand war, und löste es auf, sonderte die Finsternis vom Licht und wirkte auf seine Seele in der Verfassung, in der sie sich befand, wie gewisse chemische Reagenzien auf ein trübes Gemisch, wenn sie ein Element fällen und die Lösung klären.

Noch bevor er sich prüfte und nachdachte, versuchte er zunächst, verzweifelt wie jemand, der sich retten will, das Kind wiederzufinden, um ihm sein Geld zurückzuerstatten, dann, als er erkannte, daß dies nutzlos und unmöglich war, ließ er in Verzweiflung davon ab. In dem Augenblick, da er rief: »Ich Elender!«, hatte er sich so gesehen, wie er war, und so gespalten schien er sich schon, daß er wähnte, er sei nur noch ein Gespenst und vor ihm stehe, in Fleisch und Bein, den Stock in der Hand, die Bluse um den Rumpf, den Tornister voll gestohlener Habe auf dem Rücken, mit hartem finsterem Antlitz und abscheulichen Plänen im Hirn, der häßliche Galeerensträfling Jean Valjean.

Das Übermaß an Unglück, wir erwähnten es schon, hatte ihm gewissermaßen seherische Gaben verliehen. Dies war denn auch wie eine Vision. Diesen Jean Valjean, dieses Verbrechergesicht, sah er leibhaftig vor sich. Er war nahe daran, sich zu fragen, wer dieser Mann sei, und ihm grauste vor ihm.

Sein Geist machte einen jener stürmischen und dennoch fürchterlich ruhigen Augenblicke durch, in denen die Grübelei so weit geht, daß sie die Wirklichkeit verschwinden läßt. Man sieht nicht mehr die Gegenstände, die einen umgeben, und die Bilder, die man im Geiste hat, sieht man außerhalb von sich selbst.

Er betrachtete sich von Angesicht zu Angesicht, und zugleich schaute er durch diese Halluzination hindurch in mysteriöser Tiefe ein Licht, das er anfangs für eine Fackel hielt: Indem er dieses Licht, das vor seinem Gewissen aufschwebte, schärfer ins Auge faßte, wurde er inne, daß es menschliche Gestalt hatte und die Fackel der Bischof war.

Sein Gewissen betrachtete abwechselnd diese beiden Männer, die so vor ihm standen, den Bischof und Jean Valjean. Es hatte nichts weniger als den ersteren gebraucht, um den letzteren weich zu machen. Durch die eigenartige Wirkung, die dieser Art Verzückung eigen ist, und je länger seine Träumerei dauerte, wuchs der Bischof und erstrahlte vor ihm, und Jean Valjean verringerte sich und wurde zum Schemen. Plötzlich verschwand er. Der Bischof allein war noch da. Er erfüllte wunderbar leuchtend die ganze Seele des Unglücklichen.

Jean Valjean weinte lange. Er weinte heiße Tränen, er schluchzte, in einer Schwäche, die größer war als die einer Frau, in einem Entsetzen, größer als das eines Kindes.

Während er weinte, wurde es in seinem Hirn immer heller. Es war eine wunderbare, bezaubernde und zugleich schreckliche Helle. Sein vergangenes Leben, sein erstes Vergehen, seine lange Sühne, sein äußerliches Vertieren, seine innerliche Verhärtung, seine mit so vielen Rachepläänen versüßte Freilassung, das, was ihm beim Bischof widerfahren war, die letzte Sache, die er angestellt hatte, diese einem Kind geraubten vierzig Sous, ein um so feigeres und ungeheuerlicheres Verbrechen, als es begangen worden war, nachdem der Bischof ihm verziehen hatte, das alles kam ihm wieder in den Sinn und zeigte sich ihm klar, aber in einer Klarheit, wie er sie bis dahin nie gekannt hatte. Er betrachtete sein Leben, und es erschien ihm schrecklich. Er betrachtete seine Seele, und sie erschien ihm gräßlich. Indes lag ein mildes Licht über diesem Leben und dieser Seele. Ihm war, als sähe er Satan in der Herrlichkeit des Paradieses.

Wie viele Stunden weinte er so? Was tat er, nachdem er geweint hatte? Wohin ging er? Wir wissen es nicht. Bestätigt scheint nur, daß in dieser Nacht der Fuhrmann, der die Strecke nach Grenoble bediente und gegen drei Uhr morgens in Digne war und durch die Gasse vor dem Bischofshaus kam, im Schatten vor der Tür von Gnaden Bienvenu einen Menschen betend auf dem Pflaster knien sah.

DRITTES BUCH

IM JAHRE 1817

Das Jahr 1817

1817 ist das Jahr, das Ludwig XVIII. mit einer gewissen königlichen Dreistigkeit und Hoffart als das zweiundzwanzigste seiner Herrschaft bezeichnete. Es ist das Jahr, in dem Bruguière de Sorsum berühmt wurde. Die Läden aller Perükkenmacher, die auf den Puder und die Rückkehr des königlichen Vogels hofften, wurden himmelblau getüncht und mit Lilien verziert. Es war die unschuldsvolle Zeit, in der Graf Lynch, Pair von Frankreich, mit seinem roten Ordensband, seiner langen Nase und jenem majestätischen Profil, das einem Manne eigen ist, der eine glänzende Tat vollbracht hat, allsonntäglich als Kirchenvorsteher die Messe in Saint-Germain-des-Prés hörte. Lynchs glänzende Tat bestand darin, daß er als Bürgermeister von Bordeaux am 12. März 1814 die Stadt dem Herzog von Angoulême etwas zu früh übergeben hatte. Daher seine Pairswürde. 1817 ließ die Mode die kleinen, vier- bis sechsjährigen Jungen unter großen, mit Troddeln verzierten Kappen aus imitiertem Saffianleder verschwinden, die irgendwie an die Mützen der Eskimos erinnerten. Die französische Armee war wie die österreichische weiß gekleidet, die Regimenter hießen Legionen; anstelle der Zahlen trugen sie die Namen der Departements. Napoleon befand sich auf Sankt Helena, und da England ihm grünes Tuch verweigerte, ließ er seine alten Röcke wenden. 1817 sang Pellegrini, tanzte die Bigottini, wurde Potier zugejubelt, gab es Odry noch nicht. Madame Saqui wurde die Nachfolgerin Foriosos. Noch standen die Preußen in Frankreich. Delalot war eine bedeutende Persönlichkeit. Die Legitimität hatte sich soeben dadurch selbst bestätigt, daß sie

Pleignier, Carbonneau und Tolleron erst die Hand und dann den Kopf abschlug. Fürst Talleyrand, Oberkammerherr, und Abbé Louis, designierter Finanzminister, sahen sich mit dem Lachen zweier Auguren an, beide hatten sie am 14. Juni 1790 auf dem Marsfeld die Messe für das Bundesfest zelebriert. Talleyrand hatte sie als Bischof gelesen, Louis hatte ihm als Diakon ministriert. 1817 waren auf den Seitenwegen des gleichen Marsfeldes dicke, blau angestrichene Holzrollen zu sehen. Dem Regen ausgesetzt, verfaulten sie im Gras, und von den Adlern und Bienen blätterte die Vergoldung ab. Es waren die Säulen, die beim Maifeld zwei Jahre zuvor die Tribüne für den Kaiser getragen hatten. Hier und da waren sie vom Biwakfeuer der Österreicher geschwärzt, die bei Le Gros-Caillou ihr Lager bezogen hatten. Zwei, drei Säulen waren sogar in ihren Lagerfeuern verschwunden und hatten die breiten Pratzen der Kaiserlichen gewärmt. Das merkwürdige am Maifeld war, daß man es im Monat Juni und auf dem Marsfeld abgehalten hatte. Zwei Dinge waren im Jahre 1817 *en vogue:* Touquets Voltaire-Ausgabe und die Schnupftabakdose *à la Charte.* Aufregung herrschte in Paris über das Verbrechen Dautuns, der den Kopf seines Bruders in das Becken des Marché-aux-Fleurs geworfen hatte. Im Marineministerium wurde mit einer Untersuchung über jene unglückselige Fregatte »Medusa« begonnen, die Chaumareix mit Schande und Géricaut mit Ruhm bedecken sollte. Oberst Selves ging nach Ägypten, um dort Soliman Pascha zu werden. Im Palais des Thermes in der Rue de la Harpe hatte ein Böttcher sich seine Werkstatt eingerichtet. Auf dem Söller des achteckigen Turmes vom Hôtel de Cluny war noch der kleine Verschlag zu sehen, der Messier, Marineastronom unter Ludwig XIV., als Sternwarte gedient hatte. Die Herzogin von Duras las in ihrem Boudoir, das im Stil X möbliert und mit himmelblauem Satin ausgeschlagen war, drei, vier Freunden den noch unveröffentlichten Roman »Ourika« vor. Vom Louvre wurden die »N« abgekratzt. Die Austerlitzbrücke dankte ab und wurde in Pont du Jardin du Roi umbenannt, ein zwiefaches Rätsel, das die Austerlitzbrücke und zugleich den Jardin des Plantes verbarg. Während

Ludwig XVIII. sich über die Helden, die Kaiser wurden, und die Schuster, die Thronfolger wurden, Gedanken machte und sie mit dem Fingernagel im Horaz anmerkte, erfüllten ihn Napoleon und Mathurin Bruneau mit Sorge. Die Académie française stellte das Preisthema: »Das Glück, zu dem das Studium verhilft«. Bellart war ein anerkannter Meister der Redekunst. In seinem Schatten sah man sich diesen künftigen Oberstaatsanwalt de Broë entwickeln, dem der beißende Spott Paul-Louis Couriers gelten sollte. Es gab einen falschen Chateaubriand namens Marchangy, bis es einen falschen Marchangy namens d'Arlincourt gab. »Claire d'Albe« und »Malek-Adel« waren Meisterwerke, Madame Cottin wurde zur bedeutendsten Schriftstellerin des Jahrhunderts erklärt. Das Institut de France ließ das Akademiemitglied Napoleon Bonaparte aus seiner Liste streichen. Auf eine königliche Verordnung hin wurde in Angoulême eine Marineschule eingerichtet, denn der Herzog von Angoulême war Großadmiral, und somit lag es klar auf der Hand, daß die Stadt Angoulême Anspruch auf alle Eigenschaften eines Seehafens hatte, sonst wäre das monarchische Prinzip untergraben worden. Im Ministerrat wurde die Frage diskutiert, ob die Vignetten aus Seilen, durch die Franconis Plakate eine pikante Note bekamen und vor denen sich die Gassenjungen zusammenrotteten, zu dulden seien. Paër, der Komponist der »Agnese«, der gute Mann mit dem breiten Gesicht und der Warze auf der Wange, dirigierte die kleinen intimen Konzerte der Marquise de Sassenaye in der Rue de la Ville-l'Évêque. Alle jungen Mädchen trällerten den »Ermite de Saint-Avelle«, Text von Edmond Géraud. Der »Nain jaune« verwandelte sich in den »Miroir«. Das Café Lemblin hielt es mit dem Kaiser, im Gegensatz zum Café Valois, das auf seiten der Bourbonen stand. Der Herzog von Berry, Louvel hatte ihn schon aus der Tiefe des Dunkels heraus angeschaut, war soeben mit einer Prinzessin Siziliens vermählt worden. Seit einem Jahr war Madame de Staël tot. Die Leibgarde pfiff Mademoiselle Mars aus. Die großen Zeitungen waren ganz klein, doch dafür war die Freiheit groß. Der »Constitutionnel« hielt sich an die Verfassung. Die »Minerva« druckte

Chateaubriant statt Chateaubriand, und dieses »t« bewirkte, daß sich die Bürger über den großen Schriftsteller weidlich lustig machten. In den verkauften Zeitungen beschimpften Journalisten, die sich verkauft hatten, die Geächteten von 1815. David hatte kein Talent, Arnault keinen Geist mehr, Carnot war nicht mehr rechtschaffen, und Soult hatte keine Schlacht gewonnen. Freilich hatte Napoleon auch keinen Genius mehr. Jedermann wußte, daß die mit der Post geschickten Briefe bei einem Verbannten ziemlich selten ankamen; die Polizeiverwaltungen machten es sich zur heiligen Pflicht, sie abzufangen. Der Tatbestand ist nicht neu, schon der verbannte Descartes klagte darüber. Nun hatte sich David in einer belgischen Zeitung etwas verstimmt gezeigt, daß er nicht die Briefe erhielt, die ihm geschrieben wurden. Das fanden die royalistischen Blätter komisch, und sie verhöhnten bei dieser Gelegenheit den Geächteten. Je nachdem, ob man »Königsmörder« oder »Abstimmende«, »Feinde« oder »Verbündete«, »Napoleon« oder »Bonaparte« sagte, trennte das zwei Menschen mehr als ein Abgrund. Alle Leute mit gesundem Menschenverstand stimmten darin überein, daß die Ära der Revolutionen von König Ludwig XVIII. mit dem Beinamen »unsterblicher Verfasser der Charte« für immer beendet sei. An der Auffahrt zum Pont-Neuf wurde das Wort »Redivivus« in den Sockel gemeißelt, der auf das Standbild Heinrichs IV. wartete. Pieté bereitete in der Rue Thérèse, Hausnummer vier, seine geheime Zusammenkunft vor, um die Monarchie zu festigen. Die Führer der Rechten sagten bei der ernsten Lage der Dinge: »Wir müssen an Bacot schreiben.« Mit ein klein wenig Zustimmung von Monsieur zettelten die Herren Canuel, O'Mahony und de Chappedelaine an, was später »die Verschwörung vom Seine-Ufer« heißen sollte. Der Geheimbund »Epingle Noire« schmiedete seinerseits ein Komplott. Delaverderie besprach sich mit Trogoff. Decazes, ein verhältnismäßig liberaler Kopf, überragte alle anderen. Das graue Haar in ein Tuch eingebunden, die Augen auf einen Spiegel gerichtet und vor sich ein komplettes zahnärztliches Besteck, stand Chateaubriand allmorgendlich in Strumpfhosen und Hausschuhen an seinem Fenster in der Rue Saint-Dominique, Haus Nummer siebenundzwanzig, stocherte sich in den Zähnen, die wirklich prachtvoll waren, und diktierte dabei seinem Sekretär Pilorge Varianten zu »De la Monarchie selon la Charte«. Die maßgebliche Kritik gab Lafon den Vorzug vor Talma. De Féletz unterzeichnete mit »A«, Hoffmann unterzeichnete mit »Z«. Charles Nodier schrieb an der »Thérèse Aubert«. Die Ehescheidung war abgeschafft. Die staatlichen Gymnasien wurden in städtische Bildungsanstalten umgewandelt, und die Schüler, mit einer goldenen Lilie am Kragen geschmückt, prügelten sich wegen des Königs von Rom. Die geheime Oberpolizei bei Hofe wies Ihre Königliche Hoheit, die Gemahlin des Thronfolgers, auf das überall aufgehängte Bild des Herrn Herzogs von Orléans hin, der in der Uniform eines Generalobersten der Husaren besser aussah als der Herr Herzog von Berry in der Uniform eines Generalobersten der Dragoner, ein unerträglicher Zustand. Die Stadt Paris ließ auf ihre Kosten die Kuppel des Invalidendoms neu vergolden. Die ernsthaften Männer fragten sich, was Herr von Trinquelague bei dieser oder jener Gelegenheit tun würde. Clausel de Montals vertrat in verschiedenen Fragen eine andere Meinung als Clausel de Coussergues, Herr von Salaberry war unzufrieden. Der Schauspieler Picard, der der Akademie angehörte, in die der Schauspieler Molière nicht aufgenommen worden war, ließ »Les deux Philibert« im Odéon spielen, an dessen Giebel nach dem Entfernen der Lettern noch deutlich lesbar war: THÉÂTRE DE L'IMPÉRATRICE. Man ergriff für oder gegen Cugnet de Montarlot Partei. Fabvier war ein Aufrührer, Bavoux ein Revolutionär. Unter dem Titel »Voltaires Werke, herausgegeben von der Académie française« brachte der Verlagsbuchhändler Pélicier eine Voltaire-Ausgabe heraus. »Das lockt die Käufer an«, meinte der treuherzige Verleger. Allgemein war man der Ansicht, daß Charles Loyson das Genie des Jahrhunderts sei. Der Neid begann an ihm zu nagen, ein Zeichen des Ruhms, und folgender Vers wurde auf ihn geschmiedet:

»Selbst wenn Loyson sich in die Lüfte schwingt,
sein Wanst ihn rasch zurückebringt.«

Obwohl Kardinal Fesch sich weigerte, sein Amt niederzulegen, verwaltete Herr de Pins, Erzbischof von Amasie, die Diözese von Lyon. Der Streit zwischen der Schweiz und Frankreich um das Dappental begann mit einer Denkschrift des Hauptmanns Dufour, seitdem General. Saint-Simon entwarf in der Verborgenheit seinen erhabenen Traum. In der Akademie der Wissenschaften war ein berühmter Fourier, den die Nachwelt vergessen hat, und in irgendeiner Dachkammer lebte ruhmlos ein Fourier, an den sich die Zukunft erinnern wird. Lord Byrons Stern ging auf, eine Anmerkung zu einem Gedicht von Millevoye kündigte ihn Frankreich mit den Worten an: »ein gewisser Lord Baron«. David d'Angers versuchte sich darin, dem Marmor Gestalt zu verleihen. In der Feuillantinerinnen-Sackgasse erwähnte der Abbé Caron vor einem kleinen Kreis von Seminaristen lobend einen unbekannten Priester namens Félicité Robert, den späteren Lamenasis. Ein qualmendes Etwas, das auf der Seine wie ein schwimmender Hund herumplätscherte, fuhr unter den Fenstern der Tuilerien zwischen dem Pont Royal und dem Pont Louis XV. hin und her. Es war eine Maschine, die nicht sehr viel taugte, eine Art Spielzeug, das Hirngespinst eines erfinderischen Phantasten und ein Ding der Unmöglichkeit: ein Dampfschiff. Gleichgültig sahen die Pariser diesem nutzlosen Versuch zu. Herr von Vaublanc, durch Staatsstreich, Verordnung und Ernennung in Masse Reformer des Institut de France und vornehmer Macher mehrerer Akademiemitglieder, wurde nicht in die Akademie aufgenommen. Die Vorstadt Saint-Germain und der Flecken Marsan wünschten sich Delaveau wegen seines frommen Eifers als Polizeipräfekten. Im Hörsaal der Medizinischen Fakultät gerieten Dupuytren und Récamier über die Gottheit Christi in Streit und drohten sich mit der Faust. Ein Auge auf die Schöpfung und das andere auf die Natur gerichtet, bemühte sich Cuvier, der bigotten Reaktion dadurch zu gefallen, daß er die Fossilien mit der Heiligen Schrift in Einklang brachte und die Mastodonten Moses umschmeicheln ließ. François de Neufchâteau, der in löblicher Weise das Andenken an Parmentier pflegte, nahm tausend Mühen auf sich, daß zu Kartoffel *parmentière* gesagt werden sollte, und hatte keinerlei Erfolg. In der royalistischen Polemik war Abbé Grégoire, ehemaliger Bischof, ehemaliges Konventsmitglied und ehemaliger Senator, in den Geruch der »Ehrlosigkeit« gekommen. Daß die Redewendung »in den Geruch kommen«, die wir soeben benutzt haben, ein Neologismus sei, fand Royer-Collard heraus. Unter dem dritten Bogen der Jenabrücke konnte man daran, daß er weiß war, noch den neuen Stein erkennen, mit dem zwei Jahre zuvor ein Sprengloch zugemauert worden war; Blücher hatte es aushacken lassen, um die Brücke in die Luft zu jagen. Vor ihre Schranken zerrte die Justiz einen Mann, der beim Anblick des Grafen von Artois, wie er Notre-Dame betrat, ganz laut gesagt hatte: »Sackerlot, ich sehne mich nach den Zeiten zurück, da ich Bonaparte und Talma Arm in Arm zum Bal-Sauvage gehen sah.« Aufrührerische Reden. Sechs Monate Gefängnis. Verräter plauderten aus der Schule; Männer, die am Abend vor einer Schlacht zum Feind übergelaufen waren, verbargen nichts von der Belohnung und zeigten sich schamlos am hellichten Tag im Zynismus der Reichtümer und Würden. Mit ihrer bezahlten Schandtat prahlend, stellten Deserteure von Ligny und Quatre-Bras ihre Ergebenheit für den Monarchen ganz unverhohlen zur Schau. Ihnen war entfallen, was in England an der Innenwand der öffentlichen Bedürfnisanstalten geschrieben steht: *Please adjust your dress before leaving.*

Das ist es, was durcheinander und verworren vom Jahr 1817 obenauf schwimmt und heute vergessen ist. Die Geschichte vernachlässigt fast stets diese einzelnen Umstände, und sie kann nicht anders; sie würde ins Unendliche ausufern. Dennoch sind diese Einzelheiten nützlich, und sie werden zu Unrecht unwichtig genannt – es gibt für die Menschheit keine unwichtigen Vorfälle, wie es in der Pflanzenwelt keine unwichtigen Blätter gibt. Aus der Physiognomie der Jahre setzt sich das Antlitz der Jahrhunderte zusammen.

Ein Doppelquartett

In diesem Jahr heckten vier junge Pariser einen »guten Spaß« aus. Einer war aus Toulouse, der zweite aus Limoges, der dritte aus Cahors, der vierte aus Montauban. Aber sie waren Studenten, und wer Student sagt, sagt Pariser. In Paris studieren, heißt in Paris geboren werden.

Die jungen Leute waren unbedeutend. Jeder hat solche Gesichter gesehen; vier Muster vom Typ des ersten besten. Nicht gut und nicht schlecht, nicht gelehrt und nicht ohne Kenntnisse, weder Genies noch Einfaltspinsel; schön vor dem reizvollen April, den man »zwanzig Jahre alt sein« nennt. Es waren irgendwelche vier Oscars; denn damals gab es die Arthurs noch nicht. »Verbrenne ihm Arabiens Düfte«, sang die Romanze, »denn Oscar naht, und sehen darf ich ihn.« Man hatte den »Ossian« in sich aufgenommen, die Eleganz war skandinavisch und schottisch. Das reine englische Genre setzte sich erst später durch, und kaum hatte der erste Arthur, Wellington, in der Schlacht bei Waterloo gesiegt.

Diese Oscars nannten sich Félix Tholomyès, aus Toulouse; Listolier, aus Cahors; Fameuil, aus Limoges; der letzte, Blachevelle, aus Montauban. Natürlich hatte ein jeder seine Geliebte. Blachevelle liebte Favourite, die so hieß, weil sie nach England gereist war. Listolier betete Dahlia an, die als Kosenamen einen Blumennamen trug. Fameuil vergötterte Zéphine, eine Abkürzung von Joséphine. Tholomyès hatte Fantine, die Blonde genannt wegen ihres schönen, sonnengoldenen Haares.

Favourite, Dahlia, Zéphine und Fantine waren vier entzückende Mädchen, duftend und strahlend, noch ein wenig Näherinnen, da sie ihre Nadel nicht ganz niedergelegt hatten. Die Liebelei hatte sie ihrer Arbeit entfremdet, aber von ihren Gesichtern ging ein Rest des frohen Genügens aus, das mit ihr verbunden ist, und in ihren Seelen blühte noch die Blume der Ehrbarkeit, die im Weib den Verlust der Jungfräulichkeit überlebt. Eine der vier nannte man die Junge, weil sie die geringste Zahl von Jahren hatte, und eine die Alte; die Alte war dreiundzwanzig. Um nichts zu verheimlichen: Die drei anderen waren im Wirrwarr des Lebens erfahrener, leichtfertiger und oberflächlicher als die blonde Fantine, die noch an ihrer ersten Illusion hing.

Dahlia, Zéphine und zumal Favourite hätten das nicht von sich sagen können. Schon mehr als eine Episode wies ihr kaum begonnener Roman auf, und der Liebhaber, der im ersten Kapitel Adolphe hieß, hieß etwa Alphonse im zweiten, Gustave im dritten. Armut und Koketterie sind zwei schädliche Ratgeberinnen; jene murrt, diese schmeichelt, und beide flüstern sie, jede auf ihrer Seite, den schönen Töchtern des Volkes ins Ohr. Die schlechtbewachten Seelen hören auf sie. Daraus erklären sich ihr Straucheln und die Gehässigkeit, die sie mit Steinen bewirft. Man entmutigt sie durch den Glanz alles dessen, was unbefleckt und unzugänglich ist! Ach! Wenn die weiße Jungfrau hungern müßte!

Favourite, die in England gewesen war, wurde von Zéphine und Dahlia bewundert. Sie hatte sehr früh eine Häuslichkeit gehabt. Ihr Vater war ein brutaler, alter Mathematikprofessor, der gaskognische Mundart sprach. Unverheiratet, gab er Privatstunden. Als er jung war, hatte er eines Tages das Kleid einer Kammerfrau sich an einem Ofenschirm anhaken sehen, und dieser Zwischenfall hatte ihn verliebt gemacht. Die Frucht war Favourite. Sie traf hin und wieder ihren Vater, der sie begrüßte. Eines Morgens war eine alte Frau, die wie eine Betschwester aussah, bei ihr eingetreten und hatte zu ihr gesagt: »Sie kennen mich nicht, Fräulein?« – »Nein.« – »Ich bin deine Mutter.« Dann hatte die Alte das Büfett geöffnet, getrunken und gegessen, eine Matratze bringen lassen, die ihr gehörte, und sich behaglich eingerichtet. Diese Mutter, zänkisch und fromm, sprach nie mit Favourite, ganze Stunden äußerte sie kein Wort; sie frühstückte, speiste mittags und abends für vier, ging hinunter, um bei dem Pförtner gesellschaftliche Empfänge abzuhalten, und schimpfte auf ihre Tochter.

Dahlia war zu Listolier, wohl auch zu anderen, und zum Müßiggang dadurch verleitet worden, daß sie allzu hübsche rosige Nägel hatte. Wie sollte man diese Nägel zur Arbeit zwingen? Wer tugendhaft bleiben will, darf kein Mitleid mit seinen Händen haben. Zéphine hatte Fameuil erobert mit ihrer niedlichen, schmollenden und zärtlichen Art, »Ja, mein Herr!« zu sagen.

Die jungen Männer waren Freunde und die jungen Mädchen Freundinnen. Solche Liebschaften werden stets von solchen Freundschaften begleitet.

Vernünftig und philosophisch sein ist zweierlei; und der Beweis dafür ist, daß mit allem Vorbehalt gegenüber dieser freien Ehe Favourite, Zéphine und Dahlia philosophische Mädchen waren und Fantine ein vernünftiges Mädchen war.

Vernünftig wird man sagen? Und Tholomyès? Salomo würde antworten, daß Liebe zur Weisheit gehöre. Wir dagegen sagen nur, daß Fantines Liebe eine erste, eine einmalige, eine treue Liebe war. Sie war das einzige der vier Mädchen, das nur von einem einzigen geduzt wurde.

Fantine gehörte zu jenen Geschöpfen, wie sie gewissermaßen im Schoß des Volkes erblühen. Sie entstammte den unergründlichsten Schichten des sozialen Dunkels und trug an der Stirn das Zeichen des Anonymen und Unbekannten. In Montreuil-sur-Mer war sie geboren. Von welchen Eltern? Wer könnte es sagen? Niemand wußte von ihrem Vater und ihrer Mutter. Warum hieß sie Fantine? Nie hörte man einen anderen Namen von ihr. Zu der Zeit ihrer Geburt hatte noch das Direktorium die Herrschaft. Kein Familienname, sie besaß keine Familie; kein Taufname, es gab keine Kirche mehr. Sie nannte sich, wie es dem ersten Vorübergehenden gefiel, der sie traf, als sie ganz klein war und barfuß über die Straße lief. Sie bekam einen Namen, wie ihr das Wasser der Wolken auf die Stirn tropfte, wenn es regnete. Man nannte sie die kleine Fantine. Niemand konnte mehr von ihr erzählen. So war dieses Geschöpf ins Dasein getreten. Mit zehn Jahren verließ Fantine die Stadt und verdingte sich bei Bauern in der Umgegend. Mit fünfzehn Jahren ging sie nach Paris, um »ihr Glück zu finden«. Fantine war schön und blieb rein, solange sie irgend konnte. Sie war eine hübsche Blondine mit schönen Zähnen. Sie hatte Gold und Perlen zur Mitgift, aber ihr Gold umrahmte ihren Kopf, und ihre Perlen waren in ihrem Mund.

Sie arbeitete, um zu leben; danach, und wieder um zu leben – denn auch das Herz fühlt Hunger –, liebte sie. Sie liebte Tholomyès. Es war ein Zeitvertreib für ihn, Schicksal für sie. Die Straßen des Quartier Latin, die das Gewimmel der Studenten und der Grisetten erfüllte, sahen das Werden dieses Traumes. In den dädalischen Windungen des Pantheonhügels, in denen so viele Abenteuer angeknüpft werden und sich lösen, war Fantine Tholomyès lange geflohen, aber so, daß sie ihm immer wieder begegnete. Es gibt ein Meiden, das einer Suche gleicht. Kurz, das Idyll hub an.

Blachevelle, Listolier und Fameuil bildeten eine Gruppe, deren Haupt Tholomyès war. Er hatte den Geist. Tholomyès war der antike, alte Student. Er war reich. Er war begütert mit einer Rente von viertausend Francs. Viertausend Francs Rente, ein prachtvolles Ärgernis für den Berg der heiligen Genoveva. Tholomyès war ein dreißigjähriger, fragwürdig konservierter Lebemann. Er war runzlig und zahnlos, und er deutete bereits eine Kahlköpfigkeit an, von der er selbst, ohne traurig darüber zu sein, sagte: »Mit Dreißig ein Schädel, mit Vierzig glatt wie ein Knie.« Er hatte eine mäßige Verdauung und eine Tränenfistel. Doch je mehr seine Jugend erlosch, desto mehr entzündete sich seine Heiterkeit. Er ersetzte seine Zähne durch spöttischen Witz, seine Haare durch Übermut, seine Gesundheit durch Ironie, und sein tränendes Auge lachte ohne Unterlaß. Er war verderbt, aber er stand in Blüte. Seine Jugend, die vor der Zeit ihr Lager abbrach, zog sich geordnet zurück, lachte schallend und täuschte durch erkünsteltes Feuer. Er hatte ein Stück verfaßt, das vom Vaudeville abgelehnt wurde. Ab und zu dichtete er ein paar Verse. Außerdem zweifelte er mit Überlegenheit an allem, was nach Meinung der Schwachen eine große Stärke ist. Er war also ironisch und kahl. Er war der Chef. *Iron* ist ein englisches Wort für Eisen. Kam daher das Wort Ironie?

Eines Tages ließ Tholomyès die drei anderen zu sich kommen und sagte mit orakelhafter Geste: »Seit bald einem Jahr bitten uns Fantine, Dahlia, Zéphine und Favourite, ihnen eine Überraschung zu bereiten. Wir haben sie ihnen feierlich versprochen. Sie reden darüber in einem fort, besonders mit mir. Wie in Neapel die alten Frauen dem heiligen Januarius zurufen: ›*Faccia gialluta, fa o miracolo*‹, gelbes Gesicht, tue dein Wunder, sagen unsere Schönen immer zu mir: ›Tholomyès, wann wirst du deine Überraschung gebären?‹ Und zugleich erkundigen sich brieflich unsere Eltern. Unausstehlich dies wie das. Mir scheint, der Augenblick ist gekommen. Wir wollen darüber plaudern.«

Dann senkte Tholomyès die Stimme und unterbreitete einen Vorschlag, der so heiter war, daß ein breites Grinsen der Begeisterung allen vier Mündern entschwebte und Blachevelle rief: »Ja, das ist eine Idee! « Eine rauchige Kneipe war in der Nähe, sie traten ein, und der Fortgang ihrer Beratung verlor sich im Halbdunkel. Aus dieser Finsternis ging eine blendende Landpartie hervor, die man am folgenden Sonntag unternahm und zu der die vier jungen Männer die vier jungen Mädchen einluden.

Je vier und vier

Was vor fünfundvierzig Jahren eine Landpartie von Studenten und Grisetten war, läßt sich heute nur schwer schildern. Paris hat nicht mehr dieselbe Umgebung. Das Gesicht dessen, was man das Leben von Rings-um-Paris nennen könnte, hat sich seit einem halben Jahrhundert völlig geändert. Wo der Kuckuck schrie, braust der Eisenbahnwagen. Wo das Zollschiff dahinglitt, fährt das Dampfboot. Man sagt heute Fécamp, wie man einst Saint-Cloud sagte. Paris von 1862 ist eine Stadt mit Frankreich als Bannmeilengebiet.

Die vier Paare unterzogen sich gewissenhaft allen damals denkbaren ländlichen Zerstreuungen. Die Ferien nahten, es wurde ein heißer, heller Sommertag. Am Vorabend hatte Favourite, die einzige, die des Schreibens kundig war, im Namen der vier an Tholomyès geschrieben: »O frivol ist uns zumut', es spaziert sich früh wohl gut.« Deshalb waren sie schon um fünf Uhr morgens aufgestanden. Dann fuhren sie mit dem Marktschiff nach Saint-Cloud, sahen die Springbrunnen trocken und riefen: »Wie schön muß das erst sein, wenn Wasser drauf ist!« Sie frühstückten im »Schwarzen Kopf«, wo Castaing noch nicht eingekehrt war, leisteten sich an der kreuzförmigen Baumpflanzung vor dem großen Becken eine Partie in einer Glücksbude, wo man Ringe warf, kletterten in die Laterne des Diogenes, spielten um Makronen Roulette neben der Brücke von Sèvres, pflückten Sträuße in Puteaux, kauften kleines Gebäck in Neuilly und aßen überall Apfeltörtchen. Sie waren selig.

Die jungen Mädchen lärmten und schwatzten wie Grasmücken, die entflattert sind. Es ging toll her. Manchmal gaben sie den jungen Männern sanfte Püffe. Morgenrausch des Lebens! Wundervolle Jahre! Der Libellenflügel zittert. Wer du auch sein magst, erinnerst du dich? Bist du unter dem Gesträuch umhergeschlendert und hast wegen des reizenden Köpfchens hinter dir die Zweige beiseite gebogen? Bist du lachend über eine vom Regen feuchte Böschung gerutscht, mit einer geliebten Frau, die dich mit ihrer Hand zurückhielt und schrie: »Ach, meine funkelnagelneuen Schnürstiefel sind hin!« Wir wollen gleich erwähnen, daß diese belustigende Unannehmlichkeit, ein Guß vom Himmel, für die fidele Gesellschaft ausblieb, obschon Favourite, als man aufbrach, in belehrendem und mütterlichem Ton sagte: »Die Schnecken kriechen über die Wege. Ein Zeichen, daß es regnen wird.«

Alle vier waren sie zum Verrücktwerden hübsch. Ein guter alter klassischer Dichter, der damals berühmt war, ein Biedermann, der eine Eleonore angebetet hatte, der Chevalier de Labouïsse, irrte an jenem Tage durch eine Kastanienallee von Saint-Cloud, sah sie um sechs Uhr morgens vorüberziehen und rief: »Es ist eine zuviel«, wobei er an die Grazien dachte. Favourite, die Freundin Blachevelles, die Dreiundzwanzigjährige, die Alte, lief unter den großen grünen Zweigen voran, sprang über die Gräben, setzte kühn über das Buschwerk und führte den heiteren Schwarm mit der Unbändigkeit einer jungen Faunin. Zéphine und Dahlia, die ein Zufall derart schön gemacht hatte, daß sie, wenn sie sich einander näherten, beide zur Geltung kamen und sich ergänzten, trennten sich nicht, mehr noch aus instinktiver Eitelkeit als aus Freundschaft. Die erste an die zweite sich lehnend, bildeten sie englische Posen. Damals begannen die Keepsakes zu erscheinen, die Frauen wurden nach der Schwermut bewertet wie später die Männer nach den Graden des Byronismus, und die Haare des zarten Geschlechts hingen schon klagend herab. Zéphine und Dahlia trugen eingerollte Locken. Listolier und Fameuil stritten um den Vorrang ihrer Professoren und erklärten Fantine den Unterschied zwischen Herrn Delvincourt und Herrn Blondeau.

Blachevelle schien eigens geschaffen, auf seinem Arm den Kaschmirschal von Favourite zu schleppen. Tholomyès folgte, er beherrschte die Gruppe. Er war sehr vergnügt, aber man merkte ihm an, daß er regierte. In seiner Gemütlichkeit hatte er viel von einem Diktator. Seine Hauptzierde war eine Nankinghose mit Säulen wie Elefantenbeine und Stegen aus Kupferlitze. Er hatte ein mächtiges spanisches Rohr zu zweihundert Francs in der Hand und, da er sich alles erlaubte, ein seltsames Ding im Mund, eine Zigarre. Ihm war nichts heilig, er rauchte. »Dieser Tholomyès«, sagten die anderen in Ehrfurcht, »ist fesch. Was der für Hosen hat, was für eine Energie!«

Fantine war die Freude. Ihre schimmernden Zähne hatten offenbar von Gott eine Mission erhalten: zu lachen. Sie trug noch lieber in der Hand als auf dem Scheitel ihr Hütchen aus genähtem Stroh, mit langen weißen Bändern. Ihr dichtes blondes Haar, das dazu neigte, zu wehen, und sich leicht löste und das sie unaufhörlich wieder ordnen mußte, schien für die Flucht der Galathea unter den Weiden bestimmt zu sein. Ihre rosigen Lippen plapperten hold. Ihre Mundwinkel, wollüstig gehoben wie bei den antiken Masken der Erigona, der Geliebten des Bacchus, sahen so aus, als ermutigten sie die Verwegenheit. Aber ihre langen umschatteten Wimpern senkten sich diskret über das Hallo der unteren Hälfte ihres Gesichts, Ruhe gebietend. Ihre ganze Toilette hatte etwas Singendes und Flammendes. Ihr Gewand war von malvenfarbenem Barege, die Schleifen ihrer hohen Goldkäferstiefel zeichneten eine Anzahl X auf ihre dünnen, weißen Strümpfe. Ihre enge Musselin-Spencerjacke war ein Marseiller Erzeugnis, dessen Name Canezou, eine Entstellung der Worte *quinze août* (der fünfzehnte August), im Dialekt der Cannebière ausgesprochen, Schönwetter bedeutet, Hitze und Süden.

Die drei anderen, die weniger schüchtern waren, trugen tief ausgeschnittene Kleider, was im Sommer, unter mit Blumen bedeckten Hüten, viel Anmut und Verlockung vorgaukelte. Aber neben ihrer gewagten Gala schien der Canezou der blonden Fantine, mit seiner Durchsichtigkeit hier und da, mit dem, was er halb und halb verschwieg, was er zugleich verbarg und zur Schau stellte, ein herausfordernder Fund an Dezenz, und der berühmte Liebeshof unter dem Vorsitz der Vicomtesse de Cette mit den meergrünen Augen hätte vielleicht diesem Canezou, der mit der Keuschheit wetteiferte, den Preis für Eleganz zuerkannt. Es kommt vor, daß das Unschuldigste mitunter das Gekonnteste ist.

Mit glänzendem Antlitz, feinem Profil, tiefblauen Augen, fleischigen Lidern, kräftig geschwungenen kleinen Füßen, untadelig eingefügten Handgelenken und Knöcheln, einer Haut, deren Weiß die azurnen Verästelungen der Adern unterbrachen, mit knabenhaft frischen Wangen, dem festen Hals einer Juno von Aegina, starkem und geschmeidigem Nacken, Schultern, wie von Coustou modelliert, einem wonnigen Grübchen in der Mitte unter dem Musselinkleid, mit einer von Träumerei gedämpften Heiterkeit, skulptural und kostbar: So war Fantine, und man erriet unter diesem Putz und diesen Bändern eine Statue, in dieser Statue eine Seele.

Ohne es recht zu wissen, war Fantine schön. Die wenigen Träumer, die geheimnisvollen Priester des Schönen, die jedes Ding stillschweigend an der Vollkommenheit messen, hätten in dieser kleinen Arbeiterin, durch die transparente Anmut der Pariserin hindurch, die heilige antike Euphonie erahnt. Dieses Mädchen aus dem Dunkel besaß Rasse. Schön war sie im Hinblick auf Stil und Rhythmus. Der Stil ist die Form des Ideals, der Rhythmus die der Bewegung.

Fantine war nicht nur die Freude, sie war auch die Scham. Was einem Beobachter, der sie genau ansah, durch alle diese Trunkenheit der Jugend, des Sommers und der Liebelei fühlbar wurde, war der Ausdruck unbesiegbarer Zurückhaltung und Bescheidenheit. Immer war sie ein wenig erstaunt. Dieses keusche Staunen ist die Nuance, die Psyche von Venus abhebt. Fantine hatte die langen und schmalen Finger der Vestalin, die mit goldener Nadel die Asche auf dem heiligen Herde schürt. Obwohl sie Tholomyès nichts verweigert hatte, war ihr Gesicht in der Ruhe von jungfräulicher Hoheit. Jählings befiel sie manchmal eine ernste und fast strenge Würde, und nichts war sonderbarer und verwirrender als der Anblick, wie ihre Heiterkeit schnell erlosch und Sammlung bei ihr den Stunden, in denen sie sich gehenließ, unvermittelt folgte. Diese plötzliche, oft scharf betonte Getragenheit glich dem Unwillen einer Göttin. Ihre Stirn, ihre Nase und ihr Kinn wiesen das Ebenmaß der Linien auf, das etwas anderes ist als das Ebenmaß der Proportionen und aus dem sich die Harmonie des Antlitzes ergibt. In dem charakteristischen Raum zwischen Nasenwurzel und Oberlippe hatte sie jene beinahe unsichtbare süße Falte, das geheimnisvolle Siegel der Keuschheit, das in Barbarossa die Leidenschaft für eine aus den Trümmern von Ikonium ausgegrabene Diana erregte. Liebe ist sündhaft; mag dem so sein. Fantine war Unschuld, die über die Sünde hinaus besteht.

Tholomyès ist so lustig, daß er ein spanisches Lied singt

Dieser Tag war von einem Ende zum anderen in Morgenröte getaucht. Die ganze Natur schien zu feiern und zu lachen. Die Blumenbeete von Saint-Cloud dufteten balsamisch. Der Lufthauch über der Seine kräuselte sacht die Blätter. Die Zweige bewegten sich im Wind. Die Bienen plünderten den Jasmin. Ein Bohemevolk von Schmetterlingen ließ sich auf die Schafgarben, den Klee und den wilden Hafer nieder. In dem erhabenen Park des Königs von Frankreich tummelte sich ein vagabundierendes Gesindel: die Vögel. Die vier fröhlichen Paare strahlten, eins mit dem Sonnenschein, den Feldern, den Blumen, den Bäumen. Und in dieser paradiesischen Gemeinschaft tollten die Mädchen redend, singend, laufend, tanzend, Schmetterlinge jagend, Winden pflückend, ihre rosig durchbrochenen Strümpfe im Tau des hohen Grases nässend, jugendlich, ohne Bosheit, und empfingen bald hier, bald dort die Küsse aller, bis auf Fantine, die sich in ihrem weichen, träumerischen, scheuen Widerstand abschloß und die liebte. »Du«, sagte Favourite, »siehst immer so nach Dings aus.«

Das sind die Freuden. Diese vorbeigehenden glücklichen Paare stellen eine große Versuchung für das Leben und die Natur dar und entlocken allem Zärtlichkeit und Licht. Es war einmal eine Fee, die schuf die Wiesen und Bäume eigens für die Verliebten. Daher dieses ewige Sich-in-die-Büsche-Schlagen der Liebenden, das unaufhörlich von vorn beginnt und so lange dauern wird, wie es die Büsche und die Jugend gibt. Daher die Beliebtheit des Frühlings bei den Denkern. Patrizier und Hungerleider, Herzöge mit der Pairswürde und Richter, Adlige und Bürgersleute, wie es früher hieß, alle sind dieser Fee untertan. Da wird gelacht und Verstecken gespielt, die Luft flimmert im Glanz einer Apotheose. Wie die Liebe verklärt! Die Schreiber sind Götter. Und die leisen Schreie, das Haschen im Gras, die im schnellen Lauf umfaßten Hüften, diese wohllautenden Jargons, diese Anbetung, die daran zu erkennen ist, wie eine Silbe ausgesprochen wird, diese Kirschen, die ein Mund dem anderen entreißt, all das leuchtet auf und geht ein in die himmlischen Herrlichkeiten. Die schönen Mädchen verschwenden sich selbst in süßer Weise. Es scheint, als nehme das nie ein Ende. Die Philosophen, Dichter und Maler sehen diese Verzückungen und wissen nicht, was sie damit anfangen sollen, so sehr sind sie davon geblendet. »Abfahrt nach Kythera!« ruft Watteau aus. Lancret, der Maler des dritten Standes, betrachtet seine ins Blaue entschwebten Bürger, Diderot streckt die Arme nach all diesen Liebeleien aus, und d'Urfé bringt die Druiden mit ins Spiel.

Nach dem Frühstück gingen die vier Paare dorthin, was man damals das Königliche Beet nannte, eine Pflanze zu besichtigen, die neu aus Indien eingetroffen war und die in jener Epoche ganz Paris nach Saint-Cloud zog. Es war ein bizarres, reizendes Bäumchen auf hohem Stamm, dessen zahllose Zweige, zart wie Fäden, zerzaust, ohne grünes Laub, mit einer Million kleiner weißer Röschen besät waren, so daß der Strauch Haarsträhnen glich, mit Blumen statt der Blattläuse. Immer war da eine Menge und bewunderte ihn.

Als man ihn gesehen hatte, rief Tholomyès: »Ich lasse euch auf dem Esel reiten!«, und nachdem sie mit einem Eselswärter den Preis vereinbart hatten, kehrten sie über Vanves und Issy zurück. In Issy gab es eine Abwechslung. Der Park, Nationaleigentum oder vielmehr zu der Zeit Besitz des Munitionärs Bourguin, stand gerade weit offen. Sie betraten ihn durch das Gittertor, besuchten den Einsiedler, den Gliedermann in seiner Grotte, erprobten die mysteriösen kleinen Wirkungen des berühmten Spiegelkabinetts, des unzüchtigen Fuchsbaues, wert eines Satyrs, der Millionär geworden war, oder eines in Priap verwandelten Turcaret. Sie schüttelten weidlich das große Schaukelnetz, das an den zwei von Abbé Bernis gepriesenen Kastanienbäumen hing. Sie wippten die Schönen, eine nach der anderen, so daß unter allgemeinem Gelächter die Spitzenunterröcke aufflogen und Greuze sich an dem Schauspiel gelabt hätte. Dann sang Tholomyès aus Toulouse, der ein wenig Spanier war (Toulouse ist eine Cousine von Tolosa), nach einer schwermütigen Melodie die alte Gallega, die vielleicht durch ein schönes, auf einem Seil zwischen zwei Bäumen heftig geschaukeltes Mädchen inspiriert ist:

»Soy de Badajoz,
Amor me llama.
Toda mi alma
Es en mis ojos
Porque enseñas
A tus piernas.«

Einzig Fantine wollte nicht schaukeln. »Ich hab' das nicht gern, wenn eine sich so spreizt«, murmelte Favourite ziemlich bitter.

Sie stiegen von den Eseln ab, und dann gab es wieder eine Freude. Sie setzten in einem Boot über die Seine, und von

Passy erreichten sie zu Fuß die Schranke an der Etoile. Seit fünf Uhr morgens waren sie, wie man sich erinnert, auf den Beinen. Aber bah! »Sonntags gibt es keine Müdigkeit«, sagte Favourite. »Sonntags macht die Müdigkeit blau.« Gegen drei Uhr taumelten die vier Paare, verstört vor Glück, auf die Russische Bergbahn los, ein seltsames Gebäude, das auf der Höhe von Beaujon errichtet war und dessen Serpentinenumriß man über den Bäumen der Champs-Élysées bemerkte. Ab und zu rief Favourite: »Und die Überraschung? Ich will die Überraschung sehn!«

»Geduld«, antwortete Tholomyès.

Bei Bombarda

Als sie von der Russischen Bergbahn genug hatten, dachten sie an das Diner. Und das ausgelassene Achtgespann, endlich ein bißchen erschöpft, strandete in der Schenke von Bombarda, einer in den Champs-Élysées errichteten Filiale des vielberufenen Restaurateurs, dessen Schild man damals in der Rue de Rivoli sah, neben der Passage Delorme.

Eine große, aber häßliche Stube, mit Alkoven und Bett im Hintergrund. Weil die Wirtschaft sonntags überfüllt war, hatte man sich mit dieser Lagerstatt abfinden müssen. Zwei Fenster, von denen aus sie durch die Ulmen hindurch den Kai und den Fluß betrachten konnten und die ein herrlicher Strahl der Augustsonne streifte. Zwei Tische. Auf dem einen ein triumphaler Berg von Blumensträußen, vermischt mit Hüten von Männern und Frauen. An dem anderen die vier Paare, gruppiert um ein fröhliches Gewimmel von Schüsseln, Tellern, Gläsern, Bierkrügen und Weinflaschen. Nur wenig Ordnung auf dem Tisch, einige Unordnung darunter, jenes »entsetzliche Tricktrack der Füße«, von dem Molière spricht. So war es gegen halb fünf Uhr abends um das Schäferspiel beschaffen, das fünf Uhr morgens begonnen hatte. Das Tagesgestirn neigte sich, der Appetit erlosch.

Von Sonne und Menschen erfüllt, waren die Champs-Élysées nur Licht und Staub, die beiden Bestandteile, aus denen sich der Ruhm zusammensetzt. Die wiehernden Marmorpferde von Marly warfen in goldenem Gewölk die Beine. Die Kutschen fuhren hin und her. Eine Schwadron glänzender Gardes-du-corps mit dem Bläser an der Spitze trabte die Avenue nach Neuilly hinab. Die weiße Fahne schwamm, blaßrosa in der sinkenden Sonne, auf dem Dach des Tuileriendomes. Die Place de la Concorde, die wieder der Platz Ludwigs XV. geworden war, quoll über von zufriedenen Bummlern. Viele trugen die silberne Lilie am moirierten Ordensband, das im Jahre 1817 aus den Knopflöchern nicht ganz verschwunden war. Hier und dort zirpten inmitten der Passanten, die einen Kreis um sie bildeten und Beifall klatschten, junge Mädchen beim Rundtanz eine bourbonische Weise in den Wind. Überall gesungen, sollte sie die Erinnerung an die Hundert Tage niederkämpfen, und jede ihrer Strophen schloß: »Gebt unser Väterchen in Gent uns wieder, dem Väterchen erschallen unsre Lieder.« Haufen sonntäglich gekleideter Arbeiter aus der Vorstadt, manche sogar mit der Lilie dekoriert wie die Bürger, waren über das große Viereck und das Karree Marigny verstreut. Sie schleuderten Ringe und ritten auf hölzernen Pferden. Andere tranken. Einige, die Druckerlehrlinge waren, hatten Papiermützen auf. Ihr Lachen drang herüber.

Alles strahlte. Es war eine Zeit des unbestreitbaren Friedens und der völligen Sicherheit für die Royalisten. Es war die Zeit, in der ein vertraulicher Sonderbericht des Polizeipräfekten Anglès an den König über die Pariser Vorstädte mit den folgenden Zeilen endete: »Alles wohl erwogen, Majestät, ist von diesen Leuten nichts zu befürchten. Sie sind unbekümmert und träge wie Katzen. Das gemeine Volk in den Provinzen ist unruhig, das von Paris ist es nicht. Es sind ganz kleine Menschen. Majestät, damit einer von Ihren Grenadieren daraus wird, braucht es ihrer zwei. Vom Pöbel der Hauptstadt droht nichts. Bemerkenswert ist, daß die Körpergröße dieser Bevölkerung seit fünfzig Jahren nur abgenommen hat. Das Volk in den Pariser Vorstädten ist kleiner als vor der Revolution. Und völlig ungefährlich. Mit einem Wort, es ist ein gutmütiges Pack.«

Daß sich eine Katze in einen Löwen verwandeln kann, war für die Polizeipräfekten schlechterdings unmöglich. Dennoch ist dem so, und das ist das Wunderbare am Volk von Paris. Die vom Grafen Anglès so verachtete Katze wurde übrigens in den antiken Republiken geachtet, sie verkörperte in ihren Augen die Freiheit, und gleichsam als Gegenstück zur ungeflügelten Minerva im Piräus stand auf dem Marktplatz von Korinth der Bronzekoloß einer Katze. Die einfältige Polizei der Restauration sah das Volk von Paris »durch eine allzu rosige Brille«. Es ist keineswegs »gutmütiges Pack«, sosehr man es auch dafür hält. Der Pariser verhält sich zum Franzosen, wie sich der Athener zum Griechen verhielt. Niemand schläft besser als er, niemand zeigt offener seine Frivolität und Faulheit als er, und niemand vergißt anscheinend leichter als er. Gleichwohl täusche man sich nicht – in seiner Nonchalance ist er nicht zu überbieten, doch wenn es Ruhm zu erringen gilt, ist er wunderbar in seiner Raserei. Gebt ihm eine Pike, und er macht den 10. August. Gebt ihm ein Gewehr, und es kommt zu Austerlitz. Er ist Napoleons Stütze und Dantons Hilfe. Es geht um das Vaterland? Er wird Soldat. Es geht um die Freiheit? Er reißt das Pflaster auf. Aufgepaßt! Sein zornig gesträubtes Haar verrät den Helden, seine Bluse nimmt den Faltenwurf einer Chlamys an. Hütet euch! Aus der ersten besten Rue Greneta macht er Caudinische Pässe. Wenn die Stunde schlägt, wächst dieser Vorstädter, erhebt sich dieser kleine Mann, und er blickt schrecklich, und sein Atem wird Sturm, und aus seiner armseligen, schmächtigen Brust kommt Wind genug, um die Falten der Alpen durcheinanderzubringen. Mit dem Pariser Vorstädter und den Armeen erobert die Revolution Europa: Er singt, das ist seine Freude. Paßt sein Lied seinem Wesen an, und ihr werdet sehen! Solange er als Kehrreim nur die »Karmagnole« hat, stürzt er lediglich Ludwig XVI. Laßt ihn die »Marseillaise« singen, und er befreit die Welt.

Nach dieser Randbemerkung zum Anglès-Bericht kehren wir zu unseren vier Paaren zurück. Das Diner bei Bombarda ging zu Ende.

Tischgespräche und Liebesworte – die einen lassen sich so wenig fassen wie die anderen. Die Liebesworte sind Wolken, die Tischgespräche Rauch.

Fameuil und Dahlia trällerten. Tholomyès zechte. Zéphine lachte. Fantine lächelte. Listolier tutete auf einer in Saint-Cloud gekauften Holztrompete. Favourite blickte zärtlich auf Blachevelle und sagte: »Blachevelle, ich bete dich an.«

Dies zog eine Frage von Blachevelle nach sich: »Und was wäre, Favourite, wenn ich dich nicht mehr liebte?«

»Ach«, rief Favourite, »ach, sage das nicht, auch nicht zum Scherz! Wenn du mich nicht mehr lieb hättest, würde ich dir nachhetzen, dir die Nägel in die Backen bohren, dich zerkratzen, dich mit Wasser überschütten, dich verhaften lassen.« Blachevelle lächelte mit der genießerischen Geckenhaftigkeit eines Mannes, dessen Eigenliebe gekitzelt wird. »Ja, ich würde die Polizei herbeischreien! Ich würde mich wahrhaftig nicht genieren! Gemeiner Kerl!«

Blachevelle wälzte sich verzückt auf seinem Stuhl und schloß voll Stolz beide Augen. Dahlia sagte, ohne daß sie sich im Essen unterbrach, in dem Getöse leise zu Favourite: »Du bist also närrisch in deinen Blachevelle verliebt?«

»Ich verabscheue ihn«, sagte Favourite im selben Ton und griff wieder nach ihrer Gabel. »Er ist ein Geizkragen. Ich liebe den Kleinen, der mir gegenüber wohnt. Er sieht sehr gut aus, der junge Mensch. Kennst du ihn? Er hat so was vom Schauspieler. Ich schwärme für Schauspieler. Sobald er heimkommt, sagt seine Mutter: ›Ach, mein Gott, jetzt ist meine Ruhe hin. Jetzt wird er brüllen. Mein Kind, mir zerspringt der Kopf!‹ Weil er nämlich in das Haus hinaufgeht, in Mansarden für Ratten, in finstere Löcher, so hoch er nur klettern kann, und singt und deklamiert, weiß ich was?, daß es von unten zu hören ist. Er verdient schon zwanzig Sous täglich bei einem Anwalt, wo er Prozeßakten abschreibt. Er ist der Sohn eines früheren Kirchensängers in Saint-Jacques-du-Haut-Pas. Ach, sehr gut sieht er aus. Er vergöttert mich so, daß er eines Tages, als er zusah, wie ich Krapfenteig knetete, zu mir gesagt hat: ›Mein Fräulein, backen Sie Krapfen aus Ihren Handschuhen, und ich werde sie essen.‹ So was können nur Künstler sagen. Er sieht so gut aus, daß ich wegen des Kleinen bald den Verstand verlieren werde. Egal, ich rede Blachevelle ein, daß ich ihn anbete. Wie ich lüge, oh, wie ich lüge!«

Favourite machte eine Pause, dann begann sie wieder: »Dahlia, weißt du, ich bin traurig. Den ganzen Sommer hat es nur geregnet, der Wind läßt nicht ab zu wüten, Blachevelle ist ein Knicker, kaum gibt's Schoten auf dem Markt, was soll man da essen? Ich habe den Spleen, wie die Engländer sagen. Die Butter ist so teuer! Und das ist scheußlich, siehst du, wir speisen in einem Lokal, in dem ein Bett steht, das verleidet mir das Leben.«

Tholomyès' Weisheit

Inzwischen sangen die einen, die anderen plauderten stürmisch, und alle zugleich, es war ein fürchterlicher Krach. Tholomyès mischte sich ein. »Reden wir weder aufs Geratewohl noch zu schnell«, rief er. »Denken wir nach, wenn wir betören wollen. Allzuviel Improvisation macht den Geist dumm. Süffiges Bier bildet keine Blume. Meine Herren, nicht so hastig. Verbinden wir Größe mit der Schlemmerei, essen wir andächtig, schmausen wir langsam. Lassen wir uns Zeit. Seht den Frühling; wenn er sich beeilt, ist er futsch, das heißt erfroren. Übertriebener Eifer richtet die Pfirsich- und Aprikosenbäume zugrunde. Übertriebener Eifer bringt die guten Diners um den Reiz und die Freude. Nicht so eifrig, meine Herren! Grimod de la Reynière ist da mit Talleyrand einer Meinung.«

Dumpfe Rebellion wurde in der Gruppe laut.

»Tholomyès, laß uns in Frieden«, sagte Blachevelle.

»Nieder mit dem Tyrannen!« schrie Fameuil.

»Bombardi und Bombarda!« ulkte Listolier.

»Der Sonntag ist noch nicht zu Ende«, fing Fameuil wieder an. »Wir sind nüchtern«, fügte Listolier hinzu.

»Tholomyès«, meinte Blachevelle, »bewundere meine Ruhe.«

»Du bist der Marquis davor«, antwortete Tholomyès.

Dieses nicht gerade geistreiche Wortspiel wirkte wie ein Stein, der in einen Pfuhl geworfen wird. Der Marquis de Montcalm war ein berühmter Royalist. Alle Frösche schwiegen.

»Freunde«, rief Tholomyès im Ton eines Mannes, der die Herrschaft wieder an sich reißt, »beruhigt euch. Es darf nicht sein, daß ein vom Himmel gefallener Kalauer so betroffen aufgenommen wird. Alles, was so herunterfällt, ist nicht notwendigerweise der Begeisterung und der Achtung würdig. Der Kalauer ist der Kot des fliegenden Geistes. Der faule Witz fällt irgendwohin, und der Geist, nachdem er eine Dummheit gelegt hat, entschwindet im Azur. Ein weißlicher Fleck, der auf den Felsen kleckst, hindert den Kondor nicht zu schweben. Ich bin weit davon entfernt, auf den Kalauer zu schimpfen. Ich ehre ihn entsprechend seiner Verdienste, mehr nicht. Alles, was es an Erhabenem und Bezauberndem in und vielleicht außerhalb der Menschheit gibt, hat mit Worten gespielt. Jesus Christus hat einen Kalauer auf Petrus gemacht, Moses auf Isaak, Äschylus auf Polyneikes, Kleopatra auf Octavian. Und bedenkt, Kleopatras Kalauer ist der Schlacht bei Aktium vorausgegangen, und ohne ihn würde sich niemand der Stadt Toryne erinnern, eines griechischen Namens, der ›Schöpflöffel‹ bedeutet. Nach diesem Zugeständnis komme ich auf meine Ermahnung zurück. Meine Brüder, ich wiederhole, kein Eifer, kein Durcheinander, keine Übertreibung, nicht einmal bei Witzen, bei der Fröhlichkeit, bei Freuden und Wortspielen. Hört mich an, ich habe die Klugheit von Amphiaraus und die Kahlköpfigkeit von Cäsar. Es bedarf einer Grenze, selbst bei schlechten Scherzen. *Est modus in rebus*. Es bedarf einer Grenze, selbst bei Diners. Sie mögen Apfelstrudel, meine Damen, treiben Sie keinen Mißbrauch damit. Sogar bei Apfeltörtchen bedarf es des gesunden Menschenverstandes und der Sachkenntnis. Die Gefräßigkeit züchtigt den Vielfraß. Gula straft Gulax. Die Verdauungsstörung ist vom lieben Gott damit beauftragt, dem Magen die Leviten zu lesen. Und merkt euch dies: Jede unserer

Leidenschaften, selbst die Liebe, hat einen Magen, der nicht überfüllt werden darf. Auf alles ist beizeiten das Wort *finis* zu schreiben. Man muß sich beherrschen, wenn es erforderlich wird, seinem Gelüst einen Riegel vorschieben, seine Phantasie ins Loch stecken und sich selbst abführen. Weise ist der, der zu einem gegebenen Zeitpunkt seine eigene Verhaftung vorzunehmen weiß. Vertraut mir ein bißchen. Weil ich einige Semester Recht studiert habe, wie meine Prüfungen bezeugen, weil ich den Unterschied zwischen einem laufenden und einem schwebenden Verfahren kenne, weil ich in Latein eine Dissertation über die Art und Weise verteidigt habe, in der in Rom zu der Zeit gefoltert wurde, da Munatius Demens Quästor des Muttermörders war, und weil ich, wie es scheint, bald Doktor werde, muß ich nicht unbedingt ein Dummkopf sein. Ich empfehle euch Mäßigung in euren Begierden. So wahr ich Félix Tholomyès heiße, ich rede gut. Wohl dem, der, wenn die Stunde geschlagen hat, einen heroischen Entschluß faßt und wie Sulla oder Origenes entsagt!«

Favourite lauschte in gespannter Aufmerksamkeit.

»Félix!« sagte sie, »was für ein hübsches Wort! Ich mag diesen Namen. Das ist Latein und heißt Prosper.«

Tholomyès fuhr fort: »Quiriten, Gentlemen, Caballeros, meine Freunde! Wollt ihr keinen Stachel spüren, auf das Brautbett verzichten und der Liebe trotzen? Nichts einfacher als das. Hier ist das Rezept: Limonade, Exerzieren bis zum Umfallen, Zwangsarbeit, hetzt euch ab, schleppt Steine, schlaft nicht, bleibt auf, gurgelt mit salpeterhaltigen Getränken und Seerosentee, schlürft Mohn- und Keuschbaumsaft, würzt mir das mit strenger Diät, krepiert vor Hunger, nehmt anschließend kalte Bäder, legt Kräutergürtel um und eine Bleiplatte auf, wascht euch mit Bleiwasser ab und macht Umschläge mit Oxycrat.«

»Ich hätte lieber eine Frau«, sagte Listolier.

»Traut nicht der Frau!« erwiderte Tholomyès. »Wehe dem, der sich dem flatterhaften Herzen der Frau ausliefert! Die Frau ist treulos und falsch. Sie verachtet die Schlange aus Futterneid. Die Schlange ist der Laden gegenüber.«

Blachevelle rief: »Tholomyès, du bist betrunken!«

»Ja, gewiß!« sagte Tholomyès.

»Dann sei fröhlich«, versetzte Blachevelle.

»Genehmigt«, antwortete Tholomyès.

Er füllte sein Glas und erhob sich. »Ein Gloria dem Wein! *Nunc te, Bacche, canam!* Verzeihung, meine Damen, das ist Spanisch. Und Beweis, *señoras*, ist: Wie die Bevölkerung, so das Faß. Der Arrobe von Kastilien enthält sechzehn Liter, der Cantaro von Alicante zwölf, der Almude von den Kanarischen Inseln fünfundzwanzig, der Cuartin von den Balearen sechsundzwanzig, der Stiefel des Zaren dreißig. Es lebe der Zar, der groß war, und es lebe sein Stiefel, der noch größer war! Meine Damen, ein freundschaftlicher Rat: Irren Sie sich in Ihrem Nachbarn, wenn es Ihnen recht ist! Die Eigenheit der Liebe ist, daß sie sich irrt. Bei der Liebelei soll man sich nicht niederkauern und abrackern wie eine Dienstmagd in England, die vom Scheuern Schwielen an den Knien hat. So ist sie nicht, die süße Liebelei, sie ist ein heiterer Irrtum. Es heißt, irren sei menschlich. Ich aber sage: Irren ist verliebt. Meine Damen, ich vergöttere Sie alle. O Zéphine, o Joséphine, mit Ihrem mehr als zerknitterten Gesicht, reizend wären Sie, wenn Sie nicht schief gebaut wären. Sie gleichen einem hübschen Antlitz, auf das man sich aus Versehen gesetzt hat. Und nun du, Favourite! Nymphen und Musen! Eines Tages, als Blachevelle in der Rue Guérin-Boisseau über den Rinnstein hinwegschritt, erblickte er ein schönes Mädchen mit weißen gestrafften Strümpfen, das seine Beine zeigte. Dieser Prolog gefiel ihm, und Blachevelle liebte. Die er liebte, war Favourite. O Favourite, du hast ionische Lippen. Es gab einen griechischen Maler, den Euphorion, mit dem Beinamen: der Lippenmaler. Dieser Grieche allein wäre würdig gewesen, deinen Mund zu malen. Hör zu! Vor dir war kein Geschöpf dieses Ruhmes würdig. Du bist dazu da, den Apfel zu empfangen wie Venus oder ihn zu verzehren wie Eva. Die Schönheit beginnt bei dir. Ich habe soeben von Eva gesprochen. Du hast sie erschaffen, du verdienst das Patent für die hübsche Frau. O Favourite, jetzt duze ich dich nicht mehr, weil ich von der Poesie zur Prosa übergehe. Sie sprachen gerade über meinen Namen. Das hat mich gerührt;

doch wer wir auch sind, mißtrauen wir den Namen. Sie können täuschen. Ich heiße Félix, und dennoch bin ich nicht glücklich. Wörter sind Trug. Wir wollen nicht blindlings an ihren Sinn glauben. Es wäre falsch, wegen Korken nach Liège und nach Pau wegen Handschuhen zu schreiben, bloß weil Liège ›Korkeiche‹ bedeutet und Pau an Leder denken läßt. Miß Dahlia, ich an Ihrer Stelle würde mich Rosa nennen. Die Blume muß ihren Duft haben und die Frau Geist. Ich sage nichts über Fantine. Sie ist eine Träumerin, nachdenklich und empfindsam. Ein Phantom in Gestalt einer Nymphe und mit der Scham einer Nonne, die sich in das Grisettenleben verlaufen hat, aber sich in ihre Illusionen flüchtet und singt und betet und in den Azur schaut, ohne richtig zu wissen, was sie sieht oder tut. Die Augen dem Himmel zugekehrt, wandert sie ziellos in einem Garten umher, in dem es mehr Vögel gibt als in Wirklichkeit. O Fantine, höre: Ich, Tholomyès, bin eine Illusion. Aber sie hört nicht mal zu, das blonde Geschöpf der Schimären! Im übrigen ist alles an ihr Frische, Lieblichkeit, Jugend, sanfte Morgenhelligkeit. O Fantine, Mädchen, wert, dich Perle zu nennen, du bist ein Weib aus dem schönsten Orient. Noch eine Empfehlung, meine Damen, heiraten Sie nicht! Die Heirat ist ein Pfropfreis! Das geht gut oder schlecht aus; vermeiden Sie dieses Risiko! Ach, Unsinn! Was erzähle ich hier? Ich verschwende meine Worte. Die Mädchen sind in ihrer Heiraterei unverbesserlich; und was wir Weisen auch sagen mögen, es wird die Westennäherinnen und die Schuhstepperinnen nicht hindern, von Ehegatten zu träumen, die durch Diamanten reich geworden sind. Na gut! Aber, meine Schönen, merken Sie sich: Ihr eßt zuviel Zucker. Es ist euer einziges Unrecht, o Frauen, daß ihr Zucker knabbert. O nagendes Geschlecht, deine hübschen weißen Zähnchen sind närrisch nach Zucker. Paßt auf, der Zucker ist ein Salz, jedes Salz trocknet aus. Der Zucker ist das austrocknendste aller Salze. Er pumpt die Blutflüssigkeit durch die Adern. Daher das Gerinnen und dann die Verdichtung des Blutes. Daher die Tuberkel in der Lunge; daher der Tod. Und deshalb grenzt Diabetes an Schwindsucht. Also zerbeißen Sie keinen Zukker, und Sie werden leben. Ich wende mich nun an die Männer. Meine Herren, machen Sie Beute! Rauben Sie einander ohne Gewissensqualen die Geliebten! Über Kreuz! In der Liebe gibt es keine Freundschaft! Überall, wo eine hübsche Frau ist, sind die Feindseligkeiten eröffnet. Keine Schonung. Krieg bis aufs Messer! Eine hübsche Frau ist ein Casus belli; eine hübsche Frau ist ein flagrantes Delikt. Alle Invasionen in der Geschichte werden durch Röcke hervorgerufen. Die Frau ist das Mannesrecht. Romulus hat die Sabinerinnen entführt, Wilhelm der Eroberer die Sächsinnen, Cäsar die Römerinnen. Der ungeliebte Mann schweift wie ein Geier über den Geliebten der anderen. Und all den Unglücklichen, die Witwer sind, werfe ich die erhabene Proklamation Bonapartes an die Italienische Armee zu: Soldaten, euch fehlt alles. Der Feind hat es.«

Tholomyès verstummte für eine Minute. »Verschnaufe dich«, sagte Blachevelle. Und sofort stimmte er, unterstützt von Listolier und Fameuil, nach der Melodie eines Bänkelsangs eines der aus irgendwelchen Worten zusammengestückelten Atelierlieder an, die entweder im Übermaß oder gar nicht gereimt und sinnlos wie das Knacken von Ästen und das Rauschen des Windes sind. Aus dem Pfeifenrauch geboren, zergehen und zerfliegen sie mit ihm.

Hier das Lied, mit dem die Gruppe auf Tholomyès' Ansprache antwortete:

»Von Verstande kurz,
Gaben sie ihr Geld.
Sagen wohl Clermont vom Furz
Ab Johanni Papst soll sein;
Doch Clermont konnt's nicht werden,
Er war kein Priester hier auf Erden.
Ihr Geld sie wieder wollten haben,
Gestohlen hatten es die Raben.«

Dies war nicht dazu angetan, seine Improvisation zu beschwichtigen. Er leerte sein Glas, füllte es und begann wieder.

»Nieder mit der Weisheit! Vergeßt alles, was ich gesagt habe. Wir wollen keine zimperlichen, bedächtigen Spießer sein. Ich bringe einen Trinkspruch auf die laute Freude aus. Seien wir vergnügt! Ergänzen wir unsere Vorlesung über Recht durch Narretei und Speise. Den Magen verdorben und leicht Verdauliches. Justinian soll der Mann und Schlampampe das Weib sein! Freude im Innern! Lebe, o Schöpfung! Die Welt ist ein großer Diamant! Ich bin glücklich. Über die Vögel kann man nur staunen. Was für eine Lust überall! Die Nachtigall singt wie Elleviou, nur umsonst. Sommer, ich grüße dich. O Luxembourg, o ›Georgika‹ der Rue Madame und der Allée de l'Observatoire! O verträumte Infanteristen! O all diese entzückenden Kindermädchen, die Kinder hüten und sich damit vergnügen, den Grundstein für neue zu legen! Die Pampa in Amerika könnte mir gefallen, wenn ich nicht schon die Arkaden des Odéon hätte. Meine Seele entfleucht in die Urwälder und Savannen. Alles ist schön. Die Fliegen summen im Licht. Den Kolibri hat die Sonne angeniest. Umarme mich, Fantine!«

Er irrte sich und umarmte Favourite.

Tod eines Pferdes

»Im Edon ist das Essen besser als bei Bombarda«, rief Zéphine.

»Ich ziehe Bombarda dem Edon vor«, erklärte Blachevelle. »Er bietet mehr Luxus: Das ist üppiger. Seht euch den Saal im Erdgeschoß an. Die Spiegel an den Wänden.«

»Ich habe es lieber, wenn mein Teller spiegelblank ist«, meinte Favourite.

Blachevelle ließ nicht locker: »Schaut euch doch die Messer an. Bei Bombarda sind die Hefte aus Silber und im Edon aus Bein. Silber ist immerhin wertvoller als Bein.«

»Mit Ausnahme jener, die ein Kinn aus Silber haben«, gab Tholomyès zu bedenken.

Er betrachtete in diesem Augenblick den Invalidendom, der bei Bombarda durch die Fenster zu sehen war.

Eine Pause entstand. »Tholomyès«, rief Fameuil, »eben hatten Listolier und ich einen Streit.«

»Ein Streit ist gut«, antwortete Tholomyès, »ein Zank ist besser.«

»Wir haben über Philosophie diskutiert.«

»Von mir aus.«

»Wem gibst du den Vorzug, Descartes oder Spinoza?«

»Désaugiers«, sagte Tholomyès.

Nach diesem Urteilsspruch trank er und fuhr fort:

»Ich stimme dem Leben zu. Auf Erden ist nicht alles zu Ende, solange man noch dummes Zeug reden kann. Dafür danke ich den unsterblichen Göttern. Es wird gelogen, aber auch gelacht. Es wird behauptet, aber auch bezweifelt. Unerwartetes ergibt sich aus dem Syllogismus. Das ist schön. Hienieden gibt es noch Menschen, die fröhlich die Zauberdose des Paradoxons zu öffnen und zu schließen verstehen. Dies, meine Damen, die ihr mit ruhiger Miene trinkt, ist Madeira, wisset das, ein Gewächs aus Coural das Freiras, das dreihundertsiebzehn Klafter hoch über dem Meeresspiegel liegt! Aufgepaßt beim Trinken! Dreihundertsiebzehn Klafter! Und Herr Bombarda, der großartige Speisewirt, schenkt euch diese dreihundertsiebzehn Klafter für vier Francs fünfzig Centimes ein!«

Fameuil ließ ihn nicht ausreden:

»Tholomyès, deine Ansichten sind maßgebend. Wer ist dein Lieblingsschriftsteller?«

»Ber …«

»Quin?«

»Nein. Dummköpfe.«

Und Tholomyès nahm seine Rede wieder auf: »Ehre sei Bombarda! Er käme Munophis aus Elephanta gleich, wenn er mir eine orientalische Tänzerin verschaffen, und Thygelion aus Chaironeia, wenn er mir eine Hetäre zuführen könnte! Denn, o meine Damen, es gab schon Bombardas in Griechenland und Ägypten. Apuleius lehrt uns das. Immer dasselbe und nichts Neues. Nichts, was in Gottes Schöpfung noch nicht dagewesen wäre! *Nil sub sole novum*, sagt Salemon. *Amor omnibus idem*, singt Vergil. Und Carabine steigt mit Carabin in die Galiote von Saint-Cloud, wie sich Aspasia mit Perikles auf der Flotte vor Samos einschiffte. Ein letztes Wort.

Wißt ihr, meine Damen, wer Aspasia war? Obwohl sie zu der Zeit lebte, in der die Frau noch keine Seele besaß, war sie eine Seele, eine rosafarbene, ja purpurne Seele, feuriger als Feuer und frischer als die Morgenröte. Aspasia war ein Geschöpf, in dem sich die beiden Extreme des Weibes berührten; sie war die Göttin in der Dirne. Sokrates plus Manon Lescaut. Aspasia wurde für den Fall erschaffen, daß Prometheus eine Hure brauchte.«

Kaum hätte er eingehalten, wäre nicht eben jetzt ein Pferd auf dem Kai gestürzt. Von dem Schock blieben der Wagen stecken und der Redner. Das Pferd, eine alte, magere und für den Abdecker reife Stute aus der Beauce, war vor einen schweren Karren gespannt. In der Nähe des Lokals von Bombarda hatte das erschöpfte Tier sich gesträubt weiterzuziehen. Eine Masse Neugieriger strömte herbei. In seiner Entrüstung fluchend, hatte der Fuhrmann gerade noch Zeit, mit geziemender Wut die sakramentalen Worte: »Vieh, verdammtes!« auszusprechen, denen er mit einem unversöhnlichen Peitschenhieb nachhalf. Da fiel der Gaul und erhob sich nicht mehr. Die Passanten schrien, die aufgeräumten Zuhörer von Tholomyès blickten hinüber, und Tholomyès nutzte das, um seine Ansprache mit der schwermütigen Strophe zu beenden:

»Sie gehörte jener Welt an, in der das gleiche
 Schicksal eben
Karren und Karossen ist beschieden.
Eine Mähre, hat sie gelebt, solang wie Mähren leben,
Kurz nur ist die Zeit hienieden!«

»Armes Pferd«, seufzte Fantine.

Und Dahlia rief: »Nun jammert Fantine um die Pferde! Wie kann man so dumm sein!«

In diesem Augenblick kreuzte Favourite die Arme, warf den Kopf in den Nacken, sah Tholomyès entschlossen an und sagte: »So, und die Überraschung?«

»Ganz recht«, erwiderte Tholomyès. »Der Moment ist da. Meine Herren, die Stunde, die Schönen zu überraschen, hat geschlagen. Meine Damen, warten Sie hier ein paar Minuten!«

»Es fängt mit einem Kuß an«, sagte Blachevelle.

»Auf die Stirn«, setzte Tholomyès hinzu.

Jeder drückte feierlich einen Kuß auf die Stirn der Geliebten.

Dann steuerten alle vier im Gänsemarsch auf die Tür zu und legten einen Finger auf den Mund.

Favourite klatschte, als sie hinausgingen. »Das ist schon sehr spaßig«, sagte sie.

»Kommt nicht zu spät wieder«, murmelte Fantine, »wir warten auf euch.«

Fröhlicher Abschluß der Freude

Als die jungen Mädchen allein waren, stützten sie ihre Ellbogen zu zweit auf je eine Fensterbank, schwatzten, neigten sich hinaus und riefen einander zu. Sie sahen, wie die jungen Männer Arm in Arm die Schenke von Bombarda verließen. Die Herren drehten sich nach ihnen um, winkten ihnen lachend zu und verschwanden in dem staubigen Sonntagsgewühl, das alle sieben Tage die Champs-Élysées überfällt.

»Kommt nicht zu spät wieder!« schrie Fantine.

»Was werden sie uns bringen?« fragte Zéphine.

»Sicherlich was Nettes«, sagte Dahlia.

»Ich«, meinte Favourite, »möchte ein Präsent von Gold.«

Bald wurden sie von der Bewegung am Ufer abgelenkt, die sie durch die Zweige der großen Bäume sahen und die sie sehr ergötzte.

Es war die Stunde der Abfahrt der Briefpost und der Schnellpostkutschen. Fast alle Linien nach dem Süden und Westen Frankreichs gingen damals über die Champs-Élysées. In der Mehrzahl folgten sie dem Kai und nahmen den Weg aus der Stadt hinaus durch die Zollschranke von Passy. In jeder Minute brauste ein großer, gelb und schwarz bemalter Wagen, schwer bepackt, geräuschvoll bespannt, unförmig durch die vielen Koffer, Decken und Reisesäcke, voll von Köpfen – die alsbald verschwanden –, die Chaussee zermahlend, alle Pflastersteine zerbröckelnd, durch die Menge, mit dem Funkensprühen einer Schmiede und Staub statt des Rauches, wild wie Furien.

Dieses Gedröhn erfreute die jungen Mädchen. »Was für ein Krach!« rief Favourite. »Als klirrten Ketten durch die Luft!«

Einmal hielt einer der Wagen, die man im dichten Laub der Ulmen kaum unterschied, kurz an und sauste im Galopp weiter. Fantine war betroffen. »Seltsam!« sagte sie. »Ich dachte, die Schnellpost hielte überhaupt nicht.«

Favourite zuckte die Achseln. »Diese Fantine ist zum Staunen. Für mich ist sie ein Naturwunder. Sie läßt sich von den einfachsten Dingen blenden. Nehmen wir an, ich bin ein Reisender, ich sage zu der Schnellpost: ›Ich gehe vor, Sie holen mich ein, wenn Sie auf dem Kai vorüberrollen.‹ Die Schnellpost sieht mich, hält, ich steige zu. So was geschieht alle Tage. Du kennst das Leben nicht, meine Liebe.«

Eine längere Zeit verrann. Plötzlich fuhr Favourite auf, als erwache sie. »Na«, fragte sie, »und die Überraschung?«

»Ja, richtig«, sagte auch Dahlia, »die berühmte Überraschung!«

»Sie bleiben lange«, sagte Fantine.

Kaum daß sie diesen Seufzer ausstieß, trat der Kellner ein, der das Diner serviert hatte. Er trug in der Hand etwas, was einem Brief ähnelte.

»Was ist das?« fragte Favourite.

»Ein Papier«, antwortete der Kellner, »das die Herren für die Damen hiergelassen haben.«

»Warum haben Sie es nicht gleich gebracht?«

»Weil die Herren«, erwiderte der Kellner, »mir befohlen haben, es den Damen nicht vor einer Stunde zu übergeben.«

Favourite griff nach dem Papier in der Hand des Kellners. Es war wirklich ein Brief. »Halt!« sagte sie. »Adresse fehlt. Aber da steht eine Überschrift: ›Dies ist die Überraschung!‹ «

Hastig entsiegelte sie den Brief, öffnete ihn und las vor (sie konnte lesen):

»O unsere Geliebten!
Wisset, daß wir Eltern haben. Eltern, wovon Euch nicht viel bekannt ist. Im Bürgerlichen Gesetzbuch heißt das, kindlich

und ehrbar, Väter und Mütter. Diese Eltern also seufzen, diese Greise verlangen nach uns, diese guten Männer und guten Frauen nennen uns verlorene Söhne, sie wünschen unsere Heimkehr und erbieten sich, Kälber für uns zu schlachten. Wir gehorchen ihnen, da wir tugendhaft sind. Zu der Stunde, da Ihr dies lesen werdet, befördern fünf feurige Pferde uns zu unseren Papas und Mamas zurück. Wir machen, daß wir fortkommen, wie Bossuet sagt. Wir reisen ab, sind abgereist. Wir enteilen in die Arme von Laffitte und auf den Flügeln von Caillard. Die Schnellpost von Toulouse trägt uns vom drohenden Abgrund weg, und der Abgrund seid Ihr, unsere schönen Kleinen! Wir treten wieder in die Gesellschaft ein, in Pflicht und Ordnung, im großen Trab, drei Meilen in der Stunde. Es ist von Bedeutung für das Vaterland, daß wir wie jedermann Präfekten werden, Familienväter, Feldhüter und Staatsräte. Verehrt uns! Wir opfern uns. Beweint uns rasch und ersetzt uns schleunigst! Wenn dieser Brief Euch zerreißt, tut ihm das nämliche. Lebt wohl!

Fast zwei Jahre lang haben wir Euch beglückt. Grollt uns deshalb nicht! Unterschrift: Blachevelle, Fameuil, Listolier, Tholomyés

Postskriptum: Das Diner ist bezahlt.«

Die vier jungen Mädchen sahen sich an. Favourite brach als erste das Schweigen. »Na«, rief sie, »ein guter Spaß ist es doch!«

»Sehr drollig«, sagte Zéphine.

»Die Idee muß Blachevelle gehabt haben«, fuhr Favourite fort.

»Drum werde ich jetzt ganz verliebt in ihn. Aus den Augen, aber in den Sinn. So ist das.«

»Nein«, sagte Dahlia. »Es ist eine Idee von Tholomyès. Das spürt man.«

»Dann«, erwiderte Favourite, »nieder mit Blachevelle und hoch Tholomyès!«

»Hoch Tholomyès!« riefen Dahlia und Zéphine und platzten vor Lachen los.

Fantine lachte wie die anderen. Später, als sie wieder in

ihrem Zimmer war, weinte sie. Es war ja ihre erste Liebe. Sie hatte sich Tholomyès hingegeben wie einem Gatten, und das arme Mädchen hatte ein Kind.

VIERTES BUCH

VERTRAUEN HEISST MANCHMAL SICH AUSLIEFERN

Eine Mutter begegnet einer anderen

Im ersten Viertel des Jahrhunderts gab es in Montfermeil bei Paris eine billige Garküche, die nicht mehr besteht. Sie wurde von Leuten namens Thénardier betrieben, einem Ehepaar, und lag in der Ruelle du Boulanger, im Bäckergäßchen. Über der Tür sah man ein flach an die Mauer genageltes Brett. Auf dieses Brett war etwas gemalt, was einem Mann glich, der auf seinem Rücken einen anderen Mann trug; und dieser andere hatte dicke, vergoldete Generalsepauletten mit breiten Silbersternen. Rote Flecke stellten Blut vor. Der Rest des Gemäldes war Rauch und sollte wohl eine Schlacht bedeuten. Darunter las man die Inschrift: »Zum Sergeanten von Waterloo«.

Nichts ist alltäglicher als ein zweirädriger Bretterkarren vor der Tür einer Herberge. Aber das Gefährt oder besser das Bruchstück eines Gefährts, das an einem Abend im Frühling 1818 vor der Garküche »Zum Sergeanten von Waterloo« die Straße versperrte, wäre durch seine Unförmigkeit einem Maler, der vorbeiging, sicher aufgefallen. Es war der Vorspann eines jener Blockwagen, wie sie in waldigen Gegenden zum Transport von Bohlen und Baumstümpfen gebräuchlich sind. Dieser Vorspann bestand aus einer massiv eisernen Achse mit Zapfen, woran eine schwere Deichsel befestigt war und die auf zwei unmäßig hohen Rädern ruhte. Das Ganze war klotzig, erdrückend und mißgestaltet. Es sah etwa so aus wie die Lafette einer riesigen Kanone. Die Gossen den Weg entlang hatten Räder, Felgen, Naben, Achse und Deichsel mit einer Schlammschicht überkrustet, einer häßlichen Tünche von der gelblichen Farbe etwa, mit der man die Kathedralen anstreicht. Das Holz verschwand unter dem Kot, das Eisen unter dem Rost. Von der Achse hing wie eine Bettgardine eine plumpe Kette herab, würdig eines Goliaths im Sträflingskittel. Diese Kette ließ nicht an die Balken denken, die zu befördern ihre Sache war, sondern an Mastodonten und Mammute, die man hätte vorschirren können. Sie erinnerte an das Bagno, aber ein zyklopisches, übermenschliches Bagno, und schien von irgendeinem Ungeheuer abgeschüttelt. Homer hätte den Polyphem daran gebunden und Shakespeare den Caliban.

Wozu stand dieser Vorspann eines Blockwagens dort auf der Straße? Erstens, um die Straße zu verstopfen, und dann, um vollends einzurosten. Es gibt in der alten sozialen Ordnung eine Menge von Einrichtungen, die kein anderes Daseinsrecht haben als dieses.

Die Mitte der Kette hing unter der Achse ziemlich nahe der Erde. An diesem Abend saßen auf ihrer Krümmung wie auf dem Strick einer Schaukel, gruppiert und reizend umschlungen, zwei kleine Mädchen. Das eine war ungefähr zweieinhalb Jahre, das andere achtzehn Monate alt, und die Kleinere lag in den Armen der Größeren. Ein von kundiger Hand geknotetes Taschentuch verhinderte, daß sie hinunterfielen. Eine Mutter hatte diese schreckliche Kette gesehen und gesagt: »Ach, das ist ja ein Spielzeug für meine Kinder.«

Die beiden, graziös und nicht ohne Ziererei geputzt, strahlten. In dem Haufen Eisenschrott waren sie wie zwei Rosen. Ihre Augen triumphierten; ihre frischen Wangen lachten. Die eine war kastanienbraun, die andere hellbraun. Ihre naiven Gesichter staunten in Begeisterung. Ein blühender Strauch in der Nähe erquickte die Passanten mit einem Duft, der von ihnen auszugehen schien. Das Mädchen von achtzehn Monaten zeigte seinen niedlichen nackten Bauch mit der keuschen Unanständigkeit des kleinen Kindes. Über den beiden zarten, in Wonne getauchten, vom Licht gebadeten Köpfen und um sie herum wölbte sich der gigantische, vom Rost verdreckte, fast furchtbare Vorspann, in düsteren Bogen und

Winkeln verhakt, wie die Halle einer Räuberhöhle. Einige Schritte weiter hockte an der Schwelle der Herberge die Mutter, eine Frau von sonst wenig einnehmendem Äußeren, aber in diesem Moment menschlich gewinnend. Sie schaukelte die beiden an einer langen Schnur und liebkoste sie, in Furcht vor einem Unglück, mit dem tierhaften und himmlischen Blick, der Müttern eigen ist. Bei jedem Hin und Her gaben die scheußlichen Eisenringe ein kreischendes Geräusch von sich, das wie ein Zornesschrei klang. Die kleinen Mädchen waren hingerissen, die untergehende Sonne beteiligte sich an dieser Freude, und nichts war entzückender als diese Laune des Zufalls, der aus einer Titanenkette eine Strickschaukel für kindliche Engel gemacht hatte.

Indem sie ihre beiden Kleinen wiegte, stimmte die Mutter in falschen Tönen eine damals berühmte Romanze an: »Es muß sein, sprach der Krieger kühn ...« Ihres Gesanges und der Betrachtung der Mädchen wegen ließ sie unbeachtet, was am Rande der Straße vor sich ging. Jemand war, als sie die erste Strophe der Romanze begann, auf sie zugetreten, und plötzlich hörte sie an ihrem Ohr sagen: »Sie haben da zwei hübsche Kinder.«

»... der schönen, holden Imogen«, erwiderte, in ihrem Lied fortfahrend, die Mutter, dann drehte sie sich um. Eine Frau stand ein paar Schritte von ihr entfernt. Auch sie hatte ein Kind, das ihr Arm umfing. Sie trug außerdem einen anscheinend sehr schweren Nachtsack.

Das Kind dieser Frau war eines der göttlichsten Wesen, das man je sehen wird. Es war ein Mädchen von zwei bis drei Jahren. Mit den beiden anderen Kleinen hätte sie sich in der Koketterie, die auf ihre Ausstattung verwandt war, messen können. Sie hatte ein Mützchen von feinem Linnen mit Valenciennesspitzen daran und Bänder an ihrem Jäckchen. Die Falte ihres aufgehobenen Röckchens entblößte ihren weißen, vollen und festen Schenkel. Sie war wunderbar rosig und gesund. Man hatte Lust, der schönen Kleinen in die apfelroten Backen zu beißen. Von ihren Augen ließ sich nur sagen, daß sie sehr groß sein mußten und herrliche Wimpern hatten. Sie schlief, und ihr Schlaf atmete das unbedingte

Vertrauen, das ihr Lebensalter mit sich bringt. Die Arme der Mütter sind die Zärtlichkeit selbst, nichts stört den Schlummer der Kinder in ihnen.

Ihre Mutter hingegen machte einen armen, betrübten Eindruck. Sie war gekleidet wie eine Arbeiterin, die dabei ist, wieder Bäuerin zu werden. Jung war sie. Schön? Vielleicht; aber in diesem Gewand merkte man es ihr nicht an. Ihr Haar, von dem eine blonde Locke hervorquoll, schien sehr dicht, verschwand aber unter einer strengen, häßlichen, gequetschten, engen, am Kinn gebundenen Beginenhaube. Das Lachen zeigt schöne Zähne, wenn man sie hat; aber sie lachte nicht. Ihre Augen schienen seit langem nicht trocken gewesen zu sein. Sie war bleich und sah sehr müde und ein wenig krank aus. Auf das in ihren Armen schlummernde Mädchen heftete sie den besonderen Blick einer Mutter, die ihr Kind genährt hat. Ein breites blaues Taschentuch von der Art derer, in die sich Invaliden schneuzen, als Brusttuch gelegt, verbarg anmutlos ihren Wuchs. Ihre Hände waren verbrannt und mit Sommersprossen bedeckt wie mit Stichen, den Zeigefinger hatte die Nadel verhärtet und zerfetzt. Ein kurzer Mantel von grober brauner Wolle, ein Leinenkleid und plumpe Schuhe: Das war Fantine.

Kaum war sie wiederzuerkennen. Prüfte man jedoch genau, so hatte sie noch immer ihre Schönheit. Eine Furche der Trauer, die aufflackerndem Hohn glich, entstellte ihre rechte Wange. Ihre Toilette, dieses luftige Gebilde aus Musselin und Maschen, das aus Heiterkeit, Übermut und Musik gewebt schien, mit Glöckchen läutend und nach Flieder duftend, hatte sich verflüchtigt wie jener schöne glitzernde Rauhreif, den man in der Sonne für Diamanten hält. Er zerschmilzt, und der schwarze Zweig bleibt zurück.

Zehn Monate waren seit dem »guten Spaß« verronnen. Was war in den zehn Monaten geschehen? Man errät es. Nachdem sie verlassen wurde, begann die Not. Fantine hatte sogleich Favourite, Zéphine und Dahlia aus dem Gesichtskreis verloren. Das Band, das die Männer zerrissen, hatte sich auch unter den Frauen gelöst. Vierzehn Tage später hätte es sie sehr verblüfft, wenn ihnen wer gesagt hätte, sie seien

Freundinnen. Dazu war kein Anlaß mehr. Fantine sah sich hinfort allein. Der Vater ihres Kindes war weg – ach, ein solcher Bruch ist unwiderruflich –, und so war sie völlig vereinsamt, der Gewohnheit der Arbeit entfremdet, dafür aber dem Hang zum Vergnügen ausgeliefert. Durch ihre Beziehungen zu Tholomyès verleitet, das kleine Gewerbe, das sie erlernt hatte, zu mißachten, hatte sie ihre Absatzmöglichkeiten vernachlässigt, und nun verschlossen sie sich ihr. Nirgends eine Hilfe. Fantine konnte kaum lesen und gar nicht schreiben. In ihrer Kindheit hatte man ihr nur ihre Namensunterschrift beigebracht. Durch einen öffentlichen Briefschreiber hatte sie Tholomyès einige Zeilen zugehen lassen und dann ein zweites und drittes Mal. Er antwortete ihr nie. Eines Tages hörte sie Gevatterinnen, die sich ihr Töchterchen ansahen, erklären: »Wer nimmt denn solche Kinder ernst? Darüber kann man nur die Achseln zucken!« Da dachte sie an Tholomyès, der über sein Kind die Achseln zuckte und dieses unschuldige Wesen nicht ernst nahm, und ihr Herz verfinsterte sich gegen diesen Mann. Wozu aber sollte sie sich entschließen? Sie wußte nicht mehr, an wen sie sich wenden könnte. Sie hatte gefehlt, aber der Grund ihres Charakters waren, man erinnert sich dessen, Scham und Tugend. Ungewiß empfand sie, daß sie in Gefahr war, in das Elend abzusinken und in noch Schlimmeres hineinzugeraten. Sie brauchte Mut. Sie bestätigte ihn und trotzte.

Der Gedanke kam ihr, in ihre Geburtsstadt, nach Montreuil-sur-Mer, zurückzukehren. Dort kannte sie vielleicht jemand und gab ihr Arbeit. Ja, aber sie mußte ihren Fehltritt verheimlichen. Und verworren ahnte sie, daß sie zu einer Trennung gezwungen werden könne, die noch schmerzlicher wäre als die erste. Ihr Herz krampfte sich, aber sie entschied sich dafür. Fantine hatte eine ungestüme Lebenskraft. Schon hatte sie tapfer auf ihren Putz verzichtet, sich in Leinen gekleidet und all ihre Seide, ihren Flitter, ihre Bänder und Spitzen ihrer Tochter zugewandt. Das war die einzige und durch ihr Fühlen geheiligte Eitelkeit, die sie sich noch erlaubte. Sie verkaufte alles, was sie besaß, erzielte so zweihundert Francs, und nachdem sie ihre Läpperschulden beglichen hatte, blieben ihr noch ungefähr achtzig Francs.

Mit zweiundzwanzig Jahren verließ sie an einem schönen Frühlingsmorgen Paris, ihr Kind auf dem Rücken. Wer die beiden sah, mußte sie bemitleiden. Diese Frau hatte nur dieses Kind auf der Welt und dieses Kind nur diese Frau. Fantine hatte die Kleine gestillt, davon war ihre Brust geschwächt, und sie hustete ein wenig.

Herr Félix Tholomyès wird hier nicht mehr genannt werden. Es genügt zu erwähnen, daß er zwanzig Jahre später unter König Louis-Philippe ein großer Provinzanwalt war, mit Einfluß und Vermögen, ein besonnener Urwähler und sehr strenger Geschworener, und immer noch Lebemann.

Gegen Mittag also stand Fantine, nachdem sie, um auszuruhen, ihren Weg von Zeit zu Zeit unterbrochen und für drei oder vier Sous die Meile den damaligen Kleinwagendienst für die Umgebung von Paris benutzt hatte, in Montfermeil in der Bäckergasse. Als sie an der Herberge der Thénardiers vorbeiging und die beiden Kinder verzückt auf ihrer ungeheuren Strickschaukel sah, war es für sie wie eine Blendung, und sie verweilte vor dieser Vision der Freude. Es gibt Bilder, die verzaubern. Die beiden kleinen Mädchen wirkten so auf diese Mutter. Bewegt schaute sie ihnen zu. Das Erscheinen der Engel ist eine Verkündigung des Paradieses. Sie glaubte, über der Herberge schwebe geheimnisvoll das Hier der Vorsehung! Die Kinder waren offenbar glücklich. Sie schaute sie an. Sie bewunderte sie so gerührt, daß sie, als die Mutter zwischen zwei Versen ihres Liedes Atem schöpfte, ihr sagen mußte: »Sie haben da zwei hübsche Kinder.«

Auch herzlose Kreaturen werden durch Zärtlichkeit gegen ihre Kinder entwaffnet. Die Mutter hob den Kopf, dankte und ließ die Passantin sich auf die Bank an der Tür setzen, während sie selbst auf ihrem Platz vor der Schwelle verharrte. Die beiden Frauen sprachen miteinander.

»Ich heiße Frau Thénardier«, sagte die Mutter der beiden Kleinen. »Wir sind die Inhaber des Gasthofes.« Dann summte sie, immer noch bei ihrer Romanze, zwischen den Zähnen weiter: »Es muß sein, da ich Ritter bin, nach Palästina muß ich fahren.« Diese Frau Thénardier war eine rothaarige, zugleich massige und eckige Person, der Typ des Soldatenweibes in all seiner Derbheit. Und, bizarr genug, mit leidender Miene, eine Folge überspannter Lektüre. Ein schöntuerisches Mannweib, eine Herbergswirtin, in deren Phantasie sich der Unsinn alter Romane verzerrte. Sie war noch jung, kaum dreißigjährig. Hätte diese Frau, die da kauerte, sich aufrecht gehalten, hätten vielleicht ihre hohe Statur und ihre Vierschrötigkeit eines wandelnden Kolosses, wie sie auf Jahrmärkten häufig sind, die Reisende von vornherein erschreckt, ihr Zutrauen verwirrt und, was wir zu erzählen haben, sich in Nebel verziehen lassen. Ein Mensch, der sitzt statt zu stehen: Schicksale werden dadurch umgestoßen.

Die Reisende berichtete ihre Erlebnisse, mit einigen Veränderungen. Sie sei Arbeiterin. Ihr Mann sei tot. In Paris habe sie keine Arbeit mehr gehabt und sei fortgegangen, anderswo, in ihrer Heimat, welche zu suchen. Heute früh habe sie sich zu Fuß von Paris entfernt. Da sie ihr Kind trug, ermattet war und den Wagen nach Villemomble traf, sei sie eingestiegen. Von Villemomble sei sie, wieder zu Fuß, nach Montfermeil gekommen. Die Kleine sei ein wenig gegangen, aber nicht weit, »so was ist zu jung«, sie habe sie in ihren Arm legen müssen, und das Schätzchen sei eingeschlafen.

Dabei gab die Reisende ihrer Tochter einen leidenschaftlichen Kuß, der sie aufweckte. Sie öffnete die Augen, große blaue Augen wie die ihrer Mutter, und betrachtete – was? Nichts, alles, mit der ernsten und manchmal strengen Miene kleiner Kinder, die ein Geheimnis ihrer leuchtenden Unschuld vor dem Dämmerdunkel unserer Tugenden ist. Es scheint, als fühlten sie, daß sie Engel sind, und wüßten von unserer allzu menschlichen Menschlichkeit. Dann fing das Kind zu lachen an, und obwohl die Mutter es zurückhielt, kroch es mit der unbändigen Kraft eines kleinen Wesens, das laufen will, auf den Boden. Plötzlich bemerkte es die beiden anderen auf ihrer Schaukel, blieb sofort stehen und streckte die Zunge heraus, zum Zeichen der Bewunderung.

Mutter Thénardier machte ihre Töchter von der Strickschaukel los, ließ sie hinunterklettern und sagte: »Spielt alle drei zusammen.«

Geschöpfe in diesem Alter sind leicht gezähmt; und nach einer Minute ergötzten sich die kleinen Thénardiers mit der Neuen, Löcher in die Erde zu wühlen, was ein unendliches Vergnügen ist.

Die Neue war sehr lustig; die Güte der Mutter wird in dem Frohsinn ihres Kindchens sichtbar. Sie hatte nach einem Holzsplitter gegriffen, der ihr als Schippe diente, und schaufelte energisch ein Loch, um eine Fliege darin zu bestatten. Was der Totengräber verrichtet, wird heiter, wenn ein Kind es tut.

Die beiden Frauen setzten ihr Gespräch fort. »Wie heißt Ihr Balg?«

»Cosette.« – Cosette: lies Euphrasie. Der Name der Kleinen war Euphrasie. Aber die Mutter hatte Cosette daraus gemacht, in dem holden, anmutigen Instinkt der Mütter und des Volkes, der Josefa in Pepita und Françoise in Sillette verwandelt. Das ist eine Art der Wortableitung, die die gesamte Wissenschaft der Etymologisten durcheinanderbringt und verwirrt. Es gab eine Großmutter, der es gelungen war, aus Théodore Gnan zu machen.

»Wie alt ist sie?«

»Bald drei Jahre.«

»Also wie meine Ältere.«

Inzwischen hatten die drei kleinen Mädchen eine Gruppe gebildet, in einer Haltung voll tiefer Angst und Beseligung. Ein Ereignis hatte sich zugetragen. Ein dicker Wurm war aus der Erde hervorgeschlüpft, und sie waren in Furcht und Ekstase. Ihre strahlenden Stirnen berührten sich, als seien drei Köpfe in einer Aureole vereint.

»Die Kinder«, rief Mutter Thénardier, »wie das sich gleich kennt! Schwören könnte man, sie wären drei Schwestern!«

Das Wort war der Funke, auf den wohl die andere Mutter wartete. Sie faßte die Hand der Thénardier, blickte ihr gerade ins Auge und sagte: »Möchten Sie über mein Kind für mich wachen?«

Verblüfft erwiderte die Thénardier mit einer Bewegung, die weder bejahend noch ablehnend war.

»Sehen Sie«, fuhr die Mutter von Cosette fort, »ich kann meine Tochter nicht mitbringen, wo ich zu Hause bin. Die Arbeit erlaubt das nicht. Mit einem Kind kommt man nicht unter. Die Leute in der Gegend sind so lächerlich. Der liebe Gott hat mich an Ihrer Herberge vorbeigehen lassen. Als ich Ihre Kleinen sah, so hübsch und so sauber und so zufrieden, war ich völlig durcheinander. Ich sagte mir: Das ist eine gute Mutter. Ja, die Kinder werden drei Schwestern werden. Und ich bin ja auch bald wieder da. Wollen Sie mein Kind in Pflege nehmen?«

»Na, unter Umständen«, sagte die Thénardier.

»Ich würde sechs Francs monatlich geben.«

»Mindestens sieben Francs!« rief da eine Mannesstimme aus dem Innern der Garküche. »Und ein halbes Jahr vorausbezahlt!«

»Sechs mal sieben ist zweiundvierzig«, sagte die Thénardier.

»Die gebe ich«, sagte die Mutter.

»Und außerdem fünfzehn Francs für die ersten Unkosten«, ergänzte die Mannesstimme.

»Siebenundfünfzig Francs im ganzen«, sagte Frau Thénardier. Und in diese Zahlen hinein trällerte sie undeutlich: »Es muß sein, sprach der Krieger kühn.«

»Ich gebe sie«, sagte die Mutter, »ich habe achtzig Francs, bleibt mir noch genug für die Reise in die Heimat. Ich gehe zu Fuß. Ich werde dort Geld verdienen, und wenn ich ein bißchen habe, komme ich wieder und hole meinen Liebling ab.«

Die Mannesstimme begann wieder: »Hat die Kleine eine Aussteuer?«

»Es ist mein Gatte«, sagte die Thénardier.

»Gewiß hat sie eine Aussteuer, der arme Schatz. Ich habe wohl gesehen, daß es Ihr Mann ist. Und schöne Wäsche, unglaublich schöne. Alles in Dutzenden; und Seidenkleider wie eine Dame. Die Aussteuer ist da in meinem Nachtsack.«

»Sie müssen sie hergeben«, erwiderte die Mannesstimme.

»Ich denke schon, daß ich sie hergebe«, sagte die Mutter. »Das wäre ja komisch, wollte ich meine Tochter nackt umhergehen lassen!«

Das Gesicht des Wirtes erschien. »Gut«, sagte er.

Der Handel wurde abgeschlossen. Die Mutter übernachtete in der Herberge, gab ihr Geld und ließ ihr Kind da, knüpfte ihren von der Aussteuer nicht mehr geblähten und hinfort entlasteten Sack zu und brach am nächsten Morgen auf, in der sicheren Hoffnung, bald wiederzukommen. Es war ein Abschied, wie man ihn in Ruhe vorbereitet, der aber voller Verzweiflung ist.

Eine Nachbarin der Thénardiers traf diese Mutter, als sie ging, und kehrte heim und sagte: »Ich habe eben eine Frau gesehen, die auf der Straße weinte, und es hat mir das Herz zerrissen.«

Als Cosettes Mutter fort war, sagte der Mann zu seiner Frau: »Damit werde ich meinen Wechsel über hundertzehn Francs bezahlen, der morgen fällig wird. Fünfzig Francs haben mir gefehlt. Weißt du, daß ich den Gerichtsvollzieher und einen Protest auf dem Halse gehabt hätte? Da hast du mit deinen Kleinen eine richtige Mausefalle aufgestellt.«

»Ohne es zu ahnen«, sagte die Frau.

Erste Skizze zweier verdächtiger Gesichter

Die Maus, die sie gefangen hatten, war recht kümmerlich; aber die Katze ist auch über eine magere Maus froh.

Wer waren die Thénardiers?

Sagen wir schon jetzt ein Wort über sie. Später vervollständigen wir das Bild.

Diese Menschen gehörten zu jener Bastardklasse, die aus gemeinen Emporkömmlingen und gesunkenen intelligenten Leuten gemischt ist. Sie liegt zwischen dem sogenannten Mittelstand und der sogenannten unteren Klasse und vereinigt mehrere Mängel der zweiten mit fast allen Lastern der ersten. Dabei entbehrt sie sowohl des großgesinnten Schwungs des Arbeiters wie der ordentlichen Rechtschaffenheit des Bürgers.

Sie zählten den verzwergten Naturen zu, die, wenn irgendein düsteres Feuer sie erhitzt, leicht ungeheuerlich werden.

In der Frau war der Stoff zu einem Tier, in dem Mann der eines Halunken. Beide waren im höchsten Grad für den abstoßenden Fortschritt in der Richtung des Bösen empfänglich. Es gibt Krebsseelen, die unausgesetzt in die Finsternis entweichen, die im Leben nicht vorwärtsgehen, sondern eher zurück, die ihre Erfahrung aufwenden, um ihre Häßlichkeit noch zu steigern, die sich unaufhörlich verschlimmern und deren Farbe schwärzer und schwärzer wird. So waren die Seelen dieses Mannes und dieser Frau.

Thénardiers Gesicht war für einen Kenner von Physiognomien besonders peinlich. Man braucht einzelne Menschen nur anzusehen, um ihnen zu mißtrauen, denn man fühlt, daß sie nach zwei Seiten hin dunkel sind, daß sie in feiger Sorge hinter sich spähen und drohend vor sich her. Etwas Unbekanntes ist in ihnen. Man kann ebensowenig für das einstehen, was sie getan haben, wie für das, was sie tun werden. Der Schatten in ihrem Blick verrät sie. Wenn man sie nur ein Wort reden hört oder eine Bewegung ihrer Hand sieht, spürt man unerforschte Geheimnisse in ihrer Vergangenheit und in ihrer Zukunft. Dieser Thénardier war, wollte man ihm glauben, Soldat gewesen. Sergeant, behauptete er. Wahrscheinlich hatte er den Feldzug von 1815 mitgemacht und sich sogar ziemlich tapfer geführt. Wir werden später sehen, was es damit auf sich hatte. Das Schild seiner Gastwirtschaft wies auf eine seiner Waffentaten hin. Er hatte es selbst gemalt, denn er konnte ein wenig von allem, wenn auch nur schlecht.

In jener Zeit entzündete der altertümliche klassische Roman, der früher »Clélia« und jetzt nur noch »Lodoïska« war, unverändert edel, aber immer gewöhnlicher, von Fräulein von Scudéry zu Frau Bournon-Malarme und von Frau von La Fayette zu Frau Barthélémy-Hadot abgesunken, die liebende Seele der Portiersfrauen von Paris und verheerte sogar die Vororte ein wenig. Frau Thénardier war gerade intelligent genug, um diese Art von Büchern zu lesen. Sie bildeten ihre Nahrung. Sie ertränkte darin, was sie an Hirn besaß. Das hatte ihr, solange sie sehr jung war und auch noch etwas nachher, eine versonnene Haltung neben ihrem Ehemann verliehen, einem Schurken von einer gewissen Tiefe. Dieser

Strolch, der Literatur kundig, wenn auch nicht der Grammatik, plump und schlau zugleich, war in Sachen der Empfindsamkeit ein Leser von Pigault-Lebrun und in allem, was, wie er in seinem Kauderwelsch sagte, das andere Geschlecht betrifft, ein ausgesprochener korrekter Tölpel. Seine Frau stand ihm zwölf bis fünfzehn Jahre im Alter nach. Später, als ihre romantischen Trauerweidenhaare zu ergrauen begannen, als Pamela sich zur Megäre verwandelte, war die Thénardier nur noch ein dickes, böses Weib, das sich mit dummen Romanen überfüttert hatte. Nicht ungestraft liest man Albernheiten. Das Ergebnis war, daß ihre ältere Tochter den Namen Eponine bekam. Die jüngere, die arme Kleine, wäre fast Gulnare genannt worden. Sie verdankte es irgendeiner glücklichen Ablenkung durch einen Roman von Ducray-Duminil, daß sie nur Azelma hieß.

Im übrigen, nebenbei bemerkt, ist nicht alles lächerlich und seicht in dieser seltsamen Epoche, auf die wir anspielen und die man als Anarchie der Taufnamen bezeichnen könnte. Außer dem romantischen Element, das wir soeben berührten, wirkt hier ein soziales Symptom. Nicht selten nennt sich heute der Metzgerknecht Arthur, Alfred oder Alphonse und der Vicomte (wenn noch Vicomtes da sind) Thomas, Pierre oder Jacques. Eine solche Verschiebung, die den »eleganten« Namen auf den Plebejer überträgt und den ländlichen auf den Aristokraten, ist nichts anderes als eine Gegenströmung im Sinne der Gleichheit. Hier zeigt sich wie in allem das unwiderstehliche Vordringen des neuen geistigen Hauches. Unter diesem scheinbaren Widerspruch äußert sich eine große und tiefgehende Macht: die Französische Revolution.

Die Lerche

Einzig durch Bosheit gedeihen die Geschäfte nicht. Um die Garküche stand es übel. Mit Hilfe der siebenundfünfzig Francs der Reisenden hatte Thénardier einen Wechselprotest vermeiden und seine Unterschrift in Ehren halten können. Im nächsten Monat waren sie wieder geldbedürftig. Die Frau brachte die Aussteuer Cosettes nach Paris und übergab sie dem Pfandhaus gegen sechzig Francs. Sobald sie die Summe verbraucht hatten, wurde es den Thénardiers ein vertrauter Gedanke, das kleine Mädchen sei nur ein Kind, das sie aus Mitleid angenommen hätten, und sie behandelten es demgemäß. Da es keine Aussteuer mehr hatte, bekleideten sie es mit alten Röcken und Hemden ihrer Töchter, also mit Lumpen. Man beköstigte es mit Resten von den Speisen aller, etwas besser als den Hund und etwas schlechter als die Katze. Der Hund und die Katze waren meist seine Tischgenossen. Cosette aß mit ihnen unter dem Tisch, aus einem Holznapf wie dem ihren.

Die Mutter, die in Montreuil-sur-Mer verblieben war, schrieb jeden Monat, oder vielmehr: sie ließ schreiben, um Nachrichten über ihr Kind zu erhalten. Die Thénardiers antworteten jedesmal: »Cosette geht es wunderbar.«

Nach dem ersten halben Jahr schickte die Mutter sieben Francs für den siebenten Monat und wiederholte ihre Sendungen einigermaßen pünktlich von Monat zu Monat. Das Jahr war noch nicht zu Ende, als Thénardier sagte: »Wie gnädig von der! Was sollen wir mit den sieben Francs machen?« Und er schrieb und forderte zwölf Francs. Die Mutter, der sie vorlogen, ihr Kind sei glücklich und es gehe ihm gut, unterwarf sich und schickte die zwölf Francs.

Gewisse Naturen vermögen nicht zu lieben, ohne auf der anderen Seite zu hassen. Die Mutter Thénardier liebte ihre eigenen Töchter leidenschaftlich, und so verabscheute sie das fremde Kind. Der Gedanke stimmt traurig, daß die Liebe einer Mutter auch häßliche Seiten haben kann. So wenig Platz Cosette bei ihr einnahm, es schien ihr, als raube sie ihn ihren Töchtern und die Kleine schmälere ihnen die Luft, die sie atmeten. Wie viele Frauen ihres Schlages gab diese eine bestimmte Summe von Zärtlichkeit und von Hieben und Beschimpfungen täglich aus. Hätte sie Cosette nicht gehabt, hätten zweifellos ihre Töchter, so sehr sie sie vergötterte, alles empfangen; jedoch die Fremde leistete ihnen den Dienst, daß sie die Hiebe auf sich zog. Ihre Töchter empfingen nur ihre Liebkosungen. Cosette konnte sich nicht bewegen, ohne daß auf ihren Kopf heftige, unverdiente Züchtigungen hagelten. Ein süßes, schwaches Ding, konnte sie diese Welt und Gott nicht verstehen. Unablässig gestraft, gescholten, gröblich angeschrien, geprügelt, sah sie neben sich zwei kleine Wesen gleich ihr, die im Schimmer des Morgenrots lebten. Die Thénardier war garstig zu Cosette, und so waren es auch Eponine und Azelma. Kinder in diesem Alter sind lediglich Nachbildungen der Mutter. Nur das Format ist kleiner, das ist alles.

Ein Jahr verstrich und dann ein zweites. Im Dorf sagte man: »Die Thénardiers sind brave Leute. Sie sind nicht reich und päppeln ein armes Kind auf, das man bei ihnen ausgesetzt hat.« Man glaubte, Cosette sei von ihrer Mutter vergessen.

Inzwischen hatte Thénardier auf irgendwelchen dunklen Wegen ermittelt, das Kind sei wohl unehelich und seine Mutter könne sich zu ihm nicht bekennen. So forderte er fünfzehn Francs monatlich. Er sagte, die »Kreatur« schösse ins Kraut und esse, und drohte, sie wegzuschicken. »Die Person soll mich nicht zur Wut reizen«, rief er, »oder ich pfeffere ihr ihren Bankert in alle ihre Duckmäuserei hinein! Ich will, daß sie mehr blecht.« Die Mutter zahlte die fünfzehn Francs.

Jahr um Jahr wuchs das Kind und wuchs sein Elend.

Solange Cosette ganz klein war, mußte sie für die beiden anderen Kinder das Aschenbrödel abgeben. Und als sie sich zu entwickeln begann, noch vor ihrem fünften Jahr, wurde sie die Magd im Haus.

Fünf Jahre, wird man sagen, das ist ja unglaublich, und doch ist es wahr. Das soziale Leid beginnt in jedem Alter. Wurde nicht neulich einem gewissen Dumolard der Prozeß gemacht, einem Waisenkind, das Bandit wurde, das schon mit fünf Jahren, wie aus den amtlichen Unterlagen hervorgeht, allein auf der Welt stand, »arbeitete, um zu leben, und stahl«. Cosette hatte einzukaufen, die Stuben, den Hof, das Pflaster zu fegen, das Geschirr zu waschen und auch Lasten zu schleppen. Die Thénardiers erachteten sich desto mehr berechtigt, so mit ihr umzuspringen, als die Mutter, die noch immer in Montreuil-sur-Mer wohnte, schlecht zu zahlen anfing. Sie war um einige Monate rückständig.

Wäre sie in diesen drei Jahren wiedergekommen, hätte sie ihr Kind nicht erkannt. Cosette, die bei ihrer Ankunft so hübsch und frisch gewesen war, ging jetzt mager und bleich umher, voll merkwürdiger Unruhe. »Eine Heuchlerin!« sagten die Thénardiers. Durch all die Ungerechtigkeit war sie mürrisch, durch das Elend häßlich geworden. Sie hatte nur noch ihre schönen Augen, deren Blick einem weh tat, weil aus ihnen, so groß sie waren, noch größere Traurigkeit sprach. Bedrückend war es, im Winter das arme, noch nicht sechsjährige Kind in alten durchlöcherten Tuchfetzen schlottern und vor Tagesanbruch die Straße fegen zu sehen, einen riesigen Besen in seinen roten Händchen und eine Träne in seinen großen Augen.

»Die Lerche« nannte man sie in der Gegend. Dem Volk, das solche Bilder liebt, hatte es gefallen, diesen Namen dem kleinen Wesen zu geben, das, noch winzig wie ein Vogel, verstört zitterte und fror und jeden Morgen als erstes im Hause und im Dorf wach war und stets vor Tagesanbruch auf der Straße oder auf den Feldern erschien.

Nur, daß die Lerche niemals sang.

FÜNFTES BUCH

DER ABSTIEG

Geschichte eines Fortschritts in der Schwarzglasindustrie

Was wurde indessen aus dieser Mutter, die nach den Erzählungen der Leute in Montfermeil ihr Kind verlassen zu haben schien? Wo war sie, was tat sie?

Nachdem sie ihre kleine Cosette den Thénardiers ausgeliefert hatte, war sie weitergewandert und in Montreuil-sur-Mer angekommen. Das geschah im Jahre 1818. Seit etwa einem Jahrzehnt hatte Fantine ihre Heimat nicht besucht. Montreuil-sur-Mer sah anders als früher aus. Während Fantine langsam von Not zu Not abstieg, hatte ihre Geburtsstadt sich glücklich entfaltet. Seit etwa zwei Jahren hatte sich dort eine jener industriellen Tatsachen begeben, die an kleinen Orten große Ereignisse sind.

Diese Einzelheit ist von Bedeutung, und wir halten es für angebracht, sie zu erörtern, fast möchten wir sagen, sie hervorzuheben.

Seit undenklichen Zeiten erzeugte Montreuil-sur-Mer eine Besonderheit, die Nachahmung englischen Jets und schwarzer Glaswaren aus Deutschland. Immer hatte diese Industrie wegen der teuren Rohstoffe, die hemmend auf den Arbeitslohn einwirkten, nur vegetiert. Gerade als Fantine nach Montreuil-sur-Mer zurückkehrte, hatte sich eine unerhörte Wandlung in dieser Herstellung »schwarzer Artikel« vollzogen. Gegen Ende 1815 war ein Mann, den niemand kannte, in der Stadt erschienen. Er hatte den Einfall gehabt, bei dieser Fabrikation das Harz durch Gummilack und für die Armbänder das gelötete Schwarzblech durch Schwarzblech zu ersetzen, das einfach verdichtet wurde. Diese ganz kleine Änderung hatte eine Revolution hervorgerufen. Sie hatte den Rohstoffpreis erstaunlich gesenkt, und das hatte gestattet, erstens den Arbeitslohn zu erhöhen, zum wirtschaftlichen Heil der Gegend, zweitens die Fabrikation zu verbessern, zugunsten des Verbrauchers, drittens bei dreifachem Verdienst billiger zu verkaufen, zum Nutzen des Herstellers. So erbrachte eine einzige Idee drei Resultate. In weniger als drei Jahren war der Urheber des Verfahrens reich geworden, was löblich ist, und hatte alles rings um ihn reich werden lassen, was noch löblicher ist. Er stammte nicht aus dem Bezirk. Über seine Herkunft wußte man nichts; über seine Anfänge wenig. Es hieß, er sei mit geringer Barschaft in der Stadt eingetroffen, höchstens einigen hundert Francs. Aus diesem kärglichen Kapital, das er für eine geniale Erfindung verwertete und durch Ordnung und Geistesschärfe fruchtbar machte, gewann er seinen Wohlstand und schuf den der ganzen Provinz.

Als er nach Montreuil-sur-Mer kam, an einem Dezemberabend, hatte er nur die Kleidung, das Äußere und die Sprache eines Arbeiters. Glaubhaft wird berichtet, daß an dem Tag, wo er als Unbekannter das Städtchen Montreuil-sur-Mer betrat, einen Tornister umgeschnallt und einen Knotenstock in der Hand, eine große Feuersbrunst im Gemeindehaus ausbrach. Der Mann hatte sich in die Flammen gestürzt und unter Lebensgefahr zwei Kinder gerettet, deren Vater der Gendarmeriehauptmann war. Darum hatte man nicht daran gedacht, ihn nach seinem Paß zu fragen. Er nannte sich Vater Madeleine.

Madeleine

Er war ein Mann um die Fünfzig, mit sorgenvollem Antlitz und gut. Mehr ließ sich von ihm nicht sagen. Dank dem schnellen Aufschwung der Industrie, die er so bewundernswert erneuert hatte, war Montreuil-sur-Mer ein bedeutendes wirtschaftliches Zentrum geworden. Spanien, das viel schwarzen Jet abnahm, vergab alljährlich ungeheure Aufträge dorthin. Montreuil-sur-Mer stritt in diesem Handel beinahe mit

London und Berlin um den Rang. Der Gewinn des Vaters Madeleine war so beträchtlich, daß er schon im zweiten Jahr eine große Fabrik hatte bauen können, die zwei weitläufige Werkstätten enthielt, eine für die Männer, die andere für die Frauen. Jeder, den es hungerte, konnte sich da melden und war sicher, Beschäftigung und Brot zu finden. Vater Madeleine verlangte von den Männern guten Willen, von den Frauen reine Sitten, von allen Ehrbarkeit. Er hatte die Werkstätten geteilt, um die Geschlechter zu trennen und damit Mädchen und Frauen anständig blieben. In dieser Forderung war er unbeugsam fest. Es war die einzige, in der er irgendwelche Schroffheit bekundete. Eine solche Strenge war um so berechtigter, als Montreuil-sur-Mer Garnisonstadt war und Gelegenheit zu Verderbnis sich im Übermaß darbot. Im übrigen war seine Ankunft eine Wohltat gewesen, und seine Gegenwart erwies sich als ein Segen des Himmels.

Vor seinem Kommen siechte die ganze Gegend dahin; jetzt lebte hier alles, gesund durch Arbeit. Ein starker Blutkreislauf wärmte und durchdrang alles. Arbeitslosigkeit und Elend waren vergessen. Es gab keine noch so dunkle Tasche, in der nicht ein wenig Geld geblinkt hätte, kein noch so armseliges Dach, unter dem nicht ein wenig Freude war.

Vater Madeleine beschäftigte jedermann. Von Männern und Frauen verlangte er nur eins: Anständigkeit!

Es wurde schon gesagt, daß inmitten dieser Tätigkeit, deren Ursache und Hauptträger er war, Vater Madeleine ein Vermögen ansammelte, jedoch, so selten das bei einem schlichten Mann des Gewerbes ist, schien es nicht, als gelte dem seine entscheidende Mühe. Offenbar dachte er viel an die anderen und kaum an sich. Im Jahre 1820 hörte man, eine Summe von sechshundertunddreißigtausend Francs sei auf seinen Namen bei Laffitte eingezahlt. Aber bevor er diese sechshundertunddreißigtausend Francs für sich reservierte, hatte er über eine Million für die Stadt und für die Armen ausgegeben.

Dem Spital wurden bisher mäßige Gelder zugewandt; er hatte zehn Betten gestiftet. Montreuil-sur-Mer umfaßt eine obere und eine untere Stadt. Die untere, in der er wohnte, hatte nur eine Schule, eine klägliche Bude, eine halbe Ruine. Er hatte zwei Schulen gebaut, eine für Mädchen, die zweite für Knaben. Er warf auf eigene Rechnung den beiden Lehrern Diäten aus, doppelt so hoch wie ihr karges offizielles Gehalt; und eines Tages sagte er zu jemandem, der darüber staunte: »Die zwei ersten Staatsbeamten sind die Amme und der Schulmeister.« Er hatte auf seine Kosten einen Asylsaal geschaffen, was für Frankreich noch ohne Beispiel war, und eine Unterstützungskasse für alte, invalide Arbeiter. Da seine Fabrik ein Mittelpunkt war, hatte sich um ihn herum ein neues Viertel gebildet, in dem viele bedürftige Familien lebten; er hatte dort eine Apotheke eingerichtet, die umsonst Arzneien abgab.

Zu Anfang, als man ihn noch bei seinen Versuchen sah, meinten die guten Seelen: »Der Kerl will reich werden.« Als sich nicht mehr bezweifeln ließ, daß er, bevor er sich bereicherte, die Gegend reicher machte, sagten dieselben guten Seelen: »Er ist ein Streber.« Das schien insofern wahrscheinlicher, als dieser Mann religiös war und sogar in gewissen Grenzen seine kirchlichen Pflichten wahrnahm, eine damals sehr gern gesehene Übung. Er ging an jedem Sonntag, einer stillen Messe zu lauschen. Der Abgeordnete des Bezirks, der überall Konkurrenten witterte, war von dieser Frömmigkeit bald beunruhigt. Einstiges Mitglied der gesetzgebenden Körperschaft unter dem Kaiserreich, hatte er die gleichen religiösen Ideen wie ein Oratorianerpriester, bekannt unter dem Namen Fonché, Herzog von Otranto, dessen Handlanger und Freund er gewesen war. Hinter geschlossener Tür lachte er verstohlen über Gott. Aber als er den reichen Fabrikanten Madeleine zu der stillen Messe um sieben Uhr morgens gehen sah, spürte er, daß sich hier vielleicht eine Kandidatur vorbereitete, und war gewillt, ihn zu überholen. Er nahm einen Jesuiten zum Beichtvater und ging zum Hochamt und zum Vespergottesdienst. Ehrgeiz war in jener Zeit, im genauen Wortsinn, ein Kirchenrennen. Die Armen hatten von dieser Angst ebenso Vorteile wie der liebe Gott; denn auch der ehrenwerte Abgeordnete stiftete zwei Spitalbetten, die so auf zwölf kamen.

Im Jahre 1819 indessen verbreitete sich eines Tages in der Stadt das Gerücht, daß auf Eingabe des Herrn Präfekten und im Hinblick auf die dem Land geleisteten Dienste Vater Madeleine vom König zum Bürgermeister von Montreuil-sur-Mer ernannt werden solle. Die den Neuangekommenen für einen Streber erklärt hatten, griffen begeistert die Möglichkeit auf, die alle Menschen sich wünschen, zu rufen: »Da! Was haben wir gesagt?« Ganz Montreuil-sur-Mer war in Aufruhr. Das Gerücht war begründet. Einige Tage später veröffentlichte der »Moniteur« die Ernennung. Tags darauf lehnte Vater Madeleine ab.

Im selben Jahre 1819 wurden die Produkte des neuen, von Madeleine erfundenen Verfahrens auf der Industrieausstellung gezeigt. Auf den Bericht der Jury hin ernannte der König den Erfinder zum Ritter der Ehrenlegion. Wiederum Aufruhr in der Stadt. Also das Kreuz wollte er! Vater Madeleine lehnte das Kreuz ab.

Der Mann war entschieden ein Rätsel. Die guten Seelen zogen sich aus der Affäre, indem sie sagten: »Im Grunde ist er eine Art Abenteurer.«

Die Gegend, wie man gesehen hat, schuldete ihm viel, die Armen schuldeten ihm alles. Er war so nützlich, daß man ihn am Ende hatte ehren müssen, und so mild, daß man ihn am Ende lieben mußte. Seine Arbeiter zumal beteten ihn an, und er trug diese Anbetung mit einem gewissen schwermütigen Ernst. Als es sicher schien, daß er ein reicher Mann war, grüßte ihn die »Gesellschaft«, und in der Stadt nannte man ihn Herr Madeleine. Seine Arbeiter und die Kinder nannten ihn wie zuvor Vater Madeleine, und darüber lächelte er so gern wie über nichts sonst. Je höher er stieg, desto mehr regnete es Einladungen. Die »Gesellschaft« wollte ihn mit Beschlag belegen. Die anmaßenden kleinen Salons von Montreuil-sur-Mer, die sich wohlbemerkt in der ersten Zeit dem Handwerker versperrt hatten, öffneten ihre Türen angelweit dem Millionär. Man kam ihm tausendfach entgegen. Er lehnte ab.

Auch diesmal wurden die guten Seelen damit fertig. »Der Mann ist ungebildet und hat niedrige Manieren. Wer weiß, von wo so einer herkommt! In der großen Welt könnte er nicht bestehen. Ist denn bewiesen, daß er lesen kann?«

Als man sah, daß er Geld gewann, hatte man gesagt: »Er ist ein Geschäftsmann.« Als man sah, daß er sein Geld verstreute: »Er ist ein Streber.« Als man sah, daß er die Ehrungen ausschlug: »Er ist ein Abenteurer.« Als man sah, daß er die um ihn werbende Gesellschaft zurückstieß: »Er ist ein Flegel.«

1820, fünf Jahre nach seiner Ankunft in Montreuil-sur-Mer, waren seine Verdienste um das Land so weithin sichtbar und der Wunsch der Gegend so einhellig, daß der König ihn von neuem zum Bürgermeister der Stadt ernannte. Abermals lehnte er ab, doch der Präfekt widersetzte sich seiner Weigerung, alle Notabeln kamen, ihn zu bitten, das Volk flehte ihn mitten auf der Straße an. So heftig war das Drängen, daß er endlich bejahte. Es fiel auf, daß vor allem die fast gereizte Anrede einer alten Frau aus dem Volk ihn zu seinem Entschluß zu bewegen schien, die ihm von ihrer Türschwelle ärgerlich zuschrie: »Ein Bürgermeister, der was taugt, ist viel wert. Darf einer sich drücken, wenn er Gutes tun kann?«

Dies war die dritte Phase seines Aufstiegs. Vater Madeleine war Herr Madeleine geworden. Herr Madeleine wurde Bürgermeister.

Ein Depot bei Laffitte

Im übrigen war er so einfach geblieben wie am ersten Tag. Er hatte graue Haare, ernste Augen, die von der Sonne gegerbte Haut eines Arbeiters, das nachdenkliche Antlitz eines Philosophen. Meist trug er einen Hut mit breitem Rand und einen langen Überrock von grobem Tuch, bis ans Kinn zugeknöpft. Er erfüllte seine Obliegenheiten als Bürgermeister, jedoch, davon abgesehen, lebte er einsam. Mit wenig Leuten sprach er. Er entzog sich den Höflichkeiten, grüßte seitwärts, verschwand schnell, lächelte, um nicht plaudern zu müssen, gab, um des Lächelns enthoben zu sein. Die Frauen sagten von ihm: »Ein guter Bär!« Sein Vergnügen war, auf den Feldern spazierenzugehen.

Er speiste immer allein, mit einem Buch vor sich, in dem er las. Er hatte eine kleine, gut zusammengestellte Bibliothek. Er liebte die Bücher; sie sind kalte, zuverlässige Freunde. In dem Grade, wie ihm mit dem Wohlstand Muße vergönnt wurde, schien er sie für seine geistige Bildung wahrzunehmen. Seit er in Montreuil-sur-Mer war, ließ sich beobachten, daß sich seine Sprache von Jahr zu Jahr glättete, daß sie gewählter und milder wurde.

Gern hatte er auf seinen Spaziergängen ein Gewehr bei sich, aber selten schoß er damit. Geschah das einmal durch irgendwelchen Zufall, hatte er eine erschreckende Treffsicherheit. Nie tötete er ein harmloses Tier. Nie schoß er auf einen kleinen Vogel.

Obgleich er nicht mehr jung war, besaß er, wie man erzählte, eine unerhörte Kraft. Jedem, der dessen bedurfte, half er mit einem Zugriff seiner Hand, er brachte ein Pferd auf die Beine, schob ein Rad an, das im Schlamm steckengeblieben war, hielt einen Stier, der sich losgerissen hatte, an den Hörnern.

Stets waren seine Taschen voll von Bargeld, wenn er ausging, und leer, wenn er zurückkam. Schritt er durch ein Dorf, liefen ihm die zerlumpten Bälger fröhlich nach und umringten ihn wie eine Wolke von Mücken.

Man vermutete, er habe einst auf dem Lande gelebt, denn er verfügte über allerlei nützliche Geheimnisse, die er die Bauern lehrte. Sie lernten von ihm die Kornmotte durch Besprengen der Scheuer und das Überschwemmen der Bodenspalten mit einer Lösung von Steinsalz zerstören und die Kornwürmer verjagen, indem sie überall, an Mauern und Dächern, an Grasplätzen und Häusern Blüten von Scharlachkraut aufhingen. Er hatte Rezepte, um auf einem Acker die Rapunzel auszurotten, die Rade, die Wicke, die Feldbohne, den Kuhweizen, alle die Schmarotzerpflanzen, die das Getreide verzehren. Er schützte ein Kaninchengehege gegen die Ratten durch den bloßen Geruch eines nordafrikanischen Schweines, das er dort einquartierte.

Eines Tages sah er, wie sich Leute in der Umgebung sehr plagten, Brennesseln auszujäten. Er betrachtete diesen Haufen entwurzelter, schon verdorrter Pflanzen und sagte: »Das ist nun tot. Und es wäre doch gut, wenn man es zu gebrauchen verstünde. Solange die Brennessel jung ist, sind ihre Blätter ein vortreffliches Gemüse. Wenn sie altert, hat sie Fäden und Fasern wie Hanf und Flachs. Brennesselleinen ist ebenso wertvoll wie Hanfleinen. Zerhackt ist die Brennessel gut für das Federvieh, zerrieben für das Hornvieh. Mischt man den Samen der Brennessel in das Futter, verleiht er dem Haar der Tiere Glanz. Ihre Wurzel, mit Salz vermischt, erzeugt eine schöne gelbe Farbe. Auch ist sie ein ausgezeichnetes Heu, das man zweimal ernten kann. Und was verlangt die Brennessel schon? Wenig Erde, keine Pflege, keinen Anbau. Nur fällt der Samen aus, je mehr er reift, und ist schwer zu ernten. Das ist alles. Wenn man sich ein bißchen bemühte, wäre die Brennessel eine Nutzpflanze; vernachlässigt man sie, wird sie ein Schädling. Dann tötet man sie. Wie viele Menschen gleichen der Brennessel!« Und nach einem kurzen Schweigen sagte er noch: »Freunde, denkt daran, es gibt weder schlechte Pflanzen noch schlechte Menschen. Es gibt nur schlechte Landwirte.«

Die Kinder liebten ihn auch deshalb, weil er reizende kleine Kunstwerke aus Stroh und Kokosnüssen zu basteln wußte.

Sah er, daß die Tür einer Kirche schwarz ausgeschlagen war, so trat er ein. Er drängte sich zu einem Begräbnis wie andere zu einer Taufzeremonie. Verwitwung und Unglück des Nächsten zogen ihn wegen seiner großen Sanftmut an. Er mengte sich unter die betrübten Freunde, die schwarzgekleideten Familien, die um einen Sarg herum seufzenden Priester. Gern schien er seinen Gedanken als Text die düsteren Psalmen unterzulegen, die erfüllt waren von der Vision des Jenseits. Nach oben blickend, horchte er in einem Sehnen nach den Geheimnissen der Unendlichkeit, auf die Schmerzensgesänge, die am Rande des dunklen Abgrundes des Todes hallen.

Er beging zahllose gute Handlungen und verbarg sich dabei, wie man sich bei schlechten Handlungen verbirgt. Insgeheim durchwanderte er abends die Häuser; wie ein Dieb erstieg er die Treppen. Ein armer Teufel, der seine Bodenkammer wieder aufsuchte, fand, daß seine Tür geöffnet worden war, bisweilen auch mit Gewalt, in seiner Abwesenheit. Er schrie, ein Übeltäter sei dagewesen. Er betrat die Kammer, und das erste, was er sah, war ein auf einem Möbel vergessenes Goldstück. Der unsichtbare Übeltäter war Vater Madeleine.

Er war umgänglich und traurig. Das Volk sagte: »Das ist ein reicher Mann, der nicht stolz aussieht. Ein glücklicher Mann, der nicht zufrieden scheint.«

Etliche erklärten ihn für eine mysteriöse Persönlichkeit und beteuerten, sein Zimmer, in das niemand eingelassen werde, sei eine wahre Büßerzelle, ausgestattet mit geflügelten Sanduhren und verziert mit über Kreuz aufgehangenen Schienbeinknochen und Totenköpfen. Das machte die Runde, und so kamen ein paar elegante und boshafte junge Frauen von Montreuil-sur-Mer eines Tages zu ihm und sagten: »Herr Bürgermeister, zeigen Sie uns doch Ihr Zimmer! Es soll ja eine Grotte sein« Er lächelte und führte sie auf der Stelle in diese »Grotte«. Sie wurden für ihre Neugier gestraft. In dem Zimmer standen einfache Mahagonimöbel, ziemlich häßlich wie alle derartigen Möbel, und an den Wänden klebten Papiertapeten zu zwölf Sous. Die Damen konnten nichts entdecken als zwei Leuchter von veralteter Form auf dem Kamin, die aus Silber zu sein schienen, denn sie hatten Stempel. Eine Beobachtung ganz im Geist der Kleinstadt.

Dennoch wurde weitererzählt, der Zugang zu diesem Zimmer sei verboten, es sei eine Einsiedlerhöhle, das Gemach eines Träumers, ein Loch, ein Grab.

Man raunte sich auch zu, er habe »ungeheure« Summen bei Laffitte deponiert, und zwar so, daß er darüber stets verfügen könne. Herr Madeleine habe das Recht, ergänzte man, eines Morgens zu Laffitte zu kommen, eine Quittung zu unterschreiben und binnen zehn Minuten seine zwei oder drei Millionen mitzunehmen. In Wirklichkeit schmolzen, wie bereits festgestellt, diese zwei bis drei Millionen auf sechshundertdreißig- oder -vierzigtausend Francs zusammen.

Zu Beginn des Jahres 1821 meldeten die Zeitungen den Tod des Herrn Myriel, des Bischofs von Digne, »mit dem Beinamen Gnaden Bienvenu«, der im Ruf der Heiligkeit im Alter von zweiundachtzig Jahren dahingeschieden war. Der Bischof war, um eine von den Zeitungen übersehene Einzelheit zu erwähnen, seit mehreren Jahren blind, ohne sich über den Verlust des Augenlichts zu beklagen, da seine Schwester bei ihm lebte.

Nebenbei bemerkt, blind sein und geliebt werden ist auf dieser Erde, auf der nichts vollkommen ist, tatsächlich eine der sonderbarsten und auserlesensten Formen des Glücks. Ständig ein reizendes Geschöpf zur Seite haben, eine Frau, ein Mädchen, eine Schwester, die da ist, weil du sie brauchst und weil sie nicht auf dich verzichten kann, sich der unentbehrlich wissen, ohne deren Hilfe wir nicht zurechtkommen, immer ihre Zuneigung an dem Maß ihrer Gegenwärtigkeit ermessen und sich sagen können: Weil sie mir ihre ganze Zeit widmet, gehört mir ihr ganzes Herz, anstelle des Antlitzes den Gedanken sehen, die Treue eines Wesens in der verfinsterten Welt erfahren, in der das Rascheln eines Kleides an das Rauschen von Flügeln gemahnt, dieses Wesen hin und her gehen, hinauslaufen, hereinkommen, sprechen und singen hören, denken, man sei der Mittelpunkt dieser Schritte, dieser Stimme, dieses Gesangs, jeden Augenblick den Beweis für die eigene Anziehungskraft erbringen, sich um so stärker fühlen, je gebrechlicher man ist, in der Dunkelheit und durch sie der Stern werden, um den dieser Engel kreist – wenige Glückseligkeiten kommen dem gleich. Das größte Glück im Leben ist die Überzeugung, geliebt zu werden, geliebt um seinetwillen, oder besser gesagt, nichtsdestotrotz. Und diese Überzeugung hat der Blinde. In solcher Not Hilfe erhalten, heißt liebkost werden. Fehlt ihm etwas? Nein. Er hat nicht das Augenlicht verloren, sondern die Liebe bekommen. Und was für eine Liebe! Eine Liebe ganz aus Tugend. Es gibt keine Blindheit, wo Gewißheit besteht. Die tastende Seele sucht die Seele und findet sie. Und diese gefundene und bewiesene Seele ist eine Frau. Eine Hand hält dich, es ist die ihre. Ein Mund streift deine Stirn, es ist ihr Mund. Du hörst jemanden ganz in deiner Nähe atmen, das ist sie. Alles bekommst du von ihr, von ihrer Verehrung bis zu ihrem Mitleid, nie wirst du verlassen, diese süße Schwäche steht dir bei, auf dieses unbeugsame Schilfrohr stützt du dich, mit deinen Händen berührst du die Vorsehung und kannst sie in deine Arme schließen. Gott mit Händen greifbar, was für ein Entzücken! Das Herz, die himmlische, verborgene Blume, blüht geheimnisvoll auf. Dieses Dunkel wiegt alles Licht der Welt auf. Die engelhafte Seele ist da, immerfort da. Wenn sie sich entfernt, so nur, um zurückzukehren. Sie entschwindet wie der Traum und erscheint wieder wie die Wirklichkeit. Wärme kommt näher, sie ist es. Du fließt über von Heiterkeit, Fröhlichkeit und Verzückung, du leuchtest in der Nacht. Und tausend Aufmerksamkeiten. Kleinigkeiten, die in dieser Leere ungemein wichtig sind. Unsägliche Töne der Frauenstimme, die dich einwiegen und dir das verschwundene Universum ersetzen. Die Seele liebkost dich. Du siehst nichts, doch du fühlst dich innig geliebt. Das ist ein Paradies der Finsternis.

Aus diesem Paradies war Gnaden Bienvenu in das andere eingegangen.

Die Nachricht von seinem Tod wurde in dem Lokalblatt von Montreuil-sur-Mer abgedruckt. Am Tag danach erschien Herr Madeleine ganz in Schwarz, mit einem Trauerflor am Hut.

In der Stadt fiel diese Trauer auf, und man klatschte darüber. Sie schien die Herkunft von Herrn Madeleine zu erhellen, und man schloß daraus, er sei mit dem ehrwürdigen Bischof irgendwie verbunden. »Er behängt sich mit schwarzem Tuch wegen des Bischofs von Digne«, lästerten die Salons. Das erhöhte Herrn Madeleine sehr, und man zollte ihm plötzlich und ohne Verzug in der vornehmen Welt von Montreuil-sur-Mer eine gewisse Achtung. Das mikroskopisch kleine Saint-Germain-Viertel des Ortes erwog die Aufhebung der Quarantäne über den Bürgermeister, der offenbar mit einem Bischof verwandt war. Herr Madeleine erriet seine Beförderung aus dem tieferen Nicken der alten Frauen, wenn sie ihm für seinen Gruß dankten, und dem beflisseneren Lächeln der jungen. Eines Abends wagte eine Seniorin dieser kleinen großen Welt, auf Neuigkeiten erpicht, mit dem Recht des Alters ihn zu fragen: »Herr Bürgermeister sind wohl ein Vetter des verblichenen Bischofs von Digne?«

Er sagte: »Nein, gnädige Frau.«

»Aber«, erwiderte die Seniorin, »Sie trauern um ihn?«

Er antwortete: »In meiner Jugend war ich Diener in seiner Familie.«

Beobachtet wurde übrigens noch, daß jedesmal, wenn ein Savoyardenknabe, der die Gegend ablief und sich anbot, Schornsteine zu fegen, die Stadt passierte, der Herr Bürgermeister ihn rufen ließ. Er fragte ihn nach seinem Namen und gab ihm Geld. Die kleinen Savoyarden sagten das einander, und so kamen viele durch die Stadt.

Wetterleuchten am Horizont

Allmählich, im Laufe der Zeit, war alle Opposition verstummt. Zuerst regten sich, nach dem Gesetz, dem Aufsteigende immer unterworfen sind, gegen Herrn Madeleine Heimtücke und Verleumdung, dann blieben nur Bosheiten zurück, dann nur noch Spötteleien, und dann verschwanden auch sie gänzlich. Der Respekt wurde vorbehaltlos, einstimmig, herzlich, und so nahte gegen 1821 der Augenblick, in dem die Worte: »Der Herr Bürgermeister« in Montreuil-sur-Mer fast im gleichen Ton ausgesprochen wurden wie 1815 in Digne die Worte: »Seine Gnaden der Herr Bischof.« Man kam von zehn Meilen im Umkreis herbei, Rat von Herrn Madeleine zu erbitten. Er schlichtete Hader, verhinderte Prozesse, söhnte Feinde aus. Jeder rief ihn als Richter seines guten Rechtes an. Es war, als seien in seiner Seele die Satzungen des Naturrechts lebendig. Wie durch Ansteckung erfaßte in sechs oder sieben Jahren, von Ort zu Ort fortschreitend, die Ehrfurcht vor ihm das ganze Land.

Ein einziger Mensch in Stadt und Bezirk wehrte sich mit Härte gegen diese Ansteckung, und was auch Vater Madeleine tat, er widersetzte sich ihm, als sei er wachsam und unruhig aus einem nicht zu bestechenden und nicht zu beirrenden Instinkt heraus. Wie es scheint, tragen gewisse Naturen eine wahrhaft tierische Witterung in sich, die, rein und unantastbar wie jeder Instinkt, die Antipathien und Sympathien verursacht und schicksalhaft eine Natur von einer anderen trennt. Sie zaudert nicht, sie verwirrt sich nicht, sie schweigt nicht und widerruft sich niemals, sie ist klar in ihrer Dunkelheit, unfehlbar, gebieterisch, unzugänglich allen Einflüsterungen der Intelligenz und allen Lösungen durch die Vernunft, und wie auch die Geschehnisse vorbestimmt sein mögen, im geheimen benachrichtigt sie den Menschen, der ein Hund ist, von der Anwesenheit des Menschen, der eine Katze ist, den Menschen-Fuchs von der Gegenwart des Menschen-Löwen.

Oft, wenn Herr Madeleine durch die Straßen ging, ruhig, freundlich, von den Segenswünschen aller umgeben, wandte ein hochgewachsener Mann, mit einem eisengrauen Überrock bekleidet, mit einem dicken Spazierstock bewaffnet, auf dem Kopf einen Hut mit heruntergeschlagener Krempe, sich hinter ihm plötzlich um, folgte ihm mit den Augen, bis er verschwand, kreuzte die Arme, schüttelte langsam den Kopf und rümpfte die obere und mit ihr die untere Lippe bis zur Nase. Diese bezeichnende Grimasse konnte besagen: Aber was ist denn mit dem Menschen los? Ganz sicher habe ich ihn irgendwo gesehen. Na, immer wird er mich nicht hinters Licht führen.

Dieser Mann mit seinem beinahe drohenden Ernst zählte zu denen, die jedem, der ihnen begegnet, auch wenn er sie nur mit einem raschen Blick mißt, zu denken geben. Er hieß Javert und war Polizeibeamter. Er versah in Montreuil-sur-Mer die heikle, aber wichtige Funktion eines Inspektors. Die Anfänge Madeleines hatte er nicht miterlebt. Javert verdankte seine Stellung der Protektion des Herrn Chabouillet, des Sekretärs des Staatsministers Grafen Anglès, der damals Polizeipräfekt in Paris war. Als Javert nach Montreuil-sur-Mer kam, war der große Fabrikant schon vermögend und Vater Madeleine zu Herrn Madeleine geworden.

Gewisse Polizeibeamte haben eine besondere Physiognomie, die ein Zug von Niedertracht, mit einem herrischen Zug vermischt, rätselhaft macht. Javert hatte diesen Gesichtsausdruck, ohne die Niedertracht darin.

Wären die Seelen für die Augen sichtbar, würde man deutlich des seltsamen Spiels innewerden, wodurch jedes Individuum der menschlichen Gattung einer Spezies der Tierwelt entspricht. Und leicht ließe sich diese von den Weisen kaum geahnte Erkenntnis bestätigen, daß von der Auster bis zum Adler, vom Schwein bis zum Tiger alle Tiere in den Menschen sind und jedes Tier in einem von ihnen. Manchmal sogar mehrere zugleich.

Tiere sind nichts anderes als die Gesichter unserer Tugenden und Laster. Als die sichtbaren Schemen unserer Seelen irren sie vor unseren Augen umher. Gott zeigt sie uns, um uns zum Nachdenken zu bringen. Bloß hat Gott die Tiere, da sie nur Schatten sind, nicht im vollen Sinne des Wortes gelehrig erschaffen, wozu auch? Im Gegenteil, unsere Seelen sind Wirklichkeit, haben einen ihnen eigenen Zweck, und so hat Gott ihnen Verstand geschenkt, das heißt die Möglichkeit zur Erziehung. Stets kann die richtige soziale Erziehung aus einer Seele, wie sie auch beschaffen sein mag, die Nützlichkeit herausholen, die in ihr enthalten ist.

Natürlich ist dies lediglich unter dem eingeengten Blickwinkel des wahrnehmbaren irdischen Lebens gültig, ohne daß wir die tiefgründige Frage der früheren und späteren Persönlichkeit der Wesen, die nicht Mensch sind, vorweg entscheiden wollen. Das erkennbare Ich ermächtigt den Denker in keinerlei Weise dazu, das verborgene Ich zu leugnen. Nach diesem Vorbehalt fahren wir fort.

Wenn man jetzt einen Augenblick lang mit uns gelten läßt, daß in jedem Menschen eine Tierart der Schöpfung steckt, fällt es uns leichter, zu sagen, wer der Polizeibeamte Javert war.

Die Bauern in Asturien sind überzeugt, in jedem Wurf einer Wölfin sei ein Hund, den die Mutter tötet, da er sonst, wenn er groß ist, die anderen verschlingen würde. Man gebe diesem Hund, Sohn einer Wölfin, ein Menschenantlitz, und er wird Javert sein.

Javert wurde in einem Gefängnis von einer Kartenlegerin geboren, deren Gatte auf einem Sträflingsschiff war. Als er heranwuchs, glaubte er, er sei ein Außenseiter der Gesellschaft, und hatte keine Hoffnung, je von ihr zugelassen zu werden. Er bemerkte, daß sie sich schonungslos zwei Klassen von Menschen fernhält, ihre Angreifer und ihre Wächter. Nur zwischen diesen beiden Klassen hatte er die Wahl. Er fühlte dabei eine innere Starre, einen Hang zu Regelmäßigkeit und Ehrlichkeit, verstrickt in einen unsagbaren Haß gegen die Rasse der Gesellschaftsfeinde, der er entstammte. Er trat bei der Polizei ein, und es gelang ihm: Mit vierzig Jahren wurde er Inspektor. Während seiner Jugend war er in Südfrankreich an der Aufsicht über die Galeerensträflinge beteiligt gewesen.

Bevor wir fortfahren, wollen wir uns über das Wort »Menschenantlitz« verständigen, das wir soeben im Zusammenhang mit Javert gebraucht haben.

Das Menschenantlitz von Javert lag um eine Stumpfnase mit zwei tiefen Nasenlöchern, zu denen hinauf über die Backen hinweg dichte Bartkoteletten wucherten. Mit Unbehagen sah man das erstemal diese beiden Wälder und diese beiden Höhlungen. Wenn Javert lachte, was selten und fürchterlich war, verzerrten sich seine schmalen Lippen und entblößten nicht nur seine Zähne, sondern auch sein Zahnfleisch, und um seine Nase entstand eine platte, unheimliche Falte wie über dem Maul eines Raubtiers. War er ernst, war Javert eine Dogge, lachte er, ein Tiger. Im übrigen wenig Schädel, viel Kinnlade, das Haar verhüllte die Stirn und fiel auf die Brauen herab. Zwischen den Augen eine zentrale Furche, stetig wie ein Gestirn des Zorns, der Blick finster, der Mund verkniffen und abschreckend, der ganze Ausdruck bis zur Wildheit befehlshaberisch.

Dieser Mensch war aus zwei sehr einfachen und relativ guten Empfindungen zusammengesetzt. Aber er verwandelte sie fast in böse, da er sie übertrieb: Achtung vor der Obrigkeit und Haß gegen die Rebellion; und in seinen Augen waren Diebstahl, Mord, alle Verbrechen nur Bekundungen dieser Rebellion. Er umfing mit blindem und tiefem Glauben alles, was im Staat ein Amt hat, vom ersten Minister bis zum Flurschützen. Mit Verachtung, Abscheu und Ekel bedachte er alles, was einmal die Gesetzesschwelle vor dem Reich des Bösen überschritten hatte. Er war absolut und duldete keine Ausnahmen. Einerseits sagte er: »Der Beamte kann sich nicht täuschen; die Behörde hat immer recht.« Andererseits: »Das sind unheilbar verkommene Subjekte. Nichts Gutes ist von ihnen zu erwarten.«

Voll und ganz teilte er die Ansicht jener maßlosen Geister, die dem menschlichen Gesetz die Macht zuerkennen, Verdammungen auszusprechen oder, wenn man so will, zu bestätigen, und die in der Tiefe der Gesellschaft einen Styx fließen lassen.

Er war stoisch, verdrossen, streng; ein grämlicher Träumer, demütig und hoffärtig wie alle Fanatiker. Sein Blick war eine Schraube, kalt und durchbohrend. Sein ganzer Lebensinhalt lag in den Worten: wachen und überwachen. Er hatte die gerade Linie für die polizeiliche Untersuchung eingeführt, für das Gewundenste, das es gibt. Er war sich seines Wertes bewußt, sein Amt galt ihm als Religion, und er diente als Spion, wie jemand Priester ist. Wehe dem, der ihm in die Hand fiel! Er hätte seinen Vater verhaftet, wollte er aus dem Bagno fliehen, und seine Mutter denunziert, wenn sie dem Polizeibann entwischte. Und das hätte er mit der seelischen Befriedigung getan, die in der Tugend wohnt. Dabei eine Existenz in Entbehrung, Absonderung, Verzicht, Keuschheit; nie eine Entspannung.

Die unerbittliche Pflicht war er, die Polizei aufgefaßt, wie die Spartiaten Sparta auffaßten, ein erbarmungsloser Scherge von ungeselliger Redlichkeit, ein Spitzel aus Marmor, ein Brutus in einem Vidocq.

In seiner ganzen Erscheinung verriet Javert den Mann, der späht und sich im Dunkeln verkriecht. Die mystische Schule von Joseph de Maistre, die damals die Zeitungen der Ultras mit hoher Kosmogonie würzte, hätte nicht verfehlt zu schreiben, Javert sei ein Symbol. Man sah nicht seine Stirn, die sich unter einem Hut versteckte, nicht seine Augen, die sich unter seinen Brauen verloren, nicht sein Kinn, das in seine Krawatte tauchte, nicht seine Hände, die in seine Ärmel zurückglitten, nicht seinen Stock, den er unter der Achselpartie seines Rockes trug. Jedoch bei gegebenem Anlaß sah man plötzlich aus dieser Schattenfigur wie aus einem Hinterhalt eine eckige, enge Stirn hervortreten, einen verhängnisvollen Blick, ein drohendes Kinn, enorme Hände mit einem ungeheuren Knüttel.

In seinen Mußestunden, die nicht häufig waren, las er, obwohl er Bücher haßte, so war ihm die Literatur nicht völlig fremd. Man erkannte das, wenn er sprach, an seinem Pathos.

Wie schon gesagt wurde, hatte er keinerlei Laster. Wenn er sich selbst genügte, leistete er sich eine Prise Schnupftabak. Damit entrichtete er der Menschheit seinen Tribut.

Es ist zu begreifen, daß Javert der Schrecken der gesamten Klasse war, die in der Jahresstatistik des Ministeriums der Justiz unter der Rubrik »Menschen ohne Beruf« verzeichnet ist. Wurde der Name Javert ausgesprochen, war die Wirkung zerrüttend. Zeigte sich Javerts Gesicht, waren diese Menschen wie versteinert.

So war dieser fürchterliche Mann.

Er war wie ein Auge, das sich immerzu an Herrn Madeleine heftete. Ein Auge des Verdachts und der Mutmaßungen. Herrn Madeleine entging das zuletzt nicht mehr; aber es schien, daß er sich nichts daraus machte. Er stellte nicht einmal eine Frage an Javert, weder suchte noch mied er ihn, er ließ diesen lästigen und fast wuchtenden Blick gleichgültig auf sich ruhen. Er behandelte Javert wie jeden, ungezwungen und gütig.

Aus einigen Andeutungen, die Javert entschlüpften, ergab sich, daß er geheim, mit der Neugier, die ein Rassenerbe war und in der sich ebensosehr sein Instinkt äußerte wie sein Wille, alle Spuren der Vergangenheit, die Vater Madeleine anderswo hatte hinterlassen können, durchforscht hatte. Er schien erfahren zu haben und sagte es mitunter in verdeckten Worten, es habe einer gewisse Erkundigungen in einem gewissen Lande über eine gewisse verschollene Familie eingezogen. In einem Selbstgespräch sagte er: »Ich glaube, ich habe ihn.« Dann schwieg er drei Tage, in Gedanken versunken. Der Faden, den er zu halten meinte, schien gerissen zu sein.

Übrigens, und hier sei die zu absolute Bedeutung gewisser Wörter abgeschwächt, gibt es nichts wirklich Unfehlbares in einem menschlichen Wesen, und genau das ist das Eigentümliche am Instinkt, daß er unsicher, irregeführt und von der Spur abgebracht werden kann. Sonst wäre er dem Verstand überlegen, und das Tier besäße größere Geistesgaben als der Mensch.

Durch die gänzliche Natürlichkeit und Gelassenheit von Herrn Madeleine war Javert offenbar ein wenig aus dem Konzept geraten. Eines Tages indes blieb sein sonderbares Benehmen wohl nicht ohne Eindruck auf Herrn Madeleine.

Vater Fauchelevent

Eines Morgens schritt Herr Madeleine durch eine nicht gepflasterte Gasse von Montreuil-sur-Mer. Er hörte Lärm und sah in einiger Entfernung eine Gruppe. Er ging hin. Ein alter Mann, der Vater Fauchelevent, war unter seinen Karren gefallen, dessen Pferd gestürzt war.

Dieser Fauchelevent zählte zu den wenigen Feinden, die Herr Madeleine in jener Zeit noch hatte. Als Madeleine in das Land kam, betrieb Fauchelevent, ein ehemaliger Gerichtsschreiber, ein Bauer nicht ohne Kenntnisse, einen Handel, der schlecht zu gehen begann. Fauchelevent hatte gesehen, wie dieser einfache Arbeiter reich wurde, indes er, der ein Herr war, sich ruinierte. Das hatte ihn mit Eifersucht erfüllt, und er hatte bei jeder Gelegenheit getan, was er konnte, um Madeleine zu schaden. Dann hatte der Bankrott ihn betroffen, und alt, nur noch im Besitz eines Karrens und eines Pferdes, dabei ohne Familie, ohne Kinder, war er, sein Leben zu fristen, Fuhrmann geworden.

Das Pferd hatte die beiden Hinterbeine gebrochen und

konnte nicht aufstehen. Der Greis lag zwischen die Räder eingezwängt. Der Sturz war so unglücklich gewesen, daß der ganze Wagen ihm die Brust beschwerte. Der Karren war ziemlich beladen. Vater Fauchelevent stöhnte kläglich. Man hatte versucht, ihn herauszuziehen, vergebens. Eine planlose Anstrengung, eine ungeschickte Hilfe, ein Stoß an falscher Stelle konnte sein Tod sein. Es war unmöglich, ihn anders zu befreien, als daß man den Karren von unten anhob. Javert, der im Augenblick des Unfalls dazugekommen war, hatte nach einer Wagenwinde geschickt.

Herr Madeleine erschien. Achtungsvoll trat man zur Seite.

»Hilfe!« rief der greise Fauchelevent. »Wer ist ein gutes Kind und rettet den Alten?«

Herr Madeleine wandte sich an die Zuschauer. »Ist eine Winde da?«

»Es ist wer eine holen gegangen«, erwiderte ein Bauer.

»Bis wann wird sie da sein?«

»Sie wird aus nächster Nähe geholt, aus der Ortschaft Flachot, dort ist ein Hufschmied. Aber eine volle Viertelstunde weit ist es doch.«

»Eine Viertelstunde!« rief Madeleine.

Es hatte am Vorabend geregnet, der Boden war aufgeweicht, der Karren versank tiefer und tiefer in der Erde und preßte immer mehr die Brust des alten Fuhrmanns zusammen. Es war augenscheinlich, daß er in weniger als fünf Minuten zerquetschte Rippen haben würde.

»Wir können keine Viertelstunde warten«, sagte Madeleine zu den gaffenden Bauern.

»Wir müssen aber!«

»Soviel Zeit wird nicht mehr sein! Seht ihr denn nicht, wie der Karren einsinkt?«

»Verdammt!«

»Hört zu«, begann Madeleine wieder. »Unter dem Wagen ist noch Platz genug für einen Mann, der daruntergleitet und ihn mit seinem Rücken hebt. Nur eine halbe Minute, und der Arme ist herausgezogen. Ist einer da, der ein festes Kreuz hat und Mut? Fünf Louisdor sind zu verdienen.«

Niemand in der Gruppe rührte sich.

»Zehn Louis«, sagte Herr Madeleine.

Die Umstehenden schlugen die Augen nieder. »Da muß einer verteufelt stark sein«, murmelte man. »Wer's tut, riskiert, daß es ihn zermalmt.«

»Also«, fiel Madeleine ein, »zwanzig Louis!«

Noch immer Schweigen. »An gutem Willen fehlt es ihnen nicht«, sagte eine Stimme. Herr Madeleine drehte sich um und erkannte Javert. Er hatte ihn, als er ankam, nicht bemerkt.

Javert fuhr fort: »Es ist die Kraft. Das muß schon ein Mann zum Fürchten sein, der einen Wagen so auf seinem Rücken heben kann.« Er starrte Herrn Madeleine ins Gesicht. Und dann sagte er, jedes Wort, das er sprach, betonend: »Herr Madeleine, nur einen einzigen Menschen weiß ich, der dessen fähig wäre, was Sie verlangen.«

Madeleine zitterte.

In scheinbarem Gleichmut, aber ohne daß er abließ, Madeleine durchdringend zu beobachten, fügte Javert hinzu: »Es war ein Sträfling.«

»Ach«, sagte Madeleine.

»Aus dem Bagno in Toulon.«

Madeleine erbleichte.

Indessen versank, langsam rutschend, der Karren. Vater Fauchelevent ächzte und heulte: »Ich ersticke! Meine Rippen knacken! Eine Winde! Irgendwas! Ah!«

Madeleines Augen gingen hin und her. »Also will niemand zwanzig Louis verdienen und dem armen Alten das Leben retten?«

Keiner der Anwesenden regte sich. »Nie habe ich einen Menschen gekannt«, begann wiederum Javert, »der eine Winde zu ersetzen imstande war, als jenen Sträfling.«

»Ach, ich bin schon ganz zerschmettert«, jammerte der Greis.

Madeleine sah auf, sein Blick maß sich mit dem Falkenblick Javerts, der sich noch immer nicht von ihm löste. Er betrachtete die unbeweglichen Landleute und lächelte traurig. Dann kniete er, ohne ein Wort zu reden, nieder, und bevor die Menge Zeit gehabt hatte, auch nur aufzuschreien, lag er unter dem Wagen.

Es gab einen beängstigenden Moment der Spannung und der Stille.

Man sah Madeleine, fast bäuchlings unter dieser erschreckenden Last, zweimal umsonst seine Ellbogen an seine Knie heranschieben. Man rief ihm zu: »Vater Madeleine! Klettern Sie wieder raus!« Der alte Fauchelevent sogar sagte zu ihm: »Herr Madeleine! Gehen Sie! Ich soll sterben, Sie sehen das doch! Lassen Sie mich! Der Karren wird Sie auch zermalmen!« Madeleine antwortete nicht.

Die Zuschauer keuchten. Die Räder hatten sich wieder gesenkt, und es war fast ausgeschlossen, daß Madeleine unter dem Wagen hervorkam. Plötzlich sah man die ungeheure Masse erschüttert wanken, langsam hob sich der Karren, die Räder tauchten halb aus der Erdrinne empor. Man hörte eine Stimme atemlos rufen: »Eilt euch! Helft!« Madeleine hatte einen letzten Ruck getan.

Sie rannten herzu. Der Opfersinn eines einzigen hatte allen Kraft und Mut gegeben. Der Karren wurde von zwanzig Armen hochgestemmt. Der alte Fauchelevent war gerettet.

Madeleine richtete sich auf. Er war blaß, obzwar von Schweiß überströmt. Seine Kleider waren zerrissen und mit Schmutz bedeckt. Alle weinten. Der Alte küßte ihm die Knie und nannte ihn den lieben Gott. Er hatte auf seinem Antlitz einen Ausdruck beglückten und himmlischen Leidens, und ruhig traf sein Auge Javert, der ihn noch immer anstarrte.

Fauchelevent wird Gärtner in Paris

Fauchelevent hatte sich bei seinem Fall die Kniescheibe verletzt. Vater Madeleine ließ ihn in ein Spital transportieren, das er für seine Arbeiter in dem Fabrikgebäude selbst eröffnet hatte und in dem zwei barmherzige Schwestern pflegten. Am Morgen danach fand der Greis auf dem Nachttisch eine Tausendfrancsnote und dazu ein Wort von der Hand des Vaters Madeleine: »Ich kaufe Ihnen Ihren Karren und Ihr Pferd ab.« Der Karren war zerbrochen, das Pferd tot. Fauchelevent genas, aber sein Knie blieb steif. Mit Empfehlungen der Schwestern und seines Pfarrers ließ Herr Madeleine den guten Mann als Gärtner in einem Frauenkloster im Viertel Saint-Antoine in Paris unterbringen.

Einige Zeit später wurde Herr Madeleine zum Bürgermeister ernannt. Als Javert ihn zum erstenmal mit der Schärpe geschmückt sah, die ihm alle Autorität in der Stadt verlieh, empfand er eine Art Schauder, wie ihn eine Dogge empfinden würde, die unter dem Rock ihres Herrn einen Wolf wittert. Von diesem Tag an mied er ihn, soweit er sich das erlauben konnte. Wenn Notwendigkeiten des Dienstes es unumgänglich machten, wenn sie ihn zwangen, dem Herrn Bürgermeister zu begegnen, sprach er ehrerbietig mit ihm.

Der Wohlstand, den Vater Madeleine in Montreuil-sur-Mer schuf und auf dessen sichtbare Zeichen hingewiesen wurde, trat in noch einem Symptom hervor, das, wenn auch nicht sichtbar, sehr wesentlich war. Es trügt nie. Wenn die Bevölkerung leidet, wenn es an Arbeit mangelt, wenn der Handel gleich Null ist, widersetzt sich der Steuerpflichtige aus Geldnot, er erschöpft die Aufschubfristen und überschreitet sie, und der Staat gibt große Summen an Zwangsvollstreckungs- und Einkassierungskosten aus. Wenn Arbeit im Überfluß da ist, wenn das Land glücklich und reich ist, wird die Steuer leicht gezahlt und kostet den Staat wenig. Man kann sagen, daß Elend und Reichtum des Volkes sich von einem unbeirrbaren Thermometer ablesen lassen, den Kosten für die Eintreibung der Steuern. Zu jener Zeit hatten sie sich im Bezirk Montreuil-sur-Mer um drei Viertel verringert, so daß dieser Bezirk häufig vor allen anderen durch Herrn von Villèle, den damaligen Finanzminister, zitiert wurde.

So waren die Verhältnisse in der Gegend, als Fantine zurückkehrte. Niemand erinnerte sich ihrer, zum Glück winkte das Tor der Fabrik Herrn Madeleines wie ein Freundesgesicht. Sie meldete sich dort und wurde in die Frauenwerkstatt aufgenommen. Das Gewerbe war für Fantine völlig neu, sie konnte darin nicht gewandt sein, ihr täglicher Arbeitslohn war also niedrig, aber er reichte hin. Das Problem war bewältigt, sie konnte davon leben.

Frau Victurnien gibt fünfunddreißig Francs für die Moral aus

Als Fantine sah, daß sie lebte, war sie eine Zeitlang eitel Freude. Ehrbar von ihrer Arbeit leben, welche Gnade des Himmels! Sie fand wieder richtig Geschmack an der Arbeit. Sie kaufte sich einen Spiegel, ergötzte sich, ihre Jugend darin zu betrachten, ihr schönes Haar und ihre schönen Zähne, vergaß vieles, dachte nur noch an ihre Cosette und die mögliche Zukunft und war nahezu glücklich. Sie mietete ein kleines Zimmer und nahm die Möbel auf Kredit gegen die von ihr noch zu leistende Arbeit. Das war ein Rest ihrer Gewohnheiten aus den Tagen der Unordnung.

Da sie nicht sagen durfte, sie sei verheiratet, hatte sie sich wohl gehütet, von ihrer kleinen Tochter zu sprechen. In diesen Anfängen zahlte sie den Thénardiers pünktlich. Da sie nur unterzeichnen konnte, mußte sie ihre Briefe durch einen öffentlichen Schreiber anfertigen lassen. Sie schrieb oft. Das fiel auf. Man begann in der Frauenwerkstatt zu flüstern, Fantine »schreibe Briefe« und sei eine »eingebildete Person«.

Niemand belauert das, was die Menschen tun, so wie die Unbefugten. Warum kommt der oder jener immer erst in der Abenddämmerung? Warum hängt der und der seinen Schlüssel am Donnerstag nie an den Nagel? Warum geht er immer durch die kleinen Gassen? Warum steigt die oder die Dame immer aus ihrer Droschke, ehe sie vor ihrem Hause anlangt? Warum schickt sie in den Laden und läßt ein Heft Briefpapier kaufen, wenn sie »die Mappe voll« hat? Es gibt Wesen, die, um diesen Rätseln nachzuforschen, obwohl sie sie überhaupt nichts angehen, mehr Geld ausgeben, mehr Zeit verschwenden, mehr Mühe entfalten, als sie für zehn gute Handlungen brauchten; und zwar umsonst, nur zum Vergnügen, ohne von der Neugier anders belohnt zu werden als durch die Neugier. Sie werden diesem Herrn und dieser Frau ganze Tage folgen, stundenlang an Straßenecken, unter Türen zu Hinterfluren Wache halten, in der Nacht, bei Kälte und Regen. Sie werden Dienstmänner bestechen, Droschkenkutscher und Lakaien betrunken machen, eine Zofe kaufen, einen Portier besolden. Wozu? Für nichts. Nur aus Versessenheit, zu sehen, zu wissen, sich einzudrängen. Aus reinem Klatschgelüst. Und oft ziehen diese bekannten Geheimnisse, diese Mysterien, die keine sind, diese aufgehellten Rätsel des lichten Tages Katastrophen nach sich, Duelle, Bankrotte, den Ruin von Familien, die Vernichtung von Existenzen, zum großen Behagen derer, die, ohne Interesse und nur einem Trieb gehorchend, »alles aufgedeckt« haben. Betrüblich.

Gewisse Leute sind boshaft, einzig und allein aus dem Bedürfnis heraus, zu reden. Mit ihrem Gespräch, Plauderei im Salon, Klatsch im Vorzimmer, verhält es sich wie mit jenen Kaminen, in denen das Holz zu schnell verbrennt. Sie brauchen viel Heizmaterial, und das Heizmaterial ist der Nächste.

Man beobachtete also Fantine. Dabei beneidete mehr als ein Weib sie um ihre blonden Haare und ihre weißen Zähne. Man stellte fest, daß sie in der Werkstatt, inmitten der anderen, sich oft abwandte, um eine Träne abzuwischen. Das waren die Momente, in denen sie an ihr Kind dachte. Vielleicht auch an den Mann, den sie geliebt hatte. Es kostet eine schmerzliche Überwindung, die düstere Bindung an Vergangenes zu zerreißen.

Man ermittelte, daß sie wenigstens zweimal im Monat an dieselbe Adresse schrieb und den Brief frankierte. Es gelang, die Adresse zu beschaffen: Herrn Thénardier, Gasthofswirt in Montfermeil. Man brachte den öffentlichen Briefschreiber zum Schwatzen, einen alten Biedermann, der sich den Magen nicht mit Rotwein füllen konnte, ohne seine Tasche mit den Geheimnissen zu leeren. Kurz, man erfuhr, daß Fantine ein Kind hatte. Sie mußte etwas wie eine Dirne sein. Es fand sich eine Gevatterin, die sich der Reise nach Montfermeil unterzog, mit den Thénardiers sprach und, als sie zurückkehrte, sagte: »Für meine fünfunddreißig Francs bin ich jetzt ganz im klaren. Ich habe das Kind gesehen.«

Diese Gevatterin war eine Gorgone namens Victurnien, Hüterin und Portiersfrau der Tugend von aller Welt. Frau Victurnien war sechsundfünfzigjährig und trug über der Maske ihrer Häßlichkeit die Maske ihres Alters. Eine meckernde Stimme, der Geist einer Ziege. Diese alte Frau war erstaunlicherweise jung gewesen. In ihrer Jugend, genau im Jahre 1793, heiratete sie einen Mönch, der, die rote Mütze auf dem Kopf, dem Kloster entwichen, von den Bernhardinern zu den Jakobinern hinübergewechselt hatte. Sie war trocken, widerwärtig, störrisch, spitz, stachlig, fast giftig; alles in der Erinnerung an ihren Mönch, dessen Witwe sie war und der sie gehörig gebändigt und krummgebogen hatte. Sie war eine Nessel, der man die zerknitterte Mönchskutte, die ihr Seliger abgeworfen hatte, noch anmerkte. Unter der Restauration war sie eine Frömmlerin geworden, mit solcher Zähigkeit, daß ihr die Priester ihren Mönch nicht verargten. Sie hatte ein kleines Vermögen, das sie mit Geräusch einer religiösen Gemeinschaft vermachte. Im Bischofspalast in Arras schätzte man sie. Frau Victurnien ging also nach Montfermeil, kam wieder und sagte: »Ich habe das Kind gesehen.«

All das dauerte seine Zeit. Fantine war seit einem Jahr in der Fabrik, als eines Morgens die Frau, die in der Werkstatt die Aufsicht hatte, ihr vom Herrn Bürgermeister aus fünfzig Francs gab, wobei sie ihr mitteilte, die Werkstatt sei für sie versperrt. Vom Herrn Bürgermeister aus befahl sie ihr, den Bezirk zu verlassen.

In ebendiesem Monat hatten die Thénardiers, nachdem sie zwölf Francs statt sieben von ihr begehrt hatten, ihr fünfzehn statt zwölf abgefordert.

Fantine brach zusammen. Sie konnte aus der Gegend nicht weg, sie war ihre Miete und das Geld für ihre Möbel schuldig. Fünfzig Francs genügten nicht, um diese Schuld zu tilgen. Sie stammelte ein paar flehentliche Worte. Die Aufseherin bedeutete ihr, sie habe die Werkstatt gleich zu räumen. Im übrigen war sie nur eine mäßige Arbeiterin. Von Scham noch mehr als von Verzweiflung niedergeschlagen, ging sie. Sie betrat ihr Zimmer. So war denn ihre Verfehlung in aller Munde.

Sie fühlte nicht die Kraft in sich, ein Wort zu sagen. Man riet ihr, den Herrn Bürgermeister aufzusuchen; sie wagte es nicht. Der Herr Bürgermeister gab ihr fünfzig Francs, weil er gut war, und verjagte sie, weil er gerecht war. Der Last dieses Spruches erlag sie.

Die Witwe des Mönchs war mithin zu etwas nutze.

Herr Madeleine wußte nichts von alledem. Solche Verflechtungen von Geschehnissen weist das Leben vielfach auf. Herr Madeleine war gewohnt, sich fast nie in der Frauenwerkstatt zu zeigen. Er hatte an die Spitze dieser Werkstatt ein altes Mädchen gestellt, das ihm der Pfarrer empfohlen hatte, und er setzte volles Vertrauen in diese Aufseherin, eine wahrhaft achtbare, willensfeste, gerechte, untadelige Person. Sie war von der Nächstenliebe erfüllt, die im Geben besteht, aber nicht im selben Maße von der Nächstenliebe des Verständnisses und der Verzeihung. Herr Madeleine verließ sich in allem auf sie. Die besten Menschen sind oft genötigt, ihre Autorität auf andere Schultern zu legen. Mit dieser Vollmacht und in der Überzeugung, daß sie das Rechte tat, hatte die Aufseherin den Prozeß eingeleitet, Fantine zur Verantwortung gezogen, abgeurteilt und hingerichtet. Die fünfzig Francs hatte sie einer Summe entnommen, die Herr Madeleine ihr für Almosen und Unterstützung von Arbeiterinnen eingehändigt hatte und worüber sie mit ihm nicht abrechnete.

Fantine bot sich in der Umgegend als Magd an. Sie ging von Haus zu Haus. Niemand wollte sie. Sie hatte die Stadt nicht verlassen können. Der Trödler, dem sie das Geld für ihre Möbel schuldete – und wie klägliche Möbel! –, hatte zu ihr gesagt: »Wenn Sie ausrücken, lasse ich Sie als Diebin verhaften.« Der Vermieter, dem sie ihre Miete schuldete, hatte gesagt: »Sie sind jung und hübsch, Sie können zahlen.« Sie zahlte je eine Hälfte der fünfzig Francs dem Hausbesitzer und dem Trödler, gab diesem drei Viertel ihres Mobiliars wieder, behielt nur das Unentbehrliche und sah sich ohne Arbeit, ohne Beruf, hatte nur noch ihr Bett und schuldete noch etwa hundert Francs.

Sie begann grobe Hemden für die Soldaten der Garnison zu nähen und verdiente täglich zwölf Sous. Für ihre Tochter hatte sie zehn aufzubringen. In diesem Moment fing sie an, den Thénardiers schlecht zu zahlen.

Indes lehrte sie eine alte Frau, die ihr ihre Kerze anzündete, wenn sie abends heimkam, die Kunst, im Elend zu leben. Auf ein Leben von wenigem folgt das Leben von nichts. Es ist, als wären da zwei Zimmer; das erste ist dunkel, das zweite ist schwarz.

Fantine lernte, wie man im Winter ganz das Feuer entbehren kann, wie man auf einen Vogel verzichtet, der alle zwei Tage für einen Heller Hirse schluckt, wie man den Unterrock als Bettdecke verwendet und die Bettdecke als Unterrock, wie man, seine Kerze zu schonen, bei dem Licht aus dem Fenster gegenüber seine Mahlzeit verzehrt. Man ahnt nicht, was alles schwache Geschöpfe, die in Dürftigkeit und Ehrbarkeit altern, aus einem Sou zu machen fähig sind. Das wird nach und nach zu einer besonderen Begabung. Fantine erwarb dieses kostbare Talent und faßte wieder etwas Mut.

In dieser Zeit sagte sie zu einer Nachbarin: »Bah! Ich meine, wenn ich nur fünf Stunden schlafe und den Rest der Nacht und tagsüber nähe, verdiene ich mir immerhin mein Brot. Und wenn man traurig ist, hat man nicht viel Hunger. Nun, Leiden, Sorgen, ein bißchen Brot auf der einen, Kummer auf der anderen Seite, das alles wird mich ernähren.«

Ihre kleine Tochter bei sich zu haben wäre ein unvergleichliches Glück für sie gewesen. Sie dachte daran, sie kommen zu lassen. Aber was! Um ihre Not mit ihr zu teilen? Und dann, sie war Schuldnerin der Thénardiers. Wie sollte sie sie bezahlen? Und die Reise! Woher das Geld für die Fahrt nach Montfermeil?

Die Alte, die ihr sozusagen Lektionen im kargen Leben gegeben hatte, war eine heilige Jungfer namens Marguerite, fromm in aufrichtiger Frömmigkeit, arm, mildtätig zu den Armen und sogar zu Reichen, des Schreibens gerade soweit kundig, um »Margeritte« zu unterzeichnen, und gottgläubig, was höchstes Wissen ist.

Es gibt unten viele solcher Tugenden. Eines Tages werden sie oben sein. Dieses Leben hat ein Morgen.

Zuerst hatte Fantine sich so geschämt, daß sie sich aus

ihrer Stube nicht hinaustraute. Wenn sie auf der Straße war, erriet sie, daß man sich nach ihr umdrehte und mit dem Finger auf sie zeigte. Alle Menschen sahen sie an, und niemand grüßte sie. Die bittere und kalte Verachtung der Passanten ging ihr durch Leib und Seele wie ein eisiger Wind.

In kleinen Städten scheint eine Unglückliche nackt unter Hohn und Neugier aller zu wandeln. In Paris kennt einen wenigstens niemand, und dieses Unbekanntsein schützt wie ein Gewand. Oh! Wie sehr hätte sie nach Paris zu kommen gewünscht! Es war nicht möglich.

So mußte sie sich an die Mißachtung gewöhnen, wie sie sich an die Bedürfnislosigkeit gewöhnt hatte. Allmählich entschloß sie sich dazu. Nach zwei oder drei Monaten schüttelte sie die Scham ab und ging aus, als wäre nichts. »Es ist mir egal«, sagte sie. Sie spazierte auf und ab, Kopf hoch, mit einem bitteren Lächeln, und fühlte, daß sie schamlos wurde.

Frau Victurnien sah sie manchmal von ihrem Fenster aus vorbeigehen, bemerkte die Not dieser »Kreatur«, die dank ihrer »an ihren Platz verwiesen« war, und zollte sich selbst Beifall. Die Bösen haben ein finsteres Glück.

Das Übermaß an Arbeit strengte Fantine an, und ihr trockenes Hüsteln verschlimmerte sich. Bisweilen sagte sie zu Marguerite, ihrer Nachbarin: »Fassen Sie doch meine Hände, wie heiß sie sind!« Am Morgen jedoch, wenn sie mit einem alten, zerbrochenen Kamm ihr schönes Haar kämmte, das wie weiche Seide glänzte, hatte sie eine Minute froher Koketterie.

Der Abstieg

Sie war gegen Ende des Winters entlassen worden. Der Sommer verstrich, aber der Winter kam wieder. Kurze Tage, weniger Arbeit. Im Winter gibt es keine Wärme, kein Licht, keinen Mittag, der Abend berührt sich mit dem Morgen. Nebel, Dämmerung, das Fenster ist grau, man sitzt dabei, ohne deutlich zu sehen. Der Himmel ist ein unterirdisches

Verlies, der Tag ein Keller, die Sonne armselig. Es ist eine gräßliche Jahreszeit. Der Winter verwandelt das Wasser des Himmels und das menschliche Herz in Stein. Fantine wurde von ihren Gläubigern gequält. Ihr Verdienst war zu gering. Ihre Schulden hatten sich vergrößert. Die Thenardiers, denen sie schlecht zahlte, schrieben ihr jeden Augenblick Briefe, über deren Inhalt sie untröstlich war und deren Porto sie ruinierte. Eines Tages schrieben sie ihr, in der Kälte sei ihre kleine Cosette splitternackt, sie brauche einen wollenen Rock, und dazu müsse die Mutter mindestens zehn Francs schicken. Sie empfing den Brief und zerknüllte ihn den ganzen Tag in ihren Händen. Abends trat sie in einen Friseurladen an der Straßenecke und nahm den Kamm aus ihrem wunderbaren Haar. Es fiel ihr bis an die Hüfte.

»Die schönen Haare«, rief der Friseur.

»Was würden Sie mir dafür geben?« fragte sie.

»Zehn Francs.«

»Schneiden Sie sie ab!«

Sie kaufte einen gestrickten Rock und sandte ihn den Thenardiers. Der Rock entfachte die Wut des Paares. Geld wollten sie. Den Rock schenkten sie Eponine. Die arme Lerche fror wie vorher.

Fantine dachte: Mein Kind hat es nicht mehr kalt. Ich habe es mit meinem Haar bekleidet. Sie setzte sich kleine runde Mützen auf, die ihren geschorenen Kopf verbargen und unter denen sie noch immer hübsch war.

Im Herzen Fantines begann es dunkel zu wühlen. Als sie sah, daß sie sich nicht mehr frisieren konnte, regte sich in ihr Haß gegen alles um sie her. Lange hatte sie die Verehrung aller für Vater Madeleine geteilt. Aber da sie sich immer wieder sagte, er habe sie verjagt und sei die Ursache ihres Unglücks, faßte sie einen Haß auch gegen ihn, ihn ganz besonders. Wenn sie in den Stunden, in denen die Arbeiter vor dem Tor standen, an der Fabrik vorbeiging, gebärdete sie sich, als lache und singe sie.

Eine alte Arbeiterin, die sie so lachen und singen sah, äußerte: »Mit dem Mädchen wird es noch schlecht enden.«

Sie nahm einen Liebhaber, den ersten besten, einen Mann,

den sie nicht liebte, aus Prahlerei, mit Grimm im Herzen. Es war ein elender Mensch, ein zerlumpter Musikant, ein träger Bettler, der sie prügelte und sie verließ, wie sie ihn genommen hatte, voll Überdruß.

Sie betete ihr Kind an. Je mehr sie sank, je mehr sich alles um sie verdüsterte, desto strahlender wurde das Bild des süßen kleinen Engels im Grunde ihrer Seele. Sie sagte sich: Wenn ich reich sein werde, wird meine Cosette bei mir sein; und sie lachte. Der Husten wich nicht von ihr, Schweiß näßte ihr den Rücken.

Eines Tages empfing sie von den Thénardiers einen Brief, der so lautete: »Cosette hat eine Krankheit, die hierzulande verbreitet ist. Frieselfieber nennen sie es. Dagegen werden teure Mittel aus der Apotheke gebraucht. Das reitet uns herein, und wir können nicht mehr bezahlen. Wenn Sie uns nicht binnen acht Tagen vierzig Francs schicken, ist die Kleine tot.«

Sie brach in ein schallendes Gelächter aus und sagte zu ihrer alten Nachbarin: »Ach, die sind gut! Vierzig Francs! Nur vierzig! Das sind zwei Napoleons! Wo soll ich die hernehmen? Sind die dumm, die Bauern!«

Jedoch ging sie auf die Treppe, zu einer Dachluke, und las den Brief ein zweites Mal. Dann stieg sie die Treppe wieder hinab und ging aus, hüpfend, tanzend und noch immer lachend. Jemand, der ihr begegnete, fragte sie: »Was haben Sie, daß Sie so lustig sind?«

Sie erwiderte: »Da haben mir Leute vom Land etwas Blödes geschrieben. Sie verlangen vierzig Francs von mir. Bauern, na eben!«

Als sie über den Platz ging, sah sie eine Menschenmenge, die eine Kutsche von bizarrer Form umgab. Auf dem Verdeck stand ein Mann in rotem Gewand, der hochtrabend redete. Er war ein Jahrmarktsdentist auf Wanderfahrt, ein Gaukler, der dem Publikum ganze Gebisse anbot. Opiate, Pulver und Elixiere.

Fantine mischte sich unter die Gruppe und lachte wie die neben ihr über diese Ansprache, die Argot für das Gesindel und eine bessere Ausdrucksweise für die feine Welt enthielt.

Der Zahnreißer sah das schöne Mädchen lachen und rief plötzlich: »Sie haben hübsche Zähne, Sie, das Fräulein, das lacht. Wenn Sie mir zwei von Ihren Beißerchen geben wollen, zahle ich Ihnen für jedes einen Napoleon in Gold.«

»Was für Beißerchen denn?« fragte Fantine.

»Die Vorderzähne«, entgegnete der Dentist, »die zwei oben.«

»Abscheulich!« rief Fantine.

»Zwei Napoleons!« brummte eine zahnlose Alte in der Nähe. »Hat die ein Glück!«

Fantine entfloh und verstopfte sich die Ohren, um nicht die heisere Stimme des Menschen zu hören, der ihr zuschrie: »Überlegen Sie, meine Schöne, zwei Napoleons, davon haben Sie was. Wenn Sie mögen, kommen Sie heute abend in die Herberge zur ›Silbernen Schiffsbrücke‹. Dort finden Sie mich.«

Fantine ging heim, sie war wütend und erzählte die Sache ihrer guten Nachbarin Marguerite: »Verstehn Sie das? Das ist doch ein nichtswürdiger Mensch! Und so was läuft frei herum! Mir zwei Vorderzähne ausreißen! Ich sähe ja grauenhaft aus! Die Haare wachsen wieder, aber die Zähne! Oh, das Scheusal! Lieber würde ich mich vom fünften Stock auf das Pflaster stürzen, den Kopf voran! Er hat mir gesagt, heute abend würde er in der ›Silbernen Schiffsbrücke‹ sein.«

»Und was hat er geboten?« fragte Marguerite.

»Zwei Napoleons.«

»Also vierzig Francs.«

»Ja«, sagte Fantine, »macht vierzig Francs.«

Sie war dann versonnen und nahm sich ihre Arbeit vor. Nach einer Viertelstunde unterbrach sie ihre Näherei und ging, den Brief der Thénardiers nochmals auf der Treppe durchzulesen.

Als sie wieder ins Zimmer kam, sagte sie zu Marguerite, die neben ihr arbeitete: »Was ist das, Frieselfieber? Wissen Sie's?«

»Ja«, erwiderte das alte Mädchen, »eine Krankheit.«

»Dagegen braucht man viel aus der Apotheke?«

»Oh, schreckliche Arzneien!«

»Wie kriegt man das Fieber?«

»Es ist halt eine Krankheit, die man kriegen kann.«

»Auch die Kinder?«

»Die am meisten.«

»Stirbt man dran?«

»Freilich«, sagte Marguerite.

Fantine ging hinaus und las den Brief auf der Treppe zum drittenmal.

Am Abend stieg sie die Stufen hinab, und man sah, daß sie den Weg nach der Rue de Paris einschlug, wo die Gasthöfe liegen.

Als Marguerite am Morgen danach, vor Tag, das Zimmer von Fantine betrat, denn sie arbeiteten immer gemeinsam und zündeten so beide nur eine Kerze an, fand sie Fantine auf ihrem Bett sitzen, blaß, zu Eis gefroren. Sie hatte sich nicht hingelegt. Ihre Mütze war ihr auf die Knie gefallen, die Kerze hatte die ganze Nacht gebrannt und war fast abgetropft.

Marguerite blieb auf der Schwelle stehen, über diese maßlose Unordnung erstarrt, und rief: »Herrgott! Die Kerze ist ja ganz verbrannt. Da ist was geschehen!« Dann sah sie Fantine an, die ihr ihren kahlen Kopf zuwandte. Seit gestern war sie um zehn Jahre gealtert.

»Jesus!« rief Marguerite. »Was ist Ihnen, Fantine?«

»Nichts«, antwortete Fantine. »Im Gegenteil. Mein Kind wird nicht, weil ihm niemand hilft, an der furchtbaren Krankheit sterben. Ich bin zufrieden.« Indem sie so sprach, zeigte sie dem alten Mädchen zwei Napoleons, die auf dem Tisch schimmerten.

»Ach, Jesus, ach, Gott!« sagte Marguerite. »Das ist ja ein Vermögen. Woher haben Sie die Louisdor?«

»Ich habe sie bekommen«, erwiderte Fantine. Dabei lächelte sie. Die Kerze beleuchtete ihr Gesicht. Es war ein blutiges Lächeln. Rötlicher Speichel netzte ihr den Mundwinkel, und im Mund hatte sie ein schwarzes Loch. Die beiden Zähne waren herausgerissen.

Sie sandte die vierzig Francs nach Montfermeil. Es war übrigens nur eine List der Thénardiers, um Geld zu raffen. Cosette war nicht krank.

Fantine warf ihren Spiegel zum Fenster hinaus. Seit langem hatte sie ihre Zelle im zweiten Stock mit einer Mansarde unter dem Dach vertauscht, die mit einer Klinke verschlossen wurde. Eine jener Rumpelkammern, deren Decke mit der Diele zusammenstößt, so daß man jeden Augenblick mit dem Kopf dagegenprallt. Die Arme konnte in den Raum nur tiefer hineingehen wie in die Tiefe ihres Schicksals, sie mußte sich mehr und mehr beugen. Sie hatte auch ihr Bett verloren; nur noch ein Fetzen, den sie über sich legte, eine Matratze am Boden und ein Stuhl ohne Strohsitz waren da. Ein kleiner Rosenstock war ihr, vergessen, in einer Ecke verdorrt. In der anderen Ecke war ein Buttertopf, in dem winters das Wasser gefror und an dessen Rand die verschiedenen Pegel des Wassers lange durch Eisringe markiert waren.

Sie hatte die Scham abgestreift, sie streifte die Koketterie ab. Letztes Zeichen. Sie ging mit schmutzigen Mützen auf die Straße. Aus Zeitmangel oder Gleichgültigkeit flickte sie ihre Wäsche nicht. Je abgenutzter die Fersen waren, desto mehr zerrte sie ihre Strümpfe in die Schuhe. Das sah man an gewissen senkrechten Falten. Sie besserte ihr altes abgetragenes Korsett mit Stücken von Baumwollstoff aus, die bei der geringsten Bewegung barsten. Die Leute, denen sie Geld schuldete, machten ihr »Szenen« und ließen ihr keine Ruhe. Sie fand sie auf der Gasse und fand sie auf der Treppe wieder. Sie weinte und grübelte die Nächte hindurch. Sie hatte sehr glänzende Augen und fühlte einen beständigen Schmerz in der Schulter, nach der Spitze des linken Schulterblatts zu. Sie hustete viel. Sie hegte einen dumpfen Haß gegen den Vater Madeleine und beschwerte sich nicht.

Sie nähte siebzehn Stunden an jedem Tag. Aber ein Unternehmer der Gefängnisarbeit, der die gefangenen Frauen zu Mindesttarifen arbeiten ließ, senkte plötzlich die Preise noch, so daß der Tag den freien Arbeiterinnen nicht mehr als neun Sous brachte. Siebzehn Stunden Arbeit und neun Sous pro Tag! Die Gläubiger Fantines waren erbarmungsloser denn jemals. Der Trödler, der fast alle seine Möbel zurückgenommen hatte, sagte zu ihr unaufhörlich: »Wann wirst du mir zahlen, Kanaille?« Was wollte man von ihr, mein Gott!

Sie fühlte sich gehetzt und entwickelte in sich etwas von den Eigenschaften des wilden Tieres. In dieser Zeit schrieb ihr Thénardier, er habe entschieden mit viel zuviel Güte gewartet, er müsse sofort hundert Francs haben. Sonst werde er die kleine Cosette hinausschmeißen, die noch in der Genesung nach ihrer großen Krankheit sei, hinaus in die Kälte, auf die Landstraße, und dann solle aus ihr werden, was da wolle, und sie könne nach Belieben krepieren. Hundert Francs, sann Fantine. Aber gibt es ein Gewerbe, in dem man hundert Sous täglich verdient?

»Also«, sagte sie, »verkaufen wir den Rest!« Die Unglückliche wurde Freudenmädchen.

Christus nos liberavit

Was ist Fantines Geschichte?

Es ist die Geschichte der Gesellschaft, die eine Sklavin verkauft.

Wem wird sie abgekauft? Dem Elend.

Dem Hunger, der Kälte, der Einsamkeit, der Verlassenheit und der Not. Schmerzliches Geschäft. Eine Seele für ein Stück Brot. Das Elend bietet, die Gesellschaft geht auf den Handel ein. Das heilige Gesetz Jesu Christi beherrscht unsere Zivilisation, aber es durchdringt sie nicht. Man sagt, die Sklaverei sei aus der europäischen Zivilisation verschwunden. Das ist ein Irrtum. Sie besteht fort, aber sie lastet nur noch auf der Frau und heißt Prostitution. Sie lastet auf der Frau, also auf der Anmut, der Schwäche, der Schönheit, der Mutterschaft. Dies ist eine und nicht die geringste Schande der Menschheit.

An der Stelle, an der wir in diesem leidvollen Drama angelangt sind, blieb Fantine nichts mehr von dem, was sie früher gewesen war. Als sie Schmutz wurde, erstarrte sie zu Marmor. Wer sie berührte, fror. Sie ging vorüber, sie ertrug die Männer und kannte sie nicht. Die Schande hatte sie hart gemacht. Das Leben und die Gesellschaftsordnung hatten ihr das letzte Wort gesagt. Ihr war alles widerfahren, was ihr widerfahren konnte. Sie hatte alles gefühlt, alles ertragen, alles erduldet, alles erlitten, alles verloren und alles beweint. Sie trug es mit jener Gelassenheit, die der Gleichgültigkeit wie der Tod dem Schlaf ähnelt. Nichts mehr ging sie aus dem Wege. Sie fürchtete nichts mehr. Mochte sich die ganze Wolke auf sie entladen und sich der ganze Ozean über sie hinwegwälzen! Was kümmerte sie das! Sie war ein vollgesogener Schwamm.

Zumindest glaubte sie das, aber es ist ein Irrtum, sich einzubilden, man könne das Schicksal ermüden und den Grund von irgend etwas erreichen.

Ach, was hat es mit all diesen Schicksalen auf sich, die so hin und her gestoßen werden? Wohin treiben sie? Warum sind sie so?

Der das weiß, durchschaut das ganze Dunkel.

Er ist allein und heißt Gott.

Der Müßiggang des Herrn Bamatabois

In allen Kleinstädten gibt es – und gab es in Montreuil-sur-Mer im besonderen – eine Schicht junger Leute, die fünfzehnhundert Francs Rente in der Provinz mit derselben Miene zerkleinern, wie ihre Altersgenossen in Paris zweihunderttausend Francs jährlich aufzehren. Es sind Wesen von der großen Gattung der Neutren: Kastraten, Schmarotzer, Nullen, die ein wenig Grund und Boden haben, ein wenig Dummheit und ein wenig Geist. Sie würden wie ländliche Tölpel in einem Salon wirken und halten sich in der Kneipe für vornehme Herren. Sie sagen: meine Wiesen, mein Wald, meine Bauern. Sie pfeifen im Theater die Schauspielerinnen aus, um zu beweisen, daß sie Leute von Geschmack sind, sie zanken sich mit den Offizieren der Garnison, um darzutun, sie seien kriegerische Naturen, sie jagen, rauchen, gähnen, trinken, riechen nach Tabak, spielen Billard, gaffen, wenn die Reisenden aus der Postkutsche steigen, leben im Café, speisen im Gasthaus, haben einen Hund, der unter dem Tisch die Knochen frißt, und eine Geliebte, die die Schüsseln daraufstellt, geizen um einen Sou, übertreiben die Moden, bewundern die Tragödie, verachten die Frauen, wetzen ihre alten Schuhe ab, kopieren London nach dem Muster von Paris und Paris nach dem von Pont-à-Mousson, altern in Stumpfheit, arbeiten nicht, nützen nichts und schaden nicht viel. Wäre Herr Félix Tholomyès in seiner Provinz geblieben und hätte er Paris nie gesehen, er würde einer dieser Männer sein.

Wenn sie reicher wären, würde man sagen; elegante Stutzer. Wären sie ärmer: Faulenzer. Sie sind ganz einfach beschäftigungslos. Unter diesen Beschäftigungslosen gibt es Langweiler, Gelangweilte, Träumer und einige Originale.

Damals bestand ein Stutzer aus einem großen Kragen, einer großen Halsbinde, einer Uhr mit Berlocken, drei übereinandergezogenen Westen von verschiedenen Farben, blau und rot nach innen, einem olivgrünen Frack mit kurzer Taille und Dorschschwanz, mit einer Doppelreihe von dicht aufgesetzten silbernen Knöpfen bis in die Schulterhöhe und Hosen von hellem Oliv, an beiden Nähten mit Leisten geziert in unbestimmter, aber immer ungleicher Zahl zwischen eins und elf, der nie überschrittenen Grenze. Dazu kamen Stiefel mit kleinen Eisen an den Fersen, ein Zylinder mit schmalem Rand, buschiges Haar, ein riesiger Spazierstock und eine mit faden Wortspielen gewürzte Unterhaltung. Als Dreingabe Sporen und Schnurrbart. In jener Zeit waren der Schnurrbart das Zeichen für Bürger und die Sporen das für Fußgänger. Der elegante Herr in der Provinz trug die Sporen überlang und den Schnurrbart noch martialischer. Die Welt sprach gerade vom Kampf der südamerikanischen Republiken gegen den König von Spanien, Bolivars gegen Morillo. Die Hüte mit kleinem Rand waren royalistisch und nannten sich Morillos. Die Liberalen trugen Hüte mit breiten Rändern, die Bolivars hießen.

Acht bis zehn Monate nach dem, was schon erzählt wurde, Anfang Januar 1823, an einem Abend, an dem es geschneit hatte, sah man vor dem Offizierscafé in Montreuil-sur-Mer einen dieser Stutzer, dieser Beschäftigungslosen. Er war ein »Wohlgesinnter«, denn er hatte einen Morillo. In einen großen warmen Mantel gehüllt, wie sie bei kalter

Witterung die Tracht nach der Mode ergänzten, neckte er, um sich zu zerstreuen, ein Geschöpf, das vor der Fensterscheibe des Cafés, in einem Ballkleid, dekolletiert, mit Blumen auf dem Kopf, umherstrich. Dieser Stutzer rauchte, weil das damals modern war.

Sooft die Frau an ihm vorbeiging, warf er ihr mit einer Rauchwolke aus seiner Zigarre irgendeine Anrede zu, die ihm geistvoll und heiter schien, etwa: »Was bist du scheußlich! Wirst du verschwinden! Zähne hast du auch nicht!« Der Herr nannte sich Bamatabois. Die Frau, das traurige, aufgeputzte Gespenst, das im Schnee hin und her trippelte, antwortete ihm nicht, sah ihn überhaupt nicht an und beharrte schweigend und mit düsterer Regelmäßigkeit bei ihrer Promenade, die sie alle fünf Minuten unter seine höhnenden Beschimpfungen zurückkehren ließ, wie der verurteilte Soldat durch die Spießruten läuft. Dieser geringe Erfolg reizte offenbar den Müßiggänger, der einen Moment, da sie sich umwandte, mißbrauchte und sich verstohlen an sie heranschlich. Sein Lachen erstickend, duckte er sich, griff vom Pflaster eine Handvoll Schnee auf und tauchte ihr plötzlich damit in den Rücken, zwischen ihre nackten Schultern. Das Weib stieß ein Gebrüll aus, drehte sich um, sprang wie ein Panther, stürzte sich auf den Menschen und grub ihm die Nägel ins Gesicht, mit den schrecklichsten Verwünschungen, die von einem Wachhaus in den Rinnstein sickern können. Diese mit einer von Branntwein heiseren Stimme ausgespienen Schmähungen drangen gräßlich aus einem Mund, dem in der Tat zwei Vorderzähne fehlten. Es war Fantine.

Auf den Lärm, der sich erhob, verließen die Offiziere in Scharen das Café, die Passanten häuften sich, und es bildete sich ein großer Kreis von Lachenden, Grölenden und Klatschenden um diesen Wirbel aus zwei Wesen, in dem man kaum einen Mann und eine Frau erkennen konnte. Der Mann wehrte sich zappelnd, sein Hut lag an der Erde. Die Frau hieb mit Füßen und Fäusten um sich. Bloßköpfig, ohne Zähne und Haare, heulte sie, fahl vor Zorn, grauenhaft.

Plötzlich trat ungestüm ein hochgewachsenes Individuum aus dieser Masse hervor, packte die Frau an ihrem von

Schmutz bedeckten Satinmieder und sagte zu ihr: »Komm mit!«

Die Frau blickte auf; ihre wütende Stimme erlosch jählings. Ihre Augen waren glasig, sie wurde kreidebleich statt fahl, und ein Zittern des Erschreckens durchbebte sie. Sie hatte Javert erkannt. Der Stutzer hatte die lähmende Überraschung benutzt, um sich heimlich zu empfehlen.

Lösung einiger Fragen der Gemeindepolizei

Javert schob die Gaffer beiseite, durchbrach den Kreis und marschierte mit großen Schritten auf das Polizeibüro am Ende des Platzes zu. Die Unglückliche zog er hinter sich her. Sie ließ es mechanisch geschehen. Weder er noch sie sprachen ein Wort. Der Schwarm der Zuschauer stürmte hinterher, in einem Freudentaumel, unter Witzeleien. Das äußerste Elend gibt zu Zoten Gelegenheit.

Als er das Polizeibüro erreichte, einen niedrigen, von einem Ofen geheizten und von einem Posten bewachten Saal, öffnete Javert die Tür nach der Straße, die ein vergittertes Fenster hatte. Er trat mit Fantine ein und verschloß die Tür zur großen Enttäuschung der Neugierigen, die Zehen und Hälse vor der trüben Scheibe des Wachlokals reckten, um etwas zu sehen. Neugier ist Gefräßigkeit. Sehen bedeutet verschlingen.

Fantine sank in einen Winkel, unbeweglich und stumm, zusammengekauert wie eine Hündin, die Angst hat. Der Polizeisergeant trug eine angezündete Kerze auf einen Tisch. Javert nahm Platz, zog aus seiner Tasche ein Blatt Stempelpapier und begann zu schreiben.

Diese Klasse der Frauen ist durch unsere Gesetze völlig der Gnade oder Ungnade der Polizei ausgeliefert. Sie macht mit ihnen, was sie will, straft sie nach Gutdünken und konfisziert nach ihrem Ermessen die zwei traurigen Dinge, die sie ihr Gewerbe und ihre Freiheit nennen. Javert war kaltblütig; sein ernstes Gesicht verriet keine Erregung. Indes war er in schwerer und tiefer Sorge. Es war einer jener Momente, in denen er ohne Kontrolle, aber mit allen Bedenken eines strengen Gewissens seine furchtbare, uneingeschränkte Macht ausübte. In diesem Augenblick, er fühlte es, war sein Polizistenschemel der Stuhl eines Tribunals. Er richtete und verurteilte. Er sammelte alles, was er in seinem Geist an Gedanken haben konnte, um die große Sache, die seines Amtes war. Je mehr er das Vergehen dieser Dirne prüfte, desto mehr empörte es ihn. Unzweifelhaft lag sogar ein Verbrechen vor. Er hatte mit angesehen, wie da auf der Straße die in einem Kapitalisten und Urwähler verkörperte Gesellschaft von einer Kreatur, die außerhalb jeder Gesellschaft stand, geschmäht und überfallen wurde. Eine Prostituierte hatte sich an einem Bürger vergriffen. Er, Javert, hatte das gesehen. Schweigend schrieb er.

Als er fertig war, unterzeichnete er, faltete den Bogen, gab ihn dem Sergeanten und sagte zu ihm: »Holen Sie sich drei Mann und bringen Sie das Weib ins Loch!« Dann wandte er sich zu Fantine um: »Du machst deine sechs Monate ab.«

Die Unglückliche zitterte. »Sechs Monate! Sechs Monate Gefängnis!« schrie sie. »Sechs Monate, wo ich täglich sieben Sous verdienen soll. Aber was wird aus Cosette? Mein Kind, mein Kind! Ich schulde doch den Thénardiers über hundert Francs, Herr Inspektor, wissen Sie das?«

Sie schleppte sich auf den Fliesen vorwärts, die von den kotigen Schuhen aller dieser Männer naß waren, ohne aufzustehen, faltete die Hände und versuchte große Schritte mit ihren Knien. »Herr Javert«, sagte sie, »ich bitte um Gnade. Ich versichere Ihnen, ich habe kein Unrecht begangen. Das hätten Sie gesehen, wenn Sie gesehen hätten, wie es anfing. Beim lieben Gott schwöre ich Ihnen, es war kein Unrecht von mir dabei. Der Herr Bürger, den ich nicht kenne, hat mir Schnee in den Rücken gesteckt. Darf einer uns Schnee in den Rücken stecken, wenn wir ruhig vorübergehen, ohne jemandem Böses anzutun? Da hat mich der Zorn gepackt. Ich bin ein wenig krank, sehen Sie! Und schon vorher hat er mir Bescheid gesagt. ›Du bist scheußlich! Du hast keine Zähne!‹ Ich weiß wohl, daß ich meine Zähne nicht mehr habe. Ich habe nichts dagegen gemacht, ich sagte mir: Der

Herr will sich amüsieren. Ich war anständig zu ihm und habe nicht mit ihm gesprochen. Da hat er mir den Schnee reingesteckt. Herr Javert, guter Herr Inspektor, ist keiner hier, der's gesehen hat und Ihnen sagen kann, daß das die Wahrheit ist? Vielleicht war es nicht recht von mir, daß ich mich erbost habe. Sie wissen, im ersten Moment beherrscht man sich nicht. Da wird man hitzig. Und dann soll man sich so was Kaltes in den Rücken stecken lassen, wenn man's nicht erwartet! Es war unrecht von mir, daß ich dem Herrn seinen Hut ruiniert habe. Warum ist er denn weg? Ich würde ihn um Verzeihung bitten. O mein Gott, mir käm's nicht darauf an! Gnade für heute, für diesmal, Herr Javert! Sie wissen das nicht, in den Gefängnissen verdient man nur sieben Sous, da ist die Regierung nicht schuld daran, aber man verdient sieben Sous, und denken Sie sich, ich muß hundert Francs bezahlen, sonst schicken sie mir meine Kleine zurück. O mein Gott, ich kann sie nicht bei mir haben. Es ist so gemein, was ich tue. O meine Cosette, Engelchen der Heiligen Mutter Gottes, was soll aus dir werden, armes Liebchen? Ich sage Ihnen, die Thénardiers, die die Wirtschaft haben, sind Bauern und haben keine Vernunft. Sie wollen nur Geld. Schicken Sie mich nicht ins Gefängnis! Sehen Sie, die würden das Kind auf der Landstraße aussetzen, geh hin, wo du willst, mitten im Winter. Das ist doch zum Erbarmen, mein guter Herr Javert. Wenn das Kind größer wäre, könnte es selbst was verdienen, aber in dem Alter geht das nicht. Ich bin eigentlich keine schlechte Frau. Ich bin nicht aus Feigheit oder weil ich gern lecker aß so geworden. Ich habe Branntwein getrunken, nur aus Elend. Ich mag ihn gar nicht, aber das betäubt. Als ich glücklicher war, konnte man in meine Kästen sehen, und dann hätte man gewußt, daß ich keine liederliche Frau war. Ich hatte Wäsche, viel Wäsche. Erbarmen, Herr Javert!«

So sprach sie, gebrochen, von Schluchzen geschüttelt, blind von ihren Tränen, die Brust entblößt, die Hände ringend. Sie hustete trocken und kurz und stammelte leise mit der Stimme einer Sterbenden. Der große Schmerz ist ein göttlicher, furchtbarer Strahl, der die Unglücklichen verwandelt. In diesem Moment war Fantine wieder schön geworden. Zwischendurch hielt sie inne und küßte zärtlich den Gehrock des Polizeispions am unteren Rand. Sie hätte ein Herz von Granit erweicht, aber man rührt ein Herz von Holz nicht.

»Los«, rief Javert, »ich habe dich angehört. Hast du alles gesagt? Jetzt marsch! Du hast deine sechs Monate. Gottvater in Person könnte dir nicht mehr helfen.«

Durch diese feierliche Erklärung: »Gottvater in Person könnte dir nicht mehr helfen« wurde ihr bewußt, daß ihr Urteil gesprochen war. Sie sank nieder und flüsterte: »Gnade!«

Javert drehte ihr den Rücken zu. Die Soldaten faßten sie an den Armen.

Vor einigen Minuten hatte ein Mann, ohne daß man auf ihn achtete, den Saal betreten. Er hatte die Tür geschlossen, sich an sie gelehnt und das verzweifelte Flehen von Fantine vernommen.

Als eben die Soldaten Hand an die Unselige legten, die nicht aufstehen wollte, machte er einen Schritt, kam aus dem Schatten hervor und sagte: »Einen Augenblick, bitte!«

Javert sah auf und erkannte Herrn Madeleine. Er zog seinen Hut und grüßte linkisch und ärgerlich: »Verzeihen Sie, Herr Bürgermeister …«

Die Worte »Herr Bürgermeister« wirkten auf Fantine sonderbar. Sie richtete sich straff in die Höhe wie eine Spukgestalt, die der Erde entsteigt, stieß mit beiden Armen die Soldaten zurück, ging gerade auf Herrn Madeleine zu, bevor man sie hindern konnte, sah ihm mit verstörter Miene in die Augen und schrie: »Du bist also der Herr Bürgermeister!« Dann lachte sie schallend und spie ihm ins Gesicht.

Herr Madeleine wischte sich die Wangen und sagte: »Inspektor Javert, lassen Sie die Frau frei!«

Javert dachte, er müsse sofort irrsinnig werden. Er empfand in diesem Moment, Schlag auf Schlag und fast miteinander vermischt, die heftigsten Erregungen, die er in seinem Leben verspürt hatte. Ein Freudenmädchen einem Bürgermeister ins Gesicht spucken zu sehen war so ungeheuerlich, daß er als Schändung von etwas Heiligem betrachtet haben würde, es in den schrecklichsten Annahmen seiner Phantasie auch nur für möglich zu halten. Hinwieder vollzog er in seinen verborgenen, wirren Gedanken eine häßliche Annäherung zwischen dem, was dieses Weib war, und dem, was dieser Bürgermeister sein konnte, und dann sah er mit Grauen irgend etwas ganz Einfaches in diesem unerhörten Attentat. Jedoch als dann vor seinen Blicken dieser Mann, dieser Vertreter der Obrigkeit, sich ruhig das Gesicht abwischte und befahl: »Lassen Sie die Frau frei!«, fuhr es wie ein blendender Blitz vor seinem verblüfften Geist nieder, Denken und Sprechen versagten ihm gleichermaßen. Das Höchstmaß des Staunens war für ihn überschritten. Er war hinfort stumm.

Diese Worte hatten nicht weniger seltsam Fantine getroffen. Sie hob ihren nackten Arm und klammerte sich mit den Fingern an die Ofenklappe, als taumele sie. Indessen sah sie rings um sich und begann mit leiser Stimme zu reden, als redete sie mit sich selbst. »Frei! Freigelassen soll ich werden! Wer hat das gesagt? Ausgeschlossen, daß einer das gesagt hat. Ich hab schlecht verstanden. Das kann doch nicht das Ungeheuer, der Bürgermeister, gewesen sein. Haben Sie, guter Herr Javert, gesagt, sie sollen mich freilassen? Oh, ich werde Ihnen was erzählen, und dann lassen Sie mich sicher laufen. Das Ungeheuer, der Bürgermeister, der Lump, hat alles auf dem Gewissen. Denken Sie sich, Herr Javert, er hat mich fortgejagt! Wegen so einer Bande von Schlampen, die in der Werkstatt sich die Mäuler zerreißen. Ist das nicht abscheulich, ein armes Mädchen wegzuschicken, das ehrlich seine Pflicht tut? Dann habe ich nicht mehr genug verdient, und so ist das ganze Malheur gekommen. Zuerst sollten die Herren von der Polizei für eine Verbesserung sorgen und nicht dulden, daß die Unternehmer, die in den Gefängnissen arbeiten lassen, die armen Leute schädigen. Ich will Ihnen das erklären, Herr Javert. Man kriegt fürs Hemdennähen zwölf Sous, und dann fällt das auf neun Sous. Man kann davon nicht mehr leben. Eine muß also das werden, was sie kann. Ich habe meine kleine Cosette, ich war gezwungen, ein schlechtes Weib zu werden. Nun verstehen Sie, daß der Lump, der Bürgermeister, das ganze Unglück angerichtet hat. Dann bin ich vor dem Offizierscafé auf dem Hut von dem Herrn Bürger herumgetrampelt. Aber er hatte mir mein Kleid mit Schnee völlig verdorben. Wir Straßenfrauen haben nur ein einziges Seidenkleid für den Abend. Ich habe nie aus Mutwillen Böses getan, wahrhaftig, Herr Javert, und ich sehe, daß Weiber, die viel schlechter sind, glücklicher sind als ich. Ach, Herr Javert, Sie haben gesagt, ich soll rausgebracht werden, nicht? Erkundigen Sie sich, fragen Sie meinen Vermieter, jetzt zahlte ich meine Miete, man wird Ihnen sagen, daß ich anständig bin. Ach, mein Gott, ich bitte um Verzeihung, ich habe, ohne es zu wollen, die Ofenklappe angefaßt, und davon raucht es.«

Herr Madeleine lauschte ihr mit gesammelter Aufmerksamkeit.

Indes sie sprach, hatte er in seiner Westentasche gewühlt, seine Börse hervorgeholt und sie geöffnet. Sie war leer. Er hatte sie wieder in seine Tasche gesteckt. »Wieviel, sagten Sie«, so fragte er Fantine, »sind Sie schuldig?«

Fantine, die nur auf Javert blickte, wandte sich ihm zu: »Rede ich denn mit dir?« Dann sprach sie zu den Soldaten: »Habt ihr gesehen, wie ich ihm ins Gesicht gespuckt habe? Ah, du alter Verbrecher von Bürgermeister, du kommst hierher, mich einzuschüchtern, aber ich habe keine Angst vor dir. Vor Herrn Javert habe ich Angst. Vor meinem guten Herrn Javert.«

Und wieder wandte sie sich an den Inspektor: »Sehn Sie, Herr Inspektor, man sollte gerecht sein. Ich verstehe, daß Sie gerecht sind, Herr Inspektor. Es ist ja eigentlich ganz einfach, ein Mann steckt aus Spielerei ein bißchen Schnee in den Rücken einer Frau; und darüber mußten sie lachen, die Offiziere, man muß sich doch irgendwie zerstreuen, wir Frauen sind zum Amüsement da. Und dann kommen Sie, Sie sind genötigt, Ordnung zu machen. Sie nehmen die Frau mit, die Unrecht begangen hat, aber dann überlegen Sie, denn Sie sind gut, und sagen, man soll mich in Freiheit setzen, wegen der Kleinen, denn sechs Monate Gefängnis, das würde mich hindern, mein Kind zu ernähren. Nur laß dich nicht wieder blicken, Weibsbild! Oh, ich werde mich schon nicht wieder blicken lassen, Herr Javert, jetzt soll man mir antun, was man will, ich werde mich nicht vom Fleck rühren. Nur heute, sehen Sie, habe ich geschrien, weil's mir weh getan hat. Ich habe den Schnee von dem Herrn nicht erwartet, und, wie ich Ihnen schon sagte, es geht mir nicht sehr gut, ich huste, im Magen habe ich was wie eine brennende Kugel, und der Arzt hat mir gesagt, ich soll mich pflegen. Da, fühlen Sie, geben Sie mir Ihre Hand, fürchten Sie sich nicht, da!«

Sie weinte nicht mehr, ihre Stimme war schmeichlerisch, sie legte auf ihre weiße, zarte Brust die grobe, rauhe Hand Javerts und sah ihn lächelnd an. Plötzlich glättete sie ihr zerknittertes Gewand, ließ die Falten ihres Kleides, das, als sie es schleppte, sich fast bis zur Höhe ihres Knies gehoben hatte, zurückfallen und schritt auf die Tür zu, indem sie den Soldaten freundschaftlich zunickte und halblaut sagte: »Kinder, der Herr Inspektor hat befohlen, mich freizulassen, ich gehe.«

Sie legte die Hand auf die Klinke. Noch einen Schritt, und sie war auf der Straße.

Bisher hatte Javert unbeweglich dagestanden, das Auge auf den Boden geheftet, inmitten dieser Szene wie eine Statue, die, von ihrem Platz gerückt, irgendwo andershin befördert werden soll. Vom Geräusch der Klinke erwachte er. Er sah mit einem Ausdruck von Selbstherrlichkeit empor, der um so erschreckender wirkt, je niedriger der gestellt ist, der sie sich anmaßt. Wild beim wilden Tier, ist er bei einem Menschen ohne Bedeutung grausam. »Sergeant«, schrie er, »sehen Sie nicht, daß das Frauenzimmer geht? Wer hat Ihnen gesagt, Sie sollten sie freilassen?«

»Ich«, erwiderte Madeleine.

Bei Javerts Stimme hatte Fantine gezittert, und die Klinke war ihrer Hand entfahren wie einem ertappten Dieb das gestohlene Gut. Als sie die Stimme von Madeleine hörte, drehte sie sich um, und von diesem Moment an schweifte ihr Blick, ohne daß sie ein Wort sprach, ohne daß sie ungehemmt zu atmen wagte, bald von Madeleine zu Javert, bald von Javert zu Madeleine, je nachdem, ob der eine oder andere redete.

Offenbar mußte Javert, wie man sagt, außer Rand und Band sein, daß er sich erlaubte, nach der Aufforderung des Bürgermeisters, Fantine freizulassen, es dem Sergeanten zu verbieten.

Hatte er etwa die Anwesenheit des Herrn Bürgermeisters vergessen? Hatte er schließlich sich selbst erklärt, es sei unmöglich, daß eine »Autorität« einen solchen Befehl gegeben habe, und zweifellos habe der Herr Bürgermeister, ohne es zu wollen, eine Sache statt einer anderen gesagt? Oder glaubte er angesichts der Greuel, deren Zeuge er seit zwei Stunden war, er müsse zu einschneidenden Entschlüssen kommen, der Kleine müsse sich groß machen, der Spitzel sich in einen leitenden Beamten, der Polizist sich in einen Richter verwandeln, und in dieser erstaunlichen, dieser äußersten Situation seien Ordnung, Gesetz, Moral, Regierung, die ganze Gesellschaft in ihm, Javert, personifiziert?

So oder so, als Madeleine dieses »Ich« gesagt hatte, das man eben hörte, sah man, wie sich der Polizeiinspektor Javert an den Herrn Bürgermeister wandte. Bleich, kalt, mit blauen Lippen, mit verzweifeltem Blick erbebte er am ganzen Körper von kaum sichtbarem Zittern. Und, was beispiellos war, mit gesenktem Blick, aber mit fester Stimme antwortete er: »Herr Bürgermeister, das kann nicht sein.«

»Wieso?« fragte Herr Madeleine.

»Die Unglückliche hat einen Bürger beschimpft.«

»Inspektor Javert«, entgegnete Herr Madeleine in versöhnlichem, ruhigem Ton, »hören Sie zu, Sie sind ein Ehrenmann, und ich setze mich gern mit Ihnen auseinander. Hier ist die Wahrheit. Ich ging draußen vorbei, als Sie diese Frau wegführten, es standen noch Gruppen herum, ich habe mich erkundigt und weiß alles. Der Bürger war im Unrecht und hätte von einer guten Polizei verhaftet werden müssen.«

Javert erwiderte: »Die Elende hat den Herrn Bürgermeister beleidigt.«

»Das geht mich an«, sagte Herr Madeleine. »Beleidigt man mich, so ist das meine Angelegenheit. Ich kann das halten, wie ich will!«

»Ich bitte den Herrn Bürgermeister um Verzeihung. Wird er beleidigt, geht das die Justiz an.«

»Inspektor Javert«, entgegnete Herr Madeleine, »die erste Justiz ist das Gewissen. Ich habe die Frau angehört. Ich weiß, was ich tue.«

«Und ich, Herr Bürgermeister, weiß nicht, was ich sehe.«

»So begnügen Sie sich damit, zu gehorchen.«

»Ich gehorche meiner Pflicht. Meine Pflicht erheischt, daß die Frau sechs Monate Gefängnis abmacht.«

Herr Madeleine erwiderte in Sanftmut: »Hören Sie gut zu! Sie wird keinen Tag abmachen.«

Bei diesem entscheidenden Wort wagte Javert, den Bürgermeister fest anzuschauen, und er sagte zu ihm, mit immer noch tiefem Respekt im Klang der Stimme: »Ich bin trostlos, dem Herrn Bürgermeister opponieren zu müssen, zum erstenmal in meinem Leben, aber er wird mir gütigst gestatten, zu bemerken, daß ich in den Grenzen meiner Befugnisse handele. Ich bleibe, da der Herr Bürgermeister so will, bei der Sache mit dem Bürger. Das geschah in meiner Gegenwart. Diese Dirne hat sich auf Herrn Bamatabois gestürzt, der Urwähler ist und Eigentümer des schönen Hauses an der Ecke der Esplanade, mit dem Balkon, drei Stock hoch und ganz aus Quadersteinen. Es gibt schon vornehme Dinge auf der Welt. Wie dem auch sein mag, das ist eine Sache der Straßenpolizei, die mein Ressort ist, und ich gebe das Weib, diese Fantine, nicht frei.«

Herr Madeleine kreuzte die Arme und sagte mit einer strengen Stimme, die noch niemand in der Stadt gehört hatte: »Der Vorfall, von dem Sie sprechen, ist Sache der Gemeindepolizei. Nach dem Wortlaut der Artikel neun, fünfzehn und sechsundsechzig des Gesetzes über die Kriminaluntersuchung bin ich der dafür zuständige Richter. Ich befehle, daß die Frau freigelassen wird.«

Javert wagte eine letzte Anstrengung. »Aber, Herr Bürgermeister …«

»Ich erinnere Sie an den Artikel einundachtzig des Gesetzes vom 13. Dezember 1799 über willkürliche Haftverwahrung.«

»Herr Bürgermeister, erlauben Sie …«

»Kein Wort mehr.«

»Aber …«

»Gehen Sie!« sagte Herr Madeleine.

Javert empfing den Schlag, aufrecht stehend, ins Gesicht und mitten in die Brust wie ein russischer Soldat. Er verbeugte sich vor dem Herrn Bürgermeister bis zur Erde und ging hinaus. Fantine trat beiseite, neben die Tür, und sah verblüfft, wie er an ihr vorbeischritt.

Jedoch auch sie war das Opfer einer seltsamen Erschütterung. Soeben hatte sie sich gewissermaßen von zwei einander feindlichen Mächten umstritten gesehen. Vor ihren Augen hatten zwei Männer gekämpft, die ihre Freiheit in der Hand hielten, ihr Leben, ihre Seele, ihr Kind. Jener zog sie nach der Seite der dunklen Schatten, dieser hob sie wieder ins Licht. In diesem Kampf, den sie, durch das Entsetzen vergrößert, beobachtet hatte, waren ihr die beiden Männer wie zwei Riesen erschienen. Der eine sprach wie ihr Dämon, der andere wie ihr guter Engel. Der Engel hatte den Dämon besiegt, und, noch schauderte es sie vom Kopf bis zu den Füßen, dieser Engel, dieser Befreier war eben der Mann, den sie verabscheute, der Bürgermeister, den sie so lange als den Urheber all ihres Leides betrachtet hatte, dieser Madeleine! Und gerade als sie ihn so gemein beschimpft hatte, rettete er sie. Hatte sie sich getäuscht? Mußte sie alle ihre Empfindungen ändern? Sie wußte es nicht, sie zitterte. Sie hörte ratlos hin, ihr Blick war verstört, und bei jedem Wort, das Herr Madeleine sagte, war ihr, als löse sich in ihr die gräßliche Finsternis des Hasses und zerschelle und als werde in ihrem Herzen ein warmes, unsagbares Gefühl geboren, das Freude war, Vertrauen und Liebe.

Kaum war Javert gegangen, da wandte Herr Madeleine sich ihr zu und sprach zu ihr mit langsamer Stimme, die Worte mühsam formend wie ein ernster Mann, der sich zwingt, nicht zu weinen: »Ich habe Sie gehört. Ich wußte nichts von dem, was Sie sagten. Doch ich glaube und fühle, daß es wahr ist. Mir war sogar nicht bekannt, daß Sie meine Werkstatt verlassen hatten. Warum haben Sie mich nicht unterrichtet? Nun aber werde ich Ihre Schulden tilgen und Ihr Kind hierherschaffen lassen, wenn Sie nicht zu ihm reisen.

Sie werden hier leben oder in Paris, wo Sie wünschen. Ich werde für Ihr Kind und für Sie aufkommen. Wenn Sie wollen, werden Sie nicht mehr arbeiten. Ich werde Ihnen alles Geld geben, das Sie brauchen. Sie werden wieder ehrbar werden, indem Sie wieder glücklich werden. Und wenn alles ist, wie Sie sagen, und ich bezweifle es nicht, dann, so beteure ich Ihnen schon jetzt, waren Sie vor Gott nie anders als tugendhaft und heilig. Arme Frau!«

Das war mehr, als Fantine ertragen konnte. Cosette haben! Diesem Leben der Schande entrinnen! Frei leben, reich, glücklich, in Ehren, mit Cosette! Sich inmitten ihres Elends die Träume vom Paradies entfalten sehen! Als wäre sie stumpfen Geistes, blickte sie diesen Mann an, der zu ihr sprach, und nur zweimal oder dreimal konnte sie aufschluchzen: »Oh, oh, oh!« Ihre Kniekehlen gaben nach, sie warf sich vor Herrn Madeleine nieder, und ehe er ihr zu wehren vermochte, spürte er, daß sie seine Hand faßte und ihre Lippen darauf drückte.

Dann sank sie in Ohnmacht.

SECHSTES BUCH
JAVERT

Beginnende Ruhe

Herr Madeleine ließ Fantine in das Spital aufnehmen, das in seinem eigenen Hause lag. Er übergab sie der Pflege der Schwestern, die sie zu Bett brachten. Ein hitziges Fieber war dazugekommen. Einen Teil der Nacht delirierte sie und sprach laut vor sich hin. Endlich aber schlief sie ein.

Tags darauf, gegen Mittag, erwachte Fantine. Sie hörte ganz nahe ihrem Bett atmen, schob die Schleiergardine weg und sah Herrn Madeleine dastehen. Er betrachtete etwas über ihrem Kopf. Dieser Blick war voll Mitleid und Angst, flehentlich. Sie folgte seiner Richtung und sah, daß er an einem an die Wand genagelten Kruzifix hing.

Herr Madeleine war von nun ab in den Augen Fantines verwandelt. Er schien ihr von Licht umhüllt. Er war wohl in ein Gebet vertieft.

Lange betrachtete sie ihn, ohne daß sie den Mut hatte, ihn zu unterbrechen. Dann sagte sie scheu: »Was tun Sie da?«

Herr Madeleine hatte seit einer Stunde dort gestanden. Er hatte gewartet, bis Fantine erwachte. Nun faßte er ihre Hand, betastete ihren Puls und erwiderte: »Wie geht es Ihnen?«

»Gut, ich habe geschlafen«, sagte sie, »ich glaube, es geht mir besser. Das wird nichts sein.«

Er entgegnete zur Antwort auf ihre erste Frage, als habe er nur die gehört: »Ich habe zu dem Märtyrer da oben gebetet.« Und in Gedanken setzte er hinzu: für die Märtyrerin hier unten.

Herr Madeleine hatte die Nacht und die Morgenstunden darauf verwandt, nachzuforschen. Jetzt wußte er alles. Er kannte die Geschichte Fantines bis in ihre herzbewegenden Einzelheiten.

»Sie haben vieles erlitten, arme Mutter. Oh, klagen Sie nicht, nun haben Sie den Brautschatz der Auserwählten. So werden Menschen von ihren Mitmenschen zu Engeln gemacht. Sie sind nicht schuld daran, diese Mitmenschen; sie können nicht anders. Sehen Sie, die Hölle, in der Sie bisher waren, ist der Durchgang zum Himmel. Sie mußten so anfangen.«

Er seufzte schmerzlich. Sie aber lächelte ihm zu, mit dem erhabenen Lächeln, bei dem ihr zwei Zähne fehlten.

In dieser Nacht hatte Javert einen Brief geschrieben. Er selbst lieferte ihn morgens im Postbüro von Montreuil-sur-Mer ab. Es war ein Brief nach Paris mit der Anschrift: Herrn Chabouillet, Sekretär des Herrn Polizeipräfekten. Da sich Gerüchte über den Vorfall im Wachlokal verbreitet hatten, dachten die Postmeisterin und einige Personen außer ihr, die den Brief vor der Abfahrt der Post sahen und Javerts Schrift auf der Adresse erkannten, er bitte um seine Entlassung.

Herr Madeleine beeilte sich, an die Thénardiers zu schreiben. Fantine war mit hundertzwanzig Francs im Rückstand. Er sandte ihnen dreihundert Francs und forderte sie auf, sich mit dieser Summe bezahlt zu machen und das Kind sogleich nach Montreuil-sur-Mer zu bringen, seine kranke Mutter begehre nach ihm.

Das blendete den Thénardier. »Zum Teufel!« sagte er zu seiner Frau. »Das Kind wollen wir nicht ziehen lassen. Die armselige Lerche wird eine Milchkuh. Ich wittere was. Irgendein Trottel wird sich in die Mutter verliebt haben.«

Er erwiderte mit einer gerissen zusammengestellten Nota über fünfhundert und etliche Francs. In dieser Nota figurierten mit mehr als dreihundert Francs zwei unbestreitbare Rechnungen, die eine von einem Arzt, die andere von einem Apotheker, die während zweier langer Krankheiten Eponine und Azelma behandelt und mit Medikamenten versehen hatten. Cosette war, wie man weiß, nicht krank gewesen. Es war die Sache eines ganz kleinen Namenwechsels. Unter die Nota schrieb Thénardier: »Erhalten *à conto* dreihundert Francs.«

Herr Madeleine sandte sofort abermals dreihundert Francs mit dem Vermerk: »Bringen Sie Cosette schleunigst her.«

»Verflucht!« sagte Thénardier, »das Kind geben wir nicht aus den Händen.«

Indessen genas Fantine nicht. Sie lag immer noch im Spital. Die Schwestern hatten die »Dirne« zuerst nur mit Widerstreben aufgenommen und gepflegt. Man erinnert sich an die Flachreliefs von Reims und an die aufgeblähten Unterlippen der klugen Jungfrauen, die zu den törichten Jungfrauen hinübersehen.

Diese schon im Altertum nachweisbare Verachtung der Vestalinnen für die Unkeuschen entspricht einem der tiefsten Instinkte der Frauenwürde. Die Schwestern hatten sie empfunden, verdoppelt durch die Hemmungen der Religion. Aber in wenigen Tagen hatte Fantine sie entwaffnet. Sie fand alle erdenklichen Worte der Demut und der Sanftheit, und die Mutter in ihr rührte die Nonnen.

Die Schwestern hörten sie eines Tages im Fieber sprechen: »Ich war eine Sünderin, aber wenn ich erst einmal mein Kind bei mir habe, bedeutet das, daß Gott mir verziehen hat. Als ich im Bösen lebte, hätte ich meine Cosette nicht bei mir haben wollen, ich hätte ihre erstaunten und traurigen Augen nicht ertragen können. Dennoch habe ich für sie das Böse getan, und deshalb verzeiht mir Gott. Ich werde den Segen vom Herrgott spüren, wenn Cosette hier ist. Ich werde sie anschauen, und der Anblick dieser Unschuld wird mir wohltun. Sie weiß gar nichts. Hören Sie, meine Schwestern, sie ist ein Engel. In diesem Alter sind die Flügel noch nicht abgefallen.«

Herr Madeleine besuchte sie täglich zweimal, und jedesmal fragte sie ihn: »Sehe ich meine Cosette bald?«

Er antwortete ihr: »Vielleicht morgen früh. In jedem Moment kann sie hier sein, ich erwarte sie.«

Das bleiche Gesicht der Mutter strahlte. »Oh«, sagte sie, »wie werde ich glücklich sein!«

Sie war nicht dabei, zu genesen, im Gegenteil, ihr Zustand schien sich von Woche zu Woche zu verschlimmern. Die Schneemasse, die ihr auf die bloße Haut zwischen die beiden Schulterblätter gelegt worden war, hatte ein plötzliches Versiegen des Schweißes bewirkt, wodurch die Krankheit, die seit Jahren in ihr keimte, ungestüm ausbrach. Man begann damals für das Studium und die Behandlung der Schwindsucht die heilsamen Methoden von Laënnec zu befolgen. Der Arzt horchte Fantine ab und schüttelte den Kopf.

Herr Madeleine fragte den Arzt: »Nun?«

»Hat sie nicht ein Kind, das sie sehen möchte?« fragte der Arzt.

»Ja«

»Dann lassen Sie es schnellstens kommen.«

Herr Madeleine zitterte.

Fantine erkundigte sich: »Was hat der Arzt gesagt?«

Herr Madeleine zwang sich ein Lächeln ab. »Er hat gesagt, wir sollten Ihr Kind rasch herkommen lassen. Das wird Ihnen die Gesundheit wiedergeben.«

»Oh!« erwiderte sie. »Er hat recht. Aber was haben sie denn, die Thénardiers, daß sie meine Cosette noch dabehalten? Oh, sie wird kommen! Jetzt sehe ich endlich das Glück ganz nahe!«

Thénardier jedoch gab das Kind »nicht aus den Händen« und gebrauchte hundert Ausflüchte. Cosette war ein wenig zu kränklich, um im Winter zu reisen. In der Gegend war noch ein Rest von Läpperschulden verstreut, für die er Rechnungen sammelte, und so weiter.

»Ich werde Cosette abholen lassen«, sagte Vater Madeleine. »Wenn es sein muß, fahre ich selbst.« Er schrieb nach Fantines Diktat einen Brief und ließ sie unterschreiben.

»Herr Thénardier!
Sie werden dem Inhaber dieses Briefes Cosette übergeben. Ihre kleinen Spesen werden Ihnen bezahlt werden. Ich habe die Ehre, Sie in Hochachtung zu grüßen. Fantine.«

Indessen ereignete sich ein schwerer Zwischenfall. Umsonst behauen wir nach Kräften den geheimnisvollen Block, aus dem das Leben gefügt ist, immer zeigt sich die schwarze Ader des Schicksals.

Eines Morgens saß Herr Madeleine in seinem Arbeitszimmer, damit beschäftigt, im voraus einige dringende Fragen der Ortsverwaltung zu regeln, für den Fall, daß er sich zu der Reise nach Montfermeil entschließen sollte. Da meldete man ihm, der Polizeiinspektor Javert bitte um eine Unterredung. Herr Madeleine konnte sich, als er diesen Namen hörte, einer unangenehmen Regung nicht entziehen. Seit der Szene im Polizeilokal hatte Javert ihn mehr als deutlich gemieden, und Herr Madeleine hatte ihn nicht wiedergesehen. »Lassen Sie eintreten«, sagte er.

Javert trat ein. Herr Madeleine war nahe dem Kamin sitzen geblieben, eine Feder in der Hand, die Augen auf einem Aktenbündel, das er durchblätterte und mit Notizen versah. Es enthielt Protokolle über die Zuwiderhandlungen gegen die Vorschriften der Verkehrspolizei. Er ließ sich durch Javert nicht stören. Er mußte an die arme Fantine denken, und so gefiel es ihm, eisig ablehnend zu sein.

Javert grüßte respektvoll den Herrn Bürgermeister, der ihm den Rücken wandte. Der Herr Bürgermeister beachtete ihn nicht und fuhr mit seinen Aktennotizen fort. Javert machte zwei oder drei Schritte durch das Arbeitszimmer und stand dann still, ohne das Schweigen zu brechen.

Ein mit Javerts Natur vertrauter Beobachter von Physiognomien, der seit langem diesen Wilden im Dienst der Zivilisation studierte, dieses bizarre Gemisch aus einem Römer, einem Spartaner, einem Mönch und einem Korporal, diesen einer Lüge unfähigen Spion, diesen jungfräulichen Spitzel, ein Beobachter, der von seiner geheimen alten Abneigung gegen Herrn Madeleine wußte, von seinem Konflikt mit dem Bürgermeister um Fantine, und der Javert in diesem Moment betrachtete, hätte sich gesagt: Was ist da geschehen? Für jeden, der diesen aufrichtigen, klaren, redlichen, uneigennützigen, strengen, ungeselligen Charakter kannte, war es offenbar, daß Javert eine heftige Gewissenskrise durchgemacht hatte. In seiner Seele war nichts, das nicht auch von seinem Gesicht abzulesen war. Wie alle gewalttätigen Menschen war er einem plötzlichen Umschlagen häufig unterworfen. Nie war sein Antlitz sonderbarer, befremdender gewesen. Als er eintrat, hatte er sich vor Herrn Madeleine mit einem Blick verneigt, in dem weder Groll war noch Ingrimm, noch Mißtrauen. Er hatte sich wenige Schritte von dem Sessel des Bürgermeisters entfernt aufgepflanzt und stand jetzt in fast disziplinarischer Haltung da, mit der naiven und kalten Schroffheit eines Mannes, der nie sanft und stets geduldig war. Wortlos, ohne sich zu bewegen, in echter Demut und gelassener Bescheidung wartete er, bis es dem Herrn Bürgermeister gefiel, sich nach ihm umzudrehen, ruhig, ernst, den Hut in der Hand, die Augen am Boden, mit der Miene eines Soldaten vor seinem Offizier oder eines Schuldigen vor seinem Richter. Alle Gefühle und alle Erinnerungen, die man bei ihm hätte vermuten können, waren verschwunden. Nichts sah man mehr auf diesem Gesicht, undurchdringlich und wie Granit, als eine düstere Trauer. Seine ganze Erscheinung atmete Bedrücktheit und Festigkeit und irgendwelche tapfere Entmutigung.

Nun endlich legte der Herr Bürgermeister die Feder aus der Hand und wandte sich halb nach ihm um. »Also, was soll das? Was ist los, Javert?«

Er war noch einen Augenblick stumm, als raffe er sich zusammen, dann hob er die Stimme, feierlich und doch nicht ohne Schlichtheit betrübt.

»Es ist los, Herr Bürgermeister, daß eine strafbare Handlung begangen worden ist.«

»Was für eine Handlung?«

»Ein Subalternbeamter hat es gröblichst einem Vorgesetzten gegenüber an Respekt ermangeln lassen. Ich bringe Ihnen, wie es meine Pflicht ist, den Fall zur Kenntnis.«

»Wer ist der Subalternbeamte?« fragte Herr Madeleine.

»Ich«, sagte Javert.

»Sie?«

»Ja, ich.«

»Und welcher Vorgesetzte hätte das Recht, über diesen Beamten zu klagen?«

»Sie, Herr Bürgermeister.«

Herr Madeleine richtete sich in seinem Sessel auf. Javert fuhr fort, mit strenger Miene und noch immer zu Boden blickend: »Herr Bürgermeister, ich möchte Sie bitten, bei der Behörde meine Entlassung beantragen zu wollen.«

Herr Madeleine öffnete betroffen den Mund. Javert nahm ihm das Wort weg. »Sie werden sagen, ich hätte meinen Abschied einreichen sollen, aber das genügt nicht. Seinen Abschied einzureichen ist ehrenvoll. Ich habe gefehlt, ich muß bestraft werden. Ich muß fortgejagt werden.« Und nach einer Pause: »Herr Bürgermeister, Sie waren neulich in ungerechter Weise streng gegen mich. Seien Sie es heute gerechtermaßen!«

»So, warum denn?« rief Herr Madeleine. »Was ist das für ein hohles Geschwätz? Was soll das heißen? Wieso haben Sie eine sträfliche Handlung gegen mich begangen? Was haben Sie mir getan? Wieso haben Sie gegen mich gefehlt? Sie schuldigen sich an, Sie wollen abgelöst werden ...«

»Fortgejagt«, sagte Javert.

»Fortgejagt, gut. Aber das verstehe ich nicht.«

»Sie werden noch verstehen, Herr Bürgermeister!«

Javert seufzte aus tiefster Brust und begann wieder, ganz kalt und traurig: »Herr Bürgermeister, vor sechs Wochen, nach dem Auftritt wegen der Dirne, war ich wütend, ich habe Sie angezeigt.«

»Angezeigt?«

»Bei der Polizeipräfektur in Paris.«

Herr Madeleine, der ebenso selten lachte wie Javert, lachte auf. »Als Bürgermeister, der sich widerrechtlich in ein Polizeiverfahren einmengt?«

»Als ehemaligen Sträfling.«

Der Bürgermeister wurde fahl. Javert, der nicht aufgesehen hatte, sprach weiter: »Ich glaubte es. Seit langem hatte ich solche Gedanken. Eine Ähnlichkeit, Anfragen, die Sie nach Faverolles haben ergehen lassen, Ihre Körperkraft, die Geschichte mit dem alten Fauchelevent, Ihre Schießkunst, Ihr Bein, das Sie ein wenig nachziehen, was weiß ich! Lauter Dummheiten. Aber ich hielt Sie für einen Menschen namens Jean Valjean.«

»Namens? Was für einen Namen sprachen Sie da aus?«

»Jean Valjean. Das ist ein Sträfling, den ich vor zwanzig Jahren gesehen habe, als ich Hilfswächter bei den Galeerensträflingen in Toulon war. Dieser Jean Valjean hat, scheint es, als er das Bagno verlassen hatte, bei einem Bischof gestohlen und dann mit bewaffneter Hand auf der Landstraße noch einen anderen Diebstahl an einem kleinen Savoyarden verübt. Acht Jahre hat er sich, man weiß nicht wie, verborgen, und man war auf der Suche nach ihm. Ich hatte mir eingebildet … Kurz, ich habe es getan! Der Zorn hat mich dazu gebracht, ich habe Sie bei der Präfektur angezeigt.«

Herr Madeleine, der sich seit einigen Augenblicken wie zuvor mit den Akten befaßte, hub in einem Ton völliger Gleichgültigkeit wieder an: »Und was hat man Ihnen entgegnet?«

»Ich sei verrückt.«

»Nun?«

»Nun, man hatte recht.«

»Ein Glück, daß Sie es anerkennen.«

»Ich muß es, da der wahre Jean Valjean gefunden ist.«

Das Papier, das Herr Madeleine hielt, entglitt ihm, er blickte auf, sah Javert fest an und rief in unsagbarem Ton: »Ach!«

Javert fuhr fort: »Es ist nämlich so, Herr Bürgermeister. In der Gegend nach Ailly-le-Haut-Clocher zu lebte, scheint es, ein Biedermann, der bei den Leuten Vater Champmathieu hieß. Er lebte sehr dürftig. Man beachtete ihn nicht. Man weiß ja nicht, wovon so was sein Leben fristet. Letzthin, im Herbst, ist der Vater Champmathieu wegen eines Diebstahls von Mostäpfeln verhaftet worden, den er bei … na, irgendwo, begangen hatte. Diebstahl, eine Mauer erklettert, Zweige des Baumes zerknickt. Also mein Champmathieu wird verhaftet. Er hatte noch einen Ast des Apfelbaums in der Hand. Der Kerl wird eingelocht. Soweit ist das nicht viel mehr als eine gewöhnliche Polizeistrafe. Aber jetzt schaltet die Vorsehung. Da das Gefängnis in üblem Zustand ist, scheint es dem Untersuchungsrichter angemessen, den Champmathieu nach Arras transportieren zu lassen, wo das Departementsgefängnis ist. Im Kittchen in Arras sitzt ein ehemaliger Sträfling namens Brevet, der wegen irgendeiner Geschichte eingesperrt ist und den man, weil er sich tadellos führt, zum Schließer einer Gemeinschaftszelle gemacht hat. Herr Bürgermeister, kaum ist der Champmathieu gelandet, da ruft Brevet: »Den kenne ich. Der war im Bagno. Sieh mich doch an, mein Guter! Du bist Jean Valjean.« Champmathieu spielt den Verblüfften: »Jean Valjean! Was für ein Jean Valjean?« Sagt Brevet: »Spiel doch nicht den Ahnungslosen! Du bist Jean Valjean. Du warst im Bagno in Toulon. Vor zwanzig Jahren. Wir waren miteinander da.« Champmathieu leugnet. Na, Sie verstehen. Man sieht ihn sich genauer an. Die Sache wird ergründet. Und es ergibt sich: Champmathieu war vor etwa dreißig Jahren Baumputzer in mehreren Gegenden, besonders in Faverolles. Dort verliert man seine Spur. Lange danach sieht man ihn in der Auvergne. Dann in Paris, wo er, wie er sagt, Wagner gewesen ist und eine Tochter hatte, eine Wäscherin, aber das ist nicht erwiesen. Und endlich in der Gegend hier. Was war nun Jean Valjean, bevor er wegen schweren Diebstahls in das Bagno kam? Baumputzer. Wo? In Faverolles. Und da ist noch etwas. Dieser Valjean hatte den Taufnamen Jean, und seine Mutter hieß mit ihrem Geburtsnamen Mathieu. Was liegt näher als der Gedanke, daß er, als er das Bagno verließ, den Namen seiner Mutter annahm, um sich zu verstecken, und sich Jean Mathieu nannte. Er geht in die Auvergne. Die Mundart daselbst macht aus Jean Chan, man nennt ihn Chan Mathieu. Unser Mann läßt sich das gefallen, und so ändert sich sein Name in Champmathieu. Sie folgten mir, nicht wahr? Man forscht in Faverolles nach. Die Familie von Jean Valjean ist nicht mehr da. Man weiß nicht, wo sie ist. Sie wissen, in dieser Klasse stirbt oft eine Familie so aus. Man sucht, man findet nichts mehr. Diese Menschen sind, wenn sie nicht Schmutz werden, Staub. Und da der Beginn der Geschichte drei Jahrzehnte zurückliegt, ist in Faverolles niemand, der Jean Valjean gekannt hat. Man fragt in Toulon nach. Außer Brevet gibt es nur noch zwei Sträflinge, die Jean Valjean gesehen haben. Zwei lebenslänglich Verurteilte, Cochepaille und Chenildieu. Man holt sie aus dem Bagno und läßt sie kommen. Man stellt sie dem angeblichen Champmathieu gegenüber. Sie zögern nicht. Für sie wie für Brevet ist er Jean Valjean. Gleiches Alter, er ist vierundfünfzig, gleicher Wuchs, dieselben Gesichtszüge, kurz, derselbe Mensch. Er ist es. Zu diesem Zeitpunkt habe ich meine Anzeige an die Pariser Polizeipräfektur geschickt. Man antwortete mir, ich sei geistesschwach und Jean Valjean sei in Arras in der Gewalt der Justiz. Sie können sich denken, wie ich darüber staune, wo ich glaubte, ich hätte denselben Jean Valjean hier. Ich schreibe an den Herrn Untersuchungsrichter. Er läßt mich kommen, man führt mir den Champmathieu vor ...«

»Nun?« fiel Herr Madeleine ein.

Javert antwortete mit seinem unbestechlichen, traurigen Gesicht: »Herr Bürgermeister, Wahrheit ist Wahrheit. Es tut mir leid, aber der Mann ist Jean Valjean. Auch ich habe ihn wiedererkannt.«

Mit gedämpfter Stimme entgegnete Herr Madeleine: »Sind Sie denn sicher?«

Javert brach in das kummervolle Gelächter aus, das tiefer Überzeugung entspricht: »Oh, sicher!« Er sann einen Moment nach, fischte mechanisch Streusand aus der Schale zum Trocknen der Tinte, die auf dem Tisch stand, und schloß: »Und jetzt, wo ich den wahren Jean Valjean gesehen habe, begreife ich nicht, wie ich etwas anderes glauben konnte. Ich bitte Sie um Verzeihung, Herr Bürgermeister.«

Indem er diese flehenden und ernsten Worte an den richtete, der ihn sechs Wochen zuvor mitten im Wachlokal gedemütigt und ihm zugerufen hatte: »Gehen Sie!«, war Javert, dieser hoffärtige Mann, ohne es zu wissen, voll Schlichtheit und Würde. Herr Madeleine erwiderte auf seine Bitte nur mit der jähen Frage: »Und was sagte der Mann?«

»Ah, verdammt, Herr Bürgermeister, seine Sache steht schlecht. Wenn er Jean Valjean ist, handelt es sich um Rückfall. Eine Mauer erklettern, einen Zweig knicken, Äpfel mausen ist für ein Kind ein Gassenjungenstreich. Für einen Mann ist es ein Vergehen. Für einen Sträfling ein Verbrechen. Einbruch und Diebstahl, das besagt alles. Das ist keine Polizeistrafsache mehr, das muß vor das Schwurgericht. Dafür gibt es nicht nur ein paar Tage Haft, sondern Galeere, und zwar lebenslänglich. Und dann ist da noch die Affäre mit dem kleinen Savoyarden, der hoffentlich wiederkommt. Zum Teufel, es könnte sich einer sträuben, nicht wahr? Jawohl, ein anderer als Jean Valjean. Aber Jean Valjean ist ein Duckmäuser. Auch daran erkenne ich ihn. Ein anderer würde merken, daß die Geschichte brenzlig ist. Er würde toben, schreien, der Kessel singt auf dem Feuer. Er würde nie Jean Valjean sein wollen, und so. Er aber tut so, als verstehe er nicht, und sagt: »Ich bin Champmathieu, ich bleibe dabei.« Er spielt den Verwunderten, den Blöden, das ist, denkt er, besser für ihn. Ach, der Kerl ist ausgekocht. Aber egal, die Beweise sind da. Vier Personen haben ihn erkannt, der alte Schurke wird verurteilt werden. Von den Geschworenen in Arras. Ich fahre als Zeuge hin. Ich bin vorgeladen.«

Herr Madeleine hatte sich wieder an seinen Schreibtisch gesetzt und sich seinem Aktenbündel zugewandt. Er blätterte ruhig darin, bald las er, bald schrieb er wie ein sehr beschäftigter Mann. Er drehte sich zu Javert um. »Genug, Javert. Diese Einzelheiten interessieren mich wirklich nur wenig. Wir verlieren unsere Zeit, und wir haben Dringendes zu erledigen. Javert, Sie gehen sofort zu der Frau Buseaupied, die unten an der Ecke der Rue Sainte-Saulve Kräuter verkauft. Sie werden ihr sagen, daß sie gegen den Fuhrmann Pierre Chesnelong Klage erheben soll. Der Mann ist ein Rohling, der die Frau und ihr Kind beinahe überfahren hätte. Er muß bestraft werden. Dann gehen Sie zu Herrn Charcellay in der Rue Montre-de-Champigny. Er beklagt sich, daß eine Dachrinne des Nachbarhauses Regenwasser auf seine Wohnung ausgießt und das Fundament des Gebäudes unterwäscht. Dann werden Sie Verstöße gegen die Polizeiordnungen feststellen, die man mir aus der Rue Guibourg bei der Witwe Doris meldet und aus der Rue du Garraud-Blanc bei Frau Renée le Bossé, und Sie werden Protokoll aufnehmen. Aber ich bürde Ihnen da viel Arbeit auf. Werden Sie nicht verreisen? Haben Sie mir nicht gesagt, daß Sie in acht bis zehn Tagen wegen des Prozesses nach Arras fahren werden?«

»Früher, Herr Bürgermeister.«

»An welchem Tag?«

»Ich glaubte doch, ich hätte dem Herrn Bürgermeister gesagt, daß morgen Verhandlung ist und ich noch heute nacht mit der Schnellpost fahre.«

Herr Madeleine machte eine unmerkliche Bewegung. »Und wie lange dauert der Prozeß?«

»Einen Tag höchstens. Das Urteil wird spätestens morgen nacht gesprochen werden. Aber ich warte das Urteil nicht ab, das ja kein Fehlspruch sein kann. Gleich nach meiner Aussage komme ich zurück.«

»Gut«, sagte Herr Madeleine. Und mit einem Wink verabschiedete er Javert.

Javert ging nicht. »Verzeihung, Herr Bürgermeister«, sagte er.

»Was ist noch?« fragte Herr Madeleine.

»Herr Bürgermeister, ich muß Sie an etwas erinnern.«

»Woran?«

»An meine Entlassung.«

Herr Madeleine stand auf. »Javert, Sie sind ein Ehrenmann, und ich schätze Sie. Sie übertreiben vor sich selbst Ihren Mißgriff. Auch das ist im übrigen eine Beleidigung, die mich angeht. Javert, Sie verdienen aufzusteigen und nicht hinabzusteigen. Ich wünsche, daß Sie Ihren Posten behalten.«

Javert sah Herrn Madeleine mit seinen offenen Augen an, in denen sein wenig geklärtes, aber starres und reines Gewissen sich zu spiegeln schien, und sagte ruhig: »Herr Bürgermeister, darauf kann ich mich nicht einlassen.«

»Ich wiederhole Ihnen«, erwiderte Herr Madeleine, »daß das nur mich angeht.«

Javert indes, einzig von seiner Idee beherrscht, fuhr fort: »Übertreiben? Ich übertreibe nicht. Meine Ansicht ist die: Ich hatte zu Unrecht einen Verdacht gegen Sie. Das ist nichts. Wir von der Polizei können Verdacht hegen, wenn auch billigerweise nicht gegen Männer, die über uns stehen. Aber ich habe Sie ohne Beweise, in einer Anwandlung von Zorn, um mich zu rächen, als Sträfling denunziert, Sie, einen Mann, dem Respekt gebührt, einen Bürgermeister, einen hohen Beamten! Das ist ein schwerer, sehr schwerer Fall. Ich habe in

Ihrer Person die Obrigkeit beleidigt, ich, ein Handlanger der Obrigkeit! Hätte einer meiner Untergebenen das getan, was ich getan habe, hätte ich ihn als des Dienstes unwürdig fortgejagt. Nun also? Ich bitte, Herr Bürgermeister, ein Wort noch. In meinem Leben bin ich oft streng gewesen. Gegen andere. Das war gerecht. Das war richtig von mir. Wenn ich jetzt nicht streng gegen mich wäre, würde alles, was ich Gerechtes getan habe, ungerecht. Darf ich mich mehr schonen als andere? Nein! Ich sollte nur dazu gut gewesen sein, andere zu züchtigen und nicht mich? Dann wäre ich ja ein elender Mensch, und alle, die da sagen: »Dieser Lump, der Javert!«, hätten recht. Herr Bürgermeister, ich verlange nicht, daß Sie mich mit Güte behandeln. Ihre Güte hat mir oft genug böses Blut gemacht, wenn sie die anderen betraf, und für mich mag ich sie nicht. Die Güte, die darin besteht, der öffentlichen Dirne gegen den Bürger Recht zu geben, dem Polizeibeamten gegen den Bürgermeister, dem, der unten ist, gegen den oben, die nenne ich eine schlechte Güte. Sie desorganisiert die Gesellschaft. Mein Gott! Es ist leicht, gut zu sein, und schwierig, gerecht zu sein. Wären Sie gewesen, was ich glaubte, ich hätte Ihnen keine Güte widerfahren lassen, das hätten Sie gesehen! Herr Bürgermeister, ich muß zu mir so sein wie zu jedem anderen. Als ich die Übeltäter im Zaum hielt, als ich gegen Schurken wütete, habe ich mir oft gesagt: Du, wenn du strauchelst, wenn ich dich je bei etwas Unerlaubtem fasse, dann Gnade dir! Ich bin gestrauchelt, ich habe mich gefaßt, desto schlimmer für mich. Verabschiedet, abgesetzt, fortgejagt! Recht so. Ich habe Arme, ich werde auf dem Lande arbeiten, mir ist das eins. Herr Bürgermeister, das Wohl des Dienstes fordert ein Exempel. Ich beantrage einfach die Absetzung des Inspektors Javert.«

All das hatte er in einem demütigen, stolzen, verzweifelten und überzeugten Ton gesprochen, der diesem sonderbaren Ehrenmann irgendeine bizarre Größe verlieh.

»Wir werden sehen«, sagte Herr Madeleine. Und er reichte ihm die Hand.

Javert wich zurück und sagte in ungebärdigem Ton: »Verzeihung, Herr Bürgermeister, das darf nicht sein. Ein Bürgermeister gibt einem Spitzel nicht die Hand.« Und zwischen den Zähnen murmelte er: »Einem Spitzel, ja. Von dem Moment an, wo ich die Polizeibefugnis mißbraucht habe, bin ich nichts als ein Spitzel.«

Dann verbeugte er sich tief und näherte sich der Tür. Dort drehte er sich um und sagte, ohne die Augen zu heben: »Herr Bürgermeister, ich verrichte meinen Dienst, bis ich abgelöst werde.« Er ging hinaus. Herr Madeleine blieb, in Träume versunken, zurück und hörte, wie dieser feste, sichere Schritt auf dem Pflaster des Korridors verhallte.

SIEBENTES BUCH

DER FALL CHAMPMATHIEU

Schwester Simplicia

Die Ereignisse, von denen gleich zu lesen sein wird, sind nicht alle in Montreuil-sur-Mer bekannt geworden, aber das wenige, was davon durchsickerte, hinterließ bei den Bewohnern jener Stadt eine solche Spur in der Erinnerung, daß eine große Lücke in diesem Buch entstünde, schilderten wir sie nicht bis in die kleinsten Details.

Dabei wird der Leser auf zwei, drei unwahrscheinliche Umstände stoßen, an denen wir aus Achtung vor der Wahrheit festhalten.

Am Nachmittag, der auf den Besuch Javerts folgte, ging Herr Madeleine wie gewöhnlich zu Fantine. Ehe er eintrat, ließ er Schwester Simplicia bitten. Die beiden Nonnen, die Dienst im Spital hatten, Lazaristinnen wie alle barmherzigen Schwestern, hießen Schwester Perpetua und Schwester Simplicia.

Schwester Perpetua war die erste beste Dörflerin und barmherzige Schwester nur in gröberem Sinne, nachdem sie Gottes Haus betreten hatte wie eine Magd einen Hof. Sie war Nonne, wie eine andere Köchin ist. Der Typ ist nicht sehr selten. Die mönchischen Orden nehmen gern diese schwerfällige bäuerliche Töpferware, die sich leicht zum Kapuziner oder zur Ursulinerin formen läßt. Diese Ländlichkeit wird für die grobe Arbeit der frommen Werke nutzbar gemacht. Der Übergang von einem Ochsenknecht zu einem Karmeliter hat nichts Erzwungenes. Die Verwandlung vollzieht sich ohne viel Mühe. Die gemeinsame Grundlage der Unwissenheit in Dorf und Kloster ist eine treffliche Vorbereitung und setzt den Landmann sofort auf den gleichen

Fuß mit dem Mönch. Die Bluse nur etwas breiter, und man hat eine Kutte. Schwester Perpetua war eine kraftvolle Nonne, aus Marines bei Pontoise, sie redete ihren Dialekt, psalmodierte, brummte, zuckerte den Tee je nach der Frömmelei oder Heuchelei des Bettlägrigen, verfuhr hart mit den Kranken, schroff mit den Sterbenden, warf ihnen Gott fast ins Gesicht, steinigte sie in ihrem Todeskampf mit zornigen Gebeten und war kühn und ehrbar, mit roten Backen.

Schwester Simplicia war weiß wie Wachs. Neben Schwester Perpetua sah sie aus wie die Wachskerze neben dem Talglicht.

Viel Freiheit mit viel Zwang verbindend, umriß Vincenz von Paula die Gestalt der barmherzigen Schwestern: »Sie soll als Kloster nur das Haus der Kranken haben, als Zelle nur eine gemietete Kammer, als Kapelle nur die Kirche ihrer Pfarrgemeinde, als Kreuzgang nur die Straßen der Stadt oder die Säle der Spitäler, als Klausur nur den Gehorsam, als Sprechgitter nur die Gottesfurcht und als Schleier nur die Anspruchslosigkeit.« Dieses Ideal war in Schwester Simplicia lebendig. Niemand hätte die Zahl ihrer Jahre nennen können. Sie war nie jung gewesen und schien nie altern zu sollen. Eine sanfte, ernste, der Geselligkeit nicht abholde, kühle Person (wir wagen nicht zu sagen, daß sie eine Frau war). Niemals hatte sie gelogen. So sanft war sie, daß sie gebrechlich schien; und dabei fester als Granit. Sie legte auf die Unglücklichen ihre anmutigen, zarten und reinen Finger. Es war gewissermaßen Schweigen in ihren Worten. Sie sprach gerade das Notwendige, und der Klang ihrer Stimme hätte im Beichtstuhl erbaut und zugleich in einem Salon bezaubert. Ihr Feingefühl paßte sich dem härenen Kleid an und fand in dieser rauhen Berührung einen ständigen Ruf des Himmels und Gottes. Daß sie nie gelogen, nie aus irgendwelchem Interesse, auch nicht gleichgültig, etwas gesagt hatte, was nicht die Wahrheit, die lautere Wahrheit gewesen wäre, war der entscheidende Zug an Schwester Simplicia, das Eigentümliche ihrer Tugend.

Wegen dieser unbeirrbaren Wahrheitsliebe war sie in der Kongregation fast berühmt. Abbé Sicard schreibt über Schwester Simplicia in einem Brief an den Taubstummen

Massieu: So aufrichtig und rein wir auch sein mögen, wir alle weisen in unserer Lauterkeit den Sprung der kleinen, unschuldigen Lüge auf. Sie nicht. Kleine Lüge, unschuldige Lüge, gibt es das? Lügen ist das absolut Böse. Wenig zu lügen ist nicht möglich. Wer lügt, lügt die ganze Lüge. Lügen ist das Antlitz des Dämons selbst. Satan hat zwei Namen: Satan und Lüge. So dachte sie darüber. Und wie sie dachte, handelte sie. So kam sie zu jener Weiße, die mit ihrem Glanz auch ihre Lippen und Augen überdeckte. Ihr Lächeln war weiß, ihr Blick war weiß. Nicht eine Spinnwebe, nicht ein Körnchen Staub saß an der Glasscheibe ihres Gewissens. Als sie in die Obedienz des heiligen Vincenz von Paula eintrat, hatte sie durch besondere Wahl den Namen Simplicia angenommen. Simplicia von Sizilien ist jene Heilige, die lieber sich beide Brüste abreißen ließ, als daß sie, die in Segesta geboren war, antwortete, sie stamme aus Syrakus, eine Lüge, die sie gerettet hätte. Sie war die Schutzheilige, die dieser Seele geziemte.

Als Schwester Simplicia Zögling des Ordens wurde, hatte sie zwei Fehler, von denen sie nach und nach frei geworden war. Sie naschte gern und empfing gern Briefe. Sie las stets nur ein Gebetbuch mit großen Lettern und in Lateinisch. Sie verstand Lateinisch nicht, aber das Buch verstand sie. Das fromme Mädchen hatte eine Neigung zu Fantine gefaßt, wohl weil es die in ihr verborgene Tugend fühlte, und widmete sich fast ausschließlich ihrer Pflege.

Herr Madeleine nahm Schwester Simplicia beiseite und empfahl ihr Fantine in besonderem Ton, dessen die Schwester sich später erinnerte. Dann verließ er die Schwester und trat an Fantines Bett heran. Sie erwartete jeden Tag den Besuch von Herrn Madeleine, wie man einen Strahl von Wärme und Freude erwartet. Zu den Schwestern sagte sie mitunter: »Ich lebe nur, wenn der Herr Bürgermeister da ist.«

An diesem Tag hatte sie hohes Fieber. Sobald sie Herrn Madeleine sah, fragte sie ihn: »Und Cosette?«

Er antwortete lächelnd: »Bald.«

Herr Madeleine war zu Fantine wie sonst. Nur blieb er eine Stunde statt einer halben Stunde, zu Fantines großer Befriedigung. Er hatte zahllose Aufträge für alle, damit es der

Kranken an nichts fehlte. Es fiel auf, daß sein Antlitz sich inzwischen verdüsterte. Aber das erklärte man sich, als man hörte, der Arzt habe sich zu seinem Ohr niedergebeugt und ihm gesagt: »Es geht ihr viel schlechter.«

Dann betrat er wieder die Bürgermeisterei, und der Bürodiener sah ihn aufmerksam eine Straßenkarte von Frankreich prüfen, die in seinem Arbeitszimmer hing. Mit einem Bleistift schrieb er einige Ziffern auf ein Papier.

Scharfsinn des Meisters Scaufflaire

Von der Bürgermeisterei begab er sich ans Ende der Stadt zu einem Flamen Scaufflaër, französiert Scaufflaire, der Pferde und »Wagen nach Übereinkunft« vermietete.

Der kürzeste Weg zu diesem Scaufflaire ging durch eine wenig besuchte Straße, in der das Pfarrhaus des Sprengels lag, worin Herr Madeleine wohnte. Der Pfarrer war, so hieß es, ein würdiger und achtungswerter Mann und guter Berater. In dem Augenblick, da Herr Madeleine an dem Pfarrhaus vorbeikam, befand sich in der Straße ein einziger Passant, und der bemerkte folgendes: Als der Herr Bürgermeister über die Pfarre schon hinaus war, blieb er stehen und verharrte unbeweglich, dann kehrte er um und ging bis zum Tor des Gebäudes zurück, einer mittelgroßen Tür mit eisernem Klöppel. Er faßte kräftig den Klöppel und hob ihn an; dann stand er wieder und stockte, als grüble er. Nach wenigen Sekunden ließ er den Klöppel, statt ihn heftig zurückfallen zu lassen, leise wieder los und setzte seinen Weg mit einer gewissen Eile fort, die er zuvor nicht hatte.

Herr Madeleine fand den Meister Scaufflaire daheim, mit der Ausbesserung von Sattelzeug beschäftigt. »Meister Scaufflaire«, fragte er, »haben Sie ein gutes Pferd?«

»Herr Bürgermeister«, sagte der Flame, »alle meine Pferde sind gut. Was verstehen Sie unter einem guten Pferd?«

»Ein Pferd, das zwanzig Wegmeilen an einem Tag machen kann.«

»Teufel!« sagte der Flame. »Zwanzig Wegmeilen!«

»Ja.«
»Vor ein zweirädriges Kabriolett gespannt?«
»Ja.«
»Und wie lange kann es nach der Fahrt ausruhen?«
»Nötigenfalls muß es am nächsten Tag zurück.«
»Und dieselbe Strecke laufen?«
»Ja.«
»Teufel! Teufel! Also wieder zwanzig Wegmeilen?«

Herr Madeleine zog aus seiner Tasche das Papier, auf das er die Zahlen gekritzelt hatte. Er zeigte sie dem Flamen. Es waren die Zahlen 5, 6, 8½. »Sie sehen«, sagte er, »neunzehneinhalb, also gegen zwanzig Wegmeilen.«

»Herr Bürgermeister«, erwiderte der Flame, »ich habe, was Sie wünschen. Meinen kleinen Schimmel. Sie haben ihn wohl ab und zu vorbeitraben sehen. Es ist ein kleines Tier aus dem Niederboulogner Bezirk. Das Tier ist feurig. Zuerst sollte es Reitpferd werden. Bah! Es schlug hinten aus, es schmiß jeden auf die Erde. Man dachte, es sei tückisch, und konnte nichts mit ihm anfangen. Ich habe es gekauft und vor das Kabriolett gespannt. Herr, das wollte es; es ist sanft wie ein Mädchen, es läuft wie der Wind. Aber um Himmels willen, auf den Rücken steigen darf ihm keiner. Es paßt ihm nicht, sich reiten zu lassen. Jedes hat seinen Ehrgeiz. Ziehen – ja, tragen – nein, hat es sich gesagt, muß man wohl glauben.«

»Und es macht die Fahrt?«

»Ihrer zwanzig Wegmeilen. Immer im Trab und in weniger als acht Stunden. Und nun die Bedingungen.«

»Nennen Sie sie.«

»Erstens, lassen Sie das Pferd nach der Hälfte des Weges eine Stunde verschnaufen. Es wird fressen, und während es frißt, muß man achtgeben, daß der Knecht des Gasthofes ihm nicht seinen Hafer stiehlt. Denn ich habe gemerkt, daß in den Gasthöfen die Knechte sich öfter den Hafer durch die Gurgel jagen, als daß die Gäule ihn fressen.«

»Man wird achtgeben.«

»Zweitens … soll das Kabriolett für den Herrn Bürgermeister sein?«

»Ja.«

»Kann der Herr Bürgermeister kutschieren?«

»Ja.«

»Dann wird der Herr Bürgermeister allein fahren und ohne Gepäck, damit das Pferd nicht zu sehr belastet wird.«

»Einverstanden.«

»Aber da der Herr Bürgermeister niemanden mit hat, wird er über den Hafer selbst wachen müssen.«

»So ist es.«

»Ich fordere dreißig Francs täglich, mit Vergütung der Ruhetage. Nicht einen Heller weniger, und der Herr Bürgermeister muß auch für das Futter aufkommen.«

Herr Madeleine holte aus seiner Börse drei Napoleons und legte sie auf den Tisch. »Die Vorauszahlung für zwei Tage.«

»Viertens, für eine solche Fahrt wäre ein Kabriolett zu schwer und würde das Pferd strapazieren. Der Herr Bürgermeister müßte einwilligen, in einem kleinen Tilbury, den ich habe, zu reisen.«

»Ich willige ein.«

»Der Wagen ist leicht, aber offen.«

»Das stört mich nicht.«

»Hat der Herr Bürgermeister erwogen, daß wir Winter haben?« Herr Madeleine antwortete nicht. Der Flame fragte nochmals: »Daß es sehr kalt ist?« Herr Madeleine bewahrte Schweigen. »Daß es regnen kann?« fragte Meister Scaufflaire.

Herr Madeleine blickte auf und sagte: »Der Tilbury und das Pferd werden morgen früh um halb fünf Uhr vor meiner Tür stehen.«

»Recht so, Herr Bürgermeister«, erwiderte Scaufflaire. Dann kratzte er mit dem Nagel seines Daumens an einem Fleck im Holz des Tisches herum und nahm die sorglose Miene an, die die Flamen so trefflich mit ihrer Schlauheit zu vereinen wissen. »Aber jetzt denke ich dran! Der Herr Bürgermeister sagt mir nicht, wohin er fährt. Wohin fährt der Herr Bürgermeister?« Seit den ersten Worten des Gesprächs hatte er nichts anderes im Sinn, aber er wußte nicht, warum er nicht gewagt hatte, die Frage zu stellen.

»Hat Ihr Pferd gute Vorderbeine?« fragte Herr Madeleine.

»Ja, Herr Bürgermeister. Wenn die Straße sich senkt, werden Sie es ein bißchen kurz im Zügel halten. Geht es oft abwärts von hier bis zum Ziel Ihrer Fahrt?«

»Vergessen Sie nicht, genau um halb fünf vor meiner Tür zu stehen«, antwortete Herr Madeleine, und er ging. Der Flame blieb, wie er selbst einige Zeit danach sagte, »mit dummem Gesicht« sitzen.

Zwei bis drei Minuten war der Herr Bürgermeister draußen, als die Tür sich wieder öffnete; es war der Herr Bürgermeister. Noch immer hatte er unbewegte und ernste Züge. »Herr Scaufflaire«, sagte er, »wie hoch schätzen Sie das Pferd und den Tilbury, die Sie vermieten werden, wobei das eine den anderen mitnimmt?«

»Das eine den anderen zieht, Herr Bürgermeister«, sagte der Flame mit derbem Lachen.

»Meinetwegen. Nun?«

»Will der Herr Bürgermeister sie mir abkaufen?«

»Nein, aber für jeden Fall will ich sie Ihnen garantieren. Bei meiner Rückkehr geben Sie mir den Betrag wieder. Also, wie hoch schätzen Sie Wagen und Pferd?«

»Auf fünfhundert Francs, Herr Bürgermeister.«

»Hier.« Herr Madeleine legte eine Banknote auf den Tisch. Dann ging er fort, und diesmal kam er nicht wieder. Meister Scaufflaire bedauerte schrecklich, daß er nicht gesagt hatte: tausend Francs. Im übrigen waren Pferd und Tilbury im ganzen fünfhundert Francs in Silber wert.

Der Flame rief seine Frau und erzählte ihr von der Sache. »Wohin, zum Tenfel, kann der Herr Bürgermeister fahren?« Sie hielten Rat. »Er fährt nach Paris«, sagte die Frau. »Glaube ich nicht«, sagte der Mann. Auf dem Kamin hatte Herr Madeleine den Zettel vergessen, worauf er die Zahlen gekritzelt hatte. Der Flame griff danach und studierte ihn. »Fünf, sechs, achteinhalb, das muß Umspannstation der Post bedeuten.« Er wandte sich seiner Frau zu: »Ich hab's gefunden.« – »Na, wie denn?« – »Es sind fünf Wegmeilen von hier bis Hesdin, sechs von Hesdin bis Saint-Pol, achteinhalb von Saint-Pol bis Arras. Er fährt nach Arras.«

Indessen war Herr Madeleine nach Hause gegangen. Um vom Meister Saufflaire dahinzukommen, hatte er den längsten Weg gewählt, als ob das Tor der Pfarre eine Versuchung für ihn wäre und er es meiden wollte. Er war in sein Zimmer hinaufgestiegen und hatte sich darin eingeschlossen, was durchaus einfach war, denn er legte sich gern zu früher Stunde nieder. Indes beobachtete die Portiersfrau der Fabrik, die zugleich die einzige Bediente von Herrn Madeleine war, daß sein Licht um halb neun Uhr erlosch, und sie sprach darüber mit dem Kassierer, der ins Haus zurückkehrte, und fügte hinzu: »Ist der Herr Bürgermeister krank? Ich fand, daß er sonderbar aussah.«

Dieser Kassierer bewohnte ein Zimmer gerade unter dem des Herrn Madeleine. Er achtete nicht auf die Worte der Portiersfrau, legte sich zu Bett und schlief ein. Gegen Mitternacht erwachte er plötzlich. Im Schlaf hatte er ein Geräusch über seinem Kopf gehört. Er lauschte. Schritte gingen hin und her, als ob jemand in dem Zimmer droben wandelte. Er horchte noch schärfer und erkannte den Schritt von Herrn Madeleine. Das fiel ihm auf; denn meist erhob sich kein Laut im Zimmer von Herrn Madeleine, bis er aufstand. Einen Augenblick später hörte der Kassierer ein Knarren, als werde ein Schrank geöffnet und wieder zugesperrt. Dann wurde ein Möbel weggerückt, Stille trat ein, und die Schritte begannen von neuem. Der Kassierer setzte sich auf, erwachte ganz, sah um sich, und durch die Scheiben seines Fensterkreuzes bemerkte er auf der Wand gegenüber die rötliche Rückstrahlung eines erleuchteten Fensters. Nach der Richtung dieser Strahlen konnte es nur das von Herrn Madeleines Zimmer sein. Der Widerschein zuckte, als ob er eher von angezündetem Feuer komme als von einem Licht. Der Schatten der verglasten Rahmen zeichnete sich nicht ab, was darauf hinwies, daß das Fenster weit offen war. Bei der herrschenden Kälte war dieses offene Fenster überraschend. Der Kassierer schlief wieder ein. Eine oder zwei Stunden danach erwachte er von neuem. Derselbe Schritt, langsam und regelmäßig, ging über seinem Kopf hin und her.

Der Widerschein zitterte noch immer auf der Wand, aber

jetzt war er blaß und friedlich wie der Schimmer einer Lampe oder einer Kerze. Das Fenster stand wie zuvor weit offen.

Dies geschah in dem Zimmer des Herrn Madeleine.

Sturm unter einer Hirnschale

Der Leser hat gewiß erraten, daß Herr Madeleine niemand anders als Jean Valjean war.

Wir haben bereits in die Tiefen dieses Gewissens geschaut. Der Augenblick ist gekommen, abermals hineinzublicken. Wir tun es nicht ohne Erregung und Zagen. Nichts ist erschreckender als diese Art Betrachtung. Nirgendwo kann das Auge des Geistes mehr geblendet werden und dichtere Finsternis antreffen als im Menschen. Es kann seinen Blick auf nichts Grauenerregenderes, Verwickelteres, Geheimnisvolleres und Unendlicheres heften. Ein Schauspiel ist erhabener als das Meer, es ist der Himmel. Ein Schauspiel ist erhabener als der Himmel, es ist das Innere der Seele.

Das Poem des menschlichen Gewissens schreiben, und sei es auch nur im Zusammenhang mit einem einzigen, mit dem einfachsten Menschen, hieße alle Epen in einem unübertrefflichen und abschließenden Epos verschmelzen. Das Gewissen ist das Chaos der Trugbilder, der Begehrlichkeiten und Versuchungen, der Schmelzofen der Träume und die Höhle der Gedanken, deren man sich schämt. Es ist das Pandämonium der Sophismen, das Schlachtfeld der Leidenschaften. Durchdringt in gewissen Stunden das fahle Antlitz eines menschlichen Wesens, das nachdenkt, und schaut dahinter, schaut in diese Seele, schaut in diese Finsternis. Unter dem äußerlichen Schweigen kämpfen da Giganten wie bei Homer, tummeln sich Drachen, Hydren und Schwärme von Geistern wie bei Milton, vereinen sich visionäre Kreise in der Tiefe wie bei Dante. Diese verworrene Unendlichkeit trägt jeder Mensch in sich, und an ihr ermißt er verzweifelt den Willen seines Hirns und die Taten seines Lebens!

Alighieri gelangte einst an ein unheilverkündendes Tor,

vor dem er zögernd verweilte. Auch wir stehen unschlüssig vor der Schwelle eines solchen Tores. Schreiten wir dennoch hindurch.

Nur wenig ist dem nachzutragen, was über das Schicksal Jean Valjeans seit dem Erlebnis mit dem kleinen Gervasius schon erzählt wurde. Von diesem Moment an war er ein anderer Mensch. Was der Bischof aus ihm hatte machen wollen, er verwirklichte es. Nicht eine Verwandlung allein geschah, es war eine Verklärung.

Es gelang ihm zu verschwinden, er verkaufte das Silbergeschirr des Bischofs, behielt nur die Leuchter zur Erinnerung, streifte von Stadt zu Stadt, durchquerte Frankreich, kam nach Montreuil-sur-Mer, erfand jenes Verfahren, vollbrachte, was hier geschildert worden ist, wurde unfaßbar und unzugänglich. In Montreuil-sur-Mer seßhaft, war er hinfort durch die Empfindung beruhigt, daß auf seinem Gewissen der Gram über die Vergangenheit lastete und daß die zweite Hälfte seiner Existenz die erste widerrief. Er lebte still, gesichert und hoffend. Nur zwei Gedanken hatte er noch: seinen Namen zu verhehlen und sein Dasein zu heiligen; den Menschen zu entrinnen und zu Gott heimzukehren.

Die beiden Ideen waren in seinem Geist so eng vermählt, daß sie nur eine einzige bildeten. Ihn gleich erfüllend und gleich gebieterisch, lenkten sie ihn auch bei den kleinsten Handlungen. Gewöhnlich regelten sie in Eintracht seine Lebensführung. Sie ließen ihn das Dunkel suchen, sie machten ihn wohlwollend und schlicht, sie rieten ihm beide dasselbe an. Manchmal jedoch war ein Gegensatz zwischen ihnen. In einem solchen Fall zauderte der Mann, der im ganzen Bezirk von Montreuil-sur-Mer Herr Madeleine hieß, nicht, den ersten Gedanken dem zweiten zu opfern, seine Sicherheit seiner Tugend. So hatte er, aller Vorsicht und Klugheit entgegen, die Leuchter des Bischofs aufbewahrt, Trauer um ihn getragen, alle jungen Savoyarden, die durchzogen, zu sich geladen und ausgefragt, sich nach den Familien von Faverolles erkundigt und dem alten Fauchelevent trotz der bedrohlichen Unterstellungen Javerts das Leben gerettet. Er schien nach dem Beispiel aller Weisen, Heiligen und Gerechten, die es gegeben hat, überzeugt, seine erste Pflicht sei nicht die gegen sich selbst.

Nie aber hatte sich ihm, man muß es sagen, eine ähnliche Entscheidung wie die jetzige aufgezwungen. Nie stritten die beiden Ideen, die den Unglücklichen leiteten, in einem so ernsthaften Kampf um ihn. Das wurde ihm wirr, aber tief schon nach den ersten Worten Javerts bewußt, als dieser in sein Arbeitszimmer trat. In dem Augenblick, in dem der Mensch mit so seltsamer Betonung den Namen aussprach, den er unter so vielen undurchdringlichen Hüllen vergraben hatte, war er von Lähmung ergriffen und wie berauscht von der düsteren Bizarrerie seines Geschicks, und in dieser Lähmung überwältigte ihn das Beben, das den großen Erschütterungen vorangeht. Er bog sich wie eine Eiche beim Nahen eines Unwetters, wie ein Soldat, wenn ein Angriff kommt. Er fühlte, wie über sein Haupt Schattengewölk kam, voll von Donner und Blitz. Indes er auf Javerts Gerede hörte, dachte er zunächst daran, sich hinzubegeben, hinzueilen, sich zu denunzieren, diesem Champmathieu aus dem Kerker herauszuhelfen und sich selbst hineinzubegeben. Das war schmerzlich und stechend wie ein Einschnitt in das lebendige Fleisch, dann ging es vorüber, und er sagte sich: Nun, nun! – Er verleugnete diese Wallung des Edelmuts und wich vor dem Heroismus zurück.

Zwar wäre es schön, hätte nach den heiligen Worten des Bischofs, nach so vielen Jahren der Reue und der Entsagung, inmitten einer Buße, die er wundervoll begonnen hatte, dieser Mann auch gegenüber einer so furchtbaren Verbindung von Umständen nicht einen Augenblick geschwankt. Und er wäre mit dem gleichen Schritt weitergeschritten, auf die klaffende Schlucht zu, in deren Grund der Himmel war; das wäre schön, aber so war es nicht.

Wir dagegen müssen uns klarmachen, was sich in dieser Seele abspielte, und wir können nur erzählen, wie es sich wirklich verhielt. Der Selbsterhaltungstrieb war in ihm am mächtigsten. Hastig ordnete er seine Gedanken, er unterdrückte seine Erregungen, erwog die Gegenwart Javerts, diese große Gefahr, vertagte jeden Entschluß mit der Festigkeit des Erstarrens, betäubte sich, um zu vergessen, daß er handeln mußte, und gewann seine Ruhe wieder, so wie ein Kämpfer seinen Schild vom Boden aufhebt.

In dieser Verfassung war er während der letzten Tagesstunden, unter einem Wirbel von Gefühlen im Innern, einer großen Gelassenheit nach außen. Er traf nur Maßnahmen, die man Schutzmaßnahmen nennen konnte. Alles war ihm noch unklar, alles stieß sich in seinem Hirn. Eine solche Wirrnis war in ihm, daß er die Gestalt irgendeines Gedankens nur ungenau vor sich sah. Und er selbst hätte über sein eigenes Ich nichts sagen können, als daß es einen schweren Schlag empfangen hatte. Er begab sich seiner Gewohnheit gemäß an das Leidensbett Fantines und verlängerte seinen Besuch aus dem Instinkt der Güte, da er sich sagte, er müsse so handeln und sie den Schwestern ans Herz legen, für den Fall, daß er genötigt sein werde, sich zu entfernen. Er fühlte ungewiß, daß er vielleicht nach Arras werde fahren müssen, und ohne sich im geringsten für diese Reise entschieden zu haben, glaubte er, gegen jeden Verdacht gefeit, wie er es war, könne er ohne Mißlichkeit Zeuge dessen sein, was dort geschehen werde. So bestellte er den Tilbury von Scaufflaire, da er auf jede Wendung vorbereitet zu sein wünschte.

Mit ziemlichem Appetit aß er. Als er wieder in seinem Zimmer war, sammelte er sich. Er prüfte die Lage und fand sie unerhört; so unerhört, daß er mitten in seiner Träumerei, von irgendeiner für ihn fast rätselhaften Angst erfaßt, von seinem Stuhl aufstand und seine Tür verriegelte. Er fürchtete, noch irgend etwas trete durch sie ein. Er verschanzte sich gegen das, was möglich war. Einen Moment danach blies er das Licht aus. Es war ihm lästig. Ihm schien, man könne ihn sehen. Wer war dieses »man«? Ach, das, dem er die Tür weisen wollte, war schon eingetreten. Was er blind machen wollte, sah ihn an. Sein Gewissen. Also Gott.

Im ersten Augenblick jedoch täuschte er sich darüber hinweg. Er hatte eine Empfindung der Sicherheit und Einsamkeit. Da der Riegel vorgeschoben war, wähnte er, man könne seiner nicht habhaft werden. Da die Kerze gelöscht war, fühlte er sich unbesiegbar. Nun ergriff er von sich selbst Besitz. Er stemmte seine Ellbogen auf den Tisch, stützte den Kopf in die Hand und begann, in der Finsternis nachzusinnen. Wo bin ich? Träume ich nicht? Was hat man mir gesagt? Ist es wahr, daß ich Javert gesehen habe und daß er mit mir gesprochen hat? Wer kann dieser Champmathieu sein? Er ist mir also ähnlich? Ist das überhaupt möglich? Wenn ich bedenke, daß ich so ruhig war und so ohne jede Ahnung? Was tat ich gestern zur nämlichen Stunde? Was ist mit dieser Verstrickung? Wie wird sie sich lösen? Was soll ich tun? In solchem Aufruhr war er. Sein Hirn hatte die Kraft verloren, seine Gedanken zurückzuhalten, sie wogten hindurch, und um sie zu bändigen, barg er seine Stirn in beide Hände.

Von diesem Tumult, der seinen Willen und seine Vernunft aufrüttelte und aus dem er Freiheit von Zweifeln und Entschlußkraft zu gewinnen suchte, blieb nichts als die Angst in ihm. Sein Kopf glühte. Er ging zum Fenster und öffnete es weit. Kein Stern war am Himmel. Er nahm wieder am Tisch Platz.

So verstrich die erste Stunde. Nach und nach begannen sich unbestimmte Linien in seiner Grübelei zu formen und herauszuheben, und er konnte mit der Schärfe der Wirklichkeit nicht die gesamte Situation, aber Einzelheiten übersehen. Er begann zu erkennen, daß, so kritisch und so ungeheuerlich diese Situation war, er sie durchaus meisterte. Aber die Lähmung, von der er befallen war, wurde nur noch heftiger. Ganz abgesehen von dem strengen, religiösen Ziel, das er sich bei allem Handeln setzte, war alles, was er bis heute getan hatte, nur ein Loch, das er aushöhlte, um seinen Namen darin zu verscharren. Was er stets am meisten gefürchtet hatte, in den Stunden der Selbsteinkehr, in seinen schlaflosen Nächten, war, jemals diesen Namen aussprechen zu hören. Er sagte sich, das werde für ihn das Ende von allem sein. An dem Tag, an dem dieser Name wiedererscheine, werde um ihn her sein neues Leben entschwinden und vielleicht sogar in ihm seine neue Seele. Es schauderte ihn vor dem bloßen Gedanken, daß dies möglich sei. Hätte jemand ihm früher gesagt, dieser Name werde einmal an seinem Ohr ertönen, das häßliche Wortgespenst Jean Valjean plötzlich der Nacht entsteigen und sich vor ihm aufrichten, dieses erschreckende Licht, statt den Nebel des Geheimnisses, in das er sich hüllte, zu zerstreuen, jählings über seinem Haupt erglänzen, dieser Name keine Drohung für ihn sein, dieses Licht nur noch dichteres Dunkel verbreiten, der zerrissene Schleier das Mysterium nur verstärken, dieses Erdbeben seinen Bau festigen, diese erstaunliche Gefährdung, wenn er so wollte, kein anderes Ergebnis haben, als seine Existenz zugleich klarer und noch weniger durchschaubar zu machen, und aus seiner Konfrontation mit dem spukhaften Jean Valjean werde der gute, rechtschaffene Bürger Madeleine noch geehrter, friedlicher und geachteter als je hervorgehen – hätte jemand ihm das gesagt, er hätte den Kopf geschüttelt und die Prophezeiung als sinnlos betrachtet. Und das alles war soeben eingetroffen, die ganze Häufung von Unmöglichkeiten war eine Tatsache, und Gott hatte erlaubt, daß etwas so Tolles sich bewahrheitete.

Seine Träumerei erhellte sich mehr und mehr. Immer deutlicher gab er sich über seine Lage Rechenschaft. Es schien ihm, er sei aus irgendeinem Schlaf erwacht und gleite inmitten der Nacht einen Hang abwärts, stehend, zitternd, vom äußersten Rand eines Abgrunds zurückweichend. Im Schatten entdeckte er die Züge eines Unbekannten, eines Fremden, den das Schicksal für ihn hielt und statt seiner ins Bodenlose stieß. Es mußte, damit der Abgrund sich schloß, einer in ihn stürzen, er oder der andere. Er brauchte es nur geschehen zu lassen.

Die Klarheit wurde vollständig, und er gestand sich: Sein Platz bei den Galeeren war unbesetzt und wartete, was er auch tat, immer auf ihn. Der Raub an dem kleinen Gervasius brachte ihn dahin zurück, der leere Platz würde auf ihn warten und ihn anziehen, bis er ihn wieder einnahm. Das war unentrinnbar, schicksalhaft. Und dann sagte er sich, jetzt verfüge er über einen Stellvertreter, ein Mann namens Champmathieu habe Aussicht auf diese ungünstige Rolle. Er aber werde von nun an in der Person dieses Champmathieu im Bagno sein, unter dem Namen des Herrn Madeleine aber in der Gesellschaft und nichts mehr zu fürchten haben, wenn er die Menschen nicht hinderte, über dem Kopf dieses Champmathieu den Stein der Schande zu errichten, der wie der Grabstein sich einmal senkt und sich nie mehr aufheben läßt.

Das alles war so gewaltsam und sonderbar, daß er plötzlich in sich jenen unbeschreiblichen Taumel verspürte, den kein Mensch in seinem Leben mehr als zweimal oder dreimal empfindet, eine Art Krampf des Gewissens, der alles im Herzen aufwühlt, was zweifelhaft ist, was aus Ironie, Freude und Verzweiflung gemischt ist und ein inneres Gelächter genannt werden kann. Plötzlich zündete er seine Kerze wieder an.

Wovor ängstige ich mich? so fragte er sich. Was ist mit mir, daß ich so nachdenke? Ich bin gerettet. Alles ist zu Ende. Nur noch eine halbgeöffnete Tür war da, durch die meine Vergangenheit in mein Leben einbrechen konnte. Diese Tür ist nun für immer vermauert. Javert, der mich so lange schon beunruhigt, sein furchtbarer Instinkt, der mich gewittert zu haben schien, mich gewittert hatte, bei Gott!, und mich überall verfolgte, dieser gräßliche Jagdhund, der mich immer belauerte, er ist nun beirrt, anderswo beschäftigt, er hat die Fährte verloren. Seine Gier ist hinfort gestillt, er wird mich in Ruhe lassen, er hat seinen Jean Valjean. Wer weiß, ob er nicht die Stadt verlassen wird? Und all das ist ohne mich gekommen. Und ich bin ausgeschaltet. Was ist denn so ein großes Unglück dabei? Leute, die mich sähen, würden wahrhaftig glauben, es sei mir eine Katastrophe widerfahren. Wenn für jemanden Unglück entsteht, bin ich nicht schuld daran. Das Schicksal hat es so bestimmt. Habe ich das Recht, zu stören, was es anzettelt? Was verlange ich denn? In was menge ich mich? Das geht mich nichts an. Wie, ich sollte nicht zufrieden sein? Was fehlt mir noch? Das Ziel, nach dem ich seit so vielen Jahren trachte, den Traum meiner Nächte, den Inhalt meiner Gebete zum Himmel, die Sicherheit, ich habe sie erreicht. Gott will es. Ich kann nichts gegen den Willen Gottes tun. Und warum will es Gott? Damit ich fortfahre, was ich angefangen habe, damit ich Gutes tue, damit ich eines Tages ein großes, ermutigendes Vorbild werde und zuletzt ein wenig Glück mit der Buße verbunden ist, die ich bereuend auf mich genommen, und der Tugend, in der ich mich wiedergefunden habe. Fürwahr, ich begreife nicht, warum ich mich vorhin scheute, bei dem wackeren Pfarrer einzukehren, ihm wie einem Beichtvater alles zu erzählen und ihn um Rat zu bitten, und auch er hätte mir wohl gerade das gesagt. Es ist entschieden, lassen wir den Dingen ihren Lauf! Lassen wir den Herrgott das Seine tun!

So redete er mit sich in den Tiefen seines Gewissens, über den Abgrund in sich selbst, so könnte man sagen, geneigt. Er erhob sich von seinem Stuhl und begann im Zimmer auf und ab zu gehen. Denken wir nicht mehr daran, sprach er zu sich. Das sei ausgemacht. Aber er fühlte keine Freude. Im Gegenteil. Man hindert den Geist nicht, zu einer Idee zurückzukehren, sowenig wie das Meer zu einem Ufer. Für den Matrosen heißt das die Flut, für den Schuldigen die Gewissensqual. Gott bewegt die Seele wie den Ozean.

Nach wenigen Augenblicken begann er, sosehr er sich sträubte, wieder den düsteren Dialog, bei dem er Sprecher und Hörer war. Er sagte, was er hätte verschweigen wollen, hörte, was er nicht vernehmen wollte, und gab der geheimnisvollen Macht nach, die ihm gebot: Denke! wie vor zweitausend Jahren einem anderen Verurteilten: Gehe deinen Weg!

Um ganz richtig verstanden zu werden, sei uns eine Bemerkung gestattet, bevor wir fortfahren.

Fest steht, daß man mit sich selbst redet; es gibt kein denkendes Wesen, das diese Erfahrung nicht schon gemacht hätte. Wir meinen sogar, daß das Wort nie ein großartigeres Mysterium ist, als wenn es im Innern eines Menschen vom Verstand in das Gewissen übergeht und aus dem Gewissen zum Verstand zurückkehrt. Nur in diesem Sinne sind die oft in diesem Kapitel gebrauchten Worte wie »er sagte«, »er rief« aufzufassen. Man sagt sich, spricht mit sich, ruft sich etwas zu, ohne daß das äußerliche Schweigen gebrochen wird. Großer Aufruhr herrscht; alles redet in uns, ausgenommen der Mund. Wenn auch die Wirklichkeiten der Seele unsichtbar bleiben und sich nicht mit Händen greifen lassen, so sind sie dennoch Wirklichkeiten.

Er befragte sich, wie es um ihn stand. Er forschte dem Entschluß nach, den er sich vortäuschte. Er bekannte sich selbst, daß alles, was er sich im Geist zurechtgelegt hatte, ein Aberwitz, daß diese Auffassung, er müsse die Dinge gehen, den lieben Gott handeln lassen, einfach abscheulich war. Zu dulden, daß dieser Irrtum des Schicksals und der Menschen sich vollendete, und ihm nicht entgegenzuwirken, ihn durch Schweigen zu fördern, nichts zu tun, was alles tun hieß, es war der höchste Grad unwürdiger Heuchelei. Es war ein niedriges, feiges, hinterlistiges, gemeines, scheußliches Verbrechen.

Zum erstenmal seit acht Jahren hatte der Unglückliche den bitteren Geschmack eines schlechten Gedankens und einer schlechten Tat empfunden. Mit Ekel spie er ihn wieder aus. Und weiter erforschte er sich. Streng fragte er sich, was er unter: »Mein Ziel ist erreicht!« eigentlich verstanden hatte. Er hielt sich vor, daß sein Leben allerdings ein Ziel habe. Aber welches Ziel? Seinen Namen zu verbergen? Die Polizei zu hintergehen? Hatte er zu einem so geringen Zweck alles das getan, was er getan hatte? Gab es nicht ein anderes Ziel für ihn, ein größeres, das wahre? Das Heil nicht seiner Person, sondern seiner Seele. Wieder ehrenhaft und gut zu werden. Ein Gerechter zu sein. Hatte er nicht dieses vor allem, dies einzig und immer gewollt, hatte der Bischof ihm das nicht aufgetragen? Seiner Vergangenheit die Tür zu verschließen? Aber er verschloß sie nicht, großer Gott! Er öffnete sie, indem er eine schändliche Tat verübte. Er wurde wieder ein Dieb, und zwar der hassenswerteste aller Diebe. Er stahl einem anderen seine Existenz, sein Leben, seinen Frieden, seinen Platz an der Sonne. Er wurde zum Mörder. Er tötete, tötete moralisch einen Elenden, er verhängte über ihn den Fluch, lebendig tot zu sein, den Tod unter freiem Himmel, den man Bagno nennt. Nein, sich auszuliefern, diesen von einem so unheilvollen Irrtum betroffenen Menschen zu retten, pflichtgemäß wieder der Sträfling Jean Valjean zu werden, das hieß in Wahrheit seine Auferstehung vollenden und auf immer die Hölle absperren, aus der er kam. Zum Schein ihr wieder zu verfallen bedeutete in Wahrheit, sie zu überwinden. Er mußte das tun, nichts hatte er getan, wenn er das nicht tat. Sein ganzes Leben war nutzlos, seine ganze Reue vergebens, und er konnte sich nur sagen: Wozu? Er fühlte, daß der Bischof ihm nahe war, um so gegenwärtiger, als er tot war, daß der Bischof ihn fest ansah, daß hinfort der Bürgermeister Madeleine mit allen seinen Tugenden für ihn erbärmlich sein würde und der Galeerensträfling Jean Valjean der Bewunderung würdig umd rein. Daß die Menschen seine Maske erblickten, aber der Bischof sein Antlitz erblickte. Daß die Menschen sein Leben sahen, aber der Bischof seine Seele sah. Er mußte also nach Arras gehen, den falschen Jean Valjean befreien, den echten denunzieren. Ach, es war das größte Opfer, der Sieg, der am tiefsten ins Herz ging, der letzte Schritt, der noch zurückzulegen war. Aber es mußte sein. Schmerzliches Schicksal! Er konnte der Heiligkeit vor Gottes Augen nur teilhaftig werden, wenn er die Schmach vor den Augen der Menschen wieder auf sich nahm.

»Sei es«, sagte er, »wählen wir sie! Tun wir unsere Pflicht! Retten wir diesen Menschen!« Er sprach diese Worte laut, ohne zu merken, daß er ganz laut redete. Er griff zu seinen Büchern, sah sie durch und brachte sie in Ordnung. Er warf ein Bündel Quittungen in den Kamin, die geldbedürftige kleine Kaufleute ihm ausgestellt hatten. Er schrieb einen Brief, den er versiegelte und auf dessen Umschlag ein in diesem Moment im Zimmer Anwesender hätte lesen können: Herrn Laffitte, Bankier, Rue d'Artois in Paris. Aus einem Sekretär holte er eine Brieftasche hervor, in der einige Banknoten lagen und ein von ihm für die diesjährigen Wahlen verwendeter Paß. Wer ihn bei den mehrfachen Verrichtungen beobachtet hätte, denen er sich so ernst nachsinnend unterzog, hätte nicht geahnt, was in ihm vorging. Nur ab und zu regten sich seine Lippen. Dann wieder hob er den Kopf und heftete seinen Blick auf irgendeine Stelle an der Wand, als sei gerade dort etwas zu sehen, was er erhellen oder befragen wollte.

Als er mit dem Brief an Herrn Laffitte fertig war, steckte er ihn und die Brieftasche zu sich und begann wieder hin und her zu gehen. Seine Träumerei hatte ihn nicht auf einen

Abweg geführt. Noch immer sah er klar seine Pflicht vor sich, in leuchtenden Buchstaben, die vor seinen Augen flammten und sich mit seinem Blick verschoben: Gehe! Melde dich! Zeige dich an! Und ebenso sah er, als ob sie sich in sinnlicher Gestalt vor ihm bewegten, die beiden Ideen, die bisher seine zwiefache Lebensnorm gewesen waren: seinen Namen zu hehlen, seine Seele zu heiligen. Zum erstenmal erschienen sie ihm völlig deutlich, und er gewahrte ihren trennenden Unterschied. Er erkannte, daß die eine dieser Ideen notwendig gut war, indes die andere böse werden konnte. Daß die eine Hingabe und die andere Selbstsucht hieß. Daß die eine sagte: der Nächste, die andere: ich. Daß die eine vom Licht geboren war und die andere aus der Finsternis. Sie bekämpften sich, er sah ihren Kampf. Je mehr er nachdachte, desto größer waren sie vor seinen geistigen Augen geworden. Jetzt waren sie überlebensgroße Statuen; und es schien ihm, als sehe er in sich, in einem unermeßlichen Raum, inmitten von Dunkelheit und Glanz eine Göttin und eine Riesin ringen. Er erschauerte, aber es war ihm, als sei der gute Gedanke der mächtigere.

Er fühlte, daß er die zweite über sein Gewissen und Schicksal entscheidende Stunde erlebte, daß der Bischof den ersten Abschnitt seines neuen Lebens bestimmt hatte und dieser Champmathieu den zweiten bestimmte. Nach der großen Krise die große Prüfung. Indes erfaßte ihn nach und nach von neuem das Fieber, das er für einen Augenblick beschwichtigt hatte. Zahllose Gedanken gingen ihm durch das Hirn, aber sie bestärkten ihn in seinem Entschluß. Wohl hatte er sich gesagt, daß er sich in die Sache vielleicht zu ungestüm hineinhetzte, daß dieser Champmathieu ihm gleichgültig sei, daß er ja doch gestohlen habe. Wenn der Mann, so entgegnete er sich, wirklich ein paar Äpfel gestohlen hat, so steht darauf ein Monat Gefängnis. Von einer Bestrafung mit Galeere ist das noch sehr entfernt. Und wer weiß? Hat er gestohlen? Ist das erwiesen? Der Name Jean Valjean belastet ihn und scheint, Beweise überflüssig zu machen. Verfahren die königlichen Staatsanwälte nicht meistens so? Man glaubte, er sei ein Dieb, da man voraussetzte, er sei ein Sträfling.

In einem anderen Augenblick überlegte er, wenn er sich selbst anzeige, werde man vielleicht den Heroismus seines Handelns und seinen ehrbaren Wandel seit sieben Jahren und das, was er für die Gegend getan hatte, bedenken und ihn begnadigen. Aber diese Annahme verflüchtigte sich rasch, und bitter lächelte er, als er sich erinnerte, daß er durch den Raub der vierzig Sous des kleinen Gervasius rückfällig geworden sei. Sicher werde diese Affäre wieder auftauchen, und nach den genauen Vorschriften des Gesetzes habe er lebenslängliche Zwangsarbeit zu erwarten. Er löste sich von jeder Illusion, wandte sich mehr und mehr von der Erde ab und suchte anderswo Trost und Kraft. Er sagte sich, seine Pflicht müsse er tun. Vielleicht werde er dann nicht unglücklicher sein, als wenn er ihr ausweiche. Lasse er dem Geschehen seinen Lauf, bleibe er in Montreuil-sur-Mer, so würde der Achtung, die er genoß, seiner Unbescholtenheit, seinen guten Werken, der Ergebenheit und Verehrung der Einwohner, seiner Wohltätigkeit, seinem Reichtum, seiner Volkstümlichkeit, seiner Tugend ein Verbrechen beigemengt sein. Und wie würde die Verquickung der heiligen Dinge mit dieser Scheußlichkeit ihm alles vergällen! Wenn er aber sein Opfer ganz auf sich nahm, vereinte sich mit dem Bagno, dem Pfahl, dem Halseisen, der grünen Mütze, der Fron ohne Rast, der gnadenlosen Schande eine himmlische Idee. Endlich sagte er sich, daß Notwendigkeit obwaltete, daß so ein Schicksal sein mußte, daß es ihm nicht zustand, was da oben beschlossen war, zu stören, daß er keine Wahl hatte als zwischen Tugend nach außen und Verworfenheit im Innern, zwischen Heiligkeit im Innern und Schmach nach außen. Nicht an Mut gebrach es ihm, so viele düstere Ideen zu wälzen, aber sein Hirn wurde müde. Er begann wider Willen an anderes zu denken, an Belangloses.

Die Adern seiner Schläfen pochten im Sturm. Noch immer ging er auf und ab. Zuerst an der Pfarrkirche, dann am Rathaus schlug es Mitternacht. Er zählte die zwölf Schläge an beiden Uhren und verglich den Klang der beiden Glocken. Dabei entsann er sich, daß er vor etlichen Tagen bei einem Alteisenhändler eine verkäufliche alte Glocke gesehen hatte, in die der Name eingezeichnet war: Antoine Albin aus Romainville. Es fror ihn. Er zündete ein schwaches Feuer an. Er dachte nicht daran, das Fenster zuzumachen. Jedoch beschlich ihn wieder jene dumpfe Lähmung. Es kostete ihn eine ziemlich große Anstrengung, um wieder zu wissen, woran er dachte, bevor es Mitternacht schlug. Zuletzt gelang es ihm. Ach, sagte er sich, ich will mich ja anzeigen! Und plötzlich dachte er an Fantine. »Oh«, sagte er vor sich hin, »die arme Frau!«

Hier geriet er in eine neue Krise. Fantine, die jählings in seiner Grübelei erschien, war darin wie ein Strahl unerwarteten Lichtes. Alles um ihn schien sich zu verändern. Aber wie, rief es in ihm, bisher habe ich nur mich vor Augen gehabt, nur auf das Rücksicht genommen, was mir beliebte. Ich muß schweigen oder mich denunzieren, meine Person verbergen oder meine Seele retten, ein verächtlicher und geachteter Vertreter der Behörde oder ein infamer und der Ehrfurcht würdiger Galeerensträfling sein. Doch das bin immer ich, nur ich. Das alles, mein Gott, ist Egoismus, wenn auch Egoismus in verschiedener Gestalt. Sollte ich nicht ein wenig an andere denken? Die erste Pflicht der Heiligkeit ist die Sorge um den Nächsten. Wir wollen die Frage noch einmal überprüfen. Wenn ich von mir absehe, mich auslösche, mich vergesse, was wird die Folge sein? Zeige ich mich an, verhaftet man mich, läßt diesen Champmathieu frei, werde ich wieder auf die Galeere gebracht. Gut, und dann? Was geschieht hier? Ah, hier ist ein Land, eine Stadt, sind Fabriken, eine Industrie, Arbeiter, Männer, Frauen, bejahrte Großväter, Kinder, arme Leute. Ich habe all das geschaffen, es lebt durch mich. Wo ein Kamin raucht, habe ich das Holzscheit in die Glut gelegt und das Fleisch in den Kochtopf. Von mir rührt die Wohlhabenheit her, der Kreislauf der Wirtschaft, der Kredit. Vor mir war nichts da. Ich habe das Existenzniveau gehoben, habe die Gegend belebt, ermuntert, den Arbeitsertrag erhöht, die Menschen angespornt, bereichert. Mit mir würde die Seele dahin sein. Ich scheide aus, und alles stirbt. Und diese Frau, die soviel gelitten hat, die auch in ihrem Sinken so voll wahrer Tugend ist, deren ganzes Unglück ich, ohne es zu wollen, verursacht habe! Und dieses Kind, das abzuholen ich der Mutter versprach! Schulde ich nicht auch dieser Frau etwas zur Sühne dessen, was ich ihr antat? Was wird, sobald ich verschwinde? Die Mutter stirbt. Das Kind ist der Laune des Geschicks preisgegeben. So steht es, wenn ich mich anzeige. Und wenn ich mich nicht anzeige? Wir wollen sehen.

Nach dieser Frage unterbrach er sein Selbstgespräch. Es war wie ein Augenblick des Zögerns und Zagens. Aber der Augenblick war kurz, und in Ruhe antwortete er sich: Also, der Mann kommt auf die Galeere, ja, aber, zum Teufel, er hat gestohlen! Wenn ich mir auch sage, er habe nicht gestohlen, er hat es getan. Ich bleibe hier, ich lebe so weiter. In zehn Jahren werde ich zehn Millionen gewonnen haben, ich verbreite sie im Land, ich lasse mir nichts, was liegt mir daran? Nicht für mich bin ich tätig. Der Wohlstand aller wächst, die Industrien erwachen und treiben sich gegenseitig an, Manufakturen und Fabriken vervielfachen sich, die Familien, hundert Familien, tausend Familien, sind glücklich. Der Bezirk bevölkert sich. Dörfer entstehen, wo bis jetzt nur Höfe waren, Höfe, wo noch nichts ist. Die Not hört auf und mit der Not die Ausschweifung, die Prostitution, der Diebstahl, der Mord, alle Laster, alle Verbrechen. Und diese arme Mutter zieht ihr Kind auf. Und so wird ein ganzes Land reich und ehrbar. Ach, ich war verrückt, ich war ein lächerlicher Tor, was sprach ich davon, ich werde mich denunzieren? Ich muß fürwahr behutsam sein und darf nichts übereilen. Wie denn? Weil ich den Einfall gehabt haben werde, den Großen, den Edelmütigen zu spielen – das ist doch nichts als Theater –, weil ich nur an mich gedacht haben werde, an mich allein, wie denn? Um irgendwen vor einer vielleicht übermäßig harten, aber im Grunde gerechten Strafe zu retten, einen Dieb, einen Taugenichts offenbar, soll ein ganzes Land verderben, soll eine arme Frau im Spital krepieren und ein armes kleines Mädchen auf dem Pflaster, wie die Hunde! Ah, das ist ja abscheulich! Ohne daß die Mutter ihr Kind auch nur wiedergesehen, ohne daß das Kind seine Mutter auch nur beinahe gekannt hätte! Und all das für den alten Gauch von Apfeldieb, der sicher, wenn schon nicht dafür, für irgend etwas anderes die Galeere verdient hat! Schöne Gewissensbisse, die einen Schuldigen retten und Unschuldige opfern! Einen alten Vagabunden retten, der doch eigentlich nur noch ein paar Jahre zu leben hat und im Bagno nicht unglücklicher sein wird als in seiner wackligen Bude, und eine Bevölkerung insgesamt opfern, Männer, Frauen und Kinder! Die arme kleine Cosette, die nur mich auf der Welt hat und jetzt, zweifellos blau vor Kälte, in der Spelunke dieser ruchlosen Thénardiers hockt! Und ich soll meine Pflichten gegen alle diese armen Wesen verabsäumen! Ich soll hingehen und mich anzeigen! Es wäre sinnlose Dummheit. Und das Schlimmste noch: Meine Tat wäre schlecht, und mein Gewissen würde sie mir eines Tages vorwerfen. Dann wäre es Aufopferung, daß ich zum Wohle anderer diese Vorwürfe auf mich nähme, die nur mich beladen. Und nur meine Seele wäre durch die Tat in Gefahr.

Er stand auf und begann, wieder durch das Zimmer zu schreiten. Diesmal glaubte er, zufrieden zu sein. Man findet Diamanten nur im Dunkel der Erde und Wahrheiten nur in den Tiefen des Denkens. Es war ihm, als habe er, nachdem er in diese Tiefen hinabgestiegen war und lange in schwärzester Finsternis getastet hatte, endlich einen dieser Diamanten, eine dieser Wahrheiten gefunden und als halte er sie in der Hand; und geblendet betrachtete er sie. Ja, dachte er, so ist es. Ich bin auf dem rechten Weg. Ich habe die Lösung. Ich muß zur Klarheit hindurch. Mein Entschluß steht fest. Lassen wir es geschehen! Kein Wanken mehr und kein Zurückweichen! Im Interesse aller, nicht in meinem. Ich bin Madeleine, ich werde auch künftig Madeleine sein. Der jetzt Jean Valjean ist, ist es zu seinem Unglück. Ich bin es nicht mehr. Ich kenne den Mann nicht, ich weiß nicht mehr, was damit ist. Wenn zu dieser Stunde sich ein Jean Valjean findet, soll er sehen, wo er bleibt. Es geht mich nichts an. Das ist ein verhängnisvoller Name, der durch die Nacht flattert. Wenn er mitten in seinem Fluge auf einen Kopf niederfährt, so ist das ein Schade für den.

Er beschaute sich in dem kleinen Spiegel über dem Kamin und sagte sich: Der Entschluß hat mich erleichtert, nun bin ich ein anderer. Er ging noch einige Schritte, dann stand er plötzlich wieder. Also, dachte er, wir wollen ohne Zaudern danach handeln. Noch sind Fäden da, die mich an diesen Jean Valjean binden. Ich muß sie zerreißen. Hier im Zimmer liegen Gegenstände, die mich anklagen, stumme Dinge, die Zeugen wären, all das muß fort.

Er suchte in seiner Tasche, zog eine Börse hervor, öffnete sie und nahm einen kleinen Schlüssel heraus. Er schob ihn in ein Schloß, dessen Loch man in der Wand kaum sah, weil es sich in den dunkelsten Tönungen des Tapetenmusters verlor. Ein Geheimfach tat sich auf, eine Art von falschem Schrank, der zwischen dem Mauerwinkel und dem Mantel des Kamins angebracht war. Dieses Geheimfach barg nur einige Lumpen, eine blaue Leinenbluse, eine alte Hose, einen alten Tornister und einen dicken, an beiden Enden mit Eisenspangen beschlagenen Knotenstock. Die Jean Valjean gesehen hatten, als er im Oktober 1815 durch Digne kam, hätten unschwer alle Stücke dieser kläglichen Ausrüstung wiedererkannt. Er hatte sie wie die silbernen Leuchter aufbewahrt, um sich stets an seinen Ausgangspunkt zu erinnern. Aber er versteckte das, was noch aus dem Bagno kam, und nur die Leuchter, die er von dem Bischof hatte, ließ er stehen.

Er schaute verstohlen zur Tür, als fürchte er, sie gehe auf trotz des Riegels, der sie versperrte. Dann nahm er mit lebhafter, plötzlicher Bewegung alles zugleich in den Arm, ohne für diesen Plunder, den er so andächtig und unter solcher Gefahr so viele Jahre hindurch bei sich behalten hatte, noch einen einzigen Blick übrig zu haben, und warf alles, die Lumpen, den Stock, den Tornister, ins Feuer. Er schloß den falschen Schrank ab, und unter verdoppelter Vorsicht, die, weil das Fach leer war, keinen Sinn mehr hatte, verrammelte er die Tür mit einem wuchtigen Möbel, das er vor sie stieß. Wenige Sekunden später wurden das Zimmer und die Mauer gegenüber von einem großen roten, zitternden Widerschein erhellt. Alles brannte. Der Knotenstock knisterte und versprühte Funken bis in die Mitte des Raumes. Der Tornister verzehrte sich mit den gräßlichen Kleiderfetzen, die in ihm verpackt waren. Aber etwas, was nun in der Asche schimmerte, war dadurch entblößt worden, und wer sich herabneigte, hätte leicht erkannt, daß es ein Geldstück war. Zweifellos die Münze zu vierzig Sous, die Jean Valjean dem Savoyardenknaben geraubt hatte.

Er sah nicht zum Feuer hinüber und ging hin und her, in immer demselben Schritt. Plötzlich fiel sein Blick auf die beiden Silberleuchter, die der Widerschein auf dem Kamin ungewiß glänzen ließ. Noch ist, so dachte er, auch in ihnen der ganze Jean Valjean. Auch sie müssen vernichtet werden. Er packte die beiden Leuchter. Der Brand war groß genug, daß man sie rasch verbiegen und einen unkenntlichen Barren aus ihnen machen konnte. Er beugte sich über das Feuer und wärmte sich einen Moment daran mit wahrem Behagen. Die Hitze tut wohl, sagte er sich. Er stöberte die Kohlenglut mit einem der beiden Leuchter auf. Eine Minute später, und sie würden in das Feuer stürzen.

Da schien es, als höre er in seinem Innern eine Stimme schreien: Jean Valjean! Jean Valjean! Sein Haar sträubte sich, er glich einem Menschen, der etwas Schrecklichem lauscht. Ja, vollende nur! rief die Stimme. Erfülle, was du begonnen hast! Zerstöre diese Leuchter! Vernichte diese Erinnerung. Vergiß den Bischof! Vergiß alles! Bring Unheil über diesen Champmathieu! Gut so. Klatsche dir selbst Beifall! Also abgemacht und entschieden, da ist ein Mensch, da ist ein Greis, der nicht weiß, was man von ihm will, der vielleicht nichts getan hat, ein Unschuldiger, dessen ganzes Unglück dein Name ist, auf dem dein Name lastet wie ein Verbrechen, der mit dir verwechselt und verurteilt werden wird, der seine Tage in Erniedrigung und Grauen beschließen soll! Sei du ein Ehrenmann! Bleibe der Herr Bürgermeister, achtungswert und geachtet, bereichere die Stadt, ernähre, die Mangel leiden, erziehe Waisen, lebe glücklich, tugendhaft und bewundert, und während dieser Zeit, während du hier in Freude und im Licht weilst, wird ein anderer im Bagno deine rote Jacke tragen und in Schmach deinen Namen und deine Kette schleppen. Ja, trefflich erdacht! Ah, Elender!

Schweiß tröpfelte ihm von der Stirn. Scheu irrte sein

Blick über die Flammen. Aber was in ihm sprach, hatte noch nicht geendet. Jean Valjean, fuhr die Stimme fort, es werden viele Stimmen um dich sein, die geräuschvoll und laut reden und dich segnen werden, und eine einzige, die niemand hören und die dich in der Finsternis verdammen wird. So vernimm, Schändlicher! Alle diese Segenswünsche werden auf dich zurückfallen, bevor sie zum Himmel gelangen, und nur der Fluch wird zu Gott emporsteigen.

Diese Stimme, die, zuerst ganz leise, sich aus dem tiefsten Dunkel seines Gewissens erhoben hatte, war nach und nach schallend und furchtbar geworden, und nun hörte er sie an seinem Ohr. Jetzt schien ihm, sie dringe aus ihm selbst heraus und rede außerhalb seines Ichs. Er wähnte die letzten Worte so deutlich zu hören, daß er erschreckt im Zimmer umherspähte. »Ist jemand da?« fragte er laut und verwirrt. Dann begann er mit einem Gelächter, das dem Lachen eines Geisteskranken ähnelte: »Ich bin ein Narr! Es kann niemand dasein.« Einer war da, der aber zählte nicht zu denen, die für das menschliche Auge sichtbar sind.

Er stellte die Leuchter auf den Kamin. Dann nahm er den eintönigen, düsteren Marsch wieder auf, der den unter ihm schlafenden Menschen in seinen Träumen störte und jählings aufweckte. Dieser Marsch lenkte ihn ab und berauschte ihn zugleich. Wenn die Lage hoffnungslos scheint, setzen wir uns mitunter in Bewegung, um alles, dem wir auf unserem Wege begegnen, um Rat zu fragen. Nach wenigen Minuten wußte er nicht mehr, wie weit er gekommen war.

Jetzt bebte er mit demselben Entsetzen vor den beiden Beschlüssen zurück, die er nacheinander gefaßt hatte. Die zwei Ideen, die ihn berieten, schienen ihm beide gleich verhängnis voll. Welches Unheil! Welche Fügung, daß man diesen Champmathieu für ihn gehalten hatte! Daß er ausgerechnet durch das Mittel hinabgeschleudert wurde, das die Vorsehung eben noch dazu benutzt hatte, ihn vor gewissen Gefahren zu schützen.

Für einen Moment erwog er die Zukunft. Sich anzeigen, großer Gott, sich ausliefern! Mit unermeßlicher Verzweiflung hielt er sich alles vor, was er verlassen, alles, in das er sich wieder ergeben müßte. Es wäre der Abschied von diesem so guten, so reinen, so strahlenden Dasein, von der Achtung aller, von Ehre und Freiheit. Er würde nicht mehr auf den Feldern spazierengehen, nicht mehr im Mai die Vögel singen hören, die kleinen Kinder nicht mehr mit Almosen beschenken. Nicht mehr die Milde von Blicken der Dankbarkeit und der Liebe, die sich an ihn hefteten, empfinden. Er würde dieses Haus verlassen, das er gebaut hatte, dieses kleine Zimmer. Alles schien ihm zu dieser Stunde freudvoll. Er würde nicht mehr in seinen Büchern lesen, nicht mehr auf diesem Tischchen von Fichtenholz schreiben. Die alte Portiersfrau, seine einzige Bediente, würde ihm nicht mehr in der Frühe seinen Kaffee bringen. Großer Gott! Statt dessen die Galeerenfron, das Halseisen, die rote Jacke, die Kette am Fuß, die Strapaze, die Zelle, die Pritsche, alle diese Greuel, die er kannte. In seinem Alter, nachdem er gewesen war, was er war. Ja, wäre er noch jung! Aber alt, geduzt von dem ersten besten, vom Wächter durchsucht, vom Stockmeister geprügelt, mit nackten Füßen in vernagelten Stiefeln, morgens und abends das Bein für den Hammer des Schergen hinstrecken, der die Runde macht, um die Kettenglieder nachzukontrollieren, und die Neugier der Fremden erdulden müssen, denen man sagen würde: Das hier ist der berüchtigte Jean Valjean, der in Montreuil-sur-Mer Bürgermeister war. Und abends, schweißtriefend, vor Müdigkeit zusammenbrechend, die grüne Mütze über den Augen, zu zweit unter der Peitsche des Sergeanten die Strickleiter des schwimmenden Kerkers erklimmen! Welcher Jammer! Das Schicksal vermag so bösartig zu sein wie ein intelligentes Wesen und ungeheuerlich wie das Menschenherz.

Und was er auch tat, immer wieder sah er sich in dem peinvollen Dilemma, das er in all seiner Träumerei fühlte: im Paradies zu bleiben und darin ein Dämon zu werden! In die Hölle zurückzukehren und dort ein Engel zu sein! Was tun, großer Gott! Was tun? Die Qual, die er so mühsam bestanden hatte, wurde noch einmal in ihm entfesselt. Seine Gedanken fingen an, sich zu trüben. Sie nahmen jene betäubte und mechanische Stumpfheit an, die der Verzweiflung eigen ist. Der

Name Romainville beschäftigte unablässig seinen Geist mit zwei Versen eines Liedes, das er einst gehört hatte. Er dachte daran, daß Romainville ein Wäldchen nahe von Paris ist, wo die verliebten jungen Leute im April Fliederdolden pflücken.

Er wankte äußerlich und innerlich. Er ging umher wie ein kleines Kind, das man allein gehen läßt. Manchmal zwang er seine Müdigkeit nieder, bestrebt, seines Verstandes wieder Herr zu werden. Er suchte ein allerletztes Mal die Frage zu klären, über die er in eine Art Erschöpfung gefallen war: Soll ich mich anzeigen? Soll ich schweigen? Nichts vermochte er zu erkennen. Die verschwimmenden Formen aller von seiner Träumerei umrissenen Vernunftgründe zitterten vor ihm und zerrannen nacheinander wie Rauch. Nur fühlte er, daß, bei welchem Entschluß er auch beharrte, notwendig und ohne daß er sich dem entziehen konnte, etwas von ihm sterben würde; daß er zur Rechten wie zur Linken in ein Grab eintrat, daß er einen Todeskampf kämpfte, den seines Glückes oder den seiner Tugend.

Ach! All seine Unentschlossenheit hatte ihn wieder überwältigt. Er war nicht weiter als zu Beginn. So wehrte sich unter dem Druck der Angst seine unglückliche Seele. Achtzehnhundert Jahre vor diesem Mann hatte das geheimnisvolle Wesen, in dem alle Heiligkeit und alle Leiden der Menschheit sich verkörpern, indes die Olivenbäume unter dem wilden Wind der Unendlichkeit erbebten, auch lange mit der Hand den erschreckenden Kelch abgewehrt, der ihm, rieselnd von Schatten und überquellend von Finsternis, in den von Sternen erfüllten Tiefen erschien.

Formen, die das Leid während des Schlafes annimmt

Drei Uhr morgens hatte es geschlagen, und seit fünf Stunden schritt er so, fast ohne Pause, umher, als er sich auf einen Stuhl sinken ließ. Er schlief darauf ein und hatte einen Traum.

Der Traum bezog sich, wie die meisten Träume, nur durch etwas Düsteres und das Herz Beklemmendes auf die Situation, aber er hallte in ihm nach. Dieser Alp wirkte so überraschend auf ihn, daß er ihn später aufzeichnete. Der Bericht ist eines der von seiner Hand beschriebenen Papiere, die er hinterlassen hat. Wir meinen, ihn hier wörtlich wiedergeben zu müssen. Was es auch immer für ein Traum gewesen ist, die Geschichte jener Nacht wäre unvollständig, ließen wir ihn weg. Er gibt das dunkle Abenteuer einer kranken Seele wieder.

Hier ist er. Auf den Umschlag hatte Jean Valjean die Zeile geschrieben: »Der Traum, den ich in jener Nacht gehabt habe.«

»Ich ging über ein Feld. Ein großes, trauriges Feld, auf dem kein Gras wuchs. Mir schien, es sei weder Tag noch Nacht.

Ich ging mit meinem Bruder, dem Bruder meiner Kindheit, an den ich, wie ich sagen muß, nie denke und mich fast nicht mehr erinnere. Wir plauderten und begegneten Passanten. Wir sprachen von einer Nachbarin, die wir ehedem hatten und die, seit sie nach der Gasse hinaus wohnte, immer bei offenem Fenster arbeitete. Während wir plauderten, froren wir wegen dieses offenen Fensters.

Auf dem Feld gab es keine Bäume.

Wir sahen einen Mann, der an uns vorbeikam. Der Mann war splitternackt, aschenfarben und ritt auf einem erdfarbenen Roß. Er hatte keine Haare; man sah seinen Schädel und Adern an seinem Schädel. Er hielt einen Stab in der Hand, der geschmeidig war wie eine Rebenranke und schwer wie Eisen. Dieser Reiter ritt vorüber und sagte nichts zu uns.

Mein Bruder sagte: Gehen wir durch den Hohlweg!

Es war da ein Hohlweg, in dem man kein Gesträuch sah und kein Blättchen Moos. Alles war erdfarben, sogar der Himmel. Nach wenigen Schritten antwortete man mir nicht mehr, wenn ich sprach. Ich bemerkte, daß mein Bruder nicht mehr neben mir war. Ich betrat ein Dorf, das ich sah. Ich dachte, es müsse Romainville sein. (Warum Romainville?)*

Die erste Straße, in die ich eintrat, war leer. Ich betrat eine zweite Straße. Hinter der Ecke, die beide Straßen bildeten,

* Die Worte in Klammern zeigen ebenfalls Jean Valjeans Handschrift.

stand an der Mauer ein Mann. Ich fragte diesen Mann: Was ist das für eine Gegend? Wo bin ich? Der Mann antwortete nicht. Ich sah die Tür eines Hauses offen und ging hinein.

Das erste Zimmer war leer. Ich trat in das zweite ein. Hinter der Tür dieses zweiten Zimmers stand an der Mauer ein Mann. Ich fragte diesen Mann: Wem gehört dieses Haus? Wo bin ich? Der Mann antwortete nicht.

Das Haus hatte einen Garten. Ich ging hinaus und betrat den Garten. Der Garten war leer. Hinter dem ersten Baum fand ich einen Mann, der dort stand. Ich fragte diesen Mann: Was ist das für ein Garten? Wo bin ich? Der Mann antwortete nicht.

Ich irrte durch das Dorf und bemerkte, daß es eine Stadt war. Alle Straßen waren leer, alle Türen offen. Kein lebendes Wesen ging durch die Straßen, schritt durch die Zimmer oder wandelte in den Gärten. Aber hinter jeder Straßenecke, hinter jeder Tür, hinter jedem Baum stand ein Mann, der schwieg. Man sah nie mehr als einen. Die Männer sahen mich vorüberkommen.

Ich ging aus der Stadt hinaus und begann, auf den Feldern umherzugehen. Nach einiger Zeit wandte ich mich um und sah eine große Menge mir folgen. Ich erkannte alle Männer, die ich in der Stadt gesehen hatte. Sie hatten seltsame Köpfe. Sie schienen sich nicht zu beeilen, und dennoch gingen sie schneller als ich. Im Gehen machten sie kein Geräusch. In einem Augenblick holte die Menge mich ein und umringte mich. Die Gesichter dieser Männer waren erdfarben.

Da sagte der erste, den ich, als ich die Stadt betrat, gesehen und gefragt hatte, zu mir: Wohin gehen Sie? Wissen Sie nicht, daß Sie schon lange tot sind? Ich öffnete den Mund, um zu antworten, und bemerkte, daß niemand um mich war.«

Eiskalt erwachte er. Ein Luftzug, kühl wie Morgenwind, ließ die Rahmen des Fensters, das offengeblieben war, sich in ihren Angeln drehen. Das Feuer war erloschen. Die Kerze war fast niedergebrannt. Noch war es Nacht. Er erhob sich und ging zum Fenster. Noch immer standen keine Sterne am Himmel. Von seinem Fenster sah man den Hof des Hauses und die Straße. Ein trockenes, hartes Geräusch, das plötzlich unten ertönte, ließ ihn hinabblicken. Er sah unter sich zwei rote Sterne, deren Strahlen sich im Schatten sonderbar verlängerten und verkürzten. Da seine Gedanken noch halb in dem Nebeldunst der Träume versunken waren, sagte er sich: Am Himmel sind keine Sterne, jetzt sind sie auf der Erde.

Aber diese Verwirrung zerstreute sich, von einem zweiten Geräusch, das dem ersten glich, erwachte er völlig, er sah hinaus und erkannte, daß die beiden Sterne die Laternen eines Gefährts waren. Bei dem hellen Licht, das sie verbreiteten, konnte er den Bau des Wagens feststellen. Es war ein mit einem kleinen Sehimmel bespannter Tilbury. Das Geräusch, das er gehört hatte, kam von den auf das Pflaster schlagenden Hufen des Pferdes. Was ist das für ein Wagen? sagte er sich. Wer kommt da so früh?

In diesem Moment wurde sacht an die Tür seines Zimmers geklopft. Er erschauerte vom Kopf bis zu den Füßen und rief mit schrecklicher Stimme: »Wer da?«

Jemand antwortete: »Ich, Herr Bürgermeister.« Es war die Stimme der alten Portiersfrau.

»Nun«, fragte er, »was ist los?«

»Herr Bürgermeister, es ist eben fünf Uhr morgens.«

»Was soll mir das?«

»Herr Bürgermeister, es ist das Kabriolett.«

»Welches Kabriolett?«

»Der Tilbury.«

»Welcher Tilbury?«

»Hat der Herr Bürgermeister nicht einen Tilbury bestellt?«

»Nein«, sagte er.

»Der Kutscher sagt, er soll den Herrn Bürgermeister abholen.«

»Welcher Kutscher?«

»Der Kutscher von Herrn Scaufflaire.«

»Herr Scaufflaire?« Bei diesem Namen erzitterte er, als lodere ein Blitz vor seinem Gesicht. »Ach, ja«, erwiderte er, »Scaufflaire.« Hätte die alte Frau ihn in diesem Moment sehen können, würde sie sich entsetzt haben. Längeres Schweigen. Mit blöder Miene prüfte er die Flamme der Kerze und klaubte um den Docht brennendes Wachs auf, das er in seinen Fingern rollte. Die Alte wartete. Sie wagte indes, noch einmal die Stimme zu erheben: »Was soll ich antworten, Herr Bürgermeister?«

»Sagen Sie, es ist gut, ich komme hinunter.«

Hindernisse

Die Briefpost zwischen Arras und Montreuil-sur-Mer wurde damals von kleinen Kofferwagen aus der Zeit des Kaiserreichs besorgt. Diese Kofferwagen waren zweirädrige Kabrioletts, innen mit rötlich-grauem Leder austapeziert, auf Schraubfedern hängend und mit nur zwei Plätzen, einem für den Kurier, dem zweiten für den Reisenden. Die Räder waren mit langen, vorspringenden Naben bewaffnet, die die anderen Wagen zu größerem Abstand zwingen und die man auf deutschen Landstraßen noch sieht. Der Koffer für die Depeschen, ein riesiger, länglicher Kasten, war an das Kabriolett geschnallt und bildete ein Ganzes mit ihm. Dieser Koffer war schwarz bemalt, das Kabriolett gelb.

Solche Wagen, denen heute nichts mehr ähnelt, hatten etwas Ungestaltes und Buckliges, und wenn man sie im Hintergrund vorbeifahren und auf irgendeiner Straße am Horizont dahinkriechen sah, glichen sie den Insekten, die man Termiten nennt und die bei kleinem Brustkorb einen dicken Rumpf mit sich schleppen. Sie bewegten sich dabei sehr rasch. Die Post, die allnächtlich um eins von Arras abging, nach der Ankunft des Kuriers aus Paris, kam nach Montreuil-sur-Mer kurz vor fünf Uhr morgens.

In dieser Nacht rammte die Post, die über die Straße von Hesdin nach Montreuil-sur-Mer hinabfuhr, an der Kurve einer Straße, in dem Moment, als sie in die Stadt einbog, einen kleinen mit einem Schimmel bespannten Tilbury, der aus entgegengesetzter Richtung kam. Nur eine einzige Person saß darin, ein Mann, in einen Mantel gehüllt. Das Rad des Tilburys empfing einen ziemlich rauhen Stoß. Der Kurier schrie dem Mann zu, er solle halten, aber der Reisende hörte nicht auf ihn und fuhr in unverändertem Trab.

»Der Mensch hat es verteufelt eilig!« sagte der Kurier.

Den Mann, der sich so beeilte, haben wir eben noch gesehen, wie er sich in Zuckungen sträubte, die wahrlich Mitleid verdienten.

Wohin fuhr er? Warum hastete er so? Er wußte es nicht. Er war aufs Geratewohl abgereist. Wohin? Nach Arras sicherlich. Aber vielleicht fuhr er auch anderswohin. Manchmal fühlte er es, und er erzitterte. Er versenkte sich in diese Nacht wie in einen Abgrund. Irgend etwas trieb ihn vorwärts, irgend etwas zog ihn an. Was in ihm vorging, niemand könnte es sagen, alle werden es verstehen. Welcher Mensch ist nicht einmal wenigstens in seinem Leben in diese dunkle Felsenhöhle des Unbekannten eingetreten? Übrigens hatte er nichts beschlossen, nichts entschieden, sich in nichts gebunden, nichts getan. Keine der Handlungen aus seinem Gewissen heraus war endgültig. Mehr als je war er noch derselbe wie anfangs.

Warum fuhr er nach Arras? Er wiederholte sich, was er sich schon gesagt hatte, als er bei Scaufflaire das Kabriolett bestellte. Wie auch immer das Resultat sein mochte, es war kein Schaden, mit eigenen Augen zu sehen, die Dinge selbst zu beurteilen. Das war sogar klug, denn er mußte wissen, was dort geschah. Man konnte sich nicht festlegen, ohne beobachtet und nachgeforscht zu haben. Von weitem erschien alles wie Berge. Und sah er diesen Champmathieu, irgendeinen alten, kläglichen Burschen, würde sein Gewissen wohl sehr entlastet sein, wenn er ihn statt seiner in das Bagno gehen ließ. In Wirklichkeit waren dort Javert und dieser Brevet, dieser Chenildieu, dieser Cochepaille, ehemalige Sträflinge, die ihn gekannt hatten. Aber sie würden ihn keinesfalls wiedererkennen. Bah! Kein Gedanke daran. Und Javert war hundert Meilen davon entfernt. Alle diese Annahmen und Vermutungen zielten auf Champmathieu, und nichts ist so hartnäckig wie Annahmen und Vermutungen. Es bestand also keine Gefahr. Unzweifelhaft war dies ein schwarzer Augenblick, aber er würde darüber hinwegkommen. Welche Not ihm das Schicksal vielleicht auch ankündigte, noch hatte er es in der Hand, noch beherrschte er es.

Und er klammerte sich an diese Erwägung. Im Grunde wäre er lieber nicht nach Arras gereist. Jedoch er reiste hin. In Sinnen verloren, hieb er mit der Peitsche auf das Pferd ein. Es trabte in dem geregelten und zuverlässigen Tempo, das zwei und eine halbe Wegmeile in der Stunde ergibt. Je schneller das Kabriolett flog, um so mehr spürte er, daß etwas in ihm zurückwich.

Bei Tagesanbruch war er in einer kahlen Landschaft. Die Stadt Montreuil-sur-Mer lag ziemlich weit hinter ihm. Er sah, wie der Horizont fahl wurde, sah, ohne sie zu gewahren, vor seinen Augen all die kalten Trugbilder des Frühlichts im Winter vorüberhuschen. Der Morgen hat seine Gespenster wie der Abend. Er sah sie nicht, aber ohne daß er es wußte und in einer Art fast körperlichen Eindringens schufen diese schwärzlichen Schattenrisse von Bäumen und Hügeln für den Aufruhr seiner Seele die düsterste Unheilsstimmung.

Sooft er an einem der einsamen Häuser vorbeifuhr, die mitunter am Straßenrand stehen, sagte er sich: Und doch leben hier Menschen, die schlafen! Der Hufschlag des Pferdes; das Klingeln der Schellen an Sattel und Zaum, das Sausen der Räder erzeugten ein sachtes, eintöniges Geräusch. Es ist voller Reiz, wenn man fröhlich, und voller Schwermut, wenn man traurig ist.

Es war heller Tag, als er nach Hesdin kam. Er hielt vor einer Herberge, um das Pferd verschnaufen und ihm Hafer geben zu lassen. Das Pferd war, wie Scaufflaire gesagt hatte, von der kleinen Boulogner Rasse, die zu viel Kopf hat, zu viel Bauch und zu wenig Hals, aber offene Brust, breite Kruppe, dünne, feine Beine und ausdauernde Füße, von einer kräftigen und gesunden Rasse. Das vortreffliche Tier hatte fünf Wegmeilen in zwei Stunden zurückgelegt, und kein bißchen Schweiß näßte seine Kruppe.

Er war von dem Tilbury nicht abgestiegen. Der Stallknecht, der den Hafer brachte, bückte sich plötzlich und untersuchte das linke Rad. »Wollen Sie so noch lange fahren?« sagte der Mann.

Er antwortete, fast noch in seiner Träumerei: »Warum?«

»Kommen Sie von weit?« versetzte der Stallknecht.

»Fünf Wegmeilen von hier.«

»Ach!«

»Warum sagen Sie: ach?«

Der Knecht bückte sich abermals, schwieg einen Moment und starrte auf das Rad, dann richtete er sich wieder auf und sagte: »Daß das Rad da fünf Meilen gemacht hat, das kann sein, aber jetzt macht es keine Viertelmeile mehr.«

Er schwang sich von dem Tilbury herab. »Was sagen Sie da, mein Freund?«

»Ein Wunder, daß Sie fünf Meilen gemacht haben, ohne daß Sie und Ihr Pferd in einen Chausseegraben gerollt sind. Sehen Sie nur her!« Das Rad war in der Tat ernsthaft beschädigt. Der Anprall des Postwagens hatte zwei Speichen gespalten und die Nabe aufgerissen, deren Mutter gelockert war.

»Mein Freund«, sagte er zu dem Stallknecht, »ist hier ein Wagner?«

»Gewiß, Herr.«

»Seien Sie so gut und holen Sie ihn.«

»Er wohnt zwei Schritt weiter. Heda, Meister Bourgaillard!«

Meister Bourgaillard, der Wagner, stand an der Schwelle seiner Tür.

Er kam das Rad untersuchen und verzerrte das Gesicht wie ein Chirurg, der ein gebrochenes Bein betrachtet.

»Können Sie das Rad sofort flicken?«

»Ja, Herr.«

»Wann kann ich weiterfahren?«

»Morgen.«

»Morgen?«

»Es ist gut für einen Tag Arbeit. Hat der Herr es eilig?«

»Sehr eilig. Ich muß in spätestens einer Stunde wieder abfahren.«

»Unmöglich, Herr.«

»Ich zahle, was Sie wollen.«

»Unmöglich.«

»Also in zwei Stunden.«

»Unmöglich für heute. Zwei Speichen und eine Nabe sind auszubessern. Vor morgen kann der Herr nicht weiterfahren.«

»Mein Geschäft hat nicht bis morgen Zeit. Läßt sich das Rad nicht austauschen, statt daß Sie es flicken?«

»Na, wie denn?«

»Sie sind Wagner?«

»Gewiß, Herr.«

»Können Sie mir nicht ein Rad verkaufen? Dann könnte ich sofort abfahren.«

»Ein Rad zum Austausch?«

»Ja.«

»Ich habe kein Rad für Ihr Kabriolett. Zwei Räder sind ein Paar. Zwei Räder passen nicht mir nichts, dir nichts zueinander.«

»Dann verkaufen Sie mir ein Paar Räder.«

»Herr, es passen nicht alle Räder auf alle Achsen.«

»Probieren Sie es doch.«

»Hat keinen Zweck. Ich habe nur Karrenräder zu verkaufen. Wir sind hier eine arme Gegend.«

»Könnten Sie mir ein Kabriolett vermieten?«

Der Wagenmeister hatte auf den ersten Blick erkannt, daß der Tilbury ein Mietwagen war. Mit einer Schulterbewegung verneinte er. »Sie richten sie schön hin, die Kabrioletts, die man Ihnen vermietet. Und wenn ich eins hätte, vermietete ich es Ihnen nicht!«

»Würden Sie es auch nicht verkaufen?«

»Ich habe keins.«

»Was? Nicht einmal eine Halbkutsche? Ich bin nicht anspruchsvoll, wie Sie sehen.«

»Wir sind eine arme Gegend. Ich habe zwar in der Remise«, setzte der Wagner hinzu, »eine alte Kalesche. Sie gehört einem Bürger aus der Stadt, der sie mir in Obhut gegeben hat und sie nur am Sechsunddreißigsten jeden Monats benutzt. Ich würde sie Ihnen schon vermieten, was macht mir das aus? Aber der Bürger dürfte Sie nicht an sich vorbeifahren sehen. Und dann, es ist eine Kalesche, man braucht dafür zwei Pferde.«

»Ich werde zwei Postpferde nehmen.«

»Wohin will der Herr?«

»Nach Arras.«

»Und der Herr will heute noch da sein?«

»Jawohl.«

»Mit Postpferden?«

»Warum nicht?«

»Ist es dem Herrn gleich, ob er heute nacht um vier ankommt?«

»Das allerdings nicht.«

»Nämlich, sehen Sie, wenn Sie Postpferde nehmen … Hat der Herr seinen Reisepaß?«

»Ja.«

»Also, wenn der Herr Postpferde nimmt, ist er vor morgen nicht in Arras. Wir liegen an einer Querstraße. Der Umspanndienst ist schlecht verwaltet, die Pferde sind auf den Feldern. Die Jahreszeit für das Pflügen ist da, starke Gespanne sind vonnöten, und man nimmt die Pferde von überallher, von der Post wie anderswo. Der Herr wird an jeder Umspannstation drei oder vier Stunden warten müssen. Und man fährt im Schritt. Es sind viele Höhen zu ersteigen.«

»Gut, ich reite. Schirren Sie das Kabriolett ab! Einen Sattel wird man mir doch verkaufen.«

»Gewiß. Aber wird das Pferd da sich den Sattel gefallen lassen?«

»Richtig, jetzt denke ich dran. Es läßt ihn nicht zu.«

»Dann …«

»Aber ich werde doch hier im Dorf ein Pferd finden, das zu vermieten ist?«

»Ein Pferd, das in einem Zug bis Arras läuft?«

»Ja.«

»Da brauchen Sie ein Pferd, das es in unserer Gegend nicht gibt. Erstens müßten Sie es kaufen, denn man kennt Sie nicht. Aber Sie finden keins, weder zum Kauf noch zur Miete, nicht um fünfhundert Francs und nicht um tausend!«

»Was ist zu tun?«

»Am besten wäre es, ehrlich gesprochen, ich flicke das Rad, und Sie verschieben Ihre Reise auf morgen.«

»Morgen wird es zu spät sein.«

»Verdammt!«

»Fährt nicht der Briefpostwagen nach Arras? Wann kommt er durch?«

»In der nächsten Nacht. Die beiden Kofferwagen haben Nachtbetrieb, der hinauffährt und der hinunterfährt.«

»Wie? Sie brauchen einen Tag, um das Rad zu flicken?«

»Gut einen Tag!«

»Und wenn Sie zwei Arbeiter beauftragen?«

»Zehn Arbeiter!«

»Kann man nicht die Speichen mit Stricken verbinden?«

»Die Speichen, ja; die Nabe nein. Und dann ist auch die Felge in üblem Zustand.«

»Ist in der Stadt ein Wagenvermieter?«

»Nein.«

»Oder noch ein Wagner?«

Der Stallknecht und der Wagenmeister erwiderten gleichzeitig mit einem Kopfschütteln: »Nein.«

Er fühlte eine unermeßliche Freude. Offenbar mischte das Schicksal sich ein. Es hatte das Rad zerbrochen und hielt ihn auf seinem Weg an. Er hatte sich der ersten Aufforderung nicht ergeben. Alle möglichen Anstrengungen hatte er jetzt gemacht, um seine Reise fortzusetzen. Er hatte redlich und verantwortungsbewußt alles versucht. Weder vor der Jahreszeit war er zurückgewichen noch vor der Ermüdung noch vor den Kosten. Er hatte sich nichts vorzuwerfen. Wenn er nicht weiterkam, war er dafür nicht haftbar. Es war nicht mehr seine Schuld, es war nicht die Sache seines Gewissens, sondern die des Schicksals.

Er atmete auf. Frei und aus voller Brust atmete er auf, zum erstenmal, seit sich Javert bei ihm gemeldet hatte. Es schien ihm, als habe ihn der eiserne Griff, der ihm seit zwanzig Stunden das Herz zusammenpreßte, losgelassen, als sei Gott nun für ihn und helfe ihm. Er sagte sich, er habe getan, was er vermochte, und könne in Ruhe umkehren.

Hätte sein Gespräch mit dem Wagner in einem Zimmer der Herberge stattgefunden, hätte es keinen Zeugen gehabt, niemand hätte es gehört, die Dinge wären so geblieben, und wahrscheinlich hätte alles, was folgte, sich nicht ereignet. Aber diese Unterredung geschah auf der Straße. Um jede

Unterhaltung auf der Straße bildet sich unweigerlich ein Kreis. Stets sind Leute da, die nur zuschauen wollen. Indes er den Wagner ausfragte, hatten einige Passanten sich zu ihnen gesellt. Ein Knabe, von niemand beachtet, hatte einige Minuten gehorcht, sich von der Gruppe gesondert und war fortgelaufen.

In dem Moment, als der Reisende sich nach innerem Kampf entschloß zurückzufahren, kam das Kind wieder. Eine alte Frau begleitete es. »Herr«, sagte sie, »mein Junge erzählt mir, daß Sie Lust haben, ein Kabriolett zu mieten.«

Diese einfachen Worte einer Frau, die ein Junge führte, ließen ihm den Schweiß über den Rücken rieseln. Er glaubte, die eiserne Hand, die ihn losgelassen hatte, zeige sich wieder im Dunkeln hinter ihm, bereit, ihn von neuem zu packen. Er sagte: »Ja, gute Frau, ich möchte ein Kabriolett mieten.« Und eilig fügte er hinzu: »Aber es gibt hier am Ort keines.«

»Doch«, sagte die Alte.

»Wo denn?« erwiderte der Wagner.

»Bei mir«, entgegnete die Alte.

Er zitterte. Die Hand des Geschicks hatte sich seiner wiederum bemächtigt.

Die Alte hatte in der Tat unter einem Schuppen eine Art Halbkutsche aus Weidenholz. Der Wagner und der Stallknecht mengten sich ein, trostlos, daß der Reisende ihnen entging. Es sei eine gräßliche Kiste, sie lagere auf der bloßen Achse, die Bänke drinnen seien mit Lederriemen befestigt, es regne hinein, die Räder seien verrostet und von Feuchtigkeit zerfressen, das werde nicht weiter kommen als der Tilbury, so ein Gerümpel. Der Herr tue nicht recht, dort einzusteigen. Das alles war so, aber diese Kiste, dieses Gerümpel oder was es auch sein mochte, rollte auf zwei Rädern und konnte nach Arras fahren.

Er zahlte, was man wünschte, überließ den Tilbury zur Ausbesserung dem Wagner, um ihn abzuholen, wenn er zurückkam, befahl, den Schimmel vor die Halbkutsche zu spannen, stieg auf und fuhr den Weg weiter, den er seit den Morgenstunden eingeschlagen hatte. In dem Moment, da die Halbkutsche sich in Bewegung setzte, bekannte er sich, daß er einen Augenblick zuvor eine gewisse Freude bei dem Gedanken gehabt hatte, er werde dorthin nicht gehen, wohin er nun ging. Jetzt prüfte er diese Freude nicht ohne Zorn, und sie schien ihm abgeschmackt. Warum sollte er froh sein, wenn er zurückfuhr? Er machte die Reise ja aus freiem Willen. Niemand zwang ihn dazu. Und sicher erlebte er nur das, was er in Wahrheit wollte.

Am Ausgang von Hesdin hörte er, wie eine Stimme ihm zurief: »Halt! Halt!« Er hielt die Halbkutsche jäh an, und dabei war eine fiebernde, krampfhafte Verlockung, die einem Hoffen glich. Der Rufer war der kleine Junge der Alten. »Herr«, sagte er, »ich habe Ihnen die Kutsche verschafft.«

»Na und?«

»Sie haben mir nichts gegeben.«

Er, der allen so leicht gab, fand dieses Begehren unmäßig und beinahe widerlich. »Ach, du bist's, Schlingel?« sagte er. »Du kriegst gar nichts.« Er peitschte das Pferd und fuhr im Trab weiter.

In Hesdin hatte er viel Zeit verloren, er wollte sie wieder einbringen. Das kleine Pferd war tapfer und zog für zwei; aber es war Februar, es hatte geregnet, die Wege waren schlecht. Und es war auch nicht mehr der Tilbury. Die Kutsche war hart und sehr schwerfällig. Dazu stieg die Straße oft an. Er brauchte vier Stunden für die Fahrt von Hesdin nach Saint-Pol. Vier Stunden für fünf Wegmeilen.

In Saint-Pol ließ er bei der ersten Herberge ausspannen und das Pferd in den Stall führen. Wie er Scaufflaire versprochen hatte, stand er in der Nähe der Krippe, indes das Pferd fraß. Er dachte an traurige, verworrene Dinge.

Die Frau des Herbergswirtes betrat den Stall. »Will der Herr nicht frühstücken?«

»Richtig«, sagte er, »ich habe sogar guten Appetit.«

Er folgte der Frau, die ein frisches, munteres Gesicht hatte. Sie geleitete ihn in einen niedrigen Saal mit Tischen, die statt mit Tüchern mit Wachsleinwand überzogen waren. »Tummeln Sie sich«, sagte er, »ich muß wieder fort und bin in großer Eile.«

Eine dicke flämische Magd deckte hastig für ihn. Er sah

das Mädchen mit einem Gefühl des Behagens an. Das hat mir gefehlt, dachte er, ich hatte nicht gefrühstückt.

Man stellte das Essen hin. Er stürzte sich auf das Brot, biß ein Stück ab, dann legte er es langsam wieder auf den Tisch und rührte nicht mehr daran. An einem anderen Tisch speiste ein Rollkutscher. »Warum ist ihr Brot so bitter?« fragte er den Mann. Der Rollkutscher war ein Deutscher und wußte nicht, was er meinte.

Er kehrte in den Stall zu dem Pferd zurück. Eine Stunde darauf hatte er Saint-Pol verlassen und fuhr in Richtung Tinques, das nur noch fünf Wegmeilen von Arras entfernt ist.

Was tat er, indes er diese Strecke durchmaß? Woran dachte er? Wie am Morgen sah er die Bäume, die Strohdächer, die Äcker, und er beobachtete das Entschwinden der Landschaft, die an jeder Krümmung der Straße zerfällt. Manchmal genügt der Seele diese Betrachtung und enthebt sie fast des Nachdenkens. Unzählige Gegenstände zum erstenmal und zum letztenmal zu sehen, was wäre melancholischer und ginge tiefer? Reisen ist in jedem Augenblick geboren werden und sterben. Vielleicht verglich er im unfaßbarsten Bereich seines Geistes diese wechselnden Horizonte und das menschliche Dasein. Alle Dinge des Lebens sind in fortwährender Flucht vor uns. Verdunklung und Helligkeit fließen ineinander. Nach blendendem Glanz Finsternis. Man blickt um sich, man beschleunigt die Fahrt, man hascht mit den Händen, um, was vorbeigleitet, zu fassen. Jedes Geschehnis ist eine Biegung des Weges; und plötzlich ist man alt. Man fühlt etwas wie einen Schlag, alles ist schwarz, man unterscheidet ein Schattentor, das düstere Pferd des Lebens, das einen zog, steht, und man sieht eine verhüllte, unbekannte Gestalt, die es im Dunkel ausspannt.

Die Dämmerung sank herab, als gerade Kinder, die aus der Schule kamen, den Reisenden in Tinques einfahren sahen. Es waren noch die kurzen Tage des Jahres. In Tinques machte er nicht Station. Als er die Dorfgassen wieder verließ, hob ein Straßenarbeiter, der Steine auf die Chaussee schüttete, den Kopf und sagte: »Das Pferd ist ja ganz marode.« Das arme

Tier lief wirklich nur noch im Schritt. »Wollen Sie nach Arras?« setzte der Arbeiter hinzu.

»Ja.«

» Wenn Sie so langsam fahren, kommen Sie so bald nicht hin.«

Er hielt das Pferd an und fragte den Arbeiter: »Wie weit ist es noch bis Arras?«

»Gegen sieben lange Meilen.«

»Wie denn? Der Postplan gibt nur fünfundeinviertel Meilen an.«

»Ach!« erwiderte der Arbeiter. »Wissen Sie denn nicht, daß die Straße ausgebessert wird? Eine Viertelstunde von hier werden Sie sie aufgerissen finden. Darüber hinaus können Sie nicht fahren. «

»Wirklich?«

»Nehmen Sie zur Linken den Weg nach Carency, überschreiten Sie den Fluß! Wenn Sie in Camblain sind, wenden Sie sich nach rechts! Das ist dann der Weg von Mont-Saint-Eloy nach Arras.«

»Aber es wird schon Nacht, ich werde mich verirren.«

»Aus der Gegend sind Sie nicht?«

»Nein.«

»Und dazu sind überall Querwege. Schauen Sie, Herr«, sagte der Arbeiter, »soll ich Ihnen einen Rat geben? Ihr Pferd ist müde, fahren Sie zurück nach Tinques! Dort ist ein Gasthof. Übernachten Sie da, und fahren Sie morgen nach Arras!«

»Ich muß noch heute abend dort sein.«

»Das ist etwas anderes. Gehen Sie aber doch in den Gasthof und nehmen Sie ein zweites Pferd zur Verstärkung! Der Pferdewärter wird Sie, wo der Querweg ist, führen.«

Er befolgte den Rat des Straßenarbeiters, kehrte um, und nach einer halben Stunde fuhr er über dieselbe Stelle, aber im Trab, mit einem guten Beipferd. Ein Stallknecht, der sich Postillon nannte, saß auf der Gabeldeichsel der Halbkutsche.

Jedoch fühlte er, daß er Zeit verlor. Es wurde völlig Nacht.

Sie fuhren in den Querweg ein. Die Straße wurde abscheulich holprig. Die Kutsche stürzte von Schlammspur in

Schlammspur. Er sagte zu dem Postillon: »Immer im Trab, und doppeltes Trinkgeld!«

Bei einem Stoß brach das Ortscheit. »Herr«, sagte der Postillon, »jetzt ist das Ortscheit hinüber, ich weiß nicht mehr, wie ich mein Pferd einspannen soll, der Weg da ist sehr schlecht in der Nacht. Wenn Sie zurückfahren und in Tinques schlafen, könnten wir morgen früh in Arras sein.«

Er antwortete: »Hast du ein Stück Strick und ein Messer?«

»Ja, Herr.«

Er schnitt von einem Baum einen Zweig ab und machte ein Ortscheit. Das war nochmals ein Verlust von zwanzig Minuten; aber sie fuhren im Galopp weiter.

Die Ebene war unergründlich finster. Niedere, flache, schwarze Nebel krochen über die Hügel, entstiegen ihnen und wälzten sich wie Rauch. In den Wolken schimmerte es weißlich. Ein heftiger Wind, der vom Meer kam, rief in allen Ecken des Horizonts einen Lärm hervor, als würden Möbel gerückt. Was man auch sah, schien erschreckend. Wie viele Dinge regen sich schaurig unter dem weiten Wehen der Nacht. Die Kälte ging ihm durch und durch. Seit dem Vortag hatte er keine Nahrung zu sich genommen. Er erinnerte sich dumpf an seinen nächtlichen Gang über die große Ebene in der Umgebung von Digne. Acht Jahre war das her, und es schien ihm, als wäre es gestern gewesen.

Eine Uhr schlug von einem fernen Kirchturm. Er fragte den Stallknecht: »Wie spät ist es?«

»Sieben, Herr. Um acht werden wir in Arras sein. Wir haben nur noch drei Wegmeilen.«

In diesem Moment überlegte er zum erstenmal – und es berührte ihn seltsam, daß er nicht schon vorher darauf gekommen war –, alle seine Mühe sei vielleicht zwecklos; er wisse nicht einmal die Stunde des Prozesses; er hätte sich mindestens danach erkundigen müssen; es sei eine Narrheit, so darauf loszufahren, ohne daß er wisse, ob es irgendwelchen Wert habe. Dann entwarf er in seinem Geist einige Berechnungen. Die Schwurgerichtssitzungen begannen gewöhnlich um neun Uhr morgens. Die Verhandlung würde nicht lange dauern. Die Geschichte mit dem Äpfeldiebstahl wäre wohl gleich erledigt. Dann käme nur noch die Frage der Identität zur Sprache. Vier oder fünf Zeugenaussagen, wenige Worte der Anwälte. Er würde eintreffen, wenn alles aus war.

Der Postillon peitschte die Pferde. Sie hatten den Fluß überquert und Mont-Saint-Eloy hinter sich gelassen. Die Nacht wurde tiefer und tiefer.

Schwester Simplicia wird geprüft

Zu dieser Stunde war Fantine selig vor Freude.

Sie hatte eine sehr schlechte Nacht verbracht. Ein gräßlicher Husten, gesteigertes Fieber. Sie hatte Träume gehabt. Morgens, beim Besuch des Arztes, phantasierte sie. Seine Miene hatte Beunruhigung gezeigt, und er hatte empfohlen, ihn zu benachrichtigen, wenn Herr Madeleine komme.

Den ganzen Morgen war sie düster, sprach wenig und faltete ihr Bettuch, indem sie mit leiser Stimme Zahlen murmelte. Sie berechnete wohl Entfernungen von Stadt zu Stadt. Mit hohlen Augen stierte sie vor sich hin. Fast schienen sie erloschen, und dann entzündeten sie sich wieder und strahlten wie Sterne. Es ist, als erfülle, wenn die dunkle Stunde naht, die Klarheit des Himmels diejenigen, die die irdische Klarheit verläßt. Wenn Schwester Simplicia sie fragte, wie es ihr gehe, antwortete sie unabänderlich: »Gut. Ich möchte Herrn Madeleine sehen.«

Wenige Monate zuvor, als Fantine die letzte Scham verloren hatte, das letzte Gefühl der Schande und ihre letzte Freude, war sie ein Schatten ihrer selbst. Nun war sie ihr eigenes Gespenst geworden. Die Krankheit des Körpers hatte das Werk der sittlichen Erkrankung vollendet. Dieses Geschöpf von fünfundzwanzig Jahren hatte Runzeln auf der Stirn, schlaffe Wangen, eingekniffene Nasenflügel, entblößte Zähne, bleifarbene Gesichtshaut, einen knochigen Hals, hervorstehende Schlüsselbeine, magere Glieder, einen erdfarbenen Leib, und ihr blondes Haar war von grauem durchwachsen. Ach, wie schnell beschwört Siechtum das Alter herauf!

Mittags kam der Arzt wieder, erteilte mehrere Vorschriften, fragte, ob der Herr Bürgermeister im Spital erschienen sei, und schüttelte den Kopf. Herr Madeleine hatte die Gewohnheit, die Kranke um drei Uhr zu besuchen. Da Pünktlichkeit eine Sache der Güte ist, war er pünktlich. Gegen halb drei Uhr begann Fantine Erregung zu zeigen. Innerhalb von zwanzig Minuten fragte sie mehr als zehnmal die Nonne: »Schwester, wieviel Uhr ist es?«

Es schlug drei. Beim dritten Schlag richtete sich Fantine zum Sitzen auf, sie, die sich sonst in ihrem Bett kaum bewegen konnte. Sie legte in einer Art verkrampfter Verschlingung ihre entfleischten gelben Hände ineinander, und die Nonne hörte, daß aus ihrer Brust ein tiefer Seufzer drang, wie er stets ein Zeichen großen Kummers ist. Dann drehte Fantine sich um und sah nach der Tür. Niemand trat ein. Die Tür öffnete sich nicht.

Sie verharrte so eine Viertelstunde und starrte auf die Tür, ohne sich zu rühren, mit verhaltenem Atem. Die Schwester wagte nicht, mit ihr zu reden. Von der Kirche schlug es dreieinviertel Uhr. Fantine ließ sich in das Kissen zurücksinken. Sie sagte nichts, und wieder begann sie, ihr Leintuch zu falten.

Die halbe Stunde verging, eine Stunde. Niemand kam. Sooft die Uhr schlug, richtete Fantine sich auf und blickte nach der Tür hin, dann fiel sie zurück. Man sah deutlich, was sie dachte, aber sie sprach keinen Namen aus, sie klagte nicht an. Nur hustete sie in unheilverkündendem Ton. Es war, als breite sich Dunkelheit über sie. Sie war totenblaß und hatte blaue Lippen. Manchmal lächelte sie.

Es schlug fünf Uhr. Da hörte die Schwester sie leise und sanft sagen: »Aber ich bin doch morgen nicht mehr da, wie unrecht, daß er heute nicht kommt!« Auch Schwester Simplicia war von der Verspätung des Herrn Madeleine überrascht.

Indessen betrachtete Fantine den Himmel ihres Bettes. Sie schien sich an etwas erinnern zu wollen. Plötzlich hub sie mit einer Stimme, die schwach war wie ein Hauch, zu singen an. Die Schwester horchte. So sang Fantine:

»Wir wollen in die Läden laufen
und wundervolle Sachen kaufen.
Kornblumen blau und Rosen rot,
die Liebe liebt bis in den Tod.
Du Heil'ge Jungfrau, wo ich liege,
steht meines Kindes weiße Wiege.
Ich hab mein süßes Kind so gern
und gäb's nicht um den schönsten Stern.
Ich will ihm Rock und Jäckchen sticken
und sie mit vielen Blumen schmücken.
Mein Kind ist fort! Was soll ich tun?
O laßt in meinem Grab mich ruhn!
Kornblumen blau und Rosen rot,
die Liebe liebt bis in den Tod.«

Das Lied war ein altes Wiegenlied, mit dem sie ihre kleine Cosette in den Schlaf gesungen hatte und das ihr seit den fünf Jahren fremd war, in denen sie ihr Kind entbehrte. Sie sang es mit so trauriger Stimme und nach einer so innigen Melodie, daß auch eine Nonne weinen mußte. Die Schwester, die durch die Strenge des Lebens verhärtet war, fühlte, daß eine Träne ihr das Auge näßte.

Die Uhr schlug sechs. Fantine schien nicht zu hören und nichts um sich her zu beachten. Schwester Simplicia entsandte eine Aufwärterin, sich bei der Portiersfrau der Fabrik zu erkundigen, ob der Herr Bürgermeister schon zurück sei und ob er bald ins Spital hinaufkommen werde. Das Mädchen kehrte nach wenigen Minuten wieder. Fantine war noch immer regungslos und schien ihren Gedanken nachzuträumen.

Die Aufwärterin erzählte der Schwester Simplicia leise, daß der Herr Bürgermeister heute früh vor sechs Uhr in einem kleinen, mit einem Schimmel bespannten Tilbury abgereist sei, trotz der Kälte, daß er allein gefahren sei, ohne Kutscher sogar, daß man nicht wisse, welchen Weg er genommen habe, daß Personen behaupteten, sie hätten ihn in die Straße nach Arras einbiegen sehen, und andere versicherten, ihm auf der Straße nach Paris begegnet zu sein. Als er aufbrach, sei er wie immer gewesen, sehr mild, und er habe der Portiersfrau nur gesagt, sie solle ihn für heute nacht nicht erwarten.

Indes die beiden Frauen, den Rücken dem Bett Fantines zugewandt, flüsterten, die Schwester forschend, die Aufwärterin mutmaßend, war Fantine mit der fiebernden Lebendigkeit gewisser organischer Krankheiten, bei denen die freien Bewegungen der Gesundheit und die beängstigende Abmagerung der Todesnähe nebeneinander sichtbar werden, auf ihrem Bett niedergekniet. Ihre geballten Fäuste auf das Kissen stützend und den Kopf durch den Spalt der Vorhänge schiebend, hörte sie zu. Und dann rief sie plötzlich: »Sie reden da von Herrn Madeleine! Warum reden Sie so leise? Was ist mit ihm? Warum kommt er nicht?«

Ihre Stimme war so barsch und rauh, daß die beiden Frauen glaubten, eine Männerstimme spreche; erschrocken drehten sie sich um.

»So antworten Sie doch!« rief Fantine.

Die Aufwärterin stammelte: »Die Portiersfrau hat mir gesagt, er könne heute nicht kommen.«

»Mein Kind«, sagte die Schwester, »seien Sie still und legen Sie sich wieder hin!«

Fantine entgegnete, ohne ihre Haltung zu ändern, mit lauter Stimme und ebenso gebieterisch wie herzzerreißend: »Er kann nicht kommen? Warum denn? Sie kennen den Grund. Sie haben darüber zusammen getuschelt. Ich will ihn wissen.«

Die Aufwärterin beeilte sich, der Nonne ins Ohr zu raunen: »Sagen Sie ihr, er habe im Gemeinderat zu tun.«

Schwester Simplicia errötete leicht. Zu einer Lüge wollte die Aufwärterin sie veranlassen. Andererseits schien ihr, der Kranken die Wahrheit zu gestehen würde bedeuten, ihr einen furchtbaren Schmerz zu bereiten, und das sei nicht ratsam bei ihrem Zustand. Dieses Erröten war von kurzer Dauer. Die Schwester blickte Fantine ruhig und traurig an und sagte: »Der Herr Bürgermeister ist abgereist.«

Fantine richtete sich wieder empor und setzte sich auf ihre Fersen. Ihre Augen funkelten. Eine unermeßliche Freude überstrahlte dieses Leidensantlitz. »Abgereist!« rief sie. »Er holt Cosette.«

Dann streckte sie beide Hände zum Himmel, und ihr Gesicht nahm einen unsagbaren Ausdruck an. Ihre Lippen erbebten; mit gedämpfter Stimme betete sie. Als sie damit fertig war, winkte sie der Schwester. »Ich will mich ja legen und alles tun, was ich soll. Ich war eben böse, verzeihen Sie, daß ich so laut gesprochen habe, das ist sehr unartig, ich weiß schon, Schwester, aber sehen Sie, ich bin nun sehr zufrieden. Der liebe Gott ist gut. Herr Madeleine ist gut, denken Sie, er holt meine kleine Cosette aus Montfermeil ab.«

Sie legte sich nieder, half der Nonne, das Kissen zu glätten, und küßte ein kleines silbernes Kreuz an ihrem Hals, ein Geschenk der Schwester Simplicia. »Mein Kind«, sagte die Schwester, »versuchen Sie jetzt zu schlafen und sprechen Sie nicht!«

Fantine nahm die Hand der Schwester in ihre feuchten Hände, die mit Besorgnis ihren Schweiß spürte. »Heute morgen ist er nach Paris abgereist. Eigentlich brauchte er gar nicht über Paris zu fahren. Montfermeil, das liegt ein wenig links, wenn man ankommt. Erinnern Sie sich, wie er gestern zu mir sagte, als ich mit ihm von Cosette sprach: bald, bald? Damit will er mich überraschen. Sie wissen doch, er hat mich einen Brief unterzeichnen lassen, um sie den Thénardiers wieder wegzuholen. Die können nichts dagegen sagen, was? Sie werden Cosette zurückgeben. Sie sind ja bezahlt worden. Die Behörden würden nicht dulden, daß jemand ein Kind nicht hergibt, wenn es bezahlt ist. Schwester, machen Sie mir kein Zeichen, daß ich nicht sprechen soll! Ich bin ungeheuer glücklich, es geht mir sehr gut, mir tut nichts mehr weh, ich werde Cosette wiedersehen, ich habe sogar gehörigen Hunger. Fast fünf Jahre habe ich sie nicht gesehen. Sie können sich nicht vorstellen, wie das einem am Herzen liegt, die Kinder. Und so zierlich wird sie sein, passen Sie auf! Wenn Sie wüßten, sie hat so hübsche, rosige Fingerchen. Vor allem wird sie sehr schöne Hände haben. Mit einem Jahr hatte sie komische Hände. Jetzt muß sie groß sein. Sieben Jahre. Ein Fräulein. Ich nenne sie Cosette, aber sie heißt Euphrasie.

Heute morgen sah ich Staub auf dem Kamin, und da hatte ich schon die Idee, ich würde Cosette bald wiedersehen. Mein Gott! Wie unrecht, daß man jahrelang seine Kinder nicht sieht! Man sollte nicht vergessen, daß das Leben nicht ewig ist. Ach, wie gut von dem Herrn Bürgermeister er ist abgereist! Ist es wirklich so kalt? Hat er wenigstens seinen Mantel? Morgen wird er hier sein, nicht wahr? Das wird ein Festtag. Morgen früh, Schwester, lassen Sie mich daran denken, daß ich meine kleine Haube mit der Spitze trage. Montfermeil, das ist eine Gegend. Damals bin ich den Weg zu Fuß gegangen. Es war anstrengend für mich. Aber die Eilpost geht sehr schnell. Morgen wird er mit Cosette hier sein. Wie weit ist es von hier nach Montfermeil?«

Die Schwester, die keine Ahnung von Entfernungen hatte, erwiderte: »Oh, ich glaube wohl, daß er morgen hier sein kann.«

»Morgen, morgen!« sagte Fantine. »Morgen seh ich Cosette! Sehen Sie, gute Schwester, ich bin nicht mehr krank. Ich bin wie verrückt. Ich würde tanzen, wenn man wollte.«

Wer sie vor einer Viertelstunde sah, hätte es nicht begriffen. Sie war über und über rosig, sie sprach mit lebhafter, natürlicher Stimme, ihr ganzes Gesicht war ein Lächeln. Manchmal lachte sie, indem sie zu sich selbst sprach. Die Freude der Mutter ist fast die eines Kindes.

»So«, sagte die Schwester, »nun sind Sie glücklich, gehorchen Sie mir, reden Sie nicht mehr.«

Fantine bettete ihren Kopf auf das Kissen und sagte halblaut: »Ja, leg dich wieder hin und sei gescheit, du wirst ja dein Kind wiederhaben. Sie hat recht, die Schwester Simplicia. Alle hier haben recht.« Und dann schaute sie, ohne sich zu rühren, ohne den Kopf zu bewegen, mit großen aufgerissenen Augen und fröhlicher Miene umher und verstummte. Die Schwester schloß ihre Vorhänge, in der Hoffnung, sie werde einschlafen.

Zwischen sieben und acht Uhr kam der Arzt. Da er kein Geräusch hörte, glaubte er, Fantine schlummere, trat leise ein und näherte sich behutsam dem Bett. Er öffnete die Vorhänge halb, und im Licht der Nachtlampe sah er die großen, stillen Augen von Fantine, die ihn anschauten. »Herr Doktor«, sagte sie, »nicht wahr, man wird mir erlauben, sie neben mich in ein kleines Bett zu legen?«

Der Arzt meinte, sie phantasiere. »Sehen Sie doch«, fügte sie hinzu, »es ist Platz genug.«

Der Arzt nahm Schwester Simplicia beiseite. Sie erklärte ihm, Herr Madeleine sei für vierundzwanzig oder achtundvierzig Stunden nicht da, und im Zweifel habe man die Kranke nicht enttäuschen wollen. Sie glaube, der Herr Bürgermeister sei nach Montfermeil gereist; und es sei ja auch möglich, daß sie richtig geraten habe. Der Arzt billigte das.

Er trat an das Bett Fantines, die wieder begann: »Sehen Sie, in der Frühe, wenn sie aufwacht, werde ich der armen Katze guten Tag wünschen, und nachts werde ich, die ich nicht schlafe, sie schlafen hören. Ihr kleiner, süßer Atem wird mir wohltun.«

»Geben Sie mir Ihre Hand«, sagte der Arzt.

Sie hielt die Hand hin und rief lachend: »Ach, ja, Sie wissen ja nicht, daß ich geheilt bin. Morgen ist Cosette hier.«

Der Arzt war verblüfft. Es stand besser um sie. Die Brustbeklemmung war geringer. Der Puls hatte sich gekräftigt. Etwas wie ein plötzlicher Zuschuß von Leben beseelte das arme, erschöpfte Wesen. »Herr Doktor«, fragte sie, »hat die Schwester Ihnen gesagt, daß der Herr Bürgermeister hingefahren ist, das Würmchen zu holen?«

Der Arzt empfahl Stille und Vorsicht, damit jede anstrengende Erregung vermieden werde. Reine Chinarinde sei ihr zu verabreichen und, falls in der Nacht das Fieber wieder einsetze, ein beruhigender Trank. Als er fortging, sagte er zu der Schwester: »Es geht besser. Wollte es das Glück, daß wirklich der Herr Bürgermeister morgen mit dem Kind käme, wer weiß? Es gibt erstaunliche Krisen, man hat beobachtet, daß große Freuden Krankheiten kurz beenden. Diese Krankheit ist zwar organisch und sehr fortgeschritten, aber all das ist ein Geheimnis. Wir würden sie vielleicht retten.«

Der eingetroffene Reisende trifft Maßnahmen für seine Rückreise

Es war fast acht Uhr abends, als die Halbkutsche in den Torweg des Posthotels in Arras einfuhr. Der Reisende stieg aus, antwortete mit zerstreuter Miene auf die dienstfertigen Fragen des Gasthofpersonals, schickte das Beipferd fort und führte selbst den kleinen Schimmel in den Stall. Dann stieß er im Erdgeschoß die Tür eines Billardzimmers auf, setzte sich und legte die Ellbogen auf den Tisch. Er hatte vierzehn Stunden für diese Fahrt gebraucht, die er in sechs zu erledigen dachte. Er ließ sich die Gerechtigkeit widerfahren, daß er sich sagte, es sei nicht seine Schuld, aber im Grunde war er nicht unmutig darüber.

Die Eigentümerin des Hotels trat ins Zimmer: »Übernachtet der Herr? Speist der Herr zu Abend?«

Er verneinte, den Kopf schüttelnd.

»Der Stallknecht sagt, daß das Pferd des Herrn sehr strapaziert ist.«

Nun brach er sein Schweigen. »Kann das Pferd morgen früh nicht zurücklaufen?«

»Oh, Herr, es braucht wenigstens zwei Tage Ruhe.«

Er fragte: »Ist nicht hier das Postbüro?«

»Ja, Herr.«

Die Hotelwirtin führte ihn in das Büro. Er zeigte seinen Paß und erkundigte sich, ob es möglich sei, noch in dieser Nacht mit dem Kofferwagen nach Montreuil-sur-Mer zurückzufahren. Der Platz neben dem Kurier war gerade leer. Er nahm ihn und bezahlte. »Mein Herr«, sagte der Postmeister, »versäumen Sie nicht, um ein Uhr nachts pünktlich zur Abfahrt am Ort zu sein.«

Nach dem Besuch im Postbüro verließ er das Hotel und begann durch die Stadt zu gehen. Er kannte Arras nicht; die Straßen waren dunkel, und er ging aufs Geratewohl. Dennoch schien er dabei zu beharren, die Passanten nicht nach dem Weg zu fragen. Er überquerte den kleinen Fluß Crinchon und befand sich nun in einem Gewirr enger Gassen, in dem er die Richtung verlor. Ein Bürger mit einer Stocklaterne kam daher. Nach einigem Zögern entschloß er sich, diesen Bürger zu fragen, nicht ohne zuerst vor sich und hinter sich zu spähen, als fürchte er, jemand höre die Frage, die er stellen wollte. »Mein Herr«, sagte er, »bitte, wie komme ich zum Justizpalast?«

»Sie sind nicht von hier«, antwortete der Bürger, ein ziemlich alter Mann, »also folgen Sie mir! Ich gehe eben auf den Justizpalast zu oder vielmehr die Präfektur. Denn der Justizpalast wird repariert, und so halten die Gerichte einstweilen in der Präfektur ihre Sitzungen ab.«

»Tagt dort«, fragte er, »auch das Schwurgericht?«

»Gewiß, mein Herr. Die heutige Präfektur war vor der Revolution bischöflicher Palast. Herr von Conzié, der im Jahre zweiundachtzig Bischof war, hat einen großen Saal darin bauen lassen. In dem großen Saal wird verhandelt.«

Unterwegs sagte der Bürger noch: »Wenn der Herr einen Prozeß sehen will, ist es ein bißchen spät. Gewöhnlich sind die Sitzungen um sechs Uhr zu Ende.«

Aber als sie auf dem großen Platz standen, zeigte der Bürger ihm an der weiten Fassade eines finster daliegenden Gebäudes vier hohe Fenster, die erleuchtet waren. »Sie kommen ja doch noch zur rechten Zeit, mein Herr. Sie haben Glück. Sehen Sie die vier Fenster? Das ist das Schwurgericht. Es brennt Licht. Also ist die Verhandlung nicht aus. Sie hat sich in die Länge gezogen, und nun ist eine Abendsitzung. Interessieren Sie sich für den Fall? Ist es ein Kriminalprozeß? Sind Sie Zeuge?«

Er erwiderte: »Ich bin nicht wegen eines Prozesses hier, ich habe mit einem Anwalt zu sprechen.«

»Das ist etwas anderes«, sagte der Bürger. »Da, mein Herr, ist das Tor, an dem der Posten steht. Sie müssen nur die große Treppe hinaufsteigen.«

Er tat, wie der Bürger ihm empfahl, und einige Minuten später war er in einem Saal, in dem sich viele Menschen versammelt hatten. Hier und dort flüsterten Gruppen von Advokaten in Talaren. Immer ist es herzbeklemmend, an der Schwelle des Strafgerichts solche Anhäufungen schwarzgekleideter, murmelnder Männer zu sehen. Nur selten verraten ihre Worte Nächstenliebe und Erbarmen. Meist lassen sie erkennen, daß im voraus die Verurteilung beschlossen ist. Diese Gruppen gleichen für den Beobachter, der träumend an ihnen vorübergeht, dunklen Bienenkörben, in denen summende Geister durcheinanderschwirren, um gemeinsam düstere Waben zu bauen.

Der geräumige, von einer einzigen Lampe erhellte Saal, ein früherer Prunksaal des Bischofspalastes, diente als Sprech- und Wandelhalle. Eine zweiflüglige, in diesem Moment gesperrte Tür trennte ihn von der großen Kammer, in der das Schwurgericht tagte. Das Licht war so trüb, daß der Reisende unbedenklich den ersten Anwalt fragte, dem er begegnete. »Mein Herr«, sagte er, »wie weit ist man?«

»Schon zu Ende«, sagte der Anwalt.

»Zu Ende!« Der Reisende hatte die Worte in einem solchen Ton wiederholt, daß der Advokat sich umwandte.

»Verzeihung, mein Herr, sind Sie ein Angehöriger?«

»Nein. Ich kenne niemanden hier. Hat das Gericht verurteilt?«

»Allerdings. Es war ja das einzig Mögliche.«

»Lebenslängliche Zwangsarbeit?«

»Lebenslänglich.«

Der Reisende fragte mit schwacher, kaum hörbarer Stimme: »Dann ist die Identität festgestellt worden?«

»Welche Identität?« fragte der Anwalt zurück. »Es war keine festzustellen. Der Fall war ganz einfach. Die Frau hatte ihr Kind getötet, der Kindesmord war erwiesen, die Geschworenen haben Vorsätzlichkeit nicht angenommen, mithin lebenslänglicher Kerker.«

»Ist es denn eine Frau?« sagte er.

»Aber gewiß, die unverehelichte Limosin. Wovon sprechen Sie denn?«

»Von nichts. Aber da es zu Ende ist, wieso ist der Saal noch beleuchtet?«

»Wegen der anderen Verhandlung, mit der man vor etwa zwei Stunden begonnen hat.«

»Welche andere Verhandlung?«

»Ach, auch die Sache liegt klar. Da hat so ein Strolch, ein

Rückfälliger, ein Galeerensträfling, gestohlen. Ich weiß den Namen nicht mehr genau. Der Kerl ist der richtige Bandit. Schon wenn ich das Gesicht sehe, möchte ich ihn auf die Galeere schicken.«

»Mein Herr«, fragte er, »gibt es ein Mittel, in den Saal eingelassen zu werden?«

»Ich glaube es nicht. Es ist eine Masse Menschen da. Aber die Sitzung ist unterbrochen. Leute sind herausgekommen, und wenn die Verhandlung wieder anfängt, können Sie es ja versuchen.«

»Wo geht man hinein?«

»Durch die große Tür da.«

Der Anwalt ließ ihn allein. In wenigen Augenblicken hatte er, fast zur selben Zeit und fast miteinander vermischt, alle möglichen Erregungen empfunden. Die ersten Worte des gleichmütigen Mannes hatten ihm das Herz bald wie Eisnadeln, bald wie feurige Messer durchbohrt. Als er sah, daß noch nichts beendet war, atmete er auf; jedoch hätte er nicht sagen können, ob er Befriedigung oder Schmerz verspürte.

Er näherte sich mehreren Gruppen und horchte, was gesprochen wurde. Da das Sitzungsprogramm überlastet war, hatte der Präsident für diesen Tag zwei einfache, kurze Sachen angesetzt. Als erste den Kindesmord, und jetzt war man bei dem Sträfling, dem Rückfälligen, dem »alten Sünder«. Der Mann hatte Äpfel gestohlen, aber das schien nicht völlig nachgewiesen. Nachgewiesen war, daß er schon die Galeeren in Toulon hinter sich hatte.

Das war schlimm für ihn. Im übrigen waren das Verhör des Menschen und die Zeugenaussagen abgetan. Noch standen die Plädoyers des Verteidigers und des Staatsanwalts bevor. Das würde bis Mitternacht dauern. Der Mann würde wohl verurteilt werden. Der Staatsanwalt war sehr gut, und seine Angeklagten »hatten nichts zu lachen«. Er war ein Junggeselle mit Geist, der Verse schrieb.

Ein Gerichtsdiener stand neben der Tür, die in den Schwurgerichtssaal führte. Der Reisende fragte ihn: »Wird die Tür bald geöffnet werden?«

»Die wird nicht aufgemacht«, sagte der Gerichtsdiener.

»Was? Nicht geöffnet, wenn die Verhandlung weitergeht? Ist die Sitzung nicht unterbrochen?«

»Die Sitzung hat eben wieder angefangen«, entgegnete der Gerichtsdiener, »aber die Tür wird nicht wieder aufgemacht.«

»Warum?«

»Weil der Saal voll ist.«

»Wie? Ist kein Platz mehr frei?«

»Keiner. Die Tür ist geschlossen. Niemand kann rein.« Der Gerichtsdiener schwieg, dann fügte er hinzu: »Es sind noch zwei oder drei Plätze hinter dem Herrn Präsidenten frei, aber die gibt er nur für öffentliche Beamte her.« Und damit drehte er dem Reisenden den Rücken.

Dieser entfernte sich mit gesenktem Kopf, schritt durch den Vorsaal und stieg langsam die Treppe hinab, als zaudere er bei jeder Stufe. Wahrscheinlich beriet er mit sich selbst. Der heftige Kampf, der seit gestern in ihm ausgetragen wurde, war noch unentschieden; und in jedem Augenblick durchlebte er ein neues Stadium. Als er bis zum Treppenabsatz gekommen war, lehnte er sich an das Geländer und kreuzte die Arme. Plötzlich knöpfte er seinen Rock auf, nahm seine Brieftasche, zog einen Bleistift hervor, riß ein Blatt ab und schrieb hastig beim Licht des Kandelabers die Zeile: Madeleine, Bürgermeister von Montreuil-sur-Mer. Dann stieg er mit großen Schritten die Treppe wieder hinauf, bahnte sich einen Weg durch die Menge, ging gerade auf den Gerichtsdiener zu, gab ihm den Zettel und sagte mit Würde zu ihm: »Bringen Sie das dem Herrn Präsidenten!«

Der Gerichtsdiener nahm den Zettel, warf einen Blick darauf und gehorchte.

Freier Eintritt

Ohne es zu ahnen, erfreute sich der Bürgermeister von Montreuil-sur-Mer einer Art von Berühmtheit. Seit den sieben Jahren, in denen der Ruf seiner Tugend den ganzen Niederboulogner Bezirk erfüllte, war er zuletzt über die Grenzen seines kleines Landes hinausgedrungen und hatte sich in den zwei oder drei benachbarten Departements verbreitet. Außer dem beträchtlichen Dienst, den Herr Madeleine dem Hauptort geleistet hatte, indem er die Schwarzglasindustrie wiederherstellte, war unter den hundertundeinundvierzig Gemeinden im Umkreis von Montreuil-sur-Mer nicht eine, die ihm nicht irgendeine Wohltat verdankte. Er hatte sogar im Notfall den Industrien anderer Gegenden zu helfen und sie zu befruchten verstanden. So hatte er bei Gelegenheit mit seinem Kredit und seinem Kapital die Tüllfabrik in Boulogne unterstützt, die mechanische Leinenweberei in Frévent und die hydraulische Leinenmanufaktur von Boubers-sur-Canche. Überall sprach man von ihm mit Verehrung. Arras und Douai beneideten die glückliche kleine Stadt Montreuil-sur-Mer um ihren Bürgermeister.

Der Rat am königlichen Gerichtshof in Douai, der in jener Sitzung der Geschworenen in Arras den Vorsitz hatte, kannte wie alle Welt den so tief und so allgemein geehrten Namen. Als der Gerichtsdiener leise die Verbindungstür zwischen dem Beratungszimmer und dem Sitzungssaal öffnete, sich hinter dem Sessel des Präsidenten niederbeugte und ihm den Zettel übergab, wobei er hinzusetzte: »Der Herr wünscht der Verhandlung beizuwohnen«, machte der Präsident eine lebhafte, ehrerbietige Bewegung. Er ergriff eine Feder, schrieb auf den unteren Rand des Papiers einige Worte, reichte es dem Gerichtsdiener zurück und sagte: »Lassen Sie eintreten.«

Der unglückliche Mensch, dessen Geschichte wir erzählen, war nahe der Saaltür an dem Platz und in derselben Haltung stehengeblieben, ganz wie ihn der Gerichtsdiener verlassen hatte. Er hörte durch seine Träumerei hindurch jemanden, der zu ihm sagte: »Wollen der Herr mir die Ehre erweisen, zu folgen?« Es war derselbe Diener, der ihm eben noch den Rücken zugewandt hatte. Jetzt grüßte er ihn bis zum Boden hinab. Zugleich übergab er ihm das Papier. Er entfaltete den Zettel, und da es sich traf, daß er nahe der Lampe stand, konnte er lesen: »Der Präsident des Schwurgerichts versichert Herrn Madeleine seiner Hochachtung.«

Er zerknitterte in seinen Händen das Papier, als hätten die wenigen Worte für ihn einen seltsamen, bitteren Nachgeschmack. Dann ging er dem Gerichtsdiener nach. Ein paar Minuten später sah er sich allein in einem getäfelten Kabinett; von strenger Art der Ausstattung. Zwei Kerzen auf einem mit grünem Tuch bedeckten Tisch erleuchteten es.

Noch klangen ihm die letzten Worte des Gerichtsdieners im Ohr: »Mein Herr, Sie sind hier im Beratungszimmer. Sie brauchen nur den Messingknopf dieser Tür zu drehen, dann sind Sie im Sitzungssaal hinter dem Sessel des Herrn Präsidenten.« Diese Worte vereinigten sich in seinen Gedanken mit unbestimmten Erinnerungen an enge Korridore und finstere Treppen, durch die er in Eile gegangen war.

Er war allein und der letzte Augenblick gekommen. Er suchte sich zu sammeln, doch es gelang ihm nicht. Gerade dann, wenn man ihrer am meisten benötigte, um sie mit der drängenden Wirklichkeit des Lebens zu verknüpfen, reißen im Hirn die Fäden des Denkens ab. Er war in dem Raum, in dem die Richter beraten und verurteilen. In stumpfer Ruhe betrachtete er dieses friedliche und furchtbare Zimmer, in dem so viele Existenzen zerbrochen worden waren, wo bald sein Name ertönen würde und das sein Schicksal in diesem Moment durchschritt. Er betrachtete die Wand und dann sich selbst und staunte, daß es dieses Zimmer war und daß er es war. Seit über vierundzwanzig Stunden hatte er nicht mehr gegessen, er war von den Stößen der Kutsche gerädert, aber er fühlte es nicht; es schien ihm, daß er nichts fühlte.

Er näherte sich einem schwarzen Rahmen, der an der Wand befestigt war. Unter Glas enthielt er einen alten eigenhändigen Brief von Jean Nicolas Pache, Bürgermeister von Paris und Minister, zweifellos irrtümlich vom 9. Juni des Jahres II datiert. Pache sandte damit der Gemeinde die Liste der Minister und Abgeordneten, die dort in Haft saßen. Ein Zeuge, der den Reisenden in diesem Moment beobachtete, hätte sicher gewähnt, der Brief errege seine Neugier, denn seine Augen hingen daran, und er las ihn zwei- oder dreimal. Er las ihn ohne Aufmerksamkeit und ohne es zu wissen. Er dachte an Fantine und an Cosette.

Träumend wandte er sich um, und sein Blick huschte über den Messingknopf der Tür, die ihn vom Schwurgerichtssaal trennte. Fast hatte er die Tür vergessen. Zuerst gelassen, haftete sein Blick nur an ihr, verweilte auf dem Messingknopf, wurde verstört, erstarrte, und nach und nach prägte sich Entsetzen darin aus. Schweißtropfen perlten ihm zwischen dem Haar hervor und sickerten ihm über die Schläfen.

Einmal machte er mit einer befehlenden Wucht, in der zugleich Auflehnung war, jene unbeschreibliche Geste, die besagt und es so deutlich besagt: Bei Gott, was zwingt mich denn dazu? Sodann bog er schnell um, sah vor sich die Tür, durch die er in das Beratungszimmer getreten war, ging auf sie zu, öffnete sie und entfernte sich. Er war nicht mehr in dem Zimmer, er war draußen, in einem Korridor, einem langen, engen, von Stufen und Schaltern geteilten Korridor mit vielen Ecken, dem hier und da Laternen mit Metallspiegeln, wie Nachtlampen in Krankenstuben, Licht gaben, dem Korridor durch den er gekommen war. Er atmete auf, er horchte, kein Geräusch vor ihm, kein Geräuch hinter ihm. Er begann zu fliehen, als jage man ihm nach.

Als er über mehrere Krümmungen dieses Korridors hinaus war, horchte er wieder. Noch immer war dieselbe Stille um ihn, derselbe Schatten. Er keuchte, er wankte, er hielt sich an der Mauer. Der Stein war kalt, der Schweiß auf seiner Stirn vereiste, schaudernd richtete er sich auf. Einsam stand er in diesem Dunkel, zitternd vor Frost und vielleicht noch etwas anderem, und dachte nach. Er hatte während der ganzen Nacht nachgedacht, während des ganzen Tages. Er hörte nur noch eine Stimme in sich, die sagte: Ach!

Eine Viertelstunde verrann so. Endlich neigte er den Kopf, seufzte in Angst, ließ die Arme hängen und kehrte um. Er schritt langsam, wie niedergeschlagen. Es schien, als hätte ihn jemand auf seiner Flucht erreicht und führe ihn zurück.

Wieder trat er in das Beratungszimmer ein. Das erste, das er wahrnahm, war der Ring am Schloß der Tür. Rund und von Kupfer, glänzte er für ihn wie ein erschreckender Stern. Er betrachtete ihn, wie ein Lamm das Auge eines Tigers betrachtet. Seine Augen konnten sich von ihm nicht abwenden. Von Zeit zu Zeit ging er einen Schritt vorwärts und näherte sich der Tür. Hätte er gelauscht, so hätte er wie ein verworrenes Gemurmel den Lärm aus dem benachbarten Saal gehört. Aber er lauschte nicht und hörte nicht.

Plötzlich, ohne daß er selbst wußte, wie, fand er sich an der Tür. Krampfhaft faßte er nach dem Knopf. Die Tür öffnete sich. Er war im Sitzungssaal.

Ein Ort, wo sich Überzeugungen bilden

Er ging einen Schritt vor, schloß mechanisch die Tür hinter sich, stand und überschaute, was sich seinen Augen darbot. Es war eine ziemlich weite, kaum erhellte Halle, bald von Getöse, bald von Schweigen erfüllt, worin sich der gesamte Apparat eines Kriminalprozesses in dem schäbigen und düsteren Ernst seiner Förmlichkeiten inmitten einer Menschenmasse entfaltete.

An einem Ende des Saales, da, wo er stand, Richter mit zerstreuten Mienen, in abgewetzten Roben, die an ihren Nägeln knabberten oder die Augenlider zukniffen. Am anderen Ende eine zerlumpte Menge. Advokaten in den verschiedensten Posen. Soldaten mit ehrlichen, harten Cesichtern. Alte, befleckte Parkettfußböden, eine schmutzige Saaldecke, Tische, mit mehr gelbem als grünem Köper bespannt, von Händen geschwärzte Türen. An Haken, die in das Getäfel getrieben waren, Lampen, wie sie in Kneipen brennen, eher Ruß verbreitend als Licht. Auf den Tischen Talgkerzen in kupfernen Leuchtern. Dunkel, Häßlichkeit, Traurigkeit. Und von alledem löste sich ein strenger und erhabener Eindruck, denn man empfand hier die große menschliche Macht, die man Gesetz nennt, und die große göttliche Macht, deren Name lautet: Gerechtigkeit.

Niemand in dieser Menge achtete auf ihn. Alle Blicke liefen in einem einzigen Punkt zusammen, einer Holzbank, zur Linken des Präsidenten, die sich an der Wand entlang zog. Auf dieser Bank, die einige Kerzen beleuchteten, saß zwischen zwei Gendarmen ein Mann.

Dieser Mann, er war der Mann. Er suchte ihn nicht, er sah ihn.

Seine Augen wanderten zu ihm, als wäre es natürlich, als hätten sie im voraus gewußt, wo sie diesem Gesicht begegneten. Er glaubte, sich selbst zu sehen, gealtert, zweifellos nicht völlig gleich in den Zügen, aber sehr ähnlich in Haltung und Äußerem, mit dem gesträubten Haar, der rötlichgelben, unruhigen Augenwölbung, mit der Bluse, so wie er an dem Tag gewesen war, als er Digne betrat, voller Haß und in seiner Seele den abscheulichen Schatz gräßlicher Gedanken verbergend, die er neunzehn Jahre hindurch auf dem Pflaster des Bagnos in sich angesammelt hatte. Bebend sagte er zu sich: Mein Gott! Soll ich wieder so werden?

Dieses Wesen schien mindestens sechzigjährig. Es hatte etwas Rohes, Verblödetes und Scheues.

Beim Geräusch der Tür hatte man zurückweichend Platz gemacht, der Präsident hatte sich umgewandt und, als er begriff, der Bürgermeister von Montreuil-sur-Mer sei soeben eingetreten, gegrüßt. Der Staatsanwalt, der Herrn Madeleine in Montrenil-sur-Mer gesehen hatte, wohin Maßnahmen seines Ministeriums ihn mehrfach gerufen hatten, erkannte ihn und grüßte seinerseits. Er bemerkte es kaum. Er war wie in einer Halluzination befangen; er schaute.

Richter, einen Gerichtsschreiber, Gendarmen, ein Gewimmel grausam neugieriger Köpfe, er hatte das schon einmal gesehen, einst, vor siebenundzwanzig Jahren. Diese Unheilsszenerie, er fand sie wieder. All das war vor ihm, bewegte sich, existierte. Es war nicht bloß ein Trug seiner angestrengten Erinnerungen, eine Gaukelei seines Geistes, es waren wirkliche Gendarmen und wirkliche Richter, eine wirkliche Menge, wirkliche Menschen von Fleisch und Bein. Nun war es geschehen, er sah die ungeheuerlichen Bilder seiner Vergangenheit mit der ganzen Furchtbarkeit wahren Lebens um sich her wieder erscheinen, wieder erwachen. All das tat sich gähnend vor ihm auf. Es graute ihn, er schloß die Augen und schrie in der tiefsten Tiefe seiner Seele: Nie!

Und durch einen tragischen Hohn des Schicksals, vor dem alle seine Gedanken erzitterten und der ihn fast wahnsinnig machte, stand dort sein zweites Ich. Den Mann, der abgeurteilt wurde, nannten alle Jean Valjean. Er hatte eine unerhörte Vision, etwas wie eine Darstellung der schrecklichsten Minuten seines Lebens, von seinem Gespenst gespielt.

Alles war da, dieselbe Maschinerie, dieselbe Nachtstunde, fast dieselben Gesichter von Richtern, Soldaten und Publikum. Nur hing über dem Kopf des Präsidenten ein Kruzifix, das zu der Zeit, als man ihn verdammte, in den Gerichtssälen gefehlt hatte. Als man ihn richtete, war Gott nicht zugegen.

Ein Stuhl stand hinter ihm. Er sank darauf nieder, entsetzt über den Gedanken, daß man ihn sehen könne. Dann benutzte er einen Stapel von Aktenbündeln, der auf dem Richtertisch lag, um vor allen im Saal sein Antlitz zu verstecken. Er konnte jetzt sehen, ohne gesehen zu werden. Nach und nach erholte er sich. Er gewann die Empfindung der Wirklichkeit zurück und damit jene Gelassenheit, in der man zuhören kann.

Unter der Zahl der Geschworenen war Herr Bamatabois. Er suchte Javert, sah ihn aber nicht. Der Tisch des Gerichtsschreibers verbarg ihm die Zeugenbank. Und dabei war ja der Saal kaum erhellt.

In dem Moment, als er eingetreten war, kam der Verteidiger zum Schluß seines Plädoyers. Alles war in höchstem Grade gespannt. Die Verhandlung dauerte schon drei Stunden. Seit drei Stunden sah die Menge einen Mann unter dem Gewicht einer furchtbaren Wahrscheinlichkeit nach und nach zusammenbrechen, einen Unbekannten, ein jämmerliches Geschöpf, das entweder maßlos stumpf war oder maßlos schlau. Der Mann, ein Landstreicher, war auf einem Feld erwischt worden, als er einen mit reifen Äpfeln beladenen Ast wegschleppte, den er von einem Baum in einem nahen, von einer Mauer umgebenen Acker, dem Obstgarten von Pierron, losgerissen hatte. Wer war dieser Mann? Eine Untersuchung war durchgeführt worden, soeben hatte man Zeugen verhört, sie hatten übereinstimmend ausgesagt, der gesamten Debatte waren Aufschlüsse entsprungen. Die Anklage führte aus: Wir haben nicht nur einen Obstdieb gefaßt, einen Plünderer, sondern einen Banditen, einen rückfälligen

Verbrecher, der sich der Polizeiaufsicht entzogen hat, einen ehemaligen Sträfling, einen der gefährlichsten Kriminellen, einen Übeltäter namens Jean Valjean, nach dem die Justiz schon lange fahndet. Vor acht Jahren hat er, als er aus dem Bagno von Toulon kam, auf offener Landstraße, mit bewaffneter Hand einen Diebstahl an einem Savoyardenknaben, genannt der kleine Gervasius, verübt, ein Verbrechen, für das der Artikel 383 des Strafgesetzes gilt und wofür wir uns weitere Verfolgung vorbehalten, wenn die Identität gerichtlich erhärtet sein wird. Jetzt hat er einen neuen Diebstahl begangen. Das ist ein Rückfall. Verurteilen Sie ihn wegen des neuen Verbrechens. Später wird er wegen des früheren abgeurteilt werden. Über diese Anklage, diese Einstimmigkeit der Zeugen schien der Beschuldigte vor allem zu staunen. Er gab abwehrende Gesten und Zeichen von sich, oder er betrachtete die Saaldecke. Er sprach kaum, antwortete mühsam, jedoch vom Kopf bis zu den Füßen, mit seiner ganzen Person verneinte er. In Gegenwart all dieser Intelligenzen, die in Schlachtordnung um ihn gruppiert waren, sah er wie ein Idiot aus, wie ein Fremder inmitten dieser Gesellschaft, deren Bild ihn niederdrückte. Und dennoch ging es für ihn um die bedrohlichste Zukunft, mit jeder Minute wuchs die Wahrscheinlichkeit, und die Menge da sah noch geängstigter als er selbst diesen unheilschwangeren Spruch sich mehr und mehr auf ihn herabsenken. Eine Möglichkeit ließ sogar außer dem Bagno die Todesstrafe erwarten, wenn auf Identität erkannt wurde und die Sache mit dem kleinen Gervasius noch mit einer Verurteilung endete. Was war mit diesem Mann? Wie erklärte sich seine Teilnahmslosigkeit? War sie Schwachsinn oder List? Begriff er zuviel, oder begriff er überhaupt nicht? Das waren Fragen, die die Menge spalteten und die Jury sichtlich in zwei Lager trennten. Dieser Prozeß war erschreckend und quälend. Das Drama war nicht nur düster, es war völlige Finsternis.

Der Verteidiger hatte recht gut plädiert, in der provinziellen Sprache, die lange die Beredsamkeit der Advokatur getragen hat und deren sich vormals alle Anwälte bedienten, in Paris ebenso wie in Romorantin oder Montbrison. Heute ist sie klassisch geworden und wird nur noch von den offiziellen Rednern der Staatsanwaltschaft gebraucht, für die sie durch ihre tönende Würde und ihren majestätischen Faltenwurf schicklich ist. In dieser Sprache heißt ein Ehemann »ein Gatte«, eine Frau »eine Gemahlin«, Paris »das Zentrum der Künste und der Zivilisation«, der König »der Monarch«, der Bischof »ein heiliger Pontifex« der Generalstaatsanwalt »der beredte Dolmetsch der Sühne«, das Plädoyer »die Akzente, die wir soeben gehört haben«, das Zeitalter Ludwigs XIV. »das große Jahrhundert«, ein Theater »der Tempel der Melpomene«, die regierende Familie »das erhabene Blut unserer Könige«, ein Konzert »eine musikalische Feierlichkeit«, der Herr Kommandierende General »der ruhmvolle Krieger«, die Schüler des Seminars »diese zarten Leviten«, die Irrtümer der Presse »die Lüge, die ihr Gift in die Kolumnen dieser Organe träufelt« und so weiter. Der Advokat hatte sich also zuerst über den Apfeldiebstahl ausgelassen, eine im schönen Stil nur schwer zu erörternde Angelegenheit; jedoch Bénigne Bossuet selbst war gezwungen, mitten in einer Leichenrede auf ein Huhn anzuspielen, und hat das pompös bewältigt. Der Anwalt hatte bemerkt, der Apfeldiebstahl sei materiell nicht erwiesen. Sein Klient, den er in seiner Eigenschaft als Verteidiger beharrlich Champmathieu nannte, war von niemandem gesehen worden, als er die Mauer erkletterte oder den Ast abbrach. Man hatte ihn verhaftet, als er im Besitz dieses Astes war (den der Advokat lieber einen Zweig nannte). Indes sagte er, er habe ihn an der Erde gefunden und aufgehoben. Wo war der Gegenbeweis? Unstreitig war der Ast nach der Erkletterung des Mauerstücks abgebrochen und entwendet und dann von dem aufgestörten Plünderer fortgeschleudert worden; unstreitig war ein Dieb dagewesen. Aber was bewies, daß der Dieb Champmathieu war? Ein einziger Umstand: Er war ein ehemaliger Sträfling. Der Anwalt räumte ein, daß dieser Umstand leider wohl bezeugt sei. Der Angeklagte hatte in Faverolles gewohnt. Der Angeklagte hatte als Baumputzer begonnen. Der Name Champmathieu konnte auf Jean Mathieu zurückgehen. Das alles traf zu. Endlich hatten vier Zeugen, ohne zu zögern und positiv, in Champmathieu den Galeerensträfling Jean Valjean erkannt. Diesen Aussagen, diesen Bekundungen konnte der Advokat nur das Leugnen seines Klienten entgegensetzen, ein Leugnen aus Interesse. Aber wenn man annahm, er sei der Sträfling Jean Valjean, bewies das, daß er der Apfeldieb war? Das war höchstens eine Mutmaßung, kein Beweis. Der Angeklagte hatte allerdings, und sein Verteidiger mußte in seinem »guten Glauben« dies zugeben, »ein sehr schlechtes Verteidigungssystem« gewählt. Starrsinnig leugnete er alles, den Diebstahl und seine Sträflingsjahre. Ein Geständnis in diesem letzten Punkt wäre zweifellos besser gewesen und hätte ihm die Nachsicht seiner Richter verschafft. Der Advokat hatte ihm dazu geraten. Jedoch der Angeklagte hatte sich störrisch geweigert, da er offenbar meinte, er rette alles, wenn er nichts eingestand. Es war unrecht von ihm. Aber sollte man nicht die Enge dieses Geistes erwägen? Der Mann war sichtlich stupid. Eine lange Unglückszeit im Bagno, ein langes Elend außerhalb des Bagnos hatten ihn vertiert und so weiter. Er verteidigte sich schlecht, war das ein Grund, ihn zu verurteilen? Über den Fall mit dem kleinen Gervasius hatte der Anwalt nicht zu sprechen, der gehörte nicht zu diesem Prozeß. Er schloß mit der dringlichen Bitte an die Geschworenen und den Gerichtshof, wenn die Identität Jean Valjeans ihnen erwiesen scheine, ihn mit den Polizeistrafen zu belegen, die über den Verurteilten zu verhängen sind, wenn er sich der Meldepflicht entzieht, nicht die furchtbare Züchtigung, die auf den rückfälligen Sträfling herabsaust.

Der Staatsanwalt erwiderte dem Verteidiger. Er war scharf und blumenreich wie die meisten Staatsanwälte. Er beglückwünschte den Verteidiger zu seiner »Loyalität« und nutzte diese gewandt aus. Er vernichtete den Angeklagten mit Hilfe aller Konzessionen des Vorredners. Der Advokat schien zuzugestehen, daß der Angeklagte Jean Valjean sei. Er nahm das zur Kenntnis. Der Mann war also Jean Valjean. Das war für die Anklage gesichert und konnte nicht mehr bezweifelt werden. Hier ging der Staatsanwalt in gewandter Antonomasie bis zu Quellen und Ursachen der Kriminalität zurück und donnerte gegen die Unsittlichkeit der romantischen

Schule, die damals unter dem ihr von den Kritikern der »Quotidienne« und der »Oriflamme« verliehenen Namen einer satanischen Schule ihre Morgenröte beging. Er schrieb, nicht ohne Wahrscheinlichkeit, dem Einfluß dieser perversen Literatur das Verbrechen des Champmathieu oder vielmehr des Jean Valjean zu. Als diese Betrachtungen erschöpft waren, kam er auf Jean Valjean selbst. Wer war dieser Jean Valjean? Schilderung des Jean Valjean. »Ein Ungeheuer, ausgespien« und so weiter. Das Muster solcher Beschreibung ist die Erzählung des Theramen, die für die Tragödie nicht von Wert ist, aber alle Tage der gerichtlichen Beredsamkeit große Dienste leistet. Das Publikum und die Geschworenen »erschauerten«. Nach beendeter Charakteristik fuhr der Staatsanwalt mit einer rednerischen Bewegung, die geeignet war, am nächsten Morgen das Blatt der Präfektur aufs höchste zu begeistern, fort: Und ein solcher Mensch und so weiter, ein Vagabund, ein Bettler, ohne Existenzmittel und so weiter – durch sein bisheriges Leben an strafbare Handlungen gewohnt und durch seinen Aufenthalt im Bagno wenig gebessert, wie das Verbrechen an dem kleinen Gervasius zeigt, und so weiter –, ein solcher Mensch, auf öffentlicher Straße beim flagranten Delikt des Diebstahls ertappt, wenige Schritte von einer erkletterten Mauer, das gestohlene Objekt noch in den Händen haltend, leugnet das flagrante Delikt, den Diebstahl, die Erkletterung, leugnet alles, leugnet sogar seinen Namen, sogar seine Identität! Außer hundert anderen Beweisen, auf die wir nicht zurückkommen, sind da vier Zeugen, die ihn erkennen, Javert, der unantastbare Polizeiinspektor Javert, und drei der ehemaligen Genossen seiner Schmach, die Sträflinge Brevet, Chenildieu und Cochepaille. Was setzt er dieser zermalmenden Einstimmigkeit entgegen? Er leugnet. Welche Verstocktheit! Sie werden die Gerechtigkeit walten lassen, meine Herren Geschworenen, und so fort.

Während der Staatsanwalt sprach, hörte der Angeklagte offenen Mundes zu, mit einer Verblüffung, die nicht frei von Bewunderung war. Er war augenscheinlich überrascht, daß ein Mensch so reden konnte. Von Zeit zu Zeit, bei den »energischsten« Stellen der Anklagebegründung, in den Augenblicken, da die Beredsamkeit unhemmbar sich in einem Strom beschimpfender Beiworte ergießt und den Angeklagten wie ein Unwetter einhüllt, bewegte er langsam den Kopf von rechts nach links und von links nach rechts. Mit diesem traurigen und stummen Protest begnügte er sich seit der Einleitung der Debatte. Zwei- oder dreimal hörten die Zuschauer, die ihm am nächsten saßen, ihn mit halblauter Stimme sagen: »Das ist nur, weil ich Herrn Baloup nicht gefragt habe!« Der Staatsanwalt wies die Jury auf diese Stumpfheit hin, die, augenscheinlich berechnet, nicht Schwachsinn verriet, sondern Pfiffigkeit, Arglist, die Gewohnheit, die Justiz zu täuschen, und die »tiefe Abgefeimtheit« dieses Mannes in volles Tageslicht rückte. Er endete mit Vorbehalten wegen des Falles Gervasius und mit der Forderung nach einem strengen Urteil. Dies bedeutete für den Augenblick, wie man sich erinnert, lebenslängliche Zwangsarbeit.

Der Verteidiger erhob sich, beglückwünschte zuerst den Herrn Staatsanwalt um seiner »wunderbaren Rede« willen, dann erwiderte er, so gut er konnte. Aber er wurde schwächer; es war, als weiche der Boden unter ihm.

Die Methode, abzuleugnen

Der Moment für den Schluß der Debatte war gekommen. Der Präsident ließ den Angeklagten aufstehen und richtete die übliche Frage an ihn: »Haben Sie zu Ihrer Rechtfertigung noch etwas hinzuzusetzen?«

Der Mann stand, rollte in seinen Händen eine schmierige Mütze, die sein Eigentum war, und schien nicht zu hören. Der Präsident wiederholte die Frage.

Diesmal hörte der Mann. Er schien zu begreifen, fuhr auf, als ob er erwache, ließ seine Augen durch den Saal wandern, schaute das Publikum an, die Geschworenen, seinen Anwalt, die Gendarmen, das hohe Gericht, legte seine grobe, riesige Faust auf den Rand des vor seiner Bank aufgestellten Geländers, schaute wieder, und plötzlich fing er, seinen Blick auf den Staatsauwalt heftend, zu sprechen an. Es war wie ein

Ausbruch. Die Worte entschlüpften ihm zusammenhanglos, ungestüm, hervorgestoßen, verworren, als ob sie sich drängten, um alle zugleich seinen Mund zu verlassen. Er sagte:

»Also ich habe zu sagen, daß ich Wagner in Paris war und daß ich es bei dem Herrn Baloup war. Das ist kein leichtes Gewerbe. Wenn man Wagner ist, arbeitet man immer in freier Luft, auf den Höfen, bei den guten Meistern in offenen Schuppen und nie in zugesperrter Werkstatt, weil man Raum braucht. Im Winter friert man so, daß man mit den Armen um sich schlägt, damit man warm wird. Aber die Meister schimpfen, sie sagen, so geht Zeit verloren. Daß man mit Metall hantieren muß, wenn zwischen den Pflastersteinen Eis sitzt, ist hart. Das macht einen Mann schnell fertig. Auch wenn einer jung ist, mit der Wagenbauerei bleibt er's nicht. Mit vierzig hat er keine Kraft mehr. Ich war dreiundfünfzig, und es ging mir übel. Und die Arbeiter sind so niederträchtig. Ist einer älter, dann nennen sie ihn Trottel und alter Esel. Ich habe nur noch dreißig Sous pro Tag verdient. Lohn zahlte man mir so wenig wie möglich, die Meister nutzten das aus, daß ich schon ein Graukopf war. Dabei hatte ich eine Tochter, die in einem Boot an der Seine Wäsche wusch. Auch sie brachte ein bißchen Geld nach Hause. Für uns zwei reichte es. Sie mußte sich auch abrackern. Den ganzen Tag mit dem halben Rumpf in einer Bütte, bei Regen und Schnee, und wenn der Wind ins Gesicht schneidet, und auch wenn es friert, gewaschen muß werden. Es gibt Leute, die viel Wäsche haben und drauf warten. Wenn nicht gewaschen wird, büßt man die Kundschaft ein. Das Boot hat Lücken, und zwischen den Brettern fallen überall Wassertropfen herab. Die Röcke werden pudelnaß, oben und unten. Das dringt durch. Sie hat auch in der »Waschanstalt zu den Roten Kindern« gearbeitet, wo das Wasser mit Hähnen gezapft wird. Da steht eine nicht im Zuber. Gewaschen wird vorn am Hahn, und spülen tut eine im Zinnbecken hinter ihr. Da das dicht ist, wird der Leib nicht so kalt. Aber der heiße Dunst ist schrecklich und ruiniert die Augen. Um sieben Uhr abends kam sie nach Hause und ging rasch zu Bett, so müde war sie. Ihr Mann prügelte sie. Sie ist tot. Glück haben wir nicht. Sie war eine brave Person, sie tanzte nicht und war sehr ruhig. Ich denke noch an einen Dienstag im Karneval, wo sie schon um acht im Bett lag. So ist das. Ich sage die Wahrheit. Sie brauchen nur nachzufragen. Ach ja, nachfragen, was bin ich für ein dummer Kerl! Paris ist ein Abgrund. Wer kennt den Vater Champmathieu? Aber der Herr Baloup kennt ihn, sage ich Ihnen. Schicken Sie zu Herrn Baloup! Ich weiß überhaupt nicht, was Sie von mir wollen!« Der Mann schwieg und blieb stehen. Er hatte mit schriller, hastiger, rauher, harter, heiserer Stimme gesprochen, mit einer Art gereizter und wilder Einfalt. Zwischendurch hatte er sich unterbrochen, um jemanden in der Menge zu begrüßen. Die seltsamen Beteuerungen, die er aufs Geratewohl ins Leere abzugeben schien, hörten sich an wie Schluchzen, und jene begleitete er mit der Geste eines Holzhauers, der Holz hackt. Als er damit zu Ende war, lachte das Auditorium schallend. Er blickte in die Menge, und da er sah, daß sie lachte, tat er wie sie. Es war unheimlich.

Der Präsident, ein aufmerksamer und wohlwollender Mann, erhob seine Stimme. Er erinnerte die »Herren Geschworenen«, »daß Herr Baloup, ehemaliger Wagenbaumeister, bei dem der Angeklagte nach seiner Aussage gearbeitet hatte, ohne Ergebnis vorgeladen worden war, daß er Bankrott gemacht hatte und nicht ermittelt werden konnte.« Dann wandte er sich dem Angeklagten zu, forderte ihn auf, dem zuzuhören, was er ihm sagen werde, und fuhr fort: »Sie sind in einer Situation, die Sie überdenken sollten. Der schwerste Verdacht lastet auf Ihnen und kann für Sie den Tod nach sich ziehen. Angeklagter, in Ihrem Interesse rate ich Ihnen ein letztes Mal, erklären Sie sich zu den beiden Punkten: Erstens, haben Sie, ja oder nein, die Mauer des Obstgartens von Pierron überklettert, den Ast abgerissen und die Äpfel gestohlen, das heißt das Delikt des Einbruchsdiebstahls begangen? Zweitens, ja oder nein, sind Sie der entlassene Sträfling Jean Valjean?«

Der Angeklagte schüttelte den Kopf mit einer Miene, als könne er das Gesagte in sich aufnehmen, wie ein Mann, der gut verstanden hat und weiß, was er antworten wird. Er öffnete den Mund, drehte sich dahin, wo der Präsident saß, und stammelte: »Zunächst …« Dann betrachtete er seine Mütze, betrachtete die Saaldecke und schwieg.

»Angeklagter«, begann mit strenger Stimme der Staatsanwalt, »passen Sie auf! Sie beantworten keine Frage, die man Ihnen stellt. Ihre Verwirrung ist ein Grund, Sie zu verurteilen. Es ist klar, daß Sie nicht Champmathieu heißen, daß Sie der Sträfling Jean Valjean sind, daß Sie sich zunächst unter dem Namen Jean Mathieu verborgen haben, nach dem Namen Ihrer Mutter, daß Sie in die Auvergne gegangen sind, daß Sie aus Faverolles stammen und dort Baumputzer waren. Es ist klar, daß Sie durch Einbruch in den Obstgarten von Pierron reife Äpfel gestohlen haben. Die Herren Geschworenen werden diesen Talbestand würdigen.«

Der Angeklagte hatte sich endlich wieder gesetzt. Als der Staatsanwalt schloß, sprang er auf und rief: »Sie sind aber bösartig, Sie Herr! Das wollte ich nämlich sagen. Ich kam nur nicht drauf. Ich habe nichts gestohlen. Ich habe nicht alle Tage zu essen. Ich war in Ailly gewesen, ich ging über Land nach einem Platzregen, von dem alle Felder gelb wurden, weil auch jeder Pfuhl übergetreten war und nur noch kleine Grasbüschel am Straßenrand aus dem Sand hervorguckten, und da fand ich am Boden einen abgebrochenen Ast mit Äpfeln dran. Ich habe ihn aufgehoben und wußte nicht, daß er mir noch viel zu schaffen machen würde. Seit drei Monaten bin ich im Gefängnis und werde herumgestoßen. Dann kann ich nichts sagen, sie reden auf mich ein, sie sagen zu mir: »Antworten Sie!», und der Gendarm, der eine gute Haut ist, schubst mich mit dem Ellbogen und sagt leise »Antworte doch!« Ich kann nichts richtig erklären, ich habe nicht studiert, ich bin ein armer Mann. Und Sie tun mir Unrecht, daß Sie das nicht sehen. Ich habe nicht gestohlen, ich habe nur von der Erde aufgehoben, was da lag. Sie sagen: »Jean Valjean, Jean Mathieu!« Die beiden Namen kenne ich nicht. Die sind vom Dorf. Ich habe bei Herrn Baloup am Boulevard de l'Hôpital gearbeitet. Ich heiße Champmathieu. Sie sind ja so schlau und sagen mir, wo ich geboren bin. Ich weiß es nicht. Es hat ja nicht jeder ein Haus, in dem er auf die Welt kommt.

Das wäre zu bequem. Ich glaube, mein Vater und meine Mutter sind auf den Straßen herumgewandert. Übrigens weiß ich es nicht. Als ich Kind war, nannten sie mich Kleiner, jetzt werde ich Alter genannt. Das sind meine Taufnamen. Nehmen Sie das, wie Sie wollen! Ich war in der Auvergne, ich war in Faverolles, meiner Seel! Kann einer nicht in der Auvergne und in Faverolles gewesen sein, ohne daß er auf den Galeeren war? Ich sage Ihnen, daß ich nicht gestohlen habe und daß ich der Vater Champmathieu bin. Ich war bei Herrn Baloup, ich hatte eine Wohnung. Von Ihren Dummheiten habe ich jetzt genug! Warum ist denn alles so gemein hinter mir her?«

Der Staatsanwalt stand noch immer. Er wandte sich an den Präsidenten. »Herr Präsident, angesichts des konfusen, aber sehr geschickten Ableugnens des Angeklagten, der gern den Blödsinnigen spielen möchte, jedoch kein Glück damit haben wird – wir warnen ihn –, beantragen wir, daß es Ihnen und dem Gericht gefalle, von neuem die Sträflinge Brevet, Cochepaille und Chenildieu und den Polizeiinspektor Javert an diese Schranke zu rufen und sie ein letztes Mal nach der Identität des Angeklagten mit dem Sträfling Jean Valjean zu befragen.«

»Ich habe den Herrn Staatsanwalt«, sagte der Präsident, »darauf hingewiesen, daß der Polizeiinspektor Javert, durch sein Amt gezwungen, sich in den Hauptort eines Nachbarbezirks zurückzubegeben, gleich nach seiner Aussage den Sitzungssaal und auch die Stadt verlassen hat. Wir haben es ihm erlaubt, unter Zustimmung des Herrn Staatsanwalts und des Verteidigers des Angeklagten.«

»Das trifft zu«, erwiderte der Staatsanwalt. »In Abwesenheit des Herrn Javert glaube ich für die Herren Geschworenen wiederholen zu sollen, was er vor wenigen Stunden hier bekundet hat.

Javert ist ein hochgeschätzter Mann, der sich durch seine strenge und genaue Ehrbarkeit in einem untergeordneten Pflichtenkreis bedeutsam hervorgetan hat. Seine Aussage lautet: ›Ich bedarf nicht einmal der moralischen Indizien und der materiellen Beweise, die die Ableugnungen des Angeklagten widerlegen. Ich erkenne ihn mit Sicherheit wieder.

Dieser Mann heißt nicht Champmathieu; er ist ein sehr gefährlicher und sehr gefürchtet gewesener Sträfling namens Jean Valjean. Man hat ihn, als er seine Strafe abgebüßt hatte, nur mit äußerstem Bedauern entlassen. Wegen qualifizierten Diebstahls hat er neunzehn Jahre Zwangsarbeit abgebüßt. Fünf- oder sechsmal hatte er zu fliehen versucht. Außer dem Diebstahl an dem kleinen Gervasius und dem im Obstgarten von Pierron halte ich ihn noch eines im Hause Seiner Gnaden des verewigten Bischofs von Digne begangenen Diebstahls verdächtig. Ich habe ihn in der Zeit, als ich Hilfswächter im Bagno von Toulon war, oft gesehen. Ich erkläre nochmals, daß ich ihn mit Sicherheit wiedererkenne.‹ «

Diese so bestimmte Aussage schien im Publikum und unter den Geschworenen stark zu wirken. Der Staatsanwalt schloß, indem er darauf drängte, in Ermangelung von Javert sollten die drei Zeugen Brevet, Chenildieu und Cochepaille nochmals vernommen und mit Nachdruck befragt werden.

Der Präsident gab einem Gerichtsdiener einen Befehl, und im nächsten Augenblick öffnete sich das Zeugenzimmer. Gefolgt von einem Gendarmen, der bereit war, ihm tätlich zu helfen, führte der Diener den Verurteilten Brevet herein. Die Hörerschaft war in schwebender Spannung, und allen klopfte das Herz in der Brust, als hätten sie nur eine einzige Seele.

Der ehemalige Sträfling Brevet trug die schwarz- und graugestreifte Zuchthausjacke. Er war etwa sechzigjährig und hatte ein Gesicht, das dem eines geschäftsbeflissenen Sachwalters glich, mit der Miene eines Schurken. Manchmal ist beides dasselbe. Er war im Kerker, in den neue Missetaten ihn zurückgebracht hatten, etwas wie Schließer geworden. Über ihn pflegten die Gefängnisleiter zu sagen: Er sucht sich nützlich zu machen. Die Anstaltsprediger hatten von seinen religiösen Gewohnheiten eine gute Meinung. Nicht vergessen sei, daß all dies während der Restauration geschah.

»Brevet«, sagte der Präsident. »Sie haben eine schimpfliche Verurteilung erlitten und sind zum Eid nicht zugelassen.«

Brevet schlug die Augen nieder.

»Aber«, fuhr der Präsident fort, »auch in dem Menschen,

den das Gesetz degradiert hat, kann, wenn Gottes Erbarmen es gestattet, noch ein Gefühl von Ehre und Billigkeit bestehen. Dieses Gefühl will ich in entscheidender Stunde in Ihnen erwecken. Wenn Sie dazu noch fähig sind, und ich hoffe es, gehen Sie in sich, bevor Sie mir antworten, und bedenken Sie, daß ein Wort von Ihnen einerseits diesen Mann vernichten, andererseits den Fall für die Justiz aufhellen kann. Es ist ein feierlicher Augenblick. Noch ist Zeit zum Widerruf, wenn Sie glauben, Sie hätten sich geirrt. Angeklagter, stehen Sie auf! Brevet, sehen Sie sich den Angeklagten gut an, sammeln Sie Ihre Erinnerungen, und sagen Sie uns, bei Ihrer Seele und Ihrem Gewissen, ob Sie noch immer in diesem Mann Ihren einstigen Mitsträfling Jean Valjean erkennen!«

Brevet schaute den Angeklagten an, dann wandte er sich dem Gerichtshof wieder zu. »Ja, Herr Präsident. Ich habe ihn zuerst erkannt und bleibe dabei. Der Mann ist Jean Valjean, in Toulon eingetreten 1796 und entlassen 1815. Ich wurde ein Jahr später frei. Er sieht jetzt wie ein Vieh aus. Das Alter wird ihn verdummt haben. Im Bagno war er ein Duckmäuser. Ich erkenne ihn bestimmt wieder.«

»Setzen Sie sich«, sagte der Präsident. »Angeklagter, Sie haben zu stehen.«

Man führte Chenildieu herein. Sträfling auf Lebenszeit, wie seine rote Jacke und seine grüne Mütze verrieten. Er verbüßte seine Strafe im Bagno von Toulon, von wo man ihn dieses Prozesses wegen hierherbefördert hatte. Er war ein kleiner Mann von etwa fünfzig Jahren, lebhaft, verrunzelt, dürftig, gelb, unverschämt, fiebernd. In seinen Gliedern und seinem ganzen Wesen war eine Art krankhafter Schwäche und eine ungeheure Kraft in seinem Blick. Seine Kameraden im Bagno hatten ihm den Spitznamen Dem-Herrgott-sein-Feind gegeben.

Der Präsident sprach zu ihm ungefähr die gleichen Worte wie zu Brevet. Als er ihn daran erinnerte, daß seine Ehrlosigkeit ihm das Recht auf Vereidigung nahm, sah Chenildieu um sich und maß die Gesichter in der Menge. Der Präsident forderte ihn auf, sich zu fassen, und fragte ihn wie Brevet, ob er wie bisher den Angeklagten wiedererkenne.

Chenildieu platzte los: »Verflucht!« Er lachte. »Und ob ich ihn erkenne! Fünf Jahre hingen wir an derselben Kette. Du maulst wohl, Alter?«

»Setzen Sie sich«, sagte der Präsident.

Der Gerichtsdiener führte Cochepaille herein. Dieser zweite lebenslänglich Verurteilte, der wie Chenildieu aus dem Bagno kam und eine rote Jacke hatte, war ein Bauer aus Lourdes und ein halber Bär aus den Pyrenäen. Er hatte im Gebirge Herden gehütet, und aus dem Hirten war nach und nach ein Brigant geworden. Cochepaille war nicht weniger verwildert und schien noch stupider als der Angeklagte. Er war einer der unseligen Menschen, die die Natur sich als Raubtier gedacht hat und die die Gesellschaft zum Galeerensträfling verstümmelt.

Der Präsident versuchte ihn durch einige schwülstig-ernste Worte innerlich zu bewegen und fragte ihn wie die beiden anderen, ob er ohne Zögern und Schwanken den Mann, der vor ihm stehe, weiterhin erkennen wolle.

»Der ist Jean Valjean«, sagte Cochepaille. »Wir nannten ihn auch den Wagenhexer, denn er brauchte bei seiner Kraft keine Wagenwinde.«

Jede Versicherung der drei hatte, offenbar aufrichtig und in gutem Glauben abgegeben, im Auditorium ein Gemurmel hervorgerufen, das von böser Vorbedeutung für den Angeklagten schien. Ein Gemurmel, das anschwoll und jedesmal, wenn eine neue Erklärung die vorige bestätigte, sich verlängerte. Der Angeklagte hatte mit dem staunenden Gesicht aufgehorcht, das nach der Anklage sein hauptsächlichstes Verteidigungsmittel war. Bei der ersten Aussage hatten seine Nachbarn ihn zwischen den Zähnen murmeln hören: »Na, das ist ja eine Marke!« Nach der zweiten sagte er etwas lauter, mit fast zufriedener Miene: »Gut!« Bei der dritten rief er: »Famos!«

Der Präsident fragte ihn: »Angeklagter, Sie haben gehört. Was wollen Sie darauf erwidern?«

Er antwortete: »Ich sage: Famos!«

Lärm brach im Publikum aus und übertrug sich beinahe auf die Jury. Der Mann war sichtlich verloren. »Stellen Sie die

Ruhe wieder her«, sagte der Präsident zu den Dienern. Und in den Saal hinein verkündete er: »Das Gericht zieht sich zur Beratung zurück.«

In diesem Moment entstand dicht neben dem Präsidenten eine neue Störung. Man hörte eine Stimme, die schrie: »Brevet, Chenildieu, Cochepaille, seht auf mich!«

Allen, die diese Stimme vernahmen, ging es eiskalt durch und durch, so kläglich war sie und so furchtbar. Die Augen glitten dahin, von wo sie kam. Ein Mann in der Reihe der privilegierten Zuschauer, die hinter dem Gerichtshof saßen, hatte sich erhoben, die Schranke aufgeriegelt, die das Tribunal von der Gerichtsstätte trennte, und stand nun inmitten des Saales.

Der Präsident, der Staatsanwalt, Herr Bamatabois, zwanzig Personen erkannten ihn und riefen zugleich: »Herr Madeleine!«

Champmathieu wundert sich immer mehr

Er war es in der Tat. Die Lampe des Gerichtsschreibers beleuchtete sein Antlitz. Er hielt seinen Hut in der Hand, in seiner Kleidung war keine Unordnung, sein Rock war mit Sorgfalt zugeknöpft. Er war sehr blaß und zitterte leicht. Ganz weiß waren jetzt seine Haare, die bei seiner Ankunft in Arras grau waren. In der Stunde, seit er hier war, waren sie weiß geworden.

Alle Köpfe wandten sich um. Die Sensation war unbeschreiblich. Noch zeigte die Hörerschaft ein kurzes Zögern. Die Stimme war so erregend gewesen, der Mann da schien so gelassen, daß man zuerst nicht begriff. Das Publikum fragte sich, wer gerufen hatte. Es konnte nicht glauben, daß von diesem ruhigen Mann der bestürzende Schrei ausgegangen war.

Diese Unsicherheit dauerte nur wenige Sekunden. Ehe der Präsident und der Staatsanwalt ein Wort hatten sagen, ehe die Gendarmen und die Gerichtsdiener eine Bewegung hatten machen können, war der Mann, den alle in diesem Moment noch Herr Madeleine nannten, zu den Zeugen Cochepaille, Brevet und Chenildieu vorgetreten. »Erkennt ihr mich nicht?« fragte er sie.

Alle drei waren sie sprachlos und winkten mit dem Kopf ab, zum Zeichen, daß sie ihn nicht kannten. Cochepaille erwiderte eingeschüchtert mit militärischem Gruß.

Herr Madeleine wandte sich der Jury und dem Gerichtshof zu und sagte mit milder Stimme: »Meine Herren Geschworenen, beschließen Sie, daß der Angeklagte in Freiheit gesetzt wird! Herr Präsident, lassen Sie mich verhaften! Nicht er ist der Mann, den Sie suchen, ich bin es. Ich bin Jean Valjean!«

Kein Mund atmete. Nach der ersten Regung des Staunens hatte sich der Versammelten eine Grabesstille bemächtigt. Man fühlte im Saal jenes religiöse Erschrecken, das die Menge anwandelt, wenn sich etwas Großes begibt.

Inzwischen hatten sich in dem Gesicht des Präsidenten Sympathie und Trauer ausgeprägt. Rasch hatte er mit dem Staatsanwalt stumme Gebärden und mit den Beisitzern einige Worte, die er ihnen zuflüsterte, getauscht. Er wandte sich dem Publikum zu und fragte in einem Ton, den alle verstanden: »Ist ein Arzt da?«

Der Staatsanwalt nahm das Wort: »Meine Herren Geschworenen, der so seltsame und unerwartete Zwischenfall, der die Sitzung beeinträchtigt, flößt uns wie Ihnen Empfindungen ein, über die wir uns nicht zu äußern brauchen. Sie alle kennen, zumindest dem Rufe nach, den ehrenwerten Herrn Madeleine, Bürgermeister von Montreuil-sur-Mer. Wenn ein Arzt sich unter der Hörerschaft befindet, schließen wir uns der Bitte des Herrn Präsidenten an, er möge freundlichst Herrn Madeleine beistehen und ihn in seine Wohnung zurückschaffen.«

Herr Madeleine ließ den Staatsanwalt nicht ausreden. Er unterbrach ihn voller Sanftmut und dennoch gebieterisch.

Hier die Worte, die er sprach, wie sie unmittelbar nach der Verhandlung ein Zeuge dieser Begebenheit aufgeschrieben hat und wie sie noch jenen in den Ohren klingen, die sie heute vor fast vierzig Jahren vernommen haben.

»Ich danke Ihnen, Herr Staatsanwalt, aber ich bin nicht

wahnsinnig. Sie werden sehen. Sie hätten fast einen großen Irrtum begangen. Lassen Sie den Mann frei! Ich tue nur meine Pflicht. Ich bin dieser unglückliche Verurteilte. Ich bin der einzige, der hier klarsieht, und ich sage Ihnen die Wahrheit. Gott da droben schaut dem zu, was ich in diesem Moment tue, und das genügt. Sie können mich verhaften, denn ich bin hier. Dabei habe ich alles getan, was ich irgend konnte. Ich habe mich unter einem anderen Namen verborgen. Ich wurde reich, man hat mir das Amt des Bürgermeisters anvertraut. Ich wollte wieder den ehrbaren Leuten zugerechnet werden. Es scheint, daß das nicht möglich ist. Nun, es gibt viele Dinge, über die ich nicht sprechen kann, ich will Ihnen nicht alles erzählen, was ich erlebt habe, eines Tages wird man es wissen. Ich habe Seine Gnaden den Bischof bestohlen, das ist wahr; ich habe den kleinen Gervasius beraubt, das ist wahr. Man hatte recht, Ihnen zu sagen, Jean Valjean sei in seinem Unglück sehr böse gewesen. Vielleicht ist er nicht allein schuld daran. Hören Sie, meine Herren Richter, ein Mensch, der so tief gesunken war wie ich, ist nicht befugt, mit dem Schicksal zu hadern oder der Gesellschaft einen Rat zu geben. Aber, sehen Sie, die Schande, die ich zu überwinden versuchte, hat etwas Zerstörendes. Die Galeeren bringen den Galeerensträfling hervor. Bedenken Sie das, wenn Sie wollen. Vor dem Bagno war ich ein armer Bauer mit sehr wenig Verstand, eine Art Idiot. Das Bagno hat mich verändert. Ich war geistig stumpf, ich bin böse geworden. Ich war das Scheit, ich wurde zum Feuerbrand. Später haben Duldung und Güte mich gerettet, wie vorher die Strenge mein Verderben war. Aber, Verzeihung, Sie können mich nicht verstehen. In meinem Hause werden Sie in der Asche das Vierzigsousstück finden, das ich vor sieben Jahren dem kleinen Gervasius gestohlen habe. Das ist alles, was ich zu sagen hätte. Verhaften Sie mich! Mein Gott, der Herr Staatsanwalt schüttelt den Kopf. Sie sagen, Herr Madeleine ist verrückt, Sie glauben mir nicht. Das ist betrüblich. Verzichten Sie wenigstens darauf, diesen Mann abzuurteilen! Wie? Die Menschen da erkennen mich nicht wieder? Ich wollte, Javert wäre hier. Er würde mich erkennen!«

Nichts könnte den Klang von wohlwollender und düsterer Schwermut wiedergeben, der seinen Worten beigemischt war. Er wandte sich an die drei Sträflinge: »Also ich kenne euch von damals! Brevet, erinnern Sie sich …« Er unterbrach sich, stockte einen Moment, dann sagte er: »Erinnerst du dich an die Hosenträger mit dem Schachbrettmuster, die du im Bagno hattest?«

Brevet, von Überraschung erschüttert, sah ihn vom Kopf bis zu den Füßen schreckhaft an. Er aber fuhr fort: »Chenildieu, der du dich selbst dem-Herrgott-sein-Feind nanntest, du hast in der rechten Schulter eine tiefe Brandwunde, weil du eines Tages die Schulter auf ein Becken voll glühender Kohle gelegt hast, um die drei Buchstaben T. F. P. auszubrennen, die man aber immer noch sieht. Antworte, ist das wahr?«

»Es ist wahr«, sagte Chenildieu.

Er wandte sich an Cochepaille: »Cochepaille, bei dir ist neben der Ätzung am linken Arm ein Datum in blauen Buchstaben aus verbranntem Pulver eingraviert. Es ist das Datum der Landung des Kaisers in Cannes, der 1. 3. 1815. Streife deinen Ärmel auf!«

Cochepaille tat es, und alle Blicke neigten sich zu seinem nackten Arm herab. Ein Gendarm brachte eine Lampe. Das Datum stand da.

Der Unglückliche drehte sich nach dem Auditorium und den Richtern mit einem Lächeln um, das noch heute diejenigen, die es gesehen haben, aufwühlt, wenn sie daran denken.

Es war das Lächeln des Triumphes, es war auch das Lächeln der Verzweiflung. »Sie sehen«, sagte er, »daß ich Jean Valjean bin.«

In diesem Saal gab es weder Richter mehr noch Ankläger, noch Gendarmen. Es gab nur starrende Augen und bewegte Herzen. Niemandem war noch die Rolle gegenwärtig, die jeder zu spielen haben könnte. Der Staatsanwalt vergaß, daß er Strafe beantragen, der Präsident, daß er die Verhandlung leiten, der Vertreter des Angeklagten, daß er verteidigen sollte. Keine Frage war, so sehr das befremden mußte, gestellt worden, keine staatliche Autorität griff ein. Es ist die Besonderheit erhabener Vorgänge, daß sie alle Seelen überwältigen und alle Zeugen reine Zuschauer werden. Niemandem war vielleicht bewußt, was er fühlte. Niemand, zweifellos, sagte sich, daß er ein großes Licht erstrahlen sehe. Alle waren im Innersten davon geblendet.

Unstreitig hatte man Jean Valjean vor Augen. Glanz verbreitete sich. Das bloße Erscheinen des Mannes hatte die eben noch dunklen Geschehnisse bis ins letzte aufgehellt. Ohne daß es hinfort irgendwelcher Erklärung bedurfte, verstand diese gesamte Menge wie durch elektrischen Kontakt unverzüglich und auf den ersten Blick die schlichte und großartige Geschichte eines Menschen, der sich auslieferte, damit nicht ein anderer statt seiner verdammt werde. Einzelheiten, Schwankungen, die kleinen Hemmungen, die noch denkbar waren, gingen in dieser großen, lichtvollen Tatsache unter. Zwar verflüchtigte sich der Eindruck schnell, aber im Moment war er bezwingend.

»Ich will die Verhandlung nicht länger stören«, sagte Jean Valjean. »Ich gehe, da man mich nicht verhaftet. Noch habe ich einiges zu tun. Der Herr Staatsanwalt weiß, wer ich bin und wohin ich gehe. Er wird mich verhaften lassen, sobald er den Wunsch hat.«

Er schritt auf die Ausgangstür zu. Nicht eine Stimme wurde laut, nicht ein Arm streckte sich aus, um ihn daran zu hindern. Alle traten beiseite. Er hatte in dieser Minute etwas von dem Göttlichen, das die Masse vor einem Mann zurückweichen und sich unterwerfen läßt. Langsam durchquerte er die Menge. Nie hat man erfahren, wer ihm die Tür öffnete, aber offen war sie, als er vor ihr stand. Dort drehte er sich um und sagte: »Herr Staatsanwalt, ich halte mich Ihnen zur Verfügung.« Dann wandte er sich an das Auditorium: »Sie alle hier meinen, ich sei zu bemitleiden, nicht wahr? Mein Gott, wenn ich mir vergegenwärtige, was ich fast getan hätte, finde ich mich beneidenswert. Aber es wäre mir lieber gewesen, all das wäre nicht gekommen.«

Er ging, und die Tür schloß sich, wie sie geöffnet worden war. Denn die Täter gewisser souveräner Taten sind stets sicher, daß Unbekannte ihnen helfen werden.

Noch nicht eine Stunde später sprachen die Geschworenen den Mann namens Champmathieu von jeglicher Beschuldigung frei. Und Champmathieu, unmittelbar danach freigelassen, entfernte sich verdutzt. Er war der Ansicht, alle Menschen seien verrückt, und verstand nicht, was für ihn eine Vision gewesen war.

ACHTES BUCH
GEGENSTOSS

In welchem Spiegel Herr Madeleine sein Haar betrachtet

Der Tag begann zu dämmern. Fantine hatte eine Nacht mit Fieber und Schlaflosigkeit, sonst aber voll glücklicher Bilder verbracht. Gegen Morgen schlief sie ein. Schwester Simplicia, die bei ihr gewacht hatte, benutzte diesen Schlummer, um einen neuen Trank, in dem sie Chinarinde löste, vorzubereiten. Die würdige Schwester beugte sich seit einigen Augenblicken im Laboratorium des Spitals über ihre Arzneien und Flaschen und sah wegen des Nebels, den die Dämmerung um die Dinge legt, von sehr nahe hin. Plötzlich wandte sie den Kopf und schrie schwach auf. Herr Madeleine stand vor ihr. Er war still eingetreten.

»Sind Sie's, Herr Bürgermeister?« rief sie.

Er antwortete leise: »Wie geht es der armen Frau?«

»Gerade jetzt nicht schlecht. Aber wir waren in großer Unruhe.«

Sie erzählte ihm, was sich zugetragen hatte; daß es Fantine schlecht ergangen sei und daß ihr Befinden sich nun gebessert habe, da sie glaubte, der Herr Bürgermeister sei abgefahren, um ihr Kind aus Montfermeil zu holen. Sie wagte nicht, den Herrn Bürgermeister zu befragen, aber sie spürte an seiner Miene, daß er nicht von dort kam.

»All das ist gut so«, sagte er, »es war recht von Ihnen, daß Sie sie nicht enttäuscht haben.«

»Ja«, erwiderte die Schwester, »aber jetzt, Herr Bürgermeister, wenn sie Sie sehen wird und ihr Kind nicht, was sollen wir ihr sagen?«

Er war eine Minute lang durch Träumerei abgelenkt. »Gott wird uns eine Eingebung senden.«

»Aber belügen könnte man sie nicht«, flüsterte die Schwester. Im Zimmer war es ganz Tag geworden. Das Licht traf Herrn Madeleine mitten ins Angesicht. Ein Zufall wollte, daß die Schwester aufblickte. »Mein Gott«, rief sie, »was ist Ihnen passiert? Ihr Haar ist ja völlig weiß.«

»Weiß!« sagte er.

Schwester Simplicia hatte keinen Spiegel. Sie durchsuchte einen Beutel und zog einen kleinen Spiegel hervor, dessen sich der Spitalarzt bediente, um festzustellen, daß ein Kranker tot war und nicht mehr atmete, Herr Madeleine nahm den Spiegel, betrachtete darin sein Haar und sagte: »Sieh da!« Er sprach das Wort gleichmütig aus und als wären seine Gedanken sonst irgendwo.

Die Schwester fühlte sich von Kälte angeweht durch etwas Rätselhaftes, das sie in allem erriet.

Er fragte: »Kann ich sie sehen?«

»Wird der Herr Bürgermeister ihr das Kind nicht kommen lassen?« sagte die Schwester, die kaum den Mut zu einer Frage hatte.

»Zweifellos, aber das erfordert wenigstens zwei bis drei Tage.«

»Wenn sie den Herrn Bürgermeister nicht alsbald sähe«, begann die Schwester zaghaft wieder, »wüßte sie nicht, daß der Herr Bürgermeister zurück ist, Man könnte sie leicht dazu bringen, sich zu gedulden. Und käme das Kind, würde sie ganz natürlich denken, der Herr Bürgermeister sei mit dem Kind gekommen. Man bräuchte keine Lüge.«

Herr Madeleine schien nachzusinnen, dann sagte er mit seinem gelassenen Ernst: »Nein, Schwester, ich muß sie sehen. Es ist möglich, daß ich es sehr eilig habe.«

Die Nonne schien das »möglich« zu überhören, das den Worten des Herrn Bürgermeisters eine dunkle, sonderbare Bedeutung verlieh. Achtungsvoll entgegnete sie, Augen und Stimme senkend: »Sie schläft, aber wenn es so ist, mag der Herr Bürgermeister eintreten.«

Er äußerte etwas über eine schlecht schließende Tür, deren Geräusch die Patientin aufwecken könne, dann betrat er Fantines Zimmer, schritt auf ihr Bett zu und öffnete die eine Seite der Gardine. Fantine schlummerte. Ihr Atem drang aus der Brust mit dem tragischen Keuchen, das diesen Krankheiten eigen ist und von dem die armen Mütter trostlos werden, wenn sie nachts bei ihrem todgeweihten Kind, das eingeschlafen ist, wachen. Aber dieses mühsame Atmen zerstörte kaum eine unsägliche Heiterkeit auf ihrem Gesicht, die sie in ihrem Schlaf verwandelte. Ihre Blässe war weiße Blutlosigkeit geworden; nur ihre Wangen hatten hochrote Flecke. Ihre langen blonden Wimpern, die einzige Schönheit, die ihr von ihrer zarten Jungfräulichkeit geblieben war, zuckten, wenn auch geschlossen und gesenkt. Sie zitterte an allen Gliedern, als entfalteten sich Fittiche, bereit, sich halb zu öffnen und sie fortzutragen. Man fühlte die Schwingen erbeben, aber sie waren unsichtbar. Sah man sie so, konnte man nicht glauben, es sei da eine Kranke in fast verzweifeltem Zustand. Sie hatte mehr von einem Wesen, das auffliegt, als von einem, das sterben wird. Wenn eine Hand sich einem Zweig nähert, um die Blume abzureißen, erschauert er und scheint sich zugleich zu entziehen und anzubieten. Den menschlichen Leib überkommt etwas von diesem Flattern, wenn der Augenblick naht, da der Tod geheimnisvoll seine Hand ausstreckt, die Seele zu pflücken.

Herr Madeleine stand einige Zeit regungslos neben diesem Bett und schaute bald auf die Kranke, bald auf das Kruzifix, wie zwei Monate zuvor, an dem Tag, da er sie zum erstenmal in diesem Asyl besuchte. Noch hatten sie beide dieselbe Haltung; sie schlief, er betete. Nur hatten jetzt, nachdem die zwei Monate verronnen waren, sie graue und er weiße Haare.

Die Schwester war nicht mit ihm eingetreten. Allein stand er nahe dem Bett, den Finger auf dem Mund, als wäre in dem Zimmer jemand, dem er Schweigen anbefehlen wolle.

Sie schlug die Augen auf und sagte friedvoll, mit einem Lächeln: »Und Cosette?«

Sie machte weder eine Bewegung, durch die sie sich überrascht zeigte, noch eine Bewegung der Freude. Sie war die Freude selbst. Die einfache Frage: »Und Cosette?« sprach sie mit so tiefer Gläubigkeit, mit solcher Sicherheit, so völlig frei von Unruhe und Zweifel aus, daß er nicht ein Wort der Erwiderung fand.

»Ich wußte«, fuhr sie fort, »Sie waren da. Ich schlief, aber ich habe Sie gesehen. Seit langem sehe ich Sie. Ich bin Ihnen die ganze Nacht mit den Augen gefolgt. Sie waren von einem Glorienschein umgeben und von vielen himmlischen Gestalten.« Er blickte zu dem Kruzifix auf. »Aber«, begann sie wieder, »sagen Sie mir doch, wo Cosette ist! Warum haben Sie sie mir nicht auf mein Bett gelegt für den Moment, in dem ich erwache?«

Er antwortete ihr mechanisch irgend etwas, woran er sich später nicht erinnern konnte.

Zum Glück war der Arzt, den man benachrichtigt hatte, erschienen. Er kam Herrn Madeleine zu Hilfe. »Kind«, sagte er, »seien Sie außer Sorge, Ihre Kleine ist hier.«

Die Augen Fantines erstrahlten und bedeckten mit ihrem Licht das Antlitz der Kranken. Sie faltete die Hände mit einem Ausdruck voll allen Ungestüms und aller Sanftheit, die dem Gebet erreichbar sind. »Oh«, rief sie, »bringen Sie sie mir!« In der rührenden Illusion der Mutter war Cosette für sie wie ehedem das kleine Kind, das getragen wird.

»Noch nicht«, sagte der Arzt, »nicht jetzt. Sie haben noch ein wenig Fieber. Der Anblick Ihres Kindes würde Sie erregen und Ihnen schaden. Zuerst müssen Sie gesund werden.«

Sie unterbrach ihn stürmisch. »Aber ich bin gesund. Ich sage Ihnen, daß ich gesund bin. So ein Esel, der Doktor. Ich will mein Kind sehen, ich!«

»Merken Sie nicht«, sagte der Arzt, »wie heftig Sie sind? Solange Sie sich so benehmen, lasse ich nicht zu, daß man Ihnen Ihre Kleine bringt. Es ist nicht genug, daß Sie sie sehen, Sie sollen für sie leben. Wenn Sie vernünftig sind, bringe ich selbst sie her.«

Die arme Mutter neigte ihren Kopf. »Herr Doktor, ich bitte Sie um Entschuldigung, ich bitte Sie wahrhaftig um Entschuldigung. Früher hätte ich nicht so gesprochen, ich habe so viel Unglück gehabt, daß ich manchmal nicht mehr weiß, was ich sage. Ich verstehe, Sie sind in Sorge, daß ich mich aufrege, ich warte, solange Sie wollen, aber ich schwöre Ihnen, es hätte mir nicht geschadet, mein Kind zu sehen. Seit gestern abend sehe ich sie vor mir, ich lasse sie nicht mehr aus den Augen. Wissen Sie? Wenn man sie mir jetzt brächte, würde ich ganz leise mit ihr reden. Ist das denn nicht natürlich, daß es mich verlangt, mein Kind zu sehen, nachdem man es mir eigens aus Montfermeil geholt hat? Ich bin nicht zornig. Ich weiß, daß ich glücklich sein werde. Die ganze Nacht habe ich weiße Gewänder um mich gesehen und Engel, die mir zulächelten. Wenn der Herr Doktor es will, wird er mir meine Cosette hereinbringen. Ich habe kein Fieber mehr, ich bin ja gesund. Ich fühle, daß ich überhaupt nicht mehr krank bin. Aber ich werde so tun, als wäre ich es, und mich nicht rühren, damit die Damen hier sich freuen. Wenn man sieht, daß ich ganz ruhig bin, wird man schon sagen: Wir müssen ihr ihr Kind geben.«

Herr Madeleine hatte sich auf einen Stuhl neben dem Bett gesetzt. Sie wandte sich ihm zu. Sichtlich war sie bemüht, ruhig zu sein und »artig«, wie sie unter der schwächenden Wirkung der Krankheit sagte, die der Kindheit gleicht, damit man, wenn man sie so friedlich sah, keine Umstände machte, ihr Cosette zuzuführen. Aber sosehr sie sich zusammennahm, sie mußte Herrn Madeleine mit zahllosen Fragen bedrängen. »Hatten Sie eine gute Reise, Herr Bürgermeister? Oh, wie lieb von Ihnen, daß Sie sie mir geholt haben! Sagen Sie mir nur, wie es ihr geht! Ist ihr die Fahrt gut bekommen? Ach, sie wird mich nicht wiedererkennen! In der langen Zeit hat sie mich vergessen, das Herzblatt! Die Kinder haben ja kein Gedächtnis. So wie die Vögel sind sie. Heute sieht das was und morgen was anderes, und dann denkt es an nichts mehr. Hatte sie denn wenigstens weiße Wäsche? Haben die Thénardiers sie saubergehalten? Wie haben sie sie ernährt? Oh, ich habe so gelitten, wenn Sie das wüßten! Weil ich mich all das gefragt habe in der Zeit, als es mir so elend ging. Jetzt ist das vorbei. Ich bin vergnügt. Oh, wie gern möchte ich sie sehen! Herr Bürgermeister, finden Sie sie hübsch? Nicht wahr, sie ist schön, meine Tochter? Sie müssen in der Postkutsche sehr gefroren haben? Könnte man sie nicht auf einen Augenblick bringen? Und sofort wieder hinaustragen? Sagen Sie das doch, Sie sind der Herr, wenn Sie nur wollen!«

Er faßte ihre Hand. »Cosette ist schön«, sagte er. »Es geht ihr gut, Sie werden sie bald sehen, aber beruhigen Sie sich. Sie reden zu lebhaft, und dann bleiben Sie mit den Armen nicht im Bett, davon müssen Sie husten.« In der Tat unterbrachen Hustenanfälle Fantines Fragen bei nahezu jedem Wort.

Sie murrte nicht, sie fürchtete, durch zu leidenschaftliche Klagen das Vertrauen, das sie einflößen wollte, gefährdet zu haben, und begann Gleichgültiges zu schwatzen. »Das liegt ganz hübsch, Montfermeil, nicht wahr? Im Sommer kann man Landpartien dahin machen. Geht das Geschäft bei den Thénardiers? Feine Leute kommen da nicht vorüber. Die Herberge ist so'ne Art Garküche.«

Herr Madeleine hielt noch immer ihre Hand, angstvoll betrachtete er sie. Offenbar hatte er sie aufgesucht, um ihr Dinge zu sagen, die auszusprechen seine Gedanken jetzt zögerten. Der Arzt war nach der Visite gegangen. Einzig Schwester Simplicia war bei ihnen geblieben.

Inmitten der Stille aber rief Fantine: »Ich höre sie! Ich höre sie!« Sie erhob einen Arm, damit man um sie herum schweige, verhielt ihren Atem und begann verzückt zu lauschen.

Ein Kind spielte auf dem Hof, das Kind der Portiersfrau oder irgendeiner Arbeiterin. Es war dies einer jener Zufälle, denen man immer wieder begegnet und die ein Teil der mysteriösen Inszenierung trauriger Geschehnisse zu sein scheinen. Das Kind, ein kleines Mädchen, ging hin und her, lief, um sich zu erwärmen, lachte und sang laut. Ach, in was mengen kindliche Spiele sich nicht ein! Dieses kleine Mädchen hörte Fantine singen. »Oh!« rief sie. »Es ist meine Cosette! An ihrer Stimme erkenne ich sie.«

Das Kind verschwand, wie es gekommen war, die Stimme erlosch. Fantine horchte noch eine Zeitlang, dann verdüsterte sich ihr Gesicht, und Herr Madeleine hörte sie leise sagen: »Wie böse von dem Doktor, daß er mich meine Tochter nicht sehen läßt! Er hat auch so ein böses Gesicht, der Mann!«

Indessen kehrte ihr heiterer Gedankengang wieder. Sie fuhr fort, mit sich selbst zu reden, den Kopf in das Kissen gebettet: »Wie glücklich werden wir sein! Vor allem werden wir ein Gärtchen haben, Herr Madeleine hat es mir versprochen. Meine Tochter wird in dem Gärtchen spielen. Sie muß jetzt lesen und schreiben können, sie soll mir vorbuchstabieren. Sie wird über den Rasen hüpfen, hinter den Schmetterlingen her. Ich werde ihr zuschauen. Und dann wird sie ihre erste Kommunion feiern. Ach, wann hat sie ihre erste Kommunion?« An den Fingern zählte sie ab: »Eins, zwei, drei, vier … sieben Jahre ist sie. In fünf Jahren. Sie wird einen weißen Schleier haben und durchbrochene Strümpfe und wie eine kleine Frau aussehen. Oh, liebe gute Schwester, Sie wissen nicht, wie dumm ich bin, nun denke ich schon an die erste Kommunion meiner Tochter!« Und sie lachte auf.

Er hatte Fantines Hand losgelassen. Er hörte ihre Worte, wie man den Hauch des Windes hört, die Augen am Boden, den Geist in abgrundtiefes Sinnen versenkt. Plötzlich verstummte sie. Mechanisch blickte er auf. Fantines Miene war erschreckend geworden. Sie sprach nicht mehr, sie atmete nicht mehr. Sie hatte sich halb aufgerichtet, das Hemd war ihrer mageren Schulter entglitten, ihr eben noch strahlendes Gesicht war fahl, und ihr durch das jähe Entsetzen vergrößertes Auge schien auf etwas Furchtbares vor ihr, am anderen Ende des Saales, zu starren. »Mein Gott«, rief er, »was haben Sie, Fantine?«

Sie antwortete nicht. Ihre Augen wichen nicht von dem, was sie zu sehen schien, sie packte mit einer Hand seinen Arm und gab ihm mit der anderen ein Zeichen, er möge hinter sich blicken.

Er wandte sich um und sah Javert.

Ereignet hatte sich dies: Es hatte halb eins geschlagen, als Herr Madeleine den Schwurgerichtssaal in Arras verlassen hatte. Er war in sein Hotel gerade noch rechtzeitig zurückgekehrt, um mit dem Wagen der Briefpost zurückzufahren, in dem er seinen Platz vorausbestellt hatte. Kurz vor sechs Uhr morgens war er in Montreuil-sur-Mer eingetroffen, und das erste, was er tat, war, daß er auf der Poststation seinen Brief an Herrn Laffitte einwarf. Dann betrat er das Spital zum Besuch bei Fantine.

Kaum hatte er sich jedoch aus dem Sitzungssaal des Schwurgerichts entfernt, als der Staatsanwalt, der sich nach der ersten Bestürzung aufraffte, das Wort ergriff. Er beklagte das in geistiger Erkrankung begründete Verhalten des ehrenwerten Bürgermeisters von Montreuil-sur-Mer, erklärte, seine Überzeugung sei durch den bizarren Zwischenfall, der sich später aufhellen werde, mitnichten erschüttert, und beantrage inzwischen die Verurteilung dieses Champmathieu, des zweifellos wahren Jean Valjean. Die Hartnäckigkeit des Staatsanwalts stand in sichtbarem Gegensatz zu der Empfindung aller, des Publikums, des Gerichtshofs und der Jury.

Es war dem Verteidiger eine geringe Mühe gewesen, diese Rede zu widerlegen und zu erhärten, daß durch die Enthüllungen des wahren Jean Valjean das Gesicht der Affäre sich völlig geändert habe und daß die Geschworenen einen Unschuldigen vor sich hätten. Der Anwalt leitete daraus einige bedauerlicherweise wenig neue Epiphoneme über Justizirrtümer und so weiter ab. Der Präsident schloß sich in seiner zusammenfassenden Darstellung dem Verteidiger an, und innerhalb weniger Minuten verneinten die Geschworenen die Schuldfrage für Champmathieu.

Aber der Staatsanwalt bedurfte eines Jean Valjean, und da er Champmathieu nicht mehr hatte, nahm er Madeleine. Sobald Champmathieu freigelassen war, sperrte sich der Staatsanwalt mit dem Präsidenten ein. Sie konferierten über »die Notwendigkeit, sich der Person des Herrn Bürgermeisters von Montreuil-sur-Mer zu bemächtigen«. Dieser Satz, der von dem Herrn Staatsanwalt stammt, findet sich in dem Entwurf seines Berichtes an den Königlichen Oberstaatsanwalt. Nachdem die erste Erregung überstanden war, machte der Präsident nur wenige Einwände. Der Gerechtigkeit mußte man freien Lauf lassen. Und, um alles zu sagen, obwohl der Präsident ein guter und recht gescheiter Mann war, hatte er auch eine entschiedene und fast glühende royalistische Gesinnung, und er hatte Anstoß daran genommen, daß der Bürgermeister von Montreuil-sur-Mer, als er die Landung in Cannes erwähnte, vom Kaiser gesprochen hatte und nicht von Buonaparte.

Der Haftbefehl wurde also abgesandt. Der Staatsanwalt schickte ihn nach Montreuil-sur-Mer, durch einen Expreßboten, einen Kurier zu Pferde, und beauftragte mit der Amtshandlung den Polizeiinspektor Javert. Dieser hatte sich, wie man weiß, unmittelbar nach seiner Aussage nach Montreuil-sur-Mer zurückbegeben.

Gerade als er aufstand, händigte der Expreßbote ihm Haftbefehl und Vorführungsbefehl ein. Der Expreßbote war selbst ein höchst erfahrener Polizist, der in zwei Worten Javert von dem, was in Arras geschehen war, verständigte. Der vom Staatsanwalt unterschriebene Haftbefehl lautete: »Inspektor Javert wird gefänglich festnehmen Madeleine, Bürgermeister von Montreuil-sur-Mer, der in der heutigen Sitzung als der freigelassene Jean Valjean erkannt wurde.«

Wer von Javert nichts wußte und ihn gesehen hätte, als er in den Vorraum des Spitals eindrang, hätte nicht erraten können, was vorging, und gefunden, er sehe aus wie an irgendeinem Tage sonst. Er war kalt, ruhig, ernst, seine grauen Haare waren an den Schläfen vollkommen geglättet, und er hatte jetzt mit seiner gewohnten Langsamkeit die Treppe erstiegen. Wer ihn genau kannte und ihn aufmerksam prüfte, den mußte es schaudern. Die Schnalle seines Lederkragens saß anstatt auf seinem Nacken an seinem linken Ohr. Das war das Anzeichen einer unerhörten Gemütsbewegung.

Javert war ein einheitlicher Charakter, der sich weder gegen seine Pflicht noch gegen seine Uniform irgendwie verfehlte; methodisch in der Behandlung der Verbrecher, pedantisch in der seiner Knöpfe. Daß er die Schnalle seines Kragens falsch angebracht hatte, konnte nur einen seelischen Aufruhr zur Ursache haben, den man ein inneres Erdbeben nennen könnte.

Er war ganz einfach hingegangen, hatte vom nächsten Polizeiposten einen Korporal und vier Soldaten mitgenommen und die Soldaten im Hof des Spitals gelassen. Die Portiersfrau hatte ihm auf sein Geheiß den Weg zum Zimmer Fantines gewiesen, ohne Mißtrauen, da sie häufig sah, daß bewaffnete Personen nach dem Herrn Bürgermeister fragten.

Als er bei Fantines Zimmer angekommen war, drehte Javert den Schlüssel um, stieß vorsichtig wie eine Krankenpflegerin oder ein Spitzel die Tür auf und trat ein. Er trat eigentlich nicht ein. In der halbgeöffneten Tür stand er, den Hut auf dem Kopf, die linke Hand in seinem bis zum Kinn zugeknöpften Rock. In der Höhlung seines Ellbogens war der Bleiknauf seines plumpen Stockes zu sehen, der auf seinem Rücken verborgen war. So blieb er fast eine Minute stehen, ohne daß man seine Anwesenheit bemerkte. Plötzlich sah Fantine auf, gewahrte ihn und ließ Herrn Madeleine sich umwenden.

In dem Moment, da der Blick Madeleines sich mit dem Javerts kreuzte, wurde Javert, ohne sich zu rühren, ohne sich irgendwie zu bewegen, ohne sich zu nähern, furchtbar. Keine menschliche Empfindung kann so schrecklich sein wie die Freude. Es war die Maske eines Dämons beim Wiedererkennen des Verdammten, der ihm preisgegeben ist. Die Gewißheit, Jean Valjean endlich gestellt zu haben, brachte in seinen Zügen alles, was in seiner Seele war, zum Vorschein. Der aufgewühlte Grund hob sich an die Oberfläche. Die Demütigung, daß er zwischendurch die Fährte verloren und sich kurze Zeit über diesen Champmathieu getäuscht hatte, wich dem Stolz, zuerst so gut erraten und so lange die rechte Witterung gehabt zu haben. Javerts Zufriedenheit drang in seiner anmaßenden Siegerhaltung durch. Die Häßlichkeit des Triumphs erblühte auf seiner engen Stirn. Es war, grauenhaft entfesselt, der niedrigste Ausdruck der Genugtuung, den ein menschliches Gesicht annehmen kann.

Javert war in dieser Minute im Himmel. Ohne daß er sich darüber klar war und dennoch mit einer verworrenen Ahnung seiner Unentbehrlichkeit und seines Erfolges, verkörperte er, Javert, die Rechtsidee, das Licht, die Wahrheit in ihrer überirdischen Sendung, das Böse zu zermalmen. Er hatte hinter sich und um sich, bis ins Grenzenlose, die Autorität, die Vernunft, den Spruch des Gerichts, das Bewußtsein der Gerechtigkeit, die staatliche Sühne, alle Sterne des Firmaments. Er schützte die Ordnung, er ließ den Blitz aus dem Gesetz niederfahren, er rächte die Gesellschaft, er war der Helfer des Absoluten, er richtete sich in seiner Glorie auf. Noch blieb in seinem Sieg ein Rest von Herausforderung und vom Grimm des Kampfes. Steil, hehr, leuchtend, entfaltete er mitten im Azur die übermenschliche Bestialität eines wilden Erzengels. Im furchtbaren Dunkel der Tat, die er vollstreckte, wurde in seiner verkrampften Faust der flackernde Glanz des Schwertes sichtbar, das die Gesellschaft rächt. Beglückt und erbittert, zwang er unter seine Ferse das Verbrechen, das Laster, die Empörung, das Verderben, die Hölle. Er strahlte, er vernichtete, er lächelte, und in diesem ungeheuerlichen Sankt Michael war eine nicht zu bestreitende Größe.

Javert, fürchterlich, hatte nichts Gemeines an sich. Die Rechtschaffenheit, die Aufrichtigkeit, die Reinheit, die Überzeugung, das Pflichtgefühl sind Dinge, die, wenn sie sich täuschen, häßlich werden können, die aber, selbst häßlich, groß bleiben. Ihrer Erhabenheit, die zum Wesen des menschlichen Gewissens gehört, tut die Scheußlichkeit keinen Abbruch. Es sind Tugenden, die einen Fehler haben, sie irren. Die unerbittliche, ehrbare Freude eines von seiner Grausamkeit hingerissenen Fanatikers strahlt etwas grausig Ehrfurchtgebietendes aus. Ohne daß Javert es ahnte, war er in seinem entsetzlichen Glück zu beklagen wie jeder Unwissende, der frohlockt. Nichts war schmerzlicher und schrecklicher als dieses Gesicht, in dem sich spiegelte, was das ganze Böse im Guten genannt werden könnte.

Fantine hatte Javert seit dem Tage nicht gesehen, an dem sie ihm durch den Herrn Bürgermeister entrissen worden war. Ihr krankes Gehirn gab sich über nichts Rechenschaft, und doch zweifelte sie nicht, daß er wiedergekommen sei, sie zu holen. Sie konnte dieses scheußliche Antlitz nicht ertragen, sie fühlte, daß sie sterben würde, sie verhüllte mit beiden Händen ihr Gesicht und schrie gequält: »Herr Madeleine, retten Sie mich!«

Jean Valjean – wir nennen ihn hinfort nicht mehr anders – war aufgestanden. Mit seiner sanftesten und mildesten Stimme sagte er zu Fantine: »Seien Sie ruhig! Er kommt nicht Ihretwegen.« Dann wandte er sich Javert zu. »Ich weiß, was Sie wollen.«

Javert erwiderte: »Los, aber schnell!« Im Ton dieser Worte war etwas von raubtierhafter Wut. Es klang wie ein Brüllen. Nicht wie sonst ging er vor, nicht nach der Dienstvorschrift. Er zog keinen Haftbefehl aus der Tasche. Für ihn war Jean Valjean ein geheimnisvoller, unfaßbarer, finsterer Ringer, den er seit fünf Jahren umklammerte, ohne ihn werfen zu können. Diese Verhaftung war nicht ein Anfang, sondern ein Ende. Er beschränkte sich darauf, zu sagen: »Los, aber schnell!«

Indem er so sprach, trat er keinen Schritt vor. Er traf Jean Valjean mit einem der Blicke, die er wie einen Haken schleuderte, um gewaltsam die Unglücklichen an sich heranzuzerren. Es war der Blick, den Fantine zwei Monate zuvor gefühlt hatte und der sich ihr damals bis ins Mark der Knochen bohrte.

Bei Javerts Schrei hatte Fantine die Augen wieder geöffnet. Aber der Herr Bürgermeister war da. Was brauchte sie zu fürchten?

Javert ging bis in die Mitte des Zimmers vor und schrie: »Na, wirst du kommen?«

Die Unglückliche schaute sich um. Niemand war da als die Nonne und der Herr Bürgermeister. Wem konnte dieses gemeine Duzen gelten? Einzig ihr. Es durchschauerte sie. Da sah sie etwas, was unerhört war, so unerhört, wie es nie in den schwärzesten Wahnträumen ihres Fiebers vor ihr erschienen war. Sie sah, daß der Spitzel Javert den Herrn Bürgermeister am Rockkragen packte. Sie sah den Herrn Bürgermeister den Kopf beugen. Es war ihr, als gehe die Welt in Nebel auf.

Wirklich hatte Javert Jean Valjean am Rockkragen gefaßt.

»Herr Bürgermeister!« schrie Fantine.

Javert verfiel in ein Gelächter, jenes abscheuliche Gelächter, das alle seine Zähne entblößte. »Hier gibt es keinen Bürgermeister mehr! «

Jean Valjean versuchte nicht die Hand abzustreifen, die ihn hielt. Er sagte: »Javert ...«

Javert fiel ihm ins Wort: »Nenne mich Herr Inspektor ...«

»Mein Herr«, erwiderte Jean Valjean, »ich möchte Ihnen ein Wort ganz unter uns sagen.«

»Laut! Sprich laut!« entgegnete Javert. »Mit mir wird laut gesprochen!«

Jean Valjean fuhr mit gedämpfter Stimme fort: »Ich habe eine Bitte an Sie ...«

»Ich sage dir, du sollst laut sprechen ...«

»Aber Sie allein sollen es hören ...«

»Wozu denn? Ich höre nicht hin!«

Jean Valjean wandte sich ihm zu und sagte rasch und sehr leise: »Bewilligen Sie mir drei Tage! Drei Tage, um das Kind dieser unglücklichen Frau zu holen. Ich werde zahlen, was zu zahlen ist. Wenn Sie es wünschen, werden Sie mich begleiten.«

»Du willst wohl spaßen!« schrie Javert. »Daß du so dumm bist, hätte ich nicht geglaubt. Du möchtest drei Tage verreisen! Angeblich, um das Kind dieser Dirne zu holen! Ach, ein guter Witz! Ein guter Witz!«

Fantine erzitterte. »Mein Kind«, rief sie, »mein Kind holen! Es ist also nicht da? Schwester, antworten Sie mir, wo ist Cosette? Ich will mein Kind! Herr Madeleine! Herr Bürgermeister!«

Javert stampfte mit dem Fuß auf. »Jetzt die andere! Bist du stille, du Schlampe? Ein feines Land, in dem die Galeerensträflinge Ortsvorsteher sind und die Straßendirnen wie Gräfinnen gepflegt werden! Aber damit ist es nun aus, es war

Zeit!« Er stierte Fantine an und packte wieder mit der Faust Jean Valjean an der Krawatte, an Hemd und Rockkragen. »Ich sage dir, es gibt keinen Herrn Madeleine und keinen Herrn Bürgermeister. Es gibt nur einen Dieb, einen Briganten, einen Sträfling mit Namen Jean Valjean. Und den habe ich in der Hand, so!«

Fantine setzte sich jählings hoch, auf ihre erstarrten Arme und ihre beiden Hände gestützt. Sie sah Jean Valjean an, sie sah Javert an, sie sah die Nonne an, sie öffnete den Mund, als wolle sie reden. Ein Röcheln drang aus ihrer Kehle, ihre Zähne klapperten, in wilder Angst breitete sie die Arme aus, krampfhaft öffnete sie die Hände, als suche sie um sich, wie ein Ertrinkender, dann sank sie plötzlich auf das Kissen. Ihr Kopf stieß an den Kopfteil der Bettstatt und fiel auf ihre Brust zurück. Ihr Mund klaffte, ihre Augen waren offen und lichtlos.

Sie war tot.

Jean Valjean wölbte seine Hand um die Javerts, der ihn festhielt, brach sie auf wie die Hand eines Kindes und sagte zu Javert: »Sie haben die Frau getötet.«

»Schluß!« tobte Javert. »Ich bin nicht hier, um mit mir rechten zu lassen. Das können wir uns sparen. Meine Leute warten unten. Vorwärts, marsch, oder die Daumenschrauben!«

In einer Ecke des Zimmers stand ein altes, ziemlich ramponiertes Eisenbett, das den Schwestern, wenn sie Nachtwache hatten, als Feldbett diente. Jean Valjean ging auf dieses Bett zu, zertrümmerte im Nu das schon wacklige Kopfende, was für Muskeln wie die seinen nicht schwer war, ballte die Faust um die Mittelstange und blickte Javert an. Javert wich bis zur Tür zurück.

Jean Valjean schritt, die Eisenstange in der Faust, langsam auf das Bett Fantines zu. Als er dort stand, drehte er sich um und sagte mit kaum hörbarer Stimme zu Javert: »Ich rate Ihnen, mich jetzt nicht zu stören.«

Javert zitterte. Er hätte die Polizeisoldaten herbeigerufen, aber Jean Valjean konnte diese Minute wahrnehmen, um zu entfliehen. Er blieb also, faßte seinen Stock an der Spitze und lehnte sich an die Türverkleidung, ohne den Blick von Jean Valjean zu nehmen.

Jean Valjean legte seinen Ellbogen auf das Zierstück am Kopfteil der Bettstatt und seine Stirn auf seine Hand und betrachtete die vom Tod regungslos hingeworfene Fantine. So verharrte er, in sich versunken, wortlos, und dachte an nichts mehr, was noch im Bereich dieses Lebens lag. Nichts mehr zeigte sich auf seinem Antlitz und in seinem Wissen als ein unendliches Erbarmen. Nach wenigen Augenblicken dieser Träumerei neigte er sich zu Fantine und sprach leise mit ihr.

Was sagte er ihr? Was konnte der Geächtete der Toten sagen? Was war der Sinn dessen, was er da flüsterte? Niemand auf Erden hat es gehört. Hörte es die Tote? Es gibt wehmütige Illusionen, die vielleicht erhabene Wirklichkeit sind. Unzweifelhaft aber hat Schwester Simplicia, die einzige Zeugin des Vorgangs, oft erzählt, daß, als Jean Valjean in Fantines Ohr sprach, sie deutlich ein unsagbares Lächeln um diese bleichen Lippen schweben und in diesen verschleierten Augen schimmern sah, die vom Staunen des Grabes erfüllt waren.

Jean Valjean nahm Fantines Kopf in beide Hände und bettete ihn in das Kissen, wie eine Mutter mit ihrem Kinde tut. Er knüpfte die Schnur ihres Hemdes zu und schlichtete ihr Haar unter ihrer Haube. Dann schloß er ihr die Augen. Fantines Gesicht schien in diesem Moment seltsam erleuchtet. Der Tod ist der Einzug in den großen Glanz. Ihre Hand hing über dem Bettrand. Jean Valjean kniete vor dieser Hand nieder, hob sie sanft an und küßte sie.

Dann richtete er sich wieder auf und sagte, zu Javert gewandt: »Jetzt bin ich der Ihre.«

Ein Grab, wie es ihr zustand

Javert lieferte Jean Valjean im städtischen Gefängnis ab. Die Verhaftung Jean Valjeans war in Montreuil-sur-Mer eine Sensation, oder, besser gesagt, sie bewegte die Geister in ungewöhnlichem Ausmaß. Bedauerlicherweise ist nicht zu verhehlen, daß schon auf die Worte hin: er war Galeerensträfling, beinahe alle Menschen ihn fallenließen. In weniger als zwei Stunden waren seine guten Werke vergessen, und nur der Galeerensträfling blieb übrig. Zwar kannte man die Einzelheiten des Geschehnisses in Arras noch nicht.

Den ganzen Tag über hörte man in allen Teilen der Stadt Gespräche wie dieses: Sie wissen nicht, er war ein in Freiheit gesetzter Sträfling. – Wer denn? – Der Bürgermeister. – Bah! Herr Madeleine? – Ja. – Wahrhaftig? – Er hieß nicht Madeleine, er hat einen scheußlichen Namen, Béjean, Bojean, Boujean. – Ach, lieber Gott! – Er ist verhaftet. – Verhaftet? – Er sitzt im Stadtgefängnis, bis er abtransportiert wird. – Sollen sie ihn abtransportieren! – Er wird abtransportiert werden! – Wohin denn? – Er wird vor das Schwurgericht gestellt, wegen eines Landstraßenraubes, den er einmal verübt hat. – Ach, ich habe das ja längst geahnt. Der Mann war zu gut, zu vollkommen, zu lasch. Er hat die Ehrenlegion verschmäht, er hat alle Schlingel, die ihm in den Weg liefen, mit Kleingeld überschüttet. Ich habe mir immer gedacht, daß dahinter irgendeine böse Geschichte steckte.

Die »Salons« vor allem waren mit solchen Erörterungen verschwenderisch. Eine alte Dame, Abonnentin des »Weißen Banners«, machte eine Bemerkung, deren Tiefe zu ermessen fast unmöglich ist: »Mich grämt das nicht. Es wird eine Lehre für die Buonapartisten sein.«

So löste sich in Montreuil-sur-Mer das Gespenst auf, das sich Herr Madeleine genannt hatte. Vier oder fünf Personen nur in der ganzen Stadt blieben der Erinnerung an ihn treu. Unter ihnen war die alte Portiersfrau, die ihn bedient hatte.

Am Abend desselben Tages saß die würdige Alte in ihrer Stube, noch ganz verwirrt und in traurigen Gedanken. Die Fabrik war den Tag über zugesperrt gewesen, der Torweg verriegelt, die Straße verödet. Im Hause befanden sich nur die beiden Nonnen, Schwester Perpetua und Schwester Simplicia, die an der Leiche Fantines wachten.

Gegen die Stunde hin, in der Herr Madeleine sonst heimkam, erhob sich die wackere Portiersfrau mechanisch, entnahm einer Schublade den Schlüssel zum Zimmer von Herrn Madeleine und den Handleuchter, mit dem er jeden

Abend in den oberen Stock stieg, dann hängte sie den Schlüssel an den Nagel, von dem er ihn stets herunterholte, und stellte den Leuchter daneben, als erwarte sie ihn. Dann setzte sie sich wieder auf ihren Stuhl und dachte nach. Die arme, gute Alte hatte all dies getan, ohne sich dessen bewußt zu sein.

Erst nach mehr als zwei Stunden fuhr sie aus ihrer Grübelei auf und rief: »O du mein Heiland! Ich habe seinen Schlüssel an den Nagel gehängt!« In diesem Moment ging die Glastür der Stube auf, eine Hand griff durch den Spalt, nahm Schlüssel und Leuchter und zündete das Wachslicht an der brennenden Kerze an. Die Portiersfrau blickte empor und gaffte offenen Mundes, mit einem Schrei in der Kehle, den sie unterdrückte. Sie kannte diese Hand, diesen Arm, diesen Rockärmel. Es war Herr Madeleine.

Sekundenlang konnte sie nicht sprechen, erschüttert, wie sie später selbst sagte, wenn sie von ihrem Abenteuer erzählte. »Mein Gott, Herr Bürgermeister«, rief sie endlich, »ich glaubte Sie ...« Sie hielt ein, die Schlußworte hätten des Respekts, in dem sie begonnen hatte, ermangelt. Jean Valjean war für sie noch immer der Herr Bürgermeister.

Er beendete ihren Satz. »... im Gefängnis«, sagte er. »Ich war dort. Ich habe eine Stange des Fenstergitters zerbrochen, habe mich von einem Dach herabfallen lassen, und so bin ich hier. Ich gehe in mein Zimmer hinauf, holen Sie mir Schwester Simplicia. Sie weilt sicher bei der armen Frau.«

Die Alte gehorchte eilends. Er gab ihr keinen Auftrag mit. Denn ihm war gewiß, daß sie besser über ihn wachen werde als er selbst.

Nie ist ermittelt worden, wie er den Hof betrat, ohne den Torweg öffnen zu lassen. Er hatte einen Hauptschlüssel, den er immer bei sich trug und der eine kleine Seitentür aufsperrte. Aber man hatte ihn wohl durchsucht und ihm den Hauptschlüssel abgenommen. Dieser Punkt ist nie aufgehellt worden.

Er stieg die Treppe hinauf, die zu seinem Zimmer führte. Als er oben war, ließ er seinen Handleuchter auf den letzten Treppenstufen stehen, öffnete seine Tür unter Vermeidung von Geräusch und ging tastend zu seinem Fenster und dessen Laden, um sie zu schließen. Dann ging er zurück, nahm den Leuchter und betrat sein Zimmer. Die Vorsicht war angebracht. Man weiß noch, daß sein Fenster von der Straße aus beobachtet werden konnte.

Er schaute um sich, er prüfte mit den Augen den Tisch, seinen Stuhl, sein Bett, das seit drei Tagen nicht aufgedeckt worden war. Keine Spur von der Unordnung der vorletzten Nacht war verblieben. Die Portiersfrau hatte »das Zimmer gemacht«. Aus der Asche hatte sie die beiden eisernen Enden seines Knotenstocks und das vom Feuer verrußte Vierzigsousstück geholt und sauber auf den Tisch gelegt.

Er nahm ein Blatt Papier, auf das er schrieb: »Dies sind die beiden Enden meines Stockes und die dem kleinen Gervasius gestohlenen vierzig Sous, wovon ich vor dem Schwurgericht gesprochen habe.« Auf dieses Blatt legte er die Silbermünze und die Eisenspangen, so daß der erste Blick, wenn man in das Zimmer eintrat, darauf fiel. Er zog aus seinem Schrank ein altes Hemd, das er zerriß. Das ergab mehrere Leinenfetzen, in die er die beiden silbernen Leuchter wickelte. Im übrigen war er frei von Hast und Aufregung, und während er die Leuchter des Bischofs verpackte, biß er in eine Scheibe Schwarzbrot. Es war wohl das Gefängnisbrot, das er bei seinem Entrinnen mitgenommen hatte. Das sah man an Brotkrumen, die auf den Fliesen des Zimmers gefunden wurden, als die Justiz später nachforschte.

Zweimal wurde leise an die Tür geklopft. »Herein«, sagte er. Es war Schwester Simplicia, blaß, mit geröteten Augen. Die Kerze, die sie hielt, schwankte in ihrer Hand. Die Vergewaltigungen durch das Schicksal haben die Eigentümlichkeit, daß sie, so vervollkommnet oder so kalt wir sein mögen, aus unserem Innersten die menschliche Natur hervorbrechen lassen und sie zwingen, nach außen hin sichtbar zu werden. In den Stürmen des Tages war die Nonne wieder Weib geworden. Sie hatte geweint, und sie zitterte.

Jean Valjean hatte eben ein paar Zeilen auf einen Zettel geschrieben, den er der Nonne mit den Worten überreichte: »Schwester, geben Sie das dem Herrn Pfarrer!«

Das Papier war auseinandergefaltet. Sie warf einen Blick darauf. »Sie dürfen lesen«, sagte er.

Sie las: »Ich bitte den Herrn Pfarrer, über allem zu wachen, was ich hier zurücklasse. Er wird außerdem die Freundlichkeit haben, die Kosten meines Prozesses zu bezahlen und das Begräbnis der Frau, die heute verstorben ist. Der Rest soll den Armen überwiesen werden.«

Die Schwester wollte reden, aber sie konnte kaum einige unartikulierte Silben stammeln. Es gelang ihr indes zu sagen: »Möchte der Herr Bürgermeister nicht ein letztes Mal die arme Unglückliche sehen?«

»Nein«, erwiderte er, »ich werde verfolgt, man bräuchte mich nur in ihrem Zimmer zu verhaften, das würde ihren Schlaf entweihen.«

Kaum hatte er gesprochen, als sich ein großer Lärm auf der Treppe erhob. Sie hörten einen Tumult von Schritten, die die Stufen hinaufstiegen, und die alte Portiersfrau, die mit ihrer lautesten und grellsten Stimme sagte: »Guter Herr, ich schwöre Ihnen beim lieben Gott, daß niemand den Tag und den Abend über hier eingetreten ist und daß ich sogar den Platz an meiner Tür nicht verlassen habe.«

Ein Mann antwortete: »Aber es brennt doch Licht in dem Zimmer.«

Sie erkannten die Stimme Javerts.

Das Zimmer war so angeordnet, daß seine Tür, wenn sie sich öffnete, den Winkel der Wand auf der rechten Seite verdeckte. Jean Valjean blies das Talglicht aus und stellte sich in diesen Winkel.

Schwester Simplicia fiel neben dem Tisch auf die Knie. Die Tür ging auf. Javert trat ein. Man hörte das Raunen mehrerer Männer im Korridor und die Beteuerungen der Portiersfrau.

Die Nonne blickte nicht empor. Sie betete. Eine Wachskerze auf dem Kamin spendete nur schwache Helligkeit. Javert bemerkte die Schwester und blieb ratlos stehen.

Der entscheidende Zug in Javert, sein Element, die Umwelt, in der er atmete, war seine Ehrfurcht vor jeglicher Autorität. Er war in sich geschlossen und duldete weder Einwand noch Vorbehalt. Für ihn war die Autorität der Kirche die oberste. Er war religiös, darin aber nur äußerlich korrekt wie in allem. In seinen Augen war ein Priester ein Geist, der nicht irrt, eine Nonne ein Geschöpf, das nicht lügt. Ihre Seelen waren von dieser Welt durch eine Mauer abgetrennt, mit einer einzigen Tür, die sich nur öffnete, um die Wahrheit herauszulassen.

Als er die Schwester sah, wollte er zuerst umkehren. Aber noch einer anderen Pflicht hatte er zu gehorchen, und sie befahl ihm gebieterisch das Gegenteil. So war seine zweite Bewegung, zu bleiben und wenigstens eine Frage zu wagen. Diese Schwester Simplicia hatte nie in ihrem Leben gelogen. Javert wußte es und verehrte sie deshalb besonders. »Schwester«, sagte er, »sind Sie allein in dem Zimmer hier?«

Es gab eine schreckliche Sekunde, in der die arme Portiersfrau einer Ohnmacht unterlegen war. Die Schwester hob die Augen und antwortete: »Ja.«

»Dann haben Sie«, erwiderte Javert, »entschuldigen Sie, wenn ich nochmals frage, aber es ist meine Pflicht, heute abend eine Person, einen Mann nicht gesehen? Er ist entsprungen, wir sind auf der Suche nach ihm – Sie haben diesen Jean Valjean also nicht gesehen?«

Die Schwester antwortete: »Nein.« Sie log. Sie log zweimal hintereinander, Schlag auf Schlag, ohne zu zögern, rasch, wie man sich opfert.

»Verzeihen Sie«, sagte Javert, und er entfernte sich, indem er sich tief verbeugte.

Oh, du gottseliges Mädchen! Seit vielen Jahren gehörst du nicht mehr dieser Welt an. Mit deinen Schwestern, den Jungfrauen, und deinen Brüdern, den Engeln, hast du dich in der Herrlichkeit vereinigt. Diese Lüge möge dir im Paradies angerechnet werden!

Die Versicherung der Schwester war für Javert so überzeugend, daß er nicht sah, wie die ausgeblasene Unschlittkerze auf dem Tisch noch immer rauchte.

Eine Stunde danach schritt ein Mann quer durch Baumgruppen und Nebelgewölk. Er eilte von Montreuil-sur-Mer fort in Richtung Paris. Der Mann war Jean Valjean. Durch

Bekundungen von zwei oder drei Fuhrleuten, die an ihm vorbeikamen, ist erwiesen worden, daß er ein Bündel trug und mit einer Bluse bekleidet war. Woher hatte er diese Bluse? Man hat nichts darüber gehört. Jedoch war wenige Tage zuvor ein alter Arbeiter im Fabrikspital gestorben, der nur seine Bluse hinterließ. Vielleicht war es diese.

Ein letztes Wort über Fantine. Wir alle haben eine Mutter, die Erde. Man gab Fantine dieser Mutter zurück.

Der Pfarrer glaubte recht zu tun und tat es wohl auch, indem er von Jean Valjeans Vermächtnis möglichst viel Geld den Armen zuwandte. Um wen handelte es sich denn? Um einen Sträfling und eine Dirne. Darum stattete er Fantines Begräbnis höchst schlicht aus und setzte es auf das strikt Notwendige herab, das man Armengrab nennt.

Fantine wurde also in der Gratisecke des Friedhofs verscharrt, die allen und niemandem eingeräumt ist und in der man sich der Armen, der Verlorenen entledigt. Zum Glück weiß Gott, wo er die Seele wiederfindet. Man legte Fantine in der Finsternis auf irgendwelche Gebeine. Sie erlitt die Vermischung ihrer Asche mit der anderer. Man warf sie in eine öffentliche Grube. Ihr Grab glich ihrem Bett.

ZWEITER TEIL

COSETTE

ERSTES BUCH
WATERLOO

Ein Wanderer kommt von Nivelles

Im letzten Jahre (1861) kam an einem sehönen Maimorgen ein Wanderer, der Erzähler dieser Geschichte, von Nivelles und schlug den Weg nach La Hulpe ein. Er ging zu Fuß. Er folgte zwischen einer doppelten Baumreihe einer breiten, gepflasterten Chaussee, die sich in einer Wellenlinie von einem Hügel zum anderen zieht. Die Hügel reihen sich aneinander, lassen die Straße steigen und sinken und sind wie riesige Wogen. Er hatte die Grenze von Lillois und Bois-Seigneur-Isaac überschritten. Im Westen gewahrte er den mit Schiefer gedeckten Glockenturm von Breine-l'Alleud, der einer umgestülpten Vase gleicht. Auf einer Anhöhe hatte er einen Wald hinter sich gelassen und an einem Querweg, neben einem wurmstichigen, galgenähnlichen Ding, eine Schenke. Der Holzmast trug die Inschrift: »Ehemaliger Schlagbaum Nummer 4.« Die Schenke hatte an der Fassade ein Schild: »Zu den vier Winden, Échabeau. Privat-Kaffeehaus.«

Eine achtel Meile über diese Schenke hinaus gelangte er in eine kleine Talmulde, wo unter einem Brückenbogen am Straßendamm Wasser hindurchfließt. Das spärliche, aber kräftiggrüne Wäldchen, das auf der einen Seite der Chaussee das Tal ausfüllt, verliert sich auf der anderen in den Wiesen und zieht sich mit Anmut und wie in Unordnung nach Braine-l'Alleud hin.

Zur Rechten, am Rand der Straße, stand eine Herberge. Ein vierrädriger Karren vor der Tür, ein Bündel von Hopfenstangen, ein Pflug, ein Haufen verdorrten Gestrüpps neben einer lebenden Hecke, Kalk, der aus einem viereckigen Loch dampfte, eine Leiter an einem alten Schuppen mit

Strohwänden. Ein junges Mädchen jätete auf einem Acker, über dem ein großes gelbes Plakat, vermutlich vom Rummelplatz irgendeiner Kirmes, im Wind wehte. An der Ecke der Herberge, neben einem Pfuhl, auf dem eine Flottille von Enten schwamm, ging ein schlecht gepflasterter Pfad bis tief in das Gestrüpp. Der Wanderer betrat ihn.

Nach etwa hundert Schritten, als er an einer Mauer aus dem fünfzehnten Jahrhundert entlangging, die ein spitzer Giebel von durcheinandergeworfenen Ziegeln überhöhte, sah er sich vor einem großen, gewölbten steinernen Tor mit geradem Gesims, im ernsten Stil Ludwigs XIV., eingefaßt von zwei halb erhabenen Medaillons. Eine strenge Front beherrschte das Tor. Eine Mauer, die senkrecht zu dieser Front verlief, berührte es fast und flankierte es in schroffem rechtem Winkel. Auf dem Anger vor dem Tor lagen drei Eggen, zwischen denen alle Blumen des Mai vermischt wucherten. Das Tor war versperrt. Der Verschluß waren zwei verwitterte, mit einem alten, rostigen Klöppel geschmückte Torflügel.

Die Sonne leuchtete zauberhaft. Durch die Zweige ging das sanfte Rauschen des Mai, das mehr noch von den Nestern als vom Wind herzukommen schien. Inbrünstig sang ein kleiner Vogel, der wohl verliebt war, in einem großen Baum.

Der Wanderer bückte sich und betrachtete in dem Stein zur Linken, unter dem Nebenpfeiler des Tores, eine ziemlich breite, kreisförmige Aushöhlung, ähnlich dem leeren Raum einer Himmelskuppel. Gerade öffneten sich die Torflügel, und eine Bäuerin trat heraus. Sie erblickte den Wanderer und bemerkte, was er ansah. »Das Loch hat eine französische Kanone geschossen«, sagte sie, und sie fügte hinzu: »Das da oben im Tor, neben dem einen Nagel, ist ein Loch von einem schweren Kartätschengeschoß. Es hat nicht bis in den Wald gereicht.«

»Wie heißt der Ort?« fragte der Wanderer.

»Hougomont«, sagte die Bäuerin.

Der Wanderer richtete sich auf. Er machte ein paar Schritte und ging, über die Hecken zu schauen. Am Horizont, durch die Bäume hindurch, sah er einen kleinen Berg und auf diesem kleinen Berg etwas, was von fern einem Löwen glich. Er war auf dem Schlachtfeld von Waterloo.

Hougomont war eine Stätte des Grauens, es war das erste Hindernis und der erste Widerstand, auf den jener große Holzfäller Europas, Napoleon genannt, in Waterloo stieß, der erste Knorren unter dem Hieb der Axt.

Es war ein Schloß, heute ist es nur noch ein Meierhof. Für den Historiker sei gesagt, daß Hougomont früher Hugomons hieß. Diesen Herrensitz erbaute Hugo, Herr auf Somerel, der gleiche, der für die Abtei von Villers die sechste Kaplanpfründe stiftete.

Der Wanderer drückte das Tor auf, stieß in einem Torweg gegen eine alte Kalesche und betrat den Hof.

Das erste, was ihn auf diesem Platz überraschte, war ein Eingang aus dem 16. Jahrhundert, der einen Bogen vortäuschte und um den herum alles eingestürzt war. Oft bietet gerade der Verfall einen monumentalen Anblick. Unweit des Bogens war in einer Mauer eine weitere Tür mit Wölbsteinen aus der Zeit Heinrichs IV. eingelassen, sie ließ die Bäume eines Obstgartens sehen. Neben diesem Durchgang eine Dunggrube, Hacken und Schaufeln, ein paar Karren, ein alter Brunnen mit seinem Rinnstein und seiner eisernen Haspel, ein umherspringendes Füllen, ein Truthahn, der das Rad schlägt, eine von einem kleinen Glockenturm überragte Kapelle, ein vor der Mauer der Kapelle am Spalier gezogener, blühender Birnbaum, das ist der ganze Hof, dessen Einnahme ein Traum für Napoleon war. Wenn er dieses Stück Erde hätte erobern können, wäre ihm vielleicht die Welt zugefallen. Hühner wirbeln mit dem Schnabel den Staub auf. Ein Knurren wird laut. Es ist ein großer Hund, der die Zähne fletscht und die Engländer vertritt.

Die Engländer sind hier bewundernswert gewesen. Vier Cookesche Gardekompanien trotzten hier sieben Stunden lang dem Ansturm einer Armee.

Auf der Karte betrachtet, also in der Draufsicht, stellt Hougomont mit Gebäuden und Umfriedung ein unregelmäßiges Viereck dar, dessen eine Ecke eine Einbuchtung aufweist. Dort befindet sich das von der Mauer gedeckte

Südtor, das aus nächster Nähe beschossen werden kann. Hougomont besitzt zwei Tore: das südliche Tor für das Schloß und das nördliche für den Meierhof. Napoleon schickte seinen Bruder Jérôme gegen Hougomont vor. Die Divisionen Guilleminot, Foy und Bachelu rannten dagegen an, fast das gesamte Korps Reille wurde hier eingesetzt und scheiterte. Vor diesem heldenhaften Mauerstück gingen Kellermann die Kanonenkugeln aus. Die Brigade Bauduin war nicht zuviel, um Hougomont vom Norden her zu erstürmen, und die Brigade Soye konnte im Süden nur eine Bresche schießen, ohne es zu nehmen.

Die Gebäude der Meierei begrenzen den Hof nach Süden. Ein Stück des Nordtors, von den Franzosen eingeschlagen, ist an der Mauer hängengeblieben. Es sind vier auf zwei Querriegel genagelte Bretter, die noch die Spuren des Angriffs zeigen.

Das von den Franzosen aufgebrochene nördliche Tor, heute notdürftig ausgebessert und halb offenstehend, gewährt einen Blick auf den Hof. Es ist mitten in eine Mauer eingelassen, die, unten aus Stein, oben aus Ziegelwerk, das Gehöft nach Norden zu abschließt, ein einfaches Tor wie auf allen Bauernhöfen, zwei breite Flügel aus grob zusammengefügten Brettern, jenseits davon Wiesen. Um diesen Eingang ist erbittert gekämpft worden. An den Torpfosten sind lange alle möglichen Abdrücke von blutigen Händen zu sehen gewesen. Hier wurde Bauduin getötet.

Der Aufruhr des Kampfes ist noch auf diesem Hof spürbar. Das Grauen hat Gestalt angenommen, das wüste Getümmel ist Stein geworden. Das lebt, das stirbt, es war gestern. Die Mauern brechen zusammen, die Steine fallen, die Lücken klaffen, die Löcher sind Wunden, und die gebeugten, erzitternden Bäume scheinen fliehen zu wollen.

Dieser Hof war 1815 mehr umbaut, als er es heute ist. Gebäude, die inzwischen abgerissen worden sind, bildeten Vorsprünge, Ecken und rechte Winkel.

Die Engländer hatten sich hier verbarrikadiert. Die Franzosen drangen ein, konnten sich jedoch nicht halten. Als einziger Überrest vom Herrensitz Hougomont steht neben der

Kapelle ein Flügel des Schlosses, verfallen, fast möchte man sagen mit aufgeschlitztem Bauch, da. Das Schloß diente als Bergfried, die Kapelle als Gefechtsstand. Hier machte man sich gegenseitig nieder. Hinter den Mauern hervor, von den Dachböden herab, aus den Kellern, aus allen Fenstern, aus allen Löchern und Ritzen zwischen den Steinen, von allen Seiten her beschossen, brachten die Franzosen Faschinen und legten Feuer an Mauern und Menschen. Der Eisenhagel wurde mit Feuersbrunst beantwortet.

Durch die vergitterten Fenster des verwüsteten Schloßflügels sind noch die zerstörten Gemächer eines Hauptgebäudes aus Backstein zu sehen. Die englische Garde lag dort im Hinterhalt. Die gewundene, vom Erdgeschoß bis zum Dach geborstene Treppe ähnelt dem Inneren einer aufgebrochenen Muschel. Zwei Absätze unterbrechen sie. Die Engländer, auf der Treppe belagert und nach oben gedrängt, hatten die unteren Stufen herausgerissen, breite blaue Steinplatten, die zwischen den Brennesseln liegen. Ein Dutzend Stufen steckt noch in der Wand, auf der ersten ist das Bild eines Dreizacks eingehaun. Diese unzugänglichen Stufen sind fest in ihren Höhlungen verankert. Alles übrige gleicht einem zahnlosen Kiefer. Zwei alte Bäume stehen da. Der eine ist abgestorben, der andere am Stamm verletzt, doch im April schlägt er immer wieder aus. Seit 1815 hat er begonnen, durch die Treppe zu wachsen.

In der Kapelle mordete man sich gegenseitig hin. Der Innenraum, wieder still geworden, mutet seltsam an. Seit dem Blutbad wurde hier nicht mehr die Messe gelesen. Gleichwohl ist der Altar stehengeblieben, ein plumper Holzaltar vor einem Hintergrund aus unbehauenen Steinen. Vier geweißte Wände, eine Tür gegenüber dem Altar, zwei kleine Bogenfenster, über der Tür ein großes Kruzifix aus Holz, darüber eine viereckige, mit einem Bund Heu verstopfte Öffnung, in einer Ecke, auf dem Boden liegend, ein alter zerbrochener Fensterrahmen, das ist die Kapelle. Neben dem Altar hängt eine geschnitzte heilige Anna aus dem fünfzehnten Jahrhundert, ein Kartätschengeschoß hat dem Jesuskindlein den Kopf weggerissen. Die Franzosen, einen Augenblick lang Herren der Kapelle, zündeten sie an, als sie wieder vertrieben wurden. Die Flammen erfüllten dieses Gemäuer, es war ein Glutofen. Die Tür verbrannte, der Fußboden verbrannte, der hölzerne Christus brannte nicht. Das Feuer verkohlte ihm die Füße, ließ davon nur zwei geschwärzte Stümpfe übrig, dann erlosch es. Ein Wunder, wie die Leute in der Gegend behaupten. Das enthauptete Jesusknäblein hatte nicht soviel Glück wie das Christusbild.

Inschriften bedecken die Mauern. Neben den Füßen des Gekreuzigten sind Namen wie Henquinez, Conde de Rio Mayor, Marqués y Marquesa de Almagro (Habana) zu lesen. Auch französische Namen stehen da, mit zornigen Ausrufezeichen. 1849 wurde die Wand übertüncht. Die Nationen beschimpften sich auf ihr.

Am Eingang zur Kapelle wurde ein Leichnam aufgehoben, der noch ein Beil in der Hand hielt. Es war der Unterleutnant Legros.

Tritt man aus der Kapelle, ist links ein Brunnen zu sehen. Der Hof besitzt zwei. Es erhebt sich die Frage: Warum ist an diesem kein Eimer und keine Rolle? Weil aus ihm kein Wasser mehr geschöpft wird. Warum wird aus ihm nicht mehr geschöpft? Weil er mit Skeletten gefüllt ist.

Der letzte, der von diesem Brunnen Wasser holte, hieß Guillaume Van Kylsom. Er war Bauer und lebte als Gärtner auf Hougomont. Am 18. Juni 1815 floh seine Familie und versteckte sich in den Wäldern.

Der Wald um die Abtei von Villers barg mehrere Tage und Nächte lang jene ganze unglückliche, zerstreute Bevölkerung. Heute noch lassen gewisse Spuren wie alte verkohlte Baumstämme die Stellen der armseligen, zitternden Lager im dichten Gebüsch erkennen.

Guillaume Van Kylsom blieb auf Hougomont, »um das Schloß zu bewachen«, und verkroch sich in einem Keller. Die Engländer entdeckten ihn. Er wurde aus seinem Versteck gezerrt, und durch Hiebe mit der flachen Säbelklinge nötigten die Soldaten den erschreckten Mann, sie zu bedienen. Sie waren durstig. Guillaume brachte ihnen zu trinken. Aus diesem Brunnen schöpfte er Wasser. Viele nahmen dort ihren letzten Schluck. Und auch der Brunnen, aus dem so viele Tote tranken, sollte sterben.

Nach dem Kampf wurden die Leichen eilig bestattet. Der Tod hat eine eigene Art, den Sieg zu foppen, er schickt dem Ruhm die Pest nach. Der Typhus ist ein Anhängsel des Triumphs. Aus dem tiefen Brunnen wurde ein Grab gemacht. Dreihundert Tote warf man hinein. Vielleicht zu eilfertig. Waren alle tot? Die Legende sagt nein. Wie es scheint, riefen in der Nacht auf das Begräbnis schwache Stimmen aus dem Brunnen.

Dieser Brunnen steht abgesondert mitten auf dem Hof. Drei Mauern, halb aus Stein, halb aus Ziegeln, umgeben ihn auf drei Seiten. Schräggestellt wie die Blätter einer spanischen Wand, täuschen sie ein viereckiges Türmchen vor. Die vierte Seite ist offen. Hier wurde das Wasser geschöpft. Die hintere Mauer weist so etwas wie ein unförmiges Ochsenauge auf, vielleicht das Loch von einer Granate. Das Türmchen besaß eine Überdachung, von der nur die Balken übriggeblieben sind. Die Eisenverstrebung der rechten Mauer deutet ein Kreuz an. Man neigt sich über eine tiefe, mit Ziegelsteinen ausgekleidete Röhre, und der Blick verliert sich in dichter Finsternis. Rings um den Brunnen verschwindet der Mauersockel zwischen Brennesseln.

Dieser Brunnen hat vorn nicht die breite Platte aus blauem Stein, die in Belgien auf allen Brunnen liegt. Die blaue Steinplatte ist hier durch einen Querbalken ersetzt worden, auf dem, großen Knochen ähnlich, fünf oder sechs klobige, knotige krumme Holzstücke ruhen. Er hat weder Eimer noch Kette, noch Rolle; aber vor ihm steht noch ein Steintrog, der als Rinnstein diente. Regenwasser sammelt sich darin, und zweilen trinkt daraus ein Vogel aus den benachbarten Wäldern und fliegt wieder davon.

Zwischen all den Trümmern wird noch ein Haus bewohnt, das Haus des Pächters. Die Tür dieses Hauses geht auf den Hof hinaus. Ein eiserner kleeblattförmiger Türdrücker hängt schief neben einem hübschen gotischen Schließblech. In dem Augenblick, in dem der hannöversche Oberleutnant Wilda diesen Türdrücker ergriff, um sich in die Meierei zu flüchten, hieb ihm ein französischer Pionier die Hand mit dem Beil ab.

Großvater der Familie, die in dem Haus lebt, ist der ehemalige Gärtner Van Kylsom, der seit langem tot ist. Eine grauhaarige Frau erzählt: »Ich bin dabeigewesen. Damals war ich drei. Meine ältere Schwester hatte Angst und weinte. Wir wurden in die Wälder gebracht. Meine Mutter trug mich auf dem Arm. Um etwas zu hören, haben sie das Ohr an den Boden gepreßt. Aber ich habe die Kanonen nachgemacht: ›Bum, bum.‹ «

Links führt eine Tür, wir erwähnten es bereits, vom Hof in den Obstgarten.

Der Obstgarten ist schrecklich.

Er besteht aus drei Teilen, fast möchte man sagen, aus drei Akten. Der erste Teil ist ein Garten, der zweite der eigentliche Obstgarten und der dritte ein Gehölz. Diese drei Teile besitzen eine gemeinsame Umfriedung, neben dem Eingang die Gebäude des Schlosses und der Meierei, links eine Hecke, rechts und im Hintergrund je eine Mauer. Die rechte Mauer ist aus Ziegeln aufgeführt, die hintere aus Stein. Zunächst gelangt man in den Garten. Er ist tiefer gelegen, mit Johannisbeersträuchern bepflanzt, von wildwachsenden Pflanzen überwuchert und findet seinen Abschluß in einer monumentalen Terrasse aus behauenen Quadersteinen, die eine Balustrade mit doppelt ausgebauchten Säulen krönt. Es war ein herrschaftlicher Garten in jenem ersten französischen Stil, der Lenôtre vorausging, heute sind in ihm nur Trümmer und Dornen anzutreffen. Auf den Pfeilern ruhen Kugeln, die steinernen Kanonenkugeln ähneln. Noch stehen dreiundvierzig Balustersäulen auf ihren Sockeln, die übrigen liegen im Gras. Fast alle weisen Schrammen vom Gewehrfeuer auf. Ein zerborstener Baluster lehnt am Terrassenaufgang wie ein gebrochenes Bein.

In diesen Garten, der, wie gesagt, tiefer liegt als der Obstgarten, waren sechs Füsiliere vom ersten leichten Infanterieregiment eingedrungen und konnten nicht mehr heraus. Wie Bären in der Grube gefangen und umstellt, nahmen sie den Kampf mit zwei hannöverschen Kompanien auf, von denen eine mit Stutzen bewaffnet war. Die Hannoveraner, durch jene Balustersäulen gedeckt, schossen von oben. Die Füsiliere, unerschrocken von unten antwortend, sechs gegen zweihundert, hatten als Deckung nur die Johannisbeersträucher und brauchten zum Sterben eine Viertelstunde.

Über ein paar Stufen kommt man in den eigentlichen Obstgarten. Dort fielen auf den wenigen Quadratklaftern, die er mißt, fünfzehnhundert Mann in knapp einer Stunde. Die Mauer scheint bereit, den Kampf wiederaufzunehmen. Die achtunddreißig Schießscharten, die die Engländer in wechselnder Höhe durchgebrochen hatten, sind noch da. Vor der sechzehnten liegen zwei englische Grabplatten aus Granit. Schießscharten befinden sich nur in der südlichen Mauer, der Hauptangriff kam von da. Diese Mauer ist nach außen von einer hohen lebenden Hecke verborgen. Die Franzosen rückten an, meinten, sie hätten es nur mit der Hecke zu tun, durchquerten sie und stießen auf die Mauer, Hindernis und Hinterhalt zugleich, dahinter die englische Garde. Alle achtunddreißig Schießscharten spien auf einmal Feuer und Eisen, und die Brigade Soye wurde hier vernichtet. So begann Waterloo.

Der Obstgarten wurde dennoch erobert. Es waren keine Leitern da, die Franzosen zogen sich mit den Fingernägeln hoch. Unter den Bäumen kämpfte man Mann gegen Mann. Das ganze Gras war mit Blut getränkt. Ein Bataillon aus Nassau, siebenhundert Mann, wurde hier niedergemacht. Von außen haben die Kartätschenladungen die Mauer zernagt. Kellermanns beide Batterien wurden gegen sie aufgefahren.

Dieser Obstgarten ist für den Monat Mai empfänglich wie jeder andere. Er hat seine Butterblumen und seine Maßliebchen, das Gras steht hoch in ihm, Ackergäule weiden darin, Wäsche trocknet auf den Leinen zwischen den Bäumen und nötigt die Vorübergehenden, den Kopf einzuziehen; man geht über den brachliegenden Boden, und der Fuß versinkt in den Maulwurfshaufen. Mitten im Gras liegt ein entwurzelter Baumstamm und grünt weiter. Major Blackman lehnte sich an ihn und gab hier seinen Geist auf.

Ein paar Schritte weiter fiel unter einem großen Baum der deutsche General Duplat aus einer französischen Familie, die nach der Aufhebung des Edikts von Nantes geflohen war. Mit Stroh umwickelt und mit Lehm verschmiert, neigt sich dicht daneben ein alter, kranker Apfelbaum. Fast alle Bäume fallen vor Altersschwäche um. Keiner, der nicht seine Kugel oder sein Kartätschengeschoß abbekommen hat. Die Gerippe der abgestorbenen Bäume sind in diesem Obstgarten in der Mehrzahl. Raben fliegen in die Zweige, und im Hintergrund duften Veilchen in einem Wäldchen.

Bauduin gefallen, Foy verwundet, die Feuersbrunst, das Gemetzel, das Hinschlachten, Ströme von englischem, deutschem und französischem Blut, in Raserei vermischt, ein mit Leichen gefüllter Brunnen, das Nassauer und das Braunschweiger Regiment aufgerieben, Duplat getötet, Blackman getötet, die englische Garde verstümmelt, nach den vierzig Bataillonen des Korps Reille noch zwanzig weitere französische Bataillone dezimiert, dreitausend Mann allein in dem Gemäuer von Hougomont niedergesäbelt, zusammengehauen, umgebracht, erschossen, verbrannt – und das alles, damit heute ein Bauer zu einem Reisenden sagen kann: »Herr, wenn Sie wollen, geben Sie mir drei Francs. Dann erkläre ich Ihnen die Sache mit Waterloo!«

Der 18. Juni 1815

Gehen wir zurück, das gehört zu den Rechten des Erzählers, und versetzen wir uns in das Jahr 1815, sogar noch etwas vor die Zeit, in der die im ersten Teil dieses Buches berichtete Handlung einsetzt.

Wenn es in der Nacht vom 17. zum 18. Juni 1815 nicht geregnet hätte, wäre die Zukunft Europas anders verlaufen. Ein paar Wassertropfen mehr oder weniger gaben für Napoleon den Ausschlag. Damit Waterloo das Ende von Austerlitz wurde, brauchte die Vorsehung nur ein wenig Regen, und eine Wolke, die der Jahreszeit zuwider am Himmel dahinzog, genügte für den Zusammenbruch einer Welt.

Die Schlacht von Waterloo, und dies gab Blücher Zeit einzutreffen, begann erst um halb zwölf. Warum? Weil das Erdreich aufgeweicht war. Es mußte abgewartet werden, bis der Boden etwas fester wurde und die Geschütze auffahren konnten.

Napoleon war Artillerieoffizier, und das merkte man ihm auch an. Im Innersten war dieser außergewöhnliche Feldherr der Mann, der in dem Bericht über Abukir an das Direktorium schrieb: »Solch eine von unseren Kanonenkugeln hat sechs Mann getötet.« Alle seine Schlachtpläne wurden für das Geschoß ersonnen. Die Artillerie auf einen gegebenen Punkt zu konzentrieren, das war der Schlüssel zu seinen Siegen. Er begegnete der Strategie des feindlichen Generals wie einer Zitadelle und schoß sie sturmreif. Die schwache Stelle überschüttete er mit einem eisernen Hagel. Mit dem Geschütz leitete er die Schlachten ein und beendete sie auch damit. Er war von der Kanonade wie besessen. Die Karrees sprengen, die Regimenter aufreiben, die Linien durchstoßen, die dicht geschlossenen Kolonnen zermalmen und zerstreuen, zuschlagen, zuschlagen, unaufhörlich zuschlagen, das war für ihn alles, und er übertrug diese Aufgabe der Kanonenkugel. Eine fürchterliche Methode, die, im Verein mit dem Genie, diesen düsteren Faustkämpfer des Krieges fünfzehn Jahre lang unbesiegbar machte.

Am 18. Juni 1815 verließ er sich um so mehr auf die Artillerie, als die Zahlen für ihn sprachen. Wellington verfügte nur über hundertneunundfünfzig Geschütze, Napoleon über zweihundertundvierzig.

Gesetzt den Fall, der Boden war trocken, dann hätte die Artillerie Bewegungen ausführen und das Treffen um sechs Uhr morgens beginnen können. Die Schlacht wäre um zwei gewonnen und beendet gewesen, drei Stunden vor der Wende durch die Preußen.

Wieviel Schuld trägt Napoleon an dieser verlorenen Schlacht? Ist der Schiffbruch dem Steuermann anzulasten?

Kam in jener Zeit zu dem offensichtlichen körperlichen Verfall Napoleons noch eine gewisse innere Schwäche hinzu? Hatten die zwanzig Jahre Krieg die Klinge wie die Scheide verbraucht, die Seele wie den Körper? Machte sich im Heerführer der Veteran lästig bemerkbar? Mit einem Wort, war dieser geniale Geist umnachtet, wie viele namhafte Historiker annahmen? Geriet er in Raserei, um sich den Abbau seiner Kräfte nicht eingestehen zu müssen? Begann er, von einer zufälligen Eingebung irregeleitet, zu schwanken? Erkannte er, schlimm genug bei einem General, nicht mehr die Gefahr? Gibt es bei diesen großen Materialisten, die man die Riesen der Tat nennen kann, ein Alter, in dem das Genie kurzsichtig wird? Den Genies des Ideals kann die Zahl der Jahre nichts anhaben. Für einen Dante und einen Michelangelo heißt altern wachsen, bedeutet es für einen Hannibal und einen Bonaparte, daß sie schwächer werden? Hatte Napoleon das Gefühl für den Sieg verloren? War er so weit, daß er die Klippe nicht mehr sah, die Falle nicht mehr erriet, den bröckelnden Rand der Abgründe nicht mehr bemerkte? Fehlte es ihm am Gespür für den entscheidenden Augenblick? War er, der sich einst auf allen Wegen zum Sieg auskannte und sie von seinem blitzenden Wagen herab mit unfehlbarem Finger wies, jetzt so von Sinnen, daß er sein wildes Gespann aus Legionen ins Verderben führte? War er mit sechsundvierzig Jahren in den äußersten Wahnsinn verfallen? War dieser titanische Lenker des Schicksals nur ein maßlos tollkühner Draufgänger?

Wir meinen es keineswegs.

Sein Schlachtplan war nach dem einstimmigen Urteil aller ein Meisterwerk. In das Zentrum der Verbündeten vorstoßen, ein Loch in den Feind reißen, ihn trennen, die britische Hälfte nach Hal und die preußische Hälfte nach Tongern abdrängen, die Vereinigung von Wellington und Blücher verhindern, Mont-Saint Jean erstürmen, Brüssel besetzen, den Deutschen in den Rhein und den Engländer ins Meer werfen, das alles war für Napoleon in dieser Schlacht enthalten. Danach würde man weiter sehen.

Natürlich beabsichtigen wir nicht, hier die Geschichte von Waterloo zu schreiben. Eine Schlüsselszene in dem Drama, das wir berichten, hängt freilich mit dieser Schlacht zusammen, doch ist diese Geschichte nicht unser Thema. Sie ist zudem schon geschrieben worden, und zwar meisterhaft von Napoleon unter dem einen Gesichtspunkt und von einer ganzen Historikerplejade* unter dem anderen. Mögen die Geschichtsschreiber sich in den Haaren liegen, wir sind nur ein Zeuge aus der Ferne, ein Wanderer auf der Ebene, ein Sucher, der sich über diese aus Menschenfleisch gebildete Erde beugt und der vielleicht den Schein für die Wirklichkeit hält. Im Namen der Wissenschaft dürfen wir uns nicht gegen einen Tatsachenkomplex sperren, in dem zweifelsohne vieles auf Täuschung beruht. Wir besitzen weder militärische Erfahrung noch strategische Sachkenntnis, die allein zu einer Zusammenfassung berechtigen. Unserer Meinung nach beherrscht die beiden Feldherren bei Waterloo eine Verkettung von Zufällen, und wenn das geheimnisvolle Schicksal angeklagt wird, urteilen wir wie das Volk, dieser schlichte Richter.

A.

Wer sich die Schlacht von Waterloo klar vergegenwärtigen will, braucht in Gedanken nur ein großes A auf den Boden zu legen. Der linke Schrägstrich vom A stellt die Landstraße nach Nivelles dar, der rechte Schrägstrich die Straße nach Genappe und der Querstrich den Hohlweg von Ohain nach Braine-l'Alleud. Die Spitze vom A bildet Mont-Saint Jean, dort stand Wellington. Links unten befindet sich Hougomont, dort stand Reille mit Jérôme Bonaparte. Rechts unten ist Belle-Alliance, dort stand Napoleon. Etwas unter dem Punkt, an dem der Querstrich vom A auf den rechten Schrägstrich stößt und ihn schneidet, liegt La-Haye-Sainte. Genau in der Mitte von diesem Querstrich wurde das letzte Wort der Schlacht gesprochen. Hier ist der Löwe aufgestellt worden, ein unfreiwilliges Symbol für den höchsten Heldenmut der kaiserlichen Garde.

Das von der Spitze des A, den beiden Schrägstrichen und dem Querstrich umschriebene Dreieck entspricht der Hoch-

* Walter Scott, Lamartine, Vaulabelle, Charras, Quinet, Thiers

fläche von Mont-Saint Jean. Der Kampf um dieses Plateau war die ganze Schlacht.

Die Flügel der beiden Armeen zogen sich rechts und links der beiden Straßen nach Genappe und Nivelles hin. D'Erlon machte Front gegen Picton und Reille gegen Hill.

Hinter der Spitze vom A, also hinter der Hochfläche von Mont-Saint Jean, beginnt der Wald von Soignes.

Die Ebene selbst stelle man sich als ein weites, welliges Gelände vor. Jede Mulde beherrscht die nachfolgende, und alle Bodenwellen steigen nach Mont-Saint Jean zu an, um dann im Wald zu endigen.

Zwei feindliche Truppen auf einem Schlachtfeld sind zwei Ringer, die sich gegenseitig umschlungen halten. Eine versucht, die andere zum Straucheln zu bringen. Man klammert sich an alles. Ein Gebüsch bietet Halt, eine Mauerecke dient als Brustwehr. In Ermangelung eines Hauses, an das sich ein Regiment anlehnen kann, flieht es. Ein Einschnitt in der Ebene, eine Bodenwelle, ein zufälliger Querweg, ein Gehölz, eine Schlucht können den Fuß dieses Riesen, der Armee heißt, aufhalten oder ihn hindern zurückzuweichen. Wer das Feld verläßt, ist geschlagen. Daraus ergibt sich für den verantwortlichen Befehlshaber die Notwendigkeit, die kleinste Baumgruppe aufmerksam zu betrachten und die winzigste Bodenerhebung genau zu untersuchen.

Die beiden Feldherren hatten die Ebene von Mont-Saint Jean, heute Ebene von Waterloo genannt, eingehend studiert. Schon ein Jahr vorher hatte sie Wellington mit vorausschauendem Scharfblick als Gelände für eine große Schlacht erwogen. Auf diesem Terrain und für diesen Zweikampf hatte Wellington am 18. Juni die gute Seite und Napoleon die schlechte. Die englische Armee stand oben, die französische unten.

Es erübrigt sich fast, hier das Äußere Napoleons zu skizzieren, wie er, mit seinem Fernrohr in der Hand, im Morgengrauen des 18. Juni 1815 auf der Anhöhe von Rossomme zu Pferde saß. Bevor man ihn zeigt, hat ihn jedermann vor Augen. Das ruhige Profil unter dem kleinen Hut der Militärschule zu Brienne, die grüne Uniform, den weißen Rockaufschlag, der den Ordensstern verdeckt, den grauen Rock, der die Epauletten verbirgt, den Winkel des breiten roten Bandes unter der Weste, die hautengen Beinkleider, den Schimmel mit seiner purpurnen Samtschabracke und den gekrönten N und den Adlern in den Ecken, die Reitstiefel über den Seidenstrümpfen, die silbernen Sporen, den Degen von Marengo – wer sieht sie nicht vor sich, jene Gestalt des letzten Cäsaren, bejubelt von den einen, mit strengen Blikken von den anderen bedacht.

Geraume Zeit stand diese Gestalt voll im Licht, und das hatte seinen Grund in einer gewissen Verschleierung durch die Sage, die um die meisten Helden gewoben wird und die stets mehr oder minder lange die Wirklichkeit beschönigt. Doch heute macht die Geschichtswissenschaft Fortschritte, und die Wahrheit setzt sich durch.

Diese Helle, die Geschichte, ist unerbittlich. Sie hat das Eigentümliche und Göttliche an sich, daß sie, obgleich und eben weil sie Licht ist, oft da Dunkelheit verbreitet, wo ein Leuchten zu sehen war. Aus ein und demselben Menschen macht sie zwei verschiedene Phantome, und das eine greift das andere an und hält ein Strafgericht, und die Finsternis des Despoten ringt mit den staunenerregenden Taten des Feldherrn. Daher ein wahreres Maß bei der endgültigen Wertung der Völker. Das geschändete Babylon schmälert den Ruhm Alexanders, das unterjochte Rom schmälert den Ruhm Cäsars, das abgeschlachtete Jerusalem schmälert den Ruhm des Titus. Die Tyrannei folgt dem Tyrannen. Es ist schlimm für einen Mann, Dunkel zu hinterlassen, das seine Gestalt zeigt.

Das »quid obscurum« der Schlachten

Der Auftakt dieser Schlacht ist jedermann bekannt, ein verworrener, unsicherer, zögernder Beginn, bedrohlich für beide Armeen, doch für die Engländer noch mehr als für die Franzosen.

Es hatte die ganze Nacht geregnet. Die Erde war durch den Wolkenbruch unbefahrbar geworden. Hier und da hatte sich das Wasser in den Mulden der Ebene wie in Waschschüsseln angesammelt, an gewissen Stellen reichte es den Trainwagen bis an die Achsen, und die Bauchgurte der Pferde troffen von Schlamm. Wenn der Weizen und Roggen, den dieses Gewühl von Fuhrwerken niedergewalzt hatte, nicht die Wagenspuren ausgefüllt und ein Strohlager unter den Rädern gebildet hätte, wäre jede Bewegung, besonders in den kleinen Tälern nach Papelotte hin, unmöglich gewesen.

Das Treffen begann spät. Napoleon, wir erklärten es bereits, war gewohnt, die ganze Artillerie wie eine Pistole in der Hand zu halten, weil er bald diesen, bald jenen Punkt in der Schlacht aufs Korn nahm, und er hatte abwarten wollen, bis die bespannten Batterien ungehindert und im Galopp fahren konnten. Dazu mußte die Sonne durchkommen und den Boden abtrocknen. Aber die Sonne kam nicht durch. Das war nicht mehr wie bei Austerlitz. Als der erste Kanonenschuß abgefeuert wurde, schaute der englische General Colville auf seine Uhr und stellte fest, daß es elf Uhr und fünfunddreißig Minuten war.

Heftig, vielleicht heftiger, als der Kaiser wünschte, wurden die Feindseligkeiten vom linken französischen Flügel mit dem Angriff auf Hougomont eröffnet. Gleichzeitig attackierte Napoleon das Zentrum bei La-Haye-Sainte durch die Brigade Quiot, und führte Ney den rechten französischen Flügel gegen den linken englischen Flügel, der sich auf Papelotte stützte.

Der Angriff auf Hougomont sollte Wellington dorthin locken, ihn eine Schwenkung nach links machen lassen, so war der Plan. Dieser Plan wäre gelungen, wenn die vier Kompanien der englischen Garde und die tapferen Belgier der Division Perponcher nicht zuverlässig die Stellung gehalten hätten, und Wellington, anstatt sich dort zu formieren, konnte sich damit begnügen, als ganze Verstärkung vier weitere Gardekompanien und ein Bataillon Braunschweiger zu entsenden.

Der Angriff des rechten französischen Flügels auf Papelotte wurde energisch vorgetragen. Den linken englischen Flügel überrennen, den Weg nach Brüssel versperren, die

Preußen aufhalten, den Widerstand bei Mont-Saint Jean brechen, Wellington auf Hougomont zurückdrängen, von da nach Braine-l'Alleud und Hal, nichts lag klarer auf der Hand. Abgesehen von ein paar Zwischenfällen, war dieser Angriff erfolgreich. Papelotte wurde genommen, La-Haye-Sainte erstürmt.

Eine Einzelheit sei angemerkt. Im englischen Fußvolk, besonders in der Brigade Kempt, waren sehr viele Rekruten. Die jungen Soldaten hielten sich tapfer vor unseren gefürchteten Infanteristen. In ihrer Unerfahrenheit schlugen sie sich furchtlos und leisteten vor allem als Schützen ausgezeichnete Dienste. Der Schützensoldat, ein wenig sich selbst überlassen, wird gewissermaßen sein eigener General. Diese Rekruten zeigten so etwas wie französische Erfindungsgabe und Raserei. Diese unbedarfte Infanterie hatte Schwung. Das mißfiel Wellington.

Nach der Einnahme von La-Haye-Sainte schwankte die Schlacht hin und her.

An jenem Tag bleibt eine gewisse Zeitspanne, von zwölf Uhr mittags bis vier Uhr, in Dunkelheit gehüllt. Die Mitte der Schlacht ist in dem düsteren Getümmel beinahe nicht auszumachen. Dämmerung breitet sich darüber. Man erblickt ein gewaltiges Hin und Her in diesem Nebel, eine schwindelerregende Fata Morgana, das heute nahezu unbekannte Kriegsgerät von damals, die Kalpaks mit Haarbusch, die fliegenden Säbeltaschen, das Lederzeug über Kreuz, die granatfarbenen Patronentaschen, die Dolmane der Husaren, die tausendfach gefältelten roten Stiefel, die schweren, mit Raupen umwundenen Tschakos, das fast schwarze Braunschweiger Fußvolk zwischen der scharlachroten Infanterie Englands, die britischen Soldaten, die anstelle der Epauletten dicke, kreisrunde weiße Wülste hatten, die hannöversche leichte Reiterei mit den länglichen, kupferbeschlagenen Lederhelmen und den roten Roßschweifen daran, die Schotten mit den nackten Knien und den karierten Überwürfen, die hohen weißen Gamaschen unserer Grenadiere – Gemälde, nicht strategische Aufstellungen, für die es einen Salvator Rosa und keinen Gribeauval braucht.

Stets ist ein gewisses Maß an Sturm mit einer Schlacht verbunden. Quid obscurum, quid divinum. Jeder Historiker zeichnet ein wenig die Umrisse, die ihm in diesem Durcheinander gefallen. Welches auch immer die Berechnung der Generale sein mag, der Zusammenprall der bewaffneten Kolonnen führt zu unberechenbaren Rückwärtsbewegungen. Im Kampf beeinflussen sich die Pläne der beiden Befehlshaber gegenseitig und verändern sich. Jener Punkt des Schlachtfeldes verschlingt mehr Kämpfer als dieser, wie jene mehr oder minder lockeren Böden, in die mehr oder minder rasch das auf sie vergossene Wasser einsickert. Man ist gezwungen, dorthin mehr Soldaten zu schicken, als ursprünglich beabsichtigt war. Unvorhergesehene Einsätze. Die Schlachtlinie flattert und schlängelt sich wie ein Faden, die Bäche von Blut fließen wider alle Vernunft, die Fronten der Armeen wogen hin und her, die an- und abrückenden Regimenter bilden Vorgebirge oder Buchten, und alle diese Klippen sind in ständiger Bewegung voreinander. Wo Infanterie focht, geht Artillerie in Stellung, wo Artillerie stand, sprengt Kavallerie heran. Die Bataillone sind Rauchwolken. Da war etwas, haltet Ausschau danach, es ist verschwunden. Die gelichteten Stellen verschieben sich, die düsteren Falten rücken vor und weichen zurück, eine Art Grabeswind treibt vorwärts, drängt zurück, läßt diese tragischen Haufen anschwellen und sprengt sie auseinander. Was ist ein Getümmel? Eine Schwingung. Ein fest umrissener, mathematisch genauer Plan drückt einen Augenblick und nicht einen ganzen Tag aus. Um eine Schlacht darzustellen, braucht es jene gewaltigen Maler, die Chaos im Pinsel haben. Rembrandt ist da besser als van der Meulen. Van der Meulen, mittags zuverlässig, lügt um drei. Die Geometrie täuscht, allein der Wirbelsturm ist wahr. Und eben das gibt Folard das Recht, Polybins zu widersprechen. Fügen wir noch hinzu, daß zu einem bestimmten Zeitpunkt die Schlacht stets in Schlägerei ausartet, sich absondert und in zahllose Einzelhandlungen zerfällt, die, um uns der Worte Napoleons selbst zu bedienen, »mehr zur Biographie der Regimenter gehören als zur Geschichte der Armee«. In diesem Fall darf der Historiker natürlich zusammenfassen. Er kann nur die groben Umrisse des Kampfes erkennen, und keinem Erzähler, so gewissenhaft er auch sein mag, ist es gegeben, die Form dieser fürchterlichen Wolke, die man eine Schlacht nennt, ganz zu bestimmen.

Das ist die Wahrheit aller großen, bewaffneten Zusammenstöße, und sie gilt vornehmlich für Waterloo.

Dennoch nahm am Nachmittag, in einem gewissen Augenblick, die Schlacht festere Gestalt an.

Vier Uhr nachmittags

Gegen vier Uhr war die Lage der englischen Armee kritisch. Der Prinz von Oranien befehligte das Zentrum, Hill den rechten Flügel und Picton den linken. Verzweifelt, doch furchtlos rief der Prinz von Oranien den Holländern und Belgiern zu: »Nassau! Braunschweig! Niemals zurück!« Hill lehnte sich geschwächt an Wellington, Picton war tot. In dem gleichen Augenblick, in dem die Engländer den Franzosen die Fahne des 105. Linienregiments entrissen, hatte General Picton eine Kugel in den Kopf getroffen. Wellington stützte sich in der Schlacht auf zwei Punkte, auf Hougomont und La-Haye-Sainte. Hougomont hielt noch stand, doch es brannte. La-Haye-Sainte war genommen. Von dem deutschen Bataillon, das die Meierei verteidigte, überlebten nur zweiundvierzig Mann; alle Offiziere, bis auf fünf, waren tot oder gefangengenommen. Dreitausend Kämpfer hatten sich in dieser Scheune niedergemacht. Ein britischer Gardesergeant, Englands bester Boxer, der bei seinen Kameraden als unverwundbar galt, wurde hier von einem kleinen französischen Trommler getutet. Baring war aus seiner Stellung vertrieben, Alten niedergesäbelt worden. Mehrere Fahnen gingen verloren, eine davon gehörte der Division Alten, eine andere dem Lüneburger Bataillon, die ein Prinz aus dem Geschlecht derer von Zweibrücken getragen hatte. Die grauen Schotten gab es nicht mehr, Ponsonbys schwere Dragoner wurden fast völlig aufgerieben. Diese tapfere Reiterei war vor Bros Ulanen und den Kürassieren von Travers zurückgewichen. Von zwölfhundert Pferden blieben nur sechshundert übrig, von drei Oberstleutnanten hatten zwei den Tod gefunden. Hamilton war verwundet, Mater tot. Ponsonby fiel, von sieben Lanzenstichen durchbohrt. Gordon war tot, Marsh war tot. Zwei Divisionen, die fünfte und die sechste, waren vernichtet.

Als die Franzosen eine Bresche in Hougomont geschlagen und La-Haye-Sainte genommen hatten, gab es nur noch eine Schwierigkeit, das Zentrum. Dieses Zentrum wich noch immer nicht. Wellington verstärkte es. Dahin rief er Hill, der bei Merbe-Braine stand, dahin rief er Chassé, der bei Braine-l'Alleud stand.

Das Zentrum der englischen Armee, etwas nach innen gebogen, sehr dicht und sehr kompakt gestaffelt, war ausgezeichnet plaziert. Es hielt die Hochfläche von Mont-Saint Jean besetzt, hatte hinter sich das Dorf, vor sich den seinerzeit ziemlich steilen Abhang und lehnte sich an jenes feste Steinhaus, das damals zur Domäne von Nivelles gehörte und an der Kreuzung steht, ein so massiver Klotz aus dem sechzehnten Jahrhundert, daß die Kanonenkugeln davon abprallten, ohne es in seinen Grundfesten zu erschüttern. Rings um das Plateau hatten die Engländer hier und da die Hecken ausgelichtet, Schießscharten in den Weißdorn geschnitten, die Mündung eines Geschützes zwischen zwei Äste geschoben und das Gebüsch kreneliert. Ihre Artillerie lag unter dem Gestrüpp im Hinterhalt. Vom Krieg, der die Falle gelten läßt, unbestreitbar erlaubt, war dieses punische Werk so gut gelungen, daß Haxo, den der Kaiser um neun Uhr vormittags losgeschickt hatte, um die feindlichen Batterien zu erkunden, nichts davon sah und bei seiner Rückkehr Napoleon meldete, daß es kein Hindernis gäbe, außer den beiden Verhauen, die die Straßen nach Nivelles und Genappe versperrten. Es war die Zeit kurz vor der Getreideernte. Am Rande des Plateaus lag im hohen Korn ein mit Stutzen bewaffnetes Bataillon von der Brigade Kempt, das 95.

So abgesichert und gestützt, hatte das Zentrum der britisch-holländischen Armee eine gute Stellung bezogen.

Gefährlich war nur der Wald von Soignes mit den Teichen von Groenendael und Boitsfort, der damals an das Schlachtfeld angrenzte. Eine Armee hätte dahin nicht ausweichen können, ohne sich aufzulösen. Die Regimenter wären sofort auseinandergelaufen und die Artillerie im Morast verloren gewesen. Der Rückzug in diese Richtung wäre nach Meinung etlicher Sachverständiger, von anderen freilich wieder bestritten, in Panik ausgeartet.

Wellington verstärkte dieses Zentrum durch eine Brigade von Chassé, die er vom rechten Flügel abzog, und eine Brigade von Wincke, die er aus dem linken Flügel herausnahm, zuzüglich der Division Clinton. Seinen Engländern, den Regimentern von Halkett, der Brigade Mitchell und Maitlands Garde, gab er als Brustwehr und Stütze die Braunschweiger Infanterie, das Truppenkontingent aus Nassau, die Hannoveraner von Kielmansegge und die Deutschen von Ompteda. Das vereinte sechsundzwanzig Bataillone in seiner Hand. »Der linke Flügel wurde«, wie Charras schreibt, »hinter das Zentrum zurückgenommen.« Eine ungeheure, durch Sandsäcke verdeckte Batterie befand sich an der Stelle, wo heute das sogenannte »Museum von Waterloo« steht. Außerdem hielt Wellington in einer Geländefalte die Gardedragoner von Somerset bereit, vierzehnhundert Pferde. Es war die andere Hälfte jener britischen, mit Recht so berühmten Kavallerie. War auch Ponsonby vernichtet, so blieb immer noch Somerset.

Die Batterie, die, vollendet, fast eine Schanze gewesen wäre, lag hinter einer sehr niedrigen Gartenmauer in Stellung. In aller Eile hatte man sie mit Sandsäcken und einem breiten, abgeschrägten Erdwall verkleidet. Dieses Werk war nicht fertig geworden, die Zeit hatte gefehlt, es mit Schanzpfählen zu umgeben.

Etwas vor der alten Mühle von Mont-Saint Jean, die heute noch steht, saß Wellington, besorgt, doch felsenfest, zu Pferde und harrte darauf den ganzen Tag in der gleichen Haltung unter einer Rüster aus, die inzwischen ein Engländer, ein begeisterter Vandale, für zweihundert Francs gekauft, zersägt und mitgenommen hat. Wellington war kühl heldenmütig zugegen. Es regnete Kanonenkugeln. Eben war der Generaladjutant Gordon neben ihm gefallen. Lord Hill, der ihm eine explodierende Granate zeigte, fragte ihn: »Mylord, Sie lassen sich töten, wie lauten Ihre Instruktionen und Befehle für diesen Fall?« – »Es ebenso zu machen wie ich«, antwortete Wellington. Zu Clinton sagte er kurz und bündig: »Hier wird bis zum letzten Mann ausgehalten.« Offenbar endete der Tag schlecht. Wellington rief seinen alten Kameraden von Talavera, Vittoria und Salamanca zu: »Boys (Jungs), bange machen gilt nicht! Denkt an das alte England!«

Gegen vier Uhr wich die englische Linie. Plötzlich waren auf dem Kamm des Plateaus nur noch Artillerie und Schützen zu sehen, der Rest verschwand. Die Regimenter, von den französischen Granaten und Kanonenkugeln vertrieben, sammelten sich in dem Talgrund, den noch heute der Wirtschaftsweg der Meierei Mont-Saint Jean durchquert. Eine rückläufige Bewegung er folgte, die englische Schlachtfront stahl sich weg. Wellington räumte das Feld. »Beginn des Rückzugs!« rief Napoleon.

Napoleon bei guter Laune

Der Kaiser, obwohl krank und zu Pferde von Schmerzen geplagt, war nie so gutgelaunt wie an jenem Tag. Seit dem frühen Morgen lächelte er in seiner Undurchdringlichkeit. Diese tiefgründige, unter Marmor verborgene Seele strahlte am 18. Juni 1815 verblendet. Der Mann, bei Austerlitz so düster, war heiter bei Waterloo. Die größten Auserwählten machen solchen Unsinn. Unsere Freuden sind Schein. Das letzte Lächeln steht Gott zu.

Ridet Caesar, Pompeius flebit, sagten die Legionäre der Legion Fulminatrix. Pompejus sollte diesmal nicht weinen, doch fest steht, daß Cäsar lachte.

Bereits am Vorabend, um ein Uhr nachts, als er mit Bertrand zu Pferde im Gewitterregen die Hügel bei Rossomme erkundete und zufrieden die lange Kette der englischen Lagerfeuer sah, die den ganzen Horizont von Frischermont bis Braine-l'Alleud erhellten, gewann er den Eindruck, daß die Bestimmung, von ihm zum festgesetzten Tag diesem Feld von Waterloo zugewiesen, richtig war. Er brachte sein Pferd zum Stehen und verharrte eine Zeitlang reglos. Während er nach den Blitzen schaute und auf den Donner horchte, sprach dieser Fatalist die geheimnisvollen Worte in die Dunkelheit: »Wir sind einverstanden.« Napoleon irrte sich. Sie waren nicht mehr einverstanden.

Er hatte sich keine Ruhe gegönnt, jeder Augenblick in jener Nacht brachte ihm eine freudige Erregung. Er ritt die ganze Linie der Vorpostenkompanie ab, hielt hier und da an, um mit den Vedetten zu sprechen. Halb drei hörte er nahe beim Gehölz von Hougomont das Geräusch einer marschierenden Kolonne. Einen Augenblick lang glaubte er an Wellingtons Rückzug und sagte zu Bertrand: »Die englische Nachhut setzt sich in Bewegung und zieht ab. Die sechstausend Briten, die eben in Ostende eingetroffen sind, nehme ich gefangen.« Er plauderte in einem Bedürfnis, sich mitzuteilen, und war wieder voller Schwung wie bei der Landung am 1. März, als er dem Großmarschall den begeisterten Bauern in der Bucht von Juan zeigte und rief: »Wohlan, Bertrand, da ist bereits Verstärkung!« In der Nacht vom 17. zum 18. Juni machte sich Napoleon über Wellington lustig: »Dieser kleine Engländer braucht eine Lehre.« Der Regen nahm zu, und es donnerte, während der Kaiser sprach.

Um halb vier Uhr morgens wurde ihm eine Illusion genommen. Auf Erkundung ausgesandte Offiziere hatten ihm gemeldet, daß der Feind keine Bewegung ausführte. Nichts rührte sich, kein Biwakfeuer war erloschen. Die britische Armee schlief. Die Erde lag in tiefer Ruhe, nur am Himmel krachte es. Um vier Uhr brachten ihm die Kundschafter einen Bauern, der einer englischen Kavalleriebrigade, wahrscheinlich der Brigade Vivian, als Führer gedient hatte, die im Dorf Ohain Stellung am äußersten linken Flügel beziehen sollte. Um fünf berichteten ihm zwei belgische Deserteure, sie hätten eben ihr Regiment verlassen und die englische Armee warte ungeduldig auf die Schlacht. »Um so besser!« rief Napoleon. »Noch lieber überrenne ich sie, als daß ich sie zurückdränge.«

Am Morgen stieg er auf der verschlammten Böschung am Weg nach Plancenoit vom Pferd und ließ sich aus der Meierei von Rossomme einen Küchentisch und einen Bauernstuhl bringen. Mit einem Bund Stroh als Teppich unter den Füßen setzte er sich und breitete die Karte vom Schlachtfeld auf dem Tisch aus, dabei sagte er zu Soult: »Hübsches Schachbrett!«

Infolge der nächtlichen Regenfälle waren die Wagenkolonnen mit dem Proviant auf unbefahrbaren Straßen steckengeblieben und am Morgen noch nicht eingetroffen. Die Mannschaften hatten nicht geschlafen, waren durchnäßt und nüchtern. Das hinderte Napoleon nicht, Ney fröhlich zuzurufen: »Es steht neunzig zu eins für uns.« Um acht Uhr wurde das Frühstück für den Kaiser aufgetragen. Er hatte mehrere Generäle dazu eingeladen. Während des Frühstücks wurde erzählt, Wellington sei zwei Abende zuvor in Brüssel zum Ball der Herzogin von Richmond gegangen, und Soult, der rauhe Krieger mit dem Gesicht eines Erzbischofs, meinte: »Der Ball findet heute statt.« Der Kaiser zog Ney auf, weil er gesagt hatte: »Wellington wird nicht so dumm sein, Ihre Majestät zu erwarten.« Übrigens war das so seine Art. »Er scherzte gern«, äußert sich Fleury de Chaboulon über ihn. »Das Wesen seines Charakters bestand in einem unbeschwerten Humor«, schreibt Gourgaud. Und Benjamin Constant findet: »Er war stets zu Späßen aufgelegt, mehr bizarr als geistreich.« Diese ausgelassenen Stimmungen eines Riesen sind es wert, hervorgehoben zu werden. Er nannte seine Grenadiere »alte Haudegen«, zupfte sie am Ohr und zog ihnen den Schnurrbart lang. »Der Kaiser trieb nur Schabernack mit uns«, sagte einer von ihnen. Während der geheimnisvollen Überfahrt von der Insel Elba nach Frankreich begegnete die französische Kriegsbrigg »Zéphir« am 27. Februar auf hoher See der Brigg »Inconstant«, auf der sich Napoleon verborgen hielt, und erkundigte sich bei der »Inconstant« nach Napoleon. Der Kaiser, der an seinem Hut noch die weiße und amarantfarbene, mit Bienen übersäte Kokarde trug, für die er sich auf der Insel Elba entschieden hatte, nahm lachend das Sprachrohr und antwortete selbst:

»Dem Kaiser geht es gut.« Wer so lacht, ist mit den Ereignissen vertraut. Während des Frühstücks von Waterloo brach Napoleon mehrmals in dieses Gelächter aus. Nach dem Morgenimbiß dachte er eine Viertelstunde ruhig nach, dann setzten sich zwei Generale auf das Stroh, eine Feder in der Hand, ein Blatt Papier auf dem Knie, und der Kaiser diktierte ihnen die Truppengliederung.

Um neun Uhr, als sich, in fünf Kolonnen gestaffelt, die Artillerie zwischen den Brigaden, an der Spitze das Musikkorps, den Präsentiermarsch schlagend, die französische Armee mit Trommelwirbeln und Trompetensignalen mächtig, weit und fröhlich entfaltet hatte und die Divisionen in zwei Linien aufmarschiert waren, rief bewegt der Kaiser beim Anblick dieses Meeres von Helmen, Säbeln und Bajonetten bis hin zum Horizont zweimal nacheinander; »Herrlich! Herrlich!«

Von neun bis halb elf hatte die gesamte Armee, was unglaublich scheint, Stellung bezogen und sich in sechs Linien aufgestellt. Sie bildete, um mit dem Kaiser zu sprechen, »ein sechsfaches V«. Wenige Augenblicke nach der Aufstellung der Schlachtfront, als der Kaiser inmitten dieser tiefen Stille vor dem Sturm, die einem Getümmel stets vorausgeht, die drei auf seinen Befehl aus den drei Korps von d'Erlon, Reille und Lobau abkommandierten Zwölfpfünder-Batterien vorbeifahren sah – sie sollten die Schlacht mit dem Beschuß von Mont-Saint Jean beginnen, dort, wo sich die Straßen nach Nivelles und Genappe kreuzen –, schlug er Haxo mit den Worten auf die Schulter: »Vierundzwanzig schöne Mädchen, General.«

Des Ausgangs gewiß, ermutigte er mit einem Lächeln die Pionierkompanie des ersten Korps bei ihrem Vorbeimarsch. Sie sollte sich in Mont-Saint Jean verbarrikadieren, sobald das Dorf erstürmt war. In all dieser Heiterkeit fiel nur ein Wort des hochmütigen Mitleids. Als er zu seiner Linken sah, wie sich an einer Stelle, an der sich heute ein großes Grab befindet, jene prächtigen grauen Schotten mit ihren herrlichen Pferden formierten, da sagte er: »Schade drum.«

Dann war er aufs Pferd gestiegen, bis vor Rossomme geritten und hatte als Beobachtungsstand einen schmalen Rasenhügel auf der rechten Seite der Straße von Genappe nach Brüssel gewählt. Das war sein zweiter Standort während der Schlacht. Der dritte zwischen Belle-Alliance und La-Haye-Sainte, der von 7 Uhr abends an, muß fürchterlich gewesen sein. Es war eine ziemlich steile Anhöhe, die es heute noch gibt und hinter der die Garde in einer Senke der Ebene Aufstellung genommen hatte. Rings um diesen Hügel schlugen die vom Chausseepflaster abprallenden Kanonenkugeln ein, bis hin zu Napoleon. Wie bei Brienne pfiffen ihm die Kugeln und Kartätschengeschosse um den Kopf. Fast an der gleichen Stelle, an der die Hufe seines Pferdes gestanden hatten, wurden brüchige Kanonenkugeln, alte Säbelklingen und unförmige, vom Rost zerfressene Geschosse aufgelesen. *Scabra rubigine.* Vor ein paar Jahren grub man hier eine sechzig Pfund schwere Granate mit ihrer Sprengladung aus, der Zünder war unmittelbar an der Bombe abgebrochen. An diesem letzten Standort sagte der Kaiser zu seinem Führer Lacoste, einem feindseligen, verstörten Bauern, der, an den Sattel eines Husaren angebunden, sich bei jeder Kartätschenladung umdrehte und hinter ihm verstecken wollte: »Dummkopf! Das ist schimpflich, du wirst dich durch eine Kugel in den Rücken töten lassen.« Der Schreiber dieser Zeilen hat selbst am bröckelnden Hang des Hügels im Sand gewühlt, dabei fand er die Überreste der Brandröhre einer Bombe, der Grünspan von sechsundvierzig Jahren hatte sie zersetzt, und zwei alte Eisenstücke, die wie Holunderstöckchen zwischen seinen Fingern zerbrachen.

Die Wellenlinien der verschieden geneigten Ebenen, auf denen die Begegnung Napoleons und Wellingtons stattfand, sind, das ist allgemein bekannt, nicht mehr dieselben wie am 18. Juni 1815. Indem man diesem Feld des Todes, um ihm ein Denkmal zu errichten, sein bisheriges Bild nahm, hat man ihm sein wirkliches Relief genommen, und die davon verwirrte Geschichte kennt sich nicht mehr aus. Um seinen Ruhm zu verewigen, hat man es entstellt. Als Wellington zwei Jahre später Waterloo wiedersah, rief er: »Man hat mir mein Schlachtfeld verändert.« Da, wo heute die große, von dem Löwen überragte Erdpyramide steht, war ein Kamm, der zur Straße nach Nivelles hin sich als leicht betretbare Rampe senkte, aber auf der Seite der Chaussee nach Genappe fast steil abfiel. Wie schroff diese steile Böschung war, läßt sich noch heute an der Höhe der Erdhügel der beiden großen Gräber ermessen, die die Straße von Genappe nach Brüssel eindämmen; des englischen Grabes links, des deutschen Grabes rechts. Ein französisches Grab gibt es nicht. Für Frankreich ist die ganze Ebene ein Grab. Dank den tausend und aber tausend Karren Erde, die für den hundertundfünfzig Fuß hohen Denkmalshügel mit seinem Umfang von fünfhundert Fuß verwendet worden sind, ist heute die Hochfläche von Mont-Saint Jean in sanfter Steigung zugänglich. Am Tage der Schlacht war sie, besonders auf der Seite von La-Haye-Sainte, rauh und schwer zu erklimmen. Der Abhang war so jäh, daß die englischen Kanonen unter sich nicht den Gutshof sahen, der im Tal lag, dem Zentrum des Kampfes. Am 18. Juni 1815 hatte der Regen diesen Hang noch ausgewaschen, der Schlamm machte den Anstieg noch mühsamer, man kletterte nicht nur, man geriet in Morast. Den Kamm der Hochfläche entlang lief ein Graben, der für einen entfernten Beobachter unmöglich zu erraten war.

Was war mit diesem Graben? Wir wollen es schildern. Braine-l'Alleud ist ein Dorf in Belgien, Ohain ein anderes. Zwischen diesen Dörfern, die beide in Bodenkrümmungen verborgen sind, zieht sich ein Weg von anderthalb Meilen hin, der eine Ebene von ungleichem Niveau durchquert. Oft dringt er, eng wie eine Furche, in Hügel ein, so daß die Straße an manchen Stellen zur Schlucht wird. Im Jahre 1815 zerschnitt diese Straße wie heute den Kamm der Hochfläche von Mont-Saint Jean zwischen den beiden Chausseen nach Genappe und Nivelles. Nur liegt sie heute auf gleicher Höhe mit der Ebene; damals war sie ein Hohlweg. Man hat ihr für den Denkmalshügel ihre beiden Böschungen genommen. Die Straße war und ist noch auf dem größten Teil der Strecke ein Laufgraben. Bisweilen mit einer Höhlung von etwa einem Dutzend Fuß. Die zu abschüssigen Böschungen stürzten mitunter, zumal im Winter, durch den strömenden Regen ein. Es kam zu Unfällen. Am Eingang von Braine-l'Alleud war die Straße so verengt, daß ein Passant von einem Fuhrwerk zerquetscht wurde, wie ein steinernes Kreuz nahe dem Friedhof vermeldet. Der Name des Toten war Bernard Debrye, Kaufmann zu Brüssel, und der Unfall ereignete sich im Februar 1637.* Auf der Hochfläche von Mont-Saint Jean lag die Straße so tief, daß dort im Jahre 1783 ein Bauer, Mathieu Nicaise, durch einen Erdrutsch vom Hang herab zermalmt wurde, wie ein weiteres Steinkreuz meldete. Sein Giebel verschwand bei den Rodungsarbeiten, aber der umgestürzte Sockel ist heute noch auf der rasenbewachsenen Böschung links der Chaussee zwischen La-Haye-Sainte und der Meierei von Mont-Saint Jean zu sehen.

Bei einer Schlacht mußte dieser Hohlweg, der, ohne daß etwas auf ihn hinwies, den Kamm von Mont-Saint Jean begrenzte, dieser Graben auf dem Gipfel der Steilböschung, diese im Gelände verborgene Erdrinne, da sie unsichtbar war, schrecklich werden.

Der Kaiser stellt dem Führer Lacoste eine Frage

Am Morgen von Waterloo war Napoleon zufrieden. Er hatte recht: Der von ihm entworfene Schlachtplan war in der Tat bewundernswert.

Als die Schlacht einmal begonnen hatte, kam es zu sehr unterschiedlichen Höhepunkten. Der Widerstand von Hougomont, die hartnäckig verteidigte Meierei La-Haye-Sainte, Bauduin getötet, Foy außer Gefecht gesetzt, die unerwartete Mauer, an der die Brigade Soye verblutet war, der verhängnisvolle Leichtsinn Guilleminots, der weder Petarden noch Pulversäcke mitgeführt hatte, die im Morast steckengebliebenen Batterien, die fünfzehn Geschütze ohne Bedeckung, die Uxbridge in einem Hohlweg überrannt hatte, die geringe Wirkung der Bomben, die in die englischen Linien fielen,

* Die Inschrift lautet: Im Herrn ruht Herr Bernard de Brye, Kaufmann zu Brüssel, tragisch unter einem Fuhrwerk am [unleserlich] Februar 1637 zu Tode gekommen.

sich in den vom Regen aufgeweichten Boden wühlten und nur Schlamm hochschleuderten, so daß der eiserne Hagel zur Dreckspritzerei wurde, Pirés mißglückter Scheinangriff auf Braine-l'Alleud, all die Kavallerie, fünfzehn Schwadronen, fast völlig vernichtet, der rechte englische Flügel kaum behelligt, der schlecht eröffnete Angriff auf den linken Flügel, das eigenartige Mißverständnis Neys, der die vier Divisionen des ersten Korps, anstatt sie zu staffeln, siebenundzwanzig Glieder tief und in Fronten von zweihundert Mann antreten ließ und sie so den Kartätschenladungen aussetzte, das schreckliche Loch, das die Kanonenkugeln in jene dicht geschlossenen Kolonnen rissen, die Angriffsmassen getrennt, die plötzlich schräg in ihre Flanke schießende Batterie, Bourgeois, Donzelot und Durutte gefährdet, Quiot zurückgedrängt, Oberleutnant Vieux, dieser Herkules von der polytechnischen Schule, in dem Augenblick verwundet, in dem er im abwärts gerichteten Feuer der englischen Barrikade an der Biegung der Straße von Genappe nach Brüssel mit der Axt das Tor von La-Haye-Sainte einschlug, die Division Marcognet zwischen Infanterie und Kavallerie geraten, in den Kornfeldern aus nächster Nähe von Best und Pack beschossen, von Ponsonby niedergesäbelt, ihre aus sieben Geschützen bestehende Batterie vernagelt, der Prinz von Sachsen-Weimar, der Frischermont und Smohain gegen den Grafen d'Erlon behauptete und hielt, die Fahne des 105. verloren, die Fahne des 45. verloren, jener preußische schwarze Husar, den die zwischen Wavern und Plancenoit umherstreifenden Kundschafter des dreihundert Jäger starken fliegenden Korps aufgegriffen hatten, die beunruhigenden Aussagen dieses Gefangenen, Grouchys Verspätung, die in einer knappen Stunde im Obstgarten von Hougomont getöteten fünfzehnhundert Mann, die in noch kürzerer Zeit rings um La-Haye-Sainte niedergemachten achtzehnhundert Mann – all die stürmischen Zwischenfälle, die wie die drohenden Wolken der Schlacht an Napoleon vorüberzogen, hatten kaum seinen Blick getrübt und diesem kaiserlichen Antlitz nichts von seiner Zuversicht genommen. Napoleon war gewohnt, dem Krieg fest in die Augen zu sehen. Nie nahm er, Ziffer um Ziffer, die beklemmende Addition der Einzelheiten vor. Die Zahlen bedeuteten ihm wenig, sie brauchten nur die Gesamtsumme zu ergeben: den Sieg. Wenn zu Beginn auch die Rechnung abirrte, ihn erregte das nicht, ihn, der Herr und Besitzer des Endes zu sein glaubte. Er wußte zu warten, da er wähnte, der Sieg stehe außer Frage, und er behandelte das Schicksal als Ebenbürtiger. Er schien es zu verwarnen: Du wirst dich nicht unterstehen!

Halb Licht und halb Dunkelheit, fühlte Napoleon sich im Guten geschützt und geduldet im Bösen. Er hatte für sich, zumindest empfand er es so, eine Gewogenheit, man könnte fast sagen, eine Mittäterschaft der Ereignisse, die der Unverwundbarkeit der Antike glich. Und dennoch muß wohl, wer die Beresina, Leipzig und Fontainebleau hinter sich hat, Waterloo mißtrauen. In der Tiefe des Himmels wird ein geheimnisvolles Runzeln der Brauen sichtbar.

In dem Moment, in dem Wellington zurückging, erzitterte Napoleon. Er sah die Hochfläche von Mont-Saint Jean jählings veröden und die Front des englischen Heeres verschwinden. Sie zog sich wieder zusammen, aber sie wich. Der Kaiser hob sich im Steigbügel. Der Blitz des Sieges erstrahlte in seinen Augen. Wurde Wellington an den Wald von Soignes herangetrieben und vernichtet, so hieß das auf immer Zerschmetterung Englands durch Frankreich. Es war die Rache für Crécy, Poitiers, Malplaquet und Ramillies. Der Mann von Marengo löschte Azincourt.

Dann ließ der Kaiser, der über die furchtbare Peripetie nachsann, zum letztenmal sein Fernglas alle Punkte des Schlachtgebietes abwandern. Seine Garde, die Gewehr bei Fuß hinter ihm aufmarschiert war. beobachtete ihn von drunten mit einer Art von Religion. Er dachte nach, er prüfte die Abhänge, notierte die Neigung der Höhen, erforschte die Baumgruppen, die quadratischen Roggenfelder, die Pfade; jeden Busch schien er zu zählen. Starr betrachtete er die englischen Barrikaden an beiden Chausseen, zwei breite Verhaue: die an der Chaussee nach Genappe, über La-Haye-Sainte, die mit zwei Kanonen bewaffnet war, den einzigen der ganzen englischen Artillerie, die das eigentliche Schlachtfeld sahen; und die an der Chaussee nach Nivelles, wo die holländischen Bajonette der Brigade Chassé funkelten. Er bemerkte neben dieser Barrikade die alte, weißgetünchte Kapelle von Saint-Nicolas im Winkel des Querwegs nach Braine-l'Alleud. Er beugte sich herab und sprach, die Stimme dämpfend, mit dem Führer Lacoste. Der Führer gab mit dem Kopf ein Zeichen. Er verneinte, wohl aus Hinterlist.

Der Kaiser richtete sich wieder auf und ordnete seine Gedanken. Wellington war zurückgewichen. Ihm blieb nur übrig, dieses Ausweichen dadurch zu vollenden, daß er ihn zermalmte. Napoleon wandte sich plötzlich um und entsandte eine Stafette, die im Eiltempo nach Paris reiten und dort verkünden sollte, die Schlacht sei gewonnen.

Napoleon war eines jener Genies, von denen Donner ausgeht. Soeben hatte ihn der Blitz getroffen, der ihn fällen sollte. Er befahl den Kürassieren von Milhaud, die Hochfläche von Mont-Saint-Jean zu nehmen.

Das Unerwartete

Sie waren dreitausendfünfhundert und bildeten eine Front von der Länge einer Viertelmeile. Riesige Männer auf kolossalen Pferden. Sie umfaßten sechsundzwanzig Schwadronen, und hinter sich hatten sie als Stütze die Division Lefebvre-Desnouettes, die hundertundsechs Elitegendarmen, die Gardejäger, elfhundertundsiebenundneunzig Mann, und die Garde-Lanciers, achthundertundachtzig Lanzen. Sie trugen Helme ohne Roßschweif, Kürasse von Eisenblech, Sattelpistolen in den Halftern und Pallasche. Am Morgen hatte die gesamte Armee sie bestaunt, als sie um neun Uhr kamen, mit Hörnerschall, unter der von allen Musikern geblasenen Melodie der »Wacht für des Kaisers Reich«, in dichter Kolonne. Eine ihrer Batterien an ihrer Flanke, die andere in ihrer Mitte, entfalteten sie sich in zwei Gliedern zwischen der Chaussee nach Genappe und Frischermont. Sie bezogen ihren Platz für die Schlacht in der mächtigen zweiten Linie, die, so kunstvoll durch Napoleon aufgestellt, sozusagen zwei eiserne

Flügel hatte. An ihrer äußersten Linken standen die Kürassiere von Kellermann, an ihrer äußersten Rechten die von Milhaud.

Der Generaladjutant Bernard überbrachte ihnen den Befehl des Kaisers. Ney zog den Säbel und setzte sich an ihre Spitze. Die ungeheuren Schwadronen trabten los.

Man sah ein furchtbares Schauspiel. Diese ganze Reiterei stieg, die Säbel geschwungen, Standarten und Trompeten im Wind, nach Divisionen eingeteilt, in derselben Bewegung und wie ein einziger Mann, mit der Präzision eines ehernen Sturmbocks, der eine Bresche stößt, den Hügel von Belle-Alliance hinab. Sie senkte sich in die schreckliche Mulde nieder, in der schon so viele Menschen gefallen waren, verschwand dort im Rauch, dann entstieg sie dem Schatten und erschien wieder jenseits des Tales, immer gedrängt, zusammengepreßt. Im Trab erklomm sie, durch eine Wolke über ihr krepierender Kartätschengeschosse hindurch, den entsetzlichen, verschlammten Hang der Hochfläche von Mont-Saint Jean. Sie erklomm ihn, ernst, drohend, unerschütterlich. In den Pausen zwischen Gewehr- und Artilleriesalven hörte man dieses dumpf brausende Gestampf. Da sie zwei Divisionen stark waren, waren sie zwei Kolonnen. Die Division Wathier ritt rechts, die Division Delord links. Aus der Ferne glaubte man zwei stählerne Schlangenungetüme zu sehen, die sich auf den Kamm der Hochfläche zuwälzten. Das Schauspiel durchzuckte die Schlacht wie ein Wunder.

Nichts Ähnliches hatte man seit der Einnahme der großen Schanze an der Moskwa durch die schwere Kavallerie erblickt. Murat fehlte nun, aber Ney fand man wieder. Es schien, als sei diese Masse ein Fabelgeschöpf und habe nur eine einzige Seele. Jede Schwadron wellte sich und schwoll wie ein Ring des Polypen. Man gewahrte sie durch einen weiten Nebelrauch, der hier und da aufriß. Ein Gewirr von Helmen, von Schreien, von Säbeln, ein wildes Aufspringen von Pferdekruppen zwischen Kanonen und Fanfaren, ein disziplinierter und fürchterlicher Tumult. Darüber die Kürasse, wie Schuppen der Hydra.

Solche Berichte muten an, als kämen sie aus einem anderen Zeitalter. Etwas, was dieser Vision gleicht, erschien zweifellos in den alten orphischen Epopöen, die von den Männern mit Roßleibern erzählten, von den Pferdemenschen der Antike, den Titanen mit menschlichem Antlitz und Pferdebrust, die im Galopp den Olymp erkletterten, grauenhaft, unverletzlich, erhaben, Götter und Tiere.

Bizarre Übereinstimmung der Zahl: Sechsundzwanzig Bataillone sollten diese sechsundzwanzig Schwadronen empfangen. Hinter dem Kamm der Hochfläche, im Schatten der verdeckten Batterie, harrte das englische Fußvolk, zu dreizehn Karrees formiert, zwei Bataillone jedes Karree und in zwei Linien, sieben in der ersten, sechs in der zweiten. Die Kolben an der Schulter, zielend auf das, was da herankam, harrte es, ruhig, stumm, regungslos. Die englische Infanterie sah die Kürassiere nicht, und die Kürassiere sahen sie nicht. Sie hörte die Menschenflut steigen. Sie horchte auf den anwachsenden Lärm der dreitausend Pferde, das abwechselnde, symmetrische Klappern der trabenden Hufe, das Rasseln der Kürasse, das Klirren der Säbel und auf etwas, was wie ein großes, unbändiges Gekeuch war. Ein furchtbares Schweigen entstand. Dann, plötzlich, erschien eine lange Reihe gehobener, Säbel schwingender Arme über dem Kamm, man sah Helme, Trompeten, Standarten, und dreitausend Köpfe mit grauen Schnurrbärten schrien: »Es lebe der Kaiser!« Die ganze Reiterei ergoß sich über die Hochfläche, und es war wie der Ausbruch eines Erdbebens.

Mit einemmal bäumte sich in tragischer Wendung auf der Linken der Engländer, auf unserer Rechten, grauenhaft brüllend, die Spitze der Kürassierkolonne. Als sie in zügelloser Raserei, besessen von ihrem mörderischen Ritt gegen Karrees und Kanonen, den höchsten Punkt des Kammes erreicht hatten, hatten sie zwischen sich und den Engländern einen Graben entdeckt, eine Grube. Es war der Hohlweg von Ohain.

Diese Minute war furchtbar. Da war die Schlucht, unerwartet, gähnend, senkrecht unter den Füßen der Pferde, zwei Klafter tief zwischen ihrer doppelten Böschung. Das zweite Glied stieß das erste hinein, das dritte das zweite. Die Pferde steilten sich, warfen sich zurück, fielen auf die Kruppe, glitten, alle viere in der Luft, zerstampften ihre Reiter und schleuderten sie ab. Unmöglich zurückzuweichen, die ganze Kolonne war nur noch ein fliegendes Geschoß; die für die Zermalmung der Engländer erworbene Kraft zermalmte die Franzosen, die gnadenlose Schlucht konnte sich nur, wenn sie ausgefüllt war, ergeben; Reiter und Pferde rollten, ein einziges Fleisch, ein blutiger Brei, in diesem Abgrund durcheinander, und erst als die Grube mit lebenden Menschen vollgestopft war, schritt man über sie hinweg, und der Rest kam hinüber.

In diesem Schacht versank fast ein Drittel der Brigade Dubois.

Hier begann der Verlust der Schlacht. Eine örtliche Legende, die sichtlich übertreibt, will wissen, zweitausend Pferde und fünfzehnhundert Mann seien im Hohlweg von Ohain bestattet worden. Diese Ziffer schließt wahrscheinlich alle anderen Leichname ein, die man am Tage nach dem Kampf in die Schlucht warf. Vergessen wir nicht zu erwähnen, daß eben diese so unheilvoll geprüfte Brigade Dubois eine Stunde zuvor in einer Sonderaktion die Fahne des Bataillons Lüneburg genommen hatte.

Bevor Napoleon diesen Angriff von Milhauds Kürassieren befahl, hatte er das Terrain untersucht. Aber den Hohlweg, der nicht einmal eine Falte an der Erdkruste der Hochfläche machte, hatte er nicht sehen können. Da ihm jedoch die kleine weiße Kapelle auffiel und ihm zu denken gab, die den Winkel des Weges mit der Chaussee nach Nivelles kennzeichnet, hatte er, wohl nach der Möglichkeit eines Hindernisses, den Führer Lacoste befragt. Dieser hatte mit Nein geantwortet. Man könnte fast sagen, daß dieses Abwinken eines Bauernkopfes die Katastrophe Napoleons verschuldet hat.

Weitere Schicksalsfügungen sollten noch hinzukommen. Konnte Napoleon diese Schlacht gewinnen? Wir antworten mit Nein. Warum nicht? Wegen Wellington? Wegen Blücher? Nein. Wegen Gott. Bonaparte als Sieger von Waterloo entsprach nicht mehr dem Gesetz des 19. Jahrhunderts. Eine andere Reihe von Ereignissen bahnte sich an, und für Napoleon war darin kein Platz mehr. Der böse Wille der Geschichte hatte sich langfristig angekündigt. Es war Zeit, daß der große Mann fiel.

Der übermäßige Einfluß dieses Mannes auf das Geschick der Menschheit störte das Gleichgewicht. Dieser einzelne zählte allein mehr als das Ganze. Diese Überfülle an menschlicher, in einem einzigen Kopf angesammelter Lebenskraft, die Welt im Hirn eines Mannes, das wurde auf die Dauer eine tödliche Gefahr für die Zivilisation. Der Augenblick des Nachdenkens war für die unbestechliche höchste Gerechtigkeit gekommen. Vermutlich beklagten sich die Prinzipien und Elemente, von denen die unveränderlichen Anziehungskräfte in der geistigen wie in der materiellen Ordnung abhängen. Das rauchende Blut, die brechend vollen Friedhöfe und die weinenden Mütter sind fürchterliche Gründe. Wenn die Leiden der Erde sich mehren, wird im Dunkel ein geheimnisvolles Ächzen laut, das der Abgrund hört.

Napoleon war in der Unendlichkeit angezeigt worden, und sein Sturz wurde beschlossen. Er störte Gott.

Waterloo war keine Schlacht, es war der Frontwechsel des Universums.

Die Hochfläche von Mont-Saint Jean

Gleichzeitig mit der Schlacht hatte sich die Batterie gezeigt.

Sechzig Geschütze und die dreizehn Karrees beschossen die Kürassiere aus nächster Nähe. Furchtlos salutierte General Delord vor der englischen Batterie.

Die gesamte reitende Artillerie der Briten war im Galopp in die Karrees zurückgekehrt. Den Kürassieren blieb nicht einmal eine Verschnaufpause. Die Katastrophe im Hohlweg hatte sie dezimiert, aber nicht entmutigt. Sie gehörten zu jenen Männern, die, wenn sie auch wenig werden, im Herzen über sich hinauswachsen.

Der Schicksalsschlag traf allein die Kolonne Wathier. Delords Kolonne, die Ney links abschwenken ließ, als hätte er die Falle geahnt, kam vollzählig an.

Die Kürassiere stürzten sich auf die englischen Karrees. In gestrecktem Galopp, mit verhängten Zügeln, den Säbel zwischen den Zähnen, die Pistole in der Faust, so wurde die Attacke geritten. In der Schlacht gibt es Augenblicke, in denen die Seele den Menschen so verhärtet, daß sie den Soldaten in eine Statue verwandelt und all das Fleisch zu Granit werden läßt. Die wütend berannten Bataillone der Briten rührten sich nicht. Dann wurde es fürchterlich.

Die englischen Karrees wurden von allen Seiten zugleich angegriffen. Ein wahnsinniger Wirbel umkreiste sie. Diese kühle Infanterie blieb unerschütterlich. Das erste Glied, ein Knie gebeugt, empfing die Kürassiere auf den Bajonetten, das zweite Glied erschoß sie. Hinter dem zweiten Glied luden die Kanoniere die Geschütze, die Front des Karrees öffnete sich, spie einen eisernen Hagel aus und schloß sich wieder. Die Kürassiere antworteten mit Zermalmen. Ihre großen Pferde bäumten sich, übersprangen die Reihen, setzten über die Bajonette hinweg und fielen riesenhaft inmitten dieser vier lebenden Mauern nieder. Die Kanonenkugeln rissen Lücken in die Kürassiere, die Kürassiere schlugen Breschen in die Karrees. Reihenweise wurden die Männer unter den Pferden zerquetscht. Die Bajonette bohrten sich in die Bäuche dieser Kreaturen. Daher die scheußlichen, von anderen Schlachten her unbekannten Wunden. Die von der rasenden Reiterei zernagten Karrees schrumpften zusammen, ohne mit der Wimper zu zucken. Unerschöpflich an Kartätschenladungen, explodierten sie inmitten der Angreifer. Der Kampf zeigte ein ungeheuerliches Gesicht. Diese Karrees waren keine Bataillone mehr, das waren Krater. Diese Kürassiere waren keine Kavallerie mehr, das war ein Sturm. Jedes Karree glich einem Vulkan, den eine Gewitterwolke angriff, die Lava kämpfte gegen den Blitz.

Das letzte Karree auf dem rechten Flügel, am meisten gefährdet, hing in der Luft und wurde schon bei den ersten Zusammenstößen fast völlig aufgerieben. Das 75. Highlanderregiment hatte es gebildet. In der Mitte spielte der Dudelsackpfeifer die Weisen des Gebirges, während man sich um ihn herum niedermachte. Er saß auf einer Trommel, seinen Pibroch unter dem Arm, in tiefer Unachtsamkeit sein melancholisches Auge senkend, in dem sich die Wälder und Seen widerspiegelten. Wie die Griechen an Argos, dachten die Schotten sterbend an Ben Lothian. Der Säbel eines Kürassiers hieb den die Sackpfeife haltenden Arm ab, machte dem Lied ein Ende und tötete den Sänger.

Die nicht allzu zahlreichen Kürassiere, durch die Katastrophe in der Schlucht geschwächt, hatten hier nahezu die gesamte englische Armee gegen sich. Doch sie vervielfachten sich, jeder Mann wog zehn auf. Mittlerweile wankten einige hannöversche Bataillone. Wellington sah es und besann sich auf seine Kavallerie. Wenn Napoleon im gleichen Augenblick an seine Infanterie gedacht hätte, dann hätte er die Schlacht gewonnen. Dieses Versäumnis war sein großer, verhängnisvoller Fehler.

Plötzlich fühlten sich die angreifenden Kürassiere angegriffen. Sie hatten die englische Kavallerie im Rücken. Vor ihnen die Karrees, hinter ihnen Somerset. Somerset, das waren die vierzehnhundert Gardedragoner. Zu seiner Rechten hatte Somerset Dornberg mit der deutschen leichten Reiterei und zu seiner Linken Trip mit den belgischen Karabiniers. Die Kürassiere, in der Flanke, von vorn und hinten, von Infanterie und Kavallerie attakkiert, mußten sich nach allen Seiten hin zur Wehr setzen. Was kümmerte sie das? Sie waren wie ein Wirbelwind. Die Tapferkeit wurde unbeschreiblich.

Außerdem donnerte hinter ihnen noch immer die Batterie. Deshalb wurden diese Männer in den Rücken getroffen. Einer ihrer Harnische, hinten an der linken Schulter von einer Kartätschenkugel durchlöchert, befindet sich in der Sammlung des sogenannten Waterloo-Museums. Für solche Franzosen brauchte es nichts Geringeres als solche Engländer.

Es war kein Getümmel mehr, das war eine Finsternis, eine Raserei, ein schwindelerregendes Aufwallen der Seelen und des Muts, ein Gewitter von Säbelblitzen. Im Handumdrehen zählten die vierzehnhundert Gardedragoner nur noch achthundert. Fuller, ihr Oberstleutnant, sank tot vom Pferd. Ney jagte mit den Ulanen und Jägern von Lefebvre-Desnouettes herbei. Die Hochfläche von Mont-Saint Jean wurde erobert, zurückerobert und wieder erobert. Die Kürassiere lösten sich von der Kavallerie, um sich erneut der Infanterie zuzuwenden, oder besser gesagt, dieses ganze fürchterliche Gewühl schlug sich herum, ohne daß einer den anderen losließ. Nach zwölf Angriffen hielten die Karrees immer noch stand. Vier Pferde wurden unter Ney weggeschossen. Die Hälfte der Kürassiere blieb auf dem Plateau. Dieses Ringen währte zwei Stunden.

Die englische Armee war davon bedenklich ins Wanken geraten. Wenn die Kürassiere bei ihrer ersten Attacke durch die Katastrophe im Hohlweg nicht geschwächt worden wären, hätten sie zweifellos das Zentrum überrannt und den Sieg herbeigeführt. Diese erstaunliche Reiterei versteinerte Clinton, er hatte Talavera und Badajoz mitgemacht. Wellington, fast schon besiegt, bewunderte den Heroismus und sagte leise: »Herrlich!«

Die Kürassiere rieben sieben von dreizehn Karrees völlig auf, eroberten oder vernagelten sechzig Geschütze und entrissen den englischen Regimentern sechs Fahnen, die drei Kürassiere und drei Jäger von der Garde zum Kaiser vor den Meierhof von Belle-Alliance brachten.

Wellingtons Lage hatte sich verschlimmert. Die seltsame Schlacht war wie ein Duell zwischen zwei grimmigen Verwundeten, die alle beide, kämpfend und immer noch Widerstand leistend, ihr ganzes Blut verlieren. Wer fällt als erster?

Der Kampf auf dem Plateau dauerte fort.

Wie weit sind die Kürassiere gekommen? Niemand vermag das zu sagen. Fest steht, daß am Tage nach der Schlacht ein Kürassier und sein Pferd im Gebälk der Brückenwaage von Mont-Saint Jean tot aufgefunden wurden, an der gleichen Stelle, wo sich die vier Straßen nach Nivelles, Genappe, La Hulpe und Brüssel kreuzen. Der Kavallerist war durch die englischen Linien gedrungen. Einer von den Männern, die diesen Leichnam geborgen haben, lebt noch in Mont-Saint Jean. Er heißt Dehaze. Damals war er achtzehn Jahre alt.

Wellington fühlte sich dem Untergang nahe. Der entscheidende Augenblick stand unmittelbar bevor.

Die Kürassiere hatten es nicht geschafft, das Zentrum zu durchbrechen. Jeder und niemand besaß die Hochfläche, doch insgesamt verblieb sie zum größten Teil den Engländern. Wellington hatte das Dorf und die beherrschende Ebene, Ney nur den Kamm und den Abhang. Auf beiden Seiten schien man in diesen unheilvollen Boden verwurzelt.

Aber die Schwächung der Engländer zeigte sich unabänderlich. Der Aderlaß dieser Armee war gräßlich. Auf dem linken Flügel forderte Kempt Verstärkung an. »Es ist keine da«, antwortete Wellington, »soll er sich doch töten lassen!« Fast im gleichen Augenblick, eine seltsame Parallele, die die Erschöpfung der beiden Armeen verdeutlicht, bat Ney Napoleon um Infanterie, und Napoleon rief: »Infanterie! Woher nehmen? Soll ich etwa welche machen?«

Dennoch war es um die englische Armee am schlechtesten bestellt. Das rasende Drängen dieser großartigen, eisengepanzerten Schwadronen mit den stählernen Brüsten hatte die Infanterie zermalmt. Ein paar Mann, um eine Fahne geschart, kennzeichneten den Platz, wo ein Regiment gestanden hatte, und manches Bataillon wurde nur noch von einem Hauptmann oder Oberleutnant befehligt.

Die Division Alten, der schon bei La-Haye-Sainte so übel mitgespielt wurde, war nahezu vollständig vernichtet. Die unerschrockenen Belgier der Brigade Van Kluze lagen in den Roggenfeldern längs der Straße nach Nivelles herum. Fast nichts mehr blieb von jenen holländischen Grenadieren übrig, die 1811 in Spanien in unseren Reihen gegen Wellington gefochten hatten und die 1815, mit den Engländern verbündet, gegen Napoleon kämpften. Die Verluste an Offizieren waren sehr hoch. Lord Uxbridge, der am nächsten Tag sein Bein vergraben ließ, hatte ein zerschmettertes Knie. Wenn auf seiten der Franzosen bei diesem Kampf der Kürassiere Delord, Lhéritier, Colbert, Dnop, Travers und Blancard außer Gefecht gesetzt wurden, so wurden auf seiten der Engländer Alten und Barne verwundet, Delancey, van Merlen und Ompteda getötet, wurde Wellingtons gesamter Stab dezimiert, und England hatte den schlimmsten Anteil in dieser blutigen Bilanz. Das 2. Garderegiment zu Fuß verlor fünf

Oberstleutnante, vier Hauptleute und drei Fähnriche, das 1. Bataillon des 30. Infanterieregiments achtzig Offiziere und zwölfhundert Gemeine. Achtzig Offiziere vom 79. Gebirgsjägerregiment wurden verwundet, achtzehn Offiziere und vierhundertfünfzig Soldaten fielen. Die hannöverschen Husaren von Cumberland, ein ganzes Regiment mit Oberst Hacke an der Spitze, der später abgeurteilt und degradiert werden sollte, kehrten angesichts des Getümmels um und setzten sich, eine wilde Flucht bis Brüssel auslösend, in den Wald von Soignes ab. Der Train, die Pulverkarren, die Bagage, die Munitionswagen voller Verwundeter rasten in den Wald, als die Franzosen Gelände gewannen und näher kamen. Die von der französischen Kavallerie niedergesibelten Holländer schrien: »Zurück!« Nach Aussage von Zeugen, die heute noch leben, stauten sich die Fliehenden auf einer Strecke von nahezu zwei Meilen in Richtung Brüssel, von Vert-Concou bis Groenendael. Die Panik war so groß, daß sie den Prinzen von Condé in Mecheln und Ludwig XVIII. in Gent ansteckte. Bis auf die schwache Reserve, die hinter dem in der Meierei von Mont-Saint Jean eingerichteten Feldlazarett stand, und die Brigaden Vivian und Vandeleur, die den linken Flügel deckten, hatte Wellington keine Kavallerie mehr. Zahlreiche Batterien waren außer Gefecht gesetzt. Und Pringle, der die Katastrophe übertreibt, behauptet gar, die britisch-holländische Armee sei auf vierunddreißigtausend Mann zusammengeschrumpft gewesen. Der eiserne Herzog blieb gelassen, doch seine Lippen waren weiß geworden. Der österreichische Kommissär Vincent und der spanische Bevollmächtigte Alava, die sich während der Schlacht im englischen Stab aufhielten, gaben den Herzog auf. Gegen fünf zog Wellington seine Uhr, und man hörte ihn die trübseligen Worte murmeln: »Ich wollte, es wäre Nacht oder die Preussen kämen!«

Um diese Zeit funkelte eine ferne Reihe von Bajonetten auf den Höhen nach Frischermont hin.

Hier löst sich der Knoten des Riesendramas.

Napoleon hat einen schlechten Führer, Bülow einen guten

Napoleons schmerzlicher Irrtum ist bekannt; Gronchy erwartet und an seiner Statt Blücher, der Tod anstelle des Lebens.

Das Schicksal hat solche Wendungen. Man hoffte auf die Weltherrschaft und erblickt Sankt Helena.

Hätte der kleine Hirtenjunge, der Bülow, Blüchers Stellvertreter, als Führer diente, ersterem geraten, oberhalb Frischermonts aus dem Wald zu kommen, anstatt unterhalb von Plancenoit, das 19. Jahrhundert wäre vielleicht anders verlaufen. Napoleon hätte die Schlacht bei Waterloo gewonnen. Auf jedem anderen Weg als dem unterhalb von Plancenoit wäre die preußische Armee auf eine Schlucht gestoßen, die für die Artillerie ein unüberwindbares Hindernis darstellte, und Bülow wäre nicht eingetroffen.

Nun, eine Stunde Verspätung, der preußische General Muffling bekennt das, und Blücher hätte Wellington nicht mehr stehend angetroffen, »war die Schlacht verloren«.

Wie man sieht, war es an der Zeit, daß Bülow kam. Er hatte sich übrigens sehr verspätet. Nach dem Biwak bei Dion-le-Mont war er bereits im Morgengrauen aufgebrochen. Aber die Wege waren unbefahrbar, und seine Divisionen blieben im Morast stecken. Die Räder der Geschützlafetten sanken bis an die Naben ein. Außerdem mußte er die Dyle auf der schmalen Brücke von Wavern überqueren. Doch die Häuser beiderseits der zur Brücke führenden Straße waren von den Franzosen angezündet worden. Die Munitionswagen für die Artillerie, die nicht zwischen zwei Reihen brennender Häuser durchfahren konnten, mußten warten, bis die Feuersbrunst gelöscht war. Am Mittag hatte Bülows Vorhut noch nicht Chapelle-Saint Lambert erreicht.

Hätte das Treffen zwei Stunden früher begonnen, wäre es um vier Uhr beendet gewesen und Blücher zu einer Schlacht gekommen, die Napoleon gewonnen hatte. So sind diese unbegreiflichen Zufälle, sie richten sich nach einem Unendlichen, das für uns unfaßbar ist.

Schon um zwölf hatte der Kaiser als erster durch sein

Fernrohr ganz weit hinten am Horizont etwas erblickt, was seine Aufmerksamkeit fesselte, und er sagte: »Ich sehe da drüben eine Wolke, allem Anschein nach Truppen.« Dann fragte er den Herzog von Dalmatien: »Soult, was sehen Sie nach Chapelle-Saint Lambert hin?«

Der Marschall schaute durch sein Fernrohr in die angegebene Richtung und antwortete: »Vier- bis fünftausend Mann, Sire. Offenbar Gronchy.« Indessen verharrte das unbeweglich im Dunst. Alle Fernrohre des Stabes suchten sich über »die Wolke«, auf die der Kaiser hingewiesen hatte, Aufschluß zu verschaffen. Einige meinten: »Das sind Kolonnen, die eine Marschpause einlegen.« Die meisten waren der Ansicht, daß es sich nur um Bäume handle. Freilich bewegte sich die Wolke auch nicht. Der Kaiser schickte Domons leichte Kavalleriedivision, diesen dunklen Punkt zu erkunden.

Bülow hatte sich tatsächlich nicht gerührt. Seine Vorhut war sehr schwach und konnte nichts ausrichten. Er mußte auf das Gros des Armeekorps warten, und er hatte zudem Befehl, sich zu sammeln, bevor er in Linie aufmarschierte. Doch um fünf, als Blücher Wellington in Gefahr sah, befahl er Bülow mit dem bemerkenswerten Ausspruch den Angriff: »Der englischen Armee muß Luft verschafft werden.«

Kurz darauf entfalteten sich die Divisionen Losthin, Hiller, Hacke und Ryssel vor Lobaus Korps, brach die Kavallerie des Prinzen Wilhelm von Preußen aus dem Pariser Hölzchen hervor, stand Plancenoit in Flammen und fielen die preußischen Kanonenkugeln bis in die Reihen der Garde hinein, die hinter Napoleon in Reserve stand.

Die Garde

Der Rest ist bekannt: Das Hervorbrechen einer dritten Armee, die Verlagerung der Schlacht, die sechsundachtzig Geschütze, die plötzlich losdonnerten, Pirch als erster mit Bülow hinzukommend, Zietens Reiterei von Blücher persönlich angeführt, die Franzosen zurückgeworfen. Marcognet vom Plateau von Ohain weggefegt, Durutte aus Papelotte vertrieben, Donzelot und Quiot zum Weichen gebracht, Lobau von der Seite her angegriffen, eine zweite Schlacht, die bei Einbruch der Nacht unseren wehrlosen Regimentern aufgezwungen wurde, die ganze englische Linie wieder zum Angriff übergehend und vorrückend, die ungeheure Lücke in der französischen Armee, der Beschuß durch die Engländer und Preußen, die einander beistanden, das Niedermachen, die Katastrophe vorn, die Katastrophe in der Flanke und die Garde, die inmitten jenes entsetzlichen Zusammenbruchs in Linie aufmarschierte.

Sie ahnte, daß sie sterben würde, und rief: »Es lebe der Kaiser!« Die Geschichte kennt nichts Ergreifenderes als diesen in Jubel ausbrechenden Todeskampf.

Der Himmel war den ganzen Tag bedeckt gewesen. Plötzlich, genau in diesem Augenblick, es war acht Uhr abends, zerteilten sich die Wolken am Horizont und ließen unheildrohend durch die Rüstern an der Straße nach Nivelles die große, untergehende rote Sonne scheinen. Bei Austerlitz hatte man sie aufgehen sehen.

Jedes Bataillon der Garde wurde für dieses Ende von einem General befehligt. Friant, Michel, Roguet, Harlet, Mallet und Poret de Morvan waren dabei. Als die hohen Mützen der Gardegrenadiere mit dem breiten Schild und dem Adler darauf, streng in Reih und Glied ausgerichtet, ruhig, imposant, im Qualm des Getümmels auftauchten, verspürte der Feind Ehrfurcht vor Frankreich. Man wähnte, zwanzig Siegesgöttinnen mit ausgebreiteten Flügeln das Schlachtfeld betreten zu sehen, und die Sieger fühlten sich besiegt, wichen zurück. Doch Wellington rief: »Auf, Gardisten! Und genau gezielt!« Das rote Regiment der englischen Garde, das hinter den Hecken lag, erhob sich, ein eiserner Hagel durchsiebte die erzitternde Trikolore mit unseren Adlern, alle schlugen wild drauflos, und das letzte Gemetzel hob an. Die kaiserliche Garde merkte, wie im Dunkel die Armee rings um sie davonlief und sich in wilder Flucht auflöste, sie hörte das »Rette sich, wer kann!« anstelle des »Es lebe der Kaiser!«, und mit den Fliehenden hinter sich rückte sie weiter vor, wurde immer mehr zusammengeschossen und starb mit jedem Schritt, den sie tat, ein wenig mehr. Niemand zauderte, keiner war ängstlich. Der Soldat in dieser Truppe erwies sich ebenso als Held wie der General. Kein Mann versagte sich dem Freitod.

Ney, verzweifelt, groß in der ganzen Hoheit der Todesverachtung, bot sich allen Hieben in diesem Aufruhr dar. Hier wurde das fünfte Pferd unter ihm weggeschossen. Schweißtriefend, mit flammenden Augen und Schaum vor dem Mund, die Uniform aufgeknöpft, eine Epaulette vom Säbelhieb eines Horse-Guard halb abgetrennt, sein großer Adlerorden von einer Kugel eingebeult, blutend, schmutzig, großartig, einen abgebrochenen Degen in der Hand, rief er: »Seht, wie die Marschälle Frankreichs sterben!« Aber vergebens, er starb nicht. Er war wild und empört. Drouet d'Erlon warf er die Frage hin: »Willst du dich nicht töten lassen?« Er schrie inmitten all der Artillerie, die eine Handvoll Männer zermalmte: »Ist denn nichts für mich da? Oh, alle diese englischen Kanonenkugeln sollten mich in den Bauch treffen!« Unglücklicher, dir waren französische Kugeln vorbehalten!

Das Ende

Die wilde Flucht hinter der Garde war schaurig.

Plötzlich wich die Armee auf allen Seiten zugleich, bei Hougomont, bei La-Haye-Sainte, bei Papelotte, bei Plancenoit. Dem Ruf: »Verrat!« folgte der Schrei: » Rette sich, wer kann!« Eine Armee, die Reißaus nimmt, führt zu einem Massensterben. Alles wankt, wird rissig, droht zusammenzubrechen, schwimmt, treibt dahin, fällt, prallt aufeinander, beeilt sich und stürzt los. Eine unglaubliche Auflösung. Ney leiht sich ein Pferd, schwingt sich hinauf, und ohne Hut, ohne Halsbinde, ohne Degen stellt er sich quer auf die Chaussee nach Brüssel, hält die Engländer und zugleich die Franzosen auf. Er versucht, die Armee zum Stehen zu bringen, ruft sie zurück, beschimpft sie, klammert sich an das Durcheinander. Er wird überwältigt. Die Soldaten fliehen vor ihm mit dem Ruf: »Es lebe Marschall Ney!« Zwei Regimenter von Durutte gehen verwirrt vor und zurück, gleichsam hin- und hergeworfen zwischen den Säbeln der Ulanen und dem Gewehrfeuer der Brigaden von Kempt, Best, Pack und Rylandt. Zum schlimmsten Handgemenge kommt es bei der Flucht. Freunde töten einander, um zu entfliehen. Die Schwadronen und Balaillone zerschlagen und lösen sich gegenseitig auf, ein furchtbares Aufschäumen der Schlacht. Lobau an dem einen Ende wie Reille am anderen treiben hilflos in der Flut.Vergeblich errichtet Napoleon Mauern aus dem, was ihm von der Garde verbleibt.Vergeblich verausgabt cr in einer letzten Anstrengung seine diensttuenden Schwadronen. Quiot weicht vor Vivian, Kellermann vor Vandeleur, Lobau vor Bülow, Morand vor Pirch, Domon und Subervic gehen vor dem Prinzen Wilhelm von Preußen zurück. Guyot, der die Schwadronen des Kaisers zum Angriff führte, wird von englischen Dragonern niedergeritten. Napoleon galoppiert an den Fliehenden entlang, spricht sie an, bestürmt sie, droht, fleht. Alle diese Münder, die am Morgen »Es lebe der Kaiser!« riefen, bleiben stumm, kaum daß er erkannt wird. Die ausgeruhte preußische Kavallerie bricht hervor, jagt dahin, säbelt nieder, schlägt drein, haut in Stücke, tötet, schlachtet ab. Die Gespanne fahren aufeinander los, die Artillerie bringt sich in Sicherheit. Die Trainsoldaten schirren die Pferde vor den Proviantwagen aus und fliehen auf ihnen. Mit allen vier Rädern nach oben versperren umgestürzte Munitionswagen die Straße und verursachen ein Blutbad. Man verletzt sich, tritt sich mit Füßen, schreitet über Tote und Lebende hinweg. Die Arme sind in rasender Bewegung. Eine schwindelerregende Menge drängt sich auf den Straßen, Wegen, Brücken, Ebenen, Hügeln, in den Tälern und Wäldern, sie sind vollgepfropft von diesen flüchtigen vierzigtausend Mann. Schreie, Verzweiflung, Tornister und Gewehre in die Roggenfelder geworfen, der mit blanker Klinge gebahnte Weg, keine Kameraden, keine Offiziere, keine Generale mehr, ein unbeschreibliches Entsetzen. Zieten säbelte ganz ungeniert Frankreich nieder. Aus den Löwen wurden Rehböcke. So war diese Flucht.

In Genappe versuchte man umzukehren, Front zu machen

und die Verfolger aufzuhalten. Lobau sammelte dreihundert Mann. Der Dorfeingang wurde verbarrikadiert, doch bei der ersten preußischen Kartätschenladung begann alles wieder zu fliehen, und Lobau wurde gefangengenommen. Heute noch sind die Einschläge von jenem Schuß am Giebel eines alten Ziegelgemäuers auf der rechten Straßenseite, kurz vor Genappe, zu sehen. Sicher wütend darüber, daß sie so wenig Sieger waren, preschten die Preußen nach Genappe hinein. Die Verfolgung war ungeheuerlich. Blücher befahl, alles niederzumachen. Roguet war mit dem schaurigen Beispiel vorangegangen, jeden französischen Grenadier, der ihm einen preußischen Gefangenen brächte, mit dem Tod zu bedrohen. Blücher übertraf Roguet. An die Tür einer Herberge in Genappe gelehnt, übergab Duhesme, General der Jungen Garde, seinen Degen einem Totenkopfhusaren. Der nahm den Degen und tötete den Gefangenen. Der Sieg wurde mit dem Mord an den Besiegten vollendet. Halten wir ein Strafgericht, denn wir sind die Geschichte. Der alte Blücher entehrte sich. Eine solche Grausamkeit machte das Maß des Unheils voll. Durch Genappe, Quatre-Bras, Gosselies, Frasnes, Charlerei, Thuin führte die verzweifelte Flucht und kam erst an der Grenze zum Stehen. Ach, und wer floh so? Die Große Armee.

Dieser Wahnwitz, dieser panische Schrecken, dieser Zusammenbruch äußerster Tapferkeit, die je die Geschichte in Erstaunen versetzte, kann das alles grundlos sein? Nein. Eine riesige Rechte wirft ihren Schatten über Waterloo. Es ist der Tag des Schicksals. Die Kraft über dem Menschen ließ diesen Tag werden. Darum beugten sich die Köpfe voller Entsetzen, darum gaben alle diese großen Seelen ihren Degen ab. Die Sieger über Europa verloren jeglichen Mut, hatten nichts mehr zu sagen, nichts mehr zu tun und spürten im Dunkel eine fürchterliche Gegenwart. Hoc erat in fatis. Jener Tag veränderte die Zukunft der Menschheit. Waterloo ist der Dreh- und Angelpunkt des 19. Jahrhunderts. Der große Mann mußte verschwinden, damit das große Zeitalter anbrechen konnte. Einer, dem nicht widersprochen wird, trug dafür Sorge. Die Panik der Helden wird erklärlich. In der

Schlacht bei Waterloo war mehr als Gewölk, ein Meteor, Gott, zog vorüber.

Bei Einbruch der Nacht faßten Bernard und Bertrand auf einem Feld bei Genappe einen verwirrten, grübelnden, unglücklichen Mann beim Rockschoß und hielten ihn an. Er war vom Strom der Flucht bis hierher mitgerissen worden und soeben abgestiegen, hatte den Zügel seines Pferdes unter den Arm geklemmt und wanderte verstörten Blickes allein in Richtung Waterloo. Napoleon, der gewaltige Nachtwandler dieses zerstobenen Traumes, versuchte immer noch vorwärtszugehen.

Das letzte Karree

Bewegungslos zwischen den Strömen der Fliehenden, wie Felsen in fließendem Wasser, hielten einige Karrees der Garde bis in die Nacht hinein stand. Die Nacht kam und mit ihr der Tod. Die Männer erwarteten dieses zweifache Dunkel und ließen sich unerschütterlich davon einhüllen. Von den übrigen getrennt und ohne Verbindung zu der allenthalben zersprengten Armee, starb jedes Regiment für sich. Sie hatten Stellung bezogen für dieses letzte Gefecht, die einen auf den Höhen von Rossomme, die anderen in der Ebene von Mont-Saint Jean. Dort rangen verlassen, besiegt und schrecklich die düsteren Karrees fürchterlich mit dem Tode. Ulm, Wagram, Jena und Friedland starben mit ihnen.

In der Dämmerung, gegen neun Uhr abends, war unterhalb des Plateaus von Mont-Saint Jean noch eins übrig. In jenem traurigen Tal, am Fuß des von den Kürassieren bezwungenen Abhangs, den jetzt die englischen Kolonnen überfluteten, kämpfte dieses Karree im konzentrierten Feuer der siegreichen feindlichen Artillerie, wurde mit einem Hagel von Geschossen überschüttet. Ein unbekannter Offizier namens Cambronne befehligte es. Bei jeder Salve wurde das Karree kleiner, doch die Antwort blieb es nicht schuldig. Die Kartätschenladungen erwiderte es mit Gewehrfeuer und zog dabei ständig seine vier Mauern zusammen. Weit weg in der

Finsternis horchten Fliehende, die mitunter atemlos stehenblieben, auf dieses verworrene, leiser werdende Donnern.

Als jene Schar nur noch ein Häuflein, als ihre Fahne nur noch ein Fetzen war, als ihren Gewehren die Kugeln ausgegangen und sie nur noch Knüttel waren, als der Leichenhaufen größer war als die Gruppe der Lebenden, packte die Sieger um diese erhabenen Sterbenden herum so etwas wie heiliger Schrecken, schwieg die englische Artillerie, um wieder zu Atem zu kommen. Es war eine Art Aufschub. Rings um die Kämpfer wimmelte es wie von Gespenstern, huschten die Silhouetten von Berittenen, drohten die schwarzen Konturen der Kanonen, war der helle Himmel durch die Räder und Lafetten zu sehen. Der riesenhafte Totenkopf, den die Helden stets im Rauch der heißesten Schlacht ahnen, neigte sich über sie und betrachtete sie. Sie konnten im dämmerigen Dunkel hören, wie die Geschütze geladen wurden. Die glimmenden Lunten bildeten wie Tigeraugen in der Nacht einen Kreis um ihre Häupter, alle Zündstöcke bei den englischen Batterien näherten sich den Kanonen, und dann rief ihnen bewegt, den letzten Augenblick über diesen Männern in der Schwebe haltend, ein englischer General zu, nach Aussage der einen Colville, Maitland nach Aussage der anderen: »Tapfere Franzosen, ergebt euch!« Cambronne antwortete: »Scheiße!«

Cambronne

Der französische Leser verlangt Rücksicht. Der vielleicht schönste Ausspruch, den je ein Franzose getan hat, darf ihm nicht zweimal gesagt werden. Es ist verboten, Erhabenes in die Geschichte einzubringen.

Wir handeln diesem Verbot auf eigene Gefahr zuwider.

Unter all den Riesen war also ein Titan, Cambronne.

Jenes Wort aussprechen und gleich darauf sterben. Was kann größer sein! Denn sterben ist, es zu wollen, und dieser Mann trägt nicht Schuld daran, wenn er, niederkartätscht, überlebt hat.

Der Mann, der die Schlacht bei Waterloo gewann, ist nicht Napoleon auf der Flucht, nicht Wellington, der um vier Uhr wich, um fünf verzweifelt war, und auch nicht Blücher, der sich nicht schlug; der Mann, der die Schlacht bei Waterloo gewann, ist Cambronne.

Mit einem solchen Wort den Blitz schleudern, der einen tötet, heißt siegen. Diese Erwiderung auf die Katastrophe, das dem Schicksal sagen, dem künftigen Löwen diesen Sockel geben, dem Regen der Nacht, der verräterischen Mauer von Hougomont, dem Hohlweg von Ohain, der Verspätung Grouchys und dem Eintreffen Blüchers diese Antwort hinschleudern, spöttisch im Grabe sein, so sprechen, daß man nach dem Fallen stehenbleibt, in zwei Silben das europäische Bündnis ertränken, den Königen diesen bereits den Cäsaren bekannten Unflat anbieten, dem gemeinsten Ausdruck Hoheit verleihen und den Wetterstrahl Frankreichs damit verbinden, Waterloo frech mit der Fastnacht beenden, Leonidas durch Rabelais ergänzen, diesen Sieg in einem letzten, unaussprechlichen Wort zusammenfassen, Gelände verlieren und in die Geschichte eingehen, nach diesem Blutbad die Lacher auf seiner Seite haben, das ist phantastisch.

Das heißt dem Unheil ins Gesicht schlagen und reicht an äschyleische Größe heran.

Cambronnes Wort wirkt wie ein Bruch. Eine Brust zerbirst vor Verachtung. Es ist zuviel der Todespein, sie explodiert. Wer hat gesiegt? Wellington? Nein. Ohne Blücher war er verloren. Blücher? Nein. Hätte Wellington nicht begonnen, konnte Blücher kein Ende machen. Dieser Cambronne, dieser Vorübergehende in der Todesstunde, dieser unbekannte Soldat, dieser Kleinste der Kleinen im Kriege spürt darin eine Lüge, eine in der Katastrophe doppelt schmerzliche Lüge, und in dem Augenblick, da er vor Grimm darüber zerspringt, wird ihm dieser Hohn geboten, das Leben! Wie soll man da nicht rasend werden?

Sie sind da, alle Könige Europas, die glücklichen Generale, die Blitze schleudernden Jupiter, einhunderttausend siegreiche Soldaten, und hinter den hunderttausend steht eine Million, klaffen die Mündungen ihrer Geschütze, glimmen die

Lunten, sie haben der kaiserlichen Garde und der Großen Armee den Fuß in den Nacken gesetzt, Napoleon vernichtet, und es bleibt nur noch Cambronne. Einspruch erheben kann nur noch dieser Erdenwurm. Er wird Einspruch erheben. Da sucht er nach einem Wort, wie man nach einem Degen tastet. Schaum tritt ihm vor den Mund, und dieser Schaum ist das Wort. Angesichts des überwältigenden und mittelmäßigen Sieges, angesichts des Sieges ohne Sieger richtet sich dieser Verzweifelte auf. Er leidet unter der Ungeheuerlichkeit des Sieges, doch er stellt seine Nichtigkeit fest und spuckt nur auf ihn. Von der Zahl, der Stärke und dem Material überwältigt, findet er im Herzen einen Ausdruck, den für Kot. Wir wiederholen: Das sagen, das tun, das finden bedeutet der Sieger sein.

In dem verhängnisvollen Augenblick fuhr der Geist der großen Tage in diesen unbekannten Mann. Cambronne findet den Ausspruch von Waterloo, wie Rouget de l'Isle die »Marseillaise« fand – durch Eingebung von oben. Vom göttlichen Sturm löst sich eine Strömung und weht durch diese Männer, und sie erzittern, und der eine stimmt den letzten Gesang an, und der andere stößt den furchtbaren Schrei aus. Dieses Wort titanischer Verachtung schleudert Cambronne Europa nicht nur im Namen des Kaiserreichs hin, das wäre wenig. Er schleudert es der Vergangenheit im Namen der Revolution hin. Man vernimmt es und erkennt in Cambronne die alte Seele der Riesen wieder. Wie es scheint, spricht Danton, brüllt Kléber hier.

Auf Cambronnes Ausspruch antwortete die englische Stimme: »Feuer!« Die Batterien blitzten auf, der Hügel erbebte, alle diese erzenen Schlünde spien einen letzten entsetzlichen Eisenhagel aus, eine große Rauchwolke, vom aufgehenden Mond verschwommen weiß gefärbt, wälzte sich dahin, und als sich der Qualm verzog, war nichts mehr. Der fürchterliche Rest war vernichtet, die Garde tot. Die vier Mauern der lebenden Schanze lagen am Boden, kaum zuckte es hier und da noch zwischen den Leichen. Und so starben bei Mont-Saint-Jean auf der regennassen, mit Blut getränkten Erde im zertrampelten Getreide die französischen

Legionen, größer als die römischen, an der Stelle, an der vorbei jetzt um vier Uhr in der Frühe, pfeifend und lustig mit der Peitsche knallend, Joseph mit der Briefpost nach Nivelles fährt.

Quot libras in duce?

Die Schlacht bei Waterloo ist ein Rätsel. Die Gewinner verstehen sie ebensowenig wie der Verlierer. Für Napoleon ist sie ein panischer Schrecken.* Blücher sieht in ihr nur Feuer. Wellington begreift nichts von ihr. Man nehme sich die Berichte vor. Die Bulletins sind verworren, die Erklärungen konfus. Diese stammeln, jene stottern. Jomini unterteilt die Schlacht bei Waterloo in vier Momente. Muffling gliedert sie nach drei Höhepunkten. Charras, obwohl wir in einigen Fragen anderer Meinung sind als er, erfaßte als einziger mit seinem kühnen Blick die Hauptzüge dieser Katastrophe des menschlichen Geistes, der mit dem göttlichen Zufall rang. Alle übrigen Historiker sind irgendwie geblendet und tasten. Ein aufblitzender Tag im wahrsten Sinne des Wortes, ein Zusammenbruch der Militärmonarchie, in den zur großen Bestürzung der Könige alle Königreiche mit hineingerissen wurden, die zu Fall gekommene Kraft, die vernichtende Niederlage des Krieges.

Der Anteil der Menschen an diesem von übermenschlicher Notwendigkeit durchdrungenen Ereignis ist belanglos.

Waterloo auf Wellington und Blücher zurückzuführen, hieße das England und Deutschland etwas wegnehmen? Nein. Weder dieses erlauchte England noch dieses erhabene Deutschland stehen bei dem Problem Waterloo zur Debatte. Die Völker sind, dem Himmel sei Dank, auch ohne die unheilvollen Abenteuer des Schwertes groß. Deutschland, England und Frankreich lassen sich nicht in eine Degenscheide stecken. In jenen Jahren, in denen Waterloo sich nur

* »Eine Schlacht war beendet, ein Tag ging zur Neige, falsche Maßnahmen wurden rückgängig gemacht, größere Erfolge für den nächsten Tag gesichert, und alles war verspielt in einem Augenblick panischen Schreckens.« Napoleon, »Dictées de Sainte-Hélène«

wie Säbelgerassel ausnimmt, hat Deutschland seinen Goethe, der über Blücher steht, und England seinen Byron, der über Wellington steht. Ein Aufbrechen vieler Gedanken ist unserem Jahrhundert eigen, und zu dieser Morgenröte steuern England und Deutschland ihr großartiges Licht bei. Sie sind majestätisch durch das, was sie denken. Der Beitrag, den sie zur Hebung der Kultur leisten, macht ihr Wesen aus, er kommt aus ihnen selber und nicht aus einem Zufall. Womit sie das neunzehnte Jahrhundert bereicherten, hat nicht Waterloo zur Ursache. Lediglich Barbarenvölker weiten sich nach einem Sieg plötzlich aus. Das ist die flüchtige Eitelkeit der nach einem Gewitter angeschwollenen Sturzbäche. Vor allem in der heutigen Zeit werden die zivilisierten Völker durch Glück oder Unglück eines Heerführers weder erhöht noch erniedrigt. Ihr spezifisches Gewicht in der Menschheit rührt von etwas mehr als einem Kampf her. Gottlob sind ihre Ehre, ihre Würde, ihre Aufgeklärtheit und ihr Genie keine Losnummer, auf die die Helden und Eroberer, diese Spieler, in der Lotterie der Schlachten setzen können. Eine verlorene Schlacht bringt oft Fortschritt. Weniger Ruhm, mehr Freiheit. Der Trommler schweigt, die Vernunft ergreift das Wort. Es ist das Spiel, bei dem der Verlierer gewinnt. Betrachten wir also Waterloo nüchtern von beiden Seiten. Geben wir dem Zufall, was des Zufalls ist, und Gott, was Gottes ist. Was ist Waterloo? Ein Sieg? Nein. Ein Fünfer in der Lotterie, den Europa gewonnen und Frankreich bezahlt hat. Dafür mußte nicht unbedingt ein Löwe aufgestellt werden.

Übrigens ist Waterloo die seltsamste Begegnung, die in der Geschichte stattgefunden hat. Napoleon und Wellington. Die beiden sind keine Feinde, sie sind Gegenspieler. Nie hat Gott, der sich in Antithesen gefällt, einen bemerkenswerteren Gegensatz erschaffen und eine außergewöhnlichere Gegenüberstellung herbeigeführt. Auf der einen Seite Genauigkeit, Voraussicht, Geometrie, Vorsicht, der gesicherte Rückzug, die aufgesparten Reserven, eine hartnäckige Kaltblütigkeit, eine nie versagende Methode, die Strategie, die das Gelände nutzt, die Taktik, die die Bataillone aufwägt, das schnurgerade Gemetzel, der mit der Uhr in der Hand geregelte Krieg, nichts aus freien Stücken dem Zufall überlassen, der alte, bewährte Mut und die unbedingte Korrektheit. Auf der anderen Seite Intuition, Erahnen, militärisch absonderliche Dinge, übermenschlicher Instinkt, der flammende Blick, der irgendwie dem des Adlers gleicht und wie der Blitz trifft, eine erstaunliche Kunst bei einem Ungestüm voller Verachtung, alle Geheimnisse einer unerforschlichen Seele, das Bündnis mit dem Schicksal, dem Fluß, der Ebene, dem Wald und dem Hügel, die zum Gehorsam aufgefordert, gewissermaßen dazu gezwungen werden, der Despot, der so weit geht, daß er das Schlachtfeld tyrannisiert, das Vertrauen auf seinen Stern, das das Wissen des Feldherrn mehrt, aber auch verwirrt. Wellington war der Barrême des Krieges, Napoleon sein Michelangelo, und dieses Mal wurde das Genie von der Berechnung besiegt.

Auf beiden Seiten wurde jemand erwartet. Erfolg hatte der genaue Rechner. Napoleon wartete auf Grouchy, der kam nicht. Wellington wartete auf Blücher, der kam.

Wellington ist die klassische Kriegskunst, die sich rächt. In seiner Jugend war ihm Bonaparte in Italien begegnet und hatte ihn vernichtend geschlagen. Die alte Eule war vor dem jungen Geier geflohen. Die herkömmliche Taktik lag nicht nur am Boden, sie war auch zutiefst empört. Wer war dieser sechsundzwanzigjährige Korse, was hatte es mit diesem strahlenden Ignoranten auf sich, der, alles gegen, nichts für sich, ohne Proviant, ohne Munition, ohne Geschütze, ohne Schuhe, nahezu ohne Armee, mit einer Handvoll Männer über die Massen des verbündeten Europa herfiel und absurderweise unmögliche Siege errang? Woher kam dieser unwiderstehliche Wüterich, der, fast ohne Luft zu holen und mit ein und demselben Spiel Kämpfer in der Hand, nacheinander die fünf Armeen des Kaisers von Österreich vernichtete, der Beaulieu nach Alvinczy, Wurmser nach Beanlieu, Melas nach Wurrnser und Mack nach Melas überrannte? Wer war dieser Neuling des Krieges mit der Unverfrorenheit eines Gestirns? Die Militärakademie exkommunizierte ihn und gab Fersengeld. Daher ein unversöhnlicher Groll des alten Cäsarentums auf das neue, des kunstgerecht geführten Säbels auf das Flammenschwert und des Schachspielers auf das Genie. Am 18. Juni 1815 hatte dieser Groll das letzte Wort, und unter Lodi, Montebello, Montenotte, Mantua, Marengo und Arcole schrieb er: Waterloo. Triumph der Mittelmäßigen, den Mehrheiten so süß. Das Schicksal willigte in diese Ironie ein. Bei seinem Niedergang hatte Napoleon Wurrnser wieder jung vor sich.

Damit Wellington Wurmser wurde, genügte es, daß er weißes Haar bekam.

Waterloo ist eine Schlacht ersten Ranges, die ein zweitrangiger Feldherr gewonnen hat.

Was an der Schlacht bei Waterloo bewundert werden muß, ist England, sind die britische Standhaftigkeit, die britische Entschlossenheit und das britische Blut. Was England da an Imposantem besaß, war, mit Verlaub, es selbst. Es war nicht sein Feldherr, es war seine Armee.

Seltsam undankbar bekennt Wellington in einem Brief an Lord Bathurst, daß seine Armee, die Armee, die am 18. Juni 1815 gekämpft hat, eine »abscheuliche Armee« war. Was mag jenes düstere Gewühl der auf den Feldern von Waterloo verscharrten Gebeine davon halten?

England war Wellington gegenüber zu bescheiden. Wellington so erhöhen heißt England herabsetzen. Wellington ist nur ein Held wie jeder andere. Diese grauen Schotten, diese Horse Guards, diese Regimenter von Maitland und Mitchell, diese Infanterie von Pack und Kempt, diese Kavallerie von Ponsonby und Somerset, diese Highlander, die im Kartätschenhagel den Pibroch bliesen, diese Bataillone von Rylandt, diese frisch ausgehobenen Rekruten, die kaum mit dem Gewehr umzugehen wußten und es mit den alten Haufen von Eßlingen und Rivoli aufnahmen, das war groß. Wellington war zäh, darin bestand sein Verdienst, und wir feilschen nicht mit ihm darum, doch der geringste seiner Infanteristen und Kavalleristen war ebenso standhaft wie er. Der Iron-Soldier wiegt den Iron-Duke auf, und unser ganzes Rühmen gilt dem britischen Soldaten, der britschen Armee, dem britischen Volk. So es eine Siegestrophäe gibt, gebührt sie England. Die Säule von Waterloo wäre angebrachter, wenn sie anstelle eines Mannes die Statue für ein Volk in den Himmel emporhöbe.

Aber dieses große England wird über das, was wir hier sagen, in Zorn geraten. Nach seinem 1688 und unserem 1789 hat es noch feudale Illusionen. Es glaubt an das Erbe und die Hierarchie. Dieses Volk, das kein anderes an Macht und Ruhm übertrifft, achtet sich als Nation und nicht als Volk. Als Volk ordnet es sich willig unter und hält einen Lord für einen klugen Kopf. Als Workman läßt es sich verachten, als Soldat prügeln. Man erinnere sich, nach der Schlacht von Inkerman konnte ein Sergeant, der allem Anschein nach die Armee gerettet hatte, von Lord Raglan nicht lobend erwähnt werden, weil es die Rangordnung beim britischen Militär nicht erlaubte, in einer Meldung einen Helden aus den unteren Chargen zu nennen.

Was wir vor allem bei einer Begegnung wie der von Waterloo bewundern, ist die erstaunliche Geschicklichkeit des Zufalls. Der nächtliche Regen, die Mauer von Hougomont, der Hohlweg von Ohain, Gronchy taub gegen den Geschützdonner, ein Führer, der Napoleon täuscht, ein Führer, der Bülow aufklärt – diese ganze Katastrophe wird vortrefflich gelenkt.

Alles in allem war Waterloo, sprechen wir es ruhig aus, mehr ein Gemetzel als eine Schlacht. Bei einer solchen Anzahl von Kämpfern hatte es von allen geordneten Feldschlachten die kürzeste Front. Napoleon eine dreiviertel Meile, Wellington eine halbe Meile und 72 000 Mann auf jeder Seite. Diese Gedrängtheit bewirkte das Blutbad.

Folgende Berechnung wurde angestellt und folgendes Verhältnis dabei herausgefunden: Verluste an Menschen: bei Austerlitz 14% Franzosen, 30% Russen und 44% Österreicher. Bei Wagram 13% Franzosen und 14% Österreicher. Bei Borodino 37% Franzosen und 44% Russen. Bei Bautzen 13% Franzosen, 14% Russen und Preußen. Bei Waterloo 56% Franzosen und 31% Verbündete, von 144 000 Kämpfern 60 000 Tote, insgesamt 41%.

Das Feld von Waterloo hat heute die Ruhe, wie sie der Erde eigen ist, die unbewegt die Menschen trägt, und sieht wie alle Ebenen aus. In der Nacht jedoch entsteigt ihr eine Art visionären Nebels, und wenn ein Wanderer auf ihr schreitet, wenn er sich umblickt und lauscht, wenn er wie Vergil in der unheilschwangeren Ebene von Philippi träumt, dann ergreift ihn die Halluzination der Katastrophe. Der erschreckende 18. Juni lebt wieder auf. Der falsche Denkmalshügel verschwindet, dieser gleichgültige Löwe zerrinnt, das Schlachtfeld erlangt seine Wirklichkeit wieder. Die Reihen der Infanterie durchwogen die Ebene, wütender Galopp überquert den Horizont. Der Träumer sieht mit klopfendem Herzen das Blitzen der Säbel, das Gleißen der Bajonette, das Auflodern der Bomben, das ungeheure Wabern der sich kreuzenden Gewitter. Er hört wie ein Ächzen in Grabestiefe den endlos gedehnten Lärm der spukhaften Schlacht. Diese Schatten sind die Grenadiere, das Schimmern dort die Kürassiere. Dieses Gerippe ist Napoleon, jenes ist Wellington. All das ist nicht mehr da und stößt sich im Raum und kämpft noch immer. Die Schluchten färben sich purpurrot, die Bäume erschauern, und die Raserei schlägt bis in die Wolken hinauf. Und in der Finsternis scheinen diese unheimlichen Höhen, Mont-Saint Jean, Hougomont, Frischermont, Papelotte, Plancenoit, verworren gekrönt vom Wirbel der Gespenster, die einander abschlachten wie einst.

Muß man Waterloo gut finden?

Es gibt eine überaus achtbare liberale Schule, die Waterloo keineswegs haßt. Wir gehören nicht dazu. Für uns ist Waterloo lediglich der verblüffende Anbruch der Freiheit. Daß ein solcher Adler aus einem solchen Ei schlüpft, war nicht zu erwarten.

Vom Hauptaspekt des Problems her betrachtet, ist Waterloo ein bewußt konterrevolutionärer Sieg. Hier kämpft Europa gegen Frankreich; Petersburg, Berlin und Wien gegen Paris, hier steht der Status quo der Initiative gegenüber, hier wird der 14. Juli 1789 über den 20. März 1815 angegriffen, hier rüsten die Monarchien zum Kampf gegen den nicht zu bändigenden französischen Aufruhr. Endlich dieses große, seit sechsundzwanzig Jahren wie ein Vulkan tätige Volk auszutilgen, das war der Traum. Solidarität der Braunschweiger, Nassauer, Romanows, Hohenzollern und Habsburger mit den Bourbonen. Waterloo hat das Recht von Gottes Gnaden hinter sich aufsitzen lassen. Allerdings mußte das Königtum, da das Kaiserreich despotisch war, durch die natürliche Rückwirkung der Dinge notwendigerweise liberal werden, und zum großen Leidwesen der Sieger ging aus Waterloo widerwillig eine konstitutionelle Regierung hervor. Weil die Revolution nicht wirklich besiegt werden kann, weil sie von der Vorsehung gesandt und unbedingt schicksalhaft ist, erscheint sie immer wieder, vor Waterloo in Bonaparte, der die alten Throne stürzt, nach Waterloo in Ludwig XVIII., der die Charte oktroyiert und duldet. Bonaparte hebt einen Postillon auf den Thron von Neapel und einen Sergeanten auf den Thron von Schweden, beweist die Gleichheit durch die Ungleichheit, und Ludwig XVIII. unterzeichnet in SaintOuen die Erklärung der Menschenrechte. Wer sich klarmachen will, was die Revolution ist, nenne sie Fortschritt, und wer nicht weiß, was der Fortschritt ist, nenne ihn Morgen. Das Morgen vollbringt unwiderstehlich sein Werk, vollbringt es schon heute und gelangt seltsamerweise stets ans Ziel. Es benutzt Wellington, um aus Foy, der nur ein Soldat war, einen Redner zu machen. Foy kommt bei Hougomont zu Fall und ersteht auf der Rednertribüne wieder auf. So geht der Fortschritt vor. Kein schlechtes Werkzeug für diesen Arbeiter. Unbeirrbar paßt er den Mann, der die Alpen im Sprung überquerte, und das Väterchen Elysée, den gutmütigen Tattergreis, seinem göttlichen Werk an. Er bedient sich des Gichtkranken wie des Eroberers, des Eroberers nach draußen, des Gichtkranken nach innen. Waterloo, das dem Degen Einhalt gebot, die europäischen Throne zu stürzen, hat nichts anderes bewirkt, als daß die revolutionäre Arbeit auf einer anderen Ebene fortgeführt wird. Die Haudegen haben ausgespielt, die Denker sind an der Reihe. Das Jahrhundert, das Waterloo aufhalten wollte, ist darüber hinweggeschritten und hat seinen Weg fortgesetzt. Dieser unheilvolle Sieg wurde von der Freiheit besiegt.

Mit einem Wort: Was bei Waterloo triumphierte, was hinter Wellington lächelte, was ihm alle Marschallstäbe Europas einbrächte, den von Frankreich mit eingeschlossen, wie es heißt, was fröhlich die Schubkarren mit Erde voller Gebeine schob, um den Löwenhügel aufzuschütten, was frohlockend das Datum des 18. Juni 1815 auf diesen Sockel schrieb, was Blücher ermutigte, den geschlagenen Feind niederzusäbeln, was sich vom Plateau von Mont-Saint Jean herab über Frankreich wie über eine Beute neigte, das war unbestreitbar die Konterrevolution. Die Konterrevolution murmelte das schändliche Wort »Teilung«. In Paris eingetroffen, betrachtete sie den Krater von nahem, spürte, wie ihr die Asche die Füße verbrannte, und besann sich eines Besseren. Sie kam auf das Gestotter einer Charte zurück.

Sehen wir in Waterloo nur, was in Waterloo ist. Keinesfalls absichtlich gewährte Freiheit. Die Konterrevolution war unfreiwillig liberal, ebenso wie Napoleon durch ein entsprechendes Phänomen unfreiwillig revolutionär war. Am 18. Juni 1815 wurde Robespierre aus dem Sattel gehoben.

Das Recht von Gottes Gnaden kehrt zurück

Ende der Diktatur. Eine ganze Regierungsform brach in Europa zusammen.

Das Kaiserreich sank in ein Dunkel zurück, das dem der absterbenden römischen Welt glich. Wie zur Zeit der Barbaren schaute man wieder in einen Abgrund. Nur ging der Barbarei von 1815, deren Vorname Konterrevolution ist, die Luft aus, sie kam rasch außer Atem und hatte nichts mehr zu sagen. Das Kaiserreich, gestehen wir es doch ein, wurde beweint, von heldenmütigen Augen beweint. Wenn das Zepter gewordene Schwert den Ruhm verkörpert, war das Kaiserreich der Ruhm selbst. Es hatte über die Erde all das Licht verbreitet, das die Tyrannei spenden kann: düsteres, oder besser gesagt, dunkles Licht. Verglichen mit dem hellen Tag, ist das Nacht. Diese verschwundene Nacht nahm sich wie eine Mondfinsternis aus.

Ludwig XVIII. kehrte nach Paris zurück. Die Reigen am 8. Juli ließen die Begeisterung vom 20. März vergessen. Der Korse wurde die Antithese des Béarners. Die Fahne über der Kuppel der Tuilerien war weiß. Das Exil thronte. Der Fichtentisch aus Hartwell wurde vor den mit Lilien verzierten Sessel Ludwigs XIV. gerückt. Über Bouvines und Fontenoy sprach man, als sei es gestern gewesen, Austerlitz war lange her. Altar und Thron verbrüderten sich majestätisch. Eine der unbestrittensten Formen für das Wohl der Gesellschaft im neunzehnten Jahrhundert wurde über Frankreich und den Kontinent eingesetzt. Europa steckte die weiße Kokarde an. Trestaillon war berühmt. Der Wahlspruch non plaribus impar erschien wieder in den steinernen Strahlen, die an der Stirnseite der Kaserne vom Quai d'Orsay eine Sonne darstellten. Wo es eine kaiserliche Garde gegeben hatte, gab es ein rotes Haus. Mit schlecht ertragenen Siegen überladen, fremd zwischen all dem Neuen und vielleicht ein bißchen beschämt wegen Marengo und Arcole, half sich der Arc de Triomphe du Carrousel mit dem Standbild des Herzogs von Angoulême aus der Verlegenheit. Den Friedhof La Madeleine, das fürchterliche Massengrab von 93, bedeckten Marmor und Jaspis, denn die Gebeine Ludwigs XVI. und Marie-Antoinettes ruhten in diesem Staub. Im Festungsgraben von Vincennes ragte eine Grabsäule aus der Erde, sie erinnerte daran, daß der Herzog von Enghien im gleichen Monat gestorben war, in dem Napoleon gekrönt wurde. Papst Pins VII., der jene Salbung ganz in der Nähe des Toten vorgenommen hatte, segnete ruhig den Sturz, wie er schon die Erhöhung gesegnet hatte. Zu Schönbrunn lebte ein kleines vierjähriges Schattenwesen, das König von Rom zu nennen aufrührerisch war. Und diese Dinge geschahen, und diese Könige ergriffen von ihren Thronen wieder Besitz, und der Herr Europas ward in einen Käfig gesteckt, und das alte Regime wurde das neue, und alles Dunkel und alles Licht auf Erden sind vertauscht worden, weil am Nachmittag eines Sommertages ein Hirt zu einem Preußen in einem Walde sagte: »Gehen Sie hier und nicht da lang!«

Dieses Jahr 1815 war eine Art trostloser April. Die alten,

ungesunden und giftigen Wirklichkeiten erhielten ein neues Äußeres. Die Lüge vermählte sich mit 1789, das Recht von Gottes Gnaden verbarg sich hinter einer Charte, die Fiktionen wurden verfassungsmäßig, die Vorurteile, der Aberglaube, und die Hintergedanken mit Artikel 14 im Herzen bekamen einen liberalen Anstrich. Häutung der Schlangen.

Napoleon hatte den Menschen größer und zugleich kleiner gemacht. Das Ideal nahm unter dieser Herrschaft der glanzvollen Diesseitigkeit den seltsamen Namen »Ideologie« an. Folgenschwere Unvorsichtigkeit eines großen Mannes, die Zukunft ins Lächerliche zu ziehen. Die Völker indes, dieses auf den Kanonier so versessene Kanonenfutter, hielten Ausschau nach ihm. Wo war er? Was tat er? »Napoleon ist tot«, sagte ein Vorübergehender zu einem Invaliden von Marengo und Waterloo. »Der und tot!« rief jener Soldat. »Da kennen Sie ihn aber schlecht!« Dieser zu Boden geschlagene Mann forderte die Phantasie heraus. Nach Waterloo war es in Europa finster geworden. Das Verschwinden Napoleons ließ lange Zeit etwas Ungeheures unausgefüllt.

Die Könige betrachteten sich selbstgefällig in dieser Leere. Das alte Europa nutzte sie, um sich zu reformieren. Es gab eine Heilige Allianz. Belle-Alliance hatte zuvor das verhängnisvolle Feld von Waterloo gesagt.

Im Beisein und im Angesicht dieses uralten, wiederhergestellten Europas zeichneten sich die Umrisse eines neuen Frankreich ab. Die vom Kaiser verspottete Zukunft hielt ihren Einzug. Auf der Stirn trug sie einen Stern, die Freiheit. Die brennenden Augen der jungen Generationen wandten sich ihr zu. Eigentümlicherweise begeisterte man sich für diese Zukunft, die Freiheit, und zugleich für diese Vergangenheit, Napoleon. Die Niederlage hatte den Besiegten größer werden lassen. Der gestürzte Bonaparte schien erhabener als der stehende Napoleon. Die Triumphierenden fürchteten sich. England ließ ihn von Hudson Lowe bewachen und Frankreich von Montchenu belauern. Seine gekreuzten Arme beunruhigten die Throne. Alexander nannte ihn: »Meine schlaflosen Nächte.« Dieser Schrecken rührte von dem Maß an Revolution her, das er in sich trug. Das erklärt und entschuldigt den bonapartistischen Liberalismus. Dieser Schatten ließ die alte Welt erzittern. Unbehagen erfüllte die Könige beim Herrschen mit dem Fels von Sankt Helena am Horizont.

Während Napoleon zu Longwood mit dem Tode rang, vermoderten still die sechzigtausend auf dem Feld von Waterloo Gefallenen, und etwas von ihrem Frieden verbreitete sich über die Welt. Der Wiener Kongreß schloß die Verträge von 1815, und Europa sagte Restauration dazu.

Das war Waterloo.

Doch was kümmert das die Unendlichkeit? All der Sturm, all das Gewölk, dieser Krieg und dieser Frieden, all das Dunkel trübte keinen Augenblick das Licht in dem riesigen Auge, vor dem eine Blattlaus, die von einem Grashalm zum anderen springt, dem Adler gleichkommt, der um die Türme von Notre-Dame kreist.

Das Schlachtfeld bei Nacht

Kehren wir, das ist eine Notwendigkeit dieses Buches, auf jenes verhängnisvolle Schlachtfeld zurück.

Am 18. Juni 1815 war Vollmond. Diese Helligkeit begünstigte die wilde Jagd Blüchers, verriet die Spuren der Fliehenden, lieferte diese armselige Menschenmasse der zornigen preußischen Kavallerie aus und erleichterte das Morden. In den Katastrophen ist die Nacht manchmal eine tragische Helferin.

Nachdem der letzte Kanonenschuß verhallt war, blieb die Hochfläche von Mont-Saint Jean verödet. Die Engländer besetzten das Lager der Franzosen. Es ist die gewohnte Bestätigung des Sieges, daß man im Bett des Besiegten schläft. Sie errichteten ihr Biwak jenseits von Rossomme. Die Preußen, auf das zerrüttete Heer losgelassen, stießen noch weiter vor. Wellington ritt in das Dorf Waterloo, um seine Meldung an Lord Bathurst abzufassen.

Wenn je das *sic vos non vobis* auf irgend etwas anwendbar war, so ganz gewiß auf das Dorf Waterloo. Eine halbe Meile vom Schauplatz des Treffens entfernt, hatte Waterloo nichts auszustehen und überdauerte. Mont-Saint Jean lag unter Geschützfeuer, Hougomont brannte ab, Papelotte brannte ab, Plancenoit brannte ab, La-Haye-Sainte wurde erstürmt, Belle Alliance war Zeuge, wie sich die beiden Sieger umarmten. Diese Namen sind kaum bekannt, und Waterloo, das keinerlei Anteil an der Schlacht hatte, heimst die ganze Ehre ein.

Wir zählen nicht zu den Schmeichlern des Krieges; bei Gelegenheit sagen wir ihm die Wahrheit.

Der Krieg hat fürchterliche Schönheiten, die wir nicht verschwiegen haben, und er ist auch nicht frei von Häßlichem.

Am überraschendsten ist dabei die eilige Plünderung der Toten nach dem Sieg. Das Licht des Morgens nach einer Schlacht erhebt sich immer über nackten Leichnamen.

Wer ist der Täter? Wer besudelt so den Triumph? Wessen scheußliche Diebeshand kriecht in die Tasche des Sieges? Wer sind die Schurken, die hinter dem Ruhm her Beute raffen? Einige Philosophen, Voltaire unter anderen, behaupten, es seien eben die, die den Ruhm gemacht hätten. Die nämlichen seien es, sagen sie, es gebe keinen Personenwechsel, die Stehenden beraubten die am Boden Liegenden. Der Held des Tages sei der Vampir der Nacht. Man habe schließlich das Recht, eine Leiche, die es durch einen selbst geworden sei, ein wenig auszuziehen. Wir glauben das nicht. Lorbeeren zu pflücken und die Schuhe eines Toten zu stehlen, uns scheint nicht möglich, daß es durch die gleiche Hand geschieht. Sicher ist, daß nach den Siegern meist die Diebe kommen. Doch schließen wir den Soldaten, vor allem den zeitgenössischen Soldaten aus.

Jede Armee hat einen Nachtrab, und ihn müssen wir anschuldigen. Fledermäuse, halb Briganten, halb Knechte, alle Arten des von der Dämmerung, die man Krieg nennt, ausgebrüteten Vespertilio, Uniformierte, die nicht fechten, falsche Kranke, furchtbare Krüppel, zweideutige Marketender, die, bisweilen mit ihren Frauen, auf kleinen Karren einhertraben und mausen, was sie wieder verhökern, Bettler, die sich den

Offizieren als Führer anbieten, Halunken, Marodeure: All das zogen ehemals – wir reden nicht von heute – Heere auf ihrem Marsch nach sich, und so hieß dieses Gesindel in der Sondersprache auch Nachzügler. Keine Armee und keine Nation war für diese Wesen haftbar. Sie sprachen italienisch und hängten sich den Deutschen an. Sie sprachen französisch und folgten den Engländern.

Von einem jener Elenden, einem spanischen Nachzügler, der französisch sprach, wurde der Marquis de Fervacques in der Nacht nach dem Sieg von Cérisoles heimtückisch erschlagen und noch auf dem Schlachtfeld ausgeraubt. Er hatte sich von seinem pikardischen Kauderwelsch tauschen lassen und ihn für einen der Unseren gehalten.

Die Maroderie wurde das Gewerbe des Marodeurs. Die abscheuliche Maxime »vom Feinde leben« erzeugte diesen Aussatz, den allein eine starke Disziplin heilen konnte. Es gibt auch manchen Ruf, der irreführt. Nicht immer weiß man, warum einzelne, im übrigen große Generale so volkstümlich gewesen sind. Turenne wurde von seinen Soldaten vergöttert, weil er das Plündern duldete. Daß das Böse erlaubt wird, scheint ein Teil der Güte. Turenne war so gut, daß er die Pfalz mit Feuer und Schwert verwüsten ließ. Man sah im Troß der Armeen mehr oder weniger Marodeure, so wie der Befehlshaber mehr oder weniger hart war. Hoche und Marceau hatten keine Nachzügler; Wellington, wir lassen ihm gern hierin Gerechtigkeit widerfahren, hatte ihrer wenig.

In der Nacht vom 13. zum 19. Juni indes wurden die Toten gefleddert. Wellington war streng: Wer in flagranti gefaßt werde, sei, so lautete seine Order, zu erschießen. Aber die Raubgier ist beharrlich. Die Marodeure stehlen in einem Winkel des Schlachtfeldes, indes man sie in einem anderen umlegte.

Düster beschien der Mond die Ebene. Gegen Mitternacht streifte oder kroch ein Mann in der Gegend des Hohlwegs von Ohain umher. Er war augenscheinlich eines jener Individuen, weder Engländer noch Franzose, weder Bauer noch Soldat, weniger Mensch als Leichenfresser der Sage. Vom Geruch der Toten, die er witterte, angelockt, kam er, dessen

Sieg der Diebstahl war, Waterloo zu plündern. Er war mit einem Hemd bekleidet, das einem Infanteristenmantel ähnelte. Unruhig und dreist, tastete er sich voran und spähte hinter sich. Was war mit diesem Mann? Die Nacht wußte wohl mehr über ihn als der Tag. Er hatte keinen Beutel, aber offenbar hatte er weite Taschen unter seinem Mantel. Von Zeit zu Zeit blieb er stehen, prüfte die Ebene um sich, als wolle er sehen, ob man ihn beobachtete, bückte sich plötzlich, durchstöberte an der Erde etwas Stilles und Unbewegliches, dann richtete er sich wieder auf und entwischte. Wie er dahinglitt, in seiner Körperhaltung, mit seinen raschen, geheimnisvollen Gesten, glich er den Nachtgespenstern, die in den Ruinen umgehen, den Kobolden der alten normannischen Legende. Gewisse nächtliche Stelzenläufer bilden über den Mooren diese Silhouette.

Ein Blick, der den Nebeldunst genau durchforschte, hätte in einigem Abstand, wie verborgen hinter dem baufälligen Haus am Rande der Chaussee nach Nivelles, an der Ecke der Straße von Mont-Saint Jean nach Braine-l'Alleud, einen kleinen Marketenderwagen mit einem geteerten Korbdeckel von Weidenholz gesehen. Er war mit einer verhungerten Schindmähre bespannt, die durch ihren Zaum Brennesseln abfraß. In dem Wagen saß auf Koffern und Bündeln etwas wie eine Frau. Vielleicht gab es zwischen dem Wagen und dem Schlachtenbummler eine Verbindung.

Die Nacht war klar. Nicht eine Wolke am Zenit. So rot auch die Erde sein mag, der Mond ist unveränderlich weiß. Das ist der Gleichmut des Himmels. Auf den Wiesen schwankten von dem Eisenhagel zerbrochene, aber nicht gefallene und von der Baumrinde festgehaltene Zweige sanft im Nachtwind. Ein Hauch, fast ein Atem, ging durch das Gebüsch. Das Gras erschauerte, und es war wie der Abschied von Seelen.

Undeutlich hörte man in der Ferne die Patrouillen und die Ronden des englischen Lagers hin und her schreiten. Hougomont und La-Haye-Sainte brannten noch immer. Das eine im Westen, das andere im Osten, waren sie wie zwei große Flammen, an die sich wie ein aufgeknüpftes Halsband von Rubinen, mit zwei Karfunkeln an beiden Enden, die Feuerschnur des englischen Biwaks anreihte. In unermeßlichem Halbkreis entfaltete es sich auf den Hügeln des Horizonts.

Wir haben die Katastrophe am Hohlweg von Ohain geschildert. Was dieser Tod für so viele Tapfere gewesen war, das Herz bebt davor zurück, es auszudenken. Gibt es ein Schrecknis, gibt es eine Wirklichkeit, die den Traum überbietet, so ist es dies: leben, die Sonne sehen, im Besitz aller männlichen Kraft sein, Gesundheit und Frohsinn haben, mutig lachen, einem Ruhm nachjagen, der leuchtend voranschwebt, in seiner Brust eine Lunge fühlen, die atmet, ein Herz, das pocht, einen Willen, der erwägt, sprechen, denken, hoffen, lieben, eine Mutter haben, eine Frau haben, Kinder haben – und plötzlich in der Zeit eines Aufschreis, in weniger als einer Minute, in einen Abgrund stürzen, fallen, sich überschlagen, zermalmen und zermalmt werden, Kornähren sehen, Blumen, Blätter, Zweige, sich an nichts klammern können, seinen Säbel nutzlos finden. Menschen unter sich, Pferde auf sich, umsonst sich abquälen, die Knochen zerschmettert durch einen Roßtritt in der Finsternis, eine Ferse spüren, von der die Augen aus den Höhlen gesprengt werden, grimmig in Hufeisen die Zähne pressen, heulen, sich winden, unter Zentnerlasten stöhnen und sich sagen: Eben war ich noch ein Lebender!

Da, wo dieses beklagenswerte Unheil geächzt hatte, schwieg jetzt alles. Der Damm des Hohlwegs war mit unentwirrbar aufgetürmten Pferden und Reitern vollgestopft, in fürchterlicher Verhakung. Es war keine Böschung mehr da, die Leichen hatten die gleiche Höhe wie die Ebene und waren glattgestrichen wie ein gut gemessener Scheffel Gerste.

Ein Haufe von Toten im oberen, ein Blutbach im unteren Teil; so war diese Straße am 18. Juni 1815. Das Blut rann bis über die Chaussee nach Nivelles und ergoß sich in einer breiten Lache vor dem Waldverhau, der die Chaussee versperrte, an der Stelle, die einem heute noch gewiesen wird. Am entgegengesetzten Punkt hatte sich der Zusammenbruch der Kürassiere ereignet. Die Dichte des Leichenstapels war der Tiefe des Hohlwegs gemäß. Nach der Mitte zu, wo er sich abflachte, da, wo die Division Delord vorübergeritten war, wurde die Totenschicht schmaler.

Der nächtliche Wegelagerer ging nach dieser Seite. Er belauerte dieses ungeheure Grab. Er betrachtete es. Er nahm irgendeine abscheuliche Totenschau vor. Er marschierte, die Füße im Blut.

Plötzlich blieb er stehen. Wenige Schritte vor ihm, in dem Hohlweg, da, wo der Haufe der Toten endete, ragte eine offene, vom Mond beleuchtete Hand heraus. Diese Hand hatte an einem Finger etwas, was blinkte, einen goldenen Ring. Der Mann beugte sich hinab, kauerte einen Moment, und als er sich aufrichtete, war an der Hand kein Ring mehr.

Er richtete sich nicht eigentlich auf. Er blieb in einer falschen, feigen Haltung, wandte dem Haufen der Toten den Rücken und erforschte den Horizont, kniend, wobei er seinen ganzen Oberkörper auf seinen beiden an die Erde gedrückten Zeigefingern ruhen ließ. Sein Kopf spähte über den Rand des Hohlwegs. Für bestimmte Sicherungen passen am besten die vier Pfoten des Schakals.

Dann entschloß er sich und erhob sich ganz. Im selben Moment zuckte er zusammen.

Er fühlte, daß ihn jemand von hinten packte. Er drehte sich um, die offene Hand hatte sich wieder geballt und seinen Rockschoß ergriffen.

Ein ehrlicher Mann hätte sich geängstigt. Dieser begann zu lachen. »Ach«, sagte er, »es ist nur der Tote. Einer, der vom Tod erwacht, ist mir lieber als ein Gendarm.«

Aber die Hand ermüdete und ließ ihn los. Schnell erschöpft sich im Grab eine solche Kraftanstrengung. »Ach so!« sagte der Wegelagerer. »Lebt der Tote denn? Wir wollen nachsehen.«

Er neigte sich wieder herab, wühlte in dem Haufen, schob weg, was ihm ein Hindernis bereitete, erfaßte die Hand, den Arm, machte den Kopf frei, zerrte den Leib heraus, und wenige Augenblicke später zog er in den Schatten des Hohlwegs einen entseelten oder mindestens ohnmächtigen Menschen.

Es war ein Kürassier, ein Offizier, sogar von höherem Rang. Eine dicke goldene Epaulette wurde unter dem Küraß sichtbar. Der Offizier hatte keinen Helm mehr. Ein toller Säbelhieb hatte sein von Blut überströmtes Gesicht zerfetzt. Es schien aber nicht, daß ihm ein Glied zerbrochen war, und durch einen glücklichen Zufall, wenn das Wort hier möglich ist, hatten die Toten sich über ihm gewölbt, so daß sie ihm Schutz vor der Zerschmetterung gewesen waren. Seine Augen waren geschlossen.

Er hatte auf seinem Küraß das Silberkreuz der Ehrenlegion. Der Wegelagerer riß dieses Kreuz ab, das in einem der Schlünde unter seinem Mantel verschwand. Danach betastete er die Hosentasche des Offiziers, fühlte eine Uhr darin und nahm sie. Dann durchwühlte er die Weste, fand darin eine Börse und steckte sie ein.

Als er mit seiner Fürsorge für den Toten soweit war, öffnete der Offizier die Augen. »Danke«, sagte er schwach. Die jähen Bewegungen des Mannes, in dessen Händen er war, die Kühle der Nacht, die frische Luft, die er atmete, hatten die Lethargie von ihm genommen.

Der Wegelagerer antwortete nicht. Er hob den Kopf. Man hörte ein Geräusch von Schritten auf der Ebene. Wohl irgendeine Patrouille, die nahte. Der Offizier murmelte, denn noch war in seiner Stimme der Todeskampf; »Wer hat die Schlacht gewonnen?«

»Die Engländer«, erwiderte der Wegelagerer.

Der Offizier sagte: »Suchen Sie in meinen Taschen! Sie finden darin eine Börse und eine Uhr. Nehmen Sie sie!« Das war schon geschehen.

Der Wegelagerer tat durch eine Gebärde, wie ihm geheißen worden war, und sagte: »Es ist nichts drin.«

»Man hat mich bestohlen«, sagte der Offizier. »Das betrübt mich. Es wäre für Sie gewesen.«

Die Schritte der Patrouille wurden immer deutlicher. »Man kommt«, sagte der Wegelagerer und stellte sich, als ob er gehen wolle.

Der Offizier hielt ihn mühsam am Arm. »Sie haben mir das Leben gerettet. Wer sind Sie?«

Der Wegelagerer antwortete schnell und leise: »Ich habe wie Sie zur französischen Armee gehört. Ich muß Sie verlassen. Finge man mich, würde ich erschossen. Ich habe Ihnen das Leben gerettet. Ziehen Sie sich nun selbst aus der Affäre!«

»Was ist Ihr Dienstgrad?«

»Sergeant.«

»Wie heißen Sie?«

»Thénardier.«

»Den Namen werde ich nicht vergessen«, sagte der Offizier. »Und merken Sie sich den meinen! Ich heiße Pontmercy.«

ZWEITES BUCH

DAS KRIEGSSCHIFF »ORION«

Nummer 24 601 wird Nummer 9430

Jean Valjean war wieder gefaßt worden. Man wird uns Dank wissen, daß wir über die schmerzlichen Einzelheiten rasch hinweggehen. Wir beschränken uns darauf, zwei Notizen abzudrucken, die von Blättern jener Zeit wenige Monate nach den überraschenden Geschehnissen in Montreuil-sur-Mer veröffentlicht worden sind.

Die Meldungen sind etwas kurzgefaßt. Man bedenke, daß es damals noch keine »Gazette des Tribunaux« gab.

Den ersten Artikel entnehmen wir dem »Drapeau blanc«. Er ist vom 25. Juli 1823 datiert:

»Ein Bezirk von Pas-de-Calais war soeben der Schauplatz einer ungewöhnlichen Begebenheit. Ein Mann, der dem Departement fremd war und sich Madeleine nannte, hatte seit einigen Jahren dank neuer Verfahren eine alte lokale Industrie wiederbelebt, die Fabrikation von Jet und schwarzen Glaswaren. Er hatte dabei ein Vermögen zurückgelegt und, sagen wir es nur, den Bezirk zu Wohlstand gebracht. In Anerkennung seiner Dienste hatte man ihn zum Bürgermeister ernannt.

Die Polizei hat entdeckt, daß Herr Madeleine kein anderer war als ein ehemaliger Sträfling, der sich der polizeilichen Aufsicht entzogen hatte, 1796 wegen Diebstahls verurteilt wurde und Jean Valjean hieß. Jean Valjean ist dem Bagno wieder zugeführt worden. Wie es scheint, war es ihm vor seiner Verhaftung gelungen, bei Herrn Laffitte eine Summe von über einer halben Million abzuheben, die er bei ihm deponiert und übrigens, so sagt man, durchaus gesetzlich in seinem Handel erworben habe. Man hat nicht feststellen können, wo

Jean Valjean diese Summe seit seiner neuen Internierung im Bagno von Toulon verborgen hält.«

Der zweite, etwas mehr detaillierte Artikel sei hier nach dem »Journal de Paris« vom selben Tag wiedergegeben:

»Ein ehemaliger Sträfling, der freigelassen worden war, namens Jean Valjean, stand kürzlich vor dem Schwurgericht des Departements Var unter Umständen, die dazu angetan sind, Aufmerksamkeit zu erregen. Diesem Verbrecher war es geglückt, die Wachsamkeit der Polizei zu täuschen. Er hatte seinen Namen geändert, und es gelang ihm, sich zum Bürgermeister einer unserer kleinen Städte im Norden ernennen zu lassen. Er hatte in dieser Stadt einen ziemlich beträchtlichen Handel betrieben. Endlich wurde er entlarvt und verhaftet, dank dem unermüdlichen Eifer des Justizministeriums. Seine Konkubine war eine öffentliche Dirne, die in dem Augenblick seiner Festnahme infolge heftiger Gemütsbewegung verstorben ist. Dieser Elende, der mit herkulischer Kraft ausgestattet ist, hatte Mittel und Wege gefunden zu entfliehen. Aber drei oder vier Tage nach seinem Ausbruch legte die Polizei von neuem die Hand auf ihn, in Paris selbst, in dem Moment, als er in einen der kleinen Wagen stieg, die zwischen der Hauptstadt und dem Dorfe Montfermeil (Seine-et-Oise) verkehren. Es wird erzählt, er habe diese drei- oder viertägige Pause, während der er in Freiheit war, benutzt, um eine bedeutende Summe, die er bei einem unserer größten Bankiers deponiert hatte, abzuheben. Man schätzt diese Summe auf sechs bis siebenhunderttausend Francs. Wenn man der Anklageschrift folgt, hat er sie an einem ihm allein bekannten Ort vergraben, und es war nicht möglich, sie zu konfiszieren. Wie dem auch sei, der Mann namens Jean Valjean ist vor die Geschworenen des Departements Var gestellt worden, angeklagt eines Diebstahls auf offener Landstraße, mit Waffengewalt vor etwa acht Jahren verübt an der Person eines der redlichen Kinder, die, wie der Patriarch von Ferney in unsterblichen Versen gesagt hat, ›alljährlich aus Savoyen zu uns kommen und deren Hand mit Leichtigkeit dann fegt die länglichen, von Ruß verschmutzten Rohre‹ Der Bandit hat auf eine Verteidigung verzichtet. Durch die geschickten und beredten Sprecher der Justiz ist erwiesen worden, daß er bei diesem Diebstahl Mittäter gehabt hat und daß Jean Valjean einer Bande von Dieben in Südfrankreich angehörte. Demgemäß wurde Jean Valjean, für schuldig erklärt, zum Tode verurteilt. Der Verbrecher hat sich geweigert, Nichtigkeitsbeschwerde einzulegen. Der König hat in seiner unerschöpflichen Güte geruht, seine Strafe in lebenslängliche Zwangsarbeit umzuwandeln. Jean Valjean ist sofort in das Bagno von Toulon geschafft worden.«

Man hat nicht vergessen, daß Jean Valjean in Montreuil-sur-Mer religiösen Bräuchen anhing. Einige Zeitungen, unter ihnen der »Constitutionnel«, stellen die Strafmilderung als einen Triumph der Priesterpartei dar. Jean Valjean bekam im Bagno eine andere Ziffer. Er hieß jetzt 9430.

Im übrigen sei abschließend erwähnt, daß mit Herrn Madeleine das Gedeihen von Montreuil-sur-Mer zu Ende war. Alles, was er in der Fiebernacht, in der er zauderte, vorausgesehen hatte, bewahrheitete sich. Da er fehlte, fehlte hinfort die Seele. Nach seinem Sturz vollzog sich in Montreuil-sur-Mer die selbstsüchtige Aufteilung gefallener großer Existenzen, die verhängnisvolle Zerstückelung der blühenden Dinge, die alle Tage im Dunkel von der menschlichen Gemeinschaft begangen wird und die von der Geschichte nur einmal vermerkt worden ist, als sie nach dem Tod Alexanders zu beobachten war. Die Unterfeldherren krönen sich zu Königen; Zwischenmeister werden plötzlich Fabrikanten; Neid und Rivalität erheben sich. Die geräumigen Arbeitssäle von Herrn Madeleine wurden geschlossen. Die Gebäude verfielen, die Arbeiter wurden verstreut. Die einen verließen die Gegend, die anderen gaben das Handwerk auf. Alles verkleinerte sich, statt sich auszudehnen. In allem war das Trachten nach Gewinn, statt daß man es um des Guten willen tat. Kein Mittelpunkt mehr; überall erpichte Konkurrenz. Herr Madeleine beherrschte alles und leitete es. Nachdem er gestürzt war, zog jeder an sich, was er konnte. Der Geist des Haders verdrängte den Organisationsgeist, die Gier die Herzlichkeit, der Haß des einen gegen den anderen das Wohlwollen des Begründers für alle. Die von Herrn Madeleine geknüpften Fäden verwirrten sich und rissen. Man verfälschte die Verfahren, man entwendete die Erzeugnisse, man tötete das Vertrauen. Der Absatz verringerte sich; weniger Aufträge. Der Lohn wurde gesenkt, die Werkstätten feierten, es kam der Bankrott. Und nichts mehr für die Armen. Alles war aus.

Der Staat sogar konnte sich nicht verhehlen, daß irgendwer irgendwo vernichtet worden war. Keine vier Jahre nach dem Spruch des Schwurgerichts, der zum Nutzen des Bagnos die Identität von Herrn Madeleine mit Jean Valjean feststellte, hatten sich die Kosten der Steuereintreibung im Bezirk Montreuil-sur-Mer verdoppelt, und Herr von Villèle sprach darüber von der Tribüne herab im Februar 1827.

Wo man zwei Verse lesen wird,
die vielleicht vom Teufel sind.

Bevor wir weitergehen, ist es angebracht, ausführlicher von einem sonderbaren Vorkommnis zu erzählen, das sich etwa damals in Montfermeil zutrug und sich mit gewissen Vermutungen des Justizministeriums decken mag.

In der Gegend von Montfermeil gibt es einen sehr alten Aberglauben, der um so merkwürdiger und köstlicher ist, als ein Volksaberglaube in der Nachbarschaft von Paris auffallen muß wie eine Aloe in Sibirien. Wir achten alles, was den Seltenheitswert einer solchen Pflanze hat. Dies also ist der Aberglaube von Montfermeil. Der Teufel hat, so wird versichert, seit undenklichen Zeiten den Wald gewählt, um seine Schätze zu verbergen. Die guten Weiber beteuern, mitunter begegne man, wenn der Tag sinkt, an abgelegenen Stellen des Waldes einem schwarzen Mann, der wie ein Fuhrmann oder Holzhacker aussehe. Er habe Holzschuhe an den Füßen, sei mit einer Hose und einem Leinwandkittel bekleidet und daran erkennbar, daß er anstatt einer Mütze oder eines Hutes zwei riesige Hörner auf dem Kopf habe. Daran müßte er in der Tat zu erkennen sein. Der Mann ist meist damit beschäftigt, ein Loch zu graben. Dreifacher Nutzen läßt sich aus der Begegnung mit ihm ziehen. Erstens kann man an den Mann herantreten und mit ihm sprechen. Dann sieht man, daß er ganz einfach ein Bauer ist, daß er schwarz scheint wegen der Dämmerung, daß er nicht das kleinste Loch gräbt, daß er vielmehr Gras für seine Kühe abschneidet. Und was man für Hörner gehalten hatte, ist nichts als eine Mistgabel, die er auf dem Rücken trägt und deren Zinken ihm dank der Durchsichtigkeit der Abendluft aus dem Kopf zu wachsen schienen. Man geht nach Hause und stirbt in derselben Woche. Die zweite Art ist, ihm zuzuschauen, zu warten, bis er sein Loch gegraben, es wieder verschlossen hat und geht, dann schnell zu der Grube zu laufen, sie zu öffnen und den »Schatz« hervorzuholen, den der Schwarze unbedingt da hineingelegt hat. In diesem Fall stirbt man im selben Monat. Die dritte Art endlich ist, mit dem schwarzen Mann nicht zu reden, ihn nicht anzublicken und aus Leibeskräften zu fliehen. Man stirbt dann im selben Jahr. Da alle drei Arten ihre Unannehmlichkeiten haben, entscheidet man sich im allgemeinen für die zweite, die wenigstens gewisse Vorteile bietet, darunter den, daß man einen Schatz besitzt, und wäre es nur für einen Monat. Verwegene Menschen, die alle Glücksmöglichkeiten locken, haben also, wie behauptet wird, oft die von dem schwarzen Mann gegrabenen Löcher wieder geöffnet und den Teufel zu bestehlen versucht. Das Ergebnis ist wohl recht mittelmäßig. Wenigstens, wenn man der Überlieferung glaubt und zumal zwei rätselhaften Versen in barbarischem Latein, die ein schlechter Mönch aus der Normandie, etwas wie ein Hexenmeister, namens Tryphon hinterlassen hat. Dieser Tryphon ist in der Abtei Saint-Georges in Bocherville nahe Rouen beigesetzt, und auf seinem Grab werden Kröten geboren.

Man plagt sich also ungeheuerlich, diese Gruben sind gewöhnlich sehr tief, man schwitzt, man wühlt, man rackert sich eine ganze Nacht ab, durchnäßt sein Hemd, verbrennt seine Kerze, macht seine Hacke schartig, und wenn man bis in die Tiefe des Loches gekommen ist, wenn man den »Schatz« greifen kann, was findet man, was ist der Teufelsschatz? Ein Sou, bisweilen ein Fünffrancsstück, ein Stein, ein Skelett, ein noch blutender Leichnam, manchmal ein Gespenst, das wie ein Blatt Papier in einer Brieftasche zusammengefaltet ist, manchmal nichts. Das scheinen den neugierigen Schwätzern die Verse Tryphons anzukündigen: *»Fodit, et in fossa thesauros condit opaca, as, nummos, lapides, cadaver, simulacra, nihilque.«* Wie es scheint, entdeckt man darin in unseren Tagen auch bald ein Pulverhorn mit Flintenkugeln, bald ein altes, fettes, rötlich-gelbes Spiel Karten, das wohl dem Teufel gedient hat. Diese beiden Funde verzeichnet Tryphon nicht, da er im zwölften Jahrhundert lebte und kaum soviel Geist hatte, um das Pulver vor Roger Bacon und die Spielkarten vor Karl VI. zu erfinden. Wenn man übrigens mit diesen Karten spielt, ist man sicher, alles zu verlieren, was man hat; und das Pulver in dem Gefäß hat die Eigenschaft, zu bewirken, daß Ihr Gewehr sich Ihnen in das Gesicht entlädt.

Bald nach der Zeit nun, da es dem Ministerium schien, während seines mehrtägigen Entrinnens sei der freigelassene Sträfling Jean Valjean um Montfermeil umhergestreift, ertappte man im selben Dorf einen alten Straßenarbeiter namens Boulatruelle bei »Gängen« in den Wald. Man raunte in der Gegend, Boulatruelle sei im Bagno gewesen. Er war einer gewissen Überwachung durch die Polizei unterworfen, und da er nirgends Arbeit fand, verwendete die Bezirksverwaltung ihn zum Mindestlohn als Straßenarbeiter an dem Querweg von Gagny nach Lagny.

Boulatruelle war ein Mensch, den die Leute am Ort scheel ansahen, zu ehrerbietig, zu demütig, zu eilfertig, vor jedermann seine Kappe abzunehmen, zitternd und lächelnd, wenn er vor Gendarmen stand, wahrscheinlich mit Banden im Bunde und, so hieß es, verdächtig, daß er, wenn die Nacht kam, im Buschholz im Hinterhalt liege. Für ihn sprach einzig, daß er ein Trunkenbold war.

Dies nun meinte man beobachtet zu haben: Seit einiger Zeit vernachlässigte Boulatruelle zu sehr früher Stunde seine Pflichten, das Einbauen von Schotter in die Straße und ihre Pflege, und begab sich mit seiner Hacke in den Wald. Man traf ihn gegen Abend an den einsamsten Lichtungen und im wildesten Dickicht. Es sah aus, als suchte er etwas, und bisweilen grub er Löcher. Die guten Weiber, die vorübergingen, dachten zuerst, es sei Beelzebub, dann erkannten sie Boulatruelle, und das beruhigte sie nicht gerade. Diese Begegnungen schienen Boulatruelle lebhaft zu verdrießen. Offenbar wollte er sich verbergen, und über das, was er tat, war Dunkel gebreitet.

Man sagte im Dorf: »Es ist klar, daß der Teufel sich gezeigt hat. Boulatruelle hat ihn gesehen und sucht. Der Kerl ist fähig, Luzifers Schatz zu ergattern.« Die Voltairianer fügten hinzu: »Wird Boulatruelle den Teufel foppen oder der Teufel Boulatruelle?« Viele alte Weiber bekreuzigten sich.

Indessen stellte Boulatruelle sein Treiben im Wald ein, er nahm seine regelmäßige Beschäftigung als Straßenarbeiter wieder auf, und man sprach von anderem.

Einige Personen jedoch waren noch immer neugierig und dachten, es handle sich zwar nicht um die fabelhaften Schätze der Volkssage, aber um einen ernsthaften Fund, greifbarer als die Banknoten des Teufels, und der Straßenarbeiter habe zweifellos das Geheimnis halb gelüftet. Die Hitzigsten waren der Schullehrer und der Garküchenwirt Thénardier, der mit allen befreundet war und nicht verschmäht hatte, sich mit Boulatruelle näher einzulassen. »Er war auf den Galeeren«, sagte Thénardier. »Ach, Gott, man weiß nicht, wer dort ist und wer dort sein wird.«

Eines Abends erklärte der Schullehrer, einst würde die Justiz Boulatruelle hochnotpeinlich befragt haben, was er im Wald tue, und er wäre gezwungen worden zu sprechen, man hätte ihn sogar gefoltert, und Boulatruelle hätte zum Beispiel die Wasserprobe nicht bestanden. »Machen wir die Weinprobe mit ihm«, sagte Thénardier.

Man setzte sich zu vieren hin und ließ den alten Straßenarbeiter trinken. Boulatruelle trank enorm und sprach wenig. Er vereinigte mit bewunderswerter Kunst und in meisterlicher Bemessung den Durst eines Saufaus mit der Verschwiegenheit eines Richters. Aber da sie ihn wieder und wieder bedrängten und die wenigen dunklen Worte, die ihm entschlüpften, zusammenhielten und nachhalfen, glaubten Thénardier und der Lehrer das Folgende zu verstehen:

Als Boulatruelle eines Morgens, bei Tagesanbruch, zur Arbeit ging, hatte er überrascht in einem Waldwinkel, unter Gestrüpp, eine Schaufel und eine Hacke gesehen, »als hätte sie einer versteckt«. Er dachte sich aber, es seien Schaufel und Hacke des Vaters Six-Fours, des Wasserträgers, und vergaß es. Jedoch am Abend desselben Tages sah er, ohne selbst gesehen werden zu können, da ein dicker Baum ihn den Blicken entzog, wie ein Mann von der Straße in den verwachsensten Teil des Gehölzes ging, ein Individuum, das nicht aus der Gegend war und das er, Boulatruelle, sehr gut kannte. Übersetzung von Thénardier: ein Genosse vom Bagno. Boulatruelle hatte sich beharrlich geweigert, den Namen zu nennen.

Dieses Individuum trug ein Paket, etwas Viereckiges wie eine große Kiste oder einen kleinen Koffer. Boulatruelle war verdutzt. Aber erst nach sieben oder acht Minuten kam ihm der Einfall, hinter dem Individuum herzugehen. Jedoch war es zu spät, der Mann war schon im Dickicht, es war Nacht geworden, und Boulatruelle hatte ihn nicht einholen können. Da hatte er sich entschlossen, den Waldrand zu beobachten. Der Mond schien. Zwei oder drei Stunden später hatte Boulatruelle gesehen, wie der Mann aus dem Buschholz wieder hervorkam. Jetzt trug er nicht mehr den kleinen Koffer, sondern Schaufel und Hacke. Boulatruelle hatte das Individuum vorbeigelassen und war nicht auf die Idee gekommen, es anzusprechen, denn er hatte sich gesagt, der andere sei dreimal so stark wie er und mit einer Hacke bewaffnet und werde ihn wohl niederschlagen, wenn er ihn erkenne und sich erkannt sehe. Rührender Herzenserguß zweier alter Kameraden, die einander wieder begegnen. Aber die Schaufel und die Hacke waren ein Lichtstrahl für Boulatruelle gewesen. Er war in aller Frühe zu dem Gebüsch gelaufen und hatte weder Schaufel noch Hacke gefunden. Er hatte dem entnommen, daß der Mann, als er den Wald betrat, mit der Hacke ein Loch grub, den Koffer versenkte und das Loch mit der Schaufel zuschüttete. Nun war der Koffer zu klein für eine Leiche, es war also Geld darin. Deshalb hatte er gesucht. Boulatruelle hatte den ganzen Wald durchforscht, durchstöbert, alles ausgespürt und überall nachgegraben, wo ihm die Erde frisch aufgerissen schien. Vergebens. Er hatte nichts »ausbaldowert«. Niemand in Montfermeil befaßte sich noch damit. Nur einige biedere Gevatterinnen sagten: »Bestimmt hat der Straßenarbeiter von Gagny den Hokuspokus nicht für umsonst gemacht. Bestimmt war der Teufel bei ihm.«

Das Kettenglied muß vorbereitet sein, um mit einem Hammerschlag gebrochen zu werden

Gegen Ende Oktober dieses Jahres 1823 sahen die Bewohner von Toulon, nach einem großen Sturm und zur Beseitigung von Havarien, das Kriegsschiff »Orion« in ihren Hafen zurückkehren. Es ist später in Brest als Schulschiff eingestellt worden und gehörte damals zum Mittelmeergeschwader.

So beschädigt es war, denn die hohe See hatte es übel behandelt, erschien es, als es in die Reede einfuhr, imposant. Es trug eine Flagge, die ihm einen zeremoniellen Gruß mit elf Kanonenschüssen verschaffte; es erwiderte sie Schlag auf Schlag. Also zweiundzwanzig. Man hat berechnet, daß mit Breitseiten, Höflichkeiten im königlichen Dienst und aus militärischen Gründen, Austausch von Huldigungsgeräusch, Signalen, die von der Etikette gefordert werden, Formalitäten vor Reeden und Zitadellen, Sonnenaufgängen und Sonnenuntergängen, die Tag für Tag alle Festungen und alle Kriegsschiffe zu begrüßen haben, Öffnung und Sperre von Toren und so weiter die zivilisierte Welt auf der ganzen Erde alle vierundzwanzig Stunden hundertundfünfzigtausend Kanonenschüsse zwecklos verfeuerte. Sechs Francs jeder Kanonenschuß, macht neunhunderttausend Francs täglich, dreihundert Millionen jährlich, die sich in Rauch auflösen. Das ist nur eine Einzelheit. Währenddessen sterben die Armen vor Hunger.

Das Jahr 1823 nannte die Restauration »die Zeit des Spanischen Kriegs«.

Dieser Krieg enthielt viele Ereignisse in einem einzigen und eine Menge Merkwürdigkeiten. Eine wichtige Familienangelegenheit für das Haus Bourbon. Die französische

Linie kam der Madrider zu Hilfe und beschützte sie, das heißt, sie handelte nach dem Erstgeburtsrecht – eine scheinbare, durch Knechtschaft und Abhängigkeit von den Kabinetten im Norden erschwerte Rückkehr zu unseren nationalen Traditionen. In triumphaler Haltung, zu der seine friedfertige Miene in einem gewissen Gegensatz stand, unterdrückte der Herzog von Angoulême, von den liberalen Blättern mit dem Beinamen »Held von Andujar« bedacht, den alten, sehr lebendigen Terrorismus der Inquisition, der sich mit dem eingebildeten Terrorismus der Liberalen in den Haaren lag. Die Sansculotten waren zum großen Schrecken der alten Damen unter dem Namen Descamisados wieder auferstanden. Die Alleinherrschaft behinderte den mit Anarchie bezeichneten Fortschritt. Den Lehren von 89 wurde in der Sappe mir nichts, dir nichts über den Mund gefahren. Ein der französischen Idee zugerufenes europäisches Halt ging um die Welt. Auf diesem Kreuzzug der Könige gegen die Völker schloß sich der Prinz von Carignan, seitdem Charles-Albert, als Freiwilliger mit rotwollenen Grenadiersepauletten dem Generalissimus und Sohn Frankreichs an. Die Soldaten des Kaiserreichs marschierten wieder, aber nach achtjähriger Pause, gealtert und traurig unter der weißen Kokarde. Die Trikolore wurde im Ausland von einer Handvoll heldenmütiger Franzosen geschwenkt, wie dreißig Jahre vorher die weiße Fahne in Koblenz. Die Mönche hatten sich unter unsere Soldaten gemischt: Den Geist der Freiheit und der Neuerung brachten die Bajonette zur Vernunft, die Grundsätze wurden mit Kanonenschüssen gebändigt. Frankreich zerstörte mit seinen Waffen, was es mit seinem Geist geschaffen hatte. Nebenbei waren die feindlichen Führer gekauft, die Soldaten zauderten, Millionen belagerten die Städte. Keine militärischen Gefahren und dennoch mögliche Explosionen wie in jeder überrumpelten und besetzten Mine. Wenig Blut wurde vergossen, wenig Ehre errungen, Schande kam für einige, Ruhm für niemand heraus. So war dieser Krieg, gemacht von Prinzen, die von Ludwig XIV. abstammten, und geführt von Generälen, die Napoleon ernannt hatte. Ihm war das traurige Los beschieden, daß er weder an den großen Krieg noch an die große Politik erinnerte.

Einige Heldentaten können als solche gelten. Die Einnahme des Trocadero stellte unter anderem eine schöne kriegerische Handlung dar. Doch alles in allem, wir sagen das noch einmal, haben die Hörner jenes Krieges einen gesprungenen Klang, das Ganze war verdächtig, und die Geschichte gesteht Frankreich zu, daß es Schwierigkeiten mit diesem falschen Triumph hat. Es liegt klar auf der Hand, daß gewisse spanische Offiziere, denen die Verteidigung oblag, zu rasch das Feld räumten. Angesichts eines solchen Sieges war der Gedanke an Bestechung nur natürlich. Wie es schien, hatte man mehr die Generale als die Schlachten gewonnen, und der siegreiche Soldat kehrte gedemütigt heim. In der Tat ein erniedrigender Krieg, bei dem zwischen den Falten der Fahne »Bank von Frankreich« zu lesen war.

Soldaten des Krieges von 1808, über die Saragossa fürchterlich hereingebrochen war, runzelten 1823 angesichts der leichtfertigen Übergabe der Festungen die Stirn und begannen Palafox zu vermissen. Frankreich hat es nun einmal immer noch lieber mit Rostopschin zu tun als mit Ballesteros.

Unter einem noch bedenklicheren Gesichtspunkt, der ebenfalls nicht unerwähnt bleiben darf, kränkte dieser Krieg in Frankreich nicht nur die kriegerische, sondern auch die demokratische Gesinnung. Es war ein Unterwerfungsfeldzug, und das Ziel des französischen Soldaten, des Sohnes der Demokratie, bestand darin, anderen ein Joch aufzuzwingen. Abscheuliche Sinnwidrigkeit. Frankreich ist dafür geschaffen, die Seele der Völker wachzurütteln, nicht sie zu ersticken. Seit 1792 leiten sich alle Revolutionen in Europa von der Französischen Revolution ab. Die Freiheit sendet ihre Strahlen von Frankreich aus. Dort spielt sich ein sonnenhaftes Ereignis ab. »Blind, wer das nicht sieht!« sagte Bonaparte.

Der Krieg von 1823, ein Anschlag auf die hochherzige spanische Nation, war demnach zugleich ein Anschlag auf die Französische Revolution. Diese ungeheuerliche Gewalttat beging Frankreich, gezwungenermaßen. Denn abgesehen von den Befreiungskriegen, erfolgt alles, was die Armeen tun, gezwungenermaßen. Der Ausdruck »blinder Gehorsam« weist darauf hin. Eine Armee ist ein seltsames Rechenkunststück, ihre Stärke ergibt sich aus einer ungeheuren Summe von Ohnmacht. So erklärt sich der Krieg, der von der Menschheit gegen die Menschheit trotz der Menschheit gemacht wird.

Für die Bourbonen war der Krieg von 1823 verhängnisvoll. Sie hielten ihn für einen Erfolg und bemerkten nicht, wie gefährlich es ist, eine Idee mit einer Instruktion zu töten. In ihrer Einfalt irrten sie sich so sehr, daß sie in ihr Gebäude als tragendes Element die ungemeine Schwächung durch ein Verbrechen mit einbezogen. Der Geist des Hinterhalts kam in ihre Politik. 1830 hat seine Wurzeln in 1823. Der spanische Feldzug wurde bei ihren Beratungen ein Argument für die Gewaltstreiche und Abenteuer des Rechtes von Gottes Gnaden. Frankreich, das den *rey neto* in Spanien wieder eingesetzt hatte, konnte doch wohl auch den absoluten König im eigenen Land wieder einsetzen. Sie verfielen dem schrecklichen Irrtum, den Gehorsam des Soldaten für die Zustimmung der Nation zu halten. Dieses Vertrauen stürzt die Throne ins Verderben. Weder im Schatten eines Manschinellenbaums noch unter dem Schutz einer Armee darf man einschlafen.

Kehren wir zum Kriegsschiff »Orion« zurück.

Während der Operationen der vom Prinzen und Generalissimus befehligten Armee kreuzte ein Geschwader im Mittelmeer. Wir erwähnten vorher, daß die »Orion« zu diesem Geschwader gehörte und wegen der Vorfälle auf See den Hafen von Toulon anlaufen mußte.

Die Anwesenheit eines Kriegsschiffes in einem Hafen hat für die Menge etwas Verlockendes und Fesselndes. Es ist groß, und die Menge liebt das Große. Ein Linienschiff ist eine der prachtvollsten Begegnungen des menschlichen Genies mit der Macht der Natur.

Es setzt sich aus dem zusammen, was es an Schwerstem und Leichtestem gibt, weil es mit den drei Zuständen der Materie, dem festen, dem flüssigen und dem gasförmigen, gleichzeitig zu tun hat und weil es gegen alle drei ankämpfen muß. Es besitzt elf Eisenkrallen, mit denen es sich am Granit des Meeresgrundes festhält, und mehr Flügel und Fühler als die Insekten, um damit den Wind in den Wolken aufzufangen. Sein Atem kommt aus seinen einhundertzwanzig Kanonen wie aus riesigen Trompeten und antwortet kühn dem Blitz. Der Ozean bemüht sich, es in der erschreckenden Gleichförmigkeit seiner Wogen irrezuführen, doch das Schiff hat seine Seele, den Kompaß, der es berät und ihm stets den Norden weist. In den stockfinsteren Nächten ersetzen seine Laternen die Sterne. Dem Wind begegnet es mit Tau und Tuch, dem Wasser mit Holz, dem Fels mit Eisen, Kupfer und Blei, dem Dunkel mit Licht und der Unermeßlichkeit mit einer Nadel.

Wer sich eine Vorstellung von all den gigantischen Ausmaßen eines Linienschiffes machen will, braucht nur eine der überdachten, sechs Stockwerke hohen Hellingen in den Häfen von Brest oder Toulon zu betreten. Die im Bau befindlichen Schiffe liegen da wie unter einer Glocke. Dieser Riesenbalken ist eine Rahe, jene dicke, hölzerne Säule auf dem Boden der unabsehbar lange Großmast. Von seiner Wurzel im Schiffsraum bis zu seinem Gipfel in den Wolken mißt er sechzig Klafter, und über dem Kiel hat er einen Durchmesser von drei Fuß. Der englische Großmast erhebt sich zweihundertsiebzehn Fuß über die Wasserlinie. Die Marine unserer Väter verwandte Taue, unsere benutzt Ketten. Allein der Kettenhaufen eines mit einhundert Kanonen bestückten Schiffs hat eine Höhe von vier, eine Breite von zwanzig und eine Tiefe von acht Fuß. Und wieviel Holz wird benötigt, um dieses Schiff zu bauen? Dreitausend Raummeter. Das ist ein schwimmender Wald.

Und hier handelt es sich wohlgemerkt nur um das Kriegsschiff von vor vierzig Jahren, um das einfache Segelschiff. Der Dampf, damals noch in den Kinderschuhen steckend, hat seitdem diesem Wunderwerk, das Kriegsschiff heißt, weitere Wunder beigesellt. Gegenwärtig ist zum Beispiel das Segeldampfschiff eine erstaunliche Maschine, die mit einer Segelfläche von dreitausend Quadratmetern und einem Kessel von zweitausendfünfhundert Pferdestärken angetrieben wird.

Abgesehen von diesen neuartigen Wundern, gehört das

alte Schiff von Christoph Kolumbus und Ruyter zu den größten Meisterwerken des Menschen. Es ist unerschöpflich an Kraft wie die Unendlichkeit an Wind, es fängt die Luft in seinem Segel ein, es steuert genau durch die unermeßliche Weite des Meeres, es schwimmt und herrscht.

Dennoch kommt eine Stunde, da die Bö jene sechzig Fuß lange Rahe wie einen Strohhalm knickt, da der Sturm jenen vierhundert Fuß hohen Mast wie ein Schilfrohr beugt, da jener Anker, der Hunderte von Zentnern wiegt, sich im Rachen der Wogen wie ein Angelhaken im Kiefer eines Hechtes verbiegt, da jene ungeheuren Kanonen ein klägliches und nutzloses Gebrüll ausstoßen, das der Orkan in die Leere und die Nacht davonträgt, da jene ganze Macht und Herrlichkeit in größerer Macht und Herrlichkeit versinken.

Allemal wenn sich eine riesige Kraft entfaltet, um in eine riesige Schwäche einzumünden, läßt das die Menschen grübeln. Daher wimmelt es in den Häfen um diese wunderbaren Kriegsmaschinen der See von Neugierigen, ohne daß ihnen selbst restlos klar ist, warum sie sich davor drängen.

Alle Tage also waren von morgens bis abends Kais, Molen und Werften des Hafens von Toulon mit einer großen Zahl von Müßiggängern und Gaffern bedeckt, deren Zeitvertreib es war, die »Orion« zu betrachten.

Die »Orion« war ein seit langem krankes Schiff. Auf ihren früheren Reisen hatte eine dichte Muschelkruste den Kiel überwuchert, so daß sie fast die Hälfte des Fahrtempos einbüßte. Im vorigen Jahr hatte man sie auf Trockendock gelegt, um die Muscheln abzukratzen, dann war sie wieder ins Meer hinausgesegelt. Jedoch dieses Abkratzen hatte der Verbolzung des Kiels geschadet. Auf der Höhe der Balearen hatten die ermatteten Bohlen sich geöffnet, und da die Plankenverkleidung damals nicht von Eisenblech war, hatte das Schiff Wasser eingesogen. Hinzugekommen war ein starker Äquinoktialsturm, der an Backbord das Galionsdeck und eine Stückpforte zertrümmerte und den Tauhalter des Focksegels verletzte. Wegen dieser Havarien hatte die »Orion« Toulon wieder aufgesucht.

Sie hatte nahe dem Arsenal Anker geworfen, war bemannt und wurde ausgebessert. Der Rumpf war an Steuerbord unversehrt, indes waren hier und da Planken von den Nägeln abgetrennt worden, um die Luft in das Schiffsgerippe eindringen zu lassen.

Eines Morgens waren die vielen Zuschauer Zeugen eines Unfalls. Die Besatzung war dabei, die Segel festzumachen. Der Marsgast, der Mastwächter, der beauftragt war, die Spitze des großen Marssegels an Steuerbord zu fassen, verlor das Gleichgewicht. Man sah ihn taumeln, die am Arsenalkai gehäufte Menge schrie auf, der Kopf riß den Leib nach, der Mann drehte sich um die Rahe, mit zum Abgrund ausgestreckten Händen. Er packte, indes er vorbeisauste, mit einer Hand zuerst, dann mit der anderen die eine Stütze vortäuschende Pertleine und blieb daran hängen. Unter ihm lag in schwindelerregender Tiefe das Meer. Von der Erschütterung seines Sturzes schwankte die Pertleine heftig wie eine Strickschaukel. Der Mann schwebte am Ende des Seils wie ein Stein in einer Schleuder hin und her.

Ihm zu Hilfe zu eilen bedeutete ein erschreckendes Wagnis. Keiner der Matrosen, die sämtlich Fischer von der Küste und erst neuerdings für die Marine ausgehoben waren, hatte Mut genug für ein solches Abenteuer. Indessen wurde der unglückliche Marsgast schon müde. Die Angst auf seinem Gesicht konnte man nicht sehen; aber man konnte erkennen, wie erschöpft an allen Gliedern er war. Seine Arme krampften sich in grauenhaften Zuckungen. Jede seiner Anstrengungen hochzuklettern ließ die Pertleine desto ungestümer pendeln. Er schrie nicht, aus Furcht, es koste ihn Kraft. Man wartete nur noch auf die Minute, in der er das Seil loslassen würde, und inzwischen wandten alle ihre Köpfe weg, um ihn nicht hinunterstürzen zu sehen. In manchen Augenblicken ist ein Stück Strick, eine Stange, der Zweig eines Baumes das Leben selbst, und es ist gräßlich, ein lebendes Geschöpf abrutschen und fallen zu sehen wie eine reife Frucht.

Plötzlich sah man, wie ein Mann mit der Behendigkeit einer Tigerkatze in das Takelwerk klomm. Er trug eine rote Jacke, er war ein Sträfling. Er trug eine grüne Mütze, war also lebenslänglich verurteilt. Als er die Höhe des Mastkorbs erreicht hatte, entführte ein Windstoß ihm die Mütze, und man sah einen völlig weißen Kopf. Ein junger Mann war das nicht.

In der Tat war ein Sträfling, der an Bord Frondienst leistete, gleich im ersten Moment zu dem Wachoffizier gelaufen und hatte inmitten der Verwirrung und des Zauderns der Mannschaft, indes alle Matrosen zitterten und zurückwichen, den Offizier um Erlaubnis gebeten, sein Leben einzusetzen, um den Marsgast zu retten. Auf ein bejahendes Zeichen des Offiziers hatte er mit einem Hammerschlag die an den Eisenring um seinen Fuß genietete Kette zerbrochen, dann hatte er einen Strick genommen und war in die Wanten geklettert. Niemand beachtete in dieser Minute, mit welcher Leichtigkeit er die Kette gesprengt hatte. Erst später erinnerte man sich daran.

Sofort war er droben auf der Rahe. Er hielt einige Sekunden an und schien sie mit einem Blick abzuschätzen. Diese Sekunden, während denen der Wind den Marsgast am äußersten Ende eines Fadens schwanken ließ, schienen den Zuschauern Jahrhunderte. Dann aber erhob der Sträfling die Augen zum Himmel und bewegte sich einen Schritt vorwärts. Die Menge atmete auf. Man sah, wie er laufend die Rahe abmaß. Sobald er an der Spitze war, band er ein Stück des Seils, das er sich geholt hatte, darum und ließ das andere Ende hängen. Dann begann er sich mit den Händen an dem Strick hinabzutasten. Und nun herrschte drunten eine unsägliche Angst. Statt eines Mannes sah man zwei über dem Abgrund schweben.

Es war, als bemächtige eine Spinne sich einer Fliege. Nur brachte hier die Spinne das Leben und nicht den Tod. Zehntausend Blicke hafteten an dieser Gruppe. Kein Schrei, kein Wort, der gleiche Schauder runzelte alle Brauen. Alle Münder verhielten den Atem, als fürchteten sie, mit dem geringsten Hauch den Wind zu verschärfen, der die beiden bedauernswerten Männer schüttelte.

Aber es war dem Sträfling gelungen, sich bis zu dem Matrosen hinunterzuschwingen. Es war Zeit; noch eine Minute, und der Mann, erschöpft und verzweifelt, ließe sich in den Abgrund fallen. Der Sträfling hatte ihn mit dem Strick festgebunden, an den er sich mit einer Hand klammerte, indes er mit der anderen arbeitete. Zuletzt sah man, wie er die Rahe wieder erstieg und den Matrosen hinaufzog. Er stützte ihn dort ein paar Sekunden, um ihn Kräfte sammeln zu lassen. Dann nahm er ihn in die Arme und trug ihn bis zu dem Holzblock, an dem die Bramstange befestigt war, und von dort in den Mastkorb, wo er ihn in den Händen seiner Kameraden ließ.

Die Menge klatschte begeistert. Alte Stockmeister des Bagnos weinten Tränen, Frauen umarmten sich am Kai, und man hörte aller Stimmen in einer Art von gerührter Raserei schreien: »Der Mann muß begnadigt werden.«

Er war indessen, ohne zu säumen, hinabgestiegen, um seine Fron wiederaufzunehmen. Um schneller hinzukommen, ließ er sich in die Takelage gleiten und begann über eine niedere Rahe zu laufen. Aller Augen folgten ihm. Dann ängstigte man sich um ihn. Ob er übermüdet war, ob ihm schwindelte, man glaubte zu sehen, wie er zögerte und wankte. Plötzlich brach die Menge in einen wilden Schrei aus, der Sträfling war in das Meer gestürzt.

Der Sturz war gefährlich. Die Fregatte »Algesiras« ankerte neben der »Orion«, und der arme Galeerensträfling war zwischen beide Schiffe gefallen. Es war zu befürchten, er sei unter dem einen oder dem anderen abgesunken. Vier Männer sprangen hastig in ein Boot. Die Menge ermutigte sie, wieder war die Angst in allen Seelen. Der Mann erschien nicht mehr an der Oberfläche. Er war im Meer wie in einer Tonne Öl verschwunden, ohne daß die Flut sich auch nur kräuselte. Man peilte, man tauchte nach ihm. Es war umsonst. Man suchte bis zum Abend und fand nicht einmal die Leiche.

Am nächsten Tag druckte das Blatt von Toulon diese wenigen Zeilen: »17. November 1823. Gestern ist ein Sträfling, der an Bord der ›Orion‹ mit Zwangsarbeit beschäftigt war, nachdem er einem Matrosen Hilfe geleistet hatte, ins Meer gefallen und ertrunken. Man hat seinen Leichnam nicht finden können. Vermutlich ist er unter die Pfähle draußen vor dem Arsenal geraten. Der Mann stand im Sträflingsregister unter der Nummer 9430 und hieß Jean Valjean.«

DRITTES BUCH

ERFÜLLUNG DES VERSPRECHENS AN DIE TOTE

Die Wasserfrage in Montfermeil

Montfermeil liegt zwischen Livry und Chelles, am Südrand der Hochfläche, die Ourcq und Marne scheidet. Heute ist es eine größere Ortschaft, die das ganze Jahr mit Villen in Gips und sonntags mit wohlgelaunten Bourgeois geschmückt ist. 1823 gab es in Montfermeil weder so viele weiße Häuser noch so viele selbstzufriedene Bürger. Es war nur ein Dorf im Wald. Man traf zwar hier und da einige Lusthäuser aus dem vorigen Jahrhundert an, die man an ihrer vornehmen Anlage erkannte, an ihren Balkonen mit schmiedeeisernem Gitter und an den langen Fenstern, deren kleine Scheiben auf das Weiß der geschlossenen inneren Läden allerlei grüne Flecke warfen. Aber Montfermeil war dennoch ein Dorf. Die Tuchhändler, die sich vom Geschäft zurückgezogen haben, und die gerichtlichen Sachwalter, die Sommerwohnungen suchen, hatten es noch nicht entdeckt. Es war friedlich und reizend, und die Straße, an der es gebaut war, führte nirgends hin. Man lebte hier wohlfeil das so reichliche und bequeme ländliche Leben mit. Nur Wasser war wegen des hochgelegenen Plateaus knapp.

Man mußte es von ziemlich weit heranbringen. Der Teil des Dorfes nach Gagny zu schöpfte sein Wasser in den großartigen Teichen in den Wäldern. Der entgegengesetzte Teil, um die Kirche und nach Chelles zu, fand trinkbares Wasser nur in einer Quelle an der Mitte des Abhangs, nahe der Straße nach Chelles, etwa eine Viertelstunde von Montfermeil.

Die Wasserversorgung war also für jeden Haushalt eine recht schwierige Sache. Die reichen Häuser, die Aristokratie, zu der die Gastwirtschaft von Thénardier gehörte, zahlten einen Heller pro Eimer an einen Biedermann, dessen Amt der Wassertransport war und der bei diesem Betrieb der Wasserwerke von Montfermeil gegen acht Sous täglich erübrigte. Aber der gute Mann arbeitete nur bis sieben Uhr im Sommer und fünf Uhr im Winter, und war es einmal Nacht, waren die Läden im Erdgeschoß zugesperrt, so mußte, wer kein Trinkwasser hatte, es sich holen oder darauf verzichten.

Das war das Schreckliche für die kleine Cosette. Man weiß, daß sie den Thénardiers zwiefach von Nutzen war: Sie ließen sich von der Mutter zahlen und von dem Kind bedienen. Auch als die Mutter die Zahlungen ganz einstellte, behielten, wie man gelesen hat, die Thénardiers Cosette. Sie ersetzte ihnen eine Magd. In dieser Eigenschaft lief sie nach Wasser, sooft welches gebraucht wurde. Deshalb war das Kind, da der Gedanke, nachts zu der Quelle zu gehen, ihm große Furcht einflößte, immer besorgt, daß es an Wasser im Haus nicht fehlte.

Die Weihnachtszeit des Jahres 1823 war für Montfermeil besonders glanzvoll. Der Winteranfang war mild gewesen; noch hatte es nicht gefroren oder geschneit. Schausteller aus Paris hatten vom Bürgermeister die Genehmigung erhalten, ihre Brettergerüste in der Hauptstraße aufzuschlagen, und eine Anzahl umherziehender Kaufleute hatte, dank der gleichen Duldung, ihre Krambuden am Kirchplatz und bis in die Bäckergasse hinein aufgebaut, in der die Garküche der Thénardiers lag. Das füllte Herbergen und Schenken und verlieh der bescheidenen, ruhigen Gegend lärmendes, fröhliches Leben. Unter den Sehenswürdigkeiten, die sich auf dem Platz entfalteten, war eine Menagerie. Hier zeigten mit scheußlichen Fetzen bekleidete Hanswurste, die irgendwo hergekommen waren, 1823 den Bauern von Montfermeil einen der abschreckenden brasilianischen Geier, die unser königliches Museum erst seit 1845 besitzt und deren Auge eine dreifarbige Kokarde ist. Die Naturforscher nennen diesen Vogel wohl *Caracara Polyborus;* er wird der Gattung der

Apiciden zugerechnet und der Familie der geierähnlichen Raubvögel. Einige alte bonapartistische Soldaten, die als Rentner im Dorf wohnten, besichtigten dieses Tier mit Andacht. Die Schausteller erklärten, die dreifarbige Kokarde sei ein einzigartiges Weltwunder und der liebe Gott habe es eigens für ihre Menagerie geschaffen.

Am Weihnachtsabend selbst saßen in dem Saal der Wirtschaft von Thénardier zu ebener Erde mehrere Männer, Rollkutscher und Hausierer, um vier oder fünf Kerzen und tranken.

Der Saal glich allen Schankzimmern: Tische, Zinnkannen, Flaschen, Trinker, Raucher, wenig Licht, viel Lärm. Daß man das Jahr 1823 schrieb, zeigten jedoch zwei Geräte, die damals im Bürgertum Mode waren und die auf einem Tisch standen, ein Kaleidoskop und eine Lampe aus Weißblech, deren Metall Wasserglanz hatte. Die Thénardier überwachte Fleisch, das für den Abend vor einem guten hellen Feuer briet; der Ehemann Thénardier trank mit seinen Gästen und sprach von Politik.

Neben den politischen Reden, die namentlich den Krieg in Spanien und den Herzog von Angoulême betrafen, hörte man in dem Stimmenschwall durchaus örtliche Einschaltungen wie diese: »Bei Nanterre und Suresnes hat der Wein viel getragen. Wo man auf zehn Stückfässer veranschlagte, hat man zwölf geerntet. Der Wein war sehr saftig unter der Kelter.« – »Aber war denn die Traube reif?« - »In der Gegend da braucht man nicht reif zu ernten. Wenn man das tut, wird der Wein zäh, sobald Frühling ist.« »Dann ist es also Treberwein?« – »Die Weine sind noch geringer als hier. Man muß lesen, wenn sie noch grün sind.«

Oder es war da ein Müller, der rief: »Sollen wir verantwortlich dafür sein, was im Sack ist? Wir finden drin einen Haufen von Körnchen, die wir nicht erst zu unserem Spaß verlesen können. Wir müssen sie unter den Mühlsteinen durchlassen. Da sind der Sommerlolch, die Rapunzel, die Rade, die Wicke, die Feldboten, der Hanfsame, der Kuhweizen und eine Menge anderes Kraut, ganz zu schweigen von den Kieseln, von denen es in manchem Korn wimmelt, vor allem im bretonischen. Ich bin nicht verrückt darauf, bretonisches Getreide zu mahlen, so wenig wie die Brettschneider, Balken zu schneiden, an denen Nägel sind. Sie können sich denken, was für schlechten Staub das beim Mahlen gibt. Nachher wird über das Mehl geklagt. Zu Unrecht. An dem Mehl sind wir nicht schuld.«

An der Wand zwischen zwei Fenstern sagte ein Schnitter, der mit einem Eigentümer an einem Tisch saß und mit ihm über den Preis für das Mähen einer Wiese im nächsten Frühjahr verhandelte: »Das schadet nichts, wenn das Gras naß wird. Es schneidet sich dann besser. Der Tau ist gut, Herr. Macht nichts, das Gras da, Ihr Gras, ist noch jung und schwer zu schneiden. Es ist noch zart und beugt sich vor der Sichel.«

Cosette saß an ihrem gewohnten Platz an der Querstange des Küchentisches nahe dem Kamin. Sie war zerlumpt, hatte nackte Füße in Holzschuhen und strickte beim Feuerschein Wollstrümpfe, die die kleinen Thénardiers haben sollten. Eine ganz junge Katze spielte unter den Stühlen. Man hörte in einer Stube nebenan zwei frische Kinderstimmen lachen und schwatzen. Es waren Eponine und Azelma. Im Winkel hinter dem Kamin hing an einem Nagel eine Klopfpeitsche.

Mitunter schrillte der Schrei eines kleinen Kindes, das irgendwo im Hause steckte, durch den Lärm der Schenke. Es war ein kleiner Knabe, den die Thénardier in einem der letzten Winter bekommen hatte, »ohne zu wissen, warum«, wie sie sagte, »na, wegen der Kälte«. Der Knabe war etwas über drei Jahre alt. Die Mutter hatte ihn genährt, liebte ihn aber nicht. Wenn das hartnäckige Brüllen des Knirpses zu lästig wurde, sagte Thénardier: »Dein Sohn plärrt, sieh doch nach, was er will.« – »Bah«, erwiderte die Mutter, »er verdrießt mich.« Und das verlassene Kind schrie im Dunkeln weiter.

Zwei vollständige Bildnisse

Man hat bisher die Thénardiers nur im Profil gesehen. Es ist Zeit, um das Paar herumzugehen und es von allen Seiten zu betrachten.

Thénardier hatte die Fünfzig überschritten. Frau Thénardier näherte sich dem vierzigsten Jahr, das für ihr Geschlecht das fünfzigste ist. So bestand Altersgleichheit zwischen Gatte und Gattin.

Die Thénardier war, wie man sich von ihrem ersten Auftreten her erinnert, groß, rotblond, mit roter Haut, fett, fleischig, vierschrötig, riesig und dennoch gewandt. Sie war von der Rasse jener wilden Kolossalweiber, die sich auf Jahrmärkten mit an ihrem Haar hängenden Pflastersteinen spreizen. Sie machte alles in der Wohnung, die Zimmer, die Wäsche, die Küche. Von ihr kam der Regen, das schöne Wetter, der Teufel. Ihr Gesinde war einzig Cosette: eine Maus im Dienst eines Elefanten. Alles bebte beim Schall ihrer Stimme, Fensterscheiben, Möbel und Leute. Ihr breites, mit Sommersprossen übersätes Gesicht war pockennarbig. Sie hatte Bart und war das Idealbild eines als Mädchen verkleideten Lastträgers aus der Halle. Sie konnte prächtig fluchen und rühmte sich, eine Nuß mit einem Druck ihrer Faust zu zerbrechen. Hätte sie nicht die Romane gelesen, durch die manchmal unter der Menschenfresserin die Ziersuse bizarr wieder sichtbar wurde, nie wäre es jemandem eingefallen, von ihr zu sagen: Das ist eine Frau. Diese Thénardier war das Erzeugnis der Aufpfropfung eines Burgfräuleins auf ein Fischweib. Wenn man sie reden hörte, sagte man: ein Gendarm. Wenn man sie trinken sah: ein Fuhrmann. Sah man sie mit Cosette umspringen: der Henker. Wenn sie ruhte, ragte ihr ein Zahn aus dem Mund.

Thénardier, ein kleiner Mann, mager, fahl, kantig, knochig, dürftig, schien krank und erfreute sich dabei wundervoller Gesundheit, was schon eine Schurkerei von ihm war. Er lächelte meist aus Vorsicht und war fast zu jedem höflich, auch zu dem Bettler, dem er einen Heller verweigerte. Er hatte den Blick eines Marders und die Miene eines Schriftstellers. Den Bildnissen vom Abbé Delille ähnelte er sehr. Er gefiel sich darin, mit den Rollkutschern zu trinken, aber niemand sah ihn je bezecht. Er rauchte aus einer dicken Pfeife. Er trug ein Hemd und unter dem Hemd einen alten schwarzen Frack. Er brüstete sich mit literarischer Schulung und mit dem Materialismus. Einzelne Namen sprach er oft aus, um irgendwelche Sentenzen, die er von sich gab, zu stützen. Voltaire, Raynal, Parny und, so seltsam es klingt, den heiligen Augustin. Er behauptete, eine Weltanschauung zu haben. Im übrigen war er ein großer Gauner. Ein »Filousoph«. Diese Spielart existiert. Man erinnert sich, daß er beteuerte, er sei Soldat gewesen. Mit einigem Aufwand erzählte er, er habe bei Waterloo, als Sergeant in etwelchem sechsten oder neunten leichten Infanterie-Regiment, allein gegen eine Schwadron von Totenkopfhusaren »einen gefährlich verwundeten General« mit seinem Leibe gedeckt und durch den Eisenhagel hindurch gerettet. Daraus erklärte sich auf seiner Mauer das flammende Schild und der in der Gegend verbreitete Name seiner Herberge, der »Schenke des Sergeanten von Waterloo«. Er war liberal, klassizistisch und Bonapartist. Er hatte für das »Champ d'Asile« gezeichnet. Man sagte im Dorf, er habe auf den Priesterberuf studiert.

Dabei hatte er wohl nur in Holland studiert, um Gastwirt zu werden. Dieser Halunke höherer Klasse gebärdete sich wahrscheinlich jeweils anders. Er war Flame aus Lille in Flandern, Franzose in Paris, Belgier in Brüssel und mit allen Wassern gewaschen. Seine Heldentat bei Waterloo kennt man. Wie man sieht, hatte er sie ein wenig aufgeputzt. Flut und Ebbe, die Windungen des Mäanders, das Abenteuer: Sie waren das Element seines Daseins. Ein zerrissenes Gewissen zieht ein ungeordnetes Leben nach sich. Offenbar zählte Thénardier in der Sturmzeit des 18. Juni 1815 zu jener Gilde plündernder Marketender, die umherstreiften, diesen verkauften, jenen bestahlen und mit Familie, Mann, Frau und Kinder, in einem lahmen Karren hinter den marschierenden Truppen daherrollten, mit dem Instinkt, sich stets der siegreichen Armee anzuhängen. Nach diesem Feldzug hatte er, wie er sagte, »Moneten«, und so hatte er die Garküche in Montfermeil eröffnet. Diese Beute aber, aus Börsen und Uhren, goldenen Ringen und Silberkreuzen zusammengesetzt, die er zur Erntezeit in den mit Leichen bedeckten Ackerfurchen aufhob, hatte keinen sehr großen Gesamtwert, und der frühere Marketender und jetzige Garkoch kam damit nicht sehr weit.

Thénardier hatte in seinen Bewegungen jene Starrheit, die mit einem Fluch dazu an die Kaserne denken läßt und mit einer Bekrenzigung an das Priesterseminar. Er war ein Großsprecher und ließ sich gern für einen Gelehrten halten. Nichtsdestoweniger hatte der Lehrer bemerkt, daß er »Schnitzer« machte. Er stellte die Noten für die Reisenden mit Überlegenheit zusammen, aber geübte Augen fanden darin zuweilen orthographische Fehler. Thénardier war ein Schleicher, ein Schlemmer, ein Bummler und ein pfiffiger Kumpan. Er verschmähte seine Mägde nicht, weshalb seine Frau keine mehr hatte. Diese Riesin war eifersüchtig. Sie glaubte, der magere und gelbe kleine Mann müsse der Gegenstand allgemeinen Begehrens sein.

Thénardier, der obendrein tückisch war und voll seelischen Gleichmuts, war ein Schuft der gemäßigten Gattung. Sie ist die schlimmste; die Heuchelei ist damit verbunden. Zwar war er eines gelegentlichen Zornes durchaus fähig, mindestens ebenso wie seine Frau. Aber das geschah höchst selten. Und wenn er der ganzen Menschheit grollte, wenn ein tiefer feuriger Ofen des Hasses in ihm glühte, war er furchtbar. Er war einer von denen, die sich unausgesetzt rächen, die alles, was ihnen vor Augen kommt, dessen anklagen, was über sie hereinbricht, und die immer bereit sind, ihre Enttäuschungen, ihre Bankrotte, das Unglück ihres Lebens, als hätten sie eine berechtigte Beschwerde, auf den ersten besten abzuladen. Und dann hob sich all dieser Gärungsstoff in ihm und kochte ihm in Mund und Augen. Wehe dem, der dann das Ziel seiner Wut war!

Neben seinen sonstigen Eigenschaften besaß Thénardier indes Aufmerksamkeit und durchdringende Schlauheit. Je nachdem, schweigsam oder redselig, verriet er immer eine hohe Intelligenz. Etwas vom Blick der Seeleute, die oft ins Fernrohr blinzeln, war in seinen Augen. Thénardier war ein Staatsmann.

Jeder neue Besucher der Garküche meinte, wenn er die Thénardier sah: »Das ist der Hausherr.« Ein Irrtum. Sie war nicht einmal die Herrin. Herr und Herrin war der Ehemann. Sie arbeitete, er schuf. Er leitete alles durch eine unsichtbare und andauernde magnetische Kraft. Ein Wort genügte oder auch ein Zeichen; das Mastodon gehorchte ihm. Thénardier stellte für die Thénardier, ohne daß es ihr deutlich bewußt war, eine Art besonderen, souveränen Wesens dar. Sie hatte in ihrer Art Tugenden. Nie, wenn sie über eine Einzelheit mit »Herrn Thénardier« verschiedener Ansicht war, eine im übrigen undenkbare Hypothese, hätte sie, was es auch sein mochte, ihm vor den Leuten Unrecht gegeben. Nie hätte sie vor »Fremden« den Fehler begangen, den die Frauen oft begehen und der in parlamentarischer Sprache genannt wird »die Krone angreifen«.

Obwohl das Resultat ihres Einvernehmens mit ihm nur Böses war, lag in der Unterwerfung der Thénardier unter den Willen ihres Mannes Weisheit. Dieser Berg von Lärm und Fleisch bewegte sich, vom kleinen Finger des schwächlichen Despoten gelenkt. Es war, von zwergenhaft winziger und grotesker Seite her gesehen, die große Welterscheinung: die Anbetung des Geistes durch die Materie. Denn gewisse Häßlichkeiten haben ihren Daseinsgrund in den Tiefen der ewigen Schönheit selbst. In Thénardier war etwas von einer unbekannten Macht. Dem war die absolute Herrschaft dieses Mannes über diese Frau zuzuschreiben.

Mitunter sah sie in ihm eine angezündete Weihkerze. Mitunter fühlte sie seine Pranke.

Sie war eine furchtbare Kreatur, die nur ihre Kinder liebte und nur vor ihrem Mann Angst hatte. Sie war Mutter geworden, weil sie ein Säugetier war. Im übrigen beschränkte sich ihre Mutterschaft auf ihre Töchter und dehnte sich nicht auf den Knaben aus. Er, der Mann, hatte nur den einen Gedanken: sich zu bereichern.

Es mißlang ihm. Dieses große Talent ermangelte eines würdigen Schauplatzes. Thénardier in Montfermeil ruinierte sich, wenn man bei einem Spiel auf Null sich ruinieren kann.

In der Schweiz oder in den Pyrenäen wäre dieser Habenichts Millionär geworden. Aber wo das Schicksal einen Herbergswirt anbindet, muß er weiden.

Es versteht sich von selbst, daß das Wort »Herbergswirt« hier in eingeschränktem Sinn benutzt wird, der sich nicht auf einen ganzen Stand bezieht.

In diesem Jahre 1823 hatte Thénardier etwa fünfzehnhundert Francs Läpperschulden, was ihm Ungemach bereitete.

Trotz der beharrlichen Parteilichkeit des Schicksals gegen ihn war er einer der Menschen, die am besten, tiefer und ganz modern, das begriffen, was bei den barbarischen Völkern eine Tugend und bei den zivilisierten eine Ware ist, die Gastlichkeit. Dabei war er ein erstaunlicher Wildschütze, vielgenannt wegen seiner Schießkunst. Er hatte ein kaltes und friedliches Lachen, das besonders gefährlich war.

Seine Theorien über die Tätigkeit des Herbergswirtes äußerte er zuweilen wie blitzhafte Eingebungen. Er hatte fachliche Aphorismen, die er seiner Frau einprägte. »Die Pflicht des Gastwirts«, sagte er eines Tages ungestüm, aber mit leiser Stimme, »ist, jedem beliebigen Menschen ein Fleischgericht zu verkaufen, Rast, Licht, Feuer, schmutzige Betttücher, Witze, Flöhe und Lächeln, die Passanten festzuhalten, kleine Börsen zu leeren und die großen redlich zu erleichtern, mit Respekt Familien, die auf der Reise sind, vor Wind und Wetter zu schützen, dem Mann die Haut abzuziehen, die Frau zu rupfen, das Kind zu schuppen, das offene Fenster anzurechnen, das geschlossene Fenster, die Kaminecke, den Sessel, den Stuhl, die Fußbank, den Schemel, das Federbett, die Matratze und das Strohbund, zu wissen, um wieviel der Schatten den Spiegel abnutzt, und den Preis nach dem Tarif zu bemessen; und bei allen fünfhunderttausend Teufeln alles den Reisenden bezahlen zu lassen, sogar die Mücken, die sein Hund frißt.«

Dieser Mann und diese Frau waren wie List und Wut vermählt, ein abscheuliches, schreckliches Zwiegespann. Indes der Mann nachsann, dachte die Thénardier nicht an die abwesenden Gläubiger, sie kümmerte sich nicht um gestern und nicht um morgen, sie lebte mit Leidenschaft allein dem Augenblick.

So waren die beiden Charaktere. Zwischen ihnen stand Cosette, doppelter Bedrängnis untertan, ein Geschöpf, zugleich von einem Mühlstein zermahlen und von einer Zange zerfleischt. Jeder, der Mann und die Frau, hatte eine andere Eigentümlichkeit.

Cosette wurde krummgeschlagen, das rührte von der Frau her, sie mußte im Winter bloßfüßig gehen, das kam durch den Mann.

Cosette stieg die Treppe hinauf und hinunter, wusch, bürstete, rieb, fegte, lief, plackte sich, keuchte, hob schwere Lasten und leistete, so gebrechlich sie war, die gröbste Arbeit.

Kein Erbarmen: eine rohe Herrin, ein giftiger Herr. Die Garküche der Thénardiers war wie ein Sack, in dem Cosette gefangen war und zitterte. Der Inbegriff der Unterdrückung war durch diese finstere Häuslichkeit verwirklicht. Es war etwas wie eine Fliege im Dienst von Raubspinnen. Das arme Kind gehorchte stumm.

Wenn sie sich so im Morgen ihres Lebens, ganz klein, nackt in der Welt der Menschen finden, was geht in diesen Seelen vor, die Gott erst verlassen haben?

Wein für die Menschen, Wasser für die Pferde

Vier neue Gäste waren gekommen. Cosette dachte traurig nach. Obwohl sie erst acht Jahre alt war, hatte sie schon so viel gelitten, daß sie mit der düsteren Miene einer alten Frau träumte. Eines ihrer Augenlider war schwarz von einem Fausthieb, den ihr die Thénardier versetzt hatte, und ab und zu sagte diese: »Was die ekelhaft ist mit ihrem blauen Klecks am Auge!«

Cosette dachte also daran, daß es Nacht war, dunkle Nacht, daß sie unversehens Töpfe und Karaffen in den Zimmern der verspäteten Reisenden hatte füllen müssen und daß im Wasserfaß nichts mehr war. Ein wenig beruhigte es sie, daß im Hause Thénardier nicht viel Wasser getrunken wurde. Es fehlte nicht an Leuten, die Durst hatten. Aber es war der Durst, der sich lieber aus der Kanne stillt als aus dem Krug. Wenn einer zwischen diesen Gläsern Wein ein Glas Wasser gefordert hätte, wäre er allen diesen Menschen als ein Wilder erschienen.

Einen Augenblick jedoch erbebte das Kind. Die Thénardier hob den Deckel einer Schmorpfanne, die auf dem Ofen brodelte, dann ergriff sie ein Glas und näherte sich heftig dem Wasserfaß. Sie drehte den Hahn, das Kind hatte den Kopf erhoben und folgte allen ihren Bewegungen. Ein dünner Strahl floß aus dem Hahn und füllte das Glas zur Hälfte. »So«, sagte sie, »kein Wasser mehr da.« Ein kurzes Schweigen entstand. Das Kind atmete nicht.

»Bah!« fuhr die Thénardier fort, indem sie das halbvolle Glas prüfte. »Es wird genug sein.«

Cosette nahm ihre Arbeit wieder auf. Aber mehr als eine Viertelstunde spürte sie, daß ihr Herz wie eine große Flocke in ihrer Brust sprang. Sie zählte die Minuten, die so verrannen, und hätte gewollt, es wäre schon morgens früh.

Von Zeit zu Zeit sah einer der Trinker auf die Straße hinaus und rief: »Es ist finster wie im Ofenrohr.« Oder: »Da muß wer eine Katze sein, um in dieser Stunde ohne Laterne über die Straße zu gehen!«

Und Cosette zitterte.

Plötzlich trat einer der fahrenden Hausierer, die in der Herberge wohnten, ein und sagte: »Mein Pferd hat nichts zu trinken gekriegt.«

»Aber ja«, sagte die Thénardier.

»Ich sage Ihnen nein, Mutter«, erwiderte der Händler.

Cosette war unter dem Tisch hervorgekrochen. »Doch, Herr«, sagte sie, »das Pferd hat getrunken, es hat aus dem Eimer getrunken, aus dem vollen Eimer, und ich habe ihm zu trinken gebracht und mit ihm gesprochen.« Das war allerdings nicht wahr. Cosette log.

»Die ist nur so groß wie ein Däumling und lügt haushoch«, rief der Händler. »Ich sage dir, das Pferd hat nicht getrunken, du kleiner Schlingel. Wenn es nicht getrunken hat, schnauft es so eigen, ich kenne das.«

Cosette beharrte und fügte mit vor Angst heiserer, kaum hörbarer Stimme hinzu: »Und doch hat es getrunken!«

»Na«, versetzte der Händler erzürnt, »was soll das? Gebt endlich meinem Pferd zu trinken!«

Cosette kroch wieder unter den Tisch.

»Jawohl, recht so«, sagte die Thénardier, »wenn das Tier nicht getrunken hat, muß es trinken.« Dann blickte sie um sich. »Nun, wo ist denn die?« Sie beugte sich herab und entdeckte Cosette, die unter dem anderen Ende des Tisches kauerte, fast unter den Füßen der Trinker. »Wirst du rauskommen!« schrie die Thénardier.

Cosette kam aus dem Loch, in dem sie sich versteckt hatte, hervor. Die Thénardier sagte: »Fräulein Hundsbrut, bring Wasser für das Pferd!«

»Aber«, sagte Cosette zaghaft, »es ist kein Wasser hier.«

Die Thénardier öffnete weit die Straßentür. »Dann hole!«

Cosette senkte den Kopf und nahm einen leeren Eimer aus der Kaminecke. Der Eimer war größer als sie, und das Kind hätte sich gut hineinsetzen können.

Die Thénardier ging zu ihrem Ofen zurück, schmeckte mit einem Holzlöffel ab, was in ihrer Pfanne schmorte, und brummte: »In der Quelle ist noch Wasser. Als ob das schlimm wäre! Ich glaube, ich hätte meine Zwiebeln mehr dünsten sollen.«

Dann wühlte sie in einer Schublade, in der sie Kleingeld, Pfeffer und Lauch hatte. »Da, Fräulein Kröte«, sagte sie, »auf dem Rückweg kaufe beim Bäcker ein großes Brot! Da sind fünfzehn Sous.«

Cosette hatte in ihrer Schürze eine kleine Seitentasche. Wortlos nahm sie die Münze und schob sie in ihre Tasche. Dann stand sie unbeweglich, den Eimer in der Hand, in der vor ihr geöffneten Tür. Sie schien zu erwarten, daß man ihr helfe.

»Geh schon!« schrie die Thénardier. Cosette ging. Die Tür schloß sich.

Eine Puppe tritt auf

Die Reihe der Buden unter freiem Himmel, die an der Kirche begann, zog sich bis zur Herberge der Thénardiers hin. Weil bald die Bürger auf ihrem Weg zur Mitternachtsmesse vorbeikommen sollten, glitzerten diese Buden von

Kerzen, die in Papiertrichtern brannten. Das ergab nach einem Wort des Lehrers von Montfermeil, der eben bei Thénardier saß, »einen magischen Effekt«. Dafür sah man nicht einen einzigen Stern.

Die letzte Bude, gerade vor der Tür der Herberge errichtet, war ein Spielwarenladen. Er leuchtete von Flittergold, von Glaskugeln und prachtvollen Dingen in Weißblech. In der ersten Reihe und ganz vorn hatte der Händler auf einem Untergrund von weißen Servietten eine ungeheure Puppe aufgestellt. Sie war fast zwei Fuß hoch, in ein Gewand von rosa Stoff gekleidet, mit goldenen Ähren auf dem Kopf und hatte echte Haare und Augen von Email. Den ganzen Tag über war dieses Wunder dem Staunen der Passanten unter zehn Jahren dargeboten worden, ohne daß sich in Montfermeil eine Mutter fand, die reich oder verschwenderisch genug war, es ihrem Kinde zu schenken. Eponine und Azelma hatten es stundenlang betrachtet, und sogar Cosette hatte, verstohlen allerdings, es anzuschauen gewagt.

In dem Moment, als Cosette, ihren Eimer in der Hand, hinaustrat, konnte sie, so betrübt und niedergeschlagen sie auch war, sich nicht enthalten, zu dieser fabelhaften Puppe emporzublicken, der Dame, wie sie sie nannte. Das arme Kind stand wie versteinert. Es hatte die Puppe noch nicht von nahem gesehen. Die ganze Bude schien ihr ein Palast; diese Puppe war keine Puppe, sondern ein Traumbild. Die Freude war sie, der Glanz, der Reichtum, das Glück. In einer Art schimärischen Strahlens zeigten sie sich dem unglücklichen kleinen Wesen, das so tief in düsteres, kaltes Elend versunken war. Cosette ermaß mit dem naiven und traurigen Scharfsinn der Kindheit den Abgrund, der sie von dieser Puppe schied. Sie sagte sich, eine müsse Königin oder wenigstens Prinzessin sein, um »so etwas« zu haben. Sie besah das schöne rosenrote Kleid, die schönen glatten Haare und dachte: Wie glücklich ist doch die Puppe da! Ihre Augen konnten sich von der phantastischen Bude nicht trennen. Je mehr sie hinschaute, desto mehr war sie geblendet. Sie glaubte das Paradies zu sehen. Hinter der großen Puppe gab es andere, die ihr wie Feen und Schutzgeister erschienen. Der

Händler, der drinnen in seiner Baracke hin und her ging, mutete sie an, als wäre er der himmlische Vater.

In dieser Anbetung vergaß sie alles, selbst den Auftrag, mit dem sie belastet war. Plötzlich rief die rohe Stimme der Thénardier sie in die Wirklichkeit zurück: »Dumme Schlampe, du bist nicht weg? Warte, ich komme schon! Wissen möchte ich, was die sich da noch rumtreibt! Geh, Luder!« Die Thénardier hatte in die Straße hinausgespäht und Cosette in ihrer Verzückung bemerkt. Cosette floh, ihren Eimer tragend, mit so großen Schritten, wie sie irgend konnte.

Die Kleine ganz allein

Da das Gasthaus Thénardier in dem Teil des Dorfes lag, der die Kirche umrahmte, mußte Cosette Wasser aus der Waldquelle nach Chelles schöpfen. Sie sah nach keiner Auslage eines Händlers mehr hin. Solange sie in der Bäckergasse und in der Umgebung der Kirche war, erhellten die illuminierten Buden den Weg, aber bald verschwand der letzte Lichtschein der letzten Baracke. Die Arme war allein in der Dunkelheit. Sie stürzte sich in sie hinein. Nur ließ sie, da sich ihrer wieder Angst bemächtigte, im Gehen den Henkel des Eimers möglichst laut klappern. Der Lärm leistete ihr Gesellschaft.

Je weiter sie kam, desto dichter wurde die Finsternis. Niemand war mehr auf den Straßen. Immerhin begegnete sie einer Frau, die, als sie sie vorbeitappen sah, sich nach ihr umwandte, unbeweglich stehenblieb und zwischen ihren Lippen murmelte: »Wohin will denn das Kind? Ist das ein kleiner Werwolf?« Dann erkannte die Frau Cosette. »Ach«, sagte sie, »es ist ja die Lerche.«

Cosette durcheilte das Labyrinth verschlungener und menschenleerer Straßen, das auf der Seite von Chelles das Dorf Montfermeil abschließt. Solange sie Häuser oder auch nur Mauern links und rechts ihres Weges sah, ging sie ziemlich beherzt dahin. Ab und zu erblickte sie den Schimmer einer Kerze durch den Spalt eines Fensterladens. Das war Licht und Leben, dort waren Leute, und sie wurde davon sicherer. Draußen aber, vor dem Ort, wurde ihr Schritt wie unter mechanischem Zwang schleppend. An der Ecke des letzten Hauses hielt sie inne. Über die letzte Bude hinauszugehen war schwierig gewesen, über das letzte Haus, wurde unmöglich. Sie setzte den Eimer auf die Erde, fuhr sich mit der Hand in die Haare und begann sich zögernd den Kopf zu kratzen, eine Geste, die erschreckten und zaghaften Kindern eigen ist. Hier war nicht mehr Montfermeil, hier waren die Felder. Vor ihr dehnte sich schwarzer, öder Raum. Verzweifelt starrte sie in dieses Dunkel, in dem kein Mensch mehr war, in dem es nur Tiere gab und vielleicht Gespenster. Sie sah angespannt hin und hörte die Tiere im Gras rascheln, und deutlich gewahrte sie Gespenster, die sich in den Bäumen regten. Da ergriff sie wieder den Eimer, die Furcht machte sie kühn: »Bah«, sagte sie, »ich werde die Nachricht bringen, das Wasser sei alle.« Und entschlossen kehrte sie nach Montfermeil um.

Nach kaum hundert Schritten stand sie wieder, und wieder kratzte sie sich den Kopf. Jetzt erschien ihr die Thénardier, die greuliche Thénardier mit dem Hyänenmund und dem flammenden Zorn in den Augen. Das Kind warf klägliche Blicke nach vorn und nach hinten. Was sollte sie tun? Was geschah mit ihr? Wohin sollte sie gehen? Vor sich hatte sie die spukhafte Fratze der Thénardier, hinter sich allen Spuk der Nacht und des Waldes. Der Thénardier wollte sie entrinnen. Sie strebte wieder der Quelle zu und lief noch rascher. Laufend verließ sie das Dorf, laufend erreichte sie den Wald und sah und hörte nichts mehr. Sie stockte erst, als der Atem ihr versagte, jedoch unterbrach sie ihren Lauf nicht. Wie besinnungslos rannte sie dahin. Sie hatte Lust zu weinen.

Der nächtliche Schauer des Waldes hüllte sie völlig ein. Sie dachte nicht mehr, sie erkannte nichts mehr. Die grenzenlose Nacht bedrohte das kleine Wesen, auf der einen Seite der unendliche Schatten, auf der anderen ein Atom.

Vom Waldrand bis zur Quelle war es nur ein Weg von sieben bis acht Minuten. Cosette war mit ihm vertraut, sie hatte ihn täglich mehrmals gemacht. Seltsam, sie verirrte sich nicht. Der Rest eines Instinkts leitete sie von ungefähr. Sie schweifte jedoch mit den Augen nicht ab, aus Furcht, in den Zweigen und im Gebüsch Unheimliches zu entdecken. So gelangte sie an die Quelle.

Es war ein natürlicher Zuber, den das Wasser in tonhaltige Erde gehöhlt hatte, etwa zwei Fuß tief, von Moos und jenen großen, waffelförmig gepreßten Blättern umwachsen, die man Halskrause Heinrichs IV. nennt, und mit einigen wuchtigen Steinen ausgepflastert. Ein Bach entfloß der Quelle mit ruhigem Plätschern.

Cosette ließ sich nicht die Zeit, nach Atem zu ringen. Es war sehr dunkel, aber hierherzukommen, war sie gewohnt. Mit der linken Hand suchte sie in der Finsternis eine über die Quelle geneigte junge Eiche, die ihr meist als Stütze diente. Sie erwischte einen Ast, hängte sich daran, beugte sich hinab und tauchte den Eimer ins Wasser. Sie durchlebte einen so drangvollen Augenblick, daß ihre Kräfte sich verdreifachten. Während sie sich bückte, achtete sie nicht darauf, daß ihre Schürzentasche sich in die Quelle entleerte. Die Münze zu fünfzehn Sous fiel in das Wasser. Cosette sah und hörte sie nicht fallen. Sie zog den Eimer nahezu voll heraus und stellte ihn in das Gras. Dann spürte sie, daß sie vor Müdigkeit erschöpft war. Gern wäre sie gleich wieder aufgebrochen. Aber die Mühe, den Eimer zu füllen, war so groß gewesen, daß sie nicht fähig war, einen Schritt zu tun. Sie mußte sich setzen. Sie ließ sich fallen und kauerte sich in das Gras.

Sie schloß die Augen und öffnete sie wieder, ohne zu wissen warum, unwillkürlich. Das Wasser, das in dem Eimer neben ihr schwankte, zog Kreise, die Schlangen von weißem Feuer glichen. Der Himmel über ihrem Kopf war mit unförmigen schwarzen Wolken bedeckt, die wie Rauchwände aussahen. Es war, als schwebe die tragische Maske des Schattenreichs in unfaßbaren Konturen auf das Kind hernieder.

Im Schoß der Tiefe ging Jupiter unter. Das Kind sah verstört das große Gestirn, das ihm fremd war und vor dem es sich fürchtete. Der Planet war jetzt sehr nahe dem Horizont und durchquerte eine dichte Dunstschicht, die ihm eine grausige Röte verlieh. Dieser Nebel in seiner dunklen Pur-

purfarbe verbreiterte das Gestirn. Das Bild ähnelte einer glühenden Wunde.

Kalter Wind wehte von der Ebene. Der Wald lag dunkel, ohne ein Raunen der Blätter, ohne den verschwimmenden, kühlen Schein von Sommerabenden. Große Äste stachen drohend hervor. Karges, mißgestaltetes Gestrüpp raschelte auf den Lichtungen. Die hohen Halme erzitterten unter dem Sturm wie Aale. Die Dornen wanden sich wie lange, mit Klauen bewaffnete Arme, die Beute zu packen suchten. Dürres Heidekraut, vom Wind losgerissen und gejagt, flog vorbei, als fliehe es gehetzt vor etwas, was da herankam. Nach allen Seiten hin erstreckten sich die düsteren Weiten.

Die Dunkelheit ist schwindelerregend. Der Mensch braucht Helle. Wer immer auch in das Gegenteil von Licht eindringt, dem wird beklommen zumute. Wenn das Auge ins Dunkel blickt, verwirrt sich der Geist. In der Finsternis, in der Nacht, in der rußschwarzen Undurchsichtigkeit überkommt jeden Unruhe, selbst den Stärksten. Niemand geht allein nachts ohne Zittern durch den Wald. Schatten und Bäume, zwei fürchterliche Dickichte. Eine trügerische Wirklichkeit erscheint in der verschwimmenden Tiefe. Das Unbegreifliche zeichnet sich, ein paar Schritte entfernt, mit gespenstischer Deutlichkeit ab. Im Raum, oder ist es im eigenen Hirn?, schwebt irgend etwas Unbestimmtes und kaum Wahrnehmbares wie die Träume von schlafenden Blumen. Schreckenerregend dräut es am Horizont. Man atmet die Ausdünstungen der großen finsteren Leere ein, man fürchtet sich und möchte sich umdrehen. Die Höhlen der Nacht, die wild gewordenen Dinge, stumme Umrisse, die sich bei Näherkommen auflösen, ungewisse Fetzen, schwankendes Gebüsch, fahle Pfützen, das Grausige, das sich im Schaurigen spiegelt, die Grabesstille, denkbare unbekannte Wesen, geheimnisvoll niederhängende Zweige, entsetzliche Baumstümpfe, lange, zitternde Grasbüschel, gegen all das ist man wehrlos. Keine Kühnheit, die nicht erschauert und es nicht mit der Angst zu tun bekommt. Man spürt etwas Gräßliches, als ob sich die Seele mit dem Dunkel vermischte. Diese in ein Kind eindringende Finsternis ist unsagbar traurig.

Die Wälder sind Apokalypsen; und der leise Flügelschlag einer Seele schwillt unter ihrem unendlichen Gewölbe zum Todeskampf an.

Ohne sich Rechenschaft von dem, was in ihr vorging, zu geben, fühlte Cosette sich von dieser Übergewalt der riesigen Natur ergriffen. Nicht nur Schreck bemächtigte sich ihrer, es war etwas, was schrecklicher als Erschrecken war. Sie schlotterte. Es fehlte an Worten, um die Seltsamkeit des Schauders zu schildern, der ihr eisig an den Grund des Herzens rührte. Ihr Blick war scheu geworden. Sie glaubte zu empfinden, daß vielleicht nichts sie zwingen könne, morgen um dieselbe Stunde wieder hier zu sein.

Instinktmäßig, um sich der sonderbaren Lähmung zu entziehen, die sie nicht verstand, die sie jedoch ängstigte, begann sie laut zu zählen, eins, zwei, drei, vier, bis zehn, und als sie damit fertig war, begann sie von neuem. Das gab ihr die wahre Aufnahme der Dinge zurück, die sie umgaben. Sie merkte, wie kalt ihre Hände waren, die sie sich, als sie Wasser schöpfte, befeuchtet hatte. Sie erhob sich. Wieder war sie der Furcht verfallen, einer natürlichen, unüberwindbaren Furcht.

Sie hatte nur noch den einen Gedanken: zu fliehen, aus Leibeskräften zu fliehen, durch den Wald, über die Felder, bis zu den Häusern, zu den Fenstern, den angezündeten Kerzen. Ihr Blick traf den Eimer vor ihr. So groß war das Bangen, das die Thénardier in ihr erregte, daß sie nicht ohne Wassereimer zu fliehen wagte. Beide Hände legte sie um den Henkel. Nur mühsam konnte sie den Eimer heben.

So machte sie etwa ein Dutzend Schritte, aber der Eimer war voll, er war schwer, sie war genötigt, ihn wieder hinzustellen. Einen Moment holte sie Atem, dann erfaßte sie den Henkel wieder und ging, diesmal ein wenig länger. Aber wieder mußte sie stillstehen. Nach ein paar Sekunden ging sie weiter. Sie ging nach vorn gebückt, mit gesenktem Kopf, wie eine Alte. Das Gewicht des Eimers spannte ihre schwachen Arme und ließ sie steif werden. Von dem eisernen Henkel wurden ihre kleinen, nassen Hände ganz klamm und frostig. Von Zeit zu Zeit mußte sie anhalten, und sooft sie anhielt, troff das kalte Wasser, das aus dem Eimer überlief, auf ihre nackten Beine. Das geschah im Innern eines Waldes, im Winter, fern jedem menschlichen Auge. Es war ein achtjähriges Kind. Niemand sah den traurigen Hergang als Gott. Und zweifellos ihre Mutter, ach! Denn es gibt Dinge, die die Toten in ihrem Grab die Augen öffnen lassen.

Sie atmete mit einem schmerzlichen Ächzen. Schluchzen preßte ihr die Kehle zusammen, aber zu weinen wagte sie nicht, so groß war ihre Furcht vor der Thénardier, selbst in der Ferne. Sie war gewohnt, immer zu wähnen, die Thénardier sei da.

Aber eine größere Strecke des Weges konnte sie so nicht schaffen, und sie ging recht langsam. Umsonst verminderte sie die Dauer ihrer Rast auf den einzelnen Stationen, und sie marschierte jedesmal so weit wie möglich. Sie dachte geängstigt, so brauche sie über eine Stunde, um nach Montfermeil zurückzukehren, und die Thénardier werde sie schlagen. Diese Angst vermischte sich mit ihrem Entsetzen, nachts im Wald allein zu sein. Sie war abgerackert und müde und noch nicht aus dem Wald heraus. Als sie bis zu einem alten Kastanienbaum gekommen war, den sie kannte, machte sie einen längeren Halt, um auszuruhen, dann raffte sie sich zusammen, nahm wieder den Eimer und begann tapfer wieder auszuschreiten. Aber die Kleine konnte in ihrer Verzweiflung nicht anders, sie mußte jammern: »O Gott, o Gott!«

In diesem Moment fühlte sie plötzlich, daß der Eimer nichts mehr wog. Eine Hand, die ihr sehr groß erschien, hatte eben den Henkel ergriffen und hob ihn mit Kraft. Sie blickte auf. Eine hohe Gestalt, schwarz, gerade aufgerichtet, marschierte im Dunkel neben ihr. Es war ein Mann, der ihr im Dunkel nachgegangen war und den sie nicht hatte kommen hören. Dieser Mann hatte wortlos den Henkel des Eimers, den sie trug, umklammert.

Auf alle Begegnungen im Leben erwidert das Unbewußte. Das Kind fürchtete sich nicht.

Beweis für die Intelligenz von Boulatruelle

Am Nachmittag desselben Heiligen Abends im Jahre 1823 schlenderte ein Mann ziemlich lange durch den verlassensten Teil des Boulevards de l'Hôpital in Paris. Er schien nach einer Wohnung Ausschau zu halten und gerade vor den bescheidensten Häusern an diesem verfallenen Rand des Faubourg Saint-Marceau stehenzubleiben. In der Tat hatte er in diesem abgelegenen Stadtviertel ein Zimmer gemietet.

Der Mann war seiner Kleidung und seiner ganzen Person nach der Typ dessen, was man den anständigen Bettler nennen könnte. Er vereinte äußerste Notlage mit äußerster Sauberkeit.

Diese seltene Mischung erweckt in den Herzen einsichtsvoller Menschen die zwiefache Achtung, die man für jemanden empfindet, der sehr arm ist und zugleich sehr würdig. Er hatte einen alten runden, viel gebürsteten Hut, einen bis zum Saum fadenscheinigen Rock aus grobem, ockergelbem Tuch, von einer Farbe, die damals nicht allzu sonderbar wirkte, eine große Weste mit altmodischen Taschen, schwarze kurze Hosen, die an den Knien grau geworden waren, Strümpfe von schwarzer Wolle und dicke Schuhe mit Messingschnallen. Man konnte glauben, er sei der bejahrte, aus der Emigration zurückgekehrte Hofmeister eines gutes Hauses. Nach seinen völlig weißen Haaren, seiner gerunzelten Stirn, seinen fahlen Lippen, seinem Antlitz, in dem alles von Entmutigung und Lebensmüdigkeit sprach, hätte man ihn auf weit über sechzig Jahre geschätzt. Mit seinem festen, wenn auch langsamen Schritt und der ungewöhnlichen Stärke, von der alle seine Bewegungen zeugten, hätte man ihm kaum fünfzig gegeben. Die Furchen seiner Stirn entstellten ihn nicht und hätten den aufmerksamen Beobachter zu seinen Gunsten eingenommen. Die Linie um seinen Mund hatte eine seltsame Falte, die streng schien und demütig war. In der Tiefe seiner Augen war etwas wie eine düstere Heiterkeit. In der linken Hand trug er ein kleines, in ein Taschentuch gehülltes Paket. Mit der rechten stützte er sich auf einen Stock, den er aus einer Hecke herausgeschnitten hatte. Dieser Stock war mit Sorgfalt geschnitzt und nahm sich nicht übel aus. Man hatte mit rotem Wachs einen Knauf von Koralle vorgetäuscht. Es war ein Knüttel und diente als Spazierstock. Auf diesem Boulevard trifft man wenig Menschen, zumal im Winter. Der Mann schien, ohne Getue, sie eher zu meiden als zu suchen.

Damals fuhr König Ludwig XVIII. fast Tag für Tag nach Choisyle-Roi. Es war eine seiner Lieblingspromenaden. Gegen zwei Uhr, fast unabänderlich, sah man seine Kutsche und seine Kavalkade im Galopp über den Boulevard de l'Hôpital jagen. Das ersetzte den alten Weibern des Viertels Uhr und Turmuhr. »Es ist zwei«, sagten sie, »jetzt fährt er nach den Tuilerien zurück.« Die einen liefen herzu, die anderen traten zum Spalier an; denn wenn ein König vorbeikommt, entsteht immer Tumult. Im übrigen machten das Erscheinen und das Verschwinden Ludwigs XVIII. in den Straßen von Paris einen gewissen Eindruck.

Das rollte sich rasch ab, jedoch majestätisch. Dieser lahme König fand Geschmack an überstürztem Tempo. Da er nicht zu Fuß gehen konnte, wollte er rennen. Dieser Krüppel ohne Beine hätte sich gern vom Blitz vorwärtsschnellen lassen. Friedlich und ungnädig fuhr er inmitten entblößter Säbel dahin. Geräuschvoll ratterte seine massive, über und über vergoldete Berline, in deren Füllung große Lilienzweige gemalt waren. Kaum hatte man Zeit hineinzuspähen. In der Ecke hinten rechts, auf Kissen mit weißer Satinpolsterung, gewahrte man ein gedunsenes, feistes, rotes Gesicht, eine mit Puder der Marke »Oiseau Royal« frisch bestäubte Stirn, ein stolzes, hartes und kluges Auge, das Lächeln eines Literaten, zwei dicke Epauletten mit gewundenen Raupen über einem bürgerlichen Frack, das Goldene Vlies, das Kreuz des heiligen Ludwigs, das Kreuz der Ehrenlegion, den silbernen Stern des Ordens vom Heiligen Geist, einen vorspringenden Bauch und ein breites blaues Band: Das war der König. Außerhalb von Paris hatte er stets seinen Hut mit den weißen Federn auf seine Knie gelegt, die in hohe englische Gamaschen gewickelt waren. Fuhr er wieder herein, setzte er sich den Hut auf den Kopf und grüßte wenig. Kalt betrachtete er das Volk, das für ihn die gleiche Gesinnung hatte. Als er sich zum erstenmal im Viertel Saint-Marceau zeigte, war sein ganzer Erfolg das Wort eines Vorstadtbewohners zu seinem Genossen: »Der Wanst da ist die Regierung.«

Der unfehlbare Zwischenfall zu immer gleicher Stunde, daß der König vorbeifuhr, war also das tägliche Ereignis für den Boulevard de l'Hôpital. Der Spaziergänger im gelben Rock war offenbar nicht aus dem Viertel und wohl gar kein Pariser, denn er wußte von dieser Einzelheit nichts. Als um zwei Uhr die königliche Kutsche, von einer Schwadron silberstrotzender Garde-du-Corps umringt, in den Boulevard einschwenkte, nachdem sie um die Salpêtrière gefahren war, schien er verblüfft und fast erschrocken. Nur er ging in der Seitenallee. Eilends trat er hinter einen Winkel der Umfassungsmauer, was den Herzog von Havré nicht hinderte, ihn zu bemerken. Der Herzog von Havré saß als Hauptmann der Garde, der an diesem Tag Dienst tat, in der Kutsche dem König gegenüber. Er sagte zu Seiner Majestät: »Der Mensch sieht verdächtig aus.« Auch Polizisten, die vor der Durchfahrt des Königs aufklärten, beobachteten ihn, und einer von ihnen bekam den Befehl, ihm zu folgen. Aber der Mann wich in die einsamen Gassen der Vorstadt aus, und da der Tag schon im Sinken war, verlor der Agent seine Spur, wie das aus einem Bericht hervorgeht, den er noch am selben Abend dem Staatsminister und Polizeipräfekten Graf Anglès erstattete.

Nachdem der Mann mit dem gelben Rock für den Polizisten unsichtbar geworden war, schritt er doppelt so rasch aus wie zuvor. Dabei unterließ er nicht, sich häufig umzuwenden und sich so zu vergewissern, daß niemand hinter ihm herkam. Um viereinviertel Uhr, mithin bei voller Nacht, ging er an dem Theater der Porte Saint-Martin vorüber, wo man heute »Die beiden Sträflinge« spielte. Dieses von den Laternen vor dem Theater beleuchtete Plakat erregte ihn, denn obwohl er schnell marschierte, stand er still, um es zu lesen. Im nächsten Augenblick war er in der Sackgasse der Planchette, und er betrat das Haus der »Zinnernen Schüssel«, in dem damals das Büro der Post nach Lagny lag. Sie fuhr um halb fünf ab. Die Pferde waren vorgespannt, die Reisenden, vom Kutscher gerufen, erkletterten hastig die hohe eiserne Treppe des Wagens.

Der Mann fragte: »Haben Sie noch einen Platz frei?«

»Einen einzigen, neben mir, auf dem Bock«, sagte der Kutscher.

»Ich nehme ihn.«

»Steigen Sie auf!«

Vor der Abfahrt jedoch warf der Kutscher einen Blick auf die schäbige Kleidung des Reisenden, auf den winzigen Umfang seines Pakets, und so ließ er ihn im voraus zahlen.

»Bis Lagny?« fragte der Kutscher.

»Ja«, sagte der Mann.

Der Wagen fuhr. Hinter der Barriere versuchte der Kutscher ein Gespräch anzuknüpfen, indes gab der Reisende nur einsilbige Antworten. Der Kutscher entschloß sich, zu pfeifen und fluchend seine Pferde zu beschimpfen.

Der Kutscher zog seinen Mantel enger um sich. Es war kalt. Der Mann schien sich nicht darum zu kümmern. So fuhr man durch Gournay und Neuilly-sur-Marne. Gegen sechs Uhr abends war man in Chelles. Der Kutscher hielt, um seine Pferde verschnaufen zu lassen, vor der Rollkutscher-Herberge, die in den alten Gebäuden der königlichen Abtei eingerichtet ist.

»Ich steige hier aus«, sagte der Mann. Er nahm sein Paket und seinen Stock und schwang sich vom Wagen hinab. Einen Augenblick später war er verschwunden. Er war in die Herberge nicht eingetreten.

Als nach ein paar Minuten die Post nach Lagny wieder abfuhr, begegnete sie ihm in der Hauptstraße von Chelles nicht. Der Kutscher drehte sich zu den Reisenden drin auf den Bänken um. »Da ist«, sagte er, »ein Mann, der nicht von hier ist, denn ich kenne ihn nicht. Er sieht aus, als hätte er keinen Heller, aber er macht sich nichts aus Geld. Er zahlt bis Lagny und fährt nur bis Chelles. Es ist Nacht, alle Häuser sind zugesperrt, und man findet ihn nicht mehr. Die Erde hat ihn verschluckt.«

Den Mann hatte die Erde nicht verschluckt. Hastig war er im Dunkel über die große Straße nach Chelles gewandert.

Dann hatte er noch vor der Kirche den Weg links eingeschlagen, den Feldweg, der nach Montfermeil führt, ganz als kenne er die Gegend und sei hier schon gewesen.

Schnell folgte er diesem Weg. Da, wo die alte, von Bäumen umrandete Allee zwischen Gagny und Lagny ihn schneidet, hörte er Passanten nahen. Sich überstürzend, verbarg er sich in einem Graben und wartete darin, bis die Leute, die vorüberkamen, sich entfernten. Diese Vorsicht war in der sehr finsteren Dezembernacht fast überflüssig. Man sah jetzt kaum zwei oder drei Sterne am Himmel.

Hier beginnt das Gelände sich nach und nach zu einem Hügel zu erheben. Der Mann ging nicht auf den Weg nach Montfermeil zurück. Er bog rechts ein, eilte über die Felder und mit großen Schritten dem Wald zu.

Als er im Wald war, verlangsamte er seinen Schritt. Achtsam musterte er jeden einzelnen Baum und tastete sich vor, als suche und gehe er eine geheimnisvolle Straße, die ihm allein bekannt sei. Einen Moment lang schien er sich zu verirren und unsicher zu zögern. Endlich kam er, sich weitertastend, zu einer Lichtung mit einem Block goßer weißlicher Steine. Lebhaft ging er auf diese Felsentrümmer zu. Genau prüfte er sie durch den Nebelschleier der Nacht, als wolle er sie sämtlich überschauen. Wenige Schritte von dem Steinhaufen entfernt stand ein großer Baum, der mit Auswüchsen bedeckt war, den Warzen der Vegetation. Er ging bis zu diesem Baum und befühlte mit der Hand die Rinde des Stammes, als wolle er alle Warzen wiedererkennen und zählen.

Diesem Baum, einer Esche, gegenüber stand eine Kastanie, die an Abschälung der Rinde erkrankt war. Als Wundverband hatte man ihr einen an den Rumpf genagelten Zinkreifen umgelegt. Er stellte sich auf die Fußspitzen und berührte den Zinkstreifen. Sodann stampften seine Fersen eine Zeitlang in dem Raum zwischen der Esche und den Steinen den Boden, als wolle er sich überzeugen, daß die Erde nicht vor kurzem aufgewühlt worden sei. Danach ermittelte er nochmals die Richtung, und wieder schritt er durch den Wald.

Er hatte Cosette getroffen. Auf seinem Weg durch den

Busch nach Montfermeil zu hatte er den kleinen Schatten bemerkt, der sich mit Seufzen vorwärtsbewegte, eine Last auf den Boden hinsetzte, sie wieder aufnahm und sich von neuem quälte. Er hatte sich dem Schatten genähert und erkannt, daß da ein kleines Kind unter der Bürde eines ungeheuren Eimers wankte. Da war er zu dem Kind hingegangen und hatte stumm den Henkel des Eimers gefaßt.

Cosette Seite an Seite im Dunkel mit dem Unbekannten

Der Mann sprach Cosette an, die sich vor ihm nicht fürchtete. Seine Stimme war ernst und fast leise. »Mein Kind, was du da trägst, ist für dich recht schwer.«

Cosette hob den Kopf und erwiderte: »Ja, Herr.«

»Gib«, sagte der Mann, »ich trage es dir.«

Cosette ließ den Eimer los. Der Mann begann neben ihr zu schreiten. »Es ist wirklich schwer«, sagte er zwischen den Zähnen. »Kleine, wie alt bist du?« fügte er hinzu.

»Acht Jahre, Herr.«

»Und kommst du von weit her?«

»Von der Quelle im Wald.«

»Ist das noch weit, wohin du gehst?«

»Eine gute Viertelstunde.«

Dem Mann verschlug es einen Augenblick die Rede, dann sagte er plötzlich: »Hast du keine Mutter?«

»Ich weiß nicht«, antwortete das Kind. Und ehe der Mann Zeit gehabt hatte, Cosette mehr zu fragen, fuhr sie fort: »Ich glaube nicht. Die anderen haben eine Mutter. Ich habe keine.« Dann, nach einem Schweigen: »Ich glaube, ich habe nie eine gehabt.«

Der Mann stand still, setzte den Eimer nieder, beugte sich hinab und legte beide Hände auf die Schultern des Kindes. Er mühte sich, es im Dunkeln zu betrachten und sein Gesicht zu sehen. Unbestimmt zeichnete das magere, dünne Antlitz Cosettes sich im fahlen Himmelslicht ab. »Wie heißt du?« fragte der Mann.

»Cosette.«

Den Mann durchzuckte es wie ein elektrischer Schlag. Wiederum betrachtete er das Kind, dann nahm er seine Hände von den Schultern Cosettes, ergriff den Eimer und ging wieder voran. Nach Minuten fragte er: »Wo wohnst du, Kleine?«

»In Montfermeil, wenn Sie das kennen.«

»Gehen wir dorthin?«

»Ja, Herr.«

Nach einer nochmaligen Pause begann er: »Wer hat dich zu dieser Stunde geschickt, Wasser im Wald zu holen?«

»Frau Thénardier.«

Der Mann sagte in einem Ton, der gleichgültig klingen sollte, in dem aber ein seltsames Flackern war: »Wer ist das, deine Frau Thénardier?«

»Die Wirtin vom Haus«, sagte das Kind. »Sie hat die Herberge.«

»Die Herberge?« fragte der Mann. »Gut, ich werde heute da übernachten. Führe du mich!«

»Wir sind ja schon auf dem Weg«, sagte das Kind.

Der Mann ging ziemlich schnell. Cosette folgte ihm, ohne sich anzustrengen. Sie empfand keine Müdigkeit mehr. Ab und zu blickte sie zu diesem Mann mit unsäglicher Ruhe und hingegeben empor. Nie hatte man sie gelehrt, sich an die göttliche Vorsehung zu wenden und zu beten. Aber sie fühlte in sich etwas wie Hoffnung und Freude, etwas, was zum Himmel aufflog.

Einige Minuten verrannen. »Hat denn Frau Thénardier keine Magd?«

»Nein, Herr.«

»Bist du allein?«

»Ja, Herr.«

Und wieder eine Pause. Cosette sprach ein wenig lauter. »Das heißt, zwei kleine Mädchen sind da«

»Was für kleine Mädchen?«

»Popine und Zelma.« Das Kind vereinfachte so die romantischen Namen, die der Thénardier so teuer waren.

»Wer ist das, Popine und Zelma?«

»Das sind die Fräulein von Frau Thénardier. Sozusagen ihre Töchter. «

»Und was tun die?«

»Oh«, erwiderte das Kind, »sie haben wunderbare Puppen, wo Gold dran ist und die schön blinken. Sie spielen und amüsieren sich.«

»Den ganzen Tag?«

»Ja Herr.«

»Und du?«

»Ich arbeite.«

»Den ganzen Tag?«

Das Kind erhob seine großen Augen, in denen eine Träne schimmerte, nur daß man sie der Nacht wegen nicht sah, und antwortete zaghaft: »Ja, Herr.«

Wieder schwieg sie, dann fügte sie hinzu: »Manchmal, wenn ich mit der Arbeit fertig bin und ich darf, amüsiere ich mich auch.«

»Und wie amüsierst du dich?«

»Wie ich kann. Man läßt mich. Aber viel Spielsachen habe ich nicht. Popine und Zelma wollen nicht, daß ich mit ihren Puppen spiele. Ich habe nur einen kleinen Blechsäbel, nicht größer als so.« Das Kind wies ihm seinen kleinen Finger.

»Und der schneidet nicht?«

»Doch, Herr, er zerschneidet den Salat und die Fliegenköpfe.«

Sie erreichten das Dorf. Cosette führte den Fremden durch die Straßen. Sie kamen an der Bäckerei vorbei, aber Cosette dachte nicht an das Brot, das sie bringen sollte. Der Mann hatte aufgehört, sie zu befragen, und bewahrte nun ein düsteres Schweigen.

Als sie die Kirche hinter sich gelassen hatten und der Mann all die offenen Buden sah, erkundigte er sich bei Cosette:

»Ist denn Jahrmarkt?«

»Nein, Herr, Weihnachten.«

Als sie der Gastwirtschaft schon nahe waren, faßte sie schüchtern nach seinem Arm. »Herr?«

»Was denn, mein Kind?«

»Da sind wir dicht bei dem Haus.«

»Nun?«

»Wollen Sie mir jetzt den Eimer zurückgeben?«

»Warum?«

»Weil die Frau mich hauen wird, wenn sie sieht, daß man ihn für mich getragen hat.«

Er gab ihr den Eimer wieder. Einen Augenblick danach standen sie an der Schwelle der Garküche.

Der Arme, der vielleicht Millionär ist

Cosette konnte sich nicht enthalten, nach der großen Puppe zu schielen, die in dem Spielwarenladen ausgestellt war. Dann klopfte sie. Die Tür wurde aufgemacht. Die Thénardier erschien, eine Kerze in der Hand. »Ach, du bist es, du Bettelding. Gott sei Dank, Zeit hast du gebraucht. Sie wird schon auf ihre Kosten gekommen sein, das Balg!«

»Frau«, sagte Cosette, von oben bis unten zitternd, »da ist ein Herr, der bei uns wohnen möchte.«

Die Thénardier ersetzte rasch ihre grobe Miene durch ihre liebenswürdige Grimasse, eine sichtliche Verwandlung, die den Herbergswirten eigen ist, und mit den Augen suchte sie gierig den neuen Gast. »Ist es der Herr?« fragte sie.

»Ja, Madame«, antwortete der Mann und griff nach seinem Hut. Reisende mit viel Geld sind nicht so höflich. Diese Geste und die Besichtigung von Tracht und Gepäck des Fremden, über die der Blick der Thénardier hinglitt, ließen die freundliche Verzerrung der Züge verschwinden und den barschen Gesichtsausdruck wieder erscheinen. Trocken sagte sie: »Treten Sie ein, guter Mann!«

Der gute Mann trat ein. Die Thénardier warf ihm einen zweiten Blick zu, schätzte besonders seinen durchgewetzten Rock ab und seinen Hut, der keine Fasson mehr hatte. Den Kopf schüttelnd, die Nase rümpfend, mit den Augen blinzelnd, verständigte sie ihren Ehegatten, der noch immer mit den Rollkutschern trank. Er erwiderte mit der unmerklichen Bewegung des Zeigefingers, die, von einem Blähen des Mundes begleitet, in einem solchen Fall bedeutete: Schnorrer.

Daraufhin rief die Thénardier: »Ach, ich bedaure, Gevatter, aber ich habe keinen Platz mehr.«

»Bringen Sie mich unter, wo Sie wollen«, sagte der Mann, »auf dem Dachboden, im Stall. Ich werde zahlen, als hätte ich ein Zimmer.«

»Vierzig Sous.«

»Vierzig Sous, gut.«

»Abgemacht.«

»Vierzig Sous«, sagte ein Rollkutscher leise zu der Thénardier. »Der Preis ist doch nur zwanzig Sous.«

»Er zahlt vierzig Sous«, antwortete die Thénardier ebenso. »Armes Volk nehme ich nicht billiger.«

»Ganz recht«, ergänzte der Gatte mit Sanftmut, »das schadet einem Gasthof, wenn er solche Leute beherbergt.«

Inzwischen hatte sich der Mann, nachdem er Paket und Stock auf eine Bank gelegt hatte, an einem Tisch niedergelassen, auf den Cosette beflissen eine Flasche Wein und ein Glas stellte. Der Händler, der den Eimer Wasser gefordert hatte, war selbst gegangen, ihn seinem Pferd hinzutragen. Cosette hatte sich wieder unter den Küchentisch an ihre Strickerei gesetzt. Der Mann hatte kaum die Lippen in das Glas getaucht, in das er sich Wein eingegossen hatte, und betrachtete das Kind mit seltsamer Spannung.

Cosette war häßlich. Im Glück hätte sie hübsch sein können. Das kleine, trübselig dreinschauende Gesicht haben wir ja schon kurz beschrieben. Mager und bleich, schien sie, die fast Achtjährige, kaum sechs Jahre alt. Ihre großen Augen, die in Schattenhöhlungen lagen, waren fast erloschen, da sie viel Tränen vergossen hatten. Ihre Mundwinkel waren von steter Furcht gekrümmt, wie man es bei Verurteilten sieht und bei rettungslos Kranken. Ihre Hände waren, wie ihre Mutter es erraten hatte, von Frost zugrundegerichtet. Die Kaminglut, die sie in diesem Moment beleuchtete, ließ die Ränder ihrer Knochen hervortreten und ihre Magerkeit erschreckend sichtbar werden. Da sie immer vor Kälte zitterte, preßte sie meist ihre Knie gegeneinander. Ihre ganze Kleidung war ein Lumpen, den man im Sommer nur mit Erbarmen sehen konnte und im Winter nur mit Grauen. Sie hatte nur durchlöcherte Leinwand auf sich, nicht einen Fetzen Wolle. Hier und da war ihre Haut entblößt, und überall gewahrte man blaue oder schwarze Flecke, an denen zu erkennen war, wo die Thénardier sie geschlagen hatte. Ihre nackten Beine waren rot und schwächlich. Über die Gruben an ihren Schlüsselbeinen hätte man weinen mögen. Das ganze Wesen dieses Kindes, sein Gang, seine Haltung, der Klang seiner Stimme, die Pausen zwischen seinen Worten, sein Blick, sein Schweigen, seine flüchtigste Geste drückten einen einzigen Gedanken aus, die Furcht.

Die Furcht war um Cosette gebreitet, sie war wie bedeckt von ihr. Die Furcht zwang sie, ihre Ellbogen an ihre Hüften heranzuziehen, ihre Fersen an ihre Unterröcke. Sie ließ Cosette möglichst zusammenschrumpfen, gestattete ihr kaum noch zu atmen und war das geworden, was man ihre leibliche Gewohnheit nennen konnte, ohne daß sie sich je änderte, außer daß sie noch zunahm. In ihrem Augapfel war ein schreckerfülltes Staunen verborgen. So groß war diese Furcht, daß Cosette, als sie zurückkam, so durchnäßt, wie sie war, nicht gewagt hatte, sich am Feuer zu trocknen, und sich stumm wieder an ihre Arbeit machte. So stumpf und mitunter so düster war der Blick dieses achtjährigen Kindes, daß es bisweilen schien, als sei sie in Gefahr, idiotisch zu werden oder ein Dämon.

Nie, wir sagten es bereits, hatte sie erfahren, was beten ist, nie hatte sie auch nur einen Fuß in eine Kirche gesetzt. »Habe ich etwa Zeit dazu?« pflegte die Thénardier zu sagen.

Der Mann im gelben Rock ließ Cosette nicht aus den Augen.

Plötzlich rief die Thénardier: »Na, was ist mit dem Brot?«

Wie sie tat, sooft die Thénardier laut wurde, schlüpfte Cosette unter dem Tisch hervor. Sie hatte das Brot ganz vergessen. Sie nahm ihre Zuflucht zu dem Mittel verängstigter Kinder. Sie log. »Der Bäcker hatte schon zu«, sagte sie.

»Warum hast du nicht geklopft?«

»Ich habe geklopft.«

»Und?«

»Er hat nicht geöffnet.«

»Morgen werde ich schon hören, ob das wahr ist«, sagte die Thénardier, »und wenn du gelogen hast, bekommst du deine Prügel. Jetzt gib mir erst das Fünfzehnsousstück wieder!«

Cosette versenkte die Hand in ihre Schürzentasche. Sie wurde grün im Gesicht. Das Geldstück war nicht mehr darin.

»Nun«, sagte die Thénardier, »bist du taub?«

Cosette drehte die Tasche um. Sie fand nichts. Wohin konnte das Geld verschwunden sein? Die unglückliche Kleine war nicht fähig, ein Wort zu sprechen. Sie war wie versteinert.

»Hast du das Geld verloren?« röchelte die Thénardier. »Oder willst du mich bestehlen?« Zugleich streckte sie die Rechte nach der Klopfpeitsche aus, die in der Kaminecke hing.

Diese furchtbare Handbewegung gab Cosette die Kraft, wieder zu schreien: »Gnade, Madame, ich werde es nicht mehr tun.«

Die Thénardier riß die Klopfpeitsche herunter. Indessen hatte der Mann im gelben Rock unbeobachtet seine Westentasche durchsucht. Die anderen Reisenden tranken oder spielten Karten und achteten auf nichts.

Cosette hockte in ihrer Angst, wie ein Knäuel sich ballend, in der Kaminecke. Sie wollte sich klein machen und ihre halbnackten Glieder dem Zugriff entziehen. Die Thénardier hob den Arm.

»Verzeihen Sie, Madame«, sagte der Mann im gelben Rock, »aber eben sah ich, wie aus der Schürzentasche der Kleinen etwas herausfiel und weiterrollte. Am Ende ist es das da.« Er bückte sich und schien einen Augenblick am Boden zu suchen. »Ja, hier«, sagte er, indem er sich wieder aufrichtete. Und er reichte der Thénardier ein silbernes Geldstück.

»Ja, das ist es«, sagte sie. Es war es nicht, denn es war eine Münze zu zwanzig Sous. Aber die Thénardier dachte sich, sie verdiene noch dabei. Sie schob das Geldstück in ihre Tasche und beschränkte sich darauf, dem Kind einen drohenden Blick zuzuwerfen und zu sagen: »Daß mir das nicht wieder vorkommt!«

Cosette kroch in das zurück, was die Thénardier ihre Hundehütte nannte, und ihr großes, an dem unbekannten Reisenden haftendes Auge begann einen Ausdruck anzunehmen, den es nie gehabt hatte. Es war kaum mehr als naives Unverständnis, aber etwas wie verträumte Verwunderung mischte sich darein.

»Übrigens, wollen Sie zu Abend essen?« fragte die Thénardier den Reisenden. Er antwortete nicht und schien in tiefem Sinnen.

»Was ist das für ein Mensch?« sagte sie zwischen den Zähnen. »Ein gräßlicher Pennbruder. Hat nicht einmal einen Sou, um zu essen. Wird er mir wenigstens das Logis bezahlen? Ein Glück noch, daß er sich nicht unterstanden hat, das Geld zu stehlen, das am Boden lag.«

Währenddessen war eine Tür aufgegangen, und Eponine und Azelma waren eingetreten. Es waren zwei wirklich hübsche kleine Mädchen, bürgerlich mehr als bäuerlich, sehr reizend, die eine mit ihren glänzenden kastanienbraunen Haaren, die andere mit ihren langen schwarzen Flechten, die ihr in den Rücken herabfielen, beide lebhaft, sauber, fett, frisch und gesund, eine Augenweide. Sie waren warm angezogen, jedoch mit einer solchen mütterlichen Kunst, daß die Dicke der Stoffe die Koketterie ihres Putzes nicht beeinträchtigte. Für den Winter war gesorgt, ohne daß der Frühling darüber vernachlässigt wurde. Die beiden Kleinen strahlten Licht aus. Und sie waren Herrscherinnen. In ihrer Toilette, ihrer Heiterkeit, ihrem Lärmen bewiesen sie ihr Selbstgefühl. Als sie eintraten, sagte die Thénardier in einem scheltenden Ton, in dem doch vergötternde Liebe war: »Ach, da seid ihr ja! «

Dann ließ sie eine nach der anderen auf ihrem Schoß sitzen, glättete ihnen die Haare, band ihnen die Schleifen und gab sie mit sanftem Schütteln frei, wie das die Art der Mütter ist. »Wie festgeschnürt sie sind!« rief sie.

Sie setzten sich an den Kamin. Bei sich hatten sie eine Puppe, die sie mit fröhlichem Zwitschern auf ihren Knien hin und her drehten.

Von Zeit zu Zeit blickte Cosette von ihrer Strickerei auf und sah ihnen traurig zu, wie sie spielten.

Eponine und Azelma sahen nicht nach Cosette hin. Sie war für sie nichts Besseres als ein Haushund. Die drei kleinen Mädchen zählten insgesamt keine vierundzwanzig Jahre, und schon waren sie ein Gleichnis der ganzen menschlichen Gesellschaft: hier der Neid, dort die Mißachtung. Die Puppe der Schwestern Thénardier war sehr verblüht, sehr alt und völlig zerbrochen, aber darum schien sie Cosette nicht weniger herrlich. In ihrem Leben hatte sie keine Puppe gehabt, keine »richtige Puppe«, wie Kinder das nennen.

Plötzlich merkte die Thénardier, die weiter im Saal auf und ab ging, daß Cosette abgelenkt war und, statt zu arbeiten, sich mit den Kleinen, die spielten, befaßte. »Ah, hab ich dich erwischt!« schrie sie. »Das nennst du arbeiten! Ich werde dir deine Bummelei mit der Klopfpeitsche versalzen.«

Der Fremde wandte sich, ohne von seinem Stuhl aufzustehen, an die Thénardier. »Madame«, sagte er, mit fast furchtsamer Miene lächelnd, »lassen Sie sie doch spielen!«

Hätte irgendein Reisender, der eine Portion Hammelkeule gegessen und zu seinem Nachtmahl zwei Flaschen Wein getrunken hatte und der nicht wie ein »Pennbruder« aussah, diesen Wunsch geäußert, so wäre er ein Befehl gewesen. Aber daß ein Mensch mit einem solchen Hut sich erlaubte, einen Wunsch zu haben, daß ein Mann mit einem solchen Rock sich erdreistete, einen Willen zu bekunden, das schien der Thénardier unerhört. Bitter entgegnete sie: »Sie muß arbeiten, daß sie zu essen kriegt. Ich ernähre sie nicht, damit sie herumlungert.«

»Was strickt sie denn da?« fragte der Reisende mit der milden Stimme, die so seltsam gegensätzlich zu seinen Bettelkleidern und seinen Lastträgerschultern war.

Die Thénardier geruhte zu erwidern: »Strümpfe, wenn es Ihnen recht ist. Strümpfe für meine kleinen Mädchen, die keine haben und fast barfuß gehen.«

Der Mann betrachtete Cosettes arme rote Füße und fuhr fort: »Wann wird sie denn mit dem Paar Strümpfe fertig sein?«

»Sie hat noch wenigstens drei oder vier volle Tage daran zu tun, die Faulenzerin.«

»Und welchen Wert kann das Paar Strümpfe haben, wenn es fertig ist?«

Die Thénardier sah verächtlich hin. »Mindestens dreißig Sous.«

»Würden Sie es um fünf Francs geben?« fragte der Mann.

»Zum Teufel!« rief mit derbem Lachen ein Rollkutscher, der gehorcht hatte. »Fünf Francs? Das will ich meinen! Fünf Eier!«

Thénardier glaubte das Wort nehmen zu sollen. »Ja, Herr, wenn Sie sich das einbilden, geben wir Ihnen das Paar Strümpfe um fünf Francs. Wir können den Reisenden nichts abschlagen.«

»Sie müßten gleich zahlen«, sagte die Thénardier mit ihrer gebieterischen Knappheit.

»Ich kaufe das Paar Strümpfe«, erwiderte der Mann und zog aus seiner Tasche ein Fünffrancsstück, das er auf den Tisch legte. »Ich bezahle.« Dann wandte er sich zu Cosette um. »Jetzt ist deine Arbeit mein Eigentum. Spiele, mein Kind!«

Der Rollkutscher war über das Fünffrancsstück so erregt, daß er sein Glas stehenließ und herzulief. »Wahrhaftig!« rief er, indem er das Geld prüfte. »Ein Hinterrad! Und nicht gefälscht!«

Thénardier näherte sich und schob stumm die fünf Francs in seine kleine Hosentasche. Die Thénardier fand keine Gegenrede. Sie biß sich auf die Lippen, und aus ihrer Miene sprach Haß.

Cosette zitterte. Sie wagte zu fragen: »Ist das wirklich so? Darf ich spielen?«

»Spiele!« sagte die Thénardier böse.

»Ich danke Ihnen, Madame«, sagte Cosette. Und indes ihr Mund der Thénardier dankte, dankte ihre ganze kleine Seele dem Reisenden.

Thénardier hatte wieder zu trinken begonnen. Seine Frau flüsterte ihm ins Ohr: »Was ist denn mit dem gelben Mann?«

»Ich habe«, antwortete Thénardier großartig, »Millionäre gesehen, die einen Rock hatten wie er.«

Cosette hatte ihre Strickerei hingelegt, aber ihren Platz

nicht verlassen. Sie rührte sich noch immer so wenig wie möglich. Aus einem Kästchen hinter sich hatte sie einige alte Lappen und ihren kleinen Blechsäbel genommen. Eponine und Azelma paßten nicht auf das auf, was da vorging. Sie hatten jetzt eine sehr wichtige Verrichtung vorgenommen. Sie hatten sich der Katze bemächtigt und ihre Puppe auf die Erde geworfen. Eponine, die ältere, wickelte die kleine Katze, sosehr sie miaute und zappelte, in eine Menge roter und blauer Stoffreste. Mitten in dieser ernsten und schwierigen Arbeit sagte sie zu ihrer Schwester in der süßen, anbetungswürdigen Sprache der Kinder, deren Holdheit, dem Schimmer der Schmetterlingsflügel gleich, entschwebt, sobald man sie festhalten will: »Siehst du, Schwester, die Puppe ist lustiger als die andere. Sie bewegt sich, sie schreit, sie ist warm. Siehst du, Schwester, spielen wir mit ihr! Sie soll meine kleine Tochter sein und ich eine Dame. Ich besuche dich, und du schaust sie dir an. Dann siehst du allmählich ihren Schnurrbart, und darüber staunst du. Und dann siehst du ihre Ohren, und dann siehst du ihren Schwanz, und darüber staunst du. Und du sagst zu mir: Ach, mein Gott! Und ich sage zu dir: Ja, Madame, so ein kleines Mädchen habe ich nun mal. So sind sie heute.«

Azelma lauschte Eponine mit Bewunderung. Inzwischen hatten die Trinker ein unzüchtiges Lied angestimmt, worüber sie lachten, daß die Decke wankte. Thénardier ermunterte und begleitete sie.

Wie die Vögel aus allem ein Nest machen, so machen die Kinder mit irgendwelchem Zeug eine Puppe. Während Eponine und Azelma die Katze wickelten, hatte Cosette ihren Säbel eingewickelt. Hierauf legte sie ihn sich in den Arm und sang leise, um ihn einzuschläfern.

Die Puppe gehört zu den gebieterischsten Bedürfnissen und zugleich entzückendsten Trieben in der Kindheit einer Frau. Sie warten, ausstaffieren, anziehen, ausziehen und wieder anziehen, sie belehren, ein bißchen auszanken, wiegen, verhätscheln und einschläfern, sich einbilden, daß etwas jemand ist, die ganze Zukunft der Frau ist darin enthalten. Während es träumt und plappert, kleine Aussteuern und

Babyausstattungen zusammenstellt, Kleidchen, Leibchen und Jäckchen näht, wird aus dem Kind ein junges Mädchen, aus dem jungen ein erwachsenes und aus dem erwachsenen Mädchen eine Frau. Das erste Kind setzt die letzte Puppe fort. Ohne Puppe ist ein kleines Mädchen ungefähr ebenso unglücklich und ebenso unmöglich wie eine Frau ohne Kinder. Cosette hatte also den Säbel in eine Puppe verwandelt.

Die Thénardier hatte sich dem gelben Mann genähert. Mein Gatte hat recht, dachte sie, vielleicht ist es Herr Laffitte. Es gibt so komische Reiche.

Sie lehnte sich an den Tisch. »Mein Herr ...«, sagte sie.

Bei dem Wort »Herr« wandte der Mann sich um. Die Thénardier hatte ihn bisher nur »Gevatter« oder »guter Mann« genannt.

»Sehen Sie, mein Herr«, fuhr sie mit der süßlichen Miene fort, die zu sehen noch ärgerlicher war als ihre bösartige Miene, »ich bin ja einverstanden, daß das Kind spielt, ich widersetze mich nicht, einmal ist keinmal, wo Sie doch so freigebig sind. Sehen Sie, das hat nichts, und das muß arbeiten.«

»Gehört es denn nicht Ihnen, das Kind?« fragte der Mann.

»Oh, mein Gott, nein, mein Herr! Es ist ein kleines armes Ding, das wir so aufgelesen haben, aus Mildtätigkeit. Ein wenig schwachsinnig. Sie muß Wasser im Kopf haben. Sie hat, wie Sie sehen, einen dicken Schädel. Wir tun für sie, was wir können, denn wir sind nicht reich. Umsonst schreiben wir in ihre Heimat, seit sechs Monaten kriegen wir keine Antwort. Wahrscheinlich ist die Mutter gestorben.«

»Ah!« sagte der Mann und versank wieder in seine Träumerei.

»Die Mutter taugte nichts«, fügte die Thénardier hinzu. »Sie hat ihr Kind im Stich gelassen.«

Während dieser ganzen Unterhaltung hatte Cosette, als sagte ihr ein Instinkt, daß man über sie spreche, kein Auge von der Thénardier gewandt. Sie hörte nur undeutlich. Einige Worte konnte sie dann und wann verstehen.

Inzwischen wiederholten die Trinker, die dreiviertel bezecht waren, ihren unzüchtigen Kehrreim mit verstärkter Heiterkeit. Es war ein schlüpfriger Bänkelgesang, in den die

Jungfrau Maria und das Jesuskind hineingezerrt waren. Die Thénardier saß nun darunter und beteiligte sich an dem schallenden Gelächter. Cosette betrachtete unter dem Tisch das Feuer, das sich in ihren starren Augen spiegelte. Und wie zuvor schaukelte sie den Wickel, den sie sich hergerichtet hatte, und sang dabei leise: »Meine Mutter ist tot! Meine Mutter ist tot! Meine Mutter ist tot!«

Auf erneutes Drängen der Wirtin erklärte der gelbe Mann, der »Millionär«, sich endlich bereit, zu Abend zu essen. »Was wünscht der Herr?«

»Brot und Käse«, sagte der Mann.

Und er ist doch ein Bettler, dachte die Thénardier.

Die Betrunkenen sangen noch immer ihr Lied, und auch das Kind unter dem Tisch sang das seine.

Plötzlich schwieg Cosette. Sie hatte sich umgewandt und die Puppe der kleinen Thénardiers bemerkt, die sie der Katze wegen am Boden, wenige Schritte von dem Küchentisch entfernt, hatten liegenlassen. Nun entglitt ihr der umwickelte Säbel, der ihr nur halb genügte, dann wanderte ihr Blick langsam durch den Saal. Die Thénardier flüsterte mit ihrem Gatten und zählte Geld, Ponine und Zelma spielten mit der Katze, die Reisenden aßen oder tranken oder sangen, kein Blick haftete an ihr. Sie hatte keinen Moment zu verlieren. Auf Knien und Händen rutschte sie unter dem Tisch hervor, vergewisserte sich noch einmal, daß man sie nicht beobachtete, dann kroch sie hastig bis zu der Puppe und ergriff sie. Gleich darauf hockte sie wieder an ihrem Platz, steif, nur so umgedreht, daß sie die Puppe, die sie in ihren Armen hielt, beschattete. Das Glück, mit einer Puppe zu spielen, war für sie so selten, daß sie mit allem Ungestüm einer Wollust darin schwelgte. Niemand hatte sie gesehen, außer dem Mann, der gemächlich sein karges Abendbrot aß.

Die Freude dauerte etwa eine Viertelstunde. Aber so vorsichtig sich Cosette auch benahm, es entging ihr, daß ein Fuß der Puppe überhing und das Kaminfeuer ihn hell beleuchtete. Dieser rosige, schimmernde Fuß, der aus dem Schatten herausragte, fiel plötzlich Azelma auf. »Sieh doch, Schwester!« sagte sie zu Eponine.

Die beiden kleinen Mädchen unterbrachen verblüfft ihr Spiel. Cosette hatte ihnen die Puppe wegzunehmen gewagt. Eponine stand auf und zog, ohne die Katze aus den Fingern zu lassen, ihre Mutter am Rock.

»Aber nicht doch!« sagte die Mutter. »Was willst du denn?«

»Mutter«, sagte das Kind, »schau nur!« Und sie wies auf Cosette, die, ganz von der Ekstase der Besitzergreifung beherrscht, nichts mehr sah und hörte.

In das Antlitz der Thénardier trat der eigentümliche Ausdruck, in dem sich das Schreckliche mit den Erbärmlichkeiten des Lebens verbindet und den man meint, wenn man solche Frauen Megären nennt. Diesmal reizte der verletzte Stolz sie noch zu größerem Zorn. Cosette hatte jede Kluft übersprungen. Cosette hatte die Hand nach der Puppe dieser »Fräuleins« ausgestreckt. Eine Zarin, die sähe, daß ein Muschik sich das große blaue Ordensband ihres kaiserlichen Sohnes umzuschnallen versuchte, könnte kein anderes Gesicht machen. Sie schrie mit vor Empörung heiserer Stimme: »Cosette!«

Cosette zitterte, als hätte die Erde unter ihr gebebt. Sie wandte sich um. »Cosette!« rief nochmals die Thénardier.

Cosette nahm die Puppe und legte sie mit einer Art von Verehrung, in die sich Verzweiflung mischte, sanft auf den Boden. Ohne sie aus den Augen zu lassen, faltete sie die Hände, und was von einem Kind dieses Alters zu sagen furchtbar ist, sie rang sie. Und was keine der Erregungen dieses Tages, weder der Lauf durch den Wald noch die Schwere des Eimers, noch der Verlust des Geldes, noch der Anblick der Klopfpeitsche, noch das finstere Wort, das sie von der Thénardier gehört hatte, ihr hatte entreißen können: Sie weinte. Sie schluchzte.

Indes hatte der Fremde sich erhoben. »Was ist?« fragte er die Thénardier.

»Sehen Sie denn nicht?« sagte sie und zeigte auf das Corpus delicti, das zu den Füßen Cosettes lag.

»Nun, was denn?« fragte der Mann.

»Das Lumpending«, erwiderte die Thénardier, »hat sich erlaubt, die Puppe der Kinder zu berühren.«

»Soviel Lärm um so etwas!« sagte der Mann. »Was wäre, wenn sie mit der Puppe spielte?«

»Sie hat sie mit ihren schmutzigen Händen angefaßt«, beharrte die Thénardier, »mit ihren scheußlichen Händen!«

Cosettes Schluchzen verstärkte sich noch. »Gibst du Ruhe!« schrie die Thénardier.

Der Mann schritt stracks auf die Tür zu, öffnete sie und ging hinaus. Sobald er draußen war, nutzte die Thénardier seine Abwesenheit, um unter dem Tisch Cosette einen heftigen Fußtritt zu versetzen, der das Kind ein lautes Jammern ausstoßen ließ.

Die Tür öffnete sich wieder, der Mann kam zurück und trug in seinen Händen die fabelhafte Puppe, die seit heute früh alle Dorfkinder anstaunten. Er stellte sie vor Cosette hin und sagte: »Da, für dich.« Augenscheinlich hatte er seit über einer Stunde, seit er hier saß, inmitten seiner Träumerei das verschwommene Bild des Spielwarenladens beobachtet, der mit Lampions und Kerzen so glanzvoll erleuchtet war, daß er durch die Fensterscheiben wie eine Illumination wirkte.

Cosette blickte auf, sie hatte den Mann mit der Puppe auf sich zukommen sehen, als sähe sie die Sonne nahen. Sie hörte die unglaublichen Worte: »Da, für dich«, und sie betrachtete ihn, betrachtete die Puppe, dann wich sie langsam zurück und versteckte sich unter dem Tisch, hinten im Mauerwinkel. Sie weinte nicht mehr, sie schrie nicht mehr, es war, als getraue sie sich nicht mehr zu atmen.

Die Thénardier, Eponine und Azelma waren bewegungslos wie Statuen. Die Trinker sogar hatten eingehalten. Auf der ganzen Schenke lastete eine feierliche Stille. Die Thénardier versteinert und stumm, begann wieder mit ihren Mutmaßungen: Was ist mit dem Alten? Ist er arm oder ein Millionär? Vielleicht ist er beides, also ein Dieb?

Das Gesicht ihres Gatten wies die bezeichnende Mimik auf, die menschliche Züge jedesmal verschärft, wenn der vorherrschende Instinkt in all seiner tierischen Macht hindurchdringt. Der Garkoch musterte abwechselnd die Puppe und den Reisenden. Es war, als berieche er den Mann, wie er sonst wohl einen Beutel Geld beroch. Blitzschnell verschwand das wieder. Er näherte sich seiner Frau und sagte leise zu ihr: »Die Maschine kostet mindestens dreißig Francs. Keine Dummheiten! Auf den Bauch vor dem Mann!«

Rohe Naturen haben mit naiven gemein, daß sie Übergänge nicht kennen. »Nun, Cosette«, sagte die Thenardier mit einer Stimme, die süß sein sollte und in der nichts als der bittere Honig ihres grausamen Naturells war, »nimmst du deine Puppe nicht?«

Cosette wagte sich aus ihrem Loch heraus. »Meine kleine Cosette«, hub die Thénardier schmeichlerisch wieder an, »der Herr schenkt dir eine Puppe. Nimm sie! Sie ist dein.«

Cosette betrachtete erschrocken die wunderbare Puppe. Ihr Gesicht war noch von Tränen überflutet, aber in ihren Augen begann sich wie am Himmel in der Morgendämmerung das seltsame Strahlen der Freude zu sammeln. Was sie in diesem Augenblick fühlte, glich ein wenig dem, was sie empfunden hätte, hätte man ihr plötzlich verkündet: Kleine, du bist die Königin von Frankreich.

Es schien ihr, als werde, wenn sie diese Puppe anfasse, ein Gewitter daraus flammen und dröhnen. Das traf in gewissem Sinne zu, denn sie sagte sich, die Thenardier werde sie schelten und prügeln. Aber die Verlockung siegte. Sie entschloß sich heranzutreten und flüsterte scheu, zu der Thenardier gewandt: »Darf ich, Madame?« Keine Worte könnten von ihrer zugleich verzweifelten, entsetzten und verzückten Miene einen Begriff geben.

»Bei Gott!« sagte die Thenardier. »Die Puppe gehört dir. Der Herr schenkt sie dir ja.«

»Wirklich, Herr?« fragte Cosette wieder. »Ist das wahr? Sie gehört mir, Madame?«

Der Fremde schien die Augen voller Tränen zu haben und so erregt zu sein, daß er, um nicht weinen zu müssen, nicht sprach. Er winkte Cosette und legte in ihre kleine Hand die Hand der »Dame«. Cosette zog die ihre rasch zurück, als verbrenne die der Dame sie, und starrte auf die Diele. Nicht verhohlen sei, daß sie in diesem Moment ihre Zunge maßlos herausstreckte. Plötzlich drehte sie sich um und packte leidenschaftlich die Puppe. »Ich werde dich Catherine nennen«, sagte sie.

Es war sonderbar, als die Lumpen Cosettes die Bänder und das rosig frische Musselingewand der Puppe überdeckten und umschlangen. »Madame«, fragte sie, »darf ich sie auf einen Stuhl stellen?«

»Ja, mein Kind«, erwiderte die Thenardier. Jetzt sahen Eponine und Azelma Cosette neidisch an.

Cosette stellte Catherine auf einen Stuhl, dann hockte sie vor ihr auf dem Boden und saß unbeweglich da, wortlos, in Andacht.

»Spiele doch, Cosette«, sagte der Fremde.

»Oh, ich spiele«, entgegnete das Kind.

Der Fremde, der Unbekannte, wirkte wie ein Besuch, den die Vorsehung Cosette abstattete, und war in diesem Augenblick der Thenardier mehr als alles in der Welt verhaßt. Aber sie mußte sich bezwingen. Es war zuviel für ihr Gemüt, so sehr sie an Heuchelei gewöhnt war, da sie stets in allen ihren Handlungen ihren Gatten nachzuahmen strebte. Sie beeilte sich, ihre Töchter zu Bett zu schicken, dann bat sie den gelben Mann um die Erlaubnis, mit Cosette ebenso zu verfahren, »da sie heute sich sehr viel geplagt hat«, erklärte sie mit mütterlicher Miene. Cosette ging zu Bett und trug Catherine im Arm fort.

Die Thénardier begab sich von Zeit zu Zeit an das andere Ende des Saales, wo ihr Mann saß, »um sich die Seele zu erleichtern«, wie sie sagte. Sie tuschelte mit ihm einige Worte, in desto größerer Wut, als sie nicht laut zu reden wagte. »Das alte Biest! Was hat er nur vor? Kommt her und stört uns! Will, daß das kleine Ungeheuer spielt! Ihm Puppen geben! Puppen zu vierzig Francs einer Hündin geben, die er von mir für vierzig Sous haben könnte! Nächstens sagt er zu ihr Eure Majestät wie zu der Herzogin von Berry. Ist da noch Vernunft? Er ist wohl närrisch, der alte Heimtücker!«

»Warum? Das ist ganz einfach!« entgegnete Thénardier. »Wenn's ihm Spaß macht! Dir macht es Spaß, wenn die Kleine arbeitet, ihm, wenn sie spielt. Er hat ein Recht dazu. Ein Reisender, der tut, was er will, wenn er zahlt. Wenn der Alte ein Philanthrop ist, was kümmert's dich? Wenn er blödsinnig ist, geht das dich nichts an. Was mischst du dich ein, wenn er Geld hat?« Diese Sprache eines Herrn und diese Gründe eines Gastwirts gestatteten keine Widerrede.

Der Mann hatte sich mit dem Ellbogen auf den Tisch gestützt und war von neuem seiner Träumerei verfallen. Alle anderen Reisenden, Händler und Rollkutscher, waren ein wenig von ihm abgerückt und sangen nicht mehr. Sie betrachteten ihn aus der Entfernung mit einer Art ängstlichem Respekt. Dieser so arm gekleidete Privatmann, der aus seiner Tasche die Fünffrancsstücke so behend zog und an kleine Schmutzfinken in Holzschuhen riesige Puppen verschwendete, war sicher ein großer und furchtgebietender Mann.

Mehrere Stunden verrannen. Die Mitternachtsmesse und das Mahl der Weihnachtsnacht waren vorbei, die Trinker gegangen, die Schenke war gesperrt, der Saal im Erdgeschoß verödet, das Feuer erloschen. Der Fremde saß noch am selben Platz und in derselben Haltung. Ab und zu wechselte er den Ellbogen, auf den er sich stützte. Sonst nichts. Aber seit Cosette nicht mehr da war, hatte er kein Wort gesprochen.

Die Thénardiers allein waren anstandshalber und aus Neugier im Saal geblieben. »Wird er die Nacht so verbringen?« murrte die Thénardier. Um zwei Uhr morgens gab sie sich geschlagen und sagte zu ihrem Gatten: »Ich gehe ins Bett. Mach mit ihm, was du willst.«

Thénardier setzte sich an einen Tisch in einem Winkel, zündete eine Kerze an und begann im »Französischen Kurier« zu lesen.

So verstrich eine gute Stunde. Der würdige Herbergswirt hatte wenigstens dreimal den »Französischen Kurier« gelesen, vom Datum der Nummer bis zum Namen des Druckers. Der Fremde rührte sich nicht. Thénardier bewegte sich, hustete, spuckte, schneuzte sich, ließ seinen Stuhl krachen. Keine Bewegung des Mannes. Schläft er? dachte Thénardier. Der Mann schlief nicht, aber nichts konnte ihn aufwecken.

Schließlich nahm Thénardier seine Mütze ab, näherte sich leise und erkühnte sich zu sagen: »Will der Herr nicht ruhen?«

»Nicht zu Bett gehn« wäre ihm unpassend und vertraulich erschienen. »Ruhen« hatte etwas Feines und war voller Achtung. Diese Worte haben die mysteriöse und erstaunliche

Kraft, am nächsten Morgen die Gesamtziffer der Rechnung anschwellen zu lassen. Ein Zimmer, in dem man zu Bett geht, kostet zwanzig Sous, ein Zimmer, in dem man ruht, zwanzig Francs.

»Ja«, sagte der Fremde. »Sie haben recht. Wo ist Ihr Stall?«

»Mein Herr«, erwiderte Thénardier lächelnd, »ich werde den Herrn führen.«

Er nahm die Kerze, der Mann ergriff sein Paket und seinen Stock, und Thénardier führte ihn in ein Zimmer im Obergeschoß, das mit seltenem Luxus ausgestattet war, ganz in Mahagoni, mit einem Bett in Schiffsform und Vorhängen von rotem Kaliko.

»Was ist das?« fragte der Reisende.

»Es ist unser eigenes Hochzeitsgemach«, sagte der Herbergswirt.

»Wir bewohnen ein anderes Zimmer, meine Gattin und ich. Das hier betreten wir nur drei- oder viermal im Jahr.«

»Der Stall wäre mir genauso lieb gewesen«, sagte der Mann schroff.

Thénardier tat, als höre er diese wenig artige Bemerkung nicht. Er zündete zwei ganz neue Wachskerzen an. Sie standen auf dem Kamin zur Schau, in dem ein ziemlich gutes Feuer glühte. Neben ihnen lag unter einer Glaskugel ein weiblicher Kopfputz in Silberdraht mit Orangenblüten. »Und was ist das?« fragte der Fremde.

»Mein Herr«, sagte Thénardier, »es ist der Brautschmuck meiner Frau.«

Der Reisende sah den Silberkranz mit einem Blick an, der zu sagen schien: So ist dieses Ungetüm einmal Jungfrau gewesen? Im übrigen log Thénardier. Als er diese Bude pachtete, um sie in eine Garküche zu verwandeln, hatte er das so geschmückte Zimmer hier vorgefunden, die Möbel gekauft und die Orangenblüten erschachert, da er der Ansicht war, es werde auf seine Gattin einen Schatten von Anmut werfen und seinem Haus etwas von dem verleihen, was die Engländer Respektabilität nennen.

Als der Reisende sich umdrehte, war der Wirt verschwunden. Thénardier hatte sich diskret verflüchtigt, ohne daß er gute Nacht zu wünschen wagte. Er behandelte nicht gern einen Mann mit ehrfurchtsvoller Herzlichkeit, den er am nächsten Morgen mit Pauken und Trompeten schinden wollte.

Der Wirt zog sich in seine Kammer zurück. Seine Frau lag im Bett, schlief aber nicht. Als sie den Schritt ihres Mannes hörte, wandte sie sich um und sagte: »Du weißt, morgen schmeiße ich Cosette raus.«

Thénardier erwiderte kalt: »Wie du willst!«

Sie tauschten sonst keine Worte, und nach wenigen Augenblicken war ihre Kerze erloschen.

Der Reisende hatte seinen Stock und sein Paket in einer Ecke niedergelegt. Als der Wirt fort war, setzte er sich in einen Sessel und sann eine Zeitlang nach. Dann streifte er seine Stiefel ab, nahm eine der beiden Kerzen, blies die andere aus, stieß die Tür auf und ging aus dem Zimmer, wobei er um sich sah, als suche er. Er durchquerte einen Korridor und kam an die Treppe. Hier hörte er ein leises, sehr sanftes Geräusch, das dem Atem eines Kindes glich. Er ließ sich von diesem Geräusch leiten und stand dann an einer dreieckigen Vertiefung, die unter der Treppe angebracht oder vielmehr durch sie selbst gebildet wurde. Diese Vertiefung war nichts anderes als die Bucht unterhalb der Stufen. Zwischen Haufen alten Papiers und Gerümpel, in Staub und Spinnweben stand da ein Bett; wenn man einen Strohsack so nennen kann, der so durchlöchert ist, daß er das Stroh zeigt, und eine Decke mit so viel Rissen, daß der Strohsack zu sehen ist. Keine Tücher. Das war das Lager am Boden, auf den Steinfliesen. In diesem Bett schlief Cosette.

Der Mann näherte sich und betrachtete sie. Cosette schlief tief, ganz in Kleidern. Im Winter entledigte sie sich ihrer nicht, um weniger zu frieren. Sie hielt die Puppe an sich gepreßt, deren große offene Augen im Dunkeln glänzten. Manchmal entschwebte ihr ein tiefer Seufzer, als erwache sie, und ihre Ärmchen umklammerten fast krampfhaft die Puppe. Nur einer ihrer Holzschuhe stand neben dem Bett.

Eine Tür nahe ihrem kläglichen Gelaß war unverschlossen. So sah man in ein mäßig großes, dunkles Zimmer. Der

Fremde trat ein. Im Hintergrund, durch eine Glastür, gewahrte er zwei kleine, sehr weiße Zwillingsbetten. Es waren die Betten von Azelma und Eponine. Nur zur Hälfte sah man eine Wiege von Weidenholz, ohne Gardinen. Der kleine Junge schlief darin, der den ganzen Abend über geschrien hatte.

Der Fremde nahm an, dieses Zimmer grenze an das des Ehepaars Thénardier. Er wollte wegtreten, als sein Blick auf den Kamin fiel, einen der weiten Gasthauskamine, in denen zu dieser Jahreszeit immer ein so kleines Feuer brennt und die so kalt aussehen. In diesem war kein Feuer, nicht einmal Asche. Dennoch verweilte die Aufmerksamkeit des Reisenden auf dem, was drinnen stand. Es waren zwei kleine Kinderschuhe, kokett und ungleich groß. Der Fremde erinnerte sich an den lieblichen, seit undenklichen Zeiten geübten Brauch, daß Kinder zu Weihnachten ihre Schuhe in den Kamin abstellen, damit sie in der Finsternis auf ein funkelndes Geschenk ihrer guten Fee warten. Eponine und Azelma hatten das nicht versäumt, und jede von ihnen hatte einen ihrer Schuhe in den Kamin getragen.

Der Reisende bückte sich. Die Fee, also die Mutter, hatte ihren Besuch schon gemacht, und in jedem Schuh sah man ein schönes, funkelnagelneues Zehnsousstück. Der Mann erhob sich und wollte gehen, da sah er hinten, abseits, im dunkelsten Winkel der Feuerstatt noch etwas anderes. Er schaute hin und sah einen Holzschuh, greulich, von plumpestem Holz, halb zerbrochen und von Asche und getrocknetem Schlamm bedeckt. Es war Cosettes Holzschuh. Auch sie hatte mit dem rührenden Vertrauen der Kinder, das immer betrogen und nie entmutigt werden kann, ihren Holzschuh in den Kamin gestellt.

Erhaben und süß ist die Hoffnung eines Kindes, das stets nur Verzweiflung kennengelernt hat.

Nichts war in dem Schuh. Der Fremde griff in seine Westentasche, neigte sich wieder hinab und schob in Cosettes Holzschuh einen Louisdor. Dann eilte er sachten Schrittes in sein Zimmer.

Am Morgen, wenigstens zwei Stunden vor Tag, saß der Ehemann Thénardier bei einer Kerze an einem Tisch im Saal im Erdgeschoß, eine Feder in der Hand, und schrieb die Rechnung für den Reisenden im gelben Rock. Die Frau stand an seiner Seite, beugte sich über ihn und folgte ihm mit den Augen. Sie wechselten kein Wort. Bei ihm tiefes Nachdenken, bei ihr die religiöse Ehrfurcht, mit der man ein Wunder des menschlichen Geistes entstehen und sich entfalten sieht. Man hörte Geräusch im Haus. Die Lerche fegte die Treppenstufen.

Nach einer guten Viertelstunde und ein paar Änderungen mit kratzender Feder brachte Thénardier dieses Meisterwerk hervor:

Nota für den Herrn von Nummer 1	
Abendessen	3 Francs
Zimmer	10
Beleuchtung	5
Feuer	4
Service	1
in summa	23 Francs

Service war »Servisse« geschrieben.

»Dreiundzwanzig Francs!« rief die Frau mit einer Begeisterung, in der noch einiges Zögern mitklang.

Wie alle großen Künstler war Thénardier nicht zufrieden. »Pöh!« sagte er. Es war der Ton, in dem Castlereagh für den Wiener Kongreß die Abrechnung mit Frankreich verfaßte.

»Thénardier, du hast recht, schuldig ist er das«, murmelte die Frau, die an die Cosette in Gegenwart ihrer Töchter geschenkte Puppe dachte. »Es ist gerecht. Aber zuviel, er wird nicht zahlen wollen.«

Thénardier lachte sein kaltes Lächeln. »Er wird zahlen«, erwiderte er. Dieses Lächeln war das höchste Zeichen seiner Sicherheit und seiner Autorität. Was er so sagte, mußte sein. Die Frau verzichtete auf jeden weiteren Einwand. Sie begann die Tische in Reih und Glied zu stellen. Ihr Gatte ging im Saal hin und her. Gleich danach setzte er hinzu: »Ich brauche fünfzehnhundert Francs!« Er ließ sich in der Kaminecke nieder und überlegte, die Füße auf der heißen Asche.

»Ja«, begann die Frau wieder, »du vergißt wohl, daß ich Cosette rausschmeiße? Dieses Ungeheuer! Sie frißt mir mit ihrer Puppe das Herz ab. Eher möchte ich Ludwig XVIII. heiraten, als sie einen Tag länger im Hause behalten.«

Thénardier brannte seine Pfeife an und entgegnete zwischen zwei Zügen: »Die Nota gibst du dem Mann.« Dann ging er.

Kaum war er draußen, da betrat der Fremde den Saal. Thénardier erschien sofort wieder hinter ihm und blieb unbeweglich in der halboffenen Tür stehen, nur für seine Frau sichtbar.

Der gelbe Mann trug seinen Stock und sein Paket in der Hand. »So früh auf?« fragte die Thénardier. »Reist der Herr schon wieder ab?« Indes sie so sprach, drehte sie befangen die Karte in ihren Händen und zerknitterte sie mit ihren Nägeln. Von ihrem harten Antlitz war eine ihr ungewohnte Nuance abzulesen, die der Schüchternheit und der Gewissensbisse. Eine solche Rechnung einem Mann auszuhändigen, der ganz wie ein Hungerleider aussah, kam ihr mißlich vor.

Der Fremde schien in Sorge und zerstreut. Er antwortete: »Gewiß, Madame, ich reise.«

»Hatte der Herr«, fragte sie, »denn keine Geschäfte in Montfermeil?«

»Nein. Ich bin nur Passant. Das ist alles, Madame«, fügte er hinzu. »Was bin ich schuldig?«

Die Thénardier reichte ihm wortlos die zusammengefaltete Karte. Der Mann faltete sie auseinander und sah sie an, jedoch war seine Aufmerksamkeit entschieden abgelenkt. »Madame«, fragte er, »machen Sie in diesem Montfermeil gute Geschäfte?«

»Es geht, Herr«, sagte die Thénardier, verblüfft, daß kein anderer Ausbruch folgte. In elegischem, kläglichem Ton fuhr sie fort: »Oh, Herr, die Zeiten sind schwer! Und in den Orten hier sind so wenig Bürger. Lauter kleine Leute, wissen Sie. Kämen nicht hin und wieder großherzige und reiche

Gäste wie Sie! Wir haben so viele Lasten. Sehen Sie, für die Kleine geben wir die Augen im Kopf her!«

»Welche Kleine?«

»Na, die Kleine, Sie wissen ja! Cosette! Die Lerche nennen sie die Leute.«

»Ach«, sagte der Mann.

»Sind die Bauern dumm«, redete sie weiter, »mit ihren Spitznamen. Sie ist doch einer Fledermaus ähnlicher als einer Lerche. Ach, Herr, wir bitten nicht um Almosen, aber wir können auch keine spenden. Wir verdienen nichts und müssen große Zahlungen leisten. Die Gewerbesteuer, alle Sorten von Steuern, auch die auf Türen und Fenster, und die Zuschläge! Der Herr weiß, daß die Regierung schrecklich viel fordert. Und dann habe ich meine eigenen Töchter. Ich habe nicht nötig, das Kind anderer zu ernähren!«

Mit einer Stimme, die Gelassenheit vorzutäuschen bemüht war und in der noch ein Zittern war, erwiderte der Mann: »Und wenn man es Ihnen vom Halse schaffte?«

»Wen? Cosette?«

»Ja.«

Über das rote, gewalttätige Gesicht der Wirtin flog ein Lichtschein, es blühte häßlich auf. »Ach, Herr, guter Herr, nehmen Sie sie, behalten Sie sie, führen Sie sie fort, tragen Sie sie fort, füttern Sie sie mit Zucker und Trüffeln, trinken Sie sie, verspeisen Sie sie, und seien Sie gesegnet von der guten Heiligen Jungfrau und allen Heiligen des Paradieses!«

»Abgemacht.«

»Wirklich? Sie nehmen sie mit?«

»Ich nehme sie mit.«

»Sogleich?«

»Sogleich. Rufen Sie das Kind!«

»Cosette!« schrie die Thénardier.

»Inzwischen«, sagte der Mann, »werde ich die Nota bezahlen. Wieviel?« Er warf einen Blick auf die Karte und konnte einen Ausdruck von Überraschung nicht unterdrücken. »Dreiundzwanzig Francs!« Er sah die Wirtin an und wiederholte: »Dreiundzwanzig Francs?«

Bei diesen zweimal hintereinander gesagten Worten war

es die Betonung, die das Ausrufungs- vom Fragezeichen schied. Die Frau hatte Zeit gehabt, sich auf den Zusammenstoß vorzubereiten. Unerschüttert antwortete sie: »Verdammt, ja, Herr, dreiundzwanzig Francs.«

Der Fremde legte fünf Fünffrancsstücke auf den Tisch. »Holen Sie die Kleine«, sagte er.

In diesem Moment trat Thénardier in die Mitte des Saales vor und sagte: »Der Herr schuldet sechsundzwanzig Sous.«

»Sechsundzwanzig Sous?« rief die Frau.

»Zwanzig Sous für das Zimmer«, sagte Thénardier kalt, »und sechs für das Abendessen. Über die Kleine muß ich mit dem Herrn ein bißchen reden. Laß uns, Frau.«

Die Thénardier war durch diesen unvorhergesehenen Talentblitz wie geblendet. Sie fühlte, daß nun der große Schauspieler auf der Bühne stand, entgegnete kein Wort und ging hinaus.

Sobald sie allein waren, bot Thénardier dem Reisenden einen Stuhl an. Der Reisende setzte sich. Thénardier blieb stehen, und in seinem Gesicht prägten sich Biederkeit und Einfalt seltsam überzeugend aus. »Herr«, sagte er, »ich muß Ihnen sagen, daß ich das Kind vergöttere.«

Der Fremde sah ihn fest an. »Welches Kind?«

Thénardier fuhr fort: »Es ist komisch, man hängt immer mehr an ihm. Was soll all das Geld? Stecken Sie Ihre Fünffrancsstücke wieder ein! Das Kind vergöttere ich.«

»Welches denn?« fragte der Fremde.

»Na, unsere kleine Cosette! Wollen Sie sie uns nicht entführen? Gut, ich rede offen und wahrhaftig, wie Sie ein Ehrenmann sind. Ich kann da nicht einwilligen. Sie würde mir fehlen, das Kind. Ich hab das ganz klein gesehen. Freilich kostet sie uns Geld, freilich hat sie ihre Mängel, und wir sind nicht reich, ich habe über vierhundert Francs für Arzneien gezahlt, nur für eine ihrer Krankheiten. Aber man muß ja etwas für den lieben Gott tun. Das hat weder Vater noch Mutter. Ich habe sie aufgezogen. Ich habe Brot für sie und für mich. Tatsache, es liegt mir an dem Kind. Sie verstehen, man fühlt zärtlich. Ich bin ein gutes Tier. Ich rechte nicht. Ich habe sie gern, die Kleine; meine Frau ist lebhaft, aber sie liebt sie auch. Sehen Sie, sie ist wie unser eigenes Kind. So was muß in unserm Haus plappern.«

Der Fremde sah ihn noch immer fest an.

»Verzeihen Sie, entschuldigen Sie, Herr«, schwatzte Thénardier, »man überläßt nicht so ein Kind einem Passanten. Stimmt's? Aber ich sage nichts, Sie sind reich. Sie sehen aus wie ein braver Mann, wenn es zu ihrem Glück wäre? Man müßte das wissen. Sie verstehen, wenn ich sie gehen ließe und mich opferte, würde ich wissen wollen, wohin sie geht, ich möchte sie nicht aus dem Auge verlieren, ich möchte wissen, bei wem sie ist, um sie von Zeit zu Zeit zu besuchen, damit sie weiß, daß ihr guter Pflegevater da ist, daß er über sie wacht. Kurz, es sind da Dinge, die nicht möglich sind. Ich weiß sogar Ihren Namen nicht. Sie würden sie mit sich nehmen. Ich würde sagen: Nun, die Lerche, wohin ist sie geflattert? Man müßte wenigstens einen elenden Fetzen Papier sehen, ein kleines Ende von einem Paß, wie?«

Ohne daß er davon abließ, Thénardier mit jenem Blick anzuschauen, der sozusagen in den Untergrund des sittlichen Bewußtseins drang, antwortete der Fremde ernst und entschlossen: »Herr Thénardier, man bedarf für eine Fahrt von fünf Meilen von Paris keines Passes. Wenn ich Cosette mit mir nehme, nehme ich sie mit, das ist das Ganze. Meinen Namen werden Sie nicht hören, auch nicht, wo ich wohne, nicht, wo sie sein wird, und mein Wunsch ist, daß sie nie im Leben Sie wiedersieht. Ich zerreiße die Fessel an ihrem Fuß, und sie geht. Sind Sie einverstanden, ja oder nein?«

So wie Dämonen und Schutzgeister an gewissen Merkmalen die Gegenwart eines höheren Gottes erkennen, begriff Thénardier, daß er es mit einem sehr starken Gegner zu tun hatte. Es war wie eine Eingebung, und er erfaßte sie so klar, scharfsichtig und schnell wie alles. Gestern abend hatte er, während er mit den Rollkutschern trank, rauchte und schlüpfrige Lieder sang, den Fremden beobachtet, ihn wie eine Katze belauert und wie ein Mathematiker studiert. Er hatte ihn sich zu Nutzen und Vergnügen bespäht und ihn aus Instinkt bespitzelt, als werde er dafür bezahlt. Nicht eine Geste, nicht eine Bewegung des Mannes im gelben Rock war ihm entgangen. Noch bevor der Unbekannte sein Interesse für Cosette so unzweideutig kundtat, hatte Thénardier es erraten. Er hatte die tiefen Blicke des Alten überrascht, die immer wieder an dem Kinde hafteten. Woher dieses Interesse? Was war das für ein Mensch? Warum, wenn er soviel Geld in seiner Börse hatte, diese schäbige Kleidung? Das waren Fragen, die er sich stellte, ohne sie lösen zu können, und die ihn reizten. Er hatte die ganze Nacht darüber nachgedacht. Cosettes Vater konnte es nicht sein. Etwa der Großvater? Warum gab er sich dann nicht gleich zu erkennen? Wenn man ein Recht hat, zeigt man es. Der Mann hatte offenbar kein Recht auf Cosette. Also wer war er?

Thénardier erschöpfte sich in Mutmaßungen. Er ahnte alles halb und sah nichts. Wie dem auch sein mochte, als er das Gespräch mit dem Mann einleitete, sicher, daß in alldem ein Geheimnis verborgen war und dem Mann daran lag, im Schatten zu bleiben, fühlte er sich stark; bei der klaren und festen Antwort des Fremden, als er sah, daß diese mysteriöse Persönlichkeit nicht so schlechthin mysteriös war, fühlte er sich schwach. Er hatte das nicht erwartet. Es verwirrte alle seine Gedanken, und er mußte sie nochmals sichten. All das erwog er in einer Sekunde. Er hatte die Fähigkeit, einen Sachverhalt zu beurteilen, und es schien ihm, jetzt müsse er gerade und schnell auf sein Ziel losgehen. Er tat es wie die großen Feldherren in dem entscheidenden Augenblick, den sie allein zu erkennen imstande sind. Jäh ließ er seine Batterie frei spielen. »Mein Herr«, sagte er, »ich brauche fünfzehnhundert Francs.«

Der Fremde entnahm der Seitentasche seines Rockes eine alte Brieftasche aus schwarzem Leder, klappte sie auf und holte drei Banknoten hervor, die er auf den Tisch legte. Dann drückte er seinen Daumen auf die Banknoten und sagte zu dem Garkoch: »Lassen Sie Cosette kommen!«

Was machte Cosette inzwischen? Als sie erwachte, lief sie zu ihrem Holzschuh. Sie fand das Goldstück darin. Es war kein Napoleon, es war eines der ganz neuen Zwanzigfrancsstücke der Restauration, auf dessen Bildseite die kleine preußische Raute den Lorbeerkranz ersetzt hatte. Cosette war geblendet. Ihr Schicksal fing an, sie zu berauschen. Sie wußte nicht, was ein Goldstück war, sie hatte nie eines gesehen, rasch versteckte sie es in ihrer Tasche, als hätte sie es gestohlen. Und doch fühlte sie, daß es ihr Eigentum war, sie spürte, von wem dieses Geschenk kam. Aber sie empfand eine Art furchterfüllter Freude. Sie war zufrieden und vor allem verblüfft. Diese so herrlichen und so hübschen Dinge schienen ihr unwirklich. Die Puppe ängstigte sie, das Goldstück ängstigte sie. Sie zitterte unwillkürlich vor all dieser Pracht. Nur vor dem Fremden hatte sie keine Angst. Nein, er beruhigte sie. Seit gestern abend dachte ihr kleiner kindlicher Geist in ihrem Staunen und noch in ihrem Schlaf an diesen Mann, der alt und arm und traurig aussah und so reich und so gut war. Seit sie ihm im Wald begegnete, schien alles anders für sie. Cosette, die weniger glücklich war als die geringste Schwalbe des Himmels, hatte nie gewußt, was es heißt, sich im Schatten ihrer Mutter und unter ihrem Flügel zu bergen. Schon fünf Jahre, so weit zurück, als ihre Erinnerungen sie trugen, erschauerte sie, fröstelte es sie. Immer war sie nackt dem schneidenden Wind des Unglücks ausgeliefert gewesen. Jetzt, so schien ihr, war sie bekleidet. Vorher war ihr kalt in der Seele. Jetzt war ihr warm. Sie fürchtete die Thénardier nicht mehr so. Sie war nicht mehr allein. Es war jemand da.

Schnell begann sie wie immer ihre Morgenarbeit. Das Goldstück, das sie bei sich hatte, in derselben Schürzentasche, der gestern abend das Fünfzehnsousstück entfallen war, bereitete ihr Zerstreuung. Sie wagte nicht, es zu berühren, aber fünf Minuten lang betrachtete sie es, wobei sie die Zunge herausstreckte. Während sie die Treppe fegte, hielt sie inne. Unbeweglich stand sie da, vergaß ihren Besen und die ganze Welt und war nur damit beschäftigt, diesen Stern in ihrer Tasche glänzen zu sehen.

Bei einer dieser Betrachtungen faßte die Thénardier sie ab. Auf Befehl ihres Gatten wollte sie sie holen. So unerhört es war, sie gab ihr keinen Schlag und beschimpfte sie nicht. »Cosette«, sagte sie beinahe sanft, »komm gleich mit!«

Im nächsten Augenblick betrat Cosette den Saal im Erdgeschoß. Der Fremde griff nach dem Paket, das er mitgebracht hatte, und knüpfte es auf. Es enthielt ein Wollkleidchen, eine Schürze, ein Barchentmieder, einen Unterrock, ein Halstuch, wollene Strümpfe, Schuhe, eine vollständige Gewandung für ein achtjähriges Mädchen. Alles in Schwarz. »Mein Kind«, sagte der Mann, »nimm das und ziehe dich rasch an!«

Der Tag brach an, als die Bewohner von Montfermeil, die allmählich ihre Türen öffneten, auf der Straße nach Paris einen ärmlich gekleideten Biedermann vorbeigehen sahen, der einem kleinen Mädchen in Trauer die Hand gab. Es trug eine rosa Puppe im Arm. Sie entfernten sich nach Livry zu. Das waren unser Mann und Cosette.

Niemand kannte den Mann, und da Cosette nicht mehr in Lumpen ging, erkannten viele sie nicht wieder.

Cosette ging fort. Mit wem? Sie wußte es nicht. Wohin? Sie wußte es nicht. Sie wußte nur, daß sie die Garküche der Thénardiers hinter sich ließ. Niemand hatte daran gedacht, ihr Lebewohl zu sagen, und auch sie nicht, sich von jemandem zu verabschieden. Sie ging aus dem Haus, gehaßt und hassend.

Armes süßes Geschöpf, dessen Herz bis zu dieser Stunde nur unterdrückt worden war!

Ernst schritt sie dahin, öffnete ihre großen Augen und betrachtete den Himmel. Sie hatte ihr Goldstück in die Tasche ihrer neuen Schürze gesteckt. Von Zeit zu Zeit beugte sie sich hinab und warf einen Blick darauf, dann schaute sie wieder den Mann an. Es war ihr, als wandle neben ihr der liebe Gott.

Wer das Beste sucht, kann das Schlimmste finden

Die Thénardier hatte wie stets ihren Gatten handeln lassen. Sie erwartete große Ereignisse. Als der Mann und Cosette fort waren, ließ er eine gute Viertelstunde verrinnen, dann zog er sie beiseite und zeigte ihr die fünfzehnhundert Francs.
»Ist das alles?« fragte sie.

Zum erstenmal in ihrer Ehe wagte sie, etwas, was ihr Gebieter getan hatte, zu kritisieren. Der Hieb saß. »Richtig«, sagte er, »ich bin ein Tropf. Gib mir meinen Hut!«

Er faltete die drei Banknoten zusammen, schob sie in seine Tasche und hastete aus dem Haus, aber er irrte sich und schlug zuerst den Weg nach rechts ein. Nachbarn, bei denen er sich erkundigte, halfen ihm auf die Spur. Sie hatten gesehen, wie die Lerche und der Mann nach Livry zu gingen. Er befolgte diesen Hinweis. In großen Schritten marschierte er und sprach dabei mit sich selbst: Der Mann ist bestimmt eine Million in Gelb und ich ein Vieh. Er hat erst zwanzig Sous gegeben, dann fünf Francs, dann fünzig Francs, dann fünfzehnhundert Francs, und immer mit derselben Leichtigkeit. Er hätte auch fünfzehntausend Francs gegeben. Aber ich erwische ihn noch. Und das Paket mit den im voraus für das Kind hergerichteten Kleidern: All das war sonderbar. Dahinter wittere ich Geheimnisse. Die enthüllt, wer sie hat, nicht freiwillig. Die Geheimnisse der Reichen sind Schwämme voll Gold, man muß verstehen, sie auszuquetschen. Alle diese Gedanken wirbelten ihm durch den Kopf. »Ich bin ein Vieh«, sagte er laut.

Wenn man Montfermeil verlassen und die Biegung der Straße nach Livry erreicht hat, sieht man sie vor sich bis fern über die Hochfläche laufen. Als Thénardier bis dahin gekommen war, glaubte er, er müsse den Mann und die Kleine erblicken. Er schaute aus, soweit er konnte, und sah nichts. Wieder fragte er. Aber so verlor er nur Zeit. Vorübergehende sagten ihm, der Mann und das Kind, die er suche, seien nach dem Wald, nach Gagny zu gegangen. Er stürzte dahin. Sie hatten einen Vorsprung, aber ein Kind marschiert langsam, und er schritt schnell aus. Und die Gegend war ihm wohlbekannt.

Plötzlich blieb er stehen und schlug sich gegen die Stirn wie ein Mensch, der das Wesentliche vergessen hat und umzukehren bereit ist. Ich hätte mein Gewehr mitnehmen sollen! sagte er sich.

Thénardier gehörte zu jenen doppelzüngigen Wesen, die manchmal ohne unser Wissen mitten unter uns weilen und verschwinden, ohne daß sie erkannt worden sind, weil das Schicksal uns nur eine Seite von ihnen gezeigt hat. Vielen Menschen ist das Los beschieden, so halb untergetaucht zu leben. In ruhigen, geordneten Verhältnissen brachte Thénardier alles mit, um darzustellen – wir sagen nicht, um zu sein –, was gemeinhin ein ehrbarer Kaufmann, ein guter Bürger genannt wird. Gleichzeitig, wenn gewisse Umstände gegeben waren, gewisse Erschütterungen zufällig seine Veranlagung hochkommen ließen, hatte er alles, was es braucht, um ein Schurke zu werden. Er war ein Krämer, in dem ein Ungeheuer steckte. Mitunter mußte wohl in irgendeinem Winkel der Spelunke, in der Thénardier hauste, der Satan hocken und angesichts dieses scheußlichen Meisterwerks in Träumereien versinken.

Aber nach kurzem Zaudern dachte er: Bah! Sie hätten dann nur noch mehr Zeit, mir durch die Lappen zu gehn. Und statt zurück ging er wieder vorwärts, eilends und fast mit der Miene der Sicherheit, schlau wie der Fuchs, der hinter einem Rebhühnerschwarm her ist.

Er war über die Teiche hinaus und hatte schräg die große Lichtung rechts der Straße nach Bellevue durchschritten. Und wirklich sah er, als er zu der Rasenbahn kam, die sich um den Hügel zieht und die Wölbung des ehemaligen Kanals der Wasserleitung nach der Abtei Chelles überdeckt, oberhalb eines Gestrüpps einen Hut, auf den er schon viele Vermutungen aufgebaut hatte. Es war der Hut des Mannes. Das Gestrüpp war niedrig. Thénardier erkannte, daß da der Mann und Cosette saßen. Das Kind blieb wegen seiner Kleinheit unsichtbar, aber man bemerkte den Kopf der Puppe.

Thénardier täuschte sich nicht. Der Mann hatte sich dort hingesetzt, um Cosette ein wenig rasten zu lassen. Der Wirt ging um den Busch herum und tauchte plötzlich vor denen, die er suchte, auf. »Verzeihung, entschuldigen Sie«, sagte er außer Atem, »hier sind Ihre fünfzehnhundert Francs.« Dabei hielt er dem Fremden die drei Banknoten hin.

Der Mann blickte auf. »Was soll das heißen?«

Thénardier antwortete respektvoll: »Mein Herr, das heißt, daß ich Cosette wieder mitnehme.«

Cosette erschauerte und drängte sich an den Mann. Er sah Thénardier tief in die Augen und sprach, indem er alle Silben zertrennte: »Sie nehmen Cosette wieder mit?«

»Ja, mein Herr, das tue ich. Ich will Ihnen was sagen. Ich habe es mir überlegt. Ich habe ja gar kein Recht, sie Ihnen zu geben. Ich bin ein redlicher Mann, wissen Sie. Die Kleine gehört nicht mir, sie gehört ihrer Mutter. Ihre Mutter hat sie mir anvertraut, ich kann sie nur der Mutter übergeben. Sie werden mir sagen: Aber die Mutter ist tot. Gut. In dem Fall kann ich das Kind nur einer Person übergeben, die mir schriftlich und unterzeichnet eine Ermächtigung der Mutter bringt, daß ich ihr das Kind übergeben soll. Das ist doch klar.«

Ohne zu antworten, griff der Mann in seine Rocktasche, und Thénardier sah die Brieftasche mit den Banknoten wieder erscheinen. Der Garkoch bebte vor Freude. Bah! dachte er, Fassung! Er will mich bestechen!

Bevor er die Brieflasche öffnete, blickte der Reisende um sich. Der Ort war völlig verlassen. Im Wald und im Tal keine lebende Seele. Der Mann öffnete die Brieftasche und holte nicht das Bündel Banknoten hervor, nach dem Thénardier gierte, sondern einen einfachen Zettel, den er entfaltete und offen dem Herbergswirt hinhielt. »Sie haben recht«, sagte er. »Lesen Sie!« Thénardier nahm das Papier und las:

»Montreuil-sur-Mer, 25. März 1823

Herr Thénardier,

Sie werden Cosette der Person übergeben. Man wird Ihnen alle Kleinigkeiten bezahlen. Ich habe die Ehre, Sie achtungsvoll zu grüßen. Fantine.«

»Sie kennen die Unterschrift?« fragte der Mann.

Es war die Unterschrift Fantines. Thénardier erkannte sie. Dagegen ließ sich nichts einwenden. Er fühlte einen zwiefachen, heftigen Verdruß, den, auf die Bestechung, die er erhofft hatte, verzichten zu sollen, und den Verdruß, geschlagen zu sein. »Sie können das Papier zu Ihrer Entlastung behalten«, fügte der Mann hinzu.

Thénardier trat geordneten Rückzug an. »Die Unterschrift ist ziemlich gut gefälscht«, murmelte er zwischen den Zähnen. »Na, meinetwegen!« Er machte noch einen verzweifelten Versuch. »Also gut, mein Herr, da Sie die Person sind. Nur, Sie müssen mir alle Kleinigkeiten, so steht da, bezahlen. Die Schulden an mich sind groß.«

Der Mann reckte sich und sagte, indem er von seinem fadenscheinigen Ärmel den Staub, der darauf lag, mit den Fingern abschnippte: »Herr Thénardier, im Januar hat die Mutter ausgerechnet, sie schulde Ihnen hundertundzwanzig Francs. Sie haben ihr im Februar eine Rechnung über fünfhundert Francs geschickt. Sie haben Ende Februar dreihundert Francs erhalten und wieder dreihundert Francs Anfang März. Seitdem sind neun Monate vergangen zu fünfzehn Francs, dem vereinbarten Preis, das macht hundertfünfunddreißig Francs. Sie hatten hundert Francs zuviel erhalten. Rest fünfunddreißig Francs, die man Ihnen schuldet. Ich habe Ihnen vorhin fünfzehnhundert Francs gegeben.«

Thénardier empfand, was der Wolf empfindet, wenn er sich von dem stählernen Kinnbacken der Falle gebissen und gepackt fühlt. Was ist das für ein Teufel von einem Menschen? dachte er. Er tat, was der Wolf tut, er sträubte sich wild. Schon einmal war ihm mit schamloser Frechheit etwas gelungen.

»Sie, Herr mit dem unbekannten Namen«, sagte er dreist und pfiff nun auf Respekt, »ich nehme Cosette wieder mit, oder Sie geben mir fünftausend Francs.«

Der Fremde sagte ruhig: »Komm, Cosette!« Er faßte sie mit der linken Hand, und mit der rechten hob er seinen Stock von der Erde auf. Thénardier bedachte die Wucht des Knüttels und die Einsamkeit des Ortes. Der Mann verschwand mit dem Kind in den Wald und ließ den Garkoch unbeweglich und ratlos zurück. Indes sie sich entfernten, betrachtete Thénardier die breiten, ein wenig gekrümmten Schultern und die kräftigen Fäuste des Reisenden. Dann blickte er wieder auf sich selbst und sah seine dürftigen Arme und seine mageren Hände. Ich war schön dumm, dachte er, daß ich mein Gewehr nicht mitgenommen habe, wo ich doch auf die Jagd ging. Aber noch immer wollte er die Beute nicht fahrenlassen. Ich will wissen, wohin er geht, sagte er sich. Und in großem Abstand folgte er den beiden. Zwei Dinge blieben in seiner Hand, ein Hohn, der Zettel mit der Unterschrift Fantines, und ein Trost, die fünfzehnhundert Francs.

Der Mann führte Cosette in Richtung Livry und Bondy. Er marschierte langsam, den Kopf gesenkt, versonnen und betrübt. Der Wald war im Winter kahl, so daß Thénardier sie nicht aus dem Gesicht verlor, wenn er auch ziemlich fern blieb. Ab und zu wandte der Mann sich um und schaute, ob man ihm nicht folge. Plötzlich bemerkte er Thénardier. Er trat mit Cosette jählings in Buschholz, in dem sie sich beide dem Blick entziehen konnten.

»Verflucht!« sagte Thénardier. Und er verdoppelte seine Schritte.

Das Dickicht hatte ihn gezwungen, sich ihnen zu nähern. Als der Mann im ärgsten Dickicht war, drehte er sich um. Vergebens verbarg Thénardier sich im Gezweig, er konnte nicht verhindern, daß der Mann ihn sah. Nachdem er ihn unruhig gemessen hatte, schüttelte der Mann den Kopf und ging weiter. Der Herbergswirt nahm die Verfolgung wieder auf. So taten sie alle zweihundert oder dreihundert Schritte. Plötzlich wandte der Mann sich noch einmal um. Er sah den Wirt. Jetzt traf er ihn mit so finsterem Blick, daß es Thénardier »zwecklos« erschien, das fortzusetzen. Er trat den Heimweg an.

Die Nummer 9430 erscheint wieder, und Cosette gewinnt sie in der Lotterie

Jean Valjean war nicht tot.

Als er ins Meer fiel oder sich hineinwarf, war er von Ketten frei. Er schwamm unter Wasser bis unter ein Schiff, das vor Anker lag und an dem mit einem Tau ein Boot festgebunden war. Es glückte ihm, sich bis zum Abend in diesem Boot zu verstecken. Als die Nacht kam, schwamm er wieder los und erreichte die Küste nahe dem Kap Brun. Hier konnte er sich, da es ihm an Geld nicht fehlte, einen Anzug verschaffen. Eine Kneipe in der Umgebung von Balaguier war damals die Kleiderkammer der entronnenen Sträflinge, was eine gewinnbringende Spezialität bedeutete. Dann ging Jean Valjean wie alle diese traurigen Flüchtlinge, die den Wächter des Gesetzes und das soziale Verhängnis von ihrer Fährte abzulenken versuchen, dunkle, gewundene Pfade. Er fand eine erste Zuflucht in Les Pradeaux bei Beausset. Dann nahm er seinen Weg nach Grand-Villard bei Briançon, in den Hochalpen. Eine tastende, gehetzte Flucht, auf Maulwurfsgängen, mit unbekannten Verzweigungen. Man hat später Spuren seiner Anwesenheit im Ain im Gebiet von Civrieux finden können, in den Pyrenäen in Accons, in der Gegend der Scheune von Dumecq, nahe dem Weiler Chavailles, und in der Nähe von Périgueux, in Brunies, im Kanton von Chapelle-Gonaguet. Er gelangte nach Paris. Sein Aufenthalt in Montfermeil ist geschildert worden.

Seine erste Sorge nach der Ankunft in Paris war, Trauerkleider für ein Mädchen von sieben bis acht Jahren zu kaufen, dann sich irgendwo einzumieten. Dann fuhr er nach Montfermeil. Wie man sich erinnert, hatte er schon nach seinem früheren Ausbruch dorthin oder in die Umgegend eine geheimnisvolle Reise gemacht, von der die Justiz einiges ahnte. Im übrigen glaubte man, er sei tot, und das vermehrte das Dunkel, das um ihn entstanden war. In Paris geriet ihm eine Zeitung in die Hand, die das in Toulon Geschehene verzeichnete. Er fühlte sich in Sicherheit und fast in Frieden, als wäre er wirklich tot.

Am Abend des Tages, an dem Jean Valjean Cosette den Klauen Thénardiers entrissen hatte, kehrte er nach Paris zurück. Er betrat es bei hereinbrechender Nacht, mit dem Kind, durch die Schranke von Monceaux. Hier stieg er in einen Einspänner, der ihn bis zur Esplanade der Sternwarte brachte. Er stieg aus, entlohnte den Kutscher, nahm Cosette an die Hand, und so gingen beide in der schwarzen Nacht durch die menschenleeren Straßen an der Grenze von Lourcine und Glacière dem Boulevard de l'Hôpital zu.

Der Tag war für Cosette seltsam und überreich an Erregungen gewesen. Man hatte hinter Hecken Brot und Käse verzehrt, die man in abgelegenen Garküchen kaufte, oft den Wagen gewechselt und war hin und wieder Strecken zu Fuß gewandert. Sie klagte nicht, aber sie war müde, und Jean Valjean merkte es an seiner Hand, die sie während des Marsches immer mehr belastete. Er hob sie auf seinen Rücken. Ohne Catherine loszulassen, bettete Cosette ihren Kopf auf Jean Valjeans Schulter, und da schlief sie ein.

VIERTES BUCH

DAS ALTE HAUS GORBEAU

Meister Gorbeau

Vor vierzig Jahren kam der einsame Spaziergänger, der abenteuernd in das verlorene Land um die Salpêtrière vorstieß und den Boulevard hinan bis zur Schranke an der Porte d'Italie ging, in eine Gegend, in der, wie man hätte sagen können, Paris verschwand. Es war nicht die Einsamkeit, denn Menschen gingen vorüber, es war nicht das freie Land, denn es gab Häuser und Straßen. Es war keine Stadt, die Straßen hatten Fahrrinnen wie die Chausseen, und Gras wuchs darin. Es war kein Dorf, die Häuser waren zu hoch. Was war es also? Es war eine bewohnte Örtlichkeit, in der niemand zu sehen war, eine Einöde, in der jemand lebte. Es war ein Boulevard der Großstadt, eine Straße von Paris, nachts bedrohlicher als ein Wald, bei Tag düsterer als ein Kirchhof. Es war das alte Viertel um den Marché-aux-Chevaux.

Wenn der Spaziergänger sich über die baufälligen vier Mauern dieses Pferdemarktes hinauswagte, wenn er willens war, auch über die Rue Petit-Banquier vorzudringen, ließ er zur Rechten ein Gärtchen hinter hohem Gemäuer zurück, dann eine Wiese, auf der Gerbereien standen, jede von ihnen einem gigantischen Biberbau ähnlich, dann einen umhegten Platz voller Balken für Schreiner, voll Haufen von Baumklötzen, Hobelspänen, auf denen ein großer Hund bellte. Dann eine lange, ganz eingestürzte Mauer, mit einer schwarzen, verwahrlosten kleinen Tür, von Moos überwuchert, durch das im Frühjahr Blumen sprossen. Dann, inmitten der schlimmsten Wüstenei, ein scheußliches, altersschwaches Gebäude, auf dem man in riesigen Buchstaben las: »Plakate ankleben verboten.« So erreichte der mutige Spaziergänger den Winkel der Rue des Vignes-Saint-Marcel, in wenig bekannten Breiten. Hier sah man damals nahe einer Fabrik und zwischen zwei Gartenmauern eine Baracke, die, auf den ersten Blick klein wie eine Strohhütte, in Wirklichkeit groß wie ein Dom war. Der öffentlichen Straße bot sie ihren Seitenblick dar, ihren Giebel; daher ihre scheinbare Kleinheit. Fast das ganze Haus war verborgen. Nur das Tor und ein Fenster gewahrte man.

Die Baracke hatte ein einziges Stockwerk. Betrachtete man sie genau, so fiel zuerst auf, daß dieses Tor nie etwas anderes gewesen war als die Tür einer Spelunke, indes dieses Fensterkreuz, hätte der Steinmetz es aus Quadern geschnitten statt aus Bruchstein, das Fensterkreuz eines Prachtbaues hätte sein können. Das Tor war nur eine Verbindung wurmstichiger Planken, die durch Quergebälk, schlecht behauen wie Holzscheite, grob zusammengefügt waren. Es führte unmittelbar auf eine steile Treppe mit hohen, schmutzigen, verstaubten Gipsstufen, so breit wie das Tor. Von der Straße aus sah man sie gerade emporklimmen wie eine Leiter und im Schatten zwischen zwei Wänden verschwinden. Der obere Rand der unförmigen Öffnung, unter der dieses Tor zufiel, war von einem schmalen Brett maskiert, in dessen Mitte eine dreieckige Luke ausgesägt war, Dachfenster und, war das Tor versperrt, Ausguck. In ein Fach des Holzwerks hatte ein in Tinte getauchter Pinsel mit zwei groben Strichen die Zahl 52 gemalt, und über das Brett hatte derselbe Pinsel die Nummer 50 geschmiert, so daß man zauderte. Wo war man? Über der Tür stand: Nummer 50, auf der Tür: Nein, Nummer 52. Irgendwelche staubigen Lappen hingen wie Draperien an dem dreieckigen Ausguck.

Das Fenster war breit, ziemlich hoch, mit Sommerläden und Rahmen, in denen große Scheiben saßen, geschmückt. Nur hatten diese großen Scheiben mannigfache Wunden, die eine kunstvolle Beklebung mit Papier verbarg und dennoch verriet, und die Sommerläden, ausgerenkt und vom Kitt abgebrochen, gefährdeten mehr die Passanten, als daß sie die Bewohner schützten. Die horizontalen Stäbe fehlten hier und da und waren in naiver Weise durch senkrecht genagelte Holzplättchen ersetzt, so daß diese Vorrichtung als Sommerladen begann und als inwendiger Fensterladen endete.

Dieses Tor, das einen so unsauberen Eindruck machte, und dieses Fenster, das noch in der Zerrüttung ehrbar aussah, wirkten an ein und demselben Hause wie zwei ungleiche Bettler, die zusammen gingen, mit verschiedenen Mienen unter denselben Lumpen, und von denen einer immer ein Bettler war, der andere früher ein Edelmann.

Die Treppe ging in ein sehr weites Gebäude, das an einen in ein Haus umgewandelten Schuppen denken ließ. Sein innerer Schlauch war ein langer Korridor, auf dem rechts und links Zimmer von wechselndem Ausmaß lagen, zur Not vermietbar und eher Buden als Zellen. Von diesen Zimmern blickte man auf kaum zu bestimmende Grundstücke der Gegend herab. All das war dunkel, unerfreulich, bleifarben, melancholisch, von Grabesluft umhaucht. Je nachdem die Spalten im Dach oder in der Tür klafften, drangen kalte Sonnenstrahlen ein oder eisiger Wind. Eine interessante und malerische Besonderheit dieser Art von Wohnungen war die enorme Menge von Spinnweben.

Links vom Eingangstor, nach dem Boulevard zu, bildete eine vermauerte Luke eine viereckige Nische, voll von Steinen, die Kinder, wenn sie vorbeiliefen, hineinwarfen. Ein Teil dieses Gebäudes ist unlängst abgerissen worden. Was bis heute erhalten ist, läßt noch auf das, was es war, schließen. In seiner Gesamtheit ist es nicht mehr als hundertjährig.

Hundert Jahre bedeuten für eine Kirche die Jugend und für ein Haus das Alter. Wie es scheint, hat des Menschen Behausung an dessen Kurzlebigkeit und die Wohnstatt Gottes an dessen Ewigkeit teil.

Die Briefträger nannten diese Baracke Nummer 50/52. Im Winkel war sie bekannt als Haus Gorbeau. Sagen wir, woher diese Bezeichnung kam.

Die Sammler kleiner Tatsachen, die Anekdoten-Herbarien anlegen und flüchtige Daten mit einer Nadel in ihr Gedächtnis bohren, wissen, daß es im letzten Jahrhundert, gegen 1770, in Paris zwei Staatsanwälte beim Châtelet gab, die Corbeau und Renard hießen, also zwei Namen hatten, die

Lafontaine in seiner Fabel vom Raben und vom Fuchs vorausgesehen hat. Die beiden ehrbaren Praktiker, von der Basoche (der Schreiberzunft am Pariser Parlament) in etwas hinkenden Versen verspottet, suchten sich ihrer Namen zu entledigen und wandten sich an den König. Die Bittschrift kam vor das Antlitz Ludwigs XV., am selben Tag, an dem der päpstliche Nuntius einerseits und der Kardinal de la Roche-Aymon andererseits in Gegenwart Seiner Majestät jeder einen Pantoffel an die nackten Füße der Madame Dubarry legten, die dem Bett entstieg. Der König lachte und lachte weiter, ging heiter von den beiden Bischöfen zu den beiden Staatsanwälten über und begnadigte diese Paragraphenhengste durch Freispruch von ihrem Namen oder doch so annähernd. Von Königs wegen wurde dem Meister Corbeau erlaubt, seinen Anfangsbuchstaben um ein Häkchen zu verlängern und sich Gorbeau zu nennen. Meister Renard war weniger glücklich. Er erreichte nur, daß er ein P vor sein R stellen und sich Prenard nennen durfte, der Nehmer, so daß sein zweiter Name nicht besser für ihn paßte als der erste. Nun war nach lokaler Überlieferung dieser Meister Gorbeau Besitzer des Hauses Nummer 50/52 am Boulevard de l'Hôpital gewesen. Er war sogar der Urheber des monumentalen Fensters. Daher der Name Haus Gorbeau für diese Baracke.

Der Nummer 50/52 gegenüber erhebt sich, zwischen den Anpflanzungen des Boulevards, eine große, zu drei Vierteln abgestorbene Rüster. Fast gerade vor ihr beginnt die Straße nach der Schranke der Gobelins. Eine Straße damals ohne Häuser, nicht gepflastert, mit verkrümmten Bäumen bestanden, grün oder verschlammt je nach der Jahreszeit. Sie sollte winkelrecht auf die Ringmauer um Paris zugehen. Den Dächern einer benachbarten Fabrik entschwebt qualmend ein Vitriolgeruch.

Bis zu der Schranke war es nicht weit. Im Jahre 1823 hatte man die Ringmauer noch nicht abgerissen. Die Schranke selbst rief im Geist bedrückende Bilder wach. Es war der Weg nach Bicêtre. Hier wurden unter dem Kaiserreich und der Restauration die zum Tode Verurteilten am Tage ihrer Hinrichtung nach Paris zurückgebracht. Hier wurde gegen 1829 der geheimnisvolle Mord verübt, den man auch den Mord an der Barriere von Fontainebleau nennt. Die Justiz hat die Täter nicht entdecken können. Das dunkle Problem ist nicht aufgehellt, das schreckliche Rätsel nicht gelöst worden. Machen Sie einige Schritte, und Sie finden die verhängnisvolle Rue Croulebarbe, in der Ulbach die Ziegenhirtin von Ivry bei dröhnendem Donner, wie in einem Melodrama, erdolchte. Noch ein paar Schritte, und Sie kommen zu den grauenhaften, geköpften Rüstern der Barriere von Saint-Jacques, diesem Hilfsmittel der Philanthropen, um das Schafott zu verbergen, dieser armseligen, schändlichen Place de Grève einer bürgerlichen Krämergesellschaft, die vor der Todesstrafe kapituliert hat, ohne den Mut, sie mit Größe abzuschaffen oder mit Autorität beizubehalten.

Vor siebenunddreißig Jahren war, wenn man diese immer wie verflachte und immer Schauder erregende Place Saint-Jacques ausklammert, der vielleicht düsterste Punkt dieses ganzen düsteren Boulevards der noch heute so wenig anziehende Ort, an dem die Baracke 50/52 stand. Die Zeit der bürgerlichen Häuser hat erst fünfundzwanzig Jahre später begonnen. Die Gegend war grämlich. Von finsteren Gedanken erfaßt fühlte man sich zwischen der Salpêtrière, deren Kuppel man von fern sah, und Bicêtre, an dessen Zäune man herankam; also zwischen dem Wahnsinn des Weibes und dem Wahnsinn des Mannes. So weit die Augen reichten, sah man nur Schlachthäuser, die Ringmauer und einige wenige Fabrikfassaden, die Kasernen oder Klöstern glichen. Überall Hütten und Gipsschutt, alte Mauern, schwarz wie Bahrtücher, und neue Mauern, weiß wie Leintücher; überall Reihen parallel gepflanzter Bäume, Bauten, die mit der Meßschnur abgesteckt waren, flache Bauten mit langen, kalten Linien, und die traurige Eintönigkeit der rechten Winkel. Nicht eine Laune des Terrains, nicht eine Abschweifung der Architektur, nicht eine Falte. Es war ein eisiges, regelmäßiges, abscheuliches Gesamtbild.

Nichts beengt das Herz so sehr wie Symmetrie. Symmetrie ist Langeweile und Langeweile der Ursprung der

Trauer. Die Verzweiflung gähnt. Man kann etwas erträumen, was schrecklicher ist als eine Hölle, in der man leidet, das ist eine Hölle, in der man sich langweilt. Gäbe es eine solche Hölle, so hätte dieses Stück des Boulevards de l'Hôpital ihre Anfahrt sein können.

Indes, wenn die Nacht hereinbricht, in dem Moment, da die Helligkeit schwindet, im Winter zumal, wenn der Dämmerungswind den Rüstern die letzten rotgelben Blätter raubt, wenn das Dunkel tief ist und ohne Sterne oder wenn Mond und Sturm Löcher in die Wolken reißen, wurde dieser Boulevard plötzlich erschreckend. Die Bauten mit den schwarzen Linien vertieften sich und verloren sich in der Finsternis wie Stümpfe im unendlichen Raum. Der Vorüberkommende mußte an die zahllosen Galgengeschichten des Ortes denken. Die Einsamkeit dieser Gegend, in der so viele Verbrechen begangen worden waren, hatte etwas Gräßliches. Man glaubte Fallen in dieser Nacht zu ahnen, alle die verworrenen Formen des Schattens schienen unheimlich, die langen, viereckigen Höhlen zwischen Baum und Baum sahen wie Gräber aus. Am Tag war die Gegend häßlich, am Abend todesfahl, in der Nacht herrschte völlige Finsternis.

Im Sommer sah man in der Dämmerstunde einige alte Frauen, die unter den Rüstern auf vom Regen morschen Bänken saßen. Die guten Greisinnen bettelten gern.

Aber dieses Viertel, das mehr veraltet als antik schien, hat sich seitdem verändert. Seit jener Zeit mußte, wer es sehen wollte, sich beeilen. Jeden Tag verschwand irgendeine Einzelheit. Heute und seit zwanzig Jahren erhebt sich die Station der Eisenbahn nach Orléans neben der alten Vorstadt und arbeitet sie um. Überall, wo man im Weichbild einer Metropole einen Bahnhof erbaut, ist es der Tod einer Vorstadt und die Geburt einer Stadt. Um diese großen Zentren der Bewegung der Völker, beim Stampfen der mächtigen Maschinen, beim Schnauben dieser ungeheuren Rosse der Zivilisation, die Kohle fressen und Feuer speien, scheint die von Keimen erfüllte Erde zu zittern und sich zu öffnen, um die alten Wohnungen der Menschen zu verschlingen und neu erstehen zu lassen. Die alten Häuser stürzen, die neuen erheben sich.

Seit der Bahnhof der Eisenbahn nach Orléans das Gebiet der Salpêtrière besetzt hat, werden die alten, engen Straßen in der Nachbarschaft der Fossés-Saint-Victor und des Botanischen Gartens erschüttert. Drei- oder viermal täglich brausen Stürme von Postkutschen, Fiakern und Omnibussen hindurch, die bald die Häuser rechts und links zurückdrängen werden. Denn manches hört sich seltsam an, was genaueste Wirklichkeit ist: Wie es wahr ist, daß in den großen Städten die Sonne die Südfassaden der Häuser wachsen läßt, so erweitert die häufige Durchfahrt der Wagen die Straßenzüge. Die Symptome eines neuen Lebens sind offensichtlich. In diesem alten provinziellen Viertel, in seinen am meisten verwilderten Schlupfwinkeln zeigt sich das Pflaster, die Trottoirs fangen an sich auszudehnen, auch da, wo noch keine Menschen sind. Eines denkwürdigen Morgens im Juli 1845 sah man plötzlich schwarze Teerkessel rauchen.

An diesem Tage konnte man sagen, die Zivilisation sei in die Rue de Lourcine eingezogen und Paris in die Vorstadt Saint-Marceau.

Ein Nest für Eule und Grasmücke

Vor dem Haus Gorbeau blieb Jean Valjean stehen. Wie ein Raubvogel hatte er den verlassensten Ort gewählt, um darin zu horsten. Er suchte in seiner Westentasche, holte einen Nachschlüssel heraus, öffnete das Tor, trat ein, schloß sorgfältig wieder ab und stieg die Treppe hinauf, wobei er immer Cosette trug.

Droben an der Treppe zog er aus seiner Tasche einen anderen Schlüssel, mit dem er eine andere Tür öffnete. Das Zimmer, das er betrat und sogleich wieder zusperrte, war eine Art ziemlich geräumige Rumpelkammer. Ihr Mobiliar waren eine auf den Boden gelagerte Matratze, ein Tisch und einige Stühle, in einer Ecke ein geheizter Ofen, in dem man Kohlen glühen sah. Die Laterne auf dem Boulevard beleuchtete ungewiß die arme Einrichtung. Im Hintergrund war ein Kabinett mit einem Gurtbett.

Jean Valjean trug das Kind zu diesem Bett und legte es darauf, ohne daß es erwachte.

Mit einem Feuerstahl zündete er eine Kerze an. Auf dem Tisch hatte er das alles vorbereitet. Und wie er gestern getan hatte, betrachtete er Cosette mit schwärmerischem Blick, dessen Ausdruck von Güte und Rührung bis zur Sinnlosigkeit verstört schien. Das kleine Mädchen war in dem ruhigen Vertrauen, das nur der äußersten Kraft und der äußersten Schwäche eigen ist, eingeschlafen, ohne zu wissen, wer um sie war, und schlummerte weiter, ohne zu wissen, wo sie war.

Jean Valjean beugte sich hinab und küßte die Hand des Kindes. Neun Monate vorher hatte er die Hand der Mutter geküßt, und auch sie war eingeschlafen. Das gleiche schmerzliche, gottesfürchtige, folternde Gefühl durchdrang ihm das Herz. Er kniete an Cosettes Bett nieder.

Das Kind schlief noch, als draußen heller Tag war. Ein bleicher Strahl der Dezembersonne glitt durch das Fenster der Rumpelkammer und warf lange Fäden von Schatten und Licht an die Decke. Plötzlich erschütterte ein schwer beladener Fuhrmannskarren, der über die Fahrstraße des Boulevards rollte, die Baracke wie ein dröhnendes Gewitter und ließ sie von oben bis unten erbeben.

»Ja, Madame«, rief Cosette, die jählings geweckt worden war, »hier, hier!« Und sie sprang aus dem Bett, die Lider von der Last des Schlummers noch halb geschlossen, und tastete mit dem Arm nach dem Mauerwinkel. »Ach Gott, mein Besen!« sagte sie. Sie schlug die Augen ganz auf und sah das lächelnde Gesicht von Jean Valjean. »Ach richtig«, sagte sie dann. »Guten Tag, Herr.«

In die Freude und das Glück willigen Kinder sogleich und ungezwungen ein, denn von Natur aus sind sie ja selber Glück und Freude. Sie gewahrte Catherine am Fußende ihres Bettes und griff nach ihr, und während sie mit ihr spielte, stellte sie Jean Valjean hundert Fragen. Wo sie sei? Ob das groß sei, Paris? Ob Frau Thénardier recht weit weg sei? Ob sie nicht wiederkommen werde? Und so fort. Mit einemmal rief sie: »Wie hübsch das hier ist!« Es war ein schreckliches Loch; aber sie fühlte sich frei.

»Muß ich fegen?« fragte sie endlich.

»Spiele«, sagte Jean Valjean.

So verging der Tag. Ohne sich darüber zu ängstigen, daß sie nichts von alledem verstand, war sie zwischen der Puppe und diesem guten Mann unsagbar glücklich.

Zwei Mißgeschicke, die sich verbinden, werden zu Glück

Am nächsten Tag, als es dämmerte, saß Jean Valjean noch am Bett Cosettes. Unbeweglich wartete er da und sah ihr zu, wie sie aufwachte. Etwas Neues regte sich in seiner Seele. Nie hatte Jean Valjean geliebt. Seit fünfundzwanzig Jahren war er auf der Welt allein. Er war nie Vater gewesen, liebender Mann, Gatte, Freund. Im Bagno war er böse, düster, keusch, dumpfen Geistes, ungesellig. Das Herz dieses alten Sträflings war voll Jungfräulichkeit. Seine Schwester und die Kinder seiner Schwester hatten nur eine unklare, ferne Erinnerung in ihm zurückgelassen, die ihm nach und nach fast entschwunden war. Er hatte die größten Anstrengungen unternommen, um sie wiederzufinden, und da er sie nicht hatte finden können, sie vergessen. So ist die menschliche Natur beschaffen. Die anderen zärtlichen Erinnerungen seiner Jugend, wenn er sie je verspürt hatte, waren in einen Abgrund versunken.

Als er Cosette sah, als er sie mit sich nahm, forttrug und befreite, erschauerte er. Alles, was es an Leidenschaft, an Neigung zu einem menschlichen Wesen in ihm gab, brach hervor und stürzte sich auf das Kind. Er trat an das Bett heran, in dem sie schlief, und er war fassungslos vor Freude. Er empfand Beklemmungen wie eine Mutter und wußte nicht, was das war; denn diese große seltsame Bewegung eines Herzens, das zu lieben beginnt, ist ein dunkler und süßer Vorgang.

Armes altes und nun ganz neues Herz! Doch da er fünfundfünfzig Jahre alt war und Cosette acht, löste sich alle Liebe, die ihm in seinem Leben zuteil werden konnte, in einem Leuchten, das keine Worte zu beschreiben vermögen. Dieses

Kind war die zweite weiße Erscheinung, die ihm begegnete. Der Bischof hatte an seinem Horizont das Morgenlicht der Tugend aufschimmern lassen. Durch Cosette schimmerte für ihn das Morgenlicht der Liebe auf. Die ersten Tage verrannen in diesem Zustand der Blendung.

Und auch Cosette änderte sich, ohne daß sie es auch nur ahnte. Sie war, als ihre Mutter sie verließ, so klein gewesen, daß sie von ihr nichts mehr wußte. Wie jedes Kind hatte sie, den jungen Trieben des Weinstocks gleich, die sich an allem festhalten, zu lieben versucht. Es war ihr mißglückt. Alle hatten sie zurückgestoßen, die Thénardiers, deren Kinder, die Kinder sonst. Sie hatte den Hund geliebt, der nun tot war. Danach hatte nichts und niemand sie gemocht. So traurig es war, mit acht Jahren hatte sie ein kaltes Herz. Es war nicht ihre Schuld. Nicht an Liebesfähigkeit mangelte es ihr, sondern, ach!, an Liebesmöglichkeit. So liebte sie vom ersten Tag an mit allem, was in ihr fühlte und dachte, diesen Mann. Sie empfand, was sie niemals empfunden hatte, sie lebte auf.

Der Mann schien ihr nicht mehr arm und alt zu sein. Jean Valjean erschien ihr schön, wie sie die kleine schmutzige Wohnung hübsch fand.

So etwas bewirken die Morgenröte, Kindheit, Jugend und Freude. Die Wiedergeburt der Erde und des Lebens hat dabei ihre Hand im Spiel. Nichts ist bezaubernder als der verschönende Abglanz des Glücks auf dem Dachboden. In unserer Vergangenheit haben wir alle so eine blaue Kammer.

Der Unterschied von fünfzig Jahren zog zwischen Jean Valjean und Cosette eine tiefe Kluft. Das Schicksal glich ihn aus. Es band plötzlich mit seiner unwiderstehlichen Macht die beiden entwurzelten Existenzen, die trotz der Unvereinbarkeit ihres Alters durch ihre Trauer zusammengeführt wurden. Eine ergänzte die andere. Der Instinkt Cosettes suchte einen Vater, wie der Instinkt Jean Valjeans ein Kind suchte. Sich treffen bedeutete für sie sich finden. In dem geheimnisvollen Moment, in dem ihre Hände sich berührten, verschmolzen sie. Als diese beiden Seelen sich entdeckten, erkannten sie, wie sehr sie einander bedurften, und umarmten sich innig.

In des Wortes umfassendstem und unumschränktestem Sinn ließe sich sagen, daß Jean Valjean, von allem durch Grabeswände getrennt, der Witwer war wie Cosette die Waise. Dieser Umstand bewirkte, daß Jean Valjean auf himmlische Weise Cosettes Vater wurde. Und wahrhaftig war der geheimnisvolle Eindruck, den im tiefsten Waldesinnern von Chelles Jean Valjeans Hand auf Cosette gemacht hatte, als sie die ihre in der Dunkelheit ergriff, keine Einbildung, sondern Wirklichkeit. Der Mann trat wie Gott in das Schicksal des Kindes ein.

Jean Valjean hatte übrigens sein Asyl gut gewählt. Er war hier in einer Sicherheit, die als unbedingt gelten konnte. Das Zimmer mit Kabinett, das er und Cosette bewohnten, war das, dessen Fenster nach dem Boulevard zu lag. Da dieses Fenster das einzige im Hause war, hatte er keinen Blick eines Nachbarn zu befürchten, von der Seite sowenig wie von gegenüber. Das Erdgeschoß der Nummer 50/52, eine Art verfallener Schuppen, diente Gemüsegärtnern als Remise und war vom ersten Stock völlig gesondert. Dazwischen war der Fußboden eingebaut, der weder Klapptür noch Treppe hatte, gleichsam das Zwerchfell des Hauses. Der erste Stock enthielt mehrere Zimmer und Dachstuben, von denen nur eine durch eine alte Frau, die Bedienerin bei Jean Valjean, besetzt war. Alles andere war unbewohnt.

Ebendiese alte Frau, die mit dem Namen einer Hauptmieterin geziert und in Wirklichkeit mit den Pflichten der Portiersfrau beauftragt war, hatte ihm zu Weihnachten Zimmer und Kabinett vermietet. Er hatte sich vor ihr als einen durch spanische Schatzanweisungen ruinierten Rentner ausgegeben, der mit seiner Enkelin da wohnen werde. Er hatte für sechs Monate im voraus gezahlt und die Alte geheißen, Zimmer und Kabinett, so wie man gesehen hat, zu möblieren. Diese Frau hatte den Ofen geheizt und alles für den Abend ihrer Ankunft hergerichtet.

Woche folgte auf Woche. Das glückliche Leben der beiden Menschen in diesem jämmerlichen Loch dauerte an. Schon in der Morgenfrühe lachte, plapperte und sang Cosette. Wie die Vögel stimmen auch die Kinder ihren Morgengesang an.

Es geschah bisweilen, daß Jean Valjean ihre kleine rote, von Frostbeulen aufgesprungene Hand nahm und küßte. Das arme Kind, das immer nur Prügel erwartet hatte, wußte nicht, was der Sinn dieser Gebärde war, und schlich sich beschämt davon.

Manchmal wurde sie ernst und betrachtete ihre schwarzen Kleider. Statt in Lumpen ging sie jetzt in Trauer umher. Sie kam aus dem Elend und trat ins Leben ein.

Jean Valjean hatte begonnen, sie das Lesen zu lehren. Mitunter, wenn er das Kind buchstabieren ließ, dachte er daran, wie er in der Idee, Böses zu tun, im Bagno lesen gelernt hatte. Diese Idee hatte sich nun dahin verkehrt, daß er einem Kind zeigte, wie man liest. Dann lächelte der alte Galeerensträfling das versonnene Lächeln der Engel.

Er spürte darin einen Vorsatz von oben, jemandes Willen, der nicht Mensch ist, und er versank in Träumereien. Gute wie böse Gedanken haben ihre Abgründe.

Daß er Cosette Lektionen gab und sie spielen ließ, machte Jean Valjeans ganzes Leben aus. Und dann sprach er zu ihr von ihrer Mutter und ließ sie beten. Sie nannte ihn Vater und kannte ihn nur mit diesem Namen. Stunden verbrachte er, indem er ihr zusah, wie sie ihre Puppe anzog und auszog, und sie zwitschern hörte. Das Leben schien ihm nun von Wert, die Menschen schienen ihm gut und gerecht. Keinen Vorwurf erhob er mehr in seinen Gedanken gegen irgend jemanden. Er sah keinen Grund, nicht bis zu hohen Jahren zu altern, jetzt, da dieses Kind ihn liebte. Vor sich erblickte er eine ganze Zukunft, die von Cosette wie von einem reizvollen Licht erleuchtet wurde. Auch den Besten ist eine Erwägung der Selbstsucht nicht fremd. Manchmal dachte er mit einer gewissen Freude, sie werde häßlich sein.

Vielleicht war seine Liebe zu Cosette das, was ihn damals auf dem Guten beharren ließ. Er hatte aufs neue die Bosheit der Menschen und das soziale Elend gesehen, durch Erlebnisse, die ihm mit Schicksalsnotwendigkeit nur eine Seite der Wahrheit zeigen konnten: das Los der Frau, wie es an Fantine sich auswirkte, die Staatsautorität, wie Javert sie verkörperte. Er war wieder zum Bagno verurteilt worden, diesmal, weil er Gutes getan hatte. Neue Bitternis hatte ihn getränkt. Ekel und Müdigkeit drohten ihn nochmals zu überwältigen. Die Erinnerung an den Bischof rückte für ihn vielleicht sogar in das Stadium der Verdunkelung, um später hell und triumphierend wieder zu erscheinen. Aber das geheiligte Bild verblaßte. Wer weiß, ob Jean Valjean nicht in Gefahr war, mutlos zu werden und wieder zu sinken? Er liebte und wurde wieder stark. Ach! Er war nicht weniger schwankend als Cosette. Er bot ihr Schutz, und sie gab ihm Kraft. Dank ihm konnte sie im Leben vorwärtsschreiten; dank ihr konnte er in Tugend verharren. Er war die Stütze dieses Kindes und dieses Kind die seine.

Oh, unergründliches und göttliches Geheimnis im Gleichgewicht des Schicksals!

Die Beobachtungen der Hauptmieterin

Jean Valjean war so klug, am Tag nie auszugehen. Allabendlich ging er in der Dämmerung eine oder zwei Stunden spazieren, manchmal allein, oft mit Cosette. Er suchte die einsamsten Seitenalleen auf und betrat die Kirchen, wenn es Nacht wurde. Gern ging er nach Saint-Médard, der Kirche, die die nächstliegende war. Wenn er Cosette nicht mitnahm, blieb sie mit der alten Frau zusammen. Aber es war die Freude des Kindes, mit ihm unterwegs zu sein. Eine Stunde mit ihm zog sie auch den entzückenden Gesprächen mit der Puppe Catherine vor. Er marschierte durch die Straßen, indem er sie an der Hand hielt und mild zu ihr sprach. Es erwies sich, daß Cosette sehr heiter war. Die Alte besorgte den Haushalt und die Küche und kaufte ein.

Sie lebten nüchtern, und obwohl sie immer etwas Feuer brennen hatten, war ihr Aufwand sehr bescheiden. Jean Valjean hatte das Mobiliar des ersten Tages in nichts verändert. Nur hatte er die Glastür von Cosettes Kabinett durch eine volle Tür ersetzen lassen. Noch immer trug er seinen gelben Rock, seine schwarze Hose und seinen alten Hut. Auf der Straße glaubte man, er sei ein armer Schlucker. Mitunter drehten sich mitleidige Frauen nach ihm um und gaben ihm einen Sou. Jean Valjean empfing den Sou und verbeugte sich tief. Bisweilen traf er auch irgendeinen Unglücklichen, der Almosen heischte. Dann blickte er hinter sich, ob jemand ihn sehe, näherte sich verstohlen dem Unglücklichen, schob ihm ein Geldstück in die Hand, oft eine Silbermünze, und entfernte sich rasch. Das hatte Unzuträglichkeiten für ihn zur Folge. Man begann ihn in dem Viertel als den Bettler, der Almosen gibt, zu kennen.

Die alte Hauptmieterin, eine mürrische Person, die den Mitmenschen gegenüber voll der Wachsamkeit neidischer Kreaturen steckte, beobachtete Jean Valjean häufig, ohne daß es ihm auffiel. Sie war ein wenig taub, was sie schwatzhaft machte. Von ihrer Vergangenheit waren noch zwei Zähne übrig, einer oben, einer unten, die sie gegeneinanderstieß. Sie hatte Cosette ausgefragt, die, da sie nichts wußte, nichts hatte sagen können, als daß sie von Montfermeil kam. Eines Morgens bemerkte diese Schnüfflerin Jean Valjean, wie er mit einer Miene, die der Gevatterin sonderbar schien, eine der unbewohnten Räumlichkeiten des Hauses betrat. Mit dem Schritt einer alten Katze schlich sie ihm nach und konnte ihn, ohne gesehen zu werden, durch die angelehnte Tür beobachten. Jean Valjean stand, zweifellos aus Vorsicht, mit dem Rücken zur Tür. Die Alte sah, wie er in seiner Tasche wühlte und ein Etui, eine Schere und Faden herausnahm. Er begann das Futter eines Schoßes seines Rockes aufzutrennen. Er zog aus der Öffnung ein gelbliches Papier, das er entfaltete. Außer sich, erkannte die Alte eine Tausendfrancsnote. Es war die zweite oder dritte, die sie sah, seit sie auf der Welt war. Heftig erschrocken, floh sie.

Einen Moment danach redete Jean Valjean sie an und bat sie, diese Tausendfrancsnote für ihn zu wechseln. Er fügte hinzu, es sei die Hälfte seiner Jahresrente. Gestern habe er sie abgehoben. Wo? dachte die Alte. Er ist erst um sechs Uhr abends ausgegangen, und die Regierungskasse ist sicher um diese Stunde schon zugesperrt. Die Alte wechselte die Note und knüpfte daran ihre Vermutungen. Diese Tausendfrancsnote, unaufhörlich erörtert und vervielfältigt, rief eine Menge eifriger Unterhaltungen unter den Schwatzweibern der Rue des Vignes-Saint-Marcel hervor.

An einem dieser Tage sägte Jean Valjean in Hemdsärmeln Holz auf dem Korridor. Die Alte verrichtete im Zimmer die Hausarbeit. Sie war allein. Cosette beschäftigte sich damit, das Holz, das zersägt wurde, zu bestaunen. Die Alte sah den Rock an einem Nagel aufgehängt und durchsuchte ihn. Das Futter war wieder zugenäht. Die Frau betastete es genau und vermeinte in den Schößen und an den Ärmelausschnitten Verdickungen durch Papier zu fühlen. Sicher waren da noch mehr Banknoten.

Sie bemerkte ferner, daß in den Taschen allerhand Dinge verborgen waren, nicht nur die Nadeln, die Schere und der Faden, die sie gesehen hatte, auch eine dicke Brieftasche, ein sehr großes Messer und, was sie ungemein verdächtig fand, mehrere Perücken von verschiedenen Farben. Jede Tasche schien ein Behelf für den Fall unvorhergesehener Ereignisse.

So erreichten die Bewohner des Hauses 50/52 die letzten Tage dieses Winters.

Ein Fünffrancsstück, das zur Erde fällt, verursacht ein Geräusch

Nahe bei Saint-Médard gab es einen armen Mann, der auf dem Steingeländer eines vermauerten Straßenbrunnens hockte und dem Jean Valjean gern Almosen gab. Er ging an ihm nie vorbei, ohne ihm ein paar Sous zu schenken. Manchmal sprach er mit ihm. Die Neider dieses Bettlers sagten, er sei von der Polizei. Es war ein alter Kirchendiener von fünfundsiebzig Jahren, der ständig Gebete murmelte.

Eines Abends, als Jean Valjean dort vorüberkam, hatte er Cosette nicht bei sich. Unter der eben angezündeten Laterne sah er an seinem Stammplatz den Bettler, der, wie immer, tief gebückt zu beten schien. Jean Valjean ging auf ihn zu und legte ihm wie sonst ein Almosen in die Hand. Plötzlich hob der Bettler die Augen und starrte Jean Valjean an, dann senkte er hastig den Kopf. Diese Bewegung fuhr in Jean Valjean wie ein Blitz nieder, und er erzitterte. Ihm war, als habe er im Licht der Laterne nicht das friedliche, ruhige Gesicht des alten Küsters gesehen, sondern ein ihm bekanntes, furchterregendes Antlitz. Er hatte den Eindruck, den ein Mensch hätte, sähe er sich plötzlich im Dunkel einem Tiger gegenüber. Erschreckt und wie versteinert wich er zurück.

Er wagte nicht zu atmen, nicht zu reden, nicht zu bleiben, nicht zu flüchten und betrachtete den Bettler, der seinen mit einem zerfetzten Tuch bedeckten Kopf niederbeugte und nicht mehr zu wissen schien, daß er vor ihm stand. In diesem seltsamen Moment ließ ein Instinkt, wohl der geheimnisvolle Instinkt der Selbsterhaltung, Jean Valjean verstummen. Der Bettler hatte den gleichen Wuchs, die gleichen Lumpenkleider, das gleiche Äußere wie alle Tage.

Bah! sagte sich Jean Valjean. Ich bin irr! Ich träume! Unmöglich. Verstört kehrte er um. Kaum wagte er sich einzugestehen, daß dieses Antlitz, das er erblickt hatte, das Antlitz Javerts war.

Als er in der Nacht darüber nachsann, bedauerte er, daß er den Mann nicht angesprochen hatte, um ihn zu zwingen, noch einmal den Kopf zu erheben.

Am nächsten Tag ging er, als es dunkelte, wieder hin. Der Bettler saß an seinem Platz. »Guten Abend«, sagte Jean Valjean entschlossen und reichte ihm einen Sou. Der Bettler sah auf und erwiderte mit wehleidiger Stimme: »Danke, guter Herr.« Es war der alte Kirchendiener.

Jean Valjean fühlte sich vollkommen beruhigt. Er lachte auf. Wie, zum Teufel, dachte er, konnte ich da Javert sehen! Bin ich etwa mit Blindheit geschlagen? Er vergaß die Begebenheit.

Einige Tage später, es mochte acht Uhr abends sein, war er in seinem Zimmer und ließ Cosette laut buchstabieren. Da hörte er, wie jemand das Haustor öffnete und wieder schloß. Das schien ihm merkwürdig. Die Alte, die allein mit ihm das Haus bewohnte, ging stets bei Anbruch der Nacht schlafen, um keine Kerze zu verbrauchen. Jean Valjean winkte Cosette, sie solle schweigen. Er hörte, wie man die Treppe hinaufstieg. Es war vielleicht die Alte, sie konnte wegen einer Erkrankung beim Apotheker gewesen sein. Jean Valjean lauschte. Der Schritt war schwer und klang wie der Schritt eines Mannes. Aber die Alte trug grobe Schuhe, und nichts gleicht weniger dem Schritt eines Mannes als der Schritt eines alten Weibes. Immerhin blies Jean Valjean seine Kerze aus.

Er hatte Cosette zu Bett geschickt und flüsternd zu ihr gesagt: »Lege dich leise hin!« Und indes er sie auf die Stirn küßte, hatten die Schritte aufgehört. Jean Valjean blieb schweigend und unbeweglich, den Rücken nach der Tür zu, auf seinem Stuhl sitzen, von dem er sich nicht gerührt hatte, und verhielt in der Dunkelheit seinen Atem. Nach längerer Zeit wandte er sich, da er nichts mehr hörte, geräuschlos um. Als er die Augen zu der Tür seines Zimmers hob, sah er durch das Schlüsselloch Licht. Es drang wie ein finsterer Stern durch die Schwärze der Tür und der Mauer. Bestimmt war dort jemand, der, eine Kerze in der Hand, horchte.

Einige Minuten verrannen, und das Licht entfernte sich. Indes, er hörte kein Geräusch von Schritten, und so schien ihm, der Horcher an der Tür habe seine Schuhe ausgezogen. Jean Valjean warf sich in seinen Kleidern auf das Bett und konnte die ganze Nacht kein Auge zumachen.

Als er bei Tagesanbruch gerade vor Übermüdung einschlummerte, weckte ihn das Knarren einer Tür, die an irgendeiner Mansarde hinten am Korridor geöffnet wurde. Dann hörte er denselben Mannesschritt, der gestern abend die Treppe erstiegen hatte. Der Schritt näherte sich. Er sprang aus dem Bett und legte sein Auge an das ziemlich große Schlüsselloch, in der Hoffnung, das unheimliche Wesen, das nachts das Haus betreten und an seiner Tür gehorcht hatte, sehen zu können. Wahrhaftig ging ein Mann, diesmal ohne stehenzubleiben, am Zimmer Jean Valjeans vorüber. Im Korridor herrschte noch Dunkel, so daß man sein Gesicht nicht erkennen konnte. Aber als der Mann an der Treppe war, umriß ein Lichtstrahl von draußen ihn wie eine Silhouette, und Jean Valjean sah seinen Rücken ganz. Der Mann war hochgewachsen, hatte einen langen Rock und unter dem Arm einen Knüttel. Und da war der fürchterliche Hals Javerts.

Jean Valjean hätte versuchen können, ihn durch sein Fenster nach dem Boulevard noch einmal zu sehen. Aber er hätte das Fenster öffnen müssen, und das wagte er nicht. Offenbar war der Mensch mit einem Schlüssel in das Haus gekommen, und es war, als wohne er hier. Wer hatte ihm den Schlüssel gegeben? Was wurde da gespielt?

Als um sieben Uhr morgens die Alte aufräumte, warf Jean Valjean ihr einen durchdringenden Blick zu, aber er befragte sie nicht. Das Weib benahm sich wie immer. Während sie fegte, sagte sie: »Hat der Herr heute nacht jemanden das Haus betreten hören?« In einem solchen Alter und in diesem Boulevard wird die Zeit acht Uhr abends schon volle Nacht genannt.

»Ja, allerdings«, antwortete er in natürlichstem Ton. »Wer war das denn?«

»Ein neuer Mieter«, sagte die Alte, »der eingezogen ist.«

»Und wie heißt er?«

»Ich weiß nicht genau. Dumont oder Daumont. So ähnlich.«

»Und was ist dieser Herr Dumont?«

Die Alte betrachtete ihn mit ihren kleinen Marderaugen und entgegnete: »Rentner wie Sie.« Sie sagte das vielleicht absichtslos. Jean Valjean glaubte, eine Absicht zu erraten.

Als die Alte fort war, schichtete er hundert Francs, die er aus einem Schrank holte, zu einer Stange und steckte sie ein. So behutsam er bei dieser Tätigkeit auch war, damit man nicht hören konnte, daß er Geld in der Hand hatte, entglitt ihm ein Fünffrancsstück und rollte lärmend über die Steinfliesen.

In der Abenddämmerung ging er hinunter und spähte aufmerksam nach allen Seiten des Boulevards. Er sah niemanden. Der Boulevard schien völlig menschenleer. Jedoch kann sich einer hinter den Bäumen verbergen.

Er ging wieder hinauf. »Komm«, sagte er zu Cosette. Er faßte sie an der Hand, und so verließen sie beide das Haus.

FÜNFTES BUCH

JAGD IM DUNKEL – LAUTLOSE MEUTE

Das Zickzack der Strategie

An dieser Stelle machen die gleich und später folgenden Seiten eine Anmerkung erforderlich.

Sehr viele Jahre schon lebt der Verfasser dieses Buches, der ungern von sich selbst redet, fern von Paris. Seitdem er die Stadt verließ, hat sich Paris verändert. Eine neue Stadt wuchs empor, die ihm gewissermaßen unbekannt ist. Er braucht nicht zu sagen, daß er Paris liebt. Paris ist die Geburtsstadt seines Geistes. Infolge der Abrisse und Neubauten ist dieses treulich im Gedächtnis bewahrte Paris seiner Jugend nunmehr ein Paris von ehedem. Es sei ihm vergönnt, über dieses Paris zu sprechen, als stünde es noch. Möglicherweise gibt es da, wohin der Verfasser die Leser mit den Worten führt: »In der und der Straße, in dem und dem Haus«, heute kein Haus und keine Straße mehr. Die Leser können es nachprüfen, wenn sie die Mühe auf sich nehmen wollen. Er kennt nicht das neue Paris, und er schreibt mit dem alten Paris vor Augen in einer Illusion, die ihm teuer ist. Es tut ihm wohl, zu denken, daß hinter ihm etwas von dem bleibt, was er erblickte, als er in seiner Heimat lebte, und daß nicht alles verschwunden ist. Solange man im Vaterland weilt, meint man, diese Straßen seien einem gleichgültig, diese Fenster, diese Dächer und diese Türen gingen einen nichts an, diese Mauern seien einem fremd, diese Bäume seien die ersten besten, diese Häuser, die man nicht betritt, bedeuteten einem nichts, diese Pflastersteine, über die man schreitet, seien nur Steine. Später, in der Ferne, wird man gewahr, daß einem diese Straßen lieb und wert sind, daß einem diese Dächer, diese Fenster und diese Türen fehlen, daß einem nichts diese Mauern ersetzen kann, daß diese Bäume vielgeliebte Wesen sind, daß man täglich in diese Häuser ging, die man doch nicht betrat, und daß man sein Innerstes, sein Blut und sein Herz auf diesem Pflaster zurückgelassen hat. All die Stätten, die man nicht mehr sieht, vielleicht nie wieder sehen wird und deren Bild man sich bewahrt hat, üben einen schmerzlichen Zauber aus, erstehen vor einem mit der Wehmut einer Erscheinung, lassen einen das Gelobte Land schauen, nehmen gleichsam die Gestalt Frankreichs selbst an. Und man liebt sie und beschwört sie herauf, wie sie sind, wie sie waren, und man verrennt sich darin und will nichts daran ändern, denn am Antlitz der Heimat hängt man wie am Gesicht seiner Mutter.

Es sei uns also vergönnt, von der Vergangenheit in der Gegenwart zu sprechen. Wir bitten den Leser, das in der Folge zu beachten, und fahren fort.

Jean Valjean hatte sogleich den Boulevard verlassen und sich in die Straßen hineinbegeben, wobei er möglichst viele Haken schlug, indem er öfter denselben Weg zurückging, um sich zu vergewissern, ob man ihm folgte. So tut der gehetzte Hirsch. Auf einem Boden, auf dem die Fährte sich abzeichnen kann, hat dieses Manöver neben anderen Vorteilen den, durch die Rückspur Jäger und Hunde zu täuschen. Im Weidwerk wird das falsche Rückkehr in das Lager genannt.

Es war eine Vollmondnacht. Jean Valjean war damit nicht unzufrieden. Der Mond, der noch sehr nahe der Horizontlinie stand, schnitt breite Bahnen von Schatten und Licht in die Straßen. Jean Valjean konnte an Häusern und Mauern entlang auf die dunkle Seite hinübergleiten und die helle Seite beobachten. Er bedachte vielleicht nicht genug, daß er so die dunkle Seite übersah. Indessen glaubte er in allen den verödeten Gäßchen, die an die Rue de Poliveau grenzen, sicher zu sein, daß niemand hinter ihm herkam.

Cosette marschierte, ohne ihm mit Fragen zuzusetzen. Die Leiden der ersten sechs Jahre ihres Lebens hatten einen passiven Zug in ihr Naturell gebracht. Übrigens, und auf diese Bemerkung müssen wir bei mehr als einer Gelegenheit zurückkommen, hatte sie sich, ohne sich dessen bewußt zu werden, schon an die Eigenheiten des guten Mannes und an die wunderlichen Fügungen des Schicksals gewöhnt. Und wenn sie bei ihm war, hatte sie keine Angst.

Jean Valjean war sich so wenig wie Cosette darüber klar, wohin er ging. Er vertraute sich Gott an, wie sie sich ihm anvertraute. Er konnte sich des Eindrucks nicht erwehren, daß auch ihn jemand, der größer war als er, an der Hand hielt, und ihm war, als fühle er ein Wesen, das ihn unsichtbar leite. Noch hatte er keinen feststehenden Plan. Er war sogar nicht ganz überzeugt, daß der Feind wirklich Javert war. Und es konnte, so sagte er sich, Javert sein, ohne daß Javert ihn, Jean Valjean, erkannt hatte. War er nicht verkleidet? Wähnte man nicht, er sei tot? Seit ein paar Tagen ereigneten sich seltsame Dinge. Er wollte nicht abwarten und war entschlossen, nicht in das Haus Gorbeau zurückzukehren. Wie das von seiner Raststätte aufgejagte Tier suchte er eine Höhle, sich darin zu verbergen, bis er einen Winkel fand, in dem er sich für die Dauer niederlassen konnte.

Jean Valjean durchirrte mehrere mannigfach verschlungene Labyrinthe im Viertel Mouffetard, das schon im Schlaf lag, als sei es noch dem Zwang des Mittelalters und dem Joch der Feierabendglocke untertan. Abwechselnd und mit kundiger Strategie entwarf er sich einen Straßenplan aus der Rue Censier und der Rue Copeau, aus der Rue du Battoir-Saint-Victor und der Rue du Puits-l'Ermite. Dort gibt es Zimmervermieter, aber er klopfte bei ihnen nicht einmal an, da er nirgends etwas sah, was ihm gepaßt hätte. Dabei zweifelte er nicht, daß man, hätte man durch Zufall seine Spur entdeckt, sie inzwischen verloren habe.

Als es von der Kirche Saint-Etienne-du-Mont elf Uhr schlug, überquerte er die Rue de Pontoise vor dem Büro des Polizeikommissars, der Nummer 14. Nach wenigen Augenblicken ließ ihn jener Instinkt sich umwenden. Da sah er in aller Schärfe, dank der Laterne des Polizeibüros, die sie verriet, wie drei Männer, die ihm ziemlich dicht folgten, nacheinander unter dieser Laterne auf die finstere Seite der Straße hinüberschritten. Einer der drei Männer trat in den Flur des Polizeigebäudes. Der Mann, der an der Spitze ging, war entschieden verdächtig.

»Komm, Kind«, sagte er zu Cosette, und er eilte, sich von der Rue de Pontoise zu entfernen.

Er machte einen Bogen um die Passage des Patriarches, die der späten Stunde wegen versperrt war, durchmaß die Rue de l'Épée-de-Bois und die Rue de l'Arbalète und strebte der Tiefe der Rue des Postes zu. Hier ist eine Straßenkreuzung, an der heute das Collège Rollin liegt und die Rue Neuve-Sainte-Geneviève abzweigt. Es ist eine alte Straße, und kaum alle zehn Jahre fährt durch die Rue des Postes ein Postwagen. In ihr wohnten im dreizehnten Jahrhundert die Töpfer, und ihr wahrer Name ist Straße der Töpfe, Rue des Pots.

Der Mond warf ein grelles Licht auf diese Kreuzung. Jean Valjean versteckte sich unter einem Tor. Er rechnete darauf, wenn die Männer ihm noch folgten, könne er sie unbedingt sehen, sobald sie sich durch diese Klarheit näherten. Und es verstrichen keine drei Minuten, da tauchten sie auf. Jetzt waren es ihrer vier, alle hochgewachsen, in langen braunen Röcken, mit runden Hüten, dicke Stöcke in der Hand. Sie wirkten nicht minder beunruhigend durch ihre große Statur und ihre plumpen Fäuste als durch ihren unheilverkündenden Marsch in die Finsternis. Man könnte sagen, sie glichen Gespenstern in Zivil.

Sie blieben inmitten der Kreuzung stehen und bildeten eine Gruppe, wie Menschen, die sich beraten. Sie schienen unschlüssig. Derjenige, der sie offenbar führte, drehte sich um und wies mit der rechten Hand lebhaft nach der Seite, nach der Jean Valjean sich gewandt hatte. Ein anderer schien mit Hartnäckigkeit in die entgegengesetzte Richtung zu zeigen. Als der erste sich umgedreht hatte, beleuchtete der Mond voll sein Gesicht. Jean Valjean erkannte unwiderruflich Javert.

Er ist glücklich, daß die Austerlitzbrücke Wagen trägt

Für Jean Valjean hörte die Ungewißheit auf. Für die vier Männer hielt sie zu seinem Glück an. Er nutzte ihr Zögern aus. Es war für sie ein Verlust, für ihn ein Gewinn an Zeit.

Er trat aus dem Tor, unter das er sich gebückt hatte, und stieß in der Rue des Postes zu der Gegend des Botanischen Gartens vor. Cosette begann müde zu werden, er nahm sie in seine Arme und trug sie. Kein Passant begegnete ihm, und des Mondlichts wegen hatte man die Laternen nicht angezündet.

Er verdoppelte seine Schritte. In wenigen Sätzen erreichte er das Töpfermagazin von Goblet, auf dessen Fassade die alte Inschrift im Mondschein sehr deutlich zu lesen war:

»Goblet Sohn die Fabrik gehört.
Blumentöpfe, Röhren und Ziegel gibt es allhier.
Wählt Kannen, Kruken ungestört,
Fliesen und Kacheln verkauft er dir.«

Er ließ die Rue de la Clef hinter sich, dann die Fontaine Saint-Victor, ging am Botanischen Garten entlang durch die unteren Straßen und sah sich am Kai.

Nun wandte er sich wieder um. Der Kai war verlassen. Die Straßen waren verlassen. Niemand folgte ihm. Er atmete auf.

Er erreichte die Austerlitzbrücke. Damals bestand noch die Maut. Er stellte sich an den Schalter des Mautners und gab einen Sou. »Macht zwei Sous«, sagte der Invalide. »Sie tragen da ein Kind, das gehen kann. Zahlen Sie also für zwei.«

Er zahlte, ärgerlich, daß er sich als Brückenpassant eine Rüge zugezogen hatte. Jede Flucht muß völlig unauffällig sein. Ein großer Karren überquerte die Seine zugleich mit ihm, der Fuhrmann wollte wie er auf das rechte Ufer. Das kam ihm zustatten. Er konnte die ganze Brücke im Schatten des Karrens überschreiten. Etwa auf der Mitte der Brücke hatte Cosette, deren Füße eingeschlafen waren, den Wunsch zu laufen. Er setzte sie ab und nahm sie wieder an die Hand.

Jenseits der Brücke gewahrte er, ein wenig nach rechts, Holzplätze vor sich. Er schritt auf sie zu. Bis zu ihnen mußte er sich durch einen ziemlich breiten, freien und belichteten Raum wagen.

Er zauderte nicht. Die Männer, die ihn jagten, waren augenscheinlich von seiner Spur abgekommen, und Jean Valjean glaubte sich außer Gefahr. Man suchte ihn, ja; aber man folgte ihm nicht mehr.

Eine kleine Straße, die Rue du Chemin-Vert-Saint-Antoine, öffnete sich zwischen zwei von Mauern umfriedeten Holzplätzen. Sie war eng, dunkel und wie für ihn geschaffen. Bevor er in sie einbog, blickte er sich um.

Von dem Punkt, an dem er stand, überschaute er die Austerlitzbrücke in ihrer ganzen Länge. Vier Schatten hatten sie soeben betreten. Sie hatten den Botanischen Garten hinter sich, und ihr Ziel war das rechte Ufer. Die vier Schatten waren die vier Männer.

Jean Valjean erschauerte wie ein Tier, das wieder gefaßt worden ist. Eine einzige Hoffnung blieb ihm: daß die Männer wohl noch nicht auf der Brücke gewesen waren und ihn nicht bemerkt hatten, als er, Cosette an der Hand, den großen erleuchteten Raum überschritt. War dem so, konnte er, wenn er in die kleine Straße vor ihm lief, wenn er die Holzplätze erreichte, die Gemüsefelder, die Obstgärten, die unbebauten Grundstücke, entrinnen.

Es schien ihm, als solle er sich der kleinen stillen Straße überlassen. Er ging hinein.

Der Stadtplan von Paris 1727

Nach dreihundert Schritten kam er an einen Punkt, an dem die Straße sich gabelte. Sie teilte sich in zwei Straßen, die eine lenkte nach links ab, die andere nach rechts. Jean Valjean hatte gleichsam die beiden Äste eines Y vor sich. Welchen sollte er wählen? Er schwankte nicht und nahm den rechts. Warum? Der linke Ast ging der Vorstadt zu, also in bewohnte, der rechte dem Lande zu, also in öde Gegend.

Indessen gingen sie nicht sehr rasch. Der Schritt Cosettes verlangsamte den Schritt Jean Valjeans. Wieder begann er sie zu tragen. Cosette lehnte ihren Kopf an seine Schulter und sprach kein Wort. Von Zeit zu Zeit blickte er zurück. Er war darauf bedacht, sich immer auf der dunklen Seite der Straße zu halten. Die Straße lag geradegerichtet hinter ihm. Die beiden ersten Male, als er sich umwandte, sah er nichts. Tiefes Schweigen. Ein wenig beruhigt setzte er seinen Marsch fort. Plötzlich schien ihm, als er sich umgedreht hatte, er sehe in dem Teil der Straße, durch den er gegangen war, fern in der Dunkelheit sich etwas bewegen. Er stürzte vor, mehr als daß er ging. Er hoffte irgendeine Seitenstraße zu finden und durch sie zu entkommen, nochmals seine Verfolger von seiner Fährte abzubringen.

Es kam eine Mauer. Diese Mauer jedoch war kein Hemmnis für ihn, weiterzugelangen. Es war eine niedere Mauer, die eine Quergasse umrandete. An ihr endete die Straße, in die Jean Valjean sich begeben hatte. Hier mußte er wiederum entscheiden, ob er nach rechts oder nach links ging. Er sah nach rechts. Die Gasse verlängerte sich hier als Stumpf zwischen Gebäuden, die Schuppen oder Scheuern waren, dann endete sie als Sackgasse. Deutlich sah man ihren Abschluß: eine große weiße Mauer. Er sah nach links. Auf dieser Seite war die Gasse offen und mündete nach ungefähr zweihundert Schritten in eine Straße, von der sie eine Nebenader war. Auf dieser Seite winkte die Rettung.

Als Jean Valjean eben daran dachte, sich nach links zu wenden und den Durchstoß nach der Straße zu versuchen, die er am Ende des Gäßchens wahrnahm, bemerkte er an der Ecke des Gäßchens und der Straße, der er zueilte, eine Art schwarzer, unbeweglicher Statue. Ein Mann stand dort, der, offenbar als Posten hingestellt, die Passage versperrend, wartete.

Jean Valjean wich zurück.

Der Punkt von Paris, an dem Jean Valjean sich befand, liegt zwischen der Vorstadt Saint-Antoine und der Râpée. Er gehört zu denen, die durch neuerliche Arbeiten, Verhäßlichung, wie die einen, Umgestaltung, wie die anderen sagen, von Grund auf verändert worden sind. Die Obstgärten, die

Holzplätze, die alten Baracken sind verschwunden. Heute sind da große, ganz neue Straßen, Arenen, Zirkuszelte, Hippodrome, Eisenbahnstationen, der Kerker von Mazas; der Fortschritt, wie man sieht, samt seiner Korrektur. Vor einem halben Jahrhundert nannte sich diese Örtlichkeit in der Sprache des Volksbrauches, die ganz der Überlieferung gemäß ist und dabei beharrt, das Institut die »Vier Nationen« und die Komische Oper das »Feydeau« zu nennen, Petit-Picpus.

Die Porte Saint-Jacques, die Porte Paris, die Barrière des Sergents, die Porcherons, die Galiote, die Célestins, die Capucins, der Mail, die Bourbe, der Arbre-de-Cracovie, die Petite-Pologne, der Petit-Picpus sind Ortsbezeichnungen aus dem alten Paris, die sich im neuen erhalten haben: Das Gedächtnis des Volkes schwebt über diesen Resten der Vergangenheit.

Der Petit-Picpus, der übrigens kaum als Bezirk existiert hat und stets nur die Anlage eines Stadtviertels war, bot fast das mönchische Bild spanischer Städte. Die Wege waren schlecht gepflastert, die Straßen spärlich bebaut. Bis auf zwei oder drei Straßen war hier alles Gemäuer und Einsamkeit. Nicht ein einziger Laden, kein einziger Wagen. Selten brannte eine Kerze an den Fenstern; jedes Licht erlosch nach zehn Uhr. Gärten, Klöster, Holzplätze, Gemüsefelder. Niedrige Häuser da und dort und große Mauern von der gleichen Höhe wie sie.

So sah das Viertel im letzten Jahrhundert aus. Die Revolution hatte es schon sehr gerammt. Der republikanische Magistrat hatte es zerstört, durchbohrt, durchlöchert. Schutthalden breiteten sich aus. Vor dreißig Jahren wurde es von Neubauten zurückgedrängt. Heute ist es völlig ausradiert.

Den Petit-Picpus, auf den kein einziger zeitgemäßer Stadtplan einen Hinweis bewahrt hat, zeigt recht deutlich die Karte von 1727, die zu Paris Denis Thierry in der Rue Saint-Jacques gegenüber der Rue du Plâtre verlegt hat und in der Prudence zu Lyon Jean Girin, Rue Mercière. Er wies jenes Y von Straßen auf, das von der Rue du Chemin-Vert-Saint-Antoine und ihren beiden Abzweigungen geformt wird, der

Petite Rue Picpus links und der Rue Polonceau rechts. Die beiden Zweige des Y wurden oben wie durch einen Schlagbaum durch die Rue Droit-Mur vereinigt. Die Rue Polonceau endete an ihr. Die Petite Rue Picpus ging weiter und stieg zum Marché Lenoir hinauf. Wer von der Seine kam und an den äußersten Teil der Rue Polonceau gelangte, hatte zu seiner Linken die Rue Droit-Mur, die sich plötzlich im rechten Winkel wandte, vor sich die Mauer dieser Straße und rechts eine abgestumpfte Verlängerung der Rue Droit-Mur ohne Ausgang, genannt die Sackgasse Genrot.

Hier stand Jean Valjean. Als er die schwarze Silhouette bemerkte, den Posten an der Ecke der Rue Droit-Mur und der Petite Rue Picpus, wich er, wie wir sagten, zurück. Kein Zweifel: Diese spukhafte Schildwache belauerte ihn.

Was tun? Es war keine Zeit mehr für einen Rückzug. Was vorhin im Schatten, in nur geringer Entfernung, hinter ihm sich bewegt hatte: Javert war es mit seiner Rotte. Augenscheinlich war Javert schon bis zum Anfang der Straße gekommen, an deren Ende Jean Valjean stand. Javert kannte wohl dieses Irrsal und hatte sich vorgesehen, indem er einen seiner Männer entsandte, den Ausgang zu bewachen. Diese Vermutungen, die beinahe klar und tatsächlich schienen, wirbelten gleich einer Handvoll Staub, der von einem Windschauer auffliegt, in dem schmerzenden Hirn Jean Valjeans. Er überprüfte die Sackgasse Genrot; sie war eine Sperre. Er überprüfte die Petite Rue Picpus; dort stand ein Wachposten. Er sah, wie diese dunkle Figur sich schwarz von dem weißen, mondüberfluteten Pflaster abhob. Vorwärtsgehen, das hieß, gegen diesen Mann taumeln, zurückweichen, sich auf Javert werfen. Jean Valjean fühlte sich wie in einem Netz gefangen, das ihn langsam umschnürte. Verzweifelt blickte er zum Himmel auf.

Das zögernde Herumtasten auf der Flucht

Man vergegenwärtige sich genau die Rue Droit-Mur, die ein Gäßchen war, und besonders die Ecke, die man zur Linken ließ, wenn man aus der Rue Polonceau kam, um in das Gäßchen einzutreten. Die Rue Droit-Mur war zur Rechten bis zur Petite Rue Picpus fast gänzlich von ärmlichen Häusern umrandet. Zur Linken begrenzte sie ein einziges Gebäude von strengen Linien, das aus mehreren gesonderten Gebäuden zusammengesetzt war. Sie erhöhten sich stufenweise um einen Stock oder zwei, je näher sie der Petite Rue Picpus zu lagen, so daß dieses Gebäude nach der Petite Rue Picpus zu sehr hoch, nach der Rue Polonceau zu ziemlich niedrig war. Dort senkte es sich so sehr, daß nur noch eine Mauer blieb. Sie endete nicht direkt an der Straße; sie zeichnete sich mit weit zurückspringender stumpfer Ecke ab, die durch ihre beiden Winkel sich zwei Beobachtern, wenn der eine in der Rue Polonceau, der andere in der Rue Droit-Mur stand, entzog.

Von den beiden Winkeln der stumpfen Ecke ab verlängerte sich die Mauer an der Rue Poloncesu bis zu einem Haus, das die Nummer 49 trug, und an der Rue Droit-Mur, wo ihr klotziger Rumpf viel kürzer war, bis zu dem düsteren Gebäude, von dem wir schon sprachen und dessen Giebel sie abschnitt, wobei in der Straße wiederum ein einspringender Winkel entstand. Dieser Giebel machte einen trostlosen Eindruck. Man sah an ihm nur ein einziges Fenster oder vielmehr zwei mit einem Zinkblatt verdeckte, immer heruntergelassene Läden.

Der Ortsbefund, den wir hier vorlegen, ist peinlich genau und erweckt bestimmt eine sehr deutliche Erinnerung bei den alten Bewohnern des Viertels.

Diese stumpfe Ecke war gänzlich mit etwas gefüllt, was einem riesigen, jämmerlich primitiven Tor glich. Es war eine große, mißgestaltete Ansammlung senkrecht genagelter Holzplanken. Die oberen waren breiter als die unteren, und lange eiserne Querstreifen verbanden sie. Daneben lag ein Torweg von gewöhnlichem Ausmaß, der offenbar vor nicht mehr als fünfzig Jahren durchgebrochen worden war. Über die stumpfe Ecke ragte das Geäst einer Linde, und nach der Rue Polonceau zu war die Mauer von Efeu überwuchert.

In der ungeheuren Gefahr, in der Jean Valjean sich befand, hatte dieses düstere Gebäude für ihn etwas Unbewohntes und Einsames, das ihn lockte. Hastig ließ er seine Augen es abwandern. Er sagte sich, wenn es ihm glücke, hier einzudringen, sei er vielleicht gerettet. Eine Idee und eine Hoffnung regten sich in ihm.

Im Mittelteil der Vorderseite dieses Gebäudes an der Rue Droit-Mur waren allen Fenstern der verschiedenen Geschosse alte bleierne Dachrinnenkessel vorgelegt. Die vielfältigen Verzweigungen der Leitung, die von einer Zentralleitung aus sich zu allen diesen Rinnkesseln erstreckten, ähnelten an der Fassade einem Baum. Diese Verästelungen von Rohren mit ihren hundert Krümmungen ahmten die alten, kahlen Rebstöcke nach, die sich an der Vorderseite alter Gutshöfe winden.

Dieses seltsame Spalier mit seinen Zweigen aus Blech und Eisen war der erste Gegenstand, der Jean Valjean überraschend auffiel. Er setzte Cosette mit dem Rücken gegen einen Prellstein, gebot ihr Schweigen und lief dahin, wo die Leitung an das Pflaster stieß. Vielleicht konnte er hier hochklettern und sich Einlaß in dieses Haus verschaffen. Aber die Leitung war verwahrlost und unbenutzt und hielt kaum in ihrer Verkittung. Im übrigen waren alle Fenster dieser verstummten Wohnungen mit dicken Eisenstäben vergittert, sogar die der Mansarden im Dachgeschoß. Auch beleuchtete der Mond hell die Fassade, und der Mann, der Jean Valjean am Ende der Straße bewachte, konnte ihn klettern sehen. Und was sollte er mit Cosette tun, wie sich mit ihr ein dreistöckiges Haus hinaufschwingen?

Er verzichtete darauf, an der Leitung hochzuklimmen, und kroch die Mauer entlang, um wieder in die Rue Polonceau zu kommen. Als er an der stumpfen Ecke war, an der er Cosette gelassen hatte, bemerkte er, daß ihn hier niemand wahrnehmen könne. Er entging so allen Blicken, von welcher Seite auch immer. Außerdem war er im Schatten geborgen. Zwei Tore waren da. Vielleicht ließen sie sich aufbrechen. Die Mauer, über der er die Linde und den Efeu sah, führte augenscheinlich in einen Garten, in dem er, wenn auch die Bäume noch unbelaubt waren, sich verstecken und während des Restes der Nacht abwarten konnte.

Die Zeit verging. Er mußte schnell handeln. Er betastete die Pfosten des Torwegs und erkannte sofort, daß dieser von innen und außen vermauert war. Mit größerer Hoffnung näherte er sich dem anderen Tor. Es war entsetzlich verfallen, gerade wegen seiner riesigen Höhe von geringerer Festigkeit, die Bretter waren wurmstichig und verfault, die Eisenstreifen, von denen es nur drei gab, verrostet. Es schien möglich, sich an dieser Stelle Eintritt in das Haus, das sie versperren sollten, zu erzwingen.

Als er das Tor genauer untersuchte, sah er, daß es kein Tor war. Es hatte weder Angeln noch Türbänder, noch ein Schloß, noch eine Spalte in der Mitte. Die Eisenstreifen gingen lückenlos über die Holzplanken hinweg. Durch ihre Risse zeigten sich Bruchsteine und plump zementierte Blöcke, die noch vor zehn Jahren von den Passanten gesehen werden konnten. Niedergeschlagen mußte er sich gestehen, daß dieses Scheintor nichts war als der hölzerne Aufputz eines Gebäudes, an das es gelehnt war. Wohl ließ sich eine Planke losreißen, aber dann befand man sich einer Mauer gegenüber.

Was mit der Gasbeleuchtung unmöglich wäre

In diesem Moment begann ein dumpfes, taktmäßiges Geräusch in einiger Entfernung hörbar zu werden. Jean Valjean wagte ein wenig über die Straßenecke hinauszuschauen. Sieben oder acht Soldaten waren, als Zug gegliedert, soeben in die Rue Polonceau einmarschiert. Er sah ihre Bajonette blinken. Sie kamen auf ihn zu.

Diese Soldaten, an deren Spitze er Javert mit seinem hohen Wuchs erkannte, rückten langsam und vorsichtig näher. Oft standen sie still. Sie durchforschten sichtlich alle Mauerwinkel und alle Türöffnungen und Vorflure. Es war, und hierin konnte die Vermutung sich nicht täuschen, irgendeine Patrouille, der Javert begegnet war und die er angehalten hatte. In ihrem Trupp marschierten die beiden Helfer Javerts. Bei dem Schritt, in dem sie gingen, und den häufigen Stationen, die sie machten, brauchten sie etwa eine Viertelstunde, um dahin zu gelangen, wo Jean Valjean stand. Es war ein gräßlicher Augenblick. Nur wenige Minuten trennten ihn von dem erschreckenden Abgrund, der sich zum drittenmal vor ihm öffnete. Und jetzt war das Bagno nicht mehr allein das Bagno. Es hieß, Cosette für immer zu verlieren. Es bedeutete ein Leben, das dem Innern eines Grabes glich.

Nichts blieb als ein einziger Ausweg. Jean Valjean hatte die besondere Eigenschaft, daß er zwiefach ausgerüstet war. Er dachte die Gedanken eines Heiligen, und zugleich verfügte er über die furchtbaren Fähigkeiten eines Sträflings. Je nachdem bediente er sich der einen oder der anderen. Wie man sich erinnert, war er dank seiner zahlreichen Fluchten aus dem Bagno von Toulon Meister einer unglaublichen Kunst, ohne Leitersprossen und ohne Steigeisen, einzig durch Muskelkraft, indem er sich mit dem Nacken, mit Schultern, Hüften und Knien stützte und kaum die seltenen Erhöhungen des Steines ausnutzte, im rechten Winkel zu einer Mauer hinaufzuklimmen, wenn es sein mußte, bis in ein sechstes Stockwerk. Es ist die Fertigkeit, um deretwillen die Ecke des Hofs der Conciergerie von Paris so unheimlich berühmt geworden ist, durch die vor etwa zwanzig Jahren der zum Tode verurteilte Battemolle entrann.

Jean Valjean schätzte mit den Augen die Mauer ab, über der er die Linde sah. Sie war etwa achtzehn Fuß hoch. Ihr Winkel zu dem Giebel des großen Gebäudes war in seinem unteren Teil mit einem dreieckigen Mörteldamm ausgefüllt, der zur Abwehr der Mistkäfer, die man Passanten nennt, von diesem allzu bequemen Schlupfwinkel bestimmt schien. Ein solches vorbeugendes Ausfüllen von Mauerecken ist in Paris vielfach üblich.

Dieser Mörteldamm war ungefähr fünf Fuß hoch. Der

Raum, der von seinem oberen Rand aus zu durchmessen war, wollte man die Mauer ersteigen, betrug nur noch dreizehn Fuß. Die Mauer war von einer Steinplatte ohne Dachkranz überlagert. Das Hindernis war Cosette. Sie wußte nicht, wie man eine Mauer ersteigt. Sollte Jean Valjean sie im Stich lassen? Er konnte daran nicht denken. Sie zu tragen war ausgeschlossen. Ein Mann bedarf aller seiner Kräfte, um eine so seltsame Kletterpartie durchzuführen. Die geringste Last würde ihn seines Schwerpunkts berauben und ihn dem Absturz überantworten.

Er hätte einen Strick haben müssen. Jedoch er hatte keinen. Wo sollte er um Mitternacht in der Rue Polonceau einen Strick finden? Sicherlich hätte Jean Valjean in diesem Moment, wäre er Besitzer eines Königreichs gewesen, es für einen Strick gegeben.

In all diesen äußersten Situationen können Blitze niederfahren, die bald blenden, bald erleuchten. Der verzweifelte Blick Jean Valjeans traf den Arm der Laterne in der Sackgasse Genrot. Damals brannten in den Straßen von Paris keine Gaslaternen. Bei sinkender Nacht zündete man in Abständen angebrachte Laternen an, die mittels eines Seiles hinauf- und hinuntergelassen wurden. Diese Seile waren hier und da über die Straßen gespannt und im Einschnitt eines Wandarmes verankert. Das Drehkreuz, in dem sie sich abhaspelten, war unter der Laterne in einem kleinen eisernen Kasten verkittet, dessen Schlüssel der Laternenanzünder hatte, und das Seil selbst war bis zu einer bestimmten Höhe durch eine Metallhülse geschützt.

Jean Valjean überschritt mit dem Mut der Verzweiflung in einem Satz die Straße, trat in die Sackgasse ein, sprengte mit seinem Messer den Riegel des Kästchens, und im nächsten Augenblick war er wieder bei Cosette. Er hatte einen Strick. Sie arbeiten schnell, die düsteren Überwinder der Not, die mit dem Schicksal ringen.

In dieser Nacht brannten, wie wir erwähnten, die Laternen nicht. Die der Sackgasse Genrot war also wie die anderen gelöscht, und man konnte an ihr vorübergehen, ohne zu bemerken, daß sie nicht an ihrem Platz hing. Indessen begannen die Stunde, die Örtlichkeit, das Dunkel, die Besorgnis Jean Valjeans, seine sonderbaren Gesten, sein Gehen und Kommen Cosette zu ängstigen. Jedes Kind sonst hätte seit langem unbeherrscht geschrien. Sie zerrte nur Jean Valjean an seinem Rockschoß. Man hörte immer lauter das Geräusch der sich nähernden Patrouille.

»Vater«, sagte sie leise, »ich fürchte mich. Wer kommt da?«

»Pst!« erwiderte der Unglückliche. »Das ist die Thénardier.«

Cosette zitterte. Er setzte hinzu: »Rede nichts. Laß mich nur! Wenn du schreist, wenn du weinst, die Thénardier ist auf der Lauer. Sie will dich zurückholen.«

Ohne sich zu übereilen, aber ohne in dem, was er tat, abzuirren, mit entschlossener, knapper Genauigkeit, die in einem solchen Moment desto erstaunlicher war, als die Patrouille und Javert in jedem Augenblick da sein konnten, streifte er seine Krawatte ab, schlang sie um Cosettes Leib, unter den Achseln, wobei er darauf achtete, daß das Kind nicht verletzt wurde, und knüpfte die Krawatte an ein Ende des Seiles, mit einem Knoten, den die Seeleute ein Schwalbennest nennen. Dann nahm er das andere Ende des Seiles zwischen die Zähne, zog Stiefel und Strümpfe aus, warf sie über die Mauer, kletterte auf den Mörteldamm und begann sich in dem Winkel von Mauer und Giebel emporzuschwingen, mit derselben Festigkeit und Sicherheit, als hätte er Stufen unter Fersen und Ellbogen. Noch war keine Minute vergangen, als er auf der Mauer kniete.

Cosette betrachtete ihn verblüfft, ohne ein Wort zu sprechen. Die Mahnung Jean Valjeans und der Name der Thénardier hatten sie erstarren lassen. Plötzlich vernahm sie Jean Valjeans Stimme, die ihr, noch immer leise, zurief: »Lehne dich an die Mauer!« Sie gehorchte. »Rede kein Wort, und habe keine Angst«, sagte er noch. Und sie fühlte, wie er sie hochhob. Ehe sie Zeit hatte, sich zurechtzufinden, war sie oben auf der Mauer.

Jean Valjean ergriff sie, nahm sie auf den Rücken, umfaßte ihre kleinen Hände mit seiner linken Hand, legte sich bäuchlings nieder und kroch über die Mauer bis zu der stumpfen Ecke.

Wie er erraten hatte, war dort ein Gebäude, dessen Dach vom oberen Rand des Holztores ausging, bis nahe an die Erde heran sich absenkte, in sacht geneigter Fläche, und an das Geäst der Linde rührte. Das war ein glücklicher Umstand, denn die Mauer war auf dieser Seite um vieles höher als nach der Straße zu. Jean Valjean sah den Boden unter sich nur in großer Tiefe. Er war bis zu der geneigten Dachfläche gekommen und hatte den Grat der Mauer noch nicht losgelassen, als ein ungestümer Lärm die Ankunft der Patrouille verkündete. Man hörte Javerts donnernde Stimme: »Die Sackgasse durchsuchen! Die Rue Droit-Mur ist bewacht, die Petite Rue Picpus auch. Ich wette, er ist in der Sackgasse.«

Die Soldaten rasten in die Sackgasse Genrot. Jean Valjean rutschte an dem Dach hinunter, wobei er Cosette hielt, erreichte die Linde und sprang hinab. Ob vor Schreck, ob aus Mut, Cosette hatte nicht geatmet. Ihre Hände waren ein wenig zerschunden.

Beginn eines Rätsels

Jean Valjean sah sich in einer Art Garten, der sehr weit war und einen befremdenden Anblick bot; einem der traurigen Gärten, die dazu angetan scheinen, daß man sie im Winter und nachts betrachtet. Er war von länglicher Form, mit einer Allee großer Pappeln nach hinten, ziemlich hohen alten Bäumen in den Ecken und einem schattenlosen Mittelplatz. Hier waren ein sehr großer einzelnstehender Baum, einige Obstbäume, verrenkt und stachlig wie dichtes Gestrüpp, viereckige Gemüsebeete, ein Melonenbeet, dessen Glasscheiben im Monde glänzten, und ein alter Ziehbrunnen. Da und dort standen Steinbänke, die von Moos schwarz schienen. Die Alleen waren von kleinen, dunklen, aufgerichteten Sträuchern umrandet. Gras überwuchs sie bis zur Mitte, und grüner Schimmel bedeckte den Rest.

Jean Valjean hatte das Gebäude neben sich, dessen Dach ihm für den Abstieg gedient hatte, einen Haufen Reisig und hinter dem Reisig eine steinerne Statue, deren verstümmeltes Antlitz, nur noch eine unförmige Maske, ungewiß dem Dunkel enttauchte. Das Gebäude war eine Ruine mit aufgerissenen Räumen, deren einer, ganz vollgestopft, als Schuppen zu dienen schien.

Das große Gebäude der Rue Droit-Mur, das auf die Petite Rue Picpus zurückging, dehnte sich mit zwei winkelrechten Fassaden nach dem Garten zu. Sie waren hier, im Innern, noch unheimlicher als die draußen. Alle Fenster hatten Gitter. Man sah kein Licht. Die der oberen Stockwerke waren verrammelt wie in Gefängnissen. Eine der Fassaden warf auf die andere ihren Schatten, der wie ein ungeheures schwarzes Tuch über den Garten fiel.

Man sah kein Haus sonst. Die Tiefe des Gartens verlor sich in Dunst und Nacht. Aber unklar waren Mauern zu erkennen, die sich schnitten, als lägen jenseits noch mehr unbebaute Grundstücke, und die niederen Dächer der Rue Polonceau. Man konnte sich nichts vorstellen, das verwilderter und einsamer gewesen wäre als dieser Garten. Niemand hielt sich darin auf, was zu dieser Stunde natürlich war. Aber der Ort schien nicht geschaffen für irgendeinen Spaziergänger, selbst am hellen Mittag.

Jean Valjeans erste Sorge war, seine Stiefel wiederzufinden und anzuziehen, dann mit Cosette in den Schuppen unterzutreten. Ein Flüchtling glaubt sich niemals verborgen genug. Das Kind, das noch immer an die Thénardier dachte, hatte mit ihm den Trieb gemeinsam, sich möglichst zu verkriechen. Cosette bebte und drängte sich an ihn. Man hörte das lärmende Hallo der Patrouille, die Sackgasse und Straße durchsuchte, Kolbenhiebe gegen die Steine, die Rufe Javerts nach den von ihm postierten Spitzeln und seine Flüche, vermischt mit Worten, die man nicht unterscheiden konnte.

Nach einer Viertelstunde schien dieses Gewittergrollen sich zu entfernen. Jean Valjean atmete nicht. Er hatte sanft seine Hand auf den Mund Cosettes gelegt. Im übrigen strömte die Einsamkeit ringsum eine so seltsame Ruhe aus, daß das fürchterliche Toben, so wütend und so nahe es sein mochte, sie nicht im mindesten stören konnte. Es war, als seien diese Mauern aus den stummen Steinen erbaut, von denen die Heilige Schrift spricht.

Plötzlich schwebte inmitten dieser tiefen Ruhe ein neues Geräusch auf. Ein himmlisches Geräusch, unsagbar, so entzückend, wie das andere grauenhaft war.

Ein Choral erklang in der Finsternis, eine Blendung aus Gebet und Harmonie in der dunklen und erschreckenden Stille der Nacht. Es waren Frauenstimmen, die reinen Stimmen von Jungfrauen, die sich mit dem unbefangenen Tonfall der Kinder vermischten, jene überirdischen Stimmen, die noch die Neugeborenen und schon die Sterbenden vernehmen. Dieser Gesang kam aus dem dunklen Gebäude, das über den Garten ragte. In dem Moment, in dem das Getöse der Dämonen verschwand, war es, als nahe durch den Schatten ein Chor von Engeln.

Cosette und Jean Valjean sanken in die Knie. Sie wußten nicht, was das war, sie wußten nicht, wo sie sich befanden, aber beide, der Mann und das Kind, der Büßende und die Unschuld, spürten, daß sie auf den Knien liegen mußten.

Ungeachtet dieser Stimmen schien das Gebäude verlassen. Das war wie ein übernatürlicher Hymnus in einer unbewohnten Behausung. Indes die Stimmen hallten, dachte Jean Valjean an nichts mehr. Er sah nicht mehr die Nacht, er sah einen blauen Himmel. Es schien ihm, als fühle er, wie sich die Flügel öffneten, die unser aller Seelen tragen.

Der Gesang erlosch. Er hatte wohl lange gedauert. Jean Valjean war außerstande, es zu sagen. Die Momente der Ekstase dauern nie nur einen Augenblick. Alles war wieder in Schweigen versunken. Nichts regte sich mehr auf der Straße und im Garten. Was drohte, was Sicherheit gab, war zerstoben. Der Wind fuhr auf dem Mauergrat durch dürres Gras, das leise und traurig raschelte.

Fortgang des Rätsels

Der kühle Nachtwind wehte. Das wies darauf hin, daß es zwischen ein und zwei Uhr morgens war. Die arme Cosette sagte nichts. Da sie neben ihm saß und ihren Kopf zu ihm herabneigte, glaubte Jean Valjean, sie sei eingeschlafen. Er bückte sich und schaute sie an. Cosette hatte ihre großen Augen ganz offen und eine versonnene Miene, die ihm weh tat.

Sie zitterte noch immer. »Möchtest du schlafen?« sagte er.

»Mir ist sehr kalt«, antwortete sie. Im nächsten Augenblick fragte sie: »Ist sie noch da?«

»Wer?« fragte Jean Valjean.

»Frau Thénardier.«

Er hatte schon vergessen, was er Cosette vorgeredet hatte, damit sie schwieg. »Ach«, sagte er, »sie ist fort. Du brauchst nichts mehr zu fürchten.« Das Kind seufzte auf, als werde ihm eine Last von der Brust genommen.

Die Erde war feucht, der Schuppen nach allen Seiten offen, der Wind wurde zusehends kälter. Jean Valjean zog seinen Rock aus und umhüllte mit ihm Cosette. »Ist dir so weniger kalt?« fragte er.

»Ja, Vater.«

»Gut, warte einen Augenblick. Ich komme wieder.«

Er ging aus der Ruine hinaus und schritt das ganze große Gebäude ab, auf der Suche nach einem besseren Obdach. Er stieß auf Türen, aber sie waren verschlossen. An allen Fensterkreuzen im Erdgeschoß waren Eisenstangen.

Als er über den inneren Winkel des Hauses hinweg war, bemerkte er, daß er sich Bogenfenstern näherte, und sah einen schwachen Lichtschein. Er stellte sich auf die Fußspitzen und schaute durch eines dieser Fenster. Sie alle ließen einen ziemlich geräumigen, mit breiten Fliesen gepflasterten, von Arkaden und Pfeilern abgeteilten Saal erkennen, in dem man nichts unterschied als den Lichtschein und große Schatten. Das Licht kam von einer in einer Ecke angezündeten Nachtlampe. Der Saal war verödet, nichts lebte darin. Aber als er scharf hinsah, glaubte er, am Boden, auf den Fliesen, liege etwas, was, von einem Bahrtuch überdeckt, menschlichen Umriß habe. Es war auf dem Bauche ausgestreckt, das Gesicht gegen den Stein, die Arme in der Form eines Kreuzes gespannt, in der Starrheit des Todes. Etwas wie eine Schlange wand sich auf dem Pflaster, und es schien, als habe die finstere Gestalt einen Strick um den Hals. Den ganzen Saal überflutete der Nebel kaum erleuchteter Örtlichkeiten, der das Grauen vermehrt.

Seitdem sagte Jean Valjean zu wiederholten Malen, er habe nie, obwohl er in seinem Leben schon sehr viele traurige Schauspiele mit angesehen hatte, etwas erblickt, was das Blut in den Adern mehr erstarren ließ und entsetzlicher war als diese rätselhafte Gestalt, die an dieser düsteren und in der Nacht so undeutlich wahrgenommenen Stätte irgendein unbekanntes Opfer brachte. Allein die Vermutung, sie sei vielleicht tot, war schon schrecklich, wieviel schrecklicher war da noch der Gedanke, sie sei vielleicht lebendig.

Jean Valjean raffte sich auf, preßte seine Stirn an die Scheibe und spähte, ob das, was vielleicht tot war, vielleicht lebte, sich bewege. Eine Zeit hindurch, die ihm lange erschien, harrte er vergebens aus, das hingestreckte Wesen regte sich auch jetzt nicht. Plötzlich fühlte er sich von unsäglichem Entsetzen gepackt und floh. Er lief dem Schuppen zu und wagte nicht, rückwärts zu blicken. Es war ihm, als müsse er, wenn er den Kopf wende, die Gestalt mit großen Schritten hinter sich herkommen und ihm mit den Armen winken sehen.

Keuchend kam er zu der Ruine. Seine Knie wankten. Schweiß troff ihm den Rücken hinab. Wo war er? Wer hätte etwas, was dieser Art von Begräbnis mitten in Paris glich, erdenken können? Was war mit diesem seltsamen Haus? Diesem Haus voll nächtlicher Mysterien, das im Dunkel mit der Stimme der Engel die Seelen rief, und, wenn sie dem Rufe folgten, ihnen jählings diese furchtbare Vision darbot, das ihnen versprach, das strahlende Himmelstor zu öffnen, und das grausige Tor des Grabes auftat? Und es war wirklich ein Gebäude, ein Haus, das in einer Straße eine Nummer hatte. Es war kein Traum. Er mußte die Steine berühren, um es zu glauben.

Die Kälte, die Angst, die Unruhe, die Aufregungen des Abends erzeugten ein wahres Fieber in ihm, und alle diese Ideen stießen einander in seinem Hirn. Er ging an Cosette heran. Sie schlief.

Das Mädchen hatte den Kopf an einen Stein gelegt und schlummerte. Er setzte sich neben sie und begann, sie anzuschauen. Allmählich beruhigte er sich und erlangte seine geistige Freiheit wieder. Klar wurde er dessen inne, was hinfort der Inhalt seines Lebens sein sollte: daß, solange sie um ihn war, er nichts mehr als ihrer bedürfe und er nur noch Furcht haben werde um ihretwillen. Er spürte nicht einmal, daß ihm sehr kalt war, da er seinen Rock ausgezogen hatte, um sie zu bedecken.

Aber durch die Träumerei hindurch, die ihn umfing, hörte er seit einiger Zeit ein eigentümliches Geräusch. Es war, als läute man eine Klingel. Das Geräusch hatte seinen Ursprung im Garten. Man vernahm es deutlich, wenn auch gedämpft. Es glich der leisen, ungewissen Musik, die von den Schellen der Rinder nachts auf der Weide kommt.

Das Geräusch ließ Jean Valjean sich umdrehen. Er blickte auf und sah, daß jemand im Garten war.

Ein einem Mann ähnliches Wesen schritt inmitten der Glasscheiben des Melonenbeetes, erhob sich, bückte sich, hielt an, mit regelmäßigen Bewegungen, als schleppe es etwas am Boden oder breite es aus. Das Wesen schien zu hinken. Jean Valjean erbebte in dem ständigen Zittern der Unglücklichen. Alles ist ihnen feindlich und verdächtig. Sie mißtrauen dem Tag, weil er hilft, sie zu sehen, und der Nacht, weil sie hilft, sie zu überraschen. Soeben schauderte es ihn, weil der Garten verödet war, jetzt schauderte es ihn, weil ein Mensch durch ihn ging.

Er verfiel nach den schimärischen Schrecken wieder den wirklichen. Er sagte sich, daß Javert und seine Spione vielleicht nicht gegangen waren, daß sie ohne Zweifel Späher in der Straße zurückgelassen hatten. Entdeckte der Mensch da ihn in diesem Garten, würde er Alarm schreien und ihn ausliefern. Sacht trug er die schlummernde Cosette auf seinen Armen hinter einen Haufen alter, von niemandem mehr gebrauchter Möbel in den entlegensten Winkel des Schuppens. Cosette rührte sich nicht.

Nun beobachtete er das Benehmen des Mannes im Melonenbeet. Es war bizarr, wie das Geräusch der Klingel alle seine Bewegungen begleitete. Wenn der Mann sich näherte, näherte sich das Geräusch, entfernte er sich, entfernte sich das Geräusch. Machte er eine überhastete Geste, so weckte diese Geste ein Tremolo. Stand er still, wurde das Geräusch stumm. Offenbar war die Klingel an den Mann angebunden. Aber was konnte der Sinn davon sein? Was war das für ein Mensch, an dem eine Schelle hing wie an einem Widder oder einem Ochsen?

Indes er sich danach fragte, erfaßte er die Hände Cosettes. Sie waren eiskalt. »O mein Gott!« sagte er. Er rief leise: »Cosette!«

Sie schlug die Augen nicht auf. Er schüttelte sie heftig. Sie erwachte nicht. »Sollte sie tot sein?« sagte er und richtete sich empor, vom Kopf bis zu den Füßen schlotternd. Die gräßlichsten Ideen fuhren ihm wirr durch den Geist. Manchmal belagern sie uns wie ein Schwarm von Furien und stürmen gewalttätig gegen die Wände unseres Gehirns an. Geht es um die Menschen, die wir lieben, dann ist unsere Klugheit erfinderisch in Tollheiten. Er erinnerte sich, daß der Schlaf in freier Luft in einer kalten Nacht tödlich sein kann.

Cosette war bleich auf der Erde vor ihm niedergefallen, ohne sich zu regen. Er belauschte ihren Atem. Sie atmete, jedoch mit einem Hauch, der, wie ihm schien, zu erlöschen bereit war. Wie sollte er sie erwärmen? Wie sie dahin bringen, daß sie erwachte? Alles andere verblaßte in seinem Denken. Verstört stürzte er aus der Ruine hervor. In weniger als einer Viertelstunde mußte Cosette vor einem Feuer liegen, in einem Bett.

Der Mann mit dem Glöckchen

Er ging gerade auf den Mann zu, den er im Garten sah. In seine Hand nahm er die Geldrolle, die in seiner Westentasche steckte. Der Mann senkte den Kopf und hatte ihn nicht nahen hören. Rasch war Jean Valjean bei ihm.

Er trat an den Mann heran und rief: »Hundert Francs!«

Der Mann fuhr zurück und blickte ihn an.

»Hundert Francs sind zu verdienen«, rief Jean Valjean noch einmal, »wenn Sie mir für diese Nacht Zuflucht gewähren.« Das Mondlicht traf das ratlose Gesicht Jean Valjeans.

»Wie, sind Sie das, Vater Madeleine?« sagte der Mann. Vor diesem Namen, der so ausgesprochen wurde, in dieser dunklen Stunde, an diesem unbekannten Ort durch diesen unbekannten Menschen, wich Jean Valjean zurück. Er hätte alles erwartet, nur das nicht. Der so redete, war ein gebeugter, lahmer Greis, etwa wie ein Bauer gekleidet. Um das linke Knie trug er einen ledernen Riemen, an dem ein ziemlich großes Glöckchen hing. Sein Gesicht das im Schatten blieb, konnte man nicht erkennen.

Aber er hatte seinen Kopf entblößt und rief zitternd: »Ach, mein Gott, wie kommen Sie her, Vater Madeleine? Wie sind Sie hier eingetreten, gütiger Heiland! Sie sind ja wie vom Himmel heruntergefallen! Das tut nichts, wenn Sie je fallen, fallen Sie von dort! Und wie sehen Sie aus! Sie haben keine Krawatte, Sie haben keinen Hut Sie haben keinen Rock! Wissen Sie, daß einer, der Sie nicht kannte, sich vor Ihnen hätte fürchten müssen? Keinen Rock! Herrgott, werden jetzt die Heiligen närrisch? Also wie kommen Sie hier herein?«

Ein Wort wartete das andere nicht ab. Der Alte sprach mit einer ländlichen Zungengeläufigkeit, die in nichts beunruhigend war. Alles brachte er mit einer Mischung von Verblüffung und naiver Gutherzigkeit vor.

»Wer sind Sie? Und was ist das für ein Haus?« fragte Jean Valjean.

»Na, bei Gott, das ist stark!« rief der Greis. »Mir haben Sie Arbeit hier verschafft, und in das Haus haben Sie mich empfohlen. Wie denn, Sie erkennen mich nicht?«

»Nein«, sagte Jean Valjean. »Und wieso kennen Sie mich?«

»Sie haben mir das Leben gerettet«, sagte der Mann. Er drehte sich um, ein Mondstrahl zeichnete sein Profil, und Jean Valjean erkannte den alten Fauchelevent.

»Ah«, sagte er, »Sie sind's? Ja, ich erkenne Sie.«

»Das ist ja ein Glück«, sagte der Alte im Ton eines Vorwurfs.

»Und was tun Sie hier?« erwiderte Jean Valjean.

»Da, ich decke meine Melonen zu.« In der Tat hielt der alte Fauchelevent in dem Moment, als Jean Valjean an ihn herankam, in der Hand ein Ende einer Strohmatte, die über das Melonenbeet zu breiten gerade seine Beschäftigung gewesen war. Er hatte so seit der Stunde, in der er durch den Garten ging, schon eine gewisse Zahl aufgelegt. Diese Verrichtung ließ ihn die besonderen Bewegungen machen, die Jean Valjean von dem Schuppen aus beobachtet hatte. »Ich habe mir gesagt«, fuhr er fort, »der Mond scheint hell. Es ist mit Frost zu rechnen. Soll ich nicht allen meinen Melonen ihren Reitrock mit dem Kragen anziehen? Und«, fuhr er fort, indem er Jean Valjean ansah und derb lachte, »Sie hätten wohl das gleiche machen sollen. Aber wieso sind Sie hier?«

Jean Valjean, der fühlte, daß der Alte ihn wenigstens unter seinem Namen Madeleine kannte, wollte sich der Vorsicht nicht begeben. Er vervielfachte seine Fragen. Seltsam, die Rollen waren vertauscht. Er, der Eindringling, war es, der sich erkundigte. »Und was ist das für ein Glöckchen, das sie da ums Knie tragen?«

»Das hab ich«, antwortete Fauchelevent, »damit man mich meidet.«

»Wie denn? Damit man Sie meidet?«

Der alte Fauchelevent blinzelte merkwürdig. »Verdammt! In dem Haus sind nur Frauen, viele junge Mädchen. Es scheint, es ist für sie gefährlich, mir zu begegnen. Das Glöckchen warnt sie. Wenn ich komme, flüchten sie.«

»Was ist das für ein Haus?«

»Ach, Sie wissen es ganz gut.«

»Aber nein, ich weiß es nicht.«

»Wo Sie mich hier als Gärtner untergebracht haben!«

»Antworten Sie mir, als wüßte ich nichts!«

»Na, es ist doch das Kloster Petit-Picpus!«

Jean Valjean erinnerte sich wieder. Der Zufall oder auch die Vorsehung hatte ihn eben in dieses Kloster des Viertels Saint-Antoine geworfen, in das der alte Fauchelevent, durch den Zusammenbruch seines Karrens verkrüppelt, vor zwei Jahren von ihm empfohlen, aufgenommen worden war. Er wiederholte, als spräche er mit sich selbst: »Das Kloster Petit-Picpus!«

»Aber wie, zum Teufel«, sagte Fauchelevent, »haben Sie es wirklich angestellt, hier hereinzukommen, Sie, Vater Madeleine? Wenn Sie auch ein Heiliger sind, so sind Sie ein Mann, und Männer sind nicht zugelassen.«

»Sie sind doch hier.«

»Ich allein.«

»Und dennoch«, sagte Jean Valjean, »muß ich hier bleiben.«

»Ach, lieber Gott!« rief Fauchelevent.

Jean Valjean näherte sich dem Greis und sagte mit ernster Stimme: »Vater Fauchelevent, ich habe Ihnen das Leben gerettet.«

»Ich habe zuerst daran gedacht«, erwiderte Fauchelevent.

»Nun, Sie können heute für mich tun, was ich einmal für Sie getan habe.«

Fauchelevent nahm die beiden kraftvollen Hände Jean Valjeans in seine alten, verrunzelten und zitternden Hände, und einige Sekunden lang war es, als könne er nicht sprechen. Endlich rief er: »Oh, das wäre ein Segen des lieben Gottes, könnte ich Ihnen das ein wenig vergelten. Ich! Ihnen das Leben retten! Herr Bürgermeister, verfügen Sie über mich alten Mann!«

Eine wunderbare Freude hatte das Gesicht des Greises verwandelt. Es war, als gehe ein Glanz von ihm aus. »Was soll ich tun?« fragte er.

»Das werde ich Ihnen erklären. Sie haben ein Zimmer?«

»Ich habe eine vereinzelte Baracke, dort hinter der Ruine des alten Klosters, in einem Winkel, den niemand sieht. Es sind drei Zimmer drin.«

Die Baracke war in der Tat hinter der Ruine so verborgen und hatte eine den Blicken so entrückte Lage, daß sie auch für Jean Valjean unsichtbar gewesen war. »Gut«, sagte Jean Valjean. »Jetzt habe ich zwei Bitten an Sie.«

»Welche, Herr Bürgermeister?«

»Erstens werden Sie niemandem sagen, was Sie von mir wissen. Zweitens werden Sie nicht mehr über mich zu erfahren suchen.«

»Wie Sie wollen. Ich weiß, daß Sie nur ehrenhaft handeln können und daß Sie immer ein Mann nach dem Sinne des lieben Gottes gewesen sind. Und übrigens haben Sie mich hier angebracht. Das geht nur Sie an. Ich bin der Ihre.«

»Gut. Jetzt kommen Sie mit mir! Wir werden das Kind holen.«

»Ach«, sagte Fauchelevent, »es ist ein Kind da?« Ohne ein weiteres Wort folgte er Jean Valjean, wie ein Hund seinem Herrn folgt.

Kaum eine halbe Stunde später schlief Cosette, die bei der Flamme eines starken Feuers wieder rosig geworden war, in dem Bett des alten Gärtners. Jean Valjean trug wieder seine Krawatte und seinen Rock. Der Hut, den er über die Mauer geschleudert hatte, war aufgefunden und aufgehoben. Fauchelevent hatte seinen Knieriemen mit dem Glöckchen abgestreift, der jetzt, an einen Nagel neben einer Kiepe gehängt, die Wand zierte Die beiden Männer wärmten sich, die Ellbogen auf einem Tisch, auf den Fauchelevent ein Stück Käse, Schwarzbrot, eine Flasche Wein und zwei Gläser gesetzt hatte, und der Alte sagte zu Jean Valjean, indem er ihm die Hand auf das Knie legte: »Ach, Vater Madeleine! Sie haben mich nicht sofort wiedererkannt. Sie retten den Menschen das Leben, und dann vergessen Sie sie. Oh, das ist schlecht von Ihnen! Die andern erinnern sich an Sie! Aber Sie sind undankbar.«

Wo erklärt wird, wie Javert das Nest leer fand

Die Ereignisse, deren Kehrseite wir soeben gleichsam miterleben durften, hatten unter den natürlichsten Umständen stattgefunden.

Als Jean Valjean noch in der Nacht des Tages, an dem Javert nahe dem Sterbebett Fantines ihn verhaftete, dem Stadtgefängnis von Montreuil-sur-Mer entrann, vermutete die Polizei, der entsprungene Sträfling habe sich nach Paris wenden können. Paris ist ein Mahlstrom, in dem sich alles verliert, und alles verschwindet in diesem Nabel der Welt wie im Nabel des Meeres. Kein Wald verhehlt einen Menschen wie die Masse der großen Stadt. Die Flüchtlinge jeder Art wissen es. Sie gehen nach Paris wie in einen Abgrund, der sie verschlingt; und es gibt Abgründe, die retten. Auch die Polizei weiß das, und in Paris fahndet sie nach dem, was sie anderswo verloren hat. Hier suchte sie den Exbürgermeister von Montreuil-sur-Mer. Javert wurde nach Paris berufen, um die Nachforschungen aufzuhellen. Er leistete wirklich tüchtige Hilfe bei der Wiederverhaftung Jean Valjeans. Der Eifer und die Intelligenz, die er bei dieser Gelegenheit bewies, fielen Herrn Chabouillet auf, dem Sekretär der Präfektur unter dem Grafen Anglès. Herr Chabouillet, der Javert schon protegiert hatte, ließ den Inspektor von Montreuil-sur-Mer von der Pariser Polizei übernehmen. Hier machte Javert sich zu verschiedenen Malen und, sagen wir es nur, obgleich das Wort bei solchen Diensten unerwartet scheinen mag, ehrenvoll nützlich.

Er dachte nicht mehr an Jean Valjean. Jagdhunde vergessen über dem Wolf von heute den Wolf von gestern. Da, im Dezember 1823, las er eine Zeitung, er, der nie Zeitungen las; aber Javert, ein Monarchist, hatte Genaues über den triumphalen Einzug des »Prinzen-Generalissimus« in Bayonne erfahren wollen. Als er gerade mit dem Artikel, der ihn interessierte, fertig war, wurde er auf einen Namen am unteren Rand einer Seite aufmerksam, den Namen Jean Valjean. Das Blatt meldete, der Sträfling Jean Valjean sei tot, und veröffentlichte das Geheimnis in so bestimmten Wendungen, daß Javert nicht zweifelte. Er beschränkte sich darauf, zu sagen: »Aus der Liste gestrichen.« Dann warf er die Zeitung fort und dachte nicht mehr daran.

Einige Zeit danach traf es sich, daß die Präfektur von Seine-et-Oise an die Präfektur von Paris eine Polizeinotiz über die Entführung eines Kindes schickte. Sie habe sich, so hieß es, unter seltsamen Umständen in der Gemeinde Montfermeil ereignet. Ein kleines Mädchen von sieben bis acht Jahren, das die Mutter einem Herbergswirt der Gegend anvertraut habe, sei von einem Unbekannten gestohlen worden. Die Kleine höre auf den Namen Cosette und sei das Kind eines Mädchens namens Fantine, das in einem Spital, man wisse nicht wann und wo, gestorben sei. Diese Notiz kam Javert vor Augen, und er wurde nachdenklich.

Der Name Fantine war ihm wohlbekannt. Er erinnerte sich, daß er Jean Valjean verhöhnt hatte, als der ihn um einen Aufschub von drei Tagen bat, um das Kind dieser Kreatur zu holen. Er wußte noch, daß Jean Valjean in Paris gefaßt worden war, als er gerade in den Wagen nach Montfermeil stieg. Etliche Anzeichen hatten sogar darauf hingewiesen, daß er zum zweitenmal diesen Wagen bestieg und daß er schon am Tage vorher einen ersten Ausflug in die Umgebung dieses Dorfes gemacht hatte, denn im Dorfe selbst hatte, man ihn nicht gesehen. Was bezweckte er in dieser Gegend von Montfermeil? Man hatte es nicht ergründen können. Javert begriff es jetzt. Die Tochter Fantines war dort. Jean Valjean wollte sie abholen. Nun war dieses Kind von einem Unbekannten gestohlen worden. Wer konnte dieser Unbekannte sein? Etwa Jean Valjean? Aber Jean Valjean war tot. Javert nahm, ohne mit irgend jemandem darüber zu sprechen, den Wagen, der vor der »Zinnernen Schüssel« hielt, an der Sackgasse der Planchette, und reiste nach Montfermeil.

Er erwartete, dort Aufklärung zu finden; er fand eine große Dunkelheit. In den ersten Tagen hatten die verärgerten Thénardiers geplaudert. Das Verschwinden der Lerche hatte im Dorf Gerüchte erzeugt. Sogleich verbreiteten sich mehrere Spielarten der Geschichte, aus der zuletzt ein Kindesraub wurde. Daher die Polizeinotiz. Aber nachdem der erste Unmut verraucht war, hatte Thénardier mit seiner bewundernswerten Witterung sehr schnell durchschaut, daß es nie vorteilhaft ist, den Herrn Königlichen Staatsanwalt zu erregen, und daß seine Klagen über die Entführung Cosettes zunächst das Resultat haben würden, auf ihn, Thénardier, und viele seiner trüben Geschäfte das funkelnde Auge der Justiz zu lenken. Eines vor allem wünschen die Eulen nicht: daß man ihnen eine Kerze bringt. Und wie sollte er sich wegen der fünfzehnhundert Francs herausreden, die er empfangen hatte? Kurz entschlossen, befahl er seiner Frau zu schweigen und gebärdete sich erstaunt, wenn man zu ihm von dem »gestohlenen Kind« sprach. Das war für ihn unverständlich. Er hatte sich doch nur beklagt, daß man ihm die teure Kleine so rasch wieder nahm, er hätte sie aus Zärtlichkeit noch zwei oder drei Tage behalten. Aber es war ihr Großvater, der sie auf die natürlichste Weise der Welt heimgeholt hatte. Den Großvater hatte er hinzugefügt, was sich gut anhörte. So lautete die Geschichte, die Javert auffing, als er nach Montfermeil kam. Der Großvater löste Jean Valjean in ein Nichts auf.

Dennoch senkte Javert einige Fragen wie Sonden in die Geschichte Thénardiers. Was war mit diesem Großvater, und wie hieß er? Thénardier antwortete in Einfalt: »Er ist ein reicher Landwirt. Ich habe seinen Paß gesehen. Ich glaube, er heißt Guillaume Lambert.« Lambert ist ein biederer und sehr beruhigender Name. Javert kehrte nach Paris zurück. Jean Valjean ist sicher tot, sagte er sich, und ich bin ein Gimpel.

Er begann die Geschichte wieder zu vergessen, als er im Laufe des März 1824 von einer wunderlichen Person hörte, die in der Pfarrgemeinde Saint-Médard wohnte und die dort der Almosen verschenkende Bettler hieß. Es war, so sagte man, ein Rentner, dessen Namen man nicht richtig kannte und der allein mit einem achtjährigen Mädchen lebte. Das Kind selbst wußte gar nichts über sich, als daß es von Montfermeil kam. Montfermeil! Der Name kehrte immer wieder und ließ Javert aufhorchen. Ein alter Bettler, der zugleich Spitzel war, ein ehemaliger Küster, dem jene Person Wohltätigkeit erwies, gab noch ein paar Einzelheiten hinzu. Der Rentner war sehr ungesellig, ging nur abends aus, sprach mit keinem Menschen als bisweilen mit den Armen und wich jeder Berührung aus. Er trug einen schrecklich alten, gelben Rock, der einige Millionen wert war, da überall Banknoten in ihn eingenäht waren. Das stachelte Javerts Neugier heftig an. Um diesen phantastischen Rentner von nahem zu sehen, ohne ihn zu verscheuchen, lieh er sich eines Tages von dem Küster dessen schmutzige Kleider und den Platz, an dem der alte Spitzel jeden Abend kauerte, Gebete näselte und durch sie hindurch der Spionage oblag.

Das »verdächtige Individuum« kam wirklich an den so

vermummten Javert heran und reichte ihm ein Almosen. In diesem Moment hob Javert den Kopf, und dieselbe Erschütterung, die Jean Valjean empfand, als er Javert zu erkennen glaubte, empfand Javert, als er glaubte, er erkenne Jean Valjean. Aber vielleicht hatte die Dunkelheit ihn getäuscht. Der Tod Jean Valjeans war offiziell gemeldet. Für Javert blieben ernste Zweifel; und im Zweifel zog Javert, der Mann der Gewissensbedenken, niemandem den Kragen zu.

Er ging seinem Mann bis zum Hause Gorbeau nach und brachte die Alte, was nicht schwierig war, zum Reden. Sie bestätigte die Sache mit dem Rock, in dessen Futter Millionen staken, und erzählte ihm die Episode mit der Tausendfrancsnote. Sie hatte den Rock gesehen, sie hatte ihre Hand darin gehabt. Javert quartierte sich bei ihr ein. Noch an diesem Abend war er Insasse des Zimmers. Er horchte an der Tür des mysteriösen Mieters, um auf den Klang seiner Stimme zu lauern, aber Jean Valjean entdeckte das Licht von Javerts' Kerze durch das Schlüsselloch und vereitelte den Anschlag des Spions, indem er schwieg.

Am nächsten Tag brach Jean Valjean sein Lager ab. Jedoch das Geräusch des Fünffrancsstücks, das auf den Boden fiel, wurde von der Alten gehört. Da sie Geld klimpern hörte, dachte sie, der Mieter verlasse das Haus, und schleunigst teilte sie es Javert mit. In der Nacht, als Jean Valjean den Boulevard betrat, wartete Javert mit zwei Männern hinter den Bäumen.

Javert hatte von der Präfektur bewaffnete Hilfe gefordert, aber den Namen des Individuums, das er zu ergreifen hoffte, nicht genannt. Das war sein Geheimnis, und er hatte es aus drei Erwägungen heraus bewahrt. Erstens, weil die geringste Indiskretion ein warnender Wink für Jean Valjean sein konnte. Dann, weil die Verhaftung eines alten, entflohenen und für tot geltenden Sträflings, eines Verurteilten, den die Justizprotokolle auf immer der Klasse der gefährlichsten Verbrecher zugerechnet hatten, ein großartiger Erfolg war, den die Elite der Pariser Polizei sicher einem Neuen wie Javert nicht gönnen würde, und weil er fürchtete, man werde ihn um seinen Galeerensträfling prellen, endlich, weil Javert als Künstler der

Überraschung Gefallen am Unvorhergesehenen fand. Er haßte angekündigte Erfolge, deren Reiz man zerstört, indem man lange vorher über sie spricht. Er beharrte dabei, seine Meisterwerke im Schatten auszuarbeiten und sodann jählings zu entschleiern.

Javert war Jean Valjean von Baum zu Baum nachgeschlichen, dann von Straßenecke zu Straßenecke und hatte ihn keine einzige Minute lang aus dem Gesichtskreis verloren. Auch in den Augenblicken, in denen Jean Valjean sich in größter Sicherheit glaubte, lag Javerts Auge auf ihm.

Warum nahm Javert Jean Valjean nicht fest? Weil er noch immer zweifelte. Man muß sich erinnern, daß der Polizei damals nicht wohl zumute war. Die freie Presse genierte sie. Einige willkürliche Verhaftungen, mit denen die Zeitungen die Öffentlichkeit beschäftigt hatten, fanden bis in die Kammer Widerhall, und so war die Polizeipräfektur eingeschüchtert. Die individuelle Freiheit anzutasten war ein schweres Vergehen. Die Polizisten hatten Angst vor einem Irrtum. Der Präfekt machte sie verantwortlich. Ein Irrtum bedeutete die Absetzung. Unausdenkbar die Wirkung in Paris, wenn zwanzig Blätter die kurze Notiz gedruckt hätten: »Gestern ist ein alter weißhaariger Großvater, ein achtungswürdiger Rentner, der mit seiner achtjährigen Enkelin spazierenging, verhaftet und als entsprungener Sträfling in das Depot der Polizeipräfektur eingeliefert worden.«

Es sei noch wiederholt, daß Javert seine eigenen Skrupel hatte. Der Rat, den sein Gewissen ihm gab, verstärkte noch die Mahnungen des Präfekten. Er zweifelte ernstlich.

Jean Valjean zeigte ihm den Rücken und entwich in das Dunkel. Traurigkeit, Unruhe, Sorge, Bedrückung, das neue Mißgeschick, daß er sich genötigt sah, in der Nacht zu fliehen und in Paris für Cosette und sich ein Zufallsasyl zu suchen, der Zwang, seinen Schritt dem eines Kindes anzugleichen, all das hatte, auch ohne daß er es wußte, die Haltung Jean Valjeans verändert und ihr eine solche Greisenhaftigkeit aufgeprägt, daß sogar die in Javert verkörperte Polizei sich täuschen konnte und sich täuschte. Die Unmöglichkeit, sich ihm ganz zu nähern, seine Tracht, die die eines alten emigrierten Hauslehrers war, die Erklärung Thénardiers, die ihn zum Großvater machte, und zuletzt die Meldung über seinen Tod im Bagno mehrten das Schwanken noch, das sich in Javerts Geist verdichtete.

Einen Augenblick hatte er die Idee, ihm schroff seine Papiere abzufordern. Jedoch wenn dieser Mann nicht Jean Valjean und nicht ein guter alter Rentner war, dann handelte es sich wahrscheinlich um irgendeinen Gauner, der seine Hände tief und wissend in dem dunklen Gewerbe der Verbrechen von Paris hatte, einen bedrohlichen Bandenhäuptling, der Almosen gab, um seine anderen Talente zu verbergen, von altbekannter Art. Er hatte Spießgesellen, Komplizen, Wohnungen, in denen er Unterschlupf fand, wenn er sie brauchte. Alle diese Umwege, die er in den Straßen machte, schienen ein Beweis, daß er kein harmloser Bürger war. Ihn vorschnell verhaften hieß »das Huhn mit den goldenen Eiern töten«. Was schadete es, wenn Javert wartete? Daß der Mann noch entrinnen werde, war ausgeschlossen.

So ging Javert bestürzt hinter ihm her, indem er sich hundert Fragen über diese rätselhafte Persönlichkeit stellte. Erst ziemlich spät, in der Rue de Pontoise, erkannte er in dem grellen Licht, das eine Schenke warf, mit Bestimmtheit Jean Valjean.

Auf dieser Welt erbeben zwei Wesen im Innersten, die Mutter, die ihr Kind, und der Tiger, der seine Beute wiederfindet. Javert erbebte so im Innersten.

Als er nun Jean Valjean, den furchtbaren Sträfling, sicher erkannt hatte, bemerkte er, daß sie nur drei waren. Er ließ den Polizeikommissar in der Rue de Pontoise sofort um Verstärkung bitten.

Bevor man einen Knüppel voller Dornen in die Hand nimmt, streift man Handschuhe über. Dieser Zeitverlust und die Besprechung mit seinen Leuten an der Straßenkreuzung vor dem jetzigen Collège Rollin hätten ihn fast um die Spur betrogen. Rasch indes hatte er gemerkt, daß Jean Valjean zwischen seine Jäger und sich den Fluß bringen wollte. Javert senkte den Kopf wie ein Jagdbund, der mit der Nase über den Boden streicht, um die Fährte zu haben, und sann nach.

Mit seiner großen Instinktsicherheit ging er gerade auf die Austerlitzbrücke zu. Durch ein Wort an den Mautner verschaffte er sich Bescheid: »Haben Sie einen Mann mit einem kleinen Mädchen gesehen?« – »Ich habe ihn zwei Sous zahlen lassen«, erwiderte der Mautner. Javert kam zur rechten Zeit auf die Brücke, um zu sehen, wie Jean Valjean mit Cosette an der Hand jenseits des Wassers den vom Mond erhellten Raum durchschritt. Er sah, wie er die Rue du Chemin-Vert-Saint-Antoine betrat, und er dachte an die Sackgasse Genrot, die sich da wie eine Falltür öffnete, und an den einzigen Ausgang der Rue Droit-Mur nach der Petite Rue Picpus. Er sicherte, wie es in der Sprache des Weidmanns heißt, das Vorfeld. Eilends schickte er einen seiner Polizisten auf einem Umweg ab, diesen Ausgang zu bewachen. Als eine Patrouille, die in die Wache am Arsenal zurückmarschierte, vorüberkam, beanspruchte er ihre Unterstützung und ließ sich von ihr begleiten. Bei solchen Kartenpartien sind Soldaten Trumpf. Im übrigen lehrt die Erfahrung, daß man, um einen Keiler zu erledigen, alle Künste der Hatz und viele Hunde einsetzen muß. Als er diese Anordnungen getroffen hatte und fühlte, daß Jean Valjean zwischen der Sackgasse Genrot von rechts, seinem Polizisten von links und ihm, Javert, von hinten gefaßt war, schnupfte er eine Prise Tabak.

Dann begann er das Spiel. Er hatte einen höllischen Einfall. Er ließ seinen Mann weitergehen, in dem Bewußtsein, daß er ihn festhielt, aber mit dem Wunsch, den Moment der Verhaftung tunlichst noch zu verzögern. Beglückt, ihn gefangen zu fühlen und frei zu sehen, blickte er ihn zärtlich mit der Wollust der Spinne an, die die Fliege flattern, und der Katze, die die Maus laufen läßt.

Die Kralle und die Klaue kennen eine scheußliche Sinnlichkeit. Das ist die ziellose Bewegung des Tieres, das sie gepackt halten. Was für eine Wonne bereitet dieses Würgen!

Die Maschen seines Netzes waren gespannt. Genießerisch kostete er seinen Erfolg im voraus. Er mußte nur zuziehen. Bei der Mannschaft, die er um sich hatte, war sogar der Gedanke an Widerstand unmöglich, so energisch, so kräftig, so verzweifelt Jean Valjean auch war.

Javert ging langsam vorwärts, und dabei untersuchte und durchstöberte er alle Winkel der Straße wie die Taschen eines Gauners. Als er zur Mitte des Netzes kam, fand er die Fliege nicht mehr. Man kann seinen Ingrimm ermessen.

Er befragte seine Schildwache an den Straßen Droit-Mur und Picpus. Der Polizist war, ohne sich zu rühren, auf seinem Posten geblieben und hatte den Mann nicht vorbeikommen sehen.

Es geschieht mitunter, daß ein Hirsch entkommt, obwohl er die Meute am Hals hat, und dann wissen die erfahrensten Jäger nicht mehr, was sie sagen sollen. Duvivier, Ligniville und Desprez verschlägt es die Sprache. Bei einem Mißgeschick dieser Art schrie Artonge: »Das ist kein Hirsch, das ist ein Hexer.« Javert hätte gern den gleichen Schrei ausgestoßen.

Er raste vor Enttäuschung.

Fest steht, daß Napoleon im Krieg gegen Rußland, Alexander im Krieg gegen Indien, Cäsar im Afrikanischen Krieg, Kyros im Krieg gegen Skythien Fehler begingen und auch Javert bei diesem Feldzug gegen Jean Valjean Fehler unterliefen. Er hatte wohl unrecht mit seinen Bedenken, den ehemaligen Galeerensträfling anzusprechen. Der erste Blick hätte ihm genügen müssen. Er hatte unrecht, als er ihn in der Baracke nicht ganz einfach festnahm. Er hatte unrecht, ihn nicht zu verhaften, als er ihn sicher in der Rue de Pontoise erkannte. Er hatte unrecht, sich mit seinen Helfern im hellen Mondschein an der Kreuzung vor dem Collège Rollin zu besprechen. Gewiß, Meinungen sind nützlich, und es ist gut, die Ansichten zuverlässiger Hunde kennenzulernen und zu erfragen. Aber der Jäger darf nicht allzu vorsichtig sein, wenn er rastlose Tiere wie den Wolf und den Sträfling jagt. Javert, der sich zu viele Gedanken machte, die Spürhunde auf die Fährte anzusetzen, schreckte das Tier auf, ließ es den Streich wittern und sich davonstehlen. Vor allen Dingen hatte er unrecht, daß er, nachdem er die Spur auf der Austerlitzbrücke wiedergefunden hatte, dieses fürchterliche und kindische Spiel trieb, einen solchen Mann an einem dünnen Faden zu halten. Er schätzte sich stärker ein, als er war, und glaubte, mit einem Löwen wie die Katze mit der Maus spielen zu können. Gleichzeitig hielt er sich für so schwach, daß er es für nötig erachtete, Verstärkung heranzuholen. Verhängnisvolle Vorsicht, kostbare Zeit ging verloren. Javert ließ sich alle diese Fehler zuschulden kommen und gehörte trotzdem zu den gewiegtesten und mustergültigsten Polizeispitzeln, die es je gegeben hat. Er war im wahrsten Sinne des Wortes, was im Weidwerk ein gehorsamer Hund heißt. Doch wer ist schon vollkommen?

Auch die großen Strategen haben ihre dunklen Momente.

Große Dummheiten bestehen oft, wie dicke Seile, aus einer Vielzahl von Fädchen. Nehmt das Tau Faden für Faden, nehmt alle ausschlaggebenden und doch unbedeutenden Beweggründe für sich, ihr zerreißt sie nacheinander und fragt: »Mehr gehört nicht dazu?« Spinnt und dreht sie zusammen, und das nimmt ungeheure Ausmaße an. Das wird Attila, der zwischen Marcian im Osten und Valentinian im Westen schwankt. Das wird Hannibal, der in Capua verweilt. Das wird Danton, der in Arcis-sur-Aube einschläft.

Wie dem auch sei, als Javert merkte, daß Jean Valjean ihm entwischte, verlor er keineswegs den Kopf. Für ihn stand fest, daß der Sträfling, der sich der Polizeiaufsicht entzogen hatte, nicht sehr weit sein konnte, und so stellte er Wachen auf, organisierte Fallen und Hinterhalte und rannte die ganze Nacht über das Viertel ab. Das erste, was er sah, war, daß das Seil der Laterne zerschnitten war. Ein wichtiges Indiz, das ihn aber beirrte und all seine Nachforschungen auf die Sackgasse Genrot ablenkte. In dieser Sackgasse liegen ziemlich niedrige Mauern an Gärten, deren äußerer Rand an große, unbebaute Ländereien grenzt. Jean Valjean konnte, so schien es, nur durch sie entflohen sein. Das hätte er wohl tatsächlich getan, wenn er etwas weiter in die Sackgasse Genrot vorgedrungen wäre, und es wäre sein Untergang gewesen.

Javert durchstöberte die Gärten und Ländereien, als ob er eine Nadel gesucht hätte.

In der Morgendämmerung ließ er zwei fähige Leute zur Beobachtung da und begab sich in die Präfektur, beschämt wie ein von einem Dieb übertölpelter Spitzel.

SECHSTES BUCH

DAS PETIT-PICPUS

Petite Rue Picpus, Nummer 62

Nichts glich vor einem halben Jahrhundert dem ersten besten Torweg mehr als der Torweg der Nummer 62 der Petite Rue Picpus. Meist sehr entgegenkommend geöffnet, ließ er zwei Dinge sehen, die durchaus nicht an den Tod mahnten: einen von Mauern, die Weinstöcke dicht überwucherten, umgebenen Hof und das Gesicht eines müßigen Portiers. Über die Mauer im Hintergrund bemerkte man große Bäume. Wenn ein Sonnenstrahl den Hof oder ein Glas Wein den Portier aufheiterte, war es schwer, an der Nummer 62 der Petite Rue Picpus vorbeizugehen, ohne ein lachendes Bild im Gedächtnis zu behalten. Und dennoch hatte man einen düsteren Ort erblickt.

Die Schwelle lächelte. Das Haus betete und trauerte.

Wenn man über den Portier hinauskam, was nicht leicht war – es war sogar für fast alle unmöglich, denn es gab ein »Sesam, öffne dich«, das man wissen mußte –, wenn man dann zur Rechten in ein Vestibül trat, in das eine Treppe mündete, zwischen zwei Mauern eingezwängt und so schmal, daß nur je eine Person sie beschreiten konnte; wenn man sich nicht durch die kanariengelbe Tünche mit schokoladenbraunem unterem Rand abschrecken ließ, womit die Treppe bestrichen war; wenn man das Abenteuer unternahm hinaufzusteigen, gelangte man über einen ersten Podest und einen zweiten im Oberstock in einen Korridor, wohin die gelbe Wasserfarbe und das Schokoladenbraun des Gesimses den Besucher mit friedlicher Beharrlichkeit verfolgten. Treppe und Korridor waren durch zwei schöne Fenster erhellt. Der Korridor machte eine Biegung und wurde dunkel. Umschiffte man dieses Kap, so erreichte man nach wenigen Schritten eine Tür, die um so geheimnisvoller erschien, als sie nicht verschlossen war. Man stieß sie auf und sah sich in einem kleinen Zimmer von etwa sechs Quadratfuß, mit Steinfliesen ausgelegt, gewaschen, sauber, kalt und mit grüngeblümter Nankingtapete, zu fünfzehn Sous die Rolle. Weißes, abgeschwächtes Tageslicht drang durch ein großes Fenster mit kleinen Scheiben, das links lag und die ganze Breite des Zimmers einnahm. Man schaute und erblickte niemanden. Man lauschte und hörte weder einen Schritt noch ein Gemurmel. Die Wand war kahl, das Zimmer unmöbliert, ohne einen einzigen Stuhl.

Man blickte genauer hin und sah an der Wand, der Tür gegenüber, ein viereckiges Loch von etwa einem Quadratfuß. Es hatte ein Eisengitter mit gekreuzten, knorrig wirkenden und stabilen schwarzen Stäben, die sich zu Karos aufeinanderlegten, fast hätte ich gesagt zu Kettengliedern, von weniger als anderthalb Zoll in der Diagonale. Die grünen Blümchen der gelben Nankingtapete reihten sich in Ruhe und Ordnung bis dicht vor diesen Eisenstäben auf, ohne daß diese finstere Nähe sie erschreckte und verwirrte. Auch ein lebendes Wesen von so erstaunlicher Magerkeit, daß es hätte wagen können, durch dieses viereckige Loch hinein- oder herauszuschlüpfen, hätte in diesem Gitter ein Hindernis gefunden. Es war eine Sperre für den Körper, aber nicht für die Augen, also den Geist. Es schien, als hätte man das bedacht, denn man hatte das Gitter mit einer Platte aus Weißblech beschlagen, die etwas weiter zurück in die Mauer eingefügt und von tausend Löchern, kleiner als die Pünktchen im Metall eines Schaumlöffels, zerstochen war. Unter dieser Platte war eine Luke angebracht, ganz wie die Klappe eines Briefkastens. Eine an eine Klingelleitung geheftete Zwirnschnur hing rechts von dem vergitterten Loch herab.

Wenn man diese Schnur bewegte, hallte ein Glöckchen, und man hörte unmittelbar neben sich eine Stimme, vor der man erzitterte. »Wer ist da?« fragte sie. Es war eine sanfte Frauenstimme, so sanft, daß Traurigkeit von ihr ausging.

Auch hier gab es ein magisches Wort, in dessen Besitz man

sein mußte. Kannte man es nicht, so schwieg die Stimme, und die Mauer wurde wieder stumm, als wäre auf der anderen Seite die verstörte Dunkelheit des Grabes. Kannte man das Wort, so sagte die Stimme: »Gehen Sie rechts hinein!«

Man sah dann zur Rechten, dem Fenster gegenüber, eine Glastür, überragt von einem verglasten Rahmen und grau angemalt. Man faßte die Klinke, man ging durch die Tür und hatte den gleichen Eindruck, wie wenn man im Schauspielhaus in eine vergitterte Parterreloge tritt, bevor das Gitter herabgelassen und der Lüster angesteckt ist. Man war tatsächlich in einer Art Theaterloge, kaum durch das unklare Licht von der Glastür erleuchtet, eng, mit zwei alten Stühlen und einer völlig zerfransten Strohmatte ausgestattet, einer richtigen Loge mit ihrem Vorderbau in Brusthöhe, der ein schwarzes Holztischchen trug. Vergittert war sie, nur hatte sie kein Gitter von vergoldetem Holz wie in der Oper, sondern ein ungeheuerliches Eisengitter aus schrecklich verhakten und durch enorme Kittklumpen, die geballten Fäusten ähnlich waren, an der Mauer befestigten Stäben.

Wenn das Auge sich nach den ersten Minuten an diese Kellerdämmerung zu gewöhnen begann, versuchte es über das Gitter hinauszudringen, aber das gelang ihm nur bis zu einer Entfernung von sechs Zoll. Hier gewahrte es eine Barriere von schwarzen, mit pfefferkuchenfarbenen Querbalken gesicherten Läden. Sie hatten, in lange, dünne Bretter geteilt, gewissermaßen Knochengelenke und verkleideten die ganze Länge des Gitters. Immer waren sie zu. Alsbald hörte man hinter diesen Läden hervor den Anruf einer Stimme: »Ich bin da. Was wollen Sie?« Einer geliebten Stimme, manchmal einer vergötterten. Man sah niemanden und hörte kaum einen Atemhauch. Es war, als rede ein überirdisches Wesen, aus der Ewigkeit beschworen, durch die Wand des Grabes.

Wenn man gewissen vorgeschriebenen, selten erfüllten Bedingungen entsprach, öffnete sich vor einem der enge Streifen eines der Läden, und aus der Beschwörung wurde eine Erscheinung. Hinter dem Gitter, hinter dem Laden gewahrte man, soweit das Gitter es zuließ, einen Kopf, von dem man nur Mund und Kinn sah. Das andere war von einem schwarzen Schleier verhüllt. Nur undeutlich hoben sich ein schwarzes Brusttuch hervor und kaum zu unterscheidende, von einem schwarzen Bahrtuch verborgene Formen. Der Kopf redete mit dem Besucher, aber er sah ihn nicht an und lächelte ihm nie zu. Das Tageslicht, das dem Eintretenden nachkam, war so abgefangen, daß er den Kopf weiß sah und selbst von Schwarz zugedeckt war. Dieses Weiß-Schwarz war ein Symbol.

Indessen tauchten die Augen gierig durch die Luke, die sich an dieser allen Blicken verschlossenen Örtlichkeit geöffnet hatte. Eine verschwimmende Tiefe lag um die Gestalt in ihrer Trauergewandung. Die Augen wühlten sich in diese Tiefe hinein und bemühten sich zu erkennen, was die Erscheinung umgab. Nach sehr kurzer Zeit wurde man inne, daß man nichts sehen konnte. Man sah nur die Nacht, die Leere, die Finsternis, einen winterlichen Nebel, der mit Grabesdunst vermischt war, einen erschreckenden Frieden, ein Schweigen, in dem die Sinne nichts aufnahmen, nicht einmal Seufzer, einen Schatten, in dem nichts unterscheidbar war, nicht einmal Gespenster.

Man sah das Innere eines Klosters. Das Innere des düsteren und strengen Hauses, das »Kloster der Bernhardinerinnen zur Immerwährenden Anbetung« genannt wurde. Die Loge, vor der man wartete, war der Sprechraum. Jene Stimme, die zuerst gefragt hatte, war die Stimme der Türmerin, der Pförtnerin. Stets saß sie, unbeweglich und stumm, auf der anderen Seite der Mauer, nahe der viereckigen Öffnung, die das Eisengitter und die tausendfach durchlöcherte Blechplatte wie ein doppeltes Visier schützten.

Das Dunkel, in dem die vergitterte Loge versank, entstand dadurch, daß der Sprechraum, der ein Fenster nach der Welt zu hatte, nach dem Kloster zu fensterlos war. Weltliche Augen durften von diesem geheiligten Ort nichts sehen. Und dennoch war etwas jenseits dieses Schattens, ein Licht war da. Ein Leben in diesem Tod. Obgleich dieses Kloster so vermauert war wie keines, wollen wir einzudringen versuchen, wollen wir den Leser eindringen lassen und mit der gebotenen Zurückhaltung von Dingen berichten, die nie ein Erzähler zu Gesicht bekomnen und folglich nie beschrieben hat.

Die Obedienz des Martin Verga

Das Kloster, das 1824 in der Petite Rue Picpus schon seit vielen Jahren existierte, war eine Gemeinschaft von Bernhardinerinnen, die der Obedienz des Martin Verga unterstanden.

Infolgedessen gehörten diese Bernhardinerinnen nicht zu Clairvaux wie die Bernhardiner, sondern zu Cîteaux wie die Benediktiner. Mit andern Worten, sie waren nicht dem heiligen Bernhard, sondern dem heiligen Benedikt verpflichtet.

Wer ein wenig Folianten gewälzt hat, weiß, daß Martin Verga 1425 eine Kongregation von Bernhardinischen Benediktinerinnen mit dem Hauptsitz in Salamanca und einer Niederlassung in Alcalá begründete. Diese Kongregation verzweigte sich in alle katholischen Länder Europas.

Das Aufpfropfen eines Ordens auf einen anderen ist in der lateinischen Kirche nicht ungewöhnlich. Nimmt man nur einmal den Orden des heiligen Benedikt, von dem hier die Rede ist, so gehören, die Obedienz des Martin Verga nicht mitgerechnet, zu diesem Orden vier Kongregationen: zwei in Italien, Monte Cassino und Santa Justina in Padua, und zwei in Frankreich, die Cluniazenser und die Mauriner. Außerdem neun weitere Orden: die Vallombrosaner, die Grammontenser, die Cölestiner, die Kamaldulenser, die Kartäuser, die Humiliaten, die Olivetaner, die Silvestriner und schließlich die Zisterzienser, denn die Zisterzienser selbst, ein Stamm für andere Orden, sind nur ein Ableger für den heiligen Benedikt. Die Zisterzienser gehen auf den heiligen Robert zurück, der im Jahre 1098 Abt von Molesmes in der Diözese Langres war. 529 vertrieb nun aber der damals siebzehnjährige heilige Benedikt den Teufel, der sich in die Einöde von Subiaco geflüchtet hatte (er war hoch an Jahren, war er gar Einsiedler geworden?), aus einem uralten Apollontempel.

Nach der Regel der Karmeliterinnen, die barfuß gehen,

einen Kragen von Korbweide tragen und sich nicht setzen, ist die Regel der Bernhardinischen Benediktinerinnen von Martin Verga am härtesten. Sie sind schwarz gekleidet, mit einem Brusttuch, das nach der ausdrücklichen Vorschrift des heiligen Benedikt bis zum Kinn reicht. Ein Gewand von Köper mit breiten Ärmeln, ein großer Wollschleier, das Brusttuch, das, bis zum Kinn reichend, am Busen viereckig geschnitten ist, die Stirnbinde, die sich bis zu den Augen hinabsenkt, das ist ihre Tracht. Alles ist schwarz, außer der Stirnbinde, die weiß ist. Die Novizinnen tragen das gleiche Gewand, nur ganz in Weiß. Die Professen haben überdies einen Rosenkranz an der Seite.

Die Bernhardinischen Benediktinerinnen des Martin Verga praktizieren die Immerwährende Anbetung, wie die Benediktinerinnen, die Frauen vom Heiligen Sakrament genannt werden und die zu Beginn dieses Jahrhunderts in Paris zwei Häuser besaßen, das eine im Temple und das andere in der Rue Neuve-Sainte-Geneviève. Übrigens waren die Bernhardinischen Benediktinerinnen vom Petit-Picpus, von denen hier die Rede ist, ein ganz anderer Orden als die Frauen vom Heiligen Sakrament in der Rue Neuve-Sainte-Geneviève und im Temple. Zahlreiche Unterschiede bestanden zwischen den Regeln und den Trachten. Die Bernhardinischen Benediktinerinnen vom Petit-Picpus trugen ein schwarzes Brusttuch, die Benediktinerinnen vom Heiligen Sakrament in der Rue Neuve-Sainte-Geneviève ein weißes und obendrein ein etwa drei Zoll langes Heiliges Sakrament aus feuervergoldetem Silber oder goldplattiertem Kupferblech auf der Brust. Die Nonnen vom Petit-Picpus legten sich dieses Heilige Sakrament nicht um.

Auch in der Immerwährenden Anbetung, die dem Haus vom Petit-Picpus und dem im Temple gemeinsam ist, weichen beide Orden stark voneinander ab. Diese Übung ähnelte sich bei den Frauen vom Heiligen Sakrament und den Bernhardinerinnen des Martin Verga lediglich insoweit, als sich hinsichtlich des Studiums und der Verherrlichung aller Mysterien in Kindheit, Leben und Sterben Jesu Christi und der Mutter Gottes zwei sehr unterschiedliche und gelegentlich miteinander verfeindete Orden ähnlich waren, nämlich das Oratorium in Italien, das Filippo Neri in Florenz, und das französische Oratorium, das Pierre de Bérulle in Paris gegründet hatte. Die Pariser Oratorianer beanspruchten den Vorrang für sich, denn Filippo Neri war nur ein Heiliger, Bérulle dagegen ein Kardinal.

Kehren wir zur strengen Regel des Martin Verga zurück.

Die Bernhardinischen Benediktinerinnen essen das ganze Jahr sehr einfach, hungern in der Fastenwoche und an vielen anderen Tagen, nach ihrer besonderen Satzung, erheben sich in ihrem ersten Schlummer von ein Uhr morgens bis drei Uhr, um das Brevier zu lesen und in der Mette zu singen, schlafen in Tüchern von Köper zu jeder Jahreszeit und auf Stroh, nehmen keine Bäder, zünden nie Feuer an, geißeln sich jeden Freitag, beachten den Schweigezwang, sprechen miteinander nur in den Pausen, die sehr kurz sind, und behalten härene Hemden sechs Monate hindurch an, vom 14. September, dem Tag der Aufrichtung des Heiligen Kreuzes, bis Ostern. Diese sechs Monate stellen eine Milderung dar, die Regel sagt, das ganze Jahr; aber dieses härene Hemd, das in der Sommerhitze unerträglich ist, hat Fieber und Nervenkrämpfe erzeugt. Seine Benutzung mußte eingeschränkt werden. Selbst bei dieser Erleichterung haben die Nonnen, wenn sie am 14. September das Hemd überstreifen, drei, vier Tage lang Fieber. Gehorsam, Armut, Keuschheit, Beständigkeit in der Klausur: das sind ihre durch die Regel sehr erschwerten Gelübde.

Alle drei Jahre wird die Priorin von den Müttern gewählt, die Sitz und Stimme im Kapitel haben. Eine Priorin kann nur zweimal wiedergewählt werden, was die längstmögliche Herrschaft einer Priorin auf neun Jahre festlegt.

Nie sehen sie den Priester, der den Gottesdienst verrichtet. Stets ist er ihnen durch ein sieben Fuß hoch gespanntes Köpertuch verborgen. Während der Predigt, wenn der Prediger in der Kapelle ist, lassen sie den Schleier auf ihr Gesicht herab. Sie müssen immer leise reden, im Gehen die Augen am Boden haben und den Kopf neigen. Ein einziger Mann darf das Kloster betreten, der Erzbischof der Diözese.

Zwar gibt es noch einen anderen: den Gärtner. Aber das ist immer ein Greis, und damit er stets allein im Garten ist und den Nonnen bedeutet wird, ihn zu meiden, bindet man ihm ein Glöckchen um das Knie.

Sie sind der Priorin in unbedingter Unterwerfung botmäßig.

Botmäßig wie der Stimme Christi, *ut voci Christi,* auf eine Gebärde, auf den ersten Wink hin, *ad nutum, ad primum signum,* sofort, glücklich, ausdauernd, mit einem gewissen blinden Gehorsam, *prompte, hilariter, perseveranter, et coeca quadam obedientia,* wie die Feile in der Hand des Arbeiters, *quasi limam in manibus fabri.* Ohne ausdrückliche Genehmigung kann, was immer es auch sei, nicht gelesen und geschrieben werden, *legere vel scribere non addiscerit sine expressa superioris licentia.* Das ist die kanonische Gebundenheit in ihrer ganzen Selbstverleugnung.

Eine nach der anderen leisten sie das, was sie die Reparation nennen. Das ist die Fürbitte für alle Sünden, alle Verfehlungen, alle Verletzungen, alle Unbill, alle Verbrechen, die sich auf Erden ereignen. Zwölf Stunden lang, ununterbrochen von vier Uhr nachmittags bis vier Uhr morgens oder von vier Uhr morgens bis vier Uhr nachmittags, kniet die Schwester, die die Reparation auf sich genommen hat, auf dem Stein vor dem Heiligen Sakrament, die Hände gefaltet, einen Strick um den Hals. Wenn die Übermüdung sie überwältigt, streckt sie sich auf dem Bauche aus, das Gesicht an der Erde, die Arme in Kreuzesform: Das ist ihre ganze Erleichterung. So betet sie für alle Schuldigen der Welt. Dies ist groß bis zum Erhabenen.

Da diese Handlung vor einem Pfahl, auf dem eine Kerze brennt, vollzogen wird, heißt es ohne Unterschied »die Reparation leisten« oder »am Pfahl liegen«. Die Nonnen selbst bevorzugen aus Demut den letzteren Ausdruck, er läßt an Marter und Erniedrigung denken.

Die Reparation leisten ist eine Verrichtung, in der die ganze Seele aufgeht. Die Schwester am Pfahl würde sich nicht umdrehen, und schlüge gleich der Blitz hinter ihr ein.

Im übrigen kniet stets eine Nonne vor dem Heiligen Sakrament. Diese Station dauert eine Stunde. Sie lösen sich ab wie soldatische Posten. Es ist die Immerwährende Anbetung.

Die Priorinnen und Mütter führen fast stets Namen, die von besonderer Würde durchdrungen sind und nicht an Heilige und Märtyrer, sondern an Begebenheiten aus dem Leben Jesu Christi erinnern, wie die Mutter Geburt, die Mutter Empfängnis, die Mutter Mariä Opferung, die Mutter Passion. Indes sind die Namen von Heiligen nicht verboten. Bekommt man sie zu Gesicht, sieht man nur ihren Mund. Alle haben gelbe Zähne. Nie ist eine Zahnbürste in das Kloster gelangt. Sich die Zähne putzen, bedeutet auf einer Leiter stehen, auf deren unterster Sprosse man seine Seele verliert.

Sie bezeichnen nichts als »mein« oder »meine«. Sie haben kein Eigentum und dürfen an nichts hängen. Sie sagen von jedem Ding »unser«, etwa unser Schleier, unser Rosenkranz; sprächen sie von ihrem Hemd, so würden sie sagen: unser Hemd. Manchmal klammern sie sich an irgendeinen kleinen Gegenstand, ein Gebetbuch, eine Reliquie, eine geweihte Medaille. Sobald sie bemerken, daß sie an diesem Gegenstand zu hängen beginnen, müssen sie ihn hergeben. Sie erinnern sich des Ausspruchs der heiligen Theresia, zu der eine hochgestellte Dame beim Eintritt in ihren Orden sagte:

»Erlauben Sie, meine Mutter, daß ich eine Heilige Schrift holen lasse, an der ich sehr hänge.«

»Ach, Sie hängen an etwas! In diesem Fall treten Sie besser nicht bei uns ein.«

Keine hat das Recht, sich einzuschließen und ein Heim, ein Zimmer zu haben. Sie leben in offenen Zellen. Wenn sie sich begegnen, sagt die eine: »Gelobt und angebetet sei das hochheilige Sakrament des Altars!« – »Immerdar«, erwidert die andere. Dieselbe Zeremonie, wenn eine an die Tür der anderen klopft. Kaum ist an die Tür geklopft worden, da hört man auf der anderen Seite eine sanfte Stimme hastig sagen: »Immerdar!« Wie alle Übungen wird das durch die Gewohnheit mechanisch, und eine sagt bisweilen »Immerdar«, bevor die andere Zeit zu ihrem »Gelobt und angebetet sei das hochheilige Sakrament des Altars!« gehabt hat, was übrigens ziemlich lang ist.

Bei den Visitandinerinnen grüßt die Eintretende mit »Ave Maria«, und die Antwort lautet: *»Gratia plena«.* Das ist ihr »Guten Tag«, und es ist tatsächlich »voller Anmut«.

Zu jeder Tagesstunde tönen drei ergänzende Schläge der Glocke der Klosterkirche. Bei diesem Signal hören die Priorin, die Mütter, die Professen, die Laienschwestern, die Novizinnen, die Postulantinnen in dem auf, was sie sprechen oder tun, und auch in ihren Gedankengängen, und alle zugleich sagen sie, etwa wenn es fünf Uhr ist: »Um fünf Uhr und zu jeder Stunde, gelobt und angebetet sei das hochheilige Sakrament des Altars«, oder wenn es acht ist: »Um acht Uhr und zu jeder Stunde«, und so fort, je nach der Stunde.

Diesen Brauch, der bezweckt, das Denken zu überwinden und immer wieder auf Gott zu lenken, gibt es in vielen Gemeinschaften, nur die Formel ändert sich. So heißt es beim Jesuskindlein: »Zur Stunde, die es ist, und zu jeder Stunde, in der die Liebe Jesu mein Herz entflammt!«

Die Bernhardinischen Benediktinerinnen des Martin Verga, die vor fünfzig Jahren im Kloster Petit-Picpus lebten, psalmodieren feierlich mit reinem Gregorianischen Gesang und immer aus voller Kehle die ganze Messe. Überall, wo im Meßbuch ein Sternchen steht, schalten sie eine Pause ein und sagen leise: »Jesus, Maria und Joseph.« Beim Totenamt singen sie für Frauen unvorstellbar tief, was sich ergreifend und tragisch anhört.

Die Nonnen des Petit-Picpus hatten unter ihrem Hauptaltar ein Gewölbe zur Bestattung in ihrer Gemeinschaft graben lassen. Die Regierung, wie sie sagten, erlaubte nicht, daß dieses Gewölbe die Särge barg. Sie verließen also das Kloster, wenn sie gestorben waren. Das betrübte sie und traf sie schwer wie eine Entrechtung. Sie hatten dann den kümmerlichen Trost erlangt, daß sie zu einer besonderen Stunde in einem besonderen Winkel des alten Friedhofs von Vaugirard beigesetzt wurden, der auf einem ehemals der Gemeinschaft gehörigen Grundstück lag.

An jedem Donnerstag hören die Nonnen das Hochamt, die Vesper und alle übrigen Messen wie am Sonntag. Darüber hinaus halten sie peinlich genau all die kleinen Feste ein, die den Laien fast unbekannt sind und mit denen die Kirche in Frankreich früher nicht sparte, wie dies heute noch in Spanien und Italien der Fall ist. Ihre Stationen in der Kapelle sind endlos. Von Zahl und Dauer ihrer Gebete vermittelt nichts eine so klare Vorstellung wie der unbefangene Ausspruch, den eine von ihnen tat: »Die Gebete der Postulantinnen sind schrecklich, die Gebete der Novizinnen noch schlimmer und die Gebete der Professen noch viel ärger.«

Einmal in der Woche wird das Kapitel einberufen. Die Priorin hat den Vorsitz, die Mütter sind zugegen. Der Reihe nach kniet jede Schwester auf dem Steinfußboden nieder und beichtet laut vor allen anderen die Verfehlungen und Sünden, die sie die Woche über auf sich geladen hat. Die Mütter beraten sich nach jeder Beichte und verhängen mit lauter Stimme die Strafen.

Außer der öffentlichen Beichte, der alle etwas schwereren Vergehen vorbehalten sind, haben sie für die läßlichen Sünden das, was sie Sündenschuld nennen. Seine Sündenschuld bekennen, heißt bäuchlings während der Messe vor der Priorin liegen, bis diese, die nicht anders als »unsere Mutter« genannt wird, der armen Sünderin mit einem leichten Schlag auf das Holz ihres Chorstuhls anzeigt, daß sie sich erheben kann. Die Sündenschuld wird wegen der geringsten Kleinigkeit bekannt. Ein zerbrochenes Glas, ein zerrissener Schleier, eine ungewollte Verspätung um ein paar Augenblicke bei einer Messe, eine falsch gesungene Note in der Kirche usw., das genügt, und man bekennt seine Sündenschuld. Dieses Bekenntnis erfolgt aus freien Stücken. Die Schuldige selbst verurteilt sich und erlegt es sich auf. An Feier- und Sonntagen psalmodieren vier Vorsängerinnen die Messen vor einem großen Chorpult. Eines Tages stimmte eine Vorsängerin einen Psalm an, der mit *»Ecce«* begann, und anstatt *»Ecce«* sang sie laut die drei Noten c, g und h. Für diese Zerstreutheit erduldete sie eine Sündenschuld, die die ganze Messe über dauerte. Was die Verfehlung ungeheuerlich machte, war, daß das Kapitel gelacht hatte.

Wenn eine Nonne ins Sprechzimmer gerufen wird, und sei es die Priorin selbst, läßt sie ihren Schleier so weit herab, daß, wie man sich vielleicht erinnert, nur ihr Mund zu sehen ist.

Die Priorin allein darf Zusammenkünfte mit Fremden haben. Die anderen können nur ihre engste Familie sehen, und zwar höchst selten. Wenn sich etwa eine Person von draußen einfindet, um eine Nonne zu sehen, die sie in der Welt gekannt oder geliebt hat, so bedarf es einer förmlichen Verhandlung. Ist es eine Frau, kann ihr die Genehmigung mitunter erteilt werden. Die Nonne kommt, und man spricht zu ihr durch die Läden, die sich nur einer Mutter oder einer Schwester öffnen. Stets wird natürlich den Männern die Erlaubnis verweigert.

So ist die von Martin Verga verschärfte Regel des heiligen Benedikt.

Diese Nonnen sind nicht heiter, rosig und frisch wie oft die Mädchen anderer Orden. Sie sind bleich und ernst. Von 1825 bis 1830 sind drei von ihnen geistig erkrankt.

Strenge

Das Postulat dauert mindestens zwei, oft auch vier, und das Noviziat vier Jahre. Es kommt selten vor, daß die ewigen Gelübde vor dem dreiundzwanzigsten oder vierundzwanzigsten Lebensjahr abgelegt werden können. Die Bernhardinischen Benediktinerinnen des Martin Verga nehmen keine Witwen in ihrem Orden auf.

In ihren Zellen geben sie sich vielen unbekannten Kasteiungen hin, über die sie nie sprechen dürfen.

An dem Tag, an dem eine Novizin Profeß tut, wird sie in ihren schönsten Putz gekleidet und mit weißen Rosen bekränzt. Man verleiht ihrem Haar Glanz, legt es in Locken, dann wirft sie sich nieder. Ein großer schwarzer Schleier wird über sie gebreitet und die Totenmesse gesungen. Hierauf teilen sich die Nonnen in zwei Reihen. Eine Reihe schreitet an ihr vorbei und sagt in klagendem Ton: »Unsere Schwester ist gestorben«, und die andere antwortet mit jubelnder Stimme: »Auferstanden in Jesum Christum!«

Zur Zeit dieser Geschichte war dem Kloster ein Pensionat angeschlossen. Ein Pensionat für vornehme, zumeist reiche junge Mädchen, darunter die Fräulein de Sainte-Aulaire und de Bélissen und eine Engländerin, die den erlauchten katholischen Namen Talbot führte.

Die jungen Mädchen, von diesen Nonnen zwischen vier Mauern erzogen, wuchsen im Abscheu vor der Welt und vor der Epoche heran. Eine von ihnen sagte eines Tages: »Wenn ich das Straßenpflaster sehe, schaudert es mich von Kopf bis Fuß.« Sie waren blau gekleidet, mit einer weißen Haube und einem Heiligen Geist von vergoldetem Silber oder Kupfer an der Brust. An einzelnen hohen Festtagen, besonders am Tag der heiligen Martha, gewährte man ihnen als große Gunst und äußerste Seligkeit, sich wie Nonnen zu kleiden und einen ganzen Tag lang die Gottesdienste und die Übungen des heiligen Benedikt mitzumachen. Anfangs liehen die Nonnen ihnen ihre schwarzen Gewänder. Das schien eine Entweihung, und die Priorin verbot es. Nur den Novizinnen durften die Gewänder überlassen werden. Es ist nur zu erwähnen, daß diese Vorführungen, die, im Kloster ohne Zweifel geduldet und aus einem geheimen Geist des Proselytentums heraus ermutigt, den Kindern Geschmack an der heiligen Tracht nahebringen sollten, den Pensionärinnen wahres Glück und wahre Erholung bereiteten. Es war neu, es verwandelte sie. Sie hatten ganz einfach ihren Spaß daran. Naive Gründe der Kindheit, die, nebenbei bemerkt, uns Weltliche jene Glückseligkeit, einen Weihwedel in der Hand zu halten und stundenlang zu viert singend vor einem Chorpult auszuharren, nicht begreifen lassen.

Bis auf die Strenge paßten die Schülerinnen sich allen Forderungen des Klosters an. Manche junge Frau war, wenn sie in die weltliche Gesellschaft eingetreten war, nach mehreren Jahren noch nicht entwöhnt, jedesmal, wenn an ihre Tür geklopft wurde, hastig zu sagen: »Immerdar.« Wie die Nonnen sahen die Pensionärinnen ihre Verwandten nur im Sprechraum. Ihre Mütter sogar konnten sie nicht umarmen. So weit ging in diesem Punkt die Strenge. Eines Tages wurde ein junges Mädchen von seiner Mutter besucht, die sich von seiner kleinen dreijährigen Schwester begleiten ließ. Das junge Mädchen weinte, denn es hätte gern seine Schwester umarmt. Das war nicht möglich. Es flehte, daß man dem Kind wenigstens erlaube, seine kleine Hand durch die Stäbe zu strecken, damit es sie küsse. Auch das wurde, fast mit Empörung, abgelehnt.

Fröhlichkeit

Die jungen Mädchen haben nichtsdestoweniger in diesem ernsten Haus reizende Erinnerungen hinterlassen. Zu bestimmten Stunden funkelte es in diesem Kloster von Kindheit. Es wurde zur Pause geläutet. Eine Tür drehte sich in ihren Angeln. Die Vögel zwitscherten: Da sind die Kinder! Ein Einbruch von Jugend überschwemmte den Garten, der von einem Kreuz wie ein Bahrtuch zerschnitten war. Strahlende Gesichter, weiße Stirnen, unschuldige Augen voll heiteren Lichts, Morgenröten jeder Art zerstreuten sich in der Finsternis. Nach den Litaneien, den Glocken, dem Stundengeläut, dem Totengeläut, den Gottesdiensten erscholl plötzlich dieser Lärm kleiner Mädchen, sanfter als das Gesumm eines Bienenvolkes. Die Waben der Freude öffneten sich, und jede trug ihren Honig herzu. Man spielte, man rief sich, man scharte sich, man lief; rote Mäulchen mit hübschen weißen Zähnchen plapperten in den Winkeln. Die Schleier überwachten von fern das Lachen, die Schatten belauerten die Strahlen, aber was tat das! Es wurde gestrahlt und gelacht. Die vier düsteren Mauern hatten ihre Minuten blendenden Leuchtens. Von einem unbestimmten weißen Licht umflossen, dem Abglanz von soviel Freude, waren sie bei diesem süßen ausschwärmenden Herumtollen zugegen. Es schien, als regnete es Rosen in diese Trauer. Die jungen Mädchen trieben ihren Mutwillen vor den Augen der Nonnen. Der Blick der Unfehlbarkeit stört nicht die Unschuld. Den Kindern verdankte man unter so vielen harten Stunden eine unbefangene. Die Kleinen hüpften und sprangen, die Großen tanzten. Beim Spiel in diesem Kloster war der Himmel mit dabei. Nichts war entzückender und erhabener als all die frischen, aufgeblühten Seelen. Homer lachte hier mit Perrault; Jugend, Gesundheit, Lärm, Schreie, Taumel, Vergnügen und Glück heiterten in diesem traurigen Garten alle Ahnfrauen auf, die aus dem Epos wie die aus dem Märchen, die vom Thron wie die aus der Strohhütte, von Hekuba bis zur Großen Mutter.

In diesem Haus wurden, vielleicht öfter als sonst überall, jene Kinderworte gesprochen, die stets so anmutig klingen und ein träumerisches Lächeln auslösen. Zwischen diesen düsteren vier Mauern rief ein fünfjähriges Kind eines Tages aus: »Meine Mutter! Eine Große hat mir eben gesagt, ich müßte nur noch neun Jahre und zehn Monate hier bleiben. Was für ein Glück!«

Und hier wurde auch das folgende denkwürdige Gespräch geführt:

Eine Mutter: »Warum weinen Sie, mein Kind?«

Das Kind (sechs Jahre), schluchzend: »Ich habe Alix gesagt, ich wüßte meine Geschichte Frankreichs. Sie hat zu mir gesagt, ich wüßte sie nicht, und ich weiß sie doch.«

Alix (die Große, neun Jahre): »Nein. Sie kann sie nicht.«

Die Mutter: »Wieso, mein Kind?«

Alix: »Sie hat zu mir gesagt, ich solle das Buch aufs Geratewohl aufschlagen und ihr eine Frage stellen, die in dem Buch steht, und sie würde sie beantworten.«

»Nun?«

»Sie hat sie nicht beantwortet.«

»Sieh mal an. Was haben Sie sie denn gefragt?«

»Ich habe das Buch aufs Geratewohl aufgeschlagen, wie sie sagte, und ihr die erste Frage gestellt, auf die ich gestoßen bin.«

»Und was war das für eine Frage?«

»Sie lautete: ›Was geschah danach?‹ «

Hier fiel jene tiefgründige Bemerkung über einen etwas naschhaften Papagei, der einer im Kloster lebenden Dame gehörte: »Ist der aber niedlich! Er hat nur den Brotaufstrich gefressen, wie ein Mensch!«

Im Kreuzgang wurde auf den Steinplatten ein Beichtzettel gefunden. Eine sieben Jahre alte Sünderin hatte ihre Beichte vorher aufgeschrieben, um sie nicht zu vergessen: »Mein Vater, ich bekenne, daß ich geizig gewesen bin. Mein Vater, ich bekenne mich als Ehebrecherin. Mein Vater, ich bekenne, daß ich zu den Männern aufgeblickt habe.«

Auf einer Rasenbank in diesem Garten dichtete ein rosiger Mund von sechs Jahren, dem ein vier- bis fünfjähriges Blauäuglein lauschte, das folgende Märchen aus dem Stegreif: »Es waren einmal drei kleine Gockel, denen gehörte ein Land mit vielen Blumen. Die Blumen haben sie gepflückt und sich in die Taschen gesteckt. Danach haben sie die Blätter abgerupft und in ihr Spielzeug gesteckt. In dem Land gab es auch einen Wolf und viel Wald. Und der Wolf lebte in dem Wald, und er hat die kleinen Gockel gefressen.«

Ein Gedicht wiederum ging so:

»Pulcinell hat die Katz' verprügelt.
Das fand sie gar nicht schön.
Das hat ihr weh getan.
Da ist eine Dame gekommen,
Und Pulcinell mußte ins Loch.«

Hier sprach ein ausgesetztes kleines Mädchen, ein Findelkind, welches im Kloster aus Barmherzigkeit aufgezogen wurde, ein traurig-süßes Wort. Sie hörte die anderen von ihren Müttern erzählen und murmelte in ihrer Ecke: »Meine Mutter war nicht da, als ich geboren wurde!«

Stets und ständig sah man eine dicke Pförtnerin mit ihrem Schlüsselbund über die Flure hasten, sie hieß Schwester Agathe. Die großen Großen – älter als zehn – nannten sie Agathokles.

Dunkel und feucht war das Refektorium, ein großes, längliches Viereck, in das das Tageslicht nur durch eine Klosterhalle mit Schwibbögen, ebenerdig mit dem Garten, fiel. Die Kinder sagten, es wimmle darin von Tieren. Alle benachbarten Gebäudeteile lieferten dafür ihr Kontingent an Insekten. Jede der vier Ecken hatte in der Sprache der Pensionärinnen einen besonderen, ausdrucksvollen Namen erhalten. Es gab die Ecke der Spinnen, die der Raupen, die der

Asseln und die der Grillen. Die Ecke der Grillen lag neben der Küche und wurde sehr geschätzt. Man hatte es dort weniger kalt als anderswo. Vom Refektorium waren diese Namen in das Pensionat gewandert und dienten wie im alten Collège Mazarin zur Unterscheidung von vier Nationen. Jede Schülerin gehörte zu einer dieser vier Nationen je nach der Ecke des Refektoriums, in die sie sich zu den Stunden der Mahlzeiten setzte.

Eines Tages, als der Herr Erzbischof die Visitation vornahm, sah er, wie ein hübsches kleines Mädchen mit wunderbarem Blondhaar hochrot die Klasse betrat, durch die er schritt, und er fragte eine andere Pensionärin, eine entzückende Brünette mit blühenden Wangen, die neben ihm stand: »Wer ist das?«

»Das ist eine Spinne, Erzbischöfliche Gnaden.«

»Ach was! Und die da?«

»Das ist eine Grille.«

»Und die dort?«

»Das ist eine Raupe.«

»Wahrhaftig, und Sie selbst?«

»Ich bin eine Assel, Hochwürdigster Herr Erzbischof.«

Jedes Haus dieser Art hat seine Besonderheiten. Zu Beginn unseres Jahrhunderts war Écouen eine jener freundlichen und gestrengen Stätten, an denen die Kindheit der jungen Mädchen in einem nahezu erhabenen Dunkel vergeht. In Écouen wurde beim Einreihen in die Prozession des Heiligen Altarsakraments zwischen den Jungfrauen und den Blumenmädchen unterschieden. Es gab auch noch »die Baldachine« und »die Weihrauchfässer«, die einen trugen die Kordeln des Baldachins, die anderen beweihräucherten das Heilige Sakrament. Die Blumen standen von Rechts wegen den Blumenmädchen zu. Vier »Jungfrauen« schritten voran. Am Morgen des großen Tages war im Schlafsaal nicht selten die Frage zu hören: »Wer ist Jungfrau?«

Frau Campan erwähnte die Worte einer siebenjährigen »Kleinen« zu einer »Großen« von sechzehn, die die Prozession anführte, während sie, die Kleine, am Ende ging: »Du bist Jungfrau, und ich bin keine.«

Über der Tür des Refektoriums stand in großen schwarzen Lettern ein Gebet, das »das unschuldige Paternoster« hieß und die Leute geradewegs ins Paradies bringen sollte.

Es lautete: »Kleines unschuldiges Paternoster, das Gott schuf, das Gott sprach und das Gott in den Himmel erhob. Am Abend, wenn ich geh zur Ruh', find drei Engel ich auf meinem Bett, einen zu Füßen, zwei am Kopfende, die Jungfrau Maria in der Mitten. Lege dich nieder und zweifle nicht, tut sie mich bitten. Der Herrgott ist der Vater mein, die Jungfrau ist die Mutter mein, Geschwister sollen mir die drei Apostel und die drei Jungfrauen sein. Das Hemd von Jesu Geburt hüllt meinen Leib, das Kreuz der heiligen Margaretha auf der Brust mir bleib. Durch die Felder die Jungfrau geht, der Herrgott traurig vor dem heiligen Johannes steht. Heiliger Johannes du, schaffe meinem Herzen Ruh', sag mir, wo der Herr geblieben ist. Ans Kreuz er wurd' geschlagen, eine Krone von Dornen er auf dem Haupt muß tragen. Wer am Abend und am Morgen dreimal saget dies, der wird haben schließlich teil am Paradies.«

Im Jahre 1827 war dieses bezeichnende Gebet unter einer dreifachen Tüncheschicht verschwunden. Gegenwärtig erlischt es vollends im Gedächtnis einiger damals junger Mädchen, die heute alte Frauen sind.

Ein großes Kruzifix, das an der Wand hing, vervollständigte den Schmuck des Raumes, dessen einzige Tür nach dem Garten hinausging. Zwei schmale Tische, an deren Seiten je zwei hölzerne Bänke standen, zogen zwei lange parallele Linien von einem zum anderen Ende. Die Wände waren weiß, die Tische schwarz; diese beiden Trauerfarben sind die einzige Abwechslung der Klöster. Die Mahlzeiten waren sauer, und die Nahrung der Kinder selbst war streng. Ein einziges Gericht, Fleisch und Gemüse durcheinandergekocht, oder gesalzener Fisch, was schon Luxus war. Und dennoch war diese knappe Alltagskost, die man den Pensionärinnen vorbehielt, eine Ausnahme. Die Kinder aßen und schwiegen unter der Bewachung der Mutter, die in der Woche Dienst hatte. Von Zeit zu Zeit, wenn eine Fliege so dreist war, zu fliegen und entgegen der Regel zu brummen, öffnete sie geräuschvoll ein Buch von Holz und schlug es ebenso wieder zu. Das Schweigen war mit dem Leben der Heiligen gewürzt, das von einer kleinen Kanzel mit Pult unter einem Kruzifix laut verlesen wurde. Die Vorleserin war eine große Schülerin, die das eine Woche hindurch tat. Auf dem kahlen Tisch waren in Abständen glasierte Schüsseln aufgestellt, worin die Schülerinnen selbst ihren Becher und ihr Besteck abwuschen. Mitunter warfen sie verschmähte Bissen hinein, zähes Fleisch oder verdorbenen Fisch. Das wurde bestraft. Diese Schüsseln hießen »Wasserkissen«.

Die Schülerin, die das Schweigegebot brach, mußte ein »Zungenkreuz« machen. Wo? Am Boden. Sie leckte das Pflaster ab. Dem Staub, der alle Freuden erstickt, fiel die Last zu, diese armen kleinen Rosenblätter, deren Schuld war, daß sie gezwitschert hatten, zu züchtigen.

Es gab im Kloster ein Buch, das stets nur in einer Auflage von einem Stück gedruckt wurde und das zu lesen verboten war. Das war die Regel des heiligen Benedikt. Ein Arkanum, in das kein profanes Auge eindringen durfte. *Nemo regulas, seu constitutiones nostras, externis communicabit.*

Den Pensionärinnen gelang es eines Tages, dieses Buch zu entwenden, und sie begannen begierig darin zu lesen. Oft unterbrachen sie die Lektüre in der Furcht, ertappt zu werden, und dann legten sie den Band schleunigst wieder weg. Sie gewannen dieser großen Gefahr nur ein mäßiges Vergnügen ab. Ein paar unverständliche Seiten über die Sünden der Knaben war alles, was sie an »Interessanterem« fanden.

Sie spielten in einer Allee des Gartens, die einige magere Obstbäume umgaben. Trotz schärfster Überwachung und der Strenge der Strafen brachten sie, wenn der Wind die Bäume geschüttelt hatte, es manchmal fertig, einen grünen Apfel aufzuheben, eine faulige Aprikose oder eine wurmige Birne. Ich lasse jetzt einen Brief sprechen, den vor fünfundzwanzig Jahren eine ehemalige Pensionärin geschrieben hat, heute Herzogin X, eine der elegantesten Frauen von Paris. Ich zitiere wörtlich: »Man verbirgt seine Birne oder seinen Apfel, wie man kann. Wenn man vor dem Abendessen aufs Zimmer geht, um die Gardine um das Bett zuzuziehen, steckt man das Obst unter das Kopfkissen, und abends verspeist man es im Bett, und wenn man das nicht kann, ißt man es auf dem Abtritt.« Das war einer ihrer größten Genüsse.

Einmal, es war wieder zu der Zeit, als der Erzbischof zu einer Visitation ins Kloster kam, wettete eines der jungen Mädchen, Fräulein Bouchard, das ein wenig vom Blut der Montmorencys in sich hatte, daß sie ihn um einen Tag Urlaub bitten würde, eine Ungeheuerlichkeit in einer so strengen Gemeinschaft. Die Wette wurde angenommen, aber keine von denen, die sie abschlossen, glaubte daran. Als nun der Erzbischof an den Pensionärinnen vorbeischritt, trat Fräulein Bouchard zum unbeschreiblichen Entsetzen ihrer Gefährtinnen aus der Reihe vor und sagte: »Erzbischöfliche Gnaden, ein Tag Urlaub.« Fräulein Bouchard war blühend und groß und hatte das hübscheste, rosigste Gesichtchen von der Welt. Herr von Quélen lächelte und sagte: »Aber, aber, mein liebes Kind, ein Tag Urlaub! Drei Tage, bitte schön. Ich genehmige drei Tage.« Die Priorin konnte nichts einwenden, der Erzbischof hatte gesprochen. Ein Skandal für das Kloster, eine Freude für das Pensionat. Die Wirkung kann man sich ausmalen.

Dieses mürrische Kloster war dennoch nicht so vermauert, daß das leidenschaftliche Leben von draußen, das Drama, ja selbst der Roman nicht eingedrungen wären. Um das zu erhärten, begnügen wir uns hier mit dem kurzen Hinweis auf eine tatsächlich und unbestreitbar vorgefallene Begebenheit, die überdies in keinerlei Beziehung zu der von uns berichteten Geschichte steht. Wir erwähnen sie nur, damit sich der Leser ein klares Bild vom Kloster machen kann.

Um diese Zeit lebte also im Kloster eine geheimnisvolle Person, die keine Nonne war, mit großer Achtung behandelt und Frau Albertine genannt wurde. Man wußte nichts von ihr, außer daß sie geistig umnachtet war und in der Welt draußen für tot galt. Hinter der Geschichte steckten, wie es hieß, vermögensrechtliche, für eine große Vermählung notwendige Abmachungen.

Die Frau, knapp dreißig, brünett, ziemlich schön, blickte unsicher aus großen schwarzen Augen. Sah sie? Man bezweifelte es. Sie glitt eher dahin, als daß sie ging. Nie sprach sie. Man war sich nicht einmal sicher, ob sie überhaupt Luft holte. Ihre Nasenflügel sahen verkniffen und fahl aus, wie nach dem letzten Atemzug. Wer ihre Hand berührte, dem war, als fasse er Schnee an. Sie hatte eine sonderbare, gespenstische Anmut. Wo sie eintrat, fröstelte es einen. Eines Tages sagte eine Schwester beim Anblick von Frau Albertine zu einer anderen: »Sie gilt für tot.« – »Vielleicht ist sie es auch«, antwortete diese.

Um Frau Albertine rankten sich hundert Geschichten. Das war die ewige Neugier der Pensionärinnen. Die Kapelle besaß eine Empore, auch »Ochsenauge« genannt. Auf dieser Empore, die nur eine runde Öffnung, das Ochsenauge, nach der Kapelle zu hatte, wohnte Frau Albertine den Gottesdiensten bei. Meistenteils war sie allein, weil man von ihrem erhöhten Platz aus den Prediger oder den die Messe lesenden Geistlichen sehen konnte, was den Nonnen verboten war. Eines Tages stand auf der Kanzel ein junger hochgestellter Priester, der Herzog von Rohan, Pair von Frankreich, 1815, als er Prinz von Léon war, Offizier bei den roten Musketieren, gestorben nach 1830 als Kardinal und Bischof von Besançon. Herr von Rohan predigte im Kloster Petit-Picpus zum erstenmal. Für gewöhnlich war Frau Albertine bei den Predigten und Gottesdiensten ganz ruhig und völlig reglos zugegen. An jenem Tag, sobald sie Herrn von Rohan erblickte, richtete sie sich halb auf und sagte laut in die Stille der Kapelle hinein: »Sieh an! Auguste!« Die ganze Gemeinschaft drehte sich bestürzt um, der Prediger blickte auf, aber Frau Albertine war schon wieder in ihre Regungslosigkeit zurückgesunken. Ein Anflug aus der Welt draußen, ein Schimmer des Lebens hatte sich einen Augenblick lang auf diesem erloschenen und eisigen Gesicht gezeigt, dann war alles verschwunden und die Irre wieder Leichnam geworden.

Die drei Wörter ließen indes alles schwatzen, was im Kloster reden konnte. Was steckte nicht alles in diesem »Sieh an! Auguste!«, was für Enthüllungen! Herr von Rohan hieß tatsächlich Auguste. Es lag auf der Hand, daß Frau Albertine der besten Gesellschaft entstammte, weil sie Herrn von Rohan kannte, daß sie selbst einen hohen Rang darin einnahm, weil sie mit einem so vornehmen Herrn so vertraulich sprach, und daß sie zu ihm in einer vielleicht verwandtschaftlichen, doch ganz gewiß sehr engen Beziehung stand, weil sie seinen Vornamen wußte.

Zwei höchst gestrenge Herzoginnen, Frau von Choiseul und Frau von Sérent, besuchten oft die Gemeinschaft, zu der sie wohl kraft des Vorrechts *Magnates mulieres* Zugang hatten, und verbreiteten große Furcht im Pensionat. Wenn die beiden alten Damen vorübergingen, erzitterten all die armen jungen Mädchen und schlugen die Augen nieder.

Ohne sein Wissen galt übrigens Herrn von Rohan die Aufmerksamkeit der Pensionärinnen. Zu jener Zeit war er gerade Generalvikar des Erzbischofs von Paris geworden und wartete auf die Bischofswürde. Es gehörte zu seinen Gepflogenheiten, recht häufig die Messe in der Kapelle der Nonnen vom Petit-Picpus zu zelebrieren und dabei zu singen. Wegen des Vorhangs von Köper konnte ihn keine der jungen Klausnerinnen sehen, aber er hatte eine angenehme, ziemlich helle Stimme, die sie schließlich kannten und heraushörten. Er war Musketier gewesen, und es wurde ihm nachgesagt, er sei sehr eitel, verwende viel Sorgfalt auf sein schönes kastanienbraunes Haar, das er um den Kopf herum eingerollt trug, und habe einen breiten, prächtigen schwarzen Gürtel und seine schwarze Soutane zeige den elegantesten Schnitt der Welt. Er regte sehr die Phantasie all dieser Sechzehnjährigen an.

Kein Geräusch von draußen erreichte das Innere des Klosters. Aber es gab ein Jahr, in dem der Ton einer Flöte in ihm zu vernehmen war. Das war ein Ereignis, und die Pensionärinnen von damals erinnern sich noch heute daran.

Irgend jemand in der Nachbarschaft blies auf dieser Flöte. Sie spielte immer dieselbe, heute verschollene Melodie: »Zetulbé, sei die Herrin meiner Seele!«, und zweimal oder dreimal am Tage hörte man sie. Die jungen Mädchen lauschten stundenlang, die Mütter waren aufgewühlt, die Gehirne arbeiteten, es regnete Strafen. Das dauerte mehrere Monate.

Alle Pensionärinnen waren in den unbekannten Musikanten mehr oder weniger verliebt. Jede träumte, sie sei seine Zetulbé. Der Flötenklang kam von der Rue Droit-Mur her. Sie hätten alles gegeben, alles gewagt, alles versucht, um, wenn auch nur für eine Sekunde, den »jungen Mann« zu sehen, der so wonnig auf dieser Flöte und, ohne es zu ahnen, auf ihrer aller Seelen spielte. Einige entschlüpften durch eine Gesindetür und stiegen bis in den dritten Stock nach der Rue Droit-Mur zu, um durch die Hinterfenster zu spähen. Unmöglich. Eine riskierte sogar, ihren Arm über ihrem Kopf durch das Gitter zu zwängen, und schwang ihr weißes Taschentuch. Zwei waren noch verwegener. Sie kletterten mit List bis auf ein Dach, und so gelang es ihrer Tollkühnheit, endlich den »jungen Mann« zu sehen. Es war ein alter emigrierter Edelmann, der, blind und verarmt, in seiner Mansarde spielte, um die Langeweile zu verjagen.

Das kleine Kloster

Innerhalb der Umfassungsmauer des Petit-Picpus lagen drei voneinander gänzlich getrennte Gebäude, das große Kloster, das die Nonnen bewohnten, das Pensionat, in dem die Schülerinnen untergebracht waren, und schließlich das sogenannte kleine Kloster. Es hatte einen Garten und beherbergte gemeinsam alle Arten alter Nonnen von verschiedenen Orden, Reste aus Klöstern, die durch die Revolution zerstört wurden, ein bizarres Gemisch von schwarzen, grauen, weißen Mänteln und Schleiern, in jeder erdenklichen Gattung, kurz, eine Art Allerlei-Kloster, wäre eine solche Wortverbindung statthaft.

Schon während des Kaiserreichs war allen diesen armen vertriebenen und heimatlosen Mädchen erlaubt worden, unter den Fittichen der Bernhardinischen Benediktinerinnen Schutz zu suchen. Die Regierung zahlte ihnen eine kleine Pension; die Damen des Petit-Picpus hatten sie bereitwillig aufgenommen. Es war ein wunderliches Durcheinander. Jede gehorchte ihrer Regel.

Zu ihrer großen Belustigung wurde den Schülerinnen aus dem Pensionat bisweilen erlaubt, sie zu besuchen, und deshalb haben diese jungen Geister unter anderen die Mutter Sankt Basilius, die Mutter Heilige Scholastik und die Mutter Jakob in der Erinnerung behalten.

Eine der Flüchtigen fühlte sich fast wie zu Hause. Es war eine Nonne aus Sainte-Aure, die als einzige ihres Ordens überlebt hatte. Das ehemalige Kloster der Frauen von Sainte-Aure war zu Beginn des achtzehnten Jahrhunderts in eben dem Haus des Petit-Picpus untergebracht, das später den Benediktinerinnen des Martin Verga gehörte. Das fromme Mädchen, zu arm für die prachtvolle Tracht seines Ordens, die aus einem weißen Gewand mit scharlachrotem Skapulier bestand, hatte gottesfürchtig eine kleine Wachspuppe damit bekleidet, die sie bereitwillig vorzeigte und bei ihrem Tod dem Haus hinterließ. 1824 war von diesem Orden nur noch eine Nonne übrig, heute ist von ihm nur eine Puppe geblieben.

Außer diesen würdigen Müttern hatten einige alte Frauen aus der Gesellschaft, wie Frau Albertine, von der Priorin die Genehmigung erhalten, sich in das kleine Kloster zurückzuziehen. Unter ihrer Zahl waren die Marquisen Beaufort d'Hautpoul und Dufresne. Eine andere wurde im Kloster nur durch den furchtbaren Lärm, den *vacarme*, bekannt, den sie verursachte, wenn sie sich schneuzte. Die Schülerinnen nannten sie Madame Vacarmini.

Gegen 1820 oder 1821 bat Frau von Genlis, die zu dieser Zeit die kleine Zeitschrift »Der Unerschrockene« redigierte, darum, sich im Kloster Petit-Picpus einmieten zu dürfen. Der Herzog von Orléans empfahl sie. Aufregung im Bienenstock, die Mütter zitterten an allen Gliedern, Frau von Genlis hatte Romane geschrieben. Aber sie bekannte, sie sei die erste, die sie verabscheue, und dann war sie bei ihrer Phase wilder Frömmigkeit angelangt. Mit Gottes und des Prinzen Hilfe trat sie ein. Nach sechs oder acht Monaten ging sie und gab als Grund an, der Garten spende keinen Schatten. Die Nonnen waren entzückt. Obschon hochbetagt, spielte sie noch Harfe, und zwar sehr gut.

Bei ihrem Weggang hinterließ sie ihr Zeichen in ihrer Zelle. Frau von Genlis war abergläubisch und Latinistin. Diese beiden Wörter vermitteln ein ziemlich treffendes Bild von ihr. Vor ein paar Jahren waren noch fünf lateinische Verse zu sehen, die sie eigenhändig mit roter Tinte auf gelbes Papier geschrieben und in ein zur Zelle gehörendes Schränkchen, darin sie ihr Geld und ihren Schmuck verwahrte, geklebt hatte. Ihrer Überzeugung nach besaßen sie die Kraft, Diebe abzuschrecken. Sie lauteten:

»Imparibus meritis pendent tria corpora ramis:
Dismas et Gesmas, media est divina potestas;
Alta petit Dismas, infelix, infima, Gesmas.
Nos et res nostras conservet summa potestas.
Hos versus dicas, ne tu furto tua perdas.«

Die Verse im Latein des sechsten Jahrhunderts werfen die Frage auf, ob die beiden Schächer auf Golgatha, Dismas und Gestas, wie gemeinhin angenommen, oder Dismas und Gesmas hießen. Letztere Schreibweise hätte die Behauptung des Vicomte de Gestas im vorigen Jahrhundert, vom bösen Schächer abzustammen, widerlegen können. Übrigens bildet die diesen Versen zugeschriebene nützliche Kraft einen Glaubensartikel der barmherzigen Schwestern.

Die Kirche des Hauses war so gebaut, daß sie wie eine echte Verschanzung das große Kloster vom Pensionat trennte. Natürlich wurde sie vom Pensionat, vom großen und vom kleinen Kloster gemeinsam benutzt. Sogar die Öffentlichkeit hatte durch eine Art Quarantäneeingang von der Straße her Zutritt zu ihr. Aber alles war dergestalt angeordnet, daß keine Klosterbewohnerin jemanden von draußen zu Gesicht bekam. Man stelle sich eine Kirche vor, deren Chor eine Riesenhand gepackt und so verschoben hat, daß er nicht mehr wie sonst in den Kirchen eine Verlängerung hinter dem Altar, sondern so etwas wie einen dunklen Raum oder eine finstere Höhle zur Rechten des die Messe lesenden Priesters bildet; man stelle sich diesen Raum von dem bereits erwähnten sieben Fuß hohen Vorhang abgeschlossen vor, man pferche, im Dunkel hinter diesem Vorhang, links die Chordamen, rechts die Pensionärinnen und hinten die Laienschwestern und Novizinnen im hölzernen Gestühl zusammen, und man kann sich vergegenwärtigen, wie die Nonnen des Petit-Picpus dem Gottesdienst beiwohnten. Diese Höhle, auch Chor genannt, war mit dem Kloster durch einen Gang verbunden. Die Kirche bekam ihr Licht aus dem Garten. Wenn die Nonnen die Messe hörten, während der ihre Regel ihnen Schweigen auferlegte, spürten die Besucher ihre Anwesenheit nur am Klappen der Stützen unter den Chorstühlen, die sich geräuschvoll hoben oder senkten.

Ein paar Schatten aus diesem Dunkel

Während der sechs Jahre, die 1819 von 1825 trennen, war Priorin des Petit-Picpus Fräulein von Blemeur, die sich im Orden Mutter Innocente nannte. Sie gehörte der Familie der Margarete von Blemeur an, der Verfasserin des »Lebens der Heiligen aus dem Orden des heiligen Benedikt«. Sie war wiedergewählt worden. Eine Frau, etwa sechzigjährig, kurz, dick, die »wie ein zersprungener Topf sang«, besagte eine Stelle des Briefes, den wir zitierten. Im übrigen war sie vortrefflich, die einzige Heitere im ganzen Kloster, weshalb man für sie schwärmte. Mutter Innocente hatte viel von ihrer Vorfahrin Marguerite, der Dacier des Ordens. Sie war literarisch geschult, gebildet, gelehrt, sachverständig, bewandert in Geschichte, mit Latein, Griechisch und Hebräisch vollgestopft und mehr ein Benediktiner als eine Benediktinerin.

Subpriorin war eine alte, fast erblindete spanische Nonne, die Mutter Cineres.

Zu den angesehensten unter den Chordamen zählten die Mutter heilige Honorine, Säckelmeisterin, die Mutter heilige Gertrud, Novizenmeisterin, die Mutter heiliger Angelus, stellvertretende Novizenmeisterin, die Mutter Verkündigung, Messnerin, die Mutter heiliger Augustinus, Krankenschwester und die einzige im ganzen Kloster, die böse war, weiterhin Mutter heilige Mechthild (Fräulein Gauvin), blutjung und mit einer wunderbaren Stimme begabt, Mutter von den Engeln (Fräulein Drouet), die im Kloster der Töchter Gottes und im Kloster vom Schatz zwischen Gisors und Magny gewesen war, Mutter heiliger Joseph (Fräulein de Cogolludo), Mutter heilige Adelheid (Fräulein d'Auverney), Mutter Misericordia (Fräulein de Cifuentes), die die Bußübungen nicht aushalten konnte, Mutter Erbarmen (Fräulein de la Miltière), ungeachtet der Regel mit sechzig Jahren aufgenommen, sehr reich, Mutter Vorsehung (Fräulein de Laudinière), Mutter Mariä Opferung (Fräulein de Siguenza), die 1847 Priorin wurde, schließlich noch Mutter Sainte-Céligne (die Schwester des Bildhauers Ceracchi), wahnsinnig geworden, und Mutter Sainte-Chantal (Fräulein de Suzon), wahnsinnig geworden.

Eine der hübschesten war ein bezauberndes Mädchen von dreiundzwanzig Jahren, eine Nachfahrin des Chevalier Roze, deren Heimat die Ile Royale war. In der Welt hatte sie Fräulein Roze geheißen, hier hieß sie Mutter Mariä Himmelfahrt.

Mutter heilige Mechthild, die für Gesang und Chor verantwortlich war, bediente sich dafür gern der Pensionärinnen. Gewöhnlich nahm sie eine diatonische Tonleiter, das heißt sieben Mädchen von zehn bis einschließlich sechzehn, deren Stimmen und Größen zusammenpaßten und die sie dem Alter nach in einer Reihe, von der Kleinsten bis zur Größten, antreten und singen ließ. Die jungen Mädchen standen dann wie die Orgelpfeifen da, eine Art lebender Panflöte aus Engeln.

Die Laienschwestern, die die Pensionärinnen am meisten mochten, waren Schwester heilige Euphrasie, Schwester heilige Margareta, Schwester heilige Martha, die kindisch geworden war, und Schwester Sankt Michael, deren lange Nase sie zum Lachen brachte.

Alle diese Frauen waren mild zu allen diesen Kindern. Die Nonnen waren streng nur gegen sich selbst. Nur im Pensionat wurde geheizt, und die Nahrung war gewählt im Vergleich zu der des Klosters. Auch pflegte man sie mit größter

Sorgfalt. Nur wenn ein Kind an einer Nonne vorüberging und zu ihr redete, erwiderte die Nonne nie. Dieses Schweigegebot hatte zur Folge, daß im ganzen Kloster das Wort den menschlichen Geschöpfen entzogen und den unbeseelten Gegenständen gegeben war. Bald sprach die Glocke der Kirche, bald das Glöckchen des Gärtners. Eine laut tönende Hammerglocke, die neben der Pförtnerin aufgestellt war und die man im ganzen Hause hörte, zeigte durch ihr wechselndes Geläut, eine Art von akustischer Telegraphie, alle Handlungen des materiellen Lebens an, die zu vollziehen waren, und rief, wenn es not tat, die eine oder andere Bewohnerin des Hauses in den Sprechraum. Jede Person und jedes Ding hatten ihr besonderes Signal. Die Priorin hatte eins und eins; die Subpriorin eins und zwei. Sechs-fünf bedeutete Klasse, so daß die Schülerinnen nie sagten: wieder ins Klassenzimmer gehen, sondern: sechs-fünf gehen. Vier-vier war Frau von Genlis' Glocke. Sie war sehr oft zu vernehmen. »Das ist der Teufel von vier«, äußerten jene, die nicht zu den Barmherzigen gehörten. Zehn-neun Schläge an die Glocke zeigten ein großes Ereignis an. Es war die Öffnung der Klausurtür, einer schrecklichen, von Nägeln strotzenden Eisenplatte, die sich nur vor dem Erzbischof in ihren Angeln drehte.

Außer ihm und dem Gärtner betrat, wir erwähnten es schon, kein Mann das Kloster. Die Pensionärinnen sahen noch zwei andere. Der eine war der Anstaltsgeistliche, der Abbé Banès, alt und häßlich, den sie im Chor durch ein Gitter betrachten durften; der andere der Zeichenlehrer Herr Ansiaux, von dem der zitierte Brief sagt: ein scheußlicher, buckliger Alter.

Wie man sieht, handelte es sich um ausgesuchte Männer.

So war dieses eigenartige Haus.

Post corda lapides

Nachdem sein geistiges Antlitz skizziert wurde, ist es angebracht, mit ein paar Worten seine äußere Gestalt anzudeuten. Der Leser hat ja bereits eine ungefähre Vorstellung davon.

Das Kloster vom Petit-Picpus-Saint-Antoine füllte fast ganz das große Trapez aus, das sich aus den Kreuzungen der Rue Polonceau, der Rue Droit-Mur, der Petite Rue Picpus und des zugemauerten, auf den alten Stadtplänen Rue Aumarais genannten Gäßchens ergab. Diese vier Straßen umgaben das Trapez wie ein Graben. Das Kloster bestand aus mehreren Gebäuden und einem Garten. Das Hauptgebäude als Ganzes genommen, war eine Aneinanderreihung von Bauten unterschiedlicher Stilrichtungen. Aus der Vogelperspektive gesehen, nahmen sie sich wie ein auf dem Boden liegender Galgen aus. Die Säule des Galgens erstreckte sich über den ganzen Abschnitt der Rue Droit-Mur zwischen der Petite Rue Picpus und der Rue Polonceau. Den Querbalken bildete eine hohe, strenge graue Fassade mit vergitterten Fenstern nach der Petite Rue Picpus hin, der Torweg mit der Nummer 62 bezeichnete ihr Ende. Etwa in der Mitte dieser Fassade war, grau von Staub und Asche, eine alte niedrige Tür eingelassen, in deren Bogen die Spinnen ihr Netz woben und die nur sonntags ein, zwei Stunden offenstand oder wenn, was selten vorkam, der Sarg einer Nonne aus dem Kloster getragen wurde. Das war der Kircheneingang für die Allgemeinheit. Im Winkel des Galgens lag ein viereckiger Raum, der als Büro diente und den die Nonnen »die Ausgabe« nannten. In der Galgensäule waren die Zellen der Mütter und Schwestern und das Noviziat, im Querbalken die Küchen, die zwei Refektorien des Klosters und die Kirche untergebracht. Zwischen dem Torweg mit der Nummer 62 und der Ecke der zugemauerten Gasse, der ehemaligen Rue Aumarais, befand sich das Pensionat, das von draußen nicht zu sehen war. Den vom Trapez noch verbliebenen Teil nahm der Garten ein, der erheblich tiefer lag als die Rue Polonceau. Deshalb waren innen die Mauern viel höher als draußen. In dem nach der Mitte hin leicht ansteigenden Garten stand daselbst auf einem Hügel eine schöne, spitz zulaufende Fichte, von der, wie von einem Schildbuckel mit Spitze, vier Hauptwege mit je zwei, also insgesamt acht Nebenwegen dazwischen ausgingen, so daß, wäre die Umfriedung kreisförmig gewesen, der Grundriß der Wege einem auf ein Rad gelegten Kreuz geglichen hätte. Sie endeten alle an den sehr unregelmäßigen Gartenmauern und waren somit von ungleicher Länge. Johannisbeersträucher faßten sie ein. Im Hintergrund führte eine mit hohen Pappeln bestandene Allee von den Ruinen des alten Klosters an der Ecke der Rue Droit-Mur zum Haus des kleinen Klosters an der Ecke der ehemaligen Rue Aumarais. Vor dem kleinen Kloster lag der sogenannte kleine Garten. Zu dem Ganzen denke man sich einen Hof, alle möglichen Winkel und Vorsprünge, die die inneren Hauptgebäude bildeten, Gefängnismauern, statt einer Aussicht und Nachbarschaft die lange schwarze Zeile der Dächer, die auf der anderen Seite die Rue Polonceau säumte, und man kann sich ein vollständiges Bild davon machen, wie vor fünfundvierzig Jahren das Haus der Bernhardinerinnen vom Petit-Picpus aussah. Dieses heilige Haus war genau an der Stelle erbaut worden, an der vom vierzehnten bis zum sechzehnten Jahrhundert ein berühmtes Ballhaus stand. »Spielhölle der 11 000 Teufel« hatte es geheißen.

Alle diese Straßen gehörten übrigens zu den ältesten in Paris. Die Namen Droit-Mur und Aumarais sind sehr alt, die danach benannten Straßen noch viel älter. Die Rue Aumarais hieß Ruelle Maugout, die Rue Droit-Mur hieß Rue des Églantiers, denn Gott ließ Blumen erblühen, bevor der Mensch die Steine behaute.

Ein Jahrhundert unter einem Schleier

Weil wir nun einmal bei den Einzelheiten dessen sind, was früher das Kloster vom Petit-Picpus war, und wir uns erkühnt haben, ein Fenster nach diesem verschwiegenen Zufluchtsort aufzustoßen, gestatte uns der Leser noch eine kleine Abschweifung, die im Grunde nicht in dieses Buch gehört, aber bezeichnend ist und darlegt, daß selbst das Klosterleben seine Originale hervorbringt.

Im kleinen Kloster lebte eine Hundertjährige, die von der Abtei Fontevrault kam. Vor der Revolution war sie sogar ein

Mitglied der Gesellschaft gewesen. Sie sprach oft von Herrn von Miromesnil, Siegelbewahrer unter Ludwig XVI., und einer Präsidentin Duplat, einer vertrauten Bekannten von ihr. Es war ihr Freude und Eitelkeit, die beiden Namen bei jeder Gelegenheit anzuführen. Von der Abtei Fontevrault erzählte sie Wunderdinge, sie sei wie eine Stadt und im Kloster gebe es sogar Straßen.

Sie hatte einen pikardischen Akzent, der die Pensionärinnen belustigte. Alljährlich erneuerte sie feierlich ihr Gelübde, und in dem Moment des Eidschwurs sagte sie zu dem Priester: »Seine Gnaden Sankt Franziskus hat ihn Seiner Gnaden Sankt Julian abgelegt, Seine Gnaden Sankt Julian hat ihn Seiner Gnaden Sankt Eusebius abgelegt, Seine Gnaden Sankt Eusebius hat ihn Seiner Gnaden Sankt Prokop abgelegt und so fort; und so lege ich ihn Ihnen ab, mein Vater.« Und die Pensionärinnen lachten, nicht unter der Kapuze, aber unter dem Schleier; anmutiges, kleines, ersticktes Gelächter, das die Mütter die Brauen runzeln ließ.

Ein andermal erzählte die Hundertjährige Geschichten. Sie sagte, in ihrer Jugend hätten die Bernhardiner den Musketieren nicht nachgestanden. Ein Jahrhundert sprach, aber es war das achtzehnte. Sie erzählte von dem Brauch der vier Weine, wie er in der Champagne und in Burgund vor der Revolution sich fand. Wenn eine große Persönlichkeit, ein Marschall von Frankreich, ein Prinz, ein Herzog oder Pair, durch eine Stadt dieser Provinzen kam, begrüßte die Stadtvertretung sie und bot ihr vier hohe silberne Trinkgefäße dar, in die man vier verschiedene Weine gegossen hatte. Auf dem ersten Becher las man: Affenwein, auf dem zweiten: Löwenwein, auf dem dritten: Hammelwein, auf dem vierten: Sauwein. Diese vier Inschriften drückten die vier Stufen aus, die der Trunkene hinabsteigt: den ersten Rausch, der erheitert; den zweiten, der aufreizt; den dritten, der abstumpft; den letzten, der vertiert.

Sie hatte in einem Schrank, unter Schlüssel, einen mysteriösen Gegenstand, an dem sie sehr hing. Die Regel von Fontevrault untersagte es ihr nicht. Niemandem wollte sie den Gegenstand zeigen. Sie sperrte sich ein, was ihr die

Regel erlaubte, und verbarg sich jedesmal, wenn sie ihn betrachten wollte. Hörte sie Schritte auf dem Korridor, schloß sie den Schrank, so schnell sie mit ihren alten Händen vermochte. Wenn man sie fragte, schwieg die sonst Redselige. Die Neugierigsten waren erfolglos gegenüber ihrem Schweigen und die Hartnäckigsten gegenüber ihrer Beharrlichkeit. Alle im Kloster, die müßig oder gelangweilt waren, hatten hier einen ergiebigen Stoff. Was konnte dieses so wertvolle und geheime Ding sein, dieser Schatz der Hundertjährigen? Bestimmt irgendein heiliges Buch? Ein Rosenkranz von einzigartiger Kunst? Eine bestätigte Reliquie? Man verirrte sich in Mutmaßungen. Bei dem Tod der armen Alten stürzte man sich, rascher vielleicht, als sich geziemt hätte, auf den Schrank und öffnete ihn. Man fand den Gegenstand, dreifach in Wäsche gewickelt wie eine geweihte Kelchschüssel. Es war ein Fayenceteller mit dem Bild von Amoren, die entfliegen, verfolgt von Knaben, die als Apotheker mit riesigen Klistierspritzen bewaffnet sind. Die Verfolgung ist mit Verschwendung von Grimassen und komischen Stellungen gemalt. Einer der entzückenden kleinen Amore steckt schon gleichsam am Bratspieß. Er wehrt sich, zappelt mit seinen kleinen Flügeln und versucht noch zu fliegen, aber ein Gaukeltänzer, mit Harnisch, Pickelhaube und Schellen an den Beinen, lacht satanisch. Moral: die Liebe, von der Kolik besiegt. Dieser im übrigen sehr merkwürdige Teller, der Molière angeregt haben könnte, war noch im September 1845 vorhanden. Ein Trödler am Boulevard Beaumarchais bot ihn feil.

Die gute Alte wollte keinen Besuch von draußen, der Sprechraum sei zu traurig, sagte sie.

Ursprung der Immerwährenden Anbetung

Übrigens ist dieser grabesähnliche Sprechraum, von dem wir soeben eine Vorstellung zu vermitteln versucht haben, eine ganz lokale Sache, die sich in anderen Klöstern nicht mit gleicher Strenge wiederholt. Im Kloster in der Rue du

Temple, das freilich einem anderen Orden gehörte, hatte man die schwarzen Läden durch braune Vorhänge ersetzt, und der Sprechraum selbst war ein mit Parkett ausgelegtes Empfangszimmer, dessen Fenster freundlich von weißem Musselin umrahmt waren und an dessen Wänden allerlei Bilder geduldet wurden: das Porträt einer Benediktinerin mit unverhülltem Gesicht, Blumengemälde und sogar ein Türkenkopf.

Im Garten des Klosters in der Rue du Temple stand jener echte Roßkastanienbaum, der als der schönste und größte Frankreichs galt und den das einfache Volk des achtzehnten Jahrhunderts für »den Vater aller Kastanienbäume im Königreich« hielt.

Wie wir bereits sagten, wurde das Kloster in der Rue du Temple von den Benediktinerinnen der Immerwährenden Anbetung bewohnt, also ganz anderen Benediktinerinnen als jenen, die Cîteaux unterstellt waren. Der Orden der Immerwährenden Anbetung ist nicht sehr alt und geht nicht weiter als zweihundert Jahre zurück. 1649 wurde in Paris das Heilige Sakrament zweimal innerhalb weniger Tage in zwei Kirchen geschändet, in Saint-Sulpice und in Saint-Jean an der Place de Grève, ein schrecklicher, außerordentlicher Frevel, der die ganze Stadt in Aufruhr versetzte. Der Prior und Generalvikar von Saint-Germain-des-Prés ordnete eine feierliche Prozession seiner gesamten Geistlichkeit an, und dazu las der päpstliche Nuntius die Messe. Aber zwei würdigen Frauen, Madame Courtin, Marquise de Boucs, und der Gräfin von Châteauvieux, genügte die Buße nicht. Dieser dem »hochheiligen Altarsakrament« angetane Schimpf, obwohl vergänglich, ging den beiden gottesfürchtigen Seelen nicht aus dem Sinn und schien ihnen nur durch eine »Immerwährende Anbetung« in irgendeinem Nonnenkloster gesühnt werden zu können. Beide schenkten, die eine 1652, die andere 1653, der Benediktinerin Mutter Catherine de Bar, auch Mutter vom Heiligen Sakrament genannt, beträchtliche Summen, um zu diesem frommen Zweck ein Kloster für den Orden des heiligen Benedikt zu gründen. Die erste Genehmigung für diese Stiftung wurde der Mutter

Catherine de Bar von Herrn von Metz, dem Abt von Saint-Germain, unter der Bedingung erteilt, »daß kein Mädchen aufgenommen werden kann, das nicht dreihundert Livres Rente einbringt, was ein Kapital von sechstausend Livres voraussetzt«. Nach dem Abt von Saint-Germain gab der König seine Zustimmung, und das Ganze, die äbtliche und die königliche Urkunde, wurde 1654 von der Oberrechnungskammer und dem Parlament rechtskräftig gemacht.

Solcherart ist der Ursprung und die gesetzliche Bestätigung für die Niederlassung der Benediktinerinnen von der Immerwährenden Anbetung des Heiligen Sakraments zu Paris. Ihr erstes Kloster war ein Neubau in der Rue Cassette von den Scherflein der Damen Boucs und Châteauvieux.

Wie man sieht, verschmolz dieser Orden keineswegs mit den Zisterzienserinnen genannten Benediktinerinnen. Er unterstand dem Abt von Saint-Germain-des-Prés, ebenso wie die Damen vom Heiligen Herzen Jesu dem General der Jesuiten und die barmherzigen Schwestern dem Generalsuperier der Lazaristen unterstellt sind.

Er unterschied sich auch in jeder Beziehung von den Bernhardinerinnen des Petit-Picpus, dessen Inneres wir soeben gezeigt haben. 1657 erlaubte Papst Alexander VII. in einem Breve den Bernhardinerinnen vom Petit-Picpus, die Immerwährende Anbetung wie die Benediktinerinnen vom Heiligen Sakrament auszuüben. Aber die beiden Orden blieben nichtsdestoweniger getrennt.

Ende des Petit-Picpus

Schon zu Beginn der Restauration siechte das Kloster Petit-Picpus dahin, hatte teil am allgemeinen Sterben des Ordens, der sich nach dem achtzehnten Jahrhundert auflöst wie alle religiösen Orden. Die Kontemplation ist gleich dem Gebet der Menschheit ein Bedürfnis, aber wie alles, was die Revolution berührt hat, wird sie sich wandeln, und als Feind des sozialen Fortschritts wird sie ihn begünstigen.

Das Haus des Petit-Picpus entvölkerte sich rasch. 1840 waren das kleine Kloster und das Pensionat verschwunden. Es gab weder die alten Frauen noch die jungen Mädchen mehr, die einen waren gestorben, die anderen gegangen. *Volaverunt.*

Die Regel der Immerwährenden Anbetung ist so streng, daß sie abschreckt. Die Berufungen werden weniger, der Orden ergänzt sich nicht mehr. 1845 kamen hier und da noch einige Laienschwestern hinzu, doch keine Chordamen. Vor vierzig Jahren waren es nahezu hundert Nonnen, vor fünfzehn Jahren nur noch achtundzwanzig. Wieviel sind es heute? 1847 war die Priorin jung, ein Zeichen dafür, daß der Kreis der Auswahl kleiner wird. Sie war noch keine vierzig. In dem Maße wie die Zahl zurückgeht, nimmt die Mühsal zu, der Dienst einer jeden wird anstrengender. Demzufolge war der Augenblick abzusehen, in dem sie nur noch ein Dutzend schmerzender und gebeugter Schultern sein würden, auf denen die harte Regel des heiligen Benedikt lastete. Die Bürde ist erbarmungslos und bleibt die gleiche für wenige wie für viele. Sie ist schwer, sie drückt zu Boden. Daher sterben sie; Zu der Zeit, da der Verfasser dieses Buches noch in Paris wohnte, sind zwei gestorben. Die eine war fünfundzwanzig, die andere dreiundzwanzig. Diese kann wie Julia Alpinula sagen: *Hic jaceo, vixi annos viginti et tres.* Des Verfalls wegen gab das Kloster die Erziehung der Mädchen auf.

Wir konnten nicht an diesem seltsamen, unbekannten und verborgenen Haus vorbeigehen, ohne es zu betreten, ohne die Menschen hineinzuführen, die uns begleiten und der traurigen, einigen vielleicht sogar zum Nutzen gereichenden Geschichte Jean Valjeans lauschen. Wir warfen einen Blick in diese Gemeinschaft mit all den alten Übungen, die heute so fremd anmuten. Es ist der geschlossene Garten. *Hortus conclusus.* Wir sprachen ausführlich, doch voller Ehrfurcht über diesen eigentümlichen Ort, soweit sich Ehrfurcht und Ausführlichkeit unter einen Hut bringen lassen. Wir begreifen nicht alles, aber wir verhöhnen auch nichts. Wir sind vom Hosianna Joseph de Maistres, das auf die Weihe des Henkers hinausläuft, ebenso weit entfernt wie vom höhnischen Grinsen Voltaires, der sich dazu versteigt, daß er das Kruzifix verspottet.

Eine Unlogik Voltaires, nebenbei bemerkt, denn Voltaire hätte Jesus verteidigt, wie er Calas verteidigte. Und was versinnbildlicht das Kruzifix für jene, die die übermenschlichen Inkarnationen leugnen? Den ermordeten Weisen.

Im neunzehnten Jahrhundert macht der religiöse Gedanke eine Krise durch. Man verlernt gewisse Dinge und tut gut daran, sofern man dies verlernt und jenes dazulernt. Keine Leere im menschlichen Herzen. Einiges wird niedergerissen, und so soll es auch sein, aber nur unter der Bedingung, daß wieder aufgebaut wird.

Einstweilen studieren wir die Dinge, die nicht mehr sind. Man muß sie kennenlernen, und sei es auch nur, um sie zu vermeiden. Die Nachahmungen der Vergangenheit nehmen falsche Namen an und nennen sich gern Zukunft. Dieses Gespenst, die Vergangenheit, ist daran gewöhnt, seinen Paß zu fälschen. Machen wir uns mit der Falle vertraut. Hüten wir uns. Die Vergangenheit hat ein Gesicht, den Aberglauben, und trägt eine Maske, die Heuchelei. Zeigen wir das Gesicht, reißen wir die Maske herunter.

Die Klöster stellen ein schwieriges Problem dar. Ein Problem der Zivilisation, die sie verdammt; ein Problem der Freiheit, die sie schützt.

SIEBENTES BUCH

ABSCHWEIFUNG

Das Kloster als abstrakter Begriff

Dieses Buch ist ein Drama, in dem das Unendliche die Hauptrolle spielt.

Der Mensch ist der zweite Hauptdarsteller.

Da dem so ist und ein Kloster an unserem Weg lag, mußten wir darin eindringen. Warum? Weil das Kloster, das dem Orient wie dem Okzident, der Antike wie der Neuzeit, dem Heidentum, dem Buddhismus, dem Islam wie dem Christentum eigen ist, zu den Optiken gehört, die der Mensch auf die Unendlichkeit richtet.

Hier ist nicht der Ort, gewisse Gedanken über Gebühr auszuführen. Indes fühlen wir uns, sooft wir im Menschen dem Unendlichen im guten oder schlechten Sinne begegnen, von Ehrfurcht ergriffen, obschon das nichts an unseren Vorbehalten, unseren Einschränkungen und, wir müssen es sagen, an unserer Empörung ändert. Es gibt in der Synagoge, in der Moschee, in der Pagode, im Wigwam eine häßliche Seite, die wir verabscheuen, und eine erhabene Seite, die wir anbeten. Welch mystische Versenkung für den Geist und was für ein bodenloses Hirngespinst! Der Abglanz Gottes an der Höhlenwand des Menschen.

Das Kloster, eine geschichtliche Tatsache

Unter dem Gesichtspunkt der Geschichte, der Vernunft und der Wahrheit ist das Mönchstum verurteilt worden.

Die Klöster, wenn es deren zu viele in einem Land gibt, sind Hindernisse für den Umlauf, störende Einrichtungen,

Zentren des Müßiggangs da, wo es Zentren der Arbeit braucht. Die klösterlichen Gemeinschaften sind dem großen gesellschaftlichen Gemeinwesen, was die Mistel der Eiche, was die Warze dem menschlichen Körper ist. Ihr Blühen und ihr Wohlstand lassen das Land verarmen. Die mönchische Lebensweise, gut zu Beginn der Zivilisation, weil geistliche Macht Roheit zügelt, ist schlecht im Mannesalter der Völker. Wenn sie sich außerdem lockert und die Zuchtlosigkeit überhand nimmt, wofür sie fortgesetzt Beispiele liefert, wird sie schlecht aus allen Gründen, aus denen sie in ihrer reinen Phase dienlich war.

Die Zeit für das klösterliche Leben ist abgelaufen. Die Klöster, nützlich bei der ersten Erziehung der modernen Zivilisation, wurden störend für ihr Wachstum und schaden ihrer Weiterentwicklung. Gut im zehnten, fragwürdig im fünfzehnten, sind die Klöster im neunzehnten Jahrhundert als Einrichtung und Bildungsmöglichkeit für den Menschen verabscheuungswürdig. Der klösterliche Aussatz hat zwei bewundernswerte Nationen, Italien und Spanien, die eine über Jahrhunderte das Licht, die andere ebenso lange der Glanz Europas, fast bis auf die Knochen abgenagt, und gegenwärtig setzt die Genesung der beiden erlauchten Völker nur dank der vernünftigen und energischen Hygiene von 1789 ein.

Das Kloster, besonders das alte Nonnenkloster, wie es sich noch an der Schwelle dieses Jahrhunderts in Italien, Österreich und Spanien zeigt, ist eine der unbegreiflichsten Verhärtungen des Mittelalters. Hier treffen alle Schrecken zusammen. Das eigentliche katholische Klosterleben ist mit dem düsteren Glanz des Todes erfüllt.

Unheimlich mutet vor allem das spanische Kloster an. Hier ragen im Dämmer, unter Gewölben voller Nebel, unter Kuppeln, die im Dunkel verschwimmen, massige, riesenhafte Altäre hoch wie Kathedralen empor. Hier hängen an Ketten mächtige weiße Kruzifixe in der Finsternis. Hier stellen sich große, elfenbeinerne Christusse nackt am Ebenholz zur Schau. Sie sind nicht blutbefleckt, sie bluten. Häßlich und großartig spießen an den Ellbogen die Knochen heraus, treten die Kniescheiben hervor, zeigen die Wunden das rohe

Fleisch. Die Gekreuzigten tragen eine silberne Dornenkrone, sind mit goldenen Nägeln angenagelt, Blutstropfen aus Rubinen schimmern ihnen auf der Stirn und Tränen aus Diamanten in den Augen. Die Diamanten und Rubine scheinen naß zu sein und lassen unten im Dunkel verschleierte Wesen weinen, deren Seiten durch das Büßerhemd wund gerieben und durch die Geißel mit den Eisenstacheln aufgerissen sind, deren Brüste Kragen von Korbweide plattdrücken und die vom Beten zerschundene Knie haben, Frauen, die sich für Bräute, Gespenster, die sich für Seraphim halten. Denken diese Frauen? Nein. Wollen sie? Nein. Lieben sie? Nein. Leben sie? Nein. Ihre Nerven sind Knochen, ihre Knochen Steine geworden. Ihr Schleier ist aus Nacht gewoben. Ihr Atem unter dem Schleier gleicht einem tragischen Todesgeröchel. Die Äbtissin, ein Gespenst, heiligt sie, hält sie in Furcht und Schrecken. Der Reine ist da, unnahbar. So sind die alten Klöster in Spanien. Schlupfwinkel der gräßlichsten Frömmigkeit, Höhlen für die Jungfrauen, grausame Stätten.

Das katholische Spanien gebärdete sich römischer als Rom selber. Das spanische Kloster war im wahrsten Sinne des Wortes das katholische Kloster. Man spürte hier den Orient. Der Erzbischof, der Kislar Aga des Himmels, verriegelte und belauerte diesen Serail für die Gott vorbehaltenen Seelen. Die Nonne war die Odaliske, der Priester der Eunuch. Die Inbrünstigen wurden im Traume erwählt und vermählten sich mit Christus. In der Nacht stieg der schöne, nackte Jüngling vom Kreuz herab und wurde die Ekstase der Zelle. Hohe Mauern behüteten die mystische Sultanin mit dem Gekreuzigten als Sultan vor jeder Ablenkung durch das Leben. Ein Blick nach draußen war eine Untreue. Das *In pace* (lebenslängliches Gefängnis im Kloster – Anm. d. Ü.) ersetzte den Ledersack. Was im Orient ins Meer geworfen wurde, warf man im Abendland auf die Erde. Auf beiden Seiten rangen Frauen die Hände. Die Woge den einen, die Grube den anderen, hier die Ertränkten, da die Begrabenen. Eine ungeheuerliche Übereinstimmung.

Heute haben die Verteidiger der Vergangenheit, da sie diese Dinge nicht leugnen können, sich entschlossen, sie zu belächeln. Es ist eine bequeme und seltsame Art in Mode gekommen, die Enthüllungen der Geschichte zu unterdrükken, die Auslegungen der Philosophie zu entkräften und allen peinlichen Tatsachen, allen schwierigen Fragen auszuweichen. »Anlaß zu Phrasen«, sagen die Gerissenen. »Phrasen«, sprechen die Dummköpfe nach. Jean Jacques ein Phrasendrescher, Diderot ein Phrasendrescher, Voltaire hinsichtlich Calas, La Barre und Sirven ein Phrasendrescher. Irgend jemand hat jüngst herausgefunden, daß Tacitus ein Phrasendrescher, Nero ein Opfer gewesen sei und man eigentlich Mitleid mit »dem armen Holofernes« haben müsse.

Die Tatsachen sind dennoch schwer zu widerlegen und lassen sich nicht aus der Welt schaffen.

In der Abtei Villers, in der jedermann dem Mittelalter begegnen kann, acht Meilen von Brüssel entfernt, sah der Verfasser dieses Buches mit eigenen Augen die Grube für die Verliese mitten auf dem Anger, dem einstigen Klosterhof, und am Ufer der Dyle vier Kerker aus Stein, halb in der Erde, halb unter Wasser. Es waren *In pace*. Jeder dieser Kerker besitzt Überreste einer Eisentür, einen Abtritt und eine vergitterte Luke, die draußen zwei Fuß über dem Fluß und drinnen, vom Boden aus gemessen, sechs Fuß hoch liegt. Vier Fuß tief strömt der Fluß außen an der Mauer vorbei. Der Boden ist ständig naß. Der Bewohner des *In pace* hatte diese feuchte Erde als Bett. In einem Kerker hängt noch ein Stück vom Halseisen an der Wand. In einem anderen wieder ist eine Art viereckiger Kiste aus vier Granitplatten zu sehen, zu kurz, um darin liegen, zu niedrig, um sich darin aufrichten zu können. Da hinein wurde ein Geschöpf gesteckt und ein steinerner Deckel darübergelegt. Das ist. Man sieht und berührt es. Diese *In pace*, diese Kerker, diese eisernen Angeln, diese Halseisen, diese hohe Luke, unter der gleich der Fluß vorbeiströmt, diese steinerne, wie ein Grab mit einem Granitdeckel verschlossene Kiste, nur mit dem Unterschied, daß der Tote hier ein Lebender war, dieser schlammige Boden, dieses Abtrittloch, diese schwitzenden Mauern – was für Phrasendrescher!

Unter welcher Bedingung die Vergangenheit geachtet werden kann

Das Mönchstum, wie es in Spanien bestand und in Tibet besteht, ist für die Zivilisation eine Art Schwindsucht. Es bringt das Leben zum Erliegen. Es entvölkert ganz einfach. Klaustration, Kastration. Es war eine Landplage in Europa. Dazu kommen noch die Gewalt, die so oft dem Gewissen angetan wurde, die erzwungenen Berufungen, der sich auf das Kloster stützende Feudalismus, das Erstgeburtsrecht, das in das Mönchstum den Überschuß der Familie einbrachte, die Grausamkeiten, über die wir soeben gesprochen haben, die *In pace,* die verschlossenen Münder, die zugemauerten Hirne, so viele unglückliche geistige Wesen, die in den Kerker der ewigen Gelübde gesteckt wurden, und die Einkleidung, das Begraben quicklebendiger Seelen. Zu den Qualen der einzelnen kommen die nationalen Erniedrigungen, und wer Sie auch sein mögen, beim Anblick von Kutte und Schleier, diesen beiden Leichentüchern menschlicher Erfindungsgabe, wird es Sie schaudern.

Dennoch besteht an gewissen Stellen und Orten trotz Philosophie und Fortschritt der klösterliche Geist mitten im neunzehnten Jahrhundert fort, und ein seltsames Wiederaufleben der Askese setzt derzeit die zivilisierte Welt in Erstaunen. Das hartnäkkige Streben der alten Einrichtungen, sich zu verewigen, gleicht ranzigem Parfüm, das euer Haar begehrt, gleicht dem Anspruch verdorbenen Fisches, der gegessen zu werden wünscht, gleicht der Belästigung durch das Kinderkittelchen, das den Mann bekleiden möchte, und der Zärtlichkeit von Leichnamen, die sich aus dem Grab erheben, um die Lebenden zu umarmen.

Undankbare! sagt das Kleid, ich habe euch bei schlechtem Wetter gewärmt. Warum wollt ihr mich nicht mehr? Ich komme aus dem Meer, sagt der Fisch. Ich bin die Rose gewesen, sagt das Parfüm. Ich habe euch geliebt, sagt der Leichnam. Ich habe euch zivilisiert, sagt das Kloster.

Darauf gibt es nur eine Antwort: Vorzeiten.

Sich nach der unbegrenzten Verlängerung der vergangenen Dinge und nach der Herrschaft über die Menschen durch Einbalsamieren sehnen, den Dogmen, um die es schlecht bestellt ist, wieder Geltung verschaffen, die Schreine neu vergolden, die Klöster frisch verputzen, wieder den Segen über die Reliquiare sprechen, den Aberglauben sich nochmals einnisten lassen, dem Fanatismus zu neuem Leben verhelfen, das Bündnis zwischen Kirche und Säbel erneuern, den Mönchs- und Soldatenstand wiederherstellen, an das Heil der Gesellschaft durch die Vermehrung der Schmarotzer glauben, die Vergangenheit der Gegenwart aufzwingen, das mutet seltsam an. Es gibt indes Theoretiker für solche Theorien. Diese Männer, geistreiche Leute übrigens, haben ein ganz einfaches Verfahren. Sie versehen die Vergangenheit mit einem Anstrich, den sie Gesellschaftsordnung nennen, Recht von Gottes Gnaden, Moral, Familie, Ehrfurcht vor den Ahnen, uralte Machtvollkommenheit, heilige Überlieferung, Legitimität, Religion. Und sie rufen: »Schaut her, ihr braven Leute! Nehmt dies.« Diese Logik war schon der Antike bekannt. Die Opferschauer wandten sie an. Sie rieben eine schwarze Färse mit Kreide ein und sagten: »Sie ist weiß.« *Bos cretatus.*

Wir haben gelegentlich Achtung vor der Vergangenheit und schonen sie allenthalben, sofern sie nur einwilligt, tot zu sein. Wenn sie lebendig werden will, greifen wir sie an und bemühen uns, sie zu töten.

Aberglauben, Frömmelei, Scheinheiligkeit, Vorurteile, all diese Nachtgespenster hängen zäh am Leben, so spukhaft sie auch sind. Sie haben Zähne und Krallen in ihrem Dunst, und man muß sie am Kragen fassen, gegen sie Krieg führen, sie unablässig bekriegen, denn die Menschheit ist verhängnisvollerweise dazu verurteilt, ewig Phantome zu bekämpfen. Das Dunkel läßt sich nur schwer bei der Gurgel packen und zu Boden schlagen.

Ein Kloster in Frankreich am hellen Mittag des neunzehnten Jahrhunderts gleicht einem Kollegium von Eulen, die sich gegen den Tag wehren. Ein Kloster, mitten im Gemeinwesen von 1789, 1830 und 1848 auf frischer Tat bei der Askese ertappt, Rom, das sich in Paris ausbreitet, das ist ein Anachronismus. Um einen Anachronismus unter gewöhnlichen Umständen zu beseitigen und aus der Welt zu schaffen, braucht man ihn nur die Jahreszahl buchstabieren zu lassen. Aber wir leben nicht unter gewöhnlichen Umständen.

Kämpfen wir.

Kämpfen wir, doch machen wir Unterschiede. Es gehört zum Wesen der Wahrheit, daß sie nie übertreibt. Warum sollte sie auch? Es gibt Dinge, die zu vernichten sind, und es gibt Dinge, die einfach nur beleuchtet und betrachtet werden müssen. Die wohlwollende und ernsthafte Prüfung, was für eine Stärke! Tragen wir nicht die Flamme dahin, wo das Licht ausreicht.

Da wir es nun einmal mit dem neunzehnten Jahrhundert zu tun haben, sind wir ganz allgemein und bei allen Völkern in Asien wie in Europa, in Indien wie in der Türkei, gegen das klösterliche Leben in Askese. Wer Kloster sagt, meint Sumpf. Ihre Fäulnis ist offensichtlich, ihr Stillstand ungesund, ihre Gärung läßt die Völker fiebern und dahinsiechen, ihre Vermehrung wird zur ägyptischen Plage. Wir können nicht ohne Schrecken an jene Länder denken, in denen die Fakire, die Bonzen, die Santons, die Basilianer, die Marabuts, die Talapoins und die Derwische wie Ungeziefer überhandnehmen.

Nach diesen Worten steht die religiöse Frage immer noch. Sie hat gewisse geheimnisvolle, nahezu fürchterliche Seiten, und es sei uns erlaubt, sie gründlich in Augenschein zu nehmen.

Das Kloster unter dem Gesichtspunkt der Prinzipien

Menschen versammeln sich und wohnen zusammen. Kraft welchen Rechts? Kraft des Rechtes auf Vereinigung.

Sie schließen sich zu Hause ein. Kraft welchen Rechts? Kraft des Rechtes, das jeder Mensch hat, seine Tür zu öffnen oder zu verschließen.

Sie gehen nicht aus. Kraft welchen Rechts? Kraft des Rechtes zu gehen und zu kommen, was das Recht einschließt, zu Hause zu bleiben.

Was tun sie zu Hause?

Sie reden leise, schlagen die Augen nieder und arbeiten. Sie entsagen der Welt, den Städten, den sinnlichen Genüssen, den Lustbarkeiten, den Eitelkeiten, der Hoffart und dem Eigennutz. Sie sind in grobe Wolle oder Sackleinwand gekleidet. Keiner von ihnen hat etwas zu eigen, was es auch sei. Dort eintretend, wird der Reiche arm. Was er besitzt, gibt er allen. Wer zu denen gehörte, die man Adliger, Edelmann und vornehmer Herr nennt, wird dem gleich, der Bauer war. Die Zelle ist für alle völlig gleich. Alle lassen sich die gleiche Tonsur scheren, tragen die gleiche Kutte, essen das gleiche Schwarzbrot, schlafen auf dem gleichen Stroh und werden in das gleiche Grab gelegt. Der gleiche Bettelsack auf dem Rücken, der gleiche Strick um die Hüften. Wenn beschlossen wird, barfuß zu gehen, laufen alle barfuß. Es kann da einen Prinzen geben, dieser Prinz ist der gleiche Schatten wie die anderen. Keine Titel mehr. Selbst die Familiennamen sind verschwunden. Sie führen nur Vornamen. Alle beugen sich unter die Gleichheit der Taufnamen. Sie haben die fleischliche Familie aufgehoben und in ihrer Gemeinschaft die geistliche Familie gegründet. Ihre Verwandten sind alle Menschen. Sie stehen den Armen bei und pflegen die Kranken. Sie wählen jene, denen sie gehorchen. Sie reden sich mit »mein Bruder« an.

Hier unterbrechen sie mich und rufen: »Aber das ist doch das ideale Kloster!«

Es genügt, daß dies das mögliche Kloster ist, und ich muß es in Erwägung ziehen.

Deshalb habe ich im vorhergehenden Buch in ehrerbietigem Ton über ein Kloster gesprochen. Vom Mittelalter und von Asien abgesehen, die historische und politische Frage einmal zurückgestellt, würde ich unter einem rein philosophischen Gesichtspunkt, jede Polemik vermeidend und unter der Bedingung, daß das Kloster wirklich freiwillig und nur mit Zustimmung der Betroffenen gewählt wird, die klösterliche Gemeinschaft immer noch mit einem gewissen aufmerksamen und in mancher Beziehung nachsichtigen Ernst betrachten. Wo es Gemeinschaft gibt, ist die Gemeinde. Wo die Gemeinde ist, besteht das Recht. Das Kloster ist das Produkt der Formel: Gleichheit und Brüderlichkeit. Oh, wie groß ist doch die Freiheit! Und was für eine herrliche Verklärung! Die Freiheit reicht aus, das Kloster in eine Republik zu verwandeln.

Fahren wir fort.

Diese Männer oder Frauen, die hinter jenen vier Mauern leben, kleiden sich in groben, braunen Wollstoff, sind gleich, nennen sich Brüder, schön und gut. Aber tun sie noch etwas anderes?

Ja.

Was?

Sie betrachten das Dunkel, knien nieder und falten die Hände. Was bedeutet das?

Das Gebet

Sie beten.

Zu wem?

Zu Gott.

Zu Gott beten, was heißt das?

Gibt es ein Unendliches außerhalb von uns? Ist dieses Unendliche eins, immanent und fortdauernd? Muß es nicht zwangsläufig substantiell sein, weil es unendlich ist, und wäre es nicht begrenzt, ginge ihm die Materie ab? Ist es nicht gezwungenermaßen mit Verstand begabt, weil es unendlich ist, und wäre es nicht endlich, ermangelte es des Verstandes? Erweckt dieses Unendliche in uns nicht die Vorstellung des Seins, wohingegen wir uns selbst nur den Begriff des Daseins zuschreiben können? Mit anderen Worten, ist es nicht das Absolute, dessen Relatives wir sind?

Wenn es außerhalb von uns ein Unendliches gibt, kann da nicht gleichzeitig ein Unendliches in uns sein? Überlagern sich nicht diese beiden Unendlichen (was für ein schrecklicher Plural!)? Liegt das zweite Unendliche nicht gewissermaßen unter dem ersten? Ist es nicht sein Spiegel, sein Abglanz, sein Echo, die bodenlose Tiefe, die mit einer anderen Tiefe einen gemeinsamen Mittelpunkt hat? Ist dieses zweite Unendliche ebenfalls mit Verstand begabt? Denkt es? Liebt es? Will es? Wenn die beiden Unendlichen verstandesbegabt sind, besitzen beide auch ein wollendes Prinzip, und es gibt ein Ich im Unendlichen oben wie eines im Unendlichen unten. Dieses Ich unten ist die Seele, jenes Ich oben Gott.

Im Geiste das Unendliche unten mit dem Unendlichen oben in Berührung bringen heißt beten.

Nehmen wir der menschlichen Seele nichts weg, auslassen ist schlecht. Es muß reformiert und umgestaltet werden. Gewisse Fähigkeiten des Menschen wie das Denken, das Träumen und das Beten sind auf das Unbekannte gerichtet. Das Unbekannte ist ein Ozean. Was ist das Gewissen? Es ist der Kompaß im Unbekannten. Denken, Träumen und Beten sind starke, geheimnisvolle Strahlen. Achten wir sie. Wohin gehen diese majestätischen Ausstrahlungen der Seele? Ins Dunkel, das heißt ins Licht.

Die Größe der Demokratie besteht darin, nichts in Abrede zu stellen und nichts von der Menschheit zu verleugnen. Neben dem Recht des Menschen gibt es zumindest noch das Recht der Seele.

Den Fanatismus vernichten und das Unendliche verehren, so lautet das Gebot. Lassen wir es nicht dabei bewenden, daß wir uns vor dem Baum der Schöpfung niederwerfen und seine riesigen Zweige voller Sterne betrachten. Wir haben eine Aufgabe, nämlich an der menschlichen Seele zu arbeiten, das Mysterium gegen das Mirakel zu verteidigen, das Unergründliche anzubeten und das Absurde zu verwerfen, als unerklärlich nur das Notwendigste zuzulassen, den Glauben zu reinigen, den Aberglauben über der Religion auszumerzen, Gott zu säubern.

Die uneingeschränkte Berechtigung des Gebets

Was die Art zu beten betrifft, so ist jede gut, sofern sie aufrichtig ist. Legt euer Buch verkehrt herum, und ihr seid im Unendlichen.

Es gibt, wie wir wissen, eine Philosophie, die das Unendliche leugnet. Es gibt auch eine als pathologisch eingestufte Philosophie, welche die Sonne leugnet. Diese Philosophie heißt Blindheit.

Einen Sinn, der uns fehlt, zur Quelle der Wahrheit machen entspricht der kühnen Sicherheit des Blinden.

Das Seltsame bei dieser tastenden Philosophie ist das hoffärtige, überlegene und mitleidige Getue, das sie sich gegenüber der Philosophie herausnimmt, die Gott schaut. Man meint einen Maulwurf rufen zu hören: »Sie können mir leid tun mit ihrer Sonne!«

Es gibt, wir wissen es, erlauchte und starke Atheisten. Im Grunde zweifeln sie etwas daran, daß sie Atheisten sind, denn ihre Stärke selbst lenkt sie zur Wahrheit hin. Das ist bei ihnen kaum mehr als eine Frage der Definition, und auf jeden Fall beweisen sie Gott, wenn sie nicht an Gott glauben und trotzdem große Geister sind.

Wir grüßen in ihnen die Philosophen und nennen ihre Philosophie unerbittlich beim rechten Namen.

Fahren wir fort.

Erstaunlich ist auch, wie leicht man sich mit Worten zufriedengibt. Eine etwas vom Nebel des Nordens durchtränkte metaphysische Schule glaubte eine Revolution im menschlichen Verstand auszulösen, als sie das Wort »Kraft« durch das Wort »Wille« ersetzte.

»Die Pflanze will« zu sagen, anstatt: »Die Pflanze wächst«, wäre in der Tat förderlich, fügte man hinzu: »Das Universum will.« Warum? Weil dies dabei herauskäme: »Die Pflanze will, also besitzt sie ein Ich. Das Universum will, also besitzt es einen Gott.«

Uns, die wir im Gegensatz zur erwähnten Schule nichts von vornherein verwerfen, scheint ein Wille in der Pflanze, den ebenjene Schule anerkennt, schwerer annehmbar als ein Wille im Universum, den sie leugnet.

Der Wille des Unendlichen, das heißt Gott, kann nur unter der Bedingung verneint werden, daß das Unendliche geleugnet wird. Wir haben es bewiesen.

Die Negation des Unendlichen führt geradeswegs zum Nihilismus. Alles wird zu »einer Geistesschöpfung«.

Mit dem Nihilismus ist keine Diskussion möglich, denn der konsequente Nihilist bezweifelt, daß sein Gesprächspartner existiert, und ist sich nicht ganz sicher, ob er selbst überhaupt existiert.

Unter seinem Gesichtspunkt kann es sein, daß er selber für sich selbst nur eine »Schöpfung seines Geistes« ist.

Bloß merkt er nicht, daß er alles, was er geleugnet hat, in Bausch und Bogen gelten läßt, wenn er nur das Wort »Geist« ausspricht.

Kurz und gut, kein Weg wird dem Denken von einer Philosophie geebnet, die alles auf die eine Silbe hinauslaufen läßt: Nein.

Auf Nein gibt es nur eine Antwort: Ja

Der Nihilismus hat kurze Bedeutung.

Es gibt kein Nichts. Null existiert nicht. Alles ist etwas. Nichts ist nichts. Mehr noch als vom Brot lebt der Mensch von der Bejahung.

Sehen und beweisen, nicht einmal das genügt. Die Philosophie muß eine tätige Kraft sein, sie muß danach trachten, den Menschen zu bessern. Sokrates muß in Adam eingehen und Marc Aurel hervorbringen, mit anderen Worten, aus dem Menschen der Glückseligkeit den Menschen der Weisheit hervorgehen lassen. Den Garten Eden zum antiken Lyzeum umgestalten.

Die Wissenschaft muß das Herz stärken. Genießen, was für ein trauriges Ziel und was für ein kümmerliches Streben! Das Tier genießt. Denken ist der eigentliche Triumph der Seele. Den Menschen das Denken anbieten, damit sie ihren Durst löschen, ihnen allen mit dem Zaubertrank den Gottesbegriff eingeben, das Gewissen in ihnen mit dem Wissen verbrüdern und sie durch diese geheimnisvolle Gegenüberstellung gerecht machen, solcherart ist die Aufgabe der wahren Philosophie. Die Moral bringt die Wahrheit zum Aufblühen. Nachdenken führt zum Handeln. Das Absolute muß brauchbar und das Ideal muß dem menschlichen Geist die Atemluft, trink- und eßbar für ihn sein. Es ist das Ideal, das sagen darf: »Nehmet, das ist mein Leib ... Das ist mein Blut.« Die Weisheit ist eine heilige Kommunion. Unter dieser Bedingung hört sie auf, eine unfruchtbare Liebe zur Wissenschaft zu sein, um das einzige und unfehlbare Mittel zu werden, das die Menschheit zusammenführt, und aus der Philosophie wird Religion.

Die Philosophie darf nicht bloß ein am Mysterium angebauter Erker sein, aus dem es sich bequem betrachten läßt, ohne ein anderes Ergebnis, als daß die Neugier mühelos gestillt wird.

Wir behalten uns vor, unseren Gedanken bei späterer Gelegenheit auszuführen, und sagen jetzt nur, daß wir weder den Menschen als Ausgangspunkt begreifen noch den Fortschritt als Ziel ohne die beiden treibenden Kräfte, die da heißen: glauben und lieben.

Der Fortschritt ist das Ziel, das Ideal das Vorbild.

Was ist das Ideal? Es ist Gott.

Ideal, Absolutes, Vollkommenheit und Unendliches bezeichnen ein und dasselbe.

Vorsicht beim Tadeln

Die Geschichte und die Philosophie haben ewige und zugleich einfache Aufgaben, nämlich Kaiphas, den Hohenpriester, Drakon, den Richter, Trimalchio, den Gesetzgeber, und Tiberius, den Kaiser, zu bekämpfen. Das ist klar, geradezu und verständlich und läßt keine Ungewißheit. Doch das Recht zu leben will für sich bestätigt und berücksichtigt werden, sogar mit seinen Unzulänglichkeiten und Mißbräuchen. Das Klosterleben ist für die Menschheit eine Schicksalsfrage.

Wird über Klöster gesprochen, diese Stätten des Irrtums, aber auch der Unschuld, der Verwirrung, aber auch des guten

Willens, der Unwissenheit, aber auch der Aufopferung, der Qual, aber auch des Martyriums, muß fast stets ja und nein gesagt werden.

Ein Kloster ist ein Widerspruch. Als Ziel das Heil, das Opfer als Weg dahin.

Das Kloster ist der äußerste Egoismus, aus dem die höchste Selbstverleugnung hervorgeht.

Entsagen, um zu herrschen, scheint der Wahlspruch des Mönchstums zu sein.

Im Kloster leidet man, um zu genießen. Es wird ein Wechsel auf den Tod gezogen und das himmlische Licht mit irdischer Nacht vorausbezahlt. Im Kloster werden die Qualen der Hölle in Erwartung des Paradieses erduldet.

Der Eintritt ins Kloster ist ein mit ewiger Seligkeit belohnter Selbstmord.

Wir finden, daß mit einem solchen Thema kein Spott getrieben werden darf. Alles ist daran bedeutsam, das Gute wie das Böse.

Der Gerechte runzelt die Stirn, aber lächelt nie boshaft. Wir verstehen den Zorn, nicht die Bosheit.

Der Glaube, ein Gebot

Noch ein paar Worte.

Wir tadeln die Kirche, wenn sie voller Ränke steckt, wir verachten die geistliche Macht, die nach weltlicher Macht giert, doch wir ehren allenthalben den denkenden Menschen.

Wir grüßen den Knienden.

Einen Glauben braucht der Mensch. Wehe dem, der an nichts glaubt! Man frönt nicht dem Müßiggang, weil man andächtig versunken ist. Es gibt die sichtbare und die unsichtbare Mühsal.

Betrachten ist wie pflügen, denken heißt wirken. Die gekreuzten Arme sind tätig, die gefalteten Hände schaffen. Der Blick zum Himmel ist eine Arbeit.

Thales verharrte vier Jahre, ohne sich zu rühren. Er begründete die Philosophie.

Für uns sind Mönche keine Tagediebe und Einsiedler keine Faulenzer.

Über das Dunkel nachsinnen ist eine ernsthafte Sache.

Ohne etwas von dem zu widerrufen, was wir soeben gesagt haben, glauben wir, daß ein ständiges Besinnen auf das Grab den Lebenden geziemt. In diesem Punkt sind sich der Priester und der Philosoph einig. »Man muß sterben.« Der Abt von La Trappe erteilt Horaz die Antwort.

Sein Leben mit einer gewissen Allgegenwärtigkeit des Grabes verbinden ist das Gesetz des Weisen und das des Asketen. In dieser Hinsicht kommen sich der Asket und der Weise nahe.

Es gibt das materielle Wachstum, wir wollen es. Es gibt auch die innere Größe, wir legen Wert auf sie.

Gedankenlose und voreilige Geister sagen: »Wozu diese reglosen, dem Mysterium zugewandten Gestalten? Wozu sind sie gut? Was tun sie?«

Ach, im Angesicht der uns umgebenden Dunkelheit, die uns erwartet, da wir nicht wissen, was durch die unendliche Auflösung aus uns wird, antworten wir: Es gibt vielleicht kein erhabeneres Werk als das dieser Seelen. Und wir setzen hinzu: Vielleicht auch keine nützlichere Arbeit.

Die ständig Betenden sind für jene nötig, die nie beten.

Für uns liegt das ganze Problem in dem Maß an Denken, das sich mit dem Gebet verbindet.

Der betende Leibniz ist groß, der anbetende Voltaire schön. *Deo erexit Voltaire.*

Für die Religion sind wir gegen die Religionen.

Wir gehören zu jenen, die an das Elend der liturgischen Gebete und an die Erhabenheit des Gebets glauben.

In dieser Zeit, die wir augenblicklich durchleben und die glücklicherweise das neunzehnte Jahrhundert nicht prägen wird, in dieser Stunde, in der so viele Menschen gesenkten Hauptes einhergehen und nicht gerade hochgemut sind, unter so vielen Lebenden, deren Moral im Genießen besteht, die mit kurzlebigen und häßlichen materiellen Dingen befaßt sind, finden wir übrigens jeden; der ins Exil geht, verehrungswürdig. Kloster heißt Verzicht, und das abwegige

Opfer ist immer noch ein Opfer. Einen schweren Irrtum für seine Pflicht halten entbehrt nicht der Größe.

An und für sich und um die Wahrheit zu umkreisen, bis alle Gesichtspunkte unparteiisch und erschöpfend behandelt sind, läßt sich dem Kloster, zumal dem Nonnenkloster, denn in unserer Gesellschaft leidet die Frau am meisten und in diesem Klosterexil wird Protest laut, eine gewisse Majestät nicht absprechen.

Dieses klösterliche, so harte und so traurige Dasein, das wir soeben umrißhaft gezeigt haben, ist nicht das Leben, denn es ist nicht die Freiheit, ist nicht das Grab, denn es ist nicht die Erfüllung. Es ist die seltsame Stätte, wo man wie vom Kamm eines hohen Gebirges auf der einen Seite in den Abgrund blickt, in dem wir uns befinden, während auf der anderen Seite der Abgrund gähnt, in dem wir sein werden. Es ist eine schmale, verwischte Grenze, die zwei Welten trennt, die von ihnen erhellt und zugleich verdunkelt wird, wo sich der blasse Schimmer des Lebens mit dem matten Glanz des Todes verbindet. Es ist das Dämmerlicht des Grabes.

Wir, die wir nicht an das glauben, woran jene Frauen glauben, aber wie sie durch den Glauben leben, konnten nie ohne eine Art von gottesfürchtigem und sanftem Schrecken, ohne so etwas wie neidvolles Mitleid diese hingebungsvollen, zitternden und vertrauenden Geschöpfe betrachten, diese demütigen und erhabenen Seelen, die es wagen, am Rande des Mysteriums selbst zu leben, warten zwischen der verschlossenen Welt und dem Himmel, der nicht offensteht, dem Lichte zugewandt, das sie nicht sehen, deren einziges Glück darin besteht, daß sie wissen, wo es ist, die sich nach dem Abgrund und dem Unbekannten sehnen, starren Blicks in die unbewegliche Dunkelheit schauen, die auf den Knien liegen, verzweifelt, bestürzt, erschauernd, und in gewissen Stunden vom unergründlichen Wehen der Ewigkeit halb emporgehoben werden.

ACHTES BUCH

FRIEDHÖFE NEHMEN, WAS MAN IHNEN GIBT

Wie man in ein Kloster kommt

In dieses Haus war Jean Valjean, wie Fauchelevent gesagt hatte, vom Himmel herabgefallen. Er war über die Gartenmauer an der Ecke der Rue Polonceau eingedrungen. Der Gesang der Engel, den er mitten in der Nacht hörte, war der Gesang der Nonnen bei der Mette. Der Saal, den er im Dunkel undeutlich sah, war die Kapelle. Das Gespenst, das er am Boden ausgestreckt erblickte, war die Schwester, die die Reparation abbüßte. Das Glöckchen, dessen Geräusch ihn so sonderbar überrascht hatte, war das an das Knie des Vaters Fauchelevent gebundene Gärtnerglöckchen.

Sobald Cosette im Bett lag, nahmen, wie schon berichtet wurde, Jean Valjean und Fauchelevent vor einem guten Holzfeuer ein Nachtmahl zu sich, ein Glas Wein und ein Stück Käse. Dann warfen sie sich, da das einzige Bett in der Baracke von Cosette besetzt war, jeder auf eine Strohschütte. Ehe er die Augen schloß, sagte Jean Valjean: »Hinfort muß ich hier bleiben.« Diese Worte bewegte Fauchelevent die ganze Nacht in seinem Kopf. In Wahrheit schlief weder der eine noch der andere.

Jean Valjean, der sich entdeckt und Javert auf seiner Fährte fühlte, begriff, daß er und Cosette verloren waren, wenn sie nach Paris zurückgingen. Da der neue Sturm, der über ihm entfacht war, ihn in dieses Kloster verweht hatte, dachte Valjean nur noch daran, sich hier zu verbergen. Für einen Unglücklichen in seiner Lage war das Kloster zugleich der gefährlichste und der sicherste Ort. Der gefährlichste, denn wenn man ihn, da kein Mann zugelassen war, hier aufstöberte, wurde ein flagrantes Delikt daraus, und für Jean Valjean war es nur ein Schritt vom Kloster ins Gefängnis. Der sicherste, denn wenn es ihm glückte, hier geduldet zu werden und hier zu wohnen, wer konnte ihn suchen wollen? Einen unmöglichen Ort zum Heim zu haben, das rettete ihn.

Fauchelevent seinerseits zermarterte sich das Hirn. Vorerst wurde er sich klar darüber, daß er nichts von allem verstand. Wie kam Herr Madeleine hierher, trotz der Mauern? Über Klostermauern spaziert man nicht hinweg. Wieso hatte er ein Kind bei sich? Man erklettert eine steile Mauer nicht mit einem Kind im Arm. Was war das für ein Kind? Woher kamen sie beide? Seit Fauchelevent im Kloster war, hatte er nichts von Montreuil-sur-Mer gehört, und er wußte nichts von den Geschehnissen. Vater Madeleine hatte in seinem Wesen etwas, was nicht zum Ausfragen ermutigte. Und im übrigen sagte sich Fauchelevent: Einen Heiligen fragt man nicht aus. Herr Madeleine hatte für ihn seinen ganzen Nimbus bewahrt. Nur glaubte der Gärtner aus einigen Worten, die Herrn Madeleine entschlüpft waren, schließen zu können, daß Herr Madeleine wohl wegen der Härte der Zeiten Bankrott gemacht habe und seine Gläubiger ihm zusetzten. Oder daß er plötzlich in eine politische Sache verwickelt sei und sich verstecke, was Fauchelevent nicht mißfiel, da er wie manche Bauern im Norden alte bonapartistische Überzeugungen nicht vergessen hatte. Herr Madeleine versteckte sich also, hatte das Kloster als Zuflucht gewählt und wünschte ganz einfach, hier zu bleiben. Aber das Unerklärliche, auf das Fauchelevent immer zurückkam und womit er nicht fertigwurde, war, daß er die Kleine mithatte. Fauchelevent sah die beiden vor sich, er konnte sie berühren, mit ihnen sprechen und glaubte nicht daran. Das Unbegreifliche war in die Hütte Fauchelevents eingezogen. Er tastete und riet herum. Nur das eine stand für ihn fest: Herr Madeleine hat mir das Leben gerettet. Diese einzige Gewißheit genügte ihm und war für ihn entscheidend. Jetzt bin ich dran, sagte er sich, und dabei hielt er sich vor: Herr Madeleine hat sich die Sache nicht so überlegt, als er unter den Wagen kroch, um mich herauszuholen. Er beschloß, Herrn Madeleine durchzuhelfen.

Er stellte sich einige Fragen und beantwortete sie selbst: Wo er das für mich getan hat, würde ich ihn retten, wenn er ein Dieb wäre? Auch dann. Und wenn er ein Mörder wäre? Auch dann. Da er ein Heiliger ist, werde ich ihn retten? Auch dann. Aber ihm ein Obdach im Kloster schaffen? Wie schwer! Vor diesem fast schimärischen Versuch wich Fauchelevent nicht zurück. Der arme pikardische Bauer, der keine andere Leiter hatte als seine Hingabe, seinen guten Willen und etwas von alter Bauernschläue, die er diesmal für eine großartige Absicht nutzte, unternahm es, die Unmöglichkeiten des Klosters und die steilen Böschungen der Regel des heiligen Benedikt zu erklimmen. Der alte Fauchelevent war sein Leben lang Egoist gewesen, und nun, am Ende seiner Tage, hinkend, ein Krüppel, ohne Interesse auf der Welt, fand er es angenehm, dankbar zu sein. Und da er sah, daß es eine tugendhafte Tat galt, beeilte er sich, sie zu tun wie ein Mann, der sterbend in seiner Hand ein Glas edlen Weines sah, den er nie gekostet hatte, und ihn jetzt gierig trank. Es läßt sich dem hinzufügen, daß die Luft, die er schon seit Jahren in diesem Kloster atmete, das Persönliche in ihm zerstört hatte und ihm irgendeine gute Tat aufzwang. Er beschloß also, sich für Herrn Madeleine zu opfern.

Wir haben ihn einen »armen pikardischen Bauern« genannt. Die Bezeichnung ist richtig, aber unvollständig. Wie die Dinge dieser Geschichte nun einmal liegen, wird etwas Physiologie zu Vater Fauchelevent dienlich. Er war Bauer, aber auch Gerichtsschreiber gewesen, was seine Schläue um Spitzfindigkeiten bereicherte und seine Einfalt zur Verstandesschärfe erhob. Aus mancherlei Gründen in seinen Geschäften gescheitert, war er vom Gerichtsschreiber zum Fuhrmann und Tagelöhner heruntergekommen. Aber trotz der Flüche und Peitschenhiebe, die die Pferde brauchen, hatte er, wie es scheint, noch etwas vom Gerichtsschreiber an sich. Ein gewisser Mutterwitz war ihm eigen. Er sagte weder »habbich« noch »hammwr«, er plauderte, eine Seltenheit auf dem Dorf; und die anderen Bauern äußerten sich über ihn:

»Er spricht beinahe wie ein feiner Herr.« Fauchelevent gehörte tatsächlich zu jener Spezies, die in der unverschämten und leichtfertigen Sprache des vorigen Jahrhunderts »halb Bürger, halb Bauernlümmel« hieß, und die auf die Strohhütte gemünzten Metaphern aus dem Schloß bezeichneten Leute seines Schlages innerhalb des dritten Standes als »ein bißchen Bauer, ein bißchen Städter«, als »Pfeffer und Salz«. Obwohl vom Schicksal hart geprüft und arg mitgenommen, so etwas wie eine arme, alte fadenscheinige Seele, war Fauchelevent dennoch ein Mann, der ganz aus freien Stücken der ersten Regung folgte, eine wertvolle Eigenschaft, die verhindert, daß man je schlecht wird. Seine Fehler und Laster, denn die hatte er gehabt, waren äußerlich. Kurz und gut, sein Gesichtsausdruck sprach den Beobachter an. Dieses gealterte Gesicht hatte auf der Stirn nicht die unangenehmen Falten, die Niedertracht oder Dummheit ausdrücken.

Bei Tagesanbruch öffnete Vater Fauchelevent, nachdem er ungeheuer viel nachgedacht hatte, die Augen. Er sah, daß Herr Madeleine auf seiner Strohschütte saß und die schlafende Cosette anschaute. Fauchelevent setzte sich auf und sagte: »Und nun, wo Sie hier sind: Wie werden Sie hineinkommen?« Diese Worte faßten die Situation zusammen und erweckten Jean Valjean aus seiner Träumerei. Die beiden Männer beratschlagten. »Zunächst«, sagte Fauchelevent, »werden Sie und die Kleine diese Kammer nicht verlassen. Ein Schritt in den Garten, und wir sind erledigt.«

»Das ist richtig.«

»Herr Madeleine«, fuhr Fauchelevent fort, »Sie sind in einem sehr guten Augenblick hier eingekehrt, ich wollte sagen, einem sehr schlechten. Eine von den Damen ist sehr krank. Deshalb achtet man wenig auf unsere Ecke. Es scheint, daß sie dem Tod nahe ist. Sie beten das Vierzigstundengebet. Die ganze Gemeinschaft ist in Unruhe. Das beschäftigt sie alle. Die sterben muß, ist eine Heilige. Im Grunde sind wir hier sämtlich heilig. Der ganze Unterschied zwischen ihnen und mir ist, daß sie sagen: unsere Zelle, und ich: meine Bude. Sie werden die Sterbegebete sprechen und dann das Totengebet. Heute werden wir ungestört sein; aber ich bürge nicht für morgen.«

»Aber diese Baracke«, bemerkte Jean Valjean, »liegt im Mauerwinkel, sie wird durch eine Art Ruine verdeckt, es stehen Bäume dazwischen, vom Kloster aus ist sie unsichtbar.«

»Und die Nonnen kommen nie heran.«

»Und?« fragte Jean Valjean. Er wollte sagen: Mir scheint, daß man hier verborgen bleiben könnte.

»Da sind die Kleinen.«

»Welche Kleinen?« fragte Jean Valjean.

Als Fauchelevent den Mund öffnete, um seine Worte zu erklären, läutete eine Glocke einmal. »Die Nonne ist gestorben«, sagte er. »Das ist das Totengeläut.« Und er gab Jean Valjean ein Zeichen, er möge lauschen.

Die Glocke schlug noch ein zweites Mal.

»Das Totengeläut, Herr Madeleine. Die Glocke wird von Minute zu Minute weiterschlagen, vierundzwanzig Stunden, bis die Leiche aus der Kirche getragen wird. Sehen Sie, da spielen sie. In den Pausen braucht nur ein Ball zu rollen, damit sie kommen, wenn's auch verboten ist, und überall hier suchen und schnuppern. Das sind Teufel, diese Cherubinen.«

»Wer?« fragte Jean Valjean.

»Die Kleinen. Schnell wären Sie entdeckt, und dann würden sie schreien: Ach, ein Mann! Heute aber ist keine Gefahr. Die Pause fällt weg. Den ganzen Tag wird gebetet. Sie hören die Glocke. Wie ich Ihnen sagte, jede Minute ein Schlag. Das Totengeläut.«

»Ich verstehe, Vater Fauchelevent. Es sind Pensionärinnen da.« Und Jean Valjean dachte, das sei für die Erziehung Cosettes wie gefunden.

»Bei Gott!« rief Fauchelevent. »Und ob es kleine Mädchen gibt! Wie die um Sie her kreischen und wegrennen würden! Ein Mann sein, das ist hier, als hätte einer die Pest. Sie sehen ja, man bindet mir ein Glöcklein ans Bein wie einem wilden Tier.«

Jean Valjean versank immer mehr ins Grübeln. »Das Kloster würde uns retten«, murmelte er. Dann sagte er laut: »Ja, das schwierige ist, zu bleiben.«

»Nein«, erwiderte Fauchelevent, »hinauszukommen.«

Jean Valjean fühlte, wie ihm das Blut zum Herzen zurückströmte. »Hinauszukommen?«

»Ja, Herr Madeleine, wollen Sie hinein, müssen Sie hinaus.« Er ließ einen Glockenschlag verhallen, dann fuhr er fort: »Man darf Sie hier nicht finden. Von wo kommen Sie? Für mich fallen Sie vom Himmel herab, weil ich Sie kenne; aber für die Nonnen muß einer durch die Tür.«

Plötzlich vernahm man ein ziemlich verworrenes Geläut einer anderen Glocke. »Ah«, sagte Fauchelevent, »jetzt läuten sie die Mütter herbei. Sie gehen in das Kapitel. Immer wenn eine gestorben ist, wird Kapitel abgehalten. Sie ist bei Tagesanbruch gestorben. Die meisten sterben bei Tagesanbruch. Aber könnten Sie nicht da hinauskommen, wo Sie hereingekommen sind? Ich will Sie nicht etwa fragen, wo Sie hereingekommen sind.«

Jean Valjean erbleichte. Der Gedanke allein, in diese furchtbare Straße wieder hinabzusteigen, erregte ein Schaudern in ihm. Tretet aus einem Wald voller Tiger, und denkt euch, einmal draußen, den Rat eines Freundes, der euch auffordert, wieder hineinzugehen. Es war Jean Valjean, als wimmle es in dem Viertel noch von Polizei, von lauernden Spitzeln. Überall seien Wachposten verteilt, drohende Fäuste griffen nach seinem Kragen, Javert warte vielleicht an der Straßenkreuzung.

»Vater Fauchelevent«, sagte er, »nehmen Sie an, ich sei von droben herabgefallen!«

»Ich glaube es ja, ich glaube es«, erwiderte Fauchelevent. »Sie haben nicht nötig, mir das zu sagen. Der liebe Gott hat Sie mit der Hand hochgehoben, um Sie genauer zu betrachten, und dann hat er Sie losgelassen. Nur, er wollte Sie in ein Männerkloster absetzen und hat sich geirrt. Da läutet es wieder. Diesmal für den Pförtner am Straßeneingang, er soll hingehen und die städtische Behörde benachrichtigen, damit sie den Totenarzt bestellt und er nachsieht, daß eine gestorben ist. Das alles ist die Totenzeremonie. Sie haben den Besuch nicht gern, die guten Damen. Ein Arzt, der glaubt an nichts. Er lüftet den Schleier. Er lüftet sogar manchmal mehr.

Wie schnell sie diesmal den Arzt bestellen lassen! Was ist denn los? Ihre Kleine schläft noch immer. Wie heißt sie?«

»Cosette.«

»Ist sie Ihre Tochter? Man sollte meinen, Sie sind ihr Großvater.«

»Ja.«

»Für sie wird es leicht sein, hinauszukommen. Meine Diensttür geht auf den Hof. Ich klopfe an. Der Pförtner macht auf. Ich habe meine Kiepe auf dem Rücken, die Kleine ist drin. Ich gehe hinaus. Vater Fauchelevent geht mit seiner Kiepe hinaus, sehr einfach. Sie werden der Kleinen sagen, sie soll ganz still sein. Sie ist unter der Decke versteckt. Ich gebe sie für die Zeit, die sein muß, einer guten alten Freundin, die ich in der Rue du Chemin-Vert habe, einer Obstfrau, die fast taub ist und ein kleines Bett hat. Ich werde der Obstfrau ins Ohr schreien, daß das Kind eine Nichte von mir ist und daß sie sie bis morgen dabehalten soll. Dann kommt die Kleine mit Ihnen zurück. Denn ich werde dafür sorgen, daß Sie zurückkommen. Es muß ja sein. Aber wie kommen Sie hinaus?«

Jean Valjean schüttelte den Kopf. »Daß niemand mich sieht, ist das wichtigste, Vater Fauchelevent. Sehen Sie zu, daß Sie mich wie Cosette in einer Kiepe und unter einer Decke hinausschaffen!«

Fauchelevent kratzte sich das Ohrläppchen mit zwei Fingern der linken Hand, was eine ernste Verlegenheit bezeugte. Ein drittes Geläut lenkte ihn ab. »Jetzt geht der Totenarzt«, sagte Fauchelevent. »Er hat sie angesehen und gesagt: Sie ist tot, gut. Wenn der Arzt den Paß ins Paradies visiert hat, schickt das Beerdigungsinstitut einen Sarg. Wenn es eine Mutter ist, ziehen die Mütter ihr das Leichenhemd an; ist es eine Schwester, die Schwestern. Dann nagle ich zu. Das gehört zu meiner Gärtnerarbeit. Ein Gärtner ist auch ein bißchen Totengräber. Man bringt sie in einen unteren Saal der Kirche, der mit der Straße verbunden ist und den kein Mann betreten darf als der Totenarzt. Ich und die Leichenträger, wir zählen nicht als Männer. In dem Saal nagle ich den Sarg zu. Die Leichenträger holen ihn ab, der Kutscher knallt mit der Peitsche, und so geht es dem Himmel zu. Man bringt einen Kasten, in dem nichts ist, und trägt ihn mit etwas drin hinaus. Das ist ein Begräbnis.« *De profundis.*

Ein horizontaler Sonnenstrahl streifte das Gesicht der schlafenden Cosette, die den Mund halb öffnete. Sie sah wie ein Engel aus, der Licht schlürft. Jean Valjean schaute sie wieder an und hörte nicht mehr auf Fauchelevent.

Wenn einem nicht zugehört wird, ist das noch kein Grund zu schweigen. Der wackere alte Gärtner schwatzte gemütlich weiter: »Im Friedhof Vaugirard wird das Grab gegraben. Es heißt, er soll aufgehoben werden, der Friedhof Vaugirard. Es ist ein alter Friedhof, nicht vorschriftsmäßig; er hat keine Uniform und wird in Pension geschickt. Schade, denn er ist bequem. Ich habe dort einen Freund, den Vater Mestienne, den Totengräber. Die Nonnen von hier haben ein Vorrecht, sie werden, sobald die Nacht hereinbricht, nach dem Friedhof getragen. Es gibt eine eigene Verordnung der Präfektur für sie. Aber was ist da alles seit gestern passiert! Die Mutter Kreuzigung ist gestorben, und der Vater Madeleine ...«

»Wird begraben«, sagte Jean Valjean und lächelte traurig.

Fauchelevent ließ die Worte zurückspringen. »Verdammt! Wenn Sie ganz hier wären, das würde wahrhaftig ein Begräbnis sein. «

Ein viertes Geläut erscholl. Rasch nahm Fauchelevent das Knieband mit dem Glöckchen vom Nagel herunter und legte es sich wieder um das Knie. »Diesmal bin ich's. Die Mutter Priorin verlangt mich. Da steche ich mich noch mit der Spitze meiner Schnalle. Herr Madeleine, rühren Sie sich nicht und warten Sie auf mich! Es gibt was Neues. Wenn Sie Hunger haben, da sind Wein, Brot und Käse.« Und er eilte aus seiner Hütte und sagte: »Ich komme schon! Ich komme schon!« Jean Valjean sah, wie er durch den Garten hastete, so schnell es sein lahmes Bein ihm erlaubte, wobei er von der Seite seine Melonenbeete musterte.

Weniger als zehn Minuten später klopfte Vater Fauchelevent, vor dessen Glöckchen, als er vorbeikam, die Nonnen auseinanderstoben, leise an eine Tür, und eine sanfte Stimme erwiderte: »Immerdar.« Immerdar hieß: Herein. Die Tür war die des Sprechzimmers, das dem Gärtner für dienstliche Erfordernisse vorbehalten war. Es stieß an den Kapitelsaal. Die Priorin saß auf dem einzigen Stuhl des Zimmers und erwartete Fauchelevent.

Fauchelevent in Schwierigkeiten

Eine erregte und ernste Miene bei kritischen Anlässen ist das besondere Kennzeichen gewisser Charaktere und Berufe, vor allem der Priester und Mönche. In dem Moment, in dem Fauchelevent eintrat, lag dieses zwiefache Gepräge von Besorgnis auf dem Antlitz der Priorin, des reizenden und gelehrten Fräuleins von Blemeur, der Mutter Innocente, die sonst heiter war.

Der Gärtner grüßte scheu und blieb auf der Schwelle des Gemachs stehen. Die Priorin, die den Rosenkranz mit ihren Fingern abhaspelte, hob die Augen und sagte: »Ach, Sie sind es, Vater Fauvent.« Diese Abkürzung war im Kloster gebräuchlich.

Fauchelevent grüßte nochmals.

»Vater Fauvent, ich habe Sie rufen lassen.«

»Hier bin ich, ehrwürdige Mutter.«

»Ich habe mit Ihnen zu reden.«

»Und ich auch«, sagte Fauchelevent mit einer Verwegenheit, über die er heimlich erschrak, »habe der ehrwürdigen Mutter etwas zu sagen.«

Die Priorin sah ihn an. »Sie haben mir etwas mitzuteilen?«

»Eine Bitte.«

»Sprechen Sie!«

Der biedere Fauchelevent, der frühere Gerichtsschreiber, gehörte zu der Kategorie von Bauern, die sich innere Sicherheit erworben haben. Eine gewisse gewandte Einfalt ist eine Stärke; man hegt kein Mißtrauen gegen sie, und das gewinnt für sie. Seit mehr als zwei Jahren wohnte Fauchelevent im Kloster, und er hatte bei der Gemeinschaft Erfolg gehabt. Immer allein und nur seiner Gärtnerei sich widmend, hatte er nichts anderes zu tun, als neugierig zu sein. Alle diese verschleierten Frauen, die hin und her gingen, sah er aus der Entfernung, als bewegten sich Schatten. Durch angespannte Aufmerksamkeit hatte er es dahin gebracht, allen diesen Gespenstern Fleisch zu geben. Diese Toten lebten für ihn. Er war wie ein Tauber, dessen Sehschärfe zunimmt, und wie ein Blinder, dessen Gehör sich verschärft. Er hatte sich darin geübt, den Sinn der einzelnen Geläute zu unterscheiden, und so hatte das düstere und schweigende Kloster kein Rätsel für ihn. Diese Sphinx plapperte ihm ihre Geheimnisse aus. Fauchelevent wußte alles und verhehlte alles. Das war seine Kunst. Im ganzen Kloster glaubte man, er sei beschränkt, was in der Religion ein großes Verdienst sein kann. Die Mütter hielten viel von ihm. Er war ein stummer Neugieriger. Er flößte Vertrauen ein. Auch war er pünktlich, und nur wenn es erwiesenermaßen unumgänglich war, verließ er Obstgarten und Küchengarten. Die Diskretion, mit der er sich benahm, wurde ihm hoch angerechnet. Dennoch hatte er zwei Männer zum Reden verlockt: im Kloster den Pförtner, und er kannte alle Eigentümlichkeiten des Sprechraums; und auf dem Friedhof den Totengräber; und er kannte die Umstände eines jeden Begräbnisses. So war er doppelt über diese Nonnen aufgeklärt, über ihr Leben und ihren Tod. Aber er trieb keinen Unfug damit. Die Gemeinschaft schwor auf ihn. Alt, lahm, kurzsichtig, schwerhörig, wie viele Vorzüge! Man hätte ihn kaum ersetzen können.

Mit dem Selbstgefühl des Unentbehrlichen richtete er an die ehrwürdige Priorin eine ländliche, etwas wirre und dunkle Ansprache. Er verbreitete sich über sein Alter, seine Gebrechen, die vermehrte Bürde der Jahre, die hinfort doppelt für ihn zählten, die wachsende Arbeitslast, die Größe des Gartens, die Nächte ohne Schlaf, wie zum Beispiel die letzte, wo er des Mondes wegen die Melonenbeete mit Stroh hatte abdecken müssen. Und zum Schluß sagte er, er habe einen Bruder (die Priorin wollte schon abwehren), einen Bruder, der nicht jung sei (zweite Gebärde der Priorin, aber beruhigter), und wenn man gestatte, könne dieser Bruder bei ihm wohnen und ihm helfen. Er sei ein höchst tüchtiger Gärtner, die Gemeinschaft werde viel Vorteil von ihm haben, mehr als von ihm selbst. Andernfalls, wenn man seinen Bruder nicht zulasse, werde er, der Ältere, da er sich gebrochen und für die Arbeit nicht voll tauglich fühle, zu seinem großen Bedauern gezwungen sein zu gehen. Und sein Bruder habe ein kleines Mädchen, das er mitbringen werde und das im Hause nach Gottes Wort geschult werden könne, um vielleicht eines Tages Nonne zu sein.

Als er ausgesprochen hatte, unterbrach die Priorin das Gleiten ihres Rosenkranzes durch ihre Finger und sagte: »Könnten Sie sich bis heute abend eine massive Eisenstange besorgen?«

»Wozu?«

»Sie soll als Hebel dienen.«

»Ja, ehrwürdige Mutter«, entgegnete Fauchelevent.

Die Priorin stand auf, ohne ein Wort hinzuzufügen, und betrat den Nachbarraum, den Kapitelsaal, in dem wohl die Mütter versammelt waren.

Fauchelevent blieb allein.

Mutter Innocente

Etwa eine Viertelstunde verrann. Die Priorin kam zurück und setzte sich wieder auf ihren Stuhl. Sie beide, die nun eine Unterhaltung miteinander hatten, schienen in Gedanken. Der Dialog, der sich entwickelte, sei hier stenographisch berichtet.

»Vater Fauvent?«

»Ehrwürdige Mutter?«

»Sie kennen die Kapelle?«

»Ich habe einen kleinen Käfig, um die Messe und die Gottesdienste zu hören.«

»Und Sie haben Ihrer Arbeit wegen den Chor betreten?«

»Zwei- oder dreimal.«

»Es muß ein Stein gehoben werden.«

»Ist er schwer?«

»Die Platte neben dem Altar.«

»Der Stein, der das Gewölbe verschließt?«

»Ja.«

»Da wäre es gut, wenn zwei Männer drangingen.«

»Die Mutter Christi Himmelfahrt, die kräftig ist wie ein Mann, wird Ihnen helfen.«

»Eine Frau ist nie ein Mann.«

»Wir haben nur eine Frau als Hilfe. Jeder tut, was er kann. Wenn Dom Mabillon vierhundertsiebzehn Episteln des heiligen Bernhard gibt und Merlonius Horstius nur dreihundertsiebenundsechzig, verachte ich darum den Merlonius Horstius nicht.«

»Ich auch nicht.«

»Verdienst ist es, nach seiner Kraft zu arbeiten. Ein Kloster ist kein Bauplatz.«

»Und eine Frau ist kein Mann. Mein Bruder ist stark.«

»Sie werden ja auch einen Hebel haben.«

»Das ist die einzige Art Schlüssel zu solchen Türen.«

»An dem Stein ist ein Ring.«

»Ich werde den Hebel durchschieben.«

»Und der Stein ist so eingelassen, daß man ihn im Zapfen drehen kann.«

»Gut, ehrwürdige Mutter. Ich werde das Gewölbe öffnen.«

»Und die vier Mütter vom Chor werden Ihnen beistehen.«

»Und wenn das Gewölbe offen ist?«

»Muß man es wieder zumachen.«

»Ist das alles?«

»Nein.«

»Befehlen Sie mir, ehrwürdige Mutter.«

»Fauvent, wir haben Vertrauen zu Ihnen.«

»Ich bin hier, um alle Arbeit zu tun.«

»Und über alles zu schweigen.«

»Ja, ehrwürdige Mutter.«

»Wenn das Gewölbe offen ist …«

»Mache ich es wieder zu.«

»Aber vorher …«

»Was, ehrwürdige Mutter?«

»Muß etwas hinuntergeschafft werden.«

Ein Schweigen entstand. Die Priorin beendete es, nachdem sie die Unterlippe verzogen hatte, was einem Zögern glich. »Vater Fauvent?«

»Ehrwürdige Mutter?«

»Sie wissen, daß heute morgen eine Mutter gestorben ist.«

»Nein.«

»Haben Sie denn die Glocke nicht gehört?«

»Hinten im Garten hört man nichts.«

»Wirklich?«

»Kaum kann ich mein Geklingel hören.«

»Bei Tagesanbruch ist sie gestorben.«

»Und heute morgen blies der Wind nicht nach meiner Seite.«

»Es ist die Mutter Kreuzigung. Sie ist gottselig.«

Die Priorin schwieg, bewegte einen Moment die Lippen, als spräche sie im Geist ein Gebet, und begann wieder: »Vor drei Jahren ist, nur weil sie die Mutter Kreuzigung beten sah, Frau von Béthune, eine Jansenistin, rechtgläubig geworden.«

»Ach ja, jetzt höre ich das Totengeläut, ehrwürdige Mutter.«

»Die Mütter haben sie in die Totenkammer getragen, die neben der Kirche liegt.«

»Ich weiß.«

»Kein anderer Mann als Sie kann und darf die Kammer betreten! Wachen Sie darüber gut! Es wäre ein schöner Anblick, beträte ein Mann die Totenkammer.«

»Öfters!«

»Wie?«

»Öfters!«

»Was sagen Sie?«

»Ehrwürdige Mutter, ich sage nicht öfter, ich sage öfters.«

»Ich verstehe Sie nicht. Warum sagen Sie öfters?«

»Ganz wie Sie, ehrwürdige Mutter.«

»Aber ich habe nicht öfters gesagt.«

»Sie haben es nicht gesagt, aber ich habe es gesagt, um wie Sie zu sprechen.«

In diesem Augenblick schlug es neun. »Um neun Uhr morgens und zu jeder Stunde sei gelobt und angebetet das hochheilige Sakrament des Altars«, sagte die Priorin.

»Amen«, sagte Fauchelevent.

Die Glocke ertönte zur rechten Zeit. Sie schnitt die Wiederholungen des »öfters« ab. Ohne sie hätten die Priorin und

Fauchelevent wohl nie aus diesem Knäuel herausgefunden. Fauchelevent wischte sich die Stirn.

Die Priorin gab sich wieder lautlosem Gemurmel hin, das vielleicht ein heiliges Gemurmel war, dann sagte sie laut: »Als sie lebte, hat Mutter Kreuzigung Bekehrungen bewirkt. Nach ihrem Tod wird sie Wunder tun.«

»Wird sie tun!« erwiderte Fauchelevent, um Schritt mit ihr zu halten, und entschlossen, nicht mehr zu straucheln.

»Vater Fauvent, die Gemeinschaft ist in Mutter Kreuzigung gesegnet worden. Ohne Zweifel ist es nicht jedem vergönnt, wie der Kardinal Bérulle zu verscheiden, der das Hochamt zelebrierte und seine Seele zu Gott hin aushauchte mit den Worten: *Hanc igitur oblationem*. Aber ohne ein so großes Glück zu erreichen, ist Mutter Kreuzigung eines sehr köstlichen Todes gestorben. Sie war bis zum letzten Augenblick bei Bewußtsein. Sie sprach mit uns, sie sprach mit den Engeln. Sie hat uns ihre letzten Aufträge erteilt. Wenn Sie etwas gläubiger wären und in ihrer Zelle hätten sein können, so hätte sie durch bloßes Anrühren Ihr Bein geheilt. Sie lächelte. Man fühlte, daß sie in Gott auferstand. Über diesem Tod lag etwas vom Paradies.«

Fauchelevent dachte, es sei das Ende eines Gebetes. »Amen«, sagte er.

»Vater Fauvent, man soll tun, was die Toten wollen.« Die Priorin haspelte wieder einige Kügelchen ihres Rosenkranzes ab. Fauchelevent schwieg. »Ich habe«, fuhr sie fort, »mehrere Lehrer der Kirche befragt, die, im Weinberg Unseres Herrn arbeitend, sich mit den Pflichten des klerikalen Lebens befassen und reichste Ernte einbringen.«

»Ehrwürdige Mutter, von hier hört man das Totengeläut viel besser als im Garten.«

»Im übrigen ist sie keine Tote mehr, sie ist eine Heilige.«

»Wie Sie, ehrwürdige Mutter.«

»Sie ruhte in ihrem Sarg seit zwanzig Jahren, mit dem ausdrücklichen Einverständnis unseres Heiligen Vaters Pius VII.«

»Der den Kais …, der Bonaparte gekrönt hat.«

Für einen geschickten Mann wie Fauchelevent war diese Erinnerung ein Verstoß.

Zum Glück hörte die Priorin, ganz in Gedanken, es nicht. »Vater Fauvent?« fuhr sie fort.

»Ehrwürdige Mutter?«

»Der heilige Diodor, Erzbischof von Kappadozien, wollte nur das Wort *acarus*, was Erdenwurm heißt, auf seinen Grabstein geschrieben haben, das geschah denn auch. Ist dem so?«

»Ja, ehrwürdige Mutter.«

»Der selige Mezzocane, Abt von Aquila, wollte unter dem Galgen begraben werden, das geschah denn auch.«

»Das ist wahr.«

»Der heilige Terenz, Bischof von Porto an der Tibermündung, verlangte, daß in seinen Stein das Zeichen eingemeißelt werden sollte, das auf das Grab von Vater- oder Muttermördern kam, in der Hoffnung, daß die Vorübergehenden auf seine letzte Ruhestatt spucken würden. Das geschah denn auch. Man muß den Toten gehorchen.«

»So sei es.«

»Der Leichnam des bei Roche-Abeille in Frankreich geborenen Bernard Guidonis wurde, wie er angeordnet hatte, gegen den Willen des Königs von Kastilien in die Kirche der Dominikaner von Limoges gebracht, obwohl Bernard Guidonis Bischof von Tuy in Spanien war. Kann das jemand bestreiten?«

»Das nicht, ehrwürdige Mutter.«

»Die Begebenheit ist von Plantavit de la Fosse bestätigt worden.«

Wieder ließ die Priorin stumm ihre Finger über mehrere Kügelchen des Rosenkranzes gleiten. »Die Mutter Kreuzigung wird in dem Sarg bestattet werden, in dem sie seit zwanzig Jahren geruht hat.«

»Recht so.«

»So schläft sie weiter.«

»Und in den Sarg soll ich sie einsegeln?«

»Ja.«

»Und den Sarg vom Beerdigungsinstitut lassen wir weg?«

»Jawohl.«

»Die hochwürdige Gemeinschaft mag über mich verfügen.«

»Die vier Mütter vom Chor helfen Ihnen.«

»Den Sarg zu vernageln? Ich brauche sie nicht.«

»Nein. Ihn zu versenken.«

»Wohin?«

»In das Gewölbe.«

»Welches Gewölbe?«

»Unter dem Altar.«

Fauchelevent sprang auf. »Das Gewölbe unter dem Altar?«

»Unter dem Altar.«

»Aber ...«

»Sie werden eine Eisenstange haben.«

»Ja, aber ...«

»Sie heben den Stein mit der Stange und nehmen den Ring dazu.«

»Aber ...«

»Man muß den Toten gehorchen. Im Gewölbe unter dem Altar der Kapelle begraben zu werden statt in ungeweihtem Boden, als Tote da zu bleiben, wo sie lebend gebetet hat: das war der letzte Wunsch der Mutter Kreuzigung. Es war ihre Bitte an uns, also ihr Befehl.«

»Es ist aber verboten.«

»Verboten von den Menschen, befohlen von Gott.«

»Und wenn es ruchbar wird?«

»Wir vertrauen Ihnen.«

»Oh, ich bin wie ein Stein in Ihrer Mauer.«

»Das Kapitel ist versammelt. Die Mütter, die ich noch einmal befragt habe und die jetzt beraten, haben beschlossen, daß die Mutter Kreuzigung ihrem Wunsch gemäß in ihrem Sarg unter dem Altar beigesetzt wird. Denken Sie sich, Vater Fauvent, wenn dann hier Wunder geschähen! Welcher Ruhm vor Gott für die Gemeinschaft! Wunder werden in Gräbern geboren.«

»Aber, ehrwürdige Mutter, wenn der Mann vom Gesundheitsamt ...«

»Der heilige Benedikt II. hat in der Frage des Begräbnisses dem Konstantin Pogonatus Widerstand geleistet.«

»Aber der Polizeikommissar ...«

»Chnodemar, einer der sieben germanischen Könige, die unter der Herrschaft des Kaisers Constantius in Gallien eindrangen, hat förmlich das Recht der Klosterbrüder anerkannt, im Umkreis der Religion, also unter dem Altar, begraben zu werden.«

»Aber der Inspektor der Präfektur …«

»Die Welt ist nichts vor dem Kreuz. Martin, der elfte General der Kartäuser, hat seinem Orden den Wahlspruch gegeben: *Stat crux dum volvitur orbis.*«

»Amen«, sagte Fauchelevent, unerschütterlich in dieser Art, sich aus der Affäre zu ziehen, sooft er Latein hörte.

Dem, der zu lange geschwiegen hat, genügt irgendein Auditorium. An dem Tag, an dem der Rhetor Gymnastoras das Gefängnis verließ, mit vielen zurückgehaltenen Dilemmas und Syllogismen im Leibe, stellte er sich vor den ersten Baum, der ihm begegnete, sprach zu ihm und suchte angestrengt, ihn zu überzeugen. Die Priorin, die sonst vom Damm des Schweigens gehemmt war und ein übervolles Behältnis hatte, erhob sich und rief, als sei eine Schleuse in ihr geborsten: »Zu meiner Rechten habe ich Benedikt und zu meiner Linken Bernhard. Wer ist Bernhard? Er ist der erste Abt von Clairvaux. Fontaines in Burgund ist ein gesegneter Landstrich, weil er dort geboren wurde. Sein Vater hieß Técelin und seine Mutter Alèthe. Er hat mit Cîteaux begonnen, um mit Clairvaux aufzuhören. Von Guillaume de Champeaux, Bischof von Chalon-sur-Saône, wurde er als Abt eingesetzt. Er hatte siebenhundert Novizen und gründete einhundertsechzig Klöster. 1140, auf dem Konzil zu Sens, brachte er Abälard zum Schweigen und Peter de Bruys und seinen Schüler Heinrich und noch eine Art von Irregeleiteten, die die Apostolischen hießen. Er demütigte Arnold von Brescia, zerschmetterte den Mönch Raoul, den Judenschlächter, beherrschte 1148 das Konzil zu Reims, ließ Gilbert de la Porée, Bischof von Poitiers, verdammen, ließ Éon de l'Étoile verdammen, schlichtete die Streitigkeiten der Fürsten, erleuchtete König Ludwig den Jüngeren, beriet Papst Eugen III., ordnete die Angelegenheiten des Templerordens, predigte den Kreuzzug, vollbrachte zweihundertfünfzig Wunder in seinem Leben und bis zu neununddreißig an einem Tag. Wer ist Benedikt? Er ist der Patriarch vom Monte

Cassino, der zweite Begründer der klösterlichen Heiligkeit und der Basilius des Abendlandes. Sein Orden brachte vierzig Päpste hervor, dazu zweihundert Kardinäle, fünfzig Patriarchen, sechzehnhundert Erzbischöfe, viertausendsechshundert Bischöfe, vier Kaiser, zwölf Kaiserinnen, sechsundvierzig Könige, einundvierzig Königinnen, dreitausendsechshundert kanonisierte Heilige und besteht seit vierzehnhundert Jahren fort. Auf der einen Seite sehe ich Sankt Bernhard, auf der anderen das Gesundheitsamt. Auf der einen Sankt Benedikt, auf der anderen die Straßeninspektion. Der Staat, die Straßeninspektion, das Beerdigungsinstitut, die Vorschriften, die Verwaltung, kennen wir so etwas? Wer auch vorübergeht, wäre empört, sähe er, wie man uns behandelt. Wir haben nicht einmal das Recht, unseren Staub Jesus Christus zu geben. Ihr Gesundheitsamt ist eine revolutionäre Erfindung, Gott dem Polizeikommissar untergeordnet: So ist das Jahrhundert. Still, Fauvent!«

Fauchelevent fühlte sich unter dieser kalten Dusche nicht sonderlich wohl. Die Priorin fuhr fort.

»Das Recht des Klosters auf Bestattung bezweifelt niemand. Das leugnen nur die Fanatiker und die Irrgläubigen. Wir leben in einer Zeit der fürchterlichen Verwirrung. Unbekannt ist, was man wissen sollte, und bekannt, was man nicht wissen sollte. Schlecht und gottlos ist die Welt. Es gibt heutigentags Leute, die keinen Unterschied machen zwischen dem gewaltigen heiligen Bernhard und dem Bernhard von den Armen Katholiken, der gewiß ein guter Geistlicher war und im dreizehnten Jahrhundert lebte. Andere gehen in ihren Lästerungen so weit, daß sie Ludwigs XVI. Schafott mit dem Kreuz Christi vergleichen. Ludwig XVI. war nur ein König. Nehmen wir uns vor Gott in acht! Weder gerecht noch ungerecht geht es mehr zu. Jeder kennt den Namen Voltaires, niemand den von César de Bus. Dennoch ist César de Bus ein Seliger und Voltaire ein Unglücklicher. Der letzte Erzbischof, Kardinal von Périgord, wußte nicht einmal, daß Charles de Condren der Nachfolger von Bérulle war und François Bourgoin der von Condren und Jean-François Senault der von Bourgoin und der Pater von der heiligen

Martha der von Jean-François Senault. Der Name vom Pater Coton ist geläufig, nicht weil er zu den dreien gehörte, die die Gründung des Oratoriums Jesu gefördert haben, sondern weil er dem Hugenottenkönig Heinrich IV. Anlaß zum Fluchen gegeben hat. Was den heiligen Franz von Sales für die Laien anziehend macht, ist, daß er beim Spiel schummelte. Und dann wird die Religion angegriffen. Warum? Weil es schlechte Priester gab, weil Sagittaire, Bischof von Gap, Salones, des Bischofs von Embrun, Bruder war und beide Mommol nachgestellt haben. Was tut's? Hindert das Martin von Tours, ein Heiliger zu sein und die Hälfte seines Mantels einem Armen gegeben zu haben? Die Heiligen werden verfolgt. Man verschließt die Augen vor den Wahrheiten. Mit der Finsternis wird vertrauter Umgang gepflogen. Die grausamsten Tiere sind die blinden Tiere. Niemand denkt ernstlich an die Hölle. Oh, das schlimme Volk! Im Namen des Königs bedeutet heute im Namen der Revolution. Man weiß nicht mehr, was man den Lebenden und den Toten schuldet. Es ist verboten, heilig zu sterben. Das Grab ist eine weltliche Angelegenheit. Dies erregt Abscheu. Der heilige Leo II. hat eigens zwei Briefe geschrieben, den einen an Pierre Notaire und den anderen an den König der Westgoten, um in den die Toten betreffenden Fragen die Machtbefugnis des Exarchen und die Oberhoheit des Kaisers zu widerlegen und zurückzuweisen. Gautier, der Bischof von Châlons, widersetzte sich in dieser Sache Othon, dem Herzog von Burgund. Die alte Obrigkeit war damit einverstanden. Früher hatten wir sogar bei säkularen Dingen ein Wort mitzureden. Der Abt von Cîteaux, das Haupt des Ordens, war von Geburt Rat im Parlament von Burgund. Wir machen mit unseren Toten, was wir wollen. Ruht nicht der Leichnam des heiligen Benedikt selbst in Frankreich, in der Abtei von Fleury, auch Saint-Benoît-sur-Loire genannt, obwohl er im Jahre 543 an einem Sonnabend, dem 21. des Monats März, in Italien auf dem Monte Cassino gestorben ist? All dies ist unumstritten. Die Psalmensänger flößen mir Abscheu ein, die Priore hasse ich, die Ketzer verfluche ich, aber ich würde jeden noch mehr verwünschen, der mich vom Gegenteil überzeugen wollte. Man braucht doch nur Arnoul Wion, Gabriel Bucelin, Trithemius, Maurolicus und Dom Lucas d'Achery zu lesen.«

Die Priorin atmete auf, dann wandte sie sich an Fauchelevent: »Vater Fauvent, abgemacht?«

»Abgemacht, ehrwürdige Mutter.«

»Kann ich auf Sie zählen?«

»Ich werde gehorchen.«

»Gut.«

»Ich bin dem Kloster unbedingt ergeben.«

»Gut. Sie werden den Sarg verschließen. Die Schwestern werden ihn in die Kapelle tragen. Die Totenmesse wird gelesen werden. Dann kehrt man in das Kloster zurück. Zwischen elf Uhr und Mitternacht kommen Sie mit Ihrer Eisenstange. Alles geht in größtem Geheimnis vor sich. In der Kapelle bleiben nur die vier Mütter vom Chor, Mutter Christi Himmelfahrt und Sie.«

»Und die Schwester, die am Pfahl liegt.«

»Sie wird sich nicht umdrehen.«

»Aber hören wird sie.«

»Sie wird nicht horchen. Übrigens, was das Kloster weiß, weiß die Welt nicht.«

Wieder entstand eine Pause. »Sie nehmen Ihr Glöckchen ab«, sagte dann die Priorin. »Es ist nicht nötig, daß die Schwester am Pfahl merkt, daß Sie da sind.«

»Ehrwürdige Mutter?«

»Was, Vater Fauvent?«

»Hat der Totenarzt seinen Besuch gemacht?«

»Er wird ihn heute um vier Uhr machen. Man hat schon das Signal geläutet, das ihn ruft. Aber Sie hören doch gar nicht, wenn es läutet?«

»Ich passe nur auf das Signal für mich auf.«

»Gut, Vater Fauvent.«

»Ehrwürdige Mutter, ich brauche einen Hebel von mindestens sechs Fuß.«

»Woher wollen Sie ihn nehmen?«

»Wo es an Gittern nicht fehlt, fehlt es nicht an Eisenstangen. Ich habe einen Haufen Schrott hinten im Garten.«

»Drei Viertelstunden vor Mitternacht; vergessen Sie nicht!«

»Ehrwürdige Mutter?«

»Was?«

»Wenn Sie je andere Arbeit wie diese hätten, mein Bruder ist stark. Ein Athlet.«

»Sie erledigen das möglichst rasch.«

»Mit meiner Schnelligkeit ist es nicht so toll. Ich bin ein Krüppel. Deshalb müßte ich eine Hilfe haben. Ich bin lahm.«

»Hinken ist kein Unrecht, es kann ein Segen Gottes sein. Der Kaiser Heinrich II., der dem Gegenpapst Gregor den Kampf ansagte und Benedikt VIII. wiedereinsetzte, hat zwei Namen: der Heilige und der Lahme.«

»Doppelt genäht hält am besten«, murmelte Fauchelevent, der wirklich ein bißchen schwerhörig war.

»Vater Fauvent, nehmen wir also eine ganze Stunde dafür! Das ist nicht zuviel. Seien Sie um elf Uhr mit Ihrer Eisenstange am Hauptaltar! Die Messe beginnt um Mitternacht. Eine gute Viertelstunde vorher muß alles zu Ende sein.«

»Ich werde tun, was ich kann, um meinen Eifer der Gemeinschaft darzutun. Ich werde den Sarg vernageln. Um elf Uhr, auf die Minute, werde ich in der Kapelle sein. Die Mütter vom Chor werden dasein und die Mutter Christi Himmelfahrt. Zwei Männer, das wäre besser. Na, macht nichts! Ich habe ja meinen Hebel. Wir öffnen das Gewölbe, wir senken den Sarg hinunter und schließen das Gewölbe wieder. Danach sieht man keine Spur davon. Die Regierung wird nichts ahnen. Ehrwürdige Mutter, geht so alles in Ordnung?«

»Nein.«

»Was ist denn noch?«

»Da ist noch der leere Sarg.«

Das Gespräch stockte. Fauchelevent sowohl als auch die Priorin dachten nach.

»Vater Fauvent, was fangen wir mit dem Sarg an?«

»Den beerdigen wir.«

»Leer?«

Wieder ein Schweigen. Fauchelevent winkte mit der linken Hand ab, wie man tut, wenn man eine beunruhigende

Frage loswerden will.

»Ehrwürdige Mutter, ich vernagle den Sarg in dem unteren Saal der Kirche, niemand kann eintreten als ich, und ich bedecke den Sarg mit dem Bahrtuch.«

»Ja, aber wenn die Träger ihn auf den Leichenwagen heben und in die Grube hinablassen, werden sie merken, daß nichts drinnen ist.«

»Ei, verfl ...«, rief Fauchelevent. Die Priorin bekreuzigte sich und starrte den Gärtner an. Der Rest des Wortes blieb ihm in der Kehle stecken.

Er beeilte sich, durch einen Vorschlag den Fluch vergessen zu lassen.

»Ehrwürdige Mutter, ich fülle den Sarg mit Erde. Das wiegt dann wie ein Mensch.«

»Sie haben recht. Erde ist ebensogut. Also werden Sie den leeren Sarg herrichten?«

»Ich mache das schon.«

Das Gesicht der Priorin, das bis dahin betrübt und verdunkelt gewesen war, heiterte sich auf. Sie verabschiedete ihn mit dem Zeichen des Vorgesetzten für den Untergebenen. Fauchelevent ging der Tür zu. Als er sie erreicht hatte, erhob die Priorin sanft ihre Stimme: »Vater Fauvent, ich bin mit Ihnen zufrieden. Morgen, nach dem Begräbnis, führen Sie mir Ihren Bruder vor, und sagen Sie ihm, er soll seine Tochter mitbringen.«

Wie Jean Valjean ganz und gar so aussieht, als ob er Austin Castillejo gelesen habe

Beschleunigte Schritte von Lahmen sind wie das Blinzeln von Einäugigen. Sie gelingen nicht ganz. Auch war Fauchelevent noch verblüfft. Er brauchte fast eine Viertelstunde, um zu der Baracke im Garten zurückzukommen. Cosette war erwacht. Jean Valjean hatte sie an das Feuer gesetzt. Gerade als Fauchelevent eintrat, zeigte Jean Valjean ihr die an der Wand hängende Kiepe des Gärtners und sagte zu ihr: »Höre gut zu, kleine Cosette! Wir müssen dieses Haus verlassen, aber wir kommen wieder, und es wird uns hier sehr gut gehen. Der gute Mann hier wird dich da drin auf seinem Rücken forttragen. Du wirst bei einer Frau auf mich warten. Ich hole dich wieder ab. Wenn du nicht magst, daß die Thénardier dich wieder erwischt, gehorche und sage nichts!«

Cosette bejahte stumm und ernst.

Bei dem Geräusch der Tür, die Fauchelevent aufstieß, wandte Jean Valjean sich um. »Nun?«

»Alles ist in Ordnung und nichts«, sagte Fauchelevent. »Ich habe die Erlaubnis, Sie einzulassen; aber bevor ich Sie hineinschaffe, muß ich Sie hinausschaffen. Das ist die vertrackte Geschichte. Mit der Kleinen geht es leicht.«

»Sie tragen sie fort?«

»Und wird sie still sein?«

»Ich hafte dafür.«

»Aber Sie, Vater Madeleine?«

Und nach einem Schweigen, das nicht ohne Angst war, rief Fauchelevent: »Warum wollen Sie nicht den Weg gehen, den Sie kamen?«

Wie das erstemal antwortete Jean Valjean nur: »Unmöglich.«

Fauchelevent murrte, indem er mehr zu sich als zu Jean Valjean sprach: »Da plagt mich noch etwas anderes. Ich habe gesagt, ich würde Erde hineingeben. Aber ich denke mir, Erde drin statt eines Körpers, das fällt auf, das wird rutschen, das wird sich bewegen. Die Männer spüren den Unterschied. Sie verstehen, Vater Madeleine, das merkt die Regierung.«

Jean Valjean sah ihn fest an und glaubte, er rede irre.

»Wie, zum Teufel«, sprach Fauchelevent weiter, »werden Sie hinauskommen? All das muß morgen geschehen. Morgen soll ich Sie bringen. Die Priorin erwartet Sie.«

Dann erklärte er Jean Valjean, das sei eine Belohnung dafür, daß er, Fauchelevent, der Gemeinschaft einen Dienst erweise. Es gehöre zu seinen Befugnissen, an den Bestattungen teilzunehmen, er vernagle die Särge und unterstütze den Totengräber auf dem Friedhof. Die am Morgen gestorbene Nonne habe darum gebeten, daß man sie in den Sarg einschließe, der ihr als Bett gedient hatte, und in dem Gewölbe unter dem Altar der Kapelle begrabe. Das sei durch die Polizeivorschriften verboten, aber sie sei eine der Toten, denen man nichts verweigere. Die Priorin und die Mütter seien gewillt, den Wunsch der Entschlafenen zu vollstrecken. Um so schlimmer für die Regierung. Er, Fauchelevent, werde den Sarg in der Zelle zunageln, den Stein in der Kapelle heben und die Tote in dem Gewölbe versenken. Zum Dank lasse die Priorin seinen Bruder als Gärtner und seine Nichte als Pensionärin in das Haus. Sein Bruder sei Herr Madeleine und seine Nichte Cosette. Die Priorin habe ihm gesagt, er solle ihr morgen abend, nach dem vorgetäuschten Begräbnis im Friedhof, seinen Bruder zuführen. Aber er könne Herrn Madeleine nicht von draußen bringen, wenn Herr Madeleine nicht draußen sei. Das stelle die erste Verlegenheit dar. Und dann sei da noch eine zweite, der leere Sarg.

»Was ist mit dem leeren Sarg?« fragte Jean Valjean.

Fauchelevent antwortete: »Der Sarg vom Institut.«

»Was für ein Sarg? Und was für ein Institut?«

»Eine Nonne stirbt. Der städtische Arzt kommt und sagt: Da ist eine Nonne gestorben. Die Regierung schickt einen Sarg. Am nächsten Tag schickt sie einen Leichenwagen und Leichenträger, um den Sarg abzuholen und nach dem Friedhof zu befördern.

Die Leichenträger werden kommen und den Sarg anheben, und es wird nichts drinnen sein.«

»Geben Sie doch etwas in den Sarg!«

»Einen Toten? Ich habe keinen.«

»Nein.«

»Was denn?«

»Einen Lebenden.«

»Welchen Lebenden?«

»Mich«, sagte Jean Valjean.

Fauchelevent, der sich gesetzt hatte, sprang auf, als sei unter seinem Stuhl eine Petarde geplatzt. »Sie?«

»Warum nicht?« Auf Jean Valjeans Gesicht trat ein Lächeln, das man selten an ihm sah und das sich wie ein Lichtschein an einem winterlichen Himmel ausnahm. »Sie wissen, Fauchelevent, daß Sie sagten: Die Mutter Kreuzigung ist gestorben, und daß ich hinzufügte: Und Herr Madeleine wird begraben. Und so wird das geschehen.«

»Ach was, Sie machen sich lustig, es ist nicht Ihr Ernst.«

»Mein voller Ernst. Ich muß hier heraus.«

»Sicher.«

»Ich sagte Ihnen, Sie möchten auch für mich eine Kiepe und eine Decke finden.«

»Nun?«

»Die Kiepe wird von Fichtenholz sein und die Decke ein schwarzes Tuch.«

»Erstens ein weißes Tuch. Man bestattet Nonnen in Weiß.«

»Gut, ein weißes Tuch.«

»Sie sind kein Mensch wie andere Menschen, Vater Madeleine.«

So phantastische Dinge zu erleben, die nichts als wilde und kühne Ausgeburten des Bagnos waren, ein friedliches Tagewerk zu verlassen und sich in das zu mischen, was er die Weibergeschichten des Klosters nannte, war für den Vater Fauchelevent so verblüffend wie für einen Passanten der Rue Saint-Denis eine Seemöwe, die auf Jagd nach Fischen in die Gosse niederstieße.

»Ich muß hinauskommen«, fuhr Jean Valjean fort, »ohne gesehen zu werden. Das wäre ein Mittel. Aber vor allem sagen Sie mir, wie das zugeht. Wo ist der Sarg?«

»Der leere?«

»Ja.«

»Unten, in der Totenkammer. Er steht auf zwei Holzböcken, und das Bahrtuch liegt darauf.«

»Wie lang ist der Sarg?«

»Sechs Fuß.«

»Was ist die Totenkammer?«

»Ein Raum im Erdgeschoß mit einem vergitterten Fenster nach dem Garten zu. das von außen mit einem Laden verschlossen wird, und zwei Türen, einer nach dem Kloster, der anderen nach der Kirche.«

»Welcher Kirche?«

»Der Kirche an der Straße, die für alle offen ist.«
»Haben sie die Schlüssel der beiden Türen?«
»Nein. Ich habe den Schlüssel der Tür, die mit dem Kloster verbindet. Der Pförtner hat den Schlüssel der Tür zur Kirche.«
»Wann öffnet der Pförtner diese Tür?«
»Nur um die Leichenträger hereinzulassen, die den Sarg abholen. Wenn der Sarg fort ist, wird die Tür wieder geschlossen.«
»Wer nagelt den Sarg zu?«
»Ich.«
»Wer legt das Tuch darauf?«
»Ich.«
»Sind Sie allein?«
»Kein anderer Mann bis auf den Polizeiarzt darf in die Totenkammer hinein. Das ist auch an der Wand angeschrieben.«
»Könnten Sie mich heute nacht, wenn im Kloster alles schläft, in der Kammer verbergen?«
»Nein, aber ich kann Sie in einem kleinen finsteren Gelaß neben der Totenkammer verbergen, in dem ich mein Grabgerät aufbewahre und zu dem ich den Schlüssel habe.«
»Wann holt morgen der Leichenwagen den Sarg ab?«
»Gegen drei Uhr nachmittags. Begraben wird im Friedhof Vaugirard, kurz vor Anbruch der Dunkelheit. Sehr nahe ist er nicht.«
»Ich werde in Ihrem Gelaß die ganze Nacht und noch die Morgenstunden verborgen bleiben. Und was soll ich essen? Ich werde Hunger haben.«
»Ich bringe Ihnen was zu essen.«
»Um zwei Uhr könnten Sie mich in den Sarg einnageln.«
Fauchelevent wich zurück und ließ die Knochen seiner Finger knacken.
»Aber das ist ja unmöglich.«
»Bah! Mit einem Hammer Nägel in ein Brett schlagen!«
Was Fauchelevent unerhört schien, war, wir wiederholen es, einfach für Jean Valjean. Jean Valjean hatte sich schon durch engere Spalten gewunden. Jeder, der gefangen war,

versteht die Kunst, seine Größe dem Durchmesser des Ausbruchslochs anzupassen. Für den Gefangenen ist die Flucht dasselbe wie die Krise für den Kranken, sie rettet ihn oder läßt ihn sterben. Entspringen heißt genesen. Was nimmt man nicht alles auf sich, um gesund zu werden? Sich in eine Kiste einnageln und wie ein Frachtstück wegbringen lassen, lange Zeit in einer Lade leben, Luft finden, wo keine ist, stundenlang seine Atmung einschränken, ersticken können, ohne zu sterben, das gehörte zu den dunklen Gaben Jean Valjeans.

Übrigens dient in der Not ein Sarg, in dem ein lebendes Geschöpf liegt, nicht nur dem Sträfling, sondern auch einem Kaiser. Wenn man dem Mönch Austin Castillejo glauben kann, wählte Karl V., der nach seiner Abdankung ein letztes Mal die Plombes sehen wollte, dieses Mittel, um sie in das Kloster San Juste hereinbringen und auch wieder herausbringen zu lassen.

Allmählich kam Fauchelevent wieder zu sich. »Aber wie wollen Sie atmen?« rief er.

»Ich werde atmen.«

»In dieser Kiste? Ich ersticke schon, wenn ich daran denke.«

»Sie haben einen Bohrer, Sie werden hier und da um den Mund einige kleine Löcher bohren und nageln, ohne daß Sie auf die Planke von oben drücken.«

»Gut, und dann müssen Sie husten oder niesen.«

»Wer auf der Flucht ist, hustet und niest nicht. « Und Jean Valjean setzte hinzu: »Vater Fauchelevent, ich muß mich entscheiden: entweder hier ertappt zu werden oder mit dem Leichenwagen abzufahren.«

Man kennt die Neigung der Katzen, in einer halboffenen Schwingtür zu stehen und sie lungernd mit dem Rücken zu streifen. Und wer hat nicht schon zu einer Katze gesagt: »Nun komm aber!« So gibt es Menschen, die, wenn ein Zwischenfall sich halb vor ihnen öffnet, keinen von zwei Entschlüssen wählen können und hierdurch in Gefahr sind, vom Schicksal, wenn es jählings das Abenteuer schließt, zerquetscht zu werden. Die allzu Vorsichtigen, so katzenhaft sie auch sind und eben weil sie Katzen sind, laufen bisweilen mehr Gefahr als die Draufgänger. Fauchelevent hatte einen solchen zaudernden Charakter. Dennoch steckte ihn Jean Valjeans Kaltblütigkeit wider seinen Willen an.

»Es gibt wirklich kein anderes Mittel«, brummte er.

»Das einzige«, sagte Jean Valjean, »was mich beunruhigt, ist die Frage, was auf dem Friedhof geschehen wird.«

»Gerade das macht mir keine Kopfschmerzen«, rief Fauchelevent. »Wenn Sie sicher sind, aus dem Sarg herauszukommen, aus dem Grab befreie ich Sie schon. Mit dem Totengräber, der ein Säufer ist, bin ich befreundet. Es ist der Vater Mestienne. Ein alter Saufaus. Der Totengräber steckt die Toten in die Grube, und ich stecke ihn in meine Tasche. Was da geschehen wird, will ich Ihnen sagen. Wir sind kurz vor der Abenddämmerung da, drei Viertelstunden, bevor die Friedhofsgitter geschlossen werden. Der Leichenwagen rollt bis zum Grab. Ich gehe hinterher; das ist mein Dienst. In meiner Tasche habe ich einen Hammer, ein Stemmeisen und eine Zange. Der Leichenwagen hält, die Träger knüpfen einen Strick um Ihren Sarg und lassen Sie hinunter. Der Priester spricht die Gebete, macht das Kreuzeszeichen, spritzt Weihwasser aus und verschwindet. Ich bleibe allein mit dem Vater Mestienne. Er ist mein Freund, sagte ich Ihnen. Entweder er hat einen Rausch, oder er hat keinen. Wenn er keinen hat, sage ich zu ihm: Komm einen trinken, solange die ›Gute Quitte‹ noch auf hat. Ich gehe mit ihm, ich mache ihn betrunken, lange dauert das bei Vater Mestienne nicht, er ist immer schon angegangen, bald liegt er unter dem Tisch, ich nehme ihm seine Karte ab, um wieder auf den Friedhof gelassen zu werden, und kehre ohne ihn zurück. Sie haben nur mit mir zu tun. Ist er betrunken, sage ich zu ihm: Pack dich, ich mache die Arbeit für dich. Er geht, und ich ziehe Sie aus dem Loch.«

Jean Valjean reichte Fauchelevent seine Hand, der sie mit rührender bäuerlicher Herzlichkeit ergriff. »Wir sind einig, Vater Fauchelevent. Sie werden sehen, alles geht gut!«

Wenn es nur keine Störung gibt, dachte Fauchelevent. Es könnte schrecklich werden.

Es genügt nicht, betrunken zu sein, um unsterblich zu sein

Als am nächsten Tag die Sonne im Sinken war, zogen die spärlichen Passanten des Boulevards du Maine ihren Hut vor einem altmodischen Leichenwagen, der mit Totenköpfen, Knochen und Tränen geschmückt war. In diesem Leichenwagen stand ein Sarg, mit einem weißen Tuch bedeckt, auf dem sich ein riesiges schwarzes Kreuz ausbreitete. Es ähnelte einer großen Toten mit schlotternden Armen. Eine Karosse folgte, in der man einen Priester im Chorhemd und einen Chorknaben mit rotem Käppchen erblickte. Zwei Leichenträger in grauer Uniform mit schwarzen Aufschlägen schritten rechts und links von dem Leichenwagen. Ein alter hinkender Mann in Arbeiterkleidung beschloß den Zug, der Richtung auf den Friedhof Vaugirard nahm. Man sah aus der Tasche des Mannes den Stiel eines Hammers, die Schärfe eines Stemmeisens und die Doppelspitze einer Zange herausragen.

Dem Friedhof Vaugirard kam unter den Friedhöfen von Paris ein besonderer Rang zu. Er hatte seine eigenen Bräuche, so wie er seinen Torweg hatte und sein gewöhnliches Tor. Das Reitertor und das Fußgängertor nannten sie die bejahrten Leute im Viertel, die an den alten Worten hartnäckig festhielten. Die Bernhardinischen Benediktinerinnen hatten, wie wir schon sagten, durchgesetzt, daß sie in einer abseitigen Ecke und abends bestattet wurden, da der Boden einst im Besitz ihrer Gemeinschaft gewesen war. Die Totengräber, die auf diese Weise im Sommer Abenddienst und im Winter Nachtdienst hatten, waren dort einer strengen Disziplin untertan. Die Tore der Pariser Friedhöfe wurden bei Sonnenuntergang zugesperrt, und da dies eine Vorschrift der Stadtverwaltung war, galt sie für den Friedhof Vaugirard wie für die anderen. Das Reitertor und das Fußgängertor waren zwei aneinandergrenzende Gitter, umrahmt von einem Pavillon, den der Architekt Perronnet gebaut hatte und in dem der Pförtner des Friedhofs wohnte. Diese Gitter drehten sich also unerbittlich in ihren Angeln, sobald die Sonne hinter dem Invalidendom verschwand. Hatte ein Totengräber sich bis zu diesem Augenblick auf dem Friedhof verspätet, gab es für ihn nur ein Mittel hinauszukommen, seine ihm von dem städtischen Beerdigungsinstitut ausgestellte Totengräberkarte. Eine Art Briefkasten war in dem Fensterladen der Pförtnerstube angebracht. Der Totengräber warf seine Karte in diesen Kasten, der Pförtner hörte sie fallen, zog an der Schnur, und das Fußgängertor öffnete sich. Hatte der Totengräber seine Karte nicht, nannte er seinen Namen, der Pförtner, der manchmal schon im Bett lag und schlief, stand auf, ging den Totengräber rekognoszieren und öffnete das Tor mit dem Schlüssel. Der Totengräber konnte hinaus, aber er hatte fünfzehn Francs Strafe zu zahlen.

Dieser Friedhof mit seinen regelwidrigen Merkwürdigkeiten störte das bürokratische Gleichmaß. Bald nach 1830 wurde er aufgehoben. Der Friedhof Montparnasse hat ihn abgelöst und die berühmte Schenke neben dem Friedhof von Vaugirard geerbt. Ein Brett mit einer gemalten Quitte hing darüber. Man sah von den Tischen der Trinker auf die Gräber. »Au Bon Coing« (Zur Guten Quitte) stand auf dem Wirtshausschild; und das war ein Wortspiel, da »coing« die Quitte und »coin« der Winkel heißt.

Man konnte den Friedhof Vaugirard verwelkt nennen. Er wurde nicht mehr benutzt. Moder überfiel ihn, die Blumen flohen ihn. Die Bürger schätzten es nicht, in Vaugirard begraben zu sein; das roch nach Armut. Der Père-Lachaise, das war was. Auf dem Père-Lachaise begraben zu werden ist genauso wie Mahagonimöbel zu haben. Man erkennt die Eleganz daran. Der Friedhof Vaugirard war ein ehrwürdiger Garten, in altem französischem Parkstil bepflanzt. Gerade Alleen, Buchsbäume, Lebensbäume, Stechpalmen, alte Gräber und alte Taxushecken, sehr hohes Gras. Der Abend dort war unheimlich, mit sehr düsteren Linien.

Die Sonne war noch nicht untergegangen, als der Leichenwagen mit dem weißen Tuch und dem schwarzen Kreuz in die Hauptallee des Friedhofs Vaugirard einfuhr. Der hinkende Mann, der ihm folgte, war kein anderer als Fauchelevent. Die Bestattung der Mutter Kreuzigung in dem Gewölbe unter dem Altar, das Verschwinden Cosettes, das Hereinbringen Jean Valjeans in die Totenkammer, alles war ohne Zwischenfall geschehen, durch nichts behindert.

Nebenbei bemerkt ist für uns die Beisetzung der Mutter Kreuzigung unter dem Altar des Klosters eine zutiefst verzeihliche Angelegenheit. Sie gehört zu jenen Vergehen, die einer Pflicht gleichkommen. Die Nonnen hatten es begangen, nicht nur ohne innere Unruhe, sondern auch noch unter dem Beifall ihres Gewissens. Im Kloster ist, was »Regierung« genannt wird, nur eine Einmischung in die Amtsgewalt, eine allzeit anfechtbare Einmischung. Zuerst die Regel, beim Gesetzbuch wird man dann schon sehen. Ihr Menschen, erlaßt Gesetze, solange es euch gefällt, doch behaltet sie für euch! Der Cäsar geschuldete Zins ist immer nur der Rest vom Zins, der Gott zusteht. Ein Fürst ist nichts neben einer Grundwahrheit.

Fauchelevent hinkte dem Leichenwagen nach und war sehr zufrieden. Seine beiden Komplotte, das eine mit den Nonnen, das andere mit Herrn Madeleine, das eine für, das andere gegen das Kloster, waren gleichermaßen gelungen. Die Gelassenheit Jean Valjeans war eine beruhigende Macht, die sich überträgt. Fauchelevent zweifelte nicht mehr am Erfolg. Was noch zu tun war, schien belanglos. Seit zwei Jahren hatte Fauchelevent zehnmal den Totengräber berauscht, den wackeren Vater Mestienne, einen pausbäckigen Biedermann. Er redete ihm ein, was er wollte. Er sprang mit ihm um, wie es ihm behagte, wie er gelaunt war. Der Kopf Mestiennes mußte sich der Kappe Fauchelevents anpassen, und der machte sich keine Sorgen.

Als der Zug in die Hauptstraße zum Friedhof einschwenkte, sah Fauchelevent den Leichenwagen beglückt an, rieb seine groben Hände und raunte: »Das ist ein glänzender Spaß!«

Plötzlich stockte die Fahrt; man war vor dem Gitter. Die behördliche Genehmigung mußte vorgezeigt werden. Der Beamte des Beerdigungsinstituts verhandelte mit dem Pförtner des Friedhofs, was immer eine bis zwei Minuten Zeit kostete. Währenddessen trat ein Unbekannter hinter den Wagen zu Fauchelevent. Eine Art Arbeiter in einem Wams mit breiten Taschen, eine Jacke unter dem Arm.

Fauchelevent betrachtete den Unbekannten. »Wer sind Sie?« fragte er.

Der Mann erwiderte: »Der Totengräber.«

Wenn einer den Anprall einer Kanonenkugel mitten in die Brust überlebte, würde er sein Gesicht so verzerren wie Fauchelevent. »Der Totengräber?«

»Ja.«

»Sie?«

»Ich.«

»Der Totengräber ist doch der Vater Mestienne.«

»Er war es.«

»Wieso, er war es?«

»Er ist gestorben.«

Fauchelevent hatte alles erwartet, nur nicht, daß ein Totengräber sterben könne. Aber es ist wahr: Sogar die Totengräber sterben. Wer so vielen das Grab schaufelt, schaufelt zuletzt sein eigenes.

Fauchelevent stand mit offenem Mund da. Er hatte kaum die Kraft zu stammeln: »Ist ja unmöglich!«

»Es ist aber so.«

»Aber«, wiederholte Fauchelevent mit schwacher Stimme, »der Totengräber ist doch der Vater Mestienne?«

»Nach Napoleon – Ludwig XVIII. Nach Mestienne – Gribier. Bauer, mein Name ist Gribier.« Bleich betrachtete Fauchelevent diesen Gribier. Es war ein langer, magerer, fahler Mann vom Typ der Beerdigungsbrüder. Wie ein verkrachter Arzt sah er aus, der Totengräber geworden ist.

Fauchelevent lachte schallend. »Was doch für komische Dinge passieren. Der Vater Mestienne ist gestorben. Väterchen Mestienne ist tot, es lebe Väterchen Lenoir! Wissen Sie, wer Väterchen Lenoir ist? Die Flasche Rotwein zu sechs Sous mit Bleikapsel! Die Flasche Suresnes, potztausend! Echter Suresnes aus Paris! Ach, er ist tot, der alte Mestienne! Tut mir leid. Er war ein fideler Kerl. Aber Sie sind ja auch ein fideler Kerl. Was, Kamerad? Wir werden jetzt zusammen einen trinken!«

Der Mann antwortete: »Ich habe studiert. Ich bin bis zur Obertertia gekommen. Ich trinke nie.«

Der Leichenwagen hatte sich wieder in Gang gesetzt und rollte in der Hauptallee des Friedhofs dahin.

Fauchelevent hatte seinen Schritt verlangsamt. Er hinkte noch mehr aus Angst als aus Gebrechlichkeit. Der Totengräber ging vor ihm her. Fauchelevent prüfte noch einmal den unerwarteten Gribier. Er zählte zu den Männern, die, noch jung, alt erscheinen und trotz ihrer Magerkeit sehr kräftig sind.

»Kamerad!« rief Fauchelevent.

Der Mann wandte sich um.

»Ich bin der Totengräber vom Kloster.«

»Also Kollege«, sagte der Mann.

Fauchelevent, der ungebildet, aber sehr schlau war, erriet, daß er es mit einer gefährlichen Sorte zu tun hatte, einem Schönredner.

Er brummte: »Also der Vater Mestienne ist tot.«

Der Mann erwiderte: »Ganz und gar tot. Der Herrgott hat in seinem Terminbuch nachgesehen. Der Vater Mestienne war an der Reihe. Der Vater Mestienne ist tot.«

Fauchelevent sprach ihm mechanisch nach: »Der Herrgott ...«

»Der Herrgott«, beharrte der Mann gewichtig. »Für die Philosophen der ewige Vater. Für die Jakobiner das höchste Wesen.«

»Wollen wir nicht Bekanntschaft miteinander machen?« stotterte Fauchelevent.

»Die haben wir bereits gemacht. Sie sind vom Lande, ich bin Pariser.«

»Man kennt sich nicht, wenn man nicht zusammen einen getrunken hat. Wer seinen Wein in sich schüttet, schüttet sein Herz aus. Ich lade Sie zu einer Flasche ein. So was lehnt man nicht ab.«

»Erst die Arbeit.«

Fauchelevent dachte: Ich bin verloren. Der Wagen war nur noch wenige Räderumdrehungen von der kleinen Allee entfernt, die zum Nonnenwinkel führte.

»Bauer«, sagte der Totengräber, »ich habe sieben Bälger zu ernähren. Da sie essen müssen, kann ich nicht trinken.«

Und mit der Genugtuung eines ernsten Mannes, der sich in Schwulst ergeht, fügte er hinzu: »Ihr Hunger ist der Feind meines Durstes.«

Der Leichenwagen fuhr um ein Zypressengebüsch herum, verließ die große Allee, nahm seinen Weg durch die kleine und bewegte sich über Brachfeld einem Dickicht zu. Das wies auf die unmittelbare Nähe der Grabstätte hin. Fauchelevent konnte das Tempo des Wagens nicht verlangsamen wie seinen Schritt. Zum Glück klebte die lockere und vom Winterregen aufgeweichte Erde an den Rädern und machte ihren Gang schwerfällig.

Fauchelevent hinkte an den Totengräber heran. »In der Schenke gibt es so einen guten Wein aus Argenteuil«, murmelte er.

»Mann vom Dorf«, erwiderte der andere, »es stand nicht in den Sternen, daß ich Totengräber werden sollte. Mein Vater war Portier im Prytaneum. Er bestimmte mich für die Literatur. Aber er hat Unglück gehabt. Er hatte Verluste an der Börse. Ich mußte auf den Beruf eines Autors verzichten. Jedoch bin ich noch öffentlicher Schreiber.«

»Dann sind Sie also kein Totengräber?« fragte Fauchelevent und klammerte sich an diesen schwankenden Zweig.

»Eins schließt das andere nicht aus. Ich kumuliere.«

Das letzte Wort verstand Fauchelevent nicht. »Gehen wir einen trinken«, sagte er.

Hier ist eine Erklärung notwendig. Fauchelevent lud, so groß auch seine Angst war, zu einer Flasche ein, aber er äußerte sich über einen Punkt nicht: Wer sollte zahlen? Gewöhnlich lud Fauchelevent ein, und Vater Mestienne zahlte. Wenn er diesmal einlud, so war das augenscheinlich durch die neue Situation bedingt, die der neue Totengräber geschaffen hatte, und anbieten mußte er. Indes nicht ohne Absicht ließ der alte Gärtner die sprichwörtliche Viertelstunde von Rabelais, in der gezahlt wird, im Dunkel. Er, Fauchelevent, drängte sich nicht dazu, so aufgeregt er war.

Der Totengräber sagte, überlegen lächelnd: »Essen muß

man. Ich habe das Erbe des Vaters Mestienne übernommen. Wenn man fast die Schule absolviert hat, ist man Philosoph. Mit der Arbeit der Hand habe ich die Arbeit der Muskeln verbunden. Meine Schreiberbude liegt am Markt in der Rue de Sèvres. Sie wissen, am Schirmmarkt. Alle Köchinnen vom Roten Kreuz sind meine Kundinnen. Ich pfusche ihnen ihre heißen Schwüre an die kleinen Infanteristen hin. Morgens schreibe ich Liebesbriefe, abends schaufle ich Gräber. So ist das Leben, Mann vom Lande.«

Der Leichenwagen fuhr vorwärts. Fauchelevents Unruhe hatte den Gipfel erreicht. Er blickte nach allen Seiten um sich. Dicke Schweißtropfen perlten ihm von der Stirn.

»Aber zwei Geliebten«, sagte der Totengräber, »kann man nicht dienen. Ich werde die Feder wählen müssen oder die Hacke. Die Hacke verdirbt mir die Hand.«

Der Wagen hielt. Der Chorknabe kletterte von der verhängten Kutsche, dann der Priester. Eines der kleinen Vorderräder des Leichenwagens schob sich ein wenig auf einen Erdhaufen, über den hinaus man ein offenes Grab sah.

»Ein glänzender Spaß!« sagte Fauchelevent bestürzt.

Zwischen vier Brettern

Wer lag im Sarg? Es ist bekannt. Jean Valjean.

Jean Valjean hatte sich darauf eingerichtet, im Sarg zu leben. Und einigermaßen atmete er.

Seltsam, in welchem Maß die Ruhe des Gewissens allem übrigen Sicherheit verleiht. Was Jean Valjean vorbedacht hatte, erfüllte sich seit gestern abend. Er rechnete wie Fauchelevent auf den Vater Mestienne und zweifelte nicht an einem guten Ende. Nie war eine Lage kritischer, nie die Gelassenheit größer.

Von den vier Brettern um ihn ging ein erschreckender Friede aus. Es war, als ströme etwas von der Stille der Toten in Jean Valjeans Schicksalsbereitschaft über.

Aus dem Innern des Sarges hatte er alle Phasen des furchtbaren Dramas verfolgt, das er mit dem Tod spielte, und verfolgte sie auch jetzt. Sobald Fauchelevent das obere Brett ganz vernagelt hatte, fühlte Jean Valjean, wie man den Sarg wegtrug, wie der Wagen fuhr. Daran, daß die Erschütterung geringer wurde, stellte er fest, daß es vom Pflaster auf gestampfte Erde überging, daß man also die Straßen verlassen und die Boulevards erreicht hatte. An einem dumpfen Geräusch merkte er, daß man die Austerlitzbrücke überquerte. Beim ersten Halt wußte er, man betrat den Friedhof, und beim zweiten dachte er: Hier ist das Grab.

Plötzlich fühlte er, daß Hände den Sarg ergriffen und etwas Rauhes über seine Bretter glitt. Er sagte sich, daß man ein Seil um ihn verknote, um ihn in die Grube zu senken. Dann war er wie betäubt. Wahrscheinlich hatten Leichenträger und Totengräber den Sarg ins Schweben gebracht und den Kopf vor den Füßen hinabgetaucht. Valjean kam wieder zu sich, als er empfand, daß der Sarg horizontal und unbeweglich dastand.

Er berührte jetzt den Boden.

Ein Frösteln durchrann ihn. Über ihm erhob sich eine Stimme, eiskalt und feierlich. Er hörte, so langsam, daß er sie nacheinander erfassen konnte, lateinische Worte über sich hallen und verhallen, deren Sinn ihm verschlossen war: »*Qui dormiunt in terrae pulvere, evigilabunt; alii in vitam aeternam, et alii in opprobrium, ut videant semper.*«

Eine Knabenstimme sagte: »*De profundis.*«

Die dunkle Stimme begann wieder: »*Requiem aeternam dona ei, Domine.*«

Die Knabenstimme antwortete: »*Et lux perpetua luceat ei.*«

Er hörte auf dem Brett, das ihn bedeckte, etwas wie das leise Klopfen einiger Regentropfen. Es war wohl Weihwasser. Er dachte: Nun wird es zu Ende sein. Noch ein wenig Geduld. Der Priester wird sich entfernen, Fauchelevent nimmt Mestienne zum Trinken mit. Sie lassen mich hier. Dann wird Fauchelevent ohne Mestienne zurückkehren, und ich komme heraus. Es wird nur eine gute Stunde dauern.

Die dunkle Stimme setzte wieder ein: »*Requiescat in pace.*«

Und die Knabenstimme sagte: »*Amen.*«

Jean Valjean vernahm mit geschärftem Ohr etwas wie

Schritte, die sich entfernten. Jetzt gehen sie, dachte er. Ich bin allein.

Plötzlich hörte er über seinem Kopf einen Lärm, der ihm wie Donnergepolter erschien. Eine Schaufel Erde fiel auf den Sarg. Und nun eine zweite Schaufel. Eines der Löcher, durch die er atmete, war verstopft worden.

Eine dritte Schaufel Erde fiel. Dann eine vierte. Dinge gibt es, die stärker sind als der stärkste Mensch. Jean Valjean wurde ohnmächtig.

Wo man den Ursprung des Wortes findet: Die Karte nicht verlieren

Was sich nun über dem Sarg abspielte, in dem Jean Valjean lag, ist dies.

Als der Leichenwagen abgefahren war, als der Priester und der Chorknabe die Kutsche wieder bestiegen hatten und fort waren, sah Fauchelevent den Totengräber, von dem er kein Auge ließ, sich bücken und nach seiner Schippe greifen, die senkrecht in einem Erdhaufen stak.

Da ermannte Fauchelevent sich zu einem letzten Entschluß.

Er trat zwischen die Grube und den Totengräber, kreuzte die Arme und sagte: »Ich zahle!«

Der Totengräber sah ihn staunend an. »Was denn, Bauer?« erwiderte er.

Fauchelevent wiederholte: »Ich zahle!«

»Was?«

»Den Wein.«

»Was für einen Wein?«

»Den Argenteuil!«

»Wo ist denn der Argenteuil?«

»In der ›Guten Quitte‹.«

»Geh zum Teufel!« sagte der Totengräber. Und er warf eine Schaufel Erde auf den Sarg, der hohl erklang. Fauchelevent taumelte und war nahe daran, selbst in die Grube zu fallen. Er schrie, und in seiner Stimme tönte schon das Röcheln des

Erwürgten mit: »Kamerad, rasch, bevor die ›Gute Quitte‹ zusperrt!«

Der Totengräber füllte wieder Erde auf seine Schippe. Fauchelevent sagte noch einmal: »Ich zahle!« Und er packte den Arm des Totengräbers. »Hör zu, Kamerad! Ich bin der Totengräber vom Kloster, ich will Ihnen helfen. Die Arbeit kann man in der Nacht erledigen. Erst trinken wir einen!« Und indem er sprach und sich an dieses verzweifelte Drängen klammerte, wandelte der finstere Gedanke ihn an: Und wenn er trinkt, ob er sich besäuft?

»Mann aus der Provinz«, sagte der Totengräber, »wenn das durchaus Ihr Wunsch ist, ich bin einverstanden. Wir werden trinken. Nach der Arbeit, nie vorher.« Und er schwang seine Schippe.

Fauchelevent hielt ihn zurück. »Argenteuil zu sechs Sous!«

»Ach«, sagte der Totengräber. »Sie sind ein Glöckner. Dingdong, dingdong, mehr bringen Sie nicht heraus. Läuten Sie sich heim!« Und er warf die zweite Schaufel hinab.

Fauchelevent war jetzt so weit, daß er nicht mehr wußte, was er sagte: »Na, kommen Sie doch trinken, ich zahle!«

»Wenn das Kind in der Grube liegt«, erwiderte der Totengräber. Er warf die dritte Schaufel hinunter. Dann schob er die Schippe in die Erde und sagte: »Heute nacht friert es, die Tote würde auf uns schimpfen, ließen wir sie so nackt und bloß.«

In diesem Moment beugte sich der Totengräber, um wieder Erde auf seiner Schippe zu sammeln, und die Tasche in seinem Wams klaffte. Fauchelevents verstörter Blick irrte mechanisch zu dieser Tasche und haftete an ihr. Die Sonne stand noch über der Linie des Horizonts. Es war noch so viel Licht, daß man in dieser offenen Tasche etwas Weißes zu erkennen vermochte. Alle List, die im Auge eines pikardischen Bauern aufblitzen kann, schimmerte in den seinen. Er hatte eine Idee. Ohne daß der Totengräber es gewahrte, fuhr er ihm von hinten mit der Hand in die Tasche und holte das Weiße hervor.

Der Totengräber sandte die vierte Schaufel in das Grab. Als er sich umwandte, die fünfte zu nehmen, betrachtete Fauchelevent ihn mit tiefer Ruhe und sagte zu ihm: »Übrigens, Sie Neuling, haben Sie Ihre Karte?«

Der Totengräber unterbrach seine Arbeit. »Welche Karte?«

»Die Sonne ist im Sinken.«

»Gut, soll sie ihre Nachtmütze aufsetzen.«

»Das Gittertor vom Friedhof wird zugemacht.«

»Und dann?«

»Haben Sie Ihre Karte?«

»Ach, meine Karte«, sagte der Totengräber. Und er wühlte in seiner Tasche. Nach der einen durchsuchte er die andere. Er nahm auch die kleinen Hosentaschen vor, erforschte die erste, drehte die zweite um.

»Nein«, sagte er, »meine Karte habe ich nicht. Ich muß sie vergessen haben.«

»Fünfzehn Francs Geldstrafe«, sagte Fauchelevent.

Der Totengräber wurde grün. Das Grün ist die Blässe von Menschen mit fahler Haut. »Schockschwerenot«, rief er, »fünfzehn Francs Geldstrafe!«

»Drei Hundertsousstücke«, sagte Fauchelevent.

Der Totengräber ließ seine Schaufel fallen.

Jetzt war Fauchelevent ihm über. »Oh, Rekrut«, sagte er, »nicht verzweifeln! Sie brauchen sich nicht umzubringen und hier in das frische Grab zu legen. Fünfzehn Francs sind fünfzehn Francs, und Sie können sie ja doch nicht bezahlen. Ich bin alt, Sie sind neu. Ich kenne alle Kniffe und Tricks. Lassen Sie sich ein Freundeswort geben! Eins ist klar, die Sonne geht unter, sie steht schon am Rande des Invalidendoms, der Friedhof wird in fünf Minuten zugesperrt.«

»Wahrhaftig«, erwiderte der Totengräber.

»Fünf Minuten sind nicht Zeit genug für Sie, das Grab vollzuschaufeln, es ist verteufelt hohl, das Grab, um noch vor der Toressperre hinauszukommen.«

»Allerdings.«

»Das kostet fünfzehn Francs Strafe.«

»Fünfzehn Francs.«

»Aber Sie haben Zeit … Wo wohnen Sie?«

»Zwei Schritte von der Barriere. Eine Viertelstunde von hier. Rue de Vaugirard, Nummer 87.«

»Sie haben Zeit, wenn Sie Ihre Beine unter die Arme nehmen und gleich absausen.«

»Recht so.«

»Sind Sie einmal durch das Tor durch, rennen Sie nach Haus, holen Ihre Karte, kommen wieder, der Pförtner vom Friedhof macht Ihnen auf. Sie haben Ihre Karte und müssen nichts bezahlen. Und dann begraben Sie Ihren Toten. Ich bewache ihn inzwischen, damit er Ihnen nicht wegläuft.«

»Sie retten mir das Leben, Bauer.«

»Also trollen Sie sich!«

Sprachlos vor Dankbarkeit, schüttelte der Totengräber ihm die Hand und lief spornstreichs davon. Als er im Dickicht verschwunden war, horchte Fauchelevent, bis seine Schritte sich verloren, dann beugte er sich über das Grab und rief halblaut: »Vater Madeleine!«

Keine Antwort. Fauchelevent erschauerte. Er ließ sich in das Grab mehr rollen, als daß er hinabkletterte, warf sich auf das Kopfende des Sarges und rief: »Sind Sie da?« Schweigen im Grab. Fauchelevent, atemlos durch heftiges Zittern, nahm sein Stemmeisen und seinen Hammer und sprengte den Sargdeckel. Im Dämmerlicht erschien das Antlitz Jean Valjeans, mit geschlossenen Augen und bleich. Fauchelevents Haare sträubten sich, er richtete sich auf, dann sank er, an die Wand der Grube gelehnt, zurück, bereit, auf den Sarg zu stürzen. Er starrte Jean Valjean an.

Jean Valjean lag blaß und regungslos. Fauchelevent murmelte mit einer Stimme, die leise war wie ein Hauch: »Er ist tot!« Er richtete sich auf, kreuzte die Arme so ungestüm, daß seine geschlossenen Fäuste gegen seine Schultern hieben, und schrie: »So rette ich ihn!«

Der arme Mann begann zu schluchzen. Er sprach zu sich selbst; denn es ist ein Irrtum, zu glauben, der Monolog sei unnatürlich, oft redet man in starker Erregung laut. »Der Vater Mestienne ist schuld dran. Warum ist er gestorben, der dumme Patron? Mußte er denn krepieren, als keiner es erwartete? Er hat den Tod von Herrn Madeleine auf dem Gewissen. Vater Madeleine! Er ist im Sarg. Er ist fertig. Vorbei. Hat so was einen Sinn? O Gott, er ist tot! Und was soll mit seiner Kleinen werden? Was wird die Obstfrau sagen? Daß einer so stirbt, ist das möglich? Wenn ich daran denke, daß er unter meinen Karren gekrochen ist! Vater Madeleine! Vater Madeleine! Meiner Seel, er ist erstickt, ich habe das vorausgesagt. Er hat mir nicht glauben wollen. Das ist ja ein schöner Unfug! Er ist tot, der brave Mann, der beste von Gottes guten Menschen! Und seine Kleine! Zunächst gehe ich nicht heim. Ich bleibe hier. So eine Geschichte! Das lohnt sich, zwei alte Kerle zu sein und sich wie zwei alte Narren zu benehmen. Wie hat er das schon angestellt, daß er ins Kloster hineinkam? Damit fing es an. So was soll man nicht tun. Vater Madeleine! Vater Madeleine! Madeleine! Herr Madeleine! Herr Bürgermeister! Er hört mich nicht. Nun ziehen Sie sich aus der Bredulje!« Und er raufte sich das Haar.

Von ferne hörte man über die Bäume weg ein lautes Knarren. Es war das Gittertor des Friedhofs, das geschlossen wurde. Fauchelevent beugte sich über Jean Valjean, und plötzlich prallte und wich er so weit zurück, als das in einer Grube möglich ist. Jean Valjean hatte die Augen offen und schaute ihn an.

Einen Toten zu sehen ist erschreckend. Eine Auferstehung zu sehen ist es kaum minder. Fauchelevent erstarrte zu Stein. Bleich, außer sich, erschüttert durch diese übermäßigen Aufregungen, sah er, ohne zu wissen, ob er es mit einem Lebenden oder einem Toten zu tun hatte, Jean Valjean an, der ihn ansah.

»Ich wäre fast eingeschlafen«, sagte Jean Valjean. Und er setzte sich auf.

Fauchelevent sank in die Knie. »Heilige Mutter Gottes! Haben Sie mich erschreckt!« Dann erhob er sich wieder und schrie: »Dank, Vater Madeleine!«

Jean Valjean war nur von Ohnmacht befallen gewesen. Von der frischen Luft war er erwacht.

Die Freude ist nur die Gegenströmung der Angst. Fauchelevent hatte beinahe ebensoviel zu tun, um sich auf sich selbst zu besinnen, wie Jean Valjean. »Sie sind also nicht tot? Oh, wie gescheit von Ihnen! Ich habe so laut gejammert, daß Sie zu sich gekommen sind. Als ich Ihre Augen geschlossen sah, dachte ich: Sehr schön! Jetzt ist ihm der Atem ausgegangen. Ich wäre verrückt geworden, reif für die Zwangsjacke. Man hätte mich nach Bicêtre gebracht. Was hätte ich anfangen sollen, wenn Sie gestorben wären? Und Ihre Kleine! Die Obstfrau hätte sich das nicht erklären können. Das Kind wird ihr angedreht, und der Großvater ist tot. Was für eine Geschichte, alle Heiligen im Paradies, was für eine Geschichte! Sie leben, das ist die Krone!«

»Mich friert«, sagte Jean Valjean.

Diese Worte riefen Fauchelevent in die drängende Wirklichkeit zurück. Den beiden Männern, die sich in sie zu finden hatten, war, ohne daß sie sich Rechenschaft darüber gaben, die Seele verwirrt, und die unheimliche Düsterkeit des Ortes beeinflußte ihren Zustand.

»Schnell fort von hier«, mahnte Fauchelevent. Er wühlte in seiner Tasche und holte eine Flasche hervor, mit der er ausgerüstet war. »Erst einen Tropfen!«

Die Flasche vollendete, was die Nachtluft begonnen hatte. Jean Valjean trank einen Schluck Branntwein und gewann die Herrschaft über sich wieder. Er entstieg dem Sarg und half Fauchelevent, den Deckel zu vernageln. Drei Minuten später waren sie aus der Grube heraus.

Im übrigen wurde Fauchelevent jetzt ruhig. Er ließ sich Zeit. Der Friedhof war zugesperrt. Daß der Totengräber Gribier dazukäme, war nicht zu befürchten. Dieser »Rekrut« war zu Hause mit dem Suchen seiner Karte beschäftigt, und sie in seiner Wohnung aufzustöbern, hinderte ihn die Tatsache, daß Fauchelevent sie eingesteckt hatte. Ohne Karte durfte er den Friedhof nicht betreten.

Fauchelevent nahm die Schaufel und Jean Valjean die Hacke, und so begruben beide den leeren Sarg.

Als das Grab ausgefüllt war, sagte Fauchelevent zu Jean Valjean »Nun wollen wir gehen. Ich behalte die Schaufel, tragen Sie die Hacke!«

Die Nacht sank herab. Jean Valjean konnte sich nur mühsam bewegen und ausschreiten. In diesem Sarg war er steif geworden und fast wie ein Leichnam. Die Lähmung des Todes hatte ihn zwischen den vier Brettern ergriffen. Er mußte aus dem Grab gleichsam wieder auftauen. »Sie sind durchfroren«, sagte Fauchelevent. »Schade, daß ich ein krummes Bein habe, sonst würden wir um die Wette laufen, uns anzuwärmen.«

»Bah!« erwiderte Jean Valjean. »Nach vier Schritten bin ich wieder auf den Beinen.«

Sie gingen durch die Alleen, die der Leichenwagen durchfahren hatte. Als sie an das geschlossene Gittertor und den Pavillon des Pförtners kamen, warf Fauchelevent die Karte des Totengräbers, die er in der Hand hielt, in den Kasten, der Pförtner zog die Schnur, das Tor öffnete sich, sie verließen den Friedhof. »Wie gut das alles geht!« sagte Fauchelevent. »Was für eine gute Idee Sie gehabt haben, Vater Madeleine!«

Sie durchquerten die Schranke von Vaugirard auf die einfachste Art der Welt. In der Gegend um einen Friedhof sind eine Schaufel und eine Hacke zwei Pässe. Die Rue de Vaugirard war menschenleer.

»Vater Madeleine«, sagte Fauchelevent und blickte im Gehen an den Häusern hinauf. »Sie haben bessere Augen als ich. Zeigen Sie mir doch Nummer 87!«

»Da ist sie ja!« rief Jean Valjean.

»In der Straße ist niemand«, sagte Fauchelevent. »Geben Sie mir die Hacke, und warten Sie zwei Minuten auf mich!«

Fauchelevent betrat die Nummer 87, erklomm die Treppenstufen bis zum obersten Stock, von dem Instinkt geleitet, der den Armen immer bis zum Dachgeschoß führt, und klopfte im Dunkeln an die Tür einer Mansarde. Eine Stimme antwortete: »Herein.« Es war Gribiers Stimme.

Fauchelevent stieß die Tür auf. Das Zimmer des Totengräbers war, wie alle diese Behausungen des Unglücks, eine kahle und doch mit Gerümpel überladene Bude. Eine Transportkiste, vielleicht auch ein Sarg, diente als Kommode, ein Buttertopf voll Wasser ersetzte einen Brunnen, ein Strohsack das Bett, die Steinfliesen mußten statt der Stühle und eines Tisches genügen. In einem Winkel hockten auf einem Lumpen, der ein alter Teppichfetzen war, eine magere Frau und ein Haufen Kinder. Diese ganze dürftige Einrichtung wies die Spuren einer Umwälzung auf, als hätte sich hier ein

»totales« Erdbeben ereignet. Die Deckel saßen schief, die Lappen waren verstreut, der Krug war zerbrochen, die Mutter hatte geweint, die Kinder waren vermutlich geprügelt worden. Alles verriet erbitterte und barsche Nachforschungen. Sichtlich hatte der Totengräber in der Bude ratlos seine Karte gesucht und, was es auch war, für den Verlust haftbar gemacht, vom Krug bis zu seiner Frau. Er schien verzweifelt.

Aber Fauchelevent hatte es zu eilig, das Abenteuer zu beenden, als daß er diese betrübliche Seite seines Erfolges beachtet hätte. Er trat in das Zimmer ein und sagte: »Ich bringe Ihnen Ihre Schaufel und Ihre Hacke wieder.«

Gribier sah ihn verdutzt an. »Sie sind es, Bauer?«

»Und morgen früh werden Sie beim Pförtner des Friedhofs Ihre Karte finden.« Und er legte Schaufel und Hacke auf die Steinplatten.

»Was soll das heißen?« fragte Gribier.

»Das soll heißen, daß Sie Ihre Karte aus Ihrer Tasche haben herausfallen lassen und daß ich sie am Boden gefunden habe, nachdem Sie fort waren. Ich habe die Tote begraben, die Grube gefüllt, also Ihre Arbeit getan, der Pförtner wird Ihnen Ihre Karte zurückgeben, und Sie brauchen die fünfzehn Francs nicht zu bezahlen. So ist das, Rekrut.«

»Danke, Mann vom Dorfe!« rief Gribier verblüfft. »Das nächste Mal gebe ich einen aus.«

Verhör mit glücklichem Ausgang

Eine Stunde später erschienen in der schwarzen Nacht zwei Männer und ein Kind vor der Nummer 62 der Petite Rue Picpus. Der ältere der Männer hob den Klöppel und schlug an das Tor. Es waren Fauchelevent, Jean Valjean und Cosette.

Die beiden Männer hatten Cosette bei der Obstfrau in der Rue du Chemin-Vert abgeholt, zu der Fauchelevent sie gestern gebracht hatte. Cosette hatte diese vierundzwanzig Stunden ohne irgend etwas von dem, was da vorging, zu verstehen und stumm zitternd durchlebt. So sehr zitterte sie, daß sie nicht geweint hatte. Auch gegessen oder geschlafen hatte sie nicht. Die wackere Obstfrau hatte sie hundertmal ausfragen wollen und keine Antwort von ihr erhalten als einen finsteren Blick, immer den gleichen. Cosette hatte sich nichts von dem anmerken lassen, was sie seit zwei Tagen gehört und gesehen hatte. Sie erriet nur, daß eine Entscheidung über ihnen schwebte, und hatte zuletzt das Gefühl, daß es ihre Pflicht sei, »brav« zu sein. Wer hat nicht die Allgewalt empfunden, die für ein verschüchtertes kleines Wesen von der Warnung ausgeht: Nichts sagen! Die Furcht ist stumm. Und ein Geheimnis wird am besten von einem Kind bewahrt.

Als sie nach diesen dunklen vierundzwanzig Stunden Jean Valjean wiedersah, stieß sie einen solchen Freudenschrei aus, daß ein nachdenklicher Zeuge diesem Schrei ihren Jubel über die Befreiung aus einem Abgrund angemerkt haben würde.

Fauchelevent war im Kloster zu Hause und in die Parole eingeweiht. Alle Türen taten sich auf. So war die doppelte, erschreckende Frage des Hinauskommens und des Wiedereintritts gelöst.

Der Pförtner, der nach seinen Anweisungen handelte, öffnete die kleine Diensttür, die Hof und Garten verband und die man noch vor zwanzig Jahren von der Straße aus sah, in der Mauer im Hintergrund des Hofes, gegenüber dem Torweg. Der Pförtner führte alle drei durch diese Tür, und von dort erreichten sie den inneren Sprechraum für besonders Zugelassene, in dem Fauchelevent gestern die Befehle der Priorin entgegengenommen hatte.

Die Priorin erwartete sie, ihren Rosenkranz in der Hand. Eine der Mütter stand, den Schleier über dem Gesicht, neben ihr. Das gedämpfte Licht einer Kerze erhellte den Sprechraum oder schien ihn wenigstens zu erhellen. Die Priorin prüfte Jean Valjean. Nichts prüft so scharf wie ein gesenkter Blick. Dann fragte sie ihn: »Sie sind der Bruder?«

»Ja, ehrwürdige Mutter«, erwiderte Fauchelevent.

»Wie heißen Sie?«

Fauchelevent erwiderte: »Ultime Fauchelevent.« Er hatte wirklich einen Bruder namens Ultime – »der Letzte« – gehabt, der gestorben war.

»Aus welcher Gegend sind Sie?«

Fauchelevent erwiderte: »Aus Picquigny bei Amiens.«

»Wie alt sind Sie?«

Fauchelevent erwiderte: »Fünfzig Jahre.«

»Was sind Sie von Beruf?«

Fauchelevent erwiderte: »Gärtner.«

»Sind Sie ein frommer Christ?«

Fauchelevent erwiderte: »Die ganze Familie ist es.«

»Die Kleine gehört zu Ihnen?«

Fauchelevent erwiderte: »Ja, ehrwürdige Mutter.«

»Sie sind ihr Vater?«

Fauchelevent erwiderte: »Ihr Großvater.«

Die Mutter sagte halblaut zu der Priorin: »Er gibt gute Antworten.« Jean Valjean hatte kein einziges Wort gesprochen.

Die Priorin sah Cosette genau an und sagte halblaut zu der Mutter: »Sie wird häßlich werden.«

Die beiden Mütter redeten noch einige Minuten sehr leise miteinander in der Ecke des Raumes, dann wandte die Priorin sich um und sagte: »Vater Fauvent, Sie besorgen ein anderes Knieband mit Glöckchen. Wir brauchen jetzt zwei.«

Und so war es: Am nächsten Tag waren zwei Glöckchen im Garten zu hören, und die Nonnen konnten sich nicht enthalten, einen Zipfel ihres Schleiers zu lüpfen. Man sah hinten unter den Bäumen zwei Männer Seite an Seite die Erde aufhacken, Fauvent und einen zweiten. Das war eine ganz große Neuigkeit. Die Nonnen brachen das Schweigen und flüsterten sich zu: »Ein Hilfsgärtner.« Die Mütter setzten hinzu: »Ein Bruder von Vater Fauvent. «

Jean Valjean war regelrecht angestellt. Er hatte das lederne Knieband und das Glöckchen und war hinfort offiziell. Er nannte sich Ultime Fauchelevent. Der stärkste Zulassungsgrund war die Äußerung der Priorin über Cosette gewesen: »Sie wird häßlich werden.« Unmittelbar nach dieser Vorhersage bekundete die Priorin Freundschaft für Cosette und bewilligte ihr einen Platz im Pensionat als Freischülerin. Diese Entscheidung ist durchaus logisch. Wenn es auch keinen Spiegel im Kloster gibt, Frauen sind sich ihres Aussehens bewußt. Mädchen, die fühlen, daß sie hübsch sind, lassen nicht leicht

Nonnen aus sich machen. Da die Berufung oft in umgekehrtem Verhältnis zur Schönheit steht, erhofft man von den Schönen weniger als von den Reizlosen. Das zeigt sich in einer lebhaften Vorliebe für die Häßlichen.

Das ganze Abenteuer erhöhte die Bedeutung des guten alten Fauchelevent. Er hatte dreifach Erfolg: bei Jean Valjean, den er rettete und schützend beherbergte; bei dem Totengräber Gribier, der sich sagte: Er hat mir die Geldstrafe erspart; im Kloster, das dank ihm den Sarg der Mutter Kreuzigung unter dem Altar barg, Cäsar überlistete und Gottes Gebot genugtat. Ein Sarg mit einem Leichnam war im Petit-Picpus bestattet und ein Sarg ohne Leichnam im Friedhof Vaugirard. Zweifellos wurde die staatliche Ordnung dadurch heftig gestört, aber niemand draußen wußte davon. Die Erkenntlichkeit des Klosters für Fauchelevent war groß. Er wurde der tüchtigste aller Diener und der wertvollste aller Gärtner.

Bei der nächsten Visitation des Erzbischofs erzählte die Priorin Seiner Gnaden von der Sache. Sie beichtete sie ein wenig und rühmte sich ihrer auch. Aus dem Kloster gekommen, sprach darüber der Erzbischof beifällig und sehr leise mit Herrn de Latil, dem Beichtvater von Monsieur, der später Erzbischof von Reims und Kardinal wurde. Die Bewunderung für Fauchelevent ging weiter, denn sie gelangte nach Rom. Wir konnten einen Brief einsehen, den der damalige Papst Leo XII. einem seiner Verwandten, Monsignore in der Nuntiatur zu Paris und ein della Genga wie er, geschickt hatte. Folgende Zeilen waren darin zu lesen: »Wie es scheint, lebt in dem Pariser Kloster ein vortrefflicher Gärtner namens Fauvan, der ein gar frommer Mann ist.« Nichts von diesem ganzen Triumph sickerte bis zu Fauchelevent in seiner Bude durch. Er pfropfte, jätete und deckte weiterhin seine Melonenbeete ab, ohne um seine Vortrefflichkeit und Frömmigkeit zu wissen. Er hatte ebensowenig eine Ahnung von seinem Ruhm wie ein Durham- oder Surreyrind, das in der »Illustrated London News« mit der Bildunterschrift »Im Wettbewerb für Hornvieh preisgekrönter Ochse« abgebildet ist.

Cosette schwieg im Kloster wie bisher. Sie glaubte natürlich, die Tochter Jean Valjeans zu sein. Da sie nichts wußte, konnte sie nichts sagen; und unter keinen Umständen hätte sie etwas gesagt. Wir haben soeben darauf aufmerksam gemacht, nichts richtet Kinder so sehr zum Schweigen ab wie Unglück. Cosette hatte soviel gelitten, daß sie sich vor allem fürchtete, auch vor dem Reden und sogar vor dem Atmen. Oft hatte ein Wort einen Erdsturz über sie hereinbrechen lassen. Langsam begann sie, seit sie Jean Valjean angehörte, sich zu beruhigen. Ziemlich schnell gewöhnte sie sich an das Klosterleben. Sie sehnte sich nur nach der verlorenen Puppe Catherine, aber das zu sagen traute sie sich nicht. Einmal jedoch sagte sie zu Jean Valjean: »Vater, hätte ich an sie gedacht, hätte ich sie mitgenommen.«

Cosette mußte, als sie Pensionärin des Klosters wurde, sich wie die Schülerinnen des Hauses kleiden. Jean Valjean erlangte, daß man ihm die Kleider übergab, die sie nun abgelegt hatte. Es war das Trauergewand, das er sie hatte anziehen lassen, als sie von der Garküche der Thénardiers fortging. Noch war es nicht sehr abgenutzt. Jean Valjean schloß dieses Fähnchen, auch die Wollstrümpfe und die Schuhe, mit viel Kampfer und all den aromatischen Drogen, die in Klöstern reichlich vorhanden sind, in einen kleinen Koffer, den er sich verschaffen konnte. Er stellte diesen Koffer auf einen Stuhl neben seinem Bett und hatte den Schlüssel immer bei sich. »Vater«, fragte Cosette ihn eines Tages, »was ist das denn für ein Kasten, der so gut riecht?«

Vater Fauchelevent wurde außer durch seinen Ruhm, von dem er nichts hörte, für seine gute Tat erstens durch seine Befriedigung belohnt, und dann hatte er weit weniger Arbeit, da er sie teilte. Endlich hatte er, der den Tabak sehr liebte, von der Gegenwart des Herrn Madeleine den Nutzen, daß er dreimal soviel Tabak als bisher rauchen durfte und mit unendlich größerem Genuß, da Herr Madeleine ihn bezahlte.

Den Nonnen behagte der Name Ultime nicht. Sie nannten Jean Valjean den anderen Fauvent. Hätten sie etwas von dem Spürsinn Javerts gehabt, so wäre ihnen nach und nach aufgefallen, daß, wenn zur Pflege des Gartens irgendein Gang außerhalb zu erledigen war, immer der ältere Fauchelevent, der krummbeinige Krüppel, ihn übernahm und nie der andere. Aber ob nun Augen, die stets auf Gott gerichtet sind, unfähig sind zu spionieren oder ob sie vor allem einander bespähten, sie achteten nicht darauf.

Es war übrigens heilsam für Jean Valjean, daß er sich still verhielt und sich nicht rührte. Javert kontrollierte das Viertel mehr als einen Monat hindurch. Dieses Kloster war für Jean Valjean eine von Schlünden umgebene Insel. Diese vier Mauern waren für ihn von nun ab die Welt. Er sah vom Himmel so viel, daß er heiteren Gemütes, und Cosette so oft, daß er glücklich sein konnte. Ein freundliches Leben begann für ihn. Mit dem alten Fauchelevent bewohnte er die Baracke hinten im Garten. Diese aus Gips gebaute Bude, die noch 1845 stand, war, wie man sich erinnert, aus drei Stuben mit nackten Mauerwänden zusammengesetzt. Die größte hatte Vater Fauchelevent mit Anstrengung, denn Jean Valjean hatte sich umsonst gesträubt, Herrn Madeleine überlassen. Die Wand dieser Stube hatte, außer den beiden Nägeln zum Befestigen von Knieband und Kiepe, keinen Zierat als eine royalistische Assignate von 1793, die über dem Kamin befestigt war und die wir hier im Faksimile wiedergeben:

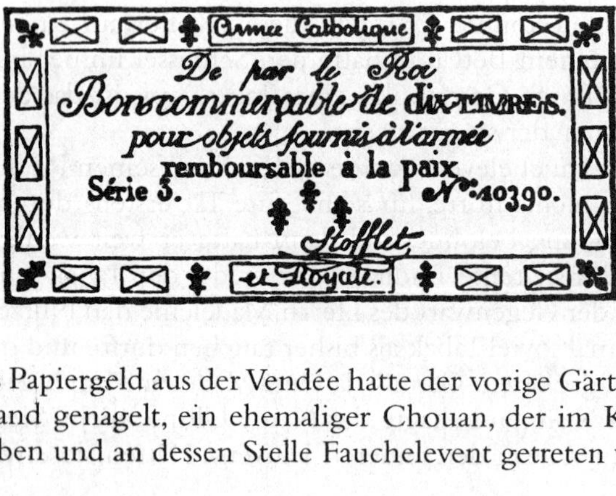

Dieses Papiergeld aus der Vendée hatte der vorige Gärtner an die Wand genagelt, ein ehemaliger Chouan, der im Kloster gestorben und an dessen Stelle Fauchelevent getreten war.

Jean Valjean arbeitete jeden Tag im Garten und machte sich darin sehr nützlich. Er, der einstige Baumputzer, fand gern zum Gartenbau zurück. Er kannte die verschiedenen Rezepte und Geheimnisse. Davon profitierte er. Fast alle Obstbäume waren Wildlinge. Er okulierte sie und ließ sie beste Früchte tragen.

Cosette hatte Erlaubnis, täglich eine Stunde bei ihm zu verbringen. Da die Schwestern traurig waren und er gut war, verglich das Kind ihn und sie und betete ihn an. Zur bestimmten Stunde eilte sie zu der Baracke. Wenn sie das Häuschen betrat, wurde es zum Paradies. Jean Valjean lebte auf und fühlte, wie sein Glück durch das wuchs, das er Cosette gab. Die Freude, die wir spenden, hat das Bezaubernde an sich, daß sie, weit davon entfernt, wie jeder Abglanz zu verblassen, nur noch strahlender zu uns zurückkehrt. In den Pausen sah Jean Valjean sie von fern spielen und laufen, und ihr Lachen kannte er aus dem der anderen heraus.

Denn jetzt lachte Cosette. Ihre Züge hatten sich bis zu einem gewissen Grad geändert. Das Finstere war daraus gewichen.

Das Lachen ist die Sonne, es vertreibt den Winter aus dem menschlichen Antlitz.

Cosette, zwar immer noch nicht hübsch, wurde in anderer Beziehung reizend. Mit ihrer süßen Kinderstimme brachte sie allerlei belanglose, doch verständige Dinge hervor.

War die Pause vorbei und ging Cosette wieder in die Klasse, blickte Jean Valjean nach deren Fenstern. Und nachts stand er auf, um nach den Fenstern ihres Schlafsaals zu schauen.

Im übrigen hat Gott seine eigenen Wege. Das Kloster trug wie Cosette dazu bei, in Jean Valjean das Werk des Bischofs zu erhalten und fortzusetzen. Fest steht, daß eine Seite der Tugend zum Hochmut führt. Dort hat der Teufel eine Brücke gebaut. Jean Valjean war vielleicht ohne sein Wissen jener Seite und jener Brücke ziemlich nahe, als ihn die Vorsehung in das Kloster des Petit-Picpus verschlug. Solange er sich nur mit dem Bischof verglichen hatte, fand er sich unwürdig und war demütig. Aber seit einiger Zeit begann er, sich mit den Menschen zu vergleichen, und der Hochmut keimte. Wer weiß, vielleicht wäre er schließlich ganz sacht zum Haß zurückgekehrt.

Das Kloster hielt ihn auf diesem Hang auf.

Es war die zweite Stätte der Gefangenschaft, die er sah. In seiner Jugend, in dem, was für ihn der Beginn des Lebens gewesen war, und später, vor kurzem erst noch, hatte er eine andere gesehen, eine schreckliche, eine fürchterliche Stätte, deren Härten ihm stets als die Ungerechtigkeit der Gerechtigkeit und als das Verbrechen des Gesetzes vorgekommen waren. Nach dem Bagno erlebte er nun das Kloster. Und während er bedachte, daß er zum Bagno gehört hatte und jetzt gleichsam nur Zuschauer im Kloster war, stellte er beides in Gedanken beklommen gegenüber.

Manchmal glitt er, auf seinen Spaten gestützt, langsam die bodenlosen Spiralen der Grübelei hinab.

Er entsann sich seiner ehemaligen Gefährten. Wie elend sie waren. Sie standen bei Tagesanbruch auf und arbeiteten bis spät in die Nacht hinein, kaum wurde ihnen Schlaf gegönnt. Sie lagen auf Pritschen, auf denen ihnen nur zwei Zoll dicke Matratzen gestattet waren, in Sälen, die nur während der härtesten Monate des Jahres beheizt wurden. Sie trugen häßliche rote Jacken. Aus Gnade und Barmherzigkeit waren ihnen bei großer Hitze eine Leinenhose und bei strenger Kälte ein wollener Fuhrmannskittel über den Rücken erlaubt. Wein und Fleisch bekamen sie nur, wenn sie zur Hinrichtung gingen. Sie lebten namenlos, lediglich durch Nummern kenntlich gemacht und gewissermaßen Zahl geworden. Kurz geschoren, senkten sie die Augen und die Stimme unter dem Stock in Schande.

Dann wandte sich sein Geist wieder den Wesen zu, die er vor Augen hatte.

Auch diese Wesen lebten kurz geschoren, gesenkten Blikkes und mit leiser Stimme sprechend, zwar nicht in Schande, doch unter dem Spott der Welt, zwar nicht den Rücken vom Stock zerschunden, doch die Schultern von der Geißel aufgerissen. Auch ihr Name war bei den Menschen in Vergessenheit geraten, sie hatten andere, streng klingende Namen angenommen. Sie aßen nie Fleisch und tranken nie Wein, oft nahmen sie bis zum Abend keine Nahrung zu sich. Sie zogen keine roten Jacken an, doch dafür waren sie in schwarzwollene Leichentücher gehüllt, lästig im Sommer, leicht im Winter, ohne daß sie etwas daran weglassen oder hinzutun konnten. Sie hatten nicht einmal, der Jahreszeit entsprechend, ein Gewand von Linnen oder einen wollenen Überwurf, und sechs Monate im Jahr trugen sie Hemden aus Köper, die sie fiebern ließen. Sie wohnten nicht in Sälen, die lediglich bei strenger Kälte beheizt wurden, sondern in Zellen, in denen nie ein Feuer angezündet wurde. Sie schliefen nicht auf zwei Zoll dicken Matratzen, sondern auf Stroh. Schließlich wurde ihnen nicht einmal der Schlummer gegönnt. Jede Nacht, nach einem arbeitsreichen Tag, mußte man im tiefen ersten Schlaf, in dem Augenblick, in dem man einschlief und sich gerade erst erwärmte, wieder munter werden, aufstehen und in einer eisigen, düsteren Kapelle beten, mit beiden Knien auf dem Stein.

An gewissen Tagen mußte abwechselnd jedes dieser Geschöpfe zwölf Stunden hintereinander auf der Steinplatte knien oder liegen, das Gesicht an der Erde und die Arme zum Kreuz ausgebreitet.

Die ersteren waren Männer, die letzteren Frauen.

Was hatten jene Männer getan? Sie hatten gestohlen, vergewaltigt, geraubt, totgeschlagen und gemordet. Sie waren Banditen, Fälscher, Giftmischer, Brandstifter, Totschläger, Vater oder Muttermörder. Was hatten diese Frauen getan? Nichts.

Auf der einen Seite Straßenraub, Betrug, Diebstahl, Gewalttätigkeit, Geilheit, Totschlag, alle möglichen Frevel, alle Spielarten des Mordanschlags; auf der anderen Seite nur eins: Unschuld. Die vollkommene, in einem geheimnisvollen Aufschwung fast entrückte Unschuld, durch die Tugend noch der Erde verbunden, durch die Heiligkeit bereits am Himmel teilhabend.

Auf der einen Seite Verbrechen, die man sich leise gesteht; auf der anderen Seite Vergehen, die mit lauter Stimme gebeichtet werden. Und was für Verbrechen! Und was für Vergehen!

Auf der einen Seite giftige Ausdünstungen, auf der anderen ein unbeschreiblicher Wohlgeruch. Auf der einen Seite eine moralische Pest, die, ständig bewacht, unter den Mündungen der Geschütze langsam die von ihr Angesteckten verschlingt; auf der anderen Seite in allen Seelen ein und dieselbe keusche Glut. Dort Finsternis, hier Dunkel, doch ein Dunkel voller Helle und Helle voller Glanz.

Zwei Stätten der Sklaverei, aber bei der ersten die mögliche Freilassung, eine vom Gesetz vorgeschriebene Begrenzung als ständiger Lichtblick und zudem der Ausbruch. Bei der letzteren Lebenslänglichkeit und anstelle jeglicher Hoffnung in der fernsten Zukunft jenen Schimmer der Freiheit, den die Menschen Tod nennen.

Bei der einen wurde man nur in Ketten gelegt, bei der anderen war man durch seinen Glauben angekettet.

Was ging von der einen Stätte aus? Eine endlose Verwünschung, Zähneknirschen, Haß, verzweifelte Bosheit, ein Schrei der Wut auf die menschliche Gesellschaft und beißender Spott über den Himmel. Was strahlte die andere aus? Segen und Liebe. Und an den beiden so ähnlichen und so verschiedenen Orten vollbrachten diese beiden Arten von so unterschiedlichen Geschöpfen das gleiche Werk, die Sühne.

Jean Valjean begriff wohl die Sühne der ersteren, die Sühne für die eigene Person, für sich selbst. Aber er begriff nicht die der anderen, jener untadeligen und makellosen Wesen, und er fragte sich erschauernd: Sühne wofür? Was für eine Sühne?

Eine Stimme antwortete in seinem Gewissen: Die göttliche Großmut des Menschen ist die Sühne für andere.

Hier sei jede persönliche Theorie hintangestellt, wir erzählen nur, nehmen Jean Valjeans Standpunkt ein und geben seine Eindrücke wieder.

Er hatte vor Augen den erhabenen Gipfel der Selbstverleugnung, das Höchstmaß an möglicher Tugend; die Unschuld, die den Menschen ihre Sünden vergibt und an ihrer Stelle für sie büßt; die erlittene Knechtschaft, die hingenommene Marter, die Qual, gefordert von Seelen, die nicht gesündigt haben, um daraus die Seelen zu erlösen, die gestrauchelt sind; die Liebe zur Menschheit, die in der Liebe zu Gott aufgeht, dabei aber die Menschen nicht vergißt und für sie fleht; sanfte, schwache Wesen, die das Elend der Bestraften erdulden und das Lächeln der Belohnten zeigen. Und er erinnerte sich, daß er es gewagt hatte, sich zu beklagen!

Oft stand er mitten in der Nacht auf, um dem dankbaren Gesang der unschuldigen und von Härten niedergedrückten Geschöpfe zu lauschen, und ihm erstarrte das Blut in den Adern bei dem Gedanken, daß jene, die zu Recht gezüchtigt wurden, die Stimme zum Himmel nur erhoben, um zu lästern, und daß er, der Elende, Gott mit der Faust gedroht hatte.

Was ihn im Innersten traf und in tiefe Grübeleien versinken ließ, war so etwas wie eine leise ausgesprochene Mahnung der Vorsehung selbst. Den Einbruchsdiebstahl, die überwundenen Mauern, das mit Todesgefahr verbundene Wagnis, den schwierigen und mühsamen Aufstieg, all die Anstrengungen hatte er nur gemacht, um von dem einen Ort der Sühne an einen anderen zu gelangen. War das ein Gleichnis seines Schicksals?

Dieses Haus war ebenfalls ein Gefängnis und ähnelte unheimlich der anderen Stätte, der er entflohen war, und dennoch hatte er sich so etwas einfach nicht vorstellen können.

Wieder sah er Gitter, Riegel und Eisenstäbe, um wen zu bewachen? Engel. Die hohen Mauern, die er um Tiger herum gesehen hatte, umgaben jetzt Lämmer.

Es war ein Ort der Sühne und nicht der Züchtigung, und doch ging es hier noch strenger, noch trauriger und noch unerbittlicher zu als an dem anderen. Diese Jungfrauen waren tiefer gebeugt als die Sträflinge. Ein kalter, rauher Wind, jener Wind, der seine Jugend eisig gemacht hatte, fuhr durch die vergitterte und verriegelte Grube der Geier, ein noch schärferer und schneidenderer Nordost blies im Taubenschlag.

Warum?

Wenn er darüber nachdachte, versank alles, was in ihm war, vor diesem erhabenen Mysterium. Bei solcherlei Betrachtungen schwand der Hochmut dahin. Er ging immer wieder in sich, fühlte sich schwach und weinte sehr oft. Alles, was sich seit einem halben Jahr in seinem Leben ereignet hatte, brachte ihn zu den frommen Geboten des Bischofs zurück, Cosette durch die Liebe, das Kloster durch die Demut.

In der Abenddämmerung, wenn der Garten menschenleer war, sah man ihn manchmal mitten auf dem Weg, der an der Kapelle entlang führte. Er kniete vor dem Fenster, durch das er in der Nacht seiner Ankunft geschaut hatte, der Stelle zugewandt, wo er die Schwester, die die Reparation leistete, im Gebet liegen wußte. Er betete so auf den Knien vor dieser Schwester. Anscheinend wagte er es nicht, unmittelbar vor Gott niederzuknien.

Was ihn umgab, der stille Garten, die balsamisch duftenden Blumen, die Kinder, die fröhlich aufschrien, die ernsten, schlichten Frauen, das schweigende Kloster, durchdrang ihn langsam, und allmählich setzte seine Seele sich aus dem Schweigen dieses Klosters, dem Duft dieser Blumen, der Stille dieses Gartens, der Schlichtheit dieser Frauen, der Freude dieser Kinder zusammen. Und er dachte daran, daß zwei Häuser Gottes nacheinander ihn in zwei kritischen Augenblicken seines Lebens aufgenommen hatten, das erste, als alle Türen sich ihm versperrten und die menschliche Gesellschaft ihn ausstieß, das zweite, als die menschliche Gesellschaft ihn wieder verfolgte und das Bagno sich wieder vor ihm öffnete; daß er ohne das erste dem Verbrechen von neuem verfallen wäre, ohne das zweite der Folter. Sein Herz zerschmolz in Dankbarkeit, und seine Liebe wurde noch größer.

Mehrere Jahre gingen so dahin. Cosette reifte heran.

DRITTER TEIL

MARIUS

ERSTES BUCH

PARIS IN EINEN SONNENSTÄUBCHEN

Parvulus

Paris hat ein Kind und der Wald einen Vogel. Der Vogel heißt Sperling, das Kind Straßenjunge. Verbindet die beiden Begriffe, von denen der eine den ganzen Schmelzofen, der andere die ganze Morgenröte in sich einschließt, laßt die Funken, Paris, Kindheit, aufeinander losspringen, und es geht ein kleines Wesen daraus hervor. *Humuncio* würde Plautus sagen.

Dieses kleine Wesen ist fröhlich. Es ißt nicht alle Tage, und wenn ihm der Sinn danach steht, geht es allabendlich ins Theater. Es hat kein Hemd auf dem Leib, keine Schuhe an den Füßen und kein Dach überm Kopf. Es ist wie die Fliegen in der Luft, die nichts von all dem besitzen. Es ist sieben bis dreizehn Jahre alt, lebt in einer Bande, schlendert umher, schläft unter freiem Himmel, trägt eine alte Hose von seinem Vater, die ihm viel zu lang ist, einen alten Hut von irgendeinem anderen Vater, der ihm weit über die Ohren reicht, nur einen Hosenträger von gelbem Salband, rennt, lauert, sucht, vertrödelt die Zeit, raucht Pfeife, flucht wie ein Verdammter, geht in der Kneipe ein und aus, kennt Diebe, duzt Dirnen, spricht Argot, singt schlüpfrige Lieder und hat nichts Böses im Herzen. Weil seine Seele eine Perle umschließt, die Unschuld, und weil Perlen sich im Schmutz nicht auflösen. Solange der Mensch Kind ist, will ihn Gott unschuldig.

Fragte man die ungeheure Stadt: »Was ist das?«, würde sie antworten: »Das ist mein Kleiner.«

Der Pariser Straßenjunge ist der Zwerg der Riesin.

Übertreiben wir nicht, dieser Cherub der Gosse besitzt manchmal ein Hemd, aber dann nur eines. Er besitzt manchmal Schuhe, aber dann haben sie keine Sohlen. Er besitzt manchmal ein Heim und liebt es, denn er findet dort seine Mutter, aber er zieht die Straße vor, weil er auf ihr die Freiheit findet. Er hat seine eigenen Spiele; seine eigenen Bosheiten, für die der Haß auf die Bürger die Grundlage bildet; seine eigenen bildhaften Wendungen: tot sein heißt »die Kartoffeln von unten begucken«; seine eigenen Beschäftigungen: Droschken herbeirufen, die Tritte der Kutschen herunterklappen, bei starkem Regen Wegegelder von einer Straßenseite zur anderen erheben, was er »Kunstbrücken« bauen nennt, die von der Obrigkeit zugunsten des französischen Volkes gehaltenen Reden ausrufen oder zwischen den Pflastersteinen herumkratzen. Er besitzt seine eigene Währung, die aus all den bearbeiteten Kupferstückchen besteht, welche man auf der Straße finden kann. Das merkwürdige Geld, das den Namen »Knöpfe« annimmt, wird nach einem stabilen, sehr festen Kurs in dieser kleinen Kinderboheme gehandelt.

Schließlich hat er seine eigene Tierwelt, die er eifrig in Winkeln und Ecken beobachtet: den Marienkäfer, die Blattlaus, den Weberknecht und »den Teufel«, ein schwarzes Insekt, das drohend seinen mit zwei Hörnern bewaffneten Schwanz windet. Er besitzt sein sagenhaftes Ungeheuer. Es hat Schuppen am Bauch und ist keine Eidechse, Warzen auf dem Rücken und ist keine Kröte. In den Löchern der alten Kalköfen und ausgetrockneten Brunnen haust es, schwarz, behaart, klebrig, kriechend, bald langsam, bald schnell. Es schreit nicht, aber es schaut einen an und ist so entsetzlich, daß es nie jemand erblickt hat. Dieses Ungeheuer nennt er »den Schleicher«. »Schleicher« zwischen den Steinen suchen bereitet ein Vergnügen fürchterlicher Art. Ein anderes Vergnügen ist es, plötzlich einen Pflasterstein hochzuheben und nach Asseln zu sehen. Jede Gegend von Paris ist berühmt durch die interessanten Funde, die man dort machen kann. Es gibt Ohrwürmer auf den Holzhöfen im Ursulinerinnen-Viertel, Tausendfüßler am Pantheon und Kaulquappen in den Gräben des Marsfeldes.

Redensarten hat dieses Kind wie Talleyrand. Es ist nicht weniger zynisch, doch ehrlicher. Mit überraschendem Frohsinn begabt, verblüfft es den Krämer durch sein unbändiges Gelächter. Sein Repertoire reicht munter von der höheren Komödie bis zur Posse.

Ein Leichenzug kommt vorbei. Unter denen, die dem Toten das letzte Geleit geben, ist ein Arzt.

»Ei der Daus!« ruft ein Straßenjunge. »Seit wann liefern die Ärzte ihre Arbeit ab?«

Ein anderer steht in einer Menge. Ein gewichtiger bebrillter und mit Berlocken geschmückter Mann dreht sich empört um: »Taugenichts, du hast eben meine Frau um die Taille genommen.«

»Ich und genommen, mein Herr? Durchsuchen Sie mich.«

Er ist angenehm

Abends verschafft sich der *homuncio* für ein paar Sous, die sich zu besorgen er stets Mittel und Wege findet, Einlaß zu einem Theater. Wenn er über diese magische Schwelle tritt, verwandelt er sich, aus dem Straßenbengel wird der Straßenjunge. Die Theater sind so etwas wie umgedrehte Schiffe, deren Kiel nach oben steht. Im Laderaum oben drängt sich der Straßenjunge. Der Straßenjunge verhält sich zum Straßenbengel wie der Falter zur Larve, das gleiche Wesen, nur aufgeflogen und schwebend. Es genügt, daß er hier ist, mit seinem strahlenden Glück, seiner Fähigkeit, sich zu begeistern und zu freuen, mit seinem Händeklatschen, das dem Rauschen von Flügeln gleicht, und dieser enge, übelriechende, dunkle, schmierige, ungesunde, häßliche, erbärmliche Kielraum wird zum Olymp.

Gebt einem Wesen das Unnütze und nehmt ihm das Notwendige, und ihr habt den Straßenjungen.

Der Straßenjunge ist nicht ohne jedes Gefühl für Literatur. Seine Neigung, wir sagen das mit dem Maß an Bedauern, das angebracht ist, gilt keineswegs dem klassischen Stil. Er ist seinem Wesen nach wenig akademisch. So war, um nur ein Beispiel zu geben, Mademoiselle Mars' Beliebtheit bei diesem kleinen stürmischen Kinderpublikum mit einer ironischen Spitze gewürzt. Der Straßenjunge nannte sie Mademoiselle »Muche«.

Dieses Wesen johlt, macht sich lustig, spottet, streitet sich herum, hat Putz wie ein kleines Mädchen und Lumpen wie ein Philosoph, angelt in der Gosse, jagt in der Kloake, gewinnt dem Unrat eine heitere Seite ab, putscht mit seiner Begeisterung den Straßenpöbel auf, kichert und beißt, pfeift und singt, jubelt zu und beschimpft, schwächt das »Halleluja« durch »Matanturlurette« ab, leiert alle Gesänge vom »De Profundis« bis zum »Bettscheißer« herunter, findet, ohne zu suchen, weiß, was es nicht kennt, ist spartanisch bis zur Gaunerei, närrisch bis zur Weisheit, lyrisch bis zur Zote, würde sich auf den Olymp hocken, wälzt sich im Mist und steht mit Sternen übersät wieder auf. Der Pariser Straßenjunge ist Rabelais, als er noch klein war.

Mit seiner Hose ist er nicht zufrieden, wenn sie keine Uhrtasche hat.

Er wundert sich kaum, erschrickt noch weniger, macht ein Spottlied auf den Aberglauben, läßt den Übertreibungen die Luft ab, lacht über die Mysterien, streckt den Gespenstern die Zunge heraus, benimmt den schwülstigen Worten den poetischen Hauch und bringt die Karikatur in die epischen Überhöhungen. Nicht weil er phantasielos ist, weit gefehlt, sondern weil er die feierliche Vision durch das komische Trugbild ersetzt. Erschiene ihm Adamastor, der Straßenjunge würde sagen: »Sieh an! Der schwarze Mann!«

Er kann nützlich sein

Paris beginnt beim Gaffer und endet beim Straßenjungen, zwei Geschöpfe, zu denen keine andere Stadt fähig ist, die passive Hinnahme, der das Schauen genügt, und der unerschöpfliche Unternehmungsgeist, Prudhomme und Fouillou. Nur Paris hat so etwas in seiner Naturgeschichte. Die ganze Monarchie ist im Gaffer, die ganze Anarchie im Straßenjungen enthalten.

Dieser bleiche Knabe der Pariser Vorstädte lebt und entwickelt sich, schließt sich anderen im Leid an und trennt sich wieder von ihnen, ist nachdenklicher Zeuge der gesellschaftlichen Wirklichkeit und der menschlichen Dinge. Er hält sich selbst für unbekümmert, er ist es nicht. Er schaut, nahe daran, zu lachen, aber auch zu etwas anderem bereit. Wer immer ihr sein möget, die ihr euch Vorurteil, Mißbrauch, Schande, Unterdrückung, Ungerechtigkeit, Despotismus, Unrecht, Fanatismus und Tyrannei nennt, nehmt euch in acht vor dem staunenden Straßenjungen.

Dieser Kleine wird einmal groß.

Aus welchem Ton ist er erschaffen? Aus dem ersten besten Schlamm. Eine Handvoll Schmutz, ein Hauch, und Adam steht da. Es genügt, daß ein Gott vorübergeht. Über den Straßenjungen ist stets ein Gott hinweggeschritten. Der Zufall arbeitet an dem kleinen Geschöpf. Mit dem Zufall meinen wir auch ein wenig das Abenteuer. Wird dieser gleich aus der groben, gemeinen Erde geknetete, unwissende, ungebildete, verblüffte, ordinäre und pöbelhafte Knirps ein Ionier oder ein Böotier? Wartet ab, *currit rota,* der Geist von Paris, dieser Dämon, der die Kinder des Zufalls und die Männer des Schicksals zeugt, formt im Gegensatz zum lateinischen Töpfer aus dem Krug eine Amphora.

Seine Grenzen

Der Straßenjunge liebt die Stadt, er liebt auch die Einsamkeit, denn er hat etwas vom Weisen an sich. *Urbis amator* wie

Fuscus, *ruris amator* wie Flaccus. Sinnend umherirren, das heißt bummeln, ist ein guter Zeitvertreib für den Philosophen, besonders in dieser etwas zwitterhaften, ziemlich häßlichen, aber bizarren und aus zwei Welten bestehenden Flur, die gewisse Großstädte und hauptsächlich Paris umgibt. Die Bannmeile beobachten heißt ein Amphibium beobachten. Ende der Bäume, Beginn der Dächer, Ende des Grases, Beginn des Pflasters, Ende der Furchen, Beginn der Läden, Ende der Wagenspuren, Beginn der Leidenschaften, Ende des göttlichen Gemurmels, Beginn der menschlichen Unruhe, das macht sie ungemein interessant.

Daher geht an diesen wenig reizvollen Stätten, die vom Vorübergehenden für immer mit dem Beiwort »trostlos« abgestempelt sind, der Träumer scheinbar ziellos spazieren.

Der Schreiber dieser Zeilen vagabundierte lange Zeit vor den Toren von Paris herum, und für ihn ist das eine Quelle weit zurückreichender Erinnerungen. Dieser kurze Rasen, diese steinigen Pfade, die Kreide, der Mergel, der Gips, die herbe Monotonie des brachliegenden Landes, die Gärtner zwischen dem Frühgemüse, die man plötzlich in einer Senke sieht, diese Mischung von Wildem und Bürgerlichem, diese verlassenen weiten Flächen, auf denen die Trommler aus der Garnison lärmend üben und eine Art Schlachtgestotter hervorbringen, diese Einöden tagsüber, Räuberhöhlen in der Nacht, die Mühle, die sich langsam im Winde dreht, die Förderräder der Steinbrüche, die Schenken an der Ecke der Friedhöfe, der geheimnisvolle Reiz der hohen, düsteren Mauern, die unversehens riesige, unbebaute und von der Sonne überflutete Grundstücke voller Schmetterlinge eingrenzen, das alles zog ihn an. Fast niemand auf Erden kennt diese eigenartigen Orte, die Glacière, die Cunette, die häßliche, mit Kugeleinschlägen übersäte Mauer von Grenelle, den Mont-Parnasse, die Fosse-aux-Loups, die Aubiers am Steilufer der Marne, Montsouris, die Tombe-Issoire, die Pierre-Plate bei Châtillon, wo es einen alten, stillgelegten Steinbruch gibt, der nur noch dazu dient, Pilze wachsen zu lassen, und den an der Erdoberfläche eine Falltür aus morschen Bohlen verschließt. Die römische Campagna ist ein Begriff, die Pariser Bannmeile ein anderer. In dem, was uns ein Horizont hietet, nichts weiter als Felder, Häuser oder Bäume sehen heißt nicht tiefer eindringen. Alle Seiten der Dinge sind Gedanken Gottes. Die Stelle, an der eine Ebene in eine Stadt übergeht, ist stets von ergreifender Schwermut durchdrungen. Natur und Menschheit sprechen hier gleichzeitig zu einem. Die örtlichen Eigenheiten wurden hier sichtbar.

Wer wie wir in dieser an unsere Vorstädte angrenzenden Einsamkeit, die man die Vorhölle von Paris nennen könnte, umhergeirrt ist, hat hier und da an der verlassensten Stelle, im unverhofftesten Augenblick, hinter einer kümmerlichen Hecke oder in einem unheimlichen Mauerwinkel eine lärmende Schar fahler, schmutziger, staubbedeckter, zerlumpter und struppiger Kinder erblickt, die, mit Kornblumen bekränzt, Mühle spielen. Das sind all die kleinen Ausreißer der armen Familien. Der äußere Boulevard ist die Welt, in der sie atmen; die Bannmeile gehört ihnen. Hier schwänzen sie ewig die Schule. Hier singen sie unbefangen ihr Repertoire an anstößigen Liedern ab. Sie sind hier, oder besser gesagt, sie leben hier, weit entfernt von jedem Blick, in dem milden Licht des Mai oder Juni, knien um ein Loch in der Erde, treiben Murmeln mit dem Daumen, streiten sich um Heller, sorglos, davongeflogen, losgelassen und glücklich. Sobald sie einen bemerken, besinnen sie sich, daß sie ein Gewerbe haben, ihren Lebensunterhalt verdienen müssen, und sie bieten einen alten Wollsocken voller Maikäfer oder einen Fliederzweig zum Kauf an. Diese seltsamen Begegnungen mit den Kindern gehören zu den zauberhaften und zugleich schmerzlichen Reizen der Pariser Umgebung.

Manchmal stecken in diesen Jungenhaufen kleine Mädchen – sind es ihre Schwestern? –, fast junge Mädchen, mager, fiebrig, sonnengebräunt, voller Sommersprossen, Roggenähren und Klatschmohn im Haar, fröhlich, scheu und barfüßig. Andere wieder essen Kirschen im Kornfeld. Abends hört man sie lachen. Die Gruppen, warm beschienen vom vollen Licht des Mittags oder in der Dämmerung undeutlich wahrgenommen, beschäftigen lange den Träumer, und die flüchtigen Erscheinungen verbinden sich mit seinem Traum.

Paris als Mittelpunkt, die Bannmeile als Umkreis, das ist für diese Kinder die ganze Erde. Nie wagen sie sich darüber hinaus. Sie können den Dunstkreis von Paris nicht mehr verlassen, wie die Fische das Wasser nicht verlassen können. Für sie gibt es zwei Meilen hinter den Barrieren nichts mehr. Ivry, Gentilly, Arcueil, Belleville, Aubervilliers, Ménilmontant, Choisy-le-Roi, Billancourt, Meudon, Issy, Vanves, Sèvres, Puteaux, Neuilly, Gennevilliers, Colombes, Romainville, Chatou, Asnières, Bougival, Nanterre, Enghien, Noisy-le-Sec, Nogent, Gournay, Drancy, Gonesse, da hört die Welt auf.

Etwas Geschichte

Zu der Zeit, die übrigens fast in die Gegenwart hineinreicht und in der die Handlung dieses Buches spielt, stand nicht wie heute an jeder Straßenecke ein Schutzmann (eine Wohltat, die zu erörtern die Zeit fehlt), und es wimmelte in Paris von herumirrenden Kindern.

Die Statistiken geben einen Durchschnitt von zweihundertsechzig obdachlosen Kindern an, die die Polizeistreifen damals jährlich auf nicht eingezäuntem Gelände, auf Baustellen und unter Brückenbögen aufgriffen. Eines dieser berühmt gewordenen Nester hat »die Schwalben vom Pont d'Arcole« hervorgebracht. Das ist übrigens das verheerendste soziale Symptom. Alle Verbrechen des Menschen beginnen mit der Landstreicherei des Kindes.

Nehmen wir gleichwohl Paris davon aus. In bedingtem Maße und ungeachtet der Erinnerung, die wir soeben heraufbeschworen haben, ist die Ausnahme gerechtfertigt. Während in jeder anderen Großstadt ein vagabundierendes Kind ein verlorener Mensch ist, während fast überall das sich selbst überlassene Kind schicksalhaft in die allgemeinen Laster verfällt, die in ihm die Anständigkeit und das Gewissen zerstören, ist der Pariser Straßenjunge, wir beharren darauf, innerlich nahezu unversehrt, so verwittert und zerfressen er an der Oberfläche auch sein mag. Es ist großartig festzustellen und wird in der herrlichen Rechtschaffenheit unserer Volksrevolution deutlich: Die Idee, die in der Luft von Paris liegt, macht gewissermaßen unverderblich wie das Salz im Wasser des Ozeans. Paris einatmen erhält die Seele.

Was wir hier sagen, mindert keineswegs die Beklemmung, die einen überkommt, sooft man einem dieser Kinder begegnet, um die herum gleichsam die Fäden der zersprengten Familie wehen. Beim gegenwärtigen Stand der noch so unvollkommenen Zivilisation sind diese auseinandergebrochenen Familien, die sich in das Dunkel entleeren, die nicht mehr recht wissen, wo ihre Kinder geblieben sind, und die ihr eigen Fleisch und Blut auf die Landstraße fallen lassen, nichts allzu Außergewöhnliches. Daher so dunkle Schicksale. Das heißt, denn diese traurige Angelegenheit ist zur Redensart geworden, »auf das Pariser Pflaster geworfen werden«.

Nebenbei bemerkt, die alte Monarchie unternahm in keiner Weise etwas gegen dieses Aussetzen von Kindern. Ein wenig Ägypten und Böhmen in den unteren Schichten kam den hochgestellten Kreisen gelegen und war den Mächtigen gerade recht. Die Abneigung gegen den Unterricht für die Kinder des Volkes war ein Glaubenssatz. Wozu »Halbgebildete«? So lautete die Losung. Also ist das vagabundierende Kind die Folge des unwissenden Kindes.

Übrigens brauchte die Monarchie bisweilen Kinder, und dann säuberte sie die Straße.

König Ludwig XIV., um nicht noch weiter zurückzugehen, wollte mit Recht eine Flotte schaffen. Der Gedanke war gut. Doch betrachten wir das Mittel. Keine Flotte, wenn man neben dem Segelschiff, dem Spielball des Windes, nicht das Schiff hat, das hinfährt, wo es will, sei es mittels des Ruders, sei es durch Dampf, um notfalls das erstere zu bugsieren. Die Galeeren waren damals für die Marine das, was für sie heute die Dampfer sind. Es wurden also Galeeren henötigt. Aber die Galeere bewegt sich nur durch den Galeerensträfling. Demnach braucht man auch Galeerensträflinge. Colbert ließ durch die Provinzintendanten und Parlamente möglichst viele Sträflinge machen. Der Richterstand kam dem sehr entgegen. Ein Mann nahm vor einer Prozession den Hut nicht ab, eine hugenottische Haltung. Er wurde auf die Galeeren geschickt. Auf der Straße begegnete man einem Kind. Sofern es fünfzehn Jahre alt war und nicht wußte, wo es die Nacht zubringen sollte, wurde es auf die Galeeren geschickt. Große Herrschaft, großes Jahrhundert.

Unter Ludwig XV. verschwanden die Kinder in Paris. Die Polizei entführte sie für irgendeinen geheimnisvollen Gebrauch.

Voller Entsetzen raunte man sich ungeheuerliche Vermutungen über die Purpurbäder des Königs ins Ohr. Barbier spricht unbefangen über diese Dinge. Es geschah manchmal, daß die niederen Polizeioffiziere, um Kinder verlegen, solche ergriffen, die Väter hatten. Die verzweifelten Väter gingen auf die Polizeioffiziere los. In diesem Fall griff das Gericht ein und ließ wen hängen? Die Polizeioffiziere? Nein. Die Väter.

Der Straßenjunge hätte seinen Platz in der indischen Gliederung

Die Gilde der Pariser Straßenjungen ist fast eine Kaste. Nicht jeder, der möchte, gehört dazu.

1834 wurde das Wort »Straßenjunge« in einem kleinen Werk mit dem Titel »Claude Gueux« erstmals gedruckt und gelangte damit aus der Sprache des Volkes in die Literatursprache. Die Entrüstung war groß. Das Wort ist angenommen worden.

Was das Ansehen der Straßenjungen untereinander ausmacht, ist recht unterschiedlich. Wir kannten einen – und verkehrten mit ihm –, der hoch geachtet und zutiefst bewundert wurde, weil er einen Mann von den Türmen von Notre-Dame hatte herabstürzen sehen; einen anderen, weil es ihm gelungen war, in den Hinterhof einzudringen, in dem die Statuen aus dem Invalidendom vorübergehend eingelagert waren, und Blei von ihnen zu »mausen«; einen dritten, weil er mit angesehen hatte, wie eine Postkutsche umkippte; und noch einen, weil der wieder einen Soldaten »kannte«, der einem Bürger beinahe ein Auge ausgestochen hätte.

Dies erklärt auch den Ausruf eines Pariser Straßenjungen, ein tiefgründiges Epiphonem, über das der gewöhnliche Sterbliche lacht, ohne es zu begreifen: »Großer Gott! Habe ich ein Pech! Wenn man bedenkt, daß ich noch niemand aus dem Fünften habe fallen sehen.«

Gewiß ist der folgende ein guter Bauernwitz: »Gevatter Soundso, euer Weib ist an einer Krankheit gestorben. Warum habt ihr nicht den Arzt kommen lassen?« – »Was wollen Sie, Herr, wir armen Leute sterben selber. « Aber wenn die ganze verschmitzte Passivität des Bauern in diesem Witz enthalten ist, so steckt die ganze freidenkerische Anarchie des Vorstadtknirpses bestimmt in diesem anderen. Ein zum Tode Verurteilter hört auf dem Karren seinem Beichtvater zu. Das Pariser Kind ruft laut aus: »Er spricht mit seinem Pfaffen. Oh, die Memme!«

Eine gewisse Kühnheit in Sachen Religion steigert das Ansehen des Straßenjungen. Freidenker zu sein ist wichtig.

Den Hinrichtungen beizuwohnen wird als eine Pflicht angesehen. Man zeigt sich die Guillotine und lacht, gibt ihr alle möglichen Spitznamen: »Ende der Suppe«, »Brummbär«, »Mutter Himmelfahrt«, »Der letzte Happen«, usw. usw. Um ja nichts von der Sache zu verpassen, werden Mauern erklettert, schwingt man sich auf Balkone, steigt auf Bäume, hängt sich an Gitter und klammert sich an Schornsteine. Der Straßenjunge kommt als Dachdecker oder als Seemann zur Welt. Ein Dach macht ihn nicht mehr bange als ein Schiffsmast. Kein Fest, das den Grèveplatz aufwiegt. Sanson und der Abbé Montès sind die wahrhaft volkstümlichen Namen. Der arme Sünder wird mit Pfiffen empfangen, um ihn zu ermutigen. Bisweilen wird er auch bewundert. Als Lacenaire noch ein Straßenjunge war und den schrecklichen Dautun tapfer sterben sah, tat er folgenden Ausspruch, der seine Zukunft ahnen ließ: »Ich war neidisch auf ihn.« In der Gilde der Straßenjungen ist Voltaire unbekannt, doch dafür Papavoine. Zwischen »Politischen« und Mördern machen sie keinen Unterschied. Das letzte Gewand eines jeden wird immer wieder beschrieben. Man weiß, daß Tolleron eine Heizerkappe, Avril eine Mütze von Otterpelz und Louvel einen runden Hut aufhatte, daß der alte Delaporte kahlköpfig und barhaupt war, Castaing ganz rosig und sehr hübsch aussah, Bories ein romantisches Kinnbärtchen trug, Jean-Martin seine Hosenträger behalten hatte und Lecouffé sich mit seiner Mutter stritt. »Mißgönnt euch doch nicht euren Korb«, rief ihnen ein Straßenjunge zu. Ein anderer, zu klein in der Menge, erblickt den Laternenpfahl auf dem Quai und klettert hinauf, um Debacker vorbeikommen zu sehen. Ein Gendarm, der dort Posten bezogen hatte, runzelt die Stirn. »Lassen Sie mich hoch, Herr Gendarm«, sagt der Bengel. Und um die Obrigkeit zu erweichen, setzt er hinzu: »Ich falle schon nicht herunter.« – »Das kümmert mich auch herzlich wenig, ob du herunterfällst oder nicht«, antwortet der Gendarm.

In der Gilde der Straßenjungen bedeutet ein denkwürdiger Unfall viel. Der Gipfel des Ansehens ist erreicht, wenn es einem passiert, daß man sich sehr tief, »bis auf den Knochen«, schneidet.

Achtung verschafft sich der Straßenjunge nicht zuletzt mit der Faust. Am liebsten sagt er: »Ich bin ganz schön stark, kannste glauben!« Linkshänder sein macht einen überaus beneidenswert. Schielen ist hoch achtbar.

Ein goldiger Ausspruch des letzten Königs

Im Sommer verwandelt er sich in einen Frosch; und des Abends, bei hereinbrechender Dunkelheit, stürzt er sich vor der Austerlitz und Jenabrücke von den Kohlezügen und Kähnen der Wäscherinnen kopfüber in die Seine und in alle möglichen Verstöße gegen die Gesetze der Scham und der Polizei. Doch die Schutzmänner passen auf, und daraus ergibt sich eine hochdramatische Situation, die seinerzeit einen brüderlichen und denkwürdigen Ruf auslöste. Dieser Ruf, der um 1830 berühmt war, ist eine strategische Warnung von Straßenjunge zu Straßenjunge. Er wird wie ein Vers von Homer skandiert, läßt sich fast ebensowenig wiedergeben wie die eleusinische Melopöie bei den Panathenäen, erinnert an das antike »Evoe« und lautet: »Ohe, Junge, oheee! Die Greifer sind da, nimm deine Klamotten und hau ab, durch den Kanal!«

Dieser Knirps – so bezeichnet er sich selbst – kann mitunter lesen, bisweilen schreiben, Wände beschmieren kann er immer. Ohne sich lange zu besinnen, bildet er in irgendeinem geheimnisvollen, gegenseitig erteilten Unterricht alle Fähigkeiten aus, die dem Gemeinwesen dienlich sein können: Von 1815 bis 1830 ahmte er den Schrei des Truthahns nach, von 1830 his 1848 krakelte er eine Birne auf die Mauern. An einem Sommerabend sah Louis-Philippe, der zu Fuß heimkehrte, einen richtigen Dreikäsehoch, wie er schwitzte und sich reckte, um mit einem Stück Kohle eine riesenhafte Birne auf einen Pfeiler vom Gittertor nach Neuilly zu zeichnen. Gutmütig wie Heinrich IV. half der König dem Straßenjungen, vollendete die Birne und schenkte dem Kind einen Louisdor mit den Worten: »Die Birne ist auch drauf.« Der Straßenjunge mag das Durcheinander. Ein gewisser gewalttätiger Zustand gefällt ihm. Er verabscheut »die Pfaffen«. Eines Tages drehte in der Rue de l'Université einer von jenen jungen Schelmen dem Torweg mit der Nummer neunundsechzig eine Nase. »Warum machst du der Tür eine lange Nase?« fragte ihn ein Passant. Das Kind antwortete: »Da wohnt ein Pfaffe.« Und in der Tat ist hier der Sitz des päpstlichen Nuntius. Doch wie sehr auch der Straßenjunge vom Geist Voltaires durchdrungen sein mag, wenn sich die Gelegenheit bietet, Chorknabe zu werden, kann es sein, daß er zustimmt, und in diesem Fall ministriert er brav. Wie Tantalus begehrt er zweierlei, ohne es je zu erreichen, nämlich die Regierung zu stürzen und seine Hose flicken zu lassen.

Der Straßenjunge in der vollendeten Form kennt gründlich alle Schutzleute in Paris und weiß stets, wenn er einem begegnet, ihm den richtigen Namen zu geben. Er zählt sie an den Fingern auf. Er studiert ihre Sitten und hat für jeden besondere Kennzeichen. In den Seelen der Polizisten liest er wie in einem aufgeschlagenen Buch. Ohne zu stocken oder mit der Wimper zu zucken, sagt er einem: »Der und der ist hintertückisch«, »der und der krenzgefährlich«, »der und der ist der Größte«, »der und der zum Schießen« (alle diese Wörter wie »hintertückisch«, »kreuzgefährlich«, »der Größte«, »zum Schießen« erlangen in seinem Mund eine besondere Bedeutung), »der hier bildet sich ein, der Pont-Neuf gehöre ihm allein, und verbietet ›den Leuten‹ auf dem Sims hinter der Brüstung spazierenzugehen«, »der da hat die Marotte, unsereins bei den Ohren zu ziehen« usw. usw.

Galliens alte Seele

Etwas von diesem Kind steckte in Poquelin, dem Sohn der Markthallen, und etwas auch in Beaumarchais. Das Schalkhafte des Straßenjungen ist eine Spielart des gallischen Geistes. In Verbindung mit dem gesunden Menschenverstand verleiht es ihm bisweilen Stärke, wie Alkohol dem Wein. Bisweilen ist es fehlerhaft. Immerhin käut auch Homer wieder, und man könnte sagen, Voltaire führt sich als Gassenjunge auf. Camille Desmoulins war Vorstädter. Championnet, der mit den Wundern so grob umsprang, entstammte dem Pariser Pflaster. Als er noch ganz klein war, pflegte er die Portale von Saint-Jean-de-Beauvais und Saint-Étienne-du-Mont unter Wasser zu setzen, und er hatte den Schrein der heiligen Genoveva so eifrig besucht, daß er dem Fläschchen mit dem Blut des heiligen Januarius befehlen konnte.

Der Pariser Straßenjunge ist ehrerbietig, ironisch und unverschämt. Er hat häßliche Zähne, weil er schlecht ernährt ist und sein Magen Hunger leidet, und schöne Augen, weil er Geist besitzt. Im Beisein Jehovas würde er auf einem Bein die Stufen zum Paradies hinaufhüpfen. Er ist stark im Beinstoßen. Alle Arten von Wachstum sind ihm möglich. Er spielt in der Gosse und richtet sich im Aufruhr auf. Seiner Unverfrorenheit kann auch der Eisenhagel nichts anhaben. Er war ein Lausejunge, er ist ein Held. Wie der kleine Thebaner schüttelt er das Löwenfell. Der Trommler Bara war ein Pariser Straßenjunge. Er schreit: »Vorwärts!«, wie das Pferd aus der Heiligen Schrift »Hui!« wiehert, und aus dem Knirps wird augenblicks ein Riese.

Dieses Kind des Sumpfes ist auch das Kind des Ideals. Ermeßt die Spannweite, die von Molière bis Bara reicht.

Mit einem Wort, der Straßenjunge ist ein Wesen, das sich amüsiert, weil es unglücklich ist.

Ecce Paris, ecce homo

Um noch einmal alles zusammenzufasscn, wie früher der römische Graeculus ist der Pariser Straßenjunge von heute das Volk als Kind, das auf der Stirn die Runzel der alten Welt hat.

Der Straßenjunge ist eine Huld für die Nation und zugleich eine Krankheit. Eine Krankheit, die es zu heilen gilt. Wie? Durch Licht.

Licht macht gesund.

Licht leuchtet.

Alle hochherzigen sozialen Ausstrahlungen gehen von der Wissenschaft, der Literatur, den Künsten und dem Unterricht aus. Macht Menschen, macht Menschen! Erleuchtet sie, damit sie euch erwärmen! Früher oder später stellt sich die brennende Frage des allgemeinen Unterrichts mit der unwiderstehlichen Kraft des wahrhaft Absoluten. Und dann werden jene, dic unter dem wachsamen Auge der französischen Idee regieren, zwischen den Kindern Frankreichs oder den Straßenjungen von Paris zwischen Flammen im Licht oder Irrlichtern in der Finsternis zu wählen haben.

Im Straßenjungen kommt Paris zum Ausdruck und in Paris die Welt.

Denn Paris ist ein Ganzes, ist der Plafond des Menschengeschlechts. Diese ganze wunderbare Stadt bietet einen Querschnitt der toten und lebendigen Sitten und Gebräuche. Wer Paris zu Gesicht bekommt, meint, die Kehrseite der bisherigen Geschichte mit Himmel und Sternbildern in den Zwischenräumen zu sehen. Paris besitzt ein Kapitol: das Stadthaus, einen Parthenon: Notre-Dame, einen Mons Aventinus: die Vorstadt Saint-Antoine, ein Asinarium: die Sorbonne, ein Pantheon: das Pantheon, eine Via sacra: den

Boulevard des Italiens, einen Turm der Winde: die öffentliche Meinung, und die Gemonien ersetzt es durch die Lächerlichkeit. Sein Majo heißt Stutzer, sein Bewohner des rechten Tiberufers Vorstädter, sein Hammal Lastträger, sein Lazzarone Dieb, sein Cockney Modegeck. Alles, was anderswo ist, findet sich auch in Paris. Das Fischweib von Dumarsais kann der Kräuterfrau des Euripides das Stichwort geben, der Diskobol Vejanus erwacht im Seiltänzer Forioso zu neuem Leben, Therapontigonus Miles ginge Arm in Arm mit dem Grenadier Vadeboncoeur einher, der Kunsthändler Damasipp wäre selig bei den Trödlern, Vincennes packte Sokrates beim Kragen, und die Agora würde Diderot ins Gefängnis werfen, Grimod de la Reynière entdeckte das Roastbeef in Fett, wie Curtillus den gebratenen Igel erfand, wir sehen unter dem Ballon vom Arc de l'Étoile das Trapez wieder, das schon Plautus beschreibt, der Schwertschlucker vor dem Poikile in Athen, dem Apuleius begegnete, ist Degenschlucker auf dem Pont-Neuf, Rameaus Neffe und der Parasit Curculio hätten sich gesucht und gefunden, und Ergasilus würde sich von d'Aigrefeuilie bei Cambacèrs einführen lassen. Am Aschermittwoch kehren die vier römischen Stutzer Alcesimarchus. Phaedromus, Diabolus und Argyrippus lärmend mit Labatuts Postkutsche nach Paris zurück. Aulus Gellius hielt sich bei Congrio nicht länger auf als Charies Nodier bei Pulcinell. Martchen ist nicht unerbittlich, doch Pardalisca war auch kein Drache. Der Spaßvogel Pantolab zieht im Café Anglais den Lebemann Nomentan auf, Hermogenes singt als Tenor auf den Champs-Élysées, und, als Hanswurst verkleidet, sammelt um ihn herum der Bettler Thrasius das Geld ein. Der zudringliche Mensch der dich in den Tuilerien am Knopf deines Fracks festhält, laßt dich wie Thesprio vor zweitausend Jahren sagen: *Quis properantem me prebendit pallio?* Der Wein aus Suresnes parodiert den Wein aus Alba Longa, Désaugiers' randvoll gefülltes Rotsponglas und der große Becher des Balaito halten sich die Waage. Auf dem Père-Lachaise zeigt sich bei nächtlichem Regen der gleiche Lichtschimmer wie auf dem Esquilin, und das auf fünf Jahre gekaufte Armengrab wiegt den Mietsarg des Sklaven auf.

Sucht etwas, das Paris nicht besitzt. Der Zuber des Trophonius enthält nichts, was nicht auch in Mesmers Wanne ist, Ergaphilas wird in Cagliostro wieder lebendig, der Brahmane Vâsaphantâ nimmt Gestalt im Grafen Saint-Germain an, und der Friedhof Saint-Médard vollbringt ebenso gute Wunder wie die Omaijadenmoschee in Damaskus.

Paris hat einen Äsop: Mayeux, und eine Canidia: Mademoiselle Lenormand. Es entsetzt sich wie Delphi bei der überwältigenden Wirklichkeit der Vision, es läßt die Tische kreisen wie Dodona die Dreifüße. Es hebt die Grisette auf den Thron, wie Rom die Kurtisane darauf setzt. Kurz und gut, wenn es Ludwig XV. ärger treibt als Claudius, so taugt Madame Dubarry mehr als Messalina. Paris vereinigt in einem unerhörten Urbild, das gelebt hat und dem wir auf der Straße begegnet sind, die griechische Nacktheit, das hebräische Geschwür und den gaskognischen Witz. Es verschmilzt Diogenes, Hiob und Hanswurst, kleidet ein Gespenst in alte Nummern des »Constitutionnel« und bringt Chodruc Duclos hervor.

Obwohl Plutarch sagt: »Der Tyrann macht nicht eben alt«, fügte sich Rom unter Sulla wie unter Domitian und goß willfährig Wasser in seinen Wein. Der Tiber war ein Lethe, wenn man dem die Tatsachen ein wenig außer acht lassenden Lob glauben darf, das ihm Varus Vibiscus zollte: *Contra Gracchos Tiberim habemus. Bibere Tiberim, id est seditionem oblivisci.* Paris trinkt täglich eine Million Liter Wasser, doch das hält es nicht davon ab, gelegentlich den Generalmarsch zu blasen und Sturm zu läuten.

Davon abgesehen, ist Paris gutmütig. Königlich nimmt es alles hin. Es zeigt sich nicht wählerisch, was Venus anbetrifft, seine Kallipygos ist hottentottisch. Sofern es lacht, begnadigt es. Die Häßlichkeit erheitert es, die Mißbildung erschüttert ihm das Zwerchfell, im Laster sucht es Zerstreuung. Seid spaßig, und ihr könnt ein Spaßvogel werden! Selbst die Heuchelei, diese äußerste Schamlosigkeit, versetzt es nicht in Empörung. Es ist so gebildet, daß es sich vor Basilio nicht die Nase zuhält, und nimmt nicht mehr Anstoß an Tartüffs Gebet, als Horaz sich vom »Schluckauf« des Priapus abschrecken läßt. Kein Gesichtszug vom Antlitz der Welt fehlt dem Profil von Paris. Der Ball Mabille ist nicht der polyhymnische Tanz auf dem Janikulum, doch die Putzwarenhändlerin betrachtet auf ihm die Lorette genauso zärtlich, wie die Kupplerin Staphyla die Jungfrau Planesium belauerte. Die Kampfbahn ist kein Kolosseum, aber grausam ist man hier, als schaue Cäsar zu. Die syrische Wirtin besitzt mehr Anmut als Mutter Saguet, doch wenn Vergil in der römischen Schenke ein und aus ging, so saßen David d'Angers, Balzac und Charlet am Tisch der Pariser Garküche. Paris ist in Mode. Hier leuchten die Genies auf, hier haben die Hanswürste Erfolg. Adonai fährt hier auf seinem zwölfrädrigen Wagen aus Donner und Blitzen vorüber, Silen hält Einzug hier auf seiner Eselin. Silen, lies Ramponneau.

Paris steht für Kosmos. Paris ist Athen, Rom, Sybaris, Jerusalem und Pantin. Alle Kulturen sind in ihm zusammengefaßt, alle Barbareien auch. Paris würde es sehr bedauern, wenn es keine Guillotine hätte.

Etwas Grèveplatz ist gut. Was wäre das ganze immerwährende Fest ohne diese Würze? Unsere Gesetze haben hier klug vorgesorgt, ihnen ist es zu danken, daß Blut vom Fallbeil auf die Fastnacht tropft.

Spotten, herrschen

Paris kennt keine Grenzen. Noch keine Stadt stand unter einer Herrschaft die gelegentlich jene verhöhnt, welche ihr botmäßig sind. »Euch gefallen, o Athener!« rief Alexander aus. Paris schreibt nicht nur die Mode vor, es macht sie auch. Paris macht nicht nur die Mode, es verleitet auch zur Routine. Paris kann dumm sein, wenn es will, und bisweilen leistet es sich diesen Luxus. Alsdann ist die Welt mit ihm dumm. Hiernach erwacht Paris, reibt sich die Augen, sagt: Bin ich dämlich! und lacht der Menschheit schallend ins Gesicht. Wie wunderbar ist solch eine Stadt! Seltsam, daß das Großartige und das Burleske gute Nachbarschaft halten, daß soviel Majestät von soviel Parodie nicht beeinträchtigt wird und daß der gleiche Mund heute die Posaune des Jüngsten Gerichts und morgen die Rohrflöte blasen kann! Paris besitzt einen unübertrefflichen Frohsinn. Seine Heiterkeit ist Blitzstrahl, und seine Posse hält ein Zepter. Sein Wirbelsturm bricht mitunter nach einer Grimasse los. Seine Ausbrüche, seine großen Tage, seine Meisterstücke, seine Wunderwerke, seine Heldenlieder gelangen bis ans Ende der Welt und auch sein Geschwafel. Sein Lachen ist der Schlund eines Vulkans, der die ganze Erde bespritzt. Seine Kalauer sind Feuerfunken. Den Völkern zwingt es seine Karikaturen ebenso wie sein Ideal auf. Die erhabensten Monumente der menschlichen Kultur pflichten seinem Gewitzel bei und geben ihre Ewigkeit zu seinen losen Reden her. Es ist gewaltig. Es hat einen wunderbaren 14. Juli, der den Erdball befreit. Es läßt alle Nationen den Ballhausschwur leisten. Seine Nacht des 4. August hebt in drei Stunden tausend Jahre Feudalismus auf. Es macht aus seiner Logik den Muskel des einmütigen Willens. Es vervielfacht sich in allen Formen des Erhabenen. Von seinem Licht erfüllt sind Washington, Kościuszko, Bolivar, Botzaris, Riego, Bem, Manin, López, John Brown und Garibaldi. Es ist überall, wo die Zukunft anbricht, 1779 in Boston, 1820 auf der Insel Léon, 1848 in Pesth, 1860 in Palermo. Den amerikanischen Abolitionisten vor dem Sturm auf Harper's-Ferry und den Patrioten von Ancona, die sich nächtlicherweile in den Archi gegenüber dem Albergo Gozzi am Ufer des Meeres versammeln, raunt es die zündende Losung »Freiheit« ins Ohr. Es erschafft Kanaris, Quiroga und Pisacane, es strahlt das Hochherzige über die Erde aus. Hingehend, wohin sein Atem sie treibt, sterben Byron in Mesolongion und Mazet in Barcelona. Es ist Tribüne unter Mirabeaus und Krater unter Robespierres Füßen. Seine Bücher, sein Theater, seine Kunst, seine Wissenschaft, seine Literatur und seine Philosophie sind die Handbücher der Menschheit. Es hat Pascal, Régnier, Corneille, Descartes, Jean-Jacques, Voltaire für alle Augenblicke und Molière für alle Zeiten. Es läßt seine Sprache die ganze Welt sprechen, und diese Sprache wird der Logos. Es bildet in allen Geistern den Fortschrittsgedanken heraus. Die befreienden Lehren, die es erdenkt, tragen die Generationen im Herzen, und mit der Seele seiner Denker und Dichter sind seit 1789 alle Helden aller Völker gezeugt. Demungeachtet führt es sich wie ein Gassenjunge auf, und dieses gewaltige Genie, das Paris heißt und die Welt durch sein Licht verändert, schmiert mit einem Stück Kohle Bouginiers Nase auf die Mauer des Theseustempels und schreibt »Crédeville ist ein Dieb« auf die Pyramiden.

Paris zeigt immer die Zähne. Wenn es nicht grollt, lacht es.

So ist dieses Paris. Die Rauchwolken über seinen Dächern sind die Ideen des Alls. Ein Haufen Schmutz und Steine, wenn man so will, doch vor allem ein geistiges Wesen. Es ist mehr als groß, es ist grenzenlos. Warum? Weil es wagt.

Wagen – der Fortschritt ist um diesen Preis.

Alle großartigen Siege sind mehr oder minder ein Lohn der Kühnheit. Damit die Revolution auch stattfindet, genügt es nicht, daß Montesquieu sie vorausahnt, Diderot sie predigt, Beaumarchais sie ankündigt, Condorcet sie berechnet, Voltaire sie vorbereitet und Rousseau sie vorher bedenkt, Danton muß sie wagen.

Der Schrei »Kühnheit!« ist ein *Fiat lux*. Für den Vormarsch der Menschheit muß an der Spitze immer wieder stolzer Mut bewiesen werden. Die verwegene Tat betört die Geschichte und leuchtet hell dem Menschen. Die Morgenröte wagt, wenn sie heraufzieht. Versuchen, herausfordern, beharren, ausdauern, sich selbst treu bleiben, sich mannhaft dem Schicksal stellen, die Katastrophe dadurch in Erstaunen setzen, wie wenig Furcht sie uns einflößt, bald der ungerechten Macht die Stirn bieten, bald den trunkenen Sieg beschimpfen, standhalten, Widerstand leisten – das ist das Beispiel, das die Völker brauchen, und das Licht, das sie begeistert. Der gleiche fürchterliche Blitz schlägt aus der Fackel des Prometheus wie aus Cambronnes Stummelpfeife.

Selbst erwachsen ist das Volk von Paris immer noch der Straßenjunge. Das Kind schildern heißt die Stadt beschreiben, und deshalb haben wir den Adler in diesem kühnen Sperling untersucht.

Vor allem in den Vorstädten, wir beharren dabei, findet sich die Pariser Rasse, hier ist sie reinblütig, hier zeigt sie ihr wahres Gesicht, hier arbeitet und leidet dieses Volk, und Leid und Arbeit sind die beiden Sinnbilder des Menschen. Hier wimmelt es von unbekannten Wesen und von den seltsamsten Typen, angefangen beim Hafenarbeiter vom Quai de la Rapée bis hin zum Abdecker aus Montfaucon. *Fex urbis* ruft Cicero aus, Mob setzt Burke empört hinzu, Janhagel, Kanaille, Pöbel. Diese Worte sind rasch dahingesagt. Doch was liegt daran? Was kümmert es mich, ob sie barfuß laufen? Sie können nicht lesen, um so schlimmer. Laßt ihr sie deshalb im Stich? Rechnet ihr ihnen ihre Not als Fluch an? Kann das Licht nicht zu diesen Massen vordringen? Rufen wir unermüdlich immer wieder: Licht! Licht! Wer weiß, ob diese Undurchsichtigkeit nicht durchsichtig wird? Sind Revolutionen nicht Verklärungen? Zieht hin, ihr Philosophen, unterrichtet, klärt auf, erleuchtet, denkt laut, sprecht laut, lauft fröhlich in den hellen Sonnenschein, verbrüdert euch mit den Märkten, verkündet die frohen Botschaften, spart nicht mit den Lesebüchern, proklamiert die Rechte, singt die Marseillaise, entfacht Begeisterung und reißt von den Eichen grüne Zweige ab! Macht aus dem Gedanken einen Wirbelwind! Diese Menge kann sublimiert werden. Uns der heißen Glut der Prinzipien und Tugenden, die zu gewissen Zeiten knistert, prasselt und aufflackert, zu bedienen, müssen wir lernen. Die bloßen Füße und Arme, die Lumpen, die Unwissenheit, die Verworfenheit und die Finsternis können für den Sieg des Ideals eingesetzt werden. Schaut durch das Volk hindurch, und ihr erkennt die Wahrheit. Aus dem gemeinen Sand, den ihr verachtet, der in den Schmelzofen geworfen wird, daß er darin schmelze und brodele, wird der glänzende Kristall, durch den Galilei und Newton die Gestirne entdecken sollten.

Etwa acht oder neun Jahre nach dem im zweiten Teil dieser Geschichte Erzählten sah man auf dem Boulevard du Temple und in der Umgegend des Château-d'Eau einen elf- bis zwölfjährigen Knaben, der ziemlich genau dem Muster des weiter vorn skizzierten Straßenjungen entsprach. Er hatte das Lächeln seines Alters um die Lippen. Jedoch sein Herz war völlig verdüstert und leer. Das Kind war zwar in eine Männerhose gehüllt, aber sie stammte nicht von seinem Vater, und in die Unterjacke einer Frau, aber die Spenderin war nicht seine Mutter. Irgendwelche Leute hatten ihm aus Mitleid die Lumpen geschenkt. Und dennoch besaß es Eltern. Aber sein Vater hatte es vergessen, und seine Mutter liebte es nicht. Es war eines jener erbarmungswürdigen Kinder, die Vater und Mutter haben und gleichwohl Waisen sind.

Der Junge fühlte sich nirgends so wohl wie auf der Gasse. Das Pflaster war nicht so hart, wie es das Herz seiner Mutter zu ihm war. Mit einem Fußtritt hatten ihn seine Eltern in das Leben hinausgeworfen, und so war er ganz einfach entflogen. Er war lärmend, bleich, behend, aufgeweckt und grinste mit lebendiger, kränklicher Miene. Er ging und kam, sang, spielte Murmeln, kratzte in der Gosse, stahl ein wenig, aber heiter wie Katzen und Sperlinge, lachte, wenn man ihn einen Schlingel, wurde ärgerlich, wenn man ihn Taugenichts nannte. Er hatte kein Nachtlager, kein Brot, kein Feuer und fand keine Liebe; aber er war vergnügt, weil er frei war. Sind diese armen Wesen Männer geworden, werden sie fast sämtlich vom Mühlstein der sozialen Ordnung erfaßt und zermalmt, aber solange sie Kinder sind, entwischen sie wegen ihrer Kleinheit. Das winzigste Loch rettet sie.

Indes so verlassen dieses Kind war, bisweilen, alle zwei oder drei Monate, begegnete es ihm, daß es sich sagte: Jetzt besuche ich Mama! Dann entfernte es sich vom Boulevard, vom Zirkus, von der Porte Saint-Martin, lief zu den Kais hinunter, überquerte die Brücken, strebte den Vorstädten zu, erreichte die Salpêtrière. Und wo kam es an? Eben vor der Doppelnummer 50/52 des Boulevards de l'Hôpital, dem Hause Gorbeau.

Damals wurde das sonst vereinsamte und immer mit dem Schild »Zimmer zu vermieten« geschmückte Haus 50/52 von mehreren Individuen bewohnt, was eine Seltenheit war. Wie das stets in Paris so ist, hatten diese Mieter im übrigen keine Beziehung zueinander. Alle gehörten sie zu der bedürftigen Klasse, die mit dem in schäbigen Verhältnissen darbenden Kleinbürger untersten Ranges beginnt und sich von Elend zu Elend bis in die Bodenschicht der Gesellschaft verlängert, bis hinab zu den beiden Personen, mit denen die materielle Zivilisation aufhört, dem Kanalräumer, der den Schlamm wegfegt, und dem Lumpensammler, der den Abfall einheimst.

Die »Hauptmieterin« der Zeit Jean Valjeans war tot und durch eine andere, die ihr in allem ähnelte, ersetzt worden. Irgendein Philosoph hat gesagt: Es ist nie Mangel an alten Weibern. Die neue Alte nannte sich Frau Burgen, und nichts an ihrem Leben war bemerkenswert als eine Dynastie von Papageien, die vom ersten bis zum dritten ihre Seele beherrscht hatten.

Die kläglichsten unter den Hausbewohnern waren eine Familie von vier Köpfen, der Vater, die Mutter und zwei schon ziemlich große Töchter, alle vier in derselben Stube einquartiert. Auf den ersten Blick gewahrte man in dieser Familie nichts Besonderes als ihre bis zum Äußersten gesteigerte Armut. Der Vater hatte, als er das Zimmer nahm, sich wohl Jondrette genannt. Bald nach seinem Einzug, der, um den denkwürdigen Ausdruck der Hauptmieterin zu entleihen, der Einzug von »Habenichtsen mit nichts« gewesen war, hatte dieser Jondrette zu der Frau, die wie ihre Vorgängerin auch Portiersfrau war und die Treppe reinigte, gesagt: »Mutter Sowieso, wenn jemand etwa kommt und nach einem Polen oder einem Italiener oder gar einem Spanier fragt, der bin ich.«

Das war die Familie des fröhlichen kleinen Barfüßlers. Er kam und fand hier die Entbehrung, die Not und, was noch trüber ist, keinerlei Lächeln, Kälte im Ofen und Kälte in den Herzen.

Wenn er eintrat, fragte man ihn: »Wo kommst du her?« Er

antwortete: »Von der Straße.« Wenn er ging, fragte man ihn: »Wo gehst du hin?« Er antwortete: »Auf die Straße.« Seine Mutter sagte zu ihm: » Was suchst du denn hier?«

Das Kind lebte in dieser gefühllosen Welt wie die blassen Gräser, die in Kellern sprießen. Es grämte sich nicht, daß dem so war, und wollte niemandem deshalb übel. Ich wußte nicht recht, wie ein Vater und eine Mutter sein sollten. Im übrigen liebte die Mutter seine Schwestern. Wir haben vergessen, daß auf dem Boulevard du Temple der Junge der kleine Gavroche hieß. Warum hieß er Gavroche? Wahrscheinlich, weil sein Vater sich Jondrette nannte. Den Faden zu zerschneiden entspricht offenbar dem Instinkt mancher Familien von Hungerleidern.

Das Zimmer, das die Jondrettes im Hause Gorbeau bewohnten, war das letzte am Ende des Korridors.

Die Bude nebenan hatte ein sehr armer junger Mann inne, der sich Marius nannte. Wir wollen nun sagen, wer dieser Herr Marins war.

ZWEITES BUCH

DER GROSSBÜRGER

Neunzig Jahre und zweiunddreißig Zähne

In der Rue Boucherat, der Rue de Normandie und der Rue de Saintonge leben noch einige bejahrte Einwohner, die sich an einen Bürger namens Gillenormand erinnern und mit Wohlgefallen von ihm sprechen. Er war ein alter Mann, als sie jung waren. Seine Silhouette ist für die melancholischen Betrachter des ungewissen Gewimmels von Schatten, das man Vergangenheit nennt, noch nicht gänzlich aus dem Labyrinth der Straßen um den Temple verschwunden, denen man unter Ludwig XIV. die Namen aller Provinzen Frankreichs gegeben hat.

So wie in unseren Tagen die Straßen des neuen Tivoli-Viertels nach allen Hauptstädten Europas benannt wurden; ein Fortschreiten, nehenbei gesagt, an dem der Fortschritt der Kultur sichtbar wird.

Herr Gillenormand war 1831 noch quicklebendig. Er zählte zu den Menschen, die kurios geworden sind, einzig weil sie lange gelebt haben, und absonderlich, weil sie früher aller Welt glichen und jetzt niemandem mehr gleichen. Er war ein seltsamer Greis und in Wahrheit ein Mensch aus anderer Zeit, der echte, vollwertige und ein wenig hochmütige Bourgeois des achtzehnten Jahrhunderts, der sein altes Bürgertum mit der Miene trug, mit der die Marquis ihr Marquisat zur Schau trugen. Er hatte neunzig Jahre überschritten, ging aufrecht, redete laut, sah noch gut, trank seinen Wein unverwässert, aß, schlief und schnarchte. Er hatte noch seine zweiunddreißig Zähne und setzte sich Gläser nur auf, um zu lesen. Er war von erotischem Naturell, erklärte aber, seit einem Jahrzehnt habe er endgültig und ganz den Frauen entsagt. Er könne keine Liebe mehr finden, meinte er. Und er fügte nicht hinzu: »Ich bin zu alt«, vielmehr: »Ich bin zu arm. Wäre ich nicht ruiniert, hehe!« In der Tat blieb ihm nur eine Rente von etwa fünfzehntausend Francs. Sein Traum war, eine Erbschaft zu machen und hunderttausend Francs Jahresrente zu haben, um Mätressen zu besitzen.

Wie man sieht' war er nicht von der gebrechlichen Spielart Achtzigjähriger, die wie Voltaire ihr Leben lang dahinstarben. Er hatte nicht die Langlebigkeit eines zersprungenen Topfes. Dieser muntere Greis erfreute sich von jeher besten Wohlseins. Er war oberflächlich, rasch und brauste leicht auf. Bei jeder Gelegenheit wurde er zornig, meist im Widerspruch gegen das Richtige. Stritt man ihm etwas ab, hob er seinen Spazierstock. Er schlug seine Dienstboten, wie es im großen Jahrhundert Brauch war. Er hatte eine unverheiratete Tochter von über fünfzig Jahren, die er grob anfuhr, wenn er in Wut geriet, und die er gern mit der Peitsche traktiert hätte. Für ihn war sie nur acht Jahre alt. Kräftig ohrfeigte er seine Domestiken. »Aas« und »alte Vettel« sagte er zu ihnen.

Einer seiner Flüche war: »Beim Pantoffelverdammtnochmal!« Hinwieder war er oft von erstaunlicher Ruhe. Er ließ sich täglich von einem Barbier rasieren, der verrückt gewesen war und ihn verabscheute, da er auf Herrn Gillenormand um seiner Gattin willen Eifersucht hegte, einer hübschen, koketten Barbiersfrau. Herr Gillenormand bewunderte seinen eigenen Verstand und erklärte sich für sehr scharfsinnig. »Ich habe in der Tat«, so sagte er, »einen durchdringenden Geist, und beißt mich ein Floh, kann ich erkennen, von welcher Frau ich ihn habe.« Am häufigsten sprach er die Worte aus »der empfindsame Mensch« und »die Natur«. Diesem letzten Wort gab er nicht die Weite, die unsere Epoche ihm gegeben hat. Aber er streute es nach seiner Art in seine kleinen Satiren am Kaminfeuer ein. »Die Natur«, sagte er, »gewährt der Zivilisation, damit sie etwas von allem hat, auch Stichproben amüsanter Barbarei. Europa hat Erzeugnisse Asiens und Afrikas in kleinem Format. Die Katze ist ein Salontiger, die Eidechse ein Taschenkrokodil. Die Tänzerinnen der Oper sind rosige Wilde. Sie fressen die Männer nicht, sie saugen sie aus. Oh, diese Zauberinnen! Sie verwandeln sie in Austern und schlucken sie hinunter. Die Karaiben lassen nur die Knochen, sie aber nur die Schale. So sind unsere Sitten. Wir verschlingen nicht, wir zernagen. Wir vernichten nicht, wir zerfleischen mit den Krallen.«

Wie der Herr, so die Wohnung

Er wohnte in Marais, in der Rue des Filles-du-Calvaire Nummer 6. Das Haus war sein Eigentum. Seitdem ist es zerstört und wiederaufgebaut worden, und wahrscheinlich hat man die Ziffer bei den Revolutionen der Numerierung, die die Straßen von Paris durchgemacht haben, abgeändert. Er hatte eine alte, geräumige Wohnung im ersten Stock, zwischen der Straße und Gärten. Bis zu den Zimmerdecken war sie mit großen gewirkten Tapeten aus der Fabrik der Brüder Gobelin und von Beauvais bekleidet, die Schäferszenen darstellen.

Die Malereien von Decken und Füllungen wiederholten sich in kleinem Ausmaß auf den Sesseln. Ein weiter, neunteiliger Wandschirm von Koromandellack umhüllte sein Bett. An den Fenstern hingen lange, breite Vorhänge mit großen prachtvollen Falten. Der Garten, der unmittelbar vor seinen Fenstern lag, war durch eine Treppe von zwölf bis fünfzehn Stufen mit dem Eckfenster verbunden, über die der gute Mann behend hinaufstieg und hinunterstieg.

Außer der Bibliothek, die an sein Schlafzimmer stieß, hatte er einen intimen Salon, den er gern benutzte, einen galanten Raum wie für eine Dame. Bespannt war dieser mit einem herrlichen Tapetenstoff aus Kunststroh mit Mustern von Lilien und Blümchen, das unter Ludwig XIV. auf den Galeeren geflochten worden war und das Herr von Vivonne seine Sträflinge für seine Mätresse hatte arbeiten lassen. Herr Gillenormand hatte den Stoff von einer menschenscheuen Großtante mütterlicherseits geerbt, die hundertjährig gestorben war.

Er hatte zweimal geheiratet. Seine Manieren hielten die

Mitte zwischen einem Höfling, der er nie gewesen war, und einem hohen Richter, der er hätte sein können. Er war lustig und einschmeichelnd, wenn er wollte. In seiner Jugend gehörte er zu jenen Männern, die immer von ihren Frauen und nie von ihren Geliebten betrogen werden, weil sie zugleich die mürrischsten Ehegatten und die reizendsten Liebhaber sind. Er kannte sich in der Malerei aus. In seinem Zimmer hatte er ein wunderbares Porträt eines Namenlosen, von Jordaens in wuchtigen Pinselstrichen gemalt, mit zahllosen Details, wirr und wie von ungefähr hingeworfen. Gekleidet war Herr Gillenormand weder nach der Mode unter Ludwig XV. noch nach der unter Ludwig XVI. Er trug das Kostüm der Incroyablen des Direktoriums. Bis dahin hatte er sich für sehr jugendlich gehalten und alle Moden mitgemacht. Sein Frack war von leichtem Tuch, mit umfänglichen Aufschlägen, einem langen, spitzen Schoß und breiten Stahlknöpfen. Dazu kurze Hosen und Schnallenschuhe. Er steckte die Hände immer in seine Hosentaschen. Gewichtig sagte er: »Die Französische Revolution ist eine Bande von Strauchdieben.«

Luc-Esprit

Im Alter von sechzehn Jahren hatte er die Ehre gehabt, daß am selben Abend in der Oper die Camargo und die Sallé ihn lorgnettierten, zwei reife, berühmte und von Voltaire besungene Schönheiten. Zwischen zwei Feuer genommen, trat er einen heroischen Rückzug auf eine kleine Tänzerin an, ein junges Mädchen, das Nahenry hieß. Sie war sechzehnjährig wie er, unbekannt wie eine Katze, und er war verliebt in sie. Oft schwärmte er redselig in Erinnerungen. »Wie hübsch war sie«, rief er, »diese Guimard-Guimardini-Guimardinette, das letztemal, da ich sie in Longchamps sah! Sie trug die Frisur ›Schmachtende Gefühle‹, ein ›Faß-mich-an‹ von Türkisen, ein Kleid von der Farbe ›Neureich‹, einen Muff ›Heftige Bewegung‹!« In seiner Jugend hatte er eine Weste von Nain-Londrin besessen, von der er gern und wortreich sprach. »Ich war bunt wie ein Türke von der levantinischen Levante«, prahlte er. Frau von Boufflers, die ihn zufällig sah, als er zwanzigjährig war, hatte gesagt, er sei ein entzückender Narr.

Er äußerte sich empört über alle Namen, die er in den politischen und regierenden Kreisen fand, da sie ihm niedrig und bürgerlich schienen. Er las die Zeitungen, die »Neuigkeitspapiere«, die »Gazetten«, wie er zu spotten pflegte, und bekam Lachkrämpfe zum Ersticken. »Oh«, sagte er, »was sind das für Leute! Corbière, Humann, Casimir Périer! So was ist Minister. Wenn ich denke, es stände in einer Zeitung: Herr Gillenormand, Minister! Das wäre ein Spaß! Na, die wären so dumm, die brächten das fertig!« Vergnüglich nannte er alles mit dem passenden oder unpassenden Wort und genierte sich nicht vor den Frauen. Er sagte Plumpheiten, Obszönitäten und Schmutzereien mit einer Ruhe und einer Selbstverständlichkeit, die elegant waren. Es war dies die Zwanglosigkeit seines Jahrhunderts. Zu bemerken ist, daß die Zeit der Umschreibungen in Versen die Zeit der Derbheiten in Prosa war. Sein Taufpate hatte vorausgesagt, er werde ein Mann von genialen Fähigkeiten sein, und hatte ihm den bezeichnenden Doppelnamen gegeben: Luc-Esprit (nach dem Apostel Lukas und dem Geist).

Der Aspirant auf hundert Jahre

Als Kind hatte er Preise im Collège von Moulins erhalten, wo er geboren war. Er war von der Hand des Herzogs von Nivernais gekrönt worden, den er den Herzog von Nevers nannte. Weder der Konvent noch der Tod Ludwigs XVI., weder Napoleon noch die Rückkehr der Bourbonen, nichts hatte die Erinnerung an diese Feier in ihm auszulöschen vermocht. Der Herzog von Nevers war für ihn die große Gestalt des Jahrhunderts. »Was für ein reizender hoher Herr«, sagte er, »und wie gut er mit seinem blauen Ordensband aussah!« In den Augen von Herrn Gillenormand hatte Katharina II. das Verbrechen der Teilung Polens gesühnt, indem sie Bestushew für drei Millionen Rubel das Geheimnis des Goldelixiers abkaufte. Darüber konnte er sich aufregen. »Das Goldelixier«, rief er, »die gelbe Tinktur von Bestushew, die Tropfen des Generals Lamotte, sie waren im achtzehnten Jahrhundert, zu einem Louisdor die Flasche von einer halben Unze, das große Heilmittel gegen Liebeskatastrophen, die Panazee gegen Venus. Ludwig XV. schickte zweihundert Flaschen davon dem Papst.« Man hätte ihn schwer gereizt, und er wäre außer sich geraten, hätte man ihm gesagt, das Goldelixier sei nichts anderes als Eisenchlorid.

Herr Gillenormand vergötterte die Bourbonen, und es graute ihm vor 1789. Unablässig erzählte er, wie er sich in der Schreckenszeit gerettet und wie er viel Heiterkeit und Geistesgegenwart gebraucht habe, um nicht einen Kopf kürzer gemacht zu werden. Wenn ein junger Mann sich einfallen ließ, vor ihm das Lob der Republik anzustimmen, wurde er blau im Gesicht und vor Zorn fast ohnmächtig. Bisweilen spielte er auf sein Alter von neunzig Jahren an und sagte: » Ich hoffe, daß ich dreiundneunzig nicht zweimal sehen werde.« Oder er gab zu verstehen, daß er hundert Jahre zu leben gedenke.

Basque und Nicolette

Er hatte seine individuellen Theorien. Hier ist eine von ihnen. »Wenn ein Mann die Frauen leidenschaftlich liebt und selbst eine Frau hat, aus der er sich wenig macht, die häßlich ist, störrisch, auf ihre Legitimität und ihre Rechte pocht, die wie die Hühner auf der Stange auf dem Gesetzbuch sitzt und im Notfall eifersüchtig wird, gibt es für ihn eine einzige Möglichkeit, sie zu bändigen und Frieden zu haben. Und die ist, ihr seine Geldangelegenheiten ganz zu überlassen. Durch diese Entsagung gewinnt er seine Freiheit. Die Frau ist dann beschäftigt, sie begeistert sich für das Hantieren mit Geldsorten, befleckt ihre Finger mit Grünspan, übernimmt die Schulung der Kleinbauern und die Ausbildung der Pächter, beruft die Advokaten, leitet die Verhandlungen mit den Notaren, redet mit den Gerichtsschreibern, besucht die Justizämter, verfolgt die Prozesse, setzt die Pachtverträge auf, diktiert die Kontrakte, fühlt sich als Herrin, verkauft, kauft, reguliert, gibt Anweisungen, verspricht und schließt Kompromisse, bindet und löst, bewilligt und hebt Zugeständnisse wieder auf, trifft und stört Vereinbarungen, sammelt und verschwendet. Sie begeht Dummheiten, was ihr ein unschätzbares, persönliches Glück bereitet, und das tröstet sie. Indes ihr Gatte sie verschmäht, kann sie ihn zu ihrer Genugtuung ruinieren.« Diese Theorie hatte Herr Gillenormand auf sich selbst angewandt, und sie war zur Geschichte seiner Ehe geworden. Seine Frau, die zweite, hatte sein Vermögen so verwaltet, daß er sich eines schönen Tages verwitwet fand mit nur so viel Besitz, daß er gerade leben konnte. Fast alles legte er als Leibrente an, und zwar etwa fünfzehntausend Francs, von denen drei Viertel mit ihm erlöschen sollten. Mit dieser Maßnahme hatte er nicht gezaudert, da er wenig darauf erpicht war, eine Erbschaft zu hinterlassen. Im übrigen hatte er gesehen, daß Erbgut oft überraschende Abenteuer hat und etwa Nationalgut wird. Er hatte die Wandlung der französischen Staatsschuld miterlebt und glaubte wenig an ihr Stammregister. »Das alles ist Rue Quincampoix«, sagte er.

Sein Haus in der Rue des Filles-du-Calvaire gehörte ihm, wir erwähnten das schon. Er hatte zwei Dienstboten, »ein Männchen und ein Weibchen«. Wenn ein Bedienter bei ihm eintrat, taufte Herr Gillenormand ihn neu. Den Männern gab er den Namen ihrer Provinz: Nîmois, Comtois, Poitevin, Picard.

Sein letzter Diener war ein dicker, verschlagener, seiner Engbrüstigkeit wegen schnaufender Mann von fünfundfünfzig Jahren, der unfähig war, zwanzig Schritte zu laufen. Da er in Bayonne geboren war, nannte Herr Gillenormand ihn Basque, den Basken. Alle weiblichen Dienstboten hießen bei ihm Nicolette, sogar die Magnon, deren noch gedacht werden soll. Eines Tages stellte sich eine stolze Köchin vor, ein richtiger Küchendragoner, von auserwählter Portiersrasse.

»Wieviel wollen Sie monatlich verdienen?« fragte Herr Gillenormand sie. »Dreißig Francs.« – »Wie heißen Sie?« – »Olympie.« – »Du bekommst fünfzig Francs und nennst dich Nicolette.«

Die Magnon und ihre beiden Kleinen

Bei Herrn Gillenormand ging der Schmerz in Jähzorn über. Grimm empfand er, wenn er verzweifelt war. Er hatte alle Vorurteile und erlaubte sich alles. Eine der Eigenschaften, aus denen er sein äußeres Bildnis und seine innere Befriedigung zusammensetzte, war, wie wir andeuteten, daß er galanten Händeln nicht ausweichen müsse, und mit Energie wollte er für noch aktiv gelten. Er nannte das einen »königlichen Ruf« haben. Dieser königliche Ruf zog ihm mitunter seltsame Überraschungen zu.

Eines Tages brachte man ihm in einem Korb ohne Henkel, der einem Austernkorb glich, einen dicken neugeborenen Knaben, der mörderisch schrie und nach Gebühr in Windeln gewickelt war. Eine Magd, die er vor sechs Monaten hinausgejagt hatte, behauptete, er sei der Vater. Herr Gillenormand war damals seine vollen vierundachtzig Jahre alt. Empörung und allgemeines Aufsehen in der Nachbarschaft. Wem wollte dieses schamlose Frauenzimmer so etwas einreden? Was für eine Frechheit! Was für eine abscheuliche Verleumdung. Herr Gillenormand entrüstete sich nicht. Er betrachtete das Wickelzeug mit dem freundlichen Lächeln eines Biedermannes, dem die Verleumdung schmeichelte, und sagte wie ein Schauspieler, der in die Kulissen spricht: »Nun, was, wie denn? Was ist denn los? Sie tun so großartig erstaunt wie irgendwelche unwissenden Personen. Der Herzog von Angoulême, ein Bastard Seiner Majestät Karls IX., heiratete mit fünfundachtzig Jahren eine alberne Liese von fünfzehn Jahren. Herr Virginal, Marquis von Alluye, ein Bruder des Kardinals von Sourdis, des Erzbischofs von Bordeaux, bekam mit dreiundachtzig Jahren von einer Zofe der Präsidentin Jacquin einen Sohn, ein wahres Kind der

Liebe, das Malteserritter und Staatsrat von Adel wurde. Einer der großen Männer dieses Jahrhunderts, der Abbé Tabaraud, ist der Sohn eines Mannes von siebenundachtzig Jahren. Solche Dinge sind ja so häufig. Und die Bibel erst! Daraufhin erkläre ich, daß dieser kleine Herr nicht von mir ist. Man soll sich um ihn kümmern. Es ist nicht seine Schuld.« Diese Haltung war sehr nachsichtig. Das Geschöpf, das Magnon hieß. beschenkte ihn im Jahr darauf ein zweites Mal. Sie sandte ihm noch einen Jungen. Diesmal kapitulierte Herr Gillenormand. Er gab der Mutter die beiden Knirpse zurück und verpflichtete sich, für ihren Unterhalt achtzig Francs monatlich zu zahlen unter der Bedingung, daß ihre Mutter die Sache nicht noch einmal wiederhole. »Ich wünsche«, sagte er, »daß sie gut zu ihnen ist. Von Zeit zu Zeit werde ich nach ihnen sehen.« So verfuhr er auch.

Er hatte einen Bruder gehabt, der Priester und dreiunddreißig Jahre Rektor der Akademie in Poitiers war und mit neunundsiebzig Jahren starb. »Ich habe ihn jung verloren«, äußerte er. Dieser Bruder; an den sich heute kaum noch Leute erinnern, war ein stiller Geizhals. Als Priester glaubte er, den Armen, die ihm in den Weg kamen, Almosen spenden zu sollen, aber er gab ihnen stets nur kupfernes Notgeld aus der Revolution oder entwertete Sous, und so gelang es ihm, sich auf dem Weg über das Paradies in die Hölle einzuschmuggeln. Der ältere Gillenormand feilschte nicht um Almosen und gab gern und nobel. Er war wohlwollend, heftig, mildtätig, und wäre er reich gewesen, hätte er seinem Hang zur Protzerei huldigen können. Es lag ihm daran, daß alles, was ihn betraf, in großem Stil vor sich ging, auch Schurkereien. Bei einer Erbfolge wurde er von einem Geschäftsmann gröblich und sichtlich ausgeplündert, und feierlich tat er kund: »Pfui! Ist das unanständig! Ich schäme mich fürwahr dieser schoflen Profitmacherei. Alles ist in diesem Jahrhundert entartet, auch die Schufte. Einen Mann von meiner Art darf man nicht so bestehlen. Ich werde bestohlen wie in einem Wald, gemein bestohlen. *Silvae sunt consule dignae.«*

Wir sprachen von seinen beiden Frauen. Von der ersten hatte er eine Tochter, die unvermählt blieb, und von der zweiten eine andere Tochter, die etwa dreißigjährig starb. Aus Liebe oder Zufall oder anderswie hatte sie einen Offizier geheiratet, der von der Pike auf in den Armeen der Republik und des Kaiserreichs diente und bei Austerlitz das Kreuz der Ehrenlegion, in der Schlacht bei Waterloo den Rang eines Obersten bekam. »Er ist die Schande meiner Familie«, sagte der alte Großbürger. Er schnupfte viel Tabak, und oft zerknitterte er mit besonderer Anmut die Spitzenkrause an seiner Brust, indem er mit dem Handrücken darüberstrich. Er glaubte sehr wenig an Gott.

Regel: Nur abends Besuch empfangen!

So war Herr Luc-Esprit Gillenormand, dessen Haar, eher grau als weiß, sich nicht gelichtet hatte und über die Ohren weg frisiert war. Im ganzen und mit alledem verehrungswürdig. Er war ein Mensch des achtzehnten Jahrhunderts: frivol und groß. In den Anfängen der Restauration hatte Herr Gillenormand, der noch jung war – er war 1814 erst vierundsiebzig Jahre alt –, das Faubourg Saint-Germain bewohnt, Rue Servandoni, nahe Saint-Sulpice. Er war nach dem Marais erst übergesiedelt, als er sich aus der Gesellschaft zurückzog, lange nach seinem einundachtzigsten Geburtstag.

Als er aus der Gesellschaft schied, schloß er sich in seine Gewohnheiten wie in Mauern ein. Die für ihn wichtigste, bei der er unabänderlich beharrte, war, seine Tür tagsüber ganz zugesperrt zu halten und niemandem, wer es auch sein mochte und aus welchem Grunde er auch zu ihm kam, zu empfangen außer abends. Er speiste um fünf Uhr, dann wurde seine Tür geöffnet. Das war die Mode seines Jahrhunderts, und er wollte ihr nicht untreu werden. »Der Tag ist pöbelhaft«, sagte er, »und verdient nur die Abwehr durch den Fensterladen. Feine Leute zünden ihren Geist an, wenn der Zenit seine Sterne anzündet.« Und er verbarrikadierte sich gegen jedermann, sogar gegen den König. Das war die alte Eleganz seiner Zeit.

Die beiden Töchter des Herrn Gillenormand waren in einem Abstand von zehn Jahren geboren. In ihrer Jugend hatten sie sich kaum geähnelt, und nach Charakter und Antlitz waren sie sowenig Schwestern gewesen wie nur möglich. Die jüngere war reizend und seelenvoll, allem zugewandt, was Licht ist, angetan von Blumen, Versen und Musik, in die Glorie überirdischer Räume entschwebend, enthusiastisch, ätherisch, seit ihrer Kindheit ideale Braut einer unbestimmten Heldengestalt. Auch die ältere hatte ihre Schimäre. Sie sah im Azur einen Lieferanten, einen guten, dicken, sehr reichen »Munitionär«, einen Gatten von glanzvoller Dummheit, eine verleiblichte Million oder einen Präfekten. Abende in der Präfektur, einen Türhüter im Vorsaal mit einer Kette um den Hals, offizielle Bälle, Ansprachen des Bürgermeisters, die Frau Präfektin zu sein: Das wirbelte in ihrem überspannten Kopf herum. So verirrten sich beide Schwestern, als sie junge Mädchen waren, jede in ihre Phantasiewelt. Beide hatten Flügel, die eine wie ein Engel, die andere wie eine Gans.

Kein Ehrgeiz findet volle Erfüllung, wenigstens hienieden. Das Paradies auf Erden verwirklicht sich in unserer Epoche nirgends. Die Jüngere hatte den Mann ihrer Träume geheiratet, aber sie war tot. Die Ältere war jetzt eine alte Jungfer, eine bejahrte Spröde, eine unverbrennbare Tugend, mit so spitzer Nase und so stumpfen Geistes, wie das überhaupt denkbar ist. Eine vielsagende Einzelheit: Außerhalb der engen Familie hatte nie jemand ihren Vornamen gehört. Man nannte sie das ältere Fräulein Gillenormand. Dem Cant nach hätte sie einer Miß Punkte vorgegeben. Sie war die Züchtigkeit in schwärzester, extremster Übertreibung. Die schrecklichste Erinnerung ihres Lebens war: Eines Tages hatte ein Mann ihr Strumpfband gesehen. Durch das Alter hatte diese unbarmherzige Züchtigkeit nur noch zugenommen. Ihr Busenschleier war nie dicht genug und reichte nie genügend hinauf. Sie vervielfachte Agraffen und Nadeln da, wohin zu blicken niemand dachte. Die Prüderie zeigt sich auch darin, daß sie um so mehr Schildwachen aufstellt, je weniger bedroht die Festung ist.

Und dennoch, wer kann diese alten Mysterien der Unschuld ergründen? Sie ließ sich von einem Offizier der Lanciers küssen, der ihr Großneffe war und Théodule genannt wurde, und sie tat es ohne Mißbehagen. Aber trotz dieses begünstigten Lanciers hatte sie allen Anspruch auf das Etikett der Zimperlichkeit, das wir ihr umgehängt haben. Fräulein Gillenormand war eine Art Dämmerungsseele. Die Prüderie ist eine Halbtugend und ein Halblaster.

Sie verband damit die Bigotterie, die ihr sprödes Gebaren ergänzte. Sie war Mitglied des Marien-Vereins, trug an gewissen kirchlichen Festtagen einen weißen Schleier, murmelte besondere Gebete, verehrte das »Heilige Blut« und das »Heilige Herz«, kniete stundenlang in Versunkenheit vor einem Altar im Rokoko des Jesuitenstils in einer Kapelle, die der Masse der Gläubigen verschlossen war, und ließ dort ihre Seele sich zwischen kleinen Wolken von Marmor und durch große Strahlen von vergoldetem Holz in die Höhe schwingen.

Sie hatte von dieser Kapelle her eine Freundin, eine alte Jungfer wie sie, namens Fräulein Vaubois, die gänzlich verblödet war und neben der Fräulein Gillenormand das Vergnügen hatte, ein Adler, ein Genie zu sein. Außer dem Agnus Dei und dem Ave Maria kannte Fräulein Vaubois nur die verschiedenen Rezepte für das Einkochen von Obst. Fräulein Vaubois, in ihrer Art vollkommen, war das weiße Hermelin der Stupidität ohne einen einzigen Fleck von Verstand.

Alternd hatte Fräulein Gillenormand eher gewonnen als verloren. Willensarmen Naturen ergeht das so. Nie war sie böse gewesen, was ja eine relative Güte bedeutet. Auch schleifen die Jahre die Ecken ab, und die mildernde Kraft der Dauer wirkte sich an ihr aus. Sie litt an einer dunklen Traurigkeit, die sie selbst nicht enträtseln konnte. Über ihr Wesen war die Betäubung eines Lebens gebreitet, das beendet war, ohne daß es angefangen hatte.

Sie führte den Haushalt ihres Vaters. Herr Gillenormand hatte seine Tochter um sich wie Gnaden Bienvenu seine

Schwester. Diese häuslichen Gemeinschaften eines Greises und einer alten Jungfer sind nicht selten und bieten den stets rührenden Anblick zweier Schwächen, die einander stützen.

Des weiteren lebte in dem Haus, zwischen der alten Jungfer und dem Greis, ein Kind, ein Knabe, der vor Herrn Gillenormand stets zitterte und stumm war. Herr Gillenormand sprach zu diesem Kind immer mit strenger Stimme und manchmal mit erhobenem Spazierstock: »Hierher, mein Herr! Schlingel, Lausbube, tritt näher! Antworte, Bengel! Daß ich dich einmal sehe, Taugenichts!« Der Knabe, den er über alles liebte, war sein Enkel. Wir werden diesem Kind wieder begegnen.

DRITTES BUCH

GROSSPAPA UND ENKEL

Ein Salon von damals

Als Herr Gillenormand in der Rue Servandoni wohnte, verkehrte er in einigen sehr guten und sehr vornehmen Salons. Obgleich er Bürger war, hatte er Eintritt. Da er zwiefachen Geist hatte, erstens den Geist, über den er wirklich verfügte, und dann den Geist, den man ihm zuschrieb, suchte man ihn sogar und feierte ihn. Er erschien nur, wenn man ihn eine vorherrschende Rolle spielen ließ. Manche Menschen wollen Einfluß um jeden Preis und fordern, daß man sich mit ihnen befaßt. Wo sie nicht Orakel sein können, gebärden sie sich als Spaßmacher. Herr Gillenormand neigte hierzu nicht. Seine Geltung in den royalistischen Salons, in denen er zu sehen war, kostete ihn nichts von seiner Selbstachtung. Er war überall Orakel. Mitunter maß er sich mit Herrn de Bonald und sogar mit Herrn Bengy-Puy-Vallée.

Gegen 1817 verbrachte er zwei Nachmittage jeder Woche in einem Haus in seiner Nähe, in der Rue Férou, bei der Baronin T., einer Respekt gebietenden Person, deren Gatte unter Ludwig XVI. französischer Botschafter in Berlin gewesen war. Der Baron T., zu seinen Lebzeiten ein leidenschaftlicher Anhänger der magnetischen Entrückungen und Visionen, war ruiniert in der Emigration gestorben. Statt eines Vermögens hinterließ er zehn handschriftliche, in rotes Maroquinleder gebundene Bände mit Goldschnitt, sehr interessante Erinnerungen an Mesmer und seinen magnetisierten Zauber. Frau von T. hatte diese Erinnerungen, um die Würde zu wahren, nicht veröffentlicht und verbrauchte nur eine kleine Rente, die irgendwie nicht untergegangen war. Frau von T. lebte dem Hofe fern, der, wie sie sagte, eine »sehr gemischte Gesellschaft« war, in nobler, stolzer und armer Vereinsamung. Wenige Freunde trafen sich zweimal wöchentlich an ihrem Witwenkamin, und so bildete sich ein reiner Royalistensalon. Man schlürfte Tee und stieß, je nachdem ob ein elegischer und dithyrambischer Wind wehte, Seufzer oder Rufe des Abscheues über das Jahrhundert aus, über die Verfassungsurkunde von 1814, über die Buonapartisten, über die Erniedrigung des blauen Ordensbandes durch seine Verleihung an Bürger, über das Jakobinertum Ludwigs XVIII.; und leise unterhielt man sich über alle Hoffnungen, die der Thronfolger, der spätere Karl X., erweckte.

Mit überschwenglicher Freude hörte man Fischweiberlieder, in denen Napoleon Nicolaus genannt wurde. Herzoginnen, die zartesten und entzückendsten Damen von Welt, waren hingerissen von Couplets wie diesem, das an die »Föderierten« gerichtet war:

»Oh, steckt in eure langen Hosen
des Hemdes Zipfel wieder ein,
republikanische Franzosen!
Die weiße Fahne darfs nicht sein!«

Man belachte Witze, die man schrecklich kühn fand, unschuldige Wortspiele, die man für giftgetränkt hielt. Vierzeiler und sogar Distichen wie dieses auf das Kabinett Dessolles, eine gemäßigte Regierung, der die Herren Decazes und Deserre angehörten:

»Um den wankenden Thron wieder zu machen fest,
am besten man Dessolles, Decazes und Deserre entläßt.«

Oder man bearbeitete die Liste der Pairskammer, einer »greulich jakobinischen Kammer«, und stellte auf ihr Namen zusammen, so daß Sätze wie beispielsweise der folgende entstanden: »Damas, Sabran, Gouvion Saint-Cyr.« (Damas säbelt Gouvion Saint-Cyr nieder.) Das Ganze in aller Heiterkeit.

In diesen Kreisen parodierte man die Revolution. Man hatte Anwandlungen, dieselben Gehässigkeiten in umgekehrtem Sinn zu schärfen. Man sang das »Ça ira« mit dem Text: »Die Buonapartisten an die Laterne!«

Lieder sind wie die Guillotine. Mit Gleichmut schlagen sie die Köpfe ab, heute diesen, morgen jenen. Das ist nur eine Variante.

Im Fualdès-Prozeß, der in diese Zeit, in das Jahr 1816 fällt, ergriff man für Bastide und Jausion Partei, weil Fualdès »Buenapartist« war. Die Liberalen wurden als Freimaurer und Quäker bezeichnet, das war der höchste Grad des Schimpfes.

Wie manche Kirchtürme hatte der Salon der Baronin T. zwei Hähne. Der eine war Herr Gillenormand, der andere der Graf Lamothe-Valois, über den man sich mit einer Art von Hochachtung ins Ohr flüsterte: »Sie wissen doch, der Lamothe aus der Halsband-Geschichte!« Die Parteien sind in der Gewährung von Amnestie mitunter sonderbar.

Fügen wir noch dies hinzu: Im Bürgertum werden ehrbare Verhältnisse durch zu leichtfertigen Umgang beeinträchtigt. Man muß darauf achtgeben, wen man empfängt. Ebenso wie Wärme in der Nachbarschaft derjenigen verlorengeht, die es kalt haben, sinkt das Ansehen durch den Verkehr mit verachteten Leuten. Die alte vornehme Gesellschaft stand über diesem Gesetz wie über allen übrigen auch. Marigny, ein Bruder der Pompadour, hatte freien Zutritt beim Fürsten von Soubise. Obwohl? Nein, weil. Dubarry, ein Pate der Vaubernier, war dem Marschall Richelieu stets hochwillkommen. Diese Gesellschaft ist der Olymp. Merkur und der Prinz von Guéménée sind in ihr zu Hause. Ein Dieb wird in ihr aufgenommen, sofern er Gott ist.

Der Graf Lamothe, der 1815 ein Greis von fünfundsiebzig Jahren war, hatte nichts Bemerkenswertes als seine verschwiegene und sentenziöse Miene, sein kantiges, frostiges Gesicht, seine tadellos höflichen Manieren, seinen bis zur Krawatte zugeknöpften Frack und seine langen, immer gekreuzten Beine in schlaffen Hosen von der Farbe verbrannter Sienaerde. Sein Antlitz war ebenso gelb wie seine Hosen. Lamothe war in diesem Salon »geschätzt« wegen »seiner Berühmtheit« und, was seltsam klingt, aber sich genauso verhält, um des Namens Valois willen.

Das Ansehen Herrn Gillenormands war von durchaus gediegener Beschaffenheit. Er übte Autorität aus. So leichtfertig er war und ohne daß es auf Rechnung seiner guten Laune ging, zeigte er imposante, redliche und bürgerlich-stolze Sitten; und sein hohes Alter trug noch dazu bei. Man verkörpert nicht ungestraft ein Jahrhundert. Mit den Jahren entsteht um den Kopf ein Busch zerzausten Haares, der Ehrfurcht heischt.

Er fand auch Worte, aus denen entschieden der Funke alten Gesteins hervorsprühte. Als der König von Preußen, nachdem er Ludwig XVIII. zum zweitenmal eingesetzt hatte, ihm unter dem Namen eines Grafen von Ruppin einen Besuch abstattete, wurde er von dem Nachkommen Ludwigs XIV. ein wenig als Markgraf von Brandenburg und mit der feinsten Unverschämtheit empfangen. Herr Gillenormand billigte das. »Alle Könige«, sagte er, »die nicht König von Frankreich sind, sind Provinzkönige.« Eines Tages gab man vor ihm diese Frage und diese Antwort wieder »Wozu ist der Redakteur des ›Courrier français‹ verurteilt worden?« – »Suspendiert zu werden.« – »Das Sus ist zuviel«, äußerte Herr Gillenormand; denn »pendiert« bedeutet »aufgehängt«. Solche Prägungen begründen eine Lebensstellung. Bei einem Tedeum zum Jahrestag der Rückkehr der Bourbonen sah er Herrn von Talleyrand vorübergehen. »Da ist Seine teuflische Exzellenz«, sagte er.

Herr Gillenormand erschien meist zusammen mit seiner Tochter, dem dürren Fräulein, das damals über vierzig Jahre alt war, jedoch wie fünfzig aussah, und mit einem schönen siebenjährigen Knaben, weiß, rosig, frisch. Das Kind hatte glückliche und vertrauensvolle Augen. Nie wurde es in diesem Salon sichtbar, ohne alle Stimmen um sich her summen zu hören: »Ist der Junge hübsch! Wie schade! Das arme Kind!« Über dieses Kind haben wir eben schon ein Wort gesagt.

Man nannte es so, weil sein Vater ein »Brigant von der Loire« war. Dieser Brigant von der Loire war der schon erwähnte Schwiegersohn des Herrn Gillenormand, von dem er als von einer Familienschande sprach.

Eins der roten Gespenster dieser Zeit

Wer damals durch das Städtchen Vernon kam und die schöne monumentale Brücke betrat, der hoffentlich bald irgendein scheußlicher Bau von Eisentauen folgen wird, konnte, wenn er von der Brüstung hinabblickte, einen Mann von etwa fünfzig Jahren sehen. Er trug auf dem Kopf eine Ledermütze und war mit einer Hose und einem Wams von dickem grauem Tuch bekleidet. An das Wams war etwas Gelbes genäht, ein entfärbtes rotes Band. An den Füßen hatte er Holzschuhe. Von der Sonne gebräunt, mit fast schwarzem Gesicht und fast weißem Haar, einer breiten Narbe an der Stirn, die sich auch über die Backe hinzog, gebeugt und gekrümmt, schien er vorzeitig gealtert. Er spazierte beinahe jeden Tag, einen Spaten und eine Hippe in der Hand, in einem der von Mauern umgebenen Gevierte umher, die an die Brücke grenzen und wie eine Kette von Terrassen das linke Ufer der Seine umranden. Wären diese reizenden, von Blumen vollen Gehege viel größer, würde man von ihnen sagen: es sind Gärten; wären sie ein wenig kleiner: es sind Buketts. Alle diese Gehege stoßen mit einem Ende an den Fluß, mit dem anderen an ein Haus. Der Mann in Wams und Holzschuhen bewohnte um 1817 das schmalste dieser Gevierte und das bescheidenste dieser Häuser. Er lebte dort allein, einsam, still und ärmlich mit einer Frau, die weder jung noch alt war, weder schön noch häßlich, weder Bäuerin noch Bürgerin und die ihn bediente.

Das Viereck von Erde, das er seinen Garten nannte, war in der Stadt wegen der Schönheit der Blumen, die er darin züchtete, sehr bekannt. Die Blumen waren das, was ihn beschäftigte.

Durch angestrengte Arbeit, Ausdauer, Sorgfalt und viele Eimer Wasser war es ihm gelungen, nach dem Schöpfer schöpferisch zu sein. Er hatte gewisse Tulpen und gewisse Dahlien erfunden, die von der Natur vergessen schienen. Er hatte Eingebungen. Noch vor Soulange-Bodin bildete er aus Erde von Heideland kleine Hügel für die Kultur der seltsamen und kostbaren Sträucher aus Amerika und China. Im

Sommer stand er bei Tagesbeginn in seinen Alleen, stach, schnitt, jätete, begoß, wanderte inmitten seiner Blumen mit einer Miene von Güte, Traurigkeit und Sanftmut. Bisweilen träumte er unbeweglich stundenlang, hörte dem Gesang eines Vogels in einem Baum zu, dem Geplapper eines Kindes in einem Haus. Oder seine Augen hafteten am Ende eines Grashalmes, an einem Tautropfen, den die Sonne wie einen Karfunkel schimmern ließ. Sein Essen war kärglich, und er trank mehr Milch als Wein. Jedem kleinen Burschen wich er aus, seine Bedienerin konnte ihn schelten. Er war schüchtern bis zur Menschenscheu, verließ seine Wohnung kaum und sah niemanden als die Armen, die an sein Fenster klopften, und seinen Pfarrer, den Abbé Mabeuf, einen guten alten Mann. Wenn aber beliebige Einheimische oder Fremde aus Neugier, seine Tulpen und seine Rosen zu besichtigen, an seinem Häuschen läuteten, öffnete er lächelnd seine Tür. Er war der Brigant von der Loire.

Wer zur selben Zeit die militärischen Memoiren gelesen hätte, die Biographien, den »Moniteur« und die Bulletins der Großen Armee, den hätte ein oft darin sich wiederholender Name überrascht: der Name Georges Pontmercy. Blutjung war dieser Georges Pontmercy Soldat im Regiment Saintonge. Die Revolution brach aus. Das Regiment Saintonge wurde der Rheinarmee zugeteilt. Denn die alten Regimenter der Monarchie behielten ihre Herkunftsnamen, auch nach dem Sturz der Monarchie, und wurden erst im Jahre 1794 Brigaden einverleibt. Pontmercy kämpfte bei Speyer, Worms, Neustadt, Türkheim, Alzey, Mainz, wo er einer der zweihundert von Houchards Nachhut war. Er hielt mit zwölf Mann gegen das Korps des Prinzen von Hessen das alte Bollwerk von Andernach und zog sich auf das Gros der Armee erst dann zurück, als die feindlichen Kanonen von dem Mauerkranz der Brustwehr bis zur Abdachung eine Bresche aufgerissen hatten. Er focht unter Kléber bei Marchiennes und bei Mont-Palissel, wo eine Kartätschenkugel ihm den Arm zerschmetterte. Dann ging er über die Grenze Italiens. Er war einer der dreißig Grenadiere, die mit Joubert den Col di Tenda verteidigten. Joubert wurde darauf zum Generaladjutanten und Pontmercy zum Unterleutnant ernannt. Pontmercy focht neben Berthier im Eisenhagel an jenem Tage von Lodi, der Bonaparte sagen ließ: »Berthier war Kanonier, Kavallerist und Grenadier.« Er sah seinen ehemaligen General Joubert bei Novi fallen, in dem Moment, da er mit geschwungenem Säbel rief: »Vorwärts!« Als er mit seiner Kompanie in eine Pinasse verladen wurde, die von Genua nach irgendeinem kleinen Hafen an der Küste fuhr, geriet er in ein Wespennest von sieben oder acht englischen Seglern. Der genuesische Kommandant wollte die Kanonen ins Meer werfen, die Soldaten im Zwischendeck verbergen und in der Dunkelheit als Handelsschiff dahinschleichen. Pontmercy ließ die Trikolore am Flaggenmast hissen und passierte stolz unter den Rohren der britischen Fregatten. Zwanzig Seemeilen von da entfernt, als sein Mut gewachsen war, überfiel er mit seiner Pinasse ein großes englisches Transportschiff und kaperte es. Das Schiff hatte Truppen für Sizilien an Bord und war mit Menschen und Pferden so überfrachtet, daß es bis zu den Scherstöcken vollgestaut war.

1805 gehörte er zu der Division Malher, die durch den Sieg über den Erzherzog Ferdinand Günzburg eroberte. Bei Wertingen nahm er mitten im Kugelregen den an der Spitze der neunten Dragoner tödlich verwundeten Oberst Maupetit in seine Arme. Hervorragend bewährte er sich bei Austerlitz in dem wundervollen gestaffelten Aufmarsch unter dem Feuer des Feindes. Als die Kavallerie der kaiserlich-russischen Garde ein Bataillon des vierten Linienregimentes zermalmte, war Pontmercy einer von denen, die Vergeltung übten und diese Garde zugrunde richteten. Der Kaiser verlieh ihm das Kreuz. Pontmercy sah nacheinander, wie Wurmser in Mantua gefangen wurde, Mélas in Alexandria, Mack in Ulm. Er kämpfte unter dem Kommando Mortiers im achten Korps der Großen Armee, das sich Hamburgs bemächtigte. Dann kam er zum fünfundfünfzigsten Linienregiment, dem ehemaligen Regiment Flandern. Bei Eylau hatte er seinen Standort auf dem Friedhof, auf dem der heldenhafte Hauptmann Louis Hugo, ein Onkel des Verfassers, allein mit seiner Kompanie von dreiundachtzig Mann zwei

Stunden lang dem ganzen Anprall des feindlichen Heeres trotzte. Pontmercy war einer von dreien, die diese Totenstätte lebend verließen. Er war bei Friedland dabei. Dann sah er Moskau, die Beresina, Lützen, Bautzen, Dresden, Wachau, Leipzig und den Paß von Gelnhausen. Dann Montmirail. Château-Thierry, Craon, die Ufer der Marne, die Ufer der Aisne, die furchtbare Stellung von Laon. Bei Arnay-le-Duc säbelte er als Hauptmann zehn Kosaken nieder und rettete nicht seinen General, sondern seinen Korporal. Er wurde dabei niedergemetzelt, und man löste ihm siebenundzwanzig Knochensplitter allein aus dem linken Arm. Acht Tage vor der Kapitulation von Paris hatte er mit einem Kameraden getauscht und war in die Kavallerie eingetreten. Er hatte das, was man unter dem alten Regime die »doppelte Hand« nannte, die gleiche Fähigkeit, als Soldat den Säbel oder die Flinte zu gebrauchen, als Offizier eine Schwadron oder ein Bataillon zu führen.

Aus dieser durch die soldatische Ausbildung vervollkommneten Fähigkeit gingen gewisse besondere Truppengattungen hervor, die Dragoner zum Beispiel, die allesamt Kavallerist und Infanterist in einem sind.

Er begleitete Napoleon auf die Insel Elba. Bei Waterloo war er Schwadronschef von Kürassieren in der Brigade Dubois. Er erbeutete die Fahne des Bataillons Lüneburg und warf sie dem Kaiser zu Füßen. Er war von Blut überströmt. Als er die Fahne an sich riß, hatte ein Säbelhieb ihn quer über das Gesicht getroffen. Der Kaiser war mit ihm zufrieden und rief ihm zu: »Du bist Oberst, du bist Baron, du bist Offizier der Ehrenlegion!« Pontmercy antwortete: »Sire, ich danke Ihnen für meine Witwe.« Eine Stunde später sank er in der Schlucht von Ohain um. Was war dieser Georges Pontmercy jetzt? Er war noch immer der Brigant von der Loire. Man hat schon einiges aus seiner Geschichte miterlebt. Nach Waterloo wurde Pontmercy, wie man sich erinnert, aus dem Hohlweg von Ohain gezogen. Es gelang ihm, die Armee wieder zu erreichen, und von Krankenwagen zu Krankenwagen schleppte er sich bis zu den Kantonnements an der Loire.

Die Restauration setzte ihn auf Halbsold, dann schickte sie ihn nach Vernon als ständigem Aufenthalt, unter Überwachung also. Da König Ludwig XVIII. alles, was in den Hundert Tagen geschehen war, als nichtig betrachtete, erkannte er ihm weder seine Eigenschaft als Offizier der Ehrenlegion noch den Oberstenrang, noch den Titel eines Barons zu. Er seinerseits versäumte keine Gelegenheit, Oberst Baron Pontmercy zu unterzeichnen. Er hatte nur einen alten blauen Rock und ging nie aus, ohne die Rosette eines Offiziers der Ehrenlegion anzuheften. Der Königliche Staatsanwalt ließ ihn benachrichtigen, die Anklagebehörde werde ihn wegen unberechtigten Tragens eines Ordens verfolgen. Als ihm diese Warnung durch einen offiziösen Mittelsmann zuging, antwortete Pontmercy mit bitterem Lächeln: »Ich weiß nicht, ob ich nicht mehr Französisch verstehe oder ob Sie es nicht mehr sprechen. Jedenfalls verstehe ich Sie nicht.« Dann ging er acht Tage hintereinander mit seiner Rosette aus. Man wagte nicht, ihn zu behelligen. Zwei- oder dreimal schrieben ihm der Kriegsminister und der Kommandierende General mit der Aufschrift: Herrn Major Pontmercy. Er sandte die Briefe unentsiegelt zurück. Im selben Moment verfuhr Napoleon auf Sankt Helena ebenso mit den Schreiben von Sir Hudson Lowe, die adressiert waren: An den General Bonaparte. Pontmercy hatte, man verzeihe, die gleiche Spucke im Mund wie sein Kaiser.

So weigerten sich in Rom gefangene karthagische Krieger, Flaminius zu grüßen. Sie hatten etwas von der Seele Hannibals.

Eines Tages begegnete Pontmercy in einer Straße von Vernon dem Königlichen Staatsanwalt, ging auf ihn zu und sagte: »Herr Königlicher Staatsanwalt, darf ich meine Narbe tragen?«

Er bezog nichts als seinen sehr kärglichen Halbsold als Schwadronschef. In Vernon hatte er das kleinste Haus, das er finden konnte, gemietet. Er lebte allein darin; man hat gesehen, wie. Unter dem Kaiserreich hatte er sich zwischen zwei Kriegen die Zeit genommen, Fräulein Gillenormand zu heiraten. Der alte Großbürger hatte, tiefempört, seufzend eingewilligt und gesagt: »Die ersten Familien sind da zu Konzessionen gezwungen.« Im Jahre 1815 war Frau Pontmercy, eine übrigens in jeder Hinsicht bewundernswerte, gebildete, außerordentliche und ihres Gatten würdige Dame, gestorben. Sie hinterließ ein Kind. Es wäre die Freude des Obersten in seiner Einsamkeit gewesen. Aber der Großvater hatte seinen Enkel herrisch für sich gefordert. Er erklärte, wenn man ihn ihm nicht übergebe, werde er ihn enterben. Der Vater hatte, sich im Interesse des Kleinen gefügt, und da er sein Kind nicht sehen durfte, hatte er sich damit getröstet, die Blumen zu lieben. Er hatte auf alles verzichtet, auf Unruhe und auf Verschwörung. Er teilte seine Gedanken zwischen den unschuldigen Dingen, die er tat, und den großen Dingen, die er getan hatte. Die Tage verbrachte er, indem er auf eine Nelke hoffte und sich an Austerlitz erinnerte.

Herr Gillenormand hatte keine Verbindung zu seinem Schwiegersohn. Der Oberst war für ihn ein Bandit, und er war für den Obersten ein alter Esel. Herr Gillenormand erwähnte den Obersten niemals, es sei denn, um dann und wann höhnisch auf seine Baronie anzuspielen. Ausdrücklich war vereinbart, Pontmercy dürfe niemals versuchen, seinen Sohn zu sehen oder mit ihm zu sprechen, bei Strafe, daß man ihm den Knaben verjagt und enterbt zurückgeben werde.

Für die Gillenormands war Pontmercy ein Pestkranker. Sie wollten das Kind in ihrem Sinne erziehen. Der Oberst fügte sich diesen Bedingungen, vielleicht zu Unrecht. Jedoch tat er es, da er glaubte, so richtig zu handeln und nur sich selbst zu opfern. Die Erbschaft von Vater Gillenormand her war gering, aber die des älteren Fräuleins Gillenormand beträchtlich. Diese unverehelichte Tante war von mütterlicher Seite sehr reich und der Sohn ihrer Schwester ihr natürlicher Erbe.

Der Knabe, der Marius hieß, wußte, daß er einen Vater hatte, sonst nichts. Niemand öffnete ihm gegenüber darüber den Mund. Indes waren das Getuschel, die Andeutungen, das Augenzwinkern in den Kreisen, in die sein Großvater ihn führte, nach und nach auch dem Geist des Kleinen verständlich geworden. Er hatte schließlich den Zusammenhang erfaßt. Er übernahm die Ideen und Meinungen der anderen, die langsam in ihn eindrangen und sich einprägten. Sie waren ja das Milieu, in dem er atmete. Und allmählich dachte er an seinen Vater nur mit Scham und gepreßten Herzens.

Indes er so heranwuchs, verließ der Oberst alle zwei oder drei Monate die kleine Stadt und kam wie ein Verurteilter, der den Polizeibann bricht, heimlich nach Paris. Er bezog Posten vor Saint-Sulpice, um die Stunde, da die Tante Gillenormand mit Marius zur Messe ging. Dort blickte er, zitternd, daß die Tante sich umdrehte, hinter einem Pfeiler verborgen, unbeweglich und in Furcht, sich durch einen Hauch zu verraten, zu seinem Kind hinüber. Der Mann mit der Narbe hatte Angst vor der alten Jungfer.

Das war auch der Ursprung seiner Bekanntschaft mit dem Pfarrer von Vernon, dem Abbé Mabeuf. Dieser würdige Priester war der Bruder eines Kirchenvorstehers von Saint-Sulpice, der mehrmals den Mann, der sein Kind betrachtete, sah, die vernarbte Wunde seiner Wange und die in seinen Augen schwimmende Träne. Er schien so männlich und weinte wie eine Frau. Das war es, was dem Kirchenvorsteher auffiel.

Dieses Antlitz blieb ihm im Gedächtnis. Als er eines Tages zu seinem Bruder nach Vernon fuhr, begegnete er auf der Brücke dem Obersten Pontmercy und wußte: Er war der Mann von Saint-Sulpice. Der Kirchenvorsteher erörterte dies mit dem Pfarrer, und beide suchten unter irgendeinem Vorwand den Obersten auf. Diesem Besuch schlossen sich weitere an. Der Oberst, der zuerst sehr unzugänglich war, sprach sich dann aus. Der Pfarrer und der Kirchenvorsteher wurden von ihm in die ganze Geschichte eingeweiht und erfuhren, wie der Oberst Pontmercy sein Glück der Zukunft seines Kindes opferte. Der Pfarrer empfand für ihn verehrende Neigung, und auch der Oberst zollte dem Pfarrer Sympathie.

Sind überdies zufällig beide aufrichtig und gut, durchschaut sich und kommt nichts leichter zusammen als ein alter Priester und ein alter Soldat. Im Grunde ist das ein und derselbe Mensch. Der eine hat sich für das Vaterland unten, der andere für das oben aufgeopfert, kein weiterer Unterschied.

Zweimal jährlich, am 1. Januar und am Tag des heiligen Georg, sandte Marius seinem Vater pflichtmäßige Briefe, die seine Tante ihm diktierte und die nach irgendwelchen Formularen abgeschrieben schienen. Das war alles, was Herr Gillenormand duldete. Und der Vater antwortete mit sehr zärtlichen Briefen, die der Großvater ungelesen in seine Tasche steckte.

Requiescant

Der Salon der Madame von T. war alles, was Marius Pontmercy von der Welt kannte. Er war die einzige Öffnung, die ihm Ausschau in das Leben gestattete. Die Öffnung war finster, und mehr Kälte als Wärme, mehr Nacht als Tag kam durch diese Luke zu ihm. Als er in diese sonderbare Welt eintrat, war er nur Freude und Licht gewesen. Bald wurde er traurig und, was noch weniger mit diesem Alter vereinbar ist, ernst.

Von allen diesen imposanten und seltsamen Personen umgeben, blickte er mit einem Erstaunen, dem Lächeln fremd war, um sich. Alles trug dazu bei, diese Verblüffung noch größer werden zu lassen. In dem Salon der Frau von T. verkehrten alte vornehme, sehr ehrwürdige Damen, die Mathan, Noé, Lévis, sprich Lévi, und Cambis, sprich Cambyse, genannt wurden. Diese antiken Gesichter und diese biblischen Namen vermengten sich in dem Geist des Kindes mit seinem Alten Testament, das es auswendig lernte, und wenn sie da alle im Kreis um ein verlöschendes Feuer saßen, von einer Lampe mit grünem Schleier beleuchtet, mit ihren strengen Profilen, ihren grauen oder weißen Haaren, ihren schleppenden Roben aus einer anderen Zeit, von denen man nur noch die düsteren Farben wahrnahm, und in langen Pausen zugleich majestätische und grimmige Worte fallenließen, sah der kleine Marius sie mit verstörten Augen an. Es war ihm, als seien sie nicht Frauen, sondern Patriarchen und Magier, nicht wirklich, sondern spukhaft.

Unter diese Gespenster mischten sich einige Priester, Stammgäste dieses alten Salons, und einige Adlige. Der Marquis von Sassenaye, privater Staatssekretär der Herzogin von Berry, der Vicomte Valory, der unter dem Pseudonym Charles-Antoine einreimige Oden drucken ließ, der Prinz Beauffremont, der ziemlich jung ein ergrauendes Haupt hatte und eine hübsche, geistvolle Frau, deren dekolletierte Samtkleider, scharlachrot mit goldenen Fransen, dieses Schattenreich aufschreckten, der Marquis Coriolis d'Espinouse, der Franzose, der am besten die Kunst der »jeweils angemessenen Höflichkeit« beherrschte, der Graf Amendre, der Biedermann mit dem wohlwollenden Kinn, und der Chevalier Port de Guy, die Stütze der Bibliothek des Louvre, des sogenannten Königlichen Kabinetts. Wie Port de Guy, kahl und mehr gealtert als alt, erzählte, wurde er 1796, mit sechzehn Jahren, als unsicherer Kantonist in das Bagno geschickt und mit einem Achtzigjährigen zusammengekettet, dem Bischof von Mirepoix, der ebenso ein Aufrührer gewesen war, aber als widerspenstiger Priester, indes er es als Soldat war. Das begab sich in Toulon.

Ihre Aufgabe war es, nachts die Köpfe und Körper der tagsüber Enthaupteten vom Schafott abzuholen. Sie trugen auf ihrem Rücken die blutenden Rümpfe weg, und ihre roten Sträflingsumhänge hatten hinten im Genick eine Blutkruste, trocken am Morgen, naß am Abend. Immer wieder wurden diese tragischen Begebenheiten im Salon der Frau von T. zum besten gegeben; und wie man hier Marat verwünschte, spendete man Trestaillon Beifall. Ein paar Abgeordnete von der unauffindbaren Art spielten hier ihren Whist, die Herren Thibord du Chalard, Lemarchant de Comicourt und Cornet-Dincourt, der gefeierte Spötter der Rechten. Bisweilen schritt der Bailli von Pfirt mit seinen kurzen Kniehosen und dünnen Beinen durch den Salon, wenn er zu Herrn von Talleyrand ging. Er war der Gefährte bei den Belustigungen des Grafen von Artois gewesen, und im Gegensatz zu dem von Campaspe gerittenen Aristoteles hatte er die Guimard auf allen vieren laufen lassen und so den Zeitgenossen einen von einem Bailli gerächten Philosophen vorgeführt.

An Priestern sah man den Abbé Halma, zu dem sein

Mitarbeiter am »Blitzstrahl«, Herr Larose, sagte: »Bah! Wer ist nicht schon seine fünfzig Jahre alt? Höchstens ein paar Gelbschnäbel!« Den Abbé Letourneur, den königlichen Hofprediger, den Abbé Frayssinous, der bisher weder Graf noch Bischof, noch Minister, noch Pair war und an dessen alter Soutane Knöpfe fehlten, und den Abbé Keravenant, Pfarrer von Saint-Germain-des-Prés. Den päpstlichen Nuntius Monsignore Macchi, Erzbischof von Nisibi, den späteren Kardinal, den eine lange, nachdenkliche Nase auszeichnete, und einen anderen Monsignore, den Abbate Palmieri, einen der sieben Protonotare des Heiligen Stuhles, Domherr der bemerkenswerten, von Papst Liberius gegründeten Hauptkirche in Rom und Advokat der Heiligen, was sich auf die Förmlichkeiten bei der Kanonisation bezieht, also etwa Berichterstatter der Gesuche für die Sektion Paradies. Endlich zwei Kardinäle, Herrn de la Luzerne und Herrn von Clermont-Tonnerre. Kardinal de la Luzerne war ein Schriftsteller und sollte ein paar Jahre später die Ehre haben, im »Conservateur« neben Chateaubriand seine Artikel zu zeichnen. Herr von Clermont-Tonnerre war Erzbischof von Toulouse und kam oft nach Paris in die Sommerfrische zu seinem Neffen, dem Marquis de Tonnerre, der Marine- und Kriegsminister wurde. Kardinal Clermont-Tonnerre war ein kleiner, lustiger Greis, dessen rote Strümpfe unter seiner geschwärzten Soutane hervorguckten. Seine Spezialität war, daß er die Enzyklopädie haßte und leidenschaftlich Billard spielte. Die Leute, die damals an Sommerabenden durch die Rue Madame gingen, vorüber an dem Stadthaus der Clermont-Tonnerre, blieben stehen, um auf den Zusammenstoß der Kugeln zu lauschen und auf die schrille Stimme des Kardinals, wenn er seinem Amtsgenossen im Konklave, Seiner Gnaden Cottret, dem Bischof *in partibus* von Caryste, zurief: »Anschreiben, Abbé, ich karamboliere!« Der Kardinal Clermont-Tonnerre war Frau von T. durch seinen intimsten Freund zugeleitet worden, Herrn von Roquelaure, den ehemaligen Bischof von Senlis, einen von den vierzig Unsterblichen. Herr von Roquelaure ragte durch seinen hohen Wuchs hervor und durch seine ausdauernde Anwesenheit in der Akademie. Durch die Glastür des benachbarten Saales der Bibliothek, in der die Französische Akademie damals ihre Sitzungen abhielt, konnten die Neugierigen an jedem Donnerstag den ehemaligen Bischof von Senlis betrachten. Aufgerichtet, frisch gepudert, mit violetten Strümpfen, wandte er der Tür den Rücken zu, wohl um sein Priesterbeffchen besser sehen zu lassen. Alle diese Geistlichen unterstrichen, obzwar sie in der Mehrzahl ebenso dem Hof wie der Kirche nahestanden, den Ernst des Salons T., dessen adligen Aspekt fünf Pairs von Frankreich betonten, der Marquis de Vibraye, der Marquis de Talaru, der Marquis d'Herbouville, der Vicomte Dambray und der Herzog von Valentinois. Von ihnen hatte der Herzog von Valentinois, obschon Prinz von Monaco, also souveräner ausländischer Fürst, von Frankreich und der Pairie eine so erhabene Idee, daß er alles danach wertete. Er sagte: »Die Kardinäle sind die Pairs von Frankreich in Rom, die Lords die Pairs von Frankreich in England.« Im übrigen war, da dieses Jahrhundert allenthalben Spuren der Revolution aufweist, dieser feudale Salon einem Bürger untertan. Herr Gillenormand regierte ihn.

Hier fand sich die Essenz und Quintessenz der weißen Pariser Gesellschaft ein. Hier wurde der Ruf in Quarantäne gehalten, sogar der royalistische, denn im Ruf ist immer Anarchie. Hier eintretend, hätte Chateaubriand wie der Père Duchesne gewirkt. Ein paar liberale Monarchisten wurden dennoch in dieser orthodoxen Welt geduldet. Mit Vorbehalt wurde Graf Beugnot in ihr aufgenommen.

Die »vornehmen« Salons von heute ähneln nicht mehr jenen Salons. Die gegenwärtige Vorstadt Saint-Germain vertritt ketzerische Ansichten. Die jetzigen Royalisten, das sei zu ihrem Lob gesagt, wiegeln das Volk auf.

Bei Frau von T. war die Gesellschaft überlegen, und so war der Geschmack unter vollendeter Höflichkeit erlesen und hoffärtig. Die Gepflogenheiten bestanden aus allen möglichen unbeabsichtigten Feinheiten, die das zu Grabe getragene, aber immer noch lebendige Ancien régime selbst waren.

Bei Frau von T. waren auch die sprachlichen Gewohnheiten bizarr. Flüchtige Beobachter hätten als provinziell befunden, was doch nur durchaus Altertum war. Man nannte eine Frau Madame Generalin, und Madame Oberstin war nicht ungebräuchlich. Die reizende Frau von Léon zog, und zweifellos erinnerte sie sich hierbei an die Fronde, an die Herzoginnen von Longueville und von Chevreuse, diese Benennung ihrem Prinzessinnentitel vor. Auch die Marquise von Créquy hatte sich Madame Oberstin genannt. Es war dieselbe kleine große Gesellschaft, die aus Raffinement darauf kam, in den Tuilerien, wenn man mit dem König ein intimes Gespräch hatte, ihn in der dritten Person anzureden: »der König« und nicht »Eure Majestät«, weil die Anrede »Eure Majestät« »von dem Usurpator besudelt« worden sei.

Hier beurteilte man die Tatsachen und die Menschen. Das Jahrhundert wurde verspottet, was davon enthob, es zu begreifen. Man stand sich im Staunen einander bei. Man spendete sich gegenseitig die Menge Licht, die man hatte. Methusalem belehrte Epimenides. Der Taube unterrichtete den Blinden. Die seit Koblenz verstrichene Zeit wurde für null und nichtig erklärt. Gleichwie Ludwig XVIII. von Gottes Gnaden im fünfundzwanzigsten Jahr seiner Herrschaft stand, waren die Emigranten von Rechts wegen im fünfundzwanzigsten Jahr ihrer Jugendzeit.

Alles verlief harmonisch. Nichts lebte zu intensiv. Das gesprochene Wort war kaum ein Hauch. Das Journal, im Einklang mit dem Salon, glich einem Papyrus. Es gab junge Leute, aber auch sie waren ein wenig toll. Die Livreen im Vorraum waren vom Alter verstaubt. Die völlig abgelebten Personen hatten eine ihnen gleiche Dienerschaft. Alles sah aus, als habe es vor langer Zeit gelebt und wehre sich eigensinnig gegen das Grab. Konservieren, konservativ, Konservatismus: So lautete ungefähr das ganze Wörterbuch. »In gutem Geruch sein«, das war die Frage. In der Tat rochen die Ansichten dieser ehrwürdigen Gruppen nach Vetiver. Es war eine Mumienwelt. Die Herren waren einbalsamiert, die Lakaien ausgestopft. Eine alte emigrierte und ruinierte Marquise, die nur noch ein einziges Dienstmädchen hatte, sagte: »Meine Leute.«

Was machte man in dem Salon der Frau von T.? Man war »ultra«.

Das Wort »ultra sein« hat heute keine Bedeutung mehr, obwohl das, wofür es steht, möglicherweise nicht verschwunden ist. Erläutern wir es.

Ultra sein heißt darüber hinauszugehen, das Zepter im Namen des Throns und die Mitra im Namen des Altars angreifen, der Sache hart zusetzen, die man mit sich schleppt, heißt im Geschirr ausschlagen, sich mit dem Scheiterhaufen um die Brattemperatur für Ketzer streiten, dem Abgott sein bißchen Abgötterei zum Vorwurf machen, heißt aus einem Übermaß an Ehrfurcht beschimpfen, heißt im Papst zuwenig Papsttum, im König zuwenig Königtum und in der Nacht zuviel Licht finden. Das heißt über den Alabaster, den Schnee, den Schwan und die Lilie im Namen des Weiß ungehalten sein. Das heißt so sehr Parteigänger der Dinge sein, daß man ihr Feind wird. Das heißt so sehr dafür sein, daß man dagegen ist. Der Geist des »ultra« gibt der ersten Phase der Restauration das besondere Gepräge. Die sechs Jahre von 1814 bis 1820, bis zum Aufstieg des Herrn Villèle, des praktischen Politikers der Rechten, waren eine außerordentliche Epoche, lärmend und zugleich trübselig, fröhlich und zugleich düster, vom Strahlen eines Frühlichts erleuchtet und zur selben Zeit von der Finsternis der großen Katastrophen bedeckt, die noch den Horizont erfüllten und langsam in den Schoß der Vergangenheit sanken. In diesem Licht und diesem Schatten rieb eine kleine Welt, neu und alt, närrisch und trübsinnig, jugendlich und greisenhaft, sich die Augen. Nichts gleicht dem Erwachen so sehr wie die Wiederkehr. Eine Gruppe, die Frankreich mit Unmut ansah und von Frankreich mit Ironie angesehen wurde. Gutmütige alte Eulen von Marquis, die sich auf den Straßen drängten, Heimkehrer und Gespenster, *cidevants,* die lächelten, da sie wieder auf heimischem Boden waren, und die über den Untergang der Monarchie verzweifelt weinten. Der Adel der Kreuzzüge bespie den Adel des Kaiserreichs, den Adel des Degens. Die historischen Geschlechter hatten den Sinn für die Geschichte verloren. Die Söhne der Gefährten Karls des Großen verachteten Napoleons Gefährten. Die Degen, wir sagten es eben, beschimpften sich. Der Degen von Fontenoy war nur ein lächerliches rostiges Ding, der von Marengo ein verabscheuungswürdiger Säbel. Einst wollte Gestern nicht kennen.

Man hatte das Gefühl für Größe nicht mehr und auch nicht das Gefühl für Lächerlichkeit. Da war jemand, der Napoleon mit dem Namen Scapin, Possenreißer, beschimpfen zu können meinte. Diese Welt ist dahin. Nichts ist von ihr geblieben. Wenn wir zufällig irgendein Bild von ihr zeichnen und versuchen, sie im Geiste wieder lebendig werden zu lassen, kommt sie uns seltsam vor wie eine vorsintflutliche Welt. Und tatsächlich ist sie von einer Sinttlut im Abgrund begraben worden. Unter zwei Revolutionen ist sie verschwunden. Wie die Gedanken sich überschlagen! Wie rasch sie alles beschönigen, was zu zerstören und zu begraben sie berufen sind, und wie geschwind sie in fürchterliche Tiefen hinabsteigen!

So sahen die Salons jener fernen und treuherzigen Zeiten aus, in denen Herr von Martainville geistreicher war als Voltaire.

Diese Salons hatten ihre eigene Literatur und Politik. Hier wurde an Fiévée geglaubt. Hier galt Agier als Autorität. Hier wurde Herr Colnet, Publizist und Antiquar vom Quai Malaquais, kommentiert. Napoleon war hier voll und ganz der korsische Wüterich. Daß später der Marquis von Buonaparté, Generalleutnant der königlichen Armee, Aufnahme in der Geschichte fand, war ein Zugeständnis an den Zeitgeist.

Nicht lange blieben diese Salons rein. Schon 1818 begannen in ihnen ein paar Doktrinäre von sich reden zu machen, eine beunruhigende Nuance. Sie waren Royalisten und entschuldigten sich dafür. Wo die Ultras sehr stolz waren, schämten sich die Doktrinäre ein bißchen. Sie waren geistreich und verhielten sich ruhig. Ihre politische Glaubenslehre war schicklich von Hochmut durchdrungen, sie mußten erfolgreich sein. Sie trieben einen außerordentlichen, in anderer Beziehung nützlichen Kult mit weißen Halsbinden und zugeknöpften Röcken. Der Fehler oder vielmehr das Unglück der doktrinären Partei war, daß sie eine alte Jugend hervorbrachte. Die Doktrinäre nahmen die Posen von Weisen ein.

Sie träumten davon, dem absoluten und übertriebenen Prinzip eine beschränkte Macht aufzupfropfen. Sie stellten – und bisweilen mit seltener Verstandeskraft dem umstürzlerischen Liberalismus einen konservativen entgegen. Für gewöhnlich sagten sie: »Gnade für den Royalismus! Denn er hat mehr als einen Dienst geleistet. Er hat Tradition, Glauben, Religion und Ehrfurcht zurückgebracht. Er ist treu, tapfer, ritterlich, liebevoll und opferbereit. Obschon nur ungern, verbindet er die uralte Größe der Monarchie mit der neuen Größe der Nation. Sein Unrecht ist, daß er die Revolution, das Kaiserreich, den Ruhm, die Freiheit, die neuen Gedanken, die jungen Generationen und das Jahrhundert nicht versteht. Aber fügen wir dieses Unrecht, das er an uns begeht, ihm nicht manchmal auch zu? Die Revolution, deren Erben wir sind, muß für alles Verständnis aufbringen. Den Royalismus anzugreifen gehört zum Widersinn des Liberalismus. Was für ein Fehler! Und was für ein Wahn! Dem revolutionären Frankreich mangelt es an Achtung vor dem geschichtlichen Frankreich, das heißt vor seiner Mutter und vor sich selbst. Nach dem 5. September wurde mit dem Adel der Monarchie wie mit dem des Kaiserreichs nach dem 8. Juli verfahren. Sie waren ungerecht zum Adler, wir sind ungerecht zur Lilie. Man braucht also immer etwas zum Ächten! Ist das denn so nützlich, wenn die Vergoldung von der Krone Ludwigs XIV. abgekratzt, das Wappen Heinrichs IV. abgeschlagen wird? Wir spotten über Herrn von Vaublanc, der die »N« von der Jenabrücke entfernte! Was tat er denn? Doch nur, was wir tun. Bouvines gehört zu uns wie Marengo. Die Lilien gehören uns wie die »N«. Das ist unser Erbe. Wozu es herabsetzen? Man muß das Vaterland ebenso in der Vergangenheit wie in der Gegenwart anerkennen. Warum wollen wir nicht die ganze Geschichte? Warum lieben wir nicht ganz Frankreich?«

So tadelten und verteidigten die Doktrinäre den Royalismus, und der war ungehalten, daß er getadelt, und wütend, daß er verteidigt wurde. Die Ultras gaben der ersten Zeit des Royalismus ihr Gepräge, die Kongregation formte den zweiten Abschnitt. Dem Ungestüm folgte die Gewandtheit. Beenden wir hier die Skizze.

Im Lauf der Erzählung stieß der Verfasser dieses Buches auf jenen merkwürdigen Augenblick in der neuesten Geschichte. Er mußte im Vorbeigehen einen Blick darauf werfen, diese wunderliche, heute unbekannte Gesellschaft in knappen Umrissen zeichnen, und er tut es rasch, ohne jeden bitteren oder spöttischen Gedanken. Zärtliche und ehrerbietige Erinnerungen, denn sie betreffen seine Mutter, verbinden ihn mit dieser Vergangenheit. Überdies, sprechen wir es doch offen aus, besaß auch diese kleine Welt Größe. Man kann sie belächeln, aber man darf sie weder verachten noch hassen. Sie war das Frankreich von ehedem.

Marius Pontmercy widmete sich zunächst irgendwelchen Studien, wie jedes Kind. Als er den Händen der Tante Gillenormand entrann, vertraute ihn sein Großvater einem würdigen Professor an, einem Lehrer von reinster klassischer Unschuld. Diese junge Seele, die sich auftat, ging von einer tugendhaften alten Jungfer an einen pedantischen Schulmeister über. Marius verbrachte einige Jahre in einem Gymnasium, dann kam er zur Rechtsfakultät. Er war royalistisch, fanatisch und sittenstreng. Er hatte nur wenig Liebe für seinen Großvater, dessen Heiterkeit und Zynismus ihn verletzten, und grollte seinem Vater.

Ein glühender und kalter Jüngling, edel, hochherzig, stolz, religiös, schwärmerisch, ernst bis zur Härte, keusch bis zur Wildheit.

Das Ende des Briganten

Die Beendigung von Marius' klassischem Studium fiel zeitlich zusammen mit dem Abschied des Herrn Gillenormand von der Gesellschaft. Der Greis verabschiedete sich vom Faubourg Saint-Germain und vom Salon der Frau von T. und richtete sich im Marais ein, in seinem Haus in der Rue des Filles-du-Calvaire. Er hatte dort zu Bedienten, außer dem Portier, die Kammerfrau Nicolette, die Nachfolgerin der Magnon, und den atemlos schnaufenden Basque, von dem die Rede war.

1827 erreichte Marius sein siebzehntes Jahr. Als er eines

Abends das Haus betrat, sah er seinen Großvater, der einen Brief in der Hand hielt. »Marius«, sagte Herr Gillenormand, »morgen wirst du nach Vernon reisen.«

»Warum?« erwiderte Marius.

»Um deinen Vater zu sehen.«

Marius begann zu zittern. Er hatte an alles gedacht, nur daran nicht, daß er eines Tages seinen Vater besuchen werde. Nichts konnte ihm unerwarteter, überraschender und unangenehmer sein. Es war die Fremdheit, die zur Annäherung gezwungen wurde. Das bedeutete keinen Kummer für ihn, aber eine Last. Zu den Motiven politischer Zwietracht kam noch, daß Marius glaubte, sein Vater, der Klopffechter, wie Herr Gillenormand an Tagen der Milde ihn nannte, empfinde keine Liebe zu ihm. Warum hätte er ihn sonst im Stich gelassen und anderen überantwortet? Da Marius sich nicht geliebt fühlte, liebte er nicht. Ganz einfach, sagte er sich.

Er war so verblüfft, daß er Herrn Gillenormand nicht ausfragte. »Es scheint, daß er krank ist«, fuhr der Großvater fort. »Er verlangt nach dir.« Und nach kurzem Schweigen setzte er hinzu: »Reise morgen früh! Ich glaube, von der Cour des Fontaines geht um sechs Uhr ein Wagen ab, der abends in Vernon ankommt. Nimm den! Er sagt, es ist eilig.«

Dann zerknitterte er den Brief und schob ihn in seine Tasche. Marius hätte noch am selben Abend reisen und schon morgens bei seinem Vater sein können. Eine Expresspost in der Rue du Bouloi fuhr damals über Vernon nach Rouen. Sowohl Herr Gillenormand wie Marius versäumten, sich zu erkundigen.

Tags darauf, in der Abenddämmerung, war Marius in Vernon. Schon brannten hier und da Kerzen. Er fragte den ersten Passanten, der ihm über den Weg lief, nach dem Haus des Herrn Pontmercy. Denn in seinen Absichten stimmte er der Restauration bei, und auch er erkannte seinem Vater weder den Titel eines Barons noch die Oberstencharge zu. Man wies ihm dessen Wohnung. Eine Frau öffnete ihm, eine kleine Lampe in der Hand.

»Herr Pontmercy?« fragte Marius. Die Frau stand unbeweglich.

»Ist das hier?« fragte er.

Die Frau nickte bejahend.

»Kann ich ihn sprechen?« Die Frau schüttelte verneinend den Kopf.

»Aber ich bin sein Sohn«, sagte Marius. »Er erwartet mich.«

»Er erwartet Sie nicht mehr«, sagte die Frau. Da merkte er, daß sie weinte. Sie zeigte mit dem Finger auf die Tür des Vorsaals im Erdgeschoß. Er trat ein.

In diesem Saal, den ein auf dem Kamin gestelltes Talglicht erleuchtete, waren drei Männer. Einer stand, einer kniete, und einer lag im Hemd auf dem Steinboden ausgestreckt. Der Mann, der da lag, war der Oberst. Die beiden anderen waren ein Arzt und ein Priester, der betete.

Der Oberst war drei Tage vorher an einer Gehirnentzündung erkrankt. Sofort hatte er, da ihm Unheil ahnte, an Herrn Gillenormand geschrieben. Er bat seinen Sohn zu sich. Die Krankheit hatte sich verschlimmert. Am Abend, als Marius in Vernon eintraf, hatte er einen Anfall von Delirium. Ungehorsam der Magd, sprang er aus dem Bett und schrie: »Mein Sohn kommt nicht! Ich gehe ihm entgegen!« Dann stürzte er aus dem Zimmer und fiel auf die steinernen Fliesen im Vorsaal. Gerade war er verschieden. Man hatte den Arzt und den Pfarrer gerufen. Der Arzt war zu spät da und auch der Pfarrer. Und auch der Sohn kam zu spät. Im Dämmerschein des Talglichts sah man auf der Wange des hingebreiteten verblichenen Obersten eine dicke Träne, die aus seinem toten Auge geflossen war. Das Auge war erloschen, aber die Träne nicht eingetrocknet. Er hatte sie um die Verspätung seines Sohnes geweint.

Marius betrachtete den Mann, auf den er den ersten und letzten Blick warf, dieses verehrungswürdige, männliche Gesicht, diese offenen, jetzt so stumpfen Augen, diese weißen Haare, diese starken Glieder, von denen braune Linien sich abhoben, Spuren von Säbelhieben, und rote Sterne, Vertiefungen durch Wunden, die der Lebende von Gewehrkugeln empfangen hatte. Er betrachtete die riesige Narbe, das Mal des Heroismus in diesem Antlitz, dem Gott den Ausdruck von Güte verlieh. Obwohl er bedachte, dieser Mann sei sein

Vater und tot, war er noch immer kalt. Die Trauer, die er verspürte, hätte er auch vor jedem anderen verspürt, den er entseelt am Boden erblickt hätte.

Schmerz, ein peinvoller Schmerz, lag über dem Raum. In einer Ecke jammerte die Bedienerin, der Pfarrer betete, und man hörte ihn schlachzen, der Arzt wischte sich die Augen; der Tote selbst weinte. Der Arzt, der Priester und die Frau schauten in ihrer Betrübnis Marius an, ohne ein Wort zu sagen. Er war der Fremde. Da er zu wenig erregt war, schämte sich Marius, verwirrt über seine Kühle. Er hatte seinen Hut in der Hand und ließ ihn auf die Erde fallen, um den Anschein zu erwecken, als nehme der Schmerz ihm die Kraft, ihn festzuhalten. Zugleich tadelte ihn sein Gewissen, und weil er sich so betrug, verachtete er sich. Aber war er der Schuldige?

Er liebte eben seinen Vater nicht.

Der Oberst hinterließ nichts. Von dem Erlös für das Mobiliar wurden kaum die Begräbniskosten gedeckt. Die Magd fand einen Zettel, den sie Marius gab. Darauf stand, von der Hand des Obersten geschrieben: »An meinen Sohn. Der Kaiser hat mich auf dem Schlachtfeld von Waterloo zum Baron gemacht. Da die Restauration mir diesen Titel bestreitet, den ich mit meinem Blut bezahlt habe, wird mein Sohn ihn annehmen und führen. Sicherlich wird er seiner würdig sein.« Dahinter hatte der Oberst angefügt: »In derselben Schlacht bei Waterloo hat ein Sergeant mir das Leben gerettet. Der Mann heißt Thénardier. In letzter Zeit hatte er, glaube ich, eine kleine Herberge in einem Dorf nahe von Paris inne, in Chelles oder in Montfermeil. Wenn mein Sohn ihm begegnet, wird er Thénardier so belohnen, wie er irgend kann.« Nicht aus Pietät gegen seinen Vater, aber aus der ungewissen Achtung vor dem Tod, die im Herzen des Menschen immer so gebieterisch ist, nahm Marius dieses Papier und verbarg es in seiner Tasche.

Nichts war von dem Obersten übrig. Herr Gillenormand ließ seinen Degen und seine Uniform dem Trödler verkaufen. Die Nachbarn plünderten den Garten und rupften die seltenen Blumen ab. Die anderen Pflanzen wurden Dornen und Gestrüpp und starben.

Marius war nur achtundvierzig Stunden in Vernon geblieben. Nach der Beerdigung kehrte er nach Paris zurück und betrieb wieder sein Rechtsstudium. Mit seinem Vater beschäftigte er sich nicht, als hätte der Oberst nie gelebt. Nach zwei Tagen war dieser begraben und in drei Tagen vergessen. Marius hatte einen schwarzen Flor um seinen Hut. Das war alles.

Wie nützlich es ist, zur Messe zu gehen, um Revolutionär zu werden

Marius hatte die religiösen Gewohnheiten seiner Kindheit bewahrt. Eines Sonntags, als er nach Saint-Sulpice ging, die Messe zu hören, in dieselbe Marienkapelle, in die, als er klein war, seine Tante ihn führte, stellte er sich, zerstreuter und träumerischer als sonst, hinter einen Pfeiler. Ohne darauf zu achten, kniete er sich auf einen mit Wollplüsch gepolsterten Stuhl, an dessen Lehne ein Schild hing mit der Aufschrift: Herr Mabeuf, Kirchenvorsteher. Die Messe hatte kaum begonnen, als ein Greis auf Marius zutrat und sagte: »Mein Herr, das ist mein Platz.«

Marius beeilte sich, ein paar Schritte abseits zu gehen, und der Greis nahm seinen Platz ein.

Nach Beendigung der Messe zögerte Marius versonnen. Der Greis näherte sich ihm wieder und sagte: »Verzeihen Sie, mein Herr, daß ich Sie vorhin gestört hahe und jetzt nochmals störe. Aber ich bin Ihnen lästig gefallen und muß mich bei Ihnen rechtfertigen.«

»Mein Herr«, sagte Marius, »dessen bedarf es nicht.«

»Und doch«. erwiderte der Greis, »ich möchte nicht, daß Sie schlecht von mir denken. Aber der Platz ist mir von Wert. Mir scheint, von ihm aus ist die Messe besser zu hören. Warum? Ich werde es Ihnen sagen. An diesem Holz sah ich jahrelang, aller zwei oder drei Monate, einen armen wackeren Vater kommen, der keine andere Gelegenheit und Möglichkeit hatte, sein Kind zu sehen. Aufgrund familiärer Maßnahmen hinderte man ihn daran. Er kam zu der Stunde. zu der man, wie er wußte, seinen Sohn in die Messe führte.

Der Kleine ahnte nicht, daß sein Vater da war. Er wußte vielleicht nicht einmal. daß er einen Vater hatte, das unschuldige Kind. Der Vater versteckte sich hinter diesem Pfeiler. Er schaute zu seinem Kind hinüber und weinte. Er betete den Kleinen an, der Arme! Ich habe das beobachtet. Der Ort ist seitdem für mich wie geheiligt. und nun bin ich gewohnt, hier die Messe zu hören. Ich ziehe den Platz dem Kirchenstuhl vor, auf dem zu sitzen ich als Vorsteher befugt wäre. Ich habe den Unglücklichen sogar ein wenig kennengelernt. Er hatte einen Schwiegervater, eine reiche Schwägerin, Verwandte, ich weiß das nicht mehr genau, die das Kind zu enterben drohten, wenn er, der Vater, es sehe. Er opferte sich, damit sein Sohn eines Tages reich und glücklich werde. Aus politischem Hader trennte man es von ihm. Gewiß billige ich, daß man politische Ansichten hat, aber es gibt Leute, die das Maß überschreiten. Mein Gott! Deshalb, weil ein Mann bei Waterloo gekämpft hat, ist er noch kein Ungetüm. Deshalb trennt man nicht einen Vater von seinem Kind. Er war Oberst unter Bonaparte. Er ist tot, glaube ich. Er war nach Vernan übergesiedelt, wo mein Bruder Pfarrer ist, und hieß Pontmarie oder Montmercy oder ähnlich. Er hatte eine Narbe durch einen schweren Säbelhieb.«

»Pontmercy!« fragte Marius erbleichend.

»Richtig. Pontmercy. Haben Sie ihn gekannt!«

»Mein Herr«, sagte Marius. »es war mein Vater«

Der alte Kirchenvorsteher faltete die Hände und rief: »Ach, Sie sind das Kind! Oh, es muß ja jetzt ein Mann sein. Nun, armes Kind, Sie können sagen, daß Sie einen Vater gehabt haben, der Sie sehr geliebt hat.«

Marius bot dem Greis seinen Arm und brachte ihn bis zu seiner Wohnung. Am nächsten Tag sagte er zu Herrn Gillenormand: »Ich bin mit einigen Freunden zu einer Jagdpartie verabredet. Gestatten Sie mir, mich auf drei Tage zu entfernen?«

»Vier!« antwortete der Großvater. »Geh hin und amüsiere dich!« Und blinzelnd, verstohlen sagte er zu seiner Tochter: »Irgendeine Liebelei!«

Folgen der Begegnung mit einem Kirchenvorsteher

Wohin Marius ging, wird man etwas später erfahren. Er blieb drei Tage weg, dann kam er wieder nach Paris, ging sofort in die Bibliothek der Rechtsfakultät und bat um die Jahresbände des »Moniteur«. Er las ihn, er las alle Geschichten der Republik und des Kaiserreichs, das »Memorial von Sankt Helena«, alle Memoiren, Zeitungen, Bulletins und Proklamationen; alles verschlang er. Als er zum erstenmal in den Bulletins der Großen Armee auf den Namen seines Vaters stieß, war er eine Woche hindurch wie im Fieber.

Er meldete sich bei den Generälen, unter denen Georges Pontmercy gedient hatte, so bei dem Grafen H. Der Kirchenvorsteher Mabeuf, den er wieder aufsuchte, hatte ihm von dem Leben des Vaters in Vernon erzählt, von dem Ruhestand des Obersten, von seinen Blumen, seiner Einsamkeit. Marius erfuhr so alles von diesem seltenen, großgesinnten und milden Mann, von dem Löwen und Lamm zugleich, der sein Vater gewesen war.

Ganz mit diesem Studium beschäftigt, das alle seine Zeit und alle seine Gedanken in Anspruch nahm, vernachlässigte er die Gillenormands. Zum Essen erschien er; wenn man dann nach ihm sehen wollte, war er nicht mehr da. Die Tante schalt. Vater Gillenormand lächelte. »Bah, bah! Jetzt hat er mit den kleinen Mädchen zu tun.« Und manchmal setzte der alte Mann hinzu: »Teufel! Ich glaubte, es handle sich um eine Galanterie, aber es ist wohl eine Leidenschaft.«

Es war wirklich eine Leidenschaft. Marius war im Begriff, seinen Vater zu vergöttern. Und währenddessen vollzog sich auch eine totale Umwälzung seiner Ideen. Die Entwicklungsstufen dieser Umwälzung waren zahlreich und aufeinanderfolgend. Da hier die Geschichte von vielen Geistern unserer Zeit berichtet wird, halten wir es für angebracht, diesen Stufen Schritt für Schritt zu folgen und alle aufzuzeigen. Diese Ereignisse, in die er jetzt Einblick gewann, wühlten ihn auf.

Sein erstes Erlebnis war eine Blendung. Bis dahin waren

die Republik und das Kaiserreich nur ungeheuerliche Namen für ihn gewesen. Die Republik eine Guillotine in der Dämmerung; das Kaiserreich ein Säbel in der Nacht. Er sah hin, und da, wo er nur eine chaotische Finsternis vorzufinden erwartete, sah er mit beispielloser Überraschung, einer Mischung aus Furcht und Freude, Gestirne funkeln. Mirabeau, Vergniaud, Saint-Just, Robespierre, Camille Desmoulins, Danton, und eine Sonne ging auf, Napoleon. Er wußte nicht, woran er war. Von jäher Helligkeit blind, wich er zurück. Nach und nach, als er das Staunen überwunden hatte, gewöhnte er sich an dieses Flammen, ohne Taumel betrachtete er das Geschehen, ohne Schrecken prüfte er die Persönlichkeiten. Revolution und Kaiserreich leuchteten in der Perspektive vor seinem visionären Auge auf. Er sah, wie jede der beiden Gruppen von Ereignissen und Menschen sich in zwei riesenhaften Tatsachen zusammenfassen ließen: die Republik in der Souveränität des Bürgerrechts, das für die Massen wiedergewonnen wurde, das Kaiserreich in der Souveränität der französischen Idee, die die Herrschaft über Europa errang. Er sah, wie aus der Revolution die große Gestalt des Volkes hervorging und aus dem Kaiserreich die Größe Frankreichs. Und für sein Bewußtsein war all das gut.

Was sein bewunderndes Staunen bei dieser ersten, viel zu oberflächlichen Wertung außer acht ließ, so meinen wir, daß es nicht unbedingt hierher gehört. Wir stellen den Zustand eines Geistes im Aufbruch fest. Nicht alle Fortschritte werden in einem Schritt gemacht. Nachdem wir dies ein für allemal im Hinblick auf das Vorangehende wie das Folgende gesagt haben, fahren wir fort.

Er erkannte, daß er bisher sein Land so wenig verstanden hatte wie seinen Vater. Weder jenes noch diesen hatte er gekannt. Er hatte so etwas wie eine gewollte Nacht vor den Augen gehabt. Jetzt sah er; und er bewunderte sein Land und liebte seinen Vater abgöttisch. Voll Kummer und Reue dachte er darüber nach, daß er alles, was ihm auf der Seele lag, jetzt nur noch einem Grab sagen könne. Oh, wenn er den Vater noch hätte, wenn Gott in seinem Erbarmen und seiner Güte erlaubt hätte, daß dieser Vater noch lebte, wie wäre er zu ihm geeilt, wie zu ihm hingestürzt, wie hätte er ihm zugerufen: Vater! Hier bin ich! Ich fühle wie du! Ich bin dein Sohn! Wie hätte er sein weißes Haupt umarmt, mit Tränen sein Haar überschwemmt, seine Narbe betrachtet, ihm die Hände gedrückt, seine Kleider verehrt, seine Füße mit Küssen bedeckt! Warum war der Vater so bald gestorben, vorzeitig, ehe ihm Gerechtigkeit beschieden war und die Liebe des Sohnes? Marius hatte im Herzen ein ständiges Schluchzen, und immerzu klagte dieses Herz. Er wurde in Wahrheit ernster als bis dahin, sicherer seines Glaubens und Denkens. Ununterbrochen zuckte die lichte Erkenntnis des Wahren in ihm auf und reifte seine Vernunft. Ein inneres Wachstum begab sich in ihm. Er fühlte eine natürliche Festigung seines Geistes, die ihm einen zwiefachen neuen Besitz brachte, Vater und Vaterland.

Als hätte er einen Schlüssel in der Hand, öffnete sich ihm alles. Er wurde sich über das klar, was er gehaßt hatte, er durchdrang, was er bisher verabscheute. Hinfort sah er deutlich die göttliche und menschliche Vorherbestimmung der großen Dinge, die zu verwünschen, der großen Männer, die zu verfluchen man ihn gelehrt hatte. Wenn er sich seiner früheren Meinungen erinnerte, die doch nur gestrige waren und ihm schon wie verschollen schienen, erfaßte ihn Zorn, und er lächelte.

Von der Rettung des Gedenkens an seinen Vater war er zur Ehrenrettung Napoleons übergegangen. Und doch war diese nicht mühelos in ihm erfolgt. Seit seiner Kindheit hatte man ihm die Anschauungen der Partei von 1814 eingeimpft. Alle Vorurteile der Restauration, alle ihre Interessen und Instinkte mußten dazu neigen, Napoleon zu entstellen. Sie verdammte ihn noch mehr als Robespierre. Mit einigem Geschick hatte sie die Ermüdung der Nation und den Haß der Mütter ausgebeutet. Bonaparte war eine Art von Scheusal geworden, nahezu ein Fabelgeschöpf, und um ihn in der Phantasie des Volkes zu malen, die der kindlichen Phantasie gleicht, beschwor die Partei von 1814 nach und nach alle seine furchterregenden Masken herauf, von dem, was schrecklich ist und dennoch grandios bleibt, bis zu dem, was schrecklich ist und grotesk wird, von Tiberius bis zum Schwarzen Mann. So hatte man, sprach man von Bonaparte, freie Wahl, ob man heulen oder vor Lachen bersten wollte, wenn nur Haß der Unterton war. Nie hatte Marius über den Mann, wie man ihn nannte, andere Ideen gehabt. Mit der Hartnäckigkeit seines Naturells hatten sie sich verbunden. Es war in ihm ein eigensinniger kleiner Junge, der Napoleon unversöhnlich anfeindete.

Als er nun Geschichte las und besonders Urkunden und Material studierte, zerriß allmählich der Schleier, der Napoleon für ihn verhüllte. Er sah etwas Überwältigendes und hatte den Verdacht, daß er sich bis zu diesem Augenblick über Bonaparte getäuscht hatte wie über alles sonst. Mit jedem Tag sah er schärfer. Und langsam, Schritt für Schritt, anfangs nahezu mit Bedauern, dann im Rausch und von einer unwiderstehlichen Faszination angelockt, erstieg er zuerst die dunklen, dann die von Zwielicht umwitterten, dann die überglänzten und strahlenden Stufen des Enthusiasmus.

Eines Nachts saß er allein in seinem Zimmer im Dachgeschoß. Seine Kerze war angezündet. Er las, die Ellbogen auf seinem Tisch, neben dem offenen Fenster. Allerlei Träume aus der Weite umschwebten ihn und durchwoben seine Gedanken. Was für ein Schauspiel ist die Nacht! Man hört leise Geräusche, ohne zu wissen, woher sie kommen, man sieht gelbrot wie glühende Kohlen Jupiter schimmern, der zwölfhundertmal so groß ist wie die Erde, der Azur ist schwarz, die Sterne glitzern, es ist erhaben.

Er las die Bulletins der Großen Armee, die auf dem Schlachtfeld geschriebenen Strophen von Heldenliedern. Er sah darin hier und da den Namen seines Vaters, immer aber den Namen des Kaisers. Das ganze grenzenlose Kaiserreich erschien vor ihm. Es war, als schwelle in ihm eine immer höhere Flut. Und manchmal wähnte er, sein Vater geistere wie ein Hauch an ihm vorüber und spreche ihm ins Ohr. Nach und nach wurde ihm seltsam zumute. Er glaubte Trommelwirbel zu hören, Kanonen, Trompeten, das taktmäßige Stampfen der Bataillone, den dumpfen, fernen Galopp der Kavallerie. Von Zeit zu Zeit blickte er zum Himmel empor und sah in den grundlosen Tiefen kolossale Sternbilder flimmern, dann fielen seine Augen wieder auf das Buch und sahen andere kolossale Dinge, die er wirr in sich bewegte. Sein Herz preßte sich zusammen, er war entrückt, er bebte und keuchte. Plötzlich, ohne selbst zu wissen, was in ihm war, dem er gehorchte, richtete er sich auf, reckte beide Arme aus dem Fenster, sah starr in das Dunkel, das Schweigen, die düstere Unendlichkeit, die ewige Unermeßlichkeit und rief: »Es lebe der Kaiser!«

Von nun an war alles gesagt. Der Menschenfresser von Korsika, der Usurpator, der Tyrann, das Ungeheuer, das Liebhaber seiner Schwestern war, der Komödiant, der bei Talma Stunden nahm, der Giftmörder von Jaffa, der Tiger, Buonaparté, das alles wurde zu nichts. Ihm erstrahlte statt dessen ein weiter Tempel, in dem auf unzugänglicher Höhe das bleiche, marmorne Phantom des Cäsar schimmerte. Für seinen Vater war der Kaiser nur der geliebte Feldherr gewesen, den er bewunderte und für den er sich hingab. Für Marius war er mehr. Er war der vom Schicksal gesandte Erbauer des französischen Reiches, das in der Weltherrschaft dem römischen Reich nachfolgte. Er war der fabelhafte Architekt, der eine gestürzte Ordnung umschuf, der Fortsetzer Karls des Großen, Ludwigs XI., Heinrichs IV., Richelieus, Ludwigs XIV. und des Wohlfahrtsausschusses. Er hatte zweifellos seine Unvollkommenheiten, seine Fehler und sogar seine Verbrechen, da er Mensch war. Jedoch gebietend in seinen Fehlern, glänzend in seinem Makel und machtvoll in seinen Verbrechen. Er war der vorherbestimmte Genius, der alle Völker gezwungen hatte zu sagen: die große Nation. Und er war darüber hinaus die Verkörperung Frankreichs. Er eroberte Europa durch das Schwert, das er hielt, und durch das Licht, das von ihm ausging. Marius sah in Bonaparte das blendende Gespenst, das immer an der Grenze dastehen und über die Zukunft wachen wird. Ein Despot, aber ein Diktator, ein Despot, aus einer Republik geboren und Wollender einer Revolution. Napoleon wurde für ihn der Mensch, der ein Volk ist, wie Jesus der Mensch, der Gott ist.

Wie alle zu einer Religion neu Bekehrten war Marius

von seiner Bekehrung berauscht. Er entschloß sich zu radikaler Anhängerschaft und übersteigerte sie. So war seine Natur. War er einmal im Zug, wurde es ihm fast unmöglich, Hemmungen einzuschalten. Er erlag dem Fanatismus für den Degen und vereinigte ihn mit dem Enthusiasmus für die Idee. Er merkte nicht, daß er zugleich mit dem Genie, und damit verstrickt, die Gewalt anstaunte, daß er in den beiden Diensten seines Kults dem Göttlichen und dem Brutalen nebeneinander huldigte. Überhaupt hatte er begonnen, sich in mancher Beziehung zu täuschen. Er ließ alles gelten. Man kann dem Irrtum auf dem Wege zur Wahrheit begegnen. Er neigte zu einer ungestümen Gutgläubigkeit, die alles in Bausch und Bogen annahm. Auf der neuen Bahn, die er eingeschlagen hatte, vergaß er bei der Beurteilung des vom alten Regime begangenen Unrechts wie bei der Wertung von Napoleons Ruhm die abschwächenden Momente. Aber, wie auch immer, ein großer Schritt war getan. Wo er einst nur den Zusammenbruch des Königtums sah, da sah er jetzt das Werden Frankreichs. Seine Orientierung war verändert. Sonnenuntergang war für ihn jetzt Sonnenaufgang. Er hatte sich gewandelt. Alle diese Revolutionen gingen in ihm vor sich, ohne daß seine Familie etwas ahnte.

Als er in dieser geheimnisvollen Gedankenarbeit seine alte bourbonische und ultrakonservative Haut ganz abgestreift, als er den Aristokraten, den Jakobiten und den Royalisten abgelegt hatte und wahrhaft revolutionär in der Tiefe seines Geistes und fast republikanisch geworden war, ging er zu einem Graveur am Quai des Orfèvres und bestellte bei ihm hundert Karten mit dem Namen: Baron Marius Pontmercy. Das war nichts als ein logischer Abschluß der Veränderung, die sich in ihm begeben hatte, einer Veränderung, in der alles um seinen Vater kreiste. Da er aber niemanden kannte und seine Karten nicht bei irgendwelchen Portiers verstreuen konnte, steckte er sie in die Tasche.

In einer anderen begreiflichen Konsequenz entfernte er sich von seinem Großvater, je mehr er sich seinem Vater, dessen Gedächtnis und dem, wofür er fünfundzwanzig Jahre gekämpft hatte, näherte. Seit langem ja sagte die Sinnesart des

Herrn Gillenormand ihm nicht zu. Schon bestanden zwischen ihnen alle die Mißhelligkeiten, die einen ernsten jungen Mann von einem frivolen Greise trennen. Die Heiterkeit eines Geronten ist für die Schwermut eines Werther anstößig und erbittert ihn. Als sie noch gemeinsame politische Anschauungen hatten, war Marius Herrn Gillenormand dort wie auf einer Brücke begegnet. Nachdem die Brücke fiel, tat sich der Abgrund auf. Und obendrein empfand Marius Regungen einer unsäglichen Empörung, wenn er daran dachte, daß es Herr Gillenormand war, der ihn aus stupiden Gründen mitleidslos dem Obersten entrissen und so den Vater des Kindes und das Kind des Vaters beraubt hatte.

Aus Pietät gegen seinen Vater war Marius dahin gekommen, daß er sich gegen seinen Großvater auflehnte. Nach außen verriet er nichts von alledem. Nur wurde er immer kälter. Lakonisch bei Tisch, zeigte er sich selten im Haus. Wenn seine Tante ihn deswegen tadelte, war er sehr sanft und schützte Abhaltung durch seine Studien, durch Kurse, Examina, Redeübungen vor. Der Großvater beharrte bei seiner untrüglichen Diagnose: »Verliebt! Das kenne ich.«

Marius blieb von Zeit zu Zeit fort. »Wohin geht er denn?« fragte die Tante.

Auf einer dieser stets kurzen Reisen war er nach Montfermeil gefahren, um den Auftrag, den sein Vater ihm hinterlassen hatte, auszuführen. Er hatte den ehemaligen Sergeanten von Waterloo gesucht, den Herbergswirt Thénardier. Thénardier hatte Konkurs gemacht, die Herberge war geschlossen, und man wußte nicht, was aus ihm geworden war. Um dieser Nachforschungen willen ließ Marius sich vier Tage im Haus nicht sehen. »Entschieden«, sagte der Großvater, »er bummelt.«

Man glaubte beobachtet zu haben, daß er auf seiner Brust und unter seinem Hemd etwas verbarg, was mit einem schwarzen Band um seinen Hals befestigt war.

Der Lancier, der hier erwähnt wurde, der Leutnant Théodule Gillenormand, war ein Großneffe des Alten von väterlicher Seite. Er lebte ein Garnisonsleben außerhalb der Familie und fern allen häuslichen Herden und erfüllte alle Anforderungen, die man an einen hübschen Offizier stellt. Er hatte »eine Taille wie ein Fräulein«, eine sieghafte Art, den Säbel zu tragen, und einen auf gezwirbelten Schnurrbart. Er kam sehr selten nach Paris, so selten, daß Marius ihn nie gesehen hatte. Die beiden Vettern kannten sich nur dem Namen nach. Théodule war, wir sagten das wohl bereits, der Günstling der Tante Gillenormand, die, weil sie ihn nicht sah, ihn vorzog. Menschen nicht zu sehen gestattet, ihnen alle Vollkommenheiten anzudichten.

Eines Morgens war Fräulein Gillenormand die Ältere, als sie das Haus betrat, so aufgeregt, wie sie mit ihrer Gelassenheit es sein konnte. Marius hatte seinen Großvater wieder um die Erlaubnis zu einer kleinen Reise gebeten und hinzugesetzt, er wolle noch am selben Abend fahren. »Fahre!« hatte der Großvater geantwortet und beiseite, indem er die Brauen die Stirn hinaufzog, gemurmelt: »Er übernachtet auswärts, er ist rückfällig, der Junge.«

Fräulein Gillenormand war aufs höchste beunruhigt in ihr Zimmer hinaufgestiegen und hatte, als sie über die Treppe ging, den Ausruf fallenlassen: »Das ist stark!« und die Frage: »Aber wo fährt er denn hin?« Ihr schwante ein mehr oder minder verbotenes Herzensabenteuer, eine Frau im Halbdunkel, ein Rendezvous, ein Geheimnis, und sie hätte nichts dagegen gehabt, unter ihrer Brille hineinzuschnüffeln. Ein Geheimnis abzuschmecken gleicht dem Erstgenuß eines Skandals, frommen Seelen ist das nicht zuwider. In den verschwiegenen Abteilungen der Bigotterie findet sich auch Lust am Ärgernis.

Fräulein Gillenormand fiel also dem unbestimmten Drang, eine Geschichte zu erfahren, zur Beute. Um sich von dieser Neugier abzulenken, die sie ein wenig über ihre Gewohnheit hinaus erregt hatte, war sie zu ihren Talenten geflüchtet.

Mit Baumwolle auf Baumwolle hatte sie eine der Stickereien des Empire und der Restauration ausgeziert, in die viele Kutschenräder gewirkt sind. Verdrießliche Beschäftigung, unlustige Stickerin. Seit Stunden schon saß sie auf ihrem Stuhl, als die Tür sich öffnete. Fräulein Gillenormand erhob die Nase; der Leutnant Théodule stand da und salutierte vor ihr. Sie schrie beglückt auf. Man ist alt, man ist zimperlich, man ist frömmlerisch, man ist die Tante, aber immer ist es angenehm, einen Lancier bei sich eintreten zu sehen.

»Du bist es, Théodule!« rief sie.

»Ich bin auf der Durchreise, Tante.«

»So küsse mich doch!«

»Da hast du deinen Kuß«, sagte Théodule. Und er umarmte sie. Die Tante Gillenormand ging zu ihrem Sekretär und zog die Schublade auf.

»Du bleibst doch wenigstens die Woche über?«

»Tante, ich muß heute abend zurückreisen.«

»Nicht möglich!«

»Mathematisch genau.«

»Bleibe, mein kleiner Théodule, ich bitte dich.«

»Das Herz sagt ja, aber die Instruktion sagt nein. Sehr einfach: Wir wechseln die Garnison. Wir waren in Melun, wir sollen nach Gaillon. Um von der alten Garnison nach der neuen zu kommen, müssen wir über Paris. Ich habe gesagt: Ich besuche meine Tante.«

»Hier hast du für die Umstände, die du dir machst.« Sie gab ihm zehn Louisdor in die Hand.

»Sie wollen sagen, liebe Tante, für das Vergnügen, das ich davon habe.«

Théodule küßte sie ein zweites Mal, und sie hatte die Freude, daß ihr die Schnüre seiner Uniform den Hals ein wenig scheuerten. »Reisest du zu Pferde mit deinem Regiment?« fragte sie.

»Nein, Tante. Ich wollte Sie sehen. Ich habe einen Sonderpermiß. Mein Putzer führt mein Pferd. Ich nehme die Eilpost. Ach, nebenbei, ich muß Sie etwas fragen.«

»Was?«

»Mein Vetter Marius Pontmercy fährt doch auch?«

»Woher weißt du das?« erwiderte die Tante plötzlich voll prickelnder Neugier.

»Als ich ankam, bin ich zur Postmeisterei gegangen, um meinen Platz im Wagen zu bestellen.«

»Nun?«

»Ein Reisender hatte schon einen Platz auf dem Verdeck bestellt. Ich habe auf der Liste seinen Namen gesehen.«

»Welchen Namen?«

»Marius Pontmercy.«

»Der Taugenichts!« rief die Tante. »Ach, dein Vetter ist kein so ordentlicher junger Mann wie du. Was soll man dazu sagen, daß er in der Postkutsche übernachten wird!«

»Wie ich.«

»Aber du tust es deiner Pflicht wegen; er, weil er liederlich ist.«

»Zum Kuckuck!« sagte Théodule.

Hier widerfuhr Fräulein Gillenormand der Älteren ein Ereignis: Sie hatte eine Idee. Wäre sie ein Mann gewesen, hätte sie sich an die Stirn geschlagen. Sie sagte zu Théodule: »Weißt du, ob dein Vetter dich kennt?«

»Nein. Ich habe ihn gesehen. Aber er hat mich der Beachtung nicht gewürdigt.«

»Ihr werdet also zusammen reisen?«

»Er auf dem Verdeck, ich im Wagen.«

»Wohin geht die Eilpost?«

»Nach Les Andelys.«

»Dorthin will also Marius?«

»Sofern er nicht wie ich unterwegs haltmacht. Ich steige in Vernon ab, um den Anschlußwagen nach Gaillon zu nehmen. Über die Route von Marius weiß ich nichts.«

»Marius! Wie häßlich ist der Name! Was für ein Einfall, ihn Marius zu nennen! Du heißt doch wenigstens Théodule!«

»Ich hieße lieber Alfred«, sagte Théodule.

»Hör zu, Théodule!«

»Ich höre, Tante.«

»Paß auf.«

»Ich passe auf.«

»Bist du bei der Sache?«

»Ja.«

»Also Marius verschwindet ab und zu.«

»Ei, ei!«

»Er reist.«

»Ah, ah!«

»Er bleibt nachts fort.«

»Oh, oh!«

»Wir möchten wissen, was dahintersteckt.«

Théodule antwortete mit der Ruhe eines Mannes aus Erz: »Irgendein Unterrock.« Und mit jenem Lachen, das Überlegenheit verrät, fügte er hinzu: »Ein kleines Frauenzimmer.«

»Sicher«, rief die Tante, die glaubte, sie höre Herrn Gillenormand sprechen, und sich unerschütterlich durch das Wort »Frauenzimmer« überzeugt fühlte, weil der Großneffe es ebenso betonte wie der Großonkel.

»Tu uns einen Gefallen«, sagte sie dann, »gehe Marius ein bißchen nach! Er kennt dich nicht, es wird für dich ein leichtes sein. Wenn ein Frauenzimmer im Spiel ist, versuche doch das Frauenzimmer zu sehen! Du schreibst uns nachher über die nette Geschichte. Den Großpapa wird es amüsieren.«

Théodule hatte keinen übermäßigen Spaß an solcher Spionage. Aber die zehn Louisdor machten starken Eindruck auf ihn, und er glaubte, sie könnten Junge kriegen. Er willigte ein und sagte: »Wie beliebt, Tante.« Und beiseite raunte er: »Nun bin ich *Dueña*«, nach dem spanischen Wort für eine bejahrte Hüterin der Tugend.

Fräulein Gillenormand umarmte ihn. »Du, Théodule, wärst solcher Streiche nicht fähig. Du gehorchst der Disziplin, du bist der Sklave der Dienstvorschriften, du bist ein Mann von Prinzipien und mit Sinn für die Pflicht und würdest deine Familie nicht verlassen, um einer Kreatur nachzulaufen.« Der Lancier schnitt die zufriedene Grimasse des Schinderhannes Cartouche, der wegen seiner Ehrlichkeit gelobt wird.

Am Abend nach diesem Dialog bestieg Marius die Postkutsche, ohne zu ahnen, daß jemand ihn überwachte. Das erste aber, was sein Wächter tat, war, daß er einschlief. Sein Schlaf war tief und gewissenhaft. Argus schnarchte die ganze Nacht hindurch.

Bei Tagesanbruch rief der Postschaffner: »Vernon! Station Vernon! Die Passagiere für Vernon!«

Den Leutnant Théodule weckte das Geschrei.

»Gut«, brummte er, noch schlaftrunken, »hier steige ich aus.« Dann wurde er im Kopf allmählich um so klarer, je mehr er zu sich kam. Er erinnerte sich an seine Tante, an die zehn Louisdor und an den Bericht, den er von Marius' Tun und Benehmen erstatten sollte. Darüber mußte er lachen.

Er ist vielleicht nicht mehr auf dem Wagen, dachte er, indem er seine kurze Uniformjacke zuknöpfte. Er braucht nur bis Poissy gefahren zu sein oder bis Triel. Wenn er nicht in Meulan ausgestiegen ist, hat er in Mantes aussteigen können oder in Rolleboise, oder er ist bis Pacy sitzen geblieben mit der Wahl, links nach Evreux weiterzufahren oder rechts bis Laroche-Guyon. Lauf nur hinterher, Tante! Was, zum Teufel, soll ich ihr schreiben, der guten Alten?

In diesem Moment sah er durch die Scheibe des Wagenfensters eine schwarze Hose, die vom Verdeck herabstieg. Sollte das Marius sein? fragte sich der Leutnant. Es war Marius.

Unten vor der Kutsche bot ein Bauernmädchen zwischen den Pferden und den Postillionen den Reisenden Blumen an. »Blumen für die Damen!« rief sie. Marius näherte sich ihr und kaufte das Schönste aus ihrem Korb. Donnerwetter, sagte sich Théodule und sprang vom Wagen, da bin ich ja gespannt! Wem wird er die Blumen bringen? Das muß schon ein verflucht hübsches Weib sein, dem er so ein Bukett schenkt. Die muß ich sehen. Und nicht mehr, weil er den Auftrag hatte, sondern aus persönlicher Neugier, wie diese Hunde, die für sich selbst jagen, folgte er Marius.

Marius übersah Théodule. Elegante Frauen entstiegen der Kutsche; er beachtete sie nicht. Es schien, als sähe er nichts um sich. Ist der verliebt! dachte Théodule.

Marius ging auf die Kirche zu. Großartig, sagte sich Théodule. Die Kirche, aha! Die Rendezvous mit dem Weihrauchgeruch einer Messe sind die besten. Nichts ist so köstlich wie schmachtende Blicke über den Herrgott hinweg.

Als Marius vor der Kirche stand, trat er nicht ein. Er schritt um die Chorhaube herum und verschwand an der Ecke eines der Strebepfeiler der Apsis. Das Rendezvous ist draußen, sagte sich Théodule. Sehen wir uns das Frauenzimmer an! Und auf den Zehen schlich er sich bis zu der Ecke, um die Marius gegangen war. Dort stand er verblüfft still. Marius kniete, die Stirn in beiden Händen, im Gras an einem Grabe nieder. Er hatte die Blumen seines Buketts entblättert. Über dem Grab, an einer Erhöhung, die die Kopfseite erkennen ließ, erhob sich ein schwarzes Holzkreuz, auf das in weißen Lettern der Name geschrieben war: Oberst Baron Pontmercy. Man hörte Marius schluchzen.

Das Frauenzimmer war ein Grab.

Marmor gegen Granit

Hierher war Marius schon das erstemal gekommen, als er sich von Paris entfernt hatte. Hierher kam er, sooft Herr Gillenormand sagte: »Er schläft außerhalb.«

Der Leutnant Théodule war durch diese unerwartete Berührung mit einem Grab fassungslos. Er hatte eine peinliche und seltsame Empfindung, die sich zu erklären er nicht vermochte und die sich aus dem Respekt vor einer Grabstätte und dem Respekt vor einem Obersten zusammensetzte. Er entwich, ließ Marius auf dem Kirchhof allein, und es war Disziplin in diesem Rückzug. Der Tod erschien ihm mit breiten Epauletten, und fast hätte er ihm militärische Ehren erwiesen. Da er nicht wußte, was er der Tante schreiben sollte, entschloß er sich, überhaupt nicht zu schreiben. Und vermutlich hätte Théodules Ermittlung über Marius' Liebschaft keine Folge gehabt, hätte nicht durch eine bei Zufällen so häufige geheimnisvolle Fügung die Szene von Vernon fast sofort eine Art Gegenspiel in Paris gefunden.

Marius kehrte am dritten Tag in aller Frühe aus Vernon zurück und begab sich zu seinem Großvater. Nach zwei in der Postkutsche verbrachten Nächten ermüdet und in dem Wunsche, seine Schlaflosigkeit durch eine Stunde in der Schwimmschule zu beheben, hastete er in sein Zimmer hinauf, entledigte sich schleunigst seines Reiserocks und des schwarzen Bandes, das er um den Hals trug, und ging baden.

Herr Gillenormand, der wie alle gesunden Greise zeitig aufgestanden war, hatte ihn heimkommen hören und sich beeilt, so gut er es auf seinen alten Beinen konnte, die Treppe zum Dachgeschoß, in dem Marius wohnte, zu erklettern. Er wollte ihn umarmen und ihn bei der Umarmung ausfragen, um so ungefähr zu wissen, wo er gewesen war.

Aber der Jüngling war flinker die Stufen hinuntergestiegen, als der Achtzigjährige hinaufgelangte. Und als Vater Gillenormand in die Mansarde eindrang, war Marius schon ausgeflogen. Sein Bett war unbenutzt, und arglos hatte er den Rock und das schwarze Band darauf hingebreitet. So hab ich es gern, sagte sich Herr Gillenormand.

Einen Augenblick später betrat er den Salon, in dem Fräulein Gillenormand saß und an ihren Wagenrädern stickte. Sein Eintritt war ein Triumph. In der Linken hielt er den Rock, in der Rechten das Band. »Sieg!« rief er. »Nun werden wir das Mysterium erforschen. Wir werden seine Schliche ergründen, wir werden die verborgenen Ausschweifungen unseres Duckmäusers mit Händen greifen können. Jetzt haben wir seinen ganzen Roman. Da ist das Porträt der Kleinen.« Und wirklich hing an dem Band ein Etui von schwarzem genarbtem Leder, dessen Form einem Medaillon nicht unähnlich war.

Der Greis nahm das Etui und betrachtete es einige Minuten, ohne es aufzuklappen, mit jener Miene der Wollust, des Entzückens und des Zornes, mit der ein verhungerter armer Teufel unter seiner schnuppernden Nase ein herrliches Diner vorübergaukeln sieht, das nicht für ihn ist. »Ein Porträt ist sicher darin. So was kenne ich. So was verwahrt man zärtlich an seinem Herzen. Sind die jungen Menschen dumm! Irgendeine nichtsnutzige Trine, wahrscheinlich eine schaurige Person! Die Jungen von heute haben einen so schlechten Geschmack!«

»Laß sehen, Papa«, sagte die alte Jungfer.

Das Etui öffnete sich, als er auf eine Feder drückte. Sie entdeckten nichts als einen sorgsam gefalteten Zettel. »Von ihr in Treue für ihn«, meckerte Herr Gillenormand. »Ich weiß, wie das ist. Eine Widmung der Liebe!«

»Wir wollen lesen«, sagte die Tante.

Sie zückte ihre Brille. Sie falteten den Zettel auseinander und lasen: »An meinen Sohn. Der Kaiser hat mich auf dem Schlachtfeld von Waterloo zum Baron gemacht. Da die Restauration mir diesen Titel bestreitet, den ich mit meinem Blut bezahlt habe, wird mein Sohn ihn annehmen und führen. Sicherlich wird er seiner würdig sein.«

Was in dem Vater und der Tochter vorging, läßt sich nicht schildern. Es war, als wehe ein eiskalter Hauch aus einem Totenschädel sie an. Sie wechselten kein Wort. Nur Herr Gillenormand sagte mit gedämpfter Stimme und als spräche er zu sich selbst: »Es ist die Handschrift dieses Klopffechters.«

Die Tante prüfte den Zettel, drehte ihn um, dann schob sie ihn wieder in das Etui. Im selben Augenblick fiel aus einer Tasche des Rocks ein kleines viereckiges, von blauem Papier umhülltes Paket. Fräulein Gillenormand hob es auf und wickelte das blaue Papier ab. Es waren die hundert Visitenkarten von Marius. Sie reichte eine Herrn Gillenormand, der las: Baron Marius Pontmercy.

Der Greis läutete. Nicolette kam. Herr Gillenormand nahm das Band, das Etui und den Rock, warf alles in der Mitte des Salons auf den Boden und sagte: »Tragen Sie den Plunder hinaus!«

Eine gute Stunde verrann ihnen in tiefstem Schweigen. Der alte Mann und die alte Jungfer saßen, wandten einander den Rücken zu und dachten, ein jeder für sich, wohl dieselben Dinge.

Als die Stunde zu Ende war, sagte die Tante Gillenormand: »Hübsch!«

Kurz darauf erschien Marius. Er war eben nach Hause gekommen. Noch bevor er die Schwelle des Salons überschritten hatte, bemerkte er seinen Großvater, der eine seiner Karten in der Hand hielt und, als er ihn sah, mit seiner höhnischen bürgerlichen Anmaßung, die etwas Zermalmendes hatte, rief: »Soso! Soso! Du bist also jetzt Baron. Mein Kompliment. Was soll das bedeuten?«

Marius entgegnete, leicht errötend: »Das bedeutet, daß ich der Sohn meines Vaters bin.«

Herrn Gillenormands Lachen war verstummt. »Dein Vater bin ich«, sagte er hart.

»Mein Vater«, erwiderte Marius mit gesenkten Augen und strenger Miene, »war ein demütiger und heldenhafter Mann, der rühmlich der Republik und Frankreich gedient hat. Er war groß in seinem Anteil an der größten Geschichte, die je von Menschen geschaffen worden ist. Ein Vierteljahrhundert hat er im Biwak gelebt, bei Tag unter Kartätschenhagel und Gewehrsalven, bei Nacht in Schnee und Schlamm und Regen. Er hat zwei Fahnen erobert, zwanzig Wunden empfangen und ist vergessen und einsam gestorben. Und sein einziger Fehler war, daß er allzusehr zwei Undankbare geliebt hat, sein Land und mich.«

Das war mehr, als Herr Gillenormand hören konnte. Bei dem Wort »Republik« war er aufgestanden, oder, besser gesagt, er hatte sich aufgerichtet. Jede Silbe, die Marius sprach, hatte das Antlitz des alten Royalisten getroffen, wie die Luftstöße eines Blasebalgs auf brennende Kohlen treffen. Sein Gesicht, düster zuerst, war rot geworden, dann purpurrot und zuletzt flammender Purpur. »Marius!« schrie er. »Niederträchtiges Kind! Ich weiß nicht, wer dein Vater war, und will es nicht wissen. Nichts weiß ich darüber. Ich weiß nur, daß alle diese Menschen elendes Gesindel waren. Alle waren sie Lumpen, Mörder, Jakobiner, Diebe! Alle, sage ich, alle! Alle ohne Ausnahme! Hörst du, Marius! Du bist ein Baron wie mein Pantoffel! Alle waren sie Banditen, Helfershelfer von Robespierre! Alle Briganten, Spießgesellen von Buonaparté. Alle Verräter, die ihren legitimen König verraten haben, ja, verraten! Alle Feiglinge, die bei Waterloo vor Preußen und Engländern ausgerissen sind! Ob Ihr Herr Vater darunter gewesen ist, weiß ich nicht. Wenn er es war, tut es mir leid, um so schlimmer! Ihr Diener!«

Nun war Marius die brennende Kohle und Herr Gillenormand der Blasebalg. Marius bebte an allen Gliedern, er wußte nicht, was da werden sollte, der Kopf glühte ihm. Er war der Priester, der zuschauen muß, wie seine Hostien in den Wind hinausgeschleudert werden, der Fakir, der einen Passanten auf seinen Götzen speien sieht. Es konnte nicht sein, daß jemand solche Dinge ungestraft vor ihm sagte. Aber was tun? Sein Vater war in seiner Gegenwart mit Füßen getreten und niedergestampft worden. Aber durch wen? Durch seinen Großvater. Wie sollte er den einen rächen, ohne den anderen zu schmähen? Unmöglich konnte er seinen Großvater beschimpfen, ebenso unmöglich war es, daß er nicht Rache für seinen Vater nahm. Dort fiel sein Blick auf ein geheiligtes Grab, hier auf weiße Haare. Eine Minute lang taumelte er wie trunken, und alle diese Gedanken wirbelten in ihm. Dann sah er auf, starrte seinen Großvater an und schrie mit donnernder Stimme: »Nieder mit den Bourbonen und mit Ludwig XVIII., dem dicken Schwein!« Ludwig XVIII. war seit vier Jahren tot, aber das störte ihn nicht.

Der Greis, der eben noch scharlachrot gewesen war, wurde plötzlich weißer als seine Haare. Er wandte sich zu einer Büste des Herzogs von Berry um, die auf dem Kamin stand, und grüßte ihn tief, mit einer Art sonderbarer Hoheit. Dann ging er zweimal, langsam und schweigend, vom Kamin zum Fenster und vom Fenster zum Kamin. Er durchquerte den ganzen Saal und ließ das Parkett krachen, als schreite eine steinerne Statue. Beim zweitemnal neigte er sich zu seiner Tochter, die verdutzt wie ein altes Schaf diesem Zusammenstoß beiwohnte, und sagte ihr mit fast ruhigem Lächeln: »Ein Baron wie der Herr und ein Bürger wie ich können nicht unter demselben Dach bleiben.«

Plötzlich richtete er sich wieder auf. Bleich, zitternd, furchtbar, die Stirn durch das erschreckende, flackernde Aufleuchten des Zorns wie vergrößert, streckte er den Arm gegen Marius aus und rief ihm zu: »Geh!« Marius verließ das Haus.

Am nächsten Tag sagte Herr Gillenormand zu seiner Tochter: »Schicken Sie diesem Blutsäufer jedes halbe Jahr sechshundert Francs, und sprechen Sie nie mehr von ihm!« Da er einen ungeheuren Rest von Wut zu verausgaben hatte, redete er noch über drei Monate seine Tochter weiter mit Sie an.

Marius war empört gegangen. Ein Umstand mehrte seine Erbitterung noch. Immer werden häusliche Dramen durch diese kleinen Launen des Schicksals noch verwickelter. Die Vorwürfe steigern sich durch sie, obwohl das Unrecht im Grunde das gleiche bleibt. Nicolette hatte, als sie eilig, auf den Befehl des Großvaters, den »Plunder« von Marius in sein Zimmer trug, ohne darauf zu achten, wahrscheinlich auf der dunklen Treppe zum Dachgeschoß das Etui aus schwarzem Leder mit dem von dem Obersten beschriebenen Zettel fallen lassen. Weder Zettel noch Etui wurden je wieder aufgefunden. Marius war überzeugt, Herr Gillenormand (von diesem Tag ab nannte er ihn nicht anders) habe »das Testament seines Vaters« ins Feuer geworfen. Er wußte die wenigen Zeilen des Obersten auswendig, und also war nichts verloren. Aber das Papier, die Handschrift, die heilige Reliquie, sie waren sein Herz selbst. Was hatte man damit gemacht?

Marius war gegangen, ohne zu sagen und ohne zu wissen, wohin er ging, mit dreißig Francs, seiner Uhr und etwas Kleidung in einem Nachtsack. Er hatte an einem Standplatz einen Wagen bestiegen, ihn auf Tarif genommen und war aufs Geratewohl in das Quartier Latin gefahren. Was wurde aus Marius?

VIERTES BUCH

DIE FREUNDE DES ABC

Eine beinahe historische Gruppe

In dieser scheinbar gleichgültigen Epoche lief ein gewisser revolutionärer Schauer um. Ein Hauch, der aus den Tiefen von 1789 und 1792 kam, hing in der Luft. Die Jugend war dabei, zu mutieren. Sie wandelte sich, fast ohne es zu ahnen, durch die Zeitbewegung selbst. Der Zeiger, der über das Zifferblatt der Uhr vorrückt, rückt auch in den Seelen vor. Jeder tat den Schritt, der für ihn der nächste war. Die Royalisten wurden Liberale, die Liberalen Demokraten. Es war wie eine anwachsende Flut, in die sich zahllose Gegenströmungen mischen. Das Wesen von Gegenströmungen ist, daß sie Mischungen erzeugen. So entstanden seltsame Kombinationen von Ideen; man betete zugleich Napoleon und die Freiheit an. Nebenbei bemerkt, wir schreiben hier über Geschichte. Das waren die Trugbilder, die damals aufstiegen. Die politischen Anschauungen machen Phasen durch. Der voltairische Royalismus, diese Merkwürdigkeit, hat ein nicht weniger sonderbares Widerspiel, den bonapartistischen Liberalismus.

Andere Gruppen von Geistern waren ernsthafter. Dort untersuchte man mit dem Senkblei das Prinzip; dort hielt man sich an das Recht. Man hatte eine Leidenschaft für das Absolute, man erwartete seine ins Unendliche gehende Verwirklichung. Das Absolute läßt, gerade durch seine Starrheit, den Geist dem Himmel zustreben und im Grenzenlosen dahintreiben. Nichts ist so fruchtbar an Träumen wie das Dogma und nichts so zukunftsträchtig wie der Traum. Was heute Utopie ist, wird morgen von Fleisch und Blut sein.

Die vorgeschrittenen Meinungen hatten einen doppelten Boden. Ein Geheimnis, das um sich griff, bedrohte die gesetzliche Ordnung, die verdächtig und arglistig geworden war. Das sind stets äußerst revolutionäre Vorzeichen. Der Hintergedanke der Macht begegnet in unterirdischen Minen dem Hintergedanken des Volkes. Das schwelende Fieber des Aufruhrs ist die Antwort auf einen geplanten Staatsstreich. Noch gab es in Frankreich keine verborgene große Organisation wie in Deutschland den Tugendbund und in Italien die Carbonari. Aber hier und da entstanden im Dunkeln Gräben, die sich verzweigten. In Aix bildete sich die Congourde, die sich nach dem Flaschenkürbis nannte, in Paris, neben anderen Verbindungen der Art, die Gesellschaft der Freunde des ABC.

Wer waren die Freunde des ABC? Eine Gesellschaft, die dem Schein nach die Erziehung der Kinder zum Ziel hatte, in Wahrheit die Wiederaufrichtung der Menschen. Man erklärte sich zu Freunden des ABC. Doch zu lesen war dies *l'Abaissé,* der Erniedrigte. Erniedrigt war für sie das Volk. Sie wollten es wieder aufrichten. Ein Wortspiel, über das man nicht lachen sollte. Wortspiele sind bisweilen von Bedeutung in der Politik. Ein Beweis dafür ist das *Castratus ad castra,* das ein Feldherr über Narses prägte. Das beweisen auch *Barbari et Barberini, Fueros y Fuegos, Tu es Petrus et super hanc petram* usw. usw.

Die Freunde des ABC hatten nicht viele Mitglieder und waren ein Geheimbund in embryonalem Zustand. Eine Koterie, würden wir sagen, brächten die Koterien Helden hervor. Sie sammelten sich in Paris an zwei Orten, unweit der Markthalle in einer Kneipe, die Korinth hieß und von der später noch die Rede sein wird, und unweit des Panthéons, an der Place Saint-Michel, in einem kleinen Café, dem heute abgerissenen Musencafé, dem Musain. Der erste dieser Treffpunkte war der Arbeitergegend nahe, der zweite dem Studentenviertel.

Die gewöhnlichen Zusammenkünfte der Freunde des ABC fanden in einem Hinterraum des Cafés Musain statt. Ein sehr langer Korridor führte von dem Cafésaal in diesen ziemlich entfernt liegenden zweifenstrigen Raum. Durch einen Ausgang mit einer Geheimtreppe kam man in ein

Gäßchen hinaus, die Rue des Grès. Man rauchte, trank, spielte, lachte. Man redete sehr laut über alles und leise von anderem. An die Wand genagelt war eine alte Karte von Frankreich unter der Republik, was genügen mußte, den Spürsinn eines Polizeibeamten zu wecken.

Die meisten Freunde des ABC waren Studenten, in herzlichem Einvernehmen mit mehreren Arbeitern. Hier sind die Namen der wichtigsten von ihnen, die gewissermaßen der Geschichte angehören: Enjolras, Combeferre, Jean Prouvaire, Feuilly, Courfeyrac, Bahorel, Lesgle oder Laigle, Joly, Grantaire. Die jungen Leute waren durch ihre Freundschaft sozusagen eine Familie geworden. Alle bis auf Laigle waren aus dem Süden. Diese Gruppe hatte ihre Bedeutung. Sie ist in dem unsichtbaren Abgrund verschwunden, der hinter uns liegt. Vor dem Akt des Dramas, den wir jetzt niederzuschreiben haben, ist es wohl nicht ohne Wert, diese jugendlichen Köpfe zu beleuchten, bevor sie im Schatten eines tragischen Abenteuers versinken.

Enjolras, einziger Sohn und reich, war ein bezaubernder junger Mann mit der Fähigkeit, furchtbar zu werden. Wir haben ihn als ersten genannt, später wird klar warum. Er war schön wie ein Engel, ein düsterer Antinous. Sah man die versonnene Ausstrahlung seines Blickes, so konnte man glauben, er habe in einem vergangenen Dasein die revolutionäre Apokalypse durchlebt. Er hatte, als wäre er Zeuge gewesen, ihre Überlieferung und wußte alle Einzelheiten des großen Geschehens. Eine weihevolle und kriegerische Natur, deren Wesen an einem Jüngling befremdete. Er hielt Gottesdienst ab und kämpfte; unter dem Gesichtspunkt der unmittelbaren Gegenwart, Soldat der Demokratie; jenseits der zeitgenössischen Bewegung, ein Priester des Ideals. Er hatte tiefe Augensterne, etwas gerötete Lider, eine dicke und leicht verächtliche Unterlippe, eine hohe Stirn. Viel Stirn in einem Gesicht ist wie viel Himmel am Horizont. Wie manche junge Männer vom Beginn dieses Jahrhunderts und vom Ende des vorigen, die frühen Ruhm errangen, hatte er eine stürmische Jugend gehabt, unbändig wie die junger Mädchen, wenn auch mit Stunden des Erblassens. Als er schon mannbar war, schien er noch ein Kind. Mit seinen zweiundzwanzig Jahren schien er siebzehnjährig. Er war ernst, und man konnte den Eindruck haben, er wisse nicht, daß es auf Erden ein Geschöpf des Namens Frau gebe. Er hatte eine einzige Leidenschaft, das Recht; einen einzigen Gedanken, das Hindernis zu beseitigen. Auf dem Mons Aventinus wäre er Gracchus gewesen, unter dem Konvent Saint-Just. Er sah kaum die Rosen, er wußte nichts vom Frühling, er hörte die Vögel nicht singen.

Euadnes nackter Busen hätte ihn nicht mehr erregt als Aristogeiton. Für ihn wie für Harmodios waren die Blumen nur gut, das Schwert darin zu verbergen.

Er war streng im Genuß der Freuden. Vor allem, was nicht die Republik war, schlug er keusch die Augen nieder. Seine Geliebte war das Mamorbild der Freiheit. Seine Beredsamkeit war von Herbheit inspiriert und hatte das Rauschen eines Hymnus. Plötzlich breitete er die Flügel aus. Wehe der Liebelei, die sich an ihn heranwagte! Hätte eine Grisette von der Place Cambrai oder der Rue Saint-Jean-de-Beauvais beim Anschauen dieses Gesichtes eines entsprungenen Gymnasiasten, dieses Pagenhalses, dieser langen blonden Wimpern, dieser blauen Augen, dieses im Winde flatternden Haarschopfes, dieser rosigen Wangen, dieser unberührten Lippen, dieser feinen Zähne Begierde nach dieser Morgenröte empfunden und ihre Schönheit an Enjolras zu erproben versucht, ein überraschender und erschreckender Blick hätte ihr jählings die Kluft gezeigt und sie gelehrt, mit dem galanten Chérubin von Beaumarchais den furchtgebietenden Cherub des Hesekiel nicht zu verwechseln.

Neben Enjolras, der die Logik der Revolution darstellte, verkörperte Combeferre ihre Philosophie. Zwischen der Logik der Revolution und ihrer Philosophie ist der Unterschied der, daß ihre Logik mit dem Krieg abschließen, ihre Philosophie aber kein anderes Ergebnis haben kann als den Frieden. Combeferre ergänzte Enjolras. Er war weniger hoch und breiter. Er wollte, daß die Geister mit den umfassenden Prinzipien der allgemeinen Gedanken erfüllt würden, er sagte: »Revolution, aber auch Zivilisation«, und rings um das steil abfallende Gebirge erschloß er den weiten blauen Horizont. Daher auch das Verständliche und Anwendbare in Combeferres Ansichten. In der Revolution mit Combeferre ließ es sich leichter atmen als in der mit Enjolras. Wenn für Enjolras das göttliche Recht der Revolution galt, so vertrat er ihr natürliches Recht.

Der erstere schloß sich Robespierre an, der letztere neigte mehr zu Condorcet. Combeferre lebte mehr als Enjolras wie jedermann. Wenn es diesen beiden Jünglingen vergönnt gewesen wäre, in die Geschichte einzugehen, hätte der eine den Beinamen des Gerechten, der andere den des Weisen bekommen. Enjolras war männlicher, Combeferre menschlicher. *Homo et vir,* darin unterschieden sie sich wohl tatsächlich. Combeferre war sanft, wie Enjolras durch natürliche Reinheit streng war. Er liebte das Wort »Bürger«, doch er zog das Wort »Mensch« vor. Am liebsten hätte er wie die Spanier *hombre* gesagt. Er las alles, ging in Theater und öffentliche Kurse, lernte von Arago die Polarisation des Lichtes, begeisterte sich für eine Vorlesung, in der Geoffroy Saint-Hilaire die zwiefache Funktion der *Arteria carotis* auseinandersetzte, die eine, die sich auf das Gesicht, die andere, die sich auf das Hirn bezieht; er verfolgte die Wissenschaft Schritt für Schritt, verglich Saint-Simon und Fourier, auch in ihrem Gegensatz, entzifferte Hieroglyphen, zerklopfte Kieselsteine, die er fand, und befaßte sich mit geologischer Forschung, zeichnete aus dem Gedächtnis einen Schmetterling von der Gattung der Bombyciden, der Spinner, stöberte Fehler im Französisch des Diktionärs der Akademie auf, studierte Puységur und Deleuze, bestätigte nichts, sogar Wunder nicht, leugnete nichts, sogar Gespenster nicht, durchblätterte die Bände des »Moniteur« und dachte nach. Er erklärte, die Zukunft liege in den Händen des Schulmeisters, und beschäftigte sich mit Erziehungsfragen. Er forderte, die Gesellschaft solle unermüdlich für die Hebung des intellektuellen und des moralischen Niveaus tätig sein, für die Ausmünzung der Wissenschaft, für die Ideenverbreitung, für die Zunahme des Geistes bei der Jugend, und fürchtete, die jetzige Armut der Methoden, die Dürftigkeit der auf zwei oder drei klassische Jahrhunderte beschränkten literarischen Kenntnisse, der tyrannische Dogmatismus der offiziellen Pedanten, die scholastische Enge und die Routine könnten unsere Gymnasien zu künstlichen Austernbänken machen. Er war gelehrt, Sprachreiniger, in allem genau, Anhänger der Polytechnischen Schule, ein Büffler und zugleich ein Denker »bis zur Schimäre«, wie seine Freunde sagten. Er glaubte an alle Träume: Eisenbahnen, die Ausschaltung von Schmerz bei chirurgischen Operationen, die Fixierung des Bildes in der Dunkelkammer, den elektrischen Telegraphen, den lenkbaren Luftballon. Wenig ängstigten ihn die von allen Seiten durch Aberglauben, Despotismus und Vorurteile gegen die Menschheit erbauten Zitadellen.

Er gehörte zu jenen, die der Meinung sind, daß die Wissenschaft schließlich die Lage ändern wird. Enjolras war ein Befehlshaber, Combeferre ein Führer, der sich im Gelände auskannte. An des einen Seite hätte man gern in den Kampf ziehen und an des anderen gern marschieren mögen. Nicht etwa, daß Combeferre zu kämpfen außerstande gewesen wäre, er weigerte sich auch nicht, das Hindernis von vorn anzugehen und es gewaltsam zu nehmen, aber die Menschheit durch das Lehren der Axiome und die Verkündung der positiven Gesetze allmählich in Einklang mit ihrem Geschick zu bringen gefiel ihm besser; und zwischen zwei Klarheiten neigte er eher zur Erleuchtung als zum Aufruhr. Eine Feuersbrunst kann zweifelsohne eine Morgenröte bewirken, aber warum nicht den Tagesanbruch abwarten? Ein Vulkan leuchtet, doch die aufgehende Sonne leuchtet noch heller. Combeferre hatte vermutlich die Reinheit des Schönen lieber als das Lodern des Erhabenen. Von Rauch getrübte Helle, mit Gewalt erkaufter Fortschritt befriedigten diesen empfindsamen und ernsthaften Geist nur unvollkommen. Ihn erschreckte der Sprung eines Volkes aus steiler Höhe in die Wahrheit hinab, ein 93. Indes war ihm Stagnation noch mehr zuwider, er verspürte darin Fäulnis und Tod. Alles in allem genommen, mochte er mehr den Schaum als das Miasma, und er zog den Gießbach der Kloake, die Niagarafälle dem See von Montfaucon vor. Kurz, er wollte weder Stillstand noch Eile. Während seine stürmischen Freunde, in hochherziger Begeisterung dem Absoluten anhangend, die herrlichen revolutionären Abenteuer bewunderten und herbeisehnten, neigte Combeferre dazu, den Fortschritt gewähren zu lassen, den guten, vielleicht seelenlosen, doch reinen Fortschritt in seiner methodischen, aber unbescholtenen, trägen, aber unverwüstlichen Art. Combeferre hätte niederknien und die Hände falten mögen, daß die Zukunft in ihrer ganzen Reinheit anbrechen und nichts die grenzenlose Entwicklung der Völker zur Tugend stören sollte. »Das Gute muß unschuldig sein«, sagte er immer wieder. Wenn die Größe der Revolution darin besteht, das blendende Ideal unverwandt anzusehen und ihm, Feuer und Schwert in den Fängen tragend, durch die Blitze entgegenzufliegen, so ist es in der Tat die Schönheit des Fortschritts, makellos zu sein; und Washington, der das eine darstellt, unterscheidet sich von Danton, der das andere verkörpert, wie der Engel mit den Schwanenschwingen vom Engel mit den Adlerfittichen.

Jean Prouvaire war noch um eine Nuance milder als Combeferre. Er nannte sich Jehan, in einer jener Launen der Phantasie, wie die mächtige, tiefe Bewegung, aus der das so notwendige Studium des Mittelalters sich ergab, sie gezeitigt hat. Er war verliebt, pflegte Blumen im Topf, blies Flöte, machte Verse, liebte das Volk, beklagte die Frau, beweinte das Kind, umfing mit demselben Vertrauen Zukunft und Gott und tadelte die Revolution, weil sie ein königliches Haupt gefällt hatte, das von André Chénier. Er hatte eine meist zarte und mit einemmal wieder männlich kühne Stimme. Er war Literaturkenner bis zur Gelehrtheit und beinahe Orientalist. Überaus gütig, zog er in Sachen der Poesie das Unermeßliche vor, was jeden, der da weiß, wie sehr Güte mit dem Hang zum Grandiosen zusammengeht, nicht überraschen kann. Er beherrschte Italienisch, Lateinisch, Griechisch und Hebräisch, und das nutzte er bloß, um vier Dichter zu lesen: Dante, Juvenal, Äschylus und Jesaja. In der französischen Dichtung stand ihm Corneille näher als Racine und Agrippa d'Aubigny näher als Corneille. Gern schlenderte er zwischen Feldern voll wilden Hafers und blauer Kornblumen umher, und das Gewölk interessierte ihn ebenso wie die Ereignisse. Sein Geist war einerseits den Menschen, andererseits Gott zugewandt; er studierte, oder er widmete sich der Betrachtung. Den Tag über vertiefte er sich in soziale Fragen, Lohn, Kapital, Kredit, Ehe, Religion, Gedankenfreiheit, freie Liebe, Erziehung, Strafsystem, Elend, Assoziationen, Eigentum, Produktion und Güterverteilung, das Rätsel von unten her, das den menschlichen Ameisenhaufen mit Schatten bedeckt; und abends schaute er nach den Sternen, diesen riesenhaften Wesen. Wie Enjolras war er reich und einziger Sohn. Er sprach sanft, neigte den Kopf, senkte die Augen, lächelte befangen, kleidete sich schlecht, hatte linkische Manieren, errötete über ein Nichts und war sehr zaghaft. Sonst aber unerschrocken.

Feuilly war Arbeiter in einer Fächerfabrik, Vollwaise, verdiente nur drei Francs täglich und hing nur einem Gedanken an: die Welt zu befreien. Noch eine zweite Beschäftigung hatte er, den Selbstunterricht, den er Selbstbefreiung nannte. Allein hatte er sich lesen und schreiben gelehrt; was er wußte, verdankte er niemandem als sich. Feuilly hatte ein großes Herz. Er umarmte die Menschheit. Diese Waise hatte die Völker adoptiert. Da ihm die Mutter fehlte, hatte er über das Vaterland nachgedacht. Er wollte nicht, daß ein Mensch auf Erden vaterlandslos sei. Er hegte in sich mit dem tiefen Ahnungsvermögen des Mannes aus dem Volke das, was wir heute die Idee der Nationalitäten nennen. Er hatte Geschichte eigens gelernt, um sich in Kenntnis der Gründe empören zu können. In dieser jungen Tischgemeinschaft von Utopisten, denen vor allem an Frankreich lag, war er der Vertreter der auswärtigen Politik. Seine Spezialität waren Griechenland, Polen, Ungarn, Rumänien und Italien. Unablässig sprach er die Namen dieser Länder aus, bei passender und nicht passender Gelegenheit, mit der Hartnäckigkeit seines Rechtssinnes. Daß die Türkei Kreta und Thessalien vergewaltigte, Rußland Warschau, Österreich Venedig, entrüstete ihn. Vor allem die ungeheuerliche Gewalttat von 1772 brachte ihn auf. Wahre Empörung äußert sich nicht in unübertrefflicher Beredsamkeit, er war auf eine andere Art beredt. Immer wieder kam er auf diese schändliche Jahreszahl 1772 zu sprechen, auf dieses edle und tapfere, durch Verrat unterjochte Volk, auf dieses Verbrechen zu dritt, auf diese beispiellose Hinterlist, schreckliches Vorbild und Muster dafür, wie ein Staat abgeschafft werden kann. Seitdem betraf es mehrere ruhmreiche Nationen, daß gewissermaßen ihre Geburtsurkunde vernichtet wurde. All die derzeitigen Vergehen gegen Gemeinwesen lassen sich aus der Teilung Polens herleiten. Die Teilung Polens ist ein Lehrsatz, dessen Folgen alle gegenwärtigen politischen Freveltaten sind. Kein Despot, kein Verräter, der sich nicht seit genau einem Jahrhundert auf die Teilung Polens berufen, der sie nicht *ne varietur* bestätigt, gegengezeichnet und paraphiert hat. Wenn man in den Akten der jüngsten Verrätereien nachschlägt, erscheint sie als erste. Der Wiener Kongreß zog dieses Verbrechen zu Rate, bevor er das seine beging. 1772 bläst das Halali, 1815 ist das Jägerrecht der Hunde. Das war Feuillys übliches Thema. Der arme Arbeiter hatte sich zum Beschützer des Rechts aufgeschwungen, und es belohnte ihn dafür, indem es ihn groß machte. Tatsächlich ist Ewigkeit im Recht enthalten. Warschau darf nicht mehr tatarisch sein, wie Venedig nicht altdeutsch sein kann. Die Könige vergeuden dabei ihre Mühe und ihre Ehre. Früher oder später kommt das untergegangene Vaterland an die Oberfläche zurück und erscheint wieder. Griechenland wird wieder Griechenland, Italien wieder Italien. Das Recht erhebt ewig Einspruch gegen die Tatsache. Der an einem Volk begangene Diebstahl verjährt nicht. Diese vornehmen Gaunereien haben keine Zukunft. Eine Nation läßt sich nicht umbenennen, wie man ein Taschentuchmonogramm ändert.

Courfeyracs Vater hatte Monsieur de Courfeyrac geheißen. Eine der falschen Ideen des Bürgertums der Restauration über Aristokratie und Adel war der Glaube an das Wörtchen »de«, das, wie man weiß, bedeutungslos ist. Jedoch die Bürger der Zeit der »Minerve« schätzten das armselige »de« so hoch ein, daß man sich für verpflichtet erachtete, es abzulegen. Herr de Chauvelin ließ sich mit Herr Chauvelin anreden, Herr de Caumartin mit Herr Caumartin, Herr de

Constant de Rebecque mit Benjamin Constant und Herr de Lafayette mit Herr Lafayette.

Courfeyrac hatte nicht nachstehen wollen und nannte sich schlicht Courfeyrac. Das würde für alles, was ihn betrifft, hinreichen, und im übrigen brauchten wir nur zu sagen: Courfeyrac, siehe Tholomyès. Er hatte jenen jugendlichen Schwung, den man die Teufelsschönheit des Geistes nennen könnte. Später erlischt das wie die Zierlichkeit der jungen Katze, und alle diese Anmut endet, auf zwei Füße gestellt, beim Bourgeois, auf vier Pfoten schleichend, beim Kater. Diese Geistesart wird von den studentischen Generationen, den sich ablösenden Jahresklassen der Jugend immer wieder auf die nächste vererbt, sie geben sie sich, *quasi cursores,* weiter, fast unverändert, und so konnte jemand, der 1828 Courfeyrac hörte, denken, er hörte den Tholomyès von 1817. Nur das Courfeyrac ein braver Bursche war und bei der scheinbaren Ähnlichkeit des äußerlichen Wesens zwischen Tholomyès und ihm ein großer Unterschied bestand. Der verborgene Mensch, der zwischen ihnen stand, war beim ersteren ein ganz anderer als beim letzteren. In Tholomyès steckte ein Staatsanwalt und in Courfeyrac ein Paladin.

Enjolras war der Befehlshaber, Combeferre der Führer und Courfeyrac die Mitte. Die anderen spendeten mehr Licht, er hingegen mehr Wärme. Tatsache ist, daß er alle Eigenschaften einer Mitte besaß, das Runde und die Ausstrahlung.

Bahorel war bei dem blutigen Tumult im Juni 1822 hervorgetreten, bei der Bestattung des jungen Lallemand. Er war gut gelaunt und schwer verträglich, wacker und leichtfertig, ein Prasser und zuweilen edelmütig, ein Schwätzer und zuweilen beredt, tapfer und zuweilen unverschämt, eine ehrliche Haut und ein Luder, mit verwegenen Westen angetan und scharlachroten Meinungen, ein Lärmschläger im großen, der nichts so sehr liebte wie einen Zank, wenn nicht eine Meuterei, und nichts so sehr wie eine Meuterei, wenn nicht eine Revolution. Stets war er bereit, ein Fenster zu zertrümmern, dann ein Straßenpflaster aufzureißen, dann eine Regierung zu stürzen, um zu sehen, was daraus wurde. Student im elften Jahr, beroch er das Rechtsstudium, ging aber nicht heran. Zu seiner Devise hatte er die Worte gewählt: Nie und nimmer Advokat, und zu seinem Wappen einen Nachttisch, aus dem ein Barett lugte. Sooft er an der Rechtsfakultät vorbeikam, was selten geschah, knöpfte er seinen Rock zu, der Paletot war noch nicht erfunden, und schützte sich durch hygienische Vorsichtsmaßnahmen. Er sagte von der Pforte der Fakultät: »Welch schöner Greis!« und von dem Dekan Herrn Delvincourt: »Was für ein Architekturwerk!« Er sah in seinen Kursen Vorwände zu frechen Liedern und in seinen Professoren Zielscheiben der Karikatur. Mit Nichtstun vergeudete er eine erhebliche Rente, etwa dreitausend Francs. Seinen bäuerlichen Eltern hatte er den Respekt vor ihrem Sohn einzuflößen verstanden. »Sie sind Bauern«, sagte er von ihnen, »und keine Bürger, deshalb sind sie intelligent.« Als fahriges Temperament verstreute er sich über mehrere Cafés. Die anderen hatten ihre Gewohnheiten, er hatte sie nicht. Er bummelte. Irren ist menschlich, Bummeln pariserisch. In Wahrheit scharfen Geistes, war er klüger, als er zu sein schien. Er diente als Mittelsmann zwischen den Freunden des ABC und anderen noch ungestalteten Cruppen, deren Bild sich später ausprägen sollte.

In diesem Konklave junger Köpfe gab es einen Kahlkopf. Der Marquis Avaray, den Ludwig XVIII. zum Herzog machte, weil er ihm an dem Tage, an dem er emigrierte, in eine Mietskutsche half, erzählte, daß 1814, als der König bei seiner Rückkehr nach Frankreich in Calais landete, ein Mann ihm eine Bittschrift übergab. »Was wünschen Sie?« fragte der König. »Sire, ich bitte um eine Postmeisterei.« – »Wie heißen Sie?« – »L'Aigle.« Adler, das klang napoleonisch. Der König runzelte die Brauen, blickte nach der Unterschrift auf dem Papier und sah, daß der Name so geschrieben war: Lesgle. Diese wenig bonapartistische Orthographie berührte den König, und er begann zu lächeln. »Sire«, sagte der Mann mit der Bittschrift, »ich habe einen Vorfahren, der Hundewärter war mit dem Beinamen Lesgueules. Von diesem Beinamen leitet mein Name sich her. Ich heiße Lesgueules, die Schnauzen, zusammengezogen Lesgle, verdorben zu L'Aigle.« Der

König lächelte noch einmal. Später verlieh er dem Mann das Postbüro in Meaux, absichtlich oder unachtsam. Das kahle Mitglied der Gruppe war ein Sohn dieses Lesgle oder Legle und zeichnete: Lègle (von Meaux). Seine Kameraden nannten ihn, um abzukürzen, Bossuet.

Bossuet war ein heiterer Junge, der Pech hatte. Es war seine Besonderheit, daß ihm nichts glückte. Um sich schadlos zu halten, lachte er über alles. Mit fünfundzwanzig Jahren war er glatzköpfig. Sein Vater hatte zuletzt ein Haus und Ackerland besessen. Aber er, der Sohn, hatte nichts Eiligeres zu tun, als durch eine falsche Spekulation Haus und Land zu verlieren. Nichts war ihm geblieben. Er verfügte über Wissen und Geist, aber er trug nichts aus. Nichts gelang ihm, alles täuschte ihn; was er aufgestapelt, krachte über ihm zusammen. Spaltete er Holz, schnitt er sich einen Finger ab. Hatte er eine Geliebte, so wurde er bald inne, daß er auch ihren Freund hatte. Stets passierten ihm Mißlichkeiten; daher seine fröhliche Jovialität. Er sagte oft: »Ich wohne unter einem Dach mit rutschenden Ziegeln.« Kaum irgendwie erstaunt, denn für ihn war ein Zwischenfall das, womit er rechnete, erduldete er gelassen jede Widerwärtigkeit und lächelte über die Tücken des Lebens wie einer, der Spaß versteht. Er war arm, jedoch sein Beutel mit Lustigkeit war unerschöpflich. Schnell war er bei seinem letzten Sou, aber nie bei seinem letzten Gelächter. Trat das Ungemach bei ihm ein, so grüßte er es von Herzen als alte Bekanntschaft. Er schlug den Katastrophen gemütlich auf den Bauch. Er war so vertraut mit dem Verhängnis, daß er es als lieben Gast empfing. »Guten Tag, Pech«, sagte er zu ihm.

Diese Verfolgungen durch das Schicksal hatten ihn erfinderisch gemacht. Er wußte immer etwas Neues. Zwar hatte er kein Geld, aber wenn es ihm Spaß machte, leistete er sich »zügellose Ausgaben«. Eines Nachts war er so verschwenderisch, daß er hundert Francs für ein Souper mit einem Frauenzimmer hinauswarf, wobei er auf der Höhe der Orgie die denkwürdigen Worte formulierte: »Mädchen, da du mich fünf Louisdor kostest, zieh mir die Stiefel aus!« Langsam steuerte Bossuet auf seinen Advokatenberuf zu. Er studierte die Rechte, etwa wie Bahorel. Bossuet wohnte nur wenig, manchmal überhaupt nicht. Er wurde bald von dem einen, bald von dem anderen beherbergt, am häufigsten von Joly.

Joly studierte Medizin. Er war zwei Jahre jünger als Bossuet. Joly war der »eingebildete Kranke« in zartem Alter. Sein Gewinn durch die Medizin war, daß er mehr Patient war als Arzt. Mit dreiundzwanzig glaubte er, er sei kränklich, und verbrachte seine Tage, indem er in einem Spiegel seine Zunge besah. Er erklärte, der Mensch sei magnetisch wie eine Nadel. In seinem Zimmer stellte er sein Bett mit dem Kopfende nach Süden und dem Fußende nach Norden auf, damit nachts sein Blutkreislauf nicht in entgegengesetzter Richtung vor sich gehe, als der große magnetische Strom des Erdballs bedinge. Bei Gewittern betastete er seinen Puls. Übrigens war er der Heiterste von allen. Alle diese Widersprüche, daß er jung und verdreht war, schwächlich und vergnügt, hielten gute Nachbarschaft in ihm, und das Resultat war ein exzentrisches und angenehmes Wesen, das seine Kameraden, das beflügelte »l« vervierfachend, »Jolllly« nannten. Joly stieß gern mit dem Griff eines Spazierstocks gegen seine Nase, was einen lebhaften Geist verrät.

Aber diese so verschiedenen jungen Leute hatten dieselbe Religion: den Fortschritt. Alle stammten sie direkt von der Französischen Revolution ab. Die Leichtsinnigsten wurden feierlich, wenn sie die Jahreszahl 89 erwähnten. Ihre leiblichen Väter waren einst oder waren heute Feuillants, Royalisten, altliberale Doktrinäre. Das hatte wenig zu besagen. In ihren Adern floß das reine Blut der Prinzipien. Sie hatten sich ohne Kompromisse dem unbestechlichen Recht und der absoluten Pflicht verschworen. Als Bundesgenossen und Wissende dienten sie im geheimen dem werdenden Ideal.

Unter diesen leidenschaftlichen Herzen und überzeugten Geistern war ein einziger Skeptiker. Er hieß Grantaire und zeichnete gewöhnlich mit einem Rebus: R. »grand R« (großes R). Crantaire war ein Mann, der sich vor irgendwelchem Glauben hütete. Er zählte zu den Studenten, die während ihres Studiums in Paris am meisten gelernt hatten. Er wußte, daß es den besten Kaffee im Café Lemblin gab und das beste

Billard im Café Voltaire stand. Daß man gute Fladen und gute Mädchen in der Eremitage am Boulevard du Maine fand, Backhühnchen in der Pfanne bei Mutter Saguet, vortreffliche Fische mit pikanter Sauce an der Barrière de la Cunette und einen bestimmten Weißwein an der Barrière du Combat. Für alles wußte er die richtigen Quellen. Auch kannte er sich im Boxen mit den Beinen und in einigen Tänzen aus und war ein kundiger Stockfechter. Dazu ein gewaltiger Trinker. Er war maßlos häßlich. Die hübscheste Schuhstepperin jener Zeiten, Irma Boissy, hatte, empört über seine Häßlichkeit, die Sentenz geäußert: »Grantaire ist unmöglich.« Aber Grantaire in seiner geckenhaften Eitelkeit war nicht zu verblüffen. Er sah zärtlich und beharrlich alle Frauen an, und es schien, als sagte er ihnen: Wenn ich nur wollte! Und er suchte seinen Kameraden einzureden, daß er allgemein begehrt sei.

Alle diese Worte: Volksrechte, Menschenrechte, Gesellschaftsvertrag, Französische Revolution, Republik, Demokratie, Menschheit, Zivilisation, Religion, Fortschritt waren für Grantaire nahezu sinnlos. Er belächelte sie. Der Skeptizismus, die Zahnfäule der Intelligenz, hatte keine Idee in seinem Geist unversehrt gelassen. Er lebte mit Ironie. Sein Axiom war: »Nur eins ist sicher, daß mein Glas voll ist.« Er verspottete Hingabe bei allen Parteien, den Bruder wie den Vater, den jüngeren Robespierre wie Loizerolles. »Was haben sie davon, daß sie tot sind?« rief er. Vom Kruzifix sagte er: »Ein Galgen, der hinterher Glück gehabt hat.« Schürzenjäger, Spieler, Wüstling, oft betrunken, trällerte er zum Mißbehagen dieser jungen Grübler unaufhörlich: »Ich liebe die Mädchen, ich liebe den Wein«, nach der Melodie: Es lebe Heinrich IV.

Aber dieser Skeptiker frönte einem Fanatismus. Er galt weder einer Idee noch einem Dogma, weder einer Kunst noch einer Wissenschaft; er galt einem Menschen: Enjolras. Grantaire bewunderte, liebte und verehrte Enjolras. Wem gesellte dieser anarchistische Zweifler in dieser Phalanx absoluter Geister sich zu? Dem absolutesten. Wie unterjochte Enjolras ihn? Durch seine Ideen? Nein. Durch seinen Charakter.

Es ist das ein oft beobachtetes Phänomen. Ein Skeptiker, der einem Gläubigen anhängt, das ist so einfach wie das Gesetz der Komplementärfarben. Was uns fehlt, lockt uns an. Niemand liebt den Tag so wie der Blinde. Die Zwergin vergöttert den Tambourmajor. Die Kröte starrt immer nach dem Himmel. Warum? Um zu sehen, wie der Vogel fliegt.

Grantaire, in dem der Zweifel dahinkroch, liebte es, in Enjolrns den Glauben aufschweben zu sehen. Er bedurfte seiner. Ohne daß es ihm deutlich bewußt war oder er daran dachte, es sich selbst zu erklären, bestrickte ihn diese keusche, gesunde, straffe, aufrechte, harte, reine Natur. Er bewunderte aus dem Instinkt heraus seinen Gegenpart. Seine weichen, biegsamen, zerstückelten, kranken, verkümmerten Ideen klammerten sich an Enjolras, als hefteten sie sich an eine Wirbelsäule. Seine moralische Darre stützte sich auf diese Festigkeit. Grantaire wurde neben Enjolras wieder jemand.

Er war übrigens selbst aus zwei Elementen, die unvereinbar schienen, zusammengesetzt. Er war ironisch und herzlich. In seiner Gefühllosigkeit liebte er. Sein Geist entbehrte des Glaubens, sein Herz konnte der Freundschaft nicht entbehren. Ein krasser Widerspruch, denn Zuneigung ist bereits eine Überzeugung. Sein Wesen war so. Anscheinend werden Menschen geboren, um Rück-, Unter- oder Kehrseite zu sein. Sie sind Pollux, Patroklos, Nisus, Eudamidas, Hephästion und Pechméja. Sie leben nur unter der Bedingung, daß sie sich an einen anderen anlehnen können. Ihr Name ist eine Fortsetzung und wird stets mit dem Bindewort »und« davor geschrieben. Ihr Dasein gehört ihnen nicht, ist die andere Seite eines Schicksals, das nicht das ihre ist. Grantaire zählte zu jenen Menschen. Er war die Kehrseite von Enjolras.

Fast möchte man meinen, die Gemeinschaften beginnen mit dem Buchstaben des Alphabets. Von der Reihenfolge her sind O und P unzertrennlich. Man kann, wie es einem beliebt, O und P oder Orestes und Pylades sagen.

Ein wahrer Satellit von Enjolras, hauste Grantaire in diesem Kreis junger Leute. Er lebte völlig dort, nur unter ihnen konnte er sich aufhalten, und überallhin begleitete er sie.

Seine Freude war es, im Weindunst diese Silhouetten gehen und kommen zu sehen. Man duldete ihn, weil er gutmütig war. Enjolras, der Gläubige, mißachtete diesen Skeptiker und in seiner Nüchternheit diesen Trinker. Er bewilligte ihm nur ein wenig hoffärtiges Mitleid. Grantaire war ein verschmähter Pylades. Immer von Enjolras gescholten und zurückgestoßen, kehrte er immer wieder. »Welch schöner Marmor!« sagte er über Enjolras.

Bossuets Leichenrede auf Blondeau

Eines Nachmittags lehnte Laigle von Meaux träg an dem Pfosten der Tür des Café Musain. Er sah aus wie eine beurlaubte Karyatide, und nichts als seine Träume waren um ihn. Er blickte auf die Place Saint-Michel. Sich anzulehnen ist eine Art, im Stehen zu schlafen, die Träumern nicht verhaßt ist. Laigle von Meaux dachte ohne Melancholie an einen kleinen Unfall, der ihm vorgestern in der Rechtsfakultät widerfahren war und der seine allerdings recht verschwommenen Zukunftspläne ändern mußte.

Träumerei verhindert nicht, daß eine Kutsche vorüberrollt, und auch ein Träumer kann sie bemerken, Laigle von Meaux, dessen Augen in flüchtigem Streifen umherirrten, sah durch diesen Somnambulismus hindurch einen zweirädrigen Wagen, im Schritt und unentschieden zögernd, den Platz überqueren. Was wollte die Kutsche? Warum bewegte sie sich im Schritt? Laigle schaute hin. Neben dem Kutscher saß ein junger Mann, und vor dem jungen Mann lag ein ziemlich großer Nachtsack. Die Passanten sahen auf dem Nachtsack eine aufgenähte Karte, auf die in dicken schwarzen Buchstaben der Name Marius Pontmercy geschrieben war.

Dieser Name war schuld, daß Laigle eine andere Haltung annahm. Er richtete sich auf und sprach den jungen Mann in der Kutsche an: »Herr Marius Pontmercy!«

Die Kutsche stand still. Der junge Mann, der ebenso tief nachzusinnen schien, erhob die Augen.

»Nun?« fragte er.

»Sie sind der Herr Marius Pontmercy?«

»Gewiß.«

»Ich suchte Sie«, sagte Laigle von Meaux.

»Wieso?« fragte Marius. Er kam aus dem Haus seines Großvaters und hatte ein Gesicht vor sich, das er zum erstenmal sah. »Ich kenne Sie nicht.«

»Ich kenne Sie auch nicht«, erwiderte Laigle.

Marius glaubte an eine Begegnung mit einem Witzbold, der mitten auf der Straße eine Mystifikation einfädeln wolle. Es war ihm in dem Moment nicht nach Spaß zumute. Er runzelte die Brauen. Laigle von Meaux fuhr unerschütterlich fort: »Sie waren vorgestern nicht im Kolleg.«

»Wohl möglich.«

»Nein, sicherlich.«

»Sie sind Student?« fragte Marius.

»Ja, mein Herr. Wie Sie. Vorgestern bin ich ganz zufällig in die Schule eingetreten. Sie wissen, manchmal hat man so eine Idee. Der Professor war gerade beim Aufruf. Sie wissen, die können dabei sehr lächerlich sein. Wenn einer das drittemal durch Abwesenheit glänzt, wird er aus der Liste gestrichen. Sechzig Francs sind verratzt.«

Marius begann zuzuhören. »Blondeau rief auf«, fuhr Laigle fort. »Sie kennen Blondeau. Er hat eine sehr spitze, sehr boshafte Nase und wittert mit Wonne, die nicht da sind. Heimtückischerweise hat er mit dem Buchstaben P angefangen. Ich horchte gar nicht erst hin, der Buchstabe geht mich ja nichts an. Der Aufruf verlief nicht schlecht. Keiner gestrichen, alles war zugegen. Blondeau wurde traurig. Ich sagte mir: Blondeau, mein Liebchen, heute wird dir nicht die kleinste Hinrichtung glücken. Plötzlich ruft Blondeau: ›Marius Pontmercy!‹ Niemand antwortet. Hoffnungsvoll wiederholt Blondeau, nun lauter: ›Marius Pontmercy‹ Und er nimmt seine Feder. Mein Herr, ich bin ein Gemütsmensch. Rasch habe ich mir gesagt: Da soll ein braver Musensohn gestrichen werden. Aufgemerkt! Da ist ein lebendiger Junge, nicht sehr ordentlich. Kein guter Schüler, keiner mit einem Hintern von Blei, kein Student, der nichts tut als studieren, kein pedantischer Gelbschnabel, der Wissenschaft, der Literatur, der Theologie, der Weisheit beflissen, kein geschniegelter Dummkopf mit vier Nadeln an der Krawatte, einer Nadel für jede Fakultät. Sondern ein ehrbarer Faulenzer, der flaniert, der die Natur vor der Stadt gern hat und die Grisetten hätschelt, der den Schönen den Hof macht; und vielleicht ist er sogar eben bei seiner Geliebten. Retten wir ihn! Nieder mit Blondeau! In diesem Moment tunkte Blondeau seine von vielen Strichen geschwärzte Feder in die Tinte, ließ seine rötlichen Augen durch das Auditorium wandern und rief zum drittenmal: ›Marius Pontmercy!‹ Ich antwortete: ›Hier!‹ Und so sind Sie nicht gestrichen worden.«

»Mein Herr!« sagte Marius.

»Aber ich bin's«, fügte Laigle von Meaux hinzu.

»Das begreife ich nicht«, sagte Marius.

»Nichts einfacher«, erwiderte Laigle. »Ich stand nahe dem Katheder, um zu antworten, und nahe der Tür, um zu fliehen. Der Professor betrachtete mich mit Ausdauer. Plötzlich springt Blondeau, der die listige Nase haben muß, von der Boileau spricht, auf den Buchstaben L über. L ist mein Buchstabe. Ich bin aus Meaux und heiße Lesgle.«

»L'Aigle!« unterbrach Marius. »Welch schöner Name!«

»Mein Herr, Blondeau ist nun bei diesem schönen Namen und ruft ›Laigle!‹ Ich antworte: ›Hier!‹ Da sieht Blondeau mich mit dem sanften Blick des Tigers an, lächelt und sagt: ›Wenn Sie Pontmercy sind, sind Sie nicht Laigle.‹ Der Satz mag für Sie wenig erfreulich sein, aber unheilvoll war er nur für mich. Und alsbald streicht er meinen Namen.«

»Mein Herr, ich bin entsetzt«, rief Marius aus.

»Vor allem«, unterbrach ihn Laigle, »möchte ich Blondeau mit einigen Sätzen tiefempfundenen Lobes einbalsamieren. Ich behandle ihn als verstorben. Bei seiner Magerkeit, seiner Blässe, seiner Kälte, seiner Steifheit und seinem Geruch würde sich da nicht allzuviel ändern. Und ich spreche: *Erudimini qui judicatis terram.* Hier ruht Blondeau, Blondeau die Nase, *Blondeau Nasica,* der Ochse der Disziplin, *bos disciplinae,* der Molosserhund der Türwacht, der Erzengel des Aufrufs, der korrekt war, eckig, genau, starr, redlich und abscheulich. Gott hat ihn gestrichen, wie er mich gestrichen hat.«

»Ich bin trostlos!« rief Marius.

»Junger Mann«, sagte Laigle von Meaux, »das mag Ihnen als Lektion dienen. Seien Sie hinfort pünktlich.«

»Ich bitte Sie tausendmal um Entschuldigung.«

»Sorgen Sie, daß Sie nicht mehr gezwungen sind, Ihren Nächsten streichen zu lassen.«

»Ich bin verzweifelt ...«

Laigle lachte schallend. »Und ich entzückt. Ich war schon auf der schiefen Ebene zum Advokaten. Dieser Strich durch die Liste rettet mich. Ich verzichte auf die Triumphe der Advokatur. Ich werde die Witwen nicht verteidigen und den Waisen nicht schaden. Keine Toga mehr, keine Wartezeit. Ich habe meine Streichung. Und Ihnen verdanke ich sie, Herr Pontmercy. Ich würde Ihnen gern einen solennen Dankbesuch machen. Wo wohnen Sie?«

»In dieser Kutsche«, erwiderte Marius.

»Ein Zeichen von Wohlstand«, entgegnete Laigle ruhig. »Ich gratuliere Ihnen. Sie haben da eine Miete von jährlich neuntausend Francs zu zahlen.«

In dieser Sekunde kam Courfeyrac aus dem Café. Marius lächelte betrübt. »Ich habe vor zwei Stunden gemietet und möchte ausziehen. Aber damit steht es soso, ich weiß nicht, wo ich einziehen könnte.«

»Mein Herr«, sagte Courfeyrac, »folgen Sie mir!«

»Ich hätte das Vorrecht«, bemerkte Laigle, »aber ich habe kein Zuhause.«

»Schweig, Bossuet«. erwiderte Courfeyrac.

»Bossuet?« fragte Marius. »Ich dachte, Sie heißen Laigle.«

»Von Meaux«, antwortete Laigle. »Metaphorisch wird daraus Bossuet.«

Courfeyrac stieg in die Kutsche. »Das Hotel an der Porte Saint-Jacques!« rief er dem Kutscher zu.

Noch am Abend hatte Marius sich in einem Zimmer des Hotels an der Porte Saint-Jacques neben Courfeyrac eingerichtet.

Marius wundert sich

Nach wenigen Tagen war Marius der Freund Courfeyracs. Die Jugend ist die Jahreszeit, in der Verbindungen rasch geschlossen werden, als würden Metalle verleitet, und Wunden schnell vernarben. Bei Courfeyrac atmete Marius frei, was für ihn ziemlich neu war. Courfeyrac fragte ihn nicht aus, er dachte gar nicht daran. In diesem Alter sagen die Gesichtszüge von vornherein alles. Das Wort ist überflüssig. Von der Physiognomie manches jungen Menschen ließe sich behaupten, sie sei schwatzhaft. Man schaute sich an, und man kennt sich.

Eines Morgens jedoch warf Courfeyrac plötzlich die Frage hin: »Ja, richtig, haben Sie eine politische Meinung?«

»Sieh da«, sagte Marius, durch diese Frage gekränkt.

»Was sind Sie denn?«

»Demokrat und Bonapartist.«

»Also das Grau der Maus, die keine Angst vor der Katze mehr hat«, sagte Courfeyrac.

Am nächsten Tag führte er Marius im Café Musain ein. Dann raunte er ihm lächelnd ins Ohr: »Ich muß Ihnen Eintritt bei der Revolution verschaffen.« Und er nahm ihn in den Saal der Freunde des ABC mit. Er stellte ihn den anderen Kameraden vor und sprach mit gedämpfter Stimme das schlichte, von Marius nicht verstandene Wort: »Ein Schüler.«

Marius war in ein geistiges Wespennest geraten. Im übrigen war er, obwohl schweigsam und ernst, weder der Schwerfälligste noch der Wehrloseste unter ihnen. Bisher hatte er als Einsiedler gelebt und nach Gewohnheit und Geschmack dem Monolog und der Bemerkung beiseite, wie das auf der Bühne genannt wird, zugeneigt. So verschüchterte ihn dieser Schwarm junger Leute, der ihn umsummte, ein wenig. Alle diese verschiedenen Initiativen, die zugleich auf ihn eindrangen, zerrten ihn hin und her. Das stürmische Gewühl aller dieser in Freiheit arbeitenden Geister verstörte seine Gedanken. Mitunter entfernten sie sich in diesem Wirrwarr so weit von ihm, daß es ihm Mühe machte, sie wieder zusammenzufinden. Er hörte in unerwarteter Weise von Philosophie reden, von Literatur, Kunst, Geschichte, Religion. Er ahnte seltsame Ausblicke; und da er sie nicht in der Perspektive betrachten konnte, war ihm nicht gewiß, daß er nicht ein Chaos sehe. Als er die Meinung seines Großvaters gegen die seines Vaters eintauschte, hatte er geglaubt, festen Grund zu haben; und jetzt fürchtete er beunruhigt, und ohne daß er es sich zu bekennen wagte, daß dem nicht so sei. Der Winkel, unter dem er alle Dinge maß, begann sich wiederum zu verändern. Eine Schwingung des Pendels brachte alle Horizonte seines Gehirns ins Schwanken. Beinahe litt er unter dieser bizarren Unordnung seines Inneren.

Es schien, als gebe es für diese jungen Leute nichts Geheiligtes. Marius hörte über alles sonderbare Ausdrücke, die für seinen noch scheuen Geist ein Ärgernis waren. Ein Theaterplakat wurde ausgehängt, das mit dem Titel einer Tragödie des alten Repertoires, des klassischen, geschmückt war. »Nieder mit der Tragödie, die den Bourgeois teuer ist!« rief Bahorel. Und Marius hörte, wie Combeferre entgegnete: »Du irrst, Bahorel. Die Bourgeoisie liebt die Tragödie, und man muß ihr das Vergnügen lassen. Die Perückentragödie hat ihr Daseinsrecht, und ich zähle nicht zu denen, die es ihr im Namen des Äschylus abstreiten. In der Natur gibt es die ersten Entwürfe, Skizzen. Und so weist die Schöpfung auch viele fertige Parodien auf. Ein Schnabel, der kein Schnabel ist, Flügel, die keine Flügel sind, Schwimmblasen, die keine Schwimmblasen sind, Pfoten, die keine Pfoten sind, ein schmerzlicher Schrei, der zum Lachen zwingt: Das ist eine Ente. Da also das Geflügel neben dem Vogel existiert, sehe ich nicht, warum die klassische Tragödie nicht neben der antiken Tragödie existieren sollte.«

Oder der Zufall wollte es, daß Marius zwischen Enjolras und Courfeyrac durch die Rue Jean-Jacques Rousseau ging. Courfeyrac griff nach seinem Arm. »Hören Sie zu! Das ist die Rue Plâtière, heute Rue Jean-Jacques Rousseau genannt, wegen eines seltsamen Paares, das vor sechzig Jahren hier wohnte. Es waren Jean-Jacques und Thérèse. Von Zeit zu Zeit wurden ihnen kleine Wesen geboren. Thérèse war die Kindermutter, Jean-Jacques der Findelkinder.« Aber Enjolras schalt

Courfeyrac: »Schweige vor dem Bild von Jean-Jacques! Den Mann bewundere ich. Er hat seine Kinder verleugnet, mag sein; aber er hat das Volk adoptiert.«

Keiner der jungen Leute sprach das Wort aus: der Kaiser. Jean Prouvaire allein sagte bisweilen: Napoleon. Alle anderen sagten: Bonaparte. Und Enjolras: Buonaparte. Marius wunderte sich, ohne sich dessen ganz klar zu sein: *Initium sapientiae.*

Das Hinterzimmer im Café Musain

Eine der Unterhaltungen dieser jungen Leute, bei denen Marius zugegen war und an denen er sich hin und wieder beteiligte, war für ihn eine heftige Erschütterung. Der Schauplatz war das Hinterzimmer des Cafés Musain. Nahezu alle Freunde des ABC hatten sich an diesem Abend vereinigt. Die große Lampe war festlich angezündet. Man sprach von allem möglichen, ohne Hitze und geräuschvoll. Bis auf Enjolras und Marius, die schwiegen, redete jeder ein wenig zu den anderen, wie es eben kam. Manchmal sind Plaudereien zwischen Kameraden solche friedlichen Tumulte. Es war ein Spiel und ein Durcheinander nicht minder als ein Wortgefecht. Man überraschte sich mit Geistesblitzen und fing sie auf. In allen vier Ecken des Raumes wurde mit allen Waffen der Rhetorik gekämpft.

Keine Frau war in diesem Hinterzimmer zugelassen, ausgenommen Louison, die Geschirrwäscherin des Cafés, die ab und zu durchlief, um von ihrem Standort ins »Laboratorium« zu kommen. Grantaire, völlig betrunken, dröhnte in der Ecke, deren er sich bemächtigt hatte.

Mörderisch schrie er die Paradoxe seiner Unvernunft: »Ich habe einen Durst, Ihr Sterblichen! Mir träumte, das Heidelberger Faß sei schlagflüssig geworden und ich einer vom Dutzend der Blutegel, die man ansetzte, ihm den Wein abzuzapfen. Ich möchte trinken. Ich möchte das Leben vergessen. Das Leben ist eine scheußliche Erfindung von irgendeinem Kerl. Es hat keinen Bestand und taugt nichts. Wer lebt, bricht sich mit Notwendigkeit den Hals. Eine Bühnendekoration mit wenig Versatzstücken ist das Leben. Das Glück ist ein alter, nur oben bemalter Holzrahmen. Der Prediger sagt: Alles ist eitel. Ich denke wie der gute Mann, der vielleicht nie gelebt hat. Null wollte nicht splitternackt gehen und zog sich Eitelkeit über. O Eitelkeit! Alles wird mit großen Worten geflickt! Eine Küche ist ein Laboratorium, ein Tänzer ein Meister der Tanzkunst, ein Gaukler ein Akrobat, ein Boxer ein Faustkämpfer, ein Apotheker ein Pharmazeut, ein Perückenmacher ein Haarkünstler, ein Kalkeinrührer ein Baumeister, ein Jockei ein *sportsman* und eine Assel ein ›Kiemenatmer‹. Die Eitelkeit hat wie ein Stoff eine rechte und eine verkehrte Seite. Die rechte ist dumm, sie ist der Neger mit seinen Glasperlen: die verkehrte ist ebenso dumm, nämlich der Philosoph in Lumpen. Ich weine über diesen und lache über jenen. Was man Ehren und Würden nennt, ist gemeinhin nur Goldkalk, gemischt aus Kupfer und Zink. Die Könige spielen mit dem menschlichen Stolz. Caligula machte ein Pferd zum Konsul, Karl II. einen Ochsenbraten zum Ritter. Spreizt euch jetzt also zwischen dem Konsul Incitatus und dem Baronet Roastbeef. Und auch dem inneren Wert der Menschen gebührt keine Schätzung mehr. Hört, welchen Panegyrikus der Nachbar auf den Nachbarn anstimmt! Weiß in Weiß ist grausam, und wenn die Lilie reden könnte, wie würde sie die Taube zurichten! Eine Heuchlerin, die über eine Andächtige klatscht, ist giftiger als Nattern und Vipern. Schade, daß ich ungebildet bin, ich würde massenhaft zitieren; jedoch ich weiß nichts. Geist aber habe ich immer gehabt. Als ich Schüler bei Gros war, habe ich, statt kleine Gemälde zu klecksen, zum Zeitvertreib Äpfel stibitzt. Soviel von mir. Aber ihr seid auch nicht besser. Ich pfeife auf eure Vollkommenheit, eure hervorragenden Qualitäten. Jede gute Eigenschaft geht in eine schlechte über. Der Sparsame wird zum Geizhals, der Freigebige zum Verschwender, der Tapfere zum Prahlhans. Wer sehr gottesfürchtig daherredet, ist vom Muckertum nicht weit entfernt. In der Tugend sind Laster wie die Löcher im Mantel des Diogenes. Wen bewundert ihr, den, der getötet wird, oder den, der tötet, Cäsar oder Brutus? Meist ist man für den Töter. Es lebe Brutus! Er hat getötet. So ist es mit der Tugend. Tugend? Meinetwegen, aber auch Tollheit. Die großen Männer haben seltsame Makel. Der Brutus, der Cäsar tötete, hatte sich in einen kleinen Jungen aus Marmor verliebt. Die Statue stammte von dem griechischen Bildhauer Strongylion, der auch der Amazone Eucnemos, was schönes Bein heißt, Gestalt gegeben hatte, und die führte wieder Nero auf seinen Reisen bei sich. Dieser Strongylion hinterließ nur zwei Plastiken, über die sich jedoch Brutus und Nero einig waren. Brutus liebte die eine und Nero die andere. Die ganze Geschichte ist nichts als ein langes Wiederkäuen. Ein Jahrhundert plagiiert das vorige. Die Schlacht bei Marengo ist eine Kopie der Schlacht bei Pydna. Das Tolbiacum Chlodwigs und das Austerlitz Napoleons gleichen sich wie zwei Tropfen Blut. Ich mache mir nicht viel aus dem Sieg durch Gewalt. Er ist stupid; der wahre Ruhm ist der Sieg durch Überredung. Aber versucht, irgend etwas zu beweisen! Ihr begnügt euch mit Erfolg, wie mittelmäßig! Und mit Eroberungen, wie kläglich! Ach, überall sehen wir Eitelkeit und Feigheit.

Alles gehorcht dem Erfolg, sogar die Grammatik. *Si volet usus,* sagt Horaz. Ich verachte die Gattung Mensch. Lassen wir uns vom Ganzen zum Teil herab? Wollt ihr, daß ich die Völker bewundere? Welches Volk, bitte? Etwa Griechenland? Die Athener, diese Pariser von einst, töteten Phokion, ihren Coligny, und katzbuckelten vor den Tyrannen so sehr, daß Anakephor über Peisistratos sagte: ›Sein Urin lockt die Bienen an.‹ Fünfzig Jahre lang galt als der angesehenste Mann in Griechenland jener Gelehrte Philitas, der so klein und so schmächtig war, daß er seine Schuhe mit Blei beschweren mußte, um nicht vom Wind weggeweht zu werden. In Korinth stand auf dem größten Platz eine von Silanion gegossene und von Plinius katalogisierte Statue. Sie stellte Episthat dar. Was hat Episthat getan? Er hat das Beinstellen erfunden. Dies faßt Griechenland und den Ruhm zusammen. Gehen wir zu den anderen über. Soll ich England bewundern? Oder Frankreich? Wegen Paris? Ich habe euch ja eben meine Meinung über Athen gesagt. Warum England? Wegen London? Ich hasse Karthago. Und London, die Metropole des Luxus, ist der Hauptort des Elends. Allein in der Pfarrgemeinde von Charing-Cross sterben jährlich fast hundert Menschen vor Hunger. Das ist Albion. Ich füge hinzu, was der Gipfel ist, daß ich eine Engländerin gesehen habe, die mit einem Kränzchen von Rosen und einer blauen Brille tanzte. Also grunzen wir auf England! Wenn ich John Bull nicht bewundere, soll ich den Bruder Jonathan bewundern? Ich mag diesen brüderlichen Sklavenhändler nicht. Außer: *time is money*, was bleibt von England? Außer: *cotton is king*, was bleibt von Amerika? Deutschland ist die Lymphe, Italien die Galle. Sollen wir von Rußland entzückt sein? Voltaire bewunderte es. Er bewunderte auch China. Ich gebe zu, daß Rußland seine Schönheit hat, darunter einen starken Despotismus: aber ich beklage die Despoten. Sie haben eine zarte Gesundheit. Ein Alexis enthauptet, ein Peter erdolcht, ein Paul erdrosselt, ein anderer Paul mit den Fersen von Stiefeln niedergestampft, mehrere Iwans erwürgt, mehrere Niklasse und Basiliusse vergiftet, das alles zeigt, daß der Palast der Kaiser von Rußland eine flagrant ungesunde Luft hat. Alle zivilisierten Völker bieten der Bewunderung des Denkers eine Einzelheit, den Krieg. Aber der Krieg, der zivilisierte Krieg, erschöpft und totalisiert alle Formen des Banditentums, von der Räuberei der spanischen Trabuccoschützen in den Schluchten des Jaxagebirges bis zu den Streifzügen der Comanchen-Indianer an den Pässen in ihrem Hinterhalt. Bah! werdet ihr mir sagen, Europa ist doch besser als Asien! Ich gebe zu, daß Asien besonders spaßig ist. Aber was spottet ihr über den großen Lama, ihr westlichen Völker, die ihr mit euren Moden und eurer Eleganz allerhand majestätische Schmutzereien verquickt habt, vom gelben Hemd der Königin Isabella bis zum Nachtstuhl des Dauphins! Meine Herren Menschen, ich sage euch: ja prosit! In Brüssel wird am meisten Bier konsumiert, in Stockholm am meisten Branntwein, in Madrid am meisten Schokolade, in Amsterdam am meisten Genever, in London am meisten Wein, in Konstantinopel am meisten Kaffee, in Paris am meisten Absinth; das sind alle die Kenntnisse, die von Nutzen sind. Paris ist im ganzen am üppigsten. In Paris sind sogar die Lumpensammler Sybariten. Diogenes wäre ebensogern Lumpensammler an der Place Maubert gewesen wie Philosoph am Piräus. Erfahret noch dieses: Die Lokale der Lumpensammler nennen sich Gluckglucks; die berühmtesten sind die Kasserolle und das Schlachthaus. Oh, ihr ländlichen Schenken, ihr Kneipen zum Schmausen und Schlemmen, ihr Heurigenwirtshäuser, ihr Stampen, ihr Künstlerwinkel, ihr Budiken, ihr Tanzböden, ihr Zinktische, ihr Trinkbüfetts, ihr Karawansereien der Kalifen, ich rufe euch zu Zeugen auf, ich bin ein Genießer, ich speise bei Richard zu vierzig Sous pro Person, aber ich brauchte Perserteppiche, um sie über die nackte Kleopatra zu wälzen. Wo ist Kleopatra? Ach, du bist's, Louison? Guten Abend.«

So verströmte Grantaire, mehr als bezecht, im Hinterraum des Cafés Musain Worte und Worte und klammerte sich, wenn sie vorüberkam, an die Geschirrwäscherin.

Bossuet streckte die Hand nach ihm aus und bemühte sich, ihn zum Schweigen zu bringen. Aber ohne sich hemmen zu lassen, fuhr Grantaire fort: »Adler von Meaux, nimm die Klauen herunter! Du imponierst mir nicht mit deiner Geste des Hippokrates, der den Tand des Artaxerxes ablehnt. Ich enthebe dich der Sorge, mich zu beruhigen. Im übrigen bin ich traurig. Was soll ich euch sagen? Der Mensch ist schlecht, der Mensch hat eine Mißgestalt. Der Schmetterling ist geglückt, der Mensch ist verpfuscht. Dieses Tier ist Gott nicht gelungen. Eine Menschenmasse ist eine Auswahl von Häßlichkeiten. Der erste beste ist jammervoll. Ich habe einen Spleen und dazu Melancholie, Nostalgie, Hypochondrie, und ich bin zornig und wütend und gähne und langweile mich zu Tode und fluche: Gott soll sich zum Teufel scheren!«

»Schweige, großes R!« unterbrach ihn Bossuet, der, in die Kulissen sprechend, eine Rechtsfrage erörterte und bis über den halben Leib in eine Phrase des gerichtlichen Argots verwickelt war, deren letzte Worte lauteten: »Und was mich angeht, obwohl ich kaum Gesetzeskundiger bin und höchstens Staatsanwalt aus Liebhaberei, behaupte ich dieses: daß nach den Bestimmungen des Gewohnheitsrechts der Normandie am Michaelistag und alljährlich ein Ausgleich gezahlt werden soll zum Nutzen des Herrn, vorbehaltlich anderen Rechts, durch alle und jeglichen, Eigentümer sowohl wie von Erbschaft Ausgepfändete, und zwar für alle Erbzinsgüter, Pachten, Freigüter, Kron- und Kammergüterverträge, Pfandbriefe und Pfandverschreibungen …«

»Ihr Echos, seufzende Nymphen«, trällerte Grantaire.

Ihm nahe ließen an einem Tisch, an dem es fast stumm zuging, ein Blatt Papier, ein Tintenfaß und eine Feder zwischen zwei Likörgläsern erkennen, daß man ein Vaudeville entwarf. Dieses wichtige Geschäft wurde mit leiser Stimme verhandelt, und die Köpfe der Arbeitenden berührten sich. »Zuerst wollen wir die Namen finden. Hat man die Namen, findet man den Stoff.«

»Stimmt. Also diktiere! Ich schreibe.«

»Herr Dorimon.«

»Rentier?«

» Zweifellos. «

»Seine Tochter Celestine.«

»…tine. Und dann?«

»Oberst Sainval.«

»Sainval war schon oft da. Ich schlage vor: Valsin.«

Neben den werdenden Vaudevillisten befaßte sich eine andere Gruppe, die so wie sie das Hallo zum Vorwand nahm, um leise zu reden, mit einem Duell. Ein Alter, ein Dreißigjähriger, beriet einen Jungen, einen Achtzehnjährigen, und setzte ihn auseinander, mit welchem Gegner er es zu tun habe. »Zum Teufel, seien Sie auf der Hut. Er führt eine gute Klinge. Er ficht tadellos. Er greift an, ohne verlorene Finten, er hat eine feste Hand, ist feurig, er blitzt, ist sicher in der Parade und im mathematisch errechneten Gegenstoß, verdammt! Und er ist Linkshänder.«

In der Ecke, die der von Grantaire am fernsten war, spielten Joly und Bahorel Domino und sprachen von Liebe. »Du bist glücklich«, sagte Joly. »Du hast eine Freundin, die immer lacht.«

»Das ist dann ein Fehler von ihr«, antwortete Bahorel. »Eine Geliebte soll nicht lachen. Das macht einem nur Mut, sie zu betrügen. Wenn man sieht, daß sie lustig ist, hat man keine Gewissensbisse. Sieht man, daß sie Kummer hat, bereut man.«

»Undankbarer! Das ist so gut, wenn eine Frau lacht. Und nie streitet ihr euch!«

»Das liegt an dem Vertrag, den wir geschlossen haben. Als wir unsere kleine Heilige Allianz eingingen, haben wir gegenseitig unsere Grenze festgesetzt, die wir nie überschreiten. Was nach Kuß hin liegt, gehört zum Kanton Waadt, das nach Blähungen hin, zu Gex. Daher der Frieden!«

»Der Friede ist das Glück im Verdauen.«

»Und du, Joly, wie weit ist dein Zank mit der Mamsell gediehen, du weißt schon, welche ich meine?«

»Sie schmollt mit grausamer Geduld.«

»Und dabei bist du vor Liebe rührend mager.«

»Ach ja!«

»An deiner Stelle würde ich sie laufenlassen.«

»Das ist leicht gesagt.«

»Und getan. Nennt sie sich nicht Musichetta?«

» Ja. Ach, Bahorel, sie ist ein prachtvolles Mädchen, literarisch sehr gebildet, kleine Füße, kleine Hände, gut gekleidet, weißhäutig, voll, mit Augen wie eine Kartenleserin. Ich bin verrückt nach ihr.«

»Mein Lieber, dann mußt du ihr gefallen, elegant sein und dich in den Knien wiegen. Kaufe dir bei Staub eine feine Buckskinhose! Das macht was daher.«

»Wieviel soll sie kosten, die Hose?« rief Grantaire.

Die dritte Ecke war die Beute einer poetischen Diskussion geworden. Die heidnische Mythologie schlug sich mit der christlichen. Es handelte sich um den Olymp, für den Jean Prouvaire, eben aus Romantik, Partei nahm. Jean Prouvaire legte nur, wenn er ruhig war, Schüchternheit an den Tag. War er einmal erregt, wurde er ausfallend, eine Art von Heiterkeit verstärkte seinen Enthusiasmus, und er war zugleich vergnügt und lyrisch.

»Schmähen wir die Götter nicht«, sagte er. »Die Götter sind vielleicht nicht aus der Welt entschwunden. Jupiter ist, scheint es, nicht tot. Die Götter sind Träume, sagt ihr. Nun, auch in der Natur, wie sie heute ist, nach der Flucht dieser

Träume, findet man alle großen alten, heidnischen Mythen wieder. Mancher Berg mit dem Umriß einer Burg, der Vignemale zum Beispiel, ist für mich noch der Kamm der Cybele. Für mich ist nicht erwiesen, daß Pan nicht nachts in den hohlen Rumpf der Weiden bläst, indem er die Löcher nach und nach mit den Fingern verstopft; und immer habe ich geglaubt, daß Jo etwas mit dem Wassersturz der Pissevache zu tun hat.«

In der letzten Ecke sprach man von Politik. Man schimpfte über die oktroyierte Verfassung, die Charte. Sie wurde von Combeferre schlaff verteidigt, von Courfeyrac energisch zerfetzt. Auf dem Tisch lag ein unseliges Exemplar der berüchtigten Charte Touquet. Courfeyrac hatte es ergriffen und schüttelte es, so daß er seine Argumente und das knisternde Geräusch des Blattes Papier durcheinandermischte. »Erstens«, sagte er, »will ich keine Könige, und sei es auch nur unter dem ökonomischen Gesichtspunkt. Ich will sie nicht. Ein König ist ein Schmarotzer. Einen König hat man nicht gratis. Hört, wie teuer die Könige sind! Beim Tode Franz I. belief sich die Staatsschuld in Frankreich auf dreißigtausend Pfund. Beim Tode Ludwigs XIV. betrug sie zwei Milliarden sechshundert Millionen zu achtundzwanzig Pfund die Mark, was nach Desmarets 1760 vier Milliarden fünfhundert Millionen gleichkam und heute zwölf Milliarden entsprechen würde. Zweitens, Combeferre möge es nicht verübeln, ist eine oktroyierte Verfassung ein schlechtes Mittel der Zivilisation. Der Zweck sei, den Übergang zu sichern, den Wechsel zu mildern, den Stoß abzuschwächen, die Nation durch verfassungsrechtliche Fiktionen unmerklich von der Monarchie zur Demokratie hinüberzuleiten: Das alles sind verabscheuungswerte Begründungen. Nein, nein, nie können wir das Volk so aufklären! In eurem Verfassungskeller welken und erblassen die Prinzipien. Keine Entartung, keine Kompromisse! Keine königlichen Bewilligungen dem Volk! In allen diesen Bewilligungen gibt es einen Artikel 14. Neben der gebenden Hand ist die Pranke, die wieder entzieht. Ich lehne eure Verfassung glatt ab. Die Verfassung ist eine Maske, Lüge verbirgt sich unter ihr. Ein Volk, das auf diese Verfassung eingeht, dankt ab. Das Recht ist Recht nur in seiner Ganzheit. Nein, weg mit der Verfassung!«

Es war Winter; zwei Scheite prasselten im Kamin. Das war verführerisch, und Courfeyrac widersetzte sich der Versuchung nicht. Er zerknitterte in seiner Faust die arme Charte von Touquet und schleuderte sie in die Glut. Das Papier ging in Flammen auf. Philosophisch sah Combeferre das Meisterwerk Ludwigs XVIII. brennen. »Die Charte in Feuer verwandelt«, sagte er nur.

Und die Sarkasmen, die Witze, die Quodlibets, der französische Spott, den man Munterkeit nennt, der englische, den man Humor nennt, guter und schlechter Geschmack, gute und schlechte Gedanken, die zündenden Raketen des Dialogs, die allenthalben aufstiegen und sich kreuzten, erzeugten über den Köpfen etwas wie ein fröhliches Geknatter.

Erweiterung des Horizonts

Der Zusammenprall junger Geister ist wunderbar, da sich nie voraussehen läßt, wann der Funke sprüht. Wird der Blitz jetzt hervorbrechen? Man weiß es nicht. Aus der Rührung springt Gelächter auf. Eben noch närrisch, schlägt die Stimmung in Feierlichkeit um. Irgendein Wort von ungefähr gesagt, entscheidet über Triebkräfte. Der lebendige Schwung jedes einzelnen ist selbstherrlich. Irgendwelche Possenreißerei genügt, dem Unerwarteten freie Bahn zu schaffen. Schroffe Wendungen der Debatte ergeben eine völlig andere Perspektive. Der Zufall ist der Maschinist dieser Gespräche.

Ein ernster Gedanke, der bizarr der Wortflut entstieg, drang jählings durch das Phrasengeklingel, in dem Grantaire, Bahorel, Prouvaire, Bossuet, Combeferre und Courfeyrac sich maßen. Wie kommt es, daß ein Satz aus dem Dialog sich heraushebt und von selbst in der Aufmerksamkeit der Hörer unterstrichen wird? Inmitten des Getümmels beendete Bossuet eine Ansprache an Combeferre mit der Nennung eines Datums: »18. Juni 1815, Waterloo.«

Auf das Wort »Waterloo« hin nahm Marius, der sich neben

einem Glas Wasser auf einen Tisch stützte, seine Hand unter seinem Kinn weg und begann die Versammlung zu fixieren.

»Bei Gott«, rief Courfeyrac, »die Zahl achtzehn ist seltsam, sie überrascht mich. Sie ist für Bonaparte verhängnisvoll. Setzt Ludwig vor sie und Brumaire hinter sie, dann habt ihr das ganze Schicksal des Mannes, mit der Besonderheit, daß der Ausgang dicht vor dem Anfang steht.«

Enjolras, der bis dahin stumm gewesen war, trat aus seinem Schweigen heraus und sagte zu Courfeyrac: »Du meinst, die Sühne dicht vor dem Verbrechen.«

Das Wort »Verbrechen« war mehr, als Marius ertragen konnte. Schon die plötzliche Heraufbeschwörung von Waterloo hatte ihn sehr erregt. Er verließ den Tisch und schritt langsam auf die an der Wand befestigte Karte von Frankreich zu. Am unteren Rand sah man in einem Abschnitt für sich eine Insel. Er legte seinen Finger auf diesen Abschnitt und sagte: »Korsika. Diese kleine Insel hat Frankreich sehr groß gemacht.«

Ein eisiger Hauch wehte. Keiner sprach mehr. Man fühlte, daß etwas herannahte.

Bahorel, der sich mit Bossuet stritt, wollte gerade zu einer Statuenhaltung übergehen, die er liebte. Er verzichtete darauf und lauschte. Enjolras, dessen blaue Augen auf niemandem hafteten und ins Leere zu blicken schienen, erwiderte, ohne Marius anzusehen: »Frankreich braucht kein Korsika, um groß zu sein. Frankreich ist groß, weil es Frankreich ist. *Quia nominor leo.*«

Marius war nicht gesonnen zurückzuweichen. Er wandte sich Enjolras zu, und seine Stimme hatte einen nachzitternden Klang, der vom Erbeben seines Innersten kam: »Gott behüte, daß ich Frankreich verkleinerte! Aber es ist keine Verkleinerung, wenn ich Napoleon mit ihm verschmelze. So reden wir doch darüber! Ich bin ein Neuling unter euch, aber ich sage euch offen, daß ich über euch staune. Wo stehen wir? Wer sind wir? Wer seid ihr? Wer bin ich? Setzen wir uns über den Kaiser auseinander! Ich höre euch Buonaparte sagen, und ihr betont das ›u‹ wie die Royalisten. Ich kann euch mitteilen, daß mein Großvater euch noch überboten hat. Er hat Buonaparté gesagt. Ich dachte, ihr seid junge Männer. Worauf richtet ihr dann euren Enthusiasmus? Was tut ihr mit ihm? Wen bewundert ihr, wenn ihr den Kaiser nicht bewundert? Was verlangt ihr noch mehr? Wenn ihr diesen großen Mann nicht wollt, mit welchen großen Männern seid ihr zufrieden? Er hatte alles. Er war ganz. Er hatte in seinem Hirn den Kubus der menschlichen Fähigkeiten. Er schuf Gesetzbücher wie Justinian, er diktierte wie Cäsar, in seiner Plauderei vereinigte sich der schnelle Blitz Pascals mit dem Gewitterdröhnen des Tacitus, er machte Geschichte und schrieb sie, seine Bulletins sind Iliaden, er verband die bildlose Zahl Newtons mit der Metapher des Mohammed, er ließ hinter sich im Orient Worte zurück, die groß sind wie die Pyramiden. In Tilsit lehrte er die Kaiser, was Majestät ist, in der Akademie der Wissenschaften entgegnete er Laplace, im Staatsrat mit gleicher Geistesschärfe Merlin. Seele gab er der Geometrie der einen und der Paragraphenweisheit der anderen, er war rechtskundig mit Staatsanwälten und sternenkundig mit Astronomen. Wie Cromwell eine von zwei Kerzen ausblies, ging er in den Temple und feilschte mit einem Trödler um eine Vorhangquaste. Er sah alles, er wußte alles, was ihn nicht hinderte, an der Wiege seines kleinen Kindes behaglich zu lachen. Und plötzlich horchte Europa verstört auf. Armeen marschierten, Artillerieparks rollten, Schiffsbrücken dehnten sich über Flüsse hinweg, im Orkan galoppierten die Wolken der Kavallerie, überall Schreie und Trompetengeschmetter, naher Einsturz der Throne. Die Grenzen der Königreiche auf der Karte schwankten. Man hörte das Klirren eines übermenschlichen Schwertes, das aus der Scheide fuhr, man sah ihn, den Kaiser, aufrecht am Horizont, ein Flammen in der Hand, ein Leuchten in den Augen, und im Donnergetöse entfaltete er seine beiden Flügel, die große Armee und die alte Garde, und war der Erzengel des Krieges!«

Alle schwiegen, und Enjolras senkte den Kopf. Schweigen wirkt stets wie ein Nachgeben der Partei, die sich zurückgedrängt sieht. Marius sprach, ohne Atem zu schöpfen, in noch wachsendem Enthusiasmus weiter: »Seien wir gerecht,

Freunde! Das Kaiserreich eines solchen Kaisers zu sein, welch glanzvolles Schicksal für ein Volk, wenn dieses Volk Frankreich ist und sein Genie mit dem Genie des Mannes zusammentrifft! Erscheinen und herrschen, marschieren und triumphieren, in alle Hauptstädte als Etappenorte einziehen, seine Grenadiere zu Königen erheben, den Fall von Dynastien beschließen, Europa im Sturmschritt verwandeln! Ihr fühlt, daß, wenn ihr droht, eure Hand am Degenknopf Gottes liegt. In diesem einzigen Mann folgt ihr Hannibal, Cäsar und Karl dem Großen. Ihr seid das Volk eines, der mit jedem neuen Tag die strahlende Ankündigung einer gewonnenen Schlacht euch schenkt. Die Kanonen des Invalidenhauses entreißen euch Morgen für Morgen dem Schlummer. In Abgründe von Licht wirft er Worte voller Wunder, die ewig schimmern, Marengo, Austerlitz, Arcole, Wagram und Jena. In jedem Augenblick läßt er am Zenit Jahrhunderte von Siegeskonstellationen erstehen. Das französische Reich wird durch ihn eine Wiederholung des römischen Reiches. Ihr seid die große Nation und gebärt die große Armee. Über die Erde fliegen seine Legionen, wie ein Berg überallhin seine Adler entsendet. Siegen, gebieten, zermalmen, in Europa ein Volk sein, das von Ruhm wie vergoldet ist, durch die Geschichte eine Fanfare von Titanen ertönen lassen, zweimal die Welt erobern, durch die Eroberung und durch Blendung: Das ist erhaben. Was kann größer sein?«

»Frei zu sein«, sagte Combeferre.

Nun senkte Marius den Kopf. Dieses einfache, kalte Wort hatte wie eine stählerne Klinge das episch ausströmende Bekenntnis seines Glaubens durchschnitten, und er empfand, wie es sich verflüchtigte. Als er emporblickte, war Combeferre nicht mehr da. Voll Genugtuung, so schien es, über seine Erwiderung auf die Apotheose hatte er sich entfernt und mit ihm alle bis auf Enjolras. Der Saal war leer. Enjolras, der mit Marius allein blieb, sah ihn ernst an. Marius jedoch, der seine Ideen wieder ein wenig ordnete, hielt sich nicht für geschlagen. Noch lebte in ihm ein Aufruhr, den er zweifellos in Reihen von Syllogismen, um Enjolras zu überzeugen, zu formen im Begriff war.

Da hörte er mit einemmal jemanden singen, der draußen über die Treppe ging. Es war Combeferre, und er sang:

»Gäb Cäsar mir den Siegerstab
und seinen Wagen, blank von Erze,
und spräche er dafür mir ab
der Mutter liebend Herze,
den großen Cäsar bäte ich:
Den Stab, den Wagen nimm für dich
und lasse mir mein Plätzchen,
juchhe! bei … meiner Mutter!«

Das zärtliche Ungestüm, mit dem Combeferre dieses Couplet sang, lieh ihm eine seltsame Größe. Marius fragte, in Gedanken zur Decke schauend, fast mechanisch: »Meine Mutter?«

In diesem Moment fühlte er auf seiner Schulter die Hand von Enjolras. »Bürger«, sagte er, »meine Mutter ist die Republik.«

Res angusta

Dieser Abend ließ in Marius eine tiefe Verwirrung zurück, eine dunkle Traurigkeit. Er glich wohl der Erde in dem Augenblick, in dem man sie mit dem Eisen umwühlt, um das Saatkorn des Getreides in sie auszuschütten. Sie fühlt nur die Wunde; das Zucken des Keimes und die Freude der Frucht kommen erst später.

Marius war verfinstert. Er hatte kaum einen Glauben errungen; sollte er ihm schon wieder untreu werden? Er selbst bestätigte sich, daß er keinen Grund dazu habe. Er erklärte sich, daß er nicht zweifeln wolle, und begann widerstrebend zu zweifeln. Zwischen zwei Religionen zu hängen, der einen, die man noch nicht abgelegt hat, und der anderen, in die man noch nicht eingetreten ist, das ist bedrückend. Nur den Fledermaus-Seelen sagt eine solche Dämmerung zu. Marius hatte einen freien Blick und bedurfte wahren Lichtes. Das Zwielicht des Zweifels schmerzte ihn. So sehr er auch begehrte zu bleiben, wo er war, und sich dort zu halten, er war dem unüberwindlichen Zwang untertan, fortzuschreiten, zu prüfen, nachzudenken, beim Vormarsch zu beharren. Wohin führte er ihn? Eine Furcht war in ihm, nachdem er so sich seinem Vater genähert hatte, sich ihm jetzt wieder zu entfremden. Je mehr er grübelte, desto mehr quälte er sich. Um ihn her wurde der Boden immer abschüssiger. Er konnte weder mit seinem Großvater zusammengehen noch mit seinen Freunden. Dem einen schien er toll, rückständig den anderen. Zwiefach war er vereinsamt, gegenüber dem Alter und der Jugend. Seine Besuche im Café Musain stellte er ein.

In dieser Unruhe seines Gewissens übersah er, an ernste Fragen der täglichen Existenz zu denken, an die Wirklichkeiten des Lebens, die vergessen zu wollen unmöglich ist. Jählings stieß er mit ihnen zusammen.

Eines Morgens kam der Besitzer des Hotels in sein Zimmer und sagte: »Herr Courfeyrac hat für Sie gebürgt.«

»Ja.«

»Aber ich brauche Celd.«

»Bitten Sie Herrn Courfeyrac hierher«, sagte Marius.

Als Courfeyrac da war, ließ der Hotelwirt sie allein. Marius erzählte ihm, was er ihm bisher nicht anvertraut hatte, daß er so gut wie allein stehe und keine Familie habe.

»Was soll mit Ihnen werden?« fragte Courfeyrac.

»Ich weiß nicht«, sagte Marius.

»Was wollen Sie tun?«

»Ich weiß nicht.«

»Haben Sie Geld?«

»Fünfzehn Francs.«

»Soll ich Ihnen etwas borgen?«

»Nein, niemals.«

»Haben Sie Kleider?«

»Hier.«

»Haben Sie Wertgegenstände?«

»Eine Uhr.«

»Von Silber?«

»Von Gold. Da ist sie.«

»Ich kenne einen Althändler, der Ihnen Ihren Rock und eine Hose abnehmen wird.«

»Gut.«

»Dann bleiben Ihnen nur eine Hose, eine Weste, ein Hut und ein Frack.«

»Und meine Schuhe.«

»Was? Sie werden nicht barfuß gehen? So eine Üppigkeit!«

»Mir genügt es.«

»Ich kenne einen Uhrmacher, der Ihre Uhr kaufen wird.«

»Gut.«

»Nein, gut ist das nicht. Was werden Sie dann tun?«

»Was sein muß. Jedenfalls was der Anstand erfordert.«

»Verstehen Sie Englisch?«

»Nein.«

»Verstehen Sie Deutsch?«

»Nein.«

»Schlimm.«

»Warum?«

»Ein mir befreundeter Verleger gibt eine Art Enzyklopädie heraus, für die hätten Sie deutsche oder englische Artikel übersetzen können. Wird schlecht bezahlt, aber man kann davon leben.«

»Ich werde Englisch und Deutsch lernen.«

»Und inzwischen?«

»Inzwischen werde ich meine Kleider und meine Uhr verzehren.«

Sie bestellten den Althändler. Er kaufte die getragenen Sachen für zwanzig Francs. Sie gingen zu dem Uhrmacher. Er kaufte die Uhr für fünfundvierzig Francs. »Nicht übel«, sagte Marius zu Courfeyrac, als sie wieder im Hotel waren, »mit meinen fünfzehn Francs sind das achtzig.«

»Und die Hotelrechnung?« erinnerte Courfeyrac.

»Ach, die habe ich vergessen«, sagte Marius.

Der Hotelier übergab seine Rechnung, die sofort bezahlt werden mußte. Sie belief sich auf siebzig Francs. »Ich habe noch zehn Francs«, sagte Marius.

»Zum Teufel«, sagte Courfeyrac, »Sie werden fünf Francs verzehren, indes Sie Englisch lernen, und fünf Francs, indes

Sie Deutsch lernen. Das heißt, Sie müssen sehr rasch mit einer Sprache fertig werden oder sehr langsam mit einem Fünffrancstück.«

Währenddessen hatte die Tante Gillenormand, die an sich bei betrüblichen Gelegenheiten recht gutherzig war, die Wohnung von Marius aufgespürt. Als Marius eines Morgens von der Fakultät in das Hotel zurückkehrte, fand er einen Brief seiner Tante vor und sechzig Pistolen in einer versiegelten Schachtel, also sechshundert Francs in Gold.

Marius schickte die dreißig Louis wieder an seine Tante mit einem respektvollen Brief, worin er behauptete, er habe hinreichende Existenzmittel und könne hinfort für alle seine Bedürfnisse aufkommen. In diesem Moment hatte er noch drei Francs.

Die Tante verständigte den Großvater von dieser Weigerung nicht, da sie fürchtete, sie werde ihn vollends erbittern. Hatte er im übrigen nicht gesagt: »Sprechen Sie mir nicht mehr von diesem Blutsäufer!«?

Marius verließ das Hotel an der Porte Saint-Jacques, um sich nicht dort noch größere Schulden aufzuladen.

FÜNFTES BUCH

DIE VORTREFFLICHKEIT DES UNGLÜCKS

Marius in Not

Das Leben faßte Marius mit Strenge an. Seine Kleider und seine Uhr verzehren war nichts. Er verzehrte sich selbst; oder wie das Volk sagt, er war von der schwarzen Kuh getreten. Ein solches grauenhaftes Ungemach bedeutete Tage ohne Brot, Nächte ohne Schlaf, Abende ohne Kerzen, einen Ofen ohne Feuer, Wochen ohne Arbeit, eine Zukunft ohne Hoffnung, einen am Ellbogen zerschlissenen Rock, einen alten Hut, über den die jungen Mädchen lachen. Man findet abends seine Tür verschlossen, weil man seine Miete nicht zahlt. Dazu die Unverschämtheit des Portiers und des Speisewirts, der Lohn der Nachbarn, Demütigungen, Beleidigungen menschlicher Würde, die Übernahme irgendwelcher Fron, Ekel, Bitternis, Trostlosigkeit. Marius lernte, wie man all das hinunterschluckt und wie das oft die einzigen Dinge sind, die man zu schlucken hat. In der Zeit des Lebens, in der ein junger Mann sich sehnt, stolz sein zu können, weil er sich nach Liebe sehnt, fühlte er sich verspottet, weil er schlecht gekleidet war, und lächerlich ob seiner Armut. In dem Alter, wo die Jugend das Herz von Hoheit schwellen läßt, schlug er mehr als einmal die Augen nieder und sah auf seine durchlöcherten Schuhe, und er wurde mit der ungerechten Schande und dem beklemmenden Erröten des Elends bekannt.

In dieser bewundernswerten und schrecklichen Probe erliegen die Schwachen der Infamie, die Starken gehen sieghaft daraus hervor. In diesen Tiegel schleudert das Schicksal einen

Mann, sooft es ihn zu einem Schurken machen will oder zu einem Halbgott.

Denn viele große Geschehnisse vollziehen sich in kleinen Kämpfen. Es gibt eine hartnäckige, verborgene Tapferkeit, die sich im Dunkel Schritt für Schritt gegen das vom Unheil gewollte Vordringen schimpflicher Nötigung verteidigt. Edle, geheime Triumphe, die kein Auge erblickt, kein Ruhm lohnt und kein Trompetengeschmetter begrüßt. Das Leben, das Unglück, Vereinsamung, Verlassenheit, Dürftigkeit sind Schlachtfelder, die ihre Helden haben; Helden im Schatten, die zuweilen größer sind als die umjubelten. Gefestigte, seltene Naturen sind so entstanden. Das Elend, das immer eine Stiefmutter ist, ist manchmal Mutter. Die Entbehrung erzeugt Macht der Seele und des Geistes. Die Armut ist die Amme des Stolzes. Das Unglück ist eine gute Milch für die Großgesinnten.

Im Leben Marius' kam eine Zeit, in der er die Steine seines Treppenabsatzes fegte, wo er bei der Viktualienhändlerin für einen Sou Briekäse kaufte, wo er harrte, bis die Dämmerung sank, um sich bei dem Bäcker einzuschleichen und dort ein Brot zu erstehen, das er verstohlen wie ein Dieb in seine Mansarde hinauftrug. Mitunter sah man ihn zum Fleischer an der Ecke schlüpfen, zwischen die grinsenden Köchinnen, die ihn schubsten; einen linkischen jungen Menschen, der unter dem Arm Bücher schleppte, mit scheuer und wütender Miene, der, wenn er eintrat, von seiner Stirn, an der Schweiß perlte, seinen Hut abnahm, sich vor der erstaunten Fleischersfrau tief verbeugte, dann vor dem Fleischerburschen, und um ein Hammelkotelett bat, sechs oder sieben Sous zahlte, es in Papier wickelte, unter den Arm schob, zwischen zwei Bücher, und fortging. Das war Marius. Von diesem Kotelett, das er selbst briet, lebte er drei Tage. Am ersten aß er das Fleisch, am zweiten das Fett, am dritten nagte er den Knochen ab.

Mehrfach unternahm die Tante Gillenormand neue Versuche und sandte ihm die sechzig Pistolen. Marius schickte sie stets zurück, indem er erklärte, er brauche nichts.

Er betrauerte noch seinen Vater, als die Umwälzung in ihm wirksam wurde. Seitdem hatte er die schwarze Kleidung nicht abgelegt. Aber nun verließ seine Kleidung ihn. Eines Tages hatte er keinen Rock mehr. Die Hose war noch möglich. Was tun? Courfeyrac, dem er hin und wieder Freundschaftsdienste geleistet hatte, schenkte ihm einen alten Frack. Marius ließ ihn für dreißig Sous von irgendeinem Portier wenden, und so war es ein neuer Frack. Aber er war grün. Seitdem ging Marius nur nach der Abenddämmerung aus. So wurde sein Frack schwarz. Da er noch immer Trauer tragen wollte, bekleidete er sich mit Nacht.

In all dieser Mühsal wurde er Advokat. Er hatte der Fakultätsbehörde angegeben, daß er Courfeyracs Zimmer bewohne, das geziemend aussah und in dem eine gewisse Zahl von juristischen Schmökern, durch zerfledderte Romanbände gehalten und ergänzt, die nach dem Studienreglement pflichtmäßige Bibliothek vortäuschte. Er ließ sich seine Post an die Adresse von Courfeyrac schicken.

Als er Advokat war, benachrichtigte er davon seinen Großvater durch einen kalten, aber von Ehrerbietung und Achtung durchdrungenen Brief. Herr Gillenormand nahm ihn zitternd, las ihn, riß ihn in vier Stücke und warf ihn in den Korb. Zwei oder drei Tage später hörte Fräulein Gillenormand ihren Vater, der in seinem Zimmer allein war, laut sprechen. Das passierte, sooft er sehr aufgeregt war. Sie horchte.

Der Greis sagte: »Wärest du nicht ein Dummkopf, dann wüßtest du, daß man nicht zugleich Baron und Advokat sein kann.«

Marius verarmt

Es ist mit dem Elend wie mit allem. Es wird nach und nach erträglich. Es nimmt eine Form an, eine gewisse Ordnung. Man vegetiert, das heißt man entwickelt sich kärglich, aber so, daß man sein Leben knapp fristet. Die Existenz von Marius Pontmercy hatte sich so eingerichtet, daß er aus der größten Enge heraus war und der schmale Weg vor ihm sich ein wenig verbreiterte. Durch Anstrengung, Mut, Ausdauer und Willenskraft war es ihm gelungen, als Ergebnis seiner

Arbeit jährlich etwa siebenhundert Francs zu verdienen. Er hatte Deutsch und Englisch gelernt. Dank Courfeyrac, der ihn mit seinem Freund, dem Verleger, bekannt gemacht hatte, füllte er in dessen Buchvertrieb die bescheidene Rolle eines Mädchens für alles aus. Er schrieb Prospekte, übersetzte aus Zeitungen, versah wissenschaftliche Werke mit Anmerkungen, kompilierte Biographien und ähnliches. Ob das Jahr gut oder schlecht war, siebenhundert Francs netto erzielte er. Er konnte leben, leidlich leben. Und wie lebte er?

In der Bruchbude, dem Hause Gorbeau, hatte er, gegen eine Jahresmiete von dreißig Francs, ein Loch ohne Kamin inne, das als Kabinett galt und an Mobiliar nur das Unentbehrliche aufwies. Die Möbel gehörten ihm. Er gab drei Francs monatlich der alten Hauptmieterin, damit sie das Loch reinigte und ihm jeden Morgen etwas warmes Wasser brachte, ein frisches Ei und ein Brot für einen Sou. Dieses Brot und dieses Ei waren sein Frühstück. Es kostete ihn zwischen zwei und vier Sous, je nachdem, ob die Eier teuer oder wohlfeil waren. Um sechs Uhr abends ging er in die Rue Saint-Jacques hinunter, um bei Rousseau zu essen, gegenüber Basset, dem Kupferstichhändler an der Ecke der Rue des Mathurins. Suppe aß er nicht. Er nahm ein Fleischgericht zu sechs Sous, einen halben Gemüseteller zu drei Sous und einen Nachtisch zu drei Sous. Für drei Sous Brot nach Belieben. Den Wein ersetzte er durch Wasser. Wenn er an der Kasse bezahlte, an der Frau Rousseau majestätisch prangte, damals noch fett und appetitlich, spendete er dem Kellner einen Sou, und Frau Rousseau spendete ihm ein Lächeln. Alsdann ging er. Für sechzehn Sous genoß er ein Lächeln und ein Diner. Dieses Restaurant Rousseau, in dem so wenig Flaschen und so viele Karaffen geleert wurden, war ein Ort der Beruhigung noch mehr als ein Restaurant. Der Chef hatte einen schönen Beinamen; man nannte ihn den Wasser-Rousseau.

Also Frühstück zu vier Sous, Diner zu sechzehn Sous: Seine Ernährung kostete ihn zwanzig Sous pro Tag, macht dreihundertundfünfundsechzig Francs pro Jahr. Dazu die dreißig Francs Miete und die sechsunddreißig Francs für die Alte und außerdem einige Nebenausgaben. Für vierhundertundfünfzig Francs hatte Marius Nahrung, Wohnung und Bedienung. Seine Kleidung kostete ihn hundert Francs, seine Wäsche fünfzig Francs, die Wäscherin fünfzig Francs. Im ganzen verbrauchte er nicht über sechshundertundfünfzig Francs. Es blieben ihm fünfzig. Er war reich. Ab und zu lieh er einem Freund zehn Francs. Einmal hatte Courfeyrac sechzig Francs als Darlehen von ihm erhalten. Die Heizung hatte Marius, da in dem Raum kein Kamin war, »vereinfacht«.

Er besaß immer zwei vollständige Anzüge, den einen alt, »für alle Tage«, den anderen ganz neu, »für besser«. Beide waren schwarz. Er hatte nur drei Hemden, eins, das er auf dem Leibe trug, ein zweites in der Kommode, das dritte bei der Wäscherin. Er erneuerte sie, je nachdem sie sich abnutzten. Meist waren sie zerrissen, und so knöpfte er seinen Rock bis zum Kinn zu.

Daß Marius sich bis zu dieser blühenden Situation aufschwang, hatte Jahre erfordert. Rauhe Jahre, schwierig teils zu durchmessen, teils zu erklimmen. Marius war nicht einen einzigen Tag gestrauchelt. Er hatte jeden materiellen Verzicht auf sich genommen und sich alles aufgebürdet, nur Schulden nicht. Er konnte sich Rechenschaft erstatten, daß er niemandem jemals auch nur einen Sou geschuldet hatte. Für ihn war eine Schuld der Beginn von Versklavung. Er sagte sogar, ein Gläubiger sei schlimmer als ein Herr; denn ein Herr besitze nur die Person des Abhängigen, ein Gläubiger dessen menschliche Würde und könne sie ohrfeigen. Ehe er Geld entlieh, aß er nicht. Für ihn waren viele Tage Fasttage gewesen.

Er merkte, daß sich alle Extreme berühren, daß, wenn man nicht darauf achtet, fehlender Reichtum zu seelischer Gemeinheit führen kann, und so wachte er eifersüchtig über seinen Stolz. Die und die Formel oder der und der Schritt, in jeder anderen Lage nichts als achtungsvolle Ehrerbietung, schien ihm eine Plattheit, und er wies sich zurecht. Nichts setzte er aufs Spiel, da er nicht nachgeben wollte. So etwas wie strenge Röte lag auf seinem Gesicht. Er war schüchtern bis zur Härte.

In allen Prüfungen hatte er sich von einer heimlichen Kraft, die er in sich trug, ermutigt und beseelt gefühlt. Die

Seele hilft dem Leib und richtet ihn in gewissen Augenblicken auf. Sie ist der einzige Vogel, der seinen Käfig erträgt.

Neben dem Namen seines Vaters war ein anderer dem Herzen von Marius eingeprägt, der Name Thénardier. In seiner enthusiastischen, ernsten Art umgab er mit einer Aureole den Mann, dem er das Leben seines Vaters zu verdanken wähnte, dem unerschrockenen Sergeanten, der den Obersten inmitten des Geschützfeuers und Flintengeknatters bei Waterloo gerettet hatte. Nie trennte er die Erinnerung an diesen Mann von der Erinnerung an seinen Vater, und in seiner Verehrung gesellte er sie zueinander. Es war ein Kult in zwei Stufen, der große Altar für den Obersten, der kleine für Thénardier. Verdoppelt wurde seine rührende Erkenntlichkeit durch den Gedanken an das Mißgeschick, dem, wie er jetzt wußte, Thénardier verfallen war, das ihn verschlungen hatte. Marius hatte in Montfermeil von dem Ruin und dem Bankrott des unglücklichen Herbergswirts erfahren. Seitdem hatte er sich mit unerhörtem Eifer abgeplagt, um seiner Spur habhaft zu werden und zu ihm hindurchzufinden, in den düsteren Abgrund der Not, in dem Thénardier verschwunden war. Marius war überall in der Gegend umhergewandert. Er war nach Chelles, nach Bondy, nach Gournay, nach Nogent, nach Lagny gereist. Drei Jahre lang hatte er sich darin verbissen und für diese Forschungen die paar Francs ausgegeben, die er ersparte. Niemand hatte über irgendwelche Nachricht von Thénardier verfügt. Man dachte, er sei ins Ausland gezogen. Auch seine Gläubiger hatten ihn gesucht, mit geringerer Liebe als Marius, aber ebenso verbissen wie er, und hatten ihn nicht zu ergreifen vermocht. Marius klagte sich an und zürnte sich fast, daß seine Fahndung erfolglos war. Dies war die einzige Schuld, die sein Vater ihm hinterlassen hatte, und sie zu zahlen schien Marius ein Gebot der Ehre. Wie, so hielt er sich vor, als mein Vater sterbend auf dem Schlachtfeld lag, hat er, Thénardier ihn zwischen Rauch und Eisenhagel aufgestöbert und sich auf die Schulter gepackt, und doch war er ihm nichts schuldig, und ich, der ich Thénardier soviel schulde, ich kann ihn nicht aus diesem Schattendunkel holen, in dem er mit dem Tod kämpft, und ihn meinerseits dem Leben wiedergeben! Oh, finden werde ich ihn. Um das vollbringen zu können, hätte Marius einen seiner Arme geopfert und, um ihm aus dem Elend herauszuhelfen, all sein Blut. Thénardier sehen, etwas für ihn tun, ihm sagen: Sie kennen mich nicht, aber ich kenne Sie, hier bin ich! Was wünschen Sie sich? war für Marius der größte und herrlichste Traum.

Marius gereift

Damals war Marius zwanzigjährig. Vor drei Jahren hatte er seinen Großvater verlassen. Herr Gillenormand und sein Enkel lebten in unverändertem Zerwürfnis, ohne daß sie sich je auszusöhnen und wiederzusehen suchten. Wozu denn sich wiedersehen? Um sich neuerdings zu verfeinden? Wer wäre bei diesem Zusammenstoß zersprungen? Marius war ein ehernes Gefäß, aber Vater Gillenormand der Eisentopf.

Marius hatte sich über das Herz seines Großpapas getäuscht. Er hatte sich eingebildet, daß Herr Gillenormand ihn nie geliebt habe und dieser mit Worten geizende, harte, lachende Biedermann, der fluchte, schrie, tobte und seinen Spazierstock erhob, widme ihm höchstens die zugleich oberflächliche und strenge Zuneigung der Alten in der Komödie. Marius täuschte sich. Manche Väter lieben ihre Söhne nicht; aber es gibt keinen Großvater, der nicht für seinen Enkel schwärmt. Eigentlich vergötterte Herr Gillenormand Marius. Er vergötterte ihn auf seine Weise, mit einer Begleitmusik von Püffen in die Rippen und sogar Backpfeifen. Aber jetzt, da das Kind fort war, fühlte er sein Herz finster und leer. Er verbot, von ihm zu sprechen, und bedauerte im stillen, daß man ihm so gut gehorchte. In der ersten Zeit hoffte er, dieser Bonapartist, dieser Jakobiner, dieser Terrorist, dieser Septembermörder werde wiederkommen. Aber die Wochen verrannen, die Monate, die Jahre. Zur großen Verzweiflung des Herrn Gillenormand erschien der Blutsäufer nicht mehr. Aber ich hatte doch keine Wahl, sagte sich der Großvater, ich mußte ihn aus dem Hause jagen; und er fragte sich: Könnte ich von vorne anfangen, täte ich es nochmals? Sein Hochmut bejahte alsbald, jedoch sein alter Kopf, den er schweigend schüttelte, sagte traurig nein. Er hatte Stunden des Grams, Marius fehlte ihm. Greise bedürfen der Zuneigung wie der Sonne. Sie ist Wärme. So robust auch seine Natur war, die Abwesenheit von Marius hatte ihn anders werden lassen. Um nichts in der Welt hätte er dem »kleinen Schlingel« einen Schritt entgegengehen wollen; aber er litt. Er fragte nie nach dem Enkel und dachte stets an ihn. Er lebte, mehr und mehr zurückgezogen, im Marais. Noch war er wie einst heiter, aber in seiner Heiterkeit war eine verkrampfte Härte, als verhehle sie Schmerz und Zorn, und seine gewaltsamen Launen endeten immer mit einer sanften und düsteren Niedergeschlagenheit. Bisweilen sagte er: »Oh, wenn er wiederkäme, dem gäbe ich eine tüchtige Ohrfeige!«

Die Tante dachte zu wenig nach, um viel zu lieben. Marius war für sie nur noch eine schwarze, verschwommene Silhouette; und allmählich hatte sie gelernt, sich weit weniger für ihn zu interessieren als für ihre Katze und den Papagei, den sie vermutlich noch besaß.

Das geheime Leiden des Vaters Gillenormand wurde dadurch vertieft, daß er es ganz in sich verschloß und nichts davon erraten ließ. Sein Kummer glich den unlängst erfundenen Riesenöfen, die ihren Rauch selbst vertilgen. Mitunter sprachen beflissene, lästige Leute zu ihm von Marius und fragten ihn: »Was ist mit Ihrem Herrn Enkel?« Der alte Großvater antwortete seufzend, wenn er traurig war, oder indem er mit dem Finger gegen seine Manschette schnippte, wenn er heiter erscheinen wollte: »Der Herr Baron Pontmercy anwaltet in irgendeinem Winkel.«

Indes der Alte bedauerte, zollte Marius sich Beifall. Wie alle guten Herzen hatte er sich im Unglück der Bitterkeit entäußert. Zwar dachte er ohne Groll an Herrn Gillenormand; aber er bestand darauf, nichts mehr von dem annehmen zu wollen, der seinen Vater »ungebührlich behandelt« habe. Das war jetzt die gemilderte Kundgabe seiner früheren Empörung. Auch beglückte ihn, daß er gelitten hatte und noch litt. Es geschah für seinen Vater. Die Härte seines Lebens befriedigte ihn und sagte ihm zu. Mit einer Art von Freude vergegenwärtigte er sich, das sei »das wenigste«, es sei eine Buße. Schwerer würde er später für seine ruchlose Gleichgültigkeit seinem Vater und einem solchen Vater gegenüber gestraft worden sein. Es hätte eine Ungerechtigkeit dargestellt, hätte sein Vater alles Leid ertragen und er nichts. Und was seien seine Mühen und Entbehrungen, verglichen mit dem Heldenleben des Obersten? Das einzige Mittel für ihn, sich seinem Vater anzunähern und ihm ebenbürtig zu werden, sei, sich im Kampf gegen die Not zu bewähren, wie der Vater tapfer war im Kampf gegen den Feind. Das habe der Oberst zweifellos mit den Worten gemeint: »Wird seiner würdig sein.«

Noch immer hütete Marius dieses Vermächtnis, nicht an seiner Brust, da die Handschrift des Obersten verschwunden war, aber in seinem Herzen.

An dem Tag, an dem sein Großvater ihn verjagt hatte, war er noch ein Kind. Nun war er ein Mann. Er fühlte es.

Das Elend, wir beharren dabei, hatte ihm gut getan. Armut in der Jugend, wenn sie ihren Zweck erreicht, hat das Großartige an sich, daß sie die ganze Willenskraft auf Streben und die ganze Seele auf Sehnen und Trachten ausrichtet. Die Armut legt sogleich das materielle Leben bloß und macht es häßlich, daher der unbeschreibliche Drang zum idealen Leben. Der reiche Jüngling hat hundert herrliche und profane Zerstreuungen, die Pferderennen, die Jagd, die Hunde, den Tabak, das Spiel, das gute Essen und alles übrige – Beschäftigungen der niederen Seiten der Seele auf Kosten der vornehmen und feinfühligen Seiten. Der arme Jüngling müht sich um sein Brot. Er ißt, und wenn er gegessen hat, bleibt ihm nur noch die Träumerei. Für umsonst sieht er sich die Schauspiele an, die Gott veranstaltet. Er schaut sich den Himmel an, den Raum, die Gestirne, die Blumen, die Kinder, die Menschheit, in der er leidet, und die Schöpfung, in der er wirkt. Die Menschheit beobachtet er so eingehend, daß er der Seele ansichtig wird, die Schöpfung betrachtet er so lange, bis er Gott sieht. Er träumt und fühlt sich groß. Er träumt weiter und spürt, wie ein zärtliches Gefühl ihn überkommt. Vom Egoismus des leidenden Menschen gelangt er zur Anteilnahme des nachdenkenden Menschen. Etwas Wunderbares regt sich in ihm, die Selbstverleugnung und das Mitleid mit allen. Er denkt an die zahllosen Genüsse, die die Natur den aufgeschlossenen Seelen bietet, die sie ihnen schenkt, mit denen sie sie überhäuft, aber die sie den verschlossenen Seelen verweigert, und so beklagt er, der Millionär des Verstandes, schließlich die Millionäre des Geldes. Der Haß weicht um so mehr aus seinem Herzen, je heller es in seinem Geiste wird. Ist er in anderer Beziehung unglücklich? Nein. Das Elend eines Jünglings ist nie erbärmlich. So arm er auch sein mag, stets wird der erste beste junge Bursche mit seiner Gesundheit, seiner Kraft, seinem lebhaften Gang, seinen blitzenden Augen, seinem heiß pulsierenden Blut, seinem schwarzen Haar, seinen frischen Wangen, seinen rosigen Lippen, seinen weißen Zähnen und seinem reinen Atem den Neid eines alten Kaisers erwecken. Außerdem macht er sich alle Morgen auf, seinen Lebensunterhalt zu erwerben; und während seine Hände Brot verdienen, gewinnt seine Wirbelsäule an Kraft, wird sein Hirn gedankenreicher. Ist sein Tagewerk beendet, kehrt er zu den unsäglichen Verzückungen, zu den Betrachtungen und Freuden zurück. Mit den Füßen steht er im Unglück, sie stoßen auf Hindernisse, sind müde vom Pflaster, verfangen sich in Dornen und versinken bisweilen im Schlamm, doch mit dem Kopf lebt er im Licht. Er ist stark, heiter, sanft, friedfertig, aufmerksam, aufrichig, genügsam, freundlich und dankt Gott dafür, daß er ihm die beiden Schätze, die sehr viele Reiche nicht besitzen, geschenkt hat: die Arbeit, die ihn frei macht, und das Denken, das ihm Würde verleiht.

Dies alles hatte sich in Marius abgespielt. Er hatte sich etwas zuviel der Betrachtung zugewendet. Seit dem Tag, an dem er es zuwege gebracht hatte, einen einigermaßen gesicherten Lebensunterhalt zu verdienen, war er stehengeblieben, fand es gut, arm zu sein, und schränkte die Arbeit ein, um die gewonnene Zeit dem Denken zu widmen. Das heißt, er brachte mitunter ganze Tage mit Träumen hin, gleich einem Visionär in die stillen Wonnen der Ekstase, des innerlichen Leuchtens versunken und sich darin verschwendend.

So war das Problem seines Lebens, wie er es sich nun zurechtlegte: sich möglichst wenig der Berufsarbeit hingeben, um möglichst viel für die ideale Arbeit frei zu sein, mit anderen Worten, ein paar Stunden dem wirklichen Leben zu widmen und den Rest ins Unendliche stecken. Er achtete nicht darauf, daß, wenn er glaubte, nichts mangele ihm, die Betrachtung nach und nach eine Form der Trägheit werden mußte, daß er sich damit begnügt hatte, nur dem gröbsten Mangel abzuhelfen, und daß er so zu bald rastete. Für seine energische und großgestimmte Veranlagung konnte dies nur ein Übergang sein; beim ersten Konflikt mit den unvermeidlichen Verstrickungen des Schicksals würde Marius erwachen. Inzwischen war er zwar Advokat, und wie auch der Vater Gillenormand darüber dachte, er übernahm keine Prozesse, er »anwaltete« nicht einmal. Die Träumerei hatte ihn von seinem Amt, Plädoyers zu sprechen, abgewandt. Die älteren Kollegen aufzusuchen, im Advokatenstand tätig zu sein, sich um Prozesse zu bewerben, verdroß ihn. Warum sollte er? Er sah keinen Grund, seine bisherige Beschäftigung mit dieser zu vertauschen. Dieser obskure Buchvertrieb sicherte ihm die Einkünfte, die er erstrebte, durch seine Arbeit, die ihn nicht ermüdete und die ihm genügte.

Einer seiner Buchhändler, an die er lieferte, Herr Magimel, hatte ihm angeboten, ihn zu sich zu nehmen, ihm ein gutes Quartier einzuräumen, ihm regelmäßige Aufträge zu erteilen und ihm fünfzehnhundert Francs jährlich zu geben. Ein gutes Quartier! Fünfzehnhundert Francs! Gewiß. Aber seiner Freiheit entsagen, ein Lohnarbeiter sein! Eine Art literarischer Kommis! Nach Meinung von Marius verbesserte sich, wenn er einwilligte, seine Position, aber sie verschlechterte sich auch. Er gewann an materiellen Gütern, indes er an Würde verlor. Ein Unglück, daß als Ganzes schön war, verwandelte sich in einen häßlichen und lächerlichen Zwang. Es war, als werde aus einem Blinden ein Einäugiger. Er lehnte ab.

Marius lebte wie ein Klausner. In seinem Hang, sich aus allem herauszuhalten, und auch weil man ihn allzusehr abgeschreckt hatte, war er in die von Enjolras geleitete Gruppe nicht eingetreten. Es blieb bei guter Kameradschaft. Man war bereit, sich gegenseitig von Fall zu Fall jede Hilfe angedeihen zu lassen; aber nicht mehr. Marius hatte zwei Freunde, einen jungen, Courfeyrac, und einen alten, Herrn Mabeuf. Er bevorzugte den alten. Ihm dankte er die innere Umwälzung; er dankte ihm, daß er seinen Vater erkannt und liebengelernt hatte. »Er hat mir den grauen Star wegoperiert«, sagte er.

Ohne Zweifel war dieser Kirchenvorsteher entscheidend gewesen. Und dennoch griff er nur als der ruhige und unbewegte Bote der Vorsehung ein. Er hatte Marius von ungefähr und ohne es zu wissen erleuchtet, wie es eine Kerze tut, die gebracht wird. Er war die Kerze und nicht ihr Pilger. Den politischen Umschwung in Marius war Herr Mabeuf völlig unfähig zu verstehen, zu wollen und zu beeinflussen.

Da wir Herrn Mabeuf noch mehrmals begegnen werden, sind ein paar Worte über ihn nicht fehl am Platz.

Herr Mabeuf

An dem Tag, an dem Herr Mabeuf zu Marius sagte, er billige politische Meinungen, sprach er den wahren Zustand seines Geistes aus. Ihn ließen politische Anschauungen gleichgültig, und allen stimmte er bei, wenn sie ihn nur nicht behelligten, wie die Griechen die Furien »die schönen, die guten, die reizenden« nannten, die »Eumeniden«. Herrn Mabeufs politisches Kredo war, daß er leidenschaftlich die Pflanzen liebte und vor allem die Bücher. Er war wie alle Menschen durch eine Endung mit »ist« zu klassifizieren, ohne die in jener Zeit niemand hätte leben können, aber er war weder Royalist noch Bonapartist, weder Chartist noch Orléanist, noch Monarchist; er war Bouquinist.

Er begriff nicht, daß die Menschen über Hirngespinste wie Charte, Demokratie, Legitimität, Monarchie, Republik gehässig streiten mochten, wenn es auf der Welt alle Arten von Moosen gab, von Gräsern und Stauden, die sie betrachten, und Haufen von Bänden in Folio und sogar in Zweiunddreißigstel-Format, in denen sie blättern konnten. Er war sehr auf der Hut vor Müßiggang. Der Besitz von Büchern hinderte ihn nicht zu lesen; daß er Botaniker war, hinderte ihn nicht, Gärtner zu sein. Als er Pontmercy kennenlernte, beruhte die Sympathie zwischen dem Obersten und ihm darauf, daß er, was der Oberst für Blumen tat, für Früchte tat. Es war Herrn Mabeuf gelungen, Birnen zu züchten, die so saftig waren wie die von Saint-Germain. Einer seiner Züchtungen verdankt man, so scheint es, die Oktobermirabelle, die heute berühmt ist und die nicht weniger duftet als die Sommermirabelle. Er besuchte die Messe mehr aus Sanftmut als aus Frömmigkeit. Auch liebte er Menschengesichter, verabscheute jedoch den Lärm, und nur in der Kirche fand er Menschen in Stille vereinigt. Da sein Gefühl ihm sagte, er müsse irgendwie am Staate teilnehmen, hatte er das Amt eines Kirchenvorstehers gewählt. Im übrigen habe er nie eine Frau so geliebt wie eine Tulpenzwiebel oder einen Mann so wie ein von den Elzevirs gedrucktes Buch. Er hatte seit langem das sechzigste Jahr hinter sich, als ihn eines Tages jemand fragte: »Haben Sie denn nie geheiratet?« – »Ich habe es vergessen«, sagte er. Wenn er mitunter äußerte (und bei wem kommt das nicht vor?): »Oh, wenn ich reich wäre!«, so schaute er durch seine Lorgnette nicht, wie der Vater Gillenormand, ein junges Mädchen an, sondern einen wertvollen Schmöker. Er lebte allein mit einer bejahrten Haushälterin. Ihn plagte die Handgicht, und wenn er schlief, klammerten sich seine vom Rheuma steifen Finger in die Falten seines Bettuchs. Er hatte eine »Flora der Umgebung von Cauteretz« verfaßt und veröffentlicht, mit kolorierten Tafeln, ein sehr geschätztes Werk, dessen Kupferplatten sein Eigentum waren und das er selbst verkaufte. Des öfteren wurde deshalb in der Rue Mézières bei ihm geläutet. Er gewann so gut zweitausend Francs im Jahr; das waren beinahe seine ganzen Einkünfte. Trotz seiner Armut hatte er sich mit Geduld, Entsagung und Zeitaufwand eine kostbare Sammlung seltener Bücher aller Gattungen anlegen können. Nie ging er anders aus als mit einem Buch unter dem Arm, und oft kam er mit zwei zurück. Der einzige Schmuck der vier Zimmer im Erdgeschoß, die mit einem kleinen Garten seine Wohnung bildeten, waren eingerahmte Herbarien und Stiche alter Meister. Vom Anblick eines Säbels oder eines Gewehrs wurde ihm kalt. In seinem Leben hatte er sich keiner Kanone genähert, auch nicht der vor dem Invalidenhaus. Er hatte einen ziemlich gesunden Magen, einen Bruder, der Pfarrer war, schneeweißes Haar, keine Zähne, weder im Mund noch im Geist, zitterte an allen Gliedern, hatte den pikardischen Akzent, ein kindliches Lachen, erschrak leicht, und sein Profil ähnelte dem eines alten Hammels. Durch vertraute Freundschaft war ihm unter den Lebenden nur ein alter Buchhändler an der Porte Saint-Jacques namens Royol verbunden. Sein Traum war, das Indigo in Frankreich zu naturalisieren.

Auch seine Bedienerin stellte eine Art Unschuld dar. Das arme, gute alte Weib war Jungfrau. Sultan, ihr Kater, der fähig gewesen wäre, in der Sixtinischen Kapelle das Miserere von Allegri zu miauen, hatte ihr Herz ausgefüllt und genügte für das Maß an Leidenschaft, das sich in ihr regte. Keiner ihrer Träume hatte sich an den Mann herangewagt. Nie war sie über ihren Kater hinausgekommen. Sie hatte wie er einen Schnurrbart. Ihr Ruhm war die fleckenlose Weiße ihrer Hauben. Am Sonntag nach der Messe verbrachte sie ihre Zeit damit, daß sie ihre Wäsche in ihrem Koffer zählte und Kleiderstoffe auf ihrem Bett ausbreitete, die sie kaufte und niemals verarbeiten ließ. Sie konnte lesen. Herr Mabeuf hatte ihr den Spitznamen Mutter Plutarch gegeben.

Er hatte Marius gern, weil er, jung und sanft, sein Alter wärmte, ohne ihn in seiner Schüchternheit aufzustören. Sanfte Jugend wirkt auf Greise wie Sonne ohne Wind. Als Marius von militärischer Glorie, von Schießpulver, von Märschen und Gegenmärschen und all den fabelhaften Schlachten gesättigt war, in denen sein Vater so ungestüme Säbelhiebe gegeben und empfangen hatte, suchte er Herrn Mabeuf auf, und er erzählte ihm von dem Helden und seinen Beziehungen zu Blumen.

Gegen 1830 starb sein Bruder, der Pfarrer, und alsbald war, wie wenn die Nacht hereinbricht, der ganze Horizont für Herrn Mabeuf verdüstert. Ein Konkurs – der eines Notars – beraubte ihn einer Summe von zehntausend Francs, die alles war, was er von seinem Bruder und sich aus besaß. Die Julirevolution rief eine Krise im Buchhandel hervor. Wenn es um die Wirtschaft schlecht steht, ist das erste der unverkäuflichen Dinge eine »Flora«. Der Absatz der »Flora der Umgebung von Cauteretz« stockte plötzlich. Wochen vergingen, ohne daß sich ein Käufer fand. Mitunter erbebte Herr Mabeuf, wenn es klingelte. »Herr«, sagte Mutter Plutarch traurig zu ihm, »es ist der Wasserträger.« Kurz, eines Tages verließ Herr Mabeuf die Rue Mézières, legte das Amt eines Kirchenvorstehers nieder, verzichtete auf Saint-Sulpice, verkaufte einen Teil nicht seiner Bücher, aber seiner Stiche, die ihm nicht ebenso teuer waren, und übersiedelte in ein kleines Haus am Boulevard Montparnasse. Aber auch hier blieb er nur drei Monate, aus zwei Gründen; erstens, weil das Erdgeschoß und der Garten dreihundert Francs kosteten und er nicht den Mut hatte, über zweihundert Francs auf seine Miete zu verwenden; zweitens, weil er als Nachbar des Scheibenstandes von Fatou den ganzen Tag über Pistolen knallen hörte, was ihm auf die Nerven ging.

Er verpackte seine »Flora«, seine Kupferplatten, seine Herbarien, seine Mappen und seine Bücher und richtete sich nahe der Salpêtrière ein, in einer Hütte des Dorfes Austerlitz, wo er nun für zweihundertfünfzig Francs jährlich drei Zimmer und einen von einer Hecke umzäunten Garten mit einem Brunnen hatte. Er nutzte diesen Wohnungswechsel zum Verkauf fast aller seiner Möbel. Am Tag, an dem er die neuen Räume betrat, war er recht vergnügt und schlug selbst alle Nägel ein, um Stiche und Herbarien aufzuhängen. Den Rest des Tages hackte er seinen Garten, und als er abends die Mutter Plutarch mit finsterer Miene nachdenken sah, klopfte er ihr auf die Schulter und sagte lächelnd zu ihr: »Bah! Wir haben noch das Indigo!«

Nur zwei Besucher, der Buchhändler von der Porte Saint-Jacques und Marius, durften ihn in seiner Hütte im Dorf Austerlitz sehen. Der Name war ihm allzu geräuschvoll und, rundheraus gesagt, zuwider.

Übrigens nehmen, wie wir soeben andeuteten, die in Weisheit oder Wahn oder, was oft vorkommt, in beides zugleich versunkenen Hirne nur sehr langsam die Dinge des

Lebens auf. Ihr eigenes Schicksal ist ihnen fern. Aus einer solchen Konzentration ergibt sich eine Tatenlosigkeit, die, wäre sie durchdacht, einer philosophischen Haltung gleichkäme. Man läßt nach, steigt hinab, schwindet dahin und geht sogar zugrunde, ohne es richtig gewahr zu werden. Freilich endet das stets mit einem Erwachen, doch dann ist es zu spät. Derweilen verhält man sich scheinbar neutral in dem Spiel um unser Glück und unser Unglück. Man ist der Einsatz und sieht der Partie gleichgültig zu.

So war Herr Mabeuf inmitten der Verdunklung, die um ihn begonnen hatte, da alle seine Hoffnungen nacheinander erloschen, heiter geblieben, in seiner etwas kindischen, aber sehr tiefen Veranlagung. Seine geistige Verfassung schwankte wie das Pendel einer Stutzuhr. War er einmal durch eine Illusion angetrieben, so ging er lange, auch wenn die Illusion sich verflüchtigt hatte. Eine Uhr steht nicht genau in dem Moment still, in dem man ihren Schlüssel verliert.

Herr Mabeuf hatte harmlose Freuden. Sie waren wohlfeil und unerwartet; der geringste Zufall lieferte sie ihm. Eines Tages las Mutter Plutarch in einer Ecke des Zimmers einen Roman. Sie las ihn sich vor, da ihr schien, so begreife sie besser. Laut lesen heißt sich selbst seine Lektüre bestätigen. Manche Menschen lesen sehr laut, und es sieht so aus, als gäben sie sich auf das, was sie lesen, ihr Ehrenwort.

Mit solch einer Energie las Mutter Plutarch den Roman, den sie in der Hand hielt. Herr Mabeuf vernahm es, aber er hörte nicht zu. Im Lesen kam Mutter Plutarch an eine Stelle, wo von einem Dragoneroffizier und einer Schönen die Rede war: »Die Schöne schmollte, und der Dragoner ...« Und »bouda«, »schmollte«, traf Herrn Mabeufs Ohr; und »dragon« deutete er »Drache«.

Sie unterbrach sich, um ihre Brille abzuwischen. »Buddha und der Drache«, wiederholte er leise. »Ja, wahrhaftig, ein Drache, in seiner Höhle verborgen, spie Flammen aus dem Maul und verbrannte den Himmel. Schon hatte das Ungeheuer, das außerdem Tigerklauen hatte, mehrere Gestirne entzündet. Buddha ging in die Höhle des Drachen, ihn zu bekehren. Das ist ein gutes Buch, das Sie lesen, Mutter

Plutarch. Die schönste Sage, die es gibt.« Und er versank in wonnige Phantasien.

Armut, gute Nachbarin des Elends

Marius empfand Symphathie für die reine Seele des Greises, der langsam zu darben anfing und allmählich ins Staunen kam, aber noch ohne daß sein Sinn sich trübte. Marius begegnete Courfeyrac und suchte Herrn Mabeuf auf, wenn auch selten, höchstens ein- oder zweimal im Monat.

Es bereitete ihm Genuß, lange Spaziergänge über die äußeren Boulevards zu machen oder auf dem Marsfeld oder in den am spärlichsten belebten Alleen des Luxembourg-Parks. Manchmal konnte er einen halben Tag damit verbringen, daß er den Garten eines Gemüsehändlers anschaute, die Salatbeete, die Hühner auf dem Dunghaufen und das Pferd, das das Rad zum Wasserschöpfen drehte. Die Passanten blickten ihn überrascht an, und einige fanden, seine Tracht sei verdächtig und seine Miene unheilvoll. Es war nur ein junger Mann, der ins Leere träumte.

Bei einem dieser Spaziergänge hatte er das alte Haus Gorbeau entdeckt und, da die Einsamkeit und die Billigkeit, in der man hier wohnte, ihm zusagten, darin gemietet. Man kannte ihn nur unter dem Namen Herr Marius.

Etliche der ehemaligen Generäle oder einstigen Kameraden seines Vaters hatten ihn, als sie ihn kennenlernten, zu sich eingeladen. Marius hatte nicht abgelehnt. So fand er Anlässe, von seinem Vater zu sprechen. Von Zeit zu Zeit ging er in das Invalidenhaus zu dem Grafen Pajol, zu dem General Bellavesne, dem General Fririon. Dort wurde musiziert und getanzt. Für diese Abende zog Marius seinen neuen Rock an. Aber nie erschien er bei diesen Empfängen oder Hausbällen als dann, wenn es fror, daß die Steine bersten wollten, denn einen Wagen konnte er sich nicht leisten, und seine Schuhe mußten blinken wie Spiegelglas.

Manchmal sagte er, aber ohne Bitterkeit: »So sind die Menschen, daß man sich in einem Salon überall mit Kot bespritzt zeigen kann, nur an den Stiefeln nicht. Soll man willkommen sein, braucht man nur etwas, was untadelig sein muß; das Gewissen? Nein, die Schuhe.«

Alle Leidenschaften bis auf die des Herzens lösen sich in Träume auf. Das politische Fieber, das Marius befallen hatte, war abgeklungen. Die Revolution von 1830 hatte, indem sie ihm Genugtuung brachte und ihn beruhigte, dabei geholfen. Er war derselbe geblieben, aber ohne Zorn. Seine Ansichten hatten sich nicht geändert, nur gemildert. Im Grunde hatte er keine Ansichten mehr, sondern nur Sympathien. Welcher Partei gehörte er an? Der Partei der Menschheit. Aus der Menschheit hatte er sich Frankreich ausgewählt. Innerhalb der Nation das Volk. Und innerhalb des Volkes traf seine Wahl die Frau. Ihr vor allem galt sein zärtliches Mitleid. Jetzt zog er eine Idee einer Tatsache vor, einen Dichter einem Kriegshelden, und mehr noch bewunderte er ein Buch wie die Geschichte Hiobs als ein Ereignis wie Marengo. Und wenn er nach einem Tag des Nachdenkens abends über die Boulevards heimkehrte und durch das Gezweig der Bäume den unendlichen Raum sah, den unnennbaren Lichtglanz, den Abgrund, das Schattendunkel, das Geheinnis, schien ihm alles, was nichts als menschlich ist, sehr klein. Er glaubte bis zur eigentlichen Wahrheit des Lebens und der Menschenweisheit gelangt zu sein und war es vielleicht wirklich, und so betrachtete er nur noch den Himmel, das einzige, was die Wahrheit aus ihrem Brunnenschacht sehen kann. Dennoch vervielfachte er seine Pläne, seine Entwürfe, seine Vorbereitungen für die Zukunft.

Bei diesem träumerischen Zustand wäre ein Auge, das in Marius hineingeblickt hätte, von der Reinheit dieser Seele geblendet gewesen. Wenn es tatsächlich unseren Augen von Fleisch und Blut gegeben wäre, in das Bewußtsein anderer zu schauen, würden wir einen Menschen viel sicherer nach dem, was er träumt, als nach dem, was er denkt, beurteilen können. Im Denken ist Wille, nicht im Traum. Sogar im Riesenhaften und Idealen nimmt der zutiefst ursprüngliche Traum die Gestalt unseres Geistes an und bewahrt sie: Nichts kommt unmittelbar und aufrichtiger aus der Tiefe unserer

Seele selbst als unser unüberlegtes und maßloses Trachten nach den Herrlichkeiten des Lebens. Daran läßt sich der wahre Charakter eines jeden Menschen viel besser erkennen als an den zurückhaltenden, durchdachten und aufeinander abgestimmten Gedanken. Unsere Träume sind das, was uns am meisten ähnelt. Jeder träumt, seinem Wesen entsprechend, vom Unbekannten und Unmöglichen.

Etwa Mitte des Jahres 1831 erzählte ihm die Alte, die ihm bediente, man werde seine Nachbarn, die jämmerliche Familie Jondrette, vor die Tür setzen. Marius, der fast immer außer Haus war, wußte kaum, daß er Nachbarn hatte. »Warum müssen sie fort?« frugte er.

»Weil sie ihre Miete nicht zahlen, sie sind sie schon zweimal schuldig geblieben.«

»Wieviel ist das?«

»Zwanzig Francs«, sagte die Alte.

Marius hatte dreißig Francs in einer Lade zurückgelegt. »Da«, sagte er zu der Alten, »sind fünfundzwanzig Francs. Zahlen Sie für die armen Leute, geben Sie ihnen fünf Francs, und verschweigen Sie, daß das Geld von mir kommt.«

Der Stellvertreter

Der Zufall wollte, daß das Regiment, in dem der Leutnant Théodule stand, nach Paris verlegt wurde. Das brachte die Tante Gillenormand auf eine zweite Idee. Das erstemal hatte sie den Gedanken gehabt, Marius von Théodule überwachen zu lassen. Nun beschloß sie, Théodule Marius' Nachfolger werden zu lassen. Wie auch immer, der Großvater empfand vielleicht das unbestimmte Bedürfnis, ein junges Gesicht im Hause zu sehen. Diese Strahlen des Morgenrots können Ruinen freundlich verklären. So war es erwünscht, einen neuen Marius zu finden.

Gut, sagte sie sich, eine Druckfehlerberichtigung wie manchmal in den Büchern: Marius, lies Théodule. Ein Neffe mag einen Enkel ungefähr ersetzen. Hat man keinen Advokaten, nimmt man einen Lancier.

Als Herr Gillenormand eines Morgens eine Zeitung vor den Augen hatte, etwa die »Quotidienne«, trat seine Tochter ein und sagte mit ihrer sanften Stimme, es handelte sich ja um ihren Günstling: »Vater, heute früh wird Théodule kommen, Ihnen aufzuwarten.«

»Was für ein Théodule?«

»Ihr Großneffe.«

»Ah«, sagte der Großpapa. Dann las er weiter, vergaß den Großneffen, diesen x-beliebigen Théodule, und wurde bald sehr ärgerlich, was ihm beinahe immer widerfuhr, wenn er las. Das Blatt, das er in Händen hielt, selbstverständlich royalistisch, kündigte für morgen ganz trocken eines der kleinen, in dem Paris von damals alltäglichen Geschehnisse an: Die Studenten der Rechts- und der Medizinischen Fakultät sollten sich mittags auf der Place du Panthéon versammeln, um zu »beraten«. Es handelte sich um eine der aktuellen Fragen, die Artillerie der Nationalgarde und einen Konflikt zwischen dem Kriegsministerium und der »Bürgermiliz« wegen der im Hof des Louvre abgestellten Kanonen. Die Studenten sollten darüber beschließen. Herrn Gillenormand die Galle schwellen zu lassen, war die Notiz äußerst geeignet. Er vergegenwärtigte sich, daß Marius Student war und wohl wie die anderen »mittags auf der Place du Panthéon« sein würde, um zu »beraten«.

Während er dieser peinlichen Vorstellung nachhing, trat der Leutnant Théodule ein, im Bürgerrock, was schlau von ihm war, und von Fräulein Gillenormand diskret begleitet. Der Lancier hatte sich gedacht: Der alte Zauberpriester hat nicht alles in Lebensrente angelegt. Das ist schon wert, daß man sich ab und zu als Zivilist verkleidet.

Fräulein Gillenormand sagte laut zu ihrem Vater: »Théodule, Ihr Großneffe.« Und leise zu dem Leutnant: »Sag zu allem ja!«

Dann zog sie sich zurück.

Der Leutnant, der Begegnungen mit so ehrwürdigen Senioren wenig gewohnt war, stammelte einigermaßen schüchtern: »Guten Tag, Onkel.« Er grüßte dazu in unbeabsichtigter, mechanischer Nachahmung des militärischen Grußes, den er nur gerade andeutete und in eine bürgerliche Verbeugung übergehen ließ.

»Ach, du«, sagte der Großvater, »gut, nimm Platz!« Nach diesen Worten kümmerte er sich um den Lancier überhaupt nicht mehr.

Théodule hatte sich gesetzt, und Herr Gillenormand erhob sich. Er begann quer durch das Zimmer zu schreiten, die Hände in den Taschen, redete laut und drückte mit seinen alten, gereizten Fingern die beiden Uhren, die in seinen Westentaschen staken. »So ein Gesindel! Diese Rotzjungen! Beruft sich das auf die Place du Panthéon ein! So wahr ich lebe! Diese Bengels, die noch gestern Säuglinge waren! Wenn man ihnen die Nase quetschte, würde Milch heraustropfen! Und morgen mittag wird das beraten! Wohin soll das führen? In den Abgrund natürlich! In den haben die Strolche ohne Hemden uns geführt! Beraten über die Bürgerartillerie! Unter freiem Himmel über das Geknatter der Nationalgarde blödeln! Und wer wird mit ihnen dort sein? Die edlen Partner des Jakobinismus! Ich wette bis zu einer Million, nur Vorbestrafte und ehemalige Sträflinge! Republikaner und Galeerenbrüder, das ist eine Nase und ein Taschentuch. Carnot sagte: Wohin soll ich gehen, Verräter? Fonche antwortete: Wohin du willst, Idiot! So sind die Herren Republikaner.«

»Gewiß«, sagte Théodule.

Herr Gillenormand drehte den Kopf halb nach ihm hin, sah Théodule und redete weiter: »Und dieser Schlingel war so ruchlos, Carbonaro zu werden! Warum hast du mein Haus verlassen? Um Republikaner zu werden. Pst! Erstens macht das Volk sich gar nichts aus deiner Republik, es hat doch Vernunft, es weiß, daß es immer Könige gegeben hat und immer geben wird und daß das Volk nichts ist als das Volk, es pfeift auf deine Republik, hörst du, Trottel? So eine grauenhafte Narrheit, für den roten ›Père Duchêne‹ zu entbrennen, mit der Guillotine zu liebäugeln, unter dem Balkon von 1793 Romanzen zu singen und Gitarre zu klimpern – speien könnte einer auf alle diese jungen Leute, so dumm sind sie! Alle sind sie dabei. Nicht einer entrinnt dem. Es genügt, die

Straßenluft zu atmen, und schon werden sie verrückt. Das neunzehnte Jahrhundert ist eine Seuche. Jeder Hanswurst läßt sich seinen Ziegenbart wachsen, glaubt, er sei zum Unfugstiften geboren, und läßt seine alten Verwandten sitzen. Das ist republikanisch, das ist romantisch. Was heißt denn romantisch? Man sage mir gütigst, was das heißen soll! Eine tolle Welt! Vor einem Jahr lief das ins Theater zu ›Hernani‹: Ich bitte Sie, ›Hernani‹! Knallende Antithesen! Greuel, die nicht einmal in anständigem Französisch geschrieben waren! Und nun haben sie Kanonen im Hof des Louvre! Das ist die heutige Brigantenzeit.«

»Sehr richtig, Onkel«, sagte Théodule.

»Kanonen im Hof des Museums«, fuhr Herr Gillenormand fort. »Was sollen die Kanonen? Wollt ihr den Apollo von Belvedere zusammenschießen? Oder die Venus von Milo kartätschen? Die jungen Leute von heute sind alle Tagediebe! Was taugt schon ihr Benjamin Constant! Und die keine Verbrecher sind, sind läppische Tölpel. Sie tun, was sie können, um häßlich zu sein, sie sind übel angezogen, sie haben Angst vor den Frauen, sie schleichen um die Kittel wie die Bettler herum, daß die Hausmädchen schallend lachen. Auf Ehre! Als ob sie sich der Liebe schämten, so sehen die armen Schlucker aus. Sie sind nicht nur Mißgestalten, nein, sie müssen auch noch so stockdumm sein, daß sie die faulen Witze von Tiercelin und Potier wiederholen. Sie haben einen Sack statt des Rocks, Westen wie Stallknechte, Hemden von grobem Leinen, Hosen von grobem Tuch, Schuhe von grobem Leder und sind ruppig, als wären sie Federvieh. Sprechen tun sie, daß man ihre Sohlen damit benageln könnte. Und dieses alberne Kroppzeug hat politische Meinungen. Es müßte streng verboten sein, politische Meinungen zu haben. Sie fabrizieren Systeme, sie bauen die Gesellschaft neu, sie reißen die Monarchie nieder und sämtliche Gesetze, sie kehren das Unterste zuoberst und heben meinen Portier auf den Königsthron, sie krempeln ganz Europa um, sie richten die Welt wieder her und sind glücklich, die Duckmäuser, wenn sie nach den Waden der Wäscherinnen schielen können, die auf ihre Karren steigen. Ach, Marius, ach, du Lump!

Auf öffentlichem Platz die Stimme ertönen lassen, diskutieren, debattieren, Maßnahmen treffen! Sie nennen das Maßnahmen, ihr gerechten Götter! Die Unordnung erledigt sich selbst und wird sinnlos. Ich habe das Chaos gesehen, ich sehe den Skandal. Hochschüler, die über die Nationalgarde beraten, so etwas gibt es weder bei den Ogibewas noch bei den Kadodachen. Die Wilden, die nackt herumlaufen, die Schädel geziert, als trügen sie im aufgeplusterten Haar ein Ballspiel, mit einer Keule in den Pfoten, sind nicht so tierisch dumm wie diese Studenten! Jämmerliche Knirpse gebärden sich als Kenner, verfügen, beraten, urteilen. Das ist das Ende der Welt. Das Ende dieses elenden, zerrütteten Globus. Ein letztes Röcheln war zu erwarten, Frankreich stößt es aus. Beratet, ihr Schlingel! Es kommt daher, daß sie ihre Zeitungen sogar unter den Arkaden des Odeon lesen. Das kostet sie einen Sou und außerdem ihr bißchen Vernunft und ihre Intelligenz und ihr Herz und ihre Seele und ihren Geist. Hat einer das hinter sich, dann macht er Schluß mit seiner Familie. Alle Zeitungen sind eine Pest, alle, auch die ›Weiße Fahne‹. Und Martainville war im Grunde auch ein Jakobiner. Ach, gerechter Himmel! Du darfst dich rühmen, daß du deinen Großvater in Verzweiflung gestürzt hast, du!«

»Bestimmt«, sagte Théodule. Und indem er ausnutzte, daß Herr Gillenormand erst wieder Atem holte, setzte er mit Autorität hinzu: »Kein Blatt sollte erlaubt sein als der ›Moniteur‹ und kein Buch als die Armeerangliste.«

Herr Gillenormand beharrte noch immer: »Sie sind wie ihr Sieyès. Ein Königsmörder, der zuletzt Senator wird! Denn den Weg gehen sie alle. Erst brandmarken sie sich mit Duzen und der Anrede Bürger, und dann lassen sie sich Herr Graf nennen. Herr Graf in Buchstaben von Armesdicke. Diese Septemberschlächter! Der Philosoph Sieyès! Ich kann von mir sagen, daß ich die Philosophien aller dieser Philosophen nie höher eingeschätzt habe als die Grimassen des bebrillten Scharlatans im Tivoli. Eines Tages habe ich die Senatoren über den Quai Malaquais ziehen sehen in violetten, mit Bienen bestickten Samtmänteln und Hüten à la Henri Quatre. Sie waren scheußlich. Sie glichen Affen im Hofstaat des Tigers.

Bürger, ich erkläre euch, daß euer Fortschritt ein Wahnwitz ist, eure Menschheit ein Traum, eure Revolution ein Verbrechen, eure Republik ein Ungeheuer, daß euer jungfräuliches junges Frankreich dem Bordell entstammt, und das verfechte ich gegen euch alle, wer ihr auch sein möget, ob Publizisten, Ökonomisten oder Legisten, und wäret ihr auf Freiheit, Gleichheit und Brüderlichkeit noch besser eingearbeitet als das Fallbeil der Guillotine! Das teile ich euch hierdurch mit, meine leiblichen Herren!«

»Verdammt!« rief der Leutnant. »Das ist wundervoll wahr!«

Herr Gillenormand unterbrach eine Geste, die er begonnen hatte, wandte sich um, fixierte den Lancier Théodule und sagte: »Hohlkopf!«

SECHSTES BUCH

ZWEI STERNE BEGEGNEN SICH

Der Spitzname: Art und Weise der Bildung von Familiennamen

Marius war damals ein schöner junger Mann von mittlerem Wuchs, mit dichtem, tiefschwarzem Haar, hoher, intelligenter Stirn, offenen, leidenschaftlichen Nasenflügeln, ehrlichem und ruhigem Antlitz, das ein Gepräge von Stolz, Versonnenheit und Unschuld hatte. Sein Profil wies gerundete und dennoch feste Linien auf. Es drückte jene germanische Sanftmut aus, die in das französische Wesen vom Elsaß und von Lothringen her eingedrungen ist, und wies dieses völlige Fehlen von Kanten auf, an dem die Sigambern unter den Römern so leicht zu erkennen waren und das das Geschlecht der Löwen von dem der Adler unterscheidet. Marius befand sich in jenem Lebensabschnitt, in dem sich der Geist des denkenden Mannes zu fast gleichen Teilen aus Tiefe und Naivität zusammensetzt. Lag eine ernste Situation vor, besaß er alle Eigenschaften, die sich in Torheit auswirken; eine Umdrehung des Schlüssels mehr, und sein Verhalten konnte bezwingend sein. Reserviert, kalt, höflich und nicht recht durchschaubar war sein Wesen. Da er hübsche Lippen hatte, einen sehr roten Mund und sehr weiße Zähne, wurden, wenn er lächelte, seine Züge weicher. Manchmal konnte man einen sonderbaren Widerspruch dieser keuschen Stirn zu diesem sinnlichen Lächeln gewahren. Er hatte ein kleines Auge und einen großen Blick.

In den Tagen seiner schlimmsten Not bemerkte er, daß die jungen Mädchen sich umwandten, wenn er vorbeiging, und er floh oder verbarg sich, tödlichen Schmerz in der Seele. Er dachte, sie betrachteten ihn um seiner alten Kleider willen und verspotteten ihn. In Wahrheit betrachteten sie ihn wegen seiner Anmut, von der sie träumten. Durch dieses stumme Mißverständnis zwischen ihm und den reizenden Passantinnen war er scheu geworden. Er wählte keine von ihnen, aus dem guten Grunde, da er alle mied. So lebte er unentschieden, einfältig, wie Courfeyrac sagte, dahin.

Courfeyrac sagte ihm auch: »Trachte nicht danach, zu imponieren!« (Sie duzten sich, und das ist bei jungen Menschen ein Hinübergleiten in engere Freundschaft.) »Einen Rat, mein Lieber! Statt soviel Bücher zu lesen, sieh dir etwas mehr die kleinen Mädchen an! Die sind nicht zu verachten, Marius! Wenn du immer ausrückst und errötest, wirst du bald ein stumpfer Geselle sein.« Oder Courfeyrac bcgegnete ihm und sagte: »Guten Tag, Herr Abbé!« Wenn Courfeyrac ihn in der Art geneckt hatte, wich Marius eine Woche lang den Frauen noch geflissentlicher aus, den jungen und den alten, und obendrein Courfeyrac selbst.

Zwei Frauen jedoch gab es in der unermeßlichen Schöpfung, vor denen Marius nicht floh und die er nicht beachtete. Er hätte sehr gestaunt, hätte man ihm gesagt, daß sie Frauen seien. Die eine war die bärtige Alte, die sein Zimmer reinigte und die Courfeyrac zu den Worten veranlaßte: »Marius sieht, daß seine Bedienerin ihren Bart trägt, und so trägt er den seinen nicht.« Die andere war ein kleines Mädchen, das er häufig sah und nie anschaute.

Seit über einem Jahr bemerkte Marius in einer menschenleeren Allee des Luxembourgparks, der Allee, die an der Baumschule entlangläuft, einen Mann und ein ganz junges Mädchen. Sie saßen fast immer Seite an Seite auf derselben Bank, am einsamsten Ende der Allee, der Rue de l'Ouest zu. Sooft der Zufall, der bei den Spaziergängen nach innen gekehrter Wanderer mitspielt, Marius in diese Allee führte, und das geschah fast jeden Tag, traf er dieses Paar wieder an. Der Mann konnte etwa sechzig .lahre alt sein. Er schien traurig und umdüstert und hatte die kräftigen, aber müden Bewegungen des ehemaligen Soldaten. Hätte er einen Orden gehabt, hätte Marius gesagt: ein pensionierter Offizier. Seine Miene verriet Güte und zugleich Unnahbarkeit, und nie sah er irgend jemandem ins Auge. Er hatte blaue Hosen, einen blauen Rock, einen Hut mit breitem Rand, alles schien neu, eine schwarze Krawatte und ein Quäkerhemd von blendender Weiße, aber aus derbem Leinen. Eine Grisette, die eines Tages an ihm vorüberkam, sagte: »Ein Witwer, wie aus dem Ei gepellt.« Sein Haar war ganz weiß.

Als das junge Mädchen, das mit ihm promenierte, zum erstenmal auf der Bank Platz nahm, auf der sie sich dann immer niederließen, machte sie den Eindruck einer Dreizehnjährigen oder Vierzehnjährigen. Sie war mager und dadurch beinahe häßlich, linkisch, nichtssagend. Nur ihre Augen verhießen, recht schön zu werden, obwohl sie sie stets mit einer wenig entgegenkommenden Selbstsicherheit erhob. Sie war nach der veralteten und dabei kindlichen Mode, die für Zöglinge weiblicher Klosterschulen Vorschrift ist, gekleidet. Ihr Gewand war schlecht zugeschnitten und von dicker schwarzer Merinowolle. Die beiden konnten für Vater und Tochter gehalten werden.

Zwei oder drei Tage prüfte Marius den alten Mann, der noch kein Greis, und das junge Mädchen, das noch keine erwachsene Person war, dann sah er über sie hinweg. Sie ihrerseits schienen ihn nicht einmal zu sehen. Friedlich und gleichmäßig plauderten sie miteinander. Das Mädchen schwatzte unaufhörlich und heiter. Der alte Mann redete wenig, und zuweilen hafteten seine Blicke an ihr, von unaussprechlicher Väterlichkeit erfüllt.

Marius hatte sich mechanisch angewöhnt, durch diese Allee zu schlendern. Unabänderlich fand er die beiden wieder. Und das ging so zu. Gern suchte er die Allee von dem Ende her auf, das ihrer Bank entgegengesetzt war. Er schritt die ganze Allee ab, an ihnen vorbei, dann schritt er zurück bis zu dem Ende, an dem er eingetreten war, und das wiederholte er fünf- oder sechsmal. Fünf oder sechsmal wöchentlich spazierte er so auf und ab, ohne daß sie, das Paar und er, sich auch nur gegrüßt hätten. Der Mann und das junge Mädchen hatten, obzwar und vielleicht weil sie sich den Blicken Fremder entziehen wollten, die Neugier der fünf oder sechs Studenten geweckt, die hin und wieder an der

Baumschule vorüberwandelten, die fleißigen nach ihren Vorlesungen, die anderen nach ihrer Billardpartie. Courfeyrac, einer unter diesen letzten, hatte sie einige Zeit beobachtet, aber da ihm das Mädchen häßlich schien, sich schleunigst und vorsorglich entfernt. Er war entflohen wie ein Panther und hatte als Pfeil ein Witzwort abgesandt. Einzig von dem Gewand der Kleinen und dem Haar des Alten betroffen, hatte er das Mädchen Fräulein Lanoire, also Schwarz, und den Vater Herrn Leblanc, also Weiß, genannt, so daß, da sie im übrigen niemand kannte, in Ermangelung eines Namens der Spitzname durchgedrungen war. Die Studenten sagten: »Ach, Herr Leblanc sitzt auf seiner Bank!« Und Marius hatte, wie die anderen, es bequem gefunden, den Unbekannten Herrn Leblanc zu nennen. Marius sah sie so im ersten Jahr fast täglich zur selben Stunde. Der Mann gefiel ihm, das Mädchen schien ihm ein wenig unliebenswürdig.

Lux facta est!

Im zweiten Jahr begab es sich, daß Marius diese gewohnten Spaziergänge im Luxembourg-Park unterbrach, ohne daß es ihm recht bewußt ward. Beinahe sechs Monate lang setzte er keinen Fuß in die Allee. Dann endlich kehrte er eines Tages dorthin zurück. Das war an einem heiteren Sommermorgen. Marius war froh, wie man es bei schönem Wetter ist. Ihm schien, in seinem Herzen seien alle Gesänge der Vögel, die er hörte, und all das Himmelsblau, das er durch die Blätter der Bäume sah.

Er ging gerade auf »seine« Allee zu, und als er sie durchschritten hatte, erblickte er auf derselben Bank das ihm schon bekannte Paar. Als er sich näherte, war es derselbe Mann; aber ihm war, als sei es nicht dasselbe Mädchen. Die Person, die er jetzt sah, war ein großes, schönes Geschöpf mit den reizvollsten Formen der Frau in eben der Zeit, in der sie mit der naiven Grazie des Kindes noch vereint sind. Nur einen flüchtigen Moment dauert das, und allein zwei Worte können ihn wiedergeben: fünfzehn Jahre. Sie hatte nun wunderbares

Haar, kastanienbraun, durch goldenes Geäder abgetönt, eine Stirn, die marmorn schien, Wangen wie Rosenblätter, ein blasses Rosenrot, das in bewegte Weiße überging, einen feinen Mund, dem ein Lächeln entschwebte wie ein Leuchten und eine Sprache wie Musik, den Kopf einer Madonna von Raffael und den Hals einer Venus von Goujon. Und damit nichts diesem bezaubernden Angesicht fehle, war die Nase nicht schön, sie war hübsch; nicht gerade, nicht gebogen, weder italienisch noch griechisch, eine Pariser Nase, also geistvoll, zierlich, unregelmäßig und rein, die Verzweiflung der Maler und das Entzücken der Dichter.

Als Marius an ihr vorüberging, konnte er ihre Augen nicht sehen, die sie heute gesenkt hielt. Er sah nur ihre langen kastanienbraunen Wimpern, zwischen denen Geheimnis sich barg und Scham. Das hinderte sie nicht zu lächeln, indes sie dem weißhaarigen Mann, der auf sie einredete, lauschte, und nichts war holder als dieses frische Lächeln mit niedergeschlagenen Augen.

Anfangs dachte Marius, sie sei eine andere Tochter desselben Mannes, wohl eine Schwester der ersten. Doch als die unveränderliche Gewohnheit des Spaziergangs ihn ein zweites Mal an die Bank heranführte und er sie genauer anschaute, erkannte er, daß sie dieselbe war. In sechs Monaten war das kleine Mädchen ein junges Mädchen geworden; das war alles. Nichts ist häufiger als eine solche Erscheinung. Es gibt eine Zeit, in der Mädchen im Nu erblühen und unversehens Rosen werden. Gestern ließen wir sie als Kinder zurück, heute finden wir sie beunruhigend wieder.

Aber sie hatte sich, indes sie größer wurde, idealisiert. Wie drei Tage im April für manche Bäume eine hinreichende Frist sind, um sich mit Blüten zu bedecken, hatten ihr sechs Monate genügt, um sich in Schönheit zu kleiden.

Der April ihres Lebens war da.

Mitunter scheinen unbemittelte und engherzige Menschen zu erwachen, gehen plötzlich von einem armseligen zu einem aufwendigen Dasein über, leisten sich alles mögliche, erregen unversehens Aufsehen, werden verschwenderisch und prachtliebend. Dann ist ihnen eine Rente ausgesetzt worden, sie haben vor kurzem eine fällige Zahlung erhalten. Das junge Mädchen jedenfalls hatte sein halbjähriges Gehalt bezogen.

Es war auch nicht mehr der Anstaltszögling mit dem Plüschhut, dem Gewand von Merinowolle, den Schuhen einer Schülerin und roten Händen: Mit der Schönheit war ihr der Geschmack gekommen. Sie war eine gutangezogene Frau in einer Tracht von schlichter, ungekünstelter Eleganz. Sie hatte ein Kleid von schwarzem Damast, ein Mäntelchen vom selben Stoff und einen Hut von weißem Krepp. Ihre weißen Handschuhe zeigten die Zartheit ihrer Hand, die mit dem Stiel eines Sonnenschirms aus chinesischem Elfenbein spielte, und ihr seidener Schnürstiefel modellierte die Kleinheit des Fußes. War man in ihrer Nähe, so spürte man einen jugendlichen, vollen Duft. Der Mann war ganz derselbe wie zuvor.

Als Marius zum zweitenmal vorbeikam, hob das junge Mädchen die Lider. Ihre Augen hatten ein tiefes Azurblau, aber noch war dieser verschleierte Blick der eines Kindes. Sie sah Marius gleichgültig an, wie sie den kleinen Jungen ansah, der unter den Sykomoren herumlief, oder die Marmorvase, die den Rand der Bank überschattete; und Marius ging weiter und dachte an anderes.

Er schritt noch vier-, fünfmal an der Bank vorüber, auf der das junge Mädchen saß, doch ohne ihm auch nur einen Blick zu gönnen.

An den folgenden Tagen erschien er wie sonst im Luxembourg. Wie sonst traf er »Vater und Tochter« an, doch beachtete er sie nicht mehr. Er beschäftigte sich mit diesem kleinen Mädchen nicht stärker, nun da sie schön war, als er es in der Zeit, da sie häßlich war, getan hatte. Sehr nahe berührte er die Umgebung der Bank, weil er es so gewohnt war.

Auswirkung des Frühlings

An einem Tag mit lauer Luft überfluteten Sonne und Schatten den Park. Der Himmel war rein, als hätten Engel ihn am Morgen gebadet. Die Sperlinge stießen im dichten Laub der Kastanienbäume kleine Schreie aus. Marius hatte seine ganze Seele der Natur geöffnet, er dachte an nichts, er lebte und atmete. Er ging an der Bank vorüber, das junge Mädchen sah zu ihm empor, ihre Blicke begegneten sich.

Was lag diesmal in dem Blick des Mädchens? Marius hätte es nicht sagen können. Nichts und alles lag darin. Es war ein seltsam aufblitzender Glanz. Sie schlug die Augen nieder, und er setzte seinen Weg fort. Nicht das arglose, klare Auge eines Kindes hatte er gesehen, ein geheimnisvoller Abgrund hatte sich vor ihm aufgetan und jählings wieder geschlossen. Es kommt ein Tag, da jedes junge Mädchen so schaut. Wehe dem, den dann sein Blick trifft!

Dieser erste Blick einer Seele, die noch nichts von sich weiß, ist wie das Frühlicht am Himmel. Er ist das Erwachen einer strahlenden, unbekannten Macht. Nichts vermag den gefährlichen Zauber dieses unverhofften Lichtes wiederzugeben, das plötzlich eine wunderbare Finsternis erhellt und aus der ganzen Unschuld der Gegenwart, der ganzen Leidenschaft der Zukunft besteht. Eine noch suchende Zärtlichkeit enthüllt sich dem Zufall und wartet. Unbewußt stellt die Unschuld eine Falle, in der sie Herzen fängt, ohne es zu wollen und ohne es zu wissen. Sie ist eine Jungfrau, die wie eine Frau schaut.

Selten nur erwächst dort, wo dieser Blick hinfällt, aus ihm keine tiefe Träumerei. Keuschheit und Sehnsucht liegen in dem himmlischen und schicksalhaften Strahl, der mehr als die gekonnteste Liebäugelei der Koketten die magische Kraft besitzt, jene dunkle Blume voller Düfte und Gifte, die Liebe heißt, plötzlich auf dem Grund einer Seele aufblühen zu lassen.

Als Marius abends in seine Höhle zurückkehrte, bemerkte er zum erstenmal, daß er sich der Ungebühr, der Unsauberkeit und der ärgerlichen Torheit schuldig gemacht hatte, in seinen Alltagskleidern durch den Park zu spazieren, mit einem Hut, der an der Schnur brüchig war, plumpen Rollkutscherstiefeln, einer an den Knien fadenscheinigen Hose und einem schwarzen Rock, der an den Ellbogen die Farbe eingebüßt hatte.

Beginn einer schweren Krankheit

Am nächsten Tag holte Marius zur üblichen Stunde aus dem Schrank seinen neuen Rock, seine neue Hose, seinen neuen Hut und seine neuen Stiefel. Er kleidete sich ganz in diese Ausrüstung, zog Handschuhe an, was ein unerhörter Luxus war, und ging nach dem Park. Unterwegs traf er Courfeyrac und stellte sich, als sähe er ihn nicht. Als Courfeyrac heimkam, sagte er zu seinen Freunden: »Vorhin bin ich dem neuen Hut und dem neuen Rock von Marius begegnet und Marius darinnen. Vielleicht macht er irgendwo ein Examen. Idiotisch sah er aus.«

Im Luxembourg umkreiste Marius das Becken und betrachtete die Schwäne, dann blieb er lange in das Ansehen einer Statue versunken, deren Kopf von Schimmel über und über geschwärzt war. Sie hatte nur eine einzige Hüfte. Neben dem Becken stand ein vierzigjähriger, dickbäuchiger Bürger, der einen kleinen Knaben von fünf Jahren an der Hand gefaßt hatte und zu ihm sagte: »Vermeide Exzesse; mein Sohn! Halte dich dem Despotismus ebenso fern wie der Anarchie!« Marius hörte dem Bürger zu. Dann umschritt er noch einmal das Becken. Endlich wandte er sich »seiner« Allee zu, langsam und als ginge er wider Willen. Es war, als werde er zugleich vorwärtsgezwungen und gehemmt. Von alledem gab er sich im übrigen keine Rechenschaft, und er glaubte, er sei wie alle Tage.

Er trat auf die Allee hinaus und gewahrte am anderen Ende auf ihrer Bank Herrn Leblanc und das junge Mädchen. Er knöpfte seinen Rock bis oben zu, spannte ihn auf seinem Körper, damit er keine Falten schlug, musterte mit einem gewissen Wohlgefallen den Reflex seiner glatten Hose und marschierte an die Bank heran. Es war Angriff in diesem Marsch und sicherlich Eroberungsabsicht. Es läßt sich also sagen: Er marschierte wie Hannibal auf Rom.

Indessen waren alle seine Operationen noch durchaus unbewußt und die gewohnten Gedankengänge, die sich auf seine Arbeit bezogen, gingen weiter. In diesem Moment dachte er, das »Handbuch für das Bakkalaureat« sei ein stupides Buch und müsse von besonders beschränkten Schulmeistern geschrieben sein, wenn es als Meisterwerke des menschlichen Geistes drei Tragödien von Racine und nur eine Komödie von Molière zergliedere. Im Ohr hatte er ein schrilles Pfeifen. Als er der Bank nahte, dehnte er die Falten seines Rockes, und seine Augen starrten das junge Mädchen an. Es schien ihm, als erfülle sie das Ende der Allee mit einem verschwimmenden blauen Licht.

Je näher er kam, desto langsamer wurde sein Schritt. In einigem Abstand von der Bank, noch bevor er die Allee durchmessen hatte, blieb er stehen; und er selbst wußte nicht, wie es geschah, daß er umkehrte. Kaum konnte das junge Mädchen ihn von weitem gewahren und sehen, wie stattlich er in seinen neuen Kleidern war. Aber er ging kerzengerade, um einen guten Eindruck hervorzurufen, wenn ihm etwa jemand nachschaute.

Er erreichte das entgegengesetzte Ende, ging zurück, und diesmal näherte er sich der Bank etwas mehr. Nur noch ein Zwischenraum von drei Bäumen war vor ihm, aber irgendwie war es ihm nicht möglich, weiterzugehen, er zögerte. Er hatte geglaubt, das Gesicht des jungen Mädchens neige sich ihm zu. Jedoch mit einer männlichen, gewaltsamen Anstrengung bändigte er sein Zaudern und ging wieder vor. Wenige Sekunden später schritt er an der Bank vorbei, aufrecht, straff, rot bis an die Ohren. Weder nach rechts noch nach links wagte er einen Blick zu werfen, aber wie ein Staatsmann steckte er die Hand in den Rockausschnitt. Als er gewissermaßen unter der Kanone der Festung war, empfand er ein schreckliches Herzklopfen. Sie trug wie gestern ihr Damastkleid und ihren Krepphut. Er hörte eine unbeschreibliche Stimme, die ihre Stimme sein mußte. Sie plauderte ruhig. Sie war sehr hübsch. Er spürte es, obwohl er versuchte, sie nicht zu sehen. Sie würde aber doch, dachte er, eine gewisse Achtung vor mir haben müssen, wenn ihr bekannt wäre, daß ich der wahre Autor der Abhandlung über Marcos Obregon de la Ronda bin, die Herr François de Neufchâteau als eigenes Erzeugnis an die Spitze seiner Ausgabe des »Gil Blas« hat setzen lassen.

Er ging an der Bank vorbei bis zu dem ganz nahen äußersten Ende der Allee, dann kam er von neuem zurück und ging nochmals an dem schönen Mädchen vorüber. Jetzt war er sehr blaß. Es war ihm recht unbehaglich zumute. Er entfernte sich von der Bank und dem jungen Mädchen, und indem er ihr den Rücken zudrehte, bildete er sich ein, sie sehe ihm nach, und davon wurde sein Schritt schwankend.

Er gab es auf, sich der Bank zu nähern, hielt in der Mitte der Allee an, setzte sich, was er sonst nie tat, blickte zur Seite und erwog in der wirrsten Tiefe seines Geistes, es sei trotz allem kaum denkbar, daß Personen, deren weißen Hut und schwarzes Kleid er bewunderte, für seine glatte Hose und seinen neuen Rock so ganz gefühllos seien.

Nach einer Viertelstunde erhob er sich, als wolle er wiederum auf die Bank zumarschieren, die eine Gloriole umschwebte. Jedoch er blieb regungslos stehen. Zum erstenmal seit fünfzehn Monaten sagte er sich, der Herr, der täglich mit seiner Tochter da sitze, habe ihn vermutlich seinerseits bemerkt und finde sein Benehmen sonderbar. Zum erstenmal schien es ihm auch ein wenig ehrfurchtlos, den Unbekannten, selbst in heimlichen Gedanken, Herr Leblanc zu nennen.

Er verharrte so ein paar Minuten, den Kopf gesenkt, und zeichnete mit einem Stock, den er in der Hand trug, Figuren in den Sand. Dann wandte er sich plötzlich in die Richtung, die von der Bank, von Herrn Leblanc und seiner Tochter wegführte, und ging nach Hause.

An diesem Tag vergaß er sein Diner. Um acht Uhr abends erinnerte er sich daran, und da es zu spät war, in die Rue Saint-Jacques hinabzusteigen, aß er nichts als ein Stück Brot. Er legte sich erst nieder, nachdem er seinen Rock sorgfältig gebürstet und gefaltet hatte.

Verschiedene Blitzschläge treffen Frau Bougon

Tags darauf sah Frau Bougon – die Keiferin, so nannte Courfeyrac die alte Portiersfrau, Hauptmieterin und Bedienerin der Bruchbude Gorbeau, sie hieß in Wirklichkeit Frau Burgon, aber dieser gefährliche Courfeyrac hatte vor nichts Respekt –, sah also Frau Bougon zu ihrer Verblüffung, daß Herr Marius noch immer in seinem neuen Rock ausging.

Er betrat wieder den Luxembourgpark, aber er ging nicht über seine Bank in der Mitte der Allee hinaus. Er setzte sich wie am Vortag hin. Von fern betrachtete er und sah dann deutlich den weißen Hut, das schwarze Kleid und vor allem den blauen Lichtschein. Er saß still und brach nicht auf, bevor die Tore des Luxembourg gesperrt wurden. Herrn Leblanc und seine Tochter sah er nicht weggehen. Er schloß daraus, sie hätten den Garten durch das Gittertor an der Rue de l'Ouest verlassen. Später, nach mehreren Wochen, entsann er, wenn er nachdachte, sich nicht, wo er an diesem Abend gespeist hatte.

Am nächsten Tag, dem dritten, war Frau Bougon abermals wie zerschmettert. Marius ging in seinem neuen Rock aus. »Drei Tage hintereinander!« rief sie. Sie wollte ihm nach, aber er marschierte behend und mit großen Schritten. Es war, als verfolge ein Nilpferd eine Gemse.

Nach zwei Minuten verlor sie ihn aus dem Gesicht und ging atemlos zurück, durch ihr Asthma fast erstickt, in heller Wut. »So ein Unverstand«, brummte sie, »die guten Kleider jeden Tag anzuziehen und einen Menschen so rennen zu lassen!«

Marius hatte sich in den Luxembourg-Park begeben. Das junge Mädchen war dort mit Herrn Leblanc. Marius näherte sich, soweit er irgend konnte, und täuschte vor, er lese in einem Buch, aber er blieb noch ziemlich fern. Dann ging er wieder zu seiner Bank und setzte sich. Vier Stunden verbrachte er damit, den kecken Spatzen in der Allee zuzusehen, die seiner zu spotten schienen.

Zwei Wochen verstrichen so. Marius ging in den Park, nicht mehr, um darin zu schlendern, sondern um stets an demselben Platz zu sitzen, und ohne zu wissen, warum. War er dort angelangt, rührte er sich nicht mehr. Jeden Morgen kleidete er sich in seinen neuen Frack, um sich nicht zu zeigen, und jeden Tag war es wieder genauso.

Sie war entschieden wundervoll schön. Die einzige Beobachtung, die man geltend machen konnte und die einer Kritik glich, war der Widerspruch ihres Blickes, der traurig war, zu ihrem fröhlichen Lächeln. Das gab ihren Zügen etwas Verstörtes, und so wurde ihr süßes Antlitz mitunter seltsam, ohne daß es seinen Zauber verlor.

Gefangen

An einem der letzten Tage der zweiten Woche träumte Marius wie meist auf seiner Bank, in der Hand ein offenes Buch, von dessen Seiten er seit zwei Stunden nicht eine einzige umgeblättert hatte. Plötzlich erbebte er. Am Ende der Allee vollzog sich ein Ereignis. Herr Leblanc und seine Tochter hatten ihre Bank verlassen, das Mädchen hatte den Arm des Vaters genommen, und beide wandten sich langsam der Mitte der Allee, da, wo Marius war, zu. Er schloß sein Buch, öffnete es wieder und bemühte sich zu lesen. Zitternd saß er, daß die Gloriole sich gerade auf ihn zu bewegte. Ach Gott, dachte er, nie werde ich Zeit genug haben, in romantischer Haltung dazusitzen. Indessen schritten der weißhaarige Mann und das junge Mädchen voran. Es schien ihm, das dauere schon ein Jahrhundert und sei doch nur eine Sekunde. Was wollen sie auf diesem Weg? fragte er sich. Wie denn? Sie geht hier vorbei? Ihre Füße werden über diesen Sand, in dieser Allee wandeln, zwei Schritte von mir? Er war aufgewühlt, er hätte sehr schön aussehen, das Kreuz der Ehrenlegion tragen mögen. Er hörte das sanfte, taktmäßige Geräusch ihrer Schritte sich nähern. Er bildete sich ein, Herr Leblanc messe ihn mit gereizten Blicken. Wird er mich ansprechen? dachte er. Er schaute zu Boden; als er aufsah, waren sie ihm ganz nahe. Das junge Mädchen ging vorüber und dabei sah sie ihn an. Sie fixierte ihn, mit einer sanften Versonnenheit, die ihn vom Kopf bis zu den Füßen erschauern ließ. Es schien ihm, als werfe sie ihm vor, daß er so lange versäumt habe, zu ihr zu kommen, und als sage sie ihm: So komme ich. Marius war von diesen Augensternen geblendet, die voll von Strahlen und Tiefen waren.

Er fühlte eine siedende Glut in seinem Hirn. Sie war zu ihm gekommen, welche Freude! Und wie hatte sie ihn angeschaut! Sie schien ihm schöner, als er sie je gesehen hatte. Schön in einer zugleich frauenhaften und engelhaften Schönheit, die Petrarca besungen und vor der Dante gekniet hätte. Es war ihm, als schwebe er inmitten des blauen Himmels. Und zugleich verdroß es ihn abscheulich, daß er Staub auf seinen Schuhen hatte. Er war überzeugt, sie habe auch nach seinen Schuhen geblickt.

Er verfolgte sie mit den Augen, bis sie verschwunden war. Dann begann er wie ein Narr im Park hin und her zu marschieren. Glaubhaft ist, daß er mitunter vor sich hin lachte und laut phantasierte. Er war, den Kindermädchen nahe, so geistesabwesend, daß eine jede dachte, er sei in sie verliebt. Er ging aus dem Park fort, in der Hoffnung, das Fräulein in einer Straße wiederzufinden.

Er traf Courfeyrac unter den Arkaden des Odéon und sagte zu ihm: »Komm mit mir speisen!« Sie gingen zu Rousseau und hatten eine Rechnung über sechs Francs. Marius aß wie ein Menschenfresser. Er gab dem Kellner sechs Sous. Beim Nachtisch fragte er Courfeyrac: »Hast du die Zeitung gelesen? Wie schön ist die Rede von Audry de Puyraveau!«

Er war rettungslos verliebt.

Nach dem Diner sagte er zu Courfeyrac: »Ich spendiere dir eine Theaterkarte.« Sie gingen in die Porte-Saint-Martin, Frédérick Lemaître in der »Räuberherberge« zu sehen. Marius amüsierte sich riesig.

Am selben Abend hatte er einen Anfall von verdoppelter Scheu vor der Weiblichkeit. Unfern des Theaterausgangs weigerte er sich, das Strumpfband einer Modistin zu betrachten, die über den Rinnsteig stieg. Und als Courfeyrac sagte: »Die würde ich gern in meine Sammlung aufnehmen«, graute es ihm fast vor dieser Frivolität.

Courfeyrac hatte ihn eingeladen, tags darauf im Café Voltaire zu frühstücken. Marius ging hin und aß noch mehr als am Tage vorher. Er war in Gedanken und doch in heiterer Laune. Es schien, als ergreife er alle Gelegenheiten, um schallend zu lachen. Zärtlich umarmte er einen Provinzler, den man ihm vorstellte. Um den Tisch gruppierte sich ein studentischer Zirkel, und man sprach von dem auf den Kathedern der Sorbonne verhökerten Unsinn, den der Staat bezahlt. Dann unterhielt man sich über Fehler und Lücken der Wörterbücher und der Verslehre von Quicherat. Marius rief, ohne irgendwelche Verbindungen zu der Diskussion: »Aber schön ist es, das Kreuz der Ehrenlegion zu haben!«

»Spaßig«, sagte Courfeyrac leise zu Jean Prouvaire.

»Nein«, erwiderte Jean Prouvaire, »das hier ist ernst.«

Und ernst war es wirklich. Marius erlebte die stürmische und verlockende Stunde, mit der eine große Leidenschaft beginnt. Ein Blick hatte all das verschuldet. Wenn die Sprengladung gelegt ist, wenn der Brand schwelt, ist nichts einfacher. Ein Blick wirkt wie ein Funke.

Es war geschehen. Marius liebte eine Frau. Einem unbekannten Losungswort gehorchte sein Schicksal.

Der Blick der Frauen ähnelt gewissen, scheinbar stillstehenden, doch fürchterlichen Räderwerken. Nichts ahnend geht man alle Tage friedlich und ungestraft daran vorbei. Es kommt ein Augenblick, wo sogar vergessen wird, daß da etwas ist. Man kommt und geht, man träumt, spricht und lacht. Plötzlich fühlt man sich erfaßt. Es ist vorbei. Das Räderwerk hält einen, der Blick hat einen gefangen. Er hat dich gefangen, irgendwo, irgendwie, an irgendeiner Stelle deines Denkens, mit dem du aus Zerstreutheit hängenbleibst. Du bist verloren. Du wirst ganz und gar hineingezogen. Ein Zusammenspiel geheimnisvoller Kräfte bemächtigt sich deiner. Du sträubst dich vergeblich. Kein Mensch kann mehr helfen. Du wirst von Zahnrad zu Zahnrad mitgerissen, von Pein zu Pein, von Qual zu Qual, du, dein Geist, dein Glück, deine Zukunft, deine Seele. Und je nachdem, ob du an ein boshaftes Geschöpf oder ein edles Herz gerätst, kommst du aus diesem schrecklichen Mechanismus durch die Schande entstellt oder die Leidenschaft verklärt heraus.

Abenteuer des Buchstaben U, der Vermutungen ausgeliefert ist

Vereinsamung, Loslösung von allem, Stolz, Unabhängigkeit, Natursinn, der Wegfall einer materiellen Tätigkeit im Alltag, das Leben für sich, die geheimen Kämpfe der Keuschheit, die milde Ekstase der ganzen Schöpfung gegenüber hatten Marius auf die Besessenheit vorbereitet, die man Leidenschaft nennt. Der Kult, den er mit seinem Vater trieb, war nach und nach eine Religion geworden und hatte wie jede Religion sich in die Tiefe der Seele zurückgezogen. Etwas mußte ihren Vordergrund beherrschen. Die Liebe kam.

Ein ganzer Monat verging. Täglich besuchte Marius den Luxembourgpark. Wenn die Stunde schlug, konnte nichts ihn abhalten. »Er hat Dienst«, sagte Courfeyrac. Marius lebte in Verzückung. Kein Zweifel, daß ihn das jungc Mädchen ansah. Er erkühnte sich endlich und näherte sich der Bank. Aber er schritt nicht an ihr vorbei, aus dem Instinkt der Zaghaftigkeit heraus und zugleich von dem Instinkt der Vorsicht, der Liebenden eigen ist, beraten. Es schien ihm nützlich, die Aufmerksamkeit des »Vaters« nicht zu erregen. Er wählte seine Station hinter den Bäumen und den Sockeln der Statuen mit scharfsichtigem Machiavellismus so, daß er sich möglichst viel dem jungen Mädchen und möglichst wenig dem alten Herrn zeigte. Mitunter stand er halbe Stunden unbeweglich im Schatten irgendeines Spartacus oder Leonidas, in der Hand ein Buch, über das hinweg seine sanft erhobenen Augen nach dem schönen Mädchen spähten, und sie ihrerseits wandte mit undeutbarem Lächeln ihr Profil ihm zu. Indes sie harmlos und in größter Ruhe mit dem weißhaarigen Mann plauderte, ließ sie ihre jungfräulichen und leidenschaftlichen Blicke träumerisch über Marius schweifen. Das ist die alte, seit unvordenklicher Zeit gebrauchte Kriegslist, die Eva schon am ersten Tag der Welt kannte und jede Frau am ersten Tag ihres Lebens kennt. Ihr Mund gab dem einen Antwort und ihr Auge dem anderen.

Zuletzt aber hatte Herr Leblanc wohl etwas gemerkt, denn öfters stand er auf, wenn Marius näher kam, und begann hin und her zu schreiten. Er hatte den gewohnten Platz geräumt und am entgegengesetzten Ende der Allee die Bank neben dem Gladiator bezogen, als wolle er sehen, ob Marius ihnen bis dort folgen werde. Marius spürte das nicht und beging diesen Fehler. Der »Vater« fing an, unpünktlich zu werden, und brachte seine »Tochter« nicht mehr jeden Tag mit. Manchmal erschien er allein. Dann blieb Marius nicht. Wieder ein Fehler.

Marius übersah diese Symptome. Aus der Phase der Schüchternheit war er in natürlichem und zwangsläufigem Fortschritt in die Phase der Verblendung übergetreten. Seine Liebe wuchs. Er träumte jede Nacht von ihr. Und dann war ihm ein unverhofftes Glück widerfahren, das wie Öl auf Feuer wirkte und die Finsternis um seine Augen noch vermehrte. Eines Abends fand er in der Dämmerung auf der Bank, die »Herr Leblanc und seine Tochter« verlassen hatten, ein Taschentuch, ein schlichtes Taschentuch ohne Stickerei, aber weiß und fein, das für ihn einen unsagbar köstlichen Duft ausströmte. Beseligt ergriff er es. Dieses Taschentuch war mit den Buchstaben U. F. gezeichnet. Marius wußte nichts von dem schönen Mädchen und ihrer Familie, weder ihren Namen noch ihre Adresse. Die beiden Buchstaben waren das erste von ihr, dessen er habhaft wurde; und sofort schickte er sich an, auf diesen Anbetung heischenden Initialen sein Gebäude zu errichten. U war offenbar der Vorname. Ursule! dachte er, welch holder Name! Er küßte das Taschentuch, atmete seinen Duft ein, legte es den Tag über an sein Herz, an seinen Leib und nachts an seine Lippen, um einzuschlafen. »Ich fühle ihre Seele darin«, rief er sich zu.

Das Taschentuch gehörte dem alten Herrn, der es ganz einfach aus seiner Tasche hatte gleiten lassen.

An den Tagen nach seinem Fund zeigte Marius sich im Park nur noch so, indem er das Taschentuch küßte und an sein Herz preßte. Das schöne Kind verstand das nicht und bekundete es ihm durch unauffällige Signale. O Schamhaftigkeit, sagte er sich.

Selbst die Invaliden können glücklich sein

Da wir das Wort »Schamhaftigkeit« ausgesprochen haben und nichts verbergen, müssen wir auch sagen, daß ihm Ursule, trotz seiner Schwärmerei, doch einmal Anlaß zu ernsthafter Beschwerde gab.

Das war an einem Tag, an dem sie Herrn Leblanc dazu bestimmte, von der Bank aufzustehen und in der Allee zu promenieren. Es wehte eine heftige Brise in diesen Wochen des Prairials, des einstigen Wiesenmonats der Republik, sie schüttelte die Wipfel der Platanen. Vater und Tochter waren Arm in Arm an der Bank von Marius vorbeigegangen. Marius war hinter ihnen aufgestanden und folgte ihnen mit dem Blick, wie es sich in einer solchen Situation seelischer Verzweiflung geziemt.

Plötzlich flatterte ein Windhauch, unbändiger als die anderen und wahrscheinlich mit den Geschäften des Frühlings vertraut, vor der Baumschule auf, sprang in die Allee, schüttelte das junge Mädchen in einem hinreißenden Schauer, wie er der Nymphen des Vergil und der Faune des Theokrit würdig ist, und lüftete ihr Kleid, das ihm geheiligter war als das der Isis, bis zur Höhe des Strumpfbandes. Ein Bein von entzückender Form wurde entblößt. Marius sah es. Er war erbittert und zornig.

Das junge Mädchen hatte ihr Kleid schnell heruntergezogen, mit göttlich scheuer Bewegung, und dennoch wich seine Entrüstung nicht. Er allein war in der Allee, gewiß. Aber es hätte jemand dasein können. Und wäre einer dagewesen? Ist das nicht unfaßbar? Schrecklich, was sie getan hat. Ach, das arme Kind hatte nichts getan. Nur einer war schuldig, der Wind. Aber Marius, in dem verworren der in Chérubin versteckte Bartholo zitterte, war entschlossen, mißvergnügt zu sein und eiferte gegen seinen Schatten. So erwacht im Menschenherzen, so drängt sich, auch unberechtigt, die bittere, seltsame Eifersucht des Fleisches auf. Im übrigen hatte, von ihr abgesehen, das Bild dieses reizvollen Beins nichts Erfreuliches für Marius gehabt; der weiße Strumpf der ersten besten Frau hätte ihm mehr Vergnügen gemacht.

Als seine Ursule, nachdem sie das Ende der Allee erreicht hatte, mit Herrn Leblanc umkehrte und an der Bank, auf der Marius wieder saß, vorbeikam, sandte er ihr einen grämlichen und wilden Blick. Das junge Mädchen warf den Kopf unmerklich zurück und hob schwach die Augenbrauen, und das sollte heißen: Was hat er denn? Das war ihr »erster Zwist«.

Kaum hatte Marius ihr mit den Augen diese Szene gemacht, als jemand durch die Allee ging. Es war ein Invalide, gekrümmt, verrunzelt und weiß, in einer Uniform aus der Zeit Ludwigs XV. Er hatte auf der Brust die kleine ovale, rote Ordensschnalle mit gekreuzten Degen, das Ludwigskreuz für Soldaten, und war dazu mit einem Ärmel ohne Arm geschmückt, einem Kinn von Silber und einem Holzbein. Marius glaubte zu erkennen, daß der Mann höchst zufrieden aussah. Es schien ihm sogar, als hätte der alte Zyniker, indem er an ihm vorbeihinkte, ihm sehr brüderlich und sehr lustig zugeblinzelt, wie wenn sie durch einen Zufall im Einverständnis wären und gemeinsam einen überraschenden Genuß gehabt hätten. Weshalb war er denn so zufrieden, dieser verstümmelte Mars? Was hatte zwischen diesem Bein von Holz und dem anderen gespielt? Marius hetzte sich in einen Krampf von Eifersucht. Vielleicht war er schon da, sagte er sich, vielleicht hat er zugesehen! Und gern hätte er den Invaliden vernichtet.

Mit der Zeit stumpft jede Spitze sich ab. Der Grimm von Marius gegen Ursule, so begründet er sein mochte, verging, zuletzt verzieh er ihr: aber das wurde ihm schwer, drei Tage grollte er ihr. Indessen wuchs, durch alle diese Regungen hindurch und um all dessen willen, die Leidenschaft und artete in Tollheit aus.

Wir waren soeben Zeuge, wie Marius herausgefunden hatte beziehungsweise warum er annahm, daß »sie« Ursule hieß.

Der Appetit kommt beim Lieben. Zu wissen, daß sie Ursule genannt wurde, war für Marius schon viel. Aber es war ihm zu wenig. In drei oder vier Wochen hatte er dieses Glück aufgezehrt. Er wollte ein anderes. Er begehrte zu wissen, wo sie wohnte. Einen ersten Fehler hatte er begangen, als er in den Hinterhalt der Bank neben dem Gladiator geriet. Er hatte einen zweiten begangen: nicht im Luxembourg-Park zu bleiben, wenn Herr Leblanc allein erschien. Er beging einen dritten, einen ungeheuren: Er stellte Ursule nach.

Sie wohnte in der Rue de l'Ouest, da, wo am wenigsten Menschen hinkamen, in einem neuen, dreistöckigen Haus von bescheidenem Äußeren. Von da ab bereicherte Marius sein Glück, sie im Luxembourg zu sehen, dadurch, daß er ihr bis an ihre Schwelle folgte.

Sein Hunger verstärkte sich. Er wußte ihren Namen, ihren Vornamen mindestens, den hübschen Namen, einen echten Frauennamen. Er wußte, wo sie wohnte. Er wollte wissen, wer sie war.

Eines Abends, als er ihnen bis zu ihrem Haus nachgegangen war und sie im Torweg hatte verschwinden sehen, trat er hinter ihnen ein und sagte tapfer zu dem Portier: »Ist da nicht eben der Mieter vom ersten Stock heimgekommen?«

»Nein«, antwortete der Portier, »es ist der Mieter vom dritten.«

Noch einen Schritt getan. Dieses günstige Ergebnis war für Marius ermutigend. »Wohnt er nach vorn heraus?« fragte er.

»Allerdings«, sagte der Portier. »Die Wohnungen liegen alle nach der Straße zu.«

»Und was hat der Herr für einen Stand?« fragte Marius.

»Er ist Rentner. Ein sehr guter Mann, der den Unglücklichen viele Wohltaten erweist, wenn er auch nicht reich ist.«

»Wie heißt er?« fragte Marius.

Der Portier sah auf und erwiderte: »Ist der Herr von der Polizei?«

Marius ging, ziemlich verdutzt, aber entzückt. Er kam weiter. Also, dachte er, sie heißt Ursule, ist die Tochter eines Rentners und wohnt hier, in der Rue de l'Ouest im dritten Stock.

Am nächsten Tag tauchten Herr Leblanc und seine Tochter nur für kurze Zeit im Luxembourg-Park auf. Sie gingen, als die Sonne richtig heraus war. Marius folgte ihnen in die Rue de l'Ouest, wie er das jetzt zu tun pflegte. Am Torweg ließ Herr Leblanc seine Tochter vorgehen, dann blieb er, bevor er die Schwelle überschritt, stehen und blickte Marius direkt ins Gesicht.

Tags darauf besuchten sie den Park nicht. Umsonst wartete Marius stundenlang.

Als die Nacht sank, ging er in die Rue de l'Ouest und sah Licht an den Fenstern des dritten Stocks. Er wandelte unter diesen Fenstern auf und ab, bis das Licht erlosch.

Am nächsten Tag war niemand im Luxembourg. Marius wartete wieder den ganzen Tag, dann trat er seinen Nachtposten unter den Fenstern an. Das dauerte bis zehn Uhr abends. Um sein Diner scherte er sich nicht. Das Fieber ernährt den Kranken und die Liebe den Verliebten.

So durchlebte er acht Tage. Herr Leblanc und seine Tochter erschienen nicht mehr im Luxembourg-Park. Marius überließ sich traurigen Vermutungen. Er wagte nicht, den Torweg bei Tag zu belauern, und begnügte sich, nachts hinzugehen und die rötliche Helligkeit der Scheiben zu betrachten. Mitunter sah er Schatten vorüberhuschen, und sein Herz pochte.

Als er am achten Tag unter den Fenstern stand, brannte droben kein Licht. Ah, sagte er sich, die Lampe ist nicht angezündet..Und es ist doch Nacht. Sind sie etwa ausgegangen? Er wartete bis zehn Uhr. Bis Mitternacht. Bis ein Uhr früh. Kein Licht erglomm hinter den Fenstern des dritten Stocks, und niemand betrat das Haus. Er ging sehr verdüstert fort.

Am nächsten Tag – er zählte nur von einem nächsten Tag zum anderen, und es gab für ihn kein Heute mehr – fand er in Park niemanden vor, und er wartete. In der Abenddämmerung ging er zu dem Haus. Kein Licht hinter den Fenstern. Die Läden waren geschlossen. Der dritte Stock war ganz schwarz.

Marius klopfte an das Tor, trat ein und fragte den Portier: »Der Mieter im dritten Stock?«

»Ausgezogen«, erwiderte der Portier.

Marius taumelte und sagte kleinlaut: »Seit wann denn?«

»Seit gestern.«

»Wo wohnt er jetzt?«

»Das weiß ich nicht.«

»Hat er seine neue Adresse nicht hinterlassen?«

»Nein.« Der Portier hob die Nase und erkannte Marius. »Ach, Sie sind's«, sagte er. »Na, Sie sind doch sicher Polizeispitzel?«

SIEBENTES BUCH

PATRON-MINETTE

Die Minen und die Bergleute

Die menschliche Gesellschaft hat das, was in den Theatern Versenkung genannt wird. Ihr Boden wird allenthalben unterminiert, bald für das Gute, bald für das Böse. Die Arbeiten überlagern sich. Es gibt die höher und die tiefer gelegenen Minen, ein Oben und Unten in diesem unbekannten Untergrund, der bisweilen unter der Zivilisation einstürzt und den wir in unserer Gleichgültigkeit und unserem Leichtsinn verachten. Die Enzyklopädie im vergangenen Jahrhundert war ein Bergwerk, fast ein Tagebau. Die Finsternis, dieser dunkle Brutschrank des Urchristentums, wartete bloß eine Gelegenheit ab, um unter den Cäsaren zu explodieren und die Menschheit mit Licht zu überfluten. Denn in der heiligen Finsternis ist Licht verborgen. Die Vulkane sind voll eines Dunkels, das aufleuchten kann. Jede Lava ist anfangs Nacht. Die Katakomben, in denen die erste Messe gelesen wurde, bildeten nicht nur den Keller Roms, sie waren das Kellergeschoß der Welt.

Unter dem Bau der Gesellschaft, diesem großartigen, kunstvollen Gemäuer, finden sich Aushöhlungen aller Art. Da gibt es die Mine der Religion, der Philosophie, der Politik, der Ökonomie und der Revolution. Der eine hackt mit dem Gedanken, der andere mit der Zahl, der dritte mit dem Zorn. Man ruft und gibt sich Antwort von einer Katakombe zur anderen. Unter Tage bewegen sich die Utopien in diesen Gängen vorwärts. Sie verzweigen sich darin in alle Richtungen. Mitunter begegnen und verbrüdern sie sich. Jean-Jacques leiht seine Keilhaue Diogenes und der ihm seine Laterne. Bisweilen streiten sie miteinander. Calvin liegt sich mit Sorinus in den Haaren. Aber nichts hält all die auf das Ziel angespannten Kräfte auf oder unterbricht die umfangreiche, gleichzeitige Tätigkeit, die in der Dunkelheit hin und her geht, herauf-, hinab- und wieder heraufsteigt, die langsam das Obere durch das Untere und das Äußere durch das Innere verwandelt, ein unermeßliches, unbekanntes Gewimmel. Die Gesellschaft ahnt kaum dieses Schürfen, das ihre Oberfläche unangetastet läßt und ihr die Eingeweide verändert. Ebenso viele unterirdische Stockwerke wie unterschiedliche Arbeiten und Förderungen. Was kommt bei all dem Wühlen in der Tiefe heraus? Die Zukunft.

Je tiefer man eindringt, desto geheimnisvoller werden die Arbeiter. Bis zu einer bestimmten Stufe, die der Gesellschaftswissenschaftler feststellt, kann die Arbeit als gut angesehen werden, darüber hinaus ist sie zweifelhaft und fragwürdig, weiter unten wird sie schrecklich. In einer gewissen Tiefe sind die Höhlungen dem zivilisatorischen Geist nicht mehr zugänglich, der Mensch kann nicht mehr atmen, das Reich der Ungeheuer beginnt.

Die Leiter, die hinabführt, ist seltsam, und jede ihrer Sprossen entspricht einem Stockwerk, in dem die Philosophie Fuß fassen kann und wo man einen jener zuweilen göttlichen, zuweilen mißgestalten Gesellen antrifft. Unter Jan Hus ist Luther, unter Luther Descartes, unter Descartes Voltaire, unter Voltaire Condorcet, unter Condorcet Robespierre, unter Robespierre Marat, unter Marat Babeuf. Und das geht so fort. Weiler unten im Dunkel, an der Grenze, die das Undeutliche vom Unsichtbaren trennt, erblickt man andere schattenhafte Menschen, die vielleicht noch nicht existieren. Die von gestern sind Gespenster, Larven die von morgen. Verschwommen nimmt sie das Auge des Geistes wahr. Die Geburtswehen der Zukunft gehören zu den Visionen des Philosophen.

Eine Welt als Fötus in der Vorhölle, was für ein unerhörtes Bild.

Saint-Simon, Owen und Fourier sind auch da, in Nebenhöhlen.

All die unterirdischen Bahnbrecher fühlen sich fast stets einsam und sind es nicht, und obwohl sie eine unsichtbare, göttliche Kette wider ihr Wissen miteinander verbindet, sind ihre Arbeiten fürwahr sehr unterschiedlich, das Licht der einen sticht vom Lodern der anderen ab. Die einen sind himmlisch, die anderen tragisch. Doch welches auch immer der Gegensatz sein mag, alle diese Arbeiter, vom höchsten bis zum nächtlichsten, vom weisesten bis zum närrischsten, gleichen sich in einem, der Uneigennützigkeit. Marat vergißt sich wie Jesus. Sie stellen sich beiseite, lassen sich weg, denken nicht an sich. Sie sehen etwas anderes als sich selber. Ihr Blick sucht das Absolute. Dem Ersten strahlt der ganze Himmel aus den Augen; dem Letzten, so rätselhaft er auch sei, blinkt immer noch die gleiche Stelle des Unendlichen unter der Braue. Was er auch immer zun mag, verehrt jeden, der dieses Zeichen hat: das Sternenauge.

Das finstere Auge ist das andere Zeichen.

Bei ihm beginnt das Böse. Vor dem Blicklosen denkt nach und erzittert. Die soziale Ordnung hat ihre schwarzen Bergleute.

An einer bestimmten Stelle wird begraben, wer weiter in die Tiefe vordringt, und dort erlischt das Licht.

Unter allen Minen und Stollen, unter dem ganzen unermeßlichen unterirdischen Adergeflecht des Fortschritts und der Utopie, noch viel tiefer in der Erde, tiefer als Marat und Babeuf, tiefer, viel tiefer und ohne jede Verbindung zu den oberen Stockwerken, erstreckt sich die letzte aller Sappen. Eine fürchterliche Stätte. Sie haben wir Versenkung genannt. Hier ist das Reich der Inferi, und es geht dem Abgrund zu.

Die Niederung

Hier verschwindet die Uneigennützigkeit. Der Dämon zeichnet sich undeutlich ab; jeder für sich. Das augenlose Ich heult, sucht, tastet und nagt. Der soziale Ugolino steckt in diesem Schlund.

Die scheuen Silhouetten, die in dieser lichterlosen Gruft umherstreichen, fast Tiere, fast Gespenster, fragen nicht nach dem allgemeinen Fortschritt, sie ahnen nichts vom Gedanken und vom Wort, ihr einziger Wille ist die individuelle Sättigung. Sie sind nahezu ohne Bewußtsein und innerlich auf eine erschreckende Art ausgelöscht. Sie haben zwei Mütter, die beide Stiefmütter sind, die Unwissenheit und das Elend. Eine einzige Macht lenkt sie, das Bedürfnis, die Begierde. Sie sind brutal gefräßig und tigerhaft wild. Vom Leiden gehen diese Larven zum Verbrechen über. Das ist unentrinnbares Verhängnis, Zeugung im Schwindel, Logik des Schattens. Was in der sozialen Versenkung umherkriecht, fordert nicht mit ersticktem Schrei das Absolute. Es ist der Protest der Materie. Der Mensch wird zum Drachen. Hunger haben, Durst haben ist der Ausgangspunkt; Satan sein der Zielpunkt. Aus diesem Keller kommt Lacenaire.

In vierten Buch war ein Feld der oberen Mine, der großen Sappe der Politik, der Revolution und der Philosophie, zu sehen. Dort, wir sagten es bereits, ist alles vornehm, rein, würdig und anständig. Dort kann man sich zweifelsohne täuschen, und man täuscht sich; doch der Irrtum ist an jenem Ort verehrungswürdig, soviel Heroismus schließt er ein. Die gesamte Arbeit, die dort geleistet wird, heißt Fortschritt.

Der Augenblick ist gekommen, in andere Tiefen zu blicken, in die scheußlichen Tiefen.

Unter der Gesellschaft, wir lassen uns davon nicht abbringen, gibt es die große Höhle des Bösen, und es wird sie geben bis zu dem Tage, an dem die Unwissenheit beseitigt sein wird.

Diese Höhle liegt unter allen und ist aller Feind. Sie ist der Haß gegen alles ohne Ausnahme. Sie kennt keine Philosophen. Ihr Dolch hat nie einen Gänsekiel zur Feder geschnitten, und seine Schwärze hat nichts mit der erhabenen Schwärze des Tintenfasses zu tun. Nie haben die nächtlichen Finger, die sich in den betäubenden Dünsten unter dieser Decke verzerren, in einem Buch geblättert oder eine Zeitung entfaltet. Für Cartouche ist Babeuf ein Ausbeuter. Marat ein Aristokrat für Schinderhannes. In dieser Höhle wird der Einsturz von allem erstrebt.

Von allem. Einschließlich der oberen Sappen, die hier verflucht werden. Sie unterminiert in ihrem grauenhaften Gewimmel nicht nur die heutige soziale Ordnung. Sie unterwühlt die Philosophie, die Forschung, das Recht, das menschliche Denken, die Zivilisation. Sie unterminiert die Revolution und den Fortschritt. Ihr Name ist Diebstahl, feile Unzucht, Totschlag und Meuchelmord. Sie ist Finsternis und will das Chaos. Aus Unwissenheit ist ihr Dach gewölbt.

Alle anderen Schichten über ihr haben nur die eine Aufgabe, sie zu beseitigen. Daran arbeiten mit allen ihren Organen zugleich, durch Verbesserung des Wirklichen sowie durch die Betrachtung des Absoluten, Philosophie und Fortschritt.

Zerstört den Keller Unwissenheit, und ihr rottet den Maulwurf Verbrechen aus.

Fassen wir kurz einen Teil des eben Niedergeschriebenen zusammen. Die einzige Gefahr für die Gesellschaft ist das Dunkel.

Menschheit ist Einheitlichkeit. Alle Menschen sind aus derselben Tonerde geschaffen. Kein Unterschied ist, hienieden wenigstens, in der Vorherbestimmung. Dasselbe Dunkel zuvor, dasselbe Fleisch während des Lebens, dieselbe Asche nachher. Die Unwissenheit jedoch, in den menschlichen Teig gemischt, verfärbt ihn. Diese unheilbare Schwärze durchsetzt das Blut des Menschen, und aus ihr wird das Böse.

Babet, Gueulemer, Claquesous und Montparnasse

Ein Quartett von Banditen, Claquesous, Gueulemer, Babet und Montparnasse, regierte von 1830 bis 1835 in der Versenkung von Paris.

Gueulemer war ein deklassierter Herkules und sein Schlupfwinkel die Kloake der Arche-Marion. Er war sechs Fuß groß, hatte eine Brust von Marmor und Bizeps von Erz, die Atmung eines Kessels, den Rumpf eines Kolosses und einen Vogelschädel. Er ähnelte dem Farnesischen Herkules, wenn der mit einer Zwillichhose und einer Manchesterweste bekleidet würde. So skulptural gebaut, hätte Gueulemer Ungeheuer zähmen können; er hatte es bequemer gefunden, selbst eins zu sein. Niedere Stirn, breite Schläfen, unter Vierzig, mit Krähenfüßen um die Augen, rauhes, kurzes Kopfhaar, borstige Backen und Eberbart: Das ist sein Bildnis. Seine Muskeln verlangten nach schwerer Arbeit, seine Stupidität verschmähte sie. Er besaß eine große, faule Kraft und war Mörder aus Trägheit. Man hielt ihn für einen Kreolen. Wahrscheinlich hatte er sich ein wenig an dem Überfall auf den Marschall Brune beteiligt, als er 1815 Lastträger in Avignon war. Nach dieser Dienstleistung war er unter die Banditen gegangen.

Mit der Fleischmasse Gueulemers kontrastierte die Durchsichtigkeit von Babet. Er war mager und pfiffig, durchscheinend, aber undurchdringlich. Man sah das Licht durch seine Knochen, aber nichts hinter seinem Auge. Er erklärte, er sei Chemiker. Hanswurst bei Bobèche und Pojatz bei Bobino war er gewesen. In Saint-Mihiel hatte er in Possen gespielt. Er war ein abgefeimter Schönredner, der sein Lächeln unterstrich und seine Handbewegung in Häkchen setzte. Sein Gewerbe war, unter freiem Himmel Gipsbüsten und Porträts des »Staatsoberhauptes« zu verkaufen. Dazu zog er Zähne. Er hatte auf den Jahrmärkten Naturwunder vorgeführt und eine Baracke besessen mit einer Trompete und dem Plakat: »Babet, Zahnkünstler, Mitglied von Akademien, macht physikalische Experimente an Metallen und Metalloïden, zieht Zähne aus, geht Zahnstummel an, die von seinen Kollegen drin gelassen worden sind. Preise: ein Zahn ein Franc fünfzig Centimes, zwei Zähne zwei Francs, drei Zähne zwei Francs fünfzig. Nehmen Sie die Gelegenheit wahr!« (Dieses »Nehmen Sie die Gelegenheit wahr!« bedeutete: am billigsten, wenn ich möglichst viele ziehe!) Er war verheiratet gewesen und hatte Kinder gehabt. Aber er wußte nicht, was aus Frau und Kindern geworden war. Er hatte sie verloren, wie man sein Schnupftuch verliert. Eine große Seltenheit in der obskuren Welt, der er angehörte: Babet las Zeitungen. Eines Tages, als er noch seine Familie in der rollenden Baracke um sich hatte, las er im »Messager«, eine Frau habe ein lebensfähiges Kind mit einem Kalbsmaul geboren. »Das bringt ein Vermögen!« rief er. »Meine Frau wäre nie so gescheit, mir so ein Kind hinzusetzen.« Seitdem hatte er alles aufgegeben, um, wie er sagte, »Paris zu machen«.

Wer war Claquesous? Er war die Nacht. Er wartete, um sich zu zeigen, bis der Himmel mit Pechschwärze besudelt war. Abends schlüpfte er aus einem Loch, in das er vor dem Tag wieder hineinschlüpfte. Wo war dieses Loch? Niemand wußte es. Im tiefsten Dunkel sprach er mit seinen Komplizen nur, indem er ihnen den Rücken zudrehte. Hieß er Claquesous, der Pfennigklapperer? Nein. Er sagte oft: »Ich heiße überhaupt nicht.« Wenn eine Kerze aufleuchtete, band er sich eine Maske vor. Er war Bauchredner. Babet sagte von ihm: »Claquesous ist ein Nachttier mit zwei Stimmen.« Claquesous war unstet, umherschweifend, furchtbar. Es war nicht erwiesen, daß er einen Namen hatte, denn Claquesous war ein Spitzname; nicht erwiesen, daß er eine Stimme hatte, denn sein Bauch sprach häufiger als sein Mund; nicht erwiesen, daß er ein Gesicht hatte, denn keiner hatte etwas anderes als seine Maske gesehen. Er verschwand wie ein Nebeltrug. Erschien er, so enttauchte er der Erde.

Montparnasse war ein düsteres Wesen. Ein Kind von unter zwanzig Jahren, mit einem hübschen Gesicht, Lippen, die Kirschen ähnelten, gelocktem schwarzem Haar und der Klarheit des Frühlings in den Augen. Er hatte alle Laster und prahlte ehrgeizig mit allen Verbrechen. Hatte er das Böse schlecht verdaut, empfand er schon Appetit nach Schlimmerem. Er war der kleine Straßenbengel, der ein Lümmel geworden ist, und der Lümmel in der Verwandlung zum Gauner, artig, weibisch, anmutig, robust, schlaff und gewalttätig. Den Rand seines Hutes hatte er hochgeklappt, um im Stil von 1829 einen Haarwulst sich bauschen zu lassen. Er lebte von ungestümen Diebereien. Sein Rock war von bestem Schnitt, jedoch abgetragen. Montparnasse war ein Modekupfer, das im Elend gastierte und Morde beging. Die Ursache aller Attentate dieses Jünglings war die Sucht, gut angezogen zu sein. Die erste Grisette, die ihm gesagt hatte: »Du bist schön«, hatte ihm den finsteren Fleck auf das Herz gegossen und diesen Abel einen Kain werden lassen. Da er glaubte, er habe angenehme Züge, hatte er elegant sein wollen.

Die erste Eleganz aber ist der Müßiggang, und der Müßiggang dessen, der nichts hat, das Verbrechen. Nur wenige Vagabunden waren so gefürchtet wie Montparnasse. Mit achtzehn Jahren hatte er schon etliche Leichen hinter sich. Mehr als ein Passant lag mit ausgestreckten Armen im Schatten dieses Außenseiters der Gesellschaft, das Antlitz in einer Blutlache. Das Haar gekräuselt, pomadisiert, mit schlanker Taille, Frauenhüften, dem Mieder eines preußischen Offiziers, das bewundernde Gemurmel der Boulevarddirnen um sich her, die Krawatte kunstvoll gebunden, einen Totschläger in der Tasche, eine Blume im Knopfloch: So war dieser Stutzer und Grabesengel.

Zusammensetzung der Truppe

Die vier Banditen bildeten unter sich eine Art von Proteus. Sie schlängelten sich quer durch die Polizei und waren bestrebt, den indiskreten Blicken Vidocqs »unter verschiedener Gestalt, Baum, Flamme und Quell« zu entgehen. Sie liehen sich ihre Namen und ihre Tricks aus, verkrochen sich in ihrem eigenen Schatten, benutzten sich gegenseitig als Kästchen mit Geheimfach und Zuflucht und streiften ihre Persönlichkeit ab, wie man auf einem Maskenball seine falsche Nase abstreift. Mitunter vereinfachten sie sich so, daß nur noch einer von ihnen blieb, und mitunter vervielfachten sie sich dermaßen, daß sogar Coco-Lacour sich irrte und sie für eine Masse hielt.

Diese vier Männer waren nicht vier Männer. Sie waren ein mysteriöser, vierköpfiger Dieb, der im großen über Paris arbeitete. Sie waren der ungeheure Polyp des Bösen, der in der Krypta der Gesellschaft lagerte. Dank ihren Verzweigungen und dem unterirdischen Netz ihrer Beziehungen hatten Babet, Gueulemer, Claquesous und Montparnasse das gesamte Unternehmen der Menschenfallen im Departement Seine inne. Sie verübten an den Passanten den Staatsstreich von unten. Die Ideenfinder für solche Absichten, Menschen mit nächtlicher Phantasie, traten wegen der Ausführung an sie heran. Man teilte den vier Schurken den Plan mit, sie lieferten die Inszenierung. Sie arbeiteten nach einem Szenario. Immer waren sie in der Lage, ein entsprechend großes und passendes Personal für alle Attentate zu stellen, für die eine kleine Nachhilfe benötigt wurde und die hinreichenden Gewinn abwarfen. Wenn ein Verbrechen nach Handlangern suchte, so besorgten sie in Untermiete Komplicen. Sie geboten über eine Truppe von Schauspielern der Finsternis für Rollen in allen Tragödien der Höhlenwelt.

Sie versammelten sich gewöhnlich bei sinkender Nacht, in der Stunde, in der sie erwachten, in den Steppen nahe der Salpêtrière. Dort berieten sie. Sie hatten die zwölf schwarzen Stunden vor sich und regelten ihre Verwendung.

Patron-Minette, das war der Name, den man in unterirdischen Kreisen der Vereinigung der vier Männer gegeben hatte. In der alten, ursprünglichen Volkssprache, die von Tag zu Tag mehr dahinschwindet, bezeichnet Patron-Minette den Morgen, so wie »zwischen Hund und Wolf« den Abend bedeutet. Diese Bezeichnung Patron-Minette kam vermutlich von der Stunde her, in der ihre Arbeit endete, da die Morgendämmerung der Augenblick war, in dem die Phantome sich verflüchtigten und die Banditen sich trennten. Die vier Männer waren unter dieser Rubrik bekannt.

Als der Präsident des Schwurgerichtes Lacenaire in seinem Kerker aufsuchte, verhörte er ihn über eine Missetat, die Lacenaire leugnete. »Wer hat es dann getan?« fragte der Präsident. Lacenaire gab die für den Richter rätselhafte, doch für die Polizei klare Antwort: »Vielleicht Patron-Minette.«

Ein Theaterstück läßt sich bisweilen durch die Angaben zu den Personen erraten. Ebenso kann man sich anhand des Verzeichnisses der Banditen eine ungefähre Vorstellung von einer Bande machen. Hier nun, auf welche Namen, denn diese sind in den betreffenden Berichten erhalten, die Mitglieder des engeren Kreises von Patron-Minette hörten:

Panchaud, genannt Printanier, genannt Bigrenaille

Brujon (Es gab eine Dynastie Brujon. Wir werden noch darauf zurückkommen.)

Boulatruelle, der bereits flüchtig gesehene Straßenarbeiter

Laveuve

Finistère
Homère Hogu, Neger
Mardisoir
Dépêche
Fauntleroy, genannt Blumenmädchen
Glorieux, ein entlassener Sträfling
Barrecarrosse, genannt Herr Dupont
Lesplanade-du-Sud
Poussagrive
Carmagnolet
Kruideniers, genannt Bizarro
Mangedentelle
Der Aufgedrehte
Demi-Liard, genannt Deux-Milliards
usw. usw.

Wir hören auf, und nicht mit den schlimmsten. Diese Namen haben Gesichter. Sie stehen nicht nur für einzelne Geschöpfe, sondern auch für ganze Gattungen. Jeder dieser Namen entspricht einer Spielart der häßlichen Pilze vom Untergrund der Zivilisation.

Diese mit ihren Gesichtern geizenden Wesen waren nicht gleich denen, die man auf den Straßen sieht. Bei Tag gingen sie, von den wilden Nächten, die sie erlebten, müde, bald in Gipsöfen schlafen, bald in den verlassenen Steinbrüchen von Montmartre oder Montrouge, manchmal in unterirdischen Kanälen. Sie gruben sich ein.

Was ist aus diesen Menschen geworden? Sie existieren noch immer. Sie haben immer existiert. Horaz spricht von ihnen: *Ambubaiarum collegia, pharmacopolae, mendici, mimae;* und solange die Gesellschaft sein wird, was sie ist, werden sie sein, was sie sind. Unter der dunklen Decke ihres Gewölbes werden sie aus dem sickernden Abwasser der Gesellschaft wiedergeboren. Ewige Gespenster, sind sie immer die gleichen. Nur tragen sie nicht mehr dieselben Namen und stecken nicht mehr in derselben Haut. Wenn die Individuen ausgerottet sind, der Stamm dauert fort.

Sie haben immer die gleichen Fähigkeiten. Vom Bettlervolk des alten Paris bis zum Vagabunden von gestern und heute, die Rasse bewahrt ihre Reinheit. Sie wittern die Geldbörsen in den Brusttaschen, die Uhren in den Uhrentaschen. Gold und Silber haben für sie einen Geruch. Es gibt naive Bürger, von denen man sagen könnte, daß sie bestehlbar aussehen. Diese Männer gehen den Bürgern geduldig nach. Wenn ein Fremder oder ein Provinzler vorbeikommt, zucken sie wie Spinnen.

Trifft man sie gegen Mitternacht auf einem Boulevard oder sieht man sie von fern, so erschrickt man. Sie scheinen keine Menschen, sondern Spuk aus wallendem Nebel zu sein. Sie sind gewissermaßen zumeist ein Block mit der Finsternis, sie heben sich von ihr nicht ab, keine andere Seele ist in ihnen als der Schatten. Nur für den Augenblick, nur um für wenige Minuten ein ungeheuerliches Leben zu leben, haben sie sich von der Nacht gesondert.

Was muß geschehen, damit diese Nachtgespenster verschwinden? Aufklärung! Fluten von Licht! Die Fledermaus flieht den Sonnenaufgang. Erleuchtet die Gesellschaft von unten her.

ACHTES BUCH

DER BÖSE ARME

Marius sucht ein Mädchen im Hut und findet einen Mann mit Mütze

Der Sommer verrann und nach ihm der Herbst. Der Winter kam. Weder Herr Leblanc noch das junge Mädchen hatten seither den Luxembourg-Park betreten. In Marius war nur noch ein Gedanke: das sanfte, anbetungswürdige Gesicht wiederzusehen. Er suchte immer, er suchte überall; er fand nichts. Das war nicht mehr der enthusiastische Träumer Marius, der entschlossene, glühende und gefestigte Mann, der kühn das Schicksal herausforderte, der junge Geist, der Zukunft auf Zukunft erbaute, der sich mit Plänen, Absichten, Stolz, Ideen und Willen überlastet hatte, sondern ein verirrter Hund. Er fiel schwarzer Traurigkeit anheim. Mit ihm war es aus. Die Arbeit war ihm zuwider, Spaziergänge ermatteten ihn, die Einsamkeit langweilte ihn. Die weite Natur, ehedem so erfüllt von Formen, von Licht, von Stimmen, von Zurufen, von Ausblicken, von Horizonten, von Lehren, lag jetzt öde vor ihm. Es schien ihm, als sei alles verschwunden.

Er dachte noch immer nach, jedoch seine Gedanken freuten ihn nicht mehr. Auf alles, was sie ihm leise und unaufhörlich vorschlugen, antwortete er, in den Schatten gebannt: Wozu?

Er machte sich viele Vorwürfe. Weshalb bin ich ihr gefolgt? Ich war so glücklich, sie nur zu schauen. Sie sah mich an. War das nicht etwas Unermeßliches? Sie schien mich zu lieben. War das nicht alles? Was wollte ich denn noch? Es geht nichts darüber hinaus. Ich war ein Narr. Die Schuld habe ich. Courfeyrac, dem er sich nicht eröffnete (aus Gründen seines Charakters), der aber alles ein wenig erriet (aus einer Charaktereigenschaft heraus auch er), hatte begonnen, ihm zu gratulieren, daß er eine Liebschaft habe, und nebenbei darüber gestaunt. Dann, als er beobachtete, wie Marius sich seiner Schwermut hingab, sagte er zu ihm: »Ich sehe, du warst einfach ein Esel. Komm in die ›Hütte‹!«

Einmal hatte Marius sich im Vertrauen auf die schöne Sonne eines Septembertages von Courfeyrac, Bossuet und Grantaire nach Sceaux führen lassen, in ein Tanzlokal. Er hoffte – welch ein Traum! – sie vielleicht dort wiederzufinden. Freilich sah er an jenem Ort nicht die, die er suchte. »Gewiß, hier findet man alle verlorenen Mädchen«, brummte Grantaire, beiseite. Marius trennte sich bald von seinen Freunden und kehrte zu Fuß zurück, allein, müde, fiebernd, mit trüben, traurigen Augen in die Nacht blickend, betäubt vom Lärm und Staub der fröhlichen, mit singenden Menschen vollgestopften Torwagen, die vom Feste nach Paris zu rollten und an ihm vorüberfuhren. Mutlos atmete er, um sich den Kopf zu kühlen, den herben Geruch der Nußbäume an der Straße ein.

Er lebte nun wieder einsamer und einsamer, verstört, niedergeschlagen, wehrlos gegen die Angst in seinem Innern. Er lief in dem Käfig seines Schmerzes hin und her wie der Wolf in der Falle und suchte, von Liebe zerrüttet, überall die Abwesende.

Ein andermal hatte er eine Begegnung, die seltsam auf ihn wirkte. In den Gassen, die an den Boulevard des Invalides angrenzen, kreuzte sein Weg den eines Mannes, der wie ein Arbeiter gekleidet war und eine Mütze mit langem Schirm trug. Strähnen von ganz weißem Haar kamen darunter hervor. Marius war von der Schönheit dieser weißen Haare überrascht und betrachtete den Mann, der mit langsamen Schritten dahinging und in leidvolle Grübelei versunken schien. Befremdet glaubte er, Herrn Leblanc zu erkennen. Es waren dieselben Haare, dasselbe Profil, soweit die Mütze es sehen ließ, dieselbe Miene, nur trauriger. Aber weshalb diese Arbeiterkleidung? Was sollte diese Vermummung? Marius war sehr verblüfft. Als er sich besann, war seine erste Regung, dem Mann nachzugehen. War er vielleicht endlich auf der Fährte, die er suchte? In jedem Fall mußte er den Mann aus der Nähe wiedersehen und das Rätsel aufklären. Aber darauf kam er zu spät, der Mann war schon fort. Er hatte sich in eine kleine Seitengasse gewandt, und Marius konnte ihn nicht mehr entdecken. Diese Begegnung beschäftigte ihn einige Tage, dann verblaßte sie in ihm. Wahrscheinlich ist da nur eine Ähnlichkeit, sagte er sich.

Ein Fund

Noch immer wohnte Marius im Hause Gorbeau. Er beachtete niemanden. In dem Haus lebten zu jener Zeit allerdings keine anderen Bewohner als er und die Jondrettes, deren Miete er einmal bezahlt hatte. Nie hatte er mit dem Vater noch mit der Mutter, noch mit den Töchtern gesprochen. Die anderen Mieter waren ausgezogen oder gestorben, oder sie waren, da sie nicht zahlten, vor die Tür gesetzt worden.

An einem Tage dieses Winters hatte die Sonne sich nachmittags ein wenig gezeigt. Aber es war der zweite Februar, der alte Lichtmeßtag, dessen verräterischer Sonnenschein, Vorläufer einer sechswöchigen Kälte, Mathieu Laensberg zu den mit Recht klassischen Versen inspiriert hat: »Ob's auch zu Lichtmeß lichten tut, der Bär in seiner Höhle ruht.« Marius hatte die seinige verlassen. Die Nacht brach an.

Es war die Stunde, in der er speisen ging. Denn ach! Er hatte sich entschließen müssen, wieder zu essen. O Schwachheit idealer Leidenschaft!

Er hatte seine Schwelle überschritten, die eben der Besen der Bougon fegte, indes sie gerade den denkwürdigen Monolog hielt: »Was ist denn heute billig? Alles ist teuer. Nur das Elend auf der Welt ist billig. Das hat man für nichts, das Elend auf der Welt.«

Marius ging langsam den Boulevard hinauf bis zur Schranke, um die Rue Saint-Jacques zu erreichen. Er ging versonnen, den Kopf gesenkt. Plötzlich fühlte er sich mit dem Ellbogen gestoßen. Er drehte sich um und sah zwei zerlumpte Mädchen, die eine lang und schmal, die andere etwas weniger groß. Sie eilten vorbei, außer Atem, aufgescheucht, und schienen auf der Flucht. Sie kamen ihm entgegen, hatten ihn nicht gesehen, und so waren sie an ihn angerannt. Marius unterschied in der Dämmerung ihre fahlen Gesichter, ihre Köpfe mit dem unordentlichen, gelösten Haar, ihre greulichen Hauben, ihre zerfetzten Röcke und ihre nackten Füße. Indes sie liefen, sprachen sie miteinander. Die größere sagte mit leiser Stimme: »Die Polypen sind da. Fast hätten sie mich bei der Razzia hopp genommen.«

Die andere erwiderte: »Ich hab sie gesehn. Ich bin getürmt, getürmt, getürmt!«

Marius begriff durch dieses finstere Argot hindurch, daß die Gendarmen oder die Wachleute die beiden Kinder beinahe gefaßt hätten und daß die Kinder entkommen waren. Sie verschwanden hinter ihm unter den Bäumen des Boulevards und blieben minutenlang im Dunkel als ein weißer Fleck sichtbar, der dann erlosch.

Marius hatte einen Moment gezögert. Er wollte weitergehen, als er am Boden, zu seinen Füßen, ein graues kleines Paket sah. Er bückte sich und hob es auf. Es war Packpapier, das einige Briefe zu enthalten schien. Die unglücklichen Geschöpfe, sagte er sich, haben das fallen lassen.

Er ging zurück, er rief und fand sie nicht mehr. So dachte er, sie seien schon fern, steckte das Paket in seine Tasche und begab sich in die Speisewirtschaft.

Unterwegs sah er in einem Hausflur der Rue Mouffetard einen Kindersarg, der mit einem schwarzen Tuch bedeckt, auf drei Stühle gestellt und von einer Kerze beleuchtet war. Er erinnerte sich der beiden Mädchen von vorhin. Arme Mütter! sagte er sich. Trauriger noch als seine Kinder sterben zu sehen ist es, wenn sie verderben.

Dann wichen diese Schatten, die ihn von seiner sonstigen Schwermut abgebracht hatten, aus seinem Gedächtnis, und wieder verfiel er seinem gewohnten Kummer. Von neuem erstanden vor ihm die sechs Monate der Liebe und des Glücks unter freiem Himmel, in der Sonne, unter den schönen Bäumen des Luxembourg. Wie düster ist mein Leben geworden, so sann er. Immer erscheinen mir junge Mädchen. Nur waren es damals Engel. Jetzt sind es Hexen.

Als er sich abends entkleidete, um schlafen zu gehen, berührte seine Hand in der Rocktasche das Paket, das er vom Boulevard aufgehoben hatte. Er hatte es vergessen. Er dachte, es werde von Nutzen sein, es aufzumachen. Das Paket enthielt vielleicht die Adresse der jungen Mädchen, wenn es ihnen in Wirklichkeit gehörte, und in jedem Fall Auskünfte, wie sie nötig waren, um es der Person, die es verloren hatte, wieder zuzustellen.

Er nahm den Umschlag ab, der nicht versiegelt war. Vier unversiegelte Briefe lagen darin. Adressen standen darauf. Allen vier entströmte der Geruch von ekelhaftem Tabak.

Der erste Brief war adressiert: »An gnädige Frau Marquise von Grucheray, Platz gegenüber der Deputiertenkammer« und so weiter. Marius sagte sich, er werde darin wohl die gesuchten Hinweise findet, und da der Brief nicht verschlossen war, glaubte er, ihn ohne Ungebühr lesen zu können. Er lautete:

»Gnädige Frau Marquise,
die Tugend der Milde und Barmherzigkeit ist die, welche die Gesellschaft auf das engste einigt. Lassen Sie Ihr christliches Gefühl sich ergehen und werfen Sie einen Blick des Mitleids auf diesen unglüklichen Spanier, welcher ein Opfer ist der Lojahlitet und Anhenglichkeit an die heilige Sache der Legitimitet welche er mit seinem Blut bezahlt hat und sein ganzes Vermögen gewidmet um diese Sache zu verteidigen und heute befindet er sich in dem größten Elend. Er zweifelt nicht das Ihre ehrenwerte Person eine Hilfe bewilligen wird um eine äußerst peinliche Existenz zu erhalten für einen Militär von Erziehung und Ehre voll Wunden. Rechne im vornhinein auf die Menschlichkeit, welche Sie beseelt und auf das Interesse, welches die Frau Marquise erweist einer so unglüklichen Nazion. Ihre Bitte wird nicht vergebens sein und ihre Dankbarkeit wird ihr reizendes Gedenken bewahren.

Meine respektvollen Gefühle mit welchen ich die Ehre habe zu sein, Frau Marquise Don Alvares, spanischer Capitan de Cavalleria, rojahlistischer Emigrant in Frankreich welcher sich auf Reise befindet für sein Vaterland und ihm fehlen die Mittel um weiter zu reisen.«

Keine Adresse stand hinter der Unterschrift. Marius hoffte, sie dem zweiten Brief entnehmen zu können, dessen Aufschrift war: »An gnädige Frau Gräfin von Montvernet, Rue Cassette No. 9.« Und Marius las:

»Gnädige Frau Gräfin,
es ist eine unglückliche Mutter von sechs Kindern von welchen das letzte nur acht Monate alt ist. Ich krank seid meinem letzten Wochenbett, verlassen von meinem Gemahl seid fünf Monaten ohne irgendwelche Hilfe ein Leben der schrecklichsten Entbehrung.

In der Hoffnung auf Frau Gräfin habe ich die Ehre zu sein, gnädige Frau, mit tiefem Respekt Frau Balizard.«

Marius ging zu dem dritten Brief über, der wie die vorigen eine Bittschrift war. Er las:

»Herrn Pabourgeot, Wahlmann, Mützenbänder en gros,
Rue Saint-Denis, an der Ecke der Rue aux Fers.
Ich erlaube mir an Sie einen Brief zu richten um Sie bitten mir die wertvolle Gunst Ihrer Simpatie zu gewehren und sich zu interesiren für einen Schriftsteller welcher soeben dem Theâtre Fransais ein Drama geschikt hat. Der Stoff davon ist historisch und begibt sich die Handlung in der Auvergne zur Zeit des Kaiserreichs. Der Stiel davon ist glaube ich, natürlich, lakonisch und kann einige Vorzüge haben. An vier Stellen sind Kuplees welche man singen kann. Das Komische, der Ernst, die Improvisazion vermischen sich darinn mit einer Farbe von Romantik welche leicht ausgebreitet ist über die ganze Intrihge welche misteriös vor sich geht und durch überraschende Peripetien sich inmitten mehrerer glänzender Zeneneffekte entfaltet.

Mein oberstes Ziel ist dem Verlangen genug zu tun welches fortschreitend den Menschen unseres Jahrhunderts beseelt, will heißen die Mode, diese launische und bizarre Wetterfahne welche fast bei jedem neuen Wind sich dreht.

Ungeachtet dieser Eigenschaften habe ich zu fürchten, das die Eifersucht, der Egoismus der privilehgirten Autoren meine Aussperrung vom Theater erlange, denn wolbekannt sind mir die Mislichkeiten mit welchen man den Neulingen das Leben vergellt.

Herr Pabourgeot, Ihr gerechter Ruf als Schutzherr der Schriftsteller erkühnt mich Ihnen meine Tochter zu schiken welche Ihnen unsere entbehrende Situazion darlegen wird Mangels Brot und Feuer in dieser Winterzeit. Ihnen zu sagen das ich Sie bitte die Widmung zu genehmigen welche ich Ihnen zu machen wünsche von meinem Drama und allen, die ich schreiben werde, ist Ihnen zu beweisen, wie sehr ich die Ehre erstrebe mich unter Ihre Protekzion zu schirmen und meine Schriften mit Ihrem Namen zu schmüken. Wenn Sie geruhen mich mit der kleinsten Gabe zu ehren, werde ich mich alsbald mit einem Stük in Versen bescheftigen, um Ihnen den Zoll meines Dankes zu entrichten.

Dieses Stük welches ich so vollkommen wie nur immer möglich zu machen versuchen werde, wird Ihnen geschikt werden, bevor es in dem Drama angezeigt und auf die Zene gebracht wird.

Herrn und gnädige Frau Pabourgeot meine respektvollsten Huldigungen Genflot, Schriftsteller.

P. S. Und wenn es nur vierzig Sous wären. Entschuldigen Sie das ich Ihnen meine Tochter schike und mich nicht selber vorstelle, aber die traurige Beschaffenheit meiner Toalette gestattet mir, ach!, nicht auszugehen.«

Marius öffnete endlich den vierten Brief. Auf der Adresse stand: »Dem wohltätigen Herrn von der Kirche Saint-Jacques-du-Haut-Pas.« Er enthielt die wenigen Zeilen:

»Wohltätiger Mann,
wenn Sie geruhen, meine Tochter zu begleiten, werden Sie mein elendes Misgeschik sehen, und ich werde Ihnen meine Bestätigungen zeigen.

Beim Anblick dieser Zeugnisse wird Ihre edle Seele von einem Gefühl empfindsamen Wolwollens bewegt werden, denn die waren Filosofen empfinden immer lebhafte Bewegungen des Herzens.

Geben Sie zu, mitfülender Mann, das man das grausamste Bedürfnis empfinden muß, und das es sehr schmerzlich ist, um einige Erleichterung zu erlangen, es von der Behörde atestieren zu lassen als wäre man nicht frei zu leiden und Hungers zu sterben in Erwartung das man unser Elend erleichtere. Die Schiksale sind sehr fatahl für manche Menschen und zu verschwenderisch oder zu gunstvoll für andere.

Ich erwarte Ihr Erscheinen oder Ihre Gabe, wenn Sie sie zu spenden geruhen, und bitte Sie genehmigen zu wollen die respektvollen Gefühle mit welchen ich mich beehre zu sein, wahrhaft großherziger Mann, Ihr sehr demütiger und sehr gehorsamer Diener P. Fabantou, dramatischer Künstler.«

Nachdem Marius die vier Briefe gelesen hatte, war er nicht viel weiter als zuvor. Erstens gab keiner der Unterzeichneten seine Adresse an. Sodann schienen sie von vier verschiedenen Individuen herzurühren. Don Alvares, der Frau Balizard, dem Dichter Genflot und dem Schauspieler Fabantou. Aber das seltsame war, daß alle vier dieselbe Handschrift aufwiesen. Was konnte man anderes daraus schließen, als daß sie von derselben Person kamen? Auch war, und das erhöhte die Wahrscheinlichkeit dieser Vermutung, das Papier, grob und vergilbt, bei allen dasselbe, sie hatten den gleichen Tabakgeruch, und obwohl man sichtlich danach getrachtet hatte, mit den sprachlichen Floskeln zu wechseln, wiederholten sich in tiefer Ruhe orthographische Fehler, und der Schriftsteller Genflot blieb von ihnen ebensowenig frei wie der spanische Hauptmann.

Dieses kleine Geheimnis ergründen zu wollen war zwecklose Mühe. Hätte es sich nicht um einen Fund gehandelt, hätte es nach einer Mystifikation ausgesehen. Marius war zu traurig, um auch nur einen Scherz des Objekts heiter hinzunehmen und das Spiel mitzumachen, das mit ihm zu spielen der Zufall des Straßenpflasters sich offenbar erlaubte. Es schien ihm, als tappe er wie beim Blindekuhspielen zwischen den vier Briefen umher, die seiner spotteten.

Nichts ließ im übrigen erkennen, ob sie wirklich den jungen Mädchen gehörten, denen er auf dem Boulevard begegnet war. Sie waren ja doch nur wertloser Papierkram. Marius steckte sie wieder in den Umschlag, warf ihn in eine Ecke und schlief ein.

Gegen sieben Uhr morgens hatte er sich erhoben, er frühstückte und versuchte, seine Arbeit zu beginnen, da wurde leise an seine Tür geklopft. Da er kein Eigentum hatte, sperrte er nie zu, sehr selten höchstens, wenn er über einer dringenden Arbeit saß. Sonst ließ er, auch in seiner Abwesenheit, den Schlüssel im Schloß. »Sie werden bestohlen werden«, sagte Frau Bougon oft. »Was soll man mir stehlen?« fragte Marius. Eines Tages jedoch hatte man ihm, zum großen Triumph von Frau Bougon, ein Paar alte Schuhe gemaust.

Es klopfte wieder, leise wie das erstemal. »Herein«, sagte Marius. Die Tür öffnete sich. »Was wollen Sie, Frau Bougon?« fragte Marius, ohne die Augen von den Büchern und Manuskripten abzuwenden, die auf dem Tisch lagen.

Eine Stimme, die nicht die von Frau Bougon war, antwortete: »Verzeihen Sie, Herr ...« Es war eine dumpfe, geborstene, gewürgte, entstellte Stimme, die Stimme eines von Branntwein und Fusel heiseren Mannes.

Marius drehte sich rasch um und sah ein junges Mädchen.

Eine Rose im Elend

Ein sehr junges Mädchen stand in der halboffenen Tür. Die Fensterluke der Kammer, durch die das Tageslicht drang, war der Tür gerade gegenüber angebracht und erhellte das Gesicht mit fahlem Schein. Es war ein abgezehrtes Geschöpf, dürftig, ohne Fleisch. Nur ein Hemd und ein Unterrock bedeckten seine erschauernde, eiskalte Blöße. Statt eines Gürtels ein Bindfaden, statt eines Haaraufputzes ein Bindfaden, spitze Schultern, die aus dem Hemd hervorstachen, blonde, lymphatische Blässe, erdfarbene Haut um die Knochen unter dem Hals, rote Hände, ein klaffender verzerrter Mund, wenige Zähne, glanzlose, freche und nach unten gerichtete Augen, die Formen eines unausgereiften Mädchens und der Blick einer gemeinen alten Frau. Eine Fünfzehnjährige von fünfzig Jahren. Eines jener Wesen, die zugleich schwach und grauenhaft sind und vor denen man zittert, wenn man nicht um sie weint.

Marius war aufgestanden und betrachtete mit Verblüffung dieses Geschöpf, das den in Träumen geisternden Gestalten des Schattens glich. Beklemmend war vor allem der Eindruck, daß dieses junge Mädchen nicht häßlich geboren war. In erster Kindheit mußte es sogar großen Reiz gehabt haben. Noch kämpfte die Anmut ihrer Jugend gegen die Häßlichkeit vorweggenommenen Alters in Laster und Not an. Ein Rest von Schönheit starb auf diesem Gesicht einer etwa Sechzehnjährigen dahin wie die bleiche Sonne, die in der Morgendämmerung eines Wintertags unter schrecklichen Wolken erlischt.

Das Gesicht war Marius nicht völlig unbekannt. Er glaubte, sich zu erinnern, daß er es irgendwo gesehen hatte. »Was wollen Sie, Fräulein?« fragte er.

Das junge Mädchen antwortete mit der Stimme eines betrunkenen Galeerensträflings: »Ein Brief an Sie, Herr Marius.« Sie kannte ihn mit seinem Namen. Er konnte nicht daran zweifeln, daß sie etwas hatte, was ihn anging. Aber wer war das Mädchen? Wieso wußte sie seinen Namen?

Ohne abzuwarten, daß er ihr erlaubte, näher zu kommen, trat sie entschlossen ein. Mit einer Sicherheit, die ihm das Herz zusammenpreßte, überschaute sie das ganze Zimmer und das ungemachte Bett. Sie war barfuß. Breite Löcher in ihrem Unterrock ließen ihre langen Beine und ihre mageren Knie sehen. Sie schlotterte. Und wirklich hielt sie in der Hand einen Brief, den sie Marius reichte.

Indes er den Brief öffnete, bemerkte er, daß die unmäßig große Oblate, die ihn versiegelte, noch feucht war. Der Absender konnte nicht fern sein. Er las:

»Liebenswürdiger Nachbar, junger Mann,
ich habe von Ihrer Güte gegen mich erfahren, das Sie vor sechs Monaten meine Miete gezahlt haben. Ich segne Sie, junger Mann. Meine eltere Tochter wird Ihnen sagen, das wir seid zwei Tagen kein Stück Brot haben, vier Personen, und meine Frau krank. Wenn mich meine Gedanken nicht ent-teuschen, glaube ich hoffen zu sollen das Ihr edles Herz sich bei dieser Darlegung vermenschlichen wird und das Verlangen Sie unterjochen mir gunstvoll zu sein, indem Sie genehmigen, mir eine leichte Woltat zu spenden.

Ich bin mit der ausgezeichneten Hochachtung welche man den Woltätern der Menschheit schuldet, Jondrette.

P. S. Meine Tochter erwartet Ihre Befehle, Herr Marius.«

Dieser Brief wirkte inmitten des dunklen Abenteuers, das Marius seit gestern abend beschäftigte, wie eine Kerze in einem Kellerloch. Plötzlich fiel Licht auf alles. Dieser Brief kam daher, woher die vier anderen kamen. Es waren dieselbe Schrift, derselbe Stil, dieselbe fehlerhafte Orthographie, dasselbe Papier, derselbe Tabakgeruch. Fünf Botschaften waren da, fünf Geschichten, fünf Namen, fünf Unterschriften und ein einziger Unterzeichner. Der spanische Hauptmann Don Alvares, die unglückliche Mutter Balizard, der Bühnendichter Genflot, der alte Komödiant Fabantou, alle vier hießen sie Jondrette, wenn Jondrette selbst in Wahrheit Jondrette hieß.

Ziemlich lange bereits wohnte Marius in diesem Haus, und nur ganz selten hatte er, wie schon gesagt wurde, Gelegenheit gehabt, seine kläglichen Nachbarn auch nur flüchtig zu sehen. Sein Geist weilte anderswo, und wo der Geist ist, sind die Augen. Gewiß hatte er mehr als einmal auf dem Korridor und auf der Treppe die Jondrettes getroffen. Aber sie waren nur Silhouetten für ihn. Er hatte sie so wenig beachtet, daß er gestern abend auf dem Boulevard, als die Jondrette-Mädchen ihn anstießen, sie gar nicht erkannt hatte; denn sie waren es offenbar gewesen. Und kaum hatte diese hier, als sie sein Zimmer betrat, durch Ekel und Mitleid hindurch eine unbestimmte Erinnerung in ihm geweckt, daß er ihr anderwärts begegnet war.

Jetzt sah er alles klar. Er begriff, daß es das Gewerbe seines Nachbarn Jondrette war, in seiner Verkommenheit das Erbarmen mildtätiger Personen auszubeuten, daß er sich Adressen verschame, daß er unter falschen Namen an Leute, die er für reich und mitleidig hielt, Briefe schrieb, die seine Töchter auf eigene Gefahr hintrugen. Denn dieser Vater schob seinen Töchtern das Risiko zu, er spielte eine Partie mit dem Schicksal, und sie waren sein Einsatz. Marius begriff, daß diese Unglücklichen, wenn er nach ihrer Flucht gestern abend, ihrer keuchenden Atemlosigkeit, ihrer Angst und den paar Brocken Argot, die er aufgefangen hatte, urteilen konnte, noch andere dunkle Gewerbe betrieben. Und aus alledem waren inmitten der menschlichen Gesellschaft, wie sie ist, zwei elende Wesen hervorgegangen, weder Kinder noch Mädchen, noch Frauen, unreine und schuldlose, vom Elend erzeugte Mißgeburten; traurige Geschöpfe, ohne Namen, ohne Alter, ohne Geschlecht, denen weder das Gute noch das Böse zu tun mehr möglich ist und die, wenn sie der Kindheit entwachsen sind, nichts in der Welt mehr haben, weder Freiheit noch Tugend, noch Verantwortlichkeit. Diese gestern aufgeblühten, heute verwelkten Seelen, sie gleichen den Blumen, die auf die Straße fallen. Aller Schmutz besudelt sie, bis sie von einem Rad zermalmt werden.

Während Marius sie staunend und von Schmerz berührt ansah, ging das junge Mädchen verwegen wie ein Gespenst in der Mansarde hin und her. Sie beschäftigte sich, ohne nach ihrer Blöße zu fragen. Ab und zu glitt ihr aufgeplatztes und zerrissenes Hemd fast bis zum Gürtel hinab. Sie rückte die Stühle, sie warf die Toilettenartikel, die auf der Kommode lagen, durcheinander, sie faßte die Kleider von Marius an, sie durchstöberte die Winkel der Kammer. »Ach«, sagte sie, »Sie haben ja einen Spiegel!« Und sie trällerte, als wäre sie allein, Fetzen von Vaudevilles, ausgelassene Refrains, die von ihrer rauhen Kehlstimme dumpf und düster wurden. Unter all dieser Dreistigkeit war etwas Verkrampftes, Unruhiges, Gedemütigtes herauszuhören, Scham unter der Schamlosigkeit. Nichts war bedrückender, als zu sehen, wie sie sich im Zimmer tummelte und flatterte, mit den Bewegungen eines

Vogels, den der Tag blendet oder dessen Flügel gebrochen sind. Man fühlte, daß unter anderen Bedingungen der Erziehung und des Schicksals das heitere, freie Gehabe des jungen Mädchens sanft und gewinnend hätte werden können. Nie verwandelt sich unter den Tieren ein Geschöpf, das von der Natur als Taube gedacht ist, in einen Fischadler. Solche Metamorphosen gibt es nur bei den Menschentieren.

Marius dachte nach und überließ sie sich selbst. Sie kam an den Tisch heran. »Ach«, rief sie, »Bücher!« In ihren glasigen Augen sprühte ein Lichtschein auf. Dann sagte sie in einem Ton, in dem das Glück schwang, sich einer Sache rühmen zu können, das Glück, für das keine Kreatur unempfänglich ist: »Ich kann lesen.«

Lebhaft faßte sie das Buch, das aufgeschlagen auf dem Tisch lag, und las ziemlich geläufig: »Der General Bauduin erhielt den Befehl, mit fünf Bataillonen der Brigade das Dorf Hougomont anzugreifen, das sich inmitten der Ebene von Waterloo erhebt.« Sie unterbrach sich: »Waterloo! Kenne ich! Eine Schlacht von damals. Mein Vater war dabei. Mein Vater hat in der Armee gedient. Bei uns ist man stramm bonapartistisch. Das war gegen die Engländer, Waterloo.«

Sie legte das Buch hin, nahm eine Feder und rief: »Schreiben kann ich auch!« Sie tauchte die Feder in die Tinte und wandte sich Marius zu: »Wollen Sie sehen? Da, ich schreibe ein Wort und zeige es Ihnen.« Und bevor er hatte etwas erwidern können, schrieb sie auf ein weißes Blatt, das mitten auf dem Tisch lag: »Die Poliepen sind da.« Dann warf sie die Feder hin: »Sie sehen, ich mache keine Fehler gegen die Rechtschreibung. Wir sind gut erzogen, meine Schwester und ich. Wir waren nicht immer wie heute. Wir waren nicht dazu geboren …«

Hier stockte sie, heftete ihre erloschenen Augen auf Marius, lachte schallend und sagte mit einer Betonung, in der alle ihre von Zynismus erstickte Angst sich kundgab: »Bah!« Und nach einer lustigen Melodie sang sie die Worte vor sich hin:

»Kein Essen, Vater,
Mich hungert so,
Kalt ist mir, Mutter,
Kein Hemd, kein Trikot.
Friere, Lolotte,
Schluchze, Jacquot!«

Kaum hatte sie dieses Couplet beendet, als sie rief: »Gehen Sie mitunter ins Theater, Herr Marius? Ich gehe. Ich habe einen kleinen Bruder, der hat unter den Künstlern Freunde und gibt mir ab und zu Karten. Na, auf den Bänken, im Olymp sitze ich nicht gern. Da ist es so voll, man sitzt unbequem. Und oft ist das Publikum ordinär. Manche riechen auch schlecht.«

Mit seltsamer Miene betrachtete sie Marius, dann sagte sie zu ihm: »Wissen Sie, Herr Marius, daß Sie sehr hübsch sind?« Und zu gleicher Zeit hatten sie beide denselben Gedanken, über den sie lächelte und der ihn erröten ließ.

Sie näherte sich ihm und legte ihm eine Hand auf die Schulter. »Sie beachten mich nicht, aber ich kenne Sie, Herr Marius. Ich begegne Ihnen hier auf der Treppe, und dann sehe ich Sie manchmal, wenn Sie den Vater Mabeuf besuchen, der nach Austerlitz zu wohnt, und ich dort herumspaziere. Das kleidet Sie sehr gut, das zerzauste Haar.«

Sie wollte ihre Stimme sanft machen und konnte doch nur in tiefe Register absteigen. Ein Teil ihrer Worte verlor sich auf dem Weg von der Kehle zu den Lippen wie Klänge eines Klaviers, dem Tasten fehlen.

Marius war sacht zurückgewichen. »Fräulein«, sagte er mit seinem kühlen Ernst, »ich habe da ein Paket, das, glaube ich, Ihnen gehört. Gestatten Sie, daß ich es Ihnen übergebe!« Und er reichte ihr den Umschlag, der die vier Briefe enthielt. Sie klatschte in die Hände und rief: »Wir haben überall danach gesucht!« Hastig griff sie nach dem Paket, streifte den Umschlag ab und sagte: »Herrgott, haben wir gesucht, meine Schwester und ich. Und Sie hatten es gefunden! Auf dem Boulevard, nicht? Auf dem Boulevard muß es gelegen haben. Er ist hingefallen, als wir gelaufen sind. Meine Schwester, das

Balg, war so dumm, es zu verlieren. Als wir heimkamen, fanden wir es nicht mehr. Da wir nicht verhauen werden wollten, denn das ist überflüssig, ganz und gar überflüssig, haben wir gesagt, wir hätten die Briefe zu den Personen gebracht und man hätte uns gesagt: Nix! Da sind sie nun, die armen Briefe! Und woran haben Sie gesehen, daß sie mir gehörten? Ach ja, an der Handschrift. Also Sie haben wir gestern abend, als wir vorüberliefen, angestoßen? Man konnte nichts mehr sehen, was? Ich habe zu meiner Schwester gesagt: Ist das ein Herr? Meine Schwester hat gesagt: Ich glaube, es ist ein Herr.«

Inzwischen hatte sie die Bittschrift auseinandergefaltet, die an den »wohltätigen Herrn von der Kirche Saint-Jacques-du-Haut-Pas« adressiert war. »Ach«, sagte sie »das ist für den Alten, der zur Messe geht. Jetzt ist die Stunde. Ich werde ihm den Brief hintragen. Vielleicht gibt er uns Geld, und wir haben ein Frühstück.« Wieder lachte sie, dann fuhr sie fort: »Wissen Sie, was das bedeuten würde, wenn wir heute ein Frühstück hätten? Das bedeutet unser Frühstück von vorgestern, unser Diner von vorgestern, unser Frühstück von gestern, unser Diner von gestern, alles auf einmal heute vormittag. Was, zum Teufel, ihr seid nicht zufrieden? Krepiert, ihr Hunde!«

Das erinnerte Marius, was die Unglückliche bei ihm hatte holen wollen. Er suchte in seiner Weste und fand nichts. Das junge Mädchen redete weiter und schien sich nicht mehr bewußt zu sein, daß Marius da war. »Manchmal gehe ich abends weg. Manchmal komme ich nicht heim. Bevor wir hier wohnten, im letzten Winter, hausten wir unter den Brückenbogen. Man drängte sich zusammen, um nicht zu frieren. Meine kleine Schwester weinte. Das Wasser ist so traurig. Wenn ich daran dachte, mich zu ertränken, sagte ich: Nein, es ist zu kalt. Wenn ich will, gehe ich ganz allein, ich schlafe manchmal in den Gräben. Wissen Sie, wenn ich nachts über den Boulevard gehe, sehen die Bäume wie Heugabeln aus, ich sehe schwarze Häuser, die so groß und dick sind wie die Türme von Notre-Dame, ich bilde mir ein, die weißen Mauern wären der Strom, ich sage mir: Da fließt Wasser! Die Sterne sind wie Lämpchen in der Illumination, es scheint, als rauchten sie und der Wind löschte sie aus, ich bin wie betäubt, mir ist, als schnaubten Pferde mir in die Ohren. Wenn es auch Nacht ist, höre ich Leierkästen und die Maschinen der Spinnereien, was weiß ich? Ich glaube, es wirft jemand Steine nach mir, ich reiße aus, ohne es zu wissen, alles dreht sich um mich, alles dreht sich. Wenn man nichts gegessen hat, ist das sonderbar.« Und verstört blickte sie ihn an.

Marius hatte, indem er wieder in seinen Taschen grub, zuletzt noch fünf Francs und sechzehn Sous zusammengekratzt. Es war alles, was er im Moment besaß. Mir bleibt immer noch mein Diner für heute, dachte er, morgen werden wir schon sehen. Er nahm die sechzehn Sous für sich und gab dem Mädchen die fünf Francs.

Sie griff nach der Münze. »Heh«, lachte sie, »das glänzt wie die Sonne.« Und als hätte diese Sonne die Kraft, Lawinen von Argot in ihrem Hirn schmelzen zu lassen, rief sie: »Fünf Francs! Ein Leuchter! Ein Monarch! In dem Dalles! Das ist schnieke! Sie sind ein netter Junge! Ich quetsche Sie an meinen Büsam! Hurra, die Pinke! Zwei Tage Wein und Fleisch und Beilage! Wir werden tüchtig einkaufen und pampfen!« Sie zog ihr Hemd über die Schultern, verneigte sich tief vor Marius, winkte ihm vertraulich und ging zur Tür. »Auf Wiedersehen«, sagte sie. »Egal. Ich finde meinen Alten schon.«

Als sie an der Kommode vorbeikam, sah sie eine vertrocknete Brotkruste, die im Staub verschimmelte. Sie stürzte sich darauf, biß hinein und brummte: »Ach, ist das gut! Das ist hart! Das zerbricht mir die Zähne!« Dann verschwand sie.

Das Guckloch

Seit fünf Jahren hatte Marius in Armut gelebt, in Entbehrung, in Not sogar; aber nun merkte er, daß er wahres Elend bisher nicht kannte. Jetzt hatte er wahres Elend in dieser Larve gesehen, die da unter seinen Augen gespensterte. Wer nur das Elend des Mannes gesehen hat, hat nichts gesehen; er muß das Elend des Weibes sehen. Wer nur das Elend des Weibes gesehen hat, hat nichts gesehen; er muß das Elend des Kindes sehen.

Gerät der Mann in äußerste Not, langt er gleichzeitig bei den letzten Hilfsmitteln an. Wehe den wehrlosen Wesen, die in seiner Nähe sind! Arbeit, Lohn, Brot, Familie, Mut, guter Wille, alles fehlt ihm auf einmal. Das Tageslicht scheint draußen zu erlöschen, das Licht des Geistes erlischt innen. In diesem Dunkel stößt der Mann auf die Schwäche des Weibes und des Kindes und zwingt sie entmenscht zu schimpflichem Tun.

Alsdann sind alle Greuel möglich. Die Verzweiflung ist von dünnen Wänden umgeben, die alle ins Laster oder ins Verbrechen führen.

Die Gesundheit, die Jugend, die Ehre, die heilige und unnahbare Empfindlichkeit des noch unberührten Fleisches, das Herz, die Jungfräulichkeit und das Schamgefühl, diese Epidermis der Seele, das alles wird von dieser tastenden Hand, die Hilfsmittel sucht, die der Schande begegnet und sich mit ihr abfindet, in verbrecherischer Weise befühlt. Väter, Mütter, Kinder, Brüder, Schwestern, Männer, Frauen, Mädchen klammern sich aneinander und schließen sich fast wie eine Mineralformation zusammen, in dieser brutalen Vermischung der Geschlechter, der Verwandtschaftsgrade, der Altersstufen, der Ruchlosigkeit und der Unschuld. Sie kauern, Rücken an Rücken, in Höhlen, die ihnen Schicksal sind. Sie stieren sich kläglich an. O die Unglücklichen! Wie sie blaß sind! Wie sie frieren! Es scheint, sie leben auf einem Planeten, der ferner der Sonne ist als wir.

Dieses junge Mädchen war für Marius eine Sendbotin der Finsternis. Sie enthüllte ihm die Abscheu erregende Seite der Nacht. Er warf sich alle Befangenheit in Träumerei und Leidenschaft vor, die ihn bis zu diesem Tag gehindert hatte, auf seine Nachbarn zu schauen. Daß er ihre Miete bezahlt hatte, war eine mechanische Bewegung, deren ein jeder fähig gewesen wäre. Er, Marius, war zu mehr verpflichtet. Wie, eine Wand nur schied ihn von diesen verlassenen Geschöpfen, die, durch die Nacht sich hindurchtastend, abseits der anderen lebten? Er streifte sie, er war gewissermaßen das letzte

Glied in der Kette der Menschheit, das sie berührten, er hörte sie neben sich atmen oder vielmehr röcheln, und er beachtete sie nicht. Jeden Tag, jeden Augenblick hörte er sie hinter der Mauer gehen und kommen, und sein Ohr lauschte nicht. In ihren Reden waren Seufzer, und er hörte sie nicht. Seine Gedanken waren anderswo, bei Phantasien, bei unwirklichem Glanz, bei ätherischer Liebe, bei Narrheiten; und inzwischen verreckten menschliche Kreaturen, seine Brüder in Jesu Christo, seine Brüder im Volk, neben ihm rangen sie aussichtslos mit dem Tod. Er selbst war an ihrem Unglück beteiligt und vergrößerte es. Denn hätten sie einen anderen Nachbar, einen weniger schimärischen und achtsameren Nachbar, einen mildtätigen Durchschnittsmenschen, so wäre ihre Entbehrung bemerkt worden, man hätte ihre Notsignale wahrgenommen, und seit langem vielleicht wären sie geborgen und gerettet. Wohl schienen sie sehr entartet, sehr verderbt, sehr erniedrigt, hassenswert sogar; aber selten geschieht es, daß Gefallene nicht herabgewürdigt werden. An einem Punkt vermengen sich Unglückliche und Menschen der Schande, ein einziges unheilvolles Wort trifft ihr gemeinsames Geschick: die Elenden. Wer ist schuld? Und muß nicht, je tiefer die Opfer gesunken sind, desto größer das Mitleid sein?

Indes Marius sich diese Strafpredigt hielt, denn zuweilen war er wie alle redlichen Herzen sein eigener Pädagoge und schalt sich über Verdienst, betrachtete er die Wand, die ihn von den Jondrettes trennte, als könne er mit seinem erbarmendem Blick durch sie hindurchspähen und die Unglücklichen erwärmen. Die Wand war eine dünne, mit Latten und Balken versteifte Gipsplatte, die, wie gesagt wurde, das Geräusch von Worten und Stimmen deutlich unterscheiden ließ. Man mußte der Träumer Marius sein, wenn man das noch nicht gewahrt hatte. Keine Tapete war über die Wand geklebt, weder auf der Seite der Jondrettes noch auf der von Marius; ihre plumpe Konstruktion war unverdeckt. Fast ohne sich dessen klar zu sein, prüfte er sie. Die Träumerei untersucht, beobachtet und erforscht mitunter wie der denkende Verstand. Plötzlich stand er auf. Er hatte oben, nahe dem

First, ein dreieckiges Loch bemerkt, da, wo drei Latten eine Leere zwischen sich ließen. Die Gipsschicht, die diese Lücke hatte verstopfen sollen, fehlte, und wenn man auf die Kommode stieg, konnte man durch die Öffnung in die Kammer der Jondrettes sehen. Mitleid ist oft mit Neugier verbunden und darf es sein. Die Lücke war eine Art Spion, ein Guckloch. Es ist erlaubt, das Unglück heimlich zu betrachten, wenn man helfen will. Ich werde schauen, dachte Marius, wer diese Leute sind und wie es um sie steht. Er erkletterte die Kommode, näherte sein Auge dem Spalt und blickte durch.

Der Raubmensch in seinem Lager

Städte besitzen wie Wälder ihre Schlupflöcher, in denen sich verkriecht, was sie an Bösestem und Fürchterlichstem haben. Nur ist, was sich dergestalt in den Städten versteckt, grausam, widerlich und erbärmlich, das heißt häßlich. Was sich hingegen in den Wäldern verbirgt, ist grausam, wild und groß, das heißt schön. Stellt man Schlupfwinkel gegen Schlupfwinkel, sind die der Tiere denen der Menschen vorzuziehen. Höhlen sind besser als Spelunken.

Marius sah in eine Spelunke. Er selbst war arm und sein Zimmer dürftig. Aber wie seine Armut edel war, hielt er seine Mansarde sauber. Die Rumpelkammer, die er jetzt vor Augen hatte, wirkte gemein, schmutzig, dunkel und mußte stinkend, verpestet sein. An Möbeln wies sie nur einen Strohsessel auf, einen wackligen Tisch, einige alte Scherben und in zwei Winkeln zwei unbeschreibliche Betten. Das Tageslicht empfing sie einzig von einem Oberfenster mit vier Scheiben, das von Spinnweben verhangen war. Durch dieses Fenster stahl sich nur so viel Helligkeit, daß ein menschliches Antlitz dem eines düsteren Phantoms ähnelte. Die Wände schienen aussätzig und waren von Einschnitten und Narben übersät wie ein Gesicht, das von irgendeiner furchtbaren Krankheit verheert ist. Tropfende Feuchtigkeit lief an ihnen herunter. Man erkannte obszöne, mit Kohle plump aufgetragene Zeichnungen.

Die Kammer, in der Marius wohnte, hatte ein da und dort zersprengtes Ziegelpflaster. Diese hier war weder mit Fliesen noch mit Bohlen ausgelegt. Man ging auf dem bloßen alten Gips des Hauses, der sich unter den Füßen schwarz verfärbt hatte. Auf diesem ungleichen Boden, auf dem der Staub wie eine Kruste saß und der nur in einer Hinsicht jungfräulich war, darin, daß nie ein Besen an ihn kam, gruppierten sich munter Zusammenstellungen von alten Socken, Sohlen und gräßlichen Lumpen. Im übrigen hatte der Raum einen Kamin; so wurde er um vierzig Francs jährlich vermietet. Dieser Kamin barg alles, ein Kohlenbecken, einen Kochtopf, zerbrochene Bretter, Kleiderfetzen, die an Nägeln hingen, einen Vogelkäfig, Asche, sogar ein wenig Glut. Zwei Scheite rauchten traurig darin.

Was die Grauenhaftigkeit dieser Rumpelkammer noch vermehrte, war ihre Größe. Sie hatte Vorsprünge, Ecken, schwarze Löcher, Unterbauten des Daches, Buchten und Vorgebirge. So waren Winkel von unerforschlicher Scheußlichkeit entstanden, worin sich faustgroße Spinnen zu ducken vermochten, Asseln von Fußbreite und vielleicht sogar irgendwelche menschlichen Ungetüme.

Das eine Bett stand neben der Tür, das andere neben dem Fenster. Beide stießen sie mit einem Ende an den Kamin, Marius gegenüber. In einer Ecke nahe der Öffnung, durch die er spähte, hing an der Wand in einem schwarzen Holzrahmen ein bunt übermalter Stich, unter den in großen Buchstaben geschrieben war: Der Traum. Das Bild zeigte eine schlafende Frau und ein schlafendes Kind, das Kind auf den Knien der Frau, einen Adler in einer Wolke mit einer Krone im Schnabel, und die Frau schob die Krone von dem Haupt des Kindes weg, ohne zu erwachen. Im Hintergrund in einer Gloriole Napoleon, der sich auf eine blaue Säule stützte, mit gelbem Kapitäl und der Inschrift:

MARINGO
AUSTERLITS
JENA
WAGRAMME
ELOT

Der letzte dieser Schlachtnamen bedeutete Eylau. Unter dem Rahmen lag eine Art hölzerner Füllung, mehr lang als breit, am Boden, schräg gegen die Wand gelehnt. Sie sah aus wie ein umgestülptes Gemälde, wie eine Tafel, die auf der anderen Seite vermutlich beschmiert war, oder wie ein Block, der sich von einer Mauer gelöst hat und der, bis man ihn wieder festmacht, vergessen worden ist.

An dem Tisch, auf dem Marius eine Feder, Tinte und Papier bemerkte, saß ein Mann von etwa sechzig Jahren, klein, mager, fahl, unruhig, mit schlauer und grausamer Miene; ein abscheulicher Schurke. Hätte Lavater dieses Gesicht betrachtet, hätte er es als eine Kreuzung von Geier und Staatsanwalt befunden. Der Raubvogel und der Paragraphenmensch ergänzten sich in gegenseitiger Verhäßlichung; der erste wurde schändlich durch den zweiten, der zweite durch den ersten fürchterlich. Der Mann hatte einen langen grauen Bart. Er war mit einem Frauenhemd bekleidet, das seine behaarte Brust sehen ließ und seine nackten, von grauen Borsten starrenden Arme. Unter diesem Hemd sahen eine von Straßenkot befleckte Hose und Schuhe hervor, aus denen die Zehen ragten. Er hatte eine Pfeife im Mund und rauchte. Brot war in der Spelunke nicht mehr, aber Tabak noch. Er schrieb, wohl einen Brief von der Sorte, die Marius gelesen hatte.

Auf einer Ecke des Tisches sah man einen alten zerfledderten rötlichen Band, und das Format, das frühere Duodez der Leihbibliotheken, enthüllte einen Roman. Auf dem Deckel prangte der Titel, in dicken Majuskeln gedruckt: Gott, König, Ehre und die Damen, von Ducray-Duminil, 1814.

Indes er schrieb, redete der Mann laut, und Marius hörte seine Worte: »Es gibt keine Gleichheit, selbst wenn einer tot ist. Man schaue sich den Père-Lachaise an! Die Großen, die Reichen liegen droben in der Akazienallee, die Pflaster hat. Sie können in Kutschen hinkommen. Die Kleinen, die armen Leute, die Unglücklichen, was! Die legen sie unten hin, wo man im Dreck bis zu den Knien watet, in Löchern, in der Nässe. Dahin werden sie gelegt, daß sie rascher verfaulen. Man kann sie nicht besuchen, ohne daß man in die Erde sinkt.«

Er hielt ein, schlug mit der Faust auf den Tisch und fügte, mit den Zähnen knirschend, hinzu: »Oh, ich könnte die ganze Welt auffressen!«

Ein dickes Weib von vierzig oder hundert Jahren hockte auf ihren nackten Fersen am Kamin. Auch sie war nur mit einem Hemd bekleidet und einem gestrickten, mit Flicken von altem Tuch ausgebesserten Unterrock. Eine Schürze von grober Leinwand verbarg die Hälfte des Unterrocks. Obzwar diese Frau in sich zusammengezogen und gekrümmt war, sah man, sie war hoch gewachsen. Neben ihrem Mann war sie eine Riesin. Sie hatte abscheuliche Haare von einem ergrauenden Rotblond und fuhr ab und zu mit ihren enormen Händen hinein, an denen die flachen Nägel blinkten. Neben ihr lag am Boden aufgeschlagen ein Band desselben Formats wie der andere, wahrscheinlich vom selben Roman.

Auf einem der Betten sah Marius ein langes, blasses, kleines Mädchen sitzen, fast nackt, mit baumelnden Füßen. Sie schien nicht zu hören, nicht zu sehen, nicht zu leben. Die jüngere Schwester zweifellos von der, die zu ihm gekommen war. Sie war auf den ersten Blick elf oder zwölf Jahre alt. Wenn man sie aufmerksam prüfte, erkannte man, daß sie gut fünfzehn alt war. Dieses Kind hatte gestern abend auf dem Boulevard gerufen: »Ich bin getürmt! Ich bin getürmt!«

Sie war von jener schwächlichen Art, die lange zurückbleibt und dann schnell und plötzlich emporschießt. Diese traurigen menschlichen Pflanzen sind Geschöpfe der Not. Sie haben weder Kindheit noch Jugend. Mit fünfzehn Jahren scheinen sie zwölfjährig, mit sechzehn zwanzigjährig. Heute kleine Mädchen, morgen Frauen. Es ist, als übersprängen sie das Leben, um es rascher zu beenden. In diesem Moment sah sie wie ein Kind aus.

Nichts in dieser Wohnung ließ auf Arbeit schließen; kein Stickrahmen, kein Spinnrad, kein Handwerksgerät. In einer Ecke lag Gerümpel, verdächtiges Alteisen. Es herrschte die stumpfe Trägheit, die auf Verzweiflung folgt und dem Todeskampf vorangeht.

Marius betrachtete eine Zeitlang das Innere dieser dunklen Bude, das schrecklicher war als das Innere eines Grabes, weil man darin die menschliche Seele sich regen und das Leben zucken fühlte. Die jämmerliche Schlafkammer, der Keller, das unterirdische Verlies, in denen Enterbte in der Tiefe des sozialen Gebäudes kriechen, sind noch nicht die Grabeszelle, sie sind ihr Vorraum. Aber wie gewisse Reiche ihre größte Pracht am Eingang ihres Palastes anhäufen, scheint es, daß der Tod, der nebenan wohnt, in diesem Vestibül sein größtes Elend ansammelt. Der Mann schwieg, die Frau sprach nicht, das junge Mädchen schien nicht zu atmen. Man hörte die Feder über das Papier kreischen. Der Mann murrte, ohne daß er im Schreiben sich unterbrach: »Kanaillen! Kanaillen! Alles Kanaillen!« Diese Variante der Weisheit Salomonis entriß der Frau einen Seufzer. »Beruhige dich, Liebling«, sagte sie. »Kränke dich nicht, Herzchen! Du solltest dir viel zu gut sein, um an alle diese Leute zu schreiben, Männchen!«

Im Elend drängen sich die Leiber zusammen wie in der Kälte, doch die Herzen entfernen sich voneinander. Allem Anschein nach hätte die Frau ihren Mann mit dem Maß an Liebe, zu dem sie fähig war, lieben müssen; aber bei den täglichen und gegenseitigen Vorwürfen über die unerträgliche Not, die auf der ganzen Gruppe lastete, war vermutlich das bißchen Liebe vergangen. In ihr war nur noch die Asche davon. Dennoch hatten die Kosenamen überdauert, wie das häufig vorkommt. Mit dem Mund sagte sie zu ihm: »Herzchen, Liebling, Männchen« usw., indes das Herz schwieg.

Der Mann fuhr in seinem Gekritzel fort.

Strategie und Taktik

Mit beengter Brust wollte Marius von dem Observatorium, das er sich errichtet hatte, hinabsteigen, als ein Geräusch seine Aufmerksamkeit wachrief und ihn bewog, an seinem Platz zu verharren. Die Tür der Kammer hatte sich jählings geöffnet. Die ältere Tochter erschien auf der Schwelle.

An den Füßen hatte sie plumpe Männerstiefel. Der Straßenkot, der sie befleckte, war bis über ihre roten Knöchel gespritzt. Sie trug ein altes, zerlumptes Cape, das Marius eine Stunde vorher an ihr nicht gesehen hatte. Wahrscheinlich hatte sie es an seiner Tür abgelegt, um mehr Mitleid zu erregen, und, als sie das Haus verließ, wieder umgenommen. Sie trat ein, warf die Tür hinter sich zu, blieb stehen, um Luft zu schöpfen, denn sie war völlig außer Atem, dann schrie sie mit einem Ausdruck des Triumphes und der Freude: »Er kommt!«

Der Vater schielte zu ihr hinüber, die Mutter wandte den Kopf um, die kleine Schwester rührte sich nicht. »Wer?« fragte der Vater.

»Der Herr.«

»Der Menschenfreund?«

»Ja.«

»Von der Kirche Saint-Jacques?«

»Ja.«

»Der Alte?«

»Ja.«

»Er wird kommen?«

»Er kommt hinter mir her.«

»Weißt du das sicher?«

»Jawohl.«

»Hierher kommt er?«

»In einer Droschke.«

»In einer Droschke. Dann ist es Rothschild.« Der Vater stand auf. »Wieso weißt du das sicher? Wenn er in einer Droschke fährt, wieso bist du vor ihm da? Hast du ihm wenigstens die Adresse gegeben? Hast du ihm genau gesagt, die letzte Tür am Ende des Korridors rechts? Wenn er sich nur nicht irrt! Du hast ihn also in der Kirche gefunden? Hat er meinen Brief gelesen? Was hat er gesagt?«

»Tatata«, erwiderte das Mädchen, »wie du hitzig bist, mein Guter! Also ich bin in die Kirche gegangen, er hat an seinem Platz gesessen wie sonst, ich habe ihm meinen Knicks gemacht und ihm den Brief gegeben, er hat ihn gelesen und zu mir gesagt: ›Wo wohnen Sie, Kind?‹ Ich habe gesagt: ›Mein Herr, ich führe Sie.‹ Er hat mir gesagt: ›Nein, geben Sie mir Ihre Adresse, meine Tochter hat Einkäufe zu machen, ich nehme einen Wagen und werde zur selben Zeit dasein wie

Sie.‹ Ich habe ihm die Adresse gegeben. Als ich ihm das Haus genannt habe, hat er, scheint es, gestutzt und ein bißchen gezögert, dann hat er gesagt: ›Tut nichts, ich komme.‹ Nach der Messe habe ich gesehen, wie er mit seiner Tochter aus der Kirche fortging und wie sie in eine Droschke kletterten. Und ich habe ihm genau gesagt, die letzte Tür am Ende des Korridors rechts.«

»Und wieso glaubst du, daß er kommt?«

»Eben habe ich die Droschke gesehen, als sie in die Rue du Petit-Banquier einfuhr. Darum bin ich gelaufen.«

»Woher weißt du, daß es dieselbe Droschke ist?« »Ich hatte doch die Nummer gesehen.«

»Und was ist die Nummer?«

»440.«

»Gut, du bist ein gescheites Mädel.«

Die Tochter sah ihren Vater frech an und zeigte auf die Stiefel, die sie trug. »Gescheit, wohl möglich, aber ich sage dir, die Stiefel da ziehe ich nicht mehr an, die will ich nicht mehr, erstens wegen der Gesundheit und dann wegen der Sauberkeit. Ich kenne nichts, was einen so in Wut bringt wie Sohlen, die quietschen und bei jedem Schritt gigigi machen. Da gehe ich lieber barfuß.«

»Du hast recht«, antwortete der Vater in einer sanften Tonart, die sich von der rauhen des jungen Mädchens sehr unterschied, »aber dann würde man dich eine Kirche nicht betreten lassen. Die Armen müssen Schuhe haben. Zum Herrgott geht man nicht barfuß«, setzte er bitter hinzu. Nun kam er wieder auf den Gegenstand seiner Sorge. »Und bist du sicher, daß er kommt?«

»Er folgt mir auf den Fersen«, sagte sie.

Der Mann erhob sich. Sein Gesicht war gleichsam erleuchtet. »Frau«, rief er, »du hörst es, der Menschenfreund ist da. Lösche das Feuer!«

Die Mutter in ihrer Verblüffung regte sich nicht. Der Vater ergriff mit der Behendigkeit eines Gauklers einen Topf ohne Schnauze, der den Kamin zierte, und schüttete Wasser auf die glühenden Scheite. Dann befahl er seiner älteren Tochter: »Du reiße das Stroh aus dem Stuhl!« Die Tochter begriff das nicht. Er packte den Sessel und verwandelte ihn mit einem Tritt in einen Stuhl ohne Stroh. Sein Bein zerschlitzte ihn. Er zog es hervor und fragte seine Tochter: »Ist es kalt?«

»Sehr kalt. Es schneit.«

Der Vater drehte sich zu der jüngeren Tochter um, die auf dem Bett am Fenster hockte, und schrie sie mit donnernder Stimme an: »Rasch! Vom Bett herunter, du Faulenzerin! Wirst du denn nie was tun? Zerschlage eine Scheibe!«

Die Kleine warf sich fröstelnd vom Bett herab. »Zerschlage eine Scheibe!« wiederholte er. Die Kleine war fassungslos.

»Hörst du?« schrie der Vater. »Du sollst eine Scheibe zerdeppern!«

In verängstigtem Gehorsam reckte das Kind sich auf die Fußspitzen und hieb mit der Faust in die Scheibe. Das Glas zerbrach und fiel mit Geklirr auf den Boden.

»Gut«, sagte der Vater, ernst und schroff. Sein Blick musterte schnell alle Winkel der Spelunke. Er war wie ein General, der in dem Moment vor dem Beginn der Schlacht die letzten Vorbereitungen trifft.

Die Mutter, die noch kein Wort gesagt hatte, kam nun auch hoch und fragte mit schleppender, dumpfer Stimme, die die Worte so herausbrachte, daß sie zu gerinnen schienen: »Liebling, was hast du vor?«

»Geh ins Bett«, erwiderte der Mann. Der Ton, in dem er sprach, duldete kein Überlegen. Die Mutter gehorchte und wuchtete sich schwer auf eines der Betten.

Indessen hörte man aus einem Winkel ein Geschluchze. »Was ist denn los?« schrie der Vater.

Die jüngere Tochter zeigte, ohne das Schattendunkel zu verlassen, in dem sie kauerte, ihre blutende Faust. Als sie die Scheibe zerbrach, hatte sie sich verwundet. Sie war zu dem Bett ihrer Mutter hingekrochen und weinte still. Jetzt war die Mutter daran, sich aufzurichten und zu rufen: »Da siehst du, was du für Dummheiten machst. Wie sie die Scheibe zerdepperte, hat sie sich geschnitten!«

»Kein Schade«, antwortete der Vater, »das war eingerechnet.«

»Wieso, kein Schade?« fragte die Mutter.

»Ruhe«, entgegnete der Vater, »ich hebe die Pressefreiheit

auf.« Dann zerriß er das Frauenhemd, das er auf dem Körper hatte, und zupfte einen Leinenfetzen zurecht, mit dem er das blutende Handgelenk der Kleinen umwickelte. Befriedigt sah er auf das zerrissene Hemd. »Das ist auch hin«, sagte er, »sieht besser aus.«

Ein eisiger Wind wehte durch das zertrümmerte Fenster in die Kammer. Der Nebeldunst drang von draußen ein und verbreitete sich wie weißliche, von unsichtbaren Fingern entwirrte Watte. Durch die zerbrochene Scheibe sah man den Schnee fallen. Die gestern von der Sonne zu Lichtmeß verheißene Kälte hatte sich wirklich eingestellt.

Der Vater ließ seine Augen umherschweifen, als wolle er sich überzeugen, daß er nichts vergessen habe. Er nahm eine alte Schaufel und deckte die benäßten Holzscheite so zu, daß sie ganz verborgen waren. Dann trat er an den Kamin und lehnte sich daran. »Jetzt«, sagte er, »können wir den Menschenfreund empfangen.«

Der Lichtstrahl in der Elendskammer

Das große Mädchen näherte sich und legte seine Hand auf die des Vaters. »Fühle, wie ich friere«, sagte sie.

»Bah!« antwortete der Vater. »Ich friere mehr als du.«

Die Mutter rief hitzig: »Du hast alles immer mehr als die anderen, auch das Schlechte.«

»Kusch!« sagte der Mann. Die Mutter verstummte, weil er sie mit einem gewissen Blick ansah.

In der Kammer entstand ein kurzes Schweigen. Die ältere Tochter bürstete mit sorgloser Miene vom unteren Rand ihres Mantels den Schmutz ab, die junge Schwester schluchzte weiter. Die Mutter hatte ihren Kopf in beide Hände genommen, küßte sie ab und raunte ihr zu: »Schatz, ich bitte dich, es ist ja nicht schlimm, weine nicht, sonst kriegt der Vater einen Zorn.«

»Nein«, rief der Vater, »im Gegenteil! Schluchze, schluchze! Das hört sich gut an.« Dann sagte er zu der Älteren: »Aber er kommt ja nicht! Wenn er nicht käme, hätte ich für nichts mein Feuer ausgelöscht, meinen Stuhl zertreten, mein Hemd zerrissen und meine Scheibe zerschlagen.«

»Und die Kleine verletzt«, murmelte die Mutter.

»Wißt ihr«, begann der Vater wieder, »daß in diesem verdammten Loch eine Hundekälte ist? Wenn der Mensch nicht käme? Oh, der läßt auf sich warten. Er sagt sich: Sollen sie auf mich warten, dafür sind sie da! Oh, wie ich sie hasse, und wie ich sie mit Jubel, mit Freude, mit Begeisterung und Genugtuung erwürgen möchte, die Reichen! Alle diese Reichen! Diese angeblichen Wohltäter, die so zerknirscht tun, die zur Messe gehen, die sich mit den Pfaffen einlassen, mit den Kutten, und glauben, sie sind mehr als wir, und die herkommen, uns zu demütigen, uns Kleider, so sagen sie, zu bringen, Fetzen, die keine vier Sous wert sind, und Brot! Das will ich ja gar nicht, ihr Kanaillen! Geld will ich! Ach, Geld geben sie nie, sie sagen, wir würden es versaufen und wir wären Trunkenbolde und Tagediebe. Und sie, was sind sie, und was sind sie früher gewesen? Gauner, sonst hätten sie sich nicht bereichern können. Man müßte die Gesellschaft an allen vier Enden nehmen und wie ein Tischtuch in die Luft schleudern. Alles würde zugrunde gehen, vielleicht, aber wenigstens hätte niemand was, und damit wäre viel gewonnen. Aber was ist nur mit deinem muffigen Wohltäter? Kommt er? Hat der Kerl vielleicht die Adresse vergessen? Wetten wir, daß das alte Vieh ...«

In diesem Moment wurde sacht an die Tür geklopft. Der Mann sprang auf sie zu und öffnete sie, indem er unter tiefen Bücklingen und mit verehrungswürdigem Lächeln rief: »Treten Sie ein, mein Herr! Geruhen Sie einzutreten, hochzuschätzender Wohltäter, Sie und das reizende Fräulein.«

Ein Mann in reifem Alter und ein junges Mädchen erschienen auf der Schwelle der Dachkammer. Marius war von seinem Platz nicht gewichen. Was er in diesem Augenblick empfand, entzieht sich der menschlichen Sprache.

Sie war es.

Jeder, der geliebt hat, kennt all die strahlenden Bedeutungen, die in den drei Buchstaben des Wortes »sie« liegen.

Sie war es wirklich. Kaum erkannte er sie durch den lichten Schein hindurch, der sich plötzlich vor seinen Augen ergoß. Er sah das holde Mädchen, das seit langem für ihn verschollen war, den Stern, der ihm sechs Monate geleuchtet hatte, ihr Auge, ihre Stirn, ihren Mund, das schöne, verlorene Antlitz, mit dessen Entschwinden die Welt für ihn in Nacht getaucht wurde. Die Vision hatte sich umdunkelt, jetzt bot sie sich ihm wiederum dar. Leibhaftig stand die Geliebte vor ihm in diesem Dunkel, in diesem Loch, in dieser scheußlichen Spelunke, in all diesem Grauen.

Marius zitterte am ganzen Leib. Wie! Sie war es! Das Hämmern seines Herzens trübte ihm den Blick. Er war nahe daran, in Tränen auszubrechen. Wie! Er sah sie endlich wieder, nachdem er sie so lange gesucht hatte! Ihm war, als hätte er seine Seele verloren gehabt und sie soeben wiedergefunden.

Noch immer war sie dieselbe, nur ein wenig blasser. Ihr zartes Gesicht war von einem violetten Samthut umrahmt, ihre Taille umhüllte eine mit Pelz besetzte Mantille von schwarzem Satin. Unter ihrem langen Kleid wurde, von seidenen Schnürstiefeln umschlossen, ihr kleiner Fuß sichtbar. Wie immer, war sie von Herrn Leblanc begleitet.

Sie war einige Schritte in die Kammer hineingegangen und hatte ein ziemlich großes Paket auf den Tisch niedergelegt. Die ältere Jondrette hatte sich hinter die Tür zurückgezogen und betrachtete mit finsteren Blicken den Samthut, die seidene Mantille und das anmutige, glückliche Gesicht.

Jondrette weint fast

Die Spelunke war so düster, daß es Leuten, die von draußen kamen, schien, sie beträten einen Keller. Die beiden Fremden gingen also mit einem gewissen Zaudern vorwärts. Kaum unterschieden sie rings um sich verschwimmende Gestalten, indes sie selbst von den Insassen der Bude, die an diese Dämmerung gewöhnt waren, deutlich gesehen wurden.

Herr Leblanc näherte sich mit seinem guten, traurigen Blick und sagte zu dem Vater Jondrette: »Sie werden in diesem Paket neue Kleidungsstücke finden, Strümpfe und Wolldecken.«

»Unser Wohltäter in seiner Engelsmilde überhäuft uns mit Geschenken«, sagte Jondrette und verbeugte sich bis zum Boden. Dann neigte er, indes die beiden Besucher die elende Einrichtung musterten, sich zum Ohr seiner älteren Tochter und setzte leise und rasch hinzu: »He, was habe ich gesagt? Fetzen, kein Geld. Sie sind alle gleich. Wie war denn der Brief an den alten Pinsel unterschrieben?«

»Fabantou«, erwiderte das Mädchen.

»Der Schauspieler, gut.«

Es war Zeit, daß Jondrette sich erkundigt hatte, denn gerade jetzt wandte Herr Leblanc sich ihm wieder zu und sagte mit der Miene eines Menschen, der einen Namen sucht: »Ich sehe, Sie sind zu beklagen, Herr …«

»Fabantou«, antwortete Jondrette schnell.

»Herr Fabantou, ja richtig, ich erinnere mich.«

»Dramatischer Künstler, mein Herr, und ehedem erfolgreich.«

Hier glaubte Jondrette offenbar, der Moment sei gekommen, um sich des »Menschenfreundes« zu bemächtigen. Er rief mit einem Stimmschall, in dem zugleich die Prahlerei des Jahrmarktsartisten und die Demut des Bettlers von der Landstraße war: »Schüler von Talma, mein Herr! Ich bin Schüler von Talma. Einst lächelte mir das Glück. Ach, jetzt bin ich in der Pechsträhne. Sehen Sie, mein Wohltäter, kein Brot, kein Feuer. Meine armen Bälger haben kein Feuer. In meinem einzigen Sessel fehlt das Stroh. Eine Scheibe zerbrochen, bei diesem Wetter! Meine Gemahlin liegt krank im Bett.«

»Arme Frau!« sagte Herr Leblanc.

»Mein Kind verwundet!« ergänzte Jondrette. Das Kind hatte, durch die Ankunft der Fremden abgelenkt, das »Fräulein« zu betrachten begonnen und zu schluchzen aufgehört. »Weine doch! Plärre doch!« flüsterte Jondrette ihr zu. Dabei kniff er ihr in die verletzte Hand, das alles mit der Geschicklichkeit eines Taschenspielers. Die Kleine schrie gellend.

Das anbetungswürdige junge Fräulein, das Marius in seinem Herzen Ursule nannte, kam lebhaft heran. »Armes, liebes Kind«, sagte sie.

»Sehen Sie, schönes Fräulein«, fuhr Jondrette fort, »wie ihr Handgelenk blutet! Der Unfall ist ihr zugestoßen als sie an einer Maschine arbeitete, um sechs Sous täglich zu verdienen. Vielleicht muß ihr der Arm abgenommen werden.«

»Wirklich?« sagte der alte Herr beunruhigt. Das kleine Mädchen, das die Worte seines Vaters für ernst hielt, schluchzte um so arger.

»Ach ja, mein Wohltäter«, erwiderte der Vater.

Seit einigen Minuten sah Jondrette den »Menschenfreund« sonderbar an. Während er sprach, schien er ihn gespannt auszuforschen, als suche er Erinnerungen zu sammeln. Plötzlich strich er, einen Moment benutzend, in dem die Besucher interessiert die Kleine wegen ihrer verwundeten Hand befragten, an seiner Frau vorbei, die mit niedergeschlagenem, stupidem Gesicht im Bett lag, und zischelte ihr zu: »Sieh dir den Mann doch mal an!«

Dann drehte er sich wieder Herrn Leblanc zu und fuhr mit seiner Wehklage fort: »Sehen Sie mein Herr! Ich habe statt eines Gewandes nur ein Hemd meiner Frau, ein ganz zerrissenes Hemd, mitten im Winter. Ich kann nicht ausgehen, weil ich keinen Rock habe. Hätte ich irgendeinen, dann ginge ich zu Fräulein Mars, die mich kennt und sehr liebt. Wohnt sie noch immer in der Rue de la Tour-des-Dames? Wissen Sie, mein Herr, wir haben zusammen in der Provinz gespielt. Ich habe ihre Lorbeeren mit ihr geteilt. Célimène würde mir hilfreich sein, mein Herr! Elmire würde dem Belisar Almosen spenden. Aber nein, nichts! Und kein Sou im Haus. Meine Frau krank, nicht ein Sou. Meine Tochter gefährlich verwundet, nicht ein Sou. Meine Gemahlin hat Erstickungsanfälle. Das kommt von ihrem Alter, und dann ist das Nervensystem mit im Spiel. Sie brauchte Hilfe und meine Tochter auch. Aber der Arzt! Und der Apotheker! Wie soll ich die bezahlen? Nicht einen Heller! Ich würde vor einer Dezime niederknien, vor zwei Sous, mein Herr! So erniedrigt ist die Kunst! Und wissen Sie, reizendes Fräulein, und Sie, edler Gönner, wissen Sie, der Sie Tugend und Güte atmen, und Sie, die Sie diese Kirche durchduften, in der meine arme Tochter; wenn sie betet, Sie Tag für Tag sieht …

denn ich erziehe meine Kinder in der Religion, mein Herr. Ich wollte nicht, daß sie zum Theater gingen. Ah, die Frauenzimmer! Die sollen sich nur mucken! Ich spaße nicht. Ich lese ihnen den Text über Ehre, Moral und Tugend. Fragen Sie sie nur! So was muß einen geraden Weg gehen. Sie haben einen Vater. Sie gehören nicht zu den Unglücklichen, die zu Anfang keine Familie haben und zuletzt mit dem ganzen Publikum verheiratet sind. Erst Mamsell Niemand, dann Madame Alle-Welt. Das gibt's in der Familie Fabantou nicht! Ich will sie tugendhaft aufziehen, und ehrbar sollen sie sein und nett und an Gott glauben, verflucht noch mal! Nun also, mein Herr, mein würdiger Herr, wissen Sie, was morgen geschehen wird? Morgen ist der vierte Februar, der Schicksalstag, der letzte Termin, den mir der Hauseigentümer bewilligt hat. Wenn ich heute abend nicht bezahlt habe, werden morgen meine ältere Tochter, ich, meine Gemahlin in ihrem Fieber, mein Kind mit seiner Wunde, wir alle vier hinausgejagt, hinausgeschmissen auf die Straße, auf den Boulevard, ohne Schutz, in den Regen, in den Schnee. So, mein Herr. Ich schulde vier Termine, ein Jahr! Etwa sechzig Francs.«

Jondrette log. Vier Quartalstermine hätten nur vierzig Francs gemacht; und vier konnte er nicht schulden, da vor noch nicht sechs Monaten Marius zwei bezahlt hatte.

Herr Leblanc nahm fünf Francs aus seiner Tasche und warf sie auf den Tisch. Jondrette hatte noch Zeit, seiner großen Tochter ins Ohr zu murmeln: »Der Schuft! Was soll ich mit seinen fünf Francs? Davon kann ich nicht mal meinen Stuhl und meine Scheibe bezahlen. Unkosten obendrein!«

Indes hatte Herr Leblanc einen großen braunen Überrock ausgezogen, den er über seinem blauen Rock trug, und ihn auf die Lehne des Stuhles geworfen. »Herr Fabantou«, sagte er, »ich habe nur die fünf Francs bei mir, aber ich werde mit meiner Tochter nach Hause fahren und heute abend wiederkommen. Nicht wahr, heute abend müssen Sie zahlen?«

Das Gesicht Jondrettes hellte sich sonderbar auf. Lebhaft erwiderte er: »Ja, schätzenswerter Herr. Um acht Uhr muß ich bei dem Hauseigentümer sein.«

»Ich werde um sechs Uhr hier sein und Ihnen die sechzig Francs bringen.«

»Mein Wohltäter!« rief Jondrette außer sich. Und leise fügte er hinzu: »Sieh ihn dir genau an, Frau!«

Herr Leblanc hatte das schöne junge Mädchen unter den Arm gefaßt und ging auf die Tür zu. »Bis heute abend, meine Freunde«, sagte er.

»Um sechs Uhr?« fragte Jondrette.

»Pünktlich sechs Uhr.«

In diesem Moment fielen die Augen der älteren Jondrette auf den Überrock, der noch auf dem Stuhl lag. »Mein Herr«, sagte sie, »Sie vergessen Ihren Überrock.«

Jondrette sandte seiner Tochter einen zerschmetternden Blick zu, den ein drohendes Achselzucken begleitete.

Herr Leblanc wandte sich um und antwortete lächelnd: »Ich vergesse ihn nicht, ich lasse ihn da.«

»O mein Gönner«, sagte Jondrette, »mein erhabener Wohltäter, ich vergehe in Tränen. Dulden Sie, daß ich Sie bis an Ihre Droschke bringe!«

»Wenn Sie auf die Straße gehen«, erwiderte Herr Leblanc, »ziehen Sie den Überrock an! Es ist wirklich sehr kalt.«

Jondrette ließ es sich nicht zweimal sagen. Er schlüpfte rasch in den braunen Überrock. Und zu dritt gingen sie fort, Jondrette den beiden Fremden voraus.

Mietskutschentarif: Zwei Francs pro Stunde

Marius hatte keine Einzelheit dieser Szene verloren und dennoch nichts gesehen. Er hatte nur auf das junge Mädchen gestarrt. Sein Herz hatte gleichsam von ihr Besitz ergriffen und sie ganz in sich geschlossen, seit sie den ersten Schritt in die Spelunke tat. Solange sie da war, hatte er in jenem Leben der Ekstase gelebt, die, sinnlichen Wahrnehmungen entrückt, die Seele auf einen einzigen Punkt hindrängt. Er betrachtete nicht dieses Mädchen, vielmehr diesen Lichtschein in Satinmantille und Samthut. Wäre der Stern Sirius in die Kammer eingezogen, er hätte Marius nicht stärker geblendet als dieser Glanz.

Indes das junge Mädchen das Paket öffnete, Kleidungsstücke und Decken auseinanderfaltete, die kranke Mutter gütig und die verwundete Kleine zärtlich befragte, spähte er nach allen ihren Bewegungen, versuchte er, was sie sprach, zu hören. Er kannte ihre Augen, ihre Stirn, ihre Schönheit, ihren Wuchs, ihren Gang, der von ihrer Stimme war ihm unbekannt. Einmal hatte er im Luxembourg geglaubt, ein paar Worte von ihr aufgefangen zu haben, aber sicher war er dessen nicht. Zehn Jahre seines Lebens hätte er gegeben, um ihr lauschen zu können, um in seiner Seele etwas von dieser Musik mit sich zu tragen. Jedoch alles übertönten die königlichen Anpreisungen und die Trompetenstöße von Jondrette. So mischte sich ein ungestümer Zorn in sein Entzücken. Er liebkoste sie mit den Augen. Er konnte sich nicht vorstellen, daß dies wahrhaftig das göttliche Geschöpf sei, das er inmitten dieser unreinen Wesen in der abscheulichen Höhle beobachtete. Es schien ihm, er sehe einen Kolibri zwischen Kröten.

Als sie fortging, hatte er nur im Sinn, ihr zu folgen, sich an ihre Spur zu heften, sie erst dann zu verlassen, wenn er wußte, wo sie wohnte, sie nicht mehr zu verlieren, nachdem er sie auf so wunderbare Weise wiedergefunden hatte. Er sprang von der Kommode herunter und nahm seinen Hut. Als er die Hand auf den Riegel des Schlosses legte und aus dem Zimmer gehen wollte, zögerte er. Der Korridor war lang, die Treppe steil, Jondrette geschwätzig, Herr Leblanc hatte vermutlich die Droschke noch nicht bestiegen. Wenn dieser sich auf dem Korridor oder auf der Treppe oder auf der Schwelle umdrehte und ihn in diesem Haus bemerkte, würde er zweifellos stutzen, es würde ihm gelingen, von neuem zu entkommen, und mit dem, was Marius hoffte, wäre es abermals vorbei. Was tun? Ein wenig warten? Aber während er wartete, konnte die Droschke abfahren. Marius war ratlos. Endlich wagte er es und eilte aus dem Zimmer.

Im Korridor war niemand mehr. Er lief zur Treppe. Auf der Treppe war niemand. Hastig stieg er hinab und kam auf den

Boulevard. Er konnte eben noch eine Droschke sehen, die um die Ecke der Rue du Petit-Banquier herum nach Paris zu fuhr.

Marius stürzte in dieser Richtung vorwärts. An der Ecke sah er den Wagen wieder, der sich rasch durch die Rue Mouffetard entfernte. Schon war die Droschke weit, unmöglich, sie einzuholen. Wie denn, ihr nachlaufen? Kein Gedanke daran. Und bestimmt konnte man aus dem Wagen ein Individuum deutlich sehen, das ihm aus Leibeskräften nachsetzte, und der Vater würde ihn wiedererkennen. In diesem Moment, ein unerhörter, fabelhafter Zufall, gewahrte Marius eine Mietskutsche, die leer über den Boulevard trottete. Für ihn gab es nur einen Entschluß, in die Kutsche einzusteigen und der Droschke zu folgen. Das war sicher, zweckmäßig und gefahrlos.

Er winkte dem Kutscher, er solle halten, und rief ihm zu: »Auf Zeit!«

Marius hatte keine Krawatte um, er trug seinen alten Arbeitsrock, an dem die Knöpfe fehlten, sein Hemd war an einer Brustfalte aufgerissen. Der Kutscher hielt, blinzelte und streckte Marius die linke Hand hin, wobei er sanft den Zeigefinger am Daumen rieb.

»Was?« fragte Marius.

»Vorauszahlen«, sagte der Kutscher.

Marius erinnerte sich, daß er nur sechzehn Sous bei sich hatte. »Wieviel?« fragte er.

»Vierzig Sous.«

»Ich zahle nach der Rückfahrt.«

Statt jeder Antwort pfiff der Kutscher die Melodie des Liedes vom einfältigen La Palisse und peitschte sein Pferd.

Marius sah mit verstörtem Blick die Kutsche von dannen rollen. Um vierundzwanzig Sous, die er nicht hatte, sollte er seine Freude verlieren, sein Glück, seine Liebe. Wieder versank er in Nacht. Er hatte gesehen und erblindete wieder. Bitter und, man muß es schon sagen, mit tiefem Bedauern dachte er an die fünf Francs, die er erst heute morgen dem elenden Mädchen geschenkt hatte. Hätte er diese fünf Francs noch, er wäre gerettet, er würde wiedergeboren, würde den Bereich der Vorhölle und der Finsternis verlassen, aus der

Einsamkeit, dem Spleen, der Witwerschaft befreit. Er würde den schwarzen Faden seines Schicksals mit dem schönen goldenen Faden wieder verknüpfen, der vor seinen Augen geschwebt hatte und noch einmal brüchig geworden war. Verzweifelt kehrte er in das Haus Gorbeau zurück.

Er hätte sich sagen können, daß Herr Leblanc versprochen hatte, am Abend wiederzukommen, und daß er es diesmal klüger anstellen müsse, um ihm zu folgen. Aber in seiner schwärmerischen Betrachtung hatte er kaum zugehört.

Als er die Treppen hinaufstieg, bemerkte er jenseits des Boulevards, an der öden Mauer der Straße nach der Barrière-des-Gobelins, Jondrette. In den Überrock des »Menschenfreundes« gehüllt, sprach er mit einem der beunruhigend aussehenden Männer, die man Vagabunden von den Barrièren nennt. Das sind die Leute mit zweideutigen Gesichtern, die, verdächtige Monologe haltend, Übles zu planen scheinen und bei Tag meist schlafen, so daß anzunehmen ist, sie arbeiten in der Nacht.

Die beiden Menschen. die unter dem herabwirbelnden Schnee unbeweglich plauderten, standen so dicht beieinander, daß ein Polizist sie sicherlich nicht aus den Augen gelassen hätte. Marius übersah sie fast. Aber so schmerzlichen Erwägungen er nachhing, er mußte sich sagen, daß dieser Barrièrenvagabund einem gewissen Panchaud glich, genannt Printanier, genannt Bigrenaille, den Courfeyrac ihm einmal gezeigt hatte und der im Viertel als recht gefährlicher nächtlicher Spaziergänger galt. Der Name des Mannes ist im vorangehenden Buch schon einmal gefallen. Dieser Panchaud, genannt Printanier, genannt Bigrenaille, hat später in mehreren Kriminalprozessen figuriert und ist seither ein berühmter Verbrecher geworden. Doch vorerst war er bloß ein berüchtigter Spitzbube. Heute zählt er unter Banditen und Raubmördern zu den Trägern der Tradition. Gegen Ende der letzten Regierung machte er Schule. Und abends, wenn die Nacht hereinbrach, zu der Stunde, da Gruppen allenthalben tuscheln, sprach man von ihm in der Löwengrube des Kerkers La Force. Hier konnte man sogar, gerade an der Stelle, wo unter dem Weg der Ronde der Kanal der Latrinen hindurchging, der 1843 dreißig Häftlingen zu ihrer unerhörten Flucht am hellen Tag diente, seinen Namen, Panchaud, lesen. Kühn hatte er ihn bei einem seiner Ausbruchsversuche in die Mauer der Ronde geritzt. Im Jahre 1832 überwachte die Polizei ihn schon, aber er war noch nicht ernsthaft hervorgetreten.

Das Elend bietet dem Schmerz seinen Dienst an

Mit langsamen Schritten stieg Marius die Treppe des Hauses Gorbeau hinauf. In dem Moment in dem er sein Zimmer betreten wollte, sah er im Korridor die ältere Jondrette, die ihm nachging. Der Anblick des Mädchens war ihm verhaßt, sie hatte seine fünf Francs, es war zu spät, um sie ihr wieder abzufordern, die Kutsche war nicht mehr da, die Droschke fern. Im übrigen würde sie sie ihm nicht zurückgeben. Sie nach der Wohnung der Leute, die vorhin gekommen waren, auszufragen, schien ihm nutzlos. Offenbar wußte sie sie nicht, da der Brief mit der Unterschrift Fabantou an den »wohltätigen Herrn von der Kirche Saint-Jacques-du-Haut-Pas« adressiert war.

Marius wollte die Tür seines Zimmers hinter sich zuschlagen. Sie schloß sich nicht. Er drehte sich um und sah eine Hand, die die noch halboffene Tür festhielt. »Was ist«, fragte er, »wer ist da?« Es war die Tochter der Jondrettes.

»Sie?« fragte Marius beinahe hart. »Immer wieder Sie? Was wünschen Sie?«

Sie schien in Gedanken und blickte ihn nicht an. Die Sicherheit, die sie am Morgen hatte, fehlte ihr nun. Sie war nicht nach ihm eingetreten und blieb im Schatten des Korridors, wie Marius durch die angelehnte Tür sah.

»Wollen Sie nicht antworten?« sagte er. »Was wünschen Sie von mir?«

Sie erhob ihr trübes Auge, in dem ein Funke von Licht sich zu entzünden schien, zu ihm und sagte: »Herr Marius, Sie machen ein trauriges Gesicht. Was haben Sie denn?«

»Ich?« fragte Marius.

»Ja, Sie.«

»Ich habe nichts.«

»Doch.«

»Nein.«

»Und ich sage Ihnen, doch.«

»Lassen Sie mich in Ruhe!«

Marius stieß von neuem die Tür zu, wieder hielt sie diese fest. »Sie haben unrecht«, sagte sie. »Wenn Sie auch nicht reich sind, Sie waren heute morgen gut. Seien Sie es auch jetzt! Sie haben mir Geld gegeben, um zu essen, nun sagen Sie, was Ihnen fehlt. Sie grämen sich, das sieht man. Ich möchte nicht, daß Sie sich grämen. Was kann ich dazu tun? Kann ich Ihnen irgendwie helfen? Verfügen Sie über mich! Ich will Ihre Geheimnisse nicht wissen, nicht nötig, daß Sie sie mir erzählen, aber ich kann Ihnen nützlich sein. Ich kann Ihnen helfen, wie ich meinem Vater helfe. Wenn es sich darum handelt, Briefe auszutragen, in die Häuser zu gehen, von Tür zu Tür nachzufragen, eine Adresse zu finden, jemandem nachzulaufen, das ist meine Sache. Sie können mir also sagen, was Sie haben, ich werde mit den Leuten sprechen. Manchmal genügt es, daß einer mit den Leuten spricht, dann erfährt man, was los ist, und alles geht in Ordnung. Bedienen Sie sich meiner!«

Eine Idee schoß Marius durch den Kopf. Welchen Zweig verschmäht man, wenn man fühlt, daß man im Fallen ist? Er näherte sich der Jondrette. »Hör zu«, sagte er.

Sie unterbrach ihn mit einem Freudenstrahl in den Augen. »Ach ja, duzen Sie mich. Das hab ich so gern.«

»Also«, sagte er, »du hast den alten Herrn mit seiner Tochter hergebracht …«

»Ja.«

»Weißt du ihre Adresse?«

»Nein.«

»Ermittle sie für mich!«

Das Auge des Mädchens, zuerst stumpf, war fröhlich geworden, jetzt verdüsterte es sich wieder. »Also das wollen Sie?« fragte sie.

»Ja.«

»Kennen Sie die beiden?«

»Nein.«

»Das heißt, Sie kennen das Fräulein nicht, aber Sie möchten es kennenlernen?« Daß sie nur noch von der Tochter sprach, hatte einen bitteren Beigeschmack.

»Kannst du sie finden?« fragte er.

»Sie sollen die Adresse des schönen Fräuleins haben.«

Wieder war da ein Nebenton, der Marius verdroß. »So oder so!« sagte er. »Die Adresse des Vaters und der Tochter. Beider Adresse!«

Sie schaute ihn fest an. »Was geben Sie mir?«

»Was du willst.«

»Alles, was ich dann will?«

»Ja.«

»Sie kriegen die Adresse.«

Sie sah zu Boden, und mit einer jähen Bewegung zog sie die Tür zu, die sich schloß. Marius war allein. Er ließ sich auf einen Stuhl sinken, den Kopf und die Arme auf dem Bett, in Gcdanken vertieft, die er nicht erfassen konnte, und wie im Taumel. Alles, was sich seit den Morgenstunden ereignet hatte, die Ankunft des Engels, sein Verschwinden, das, was dieses Geschöpf ihm gesagt hatte, ein Hoffnungsschimner, der in unermeßlicher Verzweiflung vor ihm auftauchte, erfüllte wirr sein Hirn.

Plötzlich wurde er gewaltsam aus seiner Träumerei geweckt. Er hörte die laute, harte Stimme Jondrettes, hörte Worte, die sein Interesse unheimlich erregten: »Ich sage dir, ich bin meiner Sache sicher, ich habe ihn erkannt.«

Von wem sprach Jondrette? Wen hatte er erkannt? Herrn Leblanc, den Vater seiner Ursule? Kannte Jondrette ihn? Sollte Marius so plötzlich und unerwartet alle Nachrichten erlangen, ohne die das Leben dunkel für ihn war? Sollte er endlich wissen, wen er liebte, wer dieses junge Mädchen war, was ihr Vater war? Sollte der dichte Schatten, der sie bedeckte, sich nun erhellen? Sollte der Schleier sich lüften? Ach, Himmel!

Er stieg nicht, er schwang sich mit einem Satz auf die Kommode und nahm seinen Platz neben der kleinen Luke in der Wand wieder ein. Wieder sah er das Innere der Höhle.

Verwendung des Fünffrancstücks
von Herrn Leblanc

Nichts war an dem Bild der Familie verändert, nur daß die Frau und die Mädchen sich aus dem Paket Strümpfe und Unterjacken ausgewählt und angezogen hatten. Zwei neue Wolldecken waren über die Betten geworfen. Offenbar war Jondrette soeben wieder eingetreten. Er war von dem Gang noch außer Atem. Seine Töchter saßen nahe dem Kamin auf der Erde, die Ältere verband die Hand der Jüngeren. Seine Frau lungerte auf dem Bett neben dem Kamin wie entkräftet, mit erstaunter Miene. Jondrette marschierte mit großen Schritten in der Bude auf und ab. Er hatte einen seltsamen Ausdruck im Blick.

Die Frau, die verschüchtert und von dem Verhalten ihres Mannes betroffen schien, fand den Mut, ihn zu fragen: »Wahrhaftig? Bist du sicher?«

»Sicher. Es ist acht Jahre her, aber ich erkenne ihn wieder. Ich habe ihn sofort wiedererkannt. Was, das ist dir nicht gleich in die Augen gesprungen?«

»Nein.«

»Aber ich habe dir doch gesagt: Paß auf! Es ist seine Größe, sein Gesicht, kaum älter, es gibt Menschen, die nicht altern, wie sie das machen, weiß ich nicht, dieselbe Stimme. Er ist besser gekleidet, das ist der ganze Unterschied. Ah, du verdammter geheimnisvoller Bursche, endlich habe ich dich!«

Er hielt inne und herrschte seine Töchter an: »Ihr verdrückt euch!« Und wieder sagte er: »Komisch, daß dir das nicht in die Augen gesprungen ist!« Sie erhoben sich, um zu gehorchen.

Die Mutter stammelte: »Mit ihrer kranken Hand?«

»Die Luft wird ihr guttun«, sagte Jondrette. »Hinaus!« Es war zu spüren, daß jeder Widerspruch bei diesem Mann entfiel. Die beiden Mädchen gingen. In dem Moment, da sie in der Tür waren, holte der Vater die Ältere am Arm zurück und sagte ihr mit sonderbarer Schärfe: »Auf den Schlag fünf seid wieder hier! Alle beide. Ich habe Arbeit für euch.« Marius verdoppelte seine Aufmerksamkeit.

Als Jondrette mit seiner Frau allein war, begann er, wieder in der Kammer umherzugehen. Zwei- oder dreimal durchquerte er sie schweigend. Dann verbrachte er einige Minuten damit, den Zipfel des Frauenhemdes, das er trug, unter den Gürtel seiner Hose zu stecken und fest hineinzuschieben. Plötzlich wandte er sich der Jondrette zu, kreuzte die Arme und rief: »Und soll ich dir noch etwas sagen? Das Fräulein …«

»Na was«, fragte die Frau, »was ist mit dem Fräulein?« Marius konnte nicht zweifeln. Von ihr wurde geredet. Er horchte in heißer Angst. All sein Leben war in seinen Ohren.

Jondrette hatte sich gebückt und leise mit seiner Frau gesprochen. Dann richtete er sich auf und schloß mit lauter Stimme: »Sie ist es.«

»Die?« sagte die Frau.

»Die«, sagte der Mann.

In der kurzen Frage der Frau lagen Überraschung, Wut, Haß, Zorn durcheinander, zusammengesetzt in ungeheuerlicher Betonung. Wenige Worte ihres Mannes, der Name wohl, den er ihr da eben ins Ohr raunte, hatten genügt, daß die dicke, schläfrige Frau aufwachte und nicht nur widerlich war, sondern schrecklich wurde.

»Nicht möglich«, rief sie. »Wenn ich bedenke, daß meine Töchter barfuß gehen und kein Kleid anzuziehen haben. Was? Satinmantille, Samthut, Schnürstiefel und all das! Sachen für über zweihundert Francs! Man könnte glauben, eine Dame! Nein, du irrst dich! Und die andere war doch scheußlich, die da sieht nicht übel aus. Wirklich nicht übel. Das kann sie nicht sein.«

»Ich sage dir, sie ist es, du wirst schon sehn.«

Nach dieser so unbedingten Bestätigung erhob die Jondrette ihr breites Gesicht und schaute mit verzerrten Zügen zur Decke auf. In dieser Sekunde schien sie Marius noch furchtbarer als ihr Mann. Sie war eine Sau mit dem Blick einer Tigerin. »Was«, sagte sie, »dieses greuliche schöne Fräulein, das meine Töchter so mitleidig musterte, die sollte der Lumpenmensch sein? Ich möchte ihr mit meinen Holzschuhen in den Bauch hauen, daß er platzt!«

Sie rutschte aus dem Bett und blieb einen Moment stehen, mit struppigem Haar, geblähten Nasenlöchern, klaffendem Mund, die Fäuste verkrampft und zurückgebogen. Dann ließ sie sich wieder auf die Bettstatt fallen. Der Mann ging hin und her, ohne sein Weibchen zu beachten.

Nachdem er einige Minuten geschwiegen hatte, näherte er sich der Jondrette. Nun stand er vor ihr, die Arme gekreuzt wie zuvor. »Und soll ich dir noch etwas sagen?«

»Was?« fragte sie.

Er antwortete knapp und leise: »Daß ich ein gemachter Mann bin.«

Die Jondrette betrachtete ihn, als denke sie: Ist er übergeschnappt?

»Zum Donnerwetter«, fuhr er fort, »wie lange schon bin ich eine lächerliche Kirchenmaus! Stirb vor Hunger, wenn du Feuer hast! Frier dich zu Tod, wenn du Brot zu knabbern hast! Ich will heraus aus dem Elend! Aus der Sorge um mich und euch! Ich spaße nicht, ich finde das nicht mehr drollig, keine Witze mehr, Herrgott! Keine Scherze, Vater im Himmel! Ich will mich satt fressen und satt saufen! Mich vollschlingen! Pennen! Nichts tun! Ich will auch an die Reihe kommen, bevor ich krepiere! Ich will ein kleiner Millionär sein.« Er durchquerte die Spelunke und fügte hinzu: »Wie die anderen!«

»Was meinst du damit?« fragte die Frau.

Er schüttelte den Kopf, blinzelte und schrie wie ein Scharlatan auf dem Jahrmarkt, der darangeht, seine Wunder zu zeigen: »Was ich meine? Hör zu!«

»Pst!« raunte die Jondrette. »Nicht so laut, wenn das Geschichten sind, die keiner hören darf!«

»Bah! Wer denn? Der Mensch nebenan? Den habe ich vorhin auf der Straße gesehen. Und was hört der schon, der Dummkopf? Ich sage dir ja, der ist nicht im Haus.«

Aber aus einem Instinkt heraus dämpfte Jondrette die Stimme, wenn auch nicht so, daß seine Worte für Marius unhörbar wurden. Ein günstiger Zufall, der ihm gestattete, sich nichts von diesem Gespräch entgehen zu lassen, war, daß der Schnee, der draußen lag, den Lärm der Wagen auf dem Boulevard verringerte.

Marius vernahm, was Jondrette sagte: »Paß auf! Er ist in unserer Hand, der Krösus. So gut wie in unserer Hand. Das ist geschafft. Alles geregelt. Ich habe mit meinen Leuten gesprochen. Er kommt heute abend um sechs, seine sechzig Francs zu bringen, die Kanaille. Hast du gesehen, wie ich ihm die abgeluchst habe, meine sechzig Francs, mit meinem Hauseigentümer, mit dem vierten Februar? Das ist nicht mal ein Zahltermin. Der Gimpel! Er kommt also um sechs. Dann ist der Nachbar beim Essen. Die Mutter Burgon wäscht Geschirr in der Stadt. Im Haus ist niemand. Der Nachbar kommt nie vor elf zurück. Die Kleinen stehen Schmiere. Du wirst uns helfen. Er wird sich exekutieren lassen.«

»Und wenn er nicht will?« fragte die Frau.

Jondrette sagte mit unheilverkündender Geste: »Dann werden wir ihn exekutieren.« Und er lachte auf. Zum erstenmal sah Marius ihn lachen. Dieses Lachen war kalt, leise und schaurig.

Jondrette öffnete einen Wandschrank neben dem Kamin und holte eine alte Mütze hervor, die er mit dem Ärmel abbürstete und sich auf den Kopf setzte. »Jetzt«, sagte er, »muß ich hinunter. Ich habe noch mit ein paar Leuten zu sprechen. Du wirst sehen, wie glatt das geht. Ich bin möglichst bald wieder hier. Die Partie lohnt sich. Hüte das Haus!«

Beide Hände in den Hosentaschen, sann er nach, dann rief er: »Weißt du, es ist wirklich ein Glück, daß er mich nicht erkannt hat. Hätte er mich erkannt, wäre er nicht wiedergekommen. Er wäre uns durch die Lappen gegangen. Mein Bart hat mich gerettet! Mein romantischer Kinnbart! Mein hübscher kleiner romantischer Kinnbart!« Und wieder lachte er.

Er ging zum Fenster. Noch immer fiel Schnee in grauen Streifen vom Himmel. »Ein Hundewetter!« sagte er. Dann zog er den Überrock zusammen. »Die Schale ist zu groß. Egal, er hat ein verteufelt gutes Werk getan, daß er sie mir dagelassen hat, der alte Schuft! Sonst hätte ich nicht auf die Straße können, und alles wäre schiefgegangen. Wovon so was immer abhängt!« Und indem er sich die Mütze in die Stirn drückte, verschwand er.

Aber kaum hatte er Zeit gehabt, drunten ein paar Schritte zu machen, als die Tür sich von neuem öffnete und sein schlaues Raubtiergesicht sich durch den Spalt wieder zeigte. »Ich hätte fast vergessen«, sagte er, »du wirst ein Kohlenbecken kaufen.«

Und er warf das Fünffrancstück des »Menschenfreundes« auf den Tisch.

»Ein Kohlenbecken?« fragte die Frau.

»Ja.«

»Für wieviel Scheffel?«

»Zwei, gutes Gewicht.«

»Kostet dreißig Sous. Für den Rest kaufe ich was zu essen.«

»Zum Teufel, nein.«

»Warum nicht?«

»Du darfst die fünf Francs nicht ganz ausgeben.«

» Warum nicht?«

»Weil ich auch was kaufen muß.«

»Was?«

»Etwas.«

»Wieviel brauchst du?«

»Wo ist hier ein Eisenhändler?«

»In der Rue Mouffetard.«

»Ach ja, an einer Ecke der Straße. An den Laden erinnere ich mich.«

»Aber sag mir, wieviel brauchst du für das, was du kaufen willst?«

»Fünfzig Sous bis drei Francs.«

»Da bleibt nicht viel für das Essen.«

»Heute ist das Essen nicht so wichtig. Wir haben Wichtigeres zu tun.«

»Gut, mein Goldstück.«

Jondrette schloß die Tür wieder, und nun hörte Marius, wie sein Schritt sich über den Korridor entfernte und wie er schnell die Treppe hinabstieg.

In dieser Minute schlug es eins von der Kirche Saint-Médard.

Solus cum solo, in loco remoto,
non cogitabuntur orare pater noster

So grüblerisch Marius war, er hatte einen unbeugsamen, energischen Charakter. Die Gewöhnung, sich in Einsamkeit innerlich zu sammeln, hatte Sympathie und Mitleid in ihm entwickelt und vielleicht seine Fähigkeit, sich zu erzürnen, beeinträchtigt. Aber die Fähigkeit, sich zu empören, blieb unversehrt in ihm. Er besaß die Milde eines Brahmanen und die Strenge eines Richters. Er fühlte Mitleid mit einer Kröte, doch er zertrat eine Viper. Sein Blick hatte sich in eine Schlangenhöhle versenkt. Ein Nest von Scheusalen hatte er vor Augen. Dieses elende Gezücht muß zerstampft werden, sagte er sich.

Er hatte gehofft, das Zwielicht von Rätseln werde sich zerstreuen. Keines hatte sich ihm aufgehellt. Im Gegenteil, alle hatten sich vielleicht noch verdichtet. Er wußte nicht mehr als zuvor über das schöne Kind aus dem Luxembourgpark und den Mann, den er Herr Leblanc nannte, es sei denn, daß Jondrette sie kannte. Hinter den finsteren Worten, die gesagt worden waren, unterschied er deutlich nur, daß eine Falle gestellt werden sollte. Ein dunkler, furchtbarer Hinterhalt wurde gerüstet. Beide, Vater und Tochter, schwebten in großer Gefahr, sie wahrscheinlich, der Vater sicherlich. Sie mußten gerettet, die abscheulichen Pläne der Jondrettes vereitelt werden. Er mußte das Netz der Spinnen zerreißen.

Einen Moment beobachtete er die Jondrette. Sie hatte aus einem Winkel einen alten blechernen Ofen hervorgeholt und stöberte in dem Eisenschrott. Er kletterte, so leise er vermochte, von der Kommode herab und vermied jedes Geräusch.

In seinem Schrecken über das, was da vorbereitet wurde, und in dem Schauder, den die Jondrettes in ihm erweckt hatten, fühlte er eine Art Freude bei dem Gedanken, es könne ihm vergönnt sein, der Geliebten einen solchen Dienst zu erweisen. Wie aber? Sollte er die gefährdeten Personen benachrichtigen? Wo sollte er sie finden? Er wußte ihre Adresse nicht. Flüchtig waren sie vor seinen Augen wieder erschienen, dann waren sie abermals in der unermeßlichen Tiefe von Paris untergetaucht. Sollte er Herrn Leblanc abends um sechs Uhr, wenn er ankam, unter der Tür erwarten und ihn vor der Falle warnen? Aber Jondrette und seine Leute würden ihn sehen, wenn er lauerte, die Gegend war menschenleer, sie würden stärker als er sein, es würde ihnen gelingen, ihn zu überwältigen oder zu beseitigen, und der, den Marius retten wollte, war verloren. Gerade hatte es eins geschlagen, der Überfall sollte um sechs ausgeführt werden. Marius hatte noch fünf Stunden vor sich. Nur eins konnte er tun.

Er zog seinen besseren Rock an, band sich ein seidenes Tuch um den Hals, nahm seinen Hut und ging hinaus, wobei er vorsichtig auftrat, als wandle er mit nackten Füßen über Moos dahin. Übrigens stöberte die Jondrette noch immer in ihrem Alteisen.

Sobald Marius draußen war, eilte er nach der Rue du Petit-Banquier. Er war in der Mitte dieser Straße, vor einer Mauer, die in einzelnen Teilen so niedrig ist, daß man über sie hinwegschreiten kann, und in unbebauten Grund verläuft. Von seinen Gedanken beschwert, ging er langsam, der Schnee erstickte den Hall. Plötzlich hörte er ganz in seiner Nähe reden. Er wandte sich um, die Straße war verlassen, niemand war da, es war eine Stunde nach Mittag, und dennoch hörte er deutlich Stimmen.

Er sah über die Mauer, an der er entlangging. In der Tat lehnten sich zwei Männer an ihren Rand. Sie saßen im Schnee und sprachen leise miteinander. Die beiden Gesichter waren ihm unbekannt. Der eine, der einen Kittel anhatte, war bärtig, der andere zerlumpt, langhaarig. Der Bärtige trug eine griechische Mütze, der andere war bloßhäuptig, mit Schnee im Haar.

Marius konnte, indem er den Kopf über sie hob, ihre Worte verstehen. Der Haarige stieß den anderen mit dem Ellbogen an und sagte: »Mit Patron-Minette gehst du sicher.«

»Glaubst du?« fragte der Bärtige, und der Haarige erwiderte: »Macht für jeden fünfhundert Eier, und das Schlimmste, was passieren kann, fünf Jahre, sechs Jahre, höchstens zehn!«

Der andere entgegnete mit einigem Zaudern und unter seiner griechischen Mütze fröstelnd: »Ein reelles Geschäft. Da gibt's keine Fisimatenten.«

»Ich sage dir, ohne Risiko«, erwiderte der Haarige. »Der Karren vom Papa Dings wird angespannt sein.« Und sie sprachen über ein Melodrama, das sie gestern in der Gaîté gesehen hatten.

Marius setzte seinen Weg fort. Es schien ihm, als ständen die dunklen Worte der Männer, die, so seltsam hinter der Mauer verborgen, im Schnee hockten, in irgendeinem Zusammenhang mit dem abscheulichen Anschlag von Jondrette. Das mußte das »Geschäft« sein.

Er schritt dem Viertel Saint-Marceau zu und fragte im ersten Laden, an dem er vorüberging, wo ein Polizeirevier sei. Man wies ihn nach der Rue de Pontoise und der Nummer 14. Marius ging hin. Bei einem Bäcker kaufte er ein Brot für zwei Sous und aß es in der Voraussicht, daß sein Diner ausfallen werde. Unterwegs wurde er der Schicksalsfügung gerecht. Er dachte sich, wenn er nicht heute morgen dem Mädchen Jondrette seine fünf Francs gegeben hätte, wäre er der Droschke von Herrn Leblanc gefolgt und hätte so von nichts gewußt. Nichts hätte den Plan der Jondrettes behindert, Herr Leblanc wäre verloren und ohne Zweifel seine Tochter mit ihm.

Wie ein Polizeiinspektor einem Advokaten zwei Terzerole gibt

Im Hause Nummer 14 in der Rue de Pontoise ging er in den ersten Stock hinauf und fragte nach dem Polizeikommissar. »Der Herr Kommissar ist nicht da«, sagte irgendein Schreiber, »aber ein Inspektor vertritt ihn. Wollen Sie ihn sprechen? Eilt es?«

»Ja«, sagte Marius.

Der Schreiber führte ihn in die Amtsstube des Kommissars. Ein hochgewachsener Mann stand darin, hinter einem Gitter, an einen Ofen gelehnt, und hob mit den Händen die

Schöße eines weiten englischen Reitrocks, den drei Kragen umgaben. Er hatte ein viereckiges Gesicht, einen schmalen, festen Mund, einen dichten, grauen, verwilderten Backenbart, einen Blick, der einem die Taschen umdrehte. Man hätte sagen können, daß dieser Blick nicht durchdrang, sondern durchwühlte. Der Mann sah nicht weniger bösartig aus, nicht weniger furchtbar als Jondrette. Der Dogge zu begegnen ist bisweilen ebenso beunruhigend wie dem Wolf.

»Was wollen Sie?« fragte er Marius, ohne »mein Herr« hinzuzusetzen.

»Herr Polizeikommissar?«

»Er ist abwesend. Ich vertrete ihn.«

»Es handelt sich um eine ganz geheime Affäre.«

»Dann reden Sie.«

»Und es ist sehr eilig.«

»Dann reden Sie rasch!«

Dieser Mann, gelassen und schroff, war zugleich erschrekkend und beruhigend. Er flößte Furcht und Vertrauen ein. Marius erzählte ihm, was sich begeben hatte. Eine Person, die er nur vom Sehen kenne, solle noch heute abend in einen Hinterhalt gelockt werden. Als Bewohner des der Spelunke benachbarten Zimmers habe er, Marius Pontmercy, Advokat, das ganze Komplott durch die Wand belauscht. Der Verbrecher, der sich die Falle ausgedacht habe, sei ein Mann namens Jondrette. Er werde Komplizen haben, vermutlich Vagabunden von den Barrièren, darunter einen gewissen Panchaud, genannt Printanier, genannt Bigrenaille. Die Töchter des Jondrette sollten Schmiere stehen. Es sei nicht möglich, den bedrohten Mann zu benachrichtigen, da man nicht einmal seinen Namen wisse. Und endlich solle all das sich um sechs Uhr abends am verlassensten Punkt des Boulevards de l'Hôpital, im Haus Nummer 50/52 vollziehen.

Bei dieser Nummer blickte der Inspektor auf und fragte kalt: »Also in der Kammer hinten am Korridor?«

»Jawohl«, sagte Marius und fügte hinzu: »Kennen Sie das Haus?«

Der Inspektor schwieg einen Moment, dann antwortete er, indem er den Absatz seines Stiefels am Ofenloch wärmte:

»Es scheint so.« Er brabbelte zwischen den Zähnen, wobei er weniger zu Marius sprach als zu seiner Krawatte: »Da hat gewiß Patron-Minette die Hand drin.«

Betroffen hörte Marius dieses Wort. »Patron-Minette«, sagte er. »In der Tat ist mir das Wort nicht unbekannt.« Und er berichtete dem Inspektor von dem Dialog des Haarigen und des Bärtigen im Schnee, hinter der Mauer der Rue du Petit-Banquier.

Der Inspektor brummte: »Der Haarige wird Brujon sein und der Bärtige Demi-Liard, genannt Deux-Milliards.« Er hatte die Lider niedergeschlagen und überlegte: »Auch den Papa Dings wittere ich. Da habe ich meinen Rock versengt. Sie heizen in diesen verdammten Öfen immer zu sehr ein. Nummer 50/52. Das ehemalige Grundstück Gorbeau.« Dann blickte er Marius an. »Sie haben den Bärtigen und den Haarigen gesehen?«

»Und Panchaud.«

»Haben Sie nicht auch so einen kleinen Teufelskerl von Stutzer da herumstrolchen sehen?«

»Nein.«

»Auch nicht einen dicken Fleischkoloß, der dem Elefanten im Botanischen Garten ähnelt?«

»Nein.«

»Auch nicht ein Galgengesicht, das einem abgedankten Rotschwänzchen gleicht?«

»Nein.«

»Was den vierten angeht, so sieht ihn niemand, nicht einmal seine Adjutanten, seine Kommis und Untergebenen. Es ist daher nicht überraschend, daß er Ihnen nicht aufgefallen ist.«

»Nein«, sagte Marius. »Was sind das alles für Wesen?«

Der Inspektor erwiderte: »Im übrigen ist das nicht ihre Arbeitszeit.« Er versank wieder in sein Schweigen, dann begann er: »50/52. Ich kenne die Baracke. Unsereiner kann sich im Innern nicht verbergen, ohne daß die Herren Künstler Lunte riechen. Dann würden sie sich empfehlen und das Vaudeville abbestellen. Sie sind ja so bescheiden! Das Publikum stört sie bloß. Nein, nein. Ich will sie singen hören und die Puppen tanzen lassen.«

Als er diesen Monolog beendet hatte, wandte er sich an Marius, fixierte ihn und fragte: »Fürchten Sie sich?«

»Wovor?« erwiderte Marius.

»Vor diesen Menschen?«

»So wenig wie vor Ihnen«, entgegnetc Marius grob, da ihm allmählich auffiel, daß dieser Polizeispitzel noch nicht »Herr« zu ihm gesagt hatte.

Der Inspektor fixierte Marius nun durchbohrend und sprach mit lehrhafter Feierlichkeit: »Sie reden wie ein tapferer und ehrlicher Mann. Der Mut fürchtet das Verbrechen nicht, die Ehrlichkeit fürchtet die Autorität des Staates nicht.«

Marius unterbrach ihn: »Gut. Was werden Sie tun?«

Der Inspektor beschränkte sich auf die Antwort: »Die Mieter dieses Hauses haben Nachschlüssel, um des Nachts hereinkommen zu können. Sie werden auch einen haben?«

»Ja«, sagte Marius.

»Haben Sie ihn bei sich?«

»Ja.«

»Geben Sie ihn mir«, sagte der Inspektor.

Marius nahm den Schlüssel aus der Westentasche, übergab ihn dem Inspektor und sagte: »Wenn ich Ihnen raten darf, kommen Sie mit Übermacht.«

Der Inspektor warf ihm einen Blick zu, wie ihn Voltaire für einen Provinzakademiker übrig gehabt haben würde, der ihm einen Reim vorgeschlagen hätte. Mit einer einzigen Bewegung fuhren seine beiden riesigen Hände in die bodenlosen Taschen seines englischen Rockes. Zwei kleine Stahlpistolen zog er hervor, Terzerole, die man auch Schläger nennt. Er reichte sie Marius und sagte schnell und barsch: »Nehmen Sie, hier! Gehen Sie nach Hause! Verstecken Sie sich in Ihrem Zimmer! Es muß scheinen, als seien Sie ausgegangen. Die Waffen sind geladen. In jeder zwei Kugeln. Sie werden die Bande beschatten, es ist, wie Sie mir sagten, ein Loch in der Wand. Die Leute werden kommen. Überlassen Sie sie sich ein wenig. Sobald Sie glauben, es ist soweit und Zeit einzuschreiten, schießen Sie eine Pistole ab! Nicht zu früh. Der Rest geht mich an. Ein Schuß in die Luft, an die Decke, irgendwohin. Vor allem nicht zu früh. Warten Sie, bis die Ausführung des Attentats begonnen hat. Sie sind Anwalt, Sie wissen, was das ist.«

Marius nahm die Pistolen und steckte sie in die Seitentasche seines Rocks. »So macht das einen Buckel, das sieht man«, sagte der Inspektor. »Stecken Sie sie lieber in Ihre Hosentaschen!« Marius verbarg sie in seinen Hosentaschen. »Jetzt«, fuhr der Inspektor fort, »ist keine Minute zu verlieren. Wie spät ist es? Halb drei. Also um sieben Uhr.«

»Um sechs«, erwiderte Marius.

»Ich habe Zeit«, sagte der Inspektor, »aber das ist zunächst alles. Vergessen Sie nichts von dem, was ich gesagt habe! Peng! Ein Pistolenschuß.«

»Seien Sie unbesorgt«, sagte Marius.

Und als er die Hand an den Türriegel legte, um fortzugehen, rief der Inspektor ihm nach: »Wenn Sie mich inzwischen benötigen sollten, kommen Sie oder schicken Sie her! Lassen Sie nach mir fragen: Inspektor Javert.«

Jondrette macht seinen Einkauf

Wenige Minuten später, gegen drei Uhr, ging Courfeyrac zufällig durch die Rue Mouffetard, begleitet von Bossuet. Der Schnee wurde immer dichter und erfüllte den Luftraum. Bossuet wollte gerade zu Courfeyrac bemerken: Wenn man alle diese Schneeflocken niederwehen sieht, könnte man meinen, im Himmel sei eine Seuche von weißen Schmetterlingen ausgebrochen. Da plötzlich gewahrte er Marius, der nach der Barrière zu die Straße hinaufkam, mit sonderbarer Miene. »Ach«, rief Bossuet, »Marius!«

»Ich habe ihn gesehn«, sagte Courfeyrac. »Wir wollen ihn nicht anreden.«

»Warum?«

»Er hat den Kopf voll.«

»Wovon?«

»Siehst du nicht, was er für ein Gesicht macht?«

»Wieso?«

»Es scheint, als verfolge er wen.«

»Du hast recht«, bestätigte Bossuet.

»Sieh doch seine Augen!« sagte Courfeyrac.

»Aber wen, zum Teufel, verfolgt er?«

»Irgendeine Mimi, irgendein Maßliebchengretchen. Er schwärmt.«

»Aber«, warf Bossuet ein, »nirgends auf der Straße ist eine Mimi oder ein Gretchen mit oder ohne Maßliebchen. Nirgends ist eine Frau.«

Courfeyrac schaute hinüber und rief: »Er verfolgt einen Mann.«

Wirklich ging ein Mann mit einer Mütze, dessen grauer Bart zu erkennen war, obwohl man nur seine Rückseite sah, etwa zwanzig Schritte vor Marius. Er war mit einem ganz neuen, für ihn zu großen Überrock bekleidet und mit einer entsetzlichen, zerlumpten, vom Schlamm der Gosse beschmutzten Hose.

Bossuet platzte los. »Was ist denn das für ein Mensch?« lachte er.

»Der«, sagte Courfeyrac, »das ist ein Dichter. Dichter tragen gern Hosen, die sie beim Hasenfellhändler erstanden haben, und Überröcke von Pairs von Frankreich.«

»Wir wollen sehen, wohin Marius geht«, sagte Bossuet, »und wohin der Mann geht. Komm mit mir hinter ihnen her, was?«

»Bossuet«, rief Courfeyrac, »Adler von Meaux, du bist der blödeste Kerl, den es gibt. Einem Mann folgen, der einen Mann verfolgt!« Und sie kehrten um.

Marius hatte Jondrette durch die Rue Mouffetard gehen sehen und beobachtete ihn. Jondrette ging vor ihm her, ohne zu ahnen, daß schon ein Blick ihn bespähte. Er verließ die Rue Mouffetard, und Marius sah ihn eine der ordinärsten Kneipen der Rue Gracieuse betreten. Dort blieb er etwa eine Viertelstunde, dann kam er in die Rue Mouffetard zurück. Er hielt sich bei einem Eisenhändler auf, der damals an der Ecke der Rue Pierre-Lombard einen Laden hatte. Nach wenigen Minuten sah Marius ihn herauskommen, in der Hand ein großes Stemmeisen mit einem Stiel von weißem Holz, das er unter dem Rock verbarg. Auf der Höhe der Rue du Petit-Gentilly bog er links ein und erreichte rasch die Rue du Petit-Banquier. Es dämmerte, der Schneefall, der einen Moment aufgehört hatte, hatte wieder angefangen. Marius schlüpfte hinter die Ecke der wie immer einsamen Rue du Petit-Banquier und folgte Jondrette darüber hinaus nicht nach. Zu seinem Glück, denn als Jondrette der niedrigen Mauer nahe war, wo Marius den Haarigen und den Bärtigen hatte reden hören, wandte er sich um, vergewisserte sich, daß niemand ihm folge, niemand ihn sehe, dann sprang er über die Mauer und verschwand.

Der unbebaute Grund, den die Mauer begrenzte, war mit dem Hinterhof eines berüchtigten ehemaligen Wagenvermieters verbunden, der Konkurs gemacht hatte und in dessen Schuppen noch einige alte Halbberlinen standen.

Marius dachte sich, es sei klug, die Abwesenheit Jondrettes zu benutzen um das Haus wieder zu betreten. Auch rückte die Zeit voran. An jedem Abend pflegte Frau Burgon, wenn sie fortging, um in der Stadt Geschirr zu waschen, das Haustor zu verschließen, das so in der Dämmerung schon zugesperrt war. Marius hatte seinen Schlüssel dem Polizeiinspektor gegeben; er mußte sich also beeilen.

Der Abend war gekommen. Es war fast völlig Nacht. Am Horizont und in der Unendlichkeit wurde nur noch ein Punkt von letzter Sonne beleuchtet: der Mond. Rot stieg er hinter der niedrigen Kuppel der Salpêtrière auf. Mit großen Schritten strebte Marius der Nummer 50/52 zu. Die Tür war noch offen, als er vor dem Hause anlangte. Auf Fußspitzen erklomm er die Treppe und glitt an der Wand des Korridors entlang bis zu seiner Kammer. Dieser Korridor war, wie man sich erinnert, beiderseits von Buden eingefaßt, die jetzt alle unvermietet und leer waren. Frau Burgon ließ meist ihre Türen offen. Als Marius an einer dieser Türen vorbeikam, glaubte er in einer unbewohnten Zelle vier unbewegte Männerköpfe zu gewahren, die ein Rest des durch eine Luke einfallenden Tageslichts mit einem verschwommenen Weißgrau umspülte. Er wollte nicht sehen, um nicht gesehen zu werden. Er konnte sich in sein Zimmer hineinstehlen, unbemerkt und geräuschlos. Es war Zeit. Einen Moment später hörte er Frau Burgon, die aus dem Haus ging und das Tor verschloß.

Ein Lied nach einer englischen Melodie von 1832

Marius ließ sich auf sein Bett nieder. Es konnte halb sechs sein. Eine halbe Stunde nur trennte ihn von dem, was da kommen sollte. Er hörte seine Pulsadern pochen, wie man eine Uhr in der Dunkelheit ticken hört. Er dachte an das doppelte Vordringen dessen, was jetzt in der Finsternis geschah, des Verbrechens auf der einen, der Gerechtigkeit auf der anderen Seite. Er kannte keine Furcht, aber das, was zu erwarten war, konnte er sich nur mit einem gewissen Erbeben des Herzens vorstellen. Wie alle, die plötzlich in ein überraschendes Abenteuer hineingerissen werden, empfand er diesen Tag wie einen Traum, und um nicht zu glauben, er sei das Opfer eines Wahns, mußte er in seiner Tasche die Kälte der beiden stählernen Pistolen fühlen.

Es schneite nicht mehr. Der Mond hob sich immer klarer aus dem Nebel hervor, und sein Glanz, mit dem weißen Reflex des gefallenen Schnees vermengt, gab dem Zimmer einen düsteren Dämmerschein.

In der Spelunke der Jondrettes brannte Licht. Marius sah das Loch in der Wand in einer roten Helligkeit schimmern, die ihm blutrot erschien. Von einer Kerze konnte sie nicht erzeugt sein. Nichts bewegte sich bei den Jondrettes, niemand rührte sich, niemand sprach, kein Atemzug, eiskaltes, tiefes Schweigen. Ohne dieses Licht hätte er geglaubt, neben ihm sei ein Grab.

Marius streifte sacht seine Schuhe ab und stieß sie unter das Bett. Einige Minuten verrannen. Marius hörte, wie das Tor unten sich in den Angeln drehte, ein schwerer, hastiger Schritt erstieg die Treppe und durchlief den Korridor, der Riegel wurde geräuschvoll angehoben. Jondrette kam zurück.

Sofort wurden mehrere Stimmen laut. Die ganze Familie war drinnen versammelt. Sie schwieg nur, wenn der Herr nicht da war, wie Wolfsbrut in Abwesenheit des Wolfes.

»Ich bin's«, sagte er.

»Guten Abend, Vater«, bellten die Mädchen.

»Nun?« fragte die Mutter.

»Alles geht Papa nach Wunsch«, erwiderte Jondrette, »aber ich friere hundsmäßig an den Beinen. Gut, du bist angezogen. Du wirst einen vertrauenswürdigen Eindruck machen müssen.«

»Bereit zum Ausgehen.«

»Wirst du nichts vergessen, was ich dir gesagt habe? Wirst du alles tun?«

»Keine Sorge.«

»Weil nämlich …«, sagte Jondrette. Er beendete seine Worte nicht. Marius hörte, wie er etwas Schweres auf den Tisch legte, wohl das Stemmeisen, das er gekauft hatte. »Ah«, begann er wieder, »ist hier gegessen worden?«

»Ja«, sagte die Mutter, »ich hatte drei große Erdäpfel und Salz. Ich habe das Feuer benutzt, um sie zu kochen.«

»Recht so«, erwiderte Jondrette. »Morgen führe ich euch zum Diner aus. Wir werden eine Ente mit Beilage haben. Ihr werdet speisen wie Karl X. Alles geht gut.« Dann fügte er hinzu, die Stimme dämpfend: »Die Mausefalle ist offen. Die Katzen sind da.« Wieder dämpfte er die Stimme. »Tu das ins Feuer!« Marius hörte ein Rascheln von Kohlen, die man mit einer Zange oder einem anderen Eisengerät hinabstieß. »Hast du die Angeln der Tür mit Talg eingefettet, damit sie kein Geräusch machen?«

»Ja«, antwortete die Mutter.

»Wie spät ist es?«

»Bald sechs. An Saint-Médard hat es halb geschlagen.«

»Zum Teufel«, fluchte Jondrette. »Die Kleinen müssen Schmiere stehen. Kommt und hört zu!«

Es wurde geflüstert. Wieder sagte Jondrette laut: »Ist die Burgon fort?«

»Ja«, sagte die Mutter.

»Bist du sicher, daß niemand nebenan ist?«

»Er war den Tag über nicht hier, und du weißt doch, jetzt ist er speisen.«

»Bist du ganz sicher?«

»Jawohl.«

»Egal«, versetzte Jondrette, »es ist kein Malheur, wenn du zu ihm gehst und nachsiehst. Tochter, nimm die Kerze und geh!«

Marius ließ sich auf die Hände und Knie fallen und kroch schweigend unter das Bett. Eben kauerte er sich dort zusammen, als er durch die Spalten seiner Tür ein Licht sah. »Papa«, rief eine Stimme, »er ist fort.« Er erkannte die Stimme der älteren Tochter.

»Bist du drin im Zimmer?« fragte der Vater.

»Nein«, antwortete das Mädchen, »aber da sein Schlüssel an der Tür hängt, ist er fort.«

Der Vater schrie: »Geh doch hinein!«

Die Tür wurde aufgeklinkt, und Marius sah die große Jondrette eintreten, in der Hand eine Kerze. Sie sah wie am Morgen aus, nur noch erschreckender in dieser Helligkeit. Sie ging gerade auf das Bett los. Marius erlebte eine unsäglich angstvolle Minute. Aber nahe dem Bett hing ein Spiegel an der Wand, auf den ging sie zu. Sie stellte sich auf die Fußspitzen und beschaute sich. Aus der Kammer nebenan hörte man Eisen klirren.

Sie glättete ihr Haar mit ihrem Handballen und lächelte in den Spiegel, wobei sie mit ihrer brüchigen Grabesstimme sang:

> »Acht Tage nur stand uns der Himmel offen,
> wie kurz das Glück und ach! wie lang die Pein.
> Wer kann auf Dauer in der Liebe hoffen?
> Die wahre Liebe müßte ewig sein,
> sie müßte ewig sein, ja ewig sein.«

Marius zitterte. Es schien ihm undenkbar, daß sie ihn nicht atmen hörte. Sie ging zum Fenster, sah hinaus und sprach mit ihrer halb verrückten Miene laut vor sich hin. »Wie häßlich«, sagte sie, »ist Paris im weißen Hemd.«

Sie kehrte zum Spiegel zurück und schnitt sich von neuem Gesichter, indem sie sich nach und nach von vorn und zu Dreivierteln abgewandt betrachtete.

»Nun«, rief der Vater, »was treibst du denn?«

»Ich sehe unters Bett und unter die Möbel«, antwortete sie und richtete weiter ihr Haar, »es ist keiner da.«

»Dumme Gans!« brüllte der Vater. »Komm, wir haben keine Zeit zu verlieren!«

»Ich komme! Ich komme! In ihrer Baracke hat man zu nichts Zeit!« Sie trällerte:

»Betört von Ruhm, wirst du mich nun verlassen,
mein traurig Herz geht überall mit dir!«

Sie warf einen letzten Blick in den Spiegel und ging, indem sie die Tür hinter sich schloß.

Im nächsten Moment hörte Marius die nackten Füße der beiden jungen Mädchen über den Korridor tappen und Jondrette ihnen nachschreien: »Aufgepaßt! Eine zur Barrière, die zweite zur Ecke der Rue du Petit-Banquier! Verliert keine Minute das Haustor aus den Augen, und sobald ihr etwas seht, schleunigst hierher, immer vier Stufen auf einmal! Ihr habt einen Schlüssel, mit dem ihr ins Haus kommt.«

Die ältere Tochter brummte: »Mit bloßen Füßen Posten stehen, im Schnee!«

»Morgen kriegt ihr seidene Schuhe, skarabäenfarben!« sagte der Vater.

Sie stiegen die Treppe hinab, und wenige Minuten später verkündete der Anprall des Tores unten, das geschlossen wurde: Sie waren draußen. Im Hause blieben nur Marius und das Ehepaar Jondrette und wahrscheinlich auch die geheimnisvollen Lebewesen, die Marius in der Dämmerung hinter der Tür der unbewohnten Zelle gesehen hatte.

Wie die fünf Francs von Marius verwendet wurden

Marius fand, es sei der rechte Augenblick, seinen Platz auf seinem Observatorium wieder einzunehmen. Rasch, mit der Gewandtheit seiner Jugend, war er wieder an dem Loch in der Wand und schaute.

Das Innere der Kammer der Jondrettes sah sonderbar aus, und nun erst konnte Marius sich die seltsame Helligkeit, die er bemerkt hatte, erklären. Eine Kerze brannte in einem mit Grünspan bedeckten Leuchter, aber nicht sie gab der Kammer wirklich Licht. Die ganze Bude war wie illuminiert durch die Ausstrahlung eines ziemlich großen, blechernen Kohlenbeckens, das in den Kamin geschoben und mit angezündeter Kohle gefüllt war, des Kohlenbeckens, das die Jondrette um Vormittag hergerichtet hatte. Die Kohle glühte, und das Becken war rot, eine blaue Flamme tanzte darin und half, die Form des Stemmeisens zu erkennen, das Jondrette in der Rue Pierre-Lombard gekauft hatte und das, in dem Brand steckend, rot anlief. Man sah in einem Winkel nahe der Tür und wie zu einem vorgesehenen Gebrauch aufgestapelt, zwei Haufen, von denen einer aus Schrott, der andere aus Stricken bestand. Wer nichts von dem, was hier vorbereitet wurde, gewußt hätte, konnte zwischen einer sehr finsteren und einer sehr einfachen Vermutung schwanken. Die so erleuchtete Bude glich mehr einer Schmiede als einem Höllenrachen, aber Jondrette sah in dieser Glut eher wie ein Dämon als ein Schmied aus. Die Hitze des Kohlenbeckens war so groß, daß neben ihm die Kerze auf dem Tisch schmolz und sich, schräg abtropfend, verzehrte. Eine alte Laterne von stumpfem Messing, geeignet für einen Diogenes, der zum Schinderhannes geworden ist, stand auf dem Kamin. Das Becken, das auf den Rost selbst gerückt war, neben die fast erloschenen Holzscheite, sandte seinen Dunst in das Kaminrohr und verbreitete keinen Gestank.

Das Mondlicht, das durch die vier Scheiben des Fensters eindrang, übergoß weiß die purpurrot flammende Spelunke, und dem poetischen Geist von Marius, der ein Phantast war auch im Moment des Handelns, schien es ein himmlischer Gedanke, der über den mißgestalteten Träumereien der Erde schwebt. Ein Lufthauch, der durch die zerbrochene Scheibe zog, trug dazu bei, den Kohlengeruch zu zerstreuen und über die Aufstellung des Beckens hinwegzutäuschen.

Wenn man sich daran erinnert, was wir über das Haus Gorbeau gesagt haben, war die Höhle der Jondrettes wundervoll gewählt, um als Stätte einer gewaltsamen, düsteren Tat und als Ort eines Verbrechens zu dienen. Sie war die letzte Kammer in dem einsamsten Haus an dem verlassensten Boulevard von Paris. Hätte man nichts von einem Hinterhalt gewußt, hier wäre er erfunden worden. Das Gemäuer eines Hauses in seiner ganzen Dicke und eine Menge unbewohnter Stuben trennten diese Spelunke vom Boulevard, und das einzige Fenster ging auf leere, von Mauern und Palisaden umschlossene Grundstücke.

Jondrette hatte seine Pfeife angesteckt, sich auf den Stuhl ohne Stroh gesetzt und rauchte. Seine Frau sprach leise mit ihm. Wenn Marius Courfeyrac gewesen wäre, also ein Mensch, der bei jedem Anlaß lacht, wäre er in ein tolles Gelächter ausgebrochen, als sein Blick auf die Jondrette fiel. Sie trug einen schwarzen Hut mit Federn, der den Hüten der Wappenherolde bei der Salbung Karls X. sehr ähnelte, einen ungeheuren schottischen Schal über ihrem gestrickten Unterrock und die Männerstiefel, die ihre Tochter heute morgen verschmäht hatte. Diese Toilette hatte Jondrette den Ausruf entrissen: »Gut, du bist angezogen. Du wirst einen vertrauenswürdigen Eindruck machen müssen.« Jondrette selbst hatte den neuen und für ihn zu weiten Überrock nicht abgelegt, den Herr Leblanc ihm geschenkt hatte, und sein Kostüm bot noch immer den Gegensatz dieses Rockes und der Hose dar, der in den Augen von Courfeyrac dem Idealbild des Dichters entsprach.

Plötzlich sagte Jondrette laut: »Da fällt mir ein, bei dem Wetter wird er in einer Droschke kommen. Zünde die Laterne an, nimm sie und geh hinunter! Du stellst dich hinter das Haustor. Sobald du hörst, daß der Wagen hält, machst du gleich auf, er geht hinauf, du leuchtest ihm über Treppe und Korridor, und während er hier eintritt, gehst du schleunigst hinunter, zahlst den Kutscher und schickst die Droschke weg«

»Und Geld?« fragte die Frau.

Jondrette suchte in seiner Hose und gab ihr fünf Francs.

»Was ist das?« rief sie.

Jondrette entgegnete würdevoll: »Das ist der Monarch,

den der Nachbar heute morgen gegeben hat«, und er fügte hinzu: »Weißt du was? Es müßten zwei Stühle her.«

»Warum?«

»Um sich drauf zu setzen.«

Marius fühlte, wie ihm ein Schauer bis in die Nieren rann, als er die friedliche Antwort der Jondrette hörte: »Ich hole die vom Nachbar.« Mit rascher Bewegung öffnete sie die Tür der Bude und trat auf den Korridor hinaus.

Es blieb keine Zeit für Marius, von der Kommode herunterzuklettern, bis zu seinem Bett zu gehen und sich dort zu verbergen.

»Nimm die Kerze mit«, rief Jondrette.

»Nein«, sagte sie, »das wäre mir nur eine Last, ich muß die beiden Stühle tragen. Der Mond scheint.«

Marius hörte, wie die schwere Hand der Jondrette, im Dunkel tastend, seinen Schlüssel suchte. Die Tür ging auf. Schreck und Verblüffung fesselten ihn an seinen Platz. Die Jondrette trat ein. Die Luke im Dach der Mansarde ließ zwischen zwei großen Schattenbahnen einen Mondstrahl durch.

Eine dieser Schattenbahnen bedeckte die ganze Wand, an die Marius sich lehnte, so daß er verschwand.

Die Mutter Jondrette blickte auf, sah Marius nicht, nahm die beiden Stühle, die einzigen, die Marius besaß, und ging, wobei sie die Tür lärmend hinter sich zufallen ließ. Sie betrat die Höhle wieder. »Da sind die beiden Stühle.«

»Und hier die Laterne«, sagte der Mann. »Geh schnell hinunter!« Hastig gehorchte sie, und nun war Jondrette allein. Er stellte die Stühle zu beiden Seiten des Tisches, drehte das Stemmeisen in der Kohlenglut um, setzte vor den Kamin einem alten Bettschirm, der das Kohlenbecken tarnte, dann ging er wieder in den Winkel, in dem der Haufen Stricke lag, und bückte sich, als wolle er etwas daran genau prüfen. Marius erkannte, daß das, was er für einen unförmigen Haufen gehalten hatte, eine sachverständig gearbeitete Strickleiter war, mit hölzernen Sprossen und zwei Klammem zum Anhaken.

Diese Leiter und mehrere große Gerätschaften, wahre Eisenmassen, mit den Schrottklumpen, die hinter der Tür lagen, vermischt, waren morgens noch nicht in der Bude der Jondrettes gewesen und augenscheinlich am Nachmittag, während Marius fort war, hergebracht worden. Schmiedegerät, dachte er. Wäre er in derlei erfahrener gewesen, hätte er gewisse Instrumente erkannt, mit denen ein Schloß sich aufbrechen oder eine Tür sich sprengen läßt, und andere, die zerschneiden oder zerfeilen, die beiden Gattungen verdächtiger Werkzeuge, die Requisiten der Diebe und Einbrecher sind.

Den Kamin und den Tisch mit den beiden Stühlen sah Marius gerade sich gegenüber. Da das Kohlenbecken verborgen war, beleuchtete nur noch die Kerze die Kammer. Der kleinste Scherben auf dem Tisch oder dem Kamin warf einen großen Schatten. Allein eine schadhafte Wasserkanne maskierte die Hälfte einer Wand. In dem Raum herrschte eine gräßliche, drohende Ruhe. Man spürte, daß Furchtbares zu erwarten war.

Jondrette hatte seine Pfeife erlöschen lassen, ein ernstes Zeichen, daß er tief in Gedanken war, und sich wieder hingesetzt. Im Kerzenschein sprangen die Kanten seines wilden und schlauen Gesichts hervor. Er runzelte die Brauen und entfaltete jäh die rechte Hand, als erwidere er auf die letzten Zuflüsterungen eines lautlosen, finsteren Monologs. In einer der dunklen Antworten, die er sich selbst gab, schob er die Lade des Tisches heftig an sich, holte ein langes Küchenmesser heraus, das darin versteckt war, und erprobte es, indem er es an seinem Nagel wetzte.

Dann legte er das Messer wieder in die Schublade und stieß sie zu.

Marius seinerseits faßte die Pistole in seiner rechten Hosentasche, zog sie hervor und spannte sie. Dahei wurde ein leises, helles, trockenes Knacken hörbar. Jondrette zitterte und hob sich in seinem Stuhl halb hoch. »Wer da?« rief er.

Marius verhielt den Atem. Jondrette horchte einen Moment, dann lachte er auf und sagte vor sich hin: »Bin ich aber dumm! Die Wand kracht.« Marius ließ die Pistole nicht mehr aus der Hand.

Die beiden Stühle von Marius stehen sich gegenüber

Plötzlich bebten die Scheiben unter dem fernen, melancholischen Schwingen einer Glocke. An der Kirche von Saint-Médard schlug es sechs. Bei jedem Schlag schüttelte Jondrette den Kopf. Nach dem sechsten putzte er mit seinen Fingern das Licht. Dann begann er, in der Kammer auf und ab zu gehen, lauschte auf den Korridor hinaus, ging wieder und lauschte wieder. »Wenn er nur kommt!« brummte er. Er ging zu seinem Stuhl zurück.

Kaum hatte er sich gesetzt, als die Tür sich öffnete. Die Mutter Jondrette hatte sie aufgerissen und blieb im Korridor stehen, wobei sie eine schauderhaft häßliche Grimasse machte, die durch eines der Löcher der Blendlaterne hindurch von unten beleuchtet wurde. »Treten Sie ein, mein Herr«, sagte sie.

»Treten Sie ein, mein Wohltäter«, wiederholte Jondrette, indem er, sich überstürzend, aufstand.

Herr Leblanc erschien. Es war um ihn eine stille Heiterkeit, die ihn sonderlich verehrungswürdig machte. Er legte vier Louisdor auf den Tisch. »Herr Fabantou«, sagte er, »hier ist Geld für Ihre Miete und Ihre dringendsten Bedürfnisse. Wir werden dann weitersehen.«

»Gott vergelte es Ihnen, edler Wohltäter«, sagte Jondrette. Rasch näherte er sich seiner Frau. »Schick die Droschke weg!«

Sie ging, indes ihr Mann sich in Bücklingen erschöpfte und Herrn Leblanc einen Stuhl anbot. Gleich darauf kam sie zurück und raunte ihm ins Ohr: »Erledigt.« Der Schnee, der seit den Morgenstunden unablässig niedergegangen war, lag in solcher Dicke, daß man den Fiaker nicht hatte anrollen hören und nicht hörte, wie er abfuhr.

Indes hatte Herr Leblanc sich gesetzt. Jondrette nahm für sich den anderen Stuhl, ihm gegenüber.

Frostkalte Nacht, die Einsamkeit der Salpêtrière mit Schnee bedeckt, im Mondschein weiß wie unermeßliche Bahrtücher, das nächtliche Licht der Straßenlaternen, das hier und da über diesen unheimlichen Boulevards und den langen Reihen der schwarzen Ulmen rötlich schwelte, kaum ein Passant innerhalb einer Viertelmeile ringsum, das Haus Gorbeau in höchster Steigerung des Schweigens, des Grauens, des Dunkels, in diesem verrotteten Bau, inmitten dieser Einsamkeit, dieses Schattens, die weit sich dehnende Spelunke der Jondrettes, nur von einer Kerze beleuchtet. In der Spelunke an einem Tisch zwei Männer, Herr Leblanc ruhig, Jondrette lächelnd und schreckerregend, in einem Winkel die Jondrette, die alte Wölfin. Und hinter der Wand stehend, unsichtbar, das Auge an der Luke, in der Hand die Pistole, Marius, der kein Wort, keine Bewegung ausließ. Dabei empfand er nur Schauder, keine Furcht. Er umklammerte den Griff der Pistole und hatte so ein Gefühl der Sicherheit. Ich werde den Halunken in den Arm fallen, sobald ich will, dachte er. Er spürte, daß irgendwo die Polizei auf der Lauer lag, daß sie das vereinbarte Signal abwartete und bereit war zuzupacken. Im übrigen hoffte er, die gewaltsame Begegnung zwischen Jondrette und Herrn Leblanc werde irgendeine Aufhellung all dessen zur Folge haben, was er zu erkunden begehrte.

Beschäftigung mit dem dunklen Hintergrund

Kaum saß Herr Leblanc, als er auf die leeren Betten blickte. »Wie geht es der armen kleinen Verwundeten?« fragte er.

»Schlecht«, antwortete Jondrette mit gramvollem und dankbarem Lächeln, »sehr schlecht, mein würdiger Herr. Ihre ältere Schwester hat sie nach der Bourbe geleitet, damit sie sich verbinden läßt. Sie werden sie sehen, sie sind gleich wieder da.«

»Frau Fabantou geht es, wie es scheint, besser?« fuhr Herr Leblanc fort und besah nebenbei die seltsame Ausstaffierung der Jondrette, die zwischen ihm und der Tür stand, als bewache sie den Durchlaß, und ihn in drohender und fast kampfbereiter Haltung betrachtete.

»Sie ist halbtot«, sagte Jondrette. »Aber was wollen Sie, mein Herr! Sie ist so tapfer, die Frau. Sie ist keine Frau, sie ist ein Ochse.«

Die Jondrette, über das Kompliment gerührt, erhob mit der Ziererei eines Ungetüms, dem Schmeicheleien gesagt werden, Einspruch: »Du verwöhnst mich immer, Jondrette.«

»Jondrette?« fragte Herr Leblanc. »Ich dachte, Sie heißen Fabantou.«

»Fabantou, genannt Jondrette«, erwiderte ernsthaft der Gatte, »Künstlerpseudonym.«

Und mit einem Achselzucken nach seiner Frau hin, das Herr Leblanc nicht sah, fuhr er in emphatischem und süßlichem Tonfall fort: »Ach! Was für eine gute Ehe haben wir immer miteinander geführt, mein Liebling und ich! Was bliebe uns, wenn wir das nicht hätten? Wir sind so unglücklich, mein hochzuschätzender Herr! Man hat Arme, nichts zu tun. Man hat Mut, keine Arbeit. Ich weiß nicht, was die Regierung leistet, aber auf Ehrenwort, mein Herr, ich bin kein Jakobiner, mein Herr, kein Roter, ich habe nichts gegen die Regierung, aber wenn ich Minister wäre, mein heiligstes Ehrenwort, das würde eine andere Wirtschaft sein. Sehen Sie zum Beispiel, ich wollte meine Töchter die Pappmacherei lernen lassen. Sie werden zu mir sagen: Was, in der Fabrik? Ja, in einer Fabrik, ganz einfach, zum Broterwerb. Was für ein Absturz, mein Wohltäter! Wie wir gesunken sind, nachdem wir waren, was wir waren! Ach, nichts blieb uns von den Zeiten, da es uns gut ging! Einzig ein Gemälde, das mir teuer ist, und dennoch werde ich es verkaufen, denn leben muß man! Item, leben muß man!«

Indes Jondrette redete, in einer ersichtlichen Unordnung, die seinen Zügen nichts von ihrem überlegten und scharfen Ausdruck nahm, spähte Marius in den Hintergrund der Kammer. Jetzt trat ein Mensch ein, den er noch nicht gesehen hatte. So leise trat der Mensch ein, daß nicht zu hören war, wie sich die Tür in den Angeln drehte. Er hatte eine violette Strickweste, die alt, abgetragen, beschmutzt und zerschnitten, an allen Falten aufgeschlitzt war, eine breite Manchesterhose, Filzschuhe mit Holzsohlen an den Füßen, kein Hemd, den Hals bloß, nackte, tätowierte Arme, Backen und Stirn schwarz beschmiert. Schweigend und die Arme kreuzend, setzte er sich auf das ihm nächste Bett, und da die

Jondrette ihn verdeckte, war er nur undeutlich zu erkennen. In dem magnetischen Instinkt, der das Auge warnt, wandte sich Herr Leblanc fast zugleich mit Marius um. Überrascht, konnte Herr Leblanc sich einer Bewegung nicht enthalten, die Jondrette gewahrte. »Ach, ich sehe«, rief er und knöpfte sich mit liebenswürdiger Miene den Rock zu, »Sie betrachten Ihren Überrock. Er paßt mir, mein Wort, er paßt mir!«

»Was ist das für ein Mensch?« fragte Herr Leblanc.

»Der?« sagte Jondrette. »Ein Nachbar. Achten Sie nicht auf ihn!«

Der Nachbar wirkte sonderbar. Es gibt jedoch in der Vorstadt Saint-Marceau eine große Zahl chemischer Fabriken. Viele Fabrikarbeiter können schwarze Gesichter haben. Von dem ganzen Wesen des Herrn Leblanc ging zudem ein lauteres, furchtloses Vertrauen aus. »Entschuldigen Sie«, begann er wieder, »was sagten Sie, Herr Fabantou?«

»Ich sagte, mein Herr und werter Gönner«, erwiderte Jondrette, indem er sich an den Tisch lehnte und Herrn Leblanc mit starren und zärtlichen Augen ansah, den Augen einer Riesenschlange, »ich sagte, daß ich ein Gemälde zu verkaufen habe.«

Von der Tür hörte man ein leises Geräusch. Ein zweiter Mann war eingetreten und hatte sich auf das Bett hinter der Jondrette gesetzt. Er hatte wie der erste nackte Arme und eine Gesichtsmaske von Tinte und Ruß. Obwohl er buchstäblich in die Kammer geglitten war, konnte er der Aufmerksamkeit von Herrn Leblanc nicht entgehen. »Achten Sie nicht auf ihn«, wiederholte Jondrette. »Es sind Leute aus dem Haus. Ich sagte also, daß ich ein kostbares Gemälde gerettet habe … Da, mein Herr, sehen Sie!«

Er erhob sich, ging zu der Mauer, unter der jene Tafel stand, und drehte sie um, ohne sie von der Mauer zu entfernen. Es war in der Tat etwas, was einem Gemälde ähnelte und was die Kerze einigermaßen beleuchtete. Marius konnte nichts darauf erkennen. Da Jondrette sich zwischen ihn und das Gemälde schob, sah er nur ein grobes Gesudel und eine Art Hauptperson, die mit der grellen Roheit von Moritaten und Bildern auf Wandschirmen illuminiert war. »Was ist das?« fragte Herr Leblanc.

Jondrette rief aus: »Ein Meisterwerk der Malkunst, ein Gemälde, das einen hohen Preis hat, mein Wohltäter! Es ist mir soviel wert wie meine beiden Töchter, es ruft Erinnerungen in mir wach. Aber ich habe es Ihnen gesagt und nehme das nicht zurück, ich bin so im Unglück, daß ich mich von ihm trennen würde.«

Ob aus Zufall oder weil Unruhe in ihm sich zu regen begann, der Blick des Herrn Leblanc wandte, indes er das Gemälde prüfte, sich wieder dem Hintergrund der Kammer zu. Jetzt waren dort vier Männer, drei saßen auf dem Bett, einer stand nahe dem Türgesims, und alle vier hatten bloße Arme und geschwärzte Gesichter und bewegten sich nicht. Einer von denen, die auf dem Bett saßen, lehnte mit geschlossenen Augen an der Wand und schien zu schlafen. Er war alt, die weißen Haare über seinem schwarzen Gesicht waren schauderhaft. Die beiden anderen schienen jung. Der eine war bärtig, der andere haarig. Keiner hatte Stiefel. Die keine Filzschuhe hatten, gingen barfuß.

Jondrette bemerkte, daß die Augen von Herrn Leblanc an diesen Männern hafteten. »Es sind Freunde«, sagte er. »Sie halten gute Nachbarschaft. Geschwärzt sind sie, weil sie mit Kohlen zu arbeiten haben. Sie sind Ofensetzer. Befassen Sie sich nicht mit Ihnen, mein Wohltäter, kaufen Sie mir lieber mein Gemälde ab! Erbarmen Sie sich meines Jammers! Ich werde es Ihnen nicht zu teuer verkaufen. Wie hoch schätzen Sie es?«

»Aber«, sagte Herr Leblanc, indem er Jondrette fest in die Augen sah wie ein Mann, in dem Argwohn erwacht, »das ist doch irgendein Wirtshausschild im Wert von drei Francs.«

Sanft erwiderte Jondrette: »Haben Sie Ihre Brieftasche da? Ich würde mich mit fünftausend Francs begnügen.«

Herr Leblanc stand auf, lehnte sich an die Mauer und ließ seinen Blick rasch über die Kammer schweifen. Er hatte Jondrette zu seiner Linken auf der Fensterseite und die Jondrette und die vier Männer zu seiner Rechten auf der Seite der Tür. Die vier Männer rührten sich nicht und schienen ihn nicht zu sehen. Wieder sprach Jondrette in seiner klagenden Manier, mit so unsicherem Blick und in so wehleidigem

Ton, daß Herr Leblanc glauben konnte, er habe einen Menschen vor Augen, der durch sein Elend wahnsinnig geworden sei.

»Wenn Sie mir mein Gemälde nicht abkaufen«, sagte Jondrette, »bin ich am Ende, es bleibt mir nur übrig, ins Wasser zu gehen. Wenn ich daran denke, daß ich meine beiden Töchter die feinere Pappmacherei lernen lassen wollte, die Anfertigung von Schachteln für Neujahrsgeschenke! Also dazu braucht man einen Tisch mit einem Brett daran, damit die Gläser nicht auf die Erde fallen, man braucht einen eigens dafür gebauten Ofen, einen Topf mit drei Fächern für die verschiedenen Stärkegrade, die der Leim haben muß, den man für das Holz verwendet, für das Papier und die Stoffe, ein krummes Messer, um den Karton zu zerschneiden, ein Prägmodell, um ihn zu formen, einen Hammer, um die Stahlstifte einzuschlagen, Pinsel, zum Teufel, was weiß ich? Und all das, um vier Sous zu verdienen, und vierzehn Stunden hat der Arbeitstag! Und jede Schachtel geht dreizehnmal durch die Hände der Arbeiterin! Und das Papier muß angefeuchtet werden und darf keine Flecke kriegen! Und der Leim muß immer heiß sein! Zum Teufel! Vier Sous täglich, sage ich Ihnen! Wie soll man davon leben?«

Indes er so redete, sah Jondrette Herrn Leblanc nicht an, der ihn beobachtete. Das Auge des Herrn Leblanc war auf Jondrette gerichtet und das Auge Jondrettes auf die Tür. Marius blickte in atemloser Spannung auf den einen wie auf den anderen. Herr Leblanc schien sich zu fragen: Ist das ein Geisteskranker? Jondrette wiederholte zwei- oder dreimal in wechselndem Tonfall, schleppend und flehentlich: »Es bleibt mir nichts weiter übrig, als ins Wasser zu gehen! Neulich bin ich an der Austerlitzbrücke drei Stufen hinuntergestiegen!«

Plötzlich wurde sein erloschenes Auge von einer häßlichen Flamme entzündet, der kleine Mann schnellte bedrohlich hoch, er tat einen Schritt auf Herrn Leblanc zu und schrie mit donnernder Stimme: »Um all das handelt es sich nicht! Erkennen Sie mich wieder?«

Die Tür der Bude hatte sich plötzlich aufgetan, und drei Männer in blauen Leinenkitteln mit Gesichtsmasken aus schwarzem Papier zeigten sich. Der erste war mager und hatte einen langen, mit Eisen beschlagenen Knüttel, der zweite, ein Ungetüm, umfaßte in der Mitte des Stiels und mit der Schneide nach unten ein Beil, mit dem Rinder getötet werden. Der dritte, ein Mann mit stämmigen Schultern, weniger mager als der erste, weniger plump als der zweite, hielt in der geballten Faust einen riesigen Schlüssel, der von irgendeiner Kerkertür gestohlen war.

Auf die Ankunft dieser Männer schien Jondrette gewartet zu haben. Zwischen ihm und dem Mann mit dem Knüttel, dem Mageren, begann ein hastiges Gespräch. »Ist alles fertig?« fragte Jondrette.

»Ja«, erwiderte der Magere.

»Wo ist denn Montparnasse?«

»Der jugendliche Liebhaber hat sich versäumt, um mit deiner Tochter zu plaudern.«

»Welcher?«

»Der älteren.«

»Steht unten eine Droschke?«

»Ja.«

»Ist der Karren angespannt?«

»Angespannt.«

»Zwei gute Pferde?«

»Ausgezeichnete.«

»Und wartet, wo ich sagte, daß er warten soll?«

»Ja.«

»Gut«, sagte Jondrette.

Herr Leblanc war sehr blaß. Er betrachtete alles, was sich in der Höhle um ihn abspielte, wie einer, der begreift, daß er in eine Falle geraten ist. Sein Blick durchschaute nach und nach alle diese Köpfe, mit langsamem, forschendem Staunen. Aber nichts von irgendwelcher Angst zeigte sich in seinen Mienen. Er hatte sich in rascher Improvisation hinter dem Tisch verschanzt. Er, der ein paar Minuten vorher wie ein guter alter Mann ausgesehen hatte, war plötzlich etwas wie ein Athlet und legte mit furchtbarer, überraschender Geste seine kraftvolle Faust auf die Lehne seines Stuhles.

Der Greis, so standhaft und so tapfer angesichts einer solchen Gefahr, schien zu jenen Naturen zu gehören, die mutig sind, wie sie gütig sind, einfach so und ungezwungen. Der Vater der geliebten Frau ist uns niemals ein Fremder. Marius war stolz auf diesen Unbekannten.

Drei Männer mit nackten Armen, von denen Jondrette gesagt hatte, sie seien Ofensetzer, hatten in den Schrotthaufen gegriffen. Der eine hatte eine große Blechschere herausgeholt, der zweite einen eisernen Hebel, der dritte einen Hammer. So hatten sie sich wortlos quer vor die Tür gestellt. Der Alte war auf dem Bett sitzen geblieben und hatte nur die Augen geöffnet. Die Jondrette hatte sich neben ihn gesetzt.

Marius dachte, vor Ablauf weniger Sekunden werde der Moment des Handelns gekommen sein, und erhob seine rechte Hand zur Decke in der Richtung des Korridors, bereit, seinen Pistolenschuß abzufeuern.

Jondrette drehte sich, nachdem sein Gespräch mit dem Mann, der den Knüttel bei sich hatte, beendet war, von neuem zu Herrn Leblanc um und wiederholte seine Frage, die er mit seinem gemeinen, unterdrückten, schrecklichen Lachen begleitete: »Sie erkennen mich also nicht wieder?«

Herr Leblanc sah ihm gerade ins Gesicht und antwortete: »Nein.«

Da kam Jondrette an den Tisch heran. Er beugte sich über die Kerze, kreuzte die Arme, näherte sein kantiges und grausames Kinn dem ruhigen Antlitz von Herrn Leblanc, trat, soweit er konnte, vor, ohne daß Herr Leblanc zurückwich, und in dieser Haltung eines Raubtieres, das sich anschickt zuzubeißen, schrie er: »Ich bin nicht Fabantou, ich bin nicht Jondrette, mein Name ist Thénardier! Ich bin der Herbergswirt von Montfermeil, verstehen Sie? Thénardier! Erkennen Sie mich jetzt?«

Unmerklich errötete Herr Leblanc, und ohne daß seine Stimme zitterte oder anschwoll, erwiderte er, gelassen wie sonst: »Auch jetzt nicht.«

Marius hörte diese Worte nicht mehr. Verstört, im Geist gelähmt und niedergeschmettert, stand er im Dunkeln da. Als Jondrette sagte: »Mein Name ist Thénardier«, hatte er an allen Gliedern gebebt und sich an die Wand gestemmt, als fühle er eine Degenklinge sein Herz durchbohren. Dann hatte sein Arm, schon bereit, den Signalschuß abzugeben, sich langsam gesenkt, und als Jondrette wiederholte: »Verstehen Sie? Thénardier!«, hatte Marius mit versagenden Fingern die Pistole fallen lassen. Jondrette hatte, indem er enthüllte, wer er war, Herrn Leblanc nicht erregt, aber Marius aufgewühlt. Den Namen Thénardier, den Herr Leblanc nicht zu kennen schien, Marius kannte ihn. Was mußte für ihn dieser Name sein, der in dem Testament seines Vaters niedergeschrieben war und den er in seinem Herzen getragen hatte! Stets beschäftigte er sich mit ihm, er trug ihn in seinem Gedächtnis, getreu dem geheiligten Willen des Vaters: »Ein Mann namens Thénardier hat mir das Leben gerettet. Wenn mein Sohn ihn trifft, soll er ihm Gutes erweisen, soviel er kann.« Der Name war in die Pietät seiner Seele eingeschlossen; in seinem Kult vereinigte er ihn mit dem des Vaters. Wie! Das war dieser Thénardier, dieser Herbergswirt von Montfermeil, den er so lange umsonst gesucht hatte! Endlich fand er ihn, und wie! Der Retter seines Vaters war ein Strauchdieb! Der Mann, dem sich zu widmen Marius entbrannt war, ein Scheusal! Der Befreier des Obersten Pontmercy war dabei, einen Überfall zu begehen, dessen Art Marius noch nicht deutlich vor sich sah, der jedoch einem Meuchelmord glich. Und an wem, großer Gott! Welches Verhängnis! Bitterer Hohn des Schicksals! Sein Vater befahl ihm aus der Tiefe des Grabes, Thénardier alles erdenklich Gute zu tun. Seit vier Jahren hatte Marius nichts anderes im Sinn, als sich dieser Schuld seines Vaters zu entledigen, und gerade als er einen Strolch inmitten eines Verbrechens der Justiz ausliefern wollte, rief das Schicksal ihm zu: Es ist Thénardier! Endlich bezahlte er diesem Mann das im Eisenhagel des heroischen Schlachtfelds von Waterloo gerettete Leben seines Vaters, und er bezahlte es mit dem Schafott. Er hatte sich geschworen, wenn er je diesen Thénardier fände, ihn nur anzusprechen, indem er vor ihm niederstürzte, und er fand ihn wirklich, aber nur, um ihn dem Henker hinzuwerfen. Sein Vater sagte ihm: Hilf Thénardier! Und er antwortete dieser vergötterten, heiligen Stimme, indem er Thénardier vernichtete. Er gab seinem Vater in dessen Grab das Schauspiel, daß der Mann, der ihn unter Lebensgefahr dem Tode entrissen hatte, auf der Place Saint-Jacques hingerichtet wurde, und Urheber war sein Sohn, dem er diesen Mann vermacht hatte! Welcher Hohn, den letzten Willen seines Vaters, von dessen Hand geschrieben, so lange auf der Brust getragen zu haben und nun abscheulicherweise das genaue Gegenteil zu tun!

Und dennoch, er sollte Zeuge des Überfalls sein und ihn nicht verhindern! Das Opfer verdammen und den Mörder schonen! Konnte irgendeine Dankbarkeit gegen diesen Elenden noch gefordert werden? Alle Gedanken, die Marius seit vier Jahren gehegt hatte, waren durch diesen unerwarteten Schlag jählings durchschnitten. Ihm schauderte. Alles kam auf ihn an. In seiner Hand hielt er, ohne daß sie es wußten, diese Menschen, die sich vor seinen Augen hin und her bewegten. Schoß er die Pistole ab, war Herr Leblanc gerettet und Thénardier verloren. Schoß er nicht, gab er Herrn Leblanc preis, und vielleicht entrann Thénardier. Den einen hinabstürzen oder den anderen fallen lassen! Gewissensbisse auf beiden Seiten. Was sollte er tun? Welchen Entschluß sollte er wählen? Sollte er sich an gebieterischen Erinnerungen versündigen, an so vielen tiefen Gelöbnissen, durch die er sich gebunden hatte, an der heiligsten Pflicht, an dem Auftrag, dem er die größte Ehrfurcht zollte, gegen das väterliche Testament freveln oder ein Verbrechen sich vollziehen lassen?

Es schien ihm, als ob er seinerseits seine Ursule höre, die ihn für ihren Vater anflehte, und auf der anderen Seite den Obersten, der ihm Thénardier anempfahl. Ihm war, als werde er verrückt. Seine Knie wankten. Und er hatte nicht einmal Zeit gehabt, mit sich zu Rate zu gehen, so jagte die Szene, die er erblickte, an ihm vorüber. Der Wirbel, den er meistern zu können geglaubt hatte, riß ihn mit sich. Er kämpfte gegen eine Ohnmacht an.

Indes lief Thénardier wie irr, in frenetischem Triumph vor dem Tisch auf und ab. Er packte mit der Faust die Kerze und stellte sie auf den Kamin mit so gewaltsamem Stoß, daß der Docht fast erloschen wäre und der Talg die Wand bespritzte. Dann wandte er sich fürchterlich Herrn Leblanc zu und spie die Worte aus: »Futsch ist der Kerl! Frikassiert! In die Pfanne mit ihm!« Und indes er tobte, marschierte er wieder auf und ab. »Jetzt endlich«, schrie er, »habe ich Sie, Herr Menschenfreund! Sie schäbiger Millionär! Sie Herr, der Puppen verteilt! Sie alter Gimpel! Ach, Sie erkennen mich nicht! Also Sie sind's nicht, der sich in Montfermeil in meine Herberge eingeschlichen hatte, vor acht Jahren, am Weihnachtsabend 1823! Der aus meinem Haus das Kind der Fantine weggeführt hat, die Lerche! Sie sind nicht der Mann im gelben Rock, nein! Und hatten ein Bündel Fetzen in der Hand wie das, das Sie heute hergebracht haben! Sag mal, Frau, das ist so sein Vogel, scheint's. Pakete mit Wollstrümpfen in die Häuser zu tragen! Sie alter Barmherzigkeitsbruder! Sind Sie etwa Strumpfhändler, Herr Millionär? Sie schenken den Armen Ihre Ladenhüter, Sie Heiliger! So ein Seiltänzer! Ach, Sie erkennen mich nicht! Na, ich erkenne Sie! Ich habe Sie sofort erkannt, als Sie Ihr Maul hier hereingesteckt haben. Jetzt wird man merken, daß da nicht alles rosig ist, wenn einer so zu den Leuten in die Häuser geht unter dem Vorwand, das seien Gasthäuser, in fadenscheinigen Kleidern, wie ein armer Mensch, dem einer einen Sou schenken möchte, und die Leute foppt und den Mann mit dem Edelmut spielt und ihnen ihren Broterwerb wegnimmt und sie im Wald bedroht! Und daß einer so billig davonkommt, daß er nachher, wenn die Leute ruiniert sind, ihnen nur einen Rock zu bringen braucht, der zu weit ist, und zwei jämmerliche Bettdecken aus dem Spital! Sie alter Lump. Sie Kinderräuber!«

Er machte eine Pause und schien einen Moment mit sich selbst zu sprechen. Es war, als fließe seine Wut wie die Rhône in ein Loch ab. Dann schlug er mit der Faust auf den Tisch und schrie, als beende er laut Dinge, die er sich leise gesagt hatte: »Und dabei tut er wunder wie gütig!« Wieder redete er Herrn Leblanc an: »Sie haben mich zum Narren gehalten!

Sie haben mein ganzes Unglück auf dem Gewissen. Fünfzehnhundert Francs haben Sie für das Kind gezahlt, das bei mir war und das sicher reichen Leuten gehörte, und ich hatte schon soviel Geld damit verdient und konnte immer davon leben. Ein Kind, das mich für alles entschädigt hätte, was ich in der verfluchten Kaschemme verloren habe, wo sie wahre Sabbate feierten und ich wie ein Schwachsinniger meine sieben Zwetschen habe draufgehen lassen! Aller Wein, der bei mir getrunken worden ist, soll Gift für die sein, die ihn getrunken haben! Na wennschon! Aber Sie müssen mich sehr blöd gefunden haben, als Sie mit der Lerche auf und davon sind. Im Wald hatten Sie Ihren Knüppel. Sie waren der Stärkere. Vergeltung. Heute kann ich auftrumpfen, Sie sind verratzt, guter Mann! Aber ich lache! Jawohl, ich lache! Wie der Kerl ins Garn gegangen ist! Ich habe ihm gesagt, ich wäre Schauspieler, ich hieße Fabantou, ich hätte mit Fräulein Mars Komödie gespielt, mit Fräulein Zimperlich, und mein Hausbesitzer wolle Zahlung bis zum vierten Februar, und er hat nicht mal gesehen, daß am achten Januar und nicht am vierten Februar Termin ist. So ein Vollidiot! Und die vier elenden Louis-Philippes, die er mir bringt. So eine Kanaille! Er hat sich nicht mal entschließen können, auf hundert Francs zu gehen! Und wie er auf meine Albernheiten reingefallen ist! Darüber habe ich mich weidlich amüsiert. Ich dachte: Du Tropf, jetzt habe ich dich. Morgens krieche ich dir hinten rein, und abends werde ich dir das Herz abfressen.«

Thénardier verstummte, außer Atem. Seine kleine, enge Brust keuchte wie der Blasebalg einer Schmiede. Sein Auge war von der niederträchtigen Wonne einer schwachen, grausamen und feigen Kreatur erfüllt, die endlich, was sie gefürchtet hat, zu Boden schlagen darf und beschimpfen, was sie beschmeichelt hat, von der Freude eines Zwerges, der den Fuß auf den Kopf Goliaths setzt, eines Schakals, der einen kranken Stier zu zerfleischen beginnt, sobald dieser tot genug ist, um sich nicht zu wehren, und lebendig genug, um noch zu leiden.

Herr Leblanc unterbrach ihn nicht, aber als er sich selbst unterbrach, entgegnete er: »Ich weiß nicht, was Sie wollen.

Sie irren sich. Ich bin sehr arm und nichts weniger als ein Millionär. Ich kenne Sie nicht. Sie verwechseln mich mit einem anderen.«

»Ach«, stöhnte Thénardier, »was für ein schönes Geschaukel! Sie bleiben bei diesem Spaß! Sie suchen Ausflüchte, Sie patschen herum, Alter! Ach, erinnern Sie sich nicht? Sehen Sie nicht, wer ich bin?«

»Verzeihen Sie, mein Herr«, erwiderte Herr Leblanc in einem höflichen Ton, der in einer solchen Lage etwas seltsam Machtvolles hatte, »ich sehe, daß Sie ein Bandit sind.«

Wer es noch nicht bemerkt hat, dem sei gesagt: Die ehrlosen Geschöpfe fühlen sich leicht verletzt, die Ungeheuer sind empfindlich. Bei dem Wort »Bandit« warf sich die Thénardier vom Bett herab. Thénardier griff nach seinem Stuhl, als wolle er ihn in seinen Händen zerbrechen. »Rühr dich nicht!« schrie er seiner Frau zu. Und zu Herrn Leblanc gewandt, sagte er: »Bandit! Ja, ich weiß, ihr nennt uns so, ihr, die Herren Reichen! Ja, ich habe Konkurs gemacht, ich verkrieche mich, ich habe kein Brot, ich habe keinen Sou, ich bin ein Bandit! Seit drei Tagen habe ich nichts gegessen, ich bin ein Bandit! Ach, ihr wärmt euch die Füße, ihr habt elegante Schuhe von Sakoski und auswattierte Überröcke wie Erzbischöfe, ihr wohnt im ersten Stock in Häusern mit Portiers, ihr vertilgt Trüffeln und massenhaft Spargel, zu vierzig Francs das Gebinde im Januar, und Schoten, ihr stopft euch voll, und wenn ihr wissen wollt, ob es kalt ist, seht ihr in der Zeitung nach, was das Thermometer von dem Ingenieur Chevalier anzeigt. Wir sind unsere eigenen Thermometer. Wir brauchen nicht an der Ecke des Uhrturms am Kai nachzusehen, wieviel Grad unter Null sind, wir fühlen, wie das Blut in unseren Adern erstarrt und das Eis uns bis zum Herzen steigt, und denken uns: Es gibt keinen Gott! Und ihr kommt in unsere Höhlen, ja, in unsere Höhlen, und nennt uns Banditen! Aber wir werden euch auffressen, euch verzehren, wir, die Armen und Kleinen. Herr Millionär, lassen Sie sich sagen: Ich bin ein gemachter Mann gewesen, ich habe Gewerbesteuer gezahlt, ich bin ein Wahlmann gewesen, ich bin ein Bürger, und vielleicht sind Sie keiner, Sie!«

Hier ging Thénardier einen Schritt näher an die Männer heran, die bei der Tür standen, und setzte zitternd hinzu: »Und mit mir wagt so einer zu reden wie mit einem Flickschuster!« In wieder ausbrechender Wut schrie er Herrn Leblanc an: »Und lassen Sie mich noch sagen, Herr Menschenfreund, ich bin keine zweideutige Existenz, ich bin nicht ein Mann, dessen Namen keiner weiß und der Kinder aus den Häusern entführt. Ich bin ein alter französischer Soldat und müßte einen Orden haben. Ich war bei Waterloo, ja, ich! Und habe in der Schlacht einen General gerettet, den Grafen Sowieso. Er hat mir seinen Namen gesagt, aber seine hundsföttische Stimme war so schwach, daß ich ihn nicht verstanden habe. Nur *merci* habe ich verstanden. Lieber wäre mir gewesen, ich wüßte seinen Namen, als daß er mir gedankt hat. Das hätte mir geholfen, ihn wiederzufinden. Das Bild, das Sie sehen und das in Brüssel von David gemalt worden ist, wissen Sie, was es darstellt? Mich. David wollte diese Waffentat verewigen. Ich habe den General auf dem Rücken durch den Kugelregen getragen. Das ist die Geschichte. Nie hat er etwas für mich getan, der General, er hat nicht mehr getaugt als die anderen. Und doch habe ich ihm unter Gefahr für mich selbst das Leben gerettet, und meine Taschen sind voll von Bestätigungen. Ich bin ein Soldat von Waterloo, verflucht noch mal! Und jetzt, wo ich die Güte gehabt habe, Ihnen all das zu sagen, Schluß! Ich will Geld, ich will viel Geld, ich will enorm viel Geld, oder ich rotte Sie aus, zum Donnerwetter!«

Marius war allmählich wieder Herr seiner Angst geworden und lauschte. Die letzte Möglichkeit eines Zweifels war entschwunden. Es war der Thénardier des Testaments. Marius erschauerte bei dem Vorwurf der Undankbarkeit, der da gegen seinen Vater erhoben wurde und den so verhängnisvoll zu rechtfertigen er im Begriff war. Seine Ratlosigkeit nahm noch zu. Im übrigen war in all diesen Worten Thénardiers, in dem Ton, der Geste, dem Blick, der bei jedem Wort Flemmen sprühte, in diesem Ausbruch einer lasterhaften Natur, der alles offenbarte, in diesem Gemisch von Prahlerei und Verruchtheit, von Hochmut und Niedrigkeit, von Zorn und

Dummheit, in diesem Chaos echter Klagen und erlogener Empfindungen, in dieser Schamlosigkeit eines schlechten Menschen, der die Wollust seiner Wildheit auskostete, in dieser frechen Entblößung einer abscheulichen Seele, in diesem Aufflackern aller Leiden, vereint mit allem Haß, etwas, was häßlich war wie das Böse und mit der Wucht des Wahren bezwang.

Das Meisterbild, das Gemälde von David, dessen Kauf er Herrn Leblanc angeboten hatte, war nichts anderes als sein Gasthausschild, von ihm selbst gemalt, das einzige Wrackgut, das er aus seinem Schiffbruch in Montfermeil geborgen hatte. Da er das Gesichtsfeld für Marius nicht mehr beschnitt, konnte dieser den Gegenstand jetzt betrachten, und wirklich erkannte er in dem Geschmier eine Schlacht, einen rauchverhüllten Hintergrund und einen Mann, der einen anderen trug. Es war die Gruppe von Thénardier und Pontmercy, der Sergeant als Retter, der Oberst als Geretteter. Marius war wie berauscht. Dieses Gemälde machte seinen Vater gewissermaßen lebendig, es war nicht mehr das Schild der Wirtschaft in Montfermeil, es war eine Wiederauferstehung. Ein Grab öffnete sich, ein Gespenst richtete sich auf. Marius hörte, wie ihm das Herz gegen die Schläfen pochte, er hatte das Kanonengedröhn von Waterloo in den Ohren, sein Vater, der blutüberströmt in angedeutetem Umriß auf diese düstere Tafel gemalt war, verstörte ihn, und ihm war, als starre diese unförmige Silhouette ihn an.

Als Thénardier wieder Atem geschöpft hatte, heftete er die geröteten Augen auf Herrn Leblanc und fragte ihn leise und barsch: »Was hast du zu sagen, bevor es dir an die Gurgel geht?«

Herr Leblanc schwieg. Inmitten dieses Schweigens erscholl vom Korridor her eine heisere, höhnische, unheilverkündende Stimme: »Wenn Kleinholz gemacht werden soll, dafür bin ich da!« Es war der Mann mit der Keule, den die Sache belustigte. Zugleich erschien in der Tür ein borstiges, erdfarbenes Gesicht, das unter scheußlichem Gelächter nicht Zähne, sondern Hauer zeigte. Es war das Gesicht des Mannes mit der Keule.

»Warum hast du deine Maske abgenommen?« schrie Thénardier ihm wie rasend zu.

»Zum Spaß«, erwiderte der Mann.

Seit einigen Minuten schien Herr Leblanc alle Bewegungen Thénardiers zu verfolgen und zu belauern, der, von seiner eigenen Wut geblendet, in der Höhle hin und her ging und sich darauf verließ, die Tür sei bewacht, er habe, bewaffnet, einen waffenlosen Mann in den Händen und sie seien neun gegen einen, wenn nicht auch die Thénardier als Mann zählte. Als er den Borstigen mit der Keule anrief, drehte er Herrn Leblanc den Rücken zu.

Herr Leblanc nutzte diesen Moment, stieß mit dem Fuß den Stuhl, mit der Faust den Tisch fort, und mit einem Sprung war er, erstaunlich behend, bevor Thénardier Zeit gehabt hatte, sich umzuwenden, am Fenster. In einer Sekunde hatte er es geöffnet und die Brüstung erklettert. Mit einem Bein schwebte er darüber. Schon war er halb draußen, als sechs robuste Fäuste ihn packten und in die Kammer zurückzogen. Es waren die drei »Ofensetzer«; die sich auf ihn gestürzt hatten. Und zugleich zerrte die Thénardier ihn an den Haaren.

Auf das Getrampel hin liefen die anderen Banditen aus dem Korridor hinzu. Der Alte, der auf dem Bett saß und von Wein betrunken schien, stieg vom Bett herunter, kam taumelnd an und schwang einen Hammer, wie ihn Straßenarbeiter haben.

Einer der »Ofensetzer«, dessen von Ruß entstelltes Gesicht die Kerze beleuchtete und in dem Marius trotz dieser Schwärzung Panchaud erkannte, genannt Printanier, genannt Bigrenaille, erhob über dem Kopf von Herrn Leblanc einen Totschläger, zwei Bleiknöpfe am Ende einer Eisenstange. Diesen Anblick konnte Marius nicht ertragen. Vater, dachte er, verzeihe mir! Und sein Finger tastete nach dem Hahn der Pistole. Der Schuß ging fast los, als Thénardier schrie: »Tut ihm nichts!«

Der verzweifelte Versuch des Opfers hatte Thénardier beruhigt, statt ihn noch mehr zu reizen. Zwei Menschen waren in ihm, grausam der eine, listig der andere. Bis zu diesem Augenblick hatte in der Zügellosigkeit vor der niedergeschlagenen Beute, die sich nicht mehr rührte, die Grausamkeit in ihm überwogen. Jetzt, da das Opfer sich sträubte und kämpfen zu wollen schien, siegte in ihm die List.

»Tut ihm nichts!« wiederholte er. Und ohne es zu ahnen, hemmte er, was sein erster Erfolg war, die Pistole, die sich beinahe entladen hätte, und lähmte Marius, für den die Dringlichkeit aufhörte und dem es angesichts dieser neuen Phase unbedenklich schien, noch zu warten. Vielleicht bot sich noch ein Ausweg, der ihn aus der schrecklichen Zwangslage befreite, entweder den Vater von Ursule töten zu lassen oder den Retter des Obersten zu töten.

Ein herkulisches Ringen hatte begonnen. Mit einem Fausthieb in den Rumpf hatte Herr Leblanc den Alten in die Mitte der Kammer befördert, daß er sich am Boden wälzte. Dann hatte er durch zwei Schläge mit verkehrter Hand die beiden anderen Angreifer niedergeworfen, und beide hielt er unter seinen Knien fest. Die Elenden ächzten unter diesem Druck wie unter einem Mühlstein von Granit. Aber die vier anderen hatten den kraftvollen Greis an den Armen und im Nacken gepackt, so daß er auf den beiden »Ofensetzern«, die er niedergestreckt hatte, kauerte. Herr der einen und von den anderen überwältigt, die zermalmend, die unten lagen, und von denen über ihm erstickt, schüttelte Herr Leblanc umsonst die Anstrengungen der Würger ab, die auf ihm lasteten. Er verschwand in der grauenhaften Gruppe der Banditen wie ein Keiler unter einer jaulenden Meute von Doggen und Spürhunden.

Es gelang ihnen, ihn auf das Bett zu schleudern, das dem Fenster näher stand, und ihn so in Schach zu halten. Die Thénardier zerrte ihn noch immer am Haar. »Du«, sagte Thénardier, »misch dich nicht ein! Du wirst dir nur deinen Schal zerreißen.« Die Thénardier gehorchte, wie die Wölfin dem Wolf gehorcht, murrend. »Ihr«, befahl Thénardier, »durchsucht ihn!«

Herr Leblanc schien auf Widerstand verzichtet zu haben. Sie durchsuchten ihn. Er hatte nichts bei sich als eine Lederbörse mit sechs Francs und sein Taschentuch. Thénardier steckte es ein. »Was, keine Brieflasche?« fragte er.

»Auch keine Uhr«, murmelte einer der »Ofensetzer«.

»Egal«, murmelte mit Bauchrednerstimme der maskierte Mensch mit dem riesigen Schlüssel, »der Alte hat's in sich!«

Thénardier ging zur Ecke der Tür und nahm von dort ein Bündel Stricke, das er ihnen zuwarf. »Bindet ihn an den Bettpfosten!« sagte er. Er sah den Betrunkenen, der, von der Faust des Herrn Leblanc niedergeschlagen, quer inmitten der Kammer lag und sich nicht bewegte. »Ist Boulatruelle tot?« fragte er.

»Nein«, erwiderte Bigrenaille, »er ist besoffen.«

»Fegt ihn in einen Winkel!« sagte Thénardier. Zwei der »Ofensetzer« stießen ihn mit dem Fuß an den Schrotthaufen heran.

»Babet, warum hast du so viele mitgebracht?« flüsterte Thénardier dem Mann mit dem Knüttel zu. »Das war nicht nötig.«

»Was willst du?« entgegnete der Mann mit dem Knüttel. »Sie haben alle dabeisein wollen. Die Zeiten sind schlecht. Keine Geschäfte.«

Die Bettstatt, auf die sie Herrn Leblanc geschleudert hatten, war eine Art Spitalbett und ruhte auf vier Pfosten von kaum behauenem Holz. Herr Leblanc ließ alles mit sich geschehen. Die Räuber banden ihn, stehend und mit den Füßen auf dem Boden, fest an den Bettpfosten, der vom Fenster am meisten entfernt und dem Kamin am nächsten war.

Als sie den letzten Knoten geknüpft hatten, nahm Thénardier einen Stuhl und setzte sich Herrn Leblanc so gut wie direkt gegenüber. Thénardier war völlig verändert. In wenigen Minuten war sein Gesichtsausdruck von entfesselter Roheit in sanfte, verschmitzte Gelassenheit übergegangen. Marius hatte Mühe, in diesem höflichen Beamtenlächeln den fast tierischen Mund wiederzuerkennen, der eben noch vor Bosheit schäumte. Verblüfft betrachtete er diese phantastische, beunruhigende Verwandlung, und er empfand, was ein Mensch empfinden muß, der zusieht, wie sich ein Tiger in einen Advokaten verwandelt.

»Mein Herr ...«, begann Thénardier. Er schob mit einer Geste die Banditen fort, die ihre Hand noch an Herrn

Leblanc hatten. »Trollt euch«, sagte er, »und laßt mich ein wenig mit dem Herrn plaudern!«

Alle zogen sich bis an die Tür zurück. »Mein Herr«, fuhr er fort, »es war unklug von Ihnen, daß Sie aus dem Fenster springen wollten. Sie hätten sich die Beine brechen können. Jetzt, wenn Sie gestatten, werden wir gemütlich miteinander reden. Zuerst muß ich Ihnen eine Beobachtung mitteilen, die ich gemacht habe. Sie haben noch nicht den geringsten Alarmschrei von sich gegeben.«

Thénardier hatte recht, die Beobachtung stimmte, obwohl sie Marius in seiner Verwirrung entgangen war. Herr Leblanc hatte kaum einige Worte gesprochen, ohne lauter zu werden, und auch bei seinem Kampf mit den sechs Banditen nahe dem Fenster hatte er das tiefste und seltsamste Schweigen bewahrt. »Mein Gott«, sagte Thénardier jetzt wieder, »Sie hätten ein wenig Zeter und Mordio schreien können, ich hätte das nicht ungebührlich gefunden. Mörder! Das sagt man gelegentlich, und ich hätte Ihnen das nicht übelgenommen. Es ist ja ganz natürlich, daß man ein bißchen Lärm macht, wenn man mit Personen zusammen ist, die einem nicht genug Vertrauen erwecken. Hätten Sie es getan, niemand hätte Sie gestört. Sie wären nicht einmal geknebelt worden. Und ich will Ihnen sagen, warum. Die Kammer hier ist taub. Das ist ihr einziger Vorzug, aber den hat sie. Sie ist wie ein Keller. Hier könnte eine Bombe knallen, und der nächste Wachposten würde glauben, es schnarcht einer seinen Rausch aus. Hier machte die Kanone bloß bum und der Donner plumps. Man wohnt hier bequem. Aber Sie haben ja nicht geschrien, das ist besser, ich mache Ihnen mein Kompliment, und nun werde ich Ihnen sagen, was ich daraus schließe. Mein lieber Herr, wenn man schreit, wer kommt dann? Die Polizei. Und nach der Polizei? Die Justiz. Also wenn Sie nicht geschrien haben, liegt Ihnen ebensowenig wie uns daran, daß die Justiz und die Polizei kommen. Sie haben, das ahne ich schon seit langem, irgendein Interesse, etwas zu verbergen. Wir unsererseits haben dasselbe Interesse. Also können wir uns verständigen.«

Es schien, als suche Thénardier, indes er so redete, die Pfeile, die aus seinen Augen zuckten, in das Gewissen seines

Gefangenen zu versenken. Im übrigen war seine Sprache in ihrer gemäßigten und geduckten Unverschämtheit reserviert und fast gewählt und in diesem Elenden, der noch eben nur ein Strauchdieb gewesen war, fühlte man jetzt den »Mann, der studiert hat, um Priester zu werden«.

Das Schweigen, das der Gefangene bewahrt hatte, diese Vorsicht, die bis zum Vergessen der Selbsterhaltung ging, dieses Abweichen von der ersten Regung des Instinks zu schreien, es war auch für Marius unangenehm und rief eine peinliche Überraschung in ihm hervor. Die so begründete Vorhaltung Thénardiers verdunkelte ihm noch mehr das in einem undurchdringlichen Geheimnis ernste und seltsame Gesicht des Mannes, für den Courfeyrac den hingeworfenen Spitznamen Herr Leblanc gefunden hatte. Aber wer er auch sein mochte, von Stricken umschnürt von Henkern umringt, halb schon von einer Grube, die ihn mit jedem Augenblick mehr hinabzog, verschlungen, dieser Mann blieb gegen das Toben wie gegen die sanfte Manier Thénardiers gleichgültig. Und Marius mußte in einem solchen Moment dieses erhaben melancholische Antlitz bewundern. Offenbar war diese Seele für das Entsetzen unzugänglich und wußte nicht, was es heißt, fassungslos zu sein.

Der Greis gehörte zu jenen Männern, die auch in aussichtsloser Lage kein Erstaunen zeigen. So sehr sich die Krise zugespitzt hatte, so unvermeidlich die Katastrophe schien, da war nichts vom Todeskampf des Ertrinkenden, der unter Wasser die Augen entsetzlich aufreißt.

Thénardier stand ohne viel Getue auf, ging zum Kamin, klappte den Wandschirm auseinander, lehnte ihn an das nahe Bett und enthüllte so das Kohlenbecken mit der glosenden Glut. Nun konnte der Gefangene darin deutlich das bis zur Weißglut erhitzte Stemmeisen sehen, aus dem hier und da kleine Sterne scharlachrot hervorstachen.

Dann setzte Thénardier sich wieder zu Herrn Leblanc. »Ich fahre fort«, sagte er. »Wir können uns verständigen. Einigen wir uns freundschaftlich! Es war vorhin nicht recht von mir, daß ich mich aufregte, ich weiß nicht, was mit mir war, ich bin viel zu weit gegangen und habe Törichtes gesagt.

Zum Beispiel habe ich, weil Sie Millionär sind, gesagt, ich fordere Geld von Ihnen, viel Geld, enorm viel Geld. Das würde unvernünftig sein. Mein Gott, wenn Sie auch reich sind. Sie haben Ihre Sorgen, wer hat keine? Ich will Sie nicht ruinieren, ich bin ja kein Menschenfresser. Ich bin keiner von denen, die, wenn sie in vorteilhafter Lage sind, das mißbrauchen und sich lächerlich machen. Also ich gebe nach und bringe ein Opfer. Ich begnüge mich mit zweihunderttausend Francs.«

Herr Leblanc sagte kein Wort. Thénardier sprach weiter. »Sie sehen, ich schütte eine Menge Wasser in meinen Wein. Ich kenne die Höhe Ihres Vermögens nicht, aber ich weiß, daß Sie nicht auf Geld sehen, und ein Wohltäter wie Sie kann einem unglücklichen Familienvater zweihunderttausend Francs geben. Sicher sind auch Sie vernünftig und haben sich nicht eingebildet, ich hätte mir soviel Mühe wie heute gemacht und heute abend das alles organisiert, und es wurde mit Einwilligung dieser Herren gute Arbeit getan, und dann verlangte ich von Ihnen nur, was man braucht, um Rotwein zu fünf Sous zu trinken und bei Desnoyers Kalbsbraten zu essen. Zweihunderttausend Francs, das ist die Sache schon wert. Wenn Sie die Kleinigkeit aus Ihrer Tasche gelockert haben, dann ist, ich bürge Ihnen dafür, alles erledigt, und Sie haben keinen Nasenstüber mehr zu befürchten. Sie werden mir sagen: Zweihunderttausend Francs habe ich nicht bei mir. Oh, mit mir läßt sich reden. Das verlange ich ja nicht. Ich wünsche von Ihnen nur eins. Seien Sie so freundlich niederzuschreiben, was ich diktiere!«

Hier unterbrach sich Thénardier, dann fügte er hinzu, jedes Wort betonend und mit einem Lächeln nach dem Kohlenbecken hin: »Ich erkläre Ihnen, daß ich mich nicht auf eine Behauptung von Ihnen einlassen würde, Sie könnten nicht schreiben.« Ein Großinquisitor hätte ihn um dieses Lächeln beneidet.

Thénardier schob den Tisch ganz nahe an Herrn Leblanc heran und nahm ein Tintenfaß, eine Feder und ein Blatt Papier aus der Lade, die er halb offenließ und in der die lange Klinge des Messers blinkte. Er legte das Blatt Papier vor Herrn Leblanc hin: »Schreiben Sie!« sagte er.

Endlich sprach der Gefangene: »Wie soll ich schreiben? Ich bin angebunden.«

»Das ist wahr, verzeihen Sie«, sagte Thénardier. »Sie haben recht.« Er wandte sich an Bigrenaille: »Binden Sie dem Herrn den rechten Arm los!«

Panchaud, genannt Printanier, genannt Bigrenaille, führte den Befehl Thénardiers aus. Als die rechte Hand des Gefangenen frei war, tauchte Thénardier die Feder in die Tinte und reichte sie Herrn Leblanc. »Beachten Sie, mein Herr, daß Sie in unserer Gewalt sind, daß keine menschliche Macht Sie hier herausholen kann und daß wir wirklich trostlos wären, wenn Sie uns zwingen sollten, zu ärgerlichen äußersten Maßnahmen zu schreiten. Ich kenne weder Ihren Namen noch Ihre Adresse. Aber ich weise Sie darauf hin, daß Sie angebunden bleiben, bis die Person, die den Auftrag erhält, den Brief hinzutragen, zurück ist. Nun schreiben Sie bitte!«

»Was?« fragte der Gefangene.

»Ich diktiere.« Herr Leblanc nahm die Feder. Thénardier begann zu diktieren: »Meine Tochter ...«

Der Gefangene zitterte und blickte zu Thénardier auf. »Schreiben Sie: Meine liebe Tochter«, sagte Thénardier. Herr Leblanc gehorchte. Thénardier fuhr fort: »Komm auf der Stelle ...« Er unterbrach sich. »Sie duzen sich, nicht wahr?«

»Wen?« fragte Herr Leblanc.

»Zum Teufel!« sagte Thénardier. »Die Kleine, die Lerche.«

Herr Leblanc antwortete, ohne die mindeste Erregung zu verraten: »Ich weiß nicht, was Sie damit sagen wollen.«

»Also weiter«, rief Thénardier. Und wieder diktierte er: »Komm gleich auf der Stelle. Ich bedarf Deiner unbedingt. Die Person, die Dir diesen Brief übergibt, ist beauftragt, Dich zu mir zu führen. Ich erwarte Dich. Komm vertrauensvoll.«

Herr Leblanc hatte alles mitgeschrieben. »Ach«, sagte Thénardier. »›Komm vertrauensvoll‹ streichen Sie lieber aus. Man könnte vermuten, die Sache sei nicht ganz einfach und es bestehe Anlaß zu Mißtrauen.« Herr Leblanc strich die beiden Worte durch.

»Jetzt«, sagte Thénardier, »unterzeichnen Sie! Wie heißen Sie?«

Der Gefangene legte die Feder nieder und fragte: »An wen ist der Brief?«

»Das wissen Sie sehr gut«, erwiderte Thénardier. »An die Kleine. Ich habe es Ihnen schon gesagt.«

Es lag klar auf der Hand, daß Thénardier es vermied, das junge Mädchen, von dem die Rede ist, beim Namen zu nennen. Er sagte »die Lerche«, »die Kleine«, aber den Namen sprach er nicht aus. Vorsicht eines geschickten Mannes, der sein Geheimnis vor seinen Komplizen hütete. Ihnen den Namen zu sagen hätte bedeutet, ihnen das ganze »Geschäft« zuzuspielen und sie noch mehr wissen zu lassen, als sie wissen mußten.

Er sagte: »Unterschreiben Sie. Wie ist Ihr Name?«

»Urbain Fabre«, antwortete der Gefangene.

Mit katzenhafter Bewegung vergrub Thénardier seine Hand in seine Tasche und holte das Taschentuch hervor, das er bei Herrn Leblanc beschlagnahmt hatte. Er suchte das eingestickte Monogramm und näherte es der Kerze. »U. F. Richtig. Urbain Fabre. Also unterzeichnen Sie U. F.« Der Gefangene unterzeichnete.

»Da man zwei Hände braucht, um den Brief zu falten, geben Sie her, ich falte ihn.« Als das geschehen war, fuhr Thénardier fort: »Setzen Sie die Adresse drauf. Fräulein Fabre und Ihre Wohnung. Ich bin im Bild. Sie wohnen nicht weit von hier, in der Gegend von Saint-Jacques-du-Haut-Pas, denn dorthin gehen Sie alle Tage zur Messe, aber ich weiß nicht, in welcher Straße. Ich sehe, daß Sie Ihre Situation begreifen. Da Sie bei Ihrem Namen nicht gelogen haben, werden Sie auch bei Ihrer Adresse nicht lügen. Schreiben Sie sie selbst drauf.«

Der Gefangene dachte eine Weile nach, dann nahm er die Feder und schrieb: Fräulein Fabre, bei Herrn Urbain Fabre, Rue Saint-Dominique-d'Enfer Nr. 17.

Thénardier faßte wie fiebernd, wie im Krampf nach dem Brief. »Frau!« rief er. Die Thénardier lief herbei. »Das ist der Brief. Du weißt, was du zu tun hast. Unten steht eine

Droschke. Geh sofort und komm ebenso schnell zurück!« Er wandte sich an den Mann mit der Keule: »Da du deinen Nasenwärmer schon abgenommen hast, begleite Madame! Du steigst hinter der Droschke ein. Wo du den Karren gelassen hast, weißt du.«

»Ja«, sagte der Mann. Er stellte die Keule in eine Ecke und folgte der Thénardier.

Als sie gingen, steckte Thénardier den Kopf durch die halboffene Tür und rief auf den Korridor hinaus: »Vor allem verlier den Brief nicht! Denk daran, daß du zweihunderttausend Francs bei dir trägst!«

Die rauhe Stimme der Thénardier erwiderte: »Da kannst du ruhig sein. Ich habe ihn mir auf den Bauch gelegt.«

Noch war keine Minute vergangen, als man den Knall einer Peitsche hörte.

»In Ordnung«, brummte Thénardier, »sie sind in gutem Zug. Bei dem Galopp wird Madame in drei Viertelstunden wieder dasein.«

Er rückte seinen Stuhl an den Kamin heran und setzte sich, indem er die Arme kreuzte und seine verschmutzten Schuhe an das Kohlenbecken hielt. »Ich habe kalte Füße«, sagte er.

In der Bude blieben mit Thénardier und dem Gefangenen nur fünf der Banditen. Diese Männer hatten hinter ihren Masken oder vielmehr dem schwarzen Leim, der ihre Gesichter bedeckte und, zur freien Wahl für die Furcht, Köhler, Neger oder Dämonen aus ihnen machte, schläfrige und stumpfe Mienen, und man fühlte, daß das Verbrechen ihr Gewerbe war. Ruhig gingen sie ihm nach, ohne Grimm und ohne Erbarmen, gelangweilt. Stumm saßen sie, wie Tiere aufeinandergeschichtet, in einem Winkel. Thénardier wärmte sich die Füße. Der Gefangene war wieder seiner Schweigsamkeit anheimgefallen. Eine düstere Stille war auf das wilde Getöse gefolgt, das wenige Augenblicke zuvor die Spelunke erfüllte.

Die Kerze, von der eine breite Schnuppe herabgeknistert war, erleuchtete kaum die unermeßliche Höhle, die Kohlenglut ermattete, und alle diese mißgestalten Köpfe warfen formlose Schatten an die Zimmerdecke. Man hörte kein Geräusch als das friedliche Atmen des betrunkenen schlafenden Greises.

Marius wartete in einer Angst, die durch all das nur noch anwuchs. Das Rätsel war noch unerforschlicher als je. Wer war diese Kleine, die Thénardier auch die Lerche genannt hatte? War sie seine Ursule? Den Gefangenen hatte, so schien es, dieses Wort, »die Lerche«, innerlich nicht erregt, er hatte so schlicht wie nur möglich erwidert: »Ich weiß nicht, was Sie damit sagen wollen.« Andererseits waren die beiden Buchstaben U. F. nun erläutert, Urbain Fabre hießen sie, und Ursule hieß nicht mehr Ursule. Das sah Marius am deutlichsten. Ein furchtbarer Bann hielt ihn an dem Platz fest, von dem aus er die ganze Szene beobachtete und beherrschte. Er stand da, fast unfähig, nachzudenken und sich zu bewegen, wie vernichtet durch die abscheulichen Dinge, die er aus solcher Nähe gesehen hatte. Er wartete und hoffte auf irgendeinen Zwischenfall, irgend etwas, und konnte seine Gedanken nicht sammeln und wußte nicht, wozu er sich entschließen sollte. Er sagte sich: So oder so, wenn sie die Lerche ist, werde ich sie sehen, denn die Thénardier wird sie hierherführen. Dann wird alles klar sein, ich werde mein Leben und mein Blut hergeben, wenn es sein muß, aber ich werde sie befreien. Nichts kann mich hindern.

Etwa eine halbe Stunde verging so. Thénardier schien in finstere Überlegung vertieft. Der Gefangene rührte sich nicht. Doch glaubte Marius dann und wann seit einigen Augenblicken ein leises, dumpfes Geräusch von dem Gefangenen her zu vernehmen.

Plötzlich redete Thénardier Herrn Leblanc an: »Herr Fabre, ich sage es Ihnen lieber gleich!« Die wenigen Worte schienen eine Aufhellung der Lage zu eröffnen. Marius lauschte, aufs höchste gespannt. »Meine Gattin wird zurückkommen«, fuhr Thénardier fort, »keine Nervosität! Ich denke, daß die Lerche wirklich Ihre Tochter ist, und es scheint mir durchaus verständlich, daß Sie sie behalten wollen. Nur hören Sie mir ein wenig zu! Mit Ihrem Brief wird meine Frau sie finden. Ich habe meiner Frau gesagt, sie solle sich anziehen, wie Sie sie gestern gesehen haben, damit Ihr Fräulein ihr ohne Schwierigkeiten folgt. Sie werden beide, meinen Kameraden hinter sich, die Droschke besteigen. Irgendwo steht draußen vor einer Barriere ein mit zwei sehr guten Pferden bespannter Wagen. Dorthin wird man Ihr Fräulein bringen. Sie wird aus der Droschke aussteigen. Mein Kamerad wird mit ihr in den Karren steigen, und meine Frau wird wiederkommen und uns sagen: Erledigt. Ihrem Fräulein wird man nichts tun, der Karren wird sie an einen Ort bringen, wo sie Ruhe haben wird, und sobald Sie mir die Kleinigkeit von zweihunderttausend Francs ausgezahlt haben, wird man Ihnen Ihr Fräulein zurückgeben. Wenn Sie mich arretieren lassen, wird mein Kamerad der Lerche die Daumen umdrehen. So ist das.«

Der Gefangene äußerte kein Wort. Nach einer Pause fuhr Thénardier fort: »Ganz einfach, wie Sie sehen. Es wird euch nichts zuleide getan, wenn ihr das nicht wollt. Ich erzähle Ihnen die Geschichte und warne Sie, damit Sie Bescheid wissen.« Er schwieg, als aber der Gefangene noch immer nicht sprach, begann Thénardier wieder: »Sobald meine Gemahlin wieder hier ist und sagt: Die Lerche ist unterwegs, lassen wir Sie los, und Sie werden die Freiheit haben, in Ihrem Haus zu schlafen. Sie sehen, böse Absichten haben wir nicht.«

Entsetzliche Vorstellungen glitten Marius durch den Geist. Wie? Das junge Mädchen, das sie entführten, sollte nicht zurückgebracht werden, eines dieser Ungeheuer sollte es im Dunkeln verschleppen? Wohin? Und wenn sie es war? Und sicherlich war sie es. Marius fühlte, wie der Schlag seines Herzens stockte. Was tun? Sollte er die Pistole abfeuern? Der Justiz alle diese Elenden überantworten? Aber der widerliche Mann mit der Keule würde samt dem jungen Mädchen unerreichbar sein, und Marius dachte an die Worte des Thénardier, deren blutigen Sinn er ahnte: »Wenn Sie mich arretieren lassen, wird mein Kamerad der Lerche die Daumen umdrehen.« Jetzt fühlte er sich nicht nur durch das Vermächtnis des Obersten, sondern durch seine Liebe selbst, durch die Gefahr für die, die er liebte, gehemmt.

Die schreckliche Situation, die seit mehr als einer Stunde andauerte, änderte sich jeden Augenblick. Marius hatte die Kraft, all ihre beängstigendsten Wahrscheinlichkeiten nacheinander an sich vorüberziehen zu lassen, er suchte nach einer Hoffnung und fand sie nicht. Der Tumult seiner Gedanken widerstritt dem düsteren Schweigen in der Höhle.

Inmitten dieses Schweigens wurde das Geräusch des Tores unter der Treppe laut, das sich öffnete und wieder schloß. Der Gefangene bewegte sich in seinen Banden. »Da ist Madame«, sagte Thénardier.

Er kam kaum mit dem Satz zu Ende, als die Thénardier in die Kammer stürzte, rot, schnaufend, keuchend, mit flammenden Augen, und, indem sie sich mit ihren dicken Händen auf beide Schenkel zugleich schlug, schrie: »Falsche Adresse!«

Der Bandit, den sie mitgebracht hatte, erschien hinter ihr und ging zu seiner Keule, um sie wieder an sich zu nehmen.

»Falsche Adresse?« wiederholte Thénardier.

»Niemand ist da!« antwortete sie. »In der Rue Saint-Dominique Nummer 17 gibt's keinen Herrn Urbain Fabre. Keiner kennt ihn!« Sie schnappte nach Luft, dann rief sie: »Thénardier, der Alte hat dich geprellt! Du bist zu gut, siehst du! Ich hätte ihm gleich die Schnauze entzweigeschlagen, und wenn er sich gemuckst hätte, dann hätte ich ihn lebendig gesotten. Er hätte schon reden müssen und sagen, wo er das Mädchen hat und wo die Pinke ist. So hätte ich das angefangen. Es wird mit Recht gesagt, daß die Männer dümmer sind als die Weiber. Niemand wohnt in der Nummer 17. Ein großer Torweg ist dort. Kein Herr Fabre in der Rue Saint-Dominique! Und wie ich mich abgehetzt habe und Trinkgeld für den Kutscher und alles! Ich habe mit dem Portier und der Portiersfrau gesprochen, die ein schönes Weib ist, die kennen einen Fabre überhaupt nicht.«

Marius war erleichtert. Sie, Ursule oder die Lerche, er wußte nicht mehr, wie er sie nennen sollte, war gerettet.

Indes seine erzürnte Frau keifte, hatte Thénardier sich auf den Tisch gesetzt. Einige Augenblicke sprach er kein Wort, wiegte sein rechtes Bein, das er herabhängen ließ, und betrachtete mit einer Miene wilder Träumerei das Kohlenbecken. Endlich sagte er zu dem Gefangenen mit langsamer und sonderbar drohender Betonung: »Eine falsche Adresse? Was hast du davon erhofft?«

»Zeit gewinnen wollte ich!« schrie der Gefangene mit schriller Stimme. Und im selben Moment schüttelte er die Stricke ab; sie waren zerfetzt. Nur noch mit einem Bein war er an das Bett gebunden. Bevor die sieben Männer Zeit hatten, was da geschah, zu erkennen und sich auf ihn zu werfen, hatte er sich unter den Kamin gebückt, mit der Hand nach dem Becken gegriffen und sich wieder aufgerichtet, und nun sahen Thénardier, die Thénardier und die Banditen, durch ihren jähen Schreck in den Hintergrund der Höhle zurückgedrängt, mit verblüfften Gesichtern, wie er das rote Stemmeisen, von dem ein düsteres Licht ausging, über seinen Kopf hob, fast frei und furchtbar sich aufreckend.

Die gerichtlichen Protokolle, die später über den Mordanschlag im Hause Gorbeau abgefaßt wurden, haben erwiesen, daß in der Spelunke, als die Polizei eine Haussuchung veranstaltete, ein Zweisousstück, eigentümlich beschnitten und bearbeitet, gefunden wurde. Dieses Zweisousstück war eines jener Wunder des Fleißes, die die Geduld des Bagnos in der Finsternis und für die Finsternis verfertigt und die nichts anderes sind als Fluchtinstrumente. Diese häßlichen und heiklen Erzeugnisse einer unglaublichen Kunst sind in der Juwelierarbeit, was die Metaphern der Pariser Volkssprache in der Poesie sind. Es gibt manchen Benvenuto Cellini im Bagno, so wie es in der Literatur Villons gibt. Der Unglückliche, der nach Befreiung trachtet, findet ein Mittel, um manchmal ohne Geräte, mit einem alten Handmesser einen Sou in zwei schmale Platten zu zersägen, die beiden Platten auszuhöhlen, ohne das Münzgepräge anzutasten, und einen Schraubengang am Rand des Sous herzustellen, so daß die Platten wieder anhängen. Das läßt sich, wie man will, anschrauben und aufschrauben; es ist wie ein Kasten. In diesem Kasten verbirgt man eine Uhrfeder, und sie, gut gehandhabt, zerschneidet Kettenglieder von starkem Kaliber und eiserne Gitterstangen. Es scheint, als besitze der unglückliche Sträfling nur einen Doppelsou; aber nein, er besitzt die Freiheit. Ein derartiges Zweisousstück wurde bei den späteren polizeilichen Durchsuchungen offen und in zwei Teilen in der Bude, unter dem Bett am Fenster, gefunden. Man fand auch eine kleine Säge von blauem Stahl, die in der Zweisousmünze versteckt werden konnte. Wahrscheinlich hatte der Gefangene, als die Banditen ihn durchsuchten, diese Münze bei sich, es glückte ihm, sie in seiner Hand zu verbergen, und als er die rechte Hand frei hatte, schraubte er sie auf und bediente sich der Säge, um die Stricke, die ihn banden, zu zerschneiden. Das hätte das leichte Geräusch und die kaum merklichen Bewegungen erklärt, die Marius beobachtet hatte. Da er, um sich nicht zu verraten, sich nicht hinunterbeugen konnte, hatte er nur die Verschnürungen um sein linkes Bein zerschnitten.

Die Banditen hatten sich von ihrer ersten Überraschung erholt. »Sei ruhig«, sagte Bigrenaille zu Thénardier, »mit einem Bein ist er noch angebunden, er wird nicht weglaufen. Dafür bürge ich. Die Pfote habe ich eingepackt.«

Indes erhob der Gefangene seine Stimme: »Ihr seid unglückliche Menschen, aber mein Leben ist eine solche Verteidigung nicht wert. Wenn ihr wähnt, ihr könntet mich zum Reden zwingen, mich zwingen zu schreiben, was ich nicht schreiben will, zu sagen, was ich nicht sagen will …« Er stülpte seinen linken Ärmel auf und fügte hinzu: »Seht her!« Zugleich streckte er seinen Arm aus und legte auf das nackte Fleisch das glühende Stemmeisen, das er an dem hölzernen Stiel in der Hand hielt.

Man hörte das Zischen verbrannten Fleisches, der Geruch, der Folterkammern eigen ist, verbreitete sich in der Spelunke. Marius wankte, von Grauen übermannt, sogar die Briganten schien es zu schaudern. Das Gesicht des seltsamen Greises zog sich kaum zusammen, und indem das rote Eisen sich in die dampfende Wunde bohrte, heftete er, unempfindlich und wie überirdisch, auf Thénardier seinen schönen Blick, in dem kein Haß war und das Leiden sich in heitere Majestät auflöste. Die großen, hochgesinnten Naturen lassen in den Revolten des Körpers und der Sinne, die von physischem Schmerz gepeinigt werden, die Seele hervorbrechen und auf der Stirn erscheinen, so wie im Aufruhr der Soldateska der Feldhauptmann sich zu bewähren hat. »Elende«, sagte er, »habt nicht mehr Angst vor mir, als ich Angst vor euch habe.« Und indem er das Eisen aus der Wunde riß, schleuderte er es durch das Fenster, das offengeblieben war. Das furchtbare, lodernde Werkzeug verschwand kreisend in der Nacht, fiel fern nieder und erlosch im Schnee.

Der Gefangene sagte: »Macht mit mir, was ihr wollt!« Er war ohne Waffen.

»Faßt ihn!« befahl Thénardier. Zwei der Briganten legten ihm die Hand auf die Schulter, und der maskierte Mann mit der Bauchrednerstimme stellte sich ihm gegenüber, bereit, ihm bei der geringsten Bewegung mit dem Schlüssel den Schädel zu zertrümmern.

Zugleich hörte Marius unter sich, unter der Wand, aber so nahe, daß er die Sprecher nicht sehen konnte, ein leise geführtes Zwiegespräch: »Nur eins bleibt uns übrig.«

»Ihn kaltmachen.«

»Jawohl.« Es waren Mann und Frau, die sich berieten. Thénardier ging mit langsamen Schritten auf den Tisch zu, öffnete die Schublade und nahm das Messer heraus

Marius preßte den Knauf der Pistole. Er sah sich in unerhörter Wirrnis. Seit einer Stunde haderten in seinem Innern zwei Stimmen. Die eine gebot ihm, das Vermächtnis seines Vaters zu achten, die andere schrie ihm zu, er solle dem Gefangenen helfen. Die beiden Stimmen setzten unablässig ihren Kampf fort, der ihn der Verzweiflung nahe brachte. Bis zu diesem Augenblick hatte er sich der ungewissen Hoffnung hingegeben, die beiden Pflichten miteinander aussöhnen zu können, aber keine Möglichkeit hatte sich ihm gezeigt. Jedoch die Gefahr wurde von Sekunde zu Sekunde dringlicher, die letzte Wartepflicht war vorbei, nur wenige Schritte von dem Gefangenen zauderte Thénardier noch, das Messer in der Hand.

Marius blickte wie irr umher. Es war der letzte mechanische Ausweg der Verzweiflung. Plötzlich erzitterte er. Ihm zu Füßen, auf dem Tisch, beleuchtete ein heller Mondstrahl ein

Blatt Papier und schien ihn darauf hinzuweisen. Auf dem Blatt las er die Zeile, die heute morgen die ältere Tochter der Thénardiers in großen Buchstaben geschrieben hatte: Die Poliepen sind da

Eine Idee fuhr Marius durch den Geist und wurde zur Klarheit. Das war das Mittel, das er suchte, die Lösung des schrecklichen Problems, das ihn marterte: den Mörder schonen und das Opfer retten. Er kniete auf der Kommode, streckte den Arm aus, faßte den Zettel, brach behutsam von der Wand einen Gipsbrocken ab, hüllte ihn in das Papier und warf das Ganze durch den Spalt in die Mitte der Spelunke. Es war Zeit. Thénardier hatte seine letzte Furcht oder seine letzten Skrupel besiegt und ging auf den Gefangenen zu.

»Da fällt was!« schrie die Thénardier.

»Was?« fragte der Mann.

Die Thénardier war hingesprungen, hatte das in das Papier gewickelte Stück Gips aufgehoben und gab es ihrem Mann. »Von wo ist das gekommen?« fragte Thénardier.

»Verflucht«, erwiderte die Frau, »woher soll das gekommen sein? Durch das Fenster.«

»Ich habe es reinfliegen sehn«, sagte Bigrenaille.

Thénardier entfaltete hastig den Zettel und näherte ihn der Kerze. »Es ist die Schrift von Eponine. Zum Teufel!« Er gab seiner Frau ein Zeichen, die eilends herankam, ließ sie die Worte lesen und fügte mit dumpfer Stimme hinzu: »Schnell die Leiter! Lassen wir den Speck in der Mausefalle! Türmen!«

»Ohne dem Menschen den Hals abzuschneiden?« fragte die Thénardier.

»Keine Zeit mehr!«

»Und wie raus?« fragte Bigrenaille.

»Durchs Fenster«, antwortete Thénardier. »Eponine hat den Stein durchs Fenster geschmissen, also ist das Haus von der Seite noch nicht umzingelt.« Die Maske mit der Bauchrednerstimme legte ihren riesigen Schlüssel zu Boden, hob ihre beiden Arme in die Luft und schloß dreimal rasch ihre Hände, ohne ein Wort zu sprechen.

Das war wie ein Signal der Vorbereitung zum Gefecht bei einer Schiffsmannschaft. Die Briganten, die den Gefangenen hielten, ließen ihn frei. In einer Sekunde wurde die Strickleiter aus dem Fenster gerollt und mit zwei eisernen Klammern an dem vorstehenden Rand befestigt.

Der Gefangene achtete auf das, was um ihn vorging, nicht. Er schien zu träumen oder zu beten. Sobald die Strickleiter fest war, rief Thénardier: »Komm, Frau!« Und er lief zum Fenster.

Als er schon ein Bein hinausheben wollte, faßte Bigrenaille ihn rauh am Kragen. »Nein, alter Gauner, nach uns!«

»Nach uns!« brüllten die Banditen.

»Ihr seid Kinder«, erwiderte Thénardier, »wir verlieren Zeit. Die Greifer sind uns auf den Fersen.«

»Also«, sagte einer der Banditen, »wollen wir losen, wer der erste ist!«

Thénardier rief: »Seid ihr verrückt? Seid ihr übergeschnappt? Solche Spaßvögel! Zeit verlieren, was? Das Los ziehen, was? Mit dem nassen Finger? Wer den kürzeren Strohhalm hat? Oder wir schreiben unsere Namen auf und werfen alles in eine Mütze!«

»Wollen Sie meinen Hut?« rief eine Stimme an der Türschwelle aus. Alle drehten sich um. Es war Javert. Er hielt seinen Hut in der Hand und reichte ihn lächelnd.

Man müßte immer damit beginnen, die Opfer festzunehmen

Javert hatte, als die Nacht hereinbrach, sich Mannschaft besorgt und sich selbst hinter den Bäumen der Straße zu der Barrière-des-Gobelins auf die Lauer gelegt, gegenüber dem Hause Gorbeau, auf der anderen Seite des Boulevards. Er hatte seine »Tasche« zu öffnen begonnen, indem er die beiden jungen Mädchen einsteckte, die beauftragt waren, die Gegend um die Höhle zu überwachen. Aber er hatte nur Azelma »hopp genommen«. Eponine war nicht auf ihrem Posten, sie war verschwunden, er hatte ihrer nicht habhaft werden können. Dann hatte Javert sich auf die Lauer gelegt und gehorcht, ob das vereinbarte Signal gegeben werde. Die

Abfahrt und die Wiederankunft der Droschke hatten ihn sehr beschäftigt. Endlich war er ungeduldig geworden, und sicher, daß da ein Verbrechernest auszuheben war und er einen guten Fang machen würde, da er mehrere Banditen, als sie hineinschlüpften, erkannte, hatte er sich zuletzt entschlossen hinaufzugehen, ohne den Pistolenschuß abzuwarten. Wie man sich erinnert, hatte er den Nachschlüssel von Marius bei sich.

Er war zur rechten Zeit gekommen. Die aufgescheuchten Banditen stürzten sich auf die Waffen, die sie in allen Ecken hatten liegenlassen, als sie fliehen wollten. In weniger als einer Sekunde scharten sich die sieben Männer, unheimlich anzusehen, in Verteidigungsstellung, der eine mit seiner Keule, der andere mit seinem Schlüssel, der dritte mit seinem Totschläger, die anderen mit Schere, Zange und Hammer, Thénardier sein Messer in der Faust. Die Thénardier griff nach einem großen Pflasterstein, der im Fensterwinkel lag und ihren Töchtern als Schemel diente.

Javert setzte sich den Hut wieder auf und trat zwei Schritte in der Kammer vor, mit gekreuzten Armen, den Stock unter dem Arm, den Degen in der Scheide. »Halt!« sagte er. »Ihr geht nicht durch das Fenster, ihr geht durch die Tür hinaus. Das ist weniger ungesund. Ihr seid sieben, wir sind fünfzehn. Wir wollen uns nicht an den Kragen wie Auvergnaten. Seien wir nett zueinander!«

Bigrenaille nahm eine Pistole, die er unter seinem Kittel verborgen hielt, gab sie Thénardier in die Hand und raunte ihm ins Ohr: »Es ist Javert. Auf den Mann traue ich mich nicht zu schießen. Und du?«

»Verdammt«, erwiderte Thénardier.

»Dann schieß!«

Thénardier nahm die Pistole und zielte auf Javert. Javert, der drei Schritte entfernt stand, sah ihn fest an und begnügte sich mit den Worten: »Schieß nicht! Der Schuß wird versagen.« Thénardier drückte auf den Abzug. Die Waffe versagte.

»Da siehst du!« bemerkte Javert.

Bigrenaille warf seinen Totschläger Javert vor die Füße. »Du bist der ärgste aller Teufel! Ich stelle den Kampf ein.«

»Und ihr?« fragte Javert die anderen Banditen.

Sie erwiderten: »Wir auch.«

Javert entgegnete ruhig: »Na gut so, ich sagte euch schon, immer höflich!«

»Ich habe nur einen Wunsch«, erklärte Bigrenaille, »daß mir, wenn ich sitze, der Tabak nicht verweigert wird.«

»Bewilligt«, sagte Javert. Er wandte sich um und rief hinter sich: »Herein jetzt!«

Ein Trupp von Wachmännern, den Degen in der Faust, und von Polizeibeamten, die mit Totschlägern und Knütteln bewaffnet waren, brach auf Javerts Ruf herein. Den Banditen wurden die Hände gebunden. Diese Menge von Soldaten, die von einer Kerze kaum beleuchtet wurden, verdunkelte die Höhle noch mehr.

»Handschellen für alle!« rief Javert.

»Kommt mir nur in die Nähe!« schrie eine Stimme, die keine Mannesstimme war, die aber niemand für eine Frauenstimme hätte halten können. Die Thénardier hatte sich in einem Fensterwinkel verschanzt, von ihr war dieses Geheul ausgegangen. Die Wachmänner und die Polizeibeamten wichen zurück.

Sie hatte ihren Schal abgeworfen und ihren Hut aufbehalten. Ihr Gatte, der hinter ihr hockte, verschwand fast unter dem herabfallenden Schal. Sie deckte ihn mit ihrem Leib, hob den Pflasterstein mit beiden Händen über ihren Kopf und ließ ihn in der Schwebe wie eine Riesin, die einen Felsen schleudern wird. »Aufgepaßt!« schrie sie. Alle drängten sich nach dem Korridor hin zusammen. Inmitten der Bude entstand eine weite Lücke. Die Thénardier maß mit einem Blick in die Runde die Banditen, die sich hatten binden lassen, und murrte mit rauher Kehlstimme: »Feiglinge!«

Javert lächelte und trat in den leeren Raum vor, den die Thénardier mit ihren glotzenden Augen umfing. »Komm mir nicht in die Nähe«, schrie sie, »verschwinde, oder ich mache dich zu Mus!«

»Ein Grenadier!« höhnte Javert. »Mutter, du hast einen Bart wie ein Mann, aber ich habe Krallen wie ein Weib.« Und er ging wieder vor.

Die Thénardier, mit zerrauftem Haar, erschreckend, spreizte die Beine, bog sich rückwärts und warf wild den Stein nach Javerts Kopf. Javert bückte sich. Der Stein flog über ihn hinweg, stieß an die Wand im Hintergrund, von der sich ein großes Gipsstück löste, und indem er von Winkel zu Winkel quer durch die Höhle prallte, die zum Glück fast leer war, blieb er vor Javerts Fersen liegen.

Im selben Augenblick kam Javert an das Ehepaar Thénardier heran. Mit einer seiner breiten Hände schlug er der Frau auf die Schulter, mit der anderen dem Mann auf den Kopf. »Handschellen!« rief er.

Die Polizeimannschaft sturmte massiert wieder herein, und nach wenigen Sekunden war der Befehl Javerts ausgeführt. Gebrochen sah die Thénardier auf ihre gebundenen Hände und die ihres Gatten, ließ sich auf den Boden gleiten und ächzte weinend: »Meine Töchter!«

»Sie sind auf Numero Sicher«, sagte Javert.

Inzwischen hatten die Polizisten den Betrunkenen entdeckt, der hinter der Tür schlief, und schüttelten ihn. Er erwachte und stammelte: »Fertig, Jondrette?«

»Ja«, antwortete Javert.

Die gefesselten sechs Banditen standen herum. Noch sahen sie wie Gespenster aus, drei geschwärzt, drei mit Masken. »Behaltet eure Masken«, sagte Javert. Er schritt ihre Reihe ab mit dem Blick Friedrichs II. bei der Parade in Potsdam und sprach die drei »Ofensetzer« an: »Guten Tag, Bigrenaille. Guten Tag, Brujon. Guten Tag, Deux-Milliards.« Dann wandte er sich den drei Masken zu und sagte zu dem Mann mit der Keule: »Guten Tag, Gueulemer.« Zu dem Mann mit dem Knüttel: »Guten Tag, Babet!« Und zu dem Bauchredner: »Grüß dich, Claquesous.«

In diesem Moment gewahrte er den Gefangenen der Banditen, der seit dem Eintritt der Polizisten kein Wort geredet hatte und seinen Kopf gesenkt hielt. »Binden Sie den Herrn los«, sagte Javert. »Keiner verläßt das Zimmer.« Dann setzte er sich mit souveränem Selbstbewußtsein an den Tisch, auf dem die Kerze und das Tintenfaß noch verblieben waren, und begann sein Protokoll.

Als er die ersten Zeilen geschrieben hatte, mit ihren Formeln, die immer die gleichen sind, blickte er auf. »Lassen Sie den Herrn herantreten, den die Herren gebunden hatten.«

Die Polizisten sahen sich um. »Nun«, fragte Javert, »wo ist er denn?« Der Gefangene der Banditen, Herr Leblanc, Herr Urbain Fabre, der Vater von Ursule oder der Lerche, war verschwunden.

Die Tür war bewacht, aber nicht das Fenster. Sobald er sich seiner Bande ledig gesehen hatte und indes Javert an dem Protokoll schrieb, hatte er die Verwirrung, den Tumult, die Überfülle, die Dunkelheit und einen Moment, wo man nicht auf ihn geachtet hatte, benutzt, um sich durch das Fenster zu schwingen.

Ein Polizist lief hin und spähte durch das Loch. Niemand war draußen zu sehen. Die Strickleiter schwankte noch. »Teufel!« sagte Javert mit knirschenden Zähnen. »Das wäre wohl der beste Fang gewesen.«

Der Kleine, der im dritten Buch schrie

Am Abend nach diesen Ereignissen in dem Haus am Boulevard de l'Hôpital ging ein Kind, das von der Austerlitzbrücke her zu kommen schien, durch die Seitenallee rechts in Richtung auf die Schranke von Fontainebleau. Es war eine pechschwarze Nacht. Das Kind war blaß, mager, mit Lumpen bekleidet, einer Leinenhose im Februar, und sang.

An der Ecke der Rue du Petit-Banquier wühlte eine alte Frau gekrümmt bei Laternenlicht in einem Haufen Unrat. Das Kind rempelte sie, als es vorbeikam, an, dann sprang es zurück und rief: »Ach, ich dachte, das wäre ein kolossaler Hund, ein kolossaler!« Es sprach das Wort zweimal, indes es die Silben grinsend dehnte.

Die Alte richtete sich wütend auf. »So ein Gerippe von einem Rotzjungen!« brummte sie. »Wenn ich mich nicht gebückt hätte, ich weiß schon, wo ich dich reingetreten hätte!«

Das Kind war schon etwas entfernt. »Ksss! Ksss!« lachte es. »Dann habe ich mich also nicht geirrt.«

Die Alte fuhr, vor Erregung atemlos, ganz hoch, und voll beleuchtete das rötliche Laternenlicht ihr fahles, von Knoten und Runzeln durchfurchtes Gesicht mit den Fältchen um die Mundwinkel. Ihr Körper verlor sich im Dunkel, und man sah nur ihren Kopf. Es war die von einem Lichtschein aus der Nacht herausgeschnittene Maske der Abgelebtheit. Das Kind betrachtete sie. »Gnädige Frau«, sagte es, »Sie sind nicht mein Typ.«

Und es schlenderte weiter und sang:

»Das war der König Klumpentritt,
der immerzu auf Stelzen ritt,
auch wenn er Raben jagte ...«

Nach drei Versen unterbrach der Bengel sich. Er war vor der Nummer 50/52 angelangt, und da er sie geschlossen fand, hämmerte er mit dem Fuß dagegen, mit dröhnenden, heroischen Hieben, die mehr die Mannesstiefel, die er trug, verrieten, als daß man geglaubt hätte, er gehe auf Kinderfüßen.

Aber dieselbe Alte, die er an der Ecke der Rue du Petit-Banquier getroffen hatte, lief ihm nach, schrie gellend und machte fahrige Gesten. »Was ist denn los, was ist denn das für ein Skandal, Türen eintreten, daß alles kracht!«

Die Fußtritte hörten nicht auf. Der Alten barsten fast die Lungen. »Werden jetzt die Häuser so zusammengehauen?«

Plötzlich hielt sie ein. Sie hatte den Jungen erkannt. »Was! Der Satan ist da?«

»Ach, die Alte«, sagte das Kind. »Guten Abend, Madame Burgon. Ich besuche meine Ahnen.«

Die Alte erwiderte mit vielfacher Grimasse, einer bewundernswerten Improvisation des Hasses, die, durch ihre Hinfälligkeit und ihre Abscheulichkeit unterstrichen, in der Dunkelheit nicht zur Geltung kam: »Niemand da, du Schandmaul.«

»Bah«, erwiderte das Kind, »wo ist denn mein Vater?«

»In der Force, im Kittchen.«

»So, und meine Mutter?«

»In Saint-Lazare.«

»Na, und meine Schwestern?«

»In den Madelonnettes.«

Das Kind kratzte sich hinter dem Ohr, sah Madame Burgon an und sagte nur: »Ah!«

Dann drehte es sich hüpfend auf den Fersen, und im nächsten Moment vernahm man, indes die Alte auf der Schwelle stand, wieder die helle, junge Stimme. Unter den schwarzen Rüstern, die im Hintergrund erschauerten, verklang sie:

»Das war der König Klumpentritt,
der immerzu auf Stelzen ritt,
auch wenn er Raben jagte,
wer drunter kroch, der gab zwei Sous,
der König lachte noch dazu.«

VIERTER TEIL

IDYLL RUE PLUMET UND EPOPÖE RUE SAINT-DENIS

ERSTES BUCH

EIN KAPITEL GESCHICHTE

Gut zugeschnitten

Achtzehnhunderteinunddreißig und achtzehnhundertzweiunddreißig, die beiden Jahre, die sich unmittelbar der Julirevolution anschließen, gehören zu den eigentümlichsten und eindrucksvollsten Momenten in der Geschichte. Zwischen den vorangehenden und nachfolgenden Jahren ragen sie wie zwei Gebirge auf. Sie besitzen revolutionäre Größe. Es sind hier Abgründe zu erkennen. Die sozialen Massen, die Grundpfeiler der Zivilisation selbst, der feste Verband der übereinanderliegenden und sich durchdringenden Interessen, die Profile des uralten Gebildes, das Frankreich ist, zeigen sich hier und verschwinden jeden Augenblick zwischen den Gewitterwolken der Systeme, Leidenschaften und Theorien. Dieses Erscheinen und Verschwinden ist Widerstand und Bewegung genannt worden. Hin und wieder leuchtet hier die Wahrheit auf, das Licht für die Menschenseele.

Diese merkwürdige Epoche ist zeitlich ziemlich eng umgrenzt und uns bereits so fern, daß man sie schon jetzt in ihren Grundzügen erfassen kann.

Wir wollen es versuchen.

Die Restauration war eine jener schwer zu bestimmenden Übergangszeiten gewesen, in denen es Müdigkeit gibt, dumpfen Lärm, Gemurmel, Schläfrigkeit und Unruhe. Sie bedeuten nichts anderes, als daß eine große Nation ein Etappenziel erreicht hat. Diese Zeiten sind eigentümlich und täuschen die Politiker, die sie ausnutzen wollen. Anfangs verlangt die Nation nur Ruhe, dürstet nur nach Frieden, erstrebt nur eines, klein zu sein. Mit anderen Worten, sie möchte in Ruhe gelassen werden. Von den großen Ereignissen, den großen Zufällen, den großen Abenteuern und den großen Männern hat man Gott sei Dank genug gesehen, man ist noch fix und fertig davon. Cäsar würde man für Prusias hingeben und Napoleon für den König von Yvetot. »Lieb war der König, oh-la-la!«

Seit dem frühen Morgen unterwegs, ist man am Abend eines langen und harten Tages angekommen. Die ersten Pferde wurden mit Mirabeau gewechselt, die zweiten mit Robespierre und die dritten mit Bonaparte. Man ist erschöpft. Jeder sehnt sich nach einem Bett.

Was suchen, erbitten, erflehen die müde Aufopferung, der alt gewordene Heldenmut, die gesättigte Ruhmbegier und die gemachten Vermögen? Ein Nachtquartier. Sie bekommen es. Sie ergreifen Besitz vom Frieden, von der Ruhe und der Muße; sie sind zufrieden. Indes kommen gleichzeitig gewisse Tatsachen zum Vorschein, geben sich zu erkennen und klopfen ihrerseits an die Tür. Diese Tatsachen haben sich aus den Revolutionen und Kriegen ergeben, sie sind, sie leben, sie haben das Recht, sich in der Gesellschaft einzurichten, und sie richten sich in ihr ein. Doch die meiste Zeit über machen sie als Furiere nur Quartier für die Prinzipien.

Folgendes enthüllt sich nun den Weisen der Staatskunst: Wie müde Menschen das Bedürfnis nach Ruhe haben, fordern vollendete Tatsachen Sicherheiten. Sicherheiten für die Tatsachen sind das gleiche wie Ruhe für die Menschen.

Das verlangte England von den Stuarts nach dem Lord-Protektor. Das verlangte Frankreich von den Bourbonen nach dem Kaiserreich.

Diese Sicherheiten sind eine Notwendigkeit der Zeitläufte. Man muß sie schon gewähren. Die Fürsten »bewilligen« sie, aber in Wirklichkeit ist es der Zwang der Dinge, der sie gibt. Eine tiefgründige und nützliche Wahrheit, von der die Stuarts 1660 nichts und die Bourbonen 1814 immer noch nichts ahnten.

Verhängnisvollerweise war die auserwählte Familie, die nach Frankreich zurückkehrte, als Napoleon scheiterte, in dem einfältigen Glauben befangen, daß sie es war, die gab, und daß sie, was sie gegeben hatte, auch zurücknehmen konnte. Sie glaubte, das Haus Bourbon besitze das Recht von Gottes Gnaden und Frankreich nichts. Das in der Charte Ludwigs XVIII. eingeräumte politische Recht sei nichts anderes als ein Zweig am Baume des Rechtes von Gottes Gnaden, den das Haus Bourbon abgebrochen und huldvoll dem Volk überreicht hatte, bis zu dem Tag, an dem es dem König gefiel, sich seiner wieder zu bemächtigen. Doch hätte das Haus Bourbon an dem Mißfallen, das das Geschenk beim Volk erregte, spüren müssen, daß es nicht von ihm kam.

Dem neunzehnten Jahrhundert gegenüber verhielt es sich grämlich. Es zeigte sich abweisend gegenüber jeder Entwicklung der Nation. Um uns eines trivialen, das heißt volkstümlichen und treffenden Ausdrucks zu bedienen, es machte ein saures Gesicht. Das Volk sah es.

Das Haus Bourbon hielt sich für stark, weil das Kaiserreich vor ihm wie eine Theaterkulisse weggetragen worden war. Es merkte nicht, daß es selber auf die gleiche Art und Weise herbeigebracht worden war. Es begriff nicht, daß es auch in dieser Hand war, die ihn, Napoleon, weggestellt hatte.

Das Haus Bourbon wähnte, es habe Wurzeln, weil es die Vergangenheit war. Es täuschte sich. Es gehörte zur Vergangenheit, doch die ganze Vergangenheit, das war Frankreich. Die Wurzeln der französischen Gesellschaft lagen nicht in den Bourbonen, sondern in der Nation. Diese verborgenen und langlebigen Wurzeln stellten keineswegs das Recht einer Familie, sondern die Geschichte eines Volkes dar. Sie waren überall, nur nicht unter dem Thron.

Das Haus Bourbon war für Frankreich das erlauchte und blutige Band seiner Geschichte, aber nicht mehr wesentlicher Bestandteil seines Schicksals und notwendige Grundlage seiner Politik. Man konnte sich ohne die Bourbonen behelfen, hatte sich zweiundzwanzig Jahre lang ohne sie beholfen. Die Kontinuität war unterbrochen. Sie ahnten nichts davon, und wie sollten sie auch, sie, die sich einbildeten, Ludwig XVII. habe am 9. Thermidor die Herrschaft innegehabt und Ludwig XVIII. am Tage von Marengo? Niemals seit Beginn der Geschichte waren die Fürsten angesichts der

Tatsachen und des Anteils an göttlicher Macht, den die Tatsachen enthalten und verkünden, so blind gewesen. Niemals hatte dieser Anspruch von unten, der das Recht der Könige heißt, so sehr das Recht von oben mißachtet.

Entscheidender Irrtum, der dieses Geschlecht veranlaßte, die 1814 »bewilligten« Garantien anzutasten, die Zugeständnisse, wie es sie bezeichnete. Traurig! Was es seine Zugeständnisse nannte, waren unsere Eroberungen. Was es als Übergriffe von uns hinstellte, waren unsere Rechte.

Als der Restauration die Stunde günstig schien, als sie sich als Sieger über Bonaparte wähnte und im Lande für verwurzelt, das heißt für stark und groß hielt, entschloß sie sich rasch und wagte ihren Streich. Eines Morgens richtete sie sich vor Frankreich auf und bestritt mit erhobener Stimme die Rechtstitel der Gemeinschaft und des einzelnen, erkannte der Nation die Souveränität und dem Bürger die Freiheit ab. Mit anderen Worten, sie sprach der Nation ab, was sie zur Nation machte, und dem Bürger, was ihn zum Bürger machte.

Das ist der Kern jener berüchtigten Erklärung, die man die Juliordonnanzen nennt.

Die Restauration stürzte.

Sie stürzte mit Recht. Indes hatte sie, sprechen wir es ruhig aus, nicht allen Formen des Fortschritts unbedingt feindselig gegenübergestanden. Große Dinge waren geschehen, sie hatte sich abseits gehalten.

Während der Restaurationszeit gewöhnte sich die Nation daran, in Ruhe zu diskutieren. Das hatte der Republik gefehlt. Sie fand sich mit der Größe im Frieden ab. Das hatte dem Kaiserreich gefehlt. Das freie und starke Frankreich war ein ermutigendes Schauspiel für die übrigen Völker Europas gewesen. Die Revolution sprach unter Robespierre, die Kanone unter Bonaparte; unter Ludwig XVIII. und Karl X. meldete sich der Verstand zu Worte. Der Sturm legte sich, die Fackel entzündete sich wieder. Auf den heiteren Gipfeln flackerte das reine Licht der Seelen. Ein großartiger, ersprießlicher und zauberhafter Anblick. Fünfzehn Jahre lang wirkten in tiefstem Frieden und in aller Öffentlichkeit die erhabenen, für den Denker so alten, für den Staatsmann so neuen Prinzipien wie Gleichheit vor dem Gesetz, Gewissensfreiheit, Redefreiheit, Pressefreiheit oder Ausübung aller Ämter durch alle, die dazu befähigt sind. Das ging so bis 1830. Die Bourbonen waren ein Werkzeug der Zivilisation, das in den Händen der Vorsehung zerbrach.

Der Sturz der Bourbonen war voller Größe, nicht auf ihrer Seite, sondern auf seiten der Nation. Sie gaben würdevoll, doch nicht aus eigener Machtvollkommenheit den Thron auf. Ihr Eintauchen in die Nacht war nicht dieses feierliche Verschwinden, das in der Geschichte eine verworrene Erschütterung hinterläßt, nicht die gespenstische Ruhe Karls I. und nicht der Adlerschrei Napoleons. Sie gingen, das war alles. Sie legten die Krone nieder und behielten keinen Glorienschein. Sie waren würdig, aber nicht erhaben. In gewissem Maße fehlte es ihnen an Majestät in ihrem Unglück. Karl X., der auf der Reise nach Cherbourg einen runden Tisch zu einem viereckigen umarbeiten ließ, zeigte sich um die gefährdete Etikette besorgter als um die zusammenbrechende Monarchie. Die ergebenen Männer, die ihre Herrschaft liebten, und die ernsthaften Männer, die ihr Geschlecht ehrten, stimmte diese Kleinlichkeit traurig. Das Volk war wunderbar. Die Nation, vom König eines Morgens in einer Art bewaffneter Erhebung angegriffen, fühlte sich so stark, daß sie nicht zornig wurde. Sie verteidigte, beherrschte sich, brachte die Dinge an ihren Platz zurück, die Regierung auf den Boden des Gesetzes, die Bourbonen ins Exil, und hielt inne. Sie nahm den alten König Karl X. von dem Thron herunter, auf dem schon Ludwig XIV. gesessen hatte, und stellte ihn sacht auf die Erde. Betrübt und vorsichtig nur rührte sie die königlichen Personen an. Nicht ein Mann, nicht einige Männer, sondern Frankreich, ganz Frankreich, das siegreiche und siegestrunkene Frankreich schien sich der ernsten Worte des Guillaume du Vair nach dem Barrikadentag zu erinnern und befolgte sie vor den Augen der übrigen Welt: »Wer an die Gunst der Großen gewöhnt ist und, gleich einem Vogel von Ast zu Ast, von einem sinkenden zu einem aufgehenden Stern hinüberspringt, kann sich leicht kühn gegen seinen Fürsten in dessen Not zeigen. Doch für mich wird das Glück meiner Könige, namentlich der heimgesuchten, stets etwas Erhabenes sein.«

Die Bourbonen gingen geachtet, aber nicht bedauert. Wie wir schon sagten, war ihr Unglück größer als sie. Sie verschwanden aus dem Gesichtskreis.

Die Julirevolution hatte sogleich Freunde und Feinde in der ganzen Welt. Die einen stürzten ihr begeistert und freudig entgegen, die anderen wandten sich von ihr ab, jeder nach seinem Wesen. Wie Eulen in der Morgenröte schlossen die Fürsten Europas im ersten Augenblick unangenehm berührt und bestürzt die Augen und öffneten sie nur wieder, um zu drohen. Ein verständlicher Schrecken, ein entschuldbarer Zorn. Diese seltsame Revolution war kaum eine Erschütterung gewesen. Sie hatte nicht einmal dem besiegten Königtum die Ehre erwiesen, es als Feind zu behandeln und sein Blut zu vergießen. In den Augen der despotischen Regierungen, die stets daran interessiert sind, daß sich die Freiheit selbst verleumdet, beging die Julirevolution das Unrecht, furchtbar zu sein und sanft zu bleiben. Übrigens wurde gegen sie weder etwas unternommen noch angezettelt. Die Mißvergnügtesten, die Zornigsten, die, denen es am meisten schauderte, begrüßten sie. Wie groß unser Egoismus und unser Groll auch sein mögen, die Ereignisse, bei denen man das Eingreifen von jemandem ahnt, der höher steht als der Mensch, sind auf geheimnisvolle Weise ehrfurchtgebietend.

Die Julirevolution ist der Triumph des Rechts, das die Gegebenheit zu Boden schmettert. Eine herrliche Suche.

Das Recht schmettert die Gegebenheit zu Boden. Daher der Glanz der Revolution von 1830, daher auch ihre Milde. Das Recht, das triumphiert, hat kein Bedürfnis, gewalttätig zu sein.

Das Recht ist das Gerechte und das Wahre.

Zum Wesen des Rechts gehört, daß es ewig schön und rein bleibt. Selbst die scheinbar notwendigste, selbst die von den Zeitgenossen am besten anerkannte Gegebenheit ist, wenn sie nur als solche existiert und zu wenig oder überhaupt kein Recht enthält, unfehlbar dazu verdammt, im

Laufe der Zeit häßlich, gemein und vielleicht sogar ungeheuerlich zu werden. Wer ohne Umschweife feststellen will, welchen Grad an Abscheulichkeit die Gegebenheit erreichen kann, im Abstand der Jahrhunderte betrachtet, der sehe sich Machiavelli an. Machiavelli ist weder ein böser Geist noch ein Dämon, noch ein feiger und jämmerlicher Schriftsteller, er ist nichts weiter als die Gegebenheit. Und er ist nicht nur die italienische, er ist die europäische, die Gegebenheit des sechzehnten Jahrhunderts. Er wirkt abstoßend, und er ist es angesichts des sittlichen Empfindens im neunzehnten Jahrhundert.

Dieser Kampf zwischen Recht und Gegebenheit währt seit der Herausbildung der menschlichen Gesellschaft. Den Zweikampf zu beenden, den reinen Gedanken mit der Wirklichkeit des Menschen zu verquicken, auf friedlichem Weg das Recht in die Gegebenheit und die Gegebenheit in das Recht eindringen zu lassen, daran arbeiten die Weisen.

Schlecht genäht

Doch eines ist die Arbeit der Weisen, ein anderes die der Schlauköpfe.

Die Revolution von 1830 war rasch zum Stillstand gekommen.

Sobald eine Revolution gestrandet ist, nehmen die Schlauköpfe das Strandgut auseinander.

Die Schlauköpfe haben sich in unserem Jahrhundert selbst die Bezeichnung Staatsmänner zuerkannt, und so nimmt es nicht wunder, daß das Wort Staatsmann schließlich ein bißchen wie Argot klingt. Es sollte freilich nicht vergessen werden, daß, wo nur Schläue herrscht, dies zwangsläufig zu einer niedrigen Gesinnung führt. Statt schlau kann man auch mittelmäßig sagen und statt Staatsmann mitunter Verräter.

Nach Meinung der Schlauköpfe sind also Revolutionen, wie die Julirevolution, durchtrennte Schlagadern. Da heißt es, rasch abbinden. Das zu feierlich verkündete Recht gerät ins Wanken. Auch muß, ist erst einmal das Recht bestätigt, der

Staat wieder gefestigt werden. Und ist die Freiheit gesichert, sollte man an die Macht denken.

Hier scheiden sich die Weisen noch nicht von den Schlauköpfen, doch sie fangen an, mißtrauisch zu werden. Die Macht, schön und gut! Aber erstens, was ist die Macht? Zweitens, wo kommt sie her?

Die Schlauköpfe überhören den leise gemurmelten Einwand und setzen ihren Betrug fort.

Jenen Politikern zufolge – erfinderisch, wie sie sind, den vorteilhaften Hypothesen eine Maske der Notwendigkeit aufzusetzen – braucht ein Volk nach einer Revolution, wenn es zu einem monarchisch regierten Kontinent gehört, erst einmal eine Dynastie. Auf diese Weise, sagen sie, bekommt es Frieden nach seiner Revolution, das heißt Zeit, sich die Wunden zu verbinden und sein Haus auszubessern. Die Dynastie verbirgt das Baugerüst und entzieht das Lazarett den Blicken.

Nun ist es aber gar nicht immer so einfach, eine Dynastie aufzutreiben.

Notfalls kann aus dem ersten besten Genie beziehungsweise Emporkömmling ein König gemacht werden. Im ersten Fall haben sie Bonaparte, im zweiten Iturbide.

Aber die erste beste Familie genügt nicht, um eine Dynastie zu gründen. Es braucht notwendigerweise ein gewisses Maß an Alter in einem Geschlecht, und die Runzel der Jahrhunderte bildet sich auch nicht ohne weiteres.

Nehmen wir einmal, selbstverständlich unter allem Vorbehalt, den Standpunkt der »Staatsmänner« ein. Welches sind dann nach einer Revolution die Eigenschaften des Königs, der aus ihr hervorgeht? Er darf und sollte sogar revolutionär, das heißt persönlich an dieser Revolution beteiligt gewesen sein. Er kann seine Hand mit im Spiel gehabt haben, der Gefahr getrotzt und sich ausgezeichnet, die Axt geschwungen oder den Degen gezogen haben.

Welches sind nun die Eigenschaften einer Dynastie? Sie muß national, das heißt revolutionär aus der Ferne sein, nicht durch vollbrachte Taten, sondern durch Gedanken, denen sie zugestimmt hat. Sie muß aus Vergangenheit bestehen und geschichtsträchtig sein. Sie muß aus Zukunft bestehen und sympathisch sein.

Dies alles erklärt, weshalb sich die ersten Revolutionen mit einem Mann, mit Cromwell oder Napoleon, begnügen und weshalb die zweiten unbedingt eine Familie finden wollen, das Haus Braunschweig oder das Haus Orleans.

Königshäuser ähneln den Banianbäumen, deren Zweige sich bis zur Erde herabneigen, darin Wurzeln fassen und neue Bäume wachsen lassen. Jede Linie kann eine Dynastie werden. Vorausgesetzt, sie beugt sich bis zum Volk herab.

So lautet die Theorie der Schlauköpfe.

Und der große Trick dabei ist, daß einem Erfolg ein bißchen der Anschein einer Katastrophe gegeben wird, damit jene, die durch ihn gewinnen, auch um ihn bangen. Daß man einen Schritt vorwärts mit Furcht würzt, die Kurve vom Übergang bis zur Verlangsamung des Fortschritts ansteigen läßt, diese Morgenröte abschwächt, die lodernde Begeisterung anprangert und erstickt, die Ecken und die Krallen beschneidet. Daß man dem Triumph einen Dämpfer aufsetzt, das Recht einmummt, den Riesen Volk verwöhnt und ganz rasch zu Bett bringt, diese strotzende Gesundheit auf Diät setzt, Herkules als Rekonvaleszenten behandelt. Daß man das Ereignis zweckmäßig verwässert, den nach dem Ideal dürstenden Geistern jenen mit Kräutertee gestreckten Göttertrank reicht, Vorsichtsmaßregeln gegen ein Zuviel an Erfolg trifft und der Revolution einen Lampenschirm überstülpt.

1830 bediente sich dieser Theorie, in England war sie schon 1688 angewandt worden.

1830 ist eine auf halbem Wege stehengebliebene Revolution. Halber Fortschritt, geteiltes Recht. Doch für die Logik gibt es keine Halbheiten, so wie die Sonne die Kerze nicht kennt.

Wer hält die Revolutionen auf halbem Wege auf? Das Bürgertum.

Warum? Weil das Bürgertum der befriedigte Eigennutz ist. Gestern war es die Begierde, heute ist es der Überfluß und morgen der Überdruß.

Das Phänomen von 1814 nach Napoleon wiederholte sich 1830 nach Karl X.

Zu Unrecht wollte man aus dem Bürgertum eine Klasse machen. Das Bürgertum ist weiter nichts als der zufriedengestellte Teil des Volkes. Der Bürger ist der Mensch, der nunmehr Zeit hat, sich zu setzen. Ein Stuhl ist keine Kaste.

Doch wer sich zu früh setzen möchte, kann die Menschheit auf ihrem Marsch aufhalten. Das war oft der Fehler des Bürgertums.

Man ist noch keine Klasse, wenn man einen Fehler begeht. Anhand des Egoismus läßt sich die Gesellschaft nicht gliedern.

Übrigens sollte man gerecht sein, sogar gegen den Egoismus. Der Zustand, den nach der Erschütterung von 1830 der Bürgertum genannte Teil der Nation anstrebte, war nicht die Trägheit, die, mit Gleichgültigkeit und Faulheit gepaart, ein wenig Schande enthält, und auch nicht die Schläfrigkeit, die ein vorübergehendes, Illusionen erlaubendes Vergessen voraussetzt, es war die Marschpause.

Marschpause ist ein Wort mit zwiefacher, besonderer und sich fast widersprechender Bedeutung. Es besagt Truppe auf dem Marsch, das heißt Bewegung, und Ruhe, das heißt Stillstand.

Marschpause bedeutet, wieder zu Kräften kommen, wachsam in Waffen rasten. Es ist die vollendete Tatsache, die Posten aufstellt und die Augen offenhält. Die Marschpause setzt den Kampf gestern und den Kampf morgen voraus.

Das ist die Zeit zwischen 1830 und 1848.

Zu dem, was wir hier Kampf nennen, kann auch Fortschritt gesagt werden.

Das Bürgertum wie die Staatsmänner brauchten also einen Mann, der das Wort Marschpause verkörperte. Ein Obwohl-Weil. Eine vielseitige Persönlichkeit, die für Revolution und Beständigkeit stand, die, mit anderen Worten, der Gegenwart eine feste Grundlage gab, indem sie Vergangenheit und Zukunft unter einen Hut brachte.

Diesen Mann hatte man sich »fein ausgedacht«. Er hieß Louis-Philippe von Orléans.

Die 221 machten Louis-Philippe zum König. Lafayette übernahm die Salbung. Er nannte ihn »die beste der Republiken«. Das Pariser Stadthaus ersetzte die Kathedrale zu Reims.

Dieser Austausch eines halben gegen einen ganzen Thron war »das Werk von 1830«.

Als die Schlauköpfe fertig waren, zeigte sich der Riesenfehler in ihrer Lösung. All das war außerhalb des unumschränkt geltenden Rechts geschehen. Das unumschränkt geltende Recht rief: »Ich protestiere!« und trat ins Dunkel zurück, eine furchtbare Sache.

Louis-Philippe

Revolutionen haben einen schrecklichen Arm und eine glückliche Hand; sie schlagen fest zu und wählen gut. Selbst unvollendet, entartet, bastardhaft und in die Lage der jüngeren Revolution versetzt, wie dies 1830 der Fall war, bleibt ihnen fast stets genug von der Vorsehung gesandte Hellsicht, daß sie nicht zur unrechten Zeit kommen. Wenn sie auch von der Bildfläche verschwinden, so erlischt niemals ihr Anspruch.

Seien wir dennoch nicht zu großsprecherisch. Auch Revolutionen täuschen sich, und schwere Irrtümer sind schon beobachtet worden.

Kehren wir zu 1830 zurück. Das auf Abwege geratene 1830 hatte Glück. In der Institution der Monarchie, nach der abgebrochenen Revolution Ordnung genannt, war der König mehr wert als die ganze Einrichtung. Louis-Philippe war ein seltener Mensch.

Als Sohn eines Vaters, dem die Geschichte wohl mildernde Umstände zubilligen muß, doch ebenso achtenswert, wie der Vater tadelnswert gewesen war, besaß er alle privaten und mehrere öffentliche Tugenden. Er war besorgt um seine Gesundheit, sein Vermögen, seine Person, seine Geschäfte. Er kannte den Preis einer Minute und nicht immer den eines Jahres. Nüchtern, heiter, friedfertig, geduldig, gutmütig, ja herzensgut. schlief er bei seiner Frau und hatte in seiner Residenz Lakaien, deren Aufgabe es war, den Bürgern das Ehebett zu zeigen, ein regelrechtes Prahlen mit dem Alkoven, das sich von den bisherigen unrechtmäßigen Darbietungen der älteren Linie vorteilhaft unterschied. Er beherrschte alle Sprachen Europas und, was seltener vorkommt, alle Sprachen aller Interessen, und er sprach sie. Ein vortrefflicher Vertreter des »Mittelstandes«, übertraf er ihn und war auf alle Fälle bedeutender als dieser. Obwohl er das Blut, dem er entstammte, zu schätzen wußte, war er klug genug, vor allem auf seinen inneren Wert stolz zu sein, und in der Frage seines Geschlechtes selbst bekannte er sich namentlich als Orléans und nicht als Bourbone. Blaublütigster Prinz, solange er nur Durchlaucht war, doch ganz Bürger von dem Tage an, da er Majestät wurde. Weitschweifig in der Öffentlichkeit, kurz und bündig im vertrauten Kreis. Dem Gerede nach geizig, was aber nicht bewiesen war, und im Grunde eine jener sparsamen Naturen, die aus einer Laune oder einem Pflichtgefühl heraus mühelos freigebig sind. Gebildet und dabei wenig empfänglich für Literatur. Ein Edelmann, doch kein Kavalier. Schlicht, ruhig und stark, wurde er von seiner Familie und Dienerschaft vergöttert. Ein glänzender Plauderer. Als desillusionierter, innerlich kühler, vom unmittelbaren Vorteil beherrschter Staatsmann, der stets auf dem kürzesten Wege sein Ziel ansteuerte, war er zu Groll und Dankbarkeit nicht fähig, spielte erbarmungslos die Überlegenheit gegen die Mittelmäßigkeit aus und setzte geschickt die geheimnisvolle Einstimmigkeit, die dumpf unter den Thronen grollt, durch die jeweilige parlamentarische Mehrheit ins Unrecht. Er war mitteilsam, bisweilen unvorsichtig in seiner Offenheit, doch dabei von wunderbarer Gewandtheit und nie verlegen um Auswege, Gesichter, Masken. Er machte Frankreich vor Europa und Europa vor Frankreich Angst, liebte unstreitig sein Vaterland, gab jedoch seiner Familie den Vorzug, schätzte die Herrschaft höher als die Machtvollkommenheit und die Machtvollkommenheit höher als die Würde, eine Veranlagung, die unheilvollerweise, alles in Erfolg verkehrend, die List zuläßt und durchaus nicht die

Niedertracht verschmäht, aber auch den Vorteil bietet, daß sie die Politik vor heftigen Erschütterungen, den Staat vor Brüchen und die Gesellschaft vor Katastrophen bewahrt. Peinlich genau war er, korrekt, umsichtig, aufmerksam, scharfsinnig und unermüdlich. Er widersprach sich bisweilen und strafte sich selber Lügen. In Ancona verhielt er sich kühn gegen Österreich und in Spanien halsstarrig gegen England. Er beschoß Antwerpen und bezahlte Pritchard. Überzeugt sang er die »Marseillaise«. Er war gefeit gegen Mutlosigkeit und Erschöpfung, gegen die Freude am Schönen und Idealen, gegen waghalsigen Edelmut, gegen die Utopie, den Traum, den Zorn, die Eitelkeit und die Furcht. Persönlich unerschrocken, befehligte er als General bei Valmy und kämpfte bei Jemappes. Achtmal entging er dem Königsmörder, und stets lächelte er. Er war tapfer wie ein Grenadier, mutig wie ein Denker, besorgt allein angesichts einer möglichen Umwälzung in Europa und untauglich für die großen Abenteuer der Politik. Immer bereit, sein Leben und nie sein Werk aufs Spiel zu setzen, machte er seinen Willen als Einfluß geltend, damit man ihm wegen seines Verstandes gehorchte und nicht, weil er König war. Er hatte Beobachtungsgabe und keinen prophetischen Blick, war bei Menschen von Geist nicht gerade aufmerksam, aber ein Menschenkenner, das heißt, er mußte sehen, um urteilen zu können; er besaß einen gesunden Menschenverstand, der ihn rasch alles durchschauen ließ, eine praktische Weisheit, die Gabe der Rede und ein erstaunliches Gedächtnis, und er schöpfte unaufhörlich aus diesem Gedächtnis, nur darin war er Cäsar, Alexander und Napoleon ähnlich. Er kannte die Fakten, die Einzelheiten, die Jahreszahlen und Eigennamen. Er kannte nicht die Stimmungen die Leidenschaften, die verschiedenartigen Talente der Menge, die inneren Bestrebungen, die verborgenen und kaum merklichen Stürme der Seelen, mit einem Wort, alles, was man die unsichtbaren Strömungen des Bewußtseins nennen könnte. Von der Oberfläche anerkannt, aber nur wenig in Einklang mit dem Frankreich darunter, half er sich listig aus den Schwierigkeiten, regierte zuviel, herrschte nicht genug und war selbst sein Premierminister. Sehr geschickt darin, die kleinliche Wirklichkeit den grenzenlosen Gedanken als Hindernis entgegenzustellen, verband er eine echte zivilisatorische, ordnende und organisatorische Fähigkeit mit einer Art spitzfindigem Prozessiergeist. Als Begründer und Sachwalter einer Dynastie hatte er etwas von Karl dem Großen und einem Advokaten; kurz, er war eine bedeutende und originelle Erscheinung, ein Fürst, der sich trotz der Unruhe in Frankreich Macht zu verschaffen wußte und stark war trotz der Eifersucht Europas. Louis-Philippe muß zu den hervorragenden Männern seines Jahrhunderts gezählt und könnte unter die erlauchtesten Herrscher der Geschichte eingereiht werden, wenn er den Ruhm nur ein bißchen geliebt und ebenso ein Gefühl für das Große wie für das Nützliche gehabt hätte.

Louis-Philippe hatte gut ausgesehen, und selbst im Alter war ihm Anmut geblieben. Von der Nation nicht immer freundlich aufgenommen, fand er stets Anklang bei der Menge; er gefiel. Ihm war die Gabe verliehen, die Menschen für sich einzunehmen. Es gebrach ihm an Majestät; er trug weder die Krone, obwohl er König war, noch schimmerte sein Haar weiß, obwohl er ein Greis war. Seine Umgangsformen stammten aus der alten und seine Gewohnheiten aus der neuen Zeit, er war eine Mischung aus Adligem und Bürger, wie es sich für 1830 geziemte. Louis-Philippe war der herrschende Übergang. Er hatte die alte Aussprache und Rechtschreibung beibehalten, die er in den Dienst der zeitgemäßen Anschauungen stellte. Er liebte Polen und Ungarn, doch er schrieb *les polonois* (statt *les polonais*) und sprach *les hongrais* (statt *les hongrois*). Den Rock der Nationalgarde trug er wie Karl X. und das Ordensband der Ehrenlegion wie Napoleon.

Er ging selten in die Kirche, nie auf die Jagd und nie in die Oper. Seine Unbestechlichkeit gegenüber Pfaffen, Pikören und Tänzerinnen trug zur Beliebtheit beim Bürgertum bei. Er hielt nicht Hof. Mit seinem Regenschirm unterm Arm ging er aus, und dieser Regenschirm war lange Zeit ein Teil des Nimbus, der ihn umgab. Er war ein wenig Maurer, ein wenig Gärtner und ein wenig Arzt. So ließ er einen vom Pferd gestürzten Vorreiter zur Ader. Louis-Philippe hatte stets seinen Schnepper bei sich wie Heinrich III. seinen Dolch. Die Royalisten spotteten über diesen lächerlichen König, der als erster Blut vergoß, um zu heilen.

An dem, was die Geschichte Louis-Philippe vorwirft, sind Abstriche vorzunehmen. Beschuldigt werden die Monarchie, die Regierung und der König, drei Spalten, bei denen unter dem Strich jeweils etwas anderes steht. Das abgeschaffte Recht auf Demokratie, der zweitrangig gewordene Fortschritt, die gewaltsam unterdrückten Proteste der Straße, das Niederkartätschen der Aufstände, der an die Wand gestellte Aufruhr, die Rue Transnonain, die Kriegsgerichte, das Aufgehen des wirklichen Vaterlandes im Vaterland der Gesetze, die Regierung, die Gewinn und Verlust mit dreihunderttausend Privilegierten teilt, sind Sache der Monarchie. Das nicht anerkannte Belgien, das zu rigoros und wie Indien von den Engländern mit mehr Barbarei als Zivilisation eroberte Algerien, der Wortbruch gegenüber Abd el-Kader, Blaye, Deutz, der gekauft, Pritchard, der entschädigt wurde, sind Sache der Regierung. Die mehr für die Familie als für die Nation betriebene Politik ist Sache des Königs.

Wie man sieht, kann dem König nicht alles angelastet werden.

Sein großer Fehler aber bestand darin, daß er bescheiden im Namen Frankreichs war.

Woher kommt dieser Fehler? Sprechen wir es aus.

Louis-Philippe war ein zu väterlicher König. Eine brütende Familie, aus deren Ei eine Dynastie schlüpfen soll, fürchtet sich vor allem und möchte nicht gestört werden. Die übertriebene Zaghaftigkeit ist einem Volk lästig, das den 14. Juli in seiner bürgerlichen und Austerlitz in seiner kriegerischen Tradition hat.

Abgesehen von den öffentlichen Pflichten, deren Erfüllung vorgeht, verdiente es die Familie aber auch, daß Louis-Philippe sie so zärtlich liebte. Sie war wunderbar. Die Tugenden wetteiferten in ihr mit den Talenten. Eine von

Louis-Philippes Töchtern, Marie d'Orléans, brachte den Namen ihres Geschlechts unter die bildenden Künstler, wie Charles d'Orléans ihn unter die Dichter gebracht hatte. Aus ihrer Seele heraus schuf sie eine Statue, die sie Jeanne d'Arc nannte. Zwei der Söhne Louis-Philippes nötigten Metternich folgende demagogische Lobrede ab: »Das sind junge Leute, wie man sie kaum noch, und Prinzen, wie man sie nicht mehr kennenlernt.«

Ohne etwas zu verhehlen, aber auch ohne etwas zu übertreiben, ist das die Wahrheit über Louis-Philippe.

Prinz Égalité zu sein, den Widerspruch der Restauration und der Revolution in sich zu tragen, den beunruhigenden Ruf des Revolutionärs zu haben, der beim Regierenden beruhigend wirkt, das war 1830 Louis-Philippes Glück. Nie war ein Mensch besser einem Ereignis angepaßt, der eine ging in das andere ein, und die Inkarnation vollzog sich. Louis-Philippe war das Mensch gewordene 1830. Außerdem empfahl er sich durch das Exil für den Thron. Als armer Verbannter war er umhergeirrt. Er hatte von seiner Arbeit gelebt. In der Schweiz verkaufte der mit den reichsten Krongütern Frankreichs apanagierte Prinz ein altes Pferd, um sich etwas zu essen kaufen zu können. In Reichenau gab er Mathematikstunden, während seine Schwester Adélaïde stickte und nähte. Diese mit einem König verbundenen Erinnerungen begeisterten das Bürgertum. Eigenhändig riß er auf dem Mont Saint-Michel den letzten Eisenkäfig nieder, den Ludwig XI. erbaut und Ludwig XV. benutzt hatte. Er war der Gefährte Dumouriez', der Freund Lafayettes und Mitglied im Jakobinerklub geworden. Mirabeau hatte ihm auf die Schulter geklopft, Danton »Junger Mann!« zu ihm gesagt. 1793, als er Herzog von Chartres und vierundzwanzig Jahre alt war, wohnte er im Hintergrund einer kleinen, dunklen Loge im Konvent dem Prozeß gegen Ludwig XVI. bei, der mit Recht »dieser arme Tyrann« genannt wurde. Die blinde Hellsichtigkeit der Revolution, die die Monarchie im König zerschlug und den König mit der Monarchie umbrachte, ohne des Menschen bei der grausamen Vernichtung der Idee richtig gewahr zu werden, der gewaltige Sturm in der Gerichtsversammlung, der öffentliche Zorn, der verhörte, Capet, der nicht wußtc, was er antworten sollte, das königliche Haupt, das, über das düstere Wehen bestürzt, auf erschreckende Weise schwankte, die bedingte Unschuld aller in dieser Katastrophe, derer, die verurteilten, wie dessen, der verurteilt wurde, er hatte diese Dinge miterlebt, diesem Wahnwitz zugeschaut und die Jahrhunderte vor den Schranken des Konvents erscheinen sehen. Er war Zeuge gewesen, wie sich hinter Ludwig XVI., diesem unglücklichen Vorübergehenden, der die Verantwortung trug, in der Finsternis die fürchterliche Angeklagte aufbäumte, die Monarchie; und ihm war in der Seele das ehrfürchtige Entsetzen vor der grenzenlosen Gerechtigkeit des Volkes verblieben, die fast ebenso unpersönlich wie die Gerechtigkeit Gottes ist.

Die Spur, die die Revolution in ihm hinterlassen hatte, war erstaunlich. Seine Erinnerung ließ ihn diese großen Jahre Minute um Minute durchleben. Einmal berichtigte er aus dem Gedächtnis den ganzen Buchstaben A in der alphabetisch geordneten Liste der verfassunggebenden Versammlung, und das vor einem Zeugen, an dem wir unmöglich zweifeln können.

Louis-Philippe war ein König des hellichten Tages gewesen. Während seiner Regierung waren die Presse, die Rednertribüne, das Gewissen und die Rede frei. Die Septembergesetze sind weitmaschig. Obwohl er die zerstörerische Wirkung des Lichtes auf Privilegien kannte, setzte er seinen Thron dem Licht aus. Die Geschichte sollte ihm diese Ehrlichkeit dereinst zugute halten.

Heute wird gegen Louis-Philippe wie gegen alle Männer, die in der Welt eine Rolle gespielt haben, vom menschlichen Gewissen eine Untersuchung eingeleitet. Sein Verfahren läuft noch immer in erster Instanz.

Die Stunde, da die Geschichte in ihrer verehrungswürdigen und freimütigen Art spricht, hat für ihn noch nicht geschlagen. Der Augenblick ist noch nicht gekommen, über diesen König das endgültige Urteil zu fällen. Selbst der gestrenge und berühmte Historiker Louis Blanc hat jüngst seinen ersten Spruch gemildert. Louis-Philippe war der Erwählte dieser beiden Beinahe, der 221 und des Jahres 1830, das heißt eines halben Parlaments und einer halben Revolution: und auf alle Fälle könnten wir ihn hier nur vom höheren Standpunkt der Philosophie, wie schon weiter vorn ausgeführt, und unter gewissem Vorbehalt im Namen des uneingeschränkt geltenden Prinzips der Demokratie beurteilen. Außerhalb jener beiden Rechte, zunächst des Menschenrechts und dann des Rechts, das das Volk hat, ist in den Augen des Absoluten alles Usurpation. Doch wir können nach dieser Einschränkung schon jetzt sagen, daß, summa summarum und auf welche Weise man ihn auch betrachten mag, Louis-Philippe für sich genommen und unter dem Gesichtspunkt der menschlichen Güte einer der besten Fürsten ist, die je auf einem Thron gesessen haben.

Was hat er gegen sich? Den Thron. Denkt euch Louis-Philippe ohne den Königstitel, es bleibt der Mensch. Und der Mensch ist gut. Er ist gut, mitunter sogar bewunderungswürdig. Oft kam er abends nach Hause, in schweren Sorgen nach einem Tag des Kampfes gegen die ganze Diplomatie des Kontinents, und was tat er da, todmüde, sich nur noch nach dem Bett sehnend? Er nahm sich eine Akte vor und verbrachte die Nacht damit, einen Strafprozeß durchzuarbeiten, weil er fand, daß es schon etwas besagen wollte, Europa die Stirn zu bieten, daß es aber weitaus mehr bedeutete, dem Henker einen Menschen zu entreißen. Hartnäckig widersprach er seinem Großsiegelbewahrer. Er machte Schritt für Schritt die Guillotine den Generalstaatsanwälten streitig, »diesen Schwätzern des Gesetzes«, wie er sie nannte. Manchmal bedeckten die Aktenstöße seinen ganzen Tisch. Er sah sie alle durch, es quälte ihn, diese elenden verurteilten Köpfe im Stich zu lassen. Eines Tages sagte er zu dem gleichen Zeugen, den wir vorhin schon einmal anführten: »Heute nacht habe ich sieben gewonnen.« In den ersten Jahren seiner Regierungszeit war die Todesstrafe so gut wie abgeschafft, und das Blutgerüst wieder aufschlagen hieß dem König Gewalt antun. Der Grèveplatz war mit der älteren Linie verschwunden, und so wurde ein bürgerlicher Grèveplatz mit Namen Barrière Saint-Jacques eingerichtet. Die »praktischen Männer«

merkten, wie notwendig eine gewissermaßen rechtmäßige Guillotine war, und Saint-Jacques gehörte zu den Siegen Casimir Periers, der die engstirnigen Seiten des Bürgertums vertrat, über Louis-Philippe, der für dessen liberale Seiten stand. Louis-Philippe hatte eigenhändig Beccaria mit Anmerkungen versehen. Nach der Sache mit Fieschi rief er aus: »Wie schade, daß ich nicht verletzt worden bin! Ich hätte Gnade walten lassen können.« Ein anderes Mal, als er auf den Widerspruch seiner Minister anspielte, schrieb er im Zusammenhang mit einem politisch Verurteilten, der zu den hochherzigsten Gestalten unserer Zeit zählt: »Seiner Begnadigung ist zugestimmt, es bleibt mir nur noch, die seine zu erlangen.« Louis-Philippe war milde wie Ludwig IX. und gütig wie Heinrich IV.

Für uns ist aber in der Geschichte, in der Güte der seltenen Perle gleicht, der Gütige dem Großen beinahe überlegen.

Louis-Philippe wurde von den einen streng beurteilt, unnachsichtig vielleicht von den anderen, und so ist es ganz natürlich, daß ein Mann, der diesen König gekannt hat und heute selbst ein Gespenst ist, vor der Geschichte für ihn aussagt. Wie auch immer die Aussage ausfallen mag, unparteiisch ist sie. Ein von einem Verstorbenen geschriebenes Epitaph ist aufrichtig, ein Schatten darf einen anderen Schatten trösten, geteilte Finsternis berechtigt zu Lob, und es steht kaum zu befürchten, daß je von zwei Toten im Exil gesagt wird: Dieser hat jenem geschmeichelt.

Risse im Fundament

Während das Drama, von dem wir berichten, in eine der schweren, drohenden Wolken eindringt, die die Anfänge der Regierungszeit Louis-Philippes überschatten, muß jeder Zweifel genommen werden, muß sich dieses Buch über jenen König aussprechen.

Louis-Philippe erlangte die königliche Macht ohne Gewalt, ohne unmittelbare Einflußnahme seinerseits, auf Grund einer Wendung, die die Revolution offenbar weit von ihrem ursprünglichen Ziel entfernte, doch zu der er, der Herzog von Orléans, keineswegs persönlich angeregt hatte. Er war als Prinz geboren und glaubte sich zum König erwählt. Dieses Mandat hatte er sich mitnichten selbst gegeben. Er hatte es nicht an sich gerissen. Es war ihm angeboten worden, und er hatte es angenommen in der – freilich irrigen – Überzeugung, daß das Angebot rechtmäßig und die Annahme Pflicht sei. Daher eine gutgläubige Besessenheit. Nun meinten es Louis-Philippe, wir sagen das mit gutem Gewissen, in seiner Besessenheit und die Demokratie in ihrem Angriff ehrlich, und so belasten die Schrecken, die die sozialen Kämpfe mit sich bringen, weder den König noch die Demokratie. Das Aufeinanderprallen von Grundsätzen ähnelt dem Zusammenprall der Elemente. Der Ozean verteidigt das Wasser, der Orkan die Luft. Der König verteidigt die Monarchie, die Demokratie das Volk. Das Relative, das die Monarchie ist, widersteht dem Absoluten, das die Republik ist. Die Gesellschaft blutet unter diesem Konflikt, doch was ihr heute zum Leid gereicht, wird später ihre Rettung sein, und auf alle Fälle ist hier nicht der Ort, die Kämpfenden zu tadeln. Eine der zwei Parteien irrt sich offenbar; das Recht steht nicht wie der Koloß von Rhodos auf beiden Ufern zugleich, mit einem Fuß in der Republik, mit dem anderen in der Monarchie. Es ist unteilbar und ganz auf einer Seite. Aber jene, die sich irren, irren sich aufrichtig. Ein Blinder ist noch kein Schuldiger, wie ein Vendeer nicht unbedingt ein Räuber sein muß. Schreiben wir also diese fürchterlichen Zusammenstöße nur der Zwangsläufigkeit der Umstände zu. Was für Stürme es auch sein mögen, der Mensch trägt dafür die Verantwortung nicht allein.

Wir wollen mit dieser Übersicht zu Ende kommen.

Die Regierung von 1830 hatte von Anbeginn ein schweres Leben. Sie mußte, unerfahren, auf der Stelle den Kampf aufnehmen.

Kaum im Amt, spürte sie gleich allenthalben ein unbestimmtes Ziehen und Zerren an dem noch so frisch gemauerten und folglich nicht allzu festen Gebäude des Juli.

Der Widerstand wurde am nächsten Tag geboren, vielleicht sogar schon tags zuvor.

Monat für Monat wuchs die zunächst dumpfe, dann offensichtliche Feindseligkeit.

Die Julirevolution, die außerhalb Frankreichs bei den Königen nur geringe Zustimmung fand, wurde in Frankreich selbst unterschiedlich gewertet.

Gott tut den Menschen seinen Willen in den Ereignissen kund, einem unverständlichen Text, der in einer geheimnisvollen Sprache geschrieben ist. Die Menschen fertigen sofort Übersetzungen davon an, überstürzte, unrichtige Übersetzungen voller Fehler, Lücken und Sinnwidrigkeiten. Nur wenige Geister verstehen die göttliche Sprache. Die Scharfsinnigsten, die Stillsten und Tiefgründigsten entziffern langsam, und wenn sie mit ihrem Wortlaut kommen, ist die Arbeit längst getan, gibt es schon zwanzig Übersetzungen auf dem Markt. Jede Übersetzung gebiert eine Partei und jede Sinnwidrigkeit eine Faktion. Und jede Partei glaubt, den einzig wahren Wortlaut zu kennen, und jede Faktion meint, erleuchtet zu sein.

Oft ist die Macht selber nur eine Faktion.

In den Revolutionen schwimmen einige gegen den Strom. Das sind die alten Parteien.

Für die alten Parteien, die sich an das Erbe von Gottes Gnaden klammern, sind die Revolutionen aus dem Recht auf Aufruhr hervorgegangen, und so darf gegen sie revoltiert werden. Irrtum. Denn bei Revolutionen empört sich nicht das Volk, sondern der König. Revolution ist das genaue Gegenteil von Aufruhr. Jede Revolution, soweit sie normal verläuft, enthält in sich ihre Rechtmäßigkeit, der falsche Revolutionäre mitunter Schande machen, die aber, selbst besudelt und blutbefleckt, fortbesteht. Revolutionen bringt nicht ein Zufall, sondern die Notwendigkeit hervor. Eine Revolution ist eine Rückkehr vom Künstlichen zum Wirklichen. Sie ist, weil sie sein muß.

Die alten legitimistischen Parteien fielen desungeachtet über die Revolution von 1830 mit all dem Ungestüm her, das falschen Schlüssen entspringt. Irrtümer sind vortreffliche

Geschosse. Jene Parteien trafen geschickt die Revolution da, wo sie verwundbar war, an ihrer schwachen Stelle, in ihrem Mangel an Logik. Sie griffen sie in ihrer Monarchie an, riefen ihr zu: »Revolution, weshalb denn dieser König?« Die Faktionen sind Blinde, die genau zielen.

Der gleiche Zuruf kam auch von den Republikanern. Aber bei ihnen war er folgerichtig. Was Blindheit war bei den Legitimisten, war Hellsichtigkeit bei den Demokraten. 1830 hatte dem Volk gegenüber sein Wort nicht gehalten. Die empörte Demokratie warf es ihm vor.

Das Juli-Unternehmen zappelte zwischen dem Angriff der Vergangenheit und dem der Zukunft. Es vertrat den Augenblick, der sich einerseits mit den monarchischen Jahrhunderten und andererseits mit dem immerwährenden Recht in den Haaren lag.

Überdies mußte nach außen hin 1830. das nicht mehr Revolution war und Monarchie wurde Europa vorangehen. Den Frieden erhalten – eine weitere Schwierigkeit. Eintracht, zur Unzeit gewünscht, ist oft drückender als Krieg. Aus dem schwelenden Konflikt, der immer wieder zum Schweigen gebracht wurde, doch stets weitergrollte, entstand der Friede in Waffen, dieser äußerst kostspielige Notbehelf der sich selbst verdächtig vorkommenden Zivilisation. Ob es wollte oder nicht, das Julikönigtum bäumte sich im Gespann der europäischen Regierungen. Metternich hätte ihm gern die Zügel kurzgehalten. In Frankreich vom Fortschritt getrieben, trieb es in Europa die Monarchien an, diese Faultiere. Selber ins Schlepptau genommen, schleppte es ab.

Indes mehrten sich im Innern solche Fragen wie Massenarmut, Proletariat, Lohn, Bildung, Strafrecht, Prostitution, Los der Frau, Reichtum, Elend, Produktion, Konsum, Verteilung, Warenverkehr, Währung, Kredit, Recht des Kapitals, Recht der Arbeit und bildeten ein schreckliches Dach über der Gesellschaft.

Außerhalb der eigentlichen politischen Parteien wurde eine andere Unruhe spürbar. Der Gärung unter den Demokraten entsprach die Gärung unter den Philosophen. Die

Elite fühlte sich verunsichert wie die Menge – anders zwar, aber ebensosehr.

Denker meditierten, während der von revolutionären Strömungen durchdrungene Boden unter ihnen, das heißt das Volk, in irgendwelchen epileptischen Zuckungen erbebte. Diese Träumer, die einen einsam, die anderen in Gemeinschaften vereint, erörterten friedlich, doch tiefgründig die sozialen Fragen. Als unbeirrbare Bergleute trieben sie ruhig ihre Stollen in die Tiefe eines Vulkans vor und ließen sich vom dampfen Grollen und den geahnten Gluten kaum stören.

Diese Ruhe gehörte zu den schönsten Schauspielen in jener unruhigen Zeit.

Die Männer überließen den politischen Parteien die Frage der Rechte; sie befaßten sich mit dem Problem des Glücks. Das Wohl des Menschen wollten sie aus der Gesellschaft zutage fördern. Sie erhoben die materiellen Fragen, die Fragen der Landwirtschaft, der Industrie und des Handels fast bis zum Rang einer Religion. In der Zivilisation, wie sie sich ein wenig mit Gottes, viel mit des Menschen Hilfe entwickelt, verbinden sich die Interessen, türmen sich über- und verschmelzen miteinander, so daß sie einen richtigen harten Felsblock bilden nach einem Gesetz der Bewegungslehre, das die Nationalökonomen, die Geologen der Politik, geduldig erforscht haben.

Diese Männer, die unterschiedlich bezeichnet wurden, zu denen allen jedoch der Gattungsname »Sozialisten« paßt, mühten sich, den Fels zu durchbohren und das Quellwasser der menschlichen Glückseligkeit daraus hervorsprudeln zu lassen.

Von der Frage des Schafotts bis zu der des Krieges umfaßten ihre Arbeiten alles. Das Menschenrecht, das die Französische Revolution verkündet hatte, ergänzten sie durch das Recht der Frau und des Kindes.

Es soll nicht verwundern, daß wir hier, aus verschiedenen Gründen, nicht eingehend unter dem theoretischen Gesichtspunkt die vom Sozialismus aufgeworfenen Fragen behandeln. Wir begnügen uns damit, auf sie hinzuweisen.

Alle Probleme, denen sich die Sozialisten stellten, kosmogonische Visionen, Träumerei und Mystizismus einmal außer Acht gelassen, können auf zwei Grundprobleme zurückgeführt werden:

Erstes Problem: den Reichtum erzeugen.

Zweites Problem: ihn verteilen.

Das erste Problem schließt die Frage der Arbeit, das zweite die Lohnfrage ein.

Beim ersten Problem handelt es sich um den Einsatz der Kräfte. Beim zweiten um die Besitzverteilung.

Aus dem richtigen Einsatz der Kräfte geht die Macht des Staates hervor.

Aus der richtigen Besitzverteilung folgt das Glück des einzelnen.

Richtige Verteilung bedeutet nicht gleichmäßige, sondern gerechte Verteilung. Die ausgewogenste Gleichheit ist Gerechtigkeit.

Aus diesen beiden, miteinander verbundenen Dingen, der Macht des Staats nach außen und dem Glück des einzelnen im Innern, ergibt sich das soziale Gedeihen.

Soziales Gedeihen heißt glücklicher Mensch, freier Bürger, große Nation.

England löst das erstere der beiden Probleme. Es schafft in erstaunlicher Weise Reichtum und verteilt ihn schlecht. Diese Lösung, die nur nach der einen Seite hin vollständig ist, führt zwangsläufig zu folgenden Extremen: ungeheurer Überfluß, gräßliches Elend. Aller Besitz einigen wenigen, alle Entbehrungen den übrigen, das heißt dem Volk. Das Privileg, die Ausnahme, das Monopol, der Feudalismus entstehen aus der Arbeit selbst. Ein unnatürlicher und gefährlicher Zustand, der die Staatsmacht auf dem privaten Elend gründet und die Größe des Staates im Leiden des einzelnen verankert. Eine schlecht aufgebaute Größe, in der sich alle materiellen Elemente verbinden und keine moralische Komponente enthalten ist.

Der Kommunismus und das Agrargesetz meinen das zweite Problem lösen zu können. Sie irren sich. Ihre Verteilung macht der Produktion den Garaus. Die Gleichteilerei schafft den Wettbewerb und demzufolge die Arbeit ab. Das ist eine Aufteilung nach Art des Metzgers, der tötet, was er teilt. Unmöglich kann man sich also für diese angeblichen Lösungen entscheiden. Vernichteter Reichtum läßt sich nicht verteilen.

Die beiden Probleme wollen zusammen gelöst werden, um gut gelöst zu werden. Die beiden Lösungen wollen miteinander verbunden werden und nur noch eine sein.

Löst bloß das erste Problem, und ihr werdet Venedig, werdet England sein. Ihr werdet wie Venedig eine künstliche oder wie England eine materielle Macht besitzen, ihr werdet der böse Reiche sein. Den Tod werdet ihr durch eine Gewalttat finden, wie Venedig, oder durch einen Bankrott, durch den England zu Fall kommen wird. Und die Welt wird euch sterben und zu Fall kommen lassen, weil die Welt alles, was nur Egoismus ist, zu Fall kommen und sterben läßt, alles, was für die Menschheit keine Tugend, keine Idee vorstellt.

Natürlich bezeichnen wir hier mit den Wörtern Venedig und England keine Völker, sondern soziale Gebilde, meinen wir die den Nationen überlagerten Oligarchien und nicht die Nationen selbst. Die Nationen genießen stets unsere Achtung und Sympathie. Venedig als Volk wird wieder erstehen. Das aristokratische England wird vergehen, doch die englische Nation ist unsterblich. Nach diesen Worten fahren wir fort.

Löst die beiden Probleme, ermutigt den Reichen und beschützt den Armen, beseitigt das Elend, beendet die ungerechte Ausbeutung des Schwachen durch den Starken, zügelt den unbilligen Neid dessen, der unterwegs ist, auf den, der sein Ziel erreicht hat, legt unumstößlich und brüderlich den Lohn der Arbeit fest, verbindet das Heranwachsen der Kinder mit unentgeltlichem Unterricht und Schulpflicht, macht die Wissenschaft zur Grundlage der Mannbarkeit, entwickelt den Verstand und beschäftigt die Arme, seid ein mächtiges Volk und zugleich eine glückliche Menschengemeinschaft, demokratisiert das Eigentum nicht durch Abschaffung, sondern dadurch, daß es allgemein zugänglich und jeder Bürger ausnahmslos Eigentümer wird, was leichter ist, als man denkt –

kurzum, seid imstande, den Reichtum zu erzeugen und zu verteilen, und ihr besitzt die materielle wie auch die moralische Größe, erweist euch Frankreichs würdig.

Das war es, was, von ein paar Sekten abgesehen, die auf Abwege gerieten, der Sozialismus dachte, das suchte er in den Tatsachen und deutete er in den Gemütern an.

Bewundernswerte Anstrengungen! Heilige Versuche!

Nahezu schmerzlich beunruhigten Louis-Philippe diese Lehren, diese Theorien, dieser Widerstand, die unerwartete Notwendigkeit für den Staatsmann, auf die Philosophen Rücksicht nehmen zu müssen, dunkel geahnte Gewißheiten, eine Politik, die in Einklang mit der alten Gesellschaft und ohne zu viel Mißklang mit dem revolutionären Ideal neu zu begründen war, eine Lage, in der Lafayette verschlissen wurde, um Polignac zu verteidigen, ein Vorgefühl vom Fortschritt, der im Aufruhr sichtbar wurde, die Kammern und die Straße, die Bestrebungen, die er um sich herum auszugleichen hatte, sein Glaube an die Revolution, möglicherweise eine gewisse Resignation, die aus der unbewußten Anerkennung eines endgültigen und höheren Rechtes kam, der Wille, sein Geschlecht fortdauern zu lassen, sein Familiensinn seine aufrichtige Achtung vor dem Volk, die ihm eigene Anständigkeit; und zeitweise brach er, so stark und so mutig er auch war, beinahe unter der Mühsal zusammen, ein König zu sein.

Unter sich spürte er eine fürchterliche Auflösung, und dennoch zerfiel dort nicht alles zu Staub. Frankreich war mehr denn je Frankreich.

Finstere Wolken türmten sich am Horizont. Ein seltsames Dunkel, das immer näher kam, hüllte allmählich Menschen, Dinge und Gedanken ein, ein Dunkel, das aus dem Zorn und den Lehren kam. Alles, was hastig erstickt worden war, bewegte sich und gärte. Mitunter verschlug es dem Gewissen des anständigen Menschen den Atem, soviel Unbehagen lag in dieser Luft. Spitzfindige Trugschlüsse paarten sich mit Wahrheiten. Die Gemüter erzitterten in sozialer Unruhe wie Laub beim Nahen eines Gewitters. Die elektrische Spannung war so hoch, daß in gewissen Augenblicken der erste beste, ein Unbekannter aufleuchtete. Hernach fiel alles wieder in das Dämmerdunkel zurück. Hin und wieder ließ ein tiefes und dumpfes Grollen die Zahl der Blitze ahnen, die sich in der Wetterwolke angesammelt hatten.

Kaum zwanzig Monate waren seit der Julirevolution vergangen. Das Jahr 1832 hatte unter beängstigendem Aspekt eingesetzt. Die Not des Volkes, die brotlosen Arbeiter, der letzte, in der Finsternis verschwundene Prinz von Condé, Brüssel, das die Nassauer verjagte wie Paris die Bourbonen, Belgien, das sich einem französischen Prinzen anbot und einem englischen gegeben wurde, Nikolaus' russischer Haß, in unserem Rücken zwei Dämonen des Südens, Ferdinand in Spanien, Miguel in Portugal, die Erde bebend in Italien, Metternich, der die Hand nach Bologna ausstreckte, Frankreich, das Österreich in Ancona überrumpelte, ein unheilvolles Hämmern im Norden, wo Polens Sarg wieder zugenagelt wurde, in ganz Europa zürnende Blicke, die Frankreich belauerten, England, der verdächtige Verbündete, bereit, umzustoßen, was wankte, und sich auf das zu stürzen, was fiel, die Pairskammer, die sich hinter Beccaria verschanzte, um dem Gesetz vier Köpfe zu verweigern, die von der Equipage des Königs entfernten Lilien, das von Notre-Dame heruntergeholte Kreuz, Lafayette geschwächt, Laffitte ein armer Mann, Benjamin Constant in Armut gestorben, Casimir Périers Tod, als die Regierung am Ende war. Die politische und die soziale Krankheit, die in den beiden Kapitalen des Königreichs, in der Stadt des Denkens und der Stadt der Arbeit, zugleich ausbrachen, der Bürgerkrieg in Paris und in Lyon der Krieg der Knechte, der gleiche Feuerschein in beiden Städten, die Purpurröte des Kraters auf der Stirn des Volkes, der fanatisierte Süden, der unruhige Westen, die Herzogin von Berry in der Vendée, die Anschläge, die Verschwörungen, die Erhebungen und die Cholera mischten in den verworrenen Aufruhr der Gedanken den verworrenen Lärm der Ereignisse.

Vorfälle, die Geschichte machen und der Geschichte unbekannt sind

Gegen Ende April verschlimmerte die Lage sich noch. Die Gärung wurde ein Brodeln. Seit 1830 hatte es hier und da kleine Teilaufstände gegeben, die rasch unterdrückt wurden, aber wie der aufflackerten, Zeichen eines weiten unterirdischen Brandes. Furchtbares war im Entstehen. Man sah die noch wenig deutlichen und schlecht belichteten Umrisse einer möglichen Revolution. Frankreich blickte auf Paris. Paris blickte auf die Vorstadt Saint-Antoine.

Die Vorstadt Saint-Antoine, von dumpfem Feuer erhitzt, begann zu kochen. Die Kneipen in der Rue de Charonne waren, obgleich die Verbindung dieser zwei Beiworte, auf Schankwirtschaften angewandt, sonderbar scheinen mag, ernst und stürmisch. Hier wurde die Regierung schlicht und ganz einfach in Frage gestellt. Öffentlich stritt man darum, ob man »sich schlagen oder ruhig bleiben« solle. In manchen Hinterräumen ließ man die Arbeiter schwören, daß »sie beim ersten Alarmruf auf die Straße gehen und kämpfen würden, ohne die Menge der Feinde abzuzählen«. War das Gelübde geleistet, so sprach ein Mann, der in einer Ecke der Kneipe saß, »mit tönender Stimme« auf den Rekrutierten ein und sagte: »Du weißt! Du hast geschworen!« Mitunter stieg man in verschlossene Zimmer im ersten Stock hinauf, und sie wurden der Schauplatz fast freimaurerischer Szenen. Man nahm dem neu Geweihten Eide ab, »daß er ihnen wie den Familienvätern zu Diensten sein werde«. So lautele die Formel.

In den Sälen im Erdgeschoß wurden »umstürzlerische« Broschüren vorgelesen. »Sie versetzten der Regierung Kolbenstöße«, sagt in Geheimbericht aus jener Zeit. Man hörte Worte wie diese: »Ich kenne die Namen der Führer nicht. Wir werden den Tag erst zwei Stunden vorher erfahren.« Ein Arbeiter sagte: »Wir sind dreihundert, rechnen Sie auf jeden zehn Sous, das macht hundertundfünfzig Francs für die Fabrikation von Kugeln und Pulver.« Ein anderer sagte: »Ich verlange keine sechs Monate, ich verlange keine zwei. In vierzehn Tagen werden wir genauso stark wie die Regierung sein. Mit fünfundzwanzigtausend Mann können wir ihr gegenübertreten.« Wieder ein anderer: »Ich gehe nicht zu Bett, weil ich nachts Patronen mache.« Ab und zu kamen Männer »in Zivil und in feinen Röcken«, »taten wichtig« und schienen »kommandieren« zu wollen, schüttelten den »Maßgebenden« die Hand und gingen wieder. Sie blieben nie über zehn Minuten. Man wechselte mit leiser Stimme inhaltsschwere Botschaften: »Das Komplott ist reif, die Sache ist am Ziel.« »Das wurde von allen Anwesenden gemurmelt«, um einem von ihnen diese Worte zu entleihen. So groß war die Erregung, daß eines Tages, mitten in einer Kneipe, ein Arbeiter rief: » Wir haben keine Waffen!« Einer seiner Kameraden erwiderte: »Die Soldaten haben welche!« Und damit parodierte er, ohne es zu ahnen, die Proklamation Bonapartes an die Armee in Italien. »Wenn sie etwas Geheimeres zu verhandeln hatten«, fügt ein Bericht hinzu, »teilten sie es sich nicht dort mit.« Man versteht nicht recht, was sie noch zu hehlen hatten, nachdem das, was sie sagten, gesagt war.

Die Zusammenkünfte waren bisweilen regelmäßig. Bei einigen erschienen nicht mehr als acht bis zehn und immer dieselben. Bei anderen trat, wer wollte, ein, und der Saal war so voll, daß viele draußen stehen mußten. Die einen kamen aus Begeisterung und Leidenschaft, die anderen, »weil das an ihrem Weg zur Arbeitsstätte lag«. Wie während der Revolution gab es in diesen Schankwirtschaften patriotische Frauen, die die Hinzukommenden umarmten.

Nachrichten über andere bezeichnende Vorfälle drangen durch. Ein Arbeiter betrat eine Kneipe, trank und ging, indem er sagte: »Wirt, was ich dir schuldig bin, die Revolution wird es zahlen.« Bei einem Weinwirt gegenüber der Rue de Charonne wurden die revolutionären Agenten ernannt. Die Stimmzettel wurden in die Mützen geworfen. Arbeiter vereinigten sich bei einem Fechtlehrer, der in der Rue de Cotte Fechtkurse abhielt. Dort hing eine Waffentrophäe aus Holzsäbeln, Spazierstöcken, Stöcken und Floretten. Eines Tages wurden die Knöpfe der Florette abgenommen. Ein Arbeiter sagte: »Wir sind fünfundzwanzig, aber mit mir reehnet man nicht, man sieht in mir nur eine Maschine.« Diese Maschine war später Quénisset.

Die noch verborgenen Dinge, über die man beratschlagte, wurden nach und nach seltsam bekannt. Eine Frau, die vor ihrer Tür fegte, sagte zu einer anderen: »Schon lange wird mit aller Kraft daran gearbeitet, Kartätschenpatronen zu verfertigen.« Auf offener Straße las man Proklamationen an die Nationalgarden der Departements. Eine von ihnen war unterschrieben: Burtot, Weinwirt.

Eines Tages stieg an der Tür eines Likörhändlers am Marché Lenoir ein Mann mit einem Bart, der rund wie ein Halsband gewachsen war, und mit italienischem Akzent auf einen Eckstein und las laut eine sonderbare Schrift vor, die von einer okkulten Macht auszugehen schien. Gruppen hatten sich um ihn gebildet und klatschten Beifall. Die Sätze, die, die Masse am heftigsten erregten, sind gesammelt und notiert worden.

»Unsere Lehren werden gehemmt, unsere Proklamationen zerrissen, unsere Plakatankleber belauert und ins Gefängnis geworfen.« – »Der Zusammenbruch der Baumwollindustrie hat mehrere Vertreter der Mittelpartei zu uns bekehrt.« – »Die Zukunft der Menschheit bahnt im Dunkel unserer Reihen sich an.« – »Um diese Fragen geht es: Aktion oder Reaktion, Revolution oder Gegenrevolution. Denn in unserer Epoche wird weder an die Tatlosigkeit noch an die Unbeweglichkeit mehr geglaubt. Für das Volk oder gegen das Volk, das ist die Frage. Eine andere gibt es nicht.« – »An dem Tag, an dem wir euch nicht mehr befriedigen, kassiert uns. Bis dahin helft uns auf dem Weitermarsch.« Das alles in hellem Tageslicht.

Andere Vorstöße, die noch verwegener waren, schienen dem Volk um ihrer Unbesonnenheit willen verdächtig. Am 4. April 1832 stieg ein Passant auf den Eckstein an der Rue Saint-Marguerite und rief: »Ich bin Anhänger von Babeuf!« Aber unter Babeuf witterte das Volk Gisquet. Dieser Passant sagte etwa: »Nieder mit dem Eigentum! Die Linksopposition ist feige und verräterisch. Wenn sie recht haben möchte, predigt sie die Revolution. Sie ist demokratisch, um nicht zu unterliegen, und royalistisch, um nicht kämpfen zu müssen. Die Republikaner sind Federvieh. Mißtraut den Republikanern, Bürger Arbeiter!«

»Schweig, Bürger Spitzel!« schrie ein Arbeiter. Dieser Ausruf machtc der Rede ein Ende.

Mysteriöse Zwischenfälle ereigneten sich. In der Abenddämmerung begegnete ein Arbeiter nahe dem Kanal einem »gutgekleideten Mann«, der zu ihm sagte: »Wohin gehst du, Bürger?« – »Mein Herr«, erwiderte der Arbeiter, »ich habe nicht die Ehre, Sie zu kennen.« – »Ich kenne dich gut«, sagte der Mann und setzte hinzu: »Fürchte dich nicht! Ich bin der Vertreter des Ausschusses. Man hegt gegen dich den Argwohn, du seiest nicht zuverlässig. Du weißt, wenn du irgend etwas enthüllst, man hat ein Auge auf dich.« Dann drückte er dem Arbeiter die Hand und sagte, indem er ging: »Wir werden uns bald wiedersehen.«

Die Polizei, die auf der Lauer lag, griff nicht mehr in den Schankwirtschaften allein, sondern auch in den Straßen merkwürdige Dialoge auf. »Melde dich rasch zum Beitritt«, sagte ein Weber zu einem Kunsttischler.

»Warum?«

»Es wird geschossen werden.«

Zwei zerlumpte Passanten wechselten sonderbare Erwiderungen, die von einer offenbaren Jacquerie erfüllt waren.

»Wer regiert uns?«

»Herr Philippe.«

»Nein, die Bourgeoisie.«

Man würde sich täuschen, wenn man annähme, wir gäben dem Worte Jacquerie einen üblen Sinn. Die Parteigänger des Jacques Bonhomme waren die Armen. Und die Hungrigen haben recht.

Ein andermal hörte man von zwei Männern, die vorübergingen, den einen sagen: »Wir haben einen guten Schlachtplan.«

Von einer intimen Unterhaltung zwischen vier Männern, die in einem Graben an dem Rondell der Barrière du Trône kauerten, griff man nur die Worte auf: »Es wird alles getan werden, daß er in Paris nicht mehr promenieren kann.« Wer, er? Ein bedrohliches Rätsel.

Die »Oberführer«, wie man sie in der Vorstadt nannte, hielten sich abseits. Man glaubte, sie versammelten sich, um sich zu verständigen, in einer Kneipe nahe der Spitze von Saint-Eustache. Ein gewisser Aug …, Vorsitzender des Hilfsvereins der Schneider, in der Rue Mondéfour, galt als Verbindungsmann zwischen den Führern und dem Viertel Saint-Antoine. Nichtsdestoweniger blieben diese Führer meist im Schatten, und nichts kann mit Sicherheit den seltsamen Stolz der Antwort entkräften, die später vor dem Gerichtshof der Pairskammer ein Angeklagter gab. »Wer waren Ihre Führer?« wurde er gefragt.

»Ich kannte sie nicht und erkannte sie nicht wieder.«

Das waren zunächst nur Worte, durchsichtig, aber nicht faßbar. Mitunter Worte in die Luft, nach Gerüchten, nach dem Hörensagen. Andere Beweise jedoch kamen hinzu.

Ein Zimmermann, der in der Rue de Reuilly damit beschäftigt war, die Bretter einer Palisade um ein Grundstück zu vernageln, auf dem sich ein Neubau erhob, fand auf diesem Grundstück ein zerrissenes Brieffragment, von dem noch die Zeilen leserlich waren: »Der Ausschuß hat Maßnahmen zu treffen, um die Rekrutierung für die verschiedenen Gesellschaften in den Sektionen zu verhindern.« Und als Nachschrift: »Wir haben erfahren, daß Gewehre in der Rue du Faubourg-Poissonnière Nr. 5b vorhanden sind, fünf- bis sechstausend, bei einem Büchsenmacher, in einem Hof. Die Sektion besitzt keine Waffen.«

Was den Zimmermann erregte und ihn bewog, die Sache seinen Nachbarn zu zeigen, war, daß er wenige Schritte weiter ein anderes, gleichfalls zerrissenes Papier aufhob, das noch mehr

Q	C	D	E	Lernt diese Liste auswendig. Dann zerreißt sie. Die zugelassenen Männer werden dasselbe tun, wenn ihr ihnen Befehle übermittelt haben werdet. Gruß und Brüderlichkeit L. u og a [1]fe

besagte. Wir geben die Gestaltung seines Textes wegen des geschichtlichen Interesses dieser sonderbaren Urkunden wieder. Die Personen, die in das Geheimnis dieses Fundes Einblick erhielten, haben erst später den versteckten Sinn der vier großen Buchstaben erfahren: Quinturionen, Centurionen, Decurionen und Eclaireurs, Aufklärer; und den Sinn der kleinen Buchstaben, der ein Datum war und bedeutete: am 15. April 1832. Unter jeden großen Buchstaben waren Namen geschrieben und sehr charakteristische Hinweise: So: Q. Bannerel. 8 Gewehre, 83 Patronen. Zuverlässiger Mann. C. Boubière. 1 Pistole, 40 Patronen. D. Rollet. 1 Florett, 1 Pistole, 1 Pfund Pulver. E. Teissier. 1 Säbel, 1 Patronentasche. Genau. Terreur. 8 Gewehre. Tapfer und so weiter.

Endlich fand dieser Zimmermann, immer auf demselben umzäunten Grundstück, ein drittes Papier, auf das mit einem Bleistift, aber sehr leserlich, diese rätselhafte Liste geschrieben war:

Einheit. Blanchard. Dürrer Baum 6.
Barra. Soize. Saal zum Grafen.
Kosziuska. Metzger Aubry?
J. J. Rousseau.
Gajus Gracchus.
Revisionsrecht. Dufond. Four.
Sturz der Girondisten. Derbac. Maubuée
Washington. Pinson. 1 Pistole, 86 Patronen.
Marseillaise.
Volkssouveränität. Michel. Quincampoix. Säbel.
Hoche.
Marceau. Plato. Dürrer Baum.
Warschau. Tilly, Kolporteur des »Populaire«.

Der ehrbare Bürger, in dessen Händen diese Liste geblieben war, erkundete ihre Bedeutung. Es scheint, daß sie das vollständige Namensverzeichnis der Sektionen des vierten Bezirks der Gesellschaft für Menschenrechte war, mit den Namen und Wohnungen der Vorsitzenden dieser Sektionen. Heute, da alle diese dunklen Dinge nur noch Geschichte sind, kann man sie veröffentlichen. Es muß erwähnt werden, daß die Gründung der Gesellschaft für Menschenrechte später zu liegen scheint als das Datum, an dem dieses Papier gefunden wurde. Vielleicht war es nur eine vorbereitende Skizze.

Indessen begannen nach Reden und Worten, nach den schriftichen Hinweisen auch materielle Tatsachen durchzusickern. In der Rue Popincourt beschlagnahmte man bei einem Trödler in der Schublade einer Kommode sieben Blatt graues Papier, alle übereinstimmend im Querformat und der Länge nach gefaltet. Diese Blätter überdeckten sechsundzwanzig Vierecke vom selben grauen Papier, in Form von Patronen gefaltet, und eine Karte, auf der zu lesen war:

Salpeter	12	Unzen
Schwefel	2	Unzen
Kohle	2½	Unzen
Wasser	2	Unzen

Das Beschlagnahmeprotokoll stellte fest, daß der Lade ein beizender Pulvergeruch entströmte.

Ein Maurer, der abends nach seiner Arbeit heimkam, vergaß auf einer Bank der Austerlitzbrücke ein kleines Paket, das zu dem polizeilichen Wachposten getragen wurde. Man öffnete es und fand darin zwei gedruckte Gespräche, gezeichnet Lahautière, ein Lied mit dem Titel: »Arbeiter, vereinigt euch« und eine Blechschachtel voller Patronen.

Ein Arbeiter, der mit einem Kameraden trank, ließ ihn abtasten, wie heiß ihm sei. Der andere fühlte eine Pistole unter seiner Jacke.

In einem Graben am Boulevard, zwischen dem Père-Lachaise und der Barrière du Trône, in der ödesten Gegend, fanden spielende Kinder unter einem Haufen von Hobelspänen und Kehricht einen Sack, der eine Gießform für Flintenkugeln enthielt, ein Patronenholz, eine Mulde, in der Schrotkörner lagen, und einen kleinen gußeisernen Topf, dessen Inneres offenbar Spuren von zerschmolzenem Blei zeigte.

Polizeibeamte drangen um fünf Uhr morgens unerwartet bei einem Mann namens Pardon ein, der später Mitglied der Sektion Barrikade Merry war und bei dem Aufstand im

April 1834 getötet wurde. Sie trafen ihn neben seinem Bett stehend an, in der Hand Patronen, die er gerade herstellte.

Um die Stunde, zu der die Arbeiter ausruhen, wurden zwei Männer gesehen, die zwischen der Schranke am Picpus und der von Charenton einander auf einem kleinen Rundweg zwischen zwei Mauern begegneten, nahe einem Wirt, der vor seiner Tür ein Siamspiel, mit Kegeln und einem Kreisel, hatte. Der eine zog unter seinem Kittel eine Pistole hervor und übergab sie dem anderen. In dem Moment, in dem er sie ihm reichte, bemerkte er, daß der Schweiß seiner Brust das Pulver ein wenig genäßt hatte. Er schüttete Pulver auf die Zündpfanne nach. Dann trennten sich die beiden Männer.

Ein Mann namens Gallais, der dann bei dem Kampf im April in der Rue Beaubourg getötet wurde, prahlte, er habe zu Hause siebenhundert Patronen und vierundzwanzig Feuersteine.

Die Regierung erhielt eines Tages die Nachricht, in den Vorstädten seien Waffen und zweihunderttausend Patronen verteilt worden. In der Woche darauf wurden dreißigtausend Patronen verteilt. Die Polizei konnte, was auffällig war, keine einzige beschlagnahmen. In einem aufgefangenen Brief hieß es: »Der Tag ist nicht fern, wo binnen vier Stunden nach der Uhr achtzigtausend Patrioten unter den Waffen sein werden.«

Die ganze Gärung war öffentlich und vollzog sich gewissermaßen in der Stille. Der Aufruhr, der herannahte, bereitete sein Gewitter mit Ruhe vor, unter den Augen der Regierung. Keine Sonderbarkeit fehlte bei dieser noch unterirdischen, aber schon wahrnehmbaren Krise. Die Bürger sprachen friedlich mit den Arbeitern über das, was geplant wurde. Man sagte: »Was ist mit dem Aufstand?« in dem Ton, in dem man gesagt hätte: »Wie geht es Ihrer Frau?«

Ein Möbelhändler in der Rue Moreau fragte: »Nun, wann greifen Sie an?« Ein anderer Ladeninhaber sagte: »Es wird bald angegriffen werden, ich weiß es. Vor einem Monat wart ihr fünfzehntausend, jetzt seid ihr fünfundzwanzigtausend.« Er bot sein Gewehr an und ein Nachbar eine kleine Pistole, die er für sieben Francs verkaufen wollte.

Im übrigen breitete das revolutionäre Fieber sich aus. Kein Punkt von Paris oder Frankreich war frei davon. Überall pochte die Herzader. Wie die häutigen Gebilde, die durch gewisse Entzündungen im menschlichen Körper entstehen, begann das Netz der Geheimgesellschaften das Land zu überziehen. Aus der Vereinigung der Volksfreunde, die öffentlich und dennoch geheim war, entstand die Gesellschaft für Menschenrechte, die einen ihrer Tagesbefehle datierte: Pluviôse, im Jahre 40 der republikanischen Ära. Sie sollte auch Urteile des Schwurgerichts überleben, das ihre Auflösung beschloß, und zögerte nicht, ihren Sektionen charakteristische Namen zu geben wie: Piken, Sturmglocke, Alarmkanone, Phrygische Mütze, 21. Januar, Bettler, Straßenräuber, Vormarsch, Robespierre, Gleichheit, Ça ira.

Die Gesellschaft für Menschenrechte erzeugte die Gesellschaft der Aktion. Es waren Ungeduldige, die sich absplitterten und vorausliefen. Andere Vereinigungen suchten sich aus den großen Muttergesellschaften zu rekrutieren. Die Sektionsmitglieder beklagten sich, man zerre sie hin und her. So die Gallische Gesellschaft und der Ausschuß für Kommunalorganisation. So die Vereinigungen für Pressefreiheit, für Freiheit des Individuums, für Volksunterricht und gegen indirekte Steuern. Dann die Gesellschaft der revolutionären Arbeiter, die sich in drei Fraktionen spaltete, die Anhänger der Gleichheit, die Kommunisten und die Reformisten. Dann die Armee der Bastillen, eine Art militärisch organisierter Kohorte, in der vier Mann von einem Korporal befehligt wurden, zehn von einem Sergeanten, zwanzig von einem Unterleutnant, vierzig von einem Leutnant. Nie kannten mehr als fünf Mann einander. In dieser Schöpfung ist Vorsicht mit Kühnheit kombiniert, und der Geist Venedigs scheint ihr aufgeprägt.

Der Zentralausschuß, der der Kopf war, hatte zwei Arme, die Gesellschaft der Aktion und die Armee der Bastillen. Eine legitimistische Vereinigung, die Ritter der Treue, bewegte sich zwischen diesen republikanischen Genossenschaften. Sie wurde bei ihnen denunziert und verworfen.

Die Pariser Gesellschaften verzweigten sich in den Hauptstädten der Provinz. Lyon, Nantes, Lille und Marseille hatten ihre Gesellschaft für Menschenrechte, den Meiler, nach dem Vorbild der italienischen Carbonari, die Freien Menschen. Aix hatte die schon erwähnte revolutionäre Gesellschaft, die man die Cougourde nannte, den Kürbis.

In Paris war die Vorstadt Saint-Marceau nicht weniger von Erregung durchsummt als die Vorstadt Saint-Antoine und die Universität nicht weniger als die Vorstädte. Ein Café in der Rue Saint-Hyacinthe und die Schenke der »Sieben Billards« in der Rue des Mathurins-Saint-Jacques dienten den Studenten als Versammlungslokale. Die Gesellschaft der Freunde des ABC, die mit den Mutualisten von Angers und der Congourde von Aix Verbindungen hatte, versammelte sich, wie man weiß, im Café Musain. Dieselben jungen Leute kamen auch in einem Restaurant nahe der Rue Mondétour zusammen, dem schon genannten »Korinth«. Diese Vereinigungen waren geheim. Andere waren äußerst öffentlich, und man kann diese Verwegenheit nach dem Bruchstück eines Verhörs ermessen, dem in einem späteren Prozesse die Angeklagten ausgesetzt waren. »Wo wurde diese Versammlung abgehalten?« – »In der Rue de la Paix.« – »Bei wem?« – »Auf der Straße.« – »Welche Sektionen waren dort?« – »Eine einzige.« – »Welche?« – »Die Sektion Mannel.« – »Wer leitete sie?« – »Ich.« – »Sie sind zu jung, als daß Sie allein den ernsten Entschluß gefaßt haben könnten, die Regierung anzugreifen. Woher empfingen Sie Ihre Vorschriften?« – »Vom Zentralkomitee.«

Zur selben Zeit wie die Bevölkerung wurde das Heer untergraben, wie später die Putsche in Belfort, in Lunéville und in Epinal bewiesen. Man zählte auf das zweiundfünfzigste Regiment, das fünfte, das achte, das siebenunddreißigste und das zwanzigste der leichten Infanterie. In Burgund und in den Städten des Südens wurde der Freiheitsbaum aufgepflanzt, ein Mast, an dem die rote Mütze befestigt war.

Diese Situation war in der Vorstadt Saint-Antoine mehr als in irgendeiner anderen Gruppe der Einwohnerschaft fühlbar, und hier verschärfte sie sich noch. Hier war der Brennpunkt. Dieses alte Viertel, übervölkert wie ein Ameisenhaufen, tätig, mutig und zornig wie der Schwarm eines Bienenstocks, bebte in der Erwartung eines Aufstands und in der Begierde danach. Alles war hier in Unruhe, ohne daß die Arbeit deshalb unterbrochen wurde. Kaum läßt sich das lebendige, düstere Antlitz dieser Vorstadt schildern. Unter dem Dach vieler ihrer Mansarden verbirgt sich herzzerreißende Not. Auch glühende Intelligenzen von seltsamer Kraft gibt es da. Und am gefährlichsten ist es, wenn die Extreme der Not und der Intelligenz sich berühren.

Die Vorstadt Saint-Antoine hatte noch andere Gründe, zu erzittern. Denn sie empfängt den Gegenstoß der Handelskrisen, der Bankrotte, der Streiks, der Arbeitslosigkeit, die von großen politischen Erschütterungen untrennbar sind. In revolutionärer Zeit ist das Elend Ursache und Wirkung zugleich. Der Stoß, mit dem sie zuschlägt, kehrt zu ihr zurück. Diese Volksmenge, voll stolzer Tüchtigkeit, in höchstem Grad verborgener Erhitzung fähig, immer bereit, auf den Ruf nach den Waffen zu hören, rasch explodierend, reizbar und in ihrer Tiefe durchwühlt, schien nur zu harren, bis ein Feuerfunke niedersank. Sooft sie am Horizont schwimmen und vom Wind des Geschehens gejagt werden, muß man an die Vorstadt Saint-Antoine denken und den furchtbaren Zufall, der an die Tore von Paris dieses Pulvermagazin des Leidens und der Ideen verlegt hat.

Die Schankwirtschaften der Vorstadt Saint-Antoine haben eine geschichtliche Berühmtheit. In den Zeiten der Wirren berauscht man sich dort an Reden mehr als an Wein. Etwas wie ein prophetischer Geist und ein Fluidum des Kommenden schweben über den Bänken, sie schwellen die Herzen und geben den Seelen Größe. Die Kneipen in der Vorstadt Saint-Antoine ähneln jenen Schenken, die auf dem Aventinischen Hügel, über der Grotte der Sibylle erbaut worden sind und in die der heilige Hauch aus der Tiefe wehte, Schenken, deren Tische gleichsam Dreifüße waren und in denen getrunken wurde, was Ennius »den sibyllinischen Wein« nennt.

Die Vorstadt Saint-Antoine ist ein Volksreservoir. Die revolutionäre Erschütterung ruft darin Sprünge hervor, durch die die Volkssouveränität ausfließt. Diese Souveränität kann schlechte Folgen haben. Sie irrt bisweilen wie jede andere.

Aber noch wenn sie sich täuscht oder getäuscht wird, bleibt sie groß. Sie ist wie der geblendete Zyklop ein Riese.

Im Jahre 1793 gingen, je nachdem die Idee, die in der Luft hing, gut oder schlecht war, je nachdem es ein Tag des Fanatismus oder des Enthusiasmus war, aus der Vorstadt Saint-Antoine bald wilde Legionen, bald heroische Scharen hervor.

Wilde. Erläutern wir dieses Wort. Was wollten die struppigen Männer, die sich an den Schöpfungstagen des revolutionären Chaos zerlumpt, brüllend und schreckenerregend, mit Streitkeulen und Piken bewaffnet, auf das alte, aufgewühlte Paris stürzten? Sie wollten das Ende der Bedrückungen, das Ende der Tyranneien, das Ende des Krieges, Arbeit für den Mann, Unterricht für das Kind, soziale Erleichterung für die Frau, Freiheit, Gleichheit, Brüderlichkeit, Brot für alle, eigene Ansichten für alle, die Welt als Garten Eden, Fortschritt. Und diese heilige, gute und süße Sache, den Fortschritt, forderten sie, zum Äußersten getrieben, außer sich, schrecklich, halbnackt, die Keule in der Faust, mit brüllendem Mund. Jawohl, es waren Wilde, aber die Wilden der Zivilisation.

Wütend verkündeten sie das Recht. Sie wollten die Menschheit ins Paradies nötigen, und sei es mit Grausen und Schrecken. Sie glichen Barbaren und waren Erlöser. Mit der Maske der Nacht verlangten sie Licht.

Diesen – zugegeben – schreckenerregenden und fürchterlichen Männern, doch schreckenerregend und fürchterlich für das Gute, stehen andere Männer gegenüber. Lächelnd, bestickt, vergoldet, herausgeputzt, mit Orden behangen, in Seidenstrümpfen, mit weißen Federn geschmückt, in gelben Handschuhen und Lackschuhen, stützen sie die Ellbogen auf einen plüschbespannten Tisch vor einem Marmorkamin, bestehen freundlich auf der Beibehaltung und Bewahrung der Vergangenheit, des Mittelalters, des Rechtes von Gottes Gnaden, des Fanatismus, der Unwissenheit, der Sklaverei, der Todesstrafe, des Krieges und verherrlichen artig mit gedämpfter Stimme den Säbel, den Scheiterhaufen und das Schafott. Wären wir gezwungen, zwischen den Barbaren der Zivilisation und den Gesitteten der Barbarei zu wählen, wir würden uns für die Barbaren entscheiden.

Aber wir haben, dem Himmel sei Dank, noch eine andere Wahl. Kein jäher Umsturz ist notwendig, nicht nach vorn und nicht zurück. Weder Despotismus noch Terrorismus. Wir wollen den Fortschritt, der einen flachen Hang hinangleitet.

Gott trägt Sorge dafür. Die Hänge abflachen, das ist die ganze Politik Gottes.

Enjolras und seine Unterbefehlshaber

In diesen Tagen veranstaltete Enjolras, im Hinblick auf mögliche Ereignisse, eine geheimnisvolle Musterung. Alle waren zu einer Beratung im Café Musain erschienen.

Enjolras sagte, indem er unter seine Worte einige halb rätselhafte, aber inhaltsschwere Metaphern mengte: »Man muß wissen, wie weit man ist und mit wem man rechnen kann. Will man Kämpfer, muß man sie aufstellen. Über Männer verfügen, die sich einsetzen lassen. Schaden kann das nichts. Immer haben Passanten mehr Aussicht, sich Stöße mit den Hörnern zuzuziehen, wenn Ochsen am Wege sind, als wenn keine da sind. Überschlagen wir also ein wenig die Herde: Wie viele sind wir? Die Arbeit läßt sich nicht auf morgen verschieben. Revolutionäre müssen sich stets beeilen. Der Fortschritt hat keine Zeit zu verlieren. Mißtrauen wir dem Unerwarteten! Lassen wir uns nicht auf das Unvorhergesehene ein! Es handelt sich darum, alle Nähte durchzugehen, die wir gemacht haben, und zu überprüfen, ob sie halten. Die Angelegenheit muß heute geordnet werden. Courfeyrac, du wirst die Polytechniker aufsuchen. Es ist der Tag, an dem sie frei haben. Heute ist Mittwoch. Sie, Feuilly, gehen zu den Kameraden an der Glacière, nicht wahr? Combeferre hat mir den Gang nach dem Picpus versprochen. Da tummeln sie sich ganz hervorragend. Bahorel besucht die Estrapade. Die Maurer werden lau, Prouvaire. Du wirst uns Nachrichten von der Lage in der Rue de Grenelle-Saint-Honoré bringen. Joly geht nach der Klinik von Dupuytren und fühlt der Medizinischen Fakultät den Puls. Bossuet macht einen kleinen Spaziergang zum Justizpalast und plaudert mit den Referendaren. Ich übernehme die Cougourde.«

»Somit wäre alles geregelt«, sagte Courfeyrac.

»Nein.«

»Was ist noch?«

»Etwas sehr Wichtiges.«

»Was?« fragte Combeferre.

»Die Barrière du Maine«, antwortete Enjolras. Er war einen Moment in Grübelei versunken, dann fuhr er fort: »An der Barrière du Maine wohnen Marmorschneider, Maler, Gehilfen in Bildhauerateliers. Sie sind eine begeisterte, jedoch leicht sich abkühlende Familie. Ich weiß nicht, was seit kurzem mit ihnen los ist. Sie denken an anderes. Sie erlöschen. Sie verplempern ihre Zeit mit Domino. Es wäre dringlich, offen und fest mit ihnen zu reden. Bei Richefeu versammeln sie sich. Um halb eins kann man sie antreffen. Man müßte in die Asche blasen. Ich hatte dafür auf Marius gezählt, den zerstreuten Jungen, der im ganzen ja gut ist, aber ausbleibt. Für die Barrière du Maine wird einer gebraucht. Ich habe niemanden mehr.«

»Mich«, sagte Grantaire. »Da bin ich.«

»Du?«

»Ich.«

»Du willst Republikaner belehren? Du, im Namen der Prinzipien Herzen, die kalt geworden sind, erwärmen?«

»Warum nicht?«

»Kannst du zu irgend etwas verwendbar sein?«

»Ich habe den unklaren Ehrgeiz«, sagte Grantaire.

»Du glaubst an nichts.«

»Ich glaube an dich.«

»Grantaire, willst du mir einen Dienst erweisen?«

»Alle. Auch dir die Stiefel schmieren.«

»Gut, dann mische dich nicht in unsere Geschichten! Schlafe deinen Absinth aus!«

»Du bist undankbar, Enjolras.«

»Du wärst imstande, nach der Barrière du Maine zu gehen? Du wärst fähig dazu?«

»Ich wäre fähig, die Rue des Grès hinunterzugehen, die Place Saint-Michel zu überqueren, nach der Rue Monsieur-le-Prince abzuschwenken, die Rue du Vaugirard zu nehmen, die Carmes zu überschreiten, an der Rue d'Assas um die Ecke zu biegen, auf die Rue du Cherche-Midi hinauszugehen, das Oberkriegsgericht hinter mir zu lassen, die Rue des Vieilles-Tuileries zu durchmessen, über den Boulevard zu wandeln, der Chaussé du Maine nachzugehen, die Schranke zu durchklettern und bei Richefeu einzutreten. Dazu bin ich fähig. Meine Schuhe sind dazu fähig.«

»Kennst du die Kameraden bei Richefeu einigermaßen?«

»Nicht allzusehr, wir duzen uns bloß.«

»Was wirst du ihnen sagen?«

»Ich werde ihnen von Robespierre erzählen, zum Teufel. Von Danton. Von den Prinzipien.«

»Du?«

»Ich. Man wird mir nicht gerecht. Wenn ich anfange, bin ich furchtbar. Ich habe Prudhomme gelesen, ich kenne Rousseau, den Gesellschaftsvertrag, ich kenne meine Verfassung vom Jahre II auswendig. Die Freiheit des Bürgers, sagt sie, endet da, wo die Freiheit eines anderen Bürgers beginnt. Hältst du mich für einen Trottel? Ich habe in meiner Tischlade eine alte Assignate. Die Menschenrechte, die Volkssouveränität, potztausend! Ich bin sogar ein wenig Hébertist. Ich kann sechs geschlagene Stunden lang, die Uhr in der Hand, prächtige Sachen wiederkäuen.«

»Sprich ernsthaft«, sagte Enjolras.

»Ich kann mich kaum beherrschen«, erwiderte Grantaire.

Enjolras sann einige Sekunden nach, dann entschloß er sich. »Grantaire«, sagte er feierlich, »ich will die Probe mit dir machen. Du gehst nach der Barrière du Maine.«

Grantaire wohnte in einem möblierten Zimmer nahe dem Café Musain. Er ging und kehrte nach fünf Minuten zurück. Er war in seine Bude hinaufgestiegen, um eine Weste à la Robespierre anzuziehen. »Rot«, sagte er, als er eintrat, und fixierte Enjolras. Dann wölbte er mit kraftvoller Handfläche die beiden scharlachroten Aufschläge der Weste an seiner Brust. Er näherte sich Enjolras und sagte ihm ins Ohr:

»Du kannst ruhig sein.« Er drückte sich den Hut energisch in die Stirn und entfernte sich.

Eine Viertelstunde später war der hintere Saal des Cafés Musain leer. Alle Freunde des ABC hatten sich, jeder für sich, an die Arbeit begeben. Enjolras, der sich die Cougourde vorbehalten hatte, ging als letzter. Die Mitglieder der Cougourde von Aix, die in Paris waren, versammelten sich in der Ebene von Issy, in einem der verlassenen Steinbrüche, von denen auf dieser Seite von Paris so viele lagen.

Enjoleas überdachte auf dem Weg zu diesem Treffpunkt die Situation. Der Ernst der Geschehnisse war ersichtlich. Wenn die Tatsachen, die Vorläufer einer verborgenen gesellschaftlichen Krankheit, nur langsam in Bewegung kommen, hemmt die geringste Entwicklung sie und stört ihren Ablauf. Auf dieses Phänomen gehen Stürze und Wiedergeburten zurück. Enjolras ahnte ein Ansteigen des Lichtes unter der finsteren Wand der Zukunft. Wer weiß? Vielleicht nahte der Augenblick. Das Volk bemächtigte sich wieder des Rechtes, welch schönes Schauspiel! Die Revolution nahm majestätisch von Frankreich wieder Besitz und sagte zur Welt: Morgen geht es weiter! Enjolras war zufrieden. Der Ofen glühte. Soeben hatte er seine Freunde als Lauffeuer über Paris verbreitet. Er stellte in seinen Gedanken die eindringliche philosophische Beredsamkeit von Combeferre zusammen, den weltbrüderlichen Enthusiasmus von Feuilly, den Schwung von Courfeyrac, das Lachen von Bahorel, die Melancholie von Jean Prouvaire, das Wissen von Joly, die Spöttereien von Bossuet, eine Art elektrischen Knisterns, das überall zugleich zündete. Alle am Werk. Sicher entsprach der Anstrengung das Ergebnis. Gut so. Das erinnerte ihn an Grantaire. Halt, sagte er sich, der Weg zur Barrière du Maine ist für mich kein Umweg. Soll ich zu Richefeu vorstoßen? Ich werde nachsehen, was Grantaire macht und wie es um seine Arbeit steht.

Es schlug eins am Kirchturm von Vaugirard, als Enjolras in die Tabagie Richefeu kam. Er öffnete, trat ein, kreuzte die Arme, ließ die Tür fahren, die ihm gegen die Schultern fiel, und überschaute den von Tischen, Männern und Rauch erfüllten Saal. Eine Stimme erscholl durch den Nebel, von einer anderen Stimme lebhaft unterbrochen. Es war Grantaire im Dialog mit einem Partner. Grantaire saß gegenüber einem andern Gesicht an einem Marmortisch, der mit Kleie und Dominosteinen besät war. Er hieb mit der Faust auf den Marmor, und Enjolras hörte:

»Doppelsechs.«

»Vier.«

»Schweinerei! Habe ich nicht mehr.«

»Du bist ein toter Mann. Zwei.«

»Sechs.«

»Drei.«

»As.«

»Ich setze.«

»Vier Punkte.«

»Mit Ach und Krach.«

»Du bist dran.«

»Ein schrecklicher Fehler von mir.«

»Du gehst aber los.«

»Fünfzehn.«

»Sieben mehr.«

»Macht für mich zweiundzwanzig.« (Träumerisch:) »Zweiundzwanzig!«

»Die Doppelsechs hast du nicht erwartet. Hätte ich sie gleich gebracht, wäre das ganze Spiel anders geworden.«

»Wieder zwei.«

»As.«

»As? Dann fünf.«

»Habe ich nicht.«

»Du hast gesetzt, glaube ich.«

»Ja.«

»Weiß.«

»Hat der ein Glück! Hast du ein Glück.« (Lange Träumerei.) »Zwei.«

»As.«

»Weder fünf noch As. Zum Ärger für dich.«

»Domino.«

»Da könnte einer zerspringen!«

ZWEITES BUCH

EPONINE

Das Lerchenfeld

Marius hatte den unerwarteten Ausgang des Überfalls, auf dessen Spur Javert ihn angesetzt hatte, miterlebt. Aber kaum hatte Javert die Baracke Gorbeau verlassen, indem er seine Gefangenen in drei Droschken entführte, als Marius seinerseits auf die Straße hinausglitt. Es war erst neun Uhr abends. Marius ging zu Courfeyrac. Courfeyrac war nicht mehr der unerschütterliche Bewohner des Quartier Latin. Er hauste jetzt aus »politischen Motiven« in der Rue de la Verrerie. Dieses Viertel gehörte zu denen, wo damals die aufständische Bewegung sich gern einquartierte. Marius sagte zur Courfeyrac: »Ich möchte bei dir übernachten.« Courfeyrac nahm eine Matratze aus seinem Bett, das ihrer zwei hatte, streckte sie am Boden aus und sagte: »Da.«

Am nächsten Tag, schon um sieben Uhr morgens, kehrte Marius in die Baracke zurück, bezahlte die Miete und seine Schuld an Frau Bougon, ließ seine Bücher, sein Bett, seinen Tisch, seine Kommode und seine zwei Stühle auf einen Handwagen laden und ging, ohne seine neue Adresse anzugeben, so daß, als Javert am Vormittag kam, um Marius über die Ereignisse des gestrigen Abends zu verhören, er nur Frau Bougon fand, die ihm antwortete: »Ausgezogen!«

Frau Bougon war überzeugt, Marius sei ein wenig der Komplize der in der Nacht verhafteten Diebe. »Wer hätte das gedacht?« rief sie bei den Portiersfrauen des Viertels. »Ein junger Mann, der aussah wie ein junges Mädchen!«

Marius hatte zwei Gründe für diesen beschleunigten Umzug gehabt. Der erste war, daß er jetzt dieses Haus verabscheute, in dem er, so nahe und mit den widerlichsten und rohesten Einzelheiten, eine soziale Häßlichkeit gesehen hatte, die vielleicht noch schlimmer als der böse Reiche ist, den bösen Armen. Und zweitens wollte er nicht in irgendeinem Prozeß eine Rolle spielen, der wahrscheinlich folgte, und zur Zeugenschaft gegen Thénardier gezwungen sein.

Javert glaubte, der junge Mann, dessen Namen er nicht behalten hatte, habe sich gefürchtet und sei entflohen oder auch in der Stunde des Attentats gar nicht heimgekommen. Er unternahm einige Schritte, um ihn wiederzufinden, aber es gelang ihm nicht.

Ein Monat verging und noch einer. Marius war noch immer bei Courfeyrac. Von einem Referendar, einem Stammgast der Halle im Justizpalast, hatte er erfahren, Thénardier sei in engerem Gewahrsam. Jeden Montag ließ Marius dem Gerichtsschreiber in der Force fünf Francs für Thénardier aushändigen. Da er kein Geld mehr hatte, borgte er sich die fünf Francs von Courfeyrac. Zum erstenmal in seinem Leben entlieh er Geld. Diese so regelmäßig sich wiederholenden fünf Francs waren ein doppeltes Rätsel für Courfeyrac, der sie gab, und für Thénardier, der sie empfing. Wem können sie zugehen? dachte Courfeyrac. Von wem mag das kommen? fragte sich Thénardier.

Marius war niedergeschmettert. Von neuem war alles unter einer Falltür verschwunden. Er sah nichts mehr vor sich; sein Leben war wieder in das Dunkel des Geheimnisses getaucht, in dem er tastend umherirrte. Einen Augenblick hatte er in dieser Finsternis das junge Mädchen gesehen, das er liebte, den Greis, der ihr Vater schien, die unbekannten Wesen, denen sein einziges Interesse und seine einzige Hoffnung in dieser Welt galten; und in dem Moment, da er sie zu erfassen wähnte, hatte ein Hauch alle diese Schatten von dannen getragen. Nicht einmal einen Funken von Sicherheit und Wahrheit hatte der erschreckendste Stoß geschlagen. Keine Vermutung war ihm ermöglicht. Er wußte nicht einmal den Namen, den er zu wissen geglaubt hatte. Ohne Zweifel lautete dieser Name nicht Ursule. Die Lerche aber war ein Spitzname. Und was sollte er von dem Greis denken? Mied er in der Tat die Polizeibehörde? Der weißhaarige Arbeiter, den Marius in der Umgebung des Invalidenhauses getroffen hatte, trat ihm wieder vor den Geist. Jetzt schien es, daß dieser Arbeiter und Herr Leblanc eine und dieselbe Person waren. Er verbarg und vermummte sich also? Der Mann hatte heroische Eigenschaften und zweideutige. Weshalb hatte er nicht um Hilfe geschrien? Weshalb war er entflohen? War er der Vater des jungen Mädchens, ja oder nein? War er wirklich der Mann, den Thénardier zu erkennen meinte? Hatte Thénardier sich täuschen können? Nichts als unlösbare Probleme. All das indessen beeinträchtigte den engelsgleichen Zauber des jungen Mädchens im Luxembourg-Park nicht. Schmerzhafte Not: Marius hatte eine Leidenschaft im Herzen und Nacht vor den Augen. Er wurde vorangedrängt, er wurde von jenem Zauber angelockt und konnte sich nicht rühren. Alles war zerronnen bis auf die Liebe. Selbst den Instinkt der Liebe und die jähen Erleuchtungen durch sie hatte er eingebüßt. Für gewöhnlich leuchtet uns die Flamme, die uns verbrennt, auch ein wenig und verbreitet um uns herum einen nützlichen Schein. Die Zuflüsterungen der Leidenschaft, die berät, Marius hörte sie nicht mehr. Nie sagte er sich: Wenn ich dort hinginge? Wenn ich das oder das unternähme? Das Mädchen, das er nicht mehr Ursule nennen durfte, es mußte irgendwo sein. Nichts gab Marius Nachricht, auf welcher Seite er es suchen könne. Sein ganzes Leben war jetzt in den Worten zusammenzufassen: völlige Ungewißheit in nicht zu durchschauendem Nebel. Ihr wieder zu begegnen: noch sehnte er sich danach, er erhoffte es nicht mehr.

Um das Unglück vollzumachen: Das Elend begann wieder. Er fühlte es sich nahe, fühlte hinter sich seinen eisigen Hauch. In all diesen Qualen und seit langem schon hatte er seine Arbeit liegenlassen, und nichts ist gefährlicher. Arbeit ist eine Gewohnheit, die man vergessen kann. Eine Gewohnheit, von der man sich leicht abwendet und die man dann nur schwer wieder ausübt.

Ein gewisses Maß an Träumerei ist gut wie ein schwach dosiertes Betäubungsmittel. Das beschwichtigt die mitunter heftigen Erregungen des gebärenden Verstandes und bringt in den Geist etwas Schlaffes, Kühlendes, was die zu scharfen Umrisse des reinen Denkens mildert, hier und da Lücken und Zwischenräume ausfüllt, die einzelnen Gedanken miteinander verknüpft und deren Kanten kappt. Aber zuviel Träumerei verschlingt und ertränkt.

Wehe dem geistigen Arbeiter, der sich ganz und gar vom Denken in die Träumerei fallen läßt! Er meint, er könne sich leicht wieder aufraffen, und sagt sich, im Grunde sei es ja dasselbe. Weit gefehlt!

Das Denken ist die Arbeit des Geistes, die Träumerei seine Lust. Denken durch Träumen ersetzen heißt Gift mit Nahrung verwechseln.

Wie man sich vielleicht erinnert, hatte Marius damit begonnen. Die Leidenschaft war noch hinzugekommen und hatte ihn vollends in gegenstands- und bodenlose Hirngespinste gestürzt. Ausgegangen wird nur noch, um zu träumen. Ein träges Gebären, ein stürmischer und in sich ruhender Abgrund. Und je weiter für Marius die Arbeit zurücktrat, desto größer wurden seine Bedürfnisse. Das ist Gesetz. Der Träumer ist von Natur verschwenderisch und schlaff. Seine Willenlosigkeit vermag das Leben nicht zu meistern. In dieser Lebensweise verbindet sich Gutes mit Schlechtem, denn die Verweichlichung bringt Verderben, und Freigebigkeit ist vernünftig und richtig. Doch der arme, freigebige und edelmütige Mann, der nicht arbeitet, ist verloren. Die Hilfsquellen versiegen, die Not macht sich bemerkbar.

Auf diesem verhängnisvollen Hang straucheln die Anständigsten und Stärksten wie die Schwächsten und Lasterhaftesten und gleiten hinab in eines der beiden Löcher, in den Selbstmord oder das Verbrechen. Wer nur noch ausgeht, um seinen Träumen nachzuhängen, geht eines Tages aus, um sich zu ertränken. Ausschweifendes Träumen bringt die Escousse und Lebras hervor.

Langsam stieg Marius die schiefe Bahn hinab, die Augen immer auf die gerichtet, die er nicht mehr sah. Was wir hier soeben niedergeschrieben haben, mutet seltsam an und ist dennoch wahr. Die Erinnerung an einen abwesenden Menschen entbrennt in der Finsternis des Herzens. Je weiter er entschwunden ist, desto heller strahlt er. Die verzweifelte und verdunkelte Seele erblickt dieses Licht an ihrem Horizont – den Stern in der innerlichen Nacht. Ihr allein galt das ganze Denken von Marius. Er beschäftigte sich mit nichts anderem mehr. Unklar wurde er gewahr, daß sein alter Rock unmöglich wurde und sein neuer Rock veraltete, daß seine Hemden sich abnutzten, sein Hut, seine Schuhe, daß sein Leben sich abnutzte, und er sagte sich: Könnte ich sie nur wiedersehen, bevor ich sterbe!

Eine einzige Illusion blieb ihm; daß sie ihn geliebt, daß ihr Blick es ihm verraten hatte. Sie kannte seinen Namen nicht, aber sie kannte seine Seele. Wo sie auch war, noch liebte sie ihn. Vielleicht dachte sie doch an ihn, wie er an sie dachte. Mitunter, in geheimnisvollen Augenblicken, wie sie jedes liebende Herz durchlebt, daß nur Anlaß zur Bitternis hat und dennoch in heimlicher Freude erzittert, sagte er sich: Ihre Gedanken kommen zu mir! Dann fügte er hinzu: Vielleicht gelangen meine Gedanken auch zu ihr.

Gleich darauf schüttelte er über diese Illusion den Kopf, dennoch ließ sie in seiner Seele etwas aufzucken, was bisweilen der Hoffnung ähnelte. Hin und wieder, vor allem in der Abendstunde, die die Träumer am traurigsten stimmt, vertraute er einem eigens dafür angelegten Heft das Reinste, Unpersönlichste und Idealste der Schwärmereien an, mit denen die Liebe ihm das Hirn erfüllte. Er nannte das »ihr schreiben«.

Man darf nicht etwa glauben, sein Verstand sei verwirrt gewesen. Im Gegenteil! Er hatte zwar die Fähigkeit eingebüßt, zu arbeiten und unbeirrbar ein bestimmtes Ziel anzustreben, doch er war scharfsichtiger und freimütiger denn je. Marius nahm, was sich vor seinen Augen abspielte, selbst die unwichtigsten Vorfälle oder Menschen, in einem ruhigen und wirklichen, obschon eigenartigen Licht wahr. In schicklicher Niedergeschlagenheit und aufrichtiger Gleichgültigkeit fand er für alles das passende Wort. Sein Urteil, fast losgelöst von der Hoffnung, stand über den Dingen und war weitblickend.

In solch geistiger Verfassung entging ihm nichts, täuschte ihn nichts, und jeden Augenblick sah er auf den Grund des

Lebens, der Menschheit und des Schicksals. Glücklich ist, selbst in Ängsten, der zu preisen, dem Gott eine der Liebe und des Unglücks würdige Seele geschenkt hat! Wer nicht die Dinge dieser Welt und das Herz der Menschen in jenem zwiefachen Licht erblickt hat, der hat nichts Wahres gesehen und weiß nichts.

Die Seele, die liebt und leidet, befindet sich im Zustand der Erhabenheit.

So folgte ein Tag dem anderen, und nichts Neues ereignete sich. Es schien ihm lediglich, als ob die düstere Strecke, die ihm noch zurückzulegen blieb, mit jedem Augenblick kürzer würde. Er glaubte schon deutlich den Rand der ins Bodenlose abfallenden Böschung zu schauen.

Wie! fragte er sich immer wieder, soll ich sie vorher wirklich nicht noch einmal sehen?

Wenn man die Rue Saint-Jacques hinaufgeht und, an der Schranke vorbei, sich links auf dem früheren inneren Boulevard hält, erreicht man die Rue de la Santé, dann die Glacière, und kurz bevor man an das Flüßchen der Gobelins kommt, sieht man ein Feld vor sich, das an dem langen, monotonen Gürtel der Pariser Boulevards die einzige Örtlichkeit ist, an der sich niederzulassen Ruisdael reizen könnte.

Irgendwelche Anmut ruht über dieser grünen Wiese, auf der an ausgespannten Stricken Wäsche im Winde trocknet. Ein alter Pachthof, von Gemüsegärtnern besetzt, in der Zeit Ludwigs XIII. erbaut, mit großem, von Mansarden seltsam durchlöchertem Dach, wacklige Pfähle, ein wenig Wasser zwischen Pappeln, Frauen, Gelächter, Stimmen. Am Horizont das Panthéon, der Baum der Taubstummenanstalt, das Val-de-Grâce, schwarz, dick, phantastisch, erheiternd und prachtvoll, und im Hintergrund der strenge, viereckige First der Türme von Notre-Dame.

Da die Sicht die Betrachtung lohnt, kommt niemand hierher. Kaum alle Viertelstunde ein zweirädriger Karren oder ein Rollkutscher. Einmal führten Marius seine Spaziergänge auf diesen einsamen Boden an diesem Wasser. An dem Tag gab es etwas, was für den Boulevard hier eine Seltenheit war, einen Passanten. Marius, von dem fast wilden Charakter der

Landschaft unbestimmt betroffen, fragte den Passanten: »Wie heißt die Gegend?«

»Das Lerchenfeld«, sagte der Passant. Und er fügte hinzu: »Ulbach hat hier die Hirtin von Ivry gelötet.«

Aber nach dem Wort »Lerchenfeld« hatte Marius nichts mehr gehört. Um im Zustand des Träumens solche abrupten Erstarrungen hervorzurufen, genügt ein Wort. Das ganze Denken verdichtet sich plötzlich um einen Begriff und ist zu keiner weiteren Wahrnehmung mehr fähig. »Lerche« war der Name, der in Marius' tiefer Schwermut Ursule verdrängt hatte.

Das ist ihr Feld, sagte er sich in der mit Vernunft nicht zu erklärenden Dumpfheit, die einem solchen geheimnisvollen Selbstgespräch eigen ist. Hier werde ich wissen, wo sie wohnt. Das war eine Torheit, aber er widersetzte sich ihr nicht. Und täglich wanderte er zum Lerchenfeld.

Ein Verbrechen wird im Gefängnis ausgeheckt

Der Triumph Javerts in der Baracke Gorbeau hatte restlos geschienen, jedoch er war es nicht. Erstens hatte Javert, und das war sein empfindlichster Kummer, den Gefangenen nicht gefangen. Der Ermordete, der entkommt, ist verdächtiger als der Mörder; und diese Person, dieser für die Banditen so wertvolle Fang, wäre wohl eine nicht weniger gute Beute für die Staatsgewalt gewesen. Dann war Montparnasse Javert entwischt. Er mußte eine andere Gelegenheit abwarten, um diesen »Teufelskerl von Stutzer« zu fassen. In der Tat war Montparnasse Eponine begegnet, als sie unter den Bäumen des Boulevards Schmiere stand, und hatte sie mitgenommen, da er lieber Nemorin mit der Tochter war als Schinderhannes mit dem Vater. Damit erwählte er das bessere Los. Er war frei. Javert hatte Eponine wieder »greifen« lassen, was ein mäßiger Trost war. Eponine hatte in den Madelonnettes sich Azelma zugesellt.

Endlich war bei der Fahrt vom Hause Gorbeau zur Force eines der Häupter der Verhafteten, Claquesous, verlorengegangen. Polizeibeamte und Wachmänner konnten nicht fassen, wie. Er hatte sich in Dunst aufgelöst, war zwischen den Daumenschrauben durchgeschlüpft, zwischen den Ritzen des brüchigen Fiakers durchgerutscht und entflohen. Man wußte nur, daß am Tor des Gefängnisses kein Claquesous mehr da war. Hexerei mußte nachgeholfen haben oder die Polizei. War Claquesous in der Dunkelheit geschmolzen wie eine Schneeflocke im Wasser? Waren die Polizeibeamten in unausgesprochenem Einverständnis mit ihm? Gehörte dieser Mann als doppeltes Rätsel der Ordnung sowohl wie ihren Widersachern an? Hing er durch einen gemeinschaftlichen Mittelpunkt mit dem Rechtsbruch und mit dessen Bekämpfung zusammen? Hatte die Sphinx die Vorderfüße im Bereich des Verbrechens und die Hinterfüße in dem der Staatsautorität? Javert ließ sich auf solche Mutmaßungen nicht ein und hätte sich gegen einen solchen Kompromiß gesträubt. Aber in seinem Trupp fanden sich andere Inspektoren als er, die vielleicht, obzwar ihm untergeben, in die Geheimnisse der Präfektur mehr eingeweiht waren, und Claquesous war ein so abgefeimter Übeltäter, daß er ein guter Agent hätte sein können. So vertraute Taschenspielerbeziehungen zur Nacht sind ausgezeichnet für das Räuberhandwerk und wunderbar für die Arbeit mit der Polizei. Es gibt zweischneidige Schurken. Jedenfalls, der verirrte Claquesous blieb verschollen. Javert schien darüber eher gereizt als erstaunt.

Aus Marius, »diesem Tropf von einem Advokaten, der sich wahrscheinlich gefürchtet hatte« und auf dessen Namen Javert sich nicht besann, machte er sich nicht viel. Ein Anwalt, so etwas findet man immer wieder. Aber war er denn ein Anwalt?

Die Untersuchung hatte begonnen. Der Untersuchungsrichter hielt es für nützlich, einen der Männer von der Bande Patron-Minette nicht in engeren Gewahrsam zu nehmen, da er auf dessen Schwatzhaftigkeit hoffte. Der Mann war Brujon, der Haarige aus der Rue du Petit-Banquier. Er wurde in den Hof Karls des Großen losgelassen, und das Auge des Gesetzes überwachte ihn.

Der Name Brujon ist eine der Erinnerungen der Force. In dem häßlichen Hof, der Neubauhof heißt und den die Verwaltung den des heiligen Bernhard und die Diebe die Löwengrube nannten, auf der mit Schuppen und Aussatz bedeckten Mauer, die links bis zur Dachhöhe anstieg, nahe einer alten, verrosteten Eisentür, die in die ehemalige Kapelle des herzoglichen Hôtel de la Force führte, den späteren Schlafsaal der Briganten, sah man noch vor zwölf Jahren etwas wie eine in den Stein mit dem Nagel grob gemeißelte Bastille und darunter die Inschrift: Brujon 1811. Der Brujon von 1811 war der Vater des Brujon von 1832.

Dieser, der bei dem Überfall im Hause Gorbeau nur wenig sichtbar wurde, war ein sehr listiger und sehr gewandter junger Bursche mit erschrockener, klagender Miene. Auf diese erschrockene Miene hin hatte der Untersuchungsrichter ihn herumlaufen lassen, da er glaubte, im Hof Karls des Großen werde er verwendbarer sein als in der Sonderzelle.

Diebe entfremden sich ihrem Gaunergewerbe nicht, wenn sie in Händen der Polizei sind. So ein bißchen Haft schändet nicht. Eines Verbrechens wegen zu sitzen hindert nicht, ein anderes einzufädeln. Sie sind Künstler, die ein Bild im Salon ausgestellt haben und dennoch in ihrem Atelier an einem neuen Werk arbeiten.

Brujon schien durch den Aufenthalt im Gefängnis bestürzt. Hin und wieder sah man ihn stundenlang im Hof Karls des Großen neben der Fensterluke des Kantinenwirtes stehen. Wie ein Idiot betrachtete er den schmutzigen Zettel mit den Preisen der Kantine, der anfing: Knoblauch, 62 Centimes und endete mit: Zigarre, 5 Centimes. Oder er verbrachte seine Zeit zitternd, zähneklappernd, sagte, er habe Fieber, und erkundigte sich, ob eines der achtundzwanzig Betten des Saales für Fieberkranke frei sei.

Plötzlich, etwa in der zweiten Februarhälfte 1832, erfuhr man, der schläfrige Brujon habe durch Bedienstete des Hauses nicht unter seinem Namen, sondern unter denen von drei seiner Kameraden drei verschiedene Aufträge erteilt, die fünfzig Sous im ganzen gekostet hatten, eine unmäßige Ausgabe, mit der die Gefängnispolizei sich befaßte.

Man forschte nach, und indem man den Tarif für Besorgungen, der in dem Sprechraum der Häftlinge angeklebt war, befragte, ermittelte man, daß die fünfzig Sous so zusammenkamen: drei Besorgungen; eine im Panthéon, zehn Sous, eine im Val-de-Grice, fünfzehn Sous, und eine an der Schranke von Grenelle fünfundzwanzig Sous. Dies war die teuerste nach dem gesamten Tarif. Nun wohnten beim Panthéon, beim Val-de-Grace und an der Schranke von Grenelle gerade drei der gefürchtetsten Vagabunden von den Barrièren: Kruideniers, genannt Bizarro, Glorieux, ein freigelassener Sträfling, und Barrecarrosse. Der Zwischenfall lenkte die Blicke der Polizei wiederum auf sie. Man glaubte zu erraten, daß diese Menschen mit Patron-Minette versippt waren, von dessen Führern man zwei dingfest gemacht hatte, Babet und Gueulemer. Man vermutete, in den Sendungen von Brujon, die nicht unter Häuseradressen, sondern an Leute, die auf der Straße warteten, abgeliefert worden waren, müßten Winke über irgendwelche geplante Missetat enthalten sein. Auch andere Anzeichen standen der Polizei zu Gebote. Man bemächtigte sich der drei Vagabunden und war überzeugt, so irgendeinen Anschlag von Brujon vereitelt zu haben.

Etwa eine Woche nach diesen Maßnahmen besichtigte nachts ein Wächter der Ronde den unteren Schlafsaal des Neubaues und war gerade dabei, in den Maronenkasten seine Marone zu werfen. Das war das Mittel, durch das man sich vergewisserte, ob die Wächter ihren Dienst genau verrichteten; jede Stunde mußte in alle an die Türen der Schlafsäle genagelten Kästen eine Marone fallen. Dieser Wächter sah nun durch das Guckfenster des Schlafsaales, wie Brujon auf seiner Pritsche saß und beim Schein des Wandleuchters etwas niederschrieb. Der Wächter trat ein.

Brujon wurde auf einen Monat in eine Einzelzelle verlegt, aber was er geschrieben hatte, erwischte man nicht. Die Polizei war so klug wie zuvor. Sicher ist, daß am nächsten Tag vom Hof Karls des Großen in die Löwengrube über das fünfstöckige Gebäude hinweg, das die beiden Höfe trennte, ein »Postillion« geworfen wurde. Ein solcher Postillion war eine kunstvoll geknetete Brotkugel. Man schickte sie »nach

Irland«, über die Dächer eines Gefängnisses, von einem Hof in einen anderen. Etymologie: über England hinweg; von einem Land in ein anderes: nach Irland. Die Kugel fällt auf den Hof. Wer sie aufhebt, öffnet sie und findet darin einen Kassiber, einen Zettel, der für irgendeinen Gefangenen des Hofes bestimmt ist. Macht ein Häftling den Fund, so gibt er den Zettel weiter. Findet ein Wächter ihn oder einer der insgeheim gekauften Gefangenen, die man in französischen Gefängnissen Hammel und in den Bagnos Füchse nennt, wird der Kassiber zum Gerichtsschreiber gebracht oder der Polizei zugestellt.

Diesmal gelangte der Postillion an seine Adresse, obwohl der Mann, dem die Botschaft zugedacht war, sich im Moment in Sondergewahrsam befand. Der Empfänger war kein Geringerer als Babet, eines der vier Häupter von Patron-Minette. Der Postillion enthielt ein zusammengerolltes Papier, auf dem nur die zwei Zeilen standen: »Babet. In der Rue Plumet ist ein Ding zu drehen. Ein Gitter um einen Garten.« Das hatte Brujon in nächtlicher Stunde geschrieben.

Den Durchsuchern und Durchsucherinnen zum Trotz fand Babet eine Möglichkeit, den Kassiber von der Force in die Salpêtrière hinüberzuschmuggeln, in die Hände einer »guten Freundin«, die dort eingesperrt war. Das Weib beförderte den Zettel an eine Bekannte, die Magnon hieß und von der Polizei »beschattet« wurde, aber noch nicht verhaftet war. Diese schon einmal genannte Magnon hatte zu den Thénardiers Beziehungen, die später gekennzeichnet werden sollen, und konnte, indem sie zu Eponine ging, als Brücke zwischen der Salpêtrière und den Madelonnettes dienen. Um eben diese Zeit wurden, da es, wie es der Richter im Vorverfahren gegen Thénardier entschied, an Beweisen gegen die Töchter mangelte, Eponine und Azelma freigelassen.

Als Eponine draußen war, übergab die Magnon, die ihr am Tor der Madelonnettes auflauerte, ihr den Zettel Brujons an Babet, mit dem Auftrag, die Geschichte »auszubaldowern«. Eponine ging in die Rue Plumet, erkannte das Gitter und den Garten, beobachtete das Haus, spionierte, lag auf dem Anstand, und nach einigen Tagen brachte sie der Magnon, die in der Rue Clocheperce wohnte, einen Zwieback, den die Magnon der Geliebten Babets in der Salpêtrière aushändigte. Ein Zwieback besagt in dem dunklen Symbolismus der Gefängnisse: nichts zu machen.

So geschah es, daß nach noch nicht einer Woche, als sich auf dem Rundgang in der Force Babets und Brujons Weg kreuzte, da der eine zur Vernehmung sollte und der andere von dort kam, Brujon fragte: »Na, was ist mit der Rue P.?« und Babet erwiderte: »Zwieback.«

So wurde dieser Fötus eines Verbrechens, den Brujon in der Force erzeugt hatte, tot geboren. Diese Totgeburt hatte indes Folgen, die dem Plan Brujons durchaus fremd waren. Wir werden sie noch erfahren.

Wer da glaubt, einen Knoten in einen Faden zu schlingen, verknüpft oft einen ganz anderen Faden damit.

Eine Erscheinung bei Vater Mabeuf

Marius ging zu niemandem mehr. Nur dem Vater Mabeuf begegnete er bisweilen. Indes er langsam die düsteren Stufen hinabstieg, die man die Kellertreppe nennen könnte und die in die lichtlose Örtlichkeit führen, wo man über sich die Glücklichen schreiten hört, stieg Herr Mabeuf seinerseits abwärts.

Die »Flora von Cauteretz« war völlig unverkäuflich geworden. Die Experimente mit dem Indigo waren in dem kleinen Garten der Austerlitzsiedlung, der eine schlechte Lage hatte, erfolglos. Herr Mabeuf konnte darin nur einige seltene Pflanzen, die Feuchtigkeit und Schatten lieben, anbauen. Dennoch verlor er den Mut nicht. Er hatte für seine Versuche mit Indigo »auf eigene Kosten« einen Erdwinkel im Botanischen Garten erhalten, der gut gelegen war. Deshalb hatte er seine Kupferplatten von der »Flora« im Leihhaus verpfändet. Er hatte sein Frühstück auf zwei Eier herabgesetzt und ließ eines seiner alten Bedienerin, der er seit fünfzehn Monaten keinen Lohn zahlte. Und oft bildete das Frühstück seine einzige Mahlzeit. Er lachte sein kindliches Lachen nicht mehr, er war verdrossen und empfing keine Besuche. Marius tat gut daran, wenn er dem Gedanken, zu kommen, entsagt hatte. Mitunter trafen in der Stunde, da Herr Mabeuf in den Botanischen Garten ging, der Greis und der junge Mann sich auf dem Boulevard de l'Hôpital. Sie sprachen nicht miteinander und nickten sich traurig zu. Wie ergreifend ist es, daß manchmal Unglück eine Gemeinschaft löst! Die zwei Freunde gewesen sind, werden sich fremde Passanten.

Der Buchhändler Royol war tot. Herr Mabeuf kannte nur noch seine Bücher, seinen Garten und sein Indigo. Diese drei Formen waren es, in denen sich für ihn das Glück, das Vergnügen und die Hoffnung darstellten und die ihm zum Leben genügten. Er sagte sich: Wenn ich meine blauen Kügelchen fabriziert habe, werde ich reich sein, ich werde meine Kupferplatten vom Leihhaus abholen, ich werde meiner »Flora« mit Scharlatanerie, mit der großen Pauke und Ankündigungen in den Zeitungen zu neuer Blüte verhelfen und ein Exemplar der »Kunst der Schiffahrt« von Petrus von Medina, mit Holzschnitten, Ausgabe von 1559, kaufen, wo, weiß ich schon. Inzwischen arbeitete er den ganzen Tag an seinem Indigobeet, und abends ging er heim, seinen Garten zu begießen und in seinen Büchern zu lesen. Herr Mabeuf war damals etwa achtzig Jahre alt.

An einem Abend hatte er eine seltsame Erscheinung. Noch bei hellem Tageslicht war er nach Hause gekommen. Die Mutter Plutarch, die unter Störungen ihrer Gesundheit litt, lag krank zu Bett. Er hatte an einem Knochen geknabbert, an dem noch ein wenig Fleisch hing, ein Stück Brot gegessen, das er auf dem Küchentisch gefunden hatte, und saß nun auf einem umgestürzten Prellstein, der in seinem Garten eine Bank ersetzte. Nahe dieser Bank erhob sich wie in allen Obstgärten eine Art stark zerfallener Schuppen, Kaninchenstall im niederen, Obstspeicher im höheren Geschoß. In dem Stall waren keine Kaninchen, aber einige Äpfel im Obstbehälter, ein Rest des Wintervorrats.

Herr Mabeuf hatte mit Hilfe seiner Brille zwei Bücher durchzusehen und zu lesen begonnen, die ihn begeisterten und sogar, was bei seinem Alter erstaunlich war, ihm zu denken gaben. Aus seiner natürlichen Schüchternheit ging eine gewisse Schwäche für den Aberglauben hervor. Das erste dieser Bücher war die berühmte Abhandlung des Präsidenten Delancre »Über die Unbeständigkeit der Dämonen«, das andere der Quartband von Mutor de la Rubaudière »Über die Teufel von Vanvert und die Kobolde der Bièvre«. Der letzte Schmöker interessierte ihn um so mehr, als auch in seinem Garten früher Kobolde ihr Wesen getrieben hatten. Die Dämmerung fing an, die Luft droben weiß und die unten schwarz zu färben. Beim Lesen und über das Buch in seiner Hand hin betrachtete Vater Mabeuf seine Pflanzen und besonders ein prachtvolles Rhododendron, das sein Trost war. Vier Tage mit Hitze, Wind und Sonne, ohne einen Regentropfen, waren vorüber, die Stengel krümmten sich, die Knospen neigten sich, die Blätter lockerten sich, all das mußte besprengt werden; das Rhododendron zumal war traurig. Der Vater Mabeuf zählte zu den Menschen, für die Pflanzen beseelt sind. Der Greis hatte sich den ganzen Tag an seinem Indigobeet geplagt, er war erschöpft vor Müdigkeit, und dennoch stand er auf, legte seine Bücher auf die Bank und schritt gebückt und mit wankenden Knien bis zum Brunnen. Als er die Kette ergriffen hatte, konnte er sie nicht einmal kräftig genug anziehen, um sie loszuhaken. Da wandte er sich und richtete einen ängstlichen Blick zum Himmel, an dem sich die Sterne sammelten.

Der Abend hatte jene Heiterkeit, die die Schmerzen des Menschen in einer düsteren, ewigen Freude untergehen läßt. Die Nacht schien ebenso trocken zu werden wie der Tag. Überall Sterne! dachte der Greis. Nicht die kleinste Wolke! Nicht eine Träne Wasser! Und sein Kopf, der sich einen Moment erhoben hatte, sank auf seine Brust zurück. Er hob ihn wieder, schaute nochmals zum Himmel auf und flüsterte: »Eine Träne Tau! Ein bißchen Erbarmen!« Nochmals mühte er sich, die Kette abzuhaken, und vermochte es nicht.

Da hörte er eine Stimme, die sagte: »Vater Mabeuf, wollen Sie, daß ich Ihren Garten begieße?« Zugleich raschelte es in der Hecke, als streifte darin ein Raubtier, und er sah aus dem

Gestrüpp ein großes, mageres Mädchen hervorkommen, das nun vor ihn trat und ihn dreist betrachtete. Es schien ihm weniger ein menschliches Geschöpft als eine Gestalt, die soeben der Dämmerung entwuchs.

Bevor Vater Mabeuf, der leicht verstört wurde und erschrak, eine Silbe hatte antworten können, hatte dieses Wesen, dessen Bewegungen im Dunkel von merkwürdiger Schroffheit waren, die Kette losgehakt, den Eimer getaucht und heraufgezogen und die Gießkanne gefüllt, und der gute Mann sah die Erscheinung, bloßfüßig, in zerlumptem Rock, über die schmalen Beete laufen und Leben um sich verbreiten. Das Geplätscher aus der Gießkanne auf die Blätter entzückte die Seele des Vaters Mabeuf. Es war ihm, als empfinde das Rhododendron jetzt Wonne.

Nachdem der erste Eimer geleert war, zog das Mädchen den zweiten herauf, dann einen dritten und besprengte so alles im Garten. Wie sie durch die Gänge schritt, in denen ihre Silhouette ganz schwarz erschien, und über ihren großen, eckigen Armen ihr zerrissenes Brusttuch bewegte, hatte sie etwas von einer Fledermaus.

Als sie fertig war, näherte sich Vater Mabeuf ihr, mit nassen Augen, und legte ihr die Hand auf die Stirn. »Gott wird Sie segnen«, sagte er, »Sie sind ein Engel, da Sie für die Blumen sorgen.«

»Nein«, erwiderte sie, »ich bin ein Teufel, aber das ist mir egal.«

Ohne ihre Antwort abzuwarten und zu hören, rief der Greis: »Wie schade, daß ich so unglücklich und so arm bin und nichts für Sie tun kann!«

»Sie können schon«, sagte sie.

»Wie denn?«

»Wenn Sie mir sagen, wo Herr Marius wohnt.«

Der Greis verstand nicht. »Welcher Herr Marius?« Er schaute sie mit seinen trüben Augen an und schien etwas Verschollenes zu suchen.

»Der junge Mann, der seinerzeit zu Ihnen kam.«

Inzwischen hatte Herr Mabeuf sein Gedächtnis durchwühlt. »Ach ja!« rief er. »Ich weiß, wen Sie meinen. Warten

Sie! Herr Marius, der Baron Marius Pontmercy, bei Gott! Er wohnt … oder nein, da wohnt er ja nicht mehr. Ach, ich weiß nicht.« Während er sprach, hatte er sich gebeugt, um einen Zweig des Rhododendrons zu befestigen, und nun fuhr er fort: »Halt, jetzt erinnere ich mich. Er geht oft über den Boulevard nach der Glacière zu, Rue Croulebarbe. Das Lerchenfeld. Gehen Sie dorthin! Es ist nicht schwierig, ihm zu begegnen.«

Als Herr Mabeuf sich erhob, war niemand mehr da. Das Mädchen war verschwunden. Gewiß hatte er ein wenig Furcht. Wahrhaftig, dachte er, wäre mein Garten nicht begossen, würde ich glauben, es war ein Geist.

Eine Stunde später, als er im Bett lag, entsann er sich dessen wieder. Und beim Einschlafen, in dem wirren Augenblick, da, dem Vogel der Fabel gleich, der sich, um das Meer zu überwinden, in einen Fisch verwandelt, der Gedanke allmählich als Traum den Schlummer durchquert, sagte er sich unklar: Wirklich, das ähnelte dem, was Rubaudière von den Kobolden berichtet. War sie etwa ein Kobold?

Eine Erscheinung bei Marius

Einige Tage nach diesem Besuch eines »Geistes« bei Vater Mabeuf – es war ein Montag, der Tag der fünf Francs, die Marius von Courfeyrac für Thénardier entlieh – hatte er dieses Hundertsousstück in seiner Tasche. Bevor er es zu dem Gerichtsschreiber trug, war er ein wenig spazierengegangen, in der Hoffnung, bei seiner Rückkehr werde er fähig sein zu arbeiten. Im übrigen war das immer so. Gleich nach dem Aufstehen setzte er sich vor ein Buch und ein Blatt Papier, um irgendeine Übertragung zu hudeln. Damals war das ihm aufgetragene Geschäft, den französischen Text eines berühmten deutschen Gelehrtenzanks herzustellen, des Streites von Gans und Savigny. Er nahm Savigny, er nahm Gans, las vier Zeilen, bestrebte sich, eine niederzuschreiben, konnte es nicht und sah einen Stern zwischen seinem Papier und sich. Er erhob sich von seinem Stuhl. Ich werde ausgehen, dachte er. Davon werde ich besser hineinkommen. Und er ging nach dem Lerchenfeld. Hier sah er mehr als je den Stern und weniger als je Savigny und Gans.

Er kehrte um, versuchte seine Mühsal wieder zu erdulden, und es gelang ihm nicht. Unmöglich, einen einzigen der in seinem Gehirn zerrissenen Fäden wieder zu knüpfen. Dann sagte er sich: Morgen gehe ich nicht aus. Das hindert mich an der Arbeit. Und er ging alle Tage aus.

Er wohnte auf dem Lerchenfeld mehr als in dem Zimmer von Courfeyrac. Seine wahre Adresse lautete: Boulevard de la Santé, am siebenten Baum von der Rue Croulebarbe aus. An jenem Morgen hatte er den siebenten Baum verlassen und sich auf das Geländer an dem Flüßchen der Gobelins gesetzt. Eine heitere Sonne drang durch das frische entfaltete und leuchtende Laub.

Er dachte an »sie«. Und seine Träumerei, die zur Reue wurde, wandte sich gegen ihn. Er dachte mit Kummer an die Trägheit, die seelische Lähmung, die immer mehr die Herrschaft über ihn gewann, und die Nacht, die sich um ihn von Augenblick zu Augenblick immer stärker verdichtete, daß er sogar die Sonne nicht mehr sah. Dieses peinvolle Freiwerden undeutlicher Ideen in ihm, es war nicht einmal ein Monolog, so sehr erschlaffte in ihm die Tätigkeit, und er hatte auch die Kraft nicht mehr, sich dem Schmerz hingeben zu wollen. Aber noch kamen durch diese melancholische Versunkenheit die Sinneseindrücke der Außenwelt bis zu ihm. Er hörte hinter und unter sich, an den beiden Ufern des Flüßchens, die Wäscherinnen der Gobelins ihre Wäsche klopfen und in den Ulmen über seinem Kopf die Vögel schwatzen und singen. Auf der einen Seite das beflügelte Geräusch der Freiheit, der glücklichen Unbeschwertheit, der Muße; auf der anderen der Lärm der Arbeit. Und was ihn tief träumen und fast nachdenklich werden ließ: Beide Geräusche waren fröhlich.

Plötzlich hörte er inmitten seiner dumpfen Ekstase eine ihm bekannte Stimme sagen: »Ach, da ist er!« Er schaute empor und sah, es war das unglückliche Kind, das eines Morgens bei ihm eingetreten war, die ältere Tochter der Thénardiers, Eponine; jetzt wußte er ihren Namen. Seltsam, sie war ärmer und schöner geworden, zwei Dinge, die man bei ihr nicht erwartet hätte. Sie hatte einen doppelten Schritt getan, einen zum Licht und einen zur Not. Sie war barfuß und in Lumpen gekleidet wie an dem Tag, da sie so entschlossen in seiner Kammer erschien, nur waren ihre Lumpen um zwei Monate gealtert; die Löcher waren breiter, die Fetzen schmutziger. Es war dieselbe heisere Stimme, dieselbe welke und vom Wetter gefurchte Stirn, derselbe freie, irrende, flackernde Blick. Sie hatte dazu, mehr noch als einst, in ihrer Physiognomie den erschreckenden und jämmerlichen Zug, den ein Aufenthalt im Kerker dem Elend beimischt. Stroh- und Heuhalme hatte sie im Haar, nicht wie Ophelia, die, angesteckt von Hamlets Geisteskrankheit, wahnsinnig geworden war, sondern weil sie in irgendeinem Pferdestall unter dem Dach geschlafen hatte. Und bei alledem war sie schön. Welcher Stern bist du, o Jugend!

Indessen stand sie vor Marius still, mit ein wenig Freude auf ihrem fahlen Antlitz und etwas, was einem Lächeln glich. Einige Sekunden schien es, als könne sie nicht sprechen. Endlich sagte sie: »Da habe ich Sie doch getroffen! Der Vater Mabeuf hatte recht, auf dem Boulevard hier. Wie ich Sie gesucht habe! Wenn Sie das wüßten! Wissen Sie, daß ich im Arrest war? Vierzehn Tage. Sie haben mich freigelassen, weil nichts gegen mich vorlag, und im übrigen bin ich noch nicht straffähig. Zwei Monate fehlen daran. Oh, wie ich Sie gesucht habe? Seit sechs Wochen. Sie wohnen also dort nicht mehr?«

»Nein«, sagte Marius.

»Oh, ich verstehe. Wegen der Sache. Das ist ekelhaft, solche aufgeblasene Geschichte. Sie sind also umgezogen. Warum tragen Sie denn so alte Hüte? Ein junger Mann wie Sie muß nobel gekleidet sein. Was ist mit Ihnen, Herr Marius? Der Vater Mabeuf nennt Sie Baron Marius, ich weiß nicht, was ich davon halten soll. Nicht wahr, Sie sind kein Baron? Die Barone sind alte Knacker, die gehen im Luxembourg vor dem Schloß auf und ab, wo die Sonne am stärksten scheint, sie lesen die ›Quotidienne‹ für einen Sou. Zu so einem Baron habe ich einmal einen Brief getragen. Er war über hundert Jahre alt. Sagen Sie, wo wohnen Sie jetzt?«

Marius antwortete nicht.

»Ach«, fuhr sie fort, »Sie haben ein Loch im Hemd. Das muß ich Ihnen zunähen.« Ihre Miene verfinsterte sich nach und nach. »Sie sind wohl nicht erfreut, daß Sie mich sehen?«

Marius schwieg. Auch sie bewahrte eine Minute lang Schweigen, dann rief sie: »Aber wenn ich wollte, würde ich Sie zwingen zu zeigen, daß Sie erfreut sind!«

»Was meinen Sie damit?« fragte Marius.

»Ach, duzen Sie mich doch!« bat sie ihn.

»Also, was meinst du damit?«

Sie zerbiß sich die Lippe. Sie schien zu zögern, als spiele sich in ihrem Innern ein Kampf ab. Endlich schien sie sich zu entschließen: »Und wenn schon! Egal! Sie machen ein trauriges Gesicht, ich will, daß Sie lustig sind. Versprechen Sie mir nur, daß Sie lachen werden. Ich will, daß Sie lachen und zu mir sagen: Ach, das ist gut! Armer Herr Marius, Sie wissen, daß Sie mir versprochen haben, Sie würden mir alles geben, was ich wollte ...«

»Ja, aber nun rede!«

Sie sah Marius in die Augen. »Ich habe die Adresse.«

Marius erbleichte. Alles Blut strömte ihm zum Herzen. »Welche Adresse?«

»Die Adresse, die Sie von mir verlangt haben.« Sie fügte hinzu, als werde es ihr schwer: »Die Adresse, Sie wissen schon!«

»Ja«, stammelte Marius.

»Von dem Fräulein.« Nach diesem Wort seufzte sie tief.

Marius sprang von dem Geländer herab und ergriff ungestüm ihre Hand. »Oh, dann führe mich! Sag es mir! Verlange von mir alles, was du willst! Wo ist es?«

»Kommen Sie mit mir«, erwiderte sie. »Ich weiß die Straße und Nummer nicht recht, es ist ganz auf der anderen Seite, aber ich kenne das Haus, ich führe Sie hin!« Sie entzog ihm ihre Hand und sagte in einem verzweifelten Ton, der einen Beobachter geschmerzt hätte, aber Marius in seinem Rausch, seinem Überschwang nicht berührte: »Oh, wie Sie sich freuen!«

Eine Wolke verdunkelte seine Stirn. Er faßte Eponine am Arm. »Schwöre mir eins!«

»Schwören?« fragte sie. »Was soll das? Sie wollen, daß ich schwöre?« Und sie lachte.

»Dein Vater! Versprich mir, Eponine, schwöre mir, daß du die Adresse deinem Vater nicht angeben wirst!«

Sie drehte sich verblüfft ihm zu. »Eponine! Woher wissen Sie, daß ich Eponine heiße?«

»Versprich mir, was ich dir sage!«

Aber sie schien ihn nicht zu hören. »Wie nett! Sie haben mich Eponine genannt!«

Marius erfaßte ihre beiden Arme zugleich. »So antworte mir, um Himmels willen! Paß auf, was ich dir sage! Schwöre mir, daß die Adresse, die du kennst, dein Vater nie von dir erfahren wird!«

»Mein Vater?« entgegnete sie. »Ach ja, mein Vater. Da können Sie ruhig sein. Der sitzt. Und übrigens, was schert mich mein Vater?«

»Aber du versprichst es mir nicht!« rief Marius aus.

»Lassen Sie mich doch los«, bat sie und lachte laut, »wie Sie mich schütteln! Jaja, ich verspreche es Ihnen! Ich schwöre es Ihnen! Was tut das mir? Ich werde die Adresse meinem Vater nicht geben. Gut so?«

»Und auch niemand anderem«, sagte Marius.

»Auch niemand anderem.«

»Jetzt«, sagte Marius, »führe mich!«

»Sofort?«

»Sofort.«

»Kommen Sie! Oh, wie er sich freut!« sagte sie.

Nach einigen Schritten blieb sie stehen. »Sie sind zu nahe hinter mir, Herr Marius. Lassen Sie mich vorausgehen und folgen Sie mir, daß es nicht auffällt! Es ist nicht nötig, daß ein feiner junger Mann wie Sie mit einer Frau, wie ich bin, gesehen wird.«

Keine Sprache könnte wiedergeben, was in dem Wort Frau lag, das dieses Kind so gebrauchte.

Nach zehn Schritten stand sie noch einmal still. Marius kam ihr nach. Sie sagte beiseite und ohne sich ihm zuzuwenden: »Übrigens, daß Sie mir etwas versprochen haben, wissen Sie?«

Marius suchte in seiner Tasche. Er hatte nichts auf der Welt als die fünf Francs für Thénardier. Sie nahm er und schob sie in die Hand von Eponine. Sie spreizte die Finger, ließ die Münze zur Erde gleiten und schaute ihn finster an. »Ich will kein Geld von Ihnen«, sagte sie.

DRITTES BUCH

DAS HAUS IN DER RUE PLUMET

Ein geheimnisvolles Grundstück

Gegen die Mitte des vorigen Jahrhunderts hatte ein Präsident des Parlaments von Paris, ein Präsident mit der mörserähnlichen Mütze, eine Mätresse, die er versteckte. Denn damals zeigten die großen Herren ihre Mätressen, und die Bürger hehlten sie. So ließ er ein »kleines Haus« in der Vorstadt Saint-Germain bauen, in der menschenleeren Rue Blomet, die heute Rue Plumet heißt, unweit des Ortes, den man »Kampfplatz der Tiere« nannte.

Dieses Haus bestand aus einem einstöckigen Pavillon, zwei Sälen im Erdgeschoß, zwei Zimmern im ersten Stock, einer Küche unten, einem Boudoir oben, einer Kammer unter dem Dach und davor einem Garten mit breitem Gitter nach der Straße zu. Der Garten war etwa einen Morgen groß. Nur soviel war für die Vorübergehenden sichtbar. Hinter dem Pavillon jedoch lag ein enger Hof und darin ein niederes Wohngebäude von zwei Stuben über dem Keller, ein Behelfshäuschen zu dem Zweck, heimlich, wenn das benötigt wurde, ein Kind und eine Amme zu beherbergen. Dieses Wohngebäude war rückwärts durch eine getarnte Tür, die ein Geheimschloß öffnete, mit einem langen, schmalen, gepflasterten, gewundenen Gang unter freiem Himmel, den zwei hohe Mauern umgaben, verbunden. Mit erstaunlicher Kunst verborgen und zwischen den Bäumen der Gärten und Äcker, deren sämtlichen Winkeln und Abwegen er nachging, gleichsam verloren, endete er an einer anderen Tür, wieder einer Geheimtür, etwa eine achtel Meile von da entfernt, fast schon in einem anderen Viertel, in der einsamen äußersten Gegend der Rue Babylone.

Hier hatte der Herr Präsident das Grundstück betreten. Und sogar diejenigen, die ihn bespäht und, ihm nachschleichend, beobachtet hätten, daß er alle Tage mysteriös irgendwo verschwand, hätten nicht wittern können, daß, wenn er sich nach der Rue Babylone aufmachte, die Rue Blomet sein Ziel war. Dank geschickten Terrainkäufen hatte der erfinderische hohe Beamte dieses geheime, verwickelte Wegsystem auf eigenem Boden und daher ohne Kontrolle anlegen können. Später hatte er in kleinen Parzellen, für Gärten und Ackerland, die Flächen neben dem Gang wieder verkauft. Die Erwerber der Parzellen zu beiden Seiten glaubten, sie hätten eine gemeinschaftliche Grenzmauer vor Augen, und ahnten nicht einmal die Existenz des langen steinernen Bandes, das sich zwischen zwei Mauern durch ihre Beete und ihre Obstgärten schlängelte. Nur die Vögel sahen diese Merkwürdigkeit. Wahrscheinlich hatten die Grasmücken und die Meisen des letzten Jahrhunderts über den Herrn Präsidenten emsig geschwatzt.

Der Pavillon, im Stil von Mansart aus Stein gebaut, mit Getäfel und Möbeln im Geschmack von Watteau, innen Rokoko, draußen zopfig, von einer dreifachen blühenden Hecke umringt, hatte etwas Verschwiegenes, Kokettes und Feierliches, wie es sich für eine richterliche Liebeslaune ziemt.

Haus und Gang, die heute verschwunden sind, waren vor rund fünfzig Jahren noch vorhanden. 1793 hatte ein Kesselschmied das Haus gekauft, um es niederzureißen. Aber da er den Preis nicht zahlen konnte, verhängte die Nation den Konkurs über ihn, so daß nicht er das Haus zerstörte, sondern das Haus ihn. Seitdem blieb es unbewohnt und sank langsam in Trümmer wie jedes, dem nicht die Gegenwart des Menschen Leben mitteilt. Es hatte seine alten Möbel behalten und war immer zu verkaufen oder zu vermieten, und die zehn oder zwölf Personen im Jahr, die durch die Rue Plumet kamen, wurden davon durch ein gelbes, unleserliches, seit 1810 am Gitter des Gartens hängendes Schild benachrichtigt.

Gegen Ausgang der Restauration konnten dieselben Passanten gewahren, daß man das Schild weggeräumt hatte. Die Fensterläden im ersten Stock waren offen. Das Haus hatte in der Tat wieder Bewohner. An den Fenstern sah man kleine Gardinen, ein Zeichen für die Anwesenheit einer Frau. Im Oktober 1829 war ein älterer Mann erschienen und hatte das Haus, so wie es war, gemietet, dazu das Hintergebäude und den Gang nach der Rue Babylone. Er hatte die Geheimschlösser der beiden Türen des Ganges wiederherstellen lassen. An den alten Möbeln des Präsidenten ließ er einige Reparaturen ausführen, hier und da ergänzte er sie, der Hof wurde wieder gepflastert, die Steinplatten in den Zimmern, die Stufen der Treppe, die Brettchen des Parketts, die Fensterscheiben wurden erneuert. Dann zog er mit einem jungen Mädchen ein und einer bejahrten Magd, geräuschlos, mehr wie jemand, der leise eindringt, als wie ein Herr. Die Nachbarn klatschten nicht darüber, weil es keine Nachbarn gab.

Der Mieter war Jean Valjean, das junge Mädchen Cosette. Die Magd war die unverehelichte Toussaint. Jean Valjean hatte sie aus dem Spital und dem Elend gerettet. Sie war alt, provinziell und stotterte. Diese drei Eigenschaften hatten Jean Valjean bestimmt, sie zu sich zu nehmen. Er hatte das Haus unter dem Namen eines Rentners Fauchelevent gemietet. An allem, was weiter vorn berichtet wurde, hat der Leser zweifellos Jean Valjean noch rascher als Thénardier erkannt.

Warum hatte Jean Valjean das Kloster Petit-Picpus verlassen? Was war geschehen? Nichts.

Wie man sich erinnert, war Jean Valjean im Kloster glücklich, so glücklich, daß sich in seinem Gewissen Unruhe zu regen begann. Er sah Cosette jeden Tag, er fühlte, wie die Vaterschaft in ihm geboren wurde und sich mehr und mehr entfaltete. Er hegte dieses Kind mit seiner Seele. Er sagte sich, Cosette gehöre ihm, nichts könne ihm sie nehmen, und das werde immer so sein. Sicher werde sie Nonne werden, da jeder Tag sie sanft dazu anhielt. So sei hinfort für sie wie für ihn das Kloster die Welt. Er werde darin altern und sie heranwachsen, sie darin altern und er sterben. Entzückende Hoffnung: Nichts vermöge sie zu trennen. Aber indem er darüber nachdachte, empfand er Verwirrung. Er forschte sich aus. Er fragte sich, ob er auf all dieses Glück ein Recht habe, ob es nicht auf Kosten des Glückes eines anderen Menschen gehe, des Kindes, das er, der Greis, für sich ausnutzte und der Welt entzog. War das nicht ein Diebstahl? Dieses Kind hatte einen Anspruch, das Leben kennenzulernen, bevor es darauf verzichtete. Ihm von vornherein und ohne sich mit ihm zu beraten alle Freuden zu rauben, unter dem Vorwand, ihm alle Prüfungen zu ersparen, seine Unwissenheit und Abgeschiedenheit auszubeuten, um eine künstliche Berufung in ihm zu wekken, das hieß ein Geschöpf seiner Natur entfremden und Gott belügen. Und wußte er, ob nicht Cosette sich eines Tages über das alles klarwerden und, Nonne zu ihrem Gram, ihn nach und nach hassen würde? Dieser letzte Gedanke, fast egoistisch und weniger heroisch als die anderen, war unerträglich für ihn. Er beschloß, das Kloster zu verlassen.

Er beschloß es, und trostlos erkannte er, daß er es tun mußte. Einwände dagegen fand er nicht. Fünf Jahre des Weilens in diesen vier Mauern und des Verschwindens von der Welt hatten die Elemente der Furcht zwangsläufig in ihm getötet oder zerstreut. In Ruhe konnte er unter die Menschen zurückkehren. Er war alt geworden, und alles hatte sich geändert. Wer sollte ihn jetzt wiedererkennen? Und im schlimmsten Fall war nur er selbst in Gefahr, und er war nicht befugt, deshalb, weil er zum Bagno verdammt worden war, Cosette zum Kloster zu verurteilen. Und was bedeutete Gefahr gegenüber der Pflicht? Auch hinderte ihn nichts, klug vorzugehen und auf seiner Hut zu sein. Die Erziehung Cosettes aber war im ganzen beendet und vollständig.

Nachdem er seinen Entschluß getroffen hatte, wartete er eine Gelegenheit ab. Bald bot sie sich. Der alte Fauchelevent starb. Jean Valjean erbat von der verehrungswürdigen Priorin eine Audienz und sagte ihr, da er bei dem Tod seines Bruders eine kleine Erbschaft gemacht habe, die ihm gestatte, künftig ohne Arbeit zu leben, trete er aus dem Klosterdienst aus und nehme seine Tochter mit sich. Da es sich aber nicht gebührte, daß Cosette, die ihr Namensgelübde nicht leiste, umsonst erzogen worden sei, flehe er in Demut die verehrungswürdige Priorin um ihr Einverständnis an, daß er dem Kloster als Ersatz für die fünf Jahre, die Cosette darin gelebt habe, eine Summe von fünftausend Francs zuweise.

So ging Jean Valjean aus dem Kloster zur Immerwährenden Anbetung. Bei seinem Auszug lud er selbst den kleinen Koffer, dessen Schlüssel er stets in seiner Tasche hatte, auf seine Arme und weigerte sich, ihn irgendeinem Dienstmann anzuvertrauen. Dieser Koffer reizte Cosette, da ihm ein Geruch wie von Einbalsamierung entquoll. Auch hinfort ließ Jean Valjean ihn nicht aus den Augen. Jederzeit hatte er ihn in seinem Zimmer.

Es war der erste und manchmal einzige Gegenstand, den er, sooft er die Wohnung wechselte, trug. Cosette lachte, nannte diesen Koffer den Unzertrennlichen und sagte, sie sei eifersüchtig auf ihn.

Jean Valjean erschien nicht ohne eine tiefe Angst wieder in freier Luft. Er entdeckte das Haus in der Rue Plumet und verkroch sich darin. Seitdem war er im Besitz des Namens Ultime Fauchelevent. Zugleich mietete er zwei andere Wohnungen in Paris, um in geringerem Maße die Beachtung herauszufordern, als wenn er immer im selben Viertel geblieben wäre, um sich bei irgendwelcher Besorgnis, wenn es sein mußte, für eine Zeit unsichtbar zu machen und nicht mehr in solcher Not zu sein wie in der Nacht, in der er Javert auf so wunderbare Weise entrann. Die beiden Wohnungen waren karg und ärmlich. Sie lagen in zwei einander sehr entgegengesetzten Vierteln, die eine in der Rue de l'Ouest, die andere in der Rue de l'Homme-Armé.

Er hauste von Zeit zu Zeit bald in der Rue de l'Ouest, bald in der Rue de l'Homme-Armé einen Monat oder sechs Wochen mit Cosette, ohne die Toussaint mitzunehmen. Er ließ sich dort von den Portiers bedienen und gab sich für einen Rentner von der Bannmeile aus, der ein Absteigequartier in der Stadt habe. Er, der Mann hoher Tugend, hatte drei Wohnungen in Paris, da er auf der Flucht vor der Polizei war.

In der Rue Plumet, wo er meist lebte, hatte er sich sein Dasein folgendermaßen eingerichtet. Cosette bewohnte mit der Magd den Pavillon. Sie hatte das große Schlafzimmer mit den bemalten Pfeilerspiegeln, das Boudoir mit den vergoldeten Stäben, den mit gewirkten Teppichen und geräumigen Sesseln möblierten Salon des Präsidenten, und sie hatte den Garten. Jean Valjean hatte in dem Zimmer Cosettes ein Baldachinbett von altem, dreifarbigem Damast aufstellen lassen und einen schönen alten Perserteppich angeschafft, der in der Rue du Figuier-Saint-Paul bei der Mutter Gaucher gekauft war. Und um die Strenge dieser prachtvollen Altertümer zu mildern, hatte er mit ihnen all die kleinen, heiteren und anmutigen Geräte für junge Mädchen vermengt, das Wandschränkchen, die Bibliothek mit vergoldeten Einbänden, Schreibmaterial, Löschpapier, das mit Perlmutter eingelegte Arbeitstischchen, die Arbeitsschatulle von vergoldetem Silber, den Putztisch von japanischem Porzellan. Lange Vorhänge von dunkelrotem Damast mit dreifarbigen Streifen wie am Bett umrahmten die Fenster im ersten Stock. Im Erdgeschoß gestickte Vorhänge. Den ganzen Winter über wurde das kleine Haus Cosettes von oben bis unten geheizt. Er selbst bewohnte eine Art von Portiersloge im rückwärtigen Hof, mit einer Matratze auf einem Gurtbett, einem Tisch von Fichtenholz, zwei Strohstühlen, einem Wassertopf aus Steingut, einigen Büchern auf einem Brett, seinem teuren Koffer in einer Ecke. Nie brannte ein Feuer. Er aß mit Cosette, und auf dem Tisch lag Schwarzbrot für ihn. Er hatte zu der Toussaint, als sie bei ihm eintrat, gesagt: »Das Fräulein ist die Herrin des Hauses.« – »Und Sie, Herr?« hatte die Toussaint verblüfft erwidert. » Ich bin mehr als der Herr, ich bin der Vater«, antwortete er.

Cosette hatte im Kloster Unterricht in der Hauswirtschaft erhalten und regelte die sehr bescheidenen Ausgaben. Jeden Tag nahm Jean Valjean den Arm Cosettes und führte sie spazieren. Er ging mit ihr in den Luxembourg-Park, in die ruhigste Allee, und alle Sonntage zur Messe, immer nach Saint-

Jacques-du-Haut-Pas, da das sehr weit war. In diesem armen Viertel spendete er viele Almosen, und in der Kirche umgaben ihn die Unglücklichen, was ihm den Brief Thénardiers eingetragen hatte: An den wohltätigen Herrn aus der Kirche Saint-Jacques-du-Haut-Pas. Gern besuchte er mit Cosette die Bedürftigen und die Kranken. Kein Fremder fand in das Haus in der Rue Plumet Einlaß. Die Toussaint kaufte auf dem Markt die Lebensmittel, und Jean Valjean holte Wasser von einer nahen Pumpe am Boulevard. Man speicherte Holz und Wein in einer halb unterirdischen, mit Muschelwerk verkleideten Vertiefung an der Tür nach der Rue Babylone. Einst hatte sie dem Herrn Präsidenten als Grotte gedient, denn in der Zeit der Lusthäuser und der Häuser für geheime Vergnügungen gab es keine Liebe ohne Grotte. In der mittelgroßen Tür nach der Rue Babylone war einer jener Kästen, die, den Sparbüchsen ähnlich, dazu bestimmt sind, Briefe und Zeitungen aufzunehmen. Nur war, da die drei Bewohner des Pavillons in der Rue Plumet weder Zeitungen noch Briefe empfingen, der ganze Nutzen des Kastens, der einst Kuppler bei Liebeleien und Vertrauter eines verbuhlten Juristen gewesen war, jetzt auf die Zuschriften des Steuereinnehmers und der Garde beschränkt. Denn der Rentner, Herr Fauchelevent, gehörte der Nationalgarde an. Er hatte den engen Maschen der Liste von 1831 nicht entrinnen können. Die damals eingeleiteten Erhebungen der Stadtverwaltung hatten sich bis zum Kloster Petit-Picpus erstreckt, und aus diesem undurchdringlichen, heiligen Gewölk war er für das Bürgermeisteramt Ehrfurcht heischend und darum für den Dienst in der Garde moralisch tauglich hervorgegangen.

Drei- oder viermal jährlich legte Jean Valjean seine Uniform an und stand Posten. Sehr gern übrigens; das war für ihn eine korrekte Vermummung, durch die er mit Leuten aller Klassen in Berührung kam und in der er doch einsam blieb. Jean Valjean hatte soeben sechzig Jahre erreicht, das Alter der gesetzlichen Befreiung; aber man sah ihm nicht mehr als fünfzig an. Er wünschte, sich auch nicht seinem Feldwebel zu entziehen und dem Grafen Lobau Verdruß zu bereiten. Er hatte keinen Zivilberuf, er verbarg seinen Namen, seine Identität, sein Alter, er verbarg alles; und dennoch war er ein williger Nationalgardist. Dem ersten besten zu gleichen, der seine Steuern bezahlt, dahin ging sein ganzer Ehrgeiz. Der Wunschtraum dieses Mannes war es, nach innen Engel und nach außen Bürger zu sein.

Eine Einzelheit sei noch erwähnt. Wenn Jean Valjean mit Cosette ausging, konnte man ihn für einen ehemaligen Offizier halten. Ging er allein aus, und das tat er meist abends, trug er immer Wams und Arbeitshosen und auf dem Kopf eine Mütze, die sein Antlitz verdeckte. War das Vorsicht oder Selbsterniedrigung? Das eine wie das andere. Cosette hatte sich an das Rätselhafte in seinem Schicksal gewöhnt und bemerkte die Sonderheiten ihres Vaters kaum. Die Toussaint verehrte Jean Valjean und fand alles, was er tat, gut. Eines Tages sagte ihr Metzger, der Jean Valjean flüchtig gesehen hatte, zu ihr: »Das ist ein schnurriger Kauz.« – »Ein Heiliger«, erwiderte sie.

Sowohl Jean Valjean wie Cosette und die Toussaint kamen oder gingen stets durch die Tür nach der Rue Babylone. Wenn man sie nicht durch das Gitter des Gartens beobachtete, war es schwer zu erraten, daß sie in der Rue Plumet wohnten. Das Gittertor wurde ständig geschlossen gehalten. Jean Valjean hatte den Garten ungepflegt gelassen, damit er die Aufmerksamkeit nicht beschäftige. Aber hierin täuschte er sich wohl.

Foliis ac frondibus

Der seit mehr als einem halben Jahrhundert sich selbst überlassene Garten gewährte ein außerordentliches und bezauberndes Bild. Die Passanten in Paris vor vierzig Jahren standen in der Straße still, um ihn anzuschauen, und wußten nichts von den Geheimnissen unter seinem frischen, grünen Blätterwall. Mehr als ein Träumer hat damals seine Augen und seine Gedanken neugierig durch die Stangen des alten Gitters geschickt. Durch ein Hängeschloß versperrt, war es, aus vielfach verschlungenem Eisen, wacklig, an zwei moosgrüne Pfosten genietet und bizarr gekrönt von einem Giebel mit unentzifferbaren Arabesken.

Es gab dahinter eine steinerne Bank in einer Ecke, eine oder zwei verschimmelte Statuen, einige durch die Zeit von den Nägeln abgesplitterte und an der Mauer verfaulende Spaliere. Keine Alleen mehr noch Rasen; Hundszahn überall. Die Gartenkunst war gewichen und die Natur zurückgekehrt. Das Unkraut hatte die Oberhand, was für einen armen Erdwinkel ein märchenhaftes Abenteuer ist. Der Goldlack feierte sein prunkendes Fest. Nichts in diesem Garten widerstritt dem geheiligten Drängen der Dinge zum Leben hin.

Das Wachstum, das der Mensch zu verehren hat, war hier in seinem Revier. Die Bäume hatten sich zu Dorngesträuch herabgesenkt, die Dornsträucher sich zu Bäumen erhoben, die Pflanze war geklettert, der Zweig hatte sich verhakt, was sich an der Erde entlangwindet, was zur Höhe sich aufschwingt, sich genähert, was in der Luft schwebt, sich dem zugeneigt, was im Moos sich dehnt. Baumstümpfe, Äste, Blätter, Fasern, Büschel, Ranken, Reben, Stacheln hatten sich vermischt, gekreuzt, vermählt, verschmolzen. Die Vegetation hatte hier in enger, tiefer Umarmung, unter dem befriedigten Auge des Schöpfers, in diesem Park von dreihundert Quadratfuß das heilige Mysterium ihrer Bruderschaft als eines Symbols der Menschenbruderschaft begangen und verwirklicht. Dieser Garten war kein Garten mehr, sondern ein riesiges Gestrüpp; also etwas, was unzerteilbar ist wie ein Wald, bevölkert wie eine Stadt, überschauert wie ein Nest, düster wie eine Kathedrale, duftend wie ein Blumenstrauß, einsam wie ein Grab, lebendig wie eine Menge.

Im Floréal, von Ende April bis in den Mai trat dieser ungeheure Busch, frei hinter seinen Gittern und seinen vier Mauern, in die Brunst ein, in die dumpfe Arbeit des allgemeinen Keimens. Bei Sonnenaufgang erzitterte er fast wie ein Tier, das die Ausströmungen der kosmischen Liebe einatmet und den Saft in seinen Adern steigen und sieden fühlt. Er schüttelte im Wind sein wundervolles grünes Haar und säte auf die feuchte Erde, auf die morschen Statuen, auf die einstürzende Treppe des Pavillons und noch auf das Pflaster der verödeten Straße die Sterne seiner Blumen, den perlenden Tau, Fruchtbarkeit, Schönheit, Leben, Freude und Wohlgerüche. Um Mittag flohen Tausende weißer Schmetterlinge hierher, und es war ein göttliches Schauspiel, diesen flatternden Schnee des Sommers in Flocken durch den Schatten wirbeln zu sehen. Hier, in der heiteren grünen Finsternis, sprachen viele unschuldige Stimmen sanft zur Seele, und was das Gezwitscher zu sagen vergessen hatte, das sagte das Gesumm. Am Abend schwebte von dem Garten ein Dunst von Träumerei auf und umhüllte ihn. Ein Bahrtuch von Nebel, eine himmlische, ruhige Trauer bedeckte ihn. Der berauschende Duft des Geißblatts und der Winden floß überall wie köstliches, feines Gift. Man hörte die letzten Rufe der Grauspechte und der gelben Bachstelzen, die unter den Zweigen einschlummerten. Man fühlte die geheiligte Intimität von Vogel und Baum. Tags erfreuen die Flügel die Blätter, nachts sind die Blätter der Schutz der Flügel.

Im Winter war das Gestrüpp schwarz, naß, starr, fröstelte, und das Haus wurde ein wenig sichtbar. Statt der Blumen im Gezweig und des Taues auf den Blumen erblickte man die langen, silbrigen Bahnen der Schnecken auf dem kalten, dicken Teppich der vergilbten Blätter. Aber welche Farben auch das Naturbild hatte, zu jeder Jahreszeit, im Frühling, im Winter, im Sommer, im Herbst, atmete der kleine Park die Melancholie, die Betrachtung, die Einsamkeit, die Freiheit, die Abwesenheit des Menschen, das Walten Gottes. Und es war, als sage das alte, verrostete Gitter: Das ist mein Garten.

Die Steinhaufen von Paris mochten ringsum sich türmen, zwei Schritt weit die klassischen, glanzvollen Stadthäuser der Rue de Varennes, ganz nahe der Invalidendom, nicht fern die Deputiertenkammer. Umsonst rollten die Karossen der Rue de Bourgogne und der Rue Saint-Dominique prahlerisch durch die Nachbargegend, umsonst begegneten sich an der nächsten Straßenecke die gelben, braunen, weißen, roten Omnibusse. In der Rue Plumet war die Wüstenei. Und der Tod der ehemaligen Besitzer, eine Revolution, die vorübergezogen war, der Zusammenbruch alten Reichtums, die

Verwaisung, das Vergessen, vierzig Jahre der Vernachlässigung und der Witwenschaft hatten genügt, um an diesem privilegierten Ort das Farnkraut, die Königskerze, den Schierling, die Schafgarbe, die hohen Gräser, die großen, wie Tuch gefalteten Pflanzen mit den breiten blaßgrünen Blättern, die Eidechsen, die Mistkäfer, die unruhigen schnellen Insekten wieder herrschen zu lassen. Aus dem Schoß der Erde war, um zwischen diesen vier Mauern von neuem zu erscheinen, eine wilde, unbändige Größe gestiegen. Die Natur, die die schäbige Afterweisheit des Menschen umstößt und, wo sie sich auswirkt, sich immer ganz auswirkt, in der Ameise ebenso wie im Adler, hatte sich in einem armseligen kleinen Pariser Garten mit nicht geringerer Rauheit und Majestät entfaltet als in einem Urwald Amerikas.

Nichts ist wirklich klein; jeder, der für die unergründliche Durchdringung der Natur empfänglich ist, weiß das. Obwohl der Philosophie nicht vollauf Genüge getan wird, wenn nur die Ursache beschrieben oder die Wirkung bestimmt wird, gerät der Betrachter in grenzenloses Entzücken angesichts all der sich auflösenden Kräfte, die in der Einheit aufgehen. Alles arbeitet an allem.

Algebra läßt sich auf die Wolken anwenden. Die Ausstrahlung des Himmelskörpers ist der Rose von Nutzen. Kein Denker wagt zu behaupten, der Duft des Weißdorns sei für den Stand der Gestirne überflüssig. Wer kann die Bahn eines Moleküls berechnen? Was wissen wir, ob Weltenschöpfungen nicht die Folge von stürzenden Sandkörnchen sind? Wer kennt die wechselseitigen Beziehungen zwischen dem unendlich Großen und dem unendlich Kleinen, die Auswirkung der Ursachen in den Abgründen des Seins und die Lawinen der Schöpfung? Eine Made hat Gewicht. Das Kleine ist groß, das Große klein. Alles gleicht sich in der Notwendigkeit aus – eine erschreckende Vision für den Geist. Zwischen den Geschöpfen und Dingen bestehen wunderbare Bezüge. In diesem unerschöpflichen Ganzen von der Sonne bis zur Blattlaus gibt es keine Geringschätzung, man braucht einander. Das Licht trägt die irdischen Wohlgerüche nicht in den Azur davon, ohne zu wissen, was es damit beginnt; die Nacht verteilt Sternensubstanz unter die schlafenden Blumen. Alle Vögel, die sich in die Lüfte schwingen, sind mit dem Fuß ans Unendliche gebunden. Zum Keimen kommt noch das Aufleuchten eines Meteors hinzu und das Picken, mit dem die Schwalbe ihre Eischale aufbricht, und die Geburt eines Regenwurmes wird zur gleichen Zeit betrieben wie die Heraufkunft eines Sokrates. Wo das Teleskop am Ende ist, fängt das Mikroskop an. Was sieht weiter? Wählt! Ein Schimmelpilz ist ein Siebengestirn aus Blumen, ein Nebelfleck ein Ameisenhaufen von Sternen. Das gleiche, noch unerhörtere Durcheinander bei den Dingen des Geistes und der Materie. Die Elemente und Prinzipien verbinden, vereinen, verquicken und vermehren sich so weit, daß sich schließlich die materielle und die geistige Welt in ein und derselben Klarheit zeigen. Das gesamte Phänomen befindet sich in einem ewigen Kreislauf. In dem allumfassenden kosmischen Austausch geht und kommt das universelle Leben in unbekannten Mengen. Es wälzt alles in das unsichtbare Schauspiel der Emanationen hinab, verwendet alles, läßt keinen Traum, keinen Schlummer verlorengehen, zeugt hier ein mikroskopisch kleines Tierchen, zerbröckelt dort einen Stern, schwankt und schlängelt sich, macht aus dem Licht eine Kraft und aus dem Gedanken ein Element, ist verstreut und unteilbar und löst alles auf, ausgenommen diesen geometrischen Ort, das Ich. Es führt alles auf die Seele Atom zurück, bringt alles in Gott zum Aufblühen, verknüpft in verwirrender Weise alle Tätigkeiten, von der höchsten bis zur niedrigsten, in der Verborgenheit eines schwindelerregenden Getriebes, koppelt den Flug eines Insekts mit der Bewegung der Erde und macht vielleicht auf Grund des gleichen Gesetzes den Umlauf des Kometen am Firmament vom Kreisen des Aufgußtierchens im Wassertropfen abhängig. Ein vom Geist erschaffener Mechanismus. Ein phantastisches Räderwerk, dessen treibende Kraft die Mücke und dessen letztes Rad der Tierkreis ist.

Dieser Garten, der einst geschaffen wurde, um die Mysterien der Sittenlosigkeit zu hehlen, hatte sich verwandelt und war ein Asyl für die Geheimnisse der Keuschheit geworden. Er hatte keine Bogenlauben mehr, keine Rasenrondells, keine grünen Tannengewölbe, keine Grotten. Er hatte ein überwältigendes Dunkel, das zerzaust wie ein Schleier auf allen Seiten niederfiel. Paphos war wieder Eden, das Paradies. Etwas wie Reue hatte diese Zuflucht entfrevelt. Diese Blumenvase bot jetzt ihre Blumen der Seele an. In diesem koketten, einst lasterhaften Garten waren Jungfräulichkeit und Scham eingekehrt. Ein Präsident, dem ein Gärtner beistand, ein Biedermann, der glaubte, er setze Lamoignon fort, und ein anderer Biedermann, der sich für den Fortsetzer von Le Nôtre hielt, hatten den Park gedrechselt, zurechtgeschnitten, verputzt und für die Galanterie hergerichtet. Die Natur hatte sich seiner wieder bemächtigt, ihn mit Schatten erfüllt und vorbereitet für die Liebe.

Auch in dieser Einsamkeit harrte ihrer ein Herz. Die Liebe brauchte sich nur zu zeigen. Ein Tempel war da, aus Laub, Gräsern, Moos, Schmachten der Vögel, weicher Finsternis, Schwanken der Zweige gefügt, und eine Seele, die in Sanftmut, in Glauben, in Reinheit lebte, in Hoffnung, Sehnen und Illusion.

Cosette war, als sie das Kloster verließ, fast noch ein Kind gewesen. Sie war etwas über vierzehn, in dem Alter, das man das undankbare nennt. Bis auf die Augen schien sie eher häßlich als hübsch. In nichts war sie anmutlos, jedoch war sie linkisch, mager, schüchtern und keck zugleich, ein großes kleines Mädchen. Ihre Erziehung war abgeschlossen. Man hatte sie die Religion gelehrt und vor allem die Frömmigkeit. Dann Geschichte, das heißt, was im Kloster so genannt wird, Geographie, Grammatik, die Partizipien, die Könige von Frankreich, ein wenig Musik, jemandem eine lange Nase zu machen und so fort. Aber im übrigen war sie unwissend, was ein bedrohlicher Reiz ist. Man darf die Seele eines jungen Mädchens nicht im Dunkeln belassen; später sind, als umschließe sie eine schwarze Kammer, die Blendungen zu plötzlich, zu gewaltsam. Schonend und mit Verschwiegenheit muß sie erhellt werden. Mehr der Abglanz des Lebens eignet sich für sie als dessen unmittelbares, hartes Licht. Nur der mütterliche Instinkt, das wunderbare Gefühl, in dem die Erinnerungen der Jungfrau und die Erfahrung der Frau enthalten sind, kann ihr dieses gedämpfte Zwielicht geben, das kindliche Furcht zerstreut und einen jähen Fall verhindert. Nichts kann diesen Instinkt ersetzen. Alle Nonnen der Welt wiegen eine Mutter nicht auf.

Cosette hatte keine gehabt. Nur viele Mütter, in der Mehrzahl. Jean Valjean widmete ihr zwar alle Zärtlichkeit und alle Besorgnisse, aber er war nur ein alter Mann, der gar nichts wußte. Und welches Wissen ist für das Werk der Erziehung, für die schwere Aufgabe, eine Frau für das Leben vorzubereiten, erforderlich, um gegen die große Unwissenheit anzukämpfen, die man Unschuld nennt!

Nichts bereitet so wie das Kloster ein junges Mädchen auf die Leidenschaften vor. Das Kloster lenkt die Gedanken dem Unbekannten zu. Das Herz, das in sich zurückgedrängt wird, geht in die Tiefe, da es sich nicht ausschütten kann. So entstehen in ihm Visionen, Mutmaßungen, Selbsttäuschungen, Romane, die sich andeuten und nicht darüber hinausgelangen, Abenteuer, die Wunsch sind, Entwürfe, die Wahn sind, ganze Gebäude, die nur in der inneren Dämmerung des Geistes sich gestalten, dunkle, geheime Wohnungen der Phantasie, in denen die Leidenschaften sich festsetzen, sobald sie von der Außenwelt her durch das Gitter eingetreten sind. Das Kloster übt einen Druck aus, der über das menschliche Herz nur triumphiert, wenn er ein Leben hindurch auf ihm ruht.

Als Cosette das Kloster verließ, konnte sie nichts finden, was für sie so angenehm und gefährlich war wie gerade das Haus in der Rue Plumet. Es war die Fortdauer der Einsamkeit mit einem Beginn von Freiheit. Ein Garten mit versperrtem Tor, aber eine herbe, üppige, wollüstige und duftende Natur. Die gleichen Träume wie im Kloster, aber hin und wieder Begegnungen mit jungen Männern. Ein Gitter, aber vor ihm die Straße.

Ihr, die zuerst noch ein Kind war, hatte Jean Valjean den verwilderten Garten überlassen. »Tu darin, was du willst«, sagte er zu ihr. Das belustigte Cosette. Sie bewegte alle seine Äste und alle seine Steine. Sie suchte »Tiere« darunter. Sie spielte mit ihm, bevor sie in ihm träumte. Sie liebte den Garten wegen der Insekten, die sie im Gras unter ihren Füßen entdeckte, bevor sie ihn wegen der Sterne liebte, die sie durch die Zweige über ihrem Kopf sah.

Und sie liebte ihren Vater, Jean Valjean, mit ganzer Seele, mit einer naiven, töchterlichen Leidenschaft. Er wurde ihr ein ersehnter, beglückender Gefährte. Herr Madeleine hatte viel gelesen. Jean Valjean hatte darauf beharrt. Er war fähig geworden, fesselnd zu plaudern. Er besaß den verborgenen Reichtum und die Beredsamkeit einer demütigen, echten Intelligenz, die dem Trieb gefolgt ist, sich auszubilden. Geblieben war ihm ein Maß von Bitterkeit, das seiner Güte einen Beigeschmack verlieh. Er verband geistige Strenge mit Herzensmilde. Im Luxembourg-Park, wenn sie unter sich waren, gab er ihr ausführliche Erläuterungen von allem. Dann schöpfte er aus dem, was er gelesen, und aus dem, was er erlitten hatte. Indes Cosette ihm lauschte, irrten ihre Augen umher.

Ebenso wie der verwilderte Garten ihren Spielen genügte dieser schlichte Mann dem Denken Cosettes. Wenn sie müde war von der Schmetterlingsjagd, kam sie atemlos zu ihm und sagte: »Oh, was bin ich gelaufen!« Dann küßte er sie auf die Stirn.

Sie vergötterte ihren Vater. Immer heftete sie ihre Schritte an die seinen. Wo Jean Valjean war, fühlte sie sich wohl. Da er sich weder im Pavillon noch im Garten aufhielt, gefiel es ihr besser bei ihm, in dem gepflasterten Hinterhof, als in dem blühenden Gehege und besser in der kleinen Loge mit den Strohstühlen als in dem großen, mit Gobelins bespannten Salon, in dem gepolsterte Sessel standen. Manchmal sagte Jean Valjean zu ihr, vor Freude lächelnd, gestört zu werden: »Geh doch zu dir hinüber! Laß mich doch ein bißchen allein!«

Sie schalt ihn ab und zu mit den liebenswerten Worten zärtlichen Tadels, die so anmutig sind, wenn die Tochter sie an den Vater richtet: »Bei dir ist mir so kalt, Vater. Warum hast du hier keinen Teppich und keinen Ofen?«

»Liebes Kind, so viele Leute, die mehr wert sind als ich, haben nicht einmal ein Dach über dem Kopf.«

»Warum ist dann bei mir Feuer und alles, was man braucht!«

»Weil du eine Frau bist und ein Kind.«

»Bah! Dann müssen die Männer frieren und es sich schlecht gehen lassen?«

»Gewisse Männer, ja.«

»Gut, ich komme so oft, daß du gezwungen sein wirst, hier zu heizen.«

Oder sie sagte zu ihm: »Vater, warum ißt du so grobes Brot?«

»Weil … meine Tochter …«

»Gut, wenn du es ißt, esse ich es auch.« Seitdem aß Jean Valjean Weißbrot, damit Cosette nicht Schwarzbrot aß.

Cosette erinnerte sich nur in verschwommenen Umrissen ihrer Kindheit. Sie betete morgens und abends für ihre Mutter, die sie nicht gekannt hatte. Die Thénardiers waren ihr zu unholden Traumgesichtern geworden. Sie wußte noch, daß sie »eines Tags im Düstern« Wasser aus einem Wald geschleppt hatte. Sie glaubte, das sei sehr fern von Paris gewesen. Es schien ihr, sie habe zunächst in einem Abgrund gelebt und Jean Valjean habe sie herausgezogen. Ihre Kindheit kam ihr wie eine Zeit vor, in der nichts um sie war als Tausendfüßler, Spinnen und Schlangen. Da es ihr nicht völlig klar war, ob sie die Tochter Jean Valjeans und er ihr Vater sei, stellte sich ihr, wenn sie abends, ehe sie einschlief, nachdachte, der Zusammenhang so dar: Die Seele ihrer Mutter sei in ihn übergegangen und habe in dieser Form bei ihr Wohnung genommen.

Wenn er saß, schmiegte sie ihre Wange an seine weißen Haare und ließ still eine Träne über sie rinnen. Vielleicht ist er meine Mutter, sagte sie sich. Da der Begriff der Mutterschaft ihr durchaus fremd war, hatte sie sich nach und nach eingebildet, sie habe so wenig, wie es nur möglich sei, eine Mutter gehabt. Sie wußte nicht einmal ihren Namen. Wenn sie Jean Valjean danach fragte, schwieg er. Wenn sie ihre Frage wiederholte, antwortete er mit einem Lächeln. Einmal setzte sie ihm zu. Sein Lächeln endete mit einer Träne.

Das Schweigen Jean Valjeans bedeckte Fantine mit Nacht. Schwieg er aus Vorsicht? Aus Achtung vor der Toten? Aus Angst, diesen Namen einem anderen Gedächtnis als dem seinen preiszugeben? Solange Cosette klein gewesen war, hatte Jean Valjean gern mit ihr von der Mutter gesprochen. Seit sie ein junges Mädchen war, vermochte er es nicht mehr.

Es schien ihm, er wage es nicht. Geschah es Cosettes wegen?

Oder Fantines wegen? Er empfand eine Art religiösen Abscheus, diesen Schatten in das Denken Cosettes eindringen, die Tote als Dritte an ihrem gemeinsamen Schicksal teilnehmen zu lassen. Je heiliger ihr Schatten ihm war, desto furchtbarer wurde er für ihn. Er dachte an Fantine und fühlte, wie das Schweigen auf ihm lastete.

Irgendwie sah er im Dunkeln einen Finger sich auf einen Mund legen. War alle Scham, die in Fantine gewesen war und, als sie lebte, ungestüm aus ihr hervorbrach, nach ihrem Tod wiedergekommen, wachte sie empört über den Frieden der Toten und zwang sie hinunter in ihr Grab? War auch Jean Valjean, ohne sich dessen bewußt zu sein, dieser Despotie untertan? Wir, die wir an den Tod glauben, gehören nicht zu denen, die eine solche geheimnisvolle Erklärung verwerfen würden. Daher die Unmöglichkeit, den Namen Fantine auszusprechen, nicht einmal Cosette zuliebe.

Einmal sagte Cosette zu ihm: »Vater, heute nacht habe ich im Traum meine Mutter gesehen. Sie hatte zwei große Flügel. Sie war wohl zur Zeit ihres Lebens fast eine Heilige.«

»Durch ihr Martyrium«, erwiderte Jean Valjean.

Sonst indes beeinträchtigte nichts sein Glück. Wenn Cosette mit ihm ausging, stützte sie sich auf seinen Arm, stolz und froh in der Fülle ihres Herzens. Jean Valjean fühlte, wie bei all den Beweisen einer so ausschließlichen und mit ihm allein sich begnügenden Liebe sein Denkvermögen wonnevoll dahinschwand. Der arme Mann zitterte vor engelhafter Freude. Überströmend sagte er sich, das würde nun das ganze Leben so sein und, um solch eines strahlenden Glücks teilhaftig zu werden, habe er wahrlich nicht genug gelitten, und er dankte Gott, daß er ihm, dem Elenden, dem Dulder, erlaubt hatte, von diesem arglosen Geschöpf so geliebt zu werden.

Die Rose bemerkt, daß sie eine Waffe hat

Eines Tages schaute Cosette von ungefähr in ihren Spiegel und staunte. Beinahe schien sie sich hübsch. Das verwirrte sie seltsam. Bis jetzt hatte sie nicht darüber nachgedacht, wie sie aussah. Sie erblickte sich im Spiegel, aber sie betrachtete sich nicht. Oft hatte man ihr gesagt, sie sei häßlich. Jean Valjean allein versicherte ihr in seiner sanften Weise: »Aber nein! Aber nein!« Wie dem auch war, Cosette hatte immer an ihre Häßlichkeit geglaubt und war mit der Resignation, zu der die Kindheit neigt, in diesem Gedanken aufgewachsen. Plötzlich sagte nun ihr Spiegel wie Jean Valjean zu ihr: Aber nein! In der Nacht lag sie schlaflos. Wenn ich hübsch wäre! dachte sie. Wie sonderbar, ich wäre es! Und sie erinnerte sich an die ihrer Kameradinnen, deren Schönheit Eindruck im Kloster gemacht hatte, und sagte sich: Wie denn? Ich gliche Fräulein Soundso?

Am nächsten Tag betrachtete sie sich, aber nicht zufällig, und zweifelte. Wo hatte ich meinen Kopf? dachte sie. Nein, ich bin häßlich. Sie hatte ganz einfach schlecht geschlafen, sie hatte Ränder um die Augen und war blaß. Gestern hatte sie keine übergroße Heiterkeit empfunden, als sie an ihre Schönheit glaubte, jetzt war sie, weil sie nicht mehr daran glaubte, betrübt. Sie betrachtete sich nicht mehr, und über vierzehn Tage versuchte sie sich zu frisieren, indem sie dem Spiegel den Rücken zudrehte.

Abends, nach der Mahlzeit, saß sie meist im Salon mit einer Stickerei oder einer klösterlichen Handarbeit, und Jean Valjean las neben ihr. Einmal schaute sie von ihrer Arbeit auf und war von der Unruhe, mit der er sie anblickte, überrascht.

Ein andermal ging sie durch die Straße, und es schien ihr, als sagte jemand, den sie nicht sah, hinter ihr: »Hübsches

Weib, aber schlecht angezogen.« Bah! dachte sie. Das bin ich nicht. Ich bin gut angezogen und häßlich. Damals trug sie ihren Plüschhut und ihr Wollkleid.

Eines Tages war sie im Garten und hörte die gute alte Toussaint sagen: »Herr Fauchelevent, merken Sie, wie hübsch das Fräulein wird?« Cosette vernahm die Erwiderung ihres Vaters nicht mehr, die Worte der Toussaint erregten sie. Heimlich verließ sie den Garten, sie stieg in ihr Zimmer hinauf, eilte zum Spiegel, in dem sie sich seit drei Monaten nicht betrachtet hatte, und stieß einen Schrei aus. Sie selbst war von ihrem Abbild betroffen.

Sie war hübsch und schön. Der Meinung der Toussaint und ihres Spiegels mußte sie zustimmen. Ihr Wuchs war ebenmäßig geworden, ihre Haut weißer, ihr Haar schimmerte, ein unbekannter Glanz hatte sich in ihren blauen Augen entzündet. Das Bewußtsein ihrer Schönheit erfaßte sie ganz, in einer Minute, wie wenn helles Tageslicht sich verbreitet, und auch den anderen teilte es sich mit, die Toussaint sprach davon, ihr offenbar hatte die Äußerung des Passanten gegolten, mit aller Sicherheit. Wieder ging sie in den Garten, in ihren Gedanken eine Königin, und lauschte mitten im Winter dem Gesang der Vögel, sah den Himmel vergoldet, Sonne in den Bäumen, Blumen in den Büschen. Sie war vor unsagbarem Entzücken außer sich.

Jean Valjean seinerseits verspürte eine tiefe, unsägliche Beklommenheit. Seit kurzer Zeit beobachtete er mit Schrekken die Schönheit, die sich Tag um Tag strahlender auf dem weichen Gesicht von Cosette malte, als eine Morgenröte, die alle wie ein Lachen berührte, aber schmerzlich für ihn war. Cosette war ziemlich lange schön gewesen, bevor sie es gewahrte. Jedoch vom ersten Tag an quälte das unerwartete Licht, das nach und nach die ganze Erscheinung des jungen Mädchens umgab und sich mehr und mehr mit ihr verband, Jean Valjeans düstere Augenlider. Er fühlte einen Wechsel in ihrer beider Leben, das so glücklich war, daß er nicht wagte, irgend etwas daran zu ändern. Dieser Mann, der von aller Not geprüft worden war, der noch aus all den Wunden blutete, die ihm das Schicksal schlug, der, fast dem Bösen verfallen, fast bis zur Heiligkeit sich geläutert hatte, der lange unter der Kette des Bagnos stöhnte und dem jetzt die unsichtbare, aber schwere Kette grenzenloser Verfemung um den Hals lag dieser Mann, den das Gesetz nicht freigelassen hatte und in jedem Augenblick wieder verhaften und aus der Verborgenheit seiner Tugend in die grelle Öffentlichkeit der Schande zerren konnte, er nahm alles hin, entschuldigte alles, verzieh alles, pries alles, war allem gegenüber wohlwollend und erbat von der Vorsehung, von den Menschen, von ihren Satzungen, von der Gesellschaft, von der Natur, von der Welt nur eines: daß Cosette ihn liebte.

Daß Cosette ihn auch künftig liebte! Daß Gott das Herz dieses Kindes nicht hinderte, zu ihm zu kommen und bei ihm zu bleiben! Von Cosette geliebt, war er geheilt, ausgeruht, seelisch befriedigt, unbedingt glücklich, belohnt, gekrönt. Von Cosette geliebt, war er im Einklang mit dem Dasein und begehrte nichts darüber hinaus. Hätte man ihn gefragt: Möchtest du, daß es dir besser gehe?, so hätte er geantwortet: Nein. Hätte Gott ihn gefragt: Willst du den Himmel?, hätte er erwidert: Es wäre ein Verlust für mich.

Alles, was dieses Leben, wenn auch nur an der Oberfläche, verletzen konnte, machte ihn schaudern, als nahe etwas völlig anderes heran. Er hatte nie gewußt, was die Schönheit eines Weibes war; aber von seinem Instinkt belehrt, verstand er, daß sie schrecklich sei. Diese Schönheit, die immer sieghafter und prächtiger auf der reinen Stirn des Kindes neben ihm, unter seinen Augen verderblich erblühte: Aus der Tiefe seiner Häßlichkeit, seines Alters, seines Elends, seiner Verdammnis, seiner Trostlosigkeit sah er verstört sie an. Er dachte: Wie schön sie ist! Was aber wird mit mir werden? Darin unterschied sich übrigens seine Zärtlichkeit von der einer Mutter. Was er beklommen sah, hätte eine Mutter mit Freuden gesehen.

Bald zeigten sich die ersten Spuren der Veränderung. Einen Tag, nachdem er sich gesagt hatte: Wie schön sie ist!, fing Cosette an, auf ihre Toilette zu achten. Sie erinnerte sich an das Wort des Passanten, »Hübsch, aber schlecht angezogen!« Damals hatte sie der Hauch des Orakels angeweht und in ihr Herz einen der beiden Keime gesenkt, die später das ganze Leben der Frau ausfüllen sollen: die Eitelkeit. Die Liebe ist der andere.

Mit dem Glauben an ihre Schönheit entfaltete sich die ganze Seele der Frau in ihr, und sie schämte sich des wollenen Gewandes und des Plüschhutes. Nie hatte ihr Vater ihr irgend etwas verweigert. Schnell erforschte sie die ganze Wissenschaft des Hutes, der Robe, der Mantille, des Schnürstiefels, der Manschette, des kleidsamen Stoffes, der Tönung der Farben, jene Wissenschaft, die der Pariserin ihren verführerischen, unergründlichen und gefährlichen Reiz schenkt. Das Wort »hinreißende Frau« wurde eigens für die Pariserin geprägt.

In weniger als einem Monat war die kleine Cosette in der Einöde der Rue Babylone nicht nur eine der hübschesten Frauen, was schon etwas ist, sondern, was mehr ist, eine der elegantesten von Paris. »Ihrem Passanten« wäre sie gern noch einmal begegnet, um zu hören, was er jetzt wohl sagen würde, und »ihn Mores zu lehren«! Sie war in jeder Hinsicht bezaubernd und konnte einen Hut von Gérard von einem Hut von Herbaut wunderbar unterscheiden.

Jean Valjean ängstigten diese Verwüstungen. Er, der spürte, daß er immer nur kriechen, höchstens gehen könnte, sah Cosette Flügel wachsen. Indes hätte allein schon an einer Besichtigung ihrer Toilette eine Frau erkannt, daß ihr eine Mutter fehlte. Sie vernachlässigte manche kleine Moderegel, manche Modekonvention. So hätte eine Mutter ihr auch gesagt, daß ein junges Mädchen sich nicht in Damast kleide.

Bei ihrem ersten Ausgang in ihrer Robe und ihrem kleinen Mantel von schwarzem Damast und in ihrem weißen Krepphut nahm sie den Arm von Jean Valjean fröhlich, beseligt, stolz und auffällig. »Vater«, sagte sie, »wie findest du mich?« Jean Valjean antwortete mit einer Stimme, die sich grämlich anhörte wie die Stimme eines Neiders: »Ganz reizend finde ich dich!« Während des Spaziergangs war er derselbe wie sonst. Als sie heimkamen, fragte er Cosette: »Ziehst du dein Kleid und deinen Hut, du weißt schon, nie mehr an?«

Das geschah in dem Zimmer Cosettes. Sie wandte sich nach dem Riegel der Garderobe um, an dem ihre alte Klosterschülerinnentracht hing. »Diese Maskerade?« fragte sie. »Vater, was soll ich damit? Nein, nie werde ich diese Greuel wieder anlegen. Mit dem Zeug auf dem Kopf sehe ich doch zum Schießen aus.« Jean Valjean seufzte bekümmert.

Von da an mußte er beobachten, daß Cosette, die früher immer zu Hause bleiben wollte und sagte: »Vater, ich bin so gern hier, bei dir«, den Wunsch hatte auszugehen. Wozu ein hübsches Gesicht und eine bestechende Toilette, wenn man sie niemanden sehen läßt? Er beobachtete auch, daß Cosette nicht wie ehedem den Hinterhof bevorzugte. Jetzt hielt sie sich am liebsten im Garten auf und ging ohne Mißvergnügen vor dem Gitter spazieren. Jean Valjean setzte, scheu wie er war, keinen Fuß in den Garten. Er blieb in seinem Hinterhof wie der Hund.

Cosette verlor, da sie sich schön wußte, die Anmut der Unwissenheit, eine erlesene Anmut, denn die durch Unbefangenheit erhöhte Schönheit läßt sich nicht beschreiben, und nichts ist so anbetungswürdig wie eine blendende Unschuld, die, ohne es zu wissen, den Schlüssel zu einem Paradies in der Hand hält. Aber was sie an unschuldiger Anmut einbüßte, gewann sie an versonnen ernstem Reiz. Ihr ganzes Wesen, erfüllt von den Freuden der Jugend, der Unschuld und der Schönheit offenbarte eine Melancholie, in der ein Glanz war. Damals sah Marius sie im Luxembourg-Park nach sechs Monaten wieder.

Der Kampf beginnt

Cosette lebte in ihrem Schatten und Marius in dem seinen, jeder von ihnen bereit, sich zu entflammen. Das Schicksal mit seiner mysteriösen, unentrinnbaren Geduld brachte allmählich diese beiden Menschen zueinander, die bis zur Ermattung mit den elektrischen Spannkräften der Leidenschaft geladen waren, diese beiden Seelen, die in sich die Liebe trugen, wie zwei Wolken den Blitz tragen, und, so wie sie im Blitzstrahl, in einem Blick sich treffen und vermischen sollten.

Der Blick wurde in den Liebesromanen so sehr mißbraucht, daß er schließlich in Verruf kam. Jetzt erst getraut man sich zu sagen, daß sich zwei Wesen lieben, weil sie sich angeschaut haben. Dennoch liebt man sich so und nur so. Alles übrige ist nur der Rest und kommt später. Nichts ist wirklicher als diese heftigen Erschütterungen in zwei Seelen, zwischen denen dieser Funke überspringt.

In der Stunde, da Cosette, ohne es zu wissen, diesen Blick entsandte, der Marius verwirrte, ahnte Marius nicht, daß Cosette auch von seinem Blick verwirrt wurde. Auch ihr widerfuhr dadurch Weh und Glück zugleich.

Seit langem schon sah und prüfte sie ihn, wie junge Mädchen sehen und prüfen, indem sie anderswohin schaute. Marius fand Cosette noch häßlich, als Cosette schon fand, er sei schön. Aber da er sie nicht beachtete, war der junge Mann ihr gleichgültig. Indes mußte sie sich sagen, daß er schönes Haar hatte, schöne Augen, schöne Zähne, einen gewinnenden Stimmklang, wenn sie ihn mit seinen Freunden plaudern hörte, daß er zwar, wenn man so urteilen wollte, in schlechter Haltung ging, aber mit eigentümlicher Anmut, daß er sich durchaus nicht töricht gebärdete, daß er ein vornehmes, sanftes, schlichtes und stolzes Wesen hatte und daß er zwar arm schien, jedoch gut aussah.

An dem Tag, an dem ihre Augen sich begegneten und sich endlich jählings die ersten dunklen und unaussprechlichen Geständnisse machten, die ein Blick nur stammelnd sagt, begriff Cosette das noch nicht. Nachdenklich betrat sie das Haus in der Rue l'Ouest wieder, in dem Jean Valjean, wie er zu tun pflegte, sechs Wochen hindurch gewohnt hatte. Als sie am nächsten Tag erwachte, dachte sie an den unbekannten jungen Mann, der, so lange unbewegt und kühl, jetzt seine Aufmerksamkeit ihr zuzuwenden schien. Aber diese Aufmerksamkeit behagte ihr nicht im mindesten. Sie empfand vielmehr ein wenig Zorn gegen den schönen Menschen, der so abweisend gewesen war. Sie hatte eine kriegerische Anwandlung. Es war ihr, als werde sie sich nun endlich rächen, und sie empfand eine noch ganz kindliche Freude darüber.

Da sie von ihrer Schönheit wußte, fühlte sie, wenn auch undeutlich, daß sie eine Waffe hatte. Frauen spielen mit ihrer Schönheit wie Kinder mit einem Messer. Sie verwunden sich bei diesem Spiel.

Man erinnert sich an das Zaudern von Marius, an das Erzittern seines Herzens, an sein Erschrecken. Er blieb auf seiner Bank sitzen und näherte sich nicht. Das war für Cosette ein Ärgernis. Eines Tages sagte sie zu Jean Valjean: »Vater, wir wollen ein bißchen da drüben spazierengehen.« Da sie sah, daß Marius nicht zu ihr kam, kam sie auf ihn zu. In solchem Fall gleicht jede Frau dem Berg, der zum Propheten geht. Das erste Symptom einer wahren Liebe ist bei einem jungen Mann Schüchternheit, bei einem jungen Mädchen Verwegenheit. Dies mag verwundern, und dennoch ist nichts einfacher. Die beiden Geschlechter wollen sich näherkommen und nehmen die Eigenschaften voneinander an. An diesem Tag geriet Marius durch den Blick Cosettes außer sich, und Cosette erbebte bei seinem Blick. Er ging zuversichtlich fort und sie in Unruhe. Seitdem liebten sie einander.

Das erste Gefühl Cosettes war eine verworrene, tiefe Traurigkeit. Es schien ihr, als habe ihre Seele sich von einem Tag zum anderen verdunkelt. Sie erkannte sich nicht mehr. Die Weiße der Seele junger Mädchen, die halb Kälte, halb Heiterkeit ist, gleicht dem Schnee. Sie schmilzt in der Liebe, ihrer Sonne.

Cosette wußte nichts von der Liebe. Nie hatte sie sie im irdischen Sinne nennen hören. Auf den Notenblättern der im Kloster zugelassenen profanen Musik war das Wort »amour« durch »Tambour« oder »Pandur« ersetzt. Das hatte Rätsel zur Folge, an denen die Phantasie der »Großen« sich übte, etwa: »Ach, wie ist der Tambour hold« oder: »Der Pandur ist das Mitleid nicht.« Aber Cosette hatte das Kloster zu früh verlassen, um sich viele Gedanken über den »Tambour« zu machen. Sie hätte also dem, was sie jetzt empfand, keinen Namen geben können. Ist man weniger krank, wenn man den Namen seiner Krankheit nicht kennt?

Sie liebte um so leidenschaftlicher, als sie unwissend liebte. Sie wußte nicht, war es gut oder schlecht, heilsam oder gefährlich, notwendig oder tödlich, ewig oder vergänglich, erlaubt oder verboten: Sie liebte. Sie hätte sehr gestaunt, hätte ihr jemand gesagt: Sie schlafen nicht? Das ist doch nicht gestattet. Sie essen nicht? Das ist doch sehr schlecht. Sie haben Atemnot und beschleunigten Herzschlag? Aber das darf doch nicht sein. Sie erröten und erbleichen, wenn ein schwarzgekleideter Herr am Ende einer grünen Allee erscheint? Das ist ja abscheulich. Sie hätte es nicht verstanden und geantwortet: Wie kann ich in etwas schuldig sein, wofür ich nichts kann und wovon ich nichts weiß?

Es begab sich, daß die Liebe, wie sie sie erlebte, gerade ihrem seelischen Zustand am besten entsprach. Sie war eine Anbetung von weitem, ein stummes Betrachten, die Vergöttlichung eines Unbekannten. Sie war die Erscheinung einer Jugend vor einer anderen, der nächtliche Traum, der zum Roman geworden und Traum geblieben war, das ersehnte, nun endlich verwirklichte und verleiblichte Phantom, aber noch ohne Namen, ohne ein Unrecht, einen Makel, eine Forderung, einen Fehler; der ideale, ferne Geliebte, ein Wahnbild, das Gestalt angenommen hatte. Jede greifbare nähere Beziehung hätte in dieser ersten Zeit Cosette verängstigt, die noch in dem vergrößernden Nebeldunst des Klosters befangen war. Sie hatte alle Furcht der Kinder in sich, vereint mit der der Nonnen. Der klösterliche Geist, der sie fünf Jahre durchdrang, wich nur langsam von ihr und ließ alles um sie her schwanken.

Sie suchte nicht einen Liebhaber, nicht einmal einen Verliebten, sondern eine Vision. Sie betete Marius als etwas Bezauberndes, Leuchtendes und Unmögliches an. Und da höchste Einfalt oft mit äußerster Koketterie zusammengeht, lächelte sie ihm mit Freimut zu.

Jeden Tag erwartete sie ungeduldig die Zeit der Promenade. Sie fand Marius immer von neuem, sie fühlte ein maßloses Glück und glaubte all ihr Denken aufrichtig wiederzugeben, wenn sie zu Jean Valjean sagte: »Was für ein herrlicher Garten ist der Luxembourg-Park!«

Marius und Cosette waren füreinander in Nacht entrückt. Sie sprachen sich nicht, sie grüßten sich nicht, sie kannten sich nicht, sie sahen sich. Und wie die Gestirne am Himmel auch Tausende von Meilen getrennt, lebten sie davon, daß sie einander anschauten.

So wurde Cosette allmählich eine Frau und entwickelte sich, schön und verliebt, im Bewußtsein ihrer Schönheit und in Unkenntnis über ihre Liebe. Kokett aus Unschuld noch obendrein.

Lächelnder Schmerz

Für alle Lebenslagen gibt es einen Instinkt. Ein Winkel der alten, ewigen Mutter Natur ließ Jean Valjean dumpf die Gegenwart von Marius spüren. In seinen geheimsten Gedanken erschauerte er. Er sah nichts, er wußte nichts, und dennoch spähte er mit hartnäckiger Hellsicht in die Finsternis, die um ihn lag, als fühlte er auf der einen Seite etwas werden, auf der anderen etwas zusammenstürzen. Aber auch Marius empfing eine solche verborgene Nachricht, und er tat alles, was er konnte, um den »Vater« zu meiden. Dennoch wurde er von Jean Valjean manchmal bemerkt. Sein Gebaren war mitnichten noch ungezwungen. Er zeigte verdächtige Vorsicht und linkische Kühnheit. Er hielt sich nicht mehr wie damals in nächster Nähe auf. Er saß fern von ihnen, in Ekstase. Er hatte ein Buch mit und tat, als lese er. Warum? Früher war er in seinem alten Rock gekommen, jetzt trug er Tag für Tag seinen neuen Rock. Vielleicht ließ er sich die Haare kräuseln. Er machte seltsame Augen. Er hatte Handschuhe an. Kurz, Jean Valjean bedachte den jungen Mann mit herzlichem Widerwillen.

Cosette ließ nichts erraten. Ohne recht zu wissen, was mit ihr war, hatte sie das Empfinden, daß es irgend etwas sei und daß sie es verschleiern müsse.

Jean Valjean verdroß diese Übereinstimmung zwischen dem Geschmack an gewählten Toiletten, der sich bei Cosette entwickelt hatte, und der Gewöhnung an neue Kleider, die der Unbekannte bekundete. Ein Zufall vielleicht, ohne Zweifel selbstverständlich, aber ein bedenklicher Zufall.

Nie öffnete er den Mund, um mit Cosette über den Unbekannten zu reden. Eines Tages jedoch konnte er nicht anders, und mit der unsicheren Verzweiflung dessen, der plötzlich die Sonde in sein Mißgeschick senkt, sagte er: »Der junge Mann da muß ein richtiger Pedant sein.«

Ein Jahr zuvor hätte Cosette als gleichgültiges junges Mädchen geantwortet: Nicht doch, reizend ist er. Später, mit der Liebe zu Marius im Herzen, hätte sie erwidert: Ein Pedant und ein unerträglicher Anblick! Du hast recht! In dem Moment ihres Lebens und ihres Gefühls, in dem sie war, beschränkte sie sich darauf, in größter Ruhe zu entgegnen: »Ach, der junge Mann da!« Als ob sie ihn zum erstenmal sähe.

Wie unvernünftig von mir! dachte Jean Valjean. Sie hatte ihn noch nicht gewahrt. Ich habe sie auf ihn hingewiesen. Oh, Einfalt der Alten, Unergründlichkeit der Kinder!

Das ist auch noch so ein Gesetz dieser frühen Jahre des Leids und der Kümmernisse, dieser heftigen Kämpfe der ersten Liebe gegen die ersten Hindernisse: Das junge Mädchen ließ sich in keine Falle locken, der Jüngling tappte in alle. Jean Valjean hatte gegen Marius einen heimlichen Krieg eröffnet, von dem Marius in der erhabenen Torheit seiner Leidenschaft und seines Alters nichts ahnte. Er stellte nun Marius häufig Fallen, er änderte die Stunden, er saß mit Cosette bald auf dieser, bald auf jener Bank. Er vergaß sein Taschentuch, er kam allein in den Luxembourg-Park. Marius ging ihm, den Kopf voran, ins Garn. Und auf alle Fragezeichen, die ihm Jean Valjean auf den Weg malte, antwortete er treuherzig mit Ja. Sie indessen beharrte bei ihrer scheinbaren Sorglosigkeit und nicht zu verwirrenden Gelassenheit, so unnahbar, daß Jean Valjean daraus schloß: Dieser Fant ist in Cosette wie toll verliebt, aber sie weiß nicht einmal, daß er auf der Welt ist.

Dennoch erbebte schmerzlich sein Herz. Die Zeit der Liebe konnte jeden Augenblick für Cosette gekommen sein. Begann nicht alles mit Gleichgültigkeit?

Ein einziges Mal irrte Cosette sich und erschreckte ihn. Nach dreistündiger Rast erhob er sich von der Bank, um sich nach Hause zu begeben. »Schon?« fragte sie.

Jean Valjean hatte die Spaziergänge im Luxembourg-Park nicht abgebrochen. Er wollte nichts tun, was Cosette befremden konnte, und war in größter Furcht, sie zu alarmieren. Jedoch in diesen für die Liebenden so süßen Stunden, wenn Cosette ihr Lächeln zu Marius hinübersandte, der berauscht sonst nichts sah und für den es nur noch das strahlende, geliebte Antlitz gab, heftete Jean Valjean auf Marius funkelnde, drohende Blicke. Er, der zuletzt einer feindlichen Gesinnung sich nicht mehr für fähig gehalten hatte, glaubte manchmal wieder, bösartig und unbeherrscht zu werden. Er fühlte, wie in der Gegnerschaft gegen den jungen Mann die alten Tiefen seiner Seele wieder aufgewühlt wurden, in denen er einst soviel Ingrimm gehegt hatte. Es schien ihm, als wollten sich unbekannte Krater in ihm öffnen.

Wie, er war da, dieser Mensch! Was beabsichtigte er? Er kam, sie zu umschmeicheln, zu wittern, zu prüfen, einen Versuch zu machen. Er lauerte seinem Glück auf, er wollte es ihm neh men, ihn berauben. Ja, so ist es, dachte Jean Valjean. Wonach trachtete er? Nach einem Abenteuer? Was bezweckte er? Eine Liebelei. Eine Liebelei! Und was ist mit mir? Ich soll zuerst der elendste aller Menschen gewesen sein und dann der unglücklichste. Ich soll sechzig Jahre meines Lebens auf den Knien gerutscht sein, alles erduldet haben, was einer erdulden kann. Soll gealtert sein; ohne daß ich jung war, ohne Familie gehabt zu haben, ohne Freunde, ohne Frau, ohne Kinder. Soll mein Blut auf allen Steinen vergossen haben, an Dornen, allen Wegscheiden, allen Mauern. Soll sanft gewesen sein, wenn man hart zu mir war, und gut gegenüber aller Bosheit. Soll dennoch wieder ehrbar geworden sein, das Üble, das ich tat, bereut und das Üble, das man mir tat, vergessen haben. Und nun, da ich belohnt werde, da meine Pein zu Ende ist, da ich mich dem Ziel nahe, da ich habe, was ich will, da ich es gewann, indem ich büßte, soll ich das alles missen, soll es mir in das Nichts entschwinden. Ich soll Cosette verlieren und mit ihr mein Leben, meine

Freude, meine Seele, weil ein alberner Bursche den Einfall hat, durch diesen Park zu schlendern!

Da kam ein unheimlicher, seltsamer Glanz in seine Augen. So schaut kein Mann einen anderen an, so mustert kein Feind seinen Feind. So sieht eine Dogge einen Dieb an.

Der Rest ist bekannt. Marius ließ von seiner Tollheit nicht ab. Eines Tages folgte er Cosette bis in die Rue de l'Ouest. An einem anderen Tag sprach er mit dem Portier. Der Portier seinerseits sagte zu Jean Valjean: »Herr, was ist das für ein neugieriger junger Mann, der sich nach Ihnen erkundigt hat?« Am nächsten Tag sah Jean Valjean Marius so an, daß dieser stutzte. Eine Woche danach war Jean Valjean ausgezogen. Er gelobte sich, keinen Fuß mehr in den Luxembourg-Park zu setzen und auch die Rue de l'Ouest nicht mehr zu betreten, und kehrte in die Rue Plumet zurück.

Cosette beklagte sich nicht, sie sagte nichts, sie stellte keine Fragen, sie bemühte sich, nicht zu wissen, weshalb. Schon war sie so weit, daß sie sich scheute, ausgeforscht zu werden und sich zu verraten. Jean Valjean hatte keine Erfahrung in dieser Not, der einzigen, die ihren Reiz hat und die ihm nie vergönnt gewesen war. So ahnte er nicht, ein wie ernstes Zeichen Cosettes Verstummen bedeutete. Er bemerkte nur ihre Traurigkeit und verdüsterte sich. Auf beiden Seiten rang Unerfahrenheit mit Unerfahrenheit.

Einmal wagte er sich vor. »Willst du in den Luxembourg-Park mitkommen?« fragte er Cosette. Ihr bleiches Antlitz erstrahlte. »Ja«, sagte sie.

Sie gingen hin. Drei Monate waren verronnen. Marius besuchte seine Allee nicht mehr. Marius war nicht da.

Tags darauf fragte Jean Valjean Cosette wieder: »Willst du in den Luxembourg-Park mitkommen?« Betrübt und sanft erwiderte sie: »Nein.« Ihre Betrübnis kränkte Jean Valjean, über ihre Sanftmut war er untröstlich.

Was begab sich in diesem jungen und schon so undurchdringlichen Gemüt? Was bereitete sich darin vor? Was geschah mit der Seele Cosettes? Manchmal blieb Jean Valjean, statt zu Bett zu gehen, neben seinem Lager sitzen, den Kopf in den Händen, und wachte ganze Nächte, indem er sich das fragte, in dem Wunsch, ihre Gedanken nachzudenken. Oh, wie schmerzlich sehnte er sich dann nach dem Kloster und seiner reinen Höhe, dem Ort der Engel, dem unzugänglichen Gletscher der Tugend! Mit verzweiflungsvollem Entzücken schaute er im Geist den Garten des Klosters mit seinen Blumen, von denen niemand wußte, und den von ihm eingeschlossenen jungfräulichen Mädchen, den Garten, in dem alle Düfte und alle Seelen gerade zum Himmel emporstiegen. Er betete dieses nun auf immer ver sperrte Eden an, das er in einer Verblendung freiwillig verlassen hatte. Wie bedauerte er seine Entsagung, seinen Wahnwitz, daß er Cosette in die Welt zurückgeführt hatte, als armer Heros der Opfertat, den eben seine Hingabe zum Sturz brachte. Wie oft sagte er sich: Was habe ich getan?

Aber nichts davon wurde für Cosette spürbar. Er zeigte ihr weder Laune noch Schroffheit, sondern stets dasselbe heitere und gute Gesicht. Sein Gebaren war noch zärtlicher und väterlicher als je. Wenn man irgendwie ahnen konnte, daß er weniger froh war, so hätte nur eine noch größere Milde dies offenbart.

Cosette ihrerseits verzehrte sich in Mattigkeit. Sie litt unter dem Fernbleiben von Marius, wie sie seine Gegenwart genossen hatte, ohne es genau zu wissen. Als Jean Valjean die regelmäßigen Spaziergänge mit ihr unterließ, hatte ein weiblicher Instinkt im Grunde ihres Herzens ihr zugeflüstert, es dürfe nicht scheinen, als bestehe sie auf dem Luxembourg-Park, und wenn sie sich so verhalte, als mache sie sich nichts daraus, werde er zu seiner Gewohnheit zurückkehren. Aber Tage, Wochen und Monate folgten. Jean Valjean hatte die schweigende Zustimmung Cosettes schweigend hingenommen. Das tat ihr leid. Aber es war zu spät. An dem Tag, an dem sie den Park wiedersah, fehlte Marius. Er war also verschwunden. Es war aus. Würde sie ihn jemals wiederfinden? Sie fühlte eine Beengung ihres Herzens, die sich nicht mehr behob und sich von Tag zu Tag verschlimmerte. Sie wußte nicht mehr, war es Winter oder Sommer, Sonne oder Regen, ob die Vögel sangen, ob es die Zeit der Dahlien oder der Maßliebchen war, ob der Luxembourg-Park schöner war oder die Tuilerien, ob die Wäsche, die die Waschfrau ablieferte, zu sehr gestärkt war oder nicht genug, ob die Toussaint auf dem Markt gut oder schlecht eingekauft hatte. Immer war sie niedergeschlagen, in sich versunken, mit einem einzigen Gedanken beschäftigt, die Augen verschwommen starrend, wie man nachts die schwarze, tiefe Leere betrachtet, in der eine Erscheinung sich verflüchtigt hat.

Auch sie verhehlte Jean Valjean alles, nur ihre Blässe nicht. Unverändert sanft waren ihre Züge. Um dieser Blässe willen war er mehr als besorgt. Mitunter fragte er sie: »Was hast du?«

»Ich habe nichts«, antwortete sie. Und nach einer Pause fügte sie, da sie sah, daß auch er traurig wurde, hinzu: »Und du, Vater, hast du etwas?«

»Ich? Nichts«, sagte er.

So litten diese beiden Menschen, die sich so restlos, mit so rührender Liebe geliebt und so lange füreinander gelebt hatten, jetzt einer neben dem anderen, ohne es sich zu sagen, ohne es zu wollen, und lächelnd.

Die Kette

Der unglücklichere von beiden war Jean Valjean. Über der Jugend liegt stets, sogar in ihrem Leid, ein heller Schein. Bisweilen litt er so sehr, daß er kindisch wurde. Es gehört zum Wesen des Schmerzes, daß er das Kindliche im Menschen wieder erscheinen läßt. Er fühlte, ohne sich dagegen wehren zu können, daß Cosette ihm entglitt. Er hätte kämpfen mögen, sie zurückhalten, sie durch etwas Äußeres, Glanzvolles begeistern. Diese, wie wir sie nannten, kindischen Ideen waren zugleich greisenhaft. Aber sie gaben ihm, unverständig wie sie waren, einen ziemlich richtigen Begriff von der Wirkung der Tressen auf die Phantasie junger Mädchen. Einmal sah er auf der Straße einen General in großer Uniform vorüberreiten, den Grafen Coutard, den Kommandanten von Paris. Er beneidete diesen goldstrotzenden Mann. Er dachte, welch ein Glück es sein würde, sich in diesen Rock zu kleiden, der unbestreitbar prächtig war. Sähe

Cosette ihn so, würde es sie blenden. Gäbe er ihr dann den Arm und ginge mit ihr am Gitter der Tuilerien entlang, so würde der Posten vor ihm präsentieren, und das würde Cosette genügen und ihre Lust mindern, die jungen Leute anzuschauen.

Eine unerwartete Erschütterung mengte sich in diese traurigen Gedanken. In dem abgesonderten Leben, das sie führten, und seit sie in der Rue Plumet wohnten, hatten sie den Tag anders einzuteilen begonnen. Mitunter machten sie einen Ausflug, um den Sonnenaufgang zu sehen, eine Art stiller Freude, wie sie die anzieht, die in das Leben eintreten und die Abschied von ihm nehmen.

Ein solcher Gang vor dem Tag erquickt den, der die Einsamkeit liebt, nicht weniger als ein Gang durch die Nacht, und die Heiterkeit der Natur kommt noch hinzu. Die Straßen sind verlassen, die Vögel zwitschern. Cosette, die selbst ein Vogel war, erwachte gern in den ersten Morgenstunden. Für diese Partien rüsteten sie sich schon am Abend vorher. Er empfahl ein Ziel des Ausflugs, sie billigte es. Das vereinbarten sie untereinander wie ein Komplott. Sie gingen, sobald es dämmerte, fort, und jedesmal fand Cosette viel kleines Glück dabei. Solche unschuldigen Extravaganzen gefallen der Jugend.

Jean Valjean bevorzugte wenig besuchte Gegenden, abgelegene Winkel, verschollene Örtlichkeiten. Nahe den Barrièren, den Zollschranken, rings um Paris, lagen dürftige Felder, die sich bis in das Stadtgebiet hinein dehnten. Im Sommer wuchs auf ihnen mageres Getreide, und im Herbst, nach dem Schnitt, sahen sie nicht abgeerntet aus, eher abgehäutet. Jean Valjean hatte eine besondere Neigung für sie. Cosette langweilte ihr Anblick nicht. Es war für ihn die Einsamkeit, für sie die Freiheit. Hier wurde sie wieder zum kleinen Mädchen, sie konnte laufen und fast spielen, sie nahm ihren Hut ab, legte ihn Jean Valjean auf die Knie und pflückte Blumen, die sie zu Sträußen band. Sie sah den Schmetterlingen zu, die über die Blüten gaukelten, aber sie fing sie nicht. Milde und Zärtlichkeit werden mit der Liebe geboren, und das junge Mädchen, das ein zitterndes, gebrechliches Ideal in sich trägt, ist von den Schwingen des Schmetterlings gerührt. Sie flocht Kränze aus rotem Mohn, die sie sich auf den Kopf setzte und die, von der Sonne durchleuchtet und durchdrungen, purpum brennend wie eine Flammenkrone ihr frisches, rosiges Antlitz umrahmten. Auch nachdem ihrer beider Leben sich verdüstert hatte, blieben sie diesen Spaziergängen in der Frühe treu.

An einem Oktobermorgen hatten sie, von der reinen Heiterkeit des Herbstes 1831 gelockt, sich hinausbegeben. Als es tagte, waren sie nahe der Barrière du Maine. Kein Morgenrot, sondern ein matter Schein stand am Rand der Ebene während einer entzückenden Minute von wilder Schönheit. Hier und da schimmerten noch Sternbilder im bleichen, tiefen Azur, ganz schwarz war die Erde, ganz weiß der Himmel. Ein Schauer durchstreifte die Grashalme. Über alles war die geheimnisvolle Ergriffenheit der Dämmerstunde gebreitet. Eine Lerche sang in außerordentlicher Höhe, als wäre sie einer der Sterne, und es war, als beruhige diese Hymne des unendlich Kleinen die Unermeßlichkeit. Im Osten ragte mit schwarzem Umriß gegen den Horizont, der wie lichter Stahl war, die dunkle Kuppel von Val-de-Grace. Funkelnd schwebte hinter diesem Dom die Venus. Sie glich einer Seele, die sich aus einem finsteren Gehäuse losringt.

Alles war Friede und Schweigen. Niemand schritt auf der Landstraße. Nur weiter unten, an den Seiten, gingen einige wenige Arbeiter, die man kaum sah, zu ihren Werkstätten.

Jean Valjean hatte sich an einer Nebenstraße auf Balken niedergelassen, die am Tor eines Zimmerplatzes aufgestapelt waren. Er hatte sein Gesicht der großen Straße zugekehrt und saß mit dem Rücken gen Osten. Er vergaß die Sonne, die gerade aufstieg. Eine Versunkenheit hatte sich seiner bemächtigt, in der sich der Geist konzentriert und die sogar den Blick bannt, nicht anders, als schlössen vier Mauern ihn ein. Es gibt derartige steile Meditationen, aus denen zur Erde zurückzukehren es der Zeit bedarf. Jean Valjean hatte sich in den Abgrund einer solchen Grübelei verloren. Er dachte an Cosette, an das Glück, das möglich wäre, wenn nichts sie und ihn trennte, an das Licht, mit dem sie sein Leben erfüllte und das der Atem für seine Seele war. Fast beschwichtigte die Träumerei sein Ungemach. Cosette stand bei ihm und sah, wie die Wolken sich rosa färbten.

Plötzlich rief sie: »Vater, da kommen Menschen.« Jean Valjean blickte auf. Cosette hatte recht. Die Chaussee, die zur einstigen Barrière du Maine führt, ist, wie man weiß, die Verlängerung der Straße nach Sèvres und wird in rechtem Winkel vom inneren Boulevard durchquert. Von der Ecke, an der die Chaussee und der Boulevard sich begegnen, hörte man einen Lärm, der sich zu dieser Stunde kaum erklären ließ, und ein verworrenes Gedränge wurde merkbar. Irgendein gestaltloser Aufzug von der Chaussee her wälzte sich dem Boulevard zu.

Der Lärm schwoll an, es war, als werde er von einer geordneten Bewegung verursacht, und dennoch klang er böse und schauerlich. Ein Wagen schien zu rollen, aber man konnte nicht unterscheiden, wie er befrachtet war. Man hörte Pferde, Räder, Schreie und Peitschenknallen. Mitunter erriet man Linien, wenn auch von Finsternis ertränkt. Es war in der Tat ein Wagen, der soeben von dem Boulevard auf die Landstraße eingeschwenkt war und Richtung auf die Barrière zu hielt, nahe der Jean Valjean saß. Ein zweiter, ähnlicher folgte, dann ein dritter, dann ein vierter. Sieben Karren hintereinander ratterten vorwärts, die Köpfe der Pferde schoben sich bis an die Wagen vor ihnen heran. Silhouetten regten sich auf den Karren, man sah in der Dämmerung ein Glitzern wie von entblößten Säbeln, man hörte ein Geklirr, als würden Ketten geschüttelt. Das kam immer näher, die Stimmen wurden lauter, etwas Furchtbares schien aus der Höhle der Träume hervorzugeistern.

Jetzt war es dicht vor der Schranke und nahm Gestalt an, es zeichnete sich schärfer ab, indes die Erscheinung verblaßte. Die Masse wurde weißlicher. Der Tag, der nach und nach aufstieg, warf ein fahles Zwielicht auf das Gewimmel, das zugleich Spuk aus Gräbern war und lebendiges Leben. Die Köpfe der Silhouetten wurden Gesichter von Leichnamen. Sieben Wagen ächzten der Reihe nach über die

Straße dahin. Die sechs ersten hatten einen sonderbaren Bau. Sie glichen Sturzkarren von Faßbindern. Lange Leitern waren über zwei Räder gelegt und bildeten Gabeldeichseln an den Vorderenden. Jeder Sturzkarren oder vielmehr jede Leiter war an einem Ende mit vier Pferden bespannt. Auf diesen Leitern wurden seltsame Trauben von Männern geschleppt. Im schwachen Tageslicht sah man diese Männer nicht, man ahnte sie nur. Vierundzwanzig auf jedem Wagen, auf jeder Seite zwölf, aneinandergelehnt, die Gesichter nach den Passanten zu, die Beine baumelnd, wurden die Männer gefahren. Hinter ihnen hing eine klirrende Kette und um ihren Hals etwas Blinkendes, ein Eisen wie am Pranger. Jeder hatte sein Halseisen, aber die Kette war für alle. So waren die vierundzwanzig Männer, wenn sie von dem Sturzkarren hinunterklettern und marschieren wollten, einer unerbittlichen Einheit untertan und mußten, mit der Kette als Rückgrat, sich am Boden etwa wie ein Tausendfüßler winden. Vor und hinter jedem Wagen gingen zwei mit Flinten bewaffnete Schergen, und jeder von ihnen stampfte auf ein Ende der Kette. Die Halseisen waren vierkantig. Der siebente Wagen, ein breiter Packwagen mit Sprossen, aber ohne Verdeck, hatte vier Räder, war mit sechs Pferden bespannt und trug einen lärmenden Haufen von eisernen Kesseln, gußeisernen Kochtöpfen, Kohlenbecken und Ketten. Dazwischen lagen einige an den Händen gefesselte Männer, Kranke, wie es schien. Auf diesem vergitterten Packwagen waren noch zerschlissene Leitern angebracht, mit denen einst Verbrecher zu Tode geschleift wurden.

Die Wagen fuhren mitten auf dem Pflaster. Beiderseits gingen als doppeltes Spalier Wächter, die gemein aussahen, dreieckige Klapphüte, wie sie die Soldaten des Direktoriums hatten, befleckt, durchlöchert, schmutzig, auf den Köpfen, mit Invalidenuniformen ausgestattet und Hosen von Leichenträgern, halb grau, halb blau, fast in Fetzen, mit roten Epauletten, Patronentaschen an gelben Riemen, Infanterie-Seitengewehren, die man Käsemesser nennt, Gewehren und Stöcken, eine Art soldatischen Auswurfs. Diese Sbirren schienen die Erniedrigung des Bettlers und die Amtsgewalt des

Henkers zu vereinigen. Derjenige, der sie offenbar befehligte, hielt eine Postillionpeitsche. Alle diese Einzelheiten, die von der Dämmerung verwischt waren, hoben sich im wachsenden Tageslicht immer mehr hervor. An der Spitze des Zuges und hinter ihm ritten Gendarmen, ernst, den Säbel in der Hand.

So lang war der Zug, daß in dem Moment, da der erste Wagen die Barrière erreichte, der letzte kaum aus dem Boulevard hervorkam. Eine Menge, die sich im Augenblick irgendwie gesammelt hatte, wie das in Paris oft geschieht, strömte beiderseits auf die Chaussee und gaffte. Man hörte aus den benachbarten Gassen Schreie von Leuten, die einander riefen, und das Geklapper der Holzschuhe von Gemüsegärtnern, die, um zu sehen, heraneilten.

Die auf den Karren angehäuften Männer ließen sich stumm rütteln. Sie waren fahl vom morgendlichen Frösteln. Alle hatten sie linnene Hosen und in ihren Holzschuhen nackte Füße. Im übrigen war ihre Tracht von der Laune des Elends bestimmt. Ihr Gewand war von häßlicher Mannigfaltigkeit. Nichts ist so jammervoll wie Harlekine in Lumpen. Zerbeulte Filzhüte, geteerte Kappen, abscheuliche Wollmützen und neben der kurzen Jacke der an den Ellbogen geplatzte Frack. Mehrere hatten Frauenhüte; andere trugen einen Korb auf dem Scheitel. Man sah zottige Brüste, und durch die Risse der Kleidung waren Tätowierungen zu erkennen, Liebestempel, lodernde Herzen, kleine Liebesgötter. Man gewahrte auch Geschwüre und krankhafte Rötungen. Zwei oder drei hatten ein Strohseil an dem Querbalken des Sturzkarrens befestigt und unter sich gleichsam als Steigbügel gehängt, als Stütze der Füße. Einer hielt in der Hand und führte zum Mund etwas, was wie ein schwarzer Stein aussah und in das er beißen zu wollen schien; es war Brot, das er aß. Die Augen aller waren trocken, erloschen, oder es flackerte darin ein böses Licht. Die Begleittruppe fluchte, die Angeketteten getrauten sich nicht zu atmen. Von Zeit zu Zeit hörte man einen Stockhieb auf die Schultern oder die Schädel klopfen. Einige unter den Männern gähnten. Schrecklich waren ihre Lumpen, ihre Füße baumelten, ihre

Schultern schwankten, ihre Köpfe prallten gegeneinander, ihre Eisen schepperten, ihre Pupillen glühten wild, ihre Fäuste krampften oder öffneten sich leblos wie Totenhände. Ein Kinderschwarm folgte mit wieherndem Gelächter dem Zug.

Diese Wagenreihe, welcher Art sie auch sein mochte, wirkte unheilvoll. Morgen oder in einer Stunde konnte ein Platzregen ausbrechen und dann wieder einer, und jeder Guß troff durch die zerrissenen Kleider, und wenn sie einmal durchnäßt waren, trockneten sie nicht. Die Körper der Männer vereisten und wurden nicht mehr warm. Ihre Leinenhosen klebten nach dem Regenschwall an ihren Knochen, das Wasser sickerte durch die Holzschuhe. Kein Peitschengeknall verhinderte, daß ihre Kinnbacken zusammenschlugen. Und weiter umfing die Kette ihren Hals und schlotterten ihre Beine hernieder. Es war unmöglich, nicht zu erbeben, wenn man diese menschlichen Kreaturen so gebunden sah, so willenlos unter dem kalten Gewölk eines Herbstes, dem Regen ausgeliefert, dem Sturm, dem Wüten der Luft wie Bäume und wie Steine.

Die Stockhiebe verschonten auch die Kranken nicht, die in geknoteten Stricken starr auf dem siebenten Wagen ausgestreckt waren und über ihn hingeworfen schienen wie Säcke voller Elend.

Plötzlich bahnte die Sonne sich durch die Wolken den Weg. Aus dem Osten quoll der unermeßliche Strahl, und es war, als lasse er all die wüsten Köpfe in Feuer aufgehen. Die Zungen lösten sich. Ein Brand von Hohn, von Flüchen und Liedern entlud sich. Das breite horizontale Licht zerschnitt den ganzen Zug. Es beleuchtete Köpfe und Rümpfe und ließ Füße und Räder in der Dunkelheit. Auf den Gesichtern traten die Gedanken hervor. Dieser Moment war entsetzlich. Dämonen zeigten sich, da die Masken fielen, Seelen in grauenhafter Nacktheit. Auch beglänzt, blieb diese Schar in ihrer Finsternis. Einige, die Spaßmacher, hatten Federkiele im Mund, aus denen sie auf die Menge, und zumal auf die Frauen, Ungeziefer bliesen. Die Morgenröte unterstrich durch die Schwärze der Schatten die Kläglichkeit der Profile.

Keines dieser Wesen war nicht vom Elend entstellt. Das war so ungeheuerlich, daß es die Helligkeit der Sonne in den zuckenden Schein eines Blitzes verzerrte. Die Bemannung des Wagens, der den Zug eröffnete, begann, aus Leibeskräften grölend, mit unbändiger Jovialität ein damals berühmtes Potpourri von Désaugiers, die »Vestalin«, zu psalmodieren. Die Bäume seufzten düster. In den Seitenalleen lauschten Bürgergesichter in idiotischer Seligkeit auf die Schwänke, die da von Gespenstern gesungen wurden.

Alle Not war in diesem Zug chaotisch vermengt. Man sah Bestien, Greise, Jünglinge, Glatzen, Graubärte, zynische Monstrositäten, verdrossene Ergebenheit, aufsässiges Grinsen, sinnlose Haltungen, von Mützen bedeckte Schweineschnauzen, Köpfe wie von jungen Mädchen, mit Korkenzieherlocken an den Schläfen, Kindergesichter, die daher um so schauriger waren, entfleischte Gesichter von Skeletten, denen nichts mehr fehlte als der Tod. Auf dem ersten Wagen hockte ein Neger, der wohl Sklave gewesen war und die Ketten drüben und hier gegeneinander abschätzen konnte. Der schreckliche Ausgleich von unten, die Schande, war über diese Stirnen hinweggegangen. Auf dieser Stufe der Demütigung nahmen sie all die letzten Umwandlungen bis in die letzten Tiefen an, sowohl die Unwissenheit, die in Vertierung entartete, wie die der Verzweiflung überantwortete Intelligenz. Es ließ sich keine Auswahl unter diesen Männern treffen, die sich als Elite der Verkommenheit den Blicken darbot. Zweifellos hatte der Beaufsichtiger dieser unsauberen Prozession sie nicht nach Klassen geordnet. Sie waren durcheinandergebunden und -gepaart worden, vermutlich nach der Willkür des Alphabets, und so hatte man sie auf diese Wagen gepfercht. Indes, die gruppierten Greuel haben doch ein Gesamtergebnis. Jede Aufrechnung von Unglücklichen schließt mit einer Totalsumme ab. Jeder Kette entspringt eine gemeinsame Seele, und die Besatzung eines jeden Karrens hatte ihre Physiognomie. Neben der singenden war hier eine heulende. Eine dritte bettelte. Eine fletschte die Zähne. Eine andere bedrohte die Passanten, wieder eine andere lästerte Gott. Die letzte schwieg wie das Grab. Dante hätte geglaubt, er sähe die sieben Ringe der Hölle auf dem Marsch. Dem Marsch der Verdammnis zu den Folterungen, in der Dunkelheit, nicht auf dem furchtbar blitzenden Kriegswagen der Apokalypse, sondern, was noch unheimlicher war, auf dem Karren, der zu den Gemonien führte, der Todestreppe vom Aventin zum Tiber hinab.

Einer der Wächter, der am Ende seines Stockes einen Widerhaken hatte, gebärdete sich von Zeit zu Zeit, als wolle er ihn in diesen Haufen menschlichen Unrats bohren. Eine alte Frau in der Menge sagte zu einem fünfjährigen Knaben, indem sie mit dem Finger auf die Gefangenen wies: »Du Lümmel, davon kannst du lernen!«

Als das Singen und die Lästerungen zum Gebrüll wurden, klatschte der Mensch, der Hauptmann der Begleittruppe zu sein schien, mit der Peitsche, und auf dieses Signal hin hub eine scheußliche, unerbittliche und blinde Bastonade an, die mit Hagelgeräusch die Bemannung der sieben Wagen überschüttete. Viele schrien gellend und schäumten, was die Freude der Gassenjungen, die sich wie eine Fliegenhorde über Schwären zusammengerottet hatten, noch erhöhte.

Die Augen Jean Valjeans waren erschreckend geworden. Sie waren keine Augensterne mehr, sondern die glasige Wand, die bei gewissen Unglücklichen den Blick ersetzt, die kein Bewußtsein der Wirklichkeit durchläßt und nur ein Spiegel ist für die Bilder des Grauens und der Katastrophen. Er hatte nicht ein Schauspiel vor sich; er unterlag einer Vision. Er wollte aufstehen, fliehen, entrinnen; seine Füße waren wie gelähmt. Mitunter packen einen die Dinge, die man sieht, und halten einen fest. Er blieb sitzen, wie angenagelt, wie versteinert, und fragte sich in einer wirren Angst, für die er keinen Ausdruck fand, was diese Verfolgung aus dem Grabe heraus bedeutete, woher dieses Pandämonium aufstieg, das ihn so verstörte. Dann hastete er plötzlich mit der Hand nach der Stirn, was die gewohnte Geste derer ist, denen jählings das Gedächtnis wiederkehrt. Er erinnerte sich, daß dies in der Tat die für die Transporte vorgeschriebene Straße war, daß man sie diesen Umweg auch sonst machen ließ, um Begegnungen mit den königlichen Kutschen, die auf der Straße nach Fontainebleau möglich waren, zu vermeiden, und daß vor fünfunddreißig Jahren er selbst diese Schranke passiert hatte.

Cosette war anders erschreckt, jedoch nicht minder als er. Sie begriff nicht. Der Atem versagte ihr. Was sie sah, schien ihr undenkbar. »Vater«, rief sie endlich, »was war das auf diesen Wagen?«

Jean Valjean erwiderte: »Sträflinge.«

»Wohin bringt man sie?«

»Zu den Galeeren.«

In diesem Moment tobte die Bastonade, von hundert Händen vervielfacht. Hiebe mit flachem Säbel vermischten sich mit ihr, es war wie ein Rasen von Peitschen und Stöcken. Die Galeerensträflinge krümmten sich, ein widerlicher Gehorsam bemächtigte sich der Gemarterten, und alle verstummten mit dem Blick geketteter Wölfe. Cosette zitterte an allen Gliedern. »Vater«, fragte sie, »sind das noch Menschen?«

»Bisweilen«, sagte der Elende.

Es war die Sträflingskette, die, vor Tagesanbruch von Bicêtre in Marsch gesetzt, über die Straße nach Le Mans ging, um Fontainebleau auszuweichen, wo damals der König sich aufhielt. Dieser Umweg ließ die furchtbare Reise drei bis vier Tage länger dauern. Aber man darf wohl eine Folter verlängern, wenn man so der Person des Königs ihren Anblick erspart.

Jean Valjean ging zerschmettert nach Hause. Solche Begegnungen sind Schicksalsschläge, und die Erinnerung, die sie wecken, ähnelt einem Schock.

Indes er mit Cosette der Rue Babylone zustrebte, beachtete er nicht, daß sie ihm noch andere Fragen über das, was sie vorhin gesehen hatte, stellte. Vielleicht war er von seinem Gram so völlig abgelenkt, daß er ihre Worte nicht vernahm. Nur abends, als sie ihn verließ, um zu Bett zu gehen, hörte er sie mit gedämpfter Stimme, als spräche sie zu sich selbst, sagen: »Ich glaube, wenn mir einer von den Männern über den Weg liefe, ich würde daran sterben, ihn auch nur in meiner Nähe zu sehen.«

Ein glücklicher Zufall wollte, daß am Tag nach diesem unheimlichen Vorfall wegen irgendeiner offiziellen Feierlichkeit in Paris Feste veranstaltet wurden, eine Parade auf dem Marsfeld, Schifferstechen auf der Seine, Theater in den Champs-Elysées, Feuerwerk an der Etoile und überall Illuminationen. Jean Valjean, der sich Zwang auferlegte, führte Cosette zu all diesen Vergnügungen, um die Erinnerung an gestern in ihr zu zerstreuen und unter dem lachenden Tumult von ganz Paris das abscheuliche Bild auszulöschen, das an ihr vorübergezogen war. Die Parade, der größte Anreiz des Festes für das Volk, machte es durchaus natürlich, daß man sich in Uniform durch die Straßen bewegte. Jean Valjean kleidete sich in seine Uniform als Nationalgardist mit dem unklaren Gefühl eines Menschen, der eine Zuflucht sucht. Cosette, die es als Pflicht ansah, sich nach ihrem Vater zu richten, und für die jedes Schauspiel neu war, nahm die Belustigung mit der unbeschwerten Anmut der Jugend hin und zog angesichts dieses Kessels voller Freude, der Volksfest heißt, kein allzu verächtliches Gesicht. So konnte Jean Valjean annehmen, daß er erfolgreich jede Spur der scheußlichen Vision getilgt hatte.

Einige Tage später traten sie beide morgens, da schon die Sonne leuchtete, auf die Freitreppe zum Garten, wieder ein Bruch der Regel, zu dem Jean Valjean sich genötigt zu sehen schien, und ein Verzicht Cosettes auf ihre Gewohnheit, in ihrem Zimmer zu bleiben, was sie seit ihrem Kummer getan hatte. Sie stand in ihrem Hausgewand, in diesem Negligé der frühen Stunde, das sich bei jungen Mädchen so reizend ausnimmt und wie ein zartes Wölkchen auf einem Stern wirkt. Den Kopf im Licht, rosig nach gutem Schlaf, zerpflückte sie, indes er zärtlich auf sie blickte, ein Maßliebchen. Cosette wußte nichts von dem entzückenden Mädchenbrauch zu sagen: »Er liebt mich von Herzen, mit Schmerzen …« Wer hätte sie ihn lehren sollen? Instinktiv und in aller Unschuld rupfte sie die Blume, ohne zu ahnen, daß ein Maßliebchen zerpflücken soviel bedeutete wie ein Herz zerrupfen. Gäbe es eine vierte Grazie, lächelnde Melancholie genannt, sie hätte wie diese Grazie ausgesehen. Jean Valjean betrachtete träumerisch ihre kleinen Finger an dieser Blume und vergaß alles über dem Strahlen, das von diesem Kind ausging. Ein Rotkehlchen wisperte in dem Busch neben ihnen. Weiße Wolken durchsegelten den Himmel so heiter, als wären sie befreit. Cosette zerpflückte noch immer aufmerksam ihre Blume. Sie schien über etwas nachzusinnen, was sie bezauberte. Plötzlich drehte sie mit der zarten Langsamkeit eines Schwans den Kopf über die Schulter und sagte zu Jean Valjean: »Vater, was ist das, Galeeren?«

VIERTES BUCH

HILFE VON UNTEN – HILFE VON OBEN

Wunde und Heilung

So wurde ihr Leben immer düsterer. Eine einzige Zerstreuung blieb ihnen, die ehedem sie froh gemacht hatte: denen Brot zu bringen, die hungerten, und Kleidung denen, die frieren mußten. Zu diesen Besuchen bei den Armen ließ Jean Valjean sich oft von Cosette begleiten. Sie fanden dabei etwas von der alten Herzensergießung, die zwischen ihnen bestanden hatte, wieder; und manchmal, nach einem guten Tag, wenn sie viel Not hatten lindern können und viele kleine Kinder mit neuem Lebensmut erfüllt und gewärmt worden waren, wurde Cosette abends ein wenig heiter. Damals betraten sie die Höhle von Jondrette.

Am Morgen nach dem Besuch, den er dann dort allein machte, erschien Jean Valjean im Pavillon, frei von Erregung wie sonst, aber mit einer breiten Wunde am rechten Arm, die offenbar sehr entzündet, sehr vergiftet war. Sie sah wie eine Brandwunde aus, und er erklärte sie irgendwie. Mehr als einen Monat fieberte er und ging nicht auf die Straße. Er wollte keinen Arzt rufen lassen. Drängte Cosette ihn, wehrte er ab: »Schick doch nach dem Hundearzt!«

Cosette verband die Wunde morgens und abends mit so zärtlicher Miene und einem so engelhaften Glück, ihm helfen zu dürfen, daß Jean Valjean seine ganze Freude von einst wiederkehren fühlte. Seine Besorgnisse und Ängste wichen, er betrachtete Cosette und sagte: »Oh, du gute Wunde! Oh, der gute Schmerz!«

Cosette hatte, als sie sah, daß ihr Vater krank war, den

Pavillon verlassen und wie zuvor an der kleinen Loge und dem Hinterhof Geschmack gefunden. Sie verbrachte fast alle Tage bei Jean Valjean und las ihm die Bücher vor, aus denen er hören wollte. Im allgemeinen waren es Werke über Reisen. Jean Valjean genas innerlich. Sein Glück erhob sich mit unsäglichem Strahlen wieder. Der Luxembourg-Park, der unbekannte junge Müßiggänger, Cosettes Erkalten, all dieses Gewölk, das auf ihm lastete, entschwanden. Es kam dahin, daß er sich sagte: Ich habe das alles geträumt. Ich bin ein alter Narr.

So beruhigt war er, daß die furchtbare, so unerwartete Begegnung mit den Thénardiers in der Höhle der Jondrettes ihm gleichsam entglitt. Es war ihm gelungen, zu entfliehen, seine Fährte war verloren, was kümmerte ihn das andere? Er dachte nur daran, diese Elenden zu beklagen. Sie waren im Kerker und hinfort, so schien ihm, unfähig zu schaden, aber wie kläglich war diese Familie in ihrer Verwahrlosung!

Von der grauenhaften Vision an der Barrière du Maine hatte Cosette nicht mehr gesprochen.

Im Kloster hatte die Schwester Sainte-Mechthilde ihr Unterricht in Musik gegeben. Cosette hatte die Stimme einer Grasmücke, der eine Seele zu eigen ist, und bisweilen sang sie abends in der bescheidenen Wohnung des Verwundeten traurige Lieder, die für Jean Valjean Erquickung waren.

Der Frühling nahte, der Garten war in dieser Jahreszeit so wundervoll, daß Jean Valjean zu Cosette sagte: »Du schaust ihn dir nie mehr an, ich möchte, daß du darin spazierengehst.« – »Wie du willst, Vater«, erwiderte Cosette. Und um ihm zu gehorchen, nahm sie die Gänge durch ihren Garten wieder auf, meist allein, denn wie zuvor hielt Jean Valjean sich ihm fast stets fern, da er wohl fürchtete, durch das Gitter hindurch beobachtet zu werden.

Die Verwundung Jean Valjeans hatte sie abgelenkt. Als Cosette sah, daß ihr Vater minder litt, daß er genas und glücklich zu sein schien, empfand sie eine Befriedigung, die ihr selbst nicht bewußt war, so sacht und so natürlich zog sie in sie ein. Darauf begann der März, die Tage wurden länger, der Winter verschwand, der immer etwas von unserer

Traurigkeit mit sich nimmt. Dann war man im April, dem Tagesanbruch des Sommers, der frisch anmutet wie jede Morgenstunde, heiter wie jede Kindheit, ein wenig betränt wie ein Neugeborener, der er ist. In diesem Monat hat die Schöpfung ein bezauberndes Leuchten, und vom Himmel, von Wolken, Bäumen, Wiesen und Blumen geht es in das Herz des Menschen über.

Cosette war noch zu jung, als daß diese Freude des April, der ihr glich, sie teilnahmslos gelassen hätte. Unmerklich und ohne daß sie es ahnte, verflüchtigte sich die Verdunklung ihres Gemüts. Wie gegen Mittag in den Kellern wird es im Frühling in den traurigen Seelen hell. Selbst Cosette war nicht mehr allzu traurig. Doch so geht das nun einmal zu, sie war sich dessen nur nicht bewußt. Morgens, gegen zehn Uhr, wenn sie es nach dem Frühstück fertiggebracht hatte, ihren Vater zu einem kurzen Gang in den Garten zu überreden, wenn sie ihn von der Treppe durch den Sonnenschein geleitete und seinen kranken Arm stützte, lachte sie häufig, ohne es zu wissen, und war glücklich. Jean Valjean sah wie berauscht, daß ihr Wangenrot und ihre Munterkeit wiederkehrten. »Oh, wie gut ist die Wunde!« sprach er mitunter vor sich hin. Und er war den Thénardiers dankbar.

Sobald er ausgeheilt war, hatte er seine einsamen Streifen in der Dämmerung wiederaufgenommen. Aber es wäre ein Irrtum zu glauben, man könne so allein die unbewohnten Gegenden von Paris durchwandern und gegen Begegnungen mit irgendeinem Abenteuer gefeit sein.

Mutter Plutarch vermag, ein Phänomen zu erklären

Eines Tages hatte der kleine Gavroche nichts gegessen. Er erinnerte sich, daß er auch am Tag vorher nicht gespeist hatte; die Sache wurde ihm schon langweilig. Er beschloß den Versuch, nach etwas Genießbarem zu fahnden. Er vagabundierte über die Salpêtrière hinaus, durch ein verlassenes Viertel. Nur dort sind Funde zu machen. Wo niemand ist, ist etwas aufzutreiben. Er kam bis zu einer Ansiedlung, die ihm das Dorf Austerlitz zu sein schien.

Unlängst hatte er dort beim Herumstrolchen einen alten Garten gesehen, in dem ein alter Mann und eine alte Frau sich aufhielten, und in diesem Garten einen leidlich tragenden Apfelbaum. Neben dem Apfelbaum lag eine schlecht verschlossene Obstkammer, aus der man einen Apfel erobern konnte. Ein Apfel ist ein Abendessen, ein Apfel ist das Leben. Was Adams Verderben war, konnte Gavroche retten. Der Garten stieß an ein einsames, ungepflastertes und in der Erwartung von Häusern mit Gestrüpp umrandetes Gäßchen. Eine Hecke trennte ihn davon

Gavroche wandte sich dem Garten zu, er fand das Gäßchen wieder und erkannte den Apfelbaum. Er stellte fest, daß die Obstkammer noch da war, und musterte die Hecke. Eine Hecke überklettert man. Der Tag war im Sinken, nicht eine Katze im Gäßchen, die Stunde günstig. Gavroche begann die Kletterei, aber plötzlich stockte sein Fuß. Im Garten wurde geredet. Gavroche blickte durch einen Spalt der Hecke. Zwei Schritte von ihm, unter der Hecke, auf der anderen Seite, gerade da, wo er durch diese Öffnung, über die er nachsann, herausgekommen wäre, lag ein Stein, der etwas wie eine Bank bildete, auf der Bank saß der alte Mann, und vor ihm stand die alte Frau. Die Alte schimpfte. Gavroche, der wenig diskret war, horchte.

»Herr Mabeuf!« sagte die Alte.

Mabeuf, dachte Gavroche (weil das nach Ochs klang), ein drolliger Name!

Der Greis, zu dem die Frau sprach, rührte sich nicht. Die Alte wiederholte: »Herr Mabeuf!«

Der Greis entschied sich dafür, ihr zu antworten, starrte aber noch immer auf die Erde. »Was denn, Mutter Plutarch?«

Mutter Plutarch! dachte Gavroche. Auch so ein drolliger Name!

Die Mutter Plutarch beharrte, und der Alte war genötigt, auf das Gespräch einzugehen. »Der Hausherr ist mißvergnügt.«

»Warum?«

»Wir sind ihm schon dreimal die Miete schuldig geblieben.«

»In drei Monaten werden wir für vier Quartale seine Schuldner sein. «

»Er sagt, er wird uns raussetzen.«

»Dann gehe ich.«

»Die Gemüsefrau will, daß wir zahlen. Sie gibt uns auch kein Knüppelholz mehr. Womit werden Sie im Winter heizen? Wir werden kein Holz haben.«

»Wir haben die Sonne.«

»Der Metzger verweigert uns den Kredit, er will kein Fleisch mehr geben!«

»Das ist mir sehr recht. Fleisch verdaue ich nicht gut. Es ist zu schwer für mich.«

»Was haben wir dann zu Mittag?«

»Brot.«

»Der Bäcker fordert eine Abschlagzahlung, er sagt, ohne Geld kein Brot.«

»Recht so.«

»Was wollen Sie dann überhaupt essen?«

»Wir haben die Äpfel vom Apfelbaum.«

»Aber Herr, so ohne Geld können wir doch nicht leben.«

»Ich habe keins.«

Die Alte ging, der Greis blieb allein. Er geriet ins Träumen. Auch Gavroche grübelte. Es dunkelte bereits.

Das erste Ergebnis von Gavroches Nachdenken war, daß er, statt die Hecke zu überklettern, sich unter sie kauerte. Die Zweige des Gestrüpps bogen sich ein wenig auseinander. Da! rief Gavroche sich zu. Da ist eine Schlafgelegenheit! Und er verkroch sich. Mit dem Rücken lehnte er an der Bank des Vaters Mabeuf. Er hörte den Atem des Achtzigjährigen.

Da er nichts zu essen hatte, bemühte er sich zu schlafen. Es war ein Katzenschlaf, mit nur einem Auge. Noch im Entschlummern lauschte Gavroche. Die Weiße des Himmels in der Abenddämmerung warf ihr fahles Licht auf die Erde. Das Gäßchen war eine blasse Linie zwischen zwei Reihen dunkler Büsche. Plötzlich zeigten sich auf dem weißen Band zwei Silhouetten. Die eine bewegte sich voraus, die andere folgte in einiger Entfernung nach. »Da sind zwei«, brummte Gavroche.

Die erste Silhouette schien ein alter, gebeugter, in Sinnen

verlorener Bürger, der mehr als einfach gekleidet, seines Alters wegen langsam schritt und unter den Sternen schlenderte. Die zweite war aufgerichtet, fest und schmal. Sie paßte sich in ihren Schritten der ersten an. Jedoch auch in ihrer gewollten Langsamkeit fühlte man, daß sie geschmeidig und behend war. Unheimlich beunruhigend, hatte sie das Gebaren eines Stutzers. Der Hut hatte gute Form; der Rock war schwarz, gut geschnitten, wohl aus feinem Tuch, eng in der Taille. Der Kopf zeichnete sich mit einer gewissen kräftigen Anmut ab, und unter dem Hut sah man, undeutlich in der Dämmerung, ein bleiches Jünglingsprofil, mit einer Rose im Mund. Diese zweite Silhouette war Gavroche vertraut. Es war Montparnasse. Von der anderen ließ sich nur sagen, daß sie einem alten Biedermann zu gehören schien.

Gavroche hub sofort zu spähen an. Der zweite Passant führte offenbar gegen den ersten etwas im Schild. Gavroche hatte einen vortrefflichen Ausguck, um die Entwicklung der Dinge zu verfolgen. Die Schlafgelegenheit war ihm nützlich geworden. Montparnasse auf der Jagd, zu dieser Stunde, an einem solchen Ort, das wurde bedrohlich. Gavroche empfand in seinem Jungenherzen Mitleid mit dem Armen. Was sollte er tun? Sich einmengen? Sollte er mit seiner Schwäche der eines anderen zu Hilfe kommen? Das war für Montparnasse lächerlich. Gavroche verhehlte sich nicht, daß für diesen furchtbaren Banditen von achtzehn Jahren der Alte zuerst und dann er, das Kind, nur zwei Happen waren.

Indes Gavroche dies überdachte, vollzog sich der Angriff, jäh und abscheulich. Der Angriff des Tigers auf den wilden Esel, der Spinne auf die Mücke. Plötzlich schleuderte Montparnasse die Rose weg, stürzte sich auf den Alten, würgte ihn am Kragen, stieß ihn mit den Fäusten und verkrampfte sich an ihm. Gavroche zwang sich, einen Aufschrei zu unterdrücken. Im nächsten Moment lag einer der beiden unter dem anderen, niedergeschmettert, ächzend, zappelnd, und ein Knie, hart wie Marmor, quetschte ihm die Brust. Nur war es nicht ganz so, wie Gavroche erwartete. Der am Boden lag, war Montparnasse, und der ihn überwältigt hatte, der Biedermann. All das geschah wenige Schritte von Gavroche entfernt. Der Alte hatte den Schlag empfangen und so erschreckend rauh erwidert, daß im Handumdrehen Angreifer und Angegriffener die Rollen getauscht hatten. Ein strammer Invalide! dachte Gavroche, und unwillkürlich klatschte er Beifall. Aber sein Klatschen weckte kein Echo. Es drang nicht bis zu den beiden Ringern, die miteinander beschäftigt und betäubt, ihr Keuchen und Schnaufen vermischten.

Es wurde still. Montparnasse zappelte nicht mehr. Gavroche dachte bei sich: Ist er gar tot? Der alte Mann hatte kein Wort gesprochen und keinen Schrei von sich gegeben. Er erhob sich, und Gavroche hörte ihn zu Montparnasse sagen: »Steh auf!«

Montparnasse wollte aufstehen, aber der Alte umklammerte ihn noch. Montparnasse duckte sich, gedemütigt und wütend wie ein Wolf, den ein Hammel geschnappt hatte. Gavroche sah ihn und lauschte, bestrebt, seine Augen und seine Ohren zu schärfen. Das belustigte ihn ungeheuer. Für die ängstliche Gewissenhaftigkeit, mit der er das Publikum spielte, wurde er belohnt. Er konnte den Dialog zwischen den beiden erhaschen, dem das Dunkel einen tragischen Ton lieh.

Der Alte fragte, Montparnasse antwortete.

»Wie alt bist du?«

»Neunzehn Jahre.«

»Du bist kräftig und gesund. Warum arbeitest du nicht?«

»Das ödet mich an.«

»Was bist du von Beruf?«

»Nichtstuer.«

»Sprich ernsthaft! Kann man dir helfen? Was möchtest du sein?«

»Dieb.«

Eine Pause. Der Alte schien tief in Gedanken. Er regte sich nicht und ließ Montparnasse nicht los. Hin und wieder schnellte der junge Bandit hoch, kraftvoll und gewandt, mit den Zuckungen eines im Eisen gefangenen Tieres. Er schüttelte sich, versuchte seinem Besieger ein Bein zu stellen und verrenkte seine Glieder, plagte sich verzweifelt, um entfliehen zu können. Der Alte schien nicht darauf zu achten, mit einer einzigen Hand preßte er seine beiden Arme, in der souveränen Gleichgültigkeit der unbedingten Stärke.

Die Träumerei des Alten dauerte eine Zeitlang, dann sah er Montparnasse in die Augen, und mit milder, wenn auch lauter Stimme richtete er, in dem Schatten, der sie beide umhüllte, eine feierliche Ansprache an ihn, von der Gavroche sich keine Silbe entgehen ließ. »Kind, aus Faulheit willst du das mühseligste Leben führen. Oh, du bezeichnest dich als Nichtstuer! Sei auf Arbeit gefaßt! Weiß du, was ein Walzwerk ist? Das ist eine tückische, grausame Maschine. Wenn sie deinen Rockschoß erfaßt, schluckt sie dich ganz. Diese Maschine ist der Müßiggang. Halt ein, solange noch Zeit ist, und rette dich! Sonst ist es geschehen; binnen kurzem bist du im Räderwerk. Einmal drin, erhoffe nichts mehr. An die Arbeit, Faulpelz, keine Müdigkeit vorgeschützt! Diese eiserne Hand der unerbittlichen Arbeit hat dich gepackt. Deinen Lebensunterhalt verdienen, eine Aufgabe haben, eine Pflicht erfüllen, das willst du nicht! Wie die anderen zu sein ödet dich an! Nun gut, du wirst anders sein. Die Arbeit ist Gesetz. Wer sich aus Trägheit gegen sie wehrt, für den wird sie zur Folter. Du willst kein Arbeiter, du wirst Sklave sein. Die Arbeit läßt dich auf der einen Seite nur los, um dich auf der anderen wieder zu fassen. Du willst nicht ihr Freund, du wirst ihr Kuli sein. Du verschmähst die ehrenhafte Müdigkeit der Menschen. Du wirst den Schweiß der Verdammten spüren. Wenn die anderen singen, wirst du röcheln. Von weitem, von unten her, wirst du sie arbeiten sehen, und dir wird sein, als ruhten sie aus. Der Ackermann, der Schnitter, der Matrose, der Schmied werden dir in einem Lichtkranz wie die Seligen des Paradieses erscheinen. Wie umstrahlt er den Amboß! Den Pflug führen, die Garbe binden ist Freude. Ein Boot frei im Wind, welch ein Fest! Du, der du faul warst, schanze, schleppe, rolle Lasten, marschiere! Zieh dein Halfter, sei Packtier im Gespann der Hölle! Nichts zu tun war dein Ziel. Jetzt gibt es für dich keine Woche, keinen Tag, keine Stunde, ohne daß du von Strapazen zerbrochen bist. Du wirst alles nur mit Angst tun. Alle Augenblicke, die verstreichen, werden an deinen Muskeln reißen. Was den anderen federleicht vorkommt, wiegt für dich so schwer wie ein Fels. Die einfachsten Dinge gestalten sich schwierig. Das Leben um dich herum wird ungeheuerlich. Gehen und kommen und atmen – ebenso viele schreckliche Anstrengungen. Du wirst das Gefühl haben, als laste ein Zentnergewicht auf deiner Brust. Ob du dich hier- oder dahin wendest, wird zu einem Problem für dich. Jeder Mensch, der auf die Straße will, braucht nur seine Tür zu öffnen. Du mußt eine Mauer durchbrechen. Was tut jedermann, wenn er aus dem Haus geht? Er steigt eine Treppe hinab. Du wirst dein Bettuch zerzupfen, Faser um Faser einen Strick daraus drehen, durch das Fenster schlüpfen und an diesem Faden über dem Abgrund hängen, in der Nacht, im Unwetter, im Regen, im Orkan, und wenn der Strick zu kurz ist, kannst du nicht anders hinabsteigen, als daß du dich fallen läßt, ins Bodenlose von irgendeiner Höhe hinab, auf was? Auf das, was drunten ist, das Unbekannte. Oder du klimmst durch ein Kaminrohr, auf die Gefahr hin, daß du dich verbrennst; oder du kriechst durch eine Latrinenleitung, auf die Gefahr hin, daß du ertrinkst. Ich rede nicht von den Löchern, die du verdecken, von den Steinen, die du zwanzigmal täglich lockern und wieder befestigen, von dem Gipsschutt, den du im Strohsack verbergen mußt. Da ist ein Schloß. Der Bürger hat in seiner Tasche seinen von einem Schlosser gelieferten Schlüssel. Willst du fort, bist du dazu verurteilt, einen fürchterlichen Mechanismus anzufertigen. Du nimmst dir einen Doppelsou her, trennst ihn in zwei Plättchen. Mit welchem Werkzeug? Du mußt es erfinden. Deine Sache. Dann höhlst du diese beiden Plättchen innen aus, darfst dabei auf keinen Fall die Außenseite beschädigen und schneidest jeweils ringsherum in den Rand einen Gewindegang, so daß sie genau aufeinander passen, wie Bodenstück und Deckel. Sind Unter- und Oberseite so zusammengeschraubt, darf nichts zu merken sein. Für die Aufseher, denn du wirst belauert, ist das ein Doppelsou, für dich ein Kasten. Was legst du in den Kasten? Ein kleines Stück Stahl. Eine Uhrfeder, in die du Zähne gefeilt hast und die eine Säge sein soll. Mit dieser Säge, die nur so lang ist wie eine Nadel, mußt du den Riegel des Schlosses zerschneiden, den Bügel des Vorlegeschlosses, die Stange vor deinem Fenster und den Ring um dein Bein. Und was harrt deiner, wenn du dieses Meisterwerk vollbracht hast, wenn man erfährt, daß du der Urheber all dieser Wunder an Kunstfertigkeit, Geschicklichkeit und Geduld bist? Wieder der Kerker, die Einzelzelle. Das ist die Zukunft. Faulheit und Vergnügen, was für Abgründe! Nichts zu tun ist ein schauriger Entschluß, hast du das gut bedacht? Müßig vom Mark der Gesellschaft zehren! Unnütz, das heißt schädlich sein führt geradewegs ins tiefste Elend. Wehe dem, der schmarotzen will! Er wird Ungeziefer sein. Ach, du möchtest nicht arbeiten! Dein einziger Gedanke ist: gut essen, trinken und schlafen. Wasser wirst du trinken, schwarzes Brot essen, auf einem Brett schlafen, um die Glieder die eiserne Kette, die du nachts kalt auf deinem Fleisch fühlst! Dann sprengst du die Kette und fliehst. Du rutschst auf dem Bauch durch das Gestrüpp und frißt Gras wie die Tiere des Waldes. Und wirst wieder eingefangen. Jahre verbringst du in einem unterirdischen Verlies, an ein Gemäuer geschmiedet, tastest um dich, wenn du aus deinem Krug trinken willst, kaust ein gräßliches Brot der Finsternis, das die Hunde verschmähen würden, und ißt Bohnen, die vor dir die Würmer zernagt haben. Du wirst sein wie eine Assel im Keller. Oh, hab Mitleid mit dir, elendes, noch so junges Kind! Vor nicht einmal zwanzig Jahren hat deine Amme dich gestillt, und sicher lebt deine Mutter noch. Ich bitte dich inständig, höre mich an! Weiches, schwarzes Tuch begehrst du, Lackschuhe, willst dir die Haare kräuseln, in deine Locken duftendes Öl schmieren, den Dirnen gefallen, hübsch sein. Man wird dich kahl scheren und dir eine rote Jacke geben und Holzschuhe. Du willst einen Ring am Finger haben und kriegst ein Halseisen. Und wenn du nach einem Weib siehst, wirst du geprügelt. Mit zwanzig Jahren trittst du ein und kommst mit fünfzig wieder raus. Bei deinem Eintritt warst du jung, rosig, frisch, mit glänzenden Augen und allen deinen weißen Zähnen und deiner schönen Jünglingsmähne, und geknickt, gekrümmt, runzlig, zahnlos, schauerlich, mit weißem Haar kommst du zurück. Ach, mein armes Kind, du bist auf dem Holzweg, der Müßiggang berät dich übel. Die schwerste Arbeit ist der Diebstahl. Glaub mir und beginne nicht mit dem mühseligen Geschäft eines Faulpelzes. Ein Gauner zu werden ist unbequem. Es ist leichter, ein anständiger Mensch zu sein. Jetzt geh und überleg, was ich dir gesagt habe! Übrigens, was wolltest du von mir? Meine Börse? Da ist sie.«

Und der Alte ließ Montparnasse los und gab ihm seine Börse. Montparnasse wog sie eine Sekunde lang in der Hand, dann schob er sie mit derselben gedankenlosen Vorsicht, als hätte er sie gestohlen, in die Tasche in seinem Rockschoß. Der Alte wandte sich von ihm ab und setzte ruhig seinen Spaziergang fort. »Trottel!« murmelte Montparnasse.

Wer war der Biedermann? Der Leser hat ihn sicher schon erkannt. Verblüfft sah ihm Montparnasse nach, wie er in der Dämmerung verschwand. Diese Betrachtung wurde ihm verhängnisvoll.

Indes Jean Valjean sich entfernte, näherte sich Gavroche. Mit einem Seitenblick hatte er sich vergewissert, daß Vater Mabeuf, der wohl eingeschlummert war, noch auf der Bank saß. Der Bengel kam aus dem Gestrüpp hervor und kroch im Dunkeln hinter Montparnasse, der sich nicht bewegte. Er gelangte so, unsichtbar und unhörbar für ihn, bis zu Montparnasse, ließ seine Hand leise in die hintere Tasche des Rocks von feinem schwarzem Tuch gleiten, bemächtigte sich der Börse, zog seine Hand zurück und floh, wie eine Schlange durch die Finsternis schlüpfend. Montparnasse, der keinen Grund hatte, besonders auf der Hut zu sein, und zum erstenmal in seinem Leben nachdachte, merkte nichts.

Als Gavroche die Stelle wieder erreicht hatte, an der Vater Mabeuf saß, warf er die Börse über die Hecke und stob aus Leibeskräften von dannen.

Die Börse fiel zu Füßen von Vater Mabeuf nieder. Davon wurde er wach. Er beugte sich herab und hob die Börse auf. Er wußte nicht, wie das zuging, und öffnete sie. Es war eine Börse mit zwei Fächern. In einem war Kleingeld, im zweiten waren sechs Napoleons. Herr Mabeuf brachte den Fund ratlos seiner Wirtschafterin. »Das fällt uns vom Himmel«, sagte Mutter Plutarch.

FÜNFTES BUCH

DAS ANDERS ENDET ALS BEGINNT

Garten und Kaserne

Der Schmerz Cosettes, der noch vier bis fünf Monate zuvor so heftig und so quälend gewesen war, hatte, ohne daß es ihr klar wurde, sich beschwichtigt. Die Natur, der Frühling, die Jugend, die Liebe zu ihrem Vater, die Heiterkeit der Vögel und der Blumen hatten nach und nach, Tropfen um Tropfen, in diese jugendliche Seele etwas geträufelt, was beinahe Vergessen war. Erlosch das Feuer ganz? Oder bildete sich nur eine Aschenschicht auf ihm? Aber es brannte fast nicht mehr.

Eines Tages dachte sie plötzlich an Marius. Ich hatte mich mit ihm nicht mehr beschäftigt, fiel ihr ein.

In derselben Woche gewahrte sie, als sie an dem Gitter des Gartens vorüberging, einen schönen Offizier von den Lanciers, mit Wespentaille, in herrlicher Uniform, mit den Wangen eines jungen Mädchens, den Säbel unter dem Arm, mit gewichstem Schnurrbart und gefirnißter Tschapka. Dazu blondes Haar, blaue, hervorquellende Augen, ein rundes, leeres, unverschämtes, glattes Gesicht, in allem das Gegenteil von Marius. Eine Zigarre im Mund. Cosette dachte, er sei ohne Zweifel ein Offizier des in der Rue Babylone kasernierten Regiments.

Am nächsten Tag sah sie ihn wieder vorbeigehen. Sie beachtete die Stunde. Von diesem Moment an (war es Zufall?) sah sie ihn fast täglich durch das Gitter. Die Kameraden des Offiziers beobachteten, daß in diesem »ungepflegten« Garten, hinter diesem häßlichen Rokokotor eine ziemlich hübsche Person lebte, die fast immer da war, wenn der schöne Leutnant Théodule Gillenormand vorüberkam. »Ach«, sagten sie, »die Kleine liebäugelt mit dir, sieh sie dir doch an!«

»Habe ich denn soviel Zeit«, antwortete der Lancier, »alle Mädchen anzusehen, die Ausschau nach mir halten?«

Gerade damals senkte sich für Marius die Kurve des Lebens dem Kampf mit dem Tod zu. Könnte ich, sagte er sich, sie nur einmal wiedersehen, bevor ich sterbe! Hätte sein Wunsch sich verwirklicht, hätte er jetzt Cosette erblickt, wie sie einen Lancier betrachtete, er hätte kein Wort zu sprechen vermocht und wäre vor Gram dahingeschieden.

Wer war schuld daran? Niemand. Marius war seinem Temperament nach geneigt; sich in seinen Kummer zu verwühlen und ihm zu erliegen. Cosette zählte zu den Naturen, die sich in Leid vertiefen, es aber überwinden.

Cosette machte eben die gefährliche Zeit durch, die schwierige Phase der sich selbst überlassenen weiblichen Träumerei, in der das Herz eines jungen, vereinsamten Mädchens der Ranke des Rebstocks gleicht. Je nachdem erfaßt sie, sich schlingend, das Kapitäl einer Marmorsäule oder den Pfosten vor einer Weinschenke. Das ist ein vorüberhastender, entscheidender Moment, kritisch für jedes verwaiste Geschöpf, ob arm oder reich, denn auch Reichtum ist kein Schutz gegen schlechte Wahl. Es gibt Mesalliancen in den höheren Klassen. Jedoch die wahre Mesalliance ist die der Seelen. Mehr als ein junger Mann, unbekannt, namenlos, ohne Geburt, wie man das nennt, ohne Vermögen, ist ein Marmorkapitell, das einen Tempel großer Gefühle und großer Ideen trägt. Und mancher selbstzufriedene und üppige Gesellschaftsmensch mit blinkenden Schuhen und lackierten Worten ist, wenn man nicht das Äußere prüft, sondern das Innere, also das, was den Frauen vorbehalten ist, nur ein stupider Balken, den die gewaltsamen, unreinen, von Weindunst getrübten Leidenschaften umschwirren: der Pfosten einer Kneipe.

Was barg die Seele Cosettes? Beruhigte oder schlafende Liebesfähigkeit, die ihrer nicht mehr sicher war. Etwas Helles, Schimmerndes, das der Tiefe zu sich verwirrte und insgeheim sich noch immer verdunkelte. Das Bild eines schönen Offiziers haftete nur an der Oberfläche. Verband sich mit ihm eine Erinnerung? Eine ferne Erinnerung? Vielleicht. Cosette wußte es nicht.

Da kam ein seltsamer Zwischenfall.

Cosette ängstigt sich

In der ersten Hälfte des April machte Jean Valjean eine Reise. Das geschah, wie man weiß, hin und wieder, in sehr langen Zeitabständen. Einen oder zwei Tage, nie darüber, war er abwesend. Wohin reiste er? Niemand erfuhr es, auch Cosette nicht. Nur einmal hatte er sie, als er aufbrach, in einer Droschke bis zur Ecke einer kleinen Sackgasse mitgenommen, an der sie las: Sackgasse Planchette. Hier war er ausgestiegen; und die Droschke hatte Cosette in die Rue Babylone zurückgebracht. Diese kleinen Reisen schaltete Jean Valjean zumeist ein, wenn es im Hause an Geld fehlte.

Jean Valjean war also nicht da. Er hatte gesagt, es werde drei Tage dauern.

Abends saß Cosette allein im Salon. Um sich zu zerstreuen, hatte sie ihr Harmonium aufgeklappt und sang, indem sie sich begleitete, den Chor aus »Euryanthe«: »Jäger, hinaus in den Wald!«, der vielleicht das Schönste aller Musik ist. Als sie geendet hatte, sann sie nach.

Plötzlich war es ihr, als höre sie Schritte im Garten. Ihr Vater konnte es nicht sein; er war ja verreist. Es war auch nicht die Toussaint; die lag schon im Bett. Es war zehn Uhr. Sie ging zu dem verschlossenen Laden des Salonfensters und legte ihr Ohr daran. Es klang wie Schritte eines Mannes, leise, gedämpft.

Schnell ging sie in ihr Zimmer hinauf, öffnete einen Ausschnitt des Ladens und blickte in den Garten. Es war Vollmond. Man konnte sehen wie am Tag. Niemand stand unten. Sie klinkte das Fenster auf. Im Garten war es völlig still, und das Stück der Straße, das man übersah, war verlassen wie immer.

Cosette dachte, sie habe sich geirrt. Sie hatte jenes Geräusch zu hören geglaubt. Es war eine Halluzination, erzeugt durch den düsteren, wundervollen Chor von Weber, der dem Geist verstörte Abgründe eröffnet, der vor dem Blick wie ein Wald im Wirbelsturm zittert und in dem man die toten Zweige unter dem rastlosen Schritt der im Dämmerlicht vorübereilenden Jäger krachen hört.

Sie vergaß es. Auch war Cosette nicht schreckhaften Wesens. In ihren Adern floß Blut der Zigeunerin und der Abenteuerin, die barfuß wandelt. Sie war mehr Lerche als Taube.

Ein Zug von Wildheit und Tapferkeit war in ihr.

Tags darauf ging sie nicht so spät durch den Garten. Inmitten der dumpfen Gedanken, denen sie sich träumerisch hingab, glaubte sie, manchmal ein Rascheln zu vernehmen, ähnlich dem Geräusch der letzten Nacht, als schreite jemand im Finstern, nicht fern von ihr, unter den Bäumen dahin. Aber sie sagte sich, nichts gleiche so sehr den Schritten durch Gras wie das Knistern zweier Zweige, die von selbst schwanken, und sie achtete nicht weiter darauf. Übrigens sah sie auch nichts.

Sie verließ das Gebüsch. Noch hatte sie eine kleine grüne Wiese zu überqueren, um die Treppe zu erreichen. Der Mond, der gerade aufging, warf, als Cosette aus dem Dikkicht hervortrat, ihren Schatten auf den Rasen vor ihr.

Cosette blieb erschrocken stehen. Neben ihrem Schatten umriß der Mond deutlich auf dem Gras einen anderen, der sonderbar drohend und furchtbar schien, einen Schatten mit einem runden Hut. Es war wie der Schatten eines Mannes, der aufrecht am Rand des Gesträuchs stand, wenige Schritte hinter Cosette. Eine Minute lang konnte sie nicht sprechen, nicht schreien, nicht rufen, sich nicht rühren, den Kopf nicht wenden.

Endlich sammelte sie all ihren Mut und drehte sich beherzt um. Niemand war da. Sie sah zur Erde. Der Schatten war fort. Sie ging wieder ins Gebüsch, stöberte kühn in den Winkeln, drang bis zum Gitter vor und fand nichts. Sie fühlte, wie es ihr eiskalt durch den Körper rann. War das wieder eine Halluzination? Wie, zwei Tage nacheinander? Eine Halluzination, das mochte sein, aber zwei Halluzinationen?

Es erregte sie, daß der Schatten sicherlich kein Gespenst war. Gespenster tragen keine runden Hüte.

Am nächsten Tag war Jean Valjean zurückgekehrt. Cosette erzählte ihm, was sie zu hören und zu sehen geglaubt hatte. Sie erwartete, ihr Vater werde sie beruhigen, die Achseln zucken und ihr antworten, sie sei eine kleine Närrin. Aber Jean Valjean verriet Besorgnis. »Das kann nicht sein«, sagte er. Er verließ sie unter einem Vorwand und ging in den Garten, und sie beobachtete ihn, wie er mit gespannter Aufmerksamkeit das Gitter prüfte.

In der Nacht erwachte sie. Diesmal zweifelte sie nicht. Sie hörte laute Schritte nahe der Treppe, unter ihrem Fenster. Sie lief zu dem Türchen im Fensterladen und öffnete es. Im Garten stand ein Mann mit einem großen Stock in der Hand. Als sie gerade schreien wollte, beleuchtete der Mond das Profil des Mannes. Es war ihr Vater. Sie legte sich nieder und dachte: Es beunruhigt ihn doch sehr!

Jean Valjean verbrachte diese Nacht im Garten und auch die beiden, die ihr folgten. Cosette sah ihn durch die Öffnung des Fensterladens. In der dritten Nacht, der Mond nahm ab und begann später aufzugehen, es konnte ein Uhr morgens sein, hörte Cosette ein Auflachen und die Stimme ihres Vaters, der ihr zurief: »Cosette!« Sie sprang aus dem Bett, zog ihren Schlafrock über und öffnete ihr Fenster.

Ihr Vater stand drunten auf dem Rasen. »Ich wecke dich«, sagte er, »damit du dich nicht mehr ängstigst. Sieh her! Da ist dein Schatten mit dem runden Hut.« Und er zeigte ihr auf dem Gras einen Schatten, den der Mond abzeichnete und der wirklich dem Spukbild eines Mannes mit einem runden Hut ähnelte. Die Silhouette wurde von einem blechernen Kaminrohr geworfen, das mit seinem Aufbau sich über ein benachbartes Haus erhob.

Auch Cosette brach in Lachen aus, all ihre düsteren Vermutungen waren hinfällig, und am nächsten Tag spottete sie selbst, als sie mit ihrem Vater den Imbiß einnahm, über den Spukgarten, in dem die Schatten von Ofenrohren umgingen.

Jean Valjean war wieder ganz gleichmütig. Und Cosette fragte sich nicht viel, ob das Ofenrohr genau in der Richtung des Schattens aufragte, den sie gesehen oder zu sehen geglaubt hatte, und ob der Mond am nämlichen Punkt des Himmels stand. Sie untersuchte auch nicht die Seltsamkeit eines Kaminrohrs, das in flagranti ertappt zu werden fürchtet und, wenn man seinen Schatten betrachtet, sich zurückzieht. Denn der Schatten war verschwunden, als sich Cosette umgedreht hatte, und Cosette war sich ziemlich sicher gewesen. Sie beruhigte sich wieder voll und ganz. Der Beweis schien ihr unwiderleglich, und sie schlug sich den Gedanken aus dem Kopf, abends oder nachts wandle jemand durch den Garten. Nach wenigen Tagen indes ereignete sich ein neuer Zwischenfall.

Bereichert durch die Erklärungen der Toussaint

Im Garten stand, nahe dem Gitter gegen die Straße, eine steinerne Bank. Ein Hagebuchengang entrückte sie den Blicken der Neugierigen. Aber im Notfall konnte der Arm eines Passanten sie durch das Gitter und den Laubengang erreichen.

An einem Abend im selben Monat April, als Jean Valjean außer Haus war, saß Cosette nach dem Sonnenuntergang auf dieser Bank. Ein kühler Wind wehte durch die Bäume.

Cosette war tief in Gedanken. Eine gegenstandslose Traurigkeit bemächtigte sich ihrer nach und nach, die unbesiegbare Traurigkeit, die der Abend mit sich bringt und die vielleicht dem Mysterium des Grabes entstammt, das in dieser Stunde halb sich öffnete. Vielleicht war in diesem Schatten Fantine um sie.

Cosette erhob sich, spazierte langsam durch den Garten, schritt über das vom Tau gefeuchtete Gras und sagte sich in dem melancholischen Wachtraum, in den sie versunken war: Für den Garten bräuchte man wahrhaftig zu dieser Stunde Holzschuhe. Ohne sie bekommt man den Schnupfen.

Und sie ging zur Bank zurück. Als sie sich wieder setzte, bemerkte sie an dem Platz, den sie verlassen hatte, einen ziemlich großen Stein, der augenscheinlich vorhin noch nicht dagewesen war. Sie betrachtete ihn und fragte sich, wie das zu erklären sei. Plötzlich besann sie sich darauf, daß der Stein sich nicht von allein hierher verirrt haben könne, ein Arm müsse ihn durch das Gitter hineinbefördert haben, und diese Idee erfüllte sie mit neuer Angst. Diesmal war die Angst in etwas Wirklichem begründet: Vor ihr lag der Stein. Kein Zweifel möglich. Sie faßte nicht danach, sie floh und wagte nicht, sich umzublicken, sie lief ins Haus und versperrte sofort mit Laden, Eisenstangen und Riegel das Türfenster an der Freitreppe. Sie fragte die Toussaint: »Ist mein Vater wieder da?«

»Noch nicht, Fräulein.«

(Wir haben ein für allemal auf das Stottern der Toussaint hingewiesen. Uns sei vergönnt, es nicht mehr hervorzuheben. Die Notenschrift eines Gebrechens ist uns zuwider.)

Jean Valjean, der Sonderling und nächtliche Spaziergänger, kam oft erst recht spät in der Nacht heim.

»Toussaint«, sagte Cosette. »Sie sorgen doch dafür, abends die Läden, nach dem Garten zu wenigstens, mit den Stangen zu verbarrikadieren und die kleinen eisernen Haken in die kleinen Ringe zu schieben, daß überall verschlossen ist?«

»Oh, da können Sie ruhig sein, Fräulein.«

Die Toussaint tat ihre Pflicht, und Cosette wußte es wohl, aber sie fügte unwillkürlich hinzu: »Es ist hierherum so öde!«

»Das stimmt«, entgegnete die Toussaint. »Es könnte jemand unsereins ermorden, noch ehe man Zeit gehabt hat, uff! zu sagen. Dabei schläft der Herr nicht im Hause. Aber fürchten Sie nichts, Fräulein. Ich verschließe die Fenster, als wären sie Bastillen. Frauen allein! Ich kann mir denken, daß das schaurig ist. Stellen Sie sich vor! In der Nacht treten Männer ins Zimmer und sagen: ›Halt den Mund‹, und dann schneiden sie einem den Hals ab. Sterben ist nicht so schlimm, man stirbt, na ja, man weiß, daß man sterben muß, aber es ist scheußlich, wenn man fühlt, wie die Leute einen anfassen. Und ihre Messer, die schneiden sicher elend! Ach Gott!«

»Schweigen Sie«, sagte Cosette, »schließen Sie alles gut!«

Entsetzt durch das Melodrama, das die Toussaint vor ihr improvisiert hatte, und wohl auch durch das Gedenken an die Erscheinungen der vorigen Woche, wagte Cosette nicht einmal zu sagen: Sehen Sie doch nach dem Stein, den jemand auf die Bank gelegt hat! Denn sie fürchtete sich, die Tür nach dem Garten wieder zu öffnen, weil dann die Männer eindringen konnten. Sie ließ alle Türen und Fenster ordentlich zusperren, ließ die Toussaint vom Keller bis zum Dachgeschoß nachsehen, ob irgend etwas im Haus verdächtig sei, schloß sich in ihrem Zimmer ein, schob die Riegel vor, spähte unter ihr Bett und schlief schlecht. Die ganze Nacht über sah sie den Stein vor sich, groß wie ein Berg und voll von Höhlen.

Als Cosette bei Sonnenaufgang – das Eigentümliche an der aufgehenden Sonne ist, daß sie uns immer über unsere nächtlichen Ängste lachen läßt, und unser Lachen steht stets im Verhältnis zur ausgestandenen Furcht –, als sie also bei Sonnenaufgang erwachte, schien ihr Schreck ihr ein Alptraum, und sie sagte sich: Worüber habe ich nur nachgedacht? Es ist wie mit den Schritten, die ich in der letzten Woche nachts im Garten zu hören meinte, und wie mit dem Schatten des Ofenrohrs. Werde ich denn feig? Die Sonne, die zwischen den Sparren ihrer Läden rötlich gloste und die Damastvorhänge purpurn färbte, beschwichtigte sie so, daß alles, sogar der Stein, ihren Gedanken entschwand. Es lag, redete sie sich ein, sowenig ein Stein auf der Bank, als ein Mann mit rundem Hut im Garten umherging. Ich habe den Stein geträumt wie das andere.

Sie kleidete sich an, stieg in den Garten hinunter, lief zur Bank und fühlte kalten Schweiß. Da war der Stein noch. Aber das währte nur einen Moment. Nächtliches Erschrecken ist Neugier bei Tag. Bah, sagte sie sich, wir wollen nachsehen!

Sie hob den ziemlich großen Stein auf. Darunter fand sie etwas, was ein Brief schien. Es war eine Hülle von weißem Papier. Cosette griff nach ihr. Sie hatte vorn keine Adresse und auf der Rückseite kein Siegel. Aber der Umschlag war, wenn auch offen, nicht leer. Man unterschied Zettel darin. Cosette durchsuchte ihn, nicht mehr schaudernd, nicht mehr neugierig, sondern mit einer beginnenden inneren Unruhe, und entnahm ihm ein kleines Heft, dessen einzelne Blätter numeriert und mit sehr hübschen, wie ihr schien, und sehr feinen Buchstaben beschrieben waren.

Cosette forschte nach einem Namen. Ein Name fehlte, eine Unterschrift. An wen war der Brief gerichtet an sie wohl, da eine Hand die Hülle auf ihre Bank gelegt hatte. Wer war der Schreiber? Ein unwiderstehlicher Bann bemächtigte sich ihrer, sie versuchte ihre Augen von diesen Blättern abzuwenden, die in ihren Fingern erzitterten. Sie betrachtete den Himmel, die Straße, die in Licht getauchten Akazien, Tauben, die über ein nahes Dach flogen, und plötzlich sah sie lebhaft auf die Handschrift vor sich. Sie sagte sich, sie müsse den Inhalt wissen. Und so las sie:

Ein Herz unter einem Stein

Wird das Universum auf ein einziges Wesen beschränkt, ein einziges Wesen bis zu Gott ausgeweitet, so ist das Liebe.

⋆

Die Liebe ist der Gruß, den die Engel den Sternen entbieten.

⋆

Wie traurig ist die Seele, wenn sie durch Liebe traurig ist!

⋆

Wie leer ist die Welt durch die Abwesenheit des Wesens, das durch sich allein sie erfüllt hat! Oh, wie wahr ist es, daß das geliebte Wesen zu Gott wird. Man würde verstehen, daß Gott eifersüchtig wäre, hätte nicht der Vater von allem die Welt offenbar für die Seele geschaffen und die Seele für die Liebe.

⋆

Es genügt ein Lächeln, das der Liebende dort unter einem Hut von weißem Krepp mit lila Nackenschleier sah, und schon entschwebt die Seele in einen Traumpalast.

⋆

Gott steht hinter allem, und alles verbirgt Gott. Die Dinge sind schwarz, die Geschöpfe undurchsichtig. Ein Wesen lieben bedeutet es durchsichtig machen.

★

Gewisse Gedanken sind Gebete. Es gibt Augenblicke, in denen die Seele, welche Stellung auch immer der Körper einnehmen mag, auf den Knien liegt.

★

Sind Liebende getrennt, so täuschen sie sich über die Abwesenheit des anderen durch unzählige Eingebungen der Phantasie hinweg, die dennoch ihre Wirklichkeit haben. Man hindert sie, sich zu sehen, sie können sich nicht schreiben. Sie ersinnen eine Menge geheimnisvoller Dinge, um sich zu grüßen. Sie senden sich den Gesang der Vögel, den Duft der Blumen, das Lachen der Kinder, das Licht der Sonne, die Seufzer des Windes, das Glitzern der Sterne, die ganze Schöpfung zu. Und warum nicht? Alle Werke Gottes sind bestimmt, der Liebe zu dienen. Die Liebe ist so mächtig, daß sie die ganze Natur mit ihren Botschaften beauftragen kann.

★

O Frühling, du bist ein Brief, den ich ihr schreibe.

★

Die Zukunft gehört dem Herzen noch viel mehr als dem Verstand. Lieben ist das einzige, was die Ewigkeit beschäftigen und ausfüllen kann. Das Unendliche braucht das Unerschöpfliche.

★

Die Liebe hat etwas von der Seele selbst. Sie ist von gleicher Beschaffenheit. Wie die Seele ist sie göttlicher Funke, unvergänglich und unteilbar. Sie brennt als ein Feuer in uns, das unsterblich ist und unendlich, das nichts eindämmen und nichts löschen kann. Sie frißt sich ins Mark und strahlt bis in die Tiefen des Himmels.

★

O Liebe! O Anbetung! O Lust zweier Geister, die sich verstehen, zweier Herzen, die ihre Gefühle tauschen, zweier Blicke, die ineinanderdringen. Du kommst zu mir, Glück, nicht wahr? Spaziergänge zu zweit in der Einsamkeit! Gesegnete, strahlende Tage! Manchmal träumte mir, von Zeit zu Zeit lösten sich Stunden von dem Leben der Engel und kämen herab, im Dasein der Menschen aufzuleuchten.

*

Gott kann dem Glück der Liebenden nichts weiter hinzufügen, als ihnen Dauer ohne Ende zu gewähren. Nach einem Leben der Liebe eine Ewigkeit der Liebe bedeutet wirklich eine Steigerung, aber die unsägliche Glückseligkeit selbst erhöhen, die die Liebe der Seele schon in dieser Welt bereitet, das kann nicht einmal Gott. Gott ist die Fülle des Himmels, die Liebe die des Menschen.

*

Du betrachtest einen Stern aus zwei Gründen – weil er leuchtet und weil er unerforschlich ist. Neben dir hast du ein sanfteres Strahlen und ein größeres Geheimnis, die Frau.

*

Wir alle, wer wir auch sein mögen, haben unser atemfähiges Sein. Fehlt es uns, fehlt uns die Luft, wir ersticken. Dann stirbt man. Aus Mangel an Liebe zu sterben ist furchtbar. Der Tod der Seele durch Ersticken!

*

Wenn die Liebe zwei Wesen in übersinnlicher, geheiligter Einheit verschmolzen hat, ist das Mysterium des Lebens für sie gefunden. Sie sind nur noch Anfang und Ende desselben Schicksals, die beiden Flügel desselben Geistes. Liebt euch, wandelt durch den Weltenraum!

*

An dem Tag, an dem eine Frau, der du begegnest, ein Lichtschein umfließt, bist du verloren. Dann liebst du. Du kannst nur eines tun, so unablässig an sie zu denken, daß sie an dich zu denken gezwungen ist.

*

Was die Liebe beginnt, kann nur Gott vollenden.

*

Wahre Liebe härmt sich um einen verlorenen Handschuh und freut sich über ein gefundenes Taschentuch, und sie braucht die Ewigkeit für ihre Hingabe und Hoffnungen. Sie setzt sich aus unendlich Großem und unendlich Kleinem zusammen.

*

Wenn du Stein bist, sei liebreich. Wenn du Pflanze bist, sei empfindsam. Wenn du Mensch bist, sei Liebe.

*

Nichts genügt der Liebe. Man hält das Glück in Händen und will das Paradies. Man hat das Paradies und will den Himmel.

O du, der du liebst, dies alles enthält die Liebe. Ou mußt es nur verstehen, das auch in ihr zu entdecken. Die Liebe kennt genau wie der Himmel die mystische Versenkung, doch der Himmel kennt dic Wollust nicht.

*

Geht sie noch in den Luxembourg-Park? – Nein, mein Herr. – In der oder der Kirche hört sie die Messe, nicht wahr? – Sie kommt nicht mehr dahin. – Wohnt sie noch im selben Haus? – Sie ist ausgezogen. – Wo wohnt sie jetzt? – Sie hat es nicht gesagt.

Wie bedrückt es, die Adresse seiner Seele nicht zu wissen!

*

Die Liebe denkt sich Kindereien aus, die übrigen Leidenschaften befassen sich mit Kleinigkeiten. Schande über die

Leidenschaften, die den Menschen klein machen! Ehre der, die ihn zum Kind werden läßt!

Sonderbar! Ich bin in Nacht versenkt. Ein Wesen, das mir entschwunden ist, hat den Himmel mit sich genommen.

★

Mir würde es für meine Ewigkeit genügen, wenn wir nebeneinander und Hand in Hand im gleichen Grab ruhen und in der Finsternis uns zuweilen leise über einen Finger streichen könnten.

★

Ihr, die ihr leidet, weil ihr liebt, liebt nur noch mehr! An Liebe sterben ist Leben!

★

Liebt! Eine düster glänzende Verklärung verbindet sich mit dieser Qual. Verzückung ist im Todeskampf.

★

O Freude der Vögel! Weil sie ein Nest haben, singen sie.

★

Liebe heißt die himmlische Luft des Paradieses atmen.

★

Ihr unergründlichen Herzen und weisen Geister, nehmt das Leben hin, wie Gott es gibt. Es ist eine lange Prüfung, eine unverständliche Vorbereitung auf das unbekannte Schicksal. Dieses Schicksal, das wahre, bricht für den Menschen auf der ersten Stufe an, die in das Grab hinabführt. Da zeigt sich ihm etwas, und er beginnt das Endgültige wahrzunehmen. Das Endgültige, bedenkt dieses Wort! Die Lebenden sehen das Unendliche, das Endgültige zu schauen ist nur den Toten vergönnt. Einstweilen liebt und leidet, hofft und denkt nach!

★

Wehe dem, der nur Leiber, Formen und den bloßen Schein geliebt hat! Der Tod nimmt ihm alles. Bemüht euch, Seelen zu lieben, sie findet ihr wieder.

★

Ich bin auf der Straße einem bettelarmen Jüngling begegnet, der liebte. Sein Hut war alt, sein Rock abgetragen und an den Ellbogen durchlöchert. Das Wasser lief ihm in die Schuhe, und die Sterne leuchteten in seiner Seele.

*

Wie groß ist es, geliebt zu werden! Und um wieviel größer, zu lieben! Das Herz wird heldisch durch seine Liebe. Es ist einzig aus Reinheit zusammengesetzt, nichts ist in ihm als Ewiges und Erhabenes. Ein unwürdiger Gedanke vermag in ihm so wenig zu keimen wie eine Brennessel auf Gletschereis. Die hohe und lautere Seele, unzugänglich den niederen Leidenschaften und Erregungen, wohnt im Himmelsblau. Beherrschend die Wolken und die Schatten dieser Welt, den Wahnsinn, die Lüge, den Haß, die Eitelkeit, die Not, empfindet sie nur noch die tiefen, unterirdischen Erschütterungen des Schicksals, wie die Gipfel der Berge das Beben der Erde empfinden.

*

Wäre niemand mehr, der liebte, die Sonne würde erlöschen.

Cosette nach dem Brief

Indes sie weiterlas, gab sie sich immer mehr der Träumerei hin. Gerade als sie von der letzten Seite des Heftes aufblickte, ging der schöne Offizier, dessen Stunde gekommen war, am Gitter vorüber. Cosette fand ihn häßlich.

Wieder beschaute sie das Heft. Es war in einer, so schien ihr, entzückenden Handschrift geschrieben. Von derselben Hand, aber mit verschiedener Tinte, bald schwarz, bald bläßlich, je nachdem das Tintenfaß gefüllt worden war, und also an verschiedenen Tagen. Gedanken waren diesen Blättern anvertraut, unter Seufzern, unregelmäßig, ohne Ordnung, ohne Wahl, ohne Ziel, ganz vom Zufall bestimmt. Nie hatte Cosette Ähnliches gelesen. Dieses Manuskript, das für ihr Urteil eher klar war als dunkel, wirkte auf sie wie eine halbgeöffnete geweihte Stätte. Jede dieser geheimnisvollen Zeilen glänzte vor ihren Augen und überflutete ihr Herz mit seltsamem Licht. Die Erziehung, die man ihr gab, hatte immer von der Seele gesprochen und nie von der Liebe, etwa als spräche man vom glühenden Holzscheit und nicht von der Flamme. Jäh und sanft enthüllten diese wenigen Seiten ihr alle Liebe, den Schmerz, das Schicksal, die Ewigkeit, Beginn und Ausgang des Lebens. Es war, als hätte eine Hand sich plötzlich aufgetan und ein Strahlenbündel vor ihr entfaltet. Sie fühlte in diesen Worten ein leidenschaftliches, heißes, edles, aufrichtiges Naturell, einen heiligen Willen, einen unermeßlichen Gram und ein unermeßliches Sehnen, ein bedrängtes Gemüt, eine auflodernde Ekstase. Was war dieses Schreiben? Ein Brief. Ein Brief ohne Adresse, nicht unterzeichnet, ohne Datum, fordernd und selbstlos, ein aus Wahrheiten zusammengesetztes Rätsel, eine Liebesbotschaft, verfaßt, um von einem Engel überbracht und einer Jungfrau gelesen zu werden, eine Liebesbegegnung außerhalb der Erde, das zärtliche Geflüster eines Phantoms mit einem Schatten. Es kam von einem Abwesenden, der, still und niedergeschlagen, bereit schien, sieh in den Tod zu flüchten, und der der Abwesenden das Geheimnis des Schicksals, den Schlüssel zum Leben, die Liebe sandte. Mit dem Fuß im Grab und dem Finger im Himmel war das niedergeschrieben worden. Diese Zeilen, eine nach der anderen aufs Papier gefallen, waren, was man die Tränen der Seele nennen könnte.

Von wem konnten diese Seiten stammen? Wer konnte sie geschrieben haben? Cosette zögerte nicht eine Minute. Ein einziger, er!

In ihr war es wieder Tag geworden. Alles wurde ihr wieder gegenwärtig. Sie empfand eine unerhörte Freude und eine tiefe Angst. Er war es, er schrieb ihr, er war da, sein Arm hatte durch das Gitter des Gartens gegriffen. Indes sie ihn vergaß, hatte er sie wiedergefunden. Aber hatte sie ihn vergessen? Nein, nie! Es war Wahnsinn, daß sie es einen Moment glaubte. Sie hatte ihn immer geliebt, immer angebetet. Das Feuer war abgedeckt gewesen und hatte eine Zeitlang geglimmt, doch sie merkte wohl, es hatte sich nur noch weiter in die

Tiefe gefressen, und jetzt flackerte es wieder auf und ließ sie lichterloh brennen. Dieses Heft war der Funke, der von jener anderen Seele auf die ihre übersprang, und sie fühlte, wie die Feuersbrunst von neuem ausbrach. Jedes Wort der Handschrift prägte sich ihr tief ein. Oh ja! Das alles, sagte sie sich, hatte ich schon in seinen Augen gelesen.

Als sie den Brief zum drittenmal las, kehrte der Leutnant Théodule zurück und ließ seine Sporen über das Pflaster klirren. Cosette spürte, daß etwas sie zwang hinzusehen. Er schien ihr fad, albern, dumm, unnütz, geckenhaft, dreist, abstoßend. Der Offizier nahm an, er sei zu einem Lächeln verpflichtet. Beschämt und empört wandte sie sich weg. Sie hätte ihm gern einen Gegenstand an den Kopf geworfen. Sie eilte fort, verschwand im Haus und schloß sich mit dem Brief in ihrem Zimmer ein, um ihn auswendig zu lernen und nachzusinnen. Dann küßte sie ihn und barg ihn an ihrem Mieder.

Es war um Cosette geschehen, sie war abermals der großen, seraphischen Liebe verfallen. Der Abgrund des Gartens Eden hatte sich soeben wieder aufgetan.

Den ganzen Tag über war sie wie betäubt. Kaum war sie fähig zu denken, wie verworrene Strähnen gingen ihr die Ideen durch das Gehirn, sie konnte nichts mutmaßen, sie erhoffte in einem Zittern, was sich noch nicht gestaltete. Sie wagte sich nichts zu wünschen und wollte sich nichts verweigern. Blässe huschte ihr über das Gesicht, und ein Schauer rann ihr durch die Glieder. Manchmal war ihr, als trete sie in das Reich der Schimäre ein. Sie fragte sich: Ist das Wirklichkeit? Dann tastete sie nach dem geliebten Brief unter ihrem Kleid, sie drückte ihn an ihr Herz, sie fühlte die Ecken des Papiers an ihrer Haut, und hätte Jean Valjean sie nun gesehen, er wäre vor der lichten und ihm unbekannten Seligkeit erschrocken, die unter ihren Augenlidern hervorbrach. Oh ja! Er ist's wirklich! sagte sie sich. Das stammt von ihm und ist für mich bestimmt!

Sie dachte, die Vermittlung von Engeln, ein Zufall vom Himmel her habe ihn ihr wiedergegeben. O Verwandlungen der Liebe! O Träume! Dieser himmlische Zufall, diese

Vermittlung der Engel war die Brotkugel, die ein Dieb einem anderen vom Hof Karls des Großen in die Löwengrube, über die Dächer der Force, zugeschleudert hatte.

Die Alten sind wie geschaffen, zur rechten Zeit fortzugehen

Am Abend ging Jean Valjean aus. Cosette zog sich um. Sie frisierte sich so anmutig wie nur möglich und nahm ein Gewand, dessen Leibchen, da es von der Schere ein wenig zu tief ausgeschnitten war, etwas von der zaghaften Wölbung des Busens sehen ließ und mithin, wie junge Mädchen sagen, »ein bißchen indezent« war. Unpassend war es nicht im entferntesten, aber reizender als die Kleider, die sie sonst trug. Sie entschloß sich zu dieser Toilette, ohne zu wissen, warum. Wollte sie ausgehen? Nein. Erwartete sie einen Besuch? Nein.

Als es dunkelte, stieg sie die Gartentreppe hinab. Die Toussaint arbeitete in der Küche, die nach dem Hinterhof zu lag. Cosette begann, unter den Bäumen zu schlendern, und ab und zu schob sie Äste beiseite, da manche zu niedrig hingen. So kam sie bis zu der Bank. Noch war der Stein da. Sie setzte sich und legte ihre zarte weiße Hand auf den Stein, als wolle sie ihn streicheln und ihm danken.

Plötzlich hatte sie den unnennbaren Eindruck, den man empfindet, wenn, und sei es ungesehen, jemand hinter einem steht. Sie schaute sich um und straffte sich. Er war es, barhaupt, bleich und abgemagert. Kaum war sein schwarzes Gewand zu erkennen. Die Dämmerung machte seine schöne Stirn fahl und bedeckte seine Augen mit Finsternis. Unter einem Schleier von unvergleichlicher Zartheit hatte er etwas vom Tod und von der Nacht. Sein Gesicht war von der Helligkeit des sterbenden Tags belichtet und vom Gedanken einer Seele, die sich verabschiedet. Er war noch nicht das Gespenst und nicht mehr der lebendige Mensch von damals. Seinen Hut hatte er ein paar Schritte hinweg in das Gebüsch geworfen.

Cosette, die einer Ohnmacht nahe war, stieß keinen Schrei aus. Sie wich langsam zurück, eben weil es sie zu ihm hinriß. Er rührte sich nicht. An etwas unsagbar Traurigem, das ihn umgab, fühlte sie den Blick seiner Augen, die ihr verborgen waren. Indem sie zurückwich, geriet sie an einen Baum und lehnte sich daran. Ohne diesen Baum wäre sie gestürzt. Dann hörte sie seine Stimme, die sie nie in Wahrheit gehört hatte und die gegen das Rauschen der Blätter nur matt ankämpfte.

»Verzeihen Sie«, murmelte die Stimme, »hier bin ich. Das Herz war mir übervoll, ich konnte so nicht leben, darum bin ich gekommen. Haben Sie gelesen, was ich auf die Bank niedergelegt habe? Kennen Sie mich noch ein wenig? Fürchten Sie sich nicht vor mir! Es ist schon einige Zeit her, erinnern Sie sich an den Tag, da Sie mich anschauten? Es war im Luxembourg-Park neben dem Gladiator. Und an den Tag, da Sie an mir vorüberschritten? Es war der sechzehnte Juni und der zweite Juli. Bald ist es ein Jahr. Seit langem habe ich Sie nicht mehr gesehen. Ich habe die Stuhlvermieterin gefragt, sie sagte mir, Sie seien ausgeblieben. Sie wohnten in einem neuen Haus in der Rue de l'Ouest, im dritten Stock nach vorn hinaus, Sie sehen, das weiß ich. Ich bin Ihnen gefolgt. Was konnte ich anders tun? Und dann sind Sie verschwunden. Einmal, als ich unter den Arkaden des Odéon Zeitungen las, glaubte ich, ich sähe Sie. Ich bin gelaufen. Aber nein, es war eine Dame, deren Hut dem Ihren glich. Nun erscheine ich hier in der Nacht. Keine Angst, niemand sieht mich. Ich blicke aus der Nähe in Ihre Fenster. Ich gehe ganz leise, damit Sie mich nicht hören, denn Sie würden vielleicht erschrecken. Neulich stand ich abends hinter Ihnen, Sie haben sich umgewandt, ich bin geflohen. Einmal hörte ich Sie singen. Ich war glücklich. Stört es Sie, wenn ich durch den Fensterladen Ihrem Gesang lausche? Es kann Sie nicht stören. Sie sind mein Engel, lassen Sie mich ein wenig hierherkommen! Ich glaube, ich werde sterben. Wüßten Sie, wie ich Sie anbete! Verzeihen Sie mir, ich weiß nicht, was ich zu Ihnen sage. Vielleicht errege ich Ihren Unwillen. Ist das so?«

»O Mutter!« rief sie. Und sie brach zusammen, als ringe sie

mit dem Tod. Er suchte sie aufzufangen, sie fiel, er nahm sie in seine Arme, er preßte sie an sich, ohne sich dessen, was er tat, bewußt zu sein. Wankend hielt er sie. Es war ihm, als sei ihm der Kopf voll von Rauch. Zwischen seinen Brauen schossen Blitze hervor. Seine Ideen trübten sich. Es schien ihm, er begehe eine religiöse Handlung und zugleich den Frevel der Entweihung. Doch mitnichten begehrte er dieses bezaubernde Mädchen, dessen Körper er an seiner Brust fühlte. Er glühte vor Liebe.

Sie faßte seine Hand und bettete sie an ihrem Herzen. Er spürte das Papier unter ihrem Mieder und stammelte: »So lieben Sie mich?«

Sie erwiderte so leise, daß es nur noch ein kaum hörbarer Hauch war: »Schweig! Du weißt es ja!« Und sie barg ihre errötende Stirn an seiner Brust.

Er sank auf die Bank nieder, sie neben ihm. Nun sprachen sie kein Wort mehr. Die Sterne begannen zu flimmern. Wie geschah es, daß ihre Lippen sich begegneten? Wie geschieht es, daß der Vogel singt, der Schnee schmilzt, daß die Rose aufblüht, daß der Mai sich entfaltet, daß der Frühschein hinter den schwarzen Bäumen auf dem unter dem Nachtwind fröstelnden Gipfel der Hügel emporglimmt? Ein Kuß, das war alles.

Dann bebten beide und sahen sich im Dunkeln mit glänzenden Augen an. Sie spürten weder die Kälte der Nacht noch die Kälte des Steines, weder die feuchte Erde noch das nasse Gras, sie sahen sich an, die Herzen von Gedanken erfüllt. Ohne es zu merken, hatten sie ihre Hände vereinigt.

Sie fragte ihn nicht und dachte gar nicht an diese Frage, wie er sich Zutritt zu diesem Garten verschafft habe. Daß er hier war, schien ihr so einfach. Hin und wieder streifte sein Knie das ihre, und sie erbebten. Zuweilen stammelte Cosette ein Wort, und ihre Seele zitterte auf ihren Lippen wie ein Tautropfen auf einer Blume.

Nach und nach begannen sie miteinander zu reden. Geständnisse lösten das inhaltsschwere Schweigen ab. Heiter strahlte die Nacht über ihren Köpfen. Diese zwei Wesen, in ihrer geisterhaften Lauterkeit, sagten sich alles, ihre Träume, ihre trunkene Verzückung, ihre Verschwärmtheit, ihre Entmutigung, wie sie von fern sich angebetet und nacheinander verlangt hatten und wie sie verzweifelten, als sie sich gegenseitig vermißten. In idealer Vertrautheit, die nichts mehr erhöhen konnte, berichteten sie sich, was ihr teuerstes Geheimnis war. Arglos gläubig in ihren Illusionen, erzählten sie sich alles, was die Liebe, die Jugend und der Rest von Kindlichkeit, der in ihnen war, sie denken ließen. Die beiden Herzen schütteten sich einander aus, so daß nach einer Stunde der junge Mann die Seele des jungen Mädchens hatte und dieses die Seele des jungen Mannes. Die durchdrangen sich, die beglückten und blendeten sich.

Als sie geredet, als sie sich das Letzte gesagt hatten, ließ sie ihren Kopf auf seiner Schulter ruhen und fragte: »Wie heißt du?«

»Marius«, erwiderte er, »und du?«

»Cosette.«

SECHSTES BUCH

DER KLEINE GAVROCHE

Ein Schelmenstreich des Windes

Nach 1823 hatten, während die Garküche in Monfermeil scheiterte und allmählich unterging, nicht im Abgrund eines Bankrotts, jedoch in der Kloake der Läpperschulden, die Eheleute Thénardier noch zwei andere Kinder, beide männlichen Geschlechts, bekommen. So hatten sie fünf, zwei Mädchen und drei Knaben, was viel war.

Die Thénardier hatte sich der beiden letzten, als sie noch ganz klein waren, mit besonderem Glück entledigt. Die Frau stellte nur ein Bruchstück einer Mutter dar. Eine Erscheinung, für die es übrigens mehr als ein Beispiel gibt. Wie die Marschallin La Mothe-Hondancourt war sie es allein für ihre Töchter. Darüber hinaus reichte ihre Mutterschaft nicht. Ihr Haß auf die Menschheit setzte bei ihren Jungen ein. Gegen ihre Söhne war sie von bösartiger Heimtücke, und sie behandelte sie mit Unheil androhender Rauheit. Sie verabscheute den Ältesten, sie verfluchte die beiden anderen. Warum? Darum – der schrecklichste Grund und eine Antwort, über die sich nicht streiten läßt. »Ich kann das Kindermiauen nicht leiden«, sagte diese Mutter.

Als die Thénardiers sich entlasteten, hatten sie noch ihren Vorteil davon. Die unverehelichte Magnon, die schon erwähnt worden ist, war dieselbe, die es fertigbrachte, den guten Herrn Gillenormand für die zwei Kinder, die sie hatte, zu schröpfen. Sie wohnte am Quai des Célestins, an der Ecke der alten Rue du Petit-Musc, die, was sie konnte, getan hat, um ihren schlechten Ruf in Wohlgeruch (Musc ist Moschus) zu verwandeln. Man erinnert sich der großen Kruppseuche, die vor fünfunddreißig Jahren die Pariser Stadtviertel am

Ufer der Seine verheerte und die von der Wissenschaft ausgenutzt wurde, um im großen Maßstab die Wirksamkeit der Einblasungen von Alaun zu erproben, statt deren mit solchem Gewinn heute äußerliches Färben mit Jod angewandt wird. Als diese Seuche wütete, verlor die Magnon an einem Tag ihre beiden noch sehr kleinen Jungen, den ersten morgens, den zweiten abends. Das war ein Schlag für sie. Die Kinder waren für ihre Mutter ein Wert; sie bedeuteten achtzig Francs monatlich. Diese achtzig Francs wurden im Namen von Herrn Gillenormand durch einen Renteneinnehmer, Herrn Barge, einen pensionierten Gerichtsvollzieher in der Rue du Roi-de-Sicile, sehr pünktlich gezahlt. Waren die Kinder tot, war die Rente gestorben. Die Magnon suchte einen Ausweg. In der dunklen Freimaurerei des Schiebertums, der sie angehörte, weiß man alles, man wahrt das Geheimnis und ist einander behilflich. Zwei Kinder brauchte die Magnon; zwei hatte die Thénardier. Vom selben Geschlecht und vom selben Alter. Eine gute Regelung für jene; ein guter Abschluß für diese. Aus den kleinen Thénardiers wurden die kleinen Magnons. Die Magnon verließ den Quai des Célestins und wohnte von nun an in der Rue Clocheperce. In Paris wird die Identität eines menschlichen Wesens durch die Übersiedlung von einer Straße in eine andere aufgehoben.

Das Standesamt, das nichts ahnen konnte, protestierte nicht, und der Kindertausch erfolgte so einfach wie möglich. Nur heischte die Thénardier dafür, daß sie ihre Kinder auslieh, monatlich zehn Francs, die die Magnon zusagte und sogar entrichtete. Natürlich befriedigte Herr Gillenormand nach wie vor seine Gläubigerin. Jedes halbe Jahr stattete er den Kleinen einen Besuch ab. Die Veränderung fiel ihm nicht auf. »Wie sie Ihnen ähnlich sind«, sagte die Magnon.

Thénardier, der in einem derartigen Namenswechsel Übung hatte, ließ sich die Gelegenheit nicht entgehen und wurde Jondrette. Seine beiden Töchter und Gavroche hatten so gut wie keine Zeit gehabt zu merken, daß sie zwei kleine Brüder hatten. Auf einer gewissen Stufe des Elends wird man von einer gespenstischen Gleichgültigkeit erfaßt, in der man Menschen wie Larven ansieht. Die Allernächsten sind oft nur vage Schatten, die sich von dem nebligen Hintergrund des Lebens kaum abheben und sich mit dem Unsichtbaren leicht wieder vermischen.

Am Abend des Tages, an dem sie ihre beiden Kleinen der Magnon mit der unzweifelhaften Absicht, für immer auf sie zu verzichten, abgeliefert hatte, hegte die Thénardier ernsthaft oder zum Schein Gewissensbedenken. »Wie darf man«, sagte sie zu ihrem Gatten, »seine Kinder so aussetzten!« Thénardier, der klug wie ein Jurist und phlegmatisch war, verätzte diese Gewissenswunde mit den Worten: »Jean-Jacques Rousseau ist noch weiter gegangen!« Aber nun zeigte die Mutter sich besorgt: »Kann uns die Polizei nicht schikanieren? Sag mal, ist denn das erlaubt, was wir gemacht haben?« Thénardier entgegnete: »Alles ist erlaubt. Niemand wird darin einen Makel sehen. Übrigens hat bei Kindern der Not keiner ein Interesse, allzu scharf nachzuprüfen.«

Die Magnon war eine Art Mondäne des Verbrechens. Sie putzte sich. Ihre Wohnung, protzig und scheußlich möbliert, hatte sie gemeinsam mit einer gerissenen Diebin, einer in Frankreich eingebürgerten Engländerin. Diese Pariser Britin, die sich durch Beziehungen zu sehr reichen Kreisen empfahl und ihre Hände bei den Affären der Denkmünzen der Bibliothek wie der Diamanten von Fräulein Mars im Spiel hatte, wurde später in Hauptbüchern der Gerichtschronik berühmt. Man nannte sie Mamsell Miß.

Die beiden Kleinen, der Raub der Magnon, konnten sich nicht beschweren. Die achtzig Francs sprachen für sie, sie wurden geschont wie alles, was sich ausbeuten läßt, nicht schlecht gekleidet und nicht schlecht genährt. Man ging mit ihnen fast wie mit Herrschaftskindern um, und bei ihrer falschen Mutter hatten sie es besser als bei der echten. Die Magnon gab sich als Dame aus und vermied, wenn sie zugegen waren, die Redensarten der Straße.

So lebten sie mehrere Jahre. Thénardier war, wenn er ihre Zukunft prophezeite, erwartungsvoll. An einem Tag, als die Magnon ihm seine monatlichen zehn Francs aushändigte, entfuhren ihm die Worte: »Der Vater wird sie ausbilden lassen müssen.«

Plötzlich aber wurden die beiden armen Kinder, die bis dahin selbst durch ihr Mißgeschick ziemlich geschützt worden waren, ins Leben hinausgestoßen und gezwungen, sich darin fortzubringen. Eine massenhafte Festnahme von Übeltätern wie denen in der Höhle von Jondrette, die mit weiteren Haussuchungen und Überweisungen in die Gefängnisse verbunden sein muß, ist eine wahre Katastrophe für die greuliche Gegen-Gesellschaft, die verborgen unter der öffentlichen Gesellschaft besteht. Ein derartiges Abenteuer zieht allerlei Zusammenbrüche in dieser finsteren Welt nach sich. Das Ungemach der Thénardiers erzeugte Ungemach auch für die Magnon.

Eines Tages, bald nachdem die Magnon den Zettel, der die Rue Plumet betraf, Eponine zugesteckt hatte, stieg überraschend die Polizei in der Rue Clocheperce ab. Die Magnon wurde verhaftet und ebenso Mamsell Miß und das ganze verdächtige Häuschen durchgekämmt. Die beiden Knaben ergötzten sich in der Zeit der Razzia in einem rückwärtigen Hof und sahen nichts von ihr. Als sie wieder hinein wollten, fanden sie die Tür verschlossen und das Haus leer. Ein Schuhflicker, dessen Bude gegenüberlag, rief sie zu sich und gab ihnen ein Papier, das ihre »Mutter« für sie hinterlassen hatte. Auf dem Papier stand eine Adresse: Barge, Renteneinnehmer, Rue du Roi-de-Sicile Nr. 8. Der Mann in der Bude sagte: »Ihr wohnt nicht mehr hier. Dort geht hin, es ist ganz in der Nähe. Die erste Straße links. Fragt euch mit dem Papier durch!«

Die Knaben gingen, der ältere führte den jüngeren und hielt in seiner Hand das Papier, nach dem sie ihren Weg suchen sollten. Es fror ihn, und seine steifen kleinen Finger konnten es nur schlecht drücken und halten. An der Krümmung der Rue Clocheperce blies der Wind es ihm fort, und da die Nacht sank, konnte das Kind es nicht wiederfinden. Ziellos durchirrten sie die Straßen.

Wie der kleine Gavroche Vorteil aus dem großen Napoleon zieht

Oft wehen im Frühling von Paris schneidende und harte Nordostwinde, bei denen man nicht gerade zu Eis erstarrt, aber von Frost geschüttelt wird. Dieser Nordost läßt den schönsten Tag traurig werden. Er gleicht jenem kalten Luftzug, der durch die Spalten eines schief zugeriegelten Fensters oder einer lässig versperrten Tür in ein warmes Zimmer dringt. Es scheint, als klaffe die düstere Tür des Winters und der Wind zwänge sich hindurch. Im Frühjahr 1832, als die erste große Epidemie des Jahrhunderts Europa durchraste, waren die Nordoststürme schneidender und beklemmender als jemals. Eine Tür, noch eisiger als die des Winters, hatte sich halb geöffnet. Es war die Tür zum Grab. Man fühlte in diesem Sturm den Hauch der Cholera.

Unter dem meteorologischen Gesichtspunkt hatten die kalten Winde die Besonderheit, daß sie eine starke elektrische Spannung nicht ausschlossen. Häufig entluden sich von Blitz und Donner begleitete Gewitter.

Eines Abends, als der Nordost so heftig schnob, daß der Januar zurückgekehrt schien und die Bürger wieder zu ihren Mänteln gegriffen hatten, stand der kleine Gavroche, unter seinen Lumpen heiter schlotternd, wie verklärt vor dem Laden eines Perückenmachers in der Gegend der Ulme von Saint-Gervais. Er war mit einem wollenen Frauenschal geschmückt, den er irgendwo ergattert und sich als Nasenwärmer umgewickelt hatte. Der kleine Gavroche schien in tiefer Bewunderung einer Braut oder Neuvermählten aus Wachs verloren, die, dekolletiert und auf dem Haar einen Kranz von Orangenblüten, sich hinter der Scheibe drehte und zwischen zwei Lampen den Passanten ihr Lächeln darbot. Aber in Wirklichkeit beobachtete er den Laden, um zu sehen, ob er nicht aus dem Schaufenster einen Block Seife klauen könne, der sich dann um einen Sou einem Friseur in einem Vorort verkaufen ließe. Oft erwarb er für sein Essen ein solches Stück Seife. Barbiere einseifen, so nannte er diese Art von Arbeit, für die er begabt war.

Indes er die Wachsbraut betrachtete und nach der Seife blinzelte, murmelte er zwischen den Zähnen: »Dienstag. Nein, nicht Dienstag. War es Dienstag? Vielleicht Dienstag. Ja, Dienstag.« Welchen Sinn sein Monolog hatte, hat sich nie feststellen lassen. Wenn es sich etwa auf den letzten Tag bezog, an dem er zu Mittag gespeist hatte, dann war es drei Tage her, denn heute war Freitag.

Der Barbier in seiner von einem guten Ofen geheizten Stube rasierte einen Kunden und entsandte von Zeit zu Zeit einen Seitenblick auf diesen Feind, diesen verlorenen, unverschämten Gassenjungen, der die Hände in der Tasche hatte, dessen Witz jedoch offen zutage trat.

Indessen Gavroche die Neuvermählte, die Auslage und die Stücke Windsor-Soap musterte, drehten zwei Kinder von ungleicher Größe, ziemlich sauber angezogen und noch kleiner als er – der eine schien sieben, der andere fünf Jahre alt zu sein –, schüchtern den Türknopf und betraten den Laden. Mit klagendem Gemurmel baten sie um irgend etwas, vielleicht ein Almosen, und es klang mehr nach einem Seufzer als nach einer Bitte. Sie sprachen beide durcheinander, und ihre Worte waren unverständlich, weil Schluchzen die Stimme des Jüngeren erstickte und dem Älteren vor Frost die Zähne klapperten. Der Barbier wandte sich mit wütendem Gesicht um, und ohne sein Rasiermesser loszulassen, drängte er den Älteren mit der linken Hand und den Kleinen mit dem Knie weg, stieß sie auf die Straße hinaus und sperrte seine Tür wieder zu. »Die Kälte reinbringen, und für nichts!« sagte er.

Die beiden Kinder setzten sich weinend wieder in Bewegung. Aber eine Wolke war am Himmel erschienen, ein Regenguß begann. Der kleine Gavroche lief ihnen nach und fragte sie: »Was habt ihr denn, ihr Rotzbengel?«

»Wir wissen nicht, wo wir ein Bett finden sollen«, antwortete der Ältere.

»So?« sagte Gavroche. »Das ist ja sehr wichtig. Und deshalb weint ihr? Ihr dummen Affen!« Und indem er in seiner ein wenig höhnischen Überlegenheit einen Ton zärtlicher Autorität und wohlwollender Gönnerschaft anschlug, befahl er ihnen: »Kommt mit, Murkse!«

»Ja, mein Herr«, sagte der Ältere. Und die beiden Kinder folgten ihm ehrfürchtig, als wäre er ein Erzbischof. Ihr Weinen war verstummt.

Gavroche ließ sie die Rue Saint-Antoine nach der Bastille zu hinaufgehen. Indes er mit ihnen dahinschritt, warf er noch einen entrüsteten Blick auf die Bude des Barbiers. »So was hat kein Herz, so ein Fisch«, brummte er. »Das ist ein Inglischmän.«

Ein Mädchen, das sie alle drei hintereinander aufmarschieren sah, Gavroche an der Spitze, lachte wie besessen. Dieses Gelächter bezeugte Mangel an Respekt vor der Gruppe. »Guten Tag, Fräulein Omnibus«, sagte Gavroche zu ihr.

Ein paar Minuten später besann er sich wieder auf den Barbier. »Ich habe mich«, fügte er hinzu, »in dem Tier geirrt. Der ist kein Fisch, der ist eine Schlange. Perückenmacher, ich hole einen Klempner, ich lasse dir eine Klingel an den Steiß hängen.«

Der Barbier hatte ihn gereizt. Als er über einen Rinnstein kletterte, redete er eine bärtige Portiersfrau an, die würdig war, mit Faust auf dem Brocken zusammenzutreffen, und ihren Besen in der Hand hielt. »Madame«, sagte er, »das ist wohl Ihr Pferd, Sie reiten aus?«

Hiernach bespritzte er die Lackschuhe eines Passanten. »Lümmel!« schrie dieser im Zorn.

Gavroche hob die Nase über den Rand seines Schals. »Hat der Herr sich zu beklagen?«

»Über dich!« sagte der Passant.

»Das Büro ist geschlossen«, erwiderte Gavroche, »ich nehme keine Klagen mehr an.«

Aber als er auf der Straße weiterging, gewahrte er in einem Torweg eine Bettlerin von dreizehn oder vierzehn Jahren, die, eiskalt an allen Gliedern, einen so kurzen Rock trug, daß man ihre Knie sah. Sie war dafür schon ein wenig zu groß. Das Wachstum ist oft arglistig. Die Kleider werden gerade in dem Moment zu knapp, wo die Blöße unpassend wird. »Armes Mädchen!« sagte Gavroche. »Hat nicht mal eine Hose! Da, nimm das hier!« Und er knotete die gute Wolle auf, die seinen Hals umhüllte, und legte sie um die mageren, violetten Schultern der Bettlerin, auf denen der Nasenwärmer sich wieder in einen Schal verwandelte. Die Kleine schaute ihn verdutzt an und ließ sich schweigend den Schal schenken. Auf einer gewissen Stufe des Elends klagt der Arme, wie betäubt, nicht mehr über das Böse und dankt nicht mehr für das Gute. »Brr!« sagte Gavroche, und er fröstelte mehr als der heilige Martin, der wenigstens die Hälfte seines Mantels für sich gerettet hatte.

Mit verstärkter Wut tobte der Platzregen. Ein böser Himmel wie der dieses Tages straft gute Handlungen. »Ach«, rief Gavroche, »was soll das heißen? Es regnet schon wieder. Herrgott, wenn das andauert, kündige ich mein Abonnement.« Und wieder ging er vorwärts. »Egal«, sagte er und blickte auf die Bettlerin, die sich unter seinem Schal zusammenduckte, »großartig eingepuppt ist die jetzt!«

Er spähte nach der Wolke. »Hat uns schon erwischt!« schrie er dann.

Die beiden Kinder trotteten ihm nach. Als sie vor einem der dichten Gitter vorüberkamen, die auf einen Bäckerladen hinwiesen, denn man verwahrt das Brot wie Gold hinter Eisenstäben, wandte Gavroche sich um. »Sagt mal, ihr Murkse, haben wir gegessen?«

»Mein Herr«, antwortete der Ältere, »seit heute morgen haben wir nichts gegessen.«

»Dann habt ihr keinen Vater und keine Mutter?« erwiderte Gavroche majestätisch.

»Entschuldigen Sie, mein Herr, wir haben einen Papa und eine Mama, aber wir wissen nicht, wo sie sind.«

»Manchmal ist das besser, als wenn man es weiß«, sagte Gavroche, der ein Denker war.

»Seit zwei Stunden«, versicherte der Ältere, »laufen wir herum, an den Ecksteinen haben wir nach Abfällen gesucht und finden nichts.«

»Ich weiß«, sagte Gavroche. »Die Hunde fressen alles weg.« Er schwieg, dann fuhr er fort: »Wir haben die Urheber unserer Tage verloren. Wir wissen nicht, was aus ihnen geworden ist. Das soll man nicht, Jungens. Blöd, bejahrte Leute so aus den Augen zu lassen. Wir müssen uns doch den Magen füllen.« Im übrigen forschte er sie nicht aus. Man ist obdachlos, was weiter?

Der ältere Knirps, der die Sorglosigkeit der Kindheit rasch wiedererlangt hatte, bemerkte: »Eigentümlich ist das doch, wo unsere Mama versprochen hat, sie würde uns geweihten Buchsbaum für Palmsonntag kaufen!«

»Soso«, erklärte Gavroche.

»Mama«, beteuerte der Ältere, »ist eine Dame und hat eine Wohnung mit Mamsell Miß.«

»Ei, ei«, entgegnete Gavroche.

Indessen war er stehengeblieben, und seit einigen Minuten betastete und durchwühlte er alle Schlupfwinkel, die es in seinen Lumpen gab. Endlich hob er den Kopf mit einer Miene, die nur Genugtuung bezeugen sollte, aber in Wirklichkeit voller Triumph war. »Beruhigt euch! Hier ist Geld für unser Abendbrot, für alle drei.« Und er zog einen Sou aus einer seiner Taschen.

Ohne daß die beiden Kleinen noch Zeit hatten, sich gaffend zu wundern, stieß er sie vor sich in den Bäckerladen, legte seinen Sou auf den Zahltisch und rief: »Sie, Bursche! Um fünf Centimes Brot!«

Der Bäcker, der Inhaber persönlich, nahm ein Brot und ein Messer.

»In drei Stücken!« sagte Gavroche und fügte selbstbewußt hinzu: »Wir sind zu dritt.« Und als er sah, daß der Bäcker nach Betrachtung der drei Abendgäste ein Schwarzbrot genommen hatte, versenkte er einen Finger in die Tiefe seiner Nase, so gebieterisch die Luft einatmend, als hätte er auf seinem Daumen die Prise Schnupftabak des Großen Friedrich, und warf dem Bäcker mitten ins Gesicht die empörte Frage: »Wssendas?«

Diejenigen unserer Leser, die versucht sind, aus Gavroches Frage an den Bäcker einen Brocken Russisch oder Polnisch herauszuhören oder einen jener wilden Rufe, wie ihn sich in der Wildnis die Yoway und Botokuden von einem Flußufer zum anderen zuschleudern, seien dahingehend belehrt, daß sie (unsere Leser) dieses Wort täglich im Munde führen. Es steht für den Satz: »Was ist das?«

Der Bäcker begriff vollkommen, was er nuschelte, und antwortete: »Na, Brot, sehr gutes Brot zweiter Qualität!«

»Also ganz ordinäres Brot«, versetzte Gavroche gelassen und in kalter Geringschätzung. »Weißbrot, Bursche! Von Nullermehl! Ich halte die Herren frei.«

Der Bäcker mußte lächeln, und indes er Weißbrot abschnitt, sah er sie mitleidig an, daß Gavroche sich ärgerte. »Sagen Sie, Bäckerjunge, was gucken Sie so von oben herab?« Hätte man alle drei aufeinandergestellt, hätte ihre Länge kaum zwei Meter betragen.

Als das Ende Brot zerschnitten war, kassierte der Bäcker den Sou ein, und Gavroche befahl den Kindern: »Futtern.«

Die beiden Knaben starrten ihn betreten an. Gavroche lachte. »Ach, richtig, ihr seid ja noch so dumm, ihr seid ja noch so klein.« Und er sagte: »Aufessen!« Zugleich hielt er jedem ein Stück Brot hin. Und da er dachte, der Ältere, der ihm ein mündigerer Gesprächspartner schien, verdiene eine besondere Ermutigung und er müsse ihm über jedes Zaudern beim Stillen seines Appetits hinweghelfen, gab er ihm den größten Anteil mit den Worten: »Schieb dir das in die Luke!«

Das kleinste Stück behielt er für sich. Die armen Kinder waren ausgehungert und Gavroche genauso wie sie. Solange sie das Brot hinunterschlangen, versperrten sie den Laden des Bäckers, der nun, da er sein Geld hatte, gut gelaunt zusah.

»Gehn wir«, sagte Gavroche. Sie entfernten sich in die Richtung der Bastille. Ab und zu, wenn sie vor erleuchteten Auslagen vorbeikamen, blieb der Kleinere stehen, um von einer Bleiuhr, die an einer Schnur um seinen Hals hing, die Zeit abzulesen.

»Der ist wahrhaftig ein Gimpel«, sagte Gavroche. Und nachdenklich murrte er: »Egal, hätte ich Knirpse, müßten sie mir an die Kandarre.«

Sie hatten ihr Brot aufgezehrt, als sie die Ecke der öden Rue des Ballets erreichten, in deren Hintergrund man die niedrige, feindliche Eingangspforte der Force sieht. »Bist du das, Gavroche?« rief jemand.

»Ach du, Montparnasse?« fragte Gavroche zurück. Ein Mann hatte ihn angeredet, und dieser Mann war kein anderer als Montparnasse, verkleidet, mit blauer Brille, aber für den Jungen erkennbar.

»So eine Frechheit!« sagte Gavroche. »Du hast eine Schale, senffarben wie ein Breiumschlag, und blaue Gläser wie ein Arzt. Schick bist du, glaub einem alten Mann!«

»Pst!« warnte Montparnasse. »Nicht so laut!« Und rasch zerrte er Gavroche aus dem Lichtschein der Läden fort. Die beiden Kleinen folgten mechanisch, Hand in Hand.

Als sie unter dem schwarzen Schwibbogen eines Torwegs standen, vor Blicken und Regen geschützt, fragte Montparnasse: »Weißt du, wo ich hingehe?«

»Zur Abtei Steig-ungern-auf«, sagte Gavroche und meinte damit das Schafott.

»Spaßvogel!« wehrte Montparnasse ab. »Ich treffe mich mit Babet.«

»Ach«, sagte Gavroche. »Babet heißt sie.«

Montparnasse senkte die Stimme. »Nicht sie, er.«

»Ach, Babet!«

»Ja, Babet.«

»Ich dachte, der sitzt.«

»Er sitzt nicht mehr«, entgegnete Montparnasse. Und hastig erzählte er dem Jungen, daß heute morgen Babet, nachdem man ihn in die Conciergerie übergeführt habe, entkommen sei, indem er im Korridor zum Untersuchungsrichter links gegangen sei statt rechts.

Gavroche bestaunte seine Gewandtheit. »So ein Zahnkünstler!« sagte er.

Montparnasse gab noch Einzelheiten über Babets Flucht hinzu und schloß: »Das ist aber nicht alles.«

Gavroche hatte, während er zuhörte, nach einem Spazierstock gefaßt, den Montparnasse trug, und mechanisch den oberen Teil herausgezogen. Die Klinge eines Dolchmessers wurde sichtbar. »Ach!« rief er und stieß den Dolch schnell zurück. »Du hast deinen Gendarmen bei dir, als Zivilist verkleidet.«

Montparnasse blinzelte. »Verdammt!« fuhr Gavroche fort. »Du willst die Greifer verdreschen?«

»Kann man nicht wissen«, antwortete Montparnasse mit

gleichgültigem Gesicht. »Es ist immer gut, wenn man so eine Nadel bei sich hat.«

Gavroche ließ sich nicht abfertigen. »Was hast du denn für heute nacht vor?«

Montparnasse ging wieder zur ernsten Tour über und sagte, die Silben zerkauend: »Allerhand.« Plötzlich wechselte er das Thema: »Ganz nebenbei ...«

»Was?«

»Ist mir neulich passiert. Stell dir vor! Ich begegne einem Bürger. Er schenkt mir eine Predigt und seine Börse. Die stecke ich in meine Tasche. In der nächsten Minute suche ich drin. Nichts mehr da.«

»Nichts als die Predigt«, sagte Gavroche.

»Wohin willst du denn?« fragte Montparnasse.

Gavroche zeigte auf seine beiden Schützlinge und sagte: »Ich bringe die Kinder ins Bett.«

»Und wo?«

»Bei mir.«

»Was heißt das: bei mir?«

»Bei mir.«

»Hast du denn eine Bleibe?«

»Jawohl.«

»Wo denn?«

»Im Elefanten«, sagte Gavroche.

Montparnasse konnte, obgleich ihn seiner Natur nach selten etwas verblüffte, einen Ausruf nicht zurückhalten: » Im Elefanten?«

»Freilich, im Elefanten!« erwiderte Gavroche. »Isswas?«

Dies ist abermals ein Wort, das niemand schreibt und jedermann spricht. »Isswas« heißt »Ist etwas dabei?«

Jetzt wußte Montparnasse Bescheid, und er schien von der Wohnung des Jungen besser zu denken. »Ach so. Pennt es sich da gut?«

»Sehr gut«, sagte Gavroche. »Piekfein. Es ist nicht so eine Zugluft wie unter den Brücken.«

»Wie kommst du denn rein?«

»Ich komme eben rein.«

»Hat denn der Elefant ein Loch?« fragte Montparnasse.

»Aber ja! Nicht weitersagen! In den Vorderbeinen. Die Spitzel haben das noch nicht entdeckt.«

»Und du kletterst durch? Ich verstehe.«

»Einmal herumgedreht, krick-krack! Aus! Keiner mehr da!« Nach einer Pause setzte Gavroche hinzu: »Für die Kleinen hab ich eine Leiter.«

Montparnasse lachte. »Wo, zum Teufel, hast du die Kleinen aufgegabelt?«

Gavroche entgegnete schlicht: »Die Hemdenmätze hat mir ein Barbier geschenkt.«

Montparnasse jedoch wurde nachdenklich. »Du hast mich zu leicht erkannt«, murmelte er. Er entnahm seiner Tasche zwei kleine Hülsen, mit Baumwolle umwickelte Federkiele, und schob sich in jedes Nasenloch einen. So hatte er eine andere Nase.

»Du bist ganz verändert«, sagte Gavroche. »Nicht mehr so häßlich wie vorhin. Das solltest du beibehalten.« Montparnasse war ein hübscher Kerl, aber Gavroche ein Spötter.

»Ohne Scherz! Wie findest du mich?« fragte Montparnasse. Er hatte nun auch einen anderen Stimmklang. In einem Augenblick war er unkenntlich geworden.

»Mach uns den Kasper!« rief Gavroche.

Die Kinder, die bisher nicht gehorcht hatten, vollauf damit beschäftigt, mit den Fingern in ihren Nasen zu bohren, näherten sich, als das Wort »Kasper« fiel, und sahen Montparnasse mit beginnender Freude und Bewunderung an.

Zum Unglück war Montparnasse in Sorge. Er legte seine Hand Gavroche auf die Schulter und sagte, indem er jedes Wort betonte:

»Höre, was ich dir sage, Junge, wenn sich das so träfe und ich hätte meine Dogge, meinen Dag und meine Dig und ihr würdet mir zehnmal zwei Sous prodigieren, würde ich mich nicht weigern, elendig zu schuften, aber heute ist nicht Faschingsdienstag.« Mit diesem Kauderwelsch warnte Montparnasse Gavroche. Es besagte, daß ein Polizist in der Nähe war. Der Talisman, den es enthielt, war die fünf- oder sechsmal, zuletzt bei *mardi-gras*, in verschiedenen Formen wiederholte Assonanz »dig«. Diese Silbe bedeutete, nicht vereinzelt ausgesprochen, sondern kunstvoll in einem Satz gemengt: Achtung! Wir können nicht frei reden! Außerdem besaßen die Worte von Montparnasse eine literarische Schönheit, die Gavroche entging. *Mon dogue, ma dague et ma digue,* hatte im Argot des Viertels um den Temple den Sinn: Mein Hund, mein Messer und mein Weib. Die Wendung war sehr gebräuchlich unter den Hanswürsten und Harlekinen des Jahrhunderts, in dem Molière schrieb und Callot zeichnete.

Der bizarre Satz wirkte sonderbar auf den Gassenjungen von Paris. Er drehte sich hurtig um. Mit tiefer Aufmerksamkeit ließ er seine funkelnden kleinen Augen schweifen, und als er, wenige Schritte entfernt, den von Montparnasse avisierten Schergen sah, brummte er ein »ach so«, das er alsbald unterdrückte. »Guten Abend«, sagte er und schüttelte Montparnasse die Hand, »ich gehe mit meinen Murksen zum Elefanten. Wenn du mich in der Nacht benötigst, dort findest du mich. Ich wohne im Erdgeschoß. Portier ist keiner da. Frage nach Herrn Gavroche.«

»Gut«, sagte Montparnasse. Und sie trennten sich. Montparnasse führte sein Weg nach der Grève und Gavroche der seine nach der Bastille. Der kleine Fünfjährige, von seinem Bruder geschleppt, den Gavroche mit sich zog, schaute mehrmals nach dem »Kasper« zurück.

Noch vor zwanzig Jahren sah man in der Südostecke des Platzes der Bastille nahe der Bahnstation des in dem einstigen Graben der Gefängniszitadelle ausgehöhlten Kanals ein seltsames Monument, an das die Pariser sich schon nicht mehr erinnern und das würdig gewesen wäre, eine Spur in ihrem Gedächtnis zu hinterlassen. Denn es war ein Gedanke des »Mitglieds des Instituts und Oberbefehlshabers der Armee in Ägypten«.

Es war kein Monument, nur ein Modell. Aber auch dieses Modell, diese fabelhafte Skizze, dieser grandiose Leichnam einer Idee Napoleons, den zwei oder drei Windstöße nacheinander erfaßt und jedesmal weiter hinweggetragen hatten, war Geschichte geworden und hatte eine dauernde Gestalt angenommen, so provisorisch es dem Blick erschien. Es war ein vierzig Fuß hoher Elefant, aus Balken und Gemäuer erbaut, mit einem Turm auf dem Kreuz, der einem Hause glich. Irgendein Anstreicher hatte ihn ehedem grün übertüncht, jetzt war er schwarz übermalt durch Unwetter, Regen und Zeit. In diesem verlassenen und nach allen Seiten offenen Winkel des Platzes hoben die breite Stirn des Kolosses, sein Rüssel, seine Stoßzähne, sein Turm, sein ungeheurer Rücken und seine vier säulengleichen Beine sich nachts unter dem Sternenhimmel als überraschende und erschreckende Silhouette ab. Man wußte nicht, was das war. Es schien ein Symbol der Volkskraft, düster, rätselhaft und unermeßlich. Ein machtvolles, sichtbares, drohendes Gespenst neben dem unsichtbaren Gespenst der Bastille.

Wenige Fremde besuchten dieses Bauwerk, kein Passant betrachtete es. Es fiel in Trümmer. Zu jeder Jahreszeit lösten sich Gipsmassen von seinen Flanken, und so enstanden abscheuliche Wunden. Die »Ädilen«, die Herren der Stadtverwaltung, hatten seit 1814 den Elefanten vergessen. Er wuchtete an seiner Ecke, finster, krank, zerbröckelnd, umgeben von verfaulten Palisaden, die bezechte Kutscher ständig verunreinigten. Risse zerspalteten ihm den Bauch, ein Latte ragte ihm aus dem Schwanz hervor, das hohe Gras wuchs ihm zwischen den Beinen. Und da die Fläche des Platzes ringsum seit dreißig Jahren in der langsamen, unmerklichen, ununterbrochenen Bewegung des Bodens der großen Städte sich hob, stand er in einer Senke, und es schien, als rutsche die Erde unter ihm ab. Er war schmutzig, mißachtet, widerlich und erhaben, häßlich in den Augen des Bürgers, melancholisch in den Augen des Denkers. Etwas hatte er von Unrat, der fortgefegt werden soll, und von der Majestät, die man enthaupten wird.

Wie wir bereits sagten, veränderte sich nachts seine äußere Erscheinung. Die Nacht ist das wahre Milieu für alles Düstere. Sobald die Dämmerung hereinbrach, verklärte sich der alte Elefant. Schweigsam und furchtbar nahm er sich in der fürchterlichen Ruhe der Finsternis aus. Der Vergangenheit angehörend, gehörte er der Nacht, und die Dunkelheit ging in eins mit seiner Größe.

Dieses rohe, gedrungene, plumpe, strenge, schmucklose, nahezu häßliche, doch ganz gewiß majestätische und von großartiger, wilder Würde durchdrungene Denkmal verschwand, um den riesigen Ofen mit seinem Rohr in Frieden herrschen zu lassen. Er folgte der düsteren, neuntürmigen Festung nach wie das Bürgertum dem Feudalismus. Es ist nur zu natürlich, daß ein Ofen Sinnbild einer Zeit ist, deren Macht aus einem Kochtopf kommt. Diese Zeit wird vorübergehen, sie geht schon vorüber. Man beginnt zu begreifen, daß, wenn in einem Kessel Kraft steckt, Macht nur in einem Hirn sein kann, mit anderen Worten, das, was die Welt lenkt und antreibt, sind keine Lokomotiven, sondern Gedanken. Koppelt die Lokomotive vor die Gedanken, das ist gut; doch verwechselt nicht Roß und Reiter.

Wie dem auch sei und um auf den Platz der Bastille zurückzukommen, dem Baumeister des Elefanten war es gelungen, mit Gips Großes zu schaffen. Der Erbauer des Ofenrohrs hatte Kleines aus Bronze zuwege gebracht.

Dieses Ofenrohr, das einen tönenden Namen trägt und Julisäule heißt, dieses mißglückte Denkmal einer gescheiterten Revolution, war 1832 noch hinter einem riesigen Gerüst, dem wir unsererseits nachtrauern, und einem hohen Bretterverschlag verborgen, der den Elefanten vollends absonderte.

In diese Ecke des Platzes, die kaum der Reflex einer abseitigen Laterne beleuchtete, führte der Gassenjunge die beiden Knirpse.

Es sei uns gestattet, hier innezuhalten und daran zu erinnern, daß wir in der unkomplizierten Wirklichkeit leben und daß vor zwanzig Jahren die Strafkammern ein Kind, das im Bastille-Elefanten schlafend aufgefunden wurde, wegen Landstreicherei und gewaltsamen Eindringens in ein öffentliches Gebäude anklagen und verurteilen mußten. Nach dieser Feststellung fahren wir fort.

Als Gavroche an den Koloß herankam, wurde er des Eindrucks inne, den das unendlich Große in dem unendlich Kleinen erwecken kann, und er sagte: »Keine Angst, ihr Murkse!« Dann betrat er durch eine Lücke in der Palisade den Raum um den Elefanten und half den Knirpsen, durch die Bresche zu klettern. Die beiden Kinder gingen, ein wenig verängstigt und ohne einen Laut von sich zu geben, ihm nach und vertrauten sich der winzigen Vorsehung in Lumpen an, die ihnen Brot gegeben und eine Herberge für die Nacht versprochen hatte.

An der Palisade entlang lag eine Leiter, deren sich bei Tag die Arbeiter des benachbarten Zimmerhofs bedienten. Gavroche hob sie mit überraschender Tatkraft an und lehnte sie an eins der Vorderbeine des Elefanten. Da, wo er die Leiter aufstützte, war ein schwarzes Loch im Bauch des Elefanten zu sehen. Gavroche zeigte die Leiter und das Loch seinen Gästen und sagte: »Steigt rauf und macht, daß ihr reinkommt!«

Die beiden Knaben blickten sich erschrocken an. »Ihr fürchtet euch ja, ihr Murkse!« rief Gavroche. Und er fügte hinzu: »Ihr werdet staunen.«

Er erklomm den rauhen Fuß des Elefanten, und gleich darauf hatte er sich, wobei er die Leiter zu benutzen verschmähte, bis zu dem Spalt hochgehißt. Er kroch hindurch wie eine Natter, die in eine Erdritze schlüpft, und verschwand, und im nächsten Moment sahen die Kinder seinen blassen Kopf, weißlich und fahl, am Rand des finsteren Lochs erscheinen. »Na«, rief er, »einsteigen, ihr Rotzer! Überzeugt euch, wie famos das hier ist! Komm«, sagte er zu dem Älteren, »ich reiche dir die Hand.«

Die beiden Kinder stupsten sich mit der Schulter. Vor dem Großen war ihnen bange, und zugleich wurden sie mutiger durch ihn; und dabei regnete es stark. Der Ältere erkühnte sich. Der Jüngere wollte, als er sah, daß sein Bruder einstieg und er zwischen den Beinen des riesigen Tieres allein blieb, weinen, aber er wagte es nicht.

Schwankend erkletterte der Ältere die Sprossen der Leiter. Unterwegs ermunterte Gavroche ihn durch Zurufe eines Fechtlehrers an seine Schüler oder eines Maultiertreibers an seine Maulesel: »Keine Angst! Gut so, immer weiter! Setz deinen Fuß dahin! Hinter die Hand! Feste!« Und als der Ältere ziemlich oben war, packte er ihn jählings und energisch am Arm und zerrte ihn zu sich. »Geschafft!« rief er. Der Knirps war durch die Spalte hindurch.

»Jetzt«, sagte Gavroche, »warte auf mich! Mein Herr, bemühen Sie sich, setzen Sie sich!«

Er kroch aus dem Spalt, wie er sich hineingewunden hatte, ließ sich mit der Behendigkeit eines brasilianischen Uistiti am Bein des Elefanten entlanggleiten und fiel ins Gras, aufrecht auf seine Füße. Dann faßte er den Fünfjährigen um die Hüfte, pflanzte ihn mitten auf die Leitersprossen, stieg ihm nach und schrie dem Älteren zu: »Ich schiebe ihn, zieh du ihn hoch!«

In einem Augenblick war der Kleine emporgeschwungen, geschoben, geschleppt, gezogen, in das Loch gestopft und hindurchgesteckt, bevor er wußte, wie ihm geschah. Gavroche, der nach ihm eintrat, stieß mit einem Hieb seiner Ferse die Leiter fort, daß sie auf den Rasen stürzte, klatschte in die Hände und rief: »Da sind wir. Es lebe General Lafayette!« Und nach dieser Einladung erklärt er: »Ihr Murkse, jetzt seid ihr bei mir.«

Gavroche war in der Tat zu Hause.

O unverhoffte Nützlichkeit des Unnützen! Barmherzigkeit der großen Dinge! Güte der Riesen! Dieses gewaltige Denkmal hatte einen Gedanken des Kaisers in sich eingeschlossen und war das Gehäuse eines Straßenjungen geworden. Der Koloß hatte den Knirps angenommen und ihm Obdach gewährt. Die Bürger, die in ihrem Sonntagsstaat an dem Elefanten der Bastille vorübergingen, maßen ihn verächtlich mit ihren glotzenden Augen und sagten: »Was hat so was für einen Zweck?« Es half, ein kleines Wesen ohne Vater und Mutter, ohne Brot, ohne Kleider, ohne Zuflucht vor der Kälte zu retten, vor dem Reif, dem Hagel, dem Regen, vor dem Winterwind, es vor dem Schlaf im Straßenkot zu bewahren, der Fieber bringt, und vor dem Schlaf im Schnee, der Tod bringt. Es diente dazu, ein unschuldiges Geschöpf aufzunehmen, von dem die Gesellschaft nichts wissen wollte, und ihre Versündigung zu verringern. Es war eine Wildgrube, offen für den, dem alle Türen verschlossen waren. Das alte, elende Mastodon, von Ungeziefer und Vergessen überfallen, von Wanzen, von Moder und Geschwüren bedeckt, wankend, wurmstichig, verlassen, zum Untergang verdammt, das Ungetüm, das umsonst an der Straßenecke das Almosen eines gnädigen Blickes erbettelte, erbarmte sich des anderen Bettlers, des armen Zwerges, der keine Schuhe an den Füßen, kein Dach über dem Kopf hatte, der in seine Finger blies, mit Lumpen angetan, ernährt von dem, was ihm zugeworfen wurde. Das war der Zweck des Elefanten der Bastille. Den von den Menschen verachteten Gedanken Napoleons hatte Gott wieder aufgegriffen. Was nur berühmt gewesen wäre, war erhaben geworden. Porphyr, Erz, Eisen, Gold und Marmor hätte der Kaiser gebraucht, um zu verwirklichen, was ihm vorschwebte. Gott genügte der alte Bau aus Brettern, Balken und Gips. Der Kaiser hatte einen genialen Traum gehabt. In diesem gigantischen, wehrhaften, großartigen Elefanten, der seinen Rüssel schwingen, seinen Turm tragen und überall um sich herum fröhliches und belebendes Wasser sprudeln lassen sollte, wollte er das Volk verkörpern. Gott hatte etwas Größeres daraus gemacht, er beherbergte ein Kind darin.

Das Loch, durch das Gavroche sich gezwängt hatte, war eine von außen kaum wahrnehmbare Bresche, unter dem Bauch des Elefanten verborgen und so eng, daß nur Katzen und Knirpse sie passieren konnten. »Zuerst«, sagte Gavroche, »werden wir dem Portier mitteilen, daß wir nicht daheim sind.« Und er tauchte in das Dunkel mit der Sicherheit eines Mieters, der seine Häuslichkeit kennt, nahm ein Brett und verdeckte das Loch.

Wieder tauchte er in die Dunkelheit. Die Kinder hörten das Knistern des Zündholzes, das er in die Phosphorflasche versenkte. Noch gab es keine chemischen Zündhölzer; das Feuerzeug von Fumade war in jener Epoche der Fortschritt.

Vor einer plötzlichen Helligkeit zwinkerten sie mit den Augen. Gavroche hatte einen Wachsstock angezündet, der mehr rauchte als leuchtete, aber das Innere des Elefanten undeutlich übersehbar machte.

Die beiden Gäste Gavroches schauten sich um und hatten eine Empfindung, wie jemand sie hätte, der in das große

Heidelberger Faß eingesperrt wäre, oder richtiger, wie wohl Jonas im Bauch des biblischen Walfischs. Ein gigantisches Knochengerüst erschien ihren Augen und umschloß sie. Oben ein langer brauner Balken, von dem in Abständen massive gewölbte Speichen ausgingen. Er entsprach der Wirbelsäule und den Rippen. Stalaktiten von Gips hingen wie Eingeweide daran und von einer Seite zur anderen weite Spinnennetze wie ein staubiges Zwerchfell. Hier und da sah man in den Winkeln große schwärzliche Flecke, die zu leben schienen und sich raschelnd und aufgeregt bewegten. Die Trümmer, die vom Rücken des Elefanten in seinen Bauch herabgefallen waren, hatten seine Höhlung ausgefüllt, so daß man wie auf einem Fußboden darüberschreiten konnte.

Der Kleinere kauerte neben seinem Bruder und flüsterte: »Ist das schwarz hier!«

Diese Äußerung veranlaßte Gavroche zu einem Protest. Die versteinerten Mienen der beiden Knirpse erforderten einen tüchtigen Verweis. »Was meckert ihr?« rief er. »Wollt ihr spaßen? Ekelt es die feinen Herren? Müssen es die Tuilerien sein? Seid ihr solche Tröpfe? Dann sagt es! Ich mache euch darauf aufmerksam, ein Laffe bin ich nicht für euch! Verstanden!« Wenn einer vor Angst zittert, empfiehlt sich ein wenig Grobheit. Das beruhigt.

Die Kinder näherten sich Gavroche, und väterlich durch ihr Vertrauen gerührt, wurde er sofort milder. »Dussel«, wandte er sich an den Kleineren und gab der Beschimpfung eine Nuance von Zärtlichkeit, »draußen ist es schwarz. Draußen regnet es, nicht hier. Draußen ist es kalt, hier weht kein bißchen Wind. Draußen sind Menschen über Menschen, hier ist niemand. Draußen scheint nicht einmal der Mond, hier scheint meine Kerze, zum Donnerwetter!«

Die beiden Kinder begannen, den Raum weniger entsetzt anzustarren. Aber Gavroche ließ ihnen nicht mehr lange Muße. »Schnell«, sagte er. Und stieß sie dem Hintergrund zu, in dem sein Bett stand. Das Bett Gavroches war mit allem ausgerüstet. Es hatte eine Matratze, eine Decke und einen Alkoven mit Vorhängen. Die Matratze war eine Strohmatte, die Decke ein ziemlich großer, sehr warmer und fast neuer

Schurz von dicker grauer Wolle. Der Alkoven drei lange, in den Schutt, also in den Bauch des Elefanten, eingerammte Pfähle, zwei vorn, einer rückwärts und an ihrem Gipfel durch einen Strick vereinigt, so daß sie eine Pyramide bildeten. Diese Pyramide trug ein Gitter von Messingdraht, das einfach aufgelegt, aber kunstvoll durch Bänder von Eisendraht zusammengehalten war, so daß es die drei Pfähle ganz umschnürte. Ein Rand von großen Steinen befestigte dieses Gitter lückenlos am Boden. Es war nichts anderes als ein Stück der Messinggitter, mit denen die Vogelhäuser in Menagerien verkleidet werden. Das Bett Gavroches stand darunter wie in einem Käfig. Das Ganze glich einem Eskimozelt. Das Gitter war der Ersatz für Vorhänge.

Gavroche schob die Steine, die vorn das Gitter verankerten, ein wenig zur Seite, die beiden Wände, die gegeneinanderfielen, klafften. »Murkse, auf allen vieren!« befahl er. Vorsichtig ließ er seine Gäste in den Käfig eintreten, dann kroch er ihnen nach, legte die Steine dichter und verschloß hermetisch die Öffnung.

Alle drei streckten sich auf der Strohmatte aus. So klein sie waren, keiner von ihnen konnte in dem Alkoven stehen. Gavroche hatte noch immer den brennenden Wachsstock in der Hand. »Jetzt«, sagte er, »pennt! Ich lösche den Kandelaber.«

»Mein Herr«, fragte der ältere der Brüder Gavroche und zeigte auf das Gitter, »was ist denn das?«

»Das«, sagte Gavroche ernst, »das ist für die Ratten. Pennt!« Aber er hielt sich für verpflichtet, einige Worte zur Belehrung dieser minderjährigen Wesen hinzuzufügen, und so fuhr er fort: »Die sind aus dem Botanischen Garten, dem Zoo, die sind für die wilden Tiere. Ein Schuppen ist voll davon. Man braucht nur über eine Mauer zu steigen, durch ein Fenster zu klettern und durch eine Tür zu gehen. Da kriegt man, soviel man will.«

Beim Sprechen hüllte er den Kleineren in ein Ende der Wolldecke, der vor sich hin murmelte: »Ach, ist das gut! Ist das warm!«

Gavroche betrachtete zufrieden seine Decke. »Kommt auch vom Botanischen Garten«, sagte er. »Hab ich vom Affenhaus.«

Er zeigte dem Älteren die Strohmatte, auf der er lag und die sehr dick und vortrefflich geflochten war. »Hat der Giraffe gehört.« Nach einer Pause: »Die Tiere haben das alles. Ich habe es ihnen gemopst. Sie waren nicht böse. Für den Elefanten, habe ich ihnen gesagt.« Und wieder nach einem Schweigen: »Man klettert über die Mauern und pfeift auf die Regierung.«

Die beiden Kinder blickten mit zaghaftem Respekt und verblüfft auf diesen unerschrockenen, erfinderischen Jungen, der wie sie obdachlos war, ohne Gefährten wie sie, arm wie sie, und den doch etwas Bewundernswertes, etwas Allmächtiges zu umgeben schien. Aus allen Grimassen eines alten Gauklers, in die das naivste und bezauberndste Lächeln sich verirrte, war seine Mimik zusammengesetzt.

»Mein Herr«, fragte schüchtern der Ältere, »haben Sie denn keine Furcht vor den Polizisten?«

Gavroche beschränkte sich auf die Antwort: »Kurios! Es heißt nicht Polizisten, die Greifer heißt es.«

Der Kleinere hatte die Augen offen, aber er sagte nichts. Da er am Rande lag und der Ältere in der Mitte, glättete Gavroche die Decke um ihn, wie eine Mutter getan hätte, und erhöhte die Matte unter seinem Kopf mit alten Fetzen, so daß er ihm ein Kissen herrichtete. Dann wandte er sich dem Älteren zu: »Was? Schön hier?«

»Ach ja«, erwiderte der Ältere und sah Gavroche mit dem Blick eines geretteten Engels an. Die beiden Kinder, die ganz durchnäßt gewesen waren, erwärmten sich nach und nach.

»Warum habt ihr denn geweint?« fragte Gavroche. Und er zeigte den Kleinen seinem Bruder: »Ein Murks wie der, da will ich nichts sagen. Aber wenn ein Großer wie du weint, so ist das idiotisch. Wie ein Kalb!«

»Ach Gott«, sagte das Kind, »wir hatten überhaupt keine Herberge mehr.«

»Jungchen!« versetzte Gavroche, »das heißt nicht Herberge, das heißt Bude.«

»Und dann hatten wir Angst, weil wir so allein in der Nacht waren.«

»Das heißt nicht Nacht, das heißt Latichtenzeit.«

»Danke, mein Herr«, sagte das Kind.

»Hör zu«, erwiderte Gavroche, »man soll nie wegen nichts stöhnen. Ich sorge jetzt für euch. Du wirst sehn, wie man sich amüsiert. Im Sommer gehn wir nach der Glacière mit Navet, einem Freund von mir, und baden am Bahnhof und rennen nackt über die Kähne vor der Austerlitzbrücke, dann werden die Wäscherinnen wütend. Sie schreien, sie fluchen, du wirst sehen, wie komisch sie sind. Wir werden den Mann besichtigen, der ein Skelett ist. Er ist lebendig. In den Champs-Élysées. Er ist spindeldürr, der Kauz. Und dann führe ich euch ins Theater. Ich führe euch zu Frédérick Lemaître. Ich habe Karten, ich kenne Schauspieler, einmal habe ich sogar in einem Stück mitgespielt. Wir waren Knirpse, so klein, wir liefen unter einer Leinwand, und das war das Meer. Ich lasse euch an meinem Theater engagieren. Wir sehen uns die Wilden an. Die sind nicht echt, die Wilden. Sie haben rosa Trikots, die Falten schlagen, und an den Ellbogen sieht man, wie sie mit weißem Garn geflickt sind. Dann gehen wir in die Oper. Mit den Claqueuren gehen wir hinein. Die Claque bei der Oper ist gut beisammen. Ich möchte nicht zur Claque bei den Boulevardtheatern. In der Oper, denke dir, zahlen manche zwanzig Sous, aber das sind Narren. Waschlappen nennt man so etwas. Und dann sehen wir uns die Hinrichtungen an. Ich zeige euch den Henker. Er wohnt in der Rue des Marais. Herr Sanson. An der Tür hängt ein Briefkasten. Ah, wir werden uns glänzend amüsieren.«

In diesem Moment fiel ihm ein Wachstropfen auf die Hand und erinnerte ihn an die Wirklichkeit des Daseins. »Verwünscht!« rief er. »Der Docht ist alle. Achtung! Ich kann nicht mehr als einen Sou im Monat für meine Beleuchtung ausgeben. Wenn man sich hinlegt, muß man schlafen. Wir haben keine Zeit, die Romane von Paul de Kock zu lesen. Auch könnte das Licht durch die Ritzen im Torweg dringen, und die Greifer würden hereingucken.«

»Und dann«, sagte schüchtern der Ältere, der allein mit Gavroche zu plaudern wagte und ihm Antwort gab, »könnte ein Funke in das Stroh springen, und man muß aufpassen, daß das Haus nicht niederbrennt.«

»Das heißt nicht das Haus niederbrennen«, belehrte ihn Gavroche, »das heißt die Bude absengen.«

Das Wetter verschlimmerte sich. Man hörte durch das Rollen des Donners, wie der Platzregen den Rumpf des Kolosses peitschte. »So ein Reinfall für den Regen!« sagte Gavroche. »Das ist lustig zu hören, wie es aus der Flasche über die Beine des Hauses trieft. Der Winter ist ein dummer Kerl. Er verschleudert seine Ware, er vergeudet seine Mühe, er kann uns nicht naß machen, und deshalb brummt er, der alte Wasserträger.«

Dieser Anspielung auf den Donner, deren Konsequenzen Gavroche in seiner Eigenschaft als Philosoph des neunzehnten Jahrhunderts voll auf sich nahm, folgte ein breiter Blitz, so blendend, daß ein Strahl von ihm durch die Spalte in den Bauch des Elefanten sprühte. Und fast zugleich grollte der Donner mit entfesselter Wut. Die beiden Kleinen schrien und standen eilig auf, daß das Gitter beinahe aus den Fugen gegangen wäre. Aber Gavroche wandte ihnen sein dreistes Gesicht zu und lachte, als der Donner krachte, schallend auf. »Ruhe, Kinder! Nicht das Gebäude umschmeißen! Ein schöner Donner, meiner Seel! Das ist was anderes als der fade Blitz. Bravo, Herrgott im Himmel! Ein Genuß fast wie im Ambigutheater!«

Dann stellte er in dem Gitterwerk die Ordnung wieder her, drängte die beiden Kinder sacht auf das Kopfende des Bettes zurück, verschob ihre Knie, um sie bequem auszustrecken, und rief: »Der liebe Gott hat seine Kerze angebrannt, nun kann ich meine ausblasen. Menschenskinder, jetzt müßt ihr schlafen. Nicht schlafen ist sehr ungesund. Ihr würdet aus dem Kanal oder, wie man in der feinen Gesellschaft sagt, aus dem Maul stinken. Wickelt euch gut in die Pelle! Ich mache das Licht aus. Seid ihr soweit?«

»Ja«, murmelte der Ältere, »ich liege gut. Unter dem Kopf ist es weich wie von Federn.«

»Man sagt nicht Kopf«, rief Gavroche, »man sagt Kohlrübe.«

Die Kinder preßten sich aneinander. Gavroche legte sie auf der Strohmatte zurecht und zog ihnen die Decke bis an die Ohren, dann wiederholte er, zum drittenmal, in hieratischer Sprache das Gebot: »Pennt!« Und er löschte die Funzel.

Kaum war das Licht aus, als ein sonderbares Beben das Gitter, unter dem die drei Kinder lagen, zu erschüttern begann. Es war eine Vielzahl von dumpfen, reibenden Geräuschen, die metallisch nachschwirrten, als kratzten Klauen und Zähne an dem Messingdraht herum. Das war von kleinen, schrillen Schreien begleitet.

Der Fünfjährige stieß, als er diesen Lärm über seinem Kopf hörte, eiskalt vor Entsetzen seinen älteren Bruder an. Der aber »pennte« schon, wie Gavroche ihm eingeschärft hatte. Da wagte der Kleine, der seine Furcht nicht mehr bändigen konnte, Gavroche anzureden, jedoch leise, mit verhaltenem Atem: »Mein Herr?«

»Nun?« erwiderte Gavroche, der gerade die Lider geschlossen hatte.

»Was ist das nur?«

»Die Ratten«, sagte Gavroche und legte sich wieder auf die Matte.

Die Ratten, die zu Tausenden in dem Gerippe des Elefanten wimmelten, jene schwarzen, lebendigen Flecke, von denen wir sprachen, waren, solange die Kerze glomm, von ihrer Flamme zurückgehalten worden. Aber als diese Höhle, gleichsam ihre Stadt, wieder in Nacht versunken war, rochen sie das, was der Märchenerzähler Perrault »frisches Fleisch« nennt, und stürzten sich in Scharen auf das Zelt Gavroches. Sie kletterten bis zum First und zerbissen die Maschen, als suchten sie diese neuartige Baldachinseide zu zerstören.

Aber der Kleine schlief nicht. »Mein Herr?« flüsterte er wieder.

»Nun?« fragte Gavroche.

»Was sind das, Ratten?«

»Mäuse.«

Diese Aufklärung beschwichtigte die Angst des Kindes ein wenig. Es hatte schon weiße Mäuse gesehen und sich davor nicht gefürchtet. Indes erhob es noch einmal die Stimme: »Mein Herr?«

»Nun?« fragte noch einmal Gavroche.

»Warum haben Sie keine Katze?«

»Ich habe eine gehabt«, erwiderte Gavroche, »ich habe sie hergebracht, aber sie haben sie mir gefressen.«

Diese zweite Erklärung machte die erste zunichte, und der Kleine fing wieder zu zittern an. Zum viertenmal begann der Dialog zwischen ihm und Gavroche. »Mein Herr?«

»Nun?«

»Wen haben sie gefressen?«

»Die Katze.«

»Wer hat die Katze gefressen?«

»Die Ratten.«

»Die Mäuse?«

»Ja, die Ratten.«

Verwirrt durch die Mäuse, die Katzen fressen, beharrte das Kind: »Mein Herr, würden sie uns auch fressen, die Mäuse?«

»Aber sicher!« antwortete Gavroche.

Der Schreck des Kindes hatte den Gipfel erreicht. Doch Gavroche setzte hinzu: » Brauchst keine Angst zu haben. Sie können nicht rein. Da, nimm meine Hand! Sei still und penne!«

Zugleich erfaßte Gavroche die Hand des Kleinen über seinen Bruder hinweg. Das Kind schmiegte seine Hand an sich und fühlte sich beruhigt. Mut und Stärke übertragen sich auf diese geheimnisvolle Weise. Wieder herrschte Schweigen um sie, der Hall der Stimmen hatte die Ratten fortgescheucht. Nach wenigen Minuten konnten sie wiederkommen und lärmen; die drei Knirpse, vom Schlaf eingewiegt, hörten nichts mehr.

Die Stunden der Nacht verrannen. Schatten bedeckte den weiten Platz der Bastille, der Winterwind schnob, mit dem Regen vermischt. Polizeipatrouillen durchstöberten die Türen, die Vorflure, die umzäunten Grundstücke, die dunklen Winkel und gingen auf der Jagd nach nächtlichen Vagabunden stumm an dem Elefanten vorbei. Der Koloß schien, unbewegt aufgerichtet, die Augen in der Finsternis offen, zu träumen, als freue er sich seiner guten Tat, und schützte vor den Elementen und vor der Menschheit den Schlummer der drei armen Kinder.

Um das Folgende zu verstehen, muß man sich daran erinnern, daß sich zu jener Zeit das Wachlokal der Bastille am anderen Ende des Platzes befand und somit das, was sich am Elefanten abspielte, vom Posten weder gesehen noch gehört werden konnte.

Gegen Ende der Stunde unmittelbar vor Tagesanbruch lief ein Mann aus der Rue Saint-Antoine heran, überquerte den Platz, bog um den großen Bretterverschlag der Julisäule und schlüpfte zwischen den Palisaden hindurch bis zum Bauch des Elefanten. Hätte irgendein Licht den Mann beleuchtet, so hätte man daran, daß er bis auf die Haut durchnäßt war, erraten, daß er im Regen übernachtet hatte. Als er unter dem Elefanten ankam, ließ er einen bizarren Schrei hören, der mit keiner menschlichen Sprache etwas zu tun hat und den nur ein Papagei wiedergeben könnte. Zweimal wiederholte er diesen Schrei: »Kirikikiu!«

Nach dem zweitenmal erwiderte eine helle, heitere, junge Stimme aus dem Elefantenbauch: »Ja.« Und alsbald wackelte die Planke, die vor dem Loch lag, und ein Kind kroch durch, das den Fuß des Elefanten hinunterstieg und geschmeidig neben dem Mann niederfiel. Es war Gavroche. Der Mann war Montparnasse. Der Schrei »Kirikikiu« hatte wohl den Sinn der Worte des Knaben: »Frag nach Herrn Gavroche!«

Als er den Schrei vernahm, war er aus dem Schlaf aufgefahren, hatte kriechend seinen »Alkoven« verlassen, wobei er das Gitter etwas verrückte und sorgfältig wieder versperrte, dann hatte er die Falle geöffnet und war herabgeklettert.

Schweigend erkannten sich der Mann und das Kind im Dunkeln. Montparnasse sagte nur: »Wir brauchen dich. Geh uns zur Hand!«

Der Junge begehrte keinen weiteren Aufschluß. »Bin da«, sagte er. Und beide gingen sie der Rue Saint-Antoine zu, aus der Montparnasse gekommen war. Rasch schlängelten sie sich durch die lange Reihe der Karren von Gemüsehändlern, die um diese Stunde auf dem Weg nach den Markthallen sind. Die Gemüsehändler kauerten auf ihren Wagen zwischen Stapeln von Salat und Kraut, schlaftrunken, bis an die Augen wegen des Regengusses in ihre Kittel gehüllt, und warfen keinen Blick auf die seltsamen Passanten.

Wechselfälle einer Flucht

Dies hatte in derselben Nacht sich im Kerker La Force zugetragen:

Ein Ausbruch war zwischen Babet, Brujon, Gueulemer und Thénardier verabredet worden, obwohl Thénardier in einer Einzelzelle saß. Babet hatte die Sache am selben Tag auf eigene Rechnung unternommen, wie aus der Erzählung von Montparnasse hervorging. Montparnasse sollte ihnen von draußen helfen.

Brujon hatte einen Monat in einer Strafzelle verbracht und so Zeit erübrigt, erstens einen Strick zu drehen und zweitens einen Plan auszuarbeiten. Früher bestanden die strengen Gewahrsame, in denen die Zucht des Kerkers den Verurteilten sich allein überläßt, aus vier steinernen Wänden, einer Decke von Stein, einem Pflaster von steinernen Fliesen, einem Feldbett, einer vergitterten Luke, einer doppelt mit Eisen beschlagenen Tür und hießen *cachots.* Aber man gelangte zu der Ansicht, eine solche Dunkelzelle sei zu grauenhaft. Heute besteht so etwas aus einer eisernen Tür, einer vergitterten Luke, einem Feldbett, einem Pflaster von steinernen Fliesen, einer Decke von Stein, vier steineren Wänden und wird Strafzelle genannt. Gegen Mittag fällt ein wenig Tageslicht herein. Unerwünscht ist auch bei diesen Räumen, daß sie Menschen zum Grübeln zwingen, die man eher beschäftigen sollte.

Brujon hatte also gegrübelt und trug beim Abschied von der Strafzelle einen Strick mit sich. Da er im Hof Karls des Großen für sehr gefährlich galt, steckte man ihn in den Neubau. Das erste, was er im Neubau fand, war Gueulemer, das zweite, was er fand, ein Nagel. Gueulemer war das Verbrechen, ein Nagel die Freiheit.

Brujon, von dem sich eine klare Vorstellung zu machen an der Zeit ist, war bei zartem Aussehen und einer weislich vorbedachten Schlaffheit ein höflicher, intelligenter und diebisch veranlagter Bursche mit schmachtendem Blick und fürchterlichem Lächeln. Sein Blick war ein Produkt seines Willens, und sein Lächeln ergab sich aus seinem Naturell. Die ersten Studien seiner Kunst hatte er auf den Dächern betrieben. Er hatte das Gewerbe der Bleiabreißer sehr gefördert, die die Dächer ausrauben und durch ihr Verfahren, bei dem es um Entwendung von Blei geht, die Dachtraufen plündern.

Vollends günstig war der Augenblick für einen Fluchtversuch, da gerade jetzt die Dachdecker einen Teil der Schieferplatten des Hauses umlegten und wieder mit Mörtel verstrichen. Der Hof des heiligen Bernhard war von dem Hof Karls des Großen und dem des heiligen Ludwig nicht ganz gesondert. Droben schwebten Stellagen und Leitern; mit anderen Worten Brücken und Treppen zur Befreiung hin.

Der Neubau, das zersprungenste und verrottetste Gemäuer, das auf der Welt zu sehen war, bedeutete den schwächsten Punkt des Gefängnisses. Er war von Salpeter zu zerlaugt, daß man die Gewölbe der Schlafsäle mit Holz hatte verblenden müssen, weil Steine von ihnen herunterrieselten, die den Häftlingen in die Betten fielen. So bejahrt dieser Neubau war, beging man den Fehler, in ihm die bedrohlichsten Angeklagten einzusperren, die »schweren Jungs«, wie es in der Gaunersprache heißt.

Der Neubau enthielt vier übereinander gelagerte Schlafsäle und einen Dachstock, den man »Schöne Aussicht« nannte. Ein breites Kaminrohr, wahrscheinlich aus einer alten Küche der Herzöge von La Force, schnitt alle Schlafsäle in zwei Hälften, bildete darin etwas wie einen flachen Pfeiler und durchbohrte das Dach. Gueulemer und Brujon schliefen im selben Saal. Man hatte sie aus Mißtrauen im Erdgeschoß untergebracht. Der Zufall wollte es, daß die Kopfenden ihrer Betten an das Kaminrohr stießen. Thénardier saß genau über ihnen im Dachstock, in der »Schönen Aussicht«.

Der Spaziergänger, der in der Straße neben dem Anwesen der heiligen Katharina seine Schritte verhält, hinter der Feuerwehrkaserne, vor dem Torweg des Badhauses, sieht einen Hof voller Blumen und Sträucher in Kübeln. Im Hintergrund gewahrt er eine kleine weiße, von grünen Läden aufgeheiterte Rotunde mit zwei Flügeln, den bukolischen Traum eines Jean-Jacques. Vor nicht mehr als zehn Jahren erhob sich über dieser Rotunde eine schwarze, enorme, häßliche, kahle Mauer, an die sie sich anlehnte. Dies war die Mauer des Rondenwegs der Force.

Die Mauer hinter der Rotunde, das war Milton, den man hinter Berquin ahnte.

So hoch sie war, sie wurde von einem noch schwärzeren Dach, das man darüber hinaus bemerkte, überragt. Es war das Dach des Neubaues, mit vier Mansardenfenstern, in deren Rahmen Eisenstangen geschmiedet waren, die Fenster der »Schönen Aussicht«. Ein Kamin durchstieß das Dach, jener Kamin, der durch die Schlafsäle ging.

Die »Schöne Aussicht«, der Gipfel des Neubaus, war eine große, in Stuben eingeteilte Halle, durch dreifache Gitter und mit doppeltem Eisenblech beschlagene Türen, die ungeheure Nägel besternten, abgeschlossen. Wenn man an der äußersten Nordecke eintrat, hatte man zu seiner Linken die vier wie Luken engen Fenster, zu seiner Rechten, den Luken gegenüber, vier quadratische Käfige. Ziemlich geräumig, in Abständen aufgereiht, durch schmale Gänge getrennt, waren sie bis in Brusthöhe aus Mauerwerk gebaut und der Rest bis zum Dach aus Eisenbarren.

Thénardier hatte seit der Nacht des dritten Februar seine Einzelzelle in einem dieser Käfige. Man hatte nie ermitteln können, wie und durch was für ein Komplott es ihm gelungen war, sich eine Flasche des, wie man sagt, von Desrues erfundenen Weines zu verschaffen und zu verstecken. Ihm ist ein Narkotikum beigemischt, und die Bande der »Einschläferer« hat ihn berühmt gemacht. In vielen Gefängnissen gibt es verräterische Bedienstete, halb Kerkermeister und halb Diebe, die bei Ausbrüchen helfen, der Polizei einen ungetreuen Gehorsam verkaufen und für »Schwenzelpfennige«, für Schmiergelder, zu haben sind.

In der Nacht also, in der der kleine Gavroche die beiden umherirrenden Kinder beherbergte, standen Brujon und

Gueulemer, die wußten, daß Babet, am Morgen desselben Tages entronnen, sowie Montparnasse sie in der Straße erwarteten, leise auf. Sie begannen mit dem Nagel, den Brujon gefunden hatte, das Kaminrohr, das ihre Betten berührte, anzukratzen. Der Mörtel fiel auf das Bett von Brujon, so daß man sie nicht hörte. Die von Donnergepolter begleiteten Regenschauer erschütterten die Türen in den Angeln und riefen im Gefängnis ein schreckliches, für sie nützliches Getöse hervor. Diejenigen Gefangenen, die erwachten, taten, als schliefen sie wieder ein, und störten Gueulemer und Brujon nicht. Brujon war geschickt, Gueulemer hatte Kraft. Bevor irgendein Geräusch zu dem Wächter drang, der in der vergitterten Zelle am Rande des Schlafsaals lag, war die Mauer durchlöchert, der Kamin erklettert, das eiserne Gitter an der oberen Öffnung des Rohres bezwungen, und die beiden furchtbaren Banditen sahen sich auf dem Dach. Regen und Wind verstärkten sich noch, das Dach war glitschig. »Eine herrliche Nacht, um zu türmen!« sagte Brujon.

Ein Abgrund von sechs Fuß Breite und achtzig Fuß Tiefe schied sie von der Mauer des Rondenwegs. Auf dem Boden dieses Abgrundes blinkte in der Finsternis vor ihnen das Gewehr des Postens. Sie knüpften ein Ende des von Brujon in seiner Dunkelzelle geflochtenen Stricks an den Stumpf des Kamins, aus dem sie sich gewunden hatten, schleuderten das andere Ende über die Mauer der Ronde, setzten mit einem großen Sprung über den Abgrund, klammerten sich an die Sparren des Mauerdachs, überstiegen es und ließen sich nacheinander an dem Strick auf ein niedriges Dach gleiten, das an das Badhaus grenzt, zogen den Strick an sich, schwangen sich in den Hof des Badhauses hinab, durchschritten ihn, stießen das Guckfenster des Pförtners auf, neben dem seine Schnur hing, zerrten an der Schnur, öffneten den Torweg und befanden sich auf der Straße.

Noch waren keine drei viertel Stunden vorüber, seit sie sich im Finstern in ihren Betten aufgesetzt hatten, ihren Nagel in der Hand, ihren Plan im Kopf. Wenige Minuten später trafen sie Babet und Montparnasse, die in der Gegend lungerten. Als sie den Strick an sich zogen, hatten sie ihn zerrissen, und ein Stück blieb auf dem Dach am Kamin haften. Sie erlitten im übrigen, außer daß sie sich fast ganz die Haut der Hände abgeschunden hatten, keinen Schaden.

In dieser Nacht war Thénardier, ohne daß man aufklären konnte, wie, benachrichtigt und schlief nicht. Gegen ein Uhr morgens, die Nacht war pechschwarz, sah er in Regen und Sturm vor der Luke gegenüber seinem Käfig zwei Schatten über das Dach laufen. Einer stand, nur für die Zeit eines Blickes, an der Luke still. Es war Brujon. Thénardier erkannte ihn und begriff. Das genügte ihm.

Thénardier, der als Raubmörder gemeldet und nächtlichen Überfalls mit bewaffneter Hand angeschuldigt war, wurde scharf beobachtet. Ein Posten, den man alle zwei Stunden ablöste, ging mit geladenem Gewehr vor seinem Käfig hin und her. Die »Schöne Aussicht« war durch einen Wandleuchter erhellt. Der Gefangene hatte um die Füße ein paar Fesseln im Gewicht von fünfzig Pfund. Jeden Tag um vier Uhr nachmittags betrat ein Wächter mit zwei Doggen – das war in jener Zeit noch Brauch – den Käfig, legte an seinem Bett ein schwarzes Zweipfundbrot nieder, ließ auch einen Krug Wasser da und einen Napf voll ziemlich magerer Fleischbrühe, in der einige Pferdebohnen schwammen, prüfte die Fesseln und klopfte auf die Eisenbarren. Der Mann mit den Doggen kehrte zweimal in der Nacht wieder.

Thénardier hatte die Erlaubnis erlangt, sich einen eisernen Bolzen zu halten, der ihm dazu diente, sein Brot in einer Mauerspalte anzunageln, zum Schutz vor den Ratten, wie er sagte. Da er unter Beobachtung stand, hatte man gegen diesen Bolzen keinen Einwand. Später indes erinnerte man sich, daß ein Wärter gesagt hatte: »Besser, man läßt ihm nur einen hölzernen Bolzen.«

Um zwei Uhr morgens wurde der Posten, ein alter Soldat, abgelöst, und man ersetzte ihn durch einen Rekruten. Gleich darauf machte der Mann mit den Hunden seine Visite und ging, ohne daß er irgend etwas bemerkt hätte, es sei denn die allzu große Jugend und den bäuerlichen Typ des soldatischen Milchgesichts. Zwei Stunden danach, um vier Uhr, als der Rekrut abgelöst werden sollte, fand man ihn schlafend und wie einen Klotz zu Boden gesunken neben dem Käfig Thénardiers. Thénardier aber war nicht mehr da. Seine Fesseln lagen auf den Fliesen. In der Decke seines Käfigs war ein Loch und ein anderes darüber im Dach. Ein Brett seines Bettes war abgerissen und zweifellos weggetragen worden, denn man fand es nicht wieder. In der Zelle wurde eine halbgeleerte Flasche mit dem Rest des betäubenden Weines beschlagnahmt, der den jungen Soldaten wohl eingeschläfert hatte. Sein Bajonett war verschwunden.

In dem Moment, als das alles festgestellt wurde, glaubte man, Thénardier sei schon unerreichbar. Tatsächlich war er nicht mehr im Neubau, aber noch sehr in Gefahr. Seine Flucht hatte ihn noch nicht in die Freiheit geführt.

Als er auf das Dach des Neubaus kam, fand er das abgerissene Stück von Brujons Strick, das an den Eisenstäben der oberen Klappe des Kamins hing, aber da es viel zu kurz war, konnte er nicht über den Rondenweg entrinnen, wie Brujon und Gueulemer es getan hatten.

Wenn man von der Rue des Ballets in die Rue du Roi-de-Sicile einbiegt, sieht man fast sofort zur Rechten eine schmutzige Vertiefung vor sich. Hier stand im letzten Jahrhundert ein Gebäude, von dem nur noch die Rückwand existiert, eine richtige Mauer eines baufälligen Hauses, die bis zu einem dritten Stock hinauf sich zwischen den Nachbarhäusern erhebt. Diese Ruine ist an zwei großen viereckigen Fenstern, die noch heute vorhanden sind, zu erkennen. Das Fenster in der Mitte, dem Giebel rechts näher, ist durch einen wurmstichigen Balken, der als Stützbalken aufgelegt ist, verbarrikadiert. Durch diese Fenster sah man einst eine düstere hohe Mauer. Sie war ein Teil des Walles um den Rondenweg der Force.

Das Loch, das die Zerstörung des Hauses in der Straße hinterlassen hat, ist zur Hälfte durch eine Palisade von morschen Brettern ausgefüllt, die von fünf Prellsteinen umfaßt wird. In dieser Umfriedung verbirgt sich eine kleine Baracke, die sich zu der noch stehenden Ruine hinneigt. Die Palisade hat ein Tor, das vor einigen Jahren nur durch eine Klinke verschlossen war.

Auf den Grat dieser Ruine war Thénardier wenige Minuten nach drei Uhr morgens gelangt. Wie war er dahin gekommen? Nie hat man es erklären oder begreifen können. Die Blitze mußten ihm hinderlich und zugleich Helfer gewesen sein. Hatte er die Leitern und Gerüste der Dachdecker benutzt, um sich von Dach zu Dach vorzuarbeiten, von der Umfriedung einer Abteilung zur anderen, über die Bauten um den Hof Karls des Großen hin, dann die um den Hof des heiligen Ludwig, die Mauer der Ronde und von dort zu dem Haus an der Rue du Roi-de-Sicile? Aber während dieser Reise gab es Unterbrechungen, die sie unmöglich zu machen schienen. Hatte er das Brett aus seinem Bett als Brücke vom Dach der »Schönen Aussicht« zur Mauer des Rondenwegs hingelegt, und war er auf dem Bauche über die Sparren der Mauer der Ronde ganz um das Gefängnis bis zu dem Haus gekrochen? Indes, die Mauer des Rondenwegs der Force beschrieb eine zackige, ungleiche Linie, sie verlief aufwärts und abwärts, sie senkte sich bei der Feuerwehrkaserne, sie stieg wieder an bei dem Badhaus, und sie wurde von Baulichkeiten zerschnitten. Sie hatte nicht dieselbe Höhe über dem Hôtel Lamoignon wie über der Rue Pavée, allenthalben wies sie Abstürze und rechte Winkel auf. Dazu hätten die Schildwachen die düstere Silhouette des Flüchtlings sehen können, so daß der von Thénardier zurückgelegte Weg bis jetzt beinahe unerklärlich bleibt. Auf zwei Arten war die Flucht unmöglich. Hatte Thénardier, erleuchtet durch die schreckliche Freiheitsgier, die Steilhänge in Gräben verwandelt, eiserne Gitter in Weidenruten, einen Krüppel ohne Beine und Arme in einen Athleten, einen Gichtkranken in einen Vogel, Stupidität in Instinkt, Instinkt in Intelligenz, Intelligenz in Genie, eine dritte Art erfunden und aus dem Steigreif durchgeführt? Nie ist etwas darüber verlautet.

Nicht immer lassen sich die Wunder eines Ausbruchs erklären. Der Mann, der entflieht, wiederholen wir es, ist ein Erleuchteter. Das Licht der Sterne und der Blitz leuchten geheimnisvoll bei der Flucht. Der Drang zur Freiheit ist nicht weniger erstaunlich als der Flügelschlag zum Erhabenen hin, und man sagt von einem ausgebrochenen Dieb: Wie hat er es bloß angestellt, daß er auf dieses Dach gekommen ist?, wie man von Corneille sagt: Woher hat er das »Er sterbe«?

In jedem Fall war Thénardier, von Schweiß überströmt, von Regen durchnäßt, in zerfetzten Kleidern, mit wunden Händen, blutenden Ellbogen und abgeschürfter Kniehaut, auf die Kante der Mauer der Ruine gekommen. Er hatte sich ausgestreckt, und nun war er erschöpft. Eine Schlucht von der Höhe eines dritten Stockwerks trennte ihn vom Straßenpflaster. Der Strick war zu kurz. Er wartete, bleich, außer Atem, entmutigt nach all seiner Hoffnung. Aber er sagte sich, bald werde es tagen, und war von der Idee entsetzt, in wenigen Augenblicken werde es vom nahen Turm von Saint-Paul vier Uhr schlagen. Das war die Stunde für die Ablösung des Wachpostens. Man würde den jungen Soldaten schlafend unter dem durchbohrten Dach finden. Stumpf sah er in beängstigender Tiefe, im Laternenschein das verregnete, schwarze Pflaster, das ersehnte und furchtbare Pflaster, das Tod und Freiheit war.

Er fragte sich, ob seinen drei Komplicen die Flucht geglückt sei, ob sie ihn erwarteten und ihm helfen würden. Er horchte. Außer einer Patrouille hatte, seit er hier war, niemand die Straße betreten. Fast die ganze Anfahrt der Gemüsehändler von Montreuil, Charonne, Vincennes und von Bercy zur Halle geht durch die Rue Saint-Antoine vor sich.

Es schlug vier, Thénardier zitterte. Wenige Minuten später erscholl in dem Gefängnis der verstörte, wirre Lärm, der auf die Entdeckung eines Ausbruchs folgt. Das Geräusch von Türen, die geöffnet und geschlossen werden, das Knirschen der Gitter in ihren Angeln, der Tumult im Wachlokal, die rauhen Rufe der Schließer, der Stoß der Gewehrkolben auf das Pflaster der Höfe drangen bis zu ihm. Lichter zuckten von oben nach unten an den vergitterten Fenstern der Schlafsäle. Fackelbrand eilte über die Giebel des Neubaus, die Feuerwehrleute aus der Kaserne nebenan waren alarmiert. Ihre Helme, auf denen das Fackellicht im Nebel glänzte, bewegten sich die Dächer entlang. Zur selben Zeit sah Thénardier von der Bastille her einen fahlen Farbton das niedrige Gewölk am Himmel unheilvoll erhellen.

Er lag noch auf einer Mauer von zehn Zoll Breite, in der Regenflut, zwischen zwei Abgründen, unfähig, sich zu rühren, von schwindelnder Furcht vor einem möglichen Fall und von Grauen vor einer sicheren Verhaftung gepackt, und seine Gedanken taumelten wie der Schwengel einer Glocke von der einen Idee zur anderen: Tod, wenn ich hinuntersause, Gefangenschaft, wenn ich hierbleibe.

In dieser Angst sah er plötzlich in der noch ganz dunklen Straße einen Mann, der längs der Mauern dahinglitt. Der Mann kam aus der Richtung der Rue Pavée und stand nun in der Grube, über der Thénardier gewissermaßen schwebte. Nach ihm kam ein zweiter, der mit der gleichen Vorsicht ging, dann ein dritter und ein vierter. Als die Männer sich vereinigt hatten, hob einer von ihnen die Klinke des Palisadentors, und alle vier traten sie in die Umwallung ein, in der die Baracke steht. Sie befanden sich genau unter Thénardier. Offenbar hatten sie diese Grube gewählt, um miteinander reden zu können, ohne daß die Passanten sie sahen oder der Posten, der einige Schritte entfernt die Einlaßpforte der Force bewacht. Übrigens wurde dieser Posten durch den Regen in sein Schilderhaus gebannt. Thénardier, der die Gesichter der vier nicht zu unterscheiden vermachte, lauschte ihren Worten in der verzweifelten Spannung eines Elenden, der fühlt, daß er verloren ist. Er sah etwas vor sich, was der Hoffnung ähnelte: Diese Männer sprachen Argot. Der erste sagte leise, aber deutlich: »Fort! Hier können wir kein Ding mehr drehn!«

Der zweite erwiderte: »Es pladdert, daß dem Teufel sein höllisches Feuer ausgeht. Die Greifer werden kommen. Da ist ein Soldat, der Wache schiebt. Sie nehmen uns hier hopp.«

Das erste »hier« gehörte der Aussprache nach zum Argot der Barrieren und das zweite zu dem des Temple. Das waren Lichtstrahlen für Thénardier. An dem einen »hier« erkannte er Brujon, der vor den Barrieren vagabundierte, und an dem anderen Babet, der neben all seinen Gewerben auf dem Trödelmarkt des Temple gehökert hatte.

Das alte Argot des großen Jahrhunderts wird nur noch im Temple gesprochen, und Babet sprach es als einziger ganz rein. Ohne dieses eigentümlich betonte »hier« hätte Thénardier ihn nicht erkannt, denn Babet hatte seine Stimme vollkommen verstellt.

Aber der dritte mengte sich ein: »Es ist nicht so dringlich; wir wollen noch ein wenig warten. Wer sagt uns, daß er uns nicht braucht?« An dieser eleganten Sprache erkannte Thénardier Montparnasse, der in seiner Eitelkeit das Argot, das er verstand, für seine Person vermied.

Der vierte schwieg, aber seine massigen Schultern verrieten ihn. Thénardier zögerte nicht: Es war Gueulemer.

Brujon entgegnete fast ungestüm, aber mit noch immer leiser Stimme: »Was quatschst du da? Der Wirt hat nicht türmen können. Das hat er nicht gelernt. Sein Hemd und sein Leinentuch zerschleißen, und 'nen Strick daraus spulen, Löcher in die Türen fabrizieren, Flebben fälschen, falsche Schlüssel schlossern, seine Eisen durchsägen, den Strick raushängen, sich vor den Polypen verstecken, sich verpuppen, dazu muß einer gefinkelt sein. Der Alte wird das nicht gekonnt haben; er ist kein guter Arbeiter.«

Immer in diesem zurückhaltenden klassischen Argot, das Poulailler und Cartouche sprachen und das sich zum kühnen, neuen, farbenreichen und gewagten Argot Brujons verhält wie Racines Sprache zu der von André Chénier, fügte Babet hinzu: »Dein Wirt wird haben türmen wollen, aber er ist aus den Pantinen gekippt. Das muß man verstehn. Er ist ein Anfänger. Er wird sich von einem Achtgroschenjungen haben betimpeln lassen oder von einem Kalfaktor, der den Gevatter markiert hat. Spitz mal die Ohren, Montparnasse, hörst du, wie sie da drinnen brüllen? Siehst du alle die Latichten? Sie haben ihn! Dem brummen sie zwanzig Jahre und drüber auf. Ich bin keine Memme, das weiß jeder Ganove, aber wir müssen verduften, oder sie bringen uns auf den Trab! Maule nicht, komm mit uns, sauf mit uns eine Pulle alten Wein!«

»Man gibt seine Freunde im Schlamassel nicht preis«, murrte Montparnasse.

»Er sitzt in der Falle, der Wirt«, antwortete Brujon, »verratzt ist er. Da kannst du nicht gegen an. Dalli, weg von hier!

Mir ist ganz, als hätte ein Polyp mich schon am Schlafittchen.«

Montparnasse widersprach nur noch schwach. Seit Beginn der Nacht waren die vier Männer mit der Treue von Banditen, die einander nie verlassen, um die Force gestrichen, so groß die Gefahr war, in der Erwartung, droben auf irgendeiner Mauer Thénardier anrücken zu sehen. Aber die Nacht wurde zu schauerlich. Der Platzregen, der alle Straßen verödete, die Kälte, die sie beschlich, ihre von der Nässe durchweichten Kleider, ihre durchlöcherten Schuhe, der beunruhigende Lärm, der im Kerker ausgebrochen war, der schleppende Gang der Stunden, die Begegnung mit Patrouillen, das Schrumpfen der Hoffnung, die Wiederkehr der Furcht, das alles trieb sie zum Rückzug an. Montparnasse sogar, der vielleicht ein wenig Thénardiers Schwiegersohn war, fügte sich. Einen Augenblick später, und sie waren fort. Thénardier ächzte auf seiner Mauer wie die Schiffbrüchigen der »Medusa« auf ihrem Floß, als sie sahen, wie die Barke, die ihnen erschienen war, am Horizont verschwand.

Er wagte nicht, sie anzurufen; ein Schrei, der gehört wurde, konnte alles verderben. Da hatte er eine Idee, eine letzte, den Schimmer eines Einfalls. Er nahm aus seiner Tasche den Strick von Brujon, den er von dem Kamin des Neubaus losgebunden hatte, und warf ihn in die Umwallung der Palisade. Der Strick plumpste vor ihren Füßen nieder.

»Ein Seil!« sagte Babet.

»Mein Strick«, sagte Brujon.

»Der Wirt ist da oben«, sagte Montparnasse.

Sie sahen hinauf. Thénardier schob seinen Kopf über den Rand. »Schnell!« raunte Montparnasse. »Hast du das andere Ende, Brujon?«

»Ja.«

»Knüpf die beiden Enden zusammen, wir schmeißen ihm den Strick zu, er macht ihn an der Mauer fest, das wird langen, daß er runterklettern kann.«

Thénardier getraute sich, seine Stimme zu erheben. »Ich bin ganz starr vor Kälte.«

»Wir werden dich wärmen.«

»Ich kann kein Glied mehr rühren.«

»Du läßt dich runtergleiten, wir fangen dich auf.«

»Meine Hände sind steif.«

»Schlinge nur den Strick um die Mauer!«

»Werde ich nicht können.«

»Dann muß einer von uns hinaufsteigen«, sagte Montparnasse.

»Drei Stock!« wandte Brujon ein.

Ein altes Ofenrohr aus Gips, das einem Ofen in der Baracke gedient, kroch die Mauer entlang. Es reichte fast bis zu der Stelle, an der Thénardier sichtbar war. Diese Röhre, damals zersprungen und aufgeplatzt, ist seitdem eingestürzt, aber noch gewahrt man ihre Spuren. Sie war sehr eng. »Man könnte durch das Rohr steigen«, sagte Montparnasse.

»Durch den Gipskanal?« rief Babet. »Ein Mann kann das nie. Da müßte ein Junge her.«

»Wir brauchen einen Knirps«, sagte Brujon.

»Wo finden wir so einen Bengel?« fragte Gueulemer.

»Halt!« sagte Montparnasse. »Ich hab's.«

Er öffnete leise das Tor der Palisade, vergewisserte sich, daß niemand durch die Straße ging, trat vorsichtig hinaus, schloß das Tor hinter sich und lief nach der Bastille zu. Sieben bis acht Minuten verrannen, für Thénardier achttausend Jahrhunderte. Babet, Brujon und Gueulemer bissen die Zähne zusammen. Endlich öffnete sich wieder das Tor, und Montparnasse zeigte sich, atemlos, und brachte Gavroche. Der Regengüsse wegen war die Straße noch immer leer.

Der kleine Gavroche war innerhalb des Walls. Mit gelassener Miene musterte er die Banditen. Aus den Haaren troff ihm das Regenwasser.

Gueulemer richtete das Wort an ihn: »Lauser, bist du ein Mann?«

Gavroche lupfte die Achseln und erwiderte: »Ein Knirps wie ich ist ein Mann, und Männer wie ihr sind Knirpse.«

»Was für 'ne Lippe der Rotzer riskiert!« rief Babet.

»Das ist ein Pariser Junge und nicht von Pappe«, setzte Brujon hinzu.

»Was möchtet ihr?« fragte Gavroche.

Montparnasse belehrte ihn: »Durch die Röhre da sollst du hochklettern.«

»Mit dem Strick«, sagte Babet.

»Und das Seil festbinden«, fuhr Brujon fort.

»Oben auf der Mauer«, sagte Babet.

»Am Fensterkrenz«, fügte Brujon hinzu.

»Und dann?« fragte Gavroche.

»Sieh her!« sagte Gueulemer.

Der Junge prüfte den Strick, die Röhre, die Mauer, die Fenster und blies verächtlich die Luft aus, was hieß: Sonst nichts?

»Da oben ist ein Mann, den du retten wirst«, sagte Montparnasse.

»Willst du?« fragte Brujon.

»Gimpel!« antwortete das Kind, als schiene die Frage ihm unerhört, und er zog seine Schuhe aus. Gueulemer faßte Gavroche an einem Arm, hißte ihn auf das Dach der Baracke, dessen wurmstichige Bretter sich unter der Last des Kindes bogen, und übergab ihm den Strick, den Brujon in der Abwesenheit von Montparnasse wieder geknüpft hatte. Der Junge schritt auf die Röhre zu, in die er sich dank einem breiten Spalt neben dem Dach bequem eindrängen konnte. Als er gerade im Begriff war zu steigen, bückte sich Thénardier, der Rettung und Leben sich nähern sah, über den Mauerrand. Der erste Schein des Tages bleichte seine in Schweiß gebadete Stirn, seine fahlen, knochigen Wangen, die dünne Nase in seinem unheimlichen Gesicht, seinen grauen Stachelbart, und Gavroche erkannte ihn.

»Aha«, sagte er, »mein Vater! Das macht nichts!«

Er packte den Strick mit den Zähnen und machte sich entschlossen an die Kletterpartie. Er kam bis auf den First des Hauses, schwang sich auf die alte Mauer wie auf ein Pferd und befestigte den Strick am oberen Querbalken des Fensters. Einen Moment danach war Thénardier auf der Straße.

Sobald er auf dem Pflaster stand und sich außer Gefahr fühlte, war er nicht mehr müde, nicht mehr vor Kälte starr und zitterte nicht mehr. Die Schrecknisse, die er durchlitten hatte, verflüchtigten sich wie Rauch, seine sonderbare, wilde Intelligenz erwachte aufrecht und frei, bereit, sich wieder zu betätigen. Seine erste Äußerung war: »Wem machen wir jetzt den Garaus?«

Es erübrigt sich, diesen schrecklich durchsichtigen Ausdruck zu erklären, der töten, morden und ausrauben in einem bedeutet. Den Garaus machen heißt in Wahrheit jemanden auffressen.

»Drücken wir uns«, sagte Brujon. »Nicht viel Worte, wir müssen gleich auseinander. Da war eine Geschichte, die recht gut schien, Rue Plumet, eine verlassene Straße, ein einsames Haus, ein altes, ausgeleiertes Gitter, alleinwohnende Frauen.«

»Na, warum denn nicht?« fragte Thénardier.

»Deine Tochter Eponine hat die Sache ausbaldowern sollen«, erwiderte Babet.

»Sie hat der Magnon einen Zwieback gebracht«, sagte Gueulemer. »Kommt nicht in Frage.«

»Das Mädchen ist nicht blöd«, meinte Thénardier. »Wir werden sehen.«

»Jawohl«, sagte Brujon. »Man wird sehen.«

Indessen beachtete keiner der Männer Gavroche weiter. Er hatte sich während des Gesprächs auf einen Prellstein an der Palisade niedergelassen und wartete einige Minuten, ob sein Vater sich nach ihm umdrehe. Dann zog er seine Schuhe wieder an und sagte: »Erledigt. Ihr habt mich nicht mehr nötig, Männer? Nun seid ihr fein raus. Ich gehe. Ich muß meine Kinder aus dem Bett holen.« Und er ging.

Die fünf Männer entfernten sich einer nach dem anderen aus dem Umkreis der Palisade. Als Gavroche an der Krümmung der Rue des Ballets abmarschiert war, nahm Babet Thénardier beiseite. »Hast du dir den Knirps angeschaut?« fragte er.

»Was für einen Knirps?«

»Der auf die Mauer geklettert ist und dir den Strick gebracht hat.«

»Nicht sehr genau.«

»Na, ich weiß nicht, aber mir scheint, das ist dein Sohn.«

»Bah«, sagte Thénardier, »glaubst du?«

Und er ging davon.

SIEBENTES BUCH

VERZAUBERUNG UND GRAM

Im vollen Licht

Wie man sich erinnert, hatte Eponine, als sie durch das Gitter die Bewohnerin der Rue Plumet, wohin sie von der Magnon geschickt worden war, erkannte, zuerst die Banditen von der Villa ferngehalten. Dann führte sie Marius vor das Gitter, und nach mehreren Tagen verzückten Harrens war er, von der Kraft angezogen, die das Eisen zu dem Magneten zwingt und den Liebenden zu den Steinen, aus dem das Haus der Geliebten gebaut ist, in den Garten Cosettes eingedrungen wie Romeo in den Garten der Julia. Dies war sogar für ihn bequemer gewesen als für Romeo, der eine Mauer hatte erklimmen müssen. Marius brauchte nur an einer Stange des verfallenen Gitters zu rütteln, die wie die Zähne alter Menschen in ihrer verrosteten Höhlung wackelte. Marius war schmal und kam mit Leichtigkeit durch. Da niemand sich auf der Straße befand und Marius ja auch nur nachts den Garten betrat, war er nicht in Gefahr, gesehen zu werden.

Von der gesegneten und geweihten Stunde an, in der ein Kuß zwei Seelen einander verlobte, erschien Marius an jedem Abend. Wäre in dieser Zeit ihres Lebens Cosette der Leidenschaft eines gewissenlosen Mannes von freien Sitten ausgeliefert worden, so wäre sie verloren gewesen. Denn es gibt großherzige Naturen, die sich verschwenden, und Cosette war eine von ihnen. Nachzugeben entspricht der Großmut der Frau. Zur Liebe auf jener Höhe, wo sie absolut ist, kommt eine himmlische Blindheit der Schamhaftigkeit. Doch wie vielen Gefahren setzt ihr euch aus, o edle Seelen! Oft schenkt ihr das Herz, und wir nehmen den Leib. Euer Herz bleibt euch, und ihr seht es im Dunkeln zitternd an.

Die Liebe kennt keine Halbheiten, entweder sie richtet zugrunde oder errettet. Das ganze menschliche Schicksal ist in diesem Dilemma beschlossen. Verderben oder Heil, keine Schicksalsfügung bringt es unerbittlicher als die Liebe. Die Liebe ist das Leben, wenn nicht der Tod. Wiege und auch Sarg. Das gleiche Gefühl sagt ja und nein im menschlichen Herzen. Von allen Dingen, die Gott erschuf, verbreitet des Menschen Herz am meisten Licht und leider auch am meisten Nacht.

Gott aber wollte, daß Cosette einer Liebe begegnete, die ihr Heil war. In diesem Mai des Jahres 1832 trafen sich allnächtlich in dem armen verwilderten Garten, in dem täglich stärker duftenden Gebüsch zwei Wesen, mit aller Keuschheit und Unschuld begnadet, von allem Glück des Himmels überfließend, den Erzengeln näher als den Menschen, rein, ehrenhaft, berauscht, strahlend von einem Glanz, der in der Finsternis leuchtete. Es schien Cosette, als trage Marius eine Krone, und Marius war, als umgäbe Cosette ein Heiligenschein. Sie berührten sich, sie blickten sich an, sie faßten sich an den Händen, sie preßten sich gegeneinander. Doch ein Abstand war da, den sie nicht überschritten. Nicht aus Scheu; sie wußten es nicht. Marius fühlte eine Schranke, die Reinheit Cosettes, und Cosette empfand eine Stütze, die Gradheit von Marius. Der erste Kuß war auch der letzte gewesen. Seitdem war Marius nicht weitergegangen, als daß er mit seinen Lippen ihre Hand streifte oder ihr Busentuch oder eine ihrer Locken. Cosette war für ihn ein Duft und nicht eine Frau. Er atmete sie ein. Sie weigerte nichts, und er begehrte nichts. Cosette war glücklich und Marius zufrieden. Sie lebten in diesem zauberhaften Zustand, den man die Blendung einer Seele durch eine andere Seele nennen könnte. Es war die unbeschreibliche erste Umarmung zweier unberührter Menschen im Ideal. Zwei Schwäne begegneten sich auf der Jungfrau.

In einer solchen Liebesstunde schwelgt die Wollust in der Allmacht der Ekstase. Marius, der reine, seraphische Marius, hätte eher eine feile Dirne zu besuchen vermocht, als daß er das Kleid Cosettes bis an den Knöchel ihres Fußes gehoben hätte. Einmal neigte sie sich im Mondlicht herab, um etwas von der Erde aufzusammeln; ihr Mieder öffnete sich halb und ließ den Ansatz ihrer Brust sehen. Marius wandte die Augen ab. Was spielte sich zwischen diesen beiden Wesen ab? Nichts. Sie beteten sich an.

Nachts, wenn sie im Garten waren, schien er ihnen eine lebendige, heilige Stätte. Alle Blumen erschlossen um sie her ihre Kelche und sandten ihnen Balsam zu. Sie erschlossen ihre Seelen und verströmten sie in die Blumen. Die zuchtlos üppige, kraftvolle Vegetation erzitterte in Saft und Trunkenheit um das unschuldige Paar, und sie sagten sich Worte der Liebe, von denen die Bäume erschauerten.

Was waren diese Worte? Ein Hauch, nicht mehr. Aber der Hauch genügte, die ganze Schöpfung im Umkreis zu verwirren und zu erregen. Kaum würde man diese Magie begreifen, läse man ihr Geplauder, das der Wind unter den Blättern davontrug und wie Rauch zerstreute. Nehmt dem Flüstern der Liebenden die Melodie, die der Seele entschwebt und es wie eine Harfe begleitet, so bleibt nur ein Schatten zurück: Kindereien, Wiederholungen, Lachen um nichts, Sinnlosigkeiten, Albernheiten und dennoch das Erhabenste und Tiefste der Welt, die einzigen Dinge, die würdig sind, gesprochen und gehört zu werden. Der Mensch, der diese Albernheiten und Platitüden nie vernommen, nie ausgesprochen hat, ist ein erbärmlicher Einfaltspinsel.

Cosette sagte zu Marius: »Weißt du? Ich heiße Euphrasie.«

»Euphrasie? Nicht doch, du heißt Cosette.«

»Oh! Cosette ist ein häßlicher Name, den man mir gegeben hat, als ich klein war. Mein richtiger Name ist Euphrasie. Magst du den Namen nicht?«

»Doch. Aber Cosette ist nicht häßlich.«

»Ist er dir lieber als Euphrasie?«

»Ja.«

»Dann ist er auch mir lieber. Du hast recht, Cosette ist hübsch. Nenne mich Cosette!« Und das Lächeln, das ihre Worte begleitete, machte aus diesem Zwiegespräch eine Idylle, die eines himmlischen Wäldchens würdig war.

Ein andermal schaute sie ihn fest an und rief: »Mein Herr,

Sie sind schön, Sie sind hübsch, Sie haben Geist, Sie sind nicht im mindesten dumm, Sie sind gebildeter als ich, aber ich wette, daß ich besser sagen kann als Sie: Ich liebe dich!« Und Marius, der mit seinen Träumen im Azur geweilt hatte, glaubte, er höre den Gesang eines Sternes.

Oder sie gab ihm einen kleinen Klaps dafür, daß er hustete, und sagte zu ihm: »Nicht doch, mein Herr! Ich will nicht, daß ohne meine Erlaubnis gehustet wird. Das ist mir sehr zuwider und beunruhigt mich. Ich will, daß es dir wohl ergeht, denn sonst wäre ich sehr unglücklich.« Und das war schlechthin göttlich.

Einmal sagte Marius zu Cosette: »Stell dir vor, eine Zeitlang meinte ich, du hießest Ursule.« Darüber mußten sie den ganzen Abend lachen.

Wieder ein andermal, als sie plauderten, rief er: »Eines Tages im Luxembourg-Park hätte ich gar zu gern einem Invaliden die noch gesunden Knochen zerschlagen.« Aber er hielt ein und erzählte nicht mehr davon. Er hätte zu Cosette von ihrem Strumpfband reden müssen, und das war unmöglich für ihn. Hier zeigte sich eine unbekannte Seite, die Fleischeslust, vor der mit einer Art heiligen Schrecken diese grenzenlose, unschuldige Liebe zurückwich.

Marius konnte sich das Leben mit Cosette nicht anders vorstellen, als daß er allabendlich in die Rue Plumet kam, den kupplerischen alten Eisenstab im Gitter des Präsidenten beiseite schob, daß er Arm in Arm mit ihr auf der Bank saß, daß sie durch die Bäume das Funkeln der hereinbrechenden Nacht betrachteten, daß die Kniefalte seiner Hose die Weite ihres Gewandes streifte, daß er den Nagel ihres Daumens kosend in seine Finger nahm, daß er du zu ihr sagte und sie nacheinander den Duft der gleichen Blume einatmeten, auf ewig und für immer. Derweil zogen die Wolken über ihre Köpfe hinweg. Doch jeder Windhauch nimmt mehr Träume der Menschen als Wolken am Himmel mit.

Gewiß war diese fast scheue Liebe nicht ohne Galanterie. Komplimente für die Geliebte sind die erste Art, ihr Zärtlichkeit zu erweisen, eine halbe Kühnheit, die sich noch nicht hervorwagt. Komplimente sind wie ein Kuß durch den

Schleier. Ganz im verborgenen senkt die Wollust ihren süßen Stachel hinein, und vor ihr schreckt das Herz zurück, um noch mehr zu lieben. Marius' traumhafte Liebkosungen waren gleichsam vom Azur des Himmels durchtränkt. Die Vögel müssen, wenn sie dort oben bei den Engeln fliegen, solche Worte vernehmen. Das Leben, die Menschheit, das ganze Maß an Wirklichem, zu dem Marius fähig war, hatten dennoch daran teil. Es war, was der Liebende in der Grotte sagt, ein Vorspiel dessen, was er im Schlafgemach sagen wird, ein lyrischer Erguß, bei dem Strophe und Sonett durcheinandergingen, die zierlichen Hyperbeln des Schmachtens, die Künstlichkeiten der Anbetung, zu Buketts arrangiert und einen alles durchdringenden, himmlischen Duft verströmend, ein leises Zwitschern des Herzens zum Herzen.

»Oh, wie schön du bist!« murmelte Marius. »Ich wage nicht, dich anzusehen. Deshalb denke ich über dich nach. Du bist begnadet. Ich weiß nicht, was ich habe. Wenn unter dem Saum deines Kleides die Spitze von deinem Schuh hervorlugt, bin ich aus der Fassung gebracht. Und was für ein bezauberndes Licht, wenn sich dein Geist erschließt! Du redest erstaunlich vernünftig. Mitunter dünkt mich, du seist ein Traum. Sprich, ich höre dir zu, ich bewundere dich. O Cosette! Wie seltsam und reizend das ist, ich bin wirklich närrisch. Sie sind wunderschön, mein Fräulein. Ich betrachte deine Füße im Mikroskop und deine Seele mit dem Teleskop.«

Und Cosette antwortete: »Ich liebe dich ein wenig mehr als die ganze Zeit, die seit heute morgen verstrichen ist.«

Fragen und Antworten fielen in diesem Zwiegespräch, wie es sich ergab, und sie wurden sich stets über die Liebe einig wie die Figürchen aus Holunder über den Nagel.

Cosette war ihrem ganzen Wesen nach unbefangen, offen, durchsichtig, rein, aufrichtig und strahlend. Von ihr ließ sich mit Recht sagen, daß sie ein sonniges Gemüt besaß. Sie wirkte auf den, der sie sah, wie April und Tagesanbruch. In ihren Augen lag Tau. Das Licht der Morgenröte hatte sich in Cosette zur Gestalt einer Frau verdichtet.

So war es nur zu natürlich, daß Marius sie anbetete und bewunderte. Doch richtig ist auch, daß diese kleine, frisch aus dem Kloster gekommene Pensionärin mit scharfem Verstand plauderte und mitunter allerlei Wahres und Feinfühliges von sich gab. Ihr Geplapper war Konversation. Sie täuschte sich in nichts und sah klar. Die Frau fühlt und spricht mit dem zärtlichen Instinkt des Herzens, der unfehlbar ist. Niemand kann wie eine Frau süße und zugleich tiefgründige Dinge daherreden. Süße und Tiefgründigkeit, das ist die ganze Frau, der ganze Himmel.

In der Fülle ihres Glücks hatten sie manchmal Tränen in den Augen. Es erbarmte sie eines gequetschten Marienwürmchens, einer Feder, die aus einem Nest fiel, eines zerbrochenen Hagedornzweiges, und ihre ein wenig von Melancholie erfüllte Verzückung schien nichts weiter zu verlangen als zu weinen. Das unfehlbarste Anzeichen der Liebe ist eine bisweilen schier unerträgliche Rührung.

Aber nicht weniger oft – all diese Widersprüche sind die blitzhaften Launen der Liebe – lachten sie, mit so entzückendem Freimut und so vertraut, daß sie mitunter wie zwei Knaben sich gebärdeten. Indes, ohne daß die vor Keuschheit trunkenen Herzen selbst darum wissen, ist die nichts vergessende Natur immer da. Sie ist da mit ihrem erhabenen Ziel, das sie rücksichtslos verfolgt. Und wie unschuldig auch immer die Seelen sein mögen, man nimmt im züchtigsten Tête-à-tête den wunderbaren und geheimnisvollen feinen Unterschied wahr, der zwischen einem Liebes- und einem Freundespaar besteht.

Sie aber vergötterten sich.

Das Beständige und Unwandelbare dauert fort. Man liebt sich, lächelt sich an, scherzt, schmollt ein bißchen von oben herab, schlingt die Finger ineinander, duzt sich, und das stört die Ewigkeit nicht. Zwei Liebende verbergen sich in der Abenddämmerung, im Unsichtbaren, zusammen mit den Vögeln und Rosen, sie bezaubern einander im Dunkeln mit ihren Herzen, die aus ihren Augen sprechen, sie murmeln, sie flüstern, und derweilen erfüllt die grenzenlose Harmonie der Gestirne das Unendliche.

Fassungslos vor Glück, lebten sie ins Blaue hinein. Sie achteten nicht auf die Cholera, die eben diesen Monat die Bevölkerung von Paris dezimierte. Ihre Geständnisse betrafen nicht viel mehr als ihre Namen. Marius hatte Cosette bekannt, er sei Waise, er heiße Marius Pontmercy und sei Anwalt, er lebe davon, daß er für Verleger arbeite, sein Vater sei Oberst gewesen und ein Held, und er habe sich mit seinem Großvater, der reich sei, überworfen. Er deutete auch an, er sei Baron; aber das hatte keine Wirkung bei Cosette hervorgebracht. Marius Baron? Sie hatte es nicht verstanden. Sie wußte nicht, was das Wort bedeutete. Marius war Marius. Ihrerseits hatte sie ihm mitgeteilt, sie sei im Kloster Petit-Picpus erzogen, ihre Mutter sei tot wie die seine, ihr Vater heiße Fauchelevent, er sei sehr gut und gebe viel den Armen, sei jedoch selbst arm und beraube sich vielfach, ohne sie irgendwie zu berauben.

Seltsam, in dem Gleichklang, in dem Marius lebte, seit er Cosette sah, war die Vergangenheit, sogar die von unlängst, so verworren und fern für ihn geworden, daß das, was Cosette ihm berichtete, ihm völlig genügte. Er dachte nicht einmal daran, mit ihr von dem nächtlichen Abenteuer im Hause Gorbeau zu sprechen, von den Thénardiers, von der Brandwunde, dem sonderbaren Verhalten und der rätselhaften Flucht ihres Vaters. Marius hatte augenblicklich das alles vergessen. Er wußte abends nicht, was er morgens getan, wo er gefrühstückt, mit wem er Unterredungen gehabt hatte. In seinem Ohr waren Gesänge, die ihn für jeden anderen Gedanken taub machten. Er lebte nur in den Stunden, in denen er bei Cosette war. Da er dann im siebenten Himmel schwebte, war es nur zu natürlich, daß er die Erde vergaß. Voller Sehnsucht trugen beide das unbestimmbare Gewicht der über sinnlichen Wonne. So leben die Schlafwandler, die man verliebt nennt.

Ach, wer hat nicht all diese Dinge schon empfunden? Warum kommt eine Stunde, da man diesen Azur verläßt, und warum geht das Leben danach weiter?

Lieben ersetzt nahezu das Denken. Die Liebe ist ein leidenschaftliches Vergessen des Übrigen. Verlangt doch Logik von der Leidenschaft. Es besteht ebenso wenig ein ausschließlicher logischer Zusammenhang im menschlichen Herzen, wie sich keine vollkommene geometrische Figur in der Himmelsmechanik findet. Für Cosette und Marius gab es nur noch Marius und Cosette. Die Welt um sie her war versunken. Sie lebten in einem goldenen Augenblick. Es gab nichts davor, nichts danach. So bedachte Marius kaum, daß Cosette auch einen Vater besaß. In seinem Hirn hatte die Blendung alles andere zurücktreten lassen. Worüber sprachen die Liebenden? Über Blumen, Schwalben, über die untergehende Sonne, den Aufgang des Mondes, über alles Unwichtige. Mit Ausnahme von allem hatten sie sich alles gesagt. Das Alles der Verliebten ist das Nichts. Wozu also der Vater, die Wirklichkeit, die Spelunke, die Banditen, das Abenteuer? Konnte das Ganze nicht ein Alptraum gewesen sein? Sie waren zu zweit, sie liebten sich abgöttisch, nur das zählte. Wahrscheinlich verschwindet die Hölle hinter uns, wenn wir ins Paradies eintreten. Hat man Dämonen gesehen? Gab es welche? Hat man gezittert, gelitten? Man weiß nichts mehr davon. Eine rosige Wolke steht davor.

Also lebten die beiden Wesen in großer Höhe mit all der Unwahrscheinlichkeit, die in der Natur ist, weder im Nadir noch im Zenit, zwischen Mensch und Seraph, über dem Schmutz und unter dem Äther, in den Wolken. Kaum Fleisch und Blut, Seele und Verzückung von Kopf bis Fuß, schon zu sehr sublimiert, um noch auf Erden zu wandeln, noch zu sehr mit Menschlichem behaftet, um ins Blau zu entschwinden, glichen sie Atomen in Lösung, bevor sie gefällt werden. Dem Anschein nach außerhalb des Schicksals, kannten sie nicht die ausgefahrenen Geleise des Gestern, Heute und Morgen. Hingerissen und außer sich trieben sie dahin, zuweilen so leicht geworden, daß sie nahe daran waren, in die Unendlichkeit zu entfliehen, ewig zu fliegen.

Hellwach schlafend ließen sie sich wiegen! O herrliche Lethargie der vom Idealen überwältigten Wirklichkeit! Hin und wieder schloß Marius vor Cosette, so schön sie auch war, die Augen, denn mit geschlossenen Augen läßt sich die Seele am besten betrachten. Marius und Cosette fragten sich nicht, wohin sie das führte. Sie wähnten, sie seien angekommen. Der Wunsch, daß die Liebe irgendwohin führt, ist ein seltsames Verlangen der Menschen.

Erste Schatten

Jean Valjean ahnte nichts. Cosette, etwas weniger verträumt als Marius, war fröhlich, und das genügte Jean Valjean, um glücklich zu sein. Ihre Gedanken, ihre zärtliche Besorgnis, das Bild von Marius, das ihre Seele erfüllte, sie veränderten mitnichten die unvergleichliche Reinheit ihrer schönen, keuschen, lächelnden Stirn. Sie war in dem Alter, in dem die Jungfrau ihre Liebe trägt wie der Engel seine Lilie. Jean Valjean war also ruhig. Wenn zwei Liebende sich einig sind, geht alles gut vonstatten. Der Dritte, wer es auch sei, der ihre Liebe stören könnte, wird durch eine kleine Zahl von Vorsichtsmaßnahmen, die bei allen Liebenden die gleichen sind, in völliger Blindheit gehalten. Niemals hatte Cosette gegen Wünsche Jean Valjeans den geringsten Einwand. Wollte er spazierengehen? Ja, Väterchen. Wollte er zu Hause bleiben? Gewiß. Wollte er den Abend bei Cosette verbringen? Sie war davon sehr angetan. Da er stets um zehn Uhr abends zu Bett ging, kam Marius erst nach dieser Stunde in den Garten, dann, wenn er von der Straße aus Cosette die Fenstertür an der Treppe öffnen hörte. Seit sie Marius nicht mehr begegneten, dachte Jean Valjean überhaupt nicht mehr an ihn. Nur einmal sagte er morgens zu Cosette: »Ach, dein Kleid ist ja im Rücken ganz weiß!« Am Abend zuvor hatte Marius im Überschwang Cosette an die Mauer gedrängt.

Die alte Toussaint, die zeitig zu Bett ging, verlangte, wenn sie ihre Arbeit getan hatte, einzig nach Schlaf und wußte wie Jean Valjean von nichts.

Marius setzte den Fuß nie in das Haus. Wenn er mit Cosette beisammen war, bargen sie sich in einer Vertiefung nahe der Treppe, um von der Straße aus nicht gesehen oder belauscht zu werden, und oft bestand ihr Gespräch darin, daß sie zwanzigmal in der Minute sich die Hände drückten und dabei in das Gezweig der Bäume starrten. In diesen Augenblicken konnte der Blitz dreißig Schritte von ihnen entfernt einschlagen, und sie hätten es nicht bemerkt, so tief waren sie in ihre Träumereien versunken.

Durchsichtige Reinheit. Unschuldige Stunden, die fast alle einander glichen. Eine solche Liebe ist eine Sammlung von Lilienblüten und Taubenfedern.

Der ganze Garten lag zwischen ihnen und der Straße. Wenn Marius eintrat oder ging, richtete er mit Sorgfalt die gelockerte Eisenstange, neben der er durchschlüpfte, so wieder her, daß keine Unordnung auffiel.

Meist entfernte er sich gegen Mitternacht, um zu Courfeyrac zurückzukehren. »Hättest du das geglaubt?« sagte Courfeyrac zu Bahorel. »Marius kommt jetzt vor ein Uhr morgens nicht heim.«

»Was willst du?« erwiderte Bahorel. »So ein Musterschüler explodiert manchmal.«

Bisweilen kreuzte Courfeyrac die Arme, zog ein ernstes Gesicht und sagte zu Marius: »Sie werden liederlich, junger Mann!«

Courfeyrac, ein Mensch von nüchternem Temperament, war für den Abglanz eines unsichtbaren Paradieses um Marius nicht empfänglich; er machte sich nichts aus romantischen Leidenschaften und war auch als Zuschauer ohne Geduld. Hin und wieder behelligte er Marius mit Aufforderungen, sich der Wirklichkeit zu entsinnen. Eines Morgens mahnte er ihn: »Mein Lieber, es scheint, du wohnst im Mond, im Königreich des Traumes, in der Provinz Illusion, in der Stadt Seifenblase. Laß doch mit dir reden, wie heißt sie?«

Doch nichts konnte Marius »zum Reden bringen«. Er hätte sich eher die Nägel ausreißen lassen als eine von den drei geheiligten Silben preisgegeben, aus denen der unaussprechliche Name Cosette bestand. Wahre Liebe leuchtet wie die Morgenröte und schweigt wie das Grab. Für Courfeyrac hatte sich Marius nur derart verändert, daß er von einer strahlenden Schweigsamkeit war.

In diesem milden Monat Mai lernten Marius und Cosette grenzenlose Glückseligkeiten kennen: Sie stritten sich und sagten Sie zueinander, einzig und allein, um sich danach wieder duzen zu können. Sie unterhielten sich lange und eingehend in allen Einzelheiten über Leute, die sie überhaupt nichts angingen – ein Beweis mehr dafür, daß bei dieser bezaubernden Oper, die Liebe heißt, dem Libretto fast keine Bedeutung zukommt.

Marius hörte Cosette zu, wie sie über Putz redete. Cosette hörte Marius zu, wie er über Politik redete. Knie an Knie lauschten sie dem Gerumpel der Kutschen in der Rue Babylone. Sie betrachteten den gleichen Planeten im All oder das gleiche Glühwürmchen im Gras. Und süßer noch war es, zusammen zu schweigen als miteinander zu plaudern.

Jedoch Verwicklungen nahten heran. Eines Abends begab sich Marius über den Boulevard des Invalides zum Stelldichein. Er ging wie fast immer mit gesenkter Stirn. Als er um die Ecke der Rue Plumet bog, hörte er, wie jemand neben ihm sagte: »Guten Abend, Herr Marius.«

Er hob den Kopf und erkannte Eponine. Das wirkte seltsam auf ihn. Kein einziges Mal seit dem Tag, an dem sie ihn zur Rue Plumet führte, hatte er an dieses Mädchen gedacht. Er hatte Eponine nicht wiedergesehen, sie war ihm völlig aus der Erinnerung entschwunden. Er hatte nur Gründe zur Dankbarkeit gegen sie; er schuldete ihr sein jetziges Glück, und dennoch war es ihm peinlich, sie zu treffen.

Es ist ein Irrtum, anzunehmen, daß die Leidenschaft, wenn sie glücklich und rein ist, den Menschen in einen Zustand der Vollkommenheit versetzt; sie versetzt ihn, wir stellten es bereits fest, lediglich in einen Zustand der Vergeßlichkeit. In dieser Verfassung vergißt der Mensch, schlecht zu sein, aber er vergißt auch, gut zu sein. Die Dankbarkeit, das Pflichtgefühl, die wichtigsten und lästigen Erinnerungen verflüchtigen sich. Zu jeder anderen Zeit hätte sich Marius ganz anders zu Eponine verhalten. Nur von Cosette beherrscht, war er sich nicht einmal klargeworden, daß diese Eponine den Namen Thénardier trug, der in dem Testament seines Vaters niedergeschrieben war, den Namen, für den er sich wenige Monate zuvor so glühend geopfert hätte. Wir zeigen Marius, wie er war. Sein Vater sogar wurde in seiner Seele von dem Leuchten seiner Liebe ein wenig verdunkelt.

Er antwortete in einiger Befangenheit: »Ach, Sie sind es, Eponine?«

»Warum siezen Sie mich? Habe ich Ihnen etwas getan?«

»Nein«, erwiderte er.

Freilich hatte er nichts gegen sie. Nicht im mindesten. Nur hatte er das Gefühl, daß er jetzt, da er du zu Cosette sagte, Sie zu Eponine sagen mußte.

Da er schwieg, rief sie: »Was ist denn?«

Aber sie hielt inne. Es schien, als fehlten diesem ehedem so leichtfertigen und verwegenen Geschöpf die Worte. Sie bemühte sich zu lächeln und konnte es nicht. »Na«, hub sie wieder an.

Nochmals schwieg sie und sah zu Boden. »Guten Abend, Herr Marius«, sagte sie plötzlich schroff, und dann war sie fort.

Die Hündin

Der Tag darauf war der 3. Juni, der 3. Juni 1832, ein Datum, auf das wegen der ernsten Ereignisse hingewiesen werden muß, die damals wie schwere Wolken über dem Horizont von Paris lagerten. Als es Nacht wurde, ging Marius genauso wie am Vortag, dieselben verzückten Gedanken im Herzen. Da bemerkte er zwischen den Bäumen des Boulevards Eponine, die auf ihn zukam. Zwei Tage hintereinander, das war zuviel. Er wandte sich schnell ab, verließ den Boulevard, schlug einen Umweg ein und begab sich nach der Rue Plumet durch die Rue Monsieur.

So folgte ihm Eponine bis zur Rue Plumet, was sie bis dahin nie getan hatte. Bisher hatte sie sich damit begnügt, ihn, wenn er über den Boulevard schritt, zu beobachten, ohne daß sie nach einer Begegnung getrachtet hätte. Erst gestern abend hatte sie ein Gespräch mit ihm zu beginnen versucht. Sie folgte ihm also, ohne daß er es gewahrte. Sie sah ihn die Gitterstange verschieben und in den Garten gleiten. »Da«, sagte sie vor sich hin, »er betritt das Haus.«

Sie näherte sich dem Gitter, betastete die Eisenstangen und erkannte sogleich die, die Marius zur Seite gerückt hatte. Sie raunte düster, mit halber Stimme: »Na, dann nicht, Lisette!«

Sie ließ sich auf der Untermauerung des Gitters neben der Stange nieder, als bewache sie sie.

Es war fast an dem Punkt, an dem das Gitter an die Nachbarmauer grenzte. In diesem dunklen Winkel verschwand Eponine ganz. Über eine Stunde blieb sie, ohne sich zu rühren, sitzen, wehrlos gegen den Aufruhr in ihrem Innern.

Gegen zehn Uhr abends schritt einer der zwei oder drei Passanten der Rue Plumet, ein verspäteter alter Bürger, der in dieser menschenleeren, berüchtigten Gegend Eile hatte, an dem Gitter des Gartens vorbei. Aus dem Winkel zwischen Gitter und Mauer hörte er eine dumpfe, drohende Stimme sagen: »Ich würde mich nicht wundern, wenn er jeden Abend käme.«

Der Passant ließ seine Augen wandern, sah niemanden, wagte nicht in den finsteren Winkel zu spähen und verspürte große Angst. Er beschleunigte seine Schritte. Das zu tun war er sehr im Recht, denn wenige Minuten danach betraten sechs Männer, die getrennt und in größeren Zwischenräumen die Mauer entlanggingen und die man für eine Nachtpatrouille hätte ansehen können, die Rue Plumet. Der erste, der an das Gartengitter kam, blieb stehen und erwartete die übrigen. Eine Sekunde darauf waren sie alle vereinigt.

Sie fingen zu tuscheln an. »Hier ist es«, sagte einer von ihnen.

»Ist eine Töle im Garten?« fragte ein zweiter.

»Weiß ich nicht. Für jeden Fall habe ich einen Fleischkloß eingesteckt, den sie runterschlingen soll.«

»Hast du Kitt, wenn wir die Scheiben aufstemmen?«

»Ja.«

»Das Gitter ist alt«, sagte ein fünfter, ein Mann mit einer Bauchrednerstimme.

»Großartig!« erklärte der, der als zweiter gesprochen hatte.

»Es wird nicht knirschen, wenn die Säge beißt, und sich besser zerschneiden lassen.«

Der sechste, der den Mund noch nicht geöffnet hatte, besichtigte das Gitter wie eine Stunde zuvor Eponine, indem er eine Stange nach der anderen packte und behutsam daran rüttelte. So kam er zu der von Marius gelösten Stange. Als er sie anfassen wollte, bemächtigte sich plötzlich eine Hand, die aus dem Schatten herausgriff, seines Armes; er fühlte sich rauh gegen die Mitte der Brust gestoßen, und eine heisere Stimme sagte dumpf zu ihm: »Es ist ein Hund im Haus.«

Zugleich sah er ein bleiches Mädchen vor sich stehen. Er geriet in eine Aufregung, wie das Unerwartete sie hervorruft. Seine Haare sträubten sich abscheulich. Nichts ist ein so erschreckender Anblick wie der von wilden Tieren, die sich fürchten. Er wich zurück und stammelte: »Was ist das für eine Schlampe?«

»Deine Tochter.« Es war in der Tat Eponine, die mit Thénardier sprach.

Als Eponine erschien, hatten die fünf anderen, Claquesous, Gueulemer, Babet, Montparnasse und Brujon, sich geräuschlos, ohne Hast und wortlos genähert, mit der unheilvollen Langsamkeit, die der nächtlichen Gilde zu eigen ist. In der Hand hatten sie irgendwelches gräßliches Werkzeug. Gueulemer trug eine der krummen Zangen, die die Gauner Fränzchen nennen.

»Was treibst denn du da? Was willst du? Bist du wahnsinnig?« schrie Thénardier, soweit man schreien kann, wenn man leise spricht. »Was fällt dir ein, uns zu stören?«

Eponine lachte und warf sich ihm an den Hals. »Ich bin hier, Väterchen, weil ich hier bin. Darf man jetzt schon nicht mehr auf den Steinen sitzen? Ihr solltet nicht hier sein. Was sucht ihr da? Es ist doch Zwieback. Ich hatte es der Magnon gesagt. Hier ist nichts zu machen. Aber küß mich doch, gutes Väterchen! Wie lange habe ich dich nicht mehr gesehen! Du bist also draußen?«

Thénardier war bestrebt, sich aus den Armen Eponines zu befreien, und murrte: »Gut, du hast mich umarmt. Ja, ich bin draußen. Ich bin nicht mehr auf Nummer Sicher. Jetzt schau, daß du weiterkommst! «

Aber Eponine ließ ihre Beute nicht los und verdoppelte ihre Schöntuerei. »Ach, Väterchen, wie hast du dir herausgeholfen? Da mußt du deine ganze Schläue aufgewandt haben. Erzähle mir! Und die Mutter? Wo ist die Mutter? Gib mir doch Nachricht von Mama!«

Thénardier antwortete: »Es geht ihr gut, ich weiß nicht, laß mich, ich sage dir, mach, daß du weiterkommst!«

»Nun geh ich gerade nicht«, erwiderte Eponine, maulend wie ein verwöhntes Kind. »Du schickst mich fort, und dabei habe ich dich seit vier Monaten nicht gesehen und kaum Zeit gehabt, dich zu umarmen!« Und wieder stürzte sie sich ihrem Vater an den Hals.

»Das ist ja idiotisch«, sagte Babet.

»Wir wollen uns beeilen«, sagte Gueulemer, »die Polente kann jeden Moment dasein.«

Die Stimme des Bauchredners skandierte den Zweizeiler:

»'s ist heute nicht der holde Neujahrstag,
wo's Kind sich mit den Eltern schnäbeln mag.«

Eponine rief die fünf Banditen an: »Ach, Herr Brujon! Guten Abend, Herr Babet! Guten Abend, Herr Claquesous! Erkennen Sie mich nicht, Herr Gueulemer? Wie geht's, Montparnasse?«

»Ob man dich wiedererkennt!« sagte Thénardier. »Aber guten Tag, guten Abend, Platz da! Laß uns in Ruhe!«

»Es ist die Stunde der Füchse, nicht der Hennen«, sagte Montparnasse. »Du siehst, daß wir hier Arbeit haben«, fügte Babet hinzu.

Eponine streckte ihre Hand nach der von Montparnasse aus. »Paß auf!« sagte er. »Du wirst dir weh tun, ich habe ein offenes Messer!«

»Mein kleiner Montparnasse«, entgegnete Eponine sehr sanft, »man muß Vertrauen zu den Menschen haben. Ich bin doch die Tochter meines Vaters. Herr Babet, Herr Gueulemer, ich bin doch gewählt worden, die Sache auszubaldowern.«

Merkwürdigerweise sprach Eponine kein Argot. Seit sie Marius kannte, war ihr diese gräßliche Sprache unmöglich vorgekommen. Sie preßte in ihre kleine knochige Hand, die schwach war wie die Hand eines Gerippes, die dicken, groben Finger von Gueulemer. »Ihr wißt«, fuhr sie fort, »daß ich nicht dumm bin. Oft hält man mich dafür. Ich habe euch gelegentlich Dienste getan. Also ich habe mich erkundigt. Ihr würdet euch umsonst in Gefahr bringen. Ich schwöre euch, in dem Haus ist nichts zu machen.«

»Es sind Frauen allein drin«, sagte Gueulemer.

»Nein, die Personen sind ausgezogen.«

»Die Kerzen sind es noch nicht«, sagte Babet. Und er zeigte Eponine durch die Äste ein Licht, das in der Mansarde der Toussaint hin und her irrte. Die Toussaint war aufgeblieben, um nasse Wäsche aufzuhängen.

Eponine machte eine letzte Anstrengung. »Es sind sehr arme Leute«, sagte sie, »in der Bude da haben sie keinen Sou.«

»Geh zum Teufel!« rief Thénardier. » Wenn wir das Haus umgestülpt haben, den Keller nach oben und das Dachgeschoß nach unten, werden wir dir sagen, was drin ist und ob es Francs sind, Sous oder sonstwas!« Und er drängte sie weg, um an ihr vorbeizukommen.

»Mein lieber Freund Montparnasse«, sagte Eponine, »ich bitte dich, du bist ein guter Junge, geh nicht rein!«

»Paß auf, du wirst dir weh tun«, erwiderte Montparnasse.

Thénardier unterbrach mit seiner entschiedenen Schärfe: »Verschwinde, du Satan, und störe die Männer nicht!«

Eponine ließ die Hand von Montparnasse fallen. »Also ihr wollt in das Haus hinein?«

»So ein bißchen«, sagte der Bauchredner höhnisch.

Da lehnte sie sich an das Gitter, trotz der sechs bis an die Zähne bewaffneten Banditen, deren Gesichter die Nacht ins Dämonische verwandelte, und sagte mit fester und leiser Stimme: »Ich will aber nicht!«

Verblüfft wurden sie still. Nur der Bauchredner beendete seine höhnische Grimasse. »Freunde«, erklärte sie, »hört zu! Jetzt habe ich das Wort. Wenn ihr den Garten betretet, wenn ihr das Gitter anrührt, schreie ich, hämmere an die Türen, wecke die Leute, lasse euch alle verhaften, rufe die Polypen.«

»Sie ist dazu imstande«, flüsterte Thénardier Brujon und dem Bauchredner zu.

Sie schüttelte den Kopf. »Und der erste, der hops geht, wird mein Vater sein.« Thénardier stahl sich an sie heran. »Nicht so nahe auf den Leib, guter Mann«, sagte sie.

Er wich zurück und brummte zwischen den Zähnen: »Was hat sie nur?« Er beschimpfte sie: »Hündin!«

Sie lachte fürchterlich. »Wie ihr wollt! Aber eintreten werdet ihr nicht. Ich bin keine Hundstochter, weil mein Vater der Wolf ist. Sechs seid ihr, was schert mich das? Ihr seid Männer, und ich bin eine Frau. Ich habe keine Angst vor euch. Ich sage euch, daß ihr das Haus nicht betreten werdet, weil ich es nicht will. Schleicht ihr euch näher, dann belle ich. Der Hund, von dem ich gesprochen habe, bin ich. Ich pfeife auf euch. Trollt euch, ihr ödet mich an! Geht, wohin ihr wollt, aber nicht hierher, das verbiete ich euch! Wenn ihr mit Messern stecht, haue ich euch meine Pantoffeln in die Fresse, mir ist das eins, kommt!«

Sie ging einen Schritt auf die Banditen zu und lachte erschreckend auf. »Meiner Seel, ich habe keine Angst. Im Sommer werde ich hungern, im Winter frieren. Sind die spaßig, diese Dummköpfe, die Männer, daß sie glauben, ein Mädchen hat Furcht vor ihnen. Ach, eine schöne Furcht! Weil ihr eine Liebschaft mit Weibern habt, die so einfältig sind, daß sie unter das Bett kriechen, wenn ihr sie anbrüllt, was? Mich könnt ihr nicht ins Mauseloch jagen!« Sie maß Thénardier mit ihren dreisten Blicken.

»Nicht mal vor dir zittre ich, Vater!«

Sie ließ ihre blutunterlaufenen Gespensteraugen über die Banditen schweifen. »Was tut mir das, wenn man mich morgen in der Rue Plumet vom Pflaster aufhebt, von meinem Vater mit Dolchstichen getötet, oder wenn man mich in einem Jahr in den Reusen von Saint-Cloud findet oder an der Insel der Schwäne, inmitten alter, verfaulter Pfropfen und ertränkter Hunde!«

Sie mußte eine Pause einlegen, trockener Husten zwang sie dazu; ihr Atem entrang sich wie ein Röcheln ihrer engen, schwachen Brust. »Ich brauche nur zu schreien«, begann sie wieder, »und der Skandal geht los. Ihr seid sechs. Ich habe die ganze Welt für mich.«

Thénardier bewegte sich auf sie zu. »Bleib mir vom Leib!« schrie sie.

Er hielt inne und sagte in mildem Ton: »Also, ich komme dir nicht zu nahe, nur rede nicht so laut! Tochter, du willst uns an der Arbeit hindern? Aber wir müssen leben. Hast du denn gar kein kindliches Gefühl für deinen Vater?«

»Du langweilst mich«, sagte Eponine.

»Wir müssen uns doch beköstigen, wir müssen essen.«

»Krepiert!«

Dann setzte sich sich auf die Mauer unter dem Gitter und trällerte:

»Meinen molligen Arm,
meine zierliche Wade
und die Zeit, wie schade …«

Sie saß, den Ellbogen auf dem Knie und das Kinn in der Hand, und schwenkte mit gleichgültiger Miene ihren Fuß. Unter ihrem durchlöcherten Kleid wurden ihre mageren Schlüsselbeine sichtbar. Die Laterne neben ihr beleuchtete ihr Profil und umriß mit ihrer Helligkeit die Glieder des Mädchens. Ihre Haltung ließ Entschlossenheit erkennen.

Die sechs Strolche, sprachlos und wütend, daß ein Weib sie in Schach hielt, zogen sich in den Schatten der Laterne zurück und berieten sich mit gedemütigtem, zornigem Achselzucken. Sie indes betrachtete sie gelassen und abweisend.

»Sie hat etwas«, sagte Babet. »Irgendeinen Grund. Ist sie in den Hund verliebt? Und uns geht ein Fang verloren. Zwei Frauen, ein Alter, der in einem Hinterhof wohnt, viele Vorhänge an den Fenstern. Der Alte muß ein Jude sein. Ich glaube, die Sache ist gut.«

»Dann hinein mit euch!« rief Montparnasse. »Dreht das Ding! Ich warte hier mit dem Mädel, und wenn sie sich muckst …«

Er ließ das Messer, das er gezückt in seinem Ärmel trug, im Laternenlicht blinken. Thénardier sprach kein Wort und schien zu allem entschlossen.

Brujon, der ein wenig orakelhaft schwieg, hatte die Geschichte eingefädelt und dachte offenbar nach. Es hieß, daß er vor nichts zurückschrecke. Wie man wußte, hatte er nur aus Prahlerei eine Polizeistation ausgeplündert. Auch machte er Verse und Lieder, was ihm eine große Autorität verlieh. Babet forschte ihn aus. »Du sagst nichts, Brujon?«

Brujon blieb noch einen Moment stumm, dann schüttelte er in mehreren Variationen den Kopf, und endlich erhob er seine Stimme. »Also, ich habe heute früh zwei Spatzen getroffen, die miteinander kämpften. Heute abend renne ich gegen ein zänkisches Weib an. All das ist schlecht. Wir wollen gehn.« Daraufhin gingen sie.

Unterwegs murmelte Montparnasse: »Egal, hättet ihr gewollt, hätte ich zugestoßen.«

Babet erwiderte: »Ich nicht. Ich haue keine Dame.«

An der Straßenecke verhielten sie den Schritt; dann wechselten sie mit dumpfer Stimme einen geheimnisvollen Dialog.

»Wo schlafen wir heute nacht?«

»Unterhalb von Paris.«

»Hast du den Schlüssel von dem Gitter bei dir, Thénardier?«

»Jawohl.«

Eponine, die sie nicht aus den Augen ließ, sah, wie sie den Weg, den sie gekommen waren, zurückgingen. Sie stand auf und schlich hinter ihnen an Mauern und Häusern entlang. So folgte sie ihnen bis zum Boulevard.

Dort trennten sie sich, und sie sah, wie die sechs Männer in der Dunkelheit verschwanden, die sie aufzusaugen schien.

Dinge der Nacht

Nach dem Abgang der Banditen nahm die Rue Plumet wieder ihr ruhiges, nächtliches Aussehen an.

Der Vorfall eben auf dieser Straße hätte einen Wald nicht in Erstaunen gesetzt. Die hohen Bäume, das Dickicht, die Heide, die unentwirrbar verschlungenen Zweige und die schwankenden Gräser existieren auf eine düstere Weise. Das scheue Gewimmel hat dort plötzlich Erscheinungen des Unsichtbaren. Was unter dem Menschen ist, nimmt durch den Nebel wahr, was jenseits des Menschen ist; und die uns Lebenden unbekannten Dinge stehen einander in der Nacht gegenüber. Die sich sträubende wilde Natur erschreckt bei gewissen Annäherungen, in denen sie das Übernatürliche zu spüren meint. Die Kräfte des Dunkels kennen sich, und zwischen ihnen besteht ein geheimnisvolles Gleichgewicht. Zähne und Klauen fürchten sich vor dem Unfaßbaren. Die blutdürstige Roheit, die gefräßigen, hungrigen Begierden auf der Suche nach Beute, die mit Krallen und Kiefern bewaffneten Instinkte, die als Ursprung und Ziel nur den Bauch haben, sehen und wittern unruhig den gefühllosen, gespenstischen Umriß unter dem Leichentuch, der umherschweift, aufrecht in seinem fließenden, wehenden Gewand, und der ihnen ein totes, schreckliches Leben zu führen scheint. Die tierischen Geschöpfe, die nur Materie sind, ahnen dunkel, daß sie es mit der unermeßlichen, in einem unbekannten Wesen verdichteten Finsternis zu tun haben. Eine nachtschwarze Gestalt verlegt dem wilden Tier den Weg und hält es auf in seinem Lauf. Was vom Friedhof kommt, schüchtert ein und verwirrt das, was aus der Höhle kommt. Das Grausame hat Furcht vor dem Unheilvollen, und Wölfe weichen der Begegnung mit einem Dämon aus.

Marius wird wieder zuverlässig und gibt Cosette seine Adresse

Indes die Hündin in Menschengestalt vor dem Gitter wachte und die sechs Banditen vor einem jungen Mädchen flüchteten, saß Marius neben Cosette. Nie war der Himmel dichter besternt gewesen und zauberhafter. Nie hatten die Bäume sehnsüchtiger gebebt und die Gräser durchdringender geduftet. Nie waren die Vögel mit zarterem Geräusch in den Blättern eingeschlafen. Nie hatten die Harmonien der allgemeinen Heiterkeit auf die innere Musik der Liebe besser geantwortet. Nie war Marius leidenschaftlicher gewesen, glücklicher, überschwenglicher. Aber er hatte Cosette in Trauer gefunden. Cosette hatte geweint. Ihre Augen waren gerötet. Es war die erste Wolke in diesem wunderbaren Traum.

»Was hast du?« fragte Marius.

»Ich werde es dir sagen«, entgegnete sie. Dann setzte sie sich auf die Bank neben der Treppe, und indes er sich zitternd an ihrer Seite niederließ, eröffnete sie ihm: »Mein Vater hat mir heute morgen gesagt, ich solle bereit sein, er habe Geschäfte, wir würden wohl reisen.«

Marius erschauerte vom Kopf bis zu den Füßen. Ist man am Ende des Lebens, heißt sterben abreisen; ist man an seinem Beginn, heißt abreisen sterben. Seit sechs Wochen nahm er, allmählich, langsam, in steigendem Grade Besitz von Cosette. Es war eine ganz ideale, aber tiefe Besitznahme. Wie wir bereits erklärten, wird bei der ersten Liebe die Seele lange vor dem Körper genommen. Später wird der Körper lange vor der Seele und die Seele mitunter überhaupt nicht genommen. Die Faublas' und Prudhommes fügen hinzu: Weil es keine gibt. Doch dieser beißende Spott ist zum Glück eine Lästerung. Marius besaß also Cosette, wie überirdische Wesen besitzen, aber er umgab sie mit seiner ganzen Seele und beanspruchte sie eifersüchtig und unglaublich überzeugt. Er besaß ihr Lächeln, ihren Hauch, ihren Duft, das Strahlen ihrer blauen Augen, die Weichheit ihrer Haut, wenn er ihre Hand erfaßte, das reizende Mal, das sie am Halse hatte, und all ihr Denken. Sie hatten vereinbart, nie zu schlafen, ohne voneinander zu träumen, und sich Wort gehalten. Er besaß mithin alle Träume Cosettes. Unablässig betrachtete er die kleinen Locken an ihrem Nacken, und manchmal berührte sein Atem sie, und er versicherte sich, jedes dieser Härchen sei ihm, Marius, zu eigen. Er verehrte, was sie trug, die Schleife ihrer Bänder, ihre Handschuhe, ihre Manschetten, ihre Schnürstiefel, als geheiligte Gegenstände, deren Herr er war. Er hielt sich für den Besitzer dieser hübschen Schildpattkämme, die sie im Haar trug, und er sagte sich überdies – heimliches und verworrenes Stammeln der Wollust, die sich Bahn brach –, daß es kein Band an ihrem Kleid, keine Masche in ihren Strümpfen, keine Falte in ihrem Mieder gab, die nicht ihm gehörten. An Cosettes Seite wähnte er sich nahe seinem Eigentum, nahe seiner Despotin und seiner Sklavin. Es war, als seien ihre Seelen so miteinander verquickt, daß sich, hätten sie sie zurückhaben wollen, nicht mehr feststellen ließ, welche wem gehörte. »Das ist meine.« – »Nein, das ist meine.« – »Du irrst, das bin doch ich.« – »Was du für dich hältst, bin ich.« Marius war ein Teil von Cosette und Cosette ein Teil von Marius. Er fühlte sie in sich leben. Cosette haben, Cosette besitzen war für ihn nichts anderes als atmen. Mitten in diesen Glauben, in diesen Rausch, in dieses unschuldige, unerhörte und völlige Besessenheit, in dieses alles beherrschende Gefühl fielen nun unvermittelt die Worte: »Wir werden reisen«, und die unholde Stimme der Wirklichkeit rief ihm zu: Cosette ist nicht dein.

Marius erwachte. Seit sechs Wochen lebte er, wir sagten es schon, außerhalb des Lebens. Das Wort »reisen« ließ ihn jäh zurückfinden.

Er war sprachlos. Cosette empfand, wie kalt seine Hand plötzlich geworden war, und fragte ihrerseits: »Was hast du?«

Er erwiderte so leise, daß Cosette ihn kaum hörte: »Ich habe nicht begriffen, was du sagtest.«

»Heute morgen«, sagte sie, »hat mein Vater mir erklärt, ich solle all meine kleinen Angelegenheiten ordnen, er werde mir seine Leibwäsche geben, um sie zu verpacken, er sei zu einer Reise genötigt, ich solle ihn begleiten, wir brauchten einen großen Koffer für mich und einen kleinen für ihn, alles müsse in einer Woche erledigt sein, unsere Reise werde wohl nach England gehen.«

»Das ist ungeheuerlich!« rief Marius. In diesem Augenblick war für ihn keine Willkür, keine Gewalttat, kein Frevel der verruchtesten Tyrannen, kein Verbrechen von Busiris, Tiberius oder Heinrich VIII. so grausam wie die Ankündigung des Herrn Fauchelevent, seine Tochter müsse mit ihm nach England, weil er dort Geschäfte habe.

Mit zaghafter Stimme fragte er: »Wann werden Sie abreisen?«

»Wann, hat er nicht gesagt.«

»Und wann werden Sie zurückkehren?«

»Auch das hat er nicht gesagt.«

Marius erhob sich und fragte kalt: »Cosette, folgen Sie ihm?«

Sie richtete ihre schönen, angstvollen Augen auf ihn und erwiderte verstört: »Wohin?«

»Nach England, fahren Sie mit ihm?«

»Weshalb, sagst du Sie zu mir?«

»Ich will wissen, ob Sie fahren werden.«

»Was soll ich denn tun?« sagte sie und faltete die Hände.

»Also Sie folgen ihm?«

»Wenn mein Vater hinfährt?«

»Dann fahren auch Sie?«

Cosette haschte nach der Hand von Marius und drückte sie schweigend. »Gut«, sagte er, »ich werde anderswohin gehen.«

Sie fühlte den Sinn dieser Worte noch mehr, als daß sie ihn faßte. Sie erbleichte so heftig, daß ihr Gesicht in der Dunkelheit weiß wurde. Sie stammelte: »Was willst du damit sagen?«

Marius blickte sie an, dann richtete er langsam die Augen himmelwärts und entgegnete: »Nichts.«

Als er seine Wimpern niederschlug, sah er, daß Cosette ihm zulächelte. Das Lächeln einer geliebten Frau hat eine Helligkeit, die die Nacht überwindet. »Wie töricht sind wir!« flüsterte sie. »Marius, ich habe eine Idee.«

»Nämlich?«

»Reise, sobald wir reisen! Ich werde dir sagen, wohin. Such mich dort auf, wo ich sein werde!«

Marius war jetzt ganz wach. Er lebte wieder in der Wirklichkeit. »Mit euch reisen!« rief er. »Bist du wahnsinnig? Dazu muß man Geld haben, und ich habe keins. Nach England reisen! Ich schulde jetzt Courfeyrac, einem Freund von mir, den du nicht kennst, über zehn Louisdor, glaube ich. Ich habe einen alten Hut, der nicht drei Francs wert ist, einen Frack, dem vorn Knöpfe fehlen, mein Hemd ist völlig zerrissen, an den Ellbogen ist es aufgescheuert, meine Stiefelsohlen lassen Wasser durch, seit sechs Wochen habe ich das nicht beachtet und es dir nicht gesagt. Cosette, ich bin ein unglücklicher Mann. Du siehst mich nur nachts und schenkst mir deine Liebe. Sähest du mich bei Tag, würdest du mir einen Sou schenken. Nach England reisen! Ich kann ja nicht einmal die Paßgebühr bezahlen.«

Er lehnte sich an einen nahen Baum und stand dort, die Arme über dem Kopf, die Stirn an der Rinde. Er fühlte nicht, wie das Holz ihm die Haut abschürfte, er empfand nicht, wie das Fieber ihm hämmernd gegen die Schläfen raste. Ohnmacht bedrohte ihn. Fast wäre er umgefallen, eine Statue der Verzweiflung.

So blieb er unbeweglich stehen. In solchen Abgründen verharrt man eine Ewigkeit. Dann endlich wandte er sich um. Er hörte hinter sich ein ersticktes, leises und trauriges Geräusch. Es war Cosette, die schluchzte. Seit über zwei Stunden weinte sie neben Marius, der vor sich hin grübelte. Er ging auf sie zu, er sank in die Knie, und indem er sich langsam ausstreckte, nahm er die Spitze ihres Fußes, die unter ihrem Kleid hervorsah, und küßte sie. Stumm ließ sie das geschehen. Es gibt Augenblicke, in denen die Frau wie eine düstere und in ihr Schicksal ergebene Göttin die Religion der Liebe hinnimmt.

»Weine nicht!« sagte er.

Sie murmelte: »Vielleicht werde ich reisen, und du kannst nicht nachkommen!«

Er fragte sie: »Liebst du mich?«

Sie entgegnete, indem sie schluchzend das paradiesische Wort aussprach, das nie bezaubern aber ist als durch Tränen hindurch: »lch bete dich an!«

Er drängte sie mit einem Klang der Stimme, der voll unsagbarer Zärtlichkeit war: »Weine nicht! Willst du mich glücklich machen und nicht weinen?«

»Liebst du mich?« erwiderte sie.

Er griff nach ihrer Hand. »Cosette, nie habe ich jemandem mein Ehrenwort gegeben, weil ich mich davor fürchtete. Ich weiß, daß mein Vater um mich ist. Nun, ich gebe dir mein heiligstes Ehrenwort, daß ich sterben werde, sobald du von mir gehst.«

ln dem Ton, in dem er diese Worte äußerte, war eine so feierliche und so beruhigte Schwermut, daß Cosette zitterte.

Sie fühlte die Kälte, die ein düsteres, wahres Erlebnis der Seele bewirkt, wenn es uns anweht. Vor Erschütterung ließ sie davon ab, zu weinen.

»Jetzt höre!« sagte er. »Morgen erwarte mich nicht!«

»Warum?«

»Erwarte mich nicht vor übermorgen!«

»Oh, warum?«

»Du wirst es sehen.«

»Einen Tag ohne dich? Unmöglich!«

»Opfern wir einen Tag, um vielleicht das ganze Leben zu gewinnen!« Mit gedämpfter Stimme und wie beiseite setzte Marius hinzu: »Dieser Mann ändert seine Gewohnheiten nicht. Er hat stets nur abends empfangen.«

»Von welchem Mann redest du da?« fragte Cosette.

»Ich? Ich habe nichts gesagt.«

»Was erhoffst du?«

»Warte bis übermorgen!«

»Du willst es?«

»Ja, Cosette.«

Sie nahm seinen Kopf in ihre Hände, stellte sich auf die Fußspitzen, um so groß wie er zu sein, und suchte seine Hoffnung in seinen Augen zu lesen.

»Ich erinnere mich eben daran«, sagte Marius, »du bedarfst meiner Adresse, es kann sich dieses oder jenes ereignen. Ich habe mein Quartier bei meinem Freund Courfeyrac, Rue de la Verrerie sechzehn.«

Er suchte in seiner Tasche, holte ein Federmesser hervor und schrieb mit der Klinge auf den Mauergips: 16 Rue de la Verrerie.

Indessen schaute Cosette ihm wieder in die Augen. »Sag mir, was du dir denkst! Marius, an irgend etwas denkst du, sage es mir, damit ich eine gute Nacht verbringe!«

»Mein Gedanke ist, daß Gott mitnichten die Absicht haben kann, uns zu trennen. Erwarte mich übermorgen!«

»Was soll ich bis dahin tun?« fragte Cosette. »Du bist draußen, du kommst und gehst. Wie erfreulich ist das Los der Männer! Ich werde ganz allein bleiben. Oh, wie betrübt werde ich sein! Was also wirst du morgen abend anfangen?«

»Ich werde etwas versuchen.«

»Dann werde ich von hier aus deiner gedenken und Gott bitten, daß dein Versuch gelingen möge. Ich frage dich nicht mehr aus, da du es nicht willst. Du bist mein Herr. Morgen abend werde ich die Melodien der ›Euryanthe‹ singen, die du liebst und denen du eines Abends gelauscht hast, als sie hinter meinem Fensterladen ertönten. Aber übermorgen komme zeitigt! Ich werde dich, wenn es Nacht wird, erwarten, um neun Uhr genau. Mein Gott, wie traurig, daß die Tage so lang sind! Vergiß nicht, pünktlich neun Uhr werde ich im Garten sein.«

»Und auch ich.«

Und ohne daß sie es sich zuriefen, stürzten sie, von demselben Gedanken erfüllt, von dem elektrischen Strom getrieben, der zwei Liebende ständig verbindet, von Wollust noch in ihrem Schmerz berauscht, einander in die Arme. Sie hatten nicht bemerkt, daß ihre Lippen sich trafen, während sie mit hocherhobenen Blicken, die tränenreich von Ekstase überflossen, die Sterne betrachteten.

Als Marius wegging, war die Straße leer. Das war der Moment, in dem Eponine den Banditen bis auf den Boulevard folgte.

Indes Marius, den Kopf gegen den Baum gelehnt, träumte, hatte ein Einfall seinen Geist durchblitzt. Ihm selbst, ach!, schien er unsinnig und unausführbar. Aber er hing ihm mit krampfhafter Entschlossenheit nach.

Das alte und das junge Herz

Der Vater Gillenormand zählte zu dieser Zeit volle einundneunzig Jahre. Er wohnte noch immer mit Fräulein Gillenormand in der Rue des Filles-du-Calvaire Nummer 16, in dem alten Haus, das ihm gehörte. Er war einer jener uralten Greise, die den Tod aufrecht erwarten, die das Alter belastet, ohne sie zu krümmen, und die auch der Gram nicht beugt.

Seit kurzem indes sagte seine Tochter: »Mit meinem Vater geht es abwärts.« Er ohrfeigte die Mägde nicht mehr. Er pochte nicht mehr so ungestüm mit dem Spazierstock auf den Treppenabsatz, wenn Basque ihm säumig öffnete. Über die Julirevolution hatte er sich kaum sechs Monate entrüstet. Beinahe mit Gelassenheit hatte er im »Moniteur« die Wortzusammenstellung gelesen: Herrn Humblot-Conté, Pair von Frankreich. Im Geist war der Greis völlig niedergeschlagen. Er gab nicht nach, er kapitulierte nicht, das widersprach seiner körperlichen Verfassung wie seiner seelischen. Aber er fühlte sich im Innersten zusammenbrechen. Seit vier Jahren erwartete er Marius, festen Fußes (die Wendung kann man von ihm wohl gebrauchen) und überzeugt, der kleine Taugenichts werde an einem Tage oder einem anderen wieder an der Tür läuten. Jetzt war er in gewissen düsteren Stunden so weit, daß er sich sagte, wenn Marius nur ein wenig noch auf sich warten lasse ... und unerträglich war ihm hierbei nicht der Tod, sondern der Gedanke, er werde Marius unter Umständen nicht mehr sehen. Bisher war diese Idee ihm nie durch den Kopf gegangen. Jetzt aber tauchte sie auf, und sein Blut gerann zu Eis.

Die Abwesenheit hatte, wie immer im Fall natürlicher, echter Gefühle, seine großväterliche Liebe zu dem undankbaren Kind, das auf und davon gegangen war, nur noch gesteigert. In Dezembernächten, bei zehn Grad Kälte, erinnert man sich am meisten der Sonne.

Herr Gillenormand war, oder er glaubte das, um nichts in der Welt fähig, dem Enkel einen Schritt entgegenzukommen. Er war doch der Ahnherr und sagte sich: »Lieber krepieren!« Er maß sich kein Unrecht bei, aber er dachte an Marius nur mit tiefer Rührung und mit der stummen Verzweiflung eines alten Mannes, der den Weg in die Finsternis antritt.

Er begann, auch seine Zähne zu verlieren, was seine Trauer noch mehrte.

Herr Gillenornand hatte, ohne daß er es sich selbst bekannte, denn er hätte es einzig mit Wut und Scham getan, niemals eine Mätresse so geliebt, wie er Marius liebte.

In seinem Zimmer, dem Kopfende seines Bettes gegenüber, hatte er als das erste, was er beim Erwachen sehen wollte, ein altes Bild seiner anderen Tochter aufhängen lassen, der verstorbenen Frau Pontmercy, ein Bild, das gemalt worden war, als sie im achtzehnten Lebensjahr stand. Unaufhörlich betrachtete er es. Eines Tages äußerte er, als er hinschaute: »Mir scheint, er ähnelt ihr.«

»Meiner Schwester?« fragte Fräulein Gillenormand. »Jawohl.«

»Und ihm auch«, sagte der Greis.

Einmal, als er, die beiden Knie gegeneinandergestemmt, die Augen fast geschlossen, in müder Haltung dasaß, hatte seine Tochter den Mut, ihn zu fragen: »Vater, zürnen Sie ihm noch immer so?« Sie stockte und wagte nicht weiterzusprechen.

»Wem?« fragte er.

»Dem armen Marius.«

Er hob seinen alten Kopf, legte seine abgemagerte, runzlige Hand auf den Tisch und rief in gereizten, pathetisch schwingenden Tönen: »Dem armen Marius, sagst du. Der Herr ist ein Bengel, ein Lump, eitel und undankbar, ohne Herz, ohne Seele, hoffärtig und böse.« Und er drehte sich um, damit seine Tochter die Tränen in seinen Augen nicht sah.

Drei Tage danach entriß er sich einem Schweigen, das seit vier Stunden dauerte, und sagte plötzlich zu seiner Tochter: »Ich hatte die Ehre, Fräulein Gillenormand zu bitten, sie möge ihn nie mehr vor mir erwähnen.«

Die Tante Gillenormand verzichtete auf jeden Gegenversuch und stellte bei sich die tiefe Diagnose: Mein Vater hat meine Schwester seit ihrer Dummheit nie sehr geliebt. Sicherlich verabscheut er Marius. Seit ihrer Dummheit, das bedeutet: seit ihrer Heirat mit dem Obersten.

Übrigens war Fränlein Gillenormand bei ihrem Unternehmen gescheitert, Marius durch ihren Günstling, den Lancier-Offizier, zu ersetzen. Théodule, der Vertreter, hatte keinen Erfolg gehabt. Herr Gillenormand hatte sich mit dem Tausch nicht befreundet. Die Leere des Herzens läßt sich durch einen Lückenbüßer nicht beschwichtigen. Théodule seinerseits witterte die Erbschaft, aber die Fron, sich lieb Kind zu machen, widerstrebte ihm. Der alte Mann langweilte den Offizier, und der Offizier war dem alten Mann lästig. Der Leutnant Théodule war zweifellos vergnügt, über schwatzhaft; frivol, aber platt; ein Lebemann, aber mit unfeinen Manieren. Er hatte Mätressen, gewiß und redete viel von ihnen, auch das ist gewiß; aber er redete ihnen Übles nach. Jeder seiner Vorzüge wurde durch einen Mangel aufgewogen. Es war Herrn Gillenormand sehr lästig, ihn von irgendwelchen Abenteuern erzählen zu hören, die er um seine Kaserne herum in der Rue Babylone gehabt hatte. Auch kam der Leutnant Gillenormund manchmal in Uniform mit der blauweißroten Kokarde. Dadurch wurde er schlechterdings unmöglich. Der Vater Gillenormand hatte seiner Tochter zuletzt mitgeteilt: »Deinen Théodule habe ich satt. Militärs interessieren mich in Friedenszeiten wenig. Willst du, so kannst du ihn ja bei dir empfangen. Ich weiß nicht, ob mir die Säbelhelden nicht doch sympathischer als die Säbelraßler sind. Das Schwertgetöse in der Schlacht ist bei allem nicht so kläglich wie das Klirren der Scheiden auf dem Pflaster. Sich in die Brust schmeißen wie ein Bramarbas und sich schnüren wie ein Frauenzimmer, ein Korsett unter dem Küraß haben ist zwiefach lächerlich. Ein richtiger Mann hält sich gleich fern von geschwollenem Prahlen wie von Zimperlichkeit, ist weder Schlagetot noch Süßmeier. Werde du mit deinem Théodule selig!«

Umsonst wandte seine Tochter ein: »Er ist aber doch Ihr Großneffe.« Es ergab sich, daß Herr Gillenormand, Großvater bis zum Weißen unter dem Nagel, überhaupt kein Großonkel war. Im Grunde hatte, da er gescheit war und verglich, Théodule ihm nur dazu gedient, Marius noch mehr zu vermissen.

Eines Abends, am vierten Juni, was nicht hinderte, daß bei dem Vater Gillenormand ein sehr gutes Feuer im Kamin brannte, hatte er seine Tochter bereits verabschiedet. Sie nähte im Nachbarzimmer. Er saß allein in seinem Gemach mit den Schäferszenen, die Füße auf den Feuerböcken, halb verborgen hinter seinem umfassenden, neunblättrigen Wandschirm von Koromandellack, auf seinen Tisch gestützt, auf dem zwei Kerzen unter einem grünen Lampenhütchen brannten, versunken in seinem bestickten Stuhl. Er hatte ein Buch in der Hand, las aber nicht. Nach seiner Mode war er als Incroyable gekleidet, und er gemahnte an ein altes Porträt von Garat. Auf den Straßen wäre man ihm, hätte er sich so gezeigt, nachgelaufen, aber seine Tochter hüllte ihn in einen weiten Bischofsmantel von wattierter Seide, unter dem man seine Kleider nicht sah. Zu Hause trug er nur, morgens beim Toilette machen und ehe er zu Bett ging, einen Schlafrock. »Mit so was sieht man alt aus«, sagte er.

Der Vater Gillenormand dachte verliebt und voll Bitterkeit an Marius, und wie zumeist war die Bitterkeit in ihm stärker. Immer wallte seine beleidigte Zärtlichkeit auf und wurde zu Empörung. Es blieb ihm keine Wahl, als sich zu entscheiden und das hinzunehmen, was ihn zerriß. Er mußte sich klarwerden, daß Marius jetzt wohl nicht mehr zurückkehrte, daß er, fände er sich wieder ein, es schon getan hätte und daß Entsagung unvermeidlich war. Er suchte sich an den Gedanken zu gewöhnen, alles sei aus und er werde sterben, ohne »den Herrn« noch einmal gesehen zu haben.

Aber sein ganzer Charakter lehnte sich dagegen auf; seine alte Vaterschaft sträubte sich einzuwilligen. »Wie?« so lautete sein schmerzlicher Refrain: »Er kommt nicht mehr!« Sein kahler Kopf war ihm auf die Brust hinabgesunken, und mit bekümmertem, unruhigem Blick starrte er in die Asche seines Kamins.

In der tiefsten Träumerei wurde er von Basque, seinem alten Diener, gestört, der eintrat und ihn fragte: »Kann Herr Marius den Herrn sprechen?«

Der Greis richtete sich in seinem Stuhl auf, blaß und wie ein Leichnam, der unter einer galvanischen Erschütterung dem Grab entsteigt. All sein Blut war zu seinem Herzen zurückgeströmt. Er stammelte: »Was für ein Herr Marius?«

»Ich weiß nicht«, antwortete Basque, eingeschüchtert und über die Miene seines Gebieters fassungslos, »ich habe ihn nicht gesehen. Nicolette hat mir eben gesagt: ›Es ist ein junger Mann da, sagen Sie, es sei Herr Marius.‹ «

Vater Gillenormand stammelte wieder: »Soll reinkommen.« Und er veränderte seine Haltung nicht, mit wackligem Kopf, die Augen immerzu an der Tür, Sie öffnete sich abermals. Ein junger Mensch trat in die Tür. Es war Marius. Er stand da, als warte er, daß er zum Eintritt aufgefordert werde. Daß seine Kleidung nahezu kläglich war, sah man in dem Zwielicht der bedeckten Kerzen nicht. Nur sein stilles, ernstes, aber seltsam trauriges Antlitz war zu erkennen.

Von Verblüffung und Freude wie gelähmt, zögerte Vater Gillenormand einige Minuten, in denen er nichts unterschied als eine Helligkeit, wie sie von Überirdischem ausgeht. Fast schwand ihm die Besinnung. Er gewahrte Marius nur, als wäre er geblendet. Er war es, es war Marius. Endlich, nach vier Jahren. Er prüfte ihn sozusagen mit einem einzigen Blick. Er fand ihn schön, von edlen Zügen und vornehmem Wesen, größer als damals, ein ganzer Mann, von schicklichem Betragen und reizend in der Erscheinung. Gern hätte er die Arme ausgebreitet, ihn gerufen, wäre er zu ihm geeilt. Er verging vor Entzücken, liebevolle Worte schwellten seine Brust und bahnten sich den Weg zu den Lippen, und da er seiner Art nach sich von jeher in Kontrasten bewegte, war das, was in diesem Kampf zuerst laut wurde, eine Härte: »Was willst du hier?« fragte er rauh.

Marius erwiderte befangen: »Mein Herr ...« Herr Gillenormand hätte gewünscht, Marius möge sich ihm in die Arme werfen. Er war unzufrieden mit ihm und mit sich selbst. Er fühlte, daß er barsch und Marius kalt war. Mit quälender Angst empfand er, daß er, innerlich zärtlich und wehmütig, nach außen hin so abweisend sein mußte. Wieder überwältigte ihn Bitterkeit. Gröblich unterbrach er Marius: »Also weshalb bist du gekommen?« Er war enttäuscht, daß sein Enkel sich so zurückhielt.

Marius schaute dem Großvater in das marmorblasse Gesicht. »Mein Herr ...«

»Willst du mich um Verzeihung bitten?« fragte mit strenger Stimme der Greis. »Bist du dir deines Unrechts bewußt?«

Er glaubte Marius dadurch einen Wink zu geben und hoffte, »das Kind« werde Reue bekunden. Marius erschauerte. Man wollte, daß er seinen Vater verleugnete. Er schlug die Augen nieder und entgegnete: »Nein, mein Herr.«

»Was willst du dann von mir?« rief der Greis in schneidendem Schmerz und in Zorn.

Marius faltete die Hände, ging einen Schritt vor und sagte mit schwacher, zitternder Stimme: »Mein Herr, haben Sie Mitleid mit mir!«

Die Worte wühlten Herrn Gillenormand auf. Hätte Marius sie früher gesagt, so hätte er ihn gerührt, aber er brachte sie zu spät heraus. Der Großvater erhob sich, er stützte sich mit beiden Händen auf seinen Stock, seine Lippen waren weiß, sein Kopf wackelte, aber mit seinem hohen Wuchs überragte er Marius, der sich beugte.

»Mitleid mit Ihnen, mein Herr! Der Jüngling bittet den einundneunzigjährigen Greis um Erbarmen! Du trittst in das Leben ein, ich verlasse es. Du gehst ins Theater, zum Ball, ins Café, zum Billard, du hast Geist, du gefällst den Frauen, du bist ein hübscher Junge. Ich spucke mitten im Sommer auf das brennende Holz in meinem Kamin. Du bist reich an dem einzigen Reichtum, den es gibt, und ich mit jeder Armut des Alters behaftet, mit Schwäche und Vereinsamung. Du hast deine zweiunddreißig Zähne, einen guten Magen, ein scharfes Auge, Kraft, Appetit, Gesundheit, Heiterkeit, einen Wald von schwarzen Haaren. Ich habe auch kein weißes Haar mehr, ich habe meine Zähne verloren, ich verliere meine Beine, ich verliere das Gedächnis, in einem fort verwechsle ich drei Straßennamen, die Rue Charlot, die Rue Chaume und die Rue Saint-Claude, so weit bin ich. Du hast die ganze Zukunft vor dir im Sonnenglanz, ich sehe bald nichts mehr, so finster wird es um mich. Du bist verliebt, natürlich, ich werde von niemandem auf der Welt geliebt, und du bittest mich um Mitleid! Zum Teufel, das hat Molière vergessen. Wenn Sie sich solche Scherze im Justizpalast leisten, meine Herren Anwälte, so mache ich Ihnen mein aufrichtiges Kompliment. Ihr seid spaßig.« Und noch einmal fragte der Neunzigjährige mit grimmiger, ernster Stimme: »Was willst du von mir?«

»Mein Herr«, sagte Marius, »ich weiß, daß meine Anwesenheit Ihnen mißfällt, aber ich komme nur, Sie um etwas zu bitten, und dann gehe ich gleich wieder.«

»Dummkopf!« sagte der Greis. »Wer verlangt denn, daß du gleich wieder gehst?«

Das war die Übersetzung der zärtlichen Worte, die er im Grunde seines Herzens verschloß: So bitte mich doch um Verzeihung, wirf dich mir an den Hals! Herr Gillenormand merkte, daß Marius sich in ein paar Augenblicken entfernen würde, daß die unfreundliche Aufnahme ihn abstieß, daß seine Härte ihn verjagte. Er sagte sich all das, und sein Schmerz wurde nur größer, und da dieser Schmerz sich sogleich in Wut verwandelte, wurde auch seine Härte noch schlimmer. Er hätte gewollt, daß Marius begreife, und Marius begriff nicht; das fachte seinen Jähzorn an.

»Wie denn!« begann er von neuem. »Du hast gegen mich, deinen Großvater, gefehlt, du hast mein Haus verlassen, um irgendwohin zu gehen, deine Tante war deinetwegen untröstlich. Warum du dich so benimmst, das kann man erraten. Es ist er quicklicher, eine Junggesellenexistenz zu führen, den Stutzer zu spielen, nachts zu bummeln, solange man will, sich zu amüsieren. Du hast mir kein Lebenszeichen gegeben, du hast Schulden gemacht und mich nicht gebeten, sie zu bezahlen, du bist ein Raufbold geworden und ein Lärmmacher, und nach vier Jahren erscheinst du hier und hast mir nicht mehr zu sagen.«

Die gewaltsame Manier, von dem Enkel Zärtlichkeiten zu erzwingen, reizte Marius nur zu fortdauerndem Schweigen. Herr Gillenormand kreuzte die Arme, wodurch er besonders gebieterisch wirkte, und redete Marius voll Herbheit an: »Kommen wir zu Ende! Du möchtest mich um etwas bitten, nicht wahr? Also was ist? Sprich!«

»Mein Herr«, sagte Marius mit dem Blick eines Menschen, der weiß, daß er in einen Abgrund springt, »ich suche um Ihre Erlaubnis nach zu heiraten.«

Herr Gillenormand läutete. Basque öffnete die Tür halb. »Bitten Sie meine Tochter herunter!«

Eine Sekunde darauf öffnete die Tür sich wieder. Fräulein Gillenormand trat nicht ein, aber sie zeigte sich. Marius stand stumm, mit hängenden Armen und einem Verbrechergesicht. Herr Gillenormand schritt in dem Raum hin und her. Er wandte sich nach seiner Tochter um und sagte: »Nichts. Es ist Marius. Begrüße ihn! Er möchte heiraten. So. Nun geh!«

Der knappe, rauhe Klang der Greisenstimme kündigte Erregung an. Die Tante sah verstört auf Marius, es war, als erkenne sie ihn kaum. Sie ließ sich keine Geste und keine Silbe entschlüpfen und verschwand auf einen Hauch ihres Vaters schneller als ein Strohhalm vor einem Orkan.

Vater Gillenormand war inzwischen umgekehrt und lehnte sich an den Kamin. »Heiraten! Mit einundzwanzig Jahren! Du hast das schon vorbereitet. Du brauchst nur eine Genehmigung. Eine Formalität. Setzen Sie sich, mein Herr! Ihr hattet eine Revolution, seit ich nicht die Ehre hatte, dich zu sehen. Die Jakobiner haben gesiegt. Ihr wart zweifellos zufrieden. Bist du nicht Republikaner, seit du Baron bist? Du verstehst das wohl zu vereinigen. Die Republik ist die beste Sauce für die Baronie. Haben Sie einen Juli-Orden? Haben Sie ein bißchen den Louvre gestürmt, mein Herr? In einem Haus, ganz nahe von hier, in der Rue Saint-Antoine, gegenüber der Rue des Nonnains-d'llyères, ist in die Mauer des dritten Stockes eine Kugel eingelassen mit dem Datum: 28. Juli 1830. Sieh dir das an! Es macht sich gut. Ach, sie sind erfinderisch, Ihre Freunde! Bauen sie nicht jetzt einen Brunnen an dem Platz, wo das Denkmal des Herzogs von Berry war? Also du willst heiraten? Wen denn? Darf man, ohne indiskret zu sein, sich erkundigen?«

Nach einer Pause, aber bevor Marius Zeit gehabt hatte, zu antworten, fügte er heftig hinzu: »Hast du denn einen Beruf? Hast du ein Vermögen erworben? Wieviel verdienst du mit deinen Anwaltsgeschäften?«

»Nichts«, entgegnete Marius in fast unbändigem Starrsinn.

»Nichts? Du lebst nur von den zwölfhundert Francs, die du von mir hast?«

Marius blieb stumm. Herr Gillenormand sagte: »Also ist das Mädchen reich?«

»Wie ich.«

»Was? Keine Mitgift?«

»Nein.«

»Nichts zu erben?«

»Ich glaube nicht.«

»Splitternackt! Und was ist der Vater?«

»Ich weiß nicht.«

»Und wie ist ihr Name?«

»Fräulein Fauchelevent.«

»Fauche – was?«

»Fauchelevent.«

»Tttt!« machte der Greis.

»Mein Herr!« protestierte Marius.

Herr Gillenormand unterbrach ihn, so lässig, als spreche er mit sich selbst: »Also einundzwanzig Jahre, kein Beruf, zwölfhundert Francs jährlich, die Frau Baronin Pontmercy wird bei der Gemüsefrau für zwei Sous Petersilie kaufen.«

»Mein Herr«, fing Marius nochmals an, in der Ratlosigkeit darüber, daß seine letzte Hoffnung sich verflüchtigte, »ich bitte Sie flehentlich, ich beschwöre Sie um Himmels willen, mit gefalteten Händen, mein Herr, ich falle Ihnen zu Füßen, erlauben Sie mir, das Fräulein zu heiraten!«

Der Greis stimmte ein zischendes, unheilvolles Gelächter an, und dabei hustete und redete er: »Ah! Ah! Du hast dir gedacht: Verdammt! Ich werde zu der alten Perücke gehen, zu dem verrückten Hanswurst! Wie schade, daß ich nicht fünfundzwanzig bin! Dann würde ich ihm eine gehörige, respektvolle Aufforderung hinschmettern, und sonst könnte er mich gern haben. Na, tut nichts, ich sage ihm: Alter Trottel, du bist ja allzu glücklich, mich zu sehen, ich bin heiratslustig, ich möchte Fräulein Soundso heiraten, die Tochter des Herrn Soundso, ich habe keine Schuhe, sie hat kein Hemd, das paßt gut zusammen, ich werde meine Karriere ins Wasser schmeißen, meine Zukunft, meine Jugend, mein Leben, ich möchte ins Elend untertauchen, mit einer Frau als Mühlstein, das ist so meine Idee, du mußt einwilligen! Und der alte Trottel wird einwilligen. Geh, mein Junge, ganz wie du das vorhast, binde dir den Stein um den Hals, heirate deine Pousselevent, deine Coupelevent … niemals, mein Herr, niemals!«

»Mein Vater!«

»Niemals!«

Der Ton, den Herr Gillenormand diesem »Niemals!« gab, raubte Marius alle Hoffnung. Langsam durchquerte er das Zimmer, den Kopf gebeugt, taumelnd, mehr einem Sterbenden ähnlich als einem, der scheidet. Sein Großvater folgte ihm mit den Augen, und gerade als Marius die Tür öffnete, um zu gehen, näherte er sich ihm um vier Schritte mit der zappligen Schwäche hitziger, verwöhnter Greise, packte Marius am Kragen, zog ihn energisch in das Zimmer zurück, schleuderte ihn auf einen Sessel und sagte: »Erzähle!« Das Wort »Vater«, das Marius über die Lippen gekommen war, hatte genügt, diesen Umschwung herbeizuführen.

Marius sah ihn verwirrt an. Das bewegliche Gesicht des Herrn Gillenormand hatte nur noch den Ausdruck einer unsäglichen, rauhen Gutmütigkeit. Der Ahnherr war völlig zum Großvater geworden. »Also sprich, erzähle von deiner Liebschaft, plappere mir etwas vor, sage mir alles! Zum Teufel! Wie dumm doch ein junger Mann ist!«

»Mein Vater«, wiederholte Marius.

Das Antlitz des Greises erstrahlte von seligem Leuchten. »Ja, recht so! Nenne mich deinen Vater! Du wirst schon sehen!«

In diesem plötzlichen Lachen war jetzt so viel Güte, so viel Sanftmut, Offenheit und Väterlichkeit, daß Marius in unerwartetem Übergang von Entmutigung zum Hoffen wie betäubt, wie berauscht war. Er saß nahe dem Tisch, das Kerzenlicht unterstrich die Fragwürdigkeit seiner Kleidung, die Vater Gillenormand erstaunt betrachtete.

»Nun, mein Vater!« sagte Marius.

»Hör mal«, unterbrach ihn Herr Gillenormand, »hast du im Ernst keinen Sou? Du bist ja angezogen wie ein Dieb.« Er durchsuchte eine Tischlade und entnahm ihr eine Börse, die er vor sich hin schob. »Da hast du hundert Louisdor, kauf dir einen Hut!«

»Mein Vater«, begann Marius, »mein guter Vater, wenn Sie wüßten! Ich liebe sie. Sie können sich das nicht vorstellen, wie ich sie zum erstenmal sah, es war im Luxembourg-Park, sie kam oft hin. Anfangs beachtete ich sie nicht sehr, und dann habe ich mich, ich kann nicht genau sagen wieso, in sie verliebt. Oh, wie unglücklich wurde ich davon! Jetzt sehe ich sie Tag für Tag in ihrem Hause, ihr Vater ahnt nichts. Denken Sie sich, sie stehen vor der Abreise! Wir sehen uns abends im Garten. Ihr Vater will mit ihr nach England. Da habe ich mir überlegt: Ich werde zu meinem Großvater gehen und ihm alles erzählen. Bevor das Schreckliche geschieht, würde ich wahnsinnig werden, ich würde sterben, würde einer schweren Krankheit verfallen, mich ertränken. Ich muß sie durchaus heiraten, wenn ich nicht den Verstand verlieren soll. Das ist die ganze Wahrheit, ich glaube nicht, daß ich etwas vergessen habe. Sie wohnt in einem vergitterten Garten in der Rue Plumet, nahe dem Boulevard des Invalides.«

Vater Gillenormand saß strahlend neben Marius. Indes er ihm lauschte und am Ton seiner Stimme sich labte, schnupfte er zugleich mit Wohlgenuß eine starke Prise Tabak. Bei den Worten »Rue Plumet« hielt er den Atem an und ließ den Rest des Tabaks auf seine Knie fallen.

»Rue Plumet sagst du? Laß sehen! Ist dort nicht eine Kaserne? Aber ja, es ist so. Dein Vetter Théodule hat mir davon gesprochen. Der Lancier, der Offizier. Ein Mädel, lieber Freund, ein Mädel! Jawohl, in der Rue Plumet. Einst hieß sie Rue Blomet. Nun erinnere ich mich. Ich habe von der Kleinen hinter dem Gitter in der Rue Plumet gehört. In einem Garten. Eine Pamela. Du hast keinen schlechten Geschmack. Sie soll niedlich sein. Unter uns, mir scheint, der Fant, der Lancier, macht ihr ein wenig den Hof. Ich weiß nicht, wie weit er damit gekommen ist. Das ist ja auch gleich. Im übrigen muß man ihm nicht glauben. Er ist ein Prahlhans, Marius! Ich finde es sehr gut, daß ein junger Mann wie du eine Liebelei hat. Es gebührt dir in diesem Alter. Du bist mir erfreulicher als Liebhaber denn als Jakobiner. Besser, du bist in einen Unterrock, sackerlot!, in zwanzig Unterröcke vernarrt als in Herrn von Robespierre. Ich für mein Teil kann mich rühmen, daß ich von Sansculotten immer nur die Frauen geliebt habe. Die hübschen Mädchen sind die hübschen Mädchen, zum Teufel, da gibt es keine Widerrede. Die Kleine empfängt dich also in Verschwiegenheit, ohne daß der Papa es erfährt. Das ist durchaus in der Ordnung. Auch ich habe derartige Geschichten erlebt. Weißt du, was ein junger

Mensch tun soll? Er soll das nicht mit Wildheit betreiben. Man stürzt sich nicht in die Tragik. Man entschließt sich nicht sofort für eine Heirat mit Bürgermeister und Schärpe. Man handelt ganz einfach als gescheiter Junge. Man hat doch seinen Witz. Rat, ihr Sterblichen, ist mehr wert als Heirat. Man meldet sich bei seinem Großvater, der im Grunde ein guter Mann ist und bei dem immer ein paar Rollen Louisdor in einer alten Schublade liegen. Man sagt ihm: So ist es. Und der Großvater sagt: Nichts ist so natürlich wie das. Auch ich war jung, und du wirst alt werden. Einmal wirst du deinen Enkel belehren. Hier sind zweihundert Pistolen. Amüsiere dich! So muß eine solche Szene sich abspielen. Man heiratet nicht, aber was schadet das? Du verstehst mich?«

Versteinert und unfähig, ein deutliches Wort hervorzubringen, winkte Marius ab. Herr Gillenormand lachte schallend, blinzelte mit seinen alten Augenlidern, gab ihm einen Klaps auf das Knie, blickte ihm mit geheimnisvoller, strahlender Miene ins Gesicht und sagte, zärtlich die Achseln zuckend: »Esel! Mach sie zu deiner Mätresse!«

Marius erblaßte. Von alledem, was sein Großvater eben sagte, hatte er nichts begriffen. Dieses Geschwätz, von der Rue Blomet, von Pamela, der Kaserne, dem Lancier war an Marius wie eine Phantasmagorie vorübergerauscht. Nichts davon konnte sich auf Cosette, die lilienhaft weiße, beziehen. Der Alte redete irre. Aber dieses Irrereden hatte mit einem Wort geendet, das Marius erfaßte und das eine tödliche Beschimpfung Cosettes war. Der Zuruf: »Mach sie zu deiner Mätresse!« drang in das Herz des jungen Mannes wie ein Degenstoß.

Er erhob sich, nahm seinen Hut vom Boden auf und ging sicheren, festen Schrittes auf die Tür zu. Hier wandte er sich um, verneigte sich tief vor seinem Großvater, richtete sich wieder auf und sagte: »Vor fünf Jahren haben Sie meinen Vater geschmäht. Heute schmähen Sie meine Frau. Ich bitte Sie um nichts mehr, mein Herr. Leben Sie wohl!«

Verdutzt öffnete Herr Gillenormand den Mund, er breitete die Arme aus und versuchte, sich zu erheben. Aber bevor er sprechen konnte, hatte die Tür sich wieder zugetan, und

Marius war fort. Der Greis blieb einige Minuten regungslos, wie vom Blitz getroffen. Es war ihm unmöglich, etwas zu sagen, unmöglich, auch nur zu atmen, als ob eine Faust ihm die Kehle zuschnürte. Dann trennte er sich von seinem Sessel, lief bis an die Tür, so wie ein Einundneunzigjähriger laufen kann, riß sie auf und schrie: »zu Hilfe! Zu Hilfe!« Seine Tochter erschien, dann die Dienerschaft. Mit kläglichem Röcheln rief er: »Eilt ihm nach! Holt ihn ein! Was habe ich ihm getan? Er ist wahnsinnig! Er geht! Ach, mein Gott, ach, mein Gott, diesmal kommt er nicht wieder!«

Er näherte sich dem Straßenfenster, entriegelte es mit seinen alten, zitternden Händen, beugte sich bis zum Rumpf hinaus, indes Basque und Nicolette ihn von hinten hielten, und rief: »Marius! Marius! Marius! Marius!« Aber Marius konnte ihn nicht mehr hören. Er hatte schon die Ecke der Rue Saint-Louis erreicht.

Der Neunzigjährige tastete zwei- oder dreimal mit beiden Händen angstvoll nach seinen Schläfen, wich schwankend zurück und sank in einen Sessel nieder, ohne Puls, ohne Stimme, ohne Tränen. Der Kopf baumelte ihm auf dem Hals, mit blöder Miene brabbelte er, und nichts war noch in seinen Augen und in seinem Herzen als eine düstere Tiefe, die der Nacht glich.

ACHTES BUCH

WOHIN GEHEN SIE?

Jean Valjean

Am selben Tag, gegen vier Uhr nachmittags, saß Jean Valjean allein auf dem Hang einer abgelegenen Böschung des Marsfeldes. Ob aus Vorsicht oder im Bedürfnis, sich zu sammeln, oder auch nur infolge der unmerklichen Änderung von Gewohnheiten, die nach und nach bei jedem Menschen sich vollzieht: Er ging selten mehr mit Cosette aus. Er trug sein Arbeiterwams und eine graue Leinenhose, seine Mütze mit dem ausladenden Schirm verbarg sein Gesicht. Jetzt war er, was Cosette anbetraf, vertrauensvoll und glücklich. Was ihn eine Zeitlang erschreckte und ängstigte, hatte sich zerstreut. Indes, seit einer oder zwei Wochen fürchtete er etwas anderes. Eines Tages hatte er, als er auf dem Boulevard spazierenging, Thénardier gewahrt. Dank seiner Verkleidung hatte Thénardier ihn nicht erkannt. Aber seitdem hatte Jean Valjean ihn einige Male wiedergesehen, und nun war ihm gewiß, daß Thénardier in der Gegend herumvagabundierte. Das genügte, um ihn zu einem großen Entschluß zu bringen.

Thénardier in der Nähe bedeutete alle Gefahren zugleich. Auch war Paris in Unruhe. Die staatlichen Wirren boten für den, der irgendwelche Lebensumstände zu verhehlen hatte, den Nachteil, daß die Polizei sehr unsicher und argwöhnisch geworden war und daß sie bei der Suche nach Pépin oder Morey sehr wohl einen Mann wie Jean Valjean aufspüren konnte.

All das erregte Sorge in ihm. Ein unerklärlicher Vorfall, der ihn stutzig machte und von dem er noch völlig benommen war, hatte seine Wachsamkeit überdies erhöht. Heute morgen hatte er, als er allein im Hause auf war und durch den Garten schritt, bevor die Läden an den Fenstern Cosettes sich öffneten, plötzlich, in die Mauer geritzt, mit einem Nagel vermutlich, die Zeile entdeckt: 16 Rue de la Verrerie. Das war noch ganz neu, die Einschnitte hoben sich weiß von dem alten schwarzen Mörtel ab, ein Brennesselbusch unter der Mauer war von dünnem, frischem Gips bestreut. Die Worte waren wohl in der Nacht geschrieben worden. Was war das? Eine Adresse? Ein Signal für andere? Eine Warnung für ihn? So oder so, der Gartenbezirk war verletzt, Unbekannte drangen ein. Er erinnerte sich an die sonderbaren Zwischenfälle, die das Haus alarmiert hatten. Sein Geist arbeitete an dem, was ihm noch ungeklärt vorschwebte. Er hütete sich, von der Inschrift an der Mauer mit Cosette zu sprechen, um sie nicht aufzustören.

Jean Valjean wollte Paris und sogar Frankreich verlassen und nach England reisen. Er hatte Cosette davon benachrichtigt. In acht Tagen mußte er außer Landes sein. Er saß auf der Böschung des Marsfeldes und wälzte in seinem Geist allerlei Gedanken. Über Thénardier, die Polizei, die seltsame, in die Mauer geritzte Zeile, die Reise sann er nach und die Schwierigkeit, zu einem Paß zu kommen.

Inmitten dieser lastenden Erwägungen sah er an einem Schatten, den die Sonne umriß, daß auf den Kamm der Böschung, gerade hinter ihm, jemand getreten war. Er wollte sich umdrehen, als ein zusammengeknittertes Papier ihm auf die Knie flatterte, als hätte es eine Hand über seinem Kopf losgelassen. Er nahm den Zettel, glättete ihn und las das in großen Buchstaben mit Bleistift geschriebene Wort: ausziehen.

Jean Valjean erhob sich hastig. Auf der Böschung war niemand mehr. Er spähte um sich und sah ein Wesen, größer als ein Kind, kleiner als ein Mann, in grauem Kittel und staubfarbener Manchesterhose, das über das Geländer sprang und in den Graben um das Marsfeld sich sinken ließ. Jean Valjean ging, tief in Gedanken, sofort nach Hause.

Trostlos war Marius von dem Besuch bei Herrn Gillenormand zurückgekehrt. Mit einer wenn auch kleinen Hoffnung war er hingegangen. In unermeßlichem Gram ging er weg. Indessen hatte ihn, und jene, die in das menschliche Herz hineingeleuchtet haben, werden das begreifen, ein Verdacht gegen den Lancier, den Offizier, den Fant, den Vetter Théodule nicht im mindesten umdunkelt. Wohl könnte sich der Stückeschreiber einige Verwicklungen von dieser Enthüllung versprechen, die der Großvater mir nichts, dir nichts dem Enkel machte. Aber was das Drama dadurch gewinnen würde, der Wahrheit wäre es abträglich. Marius war in dem Alter, in dem man das Böse nicht glaubt. Später kommt das Alter, in dem man alles glaubt. Verdächtigungen sind nichts anderes als Falten. Die frühe Jugend hat keine. Was Othello aus der Fassung bringt, berührt Candide nur flüchtig. Zweifel an Cosette: vieler Verbrechen sonst wäre Marius eher fähig gewesen. Er irrte durch die Straßen, was die Ausflucht derer ist, die innerlich leiden. Später konnte er sich nicht erinnern, woran er gedacht hatte. Um zwei Uhr morgens war er wieder bei Courfeyrac. Noch angekleidet, warf er sich auf die Matratze. Es war schon heller Tag, als er einschlief. Er fand nur den abscheulichen, dumpfen Schlaf, der die Ideen im Gehirn gestaltlos wandern läßt. Als er erwachte, sah er vor sich im Zimmer Courfeyrac, Enjolras, Feuilly und Combeferre. Den Hut auf dem Kopf, schienen sie sehr beschäftigt und mitten im Aufbruch.

»Kommst du zur Bestattung des Generals Lamarque mit?« fragte ihn Courfeyrac. Es war Marius, als rede er chinesisch.

Bald nach ihnen ging er auf die Straße. Er steckte die beiden Terzerole in die Tasche, die Javert ihm während des Abenteuers vom dritten Februar überlassen hatte und die in seinen Händen geblieben waren. Die Waffen waren noch geladen. Nur schwer ließ sich ergründen, welche nächtliche Idee ihm durch den Geist fuhr, indes er sie betrachtete.

Den ganzen Tag über schlenderte er umher, ohne zu wissen, wo. Manchmal regnete es; er achtete nicht darauf. Er kaufte sich um Mittag bei einem Bäcker ein langes Weißbrötchen für einen Sou, schob es in seine Tasche und vergaß es. Offenbar nahm er, ohne sich dessen später zu erinnern, ein Bad in der Seine. Der Schädel brannte ihm wie ein feuriger Ofen. Er hoffte nichts mehr, er fürchtete nichts mehr. So war er seit gestern verwandelt. Mit fiebernder Ungeduld erwartete er den Abend. Er hatte nur noch den einen faßbaren Gedanken: Um neun Uhr sah er Cosette wieder. Dieses letzte Glück war seine ganze Zukunft – nachher die Finsternis. Zwischendurch wähnte er, indes er über die ödesten Boulevards schritt, von Paris her einen seltsamen Lärm zu hören. Er machte sich den Kopf frei von Träumen und dachte: Wird dahinten gekämpft?

Als es Nacht wurde, genau um neun Uhr, fand er sich, wie er mit Cosette verabredet hatte, in der Rue Plumet ein. Als er sich dem Gitter näherte, hatte er alles vergessen. Seit achtundvierzig Stunden hatte er Cosette nicht gesehen; er sollte sie wiedersehen: Jeder andere Gedanke verblaßte in ihm, und nur eine unvergleichliche Freude beseelte ihn. Diese Augenblicke, die wie Ewigkeiten sind, haben stets das alles Beherrschende und Wunderbare an sich, daß sie das Herz voll ausfüllen.

Marius rückte die Gitterstange zur Seite und stürzte in den Garten. Cosette war nicht an dem Platz, an dem sie ihn meistens erwartete. Er durchquerte das Dickicht und ging bis zu der Vertiefung neben der Treppe. Hier, sagte er sich, erwartet sie mich. Sie war auch hier nicht. Er blickte empor und sah, daß die Läden des Hauses geschlossen waren. Er umkreiste den Garten: der Garten war verlassen. Er ging wieder zu dem Haus, und sinnlos vor Liebe, trunken, entsetzt, vor Schmerz und Ruhelosigkeit ergrimmt, klopfte er wie ein Hausherr, der zu schlechter Stunde heimkommt, an die Läden. Er klopfte und klopfte nochmals, auf die Gefahr, daß das Fenster sich öffnete und das düstere Gesicht des Vaters sich zeigte, der ihn fragte: Was wünschen Sie? Das aber war nichts gegenüber dem, was er ahnte. Als er gepocht hatte, rief er mit verstärkter Stimme nach Cosette. »Cosette!« wiederholte er ungestüm. Eine Antwort kam nicht. Es war zu Ende. Niemand im Garten, niemand im Haus.

Marius starrte bekümmert das Haus an, das so todtraurig, so schwarz, so still wie ein Grab war und leerer als ein Grab. Er sah die Bank von Stein, auf der er so viele wunderbare Stunden neben Cosette verbracht hatte. Dann setzte er sich auf die Stufen der Treppe, das Herz voll von sanfter Bereitschaft; er segnete mit all seinem Denken seine Liebe und sagte sich, da Cosette fort war, bleibe ihm nur der Tod.

Plötzlich vernahm er eine Stimme, die von der Straße zu kommen schien und durch die Bäume rief: »Herr Marius!«

Er richtete sich auf. »Was ist?«

»Herr Marius, sind Sie da?«

»Ja.«

»Herr Marius«, erwiderte die Stimme, »Ihre Freunde erwarten Sie an der Barrikade in der Rue de la Chanvrerie.«

Die Stimme war ihm nicht ganz fremd. Sie ähnelte der heiseren, rauhen Stimme von Eponine. Marius lief zum Gitter, verbog die bewegliche Stange, zwängte seinen Kopf hindurch und sah jemanden, den er für einen jungen Mann hielt, eilends in die Dämmerung untertauchen.

Herr Mabeuf

Die Börse Jean Valjeans nutzte Herrn Mabeuf nichts. In seiner ehrwürdigen, kindlichen Strenge hatte er das Geschenk der Gestirne nicht angenommen. Er hatte die Verwandlung eines Sterns in Louisdors nicht zugegeben. Daß das, was vom Himmel herabfiel, von Gavroche kam, erriet er nicht. Er trug die Börse zum Polizeikommissar des Viertels als verlorenen Gegenstand, den der Finder dem Suchenden zur Verfügung stellt. Die Börse war in der Tat verloren. Niemand forderte sie an, und sie half Herrn Mabeuf nichts.

Im übrigen war er in noch größerer Not als damals. Die Indigo-Experimente waren im Botanischen Garten ebenso mißlungen wie in seinem Garten in Austerlitz. Im vorigen Jahr hatte er seiner Wirtschafterin den Lohn geschuldet. Jetzt schuldete er seine Miete. Das Leihhaus hatte nach Ablauf von dreizehn Monaten die Kupferplatten seiner »Flora« verkauft.

Irgendein Kupferschmied hatte Bratpfannen daraus gemacht. Nach ihrem Verschwinden konnte er nicht einmal die lückenhaften Exemplare seiner »Flora« mehr ergänzen, die er noch besaß. Er hatte einem Büchertrödler Tafeln und Text als »defekt« zu einem schäbigen Preis abgetreten. Nichts blieb ihm von seinem ganzen Lebenswerk. Er begann den Erlös für seine Exemplare zu verzehren. Als er sah, daß auch diese ärmliche Einnahme sich erschöpfte, verzichtete er auf seinen Garten und ließ ihn brachliegen. Vorher und seit langem hatte er den beiden Eiern und dem Stück Rindfleisch entsagt, die er bis dahin von Zeit zu Zeit aß. Brot und Erdäpfel waren sein Mittagsmahl. Er hatte seine letzten Möbel veräußert, dann alles an Bettzeug, Kleidern und Decken, was er doppelt besaß, dann seine Herbarien und seine Stiche. Aber noch hatte er seine wertvollsten Bücher, darunter mehrere von großer Seltenheit wie »Die historischen Quadrains der Bibel«, eine Ausgabe von 1650, »Die Konkordanz zu den Bibeln« von Pierre de Besse, »Die Margeriten der Margarete« von Jean de La Haye mit Widmung für die Königin von Navarra, das Buch »Über Amt und Würde des Botschafters« vom Sieur de Villiers-Hotman, ein »Florilegium rabbinicum« von 1644, einen Tibull aus dem Jahre 1567 mit der prächtigen Aufschrift *»Venetiis in aedibus Manutianis«.* Und schließlich gehörte ihm noch ein 1644 in Lyon gedruckter Diogenes Laërtius, in dem die bekannten Varianten zur Handschrift vierhundertundelf aus dem dreizehnten Jahrhundert im Vatikan und zu den beiden von Henri Estienne so gewinnbringend zu Rate gezogenen venezianischen Handschriften dreihundertdreiundneunzig und dreihundertvierundneunzig sowie alle Stellen in dorischem Dialekt enthalten waren, die sonst nur noch in der berühmten Handschrift aus dem zwölften Jahrhundert in der Bibliothek zu Neapel zu finden sind.

Herr Mabeuf heizte in seinem Zimmer nie und legte sich mit dem Scheiden des Tageslichts nieder, um nicht eine Kerze zu verbrennen. Es schien, als hätte er keine Nachbarn mehr, man mied ihn, wenn er ausging, und er merkte es. Die Not eines Kindes interessiert eine Mutter, die Not eines jungen Mannes ein Mädchen, die Not eines Greises interessiert niemanden. Sie ist von allen die kälteste. Indes hatte Vater Mabeuf seine kindliche Heiterkeit nicht gänzlich eingebüßt. Seine Augen glänzten schwach, wenn er seine Bücher anschaute, und lächelten, wenn er den Diogenes Laërtius betrachtete, der ein einmaliges Exemplar war. Sein Glasschrank war das einzige Möbel, das er über das Unentbehrliche hinaus behielt.

Eines Tages sagte Mutter Plutarch zu ihm: »Ich habe kein Geld, etwas zu Mittag zu kaufen.« Sie meinte ein Brot und vier bis fünf Kartoffeln.

»Auf Borg?« fragte Herr Mabeuf.

»Sie wissen ja, daß man mir das verweigert.«

Herr Mabeuf öffnete seine Bibliothek, sah lange all seine Bücher an, eins nach dem anderen, wie ein Vater, der, gezwungen, seine Kinder zu dezimieren, sie anschauen würde, bevor er sich entscheidet. Schnell griff er dann eins heraus, nahm es unter den Arm und ging. Zwei Stunden später kehrte er zurück, ohne etwas unter dem Arm zu haben, legte dreißig Sous auf den Tisch und sagte: »Für das Mittagessen.« Von da ab sah Mutter Plutarch über das reine Antlitz des Greises einen Schleier sinken, der nicht mehr wich.

Am nächsten Tag, am übernächsten Tag, alle Tage hinfort mußte er das gleiche tun. Er entfernte sich mit einem Buch und kam mit einem Geldstück nach Hause. Da die Buchhändler sahen, daß er keine Wahl hatte als zu verkaufen, kauften sie ihm für einen Franc ab, wofür er zwanzig Francs gezahlt hatte, oft bei denselben Antiquaren. Buch nach Buch, ging die gesamte Bibliothek drauf. Mitunter sagte er: »Ich bin doch schon achtzig Jahre alt«, als hätte er irgendeine geheime Hoffnung, das Ende seiner Tage noch vor dem Ende seiner Bücher zu erleben. Seine Traurigkeit wuchs. Einmal jedoch hatte er eine Freude. Er trug einen Robert Estienne weg, den er am Quai Malaquais für fünfunddreißig Sous verkaufte, und kam mit einem Aldus wieder, den er für vierzig Sous in der Rue des Grés erworben hatte. »Ich bin fünf Sous schuldig«, sagte er, über und über strahlend, zu Mutter Plutarch. An diesem Tag aß er nichts.

Er war Mitglied der Gesellschaft für Gartenkultur. Man wußte dort von seinen Entbehrungen. Der Vorsitzende der Gesellschaft suchte ihn auf, versprach, mit dem Minister für Ackerbau und Handel über ihn zu reden, und tat es. »Aber freilich!« rief der Minister. »Das glaube ich gern. Ein alter Gelehrter! Ein harmloser Botaniker! Man muß ihm helfen!« Tags darauf empfing Herr Mabeuf eine Einladung des Ministers zum Diner. Vor Freude zitternd, zeigte er den Brief der Mutter Plutarch. »Wir sind gerettet!« sagte er.

Am festgesetzten Tag ging er zum Minister. Er merkte, daß über seine zerzauste Krawatte, seinen großen, alten Rock aus quadratisch gewürfeltem Tuch und seine mit Eiweiß abgeriebenen Schuhe die Türhüter staunten. Niemand sprach mit ihm, auch der Minister nicht. Gegen zehn Uhr abends, als er noch immer auf ein Wort harrte, hörte er die Frau des Ministers, eine schöne, dekolletierte Dame, der sich zu nähern er nicht gewagt hatte, fragen: »Wer ist der alte Herr?« Um Mitternacht ging er bei strömendem Regen zu Fuß nach Hause. Um für die Hinfahrt seine Droschke zu bezahlen, hatte er einen Elzévir verkauft.

Jeden Abend war er, bevor er sich zu Bett legte, einige Seiten seines Diogenes Laërtius zu lesen gewohnt. Er verstand genug Griechisch, um die Besonderheiten des Textes, den er besaß, zu genießen. Eine andere Freude hatte er nicht mehr. Wenige Wochen verrannen. Plötzlich erkrankte Mutter Plutarch. Es gibt etwas, was noch bedrückender ist, als kein Geld zu haben, um Brot beim Bäcker zu kaufen: das ist, kein Geld für den Erwerb von Arzneien beim Apotheker zu haben. Eines Abends hatte der Arzt eine Flasche mit sehr teurer Medizin verordnet. Und die Krankheit verschlimmerte sich, eine Pflegerin wurde notwendig. Herr Mabeuf öffnete seinen Bücherschrank, nichts war mehr darin. Der letzte Band war verschwunden. Es blieb nur der Diogenes Laërtius.

Er schob das einmalige Exemplar unter seinen Arm und ging. Es war am 4. Juni 1832. Er trug den Diogenes Laërtius zum Tor von Saint-Jacques, zum Nachfolger von Royol, und kam mit hundert Francs zurück. Er legte die Summe in einem Stapel von Fünffrancstücken auf den Nachttisch seiner alten Wirtschafterin und ging stumm in sein Zimmer.

Am nächsten Morgen setzte er sich, als es dämmerte auf den umgestülpten Prellstein in seinen Garten, und über die Hecke konnte man ihn den ganzen Vormittag sehen – unbeweglich, die Stirn gesenkt, den verschwimmenden Blick an den welken Beeten haftend. Es regnete ab und zu, der Greis spürte es nicht. Am Nachmittag drangen von Paris seltsame Geräusche herüber. Sie glichen Flintensalven und dem Geschrei eines Volkshaufens.

Vater Mabeuf sah auf und fragte einen Gärtner, der vorbeikam:

»Was ist denn los?«

Den Spaten auf dem Rücken, antwortete der Gärtner in friedlichem Ton: »Es wird gemeutert.«

»Wieso gemeutert?«

»Ja. Man kämpft.«

»Warum kämpft man?«

»Ach, verdammt!« erwiderte der Gärtner.

»In welcher Gegend?« fragte Herr Mabeuf.

»Beim Arsenal.«

Vater Mabeuf trat ins Haus, nahm seinen Hut, suchte mechanisch ein Buch, um es unter seinen Arm zu stecken, fand keins, sagte: »Ach, richtig!« und ging verstört davon.

NEUNTES BUCH

DER 5. JUNI 1832

An der Oberfläche der Frage

Woraus besteht der Aufruhr? Aus nichts und allem. Aus Elektrizität, die sich allmählich angesammelt hat, aus einer plötzlich emporschießenden Flamme, aus einer ziellosen Kraft, aus einem Hauch, der vorüberweht. Dieser Hauch begegnet denkenden Wesen, träumenden Hirnen, leidenden Seelen, heißen Leidenschaften, heulendem Elend und trägt sie fort.

Wohin?

Aufs Geratewohl nimmt er sie durch den Staat, durch die Gesetze, durch das Glück und die Anmaßung der anderen mit.

Die aufgewühlten Überzeugungen, die verbitterte Begeisterung, die erregte Empörung, die unterdrückten kriegerischen Instinkte, der jugendliche, schwärmerische Eifer, der hochherzige Wahn, die Neugier, die Lust an der Veränderung, das Dürsten nach dem Unerwarteten, das Gefühl der Freude, wenn man den Aushang zu einem neuen Schauspiel liest und das Klingelzeichen des Inspizienten im Theater hört, der unerklärliche Haß, der Groll, die Enttäuschungen, jegliche Eitelkeit, die meint, das Schicksal sei schuld an ihrem Konkurs, das Unbehagen, die Phantasten, der von steilen Böschungen umgebene Ehrgeiz, jeder, der sich von einem Zusammenbruch einen Ausweg verspricht, schließlich der Pöbel ganz unten, dieser Schmutz, der Feuer fängt, solcherart sind die Bestandteile des Aufruhrs.

Das Größte und Niedrigste, Wesen, die außerhalb von allem umherstreifen, eine Gelegenheit abwarten, Tagediebe, Landstreicher, Gesindel, jene, die nachts in einer Häuserwüste schlafen, ohne ein anderes Dach überm Kopf als die kalten Regenwolken am Himmel, die täglich den Zufall und nicht die Arbeit um ihr Brot bitten, die Unbekannten des Elends und des Nichts, die nackten Arme und die Barfüßigen gehören zum Aufruhr.

Jeder, der in der Seele heimlich gegen irgendeinen Tatbestand des Staats, des Lebens oder des Schicksals aufbegehrt, steht dem Aufruhr nahe und erschauert, sobald er sich zeigt, fühlt sich vom Wirbel emporgehoben.

Der Aufruhr ist im sozialen Dunstkreis eine Art Windhose, die sich plötzlich unter bestimmten Temperaturbedingungen bildet und kreisend in die Höhe steigt, donnernd dahinjagt, alles dem Erdboden gleichmacht, zermalmt, vernichtet, entwurzelt und die großen Naturen und die Jämmerlinge, den Mann und den Schwachkopf, den Baumstumpf und den Strohhalm mit sich fortreißt.

Wehe dem, den sie mitreißt, wie auch dem, gegen den sie stößt! Sie zerbricht den einen am anderen.

Sie überträgt auf die, die sie packt, irgendeine geheimnisvolle Kraft. Sie erfüllt den ersten besten mit der Gewalt der Ereignisse. Sie macht aus allem Geschosse, aus einem Bruchstein eine Kanonenkugel und aus einem Lastträger einen General.

Wenn man gewissen Orakelsprüchen der hinterhältigen Politik glauben darf, ist vom Standpunkt der Macht aus ein wenig Aufruhr erwünscht, denn der Aufruhr stärkt die Regierungen, die er nicht stürzt. Er stellt die Armee auf die Probe, führt das Bürgertum zusammen, dehnt die Muskeln der Polizei und stellt die Stärke des sozialen Gefüges fest. Das ist Gymnastik, nahezu Hygiene. Nach einem Aufruhr fühlt sich die Macht wohler, wie der Mensch nach dem Frottieren.

Vor dreißig Jahren wurde der Aufruhr auch noch unter einem anderen Gesichtspunkt betrachtet.

Für alles gibt es eine Theorie, die sich selber als »gesunden Menschenverstand« bezeichnet. Philinte gegen Alceste. Das Vermittlungsangebot zwischen dem Richtigen und dem Falschen, die Deutung, die Warnung, die ein wenig hoffärtige Milderung, die sich, weil mit Rüge und Entschuldigung vermischt, für Weisheit hält und oft nur Schulmeisterei ist. Eine ganze politische Schule, »Juste milieu« genannt, ist daraus hervorgegangen. Zwischen kaltem und heißem Wasser gewinnt das lauwarme Wasser. Diese scheinbar tiefgründige, jedoch an der Oberfläche bleibende Schule, die die Wirkungen genau untersucht, ohne den Ursachen auf den Grund zu kommen, tadelt, von der Höhe des Halbwissens herab, die Unruhen auf dem Marktplatz.

Sie sagt: »Die Aufruhre, die die Begebenheit von 1830 erschwerten, nahmen diesem großen Ereignis einen Teil von seiner Lauterkeit. Die Julirevolution war ein schöner Windstoß des Volkes gewesen, dem plötzlich blauer Himmel folgte. Die Aufruhre bewirkten, daß sich der Himmel wieder bezog. Sie ließen die Revolution, die zunächst durch die Einmütigkeit so bemerkenswert war, in Streit ausarten. In der Julirevolution gab es wie bei jedem ruckweisen Fortschritt verborgene Brüche, der Aufruhr machte sie offenkundig. Nach der Julirevolution fühlte man sich befreit, nach den Aufruhren war die Katastrophe vorauszusehen.

Jeder Aufruhr schließt die Läden, läßt die Staatspapiere fallen, versetzt die Börse in Bestürzung, unterbricht den Handel, behindert die Geschäfte und beschleunigt die Konkurse. Es gibt kein Geld mehr, der Privatbesitz ist beunruhigt, das Vertrauen in den Staat erschüttert, das Gewerbe liegt danieder, das Kapital zögert, es fehlt an Arbeit, überall herrscht Furcht. Rückwirkungen in allen Städten. Daher Abgründe. Es ist berechnet worden, daß Frankreich der erste Tag eines Aufruhrs zwanzig, der zweite vierzig und der dritte sechzig Millionen kostet. Ein Aufruhr von drei Tagen Dauer kostet einhundertzwanzig Millionen, das heißt, er kommt, wenn man nur die finanzielle Seite betrachtet, einem großen Unglück gleich, einem Schiffbruch oder einer verlorenen Schlacht, in der eine Flotte von sechzig Linienschiffen versenkt wird.

Ohne Frage besaßen die Aufruhre, geschichtlich gesehen, ihre Schönheit. Der Krieg auf den Straßen ist nicht minder grandios und nicht minder erregend als der Krieg in den Büschen. In dem einen ist die Seele der Wälder, im anderen das Herz der Städte. Der eine hat Jean Chouan, der andere Jeanne. Die Aufruhre beschienen rot, doch herrlich all die höchst originellen Einfälle der Pariser Wesensart, die Großmut, die Aufopferung, die stürmische Heiterkeit, die Studenten, die beweisen, daß zum Verstand auch Tapferkeit gehört, die unerschütterliche Nationalgarde, die Feldlager der Krämer, die Festungen der Straßenjungen, die Todesverachtung bei Passanten. Schulen und Legionen prallten aufeinander. Schließlich bestand zwischen den Kämpfenden ja nur ein Altersunterschied. Es ist dasselbe Geschlecht, es sind dieselben stoischen Männer, die mit zwanzig Jahren für ihre Ideen, mit vierzig für ihre Familien sterben. Die Armee, die in Bürgerkriegen stets eine klägliche Rolle spielt, stellte der Kühnheit die Vorsicht entgegen. Die Aufruhre bewiesen die Furchtlosigkeit des Volkes und erzogen gleichzeitig zu bürgerlichem Mut.

So weit, so gut. Doch wiegt das alles das vergessene Blut auf? Und hinzu kommen noch die verdüsterte Zukunft, der gefährdete Fortschritt, die Unruhe unter den Besten, die ehrlichen Liberalen in Verzweiflung, der ausländische Absolutismus, froh über die Wunden, die sich die Revolution selber schlug, und die Besiegten von 1830, die triumphierend verkündeten: ›Wir haben es ja gleich gesagt!‹ Hinzu kommt das vielleicht größer gewordene Paris, aber auch das ganz gewiß geschwächte Frankreich. Hinzu kommen, denn es muß alles gesagt werden, die Blutbäder, die allzu oft den Sieg der grausam gewordenen Ordnung über die toll gewordene Freiheit entehrten. Kurz, die Aufruhre waren verderblich.«

Solchermaßen redet diese Beinahe-Weisheit, mit der sich das Bürgertum, dieses Beinahe-Volk, so gern begnügt.

Wir dagegen verwerfen das zu weit gefaßte und infolgedessen zu bequeme Wort »Aufruhre«. Für uns ist eine Volksbewegung nicht wie die andere. Wir fragen uns nicht, ob ein Aufruhr ebensoviel kostet wie eine Schlacht. Warum ausgerechnet eine Schlacht? Hier erhebt sich die Frage des Krieges. Ist der Krieg etwa weniger Geißel als der Aufruhr allgemeines Unglück? Und ist zudem jeder Aufruhr ein allgemeines Unglück? Und wenn der 14. Juli einhundertzwanzig Millionen kostete? Philipps V. Einsetzung in Spanien hat Frankreich zwei Milliarden gekostet. Selbst zum gleichen Preis würden wir den 14. Juli vorziehen. Übrigens lehnen wir diese Zahlen ab, sie scheinen Gründe zu sein und sind doch nur Worte. Ist ein Aufruhr gegeben, betrachten wir ihn in sich selbst. Bei allem, was, wie weiter vorn dargelegt, die Doktrinäre dagegen vorbringen, ist nur die Rede von der Wirkung, wir suchen die Ursache.

Wir drücken uns deutlich aus.

Der Kern der Frage

Es gibt den Aufruhr, und es gibt den Aufstand. Das sind zwei Zornesausbrüche. Der eine hat unrecht, der andere recht. In den demokratischen Staaten, den einzigen auf Gerechtigkeit gegründeten, geschieht es bisweilen, daß ein Teil die Macht an sich reißt. Dann erhebt sich das Ganze, und die unumgängliche Forderung seines Rechtes kann so weit gehen, daß zu den Waffen gegriffen wird. In allen Fragen, die zur kollektiven Souveränität gehören, ist Aufstand der Krieg des Ganzen gegen den Teil und Aufruhr der Angriff des Teils auf das Ganze. Je nachdem, ob in den Tuilerien der König oder der Konvent untergebracht ist, werden sie zu Recht oder Unrecht angegriffen. Dieselbe gegen die Menge aufgefahrene Kanone hat unrecht am 10. August und recht am 14. Vendémiaire. Die gleiche Erscheinung, ein unterschiedlicher Kern. Die Schweizer schützen das Falsche, Bonaparte beschirmt die Wahrheit. Was das allgemeine Wahlrecht in seiner Freiheit und Souveränität vollbracht hat, vermag die Straße nicht zu zerstören. Ebenso verhält es sich bei den rein zivilisatorischen Dingen: Der Instinkt der Massen, gestern weit blickend, kann morgen unsicher sein. Dieselbe Wut ist bei Terray berechtigt und unsinnig bei Turgot. Die Maschinenstürmereien, die Ladenplünderungen, die aufgerissenen Schienen, die zerstörten Docks, die Irrwege der Menge, das vom Volk dem Fortschritt verweigerte Recht, Ramus, den die Scholaren ermorden und Rousseau, der mit Steinwürfen aus der Schweiz vertrieben wird, das ist Aufruhr. Israel gegen Moses, Athen gegen Phokion und Rom gegen Scipio, das ist Aufruhr. Paris gegen die Bastille, das ist der Aufstand. Die Soldaten gegen Alexander, die Matrosen gegen Christoph Kolumbus, das ist ein und dieselbe Meuterei, eine ruchlose Rebellion. Warum? Weil Alexander mit dem Schwert für Asien, was Christoph Kolumbus mit dem Kompaß für Amerika getan hat. Alexander wie Kolumbus entdecken eine Welt. Diese der Zivilisation geschenkten Welten bedeuten eine solche Zunahme an Licht, daß hier jeder Widerstand schuldig macht. Mitunter bricht das Volk sich selbst die Treue. Die Menge verhält sich dem Volk gegenüber ohnehin treulos. Nichts ist zum Beispiel seltsamer als der lange und blutige Protest der Faux saulniers, eine berechtigte, langwierige Empörung, die sich im entscheidenden Augenblick, am Tage der Rettung, in der Stunde des Volkssieges dem Thron anschließt und in Chouannerie umschlägt. Aus einem Aufstand gegen wird ein Aufruhr für! Düstere Meisterwerke der Unwissenheit! Der Faux saulnier entwischt den Galgen des Königs und steckt, ein Ende vom Strick noch um den Hals, die weiße Kokarde an. Der Ruf »Tod der Salzsteuer« gebiert den Ruf »Es lebe der König«. Die Schlächter der Bartholomäusnacht, die Septembermörder, die Beteiligten am Gemetzel von Avignon, Colignys Mörder, die Mörder der Frau von Lamballe, Brunes Mörder, die Miquelets, die Verdets, die Cadenettes, Jéhus Gefährten, die Ritter mit der Armbinde sind Aufrührer. Die Vendée ist ein großer katholischer Aufruhr.

Der Lärm des marschierenden Rechts wird erkannt, und er kommt nicht immer vom Beben der aufgewühlten Massen. Es gibt Anfälle von blinder Wut, gesprungene Glocken, und nicht jedes Sturmgeläut hat den Klang von Erz. Der Anstoß durch die Leidenschaften und die Unwissenheit ist etwas anderes als die Erschütterung durch den Fortschritt. Erhebt euch, meinetwegen, doch nur um größer zu werden. Zeigt mir, in welche Richtung ihr geht. Der Aufstand führt nur vorwärts. Jede andere Erhebung ist schlecht, jeder gewaltsame Schritt zurück Aufruhr. Zurückzuweichen ist ein Verbrechen an der Menschheit. Der Aufstand ist der Wutanfall der Wahrheit, und die Pflastersteine, die er herausreißt, schlagen den Funken des Rechts. Dem Aufruhr überlassen sie lediglich ihren Schmutz. Danton gegen Ludwig XVI., das ist der Aufstand. Hébert gegen Danton, das ist Aufruhr.

Daher kommt es, daß, wenn der Aufstand in gegebenen Fällen, wie Lafayette sagte, die heiligste aller Pflichten ist, der Aufruhr der verhängnisvollste aller Anschläge auf die Freiheit sein kann.

Ein gewisser Unterschied besteht auch hinsichtlich der Temperatur. Der Aufstand ist oft ein Vulkan, der Aufruhr oft nur ein Strohfeuer.

Die Rebellion, wir erwähnten es bereits, gelangt bisweilen an die Macht. Polignac ist ein Aufrührer, Camille Desmoulins ein Herrschender.

Manchmal bedeutet Aufstand Auferstehung.

Die Lösung von allem durch das allgemeine Wahlrecht entspricht durchaus der heutigen Zeit, und die ganze zweitausendjährige Geschichte davor ist mit gebrochenem Recht und den Leiden der Völker erfüllt. Doch jede Epoche der Geschichte protestiert, wie sie kann. Unter den Cäsaren gab es keinen Aufstand, dafür aber Juvenal.

Das *facit indignatio* ersetzt die Gracchen.

Unter den Cäsaren lebten der Verbannte von Syene und auch der Mann der »Annalen«.

Wir sprechen nicht von dem gewaltigen Verbannten auf Patmos, der ebenfalls die wirkliche Welt im Namen der idealen mit Protest überhäufte, aus der Vision eine ungeheure Satire machte und über Rom-Ninive, Rom-Babylon und Rom-Sodom den Flammenschein der Apokalypse warf.

Johannes auf seinem Fels ist die Sphinx auf ihrem Sockel. Man kann ihn nicht begreifen, er ist ein Jude und damit unverständlich. Doch der Mann, der die »Annalen« schrieb, ist ein Lateiner, besser gesagt, ein Römer.

Da Herrscher wie Nero ruchlos regieren, müssen sie als ebenso geschildert werden. Die Arbeit mit dem Griffel der Geschichtsschreibung allein bliebe hier farblos, in die Kerbe muß eine verdichtete, ätzende Prosa gegossen werden.

Den Denkern gereichen die Despoten zum Nutzen. Das unterdrückte Wort ist ein schreckliches Wort. Der Prosaist feilt zwei-, dreimal soviel an seinem Stil, wenn das Volk von einem Gebieter zum Schweigen gebracht worden ist. Aus diesem Schweigen geht eine gewisse geheimnisvolle Fülle hervor, die siebt und im Denken zu Erz erstarrt. Der Druck in der Geschichte bedingt den verknappten Stil beim Historiker. Die granitene Härte einer solchen berühmten Prosa rührt nur daher, daß der Tyrann sie festgestampft hat.

Die Tyrannei zwingt den Schreiber zu diametralen Beschränkungen, die eine Zunahme an Kraft bedeuten. Die ciceronische Periode, kaum für Verres ausreichend, würde an Caligula stumpf werden. Je kürzer der Satz, desto kräftiger der Hieb. Tacitus denkt mit aller Kraft.

Die zu Gerechtigkeit und Wahrheit verdichtete Anständigkeit eines großen Herzens wirkt niederschmetternd.

Nebenbei sei bemerkt, daß Tacitus nicht der gleichen historischen Epoche angehört wie Cäsar. Die Tiberiusse blieben ihm vorbehalten. Cäsar und Tacitus sind zwei aufeinanderfolgende Erscheinungen, deren Begegnung scheinbar in geheimnisvoller Weise von dem vermieden wurde, der bei der Inszenierung der Jahrhunderte die Auftritte und Abgänge regelt. Cäsar ist groß, Tacitus ist groß. Gott erspart diesen beiden Größen den Zusammenprall. Der Freund der Gerechtigkeit könnte Cäsar zu sehr treffen und ungerecht sein. Gott will das nicht. Die großen Kriege in Afrika und Spanien, die vernichteten kilikischen Piraten, die nach Gallien, Britannien und Germanien gebrachte Kultur, all der Ruhm deckt den Rubikon zu. Feinfühlig zögert die göttliche Gerechtigkeit, den furchtbaren Geschichtsschreiber auf den erlauchten Usurpator loszulassen, gewährt Cäsar die Gnade des Tacitus und gesteht dem Genie mildernde Umstände zu.

Despotismus bleibt Despotismus, selbst unter einem genialen Despoten. Unter den erlauchten Tyrannen gibt es Verderbtheit, aber die moralische Pest wird noch ekelhafter unter den ehrlosen Tyrannen. Während ihrer Herrschaft verschleiert nichts die Schande; und die da warnende, abschreckende Beispiele beschreiben, wie Tacitus oder Juvenal, schlagen mit mehr Nutzen im Beisein der Menschheit dieser unwiderlegbaren Schmach ins Gesicht.

Rom roch schlechter unter Vitellius als unter Sulla. Unter Claudius und Domitian entsprach die abstoßende Gemeinheit der Abscheulichkeit der Tyrannen.

Die Niedertracht der Sklaven leitete sich unmittelbar vom Despoten ab. Ein Gifthauch stieg von diesen versumpften Gewissen auf, in denen sich der Herr widerspiegelte. Die Staatsmacht erwies sich als bübisch, die Herzen waren klein, die Gewissen unterwürfig und die Seelen Wanzen. Das war so unter Caracalla, das war so unter Commodus, und das war so unter Heliogabalus, während unter Cäsar aus dem römischen Senat nur der Kotgeruch drang, der Adlerhorsten eigen ist.

Daher die scheinbar verspätete Ankunft von Männern wie Tacitus oder Juvenal. Erst in der Stunde der Gewißheit tritt der Lehrer auf.

Doch ebenso wie Jesaja in biblischen Zeiten oder Dante im Mittelalter sind Juvenal und Tacitus Menschen. Den Aufruhr und den Aufstand bewirkt die Menge, die bald unrecht, bald recht hat.

In den allgemeinsten Fällen hat der Aufruhr einen materiellen Anlaß, der Aufstand dagegen ist stets eine geistige Erscheinung. Masaniello ist der Aufruhr, Spartakus der Aufstand. Der Aufstand steht dem Geiste nahe, der Aufruhr dem Magen. Gaster wird ungeduldig, doch Gaster muß nicht immer unrecht haben. In Hungersnöten besitzt der Aufruhr, wie der von Buzançais zum Beispiel, einen wahren, erregenden und gerechten Ausgangspunkt. Dennoch bleibt er Aufruhr. Warum? Weil er im Grunde recht und unrecht in der Form hat. Grausam, obwohl im Recht, gewalttätig, obwohl stark, schlug er aufs Geratewohl zu, zertrampelte alles wie ein blinder Elefant, ließ Leichname von Greisen, Frauen und Kindern zurück und vergoß, ohne zu wissen warum, das Blut Wehrloser und Unschuldiger. Ein löbliches Ziel ist es, das Volk zu ernähren, ein schlechtes Mittel, es dafür hinzuschlachten.

Alle bewaffneten Proteste, selbst die legitimsten, sogar der 10. August und der 14. Juli, fangen mit den gleichen Unruhen an. Bevor das Recht zur Geltung kommt, gibt es Tumult und Geifer. Zu Beginn stellt sich der Aufstand als Aufruhr dar, ebenso wie der Strom anfänglich als Wildbach dahinschießt, und meistens ergießt er sich in den Ozean der Revolution. Doch nach seiner Reise von jenen hohen Bergen herab, die den geistigen Horizont beherrschen und die da heißen Gerechtigkeit, Weisheit, Vernunft und Recht, wo er dem reinsten Schnee des Ideals entspringt, und obwohl er nach einem langen Sturz von Fels zu Fels den Himmel in seiner Durchsichtigkeit widerspiegelt und, durch hundert Nebenflüsse angeschwollen, in der majestätischen Haltung des Triumphes dahinfließt, versickert der Aufstand mitunter plötzlich in irgendeinem bürgerlichen Schlammloch, wie sich der Rhein in einem Morast verliert.

All dies gehört der Vergangenheit an, die Zukunft wird anders. Das allgemeine Wahlrecht hebt wunderbarerweise den Aufruhr in seinem Prinzip auf und schlägt ihm, indem es für den Aufstand stimmt, die Waffe aus der Hand. Im Aufhören der Kriege, des Straßen- wie des Grenzkrieges, besteht der unvermeidliche Fortschritt. Was auch immer heute sein mag, der Frieden ist das Morgen.

Worin indes Aufstand und Aufruhr voneinander abweichen, in diesen feinen Unterschieden kennt sich der eigentliche Bürger kaum aus. Für ihn ist alles Empörung, schlechtweg Rebellion, Auflehnung der Dogge gegen den Herrn, der Versuch zu beißen, der mit Kette und Hundehütte bestraft werden muß, Gebell, Gekläff – bis zu dem Tag, an dem der Kopf des Hundes, plötzlich größer geworden, sich undeutlich im Dunkel als Löwenhaupt abzeichnet.

Dann schreit der Bürger: »Es lebe das Volk!«

Was stellt nach dieser Erklärung die Bewegung vom Juni 1832 in bezug auf die Geschichte dar? Ist sie ein Aufruhr, ein Aufstand?

Sie ist ein Aufstand.

Wenn wir dieses fürchterliche Ereignis in Szene setzen, sagen wir manchmal vielleicht Aufruhr, doch nur, um damit die Vorfälle an der Oberfläche zu bezeichnen. Die Unterscheidung zwischen der Form »Aufruhr« und dem Kern »Aufstand« behalten wir stets bei.

Die Bewegung von 1832 besaß in ihrem jähen Ausbruch und in ihrer schaurigen Niederschlagung so viel Größe, daß selbst jene, die in ihr nur einen Aufruhr sehen, nicht ohne Achtung von ihr sprechen. Für sie ist das gleichsam ein Nachtrag zu 1830. Die aufgeregten Geister, sagen sie, beruhigen sich nicht an einem Tag. Eine Revolution hört nicht urplötzlich auf. Zwangsläufig vollführt sie immer ein paar wellenförmige Bewegungen, bevor sie in den Zustand des Friedens zurückkehrt, wie ein Gebirge, das zur Ebene hin abfällt. Es gibt keine Alpen ohne Jura und keine Pyrenäen ohne Asturien.

Jener erregende Augenblick in der zeitgenössischen Geschichte, der bei den Parisern »die Zeit der Aufruhre« heißt, ist für die stürmischen Stunden dieses Jahrhunderts zweifelsohne bezeichnend.

Ein letztes Wort noch, bevor wir den Faden unserer Erzählung wieder aufnehmen.

Die Vorfälle, von denen gleich berichtet wird, gehören der dramatischen und lebendigen Wirklichkeit an, die der Historiker mangels Zeit und Platz bisweilen vernachlässigt. In ihr jedoch, davon lassen wir uns nicht abbringen, ist das Leben, das Zucken, das menschliche Beben. Die unbedeutenden Einzelheiten, wir sagten es wohl schon, sind gewissermaßen das Blattwerk der großen Ereignisse, und sie verlieren sich in den Tiefen der Geschichte. Die sogenannte »Zeit der Aufruhre« bietet eine Fülle von Details dieser Art. Aus anderen Gründen wieder als die Geschichte haben die gerichtlichen Untersuchungen nicht alles aufgedeckt, sich vielleicht auch nicht eingehend mit allem beschäftigt. Wir wollen also inmitten all der bekannten und veröffentlichten Einzelheiten Dinge beleuchten, die man sonst nicht erfährt, und Vorfälle aufzeigen, über die das Vergessen der einen, der Tod der anderen hinweggegangen ist. Die meisten handelnden Personen in diesen gewaltigen Szenen sind nicht mehr. Schon am nächsten Tag verstummten sie. Doch von dem, was wir im folgenden erzählen, können wir sagen: Wir haben es mit angesehen. Zwar ändern wir ein paar Namen, denn die Geschichte berichtet, sie denunziert nicht, aber wir schildern wirkliche Begebenheiten. Unter den Bedingungen des Buches, das wir schreiben, werden wir nur eine Seite, nur eine und ganz bestimmt die am wenigsten bekannte Episode aus den Tagen des 5. und 6. Juni 1832 zeigen; doch wir werden es so anpacken, daß der Leser unter dem dunklen Schleier, den wir lüften wollen, das wahre Gesicht dieses fürchterlichen Abenteuers *coram publico* sieht.

Ein Begräbnis: Anlaß zur Wiedergeburt

Im Frühling 1832 war Paris, obwohl seit drei Monaten die Cholera die Geister zur Eiseskälte erstarrt und über ihre Erregung einen dumpfen Frieden gebreitet hatte, schon lange zu einem Aufruhr gerüstet. Die große Stadt gleicht einer Kanone; ist sie geladen, so braucht es nur eines niederfallenden Funkens, und der Schuß kracht. Im Juni 1832 war dieser Funke der Tod des Generals Lamarque.

Lamarque war ein angesehener, tatkräftiger Mann. Er hatte nacheinander, unter dem Kaiserreich und während der Restauration, die zwiefache Tapferkeit bewiesen, die in beiden Epochen notwendig war: die Tapferkeit auf dem Schlachtfeld und die Tapferkeit auf der Tribüne. Er war beredt, wie er mutig gewesen war; man fühlte einen Degen in seinem Wort. Wie Foy, sein Vorgänger, hielt er, nachdem er die Befehlsgewalt hochgehalten hatte, die Freiheit hoch. Er hatte seinen Sitz zwischen der Linken und der äußersten Linken und wurde vom Volk geliebt, weil er der Sache der Zukunft beitrat, geliebt von der Menge, weil er dem Kaiser damals rechtschaffen diente. Mit den Grafen Gérard und Drouet war er einer der Marschälle, die Napoleon in petto hatte. Die Verträge von 1815 empörten ihn wie eine persönliche Beleidigung. Er haßte Wellington mit einem direkten Haß, der der Masse gefiel, und seit siebzehn Jahren war er, fast gleichgültig gegen die Zwischenereignisse, der Trauer über Waterloo majestätisch treu geblieben. In seinem Ringen mit dem Tod, in seiner letzten Stunde hatte er einen Degen, den ihm die Offiziere der Hundert Tage als Ehrengeschenk überbracht hatten, an seine Brust gepreßt. Napoleons letztes Wort war: »Armee«, das von Lamarque: »Vaterland«.

Sein Tod, den man vorausgesehen hatte, wurde vom Volk als ein Verlust gefürchtet und von der Regierung als Gelegenheit zu einer Demonstration. Dieser Tod rief allgemeinen Schmerz hervor. Wie alle Bitternis kann ein solcher Schmerz in Aufruhr umschlagen, und so geschah es.

Am Vorabend und Morgen des 5. Juni, des für das Begräbnis von Lamarque festgesetzten Tages, sah die Vorstadt Saint-Antoine, durch die der Leichenzug ein Stück führen sollte, fürchterlich aus. Es gärte in dem lärmenden Straßennetz. Man bewaffnete sich recht und schlecht. Tischler nahmen den Stehknecht von ihrer Hobelbank mit, »um damit die Türen einzuschlagen«. Einer von ihnen hatte sich aus einem Stiefelhaken einen Dolch gemacht, indem er den Haken abgebrochen und den Stumpf spitz geschliffen hatte. Ein anderer, der danach fieberte, »anzugreifen«, schlief seit drei Tagen in seinen Kleidern. Ein Zimmermann namens Lombier traf einen Kameraden, der fragte ihn: »Wo willst du hin?« – »Ach, weißt du, ich habe keine Waffe.« – »Na und?« – »Ich hole mir meinen Zirkel von der Baustelle.« – »Wozu?« – »Ich weiß nicht«, sagte Lombier.

Ein gewisser Jacqueline, ein Mann der raschen Tat, sprach x-beliebige Arbeiter auf der Straße an und forderte sie auf mitzukommen. Er spendierte für zehn Sous Wein und fragte: »Hast du Arbeit?« – »Nein.« – »Geh zu Filspierre zwischen der Barrière Montreuil und der Barrière Charonne, dort bekommst du welche.«

Bei Filspierre wurden Patronen und Gewehre verteilt. Einige namentlich bekannte Anführer »besorgten die Post«, das heißt, sie liefen umher und sammelten ihre Leute. Bei Barthélemy an der Barrière du Trône und Chapel im »Hütchen« redeten sich die Zecher mit ernster Miene an. Da konnte man hören: »Wo hast du deine Pistole?« – »Unter meinem Kittel. Und du?« – »Unter meinem Hemd.« Vor der

Fabrik Roland in der Rue Traversière und der Werkstatt des Werkzeugmachers Bernier auf dem Hof der Maison-Brûlée tuschelten Gruppen. Hier fiel als einer der Leidenschaftlichsten ein gewisser Mavot auf. Er arbeitete nie länger als eine Woche in einer Fabrik, die Meister entließen ihn immer wieder, »weil sie sich tagtäglich mit ihm herumstreiten mußten«. Mavot wurde am nächsten Tag auf der Barrikade in der Rue Ménilmontant getötet. Pretot, der auch im Kampf fallen sollte, stand Mavet bei und antwortete auf die Frage: »Was ist dein Ziel?« – »Der Aufstand.« An der Ecke der Rue de Bercy versammelte Arbeiter warteten auf einen gewissen Lemarin, den revolutionären Agenten für die Vorstadt Saint-Marceau. Parolen wurden beinahe in aller Öffentlichkeit gewechselt.

Am 5. Juni also durchquerte bei einem Wetter, in dem Regen und Sonne sich vermischten, der Leichenzug Paris mit dem offiziellen militärischen Gepränge, das Vorsichtsmaßnahmen noch ein wenig vergrößerten. Zwei Bataillone, die Trommeln verhüllt, die Gewehre gesenkt, zehntausend Mann Nationalgarde, den Säbel an der Hüfte, und die Batterien der Artillerie der Nationalgarde begleiteten den Sarg. Der Leichenwagen wurde von den jungen Männern gezogen. Die Offiziere des Invalidenhauses folgten unmittelbar, Lorbeerreiser in Händen. Dann kam eine zahllose Menge, aufgewühlt und befremdend, die Sektionsmitglieder der Freunde des Volkes, die Rechtsfakultät, die Medizinische Fakultät, die Flüchtlinge aller Nationen, spanische, italienische, deutsche, polnische Fahnen, Trikoloren mit waagerechten Farbenstreifen, alle nur möglichen Banner, Kinder, die grüne Zweige schwenkten, Steinmetzen und Zimmerer, die gerade streikten, Buchdrucker, kenntlich an ihren Papiermützen. Sie schritten zwei und zwei oder jedesmal drei, schrien, schwenkten fast alle Stöcke, einige auch Säbel, wirr und dennoch mit einer einzigen Seele, bald ein Schwarm, bald eine Kolonne. Manche Rotten hatten sich Chefs gewählt. Ein Mann, mit einem Paar vollkommen sichtbarer Terzerole bewaffnet, schien Abteilungen zu mustern, deren Reihen sich vor ihm ordneten. Auf den Seitenalleen der

Boulevards, im Geäst der Bäume, auf den Balkonen, an den Fenstern, auf den Dächern wimmelte es von Köpfen – Männern, Frauen und Kindern. Die Augen verrieten Angst. Eine Menge in Waffen marschierte vorbei, eine andere Menge schaute ratlos zu.

Die Regierung ihrerseits beobachtete, die Hand am Degenknauf. Auf dem Platz Ludwigs XV. sah man, zur Aktion bereit, mit vollen Patronentaschen und geladenen Flinten und Stutzen, vier Schwadronen Karabiniers im Sattel, die Hornisten voran, im Quartier Latin und am Botanischen Garten die Munizipalgarde, von Straße zu Straße gestaffelt, am Weinmarkt eine Schwadron Dragoner, an der Grève eine Hälfte des zwölften leichten Infanterieregiments, die andere Hälfte vor der Bastille, die sechsten Dragoner am Quai des Célestins, den Hof des Louvre voll Artillerie. Der Rest der Truppen war in den Kasernen konsigniert, ohne die Regimenter in der Umgebung von Paris mitzurechnen. Die beunruhigte Staatsmacht stationierte wegen der drohenden Menge vierundzwanzigtausend Soldaten in der Stadt und dreißigtausend in den Vororten.

Verschiedene Gerüchte liefen im Leichenzug um. Man sprach von legitimistischen Machenschaften. Und vom Herzog von Reichstadt, den Gott in derselben Minute mit dem Todesstigma zeichnete, in der das Volk für ihn das Kaisertum erkor. Eine Person, deren Namen man nicht erfahren hat, verkündete, zur vereinbarten Stunde würden zwei Vorarbeiter, die gewonnen seien, der Masse die Türen einer Waffenfabrik öffnen. Auf den entblößten Stirnen der Mehrzahl der Anwesenden herrschte eine Begeisterung vor, in die sich Niedergeschlagenheit einschlich. Man sah auch hier und da in der so vielen heftigen, aber edlen Regungen ausgelieferten Menge wahre Verbrechergesichter und gemeine Fratzen, die zu sagen schienen: Plündern wir! Bestimmte Unruhen wühlen den Grund der Sümpfe auf und lassen den Bodensatz im Wasser hochsteigen. Eine Erscheinung, die der »wohlunterrichteten« Polizei nicht fremd ist.

Mit fieberhafter Langsamkeit nahm der Zug vom Sterbehaus seinen Weg über die Boulevards zur Bastille. Ab und zu troff es vom Himmel. Das beirrte die Demonstranten nicht. Es kam zu etlichen Zwischenfällen. Der Sarg wurde um die Vendôme-Säule herumgetragen; Steine wurden auf den Herzog Fitz-James geschleudert, den man auf einem Balkon gewahrte, den Hut auf dem Kopf. Der gallische Hahn wurde vom Schaft einer populären Fahne herabgerissen und in den Staub gezerrt, ein Polizist wurde an der Porte Saint-Martin durch einen Degenstich verwundet, ein Offizier vom zwölften leichten Regiment sagte laut: »Ich bin Republikaner.« Die Polytechnische Schule bog ein, nachdem sie den Zugang erzwungen hatte. Die Schreie: »Hoch die Polytechniker! Hoch die Republik!« umrandeten den Weg des Leichenzugs. An der Bastille schlossen die langen Reihen Neugieriger aus der Vorstadt Saint-Antoine, die zu fürchten waren, sich an. Eine schreckliche Gärung begann die Menge zu erfassen. Man hörte einen Mann zu einem anderen sagen: »Siehst du den mit dem roten Kinnbart? Der wird befehlen, wenn geschossen wird.« Wie es scheint, hat sich später derselbe rote Kinnbart mit derselben Aufgabe bei einem anderen Aufruhr wieder eingefunden, bei der Affäre Quénisset.

Der Leichenwagen passierte die Bastille, folgte dem Kanal, überschritt die kleine Brücke und erreichte den Platz vor der Austerlitzbrücke. Dort hielt er. Jetzt hätte, aus der Vogelperspektive gesehen, die Masse den Anblick eines Kometen geboten, dessen Kopf sich auf dem Platz befand und dessen am Quai Bourdon entfalteter Schweif die Bastille bedeckte und sich auf dem Boulevard bis zur Porte Saint-Martin verlängerte. Um den Leichenwagen entstand ein Kreis. Die ungeheure Menge verstummte. Lafayette sprach Worte des Abschieds für Lamarque. Es war ein packender und erhabener Augenblick, alle nahmen die Hüte ab, alle Herzen pochten. Da plötzlich erschien inmitten der Gruppe ein schwarzgekleideter Mann zu Pferde mit einer roten Fahne, andere sagten, mit einer Pike, auf der eine rote Mütze gehangen habe. Lafayette sah weg. Exelmans verließ den Zug.

Die rote Fahne entfachte einen Sturm und ging darin unter. Vom Boulevard Bourdon bis zur Austerlitzbrücke durchbrauste einer jener Schreie, die der Brandung des

Meeres gleichen, die Masse. Zwei überraschende Rufe erhoben sich: »Lamarque ins Panthéon! Lafayette nach dem Stadthaus!« Indes die Menge klatschte, spannten junge Leute sich vor und zogen Lamarque im Leichenwagen über die Austerlitzbrücke und Lafayette in einer Droschke über den Quai Morland.

In dem Volk, das Lafayette umdrängte und ihn feierte, sah man und zeigte man sich einen Deutschen namens Ludwig Snyder, der auch im Krieg von 1776 mitgefochten und bei Trenton unter Washington, unter Lafayette bei Brandywine gekämpft hatte.

Inzwischen setzte sich am linken Ufer die Munizipalkavallerie in Bewegung und nahte, die Brücke abzusperren. Am rechten Ufer ritten die Dragoner vom Quai des Célestins herbei und stellten sich am Quai Morland auf. Das Volk, das Lafayette zog, bemerkte sie plötzlich an der Biegung des Quais und schrie: »Die Dragoner!« Die Dragoner rückten Schritt für Schritt vor, schweigend, Pistolen und Karabiner in den Halftern, die Säbel in den Scheiden, mit den finsteren Gebärden des Wartens. Zweihundert Schritte von der kleinen Brücke hielten sie. Die Droschke, in der Lafayette saß, fuhr an sie heran, sie öffneten ihre Reihen, ließen ihn durch und schlossen sich hinter ihm wieder. In diesem Moment berührten sich die Dragoner und die Menge. Erschreckt flohen die Frauen.

Was ereignete sich in der schicksalsvollen Minute? Niemand kann es sagen. Es ist der dunkle Augenblick, in dem zwei Wolken zusammenprallen. Die einen erzählen, man habe vom Arsenal her eine Fanfare gehört, die zum Angriff blies, die anderen, ein Kind habe einen Dragoner mit dem Messer gestochen. Sicher ist, daß sich jählings drei Schüsse entluden. Der erste tötete den Schwadronschef Cholet, der zweite eine taube Alte, die in der Rue Contrescarpe ihr Fenster zuwarf, der dritte verbrannte die Epaulette eines Offiziers.

Eine Frau schrie: »Sie fangen zu früh an!«

Und plötzlich sah man, wie von der Seite gegenüber dem Quai Morland eine Schwadron Dragoner, die in der Kaserne verblieben war, im Galopp, mit gezücktem Säbel durch die

Rue Bassompierre und den Boulevard Bourdon heranjagte und alles vor sich niedermähte.

Nun ist es soweit, der Sturm ist entfesselt, es hagelt Steine, Gewehrsalven knattern, viele Menschen springen das Steilufer hinab und überschreiten den heute ausgefüllten Nebenarm der Seine. Die Werften der Insel Louviers, diese eigens dafür geschaffene Zitadelle, sind rasch von den Kämpfern besetzt, Pfähle werden aus der Erde gerissen, Pistolenschüsse knallen, eine Barrikade steigt empor. Die jungen Leute, die zurückgedrängt worden sind, ziehen im Laufschritt den Leichenwagen über die Austerlitzbrücke und greifen die Munizipalgarde an. Die Karabiniers eilen herzu, die Dragoner hauen mit ihren Säbeln, die Menge zerstreut sich nach allen Richtungen, in alle Winkel von Paris fliegt das Gerücht vom Bürgerkrieg, der Schrei gellt: »Zu den Waffen!« Man rennt und überrennt, Flucht oder Widerstand. Der Zorn läßt den Aufruhr aufflammen, wie der Wind das Feuer in die Weite trägt.

Der Aufruhr

Nichts ist erstaunlicher als das erste Getümmel eines Aufruhrs. Alles bricht überall auf einmal los. War das vorauszusehen? Ja. War das vorbereitet? Nein. Woher kommt es? Aus den Pflastersteinen. Von wo fällt es herab? Aus den Wolken. Hier zeigt der Aufstand den Charakter einer Verschwörung, dort den einer Improvisation. Der erste beste bemächtigt sich einer Strömung in der Menge und lenkt sie dahin, wo er will. In dem erschreckenden Beginn der Revolte klingt etwas wie eine furchtbare Heiterkeit mit. Zuerst das Geschrei in den Straßen, die Geschäfte werden geschlossen, die in den Kaufläden ausgelegten Waren verschwinden. Dann vereinzelte Schüsse, flüchtende Scharen, Kolbenhiebe gegen die Tore. In den Höfen der Häuser lachen Dienstmädchen und sagen: »Jetzt geht's los!« Nach noch nicht einer Viertelstunde begab sich fast zugleich an zwanzig verschiedenen Punkten von Paris das Folgende.

In der Rue Sainte-Croix-de-la-Bretonnerie betraten etwa zwanzig junge Männer mit Bärten und langem Haar eine Schenke und kamen gleich darauf wieder heraus. Sie hatten nun eine mit einem Kreppschleier verhüllte, waagerechte Trikolore und drei Bewaffnete an ihrer Spitze. Der erste trug einen Säbel, der zweite ein Gewehr, der dritte eine Pike.

In der Rue des Nonnains-d'Hyères verschenkte ein gutgekleideter Bürger mit Bauch, tönender Stimme, kahlem Schädel, hoher Stirn, schwarzem Bart und einem jener rauhen Schnurrbärte, die nichts hinunterbürsten kann, öffentlich Patronen an die Vorübergehenden.

In der Rue Saint-Pierre-Montmartre gingen Männer mit bloßen Armen umher, die eine schwarze Fahne hatten. In weißen Buchstaben war darauf zu lesen »Republik oder Tod«. In der Rue des Jeûneurs, der Rue du Cadran, der Rue Montorgueil, der Rue Mandar erschienen Gruppen, die Fahnen schwangen, auf denen in goldenen Buchstaben das Wort »Sektion« mit einer Nummer stand. Eine dieser Fahnen war rot und blau mit einem kaum erkennbaren weißen Mittelteil.

Man plünderte eine Waffenfabrik am Boulevard Saint-Martin und drei Läden von Büchsenmachern, den ersten in der Rue Beaubourg, den zweiten in der Rue Michel-le-Comte, den dritten in der Rue du Temple. In wenigen Minuten bemächtigten sich die tausend Hände der Menge des ganzen Vorrats und schleppten zweihundertunddreißig Gewehre mit, fast alles Doppellader, vierundsechzig Säbel, dreiundachtzig Pistolen. Um noch mehr Leute zu bewaffnen, nahm der eine die Flinte, der andere das Bajonett.

Gegenüber dem Quai de la Grève richteten sich mit Musketen bewaffnete junge Männer bei Frauen einen Schießstand ein. Einer von ihnen hatte ein Radschloßgewehr. Sie läuteten, betraten die Wohnung und verfertigten Patronen. Eine Frau hat erzählt: »Ich wußte nicht, was Patronen sind, mein Gatte hat es mir gesagt.« Ein Haufen, der sich angesammelt hatte, erbrach einen Antiquitätenladen in der Rue des Vieilles-Haudriettes und raubte Yatagans und türkische Waffen.

In der Rue de la Perle lag die Leiche eines durch eine Gewehrkugel getöteten Maurers. Am rechten und am linken Ufer, an den Kais, auf den Boulevards, im Quartier Latin, im Markthallenviertel lasen keuchende Männer, Arbeiter, Studenten, Sektionsmitglieder, Proklamationen vor, schrien: »Zu den Waffen!«, zertrümmerten Laternen, spannten die Pferde von Kutschen aus, entpflasterten Straßen, sprengten Haustüren, entwurzelten Bäume, durchwühlten Keller, rollten Fässer hervor, schichteten Pflastersteine auf, Bausteine, Möbel, Bretter und erbauten Barrikaden.

Man zwang die Bürger zu helfen. Man trat bei Frauen ein, man ließ sich von ihnen den Säbel und das Gewehr des abwesenden Gatten übergeben und schrieb mit Billardkreide an die Tür: »Waffen ausgehändigt.« Manche bestätigten »mit eigenem Namen« den Empfang von Säbel und Gewehr und sagten: »Holen Sie sie morgen im Bürgermeisteramt ab!« Man entwaffnete in den Straßen Wachposten, die allein waren, und Nationalgardisten auf dem Weg zu ihrem Bezirksrathaus. Man riß den Offizieren die Epauletten ab. In der Rue du Cimetière-Saint-Nicolas konnte sich ein Offizier der Nationalgarde, von einem mit Stöcken und Stoßdegen bewaffneten Trupp verfolgt, nur mit Mühe in ein Haus flüchten, das er verkleidet erst in der Nacht verließ.

Im Viertel Saint-Jacques kamen die Studenten in Schwärmen aus ihren Quartieren. Sie gingen die Rue Saint-Hyacinthe bis zum Café du Progrès hinauf oder die Rue des Mathurins hinab bis zum Café des Sept-Billards. Dort standen auf Prellsteinen vor den Toren junge Leute und teilten Waffen aus. Man plünderte den Holzplatz in der Rue Transnonain, um Barrikaden zu bauen. An einem einzigen Punkt widersetzten sich die Bewohner, an der Ecke der Rue Saint-Avoye und der Rue Simon-le-Franc, wo sie selbst die Barrikaden zerstörten. An einem einzigen Punkt wichen die Aufrührer. Sie verließen eine in der Rue du Temple begonnene Barrikade, nachdem sie auf einen Zug Nationalgarde gefeuert hatten, und flohen durch die Rue de la Corderie. Die Nationalgardisten hoben an der Barrikade eine rote Fahne, eine Schachtel Patronen und dreihundert Pistolenkugeln auf. Sie zerstückelten die Fahne und trugen die Fetzen auf ihren Bajonetten davon.

Alles, was wir hier gemach und nacheinander berichten, vollzog sich an allen Punkten der Stadt zugleich, inmitten eines gewaltigen Auflaufs, wie eine Vielzahl von Blitzen, die ein einziges Donnergrollen begleitet.

Binnen weniger als einer Stunde entwuchsen allein im Markthallenviertel siebenundzwanzig Barrikaden dem Boden. In der Mitte lag das berühmte Haus Nummer 50, die Festung von Jeanne und seinen hundertundsechs Kämpfern, die, auf einer Seite von einer Barrikade vor Saint-Merry, auf der anderen von einer Barrikade in der Rue Maubuée flankiert, drei Straßen beherrschte, die Rue des Arcis, die Rue Saint-Martin und die Rue Aubry-le-Boncher, in die sie vorsprang. Zwei Barrikaden, rechtwinklig gegeneinander, erstreckten sich, die eine von der Rue Montorgueil in die Grande-Truanderie, die andere von der Rue Geoffroy-Langevin in die Rue Saint-Avoye. Dazu unzählige Barrikaden in zwanzig anderen Vierteln von Paris, im Marais, auf dem Berg der heiligen Genoveva, eine in der Rue Ménilmontant, auf der man ein aus den Angeln gerissenes Einfahrtstor sah. Eine andere nahe der kleinen Brücke am städtischen Krankenhaus, aus einem abgeschirrten und umgeworfenen Kohlenwagen erbaut, dreihundert Schritte von der Polizeipräfektur.

An der Barrikade in der Rue des Ménétriers spendete ein gutangezogener Mann den Arbeitern Geld. Vor der Barrikade in der Rue Greneta erschien ein Reiter und gab dem, der Führer zu sein schien, eine Geldrolle; so sah es wenigstens aus. »Da«, sagte er, »für Ihre Ausgaben, Wein und das übrige.« Ein blonder junger Mann ohne Krawatte ging von Barrikade zu Barrikade und teilte Parolen mit. Ein anderer, mit bloßem Säbel, eine blaue Feldmütze auf dem Kopf, stellte Wachposten auf. Im Inneren, diesseits der Barrikade, wurden Kneipen und Portierslogen in Wachlokale verwandelt. Dabei wurde der Aufruhr nach kundigster militärischer Taktik geleitet. Die engen, ungleichen, gekrümmten Straßen, voll von Winkeln und Wendungen, eigneten sich vortrefflich, besonders die Gegend um die Hallen, dieses Straßennetz, das undurchdringlicher als ein Wald ist. Die Gesellschaft der Freunde des Volkes hatte, wie es hieß, die Organisation des Aufstands im Viertel Saint-Avoye übernommen. Bei einem Mann, der in der Rue Ponceau getötet wurde, fand man, als man ihn durchsuchte, einen Plan von Paris.

In Wirklichkeit übernahm die Führung des Aufruhrs so etwas wie ein namenloser Schwung, der in der Luft lag. Der Aufstand errichtete unversehens mit der einen Hand die Barrikaden und bemächtigte sich mit der anderen nahezu aller Posten der Garnison. In nicht drei Stunden hatten die Aufrührer, so wie eine Pulverbahn sich entzündet, am rechten Ufer das Arsenal besetzt, das Bürgermeisteramt an der Place Royale, das ganze Marais, die Waffenfabrik Popincourt, die Galiote, das Château-d'Eau, alle Straßen in der Nähe der Hallen. Am linken Ufer die Veteranenkaserne, Sainte-Pélagie, die Place Maubert, das Pulvermagazin der zwei Mühlen, alle Schranken. Um fünf Uhr nachmittags waren sie Herren der Bastille, der Wäscherei, des Karmeliterklosters. Ihr Vortrupp berührte die Place des Victoires und bedrohte die Bank, die Kaserne der Kleinen Patres und die Hauptpost. Ein Drittel von Paris befand sich in Aufruhr.

Allenthalben war riesenhaft der Kampf entbrannt. Und die Konfiskation der Waffen, die Fahndung in den Häusern, der Überfall auf die Läden der Büchsenmacher ergaben, daß das, was zuerst ein Krieg mit Steinen gewesen war, mit Flintensalven fortging. Gegen sechs Uhr abends wurde die Passage du Saumon zum Schlachtfeld. Die Aufrührer standen an einem Eingang, die Soldaten am anderen. Man schoß von Gitter zu Gitter.

Ein Beobachter, ein Träumer, der Verfasser dieses Buches, der den Vulkan aus der Nähe betrachten wollte, geriet in der Passage zwischen zwei Feuer. Vor den Kugeln schützte ihn nur die Wölbung der Halbsäulen, die die Geschäfte voneinander trennen. In dieser mißlichen Lage befand er sich fast eine halbe Stunde.

Indessen wurde getrommelt: Das Ganze sammeln! Die Nationalgardisten zogen sich eilends an und bewaffneten sich, die Legionen quollen aus den Bürgermeisterämtern, die

Regimenter aus den Kasernen. Gegenüber der Passage de l'Ancre empfing ein Tambour einen Dolchstich. Ein anderer in der Rue du Cygne wurde von etwa dreißig jungen Leuten angegriffen, die ihm das Kalbfell aufschlitzten und ihm seinen Säbel wegnahmen. Ein anderer wurde in der Rue Grenier-Saint-Lazare getötet. In der Rue Michel-le-Comte sanken drei Offiziere nacheinander tot um. Mehrere Munizipalgardisten, die in der Rue des Lombards verwundet worden waren, räumten das Kampfgebiet.

Vor der Cour-Batave fand ein Zug Nationalgardisten eine rote Fahne mit der Aufschrift »Republikanische Revolution, Nr. 127«. War es tatsächlich eine Revolution?

Der Aufstand hatte sich in der Innenstadt von Paris so etwas wie eine unentwirrbare, verwinkelte, riesengroße Festung geschaffen. Dort war der Mittelpunkt, dort bahnte sich offenkundig die Entscheidung an. Alles übrige war nur Geplänkel. Und dafür, daß sich dort wirklich alles entscheiden würde, sprach auch, daß da noch nicht gekämpft wurde.

Die Soldaten einiger Regimenter waren unsicher, was das erschreckende Dunkel der Krise noch vermehrte. Sie erinnerten sich an die Huldigung, mit der im Juli 1830 das Volk die Neutralität des dreiundfünfzigsten Linienregiments begrüßt hatte. Zwei kaltblütige und in den großen Kriegen bewährte Männer hatten das Kommando, der Marschall Lobau und der General Bugeaud, Bugeaud unter Lobau.

Große Patrouillen, aus Linienbataillonen zusammengesetzt, die von ganzen Kompanien der Nationalgarde umschlossen waren und denen ein Polizeikommissar mit einer Schärpe voranschritt, sollten die Straßen der Revolte auskundschaften. Die Aufrührer ihrerseits stellten Posten an die Kreuzungen und sandten verwegene Patrouillen aus den Barrikaden hervor. Man bespähte sich von hüben und drüben.

Die Regierung, die über eine Armee verfügte, zauderte. Die Nacht nahte, und man begann die Alarmglocke von Saint-Merry zu hören. Der damalige Kriegsminister, der Marschall Soult, der Austerlitz erlebt hatte, sah mit düsterer Miene zu.

An vorschriftsmäßige Truppenbewegungen gewöhnt, als Hilfsmittel und Richtschnur nur die Taktik besitzend, diesen Kompaß der Schlachten, sind die alten Kämpen völlig ratlos angesichts dieses gewaltigen Aufschäumens, das man den allgemeinen Zorn nennt. Der Sturmwind der Revolutionen läßt sich nicht lenken.

Die Nationalgardisten der Außenbezirke liefen hastig und ungeordnet zusammen. Ein Bataillon des zwölften leichten Regiments kam im Laufschritt von Saint-Denis, das vierzehnte Linienregiment von Courbevoie, die Batterien der Militärschule waren am Carrousel aufmarschiert. Kanonen fuhren von Vincennes heran.

Um die Tuilerien wurde es still. Louis-Philippe war heiteren Gemütes.

Die Besonderheit von Paris

Seit zwei Jahren, wir sagten es bereits, hatte Paris mehr als einen Aufstand erlebt. Die aufständischen Stadtviertel ausgenommen, bietet Paris im allgemeinen einen ungewöhnlich ruhigen Anblick während eines Aufruhrs. Paris gewöhnt sich sehr schnell an alles – es ist ja nur ein Aufruhr –, und Paris hat so viel zu tun, daß es sich durch so wenig nicht stören läßt. Nur eine solche Riesenstadt kann diese Schauspiele aufführen. Nur solche Mauern können den Bürgerkrieg und zugleich diese erstaunliche Ruhe einschließen. Wenn der Aufstand beginnt, wenn »das Ganze sammeln« getrommelt wird und der Generalmarsch zu hören ist, sagt der Krämer für gewöhnlich bloß: »Wie es scheint, ist in der Rue Saint-Martin dicke Luft.« Oder »Vorstadt Saint-Antoine«. Oft setzt er sorglos hinzu: »Irgendwo da drüben.«

Später, wenn das ohrenbetäubende und unheimliche Krachen der Musketen vom Rottenfeuer zu unterscheiden ist, meint der Krämer: »Wird die Sache doch ernsthaft? Potzblitz, sie wird's!«

Kommt dann der Aufruhr immer näher, sperrt er Hals über Kopf seinen Laden zu und zieht rasch seine Uniform an, das heißt, er bringt seine Ware in Sicherheit und setzt sein Leben aufs Spiel.

Auf einer Kreuzung, in einer Passage, in einer Sackgasse schießt man aufeinander. Barrikaden werden erobert, verloren und zurückerobert. Blut fließt, der Eisenhagel zerlöchert die Häuserfronten, die Kugeln töten die Menschen in ihren Betten, Leichen liegen auf dem Pflaster. Ein paar Straßen weiter ist in den Cafés das Klappern der Billardkugeln zu hören.

Zwei Schritt entfernt von diesen Straßen voller Krieg plaudern und lachen Neugierige, öffnen die Theater ihre Pforten und geben Vaudevilles. Droschken bahnen sich ihren Weg, und Passanten gehen auswärts essen, manchmal sogar in dem Stadtteil, in dem gekämpft wird. 1831 wurde eine Schießerei unterbrochen, um eine Hochzeitsgesellschaft vorbeizulassen.

Bei dem Aufstand vom 12. Mai 1839 tauchte in der Rue Saint-Martin ein altes verkrüppeltes Männchen auf. Er zog einen Handkarren, über den eine zerfetzte Trikolore gebreitet und der mit Flaschen beladen war. Zwischen der Barrikade und der Truppe hin und her gehend, bot er unparteiisch bald der Regierung, bald der Anarchie seinen Fusel an.

Nichts mutet seltsamer an, und doch entspricht das dem wahren Wesen der Pariser Aufruhre, das sich in keiner anderen Hauptstadt wiederfindet. Zwei Dinge sind dafür vonnöten, die Größe von Paris und seine Heiterkeit, die Stadt Voltaires und Napoleons.

Als jedoch die große Stadt am 5. Juni 1832 zu den Waffen griff, fühlte sie etwas, was stärker war als sie. Sie lernte die Furcht kennen. Überall, in den fernsten und sonst gleichgültigsten Vierteln, wurden Türen, Fenster und Läden noch bei Tageslicht geschlossen. Die Mutigen bewaffneten sich, die Feiglinge verkrochen sich. Der sorglose, geschäftige Passant wurde unsichtbar. Viele Straßen waren leer wie um vier Uhr morgens. Man erzählte beunruhigende Einzelheiten, man verhökerte fatale Nachrichten. Daß sie, die Rebellen, Herren der Bank waren. Daß allein im Kloster Saint-Merry ihrer sechshundert saßen, in der Kirche verschanzt wie hinter

Schießscharten. Die Linieninfanterie sei nicht zuverlässig. Armand Carrel habe Marschall Clauzel aufgesucht und der habe gesagt: »Beschafft euch doch erst einmal ein Regiment.« Lafayette sei krank, jedoch habe er ihnen gesagt: »Ich bin der Ihre. Überall werde ich Ihnen folgen, wo Raum für einen Tragsessel sein wird.« Man müsse auf der Hut sein. Nachts würden Plünderer sich einsame Häuser in öden Winkeln von Paris vornehmen – hier spürte man die Phantasie der Polizei, dieser mit der Regierung verbundenen Anne Radcliffe. Eine Batterie sei in der Rue Aubry-le-Boucher aufgefahren. Lobau und Bugeaud seien sich eins. Um Mitternacht oder spätestens bei der Morgendämmerung würden sich vier Kolonnen zugleich auf das Zentrum der Meuterei zu bewegen; die erste von der Bastille, die zweite von der Porte Saint-Martin, die dritte von der Grève, die vierte von den Hallen. Möglich auch, daß die Truppen Paris räumten und sich auf das Marsfeld zurückzögen. Man wisse nicht, was geschehen werde, aber diesmal sei es ernst. Man befaßte sich mit dem Zögern des Marschalls Soult. Warum griff er nicht sofort an? Sicher war er in tiefe Grübelei versunken. Der alte Löwe schien in diesem Schatten ein Ungeheuer, das sich ihm entzog, zu wittern.

Es wurde Abend, die Theater spielten nicht. Die Patrouillen machten mit gereizten Gesichtern ihre Rundgänge. Man durchsuchte die Passanten; man verhaftete solche, die verdächtig waren. Um neun Uhr betrug die Zahl der Verhafteten mehr als achthundert Personen. Die Polizeipräfektur war überfüllt, die Conciergerie, die Force überfüllt. In der Conciergerie zumal waren in dem langen Keller, den man die Rue de Paris nennt, Strohbündel gebreitet, auf denen gehäuft Gefangene kauerten. Lagrange, der Mann aus Lyon, hielt ihnen eine beherzte Ansprache. All dieses Stroh, von so vielen Menschen geschüttelt, raschelte wie ein Gewitterregen. Anderswo lagen die Gefangenen unter freiem Himmel auf Grünplätzen übereinander. In der ganzen Stadt waren die Angst und ein Zittern, das man in Paris wenig gewohnt ist.

Man verbarrikadierte sich in den Häusern. Frauen und Mütter waren erregt. »Ach, mein Gott, er ist nicht nach

Hause gekommen«, klagten sie alle. Kaum dröhnte von weitem das seltsame Rollen von Wagenrädern herüber. Man hörte an den Türschwellen Geräusche, Schreie, Tumulte, dumpfe, undeutliche Laute, Bewaffnete und sagte: »Das ist Kavallerie – das sind Protzkästen im Galopp«, Hörner, Trommeln, Gewehrgeknatter und vor allem das jammernde Sturmgeläut von Saint-Merry. Man erwartete den ersten Kanonenschuß. Bewaffnete Männer zeigten sich plötzlich an den Straßenecken und verschwanden, indem sie schrien: »Alle in die Häuser!« Und hastig verriegelte man die Türen. Man fragte sich: Was wird das werden? Von Augenblick zu Augenblick unheilvoller, je dichter die Dunkelheit wurde, schien Paris sich von den furchtbaren Flammen des Aufruhrs zu färben.

ZEHNTES BUCH

DAS ATOM VERBRÜDERT SICH MIT DEM ORKAN

Einige Aufschlüsse über den Ursprung von Gavroches Dichtkunst – Einfluß eines Akademikers auf diese Dichtkunst

Als der Aufruhr, der durch den Zusammenstoß zwischen Volk und Truppen vor dem Arsenal entstand, die Menge, die dem Leichenwagen folgte, zurückfluten ließ, brach in der ganzen Länge der Boulevards eine erschreckende Verwirrung aus. Die Reihen barsten, alle liefen und suchten weiterzukommen, die einen in wütendem Angriff, die anderen in bleicher Flucht. Der Strom, der die Boulevards überschwemmt hatte, zerteilte sich im Augenblick, trat rechts und links über die Ufer und floß in Sturzbächen in zweihundert Straßen zugleich, mit dem Geriesel einer geöffneten Schleuse. Eben jetzt kam ein Kind in zerlumptem Rock die Rue Ménilmontant herunter. Es hielt in der Hand den blühenden Ast einer falschen Akazie, den es auf der Höhe von Belleville gepflückt hatte.

Im Schaufenster des Ladens einer Althändlerin sah es eine verrostete Sattelpistole. Es warf den Blütenast auf das Pflaster und rief: »Mutter, leihen Sie mir Ihre Maschine!« Und es verschwand mit der Pistole.

Zwei Minuten später begegnete eine Herde vor Entsetzen schlotternder Spießer, die durch die Rue Amelot und die Rue Basse floh, dem Knaben. Er schwang seine Schußwaffe und brüllte:

»Bei Nacht sind alle Katzen grau,
bei Tag, da sieht man sehr genau,
der Bourgeois ist verblüfft, er gafft
und zetert feig und tugendhaft.«

So zog der kleine Gavroche in den Krieg. Auf dem Boulevard überzeugte er sich, daß seiner Pistole der Hahn fehlte.

Wer hatte den Gassenhauer gedichtet, der seinem Marsch den Rhythmus gab, und alle die anderen Bänkelsänge, die er gern bei Gelegenheit hören ließ? Vielleicht er selbst. Er wußte über das ganze volkstümliche Geträller Bescheid, das im Schwange war, und zwitscherte dazu von ihm geschaffene Arien. Kobold und Schlingel, ersann er ein Potpourri aus den Stimmen der Natur und den Stimmen von Paris. Er vereinigte das Repertoire der Vögel und das der Ateliers. Er kannte jugendliche Farbenreiber, einen Stamm, der dem seinigen verwandt war. Es scheint, daß er drei Monate in einer Druckerei gelernt hatte. Eines Tages beauftragte man ihn mit einem Gang zu Herrn Baour-Lormian, einem der vierzig von der Akademie. Gavroche war ein literarischer Gassenjunge.

Im übrigen ahnte er nicht, daß er in der Regennacht, in der er den beiden Knirpsen gastlich Unterkunft in seinem Elefanten anbot, diese Fürsorge seinen eigenen Brüdern erwiesen hatte. Abends seine Brüder, morgens sein Vater: Das war seine Nacht gewesen. Als er in der Dämmerung die Rue des Ballets verließ, kehrte er in Eile zu dem Elefanten zurück, holte die zwei Knirpse sachverständig heraus und teilte mit ihnen das von ihm erfundene Frühstück. Dann ging er und vertraute sie der guten Mutter Straße an, die ihn selbst so ungefähr aufgezogen hatte. Als er sich von ihnen trennte, bestellte er sie für den Abend an den nämlichen Ort und empfahl sich von ihnen mit der Rede: »Ich kratze aus oder, anders gesagt, ich verdufte oder, höfisch gesprochen, ich türme. Knirpse, wenn ihr Papa und Mama nicht mehr antrefft, kommt abends wieder her! Ich bewirte euch mit einem Nachtmahl und bringe euch zu Bett.«

Die beiden Kinder waren ausgeblieben. Entweder hatte

ein Polizist sie aufgesammelt und in Gewahrsam genommen, oder ein Jahrmarktsgaukler hatte sie gestohlen, oder sie hatten sich in dem ungeheuren chinesischen Brettspiel, das Paris ist, verirrt. Der Untergrund der sozialen Welt ist voll solcher verwehter Spuren. Gavroche hatte sie nicht wiedergesehen. Seit jener Nacht waren zehn bis zwölf Wochen verstrichen. Mehr als einmal hatte er sich den Kopf gekratzt und sich gefragt: Wo, zum Teufel, sind meine beiden Kinder?

Inzwischen war er, seine Pistole in der Faust, in der Rue du Pont-aux-Choux angelangt. Er bemerkte, daß in dieser Straße nur noch ein Laden auf war, und zwar, was der Erwägung wert schien, der eines Zuckerbäckers. Das erachtete er als Wink der Vorsehung. Er konnte also noch ein Apfeltörtchen essen, bevor er ins Reich des Unbekannten eintrat. Gavroche stand still, betastete seine Lenden, befühlte seinen Geldbeutel, drehte seine Taschen um, entdeckte nichts, nicht einen Sou, und begann zu schreien: »Zu Hilfe!«

Es ist hart, den feinsten Kuchen nicht zu ergattern. Dennoch ging er seines Weges.

Nach zwei Minuten war er in der Rue Saint-Louis. Als er durch die Rue du Parc-Royal schritt, empfand er das Bedürfnis, sich für das Apfeltörtchen, das zu kosten ihm nicht möglich gewesen war, zu entschädigen, und er verstattete sich den unermeßlichen Genuß, unter freiem Himmel die Theaterplakate abzureißen.

Etwas weiter sah er eine Gruppe wohlgenährter Wesen vorübergehen, die aussahen wie Hausbesitzer. Er zuckte die Achseln und spie aufs Geratewohl diese Entladung seiner philosophischen Galle vor sich hin: »Wie fett doch die Herren Rentiers sind! So was stopft sich voll. So was patscht in den guten Speisen herum! Frag sie einer, was sie von ihrem Geld haben! Das wissen die nicht. Sie fressen es! Der Bauch verschlingt's!«

Mit einer Pistole ohne Hahn zu fuchteln, die man mitten auf der Straße in der Hand hält, ist eine so bedeutende öffentliche Verrichtung, daß Gavroches Schwungkraft mit jedem Schritt wuchs. Er rief, indes er Fetzen der Marseillaise sang: »Geht ja großartig. Meine linke Pfote tut mir weh, ich habe die Mauke, aber ich bin zufrieden, Bürger! Die Bourgeois sollen ruhig sein, ich niese ihnen umstürzlerische Couplets in die Gesichter. Was ist ein Polizist? Ein Hund. Nein, nichts gegen die Hunde! Ich möchte einen Spitzel vor meiner Pistole haben. Ich komme vom Boulevard, Freunde, das siedet, das brodelt, das schmort. Es ist Zeit abzuschäumen. Männer, voran! Unreines Blut, es soll die Furchen tränken! Alles für das Vaterland, ich werde meine Konkubine nicht wiedersehen, nie, nie, Nini, aber egal, es lebe die Freude! Auf in den Kampf, ich habe genug vom Despotismus.«

In diesem Augenblick glitt das Pferd eines Lanciers der Nationalgarde, der vorbeiritt, aus. Gavroche legte die Pistole auf das Pflaster nieder, hob den Mann auf und half ihm, das Pferd aufzuheben. Dann nahm er seine Pistole und begab sich wieder auf den Weg.

In der Rue de Thorigny war alles friedlich und still. Diese dem Marais eigene Apathie bot einen seltsamen Gegensatz zu dem Getöse in der Weite ringsum dar. Vier Gevatterinnen plauderten vor einer Haustür. Schottland hat Trios von Hexen, aber Paris Quartette von Schwatzweibern, und die Worte: »Der du König einst sein wirst!« würden Bonaparte an der Kreuzung Baudoyer ebenso dumpf entgegentönen wie Macbeth auf der Heide von Armuyr. Es wäre etwa dasselbe Gekrächze.

Die Gevatterinnen in der Rue de Thorigny befaßten sich nur mit ihren Sachen. Es waren drei Portiersfrauen und eine Lumpensammlerin mit ihrem Haken und ihrer Kiepe. Sie standen alle vier an den vier Grenzstationen des Greisentums, der Gebrechlichkeit, der Altersschwäche, dem Ruin und der Traurigkeit. Die Lumpensammlerin war voller Demut. In dieser Freiluftwelt grüßt die Lumpensammlerin, die Portiersfrau ist die Gönnerin. Das liegt am Rinnstein, der so ist, wie die Portiersfrauen kehren, fett oder mager, je nach der Laune, mit der sie den Besen handhaben. Auch ein Besen kann gütig sein.

Die Lumpensammlerin war eine dankbare Kiepe und lächelte, o welches Lächeln!, die drei Portiersfrauen an. Es wurden Gespräche geführt wie dieses:

»Ach, ist Ihre Katze noch immer so frech?«

»Mein Gott, die Katzen sind, Sie wissen ja, von Natur die Feindinnen der Hunde. Und dann beklagen sich die Hunde noch.«

»Und die Leute auch.«

»Aber Katzenflöhe halten sich nicht beim Menschen.«

»Die Köter sind gefährlich. Ich erinnere mich an ein Jahr, wo ihrer so viele waren, daß man es in die Zeitungen bringen mußte. Damals gab es in den Tuilerien große Hammel, die das Wägelchen des Königs von Rom zogen. Erinnern Sie sich noch an den König von Rom?«

»Mir war der Herzog von Bordeaux lieber.«

»Ich habe Ludwig XVII. gekannt, der war mir lieber.«

»Das Fleisch ist teurer geworden, Madame Patagon!«

»Ach, hören Sie mir davon auf, der Metzgerladen ist schon ein Greuel. Ein entsetzlicher Greuel. Man bekommt doch nur noch Knochenbeilagen.«

Hier sprach die Lumpensammlerin dazwischen: »Meine Damen, das Geschäft ist schlecht. Die Kehrichthaufen sind erbärmlich, weil nichts mehr weggeworfen wird. Man frißt alles.«

»Manche ist ärmer dran als Sie, Vargoulême.«

»Das stimmt«, antwortete die Lumpensammlerin ehrerbietig, »ich habe mein Gewerbe.« Und nach einer Pause fügte sie, indem sie dem Drang zur Ruhmredigkeit nachgab, der allgemein menschlich ist, hinzu: »Morgens, wenn ich heimkomme, klaube ich meine Kiepe aus, ich mache die Lese. Dann liegen die Haufen in meiner Stube. Ich stecke die Lumpen in einen Korb, die Strünke in einen Handzuber, die Wäsche in meinen Wandschrank, das Wollzeug in meine Kommode, das Altpapier in den Fensterwinkel, alles, was man noch essen kann, in meinen Napf, die Glasscherben in den Kamin, die alten Schuhe hinter die Tür, und die Knochen lege ich unter mein Bett.«

Gavroche, der hinter ihr stehengeblieben war, horchte. »Ihr alten Weiber«, sagte er, »was tratscht ihr da von Politik?«

Eine Hagelwolke von Schimpfworten, aus vielfachem Geschrei sich zusammenballend, prasselte auf ihn herab. »Noch so ein Verbrecher!«

»Was hat er denn in der Klaue, eine Pistole?«

»Ich bitte Sie, der elende Knirps!«

»Das gibt keine Ruhe, bevor es nicht die Obrigkeit umschmeißen kann!«

Gavroche beschränkte sich statt jeder Gegenwehr darauf, verächtlich seine Hand zu spreizen und die Nasenspitze zu rümpfen, indem er sie mit dem Daumen hob.

Die Lumpensammlerin schrie: »So ein bloßfüßiger Nichtsnutz!«

Die Dame, die auf den Namen Madame Patagon hörte, schlug entrüstet ihre Hände gegeneinander. »Sicher gibt es großes Unheil. Den Burschen nebenan mit dem Kinnbart habe ich jeden Morgen mit einer Flitsche in rosa Haube unter dem Arm vorüberlaufen sehn. Heute sah ich ihn wieder, unter dem Arm hatte er eine Flinte. Madame Bacheux sagt, daß in der vergangenen Woche eine Revolution ausgebrochen ist ... in Pontoise. Und nun sehen Sie den da mit seiner Pistole, den abscheulichen Schmutzfinken! Es scheint, der Quai des Célestins ist voll von Kanonen. Was soll die Regierung mit dem Gesindel machen, das nicht weiß, was es erfinden soll, um die Leute in ihrer Ruhe zu stören, wo unsereins doch anfing, ein wenig zu sich zu kommen, nach all dem Unglück, das man erlebt hat, seit, lieber Gott!, die arme Königin auf dem Karren vorbeifuhr! Und durch all das wird der Tabak noch aufschlagen. Das ist eine Gemeinheit. Und sicher werde ich zuschauen, wenn sie dich köpfen, du Missetäter!«

»Du schnüffelst, Alte«, höhnte Gavroche. »Schnäuze dein Vorgebirge!« Und er trollte weiter.

In der Rue Pavée erinnerte er sich an die Lumpensammlerin und sagte zu sich selbst: »Es ist nicht recht von dir, Mutter Rinnstein, daß du über die Revolutionäre schimpfst. Die Pistole da vertritt nur dein Interesse, daß du in deiner Kiepe mehr eßbare Sachen hast.«

Plötzlich hörte er Lärm hinter sich. Die Portiersfrau Patagon war ihm gefolgt, wies von fern mit der Faust auf ihn und schrie: »Bankert!«

»Ach«, erwiderte Gavroche, »wie mir das schnuppe ist!«

Wenig später kam er an dem Hôtel Lamoignon vorüber. Dort stieß er den Ruf aus: »Hinein in die Schlacht!« Und Schwermut wandelte ihn an. Vorwurfsvoll betrachtete er seine Pistole, und es schien ihm, als versuche sie ihn zu rühren. »Ich gehe los«, sagte er, »aber du nicht.«

Ein Hund kann von einem Hahn ablenken. Ein sehr dürrer Pudel näherte sich. Gavroche hatte Mitleid mit ihm. »Mein armer Wauwau«, schmeichelte er ihm, »du hast wohl ein Faß verschluckt, daß alle Reifen zu sehen sind.« Dann wandte er sich der Ulme von Saint-Gervais zu.

Die begründete Empörung eines Barbiers

Der würdige Perückenmacher, der die beiden Kleinen, denen Gavroche die väterlichen Eingeweide des Elefanten öffnete, weggejagt hatte, stand in diesem Moment in seinem Laden. Er war dabei, einen alten, mit dem Kreuz der Ehrenlegion geschmückten Soldaten, der einst dem Kaiser diente, zu rasieren. Man plauderte. Der Perückenmacher hatte natürlich mit dem Veteranen von dem Aufruhr gesprochen, dann von dem General Lamarque, und von Lamarque ging die Rede auf Napoleon über. So ergab sich eine Unterhaltung zwischen Barbier und Soldat, die Prudhomme, wäre er zugegen gewesen, um Arabesken bereichert und betitelt hätte: Dialog zwischen Rasiermesser und Säbel.

»Mein Herr«, fragte der Perückenmacher, »wie stieg der Kaiser zu Pferde?«

»Schlecht. Er konnte nicht richtig fallen. Darum fiel er nie.«

»Hatte er schöne Pferde? Er muß doch schöne Pferde gehabt haben?«

»An dem Tag, wo er mir das Kreuz verliehen hat, habe ich mir seinen Gaul angesehen. Es war ein Renner, ganz weiß. Er hatte abstehende Ohren, einen tiefen Sattel, einen feinen Kopf mit einem schwarzen Stern vorn, sehr langen Hals, starke Kniegelenke, vorspringende Rippen, schräge Schultern, ein mächtiges Hintergestell. Etwas über fünfzehn Spannen war er hoch.«

»Hübsches Pferd«, sagte der Barbier.

»Es war das Tier Seiner Majestät.«

Der Perückenmacher hatte die Empfindung, daß nach diesem Wort ein kurzes Schweigen angezeigt sei, und er paßte sich dem an. Dann fuhr er fort: »Der Kaiser ist nur einmal verwundet worden, nicht wahr, mein Herr?«

Der alte Soldat erwiderte in dem ruhigen, überlegenen Ton des Mannes, der dabei war: »An der Ferse. Bei Regensburg. Ich habe ihn nie so gut angezogen gesehen wie an dem Tag. Er war sauber wie ein neuer Sou.«

»Und Sie, Herr Veteran, sind häufig verwundet worden?«

»Ich?« fragte der Soldat. »Ach, nicht so bedeutend! Bei Marengo habe ich zwei Säbelhiebe in den Nacken abgekriegt, bei Austerlitz eine Kugel in den rechten Arm, bei Jena eine in die linke Hüfte, bei Friedland einen Bajonettstich, da an der Moskwa sieben oder acht Lanzenstiche irgendwohin, bei Lützen einen Granatsplitter, der mir einen Finger zerschmettert hat. Und bei Waterloo eine Kartätschenkugel in den Oberschenkel. Das ist alles.«

»Wie schön«, rief der Barbier mit pindarischem Akzent, »auf dem Schlachtfeld zu sterben! Ich, auf Ehrenwort, möchte, ehe ich im Bett krepiere, an Krankheit, langsam, alle Tage ein bißchem mehr, mit Drogen, Breiumschlägen, Klistierspritze und Medizinen, eine Kanonenkugel in den Bauch empfangen!«

»Sie sind kein Kostverächter«, sagte der Soldat. Kaum hatte er ausgesprochen, als ein furchtbares Getöse den Laden erschütterte. Eine Scheibe der Auslage war jäh zerplatzt. Der Perückenmacher wurde bleich. »Mein Gott!« rief er. »Da ist eine!«

»Was?«

»Eine Kanonenkugel.«

»Hier«, sagte der Soldat. Und er hob etwas auf, was am Boden dahinrollte. Es war ein Kieselstein.

Der Barbier lief zu der zertrümmerten Scheibe und sah Gavroche, der aus Leibeskräften zum Marché Saint-Jean floh. Als er vor dem Laden des Perückenmachers vorbeikam, hatte Gavroche, der die beiden Knirpse auf dem Herzen hatte, dem Wunsch nicht widerstehen können, ihm guten Tag zu sagen, und ihm einen Stein ins Fenster geschleudert. »Sehen Sie«, rief der Perückenmacher, der jetzt blau im Gesicht statt weiß war, »so was tut das Böse um des Bösen willen. Was hat man dem Bengel getan?«

Das Kind wundert sich über den Greis

Inzwischen hatte Gavroche auf dem Marché Saint-Jean, dessen Polizeiwache schon überwältigt war, seine Verbindung mit einer von Enjolras, Courfeyrac, Combeferre und Feuilly geleiteten Schar vollzogen. Sie waren ziemlich bewaffnet. Bahorel und Jean Prouvaire hatten sie wiedergefunden und vergrößerten die Gruppe. Enjolras hatte ein doppelläufiges Jagdgewehr, Combeferre eine Flinte der Nationalgarde, die eine Legionsnummer trug, und in seinem Gürtel zwei Terzerole, die sein aufgeknöpfter Überrock sehen ließ, Jean Prouvaire eine alte Kavalleriemuskete, Bahorel einen Karabiner, Courfeyrac schwang einen gezückten Stoßdegen, Feuilly marschierte, einen blanken Säbel in der Faust, voran und rief: »Es lebe Polen!«

Sie kamen auf den Quai Morland ohne Krawatten, ohne Hüte, atemlos, vom Regen durchnäßt, mit blitzenden Augen. Gavroche redete sie selbstbewußt an: »Wohin gehen wir?«

»Komm mit«, sagte Courfeyrac.

Hinter Feuilly schritt oder vielmehr hüpfte Bahorel, ein Fisch im Wasser des Aufruhrs. Er hatte eine karmesinrote Weste und gebrauchte schneidende Worte. Seine Weste brachte einen Passanten aus der Fassung, der bestürzt rief: »Da sind die Roten!«

»Das Rot, die Roten!« entgegnete Bahorel. »Eine spaßige Angst, Bourgeois. Ich für meine Person zittere nicht vor einer Klatschrose, das Rotkäppchen flößt mir kein Entsetzen ein. Bourgois, glauben Sie mir, überlassen wir die Furcht vor Rot dem Hornvieh!« Er entdeckte einen Mauerwinkel, in dem das friedlichste Blatt Papier der Welt angeklebt war, eine Erlaubnis, Eier zu essen, ein Fastnachtshirtenbrief, den der Erzbischof von Paris an seine »Schafe« richtete. »Schafe«, sagte Bahorel. »Ein höfliches Wort für Gänseherde.« Und er riß den Hirtenbrief von der Mauer ab. Das eroberte ihm die Sympathie von Gavroche. Mit diesem Augenblick begann Gavroche, Bahorel zu studieren.

»Bahorel«, bemerkte Enjolras, »das ist nicht recht von dir. Du hättest den Hirtenbrief in Ruhe lassen sollen. Nicht mit ihm haben wir zu tun, du verausgabst unnötig Zorn. Hebe dir deinen Vorrat auf! Man schießt nicht außer Reih und Glied, mit der Seele so wenig wie mit der Büchse.«

»Jeder nach seiner Manier, Enjolras«, erwiderte Bahorel. »Die Bischofsprosa ärgert mich, ich will Eier essen, ohne daß man es mir erlaubt. Du hast die kalt-heiße Manier; ich belustige mich. Im übrigen verausgabe ich mich nicht, ich nehme nur meinen Anlauf; und wenn ich den Hirtenbrief abgerissen habe, dann, beim Herkules!, um mir Appetit zu machen.«

Der Ausruf »beim Herkules!« verblüffte Gavroche. Er suchte Gelegenheiten, sich Kenntnisse zu verschaffen, und diesen Plakatabreißer schätzte er. Er fragte: »Was heißt das: beim Herkules?«

Bahorel antwortete: »Das heißt Donnerwetter noch mal auf lateinisch.«

Hier gewahrte Bahorel an einem Fenster einen blassen, schwarzbärtigen jungen Mann, der zusah, wie sie vorübergingen, und wohl ein Freund des ABC war. »Schnell«, rief er ihn an, »wir haben nicht genug Patronen, *para bellum!*«

»Ja, belämmert!« erriet Gavroche, der nun Lateinisch verstand.

Ein tumultuarischer Zug folgte ihnen, Studenten, Künstler, junge Leute, Anhänger der Cougourde von Aix, Fabrikarbeiter, Hafenarbeiter, mit Stöcken und Bajonetten bewaffnet, einige wie Combeferre mit Pistolen, die in ihre Hosen rutschten. Ein Greis, der sehr bejahrt schien, marschierte mit. Er hatte keine Waffe und beeilte sich, nicht zurückzubleiben, obwohl er nachdenklich aussah. Gavroche beobachtete ihn.

»Wasissendas?« fragte er Courfeyrac.

»Ein Alter.« Es war Herr Mabeuf.

Der Greis

Berichten wir, was sich begeben hatte:

Enjolras und seine Freunde waren, als die Dragoner angriffen, auf dem Boulevard Bourdon gewesen, nahe den Getreidespeichern. Enjolras, Courfeyrac und Combeferre hatten zu denen gezählt, die ihren Weg durch die Rue Bassompierre nahmen und schrien: »Auf die Barrikaden!« In der Rue Lesdiguières hatten sie den Greis getroffen, der beharrlich ausschritt.

Es war ihnen aufgefallen, daß er im Zickzack ging, als wäre er betrunken. Auch hatte er seinen Hut in der Hand, obwohl es den ganzen Vormittag geregnet hatte und gerade jetzt stark regnete. Courfeyrac hatte den Vater Mabeuf erkannt. Wer er war, wußte er, da er Marius oft bis an seine Tür begleitet hatte. Er war mit den friedlichen und mehr als schüchternen Gewohnheiten des alten Kirchenvorstehers und Bücherliebhabers vertraut und verblüfft, ihn inmitten dieses Schwalls zu sehen, zwei Schritte von den Kavallerieangriffen entfernt. Barhäuptig im Regen, schlenderte er durch das Kugelsausen. Courfeyrac hatte den Greis angeredet, und der fünfundzwanzigjährige Rebell und der Mann von achtzig hatten dieses Zwiegespräch:

»Herr Mabeuf, gehn Sie nach Hause!«

»Warum?«

»Es wird lärmend werden.«

»Gut so.«

»Säbelhiebe, Flintenschüsse, Herr Mabeuf.«

»Gut so.«

»Kanonenschüsse.«

»Gut so. Wohin gehen Sie?«

»Wir werden die Regierung stürzen.«

»Gut so.« Und er hatte sich ihnen angeschlossen. Seitdem hatte er kein Wort gesagt. Plötzlich waren seine Schritte sicher geworden. Arbeiter hatten ihm ihren Arm angeboten; er hatte den kopfschüttelnd abgelehnt. Er rückte fast in die erste Reihe der Kolonne vor, und plötzlich hatte er die Bewegungen eines Marschierers und das Antlitz eines Schläfers. »Toll, der Mann!« murmelten die Studenten. In der Rotte verbreitete sich das Gerücht, er sei ein ehemaliger Abgeordneter des Konvents, ein alter Königsmörder.

Die Schar zog durch die Rue de la Verrerie. Der kleine Gavroche vornweg mit gellendem Gesang, durch den er wie ein Hornist wirkte.

»Der Mond scheint bald,
Komm in den Wald,
Sagt Karlchen zu Charlotte.
Tu tu tu
Nach Chatou.

Ich hab nur einen Gott und einen König, nie einen blanken Heller und selten einen vollen Teller.

Vom Tau getrunken in der Morgenstund
Hatten zwei Sperlinge, und
Da waren sie schief geladen.
Zi zi zi
Nach Passy.

Ich hab nur einen Gott und einen König, nie einen blanken Heller und selten einen vollen Teller.

Und die beiden kleinen Wölfe
Machten einen Krach für zwölfe,
Da holte sie der Tiger.
Don don don
Nach Meudon.

Ich hab nur einen Gott und einen König, nie einen blanken Heller und selten einen vollen Teller.

Draußen ist's nicht kalt,
Komm in den Wald,
Sagt Karlchen zu Charlotte.
Tin tin tin
Nach Pantin.

Ich hab nur einen Gott und einen König, nie einen blanken Heller und selten einen vollen Teller.«

Das Ziel ihres Marsches war Saint-Merry.

Rekruten

Die Gruppe schwoll mit jeder Minute an. In der Gegend der Rue des Billettes gesellte sich zu ihr ein hochgewachsener Mann mit grauem Haar, dessen rauhes, kühnes Gesicht Courfeyrac, Enjolras und Combeferre überraschte, den aber niemand kannte. Gavroche, nur damit beschäftigt, zu singen, zu pfeifen, zu summen, zu hasten und mit dem Kolben seiner Pistole ohne Hahn an die Fensterläden der Geschäfte zu hauen, übersah den Mann.

In der Rue de la Verrerie kamen sie an der Tür von Courfeyrac vorüber. »Das trifft sich gut«, sagte Courfeyrac, »ich habe meine Börse vergessen und meinen Hut verloren.« Er verließ die Schar und stieg, indem er jedesmal vier Stufen nahm, in seine Wohnung hinauf. Er holte sich einen alten Hut und seine Börse und auch einen viereckigen Koffer von der Größe einer geräumigen Reisetasche, der in seiner schmutzigen Wäsche verborgen war. Als er im Laufschritt wieder hinabstieg, stellte ihn die Portiersfrau: »Herr von Courfeyrac!«

»Portiersfrau, wie ist Ihr Name?« entgegnete Courfeyrac.

Die Portiersfrau war verdutzt. »Sie wissen doch, ich bin die Hausbesorgerin, mein Name ist Mutter Veuvain.«

»Nun, wenn Sie mich noch einmal Herr von Courfeyrac

nennen, nenne ich Sie Mutter von Veuvain. Jetzt reden Sie, was ist los?«

»Es möchte Sie jemand sprechen.«

»Wer?«

»Ich weiß nicht.«

»Wo?«

»In meiner Stube.«

»Zum Teufel!« sagte Courfeyrac.

»Er wartet schon über eine Stunde auf Ihre Rückkehr«, erklärte die Portiersfrau.

Zugleich trat aus der Stube eine Art junger Arbeiter, mager, blaß, klein, mit Sommersprossen, bekleidet mit einem durchlöcherten Hemd und einer geflickten Manchesterhose, der mehr wie ein vermummtes Mädchen aussah denn wie ein Mann, und raunte Courfeyrac mit einer Stimme zu, die nicht im mindesten eine Frauenstimme war: »Wo ist Herr Marius, bitte?«

»Hier nicht.«

»Kommt er heute abend nach Hause?«

»Keine Ahnung.« Und Courfeyrac setzte hinzu: »Ich komme nicht nach Hause.«

Der junge Mann starrte ihn an und fragte: »Weshalb?«

»Weil ...«

»Wohin gehen Sie denn?«

»Was schert das dich?«

»Soll ich Ihren Koffer tragen?«

»Ich gehe auf die Barrikaden.«

»Soll ich mit Ihnen gehn?«

»Wenn du willst!« antwortete Courfeyrac. »Die Straße ist frei, die Pflastersteine gehören jedem.« Und rasch entwich er, um seinen Freunden nachzueilen. Als er sie erreicht hatte, gab er einem von ihnen den Koffer zu tragen. Erst eine Viertelstunde später bemerkte er, daß der junge Mann ihnen tatsächlich nachgegangen war.

Menschen, die sich zusammengerottet haben, gelangen bestimmt nicht dahin, wohin sie wollen. Die Schar wurde gewissermaßen von einem Windstoß weitergeführt. Sie prellte über Saint-Merry vor und befand sich unversehens in der Rue Saint-Denis.

ELFTES BUCH

DAS »KORINTH«

Die Geschichte des »Korinth« seit seiner Gründung

Die Pariser, die heute von den Markthallen her die Rue Rambuteau betreten, sehen zur Rechten, der Rue Mondétour gegenüber, einen Korbmacherladen. Sein Schild zeigt einen Korb, der die Umrisse des Kaisers Napoleon des Großen hat, mit der Aufschrift: Napoleon ganz aus Weidenholz. Und niemand ahnt die schrecklichen Szenen, deren Schauplatz dieselbe Örtlichkeit vor kaum dreißig Jahren war.

Dort waren die Rue de la Chanvrerie, die in den alten Urkunden »Chanverrerie« geschrieben wurde, und eine berühmte Schenke, das »Korinth«.

Wir erinnern uns an alles, was über die Barrikade, die an dieser Stelle errichtet und im übrigen von der Barrikade Saint-Merry in den Schatten gestellt wurde, gesagt worden ist, und auf diese berüchtigte, heute in tiefe Nacht versunkene Barrikade in der Rue de la Chanvrerie wollen wir ein wenig Licht werfen.

Der Verständlichkeit der Erzählung halber sei uns gestattet, das einfache Mittel anzuwenden, das wir schon für Waterloo benutzt haben. Wer sich deutlicher die Häuserblocks vorstellen will, die damals nahe der Saint-Eustache-Spitze sich erhoben, an der Nordostecke der Hallen, da, wo die Rue Rambuteau mündet, braucht nur, wenn er die Rue Saint-Denis an ihrem Gipfel und die Hallen an ihrer Grundfläche berührt, sich ein N zu denken. Die beiden vertikalen Striche dieses N sind dann die Rue de la Grande Truanderie und die Rue de la Chanvrerie, und die Rue de la Petite-Truanderie ist der Querstrich. Die alte Rue Mondotéur zerschnitt die drei Striche in den gewundensten Biegungen. So genügte die labyrinthische Verhakung der vier Straßen, um auf einem Raum von hundert Quadratklaftern zwischen den Hallen und der Rue Saint-Denis einerseits, der Rue du Cygne und der Rue des Prêcheurs andererseits sieben Häuserinseln entstehen zu lassen, bizarr geformt, von verschiedener Größe, schief und wie durch Zufall gelagert und wie die Steinklötze auf dem Bauplatz kaum durch eine enge Spalte getrennt.

Wir sagen enge Spalte und können keine genauere Idee von diesen dunklen, eingeschnürten, winkligen Gäßchen und den achtstöckigen, verwitterten Gebäuden, die sie begrenzten, geben. So verfallen waren diese Häuser, daß in der Rue de la Chanvrerie und der Rue de la Petite-Truanderie die Fassaden von Balken gestützt waren, die sich von einem Haus zum anderen spannten. Die Straße war eng und die Gosse breit, der Passant stolperte über das Pflaster, immer durchnäßt, wenn er an den kellerähnlichen Gewölben vorbeiging, den plumpen Prellsteinen mit ihren Eisenringen, den übermäßig hohen Unrathaufen, den mit ungeheuren, jahrhundertealten Gittern gezierten Türen vor den Innenfluren. Die Rue Rambuteau hat all das zerstört.

Der Name »Mondétour«, also »Mein Umweg«, malt prachtvoll die krummen Linien dieser Straßenzüge. Etwas weiter fand man sie noch besser durch die Rue Pirouette bezeichnet, die sich in Drehungen in die Rue Mondétour warf.

Der Fußgänger, der von der Rue Saint-Denis in die Rue de la Chanvrerie kam, sah, wie sie sich mählich vor ihm verengte, als wäre er in einen langgezogenen Trichter geraten. Am Ende der sehr kurzen Straße fand er den Weg nach den Markthallen durch eine hohe Häuserreihe versperrt, und er hätte sich in einer Sackgasse gewähnt, wären ihm nicht rechts und links zwei dunkle Einschnitte aufgefallen, durch die er entwischen konnte. Das war die Rue Mondétour, die auf der einen Seite in die Rue des Prêcheurs und auf der anderen in die Rue du Cygne und die Rue de la Petite-Truanderie führte. Ganz hinten in dieser Art Sackgasse, im Winkel des rechten Einschnitts, sah man ein Haus, das weniger hoch war als die anderen und wie ein Kap in die Rue Mondétour hineinragte. Es war zweistöckig und beherbergte seit dreihundert Jahren eine berühmte Schenke. Sie rief fröhlichen Lärm an der Stätte hervor, die der alte Théophile in den beiden Versen bedichtet hat:

»Aus Liebe hat sich dort ein armer Narr erhängt,
und schaurig klappert sein Skelett im Winde.«

Die Lage war gut; die Kneipe vererbte sich immer vom Vater auf den Sohn. In der Zeit von Mathurin Régnier hieß sie »Wirtshaus zum Rosentopf«, und da die Bilderrätsel Mode waren, hatte sie zum Schild einen rosarotgetünchten Pfosten. Im letzten Jahrhundert malte der würdige Natoire, einer der heute von der strengen Schule mißachteten wunderlichen Meister, als er sich mehrmals in dieser Schenke an demselben Tisch wie vor ihm Régnier betrunken hatte, aus Dankbarkeit auf den rosaroten Pfosten eine korinthische Traube. Erfreut hatte der Wirt sein Schild abgeändert und unter die Weinbeeren in Gold die Worte »Zur korinthischen Traube« setzen lassen. Daher der Name »Korinth«. Nichts entspricht mehr der Gemütsart der Trunkenbolde als die Ellipse. Sie ist das Zickzack des Satzes. »Korinth« verdrängte allmählich den Namen »Rosentopf«. Der letzte Wirt aus der Dynastie, der Vater Hucheloup, der die Überlieferung nicht einmal kannte, hatte den Pfosten blau tünchen lassen.

Ein Saal im Erdgeschoß, wo die Kasse war, ein Saal im ersten Stock, wo das Billard stand, eine hölzerne, in einer Spirale ansteigende Treppe durch die Decke hindurch, Wein auf den Tischen, Rauch an den Wänden, Kerzen am hellen Tag, so sah die Kneipe aus. Eine Falltreppe in dem unteren Saal führte in den Keller. Im zweiten Stock wohnten die Hucheloups. Man kletterte über eine Treppe hinauf, die eher eine Leiter und deren einziger Zugang eine verkleinerte Tür in dem großen Saal des ersten Stocks war. Unter dem Dach zwei Mansarden, die Nester der Kellnerinnen. Die Küche hatte das Erdgeschoß gemeinsam mit der Kasse.

Der Vater Hucheloup war vielleicht ein geborener Chemiker, aber er war Koch geworden. In seiner Schenke trank man nicht nur, man aß auch dort. Hucheloup hatte etwas Vortreffliches erfunden, das man nur bei ihm aß, gefüllte Karpfen, die er *carpes au gras,* Karpfen fett, nannte. Man verzehrte sie beim Schein einer Talgkerze oder einer Lampe aus der Zeit Ludwigs XVI. auf Tischen, auf die statt eines Tuchs Wachsleinwand genagelt war. Man kam von weit her. Eines schönen Morgens hatte Hucheloup geglaubt, es sei angebracht, die Passanten von seiner »Spezialität« zu benachrichtigen. Er hatte einen Pinsel in einen Topf mit schwarzer Farbe getaucht, und da er seiner eigenen Schreibart folgte, wie seine Küche eigen war, hatte er an seiner Mauer die bemerkenswerte Inschrift improvisiert: »Carpes ho gras«. Eines Winters hatten Platzregen und Graupelschauer den Einfall gehabt, das S am Ende des ersten Wortes und das G zu Anfang des dritten zu verlöschen, und so war stehengeblieben: »Carpe ho ras«. Mit Hilfe von Zeit und Regen hatte eine bescheidene gastronomische Ankündigung sich in einen tiefsinnigen Rat verwandelt.

So war der Vater Hucheloup, zwar des Französischen unkundig, des Lateinischen mächtig gewesen; er hatte die Küche mit Philosophie verbunden und, indem er ganz einfach Carême ausstechen wollte, sich dem Horaz ebenbürtig erwiesen. Es sollte aber auch heißen: Tretet ein in meine Schenke.

Nichts von alldem besteht heute noch. Das Labyrinth Mondétour wurde aufgebrochen und lag seit 1847 offen da. Jetzt ist es wahrscheinlich nicht mehr. Die Rue de la Chanvrerie und das »Korinth« verschwanden unter dem Pflaster der Rue Rambuteau.

Wie wir bereits erwähnten, war das »Korinth« eines der Versammlungslokale, wenn nicht das Stammquartier Courfeyracs und seiner Freunde. Grantaire hatte das »Korinth« aufgespürt. Er hatte es wegen der Sentenz *»carpe horas«* betreten und war wegen der gefüllten Karpfen wiedergekommen. Es wurde dort gezecht, geschmaust, geschrien. Man zahlte wenig, man bezahlte schlecht, man bezahlte überhaupt nicht; immer war man gern gesehen. Vater Hucheloup war ein Biedermann. Dieser schnurrbärtige Garkoch hatte stets eine übellaunige Miene, schien seine Gäste einschüchtern zu wollen, schalt sie, wenn sie die Tür öffneten, und schien mehr geneigt, sie herauszufordern, als ihnen die Suppe zu servieren. Und dennoch war man, wir behalten das Wort bei, stets willkommen. Diese Bizarrerie hatte für seinen Laden geworben und ihm junge Leute zugeführt, die einander sagten: »Komm doch bei Vater Hucheloup arbeiten!« Er hatte einst Fechtstunden gegeben. Plötzlich brach er in lautes Gelächter aus. Seine Stimme war grob, aber er war ein guter Teufel, ein Komiker im Grunde, wenn er auch tragischen Ernst mimte. Den größten Spaß machte es ihm, Furcht zu erregen, ungefähr wie jene Schnupftabaksdosen, die eine Pistole vortäuschen. Der Knall ist das Niesen. Seine Frau, Mutter Hucheloup, war ein sehr häßliches Geschöpf mit einem Bart.

Gegen 1830 starb Vater Hucheloup. Mit ihm verschwand das Geheimnis der gefüllten Karpfen. Seine untröstliche Witwe behielt die Schenke. Aber die Küche verkam und wurde elend, der Wein, der immer schlecht gewesen war, wurde jämmerlich. Dennoch verkehrten Courfeyrac und seine Freunde nach wie vor im »Korinth«, aus Mitleid, wie Bossuet beteuerte. Die Witwe Hucheloup in ihrer keuchenden Häßlichkeit weckte Erinnerungen an das Land. Sie nahm ihnen die Fadheit durch ihre Aussprache. Sie konnte manche Dinge so sagen, daß sie den Nachklängen aus Dorf und Frühling die Würze gab. Einst war ihr Glück gewesen, versicherte sie, »die Rotkröpfel in den Weinrosen singen« zu hören.

Der Saal im ersten Stock, das Restaurant, war ein großer, länglicher Raum, überladen mit Sesseln, Schemeln, Stühlen, Bänken und Tischen und einem alten, lahmen Billard. Man betrat ihn über die Spiraltreppe, die in einem Winkel des Saales an einem viereckigen Loch, ähnlich einer Schiffsluke, endete.

Licht kam durch ein winziges, enges Fenster und von einer stets brennenden Lampe wie in einer Dachkammer. Alle Möbel mit vier Füßen hinkten, als hätten sie nur drei. Die mit Kalk geweißten Wände hatten keinen anderen Schmuck als diesen Vierzeiler zu Ehren von Madame Hucheloup:

»Auf zehn Schritt staunst du, doch auf zwei
Schritt wird dir übel,
wenn du die Warze siehst an ihrem Nasengiebel.
Du zitterst immerfort, daß sie sich schneuzte und
die Nase purzelte ihr abwärts in den Schlund.«

Das war mit Kohle auf die Mauer geschmiert. Madame Hucheloup, die diesem Bild glich, ging von morgens bis abends durchaus gelassen an dem Vierzeiler vorüber. Zwei Kellnerinnen, Matelote und Gibelotte, Matrosenweib und Kaninchen-Frikassee (nie hat man andere Namen für sie gehört), halfen Madame Hucheloup, Krüge mit Rotwein auf die Tische zu stellen und den mannigfaltigen Fraß, der den Hungernden in irdenen Näpfen vorgesetzt wurde. Das Matrosenweib, dick, rund, rothaarig und kreischend, die ehemalige Favoritin des seligen Sultans Hucheloup, war abscheulicher als irgendein mythologisches Ungeheuer. Aber da es der Dienerin stets ziemt, der Herrin den Vorrang nicht zu bestreiten, war sie weniger abstoßend als Madame Hucheloup. Kaninchen-Frikassee, lang, zart, von lymphatischer Weiße, mit Rändern um die Augen und herabsinkenden Lidern, immer erschöpft und niedergeschlagen, sozusagen an chronischer Mattigkeit leidend, stand als erste auf und ging als letzte zu Bett. Sie bediente alle, auch die andere Kellnerin, stumm und sanft und lächelte unter der Ermüdung eines ungewissen, schläfrigen Lächelns.

Über dem Kassentisch hing ein Spiegel.

Vor dem Eintritt in den Restaurationssaal las man auf der Tür den mit Kreide von Courfeyrac geschriebenen Vers:

»Bewirte, wenn du kannst, und speise, wenn du Mut hast.«

Heiteres Vorspiel

Laigle von Meaux wohnte, wie man weiß, mehr bei Joly als anderswo. Er hatte eine Behausung, wie der Vogel einen Zweig hat. Die beiden Freunde lebten zusammen, aßen zusammen, schliefen zusammen. Alles war ihnen gemeinsam, sogar ein wenig Musichetta. Sie waren, was man bei den Mönchen *bini* nennt. Am Morgen des fünften Juni gingen sie ins »Korinth« frühstücken. Joly hatte einen starken Schnupfen, den Laigle mit ihm zu teilen begann. Der Rock von Laigle war zerschlissen, aber Joly war gut angezogen.

Es war gegen neun Uhr vormittags, als sie die Tür vom »Korinth« öffneten. Sie stiegen in den ersten Stock hinauf. Matrosenweib und Kaninchen-Frikassee empfingen sie. »Austern, Käse und Schinken«, sagte Laigle. Und sie setzten sich an den Tisch. Die Schenke war leer; niemand außer ihnen beiden saß darin. Kaninchen-Frikassee brachte, als sie Joly und Laigle erkannte, eine Flasche Wein.

Als sie bei den ersten Austern waren, erschien an der Treppenluke ein Kopf, und eine Stimme sagte: »Ich ging gerade vorbei. Von der Straße her witterte ich einen köstlichen Geruch von Briekäse. So bin ich eingetreten.« Es war Grantaire. Er nahm einen Sessel und ließ sich nieder. Als Kaninchen-Frikassee ihn sah, stellte sie zwei Flaschen Wein auf den Tisch. Das machte drei.

»Wirst du die zwei Flaschen austrinken?« fragte Laigle Grantaire.

Grantaire antwortete: »Alle sind sie klug, du nur hast die Klugheit der Einfalt. Nie haben zwei Flaschen einen Mann verblüfft.«

Die anderen hatten zuerst gegessen, Grantaire trank zuerst. Eine halbe Flasche war rasch vertilgt. » Du hast wohl ein Loch im Magen?« fragte Laigle.

»Du hast eins am Ellbogen«, erwiderte Grantaire und setzte hinzu, nachdem er sein Glas geleert hatte: »Hör mal, Laigle mit den Grabreden, dein Rock ist alt.«

»Ich hoffe es«, sagte Laigle. »Wir kommen gut miteinander aus, mein Rock gehört zu mir. Er hat alle meine Falten angenommen, er stört mich nicht im mindesten, er hat sich allen meinen Mängeln angepaßt, allen meinen Bewegungen. Ich fühle ihn nur, weil er mich wärmt. Mit alten Röcken ist es so wie mit alten Freunden.«

»Das ist wahr«, rief Joly, sich in das Gespräch einmischend, »ein alter Rock ist wie ein alter Freund.«

»Vor allem«, meinte Grantaire, »im Mund eines Mannes mit Stockschnupfen.«

»Grantaire, kommst du vom Boulevard?« fragte Laigle.

»Nein.«

»Wir haben eben die Spitze vom Trauerzug vorbeikommen sehen, Joly und ich.«

»Das ist ein wunderbarer Anblick«, sagte Joly.

»Wie ruhig es auf der Straße ist!« rief Laigle. »Wer würde vermuten, daß es in Paris drunter und drüber geht? Wie man sieht, stand früher hier Kloster an Kloster! Du Breul und Sauval zählen sie auf, und auch der Abbé Lebeuf. Ringsum wimmelte es nur so von Beschuhten, Unbeschuhten, Geschorenen, Bärtigen, Grauen, Schwarzen, Weißen Brüdern, Franziskanern, Paulanern, Kapuzinern, Karmelitern, kleinen Augustinern, großen Augustinern, alten Augustinern ... Das kribbelte und krabbelte.«

»Sprechen wir nicht von Mönchen«, unterbrach ihn Grantaire, »da juckt es einen ja gleich.«

Dann rief er plötzlich: »Jetzt habe ich eine schlechte Auster geschluckt! Wieder werde ich die Beute meiner Hypochondrie. Die Austern sind verdorben, die Kellnerin ist häßlich. Ich hasse die Menschheit. Vorhin stand ich eine Stunde in der Rue Richelieu vor der großen Bibliothek. Dieser Haufe von Austernschalen, den man eine Bibliothek nennt; verursacht in mir einen Ekel am Denken. Wieviel Papier! Wieviel Tinte! Wieviel Gekritzel! All das ist einmal geschrieben worden! Welcher Wicht hat denn gesagt, der Mensch sei ein Zweifüßler ohne Federn? Und dann bin ich einem jungen Mädchen begegnet, das ich kenne, schön wie der Frühling, wert, Floréal zu heißen, und entzückt, hingerissen, glücklich im siebenten Himmel, die Elende, weil gestern ein schrecklicher Bankier mit Pockennarben sie zu wollen geruht hat. Ach! Die Frau lauert auf den, der sie aushalten soll nicht weniger als auf den Süßen. Die Katzen jagen auf Mäuse wie auf Vögel. Dieses Fräulein hat vor nicht zwei Monaten züchtig in einer Mansarde gehaust und kleine Messingösen an Korsetts genäht. Sie hatte ein Gurtbett und daneben einen Blumentopf und war zufrieden. Jetzt ist sie Bankiersmädchen. Heute nacht hat sich das große Ereignis begeben. Heute früh habe ich das Opfer getroffen, es war sehr vergnügt. Und zu meinem Ärger war das Luder ebenso hübsch wie gestern. Ihr Kapitalist war auf ihrem Antlitz nicht sichtbar. Die Rosen haben das vor den Frauen voraus oder stehen ihnen darin nach, daß die Spuren, die die Raupen auf ihnen hinterlassen, zu sehen sind. Ach! Es gibt keine Moral auf Erden. Das bezeugen die Myrte, das Symbol der Liebe, der Lorbeer, das Symbol des Krieges, der Ölbaum, der dumme, das Symbol des Friedens, der Apfelbaum, der mit seinem Kern Adam fast erstickte, und der Feigenbaum, der Großvater der Unterröcke.

Wollt ihr wissen, was das Recht ist? Die Gallier begehrten Clusium, Rom beschützte Clusium und fragte die Gallier, was für ein Unrecht Clusium ihnen zugefügt habe. Brennus antwortet: ›Das Unrecht, das euch Alba Longa zugefügt hat, das Unrecht, das euch Fidenä zugefügt hat, das Unrecht, das euch die Äquer, Volsker und Sabiner zugefügt haben. Sie waren eure Nachbarn. Die Clusier sind unsere. Wir verstehen unter Nachbarschaft dasselbe wie ihr. Ihr habt Alba Longa gestohlen, wir erobern Clusium.‹ Rom sagte: ›Ihr dürft Clusium nicht erobern.‹ Brennus eroberte Rom, dann rief er: *›Vae victis!‹* Das ist das Recht. Ach, wieviel Raubtiere sind in der Welt! Wieviel Adler! Wieviel Adler! Ich bekomme eine Gänsehaut davon.«

Er reichte sein Glas Joly, der ihm eingoß, dann trank er und sprach weiter, ohne sich durch dieses Glas Wein unterbrechen zu lassen: »Brennus, der Rom nimmt, ist ein Adler; der Bankier, der die Grisette nimmt, ist ein Adler. Hier wie dort keine Scham. Also glauben wir an nichts! Es gibt nur eine Wirklichkeit: den Suff. Welches auch immer eure Meinung sein mag, ob ihr für den mageren Hahn wie der Kanton Uri oder für den fetten wie der Kanton Glarus seid, was tut's? Sauft! Ihr redet vom Boulevard, vom Leichenzug etcetera. Wir werden also eine Revolution haben? Über diese Dürftigkeit der Mittel des lieben Gottes wundere ich mich. Alle Augenblicke muß er die Naht des Geschehens wieder einfetten. Es hängt, es stockt. Schnell eine Revolution. Der liebe Gott hat von dem verdammten Maschinenöl immer schwarze Hände. An seiner Stelle wäre ich unkomplizierter und würde nicht andauernd meinen Mechanismus aufziehen. Ich würde die Menschheit sicher fahren, die Tatsachen Masche für Masche stricken, ohne daß der Faden reißt, ich hätte keinen Notbehelf und kein großartiges Repertoire. Was ihr Fortschritt nennt, wird durch zwei Kräfte angetrieben, die Menschen und die Ereignisse. Aber leider ist hin und wieder die Ausnahme notwendig. Für die Ereignisse wie für die Menschen reicht die übliche Besetzung nicht aus. Unter den Menschen bedarf es der Genies und unter den Ereignissen der Revolutionen. Die großen Zufälle sind das Gesetz. Die Ordnung der Dinge kann nicht auf sie verzichten. Und nimmt man beispielsweise die Kometenerscheinungen, so möchte man fast annehmen, der Himmel selber komme ohne Gastdarsteller nicht aus. In dem Augenblick, in dem man am wenigsten damit rechnet, klebt Gott einen Meteor an die Mauer des Firmaments. Irgendein bizarrer Stern mit einem ungeheuren Schweif kommt noch hinzu. Und das bringt Cäsar um. Brutus versetzt ihm einen Messerstich und Gott einen Schlag mit dem Kometen. Bums, da ist ein Nordlicht, eine Revolution, ein großer Mann; 93 in dicken Lettern, Napoleon fett gedruckt und der Komet von 1811 oben auf dem Plakat. Ach, das schöne blaue, über und über mit unerwarteten, lodernden Flammen besäte Plakat! Bauz, bardauz! Ein wunderbares Schauspiel. Blickt auf, ihr Maulaffen. Alles ist schludrig, der Stern wie das Drama. Lieber Gott, das ist zuviel und noch nicht genug. Diese bei der Ausnahme gepumpten Hilfsmittel scheinen großartig und sind armselig. Meine Freunde, die Vorsehung geht aufs Ganze. Was beweist eine Revolution? Daß Gott sich nicht zu helfen weiß. Er macht einen Staatsstreich, weil zwischen Gegenwart und Zukunft eine Lücke klafft und weil er, Gott, mit seinem Geld nicht ausgekommen ist. Eigentlich bestätigt das nur meine Vermutungen über die Vermögenslage Jehovas. Sieht man solches Unglück oben und unten, solche Schäbigkeit und Filzigkeit, solche Gaunerei und Not im Himmel und auf Erden, vom Vogel an, der kein Körnchen Hirse hat, bis zu mir, dem eine Rente von hunderttausend Francs fehlt, sieht man, wie abgenutzt das menschliche Schicksal ist und wie fadenscheinig auch das Schicksal der Könige, zum Beispiel der Prinz von Condé am Strick, sieht man den Winter, der nur ein Riß am Zenit ist, durch den der Wind bläst, sieht man so viele Flicken sogar in dem neuen Purpur des Morgens über den Hügeln, sieht man die Tautropfen, die falschen Perlen, sieht man den Rauhreif, diesen nachgeahmten Straß, sieht man die aufgetrennte Menschheit und ihre zusammengestückelte Geschichte und so viele Flecke in der Sonne und Löcher im Mond, soviel Elend überall, dann ist der Verdacht gerechtfertigt, daß Gott nicht reich ist. Zwar tut er so, als sei er es, das ist schon wahr, aber ich merke, er sitzt in der Klemme. Er gibt eine Revolution, wie ein Händler, in dessen Kasse Ebbe ist, einen Ball gibt. Man darf die Götter nicht nach dem Schein beurteilen. Hinter der Vergoldung des Himmels ahne ich ein armes Universum. Die Schöpfung ist bankrott. Deshalb bin ich unzufrieden. Seht, wir haben den 5. Juni, es ist fast Nacht. Seit heute morgen warte ich, daß es Tag wird. Es ist nicht hell geworden, und ich wette, daß es nicht am Tag liegt. Das ist die Unpünktlichkeit eines unterbezahlten Beamten. Ja, alles ist schlecht eingerichtet, nichts paßt zueinander, diese alte Welt ist völlig verbogen, und ich trete der Opposition bei. Alles geht schief, das Universum sucht Streit. Das ist wie mit den Kindern: die, die welche haben wollen, bekommen keine, und die, die keine wollen, bekommen sie. Alles in allem bin ich verärgert. Außerdem betrübt mich der Anblick von Laigle de Meaux, diesem Kahlkopf. Der Gedanke beschämt mich, daß ich genauso alt bin wie diese Spielwiese. Nebenbei bemerkt, ich tadele, doch ich spotte nicht. Die Welt ist, was sie ist. Ich spreche hier ohne böse Absicht, bloß um mein Gewissen zu beruhigen. Sei meiner vorzüglichen Hochachtung versichert, ewiger Vater! Bei allen Heiligen des Olymp und allen Göttern des Paradieses, ich wurde nicht erschaffen, um Pariser zu werden, das heißt, mich in alle Ewigkeit, wie ein Federball zwischen zwei Schlägern, zwischen der Schar der Bummelanten und dem Haufen der Radaubrüder hin und her zu bewegen! Ich wurde erschaffen, um Türke zu werden und den lieben langen Tag orientalischen Weibern bei diesen köstlichen ägyptischen Tänzen zuzusehen, die unzüchtig sind wie die Träume eines keuschen Mannes, oder Bauer in der Beauce oder ein von edlen Frauen umringter venezianischer Edelmann oder ein kleiner deutscher Fürst, der dem Deutschen Bund einen halben Infanteristen stellt und seine Muße damit ausfüllt, daß er seine Socken auf der Hecke trocknet, also an seiner Grenze! Für solche Schicksale bin ich geboren! Ja, ich habe Türke gesagt, und ich widerrufe nichts. Ich verstehe nicht, daß man von den Türken für gewöhnlich eine so schlechte Meinung hat. Mohammed hat auch sein Gutes. Respekt dem Erfinder der Harems für Huris und der Lustgärten mit Odalisken! Beschimpfen wir nicht den Islam, die einzige Religion, die ein Hurenhaus ziert! Darauf zu trinken, bestehe ich. Die Erde ist eine große Dummheit. Und wie es scheint, wollen sie sich kloppen, die Schwachköpfe, wollen sie sich den Schädel einschlagen lassen und sich mitten im Sommer, im Monat Prairial, hinschlachten, dabei könnten sie mit einem Frauenzimmer am Arm auf den Feldern aus der Riesenteetasse voll frischen Heus trinken! Wahrhaftig, es gibt zuviel Unverstand. Eine alte, zerbrochene Laterne, die ich eben bei einem Trödler gesehen habe, bringt mich auf einen Gedanken: Es müßte an der Zeit sein, die Menschheit zu erleuchten. Ja, ich bin traurig! Wie man sich doch an einer Auster und einer Revolution verschlucken kann! Mir wird wieder unheimlich. Oh, du häßliche alte Welt! Alle Kräfte werden aufgeboten, man wird abgesetzt, man verkauft sich, bringt sich um und gewöhnt sich daran!«

Nach dieser Quinte seiner Fechtkunst in Worten hatte Grantaire einen verdienten Hustenanfall.

»Übrigens«, stockschnupfte Joly, »mir scheint, Barius ist über alle Maßen verliebt.«

»Weiß man, in wen?« fragte Laigle.

»Bein.«

»Nein?«

»Bein, ich sagte es ja.«

»Marius und seine Liebe«, rief Grantaire. »Er ist ein Nebel und wird einen Dunst irgendwo gefunden haben. Er ist vom Geschlecht der Poeten, und ein Poet ist ein Narr. *Timbraeus Apollo.* Marius und seine Marie oder Maria oder Mariette oder Marion, das muß ein spaßiges Liebespaar sein. Ich kann mir denken, wie das zugeht. Ekstasen, in denen der Kuß vergessen wird. Keusch auf Erden, aber sich gattend in der Unendlichkeit. Seelen mit Sinnen. Sie beschlafen sich auf den Sternen.«

Grantaire begann seine zweite Flasche und vielleicht eine zweite Rede, als in der viereckigen Treppenklappe ein unbekanntes Wesen auftauchte.

Es war ein Junge unter zehn Jahren, zerlumpt, sehr klein, gelb, mit einem Gesicht wie eine Tierschnauze, lebhaften Augen, einem Haarwald, naß vom Regen, und zufriedener Miene. Ohne zu zögern, wählte das Kind unter den dreien, wenn es auch offenbar keinen von ihnen kannte, und wandte sich an Laigle von Meaux. »Sind Sie Herr Bossuet?« fragte es.

»Das ist mein Kosename«, erwiderte Laigle. »Was willst du von mir?«

»Also. Ein großer Blonder auf dem Boulevard hat zu mir gesagt: Kennst du die Mutter Hucheloup? Ich habe gesagt: Ja, Rue Chanvrerie, die Witwe von dem Alten. Er hat mir gesagt: Geh hin! Du findest dort Herrn Bossuet. Bestell ihm von mir: ABC. Da ulkt Sie einer an, nicht wahr? Zehn Sous hat er mir geschenkt.«

»Joly, leihe mir zehn Sous«, sagte Laigle und wandte sich dann an Grantaire: »Grantaire, leihe mir zehn Sous.« Das machte zwanzig Sous, die Laigle dem Kind gab.

»Danke, mein Herr«, sagte der kleine Junge.

»Wie heißt du?« fragte Laigle.

»Navet, ich bin der Freund von Gavroche.«

»Bleib bei uns«, sagte Laigle.

»Iß mit uns«, sagte Grantaire.

»Kann nicht, ich gehöre zum Leichenzug, ich muß schreien: Nieder mit Polignac!«, und er grätschte mit dem Fuß weit hinter sich, was der ehrfürchtigste Gruß ist, und ging.

Als er fort war, sagte Grantaire: »Das ist der Lehrjunge

schlechthin. Es gibt viele Arten davon. Beim Notar nennt sich der Junge Rinnsteinspringer, beim Koch Topfgucker, beim Bäcker Mützenträger, beim Lakaien Groom, beim Seemann Mastkorbläufer, beim Soldaten Trommelknabe, beim Maler Farbenreiber, beim Kaufmann Pflastertrippler, beim Höfling Junker, beim König Dauphin, bei Gott Bambino.«

Indessen sann Laigle nach. »ABC«, sagte er leise, »das bedeutet: Begräbnis von Lamarque.«

»Der große Blonde«, sagte Grantaire, »ist Enjolras, der dir Nachricht sendet.«

»Gehn wir?« fragte Bossuet.

»Es regnet«, sagte Joly. »Ich habe geschworen, ins Feuer zu gehen, nicht ins Wasser. Ich will mich nicht erkälten.«

»Ich bleibe hier«, sagte Grantaire. »Ein Frühstück ist mir lieber als ein Leichenwagen.«

»Ach ja, der Aufruhr, ich mache mit«, rief Joly.

»Schluß der Überlegung. Wir bleiben«, erwiderte Laigle. »Gut, trinken wir! Übrigens kann man das Begräbnis verfehlen, ohne den Aufruhr zu verfehlen.«

Laigle rieb sich die Hände. »Also wird man die Revolution von 1830 überarbeiten. Im Grunde war sie dem Volke unbequem.«

»Das ist mir ziemlich egal, eure Revolution«, sagte Grantaire. »Die heutige Regierung verurteile ich nicht. Es ist die Krone, gemäßigt durch die baumwollene Schlafmütze, ein Zepter, das in einem Regenschirm endet. Heute, bei dem Wetter, könnte Louis-Philippe sein Königtum doppelt ausnutzen, die Zepterspitze über das Volk halten und die Schirmspitze dem Himmel entgegen.«

Der Saal war dunkel: dicke Wolken vertrieben völlig den Tag. Niemand war in der Schenke noch auf der Straße, jedermann wollte »sich die Geschichte ansehen«.

»Ist es Mittag oder Mitternacht?« rief Bossuet. »Man sieht ja gar nichts mehr. Kaninchen-Frikassee, Licht!«

Traurig trank Grantaire. »Enjolras verschmäht mich«, murmelte er. »Enjolras hat gesagt: Joly ist krank. Grantaire ist besoffen. Zu Bossuet hat er den Navet geschickt. Hätte er mich abholen lassen, wäre ich gefolgt. Geschieht Enjolras recht! Nun gehe ich auch nicht zu seinem Begräbnis.«

Nach diesem Entschluß hockten Bossuet, Joly und Grantaire weiter in der Schenke. Gegen zwei Uhr nachmittags war der Tisch, auf den sie ihre Arme stützten, mit leeren Flaschen beladen. Zwei Kerzen brannten darauf, eine in einem ganz grünen Messingleuchter, die andere im Hals einer zersprungenen Flasche. Grantaire hatte Joly und Bossuet zum Wein verlockt. Bossuet und Joly hatten Grantaire zur Freude zurückgeführt.

Seit Mittag war Grantaire über den Wein hinausgegangen, der eine mäßige Traumquelle ist. Dem Wein ist bei Gewohnheitstrinkern nur ein Achtungserfolg beschieden. Auch im Hinblick auf die Trunkenheit gibt es schwarze und weiße Magie. Wein ist lediglich weiße Magie. Grantaire war ein verwegener Zecher von Träumen. Weit davon entfernt, ihn aufzuhalten, lockte ihn die düstere Stimmung eines fürchterlichen Rausches, den er sich langsam antrank. Er hatte sich von den Flaschen abgekehrt und nach dem Schnapsglas gegriffen. Das Schnapsglas ist der Abgrund. Da ihm weder Opium noch Haschisch erreichbar waren und er sich das Hirn mit Dämmerung anfüllen wollte, hatte er sich zu der erschreckenden Mischung von Branntwein, Stout und Absinth geflüchtet, die so furchtbare Lethargien bewirkt.

Aus den drei Dünsten von Bier, Branntwein und Absinth ist das Blei der Seele gemacht. Drei Finsternisse quellen daraus hervor. Der himmlische Schmetterling ertrinkt darin; und es erheben sich in dampfenden Wallungen, die sich hautähnlich zu Fledermausflügeln verdichten, drei stumme Furien: der Alptraum, die Nacht und der Tod, die über der schlummernden Seele flattern.

Noch war Grantaire nicht in dieser dunklen Phase, noch war er ihr fern. Er sprach fabelhaft heiter, und Bossuet und Joly brachten ihm die Stichworte. Sie zechten. Grantaire gab zu der exzentrischen Betonung der Worte und der Ideen die fahrige Geste hinzu. Mit Würde stemmte er seine linke Faust auf sein Knie, wobei er seinen Arm im rechten Winkel erhob, und mit zerknitterter Krawatte, auf einem Sessel kauernd, das volle Glas in der rechten Hand, warf er der dicken Kellnerin Matelote, dem Matrosenweib, den feierlichen Schwulst zu: »Man öffne die Tore des Palastes! Die ganze Welt sei Mitglied der Französischen Akademie und befugt, Madame Hucheloup zu umarmen! In die Kanne!« Dann drehte er sich Madame Hucheloup zu. »Antikes, durch den Brauch geheiligtes Weib, nähere dich, daß ich dich beschaue!«

Und Joly rief: »Kaninchen-Frikassee und Matrosenweib, gebt Grantaire nichts mehr zu saufen! Es kostet ihn enorm viel Geld! Seit diesem Morgen hat er zwei Francs fünfundneunzig Centimes sinnlos vergeudet.«

»Wer hat«, begann wieder Grantaire, »ohne meine Erlaubnis die Sterne abgehackt und sie als Kerzen auf den Tisch gestellt?«

Bossuet, schwer berauscht, hatte seine Ruhe bewahrt. Er saß auf der Bank des offenen Fensters, ließ seinen Rücken von dem niederfallenden Regen nässen und betrachtete seine beiden Freunde. Plötzlich hörte er hinter sich einen Tumult, überstürzte Schritte, Schreie: »Zu den Waffen!« Er wandte sich um und bemerkte in der Rue Saint-Denis am Ende der Rue de la Chanvrerie Enjolras, der, in der Hand den Karabiner, vorüberging, Gavroche mit seiner Pistole, Feuilly mit seinem Säbel, Courfeyrac mit seinem Degen, Jean Prouvaire mit seiner Muskete, Combeferre und Bahorel mit ihren Flinten und die ganze bewaffnete wilde Schar, die mit ihnen zog.

Die Rue de la Chanvrerie war nicht länger, als ein Karabinerschuß trägt. Bossuet improvisierte mit seinen Händen ein Sprachrohr um seinen Mund und rief: »Courfeyrac! Courfeyrac! Hoheh!«

Courfeyrac vernahm den Ruf, sah Bossuet und ging einige Schritte in die Rue de la Chanvrerie hinein, und sein Schrei: »Was willst du?« kreuzte sich mit einem: »Wohin gehst du?«

»Eine Barrikade bauen«, antwortete Courfeyrac.

»Na also, hier! Die Stelle ist gut, baue sie hier!«

»Du hast recht, Adler«, sagte Courfeyrac. Und auf ein Zeichen von ihm eilte der Trupp in die Rue de la Chanvrerie.

Der Platz war in der Tat hervorragend geeignet, der Eingang der sich ausweitenden Straße, der zu einer Sackgasse schrumpfende Hintergrund. Das »Korinth« als Verengung, die von rechts und links leicht abzusperrende Rue Mondétour. Kein Ansturm war möglich als durch die Rue Saint-Denis, also von vorn und ungedeckt. Der berauschte Bossuet hatte den Scharfblick des nüchternen Hannibal erwiesen.

Bei dem Einbruch der Schar war die ganze Straße von Panik erfaßt worden. Nicht ein Passant, der nicht verschwunden wäre. Blitzschnell hatten hinten, rechts und links Läden, Buden, Flurtüren, Fenster, Jalousien, Mansarden, Fensterläden von jedem Ausmaß, hatte alles vom Erdgeschoß bis zum Dach sich geschlossen. Eine alte Frau hatte in ihrem Schreck mit zwei Wäscheklammern eine Matratze vor ihr Fenster gespannt, um die Musketenkugeln aufzufangen. Einzig das Haus der Schenke war offengeblieben, und zwar mit gutem Grund, denn dorthinein wälzte sich der Haufen. »Ach, mein Gott, mein Gott!« seufzte Madame Hucheloup.

Bossuet war hinuntergegangen, Courfeyrac entgegen. Joly, der sich ins Fenster gelegt hatte, rief: »Courfeyrac, du hättest einen Schirm mitnehmen sollen. Du wirst dich erkälten.«

In wenigen Minuten waren zwanzig Eisenstangen aus dem vergitterten Fenster neben der Tür der Kneipe losgerissen, zehn Klafter der Straße waren vom Pflaster entblößt. Gavroche und Bahorel hatten im Laufen den Kübel eines Kalkfabrikanten namens Anceau gepackt und umgestülpt. Er enthielt drei Fässer voller Kalk, die sie unter Stapeln von Pflastersteinen aufrichteten. Enjolras hatte die Falltür des Kellers hochgeklappt, und alle leeren Gebinde der Witwe Hucheloup flankierten die Kalkfässer. Fenilly hatte mit seinen Fingern, die so gewandt die zarten Blätter der Fächer bemalten, die Fässer und den Kübel mit zwei massiven Säulen von Bausteinen gesteift. Auch diese Bausteine waren improvisiert, waren irgendwo beschlagnahmt. Aus der Fassade eines Nachbarhauses hatte man Stützbalken herausgebrochen und auf die Gebinde geschichtet. Als Bossuet und

Courfeyrac sich umwandten, war schon die Hälfte der Straße durch eine Schanze von über Manneshöhe verstopft. Um zu bauen, was durch Niederreißen gebaut wird, eignet sich nichts so gut wie die Hand des Volkes.

Das Matrosenweib und Kaninchen-Frikassee hatten sich unter die Arbeitenden gemischt. Kaninchen-Frikassee ging hin und her, Schutt schleppend. Ihre Müdigkeit half der Barrikade. Sie servierte Pflastersteine, als serviere sie Wein, mit schläfrigem Gesicht.

Am Ende der Straße fuhr ein Omnibus mit zwei Schimmeln vorbei. Bossuet kletterte über die Steine hinweg, lief, hielt den Kutscher an, bewog ihn, die Passagiere aussteigen zu lassen, gab den Damen die Hand, verabschiedete den Schaffner und kam zurück, Wagen und Pferde am Zügel geleitend. »Die Omnibusse«, sagte er, »dürfen am ›Korinth‹ nicht vorüber. *Non licet omnibus adire Corinthum.*« Im nächsten Moment trotteten die abgeschirrten Pferde durch die Rue Mondétour dahin, und der auf die Seite gelagerte Omnibus ergänzte die Straßensperre.

Madame Hucheloup war außer sich ins erste Stockwerk geflohen. Sie hatte einen ziellosen Blick und wimmerte. Ihre entsetzten Schreie drangen nicht aus ihrer Kehle hervor. »Die Welt geht unter«, flüsterte sie.

Joly heftete auf ihren dicken, roten, verrunzelten Hals einen Kuß und sagte zu Grantaire: »Mein Lieber, stets galt dir der Hals einer Frau als etwas unendlich Köstliches.«

Aber Grantaire schwang sich in die höchsten Bezirke des Dithyrambus. Das Matrosenweib war wieder in den ersten Stock gestiegen. Grantaire faßte sie um die Hüfte und lachte am Fenster ein gedehntes, schallendes Gelächter. »Das Matrosenweib«, rief er, »ist die Häßlichkeit, wie man sie im Traum sieht. Sie ist eine Schimäre und dies ihre enträtselte Geburt. Ein Pygmalion des Mittelalters, der Dämoninnen meißelte, Wasserspeier für Kathedralen, verliebte sich eines schönen Tages in eine von ihnen, in die Grausigste. Er flehte den Liebesgott an, sie zu beseelen, und so entstand das Matrosenweib. Schaut sie euch an, Bürger! Sie hat Haare von der Farbe des Rotbleierzes wie die Buhle des Tizian und ist ein gutes Mädchen. Ich sage euch, daß sie tapfer kämpfen wird. In jedem guten Mädchen steckt ein Held! Die Mutter Hucheloup ist eine alte Kriegsgurgel. Seht ihren Schnurrbart! Sie hat ihn von ihrem Mann geerbt. Eine Husarin! Auch sie wird fechten. Die beiden allein werden genügen, den Kerls aus den Vororten Furcht einzujagen. Kameraden, wir werden die Regierung schmeißen, so wahr es fünfzehn Zwischenstufen gibt zwischen Margarinsäure und Ameisensäure. Im übrigen ist mir das völlig egal. Meine Herren, mein Vater hat mich immer verabscheut, weil ich die Mathematik nicht begreifen konnte. Ich begreife nur Liebe und Freiheit. Ich bin Grantaire, der gute Junge. Da ich nie Geld hatte, habe ich mich daran nie gewöhnt, und so kommt es, daß es mir nie mangelt. Aber wäre ich reich gewesen, gäbe es keine Armut mehr, ihr hättet gestaunt! Oh, wenn die großen Herzen die großen Börsen hätten! Wie wäre dann alles besser! Ich träume mir Jesus Christus mit dem Vermögen von Rothschild. Wieviel Gutes würde er tun! Matrosenweib, umarme mich! Du bist wollüstig und scheu, du hast Wangen, die nach einem schwesterlichen Kuß verlangen, und Lippen, denen der Kuß eines Liebhabers gebührt!«

»Sei still, Weinfaß!« sagte Courfeyrac.

»Ich bin«, sagte Grantaire, »Ratsherr von Toulouse und Meister der Blumenspiele.«

Enjolras, der auf dem Kamm der Barrikade stand, das Gewehr in der Faust, erhob sein schönes, strenges Antlitz. Wie man weiß, hatte Enjolras etwas von einem Spartaner und einem Puritaner. Er wäre in den Thermopylen mit Leonidas gestorben und hätte mit Cromwell Drogheda niedergebrannt. »Grantaire!« rief er. »Schlaf fern von hier deinen Rausch aus! Hier ist der Platz von Trunkenen, nicht von Trunkenbolden! Schände die Barrikade nicht!«

Diese Worte des Unmuts trafen Grantaire seltsam. Es war, als bekäme er ein Glas kalten Wassers ins Gesicht. Plötzlich schien er ernüchtert. Er setzte sich, lehnte sich an einen Tisch nahe dem Fensterkreuz, sah Enjolras mit unsäglich sanftem Blick an und sagte zu ihm: »Du weißt, ich glaube an dich.«

»Geh!«

»Laß mich hier schlafen!«

»Geh sonstwohin!« rief Enjolras.

Aber Grantaire starrte noch immer auf ihn mit zärtlichen, trüben Augen und antwortete: »Laß mich hier schlafen, bis ich sterbe!«

Enjolras maß ihn mit Verachtung. »Grantaire, du bist unfähig zu glauben, zu denken, zu wollen, zu leben und zu sterben.«

Grantaire erwiderte mit ernster Stimme: »Du wirst schon sehn.« Er stammelte noch einige unverständliche Worte, dann fiel sein Kopf wuchtig auf den Tisch, und, was häufig in dieser zweiten Periode des Rausches zu beobachten ist, in die Enjolras ihn schroff und jäh gestoßen hatte, gleich darauf schlief er.

Kleiner Trost für die Witwe Hucheloup

In seinem Entzücken über die Barrikade rief Bahorel: »Jetzt ist die Straße kahl, wie sie das kleidet!«

Courfeyrac suchte, während er die Schenke ein wenig demolierte, die verwitwete Wirtin zu trösten. »Mutter Hucheloup«, sagte er, »haben Sie sich nicht neulich beklagt, daß man ein Protokoll und Polizeistrafe über Sie verhängt hat, weil Kaninchen-Frikassee einen Bettvorleger zum Fenster hinaus schüttelte?«

»Ja, guter Herr Courfeyrac. Ach, mein Gott, werden Sie mir auch den Tisch da wegnehmen und in Ihr greuliches Ding einbauen? Jawohl, für den Teppich und auch für einen Blumentopf, der aus der Mansarde auf die Straße gefallen ist, hat mich die Regierung hundert Francs Strafe zahlen lassen. So eine Gemeinheit!«

»Mutter Hucheloup, wir werden Sie rächen.«

Die Mutter Hucheloup verstand nicht recht, wieso die Genugtuung, die man ihr leisten wollte, für sie von irgendwelchem Vorteil war. Sie war wohl befriedigt wie jene Araberin, die, von ihrem Mann geohrfeigt, sich bei ihrem Vater beschwerte, Rache schrie und sagte: »Vater, du schuldest meinem Mann Schimpf gegen Schimpf.« Der Vater fragte: »Auf welche Wange hat er dich geschlagen?« – »Auf die linke Wange.« Der Vater schlug sie auf die rechte Wange und sagte: »Jetzt wirst du zufrieden sein. Geh und sag deinem Mann, daß er meine Tochter geohrfeigt hat, daß ich aber seine Frau geohrfeigt habe.«

Der Regen hatte aufgehört. Rekruten waren gekommen. Arbeiter hatten unter ihren Kitteln eine Tonne Pulver gebracht, einen Korb mit Flaschen voll Vitriol, zwei oder drei Karnevalsfackeln und einen Korb mit Lampions, »einen Rest vom Geburtstag des Königs«, der erst unlängst stattgefunden hatte, am ersten Mai. Es hieß, diese Munition habe ein Krämer in der Vorstadt Saint-Antoine namens Pépin geschickt. Man zertrümmerte die einzige Laterne der Rue de la Chanvrerie, ihr Gegenstück in der Rue Saint-Denis und alle Laternen der benachbarten Straßen, Mondétour, Cygne, Prêcheurs und der Grande- und Petite-Truanderie.

Enjolras, Combeferre und Courfeyrac leiteten alles. Jetzt wurden zwei Barrikaden zugleich gebaut, beide an das Haus des »Korinth« gelehnt und im rechten Winkel zueinander. Die größere verschloß die Rue de la Chanvrerie, die andere die Rue Mondétour nach der Rue du Cygne zu. Diese letzte Barrikade, sehr schmal, bestand nur aus Fässern und Pflastersteinen. Hier arbeiteten etwa fünfzig Mann, gegen dreißig waren mit Flinten bewaffnet; denn unterwegs hatten sie eine Gesamtanleihe bei einem Waffenhändler gemacht. Nichts war bizarrer als dieser Trupp. Einer hatte ein Wams, einen Reitersäbel und zwei Sattelpistolen. Ein anderer war in Hemdsärmeln mit einem runden Hut und einem an seiner Seite hängenden Pulverhorn. Ein dritter hatte einen Harnisch von neun Lagen Packpapier und war mit einem Pfriem bewaffnet. Einer war da, der schrie: »Rotten wir sie aus bis zum letzten, sterben wir auf der Spitze unseres Bajonetts!« Er hatte kein Bajonett. Wieder ein anderer stellte über seinem Rock das Lederzeug und die Patronentasche eines Nationalgardisten mit einem Deckel zur Schau, den eine Inschrift in roten Wollbuchstaben schmückte: Öffentliche Ordnung. Viele Flinten, die Legionsnummern trugen, wenig Hüte, keine Krawatten, viele nackte Arme, einige Piken. Dazu alle Lebensalter, alle Gesichter, kleine, blasse junge Leute, bronzebraune Hafenarbeiter. Alle beeilten sich, und indem sie sich halfen, sprachen sie von günstigen Möglichkeiten: Um drei Uhr morgens werde Verstärkung kommen, man sei eines Regiments sicher, Paris werde sich erheben. Schreckliche Reden, in denen eine Art herzlicher Jovialität mitklang. Es schien, als seien sie Brüder; einer kannte den Namen des anderen nicht. Große Gefahren haben das Schöne an sich, daß sie die Brüderlichkeit der Unbekannten an den Tag bringen.

Ein Feuer war in der Küche angezündet worden, und dort schmolz man in einer Kugelmühle Kannen, Löffel, Gabeln, das ganze Zinngeschirr der Schenke. Währenddessen trank man. Kapseln und Rehposten lagen auf den Tischen zwischen Weingläsern umher. Im Billardsaal zerzupften Madame Hucheloup, das Matrosenweib und Kaninchen-Frikassee, durch den Schreck gewandelt, die eine abgestumpft, die andere ächzend, die dritte aufgewacht, alte Fetzen und sorgten für Wundverband. Drei Aufrührer standen ihnen bei, drei haarige, bärtige und schnurrbärtige Kerle, die mit den Fingern von Wäscherinnen die Leinwand zerfaserten und vor denen sie zitterten.

Der hochgewachsene Mann, den Courfeyrac, Combeferre und Enjolras in dem Augenblick bemerkten, als er an der Ecke der Rue des Billettes bei der Schar landete, arbeitete an der kleinen Barrikade und machte sich dort nützlich. Gavroche arbeitete an der großen. Der junge Mensch, der Courfeyrac in dessen Wohnung erwartet und ihn nach Herrn Marius gefragt hatte, war ungefähr in dem Moment verschwunden, als man den Omnibus umstürzte.

Gavroche, beschwingt und strahlend, hatte es übernommen, den Ausbau der Barrikade in Gang zu bringen. Er eilte hin und her, stieg hinauf und herunter, stieg wieder hinauf, bewegte sich sausend und feurig. Er schien zu aller Ermutigung dazusein. Putschte etwas ihn auf? Ja, seine Not. Und seine Freude beflügelte ihn. Gavroche war ein einziger Wirbel. Man sah und hörte ihn unablässig. Die Luft war voll von ihm, überall war er zugleich. Er war eine fast aufreizende Allgegenwart; es gab keinen Haltepunkt bei ihm. Die ungeheure Festung fühlte, als wäre sie ein Tier, daß er ihr im Nacken saß. Er belästigte die Schlendernden, er trieb die Faulen an, er belebte die Ermüdeten, er regte die Nachdenklichen auf, versetzte die einen in Heiterkeit, die anderen in Atemlosigkeit, wieder andere in Zorn, alle hetzte er. Er zwang einen Studenten zum Fleiß, er hechelte einen Arbeiter durch. Er pflanzte sich auf, stand still, schoß wieder los, flog über den Tumult und das Mühen der Menge dahin, sprang von diesen zu jenen, zischelte, brummte und plagte die ganze Bemannung wie die Mücke in der unermeßlichen Kutsche der Revolution.

Immer zappelten seine kleinen Arme, immer schrie er aus seinen kleinen Lungen: »Immer ran! Noch mehr Steine! Noch mehr Fässer! Noch mehr von den Dingern! Wo sind noch welche? Eine Bütte Kalk, um das Loch auszugießen! Sie ist ja noch winzig, eure Barrikade. Höher werden muß sie! Tut alles hinein! Brecht das Haus ab! Da ist eine Glastür!«

Die Arbeiter protestierten. »Eine Glastür! Was sollen wir denn mit einer Glastür anfangen, du Gewächs, du Tuberkel?«

»Selber Herkulesse«, erwiderte Gavroche. »Eine Glastür in einer Barrikade ist ausgezeichnet. Das ist kein Hindernis beim Angriff, aber unbequem, wenn gestürmt wird. Habt ihr nie Äpfel über die Mauer weg geklaut, in der Flaschenböden staken. Eine Glastür schneidet der Nationalgarde in die Hühneraugen, wenn sie auf die Barrikade klettern will. Das Glas ist ein Verräter. Eine zügellose Phantasie habt ihr nicht, Kameraden.«

Im übrigen hatte er eine Wut auf seine Pistole ohne Hahn. Er lief auf und ab und schrie: »Ein Gewehr! Ich will ein Gewehr! Warum gibt mir keiner ein Gewehr?«

»Dir ein Gewehr?« sagte Combeferre.

»Na, weshalb nicht?« erwiderte Gavroche. »Ich hatte 1830 eins, bei der Meinungsverschiedenheit mit Karl X.«

Enjolras zuckte die Achseln. »Wenn für die Männer genug da sind, wird man auch den Kindern geben.«

Gavroche wandte sich stolz um. »Wirst du vor mir getötet, nehme ich deins.«

»Du Schlingel!« sagte Enjolras.

»Du Grünschnabel!« sagte Gavroche.

Ein verirrter Stutzer, der im Hintergrund der Straße bummelte, bot eine Ablenkung. »Kommen Sie zu uns, junger Mann!« rief Gavroche ihn an. »Wollen Sie für das alte Vaterland gar nichts tun?«

Der Stutzer entfloh.

Die Vorbereitungen

Die Zeitungen von damals täuschten sich, wenn sie behaupteten, die Barrikade in der Rue de la Chanvrerie, dieser »fast uneinnehmbare Bau«, wie sie sie nannten, habe das Niveau eines ersten Stocks erreicht. Tatsächlich kam sie über eine mittlere Höhe von sechs bis sieben Fuß nicht hinaus. Sie war so gebaut, daß die Kämpfer die Wahl hatten, hinter ihr sich zu verstecken oder den Damm zu beherrschen und sogar den Grat mittels einer vierfachen Reihe aufeinandergelegter und nach innen in Stufen angeordneter Pflastersteine zu besteigen. Die Front der Barrikade war aus Stapeln von Steinen und Fässern zusammengesetzt. Mit Balken und Brettern verstaut, hakten sie sich in die Räder des Karrens von Anceau und des umgestülpten Omnibusses. So schien die Front, von vorn betrachtet, stachlig und unentwirrbar. Ein Einschnitt, der für den Durchlaß eines Menschen genügte, war zwischen der Mauer der Häuser und dem von der Schenke am weitesten abliegenden Ende der Barrikade bewerkstelligt worden, so daß es möglich war, herauszukommen. Das obere Gestänge des Omnibusses war mit Stricken aufgerichtet und festgehalten, und eine mit den Stangen verknüpfte rote Fahne wehte über der Barrikade.

Die kleine Barrikade Mondétour hinter dem Haus der Schenke verborgen, fiel nicht auf. Vereinigt bildeten beide Barrikaden eine wahre Redoute. Enjolras und Courfeyrac hatten es vermieden, den anderen Abschnitt der Rue Mondétour abzusperren, der durch die Rue des Prêcheurs einen Durchgang nach den Hallen eröffnet. Sie wollten zweifellos die Möglichkeit einer Verbindung mit der Außenwelt nicht beseitigen und fürchteten einen Angriff durch die gefährliche und schwierige Ruelle des Prêcheurs wenig.

Abgesehen von dem frei gebliebenen Ausgang, der darstellte, was Folard in seinem strategischen Stil einen Schlauch genannt haben würde, und unter Hinzurechnung auch des schmalen Einschnittes nach der Rue de la Chanvrerie hatte das Innere der Barrikade, in dem die Schenke ein vorspringender Winkel war, die Form eines unregelmäßigen, überall abgedichteten Vierecks. Ein Zwischenraum von zwanzig Schritt trennte den großen Damm von den hohen Häusern im Hintergrund der Straße, so daß man sagen konnte, die Barrikade sei an diese Häuser gelehnt, die völlig bewohnt, aber vom Erdgeschoß bis zum Dach verschlossen waren.

All diese Arbeit wurde in noch nicht einer Stunde ohne Hindernisse geleistet und ohne daß das Häuflein verwegener Männer eine Bärenmütze oder ein Bajonett auftauchen sah. Die Bürger, die in spärlicher Zahl so unmittelbar vor dem Aufstand sich noch in die Rue Saint-Denis wagten und in die Rue de la Chanvrerie spähten, bemerkten die Barrikade und gingen mit beschleunigten Schritten weiter.

Als beide Barrikaden fertig waren und man die Fahne gehißt hatte, zog man einen Tisch aus der Kneipe hervor, und Courfeyrac erstieg ihn. Enjolras brachte den Koffer, Courfeyrac öffnete ihn. Der Koffer war mit Patronen gefüllt. Als man die Patronen sah, erbebten die Tapfersten, und eine kurze Stille trat ein.

Courfeyrac verteilte sie lächelnd. Jeder bekam dreißig Patronen. Viele hatten Pulver und begannen mit geschmolzenen Kugeln andere zu fabrizieren. Die Pulvertonne stand auf einem kleinen Tisch bei der Tür, sie wurde aufgespart.

Der Ruf »Das Ganze sammeln!«, der Paris durcheilte, brach nicht ab, jedoch er wirkte nur noch als eintöniges Geräusch, auf das man nicht mehr achtete. Dieses Geräusch entfernte sich bald, bald näherte es sich in unheilvollen Wellenlinien.

Man lud Flinten und Karabiner, alle zusammen, ohne sich

zu überhasten, in feierlichem Ernst. Enjolras stellte drei Wachen außerhalb der Barrikaden auf, eine in der Rue de la Chanvrerie, die zweite in der Rue des Prêcheurs, die dritte an der Ecke der Petite-Truenderie.

Nach dem Bau der Barrikaden, der Zuweisung der einzelnen Posten, dem Laden der Gewehre, dem Aufstellen der Schildwachen warteten sie, allein in diesen beängstigenden Straßen, die niemand mehr durchschritt, umgeben von den stummen und wie toten Häusern, in denen jede menschliche Bewegung erstarrte, umhüllt von dem wachsenden Schatten der sich erhebenden Dämmerung, inmitten dieses Dunkels und dieses Schweigens, in dem man etwas sich heranwälzen fühlte und das etwas Tragisches, etwas Erschreckendes hatte. Sie warteten vereinsamt, bewaffnet, zur Tat gerüstet und ruhig.

Inzwischen

Was machten sie in den Stunden des Wartens? Wir müssen das berichten, weil es zur Geschichte gehört.

Während die Männer für Patronen und die Frauen für Wundverband sorgten, während ein großer Tiegel mit geschmolzenem Zinn und Blei, um Kugeln daraus zu gießen, auf einem glühenden Kohlenbecken rauchte, indes die Schildwachen mit dem Gewehr im Arm auf der Barrikade Ausschau hielten und Enjolras, dem jede Zerstreuung widerstrebte, die Posten überwachte, suchten und fanden sich Combeferre, Courfeyrac, Jean Prouvaire, Feuilly, Bossuet, Joly, Bahorel und einige andere noch wie in den friedlichsten Tagen ihres studentischen Geplauders in einem Winkel dieser Schenke, die zur Kasematte geworden war, zwei Schritte von der Redoute, die sie errichtet hatten. Vor ihren geladen neben den Stühlen harrenden Karabinern begannen diese schönen jungen Männer, im Bann ihrer letzten Stunde, Liebesverse herzusagen:

»Erinnerst du dich noch an unser Leben,
Als jung wir beide, süß war es und rein.

Wir wünschten nur, einander hinzugeben
Uns wohlzufühlen, hübsch, verliebt zu sein!

Als wir die Alter, deins zu meinem reihten
Und doch zusammen keine vierzig Jahr.
Und als in unsrer Wohnung, klein, bescheiden,
Der Winter selbst, der kalte, Frühling war.

Paris ließ sich zum heil'gen Mahle nieder.
Ihr Tage schön! Stolz Manuel und klug.
Foy, der Blitze schleuderte. Dein Mieder –
Ich stach mich, weil es eine Nadel trug.

Und jeder sah dich an. Wenn ich zum Essen
Dich in den Prado führte, arm, doch keck,
Vermochten nicht die Rosen sich zu messen
Mit deinem Liebreiz, schauten schamhaft weg.

Ich hörte, wie sie deine Schönheit priesen,
Der Haare Flut, den Duft so lieblich, weich,
Sie raunten, daß vielleicht dir Flügel sprießen
Und daß du unterm Häubchen knospengleich.

Ich preßte deinen schlanken Arm im Gehen.
Die Leute glaubten, daß der Liebe Charme
In unserm Paar zur Heirat ausersehen
April den Sanften und den Mai so warm.

Wir lebten glücklich bei verschlossner Pforte,
Verbotne Frucht der Liebe schmeckend. Ach,
Noch sagten meine Lippen kaum die Worte,
Als schon dein Herz ersehnte Antwort sprach.

Der Ort bukolisch, wo ich heiß dich küßte,
Bis in den Morgen, wird Sorbonne genannt.

Quartier Latin, das Herz Verliebter wüßte
Der Karte Zärtlichkeit kein besser Land.

Oh Platz Maubert, Dauphine! Du zogst vom weißen
Biegsamen Bein den Strumpf, und um uns schien
Im ärmlich frühlingshaften Heim zu gleißen
Ein Licht. Jäh sah ich einen Stern erglühn.

Von Plato, den ich las, ist nichts geblieben.
Was Lamennais, Mallebranche sich ausgedacht
Zur Güte Gottes, besser hat's beschrieben
Die frische Blume, die du mir gebracht.

Die Kammer unterm Dach! Ich seh' dich stehen
Im Morgenrot, du hast ein Hemd nur an.
Dich jung und schön vorm alten Spiegel drehen.
So folgsam mir, und ich dir untertan.

Wer könnt' sie je vergessen, jene Zeiten
Voll Sternenhimmel und voll Morgenlicht,
Voll Bänder, Blumen, Tüll und bunte Seiden,
Durch die verschämt charmant die Liebe spricht.

Dein Unterrock als Fensterschutz genügte.
Ein Tulpentopf als Gartenland – Für dich
Aus Porzellan das Täßchen, ich begnügte
Mit einem Krug aus Pfeifenerde mich.

Unsre Malheurs, wir lachten nur darüber!
Dein Muff verbrannt, die Boa weg, selbst er
Der große Shakespeare auf dem Bild, hinüber.
Für's Abendbrot, als unser Beutel leer!

Ein Bettler ich – du ein barmherzig Wesen.
Ich küßte deinen runden frischen Arm.
Der Tisch ist Dantes Folioband gewesen
Drauf wir Kastanien aßen, köstlich, warm.

Als ich den ersten Kuß in jener Klause
Von deinen heißen Lippen einst geraubt,

Liefst ganz zerzaust und rot du aus dem Hause.
Ich, blaß geworden, hab' an Gott geglaubt.

Denkst du der Zeit des Glücks noch, die wir hatten,
Manch Brusttuch sahn wir zwei in Fetzen gehn.
Ach, welche Seufzer stiegen aus dem Schatten
Unserer Herzen hoch in Himmelshöhn!«

Zeit und Ort, wiedererweckte Jugenderinnerungen, Sterne, die am Himmel aufleuchteten, das Todesschweigen der verlassenen Straßen, das Heranrücken des unerbittlichen Abenteuers, das sich vorbereitete, verliehen den mit halber Stimme im Zwielicht gemurmelten Strophen von Jean Prouvaire, der ein sanfter Dichter war, einen pathetischen Zauber.

Man hatte auf der kleinen Barrikade einen Lampion angezündet und auf der großen eine jener Wachsfackeln, die am Fastnachtsdienstag an den von Masken besetzten, nach der Courtille fahrenden Kutschen zu sehen sind. Diese Fackeln entstammten der Vorstadt Saint-Antoine. Die auf der großen Barrikade stand in einer Art Käfig von Pflastersteinen, der auf drei Seiten zum Schutz gegen den Wind verschlossen und so angeordnet war, daß das ganze Licht auf die Fahne fiel.

Straße und Barrikade waren in Dunkelheit versenkt, und man konnte nur die rote Fahne erblicken, die eine ungeheure Blendlaterne furchtbar zu beleuchten schien. Ihr Scharlachrot färbte sich in ein drohendes Purpur um.

Der Mann aus der Rue des Billettes

Es war jetzt tiefe Nacht, aber nichts kam. Man hörte nur verworrenen Lärm und mitunter, jedoch selten, Gewehrsalven, kurz andauernd und fern. Dieser sich verlängernde Aufschub war ein Zeichen, daß die Regierung sich Zeit ließ und ihre Kräfte sammelte. Die fünfzig Mann hier erwarteten sechzigtausend.

Enjolras fühlte sich von der Ungeduld erfaßt, die starke Seelen an der Schwelle furchtbaren Geschehens ergreift. Er suchte Gavroche. Der Junge verfertigte im Erdgeschoßsaal bei dem fragwürdigen Licht zweier Kerzen, die aus Vorsicht wegen des auf den Tischen verschütteten Pulvers auf den Kassentisch gestellt worden waren, Patronen. Die beiden Kerzen warfen keinen Schimmer nach außen. Die Rebellen waren zudem darauf bedacht, in den oberen Stockwerken kein Licht zu brennen.

Gavroche war sehr in Gedanken, nicht allein um seiner Patronen willen. Soeben hatte der Mann aus der Rue des Billettes den Saal betreten und sich an den Tisch gesetzt, der von allen in der dürftigsten Beleuchtung lag. Es war ihm eine Flinte mit Munition von erster Qualität zugefallen, die er zwischen seinen Beinen hielt. Bis zu diesem Augenblick hatte Gavroche, durch hundert »spaßige« Dinge abgelenkt, den Mann nicht gesehen.

Als er eintrat, folgte Gavroche ihm mechanisch mit den Augen, wobei er seine Flinte bewunderte. Dann plötzlich, als jener saß, erhob sich der Junge. Wer bis dahin den Mann beobachtete, hätte gesehen, wie er alles in der Barrikade und in der Schar der Rebellen seltsam eindringlich belauerte. Indes seit er im Saal war, schien er in sich zu versinken und nichts mehr von dem, was sich da abspielte, zu sehen. Der Junge näherte sich dem nachdenklichen Fremden und begann ihn auf den Fußspitzen zu umschleichen, wie man um einen Menschen herumgeht, den man nicht wecken will. Zugleich huschten über sein schamloses und dennoch ernstes, lasterhaftes und dennoch tiefes, heiteres und dennoch schmerzliches Gesicht alle Grimassen eines Alten, die bedeuteten: Ach was, unmöglich! Ich sehe nicht recht! Ich träume! Das sollte der sein! Nein, nicht wahr? Aber ja! Aber nein! Gavroche wiegte sich auf den Sohlen, krampfte seine beiden Fäuste in seinen Taschen, bog den Kopf hin und her wie ein Vogel und wandte seine ganze Kunst auf, um mit einer vorgeschobenen Unterlippe eine Grimasse zustande zu bringen. Er war verblüfft, unsicher, ungläubig, überzeugt, geblendet. Er glich dem Obereunuchen, der auf dem Markt der Sklavinnen eine

Venus zwischen den dicken Weibern entdeckt, oder einem Kunstliebhaber, der in einem Haufen von Schinken einen Raffael ausfindig macht. Alles in ihm war in Unrast, der witternde Instinkt und die kombinierende Klugheit.

Offenbar stand Gavroche vor einem Ereignis. Als es ihn aufs heftigste beschäftigte, redete Enjolras ihn an. »Du bist klein«, sagte er, »man wird dich nicht sehen. Kriech aus den Barrikaden heraus, an den Häusern entlang, lauf ein wenig durch die Straßen, und wenn du zurückkommst, melde mir, was überall los ist.«

Gavroche streckte sich in den Hüften. »Die Kleinen taugen also zu etwas, das ist ja ein Glück! Ich gehe. Vertrauen Sie mal den Kleinen, mißtrauen Sie den Großen!« Und Gavroche blickte empor und sagte leise, indem er auf den Mann aus der Rue des Billettes wies: »Sehen Sie den Großen da drüben?«

»Nun?«

»Der ist ein Spitzel.«

»Sicher?«

»Vor noch nicht zwei Wochen hat er mich am Ohr vom Gesims des Pont-Royal heruntergezerrt, als ich auf der Brücke Luft schöpfte.«

Enjolras verließ den Jungen sofort und flüsterte einem Arbeiter vom Weinhafen, der in einer Ecke saß, einige Worte zu. Der Arbeiter ging aus dem Saal und kam alsbald, von drei anderen begleitet, wieder. Die vier Männer, Lastträger mit breiten Schultern, setzten sich, ohne irgendwie die Aufmerksamkeit herauszufordern, hinter den Tisch, an dem der Mann aus der Rue des Billettes lehnte. Offenbar waren sie gewillt, sich auf ihn zu stürzen.

Dann trat Enjolras an den Mann heran und fragte ihn: »Wer sind Sie?«

Bei dieser plötzlichen Frage fuhr der Mann auf. Er tauchte seinen Blick bis in den Grund der reinen Augensterne von Enjolras und schien zu erforschen, was er dachte. Er lächelte mit einem Lächeln, das so verächtlich, so energisch und entschlossen war wie irgend etwas auf der Welt, und antwortete mit hochmütiger Wucht: »Ich sehe schon, was Sie meinen. Also, ja!«

»Sie sind Polizeispitzel?«

»Ich bin Beauftragter der Staatsgewalt.«

»Sie heißen?«

»Javert.«

Enjolras gab den vier Männern einen Wink. Im Nu, bevor er noch Zeit hatte, sich umzuwenden, war Javert am Kragen gepackt, niedergerissen, geknebelt und durchsucht. Man fand bei ihm eine kleine, runde, zwischen zwei Glasplättchen geklebte Karte, die auf einer Seite das eingravierte französische Wappen trug und die Inschrift: Überwachung und Sicherheitsdienst, auf der anderen den Namen: Javert, Polizeiinspektor, 52 Jahre alt, und die Unterschrift des damaligen Polizeipräfekten Gisquet. Er hatte außerdem seine Taschenuhr und seine Börse, die ein paar Goldstücke enthielt. Man ließ ihm Börse und Uhr. Als man hinter die Uhr in die kleine Hosentasche griff, faßte man einen Zettel in einem Umschlag, den Enjolras auseinanderfaltete. Er las die von der Hand des Polizeipräfekten selbst geschriebenen Zeilen: »Sobald seine politische Mission erfüllt ist, wird Inspektor Javert sich durch besondere Überwachungsmaßnahmen vergewissern, ob es wahr ist, daß Missetäter auf der Böschung des rechten Seineufers, bei der Jenabrücke, Übles planen.«

Als die Durchsuchung beendet war, richtete man Javert wieder auf, man verschnürte ihm die Arme im Rücken und band ihn inmitten des Saales im Erdgeschoß an den berühmten Pfosten, nach dem einst die Schenke benannt worden war. Gavroche, der der ganzen Szene beigewohnt und mit einem stummen Kopfnicken alles gebilligt hatte, trat an Javert heran und sagte: »Jetzt hat die Maus die Katze gefangen.«

Das alles hatte sich so schnell vollzogen, daß es aus war, als man in der Umgebung der Schenke des Vorgangs inne wurde. Javert hatte keinen einzigen Schrei ausgestoßen. Als sie Javert an den Pfosten gebunden sahen, liefen Courfeyrac, Bossuet, Joly, Combeferre und die auf den beiden Barrikaden verteilten Männer herbei.

Javert lehnte am Pfahl, von Stricken so eingezwängt, daß er sich nicht regen konnte, und ließ den Blick frei wandern, mit der unerschrockenen Gelassenheit des Mannes, der nie gelogen hat.

»Ein Spitzel«, sagte Enjolras. Und zu Javert: »Sie werden, zwei Minuten bevor die Barrikade gestürmt wird, erschossen werden.«

Javert entgegnete in seinem gebieterischen Ton: »Warum nicht gleich?«

»Wir wollen mit Pulver sparen.«

» Dann machen Sie mit dem Messer ein Ende!«

»Spitzel«, sagte der schöne Enjolras, »wir sind Richter und nicht Mörder.« Dann rief er Gavroche zu: »Du geh an deine Arbeit! Tu, was ich dir gesagt habe!«

»Ich gehe schon!« schrie Gavroche. Ehe er hinauseilte, bat er: »Übrigens, geben Sie mir sein Gewehr!« Und er fügte hinzu: »Den Musiker lasse ich Ihnen, aber ich will die Klarinette.«

Der Straßenjunge grüßte militärisch und kroch heiter durch den Einschnitt der großen Barrikade.

Mehrere Fragezeichen betreffs eines Mannes namens Cabuc, der sich vielleicht nicht Cabuc nannte

Das unheilvolle Bild, an dem wir uns versuchen, bliebe unvollendet, der Leser sehe nur verschwommen die großen Augenblicke des sozialen Kindbetts und revolutionären Gebärens, diese mit Zuckungen verbundene Kraftäußerung, ließen wir bei der hier entworfenen Skizze einen grauenhaften und ans Epische grenzenden Zwischenfall weg, der unmittelbar nach dem Fortgang von Gavroche passierte.

Zusammenrottungen werden bekanntlich wie Schneebälle größer und ballen, sich dahinwälzend, einen Haufen tobender Menschen zusammen. Jene Menschen fragen sich nicht, woher sie kommen. Unter den Zuläufern, die den von Enjolras, Combeferre und Courfeyrac geführten Trupp vermehrt hatten, war ein Mensch, der die an den Schultern zerschlissene Weste eines Transportarbeiters trug, gestikulierte und brüllte und wie ein wilder Säufer aussah. Dieser Mann mit dem Namen oder Spitznamen Cabuc, übrigens völlig unbekannt auch denen, die ihn zu kennen behaupteten, hatte sich, sehr berauscht oder einen Rausch vortäuschend, mit anderen um einen Tisch gesetzt, den sie aus der Schenke hervorgezogen hatten. Er schien, indem er die zechen ließ, die mit ihm hielten, nachdenklich das große Haus im Hintergrund der Barrikade zu betrachten, das mit seinen fünf Stockwerken die ganze Straße beherrschte und der Rue Saint-Denis gegenüberstand. Plötzlich rief er: »Kameraden, wißt ihr, aus dem Haus da sollte man schießen! Wenn wir von den Fensterkreuzen dort zielten, zum Teufel, keiner käme durch die Straße.«

»Ja, aber das Haus ist verschlossen«, sagte einer der Trinker.

»Hämmern wir gegen die Tür!«

»Sie werden nicht öffnen.«

»Brechen wir die Tür auf!«

Cabuc rannte zu der Tür, die einen schweren Klöppel hatte, und pochte. Sie wurde nicht geöffnet. Er pochte zum zweitenmal. Niemand gab Antwort. Zum drittenmal. Dasselbe Schweigen.

»Ist da wer?« schrie Cabuc. Nichts rührte sich. Da ergriff er ein Gewehr und begann mit Kolbenhieben gegen die Tür zu schmettern. Es war eine alte Flurtür, gewölbt, niedrig, schmal, fest, ganz von Eiche, im Innern mit einem Blechblatt ausgeschlagen und durch Eisen verstärkt, ein wahres Ausfalltor einer Bastille. Die Kolbenhiebe machten das Haus zittern, aber die Tür wankte nicht. Vermutlich jedoch hatten die Bewohner sich aufgeregt, denn endlich sah man eine kleine viereckige Luke im dritten Stock sich erhellen und öffnen, und an dieser Luke erschienen eine Kerze und der einfältige, erschreckte Kopf eines grauhaarigen Biedermannes, des Portiers.

Der Mann unterbrach sein Klopfen. »Meine Herren«, sagte der Portier, »was wünschen Sie?«

»Mach auf!« sagte Cabuc.

»Meine Herren, das geht nicht.«

»Mach trotzdem auf!«

»Unmöglich, meine Herren!«

Cabuc nahm sein Gewehr und legte auf den Portier an; jedoch da er unten stand und es sehr finster war, sah der Portier ihn nicht.

»Ja oder nein, wirst du aufmachen?«

»Nein, meine Herren!«

»Du willst nicht?«

»Ich will nicht, meine guten …«

Der Portier konnte nicht weiterreden. Der Schuß war losgegangen; die Kugel war ihm unter dem Kinn eingedrungen und durch den Nacken ausgetreten, nachdem sie die Halsader zerrissen hatte. Der Greis sackte zusammen, ohne einen Seufzer von sich zu geben. Die Kerze fiel und erlosch, und man sah nur noch einen Kopf, der leblos am Rande der Luke lag, und ein Wölkchen weißen Rauchs, das zum Dach emporstieg.

»So!« sagte Cabuc und ließ den Kolben seines Gewehrs auf das Pflaster prallen.

Kaum hatte er gesprochen, als er inne ward, daß eine Hand mit der Kraft einer Adlerklaue ihn auf die Schulter drückte, und er hörte eine Stimme, die zu ihm sagte: »Auf die Knie!«

Der Mörder wandte sich um und sah vor sich das weiße, kalte Antlitz von Enjolras. Enjolras hatte eine Pistole in der Hand. Auf den Knall des Schusses war er gekommen. Er hatte mit seiner linken Hand den Kragen, den Kittel, das Hemd und den Hosenträger von Cabuc gepackt. »Auf die Knie!« wiederholte er. Und mit einer souveränen Bewegung knickte der schwächliche junge Mann von zwanzig Jahren den vierschrötigen, robusten Halunken wie ein Rohr und zwang ihn, im Straßenschlamm niederzuknien. Cabuc versuchte sich zu wiedersetzen, aber es schien, als laste eine übermenschliche Faust auf ihm. Bleich, den Hals entblößt, das Haar verwirrt, glich Enjolras in diesem Moment mit seinem Frauenantlitz der Themis der Antike. Seine geblähten Nüstern, seine gesenkten Augen verliehen seinem unversöhnlichen griechischen Profil den Ausdruck von Zorn und von Keuschheit, der für die Anschauungen der alten Welt der Gerechtigkeit gemäß war.

Über die Barrikade hin waren alle zusammengelaufen, dann hatten sie sich in einiger Entfernung im Kreis aufgestellt. Sie empfanden, es sei unmöglich, vor dem, dessen Zeugen sie wurden, auch nur ein Wort zu sprechen.

Der besiegte Cabuc wagte keine Gegenwehr und zitterte an allen Gliedern. Enjolras ließ sein Genick frei und holte seine Uhr hervor. »Sammle dich!« sagte er. »Bete oder denke nach! Du hast dafür eine Minute.«

»Gnade!« murmelte der Mörder. Dann neigte er den Kopf und stammelte einige unverständliche Flüche. Enjolras sah in einem fort nach der Uhr. Er ließ die Minute vergehen, dann steckte er die Uhr wieder in die Tasche. Hierauf faßte er Cabuc, der ihm heulend zu Füßen kauerte, an den Haaren und setzte ihm den Lauf seiner Pistole ans Ohr. Viele der unerschrockenen Männer, die sich so ruhig in das erschreckendste Abenteuer begeben hatten, drehten den Kopf weg.

Man hörte ein Krachen, der Mörder fiel mit der Stirn nach vorn auf das Pflaster.

Enjolras richtete sich auf und ließ seinen festen und strengen Blick um sich schweifen. Dann stieß er mit dem Fuß an die Leiche und sagte: »Werft das hinaus!«

Drei Männer hoben den Körper des Elenden auf, den die letzten mechanischen Zuckungen des ausgeatmeten Lebens schüttelten, und schleuderten ihn über die kleine Barrikade in die Ruelle Mondétour. Enjolras war noch in Gedanken. Eine erhabene Düsterkeit verbreitete sich langsam über seine in ihrer Gelassenheit furchtbaren Züge. Plötzlich wurde seine Stimme laut. Alle verstummten.

»Bürger«, sagte Enjolras, »was dieser Mann getan hat, ist gräßlich, und was ich getan habe, grauenhaft. Er hat getötet, darum habe ich ihn getötet. Ich mußte es tun, denn auch der Aufruhr bedarf einer Disziplin. Der Mord ist hier noch mehr als sonst ein Verbrechen. Auf uns alle schaut die Revolution; wir sind die Priester der Republik. Wir sind die Opfer der Pflicht, und unser Kampf muß vor Verleumdung gesichert sein. Ich habe diesen Mann abgeurteilt und zum Tode verdammt. Auch über mich, der ich diese Tat nicht vermeiden konnte und sie verabscheue, habe ich das Urteil gefällt, und was ich beschlossen habe, werdet ihr alsbald sehen.«

Die ihn hörten, erschauerten. »Dein Los wird das unsrige sein!« rief Combeferre.

»Gut«, erwiderte Enjolras. »Noch ein Wort. Indem ich diesen Menschen beseitigte, habe ich der Notwendigkeit gehorcht. Aber die Notwendigkeit ist ein Ungeheuer der alten Welt. Die Notwendigkeit heißt Schicksal. Das Gesetz des Fortschritts ist, daß die Ungeheuer vor den Engeln verschwinden und daß das Schicksal der Brüderlichkeit weicht. Es ist ein schlechter Zeitpunkt für die Verkündigung des Wortes Liebe. Mag dem so sein, ich rede von ihr und verherrliche sie. Liebe, du bist die Macht der Zukunft. Tod, ich bediene mich deiner, aber ich hasse dich. Bürger, es wird in Zukunft weder Dunkelheit geben noch rächenden Blitz, weder rohe Unwissenheit noch blutige Vergeltung. Wie es keinen Satan, wird es auch keinen Erzengel Michael mehr geben. In Zukunft wird niemand jemanden töten, die Erde wird strahlen, die Menschheit wird lieben. Kommen wird, Bürger, der Tag, an dem alles Eintracht sein wird, Harmonie, Licht, Freude und Leben. Und damit er komme, werden wir sterben.«

Enjolras schwieg. Seine jungfräulichen Lippen preßten sich zusammen, und einige Minuten stand er in der Regungslosigkeit einer Marmorstatue aufrecht an der Stelle, an der er Blut vergossen hatte. Die Starrheit seiner Augen bewirkte, daß man um ihn herum leise sprach.

Jean Prouvaire und Combeferre reichten sich stumm die Hände, und in einem Winkel der Barrikade aufeinandergestützt, betrachteten sie voll einer Bewunderung, in der Mitleid war, den ernsten jungen Mann, Henker und Priester, licht wie Kristall und hart wie Felsen.

Vorweggenommen sei, daß später, nach diesen Geschehnissen, als die Leichen in die Morgue geschafft und durchsucht wurden, man bei Cabuc eine Legitimation als Polizeiagent fand. Der Verfasser hat 1848 den Sonderbericht in Händen gehabt, der 1832 dem Polizeipräfekten erstattet wurde.

Nach einer seltsamen, aber wahrscheinlich begründeten Überlieferung, die bei der Behörde umging, war Cabuc kein anderer als Claquesous. In der Tat war seit dem Tod von Cabuc Claquesous verschollen. Er hinterließ, als er verschwand, keine Spur. Man könnte glauben, er habe sich mit dem Unsichtbaren amalgamiert. Sein Leben war Finsternis gewesen, sein Tod war Nacht.

In der ganzen Gruppe der Aufrührer schwang noch die Spannung des unheimlichen, so schnell eingeleiteten und beendeten Prozesses nach, als Courfeyrac in der Barrikade den kleinen jungen Mann wiedersah, der am Morgen in seiner Wohnung nach Marius gefragt hatte. Der Bursche, der sich verwegen und sorglos gebärdete, war in der Nacht erschienen, um nunmehr bei den Rebellen zu bleiben.

ZWÖLFTES BUCH

MARIUS BETRITT DAS SCHATTENREICH

Von der Rue Plumet ins Viertel Saint-Denis

Die Stimme, die durch die Dämmerung Marius zu der Barrikade in der Rue de la Chanvrerie rief, hatte ihm wie die Stimme des Schicksals geklungen. Er wollte sterben, eine Gelegenheit winkte ihm. Er klopfte an die Tür des Grabes; eine Hand im Dunkel bot ihm den Schlüssel dar. Die schaurigen Spalten, die sich in der Finsternis vor der Verzweiflung auftun, sind verlockend. Marius schob die Gitterstange zur Seite, die ihn so oft hindurchgelassen hatte; er ging aus dem Garten und sagte sich: Hinweg! Irrsinnig vor Schmerz, mit dem Gefühl, nichts sei mehr in seinem Hirn, das standhielt, unfähig, irgend etwas als Schicksalsgabe zu erleben nach diesen beiden im Rausch von Jugend und Liebe verbrachten Monaten, von allen Träumereien der Verzweiflung auf einmal niedergeschmettert, hatte er nur noch den Wunsch, rasch zu Ende zu kommen.

Er hastete vorwärts. Da er die Terzerole Javerts bei sich hatte, traf es sich, daß er bewaffnet war. Der junge Mann, den er bemerkt zu haben wähnte, hatte sich in den Straßen verflüchtigt. Marius war von der Rue Plumet auf den Boulevard gelangt; er überquerte die Esplanade und die Invalidenbrücke, die Champs-Élysées, den Platz Ludwigs XV. und kam bis zur Rue de Rivoli. Die Läden waren offen, unter den Arkaden brannte Gas, die Frauen kauften ein, man aß Eis im Café Laiter, man verzehrte kleine Kuchen in der Englischen Zuckerbäckerei. Nur einige Postkutschen fuhren im Galopp vom Hôtel des Princes und vom Hôtel Maurice ab.

Marius betrat durch die Passage Delorme die Rue Saint-Honoré. Hier waren die Läden geschlossen, die Kaufleute plauderten vor ihren halboffenen Türen, die Fußgänger gingen hin und her, die Gaslaternen waren angezündet, vom ersten Stock an waren alle Fenster wie sonst erleuchtet. Auf dem Platz vor dem Palais Royal war Kavallerie aufmarschiert.

Marius durchschritt die Rue Saint-Honoré. Je mehr er sich vom Palais Royal entfernte, desto seltener war in den Fenstern Licht. Die Läden waren völlig zugesperrt, niemand plauderte auf den Schwellen, die Straße verdunkelte sich, und zugleich verdichtete sich die Masse. Denn die Passanten waren jetzt zu einer Menge angeschwollen. Man sah niemanden in ihr sprechen, und doch stieg ein dumpfes, tiefes Brausen auf.

Nach dem Brunnen zum »Dürren Baum« hin gab es »Zusammenrottungen«, unbewegliche, düstere Gruppen, die sich aus den Gehenden und Kommenden wie Steine aus fließendem Wasser heraushoben. Am Eingang der Rue des Prouvaires rückte die Menge nicht mehr von der Stelle. Sie war ein beharrender, massiver, in sich gefestigter, zusammenhängender, nahezu undurchdringlicher Block angehäufter Menschen, die sich leise unterhielten. Fast nirgends sah man Röcke und runde Hüte. Kittel, Hemden, Mützen, borstige, erdfarbene Gesichter. Verworren flutete diese Menge im nächtlichen Nebeldunst. Ihr Flüstern hatte einen rauhen, murrenden Ton. Obgleich nicht ein einziger schritt, hörte man Getrampel im Straßenschmutz. Jenseits dieses Getümmels, in der Rue du Roule, in der Rue des Prouvaires und in der Verlängerung der Rue Saint-Honoré, flimmerte hinter keiner Scheibe eine Kerze. Man sah die einsamen Reihen der Laternen sich in diesen Straßen immer spärlicher verlieren. Die Laternen von damals glichen dicken roten, an Seilen schaukelnden Sternen, die über das Pflaster Schatten von großen Spinnen warfen. Die Straßen waren nicht verödet. Man erkannte zu Pyramiden aufgestellte Gewehre, aufblinkende Bajonette und biwakierende Truppen. Hier hörte jeder Publikumsverkehr auf. Hier endete die Masse und begann die Armee.

In Marius war der Wille eines Menschen, der nichts mehr erhofft. Man hatte ihn gerufen, er mußte gehen. Er fand durch die Menge und durch das Biwak der Truppen hindurch, er entging den Patrouillen, er geriet nicht in den Bereich von Wachposten. Auf einem Umweg strebte er der Rue de Béthisy zu und der Gegend der Markthallen. An der Ecke der Rue des Bourdonnais brannten keine Laternen mehr.

Nachdem er die Zone der Masse überschritten hatte, kam er über den Rand des Gebietes, in dem die Truppen lagerten, hinaus. Und nun hatte er etwas Erschreckendes um sich. Nicht ein Passant mehr, nicht ein Soldat, kein Licht, niemand. Einsamkeit, Schweigen und Nacht; ein Frösteln durchrann ihn. Der Eintritt in eine Straße hier war der Eintritt in einen Keller.

Er ging weiter. Er machte wenige Schritte. Irgendwer lief in seiner Nähe vorbei. War es ein Mann? Eine Frau? Waren es mehrere Personen? Das hätte er nicht sagen können. Es war an ihm vorübergeeilt und in nichts zerstoben.

Auf Umweg über Umweg kam er in eine Gasse, die Rue de la Poterie, wie ihm schien. In der Mitte dieser Gasse stieß er auf ein Hindernis. Er streckte die Hände aus. Es war ein umgestürzter Karren. Mit dem Fuß tastend, erriet er Pfützen, Schlammlöcher, gelöste und zusammengetragene Pflastersteine. Eine Barrikade war hier begonnen und verlassen worden. Er erkletterte die Steine und sah sich auf der anderen Seite des Dammes. Er ging dicht an die Ecken heran und ließ sich von den Mauern der Häuser führen. Ein wenig nach der Barrikade sichtete er etwas Weißes. Er näherte sich; das Weiße nahm Gestalt an. Es waren zwei Schimmel, die Schimmel des Omnibusses, die Bossuet am Morgen ausgeschirrt hatte. Den ganzen Tag über waren sie, dem Zufall folgend, von Straße zu Straße geirrt und zum Schluß hier stehengeblieben, mit der müden Geduld von Tieren, die das Tun der Menschen nicht begreifen, wie der Mensch das Handeln der Vorsehung nicht begreift.

Marius ließ die Pferde hinter sich. Als er an einer Straße landete, die ihm die Rue du Contrat-Social zu sein schien, pfiff ein Gewehrschuß, der, von irgendwo abgefeuert, durch das Dunkel sauste, an ihm vorbei, und die Kugel durchbohrte über seinem Kopf eine Messingschüssel, die an einem Barbierladen hing. Noch im Jahre 1846 sah man in der Rue du Contrat-Social, an der Ecke der Pfeiler der Hallen, diese durchlöcherte Barbierschüssel.

Der Gewehrschuß war noch Leben. Von diesem Augenblick an hatte Marius keine Begegnung mehr. Sein Weg glich einem Abstieg über schwarze Stufen. Und dennoch marschierte er voran.

Paris aus der Perspektive eines Nachtvogels

Einem Wesen, das zu dieser Stunde mit dem Flügel der Fledermaus oder der Eule über Paris gekreist hätte, wäre das ganze alte Viertel der Hallen, das wie eine Stadt in der Stadt ist, von der Rue Saint-Denis und der Rue Saint-Martin durchquert, von tausend Gäßchen durchkreuzt, aus denen die Aufrührer ihre Schanze und ihren Waffenplatz gemacht hatten, als eine riesige, düstere, im Zentrum von Paris ausgehöhlte Grube erschienen. Der Blick fiel in einen Abgrund. Dank der zertrümmerten Laternen, dank der geschlossenen Fenster erstarb hier jeder Glanz, jedes Leben, jedes Geräusch, jede Bewegung. Die unsichtbare Polizei des Aufruhrs wachte überall und sorgte für Ordnung, das heißt für nächtliches Dunkel. Die kleine Zahl der Kämpfer in einer weiträumigen Finsternis untergehen zu lassen, sie durch die Möglichkeiten, die diese Finsternis gewährt, zu vervielfachen ist die dem Aufruhr vorgeschriebene Taktik. In der Abenddämmerung hatte jedes Fenster, an dem eine Kerze aufleuchtete, eine Kugel empfangen. Das Licht war erloschen, oft hatte man den Bewohner getötet. Nichts rührte sich nun. Nichts als Schreck, Trauer und Betäubung herrschten in den Häusern und auf den Straßen ein heiliger Schauer. Man sah nicht einmal die langen Reihen der Fenster und Stockwerke, die gezackten Konturen der Schornsteine und Dächer, die verschwommenen Lichtreflexe auf dem schmutzigen und nassen Pflaster. Nur da und dort ließ in diesem Schattenmeer eine undeutliche Helligkeit gebrochene, bizarre Linien sich abzeichnen, Umrisse seltsamer Bauten, und ein fahler Schein wanderte durch Ruinen. Das waren die Barrikaden. Und über den dunstigen, erdrückenden, schaurig schwarzen See ragten als starre und unheimliche Silhouetten der Turm von Saint-Jacques, die Kirche Saint-Merry und zwei oder drei andere der großen Gebäude, aus denen der Mensch Riesen und die Nacht Phantome machte.

Rings um dieses menschenleere, beunruhigende Labyrinth, in den Vierteln, in denen das Getriebe von Paris nicht vernichtet war und einige Laternen schimmerten, hätte man aus der Vogelperspektive das metallische Funkeln der Säbel und Bajonette beobachten können, das schwere Rollen der Artillerie und das Gewimmel der stummen Bataillone, das von Minute zu Minute anwuchs; ein furchtbarer Gürtel, der sich verengte und langsam um den Aufruhr zusammenschloß.

Das eingeschlossene Viertel war nur noch eine ungeheuerliche Höhle. Alles schien hier eingeschlafen oder reglos, und wie soeben geschildert, bot jede Straße, in die es einen verschlug, nichts als Dunkel.

Ein grausames Dunkel voller Fallen, voller unbekannter und fürchterlicher Zusammenstöße, in das einzudringen erschreckend und in dem zu verweilen entsetzlich war. Die hineingingen, zitterten vor denen, die sie erwarteten, und jenen, die da warteten, schauderte es vor denen, die kommen würden. Unsichtbare Kämpfer, die sich an jeder Straßenecke verschanzt hatten; die in der Tiefe der Nacht verborgenen Hinterhalte des Grabes. Es ging zu Ende. Kein anderes Licht war hinfort noch zu erhoffen als das Aufblitzen der Gewehre, keine andere Begegnung als das plötzliche und rasche Erscheinen des Todes. Wo? Wie? Wann? Das wußte niemand, doch es stand fest und war unvermeidlich. Dort, an jener zum Kampf bestimmten Stelle, sollten die Regierung und der Aufstand, die Nationalgarde und die Vereinigungen des Volkes, das Bürgertum und der Aufruhr zögernd aufeinander losgehen. Für die einen wie die anderen war es die gleiche

Notwendigkeit. Getötet oder als Sieger da herauszukommen, einen anderen Ausweg gab es nicht. Die Situation war derart extrem, die Dunkelheit derart tief, daß die Zaghaftesten mit Entschlossenheit erfüllt und die Verwegensten von Schrecken gepackt wurden.

Auf beiden Seiten indes die gleiche Wut, die gleiche Erbitterung, der gleiche unbeugsame Wille. Für die einen bedeutete vorrücken sterben, und niemand dachte an Rückzug. Bleiben bedeutete für die anderen sterben, und niemand dachte an Flucht.

Morgen mußte sich alles entschieden haben. Hier oder drüben mußte der Triumph gewonnen sein. Dann war der Aufstand entweder eine Revolution oder ein Scharmützel. Die Regierung wußte es ebenso wie die Parteien; der geringste Bourgeois fühlte es. So mischte sich ein Gedanke voller Angst in die unerforschliche Schattenhaftigkeit dieses Viertels, in dem der Kampf ausgetragen werden sollte. Dieses Schweigen mußte mit einer Katastrophe enden. Man erwartete nur ein einziges Geräusch, das wie ein Röcheln aufrüttelte und wie ein Fluch drohte: das Sturmgeläut von Saint-Merry. Eiskalt wurde dem, der den Schrei dieser gehetzt und trostlos durch die Nacht wehklagenden Glocke hörte.

Wie es oft geschieht, war die Natur in scheinbarem Einverständnis mit dem Beginnen der Menschen. Nichts störte die unheilvolle Harmonie des Gesamtbildes. Die Sterne waren verschwunden; trübe Wolken füllten mit ihren melancholischen Falten den endlosen Horizont. Ein schwarzer Himmel lag über den toten Straßen, als wälze sich ein unermeßliches Leichentuch auf dieses unermeßliche Grab.

Indes eine noch ganz politische Schlacht sich auf demselben Schauplatz vorbereitete, der schon so viele revolutionäre Szenen gesehen hatte, indes die Jugend, die Geheimbünde, die Hochschulen im Namen der Prinzipien und der Mittelstand im Namen der Interessen sich einander näherten, um zusammenzuprallen, sich zu umschlingen und sich niederzuwerfen, indes jeder die letzte, abschließende Stunde der Krise zu beschleunigen suchte und herbeiwünschte, grollte fern und außerhalb dieses verhängnisvollen Viertels, im tiefsten

Schacht der unbekannten Höhlen eines alten Paris des Elends, das unter dem Glanz des glücklichen und reichen Paris verborgen ist, dumpf die düstere Stimme des Volkes.

Eine erschreckende und geheiligte Stimme, die sich aus dem Gebrüll des Tieres und dem Worte Gottes zusammensetzt, die die Schwachen einschüchtert und die Weisen warnt, die plötzlich von unten kommt wie die Stimme des Löwen und von oben wie die Stimme des Donners.

Der äußerste Rand

Marius stand vor den Hallen. Hier war alles noch ruhiger, dunkler und unbewegter als in den benachbarten Straßen. Es schien, als habe das eisige Schweigen des Grabes den ganzen Raum unter dem Himmel erfüllt.

Ein rotes Licht jedoch schnitt aus schwarzem Grund die hohen Dächer der Häuser aus, die nach Saint-Eustache hin die Rue de la Chanvrerie absperrten. Es war der Reflex der Fackel, die auf der Barrikade vorm »Korinth« loderte. Marius war auf diese Röte zugewandert. Sie hatte ihn auf den Mangoldmarkt geführt, und er sah unklar die finstere Mündung der Rue des Prêcheurs. Er trat in sie ein. Der Posten der Aufrührer, der am jenseitigen Ausgang der Straße wachte, bemerkte ihn nicht. Er fühlte sich dicht vor seinem Ziel und ging auf den Fußspitzen. So kam er zu der Krümmung des kurzen Abschnitts der Ruelle Mondétour, der, wie man sich erinnert, einzigen Verbindung mit der Außenwelt, die Enjolras belassen hatte. An der Ecke des letzten Hauses, zu seiner Linken, beugte er den Kopf vor und blickte in das Gäßchen hinein.

Ein wenig über den schwarzen Winkel der Ruelle Mondétour und der Rue de la Chanvrerie hinaus, der einen breiten Schattenstreifen entsandte, in den er selbst gehüllt war, sah er einen Schimmer auf dem Pflaster, ein Stück von einer Schenke, dahinter einen Lampion, der an plumpem Mauerwerk blinzelte, und kauernde Männer mit Gewehren auf den Knien. All das war zehn Klafter von ihm entfernt. Es war das Innere der Barrikade. Die Häuser, die zur Rechten das Gäßchen umrandeten, trennten ihn von dem Rest der Kneipe und der großen Barrikade mit der Fahne.

Marius hatte nur noch einen Schritt zu gehen. Etr setzte sich auf einen Prellstein nieder, kreuzte die Arme und dachte an seinen Vater. Er dachte an den heldenhaften Obersten Pontmercy, der ein so stolzer Soldat gewesen war, der unter der Republik die Grenze Frankreichs bewacht und unter dem Kaiser die Grenze Asiens berührt hatte, der Genua gesehen hatte, Alexandria, Mailand, Turin, Madrid, Wien, Dresden, Berlin, Moskau. Auf allen Siegesstätten in Europa hatte er Tropfen desselben Blutes gelassen, das in Marius' Adern floß. Vor der Zeit war er ergraut in Zucht und Befehl. Er hatte mit angeschnalltem Säbelgehenk gelebt, die Epauletten auf die Brust herabfallend, die Kokarde von Pulver geschwärzt, die Stirn gedrückt vom Helm, in der Baracke, im Feld, im Biwak, im Krankenwagen, und nach zwanzig Jahren war er aus den großen Kriegen zurückgekehrt, mit zerfetzter Wange, mit lächelndem Gesicht, einfach, ruhig, bewundernswert, rein wie ein Kind, nachdem er alles für und nichts gegen Frankreich getan hatte.

Er sagte sich, nun sei auch sein Tag gekommen, seine Stunde habe endlich geschlagen. Nach seinem Vater werde auch er tapfer sein, unerschrocken, kühn, den Kugeln entgegenlaufen, seine Brust den Bajonetten darbieten, sein Blut verspritzen, den Feind suchen, den Tod suchen, seinerseits in einem Krieg kämpfen und das Schlachtfeld betreten, und dieses Schlachtfeld werde die Straße sein und dieser Krieg der Bürgerkrieg. Er sah ihn vor sich, offen wie einen Abgrund, in den er fallen werde. Und ein Schauder erfaßte ihn.

Er dachte an den Degen seines Vaters, den sein Großvater einem Trödler verkauft und um den er so schmerzlich getrauert hatte. Er sagte sich, dieser wehrhafte, redliche Degen habe recht getan, daß er sich ihm entzog und zürnend in die Finsternis entschwand, und wenn er so floh, dann habe ihn Voraussicht der Zukunft dazu angetrieben. Geahnt habe er den Aufruhr, den Krieg der Gossen und der Pflastersteine, die Gewehrsalven durch die Kellerluken, die Schüsse, in den

Rücken abgegeben und empfangen. Dieser Heldendegen, der von Marengo und Friedland kam, wollte nicht nach der Rue de la Chanvrerie gehen, nicht, was er mit dem Vater getan hatte, mit dem Sohn tun. Wäre er hier, hätte Marius ihn vom Bett seines toten Vaters aufgenommen und gewagt, ihn zu einem nächtlichen Kampf zwischen Franzosen an eine Straßenkreuzung zu tragen, dann würde er ihm in den Händen brennen und wie das Schwert des Erzengels vor ihm aufflammen. Er sagte sich, er sei glücklich, daß die Waffe nicht da sei, daß sie verschwunden sei, das sei nur gut und recht. Sein Großvater sei der wahre Hüter des Ruhmes seines Vaters. Besser, der Degen des Obersten sei versteigert, dem Althändler verkauft, zum Schrott geworfen, als daß heute der Schoß des Vaterlandes von ihm blute.

Und dann fing Marius bitterlich zu weinen an. Es graute ihn. Aber welche Wahl hatte er? Ohne Cosette zu leben, vermochte er nicht. Da sie fort war, mußte er sterben. Hatte er ihr nicht sein Ehrenwort gegeben, daß er sterben werde? Als sie abreiste, wußte sie es; also gefiel es ihr, daß Marius starb. Und kein Zweifel, daß sie ihn nicht mehr liebte, da sie so gegangen war, ohne ihn zu benachrichtigen, ohne ein Wort, ohne einen Brief, und sie kannte seine Adresse. Wozu und warum sollte er noch leben? Und nachdem er bis hierher vorgedrungen war, sollte er zurückweichen, sich der Gefahr genähert haben und fliehen, die Barrikade betrachten und sich heimlich davonmachen? Zitternd kneifen und sich sagen: Eigentlich habe ich genug, ich hab's gesehen, das reicht, das ist der Bürgerkrieg, nichts wie weg? Seine Freunde im Stich lassen, die ihn erwarteten, die ihn vielleicht brauchten, die eine Handvoll waren gegen eine Armee? Allem zugleich untreu sein, der Liebe, der Freundschaft, seinem Wort? Feig sein unter dem Vorwand des Patriotismus? Das war unmöglich, und wenn der Geist seines Vaters hier im Schatten stünde und ihn sich zurückziehen sähe, würde er ihm mit der flachen Klinge die Lenden peitschen und ihm zurufen: So geh schon, Memme!

Dem Hin und Her seiner Gedanken ausgeliefert, senkte er den Kopf. Dann blickte er plötzlich wieder auf. Eine strahlende Läuterung hatte sich soeben in seinem Geist vollzogen. Im Angesicht des Grabes erweitert sich das Denken, dem Tode nahe sein schärft den Blick. Die Vision der Tat, an der sich zu beteiligen er im Begriff war, zeigte sich ihm nicht mehr kläglich, sondern erhaben. Jäh verklärte den Krieg der Straße eine gewisse, unerklärliche Arbeit der Seele vor seinem geistigen Auge. All die beunruhigenden Fragezeichen der Träumerei drangen wieder in großer Zahl auf ihn ein, doch ohne ihn zu verwirren. Er ließ keines unbeantwortet.

Warum sollte sein Vater sich entrüsten? Erhob sich nicht mitunter der Aufruhr zur Würde einer Pflicht? Was konnte in dem herannahenden Kampf den Sohn des Obersten Pontmercy erniedrigen? Es geht nicht mehr um Montmirail oder Champaubert, sondern um etwas anderes. Es geht nicht mehr um ein geweihtes Territorium, sondern um eine heilige Idee. Das Vaterland beklagt sich, sei es; aber die Menschheit zollt Beifall. Und beklagt sich das Vaterland wirklich? Frankreich blutet, aber die Freiheit lächelt; und vor dem Lächeln der Freiheit vergißt Frankreich seine Wunde. Und konnte man unter höherem Gesichtspunkt vom Bürgerkrieg sprechen? Ist nicht jeder Krieg zwischen den Menschen ein Krieg zwischen Brüdern? Es gibt weder Krieg mit Fremden noch Bürgerkrieg; es gibt nur den ungerechten Krieg und den gerechten. Bis an den Tag, an dem der große Bund der Menschheit geschlossen wird, kann der Krieg, wenigstens der der vorandrängenden Zukunft gegen die zaudernde Vergangenheit, nötig sein. Was ist diesem Krieg vorzuwerfen? Der Krieg wird zur Schmach, der Degen zum Dolch nur dann, wenn er das Recht mordet, den Fortschritt, die Vernunft, die Zivilisation, die Wahrheit. Dann ist der Krieg unter Mitbürgern oder gegen Fremde eine Unbill und wird Verbrechen genannt. Mit welchem Recht durfte außerhalb dieser heiligen Sache, der Gerechtigkeit, eine Form des Krieges eine andere geringschätzen? Mit welchem Recht durfte Washingtons Degen die Pike von Camille Desmoulins lästern? Leonidas gegen den Fremden, Timoleon gegen den Tyrannen, welcher von beiden ist größer? Der eine tritt als Verteidiger, der andere als Befreier auf. Soll man, unbekümmert um das Ziel, jedesmal anprangern, wenn im Innern des Staates zu den Waffen gegriffen wird? Dann bezichtigt auch Brutus, Marcel, Arnold von Blanckenheim und Coligny der Ehrlosigkeit. Parteigängerkrieg? Straßenkrieg? Warum nicht? Das war der Krieg von Ambiorix, Artevelde, Marnix und Pelayo. Aber Ambiorix kämpfte gegen Rom, Artevelde gegen Frankreich, Marnix gegen Spanien, Pelayo gegen die Mauren, und alle kämpften sie gegen den Fremden. Nun gut, die Monarchie, die Unterdrückung, das Recht von Gottes Gnaden sind das Fremde. Der Despotismus verletzt die moralische Grenze wie der feindliche Einfall die geographische. Den Tyrannen vertreiben oder den Engländer bedeutet in beiden Fällen sein Land zurückerobern. Es kommt eine Stunde, da protestieren nicht mehr genügt. Nach der Philosophie braucht es die Tat. Die nackte Gewalt vollendet, was der Gedanke entworfen hat. Der »Gefesselte Prometheus« beginnt, Aristogeiton führt zu Ende. Die Enzyklopädie klärt die Geister auf, der 10. August begeistert sie. Nach Äschylus Thrasybulos, nach Diderot Danton. Die Volksmenge ist stets geneigt, den Gebieter anzuerkennen. Ihre Masse erzeugt Gleichgültigkeit, und in Gehorsam läßt sich eine Menge leicht zusammenhalten. Man muß die Menschen in Bewegung bringen, vorwärtstreiben, sie mit der Wohltat ihrer Befreiung hart anfassen, ihnen die Augen mit der Wahrheit verletzen und das Licht mit vollen, schrecklichen Händen hinwerfen. Der Blitz ihres eigenen Heils muß sie selbst ein wenig treffen, diese Blendung macht sie wach. Daher die Notwendigkeit der Sturmglocken und Kriege. Große Kämpfer müssen aufstehen, den Nationen mit Kühnheit leuchten und diese traurige Menschheit schütteln, die das Recht von Gottes Gnaden, Cäsarenruhm, Gewalt, Fanatismus, verantwortungslos ausgeübte Macht und absolute Majestäten im Dunkel halten, diese Menge, die stumpfsinnig damit beschäftigt ist, die düsteren Triumphe der Finsternis in ihrem Dämmerglanz zu betrachten. Nieder mit dem Tyrannen! Aber wie? Von wem redet ihr? Heißt ihr Louis-Philippe einen Tyrannen? Nein, und auch Ludwig XVI. nicht. Sie sind alle beide, was die Geschichte gute Könige zu nennen pflegt. Doch die Prinzipien lassen sich nicht zerstückeln, die Logik des Wahren ist geradlinig, und zum Wesen der Wahrheit gehört, ungefällig zu sein. Also kein Zugeständnis. Jedem Übergriff auf den Menschen muß Einhalt geboten werden. Das Recht von Gottes Gnaden spricht aus Ludwig XVI., das »weil Bourbone« aus Louis-Philippe. Beide vertreten sie in einem gewissen Maße die Aufhebung des Rechts, und um die allgemeine Usurpation abzuschaffen, müssen sie bekämpft werden. Es muß sein, denn Frankreich macht immer den Anfang. Wenn der Potentat in Frankreich stürzt, stürzt er überall. Kurz, der sozialen Wahrheit wieder Geltung zu verschaffen, die Freiheit wieder auf ihren Thron zu setzen, das Volk dem Volke wiederzugeben, dem Menschen die Herrschaft wieder anzuvertrauen, Frankreich wieder in den Purpur zu hüllen, der Vernunft und der Gerechtigkeit zum Siege zu verhelfen, jegliche Feindschaft dadurch zu beseitigen, daß jeder wieder er selbst wird, das Hindernis wegzuräumen, das die Monarchie der grenzenlosen allgemeinen Eintracht in den Weg legt, das Menschengeschlecht wieder dem Recht gleichzustellen, welche Sache ist gerechter, und welcher Krieg kann größer sein? Diese Kriege schaffen den Frieden. Noch steht über der Welt eine ungeheure Festung von Vorurteilen, von Privilegien, von Aberglauben, von Lügen, von Erpressungen, von Mißbräuchen, von Gewalttaten, von Rechtsbeugungen, von Finsternis mit ihren Türmen des Hasses. Man muß diese Festung niederreißen, diese ungeheure Masse zum Einsturz bringen. Ein Sieg bei Austerlitz ist etwas Großes, die Erstürmung der Bastille etwas Überragendes.

Jeder hat es schon an sich selber beobachtet: Die Seele, und das ist das Wunder ihrer verwirrenden, allgegenwärtigen Einheitlichkeit, besitzt die seltsame Fähigkeit, fast gefühllos in der bedrängtesten Notlage zu urteilen. Es kommt sogar häufig vor, daß im Todeskampf ihrer traurigsten Selbstgespräche die untröstliche Leidenschaft und die tiefe Verzweiflung Themen behandeln und Thesen erörtern. Die Logik verbindet sich mit dem Krampf, und der Faden des Syllogismus treibt, ohne zu zerreißen, im schaurigen Gewitter des Denkens dahin. Solcherart war Marius' geistige Verfassung.

Indes er so nachsann, vergrämt, aber in Klarheit, und dennoch zögernd und vor dem, was er tun wollte, erbebend, irrte sein Blick in das Innere der Barrikade. Die Rebellen plauderten mit gedämpften Stimmen, ohne sich zu regen, und man spürte die Last jenes halben Schweigens, das die letzte Phase des Wartens kennzeichnet. Über ihnen, an einer Luke im dritten Stock, sah Marius eine Art Zuschauer oder Zeugen, der ihm eigentümlich aufmerksam schien. Es war der von Cabuc getötete Portier. Von unten, im Abglanz der zwischen die Pflastersteine gesteckten Fackel, gewahrte man nur verschwommen diesen Kopf, und nichts war in der düsteren, ungewissen Helligkeit seltsamer als dieses fahle, unbewegliche, erstaunte Antlitz mit den gesträubten Haaren, den offenen, starren Augen und dem klaffenden Mund, das sich in der Haltung eines Neugierigen zur Straße neigte. Es war, als besichtige der Tote die, die sterben sollten. Eine lange Blutbahn, die aus dem Schädel quoll, zog sich in rötlichen Rinnsalen von der Luke bis zum ersten Stock, wo sie versickerte.

DREIZEHNTES BUCH

DIE GRÖSSE DER VERZWEIFLUNG

Die Fahne: erster Akt

Noch rückte nichts heran. Die Uhr von Saint-Merry hatte zehn geschlagen. Enjolras und Combeferre hatten, den Karabiner in der Hand, sich nahe dem Einschnitt der großen Barrikade niedergesetzt. Sie redeten nicht miteinander; sie horchten und suchten das Geräusch selbst des dumpfsten und entferntesten Schrittes zu erfassen. Plötzlich stieg inmitten dieser todesähnlichen Stille eine helle, junge, heitere Stimme auf, die aus der Rue Saint-Denis zu kommen schien, und begann laut nach der alten Volksweise »Der Mond in der Gasse« einen Bänkelsang, der mit einem Schrei endete, als krähe der Hahn:

»Mir tröpfelt die Nase.
Mein lieber Bugeaud,
pump mir die Gendarmen,
ich brauch sie ja so,
in blauen Kapuzen,
den Busch am Tschako.
Da draußen ist's duster.
Kokoriko.«

Sie drückten sich die Hände. »Das ist Gavroche«, sagte Enjolras.

»Ein Signal für uns«, sagte Combeferre.

Die verödete Straße wurde durch ein hastendes Laufen aufgestört; man sah, wie ein Wesen, behender als ein Clown, über den Omnibus kletterte. Atemlos sprang Gavroche in die Barrikade und rief: »Meine Flinte! Sie sind da!«

Ein elektrisierendes Zucken verbreitete sich unter der Mannschaft der Barrikade, und man hörte, wie alle Hände nach den Gewehren griffen. »Willst du meinen Karabiner?« fragte Enjolras den Jungen.

»Ich will die große Büchse«, erwiderte Gavroche. Und er bemächtigte sich des Gewehres von Javert.

Zwei Wachposten hatten kehrtgemacht und waren zur selben Zeit wie Gavroche wieder eingetroffen. Es waren der vom Ende der Straße und der von der Petite-Truanderie. Die Wache in der Ruelle des Prêcheurs war auf ihrem Platz geblieben, was bewies, daß von den Brücken und den Hallen her nichts im Anmarsch war.

Die Rue de la Chanvrerie, in der kaum einige Pflastersteine im Widerschein des Lichtes, das die Fahne bespülte, zu sehen waren, bot den Aufrührern das Bild eines großen schwarzen Vorhofs, der sich in Rauchgewölk dehnte. Jeder hatte seinen Gefechtsposten inne. Dreiundvierzig Rebellen, unter ihnen Enjolras, Combeferre, Courfeyrac, Bossuet, Joly, Bahorel und Gavroche, knieten auf dem Damm in der Barrikade, die Köpfe in der Höhe des Grates, die Mündungen der Gewehre und der Karabiner an den Steinen ausgerichtet wie an Schießscharten, gespannt, stumm, bereit zu feuern. Sechs, unter dem Kommando von Feuilly, harrten mit angelegten Flinten an den Fenstern der beiden Stockwerke vom »Korinth«.

Wenige Minuten verstrichen noch, dann wurde ein Widerhall von Schritten, im Takt, wuchtig, in großer Zahl, von Saint-Leu her deutlich vernehmbar. Dieses Geräusch, zuerst schwach, dann scharf, dann schwer und hallend, näherte sich langsam, ohne Halt, ohne Pause, in ruhiger, schrecklicher Stetigkeit. Nichts sonst war zu hören. Es war das Schweigen sowohl wie das Lärmen der Statue des Komturs, aber dieser steinerne Schritt hatte eine Ungeheuerlichkeit und Vielfältigkeit, die den Gedanken an eine Menge wie den an ein Gespenst heraufbeschwor. Es schien, als marschiere die furchtbare Statue einer Legion. Der Schritt kam immer näher, und dann wurde es still. Es war, als höre man vom Ausgang der Straße das Keuchen vieler Menschen.

Man erkannte jedoch nichts; nur ganz im Hintergrund unterschied man in der dichten Dunkelheit viele metallische Fäden, dünn wie Nadeln und fast unsichtbar. Sie schwankten wie die geheimnisvollen Phosphornetze, die man im Moment des Einschlafens bemerkt, unter geschlossenen Augenlidern, in den ersten Nebeln des Schlummers. Es waren die Bajonette und die Gewehrläufe, wirr beleuchtet vom fernen Fackelglanz. Noch blieb es still, als ob man auf beiden Seiten wartete. Plötzlich schrie in der Tiefe des Schattens eine Stimme, um so mehr Verderben kündend, als man niemand sah und die Finsternis selbst zu rufen schien: »Wer da?« In derselben Sekunde klirrten Gewehre, die niederfuhren.

In schwingendem, stolzem Ton erwiderte Enjolras: »Französische Revolution.«

»Feuer!« schrie die Stimme.

Purpurn färbte ein Blitz alle Fassaden der Straße, als öffne sich das Tor eines großen Ofens und schließe sich jählings. Ein schreckliches Krachen entlud sich gegen die Barrikade. Die rote Fahne fiel. Die Salve war so heftig und gedrängt gewesen, daß sie den Schaft zersplittert hatte. Die Spitze der Omnibusdeichsel war entzwei. Kugeln, die von den Simsen der Häuser zurückgeprallt waren, wühlten sich in die Barrikade und verwundeten mehrere Männer.

Diese erste Salve wirkte vereisend. Der Angriff war rauh und mußte auch die Kühnsten nachdenklich machen. Einem ganzen Regiment zum mindesten stand man gegenüber. »Kameraden«, rief Courfeyrac, »wir wollen Pulver sparen! Warten wir mit der Antwort, bis sie in der Straße festsitzen.«

»Und vor allem«, sagte Enjolras, »die Fahne wieder hoch!« Er nahm die Fahne auf, die gerade ihm zu Füßen niedergefallen war. Von drunten hörte man die Stöße der Ladestöcke gegen die Flintenrohre. Die Truppe lud von neuem.

»Wer hat hier Mut?« rief Enjolras. »Wer pflanzt die Fahne auf der Barrikade wieder auf?« Niemand meldete sich. Auf die Barrikade in dem Moment steigen, in dem sie von neuem das Ziel einer Salve war, das bedeutete einfach den Tod. Der Tapferste zögert, ehe er sich dazu verdammt.

Enjolras sogar mußte ein Beben überwinden. »Ist niemand bereit?« wiederholte er.

Die Fahne: zweiter Akt

Seit sie das »Korinth« erreicht und den Bau der Barrikade begonnen hatten, hatten sie dem Vater Mabeuf nicht viel Beachtung gegönnt. Und doch hatte er die Schar nicht verlassen. Er war in das Erdgeschoß der Kneipe gegangen und saß nun hinter dem Kassentisch, gleichsam in sich selbst versunken. Er schien nicht mehr zu sehen und zu denken. Courfeyrac und die anderen hatten ihn zwei- oder dreimal angeredet, ihn vor der Gefahr gewarnt und ihn gebeten, er möge sich zurückziehen. Er hörte sie, so schien es, nicht. Sagte man nichts zu ihm, bewegte sich sein Mund, als ob er jemandem antworte, und wenn man sich mit einer Frage an ihn wandte, wurden seine Lippen unbeweglich, und kein Leben war in seinen Augen. Einige Stunden vor dem Angriff auf die Barrikade hatte er eine Stellung angenommen, in der er verharrte, beide Fäuste auf den Knien und den Kopf vorgebeugt, als blicke er in einen Abgrund. Nichts hatte ihn zur Aufgabe dieser Haltung zu bringen vermocht; es schien, als weile er geistig nicht in der Barrikade. Als jeder an seinen Gefechtsposten ging, blieben in dem unteren Saal nur der an den Pfosten gebundene Javert, ein Aufständischer, der mit gezogenem Säbel Javert bewachte, und er, Mabeuf. Im Moment des Angriffs, beim Knall der Salve hatte die körperliche Erschütterung auch ihn berührt und gewissermaßen geweckt. Er war plötzlich aufgestanden und hatte den Saal durchquert. Und in der Minute, in der Enjolras seinen Aufruf wiederholte: »Ist niemand bereit?«, sah man den Greis auf der Schwelle der Schenke erscheinen.

Seine Gegenwart verursachte Erregung unter den Gruppen. »Der Abgeordnete«, rief einer, »das Konventsmitglied, der Sprecher des Volkes!« Vermutlich hörte er das nicht. Er ging direkt auf Enjolras zu, die Rebellen wichen in religiöser Scheu zur Seite; er entriß Enjolras, der versteinert zurücktrat, die Fahne. Und ohne daß jemand ihn aufzuhalten oder ihm zu helfen wagte, begann der achtzigjährige Greis mit wackelndem Kopf und festen Fußes langsam über die in der Barrikade angebrachte Treppe von Pflastersteinen zu klimmen. Das war so düster und so erhaben, daß alle um ihn riefen: »Hüte ab!« Bei jeder Stufe, die er erkletterte, tauchten seine weißen Haare, seine welken Wangen, seine hohe, kahle, verrunzelte Stirn, seine tiefliegenden Augen, sein staunender, offener Mund, sein alter Arm, der das rote Banner schwang, erschreckender aus dem Schatten hervor und vergrößerte sich im blutigen Licht der Fackel, und es war, als schaue man das Gespenst von 1793, wie es aus dem Grabe stieg, die Fahne des Terrors in der Hand.

Als er droben war, auf der letzten Stufe, als dieses zitternde, fürchterliche Phantom auf dem Trümmerhaufen stand, vor zwölfhundert Gewehren, die man nicht sah, und sich angesichts des Todes aufrichtete, als sei es stärker als er, hatte die ganze Barrikade in der Finsternis einen Zug ins Überirdische und Kolossale. Ein Schweigen herrschte, wie es die Wunder umgibt.

Inmitten dieses Schweigens schwenkte der Greis die rote Fahne und rief: »Es lebe die Revolution! Es lebe die Republik! Brüderlichkeit! Gleichheit! Und Tod!«

Von der Barrikade aus hörte man ein leises, rasches Raunen, wie das Gemurmel eines Priesters, der eilends ein Gebet heruntersagt. Vermutlich war das der Polizeikommissar, der am anderen Ende der Straße die gesetzlichen Aufforderungen verlautbarte. Dann schrie dieselbe schallende Stimme, die »Wer da?« gerufen hatte: »Zurückgehen!«

Herr Mabeuf hob, bleich, scheu, die Augen erleuchtet von den Unheilsflammen des Irreseins, die Fahne hoch über seine Stirn und rief ein zweites Mal: »Es lebe die Republik!«

»Feuer!« bellte die Stimme.

Eine zweite Salve prasselte wie eine Kartätschenladung auf die Barrikade nieder. Der Greis wankte in den Knien, dann fuhr er mit dem Oberleib zurück, ließ die Fahne sinken und fiel nach hinten auf das Pflaster, steif wie ein Brett, der Länge nach, die Arme in Kreuzform. Bäche von Blut flossen unter ihm. Sein alter, trauriger Kopf schien zum Himmel aufzublicken.

Eine der übergewaltigen Erregungen, in denen der Mensch sogar sich zu verteidigen vergißt, packte die Aufständischen, und sie näherten sich dem Leichnam in ehrerbietigem Entsetzen. »Was sind das für Männer, diese Königsmörder!« sagte Enjolras. Courfeyrac neigte sich zu seinem Ohr. »Das ist nur für dich, und ich will dem Enthusiasmus keinen Abbruch tun. Aber dies war nichts weniger als ein Königsmörder. Ich habe ihn gekannt. Er hieß Vater Mabeuf. Ich weiß nicht, was er heute hatte. Aber er war ein braver Simpel. Sieh dir seinen Kopf an!«

»Der Kopf eines Simpels und das Herz eines Brutus«, antwortete Enjolras. Dann redete er zu den Versammelten: »Bürger! Dies ist das Beispiel, das die Alten den Jungen geben. Wir zauderten! Er ist gekommen! Wir wichen zurück, er ist vorgetreten! Die vor Alter zittern, lehren die, die vor Furcht zitterten. Dieser Ahnherr ist hoheitsvoll im Angesicht des Vaterlandes. Er hatte ein langes Leben und einen großartigen Tod. Jetzt wollen wir seinen Leichnam schützen. Jeder verteidige diesen toten Greis, wie er seinen lebenden Vater verteidigen würde, und seine Anwesenheit in unserer Mitte mache die Barrikade uneinnehmbar!«

Ein Murmeln düsterer, energischer Zustimmung folgte diesen Worten. Enjolras bückte sich, hob den Kopf des Greises, küßte ihn wild auf die Stirn, dann legte er ihm die Arme auseinander. Mit zärtlicher Behutsamkeit faßte er den Toten an, als fürchte er, ihm weh zu tun. Er zog ihm den Rock aus, zeigte allen die blutigen Löcher und sagte: »Dies ist jetzt unsere Fahne.«

Gavroche hätte besser daran getan, das Gewehr von Enjolras anzunehmen

Man warf über den Vater Mabeuf einen langen schwarzen Schal der Witwe Hucheloup. Sechs Männer machten aus ihren Gewehren eine Bahre; man bettete die Leiche darauf und trug sie barhaupt, mit feierlicher Langsamkeit auf den großen Tisch des unteren Saales. Die Männer, ganz ihrer ernsten, heiligen Verrichtung hingegeben, dachten nicht mehr an die gefährliche Situation, in der sie sich befanden.

Als sie mit dem Leichnam an dem noch immer gleichmütigen Javert vorbeikamen, sagte Enjolras zu dem Spitzel: »Bald bist du dran!«

Währenddessen glaubte der kleine Gavroche, der als einziger seinen Posten nicht verlassen hatte und auf seinem Beobachtungsstand geblieben war, Männer zu hören, die sich mit Wolfsschritten an die Barrikade heranschlichen. Mit einemmal schrie er: »Aufgepaßt!«

Courfeyrac, Enjolras, Jean Prouvaire, Combeferre, Joly, Bahorel, Bossuet – sie alle rasten in einem Tumult aus der Schenke. Kaum war noch Zeit. Man sah eine funkelnde, dichte Reihe von Bajonetten über der Barrikade. Polizeisoldaten von Gardemaß drangen vorwärts, die einen, indem sie den Omnibus erkletterten, die anderen durch den Einschnitt, und stießen den Jungen vor sich her, der Terrain räumte, aber nicht floh.

Es war ein kritischer Augenblick. Jene erste furchtbare Minute einer Überschwemmung, wenn der Fluß sich bis zur Höhe des Deiches erhebt und das Wasser durch die Brüche der Erde einzuströmen beginnt. Noch eine Sekunde – und die Barrikade war erstürmt.

Bahorel stellte den ersten Polizeisoldaten, der sich hineinschob, und tötete ihn aus nächster Nähe durch einen Karabinerschuß. Der zweite tötete Bahorel durch einen Bajonettstich. Ein anderer hatte schon Courfeyrac niedergeworfen, der um Hilfe schrie. Der größte von allen, eine Art Ungetüm, marschierte mit gezücktem Bajonett gegen Gavroche. Der Junge nahm das riesige Gewehr Javerts in seine kleinen Arme, zielte entschlossen auf den Riesen und drückte ab. Der Schuß ging nicht los. Javert hatte sein Gewehr nicht geladen. Der Polizeisoldat lachte laut und erhob das Bajonett gegen das Kind.

Bevor das Eisen Gavroche berührte, entfiel das Gewehr den Händen des Soldaten, eine Kugel saß ihm mitten in der

Stirn. Er schlug mit dem Rücken auf das Pflaster. Eine zweite Kugel traf den anderen, der Courfeyrac überrannt hatte, mitten in die Brust und streckte ihn nieder. Marius hatte die Barrikade betreten.

Die Pulvertonne

Marius hatte, noch in der Krümmung der Rue Mondétour verborgen, den ersten Teil des Kampfes unentschieden und erschauernd miterlebt. Jedoch nicht lange hatte er die Kraft gehabt, dem mysteriösen, gebieterischen Taumel zu widerstehen, den man den Ruf des Abgrunds nennen könnte. Vor der gegenwärtigen Gefahr, dem Tode von Herrn Mabeuf, diesem finsteren Rätsel, vor der Tötung Bahorels, vor Courfeyracs Notschrei, der Bedrohung des Kindes, jetzt, wo es galt, seinen Freunden zu helfen oder sie zu rächen, war alles Zögern vorüber, und er hatte sich, seine beiden Terzerole in der Hand, in das Gefecht gestürzt. Mit dem ersten Schuß hatte er Gavroche gerettet, mit dem zweiten Courfeyrac befreit.

Auf die Schüsse hin, die Schreie der Getroffenen hatten die Angreifer die Verschanzung erstiegen. Jetzt sah man auf ihrem Gipfel mehr als bis zur Hüfte und in ganzen Trupps Polizeisoldaten stehen, Soldaten der Linieninfanterie, Nationalgardisten der Außenbezirke, das Gewehr in der Faust. Sie bedeckten schon mehr als zwei Drittel des Steindammes, aber sie sprangen nicht in den Wall hinunter, als wären sie unsicher durch die Furcht vor einem Hinterhalt. Sie spähten in die dunkle Barrikade wie in eine Löwengrube. Der Fackelschein beleuchtete nur die Bajonette, die Bärenmützen und die unruhigen und gereizten Stirnen.

Marius besaß keine Waffen mehr. Er hatte seine Terzerole, als sie entladen waren, weggeworfen. Aber er hatte die Pulvertonne in dem unteren Saal nahe der Tür gesehen. Als er sich, nach dieser Seite blickend, halb umdrehte, wollte ein Soldat auf ihn feuern. In dem Moment, in dem er auf Marius zielte, legte sich eine Hand über den Lauf des Gewehrs und verstopfte ihn. Jemand war hinzugesprungen, der junge Arbeiter in der Manchesterhose. Der Schuß krachte, durchbohrte die Hand und vielleicht auch den Arbeiter, denn er fiel, aber die Kugel traf Marius nicht. All das spielte sich im Rauchbrodem ab, mehr geahnt als gesehen. Marius, der in den unteren Saal eintrat, bemerkte es kaum. Undeutlich hatte er die auf ihn sich richtende Gewehrmündung gewahrt und die Hand, die sie verschloß, und er hatte den Schuß gehört. Aber in Minuten wie diesen flackern die Gegenstände, die man sieht, und übereilen sich, und der Blick haftet an nichts. Irgendwie treibt es einen noch mehr ins Dunkel, und alles ist Ungewißheit.

Überrascht, nicht erschreckt, hatten die Aufständischen sich wieder gesammelt. Enjolras hatte gerufen: »Warten! Nicht aufs Geratewohl schießen!« In dem Wirrwarr zu Beginn konnten sie sich allerdings gegenseitig verletzen. Die meisten waren zu den Fenstern des ersten Stocks und zu den Mansarden hinaufgestiegen, von wo sie die Angreifer in Schach hielten. Die Verwegensten, unter ihnen Enjolras, Courfeyrac, Jean Prouvaire und Combeferre, hatten sich stolz an die Häuser im Hintergrund gelehnt, ungedeckt, und trotzten den Reihen von Infanteristen und Polizeisoldaten oben auf der Barrikade.

All das geschah ohne Übereifer der Belagerer, in dem seltsamen, unheilschwangeren Ernst, der Straßenkämpfe oft einleitet. Hüben und drüben zielte man aus Schrittnähe, man stand sich so dicht gegenüber, daß der Stimmenschwall von einer zur anderen Seite trug. Als es so weit war, daß der Funke aufsprühen mußte, zog ein Offizier in Ringkragen und dicken Epauletten seinen Degen und schrie: »Die Waffen strecken!«

»Feuer!« rief Enjolras. Die beiden Salven knatterten zur selben Zeit, und alles verschwand in Rauchwolken, in herbem, erstickendem Rauch, in dem mit schwachem, dumpfem Stöhnen sich Sterbende und Verwundete schleppten. Als das Gewölk sich zerstreut hatte, sah man beiderseits die Kämpfer, gelichtet, aber noch an denselben Plätzen, stumm ihre Waffen wieder laden.

Plötzlich hörte man eine donnernde Stimme: »Macht, daß ihr fortkommt, oder ich sprenge die Barrikade in die Luft!« Alle wandten sich dahin um, woher die Stimme ertönte. Marius hatte den unteren Saal betreten und die Pulvertonne erfaßt. Dann hatte er den Rauch und den dunklen Nebel benutzt, die den verschanzten Wallraum erfüllten, um an der Barrikade entlang bis zu dem Steinkäfig zu kriechen, in dem die Fackel befestigt war. Die Fackel zu lockern, die Pulvertonne in den Käfig zu wälzen, den Stapel von Pflastersteinen unter der Tonne aufzubauen, die alsbald mit schrecklicher Gefügigkeit auseinanderbarst – für all das hatte Marius nur die Zeit gebraucht, in der er sich niederbeugte und wieder geradereckte. Und nun sahen alle, Nationalgardisten, Polizeisoldaten, Offiziere, Infanteristen, am anderen Rand der Barrikade zusammengekauert, mit Verblüffung ihn auf dem Pflaster stehen, die Fackel in der Hand, das stolze Gesicht von einem schicksalhaften Entschluß erleuchtet. Er senkte die Flamme der Fackel zu dem furchtbaren Haufen, in dem die zerbrochene Pulvertonne zu erkennen war, und stieß den erschreckenden Schrei aus: »Macht, daß ihr fortkommt, oder ich sprenge die Barrikade in die Luft!«

Marius auf dieser Barrikade nach dem Achtzigjährigen: die Vision der jungen Revolution nach der Erscheinung der alten.

»Die Barrikade sprengen!« rief ein Sergeant. »Und dich auch!«

Marius antwortete: »Mich auch!« Und er näherte die Fackel der Pulvertonne.

Aber schon war niemand auf dem Steindamm. Die Angreifer ließen ihre Toten und Verwundeten zurück, fluteten durcheinander, ungeordnet zum Ausgang der Straße und verloren sich hier wieder in der Nacht. Sie gehorchten der Losung: Rette sich, wer kann! Die Barrikade war von Belagerern befreit.

Alle scharten sich um Marius. Courfeyrac warf sich ihm an den Hals. »Da bist du!«

»Welches Glück!« sagte Combeferre.

»Und du bist zur rechten Zeit gekommen!« sagte Bossuet.

»Ohne dich wäre ich tot!« dankte ihm Courfeyrac.

»Ohne Sie wäre ich verratzt!« ergänzte Gavroche.

Marius fragte: »Wo ist der Führer?«

»Der bist du«, sagte Enjolras.

Marius hatte den ganzen Tag über ein glühendes Hirn gehabt, jetzt war ein Wirbel in ihm. Es war ihm, als sei dieser Wirbel außerhalb seines Selbst und reiße ihn fort. Schon war er, so schien es ihm, diesem Leben unermeßlich fern. Seine beiden lichten Monate der Freude und der Liebe endeten jäh an diesem schrecklichen Abgrund. Der Verlust Cosettes, die Barrikade, Herr Mabeuf, der sich für die Republik töten ließ, er selbst Führer von Aufständischen: All das war für ihn ein ungeheuerlicher Alptraum. Er mußte seinen Geist zu einer Anstrengung zwingen, um sich zu erinnern, daß alles, was ihn umgab, Wirklichkeit war. Um zu wissen, daß nichts näher bevorsteht als das Unmögliche und daß es das Unvorhergesehene ist, was stets vorhergesehen werden muß, hatte Marius noch nicht lange genug gelebt. Er wohnte seinem eigenen Drama wie einem Stück bei, dessen Sinn sich ihm entzog.

In dem Nebeldunst, der seine Gedanken umschleierte, erkannte er Javert nicht, der, an den Pfosten gefesselt, nicht ein einziges Mal während des Angriffs zur Barrikade aufgeschaut hatte und den Aufruhr um sich her mit der Resignation eines Märtyrers und der Majestät eines Richters sich tummeln sah. Marius bemerkte ihn nicht einmal.

Jetzt regten die Angreifer sich nicht mehr. Man hörte sie am Ende der Straße marschieren, aber sie wagten sich nicht hinein, ob sie nun Befehle erwarteten oder Verstärkungen, bevor sie von neuem gegen diese uneinnehmbare Redoute anstürmten. Die Rebellen hatten Wachposten aufgestellt, und einige Studenten der Medizin schickten sich an, Wunden zu verbinden. Man hatte die Tische aus der Schenke hinausgeworfen, bis auf zwei Tische, die der zerfaserten Leinwand und den Patronen vorbehalten waren, und den Tisch, auf dem Vater Mabeuf lag. Man hatte sie für die Barrikade verwendet und durch die Matratzen der Betten der Witwe Hucheloup und der Kellnerinnen ersetzt. Diese Matratzen breitete man unter die Verwundeten. Was aus den drei armen Geschöpfen, die sonst im »Korinth« ihr Heim hatten, geworden war, wußte man nicht. Nachher fand man sie im Keller versteckt wieder.

Eine schmerzliche Erschütterung sollte die Freude in der von Feinden gesäuberten Barrikade verdüstern. Die Namen wurden aufgerufen, einer der Rebellen fehlte. Und wer? Einer von denen, der allen der Teuerste, der Tapferste war: Jean Prouvaire. Man suchte ihn unter den Verwundeten; er war nicht da. Man suchte ihn unter den Toten; er war nicht da. Er war offenbar gefangen.

Combeferre sagte zu Enjolras: »Sie haben unseren Freund. Wir haben ihren Agenten. Willst du noch den Tod dieses Spitzels?«

»Ja«, erwiderte Enjolras, »aber wichtiger ist mir das Leben von Jean Prouvaire.«

Das ging im unteren Saal vor sich, nahe dem Pfosten von Javert.

»Ich werde«, sagte Combeferre, »mein Taschentuch an meinen Spazierstock knüpfen und ihnen als Parlamentär anbieten, ihren Mann gegen den unseren auszutauschen.«

»Horch!« sagte Enjolras und legte seine Hand auf den Arm von Combeferre. Vom Ende der Straße hörte man ein verräterisches Waffengeklirr. Eine männliche Stimme schrie: »Es lebe Frankreich! Es lebe die Zukunft!« Es war die Stimme von Prouvaire.

Es blitzte, und ein Schuß krachte. Dann wurde es wieder still. »Sie haben ihn getötet«, rief Combeferre.

Enjolras sah Javert an. » Soeben haben deine Freunde dich erschossen«, sagte er.

Die Agonie des Todes nach der Agonie des Lebens

Eine Sonderbarkeit dieser Art von Krieg ist, daß der Angriff auf die Barrikaden fast immer nur frontal geschieht und daß im allgemeinen die Belagerer davon absehen, die Stellungen zu umkreisen, aus Furcht vor Fallen oder weil sie sich in den vielgewundenen Straßen nicht verirren wollen. Die ganze Aufmerksamkeit der Rebellen galt der großen Barrikade, die der am meisten gefährdete Punkt war und vor der sich unfehlbar der Kampf wieder entfachen würde. Marius jedoch dachte an die kleine Barrikade und ging hinüber. Sie war verlassen und wurde nur von dem Lampion bewacht, der zwischen den Pflastersteinen zitterte. Im übrigen lagen die Ruelle Mondétour und die Verzweigungen der Petite-Truanderie und der Rue du Cygne in tiefer Ruhe.

Als Marius sich nach der Besichtigung zurückzog, hörte er, wie jemand in der Dunkelheit raunte: »Herr Marius!« Er bebte, denn er erkannte die Stimme wieder, die ihn vor zwei Stunden durch das Gitter in der Rue Plumet gerufen hatte. Nur schien ihm diese Stimme jetzt kaum mehr als ein Hauch. Er blickte um sich und sah niemanden.

Marius glaubte, er habe sich getäuscht und sein Geist habe diesen Trug zu den Märchen des wahren Lebens hinzugedichtet, die wie ein Fiebertraum an ihm vorbeigaukelten. Er machte einen Schritt, um sich aus der abgelegenen Vertiefung, in der die Barrikade stand, zu entfernen.

»Herr Marius!« wiederholte die Stimme. Diesmal konnte er nicht zweifeln; er hatte die Worte deutlich gehört. Er blickte um sich und sah nichts.

»Vor ihren Füßen«, sagte die Stimme. Er bückte sich und entdeckte im Schatten eine Gestalt, die sich zu ihm schleppte. Sie kroch über das Pflaster dahin. Diese Gestalt war es, die mit ihm sprach. Im Schein des Lampions konnte er eine Bluse unterscheiden, eine zerlumpte Hose von Manchestersamt, nackte Füße und etwas, was einer Blutlache glich. Er sah ein blasses Antlitz, das sich zu ihm erhob. Die Stimme sagte: »Erkennen Sie mich nicht?«

»Nein.«

»Eponine.«

Marius neigte sich heftig. Es war das unglückliche Mädchen, als Mann verkleidet. »Wieso sind Sie hier?« fragte er. »Was tun Sie hier?«

»Ich sterbe«, erwiderte sie.

Es gibt Worte und plötzliche Geschehnisse, von denen niedergeschlagene Menschen erwachen. Marius fuhr auf und rief: »Sie sind verwundet! Warten Sie, ich bringe Sie in den Saal. Man wird Sie verbinden. Ist es schwer? Wie muß ich Sie tragen, daß es Sie nicht schmerzt? Wo leiden Sie? Hilfe, mein Gott! Aber was haben Sie hier gesucht?« Und er bemühte sich, mit dem Arm unter ihr durchzugreifen, um sie zu stützen.

Dabei begegnete er ihrer Hand. Sie schrie leise auf. »Habe ich Ihnen weh getan?« fragte Marius.

»Ein bißchen.«

»Aber ich habe nur Ihre Hand berührt.«

Sie brachte sie an seine Augen heran, und Marius sah inmitten dieser Hand ein schwarzes Loch. »Was haben Sie an der Hand?« fragte er.

»Sie ist durchschossen.«

»Durchschossen?«

»Ja.«

»Wovon?«

»Von einer Kugel.«

»Wie denn?«

»Haben Sie gesehen, wie einer auf Sie anlegte?«

»Ja, und eine Hand verstopfte den Lauf.«

»Es war meine.«

Marius erschauerte. »Welcher Wahnsinn! Armes Kind! Aber desto erfreulicher; ist es das, so ist es nichts. Lassen Sie sich auf ein Bett tragen! Ihre Wunde wird behandelt werden; man stirbt nicht an einer durchschossenen Hand.«

Sie flüsterte: »Die Kugel hat mir die Hand durchbohrt, aber ist mir am Rücken hinausgegangen. Mich von hier wegzuschaffen ist zwecklos. Ich will Ihnen sagen, wie Sie mich behandeln können, besser als ein Wundarzt. Setzen Sie sich zu mir auf den Stein!«

Er war ihr zu Willen. Sie legte ihren Kopf auf die Knie von Marius, und ohne ihn anzuschauen, sagte sie: »Oh, wie das guttut! Ich leide nicht mehr.«

Sie schwieg eine Weile, dann wandte sie mit Anstrengung ihr Gesicht und sah Marius an. »Wissen Sie, Herr Marius, es ärgerte mich, daß Sie in den Garten kamen; das war dumm, denn ich hatte Sie nach dem Haus gewiesen, und ich mußte mir doch sagen, daß ein junger Mann wie Sie ...«

Sie unterbrach sich, und indem sie sich durch die dunklen Übergänge, die wohl in ihrem Geiste waren, hindurchfand, fragte sie mit wehem Lächeln: »Ich schien Ihnen häßlich, nicht wahr?«

Dann fuhr sie fort: »Sie sind verloren. Niemand wird den Kampf um die Barrikade überleben. Ich habe Sie hergeführt. Sie werden sterben, ich glaube es unbedingt. Und doch, als ich sah, daß man auf Sie zielte, habe ich mit der Hand den Gewehrlauf verdeckt. Wie komisch! Ich wollte vor Ihnen sterben. Als ich die Kugel empfing, habe ich mich hierhergeschleppt, man hat mich nicht gesehen und nicht geborgen. Ich erwartete Sie, ich sagte mir: Wird er denn nicht kommen? Oh, wenn Sie wüßten, ich schlug die Zähne in die Bluse, so sehr litt ich. Jetzt fühle ich mich wohl. Erinnern Sie sich an den Tag, als ich Ihr Zimmer betrat und mich in Ihrem Spiegel musterte, und an den Tag, als ich Ihnen auf dem Boulevard begegnete, bei den Frauen, die sich herumtrieben? Wie die Vögel sangen! Es ist noch nicht so lange her, Sie haben mir fünf Francs gegeben, und ich sagte zu Ihnen: Ich mag kein Geld von Ihnen. Haben Sie Ihr Geld wenigstens wieder aufgehoben? Sie sind nicht reich. Ich habe nicht daran gedacht, Ihnen das zu sagen. Es war schönes Sonnenlicht und gar nicht kalt. Erinnern Sie sich, Herr Marius? Oh, ich bin glücklich. Alle werden sterben.«

Ihre Miene war wie irr, ernst, herzzerreißend. Ihre zerfetzte Bluse zeigte die entblößte Kehle. Während sie sprach, legte sie die durchschossene Hand auf ihre Brust, in der ein anderes Loch klaffte. Blut strömte von Zeit zu Zeit daraus hervor wie ein Weinstrahl aus einem geöffneten Spund. Marius betrachtete die Unglückliche mit tiefem Erbarmen.

»Oh«, wimmerte sie plötzlich, »es kommt wieder. Ich ersticke.« Sie nahm ihre Bluse und biß hinein, und ihre Beine wurden steif, wie sie so dalag.

Da ertönte in der Barrikade die Hähnchenstimme des kleinen Gavroche. Das Kind war auf den Tisch gestiegen, um sein Gewehr zu laden, und sang heiter das damals volkstümliche Lied:

»Und da sieht er Lafayette,
der Gendarm, und: rette, rette,
sagt er, wer sich kann!«

Eponine richtete sich auf, horchte und murmelte: »Das ist er.« Und sie drehte sich zu Marius um. »Mein Bruder ist drüben. Er soll mich nicht sehen. Er würde mich ausschimpfen.«

»Ihr Bruder?« fragte Marius, der mit bittersten und schmerzlichsten Gefühlen an die Pflichten gegen die Thénardiers dachte, die sein Vater ihm vermacht hatte. »Wer ist Ihr Bruder?«

»Der Kleine.«

»Der singt?«

»Ja.« Marius bewegte sich. »Oh, gehen Sie nicht hin«, sagte sie, »nun dauert es nicht mehr lange.«

Sie saß fast aufrecht, aber ihre Stimme war sehr leise und von Schluchzen behindert. Dazwischen röchelte sie. Sie näherte, soweit sie irgend konnte, ihr Gesicht dem von Marius. Mit seltsamem Ausdruck fügte sie hinzu: »Hören Sie, ich will Sie nicht foppen. Ich habe in meiner Tasche einen Brief für Sie. Seit gestern. Man hatte mich gebeten, ihn bei der Post abzuliefern. Ich habe ihn zu mir gesteckt. Ich wollte nicht, daß Sie ihn erhielten. Aber Sie würden mir wohl zürnen, wenn wir uns nachher wiedersehen werden. Man sieht sich wieder, nicht wahr? Nehmen Sie Ihren Brief!«

Krampfhaft ergriff sie die Hand von Marius mit ihrer durchbohrten Hand, aber sie schien die Qual nicht mehr zu empfinden. Sie schob die Hand von Marius in die Tasche ihrer Bluse. Marius erriet darin ein Papier. »Nehmen Sie!« sagte sie. Marius nahm den Brief. Sie nickte, als ein Zeichen der Genugtuung und der Zustimmung. »Jetzt versprechen Sie mir für meine Mühe …« Sie stockte.

»Was?« fragte Marius.

»Versprechen Sie mir!«

»Ich verspreche Ihnen.«

»Versprechen Sie, mir einen Kuß auf die Stirn zu geben, wenn ich tot bin. Ich werde es fühlen.«

Sie ließ ihren Kopf auf die Knie von Marius fallen, und ihre Lider schlossen sich. Er glaubte, diese arme Seele sei entflohen. Eponine regte sich nicht. Plötzlich, als Marius dachte, sie sei für immer entschlafen, öffnete sie langsam ihre Augen, in denen die düstere Tiefe des Todes sich ankündigte, und sagte in einem sanften Ton, der bereits aus einer anderen Welt zu kommen schien: »Ach, Herr Marius, ich meine, ich war ein wenig in Sie verliebt.« Noch einmal versuchte sie zu lächeln, dann starb sie.

Gavroche als großer Berechner von Entfernungen

Marius hielt sein Versprechen. Er küßte die fahle Stirn, auf der eiskalter Schweiß perlte. Es war keine Untreue an Cosette; es war ein nachdenklicher und milder Abschiedsgruß an eine unglückliche Seele. Nicht ohne ein Zittern hatte er den Brief, den Eponine ihm gegeben hatte, entgegengenommen.

Sofort war ihm bewußt, daß er ein Ereignis für ihn war. Mit Ungeduld begehrte er, ihn zu lesen. Das Herz des Menschen ist so beschaffen. Kaum hatte das unglückliche Kind die Augen geschlossen, da dachte Marius daran, das Papier auseinanderzufalten. Sacht legte er die Tote auf die Erde und ging. Etwas sagte ihm, daß er den Brief vor diesem Leichnam nicht lesen konnte.

Er trat an eine Kerze im unteren Saal heran. Es war ein kleines, mit damenhafter Sorgfalt gefaltetes und versiegeltes Billett.

Die von Frauenhand geschriebene Adresse lautete: Herrn Marius Pontmercy, bei Herrn Courfeyrac, Rue de la Verrerie Nr. 16.

Er löste das Siegel und las: »Geliebter, ach! Mein Vater will, daß wir unverzüglich abreisen. Heute abend werden wir in der Rue de l'Homme-Armé Nr. 7 sein. In acht Tagen in England. Cosette. Am 4. Juni.« So unschuldig war diese Liebe, daß Marius nicht einmal die Handschrift Cosettes kannte.

Was sich begeben hatte, kann mit wenigen Worten gesagt werden. Alles hatte Eponine getan. Nach dem Abend des dritten Juni hatte sie einen zwiefachen Plan verfolgt, den Anschlag ihres Vaters und der Banditen auf das Haus in der Rue Plumet zu vereiteln und Marius von Cosette zu trennen. Sie hatte ihren Lumpenstaat mit dem ersten besten Tagedieb getauscht, dem es spaßig schien, sich als Frau zu verpuppen, indes Eponine sich als Mann verkleidete. Sie hatte auf dem Marsfeld Jean Valjean den beunruhigenden Rat zugehen lassen, er solle ausziehen. Jean Valjean war in der Tat heimgekehrt und hatte zu Cosette gesagt: »Wir brechen heute abend auf und begeben uns mit der Toussaint nach der Rue de l'Homme-Armé. In der nächsten Woche werden wir nach London reisen.« Durch diese überraschende Wendung bestürzt, hatte Cosette in Eile zwei Zeilen an Marius geschrieben. Aber wie konnte sie den Brief zur Post befördern? Sie ging nicht allein aus, und die Toussaint hätte, über einen solchen Auftrag verdutzt, sicher Herrn Fauchelevent den Brief gezeigt. In ihrer Angst hatte Cosette durch das Gitter Eponine im Männergewand bemerkt, die jetzt immerzu den Garten umstrich. Sie hatte den jungen Arbeiter gerufen und ihm fünf Francs und den Brief eingehändigt mit den Worten: »Bringen Sie diesen Brief sogleich zu seiner Adresse!« Eponine hatte den Brief in ihre Tasche gesteckt. Tags darauf, am fünften Juni, war sie zu Courfeyrac gegangen, um nach Marius zu fragen, nicht um ihm den Brief zu geben, sondern, was jedes eifersüchtige und liebende Herz verstehen wird, »um zu sehen«. Dort hatte sie auf Marius oder wenigstens auf Courfeyrac gewartet, wieder, »um zu sehen«. Als Courfeyrac ihr sagte: »Wir gehen auf die Barrikaden«, war ihr ein Gedanke durch das Hirn gezuckt: sich in diesen Tod hineinzuwerfen, wie sie sich in jeden anderen geworfen hätte, und Marius mitzuziehen. Sie war Courfeyrac nachgegangen und hatte sich vergewissert, wo man die Barrikade baute; und ihrer Sache sicher, da Marius keine Botschaft erhalten und sie den Brief aufgefangen hatte, überzeugt, er werde beim Herannahen der Nacht am Ort des allabendlichen Stelldicheins sein, war sie nach der Rue Plumet geeilt, hatte dort auf Marius geharrt und ihm namens seiner Freunde den Ruf zugesandt, der, so dachte sie, ihn zum Aufbruch nach der Barrikade verleiten würde. Sie zählte auf die Verzweiflung von Marius, wenn er Cosette nicht fand; und sie täuschte sich nicht. Dann war sie ihrerseits in die Rue de la Chanvrerie zurückgekehrt. Sie war mit der tragischen Freude eifersüchtiger Herzen gestorben, die das geliebte Wesen mit sich in den Tod reißen und sich sagen: Keine wird ihn haben!

Marius bedeckte den Brief Cosettes mit Küssen. Sie liebte ihn also. Einen Augenblick wandelte ihn die Idee an, er müsse nicht mehr sterben. Dann dachte er: Sie reist ab. Ihr Vater führt sie nach England, und mein Großvater widersetzt sich der Heirat. In nichts hat sich der verhängnisvolle Zusammenhang geändert. Träumer wie Marius verfallen in diese äußerste Niedergeschlagenheit, und verzweifelte Entschlüsse sind das Ergebnis. Der Lebensüberdruß wird unerträglich, der Tod ist ihm da schon vorzuziehen.

Er stellte sich vor, daß er noch zwei Pflichten zu erfüllen habe: Cosette von seinem Tod zu benachrichtigen und ihr ein letztes Lebewohl zu schicken und vor der Katastrophe, die bevorstand, das arme Kind, den Bruder Eponines, den Sohn Thénardiers, zu bewahren.

Er hatte eine Brieftasche bei sich, dieselbe, die das Heft enthalten hatte, in das er die Sprüche der Liebe für Cosette schrieb. Er riß ein Blatt heraus und schrieb mit Bleistift die Zeilen: »Unsere Heirat war unmöglich. Ich habe meinen Großvater um sein Einverständnis gebeten; er hat sich geweigert. Ich habe kein Vermögen und Du auch nicht. Ich bin zu Dir gelaufen, ich habe Dich nicht mehr gefunden. Du weißt, worauf ich Dir mein Wort gegeben habe; ich halte es. Ich sterbe. Ich liebe Dich. Wenn Du dies lesen wirst, wird meine Seele bei Dir sein und Dir zulächeln.«

Da er nichts hatte, um den Brief zu versiegeln, beschränkte er sich darauf, den Brief viereckig zu falten, und schrieb die Adresse: An Fräulein Cosette Fauchelevent, bei Herrn Fauchelevent, Rue de l'Homme-Armé Nr. 7.

Als er den Brief gefaltet hatte, sann er einen Moment nach, faßte wieder nach seiner Brieftasche, öffnete sie und schrieb mit demselben Bleistift auf die erste Seite die vier Zeilen: »Ich heiße Marius Pontmercy. Tragen Sie meinen Leichnam zu meinem Großvater, Herrn Gillenormand, Rue des Filles-du-Calvaire Nr. 6, im Marais.« Er steckte die Brieftasche wieder in seinen Rock, dann rief er Gavroche. Der Junge rannte, als er die Stimme von Marius hörte, mit seinem frohen, ergebenen Gesicht herzu. »Willst du für mich etwas tun?«

»Alles«, sagte Gavroche. »Du lieber Gott, ohne Sie war ich fertig.«

»Siehst du den Brief?«

»Ja.«

»Nimm ihn! Verlasse gleich die Barrikade« – unruhig begann Gavroche sich hinter dem Ohr zu kratzen –, »und morgen früh bestellst du ihn unter seiner Adresse, Fräulein Cosette, bei Herrn Fauchelevent, Rue de l'Homme-Armé Nr. 7.«

Das tapfere Kind antwortete: »Aber währenddessen erobern sie die Barrikade, und ich werde nicht dabeisein.«

»Die Barrikade wird aller Wahrscheinlichkeit nach nicht vor der Morgendämmerung angegriffen und vor Mittag nicht gestürmt werden.«

Die neue Frist, die die Belagerer der Barrikade ließen, verlängerte sich wirklich. Es war eine der in den nächtlichen Kämpfen häufigen Pausen, nach denen die Schlacht nur noch heftiger wiedereinsetzt.

»Wenn ich also«, sagte Gavroche, »morgen früh Ihren Brief hinbringe?«

»Es wird zu spät sein. Die Barrikade wird vermutlich blockiert werden, alle Straßen werden überwacht sein, und du wirst nicht hinauskommen. Geh sofort!«

Gavroche konnte nichts erwidern; er blieb da, unsicher und traurig sich hinter dem Ohr kratzend. Plötzlich nahm er mit einer seiner hüpfenden Bewegungen, die denen eines Vogels ähnelten, den Brief. »Gut«, sagte er. Und im Laufschritt verschwand er durch die Rue Mondétour. Er hatte einen Einfall gehabt, der für ihn bestimmend war und über den er aus Furcht vor einem Widerspruch von Marius nichts gesagt hatte. Es ist kaum Mitternacht, dachte er, die Rue de l'Homme-Armé ist nicht fern, ich bringe den Brief gleich hin und werde zur rechten Zeit wieder hiersein.

VIERZEHNTES BUCH

DIE RUE DE L'HOMME-ARMÉ

Das geschwätzige Löschblatt

Was sind die Kämpfe einer Stadt gegenüber dem Aufruhr einer Seele? Der Mensch hat noch größere Tiefe als das Volk. Zu dieser Zeit war Jean Valjean das Opfer einer schrecklichen Erschütterung. Alle Abgründe hatten sich in ihm wieder aufgetan. Auch ihn durchrann wie Paris ein Schauer an der Schwelle einer furchtbaren, dunklen Revolution. Wenige Stunden hatten genügt. Sein Schicksal und sein Gewissen hatten sich plötzlich mit Schatten bedeckt. Auch von ihm ließ sich wie von Paris sagen: Die beiden Prinzipien stehen sich gegenüber. Der weiße und der schwarze Engel ringen miteinander auf der Brücke über dem Abgrund. Wer wird wen hinabstürzen? Wer siegen? Am Abend vor diesem Tag, dem fünften Juni, war Jean Valjean, begleitet von Cosette und der Toussaint, in die Rue de l'Homme-Armé übergesiedelt. Dort erwartete ihn ein seelischer Umschwung.

Cosette hatte die Rue Plumet nicht ohne den Versuch eines Widerstands verlassen. Zum erstenmal, seit sie Seite an Seite lebten, hatten der Wille Cosettes und der Wille Jean Valjeans sich verschieden und, wenn auch ohne Entzweiung, gegensätzlich gezeigt. Auf der einen Seite ein Sträuben, auf der anderen Starrsinn. Durch den so schroffen Rat, er solle ausziehen, den ein Unbekannter ihm zugeworfen hatte, war Jean Valjean so alarmiert, daß er sich jedem Einspruch verschloß. Er glaubte, man spioniere hinter ihm her und verfolge ihn. Cosette hatte nachgeben müssen.

Beide waren sie in der Rue de l'Homme-Armé angekommen, ohne die Lippen zu öffnen, ohne ein Wort zu reden. Jeder war mit seinem persönlichen Kummer beschäftigt, Jean Valjean in solcher Unruhe, daß er die Traurigkeit Cosettes nicht sah, Cosette so traurig, daß sie für die Unruhe Jean Valjeans keinen Blick hatte. Noch nie war bisher, wenn sie in einer anderen Wohnung lebten, die Toussaint bei ihnen gewesen. Diesmal rechnete er damit, daß er in die Rue Plumet nicht zurückkehren werde, und er konnte weder die Toussaint dalassen noch sie in sein Geheimnis einweihen. Im übrigen fühlte er, daß sie ihm ergeben war und er ihr vertrauen konnte. Zwischen einem Dienenden und seinem Herrn beginnt der Verrat mit der Neugier. Die Toussaint war, als ob sie dazu vorausbestimmt wäre, die Magd Jean Valjeans zu sein, nicht neugierig. Stotternd sagte sie in ihrer Mundart einer Bäuerin von Barneville: »Ich bin halt so. Ich tu mei' Arbeit, das andere geht mich nix an.«

Beim Auszug aus der Rue Plumet, der fast eine Flucht war, hatte Jean Valjean nichts mit sich genommen als den kleinen Koffer mit dem Balsamgeruch, den Cosette den »Unzertrennlichen« getauft hatte. Volle Koffer hätten Gepäckträger erfordert, und Gepäckträger sind Zeugen. Man hatte eine Droschke an die Tür der Rue Babylone bestellt und war abgefahren. Kaum war der Toussaint erlaubt worden, etwas Wäsche, einige Kleider und Toilettengegenstände zu verpacken. Cosette hatte nur ihre Schreibmaterialien und ihr Löschpapier mitgenommen.

Jean Valjean hatte, die Einsamkeit und das Dunkel um dieses Verschwinden zu mehren, sich so eingerichtet, daß er den Pavillon in der Rue Plumet erst, als es Abend wurde, räumte. So hatte Cosette Muße zur Niederschrift ihres Billetts an Marius. Bei völliger Nacht war man in der Rue de l'Homme-Armé eingetroffen. Man hatte sich wortlos zu Bett gelegt.

Die Wohnung, zwei Treppen hoch, in der Rue de l'Homme-Armé grenzte an einen Hinterhof und bestand aus zwei Schlafzimmern, einem Eßzimmer und einer Küche, die an das Eßzimmer stieß, mit einem Hängeboden, in dem ein Gurtbett aufgeschlagen war, das der Toussaint zugeteilt wurde. Das Eßzimmer war zugleich das Vorgemach, das die beiden Schlafzimmer trennte. Die Wohnung war mit allem Nötigen versehen.

Man beruhigt sich fast ebenso schnell, wie man sich beunruhigt. Die Natur des Menschen ist so. Kaum sah sich Jean Valjean in der Rue de l'Homme-Armé, als seine Angst sich löste und nach und nach zerstreute. Manche Orte beschwichtigen gewissermaßen automatisch den Geist. Die Straße war dunkel und wenig besucht. Die Bewohner friedlich. Jean Valjean fühlte, wie die Ruhe dieses Gäßchens des alten Paris ihn ansteckte. Es ist so eng, daß es für den Wagenverkehr durch eine quer auf zwei Pfählen lagernde eichene Bohle gesperrt ist, stumm und taub inmitten der lärmenden Stadt, am lichten Tag in Dämmerung getaucht und sozusagen der Erregung unfähig, zwischen seinen beiden Reihen hoher, hundertjähriger Häuser, die wie Greise, die sie sind, schweigen. In dieser Straße ist das Vergessen des Stillstandes. Jean Valjean atmete in ihr auf. Hier konnte man ihn nicht finden. Seine erste Sorge war, den »Unzertrennlichen« neben sich zu stellen.

Er schlief gut. Die Nacht schafft Rat. Man kann auch sagen: Die Nacht bringt Linderung. Am nächsten Morgen erwachte er nahezu heiter. Er fand das Eßzimmer reizend, das häßlich war, mit einem alten runden Tisch möbliert, einem niederen Büfett, über dem ein schräger Spiegel hing, einem wurmstichigen Sessel und einigen mit den Paketen der Toussaint belasteten Stühlen. In einem dieser Pakete bemerkte man durch einen Spalt Jean Valjeans Nationalgardistenuniform. Cosette hatte sich von der Toussaint Fleischbrühe in ihr Zimmer bringen lassen und erschien erst abends. Gegen fünf Uhr servierte die Toussaint, die hin und her ging und in dem kleinen Haushalt viel Arbeit hatte, auf dem Tisch des Eßzimmers kaltes Geflügel, das Cosette aus Gehorsam gegen ihren Vater des Beschauens würdigte. Dann gab sie vor, sie habe hartnäckigen Kopfschmerz, wünschte Jean Valjean gute Nacht und schloß sich in ihr Schlafzimmer ein. Jean Valjean hatte den Flügel eines Hähnchens mit Appetit verzehrt und erlangte, auf den Tisch gestützt, nach und nach von seinem Unmut befreit, das Gefühl der Sicherheit wieder.

Indes er dieses einfache Diner zu sich nahm, hatte er dunkel zwei- oder dreimal das Stottern der Toussaint gehört, die zu ihm sagte: »Herr, in Paris ist was los, es wird gekämpft.« Aber durch viele innere Erwägungen abgelenkt, hatte er nicht darauf geachtet. In Wahrheit hatte er gar nicht zugehört.

Er erhob sich und schritt vom Fenster zur Tür und von der Tür zum Fenster, und das beschwichtigte ihn noch mehr. Nun, da er ruhig war, trat Cosette, der einzige Anlaß zur Unrast für ihn, wieder vor seinen Geist. Nicht diese Migräne gab ihm zu denken, das war eine kleine Nervenkrise, die Laune eines jungen Mädchens, eine vorübergleitende Wolke, die sich in einem Tag oder in zwei auflöste. Aber er dachte an die Zukunft, und wie sonst dachte er nicht ohne Rührung daran. Er sah im Grunde nirgends ein Hindernis für den Wiederbeginn des Glücks. In manchen Stunden scheint alles unmöglich, in anderen scheint alles leicht. Jean Valjean war in einer dieser guten Stunden. Sie kommen für gewöhnlich nach den schlechten, wie der Tag nach der Nacht, kraft dieses Gesetzes von Folge und Gegensatz, das die Grundlage der Natur selbst ist und das oberflächliche Geister Antithese nennen. In dieser friedlichen Straße, in der Jean Valjean sich verbarg, machte er sich von allem frei, was ihn seit einiger Zeit quälte. Gerade dadurch, daß er viel Finsternis gesehen hatte, begann er ein wenig Blau am Himmel zu erblicken. Es war schon viel damit gewonnen, daß er die Rue Plumet ohne Verwicklung und Zwischenfall verlassen hatte. Ein Gebot der Klugheit konnte es sein, außer Landes zu gehen, wenn auch nur für Monate, und nach London zu reisen. In Frankreich oder in England zu sein, was kam es darauf an, wenn er nur Cosette bei sich hatte? Sie war seine Nation und all sein Glück. Die Idee, daß er etwa für das Glück Cosettes nicht genügte, jene Idee, die einst sein Blut vergiftet und ihm den Schlaf geraubt hatte, war für ihn wesenlos geworden. All seine vergangenen Schmerzen gab es nicht mehr, und Zuversicht erfüllte ihn. Cosette, die bei ihm war, schien ihm zu gehören; eine Wirkung der Perspektive, die jedermann schon empfunden hat. In Gedanken und höchst erleichtert, traf er Vorkehrungen für seine und Cosettes Abreise nach England, irgendwo in den Lichtblicken der Träumerei sah er seine Glückseligkeit wiedererstehen.

Indes er so langsam hin und her ging, bot sich seinen Augen plötzlich ein seltsamer Anblick. Vor sich, in dem geneigten Spiegel, der über dem Büfett schwebte, las er deutlich die vier Zeilen: »Geliebter, ach! Mein Vater will, daß wir unverzüglich abreisen. Heute abend werden wir in der Rue de l'Homme-Armé Nr. 7 sein. In acht Tagen in England. Cosette. Am 4. Juni.«

Verstört hielt Jean Valjean ein. Cosette hatte, als sie ankam, ihr Löschpapier auf das Büfett vor dem Spiegel gelegt und, ganz von ihrer schmerzlichen Angst beherrscht, es aus Säumigkeit dagelassen, ohne zu merken, daß es offenblieb, und es gerade an der Seite geöffnet, gegen die sie, um ihn zu trocknen, den von ihr geschriebenen Brief gepreßt hatte, den Brief, den zu befördern sie den jungen Arbeiter beauftragte, der durch die Rue Plumet kam. Die Schrift hatte sich dem Löschpapier aufgeprägt. Der Spiegel reflektierte die Schrift. Daraus ergab sich, was in der Geometrie ein spiegelgleiches Bild genannt wird. Die auf dem Löschblatt umgekehrte Schrift zeigte sich im Spiegel richtig; und Jean Valjean hatte vor Augen den Brief, den Cosette tags zuvor an Marius geschrieben hatte. Das war einfach und niederschmetternd.

Jean Valjean ging auf den Spiegel zu. Nochmals las er die vier Zeilen. Aber er glaubte, sie nicht richtig zu lesen. Es war ihm, als erschienen sie ihm im Flackern eines Blitzes. Es war eine Halluzination. Es war unmöglich, konnte nicht sein. Dann jedoch wurde das sinnliche Bild genauer. Er betrachtete das Löschpapier, und das Gefühl des Tatsächlichen kehrte ihm wieder. Er nahm das Blatt mit den Worten: »Das kommt von da.« Er prüfte die vier auf das Papier gedruckten Zeilen, die verzerrten Buchstaben, und begriff ihren Sinn nicht. Hierauf sagte er sich: Das hat doch nichts zu bedeuten, da steht nichts geschrieben. Und unbeschreiblich erleichtert atmete er tief auf. Wer hat nicht schon solche einfältige Freude in gräßlichen Augenblicken empfunden? Die Seele findet sich mit der Verzweiflung nicht ab, bevor sie sich nicht allen Illusionen hingegeben hat.

Er hielt das Löschpapier in der Hand und betrachtete es, vor Glück wie benommen, nahe daran, über den Irrtum seiner Augen zu lachen. Plötzlich sah er wieder in den Spiegel, und von neuem hatte er die Vision. In unerbittlicher Klarheit zeichneten sich die Buchstaben ab. Diesmal war es keine Täuschung. Eine wiederkehrende Vision ist Wirklichkeit. Es war greifbar, war die vom Spiegel richtig wiedergegebene Schrift. Er verstand.

Jean Valjean taumelte, ließ das Löschpapier aus seiner Hand und sank in den alten Sessel neben dem Büfett. Der Kopf rutschte ihm herab, seine Augen wurden glasig. Er sagte sich, alles sei erwiesen, das Licht der Welt habe sich für immer verdunkelt, dies sei ein Brief Cosettes an einen Mann. Da hörte er seine Seele, seine wieder schrecklich gewordene Seele, in der Finsternis dumpf aufbrüllen. Nehmt doch dem Löwen den Hund, den er in seinem Käfig hat!

Wie seltsam und traurig! In diesem Augenblick hatte Marius Cosettes Brief noch nicht erhalten. Der Zufall hatte ihn verräterisch zu Jean Valjean gebracht, bevor er ihn Marius zustellte.

Bis zu diesem Tag war Jean Valjean von Prüfungen nicht besiegt worden. Er war auf fürchterliche Proben gestellt worden. Keine Vergewaltigung hatte das Unglück ihm erspart. Die Grausamkeit des Geschicks, mit jeder Art von Sühne, jeder sozialen Erniedrigung bewaffnet, hatte gegen ihn gewütet und sich an seine Fersen geheftet. Er war vor nichts zurückgewichen und hatte sich vor nichts gebeugt. Er hatte, wenn es sein mußte, das Äußerste hingenommen. Er hatte seine wiedererrungene menschliche Unantastbarkeit geopfert, seine Freiheit hergegeben, seinen Kopf gewagt, alles verloren, alles erduldet und war selbstlos und stoisch geblieben, daß es mitunter scheinen konnte, er sei sich entrückt wie ein Märtyrer. Sein an alle möglichen Anstürme des Unglücks gewöhntes Gewissen schien für immer unbezwinglich. Und doch hätte derjenige, dem er sein Innerstes offenbart hätte, bestätigen müssen, daß es in dieser Stunde schwach wurde.

Aber von allen Foltern, denen er in dem langen Verhör durch das Schicksal standgehalten hatte, war diese die furchtbarste. Nie hatte ihn eine solche Zange gepackt. Er spürte, wie sich geheimnisvoll in ihm alles aufbäumte, was des Leidens fähig war, wie die unbekannte Fiber schmerzte. Ach, die letzte, besser gesagt, die einzige Prüfung ist der Verlust des geliebten Wesens.

Der gute alte Jean Valjean liebte Cosette gewiß nicht anders als ein Vater. Doch hatte, wir haben schon einmal darauf aufmerksam gemacht, das Witwertum seines Lebens selbst alle Liebe in diese Vaterschaft eingebracht. Er liebte Cosette wie seine Tochter, er liebte sie wie seine Mutter, und er liebte sie wie seine Schwester. Da er nie eine Geliebte oder eine Gattin besessen hatte, da die Natur eine Gläubigerin ist, die keinen Wechselprotest annimmt, war auch dieses Gefühl, das unzerstörbarste von allen, den anderen beigemengt – unbestimmt, sich selbst nicht kennend, rein in der Reinheit der Blindheit, unbewußt, himmlisch, engelhaft, göttlich, weniger als ein Gefühl denn als ein Instinkt, weniger als ein Instinkt denn als eine Lockung, unmerklich und unsichtbar, doch wirklich. Wie die Goldader in den Berg war die eigentliche Liebe geheimnisvoll und unberührt in seine maßlose Zärtlichkeit für Cosette eingeschlossen.

Man stelle sich die Lage seines Herzens vor. Eine Verbindung zwischen ihnen war unmöglich, nicht einmal die der Seelen, und doch steht fest, daß beider Schicksal aneinander gebunden war. Cosette, das heißt ein Kind, ausgenommen, hatte Jean Valjean in seinem langen Leben nichts von alldem kennengelernt, was geliebt werden kann. Die Leidenschaft und die Liebe, die aufeinanderfolgen, hatten in ihm nicht dieses wechselnde Grün hervorgebracht, das dunkle nach dem zarten, wie es winterhartes Blattwerk und Menschen über fünfzig zeigen. Kurz, und wir haben das mehr als einmal betont, diese innere Verschmelzung, dieses Ganze, dessen Ergebnis eine hohe Tugend war, lief darauf hinaus, aus Jean Valjean einen Vater für Cosette zu machen. Einen seltsamen Vater aus Ahn, Sohn, Bruder und Mann, die alle in Jean Valjean enthalten waren. Einen Vater, in dem sogar eine Mutter steckte. Einen Vater, der Cosette liebte und anbetete, für den dieses Kind das Licht war, dem es Heim, Familie, Vaterland und Paradies bedeutete.

Nun, da er sah, daß alles vorbei war, daß sie ihm entschlüpfte, ihm aus den Händen glitt, sich ihm entzog, daß es Wolke, daß es Wasser war, da er die niederschmetternde Gewißheit vor Augen hatte: Ein anderer ist das Ziel ihres Herzens, ein anderer der Wunsch ihres Lebens. Der Geliebte zählt, ich bin bloß der Vater, bin schon nicht mehr vorhanden; da er nicht mehr zweifeln konnte, da er sich sagte: Sie geht fort von mir!, überschritt der Schmerz, den er empfand, das Maß des Möglichen. Getan haben, was er getan hatte, um so zu enden und nichts zu sein! Da lehnte sich, wie wir schon sagten, von Kopf bis Fuß alles in ihm auf. Er spürte bis in die Haarwurzeln hinein, wie der Egoismus erwachte, und das Ich heulte im Abgrund dieses Mannes auf.

Es gibt innerliche Zusammenbrüche. Eine jede Hoffnung nehmende Überzeugung durchdringt nicht den Menschen, ohne gleichzeitig gewisse wesentliche Bestandteile, die bisweilen den Menschen selbst ausmachen, zu entfernen und zu zerbrechen. Wenn der Schmerz diesen Grad erreicht, ist das Gewissen kraftlos. Das sind schicksalhafte Krisen. Wenige von uns überstehen sie, sich selbst treu bleibend und standhaft in der Pflicht. Wird die Grenze des Leidens überschritten, gerät die unerschütterlichste Tugend auf Abwege. Jean Valjean griff wieder nach dem Löschpapier und überzeugte sich abermals. Gebeugt und wie versteinert verharrte er mit starrem Blick über diesen vier unanfechtbaren Zeilen. Und in ihm zog sich eine solche Wolke zusammen, daß es schien, als sterbe seine Seele.

Er prüfte diese durch die Grübelei verstärkte Enthüllung mit scheinbarer und doch erschreckender Ruhe, denn fürchterlich ist es, wenn die Ruhe des Menschen an die Leblosigkeit der Statue gemahnt.

Er erwog den entsetzlichen Schritt, den sein Schicksal getan hatte, ohne daß er darum wußte. Er entsann sich seiner so töricht verjagten Befürchtungen vom vergangenen Sommer. Er erkannte den Abgrund wieder, es war immer noch derselbe. Nur stand Jean Valjean nicht mehr an seinem Rande, er lag in der Tiefe.

Beispiellos und schmerzlich! Er war hineingestürzt, ohne

es zu merken. Das ganze Licht seines Lebens war erloschen, und er glaubte immer noch, die Sonne zu schauen.

Sein Instinkt zögerte nicht. Er ermaß gewisse Umstände, gewisse Daten. Er besann sich, wie Cosette errötete und erblaßt war, und sagte sich: Er ist es. Das Ahnungsvermögen der Verzweiflung ist wie ein geheimnisvoller Bogen, der nie sein Ziel verfehlt. Sofort geriet er, ohne den Namen zu kennen, auf Marius. Deutlich erblickte er auf dem Grunde der unerbittlichen Erinnerung den Unbekannten, der im Luxembourg-Park herumlungerte, jenen elenden Schürzenjäger, jenen Müßiggänger aus einer Romanze, jenen Dummkopf und Feigling, denn es ist eine Feigheit, Mädchen, die ihren liebenden Vater zur Seite haben, verliebte Blicke zuzuwerfen.

Nachdem Jean Valjean festgestellt hatte, daß jener Jüngling dahintersteckte und alles von ihm kam, betrachtete er sich, der sittlich Erneuerte, der Mann, der so sehr an seiner Seele gearbeitet, der sich so angestrengt hatte, das ganze Leben, das ganze Elend und alles Unglück in Liebe zu verwandeln, und er sah ein Gespenst, den Haß.

Große Schmerzen machen verzagt. Sie lassen den Lebensmut schwinden. Der Mensch, bei dem sie Einzug halten, spürt, wie etwas in ihm zerbricht. In der Jugendzeit ist ihre Heimsuchung traurig. Später wird sie unheilvoll. Ach, wenn das Blut heiß strömt, das Haar schwarz schimmert, das Haupt aufrecht getragen wird, gleich der Flamme über der Kerze, wenn vom Faden des Schicksals nur wenig abgespult ist und das Herz, voll von einem begehrenswerten, geliebten Wesen, noch klopft und ihm ein anderes entgegenschlägt, wenn man vor sich die Zeit hat, alles wieder gutzumachen, wenn alle Frauen da sind und einem alles zulächelt und die ganze Zukunft offensteht, nichts die Lebenskraft gebrochen hat, wenn schon in dieser Zeit die Verzweiflung schrecklich ist, was ist sie dann im Alter, wo die Jahre wie im Fluge vergehen, mehr und mehr verblassen, in dieser Dämmerstunde, da sich die Sterne des Grabes zu zeigen beginnen?

Indes er nachdachte, kam die Toussaint. Jean Valjean stand auf und fragte sie: »Wo ist das? Wissen Sie's?«

Verblüfft brachte die Toussaint nur heraus: »Bitte?«

Jean Valjean entgegnete: »Haben Sie mir nicht eben gesagt, daß gekämpft wird?«

»Ach ja, Herr«, antwortete die Toussaint, »bei Saint-Merry.«

So manche unwillkürliche Regung überkommt uns ohne unser Wissen aus unserem geheimsten Denken. Jean Valjean befand sich, vermutlich von einer Regung dieser Art getrieben und ohne daß er sich ihrer sonderlich bewußt war, fünf Minuten später auf der Straße.

Barhäuptig saß er auf dem Prellstein vor dem Haustor. Er schien zu horchen. Die Nacht war gekommen.

Der Gassenjunge als Feind der Laternen

Wieviel Zeit verbrachte er mit dieser unseligen Grübelei? Gewann er seine Haltung zurück? Beugte er sich, war er gebrochen? Konnte er sich noch einmal aufrichten und festen Grund in seinem Gewissen finden? Er wußte es nicht. Die Straße war menschenleer. Einige unruhige Bürger, die sich schnell in ihre Wohnungen zurückbegaben, gewahrten ihn kaum. In Zeiten der Gefahr ist sich jeder selbst der Nächste. Der Laternenanzünder erschien wie sonst, steckte die Laterne gegenüber dem Hause Nr. 7 an und ging weiter. Wer Jean Valjean in der Dunkelheit beobachtet hätte, dem wäre er nicht als ein Lebender vorgekommen. Er saß da auf dem Prellstein vor dem Tor, erstarrt wie ein Nachtgespenst aus Eis. Verzweiflung läßt gefrieren. Man hörte die Sturmglocke und verworrenes Getöse. Dazwischen schlug es vom Turm der Kirche Saint-Paul elf Uhr, schwer und ernst, ohne Übereilung, denn die Sturmglocke ist der Mensch, Gott der Stundenschlag. Jean Valjean achtete nicht darauf und regte sich nicht. Aber plötzlich krachte es von den Markthallen her, ein zweites Krachen, noch ungestümer, folgte. Es war der Angriff auf die Barrikade in der Rue de la Chanvrerie, den Marius abgewehrt hatte. Bei dieser doppelten Entladung, deren Toben durch die nächtliche Betäubung noch stärker widerhallte, bebte Jean Valjean. Er straffte sich nach der Seite hin, von der das Lärmen herüberdrang. Dann sank er auf seinen Sitz, kreuzte die Arme, und langsam fiel ihm der Kopf wieder auf die Brust. Von neuem hielt er finstere Zwiesprache mit sich selbst.

Da blickte er jählings empor. In der Staße wurde marschiert; er hörte dicht neben sich Schritte; er schaute um sich, und beim Schimmer der Laterne sah er in dem Teil der Straße, der in den Archiven ausläuft, ein fahles, junges, strahlendes Gesicht. Gavroche war in der Rue de l'Homme-Armé angelangt. Er blickte in die Luft und schien etwas zu suchen. Jean Valjean sah er ganz deutlich, aber er wurde seiner nicht gewahr. Dann sah er unten nach, wippte auf den Fußspitzen und griff an die Türen und Fenster der Erdgeschosse. Sie alle waren zugesperrt, verriegelt und mit Schlössern verhangen. Nachdem er festgestellt hatte, daß fünf oder sechs Häuserfassaden so verbarrikadiert waren, zuckte er mit den Achseln und fluchte: »Verdammt!« Und wieder blickte er in die Luft.

Jean Valjean, der eben noch in seiner seelischen Verfassung mit niemandem geredet oder ihm geantwortet hätte, gab einem unwiderstehlichen Trieb nach, dieses Kind anzusprechen. »Was hast du, Kleiner?« fragte er.

»Hunger habe ich«, erwiderte Gavroche bündig. »Selber klein!«

Jean Valjean suchte in seiner Tasche und holte ein Fünffrancstück hervor. Aber der Junge, der von der Gattung der Bachstelzen war und rasch von einer Geste zur anderen übersprang, hatte einen Stein aufgehoben. Er hatte die Laterne bemerkt. »Ach«, sagte er, »ihr habt ja hier noch eure Laternen. Ihr seid nicht in Ordnung, meine Freunde. Das ist eine Schlamperei. Das wollen wir zerschmeißen.« Und er warf den Stein in die Laterne, deren Scheibe mit solchem Getöse auf das Pflaster fiel, daß Bürger, die in dem Hause gegenüber unter ihren Vorhängen kauerten, schrien: »Wie 1793!«

Die Laterne wackelte lebhaft und erlosch. Die Straße wurde plötzlich schwarz. »Alte Straße«, schrie Gavroche, »setz deine Nachtmütze auf!« Und er wandte sich Jean

Valjean zu. »Wie heißt das riesige Gebäude dort am Ende der Straße? Archiv, nicht? Ihr solltet mir ein bißchen die dicken Säulen da knacken, damit sie Barrikaden werden.«

Jean Valjean näherte sich Gavroche. »Armer Kerl«, sagte er leise zu sich, »er hat Hunger.« Und drückte ihm die fünf Francs in die Hand. Gavroche hob seine Nase, erstaunt über die Größe des Geldstücks. Er betrachtete es in der Dunkelheit, und das weiße Metall blendete ihn. Er kannte die Fünffrancstücke vom Hörensagen. Ihr guter Ruf war ihm angenehm; er war entzückt, eines so vor sich zu sehen. Er sagte: »Schauen wir uns den Tiger an!« Hingerissen beäugte er ihn ein paar Augenblicke. Dann wandte er sich Jean Valjean zu, reichte ihm das Geldstück und warf hoheitsvoll die Worte hin: »Bürger, lieber zerschmeiße ich Laternen. Nehmen Sie Ihr wildes Tier zurück! Ich lasse mich nicht bestechen. Das hat fünf Klauen, aber mich zerkratzt das nicht.«

»Hast du eine Mutter?« fragte Jean Valjean.

Gavroche antwortete: »Vielleicht mehr als Sie.«

»Dann«, entgegnete Jean Valjean, »behalte das Geld für deine Mutter!«

Gavroche wurde weich. Übrigens fiel ihm auf, daß der Mann, der mit ihm sprach, keinen Hut hatte, und das flößte ihm Vertrauen ein.

»Also«, sagte er, »Sie wollen mich nicht hindern, Laternen zu zerschmeißen?«

»Zerschmeiße, soviel du willst!«

»Sie sind ein wackerer Mann«, sagte Gavroche. Und er steckte das Fünffrancstück in eine seiner Taschen. Da sein Vertrauen wuchs, forschte er: »Wohnen Sie hier in der Straße?«

»Ja, warum?«

»Könnten Sie mir die Nummer 7 zeigen?«

»Was willst du mit der Nummer 7?«

Das Kind zauderte; es fürchtete, zuviel gesagt zu haben, vergrub energisch seine Nägel in seine Haare und beschränkte sich auf die Antwort: »Na so.«

In der Hellsicht der Angst fuhr ein Gedanke Jean Valjean durch den Kopf. Er fragte das Kind: »Bringst du mir den Brief, den ich erwarte?«

»Sie?« sagte Gavroche. »Sie sind doch keine Frau!«

»Der Brief ist für Fräulein Cosette, nicht wahr?«

»Cosette?« brummte Gavroche. »Ja, ich glaube, das ist der komische Name.«

»Nun«, sagte Jean Valjean, »ich soll ihr den Brief aushändigen. Gib her!«

»Dann wissen Sie wohl, daß ich von der Barrikade geschickt werde?«

»Zweifellos«, sagte Jean Valjean.

Gavroche vergrub seine Faust in eine andere seiner Taschen und zog ein viereckig gefaltetes Papier hervor. Er grüßte militärisch. »Respekt vor der Depesche«, sagte er, »sie kommt von der provisorischen Regierung.«

»Gib her!« sagte Jean Valjean.

Gavroche schwang das Papier über seinem Kopf. »Bilden Sie sich nicht ein, es wäre ein Liebesbrief! Es ist für eine Frau, aber es ist für das Volk. Wir kämpfen, und wir achten das zarte Geschlecht. Wir sind nicht wie die feinen Leute, wo die Löwen den kleinen Ludern Episteln schicken.«

»Gib her!«

»Eigentlich«, sagte Gavroche, »sehen Sie wie ein anständiger Mann aus.«

»Gib rasch!«

»Da.« Und er reichte Jean Valjean das Papier. » Und beeilen Sie sich, Herr Dingsda, weil Mamsell Dinglein wartet.«

Gavroche war es zufrieden, diesen Ausspruch getan zu haben.

»Soll«, fragte Jean Valjean, »die Antwort nach Saint-Merry gebracht werden?«

»Da würden Sie wie dieses Backwerk aussehen, das für gewöhnlich Windbeutel genannt wird«, rief Gavroche. »Der Brief kommt von der Barrikade in der Rue de la Chanvrerie, und ich muß wieder hin. Guten Abend, Bürger!« So ging er oder vielmehr flog er, der entwischte Vogel, zu dem Ort zurück, von dem er gesandt worden war. Er tauchte ins Dunkel, als reiße er es auf, in der beschleunigten Kurve eines Geschosses. Die kleine Rue de l'Homme-Armé wurde wieder still und einsam. Im Nu hatte der Nebeldunst um die

Reihen schwarzer Häuser das seltsame Kind verschluckt; und man hätte annehmen können, es sei zerstoben, hätte nicht wenige Minuten danach ein Klirren von zertrümmertem Glas und das herrliche Getöse einer auf das Pflaster stürzenden Laterne die empörten Bourgeois von neuem geweckt. Es war Gavroche, der durch die Rue du Chaume trabte.

Während Cosette und die Toussaint schlafen

Jean Valjean öffnete, den Brief von Marius in der Hand, die Tür der Nummer 7. Er tastete sich die Treppe hinauf, froh über die Finsternis wie die Eule, die ihre Beute hält, öffnete und schloß sacht die Tür seines Zimmers, horchte, ob er irgendein Geräusch höre, und vergewisserte sich, daß allem Anschein nach Cosette und die Toussaint schliefen. Er versenkte in die Flasche des Feuerzeugs von Fumade drei oder vier Zündhölzer, bevor er aus ihnen den Funken schlagen konnte, so zitterte seine Hand. Es war Diebstahl, was er getan hatte. Endlich brannte die Kerze; er lehnte sich an den Tisch, entfaltete das Papier und las.

In heftiger Erregung liest man nicht. Das Papier, das man in der Hand hält, wird gewissermaßen niedergerungen, wie ein Opfer umschlungen, zerknüllt, zornig oder freudig werden die Nägel hineingegraben. Mit fieberhafter Aufmerksamkeit jagt man dem Ende zu, überspringt den Anfang, versteht beinahe im großen und ganzen das Wesentliche, erfaßt einen Punkt, und alles übrige verschwindet. In dem Billett von Marius an Cosette sah er nur die Worte: »Ich sterbe. Wenn Du dies lesen wirst, wird meine Seele bei Dir sein.«

Von diesen beiden Zeilen ging für ihn eine Blendung aus, die ein Grauen in ihm erregte. Einen Moment war er von der Gefühlswandlung, die sich in ihm vollzog, wie vernichtet. Mit trunkenem Staunen betrachtete er das Schreiben von Marius. Vor seinen Augen war ein leuchtender Glanz, der Tod des verhaßten Wesens.

Er stieß innerlich einen schrecklichen Freudenschrei aus. So kam die Entscheidung schneller, als er zu hoffen gewagt hatte. Der Mann, der seinem Schicksal im Wege war, verschwand, ging von selber, ungezwungen und aus freien Stücken. Ohne daß es seine Schuld war, sollte dieser Mensch sterben. Vielleicht war er auch schon tot. Hier ernüchterte sich sein Fieber. Nein, er ist noch nicht tot. Der Brief ist sichtlich geschrieben, um von Cosette morgen früh gelesen zu werden. Seit den zwei Salven, die man zwischen elf Uhr und Mitternacht gehört hatte, war nichts mehr. Die Barrikade wird nicht vor der Dämmerung angegriffen werden. Aber gleichviel, sobald dieser Mensch am Krieg teilhat, ist er verloren. Er haftet im Räderwerk. Jean Valjean fühlte sich befreit. So sollte er allein sich mit Cosette wieder zusammenfinden. Die Rivalität hörte auf, die Zukunft gehörte ihm wieder. Er brauchte nur den Brief in der Tasche zu behalten. Nie würde Cosette erfahren, was aus diesem Menschen geworden war. Es galt nur, den Dingen ihren Lauf zu lassen. Der Mann konnte nicht entkommen. Wenn er noch nicht tot war, so stand doch fest, daß er sterben würde. Zum Glück! Nach diesen Überlegungen verdüsterte er sich.

Er stieg die Treppe hinab und weckte den Portier. Etwa eine Stunde später ging er in der Uniform eines Nationalgardisten und bewaffnet fort. Der Portier hatte in der Nachbarschaft seine Ausrüstung unschwer vervollständigen können. Jean Valjean hatte ein geladenes Gewehr und eine gefüllte Patronentasche und lenkte seine Schritte den Markthallen zu.

Gavroches Übereifer

Derweilen hatte Gavroche ein Abenteuer bestanden.

Nachdem er gewissenhaft einen Stein in die Laterne der Rue du Chaume geworfen hatte, bog er in die Rue des Vieilles-Haudriettes ein, und da dort »kein Aas« zu sehen war, hielt er es für angebracht, das Lied anzustimmen, das ihm gerade einfiel. Weit davon entfernt, durch den Gesang langsamer zu werden, wurde sein Gang nur noch schneller.

Gavroche begann, die schlafenden oder erschreckten Häuser entlang folgende aufreizende Strophen zu verbreiten:

»Es schwätzt der Vogel in den Schlehen,
Behauptet frech, daß Atala
Er gestern mit ʻnem Russen sah.
Dort wo die schönen Mädchen gehen,
Lon la.

Pierrot, mein Freund, nichts ist geschehen.
An ihre Scheibe schlug Mila
Und rief mich. Deshalb war ich da.
Dort, wo die schönen Mädchen gehen,
Lon la.

Nett sind die Weiber, unbesehen
Ihr Gift behext mich. Es macht ja
Besoffen selbst Herrn Orfila.
Dort, wo die schönen Mädchen gehen,
Lon la.

Ich mag der Liebe Streit und Flehen,
Lieb Agnes und lieb Pamela,
Lise, mich entflammend, brannt sich. Ah!
Dort, wo die schönen Mädchen gehen,
Lon la.

Sah einst ich die Mantillas wehen
Von Suzette oder Zélia –
Mein Herz war jeder Falte nah.
Dort, wo die schönen Mädchen gehen,
Lon la.

Kann Amor ich im Dunkeln sehen,
Mit Rosen kränzend licht Lolá,
Gern gäb die Seligkeit ich da.
Dort, wo die schönen Mädchen gehen,
Lon la.

Zieht Jeanne sich an, seh ich sie drehen
Vorm Spiegel sich, fliegt olala
Mein Herz davon. Sie hat es, ja …
 Dort, wo die schönen Mädchen gehen,
 Lon la.

Wenn nach dem Tanz wir abends stehen
Im Frein, sag ich den Sternen: Ah,
Seht sie euch an, das ist Stella.
 Dort, wo die schönen Mädchen gehen,
 Lon la.«

Beim Singen geizte Gavroche nicht mit Gebärden. Die Gebärde unterstützt den Kehrreim. Sein ungemein ausdrucksvolles Gesicht zog krampfhaftere und wunderlichere Grimassen als ein zerlöchertes Wäschestück bei starkem Wind. Leider sah das niemand, da er allein und es Nacht war. So werden Reichtümer vergeudet.

Plötzlich hielt er inne. »Unterbrechen wir die Romanze«, sagte er. Sein katzenhaftes Auge hatte soeben in der Nische eines Torwegs erblickt, was in der Malerei ein Ensemble genannt wird, das heißt ein Lebewesen und einen Gegenstand. Der Gegenstand war ein Handkarren, das Lebewesen war ein Auvergnat, der in dem Handkarren schlief. Die Deichseln des Karrens ruhten auf dem Pflaster und der Kopf des Auvergnaten auf der Ladefläche. Zusammengerutscht lag er auf dieser schiefen Ebene, die Füße auf der Erde.

Erfahren in den Dingen dieser Welt, erkannte Gavroche einen Betrunkenen. Es war irgendein Dienstmann von der Ecke, der zu tief ins Glas geschaut hatte und zu fest schlief. Dazu sind die Sommernächte da, dachte Gavroche bei sich. Der Auvergnat ist in seinem Karren eingeschlafen. Man nimmt den Karren für die Republik und läßt der Monarchie den Auvergnaten. Er hatte die Erleuchtung, daß sich der Karren ganz gut auf der Barrikade ausnehmen würde. Der Auvergnat schnarchte. Gavroche zog sacht den Karren zurück, den Auvergnaten bei den Füßen nach vorn, und im Handumdrehen lag dieser, ohne wach geworden zu sein, flach auf dem Pflaster. Der Karren war frei gemacht.

Gavroche, daran gewöhnt, allenthalben mit dem Unvorhergesehenen fertig zu werden, hatte stets alles bei sich. Er kramte in einer Tasche und holte ein Stück Papier und einen Rotstiftstummel hervor, den er irgendeinem Zimmermann stibitzt hatte. Er schrieb: »Französische Republik – Quittung für deinen Karren« und unterzeichnete mit Gavroche.

Danach steckte er dem immer noch schnarchenden Auvergnaten den Zettel in die Tasche seiner Samtweste, packte die Gabeldeichsel mit beiden Fäusten und rannte in gestrecktem Galopp in Richtung Markthallen los. Den Karren schob er stolz mit triumphalem Krach vor sich her. Dies war gefährlich. In der Königlichen Druckerei befand sich ein Wachlokal. Gavroche dachte nicht daran. Das Lokal hielten Nationalgardisten aus den Vororten besetzt. Die Korporalschaft begann aufzuhorchen und erhob die Köpfe von den Feldbetten. Zwei nacheinander eingeschlagene Laternen, dieses lauthals gesungene Lied, das war viel für solche Hasenfüße, die bei Sonnenuntergang schläfrig werden und zu dieser frühen Stunde ihre Kerzen auslöschen. Seit einer Stunde lärmte der Straßenjunge in dem stillen Stadtbezirk wie eine Mücke in der Flasche. Der Sergeant von der Bannmeile lauschte. Als vorsichtiger Mann wartete er ab.

Das rasende Rattern des Karrens steigerte die Erwartung aufs höchste und bewog den Sergeanten zu einem Erkundungsgang. »Das muß eine ganze Bande sein!« sagte er, »gehen wir leise.« Offenbar war die Hydra der Anarchie aus ihrer Höhle hervorgekrochen und trieb im Viertel ihr Unwesen. Und der Sergeant wagte sich leisen Schrittes aus dem Wachlokal.

Als Gavroche mit seinem Karren aus der Rue des Vieilles-Haudriettes kam, sah er sich plötzlich einer Uniform, einem Tschako, einem Federbusch und einem Gewehr gegenüber. Zum zweiten Mal blieb er stehen. »Guck an«, sagte er, »da ist sie ja. Guten Tag, öffentliche Ordnung.« Gavroches Verwunderung dauerte nie lange und legte sich rasch.

»Wohin willst du, Taugenichts?« schrie der Sergeant.

»Bürger«, sagte Gavroche, »ich habe Sie noch nicht Spießer genannt. Warum beschimpfen Sie mich also?«

»Witzbold, wohin willst du?«

»Mein Herr«, versetzte Gavroche, »vielleicht waren Sie gestern ein Mann von Geist, aber heute morgen sind Sie abgesetzt worden.«

»Ich frage dich, wo du hin willst, du Lump?«

Gavroche antwortete: »Sie reden ja sauber daher. Wahrhaftig, Ihr Alter ist Ihnen nicht anzumerken. Sie sollten alle Ihre Haare für hundert Francs das Stück verkaufen. Das würde Ihnen fünfhundert Francs einbringen.«

»Wohin willst du? Wohin willst du? Du Bandit, wohin willst du?«

Gavroche entgegnete: »Das sind häßliche Reden. Als Sie zum erstenmal gestillt wurden, hätte man Ihnen den Mund besser abwischen sollen.«

Der Sergeant fällte das Bajonett.

»Wirst du mir jetzt endlich sagen, wohin du willst, Elender?«

»Herr General«, sagte Gavroche, »ich hole den Arzt für meine Frau, sie liegt in den Wochen.«

»An die Gewehre!« rief der Sergeant.

Sich durch das zu retten, was einen ins Verderben gestürzt hat, ist das Meisterstück bedeutender Männer. Gavroche hatte mit einem Blick die ganze Lage erfaßt. Der Karren hatte ihn in Gefahr gebracht, der Karren mußte ihn schützen.

Als der Sergeant auf Gavroche losgehen wollte, rollte der Karren, zum Geschoß geworden und aus Leibeskräften vorwärtsgestoßen, rasend auf ihn zu, und der mitten in den Bauch getroffene Sergeant fiel rücklings in die Gosse, während sich sein Gewehr in die Luft entlud.

Beim Ruf des Sergeanten waren die Männer in wüstem Durcheinander aus dem Wachlokal gestürzt. Der Schuß löste eine allgemeine Salve aufs Geratewohl aus, danach wurden die Waffen erneut geladen, und alles begann von vorn. Diese Schießerei nach Art des Blindekuhspiels dauerte eine gute Viertelstunde, und etliche Fensterscheiben gingen dabei zu Bruch.

Indes hielt Gavroche, der schnellstens kehrtgemacht hatte, fünf, sechs Straßen weiter an und setzte sich keuchend auf den Prellstein an der Ecke der Rue des Enfants-Rouges. Er spitzte die Ohren. Nachdem er ein paar Augenblicke verschnauft hatte, wandte er sich in die Richtung, in der die Schießerei tobte, hob seine linke Hand in Nasenhöhe und stieß sie dreimal nach vorn, wozu er sich mit der rechten auf den Hinterkopf schlug. In dieser unübertrefflichen Gebärde hat die Gilde der Pariser Straßenjungen den französischen Spott verdichtet, und weil sie schon ein halbes Jahrhundert überdauert hat, muß sie wohl auch wirksam sein. Die Fröhlichkeit wurde indes durch einen schmerzlichen Gedanken getrübt. »Oje!« sagte er. »Ich kugele mich, lache mich schief und krumm, und dabei verlaufe ich mich, muß einen Umweg machen. Wenn ich bloß beizeiten an der Barrikade bin!« Daraufhin rannte er wieder los. Und in vollem Lauf dachte er bei sich: Ach ja, wo war ich denn stehengeblieben?

Während er durch die Straßen eilte, stimmte er wieder sein Lied an, und folgendes erklang in der Finsternis, immer leiser werdend:

»Noch viel Bastillen blieben stehen
Ich mach ein Ende dem Hurra,
Dem ganzen Ordnungstralala.
  Dort wo die schönen Mädchen gehen,
    Lon la.

Will einer Kegel fallen sehen?
Es brach das alte Gloria,
Als groß die Kugel rollte, ha!
  Dort wo die schönen Mädchen gehen,
    Lon la.

Volk, um den Louvre war's geschehen,
Der Monarchie Putz und Blabla.
Die Krück' als Beil, victoria.
  Dort wo die schönen Mädchen gehen,
    Lon la.

Die Gitter sprangen auf, kein Flehen
Half König Karl, fein stand er da,
Der Zehnte Karl, als das geschah,
  Dort wo die schönen Mädchen gehen
    Lon la.«

Daß die Wachmannschaft zu den Waffen gegriffen hatte, blieb nicht ohne Folgen. Der Karren wurde erobert, der Betrunkene gefangengenommen. Der eine wurde in den Pfandstall gebracht, der andere später vor dem Kriegsgericht geringfügig als Helfershelfer belangt. Bei dieser Gelegenheit bewies der Anklagevertreter, wie unermüdlich und eifrig er die Gesellschaft verteidigte.

Gavroches Abenteuer, das in die Überlieferung des Quartier du Temple eingegangen ist, zählt zu den schrecklichsten Erinnerungen der alten Bürger im Marais und ist bei ihnen unter der Bezeichnung »Nächtlicher Angriff auf das Wachlokal in der Königlichen Druckerei« bekannt.

FÜNFTER TEIL

JEAN VALJEAN

ERSTES BUCH

DER KRIEG ZWISCHEN VIER MAUERN

Charybdis und Skylla: die Vorstadt Saint-Antoine und der Faubourg du Temple

Die beiden denkwürdigsten Barrikaden, die der Beobachter der sozialen Krankheiten erwähnen kann, gehören nicht der Zeit an, in der die Handlung dieses Buches spielt. Symbole beide unter zwei verschiedenen Gesichtspunkten für eine fürchterliche Lage, wuchsen sie aus der Erde bei dem verhängnisvollen Juniaufstand von 1848, dem größten Krieg der Straßen, den die Geschichte je erlebt hat.

Entgegen den Prinzipien, entgegen Freiheit, Gleichheit und Brüderlichkeit, entgegen dem allgemeinen Aufschwung und der Herrschaft aller über alle geschieht es bisweilen, daß diese große Verzweifelte, die Kanaille, aus der Tiefe ihrer Ängste, ihrer Mutlosigkeit, ihres Elends, ihres Fiebers, ihrer Nöte, ihrer Miasmen, ihrer Unwissenheit, ihrer Finsternis protestiert und der Pöbel dem Volk eine Schlacht liefert.

Die Bettler greifen das gemeine Recht an, die Ochlokratie empört sich gegen den Demos.

Das sind schaurige Tage, denn selbst in diesem Wahnwitz ist immer eine gewisse Menge Recht enthalten. Es ist Selbstmord in diesem Zweikampf; und Wörter wie Bettler, Kanaille, Ochlokratie, Pöbel, die ein Schimpf sein sollen, bestätigen eher die Schuld der Herrschenden als die der Leidenden, eher die Schuld der Privilegierten als die der Enterbten.

Wir dagegen sprechen diese Wörter nie ohne Schmerz

und Ehrfurcht aus, denn wenn die Philosophie die Gegebenheiten untersucht, denen sie entsprechen, stößt sie dabei oft auf sehr viel Größe neben sehr viel Elend. Athen war eine Ochlokratie. Die Geusen schufen Holland. Der Pöbel rettete mehr als einmal Rom, und die Kanaille folgte Jesus Christus.

Wer nicht mitunter die Pracht von unten betrachtet, ist kein Denker.

An diese Kanaille, an alle Armen, an all das Gesindel und alle Elenden, aus denen die Apostel und Märtyrer hervorgegangen sind, dachte wohl der heilige Hieronymus, als er den geheimnisvollen Ausspruch tat: *Fex urbis, lex orbis.*

Die Erbitterung dieser Menge, die leidet und blutet, ihre sinnwidrigen Ausschreitungen gegen die Prinzipien, die ihr Leben sind, ihre Gewalttaten gegen das Recht sind Staatsstreiche des Volkes und müssen unterdrückt werden. Der redliche Mann opfert sich dafür auf und bekämpft die Menge aus Liebe zu ihr! Doch er entschuldigt sie, während er ihr die Stirn bietet! Er verehrt sie, während er ihr widersteht! Das ist einer der seltenen Augenblicke, in denen getan wird, was getan werden muß, und in denen etwas zu spüren ist, was verwirrt und gleichsam abrät, weiter zu gehen. Man harrt aus, es muß sein. Aber das befriedigte Gewissen ist traurig, und die Pflichterfüllung ruft ein beklemmendes Gefühl hervor.

Der Juni 1848 ist, sagen wir es gleich, eine Sache für sich, die sich nur äußerst schwer in die Geschichtsphilosophie einordnen läßt. Alles, was wir eben noch gesagt haben, muß vergessen werden, wenn es sich um diesen außergewöhnlichen Aufruhr handelt, in dem die heilige Angst der ihre Rechte fordernden Arbeit erkennbar wird. Er mußte bekämpft werden, und es war eine Pflicht, denn er griff die Republik an. Doch im Grunde genommen war der Juni 1848 eine Revolte des Volkes gegen sich selbst.

Da, wo das Thema nicht aus den Augen verloren wird, gibt es auch keine Abschweifung. Es sei uns also erlaubt, für einen Augenblick die Aufmerksamkeit des Lesers auf die beiden ganz und gar einmaligen Barrikaden zu lenken, von denen wir soeben sprachen und die das Wesen dieser bewaffneten Erhebung verdeutlichen.

Die eine sperrte den Zugang zur Vorstadt Saint-Antoine. Die andere verteidigte das Vorgelände des Faubourg du Temple. Und jene, vor denen sich diese beiden erschreckenden Meisterwerke des Bürgerkrieges unter dem strahlendblauen Junihimmel aufgerichtet haben, werden sie nie vergessen.

Die Barrikade von Saint-Antoine war ungeheuerlich. Drei Stockwerke hoch und siebenhundert Fuß lang, versperrte sie von einer Ecke zur anderen die breite Zufahrt zur Vorstadt, das heißt drei Straßen. Schluchtenreich, zerklüftet, gezackt, zerhackt, als Zinne ein riesiger Riß, gestützt durch Haufen, die selber Bollwerke waren, hier und da Vorsprünge bildend, fest verbunden mit zwei großen Vorgebirgen aus Vorstadthäusern, ragte sie auf wie ein zyklopischer Damm in der Tiefe des fürchterlichen Platzes, der bereits den 14. Juli erlebt hatte. Neunzehn Barrikaden waren in den Straßen hinter der Hauptbarrikade errichtet worden. Schon bei ihrem Anblick spürte man das unermeßliche, mit dem Tode ringende Leid in der Vorstadt, das an dem äußersten Punkt angelangt war, an dem höchste Not in einer Katastrophe enden will. Woraus war diese Barrikade gemacht worden? Aus den Trümmern von drei sechsstöckigen Häusern, die man nach Aussage der einen eigens dazu abgerissen hatte. Aus dem Wunder allen Zorns, meinten die anderen. Sie hatte das jämmerliche Aussehen aller Bauwerke des Hasses, das einer Ruine. Die Frage: Wer hat das gebaut? war ebenso berechtigt wie die Frage: Wer hat das zerstört? Es war die unvorbereitete Aufwallung. Da, nehmt die Tür, das Gitter, das Vordach, den Fensterrahmen, das zerborstene Kohlenbecken, den gesprungenen Kochtopf! Gebt alles her! Werft alles hin! Schiebt, wälzt, schuftet, zerschlagt, verwüstet, reißt alles ein! Mitgewirkt hatten hier das Pflaster, der Bruchstein, der Balken, die Eisenstange, der Lumpen, die zerbrochene Fensterscheibe, der Stuhl ohne Strohsitz, der Kohlstrunk, der Fetzen, der Plunder und die Verwünschung. Das war groß und zugleich klein, war der an Ort und Stelle vom wüsten

Durcheinander parodierte Abgrund. Die unförmliche Masse neben dem Atom, das losgerissene Mauerstück und der verbeulte Blechnapf, eine bedrohliche Verbrüderung aller Trümmer. Sisyphos hatte seinen Felsblock da hingeworfen und Hiob seine Scherbe. Mit einem Wort: schrecklich. Das war die Akropolis der Habenichtse. Umgestürzte Karren gestalteten die Böschung wechselvoll. Ein riesiger Bottich, dessen Kurbelwelle gen Himmel starrte, lag verquer und nahm sich wie ein Säbelhieb in dieser chaotischen Fassade aus. Fröhlich mit bloßer Armkraft auf die höchste Erhebung des Walls gehievt, als ob die Baumeister dieser Wildheit das Grausen durch die Kinderei hätten abschwächen wollen, bot ein Omnibus seine Deichsel irgendwelchen Pferden der Luft dar. Dieser gewaltige Haufen, eine Ablagerung des Aufruhrs, mutete wie ein Ossa auf dem Pelion aller Revolutionen an; 93 auf 89, der 9. Thermidor auf dem 10. August, der 18. Brumaire auf dem 21. Januar, der Vendémiaire auf dem Prairial, 1848 auf 1830. Der Platz war wohl der Mühe wert und die Barrikade würdig, an eben der Stelle zu erscheinen, von der die Bastille verschwunden war. Könnte der Ozean Deiche aufschütten, er würde es so tun. Die Raserei der Wogen hatte ihre Spuren in der häßlichen Anhäufung hinterlassen. Welche Wogen? Die Menge. Man meinte versteinertes Getöse zu erblicken und über der Barrikade die ungeheueren, geheimnisvollen Bienen des gewalttätigen Fortschritts summen zu hören, als flögen sie über ihrem Bienenkorb hin und her. War es ein Dickicht? Ein Bacchanal? Eine Festung? Der Taumel schien das mit Schwingenschlägen gebaut zu haben. Etwas von Kloake war in dieser Schanze und etwas Majestätisches in diesem Gewirr. In einem Durcheinander voller Verzweiflung gab es hier Dachsparren zu sehen, mit Tapete beklebte Mansardenwände, Fensterrahmen, die mit allen ihren Glasscheiben im Schutt steckten und auf die Kanonen warteten, abgebrochene Kamine, Schränke, Tische, Bänke, ein lärmendes Drunter und Drüber und die tausend armseligen Dinge, die selbst der Bettler achtlos wegwirft, die Wut und zugleich Nichts in sich schließen. Es war, als sei dies der Trödel eines Volkes, Trödel aus Holz, Eisen, Bronze und

Stein, als hätte ihn die Vorstadt Saint-Antoine mit einem Riesenbesen vor die Tür gefegt und so aus ihrem Elend ihre Barrikade errichtet. Klötze, die Richtblöcken ähnelten, gerissene Ketten, Gebälk, das die Form von Galgen hatte, und Räder, die aus den Trümmern hervorragten, erinnerten in diesem düsteren Bauwerk der Anarchie an die einstmals vom Volk erlittenen Martern. Die Barrikade von Saint-Antoine benutzte alles als Waffe. Alles, was der Bürgerkrieg der Gesellschaft an den Kopf werfen kann, kam von dort. Das war kein Kampf mehr, das war ein Paroxysmus. Die Karabiner, die die Schanze verteidigten, darunter einige Donnerbüchsen, verschossen kleine Steingutscherben, Knöchelchen, Kleiderknöpfe und sogar die Röllchen von Nachttischen, gefährliche Geschosse wegen des Kupfers. Die Barrikade war rasend, sie machte einen unbeschreiblichen Lärm. Mitunter, wenn sie die Armee herausforderte, bedeckte sie sich mit einer Menge, und ein Ungewitter brach los. Ein Gewühl flammender Häupter krönte sie, und es wimmelte in ihr. Sie hatte einen stachligen Kamm aus Gewehren, Säbeln, Knüppeln, Äxten, Piken und Bajonetten. Über ihr flatterte eine große rote Fahne im Wind. Befehle wurden gebrüllt, Lieder zum Angriff gesungen, Trommelwirbel waren zu hören, das Schluchzen der Frauen und das teuflische Gelächter der Hungerleider. Die Barrikade war maßlos und lebendig; wie ein Tier, das elektrische Schläge austeilt, sprühte sie Blitze. Der Geist der Revolution bedeckte den Gipfel mit seiner Wolke, und die Stimme des Volkes, die der Stimme Gottes gleicht, grollte auf ihm. Eine seltsame Erhabenheit lag über dem riesigen Schuttberg. Es war ein Müllhaufen und der Sinai.

Wie wir schon sagten, griff sie im Namen der Revolution was an? Die Revolution. Sie, diese Barrikade, der Zufall, die Unordnung, die Verwirrung, das Mißverständnis und das Unbekannte, stand der verfassunggebenden Versammlung gegenüber, der Volkssouveränität, dem allgemeinen Wahlrecht der Nation, der Republik; und die Carmagnole forderte die Marseillaise heraus.

Eine sinnlose, doch heldenhafte Herausforderung, denn diese alte Vorstadt ist eine Heldin.

Die Vorstadt und ihre Schanze leisteten sich gegenseitig Beistand. Die Vorstadt besaß in der Schanze eine Brustwehr, die Schanze hatte Rückendeckung durch die Vorstadt. Die große Barrikade zog sich hin wie eine Steilküste, an der die Strategie der »afrikanischen« Generale zerschellen sollte. Ihre Einbuchtungen, Auswüchse, Warzen und Buckel zogen gleichsam Grimassen und grinsten hämisch im Rauch. Der Kartätschenhagel verschwand im Formlosen. Die Granaten wühlten sich in die Barrikade, verfingen sich in ihr, wurden von ihr verschlungen. Die Kananenkugeln vermochten nur Löcher in die Löcher zu reißen. Wozu das Chaos beschießen? Und die an die grausamsten Bilder des Krieges gewöhnten Regimenter schauten unruhig nach der Schanze, die, borstig wie ein Eber, einem wilden Tier glich und ungeheuer war wie ein Berg.

Eine Viertelmeile weiter, an der Ecke der Rue du Temple, wo sie beim Château-d'Eau in den Boulevard mündet, war in der Ferne, streckte man beherzt den Kopf hinter der Auslage des Kaufhauses Dallemagne vor, jenseits des Kanals in der Straße, die die Höhen von Belleville hinanführt, auf dem Scheitelpunkt der Steigung eine seltsame Mauer zu sehen. Wie eine Verbindung zwischen den Häusern rechts und links reichte sie bis zu deren zweitem Stockwerk hinauf, und es schien, als hätte die Straße selber ihre höchste Mauer vorgeschoben und jählings eine Sperre errichtet. Die Mauer war aus Pflastersteinen aufgeführt. Schnurgerade, fachmännisch mit Winkelmaß und Lot gebaut, stand sie kalt und senkrecht da. Der Mörtel fehlte freilich, aber er fehlt auch bei gewissen Bauten der Römer, ohne daß davon ihre strenge Architektur beeinträchtigt wird. An der Mauerhöhe ließ sich die Tiefe erahnen. Der Sims verlief genau parallel zum Sockel. In gleichmäßigen Abständen waren an der grauen Außenseite verdeckte Schießscharten zu erkennen, die schwarzen Strichen ähnelten. So weit das Auge reichte, wirkte die Straße wie ausgestorben. Alle Fenster und alle Türen waren geschlossen. In der Tiefe erhob sich diese Sperre, die aus der Straße eine Sackgasse machte, eine feste und friedliche Mauer. Niemand war zu sehen, nichts zu hören, kein Ruf, kein Geräusch, kein Hauch. Ein Grab.

Die blendende Junisonne überflutete das schreckliche Etwas mit ihrem Licht.

Es war die Barrikade des Faubourg du Temple.

Angesichts dieser geheimnisvollen Erscheinung wurden selbst die Mutigsten nachdenklich. Alles paßte, war eingefügt, lag dachziegelartig übereinander, sah geradlinig, gleichmäßig und unheimlich aus. Da war Wissenschaft und Finsternis. Der Anführer der Barrikade mußte ein Geometer oder ein Gespenst sein. Man schaute das an und senkte die Stimme.

Hin und wieder, wenn irgend jemand, ein Soldat, ein Offizier oder ein Volksvertreter, es wagte, den menschenleeren Fahrdamm zu überqueren, war ein scharfes, leises Pfeifen zu hören, und der Mann sank verletzt oder tot um. Entkam er, schlug eine Kugel in einen geschlossenen Fensterladen, in die breite Fuge zwischen zwei Bruchsteinen, in den Gips einer Mauer ein. Manchmal auch eine Kartätschenkugel. Denn die Männer der Barrikade hatten sich aus zwei gußeisernen Gasrohrstücken, die sie an einem Ende mit Werg und Ofenlehm zugeschmiert hatten, zwei kleine Kanonen gebaut. Kein Pulver wurde verschwendet. Fast jeder Schuß traf. Ein paar Leichen lagen herum, und Blutlachen hatten sich auf dem Pflaster gebildet. Ich erinnere mich an einen weißen Schmetterling, der auf der Straße hin und her flog. Der Sommer demissioniert nicht.

Die Torwege in der Umgegend waren von Verwundeten überfüllt.

Man fühlte sich von jemand, der nicht zu sehen war, aufs Korn genommen und begriff, daß die Straße in ihrer ganzen Länge im Schußbereich der Barrikade lag.

Hinter der hoch gewölbten Brücke über den Kanal am Ortseingang des Faubourg du Temple zusammengedrängt, beobachteten die Soldaten der Angriffskolonne ernst und konzentriert diese schaurige Schanze, diese Reglosigkeit und Unbeirrbarkeit, aus der der Tod kam. Ein paar von ihnen krochen auf dem Bauch bis zur Höhe der Brückenwölbung, sorgsam darauf bedacht, daß ihre Tschakos nicht hervorlugten.

Erschauernd bewunderte der tapfere Oberst Monteynard die Barrikade. »Wie das gebaut ist!« meinte er zu einem Abgeordneten. »Kein Pflasterstein steht vor. Glatt wie Porzellan.« In diesem Augenblick durchschlug eine Kugel das Kreuz auf seiner Brust, und er fiel.

»Die Feiglinge!« hieß es. »Sollen sie sich doch zeigen! Daß man sie sieht! Keinen Mumm haben sie! Sie verstecken sich!« Die Barrikade des Faubourg du Temple, von achtzig Mann verteidigt und von zehntausend angegriffen, hielt sich drei Tage. Am vierten machte man es wie in Zaatcha und Konstantine, man drang in die Häuser ein, kam über die Dächer, und die Barrikade wurde erobert. Keiner der achtzig Feiglinge dachte an Flucht. Alle wurden hier getötet, mit Ausnahme des Anführers Barthélemy, von dem gleich noch die Rede sein wird.

Die Barrikade von Saint-Antoine war das Toben des Gewitters. Die Barrikade des Faubourg du Temple war die Stille. Diese zwei Schanzen unterschieden sich voneinander wie das Fürchterliche vom Verhängnisvollen. Die eine glich einem Rachen, die andere einer Maske.

Läßt man gelten, daß der gewaltige und düstere Juniaufstand sich aus Zorn und Rätselhaftem zusammensetzte, so war in der ersten Barrikade der Drache und hinter der zweiten die Sphinx zu spüren.

Die beiden Festungen waren von zwei Männern namens Cournet und Barthélemy gebaut worden. Cournet hatte den Bau der Barrikade von Saint-Antoine geleitet, Barthélemy den der Barrikade des Faubourg du Temple. Eine jede war die Spiegelung ihres Baumeisters.

Cournet, ein hochgewachsener, breitschultriger Mann mit rotem Gesicht, besaß eine eiserne Faust, ein tapferes Herz, eine ehrliche Seele, ein aufrichtiges und schreckliches Auge. Unerschrocken, tatkräftig, reizbar und stürmisch, war er der herzlichste Mensch, der fürchterlichste Kämpe. Krieg, Kampf und Getümmel waren sein Element und stimmten ihn froh. Er war Marineoffizier gewesen, und seine Gebärden, seine Stimme ließen erkennen, daß er vom Ozean, daß er aus dem Sturm kam. Er behielt den Orkan in der Schlacht bei. Vom

Genie abgesehen, hatte Cournet etwas von Danton, wie Danton, bis auf die Göttlichkeit, etwas von Herkules hatte.

Barthélemy, mager, schwächlich, bleich und schweigsam, war gewissermaßen ein tragischer Straßenjunge. Ein Polizist hatte ihn geohrfeigt. Er lauerte ihm auf, paßte ihn ab und tötete ihn, und im Alter von siebzehn Jahren wurde er ins Bagno gesteckt. Er kam heraus und baute die Barrikade.

Später, als beide als Verbannte in London weilten, tötete Barthélemy unseligerweise Cournet. Es war ein trauriges Duell. Einige Zeit danach geriet er in das Räderwerk eines jener geheimnisvollen Abenteuer, bei denen die Liebe mit im Spiel ist, eines jener Unglücksfälle, bei denen die französische Justiz auf mildernde Umstände und die englische nur auf die Todesstrafe erkennt. Barthélemy wurde gehängt. Der unergründliche soziale Bau ist so beschaffen, daß dieses unglückliche Wesen, das sicher einen starken, vielleicht großen Geist besaß, durch die materielle Not und die innere Finsternis in Frankreich mit dem Bagno begann und in England am Galgen endete. Wenn sich die Gelegenheit dazu bot, hißte Barthélemy nur eine, die schwarze Fahne.

Womit beschäftigt man sich im Abgrund, wenn nicht mit Plaudern

Sechzehn Jahre zählen bei der Untergrunderziehung des Aufruhrs, und im Juni 1848 wußte man besser Bescheid als im Juni 1832. Daher war die Barrikade in der Rue de la Chanvrerie nur ein Entwurf und ein Anfang, verglichen mit den beiden Kolossen von Barrikaden, die wir soeben skizziert haben. Doch für ihre Zeit war sie fürchterlich.

Die Aufständischen hatten unter den Augen von Enjolras, denn Marius leitete nichts mehr, die Nacht ausgenutzt. Die Barrikade war nicht nur erneuert, sie war auch vergrößert. Man hatte sie um zwei Fuß erhöht. Zwischen den Steinen aufgepflanzte Eisenstangen glichen Sperrlanzen. Das verschiedenste Gerümpel, von überall zusammengetragen und eingesetzt, machte die Verzahnung der Front dichter. Die

Schanze war von kundigen Händen, Gemäuer nach innen und Geröll nach außen, umgebaut worden. Man hatte die Treppe aus Pflastersteinen geflickt, die gestattete, wie zur Mauer einer Zitadelle hinaufzusteigen.

Die häusliche Einrichtung der Barrikade war abgeändert, der Saal im Erdgeschoß des Schuttes entledigt, die Küche als Lazarett umgestellt, die Sanitätswache für die Verwundeten verbessert, das auf dem Boden und den Tischen verstreute Pulver gesammelt. Man hatte Kugeln gegossen, Patronen verfertigt, Leinwand gezupft, die Waffen, die niedergefallen waren, ausgeteilt, das Innere der Redoute gereinigt, die Trümmer aufgelesen, die Leichen entfernt. Man legte die Toten gehäuft in die Ruelle Mondétour, deren Herr man noch immer war. Das Pflaster war dort lange Zeit rot von Blut. Unter den Toten waren vier Nationalgardisten von der Bannmeile. Enjolras ließ ihre Uniformen aufheben.

Er hatte zweistündigen Schlaf angeraten. Ein Rat von ihm war ein Tagesbefehl. Aber nur drei oder vier verfuhren danach. Feuilly verwandte die zwei Stunden, um in die Mauer gegenüber der Schenke die Inschrift zu ritzen: »Es leben die Völker!« Die Worte, mit einem Nagel in die Steinschicht eingegraben, waren noch 1848 an dieser Mauer zu lesen. Die drei Frauen hatten die nächtliche Frist wahrgenommen, um endgültig zu verschwinden. So durften die Rebellen aufatmen. Es gelang den Frauen, in irgendein Nachbarhaus zu flüchten.

Die meisten der Verwundeten konnten und wollten noch kämpfen. Auf einer Streu, die aus einer Matratze und Strohbündeln bestand, lagen in der Küche, die nun Lazarettstube war, vier schwergetroffene Männer. Zwei von ihnen waren Polizeisoldaten und wurden als erste verbunden.

In dem Saal im Erdgeschoß blieben nur Mabeuf unter seinem schwarzen Tuch und der an den Pfosten gefesselte Javert. »Es ist die Totenkammer«, sagte Enjolras. Drinnen im Saal, den eine Kerze im Hintergrund spärlich beleuchtete, stand jenseits des Pfostens wie eine horizontale Schranke der Leichentisch, und der aufgerichtete Javert bildete mit dem liegenden Mabeuf ein großes, im Schatten verschwimmendes Kreuz.

Noch war von der Deichsel des Omnibusses, wenn auch die Gewehrsalven sie verstümmelt hatten, so viel erhalten, daß eine Fahne sich an ihr befestigen ließ. Enjolras, der die Eigenschaft eines Führers besaß, immer zu tun, was er sagte, hängte an den Schaft den durchlöcherten blutigen Rock des getöteten Greises.

Keine Mahlzeit war möglich. Man hatte weder Brot noch Fleisch. Die fünfzig Männer der Barrikade hatten in den sechzehn Stunden, seit denen sie hier waren, die kargen Vorräte der Schenke rasch verbraucht. Zu irgendeinem Zeitpunkt wird jede Barrikade, die verteidigt wird, unfehlbar das Floß der »Medusa«. Man mußte sich mit dem Hunger abfinden. Es war in den ersten Stunden desselben spartanischen Tages, des sechsten Juni, an dem auf der Barrikade von Saint-Merry Jeanne, umgeben von den Aufrührern, die zu essen verlangten, allen diesen Kämpfern, die »Brot« schrien, antwortete: »Warum? Es ist drei Uhr. Um vier Uhr sind wir tot.«

Da es keine Speisen mehr gab, untersagte Enjolras zu trinken. Er verbot den Wein und rationierte den Schnaps. Man hatte im Keller fünfzehn volle, hermetisch verschlossene Flaschen entdeckt. Enjolras und Combeferre prüften sie. Combeferre sagte, als er die Treppe heraufkam: »Die sind von dem alten Bestand des Vater Hucheloup, der zuerst ein Spezereiengeschäft hatte.« – »Das muß ein Wein von Klasse sein«, bemerkte Bossuet. »Zum Glück schläft Grantaire. Wäre er auf den Beinen, hätten wir Mühe, die Bouteillen zu retten.« Enjolras belegte trotz des Gemurmels die fünfzehn Flaschen mit Beschlag, und damit niemand sie antaste und sie gewissermaßen geheiligt wären, ließ er sie unter den Tisch stellen, worauf der Vater Mabeuf ruhte. Gegen zwei Uhr morgens wurde die Mannschaft abgezählt. Sie waren noch siebenunddreißig.

Der Tag begann aufzusteigen. Man hatte soeben die Fackel gelöscht, die wieder in ihrer Steinhöhle untergebracht war. Das Innere der Barrikade, eine Art von Hof nach der Straße zu, war in Finsternis ertrunken und glich in dem unbestimmten schaurigen Dämmer der Brücke eines zerschossenen Schiffes. Die Kämpfer, die gingen und kamen, bewegten sich wie schwarze Gestalten. Über diesem erschreckenden Schattennest wurden die Stockwerke der stummen Häuser in fahlem Licht sichtbar; ganz oben ragten erbleichend die Kamine. Der Himmel hatte die reizvolle, unentschiedene Tönung zwischen Weiß und Blau. Vögel flatterten jubilierend auf. Das hohe Haus hinter der Barrikade hatte, da es nach Osten gewandt war, auf seinem Dach einen rosigen Abglanz. An der Luke im dritten Stock zauste die Morgenbrise das graue Haar auf dem Kopf des getöteten Mannes.

»Ich bin entzückt, daß die Fackel gelöscht worden ist«, sagte Courfeyrac zu Feuilly. »Diese ratlose Fackel im Wind langweilte mich. Es sah aus, als fürchte sie sich. Das Fackellicht ähnelt der Klugheit der Feigen; es beleuchtet schlecht, denn es zittert.«

Der Frühschein weckt den menschlichen Geist wie die Vögel; alle plauderten. Joly, der einer Katze zuschaute, wie sie auf einer Dachrinne umherstrich, gab den philosophischen Extrakt. »Was ist die Katze?« rief er. »Sie ist ein ausgleichendes Mittel. Als der liebe Gott die Maus geschaffen hatte, sagte er: Ach; da habe ich eine Dummheit gemacht. Und er schuf die Katze. Die Katze ist die Berichtigung der Maus. Maus plus Katze ist der durchgesehene und korrigierte Probeabzug der Schöpfung.«

Combeferre sprach, umringt von Studenten und Arbeitern, über die Toten, über Jean Prouvaire, Bahorel, Mabeuf und sogar über Cabuc, und über die strenge Traurigkeit von Enjolras: »Harmodios und Aristogeiton, Brutus, Cherea, Stephanus, Cromwell, Charlotte Corday, Sand, alle hatten sie nach ihrer Tat eine Angstsekunde. Unser Herz erschauert so sehr, und das Menschenleben ist ein solches Geheimnis, daß auch nach einem bürgerlichen Mord, auch nach einem befreienden Mord, wenn es solche gibt, die Reue, einen Menschen tödlich getroffen zu haben, stärker ist als die Freude über einen der Menschheit geleisteten Dienst.«

Eine Minute später verglich in den Mäanderlinien des Wortgefechts mit einem Übergang, den die Verse von Jean Prouvaire lieferten, Combeferre die Übersetzer der »Georgica«, Raux mit Cournand, Cournand mit Delille, und sprach über die wenigen von Malfilâtre nachgedichteten Absätze, zumal die Wunder nach Cäsars Tod. Und der Name Cäsar leitete zu Brutus über. »Cäsar«, sagte Combeferre, »ist gerechterweise gefallen. Cicero war Cäsar gegenüber unnachsichtig, und er hatte recht. Diese Strenge entspricht nicht der Diatribe. Wenn Zoilos über Homer herzieht, Mävius über Vergil, Visé über Molière, Pope über Shakespeare und Fréron über Voltaire, erfüllt sich ein altes Gesetz des Neides und Hasses. Genies verführen zur Beleidigung, große Männer werden stets mehr oder weniger angekläfft. Aber Zoilos und Cicero sind grundverschieden. Cicero erweist sich als Freund der Gerechtigkeit durch den Gedanken, wie Brutus ein solcher durch das Schwert ist. Ich tadle zwar die Gerechtigkeit durch das Schwert; jedoch das Altertum ließ sie zu. Cäsar, der die Rubikongrenze verletzte, hat, als kämen sie von ihm, Würden verliehen, die vom Volke kamen. Er erhob sich nicht, wenn der Senat eintrat, und handelte, so sagt Eutrop, wie ein König und fast wie ein Tyrann, *regia ac poene tyrannica*. Er war ein großer Mann; um so schlimmer oder um so besser. Die Warnung kann nicht eindringlicher sein. Seine dreiundzwanzig Wunden machen mir geringeren Eindruck als die Unbill gegen Jesus Christus, dem sie auf die Stirn spien. Cäsar wird durch die Senatoren erdolcht; Christus wird von den Knechten geohrfeigt. Daran, daß er mehr beschimpft wird, ist Gott fühlbar.«

Bossuet, der von einem Steinhaufen herab die Plaudernden beherrschte, rief, den Karabiner in der Hand: »O Cydathenaion, o Myrrhinos, o Probalynthe, o Grazien der Aiantis! Wer wird mich begnaden, daß ich die Verse Homers aussprechen kann wie ein Grieche von Laurion oder Eidapteion!«

Enjolras war auf einer Erkundung. Er ging aus der Barrikade durch die Ruelle Mondétour hinaus, indem er sich an den Häusern entlangschlängelte. Die Aufständischen waren hoffnungsvoll. Die Art, wie sie den nächtlichen Angriff abgeschlagen hatten, ließ sie den Angriff bei Tagesanbruch im voraus fast verachten. Sie warteten und lächelten. Sie zweifelten an ihrem Erfolg sowenig wie an ihrer Sache. Im übrigen nahte ihnen offenbar Hilfe. Sie rechneten darauf. Mit der schnellen Bereitschaft zu triumphierender Prophetie, die eine der Kräfte des kämpfenden Franzosen ist, teilten sie den Tag, der anheben sollte, in drei sichere Phasen. Um sechs Uhr morgens werde ein Regiment, das man »bearbeitet« hatte, umfallen. Um Mittag Aufstand von ganz Paris. Bei Sonnenuntergang Revolution.

Man hörte die Sturmglocke von Saint-Merry, die seit gestern abend keine Minute geschwiegen hatte. Ein Beweis, daß die andere Barrikade, die große, die von Jeanne, sich noch immer hielt. Alle diese Hoffnungen wurden von einer Gruppe zur anderen in heiterem, drohendem Geflüster ausgetauscht, das dem kriegerischen Brausen in einem Bienenstock glich.

Enjolras erschien wieder. Er kehrte von seinem düsteren Adlerflug in das Dunkel da draußen zurück. Er behorchte eine Weile mit gekreuzten Armen, eine Hand an seinem Mund, all diese Freude. Dann sagte er, frisch und rosig in dem immer helleren Tageslicht: »Die ganze Armee von Paris ist zur Schlacht ausgerückt. Ein Drittel dieser Armee wuchtet auf der Barrikade, auf der ihr steht. Dazu die Nationalgarde. Ich habe die Tschakos des fünften Linienregiments erkannt und die Standarte der sechsten Legion. In einer Stunde werdet ihr angegriffen. Das Volk hat gestern gekocht, aber heute morgen rührt es sich nicht. Nichts zu erwarten, nichts zu erhoffen. Weder eine Vorstadt noch ein Regiment. Ihr seid von allen verlassen.«

Die Worte überdeckten das Dröhnen der Gruppen und fielen nieder wie die ersten Tropfen eines Gewitterregens auf den Bienenschwarm. Alle verstummten. Ein Moment unaussprechlicher Stille setzte ein, in dem man das Rauschen des Todes hätte hören können. Der Moment war kurz. Eine Stimme aus dem dunkelsten Hintergrund rief Enjolras zu: »Sei es! Dann wollen wir die Barrikade noch zwanzig Fuß höher bauen und alle hierbleiben, Bürger, übernehmen wir den Protest der Leichname! Zeigen wir, daß, wenn das Volk die Republikaner verläßt, die Republikaner das Volk nicht verlassen!«

Diese Worte machten die Gedanken aller von der Wolke peinlicher Angst frei. Ein enthusiastisches Klatschen war ihr Widerhall. Nie hat man den Namen des Mannes, der so sich äußerte, erfahren. Er war irgendein unbekannter Blusenmann, ein Verschollener, Vergessener, ein Held, der untertauchte, der große Namenlose, der immer in den menschlichen Krisen und in der Genesis der sozialen Geschichte mitspielt und in einem gegebenen Augenblick in einer entscheidenden Fassung das Schlußwort sagt. Dann entschwindet er in die Finsternis, nachdem er eine Minute lang im Schein eines Blitzes das Volk dargestellt hat und Gott.

Diese unerbittliche Erklärung lag so in der Luft des 6. Juni 1832, daß fast zur selben Stunde auf der Barrikade von Saint-Merry die Aufständischen jenen Schrei, der historisch geworden ist und im Prozeß gerichtlich erhärtet wurde, ausstießen: »Ob man uns zu Hilfe kommt oder nicht, gleichviel! Wir wollen sterben bis zum letzten!« Wie man sieht, waren die beiden Barrikaden, obschon materiell gesondert, miteinander verbunden.

Fünf weniger, einer mehr

Nachdem der Unbekannte, der den »Protest der Leichname« verkündete, gesprochen und die Formel der Gemeinschaftsseele gefunden hatte, entfuhr dem Munde aller ein Schrei seltsamer Genugtuung, ein furchtbarer Schrei, voll Todesahnung dem Sinn und frohlockend dem Klang nach: »Es lebe der Tod! Wir alle bleiben hier.«

»Warum alle?« fragte Enjolras.

»Alle, alle!«

Enjolras erwiderte: »Die Kampfposition ist gut, die Barrikade vortrefflich gebaut. Dreißig Mann genügen. Wozu das Opfer von vierzig?«

Sie entgegneten: »Weil kein einziger wird gehen wollen.«

»Bürger«, drängte Enjolras, und in seiner Stimme schwang ein fast gereizter Ton mit, »die Republik ist nicht so reich an Männern, daß sie unnütze Aufwendungen machen könnte. Die Gloriole ist Vergeudung. Wenn einige verpflichtet sind zu gehen, muß diese Pflicht gelten wie jede andere.«

Enjolras, der Mann der Grundsätze, wirkte auf seine Glaubensgenossen mit der Allmacht, die vom Absoluten ausgeht. Indes, ungeachtet dieser Allmacht, murrten sie. Als Enjolras es sah, beharrte er, Führer bis in die Fingerspitzen, auf seinem Willen. Hoffärtig rief er: »Die sich fürchten, wenn wir nur dreißig sind, sollen sich melden.«

Das Murren verdoppelte sich. »Übrigens«, bemerkte eine Stimme in der Gruppe, »gehen ist leicht gesagt. Die Barrikade ist umzingelt.«

»Nicht nach den Hallen zu«, erwiderte Enjolras. »Die Rue Mondétour ist frei, und durch die Rue des Prêcheurs kann man den Marché des Innocents erreichen.«

»Und dort«, versetzte eine andere Stimme aus der Gruppe, »wird man abgefangen. Man gerät an irgendeinen Wachposten der Linie oder der Außenbezirke. Sie werden einen Mann in Bluse und Mütze vorbeigehen sehen. Woher kommst du? Von der Barrikade? Und sie beschauen die Handfläche. Du riechst nach Pulver und wirst erschossen.«

Enjolras berührte, ohne zu antworten, Combeferres Schulter, und beide gingen in den unteren Saal. Im nächsten Moment traten sie wieder hinaus. Enjolras hielt in seinen ausgestreckten Armen die vier Uniformen, die er hatte zurücklegen lassen. Combeferre folgte ihm und trug das Lederzeug und die Tschakos. »Mit dieser Uniform«, sagte Enjolras, »mischt man sich in die Reihen und schlüpft durch. Das reicht immer für vier.« Und er warf die vier Uniformen auf den Boden, von dem das Pflaster abgeräumt war.

Die stoische Hörerschaft ließ sich nicht einschüchtern. Combeferre nahm das Wort. »Ihr solltet«, sagte er, »ein bißchen Erbarmen haben. Wißt ihr, worum es sich hier handelt? Es handelt sich um die Frauen. Sind da Frauen, ja oder nein? Sind da Kinder, ja oder nein? Sind da Mütter, ja oder nein, die mit ihrem Fuß eine Wiege schaukeln und um die ihre Kleinen sich scharen? Wer unter euch nie die Brust einer Amme gesehen hat, hebe die Hand! Ah! Ihr wollt euch töten lassen, und auch ich will es, der ich zu euch spreche, aber ich will nicht das Gefühl haben, daß Gespenster von Frauen um mich her die Hände ringen. Sterbt, gut, aber laßt nicht andere sterben! Selbstmorde wie der, der hier geschehen wird, sind erhaben, aber der Selbstmord hat eine enge Basis und duldet keine Ausdehnung, und sobald er die euch Nächsten in Mitleidenschaft zieht, dann hat der Selbstmord den Namen Mord. Denkt an die blonden Köpfchen, und denkt an die weißen Haare! Hört zu! Vorhin hat Enjolras, wie er mir jetzt sagte, an der Ecke der Rue du Cygne ein erleuchtetes Fenster gesehen, eine Kerze an einem einsamen Fenster, im fünften Stock, und an der Scheibe den wackelnden Schatten des Kopfes einer alten Frau, die schlaflos die Nacht verbracht zu haben und zu warten schien. Vielleicht ist es die Mutter von einem von euch. Dann soll der schleunigst hingehen und ihr sagen: Mutter, da bin ich! Er kann ruhig sein, die Arbeit hier wird dennoch getan werden. Wer der Ernährer seiner Familie ist, hat nicht mehr das Recht, sich aufzuopfern. Das heißt die Familie im Stich lassen. Und die, die Töchter, und die, die Schwestern haben! Bedenkt ihr das? Ihr laßt euch töten, ihr seid tot, gut, und morgen? Wenn junge Mädchen brotlos sind, so ist das schrecklich. Der Mann bettelt, die Frau verkauft sich. Ach, diese bezaubernden, so anmutigen und süßen Wesen, deren Köpfchen mit Blumen bekränzt sind, die singen und plappern, das Haus mit Keuschheit erfüllen, die wie ein lebendiger Duft sind und das Dasein der Engel im Himmel durch die Unschuld der Jungfrauen auf Erden beweisen, diese Jeanne, diese Lise, diese Mimi, diese anbetungswürdigen und sittsamen Geschöpfe, die euer Segen sind und euer Stolz, ach, mein Gott, sie werden hungern! Soll ich es euch sagen? Es gibt einen Markt für Menschenfleisch, und nicht mit euren Schattenhänden, die sie umzittern, werdet ihr sie daran hindern, dort hinzukommen. Denkt an die Straße, an das von Passanten wimmelnde Pflaster, an die Läden, vor denen Frauen dekolletiert im Straßenschmutz auf und ab gehen! Auch diese Frauen waren einmal rein. Die ihr Schwestern habt, denkt an sie! Elend, Prostitution, Sittenpolizei, Saint-Lazare, ihnen werden die zarten, schönen Mädchen anheimfallen, die gebrechlichen Wunder der Scham, der Zierlichkeit, der Schönheit, frischer als Flieder im Mai. Ach, ihr habt euch töten lassen, ihr seid nicht mehr. Ihr habt das Volk von der Königsherrschaft befreien wollen, ihr überliefert eure Mädchen den Bütteln. Freunde, gebt acht, erbarmt euch! Die Frauen, die unglücklichen Frauen, ihr seid nicht gewohnt, viel an sie zu denken. Man vertraut darauf, daß die Frauen nicht die Erziehung der Männer empfangen haben; man erlaubt ihnen nicht, zu lesen, zu denken, sich mit Politik zu beschäftigen. Wie wollt ihr verhüten, daß sie heute abend in die Morgue gehen und eure Leichname erkennen? Die Familie haben, sollen sich als anständige Kerle mit Händedruck von uns verabschieden und verschwinden. Sie sollen uns die Sache hier ganz allein erledigen lassen. Ich weiß wohl, daß es Mut zum Gehen braucht, es ist schwer. Aber je schwerer es einem fällt, desto löblicher ist es. Ihr sagt euch: Ich habe ein Gewehr, ich bin in der Barrikade, tut mir leid, ich bleibe hier. Tut mir leid, das ist rasch gesagt. Meine Freunde, es gibt ein Morgen, ihr werdet dieses Morgen nicht erleben, doch eure Familien werden es erleben. Und wieviel Leid! Seht, ein hübsches, gesundes Kind mit apfelroten Wangen, das schwatzt, plappert, zwitschert und lacht, das man unter dem Kuß spürt, wißt ihr, was aus ihm wird, wenn die Eltern es im Stich lassen? Ich habe eins gesehen, ein ganz kleines, so groß. Sein Vater war gestorben. Arme Leute hatten es aus Barmherzigkeit aufgenommen, doch das Brot reichte nicht mal für sie selber. Das Kind hatte ständig Hunger. Es war Winter. Es weinte nicht, aber es wurde beobachtet, wie es zum Ofen ging, in dem nie ein Feuer brannte und dessen Rohr, ihr wißt schon, mit Lehm zugeschmiert war. Das Kind machte mit den kleinen Fingern ein wenig von dieser Erde los und aß sie. Es atmete mühsam, hatte ein bleifarbenes Gesicht, schlaffe Beine und einen dicken Bauch. Es sagte nichts. Wurde es angesprochen, gab es keine Antwort. Es ist tot. Man brachte es sterbend ins Necker-Spital, wo ich es gesehen habe. Ich war Assistenzarzt in diesem Krankenhaus. Wenn es Väter unter euch gibt, Väter, die so glücklich sind, sonntags spazierenzugehen und in ihrer starken Hand das Händchen ihres Kindes halten zu dürfen, so stelle sich jetzt jeder von diesen Vätern vor, jenes Kind sei seins. Der arme Knirps, ich erinnere mich an ihn. Mir ist, als sehe ich ihn vor mir, wie er nackt auf dem Sektionstisch liegt. Seine Rippen zeichneten sich unter der Haut ab wie Gräber unter dem Gras eines Friedhofs. Im Magen wurde eine Art Schlamm gefunden. Er hatte Asche zwischen den Zähnen. Wohlan, prüfen wir unser Gewissen, und ziehen wir unser Herz zu Rate! Die Statistiken bestätigen, daß die Sterblichkeit der ausgesetzten Kinder fünfundfünfzig Prozent beträgt. Ich wiederhole, es handelt sich um Frauen, um Mütter, um junge Mädchen, um arme Würmer. Ist von euch die Rede? Man weiß wohl, was ihr seid, daß ihr alle tapfer seid, bei Gott! Freudig folgt ihr alle dem Ruf, euer Leben für die große Sache hinzugeben. Ihr haltet euch für auserwählt, mit eurem Tod dem Volk zu nützen und großartig zu sterben. Und jeder von euch will seinen Anteil am Triumph. Recht so! Aber ihr seid nicht allein auf der Welt. Es muß auch an die anderen gedacht werden. Man darf nicht egoistisch sein.«

Alle senkten mit finsterer Miene den Kopf.

Seltsame Widersprüche des menschlichen Herzens in seinen erhabensten Augenblicken. Combeferre, der so sprach, war nicht etwa verwaist. Er erinnerte sich der Mütter anderer und vergaß die eigene. Er wollte sich töten lassen. Er handelte »egoistisch«.

Marius, der nichts gegessen hatte und fieberte, der alle Hoffnungen hinter sich gelassen hatte und im Schmerz gestrandet war, der düsterste der Schiffbrüchigen, erfüllt von wilder Erregung und bewußt des nahen Endes, hatte sich mehr und mehr in die visionäre Betäubung gestürzt, die immer der selbstgewählten Schicksalsstunde vorangeht. An ihm hätte ein Physiolog beobachten können, wie sich die Symptome jenes fieberhaften Selbstvergessens entwickelten, das der Wissenschaft bekannt, von ihr eingeordnet worden ist und das sich zum Leid verhält wie die Wollust zum Vergnügen. Auch die Verzweiflung hat ihre Ekstase. Marius war in sie verfallen. Er erlebte alles wie von draußen. Was geschah, schien ihm fern. Er nahm das Ganze wahr, doch keine Einzelheiten. Wie durch lodernde Flammen sah er die Menschen kommen und gehen. Er hörte die Stimmen, als kämen sie aus der Tiefe. Indes erregte ihn dies. In dieser Szene war etwas, was bis zu ihm hindurchdrang und was ihn aufweckte. Er hatte nur noch eine Idee, zu sterben, und wollte ihr nicht abtrünnig werden. Aber in seinem todestraurigen Somnambulismus dachte er, wenn man sich vernichte, sei es nicht verboten, einen anderen zu retten.

»Enjolras und Combeferre haben recht!« rief er. »Kein zweckloses Opfer! Ich schließe mich ihnen an, und Eile tut not. Combeferre hat euch entscheidende Dinge gesagt. Manche unter euch haben Familien, Mütter, Schwestern, Frauen, Kinder. Sie sollen vortreten! «

Niemand regte sich. »Die Verheirateten und die Ernährer von Familien vortreten!« wiederholte Marius. Sein Ansehen war groß. Enjolras war der Führer der Barrikade, aber gerettet hatte Marius sie.

»Ich befehle es!« rief Enjolras.

»Ich bitte euch!« sagte Marius.

Da begannen, durch die Worte von Combeferre aufgewühlt, durch den Befehl von Enjolras wankend gemacht, durch die Bitte von Marius bewegt, diese heldenhaften Männer einander zu bezichtigen. »Das ist wahr«, sagte ein junger Mann zu einem reifen, »du bist Familienvater. Geh!«

»Geh lieber du«, erwiderte der andere, »du hast zwei Schwestern, für die du sorgst!« Und ein unerhörter Streit brach aus. Keiner wollte sich an das Tor des Grabes schicken lassen. »Nun aber rasch«, sagte Courfeyrac, »in einer Viertelstunde ist keine Zeit mehr.«

»Bürger«, rief Enjolras, »hier ist die Republik, und das allgemeine Stimmrecht gilt. Benennt selbst diejenigen, die auszuscheiden haben!«

Man gehorchte. In wenigen Minuten waren fünf einstimmig benannt und verließen die Reihen. »Fünf!« sagte Marius. Nur vier Uniformen waren vorhanden. »Also muß einer dableiben!« riefen die fünf. So mußte der ausgesucht werden, der zurückblieb, wenn er nicht vor den anderen sein Nichtbleiben begründete. Der Zank des Edelmuts begann wieder. »Du hast eine Frau, die dich liebt.« – »Du hast eine alte Mutter.« – »Du hast keine Eltern mehr, was wird aus deinen drei kleinen Brüdern?« – »Du bist der Vater von fünf Kindern.« – »Du hast ein Recht zu leben, du bist siebzehn, das ist zu früh.«

Die großen revolutionären Barrikaden waren Sammelplätze des Heldenmuts. Das Unwahrscheinliche war hier selbstverständlich. Diese Männer staunten nicht übereinander.

»Rasch«, wiederholte Courfeyrac.

Aus den Gruppen heraus riefen sie Marius zu: »Nennen Sie den, der bleiben soll!«

»Ja«, sagten die fünf, »suchen Sie aus! Wir werden Ihnen gehorchen.«

Marius glaubte nicht mehr an die Möglichkeit einer seelischen Erschütterung. Aber bei dem Gedanken, er solle einen Menschen als Todeskandidaten bezeichnen, strömte all sein Blut zum Herzen. Er wäre erblaßt, hätte er noch erblassen können. Er schritt auf die fünf zu, die lächelten, und jeder schrie, die Augen voll der großen Flamme, die in der Geschichte der Thermopylen emporschlägt: »Ich! Ich! Ich!«

Stumpf zählte Marius sie. Noch immer waren es fünf. Dann senkte sich sein Blick auf die vier Uniformen nieder. In diesem Augenblick wurde eine fünfte Uniform auf die vier anderen geworfen, wie vom Himmel herab. Der fünfte Mann war gerettet.

Marius sah auf und erkannte Herrn Fauchelevent. Jean Valjean war in die Barrikade eingetreten. Erkundigung, Instinkt oder Zufall hatten ihn durch die Ruelle Mondéteur hergeführt. Da er als Nationalgardist gekleidet war, hatte er leicht Durchlaß erlangt. Der Wachposten, den die Rebellen in der Straße aufgestellt hatten, brauchte eines einzigen Nationalgardisten wegen nicht Alarm zu schreien. Er hatte ihn nicht angehalten, da er sich sagte: Der ist wahrscheinlich Nachschub, oder er wird festgenommen werden. Der Moment war zu wichtig, als daß der Posten seine Pflicht vernachlässigen und seinen Standort verlassen konnte.

Als Jean Valjean die Schanze betrat, hatte niemand ihn beobachtet, da alle auf die fünf Kameraden und die vier Uniformen starrten.

Jean Valjean hatte zugeschaut und zugehört, stumm sich seines Rockes entledigt und ihn auf die vier anderen geworfen. Die Erregung war ungeheuer. »Wer ist der Mann?« fragte Bossuet.

»Ein Mann, der andere rettet«, erwiderte Combeferre.

»Ich kenne ihn«, fügte Marius mit ernster Stimme hinzu. Diese Bürgschaft befriedigte alle. Enjolras wandte sich an Jean Valjean: »Bürger, seien Sie willkommen! Sie wissen, es heißt: sterben!«

Wortlos half Jean Valjean dem Aufständischen, den er gerettet hatte, die Uniform anzulegen.

Welche Horizonte eröffnen sich von der Höhe der Barrikade?

Die Situation aller in dieser Stunde des Verhängnisses und an diesem unerbittlichen Ort fand ihre letzte Zusammenfassung und gleichsam ihren Gipfel in der Schwermut von Enjolras. In ihm war die Fülle der Revolution. Und dennoch war auch er nicht vollkommen, soweit das Absolute es sein kann. Er hatte zuviel von Saint-Just und nicht genug von Anacharsis Cloots. Indessen hatte sein Geist in der Gesellschaft der Freunde des ABC nach und nach eine gewisse Magnetisierung durch die Ideen von Combeferre erfahren. Seit einiger Zeit entfremdete er sich der engen Form des Dogmas. Er wurde den Erweiterungen durch den Gedanken des Fortschritts zugänglich, und er nahm nun als definitive, überragende Entwicklung die Umwandlung der großen Französischen Republik in eine unermeßliche Republik der Menschheit an. Da eine gewaltsame Situation gegeben war, wollte er Gewaltsamkeit der unmittelbaren Mittel. Darin änderte er sich nicht.

Er beharrte bei der epischen, furchtbaren Schule, die in dem Wort beschlossen liegt: Siebzehnhundertunddreiundneunzig.

Er stand auf der steinernen Treppe, mit einem Ellbogen auf den Lauf seines Karabiners gestützt. Er dachte nach und zitterte, als werde er von einem kalten Hauch gestreift. Die Stätte, an der der Tod wohnt, hat diese Orakelluft um den Dreifuß. Aus seinen Augen, die sein Inneres widerspiegelten, brach erstickte Glut. Plötzlich hob er den Kopf, sein blondes Haar sträubte sich nach hinten wie das des Engels auf der dunklen Quadriga der Sterne. Es glich einer wirren Löwenmähne in den Flammen der Aureole.

»Bürger«, rief Enjolras, »könnt ihr euch die Zukunft träumen? Die Straßen der Städte vom Licht durchwogt, grüne Zweige an den Schwellen, die Nationen verschwistert, die Menschen gerecht, die Greise die Kinder segnend, die Vergangenheit in Liebe zur Gegenwart, der Denker in unbegrenzter Freiheit, die Gläubigen in voller Gleichheit, der Himmel Religion, Gott alleiniger Priester, das menschliche Gewissen Altar geworden, kein Haß mehr. Brüderschaft von Werkstatt und Schule, als Strafe und Belohnung die allgemeine Bekanntgabe, Arbeit, Recht, Frieden für alle, kein Blutvergießen mehr, keine Kriege, die Mütter glücklich! Die Bändigung der Materie ist der erste Schritt, die Verwirklichung des Ideals der zweite. Überlegt, was der Fortschritt schon getan hat! Einst sahen die ersten Geschlechter der Menschen in Angst vor ihren Augen die Hydra sich vorüberwälzen, die über die Wasser blies, den feuerspeienden Drachen, den Greif, der das Fabelwesen der Luft war und mit den Flügeln eines Adlers und den Pranken eines Tigers dahinflog; Tiere, die den schwachen Menschen erschreckten. Aber der Mensch hatte seine Fallen gestellt, die geheiligten Fallen der Intelligenz, und die Ungetüme zuletzt darin gefangen. Wir haben den Drachen gebändigt, und sein Name ist Lokomotive; wir sind dabei, den Greif zu bändigen; wir halten ihn schon, und sein Name ist Ballon. An dem Tag, an dem dieses prometheische Werk beendet sein und der Mensch auf immer die dreifache antike Schimäre an den Wagen seines Willens gespannt haben wird, die Hydra, den Drachen und den Greif, wird er Herr sein des Wassers, des Feuers und der Luft und für die übrige beseelte Schöpfung, was die Götter des Altertums einst für ihn waren. Mut und vorwärts! Bürger, wohin gehen wir? Zur Wissenschaft, die Regierung geworden ist, zur Kraft der Dinge, die nun öffentliche Kraft ist, zum Naturgesetz, das sich selbst bestätigt, das sein eigenes Strafrecht hat und durch die Gewißheit der Vernunft verkündet wird, zur Wahrheit, die wie ein neuer Tag anbricht. Wir gehen zur Einigung der Völker, zur Einheit der Menschen.

Keine Rechtsfiktionen, keine Schmarotzer mehr. Daß das Wirkliche vom Wahren beherrscht wird, ist das Ziel. Die Zivilisation wird ihre Sitzungen auf dem Gipfel Europas und später im Mittelpunkt der Kontinente in einem großen Parlament des Verstandes abhalten. Etwas Ähnliches hat es bereits gegeben. Die Amphiktyonen tagten zweimal im Jahr, einmal in Delphi, der Stätte der Götter, das andere Mal an den Thermopylen, der Stätte der Helden. Europa, der Erdball wird seine Amphiktyonen haben. Frankreich trägt diese erhabene Zukunft in seinem Schoß. Das neunzehnte Jahrhundert geht damit schwanger. Was Griechenland entwarf, ist würdig, von Frankreich vollendet zu werden. Feuilly, du tapferer Arbeiter, du Mann des Volkes und der Völker, höre mich an! Ich verehre dich. Ja, du siehst deutlich die künftigen Zeiten, und du hast recht. Du hattest weder Vater noch Mutter, Feuilly. Du hast dir die Menschheit zur Mutter und zum Vater das Recht erwählt. Du wirst hier sterben, das heißt siegen. Bürger, was auch immer heute geschehen mag, durch unsere Niederlage wie durch unseren Sieg, wir machen eine Revolution. Wie Feuersbrünste die ganze Stadt erhellen, erleuchten Revolutionen das ganze Menschengeschlecht. Und was für eine Revolution wird unsere sein? Ich sagte es, die Revolution des Wahren. Vom Standpunkt der Politik aus gibt es nur ein einziges Prinzip: die Souveränität des Menschen über sich selbst. Diese Souveränität des Ich über das Ich heißt Freiheit. Da, wo zwei oder mehrere solche Souveränitäten sich zusammenschließen, beginnt der Staat. Aber bei diesem Zusammenschluß wird nichts aufgegeben. Jede Souveränität gibt einen gewissen Teil von sich selbst ab, um das gemeine Recht zu bilden. Dieser Anteil ist für alle gleich. Dieses gleiche Zugeständnis, das jeder allen macht, heißt Gleichheit. Das gemeine Recht ist nichts anderes als der Schutz aller, der sich auf das Recht eines jeden einzelnen erstreckt. Dieser jedem einzelnen gewährte Schutz aller heißt Brüderlichkeit. Der Schnittpunkt aller dieser Souveränitäten, die aufgenommen werden, heißt Gesellschaft und ist eine Verbindung, ein Band. Daher die Bezeichnung soziale Bindung. Manche sagen auch Gesellschaftsvertrag dazu, was dasselbe ist. Verständigen wir uns über die Gleichheit; denn wenn die Freiheit der Gipfel ist, so bildet die Gleichheit die Grundlage. Gleichheit, Bürger, bedeutet nicht, daß alle Pflanzen gleich groß sind, daß sich die Gesellschaft aus hohen Grashalmen und kleinen Eichen zusammensetzt und die Eifersüchte sich gegenseitig kastrieren. Gleichheit bedeutet nach bürgerlichem Recht, daß alle Fähigkeiten den gleichen Anfang haben, bedeutet politisch, daß allen Stimmen das gleiche Gewicht beizumessen ist, und auf die Religion bezogen, daß jedes Gewissen das gleiche Recht besitzt. Die Gleichheit verfügt über ein Instrument: den Schulzwang. Mit dem Recht auf das Alphabet muß begonnen werden. Die Grundschule – eine Pflicht für alle, die höhere Schule, die allen offensteht, so lautet das Gesetz. Aus der einheitlichen Schule geht die gleiche Gesellschaft hervor. Ja, Unterricht! Licht! Licht! Alles kommt aus dem Licht, und alles kehrt dahin zurück. Bürger, das neunzehnte Jahrhundert ist groß, aber das zwanzigste wird das glückliche Jahrhundert sein. Nichts mehr wird der alten Geschichte ähneln. Nicht wird mehr wie heute Eroberung zu fürchten sein, Invasion, Vergewaltigung, eine Rivalität der Nationen mit bewaffneter Hand, ein Aussetzen der Zivilisation wegen einer Heirat unter Königen, einer Geburt in den Erbtyranneien, eine

Teilung von Völkern durch einen Kongreß, eine Zerstückelung durch den Einsturz einer Dynastie, ein Kampf zweier Religionen, die wie zwei Böcke des Schattens auf der Brücke des Unendlichen zusammentreffen. Nicht Hunger wird zu fürchten sein, Ausbeutung, Prostitution aus Not, Elend durch Arbeitslosigkeit, nicht Schafott und Schwert und Schlachten und all die Brigantenwillkür des Zufalls im Wald der Ereignisse. Man könnte fast sagen: Es wird keine Ereignisse mehr geben. Die Menschheit wird glücklich sein. Sie wird ihr Gesetz erfüllen, wie der Erdball das seine erfüllt. Die Harmonie zwischen Seele und Gestirn wird sich erneuern. Die Seele wird um die Wahrheit kreisen wie das Gestirn um das Licht. Freunde, die Stunde, in der ich zu euch spreche, ist düster; aber das ist der schreckliche Kaufpreis der Zukunft! Eine Revolution ist ein Wegezoll. Oh! Die Menschheit wird befreit, erhoben und getröstet werden. Wir versichern es ihr auf dieser Barrikade.

Wo wird der Schrei der Liebe ausgestoßen, wenn nicht auf der Höhe des Opfers? O meine Brüder, hier ist der Ort, an dem sich die Denkenden und Leidenden vereinigen. Diese Barrikade ist weder aus Pflastersteinen noch aus Balken, noch aus altem Eisen errichtet. Sie ist aus zwei Bergen aufgetürmt, einem Berg von Gedanken und einem Berg von Schmerzen. Das Elend begegnet hier dem Ideal. Der Tag umarmt hier die Nacht und sagt zu ihr: Ich sterbe mit dir, und du wirst mit mir wiedergeboren. Dem Druck allen Jammers entspringt der Glaube. Hierher bringen die Leiden ihre Qual und die Gedanken ihre Unsterblichkeit. Qual und Unsterblichkeit werden verschmelzen und unseren Tod ausmachen. Brüder, wer hier stirbt, stirbt im Strahlen der Zukunft. Wir treten in eine Gruft ein, die durchtränkt ist vom Licht des Morgenrots.«

Enjolras unterbrach sich eher, als daß er schwieg. Seine Lippen bewegten sich stumm, als rede er weiter mit sich selbst, so daß Aufmerksame, um vielleicht noch mehr von ihm zu hören, sein Antlitz betrachteten. Man klatschte nicht Beifall, aber man flüsterte lange. Das Wort ist ein Hauch, und das Beben der Geister ähnelt dem Erzittern der Blätter.

Sagen wir, was sich in Marius' Denken abspielte. Der Leser erinnert sich vielleicht an seine seelische Verfassung. Eben noch haben wir darauf hingewiesen, daß alles für ihn nur Vision war. Er konnte nicht mehr klar urteilen. Die großen geheimnisvollen Schwingen, die sich über den Sterbenden ausbreiten, warfen ihren Schatten über Marius. Ihm war, als ruhe er schon im Grab, als sei er bereits auf der anderen Seite der Mauer, und er sah die Gesichter der Lebenden nur noch mit den Augen eines Toten. Wieso war Herr Fauchelevent hier? Warum war er hier? Was wollte er hier? Marius fragte nicht danach. Da zudem unsere Verzweiflung das Merkwürdige an sich hat, andere wie uns selbst zu überwältigen, fand er es nur folgerichtig, daß jedermann starb.

Lediglich der Gedanke an Cosette verursachte ihm Herzeleid. Im übrigen hatte Herr Fauchelevent kein Wort und keinen Blick für ihn. Er schien nicht einmal aufzuhorchen, als Marius laut sagte: »Ich kenne ihn.« Durch diese Haltung von Herrn Fauchelevent fühlte sich Marius erleichtert, und wenn ein solches Wort für solche Empfindungen benutzt werden könnte, würden wir sagen, sie gefiel ihm. Er hatte es schon immer als durchaus unmöglich empfunden, diesen rätselhaften Menschen, der für ihn zugleich fragwürdig und imposant war, anzusprechen. Auch hatte er ihn sehr lange nicht gesehen, und das erhöhte für die schüchterne, spröde Natur von Marius die Unmöglichkeit.

Die fünf, die benannt worden waren, verließen die Barrikade durch die Ruelle Mondétour. Sie sahen ganz wie Nationalgardisten aus. Einer von ihnen weinte, als er ging. Vor dem Abschied umarmten sie die Zurückbleibenden.

Als die fünf dem Leben wieder zugesandten Männer fort waren, dachte Enjolras an den zum Tode Verurteilten. Er betrat den Saal im Erdgeschoß. Javert brütete vor sich hin, an den Pfosten gebunden. »Möchtest du etwas?« fragte ihn Enjolras.

»Wann werden Sie mich töten?« fragte Javert.

»Warte! Jetzt brauchen wir alle unsere Patronen.«

»Dann geben Sie mir zu trinken«, sagte Javert.

Enjolras reichte ihm selbst ein Glas Wasser, und da Javert geknebelt war, half er ihm beim Trinken. »Ist das alles?« fragte Enjolras.

»Vom Stehen an dem Pfahl wird mir schlecht«, erwiderte Javert. »Es war nicht sehr freundlich von Ihnen, daß Sie mich so die Nacht haben verbringen lassen. Binden Sie mich, wie es Ihnen gefällt, aber Sie könnten mich auf den Tisch legen wie den anderen.«

Und mit dem Kopf winkte er zu dem Leichnam von Herrn Mabeuf hinüber.

Der lange Tisch, auf dem man Kugeln geschmolzen und Patronen verfertigt hatte, war, da alle Patronen hergestellt und alle Pulvervorräte verwendet waren, jetzt frei. Auf Befehl von Enjolras schnallten vier Aufständische Javert von dem Pfosten ab.

Indes man den Gefangenen losband, hielt ein fünfter ihm ein Bajonett vor die Brust. Man ließ ihm die Hände hinter dem Rücken gefesselt; man spannte ihm eine dünne, feste Peitschenschnur um die Füße, die ihm erlaubte, Schritte von fünfzehn Zoll zu machen, wie die, die das Schafott besteigen, und ließ ihn bis zu dem Tisch im Hintergrund des Saales gehen. Dort streckte man ihn aus, um die Hüfte eng gebunden.

Zu größerer Sicherheit verstärkte man mittels eines Strikkes, den man ihm um den Hals legte, das Fesselsystem, das ihm jede Hoffnung auf Entrinnen nahm, um das in den Gefängnissen Martingale genannte Band, das sich vom Nacken aus über dem Magen gabelt und, durch die Beine hindurchgeleitet, die Hände zusammenschließt.

Indes man Javert knebelte, sah ein Mann, der auf der Türschwelle stand, sonderbar scharf zu. Der Schatten, den der Mann warf, veranlaßte Javert, den Kopf umzudrehen. Er blickte auf und erkannte Jean Valjean. Er zitterte nicht, schlug stolz das Augenlid nieder und beschränkte sich darauf, zu sagen: »Sehr einfach.«

Schnell nahm das Tageslicht zu. Aber nicht ein Fenster, nicht eine Tür öffnete sich; es war das Morgenrot, nicht das Erwachen. Das äußerste Ende der Rue de la Chanvrerie, der Barrikade gegenüber, war, wie gesagt, von den Truppen geräumt worden. Es schien frei und bot sich den Passanten in finsterer Ruhe dar. Die Rue Saint-Denis war stumm wie die Straße der Sphinx im ägyptischen Theben. Kein lebendes Wesen an den Kreuzungen, die von einem Abglanz der Sonne weißer wurden. Nichts ist so traurig wie öde Straßen in dieser Helligkeit. Man sah nichts, aber man hörte. In einer gewissen Distanz entstand eine geheimnisvolle Bewegung. Offenbar nahte der kritische Augenblick. Wie am Abend zuvor zogen sich die Wachposten zurück, aber diesmal alle.

Die Barrikade war widerstandsfähiger als beim ersten Angriff. Seit dem Abschied der fünf hatte man sie noch höher gebaut. Nach dem Rat des Postens, der die Gegend der Markthallen beobachtet hatte, faßte Enjolras, aus Furcht vor einer Überrumpelung von hinten, einen ernsten Entschluß. Er ließ den kurzen Schlauch der Ruelle Mondétour, der bis jetzt frei geblieben war, verbarrikadieren. Man entfernte dazu das Pflaster vor einigen Häusern mehr. So war die Barrikade nach drei Straßen hin vermauert, vorn nach der Rue de la Chanvrerie, links nach der Rue du Cygne und nach der Petite-Truanderie, rechts nach der Rue Mondétour, in Wahrheit fast unerstürmbar. Allerdings war man in ihr schicksalhaft eingesperrt. Sie hatten drei Fronten, jedoch keinen Ausgang mehr. »Eine Festung, aber eine Mausefalle«, sagte Courfeyrac lächelnd.

Enjolras ließ neben der Tür der Schenke etwa dreißig Pflastersteine aufhäufen, die, wie Bossuet sagte, zu früh herausgerissen waren. So tief war jetzt die Stille auf der Seite, von der die Angreifer kommen mußten, daß Enjolras jeden seinen Gefechtsposten wieder beziehen ließ. An alle wurde eine Ration Schnaps verteilt.

Nichts ist seltsamer als eine Barrikade, die sich gegen einen Angriff rüstet. Jeder wählt seinen Platz wie im Schauspiel. Man lehnt sich aneinander, Ellbogen an Ellbogen, Schulter an Schulter. Mancher baut sich aus Steinen einen Stuhl. Hier ist ein lästiger Mauerwinkel; man rückt ab von ihm. Hier ist eine Bresche, die Schutz gewähren kann; man schützt sich durch sie. Die Linkshänder sind kostbar; sie eignen sich die Plätze an, die für andere unbequem sind. Viele richten sich so ein, daß sie im Sitzen kämpfen. Man will in Behagen töten und sterben. In dem verhängnisvollen Krieg des Juni 1848 hatte sich ein Aufständischer, ein furchtbarer Schütze, der von einer Dachterrasse herab focht, einen Voltaire-Sessel bringen lassen; ein Kartätschenschuß erreichte ihn darin.

Sobald der Kommandant die Vorbereitung des Kampfes befohlen hat, hören alle ungeordneten Bewegungen auf. Keine Reiberei mehr, keine Koterien, keine Selbstgespräche, keine Gruppe für sich, alle Geister nähern sich, alles harrt auf den Angreifer. Eine Barrikade vor der Gefahr ist Chaos, in der Gefahr Disziplin. Gefahr schafft Ordnung.

Als Enjolras seinen Doppellader ergriff und an eine Schießscharte trat, die er sich vorbehalten hatte, schwiegen sie sämtlich. Ein Knistern schwacher, trockener Geräusche ertönte verworren die Steinmauer entlang. Es waren die Gewehre, die geladen wurden.

Übrigens war ihre Haltung stolzer und vertrauensvoller denn je. Das Übermaß des Opfers stärkt. Sie hegten keine Hoffnung mehr, doch ihnen blieb die Verzweiflung. Die Verzweiflung ist die letzte Waffe, die manchmal zum Sieg verhilft. Vergil hat das gesagt. Letzte Hilfe bringen die äußersten Entschlüsse. Sich auf den Tod einlassen ist bisweilen das Mittel, dem Schiffbruch zu entgehen; und der Sargdeckel wird zur rettenden Planke. Wie am Vorabend war die Aufmerksamkeit aller auf das jetzt belichtete und sichtbare Straßenende gerichtet. Man wartete nicht lange. Deutlich begann wieder der Lärm von Saint-Leu her, aber er glich nicht der Bewegung beim ersten Angriff. Ein Geklapper von Ketten, das beunruhigende Rütteln schwerer Fracht, ein Klirren von Erz, das über das Pflaster sprang, eine Art von feierlichem Getöse kündigte an, daß eine unheilvolle Eisenmasse herannahte. Die Eingeweide der alten, friedlichen Straßen erbebten. Sie waren für den ersprießlichen Verkehr der Interessen und Gedanken angelegt und gebaut worden und nicht für das ungeheuerliche Rumpeln des Krieges.

Wild starrten die Augen aller Kämpfer auf die Häuser ganz hinten. Ein Geschütz fuhr auf. Die Kanoniere schoben es vorwärts. Es war schußfertig. Die Protze war abgehakt. Zwei stützten die Lafette, vier standen bei den Rädern; andere folgten mit dem Munitionswagen. Man sah die angezündete Lunte rauchen. »Feuer!« schrie Enjolras.

Die ganze Barrikade feuerte; das Krachen war schrecklich. Eine Rauchlawine bedeckte und verwischte Geschütz und Mannschaft. Nach einigen Sekunden zerstreute sich die Wolke; die Kanone und die Männer, die sie bedienten, erschienen abermals. Sie rollten das Geschütz langsam vor die Barrikade, korrekt, ohne sich zu beeilen. Nicht einer war getroffen. Dann begann der Feuerwerker, indem er sich auf den Stoßboden stemmte, um höher zu schießen, mit der Würde eines Astronomen, der ein Fernrohr einstellt, zu zielen.

»Bravo, Kanoniere!« schrie Bossuet. Und die ganze Barrikade klatschte in die Hände.

Einen Moment darauf war das Geschütz winkelrecht, inmitten der Straße quer über die Gosse hinweg, in Stellung gebracht. Ein furchtbarer Rachen öffnete sich nach der Barrikade hin.

»Los, lustig!« rief Courfeyrac. »Jetzt werden sie brutal. Erst der Nasenstüber, dann der Fausthieb. Die Armee reckt ihre dicke Pfote nach uns. Die Barrikade wird ernsthaft geschüttelt werden. Die Flintensalve ist ein Tasten, die Kanone packt zu.«

»Es ist ein Achtpfünder, ein neues Modell aus Bronze«, setzte Combeferre hinzu. »Diese Geschütze springen leicht, wenn beim Gießen das Verhältnis von zehn Teilen Zinn zu hundert Teilen Kupfer nicht genau eingehalten wird. Zuviel Zinn macht sie zu weich. Es kommt dann auch vor, daß sie Höhlungen und Gußblasen in der Seele haben. Um diese Gefahr abzuwenden und um die Ladung erhöhen zu können, müßte man vielleicht auf das Verfahren des vierzehnten

Jahrhunderts, auf das Umlegen mit Reifen, zurückkommen und das Rohr außen vom Stoßboden bis zum Schildzapfen mit einer Reihe nahtloser Stahlringe umgeben. Einstweilen wird dem Mangel abgeholfen, wie es eben geht.«

»Im sechzehnten Jahrhundert wurden die Rohre mit Zügen versehen«, bemerkte Bossuet.

»Ja«, antwortete Combeferre, »das erhöhte die ballistische Leistung, aber verringerte die Treffähigkeit. Außerdem ist beim Schießen auf kurze Entfernung die Flugbahn nicht so flach wie erwünscht, ihre Gestalt zu parabolisch, so daß das Geschoß nicht mehr alle Objekte trifft, die sich auf seinem Wege befinden. Doch gerade das ist im Krieg notwendig und wird bei größerer Nähe des Feindes und rascherer Schußfolge immer bedeutsamer. Die fehlende Spannung in der Kurve der Geschosse bei den gezogenen Geschützen des sechzehnten Jahrhunderts lag an den schwachen Ladungen, und die waren durch die Ballisten geboten, zum Beispiel sollten die Lafetten geschont werden. Kurz und gut, das Geschütz, dieser Despot, kann nicht alles, was es will. Die Stärke ist eine große Schwäche. Eine Kanonenkugel erreicht nur eine Geschwindigkeit von sechshundert Meilen in der Stunde, das Licht schafft siebzigtausend Meilen in der Sekunde. Darin ist Jesus Christus Napoleon überlegen.«

»Ladet die Gewehre!« befahl Enjolras. Wie würde die Verkleidung der Barrikade die Kugel empfangen? Würde der Schuß eine Bresche schlagen? Das war die Frage. Indes die Aufrührer ihre Gewehre wieder luden, luden die Artilleristen die Kanone. Die Angst in der Schanze war groß. Der Schuß wurde abgefeuert, es krachte.

»Hier!« schrie eine fröhliche Stimme. Zur selben Zeit wie die Kugel auf die Barrikade fiel drinnen Gavroche nieder. Er kam aus der Rue du Cygne und war behend über die Nebenbarrikade vor dem Labyrinth der Petite-Truanderie geklettert.

Gavroche wirkte in der Barrikade mehr als die Kugel. Sie hatte sich in Gerümpel und Schutt verloren und höchstens ein Rad des Omnibusses zerbrochen und dem alten Karren von Anceau den Rest gegeben. Die Barrikade lachte, als sie es sah. »Weitermachen!« schrie Bossuet zu den Artilleristen hinunter.

Die Artillerie versteht keinen Spaß

Man umringte Gavroche. Aber er hatte keine Zeit, etwas zu berichten. Marius nahm ihn erschauernd beiseite. »Was willst du hier?«

»Ach«, sagte das Kind, »und Sie?« Und er sah Marius dreist, mit seiner naiven Unverschämtheit an. Seine Augen vergrößerten sich durch ihr stolzes Leuchten.

In strengem Ton fragte ihn Marius: »Wer hat dir gesagt, du sollst wiederkommen? Hast du wenigstens meinen Brief unter der Adresse abgeliefert?«

Gavroche verspürte immerhin wegen dieses Briefes einige Gewissensbisse. In seiner Hast, nach der Barrikade zurückzukehren, hatte er sich das Schreiben eher vom Halse geschafft als es übergeben. Er war gezwungen, sich zu bekennen, daß er es etwas leichtfertig jenem Unbekannten anvertraut hatte, dessen Gesicht er nicht hatte erkennen können. Zwar war der Mann barhäuptig gewesen, aber das genügte nicht. Er machte sich kleine innere Vorwürfe und fürchtete die von Marius. Um sich aus der Affäre zu ziehen, wählte er den einfachsten Ausweg: Er log abscheulich. »Bürger, ich habe den Brief dem Portier gegeben. Die Dame schlief. Sie wird ihn kriegen, wenn sie aufwacht.«

Zweierlei bezweckte Marius, als er den Brief abschickte: Cosette Lebewohl zu sagen und Gavroche zu retten. Er mußte mit der Hälfte seines Wollens zufrieden sein.

Die Sendung des Briefes und die Anwesenheit von Herrn Fauchelevent in der Barrikade: er fühlte den Zusammenhang. Er zeigte Gavroche Herrn Fauchelevent. »Kennst du den Mann?«

»Nein«, sagte Gavroche, der ihn nur in der Nacht gesehen hatte.

Die wirren, krankhaften Vermutungen, die sich in dem Geist von Marius gebildet hatten, zerstreuten sich. Wußte er, wie Herr Fauchelevent gesinnt war? Herr Fauchelevent mochte Republikaner sein. So war seine Gegenwart bei diesem Kampf erklärlich.

Gavroche war inzwischen schon am anderen Ende der Barrikade. Er schrie: »Mein Gewehr!« Combeferre verhalf ihm wieder dazu. Gavroche meldete den Kameraden, wie er sie nannte, die Barrikade sei blockiert. Mit Mühe und Not sei er gerade noch durchgekommen. Ein Bataillon Linieninfanterie, dessen Gewehrpyramiden in der Petite-Truanderie zu sehen seien, beobachte die Seite nach der Rue du Cygne. Auf der entgegengesetzten Seite stehe die Munizipalgarde in der Rue des Prêcheurs. Gerade vor sich hatte man das Gros der Armee. Dieser Auskunft fügte Gavroche hinzu: »Ich ermächtige euch, ihnen in die Fresse zu hauen.«

Währenddessen spähte Enjolras mit gespitzten Ohren von seiner Schießscharte aus. Die Angreifer hatten, von dem Kanonenschuß zweifellos wenig angetan, ihn nicht wiederholt. Eine Kompanie Linieninfanterie war drüben in der Straße, hinter dem Geschütz, aufmarschiert. Die Soldaten hoben das Pflaster aus und bauten mit den Steinen eine kleine, niedere Mauer auf, eine Art Schulterstütze von nicht mehr als achtzehn Zoll Höhe, gegenüber der Barrikade. In der linken Ecke dieser Mauer sah man die vorderste Kolonne eines Bataillons Infanterie, das in der Rue Saint-Denis massiert war.

Enjolras glaubte, indes er auf der Lauer lag, das eigentümliche Geräusch wahrzunehmen, das entsteht, wenn aus den Munitionswagen die Kisten mit den Kartätschengeschossen herausgeholt werden, und er sah, wie der Feuerwerker die Zielrichtung änderte und die Mündung der Kanone ein wenig nach links neigte. Dann begannen die Kanoniere das Geschütz zu laden. Der Feuerwerker selbst ergriff die Lunte und näherte sie dem Zündloch.

»Kopf herunter, dicht an die Mauer«, schrie Enjolras, »und alle der Barrikade entlang auf die Knie!«

Die Aufständischen, die einzeln vor die Schenke getreten waren und, als Gavroche kam, ihre Gefechtsposten vergessen hatten, drängten sich im Durcheinander der Barrikade zu. Aber bevor die Order von Enjolras befolgt war, hatte sich der

Schuß mit dem erschreckenden Röcheln einer Kartätsche entladen. Es war tatsächlich eine.

Die Artilleristen hatten sie direkt auf den Einschnitt der Schanze gelenkt; sie war von der Mauer geprallt, und diesem furchtbaren Zurückprallen dankte man zwei Tote und drei Verwundete. Wenn es so weiterging, war die Barrikade nicht zu halten. Die Kartätschengeschosse schlugen durch.

Ein Tumult der Bestürzung antwortete. »Verhindern wir den zweiten Schuß!« sagte Enjolras. Und er senkte seinen Karabiner und zielte auf den Feuerwerker, der in diesem Moment, über den Stoßboden der Kanone gebeugt, ihre Einstellung verbesserte und sie definitiv richtete. Der Feuerwerker war ein schöner Artillerieunteroffizier, ganz jung, blond, mit der Klugheit in seinem sehr sanften Gesicht, wie sie für diese furchtbare Waffe erforderlich ist, die, in ihrem Grauen immer sich steigernd, den Krieg einmal töten muß.

Combeferre, der neben Enjolras stand, betrachtete den jungen Mann. »Wie schade!« sagte er. »Wie scheußlich ist dieses Gemetzel! Nun, wenn es keine Könige mehr geben wird, hören auch die Kriege auf. Enjolras, du zielst nach diesem Sergeanten, du siehst ihn dir nicht an. Beachte, daß er ein reizender junger Mann ist, unverzagt; man sieht, daß er denkt. Sie sind sehr gebildet, diese jungen Artilleristen. Er hat einen Vater, eine Mutter, eine Familie, er liebt wahrscheinlich. Er ist höchstens fünfundzwanzig Jahre alt; er könnte dein Bruder sein.«

»Er ist es«, sagte Enjolras.

»Ja«, fuhr Combeferre fort, »und meiner auch. Also wollen wir ihn nicht morden.«

»Laß mich! Was sein muß, muß sein.« Und eine Träne glitt langsam über die marmorne Wange von Enjolras. Zugleich drückte er den Hahn seines Karabiners ab. Der Blitz zuckte auf. Der Artillerist drehte sich zweimal um sich selbst, die Arme ausgestreckt, den Kopf erhoben, als wolle er Luft einatmen; dann fiel er mit der Seite auf sein Geschütz und blieb reglos. Man sah seinen Rücken, aus dessen Mitte ein Blutstrahl steil hervorschoß. Die Kugel hatte ihm die Brust durchbohrt. Er war tot.

Man mußte ihn wegtragen und ersetzen. Damit waren einige Minuten gewonnen.

Anwendung des alten Jagdtalents und des unfehlbaren Flintenschusses, der den Rechtsspruch von 1796 beeinflußt hat

In der Barrikade waren die Ansichten nicht einheitlich. Die Kanone würde wieder feuern. Gegen diese Kartätschenladungen hatte man nur für eine Viertelstunde Munition. Es war unbedingt notwendig, diese Schüsse abzudrosseln.

Enjolras schrie den Befehl: »Eine Matratze muß her!«

»Wir haben keine«, sagte Combeferre, »die Verwundeten liegen drauf.«

Jean Valjean, der abseits auf einem Prellstein saß, im Winkel der Schenke, sein Gewehr zwischen den Beinen, hatte bisher an nichts, was um ihn vorging, teilgenommen. Er schien nicht zu hören, wie die Kämpfer neben ihm sagten: »Da ist ein Gewehr, das taugt nichts.«

Auf den Befehl von Enjolras erhob er sich. Wie man weiß, hatte, als die Schar in die Rue de la Chanvrerie einzog, eine alte Frau, die einen Kugelregen voraussah, ihre Matratze vor ihr Fenster gehängt. Dieses Fenster war das einer Dachkammer in einem sechsstöckigen Haus, ein wenig außerhalb der Barrikade. Die Matratze, die, quer angebracht, unten auf zwei Stangen zum Trocknen der Wäsche auflag, war oben durch zwei Stricke festgehalten, die aus der Entfernung Bindfäden glichen. Die Frau hatte sie an Nägel geknüpft, die in das Gesims der Mansarde eingelassen waren. Man sah die beiden Stricke gegen den Himmel deutlich wie Haare.

»Kann mir jemand einen Karabiner leihen, einen Doppellader?« fragte Jean Valjean.

Enjolras, der den seinen wieder geladen hatte, reichte ihn ihm. Jean Valjean zielte auf die Mansarde und schoß. Einer der beiden Stricke der Matratze war zerrissen. Die Matratze hing nur noch an einem Faden. Jean Valjean gab den zweiten Schuß ab. Der zweite Strick peitschte die Scheibe des Mansardenfensters. Die Matratze rutschte zwischen den beiden Stangen herab und fiel auf die Straße. Die Barrikade klatschte. Alle schrien: »Da ist die Matratze!«

»Ja«, sagte Combeferre, »aber wer holt sie?«

Die Matratze war in der Tat außerhalb der Barrikade zwischen Angegriffenen und Angreifern niedergefallen. Der Tod des Artilleriesergeanten hatte die Truppe erbittert; die Soldaten hatten sich vor einigen Minuten hinter der Steinmauer, die sie gebaut hatten, auf den Bauch geworfen, und um dem erzwungenen Versagen des Geschützes entgegenzuwirken, das bis zur Wiederaufnahme seines Dienstes verstummt war, hatten sie das Feuer auf die Barrikade eröffnet. Die Aufständischen beantworteten diese Musketensalven nicht, um Munition zu sparen. Das Gewehrfeuer brach sich an der Barrikade; aber die Straße, die es mit Kugeln überschüttete, war schrecklich.

Jean Valjean ging durch den Einschnitt hinaus, betrat die Straße, durchquerte das Kugelgewitter, schritt zu der Matratze vor, hob sie an, packte sie sich auf den Rücken und kam in die Barrikade zurück. Er selbst stopfte die Matratze in den Einschnitt. Er befestigte sie in dem Steinwall so, daß die Artilleristen sie nicht sehen konnten.

Dann erwartete man die Kartätschenladung. Sie ließ nicht auf sich warten. Die Kanone spie brüllend ihren Schrothaufen aus. Aber es fehlte der Rückprall. Die Geschosse entluden sich vorzeitig an der Matratze. Es ging nach Wunsch. Die Barrikade war vor der Zerstörung bewahrt.

»Bürger«, sagte Enjolras zu Jean Valjean, »die Republik dankt Ihnen.«

Bossuet staunte und lachte. »Es ist unmoralisch«, sagte er, »daß eine Matratze solches vermag. Triumph dessen, was nachgibt, über das, was wie der Blitz zerschmettert. Aber gleichviel, gepriesen sei die Matratze, die eine Kanone zunichte macht.«

Eben jetzt erwachte Cosette. Ihr Zimmer war eng, sauber, verschwiegen, mit einem hohen Fenster nach Osten, nach dem Hinterhof des Hauses. Cosette wußte nichts von den Vorgängen in Paris. Sie war gestern nicht dort gewesen und schon auf ihrem Zimmer, als die Toussaint sagte: »Es scheint, daß in Paris etwas los ist.«

Cosette hatte wenige Stunden, aber gut geschlafen. Sie hatte sanfte Träume gehabt, was vielleicht auch daher kam, daß ihr kleines Bett sehr weiß war. Eine Gestalt, die Marius glich, war ihr in einer Lichtgarbe erschienen. Als sie erwachte, hatte sie Sonne in den Augen, und so glaubte sie, sie träume noch.

Ihr erster Gedanke nach diesem Traum war fröhlich. Cosette fühlte sich vollauf beruhigt. Wie Jean Valjean ein paar Stunden zuvor, erlag sie dieser Regung der Seele, die durchaus kein Unglück will. Sie hoffte mit allen Kräften, ohne zu wissen, warum.

Dann wurde ihr bang um das Herz. Seit drei Tagen hatte sie Marius nicht gesehen. Sie sagte sich, er müsse ihren Brief empfangen haben, er kenne ihren Aufenthalt, er habe soviel Geist, und es werde ihm gelingen, bis zu ihr durchzukommen. Und sicherlich heute und vielleicht schon am Morgen. Es war schon ganz hell, obwohl die Sonne sehr niedrig stand, und sie meinte, es sei noch früh, aber sie müsse trotzdem aufstehen, um Marius zu empfangen.

Sie spürte, daß sie ohne Marius nicht leben konnte, und folglich kam Marius. Kein Einwand war statthaft. All das stand fest. Es war schon ungeheuerlich genug, daß sie drei Tage gelitten hatte. Marius drei Tage fort, das konnte Gott erbarmen. Jetzt war diese grausame Neckerei von oben eine durchstandene Prüfung. Marius mußte kommen und eine gute Nachricht bringen. So ist die Jugend. Sie wischt sich rasch die Tränen ab, sie findet den Schmerz überflüssig und nimmt ihn nicht hin. Die Jugend ist das Lächeln der Zukunft vor etwas Unbekanntem, was sie selber ist. Es entspricht ihrem Wesen, glücklich zu sein. Wie es scheint, atmet sie Hoffnung.

Marius hatte zu Cosette von seiner Abwesenheit gesprochen, die nur einen Tag dauern werde. Aber sie erinnerte sich nicht, wie er diese Abwesenheit erklärt hatte. Jedermann hat schon beobachtet, wie flink eine zu Boden gefallene Münze wegrollt, sich versteckt und wie geschickt sie sich unauffindbar macht. Es gibt Gedanken, die uns denselben Streich spielen. Sie ducken sich in einen Winkel unseres Hirns. Aus und vorbei, sie sind fort, es ist unmöglich, sich an sie zu erinnern. Cosette war etwas ärgerlich über die kleine, nutzlose Mühe, die sich ihr Gedächtnis gab. Sie sagte sich, das sei sehr schlecht und gar nicht schön von ihr, Marius' Worte vergessen zu haben. Sie stand auf und begann mit der Reinigung der Seele und des Leibes, ihrem Gebet und der Morgenwäsche.

Allenfalls kann der Leser in ein Brautgemach geführt werden, doch nicht in das Zimmer einer Jungfrau. Der Vers würde das kaum wagen, die Prosa darf es nicht.

Das ist das Geheimnis einer Blume, die sich noch nicht geöffnet hat, Schnee im Dunkel, das ist die innerste Zelle einer geschlossenen Lilie, auf die der Mann nicht schauen darf, solange die Sonne nicht darauf geschaut hat. Die knospende Frau ist geheiligt. Das unschuldige Bett, das aufgedeckt wird, die anbetungswürdige halbe Blöße, die sich vor sich selber ängstigt, der weiße Fuß, der sich in einen Pantoffel flüchtet, der Busen, der sich vor einem Spiegel verhüllt, als ob dieser Spiegel ein Auge wäre, das Hemd, das eilends hochgezogen wird und die Schultern verbirgt, weil ein Möbelstück knarrt oder eine Kutsche vorbeirollt, die Bänderschleifen, die Spangen, die festgezogenen Schnürbänder, das Erzittern, das leise Erschauern vor Kälte und Scham, die reizende Scheu in allen Bewegungen, die nahezu beflügelte Unruhe da, wo nichts zu fürchten ist, die aufeinanderfolgenden Phasen des Ankleidens, die so bezaubernd sind wie die Wölkchen der Morgenröte, daß all das erzählt wird, schickt sich keineswegs. Die bloße Andeutung ist schon zuviel.

Wenn ein junges Mädchen aufsteht, muß das Auge des Mannes noch ehrfürchtiger sein als angesichts eines aufgehenden Sterns. Die Möglichkeit zu stören muß sich in erhöhte Ehrfurcht verkehren. Der Flaum des Pfirsichs, der aschfarbene Belag auf der Pflaume, der strahlenförmige Schneekristall und der samtene Flügel des Schmetterlings sind grobe Dinge im Vergleich zu dieser Keuschheit, die nicht einmal weiß, daß sie keusch ist. Das junge Mädchen ist nur eine Traumerscheinung und noch kein Marmorbild. Sein Alkoven steht verborgen im dunklen Teil des Ideals. Das zudringliche Berühren mit dem Blick mißhandelt dieses ungewisse Halbdunkel. Betrachten bedeutet hier entweihen.

Von dem ganzen lieblichen Durcheinander nach Cosettes Erwachen werden wir also nichts zeigen.

Ein orientalisches Märchen erzählt, die Rose sei von Gott weiß erschaffen worden. Doch weil sie Adam angeschaut hatte, als sie sich zu öffnen begann, schämte sie sich und wurde rosafarben. Wir gehören zu denen, die angesichts der jungen Mädchen und Blumen sprachlos sind, und finden sie verehrungswürdig.

Cosette kleidete sich schnell an, kämmte und ordnete sich das Haar, was sehr einfach war zu jener Zeit, wo die Frauen ihre Locken nicht mit Wülsten und Röllchen aufbauschten und noch keine bizarren Haaraufbauten trugen. Dann öffnete sie das Fenster und ließ ihre Augen umherwandern. Sie hoffte etwas von der Straße zu erblicken, eine Hausecke, ein Stück Pflaster. Aber sie sah nichts von der Außenwelt. Der Hinterhof war von ziemlich hohen Mauern eingeschlossen und bot nur Durchsicht auf Gärten. Cosette fand diese Gärten häßlich, und zum erstenmal in ihrem Leben hatte sie einen Widerwillen gegen Blumen. Das kleinste Ende Rinnstein an einer Straßenkreuzung hätte ihr mehr geboten, weil sie nach Marius Ausschau hätte halten können. So betrachtete sie den Himmel, als komme er vielleicht von dort.

Plötzlich brach sie in Tränen aus, doch nicht etwa aus seelischer Flatterhaftigkeit. Sie befand sich ganz einfach in der Verfassung, in der sich Hoffnung und Niedergeschlagenheit abwechseln. Irgendwie fühlte sie Angst. Die Dinge liegen freilich in der Luft. Sie sagte sich, daß nichts für sie gesichert sei, daß sich aus den Augen verlieren sich verlieren heiße, und sie fand die Vorstellung, daß Marius wohl zu ihr aus dem

Himmel zurückkehren könnte, gar nicht mehr so entzükkend, sondern eher unheimlich. Dann – so sind diese Zweifel – wurde sie wieder ruhig, und sie lächelte ein unbewußtes, doch gottvertrauendes Lächeln.

Noch schlief alles im Hause. Eine provinzielle Stille herrschte. Kein Fensterladen war zurückgeschlagen. Die Stube des Portiers war noch zugesperrt. Die Toussaint war nicht aufgestanden, und natürlich dachte Cosette, auch ihr Vater schlafe noch. Sie mußte sehr gelitten haben, und sie litt heute wie zuvor, denn ihr schien, ihr Vater habe böse gehandelt; aber sie rechnete auf Marius. Daß sein Licht sich je verdunkeln würde, war unmöglich. Sie betete. Manchmal hörte sie in einer bestimmten Entfernung ein Grollen wie von einem Erdbeben, und sie sagte sich: Wie seltsam, daß man die Einfahrtstore zu so früher Stunde öffnet und schließt! Es waren die Kanonenschüsse, die den Wall der Barrikade trafen.

Wenige Fuß unter dem Fenster Cosettes, in dem alten, geschwärzten Mauerkranz, hing ein Nest von Schwalben, von Seglern. Die Ausbuchtung dieses Nestes sprang etwas über den Mauerkranz vor, so daß man von droben in das kleine Paradies sehen konnte. Die Mutter saß darin und breitete ihre Flügel wie einen Fächer über ihre Brut. Der Vater flog hin und her und trug in seinem Schnabel Futter und Zärtlichkeiten heim. Die aufsteigende Helligkeit vergoldete dieses Idyll; das große Gesetz der Mehrung schwebte darüber, lächelnd und erhaben; sein Geheimnis entfaltete sich in der Glorie des neuen Tages. Cosette, das Haar in der Sonne, die Seele in Träumen, durch die Liebe von innen erleuchtet und durch die Morgenröte von außen, neigte sich, und ohne daß sie sich zu gestehen wagte, daß sie zugleich an Marius dachte, blickte sie auf diese Vögel, diese Familie, dieses Männchen und dieses Weibchen, diese Mutter und ihre Kinder in der Wirrnis der Jungfrau.

Der Flintenschuß, der nicht fehlgeht und der niemanden tötet

Das Feuer der Belagerer hielt an. Musketensalven und Kartätschenladungen wechselten ab, ohne zwar große Verwüstung hervorzurufen. Nur der obere Teil der Fassade vom »Korinth« wurde beschädigt. Das Fensterkreuz im ersten Stock und die Mansarden im Dachgeschoß, mit Rehposten und Kartätschenkugeln gespickt, wurden allmählich verunstaltet. Die Kämpfer, die dort standen, hatten verschwinden müssen.

Es gehört zur Taktik des Angriffs auf Barrikaden: lange plänkeln, um die Munition der Aufständischen zu erschöpfen, wenn sie den Fehler begehen, das Feuer zu erwidern. Wenn man an der Verzögerung ihrer Schüsse merkt, daß sie weder Kugeln noch Pulver mehr haben, geht man zum Angriff über. Enjolras hatte sich nicht in diese Falle locken lassen; die Barrikade erwiderte nicht.

Bei jedem Rottenfeuer blähte sich Gavroche mit der Zunge die Wange, zum Zeichen tiefer Verachtung. »Gut«, sagte er, »zerzupft eure Leinwand! Wir brauchen Fasern.«

Courfeyrac befragte das Kartätschenfeuer wegen seiner geringen Wirkung. »Du wirst matt, Alte!« rief er der Kanone zu.

In der Schlacht wird man ränkesüchtig wie auf einem Ball. Vermutlich begann das Schweigen der Redoute die Belagerer zu beunruhigen und sie irgendeinen unerwarteten Zwischenfall fürchten zu lassen, und sie empfanden das Bedürfnis, durch diesen Steinhaufen hindurch klarzusehen und zu wissen, was hinter der fühllosen Mauer geschah, die Schläge entgegennahm, ohne zu antworten. Die Aufständischen gewahrten plötzlich einen Helm, der auf einem benachbarten Dach in der Sonne blinkte. Ein Feuerwehrmann lehnte an einem hohen Kamin und schien als Wachposten dazustehen. Sein Blick tauchte senkrecht in die Barrikade.

»Das ist eine lästige Überwachung«, sagte Enjolras.

Jean Valjean hatte den Karabiner von Enjolras zurückgegeben, aber er hatte noch sein Gewehr. Wortlos zielte er auf den Feuerwehrmann, und eine Sekunde später fiel der Helm, von einer Kugel getroffen, lärmend auf die Straße. Der aufgeschreckte Soldat machte sich eilends unsichtbar.

Ein zweiter Beobachter löste ihn ab, ein Offizier. Jean Valjean, der sein Gewehr wieder geladen hatte, zielte auch auf ihn und schickte den Helm des Offiziers zu dem des Soldaten. Der Offizier war nicht hartnäckig und zog sich rasch zurück. Diesmal wurde der warnende Wink verstanden; niemand erschien mehr auf dem Dach, und man verzichtete darauf, die Barrikade auszuspionieren.

»Warum haben Sie den Menschen nicht getötet?« fragte Bossuet Jean Valjean. Jean Valjean antwortete nicht.

Die Unordnung als Parteigänger der Ordnung

Bossuet flüsterte Combeferre ins Ohr: »Er hat meine Frage überhört.«

»Das ist ein Mann, der mit Flintenschüssen Gutes tut«, sagte Combeferre.

Die sich an jene schon ferne Zeit erinnern können, wissen, daß die Nationalgarde der Bannmeile gegen Aufstände energisch einschritt. Sie war besonders blutgierig und beharrlich im Juni 1832. Diese wackeren Kneipwirte, deren Lokale durch den Aufstand »arbeitslos« zu werden drohten, wurden zu Löwen, wenn sie ihren Tanzsaal leer fanden, und ließen sich töten, um eine Ordnung zu retten, die durch ihre Kneipen repräsentiert wurde. In dieser zugleich bürgerlichen und heroischen Zeit hatten die Ideen ihre Ritter, die Interessen aber ebenfalls ihre Paladine. Die prosaischen Motive der Nationalgardisten nahmen ihren Taten nichts an Ungestüm. Das Schwinden eines Haufens Taler läßt Bankiers die Marseillaise singen. Man vergoß lyrisch sein Blut für den Ladentisch und verteidigte mit dem Mut eines Spartaners seine Kaschemme, dieses verkleinerte Abbild des Vaterlandes.

Im Grunde genommen, sprechen wir es ruhig aus, war das alles höchst ernsthaft. Die Grundlagen der Gesellschaft rangen miteinander, während sie auf den Tag warteten, an dem sie ins Gleichgewicht kommen würden.

Ein weiteres Zeichen jener Zeit war die mit Regierungsfreundlichkeit verbundene Anarchie (ein barbarischer Name für die integere Partei).

Disziplinlos war man für die Ordnung. Der Tambour trommelte unerwartet und eigenwillig auf den Befehl irgendeines Obersten der Nationalgarde zum Sammeln. Aus einer Eingebung heraus rückte irgendein Hauptmann ins Feuer. Irgendein Nationalgardist schlug sich nach Lust und Laune auf eigene Rechnung. In den entscheidenden Augenblicken jener denkwürdigen Tage gehorchte man weniger seinen Führern als seinen Instinkten. In der Armee der Ordnung gab es echte Guerilleros, die einen mit dem Säbel wie Fannicot, die anderen mit der Feder wie Henri Fonfrède.

Die Zivilisation, zu jener Zeit leider mehr durch eine Ansammlung von Interessen als durch einen Verband von Grundsätzen vertreten, war oder glaubte sich in Gefahr. Sie rief zu den Waffen. Jedermann erklärte sich zum Mittelpunkt, verteidigte sie, stand ihr bei und schützte sie nach seinem Gutdünken; und der erste beste übernahm die Verantwortung, die Gesellschaft zu retten.

Der Eifer ging bisweilen bis zur Ausrottung. Manch ein Zug Nationalgarde bildete eigenmächtig ein Standgericht, verurteilte und exekutierte in fünf Minuten einen gefangenen Aufständischen. Eine solche Improvisation hatte Jean Prouvaire das Leben gekostet. Grausame Lynchjustiz, die keine Partei der anderen vorwerfen darf, denn sie wird von der Republik in Amerika wie von der Monarchie in Europa geübt. Hinzu kamen Mißverständnisse. Bei einem Aufruhr wurde auf der Place Royale ein junger Dichter namens Paul-Aimé Garnier mit gefälltem Bajonett verfolgt, und er entkam nur dadurch, daß er sich in den Torweg mit der Nummer sechs flüchtete. Mit dem Ruf: »Da ist noch einer von den Saint-Simonisten!« wollte man ihn töten. Nun, er trug unter dem Arm einen Band der Memoiren des Herzogs von Saint-Simon. Ein Nationalgardist hatte auf dem Buch das Wort »Saint-Simon« gelesen und geschrien: »Bringt ihn um!«

Am sechsten Juni ließ sich eine von dem Hauptmann Fannicot befehligte Kompanie in der Rue de la Chanvrerie aus einer Laune und rein zum Vergnügen nahezu aufreiben. Die Tatsache ist, so seltsam sie berührt, durch die gerichtliche Untersuchung nach der Revolte bestätigt worden.

Der Hauptmann Fannicot, ein ungeduldiger, verwegener Bürger, eine Art Condottiere der Ordnung, wie wir sie eben beschrieben haben, ein fanatischer, unbotmäßiger Regierungsanhänger, konnte dem Reiz nicht widerstehen, vor der vereinbarten Stunde zu feuern, und dem Ehrgeiz, die Barrikade allein, das heißt mit seiner Kompanie, zu erobern. Wütend über das Hissen zuerst der roten Fahne und dann des alten Rockes, in dem er die schwarze Fahne sah, tadelte er laut die Generale und die Korpsführer, die einen Kriegsrat abhielten und nicht erkannten, daß der Augenblick des entscheidenden Angriffs gekommen sei, und, nach einem berühmten Wort eines von ihnen, den Aufruhr in seinem Saft kochen ließen. Ihm, Fannicot, schien die Barrikade sturmreif, und da alles, was reif ist, fallen soll, versuchte er es.

Unter seinem Befehl standen Männer, die entschlossen waren wie er, »Rasende«, wie ein Zeuge gesagt hat. Seine Kompanie, dieselbe, die den Dichter Jean Prouvaire erschossen hatte, war die erste des im Straßenwinkel aufgestellten Bataillons. In dem Moment, in dem man es am wenigsten erwartete, stieß der Hauptmann mit seinen Männern gegen die Barrikade vor. Diese Bewegung, mit mehr gutem Willen als Strategie ausgeführt, kostete die Abteilung Fannicols einen hohen Preis. Ehe noch die Kompanie bis zu zwei Dritteln der Straße vorgerückt war, wurde sie von einer Salve der gesamten Barrikade empfangen. Vier, die Kühnsten, die voranliefen, wurden aus nächster Nähe am Fuß der Schanze zermalmt, und diese tapfere Schar von Nationalgardisten, sehr wackeren Leuten, die jedoch keine militärische Ausdauer hatten, mußte nach einigem Zögern zurückgehen, wobei sie fünfzehn Leichen auf dem Pflaster ließ. Die Minute ihres Zauderns gab den Aufständischen Zeit, ihre Waffen nochmals zu laden, und eine zweite, sehr mörderische Salve traf die Kompanie, bevor sie den Straßenwinkel, ihren Schutz, wieder erreichte. Für einen Augenblick geriet sie zwischen zwei Kartätschensalven, und in hohem Bogen wurde sie von dem

Hagel der aufgefahrenen Kanone überschüttet, die, da ihr keine Weisung zuging, ihr Feuer nicht unterbrochen hatte. Der unerschrockene und unvorsichtige Fannicot war eines der Opfer dieser Kartätschen. Er wurde von dem Geschütz getötet, also von der Ordnung.

Dieser Angriff, mehr vom Zorn diktiert als ernsthaft, verdroß Enjolras. »Die Dummköpfe«, sagte er. »Sie lassen ihre Mannschaft töten und verbrauchen unsere Munition für nichts.« Enjolras sprach wie der echte General eines Aufstands, der er war. Aufstand und Unterdrückung kämpfen nicht mit gleichen Waffen. Der Aufstand ist leicht zu erschöpfen. Er kann nur eine Anzahl von Schüssen abgeben und eine bestimmte Menge von Streitern aufwenden. Eine geleerte Patronentasche, ein getöteter Mann sind nicht ersetzbar. Die Unterdrückung, die über die Armee gebietet, zählt nicht die Mannschaft und, da sie Vincennes hat, nicht die Schüsse. Die Unterdrückung hat ebenso viele Regimenter wie die Barrikade Männer und ebenso viele Arsenale wie die Barrikade Patronenbüchsen. Daher sind dies Kämpfe von eins gegen hundert, und immer enden sie mit der Zerschmetterung der Barrikaden, sofern sich nicht die Revolution jählings erhebt und ihr flammendes Erzengelschwert in die Waage wirft. Dies kann geschehen. Dann steht alles auf, die Pflastersteine werden siedend heiß, die Schanzen des Volkes wimmeln von Menschen, Paris wird von einem mächtigen Beben erfaßt, das *quid divinum* wird frei, ein 10. August, ein 29. Juli liegen in der Luft, ein Wunderlicht erglüht, das gähnende Maul der Gewalt weicht, und vor der Armee, diesem Löwen, richtet sich in prophetischer Gelassenheit Frankreich auf.

Ein vorübergehender Lichtschimmer

In dem Wirrsal von Empfindungen und Leidenschaften, die eine Barrikade verteidigen, kommt alles zusammen: Tapferkeit, Jugend, Stolz, Begeisterung, Idealität, Überzeugung, Spielerbesessenheit und namentlich Hoffnung, die zuweilen durchbricht. Ein solches unsichtbares Beben im Kampfesmut ging in dem Augenblick, als man es am wenigsten erwartete, über die Barrikade der Rue de la Chanvrerie dahin. »Hört!« rief mit einemmal Enjolras, der immer auf der Lauer lag, »mich dünkt, Paris erwacht.«

Kein Zweifel, daß am Morgen des sechsten Juni für eine Stunde oder zwei ein gewisses Wiederaufflackern des Aufstandes festzustellen war. Das beharrliche Sturmgeläut von Saint-Merry belebte Kräfte, die schon stumpf zu werden schienen. In der Rue du Poirier, der Rue des Gravilliers begann Barrikadenbau. Vor der Porte Saint-Martin griff ein mit einem Karabiner bewaffneter junger Mann allein eine Reiterschwadron an. Ungedeckt, mitten auf dem Boulevard, kniete er nieder, legte an, tötete den Schwadronschef und drehte sich mit den Worten um: »Noch einer, der uns nicht mehr schaden wird.« Er wurde von Säbeln zerhauen. In der Rue Saint-Denis schoß eine Frau auf die Munizipalgarde hinter einer heruntergelassenen Jalousie hervor. Man sah, wie bei jedem Schuß die Blätter der Jalousie erzitterten. Ein vierzehnjähriges Kind wurde in der Rue de la Cossonnerie verhaftet, das die Taschen voller Patronen hatte. Mehrere Polizeiwachen wurden angegriffen. Am Eingang der Rue Bertin-Poirée empfing eine heftige und ganz unvorhergesehene Gewehrsalve ein Kürassierregiment, an dessen Spitze der General Cavaignac de Baragne ritt. In der Rue Planche-Mibray schleuderte man von den Dächern herab auf die Truppe Scherben von altem Geschirr und hauswirtschaftliche Geräte, ein schlechtes Zeichen. Und als man diesen Vorfall dem Marschall Soult mitteilte, wurde der bejahrte Unterbefehlshaber Napoleons träumerisch, da er des Wortes von Suchet in Saragossa gedachte: »Wir sind verloren, wenn die alten Weiber uns ihre Nachttöpfe auf die Köpfe ausgießen.«

Diese weitverbreiteten Symptome, die sich zu dem Zeitpunkt kundgaben, als man den Aufstand örtlich begrenzt glaubte, dieser fiebernde Zorn, der wiederum die Oberhand gewann, diese Feuerfunken, die über die tiefen, in den Vorstädten von Paris lagernden Schichten von Brennstoff hinwegflogen, all das beunruhigte die militärischen Führer. Man beeilte sich, die Anfänge eines großen Brandes zu löschen. Man verschob den Kampf gegen die Barrikaden in der Rue Maubuée, der Rue de la Chanvrerie und vor Saint-Merry, bis dieses Knistern und Prasseln erstickt sein werde. Dann, so rechnete man, werde man es nur noch mit ihnen zu tun haben und könne sie in einem erledigen. Kolonnen wurden in die gärenden Straßen entsandt. Sie fegten die großen, sondierten die kleinen, rechts und links, bald vorsichtig und langsam, bald im Sturmschritt. Die Truppe hieb die Türen der Häuser ein, aus denen geschossen worden war. Manöver der Kavallerie zerstreuten die Gruppen der Fußgänger auf den Boulevards. Diese Unterdrückung vollzog sich nicht ohne Lärm und ohne das tumultuarische Getöse, das mit dem Zusammenstoß von Armee und Volk verbunden ist. Das war es, was Enjolras in den Pausen des Schießens der Kanone und der Musketen mit seinen Sinnen aufnahm. Zudem hatte er gesehen, wie am Ende der Straße Verwundete auf Bahren vorübergetragen wurden, und er sagte zu Courfeyrac: »Die Verwundeten sind keine von uns.«

Die Hoffnung dauerte nur kurze Frist; das Licht verdüsterte sich schnell. In weniger als einer halben Stunde schwand es aus der Luft. Es war, als folge einem Blitz der Donner nicht nach. Die Aufständischen fühlten, wie eine Art bleierner Mantel auf sie niedersank, den die Gleichgültigkeit des Volkes auf die in ihrer Verlassenheit Trotzenden wirft. Die allgemeine Erhebung, die sich in unklaren Umrissen angebahnt hatte, war gescheitert. Und jetzt konnten sich die Aufmerksamkeit des Kriegsministers und die Strategie der Generale auf die drei oder vier Barrikaden, die noch standen, konzentrieren.

Am Horizont stieg die Sonne auf. Einer der Rebellen fragte Enjolras: »Wir haben Hunger. Sollen wir wirklich sterben, ohne gegessen zu haben?« Enjolras, der sich noch immer auf seine Schießscharte stützte, ohne das Straßenende aus dem Auge zu verlieren, nickte bejahend.

Wie man den Namen von Enjolras' Geliebten erfährt

Courfeyrac, der auf einem Stein neben Enjolras saß, beschimpfte nach wie vor die Kanone, und sooft mit ungeheurem Krachen die dunkle Wolke von Geschossen, die man Eisenhagel nennt, vorbeischwirrte, begrüßte er sie mit einem ironischen Ausfall. »Dir wird die Lunge bersten, du alter, brutaler Kerl, du machst mir Kummer, all dein Spektakel ist umsonst. Das ist ja kein Donner, das ist ja ein Gehuste.« Und rings um ihn lachte man.

Courfeyrac und Bossuet, deren herzhafte, gute Laune mit der Gefahr wuchs, ersetzten wie Madame Scarron die Nahrung durch Späße, und da es an Wein fehlte, kredenzten sie allen Heiterkeit. »Ich bewundere Enjolras«, sagte Bossuet. »Seine unbewegte Waghalsigkeit erstaunt mich. Er lebt allein, und darum ist er vielleicht ein bißchen traurig. Enjolras beklagt sich über seine Größe, die ihn zur Witwerschaft verpflichtet. Wir anderen haben mehr oder weniger Geliebte, die uns verrückt, das heißt tapfer machen. Ist einer verliebt wie ein Tiger, muß er zum mindesten wie ein Löwe kämpfen. Das ist unsere Rache für die Streiche, die unsere Damen, unsere Grisetten, uns spielen. Roland läßt sich töten, um Angelika zu ärgern. All unseren Heroismus verdanken wir unseren Frauen. Ein Mann ohne Frau ist eine Pistole ohne Hahn; die Frau läßt den Mann losgehen. Nun, Enjolras hat keine Frau. Er ist nicht verliebt, und doch findet er eine Möglichkeit, unerschrocken zu sein. Unausdenkbar, daß einer kalt ist wie Eis und kühn wie Feuer.«

Enjolras schien nicht hinzuhören, aber jemand, der in seiner Nähe stand, hätte erlauschen können, daß er halblaut murmelte: »Patria.«

Bossuet lachte noch, als Courfeyrac schrie: »Wieder eine!« Und indem er die Stimme eines Gerichtsdieners nachahmte, der ausruft, fügte er hinzu: »Ich bin die Achtpfünderkanone!«

In der Tat hatte eine neue Person den Schauplatz betreten, deren Mund Feuer spie. Die Artilleristen veranstalteten rasch die vorgeschriebene Schwenkung und brachten das zweite

Geschütz neben dem ersten in Stellung. Das ließ die weitere Entwicklung erkennen.

Wenige Augenblicke später schossen die beiden Kanonen, eifrig bedient, gegen die Front der Schanze. Das Rottenfeuer der Linieninfanterie und der Nationalgarde der Außenbezirke half der Artillerie nach. Man hörte aus einiger Entfernung eine zweite Kanonade. Während zwei Geschütze gegen die Redoute der Rue de la Chanvrerie tobten, durchlöcherten zwei andere, die eine in der Rue Saint-Denis, die andere in der Rue Aubry-le-Boucher aufgefahren, die Barrikade von Saint-Merry. Die vier Kanonen ließen ihr Unheilsecho durcheinanderhallen. Das Gebell der dunklen Kriegshunde gab sich Antwort.

Von den beiden Geschützen, die jetzt die Barrikade in der Rue de la Chanvrerie trafen, schoß die eine Kartätschenladungen, die andere Kugeln ab. Die zweite war etwas hoch gerichtet und ihre Schußkurve so berechnet, daß die Kugel den äußersten Rand der oberen Kante der Barrikade erreichte, sie anriß, die Steine zerbröckelte und sie mit Eisensplittern über die Aufständischen schüttete. Der Zweck dieses Schießverfahrens war, die Kämpfer vom Gipfel der Schanze zu vertreiben und sie zu zwingen, sich im Innern zusammenzukauern. Das war die Vorbereitung des Angriffs. Waren die Kämpfer durch die Kugeln von der Höhe der Barrikade und durch den Eisenhagel von den Fenstern der Schenke verjagt, so konnten Angriffskolonnen in der Straße vorrücken, ohne aufs Korn genommen und vielleicht auch nur gesehen zu werden. Sie konnten die Schanze in Eile erklettern, wie am Abend zuvor, und, wer weiß, sie überraschend erstürmen.

»Wir müssen unbedingt die Störung, die die Kanonen bedeuten, verringern«, sagte Enjolras, und er rief: »Feuer auf die Artilleristen!«

Alle waren fertig zum Schuß. Die Barrikade, die seit einer ganzen Weile schwieg, gab heftige Salven ab in einer Art von Wut und Freude, sieben oder acht Entladungen folgten.

Ein Rauch, von dem die Augen erblindeten, füllte die Straße, und nach wenigen Minuten konnte man durch diesen von Flammenfurchen gestreiften Nebel undeutlich wahrnehmen, daß zwei Drittel der Artilleristen unter den Rädern der Kanonen lagen. Die noch standen, bedienten die Geschütze wie zuvor in strenger Ruhe, aber das Feuer hatte sich verlangsamt.

»Es geht gut«, sagte Bossuet zu Enjolras. »Ein Sieg.«

Enjolras schüttelte den Kopf und erwiderte: »Noch eine Viertelstunde von solchen Siegen, und wir haben in der Barrikade keine zehn Patronen mehr.«

Es scheint, daß Gavroche diese Worte hörte.

Gavroche außerhalb der Barrikade

Courfeyrac bemerkte plötzlich jemanden, der unter der Barrikade hockte, draußen auf der Straße, im Kugelregen. Gavroche hatte einen Flaschenkorb aus der Schenke geholt, war durch den Einschnitt hinausgetreten und nun friedlich damit beschäftigt, die vollen Patronentaschen der auf der Böschung der Schanze getöteten Nationalgardisten in seinen Korb zu entleeren.

» Was machst du da?« fragte Courfeyrac.

Gavroche hob die Nase. »Bürger, ich fülle meinen Korb.«

»Siehst du denn nicht die Kartätschengeschosse?«

Gavroche erwiderte: »Ja, es regnet. Was dann?«

Courfeyrac rief: »Komm herein!«

»Gleich«, sagte Gavroche. Und mit einem Satz sprang er auf die Straße.

Man erinnert sich, daß die Kompanie Fannicot bei ihrem Rückzug eine blutige Spur von Leichen hinter sich gelassen hatte. Etwa zwanzig Tote lagen hier und dort in der ganzen Länge der Straße auf dem Pflaster. Das ergab gegen zwanzig Patronentaschen für Gavroche und einen Vorrat an Patronen für die Barrikade.

Der Rauch schwebte wie Nebeldunst über der Straße. Wer eine Wolke gesehen hat, die zwischen zwei steilen Abdachungen in eine Gebirgsschlucht gefallen ist, kann sich diese durch zwei düstere Reihen hoher Häuser verengte und wie verdichtete Ballung vorstellen. Der Dunst stieg langsam auf und erneuerte sich unablässig. So bewirkte er eine in Stufen fortschreitende Verdunklung, durch die sogar der helle Tag erblaßte. Kaum vermochten sich die Kämpfer von einem bis zum anderen Ende der Straße, so kurz sie war, zu unterscheiden.

Diese Verdunklung, die wahrscheinlich von den Führern des Angriffs auf die Barrikade gewollt und auch veranschlagt war, nützte Gavroche. Unter den Falten dieses Rauchschleiers und dank seiner Kleinheit konnte er sich ziemlich weit in die Straße vorarbeiten, ohne gesehen zu werden. Ohne große Gefahr plünderte er die sieben oder acht ersten Patronentaschen. Er kroch auf dem Bauch, galoppierte auf allen vieren, faßte seinen Korb mit den Zähnen, wand sich, glitt und schlängelte sich von einem Toten zum anderen und leerte die Patronentasche oder die Patronenbüchse, wie ein Affe eine Nuß öffnet. Von der Barrikade, der er noch ziemlich nahe war, getraute man sich nicht, ihn durch Zuruf zur Umkehr zu mahnen, aus Furcht, die Aufmerksamkeit auf ihn zu lenken.

Bei einem Leichnam, dem eines Korporals, fand er ein Pulverhorn. »Für den Durst«, sagte er und schob es in die Tasche.

Da er vorankam, gelangte er an den Teil der Straße, in dem der Nebel der Gewehrsalven durchsichtig wurde. So zeigte sich plötzlich den Plänklern der Linieninfanterie, die gestaffelt hinter ihrem Steindamm warteten, und den im Straßenwinkel gehäuften Plänklern der Außenbezirke etwas, was im Dunst zappelte.

Als Gavroche eben einem Sergeanten, der nahe einem Prellstein lag, seine Patronen abnahm, traf eine Kugel die Leiche. »Verdammt!« sagte Gavroche. »Jetzt schießen sie mir meine Toten tot.«

Eine zweite Kugel ließ das Pflaster neben ihm Funken sprühen. Eine dritte warf seinen Korb um. Gavroche schaute hin und sah, daß sie von den Außenbezirken kamen. Er streckte sich, das Haar im Wind, die Hände in den Hüften, starrte auf die schießenden Nationalgardisten und sang:

»Man ist sehr häßlich in Nanterre,
doch schuld daran ist nur Voltaire,
und blöde ist ganz Palaisseau,
doch schuld daran ist nur Rousseau.«

Dann hob er seinen Korb auf, legte, ohne eine zu verlieren, die Patronen hinein, die herausgefallen waren, und begann, indem er dem Gewehrgeknatter entgegenlief, eine andere Patronentasche auszurauben. Eine vierte Kugel verfehlte ihn wieder. Gavroche sang:

»Nie träumt ich, daß Notar ich wär,
doch schuld daran ist nur Voltaire,
ich bin ein Piepmatz, klein und froh,
doch schuld daran ist nur Rousseau.«

Eine fünfte Kugel konnte ihm nichts als einen dritten Bänkelsang entlocken:

»Ich lebe frei von ungefähr,
doch schuld daran ist nur Voltaire,
ich schlafe in des Elends Stroh,
doch schuld daran ist nur Rousseau.«

Das ging so einige Zeit fort. Das Schauspiel war beängstigend und reizend. Gavroche wurde beschossen und ärgerte die Schützen. Er schien sich höchlichst zu amüsieren. Der Sperling war er, der die Jäger mit dem Schnabel hackte. Auf jede Salve antwortete er mit einer Strophe. Man zielte immerzu auf ihn, man schoß regelmäßig an ihm vorbei. Die Nationalgardisten und die Soldaten lachten und legten auf ihn an. Er duckte sich, richtete sich wieder auf, verschwand in einem Türwinkel, dann sprang er empor, verschwand abermals, erschien wieder, rettete sich, kam zurück, drehte eine Nase als Antwort auf die Kartätschengeschosse, und inzwischen plünderte er die Patronenbüchsen, leerte die Patronentaschen und füllte seinen Korb. Die Aufrührer, vor Furcht um ihn keuchend, begleiteten ihn mit ihren Blicken. Die Barrikade zitterte, er sang. Er war kein Kind und kein Mann; er war eine seltsame jungenhafte Fee, der unverwundbare Zwerg in dieser Straßenschlacht. Die Kugeln hüpften ihm nach; er war behender als sie. Er spielte ein erschreckendes Versteckspiel mit dem Tod. Sooft das hohle Antlitz des Gespenstes sich näherte, versetzte der Gassenjunge ihm einen Nasenstüber.

Eine Kugel indes, besser gelenkt oder verräterischer als die anderen, traf zuletzt das irrlichternde Kind. Man sah Gavroche taumeln, dann stürzen. Die gesamte Barrikade schrie auf. Aber in diesem Pygmäen war ein Antäus. Die Berührung des Pflasters war für den Jungen dasselbe wie für den Riesen die Berührung der Erde. Gavroche war nur gefallen, um sich wieder aufzuschwingen. Er stand halb und saß halb, ein langer Blutfaden rann mitten über sein Gesicht, er hob seine Arme in die Luft, sah nach der Seite, von wo der Schuß gekommen war, und sang:

»Ich fiel einmal vom Dach parterre,
doch schuld daran ist nur Voltaire,
die Nase hatt ich irgendwo,
doch schuld daran ist nur ...«

Er beendete die Strophe nicht. Eine zweite Kugel desselben Schützen ließ ihn plötzlich verstummen.

Diesmal schlug er mit dem Gesicht gegen das Pflaster und rührte sich nicht mehr. Die kleine große Seele war von hinnen geflogen.

Wie der Bruder zum Vater wird

Zur selben Zeit gingen durch den Luxembourg-Park zwei Knaben, die sich an der Hand hielten. Der eine mochte sieben, der andere fünf Jahre alt sein. Der Regen hatte sie durchnäßt, und so suchten sie die Alleen an der Sonnenseite auf.

Der Ältere führte den Jüngeren. Sie waren zerlumpt und blaß und sahen wie Raubvögel aus. Der Kleine sagte: »Ich habe Hunger.« Der Ältere, der sich schon ein wenig gönnerhaft gebärdete, hatte in der linken Hand die seines Bruders und in seiner rechten Hand ein Stäbchen.

Sie waren allein im Park. Der Park war verödet; die Gitter hatte die Polizei des Aufruhrs wegen geschlossen. Die Soldaten, die hier biwakiert hatten, waren, weil der Kampf es erforderte, abgerückt. Wie waren die Kinder hergekommen? Vielleicht nach einer Flucht aus einem Wachlokal, dessen Tür halb offenstand. Vielleicht waren sie in der Umgegend, aus der Barrière d'Enfer oder auf der Esplanade der Sternwarte oder an der benachbarten Straßenkreuzung, die der Giebel mit der Inschrift *Invenerunt parvulum pannis involutum* beherrschte, aus der Baracke von Jahrmarktsgauklern ausgerissen. Vielleicht hatten sie am Tag zuvor um die Stunde der Sperre das Auge der Parkaufseher getäuscht und die Nacht in einem der Wetterhäuschen, in denen man Zeitungen liest, zugebracht. Sie irrten umher und schienen obdachlos. Obdachlos umherirren heißt verloren sein. Die armen Kleinen waren in der Tat verloren.

Die beiden Kinder waren dieselben, um die sich Gavroche gesorgt hatte, die an die Magnon vermieteten Kinder der Thénardiers, deren Vaterschaft Herrn Gillenormand zugeschrieben worden war, jetzt von allen diesen wurzellosen Zweigen gefallene Blätter, die der Wind über die Erde trieb. Ihre Kleider, die damals bei der Magnon sauber gewesen waren, weil sie ihr gegenüber Herrn Gillenormand als Reklameprospekt dienten, hatten sich in Fetzen aufgelöst. Sie wurden hinfort in der Statistik der »verlassenen Kinder« aufgezählt, die die Polizei auf dem Pflaster von Paris ermittelt, sammelt, herumhetzt und wiederfindet. Es bedurfte der Verwirrung eines solchen Tages, damit diese kleinen, elenden Geschöpfe diesen Park betraten. Hätten die Wächter sie bemerkt, so hätten sie diese »Lumpen« verjagt. Die armen Kleinen werden in öffentlichen Gärten nicht geduldet, obwohl man meinen sollte, sie hätten als Kinder ein Recht auf Blumen.

Diese waren dank der geschlossenen Gitter hier. Sie hatten sich einer Übertretung schuldig gemacht, denn sie hatten sich in den Garten eingeschlichen und waren hiergeblieben. Die geschlossenen Gitter beurlauben die Aufseher nicht. Die Aufsicht ist gehalten weiterzumachen, doch sie ist nachlässig und ruht sich aus. Und die Aufseher, ebenfalls von der allgemeinen Unruhe erfaßt und mehr mit dem Draußen als dem Drinnen beschäftigt, schauten nicht mehr nach dem Garten und hatten die beiden Übeltäter nicht gesehen.

Am Abend zuvor hatte es geregnet und sogar noch ein wenig am Morgen. Doch im Juni zählen Regengüsse nicht. Eine Stunde nach dem Gewitter ist kaum noch zu merken, daß dieser schöne lichte Tag geweint hat. Im Sommer trocknet die Erde ebenso rasch wie die Wange eines Kindes.

Zur Sonnenwende ist das helle Mittagslicht gleichsam stechend. Es nimmt alles auf. Es haftet am Boden und übt eine Art Saugwirkung auf ihn aus. Fast möchte man meinen, die Sonne habe Durst. Ein Platzregen ist ein Glas Wasser, ein Regenguß sogleich aufgesogen. Am Morgen trieft noch alles, am Nachmittag sieht alles wieder staubig aus.

Nichts mutet so wunderbar an wie vom Regen gewaschenes und von den Sonnenstrahlen getrocknetes Grün. Das ist warme Kühle. Die Gärten und Wiesen, die Wasser in ihrem Grund haben und Sonne in ihren Blüten, werden Räucherpfannen und verdampfen alle ihre Düfte zugleich. Alles lacht, singt und bietet sich dar. Eine süße Trunkenheit überkommt einen. Der Frühling ist ein einstweiliges Paradies; die Sonne hilft dem Menschen, sich zu gedulden.

Es gibt Wesen, die nicht mehr verlangen; denkende Wesen, denen das Blau des Himmels ausreicht, Träumer, die sich in das Wunder versenken, denen aus leidenschaftlicher Liebe zur Natur Gut und Böse gleichgültig geworden ist, Betrachter des Alls, die vom Menschen so herrlich abgelenkt sind und nicht begreifen, daß man sich um den Hunger dieser, den Durst jener, um die Blöße der Armen im Winter kümmert, daß man sich mit der lymphatischen Krümmung einer kleinen Wirbelsäule befaßt, Gedanken macht über das elende Bett, über die Dachkammer, über das Gefängnis und die Lumpen der vor Kälte zitternden jungen Mädchen, wo sich doch unter den Bäumen so schön träumen läßt; friedfertige und schreckliche Geister, die in ihrer Zufriedenheit kein Mitleid kennen. Seltsamerweise genügt ihnen das Unendliche. Dieses große Bedürfnis des Menschen, das Endliche, das die Umarmung zuläßt, ist ihnen unbekannt. An das Endliche, das den Fortschritt erlaubt, dieses erhabene Gebären, denken sie nicht. Das Unbestimmte, das der menschlichen und göttlichen Verbindung des Unendlichen mit dem Endlichen entspringt, entgeht ihnen. Sie lächeln, sofern sie nur der Unermeßlichkeit Auge in Auge gegenüberstehen. Nie Freude, stets Ekstase. Sich vertiefen macht ihr ganzes Leben aus. Die Geschichte der Menschheit ist für sie nur ein Grundbuchauszug. Alles steht nicht darin. Das wahre Alles bleibt draußen. Wozu sich mit dieser Einzelheit, dem Menschen, befassen? Der Mensch leidet, schon möglich; aber schaut, da geht der Aldebaran auf! Die Mutter hat keine Milch mehr, der Säugling stirbt, ich weiß es nicht, aber betrachtet nur die wunderbare Rosette, die eine Scheibe von Tannenholz unter dem Mikroskop zeigt! Vergleicht mir die schönste Mechelner Spitze damit! Diese Denker vergessen zu lieben. Der Tierkreis erfüllt sie so sehr, daß sie das weinende Kind nicht mehr wahrnehmen können. Gott verdunkelt ihnen die Seele. Sie bilden eine Familie von kleinen und zugleich großen Geistern. Horaz gehörte dazu, Goethe gehörte dazu, La Fontaine vielleicht. Großartige Egoisten des Unendlichen, ruhige Betrachter des Schmerzes, die Nero nicht bemerken, wenn schönes Wetter ist, denen die Sonne den Scheiterhaufen verbirgt, die der Enthauptung zusehen und einen Lichteffekt dabei suchen, die weder den Schrei noch das Schluchzen hören, weder das Röcheln noch die Sturmglocke, für die alles gut ist, weil es doch den Monat Mai gibt, die sich, solange purpurne und goldene Wölkchen über ihrem Haupt dahinziehen, als zufrieden bezeichnen und die dazu bestimmt sind, glücklich zu sein, bis das Strahlen der Sterne und der Gesang der Vögel sich erschöpft haben.

Es sind traurige Prachtmenschen. Sie ahnen nicht, daß sie zu beklagen sind. Sie sind es fürwahr. Wer nicht weint, sieht nicht. Man muß sie bewundern und beklagen, wie man ein

Wesen, das Finsternis und zugleich Licht ist, das keine Augen unter den Brauen und einen Stern mitten auf der Stirn trägt, beklagen und bewundern würde.

Die Gleichgültigkeit dieser Denker zeugt nach Meinung mancher Leute von einer überlegenen Philosophie. Meinetwegen, aber diese Überlegenheit birgt Schwäche in sich. Man kann unsterblich sein und hinken, Vulkan beweist das. Man kann mehr und weniger als ein Mensch sein. Das unermeßliche Unvollständige ist in der Natur. Wer weiß, ob die Sonne nicht blind ist?

Doch wie, wem soll man dann noch trauen? *Solem quis dicere falsum audeat?* Gewisse Genies, gewisse göttergleiche Menschen, Sternenmenschen könnten sich also auch irren? Was oben ist, auf dem höchsten Punkt, auf dem Gipfel, im Zenit, was soviel Licht auf Erden verbreitet, sollte wenig, sollte schlecht, sollte gar nicht sehen? Ist das nicht entmutigend? Nein. Doch was steht dann über der Sonne? Gott.

Am 6. Juni 1832, gegen elf Uhr vormittags, war der einsame und entvölkerte Luxembourg zauberhaft. Die schachbrettartigen Baumgruppen und die Blumenbeete sandten sich im Sonnenlicht balsamischen Wohlgeruch und blendende Farben zu. Die von der Mittagshelligkeit wie berauschten Zweige schienen sich umarmen zu wollen. In den Ahornbäumen lärmten die Grasmücken, die Sperlinge triumphierten, die Spechte kletterten die Kastanienbäume entlang, indem sie mit ihren Schnäbeln in die Spalten der Rinde hieben. Die Rabatten huldigten dem berechtigten Königtum der Lilie; der erhabenste Duft entschwebte der Weiße. Man atmete den betäubenden Wohlgeruch der Nelken ein. Die alten Krähen der Maria von Medici liebten sich in den großen Bäumen. Die Sonne tauchte die Tulpen in Gold und Purpur und entzündete sie, die nichts anderes sind als in Blumen verwandelte Spielarten der Flamme. Um die Beete der Tulpen tollten, Funken dieser blühenden Flammen, die Bienen. Alles war Anmut und Heiterkeit, sogar der nahende Regen. Seine Rückkehr, die Maiblumen und Geißblatt laben sollte, hatte nichts Beunruhigendes. Die Schwalben gestatteten sich die reizende Drohung, tief zu fliegen. Wer hier war, sog Glück ein. Das Leben roch gut. Die ganze Natur hauchte Reinheit aus; sie verhieß Beistand, Väterlichkeit, Hilfe, Zärtlichkeit und Morgenröte. Die Gedanken, die vom Himmel fielen, waren süß wie eine kleine Kinderhand, auf die ein Kuß gedrückt wird.

Die nackten, weißen Statuen unter den Bäumen hatten lichtgesprenkelte Schattengewänder. Die Göttinnen standen entblößt in der Sonne; Strahlen hingen ihnen auf allen Seiten herab. Um das große Bassin herum war der Boden bereits so trocken, daß er verbrannt war. Es wehte Wind genug, um hier und da kleine Staubwirbel emporzutragen. Einige gelbe Blätter, die vom letzten Herbst geblieben waren, verfolgten sich fröhlich und schienen sich im Unfug zu ergehen.

Die Fülle des Lichtes hatte etwas Beruhigendes an sich. Alles floß über von Leben, Saft, Wärme und Düften. Unter der Schöpfung war der unversiegbare Quell zu spüren. In all dem Wehen, das von Liebe durchdrungen war, in den tanzenden Reflexen, in dem gewaltigen Aufwand an Sonnenstrahlen, in dem in unbegrenzten Mengen ausgeschütteten flüssigen Gold wurde die Verschwendung des Unerschöpflichen fühlbar; und hinter dem Glanz, wie hinter einer Flammenwand, ahnte man Gott, diesen Sternenmillionär.

Dank dem Sand war nicht ein Schmutzfleck da und dank dem Regen nicht ein Körnchen Asche. Die Blüten hatten sich gebadet. Alle Sammete, alle Seiden, aller Firnis, alles Gold, das in der Form von Blumen der Erde entsteigt, waren untadelhaft. Diese Pracht war rein. Das große Schweigen der beseligten Natur erfüllte den Garten. Ein himmlisches Schweigen, das mit tausend Musiken vereinbar ist, dem Girren in Nestern, dem Summen von Schwärmen, dem Fächeln des Windes. Die ganze Harmonie der Jahreszeit bot sich in holder Einheit dar. Die Ankunft und der Weggang des Frühlings geschahen nach der vorgeschriebenen Ordnung. Der Flieder endete, der Jasmin begann. Einige Blumen hatten sich verspätet, einige Insekten verfrüht. Der Vortrab der roten Junischmetterlinge verbrüderte sich mit dem Nachtrab der weißen Schmetterlinge des Mai. Die Platanen hüllten sich in eine neue Haut. Und die Brise höhlte in Wellenlinien die Riesengestalten der Maronenbäume. Es war herrlich. Ein Veteran aus der nahen Kaserne, der durch das Gitter spähte, sagte: »Das ist der Frühling mit präsentiertem Gewehr und in Paradeuniform.«

Die ganze Natur schmauste. Die Schöpfung saß bei Tisch; es war die Stunde. Das große blaue Tuch war am Himmel aufgelegt und das große grüne Tuch auf der Erde. Die Sonne leuchtete *al giorno.* Gott servierte das Mahl für alle. Jedes Wesen hatte seine Weide und sein Futter. Die Ringeltaube fand ihren Hanfsamen, der Buchfink fand Hirse, der Distelfink Gauchheil, das Rotkehlchen Würmer, die Bienen Blumen, die Fliege Infusorien, der Goldammer Fliegen. Man fraß sich ein wenig untereinander auf, was das Geheimnis der Mischung von Bösem und Gutem ist; aber kein einziges Tier hatte nichts im Magen.

Die beiden verlassenen Kleinen waren bis zu dem großen Bassin gekommen, und von all diesem Licht etwas wirr, suchten sie sich zu verbergen, was der Instinkt des Armen und Schwachen gegenüber den Mächtigen, und sei ihre Macht auch unpersönlich, ist. Sie entwichen hinter die Hütte der Schwäne. In Pausen hörte man, wenn der Wind so stand, undeutlich Geschrei, Lärm, ein tumultuarisches Ächzen, das Gewehrgeknatter war, und ein dumpfes Pochen, Kanonenschüsse. Über den Dächern in der Richtung der Markthallen sah man Rauch. Eine Glocke, die zu rufen schien, läutete in der Ferne. Es war, als ob die Kinder diese Geräusche nicht wahrnähmen. Der Kleine wiederholte ab und zu leise: »Ich habe Hunger.«

Fast zugleich mit den beiden Kindern näherte sich ein anderes Paar dem großen Bassin. Es war ein Biedermann von fünfzig Jahren, der einen sechsjährigen Knaben an der Hand führte. Ohne Zweifel Vater und Sohn. Der Knabe hielt ein großes Buttergebäck. In dieser Epoche hatten die Mieter gewisser angrenzender Häuser in der Rue Madame und der Rue d'Enfer einen Schlüssel zum Luxembourg-Park, dessen sie sich bedienten, wenn die Gitter geschlossen waren, ein Privileg, das seitdem abgeschafft worden ist. Vater und Sohn kamen sicherlich aus einem dieser Häuser.

Die beiden Kleinen sahen den »Herrn« sich auf das Bassin zu bewegen und versteckten sich noch etwas mehr. Der Biedermann war ein Bourgeois. Vielleicht derselbe, den Marius eines Tages in seinem Liebesfieber bei demselben Becken seinem Sohn hatte raten hören, er solle Maßlosigkeit vermeiden. Er hatte eine herablassend dünkelhafte Miene und einen Mund, der, halb offen, immer lächelte. Dieses mechanische Lächeln, das durch zuviel Kinnbacken und zu wenig Haut verursacht wird, zeigt mehr die Zähne als die Seele. Das Kind mit einem angebissenen Gebäck, das es nicht aufaß, schien übersättigt. Es war wegen des Aufstands als Nationalgardist gekleidet; der Vater hatte aus Klugheitsgründen wie immer Ziviltracht an.

Vater und Sohn standen nun an dem Bassin, auf dem zwei Schwäne stritten. Der Bourgeois schien die Schwäne ganz besonders zu bewundern. Er glich ihnen in seinem Gang. Bisweilen schwammen die Schwäne, und das ist ihr Haupttalent; darin leisteten sie Hervorragendes.

Hätten die beiden armen Kleinen gehorcht und wären sie dem Alter nach fähig gewesen zu begreifen, hätten sie die Worte eines ernsten Mannes auflesen können. Der Vater sagte zu dem Sohn: »Der Weise ist mit wenigem zufrieden. Sieh mich an, mein Sohn! Ich liebe den Trunk nicht. Nie sieht man mich in Röcken, die von Gold und Edelsteinen strotzen. Ich überlasse den falschen Glanz den leichtfertigen Seelen.«

Hier brachen die tiefen Schreie, die von den Hallen herüberkamen, mit verdoppeltem Echo von Glockengetön und Lärmen aus.

»Was ist das?« fragte das Kind.

Der Vater erwiderte: »Das sind die Saturnalien des Pöbels.«

Mit einemmal bemerkte er die zerlumpten Kleinen, die regungslos hinter dem grünen Häuschen der Schwäne standen. »Und das dort ist der Anfang«, sagte er. Nach einem kurzen Schweigen setzte er hinzu: »Die Anarchie dringt in den Park ein.«

Indes biß der Sohn in das Gebäck, spuckte es wieder aus, und plötzlich begann er zu weinen. »Warum weinst du?« fragte der Vater.

»Ich habe keinen Hunger mehr«, sagte das Kind.

Das Lächeln des Vaters verstärkte sich. »Man braucht nicht hungrig zu sein, um Kuchen zu essen.«

»Mein Kuchen langweilt mich. Er ist altbacken.«

»Du willst ihn nicht mehr?«

»Nein.«

Der Vater wies auf die Schwäne. »Wirf ihn den Schwimmvögeln hin!«

Das Kind zögerte. Wenn man seinen Kuchen nicht mehr mag, ist das kein Grund, ihn herzugeben.

Der Vater sagte: »Sei menschlich! Man soll mit den Tieren Mitleid haben.« Und er nahm seinem Sohn den Kuchen weg und warf ihn in das Bassin. Der Kuchen fiel sehr nahe dem Rand nieder. Die Schwäne waren weit davon, in der Mitte des Bassins, und mit irgendeiner Beute beschäftigt. Sie hatten weder den Bourgeois noch das Gebäck gesehen.

Der Bourgeois erging sich, da er fühlte, daß der Verlust des Kuchens drohte und ihn dieser Mißerfolg aufregte, in telegraphischen Gesten, die endlich von den Schwänen beachtet wurden. Sie sahen, daß ein Brocken auf dem Wasser schwamm, machten als Schiffe, die sie sind, eine Wendung und steuerten langsam auf das Buttergebäck zu, mit der apathischen Majestät, die den weißen Tieren ziemt. »Den Schwänen schwant etwas«, sagte der Bourgeois, beglückt, daß er witzig sein durfte.

In diesem Moment wuchs der ferne Lärm aus der Stadt plötzlich wieder an. Diesmal war es unheimlich. Manche Windstöße sprechen deutlicher als andere. Mit dem Schall, der jetzt den Park erreichte, wurden Trommelgedröhn, Geschrei, Salven herübergeweht und die düsteren Antworten des Sturmgeläuts und der Kanonen. Und zugleich bedeckte eine schwarze Wolke jählings die Sonne.

Die Schwäne waren noch nicht bis zu dem Buttergebäck herangekommen. »Wir wollen heim«, sagte der Bourgeois, »sie greifen die Tuilerien an.« Er faßte wieder die Hand seines Sohnes. Dann fuhr er fort: »Von den Tuilerien zum Luxembourg ist nur dieselbe Entfernung wie vom Königtum zur Pairie von Frankreich – keine große Entfernung. Es wird Schüsse regnen.« Er blickte nach der Wolke. »Und vielleicht wird auch der Regen da droben sich ausschütten. Der Himmel mischt sich ein. Die jüngere Linie ist erledigt. Rasch nach Hause!«

»Ich möchte zusehen, wie die Schwäne den Kuchen fressen«, sagte das Kind.

»Das wäre unklug«, erwiderte der Vater und führte den kleinen Bourgeois von dannen.

Der Sohn, der den Abschied von den Schwänen bedauerte, drehte den Kopf dem Bassin zu, bis eine Krümmung des Pfades zwischen den Baumgruppen es ihm verbarg.

Währenddessen hatten wie die Schwäne die beiden irrenden Kinder sich dem Kuchen genähert. Er schwamm noch immer auf dem Wasser. Der Kleinere schaute den Kuchen an, der Größere den Bourgeois, der den Park verließ. Vater und Sohn entschwanden in das Labyrinth der Alleen, das an der großen Treppe über dem Dickicht auf der Seite der Rue Madame endete.

Sobald sie nicht mehr sichtbar waren, legte sich der Ältere schnell mit dem Bauch über den runden Rand des Bassins, krampfte sich mit der linken Hand daran fest, neigte sich über das Wasser, auf die Gefahr hineinzufallen, und tastete mit dem Stäbchen in seiner rechten Hand nach dem Kuchen. Die Schwäne beeilten sich, als sie den Feind sahen, und bildeten eine Art Brustwehr, die dem kleinen Angler nützlich war. Das Wasser vor den Schwänen floß zurück, und eine dieser weichen, konzentrischen Wellen stieß das Gebäck sanft zu dem Stäbchen des Kindes hin. Als die Schwäne ankamen, berührte der Stab den Kuchen. Das Kind schlug heftig danach, holte das Gebäck heran, verscheuchte die Schwäne, packte den Kuchen und richtete sich auf. Der Kuchen war durch und durch naß. Aber sie hatten Hunger und Durst. Der Ältere teilte das Gebäck, nahm das kleinere Stück für sich, gab das größere seinem Brüderchen und sagte zu ihm: »Schieb dir das in den Schnabel!«

Marius war aus der Barrikade hinausgestürzt und Combeferre ihm gefolgt. Aber zu spät, Gavroche war tot. Combeferre trug den Korb mit den Patronen zurück, Marius den Jungen. Ach! dachte er, was der Vater seinem Vater getan hatte, vergalt er dem Sohn. Nur hatte Thénardier seinen Vater lebend weggebracht; er brachte das Kind tot weg.

Als Marius mit Gavroche auf den Armen wieder in die Schanze eintrat, war sein Gesicht wie das des Jungen von Blut überströmt. Indes er sich bückte, Gavroche aufzuheben, hatte eine Kugel ihm den Schädel geritzt; er hatte es nicht bemerkt. Courfeyrac streifte seine Krawatte ab und verband damit die Stirn von Marius.

Man bettete Gavroche auf denselben Tisch wie Mabeuf und breitete über die beiden Toten den schwarzen Schal. Er genügte für den Greis und für das Kind. Combeferre verteilte die Patronen des Korbes, den er mitgebracht hatte. Das ergab fünfzehn Schüsse für jeden Mann.

Jean Valjean saß noch unbeweglich an seinem Platz auf dem Prellstein. Als Combeferre ihm seine fünfzehn Patronen anbot, schüttelte er den Kopf. »Das ist ein Sonderling, wie man ihn selten findet«, sagte Combeferre leise zu Enjolras. »Er ist imstande, auf der Barrikade zu sein und nicht zu kämpfen.«

»Das hindert ihn nicht, sie zu verteidigen«, antwortete Enjolras.

»Der Heroismus hat seine Originale«, versetzte Combeferre. Und Courfeyrac, der ihn gehört hatte, fügte hinzu: »Er ist nicht von derselben Art wie der Vater Mabeuf.«

Das Feuer, das die Barrikade traf, störte kaum die Ruhe im Inneren. Wer nie den Taumel in einem solchen Krieg erlebt hat, kann sich keine Vorstellung machen von den eigentümlichen Augenblicken der Stille zwischen diesen Zukkungen. Man kommt und geht, plaudert, scherzt und schlendert umher. Zu jemand, den wir kennen, sagte ein Kämpfer mitten im Kartätschenhagel: »Das geht ja hier zu wie bei einem Sektfrühstück.« Die Schanze in der Rue de la Chanvrerie, wir wiederholen es, schien innen sehr ruhig. Alle Höhepunkte und alle Stationen waren oder sollten erst noch erreicht werden. Die Lage war zunächst mißlich, dann bedrohlich gewesen und konnte nur noch verzweifelt werden. In dem Maße wie sich die Stimmung verdüsterte, übergoß der Heldenmut die Barrikade mehr und mehr mit seinem purpurfarbenen Schein. Ernst beherrschte sie Enjolras in der Haltung eines jungen Spartaners, der sein blankes Schwert dem düsteren Genius Epidotas weiht.

Combeferre verband, die Schürze vor dem Bauch, die Verwundeten. Bossuet und Feuilly stellten Patronen her mit dem Pulverhorn, das Gavroche bei dem toten Korporal erbeutet hatte, und Bossuet sagte zu Feuilly: »Bald fahren wir mit der Eilpost nach einem anderen Planeten ab.« Courfeyrac ordnete auf den wenigen Pflastersteinen, die er sich in der Nähe von Enjolras vorbehalten hatte, ein ganzes Arsenal. Er reihte seinen Stockdegen, sein Gewehr, zwei Sattelpistolen und ein kleines Terzerol aneinander, mit der Sorgfalt eines jungen Mädchens, das sich ein Wandschränkchen einrichtet. Jean Valjean betrachtete stumm die Wand ihm gegenüber. Ein Arbeiter zog sich auf seinem Kopf mit Bindfaden einen breiten Strohhut der Mutter Hucheloup zurecht, aus Furcht vor Sonnenstichen, wie er sagte. Die jungen Leute der Cougourde von Aix plauderten heiter, als ob sie in aller Hast ein letztes Mal ihren südlichen Dialekt reden müßten. Joly, der den Spiegel der Witwe Hucheloup vom Haken heruntergenommen hatte, beschaute darin seine Zunge. Einige Kämpfer hatten in einer Schublade fast verschimmelte Brotkrusten aufgestöbert und aßen sie gierig. Marius war in Unruhe über das, was sein Vater ihm sagen würde.

Der Beute gewordene Geier

Beharren wir auf einer psychologischen Tatsache, die den Barrikaden eigen ist. Von dem, was diesen erstaunlichen Krieg der Straßen kennzeichnet, darf nichts weggelassen werden.

Wie groß auch immer die eigenartige innere Ruhe, über die wir soeben gesprochen haben, sein mag, für diejenigen, die in der Barrikade sind, bleibt diese gleichwohl eine Vision.

Es ist etwas von der Apokalypse im Bürgerkrieg, alle Nebel des Unbekannten verbinden sich mit diesem wilden Lodern, die Revolutionen sind voller Rätsel, und jeder, der durch den Raum hinter einer Barrikade geschritten ist, meint, geträumt zu haben.

Was man an jenen Orten empfindet, darauf haben wir im Zusammenhang mit Marius hingewiesen, und wir werden die Folgen noch kennenlernen. Das ist mehr oder weniger als das Leben. Aus einer Barrikade herausgekommen, kann keiner sagen, was er eigentlich darin gesehen hat. Man war schrecklich und weiß es nicht. Man war umgeben von kämpfenden Ideen, die ein menschliches Antlitz trugen. Man hatte den Kopf im Licht der Zukunft. Leichen lagen herum, und Schemen bewegten sich aufrecht. Die Stunden waren gewaltig und schienen Stunden der Ewigkeit. Man lebte im Tode. Schatten huschten vorüber. Was war das? Blut klebte an den Händen. Es war eine entsetzliche Betäubung, eine fürchterliche Stille. Man sah offene Münder, die schrien, und offene Münder, die schwiegen. Qualm erfüllte die Luft, vielleicht war es Nacht. Man glaubt die unheilvolle Nässe der unbekannten Tiefen gespürt zu haben, sieht etwas Rotes unter den Fingernägeln und kann sich nicht mehr erinnern.

Kehren wir in die Rue de la Chanvrerie zurück. Plötzlich drang zwischen zwei Salven von fern der Schlag einer Uhr herüber. »Es ist Mittag«, sagte Combeferre. Die zwölf Schläge waren noch nicht verklungen, als sich Enjolras aufreckte und vom Gipfel der Barrikade die donnernden Worte rief: »Holt Steine in das Haus! Legt sie an das Sims des Fensters im Oberstock und in die Dachkammern! Eine Hälfte der Mannschaft an die Gewehre, die andere schafft die Steine hinauf. Wir haben keine Minute zu verlieren!«

Ein Zug Pioniere der Feuerwehrtruppe war soeben mit geschulterten Äxten in Schlachtaufstellung am Ende der Straße erschienen. Er war zweifellos die Spitze einer Kolonne. Und welcher Kolonne? Der Angriffskolonne offenbar. Die Pioniere, die beauftragt waren, die Barrikade niederzureißen, mußten immer den Soldaten, die sie zu erklettern hatten, vorangehen. Der Augenblick nahte, den Herr Clermont-Tonnerre 1822 den »Ruck am Halsband« nannte.

Der Befehl von Enjolras wurde mit der korrekten Beschleunigung ausgeführt, die auf Schiffen und Barrikaden üblich ist, den beiden einzigen Kampfstätten, von denen man nicht entrinnen kann. In wenigen Minuten wurden zwei Drittel der Steine, die Enjolras an der Tür vom »Korinth« hatte anhäufen lassen, in den ersten Stock und nach dem Speicher hinaufgebracht, und bevor eine zweite Minute verstrichen war, vermauerten diese Steine, kunstvoll aufeinandergestapelt, bis zu halber Höhe das Fenster des Obergeschosses und die Mansardenluken. Einige Zwischenräume, ziemlich genau von Feuilly vorgesehen, dem leitenden Architekten, konnten Flintenläufen als Durchlaß dienen. Diese Bewaffnung der Fenster war um so besser zu bewerkstelligen, als das Kartätschenfeuer aufgehört hatte. Die beiden Kanonen feuerten jetzt mit Kugeln gegen die Mitte des Steindammes, um ein Loch zu schießen und, wenn es möglich war, eine Bresche für den Angriff.

Als die für die letzte Verteidigung gedachten Steine an Ort und Stelle waren, ließ Enjolras die Flaschen, die er unter dem Tisch, auf dem Mabeuf lag, angesammelt hatte, in den ersten Stock tragen.

»Wer soll das trinken?« fragte ihn Bossuet.

»Die anderen«, erwiderte Enjolras.

Dann verbarrikadierte man das Fenster unten und hielt die eisernen Querriegel bereit, die dazu dienten, nachts die Tür der Schenke von innen zu versperren. Die Festung war fertig. Die Barrikade war der Wall, die Schenke der Turm. Mit den noch übrigen Steinen verstopfte man den Einschnitt. Da die Verteidiger einer Barrikade stets die Pflicht haben, Munition zu sparen, und die Belagerer es wissen, betätigen diese eine Art aufreizender Saumseligkeit, setzen sich verfrüht dem Feuer aus, aber mehr zum Schein als wirklich, und machen es sich bequem. Die Vorbereitung des

Angriffs erfolgt immer mit einer gewissen methodischen Langsamkeit, dann aber entlädt sich der Blitz.

Diese Langsamkeit gestattete Enjolras, alles zu besichtigen und zu vervollkommnen. Er fühlte, daß, wenn solche Männer sterben, ihr Tod ein Meisterwerk sein mußte. So sagte er zu Marius: »Wir sind die beiden Anführer. Ich werde drinnen die letzten Befehle erteilen. Du bleibe draußen und beobachte!«

Marius ging an seinen Posten auf den Kamm der Barrikade. Enjolras ließ die Tür der Küche, die nun Ambulanz war, vernageln. »Keine Unannehmlichkeiten für die Verwundeten«, sagte er. Er gab in dem unteren Saal seine letzten Weisungen mit knapper, jedoch ganz ruhiger Stimme. Feuilly hörte zu und antwortete im Namen aller.

»Im ersten Stock haltet die Hacken bereit, um die Treppe entzweizuhauen. Sind sie das?«

»Ja«, sagte Feuilly.

»Wieviel?«

»Zwei Hacken und eine Keule.«

»Gut. Von uns sind sechsundzwanzig Kämpfer auf den Beinen. Wieviel Gewehre sind da?«

»Vierunddreißig.«

»Acht zuviel. Haltet die acht Gewehre geladen wie die anderen, damit wir sie zur Hand haben! In die Gürtel Heckenmesser und Terzerole. Zwanzig Mann auf die Barrikade. Sechs lauern an den Mansardenluken und am Fenster des ersten Stocks, um durch die Schießscharten zwischen den Steinen auf die Angreifer zu feuern. Nicht ein einziger Arbeiter darf müßig sein. Jetzt gleich, wenn zum Angriff getrommelt wird, sollen die zwanzig hier unten in die Barrikade stürmen. Die zuerst kommen, werden die besten Plätze haben.«

Nach diesen Anordnungen wandte er sich an Javert und sagte zu ihm: »Dich vergesse ich nicht.« Und während er eine Pistole auf den Tisch legte, fügte er hinzu: »Der zuletzt von hier geht, schießt diesem Spion eine Kugel in den Kopf.«

»Hier?« fragte eine Stimme.

»Nein, diese Leiche soll nicht mit den unseren vermischt werden. Man kann auf die kleine Barrikade in der Rue de Mondétour hinüberklettern. Sie ist nur vier Fuß hoch. Der Mann ist gut geknebelt. Dorthin wird er gebracht und dort gerichtet.«

In diesem Moment war ein Mann unbewegter als Enjolras: Javert.

Jean Valjean erschien. Aus der Schar der Aufständischen war er bisher nicht herausgetreten. Er schritt nach vorn und fragte Enjolras: »Sind Sie der Befehlshaber?«

»Ja.«

»Sie haben sich vorhin bei mir bedankt.«

»Im Namen der Republik. Die Barrikade hat zwei Retter, Marius Pontmercy und Sie.«

»Meinen Sie, daß ich Anspruch auf eine Belohnung habe?«

»Gewiß.«

»Dann bitte ich darum.«

»Um welche Belohnung?«

»Daß ich selbst diesem Mann den Schädel zerschmettern kann.«

Javert hob den Kopf, sah Jean Valjean, zuckte unmerklich zusammen und sagte: »Das ist nur gerecht.«

Enjolras war dabei, seinen Karabiner wieder zu laden. Er ließ den Blick um sich schweifen. »Hat niemand etwas dagegen?« Und er drehte sich zu Jean Valjean um. »Nehmen Sie sich den Spitzel.«

Jean Valjean bemächtigte sich Javerts und setzte sich an das Ende des Tisches. Er ergriff die Pistole, und ein schwaches Knacken verriet, daß er sie gespannt hatte.

Fast in derselben Sekunde hörte man Hörner blasen. »Überfall!« schrie Marius von der Barrikade herunter.

Javert begann zu lachen, geräuschlos, wie das seine Art war, sah die Aufständischen fest an und sagte zu ihnen: »Euch geht es nicht besser als mir.«

»Alle hinaus!« rief Enjolras. Die Aufständischen stoben in einem Tumult durcheinander, und als sie losstürzten, rief ihnen Javert die Worte nach: »Auf baldiges Wiedersehen!«

Jean Valjean rächt sich

Als Jean Valjean mit Javert allein war, band er den Strick auf, der den Gefangenen um die Leibesmitte fesselte und dessen Knoten unter dem Tisch war. Dann gab er ihm ein Zeichen, er solle aufstehen. Javert gehorchte mit einem unsagbaren Lächeln, in dem sich die Überlegenheit der geketteten Autorität verdichtete.

Jean Valjean faßte Javert an der Schlinge, wie man ein Zugtier am Brustriemen faßt, zog ihn hinter sich her und verließ die Schenke langsam, denn Javert konnte, an den Beinen umschnürt, nur sehr kleine Schritte machen. Jean Valjean hatte die Pistole in der Faust. Sie durchquerten so das innere Viereck der Barrikade. Die Aufständischen, ganz mit dem nahenden Angriff beschäftigt, wandten ihnen den Rücken zu.

Nur Marius, der abseits stand, an der äußersten Linken des Steindamms, sah sie vorbeikommen. Diese Gruppe des armen Sünders und des Henkers war von dem Grabeslicht erleuchtet, das seine Seele umfing.

Jean Valjean ließ den geknebelten Javert die kleine Schanze an der Ruelle Mondétour ersteigen, nicht ohne Mühe, aber ohne einen einzigen Augenblick seinen Griff zu lockern.

Als sie dieses Steingewirr überklettert hatten, befanden sie sich allein in dem Gäßchen. Niemand sah sie mehr. Die Krümmung der Häuser verbarg sie den Aufständischen. Wenige Schritte von ihnen entfernt lagen die aus der Barrikade geborgenen Leichname, schrecklich gehäuft. Man unterschied ein fahles Antlitz, gelöstes Haar, eine durchschossene Hand und einen halbnackten Frauenbusen. Es war Eponine. Javert betrachtete mit einem Seitenblick die Tote und sagte mit gedämpfter Stimme, unerschütterlich ruhig: »Mir scheint, das Mädchen kenne ich.« Dann wandte er sich Jean Valjean wieder zu.

Jean Valjean schob die Pistole unter seinen Arm und heftete auf Javert einen Blick, der nicht der Worte bedurfte, um ihn wissen zu lassen: Javert, ich bin es.

Javert rief: »Nun räche dich!«

Jean Valjean holte aus seiner Hosentasche ein Messer und klappte es auf. »Also Messerstecher!« rief Javert. »Du hast recht! Das paßt mehr zu dir.«

Jean Valjean zerschnitt die Schlinge, die Javert um den Hals trug, dann die Stricke um seine Handgelenke, dann, indem er sich bückte, die Schnur um seine Fußknöchel. Hiernach reckte er sich wieder gerade und sagte: »Sie sind frei.«

Javert zu überraschen, war nicht leicht. Aber sosehr er sich beherrschte, einer Erregung konnte er sich nicht entziehen. Er verharrte unbeweglich, den Mund offen.

Jean Valjean fuhr fort: »Ich glaube nicht, daß ich von hier wegkomme. Sollte es dennoch geschehen: Ich wohne unter dem Namen Fauchelevent in der Rue de l'Homme-Armé Nummer sieben.«

Javert verzerrte wie ein Tiger die Lippen, so daß sein Mundwinkel sich entblößte, und murmelte zwischen den Zähnen: »Nimm dich in acht!«

»Gehen Sie!« sagte Jean Valjean.

»Fauchelevent hast du gesagt, Rue de l'Homme-Armé?« fragte Javert.

»Nummer sieben.«

»Nummer sieben«, wiederholte Javert leise. Er knöpfte seinen Überrock zu, straffte seine Schultern militärisch, machte eine halbe Wendung, kreuzte die Arme, wobei er sein Kinn an eine seiner Hände lehnte, und begann in der Richtung der Markthallen zu gehen. Jean Valjean folgte ihm mit den Augen. Nach wenigen Schritten drehte Javert sich um und rief Jean Valjean zu: »Sie langweilen mich. Töten Sie mich lieber!«

Es fiel Javert selbst nicht auf, daß er Jean Valjean nicht mehr duzte.

»Gehen Sie!« sagte Jean Valjean.

Javert ging mit langsamen Schritten. Im nächsten Moment bog er um die Ecke der Rue des Prêcheurs.

Als Javert verschwunden war, entlud Jean Valjean die Pistole in die Luft. Dann begab er sich in die Barrikade zurück und sagte: »Erledigt.«

Währenddessen hatte Marius, der mehr draußen als drinnen zu tun hatte, den geknebelten Spion im dunklen Hintergrund des Saales im Erdgeschoß nicht genauer gemustert. Als er ihn bei Tageslicht über die Barrikade klettern sah, auf dem Weg zum Tod, erkannte er ihn. Eine plötzliche Erinnerung fuhr ihm durch den Kopf. Er gedachte des Inspektors in der Rue de Pontoise und der beiden Terzerole, die er ihm eingehändigt und deren er, Marius, sich in der Barrikade bedient hatte, und er entsann sich nicht nur des Gesichtes, auch des Namens. Aber das zog ihm nebelhaft durch den Kopf, wirr wie alle seine Ideen. Nicht seine Erinnerung bestätigend, sondern zweifelnd legte er sich die Frage vor: Ist das nicht der Polizeiinspektor, der mir gesagt hat, er heiße Javert?

Vielleicht war noch Zeit, sich für diesen Mann einzusetzen. Aber zuerst mußte er ermitteln, ob es wirklich Javert war. Marius rief Enjolras an, der sich am anderen Ende der Barrikade aufgestellt hatte: »Enjolras!«

»Was?«

»Wie heißt der Mann dort?«

»Wer?«

»Der Polizeibeamte. Kennst du seinen Namen?«

»Gewiß. Er hat ihn uns gesagt.«

»Wie heißt er?«

»Javert. «

Marius fuhr auf. In diesem Moment erscholl der Pistolenschuß. Jean Valjean erschien wieder und sagte: »Erledigt.« Eine düstere Kälte drang Marius ins Herz.

Die Toten haben recht und die Lebenden nicht unrecht

Der Todeskampf der Barrikade sollte anheben. Alles trug zur tragischen Majestät dieser letzten Minuten bei: tausendfaches geheimnisvolles Getöse in der Luft, der Atem der bewaffneten Massen, die in Straßen, die man nicht sah, in Bewegung kamen, der abwechselnde Galopp der Reiterei, das dumpfe Beben des Bodens unter der vorrückenden Artillerie, Rottenfeuer und Kanonaden, die sich im Labyrinth von Paris kreuzten, der Rauch der Schlacht, der vergoldet über die

Dächer stieg, irgendwelche ferne, unbestimmt furchtbare Schreie, überall aufflackernde Drohung, das Sturmgeläut von Saint-Merry, das jetzt wie ein Schluchzen klang, die Milde der Jahreszeit, der Glanz des von Sonne und Wolken erfüllten Himmels, die Schönheit des Tages und das lastende Schweigen der Häuser. Denn seit dem Vortag waren die beiden Häuserreihen der Rue de la Chanvrerie zwei Mauern geworden, unheimliche Mauern. Türen, Fenster und Fensterläden waren zugesperrt.

Wenn in jener, von der unsrigen sich so sehr unterscheidenden Zeit die Stunde gekommen war, da das Volk einem unerträglichen Zustand, einer aufgezwungenen Charte oder einem beschränkten Wahlrecht ein Ende machen wollte, wenn der allgemeine Zorn in der Luft hing, wenn die Stadt der Empörung ihrer Pflastersteine zustimmte, wenn der Aufstand das Bürgertum lächeln ließ, weil er ihm seine Losung ins Ohr flüsterte, dann war der Einwohner, vom Aufruhr überzeugt, gewissermaßen der Bundesgenosse des Kämpfers. Das Haus verbrüderte sich mit der improvisierten Festung, und die stützte sich auf das Haus. Wenn aber die Situation nicht herangereift war, wenn dem Aufstand nicht voll zugestimmt wurde, wenn die Masse die Bewegung nicht billigte, war es um die Kämpfer geschehen. Die Stadt verwandelte sich in eine Wüste rings um den Aufruhr, die Seelen erstarrten zu Eis, die Zufluchtsorte waren versperrt, und die Straße half der Armee, die Barrikade zu erobern.

Ein Volk läßt sich nicht überrumpeln und geht nicht schneller, als es will. Wehe dem, der versucht, es zum Handeln zu zwingen! Das läßt sich kein Volk gefallen. Dann überläßt es den Aufstand sich selbst. Die Aufständischen werden Pestkranke. Ein Haus ist eine steile Böschung, eine Tür eine Verweigerung, eine Fassade eine Mauer. Diese Mauer hat Augen und Ohren und will nicht. Sie könnte sich auftun und dich retten. Nein. Diese Mauer ist ein Richter. Sie sieht dich an und verurteilt dich. Wie düster diese verschlossenen Häuser sind! Sie wirken tot, sie sind lebendig. Das Leben, das in ihnen gleichsam unterbrochen scheint, dauert darin fort. Niemand ist seit vierundzwanzig Stunden ausgegangen, und es fehlt auch niemand. Im Inneren dieses Felsens geht man hin und her, legt sich zu Bett, steht auf. Man ist hier unter sich. Hier wird gegessen und getrunken, Blut und Wasser geschwitzt! Die Furcht entschuldigt diese fürchterliche Ungastlichkeit; sie ist ein mildernder Umstand, mit Bestürzung verbunden. Bisweilen wird sogar, und das ist schon vorgekommen, aus der Furcht Leidenschaft. Der Schrecken kann sich in Raserei verwandeln, wie die Vorsicht in Wut. Daher das so tiefgründige Wort »die wütenden Gemäßigten«. Aus dem Lodern des äußersten Entsetzens geht wie ein unheimlicher Dampf der Zorn hervor. »Was wollen die Leute da? Nie sind sie zufrieden. Sie bringen friedliebende Menschen in Gefahr. Als ob es nicht schon genug Revolutionen gegeben hätte! Was wollen sie hier? Sollen sie sehen, wie sie davonkommen. Um so schlimmer für sie. Das ist ihre Schuld. Sie bekommen nur, was sie verdienen. Uns geht das nichts an. Unsere arme Straße, wie sie von Kugeln durchsiebt wird! Die Taugenichtse! Macht ja nicht die Tür auf.« Und das Haus nimmt das Aussehen eines Grabes an. Der Aufständische ringt vor dieser Tür mit dem Tode. Er sieht die Kartätschenkugeln heranfliegen, die blanken Säbel kommen. Wenn er ruft, weiß er, daß er gehört wird, doch niemand öffnet. Da sind Mauern, die ihn schützen könnten, da sind Menschen, die ihn retten könnten, und die Mauern haben Ohren von Fleisch und Blut und die Menschen ein Herz aus Stein.

Wen soll man anklagen?

Niemand und jedermann.

Die unvollkommenen Zeiten, in denen wir leben.

Stets verwandelt sich die Utopie auf eigene Rechnung und Gefahr in Aufstand, der philosophische in bewaffneten Protest und Minerva in Pallas. Die Utopie, die die Geduld verliert und Aufruhr wird, weiß, was sie erwartet. Fast immer kommt sie zu früh. Dann fügt sie sich und nimmt stoisch die Katastrophe statt des Triumphes hin. Sie tut ihren Dienst, ohne sich zu beklagen, entschuldigt sogar jene, die sie verleugnen, und in ihrer Großmut billigt sie, daß sie im Stich gelassen wird. Sie ist unbeugsam vor dem Hindernis und milde gegenüber dem Undank.

Ist es übrigens Undank?

Vom Standpunkt des Menschengeschlechts aus, ja.

Vom Standpunkt des einzelnen aus, nein.

Der Fortschritt ist der Weg des Menschen. Das allgemeine Leben der Menschheit heißt Fortschritt. Der gemeinsame Schritt der Menschheit heißt Fortschritt. Der Fortschritt marschiert. Er macht die große menschliche und irdische Reise zum Himmlischen und Göttlichen. Er legt Marschpausen ein, in denen er die Nachzügler sammelt. Er rastet und denkt dabei im Angesicht irgendeines herrlichen Kanaan nach, das sich plötzlich an seinem Horizont zeigt. Er hat seine Nächte, in denen er schläft; und in schmerzliche Angst versetzt es den Denker, wenn er das Dunkel über der menschlichen Seele sieht und in der Finsternis nach dem eingeschlafenen Fortschritt tastet, ohne daß er ihn wecken kann.

»Gott ist vielleicht tot«, sagte eines Tages zum Schreiber dieser Zeilen Gérard de Nerval. Dabei verwechselte er den Fortschritt mit Gott und hielt die unterbrochene Bewegung für den Tod des Seins.

Wer die Hoffnung aufgibt, hat unrecht. Der Fortschritt erwacht unfehlbar, und er ist sogar im Schlaf weitermarschiert, denn er ist gewachsen. Wenn man ihn wieder auf den Beinen sieht, findet man ihn größer. Immer ruhig zu sein hängt weder vom Fortschritt noch vom Strom ab. Errichtet keinen Damm in ihm, werft keinen Fels hinein; das Hindernis läßt das Wasser aufschäumen und die Menschheit aufbrausen. Daher Aufruhr, aber danach läßt sich das zurückgelegte Stück Weges ermessen. Bis daß die Ordnung, ein anderes Wort für Weltfriede, hergestellt ist, bis daß Harmonie und Einheit herrschen, hat der Fortschritt als Entwicklungsstufen die Revolutionen.

Was ist also der Fortschritt? Wir haben es soeben gesagt. Das fortdauernde Leben der Völker.

Nun geschieht es zuweilen, daß sich das vorübergehende Leben der einzelnen dem ewigen Leben der Menschheit widersetzt.

Erkennen wir es ohne Bitternis an. Der einzelne sucht den eigenen Vorteil, kann ihn sich ohne Pflichtvergessenheit ausbedingen und wahren. Die Gegenwart hat ihr entschuldbares Maß an Egoismus. Das vorübergehende Leben hat sein Recht und ist nicht verpflichtet, sich ständig für die Zukunft aufzuopfern. Die Generation, die gegenwärtig auf der Erde lebt, muß die Dauer ihres Verweilens durchaus nicht für die Generationen abkürzen, deren Zeit später anbricht, obwohl sie ihresgleichen sind. Ich bin da, murmelt dieser Bewußte, der »alle« heißt. Ich bin jung und verliebt, ich bin alt und will mich ausruhen, ich bin Familienvater, ich arbeite, ich habe Erfolg, ich mache gute Geschäfte, ich besitze Mietshäuser, ich habe Geld beim Staat, ich bin glücklich, ich habe Frau und Kinder, all das liebe ich, ich möchte leben, laßt mich in Ruhe! Daher wird zu gewissen Zeiten der hochherzigen Vorhut der Menschheit mit großer Kälte begegnet.

Zugegeben, die Utopie verläßt ihre strahlende Sphäre, wenn sie Krieg führt. Sie, die Wahrheit von morgen, entleiht ihr Verfahren, die Schlacht, bei der Lüge von gestern. Sie, die Zukunft, handelt wie die Vergangenheit. Sie, der reine Gedanke, wird tätlich. Ihren Heroismus schmälert sie durch Gewalttätigkeit, wofür sie sich mit Recht verantworten muß, und für gelegentliche Gewalt als Ausweg, was den Grundsätzen widerspricht, wird sie schicksalhaft bestraft. Die Aufstand gewordene Utopie kämpft mit dem alten Militärstrafgesetzbuch in der Faust. Sie erschießt Spione, sie exekutiert Verräter, sie stößt lebendige Geschöpfe in die unbekannte Finsternis. Sie bedient sich des Todes, eine ernste Sache. Offenbar glaubt die Utopie nicht mehr an die Ausstrahlung, an ihre unwiderstehliche und unvergängliche Kraft. Sie greift zum Schwert. Nun besitzt aber jedes Schwert zwei Schneiden; wer mit der einen Wunden schlägt, verletzt sich an der anderen.

Nach diesem streng sachlichen Vorbehalt können wir nicht umhin, die ruhmreichen Kämpfer für die Zukunft, die Bekenner der Utopie zu bewundern, mögen sie nun erfolgreich sein oder nicht. Selbst wenn sie scheitern, sind sie verehrungswürdig, und vielleicht zeigen sie im Mißerfolg noch mehr Größe. Der Sieg, so er dem Fortschritt entspricht, ist des Beifalls der Völker würdig; doch eine heldenhafte Niederlage verdient ihre Ergriffenheit. Das eine ist großartig, das andere erhaben. Für uns, die wir das Martyrium dem Erfolg vorziehen, ist John Brown größer als Washington und Pisacane größer als Garibaldi.

Einer muß doch für die Besiegten sein.

Zu diesen großen Männern, die es mit der Zukunft versuchen, ist man ungerecht, wenn sie scheitern.

Die Revolutionäre werden beschuldigt, Schrecken zu verbreiten. Jede Barrikade scheint ein Anschlag. Ihre Theorien werden beanstandet, ihr Ziel wird verdächtigt, ihr Hintergedanke gefürchtet und ihr Gewissen angeprangert. Es wird ihnen vorgeworfen, daß sie gegen die bestehenden sozialen Verhältnisse einen Haufen aus Elend, Schmerzen, Ungerechtigkeiten, Beschwerden und Verzweiflung aufschütten, auftürmen und daß sie aus den Niederungen höllische Blöcke stemmen, um sich damit Schießscharten zu bauen und dahinter zu kämpfen. Man ruft ihnen zu: Ihr reißt das Pflaster der Hölle auf! Sie könnten antworten: Dafür ist unsere Barrikade aus guten Vorsätzen errichtet.

Am besten ist freilich die friedliche Lösung. Mit einem Wort, beim Anblick des Pflastersteins denkt man an den Bären. Die Gesellschaft regt sich über einen guten Willen auf. Aber es hängt von der Gesellschaft ab, ob sie sich selbst rettet, und wir appellieren an ihre eigene Gutwilligkeit. Kein gewaltsames Heilmittel ist notwendig. Wir fordern sie auf, das Übel im guten zu erforschen, zu erkennen und alsdann zu heilen.

Wie dem auch sei, sogar und vor allem gefallen, sind diese Männer erhaben. Den Blick auf Frankreich geheftet, kämpfen sie an allen Ecken der Welt mit der zwingenden Logik des Ideals für das große Werk. Sie geben ihr Leben als reine Gabe für den Fortschritt hin. Sie erfüllen den Willen der Vorsehung. Sie vollziehen eine religiöse Handlung. Zur festgesetzten Zeit und ebenso uneigennützig wie ein Schauspieler, der bei seinem Stichwort auftritt, gehorchen sie dem göttlichen Szenarium, treten sie ab. Und den aussichtslosen Kampf und das stoische Sterben nehmen sie hin, um jene großartige Bewegung der Menschheit, die unwiderstehlich am 14. Juli 1789 begonnen hat, zu ihren herrlichen und letzten allgemeinen Folgen zu führen. Diese Soldaten sind Priester. Die Französische Revolution ist ein Heldengedicht Gottes.

Übrigens gibt es, und dies muß den bereits in einem anderen Kapitel festgestellten Unterschieden hinzugefügt werden, Aufstände, die Zustimmung finden und Revolutionen heißen. Abgelehnte Revolutionen heißen dagegen Aufruhre. Ein Aufstand, der ausbricht, ist eine Idee, die vom Volk geprüft wird. Wenn das Volk seine Zustimmung verweigert, ist die Idee ein Versager, der Aufstand ein Krawall.

Bei jeder Aufforderung, und sooft es die Utopie verlangt, in den Krieg ziehen, das mögen die Völker nicht. Nationen haben nicht stets und zu jeder Stunde das Temperament von Helden und Märtyrern.

Sie sind positiv. Der Aufstand ist ihnen von vornherein zuwider, weil er erstens als Ergebnis oft eine Katastrophe zeitigt und zweitens als Ausgangspunkt stets eine Abstraktion hat.

Denn, und dies ist schön, wer sich aufopfert, opfert sich immer für und nur für das Ideal auf. Ein Aufstand ist Begeisterung. Die Begeisterung kann Zorn werden, deshalb wird zu den Waffen gegriffen. Aber jeder Aufstand, der eine Regierung oder eine Staatsform aufs Korn nimmt, will höher hinaus. So zum Beispiel war das, wir beharren darauf, was die Führer des Aufstandes von 1832 und insonderheit die jugendlichen Schwärmer in der Rue de la Chanvrerie bekämpften, eben nicht Louis-Philippe. Die meisten ließen, wenn sie freimütig plauderten, den Eigenschaften dieses Königs, der zwischen der Monarchie und der Revolution vermittelte, Gerechtigkeit widerfahren. Keiner haßte ihn. Aber sie griffen in Louis-Philippe die jüngere Linie des Rechts von Gottes Gnaden an, wie sie dessen ältere Linie in Karl X. angegriffen hatten; und mit dem Königtum in Frankreich wollten sie den Übergriff des Menschen auf den Menschen und des Privilegs auf das Recht in der ganzen Welt abschaffen. Paris ohne König hat den Erdkreis ohne Despoten zur Folge. So dachten sie. Ihr Ziel war zweifellos fern, vielleicht verschwommen und nur mit äußerstem Kraftaufwand zu erreichen, doch es war groß.

Das ist so. Und man opfert sich für diese Visionen, die für die Opfermütigen eigentlich immer Illusionen sind, aber Illusionen, von denen die Menschheit zutiefst überzeugt ist. Der Aufständische schmückt den Aufstand aus und beschönigt ihn. Er stürzt sich in diese tragischen Dinge und berauscht sich an dem, was er tun will. Wer weiß? Vielleicht ist ihm Erfolg beschieden. Man ist in der Minderzahl, hat eine ganze Armee gegen sich; aber man verteidigt das Recht, das Naturgesetz, die Herrschaft eines jeden einzelnen über sich selbst, auf die nicht verzichtet werden kann, die Gerechtigkeit, die Wahrheit, und zur Not stirbt man wie die dreihundert Spartaner. Nicht an Don Quijote, sondern an Leonidas wird gedacht. Und auf dem einmal eingeschlagenen Weg geht man weiter, weicht nicht mehr zurück, stürzt blindlings vor, hat als Hoffnung einen überwältigenden Sieg, die zu Ende geführte Revolution, den wieder auf freien Fuß gesetzten Fortschritt, die bereicherte Menschheit, die allgemeine Befreiung; und schlimmstenfalls die Thermopylen.

Die Waffengänge für den Fortschritt mißlingen oft, und wir haben soeben gesagt, warum. Die Menge sträubt sich gegen die Begeisterung der Paladine. Die schwerfälligen Massen, die eben wegen ihrer Trägheit schwach sind, fürchten die Wagnisse; und Wagnis ist mit dem Ideal verbunden.

Übrigens, das soll nicht vergessen werden, sind die Interessen vorhanden. Sie stehen dem Ideal und dem Sentimentalen nicht allzu freundlich gegenüber. Bisweilen lähmt der Magen das Herz.

Größe und Schönheit Frankreichs bestehen darin, daß es weniger Fett als die übrigen Völker ansetzt. Frankreich gürtet sich leichter mit einem Strick. Als erstes wach, schläft es als letztes ein. Es geht vorwärts. Es ist auf der Suche.

Das liegt an seiner künstlerischen Veranlagung.

Das Ideal ist nichts anderes als der Höhepunkt der Logik, wie das Schöne nichts anderes als der Gipfel des Wahren ist. Die künstlerischen Völker sind auch die unbeirrbaren Völker. Die Schönheit lieben heißt das Licht wollen. Deshalb wurde die Fackel Europas, das heißt der Zivilisation, zunächst von Griechenland getragen. Griechenland übergab sie Italien, und Italien reichte sie an Frankreich weiter. Göttliche Völker, die Licht spenden! *Vitae lampada tradunt*.

Wunderbarerweise ist die Dichtung eines Volkes Bestandteil seines Fortschritts. Der Stand der Kultur wird an dem Maß von Phantasie gemessen. Nur muß ein kulturförderndes Volk ein männliches Volk bleiben. Korinth ja, Sybaris nein. Wer verweichlicht, entartet. Man darf weder Dilettant noch Virtuose, sondern muß Künstler sein. Auf dem Gebiet der Kultur darf nicht verfeinert, sondern muß geläutert werden. Unter dieser Bedingung wird der Menschheit das Modell des Ideals gegeben.

Das heutige Ideal sucht sein Vorbild in der Kunst und sein Mittel in der Wissenschaft. Durch die Wissenschaft wird die erhabene Vision der Dichter verwirklicht: das soziale Schöne. Der Garten Eden wird mit A + B noch einmal geschaffen. Bei dem Stand, den die Zivilisation erreicht hat, ist das Genaue ein notwendiger Bestandteil des Herrlichen, und das Instrument der Wissenschaft dient nicht nur dem künstlerischen Gefühl, sondern ergänzt es auch. Der Traum muß rechnen. Die Kunst, der Eroberer, muß sich auf die Wissenschaft, den Fußsoldaten, stützen können. Die Gediegenheit der Ausrüstung zählt. Der moderne Geist ist der Genius Griechenlands mit dem Genius Indiens als Reittier, Alexander auf dem Elefanten.

Die im Dogma versteinerten oder durch den Gewinn verdorbenen Völker sind unfähig, die Zivilisation anzuführen. Der Kniefall vor dem Götzen oder dem Taler schwächt den Muskel, der marschiert, und den Willen, der vorangeht. Das Aufgehen in Tempeldienst oder Handel vermindert die Ausstrahlung eines Volkes, verkleinert seinen Horizont, senkt sein Niveau und nimmt ihm jenes menschliche und zugleich göttliche Wissen um das allgemeine Ziel, das die Nationen zu Verkündern macht. Babylon hat kein Ideal. Karthago hat kein Ideal. Athen und Rom haben und bewahren sich, selbst die tiefe Nacht der Jahrhunderte hindurch, den Glorienschein der Zivilisation.

Das Volk Frankreichs ist auf eine Stufe zu stellen mit den Völkern Griechenlands und Italiens. Es ist athenisch durch das Schöne und römisch durch das Große. Zudem ist es gut. Es bringt sich dar. Mehr als die übrigen Völker ist es bereit zu Hingabe und Opfer. Nur wechselt diese Stimmung. Und das ist die große Gefahr für diejenigen, die laufen, wenn Frankreich bloß gehen will, oder gehen, wenn es stehenbleiben will. Frankreich hat seine Rückfälle in den Materialismus, und in gewissen Augenblicken haben die Gedanken, die das erhabene Hirn verstopfen, nichts mehr an sich, was an französische Größe gemahnt, sind eher einem Staate Missouri oder Südkarolina angemessen. Was ist da zu machen? Die Riesin gefällt sich als Zwergin. Das über die Maßen große Frankreich hat Lust, klein zu sein. Das ist alles.

Dagegen läßt sich nichts einwenden. Völker wie Sterne dürfen sich verfinstern. Und alles ist gut, wenn nur das Licht wiederkehrt und die Finsternis nicht in Nacht übergeht. Morgenröte und Auferstehung sind Synonyme. Das Wiedererscheinen des Lichtes ist der Fortdauer des Ich gleichzusetzen.

Stellen wir diese Tatsachen in aller Ruhe fest. In dem Tod auf der Barrikade oder dem Grab in der Verbannung bietet sich der Aufopferung ein annehmbarer Ausweg. Der richtige Name der Aufopferung ist Uneigennützigkeit. Sollen sich also die Aufgegebenen aufgeben, die Verbannten verbannen lassen, und beschränken wir uns darauf, die großen Völker anzuflehen, daß sie nicht zu weit zurückgehen, wenn sie zurückgehen! Unter dem Vorwand, zur Vernunft zurückzukehren, darf nicht zu tief hinabgestiegen werden.

Die Materie existiert, der Augenblick existiert, die Interessen existieren, der Bauch existiert; doch der Bauch darf nicht die einzige Weisheit sein. Das vorübergehende Leben hat sein Recht, wir lassen das gelten, aber das fortdauernde Leben hat auch eins. Ach, der Aufstieg ist kein Hindernis für den Fall. Dies läßt sich in der Geschichte öfter beobachten, als einem lieb ist. Eine erlauchte Nation kostet vom Ideal, dann beißt sie in den Schlamm, findet den gut; und wird sie gefragt, wie es kommt, daß sie Sokrates für Falstaff aufgibt, antwortet sie: Weil ich Staatsmänner mag.

Noch ein Wort, bevor wir in das Getümmel zurückkehren.

Eine Schlacht, wie wir sie gerade schildern, ist nichts anderes als eine krampfhafte Bewegung zum Ideal. Der behinderte Fortschritt kränkelt und bekommt solche tragischen Anfälle von Fallsucht. Dieser Krankheit des Fortschritts, dem Bürgerkrieg, mußten wir auf unserem Weg begegnen. Akt und zugleich Zwischenspiel, ist das einer der schicksalhaften Abschnitte in diesem Drama, dessen Hauptperson ein von der Gesellschaft Verdammter ist und dessen wahrer Titel »Der Fortschritt« lautet.

Der Fortschritt!

Dieser Schrei, den wir oft ausstoßen, ist unser ganzes Denken; und da die Idee, die er einschließt, noch mehr als eine Probe zu bestehen hat, dürfen wir vielleicht an der Stelle, an der wir uns im Drama befinden, wenn schon nicht den Schleier über ihm lüften, so doch wenigstens sein Licht klar durchscheinen lassen.

Welches auch immer die Unterbrechungen, Einreden und Schwächen dieses Buches sein mögen, es beschreibt von einem Ende zum anderen, in seiner Gesamtheit und in seinen Einzelheiten den Weg des Bösen zum Guten, des Ungerechten zum Gerechten, des Falschen zum Wahren, der Nacht zum Tag, der Begierde zum Gewissen, der Fäulnis zum Leben; der Roheit zur Pflicht, der Hölle zum Himmel, des Nichts zu Gott. Der Ausgangspunkt ist das Irdische, das Ziel die Seele. Die Hydra am Anfang, der Engel am Ende.

Die Helden

Plötzlich trommelten die Trommler zum Angriff. Es brach los wie ein Orkan. Am Abend zuvor, in der Dunkelheit, hatte man sich der Barrikade in aller Stille genähert wie eine Schlange. Jetzt, am hellen Tag, in dieser ausgeweiteten Straße, war eine Überraschung ganz unmöglich. Die Streitmacht hatte sich demaskiert, die Kanone hatte ihr Gebrüll begonnen, die Armee sprang gegen die Barrikade vor. Die Wut hatte sich in Geschicklichkeit verwandelt. Eine starke Kolonne der Linieninfanterie, in gleichen Abständen von Nationalgarde und Munizipalgarde zu Fuß durchschnitten und auf diese Massen gestützt, die man hörte, ohne sie zu sehen, schwenkte im Laufschritt in die Straße ein, unter Trommelwirbel und Hornsignalen, die Bajonette gefällt, Pioniere voran, und stieß, ohne sich durch den Geschoßhagel stören zu lassen, direkt gegen die Barrikade mit der Wucht eines ehernen Balkens, der eine Mauer rammt.

Die Mauer hielt stand. Die Rebellen feuerten ungestüm. Auf der erkletterten Barrikade züngelte ein Bündel von Blitzen empor. Der Angriff war so rasend, daß sie einen Moment von Angreifern überschwemmt wurde. Jedoch sie schüttelte die Soldaten ab wie der Löwe die Hunde, und sie bedeckte sich mit Belagerern nur wie die Felsenküste mit Schaum, um sich im nächsten Augenblick steil, schwarz und drohend wieder zu zeigen.

Die Kolonne, zum Weichen gezwungen, blieb in der Straße massiert, ungeschützt, aber schrecklich, und antwortete der Schanze mit furchtbarem Musketenfeuer. Wer ein Feuerwerk gesehen hat, erinnert sich an die Garbe aus gekreuzten Flammenbündeln, die man Bukett nennt. Man denke sich dieses Bukett nicht mehr senkrecht, sondern waagerecht, mit einer Gewehrkugel, einem Rehposten oder einer Kartätschenkugel an der Spitze jedes Feuerstrahls und in den Trauben der Schloßen den Tod ausstreuend, darunter die Barrikade.

Auf beiden Seiten dieselbe angespannte Bereitschaft. Diese Tapferkeit war fast barbarisch und verband sich mit einer heroischen Wildheit, die mit der Aufopferung des eigenen Ichs begann. Es war die Zeit, da sich ein Nationalgardist wie ein Zuave schlug. Die Truppe wollte zum Ende kommen, der Aufstand sich wehren. Das Bestehen des Todeskampfes in voller Jugend und Gesundheit macht die Unerschrockenheit zu wahnwitziger Raserei. Jeder wuchs in diesem Gefecht durch das Bewußtsein der letzten Stunde über sich hinaus. Die Straße war mit Leichen bestreut.

Zuäußerst standen auf der Barrikade hier Enjolras, dort Marius. Enjolras, der die ganze Barrikade überschaute, sparte sich auf und schützte sich. Drei Soldaten, die nacheinander unter seiner Schießscharte fielen, hatten ihn nicht einmal gesehen. Marius kämpfte ungedeckt. Er gab einen Zielpunkt ab. Mehr als bis zur Mitte des Leibes ragte er aus der Schanze hervor. Das größte Wunder ist ein Geiziger, der über die Stränge haut. Kein Mensch ist im Handeln erschreckender als ein Träumer. Marius war furchtbar und in seine Gedanken vertieft. Er durchlebte die Schlacht wie ein Schlummernder. Er glich einem Gespenst, das eine Flinte handhabt.

Die Patronen der Belagerten erschöpften sich, nicht ihre Spottlust. In dem Taumel des Grabes, der sie mit sich riß, lachten sie. Courfeyrac war barhäuptig. »Was hast du denn mit deinem Hut gemacht?« fragte ihn Bossuet.

Courfeyrac erwiderte: »Sie haben ihn mir mit ihren Kanonen heruntergeschossen.«

Oder sie sagten sich Worte des Hochmuts. »Begreift man«, rief Feuilly bitter, »diese Leute« – und er nannte ihre Namen, bekannte und sogar berühmte Namen, einige von der alten Armee –, »die versprochen hatten, zu uns zu stoßen, und gelobt hatten, uns zu helfen, die sich auf Ehre verpflichtet haben, die unsere Generale sind und uns verlassen.«

Combeferre beschränkte sich darauf, mit ernstem Lächeln zu entgegnen: »Mancher beobachtet das Gesetz der Ehre, wie man die Sterne beobachtet, sehr von weitem.«

Das Innere der Barrikade war von verbrauchten Patronen so überschüttet, daß es aussah, als läge Schnee. Die Angreifer hatten die Zahl für sich, die Aufständischen hatten ihre Position. Sie standen oben auf einer Mauer, und aus nächster Nähe zerschmetterten sie die Soldaten, die zwischen Toten und Verwundeten strauchelten und sich in die Hindernisse der Böschung verwickelten. Diese Barrikade, so wie sie gebaut war und tadellos abgestützt, bot wirklich eine Stellung, in der eine Handvoll Männer eine Legion in Schach halten konnte. Indessen marschierte die Angriffskolonne, mit stets neuem Nachschub und im Kugelregen anwachsend, unerbittlich vor, und jetzt drückte die Armee, nach und nach, Schritt für Schritt, aber mit Sicherheit, auf die Barrikade wie die Schraube auf die Presse.

Die Angriffe folgten rasch. Das Grauen wurde immer größer. So brach auf diesem Steinhaufen in der Rue de la

Chanvrerie ein Kampf aus, würdig einer trojanischen Mauer. Diese blassen, zerlumpten, entkräfteten Männer, die seit vierundzwanzig Stunden nicht gegessen, nicht geschlafen hatten, die nur noch wenige Schüsse abgeben konnten, die ihre der Patronen entleerten Taschen durchsuchten, waren fast alle verwundet. Kopf oder Arm mit schmutzigen Leinenfetzen verbunden, mit Löchern in ihren Kleidern, aus denen Blut floß, kaum bewaffnet mit schlechten Gewehren und alten, schartigen Säbeln – sie wurden Titanen. Die Barrikade wurde zehnmal geentert, berannt, erklettert und nie erobert.

Um einen Begriff von dem Ringen zu bekommen, müßte man sich einen Haufen von schrecklichem Mut vorstellen, der in Brand gesteckt worden ist, und man müßte sich die Feuersbrunst ansehen. Das war schon kein Kampf mehr, das war das Innere eines Schmelzofens. Die Münder stießen Flammen aus, die Gesichter verzerrten sich unglaublich, menschlicher Ausdruck verweigerte sich, die Kämpfer loderten, und fürchterlich war es anzuschauen, wie in dem roten Qualm die Feuergeister des Getümmels hin und her eilten. Wir verzichten darauf, die aufeinanderfolgenden und gleichzeitigen Szenen dieses grandiosen Gemetzels zu schildern. Allein das Epos darf zwölftausend Verse mit einer Schlacht füllen.

Es war wie die Hölle des Brahmanismus, wie im schrecklichsten der siebzehn Abgründe, den der Weda den Wald der Schwerter nennt.

Man schlug sich Leib an Leib, Fuß bei Fuß, mit Pistolenschüssen, mit Säbelhieben, mit Fausthieben, von fern, von nahe, von oben und unten, von überall, vom Dach des Hauses, von den Fenstern der Schenke, von den Luken des Kellers, in den einige sich hatten gleiten lassen. Sie waren eins gegen sechzig. Die halbzerstörte Fassade vom »Korinth« war abscheulich. Das von Kartätschenladungen tätowierte Fenster hatte Scheiben und Rahmen verloren und war nur noch ein unförmiges Loch, in tumultuarischer Eile mit Pflastersteinen gestopft. Bossuet wurde getötet. Feuilly wurde getötet. Courfeyrac wurde getötet. Joly wurde getötet. Combeferre, von drei Bajonettstichen in die Brust durchbohrt, als er gerade einen verwundeten Soldaten aufhob, hatte nur noch Zeit, zum Himmel emporzublicken; dann verschied er.

Marius, der immer noch kämpfte, war von Wunden, besonders am Kopf, so übersät, daß sein Antlitz im Blut verschwand und in ein rotes Tuch gehüllt schien. Enjolras allein war nicht getroffen. Hatte er keine Waffe mehr, so streckte er die Hand nach rechts oder links aus, und ein Aufständischer gab ihm irgendeine Waffe in die Faust. Er hatte nur noch einen Stumpf von vier Degen; einen mehr als Franz I. bei Marignano.

Homer singt: »Drauf den Axylos erschlug der Rufer im Streit Diomedes, / Teuthras' Sohn; er wohnt in der schöngebauten Arisbe, / ... Aber Euryalos nahm des Opheltios Waffen und Dresos', / drauf den Aisepos ereilt' er und Pedasos, die mit der Naïs / Abarbarea einst der edle Bukolion zeugte; / ... und den Pidytes bezwang, den Perkosier, stürmend Odysseus / mit erzblinkender Lanz und Teukros den Held Areataon, / Nestors mutiger Sohn Antilochos warf den Ableros / hin und den Elatos hin der Völkerfürst Agamemnon; / dieser bewohnt an des Stroms Satnioeis grünenden Ufern / Pedasos' luftige Stadt; den Phylakos traf, da er hinfloh, / Leïtos, und Eurypylos nahm des Melanthios Rüstung.« In unseren alten Heldengedichten greift Esplandian mit brennendem Holz den riesigen Markgrafen Swantibor an, der sich verteidigt, indem er den Ritter mit Türmen steinigt, die er entwurzelt. Unsere alten Wandfresken zeigen die beiden Herzöge von der Bretagne und von Bourbon, bewaffnet, mit Wappenschildern, kriegsmäßig gerüstet, zu Pferde, wie sie aufeinander losgehen, die Streitaxt in der Hand, mit Masken, Schuhen und Handschuhen von Eisen, der eine mit Hermelindecke, der andere azurblau drapiert; Bretagne mit seinem Löwen zwischen den Zacken seiner Krone, Bourbon mit einer Sturmhaube, die die Form einer mächtigen vergitterten Lilie hat. Aber um prachtvoll zu sein, ist es nicht nötig, wie Yvon den herzoglichen Spitzhelm zu tragen, wie Esplandian eine lebende Flamme in der Faust zu halten oder wie Phyleus, des Polydamas Vater, eine gute Rüstung, ein Geschenk des

Völkerfürsten Euphetes, aus Ephyre mitgebracht zu haben. Es genügt, sein Leben für eine Überzeugung oder zur Bewährung von Treue herzugeben.

Der naive kleine Soldat, der gestern noch Bauer in der Beauce oder in Limousin gewesen ist, der, das Seitengewehr umgeschnallt, im Luxembourgpark den Kindermädchen nachschleicht, der bleiche junge Student, der über ein anatomisches Präparat oder ein Buch gebeugt ist, ein blonder Jüngling, der sich mit der Schere den Bart stutzt, nehmt sie beide, blast ihnen einen Hauch von Pflicht ein, konfrontiert sie an der Straßenkreuzung Boucherat oder in der Sackgasse Planche-Mibray und laßt den einen für seine Fahne und den anderen für sein Ideal kämpfen und beide in dem Glauben, sie kämpfen für das Vaterland: Der Kampf wird ungeheuer sein.

Und der Schatten, den auf dem großen epischen Schlachtfeld der hadernden Menschheit dieser Infanterist und dieser Mediziner werfen werden, die handgemein geworden sind, wird so groß sein wie der Schatten, den Megaryon, der König des von Tigern wimmelnden Landes Lykien, wirft, wenn er Leib an Leib den gewaltigen Ajax, den göttergleichen, umschlingt.

Fuß bei Fuß

Als von den lebenden Anführern nur noch Enjolras und Marius da waren, die an den äußersten Enden der Barrikade standen, gab das Zentrum nach, in dem Courfeyrac, Joly, Bossuet, Feuilly und Combeferre sich so lange behauptet hatten. Die Kanone hatte, ohne eine durchschreitbare Bresche zu schlagen, die Mitte der Schanze ziemlich breit ausgerandet. Dort war der Gipfel der Mauer unter der Kugel verschwunden und eingestürzt, und die Trümmer, die teils innen, teils außen fielen, hatten nach und nach, indem sie sich häuften, auf beiden Seiten des Steindamms zwei Hänge gebildet, den einen innen, den anderen draußen. Der zweite bot für das Betreten der Barrikade eine geneigte Fläche dar.

Ein letzter Angriff wurde versucht, und dieser Angriff glückte. Die Masse unter den stachligen Bajonetten, im Laufschritt vorgetrieben, kam unwiderstehlich heran, und die dichte Front der Sturmkolonne erschien im Rauch oben auf der steilen Mauerwand. Diesmal war es aus. Die Gruppe der Rebellen, die das Zentrum verteidigte, zog sich in Verwirrung zurück.

Nun erwachte die dunkle Liebe zum Leben bei einigen. Sie wollten vor diesem Wald von Gewehren, die auf sie anlegten, nicht mehr sterben. In dieser Minute heult der Instinkt der Selbsterhaltung auf, und im Menschen erscheint wieder das Tier. Sie waren mit dem Rücken gegen das hohe sechsstöckige Haus im Hintergrund der Redoute gedrängt. Dieses Haus konnte die Rettung sein. Es war von oben bis unten verbarrikadiert und gewissermaßen vermauert. Bevor die Linieninfanterie drinnen in der Schanze war, hätte sich eine Tür öffnen und schließen können. Die Dauer eines Blitzes genügte, und für diese Verzweifelten war diese Haustür, plötzlich halb geöffnet und sofort wieder zugeschlagen, das Leben. Dahinter waren Straßen, die Möglichkeit der Flucht, der freie Raum. Sie hämmerten mit den Kolben und stampften mit den Füßen gegen die Tür, riefen, schrien, flehten mit gefalteten Händen. Niemand machte auf. Von der Luke im dritten Geschoß des Hauses sah der Kopf des Toten sie an.

Aber Enjolras und Marius und sieben oder acht, die sich um sie gesammelt hatten, waren hingesprungen, um ihnen Hilfe zu verschaffen. Enjolras hatte den Soldaten zugerufen: »Nicht weiter!« Und da ein Sergeant nicht gehorchte, hatte Enjolras ihn getötet. Er stand jetzt in dem kleinen inneren Hof der Schanze, an das Haus vom »Korinth« gelehnt, in einer Hand den Säbel, in der anderen den Karabiner, und hielt die Tür der Schenke offen, von der er die Angreifer abwehrte. Er schrie den Verzweifelten zu: »Eine einzige Tür ist auf, die hier.« Er schützte sie mit seinem Körper, trat für sich allein einem Bataillon gegenüber und ließ sie hinter sich durch.

Alle hasteten hinein. Enjolras führte mit seinem Karabiner, dessen er sich jetzt wie eines Spazierstocks bediente, das aus, was die Fechter die gedeckte Rose nennen, schlug die Bajonette um sich herum nieder und ging als letzter in die Schenke. Es gab einen schaurigen Augenblick: Die Soldaten wollten den Eingang erzwingen, die Aufrührer ihn sperren. Die Tür wurde mit solcher Gewalt zugeschleudert, daß, als sie sich in die Zapfen des Rahmens wieder einfügte, an ihrer Verkleidung die abgeschnittenen fünf Finger eines Soldaten, der sich dran gekrampft hatte, klebten.

Marius war draußen geblieben. Ein Schuß hatte ihm das Schlüsselbein gebrochen. Er fühlte, daß er ohnmächtig umsank. In diesem Moment spürte er, ohne die Augenlider noch heben zu können, die Berührung einer muskulösen Hand, die ihn packte, und die Bewußtlosigkeit, in der er sich verlor, ließ ihm kaum Zeit für den mit einer letzten Erinnerung an Cosette vermengten Gedanken: Ich bin gefangen. Ich werde füsiliert werden.

Enjolras hatte, als er Marius unter den Flüchtlingen der Schenke nicht sah, denselben Gedanken. Aber jetzt konnte sich ein jeder nur mit seinem eigenen Tod befassen. Enjolras stieß die Eisenstange der Tür zurecht, verriegelte sie, drehte die Schlüssel im Schloß und Vorhängeschloß zweimal herum, indes man wütend von draußen dagegenhieb, die Soldaten mit den Kolben ihrer Gewehre, die Pioniere mit ihren Äxten. Die Angreifer hatten sich an der Tür geschart. Nun wurde die Schenke belagert.

Die Soldaten waren voll Zorn über den Tod des Artilleriesergeanten. Auch war, was noch unheilvoller war, in den wenigen Stunden vor dem Angriff bei ihnen verbreitet worden, daß die Aufständischen die Gefangenen verstümmelten und daß in der Schenke der Leichnam eines Soldaten ohne Kopf liege. Diese Art von fatalen Gerüchten begleitet gewöhnlich die Bürgerkriege, und eine solche Falschmeldung hat später die Katastrophe in der Rue Transnonain verursacht.

Als die Tür verbarrikadiert war, sagte Enjolras zu den Kameraden: »Wir wollen unser Leben teuer verkaufen.« Dann näherte er sich dem Tisch, auf dem Mabeuf und Gavroche hingestreckt lagen. Man sah unter dem schwarzen Tuch zwei gerade, starre Gestalten, die eine groß, die andere klein, und die beiden Gesichter zeichneten sich unbestimmt unter den kalten Falten des Schweißtuches ab. Eine Hand hing über das Bahrtuch hinaus, auf den Boden herab. Es war die des Greises. Enjolras beugte sich und küßte diese verehrungswürdige Hand, so wie er gestern die Stirn geküßt hatte. Es waren die beiden einzigen Küsse, die er in seinem Leben gab.

Um uns kurz zu fassen, die Barrikade hatte gekämpft wie ein Tor von Theben, die Schenke kämpfte wie ein Haus in Saragossa. Der Widerstand ist voll rauhen Trotzes. Keine Schonung für Gefangene. Kein Parlamentieren. Man will sterben, wenn man nur töten kann. Als Suchet sagte: »Kapituliert!«, antwortete Palafox: »Nach dem Krieg mit den Kanonen den Krieg bis aufs Messer.« Nichts fehlte bei der Erstürmung der Schenke von Hucheloup: nicht die Pflastersteine, die von Fenster und Dach auf die Belagerer regneten und durch grauenhafte Zermalmungen die Soldaten erbitterten, nicht die Schüsse aus Kellern und Mansarden, nicht die Wut des Angriffs und der Ingrimm der Verteidigung, nicht, als die Tür nachgab, der entfesselte Wahnsinn der Vernichtung. Die Angreifer, die sich in die Schenke stürzten, über das Getäfel der zerhackten und auf die Erde geworfenen Tür stolpernd, fanden keinen Rebellen mehr vor. Die in einer Spirale gewundene Treppe lag mit Äxten zertrümmert inmitten des Saales im Erdgeschoß, einige Verwundete veratmeten hier, alles, was nicht getötet worden war, befand sich im ersten Stock, und durch das Loch in der Decke, das Zugang zur Treppe gewesen war, schlug ein erschreckendes Feuer. Die jungen Männer in ihrem furchtbaren Todeskampf hatten ihre letzten Patronen verschossen. Als sie kein Pulver und keine Kugeln mehr aufbieten konnten, nahm jeder zwei der von Enjolras zurückgestellten Flaschen in die Hand, und mit diesen beängstigend gebrechlichen Keulen wehrten sie die Einkletternden ab. Es waren Flaschen voll Scheidewasser. Der Belagerte nutzt alle Waffen. Das Griechische Feuer hat Archimedes nicht entehrt, das siedende Pech Bayard nicht geschändet. Der ganze Krieg ist Entsetzen und läßt keine Wahl. Die Musketensalven der Belagerer waren, obgleich gehemmt und von unten nach oben, mörderisch. Der Rand des Loches in der Decke war bald von Köpfen Toter umgeben, aus denen lange rote Blutsträhnen troffen. Das Getöse war unbeschreiblich. Ein heißer Rauch, der nicht abziehen konnte, legte fast Nacht über diesen Kampf. Es ermangelt der Worte, um diese Stufe des Grauens zu schildern. In dem jetzt höllischen Ringen gab es keine Menschen mehr. Es standen nicht mehr Giganten gegen Riesen. Das glich eher Milton und Dante als Homer. Dämonen griffen an, Gespenster leisteten Widerstand.

Es war der ungeheuerliche Heroismus.

Der nüchterne Orest und der trunkene Pylades

Endlich brachen, sich auf die Schultern tretend, an dem Gerippe der Treppe sich nachhelfend, an den Mauern hochkriechend, an die Decke sich klammernd und am Rand der Falltür selbst die letzten, die noch überlebt hatten, zerfetzend, etwa zwanzig Belagerer, Soldaten, Nationalgardisten, Polizeisoldaten durcheinander, meist bei diesem fürchterlichen Aufstieg durch Gesichtswunden entstellt, blind durch das Blut, rasend, zu Wilden geworden, in den Saal des ersten Stockes ein. Nur noch ein Mann war dort aufrecht, Enjolras. Ohne Patronen, ohne Degen hatte er nur noch den Lauf seines Karabiners in der Hand, dessen Schaft er an den Schädeln der Eindringenden zerschmettert hatte. Das Billard hatte er zwischen sich und die Angreifer gerückt. Er war bis in den Winkel des Saales zurückgewichen, und hier war er, mit stolzem Auge, erhobenem Kopf, diesen Stumpf einer Waffe in der Faust, noch beunruhigend genug, daß sich um ihn ein freier Raum bildete. Ein Schrei erhob sich: »Er ist der Führer. Er hat den Artilleristen getötet. Wo er steht, steht er gut und soll er bleiben. Wir werden ihn sofort erschießen.«

»Erschießt mich«, sagte Enjolras. Und er schleuderte den Stumpf seines Karabiners weg, kreuzte die Arme und bot seine Brust dar.

Die Kühnheit, in guter Haltung zu sterben, erregt die

Menschen immer. Sobald Enjolras die Arme gekreuzt hatte und das Ende hinnahm, hörte die Betäubung des Kampfes im Saal auf, und plötzlich beschwichtigte sich das Chaos in grabesdüsterer Feierlichkeit. Es schien, als laste die drohende, unbewegliche Majestät von Enjolras auf diesem Gewühl, und nur durch die Autorität seines ruhigen Blickes bezwang dieser junge Mensch, der allein keine Wunde hatte, stolz, blutbefleckt, reizvoll, gleichgültig wie ein Unversehrbarer, diese finstere Horde, ihn mit Respekt zu töten. Seine Schönheit, die nun sein Stolz noch vermehrte, war ein Glanz, und als könne er ebensowenig ermüden wie verwundet werden, war er nach den erschreckenden vierundzwanzig Stunden, die soeben verronnen waren, strahlend und rosig. Von ihm redete vielleicht der Zeuge, der später vor dem Kriegsgericht erklärte: »Einen der Aufrührer hörte ich Apollo nennen.« Ein Nationalgardist, der auf Enjolras zielte, senkte seine Waffe und sagte: »Mir scheint, ich soll eine Blume erschießen.«

Zwölf Mann gruppierten sich in dem Winkel gegenüber Enjolras und richteten stumm ihre Gewehre. Dann schrie ein Sergeant: »Legt an!«

Ein Offizier griff ein. »Warten!« Er fragte Enjolras: »Soll man Ihnen die Augen verbinden?«

»Nein.«

»Haben Sie den Artilleriesergeanten getötet?«

»Ja.«

Seit wenigen Minuten war Grantaire wach. Er schlief seit dem Vortag im Obersaal der Schenke, auf einem Stuhl sitzend, über einem Tisch zusammengefallen. Er erneuerte in all seiner Kraft den alten Ausdruck: Er hat sich totgetrunken. Der gräßliche Trank aus Absinth, Stout und Schnaps hatte ihn in bleiernen Schlaf versenkt. Da sein Tisch klein und für die Barrikade ohne Wert war, hatte man ihm ihn gelassen. Er hockte in immer derselben Positur, die Brust auf den Tisch gesenkt, den Kopf seitlich auf den Armen, umringt von Gläsern, Schoppen und Flaschen. Er schlief den todesähnlichen Schlummer des Bären im Winter und den des gesättigten Blutegels. Nichts hatte ihn aufgeweckt, weder die Gewehrsalven und die Kanonenkugeln noch das Kartätschenfeuer, das durch das Fensterkreuz in den Saal, in dem er saß, hineinfegte, noch der unglaubliche Lärm des Ansturms. Nur ab und zu antwortete er der Kanone mit einem Schnarchen. Er schien zu erharren, daß eine Flintenkugel ihn von der Mühe aufzuwachen befreite. Mehrere Leichen lagen noch um ihn, und zunächst unterschied seine Verfassung sich in nichts von dem tiefen Schlaf der Gestorbenen.

Nicht das Geräusch weckt einen Betrunkenen, sondern die Stille. Diese Merkwürdigkeit wurde mehr als einmal beobachtet. Daß alles um ihn zusammenkrachte, vergrößerte noch die Dumpfheit Grantaires; das wüste Gepolter wiegte ihn ein. Das Stocken des Tumults um Enjolras war für diesen bleiernen Schlaf eine Erschütterung. Es wirkte, als ob ein Wagen im Galopp jählings hielt. Die Schlummernden werden davon wach. Grantaire fuhr hoch, spreizte die Arme, rieb sich die Augen, sah um sich, gähnte und begriff.

Ein Rausch, der verfliegt, ist wie ein zerrissener Vorhang. Man sieht im ganzen und mit einem einzigen Blick alles, was er verbarg. Alles bietet sich unversehens dem Gedächtnis dar; und der Trunkene, der nichts von dem weiß, was in den letzten vierundzwanzig Stunden vorgefallen ist, hat noch nicht einmal die Augen ganz offen, da weiß er schon Bescheid. Die Gedanken kehren ihm plötzlich in aller Schärfe zurück; der Dunst der Trunkenheit wird zerstreut; das Hirn ist wieder im Bann der klaren Wirklichkeit. Die Soldaten hatten, da sie auf Enjolras starrten, Grantaire, der einsam in einer Ecke saß, hinter dem Billard, bisher nicht bemerkt. Schon schickte der Sergeant sich an, den Befehl: »Legt an!« zu wiederholen, als eine starke Stimme neben ihnen schrie: »Es lebe die Republik! Ich gehöre dazu.«

Grantaire war aufgestanden. Das unermeßliche Leuchten des Kampfes, den er versäumt hatte und bei dem er nicht gewesen war, erschien in den schimmernden Augen des verwandelten Säufers. Er rief nochmals: »Es lebe die Republik!«, durchquerte festen Schrittes den Saal und trat aufrecht neben Enjolras vor die Gewehre. »Erschießt zwei auf einmal!« sagte er. Und sanft wandte er sich Enjolras zu. »Erlaubst du?« Enjolras drückte ihm lächelnd die Hand.

Dieses Lächeln war noch nicht geschwunden, als die Schüsse krachten. Von acht Kugeln durchbohrt, blieb Enjolras an die Mauer gelehnt, als wäre er an sie genagelt, nur daß er den Kopf neigte. Grantaire brach zermalmt vor seinen Füßen nieder.

Wenige Minuten später beseitigten die Soldaten die letzten Aufständischen, die bis in das Dachgeschoß des Hauses geflohen waren. Sie feuerten durch ein Holzgatter in den Speicher. Man schlug sich unter den Dachsparren. Man warf die Leichen durch die Fenster und auch einige Lebende. Zwei Füsiliere, die den zerstückelten Omnibus aufzustellen versuchten, wurden von zwei aus den Mansarden abgegebenen Karabinerschüssen getötet. Ein Mann in einem Hemd wurde durch einen Bajonettstich in den Bauch vom Omnibus herabgestürzt und röchelte an der Erde. Ein Soldat und ein Aufständischer rutschten zusammen über die Ziegel des schrägen Daches, wollten einander nicht loslassen und fielen, indem sie sich in wilder Umarmung würgten. Derselbe Kampf im Keller. Schreie, Schüsse, unheimliches Stampfen. Dann Schweigen. Die Barrikade war genommen. Die Soldaten begannen die Nachbarhäuser zu durchstöbern und die Flüchtigen zu verfolgen.

Gefangen

Marius war ein Gefangener. Der Gefangene von Jean Valjean. Die Hand, die ihn, als er fiel, von hinten anrührte und zufaßte, als er das Bewußtsein verlor, war Jean Valjeans Hand. An dem Kampf hatte sich dieser nur insofern beteiligt, als er sein Leben einsetzte. Ohne ihn hätte in der letzten Phase des Todesringens niemand an die Verwundeten gedacht. Dank ihm, der in dem Gemetzel allgegenwärtig wie eine Vorsehung war, wurden die Fallenden aufgehoben, in den unteren Saal geschafft und verbunden. In den Pausen besserte er die Barrikade aus. Aber nichts tat er, was einem Schuß geglichen hätte, einem Angriff oder auch nur einer persönlichen Verteidigung. Er schwieg und half. Übrigens hatte er kaum einige Hautabschürfungen. Die Kugeln hatten ihn nicht gewollt. Wenn die Idee des Selbstmordes bei dem mitspielte, was er geträumt hatte, als er in dieses Grab kam, so war ihm dies mißlungen. Aber wir zweifeln, daß er den Selbstmord erwog, der eine irreligiöse Handlung ist.

In den dichten Wolken des Kampfes schien Jean Valjean Marius nicht zu sehen. Dabei ließ er ihn jedoch nicht aus den Augen. Als ein Schuß Marius umwarf, stürzte Jean Valjean mit der Geschmeidigkeit eines Tigers auf ihn zu, packte ihn wie eine Beute und trug ihn fort. Der Wirbel des Ansturms war in diesem Augenblick heftig auf Enjolras und auf die Tür der Schenke konzentriert, und niemand beobachtete, daß Jean Valjean, den ohnmächtigen Marius im Arm, den des Pflasters heraubten Boden der Barrikade überschritt und hinter der Ecke des Hauses vom »Korinth« verschwand. Die Ecke, die wie ein Kap in die Straße vorsprang, war ein Schutz vor Kugeln und Kartätschen und auch von Spähern, ein Platz von wenigen Quadratfuß. Manchmal gibt es bei Feuersbrünsten eine Stube, die nicht brennt, und in den wütendsten Meeren, jenseits eines Vorgebirges oder im Grunde einer Sackgasse von Klippen, einen kleinen, ruhigen Winkel. In dieser Vertiefung des inneren Trapezes der Barrikade war Eponine vom Tode dahingerafft worden. Hier blieb Jean Valjean stehen, ließ Marius herabgleiten, lehnte sich an das Gemäuer und blickte um sich.

Die Situation war furchtbar. Für den Moment, für zwei bis drei Minuten etwa, war dieser Mauerrand für ihn eine Deckung, aber wie wollte er aus diesem Morden herauskommen? Er erinnerte sich der Angst, die er vor acht Jahren in der Rue Polonceau erlitten hatte, und wie er damals der Gefahr hatte entschlüpfen können. Das war einst schwierig, jetzt war es unmöglich. Er hatte das unversöhnliche, stumme, sechsstöckige Haus vor sich, das nur von dem toten, aus seinem Fenster hinausgebeugten Mann bewohnt schien. Zur Rechten lag die ziemlich niedrige Barrikade, die die Petite-Truanderie abschloß. Dieses Hindernis zu nehmen, schien leicht. Aber er gewahrte über dem Kamm des Steindammes eine Reihe von Bajonettspitzen. Das war die Truppe der

Linieninfanterie, die jenseits dieser Barrikade aufgestellt war und beobachtete. Offenbar hieß der Übergang über die Barrikade einem Rottenfeuer entgegenlaufen, und der Kopf eines jeden, der wagte, die hohe Pflastermauer zu überschreiten, war die Zielscheibe für sechzig Gewehrschüsse. Zur Linken hatte er das Schlachtfeld. Der Tod war hinter dem Mauerwinkel.

Was tun? Nur ein Vogel fand einen Weg ins Freie. Und er mußte sich unverzüglich entscheiden, einen Ausweg ersinnen, zu einem Entschluß gelangen. Einige Schritte von hier wurde gekämpft. Zum Glück tobten sie alle an demselben Punkt, an der Tür der Schenke. Aber wenn nur ein einziger Soldat sich einfallen ließ, um das Haus herumzugehen oder es in der Flanke anzugreifen, war alles zu Ende.

Jean Valjean sah das Haus gegenüber an, die Barrikade neben sich und dann die Straße, mit der ungestümen Erregung äußerster Ratlosigkeit, verstört, als wolle er mit den Augen eine Grube graben. Da er so angestrengt hinsah, gewann etwas, was in dieser Todesnot sich kaum erraten ließ, Umrisse und versinnlichte sich ihm zu Füßen, als könne das Geheimnis des Blickes den ersehnten Gegenstand hervorzaubern. Er bemerkte wenige Schritt weit, unter dem kleinen, von draußen so unbarmherzig bewachten und umlauerten Steindamm, unter Schutt, der es halb versteckte, ein flach in der Höhe des Pflasters aufgelegtes Eisengitter. Dieses aus starken Querstäben geschmiedete Gitter maß etwa zwei Quadratfuß. Die Umrahmung durch Pflastersteine, in der es sonst befestigt war, war zerrüttet, als sei es vom Kitt gelöst. Durch die Querstangen hindurch sah man eine dunkle Öffnung, die einem Kaninchenschacht oder der Röhre eines Brunnens glich. Jean Valjean eilte darauf zu. Sein altes Wissen um Fluchten erhellte sein Hirn. Die Pflastersteine forttragen, das Gitter anheben, den leblosen Marius wie einen Leichnam sich auf die Schultern laden, mit dieser Bürde auf dem Rücken in die wenig tiefe Schlucht hinabsteigen, mit Ellbogen und Knie sich anstemmen, auf seinen Kopf die schwere Eisentür wieder fallen lassen, auf die von neuem die wankenden Steine nachrollten, auf einer Platte drei Meter unter dem Boden Fuß fassen: Das alles tat er wie im Fieber mit der Kraft eines Riesen und der Schnelligkeit eines Adlers in kaum drei Minuten.

Jean Valjean sah sich mit dem noch immer bewußtlosen Marius in einer Art langen unterirdischen Korridors. Völliger Friede umgab ihn, völliges Schweigen, Nacht. Der Eindruck, den er ehedem gehabt hatte, als er von der Straße in das Kloster kam, kehrte in ihm wieder. Nur trug er heute nicht mehr Cosette, sondern Marius. Kaum hörte er über sich ein unbestimmtes Gemurmel, den schrecklichen Tumult um die erstürmte Schenke.

ZWEITES BUCH

DER DARM DES LEVIATHAN

Die vom Meer ausgelaugte Erde

Paris schüttet jährlich fünfundzwanzig Millionen ins Wasser. Und das ist die reine Wahrheit. Wie und auf welche Weise? Tag und Nacht. Zu welchem Zweck? Ohne jeden Zweck. Mit was für einer Absicht? Ohne Absicht. Um was zu bewerkstelligen? Um nichts zu bewerkstelligen. Mittels was für eines Organs? Durch seinen Darm. Was ist sein Darm? Das ist seine Kloake.

Fünfundzwanzig Millionen ist die niedrigste der angenäherten Zahlen, die die Berechnungen der Fachleute ergeben.

Nachdem die Wissenschaft lange suchte, weiß sie heute, daß der ergiebigste und wirksamste Dünger der menschliche ist. Die Chinesen, zu unserer Schande sei es gesagt, wußten das vor uns. Kein chinesischer Bauer, Eckeberg berichtet das, geht in die Stadt, ohne an den beiden Enden seines Tragholzes zwei Eimer voll von dem mitzubringen, was wir Unrat nennen. Dank dem menschlichen Dünger ist der Acker in China noch so jung wie zur Zeit Abrahams. Der chinesische Weizen bringt das bis zu Hundertzwanzigfache des Saatguts. Kein Guano läßt sich an Fruchtbarkeit mit dem Abfall einer Hauptstadt vergleichen. Eine Großstadt ist der größte Mistkäfer. Die Stadt für die Düngung der Ebene zu benutzen, wäre ein voller Erfolg. Wenn unser Gold Mist ist, so ist unser Mist wiederum Gold.

Was wird mit dem Mistgold gemacht? Es wird in den Abgrund gefegt.

Mit erheblichen Kosten werden Handelsschiff-Flotten losgeschickt, daß sie von der südlichen Halbkugel den Kot der

Sturmvögel und Pinguine holen, und der unübersehbare Reichtum, den man zur Hand hat, wird ins Meer eingeleitet und vergeudet. Der Erde zurückgegeben, anstatt ins Wasser geschüttet zu werden, genügte der menschliche und tierische Dünger, die Welt zu ernähren.

Die Kehrichthaufen an den Prellsteinen, die Abfuhrwagen, die nachts durch die Straßen rumpeln, die scheußlichen Tonnen der städtischen Müllabfuhr, der stinkende, unterirdisch abfließende Schlamm, den das Pflaster verbirgt, wißt ihr, was das ist? Das ist die blühende Wiese, grünes Gras, das ist Quendel, Thymian und Salbei, das ist Wild und Vieh, das ist das zufriedene Brüllen der großen Ochsen am Abend, das ist duftendes Heu, goldgelbes Getreide und Brot auf eurem Tisch, das ist heißes Blut in euren Adern, ist Gesundheit, Freude und Leben. So will es die geheimnisvolle Schöpfung, die auf Erden Transformation und im Himmel Transfiguration ist.

Gebt das wieder in den großen Schmelztiegel. Euer Überfluß wird da herausquellen. Die Ernährung der Felder schafft Nahrung für die Menschen.

Es steht bei euch, diesen Reichtum zu verschleudern und mich obendrein noch lächerlich zu finden. Aber das ist dann das Meisterstück eurer Unwissenheit.

Die Statistik hat berechnet, daß Frankreich allein jedes Jahr durch die Mündungen seiner Flüsse dem Atlantik eine halbe Milliarde zahlt. Prägt euch das ein: Mit den fünfhundert Millionen ließe sich ein Viertel der Ausgaben des Staatshaushalts bestreiten. Der Mensch ist so tüchtig, daß er sich der fünfhundert Millionen lieber in die Gosse entledigt. Hier tropfenweise, dort in Strömen, speien unsere Kanalisationen die Substanz des Volkes selbst in die Wasserläufe, schwemmen sie unsere Flüsse in den Ozean davon. Jeder Schluckauf unserer Kloaken kostet uns tausend Francs. Dazu zwei Ergebnisse: die ausgelaugte Erde und das verpestete Wasser. Der Hunger, der aus der Furche sprießt, und die Krankheit, die aus dem Gewässer kommt.

Es ist zum Beispiel allgemein bekannt, daß die Themse zur Stunde London vergiftet. Was Paris betrifft, so mußten in jüngster Zeit die meisten Kanalmündungen stromabwärts hinter die letzte Brücke verlegt werden.

Ein doppeltes Röhrennetz mit Ventilen und Einlaßschleusen, das ansaugt und drückt, ein primitives Entwässerungssystem, unkompliziert wie die menschliche Lunge, das bereits in mehreren Gemeinden Englands benutzt wird, genügte, um in unsere Städte das reine Wasser von den Feldern und auf unsere Felder das fruchtbare Wasser aus den Städten zu leiten, und dieses mühelose Hin und Her, das einfachste von der Welt, würde die fünfhundert hinausgeworfenen Millionen bei uns belassen. An anderes wird gedacht.

Das gegenwärtige Verfahren bewirkt das Schlechte und will das Gute. Die Absicht ist löblich, das Ergebnis kläglich. Man bildet sich ein, die Stadt zu säubern, und läßt die Bevölkerung dahinsiechen. Eine Kloake ist ein Mißverständnis. Wenn erst einmal die Abwasserbeseitigung mit ihrer zweifachen Aufgabe, nämlich zurückzugeben, was sie nimmt, überall an die Stelle der Kloake, der einfachen Auswaschung des Bodens, getreten ist, dann verzehnfacht sich – dies wurde anhand der Daten einer zeitgemäßen Volkswirtschaft ermittelt – der Ertrag des Bodens, und das Problem des Elends wird spürbar gemildert. Schafft dazu das Schmarotzertum ab, und es ist gelöst.

Inzwischen verschwindet der gesellschaftliche Reichtum im Fluß, läuft wie aus einem lecken Faß aus. »Auslaufen« ist das treffende Wort. Europa richtet sich auf diese Weise durch Ermüdung zugrunde.

Für Frankreich haben wir eben die Zahl angegeben. Da nun Paris ein Fünfundzwanzigstel der französischen Gesamtbevölkerung in sich schließt und der Pariser Guano am ergiebigsten ist, kommen wir noch nicht an die volle Wahrheit heran, wenn wir den Verlustanteil von Paris an der halben Milliarde, die Frankreich jedes Jahr zurückweist, mit fünfundzwanzig Millionen berechnen. In Fürsorge und Freude angelegt, würden die fünfundzwanzig Millionen den Glanz von Paris verdoppeln. Die Stadt gibt sie für Kloaken aus. So kann man sagen, daß die großartige Verschwendung in Paris, seine wunderbaren Feste, seine Folie-Beaujon, seine Schwelgereien, das Gold, das es mit vollen Händen um sich wirft, seine Pracht, sein Aufwand, seine Herrlichkeit, daß all das in seiner Kanalisation steckt.

Auf diese Weise läßt man in der Blindheit einer schlechten Volkswirtschaft den Wohlstand aller in den Abgründen dahinschwinden. In Saint-Cloud sollten Netze für den gesellschaftlichen Reichtum hängen.

Ökonomisch gesehen, kann die Sache so zusammengefaßt werden: Paris – ein Faß ohne Boden.

Paris, die Modellstadt, das Vorbild für die richtig angelegten Hauptstädte, von der jedes Volk eine Kopie haben möchte, die Metropole des Ideals, die erhabene Heimstatt der Anregung, des Anstoßes und des Versuchs, der Mittelpunkt und das Domizil des Geistes, die Stadt, die wie eine Nation ist, der Bienenstock der Zukunft, die wunderbare Mischung aus Babylon und Korinth, würde unter dem Gesichtspunkt, auf den wir soeben hingewiesen haben, einen Bauern aus der chinesischen Provinz Fukien mit den Achseln zucken lassen.

Ahmt Paris nach, und ihr richtet euch zugrunde! Außerdem ahmt Paris, besonders bei dieser uralten und unsinnigen Vergeudung, selber nach.

Solche erstaunlichen Eseleien sind nicht neu. Das ist keineswegs jugendliche Dummheit. Die Alten handelten wie die Modernen. »Die Kloaken Roms«, sagte Liebig, »haben den ganzen Wohlstand des römischen Bauern aufgesogen.« Als das Land um Rom durch die römische Kanalisation zugrunde gerichtet war, erschöpfte Rom den Boden Italiens, und als es Italien in seine Kloake gesteckt hatte, schüttete es Sizilien hinein, danach Sardinien und zuletzt Afrika. Die Kanalisation in Rom hat die Welt verschlungen. Diese Kloake erbot sich, die Stadt und die Welt verschwinden zu lassen. *Urbi et orbi.* Ewige Stadt, unergründliche Kloake.

Für diese wie für andere Dinge geht Rom mit gutem Beispiel voran, und ihm folgt Paris mit dem ganzen Unverstand, der geistreichen Städten eigen ist.

Für die Erfordernisse des Vorgangs, über den wir uns soeben ausgelassen haben, verfügt Paris unter sich über ein zweites Paris, ein Paris der Kanäle. Auch dieses besitzt seine

Straßen, seine Kreuzungen, seine Plätze, seine Sackgassen, seine Verkehrsadern und seinen Verkehr. Doch der ist Schlamm, dem die menschliche Gestalt abgeht.

Denn niemandem darf man schmeicheln, nicht einmal einem großen Volk. Da, wo es alles gibt, findet sich Schmach neben Erhabenheit; und wenn Paris Athen, die Stadt des Lichts, in sich schließt, Tyros, die Stadt der Macht, Sparta, die Stadt der Tugend, und Ninive, die Stadt der Wunder, so enthält es auch Lutetia, die Stadt des Schmutzes.

Übrigens trägt auch der den Stempel seiner Macht, und der titanische Pfuhl von Paris strebt unter den Bauwerken jenes seltsame Ideal an, nach dem in der Menschheit einige Männer wie Machiavelli, Bacon und Mirabeau gestrebt haben: das großartig Gemeine.

Der Untergrund von Paris, könnte das Auge durch seine Oberfläche dringen, würde den Anblick einer riesenhaften Buschkoralle bieten. Ein Schwamm besitzt kaum mehr Öffnungen und Gänge als die sechs Meilen im Umkreis messende Erdscholle, auf der die uralte große Stadt ruht. Abgesehen von den Katakomben, die einen gesonderten Keller ergeben, abgesehen von dem unentwirrbaren Gitterwerk der Gasleitungen und ganz zu schweigen von dem weitverzweigten Röhrensystem für die Quellwasserverteilung auf die Straßenbrunnen, bilden die Kanäle für sich allein auf beiden Ufern ein gewaltiges, geheimnisvolles Netz, ein Labyrinth, dessen Faden sein Gefälle ist.

Hier zeigt sich im feuchten Nebel die Ratte, mit der Paris niedergekommen zu sein scheint.

Die alte Geschichte der Kloake

Könnte Paris wie ein Deckel abgenommen werden, so zeichnete das unterirdische Kanalnetz, aus der Vogelperspektive gesehen, auf beiden Ufern eine Art dicken Ast, der dem Fluß aufgepfropft ist. Auf dem rechten Ufer gibt der Ringkanal den Stamm für diesen Ast ab, die Nebenkanäle sind die Zweige und die Stichleitungen die Ruten.

Das Bild ist unvollständig und nur zur Hälfte genau, denn der rechte Winkel, der bei solchen unterirdischen Verzweigungen üblich ist, kommt in der Pflanzenwelt sehr selten vor.

Einen deutlicheren Begriff von dem seltsamen geometrischen Plan bekommt man, wenn man sich flach auf einem dunklen Untergrund irgendein wunderliches, wirr verschlungenes orientalisches Alphabet denkt, dessen mißgestaltete Buchstaben in sichtlichem Durcheinander und wie aufs Geratewohl sowohl an ihren Ecken als auch mit ihren Enden zusammengeschweißt sind.

Die Pfuhle und Kloaken spielten eine große Rolle im Mittelalter, im oströmischen Kaiserreich und im alten Orient. Die Pest kam aus ihnen hervor, die Despoten starben in ihnen. Mit nahezu heiligem Schrecken betrachteten die Massen jene Betten der Fäulnis, die ungeheuerlichen Wiegen des Todes. Die Ungeziefergrube in Benares ist nicht minder schwindelerregend als die Löwengrube in Babylon. Tiglatpilesar schwor, wie die rabbinischen Schriften behaupten, beim Pfuhl von Ninive. Aus der Kloake von Münster ließ Johann von Leiden seinen falschen Mond aufgehen, und aus der Schlammgrube von Kekhscheb dessen orientalischer Doppelgänger Mokannâ, der verschleierte Prophet aus Chorassan, seine falsche Sonne.

Die Geschichte der Menschen spiegelt sich in der Geschichte der Kloaken wider. Die Gemonien erzählten von Rom. Die alte fürchterliche Kloake von Paris war Grab, war Zufluchtsort. Das Verbrechen, der Verstand, der soziale Protest, die Gewissensfreiheit, die Gesinnung, der Diebstahl, alles, was die menschlichen Gesetze verfolgen oder verfolgt haben, verbarg sich in diesem Loch – die Maillotins im vierzehnten Jahrhundert, die Paletotmarder im fünfzehnten, die Hugenotten im sechzehnten, Morins Illuminés im siebzehnten und die Fußbrenner im achtzehnten. Vor hundert Jahren kam der nächtliche Dolchstich aus ihm, der Dieb in Gefahr schlüpfte hinein. Der Wald hatte die Höhle, Paris die Kloake. Die Truanderie, diese gallische *picareria,* nahm die Kloake als Zweigstelle des Mirakelhofs an und kehrte abends, verschmitzt und grausam, unter das Gewölbe der Kanalmündung Maubuée wie in einen Alkoven heim.

Es verstand sich von selbst, daß der Abzugsgraben des Chemin-Vert oder der gewölbte Kanal Hurepoix die nächtliche Bleibe derer war, die als Arbeitsstätte bei Tage die Sackgasse Vide-Gousset oder die Rue Coupe-Gorge hatten. Dort wimmelt es von Erinnerungen. Alle möglichen Gespenster spuken in den langen, einsamen Gängen. Überall Fäulnis und giftige Ausdünstung. Hier und da ein Kellerloch, aus dem heraus Villon mit Rabelais plaudert.

Die Kloake ist im alten Paris der Sammelplatz aller zwecklosen Mühen und Versuche. Die Volkswirtschaft sieht in ihr Abfall, die Soziologie einen Rückstand.

Die Kloake ist das Gewissen der Stadt. Alles läuft hier zusammen und ist konfrontiert mit allem. An diesem fahlen Ort gibt es Finsternis, doch keine Geheimnisse mehr. Jedes Ding zeigt seine wahre oder zumindest endgültige Form. Für den Kehrichthaufen spricht, daß er nicht lügt. Die Natürlichkeit hat sich hierher geflüchtet. Die Maske des Basilio findet sich hier, aber man sieht die Pappe und die Bindfäden und das Innere wie das Äußere, und sie wird durch einen ehrlichen Schlamm deutlicher. Scapins Halbmaske liegt neben ihr. Alle Unreinheit der Zivilisation, einmal außer Betrieb, fällt in diese Grube der Wahrheit, in die unaufhaltsam alles hinabgleitet, sie wird von ihr verschlungen, aber auch zur Schau gestellt. Dieses Durcheinander ist ein Bekenntnis. Da, wo kein falscher Schein, kein Verstecken mehr möglich ist, zieht der Unrat sein Hemd aus – völlige Entblößung, Zusammenbruch der Illusionen und des Wahns, nur noch das, was ist, erscheint unheilvoll als das, was endet. Wirklichkeit und Verschwinden. Dort gesteht ein Flaschenboden die Trunksucht ein, berichtet ein Korbhenkel von der Dienerschaft. Da wird der Apfelgriebs, der schöngeistige Ansichten hatte, wieder ein Apfelgriebs. Der Avers vom Doppelsou setzt freiweg Grünspan an, der Speichel des Kaiphas begegnet dem Erbrochenen von Falstaff, der Louisdor, der aus der Spielhölle kommt, stößt gegen den Nagel, an dem das Strickende des Selbstmörders hängt. Eingehüllt in den Flitter, der die vorige Fastnacht in der Oper tanzte, treibt eine fahle Leibesfrucht dahin, und ein Barett, das die Menschen verurteilte, sielt sich neben einer Fäulnis, die Margotons Rock war. Das ist mehr als Verbrüderung, das ist Duzen. Alles, was sich aufputzte, wird besudelt. Der letzte Schleier ist zerrissen. Eine Kloake ist eine Zynikerin. Sie sagt alles.

Die Aufrichtigkeit des Unrats gefällt uns, sie beruhigt das Gemüt. Wer seine Zeit auf Erden damit zugebracht hat, das Schauspiel des vornehmen Getues zu ertragen, das die Staatsräson, der Eid, die politische Weisheit, die menschliche Gerechtigkeit, die professionelle Rechtschaffenheit, die harten Verhältnisse und die unbestechlichen Talare aufführen, den erleichtert es, wenn er eine Kloake betritt und den Schlamm sieht, der alldem entspricht.

Gleichzeitig belehrt das. Wir sagten es gerade, die Geschichte geht durch die Kloake. Zwischen den Pflastersteinen hindurch sickern die Bartholomäusnächte tropfenweise in sie ein. Die großen öffentlichen Meuchelmorde, die politischen und religiösen Gemetzel fließen durch diesen unterirdischen Kanal der Zivilisation und führen ihre Leichen mit sich. Das Auge des Träumers schaut hier alle Mörder der Vergangenheit. In dem scheußlichen Halbdunkel knien sie, mit einem Fetzen ihres Leichentuchs als Schürze, und säubern ihr grausiges Werk. Ludwig XI. ist hier mit Tristan, Franz I. mit Duprat, Karl IX. mit seiner Mutter, Richelieu mit Ludwig XIII., Louvois, Le Tellier, Hébert und Maillard sind hier, kratzen an den Steinen herum und mühen sich, die Spuren ihrer Taten zu verwischen. Unter den Gewölben ist der Besen dieser Gespenster zu hören. Hier atmet man den ungeheuren Gestank der sozialen Umwälzungen ein. In den Winkeln schillert es rötlich. Dort fließt ein schreckliches Wasser, blutige Hände wurden in ihm gewaschen.

Der Beobachter der Gesellschaft muß in diese Schattenwelt eindringen. Sie gehört zu seinem Laboratorium. Die Philosophie ist das Mikroskop des Gedankens. Alles will vor ihr fliehen, doch nichts entgeht ihr. Ausweichen ist zwecklos, denn von welcher Seite zeigt man sich dabei? Von der Seite der Schande. Die Philosophie verfolgt mit ihrem redlichen

Blick das Böse und erlaubt ihm nicht, sich in das Nichts zu flüchten. Im Auslöschen der Dinge, die verschwinden, in der Herabsetzung der Dinge, die vergehen, erkennt sie alles wieder. Sie rekonstruiert das Purpurgewand nach dem Lumpen und das Weib nach dem Putz. Mit der Kloake schafft sie die Stadt noch einmal, mit dem Schmutz läßt sie die Sitten und Gebräuche noch einmal erstehen. Aus der Scherbe schließt sie auf die Amphora oder die Kruke. Am Abdruck eines Fingernagels auf einem Pergament erkennt sie den Unterschied, der die Juden aus der Judengasse von den Gettojuden trennt. Sie findet im Bleibenden das Gewesene wieder, das Gute, das Böse, das Falsche, das Wahre, den Blutfleck aus dem Palast, den Tintenklecks aus der Diebeshöhle, den Tropfen Unschlitt aus dem Bordell, die durchstandenen Prüfungen, die Anfechtungen, denen willig nachgegeben wurde, die ausgespienen Gelage, die gedemütigte Würde der Menschen, die Spur der Schande in den Seelen, durch deren Roheit ermöglicht, und die vom Ellbogen der Messalina ausgebeulten Jacken der römischen Lastträger.

Bruneseau

Die Pariser Kanalisation des Mittelalters war von Sagen umwoben. Im sechzehnten Jahrhundert versuchte Heinrich II. eine Erkundung, sie schlug fehl. Vor noch nicht einmal hundert Jahren war die Kloake, Mercier bestätigt das, sich selbst überlassen und wurde, was sie werden durfte.

So war dieses alte Paris Beute der Streitereien, des Wankelmuts und des Zögerns. Lange Zeit war es recht einfältig. Später zeigte 89, wie der Geist in die Städte fährt. Aber in der guten alten Zeit besaß die Hauptstadt wenig Verstand; sie konnte weder geistig noch materiell ihre Angelegenheiten regeln und den Unrat nicht besser beseitigen als die Mißbräuche. Alles war Hindernis, nichts verstand sich von selbst. Beispielsweise widersetzte sich die Kanalisation jeder Erfassung in einem Plan. Im Kanalnetz fand man sich nicht zurecht, und in der Stadt konnte man sich nicht verständigen.

Oben das Unverständliche, unten das Unentwirrbare. Unter der Sprachverwirrung war der Wirrwarr der Keller. Dädalus verdoppelte Babel.

Bisweilen lief die Pariser Kanalisation über, als ob dieser verkannte Nil plötzlich rasend geworden wäre. Es kam, schändliche Tatsache, zu Überschwemmungen aus dem Kanal. Mitunter verdaute der Magen der Zivilisation schlecht, die Kloake floß der Stadt in die Kehle zurück, und Paris hatte den Nachgeschmack seines Kots. Diese Ähnlichkeit des Kanals mit dem Gewissensbiß hatte ihr Gutes. Das waren Warnungen, die indes sehr schlecht verstanden wurden. Die Stadt entrüstete sich, daß ihr Schlamm so dreist war, und fand es nicht gut, daß der Unrat zurückkam. Kehrt ihn besser hinab!

An die Überschwemmung von 1802 können sich die heute achtzigjährigen Pariser noch gut erinnern. Von der Place des Victoires mit dem Standbild Ludwigs XIV. breitete sich der Schlamm nach vier Seiten aus. Er floß aus den beiden Gullys auf den Champs-Élysées in die Rue Saint-Honoré, aus dem Kanal Saint-Florentin in die Rue Saint-Florentin, aus dem Kanal der Sonnerie in die Rue Pierre-à-Poisson, aus dem Kanal des Chemin-Vert in die Rue Popincourt und aus dem Kanal der Rue de Lappe in die Rue de la Roquette. In der Gosse der Rue des Champs-Élysées stand er bis zu fünfunddreißig Zentimeter hoch, und im Süden drang er durch die Mündungsstelle in der Seine, die ihre Aufgabe in umgekehrter Richtung erfüllte, in die Rue Mazarine, in die Rue de l'Échaudé und in die Rue des Marais ein. Nach einhundertundneun Metern kam er genau ein paar Schritte vor dem Haus, das Racine bewohnt hatte, zum Stehen und achtete also im siebzehnten Jahrhundert den Dichter mehr als den König. Der Schlamm stand in der Rue Saint-Pierre am höchsten, drei Fuß über den Steinplatten für die Traufrinnen, und seine größte Ausdehnung erreichte er in der Rue Saint-Sabin, wo er sich in einer Länge von zweihundertachtunddreißig Metern ausbreitete.

Noch zu Beginn dieses Jahrhunderts war die Pariser Kanalisation ein geheimnisvoller Ort. Schmutz kann nie in gutem Ruf stehen, aber hier ging der schlechte bis zum Schrecken. Paris ahnte dunkel, daß es einen schrecklichen Keller unter sich hatte. Über ihn wurde wie über diesen ungeheuerlichen Sumpf Thebens gesprochen, in dem es von fünfzehn Fuß langen Tausendfüßlern wimmelte und der dem Behemoth als Badewanne hätte dienen können. Die Kanalarbeiter mit ihren großen Stiefeln wagten sich nie über gewisse bekannte Punkte hinaus. Die Zeit war noch nicht fern, da die Karren der Straßenkehrer, von denen herab sich Sainte-Foix mit dem Marquis de Créqui verbrüderte, ganz einfach in den Kanal entleert wurden. Die Reinigung überließ man den Regengüssen, die mehr verstopften als spülten. Rom beließ seiner Kloake noch etwas Poesie und nannte sie Gemonien. Paris beschimpfte die seine und nannte sie Stinkloch. Wissenschaft und Aberglaube stimmten im Abscheu überein. Das Stinkloch widerte die Hygiene nicht weniger an als die Sage. Der Popanz war aus dem stinkenden Bogen des Kanals Mouffetard gekrochen. Die Leichen der Marmousets waren in den Kanal der Barillerie geworfen worden. Fagon hatte das furchtbare bösartige Fieber von 1685 auf die breite Spalte im Kanal für den Marais geschoben, die bis 1833 in der Rue Saint-Louis klaffte, beinahe gegenüber dem Aushängeschild vom »Messager galant«. Die Kanalöffnung in der Rue de la Mortellerie war berüchtigt wegen der Seuchen, die aus ihr kamen. Mit ihrem Eisengitter, dessen Spitzen eine Zahnreihe vortäuschten, ähnelte sie in jener unseligen Straße einem Drachenmaul, das den Hauch der Hölle auf die Menschen blies. Die Phantasie des Volkes schmückte den düsteren Ausguß von Paris mit irgendeiner scheußlichen Beimischung von Unendlichem aus. Die Kloake war bodenlos, war das Barathron. Diese aussätzigen Regionen zu erforschen, fiel nicht einmal der Polizei ein. Wer hätte gewagt, in dieses Unbekannte einzudringen, dieses Dunkel auszuloten, in diesem Abgrund auf Entdeckungsreise zu gehen? Das war fürchterlich. Doch einer erbot sich dazu. Die Kloake erhielt ihren Christoph Kolumbus.

1805 kam eines Tages bei einem der seltenen kurzen Besuche, die der Kaiser Paris abstattete, der Innenminister, irgendein Decrès oder Crétet, zur kleinen Morgenaufwartung des Gebieters. Im Carrousel war das Schleifen der Säbel all der erstaunlichen Soldaten der großen Republik und des großen Kaiserreichs zu hören. Vor der Tür Napoleons drängten sich die Helden. Es waren Männer vom Rhein, von der Schelde, von der Etsch und vom Nil, Gefährten von Joubert, Desaix, Marceau, Hoche und Kléber, Luftschiffer von Fleurus, Grenadiere von Mainz, Pontoniere aus Genua, Husaren, die die Pyramiden betrachtet hatten, Artilleristen, die die Strapazen mit Junot geteilt hatten, und Kürassiere, die die in der Zuidersee ankernde Flotte gestürmt hatten. Die einen waren Bonaparte auf die Brücke von Lodi gefolgt, die anderen hatten Murat in den Graben vor Mantua begleitet. Andere wieder hatten Lannes im Hohlweg von Montebello überholt. Im Hof der Tuilerien durch einen Beritt oder Zug vertreten, war die ganze Armee von damals da und bewachte den Schlummer Napoleons. Und das war die herrliche Zeit, in der die Große Armee Marengo hinter und Austerlitz vor sich hatte. »Sire«, sagte der Innenminister zu Napoleon, »ich habe gestern den unerschrockensten Mann Ihres Kaiserreichs gesehen.« – »Wer ist der Mann?« fragte barsch der Kaiser. »Und was hat er getan?« – »Er will erst etwas tun, Sire.« – »Was?« – »Die Kanalisation von Paris besichtigen.«

Den Mann gab es, und er hieß Bruneseau.

Unbekannte Einzelheiten

Die Besichtigung fand statt. Es war ein fürchterlicher Feldzug, eine nächtliche Schlacht gegen die Pest und das Ersticken. Gleichzeitig war es eine Entdeckungsreise. Einer von den Überlebenden dieser Erkundung, ein gescheiter, damals sehr junger Arbeiter, erzählte noch vor einigen Jahren die merkwürdigen Einzelheiten, die Bruneseau in seinem Bericht an den Polizeipräfekten als des Behördenstils nicht würdig weglassen zu müssen meinte. Die Entlüftungsverfahren steckten zu jener Zeit in den allerersten Anfängen. Kaum hatte Bruneseau die ersten Verbindungen des unterirdischen

Netzes hinter sich, als sich acht von zwanzig Arbeitern weigerten weiterzugehen. Das Unternehmen war schwierig. Die Besichtigung zog die Reinigung nach sich. Es mußte also gereinigt und zugleich vermessen werden: Die Wassereinläufe waren zu vermerken, die Gitter und Gullys zu zählen, die Abzweigungen genau zu beschreiben, die Strömungen an den Wasserscheiden anzugeben, die jeweiligen Abgrenzungen der verschiedenen Abflußgebiete festzustellen und die kleinen, dem Sammler aufgepfropften Kanäle zu untersuchen. Der Bogenstich eines jeden Ganges und die Breite sowohl am Gewölbefuß als auch in Höhe der Kanalsohle mußten ausgemessen und schließlich im rechten Winkel zu jedem Wassereinlauf die Ordinaten vom Nivellieren der Kanalsohle oder des Straßenuntergrunds bestimmt werden. Mühsam kamen sie voran. Nicht selten tauchten die Einstiegsleitern drei Fuß tief in den Schlamm ein. Die Laternen waren in den giftigen Ausdünstungen kurz vor dem Verlöschen. Hin und wieder wurde ein ohnmächtiger Kanalarbeiter weggetragen. An gewissen Stellen – Abgrund. Der Boden hatte nachgegeben, das Gemäuer aus Quadersteinen war eingefallen, der Kanal hatte sich in einen Sickerschacht verwandelt. Es war kein fester Grund mehr zu finden. Ein Mann verschwand plötzlich, mit Mühe und Not zog man ihn wieder heraus. In den hinlänglich sanierten Strecken wurde auf Anraten Fourcroys in bestimmten Abständen mit Harz getränktes Werg in großen Käfigen angezündet. Die Mauer war stellenweise mit häßlichen Schwämmen bedeckt, die an Geschwülste gemahnten. Der Stein selbst schien krank in diesem unerträglichen Milieu.

Bei seiner Erkundung arbeitete sich Bruneseau stromabwärts vor. An der Wasserscheide der beiden Abwasserleitungen vom Grand-Hurleur entzifferte er auf einem vorspringenden Stein die Jahreszahl 1550. Der Stein bezeichnete den Punkt, an dem Philibert Delorme stehengeblieben war. Heinrich II. hatte ihn beauftragt, das unterirdische Straßennetz von Paris zu besichtigen. Der Stein war die Spur des sechzehnten Jahrhunderts in der Kloake.

Im Kanal des Ponceau und in dem der Rue Vieille-du-

Temple, die zwischen 1600 und 1650 überwölbt worden waren, erkannte Bruneseau die Arbeit des siebzehnten und im Westabschnitt des Sammelkanals, der 1740 ausgeschachtet und überwölbt worden war, die Arbeit des achtzehnten Jahrhunderts. Diese beiden Wölbungen, namentlich die aus dem Jahre 1740, waren rissiger und verfallener als das Mauerwerk des Ringkanals, der von 1412 stammte, aus einer Zeit also, da der Quellwasserbach von Ménilmontant für Paris die Bedeutung einer Hauptkloake erlangte, eine Beförderung, die der eines Bauern entspricht, welcher erster Kammerdiener beim König wird.

Hier und da, besonders aber unter dem Justizpalast, glaubte man Höhlungen von ehemaligen Verliesen zu erkennen, die in den Kanal selbst eingearbeitet waren. Scheußliche *In pace.* Ein Halseisen hing in einer der Zellen. Sie wurden alle zugemauert. Einige Funde waren wirklich seltsam, unter anderem das Gerippe eines Orang-Utans, der 1800 aus dem Jardin des Plantes entwichen war. Sein Verschwinden hing wahrscheinlich mit dem berüchtigten und unwiderlegbaren Erscheinen des Teufels in der Rue des Bernardins im letzten Jahr des achtzehnten Jahrhunderts zusammen. Der arme Teufel war schließlich im Kanal ertrunken.

In dem langen gewölbten Gang, der in die Arche-Marion einmündet, erregten die tadellos erhaltene Kiepe eines Lumpensammlers die Bewunderung der Kenner. Überall war der Schlamm, mit dem die Kanalarbeiter inzwischen unerschrocken umgingen, reich an kostbaren Gegenständen, Gold- und Silberschmuck, Juwelen und Münzen. Hätte ein Riese die Kloake durch ein Sieb gegossen, hätte er darin den Reichtum der Jahrhunderte gefunden. An der Wasserscheide der beiden Abzweigungen in die Rue du Temple und die Rue Sainte-Avoye wurde eine eigenartige kupferne Schaumünze der Hugenotten aufgelesen, die auf der einen Seite ein Schwein mit einem Kardinalshut und auf der anderen einen Wolf mit der Tiara auf dem Kopf erkennen ließ.

Zum erstaunlichsten Fund kam es am Einstieg in den Hauptkanal. Den Einstieg verschloß früher ein Gitter, von dem nur noch die Angeln vorhanden waren. An einer von ihnen hing ein formloser und verdreckter Fetzen, der dort, wohl beim Vorbeischwimmen aufgehalten, im Dunkel flatterte und vollends zerfetzt wurde. Bruneseau hielt seine Laterne näher heran und untersuchte den Lappen. Er war von feinstem Batist, und eine der weniger zernagten Ecken zeigte eine gestickte heraldische Krone über den sieben Buchstaben LAVBESP. Die Krone war eine Marquiskrone, und die sieben Buchstaben bedeuteten Laubespine. Was man vor Augen hatte, war ein Stück von Marats Leichentuch. Marat hatte in seiner Jugend eine Liebschaft gehabt, zu der Zeit, da er als Stallarzt zum Personal des Grafen von Artois gehörte. Von jener historisch belegten Liebschaft mit einer vornehmen Dame war ihm dieses Bettuch geblieben. Überbleibsel oder Erinnerung. Da es bei seinem Tode das einzige, etwas feinere Linnen war, das er zu Hause hatte, wurde er darin eingehüllt. Alte Weiber wickelten den tragischen Freund des Volkes für die Grablegung in diese Windel, die der Wollust gedient hatte.

Bruneseau ging weiter. Der Lumpen wurde gelassen, wo er war. Niemand machte ihm den Garaus. War es Verachtung oder Ehrfurcht? Marat verdiente beides. Zudem sprach das Schicksal so deutlich daraus, daß man Bedenken trug, daran zu rühren. Den Dingen des Grabes muß der Platz gelassen werden, den sie wählen. Mit einem Wort, die Reliquie war ungewöhnlich. Eine Marquise hatte darin geschlafen. Marat war darin verwest. Sie ging durch das Pantheon, um bei den Ratten im Kanal zu landen. Der Alkovenfetzen, von dem Watteau einst frohgemut alle Falten nachgezeichnet hätte, war schließlich des starren Blicks eines Dante würdig geworden.

Die Besichtigung des gesamten unterirdischen Straßennetzes für den Pariser Unrat dauerte sieben Jahre, von 1805 bis 1812. Während Bruneseau sich vorarbeitete, ordnete er beachtliche Bauvorhaben an, leitete und vollendete sie. 1808 senkte er die Sohle des Ponceaukanals ab. Überall baute er das Vorhandene aus, trieb 1809 den Kanal unter der Rue Saint-Denis bis zur Fontaine des Innocents vor, 1810 die Kanäle unter der Rue Froidmanteau und der Salpêtrière,

1811 die unter der Rue Neuvedes-Petits-Pères, der Rue du Mail, der Rue de l'Écharpe und unter der Place Royale, 1812 die unter der Rue de la Paix und der Chaussée d'Antin. Gleichzeitig ließ er das ganze Netz entlüften und sanieren. Schon im zweiten Jahr hatte Bruneseau seinen Schwiegersohn Nargaud hinzugezogen.

So reinigte zu Beginn dieses Jahrhunderts die alte Gesellschaft ihren doppelten Boden und putzte ihre Kloake. Das wurde immerhin ins reine gebracht.

Verschlungen, zerklüftet, das Pflaster aufgerissen, ausgehöhlt, von Schlammlöchern unterbrochen, hin und her geworfen von bizarren Krümmungen, auf- und absteigend ohne Logik, stinkend, wild, grausam, in Dunkelheit getaucht, mit Narben auf ihren Quadersteinen und Hiebwunden an ihren Mauern, entsetzlich – so war, rückblickend gesehen, die uralte Kloake von Paris.

Verzweigungen in alle Richtungen, sich überschneidende Gräben, Gabelungen, Kreuzungen, Sterne wie in den Sappen, Blinddärme, Sackgassen, salpeterhaltige Gewölbe, verpestete Senkgruben, Flechten an den Wänden, von den Decken herabfallende Tropfen und Finsternis. Nichts kam dem Grauen in dem alten gruftartigen Abfluß, dem babylonischen Verdauungsapparat, der Höhle, der Grube, dem von Straßen durchbrochenen Abgrund, dem riesenhaften Maulwurfshaufen gleich, wo die Phantasie im Dunkel und im Unrat, der Glanz gewesen war, jenen ungeheuren blinden Maulwurf, die Vergangenheit, umherschweifen sieht. Dies war, wir wiederholen es, die Kloake von einst.

Gegenwärtiger Fortschritt

Heute ist der Kanal reinlich, kühl, gerade und vorschriftsmäßig. Er verwirklicht nahezu das Ideal von dem, was in England unter dem Wort *respectable* verstanden wird. Schicklich und etwas grau, wirkt er wie mit dem Lineal gezogen, fast möchte man sagen, wie aus dem Ei gepellt. Er ähnelt einem Lieferanten, der Staatsrat geworden ist. In ihm herrscht beinahe klare Sicht. Der Schlamm beträgt sich hier wohlanständig. Auf den ersten Blick könnte man ihn für einen jener unterirdischen Gänge halten, die ehedem so alltäglich und die in der guten alten Zeit, »in der das Volk seine Könige liebte«, den fliehenden Monarchen und Fürsten so nützlich waren. Der heutige Kanal ist ein schöner Kanal. Der reine Stil herrscht in ihm vor. Aus der Dichtung vertrieben, hat sich der klassische geradlinige Alexandriner anscheinend in die Architektur geflüchtet und spricht aus all den Steinen der langen, finsteren und weißlichen Wölbung. Jeder Auslauf ist eine Arkade. Die Rue de Rivoli macht Schule bis in die Kloake hinein. Wenn übrigens die geometrische Linie irgendwo angebracht ist, so bestimmt in dem Kotgraben einer Großstadt. Dort muß sich alles dem kürzesten Weg unterordnen. Der Kanal hat heute eine gewisse offizielle Seite bekommen. Selbst die Polizeiberichte, deren Gegenstand er bisweilen ist, verweigern ihm nicht mehr den Respekt. Die Wörter, mit denen er in der Verwaltungssprache bezeichnet wird, klingen vornehm und würdevoll. Was Darm hieß, wird Galerie genannt. Was Loch hieß, wird Einsteigschacht genannt. Villon würde seine ehemalige Notunterkunft nicht mehr wiedererkennen. Schon immer haben die Nager dieses Kellersystem bevölkert, jetzt vermehren sie sich mehr denn je. Hin und wieder wagt es eine Ratte, ein alter Graubart, den Kopf aus dem Fenster des Kanals zu stecken und die Pariser zu mustern. Doch selbst dieses Ungeziefer wird zutraulicher, ist zufrieden mit seinem unterirdischen Palast. Die Kloake hat nichts mehr von ihrer ursprünglichen Wildheit an sich. Der Regen, der den Kanal von früher verdreckte, spült den Kanal von heute. Traut ihm dennoch nicht allzusehr. Die giftigen Ausdünstungen sind in ihm noch beheimatet. Er ist eher scheinheilig als unbescholten. Die Polizeipräfektur und der Gesundheitsausschuß haben sich vergeblich bemüht. Allen Entlüftungsverfahren zum Trotz geht von ihm ein vager, verdächtiger Geruch aus, wie von Tartüff nach der Beichte.

Doch wir geben zu, daß im ganzen genommen der Kanal der Zivilisation huldigt, wenn er den Unrat hinunterspült, und unter diesem Gesichtspunkt stellt Tartüffs Gewissen einen Fortschritt gegenüber dem Augiasstall dar. Damit steht fest, daß die Pariser Kanalisation verbessert worden ist.

Das ist mehr als ein Fortschritt, das ist eine Transmutation. Zwischen dem alten und dem heutigen Kanal liegt eine Revolution. Wer hat sie gemacht? Der Mann, den alle Welt vergißt und den wir genannt haben, Bruneseau.

Künftiger Fortschritt

Die Vergrößerung der Pariser Kanalisation war keine Kleinigkeit. Die vergangenen zehn Jahrhunderte haben an ihr gearbeitet, ohne sie vollenden zu können, ebensowenig wie sie Paris vollenden konnten. Die Kloake bekommt tatsächlich alle Folgen des sich ausdehnenden Paris zu spüren. In der Erde wächst eine Art geheimnisvoller Polyp mit tausend Fühlern gleichzeitig mit der Stadt über ihm. Sooft die Stadt eine Straße durchbricht, streckt die Kloake einen Arm aus. Die alte Monarchie hatte nur 23 300 Meter Kanal angelegt. So weit war Paris am 1. Januar 1806. Seit jener Zeit, über die wir gleich noch einmal sprechen wollen, wurde das Werk zweckdienlich und tatkräftig wiederaufgenommen und fortgesetzt. Napoleon baute – diese Zahlen sind merkwürdig – 4 804 Meter, Ludwig XVIII. 5 709, Karl X. 10 836, Louis-Philippe 89 020, die Republik von 1848 23 381 und das gegenwärtige Regime 70 500. Im Augenblick ergibt das eine Kanalstrecke von insgesamt 226 610 Metern oder sechzig Meilen. Ungeheure Eingeweide von Paris. Dunkle, ständig in Arbeit befindliche Verzweigung. Unbekannter und riesenhafter Bau.

Wie man sieht, hat sich das unterirdische Labyrinth seit Beginn des Jahrhunderts bis heute mehr als verzehnfacht. Nur schwerlich läßt sich ermessen, welcher Ausdauer und Anstrengungen es bedurfte, die Kloake in den Stand der bedingten Vollkommenheit zu versetzen, in dem sie sich jetzt befindet. Mit Mühe und Not hatten die alte königliche Stadtverwaltung und in den letzten zehn Jahren des achtzehnten Jahrhunderts das revolutionäre Stadthaus die fünf Meilen Kanal niedergebracht, die vor 1806 bestanden. Alle möglichen Hindernisse hemmten dieses Unternehmen; die einen ergaben sich aus der Bodenbeschaffenheit, die anderen aus den Vorurteilen der arbeitenden Pariser selbst. Paris ist auf einer Ablagerung erbaut, die sich seltsamerweise hartnäckig der Spitzhacke, dem Schlamm, dem Senkblei und der Bearbeitung durch den Menschen widersetzt. Nichts ist schwerer zu durchbohren und zu durchdringen als die geologische Formation, über der das wunderbare historische Gebilde namens Paris liegt. Sobald in irgendeiner Form die Arbeit aufgenommen wird und sie sich in diese Alluvialbildung vorwagt, stößt sie auf Hindernisse sonder Zahl. Da sind fließender Lehm, sprudelnde Quellen, harter Fels, weicher und tiefer Schlamm, den die Fachwelt Modder nennt. In den Kalkschichten kommt die Hacke mühselig voran. Zwischen sehr dünnen Tonlagen und Schieferpacken finden sich Austernschalen aus präadamitischen Meeren. Bisweilen bringt plötzlich ein Bach ein angefangenes Gewölbe zum Einsturz und ergießt sich über die Arbeiter. Oder ein Mergelstrom bricht sich Bahn und zerknickt mit der Raserei eines Wasserfalls die dicksten Stützbalken wie Glas. Als jüngst der Sammelkanal in La Vilette unter dem Kanal Saint-Martin durchgeführt werden mußte, ohne daß die Schiffahrt unterbrochen und der Kanal trockengelegt wurde, hatte sich ein Riß im Kanalbett gebildet. Das Wasser strömte jäh in die unterirdische Baustelle ein, die Entwässerungspumpen waren machtlos dagegen. Ein Taucher mußte den Riß suchen, der in der Einfahrt zum großen Hafenbecken war, und er wurde nicht ohne Mühe abgedichtet. Andernorts, nahe der Seine und auch ziemlich weit weg vom Fluß, wie beispielsweise in Belleville in der Grande-Rue und der Passage Lunière, stößt man auf grundlose Sandböden, in denen ein Mensch zusehends versinken kann. Dazu kommen das Ersticken an den giftigen Ausdünstungen, das Verschüttetwerden durch die Erdrutsche, die plötzlichen Einstürze. Dazu kommt der Typhus, mit dem sich die Arbeiter langsam infizieren. Nachdem in unseren Tagen der Bauleiter Monnot die Galerie von Clichy mit Bankett für eine Hauptwasserleitung aus dem Kanal de l'Ourcq vorgetrieben hatte, eine als Grabeneinschnitt in zehn Metern Tiefe ausgeführte Arbeit, nachdem er trotz der Erdrutsche nach Aushub von Faulschlamm und mittels Abstützungen die Bièvre vom Boulevard de l'Hôpital bis zur Seine überdeckt hatte, nachdem er, sagen wir, die Kanalstrecke von der Barrière Blanche zum Chemin d'Aubervilliers in vier Monaten rund um die Uhr in einer Tiefe von elf Metern gebaut hatte, um Paris von den vom Montmartre herabstürzenden Wassermassen zu befreien und die neun Hektar große Riesenpfütze, die nahe der Barrière des Martyrs stand, abfließen zu lassen, nachdem er, was bisher einmalig war, einen Kanal in der Rue Barre-du-Bec ohne Graben sechs Meter unter der Erdoberfläche ausgeführt hatte, starb er. Nachdem der Ingenieur Duleau dreitausend Meter Kanal überall in der Stadt, von der Rue Traversière-Saint-Antoine bis zur Rue de Lourcine überwölbt hatte, nachdem er die Ecke Rue Censier-Rue Mouffetard durch die Abzweigung aus der Rue de l'Arbalète von den Regenfluten entlastet hatte, nachdem er den Abzugskanal Saint-Georges auf Bruchstein- und Betongründung in Treibsand niedergebracht hatte, nachdem er die fürchterliche Absenkung der Kanalsohle in der Abzweigung Notre-Dame-de-Nazareth geleitet hatte, starb er. Die Zeitungen berichteten nicht über diese tapferen Taten, die dennoch nützlicher sind als das einfältige Gemetzel auf den Schlachtfeldern.

Die Pariser Kanalisation war 1832 bei weitem nicht das, was sie heute ist. Bruneseau hatte den Anstoß gegeben, aber noch mußte die Cholera hinzukommen, um die umfassende Rekonstruktion zu veranlassen, die seitdem stattgefunden hat. Erstaunlich ist, daß beispielsweise 1821 ein Teil des Ringkanals, wie in Venedig Großer Kanal genannt, in der Rue des Gourdes unter freiem Himmel seinen fauligen Gestank verbreitete. Erst 1823 fand die Stadt Paris in ihrem Säckel die zweihundertsechsundsechzigtausendachtzig Francs und sechs Centimes, die für die Abdeckung dieser Schande erforderlich waren. Die drei Kläranlagen am Combat, an der Cunette und in Saint-Mandé mit ihren Ausmündungen, Maschinen,

Sickergruben und Klärleitungen stammen gar erst aus dem Jahr 1836. Die Eingeweide von Paris wurden, wie wir bereits sagten, im letzten Vierteljahrhundert erneuert und mehr als verzehnfacht.

Vor dreißig Jahren, zur Zeit des Aufstands vom 5. und 6. Juni, war es noch an vielen Stellen nahezu die alte Kloake. Eine Vielzahl von Straßen, heute gewölbt, waren damals zerfurchte Fahrdämme. An den abschüssigen Stellen, in die die Abdachungen einer Straße oder eine Kreuzung übergingen, sah man sehr häufig breite, viereckige Gitter mit dicken Eisenstangen, die, von den Schritten der Menge blankgewetzt, den Fuhrwerken gefährlich wurden und die Pferde stürzen ließen. Die Behördensprache des Straßenbauamts belegte die abschüssigen Stellen und Gitter mit dem ausdrucksvollen Namen »Cassis«, was an *casser* – zerbrechen – erinnert. 1832 zeigte die alte gotische Kloake noch schamlos ihr Maul in einer Reihe von Straßen wie der Rue de l'Étoile, der Rue Saint-Louis, der Rue du Temple, der Rue Vieille-du-Temple, der Rue Notre-Dame-de-Nazareth, der Rue Folie-Méricourt, dem Quai aux Fleurs, der Rue du Petit-Musc, der Rue de Normandie, der Rue Pont-aux-Biches, der Rue des Marais in der Vorstadt Saint-Martin, der Rue Notre-Dame-des-Victoires in der Vorstadt Montmartre, der Rue Grange-Batelière in der Nähe der Champs-Élysées, der Rue Jacob oder der Rue de Tournon. Es waren ungeheure Spalten aus Wölbstein, bisweilen mit Prellsteinen eingefaßt und von eindrucksvoller Unverfrorenheit.

1806 hatte Paris noch fast so viele Kanäle, wie im Mai 1663 festgestellt worden war: 5 328 Klafter. Nach Bruneseau waren es am 1. Januar 1832 40 300 Meter. Von 1806 bis 1831 wurde das Netz jährlich im Durchschnitt um 750 Meter erweitert. Seitdem baute man jedes Jahr 8 000 und sogar 10 000 Meter Galerie mit einem Mauerwerk aus gebrochenem Material, das mit angemachtem Wasserkalk verbunden und auf Betongründung errichtet wurde. Mit zweihundert Francs je Meter stellen die sechzig Meilen Kanal im gegenwärtigen Paris einen Wert von achtzig Millionen Francs dar.

Außer dem wirtschaftlichen Fortschritt, auf den wir anfangs hingewiesen haben, ergeben sich schwerwiegende Probleme der allgemeinen Hygiene aus der Kanalisation von Paris.

Paris befindet sich zwischen zwei Schichten, dem Grundwasser und der Luftschicht. Das Grundwasser in ziemlich großer Tiefe, aber bereits durch zwei Bohrungen angezapft, liefert der grüne Sandstein zwischen der Kreide und dem Jurakalk. Die Sandsteinschicht kann man sich als eine Scheibe mit einem Radius von fünfundzwanzig Meilen vorstellen. Eine Menge Flüsse und Bäche sickern ein. Wird ein Glas mit Wasser aus dem Brunnen von Grenelle gefüllt, trinkt man daraus Wasser aus der Seine, der Marne, der Yonne, der Oise, der Aisne, dem Cher, der Vienne und der Loire. Das Grundwasser ist sauber, es kommt zunächst vom Himmel, dann aus der Erde. Die Luftschicht ist ungesund, sie kommt aus dem Kanal. Alle giftigen Ausdünstungen der Kloake verbinden sich mit dem Atem der Stadt, deshalb riecht er so schlecht. Die Luft, die über einem Dunghaufen entnommen wird, dies wurde wissenschaftlich festgestellt, ist reiner als die Luft über Paris. Zu gegebener Zeit, wenn der Fortschritt hilft, die Technik weiterentwickelt und man zur Einsicht gelangt ist, wird das Grundwasser dazu benutzt werden, die Luftschicht zu reinigen, das heißt den Kanal zu spülen. Und darunter verstehen wir, den Schlamm der Erde zurückzuerstatten, den Mist wieder in den Boden und den Dünger wieder auf die Felder zu bringen. Aufgrund dieser einfachen Tatsache wird in jeder sozialen Gemeinschaft das Elend gemindert und die Gesundheit verbessert werden. Gegenwärtig verbreiten sich die Krankheiten in Paris im Umkreis von fünfzig Meilen um den Louvre herum, die Nabe jenes pestilenzialischen Rades.

Man könnte sagen, die Kloake sei seit zehn Jahrhunderten die Krankheit von Paris. Der Kanal ist das Übel, das die Stadt im Blut hat. Der Instinkt des Volks täuschte sich darin nie. Der Beruf des Kanalarbeiters war früher fast ebenso gefährlich und dem Volk fast ebenso zuwider wie das Gewerbe des Abdeckers, das Grauen erweckte und so lange dem Henker überlassen wurde. Nur ein hoher Lohn konnte einen Maurer bewegen, in diesem stinkenden Graben zu verschwinden. Die

Leiter des Brunnengräbers hatte Bedenken, darin einzutauchen. Es hieß sprichwörtlich: »Wer in die Kloake hinabsteigt, fährt in die Grube.« Und alle möglichen gräßlichen Sagen, wir sagten es bereits, machten den kolossalen Ausguß nur noch schreckenerregender. Ein fürchterlicher Pfuhl, der die Spur von den Revolutionen des Erdballs wie von den Revolutionen der Menschen aufweist und in dem Reste aller Umwälzungen, von der Muschelschale der Sintflut bis zu Marats Fetzen, zu finden sind.

DRITTES BUCH
SCHLAMM UND SEELE

Überraschungen in der Kloake

Jean Valjean befand sich in der Kloake von Paris. Auch hierdurch ähnelt Paris dem Meer. Wie im Ozean kann der Taucher darin verschwinden.

Der Gegensatz war unerhört. In ihrer Mitte hatte Jean Valjean die Stadt verlassen, und in einem Augenblick, in der Zeit, die man braucht, einen Deckel anzuheben und wieder zu verschließen, war er vom hellen Tag zu gänzlichem Dunkel übergegangen, vom Mittag zur Mitternacht, vom Getöse zur Stille, vom Wirbel der Gewitter zur Starrheit des Grabes und durch einen Umschlag, der noch phantastischer war als der in der Rue Polonceau, von der äußersten Gefahr zu voller Sicherheit.

Jäher Sturz in einen Keller; Verschollenheit im unterirdischen Gefängnis von Paris; Wanderung aus jener Straße, in der überall der Tod war, in dieses Grab, in dem das Leben war: Seltsam mußte das auf ihn wirken. Einige Sekunden war er wie betäubt. Er lauschte in Betroffenheit. Die Fußangel hatte zu seinem Heil jäh unter ihm geklafft. Die Güte des Himmels hatte ihn gleichsam durch Verrat überrumpelt. Wunderbare Hinterhalte der Vorsehung!

Aber der Verwundete bewegte sich nicht, und Jean Valjean wußte nicht, ob das, was er in diese Grube schleppte, ein Lebender oder ein Toter war. Seine erste Empfindung war Blindheit. Plötzlich sah er nichts mehr. Es schien ihm auch, als höre er nichts mehr. Das wilde Toben des Mordens, das wenige Schritte über ihm entbrannt war, drang zu ihm dank der Dichte der Erde, die ihn davon trennte, nur noch vermindert und undeutlich und wie Lärm in die Tiefe. Er fühlte, daß er festen Halt unter den Füßen hatte. Das war alles; jedoch es genügte. Er streckte einen Arm aus, dann den anderen, betastete zu beiden Seiten die Mauer und spürte die Enge des Ganges. Er glitt weiter und spürte, daß der Stein naß war. Er trat mit einem Fuß vor, behutsam, da er ein Loch befürchtete, eine Senkgrube, irgendeinen Abgrund. Er überzeugte sich, daß die steinerne Fläche sich verlängerte. Eine stinkende Luft ließ ihn die Örtlichkeit erkennen.

Rasch hatte er die Blindheit überwunden. Ein wenig Licht fiel von da, von wo er gleitend gekommen war, und sein Blick hatte sich an diesen Keller gewöhnt. Er begann irgend etwas zu unterscheiden. Der Gang, in den er sich verkrochen hatte, kein anderes Wort drückt die Situation besser aus, war hinter ihm vermauert. Es war eine jener Sackgassen, die die Fachsprache Abzweigungen nennt. Vor ihm war eine andere düstere Mauer. Die Helligkeit des Kellerbodens erstarb zehn oder zwölf Schritte von dem Punkt, an dem Jean Valjean war, und warf kaum ein fahles Licht auf einige Meter der feuchten Wand des Kanals. Darüber hinaus war der Schatten undurchdringlich. Sich dort vorzuwagen schien grauenhaft, und der Eintritt glich einem Versinken. Und dennoch konnte und mußte man sich durch diese Nebelmauer zwängen. Es bedurfte sogar der Eile. Jean Valjean bedachte, daß das Gitter, das er zwischen den Pflastersteinen bemerkt hatte, auch von den Soldaten gesehen werden könne und alles von diesem Zufall abhänge. Auch sie konnten in den Schacht absteigen und ihn durchsuchen. Keine Minute war zu verlieren. Er hatte Marius auf den Boden niedergelegt, er zog ihn hoch, nahm ihn auf seine Schultern und ging vorwärts. Entschlossen wandte er sich dem Dunkel zu.

In Wirklichkeit waren sie weniger gerettet, als Jean Valjean glaubte. Vielleicht erwarteten ihn andere und nicht minder große Gefahren. Nach dem blitzenden Unwetter des Kampfes die Höhle der Miasmen und der Menschenfallen, nach dem Chaos die Kloake. Jean Valjean war aus einem Höllenring in den nächsten getaumelt.

Nach fünfzig Schritten mußte er anhalten. Eine Frage nötigte sich ihm auf. Der Gang endete in einen anderen

Arm, auf den er in der Quere stieß. Zwei Wege boten sich ihm hier. Welchen sollte er einschlagen? Sollte er den links wählen oder den rechts? Wie konnte er in diesem schwarzen Labyrinth die Richtung ermitteln? Dieses Labyrinth hatte einen Faden, daß es sich nach der Seine zu neigte. Sich demgemäß orientieren hieß zum Fluß gelangen.

Jean Valjean begriff es sofort. Er sagte sich, vielleicht sei er im Kanal der Markthallen. Wählte er den Weg links und folgte er dem Gefälle, so erreichte er in noch nicht einer Viertelstunde eine Mündung des Kanalsystems in die Seine, zwischen dem Pont-au-Change und dem Pont-Neuf. Er würde also am lichten Tag auf der meistbevölkerten Brücke von Paris erscheinen. Vielleicht stieg er an irgendeinem Gully neben einer Straßenecke heraus. Mit Verblüffung sahen die Passanten zwei blutige Männer unter ihren Füßen aus der Erde emporklettern. Die Polizisten liefen hinzu; die Mannschaft des nächsten Wachlokals schritt bewaffnet ein. Sie würden gefaßt werden, bevor sie ganz droben wären. Besser, er ließ sich von dem unterirdischen Wirrsal verschlingen, vertraute sich dieser Schwärze an und überließ den Ausgang dem Schicksal.

Er strebte wieder den Abhang hinauf und ging nach rechts. An einer Biegung der Galerie verschwand der ferne Lichtschein aus dem Kellerloch, die dunkle Wand stürzte von neuem über ihm zusammen, und wieder erblindete er. Dennoch ging er vorwärts und so schnell, wie er konnte. Die Arme von Marius waren um seinen Hals gebreitet, und die Füße des Ohnmächtigen schlotterten hinter ihm. Er hielt die beiden Arme mit einer Hand und berührte mit der anderen die Mauer. Die Wange von Marius streifte die seine und klebte an ihr mit verharschendem Blut. Er fühlte, wie über ihn laue Blutstropfen rannen, die von Marius kamen und ihm bis unter die Kleider sickerten. Indes bewies eine feuchte Wärme an seinem Ohr, dem der Mund des Verwundeten nahe war, daß dieser noch atmete, noch lebte. Der Gang, in dem Jean Valjean jetzt stapfte, war weniger eng als zuvor. Jean Valjean mühte sich. Der Regen vom Vortag war noch nicht abgeflossen und hatte einen Gießbach in der Mitte des

Kanalbodens hinterlassen, und er mußte sich gegen die Mauer pressen, um nicht mit den Füßen in das Wasser zu geraten. So ging er in der Finsternis. Er war wie ein Nachtgeschöpf, das im Unsichtbaren wankte, unter der Erde verirrt im Geäder des Schattens.

Allmählich jedoch, ob ferne Kellerlöcher ein wenig verschwommenes Licht in diesen dicken Nebel entsandten oder die Augen sich dem Dunkel angepaßt hatten, vermochte er, wenn auch schwach, zu sehen, und er begann sich unklar bald der Mauer, über die seine Hand strich, bald des Gewölbes, unter dem er wandelte, bewußt zu werden. Die Pupille weitet sich in der Nacht und fängt schließlich ein wenig Tageslicht ein, wie sich die Seele im Unglück weitet und letzten Endes zu Gott findet.

Seine Schritte durch diese Korridore richtig zu lenken, ist schwer. Das Kanalisationsnetz ist ein Abbild des Straßennetzes über ihm. Das Paris von damals hatte zweitausendzweihundert Straßen. Man denke sich darunter den Wald dunkler Äste, den das Kanalsystem darstellt. So wie es in jener Zeit existierte, hätte es, wenn man alle seine Strecken hintereinanderlegte, eine Länge von elf Meilen gehabt. Das Netz von heute umfaßt dank der besonderen Tatkraft der letzten drei Jahrzehnte nicht weniger als sechzig Meilen.

Jean Valjean täuschte sich zu Anfang. Er glaubte unter der Rue Saint-Denis zu sein und war es leider nicht. Unter der Rue Saint-Denis zieht sich ein alter steinerner Kanal hin, der auf Ludwig XIII. zurückgeht und gerade in den Sammelkanal führt, den sogenannten Großen Kanal, mit einer einzigen Krümmung nach rechts, in der Höhe des alten Mirakelhofs, der Freistatt der Gauner und Bettler, und einer einzigen Abzweigung, dem Kanal Saint-Martin, dessen vier Arme sich in Kreuzform schneiden. Aber der Darm der Petite-Truanderie, dessen Eingang unweit der Schenke »Korinth« lag, war nie mit der Unterkellerung der Rue Saint-Denis verbunden. Er endete am Montmartrekanal, und in ihn hatte Jean Valjean sich begeben. Hier hatte er im Übermaß Gelegenheit, sich zu verirren. Der Montmartrekanal ist einer der gewundensten des alten Netzes. Zum Glück war Jean Valjean über den

Kanal der Hallen hinweg, dessen geometrischer Plan eine Menge verhakter Bramstengen zeigt. Aber vor sich hatte er mehr als eine Begegnung, die ratlos machen konnte, und mehr als eine Straßenecke – denn Straßen sind es –, die im Dunkel sich wie ein Fragezeichen ausnehmen. Zuerst links den ausgedehnten Kanal der Plâtrière, der, eine Art von chinesischem Brettchenspiel, sein wirres Chaos von T und Z unter das Hauptpostamt und die Getreidehalle bis zur Seine vorstößt, an der er mit einem Y abschließt. Zweitens rechts den krummen Korridor der Rue du Cadran mit seinen drei Zähnen, die ebenso viele Sackgassen sind. Drittens links die Abzweigung am Mail, die sich fast am Eingang durch eine Art Gabel verwickelt und im Zickzack am großen Ableitungskanal des Louvre endet, in jeder erdenklichen Weise zerschnitten und verästelt. Und zuletzt rechts die Sackgasse unter der Rue des Jeûneurs, ohne kleine Nebenkanäle hier und da zu zählen, ehe man am Ringkanal ist, der allein zu einem fernen, aber dafür sicheren Ausgang bringen konnte.

Hätte Jean Valjean einen Begriff von alledem gehabt, so hätte er, nur durch Betasten der Mauer, rasch bemerkt, daß er nicht in der unterirdischen Galerie der Rue Saint-Denis war. Statt der alten Quadern, der alten Architektur, die hoffärtig und königlich bis in den Kanal war, mit Bettung und Unterschichten von Granit und Mörtel von fettem Kalk, der achthundert Francs das Klafter kostete, hätte er mit seiner Hand die billige Modernität gefühlt, den sparsamen Ersatz, den im hydraulischen Mörtelbad angemachten Mühlkalkstein auf einer Lage von gegossenem Beton, der zweihundert Francs das Meter kostet, die bourgeoise Mauerei mit wohlfeilem Material. Aber das ahnte er nicht.

Er tappte weiter, in Angst, aber ruhig, ohne etwas zu sehen oder zu wissen, vom Zufall, der auch die Vorsehung ist, verschlungen. Zugegeben sei, daß ihn nach und nach etwas Grauen beschlich. Der Schatten, der ihn einhüllte, verdunkelte seinen Geist. Er war von einem Rätsel umfangen. Diese Wasserstadt der Kloake ist furchtbar; sie durchkreuzt sich selbst, so daß es den Suchenden schwindelt. Es ist unheimlich, in diesem Paris der Finsternis gefangen zu sein. Jean

Valjean mußte seinen Weg finden und fast erfinden, ohne daß er ihn sah. In diesem unbekannten Revier konnte jeder Schritt, zu dem er sich entschloß, der letzte sein. Wie kam er hier heraus, und glückte es ihm noch zur rechten Zeit? Ließ sich dieser kolossale unterirdische Schwamm mit den steinernen Poren durchdringen, durchbohren? Geriet man im Dunkel auf einen unerwarteten Knoten? Blieb man im Unentwirrbaren, Undurchquerbaren stecken? Würde Marius an einem Blutsturz sterben und er vor Hunger? War ihrer beider Los, hier ins Verderben zu gehen, daß nur Skelette in einem Winkel dieser Nacht von ihnen blieben? Er wußte es nicht. Er fragte sich all das und konnte nicht antworten. Die Eingeweide von Paris sind abgründig. Wie der Prophet war er im Bauch des Walfisches.

Plötzlich erlebte er etwas Überraschendes. In dem Moment, in dem er sich dessen nicht versah, und ohne daß er davon abließ, geradeaus zu schreiten, gewahrte er, daß er nicht mehr stieg. Das Wasser des Baches plätscherte ihm gegen die Fersen, statt daß es ihm die Fußspitzen näßte. Der Kanal senkte sich nun. Weshalb? Sollte er jählings an der Seine stehen? Die Gefahr war groß, aber die Gefahr, wenn er zurückwich, noch größer. Er ging beharrlich vorwärts.

Nicht auf die Seine ging er zu. Der scharfgewölbte Buckel, den der Boden von Paris am rechten Ufer macht, läßt einen seiner Hänge in die Seine, den anderen in den Großen Kanal abfallen. Der Kamm dieses Buckels, der die Wasserscheide bestimmt, zeichnet eine sehr launische Linie. Der Gipfelpunkt, die Stelle, an der die Abflüsse sich teilen, liegt im Kanal Saint-Avoye jenseits der Rue Michel-le-Comte, im Louvrekanal nahe den Boulevards, im Montmartrekanal nahe den Hallen.

An diesem Gipfelpunkt war Jean Valjean angelangt. Er bewegte sich in der Richtung auf den Ringkanal, in der guten Richtung. Jedoch ahnte er das nicht.

Sooft er einer Abzweigung begegnete, tastete er an ihren Ecken herum, und erwies sich die Öffnung, die sich ihm darbot, minder breit als der Korridor, in dem er sich befand, so ging er nicht hinein und setzte seinen Weg fort, da er zutreffend urteilte, jeder schmalere Weg müsse in eine Sackgasse enden und ihn von seinem Ziel, dem Ausgang, entfernen. Er vermied so die vielfache Falle, die ihm in der Dunkelheit von jenen vier Labyrinthen her drohte.

Er erkannte mit einemmal, daß er den Bezirk des durch die Meuterei zu Stein gewordenen Paris verließ, in dem die Barrikaden den Verkehr getötet hatten, und daß er wieder in die Unterwelt des lebenden, normalen Paris eintrat. Plötzlich war über seinem Kopf etwas wie Donnergedröhn, fern, aber dauernd. Es war das Rollen der Wagen.

Er ging seit wohl einer halben Stunde, wenigstens nach seiner eigenen Berechnung, und hatte noch nicht an Rast gedacht. Nur hatte er die Hand, die Marius trug, gewechselt. Die Finsternis war tiefer als je, aber diese Tiefe beruhigte ihn. Plötzlich sah er seinen Schatten vor sich, ausgeschnitten aus einer schwachen, kaum wahrnehmbaren Röte, die auf den Kanalboden zu seinen Füßen und das Gewölbe über seinem Kopf ein ungewisses purpurnes Licht warf und rechts und links von ihm über die klebrigen Wände des Korridors flackerte. Verblüfft drehte er sich um. In dem Teil des Wandelgangs, der hinter ihm lag, in einer Entfernung, die ihn unermeßlich dünkte, flammte, mit Streifen von dichtem Dunkel, eine Art schauerlichen Sternes, der ihn anzusehen schien. Es war das düstere Gestirn der Polizei, das im Kanal aufging. Hinter diesem Stern regten sich undeutlich acht oder neun schwarze Gestalten, aufrecht, unfaßbar, erschreckend.

Erklärung

Am sechsten Juni war eine Razzia in den Kanälen angeordnet worden. Man fürchtete, sie könnten den Besiegten als Zuflucht dienen, und der Präfekt Gisquet mußte das verborgene Paris durchsuchen, indes der General Bugeaud das öffentliche Paris säuberte. Eine doppelte und in sich zusammenhängende Operation der Staatsmacht, die von der Armee oben und von der Polizei unten vertreten war. Drei Rotten von Polizeibeamten und Kanalarbeitern forschten das unterirdische Straßennetz von Paris aus, die erste das rechte, die zweite das linke Ufer, die dritte die Innenstadt. Die Polizisten waren mit Karabinern, Totschlägern, Degen und Dolchen bewaffnet.

Was in diesem Moment Jean Valjean bestrahlte, war die Stocklaterne der Posten des rechten Ufers. Sie hatte die gekrümmte Galerie und die drei Sackgassen unter der Rue du Cadran besichtigt. Während ihre Laterne in der Tiefe dieser Sackgassen wanderte, hatte Jean Valjean auf seinem Weg den Zugang zur Galerie erreicht. Er hatte erkannt, daß er enger war als der Hauptgang, und war in ihn nicht vorgedrungen. Schon war er darüber hinaus. Die Polizisten hatten, als sie die Galerie unter der Rue du Cadran verließen, geglaubt, ein Geräusch von Schritten in der Richtung auf den Ringkanal zu hören. Wirklich waren das die Schritte von Jean Valjean. Der Sergeant, der die Ronde führte, hatte seine Laterne erhoben, und der Trupp spähte in den Nebel auf die Seite, von wo das Geräusch herüberkam.

Es war für Jean Valjean eine schlimme Minute. Wenn auch er die Laterne gut sah, die Laterne sah ihn schlecht. Sie war das Licht und er das Dunkel. Er war sehr fern und hob sich von der Schwärze der Umgebung nicht ab. Er drückte sich wieder an die Mauer und blieb stehen. Im übrigen war ihm nicht bewußt, was sich da hinter ihm bewegte. Schlaflosigkeit, Nahrungsmangel und Aufregung hatten auch in ihm einen visionären Zustand erzeugt. Er sah eine Flamme und um diese Flamme Larven. Was war das? Er begriff es nicht.

Jean Valjean rührte sich nicht, das Geräusch war verstummt. Die Wachen horchten und hörten nichts, sie schauten und sahen nichts. Sie berieten sich. Damals war an diesem Punkt des Montmartrekanals an einer Straßenkreuzung eine sogenannte Dienststation. Sie ist später wegen des kleinen Sees aufgegeben worden, den bei schweren Unwettern der Gießbach des Regenwassers in ihrem Inneren bildete. Die Posten konnten sich an dieser Straßenkreuzung zusammenrotten.

Jean Valjean sah, wie die Gespenster sich zu einem Kreis zusammenschlossen. Die Hundsköpfe näherten sich und flüsterten. Das Resultat dieser Beratung von Wachhunden war, daß man sich geirrt habe, daß kein Geräusch zu hören gewesen war. Niemand sei da, es lohne sich nicht, den Ringkanal abzugehen, das sei verlorene Zeit; man müsse sich vielmehr beeilen, in die Gegend von Saint-Merry zu kommen. Wenn irgend etwas sich tun und irgendein »Matrosenhut« sich aufspüren lasse, dann in diesem Viertel. Von Zeit zu Zeit nageln die Parteien neue Sohlen an ihre alten Schimpfworte. Im Jahre 1832 war das Wort »Matrosenhut« ein Mittelding zwischen »Jakobiner«, das ausgetreten war wie abgenutzte Schuhe, und »Demagoge«, einer fast ungebräuchlichen und seitdem so bewährten Bezeichnung.

Der Sergeant befahl, schräg nach links zum Hang der Seine zu gehen. Hätten sie den Einfall gehabt, sich in zwei Züge zu teilen und sich nach beiden Richtungen zu wenden, so hätten sie Jean Valjean festgenommen. Um ein Haar war es soweit. Offenbar untersagten die Verfügungen der Präfektur, die die Möglichkeit eines Kampfes und einer großen Zahl von Aufrührern berücksichtigten, den Posten, sich zu zersplittern. Die Posten marschierten ab und ließen Jean Valjean zurück. Von diesem ganzen Manöver nahm Jean Valjean nur die Verdunkelung der Laterne auf, die plötzlich schwenkte.

Bevor er ging, entlud der Sergeant, um das Polizeigewissen zu entlasten, seinen Karabiner nach der Seite hin, die man aufgab, nach Jean Valjean hin. Dahinrollend krachte der Schuß und schwang sich von Echo zu Echo durch den unterirdischen Raum wie eine Blähung in diesem riesigen Darm. Gips, der in den Bach fiel und wenige Schritte von Jean Valjean im Wasser aufklatschte, bewies ihm, daß die Kugel das Gewölbe oberhalb seines Kopfes getroffen hatte.

Gemessene, langsame Schritte hallten noch einige Zeit über den Boden, durch immer größere Entfernung nach und nach gedämpft. Bald war die Gruppe der schwarzen Gestalten verschwunden. Ein Schimmer zuckte und schwamm dahin. Er warf auf das Gewölbe einen rötlichen Bogen, der kleiner wurde und erlosch.

Wiederum tiefe Stille und völliges Dunkel. Blindheit und Taubheit herrschten in dieser Fmsternis. Und Jean Valjean, der noch an seinen Platz gebannt war, blieb lange an die Mauer gelehnt, mit angespanntem Ohr und erweiterter Pupille, und sah der Gespensterpatrouille nach, die sich in ein Nichts auflöste.

Der beschattete Mann

Der Polizei jener Zeit muß man die Gerechtigkeit widerfahren lassen, daß sie sogar in der bedrängtesten Lage der öffentlichen Angelegenheiten unerschütterlich ihre Aufsichtspflicht auf den Straßen erfüllte. Ein Aufruhr war in ihren Augen keineswegs ein Vorwand, den Übeltätern freie Hand zu lassen und die Gesellschaft aus dem Grunde zu vernachlässigen, daß die Regierung in Gefahr war. Der übliche Dienst wurde vorschriftsmäßig neben dem außergewöhnlichen Dienst versehen und dadurch nicht beeinträchtigt. Mitten in einem unberechenbaren politischen Ereignis, unter dem Druck einer möglichen Revolution, ohne sich von dem Aufstand und der Barrikade stören zu lassen, »beschattete« ein Polizist einen Dieb.

Genau dies ereignete sich am Nachmittag des 6. Juni am Seine-Ufer, auf der Böschung der rechten Seite, ein kleines Stück über den Pont des Invalides hinaus.

Heute gibt es dort keine Böschung mehr. Der Anblick der Stätten ist ein anderer geworden.

Auf der Böschung beobachteten sich anscheinend zwei Männer, die ein gewisser Abstand voneinander trennte, und der eine wich dem anderen aus. Der Vorangehende versuchte wegzulaufen, der Nachkommende versuchte sich ihm zu nähern.

Das war wie eine Schachpartie, die wortlos von weitem gespielt wurde. Weder der eine noch der andere schienen sich zu beeilen, und beide gingen langsam, als befürchtete jeder von ihnen, durch zuviel Eile die Schritte seines Gegenspielers zu beschleunigen. Man hätte meinen mögen, eine Begierde folge ganz unabsichtlich einer Beute. Die Beute war hinterhältig und auf der Hut.

Das Größenverhältnis zwischen dem gehetzten Marder und der Dogge als Treiber stimmte. Der zu entkommen suchte, war ziemlich schmächtig und sah kümmerlich aus. Der ihn fassen wollte, ein hochgewachsener Kerl, zeigte ein strenges Äußeres, und mit ihm schien nicht gut Kirschen essen.

Der erstere fühlte sich als der Schwächere und ging dem anderen aus dem Wege. Aber er mied ihn äußerst wütend, und ein Beobachter hätte in seinen Augen die argwöhnische Feindseligkeit des Fliehenden wahrgenommen und die ganze Drohung, die in der Furcht enthalten ist.

Die Uferböschung war menschenleer, nirgendwo ein Fußgänger, nicht einmal ein Schiffer oder einer von den Arbeitern, die sonst die hier und da festgemachten Lastkähne löschten.

Ungehindert waren die beiden Männer nur vom Kai gegenüber zu sehen, und wer sie auf diese Entfernung hin hätte betrachten können, dem hätte sich der vorangehende als ein struppiges, zerlumptes und hinterhältiges, unruhiges und unter einer zerfetzten Bluse schlotterndes Wesen gezeigt und der andere als eine mustergültige Amtsperson, die den Rock der Obrigkeit bis zum Kinn zugeknöpft trug. Der Leser würde die beiden wohl erkennen, sehe er sie mehr aus der Nähe.

Was beabsichtigte der letztere? Wahrscheinlich wollte er den ersteren wärmer kleiden.

Wenn ein vom Staat eingekleideter Mann einen anderen in Lumpen verfolgt, so nur, um aus ihm ebenfalls einen vom Staat eingekleideten Mann zu machen. Das ganze Problem ist lediglich die Farbe. In Blau gekleidet zu sein ist rühmlich, in Rot gekleidet zu sein dagegen ärgerlich. Auch unten gibt es ein Purpurgewand. Vermutlich wollte sich der erstere eine Unannehmlichkeit und einen Purpur dieser Art ersparen.

Wenn der andere ihn vorangehen ließ und nicht gleich festnahm, so allem Anschein nach in der Hoffnung, daß er ihn zu irgendeinem bedeutsamen Treffpunkt führte und er einen noch besseren Fang machen konnte. Diese schwierige Tätigkeit heißt »beschatten«.

Eine solche Vermutung lag sehr nahe, weil der zugeknöpfte Mann, als er von der Böschung aus eine Droschke leer auf dem Kai vorbeifahren sah, dem Kutscher winkte. Der Kutscher verstand, erkannte offenbar, mit wem er es zu tun hatte, kehrte um und begann oben auf dem Kai den beiden Männern im Schritt zu folgen, was von dem verdächtigen und abgerissenen Kerl, der vorausging, nicht bemerkt wurde.

Die Droschke rollte an den Bäumen auf den Champs-Élysées vorbei. Über der Brüstung war nur der Oberkörper des Kutschers mit der Peitsche in der Hand zu sehen.

Eine vertrauliche Weisung für die Polizeibeamten lautet: »Jederzeit hat eine Mietskutsche für alle Fälle in der Nähe zu sein.«

Während jener seinerseits mit untadeliger Strategie zu Werke ging, näherten sich die beiden einer Rampe zum Kai, die es damals den aus Passy kommenden Droschkenkutschern ermöglichte, an den Fluß hinunterzufahren und ihre Pferde zu tränken. Diese Rampe ist inzwischen beseitigt worden, weil sie das Auge störte. Die Pferde krepieren vor Durst, doch dem Blick wird geschmeichelt.

Wahrscheinlich wollte der Mann in der Bluse die Rampe hinaufgehen, um auf den Champs-Élysées zu entwischen, wo es Bäume, aber auch viele Polizisten gab und der andere leichtes Spiel haben würde.

Diese Stelle des Kais ist gar nicht sehr weit entfernt von dem Haus, das 1824 Oberst Brack von Moret nach Paris gebracht hat, das sogenannte Haus Franz' I. Ganz in der Nähe befindet sich ein Wachlokal.

Zur großen Überraschung seines Beobachters ging der verfolgte Mann keineswegs die Rampe der Tränke hinauf. Den Kai entlang lief er auf der Böschung weiter geradeaus. Seine Lage wurde sichtlich ernst. Was blieb ihm noch, wenn er sich nicht in die Seine stürzen wollte?

Kein Hilfsmittel mehr, um auf den Kai zu kommen. Keine Rampe und keine Treppe. Und man war der Stelle ganz nahe, wo die Seine kurz vor der Jenabrücke eine Biegung beschreibt und die Böschung, immer schmaler werdend, in einer winzigen Landzunge endet, unter dem Wasser verschwindet. Zwischen der zu seiner Rechten senkrecht ansteigenden Mauer, dem Fluß links und vor sich und der Obrigkeit auf den Fersen war er dort unabwendbar eingekreist.

Ein sechs bis sieben Fuß hoher Schutthaufen, der von irgendeinem Abbruch stammte, entzog freilich das Ende der Böschung den Blicken. Aber hoffte der Mann wirklich, daß er sich hinter diesem Trümmerberg, um den man nur herumzugehen brauchte, verstecken konnte? Der Ausweg wäre kindisch gewesen. Bestimmt dachte er nicht daran. Die Einfalt der Diebe geht nicht soweit.

Der Schutthaufen bildete am Rande des Wassers eine Art Anhöhe, die sich bis zur Kaimauer vorschob.

Der Verfolgte kam zu dem kleinen Hügel und ging um ihn herum, so daß er aus des anderen Gesichtskreis verschwand.

Dieser sah nicht und wurde auch nicht gesehen. Er nutzte das, um jede Verstellung fallenzulassen und um sehr rasch auszuschreiten. In wenigen Augenblicken war er beim Schutthaufen und bog um ihn herum. Dort blieb er verblüfft stehen. Der Mann, den er jagte, war nicht mehr da, hatte sich gleichsam in Nichts aufgelöst.

Die Böschung maß vom Schutthaufen an kaum mehr als dreißig Schritt, dann verlor sie sich unter dem Wasser, das gegen die Kaimauer plätscherte. Der Flüchtige hätte sich weder in die Seine stürzen noch zum Kai hinaufklettern können, ohne von dem, der ihn verfolgte, bemerkt zu werden. Was war aus ihm geworden?

Der Mann im zugeknöpften Überrock ging bis zum äußersten Ende der Böschung und verharrte dort einen Augenblick nachdenklich, ballte krampfhaft die Fäuste, und seine Blicke schweiften umher. Plötzlich schlug er sich vor die Stirn. Er hatte an der Stelle, wo die Erde aufhörte und das Wasser begann, ein breites und niedriges, oben abgerundetes Eisengitter erblickt, das mit einem großen Schloß und drei massiven Angeln versehen war. Dieses Gitter, eine Art Tür im Sockel des Kais, öffnete sich sowohl zum Fluß als auch zur Böschung hin. Ein schwärzliches Rinnsal kam darunter hervor und ergoß sich in die Seine. Hinter den schweren, rostigen Stäben war so etwas wie ein gewölbter dunkler Gang zu erkennen.

Der Mann kreuzte die Arme und betrachtete das Gitter mit besorgter Miene.

Der Blick genügte nicht, und so versuchte er es aufzustoßen. Er rüttelte daran, es gab nicht nach. Vermutlich war es eben noch geöffnet worden, obwohl er – eigenartig bei einem so verrosteten Gitter – kein Geräusch vernommen hatte. Aber es war auch außer allem Zweifel, daß es wieder zugeschlossen worden war. Das bedeutete, daß der, vor dem sich diese Pforte geöffnet hatte, keinen Dietrich, sondern einen Schlüssel besaß.

Dies stand sogleich für den Mann fest, der sich bemühte, das Gitter zu lockern, und nötigte ihm das empörte Epiphonem ab: »Das ist stark! Ein Schlüssel von der Regierung!«

Doch er beruhigte sich sofort wieder, und die fast ironisch betonten Ausrufe »Sieh an! Sieh an! Sieh an! Sieh an!« drückten eine ganze innere Gedankenwelt aus.

Nach diesen Worten hoffte er auf irgend etwas, daß der Mann wieder herauskam oder andere hineingingen, und stellte sich hinter dem Schutthaufen mit der geduldigen Wut des Vorstehhundes auf die Lauer.

Die Droschke, die sich ganz nach seinem Verhalten richtete, hatte über ihm neben der Brüstung gehalten. Der Kutscher sah eine lange Wartezeit voraus und hängte seinen Pferden den Sack mit dem unten angefeuchteten Hafer vor, der den Parisern so bekannt ist und in den die Regierungen, das sei nebenbei bemerkt, sie manchmal stecken. Die wenigen Fußgänger auf der Jenabrücke drehten sich um, bevor sie weitergingen, um einen Augenblick lang die beiden reglosen Erscheinungen in der Landschaft, den Mann auf der Böschung und die Droschke auf dem Kai, zu betrachten.

Jean Valjean setzte seinen Weg fort. Er ging pausenlos, aber immer mühsamer. Die Höhe dieser Gewölbe ist verschieden. Im Durchschnitt beträgt sie fünf Fuß sechs Zoll, was auf die Größe eines Mannes berechnet ist. Jean Valjean war gezwungen, sich zu bücken, damit Marius nicht gegen die Decke stieß. Er mußte sich alle paar Augenblicke beugen, dann sich wieder aufrichten und immerzu die Mauer betasten. Die Feuchtigkeit der Steine und die Klebrigkeit des Bodens machten sie zu schlechten Stützen für die Hand wie für den Fuß. Er strauchelte in dem häßlichen Dunghaufen der Stadt. Das seltene Licht durch Luftlöcher fiel nur in sehr langen Zwischenräumen ein und war so fahl, daß die helle Sonne sich wie Mondschein ausnahm. Alles andere war Nebel, Fäulnis, Schatten und Schwärze. Jean Valjean hatte Hunger und Durst. Durst zumal; wie das Meer ist dieser Ort voll Wasser, und man kann nicht trinken. Seine erstaunliche und dank einem Leben in Entsagung und Nüchternheit durch das Alter wenig verringerte Kraft begann nachzulassen. Müdigkeit wandelte ihn an, und weil er ermattete, wuchs für ihn das Gewicht seiner Bürde. Marius, der vielleicht tot war, wog, was entseelte Körper wiegen. Jean Valjean hielt ihn so, daß die Brust nicht gequetscht wurde und tunlichst frei atmen konnte. Er fühlte zwischen seinen Beinen die rasch gleitenden Ratten. Eine biß ihn in ihrer Angst. Mitunter spürte er durch die Hohlziegel der Kanalöffnung einen Hauch frischer Luft, der ihn wieder belebte.

Es war wohl drei Uhr nachmittags, als er an den Ringkanal kam. Zuerst wunderte er sich über diese jähe Verbreiterung. Plötzlich befand er sich in einer Galerie, deren beide Mauern seine ausgestreckten Hände nicht fassen konnten, und unter einem Gewölbe, das sein Kopf nicht berührte. Der Große Kanal ist acht Fuß breit und sieben hoch.

Da, wo der Montmartrekanal und der Große Kanal sich vereinigen, stoßen zwei andere unterirdische Galerien, die der Rue de Provence und die des Schlachthauses, zusammen.

Bei geringerem Scharfsinn hätte Jean Valjean zwischen diesen vier Straßen gezaudert. Er nahm die breiteste, den Ringkanal. Aber hier fragte er sich wieder: Hinab oder hinauf? Er dachte, daß die Situation eine Entscheidung dringend fordere und daß er auf jede Gefahr hin nun die Seine erreichen müsse. Mit anderen Worten: hinab. Er wandte sich nach links.

Zu seinem Glück. Denn es wäre ein Irrtum, anzunehmen, der Ringkanal habe zwei Ausgänge, den einen nach Bercy, den anderen nach Passy, und sei, wie sein Name sagt, auf dem rechten Ufer der unterirdische Ring um Paris. Der Große Kanal, der, daran sei erinnert, nichts anderes ist als der alte Bach Ménilmontant, endet, wenn man in ihm hinaufgeht, in einer Sackgasse, das heißt an seinem ehemaligen Ausgangspunkt, der seine Quelle war, am Fuß der Butte Ménilmontant. Er hat keine direkte Verbindung zu der Abzweigung, die die Pariser Abwässer vom Popincourt-Viertel ab aufnimmt und sich durch den Amelotkanal oberhalb der vormaligen Insel Louviers in die Seine ergießt. Diese Abzweigung, die den Hauptkanal ergänzt, ist von ihm selbst unter der Rue Ménilmontant durch ein Massiv getrennt, das die Wasserscheide talauf- und talabwärts bildet. Wäre Jean Valjean die Galerie hinaufgegangen, so wäre er nach unendlichen Anstrengungen, von Müdigkeit erschöpft, in der Finsternis an eine Mauer gekommen. Er wäre verloren gewesen.

Ginge er ein Stück zurück, böge er in den Gang der Filles-du-Calvaire ein, vorausgesetzt, er entschied sich ohne Säumen unter der Kreuzung Boncherat für den Saint-Louis-Gang und dann links für den Saint-Gilles-Arm, hätte er sich darauf nach rechts gewandt und die Saint-Sébastien-Galerie gemieden, hätte er notfalls den Amelotkanal und von da, sofern er sich in der Art F unter der Bastille nicht verirrte, den Ausgang zur Seine am Arsenal erreichen können. Doch dafür mußte man die ungeheure Buschkoralle der Kloake in all ihren Verzweigungen und Durchbrüchen gründlich kennen. Er aber, wir möchten das betonen, wußte nichts von diesem erschreckenden Straßennetz, in dem er dahinwanderte; und hätte ihn jenand gefragt, wo er sei, so hätte er geantwortet: In der Nacht.

Sein Instinkt half ihm. Abwärts zu gehen war die einzige Rettung für ihn. Die beiden Gänge, die sich klauenförmig unter der Rue Laffitte und der Rue Saint-Georges verzweigen, und den langen, von der Chaussée d'Antin abgehenden Gang ließ er rechts liegen.

Ein wenig jenseits eines Zuflusses, der vielleicht die Abzweigung der Madeleine war, machte er halt. Er war sehr entkräftet. Ein ziemlich breites Loch, vermutlich der Ausblick auf die Rue d'Anjou, sandte ein fast klares Licht. Mit sachten Bewegungen, wie sie ein Bruder für seinen verwundeten Bruder haben würde, ließ Jean Valjean Marius auf das Bankett des Kanals nieder. Das blutige Antlitz von Marius war vom weißen Schein des Kellerlochs so beleuchtet, als liege er im Grab. Er hielt die Augen geschlossen, seine Haarsträhnen hafteten an seinen Schläfen wie ein getrockneter Pinsel an roter Farbe, die Hände hingen tot herab, seine Glieder waren kalt, die Mundwinkel von erstarrtem Blut beschmiert. Ein Blutgerinnsel hatte sich im Knoten seiner Krawatte angehäuft. Der Hemdrand saß an den Wunden fest, das Tuch des Rockes scheuerte die Risse im lebendigen Fleisch. Mit den Fingerspitzen schob Jean Valjean die Kleider beiseite; er legte ihm die Hand auf die Brust. Noch schlug das Herz. Jean Valjean zerfetzte das Hemd, verband die Wunden, so gut er konnte, und stillte das fließende Blut. Dann neigte er sich in diesem Zwielicht über Marius, der noch immer bewußtlos und fast ohne Atem war, und sah ihn mit leidenschaftlichem Haß an.

Als er Marius' Rock zur Seite schob, hatte er in seinen Taschen zwei Dinge gefunden, das seit dem Vortag vergessene Brot und die Brieftasche von Marius. Er aß das Brot und öffnete die Brieftasche. Auf dem ersten Blatt fand er die vier von Marius geschriebenen Zeilen: »Mein Name ist Marius Pontmercy. Man bringe meine Leiche zu meinem Großvater, Herrn Gillenormand, Rue des Filles-du-Calvaire Nr. 6, im Marais.«

Jean Valjean las die vier Zeilen, grübelte einen Moment und sagte leise vor sich hin: »Rue des Filles-du-Calvaire Nummer sechs, Herr Gillenormand.« Er steckte die Brieftasche wieder in den Rock von Marius. Er hatte gegessen und war ausgeruht. Wieder nahm er Marius auf den Rücken, legte sorgsam den Kopf an seine rechte Schulter und begann von neuem, den Kanal abwärts zu gehen. Der Große Kanal folgt dem Talweg von Ménilmontant, hat eine Länge von fast zwei Meilen und ist auf einem beträchtlichen Teil der Strecke gepflastert.

Jean Valjean kannte nicht die Namen der Straßen von Paris, die ihm gesagt hätten, unter welcher Zone von Paris er jetzt ging und welche Reise er schon gemacht hatte. Nur die wachsende Blässe der Lichtpfützen, an denen er ab und zu vorüberkam, zeigte ihm an, daß die Sonne sich vom Pflaster zurückzog und der Tag sich bald neigte. Und daraus, daß die Wagengeräusche über seinem Kopf nicht mehr ständig zu hören waren, sondern oft und dann gänzlich aussetzten, schloß er, daß er, statt noch unter dem Zentrum von Paris zu sein, sich irgendwelcher einsamen Gegend näherte, in der Nachbarschaft der äußeren Boulevards oder der abgelegensten Kais. Wo weniger Häuser und Straßen sind, hat die Kanalmauer weniger Kellerlöcher. Das Dunkel um Jean Valjean verdichtete sich. Aber er ging weiter und tastete sich durch den Schatten. Und plötzlich wurde der Schatten furchtbar.

Für den Triebsand wie für die Frau gibt es Kunstgriffe, die gemein sind

Er fühlte, daß er in Wasser trat und daß unter seinen Füßen nicht mehr Pflaster war, sondern Schlamm. An manchen Küsten der Bretagne oder Schottlands geschieht es bisweilen, daß ein Mann, ein Reisender oder ein Fischer, der bei Ebbe fern vom Ufer über den Strand geht, plötzlich bemerkt, daß er seit Minuten nur mit einiger Mühe ausschreitet. Der Strand ist unter seinen Füßen wie Pech. Die Sohle hängt sich an; das ist nicht mehr Sand, es ist Leim. Das Gestade ist völlig trocken, aber bei jedem Schritt, sobald man den Fuß hebt, füllt sich die Spur, die er hinterläßt, mit Wasser. Dem Auge ist keine Veränderung sichtbar geworden. Der unermeßliche Strand ist glatt und still, der Sand bietet überall dasselbe Bild, nichts unterscheidet den festen Boden von dem, der es nicht mehr ist. Die kleine fröhliche Wolke der Meerflöhe springt wie zuvor stürmisch über die Füße des Wanderers. Der Mann geht seinen Weg weiter, drängt zum Land, versucht sich der Küste zu nähern. Er ist nicht unruhig.

Unruhig worüber? Es ist ihm nur, als nehme die Schwere seiner Füße bei jedem Schritt zu. Plötzlich versinkt er um zwei bis drei Zoll. Sicher ist er nicht auf dem richtigen Weg; er hält ein, um sich zu vergewissern. Da sieht er auf seine Füße. Seine Füße sind verschwunden. Der Sand bedeckt sie. Er zieht seine Füße aus dem Sand, er will umkehren, er dreht sich rückwärts und sinkt noch tiefer. Der Sand geht ihm bis zum Knöchel; er reißt sich los und wirft sich nach links, der Sand geht ihm bis zur Mitte des Beines; er wirft sich nach rechts, der Sand geht ihm bis an die Kniekehle. Dann erkennt er mit unsäglichem Schreck, daß er sich in Schwemmsand verirrt hat und unter ihm der beängstigende Bereich ist, worin der Mensch nicht schreiten und der Fisch nicht schwimmen kann. Er entledigt sich seiner Last, wenn er eine hat, erleichtert sich wie ein Schiff in Seenot. Er hat schon keine Zeit dazu, der Sand ist ihm über die Knie gestiegen.

Er schreit, er schwingt seinen Hut oder sein Taschentuch; der Sand überwältigt ihn mehr und mehr. Wenn der Strand öde, wenn das Land zu fern, die Sandbank zu verrufen ist, wenn nicht in der Nähe ein Held lebt, ist es aus, sein Schicksal ist, im Triebsand zu versinken. Er ist zu dem entsetzlichen, langen Begräbnis verdammt, das ihm unfehlbar zuteil wird, unerbittlich, das sich weder verzögern noch beschleunigen läßt, das Stunden dauert und nicht endet. Es faßt einen im Stehen, frei, in voller Gesundheit, es zerrt an den Füßen, es zieht bei jeder Gegenwehr, jedem Schrei, den man ausstößt, etwas tiefer hinab. Es scheint, als strafe es für Widerstand durch verdoppelt heftige Umklammerung. Als lasse es den Menschen langsam wieder von der Erde aufgesogen werden, und dabei könne er in Muße den Horizont, die Bäume, die grünen Felder, den Rauch der Dörfer in der Ebene, die Segel der Schiffe auf dem Meer, die flatternden und singenden Vögel, die Sonne, den Himmel beschauen. Das Versinken im Triebsand ist das Grab, das sich in Flut verwandelt und aus dem Schoß der Erde zu dem Lebenden sich emporwälzt. Jede Minute ist eine gnadenlose Totengräberin. Der Unglückliche versucht zu sitzen, zu liegen, zu kriechen. Alle Bewegungen, die er macht, scharren ihn ein. Er bäumt sich auf, er sinkt. Er fühlt, daß er verschlungen wird. Er heult, fleht, brüllt den Wolken zu, windet die Arme, verzweifelt. Nun ist er bis zum Bauche im Sand. Der Sand bedeckt seine Brust, er ist nur noch eine Büste. Er hebt die Hände, wehklagt mit Seufzern der Wut, krallt seine Nägel in den Sand, will vor dieser Asche fliehen, strafft die Ellbogen, um dieser weichen Hülle zu entrinnen, schluchzt frenetisch: Der Sand steigt. Der Sand reicht bis an die Schultern, der Sand reicht bis an den Hals; das Antlitz allein ist noch sichtbar. Der Mund schreit, der Sand verstopft ihn; Schweigen. Die Augen blicken noch, der Sand schließt sie; Nacht. Dann wird die Stirn niedriger, ein wenig Haar zittert über dem Sand; eine Hand ragt heraus, durchlöchert die Oberfläche der Düne, erbebt fahrig und verschwindet. Düsteres Auslöschen eines Menschen.

Manchmal versinkt der Reiter mit dem Pferd, manchmal der Kärrner mit dem Karren; alles geht in dem Flugsand unter. Es ist ein Schiffbruch, anderswo als im Wasser. Es ist die Erde, die den Menschen ertränkt. Die vom Ozean durchdrungene Erde wird zur Falle. Sie täuscht eine Ebene vor und öffnet sich wie eine Woge. So verräterisch ist der Abgrund.

Dieses unheilvolle Abenteuer, das sich immer an diesem oder jenem Meeresstrand ereignen konnte, war vor dreißig Jahren im Kanal von Paris denkbar. Vor den bedeutenden Arbeiten, die 1833 begannen, waren in der unterirdischen Stadt plötzliche Einstürze möglich. Das Wasser sickerte in einzelnen besonders leicht zerbröckelnden Gebieten durch. Der Kanalboden, ob von Stein wie in den alten Leitungen oder von hydraulischem Kalk auf Beton wie in den neuen Galerien, gab, da er keine Stütze mehr hatte, nach. Eine Falte in einem solchen Boden ist ein Spalt, ist ein Zusammenbruch. Über eine gewisse Länge hin fiel der Boden ein.

Dieser Spalt, der in einer Schlucht von Kot klaffte, wurde in der Fachsprache der französischen Techniker *fontis* genannt. Was ist das? Es ist der Flugsand des Meeresstrandes, den man plötzlich unter der Erde findet, die Düne des Mont-Saint-Michel in einem Kanal. Der aufgeweichte Boden schmilzt gleichsam. Alle seine Moleküle sind in dieser flüssigen Umwelt in Schwebe, sind weder Erde noch Wasser. Bisweilen begibt sich das in sehr großer Tiefe. Nichts ist furchtbarer als eine solche Begegnung. Überwiegt das Wasser, ist der Tod ein rasches Verschlungenwerden, überwiegt die Erde, das langsame Versinken.

Kann man sich einen solchen Tod vorstellen? Wenn es im Triebsand einer Düne am Meer schrecklich ist, wie ist es in einer Kloake? Statt reiner Luft, statt vollen Lichtes mitten am Tag, statt des hellen Horizontes, der weiten Geräusche, der freien Wolken, aus denen Regen herabfällt, der von fern gesichteten Boote, der Hoffnung in jeder Gestalt, der Menschen, die vorüberkommen können, der bis zum letzten Moment möglichen Hilfe, statt alles dessen Taubheit, Blindheit, ein schwarzes Gewölbe, das Innere eines schon vorbereiteten Grabes, das Sterben im Morast unter einem Deckel. Nach und nach das Ersticken im Unrat; ein steinernes Kotbehältnis, in dem der Tod durch Abwürgung der Atmungsorgane eine Klaue öffnet und das Opfer an der Kehle packt; Verröcheln im Gestank, Schlamm statt der Düne, Schwefelwasserstoff statt des Sturms, Schmutz statt des Ozeans. Ein Rufen, ein Zähneknirschen, ein krampfhaftes Zucken und Zappeln im Todeskampf, inmitten dieser ungeheuren Stadt, die nichts davon weiß und die man über dem Kopf hat.

Nicht schildern läßt sich diese schauerliche Art zu sterben. Manchmal gleicht der Tod seine Grausamkeit durch eine schreckliche Würde aus. Auf dem Scheiterhaufen, beim Schiffbruch kann man groß sein, in der Flamme wie im Wellenschaum eine stolze Haltung bewahren. Man verwandelt sich in der Vernichtung. Hier aber nicht. Der Tod ist schmutzig. So vermag er nur zu demütigen. Die letzten schwankenden Visionen sind gemein. Kot ist ein Synonym für Schmach und bedeutet Niedrigkeit, Häßlichkeit, Infamie. In einem Faß Malvasier sterben wie Clarence, meinetwegen; in der Grube des Kanalräumers wie d'Escoubleau, gräßlich. Sich darin gegen den Tod zu wehren, ein Greuel. Während man erliegt, patscht man im Dreck herum. Es ist die Finsternis der Hölle und doch soviel Schlamm, wie nur das Sumpfloch ihn hat. Der Sterbende weiß nicht, ob er ein Gespenst werden wird oder eine Kröte. An allen anderen Orten ist das Grab unheimlich, hier ist es scheußlich.

Die Tiefe der Spalte, ihre Länge und ihre Dichtigkeit wechselten, je nach der mehr oder weniger schlechten Beschaffenheit des Untergrundes. Bisweilen war ein Spalt drei oder vier Fuß tief, bisweilen acht oder zehn, manchmal auch bodenlos. Hier war der Schlamm nahezu fest, dort nahezu flüssig. In der Spalte Lunière hätte ein Mensch einen Tag gebraucht, um zu verschwinden, wohingegen er vom Sumpfloch Phélippeaux in fünf Minuten verschlungen worden wäre. Der Schlamm trägt mehr oder minder, je nach seiner größeren oder geringeren Dichtigkeit. Ein Kind entflieht, wo ein Mann verloren ist. Die erste Bedingung für ihn, wenn er sich retten will, ist, daß er jede Last von sich tut. Mit dem Abwerfen des Beutels, in dem sein Handwerksgerät war, seiner Kiepe oder seiner Bütte begann jeder Kloakenräumer, der fühlte, daß der Boden unter ihm nachgab.

Die Spalte konnte verschiedene Ursachen haben: Lockerheit der Erdschicht; einen Erdrutsch in einer Tiefe von mehr als Manneshöhe; die heftigen sommerlichen Wolkenbrüche; die unaufhörlichen Niederschläge des Winters; das lange, feine Regengeriesel. Manchmal legte sich der Druck der Häuser ringsum gegen einen mergeligen oder sandigen Boden auf die unterirdischen Galerien, so daß sie schief wurden, oder es traf sich, daß der Kanalboden unter dieser zermalmenden Wucht platzte. Auf diese Weise hat das Absacken des Pantheons vor einem Jahrhundert einen Teil der Keller des Berges der heiligen Genoveva verstopft. Wenn ein Kanal unter der Last der Häuser brach, verriet sich bei gewissen Gelegenheiten die Unordnung oben auf der Straße durch Sprünge im Pflaster, die den Zähnen einer Säge glichen. Dieser Riß entwickelte sich in Schlangenlinien in der ganzen Länge des geborstenen Gewölbes, und nun, da das Übel sichtbar war, konnte die Ausbesserung rasch erfolgen. Oft auch war kein äußerer Schaden das Zeichen der Verwüstung im Innern. Dann wehe den Kanalarbeitern! Betraten sie den eingestürzten Kanal ohne Vorsichtsmaßnahmen, konnte sie darin das Verderben ereilen. Die alten Listen erwähnen einige Namen von Männern, die so in Spalten begraben worden sind, unter anderem den des Kanalräumers Blaise Poutrein, der in dem eingestürzten Gewölbe unter der Rue Carême-Prenant versank. Blaise Poutrain war der Bruder von Nicolas Poutrain, dem letzten Totengräber auf dem Friedhof »Beinhaus der Unschuldigen« im Jahre 1785, zu der Zeit also, in der jener Friedhof zu bestehen aufhörte.

Den jungen und feschen Vicomte d'Escoubleau haben wir eben genannt. Er war einer von den Helden bei der Belagerung von Lérida, wo in Seidenstrümpfen, mit den Geigen voran, Sturm gelaufen wurde. Eines Nachts bei seiner Kusine, der Herzogin von Sourdis, überrascht, ertrank d'Escoubleau in einem Schlammloch im Beautreilliskanals, in den er sich geflüchtet hatte, um dem Herzog zu entwischen. Als Frau von Sourdis von diesem Tod berichtet wurde, verlangte sie nach ihrem Flakon und vergaß über dem Einatmen der Riechsalze zu weinen. In einem solchen Fall hält keine Liebe stand; die Kloake erstickt sie. Hero würde sich weigern, den Leichnam Leanders zu waschen. Thisbe würde sich die Nase vor Pyramus zuhalten und pfui! sagen.

Der Spalt

Jean Valjean befand sich vor einem Spalt, wie sie damals im Untergrund der Champs-Élysées häufig waren.

Der Tiefbau wurde nur schwer mit diesem Boden fertig, und für die unterirdischen Bauwerke erwies er sich als wenig tragend wegen seiner außerordentlichen Fließfähigkeit. Diese übertrifft sogar die Inkonsistenz der Sandböden im Saint-Georges-Viertel, die allein mit einer Bruchsteingründung auf Beton bezwungen werden konnten, und der gasverpesteten Lehmschichten im Quartier des Martyrs, die so dünnflüssig waren, daß sich eine Durchörterung unter der Martyrs-Galerie nur mittels eines gußeisernen Rohres bewerkstelligen ließ. Als man 1836 unter dem Stadtbezirk von Saint-Honoré, um ihn neu zu bauen, den steinernen Kanal zerstörte, in dem Jean Valjean sich jetzt befand, war der Flugsand, der bis zur Seine den Untergrund der Champs-Élysées bildet, ein Hindernis. Die Arbeiten dauerten daher fast sechs Monate, unter heftigem Einspruch der Anrainer, vor allem der wohlhabenden Anrainer mit den vornehmen Privathäusern. Sie waren mehr als schwierig; sie waren gefährlich. Allerdings regnete es viereinhalb Monate, und dreimal hatte die Seine Hochwasser.

Der Spalt, auf den Jean Valjean stieß, war auf den Regenguß des Vortags zurückzuführen. Ein Nachgeben des durch den Sand darunter schlecht gestützten Pflasters hatte das Regenwasser stocken lassen. Die Einsickerung hatte den Bruch bewirkt. Der Kanalboden war aus den Fugen gewichen und in dem Schlamm versunken. In welcher Länge? Unmöglich, das zu bestimmen. Das Dunkel war hier schwärzer als irgendwo: ein Kotloch in einer nächtlichen Höhle.

Jean Valjean spürte den Abrutsch der Steinmauer unter sich. Er drang in den Morast ein. Das Wasser an der Oberfläche bedeckte Schlamm. Er mußte hindurch. Umkehr schien ausgeschlossen. Marius war schon fast entseelt, Jean Valjean erschöpft. Und wohin anders sollte er gehen? Jean Valjean schritt vorwärts. Übrigens schien das Schlammloch bei den ersten Schritten nicht sehr tief. Aber je weiter er kam, desto tiefer tauchte sein Fuß. Bald hatte er Schlamm bis an die Waden, und darüber stand er im Wasser. Er ging und hob auf beiden Armen Marius, so hoch er nur konnte. Der Schlamm kam ihm jetzt bis zu den Kniekehlen und das Wasser bis zum Gürtel. Schon konnte er nicht mehr zurück. Er versank immer mehr. Der Schlamm, der das Gewicht eines Mannes aushielt, konnte offenbar zwei nicht tragen. Marius und Jean Valjean hätten jeder einzeln die Gefahr zu überwinden vermocht. Jean Valjean schritt weiter, beladen mit dem Sterbenden, der vielleicht ein Toter war.

Das Wasser reichte ihm bis zu den Achseln. Er fühlte seinen Untergang. Kaum konnte er sich in dem Abgrund von Schlamm, der ihn zäh umspülte, bewegen. Die Dichtigkeit, die ihm Halt gab, hemmte ihn auch. Noch immer hob er Marius mit unerhörtem Kraftaufwand, marschierte er voran; jedoch er sank. Er hatte nur noch den Kopf außer Wasser und seine beiden Arme, die Marius trugen. Auf alten Gemälden der Sintflut ist eine Mutter zu sehen, die das mit ihrem Kind tut.

Wieder sank er, er legte den Kopf nach hinten, um dem Wasser zu entrinnen und atmen zu können. Wie eine im Dunkel schwimmende Maske nahm er sich in dieser Finsternis aus. Undeutlich erblickte er das schlotternde Haupt und das fahle Antlitz von Marius über sich. Mit verzweifelter Anstrengung warf er den Fuß vor. Er berührte etwas Festes, einen Punkt, der ihm als Stütze diente. Es war Zeit.

Er straffte sich, wand sich und klammerte sich mit einer Art von Wut an diesen Haltepunkt. Für ihn war dies die erste Stufe einer Treppe des Wiederaufstiegs zum Leben. Hier begann der andere Abhang des Kanals, dessen Boden, ohne zu brechen, nachgegeben und sich wie ein Brett aus einem einzigen Stück unter dem Wasser gekrümmt hatte. Eine sorgfältig ausgebaute Pflasterung kann sich mit dieser Dauerhaftigkeit wölben. Diese Strecke des Kanalbodens, zum Teil überschwemmt, aber fest, bildete eine wahre Rampe. Wer sich zu ihr hinüberschwang, war gerettet. Jean Valjean stieg die geneigte Wand hinan und kam auf die andere Seite des Schlammlochs.

Als er aus dem Wasser herauskam, stieß er an einen Steinblock und fiel auf die Knie. Er fand, daß das die rechte Stellung für ihn war, und verharrte so einige Zeit, die Seele in ein Gebet zu Gott versunken. Er richtete sich halb auf, erschauernd, eiskalt, verpestet, gebückt unter dem Sterbenden, den er schleppte, triefend vor Schlamm, die Seele von einem seltsamen Licht erfüllt.

Bisweilen strandet man, wenn man glaubt, gelandet zu sein

Nochmals trat er seinen Weg an. Hatte er auch sein Leben in dem Spalt nicht gelassen, so schien er doch seine Kraft dort gelassen zu haben. Dieser letzte Kampf hatte sie aufgebraucht. Seine Müdigkeit war jetzt so groß, daß er alle drei oder vier Schritte Atem holen mußte und sich an die Mauer lehnte. Einmal war er genötigt, sich auf das Bankett zu setzen, um Marius anders zu fassen, und er glaubte, er könne nicht weiter. Aber wenn seine physische Kraft erschöpft war, die Kraft seines Willens war es nicht. Er erhob sich wieder.

Er ging verzweiflungsvoll, fast schnell, machte etwa hundert Schritte, ohne aufzusehen, fast ohne zu atmen, und plötzlich rannte er gegen eine Wand an. Er war an einer Krümmung des Kanals und hatte, als er, das Gesicht nach unten, die Beuge berührte, die Mauer getroffen. Er blickte um sich und bemerkte am Ende des Ganges, dort hinten vor sich, fern, sehr fern, einen Lichtschein. Diesmal war es nicht das schreckliche Licht; es war das gute weiße Licht. Es war der Tag. Jean Valjean sah den Ausgang.

Ein Verdammter, der inmitten der Glut plötzlich den Ausgang der Hölle sähe, würde empfinden, was Jean Valjean empfand. Aufgewühlt flöge die Seele des Verdammten mit dem Stumpf ihrer verbrannten Flügel dem strahlenden Tor entgegen. Jean Valjean schüttelte die Ermüdung ab; er fühlte das Gewicht von Marius nicht mehr; er hatte seine stählernen Gelenke wieder. Er lief eher, als daß er marschierte. Je näher er kam, desto schärfer zeichnete sich der Ausgang vor ihm ab. Es war ein gerundeter Bogen, weniger hoch als das Gewölbe, das nach und nach schrumpfte, und weniger breit als die Galerie, die, indes das Gewölbe sich senkte, sich zusammenzog. Der Tunnel endete wie das Innere eines Trichters, eine fehlerhafte Verengung, den kleinen Türen der Gefängnisse nachgeahmt, logisch in einem Kerker, unlogisch in einem Kanal. Die Anlage ist später verbessert worden.

Jean Valjean stand vor dem Ausgang. Er hielt an. Wohl war es der Ausgang, aber er konnte nicht hindurch. Der Bogen war mit einem starken Gitter versperrt, und augenscheinlich haftete das Gitter, das sich selten in seinen oxydierten Angeln drehte, an seiner steinernen Umkleidung durch ein dickes Schloß, das, rot von Rost, einem großen Ziegel glich. Man sah das Schlüsselloch und den plumpen Riegel, der tief in die eiserne Schließplatte gesenkt war. Das Schloß war sichtlich doppelt verschlossen. Es war eines der Bastillenschlösser, die man im alten Paris verschwenderisch anbrachte. Jenseits des Gitters die Luft des hellen Tages, der Fluß, das Steilufer, das sehr schmal war, aber hinreichte, um es zu erklettern, die fernen Kais, Paris, der Abgrund, in dem man verschwinden konnte, der weite Horizont, die Freiheit. Man erkannte zur Rechten, flußabwärts, die Jenabrücke und zur Linken, flußaufwärts, die Brücke der Invaliden. Die Gegend war günstig, die Nacht zu erharren und zu entwischen. Es war eine der einsamsten Örtlichkeiten von Paris, das Ufer gegenüber Gros-Caillou. Die Mücken flogen durch die Stäbe des Gitters ein und aus. Es mochte halb neun Uhr abends sein. Das Licht wurde schwächer.

Jean Valjean legte Marius an der Mauer nieder, auf dem trockenen Teil des Kanalbodens, dann ging er zu dem Gitter und packte mit beiden Fäusten krampfhaft die Eisenstäbe. Er rüttelte wie rasend, das Gitter wankte nicht. Jean Valjean ergriff die Stäbe, einen nach dem anderen, in der Hoffnung, den am wenigsten festen losreißen und als Hebel benutzen zu können, um die Tür zu lockern oder das Schloß zu zerbrechen. Keiner der Stäbe bewegte sich. Die Zähne eines Tigers konnten in ihren Höhlen nicht fester sitzen. Heben, Anziehen war nicht möglich. Das Hindernis war unbesiegbar. Kein Mittel, die Tür zu öffnen.

Sollte er hier enden? Was konnte er tun? Was sollte werden? Umzukehren, die erschreckende Reise, die er schon bewältigt hatte, von neuem beginnen: Es ging über seine Kraft. Im übrigen, wie sollte er nochmals das Schlammloch überqueren, das er nur durch ein Wunder bezwungen hatte? Und nach dem Schlammloch, war da nicht noch jener Rundgang der Polizei, dem er kaum ein zweites Mal entkam? Und wohin? Welche Richtung sollte er einschlagen? Dem Hang nachgehen hieß nicht in der Zielrichtung gehen. Wenn er zu einem anderen Ausgang gelangte, fand er auch ihn vielleicht durch einen Spund oder ein Gitter verrammelt. Alle Ausgänge waren zweifellos ähnlich zugesperrt. Ein Zufall hatte das Gitter, durch das er eingetreten war, vom Kitt gelöst, aber alle anderen Kanalöffnungen waren verschlossen. Nur der Ausbruch in einen Kerker war ihm geglückt.

Es war vorbei. Alles, was Jean Valjean getan hatte, schien zwecklos. Gott wollte es nicht.

Sie waren im düsteren, unermeßlichen Netz des Todes gefangen, und Jean Valjean fühlte über diese schwarzen, in der Finsternis zitternden Fäden die entsetzliche Spinne laufen. Er wandte dem Gitter den Rücken und fiel auf die Steine, mehr zu Boden geschmettert als sitzend, neben den noch immer reglosen Marius. Sein Kopf beugte sich zwischen seine Knie nieder. Kein Ausgang. Es war der letzte Tropfen, der die Angst zum Überströmen brachte.

Wessen gedachte er in dieser tiefen Trostlosigkeit? Er dachte weder an sich noch an Marius. Er dachte an Cosette.

Der zerfetzte Rockschoß

In dieser Vernichtung spürte er eine Hand auf seiner Schulter, und eine Stimme sagte leise zu ihm: »Halbpart!«

War da jemand in diesem Schattendunkel? Nichts ähnelt so wie die Verzweiflung dem Traum. Jean Valjean glaubte zu träumen. Er hatte keine Schritte gehört. Konnte das sein? Er sah auf. Ein Mann stand vor ihm. Der Mann hatte eine Bluse an. Er war barfuß. Seine Schuhe trug er in der linken Hand. Er hatte sie wohl ausgezogen, um zu Jean Valjean gelangen zu können, ohne daß seine Schritte vernehmbar waren. Jean Valjean zauderte nicht eine Minute. Diese Begegnung hatte er nicht erwartet, den Mann kannte er. Der Mann war Thénardier.

Obschon sozusagen jählings geweckt, gewann Jean Valjean, der gegen Überraschungen gefeit und des Krieges gegen Überfalle, die schnelle Abwehr heischen, kundig war, alsbald die Geistesgegenwart wieder. Schlimmer konnte die Situation für ihn nicht werden. Über einen gewissen Grad der Not hinaus ist nur ein Decrescendo möglich, und sogar Thénardier konnte die Schwärze dieser Nacht nicht mehr steigern.

Ein Moment gespannter Stille. Thénardier führte die rechte Hand als Augenschirm an die Stirn, dann zog er blinzelnd die Brauen zusammen, was mit einem leichten Verkneifen der Lippen die genaue Aufmerksamkeit eines Menschen verrät, der einen anderen zu erkennen sucht. Er hatte keinen Erfolg damit. Nicht nur, daß Jean Valjean vom Licht abgewandt war, er wurde durch seine Entstellung durch Schlamm und Blut unerkennbar, und wäre es auch am hellen Mittag gewesen. Im Gegensatz hierzu war Thénardiers Gesicht von dem Schein durch das Gitter, von der fahlen, aber scharfen Helligkeit des Tunnels für die Augen Jean Valjeans sofort greifbar. Diese Ungleichheit der Bedingungen genügte, um Jean Valjean in dem geheimnisvollen Duell, das zwischen zwei Männern und in ihrer Lage nun anheben sollte, einigen Vorteil zu sichern. Es begegneten sich der verhüllte Jean Valjean und der entlarvte Thénardier. Daß dieser ihn nicht erkannte, wurde sich Jean Valjean ohne Verzögerung bewußt.

Kurz betrachteten sie sich im Zwielicht, als mäßen sie sich. Thénardier brach zuerst das Schweigen: »Wie willst du da hinauskommen?«

Jean Valjean antwortete nicht. Thénardier sagte weiter: »Unmöglich, die Tür mit dem Dietrich zu knacken. Aber du mußt doch hinaus.«

»Jawohl«, sagte Jean Valjean.

»Na, dann halbpart!«

»Was meinst du damit?«

»Du hast den Menschen kaltgemacht, gut. Ich habe den Schlüssel.« Thénardier wies mit dem Finger auf Marius. »Ich kenne dich nicht«, fuhr er fort, »aber ich will dir helfen. Du bist ja einer von uns.« Jean Valjean begann zu verstehen. Thénardier hielt ihn für einen Mörder.

»Horch mal, Kamerad«, sagte Thénardier, »du hast den Menschen doch nicht kaltgemacht, ohne nachzusehen, was er in der Tasche hatte. Gib mir die Hälfte ab! Ich schließe die Tür auf.« Und er holte aus seinem durchlöcherten Hemd einen großen Schlüssel und fügte hinzu: »Willst du den Schlüssel sehen, mit dem du türmen kannst? Da.«

Jean Valjean war so fassungslos, daß er nicht glauben wollte, was er sah. Fürchterlich zeigte sich die Vorsehung, und der gute Engel entstieg in Gestalt Thénardiers der Erde.

Thénardier steckte die Hand in eine breite, unter seiner Bluse verborgene Tasche, zog ein Seil heraus und reichte es Jean Valjean. »Hier«, sagte er, »den Strick geb ich dir obendrein.«

»Wozu einen Strick?«

»Du mußt auch einen Stein haben, aber den findest du draußen. Da liegt eine Masse Schutt.«

»Wozu einen Stein?«

»Dummkopf, du wirst den Stoffel in den Fluß schmeißen, dafür mußt du einen Strick und einen Stein haben, sonst schwimmt das auf dem Wasser.«

Jean Valjean nahm mechanisch das Seil. Thénardier schnalzte mit den Fingern, als käme ihm plötzlich eine Idee. »Ach, Kamerad, wie hast du aus dem Loch da rausgefunden? Ich habe mich nicht hineingetraut. Puh! Wohlriechen tust du nicht.« Nach einer Pause fügte er hinzu: »Ich frage dich, aber du hast recht, wenn du mir nicht antwortest. So lernt man für die verflixte Viertelstunde vor dem Untersuchungsrichter. Und wenn man gar nicht redet, riskiert man nicht, zu laut zu reden. Egal, du darfst nicht glauben, weil ich dein Gesicht nicht sehe und deinen Namen nicht weiß, wüßte ich nicht, wer du bist und was du willst. Kennen wir! Du hast den Herrn ein bißchen beschädigt; jetzt möchtest du ihn irgendwohin verstauen. Dazu soll dir der Fluß verhelfen, der große Hehler. Ich werde dich herausreißen. Einem Ganoven beizuspringen, das ist mein Fall.«

Obzwar er das Schweigen Jean Valjeans billigte, war er deutlich bemüht, ihn zum Reden zu bringen. Er faßte ihn bei der Schulter, um vielleicht sein Profil zu sehen, und rief, jedoch ohne über die Lautstärke, die er seiner Stimme verlieh, hinauszugehen: »Sag mal, ein schöner Idiot bist du, warum hast du den Menschen denn nicht in das Loch geworfen?«

Jean Valjean schwieg noch immer. Thénardier zupfte den Lumpen, der ihm als Krawatte diente, daß er noch höher kam als sein Adamsapfel, und vervollständigte mit dieser Geste das Bild, das er von dem überlegenen Gebaren eines ernsten Mannes hatte. »Na, mag sein, daß du dich klug benommen hast. Die Arbeiter hätten wohl, wenn sie morgen kämen, in dem Loch nachzugraben, den vergessenen Hampelmann gefunden, und dann hätten die Schnüffler, Faden um Faden, die Spur ausgeforscht und hätten zuletzt dich ertappt. Es ist einer in den Kanal gestiegen. Wer? Wo ist er rausgekommen? Hat man ihn rauskommen sehn? Die Polizei hat Grips. Der Kanal quatscht, verpfeift einen. So ein Fund ist eine Seltenheit, da müssen sie hinterher sein. Wenig Leute arbeiten mit dem Kanal, während der Fluß allen gehört. Der Fluß ist die eigentliche Totengrube. Und nach einem Monat wird der Mann bei Saint-Cloud herausgefischt. Was ist da viel los? Ein Kadaver, wenn schon! Wer hat den Menschen getötet? Paris. Und die Justiz meldet so was nicht einmal. Du hast richtig gehandelt.«

Je geschwätziger Thénardier war, desto erstorbener Jean Valjean. Wieder schüttelte Thénardier ihm die Schulter. »Jetzt zu unserem Geschäft. Wir wollen teilen. Du hast meinen Schlüssel gesehen, zeig mir dein Geld!«

Thénardier benahm sich scheu, raubtierhaft, verdächtig, ein wenig drohend und dennoch freundschaftlich. Etwas war sonderbar: daß sein Benehmen der Klarheit entbehrte. Ihm schien unbehaglich zumute zu sein. Indes er Offenheit heuchelte, flüsterte er. Von Zeit zu Zeit hielt er den Finger an den Mund und raunte: »Pst!« Es war schwer zu erraten, warum. Niemand war da als sie beide. Jean Valjean dachte, vielleicht seien in irgendeinem nicht fernen Winkel andere Banditen verborgen und Thénardier wünsche nicht, mit ihnen zu teilen.

»Kommen wir also zum Schluß!« sagte er. »Wieviel hatte der Stoffel in den Taschen?«

Jean Valjean griff in die seinen. Das düstere Leben des Zwanges zum Selbstschutz, das sein Los war, gebot ihm, stets

Geld bei sich zu haben. Diesmal war er ohne Barschaft. Als er am Abend zuvor seine Nationalgardistenuniform anzog, hatte er, in Gedanken versunken, es verabsäumt, seine Brieftasche einzustecken. Er hatte nur etwas Kleingeld in seiner Weste. Das belief sich auf etwa dreißig Francs. Er stülpte seine vom Schlamm besudelte Westentasche um und breitete auf dem Bankett des Kanals einen Louisdor, zwei Fünffrancstücke und fünf- oder sechs Doppelsous aus.

Thénardier verzog mit einer bezeichnenden Verdrehung seines Halses die Unterlippe. »Du hast bei dem Mord nicht viel einkassiert«, sagte er. Er betastete aufs vertraulichste die Taschen von Jean Valjean und von Marius. Jean Valjean, dessen Bestreben vor allem war, sich vom Licht abzuwenden, ließ ihn gewähren. Als er den Rock von Marius in der Hand hatte, gelang es Thénardier mit der Geschicklichkeit eines Artisten, ohne daß Jean Valjean es beobachtete, einen Fetzen Tuch abzureißen, den er unter seiner Bluse verbarg. Er dachte wohl, dieses Stück Stoff könne ihm später von Nutzen sein, den Ermordeten und den Mörder zu erkennen. Er fand im übrigen nichts außer den dreißig Francs. »Wirklich«, sagte er, »ihr beide im Huckepack habt nicht mehr!« Und das »halbpart« vergessend, strich er alles ein. Er zauderte ein wenig vor den Doppelsous und sann nach. Dann nahm er auch sie und murrte: »Gleichviel! Als Mord ist das zu wohlfeil!«

Wieder holte er unter seiner Bluse den Schlüssel hervor. »Jetzt, Freund, mußt du raus. Es ist hier wie auf dem Jahrmarkt, am Ausgang wird gezahlt. Du hast bezahlt, so geh!« Er lachte. Hatte er, wenn er einem Unbekannten mit dem Schlüssel half und einen anderen durch die Tür entweichen ließ, die reine, selbstlose Absicht, einen Mörder zu retten? Man durfte es bezweifeln.

Thénardier stand Jean Valjean bei, als dieser Marius wieder auf seine Schulter nahm, dann schritt er auf den Spitzen seiner nackten Füße dem Gitter zu. Er winkte Jean Valjean, ihm zu folgen, spähte hinaus, legte den Finger an den Mund und schien einige Sekunden nachzusinnen. Dann steckte er den Schlüssel in das Loch. Der Riegel glitt zur Seite, die Tür drehte sich, ohne Krachen, ohne Knirschen, sehr sacht.

Augenscheinlich öffneten sich dieses Gitter und diese Angeln, sorgfältig geölt, häufiger, als man gedacht hätte. Diese Sachtheit war unheimlich; man merkte daran das verstohlene Gehen und Kommen, das stille Hin und Her der Nachtmenschen, die Wolfstritte des Verbrechens. Der Kanal hatte sichtlich Gemeinschaft mit einer dunklen Bande. Dieses verschwiegene Gitter war mit ihnen im Komplott.

Thénardier öffnete die Tür nur so weit, daß sie Jean Valjean durchließ, schloß das Gitter wieder, drehte den Schlüssel zweimal im Schloß um und tauchte in der Finsternis unter, ohne mehr Geräusch zu verursachen, als ein Atemhauch hinterläßt. Anscheinend lief er auf den samtenen Pranken des Tigers. Im nächsten Moment hatte das Unsichtbare ihn verschluckt. Jean Valjean sah sich draußen.

Marius macht den Eindruck eines Toten auf jemanden, der etwas davon versteht

Am Ufer ließ er Marius niedergleiten. Sie waren draußen. Die Fäulnis, das Dunkel, das Grauen lagen hinter ihm. Der gesunde, reine, lebende, helle Äther, den er in Freiheit einatmen konnte, umflutete ihn. Überall um ihn Schweigen, aber das reizvolle Schweigen der Sonne, die inmitten des blauen Himmels untergegangen ist. Die Dämmerung war angebrochen; die Nacht kam, die große Befreierin, die Freundin all derer, die eines Schattenmantels bedürfen, um eine Angst loszuwerden.

Der Himmel bot sich von allen Seiten wie grenzenlose Beruhigung dar. Die Flußwellen näherten sich Jean Valjeans Füßen leise wie ein Kuß. Man hörte von den Nestern den lustigen Dialog der Vögel, die sich unter den Rüstern der Champs-Élysées gute Nacht sagten. Ein paar Sterne, die schwach das blasse Blau des Zenits durchstachen und allein den Schwärmenden sichtbar waren, schimmerten im Unermeßlichen als kleine, kaum wahrnehmbare Glanzpunkte. Der Abend entfaltete über dem Kopf von Jean Valjean alle Süßigkeit des Unendlichen. Es war die ungewisse, köstliche

Stunde, die weder Ja noch Nein ist. Schon war Nacht genug, daß man sich auf einige Entfernung darin verlieren konnte, und noch Tag genug, um sich aus der Nähe zu erkennen.

Jean Valjean war mehrere Sekunden von all dieser erhabenen zärtlichen Heiterkeit ohne Widerstand besiegt. Es gibt solche Augenblicke des Vergessens. Das Leid verzichtet darauf, den Unglücklichen zu quälen. Alle Gedanken verflüchtigen sich, Friede bedeckt den Träumer wie eine Nacht; und unter der strahlenden Dämmerung ahmt die Seele den erleuchteten Himmel nach und besternt sich. Jean Valjean konnte nicht anders, er mußte den weiten, hellen Schatten über sich betrachten. Gedankenvoll badete er im majestätischen Schweigen des ewigen Himmels, in der Ekstase des Gebets. Dann neigte er sich, als ob er sich seiner Pflicht erinnere, zu Marius, schöpfte mit hohler Hand Wasser und sprengte ihm sanft einige Tropfen ins Antlitz. Die Lider von Marius hoben sich nicht; jedoch sein halboffener Mund atmete.

Wieder wollte Jean Valjean mit der Hand in den Fluß tauchen, da fühlte er plötzlich Beklommenheit, wie man sie hat, wenn jemand, ohne daß man ihn sieht, hinter einem steht. Er wandte sieh um.

Wie vorhin war tatsächlich jemand hinter ihm. Ein hochgewachsener Mann in langem Überrock, die Arme gekreuzt, mit einem Totschläger in der Faust, dessen Bleiknauf man sah, stand wenige Schritte hinter Jean Valjean, der sich über Marius bückte. Er war mit Hilfe des Schattens wie eine Erscheinung. Ein schlichter Mensch hätte sich wegen der Dämmerung gefürchtet, ein argwöhnischer wegen des Totschlägers.

Jean Valjean erkannte sofort Javert. Kein anderer als Javert hatte Thénardier gehetzt. Nach seiner unverhofften Befreiung aus der Haft in der Barrikade war Javert in die Polizeipräfektur gegangen, hatte dem Präsidenten in Person in einer kurzen Audienz mündlich Bericht erstattet und dann sofort seinen Dienst wiederaufgenommen. Ihm oblag nach jenem bei ihm gefundenen Befehl das Amt, die Böschung des rechten Ufers an den Champs-Élysées zu überwachen, das seit einiger Zeit die Polizei beschäftigte. Dort hatte er Thénardier gesehen und war ihm gefolgt. Das übrige ist bekannt. Auch daß er das Gitter so bereitwillig vor Jean Valjean öffnete, war ein Trick Thénardiers. Thénardier fühlte, daß Javert noch da war. Ein Mann, der belauert wird, hat eine unbeirrbare Witterung. Diesem Spürhund mußte man einen Knochen vorwerfen. Ein Mörder, was für ein Jagdglück! Etwas muß stets geopfert werden. Wenn Thénardier Jean Valjean statt seiner hinausbeförderte, verschaffte er der Polizei eine Beute, setzte sie von seiner Fährte ab, erreichte, daß er über einem interessanten Abenteuer vergessen wurde, und belohnte Javert für seine Geduld, was einem Spion immer schmeichelt. Für sich selbst heimste er dreißig Francs ein und gedachte, indem er ihn so ablenkte, zu entrinnen.

Jean Valjean war nicht an der ersten, nun aber an der zweiten Klippe gestrandet. Diese beiden Begegnungen, so schnell hintereinander, mit Thénardier, dann mit Javert, waren ein rauhes Erlebnis. Javert erkannte Jean Valjean nicht, der sich nicht mehr glich. Er kreuzte nach wie vor die Arme, sicherte mit unauffälliger Bewegung seinen Totschläger in seiner Faust und sagte mit knapper, ruhiger Stimme: »Wer sind Sie?«

»Ich.«

»Wer, Sie?«

»Jean Valjean.«

Javert nahm seinen Totschläger zwischen die Zähne, beugte die Kniekehlen, dann seinen Rumpf, legte seine beiden mächtigen Hände auf die Schultern Jean Valjeans, die in sie eingespannt wurden wie in Schraubstöcke, prüfte ihn und erkannte ihn. Fast berührten sich ihre Gesichter. Javerts Blick war schrecklich.

Jean Valjean regte sich in der Umarmung Javerts nicht, wie ein Löwe, der die Klaue eines Luchses an sich duldet. »Inspektor Javert«, sagte er, »Sie haben mich. Im übrigen sehe ich mich seit heute morgen als Ihren Gefangenen an. Ich habe Ihnen meine Adresse nicht gegeben, weil ich Ihnen zu entkommen suchte. Nehmen Sie mich mit! Aber erfüllen Sie mir eine Bitte!«

Javert schien nicht zu hören. Er starrte Jean Valjean an. Seine Kinnfalte verschob seine Lippen der Nase zu, was ein

Zeichen unwirschen Nachdenkens war. Endlich ließ er Jean Valjean los, reckte sich, faßte den Totschläger noch fester, und wie im Traum murmelte er mehr die Frage, als daß er sie aussprach: »Was tun Sie da? Und was ist das für ein Mensch?« Er blieb dabei, Jean Valjean nicht wie bisher zu duzen.

Jean Valjean antwortete, und der Klang seiner Stimme schien Javert zu empören: »Gerade über ihn wollte ich mit Ihnen reden. Verfügen Sie über mich, wie es Ihnen gefallen wird; aber helfen Sie mir, ihn nach Hause zu tragen. Nur darum bitte ich Sie!«

Javerts Gesicht zog sich zusammen, wie ihm das jedesmal widerfuhr, wenn man glaubte, er sei einer Konzession fähig. Indes sagte er nicht nein. Er beugte sich nochmals, zog aus seiner Tasche ein Schnupftuch, das er in das Wasser tauchte, und wischte die blutige Stirn von Marius ab. »Der Mann war auf der Barrikade«, sagte er halblaut, wie im Selbstgespräch. »Er wurde Marius genannt.«

Der Spion von erstem Rang hatte alles beobachtet, auf alles gelauscht und alles in sich aufgenommen, da er wähnte, er müsse sterben. Er spitzelte sogar im Todeskampf, und noch als er an der untersten Stufe des Grabes stand, hatte er sich im Geist Notizen gemacht. Er ergriff die Hand von Marius und suchte nach seinem Puls.

»Er ist verwundet«, sagte Jean Valjean.

»Er ist tot«, erwiderte Javert.

Jean Valjean antwortete: »Nein, noch nicht.«

»Sie haben ihn also von der Barrikade hergebracht?« fragte Javert. Er war zweifellos sehr in Gedanken, wenn er sich bei dieser beunruhigenden Rettung durch den Kanal nicht aufhielt und nicht einmal das Schweigen Jean Valjeans nach seiner Frage bemerkte.

Jean Valjean seinerseits schien nur an eines zu denken. »Er wohnt«, sagte er, »im Marais, Rue des Filles-du-Calvaire, bei seinem Großvater ... Den Namen weiß ich nicht mehr.«

Jean Valjean durchsuchte den Rock von Marius, holte die Brieftasche heraus, nahm das Blatt, das Marius bekritzelt hatte, und reichte es Javert. Noch hing in der Luft so viel Helligkeit, daß man lesen konnte. Außerdem hatte Javert in seinen Augen das phosphoreszierende Glimmen der Katzen und der Nachtvögel. Er entzifferte die wenigen von Marius geschriebenen Zeilen und brummte: »Gillenormand, Rue des Filles-du-Calvaire Nummer 6.« Dann rief er: »Kutscher!« Eine Droschke wartete wie üblich darauf, daß die Polizei sie brauchte. Javert behielt die Brieftasche von Marius.

Einen Moment später stand der Wagen, der über die Rampe der Tränke hinabfuhr, an der Böschung. Marius wurde auf die rückwärtige Bank gelegt, und Javert setzte sich neben Jean Valjean auf die Vorderbank. Als die Tür geschlossen war, entfernte sich die Droschke rasch über die Boulevards in Richtung der Bastille.

Sie verließen die Kais und kamen in die Straßen. Der Kutscher, eine schwarze Silhouette auf seinem Sitz, peitschte die mageren Pferde. Eisiges Schweigen in der Droschke. Marius schien, reglos, mit dem Rumpf an die hintere Ecke gelehnt, den Kopf auf die Brust gesenkt, mit baumelnden Armen und starren Beinen, nur noch eines Sarges zu bedürfen. Jean Valjean war wie aus Schatten, Javert wie aus Stein. Und in diesem nachtdunklen Wagen, dessen Inneres, sooft er an einer Laterne vorbeiglitt, sich wie unter einem Blitz fahl und bleich auftat, vereinigte der düstere Zufall, als konfrontiere er sie, die drei tragischen Unbeweglichkeiten: den Leichnam, das Gespenst und die Statue.

Rückkehr des verlorenen Sohnes

Bei jedem Gerüttel auf dem Pflaster fiel ein Blutstropfen aus dem Haar von Marius. Es war tiefe Nacht, als die Droschke vor der Nummer sechs der Rue des Filles-du-Calvaire anlangte. Javert stieg als erster aus, prüfte mit einem Blick die Zahl über dem Torweg, hob den schmiedeeisernen Klöppel, den nach alter Mode die Bilder eines Bockes und eines Satyrs schmückten, die sich zankten, und schlug kräftig an. Der Torflügel öffnete sich halb. Javert stieß ihn auf. Der Portier zeigte sich halb, gähnend, nicht ganz wach, in der Hand eine Kerze.

Alles schlief im Hause. Man geht im Marais früh zu Bett, besonders in den Tagen eines Aufstandes. Dieses gute alte Viertel, durch die Revolution erschreckt, flüchtet in den Schlaf, wie die Kinder, wenn sie den Nachtkobold heranschlürfen hören, schnell ihren Kopf unter der Decke verstecken.

Indessen zogen Jean Valjean und der Kutscher Marius aus der Droschke. Jean Valjean hielt ihn unter den Achseln und der Kutscher unter den Kniekehlen. Während Jean Valjean ihn so trug, schob er ihm die Hand unter die Kleider, die breite Risse hatten, befühlte ihm die Brust und überzeugte sich, daß das Herz noch pochte. Es schlug sogar etwas weniger schwach, als hätte das Rumpeln des Wagens eine gewisse Wiederaufnahme des Lebens gefördert.

Javert forschte den Portier in dem Ton aus, der sich für die Regierung ziemt und zumal gegenüber dem Hausmeister eines Aufwieglers: »Heißt da jemand Gillenormand?«

»Wohnt hier. Was soll er?«

»Sein Sohn wird zurückgebracht.«

»Sein Sohn?« fragte der Portier verblüfft.

»Er ist tot.«

Jean Valjean, der zerlumpt und befleckt Javert nachfolgte und den der Portier mit einem Schauder ansah, winkte ihm zu, das sei nicht so. Der Portier schien weder die Worte von Javert noch das stumme Zeichen von Jean Valjean zu verstehen.

»Er ist auf die Barrikade gegangen«, fuhr Javert fort, »und jetzt ist er hier.«

»Auf die Barrikade!« rief der Portier.

»Er hat sich töten lassen. Wecken Sie den Vater!« Der Portier rührte sich nicht.

»Na los!« drängte Javert. »Morgen wird hier ein Begräbnis sein.«

Für Javert waren die gewöhnlichen Zwischenfälle der Straße kategorisch in Klassen eingeteilt, was der Beginn der Voraussicht und der Überwachung ist, und jede Möglichkeit hatte ihr Fach. Die Ereignisse, mit denen zu rechnen war, lagen in Schubladen, denen sie bei Gelegenheit in veränderlicher Zahl entnommen wurden. Auf der Straße gab es Lärm, Aufruhr, Karneval und Begräbnis.

Der Portier beschränkte sich darauf, Basque zu wecken, dieser weckte Nicolette, und Nicolette weckte die Tante Gillenormand. Den Großvater ließ man schlafen, in der Erwägung, er werde die Sache noch früh genug hören.

Man schaffte Marius in den ersten Stock, ohne daß jemand in den anderen Räumen des Hauses etwas merkte, und legte ihn im Vorzimmer von Herrn Gillenormand auf ein altes Kanapee. Und indes Basque einen Arzt holte und Nicolette die Wäscheschränke öffnete, spürte Jean Valjean, daß Javert ihm auf die Schulter klopfte. Er begriff und stieg die Treppe hinunter. Ihm folgte Javerts Schritt.

In angstvoller Schläfrigkeit sah der Portier sie gehen, wie er sie vorhin ankommen sah.

Sie stiegen wieder in die Droschke, der Kutscher kletterte auf seinen Sitz. »Inspektor Javert«, sagte Jean Valjean, »gewähren Sie mir noch eine Bitte!«

»Welche?« fragte Javert barsch.

»Erlauben Sie, daß ich einen Moment meine Wohnung betrete! Dann können Sie mit mir machen, was Sie wollen.«

Javert schwieg einige Augenblicke, das Kinn an den Kragen seines Überrocks gezwängt, dann ließ er die vordere Scheibe herunter. »Kutscher«, sagte er, »Rue de l'Homme-Armé Nummer sieben.«

Erschütterung im Absoluten

Während der ganzen Fahrt, die nun begann, brachten sie die Zähne nicht auseinander. Was bezweckte Jean Valjean? Zu Ende zu führen, was er eingeleitet hatte; Cosette zu benachrichtigen, ihr zu sagen, wo Marius war, ihr vielleicht durch sonst einen Hinweis zu nützen und, wenn er konnte, gewisse letzte Maßnahmen zu treffen. Für ihn persönlich war es aus. Javert hatte ihn verhaftet, und er widersetzte sich nicht. Ein anderer hätte wohl in dieser Situation dumpf an den Strick gedacht, den Thénardier ihm gegeben hatte, und an die Eisenstangen der ersten Zelle, in die er geschafft werden sollte. Aber seit der Begegnung mit dem Bischof empfand Jean Valjean vor jedem Attentat, und sei es gegen ihn selbst, ein tiefes Zögern um der Religion willen. Der Selbstmord, diese mysteriöse Gewalttat gegen das Unbekannte, die in gewissem Sinne den Tod der Seele bedeuten kann, war für Jean Valjean unmöglich.

Am Eingang der Rue de l'Homme-Armé hielt die Droschke, da die Straße zu eng war, als daß Wagen hätten hineinfahren können. Javert und Jean Valjean stiegen aus. Der Kutscher erklärte in Demut dem Herrn Inspektor, daß der Wollplüsch seines Wagens vom Blut des Ermordeten und dem Schmutz des Mörders ganz besudelt seien. So hatte er es aufgefaßt. Er forderte eine Entschädigung. Zugleich zog er aus seiner Tasche ein Dienstbuch und bat den Herrn Inspektor um die Güte, ihm darin eine Bescheinigung auszustellen.

Javert schob das Büchelchen, das ihm der Kutscher reichte, zurück und fragte: »Wieviel brauchst du, Warten und Fahrt eingerechnet?«

»Es sind siebeneinhalb Stunden«, antwortete der Kutscher, »und mein Plüsch war ganz neu. Achtzig Francs, Herr Inspektor.«

Javert holte vier Napoleons aus seiner Tasche und verabschiedete den Kutscher. Jean Valjean glaubte, es sei Javerts Absicht, ihn zu Fuß in eines der nächsten Wachlokale zu bringen, bei den Karmelitern oder bei den Archiven. Sie traten in die Straße ein. Wie zumeist war sie menschenleer. Javert folgte Jean Valjean. Sie kamen zur Nummer sieben. Jean Valjean klopfte. Die Tür öffnete sich. »Gut«, sagte Javert, »gehen Sie hinauf!« Mit seltsamem Ausdruck und als sei es eine Anstrengung für ihn, so zu sprechen, fügte er hinzu: »Ich warte hier auf Sie.«

Jean Valjean blickte Javert an. Diese Handlungsweise war mit den Gewohnheiten Javerts wenig vereinbar. Indes, wenn Javert ihm jetzt ein anmaßendes Vertrauen entgegenbrachte, das Vertrauen der Katze, die der Maus Freiheit auf einem Raum so lang wie ihre Krallen bewilligt, so konnte das Jean Valjean, der bereit war, sich auszuliefern und zum Schluß zu kommen, nicht sehr überraschen. Er stieß die Tür auf, betrat das Haus, rief dem Portier, der zu Bett lag und von dort aus die Schnur gezogen hatte, zu: »Ich bin es.« Dann erstieg er die Treppe.

Im ersten Stock machte er eine Pause. Alle Leidenswege haben Stationen. Das Fenster am Treppenabsatz, ein Schiebefenster, war offen. Wie in vielen alten Häusern empfing die Treppe Licht von der Straße, auf die man sah. Die Straßenlaterne genau gegenüber beschien, wenn auch schwach, die Stufen, was eine sparsame Beleuchtung war.

Jean Valjean beugte, um zu atmen oder mechanisch, den Kopf zum Fenster hinaus. Er sah auf die Straße. Sie ist kurz, und die Laterne erleuchtete sie völlig. Jean Valjean war überrumpelt und wie geblendet. Niemand war mehr da. Javert hatte sich entfernt.

Der Großvater

Basque und der Portier hatten Marius in den Salon getragen. Noch immer war er reglos auf dem Kanapee hingestreckt, auf das man ihn bei der Ankunft gelegt hatte. Der herbeigeholte Arzt war eilends gekommen. Die Tante Gillenormand war aufgestanden. Sie lief verstört hin und her, faltete die Hände und vermochte nur zu jammern: »Ist so was möglich!« Manchmal setzte sie hinzu: »Es wird alles voll Blut werden!« Als das erste Grauen vorüber war, brach eine gewisse, der Situation gemäße Philosophie in ihrem Geiste durch und gab sich in dem Ausruf kund: »So mußte das enden!« Sie ging nicht so weit, zu versichern: »Ich hatte es ja gesagt!«, was in solchen Fällen üblich ist.

Auf Anordnung des Arztes war ein Gurtbett neben dem Kanapee aufgeschlagen worden. Der Arzt untersuchte Marius, und nachdem er sich vergewissert hatte, daß der Puls weiterschlug, daß der Verwundete in der Brust keine tiefere Wunde hatte und das Blut in den Mundwinkeln aus der Nasengrube kam, ließ er ihn platt auf das Bett legen, ohne Kissen, den Kopf in der gleichen Höhe wie den Körper und sogar etwas niedriger, die Brust nackt, um die Atmung zu erleichtern. Als

Fräulein Gillenormand sah, daß Marius ausgezogen wurde, zog sie sich zurück. Sie begann in ihrem Zimmer einen Rosenkranz zu beten.

Der Rumpf zeigte keine innere Verletzung. Eine durch die Brieftasche aufgefangene Kugel war abgeirrt und hatte, um die Rippen herumspringend, einen häßlichen Riß hinterlassen, der aber flach und deshalb ungefährlich war. Der lange Weg unter der Erde hatte die Ausrenkung des versehrten Schlüsselbeines vollständig gemacht, und das erzeugte eine ernste Komplikation. Die Arme waren von Säbelhieben getroffen. Kein Hiebmal entstellte das Gesicht; aber der Kopf war wie zerhackt. Was wurde mit diesen Kopfwunden? Blieben sie an der behaarten Lederhaut haften? Oder hatten sie den Schädel geritzt? Noch ließ es sich nicht sagen.

Ein schwerwiegendes Symptom war, daß sie die Ohnmacht bewirkt hatten, und nicht immer erwacht man aus einer solchen Ohnmacht. Auch der Blutsturz hatte den Verwundeten erschöpft. Der Unterleib vom Gürtel ab war durch die Barrikade geschützt worden.

Basque und Nicolette zerrissen Wäsche und verfertigten Binden. Nicolette nähte sie, Basque rollte sie. Da es an zerzupfter Leinwand fehlte, hatte der Arzt das Blut aus den Wunden provisorisch mit Wattebäuschen gestillt. Neben dem Bett brannten drei Kerzen auf einem Tisch, auf dem das Besteck des Chirurgen ausgebreitet war. Der Arzt wusch Marius mit kaltem Wasser Gesicht und Haare. Ein voller Eimer war sogleich rot. Der Portier leuchtete, sein Talglicht in der Hand.

Der Arzt schien traurig nachzudenken. Ab und zu schüttelte er den Kopf, als beantworte er eine Frage, die er innerlich an sich richtete. Ein schlechtes Zeichen für den Kranken, diese geheimnisvollen Dialoge des Arztes mit sich selbst. Als er gerade das Antlitz des Verwundeten abwischte und die noch immer geschlossenen Augenlider mit dem Finger sacht berührte, öffnete sich im Hintergrund eine Tür, und ein langes, bleiches Gesicht erschien. Es war der Großvater.

Seit zwei Tagen hatte der Aufstand Herrn Gillenormand heftig erregt, empört und mit Sorge erfüllt. Er hatte in der vorigen Nacht nicht schlafen können und den ganzen Tag über Fieber gehabt. Am Abend hatte er sich früh zu Bett gelegt mit dem Auftrag, alles im Haus zu verriegeln, und war vor Müdigkeit eingeschlummert. Die Greise haben einen leichten Schlaf. Das Zimmer von Herrn Gillenormand grenzte an den Salon, und so behutsam man war, das Geräusch hatte ihn geweckt. Da er den Lichtspalt unter seiner Tür sah, hatte er sich aus seinem Bett erhoben und sich näher getastet. Er stand auf der Schwelle, eine Hand am Türschloß der halbgeöffneten Tür, den Kopf ein wenig vorgeneigt und wacklig, den Leib in einen weißen Schlafrock gehüllt, der starr war und faltenlos wie ein Leichentuch, und staunte. Er sah wie ein Gespenst aus, das in ein Grab blickt.

Er bemerkte das Bett und auf der Matratze den blutenden jungen Mann, bleich wie Wachs, die Augen geschlossen, den Mund offen, mit blassen Lippen, nackt bis zum Gürtel, überall von roten Wunden zerschlitzt, unbeweglich, in grellem Licht. Vom Kopf bis zu den Füßen erschauerte der Greis, wie nur verknöcherte Glieder erschauern können. Seine Augen, deren Hornhaut wegen seines hohen Alters gelb war, wurden von einer Art gläserner Spiegelung verschleiert. Sein Gesicht bekam in Sekunden die erdfarbenen Falten, wie sie der Kopf eines Gerippes hat, seine Arme hingen herab, als wäre eine Feder in ihnen gebrochen. Seine Bestürzung verriet sich im Spreizen der Finger seiner alten, zitternden Hände. Seine Knie knickten ein, ließen zwischen den Rändern des Schlafrocks seine armen nackten Beine mit den borstigen weißen Haaren sehen. »Marius!« murmelte er.

»Herr!« sagte Basque, »man hat den Herrn nach Hause gebracht. Er ist auf die Barrikade gegangen und ...«

»Er ist tot!« rief der Greis mit schrecklicher Stimme. »Ah, der Brigant!« Dann aber straffte eine düstere Verwandlung diesen Hundertjährigen, als wäre er ein junger Mensch. »Mein Herr«, sagte er, »Sie sind der Arzt. Zuerst sagen Sie mir etwas! Er ist tot, nicht wahr?«

Der Arzt bewahrte in äußerster Unruhe Schweigen. Herr Gillenormand rang unter furchtbarem Gelächter die Hände. »Er ist tot! Er ist tot! Er hat sich auf der Barrikade töten lassen, im Haß auf mich! Gegen mich hat er das getan! Ah, der

Blutsäufer! So kommt er zu mir heim. Unglück meines Lebens, er ist tot!«

Er ging zu einem Fenster, öffnete es weit, als ob er erstickte, stand vor dem Dunkel und sprach in die nächtliche Straße hinaus: »Durchbohrt, niedergesäbelt, erwürgt, ausgerottet, zerhackt, in Stücke gehauen! Seht ihn euch an, den Landstreicher! Er wußte, daß ich auf ihn wartete, daß ich sein Zimmer hatte herrichten lassen, daß ich über das Kopfende meines Bettes sein Bild aus der Zeit hatte hängen lassen, als er ein kleines Kind war. Er wußte, daß er nur zurückzukehren brauchte, daß ich seit Jahren nach ihm rief, daß ich abends am Kamin saß, die Hände auf den Knien, ohne zu wissen, was ich tun sollte, und daß ich schon ganz schwachsinnig davon war. Du wußtest es, du brauchtest nur einzutreten und zu sagen: Ich bin's, und dann wärst du Herr im Hause, und ich würde dir gehorchen, und du würdest, was du wolltest, mit deinem Großvater anfangen, dem alten Narren. Du wußtest es und sagtest: Nein, er ist ein Royalist, ich gehe nicht hin! Und du bist auf die Barrikade gegangen und hast dich aus Bosheit töten lassen, als Rache für meine Worte über den Herzog von Berry. Das ist infam! Wünsche Ihnen wohl zu ruhen! Er ist tot. Das ist mein Erwachen.«

Der Arzt, der nach zwei Seiten hin unruhig zu werden begann, ging auf einen Moment von Marius fort, hinüber zu Herrn Gillenormand, und nahm seinen Arm. Der Greis wandte sich um, sah ihn mit Augen an, die vergrößert und blutunterlaufen schienen, und sagte gelassen: »Mein Herr, ich danke Ihnen. Ich bin gefaßt, ich bin ein Mann. Ich habe den Tod Ludwigs XVI. gesehen; ich weiß die Geschehnisse zu ertragen. Aber etwas ist schrecklich: zu denken, daß ihre Zeitungen an all diesem Unheil schuld sind. Sie schlagen sich mit Federfuchsern herum, Schwätzern, Advokaten, Rednern, Tribunen, Diskussionen, Fortschritt, Aufklärung, Menschenrechten, Pressefreiheit, und so werden einem die Kinder ins Haus gebracht! Ach Marius, es ist ein Fluch! Daß sie ihn getötet haben, daß er vor mir gestorben ist! Eine Barrikade! Ah, der Bandit! Doktor, Sie wohnen in dem Viertel, glaube ich. Oh, ich kenne Sie gut. Ich sehe Sie von meinem Fenster aus in Ihrer Kutsche vorüberfahren. Sie dürfen nicht meinen, ich redete im Zorn. Man hat keinen Zorn auf einen Toten. Das wäre stupid. Ich habe ihn erzogen. Ich war schon alt, als er noch ganz klein war. Er spielte in den Tuilerien mit seiner kleinen Schippe und seinem Stühlchen, und damit die Aufseher ihn nicht schalten, verstopfte ich mit meinem Spazierstock jedesmal die Löcher in der Erde, die er mit seiner Schippe grub. Eines Tages hat er gerufen: Nieder mit Ludwig XVIII.! Und ist gegangen. Ich bin nicht schuld daran. Er war ganz rosig und ganz blond. Seine Mutter ist gestorben. Haben Sie bemerkt, daß alle kleinen Kinder blond sind? Wie kommt das? Er ist der Sohn eines Briganten von der Loire, aber die Kinder sind schuldlos an den Verbrechen ihrer Väter. Ich erinnere mich, wie er so groß war. Er konnte das D nicht aussprechen. Er schwatzte so süß und so dunkel wie ein Vogel. Ich weiß noch, wie man einmal vor dem farnesischen Herakles das Kind umringte, so schön war es. Er hatte einen Kopf wie auf den Gemälden. Ich polterte, ich drohte ihm mit meinem Stock, aber er wußte, daß es zum Spaß war. Morgens, wenn er in meine Stube trat, keifte ich, aber mir ging die Sonne auf. Man kann sich gegen diese Knirpse nicht wehren. Sie nehmen einen, sie halten einen, sie lassen einen nicht mehr los. Die Wahrheit ist, daß kein Kind so herzig war wie dieses. Was sagt ihr jetzt zu euren Lafayettes, euren Benjamin Constants und euren Tirecuir de Corselles? Sie haben ihn mir getötet. Das kann nicht sein.«

Er näherte sich dem noch immer fahlen und unbeweglichen Marius, zu dem der Arzt zurückgegangen war, und wieder rang er die Hände. Die weißen Lippen des Greises bebten und formten, wie in einem Röcheln gehaucht, fast undeutliche und unhörbare Worte: »Ah, herzloser Bursche! Klubist! Verbrecher! Septembermörder!« Leise Vorwürfe eines Sterbenden für einen Toten.

Allmählich verketteten, da die innere Erregung sich Luft machen muß, seine Worte sich wieder, aber der Greis schien keine Kraft mehr zu haben. So hohl und erloschen klang seine Stimme, als käme sie von jenseits eines Abgrundes. »Nun, auch ich werde bald tot sein. Und dabei gibt es in

Paris kein Frauenzimmer, das nicht selig gewesen wäre, diesen Unglücklichen zu beglücken! Der Schlingel, statt sich zu amüsieren und sein Leben zu genießen, geht er hin und kämpft und läßt sich wie ein Vieh niederkartätschen! Und für wen? Wofür? Für die Republik! Statt daß er in der Chaumière tanzt, wie es die Pflicht junger Menschen ist. Da lohnt es sich, zwanzigjährig zu sein. Die Republik, eine schöne, verdammte Dummheit! Arme Mütter, macht nur immer hübsche Jungen! Der hier ist tot. Das gibt zwei Leichenzüge unter dem Torweg. So hast du dich um General Lamarques schöner Augen willen zurichten lassen! Was hatte er dir getan, dieser General Lamarque? Ein Säbelheld! Ein Schwätzer! Sich für einen Toten umbringen zu lassen! Wenn man da nicht verrückt werden soll! Begreifen Sie das, zwanzig Jahre? Und ohne den Kopf umzudrehen und nachzudenken, ob er nichts zurückließ! Jetzt sind die armen Alten gezwungen, allein zu sterben. Krepiere in deinem Winkel, du Eule! Um so besser, ich habe es erhofft, das wird mich glatt töten. Ich bin zu alt, ich bin hundert Jahre alt, hunderttausend Jahre, seit langem habe ich das Recht, tot zu sein. Dieser Schlag hat es geschafft. Es ist aus, welches Glück! Wozu lassen Sie ihn Ammoniak und den ganzen Haufen von Drogen riechen? Verlorene Mühe, Sie Dummkopf von einem Arzt! Er ist tot, ganz tot. Ich kenne mich aus, ich bin auch tot. Er hat keine halbe Arbeit getan. Ja, die Zeit ist infam, und so denke ich von ihr, ihren Ideen, ihren Systemen, ihren großen Gelehrten, ihren Orakeln, ihren Doktoren, ihren Taugenichtsen von Schriftstellern, ihren Lumpen von Philosophen und von allen Revolutionen, die seit sechzig Jahren die Scharen von Raben über den Tuilerien aufscheuchen! Und da du kein Erbarmen hattest, als du dich töten ließest, werde ich nicht einmal über deinen Tod weinen, hörst du, Mörder!«

Da öffnete Marius langsam die Lider, und sein durch lethargisches Staunen noch verschleierter Blick heftete sich auf Herrn Gillenormand. »Marius!« rief der Greis. »Marius, mein kleiner Marius! Mein Kind! Mein geliebter Sohn! Du schlägst die Augen auf, du siehst mich an, du lebst, Dank!« Und ohnmächtig fiel er um.

VIERTES BUCH

JAVERT AUS DER BAHN GESCHLEUDERT

Schleppenden Schrittes hatte sich Javert von der Rue de l'Homme-Armé entfernt. Er ging mit gesenktem Kopf, zum erstenmal in seinem Leben, und, auch zum erstenmal, die Hände auf dem Rücken. Bisher hatte er von den beiden Haltungen Napoleons nur die angenommen, die Entschlossenheit ausdrückt, die gekreuzten Arme über der Brust. Diejenige, die Unsicherheit ausdrückt, die Vereinigung der Hände hinter dem Rücken, war ihm nicht bekannt. Jetzt war das anders geworden. Sein ganzes Wesen, langsam und düster, war von Angst geprägt.

Er verschwand in stille Straßen. Und doch folgte er einer Richtung. Auf dem kürzesten Weg ging er bis zur Seine, erreichte den Quai des Ormes, ging ihn entlang, schritt über die Grève hinaus und blieb unweit des Wachlokals an der Place du Châtelet, im Winkel der Brücke von Notre-Dame, stehen. Die Seine bildet dort, zwischen der Brücke von Notre-Dame und dem Pont-au-Change einerseits und dem Quai de la Mégisserie und dem Quai aux Fleurs andererseits, eine Art quadratischen Sees, den eine Stromschnelle durchquert. Diese Stelle der Seine wird von den Schiffern gefürchtet. Nichts ist gefährlicher als diese Stromschnelle, die damals durch die Pfähle der heute zerstörten Brückenmühle eingeengt und voller Wirbel war. Die beiden einander so nahen Brücken vermehren die Gefahr. In furchtbarer Hast schießt die Seine unter ihren Bogen hindurch. Sie rollt lange, schreckliche Falten heran. Das Wasser schwillt und staut sich. Es drängt gegen die Brückenpfeiler, als reiße es mit dicken, flüssigen Stricken daran. Die Menschen, die hineinfallen, erscheinen nicht wieder. Die besten Schwimmer ertrinken dort.

Javert stützte beide Ellbogen auf das Geländer, sein Kinn auf seine Hände, und indes seine Nägel sich, ohne daß er es wußte, in seinen dichten Backenbart krampften, grübelte er. Etwas Neues, ein Umschwung, eine Katastrophe war in ihm geschehen, und er hatte Grund, über sich nachzusinnen. Javert litt grauenhaft. Seit mehreren Stunden hatte er aufgehört, einfach zu sein. Er war verwirrt. Dieses in seiner Blindheit so klare Hirn hatte seine Durchsichtigkeit verloren. Dieser Kristall war getrübt. Javert fühlte, wie sich in seinem Gewissen die Pflicht in zwei Teile zerlegte, und er konnte sich nicht darüber hinwegtäuschen. Als er am Ufer der Seine Jean Valjean so unvermutet getroffen hatte, war in ihm etwas von dem Wolf gewesen, der seine Beute wieder packt, und von dem Hund, der seinem Herrn wieder begegnet.

Er sah zwei Wege vor sich, die beide gerade waren; aber er sah zwei. Und das erschreckte ihn, der in seinem Leben nur einen einzigen geraden Weg gekannt hatte. Und, quälende Angst, die beiden Wege waren entgegengesetzt! Die eine dieser geraden Linien schloß die andere aus. Welcher Weg war der richtige?

Seine Situation war beispiellos. Sein Leben einem Missetäter zu danken; diese Schuld hinzunehmen und zu entlohnen; auf gleichem Fuß mit einem rückfälligen Verbrecher zu sein und dessen Dienst mit einem anderen zu vergelten; sich von ihm sagen zu lassen: Geh! und ihm hinwieder zuzurufen: Sei frei!; persönlichen Motiven die Pflicht zu opfern, diese allgemeine Bindung, und auch in diesen persönlichen Motiven etwas Allgemeines und vielleicht Höheres zu spüren; die Gesellschaft zu verraten, um seinem Gewissen treu sein zu können: Es schmetterte ihn nieder. Und er empfand, daß alle diese wahnwitzigen Konflikte Wirklichkeit wurden und gehäuft auf ihm lasteten.

Über eines hatte er gestaunt: daß Jean Valjean ihn begnadigte. Und eines ließ ihn zu Stein erstarren: daß er Jean Valjean begnadigt hatte. Was war mit ihm? Er suchte sich und fand sich nicht mehr. Was sollte er tun? Jean Valjean ausliefern war schlecht; ihm die Freiheit zu lassen ebenso schlecht. Tat er das erste, so stürzte der Mensch, der die Staatsautorität verkörperte, tiefer hinab als der Mensch aus dem Bagno. Tat er das zweite, so überwand ein Sträfling das Gesetz und trat es mit den Füßen. Aber wie auch immer: Er, Javert, war entehrt. Und wozu er sich auch entschloß, es war der erniedrigende Zusammenbruch. Das Schicksal hält gewisse extreme Situationen bereit, über die hinaus das Leben nur noch ein Abgrund ist. Javert befand sich in einer solchen extremen Lage.

Ihn ängstigte von jeher der Zwang zu denken. Die Wucht dieser widerspruchsvollen Erregungen nötigte ihn dazu. Das Denken war ungewohnt und besonders schmerzhaft für ihn. Stets ist im Denken eine innere Rebellion, und sie in sich zu fühlen, brachte ihn auf.

Das Nachdenken über ein beliebiges Thema außerhalb des engen Kreises seiner Dienstobliegenheiten wäre für ihn in jedem Fall zwecklos und ermüdend gewesen. Doch das Nachdenken über den Tag, der sich neigte, war ihm eine Qual. Nach einer Erschütterung wie der heutigen mußte er jedoch in sein Gewissen schauen und sich über sich selbst Rechenschaft geben. Daß er so gehandelt hatte, flößte ihm Grauen ein. Er, Javert, hatte gegen alle Polizeisatzungen, gegen die gesamte gesellschaftliche und juristische Organisation, gegen alle Paragraphen des Gesetzbuches es für gut erachtet, einen Verhafteten freizulassen. Es hatte ihm so gepaßt. Er hatte seine eigenen Angelegenheiten den öffentlichen unterschoben. War das nicht unglaublich? Sooft er sich mit dieser unsagbaren Tat auseinandersetzte, zitterte er vom Scheitel bis zur Sohle. Wie sollte er sich entscheiden? Eine einzige Lösung blieb ihm: rasch in die Rue de l'Homme-Armé zurückzukehren und Jean Valjean dingfest zu machen. Kein Zweifel, daß er das tun mußte. Er konnte es nicht.

Etwas versperrte ihm nach dieser Seite hin den Weg. Was? Gibt es auf der Welt noch anderes als Gerichtshöfe, Vollstreckungsurteile, Polizei und Staatshoheit? Javert war außer sich. Ein geheiligter, der Gerechtigkeit entzogener Sträfling! Und Javert dafür verantwortlich! Daß Javert und Jean Valjean, der Mann, der das Amt hatte zu strafen, und der Mann, den die Strafe züchtigen sollte, daß diese beiden Männer, die Gegenstand des Gesetzes waren, sich nun beide über das Gesetz stellten, war das nicht schrecklich? Wie denn! Derartige Ungeheuerlichkeiten ereigneten sich, und niemand sollte sie sühnen? Jean Valjean, stärker als die ganze soziale Ordnung, wurde frei, und er, Javert, aß weiter das Brot der Regierung. Seine Träumerei wurde ihm nach und nach zur Folter.

Wenn er so grübelte, hätte er sich auch wegen des Aufrührers, den er in die Rue des Filles-du-Calvaire zurückgebracht hatte, bezichtigen können, aber an ihn dachte er nicht. Die geringere Verfehlung schwand in der größeren. Im übrigen war dieser Aufrührer offenbar ein Toter, und nach dem Gesetz erlischt die Ahndung durch den Tod. Jean Valjean war die Bürde auf seiner Seele. Jean Valjean war unfaßbar für ihn. Alle Axiome, die sein Leben lang ihm Halt gewesen waren, vor diesem Mann zerbröckelten sie. Die Großmut Jean Valjeans gegen ihn schlug ihn zu Boden. Andere Begebnisse, an die er sich erinnerte und die er als Lügen und Ausgeburten des Irrsinns eingeschätzt hatte, wurden jetzt zu voller Wirklichkeit. Herr Madeleine erschien hinter Jean Valjean, und die beiden Figuren legten sich übereinander, daß sie zu einer einzigen wurden, die verehrungswürdig war. Javert spürte, daß etwas Gräßliches in seine Seele eindrang, die Bewunderung für einen Sträfling. War Achtung vor einem Galeerensträfling überhaupt möglich? Ihm schauderte davor, und er konnte sich dem nicht entziehen. Umsonst kämpfte er dagegen an, er mußte sich vor dem Richterstuhl in seinem Inneren zu der Erhabenheit, die von diesem Menschen des Elends ausging, bekennen. Das war widerwärtig.

Ein wohltätiger Verbrecher, ein mitfühlender, milder, hilfsbereiter, großmütiger Sträfling, der Böses mit Gutem vergalt, der dem Haß mit Verzeihung begegnete, der das Mitleid der Rache vorzog, der eher zugrunde ging, als daß er seinen Feind zugrunde richtete, der den rettete, der ihn schlug, der auf der Höhe der Tugend kniete und mehr Engel als Mensch war! Javert mußte sich eingestehen, daß dieses Monstrum existierte. Das konnte nicht so weitergehen.

Gewiß, und wir möchten das betonen, hatte er sich nicht widerstandslos diesem Ungeheuer ergeben, diesem ehrlosen Engel, diesem häßlichen Helden, über den er fast ebenso empört wie verblüfft war. Zwanzigmal, als er Jean Valjean im Wagen gegenübersaß, hatte der Tiger des Gesetzes in ihm gebrüllt. Zwanzigmal hatte ihn die Versuchung angewandelt, sich über Jean Valjean zu werfen, ihn zu packen und zu zerreißen, das heißt zu arretieren. Was war einfacher als das? Er brauchte nur dem ersten Posten, an dem sie vorbeifuhren, zuzuschreien: »Der da ist ein rückfälliger Verbrecher; er ist der Polizeiaufsicht entsprungen!« Die Gendarmen konnte er rufen und ihnen erklären: »Der Mann gehört euch!« und dann gehen, den Verdammten ihnen überlassen, sich um das übrige nicht kümmern und sich in nichts mehr einmischen. Der Mensch war auf ewig Gefangener des Gesetzes; das Gesetz würde mit ihm nach Belieben verfahren. Was war gerechter? Das alles hatte sich Javert gesagt. Er hatte sich darüber hinwegsetzen, handeln, den Mann festnehmen wollen, und dann hatte er es wie jetzt nicht vermocht. Sooft er seine zuckende Hand dem Kragen Jean Valjeans näherte, war sie wie von einem enormen Gewicht beschwert zurückgesunken, und tief in seinem Geist hatte er eine Stimme vernommen, eine seltsame Stimme, die ihn höhnte: Gut, liefere deinen Retter aus! Dann laß dir die Schüssel des Pontius Pilatus bringen und wasche dir die Klauen!

Darauf sann er wieder über sich selbst nach, und neben dem größer gewordenen Jean Valjean sah er sich, den herabgewürdigten Javert. Ein Sträfling war sein Wohltäter!

Aber warum auch hatte er dem Mann gestattet, ihm das Leben zu schenken? Er hatte in jener Barrikade das Recht, getötet zu werden. Von diesem Recht hatte er Gebrauch machen müssen. Die übrigen Aufständischen gegen Jean Valjean zu Hilfe rufen, sich gewaltsam erschießen lassen, war immerhin noch besser!

Er hatte die Sicherheit eingebüßt und erschien sich entwurzelt. Die Waffe des Gesetzes war in seiner Hand nur noch ein Stumpf. Er erlag Gewissensbedenken, die er nie gekannt hatte. Eine Offenbarung des Gefühls vollzog sich in ihm, die durchaus verschieden war von der Norm des Gesetzes, seinem bisherigen Maßstab. Weiterhin ehrlich zu bleiben, genügte nicht mehr. Eine Menge überraschender Wertungen erhob sich und unterjochte ihn. Eine ganz neue Welt zeigte sich seiner Seele, der Empfang und die Erwiderung von Wohltaten, die Hingabe, das Erbarmen, die Vergewaltigung der Strenge durch das Mitleid, die Duldung von Personen, keine endgültige Verdammung, keine Vernichtung mehr, die Möglichkeit einer Träne im Auge des Gesetzes, eine Gerechtigkeit vor Gott, die das Gegenteil der Gerechtigkeit vor den Menschen ist. In der Finsternis bemerkte er mit Furcht den Anbruch einer Sittlichkeit, deren Sonne er nicht kannte. Es schauderte ihn vor ihr, sie blendete ihn. Die Eule mußte wie ein Adler schauen.

Er sagte sich, daß es doch wahr sei. Es gab Ausnahmen, die Obrigkeit konnte aus der Fassung gebracht werden und die Vorschrift angesichts eines Tatbestandes versagen, nicht alles war vom Wortlaut des Gesetzbuches erfaßt worden, das Unvorhergesehene verschaffte sich Gehorsam, die Tugend eines Sträflings konnte der Tugend eines Beamten eine Falle stellen, das Ungeheuerliche göttlich sein, das Schicksal hielt solche Hinterhalte bereit. Und verzweifelt bedachte er, daß er selber vor einer Überrumpelung nicht sicher gewesen sei. Er war zu der Bestätigung gezwungen, daß die Güte existierte. Dieser Sträfling war gut gewesen und nun auch er selbst. Er fand sich verdorben und feig und verabscheute sich.

Javerts Ideal war es, nicht menschlich, groß oder erhaben, sondern untadelig zu sein. Nun aber hatte er gefehlt.

Wie war es dazu gekommen? Wie hatte all das geschehen können? Er hätte es sich selber nicht zu sagen vermocht. Seinen Kopf nahm er in beide Hände, doch vergeblich, er fand keine Erklärung dafür.

Allerdings hatte er stets beabsichtigt, Jean Valjean dem Gesetz zu überantworten, dessen Gefangener Jean Valjean und dessen Sklave er, Javert, war. Während er ihn in seiner Gewalt hatte, dachte er keinen einzigen Augenblick daran, ihn laufenzulassen. Gewissermaßen ohne sein Wissen hatte seine Hand sich geöffnet und ihn losgelassen.

Alle möglichen neuartigen, rätselhaften Dinge tauchten vor seinen Augen auf. Er stellte sich Fragen und gab sich Antworten, und seine Antworten erschreckten ihn. Er fragte sich: Was tat dieser Sträfling, dieser Verzweifelte, den ich verfolgt, dem ich sogar hart zugesetzt habe und der mich in der Hand hatte und der sich rächen konnte, sich rächen mußte wegen seines Grolls und zugleich um seiner Sicherheit willen, als er mir das Leben schenkte, als er mich begnadigte? Seine Pflicht? Nein. Etwas mehr. Und ich, als ich ihn meinerseits begnadigte, was tat ich da? Meine Pflicht? Nein. Etwas mehr. Es gibt also etwas mehr als die Pflicht? Hier geriet er außer Fassung. Seine Waage kam aus dem Gleichgewicht. Die eine Waagschale sank in den Abgrund, die andere hob sich bis zum Himmel empor. Und Javert entsetzte sich nicht weniger vor der oben als vor der unten. Ohne im geringsten das zu sein, was gemeinhin Voltairianer, Philosoph oder Ungläubiger heißt, empfand er im Gegenteil instinktiv Achtung vor der etablierten Kirche und kannte sie nur als einen erhabenen Teil des gesellschaftlichen Ganzen. Die Ordnung war sein Dogma. Sie genügte ihm. Seit ersten Mannesjahren, von seinem Eintritt bei der Polizei an, hatte er sie als seine Religion betrachtet. Er war, und wir gebrauchen hier die Wörter ohne den leisesten Spott und in ihrer ernstesten Bedeutung, Spion, wie man Priester ist. Er hatte einen Vorgesetzten, den Präfekten Gisquet. Er hatte noch nie an den anderen Vorgesetzten gedacht: Gott. Dieser neue Chef, Gott, er spürte ihn, wo er ihn nicht vermutet hatte, und war durch ihn verwirrt, ratlos über seine unerwartete Anwesenheit. Er wußte nicht, was er mit diesem Vorgesetzten machen sollte, er, dem geläufig war, daß der Untergebene sich immer bücken muß, daß er weder den Gehorsam verweigern noch tadeln, noch angreifen darf, und daß gegenüber einem Vorgesetzten, über den er sich allzusehr wundert, der Untergebene keine andere Hilfe hat als den Abschied. Jedoch wie sollte er Gott seine Demission senden?

Wie dem auch sei, eine Tatsache, und darauf kam er immer wieder zurück, beherrschte für ihn alles andere, nämlich daß er soeben einen entsetzlichen Rechtsbruch begangen hatte. Er hatte bei einem rückfälligen Verbrecher, der sich der

Polizeiaufsicht entzogen hatte, beide Augen zugedrückt. Er hatte einen Galeerensträfling freigelassen. Er hatte den Gesetzen einen Mann gestohlen, der ihnen gehörte. Das alles hatte er getan. Er verstand sich nicht mehr. Er war sich seiner selbst nicht sicher. Sogar die Gründe für seine Tat waren ihm entfallen, ihm schwindelte nur davon. Bis jetzt hatte er in diesem blinden Glauben gelebt, den die düstere Redlichkeit hervorbringt. Diesen Glauben verlor er, diese Redlichkeit ließ ihn im Stich. Alles, woran er geglaubt hatte, löste sich auf. Wahrheiten, gegen die er sich sperrte, verfolgten ihn unerbittlich. Künftig mußte er ein anderer Mensch sein. Er litt unter den eigenartigen Schmerzen eines Gewissens, dem plötzlich der Star gestochen worden ist. Er sah, was zu sehen ihm zuwider war. Er fühlte sich leer, unnütz, von seinem vergangenen Leben losgerissen, entlassen, aufgelöst. Die Obrigkeit war in ihm tot. Er hatte keinen Daseinsgrund mehr. Es war schrecklich, erschüttert zu sein.

Granit sein und zweifeln! Das aus einem Stück in der Form des Gesetzes gegossene Standbild der Züchtigung sein und mit einemmal entdecken, daß man in seiner Brust von Bronze etwas Absurdes und Ungehorsames hat, das fast einem Herzen ähnelt! So weit gehen, Gutes mit Gutem zu vergelten, obwohl man sich bis zum heutigen Tag gesagt hat, daß dieses Gute das Böse sei! Wachhund sein und lecken! Eis sein und schmelzen! Zange sein und eine Hand werden! Plötzlich Finger verspüren, die sich öffnen! Loslassen, wie entsetzlich! Geschoß sein, seine Bahn nicht mehr kennen und zurückweichen!

Sich dies eingestehen müssen: Die Unfehlbarkeit ist nicht unfehlbar, dem Dogma kann ein Irrtum unterlaufen, alles ist nicht gesagt, wenn ein Gesetzbuch gesprochen hat, die Gesellschaft ist nicht vollkommen, die Obrigkeit bleibt vom Wankelmut nicht verschont, ein Wandel im Unwandelbaren ist möglich, die Richter sind Menschen, das Gesetz kann sich täuschen, die Gerichte können sich irren! Einen Riß in der unermeßlichen blauen Scheibe des Firmaments sehen!

Was in Javert vorging, war das Fampoux eines unbeirrbaren Gewissens, eine vom Weg abgebrachte Seele, die Niederlage einer Redlichkeit, die, unwiderstehlich auf eine gerade Linie gebracht, an Gott zerbrach. Es war schon seltsam, daß der Heizer der Ordnung, der Lokführer der Obrigkeit auf dem blinden Eisenroß, das seiner Schiene folgte, durch einen Stoß des Lichtes aus dem Sattel gehoben werden, daß das im Besitz Unstörbare, das Gerade, das Tadellose, das Geometrische, das Passive, das Vollkommene wanken konnte, daß es auch für die Lokomotive einen Weg nach Damaskus gab!

Gott, stets im Menschen und als das wahre Gewissen aufsässig gegen das falsche Gewissen, der nicht verlöschende Funke, der Befehl an den Sonnenstrahl, sich der Sonne zu erinnern, das Gebot für die Seele, die absolute Wahrheit zu erkennen, wenn sie dem imaginären Absoluten gegenübersteht, die Menschlichkeit, die nicht verlorengeht, das unstatthafte menschliche Herz, diese herrliche Erscheinung, das vielleicht schönste unserer innerlichen Wunder – begriff das Javert? Durchschaute er das? War er sich dessen bewußt? Offenbar nicht. Doch unter dem Druck des Unverständlichen, Unumstößlichen spürte er, wie ihm fast der Schädel zersprang.

Er war weniger der Verklärte als das Opfer dieses Wunders. Außer sich, erlitt er es. In alldem erblickte er nur eine ungeheure Behinderung seines Lebens. Ihm war, als könnte er hinfort nie mehr frei atmen. Er war es nicht gewohnt, Unbekanntes über seinem Kopf zu haben.

Bisher war alles, was er über sich gehabt hatte, für seinen Blick eine glatte, einfache, durchsichtige Fläche gewesen. Da gab es nichts Unbekanntes, nichts Dunkles, nichts, was nicht bestimmt war, zugeordnet, logisch aneinandergereiht, klar, wahr, abgegrenzt, begrenzt und abgeschlossen. Für alles war Vorsorge getroffen. Die Obrigkeit war wie eine Ebene ohne Hang und ohne daß einem vor ihr schwindelte. Unbekanntes hatte Javert immer nur unten geschaut. Das Unregelmäßige, das Unvermutete, das sich ungeordnet auftuende Chaos, das mögliche Hinabgleiten in einen Abgrund, das war Sache der unteren Schichten, der Aufrührer, der Bösen, der Elenden. Jetzt beugte sich Javert zurück, und er war bestürzt über diese unerhörte Erscheinung: ein Abgrund oben. Vollkommen wehrlos, geriet er völlig aus der Fassung. Worauf war noch Verlaß? Alles, wovon man überzeugt war, brach zusammen!

Wie! Die schwache Stelle der Gesellschaft konnte von einem hochherzigen Elenden herausgefunden werden! Wie! Ein ehrlicher Gesetzesdiener konnte sich mit einemmal zwischen zwei Verbrechen gefangen sehen, dem Verbrechen, einen Mann entkommen zu lassen, und dem Verbrechen, ihn zu verhaften! Nicht alles war in der Dienstvorschrift bestimmt, die der Staat dem Beamten gegeben hatte! Es konnte Sackgassen in der Pflicht geben! Wie! All das war wirklich! Konnte sich tatsächlich ein von den Strafen gebeugter ehemaliger Bandit wieder aufrichten und schließlich recht haben? War das glaubhaft? Gab es doch Fälle, in denen das Gesetz sich vor dem verklärten Verbrechen zurückziehen und Entschuldigungen stammeln mußte?

Ja, dem war so! Und Javert sah es! Und Javert war betroffen! Und er durfte es nicht nur nicht leugnen, sondern hatte auch noch daran teil. Das waren Gegebenheiten. Es war wirklich eine Schande, daß ein Sachverhalt ein solches Mißverhältnis annehmen konnte.

Wenn die Tatsachen ihre Pflicht erfüllten, würden sie sich damit begnügen, das Gesetz zu beweisen. Die Tatsachen schickt Gott. Stieg jetzt die Anarchie von droben auf die Erde herab?

Die Angst und die optische Täuschung bei der Betroffenheit ließen so alles zurücktreten, was seinen Eindruck hätte abschwächen und berichtigen können, und in seinen Augen waren nunmehr die Gesellschaft, die Menschheit und die Welt in einem einfachen und häßlichen Plan zusammengefaßt. Trümmer und Chaos wurden das Strafrecht, der Urteilsspruch, die Kraft, die der Gesetzgebung gebührt, die Beschlüsse der höchsten Instanzen, die richterliche Würde, die Regierung, Vorbeugung und Unterdrückung, die offizielle Weisheit, die Unfehlbarkeit des Gesetzes, das Autoritätsprinzip, alle Dogmen, auf denen die politische und die bürgerliche Sicherheit beruhten, die Allmacht der Justiz, die Logik, deren Quell das Gesetzbuch ist, das soziale Absolute, die öffentliche Wahrheit.

Er selbst, Javert, der lauernde Scherge der Ordnung, die Unbestechlichkeit im Solde der Polizei, der Wachhund der Gesellschaft, war besiegt und zermalmt. Und auf den Ruinen stand ein Mann, die grüne Mütze auf dem Kopf und um die Stirn die Aureole der Heiligkeit. Zu einer solchen Umwälzung war es gekommen; das war die gräßliche Vision, die vor seiner Seele aufschwebte.

Ließ sich das ertragen? Nein. Er war in größter Zerrüttung. Nur zwei Mittel, um ihr zu entrinnen, gab es für ihn. Das eine war, stracks zu Jean Valjean zurückzugehen und den Menschen aus dem Bagno wieder in den Kerker zu schicken. Das andere …

Javert trat vom Geländer zurück, und nun, den Kopf hoch, wandte er sich mit festem Schritt dem Wachlokal zu, auf das an der Ecke der Place du Châtelet eine Laterne wies. Dort sah er durch die Scheibe einen Polizisten und ging hinein. Schon an der Art, wie sie die Tür der Revierstube aufstoßen, erkennen sich gegenseitig die Beamten der Sicherheitsbehörde. Javert nannte seinen Namen, zeigte dem Sergeanten seine Karte und setzte sich an den Tisch des Diensthabenden, auf dem eine Talgkerze brannte. Ein bleiernes Tintenfaß stand da, und eine Feder und Papier für etwaige Protokolle und die Instruktionszettel für die Nachtrundgänge lagen bereit. Dieser Tisch, den ein Strohsessel ergänzt, ist eine Einrichtung, die sich in allen Polizeilokalen findet. Sie ist unabänderlich mit einer Schale von Buchsbaum voller Sägespäne und einem Kästchen voller Rotsiegeloblaten geschmückt. Hier ist die untere Etage des offiziellen Stils. In ihr beginnt die Staatsliteratur.

Javert nahm die Feder und ein Blatt und schrieb:
»Einige Beobachtungen im Interesse des Dienstes.

Erstens: Ich bitte den Herrn Präfekten, einen Blick hierauf zu werfen.

Zweitens: Die Häftlinge, die vom Untersuchungsrichter kommen, ziehen ihre Schuhe aus und bleiben bloßfüßig auf der Diele stehen, während man ihre Taschen nachkontrolliert. Mehrere husten, wenn sie in das Gefängnis zurückgeführt werden. Das verursacht Ausgaben für Krankenpflege.

Drittens: Das Beobachtungssystem ist gut, mit Ablösung der Polizeibeamten von Station zu Station, aber bei wichtigen Anlässen dürfen zwei Beamte wenigstens sich nicht aus den Augen verlieren, da, wenn aus irgendeinem Grund einer von ihnen im Dienst erschlafft, der andere ihn überwacht und ergänzt.

Viertens: Man fragt sich, warum die Sonderhausordnung der Madelonnettes den Gefangenen die Benutzung eines Stuhles verbietet, selbst wenn sie dafür zahlen.

Fünftens: In den Madelonnettes sind nur zwei Eisenstangen vor der Kantine, was der Wirtin erlaubt, die Häftlinge ihre Hand greifen zu lassen.

Sechstens: Die sogenannten Beller, die Häftlinge, die die anderen in den Sprechraum rufen, lassen sich von einem Gefangenen zwei Sous zahlen, damit sie den Namen deutlich rufen. Das ist Diebstahl.

Siebentens: Für einen geknüpften Faden zieht man den Gefangenen in der Weberwerkstatt zehn Sous ab. Das ist ein Mißbrauch des Unternehmers, denn die Leinwand ist darum nicht minder gut.

Achtens: Es ist ein Ärgernis, daß die Besucher der Force durch den Hof der kleinen Kinder gehen müssen, um sich in den Sprechraum der ›Heiligen Maria der Ägypterin‹ zu begeben.

Neuntens: Es ist sicher, daß man täglich Gendarmen im Hof der Präfektur über Befragungen Verdächtiger durch die Gerichtspersonen erzählen hört. Daß ein Gendarm, der unantastbar sein sollte, wiederholt, was er im Kabinett des Untersuchungsrichters gehört hat, ist ein schwerer Mißstand.

Zehntens: Frau Henry ist eine ehrbare Frau. Ihre Kantine ist sehr sauber. Aber es ist von Übel, daß eine Frau den Schalter der Stockstube des engeren Gewahrsams verwaltet. Das ist der Conciergerie einer großen Zivilisation unwürdig.«

Javert schrieb diese Zeilen mit seiner korrektesten Handschrift, wobei er kein Komma vergaß, und ließ das Papier unter der Feder knirschen. Zuletzt zeichnete er es:

»Javert, Polizeiinspektor erster Klasse im Wachlokal der Place du Châtelet *7. Juni 1832, gegen ein Uhr morgens.*«

Javert trocknete die frische Tinte auf dem Zettel, faltete ihn wie einen Brief, versiegelte ihn, schrieb auf den Rücken: »Notiz für die Behörde«, ließ ihn auf dem Tisch liegen und ging hinaus. Die verglaste und vergitterte Tür fiel hinter ihm zu.

Von neuem schritt er quer über die Place du Châtelet, erreichte wieder den Kai und kam mit der Genauigkeit eines Automaten an denselben Punkt zurück, den er eine Viertelstunde vorher verlassen hatte. Wieder lehnte er sich an das Geländer und stand auf derselben Steinplatte, in derselben Haltung. Es schien, als hätte er sich nicht vom Platz gerührt.

Um ihn war völlige Dunkelheit. Es war der grabesdüstere Moment gleich nach Mitternacht. Eine Wolkendecke verbarg die Sterne. Der Himmel war nur dichte Finsternis. Die Häuser der Cité hatten kein einziges Licht mehr. Niemand ging vorüber. Alles, was man von Straßen und Kais bemerkte, war verödet. Notre-Dame und die Türme des Justizpalastes schienen nur schwebende nächtliche Umrisse. Eine Laterne glomm rötlich am Kairand. Die Silhouetten der Brücken verzerrten sich im Nebel, eine hinter der anderen. Der Fluß war durch die Niederschläge angewachsen.

Die Stelle, an der Javert sich befand, war, wie man sich erinnert, gerade über der Stromschnelle der Seine, senkrecht über der furchtbaren Spirale ihrer Wirbel, die sich wie eine Schraube ohne Ende zusammenpreßt und wieder lockert. Javert beugte den Kopf hinunter und schaute. Alles war schwarz. Er konnte nichts unterscheiden. Er hörte den Fluß lärmend schäumen; aber er sah ihn nicht. Manchmal erschien in dieser schwindelnden Tiefe ein schwacher Schimmer und schlängelte sich ungewiß. Das Wasser ist auch in undurchdringlicher Nacht mächtig, Licht von irgendwoher zu erraffen und es in einen Schlangenleib zu verwandeln. Das Licht zerrann, und nichts war mehr erkennbar. Die Unermeßlichkeit schien aufgetan. Nicht Wasser hatte man unter sich, sondern Abgrund. Die Kaimauer, abschüssig, verschwommen, mit

Dunst vermengt und sofort weggewischt, glich einer Böschung, die ins Unendliche hinabragte.

Man sah nichts, aber man fühlte die feindliche Kälte des Wassers und den faden Geruch der nassen Steine. Ein wilder Hauch stieg vom Abgrund auf. Die mehr zu erratende als wahrnehmbare Hochflut, das tragische Flüstern der Wellen, die dunkle Riesenhaftigkeit der Brückenbogen, der Sturz, den in dieser düsteren Leere die Phantasie überdachte, all dieser Schatten war von Grauen umwittert.

Javert blieb einige Minuten reglos und blickte auf die Öffnung in der Finsternis. Er betrachtete das Unsichtbare mit einer Starrheit, die den Anschein geistiger Sammlung hatte. Das Wasser brauste. Plötzlich nahm er seinen Hut ab und legte ihn auf den Kairand. Im nächsten Moment erschien eine hohe schwarze Gestalt, die ein verspäteter Passant von fern für ein Gespenst hätte halten können, aufrecht über dem Geländer, beugte sich zur Seine hinab, richtete sich wieder auf und fiel steil in die Finsternis. Ein dumpfes Klatschen war zu hören. Und nur der Schatten kannte das Geheimnis der krampfhaften Bewegungen, unter denen die schwarze Gestalt sich vom Wasser aufsaugen ließ.

FUNFTES BUCH

ENKEL UND AHNHERR

Wo man den Baum mit dem Zinkpflaster wiedersieht

Einige Zeit nach diesen Geschehnissen hatte Boulatruelle eine heftige Aufregung durchzumachen. Er ist der Straßenarbeiter von Montfermeil, der in finsteren Szenen dieses Buches im Hintergrund zu sehen war. Boulatruelle beschäftigte sich mit trüben und sehr verschiedenen Dingen. Er zerklopfte Steine und schädigte die Reisenden auf der Chaussee. Da er mit Erde zu tun hatte und ein Dieb war, hatte er einen Traum von Schätzen, die im Wald von Montfermeil vergraben seien. Eines Tages hoffte er Geld im Erdreich unter einem Baum zu finden. Bis dahin suchte er gern in den Taschen der Passanten.

Nichtsdestoweniger war er einstweilen vorsichtig. Er war eben noch mit heiler Haut davongekommen. Wie man weiß, hatte ihn die Polizei in der Höhle des Jondrette mit den anderen Banditen ausgehoben. Nutzen eines Lasters: Daß er ein Trunkenbold war, hatte ihn gerettet. Man hatte nie erhellen können, ob er als Räuber oder Ausgeraubter dort gewesen war. Ein Befehl zur Einstellung des Verfahrens, der mit seinem am Abend des Überfalls deutlich ermittelten Rauschzustand begründet war, hatte ihn in Freiheit gesetzt. Er hatte sich getummelt, in den Wald zurück zu können, an seinen Weg von Gagny nach Lagny, und dort unter obrigkeitlicher Überwachung auf Staatskosten Steine zu schichten. Da hockte er kleinlaut, nachdenklich, ein wenig abgekühlt in seiner Lust am Diebstahl, die ihm beinahe Verderben gebracht hätte. Aber um so zärtlicher hing er am Wein, seinem Retter.

Mit der starken Erregung, der er bald nach seiner Wiederkehr unter das Grasdach seiner Straßenarbeiterhütte verfiel, ging es so zu. Eines Morgens, als sich Boulatruelle wie gewöhnlich an seine Arbeit oder vielleicht auf den Anstand begab, etwas vor Tagesanbruch, bemerkte er zwischen den Zweigen einen Mann. Er sah nur seinen Rücken, aber der Nacken war ihm, wie ihm auf die Entfernung und im Dämmerlicht schien, nicht ganz unbekannt. Boulatruelle hatte, wenn er auch soff; ein korrektes, waches Gedächtnis, was eine unentbehrliche Verteidigungswaffe für jeden ist, mit dem die gesetzliche Ordnung ein Hühnchen zu rupfen hat. Wo, zum Teufel, habe ich einen Mann wie den schon gesehen? fragte er sich. Aber er konnte sich darauf nichts antworten, außer, daß er jemandem ähnelte, dessen Spur noch wirr in seinem Geist war.

Boulatruelle befaßte sich im übrigen nicht nur mit der Identität, die ihm nicht klar wurde, sondern auch mit anderen Vergleichen und Berechnungen. Der Mann war nicht aus der Gegend. Er war hierhergereist. Zu Fuß augenscheinlich. Kein öffentlicher Wagen fährt in diesen Stunden durch Montfermeil. Er war die Nacht hindurch marschiert. Woher kam er? Von nicht weit her. Denn er hatte weder Ranzen noch Bündel. Von Paris zweifellos. Wozu war er in diesem Wald? Warum war er um diese Zeit hier? Was wollte er hier?

Boulatruelle dachte an den Schatz. Als er noch tiefer in seinem Gedächtnis nachforschte, erinnerte er sich unbestimmt, daß ihn schon einmal vor Jahren ebenso ein Mann alarmiert hatte, der kein anderer als dieser sein mochte. Während er nachsann, hatte er unter dem Gewicht seines Nachsinnens den Kopf gesenkt, in einer natürlichen, aber ungeschickten Geste. Als er wieder aufsah, war nichts mehr da. Der Mann war im Wald und in der Dämmerung wie ausgelöscht verschwunden. Zum Teufel, sagte sich Boulatruelle, ich erwische ihn noch. Ich werde entdecken, in welchem Kirchspiel dieser Mensch daheim ist. Dieser Kunde von Patron-Minette weiß warum, und das finde ich heraus. In meinem Wald gibt es kein Geheimnis, in das ich nicht hineinrede.

Er nahm seine Hacke, die sehr spitz war. »Damit«, brummte er, »kann man schon in der Erde stochern hinter so einem Kerl.« Und wie man einen Faden mit einem anderen verknüpft, paßte er, so gut er konnte, seinen Schritt dem Pfad an, dem der Mann gefolgt sein mußte, und hinkte durch das Buschholz. Nach kaum hundert Schritten half ihm der Tag, der zu dämmern begann. In den Sand hier und da eingedrückte Sohlen, niedergetretene Grashalme, zerstampftes Heidekraut, junge geknickte Zweige im Gesträuch, die sich mit anmutiger Langsamkeit wieder aufrichteten wie die Arme einer hübschen Frau, die erwachend sich dehnt, zeigten ihm eine Art von Fährte an. Er ging ihr nach, dann verlor er sie. Die Zeit verstrich. Er drang noch mehr in den Wald ein und gelangte zu einer Anhöhe. Ein morgendlicher Jäger, der auf einem Steig in der Ferne vorbeikam und ein lustiges Lied pfiff, gab ihm die Idee ein, auf einen Baum zu klettern. Wenn auch alt, war er behend. Es stand dort eine Buche von kraftvollem Wuchs, würdig eines Schäfers Tityrus und eines Boulatruelle. Er stieg auf die Buche, so hoch er konnte.

Die Idee war gut. Als er die Einsamkeit nach der Gegend hin, in der der Wald völlig verhakt und wild ist, durchforschte, bemerkte Boulatruelle plötzlich einen Mann. Kaum hatte er ihn bemerkt, da verlor er ihn aus dem Gesichtskreis. Der Mann trat oder vielmehr glitt in eine ziemlich entfernte Lichtung hinaus, die von großen Bäumen verdeckt war. Aber Boulatruelle war sie wohlbekannt, weil er darin neben einem umfänglichen Haufen von Mühlsteinen einen kranken Kastanienbaum gewahrt hatte, dessen Wunde ein der Rinde aufgenageltes Stück Zink verband. Es ist die Lichtung, die einmal Blarugrund hieß. Der für irgendeinen Zweck zusammengetragene Steinhaufen, den man vor dreißig Jahren dort sah, liegt zweifellos noch heute da. Nichts ist so langlebig wie ein Steinhaufen, es sei denn ein Bretterzaun. Sie sind provisorisch, und wie sehr rechtfertigt das ihre Dauer!

Mit dem Schwung der Freude ließ sich Boulatruelle von dem Baum eher herabfallen, als daß er hinunterkletterte. Das Lager war gefunden; es galt, des Tieres habhaft zu werden. Da war vermutlich der berühmte Schatz, den er erträumt hatte.

Es war keine Kleinigkeit, zu dieser Lichtung zu kommen. Über die vielbegangenen Pfade mit ihrem tausendfachen neckischen Zickzack bedurfte man einer guten Viertelstunde. Eine ehrliche halbe Stunde brauchte man in gerader Linie durch das Dickicht, das da besonders gedrängt, sehr dornig und sehr bedrohlich ist. Boulatruelle tat unrecht, daß er dies nicht begriff. Er glaubte an die gerade Linie, eine optische Illusion, die viele Menschen hereinlegt. Das Dickicht, so stachlig es auch sein mochte, schien ihm der rechte Weg. »Gehen wir durch die Rue de Rivoli der Wölfe«, sagte er.

Boulatruelle, der es gewohnt war, Umwege zu machen, beging diesmal den Fehler, geradeaus zu gehen. Entschlossen stürzte er sich in das Handgemenge mit dem Gestrüpp. Stechpalmen machten ihm zu schaffen, Brennesseln, Hagedorn, Heckenrosen und Disteln und sehr jähzorniges Dorngebüsch. Er wurde weidlich zerkratzt. Unten in der Schlucht fand er Wasser, durch das er hindurch mußte. Endlich kam er auf die Lichtung Blaru, nach vierzig Minuten, schwitzend, durchnäßt, außer Atem, geschunden und wütend. Niemand in der Lichtung. Boulatruelle lief zu dem Steinhaufen. Er war an seinem Platz; man hatte ihn nicht weggetragen. Der Mann hatte sich im Wald verflüchtigt. Er war entronnen. Wohin, nach welcher Seite? In welches Dickicht? Unmöglich, es zu erraten. Und, was Boulatruelle das Herz zerriß, hinter dem Steinhaufen, vor dem Baum mit der Zinkeinlage, war die Erde ganz frisch aufgegraben. Eine vergessene oder dagelassene Hacke und ein Loch. Das Loch war leer. »Dieb!« schrie Boulatruelle und wies mit beiden Fäusten nach dem Horizont.

Marius, aus dem Bürgerkrieg gekommen, bereitet sich auf den häuslichen Krieg vor

Marius war lange weder tot noch lebendig. Während einiger Wochen hatte er ein von geistigen Störungen begleitetes Fieber, und es zeigten sich recht ernste Symptome einer Gehirnerkrankung, mehr durch die von den Wunden am Kopf ausgehenden Erregungen als durch die Wunden selbst verursacht. Ganze Nächte hindurch wiederholte er den Namen Cosettes mit der unheimlichen Geschwätzigkeit des Fiebers und dem düsteren Eigensinn des Todeskampfes. Die Breite gewisser Verletzungen war eine beträchtliche Gefahr, da der Eiter aus solchen Wunden immer zurücktreten und daher unter gewissen atmosphärischen Einflüssen den Kranken töten konnte. Bei jeder klimatischen Änderung, beim geringsten Unwetter war der Arzt besorgt. »Vor allem darf sich der Verwundete nicht aufregen«, sagte er oft. Die Behandlung der Wunden war kompliziert und schwierig, da zu jener Zeit die Befestigung von Verbandzeug und Wäsche durch das Englischpflaster noch nicht erdacht war. Nicolette wandte für zerzupfte Leinwand ein Bettuch auf, »so groß wie eine Zimmerdecke«, sagte sie. Nicht ohne Mühe wurde man durch Waschungen mit Chlorür und Höllenstein des Wundbrandes Herr. Solange Gefahr bestand, war Herr Gillenormand, der fassungslos neben dem Kopfkissen seines Enkels saß, wie Marius weder tot noch lebendig. Jeden Tag, mitunter zweimal täglich, kam ein weißhaariger, nach dem Signalement, das der Portier gab, sehr gut angezogener Herr, sich nach dem Patienten zu erkundigen, und lieferte für die Verbände ein großes Paket voll Leinwandfasern ab.

Endlich, am siebenten September, auf den Tag vier Monate nach der schmerzlichen Nacht, in der Marius sterbend zu seinem Großvater gebracht worden war, erklärte der Arzt, er verbürge sich für ihn. Die Genesung nahte. Aber Marius mußte noch über zwei Monate auf einem Liegestuhl ausgestreckt bleiben, wegen der durch den Bruch des Schlüsselbeins möglichen Zwischenfälle. Es gibt immer so etwas wie eine letzte Wunde, die sich nicht schließen will und die zum großen Verdruß des Kranken das Verbinden in die Länge zieht.

Im übrigen retteten die lange Krankheit und die lange Genesung ihn vor gerichtlicher Ahndung. In Frankreich gibt es keinen Zorn, auch keinen des Staates, der sechs Monate überdauert. Bei dem Zustand der Gesellschaft sind Aufstände so sehr ein allgemeines Verschulden, daß ein gewisser Hang, die Augen zuzudrücken, ihnen folgt. Nicht verschwiegen sei, daß die unsagbare Verordnung Gisquets, die den Ärzten befahl, die Verwundeten zu denunzieren, die öffentliche Meinung und nicht nur sie, sondern den König als ersten empört hatte und daß diese Empörung ein Schutz für die Verwundeten war. Und mit Ausnahme derer, die man im Kampf abgefaßt hatte, wagten die Kriegsgerichte keinen Rebellen zu behelligen. Man ließ also Marius in Frieden.

Herr Gillenormand machte zuerst alle Ängste durch und dann alle Ekstasen. Nur schwer konnte man ihn hindern, alle Nächte bei dem Verwundeten zu wachen. Er ließ seinen großen Sessel neben dem Bett von Marius aufstellen. Er forderte, seine Tochter müsse die schönste Wäsche des Hauses nehmen, um Kompressen und Binden daraus zu verfertigen. Fräulein Gillenormand fand als gescheite ältere Person ein Mittel, die schöne Wäsche zu schonen und dabei den Großvater glauben zu lassen, sie gehorche ihm. Herr Gillenormand erlaubte es nicht, daß man ihm auseinandersetzte, für Leinwandfasern sei Batist nicht so gut wie grobes Leinen und neue Leinwand nicht wie getragene. Er war bei jedem Verbandwechsel zugegen, während Fräulein Gillenormand schamhaft floh. Wenn man wildes Fleisch mit der Schere abschnitt, stöhnte er: »O weh, o weh!« Es war rührend zu sehen, wie er mit seinem sachten, greisenhaften Zittern dem Verwundeten eine Tasse Krankentee reichte. Er überschüttete den Arzt mit Fragen und merkte nicht, daß er immer wieder dasselbe zu fragen begann.

An dem Tag, an dem ihm der Arzt verkündete, Marius sei außer Gefahr, war er wie übergeschnappt. Er gab seinem Portier eine Extravergütung von drei Louisdor. Als er abends wieder in sein Zimmer ging, tanzte er eine Gavotte, ahmte mit Daumen und Zeigefinger Kastagnettengeklapper nach und sang:

»Im Farn kam Jeanne zur Welt,
Der Schäferinnen Nest;
Ach, wie ihr kecker Unterrock
Mich lockt!

Du, Amor, wohnst in ihr;
Hast ihre Augen dir
Zum Köcher unverfroren
Erkoren!

Mehr als Diana lieb
Ich Jeanne, und sing das Lied
Auf der Bretonin Brust,
So fest.«

Dann kniete er sich auf einen Stuhl, und Basque, der ihn durch die halboffene Tür beobachtete, war der Ansicht, er bete. Bis jetzt hatte er nicht an Gott geglaubt.

Bei jeder neuen Phase der Besserung freute sich der Alte unbändig. Er verübte mechanisch viele törichte Streiche und stieg die Treppen hinauf und hinab, ohne zu wissen, warum. Eine Nachbarin, nebenbei eine hübsche Frau, war verblüfft, als sie eines Morgens ein großes Bukett empfing. Herr Gillenormand sandte es ihr. Der Gatte machte ihr eine Eifersuchtsszene. Herr Gillenormand wollte Nicolette auf seine Knie niederziehen. Er nannte Marius den Herrn Baron. Er schrie: »Es lebe die Republik!«

Immerzu fragte er den Arzt: »Es ist doch keine Gefahr mehr?« Er betrachtete Marius mit Großmutteraugen. Wenn der Kranke gelabt wurde, fraß er ihn vor Zärtlichkeit. Er kannte sich selbst nicht mehr; er zählte sich nicht mehr und behandelte Marius als Gebieter des Hauses. Es war Entsagung in seiner Fröhlichkeit; er war der Enkel seines Enkels. In der Freude, die ihn erfüllte, war er das verehrungswürdigste Kind. Aus Furcht, den Genesenden zu ermüden oder zu behelligen, setzte er sich hinter ihn, um ihm zuzulächeln. Er war zufrieden, vergnügt, entzückt, charmant und jugendlich. Das weiße Haar fügte dem heiteren Leuchten auf seinem Gesicht eine milde Majestät hinzu. Wenn sich Anmut mit Runzeln verbindet, wird sie anbetungswürdig. Irgendeine Morgenröte liegt über dem aufgeblühten Alter.

Marius hatte, indem er sich verbinden und pflegen ließ, eine einzige fixe Idee: Cosette. Seit Fieber und Irrereden von ihm gewichen waren, sprach er ihren Namen nicht mehr aus, und es konnte scheinen, als denke er nicht mehr an sie. Er schwieg, weil seine Seele bei ihr war. Er wußte nichts von Cosettes Schicksal seither. Die ganze Affäre in der Rue de la Chanvrerie war eine Wolke in seiner Erinnerung. Fast unfaßbare Schatten huschten durch seinen Geist, Eponine, Gavroche, Mabeuf, die Thénardiers, all seine Freunde, düster im Rauch der Barrikade verschwimmend. Das seltsame Auftauchen des Herrn Fauchelevent in diesem blutigen Abenteuer wirkte auf ihn wie ein Rätsel in einem Sturm. Er verstand sein eigenes Leben nicht; er wußte nicht, wie und durch wen er gerettet worden war, und niemand um ihn herum wußte es. Man hatte ihm nur sagen können, daß er nachts in einer Droschke in die Rue des Filles-du-Calvaire gebracht worden war. Vergangenheit, Gegenwart, Zukunft, alles war in ihm nur noch Nebeldunst undeutlicher Gedanken, aber in diesem Nebel erschien ihm ein unbeweglicher Punkt, von klaren Linien umrandet, etwas, das groß für ihn war, ein Entschluß, ein Wille: Cosette wiederzufinden. Für ihn war der Gedanke an das Leben nichts anderes als der Gedanke an Cosette. Er hatte in seinem Herzen verfügt, daß er das eine ohne das andere nicht annehmen würde, und er war fest entschlossen, von jedermann, der ihn zu leben zwingen wollte, von seinem Großvater, vom Schicksal, von der Hölle seinen verschwundenen Garten Eden zurückzufordern.

Über die Hindernisse machte er sich keine Illusionen.

An dieser Stelle sei eine Einzelheit hervorgehoben: Alle Bemühungen und alle Liebeswerbungen seines Großvaters hatten ihn nicht gewonnen. Anfangs war er nicht in alle ihre Geheimnisse eingeweiht, hernach mißtraute er ihnen, wohl noch im Fieber phantasierend, wie etwas Seltsamem und Neuem, das ihn zähmen sollte. Er blieb kühl. Ganz umsonst verschwendete der Großvater sein armes greises Lächeln. Marius sagte sich, das gehe solange gut, wie er, Marius, schwieg und sich alles gefallen ließ, doch er argwöhnte, wenn die Rede auf Cosette komme, werde das wahre Gesicht des Alten sich demaskieren. Dann würde es hart auf hart gehen, der Familienstreit wieder ausbrechen, die Meinungen würden aufeinanderprallen, alle Sarkasmen und alle Einwände zugleich laut werden, Fauchelevent, Coupelevent, das Vermögen, die Armut, das Elend, der Stein am Hals, die Zukunft. Erbitterter Widerstand, Schlußfolgerung, Weigerung, und so trotzte er im voraus. Je mehr er sich zudem kräftigte, erneuerten sich seine Anklagen von früher. Die alten Geschwüre in seinem Gedächtnis brachen wieder auf, er dachte wieder an die Vergangenheit. Wieder trennte der Oberst Pontmercy ihn von Herrn Gillenormand. Er sagte sich, er habe keine wahre Herzlichkeit von dem zu erhoffen, der so ungerecht und so hart gegen seinen Vater gewesen war. Und mit der Gesundheit kehrte Bitterkeit gegen den Großvater in ihn zurück. Der Greis litt leise darunter.

Ohne es im übrigen zu bekunden, merkte Herr Gillenormand, daß Marius seit der Wiedererlangung des Bewußtseins kein einziges Mal zu ihm gesagt hatte: »Mein Vater.« Er sagte nicht: »Mein Herr«, gewiß. Aber er vermied durch eine bestimmte Art, seine Sätze zu formen, sowohl die eine als die andere Wortwahl. Eine Krise war offenbar zu erwarten.

Wie stets in einem solchen Fall plänkelte Marius vor der Schlacht, um das Kampffeld zu erproben. Das Terrain abtasten ist die Bezeichnung hierfür. Eines Morgens traf es sich, daß Herr Gillenormand, dem ein politisches Blatt in die Hände geraten war, geringschätzig über den Konvent sprach und eine royalistische Wendung über Danton, Saint-Just und Robespierre daranhängte. »Die Männer von 93 waren Kolosse«, sagte Marius streng. Der Greis schwieg und gab an diesem Tage keine Silbe mehr von sich. Marius, der immer den unversöhnlichen Großvater seiner ersten Jahre vor sich sah, glaubte, hinter diesem Schweigen ziehe sich ein tiefer Zorn zusammen. Er prophezeite sich einen bösen Streit und verstärkte in den geheimen Winkeln seiner Gedanken seine Vorbereitungen auf das Gefecht. Er beschloß, weigere sich der Alte, sich das Verbandzeug abzureißen, den nochmaligen Bruch des Schlüsselbeins zu erzwingen, alles, was von seinen Wunden verblieben war, zu entblößen und jede Nahrung fortzustoßen. Seine Wunden waren seine Munition. Cosette haben oder sterben. Mit der listigen Geduld der Kranken erharrte er den günstigen Augenblick. Dieser Augenblick kam.

Marius greift an

Eines Tages beugte sich Herr Gillenormand, indes seine Tochter Fläschchen und Tassen auf dem Marmor der Kommode ordnete, über Marius und sagte in zärtlichstem Ton zu ihm: »Siehst du, mein kleiner Marius, an deiner Stelle würde ich eher Fleisch als Fisch essen. Gebackene Seezunge, das ist großartig für einen Rekonvaleszenten, aber auf die Beine hilft man dem Kranken mit einem guten Kotelett.«

Marius, der fast alle seine Kraft wiedererlangt hatte, sammelte sie, setzte sich aufrecht, stützte seine gekrampften Fäuste auf die Tücher seines Bettes, schaute seinem Großvater mitten ins Gesicht, nahm eine erschreckend ernste Miene an und sagte: »Das bringt mich darauf, Ihnen etwas mitzuteilen.«

»Was denn?«

»Daß ich heiraten will.«

»Hab ich geahnt«, sagte der Großvater und brach in Gelächter aus.

»Wieso geahnt?«

»Ja, geahnt und vorgesehen. Du wirst es kriegen, dein Mädel.«

Verblüfft, geblendet und durch die Plötzlichkeit der Antwort überrascht, zitterte Marius an allen Gliedern.

Herr Gillenormand fuhr fort: »Ja, du sollst es haben, dein hübsches, dein schönes kleines Mädel. Sie kommt jeden Tag in Gestalt eines alten Herrn und fragt nach dir. Seit du verwundet bist, weint sie immerzu um dich und zupft Leinwand. Ich habe Nachricht über sie. Sie wohnt in der Rue de l'Homme-Armé Nummer sieben. Ach, nun sind wir soweit. Ach, du willst sie. Gut, du sollst sie haben. Das überrascht dich. Du hattest da so ein kleines Manöver ausgeheckt und dir gesagt: Ich werde ihm das ungeniert zu verstehen geben, diesem Großvater, dieser Mumie aus der Régence und dem

Directoire, diesem gewesenen schönen Mann, diesem Dorant, der Geront geworden ist. Auch er hat seine Tändeleien und Liebeleien gehabt und seine Grisetten und seine Cosetten. Er hat mit den Flügeln um sich geschlagen; er hat das Brot des Frühlings gegessen. Er wird sich erinnern müssen. Wir werden sehen. Du packst den Maikäfer an den Hörnern. Gut. Ich biete dir ein Kotelett an, und du erwiderst mir: Nebenbei, ich will heiraten. Das nennt man Übergang. Ach, du hattest mit einer Zänkerei gerechnet. Du wußtest nicht, daß ich nur ein alter Feigling bin. Was sagst du dazu? Du ärgerst dich. Daß dein Großvater noch dümmer ist als du, hattest du nicht gedacht. Die Rede ist hin, die du mir halten wolltest. Herr Advokat, das ist verdrießlich. Na, wüte, soviel du magst! Ich tue, was du willst, das schneidet dir das Wort ab, du Narr! Hör zu! Ich habe nachgefragt, auch ich bin ein Heimtückischer. Sie ist reizend, sie ist vernünftig; das mit dem Lancier ist nicht wahr; sie zupft in einem fort Leinwand, sie ist ein Juwel. Sie vergöttert dich. Wärest du gestorben, wären wir drei gewesen, ihre Bahre hätte die meine begleitet. Ich wollte sie schon, sobald es dir besser ging, ganz einfach an dein Bett zaubern, aber nur in Romanen führt man so frank und frei junge Mädchen in das Schlafzimmer junger Männer, die für sie ein Interesse haben. Das schickt sich nicht. Was hätte die Tante gesagt? Du warst drei Viertel der Zeit ganz nackt, mein Junge. Frage Nicolette, die dich nicht eine Minute verlassen hat, ob eine Frau hier herumsitzen konnte. Und was hätte der Arzt gesagt? So was heilt kein Fieber, ein hübsches Mädchen. Also gut, also Schluß, abgemacht, nimm sie! So grausam bin ich. Siehst du, ich habe gespürt, daß du mich nicht liebst; ich habe mir gesagt: Wie könnte ich es nur anstellen, damit der Lümmel mich liebt? Ich habe mir gesagt: Halt, ich habe da meine kleine Cosette an der Hand; ich werde sie ihm geben, dann wird er mich ein wenig liebhaben müssen oder mir sagen, warum nicht. Ach, du dachtest, der Alte würde rasen und poltern, nein! Brüllen und in all diese Morgenröte mit dem Stock dreinhauen. Mitnichten. Cosette, gut. Liebe, gut. Mehr verlange ich nicht. Mein Herr, machen Sie sich die Mühe zu heiraten! Sei glücklich, mein geliebtes Kind!« Und der Greis brach in Schluchzen aus. Er nahm den Kopf von Marius und preßte ihn gegen seine alte Brust, und beide begannen zu weinen. Das ist eine der Formen des höchsten Glücks.

»Mein Vater!« rief Marius.

»Also, du liebst mich?« fragte der Greis. Ein unbeschreiblicher Augenblick. Sie erstickten einander und konnten nicht sprechen. Endlich stotterte der Greis: »Jetzt ist's heraus. Mein Vater! hat er gesagt.«

Marius löste seinen Kopf aus der Umarmung des Großvaters und sagte leise: »Und nun, da ich mich wohl fühle, scheint mir, darf ich sie sehen.«

»Auch dafür ist gesorgt, morgen wirst du sie sehen.«

»Weshalb nicht heute, mein Vater?«

»Also heute. Meinetwegen. Du hast zweimal zu mir gesagt: Mein Vater! Das ist schon besser so. Ich werde mich darum kümmern. Sie wird herkommen. Für alles ist Vorsorge getroffen, sage ich dir. Darüber gibt es auch ein Gedicht. Es ist der Schluß der Elegie ›Der junge Kranke‹ von André Chénier, dem Opfer der Ver…, der Kolosse von 93.«

Herr Gillenormand glaubte ein leichtes Stirnrunzeln von Marius zu bemerken. In Wahrheit hörte der Genesende nicht mehr zu. Er war im Himmel der Ekstase und dachte viel mehr an Cosette als an 1793. Der Großvater, der erbebte, weil er André Chénier so ungeschickt zitiert hatte, fuhr hastig fort: »Opfer ist nicht der richtige Ausdruck. Die Wahrheit ist, daß den großen revolutionären Genies, die unleugbar nicht bösartig waren, die Helden waren, verdammt!, André Chénier ein bißchen unbequem war und daß sie ihn auf die Guillo… Also, die großen Männer haben am siebenten Thermidor zum Besten der öffentlichen Wohlfahrt André Chénier gebeten, er möge freundlichst von dannen gehen.«

Von seiner eigenen Phrase gewürgt, fand Herr Gillenormand nicht weiter. Er konnte sie weder beenden noch widerrufen, indes seine Tochter das Kissen hinter Marius glättete. Von so vielen Erregungen ganz durcheinander, eilte der Greis, so schnell sein Alter es ihm erlaubte, aus dem Schlafzimmer und stieß die Tür hinter sich zu. Purpurrot, keuchend, schäumend, die Augen aus dem Kopfe quellend, sah er sich dem redlichen Basque gegenüber, der im Flur die Schuhe wichste. Er packte Basque am Kragen und schrie ihm zornig ins Gesicht: »Bei den hunderttausend Rosten des höllischen Feuers, ermordet haben ihn die Briganten!«

»Wen, Herr?«

»André Chénier!«

»Ja, Herr«, sagte Basque bestürzt.

Fräulein Gillenormand findet es schließlich nicht mehr schlimm, daß Herr Fauchelevent etwas unter dem Arm trug, als er eintrat

Cosette und Marius sahen sich wieder. Wir geben es auf, das Zusammentreffen zu schildern. Es gibt Dinge, die man nicht beschreiben soll, die Sonne gehört dazu. Die ganze Familie, Basque und Nicolette einbegriffen, war im Zimmer von Marius vereinigt, als Cosette es betrat. Sie erschien auf der Schwelle, und für den Kranken war es, als umgebe ein Glanz sie. Gerade in diesem Augenblick wollte der Großvater sich schneuzen. Er hielt ein, die Nase im Taschentuch, und sah darüber hinweg auf Cosette. »Zum Anbeten!« rief er. Dann schneuzte er sich geräuschvoll.

Cosette war berauscht, entzückt, verängstigt, im Himmel. Sie war so scheu, wie man es im Glück sein kann. Sie stammelte, die Wangen bald bleich, bald gerötet; sie wollte sich Marius in die Arme werfen und wagte es nicht. Es beschämte sie, so vor aller Welt zu lieben. Die Menschen kennen kein Erbarmen mit den glücklich Liebenden. Sie verweilen, wenn diese nichts weiter begehren, als allein zu sein. Sie bedürfen doch überhaupt keiner Leute.

Mit Cosette, hinter ihr, war ein weißhaariger Mann eingetreten. Er war ernst, und dennoch lächelte er, ein ungewisses, schmerzliches Lächeln. Es war Herr Fauchelevent: es war Jean Valjean in schwarzem, neuem Rock und weißer Krawatte. Der Portier erkannte mitnichten in diesem korrekten Bourgeois, der wohl der Notar war, den erschreckenden

Leichenträger wieder, der in der Nacht des siebenten Juni gespenstisch an seiner Tür aufgetaucht war, in Lumpen, schlammbedeckt, gräßlich, verstört, das Antlitz von Blut und Schmutz verdeckt, im Arm den ohnmächtigen Marius. Aber sein Portiersinstinkt war erwacht. Als Herr Fauchelevent mit Cosette ankam, konnte er sich nicht enthalten, vertraulich seiner Gattin zuzuraunen: »Ich weiß nicht, warum mir immer so ist, als hätte ich das Gesicht schon gesehen.«

Im Zimmer von Marius stand Herr Fauchelevent abseits, nahe der Tür. Unter dem Arm hatte er ein in Papier gehülltes Paket, das einem Oktavband glich. Das Papier war grünlich und schien verschimmelt. »Hat der Herr auch sonst Bücher unter dem Arm?« fragte Fräulein Gillenormand, die Bücher nicht liebte, mit leiser Stimme Nicolette.

»Nun«, antwortete im selben Ton Herr Gillenormand, der die Frau gehört hatte, »er ist ein Gelehrter. Kann er dafür? Auch Herr Boulard, ein Bekannter von mir, ging nie ohne ein Buch aus und hatte immer so einen Schmöker in der Herzgegend.« Er grüßte und sagte laut: »Herr Tranchelevent …« Der Vater Gillenormand tat das nicht mit Willen, aber die Unachtsamkeit für Personennamen war bei ihm eine aristokratische Gewohnheit. »Herr Tranchelevent, ich habe die Ehre, Sie für meinen Enkel, den Baron Pontmercy, um die Hand des Fräuleins zu bitten.«

»Herr Tranchelevent« verneigte sich. »Abgemacht«, sagte der Großvater. Er wandte sich zu Marius und Cosette, streckte die Arme aus, segnete sie und rief: »Jetzt dürft ihr euch vergöttern, wie ihr Lust habt.«

Das ließen sie sich nicht zweimal sagen. Um so schlimmer! Das Gezwitscher begann. Sie sprachen leise miteinander, Marius auf die Lehne seines Liegestuhls gestützt, Cosette neben ihm stehend. »O Gott«, flüsterte Cosette, »ich sehe Sie wieder. Du bist es! Sie sind es! Wie konnten Sie sich so in den Straßenkampf begeben? Wozu? Es war furchtbar. Vier Monate war ich tot. Hatte ich das verdient? Ich verzeihe Ihnen, aber Sie dürfen es nie wieder tun. Vorhin, als man mich herbat, glaubte ich noch, ich werde sterben, aber das war vor Freude. Ich war so traurig. Ich habe mir nicht die Zeit genommen, mich anzukleiden, ich muß gräßlich aussehen. Was werden Ihre Verwandten zu meinem zerknitterten Kragen sagen? Aber sprechen Sie doch! Sie lassen mich ganz allein sprechen. Wir wohnen noch immer in der Rue de l'Homme-Armé. Ihre Schulter war, scheint's, schrecklich zugerichtet. Man konnte mit der Faust hineinfahren, hat man mir gesagt. Und man hat wohl Fleisch mit der Schere herausgeschnitten. Das muß ja furchtbar gewesen sein. Ich habe geweint, ich habe keine Augen mehr. Seltsam, daß man so leiden kann. Ihr Großvater sieht sehr gut aus. Quälen Sie sich nicht, stemmen Sie den Ellbogen nicht auf, nehmen Sie sich in acht, Sie werden sich weh tun. Oh, wie glücklich bin ich! So ist es zu Ende, das Unglück. Ich hin vor Freude dumm. So viel wollte ich Ihnen sagen und weiß nicht mehr was. Lieben Sie mich immer noch? In der Rue de l'Homme-Armé ist kein Garten. Die ganze Zeit habe ich Leinwand gezupft. Sehen Sie, daran sind Sie schuld, ich habe eine Schwiele am Finger.«

»Engel!« sagte Marius.

»Engel« ist das einzige Wort in der Sprache, das sich nicht abnutzt. Kein anderes Wort könnte dem unbarmherzigen Gebrauch widerstehen, den die Liebenden von ihm machen.

Aber wegen der Anwesenden unterbrachen sie das Zwiegespräch und faßten sich nur sanft an den Händen.

Herr Gillenormand rief allen, die im Zimmer waren, zu: »Redet doch laut, schlagt Lärm in den Kulissen! Ein wenig Rhabarber, zum Teufel!, damit die Kinder schwatzen können, wie's ihnen Spaß macht.« Er näherte sich Marius und Cosette und sagte leise zu ihnen: »Duzt euch! Tut euch keinen Zwang an!«

Verblüfft erlebte die Tante Gillenormand diesen Einbruch von Licht in ihre überalterte Häuslichkeit. Ihr Staunen war frei von Anfeindung. Es war nicht der entrüstete, neidische Blick einer Eule zu zwei Ringeltauben hin. Es war der stumpfe Blick eines armen, harmlosen Geschöpfes von siebenundfünfzig Jahren. Es war das verfehlte Leben, das den Triumph der Liebe sah.

»Fräulein Gillenormand die Ältere«, rief ihr Vater sie an,

»ich hatte dir gesagt, soweit werde ich kommen.« Er schwieg einen Moment und fügte hinzu: »Beschaue dir das Glück der anderen!« Dann wandte er sich an Cosette: »Ach, ist sie hübsch! Ist sie hübsch! Ein Greuze! Das wirst du nun für dich allein haben, du Schlingel! Ah, du Schuft! Du bist fein heraus! Du bist glücklich! Hätte ich nicht fünfzehn Jahre zuviel, würden wir mit dem Degen darum kämpfen, wer sie kriegen soll. Ich bin in Sie verliebt, mein Fräulein. Ganz einfach. Das ist Ihr Recht. Ach, die reizende kleine Hochzeit, die das geben wird! Unsere Pfarrkirche ist Saint-Denis vom Heiligen Sakrament, aber ich werde einen Dispens haben, damit ihr in Saint-Paul heiraten könnt. Die Kirche ist besser. Von den Jesuiten gebaut. Das ist zierlicher. Gegenüber dem Brunnen des Kardinals Birago. Das Meisterwerk der jesuitischen Baukunst ist in Namur und heißt Saint-Loup. Dorthin müßt ihr fahren, wenn ihr verheiratet seid. Es ist die Reise wert. Mein Fräulein, ich bin aufs höchste für Sie eingenommen. Die Mädchen sollen heiraten, dafür sind sie da. Da ist eine gewisse heilige Katharina, die möchte ich immer mit gelöstem Haar sehen. Jungfrau zu bleiben ist schön, aber kalt. Die Bibel sagt: Vermehret euch! Um das Volk zu retten, ist Jeanne d'Arc vonnöten. Aber um das Volk zu machen, der Storch. Also heiratet, ihr Schönen! Ich sehe wirklich nicht ein, wozu die alten Jungfrauen da sind. Ich weiß, daß sie eine Seitenkapelle in der Kirche haben und sich in die Marienkongregation zurückziehen. Aber, zum Donnerwetter, ein hübscher Ehemann, ein braver Bursche, und nach einem Jahr ein dicker blonder Bengel, der vergnügt die Muttermilch schlürft und Fettfalten an den Hinterbacken hat und der Mama die Brust mit seinen kleinen rosigen Pfoten betatscht und lacht wie die Morgenröte, da ist doch mehr dran, als wenn eine bei der Vesper die Kerze hält und ›Turris eburnea‹ singt!«

Er hüpfte auf seinen neunzigjährigen Fersen eine Pirouette und redete weiter, beschwingt wie von einer Sprungfeder:

»So sagst du Lebewohl, Alcipp, den Träumereien
und wirst in Kürze schon, wie man versichert, freien.

Übrigens«, fragte er Marius, »hattest du nicht einen guten Freund?«

»Ja, Courfeyrac.«

»Was ist mit ihm?«

»Er ist tot.«

»Gut so.« Er setzte sich zu ihnen, ließ Cosette sich niedersetzen und nahm ihre vier Hände in seine runzligen Hände. »Sie ist süß, das Liebchen! Ein Meisterwerk, diese Cosette! Ein kleines Mädchen und eine große Dame. Sie wird nur Baronin sein, und das ist eine Standesminderung; sie ist die geborene Marquise. Hat die Wimpern. Kinder, hämmert euch das gut in euer Köpfchen, daß ihr das Richtige getroffen habt. Liebt euch, bis ihr davon dumm werdet. Die Liebe ist die Dummheit der Menschen und der Geist Gottes. Vergöttert euch! Nur«, fügte er plötzlich verfinstert hinzu, »welches Unglück! Jetzt denke ich daran! Mehr als die Hälfte meines Vermögens ist in Leibrente angelegt. Solange ich lebe, geht das noch, aber nach meinem Tod, in ungefähr zwanzig Jahren, meine armen Kinder, werdet ihr nicht einen Sou haben. Ihre schönen weißen Hände, Frau Baronin, werden dem Teufel die Ehre erweisen, ihn am Schwanz zu ziehen.«

Da hörte man eine ernste, gelassene Stimme sagen: »Fräulein Euphrasie Fauchelevent hat sechshunderttausend Francs.« Es war die Stimme von Jean Valjean. Noch hatte er kein Wort gesprochen; niemand schien auch nur zu wissen, daß er da war. Regungslos stand er hinter den Glücklichen.

»Wer ist dieses Fräulein Euphrasie?« Der Großvater wurde unruhig.

»Das bin ich«, erwiderte Cosette.

»Sechshunderttausend Francs«, wiederholte Herr Gillenormand.

»Abgerechnet etwa vierzehntausend oder fünfzehntausend Francs«, sagte Jean Valjean. Und er legte das Paket, das die Tante für ein Buch gehalten hatte, auf den Tisch. Er selbst öffnete das Paket, ein Bündel Banknoten. Man blätterte sie auf und zählte. Es waren fünfhundert Tausendfrancscheine und hundertachtundsechzig Scheine zu fünfhundert Francs. Im ganzen fünfhundertvierundachtzigtausend Francs.

»Ein gutes Buch«, sagte Herr Gillenormand.

»Fünfhundertvierundachtzigtausend Francs!« murmelte die Tante.

»Damit ist viel geregelt, nicht wahr, Fräulein Gillenormand die Ältere?« fuhr der Großvater fort.

»Dieser verfluchte Kerl, der Marius, hat da im Traumbaum eine Grisette, die Millionärin ist, aus dem Nest genommen. Man sei auf der Hut vor der Liebelei junger Leute! Studenten finden Studentinnen mit sechshunderttausend Francs. Das hübsche Kind arbeitet besser als Rothschild.«

»Fünfhundertvierundachtzigtausend Francs! « wiederholte Fräulein Gillenormand. »So gut wie sechshunderttausend.«

Marius und Cosette blickten sich die ganze Zeit über an. Sie achteten kaum auf das, was um sie vorging.

Hinterlegt euer Geld eher in diesem oder jenem Wald als bei diesem oder jenem Notar

Ohne daß es lang und breit erklärt werden muß, hat der Leser zweifellos begriffen, daß Jean Valjean nach dem Fall Champmathieu, als er nach seinem ersten Ausbruch für ein paar Tage frei war, das Geld, das er als Herr Madeleine in Montreuil-sur-Mer erworben hatte, rechtzeitig bei Laffitte in Paris abheben konnte und daß er es, da er befürchtete, wieder gefaßt zu werden, was ihm tatsächlich kurz darauf widerfuhr, im Wald von Montfermeil, im sogenannten Blarugrund, vergraben hatte. Die Summe, sechshundertdreißigtausend Francs in Banknoten, beanspruchte wenig Platz und paßte in eine Schachtel. Um diese vor Feuchtigkeit zu schützen, hatte er sie lediglich in einen eichenen Kasten voller Hobelspäne von Kastanienholz gepackt. In denselben Kasten hatte er seinen anderen Schatz gelegt, die Leuchter vom Bischof. Als er aus Montreuil-sur-Mer entwich, hatte er sie mitgenommen. Der Mann, den eines Abends Boulatruelle ein erstes Mal erblickte, war Jean Valjean. Später, immer, wenn Jean Valjean Geld brauchte, holte er es sich von der Lichtung im Blarugrund. Daher die kurzen Reisen, über die wir gesprochen haben. Irgendwo in der Heide hatte er eine Hacke, in einem nur ihm allein bekannten Versteck. Als er Marius genesen sah, als er spürte, daß der Augenblick gekommen war, da dieses Geld nützlich werden konnte, hatte er es geholt, und Boulatruelle hatte ihn wieder im Wald entdeckt, doch diesmal am Morgen und nicht am Abend. Boulatruelle erbte die Hacke.

Die tatsächliche Summe betrug fünfhundertvierundachtzigtausendfünfhundert Francs. Jean Valjean behielt die fünfhundert Francs für sich. Für später, dachte er.

Was von den sechshundertdreißigtausend bei Laffitte abgehobenen Francs fehlte, war in zehn Jahren ausgegeben worden, von 1823 bis 1833. Die fünf Jahre Aufenthalt im Kloster hatten nur fünftausend Francs gekostet.

Jean Valjean stellte die beiden Silberleuchter auf den Kamin, und dort glänzten sie zum großen Erstaunen der Toussaint.

Im übrigen wußte Jean Valjean, daß er von Javert befreit war. Man hatte ihm erzählt, und der »Moniteur« hatte die Tatsache bestätigt, daß ein Polizeiinspektor Javert ertrunken unter einem Boot von Waschfrauen zwischen dem Pont-au-Change und dem Pont-Neuf gefunden worden war. Dieser Mann, der im übrigen untadelhaft gewesen war und die Wertschätzung seiner Vorgesetzten genoß, hatte eine Schrift hinterlassen, die an einen Anfall von Irrsinn und an Selbstmord glauben ließ. Eigentlich mußte er schon verrückt gewesen sein, dachte Jean Valjean, als er mir die Freiheit schenkte.

Die beiden Alten tun alles, jeder auf seine Art, um Cosette glücklich zu machen

Alles wurde für die Hochzeit vorbereitet. Der konsultierte Arzt erklärte, daß sie im Februar gefeiert werden könne. Es war Dezember. Ein paar wundervolle Wochen des vollkommenen Glücks vergingen.

Der Großvater war selig. Ganze Viertelstunden lang betrachtete er wohlgefällig Cosette. »Ein erstaunlich hübsches

Mädchen!« rief er. »Und sie sieht so sanft und so gütig aus! Dagegen läßt sich nichts einwenden, sie ist das bezauberndste Mädchen, das ich je in meinem Leben gesehen habe. Später wird sie noch Tugenden mit Veilchenduft entwickeln. Das ist eine Anmut, was? Mit einem solchen Geschöpf kann man nur vornehm leben. Marius, mein Junge, du bist Baron, du bist reich, laß die Rechtsverdreherei sein, ich flehe dich an.«

Cosette und Marius waren plötzlich aus dem Grab ins Paradies gekommen. Der Übergang war nicht sehr schonend, und sie wären betäubt gewesen, wären sie nicht geblendet worden.

»Verstehst du etwas davon?« fragte Marius Cosette.

»Nein«, antwortete Cosette, »doch mir scheint, der liebe Gott gibt acht auf uns.«

Jean Valjean machte alles, ebnete alles, brachte alles in Einklang, erleichterte alles. Er hatte es mit Cosettes Glück ebenso eilig wie Cosette selbst, war ebenso geschäftig und scheinbar voller Freude wie sie.

Als ehemaliger Bürgermeister verstand er es, ein schwieriges Problem zu lösen, von dem er allein wußte, das der Personalien Cosettes. Hätte er ihre Herkunft unumwunden angegeben, so hätte das die Heirat verhindern können. Er half Cosette aus allen Schwierigkeiten. Er beschaffte ihr eine Familie von Toten, so daß er sicher war, keinem Einspruch zu begegnen. Cosette war die letzte aus einer erloschenen Familie. Sie war nicht seine Tochter, sondern die eines anderen Fauchelevent. Zwei Brüder Fauchelevent waren Gärtner im Kloster Petit-Picpus gewesen. Man besuchte dieses Kloster. Es waren beste Auskünfte und respektvolle Zeugnisse im Überfluß zu erhalten. Die guten Nonnen, wenig tauglich und wenig geneigt, Fragen der Vaterschaft zu erforschen, und ohne Arg, hatten nie recht gewußt, von welchem der beiden Fauchelevent die kleine Cosette die Tochter war. Sie sagten, was man wollte, und sagten es mit Eifer. Eine Zeugenurkunde wurde abgefaßt. Cosette wurde vor dem Gesetz Fräulein Euphrasie Fauchelevent. Sie wurde zur Vollwaise erklärt. Jean Valjean ließ sich unter dem Namen Fauchelevent als Vormund Cosettes bezeichnen, mit Herrn Gillenormand als stellvertretendem Vormund.

Die fünfhundertvierundachtzigtausend Francs waren das Vermächtnis einer toten Person, die unbekannt zu bleiben wünschte, zugunsten von Cosette. Das Vermächtnis hatte zuerst fünfhundertvierundneunzigtausend Francs betragen; aber zehntausend Francs waren für die Erziehung von Fräulein Euphrasie ausgegeben worden, davon fünftausend Francs dem Kloster selbst gezahlt. Die einem Dritten überantwortete Summe sollte Cosette bei ihrer Volljährigkeit oder bei ihrer Heirat eingehändigt werden. Alles zusammen klang sehr vernünftig, wie man feststellen kann, vor allem mit einem Zuschuß von über einer halben Million. Es gab zwar hier und da ein paar Merkwürdigkeiten, doch die wurden übersehen. Einen der Betroffenen machte die Liebe blind, die anderen wurden es durch die sechshunderttausend Francs.

Cosette erfuhr, daß sie nicht die Tochter des alten Mannes war, den sie so lange Vater genannt hatte. Er war nur ein Verwandter, ein anderer Fauchelevent war in Wirklichkeit ihr Vater. Zu jeder anderen Zeit wäre sie untröstlich gewesen. So war es nur ein wenig Schatten, eine Verdüsterung, und so viel Freude durchströmte sie, daß diese Wolke rasch vorüberzog. Sie hatte Marius. Der junge Mann kam, der gute Alte trat zurück. Das Leben ist so. Auch war Cosette seit vielen Jahren gewohnt, Rätsel um sich zu sehen. Ihre geheimnisvolle Kindheit befähigte sie zum Verzichten.

Nach wie vor sagte sie zu Jean Valjean »Vater«. Begeistert war sie von dem alten Gillenormand, der sie mit Huldigungen und Geschenken überhäufte. Indes Jean Valjean für Cosette eine normale gesellschaftliche Stellung aufbaute und eine unangreifbare Personalakte, überwachte Herr Gillenormand die Gaben für die Braut. Nichts amüsierte ihn so, wie schenken zu dürfen. Er hatte Cosette ein Kleid von geklöppelten Spitzen aus Binche in Belgien geschenkt, das von seiner eigenen Großmutter herrührte. »Diese Moden sind wieder im Schwang«, sagte er, »die antiken Sachen machen Furore, die jungen Frauen jetzt in meinen Altersjahren kleiden sich wie die alten in meiner Kindheit.«

Er plünderte die ansehnlichen Kommoden, mit geschweiftem Bauch und Koromandellack verziert, die seit Jahren nicht geöffnet worden waren. »Nehmen wir den alten Witwen von Stand die Beichte ab«, sagte er, »sehen wir, was sie im Wanst haben.« Lärmend verletzte er tiefe Schubladen voller Toiletten aller seiner Frauen, aller seiner Mätressen und aller seiner Ahnfrauen. Pekingseide, Damast, Chinaseide für Möbel, bemalte moirierte Stoffe, Kleider aus hellem Gros de Tours, indische Taschentücher mit waschbarer Goldstickerei, leichte doppelseitige Wollstoffe in ganzen Stücken, Spitzen aus Genua und Alençon, Schmuck von alter Goldschmiedearbeit, elfenbeinerne Bonbonkästchen, mit Schlachtszenen von mikroskopischer Winzigkeit geschmückt, Nippes, Bänder, mit alledem beschenkte er Cosette. Verwundert, in zitternder Liebe zu Marius und verwirrt von Dankbarkeit für Herrn Gillenormand, erträumte Cosette eine grenzenlose Seligkeit in Satin und Samt. Die Brautgeschenke schienen ihr von Seraphim getragen. Ihre Seele entschwebte auf Flügeln aus Mechelner Spitzen in den Azur.

Der Trunkenheit der Verliebten kam, wir sagten es bereits, allein die Verzückung des Großvaters gleich. Es war, als ertönten Fanfaren in der Rue des Filles-du-Calvaire. Jeder Tag begann mit einer neuen Spende von Kleinkunst, die der Großvater Cosette darbrachte. Aller mögliche Putz breitete sich in Pracht um sie aus.

Eines Tages sagte Marius, der gern ernsthaft in seinem Glück plauderte, bei irgendeiner Gelegenheit: »Die Männer der Revolution sind so groß, daß sie schon den Nimbus der Jahrhunderte tragen, wie Cato und Phokion, und jeder von ihnen weckt eine uralte Erinnerung.«

»Alter Moiré!« rief der Greis. »Danke, Marius. Genau das habe ich gesucht.«

Und am nächsten Morgen kam ein herrliches altes, teefarbenes Moirékleid zu Cosettes Brautgeschenken hinzu. Der Großvater gewann diesem Putz eine Weisheit ab.

»Die Liebe, schön und gut, aber das ist nicht alles. Es braucht Unnützes im Glück. Das Glück ist nur das Notwendige. Versüßt es mir mit allem Überfluß! Ein Palast und sein Herzchen. Sein Herzchen und der Louvre. Sein Herzchen und die großen Wasserspiele in Versailles. Gebt mir meine Schäferin und versucht eine Herzogin aus ihr zu machen! Bringt mir Phyllis mit Kornblumen bekränzt und setzt ihr hunderttausend Livres Rente aus! Spielt mir eine unabsehbare Schäferszene unter einem Säulengang von Marmor vor! Ich genehmige die Schäferszene und auch die Zauberwelt aus Marmor und Gold. Glück ohne Zutaten gleicht trockenem Brot. Man ißt, aber speist nicht. Ich will Überflüssiges, Unnützes, Übertriebenes, das, was zuviel ist und zu nichts dient. Ich kann mich erinnern, daß ich am Straßburger Münster eine Uhr gesehen habe. Sie war hoch wie ein dreistöckiges Haus und zeigte die Zeit an, hatte vielmehr die Güte, die Zeit anzuzeigen, sah aber nicht so aus, als ob sie dafür erschaffen wäre. Wenn es Mittag oder Mitternacht, die Stunde der Sonne oder die Stunde der Liebe, geschlagen hatte, kurz, nach jedem Stundenschlag zeigte sie einem den Mond und die Sterne, die Erde und das Meer, die Vögel und die Fische, Phöbus md Phöbe und eine Menge Dinge, die aus einer Nische hervorkamen, und die zwölf Apostel und Kaiser Karl V. und Eponina und Sabinus und obendrein einen Haufen vergoldeter Kerlchen, die Trompete bliesen. Und dazu noch die hinreißenden Glockenspiele, die sie bei jeder Gelegenheit ertönen ließ, ohne daß einer wußte warum. Wiegt ein erbärmliches, schmuckloses Zifferblatt, das nur die Stunden angibt, das auf? Ich bin einer Meinung mit der großen Straßburger Turmuhr und ziehe sie der Schwarzwälder Kuckucksuhr vor.«

Herr Gillenormand schwärmte zumal von der Hochzeit, und alle Schätze des achtzehnten Jahrhunderts flossen kunterbunt durcheinander in seine Dithyramben ein. »Ihr kennt nicht die Kunst der Feste. Ihr versteht nicht, euch einen Freudentag zu machen«, rief er. »Euer neunzehntes Jahrhundert ist schlapp. Die Maßlosigkeit fehlt ihm. Es kennt nicht den Reichen, es kennt nicht den Vornehmen. In jeder Hinsicht ist es kahl geschoren. Euer dritter Stand ist langweilig, farb-, geruch- und formlos. Wovon träumen eure Bürgerinnen, wenn sie eine Bindung eingehen, wie sie sagen?

Von einem hübschen, in kühlen Farben gehaltenen Boudoir, von Palisander und Kattun. Platz da! Platz da! Herr Knicker heiratet Fräulein Pfennigfuchser. Prunk und Pracht! Man hat einen Louisdor mit einem Fünffrancstück zusammengetan. Das ist die Zeit. In das Land noch hinter den Sarmaten möchte ich verschwinden. Ach, schon 1787, an dem Tage, an dem ich sah, wie der Herzog von Rohan, Prinz von Léon, Herzog von Chabot, Herzog von Montbazon, Marquis de Soubise, Vicomte de Thouars und Pair von Frankreich, im Rippenbrecher nach Longchamps kutschierte, da habe ich vorausgesagt, daß alles verloren sei! Das hat seine Früchte getragen. In diesem Jahrhundert werden Geschäfte gemacht, wird an der Börse spekuliert, Geld verdient und geknausert. Das Äußere wirkt gepflegt und glänzend. Man ist geschniegelt und gebügelt, gewaschen, geseift, gescheuert, rasiert, gekämmt, gewichst, poliert, eingerieben, gestriegelt, von außen sauber, untadelig, blank wie ein Kiesel, taktvoll, schmuck und hat gleichzeitig, so wahr ich lebe, in der Tiefe des Gewissens Misthaufen und Kloaken, daß es eine Kuhmagd umwirft, die sich in die Finger schneuzt. Ich bewillige dieser Zeit den Wahlspruch: unanständige Reinlichkeit. Marius, sei nicht böse und laß mich sprechen! Ich rede nicht schlecht über das Volk, du merkst ja, mir läuft der Mund über von deinem Volk, aber billige es, daß ich dem Bürgertum etwas Prügel verabreiche. Ich gehöre dazu. Wer von Herzen liebt, schlägt tüchtig zu. Und damit sage ich es ganz offen, heute verheiratet man sich, doch man versteht nicht mehr, sich zu verheiraten. Ach, es ist wahr, ich vermisse die Anmut der alten Bräuche. Alles vermisse ich von ihnen. Die Eleganz, den Adel, die ritterlichen und artigen Manieren, den ergötzlichen Aufwand, den jeder trieb, die Musik, die zur Hochzeit gehörte, Harmonie oben, Getrommel unten, die Tänze, die fröhlichen Gesichter bei Tisch, die geistvollen, galanten Reden, die Lieder, die Feuerwerksraketen, das freimütige Lachen, den Teufel und seine Großmutter, die großen Schleifen. Ich vermisse das Strumpfband der Braut. Das Strumpfband der Braut ist dem Venusgürtel verwandt. Worum dreht sich der Trojanische Krieg? Potz Blitz, um Helenas Strumpfband.

Warum schlägt man sich, warum zerdrischt der göttliche Diomedes diesen großen ehernen Helm mit zehn Zacken auf dem Kopf des Meriones, warum gingen Achilles und Hektor mit ihren Spießen aufeinander los? Weil Helena von Paris ihr Strumpfband rauben ließ. Mit Cosettes Strumpfband würde Homer die ›Ilias‹ schreiben. Er würde in sein Epos einen alten Schwätzer wie mich aufnehmen und ihn Nestor nennen. Meine Freunde, früher, in jener freundlichen Zeit wurde mit Sachkenntnis geheiratet. Man schloß einen guten Vertrag und hielt danach Tafel. Sobald Cujas hinaus war, kam Gamache herein. Ei ja doch, der Magen verlangt, was ihm zusteht, und will auch seine Hochzeit haben. Man soupierte gut und hatte bei Tisch eine schöne Nachbarin ohne Brusttuch, die ihren Busen nur mit Maßen verhüllte! Oh, die breiten lachenden Münder, und wie lustig es in jener Zeit zuging! Die Jugend war ein Blumenstrauß. Jeder Jüngling endigte in einem Fliederzweig oder Rosenstrauß. Auch als Krieger war man Schäfer; und wer zufällig Rittmeister bei den Dragonern war, fand Mittel und Wege, sich Florian zu nennen. Man legte Wert darauf, hübsch zu sein, ging bestickt und in Purpur einher. Ein Bürger sah wie eine Blume aus, ein Marquis wie ein Juwel. Es gab keine Hosenstege und keine Stiefel. Man war piekfein herausgeputzt, in goldbraunen Moiré gekleidet und flatterte hin und her. Man war artig und kokett, was nicht hinderte, den Degen an der Seite zu tragen. Der Kolibri mit Schnabel und Krallen. Das war die Zeit der ›Indes galantes‹. Eine Seite des Jahrhunderts war bedenklich, die andere großartig, und potztausend!, das Leben wurde genossen. Heute tut man sich wichtig. Der Bürger ist geizig, die Bürgersfrau prüde. Euer Jahrhundert ist unglücklich. Die Grazien würden wegen ihrer großen Dekolletés vertrieben. Ach, die Schönheit wird wie etwas Häßliches verborgen. Seit der Revolution zieht alles lange Hosen an, sogar die Tänzerinnen. Eine Schmierenkomödiantin muß ernst wirken, eure Rigaudons sind doktrinär. Würdevoll wird das Kinn in der Halsbinde getragen. Das Ideal eines zwanzigjährigen Schlingels, der heiratet, ist es, Herrn Royer-Collard zu ähneln. Und wißt ihr, worauf diese Würde hinausläuft?

Auf Erbärmlichkeit. Merkt euch dies: Freude ist nicht nur lustig, sie ist auch groß. Seid fröhlich verliebt, zum Teufel! Verheiratet euch also, wenn ihr schon heiratet, mit dem Fieber und der Betäubung und dem Spektakel und dem Tohuwabohu des Glücks! Ernst sei es in der Kirche; aber sobald die Messe vorüber ist, müßte ein Traum um die Vermählten wirbeln. Eine Hochzeit muß königlich und schimärisch sein. Ihre Zeremonie muß sich von der Kathedrale in Reims bis zur Pagode von Chanteloup hinziehen. Eine lumpige Hochzeit ist abscheulich. Seid wenigstens an dem Tag im Olymp! Seid Götter! Ah, man könnte wie Sylphiden sein, Götter des Übermuts, des Lachens, mit silbernen Schilden, und man ist Spießervolk. Meine Freunde, jeder Neuvermählte sollte der Fürst Aldobrandini sein. Nützt diese einzige Minute des Lebens, um mit Schwänen und Adlern in den Feuerhimmel zu fliegen, auch wenn ihr morgen in das Bürgertum der Frösche zurückfallt! Seid beim Hymenäum nicht sparsam, stutzt ihm seinen Glanz nicht! Knausert nicht um Heller an dem Tag, wo ihr strahlt! Die Hochzeit ist nicht der Hausstand. Oh, könnte ich sie nach meiner Laune einrichten, dann wäre sie ein galantes Fest. Geigen würde man in den Bäumen singen hören. Mein Programm hat die Farben Himmelblau und Silber. Ich würde die ländlichen Gottheiten daruntermischen, Dryaden und Nereïden zusammenrufen. Die Hochzeit der Amphitryte, eine rosige Wolke, gut frisierte, splitternackte Nymphen, ein Akademiker bietet der Göttin Vierzeiler dar, Meerungeheuer sind einem Wagen vorgespannt.

›Es schritt Triton voran, und solche Töne rauschten
aus seiner Muschel, daß in Wonne alle lauschten.‹

Das ist ein Festprogramm, wie es sein sollte, oder ich kenne mich nicht aus, hol's der Teufel!«

Indes der Großvater in vollem lyrischem Erguß sein eigener Zuhörer war, betrachteten sich Cosette und Marius ungehemmt. Die Tante Gillenormand blickte mit ihrer durch nichts zu erschütternden Sanftmut um sich. Sie hatte seit fünf bis sechs Monaten eine Reihe von Aufregungen gehabt:

Marius wieder daheim, blutend über die Schwelle geschafft, Marius von einer Barrikade hergetragen, Marius tot, dann lebend, Marius ausgesöhnt, Marius mit einem armen Mädchen verlobt. Marius mit einer Millionärin verlobt. Die sechshunderttausend Francs waren ihre letzte Überraschung gewesen. Dann hatte die Gleichgültigkeit einer ersten Kommunikantin sich ihrer wieder bemächtigt. Sie ging regelmäßig zur Messe, haspelte ihren Rosenkranz ab, las ihre Kirchenagende, flüsterte ihr Ave in einem Winkel des Hauses, während in einem anderen geflüstert wurde: »Ich liebe dich!«, und ungewiß wie zwei Schatten sah sie Marius und Cosette. Der Schatten war sie.

In einem bestimmten Zustand der untätigen Askese beteiligt sich die abgestumpfte Seele nicht an dem, was man den Lebensvorgang nennen könnte, und mit Ausnahme der Erdbeben und Katastrophen ist sie keinem der menschlichen Eindrücke zugänglich, weder den heiteren noch den peinlichen. »Diese Frömmigkeit«, pflegte Vater Gillenormand zu seiner Tochter zu sagen, »gleicht dem Schnupfen. Du riechst nichts vom Leben, nimmst weder den schlechten noch den guten Geruch wahr.«

Die sechshunderttausend Francs hatten auch das Schwanken der alten Jungfer besiegt. Ihr Vater pflegte sie so niedrig einzuschätzen, daß er sie nach ihrer Zustimmung zur Heirat von Marius nicht gefragt hatte. Er hatte ungestüm gehandelt, nach seiner Art, da er, der Despot, der nun Sklave geworden war, nur dem einen Gedanken nachhing, Marius zu befriedigen. An die Existenz der Tante hatte er nicht gedacht und noch weniger an eine Meinung von ihr, und trotz ihrer Schafnatur fühlte sie sich gekränkt. Innerlich entrüstet und nach außen unempfindlich, hatte sie sich gesagt: Mein Vater löst die Heiratsfrage ohne mich; ich werde die Erbschaftsfrage ohne ihn lösen. Sie war reich, in der Tat, und ihr Vater war es nicht. Sie hatte sich also ihre Entscheidung darüber vorbehalten. Wahrscheinlich hätte sie, wenn es eine arme Ehe gewesen wäre, sie arm gelassen. Um so schlimmer für meinen Herrn Neffen! Wenn er eine Bettlerin heiratet, soll er ein Bettler sein. Aber die halbe Million von Cosette gefiel der Tante und änderte ihre Einstellung zu diesem Liebespaar. Sechshunderttausend Francs sind nicht zu verachten, und gewiß konnte sie nicht umhin, ihr Vermögen den jungen Leuten zu überweisen, da sie seiner nicht mehr bedurften.

Es wurde vereinbart, das Paar werde bei dem Großvater wohnen. Herr Gillenormand wollte ihnen durchaus sein Zimmer geben, das schönste des Hauses. »Das wird mich verjüngen«, erklärte er, »ein alter Plan von mir. Ich hatte immer so eine Idee, eine Hochzeit in meinem Zimmer.« Er möblierte dieses Zimmer mit einem Haufen von altem galantem Krimskrams. Er ließ es mit einem Deckengemälde verzieren und mit einem seltenen Stoff bespannen, von dem er viele Ellen hatte und der, wie er glaubte, aus Utrecht war, auf satiniertem goldgelbem Grund ein Blumenmuster von samtenen Aurikeln. »Mit diesem Stoff«, sagte er, »war das Bett der Herzogin von Anville in La Roche-Guyon drapiert.« Auf den Kamin setzte er eine Meißner Figur mit einem Muff am nackten Bauch. Die Bibliothek von Herrn Gillenormand wurde das Anwaltskabinett, das Marius benötigte; ein Kabinett, das ja nach der Justizbehörde für Advokaten erforderlich war.

Die Eindrücke des Traumes vermischen sich mit dem Glück

Die Liebenden sahen sich täglich. Cosette kam mit Herrn Fauchelevent. »Es ist die umgekehrte Welt«, sagte Fräulein Gillenormand, »daß die Künftige im Haus erscheint, um sich den Hof machen zu lassen.« Aber durch die Genesung von Marius war das so eingeführt, und die Sessel der Rue des Filles-du-Calvaire waren für zärtliche Stunden besser als die Strohstühle der Rue de l'Homme-Armé, und so saß sie dort wie angewurzelt. Marius und Fauchelevent sahen sich, doch sprachen sie nicht miteinander. Sie schienen sich dahin geeinigt zu haben. Jedes junge Mädchen bedarf eines Tugendwächters oder einer Tugendwächterin. Cosette hätte ohne Herrn Fauchelevent Marius nicht besuchen können. Für ihn war Herr Fauchelevent die Bedingung Cosettes. Er nahm sie an. Wenn sie in allgemeinen, unscharfen Gedankengängen politische Fragen aufs Tapet brachten, im Hinblick auf die Gesamtbesserung des Loses aller, gelang es ihnen, über Ja und Nein hinauszukommen. Einmal waren sie über den Unterricht, den Marius gratis und obligatorisch wollte, vielfältig, allen großzügig zugeteilt wie Luft und Sonne, mit einem Wort, für das ganze Volk atembar, desselben Sinnes und plauderten fast. Marius bemerkte bei dieser Gelegenheit, daß Herr Fauchelevent gut sprach und sogar mit den Kennzeichen gehobener Bildung. Dennoch fehlte ihm irgend etwas. Er war weniger als ein Gesellschaftsmensch und dennoch mehr.

Insgeheim und im Grunde seiner Gedanken umgab Marius Herrn Fauchelevent, der ihn mit schlichtem Wohlwollen und kühl behandelte, mit zahllosen stummen Fragen. Mitunter zweifelte er an seinen eigenen Erinnerungen. In seinem Gedächtnis war ein Loch, eine schwarze Stelle, ein von vier Wochen des Todeskampfes gehöhlter Abgrund. Viele Dinge hatten sich darin verloren. Er war schon so weit, daß er sich fragte, ob er wirklich Herrn Fauchelevent, einen so ernsten und ruhigen Mann, auf der Barrikade gesehen habe.

Es war nicht die einzige Betäubung, die in seinem Geist die Gestalten der Vergangenheit, erscheinend und entschwindend, hinterlassen hatten. Er war nicht frei von all den quälenden Gedanken der Erinnerung, die uns, selbst wenn wir glücklich und zufrieden sind, zwingen, melancholisch zurückzuschauen. Wer sich nicht nach verblaßten Horizonten umsieht, kann weder denken noch lieben. Manchmal legte Marius sein Antlitz in seine Hände, und diese Vergangenheit jagte, stürmisch und schattengleich, durch die Dämmerung seines Hirnes. Er sah Mabeuf fallen, er hörte Gavroche im Kartätschenhagel singen, er fühlte unter seiner Lippe die Kälte der Stirn von Eponine, Enjolras, Courfeyrac, Jean Prouvaire, Combeferre, Boussuet, Grantaire, alle seine Freunde stiegen vor ihm auf, und dann zerstreuten sie sich. Waren diese geliebten, schmerzensreichen, kraftvollen, reizenden oder tragischen Wesen Traumgebilde? Hatten sie in

Wahrheit gelebt? Der Aufruhr hatte über alles seinen Rauch dahingewälzt. Das große Fieber hat große Träume. Er befragte sich, er betastete sich. Ihm schwindelte von allen diesen in ein Nichts verwandelten Wirklichkeiten. Wo waren sie? War wirklich alles tot? Ein Sturz in die Finsternis hatte alles hinabgerissen außer ihm. Es schien entrückt wie durch einen Theatervorhang. Auch im Leben senken sich Vorhänge. Gott geht zum nächsten Akt über.

Und er selbst, war er der gleiche? Er, der Arme, war reich. Er, der Verlassene, hatte eine Familie. Er, der Hoffnungslose, heiratete Cosette. Es schien ihm, als habe er ein Grab durchschritten, als sei er schwarz hineingegangen und weiß herausgetreten. Und in diesem Grab waren die anderen geblieben. Manchmal umkreisten ihn alle diese Vergangenheitsmenschen, versammelt und gegenwärtig, und verdunkelten seine Seele. Dann dachte er an Cosette und wurde wieder heiter. Aber weniger als dieses Glück hätte die Katastrophe in ihm nicht auszulöschen vermocht.

Herr Fauchelevent hatte unter diesen Entschwundenen beinahe seinen Platz. Marius zögerte zu glauben, der Fauchelevent der Barrikade sei derselbe wie dieser Fauchelevent von Fleisch und Blut, der so ernst neben Cosette saß. Der erste war vermutlich ein Spuk, wie ihn die Stunden seines Deliriums gebracht und wieder genommen hatten. Im übrigen waren beide, Herr Fauchelevent und Marius, von schroffem Charakter, keine Frage war zwischen ihnen möglich, nie hätte er sie erwogen. Auf diese bezeichnende Einzelheit haben wir bereits hingewiesen.

Es kommt gar nicht so selten vor, daß zwei Männer ein Geheimnis miteinander haben und in stillschweigendem Übereinkommen mit keinem Wort dieses Thema berühren. Nur einmal wagte sich Marius vor. Er erwähnte in ihrer Unterhaltung die Rue de la Chanvrerie. Herrn Fauchelevent sich zuwendend, fragte er: »Die Straße kennen Sie doch gut?«

»Welche Straße?«

»Die Rue de la Chanvrerie.«

»Der Name der Straße ist mir fremd«, antwortete Herr Fauchelevent in natürlichem Ton.

Die Antwort, die auf den Namen der Straße und nicht auf die Straße selbst Bezug hatte, schien Marius schlüssiger, als sie war. Ich habe offenbar geträumt, dachte er. Ich hatte eine Halluzination. Es war jemand, der ihm ähnelte. Herr Fauchelevent war es nicht.

Zwei Männer, die nicht wiederzufinden sind

So groß die Wonne auch war, Marius vergaß keineswegs darüber andere Sorgen. Während die Hochzeit vorbereitet wurde, ließ er einstweilen schwierige und gewissenhafte Nachforschungen anstellen. Zwiefache Dankesschuld lag auf ihm; die eine für seinen Vater, die andere für ihn selbst. Die erste betraf Thénardier, die zweite den Unbekannten, der ihn, Marius, bei Herrn Gillenormand abgeliefert hatte. Er war bestrebt, die beiden Männer zu finden. Denn er wollte nicht heiraten, glücklich sein und vergessen, da er fürchtete, diese unerledigte Verpflichtung werde sein hinfort so lichtes Leben überschatten. Er konnte unmöglich mit dieser Zahlung im Rückstand bleiben und wünschte, bevor er fröhlich in die Zukunft schritt, mit der Vergangenheit quitt zu sein.

Daß Thénardier ein Verbrecher war, änderte nichts an der Rettung des Obersten Pontmercy durch ihn. Thénardier war für jedermann ein Bandit, nur nicht für Marius, der von der wahren Begebenheit in der Schlacht bei Waterloo nichts wußte. Der Umstand, daß sein Vater Thénardier das Leben verdankte, ohne ihm Dank zu schulden, war ihm unbekannt.

Keiner der Agenten, deren Marius sich bediente, kam auf Thénardiers Spur. Er schien gänzlich verschollen. Die Thénardier war während der gerichtlichen Untersuchung im Gefängnis verstorben. Thénardier und seine Tochter Azelma, die allein von der beklagenswerten Gruppe zurückblieben, waren im Dunkel untergetaucht. Der Abgrund des sozialen Unbekannten hatte sich stillschweigend über jenen Wesen geschlossen. An der Oberfläche waren nicht einmal mehr dieses Erzittern, dieses Beben, diese dunklen konzentrischen

Kreise zu sehen, die davon künden, daß da etwas hineingefallen und Vorsicht geboten ist.

Da die Thénardier tot, Boulatruelle außer Verfolgung gesetzt, Claquesous verschwunden war und die Hauptangeklagten dem Kerker entflohen waren, hatte der Prozeß wegen des Überfalls im Hause Gorbeau ein vorzeitiges Ende erreicht. Die Affäre war unaufgeklärt. Das Schwurgericht hatte sich mit zwei Subalternen begnügen müssen, Panchaud, genannt Printanier, genannt Bigrenaille, und Demi-Liard, genannt Zwei Milliarden, die kontradiktorisch zu zehn Jahren Galeere verurteilt worden waren. Das Urteil gegen ihre entwischten und nicht zur Strecke gebrachten Spießgesellen hatte auf lebenslängliche Zwangsarbeit gelautet. Thénardier, der Rädelsführer, war, ebenso in Abwesenheit, zum Tode verurteilt worden. Dieser Richterspruch war das einzige, was von Thénardier blieb, und er warf auf den vergessenen Namen sein düsteres Licht wie eine Kerze, die neben einem Sarg steht. Im übrigen wurde Thénardier durch die Angst, wieder gefaßt zu werden, in die letzten Tiefen hinabgedrängt, und noch größere Finsternis deckte diesen Mann.

Die Suche nach dem anderen, dem unbekannten Retter von Marius, hatte zuerst ein gewisses Ergebnis gehabt, dann versagte sie plötzlich. Es gelang, die Droschke festzustellen, die am Abend des sechsten Juni Marius in die Rue des Filles-du-Calvaire befördert hatte. Der Kutscher erklärte, am sechsten Juni habe er auf Befehl eines Polizeibeamten von drei Uhr nachmittags bis zur Nacht am Kai der Champs-Élysées, oberhalb des Ausgangs des Großen Kanals, gewartet. Gegen neun Uhr abends habe sich das Gitter nach dem Ufer der Seine geöffnet. Ein Mann sei herausgestiegen, der auf seinen Schultern einen anderen Mann, einen Toten, wie es schien, getragen habe. Der Beamte, der den Punkt beobachtete, habe den lebenden Mann verhaftet und sich des toten Mannes bemächtigt. Auf Befehl des Beamten habe er, der Kutscher, »die ganze Gesellschaft« in seine Droschke aufgenommen. Zuerst sei man in die Rue des Filles-du-Calvaire gefahren und habe den toten Mann dort niedergelegt. Der Tote sei

Herr Marius, er, der Kutscher, erkenne ihn mit Bestimmtheit, obwohl er diesmal lebendig sei. Dann sei man wieder in seinen Wagen gestiegen, er habe seine Pferde gepeitscht. Einige Schritte vor dem Tor der Archive habe man ihm zugerufen, er solle halten. Auf der Straße habe man bezahlt und ihn verlassen. Der Beamte habe den anderen Mann mitgenommen. Mehr wisse er nicht. Die Nacht sei schwarz gewesen.

Marius konnte sich an nichts erinnern. Er entsann sich nur, daß ihn eine kräftige Hand aufgefangen hatte, als er rücklings in die Barrikade stürzte. Danach verschwand alles für ihn. Zu Bewußtsein war er erst wieder bei Herrn Gillenormand gekommen.

Er verlor sich in Mutmaßungen. An seiner eigenen Identität konnte er nicht zweifeln. Wie kam es, daß ihn, der in der Rue de la Chanvrerie gefallen war, der Polizeibeamte am Ufer der Seine, nahe dem Pont des Invalides, aufgehoben hatte? Irgend jemand hatte ihn vom Markthallenviertel nach den Champs-Élysées getragen. Und wie? Durch den Kanal. Eine unerhörte Aufopferung. Irgend jemand? Wer? Der Mann, den Marius suchte. Über diesen Mann, seinen Retter, war nichts zu ermitteln. Keine Spur; nicht das geringste Indiz.

Marius dehnte, wenn er auch nach dieser Seite hin zu großer Vorsicht gezwungen war, seine Erkundungen bis zur Polizeipräfektur aus. Aber auch von dort erzielten die Nachforschungen keinerlei Aufklärung. Die Präfektur wußte weniger als der Droschkenkutscher. Man hatte keine Kenntnis von einer am sechsten Juli am Gittertor des Großen Kanals bewirkten Verhaftung. Kein Beamter hatte über einen solchen Vorfall berichtet, den man auf der Präfektur für eine Fabel hielt. Man schrieb die Erfindung dieser Fabel dem Kutscher zu. Ein auf Trinkgeld erpichter Kutscher ist zu allem fähig, sogar zu dichterischer Phantasie. Der Tatbestand war dennoch gesichert, und Marius konnte nicht daran zweifeln, es sei denn, er zweifelte seine eigene Identität an.

Alles war für Marius nach wie vor rätselhaft. Was war aus dem geheimnisvollen Unbekannten geworden, den der Kutscher mit dem ohnmächtigen Marius auf dem Rücken aus dem Gittertor des Großen Kanals hatte treten sehen und der nach der Rettung eines Aufrührers in flagranti ertappt und verhaftet worden war? Was war aus dem Beamten selber geworden? Warum schwieg dieser Beamte? Hatte der Mann ihm entkommen können? Hatte er ihn bestochen? Warum gab der Mann ihm, Marius, der ihm alles verdankte, kein Lebenszeichen? Die Uneigennützigkeit war nicht weniger erstaunlich als die Aufopferung. Warum ließ er sich nicht sehen? Fühlte er sich über eine Belohnung erhaben? Aber niemand ist über die Dankbarkeit erhaben. War er tot? Was für ein Mensch war er? Was für ein Gesicht hatte er gehabt? Niemand vermochte es zu sagen. Der Kutscher antwortete: »Die Nacht war sehr schwarz.« Basque und Nicolette hatten, verdutzt wie sie waren, nur ihren blutbefleckten jungen Herrn betrachtet. Einzig der Portier, dessen Kerze die tragische Ankunft von Marius beleuchtet hatte, gab ein Signalement des Mannes. »Er sah gräßlich aus«, bezeugte er. In der Hoffnung, es werde für die Fahndung vielleicht von Wert sein, ließ Marius die blutigen Kleider aufbewahren, in denen er zu seinem Großvater zurückgebracht worden war. Als man sie nochmals prüfte, bemerkte man, daß ein Rockschoß in sonderbarer Weise zerrissen war und ein Stück fehlte.

Eines Abends sprach Marius vor Cosette und Jean Valjean über das ganze seltsame Abenteuer, über die zahllosen Erkundigungen, die er eingezogen hatte, und die Zwecklosigkeit seiner bisherigen Bemühungen. Er geriet in Ungeduld, als er die kalte Miene von Herrn Fauchelevent sah. Mit einem Ungestüm, in dem fast Zorn mittönte, rief er: »Ja, der Mann, wer er auch sei, hat großartig gehandelt. Wissen Sie, was er getan hat, mein Herr? Wie ein Erzengel hat er eingegriffen. Er mußte sich mitten in den Kampf stürzen, mich bergen, den Kanal öffnen, mich hinabschleppen, mich tragen. Über anderthalb Meilen mußte er in schrecklichen unterirdischen Galerien wandern, gekrümmt, gebeugt, in der Finsternis, in der Kloake, über anderthalb Meilen mit einer Leiche auf dem Rücken! Und in welcher Absicht? Nur in der Absicht, die Leiche zu retten. Und die Leiche war ich. Er hat sich gesagt: Vielleicht ist noch ein bißchen Leben in ihm.

Ich werde meine Existenz für dieses elende Fünkchen aufs Spiel setzen. Und nicht nur einmal, zwanzigmal hat er das getan. Und jeder Schritt war gefährlich, und noch als er dem Kanal entstieg, ist er verhaftet worden. Wissen Sie, daß dieser Mann all das getan hat, ohne daß er eine Belohnung erwartete? Wer war ich? Ein Aufständischer, ein Besiegter. Oh, wenn die sechshunderttausend Francs von Cosette mir gehörten …«

»Sie gehören Ihnen«, unterbrach ihn Jean Valjean.

»Also«, fuhr Marius fort, »ich würde sie hergeben, um den Mann zu finden.« Jean Valjean schwieg.

SECHSTES BUCH

DIE SCHLAFLOSE NACHT

Am 16. Februar 1833

Die Nacht vom 16. zum 17. Februar 1833 war eine gesegnete Nacht. Über ihrem Dunkel stand der Himmel offen. Es war die Hochzeitsnacht von Marius und Cosette.

Wunderbar war der Tag gewesen.

Es war nicht das vom Großvater erträumte, rauschende Fest geworden, keine Feerie mit einem reizenden Durcheinander von Cherubim und Amoretten zu Häupten des Brautpaares, keine Vermählung, wert, daß ein Supraport von ihr gemalt wird, doch es war angenehm und heiter gewesen.

Die mit einer Heirat verbundenen Bräuche waren damals anders als jetzt. Frankreich hatte von England noch nicht die letzte Feinheit entliehen, seine Frau zu stehlen, nach dem Verlassen der Kirche zu flüchten, sich aus Scham über sein Glück zu verstecken und das Benehmen eines Bankrotteurs mit den Entzückungen des Hohenliedes zu vereinigen. Noch wußte man nicht, wie keusch, zart und dezent es ist, sein Paradies auf die holprigen Räder einer Postkutsche zu verlegen, sein Geheimnis durch Peitschengeknall zu stören, für das Brautbett ein Herbergsbett zu wählen und in dem banalen Alkoven, zu soundsoviel die Nacht, die heiligste Erinnerung des Lebens zurückzulassen, vermischt mit dem Tête-à-tête des Postkutschenschaffners und der Herbergskellnerin.

In der zweiten Hälfte des neunzehnten Jahrhunderts, in der wir stehen, genügen der Bürgermeister und seine Schärpe, der Priester und sein Meßgewand, das Gesetz und Gott nicht mehr. Man muß sich durch den Postillon von Lonjumeau ergänzen: blaue Jacke mit roten Aufschlägen und klingelnden Knöpfen, ein Blechschild am Arm, Hosen von grünem Leder, Flüche auf die normannischen Gäule mit dem geflochtenen Schweif, falsche Tressen, gewichster Hut, dickes, gepudertes Haar, riesige Peitsche und große Stiefel. Frankreich treibt die Eleganz noch nicht so weit, daß es wie die englische Nobility alte Pantoffeln und Schuhe auf die Postkutsche mit dem Brautpaar niederhageln läßt – zum Gedenken an Churchill, inzwischen als Marlborough oder Malbrouck bekannt, über den am Tage seiner Vermählung eine zornige Tante herfiel, die ihm Glück brachte. Die Schuhe und Pantoffeln gehören noch nicht zu unseren Hochzeitsbräuchen. Aber Geduld, der gute Geschmack breitet sich weiter aus, wir kommen auch noch dahin.

Im Jahre 1833 beging man die Hochzeit nicht im Trab. Damals dachte man sich, sie sei ein intimes gesellschaftliches Fest und ein patriarchalisches Bankett verderbe eine häusliche Feier nicht. Sogar eine überschwengliche Heiterkeit, wenn sie nur anständig sei, schade dem Glück mitnichten. Es sei eine ehrwürdige und gute Sitte, daß die Verschmelzung zweier Schicksale, aus der eine Familie erwachsen werde, im Hause beginne und die geheime Stätte der Ehe nunmehr das Brautgemach sei. Und man war so schamlos, sich zu Hause zu vermählen.

So wurde die Hochzeit nach dieser jetzt hinfälligen Mode bei Herrn Gillenormand gefeiert. Wie immer entstanden durch das Aufgebot, das Unterschreiben der Akten, den Bürgermeister, die Kirche Weiterungen. Vor dem sechzehnten Februar wurde man nicht fertig. Es war der Faschingsdienstag. Zögern und Gewissensbedenken besonders der Tante Gillenormand. »Fastnacht«, rief der Großvater, »desto besser! Es gibt ein Sprichwort: Hochzeit am Dienstag im Karneval, brav werden die Kinderchen all. Meinetwegen der sechzehnte! Willst du aufschieben, Marius?«

»Nein, fürwahr nicht!« antwortete der Verliebte.

»Heiraten wir!« sagte der Großvater.

Die Hochzeit fand also, ungeachtet des lustigen Getümmels auf den Straßen, am sechzehnten statt. Es regnete an dem Tag, aber immer ist am Himmel ein blaues Fleckchen im Dienste des Glücks, das Liebespaare sehen, auch wenn der Rest der Schöpfung unter einen Schirm kriecht.

Am Abend zuvor hatte Jean Valjean die fünfhundervierundachtzigtausend Francs Marius im Beisein von Herrn Gillenormand übergeben. Die Ehe wurde nach der Ordnung der Gütergemeinschaft geschlossen, die amtlichen Protokolle waren einfach. Die Toussaint war nun für Jean Valjean überflüssig. Cosette hatte sie geerbt und zum Rang einer Zofe erhoben. Ein schönes Zimmer im Hause Gillenormand war eigens für Jean Valjean möbliert worden, und so unwiderstehlich hatte Cosette zu ihm gesagt: »Vater, ich bitte Sie darum«, daß sie ihm die Zusage fast abgenötigt hatte, darin zu wohnen.

Wenige Tage vor dem für die Heirat anberaumten Termin war ihm ein Unfall zugestoßen. Er hatte sich den Daumen der rechten Hand ein wenig gequetscht. Es war nicht ernst; und er hatte nicht erlaubt, daß jemand sich darum kümmerte, ihn verband oder seine Verletzung auch nur ansehe, sogar Cosette nicht. Doch hatte der Schaden ihn gezwungen, sich um die Hand ein Tuch zu wickeln und den Arm in einer Binde zu tragen, und das hatte ihn an der Unterzeichnung der Heiratsakte gehindert. Herr Gillenormand war als stellvertretender Vormund Cosettes für ihn eingesprungen.

Wir wollen den Leser weder aufs Rathaus noch in die Kirche führen. Zwei Verliebten folgt man nicht dahin, und für gewöhnlich wird dem Drama der Rücken gekehrt, sobald es sich ein Brautbukett in sein Knopfloch steckt. Es sei lediglich auf einen Zwischenfall hingewiesen, der, von den Hochzeitsgästen nicht weiter beachtet, sich auf der Fahrt von der Rue des Filles-du-Calvaire zu der Kirche Saint-Paul ereignete.

Der nördlichste Teil der Rue Saint-Louis wurde damals neu gepflastert. Von der Rue du Parc-Royal ab war sie gesperrt. Es war für die Hochzeitskutschen nicht möglich, direkt nach Saint-Paul zu fahren. Sie mußten den Plan ändern, und am einfachsten war ein Bogen über den Boulevard. Einer der Geladenen wandte ein, es sei Faschingsdienstag, es werde ein Wagengewirr geben. »Warum?« fragte Herr Gillenormand. »Durch die Masken«, meinte der Gast. »Das ist ja wunderbar«, sagte der Großvater. »Also über den Boulevard. Die jungen Leute heiraten; sie werden den Ernst des Lebens kennenlernen. So ein bißchen Maskerade ist die beste Vorbereitung.«

Man fuhr über den Boulevard. Im ersten Viersitzer saßen Cosette und die Tante Gillenormand, Herr Gillenormand und Jean Valjean. Marius, nach dem Brauch noch von der Braut getrennt, saß im zweiten. Der Hochzeitszug reihte sich, als er aus der Rue des Filles-du-Calvaire kam, in die lange Prozession der Wagen ein, die von der Madeleine zur Bastille und von der Bastille zur Madeleine eine endlose Kette bildete.

Auf dem Boulevard wimmelte es von Masken. Wenn es auch mit Pausen regnete, Paillasse, Pantalon und Gille harrten aus. In der fröhlichen Laune dieses Winters hatte Paris sich als Venedig vermummt. Heute erlebt man solche Fastnacht nicht mehr. Wie alles auf dieser Erde ist der Karneval weitverbreitet, und so gibt es keinen mehr.

Die Seitenalleen waren gedrängt voll von Passanten und die Fenster von Neugierigen. Die Terrassen, die die Säulengänge der Theater krönten, strotzten von Zuschauern. Außer den Masken beschaute man den Zug, der für den Faschingsdienstag so typisch ist wie für Longchamps, Wagen jeder Art, Stadtwagen, Kremser, Halbkutschen, Einspänner, die in Ordnung vorrückten, durch die polizeilichen Vorschriften streng zusammengehalten und wie in starren Geleisen sich aufreihend. Wer in einem solchen Wagen fährt, ist Zuschauer und gleichzeitig Gegenstand der Schau. Polizei hielt an den Seitenstreifen des Boulevards die beiden unendlichen Parallelströme aufrecht, die sich in entgegengesetzter Richtung fortbewegten. Sie überwachte, damit nichts ihre doppelten Fluten hemmte, diese beiden Wagenbäche, von denen einer talwärts verlief, nach der Chausee d'Antin, der andere bergauf, der Vorstadt Saint-Antoine zu. Die mit Wappen geschmückten Kutschen der Pairs von Frankreich und der Botschafter nahmen die Mitte der Straße ein und hatten freie Zufahrt und Abfahrt. Einzelne prachtvolle und lustige Aufzüge, vor allem der Faschingsochse, hatten dasselbe Privileg. In diese Heiterkeit von Paris knallte England mit seiner Peitsche: Die Postkutsche von Lord Seymour, mit einem volkstümlichen Spitznamen geneckt, fuhr lärmend vorüber.

In der Doppelreihe, an der entlang Polizeisoldaten wie Hirtenhunde galoppierten, zeigten ehrbare Halbberlinen ohne Vordersitz, mit Großtanten und Großmüttern vollgestopft, an den Wagenschlägen Scharen frischer, verkleideter Kinder, siebenjähriger Pierrots, sechsjähriger Pierretten, reizende kleine Geschöpfe. Sie fühlten, daß sie offiziellen Anteil an dem Volksvergnügen hatten; sie waren von der Würde ihrer Harlekinade durchdrungen und gravitätisch wie öffentliche Beamte. Von Zeit zu Zeit gab es irgendwo in der Prozession der Gefährte eine Stockung. Die eine oder die andere der beiden Kolonnen stand, bis sich der Knoten löste. Schon ein Wagen, der nicht weiterkonnte, lähmte die ganze Kette. Dann setzte sich alles wieder in Gang.

Die Hochzeitskutschen fuhren nach der Bastille zu, entlang der rechten Seite des Boulevards. Auf der Höhe der Rue du Pont-aux-Choux mußten sie halten. Fast im selben Augenblick hielt auf der gegenüberliegenden Seite die andere Reihe, deren Ziel die Madeleine war. An diesem Punkt querte diese Kolonne ein Maskenwagen.

Diese Wagen oder vielmehr diese Karren sind den Parisern wohlbekannt. Wenn sie an einem Faschingsdienstag oder einem Aschermittwoch fehlen, würde man an Bosheit glauben und sagen: Dahinter steckt etwas. Wahrscheinlich kommt ein Regierungswechsel. Eine Anhäufung von Cassandern, Harlekinen und Colombinen, die über den Weg rumpelte, alle erdenklichen Grotesken vom Türken bis zum Wilden, Herkulesse, die Marquisen trugen, Fischweiber, die Rabelais sich die Ohren zustopfen ließen, wie Aristophanes vor den Mänaden die Augen niederschlug, Flachsperücken, rosa Trikots, Geckenhüte, Zerrbrillen, dreieckige Spaßmacherhüte, von Schmetterlingen gefoppt, Geschrei zu den Fußgängern hinab, in die Hüften gestemmte Fäuste, kühne Posen, nackte Schultern, maskierte Gesichter, Unverschämtheit ohne Maulkorb: ein Chaos der Dreistigkeit, von einem Kutscher mit Blumen im Haar spazierengefahren – das ist die ganze Einrichtung.

Griechenland brauchte den Thespiskarren, Frankreich braucht Vadés Droschke.

Alles kann parodiert werden, sogar die Parodie. Die Saturnalien, diese Fratze der antiken Schönheit, kommen, immer mehr übertreibend, bei der Fastnacht an. Und das einst mit Reben bekränzte, von Sonne überflutete Bacchanal, das marmorne Brüste in göttlicher Halbnacktheit zeigte, ist heute unter den feuchten Fetzen des Nordens aufgeweicht, und die Bacchanten werden »Bettscheißer« genannt.

Der Brauch der Maskenwagen stammt aus den ältesten Zeiten der Monarchie. Ludwigs XI. Rechnungsberichte bewilligen dem Palastvogt »zwanzig tourische Sous für drei Maskenzugwagen auf den Straßen«. Heute lassen die geräuschvollen Ansammlungen von Großstadtgeschöpfen sich meist auf einem alten »Kuckuck« gondeln, einem Torwagen, dessen Oberdeck sie besetzen, oder sie drücken mit ihrer tumultuarischen Masse einen Mietslandauer, dessen Verdeck heruntergelassen ist. Sie sind zwanzig in einem Wagen für sechs Personen. Auf dem Sitz kauern sie, auf dem Klappsitz, auf den Backen des Verdecks, auf der Deichsel und rittlings noch auf den Laternen des Wagens. Sie stehen, liegen, sitzen, die Knie angewinkelt, mit baumelnden Beinen. Die Frauen hocken auf den Knien ihrer Galane. Schon von weitem ist über dem Gewimmel der Köpfe ihre tolle Pyramide zu sehen. Diese Fuhren bilden jubelnde Gebirge inmitten des Gewühls. Mit Argot angereichert, kommen Collé, Panard und Piron von ihnen her. Der Katechismus der Marktweiber wird von oben herab auf das Volk gespien. Die durch ihre Ladung maßlos gewordene Droschke nimmt sich wie ein Eroberer aus. Lärmendes Getöse vorn, Tohuwabohu hinten. Hier wird geschrien, getobt, geheult und schallend gelacht, hier krümmt man sich vor Glück. Die Ausgelassenheit brüllt, beißender Spott blitzt auf, Frohsinn stellt sich mit herrschender Gebärde zur Schau, und zwei Schindmähren ziehen die zur Apotheose aufgeblühte Farce. Das ist der Triumphwagen des Gelächters.

Ein zu schamloses Lachen, um freimütig zu sein. Und tatsächlich ist dieses Lachen verdächtig, denn es erfüllt eine Aufgabe. Es soll den Parisern den Karneval beweisen.

Die pöbelhaften Kutschen, in denen man eine gewisse Finsternis ahnt, stimmen den Philosophen nachdenklich. Etwas von der Regierung ist darin. Dort erkennt man klar eine geheimnisvolle Beziehung zwischen den Männern des öffentlichen Lebens und den Dirnen.

Freilich ist es traurig, daß aufgehäufte Schändlichkeiten eine rückhaltlose Heiterkeit auslösen, daß ein Volk von Schimpf und Schande angelockt wird, daß das der Prostitution als Karyatide dienende Spionieren den Pöbel belustigt und ihm zugleich Trotz bietet, daß die Menge den ungeheuerlichen, tobenden Haufen in Flitter und Lumpen, halb Unrat, halb Licht, der da kläfft und singt, auf den vier Rädern einer Droschke gern vorbeifahren sieht, daß die Glorie aus aller Schmach beifällig beklatscht wird und es kein Fest für die Massen gibt, wenn nicht mitten unter ihnen die Polizei solche zwanzigköpfigen Freudenhydren herumführt. Aber was soll man tun! Diese bebänderten und mit Blumen geschmückten Schmutzkübel werden vom öffentlichen Gelächter beschimpft und begnadigt. Das Lachen aller ist mitschuldig an der allgemeinen Verderbnis. Gewisse sittenwidrige Feste zersetzen das Volk und machen Pöbel aus ihm. Und Pöbel wie Tyrannen brauchen Possenreißer. Der König hat Roquelaure, das Volk Paillasse. Paris ist die große närrische Stadt, wenn es nicht gerade die große erhabene Stadt ist. Der Karneval gehört hier mit zur Politik. Paris, gestehen wir es ruhig ein, läßt sich gern von der Niedertracht lächerlich machen. Es verlangt von seinen Herren – wenn es welche hat – nur eins: Sie sollen ihm die Gemeinheit beschönigen. Rom war in der gleichen Stimmung. Es mochte Nero, und der war eine titanische Maske im Kostüm eines Holzausladers.

Eine dieser unförmigen Trauben maskierter Weiber und Männer, von einer großen Kalesche geschleppt, stand also auf der linken Seite des Boulevards, während der Hochzeitszug rechts warten mußte. Von einem zum anderen Rand der Straße sah der Maskenwagen die Kutsche mit der Braut.

»Eine Hochzeit«, sagte eine der Masken.

»Eine falsche Hochzeit«, erwiderte der nächste. »Wir sind die wahre.«

Und zu entfernt, um mit der Hochzeitsgesellschaft krakeelen zu können, auch weil sie fürchteten, die Polizei werde einschreiten, blickten sie anderswohin. Die ganze Maskenkarosse hatte gleich darauf viel zu tun; die Menge begann höhnisch hinaufzuschreien, wodurch sie bei einem solchen Anlaß ihre Zärtlichkeit für die Masken verrät. Und die beiden Larven, die eben über die Hochzeit redeten, mußten in die Front ihrer Bande eintreten und hatte nicht genug Wurfgeschosse aus dem Repertoire der Markthallen, um auf die enormen Maulsalven des Volkes zu erwidern. Zwischen den Masken und der Menge kam es zu einem fürchterlichen Schlagabtausch mit Metaphern.

Inzwischen hatten auch zwei andere Masken desselben Wagens, ein Spanier mit maßlos langer Nase, einem ältlichen Gesicht und riesigem schwarzem Schnurrbart und ein mageres, ganz jugendliches Fischweib mit einer Samtmaske, die Hochzeit bemerkt und führten, indes ihre Genossen und die Passanten sich beschimpften, einen leisen Dialog. Ihr Gespräch wurde von dem Spektakel überdeckt und verlor sich darin. Die Regenschauer hatten den weit offenen Wagen durchnäßt; der Februarwind ist nicht warm. Indes das Fischweib, dessen Brust nackt war, dem Spanier antwortete, fröstelte es, es lachte und hustete.

Der Dialog der beiden lautete:

»Sag mal!«

»Was denn, Papa?«

»Siehst du den Alten? In der ersten Hochzeitskutsche drüben?«

»Der den Arm in der schwarzen Schleife trägt?«

»Ja, sicher kenne ich ihn.«

»Ah!«

»Soll mir einer den Hals abschneiden, wenn ich den nicht

schon gesehen habe. Kannst du, wenn du dich bückst, die Braut sehen?«

»Nein.«

»Und den Mann?«

»In der Kutsche ist kein Ehemann.«

»Bah!«

»Sonst müßte es der zweite Alte sein.«

»Bück dich doch mal richtig, damit du die Braut siehst!«

»Ich kann nicht.«

»Egal, den mit der Pfote in der Schleife kenne ich.«

»Was hast du davon?«

»Man weiß nie. Manchmal.«

»Ich pfeife auf die Alten.«

»Ich kenne ihn!«

»Dann kennst du ihn eben.«

»Zum Teufel, wieso ist der bei der Hochzeit?«

»Wir sind ja auch dabei.«

»Woher mag sie kommen?«

»Weiß ich?«

»Hör mal!«

»Was?«

»Du mußt was tun.«

»Was?«

»Klettere doch von unserem Wagen und geh der Hochzeit nach.«

»Warum?«

»Um auszubaldowern, wohin sie fährt und wer's ist. Los, runter und lauf, meine Fee, du bist ja jung.«

»Ich will nicht vom Wagen weg.«

»Wieso?«

»Weil ich bezahlt bin.«

»Verdammt.«

»Ich bin Fischweib auf Kosten der Präfektur.«

»Das stimmt.«

»Wenn ich den Wagen verlasse, arretiert mich der erste Polizeiinspektor, der mich sieht. Du weißt schon.«

»Ja, weiß ich.«

»Heute hat mich die Regierung gekauft.«

»Egal. Der Alte ärgert mich.«

»Die Alten ärgern dich. Taufrisch bist du doch auch nicht mehr.«

»Er sitzt im ersten Wagen.«

»Na und?«

»In der Kutsche bei der Braut. Also ist er der Vater.«

»Was geht mich das an?«

»Ich sage dir, er ist der Vater.«

»Es gibt nicht nur diesen Vater.«

»Hör zu!«

»Was?«

»Ich kann nur maskiert auf die Straße gehn. Hier bin ich geborgen, man weiß nicht, wer ich bin. Aber morgen, Aschermittwoch, gibt's keine Masken mehr. Ich kann hopp genommen werden. Ich muß in meinem Loch verschwinden. Du bist frei.«

»Nicht allzusehr.«

»Immerhin mehr als ich.«

»Na und, was weiter?«

»Du mußt versuchen auszubaldowern, wohin die Hochzeit fährt.«

»Das weiß ich ja.«

»Wohin denn?«

»Ins ›Blaue Zifferblatt‹.«

»Erstens liegt das Lokal nicht auf der Seite.«

»Na, dann in die ›Weinneige‹.«

»Oder anderswohin.«

»Sie ist frei. Hochzeiten sind frei.«

»So doch nicht. Ich sage dir, daß du für mich heraustüfteln mußt, was das für eine Hochzeit ist, wozu der Alte gehört und wo sie wohnt.«

»Komisch. Sehr bequem, acht Tage später eine Hochzeit wiederzufinden, die am Fastnachtsdienstag durch Paris gefahren ist. Eine Nadel im Heu. Geht denn das überhaupt?«

»Macht nichts, wir müssen es versuchen, Azelma.«

Beiderseits des Boulevards nahmen die Wagenreihen ihre entgegengesetzte Bewegung wieder auf, und dem Maskenkarren entschwand die Hochzeitskutsche.

Wem ist es vergönnt, daß sein Traum in Erfüllung geht? Dafür müssen im Himmel Wahlen abgehalten werden, und wir alle kandidieren ohne unser Wissen. Die Engel stimmen ab. Cosette und Marius waren erwählt worden.

Im Rathaus und in der Kirche leuchtete Cosette in ihrem Brautgewand. Die Toussaint hatte sie mit Hilfe von Nicolette angekleidet. Sie trug über einem Unterrock von weißem Taft ihr Kleid aus Spitzen von Binche, einen Schleier von englischen Spitzen, ein kostbares Perlenhalsband, einen Kranz von Orangenblüten. All das war weiß, und in dieser Weiße erstrahlte sie. Eine köstliche Reinheit verbreitete und verklärte sich in Licht. Man hätte meinen mögen, eine Jungfrau sei im Begriff, Göttin zu werden.

Das schöne Haar von Marius glänzte und duftete. Hier und da sah man unter dem dichten Gelock bleiche Furchen, die Narben der auf der Barrikade empfangenen Wunden.

Der Großvater, stolz, mit erhobenem Kopf, vereinte mehr als je in seiner Toilette und seinen Manieren alle Eleganz der Zeit von Barras. Er führte Cosette, als Vertreter von Jean Valjean, der, weil sein Arm noch in der Binde lag, der Neuvermählten seine Hand nicht geben konnte. In schwarzem Rock folgte er lächelnd nach.

»Herr Fauchelevent«, sagte der Großvater zu ihm, »das ist ein schöner Tag. Ich stimme für das Ende der Betrübnis und des Kummers. Nie wieder Traurigkeit! Ich dekretiere die Freude. Das Unglück hat kein Daseinsrecht. Die Existenz Unglücklicher beschämt in Wahrheit das Himmelsblau. Das Unglück, das Böse, kommt nicht vom Menschen, der im Grunde gut ist. Alles menschliche Elend hat zum Hauptort die höllische Zentralregierung, die Tuilerien des Teufels. Da rede ich ja schon allerlei demagogische Sachen. Ich habe keine politische Meinung mehr. Alle Menschen sollen reich, mithin froh sein, auf diesen Wunsch beschränke ich mich.«

Nach sämtlichen Zeremonien, nachdem sie vor dem Bürgermeister und vor dem Priester alle möglichen Jas gesprochen, im Standesamtsregister und in der Sakristei unterschrieben, ihre Ringe getauscht, Ellbogen an Ellbogen unter dem weißschimmernden Baldachin im Dampf des Weihrauchkessels gekniet hatten, schritten sie, sich an der Hand haltend, von allen bewundert und beneidet, Marius in Schwarz, sie in Weiß, von dem Schweizer mit den Oberstenepauletten geleitet, der mit seiner Hellebarde auf die Fliesen pochte, zwischen dem Spalier eines staunenden Publikums unter das Kirchenportal, dessen beide Flügel geöffnet waren. Sie schickten sich an, den Wagen wieder zu besteigen, und alles war vorüber. Noch vermochte Cosette es nicht zu glauben. Sie sah Marius an, sie sah in die Menge, sie sah zum Himmel empor. Es war, als habe sie Angst vor dem Erwachen. Durch ihre staunende, unruhige Miene wurde sie noch bezaubernder.

Zur Heimkehr bestiegen sie miteinander denselben Wagen, Marius neben Cosette. Herr Gillenormand und Jean Valjean saßen ihnen gegenüber. Die Tante Gillenormand war um ein Feld zurückgewichen und saß im zweiten Wagen. »Meine Kinder«, sagte der Großvater, »jetzt seid ihr Herr Baron und Frau Baronin mit dreißigtausend Francs Rente.« Und Cosette schmiegte sich an Marius, liebkoste ihm das Ohr mit himmlischem Geflüster: »Es ist also wahr. Ich heiße Marius. Ich bin Madame Du.«

Die beiden Wesen strahlten. Sie hatten den blendendsten, unwiderbringlichen und unvergleichlichen Augenblick des Lebens, den Kreuzungspunkt der Jugend und der Freude erreicht. Jean Prouvaires Vers verwirklichend, zählten sie zusammen keine vierzig Jahre. Es war die von allem Unreinen befreite Hochzeit, und die beiden Kinder glichen zwei Lilien. Sie sahen einander nicht an, sie betrachteten sich. Cosette erblickte Marius in einer Glorie; Marius erblickte Cosette auf einem Altar. Und auf diesem Altar und in dieser Glorie, wo sich beider Apotheosen vereinigten, war in der Tiefe, hinter einer Wolke für Cosette und in einem Lodern für Marius, die ideale, die wirkliche Sache, das Stelldichein von Kuß und Traum, das Ruhekissen im Brautgemach.

Alle Pein, die sie ausgestanden hatten, kehrte als Taumel der Verzückung zu ihnen zurück. Ihnen war, als machten der

Kummer, die schlaflosen Nächte, die Tränen, die Ängste, die Schrecknisse, die Verzweiflung, Liebkosungen und Lichtstrahlen geworden, die zauberhafte nahende Stunde nur noch zauberhafter und als habe der Trübsinn seine Dienerinnen geschickt, die nun die Freude ankleideten. Gelitten zu haben, wie gut das ist! Ihr Unglück setzte ihrem Glück eine Strahlenkrone auf. Der lange Todeskampf ihrer Liebe endigte in einer Himmelfahrt.

In beider Seelen war derselbe Rausch, von Lust betont in Marius, von Scham betont in Cosette. Sie flüsterten sich zu: »Wir wollen unseren kleinen Garten in der Rue Plumet wiedersehen.« Die Falten von Cosettes Kleid waren über Marius gebreitet.

Ein solcher Tag ist eine unsägliche Mischung aus Traum und Gewißheit. Man besitzt und vermutet. Noch hat man Zeit vor sich, um zu erahnen. Mittags an Mitternacht zu denken, ist an diesem Tag ein unbeschreibliches Gefühl. Die Wonnen in beider Herzen strömten auf die Menge über und stimmten auch die Vorübergehenden fröhlich.

Man hielt in der Rue Saint-Antoine vor Saint-Paul, und durch die Scheibe des Wagens sah man die Orangenblüten in Cosettes Haar zittern.

Dann fuhren sie in die Rue des Filles-du-Calvaire, in ihr Heim. Triumphierend und strahlend erstieg Marius neben Cosette die Treppe, über die er sterbend hinaufgetragen worden war. Die Armen, die, vor der Tür geschart, sich die Spenden aus ihren Geldtaschen aneigneten, segneten sie. Überall waren Blumen. Das Haus duftete nicht weniger als die Kirche, nach dem Weihrauch die Rosen. Sie glaubten Gesang in der Unendlichkeit zu vernehmen und hatten Gott im Herzen. Das Schicksal zeigte sich ihnen als ein Sternenzelt. Über ihren Köpfen sahen sie das Licht einer aufgehenden Sonne. Plötzlich schlug die Uhr. Marius betrachtete den reizenden nackten Arm Cosettes und die rosige Anmut, die er durch die Spitzen ihres Mieders undeutlich wahrnahm, und Cosette, die seinen Blick auffing, errötete bis ins Weiße der Augen.

Viele der alten Freunde der Familie Gillenormand waren

eingeladen. Man drängte sich um Cosette und nannte sie Frau Baronin.

Der Offizier Théodule Gillenormand, jetzt Hauptmann, war von Chartres, seiner Garnison, herübergekommen, als Gast bei der Hochzeit seines Vetters Pontmercy. Cosette erkannte ihn nicht. Und er, gewohnt, von den Frauen hübsch gefunden zu werden, erinnerte sich an Cosette nicht mehr als an eine andere. Wie recht hatte ich, an die Geschichte mit dem Lancier nicht zu glauben, sagte sich der alte Gillenormand.

Cosette war nie zärtlicher zu Jean Valjean gewesen. Sie war sich eins mit Vater Gillenormand. Während er die Freude zu Aphorismen und Maximen erhöhte, verströmte sie Liebe und Güte wie einen Wohlgeruch. Das Glück will jedermann glücklich wissen. Sie sprach zu Jean Valjean mit einem Stimmklang, wie sie ihn als kleines Mädchen gehabt hatte, und ihr Lächeln war eine Liebkosung.

Eine Bankettafel war im Speisesaal gedeckt. Volle Beleuchtung *al giorno* ist unerläßlich für die Szenerie eines Freudenfestes. Nebel und Dunkelheit werden von Glücklichen nicht hingenommen. Sie willigen nicht ein, traurig zu sein. Die Nacht ja, doch keine Finsternis. Wenn keine Sonne da ist, muß man sich eine schaffen.

Der Speisesaal war ein Schmelzofen der Fröhlichkeit. In der Mitte über dem weißen, glänzenden Tisch ein venezianischer Lüster mit flachen Kristallstäbchen und allerlei bunten Vögeln, blau, violett, rot, grün, die zwischen den Kerzen nisteten; um den Lüster Girandolen, rings reflektierende Wandleuchter mit dreifachen oder fünffachen Armen, Spiegel, Kristall, Glasgerät, Geschirr, Porzellan, Fayence, Töpfereien, Goldschmiedearbeit, Silber, alles funkelte und blinkte. Die Lücken zwischen den Kandelabern waren von Buketts ausgefüllt, so daß da, wo kein Licht war, eine Blume war. Leise spielten im Vorzimmer drei Geigen und eine Flöte Quartette von Haydn.

Jean Valjean saß im Salon auf einem Stuhl hinter der Tür, deren Flügel, wenn er zufiel, ihn fast verbarg. Kurz bevor man sich an die Tafel setzte, kam Cosette, wie in plötzlicher

Eingebung, auf ihn zu, ihm eine große Reverenz zu machen, indem sie mit beiden Händen ihr Brautgewand spreizte, und mit zärtlich-schelmischem Blick fragte sie ihn: »Vater, sind Sie zufrieden?«

»Ja«, sagte Jean Valjean, »ich bin es.«

»So lachen Sie doch!«

Und Jean Valjean lachte.

Wenige Minuten später verkündete Basque, es sei angerichtet. Die Gäste gingen unter Vorantritt von Herrn Gillenormand, der Cosette seinen Arm gab, in den Speisesaal hinüber und verteilten sich in der ihnen bedeuteten Anordnung auf die Plätze. Zwei große Sessel standen rechts und links der Neuvermählten, der erste für Herrn Gillenormand, der zweite für Jean Valjean. Herr Gillenormand ließ sich nieder. Der andere Sessel blieb leer. Man suchte mit den Augen Herrn Fauchelevent. Er war nicht mehr da. Herr Gillenormand fragte Basque: »Weißt du, wo Herr Fauchelevent ist?«

»Herr«, antwortete Basque, »allerdings. Herr Fauchelovent hat mir gesagt, ich solle dem Herrn bestellen, seine kranke Hand schmerze ihn ein wenig und er könne nicht mit dem Herrn Baron und der Frau Baronin speisen. Er bitte um Entschuldigung, er komme morgen früh. Eben ist er fort.«

Daß der Sessel leer war, dämpfte einen Augenblick die gehobene Stimmung der Hochzeitsgesellschaft. Jedoch wenn auch Herr Fauchelevent fehlte, Herr Gillenormand war da, und der Großvater strahlte für beide. Er bestätigte, Herr Fauchelevent tue gut daran, wenn er sich bald zu Bett lege, weil er leidend sei, aber das sei ja nur ein »Wehweh«. Diese Erklärung genügte. Und was ist ein dunkler Winkel in einer solchen Überschwemmung mit Freude? Cosette und Marius durchlebten einen jener egoistischen und gesegneten Augenblicke, in denen man nur noch das Glück wahrnehmen kann. Auch hatte Herr Gillenormand eine Idee. »Der Sessel ist leer. Komm her, Marius! Deine Tante wird, obwohl sie ein Recht auf dich hat, es dir erlauben. Dieser Sessel ist für dich. Das ist gestattet, und das ist nett so. Fortunatus neben Fortunata.« Beifallsklatschen der ganzen Tafel. Marius nahm bei Cosette den Platz von Jean Valjean ein, und so wurde

Cosette, die zuerst über die Abwesenheit ihres Vaters trauerte, nach und nach zufrieden. Von dem Augenblick an, da Marius an seine Stelle trat, hätte Cosette nicht einmal Gott nachgetrauert. Sie setzte ihren kleinen Fuß in dem weißen Satinschuh auf den Fuß von Marius.

Der Sessel war besetzt und Herr Fauchelevent verschwunden, nichts fehlte. Und fünf Minuten später lachte die gesamte Tafelrunde, von einem Ende zum anderen, mit der ganzen Begeisterung des Vergessens.

Beim Nachtisch stand Herr Gillenormand auf, ein Glas Champagner in der Hand, halbvoll, damit er wegen des Zitterns seiner zweiundneunzig Jahre nichts verschüttete, und brachte den Toast auf die Neuvermählten aus. »Zwei Predigten«, rief er, »werdet ihr nicht entrinnen. Heute vormittag hattet ihr die Predigt des Pfarrers, jetzt werdet ihr die des Großvaters haben. Hört auf mich, ich will euch beraten! Betet euch an! Ich werde euch nicht viel vorjammern, ich beginne gleich mit dem Schluß: Seid glücklich! In der Schöpfung ist nichts so weise wie die Turteltauben. Die Philosophen sagen: Mäßigt euch in euren Freuden! Ich sage: Laßt ihnen die Zügel schießen, euren Freuden! Seid verliebt wie die Teufel, seid liebestoll! Die Philosophen faseln. Ich möchte ihnen ihre Philosophie in die Gurgel hinunterjagen. Kann es im Leben zu viel Duft geben und zu viele offene Rosenknospen, zu viele singende Nachtigallen, zu viele grüne Blätter, zu viel Morgenrot? Kann man sich zu viel lieben? Kann man zu viel Gefallen aneinander finden? Nimm dich in acht, Estelle, du bist zu hübsch! Nimm dich in acht, Némorin, du siehst zu gut aus! Eine schöne Dummheit! Kann man sich zu sehr betören, zu sehr umschmeicheln, zu sehr bezaubern? Kann man zu lebendig, zu glücklich sein? Mäßigt euch in euren Freuden! Alles Flausen! Nieder mit den Philosophen! Weisheit ist Jubel. Jauchzet, jauchzen wir! Sind wir glücklich, weil wir gut sind, oder sind wir gut, weil wir glücklich sind? Heißt der Sancy so, weil er Harlay de Sancy gehörte oder weil er hundertundsechs Karat wiegt? Ich weiß es nicht. Das Leben steckt voller solcher Probleme. Hauptsache ist, man hat den Sancy und das Glück. Seien wir glücklich ohne Spitzfindigkeiten! Gehorchen wir blindlings der Sonne! Was ist die Sonne? Sie ist die Liebe. Wer Liebe sagt, spricht von der Frau. Ach, sie ist allmächtig, die Frau. So fragt doch Marius, diesen Demagogen, ob er nicht der Sklave dieser kleinen Tyrannin Cosette ist! Und wie gern, der Feigling. Dagegen kann kein Robespierre an: Die Frau regiert. Ich bin königstreu nur noch ihr, der Herrscherin. Was ist Adam? Er ist Evas Reich. Kein 89 für Eva! Es gab das von einer Lilie überragte königliche Zepter, es gab das kaiserliche Zepter mit dem Erdball, es gab das eiserne Zepter Karls des Großen und das goldene Ludwigs des Großen. Die Revolution hat sie zwischen ihrem Daumen und ihrem Zeigefinger geknickt wie Strohhalme zu zwei Hellern – aus. Zerbrochen liegen sie am Boden. Es gibt kein Zepter mehr. Aber macht mir Revolutionen gegen das kleine gestickte Taschentuch, das nach Patschuli riecht!

Das möchte ich sehen. Probiert! Warum hat es Bestand? Weil es Putz ist. Ach, ihr seid neunzehntes Jahrhundert! Nun, wir waren achtzehntes Jahrhundert und ebenso dumm wie ihr. Denkt nicht, daß ihr die Welt groß geändert habt, weil die Cholerine, die wir kannten, heute Cholera morbus heißt und eure Bourrée der Tanz Cachucha ist! Im Grunde muß man auch künftig die Frauen lieben. Ich fordere euch heraus, bei euch wird es nicht anders sein. Diese Teufelinnen sind unsere Engel. Ja, die Liebe, die Frau, der Kuß, das ist ein magischer Zirkel, aus dem ihr nicht herauskönnt, und ich wäre glücklich, wäre ich noch drin. Wer von euch sah in der Unendlichkeit, alles unter sich besänftigend und die See wie eine Frau anblickend, den Planeten Venus aufgehen, die große Kokette des Abgrunds, die Célimène des Ozeans? Der Ozean ist ein rauher Alceste. Nun denn, er murrt umsonst, Venus erscheint, und er muß lächeln. Die Bestie unterwirft sich. So sind wir alle. Zorn, Sturm, Donnerschläge, Schaum bis zu den Wolken. Eine Frau betritt die Bühne, ein Stern geht auf – in den Staub mit euch! Marius schlug sich vor einem halben Jahr, heute heiratet er. Das ist gut so. Ja, Marius, ja, Cosette, ihr habt recht. Seid dreist füreinander da, tut schön miteinander, laßt uns vor Wut platzen, weil wir es euch nicht nachmachen können, vergöttert euch! Nehmt in eure beiden Schnäbel alle Hälmchen der Glückseligkeit, die es auf Erden gibt, und baut euch damit ein Nest fürs Leben. Bei Gott, lieben und geliebt werden, was gibt es Schöneres, wenn man jung ist? Bildet euch nicht ein, daß ihr das erfunden hättet. Auch ich habe geträumt, in den Wolken geschwebt und geschmachtet. Auch ich hatte eine Mondscheinseele. Die Liebe ist ein sechstausend Jahre altes Kind. Die Liebe hat das Recht auf einen langen weißen Bart. Neben Kupido ist Methusalem ein Gassenjunge. Seit sechzig Jahrhunderten helfen sich Mann und Frau aus der Verlegenheit, indem sie lieben. Der Teufel, der ein Schalk ist, fing damit an, den Menschen zu hassen. Der Mann, der noch pfiffiger ist, fing damit an, die Frau zu lieben. Auf die Art hat er sich mehr Gutes erwiesen, als ihm der Teufel Böses antun konnte. Diese List wurde schon im Paradies entdeckt. Meine Freunde, die Erfindung ist alt und wiederum funkelnagelneu. Nutzt sie! Seid Daphnis und Chloe, bis ihr Philemon und Baucis werdet! Macht es so, daß euch, wenn ihr beieinander seid, nichts fehlt, daß Cosette für Marius die Sonne und Marius für Cosette die Welt ist. Cosette, schönes Wetter sei das Lächeln Ihres Gatten! Marius, Regen seien die Tränen deiner Frau! Und nie soll es in eurer Ehe regnen. In der Lotterie habt ihr auf die richtige Zahl gesetzt, auf die eheliche Liebe. Ihr habt das Große Los gezogen, bewahrt es gut auf, haltet es unter Verschluß, verschwendet es nicht, betet euch an und pfeift auf den Rest! Glaubt meinen Worten! Aus ihnen spricht der gesunde Menschenverstand. Gesunder Menschenverstand kann nicht lügen. Seid eure Religion!

Jeder betet Gott auf seine Weise an. Potztausend! Die beste Art und Weise, wie man Gott anbetet, ist, seine Frau zu lieben. Ich liebe dich! Das ist mein Katechismus. Wer liebt, ist rechtgläubig. Heinrichs IV. Lieblingsfluch stellt die Heiligkeit zwischen Schlemmerei und Rausch. *Ventre-saint-gris* – besoffener heiliger Bauch! Ich hänge nicht dem Glauben dieses Fluches an. Die Frau ist dabei vergessen worden. Das verwundert mich an Heinrichs IV. Fluch. Meine Freunde, es lebe die Frau! Ich bin alt, wie man sagt. Erstaunlich daran ist bloß, daß ich spüre, wie ich wieder jung werde. Ich möchte den Musetten in den Wäldern lauschen. Diese Kinder, denen es geglückt ist, schön und zufrieden zu sein, steigen mir zu Kopfe. Ich würde mich glatt verheiraten, wenn mich jemand wollte. Unmöglich kann uns Gott für etwas anderes erschaffen haben, als leidenschaftlich zu lieben, Süßholz zu raspeln, sich herauszuputzen, Taube, Hahn zu sein, mit seinem Herzchen von früh bis spät zu schnäbeln, sich in seinem kleinen Frauchen wie in einem Spiegel zu betrachten, stolz zu sein, zu frohlocken, den großen Herrn zu spielen. Das ist der Sinn des Lebens. Das dachten wir, mit Verlaub, seinerzeit, als wir junge Leute waren. Ei der Daus! Was gab es doch zauberhafte Frauen, hübsche Dingelchen und Backfische zu jener Zeit! Was habe ich unter ihnen gewütet! So liebt euch denn! Wenn man sich nicht liebt, wüßte ich wirklich nicht, wozu es Frühling wird; und ich würde den lieben Gott bitten, daß er all die schönen Dinge verwahrt, die er uns zeigt, daß er uns die Blumen, die Vögel und die hübschen Mädchen wieder wegnimmt und in seine Büchse steckt. Meine Kinder, empfangt den Segen des guten alten Mannes!«

Der Abend war lebhaft und heiter auf das souveräne Behagen des Großvaters abgestimmt. Auf jeden übte diese fast hundertjährige Herzlichkeit ihren Einfluß aus. Man tanzte ein wenig, man lachte viel. Es war eine harmlose Hochzeit. »Bonhomme Jadis« hätte dazu eingeladen werden können. Und eigentlich war er ja auch in der Person von Vater Gillenormand anwesend.

Auf den Sturm folgte Stille. Die Neuvermählten verschwanden. Bald nach Mitternacht wurde das Haus Gillenormand zum Tempel.

Hier halten wir inne. An der Schwelle der Hochzeitsnächte steht ein Engel, lächelnd, einen Finger am Mund. Die Seele vertieft sich in Kontemplation vor diesem Heiligtum, in dem das Fest der Liebe begangen wird.

Es muß ein Leuchten über solchen Häusern sein. Die Freude, die sie einschließen, muß durch die Mauersteine als Licht entweichen und verschwommene Strahlen in die Finsternis senden. Es ist unmöglich, daß die heilige und schicksalhafte Feier nicht in die Unendlichkeit ausstrahlt. Die Liebe ist der erhabene Schmelztiegel, in dem sich die Vereinigung von Mann und Frau vollzieht. Das ungeteilte, das dreifache, das endgültige Wesen, die menschliche Dreifaltigkeit geht aus ihr hervor. Die Geburt zweier Seelen in einer muß für das Dunkel erregend sein. Der Liebende ist Priester, die entzückte Jungfrau erbebt. Etwas von dieser Freude gelangt zu Gott. Da, wo wirklich Hochzeit gehalten wird, das heißt, wo es Liebe gibt, ist das Ideal mit im Spiel. Ein Hochzeitslager bringt in die Finsternis einen Streifen Morgenrot hinein. Wenn es dem menschlichen Auge gegeben wäre, die fürchterlichen und bezaubernden Visionen des überirdischen Lebens zu schauen, würde es wahrscheinlich die Gestalten der Nacht wahrnehmen, die geflügelten Unbekannten, die blauen Wanderer des Unsichtbaren. Es würde eine Menge dunkler Köpfe sich rings um das leuchtende Haus herabneigen sehen, wie sie, zufrieden und segnend, sich einander die jungfräuliche Gattin zeigen und wie sich, neben leichtem Erschrecken, auf ihren göttlichen Gesichtern die menschliche Glückseligkeit widerspiegelt. Wenn in der seligen Stunde das von Wollust geblendete Paar, das sich allein wähnt, lauschte, würde es in seinem Zimmer ein leises Flügelschlagen vernehmen. Mit dem vollkommenen Glück solidarisieren sich die Engel. Der kleine dunkle Alkoven hat als Zimmerdecke den ganzen Himmel. Wenn zwei durch die Liebe geheiligte Münder sich nähern, um zu zeugen, ist es ausgeschlossen, daß über diesem unsäglichen Kuß nichts im unermeßlichen Geheimnis der Sterne erbebt.

Diese Glückseligkeiten sind die wahren. Keine Freude außer diesen Freuden. Die Liebe ist die einzige Verzückung. Alles übrige weint.

Zu lieben oder geliebt zu haben genügt. Danach verlangt nichts mehr! In den geheimnisvollen Wendungen des Lebens ist keine weitere Perle mehr zu finden. Lieben heißt Erfüllung.

Was war mit Jean Valjean geschehen? Sogleich nachdem er, von Cosette artig gebeten, gelacht hatte, war er, ohne daß jemand ihn beobachtete, gegangen. Unbemerkt kam er in den Vorraum hinaus. Es war derselbe Saal, den er acht Monate zuvor betreten hatte, geschwärzt von Schlamm, Blut und Pulver, um dem Großvater den Enkel zu bringen. Das alte Getäfel war mit Girlanden von Blättern und Blumen dekoriert. Die Musiker saßen auf dem Kanapee, auf das Marius damals gelegt worden war. Basque, in schwarzem Frack, kurzen Hosen, weißen Strümpfen und weißen Handschuhen, umkränzte jede Schüssel, die serviert wurde, mit Rosen. Jean Valjean hatte ihm seinen Arm in der Binde gezeigt, ihm aufgetragen, seine Abwesenheit zu erklären, und sich entfernt.

Die Fenster des Speisesaals gingen auf die Straße. Jean Valjean stand einige Minuten unbeweglich in der Dunkelheit unter diesen strahlenden Fenstern. Er lauschte. Der verworrene Lärm des Banketts drang bis zu ihm. Er hörte die selbstbewußte, feierliche Beredsamkeit des Großvaters, die Geigen, das Klirren der Teller und der Gläser, das schallende Gelächter, und aus allen diesen Geräuschen hörte er die sanfte, fröhliche Stimme Cosettes heraus.

Er verließ die Rue des Filles-du-Calvaire und begab sich nach der Rue de l'Homme-Armé zurück. Er nahm seinen Weg durch die Rue Saint-Louis, die Rue Culture-Sainte-Catherine und an den Karmelitern vorbei. Es dauerte etwas länger, aber hier pflegte er seit drei Monaten, um die Überfüllung und den Schmutz der Rue Vieille-du-Temple zu vermeiden, alle Tage mit Cosette von der Rue de l'Homme-Armé zur Rue des Filles-du-Calvaire zu gehen. Dieser Weg, den Cosette gegangen war, schloß für ihn jeden anderen aus.

Er betrat Nummer sieben, zündete seine Kerze an und stieg in seine Wohnung hinauf. Sie war leer. Auch die Toussaint war nicht mehr da.

Jean Valjeans Schritt hallte lauter als sonst durch die Zimmer. Alle Schränke waren offen. Er sah sich in der Stube Cosettes. Das Bett war ohne Tücher. Das Zwillichkissen, ohne Überzug und Spitzen, war auf die am Fuß der Matratzen zusammengefalteten Decken gelegt. Niemand sollte auf diesem Leinen mehr schlafen. All der kleine weibliche Hausrat, an dem Cosette hing, war fort; nichts blieb als die großen Möbel und die vier Wände. Auch das Bett der Toussaint war kahl. Ein einziges Bett war hergerichtet und schien jemanden zu erwarten, das von Jean Valjean.

Er betrachtete die Wände, schloß einige Schranktüren und ging von einem Zimmer ins andere. Dann war er wieder in dem seinen und stellte seine Kerze auf einen Tisch. Er hatte die Binde von seinem Arm abgestreift und bediente sich der rechten Hand, als schmerze sie ihn nicht. Er näherte sich seinem Bett, und seine Augen hafteten aus Zufall oder Absicht an dem »Unzertrennlichen«, auf den Cosette eifersüchtig gewesen war, dem kleinen Koffer, der ihn nie verließ. Am vierten Juni, als er in die Rue de l'Homme-Armé kam, hatte er ihn auf ein Tischchen neben dem Kopfende seines Bettes gestellt.

Er ging erregt auf dieses Tischchen zu, griff nach einem Schlüssel in seiner Tasche und öffnete den Koffer.

Langsam holte er die Kleider hervor, in denen vor zehn Jahren Cosette von Montfermeil geschieden war. Zuerst das schwarze Kleidchen, dann das schwarze Halstuch, dann die guten, derben Kinderschuhe, die Cosette beinahe noch hätte gebrauchen können, so klein war ihr Fuß, dann das dicke Barchentjäckchen, den Trikotunterrock, die Schürze, die Wollstrümpfe. Diese Strümpfe, an denen sich die Form eines kleinen Beines noch zierlich abzeichnete, waren nicht länger als Jean Valjeans Hand. All dies war von schwarzer Farbe. Er hatte diese Kleider für sie nach Montfermeil gebracht. Was er aus dem Koffer herausnahm, legte er auf das Bett. Er dachte nach. Er erinnerte sich. Es war im Winter, ein sehr kalter Dezember; halbnackt in ihren Lumpen, klapperte sie mit den Zähnen, rot staken ihre armen kleinen Füße in Holzschuhen. Er, Jean Valjean, hatte sie diese Lumpen ausziehen und dieses dunkle Gewand anziehen lassen. Die Mutter in ihrem Grab hätte es befriedigen müssen, daß ihre Tochter Trauer um sie trug, und zu sehen, daß sie eingekleidet war und es warm hatte. Er dachte an den Wald von Montfermeil. Gemeinsam hatten sie ihn durchwandert, Cosette und er. Er dachte an das Wetter damals, die entlaubten Bäume, den Wald ohne Vögel, den Himmel ohne Sonne. Einerlei, es war bezaubernd gewesen.

Er legte all die kleinen Habseligkeiten auf das Bett, das Halstuch zum Unterrock, die Strümpfe neben die Schuhe, das Jäckchen neben das Kleid, und betrachtete sie nacheinander. So klein war Cosette, sie hatte ihre große Puppe im Arm, sie hatte ihren Louisdor in die Tasche der Schürze gesteckt, sie lachte, und beide schritten sie, sich an der Hand haltend, dahin, nur er war für sie auf der Welt.

Da fiel sein ehrwürdiger weißer Kopf auf das Bett, das stoische alte Herz brach, sein Antlitz versank in den Kleidern Cosettes, und ein Schluchzen erschütterte ihn.

Immortale Jecur

Der alte, fürchterliche Kampf, von dem wir bereits mehrere Phasen erlebten, hob erneut an.

Jakob rang mit dem Engel nur eine Nacht lang. Ach, wie oft haben wir Jean Valjean in der Finsternis verzweifelt mit seinem Gewissen kämpfen sehen!

Ein unerhörtes Ringen! In bestimmten Augenblicken gleitet der Fuß aus, in anderen wieder bricht der Boden ein. Wie oft hatte dieses leidenschaftlich nach dem Guten trachtende Gewissen ihn umschlungen und überwältigt! Wie oft hatte die Wahrheit ihn hart bedrängt! Wie oft hatte er, vom Licht niedergeworfen, um Gnade gefleht! Wie oft hatte dieses erbarmungslose Licht, das der Bischof in und über ihm angezündet hatte, ihn gewaltsam geblendet, wenn er blind zu sein wünschte! Wie oft hatte er sich im Kampf wieder aufgerichtet, war er an den Felsen geschmiedet gewesen, hatte er sich auf den Sophismus gestützt, war er durch den Staub geschleift worden, bald sein Gewissen bezwingend, bald von ihm zu Fall gebracht! Wie oft hatte ihm nach einem Zweifel, nach einer hinterlistigen und scheinbar richtigen Beweisführung des Egoismus der Ruf seines erzürnten Gewissens in den Ohren gegellt: Ein Bein gestellt! Elender! Wie oft hatte sein widerspenstiges Denken zuckend unter der klar sich zeigenden Pflicht aufgeschrien! Empörung gegen Gott. Todesschweiß. Aus wie vielen verborgenen Wunden blutete er! Wie war er in seinem jämmerlichen Dasein geschunden worden! Wie oft hatte er sich blutend, verletzt, gebrochen, erleuchtet, mit Verzweiflung im Herzen und Heiterkeit in der Seele wieder erhoben! Besiegt fühlte er sich als Sieger. Und nachdem ihn sein Gewissen zerrissen, gemartert und zerbrochen hatte, stand es, fürchterlich, strahlend, über ihm und sagte ruhig: Jetzt ziehe hin in Frieden!

Aber was für ein trostloser Friede nach einem so schaurigen Ringen!

Gleichwohl ahnte er in dieser Nacht, daß der letzte Kampf ihm bevorstand. Eine Frage erhob sich quälend.

Nicht alle Vorherbestimmungen entwickeln sich geradlinig vor dem Auserwählten. Manche haben Sackgassen, Blinddärme, finstere Biegungen, beunruhigende Kreuzungen, von denen mehrere Wege ausgehen. Jean Valjean hielt jetzt an der gefährlichsten jener Kreuzungen.

Er war am letzten Scheideweg von Gut und Böse angelangt, hatte diesen geheimnisvollen Schnittpunkt vor Augen. Abermals standen ihm, wie ihm das bereits bei anderen schmerzlichen Schicksalswenden widerfahren war, zwei Wege offen. Der eine war verlockend, der andere fürchterlich. Welchen sollte er einschlagen?

Der fürchterliche wurde von dem rätselhaften Zeigefinger gewiesen, den wir alle immer dann wahrnehmen, wenn wir unverwandt ins Dunkel sehen.

Wieder einmal hatte Jean Valjean die Wahl zwischen dem schrecklichen Port und der lächelnden Falle. Stimmte es also doch? Die Seele kann gesunden, das Schicksal nicht. Gräßlich! Ein unheilbares Geschick!

Die Frage, die sich erhob, war folgende: Wie sollte sich Jean Valjean gegenüber dem Glück von Cosette und Marius verhalten? Dieses Glück hatte er gewollt, hatte er geschaffen. Er hatte es sich selber ins Herz getrieben, und während er es nun bedachte, mochte er wohl die Genugtuung empfinden, wie sie ein Waffenschmied verspüren muß, der sich ein Messer, von seinem Blut dampfend, aus der Brust zieht und sein Zeichen daran erkennt.

Cosette hatte Marius, Marius besaß Cosette. Sie hatten alles, sogar Reichtum. Und das war sein Werk.

Doch was sollte er, Jean Valjean, mit diesem Glück anfangen, jetzt, da es vorhanden, da es da war? Sollte er sich diesem Glück aufdrängen, es als sein eigenes betrachten? Zweifellos gehörte Cosette einem anderen; doch behielt er, Jean Valjean, von Cosette alles, was er von ihr behalten konnte? Blieb er derselbe Vater, fast unbeachtet, aber geachtet, der er bis dahin gewesen war? Sollte er sich ruhig in Cosettes Haus einführen, stillschweigend seine Vergangenheit mit dieser Zukunft vereinen? Durfte er sich dort zeigen, als hätte er ein Recht darauf, und sich unentdeckt in dem lichtvollen Heim einnisten? Sollte er die Unschuldigen anlächeln und ihre Hände in seine beiden unglückseligen Hände nehmen? Sollte er seine Füße, die den entehrenden Schatten des Gesetzes hinter sich herschleppten, auf die friedvollen Feuerböcke im Salon Gillenormand legen? Durfte er sich mit Cosette und Marius auf Gedeih und Verderb verbinden? Würde er das Dunkel über seinem Haupt und die Wolke über ihren Köpfen nicht noch verdichten? Sollte er sein Unglück als Dritteil ihren beiden Glückseligkeiten zugesellen, weiter schweigen? Sollte er, mit einem Wort, neben diesen beiden glücklichen Geschöpfen der unheimliche Stumme des Schicksals sein?

Man muß das Verhängnis und die Begegnungen mit ihm gewohnt sein, daß man es wagt, die Augen aufzuschlagen, wenn sich gewisse Fragen in ihrer gräßlichen Nacktheit zeigen. Das Gute oder das Böse steht hinter diesem gestrengen Fragezeichen. Was willst du tun? fragt die Sphinx.

An Prüfungen war Jean Valjean gewöhnt. Er schaute die Sphinx fest an und untersuchte das unerbittliche Problem von allen seinen Seiten.

Cosette, das zauberhafte Geschöpf, war das Floß dieses Schiffbrüchigen. Was sollte er tun? Sich anklammern oder loslassen? Wenn er sich anklammerte, entging er dem Unheil, stieg er wieder zur Sonne empor, ließ er von seinen Kleidern und aus seinem Haar das bittere Wasser rinnen, war er gerettet, lebte er. Sollte er loslassen? Dann tat sich der Abgrund auf.

So beriet er sich schmerzlich, besser gesagt, kämpfte er mit seinem Verstand. Er stritt in seinem Innern bald gegen seinen Willen, bald gegen seine Überzeugung.

Für Jean Valjean war es ein Glück, daß er weinen konnte. Das erleuchtete ihn vielleicht. Dennoch war der Anfang grausam. Ein Sturm, noch verheerender als der, der ihn einst nach Arras getrieben hatte, tobte in ihm. Durch die Gegenwart erschien ihm die Vergangenheit wieder. Er verglich und brach in Schluchzen aus. Als die Schleuse einmal geöffnet war, strömten die Tränen, brach er zusammen.

Er fühlte sich gefangen.

Ach, in diesem tödlichen Kampf zwischen unserem Egoismus und unserer Pflicht, wenn wir so Schritt für Schritt vor unserem Ideal zurückweichen, verstört, erbittert und außer uns sind, daß wir nachgeben, wenn wir unsere Stellung zäh verteidigen, auf ein mögliches Entkommen hoffen und einen Ausweg suchen – was für ein unverhofftes und verhängnisvolles Hindernis ist dann hinter uns der Sockel der Mauer! Spüren, wie das heilige Dunkel hindert! Das unerbittliche Unsichtbare, was für ein quälender Gedanke!

Mit dem Gewissen ist kein Fertigwerden. Finde dich darein, Brutus! Finde dich darein, Cato! Es ist bodenlos, denn es ist Gott. In diesen Brunnen wirft man die Arbeit seines Lebens, sein Glück, seinen Reichtum, seinen Erfolg, seine Freiheit oder sein Vaterland, sein Wohlergehen, seine Ruhe, seine Freude. Wieder und wieder! Leert den Kelch! Neigt den Krug. Zu guter Letzt muß noch das Herz hinterher. Irgendwo im Dunst der alten Hölle steht ein Kübel dafür.

Ist es nicht verzeihlich, wenn man sich da schließlich weigert? Kann das Unersättliche noch Anspruch darauf erheben? Übersteigen die Galeerenstrafen ohne Ende nicht die Kraft des Menschen? Wer also dürfte Sisyphos und Jean Valjean tadeln, daß sie sagen: Es ist genug! Die Fügsamkeit der Materie wird durch die Reibung begrenzt. Hat die Fügsamkeit der Seele keine Grenzen? Kann, wenn das Perpetuum mobile schon unmöglich ist, lebenslängliche Aufopferung verlangt werden?

Der erste Schritt ist nichts, der letzte fällt einem schwer. Was war der Fall Champmathieu gegenüber Cosettes Heirat und deren Folgen? Was war die Rückkehr ins Bagno gegenüber dem Eingehen ins Nichts?

Oh, du erste Stufe hinab, wie düster bist du! Oh, du zweite Stufe, wie finster bist du! Wie soll man diesmal den Blick nicht abwenden?

Das Martyrium ist eine Läuterung, eine ätzende Läuterung. Es ist eine heiligende Folter. Anfangs kann man ihr zustimmen. Man setzt sich auf den rotglühenden Eisenthron, drückt sich die rotglühende Eisenkrone in die Stirn, nimmt den rotglühenden Reichsapfel aus Eisen entgegen, ergreift das rotglühende Eisenzepter. Doch es bleibt noch, sich den Flammenmantel um die Schultern legen zu lassen. Und kommt da nicht ein Augenblick, in dem sich das elende Fleisch empört und man der Marter entsagt?

Endlich fand Jean Valjean zur Ruhe der Ermattung. Er wog ab, er überlegte, er bedachte die Alternativen der geheimnisvollen Waage aus Licht und Dunkel. Diesen beiden holdseligen Kindern sein Bagno aufzwingen oder selber seinen unabänderlichen Untergang vollenden. Auf der einen Seite die Opferung Cosettes, auf der anderen seine eigene.

Zu welcher Lösung kam er? Welchen Entschluß faßte er? Welche endgültige Antwort gab er in seinem Innern dem unbestechlichen Schicksal, das ihn ins Verhör nahm? Welche Tür beschloß er aufzustoßen? Welche Seite in seinem Leben schloß er ab, verurteilte er? Welche Wahl traf er zwischen all den unerforschlichen Abstürzen, die ihn umgaben? Welches Extrem nahm er an? Welchem von diesen Abgründen nickte er zu?

Seine schwindelerregende Grübelei dauerte die ganze Nacht.

Bis der Morgen graute, lag er in der gleichen Haltung zusammengebrochen auf diesem Bett, niedergestreckt, zermalmt von der Ungeheuerlichkeit des Schicksals, die Fäuste verkrampft, die Arme ausgebreitet gleich einem, der vom Kreuz losgerissen und mit dem Gesicht auf die Erde geworfen wurde. Zwölf Stunden, die zwölf Stunden einer langen, eisigen Winternacht, verharrte er so, ohne den Kopf zu heben, ohne ein Wort zu sprechen. Er war erstarrt wie ein Leichnam, während sein Geist sich am Boden wälzte und aufflog, bald wie die Hydra, bald wie der Adler. Wie er so reglos dalag, erweckte er den Eindruck eines Toten. Plötzlich erzitterte er krampfhaft, und sein Mund, auf Cosettes Kleider gepreßt, küßte sie. Da sah man, daß er lebte.

Wer ist man? Jean Valjean war doch allein und niemand bei ihm.

Das Man, das in der Finsternis ist.

SIEBENTES BUCH

DER LETZTE TROPFEN IM KELCH

Siebenter Ring und achter Himmel

Am Tag nach der Hochzeit leben die Neuvermählten zurückgezogen. Auf die Sammlung der Glücklichen wird Rücksicht genommen. Und auch ein wenig auf ihren langen Schlummer. Das Getöse der Besuche und Glückwünsche beginnt erst später. Am siebzehnten Februar, etwas nach Mittag, war Basque, Wischtuch und Staubwedel unter dem Arm, damit beschäftigt, das Vorzimmer zu reinigen, da hörte er, wie sacht an die Tür geklopft wurde. Es war nicht geläutet worden, aus einer Diskretion, die sich an einem solchen Tag empfiehlt. Basque öffnete und sah Herrn Fauchelevent vor sich. Er geleitete ihn in den Salon, der noch als Schlachtfeld der gestrigen Freuden ganz durcheinander war.

»Meiner Seel«, sagte Basque, »es ist spät, wir haben lange geruht.«

»Ist Ihr Herr auf?« fragte Jean Valjean.

»Was macht der Arm, mein Herr?« fragte Basque.

»Schon besser. Ist Ihr Herr auf?«

»Welcher? Der alte oder der junge?«

»Herr Pontmercy.«

»Der Herr Baron?« erwiderte Basque und straffte sich. Man ist Baron vor allem für seine Bedienten. Etwas davon fällt für sie ab. Sie werden von dem Titel, wie ein Philosoph das nennen würde, bespritzt, und das schmeichelt ihnen. Marius, als kämpfender Republikaner erwiesen, war jetzt wider Willen Baron. Der Titel hatte in der Familie eine kleine Umwälzung veranlaßt. Jetzt hielt Herr Gillenormand darauf, und Marius entzog sich ihm. Aber der Oberst Pontmercy hatte geschrieben: »Mein Sohn wird meinen Titel tragen.«

Marius gehorchte. Zudem war Cosette, in der die Frau zu erwachen begann, entzückt, Baronin zu werden.

»Der Herr Baron?« wiederholte Basque. »Ich werde nachsehen. Ich werde ihm sagen, daß Herr Fauchelevent da ist.«

»Nein, sagen Sie ihm nicht, daß ich es bin. Sagen Sie ihm, daß jemand ihn privat zu sprechen wünscht, und sagen Sie ihm keinen Namen! Ich will ihn überraschen.«

»Ah!« erwiderte Basque und ging. Jean Valjean blieb allein.

Der Salon befand sich, wie wir schon sagten, in erheblicher Unordnung. Es war, als sei noch undeutlich das Stimmengewirr der Hochzeitsgäste zu vernehmen. Noch lagen auf dem Parkett alle Arten von Blumen, die aus Girlanden und Frisuren gefallen waren. Die bis zum Stumpf heruntergebrannten Kerzen hingen an den Kristallüstern wie wächserne Stalaktite. Nicht ein Möbel stand an seinem Platz. In den Ecken schienen drei oder vier Sessel, einander genähert und Cercle bildend, ein Geplauder fortzusetzen. Das Ganze bot einen lieblichen Anblick. Es liegt immer eine gewisse Anmut über einem zu Ende gegangenen Fest. Dieses war froh gewesen. Auf den verschobenen Stühlen, zwischen den verwelkenden Blumen, unter den erloschenen Lichtern ist der Freude gedacht worden. Die Sonne hatte den Lüsterglanz abgelöst und überflutete hell den Salon.

Einige Minuten verrannen. Jean Valjean rührte sich nicht von der Stelle, an der Basque ihn verlassen hatte. Er war sehr bleich. Seine Augen waren hohl und infolge der Schlaflosigkeit so tief eingesunken, daß sie fast verschwanden. Sein schwarzer Rock hatte die müden Falten eines übernächtigen Kleidungsstücks. Die Ellbogen waren von den Daunen weiß, die dem Tuch anhaften, wenn es sich an Wäsche gerieben hat. Jean Valjean blickte auf das Fenster zu seinen Füßen, das die Sonne auf das Parkett zeichnete.

An der Tür wurde ein Geräusch hörbar. Marius trat ein, den Kopf erhoben, einen Lichtschein im Gesicht, mit heiterer Stirn und triumphierenden Augen. Geschlafen hatte auch er nicht. »Sie sind es, Vater!« rief er, als er Jean Valjean bemerkte. »Dieser dumme Basque tat so geheimnisvoll. Aber Sie kommen zu früh. Es ist erst halb eins. Cosette schläft.«

Das Wort »Vater«, wie Marius es zu Fauchelevent sagte, bedeutete: höchstes Glück. Immer war Fremdheit, Kühle und Zwang zwischen ihnen gewesen. Eis, das brechen oder schmelzen mußte. Marius war so im Rausch, daß diese Fremdheit schwand, das Eis zerging und Herr Fauchelevent für ihn wie für Cosette der Vater wurde.

Er fuhr fort mit Überschwang, der diesem göttlichen Paroxysmus der Freude eignet: »Wie glücklich bin ich, Sie zu sehen! Wüßten Sie, wie Sie mir gestern gefehlt haben! Guten Tag, Vater! Was ist mit Ihrer Hand? Besser, nicht wahr?« Und voll Genugtuung über die gute Antwort, die er sich selbst gab, redete er weiter: »Wir beide haben so herzlich von Ihnen gesprochen. Cosette liebt Sie so. Sie werden nicht vergessen, daß Sie hier Ihr Zimmer haben. Wir wollen die Rue de l'Homme-Armé nicht mehr. Wir wollen sie gar nicht. Wie konnten Sie in einer solchen Straße wohnen, die krank ist, mürrisch und häßlich, die an einem Ende eine Barriere hat, in der man friert, die niemand betreten möchte? Sie werden sich hier einrichten. Und schon heute. Oder Sie bekommen es mit Cosette zu tun. Sie wird uns alle an der Nase herumführen, das verrate ich Ihnen. Sie haben Ihr Zimmer gesehen, es liegt ganz nahe dem unseren, nach den Gärten zu. Man hat das Türschloß reparieren lassen, das Bett ist gemacht, es ist bereit, Sie brauchen sich nur einzufinden. Cosette hat neben Ihr Bett einen großen alten Lehnsessel mit Plüschbezug gestellt und zu ihm gesagt: Halte ihm deine Arme hin! In jedem Frühling findet sich in dem Akaziengesträuch gegenüber Ihrem Fenster eine Nachtigall ein. In zwei Monaten ist sie bei Ihnen. Links von Ihnen liegt ihr Nest und rechts das unsere. Nachts wird sie singen, und am Tag wird Cosette sprechen. Ihr Zimmer hat volles Mittagslicht. Cosette wird Ihre Bücher darin ordnen, Ihre Reise des Kapitäns Cook und die andere, die von Vancouver, alles, was Sie schätzen. Ich glaube, da ist auch ein kleiner Koffer, der Ihnen von Wert ist, ich habe eine Ehrenecke für ihn reserviert. Meinen Großvater haben Sie erobert, er mag Sie, wir werden zusammen leben. Können Sie Whist spielen? Mein Großvater wird von Ihnen entzückt sein, wenn Sie Whistspieler sind. Sie werden an den Tagen, an denen ich im Justizpalast bin, mit Cosette spazierengehen, Sie werden ihr den Arm reichen, Sie wissen, wie einst im Luxembourg. Wir sind durchaus entschlossen, sehr glücklich zu sein. Und Sie werden an unserem Glück teilhaben, hören Sie, Vater. Ach ja, frühstücken Sie mit uns?«

»Mein Herr«, erwiderte Jean Valjean, »ich habe Ihnen etwas zu sagen. Ich bin ein ehemaliger Galeerensträfling.«

Die Grenze der wahrnehmbaren hohen Töne kann sowohl für den Geist wie für das Ohr überschritten werden. Die Worte »Ich bin ein ehemaliger Galeerensträfling«, die über die Lippen des Herrn Fauchelevent kamen, drangen zum Ohr von Marius. Aber sie gingen über das Mögliche hinaus. Marius vernahm sie nicht. Es schien ihm, als habe man irgend etwas zu ihm gesagt; aber er wußte nicht, was. Sein Mund blieb offen. Da bemerkte er, wie furchtbar dieser Mann aussah. In seiner Verblendung befangen, hatte er bis jetzt diese schreckliche Blässe nicht gewahrt.

Jean Valjean knüpfte die schwarze Binde auf, die seinen rechten Arm hielt, streifte das um seine Hand gewickelte Leinen ab, entblößte seinen Daumen und zeigte ihn Marius. »Ich habe nichts an der Hand«, sagte er. Marius betrachtete den Daumen.

»Ich hatte nie etwas daran«, erklärte Jean Valjean nochmals. In der Tat war keine Spur einer Wunde zu sehen.

»Ich hätte bei Ihrer Hochzeit nie anwesend sein dürfen«, fuhr Jean Valjean fort. »Ich habe mich ferngehalten, soweit ich konnte. Diese Wunde habe ich vorgetäuscht, um eine Fälschung zu vermeiden, um nicht die Eheakten dem Nichtigkeitseinwand auszusetzen, um nicht zur Unterschrift genötigt zu sein.«

Marius stammelte: »Was soll das heißen?«

»Es soll heißen«, antwortete Jean Valjean, »daß ich auf den Galeeren war.«

»Sie machen mich wahnsinnig!« rief Marius außer sich.

»Herr Pontmercy«, sagte Jean Valjean, »ich war neunzehn Jahre auf den Galeeren. Wegen Diebstahls. Dann wurde ich zu lebenslänglicher Zwangsarbeit verurteilt. Wegen Diebstahls im Rückfall. Jetzt bin ich des Bannbruchs, der Flucht aus der Polizeiaufsicht schuldig.«

Umsonst wich Marius der Wahrheit aus, weigerte er sich, die offenbare Tatsache anzuerkennen; er mußte sich ergeben. Er begann zu begreifen, und wie das stets in einem derartigen Falle geschieht, er begriff noch darüber hinaus. Er schauderte, von einem Blitz in der Seele getroffen; ein häßlicher Gedanke, von dem er erbebte, durchzuckte seinen Geist. Er ahnte für sich selbst grauenhaftes künftiges Schicksal.

»Sagen Sie alles, sagen Sie alles!« rief er. »Sie sind Cosettes Vater?« Und er trat mit einer Bewegung unsäglichen Abscheus zwei Schritte zurück.

Jean Valjean richtete so hoheitsvoll den Kopf auf, daß er bis zur Decke zu wachsen schien. »Sie müssen mir glauben, mein Herr, und obwohl der Eid von unsereins vor Gericht ungültig ist ...« Er schwieg, dann fügte er mit einer überlegenen, düsteren Autorität, indem er langsam und wuchtig jede Silbe unterstrich, hinzu: »Sie werden mir glauben. Ich der Vater Cosettes! Ich schwöre bei Gott, nein. Herr Baron Pontmercy, ich bin ein Bauer aus Faverolles. Ich habe mir den Lebensunterhalt durch Ausputzen von Bäumen verdient. Ich heiße nicht Fauchelevent, ich heiße Jean Valjean. Für Cosette bin ich nichts. Beruhigen Sie sich!«

Marius stammelte: »Wer beweist mir...?«

»Ich. Da ich es Ihnen sage.«

Marius sah den Menschen an. Er war traurig und gelassen. Keine Lüge schien mit dieser Gelassenheit vereinbar. Was so eisig war, mußte auch aufrichtig sein. Man spürte die Wahrheit in dieser Grabeskälte. »Ich glaube Ihnen«, sagte Marius.

Jean Valjean neigte den Kopf, als nähme er davon Kenntnis, und fuhr fort: »Was bin ich für Cosette? Ein Passant. Vor zehn Jahren wußte ich nichts von ihr. Ich liebe sie, das ist wahr. Ein Kind, das man als Kleines gesehen hat, wenn man schon selbst alt ist, liebt man. Wenn man alt ist, fühlt man sich als Großvater aller kleinen Kinder. Sie können, denke ich, voraussetzen, daß ich etwas habe, was einem Herzen ähnelt. Sie war Waise. Ohne Vater und Mutter. Sie brauchte mich. Darum habe ich sie zu lieben begonnen. So schwach sind die

Kinder, daß der erste beste, sogar ein Mann wie ich, ihr Schützer zu sein vermag. Ich habe diese Pflicht an Cosette erfüllt. Ich glaube nicht, daß man so Geringes eine gute Tat nennen kann; aber wenn es eine gute Tat ist, so bedenken Sie, daß ich sie getan habe. Erwägen Sie diesen mildernden Umstand! Heute geht Cosette aus meinem Leben. Unser beider Wege trennen sich. Hinfort kann ich nichts mehr für sie tun. Sie ist Frau Pontmercy. Die Vorsehung, die über ihr waltet, ist eine andere, und sie gewinnt bei dem Wechsel. Alles ist gut. Von den sechshunderttausend Francs sprechen Sie nicht, aber ich will Ihnen zuvorkommen: Sie sind ein Depot. Wie ist es in meine Hände gelangt? Gleichwohl, ich gebe es zurück. Man kann mir nichts mehr abfordern. Ich vervollständige die Wiedererstattung, indem ich meinen wahren Namen nenne. Auch das geht nur mich an. Ich möchte, daß Sie wissen, wer ich bin.« Und Jean Valjean sah ihm gerade ins Gesicht.

Nur stürmische, unzusammenhängende Empfindungen waren in Marius. Gewisse Schicksalsstürme türmen solche Wellen in unserer Seele auf.

Diese Augenblicke der Verwirrung, in denen sich in uns alles auflöst, haben wir alle schon durchgemacht. Wir reden das erste beste daher, und das ist nicht immer genau das, was gesagt werden sollte. Es gibt plötzliche Enthüllungen, die man nicht ertragen kann und die wie ein verderblicher Wein berauschen. So sehr verblüffte ihn die neue Situation, der er sich gegenübersah, daß er zu diesem Manne sprach, als grolle er ihm wegen seines Geständnisses. »Aber warum sagen Sie mir das alles? Was zwingt Sie dazu? Sie konnten Ihr Geheimnis für sich behalten. Sie sind weder angezeigt noch verfolgt noch gehetzt worden. Sie haben einen Grund, freiwillig mit einer solchen Enthüllung hervorzutreten. Kommen wir zu Ende! Da ist noch etwas anderes. Mit welcher Absicht beichten Sie mir das alles? Zu welchem Zweck?«

»Zu welchem Zweck?« erwiderte Jean Valjean so leise und so dumpf, daß man fast annehmen konnte, er sprach mehr zu sich selbst als zu Marius. »In der Tat, aus welchem Grund hat dieser Sträfling eben gesagt: ›Ich bin ein Galeerensträfling‹?

Nun ja! Der Grund ist seltsam. Aus Ehrlichkeit. Sehen Sie, das Ärgerliche ist, daß ich einen Faden im Herzen habe, an dem ich hänge. Vor allem, wenn man alt ist, sind diese Fäden haltbar. Das ganze Leben ringsum vergeht, sie halten. Hätte ich den Faden zerreißen, den Knoten lösen oder zerhauen, weit fortgehen können, wäre ich gerettet gewesen. Ich brauchte nur aufzubrechen. In der Rue du Bouloi hält die Schnellpost. Ihr seid glücklich, ich gehe meiner Wege. Ich habe versucht den Faden zu zerreißen, ich habe daran gezerrt, er hat gehalten, sich als stärker erwiesen, ich habe mir bloß das Herz dabei herausgerissen. Da habe ich mir gesagt: Ich kann nirgendwo leben als hier. Ich muß bleiben. Nun ja, Sie haben recht, ich bin ein Dummkopf, warum nicht ganz aufrichtig bleiben? Sie bieten mir ein Zimmer im Haus an, Frau Pontmercy mag mich sehr, sie sagt zu diesem Sessel: Halte ihm deine Arme hin! Ihr Großvater hat mich herzlich gern, ich bin ihm recht, wir werden alle zusammen wohnen, gemeinsame Mahlzeiten, ich werde Cosette – Verzeihung, Frau Pontmercy, das ist die Gewohnheit – den Arm reichen, wir werden nur ein Dach haben, nur einen Tisch, nur ein Feuer, im Winter den gleichen Platz am Kamin, im Sommer den gleichen Spaziergang, das ist die Freude, ist das Glück, ist alles. Wir werden im engsten Familienkreis leben. Im engsten Familienkreis!«

Bei diesem Wort bot Jean Valjean einen schreckenerregenden Anblick. Er kreuzte die Arme, betrachtete den Fußboden zu seinen Füßen, als wollte er dort einen Abgrund aufreißen, und seine Stimme schallte plötzlich: »Im engsten Familienkreis! Nein. Ich gehöre zu keiner Familie, nicht zu Ihrer. Ich gehöre nicht zur Familie der Menschen. In den Häusern, wo man unter sich ist, bin ich zuviel. Es gibt Familien, aber nicht für mich. Ich bringe Unglück, ich bleibe draußen. Habe ich Vater und Mutter gehabt? Fast zweifle ich daran. An dem Tag, an dem ich dieses Kind vermählt habe, war es zu Ende. Ich habe Cosette glücklich gesehen. Sie war bei dem Mann, den sie liebt, und da war ein guter Greis, ein engelschönes Paar, alle Freuden in diesem Haus, und es war gut so, und ich habe mir gesagt: Tritt nicht ein. Ich konnte lügen, das ist wahr, euch alle täuschen, Herr Fauchelevent bleiben. Solange es für sie war, konnte ich auch lügen. Aber jetzt wäre es für mich, und da darf ich es nicht. Es genügte zu schweigen, das ist wahr, und alles ginge so weiter. Sie fragen mich, was mich zu reden zwingt. Eine seltsame Macht, mein Gewissen. Es wäre ja bequem gewesen, zu schweigen. Ich habe die Nacht über dem Versuch durchwacht, mir das einzureden. Sie verhören mich, und was ich Ihnen sage, ist so ungeheuerlich, daß Sie dazu befugt sind. Ja, die ganze Nacht über habe ich mich rechtfertigen wollen; ich habe getan, was ich konnte. Aber zwei Dinge sind mir nicht gelungen. Weder den Faden zu zerreißen, der mein Herz hier fesselt, noch einen zum Verstummen zu bringen, der leise zu mir spricht, wenn ich allein bin. Deshalb bin ich heute vormittag gekommen, um Ihnen alles zu gestehen. Alles oder beinahe alles. Es wäre noch Überflüssiges zu sagen, aber das betrifft nur mich. Ich behalte es für mich. Das Wesentliche wissen Sie. Ich habe mein Geheimnis genommen und es Ihnen gebracht. Und ich habe mein Geheimnis vor Ihren Augen enthüllt. Das war kein leichter Entschluß. Die ganze Nacht habe ich mit mir gerungen. Ach, Sie glauben, ich hätte nicht bedacht, daß das kein Fall Champmathieu sei, daß ich, wenn ich meinen Namen verhehlte, niemandem etwas zu leide tat, daß den Namen Fauchelevent mir Fauchelevent selbst aus Dankbarkeit für einen Dienst, den ich ihm erwies, gegeben hatte, daß ich ihn weitertragen durfte, daß ich in dem Zimmer, das Sie mir anbieten, glücklich wäre, daß ich nicht stören würde und in meinem kleinen Stübchen hausen könnte. Sie hätten Cosette, und ich wüßte mich im selben Hause wie sie. Jeder hätte seinen Teil vom Glück bekommen. Weiterhin Herr Fauchelevent sein, dann wäre alles in Ordnung. Ja, mit Ausnahme meiner Seele. Alles freute sich um mich herum, der Grund meiner Seele bliebe traurig. Es ist nicht genug, glücklich zu sein, man muß auch damit einverstanden sein. So wäre ich Herr Fauchelevent geblieben, aber ich hätte meine wahren Züge verloren. Als finsteres Rätsel wäre ich neben Ihnen einhergegangen. Ohne Sie zu warnen, hätte ich das Bagno an Ihrem Herd angesiedelt. Ich hätte mich an

Ihren Tisch gesetzt und nie vergessen, daß Sie mich fortjagen würden, ahnten Sie, wer ich bin. Ich hätte mich von Dienern bedienen lassen, die, wenn sie Bescheid wüßten, sagen würden: Wie abscheulich! Ich hätte Sie mit meinem Ellbogen angestoßen, was Sie sich zu Recht verbitten könnten, ich hätte Ihnen Ihren Händedruck abgegaunert! In Ihrem Haus wäre dem ehrwürdigen und dem entehrten weißen Haar Achtung erwiesen worden. In den trautesten Stunden, wenn sich die Herzen aller rückhaltlos voreinander offenbaren, wenn wir alle vier beisammen gesessen hätten, Ihr Großvater, Sie beide und ich, wäre ein Unbekannter unter Ihnen gewesen! Ich hätte Seite an Seite mit Ihnen gelebt, einzig und allein darauf bedacht, Ihnen nie mein Geheimnis zu entdecken. So hätte ich, ein Toter, mich Ihnen, den Lebenden, aufgezwungen. Cosette hätte ich lebenslänglich an mich gefesselt. Sie, Cosette und ich, wir wären drei zu lebenslänglicher Galeerenstrafe Verurteilte gewesen! Graust es Ihnen nicht? Ich bin nur der beladenste der Menschen, ich wäre der widernatürlichste geworden. Und alle Tage hätte ich mich dieses Verbrechens schuldig gemacht. Und alle Tage hätte ich diese Lüge getan! Mein Nachtgesicht hätte ich immer getragen, mein Brandmal. Ich hätte Ihnen Ihren Anteil davon alle Tage abgegeben! Alle Tage! Ihnen, meinen Vielgeliebten, Ihnen, meinen Kindern, Ihnen, die von aller Schuld rein sind! Ist stumm bleiben etwa nichts, schweigen einfach? Nein, das ist es nicht. Es gibt ein Schweigen, das lügt. Und meine Lüge, meinen Betrug, meine Unwürdigkeit, meine Feigheit, meinen Verrat, mein Verbrechen, ich hätte sie Tropfen um Tropfen in mich getrunken, ausgespien und wieder getrunken. Um Mitternacht hätte ich aufgehört, und mittags hätte ich wieder begonnen, mein ›Guten Tag‹ hätte gelogen, mein ›Guten Abend‹ hätte gelogen, und dann wäre ich eingeschlafen. Ich hätte es, wenn ich bei Ihnen saß, hinuntergeschluckt, ich hätte Cosette angeschaut und das Lächeln des Engels mit dem Lächeln des Verdammten erwidert, ich wäre ein niederträchtiger Schurke gewesen. Warum? Um glücklich zu sein. Darf ich glücklich sein? Ich stehe außerhalb des menschlichen Daseins, mein Herr.«

Jean Valjean hielt inne. Marius hatte zugehört. Solche Verkettungen von Gedanken und Herzensängsten darf man nicht unterbrechen. Jean Valjean senkte erneut die Stimme, aber sie klang nicht mehr dumpf, sie klang unheilvoll.

»Sie fragen, warum ich rede? Ich bin weder angezeigt noch verfolgt noch gehetzt worden, wie Sie sagen. Doch, ich bin angezeigt worden! Doch, ich werde verfolgt! Doch, ich werde gehetzt! Von wem? Von mir. Ich verlege mir selbst den Weg, schleppe mich mühsam dahin, stoße mich herum, verhafte mich, vollziehe selbst das Urteil gegen mich, denn wer sich selbst in der Hand hält, kann nicht entwischen.«

Und er packte seinen Stock mit festem Griff. »Sehen Sie sich doch diese Faust an!« fuhr er fort. »Finden Sie nicht, daß sie den Kragen so hält, als wollte sie ihn nicht mehr loslassen? Nun gut, das Gewissen ist noch eine ganz andere Faust! Wer glücklich werden will, darf nie die Pflicht begreifen, mein Herr; denn sobald man sie begriffen hat, ist sie unerbittlich. Fast scheint es, daß sie einen bestraft, weil man sie begriffen hat. Doch nein, sie zeigt sich erkenntlich, denn sie steckt einen in eine Hölle, in der man Gott an seiner Seite ahnt. Man reißt sich nicht gleich die Eingeweide heraus, wenn man Frieden mit sich selber macht.«

Und in bitterem Ton setzte er hinzu: »Herr Pontmercy, das hat zwar weder Sinn noch Verstand, aber ich bin ein ehrlicher Mann. Wenn ich mich in Ihren Augen herabsetze, erhöhe ich mich in meinen. Das ist mir schon einmal zugestoßen, aber damals war es nicht so schmerzlich, war es eine Kleinigkeit. Ja, ein ehrlicher Mann. Ich wäre es nicht, hätten Sie durch mein Verschulden weiterhin eine hohe Meinung von mir. Jetzt, wo Sie auf mich herabblicken, bin ich es. Mein Verhängnis ist es, daß ich immer nur ein gestohlenes Ansehen genießen kann. Das demütigt mich innerlich und drückt mich nieder. Damit ich mich selber achte, muß man mich verachten. Dann richte ich mich wieder auf. Ich bin ein Galeerensträfling, der seinem Gewissen gehorcht. Ich weiß wohl, daß das zwei ganz verschiedene Dinge sind. Aber was soll ich tun? Dem ist so. Ich bin mir selbst gegenüber Verpflichtungen eingegangen, und ich halte sie. Es gibt Begegnungen, die uns binden, Zufälle, die uns Pflichten auferlegen. Sehen Sie, Herr Pontmercy, mir ist so allerlei in meinem Leben passiert.«

Jean Valjean machte abermals eine Pause. Er schluckte mühsam seinen Speichel hinunter, als ob seine Worte einen bitteren Nachgeschmack hätten, und fuhr dann fort: »Wenn man einen solchen Abscheu gegen sich empfindet, darf man ihn den anderen nicht verheimlichen. Man hat nicht das Recht, sie mit seiner Pest anzustecken, sie in seinen Abgrund gleiten zu lassen, ohne daß sie es gewahr werden. Man hat nicht das Recht, seinen roten Sträflingskittel über sie zu breiten, darf nicht hinterhältig das Glück anderer mit seinem Elend belasten. Sich Gesunden zu nähern und sie im Dunkeln mit seinem unsichtbaren Geschwür zu berühren ist abstoßend. Fauchelevent hat mir umsonst seinen Namen geliehen, ich habe nicht das Recht, ihn zu benutzen. Er konnte ihn mir geben, annehmen konnte ich ihn nicht. Ein Name ist ein Ich. Sehen Sie, mein Herr, ich habe ein wenig nachgedacht und ein wenig gelesen, obwohl ich ein Bauer bin, und ich lege mir Rechenschaft ab. Sie merken, daß ich mich angemessen ausdrücke. Ich habe mir selbst eine Erziehung angedeihen lassen. Nun ja, einen Namen zu unterschlagen und sich darunter zu verstecken, ist unredlich. Buchstaben lassen sich ja stehlen wie eine Geldbörse oder eine Uhr. Eine gefälschte Unterschrift aus Fleisch und Blut, ein lebender Dietrich sein, sich bei ehrlichen Leuten einschleichen, nie mehr offen blicken, immer nur schielen, in seinem Innersten ehrlos sein, nein! Nein und nochmals nein! Es ist besser, zu leiden, zu bluten, zu weinen, sich zu zerfleischen, sich nachts vor Angst zu krümmen, sich bis aufs Blut zu quälen. Deshalb erzähle ich Ihnen das alles. Freiwillig, wie Sie sagen.« Er atmete schwer und warf die letzten Worte hin: »Einst habe ich, um zu leben, ein Brot gestohlen. Heute will ich nicht, um zu leben, einen Namen stehlen.«

»Um zu leben!« unterbrach Marius. »Sie brauchen diesen Namen nicht, um zu leben?«

»Ich weiß, was Sie sagen wollen«, entgegnete Jean Valjean, indem er mehrmals aufblickte und den Kopf wieder senkte.

Eine Stille hub an. Beide schwiegen, jeder in abgründige Gedanken vertieft. Marius hatte sich an einen Tisch gesetzt und stützte seinen Mundwinkel auf einen seiner Finger, den er zurückbog. Jean Valjean ging hin und her. Er blieb vor einem Spiegel stehen und regte sich nicht. Dann sagte er, als antwortete er auf einen inneren Einspruch, wobei er in diesen Spiegel schaute, ohne sich darin zu sehen: »Aber jetzt bin ich erleichtert.«

Er schritt wieder durch den Salon bis zu dessen Ecke. Als er sich umdrehte, bemerkte er, daß Marius ihn beobachtete. In einem Ton, der sich nur andeuten läßt, sagte er zu ihm: »Ich schleppe das Bein ein wenig nach, Sie verstehen jetzt, warum.«

Er wandte sich Marius ganz zu. »Und nun, mein Herr, stellen Sie sich vor: Ich habe nichts gesagt, ich bin Fauchelevent geblieben, ich habe meinen Platz bei Ihnen eingenommen, ich zähle zu den Ihren, ich wohne in meinem Zimmer, ich komme morgens in Pantoffeln zum Frühstück, abends besuchen wir alle drei das Theater, ich begleite Frau Pontmercy in die Tuilerien und nach der Place Royale, wir sind beisammen. Sie glauben, ich sei ein Mensch wie Sie. Eines schönen Tages, ich bin da, Sie sind da, wir plaudern, wir lachen, plötzlich hören Sie eine Stimme den Namen Jean Valjean schreien, und die fürchterliche Hand der Polizei greift aus dem Schatten und zerrt mir jäh die Maske herunter.«

Wieder schwieg er. Marius war, zusammenfahrend, aufgestanden. »Was meinen Sie dazu?« fragte Jean Valjean.

Daß Marius stumm blieb, war die Antwort. »Sie sehen«, sagte Jean Valjean, »daß ich recht hatte, nicht zu schweigen. Leben Sie glücklich, mein Herr, leben Sie im Himmel, seien Sie der Engel eines Engels, leben Sie in der Sonne, seien Sie zufrieden damit und sorgen Sie sich nicht, wenn sich ein armer Verdammter die Brust öffnet, um seine Pflicht zu tun! Sie haben einen Unglücklichen vor sich.«

Langsam schritt Marius durch den Salon, und als er Jean Valjean nahe war, reichte er ihm die Hand. Aber er mußte die Hand des anderen ergreifen, die sich ihm nicht darbot. Jean

Valjean ließ es geschehen, und es schien Marius, als umfasse er eine Marmorhand.

»Mein Großvater hat Freunde«, sagte Marius. »Ich werde Ihre Begnadigung erwirken.«

»Sie nützt mir nicht«, erwiderte Jean Valjean. »Man hält mich für tot, das genügt. Die Toten sind der Überwachung entzogen. Man ist der Ansicht, daß sie in Ruhe verfaulen. Der Tod ist dasselbe wie Begnadigung.« Er befreite seine Hand, die Marius hielt, und sagte mit unerbittlichem Ernst: »Meine Pflicht zu erfüllen, das ist der Freund, der mir hilft, und ich bedarf nur einer Gnade, der Gnade vor meinem Gewissen.«

In diesem Moment wurde die Tür am entgegengesetzten Ende des Salons leise aufgemacht, und in der halben Öffnung erschien der Kopf von Cosette. Man erblickte nur ihr sanftes Gesicht, ihr Haar war ganz gelöst, ihre Lider waren noch geschwollen vom Schlaf. Sie flatterte wie ein Vogel, der aus seinem Nest heraus will, und schaute zuerst ihren Gatten, dann Jean Valjean an. Lachend rief sie ihnen zu, und es war das Lächeln einer Rose: »Wetten wir, daß ihr von Politik sprecht! Wie dumm das von euch ist, statt daß ihr mit mir zusammen wäret!«

Jean Valjean zitterte. »Cosette«, stammelte Marius. Und er hielt inne. Es war, als ständen zwei Schuldige vor ihr.

Cosette sah beide noch immer strahlend an. In ihren Augen war so etwas wie ein Ausblick auf das Paradies. »Ich ertappe euch in flagranti«, scherzte sie. »Ich habe eben durch die Tür meinen Vater Fauchelevent sagen hören: Das Gewissen … seine Pflicht erfüllen. Das ist Politik. Ich mag das nicht. Man soll nicht schon tags darauf wieder von Politik sprechen. Das ist unpassend.«

»Du irrst, Cosette«, antwortete Marius. »Wir sprechen von Geschäften. Wir sprechen von der besten Anlage für deine sechshunderttausend Francs …«

»Das stimmt so nicht«, unterbrach Cosette. »Ich komme zu euch. Wollt ihr mich hier?«

Entschlossen stieß sie die Tür auf und trat in den Salon ein. Sie war mit einem weiten, weißen Morgenrock bekleidet, der mit tausend Falten und lockeren Ärmeln vom Hals ab bis zu ihren Füßen fiel. Auf dem Goldgrund alter gotischer Bilder sind solche zauberhaften Engelsgewänder zu sehen.

Sie betrachtete sich in einem großen Spiegel, dann rief sie in einem Ausbruch höchster Ekstase: »Es waren einmal ein König und eine Königin. Ach, wie froh bin ich!« Dann verbeugte sie sich tief vor Marius und Jean Valjean. »Ich lasse mich«, sagte sie, »in einem Sessel bei euch nieder, in einer halben Stunde wird gefrühstückt. Ihr teilt mir mit, was ihr wollt. Ich weiß ja, daß die Männer miteinander reden müssen; ich werde sehr vernünftig sein.«

Marius faßte nach ihrem Arm und sagte verliebt zu ihr: »Wir sprechen von Geschäften.«

»Übrigens«, erwiderte Cosette, »ich habe mein Fenster geöffnet, da sind eine Menge Spatzen in den Garten gekommen. Vögel, und keine Masken. Heute ist Aschermittwoch, aber nicht für die Vögel.«

»Ich sage dir, daß wir von Geschäften sprechen. Geh, meine kleine Cosette, laß uns einen Moment allein! Wir sprechen von Ziffern. Es würde dich langweilen.«

»Du hast heute morgen eine reizende Halsbinde angelegt, Marius. Sie sind sehr eitel, erlauchter Herr. Nein, es wird mich nicht langweilen.«

»Ich versichere dir, es langweilt dich.«

»Nein, da ihr es seid. Ich werde euch nicht verstehen, aber euch zuhören. Wenn man geliebte Stimmen hört, braucht man die Worte, die sie sprechen, nicht zu verstehen. Hier bei euch zu sein, ist alles, was ich möchte. Ich bleibe hier, bah!«

»Du bist meine geliebte Cosette! Unmöglich.«

»Unmöglich?«

»Ja.«

»Gut«, erwiderte Cosette. »Ich hätte dir Nachrichten gebracht. Ich hätte dir gesagt, daß der Großvater noch schläft, daß deine Tante in der Messe ist, daß der Kamin im Zimmer meines Vaters Fauchelevent raucht, daß Nicolette den Kaminfeger bestellt hat, daß die Toussaint und Nicolette sich schon gestritten haben, daß Nicolette über das Stottern der

Toussaint spottet. Nun, du wirst nichts erfahren. Ach, unmöglich? Auch ich, mein Herr, werde sagen: Unmöglich! Wer wird der Hereingefallene sein? Ich bitte dich, mein kleiner Marius, laß mich hier bei euch!«

»Ich schwöre dir, daß wir allein sein müssen.«

»So, bin ich denn irgend jemand?«

Jean Valjean sprach kein Wort. Cosette wandte sich an ihn. »Zuerst, Vater, Sie. Ich will, daß Sie mich umarmen! Was stehen Sie stumm da, statt für mich Partei zu nehmen? Wer hat mir einen solchen Vater geschenkt? Sie sehen, daß ich in der Ehe sehr unglücklich bin. Mein Gatte schlägt mich. Also, küssen Sie mich rasch!«

Jean Valjean näherte sich. Cosette drehte sich Marius zu. »Ihnen schneide ich eine Fratze.« Dann bot sie Jean Valjean ihre Stirn. Er trat einen Schritt vor. Cosette wich zurück. »Vater, Sie sind blaß. Tut Ihr Arm Ihnen weh?«

»Er ist geheilt«, sagte Jean Valjean.

»Haben Sie schlecht geschlafen?«

»Nein.«

»Sind Sie traurig?«

»Nein.«

»Küssen Sie mich. Wenn Sie wohlauf sind, wenn Sie gut schlafen, wenn Sie zufrieden sind, werde ich Sie nicht schelten.« Und wieder hielt sie ihm ihre Stirn hin. Jean Valjean drückte einen Kuß auf diese Stirn, über der ein himmlischer Abglanz lag.

»Lächeln Sie!«

Jean Valjean gehorchte. Es war ein gespenstisches Lächeln. »Jetzt verteidigen Sie mich gegen meinen Gatten!«

»Cosette!« rief Marius.

»Werden Sie böse, Vater! Sagen Sie ihm, daß ich bleiben soll! Vor mir kann er reden. Also du findest mich dumm? Erstaunlich, was du sagst! Geschäfte, die Anlage des Geldes bei einer Bank, äußerst wichtig! Männer spielen um nichts die Geheimnisvollen! Ich will bleiben. Ich bin heute morgen sehr hübsch. Sieh mich an, Marius!«

Und mit anbetungswürdigem Achselzucken und köstlichem Schmollen blickte sie auf ihn. Es ging wie ein Leuchten zwischen beiden hin und her. Daß noch jemand da war, was tat ihnen das?

»Ich liebe dich!« sagte Marius.

»Ich bete dich an!« sagte Cosette. Und unwiderstehlich zueinandergetrieben, sanken sie sich in die Arme. »Jetzt«, sagte Cosette und glättete, mit einem Triumph um ihren kleinen Mund, eine Falte ihres Morgenrocks, »bleibe ich.«

»Nein«, antwortete Marius in flehendem Ton. »Wir müssen etwas zu Ende verhandeln.«

»Noch immer nicht?«

Marius legte allen Ernst in seine Stimme: »Ich versichere dir, Cosette, es ist nicht möglich.«

»Ach, Sie reden mit Ihrer Männerstimme, mein Herr. Gut. Ich gehe. Sie, Vater, haben mich nicht unterstützt. Mein Herr Gatte, mein Herr Papa, ihr seid Tyrannen. Ich werde es dem Großvater sagen. Wenn ihr glaubt, daß ich zurückkommen und euch Plattheiten erzählen werde, dann täuscht ihr euch. Ich bin stolz. Jetzt kommt ihr zu mir! Ihr werdet sehen, daß ihr euch ohne mich langweilen werdet. Ich gehe, fertig.« Und sie ging.

Zwei Sekunden später blickte sie noch einmal herein, wieder zeigte ihr frisches, gerötetes Gesicht sich zwischen den Türflügeln, und sie rief: »Ich habe einen großen Zorn!« Die Tür schloß sich, und es wurde von neuem finster. Ein verirrter Sonnenstrahl hatte, nichts ahnend, plötzlich die Nacht durchquert. Marius vergewisserte sich, daß sie gegangen war. »Arme Cosette!« murmelte er. »Wenn sie hören wird ...«

Jean Valjean erschauerte an allen Gliedern. Verstört sah er Marius an. »Cosette, ja, Sie werden es Cosette sagen. Richtig. Ich hatte nicht daran gedacht. Man hat Kraft für die eine Sache, für die andere fehlt sie schon wieder. Mein Herr, ich beschwöre Sie, ich flehe Sie an, geben Sie mir Ihr heiligstes Ehrenwort, sagen Sie nichts! Genügt es nicht, daß Sie es wissen? Von selbst konnte ich es sagen, ohne gezwungen zu sein. Ich hätte es der ganzen Welt sagen können, das war mir einerlei. Aber sie weiß nichts und darf nichts wissen; es würde sie erschrecken. Ein Sträfling, wie? Man müßte es ihr erklären, ihr sagen: Das ist ein Mann, der auf den Galeeren war.

Eines Tages hat sie die Sträflingskette gesehen, als die Transportwagen an ihr vorüberächzten. Oh, mein Gott!« Er sank in einen Sessel und verbarg sein Antlitz in den Händen. Man vernahm keinen Laut, aber das Beben seiner Schultern ließ erkennen, daß er weinte. Stille Tränen, schreckliche Tränen.

Ein krampfhaftes Schluchzen erschütterte ihn; er bog sich im Sessel zurück, um zu atmen, ließ seine Arme hängen und wies Marius sein von Tränen überströmtes Gesicht. Marius hörte ihn flüstern, so leise, daß seine Stimme aus der Tiefe des Abgrundes aufzusteigen schien: »Oh, ich möchte sterben!«

»Seien Sie ruhig«, sagte Marius, »ich werde Ihr Geheimnis für mich behalten.« Und vielleicht weniger gerührt, als er hätte sein sollen, indes seit einer Stunde gezwungen, sich mit einem unerwarteten Schrecknis vertraut zu machen, fand sich Marius, da nach und nach ein Sträfling vor seinen Augen sich dem Bild des Herrn Fauchelevent unterschob, allmählich mit der düsteren Wirklichkeit ab. Die natürliche Entwicklung der Lage brachte ihn dazu, den Leerraum festzustellen, der sich zwischen ihm und diesem Mann auszudehnen begann. »Ich muß Ihnen«, fügte er hinzu, »noch ein Wort zu dem Depot sagen, das Sie so treu und so ehrlich übergeben haben. Sie haben rechtschaffen gehandelt. Es gebührt sich, daß Ihnen eine Belobigung zugebilligt wird. Bestimmen Sie selbst die Summe, sie wird Ihnen ausgezahlt werden. Fürchten Sie nicht, sie zu hoch zu bemessen.«

»Ich danke Ihnen, mein Herr«, erwiderte Jean Valjean mild. Er dachte einen Augenblick nach, strich mechanisch mit dem Zeigefinger über den Nagel seines Daumens, dann sagte er, seine Stimme verstärkend: »Es ist nun alles so ungefähr erledigt. Noch eins … «

»Was?«

Jean Valjean stammelte leise, fast ohne Atem: »Jetzt, wo Sie wissen, glauben Sie, der Sie der Herr sind, daß ich Cosette nicht mehr sehen darf?«

»Ich glaube, es wäre besser«, antwortete Marius kalt.

»Ich werde sie nicht mehr sehen«, murmelte Jean Valjean. Und er schritt zur Tür. Er legte die Hand auf das Türschloß, der Riegel gab nach, die Tür klaffte. Jean Valjean öffnete sie weit genug, daß er hindurchkonnte, blieb eine Sekunde unbeweglich, dann schob er die Tür wieder zu und näherte sich Marius noch einmal. Er war nicht mehr bleich, er war todesfahl. Er hatte keine Tränen mehr in den Augen, sondern eine tragische Flamme. Seine Stimme war wieder seltsam ruhig geworden.

»Wenn Sie wollen«, sagte er, »werde ich Sie besuchen. Ich muß Ihnen erklären, daß ich mich danach sehne. Hätte es mich nicht gedrängt, Cosette zu sehen, hätte ich Ihnen nicht gebeichtet, ich hätte Paris verlassen. Aber da ich an dem Ort bleiben wollte, an dem Cosette ist, und sie auch künftig sehen will, muß ich Ihnen alles bekennen. Sie folgen mir, nicht wahr? Sie verstehen das wohl. Neun Jahre lang hatte ich sie um mich. Wir haben zuerst in der Baracke am Boulevard gewohnt, dann im Kloster, dann beim Luxembourg-Park. Dort haben Sie sie zum erstenmal gesehen. Sie erinnern sich an ihren blauen Plüschhut. Wir haben dann im Invalidenviertel gewohnt, wo ein Gitter war und ein Garten, in der Rue Plumet. Ich wohnte in einem Hinterhof, von wo ich ihr Piano hörte. Das war mein Leben. Wir haben uns nie verlassen. Das dauerte neun Jahre und einige Monate. Ich war wie ihr Vater, und sie war mein Kind. Ich weiß nicht, ob Sie mich verstehen, Herr Pontmercy, aber jetzt fortgehen, sie nicht mehr sehen, nicht mehr mit ihr sprechen, nichts mehr haben, das wäre schwer. Wenn Sie es mir nicht verweigern, werde ich ab und zu kommen, sie zu sehen. Ich würde nicht oft kommen. Ich würde nicht lange bleiben. Sie könnten anordnen, daß sie mich in dem kleinen Saal unten empfängt. Im Erdgeschoß. Ich würde durch die Hintertür eintreten, die für das Dienstpersonal, aber das könnte sie vielleicht verwundern. Besser, glaube ich, trete ich durch die Tür ein, die für alle da ist. Wahrhaftig, mein Herr, ich möchte Cosette noch ein wenig sehen. So selten, wie es Ihnen beliebt. Denken Sie sich an meine Stelle, ich habe sonst nichts mehr. Und man muß auch vorsichtig sein. Käme ich gar nicht, so würde das schlecht wirken, man würde es sonderbar finden. Ich kann ja abends kommen, vor Anbruch der Nacht.«

»Sie werden jeden Abend kommen«, sagte Marius, »und Cosette wird Sie erwarten.«

»Sie sind gut! mein Herr«, sagte Jean Valjean.

Marius grüßte Jean Valjean. Das Glück geleitete die Verzweiflung bis an die Tür, und die beiden Männer trennten sich.

Dunkel, das eine Enthüllung enthalten kann

Marius war völlig aufgewühlt. Die Abneigung, die er gegen den Mann in der Nähe Cosettes immer empfunden hatte, wurde ihm nun erklärlich. Um diese Person war ein Rätsel gewesen, von dem sein Instinkt ihn benachrichtigt hatte. Dieses Rätsel, es war die schmachvolle Schande: das Bagno. In Herrn Fauchelevent verbarg sich der Sträfling Jean Valjean. Ein solches Geheimnis urplötzlich mitten in seinem Glück zu entdecken wirkt wie ein Skorpion in einem Turteltaubennest. War sein und Cosettes Glück hinfort zu dieser Nachbarschaft verdammt? War sie eine unwiderrufliche Tatsache? War die Duldung dieses Mannes ein Teil der vollzogenen Ehe? Ließ sich nichts mehr dagegen tun? Hatte Marius auch den Sträfling geheiratet?

Wenn einen auch Licht und Freude umgeben, wenn man auch die große purpurne Stunde des Lebens auskostet, die glückliche Liebe, solche Erschütterungen ließen selbst den Erzengel in seiner Verzückung, den Halbgott in seinem Glanz erzittern.

Wie es stets bei solchen Änderungen des Blickpunktes geschieht, fragte Marius sich, ob er nicht sich selbst einen Vorwurf machen müsse. Hatte es ihm an Voraussicht, an Klugheit gefehlt? Hatte er sich unwillkürlich betäubt? Ein wenig vielleicht. Hatte er, ohne hinreichend an die Aufhellung der Umwelt zu denken, sich auf dieses Liebesabenteuer eingelassen, das zu seiner Ehe mit Cosette führte? Anhand einer Reihe aufeinanderfolgender Feststellungen, die wir selbst über uns selber treffen und durch die das Leben uns allmählich bessert, hatte er den schimärischen und visionären Hang seines Wesens beobachtet, die innere Verdüsterung, die seinem Charakter wie vielen anhaftete, die in der Raserei der Leidenschaft und des Schmerzes, wenn die Temperatur der Seele umschlägt, sich wie eine Wolke ausbreitet und den ganzen Menschen überwältigt, so daß er nur noch ein von Nebel verdunkeltes Gewissen ist. Mehr als einmal haben wir schon auf diese bezeichnende Komponente in der Persönlichkeit von Marius hingewiesen. Er erinnerte sich, daß er in seiner ersten Liebestollheit in der Rue Plumet, während jener fünf oder sechs ekstatischen Wochen mit Cosette, nicht einmal über das Drama in der Höhle Gorbeau gesprochen hatte, bei dem das Opfer mit so seltsamer Beharrlichkeit während des Kampfes schwieg und dann entschlüpfte. Wie kam es, daß er zu Cosette nichts von alledem erwähnt hatte? Und dennoch war, was dort geschah, ihnen so nahe und so schrecklich gewesen. Weshalb hatte er ihr die Thénardiers überhaupt nicht genannt, besonders an dem Tag, an dem er Eponine begegnet war? Es wurde ihm jetzt fast schwer, zu begreifen, daß er damals stumm blieb. Aber er gab sich darüber Rechenschaft. Er dachte an seine Kopflosigkeit, seine Berauschtheit von Cosette, als die Liebe ihn verzehrte, ihrer beider Entrückung in das Ideal. Und vielleicht hatte sich auch in diesem gewaltsamen und bezaubernden seelischen Zustand als kaum merkliche Vernunftregung ein unbestimmter, dumpfer Drang eingemischt, das furchtbare Abenteuer, dessen Berührung er ängstlich mied, zu vertuschen und aus seinem Gedächtnis zu tilgen. Denn er wollte keine Rolle darin spielen, er wollte sich ihm entziehen und konnte weder Erzähler noch Zeuge des Verbrechens sein, ohne Anklage zu erheben. Übrigens waren diese Wochen wie ein Blitz vergangen; er und Cosette hatten nur Zeit gehabt, sich zu lieben. Und wenn er alles erwog, alles umdrehte, alles nachprüfte, fragte er sich, ob, hätte er Cosette von dem Hinterhalt im Hause Gorbeau berichtet, hätte er ihr ohne Rücksicht auf die Folgen die Thénardiers genannt, hätte er überdies entdeckt, daß Jean Valjean ein Sträfling war, das für ihn, Marius, die Sache geändert haben würde. Oder für Cosette? Hätte er sich von ihr entfernt? Hätte er sie weniger angebetet? Hätte er die Ehe mit ihr etwa nicht geschlossen? Nein.

Hätte das etwas an dem geändert, was geschehen war? Nein. Also hatte er nichts zu bedauern, sich nichts vorzuwerfen. Alles war gut. Es gibt einen Gott für die Trunkenen, die man Verliebte nennt. Blind war Marius den Weg gegangen, den er als Sehender gewählt hätte. Die Liebe hatte ihm die Augen verbunden, um ihn wohin zu führen? Ins Paradies. Jedoch an das Paradies, das er so gefunden hatte, grenzte nun die Hölle.

Marius' alte Abneigung gegen diesen Mann, gegen diesen Fauchelevent, der Jean Valjean geworden war, verband sich jetzt mit Abscheu. In seinem Abscheu war einiges Mitleid und sogar eine gewisse Überraschung. Dieser Dieb, dieser rückfällige Dieb hatte sich eines Depots entäußert. Und was für eines Depots? Sechshunderttausend Francs. Er allein war in das Geheimnis dieses Depots eingeweiht. Er konnte alles behalten, er hatte alles abgegeben. Und von selbst hatte er seine Situation enthüllt. Nichts zwang ihn dazu. Wenn man wußte, wer er war, so war dies durch ihn geschehen. In seinem Geständnis war mehr als die Hinnahme der Demütigung, es bedeutete Hinnahme der Gefahr. Für einen Verurteilten ist eine Maske nicht eine Maske, sie ist eine nützliche Tarnung für ihn. Er hatte auf diese Tarnung verzichtet. Ein falscher Name ist eine Sicherheit; er hatte diesen falschen Namen verworfen. Er, der Galeerensträfling, konnte auf immer in einer ehrbaren Familie verschwinden. Er hatte dieser Versuchung widerstanden. Und aus welchem Motiv? Aus Gewissensqual. Er hatte es selber im unwiderstehlichen Tonfall der Wahrheit erklärt. Wer auch dieser Jean Valjean sein mochte, ein erwachendes Gewissen war er unzweifelhaft. Eine mysteriöse Erneuerung hatte in ihm begonnen, und allem Anschein nach wurde dieser Mann seit langem von seiner Reue beherrscht. Solche Anwandlungen des Sehnens nach dem Gerechten und Guten sind gemeinen Naturen nicht eigen. Erwachen des Gewissens ist Seelengröße.

Jean Valjean war aufrichtig. Diese sichtbare, erfaßbare, unwiderlegliche, auch durch den Schmerz, den sie ihm bereitete, offenkundige Aufrichtigkeit machte die Nachforschungen entbehrlich und gab allem, was er sagte, Gewicht. Hier war für Marius die Lage seltsam umgekehrt. Was ging von Herrn Fauchelevent aus? Mißtrauen. Was von Jean Valjean? Vertrauen.

Nachdenklich zog Marius die geheimnisvolle Bilanz dieses Jean Valjean. Er zählte die Aktiva, die Passiva zusammen und versuchte abzurechnen. Aber all das war wie bei einem Gewitter. Marius, der sich um eine klare Vorstellung von diesem Mann bemühte und Jean Valjean gewissermaßen bis auf den Grund seines Denkens verfolgte, verlor und fand ihn in einem schicksalhaften Nebel wieder.

Das ehrlich zurückgegebene Depot, das redliche Geständnis, das war gut. Das wirkte wie ein Aufreißen der Wolke, doch dann wurde sie wieder schwarz. So verworren die Erinnerungen von Marius auch waren, auf einiges konnte er sich schemenhaft besinnen.

Was hatte es nun wirklich mit dem Abenteuer in der Spelunke der Jondrettes auf sich? Warum war der Mann beim Eintreffen der Polizei geflohen, anstatt sich zu beschweren? Hierauf fand Marius die Antwort. Weil der Mann ein Vorbestrafter war und sich der Polizeiaufsicht entzogen hatte.

Eine andere Frage: Warum war dieser Mann zur Barrikade gekommen? Denn jetzt sah Marius das deutlich vor sich. Wie sympathetische Tinte im Feuer war es durch diese Erregungen wieder erschienen. Der Mann stand auf der Barrikade. Er kämpfte nicht. Was wollte er dort? Vor dieser Frage richtete sich ein Gespenst in die Höhe und gab Antwort: Javert. Marius vergegenwärtigte sich in dieser Stunde die unheilvolle Vision, wie Jean Valjean den geknebelten Javert aus der Barrikade hinausschaffte, und er hörte noch hinter der Ecke der kleinen Rue Mondétour den gräßlichen Pistolenschuß. Vermutlich waltete Haß zwischen dem Spitzel und dem Galeerensträfling. Der eine störte den anderen. Jean Valjean war auf die Barrikade gegangen, um sich zu rächen. Er war spät gekommen. Wahrscheinlich wußte er, daß Javert gefangen war. Die korsische Vendetta ist in die Unterwelt hier und da eingedrungen und dort Gesetz geworden. Sie ist so selbstverständlich, daß sie nicht einmal die schon wieder halb dem Guten zugewandten Seelen verwundert. Jene Herzen sind so. Ein reuiger Verbrecher kann sich vor Diebstahl hüten, aber der Begierde nach Rache erliegen. Jean Valjean hatte Javert getötet. Zumindest schien dem so.

Eine letzte Frage – aber auf sie gab es keine Erwiderung. Marius fühlte ihren Druck wie den einer Zange. Wie konnte sich die Existenz von Jean Valjean so lange Seite an Seite neben der Cosettes bewegt haben? Was war das für ein dunkles Spiel der Vorsehung, das dieses Kind mit jenem Manne zusammengebracht hatte? Wurden auch droben Ketten für zwei geschmiedet, und gefiel es Gott, den Engel mit dem Dämon zu paaren? So können ein Verbrecher und eine Unschuld in dem geheimnisvollen Bagno des Elends Stubengenossen sein? In dem Zug der Verdammnis, den man menschliches Schicksal nennt, können sich zwei Stirnen nebeneinander heben, die eine naiv, die andere schrecklich drohend, die eine im göttlichen Weiß des Frühscheins gebadet, die andere für immer gebleicht durch das Flammen eines ewigen Blitzes? Was hatte diese unerklärliche Verbindung zustande bringen können? Wie, infolge welches Wunders, konnte eine Gemeinschaft zwischen dieser himmlischen Kleinen und diesem alten Verdammten entstehen? Was hatte das Lamm an den Wolf fesseln und, noch unbegreiflicher, den Wolf an das Lamm binden können? Denn der Wolf liebte das Lamm, das wilde Geschöpf betete das schwache an. Seit neun Jahren schon hatte das Ungetüm den Engel betreut. Kindheit und Jugend Cosettes, ihr Hervortreten ins Tageslicht, ihr jungfräuliches Wachstum zum Leben waren von der Hingabe dieses mißgestalten Wesens geschützt worden. Hier lösten sich die Fragen gleichsam in unzählige Rätsel auf, Abgründe taten sich auf in der Tiefe der Abgründe, und Marius vermochte sich nicht mehr ohne Schwindel zu Jean Valjean hinüberzuneigen. Was war mit diesem geheimnisvollen Menschen?

Die alten Symbole der Schöpfungsgeschichte sind zeitlos. In der menschlichen Gesellschaft, wie sie besteht, gibt es bis zu dem Tage, da ein helleres Licht sie verändern wird, immer zwei Menschen, den höherstehenden und den unterlegenen. Der dem Guten entspricht, ist Abel. Der dem Bösen entspricht, ist Kain. Wer war dieser liebevolle Kain? Wer war dieser Bandit, der sich fromm in die Anbetung einer Jungfrau versenkte, sie in seine Obhut nahm, sie großzog, sie behütete, ihre Würde achtete und sie mit Reinheit umgab, er, der Unreine? Wer war diese Schurkenseele, die diese Unschuld so sehr verehrte, daß sie auf ihr keinen Makel hinterlassen hatte? Wer war dieser Jean Valjean, der Cosette heranbildete? Wer mochte diese Gestalt der Finsternis sein, deren einzige Sorge es war, einen aufgehenden Stern vor jedem Dunkel und jeder Wolke zu bewahren? Das war Jean Valjeans Geheimnis. Das war auch das Geheimnis Gottes.

Vor diesem zwiefachen Geheimnis schreckte Marius zurück. Das eine beruhigte ihn gewissermaßen über das andere. Gott war in diesem Abenteuer ebenso sichtbar wie Jean Valjean. Gott hat seine Werkzeuge. Er bedient sich ihrer, wie er will, und muß sich dafür vor dem Menschen nicht verantworten. Wissen wir, wie Gott etwas beginnt? Jean Valjean hatte an Cosette gearbeitet. Ein wenig hatte er diese Seele geformt. Das ließ sich nicht bestreiten. Und weiter? Der Arbeiter war scheußlich, doch das Werk prächtig. Gott vollbringt seine Wunder, wie es ihm beliebt. Er hatte diese zauberhafte Cosette erschaffen, und er hatte Jean Valjean dazu benutzt. Es hatte ihm gefallen, sich diesen seltsamen Mitarbeiter auszusuchen. Was für eine Rechenschaft haben wir von ihm zu fordern? Hilft der Mist etwa zum erstenmal dem Frühling, die Rose hervorzubringen?

Marius gab sich diese Antworten und fand sie gut. In allen Punkten, die eben von uns erwähnt wurden, hatte er nicht gewagt, Jean Valjean zu bedrängen. Sich selbst gestand er nicht ein, daß er es nicht wagte. Er betete Cosette an, er besaß Cosette, Cosette war herrlich rein. Das genügte ihm. Was wollte er aufhellen? Cosette war ein Stern. Hat das Licht es nötig, erhellt zu werden? Er hatte alles; was konnte er noch begehren? Alles, war das nicht genug? Jean Valjeans persönliche Angelegenheiten gingen ihn nichts an. Und während er sich über das verhängnisvolle Dunkel dieses Mannes beugte, klammerte er sich an die feierliche Erklärung des Elenden: »Für Cosette bin ich nichts. Vor zehn Jahren wußte ich nichts von ihr.« Jean Valjean war ein Vorübergehender. Er hatte es selber gesagt. Nun gut, er ging vorüber. Wer auch immer er sein mochte, seine Rolle hatte er ausgespielt. Künftig erfüllte Marius die Aufgaben der Vorsehung für Cosette. Cosette hatte im Azur wieder zu ihresgleichen gefunden, zu ihrem Geliebten, ihrem Gatten, ihrem himmlischen Mann. Auffliegend ließ Cosette, beflügelt und verklärt, Jean Valjean, ihre leere und häßliche Puppe, auf Erden zurück.

Worum auch die Gedanken von Marius kreisten, er kam immer wieder auf einen gewissen Abscheu gegen Jean Valjean zurück. Einen wohl heiligen Abscheu, denn er spürte, wir haben soeben darauf hingewiesen, in diesem Mann ein *quid divinum*. Doch man konnte es drehen und wenden, wie man wollte, eins ließ sich nicht aus der Welt schaffen: Er war ein Sträfling, das heißt das Wesen, für das in der gesellschaftlichen Rangordnung kein Platz mehr ist, weil es unterhalb der letzten Stufe steht. Nach dem letzten Menschen kommt der Sträfling. Der Sträfling gehört gewissermaßen nicht mehr zu den Lebenden. Das Gesetz hat ihm das ganze Maß an Menschlichkeit aberkannt, das es einem Menschen wegnehmen kann. In den Strafrechtsfragen hielt es Marius, obwohl Demokrat, noch mit dem unerbittlichen System, und er hatte von denen, die das Gesetz trifft, alle Vorstellungen des Gesetzes. Er stand noch nicht, unter uns gesagt, auf der Höhe allen Fortschritts. Er war noch nicht so weit, daß er zwischen dem, was der Mensch geschrieben hat, und dem, was von Gott geschrieben ist, zwischen dem Gesetz und dem Recht unterschied. Er hatte das Recht, das sich der Mensch herausnimmt, über das Unwiderrufliche und nicht Wiedergutzumachende zu bestimmen, nicht geprüft und abgewogen. Er empörte sich nicht über das Wort »Sühne«. Er fand lediglich, daß gewisse Gesetzesübertretungen mit ewigen Strafen geahndet werden müßten, und er nahm als zivilisatorisches Verfahren die Verdammung durch die Gesellschaft hin. Erst später sollte er weitergehen, denn seinem Wesen nach war er gütig, und im Grunde genommen wirkte verborgen der Fortschritt in ihm.

In dieser Gedankenwelt erschien ihm Jean Valjean mißgestalt und abstoßend. Er war der Ausgestoßene, der Sträfling. Dieses Wort klang ihm wie ein Posaunenstoß des Jüngsten Gerichts. Und nachdem er lange Jean Valjean betrachtet hatte, wandte er sich ab. *Vade retro.*

Marius, das muß erkannt und sogar betont werden, hatte, als er Jean Valjean so eingehend ausfragte, daß dieser zu ihm sagte: »Sie verhören mich«, gleichwohl zwei, drei entscheidende Fragen nicht gestellt. Nicht etwa, daß sie ihm nicht eingefallen wären, sondern weil er sich vor ihnen fürchtete. Die Spelunke der Jondrettes? Die Barrikade? Javert? Wer weiß, wo die Enthüllungen aufgehört hätten? Jean Valjean schien nicht der Mann, der auswich, und wer weiß, ob Marius, nachdem er ihm zugesetzt, nicht gewünscht hätte, ihn zurückzuhalten? Ist es uns allen in gewissen aussichtslosen Lagen nicht schon widerfahren, daß wir uns, nachdem wir eine Frage gestellt haben, die Ohren verstopfen, um nicht die Antwort hören zu müssen? Zumal, wenn wir lieben, sind wir so feige. Es ist nicht klug, die unheilvollen Umstände bis zum letzten zu erforschen, vor allem nicht, wenn die von unserem eigenen Leben untrennbare Seite schicksalhaft damit verbunden ist. Verzweifelte Erklärungen von Jean Valjean, irgendein entsetzliches Licht konnten daraus hervorgehen, und wer weiß, ob dieser häßliche Schein nicht auf Cosette gefallen wäre? Wer weiß, ob nicht so etwas wie ein höllischer Schimmer auf der Stirn dieses Engels zurückgeblieben wäre?

Die Unannehmlichkeit bei einem Blitz ist noch immer der Donnerschlag. Das Verhängnis kennt solche gegenseitige Verantwortlichkeit, bei der selbst die Unschuld dem düsteren Gesetz der abfärbenden Widerspiegelungen zufolge vom Verbrechen durchdrungen wird. Die reinsten Gestalten können für immer den Widerschein einer gräßlichen Nachbarschaft bewahren. Ob zu Recht oder Unrecht, Marius fürchtete sich. Schon wußte er zuviel. Er suchte sich eher zu betäuben als Klarheit zu verschaffen. Verzweifelt trug er Cosette in seinen Armen fort und verschloß die Augen vor Jean Valjean.

Dieser Mann war Nacht, lebende und schreckliche Nacht.

Wie konnte man es wagen, ihm auf den Grund zu gehen? Es ist entsetzlich, das Dunkel zu befragen. Wer weiß, was es antwortet? Die Morgenröte könnte sich für alle Zeiten verfinstern.

In solch einer geistigen Verfassung war es für Marius ein peinigender Gedanke, daß dieser Mensch hinfort Cosette irgendwie nahe sein sollte. Er tadelte sich jetzt, daß er die furchtbaren Fragen nicht gestellt hatte, daß er vor ihnen, vor einer unversöhnlichen, dauernden Entscheidung zurückgewichen war. Er schien sich zu gut, zu sanft, zu schlaff. Diese Schlaffheit hatte ihn zu einem unbesonnenen Zugeständnis verleitet. Er hatte sich rühren lassen, und das war nicht recht von ihm. Er hätte Jean Valjean einfach verstoßen müssen, Jean Valjean war ein Schadenfeuer; er mußte es ausbrennen lassen, damit es sich in sein Haus nicht einfraß. Er grollte sich selbst, er grollte dem Wirbelsturm der Empfindungen, der ihn betäubt, geblendet, überrannt hatte. Er war mit sich selber unzufrieden.

Was sollte er tun? Die Besuche Jean Valjeans waren ihm tief zuwider. Was wollte der Mann bei ihm? Was sollte das? Hier schweifte er ab, er wollte nicht tiefer schürfen, nicht tiefer eindringen. Es widerstrebte ihm, sich selber zu ergründen. Er hatte ihm eine Zusage gegeben, er hatte sich überreden lassen. Jean Valjean war im Besitz seines Versprechens. Sogar einem Sträfling und gerade einem Sträfling muß man Wort halten. Aber seine erste Pflicht war die gegen Cosette. Alles in allem erfüllte ihn ein Widerwille, mächtiger als irgend etwas sonst. Verstört wälzte Marius all diese Gedanken in seinem Geist hin und her, sprang von einem zum anderen über und war durch alle beunruhigt. Daher eine tiefe Verwirrung. Es wurde ihm nicht leicht, Cosette darüber hinwegzutäuschen, aber Liebe ist ein Talent, und so gelang es Marius. Übrigens stellte er Cosette scheinbar absichtslos Fragen. Sie war rein, wie eine Taube weiß ist, und vermutete nichts Arges. Er sprach mit ihr über ihre Kindheit, über ihre Jugend, und er überzeugte sich mehr und mehr, daß alles, was ein Mann an Güte, Väterlichkeit und Achtung aufbringen konnte, dieser Sträfling für Cosette aufgebracht hatte. Alles, was Marius geahnt und gemutmaßt hatte, war Wirklichkeit. Die unheimliche Brennessel hatte diese Lilie geliebt und beschützt.

ACHTES BUCH

ABENDDÄMMERUNG

Das Zimmer zu ebener Erde

Tags darauf, als die Nacht herabsank, klopfte Jean Valjean an die Toreinfahrt im Hause Gillenormand. Basque empfing ihn. Basque war pünktlich im Hof, wie auf Befehl. Manchmal sagte man zu einem Bedienten: »Passen Sie auf, bis der und der Herr kommt!«

Noch bevor Jean Valjean sich ihm näherte, richtete Basque das Wort an ihn: »Der Herr Baron hat mich geheißen, den Herrn zu fragen, ob er in den ersten Stock hinaufgehen oder unten bleiben will.«

»Ich bleibe unten«, erwiderte Jean Valjean.

Basque öffnete, im übrigen durchaus respektvoll, die Tür des unteren Saales und sagte: »Ich werde den Herrn der Frau Baronin melden.«

Das Zimmer, das Jean Valjean betrat, war ein gewölbter, feuchter Raum im Erdgeschoß, der mitunter als Vorratskammer diente, nach der Straße zu, mit roten Fliesen ausgelegt und durch ein Fenster mit Eisenstäben schlecht beleuchtet. Es zählte nicht zu denen, die Abstäuber, Lappen und Besen behelligen. Der Staub konnte sich ruhig dort ablagern. Die Jagd auf die Spinnen wurde vernachlässigt. Ein Leintuch, prahlerisch aufgehängt, schmutzig, mit toten Fliegen geschmückt, blähte sich an der Fensterscheibe. Der Saal, klein und niedrig, war in einer Ecke mit einer Menge leerer Flaschen angefüllt. Die Mauer, die mit gelbem Ocker getüncht war, schuppte sich in breiten Flächen vom Mörtelverputz. Im Hintergrund sah man einen schwarzbemalten Holzkamin mit schmalem Brett. Ein Feuer brannte darin, ein Beweis, daß man mit der Antwort Jean Valjeans: »Ich bleibe unten« gerechnet hatte. Zwei Sessel waren in die beiden Ecken vor dem Kamin geschoben. Zwischen den Sesseln war statt eines Teppichs ein alter Bettvorleger ausgestreckt, der mehr Schnur als Wolle zeigte. Das Zimmer bekam durch das Kaminfeuer und die Dämmerung vom Fenster her Licht.

Jean Valjean war müde. Seit mehreren Tagen aß und schlief er nicht. Er ließ sich in einen Sessel fallen. Basque kehrte zurück, stellte eine brennende Kerze auf den Kamin und empfahl sich. Jean Valjean, den Kopf gebeugt, das Kinn auf der Brust, sah weder Basque noch die Kerze.

Plötzlich fuhr er empor. Cosette stand hinter ihm. Er hatte sie nicht eintreten sehen, aber gefühlt, daß sie eintrat. Er wandte sich um und betrachtete sie. Sie war zum Anbeten schön. Aber was er mit diesem tiefen Blick betrachtete, war nicht ihre Schönheit, sondern ihre Seele.

»Ach, Vater«, rief Cosette, »ich wußte wohl, daß Sie seltsam sind, aber nie im Leben hätte ich das von Ihnen gedacht. So eine Idee! Marius sagte mir, Sie wünschten, daß ich Sie hier empfange.«

»Ja, es ist mein Wunsch.«

»Die Antwort habe ich erwartet. Gut. Ich teile Ihnen mit, daß ich Ihnen eine Szene machen werde. Fangen wir mit dem Anfang an! Vater, küssen Sie mich!« Und sie hielt ihm ihre Wange hin. Jean Valjean blieb unbeweglich.

»Sie rühren sich nicht. Das stelle ich fest. So benimmt sich ein Schuldiger. Aber gleichviel, ich verzeihe Ihnen. Jesus Christus hat gesagt: Reichet die andere Wange! Hier ist sie.« Und sie hielt die andere Wange hin. Jean Valjean bewegte sich nicht. Es schien, als wären seine Füße an den Boden genagelt.

»Nun wird es Ernst«, sagte Cosette. »Was habe ich Ihnen getan? Ich bin erzürnt. Sie müssen mich versöhnen. Sie speisen mit uns.«

»Ich habe gegessen.«

»Das ist nicht wahr. Ich werde Sie von Herrn Gillenormand ausschimpfen lassen. Die Großväter sind dazu da, die Väter zu schelten. Also kommen Sie mit mir in den Salon, und zwar sofort!«

»Ich kann nicht.«

Cosette wurde ein wenig unsicher. Sie ließ ab zu befehlen und begann zu fragen. »Aber warum? Und um mich zu sehen, wählen Sie das häßlichste Zimmer des Hauses. Es ist doch greulich hier.«

»Du weißt …« Jean Valjean verbesserte sich. »Sie wissen, gnädige Frau, daß ich ein Sonderling bin, ich habe meine Grillen.«

Cosette schlug ihre kleinen Hände gegeneinander. »Gnädige Frau! Sie wissen! Wieder etwas Neues? Was hat das für einen Sinn?«

Jean Valjean blickte sie mit dem starren, schmerzlichen Lächeln an, in das er sich bisweilen rettete. »Sie wollten gnädige Frau sein, Sie sind es.«

»Nicht für Sie, Vater.«

»Nennen Sie mich nicht mehr Vater!«

»Wie?«

»Nennen Sie mich Herr Jean. Oder Jean, wenn Sie wollen.«

»Sie sind nicht mehr mein Vater? Ich bin nicht mehr Cosette? Herr Jean? Was soll das bedeuten? Das sind ja wahre Revolutionen! Was ist denn geschehen? Sehen Sie mir mal ins Gesicht! Und Sie wollen nicht bei uns wohnen? Sie wollen mein Zimmer nicht? Was habe ich Ihnen denn getan? Da ist doch irgend etwas.«

»Nichts.«

»Na, und?«

»Alles wie gewöhnlich.«

»Warum ändern Sie Ihren Namen?«

»Auch Sie haben den Ihren geändert.« Er lächelte wieder und fügte hinzu: »Da Sie Frau Pontmercy sind, darf ich doch Herr Jean sein.«

»Ich verstehe das alles nicht. Das ist doch eine Dummheit. Ich werde meinen Mann um die Erlaubnis bitten, daß Sie hier Herr Jean sind. Hoffentlich wird er nicht einwilligen. Sie bereiten mir viel Kummer. Man hat Grillen, aber man erspart seiner kleinen Cosette Verdruß. Was Sie da tun, ist schlecht. Sie haben kein Recht, böse zu sein, da Sie gut sind.«

Er antwortete nicht. Eifrig faßte sie seine beiden Hände, und indem sie mit einer unwiderstehlichen Geste sie zu ihrem Gesicht hob, preßte sie sie zärtlich an ihren Hals, unter ihrem Kinn. »Oh«, sagte sie, »seien Sie gut!« Und sie fuhr fort: »Gut nenne ich: artig sein, hier wohnen, unsere netten kleinen Spaziergänge wieder aufnehmen, es gibt hier Vögel wie in der Rue Plumet, das Loch in der Rue de l'Homme-Armé verlassen, keine Silbenrätsel zu raten aufgeben, sich wie alle anderen Leute betragen, nachmittags mit uns essen, mit uns frühstücken, mein Vater sein.«

Er machte seine Hände frei. »Sie brauchen keinen Vater mehr, Sie haben einen Gatten.«

Cosette erhitzte sich. »Ich brauche keinen Vater mehr! Das ist doch vollkommener Unsinn, da weiß man wirklich nicht, was man sagen soll.«

»Wäre die Toussaint hier«, erwiderte Jean Valjean wie jemand, der sich auf Autoritäten berufen will und nach einem Strohhalm greift, »sie würde als erste bestätigen, daß ich immer meine Eigenheiten gehabt habe. Das ist nichts Neues. Immer habe ich meinen dunklen Winkel geliebt.«

»Aber hier ist es kalt. Das Licht ist mäßig. Es ist abscheulich, daß Sie Herr Jean sein wollen. Ich leide es nicht, daß Sie mich siezen.«

»Vorhin, als ich kam«, antwortete Jean Valjean, »habe ich in der Rue Saint-Louis bei einem Kunsttischler ein Möbelstück gesehen. Wäre ich eine hübsche Frau, würde ich es mir leisten. Ein schöner Toilettentisch im heutigen Geschmack. Was man Rosenholz nennt, glaube ich. Inkrustiert. Ein großer Spiegel. Es sind Schubladen daran. Sehr hübsch.«

»Huh? Schlimmer Bär!« erwiderte Cosette. Und mit höchster Anmut fauchte sie, die Zähne fletschend und die Lippen auseinanderziehend, gegen Jean Valjean. Sie war eine Grazie, die eine Katze kopiert. »Ich bin wütend«, sagte sie. »Seit gestern reizen mich alle zur Wut. Ich ärgere mich viel. Ich verstehe nicht. Sie verteidigen mich nicht gegen Marius. Marius unterstützt mich nicht gegen Sie. Ich bin ganz allein. Ich richte ein Zimmer nett her. Wenn ich den lieben Gott hätte hineinstellen können, hätte ich es getan. Ich bleibe mit meinem Zimmer sitzen. Mein Mieter hält mir nicht Wort. Ich bestelle bei Nicolette ein gutes kleines Diner. Man mag Ihr Diner nicht, gnädige Frau. Und mein Vater Fauchelevent will, daß ich ihn Herr Jean nenne und daß ich ihn in einem scheußlichen, alten, häßlichen, verschimmelten Keller empfange, wo die Mauern einen Bart haben, wo es statt Kristall leere Flaschen gibt und statt der Vorhänge Spinnweben. Sie sind sonderbar, das ist Ihre Art, aber einem jungen Ehepaar gewährt man einen Waffenstillstand. Sie hätten nicht sofort wieder loslegen sollen. Sie werden also in Ihrer gräßlichen Rue de l'Homme-Armé zufrieden sein. Über die war ich verzweifelt! Was haben Sie gegen mich? Sie machen mir viel Kummer. Pfui!« Und plötzlich ernst, sah sie Jean Valjean fest an. »Sie neiden mir also«, setzte sie traurig hinzu, »mein Glück?«

Bisweilen durchschaut die Unbefangenheit ohne ihr Wissen.

Die Frage, für Cosette einfach, war tief für Jean Valjean. Cosette wollte kratzen; sie zerfleischte. Jean Valjean erbleichte. Einen Moment antwortete er nicht, dann murmelte er in unsagbarem Ton wie im Selbstgespräch: »Das Glück dieses Mädchens war der Zweck meines Lebens. Jetzt wird Gott gestatten, daß ich gehe. Cosette, du bist glücklich. Meine Zeit ist um.«

»Ah, Sie haben du zu mir gesagt!« rief Cosette. Und sie warf sich ihm an den Hals.

Verstört umschlang Jean Valjean sie. Er hielt sie an seiner Brust, und es schien, als nehme er sie wieder an sich. »Danke, Vater«, sagte Cosette.

Der Ausbruch wurde für Jean Valjean beängstigend. Sanft entwand er sich den Armen Cosettes. Er griff nach seinem Hut. »Nun?« fragte Cosette.

Jean Valjean erwiderte: »Ich verlasse Sie, gnädige Frau, man erwartet Sie.« Und von der Schwelle der Tür fügte er hinzu: »Ich habe Sie geduzt. Sagen Sie Ihrem Gatten, daß das nicht wieder vorkommen wird. Verzeihen Sie mir!« Jean Valjean ging und ließ Cosette, durch dieses rätselhafte Lebewohl überrascht, zurück.

Am nächsten Tag kam Jean Valjean zur selben Stunde. Cosette stellte keine Fragen an ihn, staunte nicht mehr, rief nicht mehr, es sei ihr kalt, sprach nicht mehr von dem Salon. Sie vermied Vater sowohl wie Herr Jean zu sagen. Sie ließ sich siezen und gnädige Frau nennen. Nur zeigte sie eine um einen gewissen Grad herabgestimmte Heiterkeit. Sie wäre traurig gewesen, wenn sie je die Fähigkeit dazu besessen hätte. Wahrscheinlich hatte sie mit Marius eine jener Unterhaltungen gepflogen, in denen der geliebte Mann sagt, was er will, nichts erklärt und der geliebten Frau dennoch Genugtuung gibt. Die Neugier der Verliebten geht nicht sehr weit über ihre Liebe hinaus.

Der Saal im Erdgeschoß hatte ein wenig Toilette gemacht. Basque hatte die Flaschen beseitigt und Nicolette die Spinnen.

An allen folgenden Tagen erschien Jean Valjean zur gleichen Stunde wieder. Er kam jeden Tag, da er nicht die Kraft hatte, die Worte von Marius anders als buchstäblich aufzufassen. Marius richtete sich so ein, daß er in der Zeit von Jean Valjeans Anwesenheit fern war. Das Haus gewöhnte sich an das veränderte Betragen des Herrn Fauchelevent. Die Toussaint half dabei. »Der Herr war immer so«, äußerte sie oft. Der Großvater tat den Spruch: »Er ist ein Original.« Und damit war alles gesagt. Übrigens ist man mit neunzig Jahren keines freundschaftlichen Verkehrs mehr fähig. Alles ist übersichtlich geordnet; ein Eindringling wird lästig. Es ist kein Platz mehr da, alles nur noch Gewohnheit. Herr Fauchelevent, Herr Tranchelevent: Der Herzenswunsch des Großvaters Gillenormand war: »dieses Herrn« enthoben zu sein. »Nichts ist so alltäglich wie diese Sonderlinge. Sie machen die verrücktesten Sachen. Ohne irgendeinen Zweck. Der Marquis von Canaples war ärger. Er kaufte ein Palais, um im Speicher zu wohnen. Närrische Einfälle haben solche Leute.«

Niemand ahnte die erschreckende Kehrseite. Wer hätte übrigens auch so etwas erraten können? In Indien gibt es

Sümpfe, deren Wasser seltsam, rätselhaft anmutet. Es erzittert ohne den leisesten Wind und ist da bewegt, wo es ruhig sein sollte. An der Oberfläche ist dieses grundlose Aufwallen zu sehen, die Hydra, die sich in der Tiefe wälzt, sieht man nicht.

Viele Menschen haben so ein ungeheuerliches Geheimnis, ein Übel, das sie nähren, einen Drachen, der sie zerfrißt, eine Verzweiflung, die ihre Nacht erfüllt. Ein solcher Mensch gleicht den anderen, geht und kommt. Man weiß nicht, daß in ihm ein gräßlicher Schmerz haust, ein Parasit mit tausend Zähnen, der in diesem Elenden lebt und ihn tötet. Man weiß nicht, daß dieser Mensch ein Abgrund ist. Er ist still, doch tief. Hin und wieder trübt sich ohne erkennbare Ursache seine Oberfläche. Eine geheimnisvolle Falte bildet sich, verschwindet, erscheint wieder. Eine Luftblase steigt auf und platzt. Das ist nichts Besonderes, und doch ist es schrecklich. Das ist der Atem des unbekannten Tieres.

Bestimmte seltsame Gepflogenheiten – eintreffen, wenn andere aufbrechen, sich bescheiden im Hintergrund halten, wo sich andere zur Schau stellen, bei allen Gelegenheiten bedacht auf das, was man den mausfarbenen Mantel der Unauffälligen nennen könnte, den einsamen Weg suchen, die menschenleere Straße bevorzugen, sich an Gesprächen nicht beteiligen, die Menge und die Feste meiden, scheinbar in guten Verhältnissen und doch armselig leben, seinen Schlüssel, so reich man auch ist, in der Tasche und seine Kerze beim Portier haben, durch die Hintertür eintreten, die Geheimtreppe hinaufgehen –, all diese nichtssagenden Eigenheiten, Falten, Luftblasen, die leicht gekräuselte Oberfläche, kommen oft aus einer fürchterlichen Tiefe.

Mehrere Wochen vergingen so. Nach und nach bemächtigte sich Cosettes ein neues Leben: die Beziehungen, die die Ehe schafft, die Besuche, die Sorgen der Häuslichkeit, die Vergnügungen, diese großen Angelegenheiten. Cosettes Vergnügungen waren nicht kostspielig; sie hatten nur den einen Inhalt, mit Marius zusammen zu sein. Mit ihm auszugehen, bei ihm zu bleiben, war ihre wichtigste Beschäftigung. Es war für beide immer eine neue Freude, allein, Arm in Arm, unterwegs zu sein, der Sonne entgegen, inmitten der Straße, ohne sich vor den Menschen zu verbergen. Cosette mußte sich mit einer Mißlichkeit abfinden. Die Toussaint verstand sich nicht mit Nicolette; die Gemeinschaft der beiden alten Jungfern war unmöglich, und so schied sie aus. Der Großvater war gesund. Marius plädierte dann und wann in einem Prozeß. Die Tante Gillenormand führte still nahe den Neuvermählten die Nebenexistenz, die ihr genügte. Jean Valjean kam alle Tage. Daß das Duzen durch Siezen ersetzt, daß die Begrüßung »Gnädige Frau!« und »Herr Jean!« nun üblich war, ließ Cosette ihn mit anderen Augen betrachten. Seine Absicht, sich ihr zu entfremden, gelang ihm. Sie war immer lustiger und immer weniger zärtlich. Sie liebte ihn nach wie vor, und er spürte es. Eines Tages sagte sie plötzlich zu ihm: »Sie waren mein Vater, Sie sind es nicht mehr, Sie waren mein Onkel, Sie sind es nicht mehr. Sie waren Herr Fauchelevent, Sie sind Herr Jean. Wer sind Sie denn? Das alles gefällt mir nicht. Wenn ich nicht wüßte, daß Sie so gut sind, hätte ich Angst vor Ihnen.«

Er wohnte weiter in der Rue de l'Homme-Armé, da er sich nicht entschließen konnte, sich aus dem Viertel, in dem er Cosette wußte, zu entfernen. Zuerst blieb er nur wenige Minuten bei Cosette. Dann wurden seine Besuche allmählich weniger kurz. Es schien, als nutze er aus, daß die Tage sich verlängerten. Er kam früher und ging später. Eines Tages entschlüpfte Cosette das Wort »Vater«. Ein Freudenstrahl erhellte das alte, düstere Antlitz von Jean Valjean. Er verbesserte sie: »Sagen Sie Jean!«

»Ach richtig«, erwiderte sie laut lachend. »Herr Jean.«

»Gut so«, sagte er. Und er wandte sich um, damit sie nicht sah, wie er sich die Tränen abwischte.

Sie erinnern sich an den Garten in der Rue Plumet

Dies war das letzte Mal. Nach diesem letzten Lichtschimmer kam es zu gänzlichem Erlöschen. Keine Vertraulichkeit mehr, kein »Guten Tag!« mit einem Kuß, nie mehr die gefühlvolle Anrede: »Mein Vater!« Wie er es begehrt hatte, und durch eigene Mitschuld, sah er sich nacheinander aus allem, was ihn beglückte, verjagt, und ihm widerfuhr das Elend, daß er, nachdem er Cosette an einem Tag völlig verloren hatte, dann alles von ihr einzeln nochmals verlieren mußte.

Das Auge stellte sich langsam auf die Kellerbeleuchtung um. Im Grunde war es für ihn genug, wenn er täglich einmal die Erscheinung Cosettes erlebte. Sein Dasein konzentrierte sich auf diese Stunde. Er nahm bei ihr Platz, er blickte sie schweigend an, oder er sprach zu ihr von einstigen Jahren, von ihrer Kindheit, vom Kloster, von ihren damaligen kleinen Freundinnen.

Es war der Nachmittag eines der ersten Apriltage, schon warm und noch frisch, der Moment, in dem die Sonne heiter glänzt. Die Gärten vor den Fenstern von Marius und Cosette waren in der Unruhe des Erwachens. Der Hagedorn begann zu sprossen, auf den alten Mauern breiteten sich die Levkojen wie Geschmeide aus, die rosigen Blüten des Löwenmauls klemmten sich in die Spalten der Steine, im Gras war ein reizendes Aufschießen von Maßliebchen und Butterblumen, die weißen Schmetterlinge des Jahres tanzten in ersten Flügen, der Wind, der Spielmann der ewigen Hochzeit, probte in den Bäumen die ersten Noten der großen Symphonie des Morgenrots, die alte Dichter den Lenz nannten. Marius sagte zu Cosette: »Wir wollten doch in unseren Garten in der Rue Plumet gehen, um ihn wiederzusehen. So komm! Wir dürfen nicht undankbar sein«, und sie flatterten wie zwei Schwalben dem Frühling zu.

Der Garten in der Rue Plumet schien ihnen der junge Tag. Sie hatten den Frühling ihrer Liebe schon gleichsam hinter sich. Das Haus in der Rue Plumet war verpachtet und gehörte Cosette noch. Sie gingen in den Garten und ins Haus. Sie fanden sich dort wieder, sie vergaßen sich darin. Abends, um die gewohnte Stunde, kam Jean Valjean in die Rue des Filles-du-Calvaire. »Die gnädige Frau ist mit dem Herrn ausgegangen und noch nicht zurück«, sagte Basque. Still setzte er sich und wartete eine Stunde. Cosette kam nicht heim. Er senkte den Kopf und ging.

Cosette war von der Gartenpartie so berauscht und so

froh, einen ganzen Tag, wie sie sagte, in ihrer Vergangenheit gelebt zu haben, daß sie am nächsten Tag von nichts sonst sprach. Sie achtete nicht darauf, daß sie Jean Valjean nicht gesehen hatte. »Wie haben Sie den Weg gemacht?« fragte er sie.

»Zu Fuß.«

»Und wie sind Sie zurückgekehrt?«

»In einer Droschke.«

Seit einiger Zeit merkte Jean Valjean, wie beengt das Leben des jungen Paares war. Das betrübte ihn. Die Art, wie Marius wirtschaftete, war streng, und das für Jean Valjean in des Wortes wahrstem Sinne. Er hatte den Mut zu einer Frage: »Warum haben Sie nicht einen eigenen Wagen? Eine hübsche zweisitzige Kutsche würde Sie nur fünfhundert Francs monatlich kosten. Sie sind reich.«

»Ich weiß nicht«, erwiderte Cosette.

»Das ist wie mit der Toussaint«, sagte Jean Valjean, »sie ist fort. Sie haben keinen Ersatz für sie. Warum?«

»Mit Nicolette kommen wir aus.«

»Aber Sie müßten eine Zofe haben.«

»Habe ich nicht Marius?«

»Sie sollten ein Haus für sich haben, Bediente für sich, einen Wagen, eine Loge im Theater. Für Sie ist nichts zu schön. Warum nehmen Sie nicht wahr, daß Sie reich sind? Der Reichtum ergänzt das Glück.« Cosette antwortete nicht.

Die Besuche Jean Valjeans wurden nicht kürzer. Im Gegenteil. Wenn das Herz entgleitet, macht man auf dem Hang nicht halt. Wenn Jean Valjean seine Anwesenheit verlängern und über die Zeit hinwegtäuschen wollte, rühmte er Marius. Er lobte seine Schönheit, seinen edlen Sinn, seine Tapferkeit, seinen Geist, seine Beredsamkeit, seine Güte. Cosette überbot ihn. Jean Valjean fing wieder an. Sie wurden dessen nicht müde. Marius, das Thema war unerschöpflich. So brachte Jean Valjean es fertig, lange zu bleiben. Cosette zu sehen, bei ihr zu vergessen, war so trostvoll für ihn. Es war wie Balsam auf seine Wunde.

Mehrmals mußte Basque seine Bestellung wiederholen: »Herr Gillenormand schickt mich, ich soll die Frau Baronin erinnern, daß angerichtet ist.« An diesen Tagen ging Jean Valjean grübelnd nach Hause.

War also doch etwas Wahres an jenem Vergleich mit der Puppe, den Marius angestellt hatte? War Jean Valjean tatsächlich eine Puppe, die sich verrannte und die ihren Schmetterling besuchte?

Eines Tages blieb er länger als gewöhnlich. Am nächsten Tag fiel ihm auf, daß im Kamin kein Feuer brannte. Ach, dachte er, kein Feuer! Und er gab sich selbst die Erklärung: Ganz einfach. Wir sind im April. Die Kälte hat aufgehört.

»Gott, ist das kalt hier!« rief Cosette, als sie eintrat.

»Aber nein«, erwiderte Jean Valjean.

»Dann haben Sie Basque gesagt, daß er nicht mehr heizen soll ?«

»Ja, wir haben schon bald Mai.«

»Aber geheizt wird bis in den Juni. In dem Keller hier braucht man das ganze Jahr Feuer.«

»Ich dachte, das Heizen sei nicht mehr nötig.«

»Wieder so eine Idee von Ihnen!« sagte Cosette.

Am nächsten Abend brannte Feuer. Jedoch die beiden Sessel standen am anderen Ende des Saales, nahe der Tür. Was soll das? dachte Jean Valjean. Er holte die Sessel und setzte sie an ihren früheren Platz neben dem Kamin. Indes machte es ihn sicherer, daß das Feuer wieder angezündet war. Er ließ das Geplauder noch länger als sonst dauern. Als er aufstand, um zu gehen, besann sich Cosette: »Gestern hat mein Mann etwas Komisches gesagt. «

»Was denn?«

»Er hat gesagt: Cosette, wir haben dreißigtausend Francs Rente, siebenundzwanzig hast du, drei ich von meinem Großvater. Ich habe geantwortet: Das macht dreißig. Er hat gefragt: Könntest du dich entschließen, von den dreitausend zu leben? Ich habe geantwortet: Ja, von nichts. Wenn ich nur mit dir zusammen lebe. Und dann habe ich gefragt: Wozu sagst du mir das? Er hat geantwortet: Um zu wissen.«

Jean Valjean konnte kein Wort entgegnen. Cosette erwartete vielleicht von ihm irgendeine Aufklärung. In finsterem Schweigen hörte er sie an. Dann kehrte er in die Rue de l'Homme-Armé zurück. Er war so tief in Gedanken, daß er sich im Tor irrte und statt in sein eigenes Haus in das Nachbarhaus eintrat. Erst als er fast zwei Stockwerke hinaufgestiegen war, bemerkte er seinen Irrtum und stieg wieder abwärts. Sein Geist quälte sich mit Vermutungen. Offenbar zweifelte Marius den Ursprung der sechshunderttausend Francs an. Er fürchtete, sie hätten eine unreine Quelle. Er mochte sogar entdeckt haben, daß dieses Geld von ihm, Jean Valjean, kam. Er zauderte vor dem Aufwand dieses verdächtigen Vermögens, es widerstrebte ihm, es als seinen persönlichen Besitz zu verbrauchen. Lieber blieb er mit Cosette arm, als daß er einen trüben Reichtum genoß. Unklar begann Jean Valjean zu fühlen, daß man ihm die Tür wies.

Am folgenden Tag gab es ihm, als er in den unteren Saal hineinging, einen Stoß. Die Sessel waren verschwunden. Nicht einmal ein Stuhl stand mehr da

»Nun«, rief Cosette, als sie eintrat, »keine Sessel? Wo sind denn die Sessel?«

»Sie sind fort«, erwiderte Jean Valjean.

»Das ist stark.«

»Ich habe Basque gesagt«, stammelte Jean Valjean, »er solle sie hinausnehmen.«

»Und der Grund?«

»Ich bleibe heute nur ein paar Minuten.«

»Wenn Sie nur kurz dableiben, ist das doch kein Grund zu stehen.«

»Ich glaube, daß Basque die Sessel für den Salon brauchte.«

»Warum?«

»Sie haben sicher heute abend Gäste.«

»Kein Mensch ist bei uns.«

Jean Valjean konnte kein Wort mehr sagen. Cosette zuckte die Achseln. »Die Sessel wegnehmen lassen! Neulich ließen Sie das Feuer löschen. Wie sonderbar Sie sind!«

»Leben Sie wohl«, murmelte Jean Valjean. Er sagte nicht: Lebe wohl, Cosette. Aber er hatte nicht die Kraft zu sagen: Leben Sie wohl, gnädige Frau. Niedergeschmettert ging er. Diesmal hatte er begriffen.

Am nächsten Tag kam er nicht. Cosette wurde sich dessen

erst im Verlauf des Abends bewußt. »Ach«, sagte sie, »Herr Jean ist heute nicht gekommen.« Sie spürte in der Herzgrube eine schwache Beklommenheit, aber wieder achtete sie kaum darauf, gleich wurde sie von Marius durch einen Kuß abgelenkt.

Tags darauf erschien Jean Valjean wieder nicht. Cosette fragte nicht danach; sie verlebte ihren Abend und schlief nachts wie sonst und dachte erst, als sie erwachte, an ihn. Sie war so glücklich. Schnell schickte sie Nicolette zu Herrn Jean, um zu erkunden, ob er krank sei und warum er sich gestern nicht habe sehen lassen. Nicolette brachte Bescheid von Herrn Jean. Er war nicht krank. Er hatte zu tun. Er werde bald kommen, sobald er könnte. Im übrigen werde er eine kleine Reise machen. Die gnädige Frau solle sich daran erinnern, daß er ab und zu reise. Man solle sich nicht beunruhigen und nicht an ihn denken.

Als Nicolette bei Herrn Jean eintrat, hatte sie die eigenen Worte ihrer Herrin wiederholt. Die Gnädige wünsche zu wissen, warum Herr Jean gestern abend nicht gekommen sei. »Zwei Tage bin ich nicht gekommen«, sagte Jean Valjean, mild wie stets.

Aber diese Vorhaltung glitt an Nicolette ab, und sie unterließ es, sie Cosette zu bestellen.

Anziehung und Verlöschen

In den letzten Frühlingsmonaten und den ersten Sommermonaten des Jahres 1833 bemerkten die dünngesäten Passanten des Marais, die Ladeninhaber, die Müßiggänger, die auf den Schwellen standen, einen Greis in sauberer schwarzer Kleidung, der Tag für Tag zur selben Stunde, bei Anbruch der Nacht, aus der Rue de l'Homme-Armé, auf der Seite der Rue Sainte-Croix-de-la-Bretonnerie, kam. Er ging am Karmeliterkloster vorbei, erreichte die Rue Culture-Sainte-Catherine, wandte sich an der Rue de l'Echarpe nach links und betrat die Rue Saint-Louis.

Hier ging er mit schleppenden Schritten, ohne um sich zu

schauen, ohne etwas zu hören, und immer starrte er auf denselben Punkt, der für ihn von einem Stern erhellt schien, die Ecke der Rue des Filles-du-Calvaire. Je mehr er sich dieser Ecke näherte, desto mehr leuchteten seine Augen. Eine Art von Freude durchschimmerte sie wie ein inneres Morgenrot; er hatte einen verzauberten, zärtlichen Ausdruck; seine Lippen bewegten sich leicht, als spräche er mit jemandem, den er nicht sah. Mit einem unbestimmbaren Lächeln ging er, so langsam er vermochte, dahin. Es war, als sehne er sich, irgendwo anzukommen, und fürchtete sich vor dem Moment, in dem er ganz nahe sein werde. Als nur noch wenige Häuser zwischen ihm und dieser Straße waren, die ihn anzuziehen schien, wurde sein Schritt so zögernd, daß man bisweilen glauben konnte, er gehe nicht mehr. Das Beben seines Kopfes und die Starrheit seiner Pupille glichen der Magnetnadel, die den Pol sucht. Wie sehr er auch die Frist bis zu seiner Ankunft dehnte, einmal mußte er am Ziel sein. Jetzt war er in der Rue des Filles-du-Calvaire. Zitternd stand er still, in düsterer Scheu sah er um die Ecke des letzten Hauses und spähte in die Straße. Und in diesem tragischen Blick lag etwas wie eine Blendung durch das Unmögliche und der Abglanz eines verschlossenen Paradieses. Dann sickerte eine Träne, die sich im Winkel der Augenlider angesammelt hatte und schwer genug geworden war, um zu fallen, über seine Wange, und manchmal rollte sie bis zu seinem Mund. Der Greis fühlte ihre Bitternis. So blieb er einige Minuten, als wäre er von Stein. Dann ging er denselben Weg im gleichen Schritt zurück, und je mehr er sich entfernte, um so mehr erlosch sein Blick.

Allmählich ließ der Greis davon ab, bis zur Ecke der Rue des Filles-du-Calvaire zu wandern. Auf der Hälfte des Weges verhielt er in der Rue Saint-Louis den Schritt, bald ein wenig weiter, bald ein wenig näher. Eines Tages blieb er an der Ecke der Rue Culture-Sainte-Catherine stehen und betrachtete die Rue des Filles-du-Calvaire von fern. Dann schüttelte er stumm den Kopf, als verweigere er sich etwas, und drehte sich um.

Bald kam er nicht einmal bis zur Rue Saint-Louis. Er gelangte nur noch zur Rue Pavée, schüttelte den Kopf und kehrte zurück. Dann ging er über die Rue des Trois-Pavillons nicht hinaus. Dann nicht über das Karmeliterkloster. Wie ein Pendel war er, das nicht mehr aufgezogen wird und dessen Schwingungen sich verringern, bis es nicht mehr ausschwingt.

Alle Tage betrat er zur selben Stunde die Straße, schritt er dieselbe Strecke ab, jedoch beendete er seinen Weg nichtmehr und verkürzte ihn, vielleicht ohne dessen inne zu werden, unablässig. Von seinem Gesicht war einzig der Gedanke zu lesen: Wozu? Sein Auge war tot; es schimmerte nicht mehr. Auch die Träne war versiegt. Sie sammelte sich nicht mehr im Winkel seiner Lider; dieses Grüblerauge war trokken. Immer war der Kopf des Greises vornübergebeugt. Mitunter bewegte sich sein Kinn. Die Falten seines mageren Halses waren kläglich anzusehen. Hin und wieder, bei schlechtem Wetter, hatte er unter dem Arm einen Schirm, den er nicht öffnete. Die Gevatterinnen im Viertel sagten: »Ein harmloser Irrer.« Die Kinder folgten ihm lachend.

NEUNTES BUCH

LETZTER SCHATTEN, LETZTES MORGENROT

Erbarmen für die Unglücklichen, aber Nachsicht für die Glücklichen

Es ist schrecklich, glücklich zu sein! Wie zufrieden man sich damit gibt! Wie fest verwurzelt die Meinung ist, das genüge! Wie schnell man, im Besitz des falschen Lebenszieles, des Glücks, das eigentliche Ziel, die Pflicht, vergißt!

Sprechen wir es dennoch aus, Marius zu beschuldigen wäre unrecht.

Marius, wir haben es bereits erläutert, hatte vor seiner Heirat Herrn Fauchelevent keine Fragen gestellt, und seitdem scheute er sich, Jean Valjean zu fragen. Er bereute die Zusage, zu der er sich hatte hinreißen lassen. Immer wieder sagte er sich, daß er zu Unrecht dieses Zugeständnis an die Verzweiflung gemacht habe. Er begnügte sich damit, Jean Valjean allmählich aus seinem Haus zu entfernen und ihn soweit wie möglich aus Cosettes Gedanken zu verdrängen. Ständig stand er gewissermaßen zwischen Cosette und Jean Valjean, sicher, daß sie es auf diese Weise nicht merken und gar nicht daran denken würde. Jean Valjean geriet mehr als in Vergessenheit, er verschwand.

Marius handelte so, wie es ihm notwendig und gerecht schien. Er glaubte triftige Gründe dafür zu haben, daß er Jean Valjean ohne Härte, aber auch ohne Schwäche fernhielt. Anderes kam noch hinzu, wie wir gleich sehen werden. Durch Zufall war er bei einem Prozeß, in dem er plädierte, einem ehemaligen Kassierer des Hauses Laffitte begegnet. Ohne sie zu suchen, hatte er geheimnisvolle Auskünfte erhalten, denen er allerdings nicht nachgehen konnte, aus Respekt vor diesem Geheimnis, das er zu wahren versprochen hatte, und aus Schonung für die gefährliche Situation, in der sich Jean Valjean befand. Er glaubte, er habe nunmehr eine ernste Pflicht zu erfüllen, die Rückzahlung der sechshunderttausend Francs an jemanden, und diesen wollte er tunlichst diskret ausforschen. Inzwischen verzichtete er darauf, dieses Geld anzurühren.

Cosette wußte nichts hiervon. Allein es wäre hart, auch sie zu verurteilen. Von Marius ging ein allmächtiger Zwang aus, der sie instinktmäßig und fast mechanisch tun ließ, was er wünschte. Sie fühlte, was »Herrn Jean« betraf, einen Willen bei ihm, und sie gehorchte ihm. Ihr Gatte hatte ihr nichts sagen müssen; sie paßte sich seinen Absichten, über die er schwieg, an. Ihr Gehorsam bestand darin, daß sie sich nicht mehr an das erinnerte, was Marius vergaß. Sie brauchte sich nicht einmal anzustrengen. Ohne daß sie selber wußte warum und ohne daß man es ihr verargen konnte, war ihre Seele so sehr mit der ihres Gatten verschmolzen, daß sich das, was sich in seinen Gedanken umschattete, in den ihren verdunkelte.

Gehen wir indes nicht zu weit: Was Jean Valjean betraf, so war dieses Vergessen und dieses Zurücktreten nur oberflächlich. Sie war eher betäubt als vergeßlich. Im Grunde liebte sie den, den sie so lange Vater genannt hatte. Aber ihren Mann liebte sie heftiger. Das hatte ein wenig das Gleichgewicht dieses Herzens gestört, hatte die Waage nach einer Seite ausschlagen lassen.

Es kam vor, daß sie über Jean Valjean sprach und sich wunderte. Dann beschwichtigte Marius sie: »Er ist nicht in Paris, nehme ich an. Sagte er nicht, daß er eine Reise plane?« Ach ja, dachte Cosette. Er hatte die Gewohnheit, so zu verschwinden. Aber nicht auf so lange. Zwei- oder dreimal schickte sie Nicolette in die Rue de l'Homme-Armé, um nachzufragen, ob Herr Jean von seiner Reise zurück sei. Jean Valjean ließ verneinend erwidern.

Cosette verlangte nicht mehr, sie hatte auf Erden nur ein Bedürfnis: Marius. Auch Marius und Cosette hatten übrigens eine Reise angetreten. Sie waren nach Vernon gefahren. Marius hatte Cosette an das Grab seines Vater geführt.

Marius hatte Cosette nach und nach Jean Valjean entzogen. Cosette hatte es sich gefallen lassen.

Übrigens ist, was in gewissen Fällen viel zu hart als Undank der Kinder bezeichnet wird, nicht immer so verwerflich, wie man annimmt. Das ist der Undank der Natur. Die Natur, wir haben es an anderer Stelle schon einmal gesagt, »schaut geradeaus«. Sie teilt die Lebewesen in Ankommende und Abreisende ein. Die Abreisenden sind dem Dunkel zugewandt, die Ankommenden dem Licht. Daher ein Abstand, der für die Alten verhängnisvoll und bei den Jungen unbeabsichtigt ist. Dieser Abstand, zunächst nicht spürbar, wird langsam größer wie bei jeder Absonderung von Zweigen. Ohne sich vom Stamm zu lösen, enfernen sie sich von ihm. Es ist nicht ihre Schuld. Die Jugend geht dahin, wo Freude ist, zu den Festen, zum hellen Licht, zur Liebe. Das Alter nähert sich dem Ende. Man verliert sich nicht aus den Augen, aber es kommt zu keiner innigen Umarmung mehr. Die jungen Leute spüren das Erkalten des Lebens, die alten die Kühle des Grabes. Klagen wir nicht die armen Kinder an!

Letztes Flackern der Lampe ohne Öl

Eines Tages stieg Jean Valjean seine Treppe hinab. Auf der Straße ging er drei Schritte. Er setzte sich auf einen Prellstein, denselben, auf dem Gavroche ihn in der Nacht vom fünften zum sechsten Juni, in Nachsinnen versunken, gefunden hatte. Er blieb einige Minuten, dann stieg er wieder hinauf. Es war die letzte Schwingung des Pendels. Am nächsten Tag verließ er sein Haus nicht. Am übernächsten Tag verließ er sein Bett nicht.

Die Portiersfrau, die ihm sein karges Mahl auftischte, etwas Kohl und einige Erdäpfel mit ein bißchen Speck, sah auf seinen irdenen Teller und rief: »Sie haben ja gestern nicht gegessen, armer lieber Herr!«

»Doch«, antwortete Jean Valjean.

»Der Teller ist noch ganz voll.«

»Sehen Sie nach der Wasserkanne! Sie ist leer.«

»Ein Beweis, daß Sie getrunken, aber nicht, daß Sie gegessen haben.«

»Wenn ich aber nur nach Wasser Hunger hatte?«

»Das nennt man Durst, und wenn einer nicht zugleich ißt, nennt man das Fieber.«

»Ich werde morgen essen.«

»Oder am Dreifaltigkeitstag. Warum nicht heute? Spricht man so: Ich werde morgen essen. Meine Schüssel überhaupt nicht anzurühren! Und meine roten Kartoffeln waren doch so gut.«

Jean Valjean faßte die Hände der alten Frau. »Ich gelobe Ihnen zu essen«, sagte er mit seiner wohlwollenden Stimme.

»Ich bin mit Ihnen unzufrieden«, antwortete die Portiersfrau. Jean Valjean sah keine andere menschliche Kreatur als sie. Es gibt in Paris Straßen, durch die niemand geht, und Häuser, die niemand betritt. Er lebte in einer solchen Straße und in einem solchen Haus.

Zu der Zeit, da er noch ausging, hatte er bei einem Kupferschmied für ein paar Sous ein kleines kupfernes Kruzifix gekauft und an einem Nagel seinem Bett gegenüber aufgehängt. Es kann nie schaden, diesen Galgen vor Augen zu haben.

Eine Woche verrann, ohne daß Jean Valjean in seinem Zimmer einen Schritt tat. Er blieb immer im Bett. Die Portiersfrau sagte zu ihrem Gatten: »Der gute Mann da oben steht nicht mehr auf; er ißt nicht mehr; er wird's nicht mehr lange machen. Er hat Kummer. Ich lasse mir nicht ausreden, daß seine Tochter unglücklich verheiratet ist.«

Der Portier erwiderte mit dem Nachdruck ehelicher Überlegenheit: »Wenn er reich ist, soll er einen Arzt haben. Wenn er nicht reich ist, keinen. Wenn er keinen hat, wird er sterben.«

»Und wenn er einen hat?«

»Auch dann wird er sterben«, sagte der Portier.

Seine Frau kratzte mit einem rostigen Messer am Gras herum, das zwischen den Pflastersteinen wuchs, und indem sie es ausriß, brummte sie: »Schade! Ein so reinlicher alter Mann! Weiß wie ein Hähnchen.«

Sie bemerkte am Ende der Straße einen Arzt aus dem Viertel, der vorüberging. Sie übernahm es, ihn zu bitten, er möge hinaufgehen. »Im zweiten Stock«, sagte sie. »Sie brauchen nur einzutreten. Da der gute Mann nicht mehr aufsteht, hängt der Schlüssel an der Tür.«

Der Arzt sah Jean Valjean und fragte ihn aus. Als er wieder herunterkam, erkundigte sich die Portiersfrau: »Nun, Herr Doktor?«

»Ihr Kranker ist sehr krank.«

»Was hat er?«

»Alles und nichts. Der Mann hat, scheint es, eine ihm teure Person verloren. Daran kann man sterben.«

»Was hat er Ihnen gesagt?«

»Er hat mir gesagt, er fühle sich wohl.«

»Kommen Sie wieder, Herr Doktor?«

»Ja«, erwiderte der Arzt. »Besser, es käme ein anderer.«

Eine Feder wiegt schwer für den, der den Karren von Fauchelevent anhob

Eines Abends konnte Jean Valjean sich nur mühsam auf dem Ellbogen erheben. Er faßte sich an die Hand und fand seinen Puls nicht mehr. Sein Atem war kurz und stockte manchmal. Er spürte, daß er schwächer war als je. Da zwang er sich, zweifellos unter dem Drang einer letzten Besorgnis, zu einer Gewaltanstrengung. Er setzte sich auf und zog sich an. Er kleidete sich in sein altes Arbeitergewand.

Da er nicht mehr ausging, hatte er darauf zurückgegriffen, und er wählte es gern. Mehrmals mußte er sein Beginnen unterbrechen. Allein in die Ärmel des Wamses zu fahren, trieb ihm Schweiß hervor, der ihm über die Stirn rann.

Seit er allein war, hatte er sein Bett in den Flur gestellt, um die verödeten Stuben möglichst wenig zu bewohnen. Er öffnete seinen Koffer, holte die Sachen von Cosette hervor und breitete sie auf seinem Bett aus.

Die silbernen Leuchter des Bischofs standen an ihrem Platz auf dem Kamin. Er nahm aus einer Schublade zwei Wachskerzen und steckte sie in die Leuchter. Dann, obzwar jetzt, im Sommer, noch heller Tag war, zündete er sie an. So sieht man mitunter Wachslichter mitten am Tag in Zimmern brennen, in denen Tote aufgebahrt sind.

Jeder Schritt, den er machte, erschöpfte ihn, und er mußte sich niedersetzen. Es war nicht die sonstige Ermüdung, die Kraft ausgibt, um sie zu erneuern. Es war der ganze Rest von Bewegung, dessen er noch fähig war. Es war das versiegende Leben, das tropfenweise in quälenden Anstrengungen dahinschwindet.

Einer der Stühle, in den er sich fallen ließ, stand vor dem Spiegel, der so sehr Schicksal für ihn und so sehr Vorsehung für Marius bedeutete. In ihm hatte er auf dem Löschblatt die umgekehrte Schrift Cosettes gelesen. Er sah sich in diesem Spiegel und erkannte sich nicht. Er war nun achtzig Jahre alt; vor der Heirat Cosettes hätte man ihm kaum fünfzig Jahre gegeben. Dieses Jahr hatte für dreißig gezählt. Auf seiner Stirn war nicht mehr die Runzel des Alters, es war das mysteriöse Zeichen des Todes. Seine Wangen hingen herab. Die Haut seines Gesichtes hatte jene Farbe, die glauben lassen kann, es sei schon von Erde bedeckt. Seine beiden Mundwinkel senkten sich wie an der Maske, die die Alten über den Gräbern meißelten. Sie blickte mit einer Miene des Vorwurfs ins Leere, wie eine der großen klagenden Gestalten der Tragödie. Jean Valjean befand sich in der letzten Phase der Niedergeschlagenheit, wo der Schmerz nicht mehr abfließt, sondern gleichsam erstarrt ist. Auf der Seele liegt etwas wie ein Blutgerinnsel der Verzweiflung.

Die Nacht war herangenaht. Unter körperlichen Qualen zerrte er einen Tisch und den alten Sessel an den Kamin heran und trug auf den Tisch eine Feder, Tinte und Papier. Dann befiel ihn eine Ohnmacht. Als er das Bewußtsein wiedererlangte, dürstete ihn. Da er den Wasserkrug nicht zu heben vermochte, neigte er ihn, was ihm schwer wurde, seinen Lippen entgegen und trank einen Schluck. Dann wandte er sich dem Bett zu, immer noch sitzend, denn stehen konnte er nicht, und betrachtete das schwarze Kleidchen und alle die zärtlich gehegten Dinge. Solche Betrachtungen dauern Stunden, die wie Minuten erscheinen. Plötzlich schauderte ihn; er fühlte, daß ihn fröstelte. Er stützte sich auf den Tisch, den die Leuchter des Bischofs erhellten, und nahm die Feder.

Da er Feder und Tinte seit geraumer Zeit nicht benutzt hatte, war die Spitze der Feder verbogen, die Tinte ausgetrocknet. Er mußte aufstehen und ein paar Tropfen Wasser zugießen, aber er mußte zwei- oder dreimal innehalten und sich setzen, und er war genötigt, mit dem Rücken der Feder zu schreiben. Ab und zu wischte er sich die Stirn.

Seine Hand zitterte. Langsam schrieb er einige Zeilen nieder: »Cosette, ich segne Dich! Ich möchte es Dir erklären. Dein Gatte hat recht, wenn er mich hat wissen lassen, ich solle gehen. Etwas Falsches ist in dem, was er vermutete, aber recht hatte er. Er ist ein vortrefflicher Mann. Liebe ihn, wenn ich tot sein werde! Herr Pontmercy, lieben Sie stets mein geliebtes Kind! Cosette, man wird diesen Brief finden, das möchte ich Dir sagen; Du wirst die Zahlen lesen, wenn ich noch die Kraft habe, mich zu erinnern. Also höre, all dieses Geld ist Dein Eigentum. Dies ist der Tatbestand. Der weiße Jett kommt aus Norwegen, der schwarze aus England, die Fabrikation von schwarzem Glas aus Deutschland. Der Jett ist leichter, kostbarer, teurer. Man kann in Frankreich Nachahmungen verfertigen wie in Deutschland. Man braucht einen kleinen Amboß von zwei Quadratzoll und eine Spirituslampe, um das Wachs zu erweichen. Früher bereitete man das Wachs aus Harz und Kienruß, und der Preis war vier Francs das Pfund. Mein Gedanke war, es aus Gummilack und Terpentin herzustellen. Es kostete nur noch dreißig Sous und ist weit besser. Die Schnallen werden aus violettem Glas verfertigt, das man mit diesem Wachs auf eine kleine Blattunterlage von Schwarzblech klebt. Das Glas muß violett sein für den Eisenblechschmuck und schwarz für den Goldschmuck. Spanien kauft viel davon. Es ist das Land des Jett ...«

Hier brach er ab; die Feder entsank seinen Fingern; ein verzweifeltes Schluchzen erschütterte ihn, wie es manchmal aus den Tiefen seines Wesens aufstieg. Er barg seinen Kopf in beide Hände und dachte nach. Oh, schrie es in seinem Inneren (in jammervollen Schreien, die nur Gott hörte), es ist aus. Ich werde sie nicht mehr sehen. Sie war ein Lächeln, das an mir vorüberhuschte. Ich werde in die ewige Nacht eingehen, ohne sie nochmals zu schauen. Oh, eine Minute, einen Augenblick ihre Stimme hören, ihr Kleid berühren, auf sie, diesen Engel, blicken und dann sterben! Sterben ist nichts, furchtbar ist nur, zu sterben, ohne sie zu sehen. Sie würde mir zulächeln, sie würde mir ein Wort sagen. Würde das irgend jemanden beeinträchtigen? Nein, es ist zu Ende. Für immer. Ich bin völlig allein. Mein Gott! Mein Gott! Ich sehe sie nicht mehr.

In diesem Moment wurde an seine Tür geklopft.

Eine dunkle Geschichte, die nichts weiter erreicht, als Licht zu bringen

Am selben Tag oder vielmehr am selben Abend stand Marius vom Tisch auf und zog sich gerade in sein Arbeitszimmer zurück, um Akten zu studieren. Da übergab Basque ihm einen Brief und sagte: »Die Person, die den Brief geschrieben hat, wartet im Vorsaal.« Cosette hatte den Arm des Großvaters genommen und spazierte mit ihm durch den Garten. Ein Brief kann wie ein Mensch ein schlechtes Äußeres haben. Grobes Papier, grobe Faltung genügen schon für den mißfälligen Eindruck, der von manchen Schreiben ausgeht. Der Brief, den Basque gebracht hatte, war von dieser Art. Marius nahm ihn. Der Brief roch nach Tabak. Nichts weckt so bezeichnende Erinnerungen wie der Geruch. Marius erkannte den Tabak wieder. Er sah nach der Anschrift. »An den Herrn Baron Pommerci. In seinem Palais.« Der erkannte Tabak ließ ihn die Schrift erkennen. Die Erleuchtung überraschte ihn wie ein Blitz.

Der Geruch, dieser geheimnisvolle Gedächtnisbefehl, hatte eine ganze Welt in ihm wiederaufleben lassen. Das war das Papier, die Faltung, der fahle Ton der Tinte, das war die wohlbekannte Schrift, und es war vor allem der Tabak. Die Spelunke des Jondrette erschien vor seinen Augen wieder. Seltsamer Streich des Schicksals! Eine der beiden Fährten, die er so sehr gesucht hatte, die, um die er noch unlängst sich so mühte, und die er für immer verloren glaubte, hatte sich ihm jetzt von selbst dargeboten. Begierig löste er das Siegel des Briefes, und er las:

»Herr Baron,
wenn das höchste Wehsen mir die Talente gegeben hätte, hätte ich der Baron Thénard sein können, Mitglied des Inschtituts, aber ich bin es nicht. Ich trage allein denselben Namen wie er, glücklich, wenn diese Erinnerung mich Ihrer ekselenten Güte empfiehlt. Die Wohltat, deren Sie mich ehren werden, wird gegenseitig sein. Ich bin im Besitz eines Geheimnisses, welches ein Individium betrift. Dieses Individium betrift Sie. Ich halte das Geheimnis zu Ihrer Verfügung, im Wunsch, die Ehre zu haben, Ihnen von Nuzen zu sein. Ich werde Ihnen das einfache Mitel geben, um aus Ihrer ehrbaren Familie dieses Individium zu verjagen, welches kein recht darauf hat, da die Frau Baronin von hoher Geburt ist. Das Heiligtum der Tuhgend könnte nicht länger mit dem Verbrechen zusammen wohnen, ohne abzudanken.

Ich erwarte im Vorgemach die Befehle des Herrn Baron. Mit Respekt, Thénard.«

Die Unterschrift war keine Fälschung. Sie war nur ein wenig abgekürzt. Im übrigen vollendeten das Kauderwelsch und die Schreibfehler die Enthüllung. Die Herkunft des Schreibens war einwandfrei bestätigt. Kein Zweifel war möglich. Marius war tief erregt. Nach der ersten Verblüffung war er sogar beglückt. Wenn er nun auch den anderen Menschen fand, den er suchte, den Mann, der ihn, Marius, gerettet hatte, blieb ihm kein Wunsch mehr.

Er schloß eine Schublade seines Sekretärs auf, nahm einige Banknoten heraus, steckte sie in seine Tasche, sperrte den Sekretär wieder zu und läutete. Basque schob sich in die halboffene Tür.

»Lassen Sie eintreten!« sagte Marius.

Basque meldete: »Herr Thénard.«

Ein Mann trat ein. Neue Überraschung für Marius. Der Mann, der eintrat, war ihm völlig unbekannt. Er war ältlich, mit dicker Nase, hatte das Kinn in die Krawatte gezwängt und trug eine grüne Brille mit einem doppelten Schirm von grünem Taft über den Augen. Seine grauen Haare waren geglättet und lagen flach auf der Stirn und am Rand der Brauen wie die Perücke englischer Kutscher der High-Society. Er war vom Kopf bis zu den Füßen schwarz gekleidet, in sehr schäbigem, aber reinlichem Schwarz. Ein Bündel von Berlocken, das aus seiner Westentasche heraushing, ließ eine Uhr vermuten. Er hielt einen alten Hut in der Hand. Er ging gekrümmt, und diese Krümmung seines Rückens wurde um so merklicher, als er sich bis zum Boden verneigte.

Vorerst fiel auf, daß die zu weite Kleidung dieser Person, wenn auch sorgfältig zugeknöpft, nicht für sie bestimmt schien.

Hier wird eine kurze Abschweifung notwendig. Damals hauste in Paris in einer alten, finsteren Wohnung in der Rue Beautreillis, nahe dem Arsenal, ein erfindungsreicher Jude, dessen Gewerbe es war, einen Schurken in einen anständigen Menschen zu verwandeln. Nicht auf allzu lange, das hätte dem Schurken lästig werden können. Die Verwandlung geschah auf Sicht, für einen oder zwei Tage, zu einem Tarif von dreißig Sous täglich, mittels eines Kostüms, das, soweit das ging, sich der allgemeinen Ehrbarkeit anglich. Dieser Kostümverleiher hieß »der Verwandler«; die Spitzbuben von Paris hatten ihm diesen Namen gegeben und kannten keinen anderen von ihm. Er hatte eine ziemlich vollständige Garderobe. Die Fetzen, mit denen er die Leute vermummte, waren fast tragbar. Er hatte dafür Spezialitäten und Kategorien. An jedem Nagel seines Magazins hing, verbraucht und zerknittert, eine soziale Gruppe; hier der Anzug eines höheren Gerichtsbeamten, dort der Rock eines Priesters, dort die Kleidung eines Bankiers, in einem Winkel die Uniform eines pensionierten Offiziers, anderswo das Jackett eines Schriftstellers, weiter hinten die Gala eines Staatsmannes. Der Verwandler war der Ausstatter des unermeßlichen Dramas, das die Gaunerei in Paris spielt. Seine Höhle war die Kulisse, aus der sich die Diebe schlichen und in die sich die Betrüger wieder verkrochen. Ein zerlumpter Schuft kam in die Garderobe, zahlte dreißig Sous, und je nach der Rolle, die er an diesem Tage spielen wollte, suchte er sich das Kostüm aus, dessen er bedurfte. Ging er die Treppe hinab, so war er jemand. Am nächsten Tag wurden die Fetzen getreulich wieder abgeliefert, und der Verwandler, der seinen gesamten Fundus den Dieben anvertraute, war nie der Bestohlene. Die Kleider hatten einen Nachteil: Sie »saßen« nicht, da sie nicht für die Träger geschneidert waren. An dem einen klebten sie, um die Glieder eines anderen schlotterten sie, und so paßten sie für niemanden. Jeder Gauner, der den Durchschnittsmaßen nicht entsprach, fühlte in den Kostümen des Verwandlers ein Mißbehagen. Man durfte weder zu fett noch zu mager sein. Der Verwandler rechnete nur mit Menschen gewöhnlichen Formats. Er hatte nach dem ersten besten Schnorrer Maß genommen, der nicht dick und nicht schmal, nicht groß und nicht klein war. Daher die manchmal schwierigen Ummodelungen, mit denen sich die Kunden des Verwandlers abfanden, wie sie es konnten. Wer nicht regelrecht war, hatte eben Pech.

Der Galaanzug des Staatsmannes zum Beispiel, schwarz von oben bis unten und mithin sehr würdig, wäre für Pitt zu weit und für Castelcicala zu eng gewesen. Im Katalog des Verwandlers war er wie folgt beschrieben: » Frackanzug von schwarzem Tuch, Hose von schwarzem Buckskin, Seidenweste, Schuhe und Wäsche.« Am Rande stand: »Ehemaliger Botschafter« und eine Note, die wir ebenfalls abschreiben: »In einer besonderen Schachtel eine adrett gekräuselte Perücke, grüne Brille, Berlocken und zwei kleine Federkiele, einen Zoll lang, mit Baumwolle umwickelt.« All das gebührte sich für den Staatsmann, den ehemaligen Botschafter. Das ganze Kostüm war, sagen wir, entkräftet, die Nähte wurden weiß, ein schlaffes Knopfloch gähnte an einem Ellbogen. Außerdem fehlte dem Frack an der Brust ein Knopf. Aber das ist nur eine Einzelheit; die Hand des Staatsmannes hatte, da sie immer im Rock und vor dem Herzen liegen solle, die Pflicht, die Abwesenheit des Knopfes zu verhehlen. Hätte

Marius die okkulten Einrichtungen von Paris gekannt, hätte er sofort in der Hülle des Besuchers, den Basque geleitete, den aus der Kleiderkammer des Verwandlers geliehenen Staatsmann festgestellt.

Die Enttäuschung von Marius, als er einen anderen eintreten sah statt des Erwarteten, schlug in Ungnade für diesen neuen Mann um. Er musterte ihn vom Kopf bis zu den Füßen, indes der Mensch sich endlos verbeugte, und fragte ihn barsch: »Was wollen Sie?«

Der Mensch antwortete mit einem freundlichen Grinsen, das an das zärtliche Lächeln eines Krokodils erinnern mochte. »Es scheint mir unmöglich, daß ich nicht schon die Ehre gehabt haben sollte, den Herrn Baron in Gesellschaft zu sehen. Ich glaube ihm einst in privatem Kreis begegnet zu sein, bei der Fürstin Bagration oder in den Salons Seiner Erlaucht des Vicomte Dambray, Pairs von Frankreich.«

Bei einem Schurkenstreich ist es immer eine gute Taktik, so zu tun, als kenne man den, der einem völlig unbekannt ist. Marius achtete auf die Redeweise dieses Thénard. Er forschte Tonart und Geste des Menschen aus, jedoch seine Enttäuschung wuchs. Das war eine näselnde Aussprache, völlig verschieden von dem bitteren und trockenen Stimmklang, den zu hören er erwartet hatte. Er war ganz verwirrt. »Ich kenne«, sagte er, »weder die Fürstin Bagration noch Herrn Dambray. In meinem Leben habe ich keins der beiden Häuser betreten.«

Die Antwort war schroff. Die Person beharrte, liebenswürdig wie bisher: »Dann werde ich den Herrn bei Chateaubriand gesehen haben. Ich kenne Chateaubriand gut. Er ist sehr leutselig. Minunter hat er zu mir gesagt: Thénard, mein Freund, möchten Sie nicht ein Gläschen mit mir trinken?«

Die Miene von Marius wurde streng und strenger. »Ich hatte nie die Ehre, bei Herrn Chateaubriand empfangen zu werden. Kürzen wir ab! Was wollen Sie?«

Vor der Stimme, die sich verhärtete, verbeugte sich der Mensch noch tiefer. »Herr Baron, geruhen Sie, mir Gehör zu schenken! In Amerika, in einem Land in der Gegend von Panama, liegt ein Dorf La Joya Es besteht aus einem einzigen

Haus. Einem großen viereckigen Haus von drei Stockwerken aus Ziegeln, die an der Sonne getrocknet sind. Jede Seite des Vierecks fünfhundert Fuß lang, jeder Stock um fünf Fuß schmaler als der Stock darunter, so daß eine Terrasse vorgebaut ist, die um das Gebäude herumgeht, in der Mitte ein Innenhof für Vorräte und Munition, keine Fenster, Schießscharten, keine Tür, Leitern, um vom Boden bis zur ersten Terrasse zu steigen, von der ersten zur zweiten, von der zweiten zur dritten, Leitern, um in den Innenhof herunterzusteigen, keine Türen in den Zimmern, Falltüren, keine Treppen in den Zimmern, Leitern. Abends schließt man die Falltüren, man zieht die Leitern weg, man richtet Blunderbüchsen und Karabiner in den Schießscharten. Der Eingang ist verrammelt. Ein Haus am Tag, eine Zitadelle in der Nacht, achthundert Einwohner, das ist das Dorf. Warum soviel Vorsicht? Das Land ist gefährlich, es ist voll von Menschenfressern. Also warum geht unsereins hin? Weil das Land wunderbar ist. Dort findet man Gold.«

»Worauf wollen Sie hinaus?« fiel Marius ein, dessen Enttäuschung Ungeduld geworden war.

»Herr Baron, gerade war ich dabei, es zu sagen. Ich bin ein übermüdeter ehemaliger Diplomat. Die alte Zivilisation hat mich auf den Hund gebracht. Ich will es mit den Wilden probieren.«

»Nämlich?«

»Herr Baron, der Egoismus ist das Gesetz der Welt. Die proletarische Bäuerin, die für Tagelohn arbeitet, dreht sich um, wenn die Eilpost vorbeifährt, die Bäuerin, die Besitz hat und auf ihrem Feld arbeitet, dreht sich nicht um. Der Hund des Armen bellt den Reichen an, der Hund des Reichen bellt den Armen an. Jeder für sich. Der Nutzen ist das Ziel des Menschen. Das Gold ist der Magnet.«

»Und weiter? Kommen Sie zum Schluß!«

»Ich möchte nach La Joya fahren und mich drüben niederlassen. Wir sind drei. Ich habe meine Gemahlin und mein Fräulein Tochter, ein sehr schönes Mädchen. Die Reise ist lang und teuer. Ich brauche etwas Geld.«

»Was geht das mich an?« fragte Marius.

Der Unbekannte streckte den Hals aus der Krawatte heraus, in einer Bewegung, wie sie dem Geier eigentümlich ist, und erwiderte, doppelt süß lächelnd: »Haben Herr Baron meinen Brief nicht gelesen?«

Der Inhalt des Briefes war Marius schon entfallen. Er hatte ihn nicht so sehr gelesen als die Schrift betrachtet. Kaum dachte er noch daran. Seit einer Minute war er von neuem alarmiert. Er hatte sich die Worte gemerkt: meine Gemahlin und mein Fräulein Tochter. Mit den Augen durchbohrte er den Unbekannten. Ein Untersuchungsrichter konnte es nicht eindringlicher tun. Er belauerte ihn fast. Dann beschränkte er sich darauf, zu erwidern: »Äußern Sie sich genauer!«

Der Unbekannte vergrub seine beiden Hände in seinen Taschen, hob, ohne sein Rückgrat zu straffen, seinen Kopf und bespähte seinerseits Marius durch seine Brillengläser. »Gut, Herr Baron. Ich werde mich sehr genau äußern. Ich habe Ihnen ein Geheimnis zu verkaufen.«

»Ein Geheimnis!«

»Ein Geheimnis.«

»Das mich betrifft?«

»Ein wenig.«

»Was ist das für ein Geheimnis?« Marius prüfte den Menschen, indem er ihm zuhörte, immer wachsamer.

»Ich beginne gratis«, sagte der Unbekannte. »Sie werden sehen, wie interessant das ist.«

»Sprechen Sie!«

»Herr Baron, Sie haben einen Dieb und Mörder im Hause.«

Marius zitterte. »Im Hause? Nein!« sagte er.

Der Unbekannte bürstete, ohne sich stören zu lassen, seinen Hut mit dem Ellbogen. »Einen Mörder und Dieb«, entgegnete er. »Herr Baron, ich rede hier nicht von alten Taten, von ungültigen Sachen, die durch Verjährung vor dem Gesetz und durch Reue vor Gott beseitigt werden können. Ich spreche von neuen Verbrechen, Verbrechen von jetzt, über die bis heute die Justiz nichts weiß. Dieser Mann hat sich unter falschem Namen in Ihr Vertrauen eingeschlichen und beinahe in Ihre Familie. Ich werde Ihnen seinen wahren Namen nennen. Und zwar umsonst.«

»Ich höre.«

»Er heißt Jean Valjean.«

»Ich weiß es.«

»Ich werde Ihnen auch, ebenso umsonst, sagen, wer er ist.«

»Sagen Sie es!«

»Er ist ein ehemaliger Sträfling.«

»Ich weiß es.«

»Sie wissen es, seit ich die Ehre hatte, es Ihnen zu sagen.«

»Nein, ich wußte es schon vorher.«

Der kalte Ton von Marius, die zwiefache Antwort: »Ich weiß es«, sein ein Gespräch ablehnender Lakonismus wühlten in dem Unbekannten einen dumpfen Zorn auf. Verstohlen sandte er Marius einen wütenden Blick zu, der schnell erstarb. Aber so rasch er aufflackerte und erlosch, es war einer der Blicke, die man wiedererkennt, wenn man sie einmal gesehen hat, und Marius entging er nicht. Ein gewisses Aufflammen kann nur aus bestimmten Seelen kommen. Das Auge, diese Öffnung zum Denken, erglüht davon. Eine Brille schafft da keine Abhilfe. Legt doch eine Glasscheibe über die Hölle!

Lächelnd erwiderte der Unbekannte: »Ich gestatte mir nicht, den Herrn Baron Lügen zu strafen. In jedem Fall müssen Sie überzeugt sein, daß ich unterrichtet bin. Was ich Ihnen nunmehr mitzuteilen habe, weiß ich allein. Es betrifft das Vermögen der Frau Baronin. Das ist ein großes Geheimnis. Es ist zu verkaufen. Ihnen biete ich es als erstem an. Billig. Zwanzigtausend Francs.«

»Ich kenne dies Geheimnis wie die anderen«, sagte Marius.

Der Mensch hatte offenbar das Bedürfnis, von seiner Forderung ein wenig abzulassen. »Herr Baron, sagen wir zehntausend Francs, und ich rede.«

»Ich sage Ihnen nochmals, daß Sie nicht in der Lage sind, mir etwas zu eröffnen. Ich weiß, was Sie mir mitteilen wollen.«

Wieder zuckte ein Blitz in dem Auge des Menschen auf.

»Aber ich muß doch heute zu Abend essen!« rief er. »Ein außerordentliches Geheimnis, sage ich Ihnen. Herr Baron, ich werde reden. Ich rede also. Geben Sie mir zwanzig Francs!«

Marius sah ihn fest an. »Ich kenne Ihr außerordentliches Geheimnis. So wie ich den Namen von Jean Valjean wußte, so weiß ich Ihren Namen.«

»Meinen Namen?«

»Ja.«

»Das ist nicht schwierig, Herr Baron. Ich hatte die Ehre, ihn Ihnen zu schreiben und zu sagen, Thénard.«

»-dier.«

»Wie?«

»Thénardier.«

»Was?« In der Gefahr sträubt sich das Stachelschwein, der Skarabäus stellt sich tot, die Alte Garde schließt sich im Karree zusammen; dieser Mensch begann zu lachen. Dann schnippte er mit einem Finger ein Staubkörnchen vom Ärmel seines Rockes.

Marius fuhr fort: »Sie sind auch der Arbeiter Jondrette, der Schauspieler Fabantou, der Dichter Genflot, der Spanier Don Alvares und die Frau Balizard.«

»Was für ein Weib?«

»Und Sie haben eine Garküche in Montfermeil betrieben.«

»Eine Garküche? Nie.«

»Und ich sage Ihnen, daß Sie Thénardier sind.«

»Ich leugne es.«

»Und daß Sie ein Lump sind.« Und Marius holte eine Banknote aus der Tasche und schleuderte sie ihm ins Gesicht.

»Danke! Verzeihung! Fünfhundert Francs! Herr Baron!« Fassungslos, unter Bücklingen, packte er die Note und prüfte sie. »Fünfhundert Francs!« wiederholte er verdutzt. Und leise stammelte er: »Echt!« Dann rief er plötzlich: »Also gut. Wir wollen es uns bequem machen.« Und mit der Behendigkeit eines Affen warf er seine Haare nach hinten, riß seine Brille weg und zog aus seiner Nase die beiden Federkiele, von denen vorhin die Rede war und die im übrigen auf einer anderen Seite dieses Buches schon einmal erwähnt wurden. Er nahm sein Gesicht ab, wie man seinen Hut abnimmt. In seinen Augen entzündete sich Licht. Die ungleiche, ausgehöhlte, hier und da bucklige, oben häßlich verrunzelte Stirn wurde frei, die Nase scharf wie ein Schnabel; das wilde, listige Profil des Raubmenschen erschien wieder. »Herr Baron sind unfehlbar«, sagte er mit klarer Stimme, aus der alles Näseln verschwunden war, »ich bin Thénardier.« Und er bog seinen krummen Rücken gerade.

Thénardier, denn um keinen anderen handelte es sich, war seltsam überrumpelt. Verwirrt wäre er gewesen, wenn er es hätte sein können. Er hatte Staunen erregen wollen, und nun widerfuhr es ihm selbst. Für diese Demütigung wurde er mit fünfhundert Francs bezahlt. Er nahm sie an; und dennoch war er betäubt. Zum erstenmal sah er diesen Baron Pontmercy, und trotz seiner Verkleidung erkannte der Baron Pontmercy ihn und erkannte ihn gründlich. Und nicht nur, daß dieser Baron über Thénardier Bescheid wußte; er schien auch von Jean Valjean alles zu wissen. Wer war dieser fast bartlose, so eisige und so großzügige junge Mann, der die Namen der Leute kannte, der alle ihre Namen kannte, der ihnen seine Börse auftat, der die Schurken übel behandelte wie ein Richter und ihnen zahlte wie ein betrogener Tölpel?

Zwar war Thénardier Nachbar von Marius gewesen; aber er hatte ihn, wie das häufig in Paris geschieht, nie gesehen. Damals hatte er seine Töchter in Andeutungen von einem sehr armen jungen Mann namens Marius sprechen hören, der im Hause wohnte. Ohne ihn zu kennen, hatte er ihm einen Brief geschrieben. Keine Annäherung zwischen diesem Marius und dem Baron Pontmercy war seinem Geiste möglich. Auf dem Schlachtfeld von Waterloo hatte er nur die beiden letzten Silben des Namens vernommen und stets für sie die berechtigte Verachtung empfunden, die man einem bloßen Dankeswort schuldet.

Im übrigen hatte er durch seine Tochter Azelma, die er auf die Fährte der Neuvermählten vom sechzehnten Februar gesetzt hatte, und durch seine persönliche Spionage vieles erkundet, und in den Tiefen der Hölle war es ihm geglückt, mehr als einen geheimnisvollen Faden zu erhaschen. Er hatte durch seine Rührigkeit entdeckt oder zum mindesten durch Folgerungen erraten, wer der Mann war, den er eines Tages im Großen Kanal angetroffen hatte. Von dem Mann war er leicht zu dem Namen vorgedrungen. Er wußte, daß die Baronin Pontmercy Cosette war. Jedoch in dieser Richtung wollte er diskret sein. Wer war Cosette? Auch er wußte es nicht recht. Er ahnte eine uneheliche Geburt. Die Geschichte der Fantine war ihm stets verdächtig erschienen. Aber wozu davon sprechen? Um sich sein Schweigen bezahlen zu lassen? Er hatte Besseres zu verkaufen; oder er glaubte es. Und hätte er ohne Beweis dem Baron Pontmercy die Enthüllung gemacht: Ihre Frau ist ein Bastard, so hätte das wohl den Stiefel des Gatten auf das Kreuz des Enthüllers gelenkt.

Nach der Meinung Thénardiers hatte die Unterhaltung mit Marius noch gar nicht angefangen. Er hatte zurückweichen, seine Strategie abändern, eine Stellung aufgeben, einschwenken müssen. Aber noch war nichts Wesentliches verloren, und er hatte fünfhundert Francs in der Tasche. Außerdem hatte er etwas Entscheidendes zu sagen, und sogar gegen diesen so gut unterrichteten und so gut bewaffneten Baron Pontmercy fühlte er sich stark. Für Menschen von der Natur Thénardiers ist jedes Zwiegespräch ein Kampf. Wie war seine Situation in dem, der bevorstand? Er wußte nicht, mit wem er sprach, aber er wußte, wovon er sprach. Rasch prüfte er also insgeheim seine Stärken, und nachdem er gesagt hatte: »Ich bin Thénardier«, wartete er.

Marius sann. Endlich hatte er Thénardier gefunden. Der Mensch, den zu ermitteln er so begehrt hatte, war da. Er sollte den Auftrag des Obersten Pontmercy erfüllen können. Es kränkte ihn, daß dieser Held diesem Banditen zu Dank verpflichtet, daß der Wechsel, den sein Vater aus der Tiefe des Grabes auf ihn, Marius, gezogen hatte, bis zu diesem Tag protestiert worden war, und in der schwierigen Lage, in der er sich Thénardier gegenüber befand, gedachte er auch den

Obersten für das widrige Schicksal zu rächen, daß ein solcher Schuft ihm das Leben gerettet hatte. Aber er war zufrieden. Endlich würde er den Schatten des Toten von diesem gemeinen Gläubiger, das Gedächtnis seines Vaters aus dem Schuldgefängnis erlösen. Noch etwas anderes oblag ihm: die Quelle von Cosettes Vermögen, wenn er es konnte, aufzuklären. Die Gelegenheit dazu schien sich zu bieten. Vielleicht wußte Thénardier etwas. Vielleicht war es von Nutzen, diesen Menschen weiterreden zu lassen.

Thenardier hatte die »echte« Banknote in seiner Tasche versenkt und sah Marius mit fast zärtlicher Miene an. Marius brach das Schweigen. »Thénardier, ich habe Ihnen Ihren Namen genannt. Soll ich Ihnen jetzt Ihr Geheimnis sagen, das Sie mir mitteilen wollen? Auch ich habe meine Auskünfte. Sie werden sehen, daß ich mehr darüber weiß als Sie. Jean Valjean ist, wie Sie sagten, ein Mörder und ein Dieb, weil er einen reichen Fabrikanten bestehlen und seinen Ruin verursacht hat, Herrn Madeleine. Ein Mörder, weil er den Polizeibeamten Javert getötet hat.«

»Ich verstehe nicht, Herr Baron«, sagte Thénardier.

»Sie werden mich gleich verstehen. Hören Sie zu! In einem Bezirk von Pas-de-Calais lebte gegen 1822 ein Mann, der früher einen Konflikt mit der Justiz gehabt und sich unter dem Namen Madeleine wiederaufgeschwungen und zu Ehren gebracht hatte. Dieser Mann war seitdem im vollen Sinne des Wortes ein Gerechter. Mit einer Industrie, der Herstellung schwarzer Glaswaren, hatte er den Wohlstand einer ganzen Stadt begründet. Auch persönliches Vermögen hatte er erworben, aber in zweiter Linie und sozusagen gelegentlich. Er war der Nährvater der Armen, er stiftete Spitäler, eröffnete Schulen, besuchte die Kranken, steuerte die jungen Mädchen aus, unterstützte die Witwen, adoptierte die Waisen. Er war wie ein Vormund der Beschützer der Gegend. Er hatte sich geweigert, das Kreuz der Legion zu tragen; man hatte ihn zum Bürgermeister ernannt. Ein freigelassener Sträfling kannte das Geheimnis einer gerichtlichen Strafe, die der Mann sich einst zugezogen hatte. Er denunzierte ihn, erreichte seine Verhaftung und mißbrauchte diese, um nach

Paris zu kommen und sich von dem Bankier Laffitte – ich weiß das von dem Kassierer selbst – mittels einer gefälschten Unterschrift eine Summe von mehr als einer halben Million, das Depot von Herrn Madeleine, aushändigen zu lassen. Dieser Sträfling, der Herrn Madeleine bestohlen hat, ist Jean Valjean. Auch über den anderen Vorfall kann ich von Ihnen nichts Neues erfahren. Jean Valjean hat den Polizeibeamten Javert durch einen Pistolenschuß getötet. Ich, der ich mit Ihnen spreche, war dabei zugegen.«

Thénardier warf Marius den überlegenen Blick eines Geschlagenen zu, dessen Hand sich des Sieges abermals bemächtigt und der in einer Minute alles verlorene Terrain zurückgewonnen hat. Aber sofort lächelte er wieder. Der Niedrigere darf gegenüber dem, der höher steht, nur schmeichlerisch triumphieren, und so ließ Thénardier sich genügen, zu Marius zu sagen: »Herr Baron, wir sind auf dem Holzweg.« Er unterstrich diesen Satz, indem er sein Berlockenbündel ein ausdrucksvolles Rad beschreiben ließ.

»Was?« versetzte Marius. »Bestreiten Sie das? Das sind Tatsachen.«

»Wahngebilde. Das Vertrauen, mit dem Herr Baron mich beehren, zwingt mich, das zu sagen. Es geht nichts über Wahrheit und Gerechtigkeit. Ich liebe es nicht, wenn Leute ungerecht angeklagt werden. Herr Baron, Jean Valjean hat Herrn Madeleine nicht bestohlen, und Jean Valjean hat Javert nicht getötet.«

»Das ist ja allerhand, wieso?«

»Aus zwei Gründen.«

»Welchen? Reden Sie!«

»Erstens: Er hat Herrn Madeleine nicht bestohlen, weil Jean Valjean selbst Madeleine ist.«

»Was erzählen Sie mir da?«

»Und zweitens: Er hat Javert nicht ermordet, da, der Javert getötet hat, Javert ist.«

»Was wollen Sie damit sagen?«

»Javert hat Selbstmord begangen.«

»Beweisen Sie! Beweisen Sie!« rief Marius außer sich.

Thénardier erwiderte, indem er seine Worte skandierte:

»Der – Polizeibeamte – Javert – ist – ertrunken – gefunden worden – unter – einem – Boot – am Pont-au-Change.«

»So beweisen Sie doch!«

Thénardier zog aus seiner Seitentasche ein breites Kuvert von grauem Papier, das gefaltete Blätter von verschiedener Größe zu enthalten schien. »Ich habe meine Akten«, sagte er gelassen. »Herr Baron, in Ihrem Interesse wollte ich Jean Valjean gründlich kennenlernen. Ich erkläre Ihnen, daß Jean Valjean und Madeleine ein und derselbe sind und daß Javert von niemandem anders ermordet wurde als von Javert, und wenn ich so spreche, habe ich Beweise. Nicht handschriftliche Beweise, die sind verdächtig, die Handschrift ist gefügig, aber gedruckte Beweise.«

Während er redete, zog Thénardier aus dem Kuvert zwei Zeitungsnummern. Sie waren vergilbt, zerknittert und sehr mit Tabak gesättigt. Die eine, in allen Falten brüchig und in viereckige Lappen zerfallen, war älter als die andere. »Zwei Tatsachen, zwei Beweise«, sagte er. Und er reichte Marius die auseinandergebreiteten Blätter.

Diese beiden Zeitungen kennt der Leser. Die ältere, eine Nummer des »Drapeau blanc« vom 25. Juli 1823, legte die Identität von Herrn Madeleine und Jean Valjean dar. Die zweite, eine Ausgabe des »Moniteur« vom 15. Juni 1832, verzeichnete den Selbstmord von Javert, mit dem Zusatz, aus einem mündlichen Bericht Javerts an den Präfekten gehe hervor, daß er, in der Barrikade der Rue de la Chanvrerie gefangen, sein Leben der Großmut eines Aufständischen verdankt habe, der aus vorgehaltener Pistole nicht ihm eine Kugel vor dem Kopf, vielmehr in die Luft schoß.

Marius las. Die Meldungen waren klar, mit sicheren Daten und von unumstößlicher Beweiskraft. Die beiden Zeitungen waren nicht eigens gedruckt worden, um den Erzählungen Thénardiers nachzuhelfen. Die Notiz des »Moniteur« war eine amtliche Verlautbarung der Polizeipräfektur. Marius konnte nicht zweifeln. Die Auskünfte, die der Kassierer ihm gegeben hatte, waren falsch, und er selbst hatte sich geirrt. Jean Valjean war jählings größer geworden; er entrang sich der verfinsternden Wolke, Marius schrie auf; er konnte seine

Freude nicht bändigen: »Oh, dann ist dieser Unglückliche ein bewundernswerter Mann. Die gesamte Summe gehört wirklich ihm. Er ist Madeleine, die Vorsehung eines ganzen Landes. Er ist Jean Valjean, der Retter Javerts. Ein Held ist er, ein Heiliger.«

»Er ist kein Heiliger und kein Held«, erwiderte Thénardier. »Er ist ein Mörder und ein Dieb.« Und in dem Ton eines Menschen, der sich als Autorität zu fühlen beginnt, setzte er hinzu: »Beruhigen wir uns!«

Dieb, Mörder, die Worte, die Marius verschwunden glaubte und die nun wiederkehrten, trafen ihn wie eine eiskalte Dusche. »Also doch?« rief er.

»Jawohl«, sagte Thénardier, »Jean Valjean hat Madeleine nicht bestohlen, aber er ist ein Dieb. Er hat Javert nicht getötet, aber er ist ein Mörder.«

»Wollen Sie«, entgegnete Marius, »von dem kläglichen Diebstahl vor vierzig Jahren sprechen, der, wie man gerade aus Ihren Zeitungen sieht, durch ein langes Leben der Reue, der Entsagung, der Tugend gesühnt worden ist?«

»Ich sage Mord und Diebstahl, Herr Baron. Und ich wiederhole, daß ich über neue Sachen spreche. Was ich Ihnen zu enthüllen habe, ist gänzlich unbekannt. Ist unveröffentlicht. Vielleicht werden Sie dadurch die Quelle des Vermögens finden, das Jean Valjean der Frau Baronin so geschickt angeboten hat. Ich sage: geschickt, denn sich mittels einer solchen Schenkung in ein ehrbares Haus einzuschleichen, dessen Wohlstand man teilen wird, und zugleich seine Untat zu verbergen, die Früchte seines Diebstahls zu genießen, seinen Namen zu vergraben und sich eine Familie zu beschaffen, das ist gerissen genug.«

»Hier könnte ich Sie unterbrechen«, sagte Marius, »aber fahren Sie fort!«

»Herr Baron, ich will Ihnen alles vortragen, wobei ich die Belohnung Ihrer Freigebigkeit überlasse. Dieses Geheimnis ist nur mit massivem Gold aufzuwiegen. Sie werden mich fragen: Warum hast du dich nicht an Jean Valjean gewandt? Aus einem sehr einfachen Grunde. Ich weiß, daß er auf seinen Besitz verzichtet hat, und zwar zu Ihren Gunsten, und das scheint mir eine sehr pfiffige Kombination. Aber er hat keinen Sou mehr, er würde mir seine leeren Hände zeigen, und da ich für meine Reise nach Joya etwas Geld brauche, ziehe ich Sie, der Sie alles haben, ihm vor, der nichts hat. Ich bin ein wenig müde, erlauben Sie, daß ich mir einen Stuhl nehme?«

Marius setzte sich und winkte ihm, auch er solle sich setzen. Thénardier ließ sich auf einen Polsterstuhl nieder, griff zu den beiden Zeitungen, steckte sie wieder in den Umschlag und murmelte, indem er mit seinem Nagel den »Drapeau blanc« zerkratzte: »Das Blatt zu bekommen, hat mir Mühe gemacht.« Dann kreuzte er die Beine und lehnte sich zurück, in der Pose von Leuten, die dessen, was sie sagen, sicher sind. Nun trat er der Verhandlung näher und sagte ernst, mit Nachdruck auf jedem Wort: »Herr Baron, am 6. Juni 1832, vor etwa einem Jahr, am Tage des Aufruhrs, ging ein Mann durch den Großen Kanal von Paris, auf der Seite, wo der Kanal in die Seine ausläuft, zwischen der Invaliden- und der Jenabrücke.«

Marius rückte hastig seinen Stuhl an den Thénardiers heran. Thénardier beobachtete diese Bewegung und fuhr mit der Langsamkeit eines Redners fort, der seinen Partner festhält und spürt, wie sein Gegner unter seinen Worten krampfhaft zuckt: »Dieser Mann, den Gründe, die im übrigen der Politik fremd sind, zwangen, sich zu verstecken, hatte in dem Kanal Wohnung genommen, und in seinen Händen war der Schlüssel. Es war, ich wiederhole, am sechsten Juni. Acht Uhr abends konnte es sein. Der Mann hörte im Kanal ein Geräusch. Sehr überrascht, duckte er sich und lauerte. Es war ein Geräusch von Schritten, jemand marschierte im Dunkel, man kam in seine Gegend. Seltsam, im Kanal war noch ein Mensch außer ihm. Das Gitter am Ausgang war nicht sehr entfernt. Ein wenig Licht, das von dort kam, ermöglichte ihm, den neu hinzugekommenen Kanalbummler zu erkennen und zu sehen, daß er etwas auf dem Rücken trug. Gebückt schritt er vorwärts. Der Mensch war ein ehemaliger Sträfling, und was er auf den Schultern schleppte, eine Leiche. Flagrantes Morddelikt, wenn irgendwann, dann jetzt.

Und Diebstahl sowieso; für nichts tötet man nicht. Der Sträfling wollte die Leiche in den Fluß werfen. Aber bevor er das Ausgangsgitter erreichte, war der Sträfling, der von weit her zu dem Kanal kam, an ein schreckliches Schlammloch geraten, das er nicht vermeiden konnte. Hier hätte er, scheint es, die Leiche lassen können. Nur hätten die Kanalräumer, wenn sie in dem Schlammloch buddelten, den Ermordeten gefunden, und das wäre kaum nach dem Wunsch des Mörders gewesen. Er hat sich lieber mit seiner Last durch das Loch gearbeitet, und er muß sich fürchterlich angestrengt haben, mehr als er kann man sein Leben nicht aufs Spiel setzen. Wie er da lebendig herausgeklettert ist, weiß ich nicht.«

Marius schob seinen Stuhl noch näher. Thénardier nutzte das aus, um Atem zu schöpfen.

»Herr Baron«, begann er wieder, »ein Kanal ist kein Marsfeld. Es fehlt dort an allem und sogar an Platz. Wenn da zwei Menschen sind, müssen sie sich begegnen. Das ist nämlich passiert. Der Kanalsiedler und der Passant waren gezwungen, sich guten Tag zu sagen, wenn auch beide zu ihrem Bedauern. Der Passant sagte zu dem Siedler: Du siehst, was ich auf dem Rücken habe, ich muß hinaus, du hast den Schlüssel, gib ihn mir! Der Sträfling war ein schrecklich starker Mensch. Sich weigern konnte der, der den Schlüssel hatte, nicht. Jedoch er parlamentierte, einzig, um Zeit zu gewinnen. Er beschaute den Toten, aber er konnte nur sehen, daß er jung war, gut gekleidet wie ein Sohn aus reichem Haus und ganz entstellt von Blut. Während er plauderte, gelang es ihm, ohne daß der Mörder es merkte, ein Stück vom Rock des Ermordeten, hinten am Schoß, abzureißen. Als Überführungsbeweis, Sie verstehen, um die Spur wieder aufzustöbern und das Verbrechen dem Verbrecher vorzudemonstrieren. Er steckte das Stück in seine Tasche. Dann öffnete er das Gitter, ließ den Menschen mit seiner Last auf dem Rücken hinaussteigen, schloß das Gitter wieder und flüchtete, da ihm wenig daran lag, in den Fortgang des Abenteuers hineingezogen zu werden. Vor allem wünschte er nicht dabeizusein, wenn der Mörder den Ermordeten in die Seine warf. Nun verstehen Sie wohl. Der Träger der Leiche ist Jean Valjean.

Der den Schlüssel hatte, spricht eben mit Ihnen, und das Stück vom Rock ...«

Thénardier beendete seinen Satz, indem er aus seiner Tasche einen schwarzen, ausgezackten Tuchfetzen holte, ihn zwischen seine Daumen und seine Zeigefinger klemmte und in Augenhöhe vor sich hielt. Dunkle Flecke bedeckten den Stoff. Marius hatte sich erhoben, bleich, mit beengtem Atem. Er starrte auf den schwarzen Tuchfetzen. Wortlos, ohne ihn aus den Augen zu lassen, wich er an die Wand zurück. Mit der rechten Hand tastend, suchte er an der Mauer einen Schlüssel, der zum Schloß eines Wandschränkchens nahe dem Kamin gehörte. Er fand den Schlüssel, öffnete das Schränkchen und griff mit dem Arm hinein, ohne sich umzusehen und ohne daß seine verstörten Augen von dem Fetzen, den Thénardier entfaltet hatte, abließen.

Inzwischen fuhr Thénardier fort: »Herr Baron, ich habe den sichersten Grund zu der Annahme, daß der ermordete junge Mann ein üppig lebender Ausländer war, den Jean Valjean in eine Falle lockte und der eine enorme Summe bei sich hatte.«

»Der junge Mann war ich; hier ist der Rock!« schrie Marius und warf einen alten, blutbesudelten schwarzen Rock auf das Parkett. Dann riß er Thénardier die Beute aus den Händen, kauerte sich auf dem Rock nieder und legte den Fetzen mit dem Tuchrand des zerstückelten Schoßes zusammen. Er paßte genau. Thénardier saß da wie von Stein. Er dachte in seinem Argot: Ich bin platt! Zitternd, verzweifelnd, strahlend erhob sich Marius. Er durchwühlte seine Tasche. Voller Wut ging er auf Thénardier zu. Vor der Stirn des Menschen schwang er seine Faust, die er mit Banknoten von fünfhundert und tausend Francs gefüllt hatte, und fast preßte er sie ihm ins Gesicht. »Sie sind ein infamer Lügner, ein Verleumder, ein Verbrecher. Sie kamen hierher, um diesen Mann anzuklagen. Sie haben ihn gerechtfertigt. Sie wollten sein Verderben; es ist Ihnen nur gelungen, ihn mit einer Glorie zu umkränzen. Sie sind der Dieb, Sie sind der Mörder! Ich habe Sie, Thénardier-Jondrette, in der Spelunke am Boulevard de l'Hôpital gesehen. Ich weiß genug von Ihnen, um Sie dem Bagno zu überantworten oder den Strafkolonien, wenn ich wollte. Da sind tausend Francs, Sie Gauner!« Und er warf ihm eine Tausendfrancnote hin. »Jondrette-Thénardier, abgefeimter Schurke! Das soll Ihnen eine Lehre sein! Sie Verschacherer von Geheimnissen, Sie Wucherer mit Mysterien, Sie Ratte in der Finsternis, Sie Elender! Nehmen Sie hier fünfhundert Francs und packen Sie sich! Waterloo soll Sie schützen!«

»Waterloo!« murrte Thénardier, indes er die fünfhundert Francs nach den tausend in seiner Tasche vergrub.

»Ja, Mörder, dort retteten Sie das Leben eines Obersten ...«

»Eines Generals«, sagte Thénardier und sah wieder auf.

»Eines Obersten!« wiederholte Marius ergrimmt. »Für einen General würde ich Ihnen nicht einen Heller geben. Und Sie sind in niederträchtiger Absicht hergekommen. Ich sage Ihnen, alle Verbrechen haben Sie begangen. Fahren Sie ab! Verschwinden Sie! Seien Sie glücklich! Das ist mein Abschiedswunsch. Sie Ungeheuer! Da haben Sie noch dreitausend Francs. Nehmen Sie sie! Sie werden schon morgen nach Amerika reisen, mit Ihrer Tochter, denn Ihre Frau ist tot, Sie abscheulicher Lügner! Ich werde Ihre Abreise überwachen, Bandit, und wenn es soweit ist, Ihnen zwanzigtausend Francs auszahlen. Lassen Sie sich anderswo hängen!«

»Herr Baron«, erwiderte Thénardier mit Bücklingen bis zum Boden, »ewige Dankbarkeit!« Und Thénardier ging, ohne zu begreifen, verblüfft und beseligt durch diese sanfte Zermalmung unter Säcken von Gold und diesen Blitzstrahl, der als knisternde Banknoten auf seinen Kopf niederzüngelte. Von einem Blitz gelähmt, er war es, doch auch zufrieden; und es hätte ihm sehr leid getan, wehrte ein Blitzableiter das Unwetter von ihm ab.

Kommen wir gleich mit diesem Mann zu Ende! Zwei Tage später reiste er dank Marius unter falschem Namen nach Amerika, samt seiner Tochter Azelma, mit einem auf New York ausgestellten Wechsel über zwanzigtausend Francs versehen. Das sittliche Elend Thénardiers, des gescheiterten Bourgeois, war unheilbar. Er blieb in Amerika, was er in Europa gewesen war. Die Berührung einer guten Tat mit einem bösen Menschen läßt sie oft verkommen und in Schlechtes entarten. Für das Geld von Marius ist Thénardier Negerhändler geworden.

Sobald sich hinter ihm das Tor des Hauses Gillenormand geschlossen hatte, lief Marius in den Garten, in dem Cosette noch spazierenging. »Cosette! Cosette!« rief er. »Komm, komm schnell! Wir haben einen dringenden Weg! Basque, eine Droschke! Cosette, komm! Er hat mir das Leben gerettet! Wir wollen keine Minute verlieren! Lege deinen Schal um!« Cosette glaubte, er sei toll, und gehorchte ihm.

Er atmete nicht, er faßte mit der Hand nach seinem Herzen, um sein ungestümes Pochen zu hemmen. Mit großen Schritten ging er auf und ab, er umarmte Cosette. »Ach, Cosette, ich bin unglücklich!« sagte er. Er war wie besinnungslos. Er begann in Jean Valjean eine hohe, düstere Gestalt zu ahnen. Eine unvergleichliche Tugend offenbarte sich ihm, erhaben und mild, demütig in ihrer Unermeßlichkeit. Der Sträfling verwandelte sich in Christus. Marius war von diesem Wunder geblendet. Es war ihm nicht deutlich, was er da vor sich sah, aber er wußte: Es war Größe.

In einem Augenblick stand die Droschke vor dem Tor. Marius ließ Cosette einsteigen und stürzte ihr nach. »Kutscher«, rief er, »Rue de l'Homme-Armé sieben!« Die Droschke fuhr ab.

»Ach, welches Glück!« sagte Cosette. »Rue de l'Homme-Armé. Ich wagte gar nicht mehr davon zu sprechen. Wir besuchen Herrn Jean.«

»Deinen Vater! Cosette, deinen Vater mehr als jemals. Cosette, ich errate alles. Du hast mir gesagt, du hättest den Brief, den ich dir durch Gavroche zugeschickt hatte, nie empfangen. Er wird ihm in die Hände gefallen sein. Cosette, er ist zur Barrikade gegangen, um mich zu retten. Da es ihm Bedürfnis ist, so nebenher ein Engel zu sein, hat er auch andere gerettet. Er hat Javert gerettet. Er hat mich aus jenem Abgrund geholt, um mich dir zu schenken. Er hat mich in dem grauenhaften Kanal auf seinen Schultern getragen. Ach, ich bin abscheulich undankbar. Cosette, nachdem er für dich Vorsehung war, wurde er es für mich. Denke dir, da war ein schreckliches Schlammgrab, in dem ich und er hundertmal hätten ertrinken können, tief im Kot; er hat mich hinübergebracht. Ich war ohnmächtig, ich sah und hörte nichts, ich konnte nichts von meinem eigenen Erlebnis wissen. Wir werden ihn zurückgeleiten, ihn mit uns nehmen, ob er will oder nicht; er wird uns nicht mehr verlassen. Wenn er nur daheim ist! Wenn wir ihn nur finden! Ich werde ihn bis zum Ende meiner Tage verehren. Ja, so soll es sein, nicht wahr, Cosette? Ihm wird Gavroche meinen Brief übergeben haben. So erklärt sich alles, Du verstehst.«

Cosette verstand kein Wort. »Du hast recht«, sagte sie. Unterdessen rollte die Kutsche dahin.

Nacht, auf die der Tag folgt

Als Jean Valjean an seine Tür klopfen hörte, wandte er sich um. »Herein«, sagte er mit schwacher Stimme. Die Tür öffnete sich. Cosette und Marius erschienen. Cosette eilte in das Zimmer. Marius blieb auf der Schwelle stehen, an den Türpfosten gelehnt. »Cosette!« sagte Jean Valjean und richtete sich auf seinem Stuhl empor, die zitternden Arme ausbreitend, verstört, fahl, düster, unendliche Freude in den Augen.

Cosette sank, vor Erregung atemlos, Jean Valjean an die Brust. »Vater!« sagte sie.

Fassungslos stammelte er: »Cosette! Sie sind es! Du bist es! Oh, mein Gott!« Und von den Armen Cosettes umschlungen, rief er: »Du bist es! Du bist hier! Also verzeihst du mir!«

Marius schlug die Augenlider nieder, um zu verhindern, daß seine Tränen flossen. Er trat einen Schritt vor und flüsterte zwischen seinen Lippen, die er, um ein Schluchzen zu ersticken, zusammenpreßte: »Mein Vater!«

»Und auch Sie verzeihen mir«, sagte Jean Valjean.

Marius konnte keine Worte finden. »Danke«, fügte Jean Valjean hinzu.

Cosette zog ihren Schal herunter und warf ihren Hut auf das Bett.

»Die Sachen sind mir lästig«, sagte sie. Dann setzte sie sich auf die Knie des Greises, strich mit einer hinreißend anmutigen Bewegung über seine weißen Haare, zerteilte sie und küßte seine Stirn. Verwirrt ließ Jean Valjean es zu.

Cosette, die nur sehr unklar das alles begriff, verdoppelte ihre Liebkosungen, als wolle sie die Schuld von Marius abzahlen.

»Wie töricht ich war«, stammelte Jean Valjean. »Ich glaubte, ich sehe sie nicht mehr wieder. Denken Sie sich, Herr Pontmercy, in dem Moment, als Sie eintraten, sagte ich mir: Es ist aus. Da liegt ihr Kleidchen; ich bin ein unglücklicher Mensch; ich werde Cosette nicht mehr sehen. So sagte ich, als Sie die Treppe heraufstiegen. War ich dumm! Wie dumm man doch sein kann! Ich rechnete nicht mit dem lieben Gott. Und er sprach zu mir: Du glaubst, man werde dich verlassen, du Narr! Nein. Das wird nicht geschehen. Wohlan, ein armer Alter braucht einen Engel. Und der Engel kam, und ich sah Cosette wieder, meine kleine Cosette. Ach, wie unglücklich war ich.« Er konnte einen Augenblick nicht reden, dann fuhr er fort: »Ich mußte sie wahrhaftig von Zeit zu Zeit ein bißchen sehen. Ein Herz will wie ein Hund einen Knochen zum Abnagen. Aber ich empfand, ich war zuviel auf der Welt. Ich bemühte mich, das zu verstehen: Sie brauchen dich nicht, bleibe in deinem Winkel, man hat nicht das Recht, ewig dazusein. Ah, gütiger Gott, ich sehe sie wieder. Weißt du, Cosette, daß dein Mann sehr schön ist? Du hast einen hübschen gestickten Kragen. Ich habe das Muster gern. Dein Mann hat es ausgesucht, nicht wahr? Und einen Kaschmirschal brauchst du auch. Herr Pontmercy, lassen Sie mich sie duzen! Es dauert nicht mehr lange.«

»Wie böse von Ihnen«, sagte Cosette, »daß Sie uns so gemieden hatten. Wo waren Sie denn? Warum mußten wir vergebens auf Sie warten? Früher sind Sie doch nur auf drei bis vier Tage verreist. Ich habe Nicolette geschickt; immer war die Antwort: Nicht da. Wann sind Sie zurückgekommen? Warum haben Sie uns nicht benachrichtigt? Wissen Sie, daß Sie sehr verändert sind? Ach, der schlimme Vater! Er war krank, und wir wußten es nicht. Da, Marius, fühle seine Hand an, wie kalt sie ist!«

»Also ihr seid hier! Herr Pontmercy, Sie verzeihen mir!« wiederholte Jean Valjean.

Bei dieser erneuten Bitte löste sich im Herzen von Marius das, was in ihm wogte, und er brach in die Worte aus: »Cosette, hörst du? Er will, daß ich ihm verzeihe. Und weißt du, wie er an mir gehandelt hat. Cosette? Er hat mir das Leben gerettet. Er hat mehr getan. Er hat dich mir gegeben. Und nachdem er mich gerettet und dich mir gegeben hatte, was hat er aus sich selbst gemacht? Er hat sich geopfert. Und zu mir, dem Undankbaren, dem Vergeßlichen, dem Unbarmherzigen, dem Schuldigen, zu mir sagt er: Danke! Cosette, und wenn ich mein ganzes Leben zu den Füßen dieses Mannes verbrächte, es wäre zuwenig. Barrikade und Kanal, Höllenglut und Kloake, all das hat er für mich durchschritten und für dich, Cosette! Er hat mich durch alle Tode getragen, die er von mir fernhielt und die er für sich hinnahm. Jeden Mut, jede Tugend, jeden Heroismus und alle Heiligkeit, er hat sie. Cosette, dieser Mann ist kein irdischer Mensch.«

»Still, still!« flüsterte Jean Valjean. »Warum sagen Sie das?«

»Und Sie«, rief Marius mit zorniger Ehrfurcht, »warum haben Sie es nicht gesagt? Es ist auch Ihre Schuld. Sie retten Menschen das Leben und verhehlen es ihnen. Und mehr noch, unter dem Vorwand, Sie entlarvten sich, verleumden Sie sich. Es ist erschreckend.«

»Ich habe die Wahrheit gesagt«, erwiderte Jean Valjean.

»Nein«, entgegnete Marius. »Wahrheit ist volle Wahrheit, und Sie haben sie nicht gesagt. Sie waren Madeleine, warum haben Sie es verschwiegen? Sie haben Javert gerettet, warum haben Sie es verschwiegen? Ich danke Ihnen das Leben, warum haben Sie es verschwiegen?«

»Weil ich so dachte wie Sie. Ich fand, daß Sie recht hätten. Ich mußte gehen. Wenn Sie von dem Weg durch den Kanal gewußt hätten, hätten Sie mich gezwungen, bei Ihnen zu bleiben. Daher mußte ich stumm sein. Hätte ich gesprochen, so hätte das alles durchkreuzt.«

»Was durchkreuzt?« erwiderte Marius. »Glauben Sie, daß Sie hier bleiben werden? Wir nehmen Sie mit. Ach, mein Gott, wenn ich bedenke, daß ich durch einen Zufall das alles erfahren habe! Wir nehmen Sie mit uns. Sie sind ein Teil von uns selbst. Sie sind ihr Vater und meiner. In dieser scheußlichen Wohnung werden Sie keinen Tag länger hausen. Bilden Sie sich nicht ein, daß Sie morgen noch hier sein werden!«

»Morgen«, sagte Jean Valjean, »werde ich nicht hier sein, aber auch nicht bei Ihnen.«

»Was wollen Sie damit sagen?« fragte Marius. »Wir erlauben Ihnen keine Reise mehr. Wir werden Sie nicht mehr verlassen. Sie gehören uns. Wir geben Sie nicht frei.«

»Diesmal«, ergänzte Cosette, »ist es ernst. Wir haben einen Wagen unten stehen. Ich entführe Sie. Wenn es nötig ist, werde ich Gewalt anwenden.« Und lachend tat sie, als wolle sie mit ihren Armen den Greis hochheben. »Ihr Zimmer in unserem Haus ist noch immer bereit«, sagte sie. »Wenn Sie wüßten, wie reizend der Garten jetzt ist! Die Azaleen kommen sehr schön heraus. Die Alleen sind mit Flußsand bestreut. Kleine violette Muscheln liegen an den Rändern. Sie werden von meinen Erdbeeren essen. Ich begieße sie. Und keine gnädige Frau und kein Herr Jean mehr; wir leben in einer Republik, alles duzt sich, nicht wahr, Marius? Das Programm ist umgestellt. Ach, Vater, ich hatte Kummer. Ein Rotkehlchen hatte in einem Mauerloch sein Nest gebaut; eine garstige Katze hat es mir gefressen. Mein armes, zierliches Rotkehlchen, das mit dem Kopf an meinem Fenster erschien und mich ansah. Ich habe darüber geweint. Ich hätte die Katze töten wollen. Aber jetzt weint niemand mehr. Alles lacht, alles ist glücklich. Sie werden mit uns kommen. Wie wird der Großvater zufrieden sein! Sie werden Ihr Beet im Garten haben; Sie werden es bepflanzen, und wir werden sehen, ob Ihre Erdbeeren so schön sind wie meine. Und ich werde alles tun, was Sie mögen, und Sie werden mir gehorsam sein.«

Jean Valjean hörte ihr zu, ohne, was sie sagte, aufzufassen. Er hörte die Musik ihrer Stimme mehr als den Sinn ihrer Worte. Eine der großen Tränen, die die dunklen Perlen der Seele sind, bildete sich langsam in seinem Auge. Er murmelte: »Ein Zeichen von Gottes Güte ist Ihre Anwesenheit.«

»Mein Vater!« sagte Cosette.

Jean Valjean fuhr fort: »Wahr ist, daß es beglückend wäre, miteinander zu leben. Die Bäume bei Ihnen sind voller Vögel. Ich würde mit Cosette spazierengehen. Zu den Leuten gehören, die leben, sich einen guten Tag wünschen und im Garten etwas zurufen, das behagt mir. Schon am Morgen würden wir uns begrüßen. Wir würden jeder einen kleinen Winkel des Gartens bebauen. Sie würde mir von ihren Erdbeeren zu essen geben; ich würde sie meine Rosen pflücken lassen. Das wäre zauberhaft. Nur ...« Er unterbrach sich und endete sanft: »Schade.« Die Träne fiel nicht, sie trat zurück, und Jean Valjean ersetzte sie durch ein Lächeln.

Cosette nahm beide Hände des Greises in die ihren. »Mein Gott!« sagte sie. »Ihre Hände sind nun noch kälter. Sind Sie krank? Haben Sie Schmerzen?«

»Ich? Nein«, antwortete Jean Valjean, »mir geht es sehr gut. Nur...« Er stockte.

»Nur, wie denn?«

»Ich werde gleich sterben.«

Cosette und Marius erschauerten. »Sterben!« rief Marius.

»Ja, aber das ist nichts«, sagte Jean Valjean. Er atmete auf und lächelte. »Cosette, du hast mit mir gesprochen, sprich weiter. Dein Rotkehlchen ist also tot, sprich, daß ich deine Stimme höre!«

Marius sah den Greis wie versteinert an. Cosette stieß einen schrillen Schrei aus. »Vater, mein Vater! Sie werden leben. Ich will, daß Sie leben, hören Sie!«

Jean Valjean blickte anbetend zu ihr auf. »O ja, verbiete mir zu sterben! Wer weiß? Ich werde dir vielleicht gehorchen. Ich war dabei, zu sterben, als ihr kamt. Das hat mich zurückgehalten; mir schien, ich würde wieder geboren.«

»Sie sind voll Kraft und Leben!« rief Marius. »Denken Sie, so sterbe man? Sie hatten Gram; Sie werden keinen mehr haben. Ich bitte Sie um Verzeihung, bitte Sie kniefällig darum. Sie werden leben, mit uns leben und lange leben. Wir nehmen Sie wieder auf. Wir zwei werden hinfort einen einzigen Gedanken haben: Ihr Glück!«

»Sie sehen«, rief Cosette unter Tränen, »Marius sagt es, Sie werden nicht sterben.«

Jean Valjean lächelte noch immer. »Wenn Sie mich wieder aufnehmen wollten, Herr Pontmercy, würde mich das wandeln? Nein, Gott dachte wie Sie und ich und ändert seine Meinung nicht. Es ist gut, wenn ich gehe. Der Tod ist der beste Abschluß. Gott weiß besser als wir, was wir brauchen. Daß ihr glücklich seid, daß Herr Pontmercy Cosette besitzt, die Jugend den Frühling, daß euch, meine Kinder, Flieder und Nachtigallen umgeben, daß euer Leben leuchtet wie eine besonnte Wiese, daß aller himmlischer Zauber eure Seelen erfüllt und daß jetzt ich, der ich zu nichts mehr tauge, sterbe: Das alles ist sichtlich gut. Wir wollen vernünftig sein, keine Möglichkeit harrt meiner noch; ich fühle, daß es vorbei ist. Vor einer Stunde hatte ich eine Ohnmacht. Und heute nacht habe ich den Wasserkrug da ganz ausgetrunken. Wie gut ist dein Mann, Cosette! Er paßt anders zu dir als ich.«

Von der Tür drang ein Geräusch in das Zimmer. Der Arzt trat ein. »Guten Tag und adieu, Doktor«, sagte Jean Valjean. »Hier sind meine lieben Kinder.«

Marius näherte sich dem Arzt. Er richtete nur zwei Worte an ihn: »Mein Herr?« Aber in der Art der Aussprache lag eine vollständige Frage. Der Arzt antwortete mit einem ausdrucksvollen Blick.

»Wenn das, was geschieht, uns mißfällt«, sagte Jean Valjean, »ist das kein Grund, gegen Gott ungerecht zu sein.« Ein dumpfes Schweigen entstand. Allen war schwer ums Herz. Jean Valjean wandte sich an Cosette. Er betrachtete sie, als wolle er sie sich für alle Ewigkeit zu eigen machen. In der tiefen Umschattung, in die er schon versunken war, konnte er noch immer verzückt träumen, wenn er auf Cosette blickte. Der Abglanz dieses sanften Gesichts erleuchtete sein bleiches Antlitz. Auch das Grab kann blenden.

Der Arzt betastete ihm den Puls. »Sie haben ihm gefehlt!« murmelte er und sah Cosette und Marius an, und dann flüsterte er diesem ins Ohr: »Zu spät.«

Jean Valjean ließ nicht davon ab, Cosette zu betrachten, und heiter prüfte er die Mienen von Marius und dem Arzt. Fast unartikuliert kamen die Worte aus seinem Munde: »Sterben ist nichts; grausam ist nur das Los, nicht zu leben.«

Plötzlich erhob er sich. Eine solche Wiederkehr der Kraft ist manchmal der Vorbote des Todeskampfes. Mit festem Schritt ging er bis zur Mauer, schob Marius und den Arzt, die ihm helfen wollten, zur Seite, hängte das kleine kupferne Kruzifix ab, setzte sich mit der Beweglichkeit des völlig Gesunden, legte das Kruzifix auf den Tisch und sagte laut: »Er ist der große Märtyrer.«

Dann fiel er zusammen; sein Kopf schwankte, als ob die Trunkenheit des Grabes ihn übermannte, und seine Hände, die er auf seine Knie stützte, begannen mit den Nägeln das Tuch seiner Hose zu zerraufen. Cosette hielt ihn an den Schultern und schluchzte. Sie mühte sich ab, um mit ihm zu sprechen, aber es gelang ihr nicht. Unter den traurigen Worten, die sie in den Speichel mischte, der die Tränen begleitet, unterschied man etwa diese: »Vater, verlassen Sie uns nicht! Kann das sein, daß wir uns nur wiederfinden, um einander zu verlieren?«

Es scheint, als verlaufe der Todeskampf wellenförmig. Er kommt und geht, nähert sich dem Grab und wendet sich wieder zum Leben hin. Ein zögerndes Sterben.

Nach diesem halben Zusammenbruch wurde Jean Valjean wieder Herr seines Körpers; er schüttelte seine Stirn, als wolle er die Finsternis von ihr verjagen, und wurde geistig fast wieder klar. Er nahm einen Ärmel von Cosettes Kleid und küßte ihn. »Er erholt sich, Doktor, er erholt sich!« rief Marius.

»Ihr beide seid gut«, sagte Jean Valjean. »Ich will euch gestehen, was mich gegrämt hat. Es hat mich gegrämt, Herr Pontmercy, daß Sie an dieses Geld nicht rühren wollten. Das Geld gehört rechtens Ihrer Frau. Ich möchte euch das erklären, meine Kinder, und gerade darum bin ich zufrieden, euch zu sehen. Der schwarze Jett kommt aus England, der weiße aus Norwegen. Über all das könnt ihr auf dem Papier da nachlesen. Für die Armbänder habe ich eine Technik erfunden, die bei den Schiebern statt des gelöteten Blechs zusammengesetztes verwendet. Das ist hübscher, besser und wohlfeiler. Sie verstehen, wieviel Geld man so gewinnen kann. Das Vermögen Cosettes ist also ganz das ihre. Ich teile

Ihnen diese Einzelheiten mit, weil ich möchte, daß Sie sich beruhigen.«

Die Portiersfrau war heraufgekommen und sah durch die angelehnte Tür. Der Arzt schickte sie weg, aber er konnte nicht verhindern, daß die gute Frau in ihrem Eifer dem Sterbenden zurief: »Wünschen Sie einen Priester?«

»Ich habe einen«, antwortete Jean Valjean. Und mit dem Finger schien er auf einen Punkt über seinem Kopf zu weisen, an dem er wohl jemanden sah. Der Bischof war vielleicht bei diesem Kampf zugegen.

Cosette ließ behutsam ein Kissen unter Jean Valjeans Rücken gleiten. »Herr Pontmercy«, sagte er nun, »fürchten Sie nichts, ich beschwöre Sie. Die sechshunderttausend Francs sind Cosettes unbestreitbarer Besitz. Ich hätte mein Leben verloren, wollten Sie sich seiner nicht erfreuen. Wir waren mit der Verfertigung dieser Glaswaren schon sehr weit. Wir durften mit dem Schmuck, der Berliner Artikel genannt wird, konkurrieren. Das schwarze Glas aus Deutschland läßt sich allerdings nicht nachahmen. Ein Gros, das zwölf Dutzend sehr gut geschnittene Perlen enthält, kostet nur drei Francs.«

Wenn ein Mensch, der uns teuer ist, sterben will, schauen wir ihn mit einem Blick an, der sich an ihn klammert, um ihn zurückzuhalten. Stumm vor Angst, ohne zu wissen, was sie dem Tode sagen sollten, verzweifelt und zitternd, standen beide vor ihm. Cosette gab Marius ihre Hand. Zusehends wurde Jean Valjean hinfälliger. Bald hatte er den Horizont der letzten Finsternis erreicht. Sein Atem war unregelmäßig geworden; ein Röcheln durchschnitt ihn. Es wurde ihm schwer, die Lage seines Unterarmes zu ändern; seine Füße hatten jede Regsamkeit eingebüßt, und indes die Mattigkeit seiner Glieder und die Zerrüttung seines Leibes zunahmen, stieg in ihm die Erhabenheit der Seele und entfaltete sich auf seiner Stirn. Schon schimmerte in seinen Augen das Licht der unbekannten Welt. Sein Antlitz erblaßte und lächelte. In ihm war nicht mehr das natürliche Leben, sondern etwas anderes. Sein Atem versiegte, sein Blick wurde immer weiter und größer. Er war ein Leichnam, dem Flügel wuchsen.

Er winkte Cosette, sie solle sich nähern, dann Marius. Es war sichtlich die letzte Minute der Todesstunde. Er begann zu reden, mit so leiser Stimme, daß sie von fernher aufzuschweben schien, als sei schon jetzt eine Scheidewand zwischen ihnen und ihm. »Kommt her zu mir«, sagte er, »beide! Ich liebe euch sehr. Oh, wie gut stirbt es sich so! Auch du liebst mich, Cosette. Ich wußte, daß du stets Freundschaft hegen würdest für mich alten Mann. Wie schön, daß du mir das Kissen untergelegt hast! Du wirst ein wenig um mich weinen, nicht wahr? Nicht zuviel. Ich möchte nicht, daß du wirklichen Kummer spürst; denn ihr sollt fröhlich sein, meine Kinder. Ich habe vergessen, euch zu sagen, daß mit Schnallen ohne Dorn noch mehr zu verdienen war als mit allem anderen. Das Gros, die zwölf Dutzend, kostete mich zehn Francs und verkaufte sich zu sechzig. Das war in der Tat ein guter Erwerb. Sie brauchen sich also über die sechshunderttausend Francs nicht zu wundern, Herr Pontmercy. Es ist ehrlich verdientes Geld. Ihr könnt in aller Ruhe reich sein. Einen Wagen müßt ihr haben. Von Zeit zu Zeit eine Loge in den Theatern, elegante Balltoiletten, Cosette, euren Freunden gute Diners geben und sehr glücklich sein. Vorhin habe ich an Cosette geschrieben. Sie wird meinen Brief finden. Ihr vermache ich die beiden Leuchter, die auf dem Kamin stehen. Sie sind von Silber. Aber für mich sind sie von Gold und Diamanten. Sie verwandeln Talglichter, die man aufsteckt, in geweihte Wachskerzen. Ich weiß nicht, ob der, der sie mir geschenkt hat, da oben mit mir zufrieden ist. Ich habe getan, was ich konnte. Meine Kinder, ihr werdet nicht vergessen, daß ich ein armer Mensch war. Ihr werdet mich in dem ersten besten Erdwinkel begraben, unter einem Stein, damit der Ort sich erkennen läßt. Das ist mein Wille. Kein Name auf dem Stein. Wenn Cosette ab und zu kommen will, wird es mich freuen. Auch Sie, Herr Pontmercy. Ich muß Ihnen beichten, daß ich Sie nicht immer geliebt habe. Dafür bitte ich Sie um Verzeihung. Jetzt seid ihr beide für mich nur noch eins. Ich bin Ihnen sehr dankbar. Ich fühle, daß Cosette durch Sie sehr glücklich werden wird. Wenn Sie wüßten, Herr Pontmercy! Ihre schönen rosigen Wangen waren meine

Freude: Wenn sie etwas blaß aussahen, war ich traurig. In der Kommode ist eine Banknote von fünfhundert Francs. Ich habe sie nicht angerührt. Sie ist für die Armen bestimmt. Cosette, siehst du dein Kleidchen da auf dem Bett? Erkennst du es wieder? Und es ist doch erst zehn Jahre her. Wie die Zeit vergeht! Wir waren sehr glücklich. Das ist vorbei. Meine Kinder, weint nicht, ich gehe nicht sehr weit fort. Ich werde euch von da oben sehen. ihr braucht nur Ausschau zu halten; wenn es Nacht wird, seht ihr mich lächeln. Cosette, erinnerst du dich an Montfermeil? Dir war so bang im Wald. Weißt du noch, wie ich dir den Henkel des Wassereimers abgenommen habe? Da berührte ich das erstemal dein armes Händchen. Es war so kalt! Ach, mein Fräulein, Sie hatten rote Hände in jener Zeit, jetzt sind sie sehr weiß. Erinnerst du dich an die große Puppe? Sie hieß Catherine. Du hast bedauert, daß du sie nicht ins Kloster mitgenommen hast! Wie hast du mich manchmal zum Lachen gebracht, mein süßer Engel! Nach dem Regen hast du in den Gossen immer Strohhalme ausgesetzt und ihnen nachgeschaut. Eines Tages habe ich dir einen Schläger aus Weide und einen Ball mit gelben, blauen und grünen Federn geschenkt. Du hast das vergessen. Ein richtiger kleiner Schalk warst du! Und immer hast du gespielt. Du hängtest dir Kirschen über die Ohren. Das sind so Sachen aus der Vergangenheit. Die Wälder, durch die man mit seinem Kind gezogen ist, die Bäume, unter denen wir spazierengegangen sind, das Kloster, in dem wir uns versteckt haben, die Spiele, das helle Lachen der Kindheit, das gehört dem Dunkel an. Und ich hatte mir eingebildet, mir gehöre das alles. Darin bestand meine ganze Dummheit. Diese Thénardiers waren tückisch. Man muß ihnen verzeihen. Cosette, jetzt ist der Augenblick, wo ich dir den Namen deiner Mutter sagen kann. Sie hieß Fantine. Merke dir den Namen gut: Fantine! Knie nieder, sooft du ihn aussprichst! Sie hat viel gelitten. Und hat dich sehr geliebt. Sie hatte soviel Unglück, wie du Glück hast. Gott verteilt das so. Er ist da oben, er sieht uns alle, und er weiß, was er inmitten all seiner Sterne macht. Ich gehe, meine Kinder. Liebt euch immer sehr! Es gibt nur eines in der Welt: einander zu lieben. Ihr werdet manchmal an den guten Alten denken, der hier gestorben ist. Oh, meine Cosette, es ist nicht meine Schuld, daß ich dich die ganze Zeit über nicht gesehen habe. Es zerriß mir das Herz. Ich bin bis an die Ecke zu deiner Straße gegangen. Auf die Leute, die mich vorbeikommen sahen, muß ich sehr komisch gewirkt haben. Ich war wie ein Narr, einmal bin ich ohne Hut ausgegangen. Meine Kinder, mir wird schwarz vor Augen, ich wollte noch mehr sagen, aber das ist jetzt einerlei. Denkt ein wenig an mich. Ihr seid gesegnete Geschöpfe. Ich weiß nicht, was ich habe, ich sehe Licht. Kommt noch näher! Ich sterbe glücklich. Laßt mich die Hände auf eure teuren, geliebten Köpfe legen!«

Cosette und Marius knieten nieder, außer sich, von Tränen erstickt, und jeder hielt eine von Jean Valjeans Händen. Die verehrungswürdigen Hände bewegten sich nicht mehr. Er hatte den Kopf nach hinten geworfen, das Licht der Leuchter des Bischofs bestrahlte sein weißes Antlitz. Er schaute zum Himmel empor, ließ es zu, daß Cosette und Marius seine Hände mit Küssen bedeckten. Er war tot.

Die Nacht war ohne Sterne und tief die Dunkelheit. Bestimmt stand dort ein riesenhafter Engel mit ausgebreiteten Flügeln und erwartete die Seele.

Verborgen im Gras und vom Regen verwischt

Auf dem Friedhof Père-Lachaise, in der Gegend des Massengrabs, fern dem vornehmen Viertel dieser Gräberstadt, fern der mit Bildhauerphantasie prangenden Grüfte, die vor dem Angesicht der Ewigkeit die häßlichen Moden des Totenkults zur Schau stellen, in einer verlassenen Ecke, an einer alten Mauer, unter einer großen Eibe, an der Winden hochklettern, zwischen Quecken und Moos, steht ein Stein. Er ist so wie die anderen vom Aussatz der Zeit versehrt, von Schimmel, Flechten und Vogelunrat. Das Wasser färbt ihn grün, die Luft schwärzt ihn. Kein Pfad ist nahe, und man geht nicht gern nach dieser Seite, weil das Gras hoch ist und man sofort nasse Füße hat. Wenn etwas Sonne scheint, kommen die

Eidechsen. Ringsherum beben die Halme des wilden Hafers. Im Frühling singen die Grasmücken auf einem Baum.

Der Stein ist völlig kahl. Man hat, als man ihn mit dem Meißel bearbeitete, nur an die unentbehrlichste Grabzierde gedacht und war nur besorgt, einen Stein zu wählen, der lang und schmal genug war, um einen Menschen zu decken. Kein Name ist auf der Fläche zu lesen. Nur vor einer Reihe von Jahren hat eine Hand mit einem Bleistift die folgenden vier Zeilen darauf geschrieben, die durch Regen und Staub nach und nach unentzifferbar geworden und heute wahrscheinlich verlöscht sind:

»Er schläft, der immerdar geduldet hat hienieden
und starb, weil ihm zuletzt der Schmerz noch ward
beschieden,
daß er den Engel seines Lebens nicht mehr fand,
so wie es nachtet, wenn des Tages Licht entschwand.«

Anhang

Anmerkungen

9 *Herr Myriel:* Vorbild für Gnaden Bienvenu, Bischof von Digne, ist ein Monsigneur Miollis, der im Jahre 1806 einen gerade aus dem Zuchthaus entlassenen Sträfling bei sich aufnahm. Seit 1828 hatte Hugo Informationen über Miollis und Digne zusammengetragen.

10 *1793:* Jahr der »Terreur«, der Schreckensherrschaft der Jakobiner. Durch eine vom Nationalkonvent (s. Anm. zu S. 49) kontrollierte Diktatur sollte die Krise, in die die Revolution durch äußere Feinde, die royalistische Widerstandsbewegung in der Vendée und Lebensmittelknappheit geraten war, bewältigt werden. Mit dem »Gesetz über die Verdächtigen« vom 17.9. 1793 wurde eine von den »Montagnards« Robespierres ausgehende blutige Jagd auf Girondisten, Priester und radikale Revolutionäre ausgelöst.

Seit der Vollendung der *Misérables* im Jahre 1862 plante Hugo einen Roman über dieses Jahr der Schreckensherrschaft, der aber erst – befördert durch die Erfahrung des Communeaufstands von 1871-1872 in Angriff genommen und im Jahr darauf fertiggestellt wird: *Quatrevingt-Treize (1793)*, in dem Hugo, der in seiner Jugend Royalist gewesen war, den Terrorismus der royalistischen Chouans (s. Anm. zu S. 656) der »Terreur« der Revolution zur Seite stellt.

Kardinal Fesch: Joseph Fesch (1763-1839), Onkel Napoleons, war 1804 Kardinal von Lyon und französischer Erzbischof und Gesandter beim Heiligen Stuhl. Er begleitete Pius VII. zur Zeremonie der Kaiserkrönung Napoleons am 2.12.1804 nach Paris.

15 *18. Brumaire:* Bald nach Napoleons Rückkehr vom erfolgreichen Ägyptenfeldzug wird er auf das Gerücht hin, die Jakobiner bereiteten einen Aufstand vor, vom Rat der Ältesten am 9. November 1799 (nach dem am 27. 10. 1793 eingeführten »Republikanischen Kalender« von Romme der »18. Brumaire« – »Nebelmonat«) zum Kommandanten der Pariser Garnison ernannt, stürzt kurz darauf das Direktorium und setzt sich als erster Konsul auf zehn Jahre an die Spitze Frankreichs.

Félix Bigot de Préameau: Rechtsberater und einer der Verfasser des »Code Civil« (1747-1825), der napoleonischen Rechtsgrundlage des französischen Gesetzes von 1804. Kultusminister unter dem napoleonischen Kaiserreich.

26 *de Maistre:* Joseph Marie, Comte de, Diplomat, Geschichtsphilosoph und Schriftsteller (1753-1821). In der Restaurationszeit Legitimist und monarchistisch-klerikaler Traditionalist, sah in der Revolution die schicksalshafte Züchtigung der dekadenten Gesellschaft des 18. Jahrhunderts, die ihre Reinigung nur im Blut finden konnte. Für die auf die Sühne folgende Zeit schwebte ihm eine theokratische Staatsform vor, in der der zum Helden verklärte Henker das von Gott erhaltene Recht des Königs zu töten verkörpern sollte. Über die Todesstrafe siehe seine Erinnerungen: *Les Soirées de Saint Petersburg* (1821) (*Abendstunden in Sankt Petersburg*, 1. Gespräch).

Beccaria: Cesare Bonesana, Marchese di (1738-1794), Autor einer Abhandlung über Verbrechen und Strafen, *Dei delitti e delle pene* (1764), in der er, in Anwendung des französischen philosophischen Rationalismus auf das Strafrecht, Vernunft und Empfindung gegen die überkommene Rechtsprechung ausspielt. Basis der Bestrafung soll nicht Rache, sondern das Gemeinwohl sein, göttliche und menschliche Gerechtigkeit, Sünde und Straftat sind zu trennen, die Bestrafung hat dem Ausmaß der Straftat angemessen zu sein, die Todesstrafe ist unnötig. Beccarias Abhandlung hatte einen außerordentlichen Erfolg, erfuhr allein in Italien innerhalb kurzer Zeit 23 Auflagen und wurde schon früh vom Abbé Morellet ins Französische übersetzt.

28 *Trappistenkost:* Trappisten, Zisterzienserorden, der harte Feldarbeit übt und ein Schweigegelübde ablegt.

29 *und der Geist...:* Genesis 1,2.

Flavius Josephus: jüdischer Geschichtsschreiber (37-95). Sein Hauptwerk ist die *Jüdische Geschichte* in 20 Büchern von der Schöpfung bis zur Zeit Neros.

Chaldäische Paraphrase von Onkelos: in Wahrheit eine westaramäische Übersetzung der 5 Bücher Mose: *Targoum Onkelos.*

Urgroßonkel vom Verfasser: zur Frage der Verwandtschaft mit dem Bischof von Ptolémaïs (1667-1739) äußerte sich der Autor 1867 in einem Brief:

»Die Legende von der Verwandtschaft mit dem Bischof von Ptolémaïs ist eine Tradition in meiner Familie, ich habe nie mehr darüber gewußt, als das, was mein Vater mir gesagt hat. [...] Die Hugos, von denen ich abstamme, sind, glaube ich, ein jüngerer, vielleicht illegitimer, durch Armut und Elend heruntergekommener Familienzweig.«

30 *Briefwechsel des Lord Germain…: Correspondance du lord G[eorge] Germain avec les généraux Clinton, Cornwallis et les amiraux dans la station de l'Amérique, avec plusieurs lettres interceptées du général Washington, du marquis de La Fayette et de M. de Barras, chef d'escadre. Traduit de l'anglais sur les originaux publiés par ordre de la Chambre des Pairs, 1784.* – Charles, Earl und Marquess of Cornwallis (1738-1805) hatte seit 1776 als Generalmajor am Krieg gegen den Aufstand der amerikanischen Kolonien teilgenommen und wurde 1781 abberufen, nachdem er in Yorktown hatte kapitulieren müssen. Sir Henry Clinton (gest. 1795) war seit 1775 Generalmajor der Engländer im Unabhängigkeitskrieg, beabsichtigte 1781, Cornwallis im belagerten Yorktown an dem Tag freizusetzen, an dem dieser gegenüber Washington und Rochambeau kapitulierte und wurde wie Cornwallis noch im selben Jahr abberufen. Zwischen Cornwallis und Clinton kam es in der Folge zu einer Kontroverse, in der jener Lord George Germain offenbar zu vermitteln suchte.
»Oh du, der du bist!«: In seinem Poem *Religions et religion* (1880) zeigt Hugo die Weltreligionen in ihrem vergeblichen Bemühen, die Wahrheit über Gott zu finden. Nicht durch heilige Bücher, nur durch das Gefühl könne Gott erfahren werden: »Il est! il est! il est! Il est éperdument!« (etwa: »Er ist! er ist! er ist! er ist außer sich vor Sein!«).

35 *Joseph Pitton de Tournefort* (1656-1708), *Bernard de Jussieu* (1699-1777), *Charles de Linné* (1707-1778): berühmte Botaniker, Autoren wichtiger Arbeiten über die Klassifikation der Pflanzen.

36 *Nisi Dominus…:* »Wenn der Herr über sein Haus nicht wacht, wachen, die es hüten, vergebens.« Nach Psalm 127,1: »Wo der Herr nicht das Haus baut, so arbeiten umsonst, die daran bauen. Wo der Herr nicht die Stadt behütet, so wacht der Wächter umsonst.«

41 *Pigault-Lebrun:* Guillaume Charles Antoine Pigault de L'Epiney (1753-1853), nannte sich P.-L. Nach einer bewegten und abenteuerreichen Jugend – er war Kaufmann, Polizist, Schauspieler, Dramatiker, Lehrer, Soldat, Zollbeamter und Spielleiter am Théâtre-Français, wo auch mehrere seiner Dramen aufgeführt wurden – wurde er berühmt als Autor von über 70 mehr oder minder frivolen Romanen und des antireligiösen *Le Citateur.*
Marquis d'Argens: Jean-Baptiste de Boyer, Marquis d'Argens (1704-1771), Abenteurer und Literat dessen zahlreiche Werke voller Geist und Witz das 18. Jahrhundert begeisterten.

Pyrrho: griechischer Philosoph (um 360-270 v. Chr.) Begründer des Skeptizismus.
Hobbes: Thomas, engl. Philosoph (1588-1679), lehrt in seinem *Leviathan* (1651) die Notwendigkeit eines allmächtigen Staates in Anbetracht der Amoralität des Menschen im Naturzustand (»homo homini lupus«).
Naigeon: Jacques-André (1738-1810), war Freund, Bewunderer und Verleger Diderots, gab 1790 den *Katechismus der Natur* (*Éléments de morale universelle ou Catéchisme de la Nature*) des Baron d'Holbach heraus.
Needham: Jean Tuberville (1713-1781), wollte die Übereinstimmung der Idee einer »spontanen Zeugung« mit dem religiösen Dogma beweisen. Voltaire verspottete ihn in verschiedenen seiner Schriften, besonders im *Dictionnaire philosophique,* Artikel: »Dieu«, wo er sich über die spontane Zeugung der Aale lustig macht.
Fiat lux: Es werde Licht (Genesis 1,3).

42 *fas und nefas:* Recht und Unrecht.
Tertullian: (um 160-nach 220), zum Christentum konvertierter Heide, dann montanistischer (Lehre von der baldigen Widerkunft Christi) Häretiker. Später löst er sich wieder von den Montanisten und gründet eine eigene Sekte. Tritt für die Reinhaltung der christlichen Lehre gegen Heidentum, Judentum, verschiedene Irrlehren, später gegen Verweltlichung ein. Gilt als Schöpfer der lateinischen Kirchensprache.

43 *Moniteur:* 1789 von Panckoucke gegründetes, später von Marat übernommenes politisches Journal der extremen Linken.
Inter pocula: zwischen den Bechern (»im Vertrauen gesprochen«).
Sardanapal: Asurbanipal, König von Assyrien (668-626 v. Chr.), seit Byrons Tragödie von 1821 und Delacroix' Gemälde *Der Tod des Sardanapalus* (1827: Sardanapal, der bei der Nachricht vom Herannahen unüberwindlicher Feinde in einer Orgie des Tötens und Zerstörens seine Schätze vernichten, seine Frauen ermorden läßt, bevor er sich selbst entleibt.) der Inbegriff des dekadent-grausamen Schönheitsverehrers.
Vincentius a Paulo: (Vinzenz von Paul 1581-1660) größter Organisator neuzeitlicher Caritasarbeit, Gründer der Kongregation der Vinzentiner, der Barmherzigen Schwestern u.a.

44 *Cato:* Marcus Porcius d. J. (95-46 v. Chr.), Tugendheld der bürgerlichen Aufklärung (Dramen von Addison [1713], Deschamps [1715] und Gottsched [1731]), hoher römischer Beamter, erbitterter Gegner Cäsars. Nahm sich nach Cäsars Sieg bei Thapsus das Leben.

Stephanus: einer der sieben Almosenpfleger, erster christlicher Märtyrer (Apostelgesch. 6-7).
Sinekuren: Pfründe ohne Amtsverpflichtung.

45 *Telemach wird darauf...:* Wandmalerei des 18. Jahrhunderts, auf der Szenen aus dem staatspolitisch-pädagogischen Roman *Les aventures de Télémaque* (1699) des Priesters und Prinzenerziehers Fénelon (1651-1715) dargestellt sind. Nachdem Telemach, der Sohn des Odysseus, auf der Suchfahrt nach dem verschollenen Vater zahlreiche Proben der Tugend und des Mannesmuts bestanden hat, enthüllt sich ihm nach glücklicher Heimkehr sein weiser Begleiter und Lehrer Mentor als Pallas Athene (röm. Minerva), die Göttin der Weisheit.

49 *Konventsmitglied:* Der Nationalkonvent ersetzte seit September 1792 die gesetzgebende Versammlung. Er verurteilte den König zum Tode und ließ ihn hinrichten, er organisierte die Verfolgung und Bekämpfung innerer und äußerer Feinde. Er bestand anfangs aus zwei Fraktionen, den Girondisten und den Jakobinern, wurde nach dem Sturz der Girondisten im Mai 1793 zum Organ der Jakobinerdiktatur (»Schreckensherrschaft«), die durch deren Sturz im Juli 1794 beendet wurde, und löste sich im Oktober 1795 auf. (Siehe auch Hugos Schilderung des Konvents in den Mittelkapiteln seines Romans *Quatrevingt-treize (1793*).
Todesspruch gegen den König: Nach der Erstürmung der Tuilerien durch die Sansculotten am 10. 8. 1792 wurde der König suspendiert und mit seiner Familie im Temple gefangengesetzt, vom Konvent wegen Landesverrats verurteilt und am 21. Januar 1793 hingerichtet. Die Hinrichtung des Königs löste die royalistischen Aufstände in der Vendée und die Bildung einer antirevolutionären europäischen Koalition aus.

51 *Gestern waren mir nur die Füsse...:* In Shakespeares King *Henry V* schildert Mistress Quickly den Tod des Falstaff:
»Damit bat er mich, ihm mehr Decken auf die Füße zu legen. Ich steckte meine Hand in das Bett und befühlte sie, und sie waren kalt wie ein Stein; darauf befühlte ich seine Knie und so immer weiter und weiter hinauf, und alles war so kalt wie ein Stein.« (II,3).

53 *Azraël:* der mohamedanische Grabesengel empfängt die Seelen der Menschen in ihrer letzten Stunde.
König des orientalischen Märchens: Geschichte des versteinerten Prinzen in den *Märchen aus Tausend und einer Nacht* (siebte bis neunte Nacht).

54 *die man 1814 nennt:* Im Verlauf des Deutschen Befreiungskrieges besiegt die Koalition aus Rußland, Österreich, Preußen, Schweden und England 1813 Napoleon in der Völkerschlacht bei Leipzig und nimmt 1814 Paris ein. Am 4. 4. 1814 entsagt Napoleon der Krone, behält aber den Kaisertitel und zieht sich nach Elba zurück, das er als Fürstentum erhält.

55 *das unschuldige Kind:* Der Sohn Ludwigs XVI., Herzog der Normandie (1785-1795) wurde im Temple-Gefängnis gefangengehalten und von den aufständischen Vendeern (aus welcher Region immer wieder gegenrevolutionäre Aufstände ausgingen) nach der Hinrichtung seines Vaters 1793 zum König Ludwig XVII. ausgerufen, starb im Alter von zehn Jahren im Gefängnis.

Cartouche: Louis Dominique Bourguignon (1693-1721), berühmt als »Cartouche der Bandit«, wurde auf der Place de Grève gerädert.

Sinite parvulos: »Lasset die Kindlein (zu mir kommen und wehret ihrer nicht, denn solcher ist das Himmelreich)«, Luk. 18,16.

Barabbas: (= Sohn des Abbas), der Aufrührer und Mörder, dessen Freilassung das Volk, vor die Wahl zwischen diesem und Jesus gestellt, von Pilatus erbat (Matth. 27,16).

Herodes: der Initiator des betlehemischen Kindermordes (Matth. 2,1 – 18,2)

Vermis sum: Psalm 22,7: »Ich aber bin ein Wurm (und kein Mensch)« (Ego autem sum vermis et non homo).

Marat: Jean-Paul (1744-1793), Arzt und Revolutionär, Herausgeber des *Ami du Peuple*, »leidenschaftlicher Fürsprecher der kleinen Leute und ein polemischer, aber gut informierter Denunziant aller konterrevolutionären Bestrebungen« (Furet/Richet: *Die Französische Revolution*, Frankfurt 1989). Führte als Präsident der Jakobiner den Sturz der Girondisten, der das Jahr der »Terreur«, die »Schreckensherrschaft« der Jakobiner nach sich zog, herbei. Von Charlotte Corday erstochen.

58 *Bossuet:* Jean-Bénigne (1627-1704), katholischer Kanzelredner und Leiter der Kirchenpolitik unter Ludwig XIV., Erzieher des Dauphin, seit 1681 Bischof von Meaux (»der Adler von Meaux«). Gilt als der Vater des Gallikanismus, der die Oberhoheit des Papstes bestritt und die Unabhängigkeit der Kirche vom Papst sowie ihre Unterordnung unter die königliche Gewalt forderte.

Dragonaden: Terrormaßnahmen Ludwigs XIV. gegen die Hugenotten nach der Aufhebung des Edikts von Nantes (1685), durch das sie unter Heinrich IV. geschützt worden waren, unter anderm durch die Einquartierung von Dragonern in ihren Häusern und Ortschaften. Bossuet hat diese Maßnahmen nicht nur durch eine Messe gepriesen, sondern ist wahrscheinlich auch ihr Anreger gewesen.

Carrier: Jean-Baptiste (1756-1794), lies 1793 in Nantes fast dreitausend Priester und Nonnen, Aristokraten und Föderalisten, selbst Kinder als Vendée-Anhänger in der Loire ertränken (»noyades de Nantes«).

Montrevel: Nicolas-Auguste de la Beaume, Marquis de (1636 bis 1716), französischer Marschall, riet, um den Aufstand der Hugenotten in den Cevennen (Camisardenaufstand, 1702-1705) niederzuschlagen, alle Dörfer und Häuser in den Cevennen vollständig zu zerstören.

Fouquier-Tinville: Antoine Quentin (1746-1795), ab März 1793 öffentlicher Ankläger beim Revolutionstribunal, beantragt die Todesurteile gegen Marie Antoinette, die Girondisten, Hébert und Danton. Nach dem 9. Thermidor (27. 7. 94, Sturz Robespierres) wird er selbst Opfer der Guillotine.

Lamoignon-Bâville: Nicolas de (1648-1724), französischer Administrator, verfolgte nach der Widerrufung des Edikts von Nantes die Protestanten im Languedoc besonders grausam und gab durch das brutale Vorgehen seiner Dragoner den Anlaß zum Aufstand der Camisarden in den Cevennen.

Maillard: Stanislas-Marie (1763-1794), aktiver Teilnehmer an den Septembermorden im Jahr 1792 (s. Anm. zu S. 720).

Saulx-Tavannes: Gaspard de (1509-1573), französischer Marschall, einer der Drahtzieher der Bartholomäusnacht (s. Anm. zu S. 1171).

Père Duchêne: Beiname Jacques-René Héberts (1757-1794). Auch der Name des von diesem herausgegebenen »chauvinistischen Terrorblatts« (Furet/Richet), das die Nachfolge von Marats *Ami du Peuple* antritt. Die Titelfigur, der »Vater Duchêne« ist eine beliebte Gestalt des Volkstheaters am Ende des 18. Jahrhunderts.

Père Letellier: Le Tellier, Michel (1603-1685), französischer Staatsmann, schlug 1639 den Aufstand der »Barfüßer« nieder. Wurde nach Mazarins Tod (1661) Staatsminister und trieb zur Widerrufung des Edikts von Nantes an.

Jourdan Coupe-Tête: (»Kopfabhacker«), Mathieu Jouve (1749-1794), französischer Revolutionär, berüchtigt wegen beim »Gemetzel von Avignon« vom 16. zum 17. Oktober 1791 in der

Provence begangener Grausamkeiten. (Avignon stand bis dahin noch unter päpstlicher Hoheit und die Region der Vendée bildete einen ständigen antirevolutionären Unruheherd. Nachdem am 16. Oktober der Führer der Patriotenpartei von Avignon ermordet worden war, »rächten« sich dessen Anhänger im Gegenschlag mit jenem allgemeinen Gemetzel. Danach wurde Avignon an Frankreich angeschlossen.)

Marquis de Louvois: Michel Le Tellier, Marquis de Louvois (1641-1691), ordnete im Jahre 1689 die Brandschatzung der Pfalz an.

Marie Antoinette: »Am 14. Oktober wird Marie Antoinette vor den Revolutionsgerichtshof zitiert. In ihrem Prozeß werden begründete Anklagepunkte mit schamlosen Vorwürfen vermengt. Hébert [s. Anm. zu S. 58] behauptet sogar, sie habe versucht, den Dauphin zur Unzucht zu verleiten. Sie erwidert mit Würde: ›Die Natur weigert sich, auf einen solchen Vorwurf gegen eine Mutter zu antworten. Ich berufe mich auf alle Mütter, die hier im Saale anwesend sein mögen.‹

Am 16. Oktober 1793 besteigt sie ›zum allergrößten Vergnügen des Père Duchesne‹ das Schafott.« (Furet/Richet).

das arme Hugenottenweib: Das Martyrium dieser Frau schildert Michelet im 20. Kapitel seiner Darstellung der Zeit der Hugenottenverfolgung *Louis XIV et la Révocation de l'édit de Nantes.*

62 *Verhaftung des Papstes:* Als Napoleon 1809 den Kirchenstaat dem Kaiserreich einverleibte und dem Papst nur mehr die geistliche Macht zugestand, protestierte Pius VII. (der bis dahin durch eine Politik der Zugeständnisse seinen Einfluß in Frankreich hatte aufrecht erhalten können) und sprach über jeden, der an der Ausführung dieser Beschlüsse mitwirke den Bann aus. Daraufhin wurde er in der Nacht des 6. Juli verhaftet und nach Savona gebracht.

Synode der französischen...: Konzil zu Paris (1810). Fesch sprach sich dort so entschieden für den Papst und gegen dessen Mißhandlung durch Napoleon aus, daß er beim Kaiser in Ungnade fiel und seine Würden verlor.

63 *ultramontan:* »ultra montes« – »über den Alpen«: romtreu. Tendenziöses, im Kulturkampf verwendetes Schlagwort im Kampf gegen die Katholiken.

gallikanisch: kirchliche Richtung des französischen Nationalismus, theoretisch begründet 1438 durch die Pragmatische Sanktion von Bourges (Gallikanischer Artikel) – Unabhängigkeit von Rom.

1813: Napoleons Niederlage in der Völkerschlacht bei Leipzig (16.-19. 10.).

64 *Landung in Cannes:* Am 1. 3. 1815 kehrte Napoleon für die berühmten »100 Tage« von Elba nach Frankreich zurück, die ihr Ende mit der Niederlage bei Waterloo fanden.

65 *1812:* Napoleons erste Niederlage im Rußlandfeldzug, die den Wendepunkt seiner Laufbahn bedeutete.

Im Jahre 1814 war es eine Pflicht...: Murat schloß 1814 nach der Niederlage von Leipzig Frieden mit den verbündeten Gegnern Napoleons.

1815: Die »Hundert Tage« und die Niederlage bei Waterloo.

66 *Austerlitz:* »Drei-Kaiser-Schlacht« (2. 12. 1805). Napoleon besiegte die vereinigten Russen (Zar Alexander I.) und Österreicher (Kaiser Franz II.) und zwang Österreich zum Frieden von Preßburg (26.12.1805).

Ludwig XVIII.: Bruder Ludwigs XVII. (1755-1824), ging 1791 in die Emigration nach Koblenz und bekämpfte von dort aus als Führer des Adels die Revolution. Seit 1807 lebte er in England, gelangte 1814, nach der Abdankung Napoleons auf den Thron und verfolgte eine gemäßigte konservative Politik bis die Ermordung des Herzogs von Berry 1820 den Einfluß der Ultraroyalisten verstärkte.

Heiliger Franz von Sales: (1567-1622), Bischof von Genf, Kirchenlehrer, bekannt durch seine Fastenpredigten.

67 *Rota Romana:* päpstliches Appelationsgericht.

Pallium: Halsbinde der katholischen Erzbischöfe, seit dem 6. Jh. vom Papst verliehen.

68 *Perettes Milchtopf:* Jean de La Fontaine, Fables 7,X:
»Perette sur sa tête ayant un pot au lait/Bien posé sur un cousinet,/Prétendait arriver sans encombre à la ville.«
(»Vorsichtig trug Perette 'nen milchgefüllten Topf/Auf einem Kissen auf dem Kopf;/Sie hoffte ohn Hindernis glücklich zur Stadt zu eilen...« – dabei überlegt sie schon, was sie sich von dem Erlös der Milch kaufen wird – und stürzt hin mitsamt dem Topf.

69 *Juvenal:* Decimus Junius, Satiriker der römischen Spätzeit (etwa 60 – nach 127).

Tacitus: Publius Cornelius (um 55 - um 122), römischer Historiker.

falscher Corneille: Der Theaterdichter Jean-Gilbert de Campistron (1656-1723), dessen *Tiridate* 1691 im Théâtre Français gegeben wurde.

Prudhomme: von dem Karikaturisten, Schriftsteller und Schauspieler Henri Monnier (1799-1877) erfundener Typus des beschränkten, großtuerischen Durchschnittsbourgeois, den jener seit 1827 in zahlreichen Witzzeichnungen, komischen Szenen und Theaterstücken als phantasielosen, der Kunst und allen Unregelmäßigkeiten des Lebens verständnislos gegenüberstehenden Bürger verspottete. Hugo sah in Wellington einen Prudhomme des Krieges (s. auch S. 408 ff.).

Mousquetons Gesicht: der dicke, eitle, etwas einfältige aber gutmütige Porthos in den *Drei Musketieren.*

Claudius: Tiberius Claudius Nero (10 v. Chr. -54 n. Chr.), körperlich schwächlicher, ungeschickter Einzelgänger auf dem römischen Kaiserthron, der sich kaum gegen seine ehrgeizigen Frauen Messalina und, nach deren Hinrichtung 48, Agrippina durchzusetzen vermochte. Die letztere vergiftete ihn, um ihrem Sohn Nero auf den Thron zu verhelfen.

70 *Credo in Patrem:* Ich glaube an den Vater (Formel des christlichen Glaubensbekenntnisses).

quia multum amavit: »(Ihr sind viele Sünden vergeben), denn sie hat viel geliebt«, sagt Christus im Haus des reichen Pharisäers über Maria Magdalena (Luk. 7, 47).

Brahmane: Angehöriger der hinduistischen Priesterkaste (der die Seelenwanderung lehrt).

Die Worte des Predigers Salomo: Prediger 3,21: »Wer weiß, ob der Odem der Menschen aufwärts fahre und der Odem des Viehs unterwärts unter die Erde fahre?«

71 *Palimpsest:* Abgeschabte und mit jüngerem Text überschriebene Handschrift, die unter diesem noch durchscheint.

Franz von Assisi: (1182-1226), gründete 1210 den Bettelorden der Franziskaner, predigte die Nachfolge Christi in Armut und Einfalt.

Marc Aurel: Marcus Aurelius Antoninus (121-180), römischer Kaiser 161 bis 180, Sieger über die Parther (161-63), Bekämpfer der germanischen Grenzstämme und Autor der geistvollen stoischen, in griechischer Sprache verfaßten *Selbstbetrachtungen.*

Gregor XVI.: (1831-1846), förderte den Einfluß der Jesuiten, nahm gegen die Trennung von Staat und Kirche Position, Gegner der konfessionell gemischten Ehe.

75 *Swedenborg:* Emanuel: (1688-1772), schwedischer Philosoph, zuerst Naturforscher, hatte seit 1736 visionäre Erlebnisse und seherische Anwandlungen.

Pascal: Blaise (1623-1772), Mathematiker und Philosoph, erlebte 1654 eine mystische Bekehrung. Die im Zustand der Verzückung festgehaltene Niederschrift fand man nach seinem Tod in seinen Mantelsaum eingenäht.

Elias: gewaltigster israelischer Prophet, 9. Jahrhundert v. Chr., Bekämpfer des Baalsdienstes, Kön. 17-19, 2. Kön. 2.

76 *Heilige Theresa:* Teresa von Avila (1515-1582), spanische Mystikerin, größte Mystikerin der katholischen Kirche.

Heiliger Hieronimus: (um 340-420), Kirchenvater, Vorkämpfer der Orthodoxie, lateinische Bibelübersetzung (Vulgata).

Krieg aller gegen alle: »bellum omnium contra omnes«, nach Hobbes (s. Anm. zu S. 41) der Urzustand der Menschheit vor der Bildung der Gesellschaft.

Nil und Ens: das Nichts und das Sein.

77 *Lukrez:* Titus Lucretius Carus (um 98-55 v. Chr.), Verfasser des hexametrischen Lehrgedichts in sechs Büchern *De rerum natura (Von der Natur)*, in dem die Entstehung und Erhaltung der Welt aus der materialistischen Weltsicht Epikurs geschildert wird, nach der im Zusammenhang der Welt das Kleinste mit dem Größten in Verbindung steht und diese »Willkür der Götter« den Menschen letztendlich frei macht.

Manu: sanskrit: »Mensch«, indischer Mythos vom Vater der Menschheit, bei der Sintflut als einziger von einem Fisch auf den Himalaya gerettet. Hugo besaß das *Gesetzbuch des Manu* in einer Übersetzung von 1840.

Paulus: der jüdische Schriftgelehrte und Christenverfolger, der um 31 in Damaskus durch eine Vision bekehrt und zum Jünger Jesu wird. In seinen Briefen im Neuen Testament verkündet er Tod und Auferstehung Christi und die Gemeinschaft der Gläubigen als »Christusleib« der Kirche.

Dante: Dante Alighieri (1265-1321), der für Hugo vor allem als Dichter der *Divina Commedia* (1313-21) und hierin insbesondere der gewaltigen Schilderung des *Inferno* von Bedeutung ist. Lukrez, Paulus und Dante rechnet Victor Hugo in seinem *William Shakespeare* (1863) zu den »Riesen des menschlichen Geistes«.

79 *am 4. März:* also drei Tage nach Napoleons Landung in Cannes am 1. 3. 1815, der Rückkehr aus der Verbannung auf Elba.

General Drouet: Antoine Drouet (1774-1847), folgte Napoleon nach Elba, widersetzte sich anfänglich der beabsichtigten Rückkehr des Kaisers nach Frankreich, übernahm dann aber das Kommando über die Vortruppen.

Proklamation vom Golf Juan: Bei seiner Landung am 1. März 1815, die genau genommen eben nicht in Cannes, sondern im Golf Juan zwischen Cannes und Antibes erfolgte, erließ Napoleon eine Proklamation an die Truppen und das Volk.
Bertrand: Henri Gration, Comte de (1773-1844): französischer General (1773-1844), wurde nach der Schlacht bei Austerlitz Generaladjutant Napoleons, dem er in die Verbannung nach Elba und St. Helena folgte.

91 *Matthäus:* Bischof Bienvenu bezieht sich hier auf die Kapitel 5, 6 und 7 im Evangelium des Matthäus, in denen die Bergpredigt wiedergegeben wird.

95 *Bagno:* (ital. Bad), Zuchthaus, ursprünglich das Sklavengefängnis neben den Bädern des Serails in Konstantinopel; seit dem 17. Jahrhundert die Gefängnisse für Schwerverbrecher in den französischen Seestädten.

98 *Schiffbruch der Meduse:* siehe Anm. zu S. 144.

102 *Sennereien:* »fruitières«. Der sozialistische Philosoph Charles Fourier (1772-1837) hatte in den Käsereien des Franche-Comtés Beispiele einer in genossenschaftlichen Kleingruppen (Phalangen) organisierten Gesellschaft gesehen und sie zu Modellen seiner Utopie einer patriarchalisch organisierten Industriegesellschaft gemacht.

111 *Claude Gueux:* Roman Hugos aus dem Jahre 1834, in dem er einen Zeitungsartikel verarbeitete, der den Fall eines wegen Diebstahls zu einem Jahr Zuchthaus Verurteilten schilderte, dessen Strafe, wie bei Jean Valjean, schließlich auf vierzehn Jahre ausgedehnt wurde, und der seinen Wächter umgebracht hatte und zum Tode verurteilt worden war.

114 *Ignorantinerorden:* 1679 in Reims gegründete Kongregation der Brüder der christlichen Schulen, auch »Frères ignorantins« genannt, die sich der Verbreitung des Elementarunterrichts widmet.

117 *Puget:* Pierre, französischer Bildhauer (1622-1694), Anhänger des italienischen Hochbarock. Schuf die Atlanten am Portal des Rathauses von Toulon (1656/57).

143 *Das Jahr 1817:* Der Hugo-Gegner E. Biré hat diesem Kapitel ein ganzes Buch gewidmet: *L'Année 1817* (1895), in dem er bestrebt ist, Hugo die chronologischen Fehler nachzuweisen. Wie später im Waterloo-Kapitel stellt Hugo hier in »pointilistischem« Verfahren unzählige bedeutende und nichtige Fakten und Details gleichwertig nebeneinander. Mehr oder minder sind alle hier erwähnten Ereignisse so bedeutsam, wie die

Shakespeare Übersetzung Bruguière de Sorsums (1773-1823), der der Behauptung des Erzählers zum Trotz nie berühmt gewesen ist. Wer jedoch im Jahre 1817 seinen Weg zum Ruhme antrat, ist Hugo selbst, der mit der Teilnahme an einem poetischen Wettbewerb der Académie française als Dichter in die Öffentlichkeit trat. Dieser Umstand bildet nach der Meinung verschiedener französischer Herausgeber den Grund für die Fokusierung der gesammelten Ereignisse (von denen zahlreiche in Wahrheit gar nicht in diesem Jahre stattfanden) auf das Jahr 1817.

Rückkehr des königlichen Vogels: »Oiseau royal« war der Name einer Puderfrisur des 18. Jahrhunderts.

Graf Lynch: Jean Baptiste, Comte de Lynch (1749-1835). Das geschilderte Ereignis findet sich im Tagebuch Edmond Gérauds (um 1780-1831): *Un témoin des deux Restaurations (Ein Zeuge beider Restaurationen).*

Delalot: Charles François-Louis (1772-1842), hatte sich gegen Ende der Zeit des Nationalkonvents durch seine antirevolutionären Ansichten ausgezeichnet und wurde unter der Restauration Redakteur beim *Journal des Débats.* 1814 erschien sein Werk über die Konstitution der französischen Monarchie.

144 *Pleignier, Carbonneau und Tolleron:* Mitglieder der Geheimorganisation der »Patriotes associés«, wurden eines geplanten Brandanschlags auf die Tuilerien beschuldigt und am 7. Juli 1816 hingerichtet.

Talleyrand: Charles-Maurice de Périgord (1754-1838), war zuerst Anhänger der Französischen Revolution, dann in der Schreckenszeit ihr Verbannter, Außenminister unter Napoleon, dann der Gegner seiner Eroberungspolitik. Trat 1814 für die Rückkehr der Bourbonen ein.

Abbé Louis: Baron Joseph-Dominique Louis (1755-1837), Geistlicher und Staatsmann, während der Revolution in England, wo er das britische Finanzsystem studierte, was ihm nach seiner Rückkehr im Kaiserreich dazu verhalf, schnell ein einflußreicher Wirtschaftspolitiker zu werden und unter der Restauration bis zum Finanzminister aufzusteigen.

Adler und Bienen: Hoheitszeichen Napoleons.

Österreicher: 1814 hatte die anti-napoleonische Koalition Paris eingenommen.

Touquets Voltaire Ausgabe: Der Colonel Touquet, ein ehemaliger Offizier der napoleonischen Garde, ist sowohl der Heraus-

geber ausgewählter Werke Voltaires (allerdings erst 1821, in 15 Bänden) als auch der Erfinder jener Tabaksdosen, in deren Deckel der Text der Charte (s. Anm. zu S. 413) eingraviert war.
Medusa: Der Schiffbruch der Fregatte dieses Namens im Jahre 1816, deren Käpitän Chaumareix sich unrühmlicherweise als einer der ersten in einem Kanu gerettet hatte, diente Géricault zum Anlaß seines berühmten, im Salon von 1819 ausgestellten Gemäldes *Das Floß der Medusa*:
Zwölf Tage trieb das Floß umher, es kam zu entsetzlichen Szenen, von 149 Passagieren kamen am Ende zehn mit dem Leben davon. Géricault arbeitete ganze 16 Monate an dem Gemälde um einen drastischen Realismus zur Perfektion zu bringen, bei dem sogar der Hautton der Sterbenden und Toten auf minutiösen Studien an den Körpern von Hingerichteten beruht.

Oberst Selves: Octave-Joseph-Anthelme Sèves (1787-1860), hatte unter dem Kaiserreich gedient und ging nach der Niederlage Napoleons nach Ägypten, wo er zum Islam konvertierte, den Namen Soliman-Pascha annahm, und schließlich den Rang eines Generals erwarb.

Palais des Thermes: römische Thermenanlage, die den fränkischen Königen des Mittelalters zum Palast gedient hatte und seither zu Ruinen verfallen und zum Teil überbaut worden waren. 1820 ließ Ludwig XVIII. die Thermen ausgraben und restaurieren.

Ourika: Roman von Claire Lechat de Kersaint, Duchesse de Duras (1779-1828), 1824 erschienen, in dem die Geschichte einer Senegalesin erzählt wird, die im Alter von zwei Jahren nach Frankreich gebracht, dort erzogen wird, sich unglücklich in den Sohn ihrer Ziehmutter verliebt und an dem Umstand, daß bei aller Gleichheit der Bildung und Lebensart die Hautfarbe als ein unüberwindliches Hindernis zwischen ihm und ihr steht, zugrunde geht. Ludwig XVIII. nannte *Ourika* eine »Salon-Atala« (*Atala*, 1801, exotistischer Roman Chateaubriands)

145 *Mathurin Bruneau:* Sohn eines Schusters, berühmter Hochstapler, der sich als Fürst von Navarra und schließlich als der 1795 im Gefängnis gestorbene Ludwig XVII. ausgab.

Bellart: Nicolas de (1761-1826), Generalstaatsanwalt der Restaurationszeit.

de Broë: Jacques-Nicolas de(1790-1840), plädierte 1821 gegen den Verfasser des *Simple Discours*, Courier.

Paul-Louis Courier: (1772-1825), französischer Schriftsteller, Hellenist und Pamphletist, liberaler Oppositioneller in der Restaurationszeit, verspottete im *Simple Discours* das Vorhaben, dem eben erst geborenen Herzog von Bordeaux das Schloß Chambord zum Geschenk zu machen, wofür er zu zwei Jahren Gefägnis verurteilt wurde.

Marchangy: Louis-Antoine-François (1782-1826), war wie de Broë Vertreter des Staatsanwalts am Gerichtshof für das Département Seine und wurde wie dieser später Oberstaatsanwalt am königlichen Gerichtshof. Er ist Verfasser der *Gaule poétique* (1813-1817) und einer Geschichte der französischen Poesie, Rhetorik und Kunst.

Arlincourt: Charles Victor Prévot d'(1789-1856): Beamter unter Napoleon und der ersten Restauration, verlor er seine Stellung nach den »Hundert Tagen« und betätigte sich nur noch als Schriftsteller (*Le Solitaire*, 1821, dt.: *Der Einsiedler vom Schreckensberg*, Basel 1821.).

Claire d'Albe: Roman der Marie Cottin (1770-1807), Erfolgsautorin jener Zeit.

Malek-Adel: Eine der Figuren aus Michauds: *Mathilde ou Mémoires tirés de l'histoire des Croisades* (1805, dt.: *Geschichte der Kreuzzüge*, Quedlinburg 1827).

Paër: Ferdinand (1771-1839), Musikdirektor der Chambre du roi und Hausmusikmeister der Herzogin von Berry, Komponist verschiedener Opéras comiques.

Géraud: Edmond (1775-1831), Journalist und Verfasser der bereits erwähnten Memoiren (s. Anm. zu S. 143, *Graf Lynch*), die zu Hugos Quellen für dieses Kapitel gehören. Dichter der genannten mittelalterlich historisierenden Romanze, die die Vorlage zu zwei Vaudevillestücken bot.

Nain jaune/Miroir: satirische Journale.

150 *Arthurs:* mit der Rückkehr zahlreicher Emigranten aus England verbreitete sich auch die Mode des englischen Lebensstils im Frankreich des 19. Jahrhunderts.

154 *Januarius:* Schutzpatron von Neapel, dessen wundertätiges Blut sich zweimal im Jahr verflüssigt.

Saint-Cloud: westlich vor Paris gelegenes Schloß, 1676 von Hardouin-Mansard und Girard erbaut, Gartenanlage von Le Nôtre, bevorzugte Residenz Napoleons, von wo sowohl 1799 sein Staatsstreich ausging als auch 1815 die Kapitulation von Paris unterzeichnet wurde. Wurde 1871 von den Deutschen besetzt und ging in Flammen auf.

155 *Castaing:* berühmter Arzt und Giftmischer (1796-1823), der auch im *Dernier Jour d'un condamné* (1829, »Der letzte Tag eines Verurteilten«) genannt wird (Kapitel XI und XII), vergiftete zwei seiner Freunde, um sie zu beerben.

Chevalier de Labouïsse: Jean-Pierre-Jacques-Auguste de Labouïsse-Rochefort (1778-1852), Autor von Reisebeschreibungen, Erinnerungen, literarischen und biographischen Schriften sowie der elegischen Liebesgedichte an seine kreolische Frau Éléonore (*Les Amours*, 1808-1817) und der *Eleonorarici*, der Biographien berühmter Eleonoren.

englische Posen: empfindsame Posen der Naturkontemplation, wie sie in der englischen Portraitmalerei eines Joshua Reynolds (1723-1792) oder Thomas Gainsborough (1727-1788) im 18. Jahrhundert dargestellt werden.

156 *Keepsakes:* mit Stichen illustrierte empfindsam-poetische Almanache.

Delvincourt: Etienne-Claude (1762-1831) und *Blondeau:* Jean-Baptiste-Antoine-Hyacinthe (1784-1854), beides Rechtsgelehrte.

Kaschmirschal: im Original: »le châle-ternaux boiteux«. Favourite besitzt keinen echten Kaschmirschal, sondern ein Kaschmirimitat, das von der Firma Ternaux hergestellt wurde. »Boiteux«, hinkend, ist er, weil er nur auf einer Seite gemustert ist.

Galathea: Der Zyklop Polyphem liebte die Nereide Galathea, die ihm aber den Hirten Akis vorzog. Der vor Eifersucht rasende Riese warf Felsbrocken nach dem Paar und tötete damit Akis (Ovid, *Metamorphosen* XIII.) Hugo denkt möglicherweise an Raffaels berühmtes Fresko des *Triumph der Galathea* in der Villa Farnesina in Rom.

antike Masken der Erigona: Erigone, die Tochter des Ikarios, dem von Dyonisos der Weinbau gelehrt worden war. An dem Baum, unter dem ihr Vater von betrunkenen Hirten ermordet wurde, erhängte sich Erigone. Aus Ärger über den Frevel der Hirten ließ Dionysos die athenischen Mädchen wahnsinnig werden, die sich in den Bäumen erhängten. Zur Sühne und zum Gedenken an Erigone feierten die Athener während der Weinernte ein Fest, bei dem die Mädchen, Masken und Bildwerke tragend, sich auf Schaukeln in den Bäumen schwangen.

157 *Liebeshof der Vicomtesse de Cette:* Als man im 19. Jahrhundert die Literatur des Mittelalters wiederentdeckte, hielt man die in dem Traktat *De Amore* (ca. 1185/86) des Andreas Capellanus geschilderten 21 Liebesurteile, die darin von namentlich ge-

nannten Damen des Hochadels gefällt werden, für den Beweis, daß solche »Cours d'amours«, in denen Streitfragen der Liebe entschieden wurden, wirklich existierten.

Juno von Aegina: archaisches Standbild der Hera aus dem 5. oder 6. Jh. v. Chr.

Coustou: französische Bildhauerfamilie, deren berühmteste Vertreter die Brüder Nicolas (1658-1733) und Guillaume (1677-1746) sind. Beide sind Schüler Coyzevox' und Anhänger der bewegten Formen des römischen Hochbarock. Von Guillaume, dem »realistischeren« von beiden, gibt es eine *Marie Leczinska als Juno* (Louvre) – s. a. Anm. zu S. 162.

158 *die Psyche von Venus abhebt:* Psyche betrachtete ihren Geliebten Amor verbotenerweise beim Schein einer Öllampe und erstaunte so vor seiner Schönheit, daß ein Tropfen Öl auf den Schlafenden herabfiel und ihn weckte (Gemälde z. B. von Corregio). Der Aphrodite hat die griechische Mythologie zahlreiche Liebesverhältnisse zu Göttern und Menschen zugeschrieben.

Vestalin: jungfräuliche Priesterin der römischen Göttin Vesta, der Hüterin der heimischen Herdflamme.

Barbarossa: Friedrich I, deutscher Kaiser von 1152-1190, eroberte im dritten Kreuzzug 1190 in Kleinasien das Reich von Ikonium.

159 *Watteau:* Antoine (1684-1721), Maler der »fêtes galantes«, festlicher Zusammenkünfte heiterer Gesellschaften in parkähnlichen Landschaften. Seine *Abfahrt nach Cythera*, der Insel der Venus, der Einschiffung einer Gruppe von Liebespaaren auf ein von Amoretten begleitetes Schiff, von 1717 gibt es in zwei Versionen, von denen sich eine im Louvre, die andere im Schloß Charlottenburg in Berlin befindet.

Lancret: Nicolas (1690-1743), wie Watteau Maler von »fêtes galantes«. Setzt in seinem Spätwerk in die Parklandschaften dieser galanten Zusammenkünfte Szenen des häuslichen Lebens, die bürgerlichen Charakter tragen und wie eine Vorstufe der englischen Portraitmalerei eines Reynolds oder Gainsborough erscheinen (*Familie im Garten*, 1742. London, National Gallery).

Diderot streckt die Arme: Denis Diderot (1713-1784) formuliert in seinen Bildbeschreibungen und verschiedenen Schriften zur Malerei eine Ästhetik der Natürlichkeit, bei der die unmittelbare Einfühlung durch den Betrachter ausschlaggebend für die Gültigkeit und den Wert der Darstellung ist. Das hinderte ihn nicht daran, in seinem *Salon de 1761* einzugestehen, daß auch auf ihn die »unnatürlichen« rosigen Schäferidyllen eines Boucher ihren Zauber ausübten.

Urfé: Honoré d' (1568-1625), Autor des Schäferromans *Astrée* (1607-27, 5 Teile), in dem vornehme Personen sich am Ufer eines Flüßchens Gesprächen über die Liebe widmen. Die Handlung ist ins 5. Jahrhundert gesetzt und es kommen darin in der Tat auch Druiden vor.

Issy: Schloß und Park des vor Paris gelegenen Ortes beherbergten im 19. Jahrhundert verschiedene Einrichtungen, zuletzt ein Sanatorium.

160 *Priap:* griech.-röm. Gott der Fruchtbarkeit mit übergroßem Phallus und hermaphroditischer Eigenschaft.

Turcaret: In der Figur des *Turcaret* (Komödie, 1709) hat Alain René Lesage (1668-1747) den Typus des unter Ludwig XIV. reich gewordenen Finanziers und Emporkömmlings für die Bühne gewonnen.

Abbé Bernis: François-Joachim de Pierres de Bernis (1715-1794), Priester und galanter Poet, Günstling der Madame Pompadour.

Greuze: Jean-Baptiste (1725-1805), Maler empfindsam-bürgerlicher Genrebilder und Mädchenportraits.

Soy de Badajoz...: »Ich bin aus Badajoz, die Liebe ruft mich. Meine ganze Seele ist in meinen Augen, denn du zeigst deine Beine.«

161 *Beaujon:* Der Jardin de Beaujon war ein Vergnügungspark, der von dem Finanzier Nicolas Beaujon (1718-1799) in Issy errichtet worden war, und zu dessen Attraktionen die am 8. Juli 1817 eröffneten »montagnes russes« (Berg- und Talbahn) gehörten.

Das ›entsetzliche Tricktrack der Füße‹: In Molières *Étourdi* (*Der Leichtsinnige*) sagt Mascarille, der Diener des Lélie zu diesem seine Verliebtheit allzu leichtsinnig zur Schau stellenden (IV,4): »Puis, outre tout cela, vous faisiez sous la table, / Un bruit, un triquetrac de pieds insupportable...«
(»Und dann, zu allem Überdruß, machtet ihr noch unterm Tisch einen Lärm, ein entsetzliches Tricktrack der Füsse...«)

162 *Marmorpferde von Marly:* Skulpturen zweier Rossebändiger von Guillaume Coustou (siehe Anm. zu S. 157) auf der Place de la Concorde (1745), die ursprünglich im Park von Marly aufgestellt waren.

silberne Lilie: Wappenblume der Bourbonen.

Väterchen in Gent...: Ludwig XVIII. war 1815 bei der Nachricht von der Rückkehr Napoleons von Elba nach Gent geflüchtet.

Anglès: Jules: (1778-1828), Polizeipräfekt von 1815-1821.

163 *10. August:* 1792, Erstürmung der von der Schweizergarde verteidigten Tuilerien durch Kleinbürger, Handwerker und Arbeiter, Gefangennahme des Königs, die Sansculotten übernehmen die Führung der Revolution.

Chlamys: um die Schulter gelegter Überwurf der alten Griechen.

Rue Greneta: war 1839 der Schauplatz eines Putschversuchs der *Société des Saisons* (s. Anm. zu S. 1190).

Caudinische Pässe: 321 v. Chr. Sieg des Hirtenvolks der Samniter über die Römer bei Caudium in Mittelitalien.

Karmagnole: La Carmagnole, frz. Revolutionslied (»Dansons la Carmagnole! Vive le son du canon!« – »Tanzt die Carmagnole! Es lebe der Klang der Kanone!«)

165 *Tolomyès Weisheit:* entspricht dem, was auch Alfred de Musset in seiner *Confession d'un enfant du siècle* (1836, *Beichte eines Kindes seiner Zeit*) als das Lebensgefühl der Restaurationszeit beschrieben hat: Absage an jede Art von Glauben, an Heldentum und Idealismus, zynisch gelebter Relativismus des Dandy.

Grimod de la Reynière: Alexandre-Balthazar-Laurent: (1758-1838), Berühmter Feinschmecker, Herausgeber eines *Almanach des gourmands* (1803).

Talleyrand: (siehe Anm. zu S. 144) Sainte-Beuve schildert in seiner Studie über *Mme de Staël* die Begegnung eines jungen Diplomaten mit Talleyrand, dem dieser gesagt haben soll: »Seien sie niemals eifrig!«

166 *Kalauer auf Petrus:* Matthäus 16,18: »Petrus, du bist der Felsen ...«

Moses auf Isaak: Weil der über hundertjährige Abraham, als Gott ihm verkündete, er werde noch einen Sohn von seiner greisen Frau Sara bekommen, zu lachen begann, befahl Gott ihm diesen Sohn Isaak (hebräisch Ishaq – »der lacht«) zu nennen. (Genesis 17,17,19).

Äschylus auf Polyneikes: In den *Sieben gegen Theben* des Aischylos (s. Anm. zu S. 405) wird Polyneikes »ein wahrer Polyneikes« genannt, d.h. ein »Viel-Streiter«.

Kleopatra auf Octavian: Als Marc Antonius sich wegen der Eroberung der Stadt Torynes durch Octavian erregte, sagte Kleopatra: »Welche Gefahr droht, wenn Cäsar (also der Kaiser

Octavian) beim Schöpflöffel (wie Hugo sagt, die Bedeutung des Namens Toryne) sitzt? (Plutarch, Leben des Antonius, LXXX).

Amphiaraus: mythischer Seher, mußte am Zug der Sieben gegen Theben teilnehmen, obwohl er dessen Scheitern voraussah. Er ist es, den Äschylus das Wortspiel auf Polyneikes machen läßt.

Est modus…: Es ist ein Maß in allen Dingen (Horaz, Satiren I,1,106).

Gula straft Gulax: Das Maul straft den Vielfraß.

167 *Quästor des Muttermörders:* d.h. der Schatzmeister des Nero, der 59 seine Mutter vergiftete.

wie Sulla oder Origenes entsagt: ersterer entsagte der Macht, zweiterer seinem Geschlechtsteil.

168 *Nunc te…:* »Jetzt aber singen wir dich, o Bacchus« (Vergil, Georgica II,2).

Euphorion: griechischer Vasenmaler. In der Mythologie: Sohn des Achilles und der Helena, auf der Insel der Seligen geboren.

171 *Justinian:* im Original Wortspiel auf das Wort »digeste« (verdauen): Der »Digeste«, der Corpus juris civilis, ist das Gesetzeswerk des oströmischen Kaisers Justinian (482-565), der »Ripaille«, der Schlemmerei, die Tolomyès im Original mit dem Kaiser vermählt, gibt der Übersetzer den Namen jener liderlichen Frau Schlampampe, die Christian Reuter (1665-1712) zur Hauptfigur seiner grobsatirischen Lustspiele gemacht hat.

Das französische Wort »Ripaille« leitet sich von dem Schloß am Genfer See her, in das sich im 15. Jahrhundert der Gegenpapst Felix V. zurückzog, um sich ganz dem Wohlleben hinzugeben.

Elleviou: François (1769-1842), berühmter Sänger der Opéra comique unter dem Kaiserreich.

Georgika: Vergils Lehrgedicht vom Landleben (37-30 v. Chr.), aus dem Hugo in den *Misérables* häufiger zitiert.

172 *Descartes oder Spinoza:* Der eine steht hier wohl – vereinfachend – für den Skeptizismus, der andere für den Glauben an die Allbeseeltheit der Natur.

Désaugières: Marc-Antoine: s. Anm. zu S. 1041.

Berquin: Arnaud (1747-1791), Autor von Romanzen und moralisierenden Erzählungen für Kinder.

Wer nun wirklich sein Lieblingsschriftsteller ist, das verrätselt Tolomyès wieder in einem unübersetzbaren Wortspiel: »Choux«, »Kohlköpfe« nennt er seine voreilig ihm ins Wort fallenden Freunde und vervollständigt damit zugleich den angefangenen Namen zu dem des Berchoux (1765-1839), der sich insbesondere durch eine Dichtung in vier Gesängen: *La Gastronomie, ou l'homme des champs à table* (*... oder der Feldmann bei Tisch*) ausgezeichnet hat.

Munophis aus Elephanta...: Wirte, die Apuleius in seinem *Goldenen Esel* aufzählt.

Nil sub...: »nichts Neues gibt es unter der Sonne« (Prediger 1,9).

Amor omnibus ...: »... gemein ist allen die Liebe« (Vergil, *Georgika*, III,244).

Carabin: familiärer oder auch verunglimpfender Ausdruck für einen Medizinstudenten.

Galiote: überdachtes Ausflugsboot.

173 *Aspasia:* (um 450 geb.), Gattin des Perikles, häufiger Gegenstand des Spottes des Komödiendichters Aristophanes.

Manon Lescaut: die »amoralische« Titelheldin des 1731 erschienenen Romans von Antoine François Prévost d'Exiles (Abbé de Prévost, 1697-1763). Die erste der drei Opern nach diesem Stoff, die *Manon Lescaut* von Daniel François Esprit Auber und Eugène Scribe, wurde 1856 in Paris uraufgeführt.

Sie gehörte jener Welt an...: Parodie auf die Verse des Wegbereiters des französischen Klassizismus, des Dichters und Theoretikers François de Malherbe (1555-1625), *Consolation à M. du Perier*:

»Elle était de ce monde où les plus belles choses
Ont le pire destin,
Et, rose, elle a vécu ce que vivent les roses,
L'Espace d'un matin.«

(»Sie gehörte dieser Welt an, in der den schönsten Dingen das schlimmste Geschick beschieden ist, und, Rose, lebte sie, was Rosen leben: die Dauer eines Morgens.«)

176 *Arme von Laffite:* d.h. mit einer Kutsche der Transportgesellschaft *Laffite, Caillard et Cie.*

179 *Polyphem:* der menschenfressende Zyklop in der *Odyssee*.

Caliban: mißgestaltetes Ungeheuer und Sklave Prosperos in Shakespeares *Sturm*.

180 *Es muß sein, sprach...:* Madame Thénardier singt ihren Kindern die Romanze von *Imogen und Alonzo* vor, deren Autor unbekannt ist: Imogen schwört Alonzo, der als Ritter ins

Heilige Land zieht, ewige Treue und ist ihm dann doch untreu. Der Geist des in Palestina gefallenen Allonzo erscheint auf Imogens und ihres Buhlen Hochzeitsfeier und zerrt sie ins Grab. Jedes Jahr erscheint ihr Geist im Schloß und stößt entsetzliche Schreie aus.

183 *Louis-Philippe:* (1773-1850), der »Bürgerkönig«, kehrte 1817 aus der Emigration zurück und wurde Zentrum der liberalen Opposition. Nach der durch die Julirevolution herbeigeführten Abdankung Karls X. (1830) führte Louis-Philippe die Regierung liberal und konservativ bis er 1848 durch die Februarrevolution nach England vertrieben wurde.

188 *Clélia:* berühmtester Roman der Madeleine de Scudéry (1607-1701), eine »römische Geschichte«, die zwischen 1654 und 1660 in zehn Bänden erschien. Er bildet den Höhepunkt des heroisch-galanten Romans.

Lodoïska: Frauengestalt aus dem Roman des Jakobiners Jean Baptiste Louvet de Couvray (1760-1797) *Die Abenteuer des Chevaliers de Faublas* (1787-90). Lodoïska, die schöne Polin, die für ihr Vaterland zur Märtyrerin wird, wurde 1791 zur Titelfigur von Cherubinis erster Oper nach der Revolution.

Bournon-Malarme: Charlotte de Bournon, Comtesse de Malarme (1753-1820), royalistische Emigrantin in der Schweiz, die sich durch Romaneschreiben über Wasser hielt. Angeblich hat sie es auf 117 Bände gebracht. Ihr erfolgreichster Roman war *Nirallice chef de brigands* (*N., der Räuberhauptmann*, 1800).

La Fayette: Marie Madeleine, Comtesse de (1634-1693), brach mit der Tradition des heroisch-galanten Romans und schuf mit der *Princesse de Clève* (1678), worin das unerfüllte Leben einer unglücklich Liebenden geschildert wird, das erste Meisterwerk des psychologischen Romans.

Barthélémy-Hadot: Marie-Adélaïde (1763-1821), Autorin von Melodramen und historischen Romanen.

189 *Pigault-Lebrun:* siehe Anm. zu S. 41.

Pamela: tugendhaftes Dienstmädchen, das den Nachstellungen ihres adeligen Dienstherrn ausgesetzt ist und diesen am Ende zur Heirat bekehrt. Titelheldin des empfindsamen Briefromans (1740) des Engländers Samuel Richardson (1689-1761).

Megäre: eine der Erynnien (Furien).

Éponine: Name einer gallischen Heldin, die ihrem Mann Julius Sabinus nach dem Mißerfolg des Aufstands gegen die Römer in die Verbannung folgt und damit zum Muster der Gattentreue wurde. Éponine erhielt ihren Namen erst in der nach 1860 entstandenen Überarbeitung der Misérables. 1859 hatte Charles Baudelaire Hugo sein Gedicht *Les petites Vieilles* gewidmet, wo es heißt:

»Ces monstres disloqués furent jadis des femmes,
Éponine ou Laïs! Monstres brisés, bossus
Ou tordus, aimons-les! ce sont encor des âmes.«

(»Diese schlotterigen Mißgestalten waren einstmals Frauen, Eponina oder Laïs! – Zerbrochne Mißgestalten, bucklige, verkrümmte, laßt sie uns lieben!« – Übs.: F. Kemp)

Gulnare: Gulnare ou l'Esclave persane (1798: *G., oder die persische Sklavin*), einaktige Opéra comique von Dalayrac (s. Anm. zu S. 387), Text von Marsollier, die vor allem wegen der darin enthaltenen Romanze »Rien, tendre amour ne résiste à tes charmes« (»Nichts widersteht, zärtliche Liebe, deinem Zauber«) Berühmtheit und Verbreitung erlangte.

Ducray-Duminil: François-Guillaume: (1739-1823), Autor galanter Romane und moralisierender Erzählungen für die Jugend.

196 *Fouché:* Joseph: (1759-1820), während der Revolution Mitglied der radikalen Bergpartei im Konvent, organisierte den Sturz Robespierres und gehörte zu den Aktivisten der Schreckensherrschaft, unter dem Direktorium Polizeiminister. Nach dem 18. Brumaire ging er zu Napoleon über, behielt seine Stellung bei und schuf das berüchtigte Spitzelsystem. Napoleon erhob ihn zum Herzog von Ottranto. 1814 schloß er sich den Bourbonen an. Nach der Abdankung des Kaisers war er kurze Zeit Vorsitzender der provisorischen Regierung, mußte aber nach der Rückkehr der Bourbonen als »Königsmörder« in die Verbannung gehen.

198 *Laffitte:* Jacques (1767-1844), Bankier Napoleons, Ludwigs XVIII. und Louis-Philippes, dessen Thronerhebung er beförderte. 1830-31 Ministerpräsident.

205 *Anglès:* s. Anm. zu S. 162.

208 *Brutus:* Lusius Junius (509 v. Chr.), erster römischer Konsul, ließ seine beiden Söhne wegen Teilnahme an einer Verschwörung hinrichten. Wurde für die Revolutionszeit zum Inbegriff der unbedingten Pflichterfüllung gegenüber der Republik (Jacques-Louis Davids Gemälde von 1789: *Die Liktoren bringen Brutus die Leichen seiner Söhne.* Paris, Louvre).

Vidocq: François-Eugène: (1775-1857), Abenteurer und Verbrecher, brach mehrmals aus dem Bagno aus, wurde schließlich Polizeispitzel und war zeitweilig sogar Chef der Pariser Geheimpolizei.

208 *Joseph de Maistre:* siehe Anm. zu S.26.
216 *Gorgone:* in der griechischen Mythologie weibliches Ungeheuer mit versteinerndem Blick.
226 *Christus nos liberavit:* Christus hat uns befreit (»Für die Freiheit hat Christus uns befreit; steht also fest, und laßt euch nicht wieder unter das Joch einer Knechtschaft bringen!« – Paulus (s. Anm. zu S. 76), Galaterbrief 5,1).
228 *Kampf der südamerikanischen Republiken:* Unter Simón Bolivar (1783-1830) geführte bürgerlich-republikanische Freiheitsbewegung. Der spanische Feldmarschall Pablo Morillo (1778-1837) kämpfte 1814/15 gegen Bolivar.
231 *Kapitalisten und Urwähler:* Nach dem Zensuswahlrecht der Restaurationszeit bedurfte es eines Alters von dreißig Jahren und eines Betrags von Direktsteuern in der Höhe von 300 Francs, um die Wahlberechtigung zu erlangen. Die Zahl der Wahlberechtigten überstieg die Hunderttausend nicht.
243 *Flachreliefs von Reims:* Darstellung der fünf klugen und der fünf törichten Jungfrauen am Westportal der Kathedrale von Reims (13. Jahrhundert). Das Gleichnis findet sich bei Matthäus 25,1-13.
Vestalinnen: s. Anm. zu S. 158.
Unkeuschen: im Original »ambubaïes«, französisierte Form von ambubaiae: Flötenspielerinnen, Kurtisanen (Horaz, Satiren I,2,1).
255 *Lazaristinnen:* Lazaristen, 1625 vom hl. Vinzenz von Paul (s. Anm. zu S. 43) gegründete Kongregation von Missionspriestern (Vinzentiner), die sich u. a. der Krankenpflege widmen.
Perpetua: die Beständige.
Simplicia: die Einfältige.
256 *Abbé Sicard:* Roch-Ambroise Cucurron (1742-1822), widmete sich der Erziehung Taubstummer, zuerst in Bordeaux, seit 1789 in Paris.
257 *Simplicia von Sizilien:* diese Heilige ist wahrscheinlich eine Erfindung Hugos.
263 *Pandämonium:* Versammlungsort aller bösen Geister. In John Miltons (1608-1674) *Paradise Lost* (1667) der Wohnort, an dem sich Satan und seine Gefolgschaft nach dem Sturz aufhalten.
unheilverkündendes Tor: Das Höllentor in Dantes *Inferno* III, 1-21, über dem geschrieben steht: »lasciare ogni sospetto« (»laßt alle Hoffnung fahren«).
311 *Jean Nicolas Pache:* (1746-1823), war 1793 (das Jahr I und nicht »das Jahr II« nach dem Revolutionskalender, der erst am

17. 10. 1793 eingeführt wurde, daher vielleicht der Erzählereinwurf »wohl irrtümlich«) Pariser Bürgermeister und Kriegsminister. Er ist Autor der Losung »Freiheit, Gleichheit, Brüderlichkeit oder den Tod!«

314 *Dieser Mann, er war der Mann:* »Ecce homo« mit diesen Worten wird der gegeißelte Christus von Pontius Pilatus der Menge vorgeführt. (Johannes 19,5).

Bénigne Bossuet: (s. Anm. zu S. 58), dessen Predigten und Trauerreden berühmt waren und mehrfach auch ins deutsche übertragen wurden (z.B. Jena 1764, Frankfurt 1840). In seiner Leichenrede auf die pfälzische Prinzessin Anne de Gonzague heißt es an einer Stelle: »Sie erschien, was Jesus Christus nicht verschmähte, uns als ein Gleichnis seiner Liebe zu geben, wie eine Mutter-Henne, voll Sorge für die Kleinen, die sie führte.« Die Gleichnisrede Christi ist überliefert bei Matthäus 23,37.

318 *Antonomasie:* (griech.) Umschreibung eines Eigennamens durch eine Eigenschaft.

319 *La Quotidienne:* 1792 gegründetes, häufiger den Namen wechselndes Journal, das von 1815 bis 1847 als *la Quotidienne ou la Feuille du jour* (» ... oder das Tagesblatt«) erschien und ultraroyalistisch ausgerichtet war.

L'Oriflamme: (»Die Goldflamme« – altes französisches Königsbanner) Zeitschrift für Literatur, Wissenschaft und Kunst, erschien von 1824-1825 und war wie die *Quotidienne* ultraroyalistisch und antiromantisch ausgerichtet.

Erzählung des Theramen: In Racines *Phèdre* (1677) überbringt Theramen, der Erzieher des Hippolyte, Theseus die Nachricht vom Tod des Prinzen (V,6). Dieser Bericht galt allgemein zwar als ein Meisterwerk der Dichtung, aber eines, das für den Fortgang der Handlung überflüssig sei.

331 *Landung in Cannes:* Siehe Anm. S. 79.

341 *Epiphonem:* (griech. Epiphonema, »Zuruf«), Schlußsentenz am Ende einer Fabel oder Erzählung.

342 *Buonaparte:* Royalistische Gegner Napoleons pflegten diesen nur bei seinem Familiennamen zu nennen, um damit seine Illegitimität zu betonen. Die Buonapartes sind eine alte, aber nicht sehr bedeutende florentinische Adelsfamilie, die 1529 nach Ajaccio auf Korsika übersiedelte. Napoleons Vater Carlo war dort Advokat gewesen.

344 *Sankt Michael:* einer der Erzengel, in der Offenbarung Sieger über den Satan. Beschützer der katholischen Kirche und Patron der christlichen Heere.

349 *des »Weißen Banners«: Le Drapeau blanc,* Journal für Politik, Literatur und Theater, erschien von 1819 bis 1827. Ihr Gründer, der Journalist und Komödienautor Alphonse-Louis-Dieudonné Martainville (1776-1830 – s. Anm. zu S. 719) zeichnete sich durch einen vehement und polemisch vertretenen Royalismus aus, sein aggressiver Ton prägte den Stil der Publikation.

357 *Waterloo:* Der Historiker, Dichter und Staatsmann Alphonse Lamartine (1790-1869) hat in seinem *Cours familier de littérature* (1856-1869, 28 Bde.) die nun folgende, über neunzehn Kapitel reichende Digression zwischen Bewunderung und Abwehr schwankend ein »Beiwerk ohne Plan, ohne Maß, ohne Proportion« genannt, das »den ganzen Roman mit sich fortreißt«.

Ein Wanderer, der Erzähler: Tatsächlich besuchte Victor Hugo im Mai und Juni 1861 das südlich von Brüssel gelegene Schlachtfeld von Waterloo, um Eindrücke für die bevorstehende Überarbeitung des zweiten Buches zu sammeln (insgesamt zeichnet sich die Überarbeitung der sechziger Jahre durch ein größeres Bemühen um Reichtum im Detail, das Aufsammeln zahlreicher scheinbar nebensächlicher Umstände aus). In seinem Notizbuch schreibt er: »Ich habe zwei Monate in Waterloo verbracht. Dort habe ich die Autopsie der Katastrophe gemacht. Ich habe mich zwei Monate über diesen Kadaver gebeugt.« Zahlreiche der von Hugo für die Schilderung der Schlacht von Waterloo verwandten Dokumente finden sich in Band II: *Waterloo* von Henri Houssayes dreibändigem Werk *1815*.

359 *daß Hougomons früher Hugomons hieß...:* wie schon bei dem auf Seite 29 genannten Urgroßonkel, gibt sich Hugo unausgesprochen auch hier durch den Verweis auf jenen Hugo, Herrn auf Somerel, einen insgeheimen Nexus mit den historischen und fiktiven Ereignissen.

360 *Jérôme Bonaparte:* (1784-1860), jüngster Bruder Napoleons, 1807-1813 König von Westfalen, focht bei Ligny und Waterloo.

Foy: Maximilien-Sébastien (1775-1837), als Girondist während der Terreur (s. Anm. zu S. 10) im Gefängnis, General unter Napoleon, obwohl er als überzeugter Republikaner Gegner von dessen Selbsterhöhung zum Kaiser war. In der Restauration war er Vertreter des liberalen Flügels in der Deputiertenkammer.

Kellermann: François-Etienne, Marquis, später Duc de Valmy: (1770-1835), General im Korps Ney, trat mit diesem am 20. März 1815 zu Napoleon über, quittierte den Dienst in der zweiten Restauration.

Le Nôtre: André (1613-1700), Schöpfer und Meister des französischen Gartenstils.

367 *Abukir:* Schauplatz von Niederlagen und Triumphen der französischen Armee während Napoleons im Ganzen nicht besonders glücklich verlaufenem Ägyptenfeldzug 1798/99.

Wellington: s. Anm. zu S. 408

368 *Blücher:* Gebhard Leberecht Fürst Blücher von Wahlstadt (1742-1819), Held der Freiheitskriege, hatte sich in den Revolutionskriegen als Reiterführer ausgezeichnet, übernahm 1815 mit Gneisenau den Oberbefehl über das preußische Heer, wurde in Ligny von Napoleon geschlagen, siegte dann aber gemeinsam mit Wellington bei Waterloo.

369 *von Napoleon...: Mémoirs pour servir à l'histoire de France en 1815*, Paris 1820, in-8° (verschiedene Übersetzungen, z. B. In: *Leben.* Von ihm selbst, übers. u. hg. von Heinrich Conrad, 10 Bde. Stuttgart 1910).

Historikerplejade: (Plejade: Siebengestirn), Walter Scott: *Life of Napoleon Buonaparte*, Edinburgh 1827, 9 Bde. (versch. Übs., z. B. General J. v. Theobald, 12 Bde. Stuttgart 1827-28); Alphonse de Lamartine: *Histoire de la Restauration*, Paris 1851-52, 8 Bde. (*Geschichte der Restauration*, 8 Bde. Kassel 1854-55); Achille de Vaulabelle: *Histoire des deux Restaurations* (Paris 1844, 6 Bde. (*Geschichte der beiden Restaurationen bis zum Sturz Karls X.*, übers. v. G. Fink, 2 Bde. Baden 1846); Lieutenant-Colonel Charras: *Histoire de la campagne de 1815. Waterloo*, Bruxelles 1858 (*Geschichte des Feldzuges von 1815. Waterloo*, autorisierte deutsche Ausgabe nebst 5 Plänen und Karten, Dresden 1858); Edgar Qinet: *Histoire de la campagne de 1815*, Paris 1862, (*Geschichte des Feldzugs von 1815 nach neuen Aktenstücken*, aus dem Französischen von einem deutschen Offizier, Kassel 1862); Louis-Adolphe Thiers: *Histoire du Consulat et de l'Empire*, Paris 1862, 20 Bde. (*Geschichte des Consulats und des Kaiserreichs*, übers. v. Fenner v. Fenneberg und Fr. Funk, 6 Bde. Mannheim 1843-47). Houssay (Anm. zu S. 357) wäre der siebte Stern in dieser Plejade.

370 *Militärschule zu Brienne:* 1779 war Napoleon im Alter von zehn Jahren in die Kriegsschule von Brienne eingetreten.

371 *quid obscurum:* das »gewisse Dunkle, Unergründliche«.

Ney: Michel: (1769-1815), Marschall von Frankreich unter Napoleon und Ludwig XVIII. Ging bei der Rückkehr Napoleons von Elba mit den königlichen Truppen in Fontainbleau zu ihm über. Wurde 1815 nach der Rückkehr der Bourbonen standrechtlich erschossen.

373 *Kalpaks:* Pelzmützen der Husaren.

Dolmane: kurze, mit vielen Verschnürungen versehene Jacke der Husaren.

Salvator Rosa: neapolitanischer Landschafts- und Schlachtenmaler (1615-1673). Seine dramatischen, wild-zerklüfteten Landschaften und die naturalistische Tendenz seiner in kleinem Maßstab das verworrene und ungeordnete Handgemenge eindringlich schildernden Schlachtenbilder galten den Romantikern als Inbegriff einer unklassischen, grotesk-sublimen Kunst.

Gribeauval: Jean-Baptiste Vauquette de (1715-1789), Ingenieur und Artillerieoffizier, Meister der Errichtung von Befestigungsanlagen und der Geländeverminung, der die französische Artillerie zur besten in Europa machte.

374 *Quid obscurum, quid divinum:* das Unergründliche, das Göttliche.

Rembrandt: eigtl. R. Harmensz van Rijn (1606-1669), hier als der Meister des Helldunkel, des dramatischen, abgründig psychologischen und mitunter nahezu phantastischen Lichteffekts.

van der Meulen: Adam Frans (1632-1690), niederländischer Maler von topographisch äußerst präzise erfaßten Schlachten, Schützling Ludwigs XIV.

Folard: Jean-Charles de (1669-1752), Militärschriftsteller, Autor einer Abhandlung über Geländeverteidigung und Neuerungen in der Kriegskunst (*Traité de la défense des places et de nouvelles découvertes sur la guerre dans une dissertation sur Polybe*, Paris 1726).

Polybius: Polybios (um 200-120 v. Chr.), griechisch-römischer Geschichtsschreiber, Autor einer »Weltgeschichte«, in der die Geschichte Roms von 221 bis 144 v. Chr. abgehandelt wird, von denen nur die ersten fünf Bände vollständig erhalten sind.

375 *Hill:* Rowland (1772-1842), General, kommandierte bei Waterloo die englischen Truppen vor der Ankunft Wellingtons.

dieses punische Werk...: Durch List und Überrumpelungstaktik vermochte Hannibal im zweiten Punischen Krieg (218-201

v. Chr.) erfolgreich in Italien einzumarschieren, bis sich das Blatt mit der Belagerung von Capua durch die Römer (212) wendete.

378 *Ridet Caesar, Pompeius flebit:* »Cäsar lacht, Pompejus wird weinen«. (Pompejus stand im Bürgerkrieg auf der Seite des Senats gegen Cäsar und unterlag 48 v. Chr. in der Schlacht bei Pharsalos.)

380 *Soult:* Nicolas-Jean de (1769-1851), Marschall unter Napoleon, später verbannt, dann Außen- und Kriegsminister.

Fleury de Chaboulon: Pierre, Baron (1779-1835), Sekretär Napoleons nach dessen Rückkehr von der Insel Elba, verfaßte eine Geschichte des Privatlebens Napoleons im Jahre 1815: *Mémoires pour servir à l'histoire de la vie privée, du retour et du règne de Napoleon en 1815.*

Gourgaud: Gaspard: (1783-1852), frz. General, Generaladjutant Napoleons, begleitete diesen nach Sankt Helena und gab dessen Memoiren mit heraus. Kehrte 1821 nach Frankreich zurück, trat wieder in den aktiven Dienst ein und wurde nach dem Sturz Louis-Philippes in der Februarrevolution (24. 2. 1848) 1849 in die Gesetzgebende Versammlung gewählt.

Benjamin Constant: (Henri Benjamin Constant de Rebecque, 1767-1830) Politiker und präromantischer Schriftsteller, wurde, aus einer Schweizer Hugenottenfamilie stammend, aus Begeisterung für die Revolution Franzose. Nachdem er 1802 von Napoleon verbannt worden war, reiste er mit Mme de Staël und hielt sich in Weimar, später in deren Schweizer Schlößchen in Coppet auf. 1816 kehrte er nach Paris zurück und wurde Abgeordneter der liberalen Opposition; trat für eine konstitutionelle Monarchie nach englischem Muster ein.

382 *Scabra rubigine:* »... da wird in jenen Gefilden/Irgendein Mann, mit schürfendem Pflug die Scholle bewegend, Schilde, *von schäbigem Rost zerfressene*, finden. (Vergil, Georgika I,495). Vergil ruft damit zwei für die Auseinandersetzung zwischen Republikanismus und Cäsarentum entscheidende Schlachten in Erinnerung: die von Pharsalus, in der Cäsar über Pompejus siegte (s. Anm. zu S. 378) und die von Philippi, wo Antonius und Octavianus, der spätere Kaiser Augustus, 42 v. Chr. die Mörder Cäsars, die Republikaner Brutus und Cassius besiegten.

386 *Beresina:* Beim Übergang über die Beresina in Rußland (1812) wurde Napoleons Armee von russischen Truppen zersprengt und völlig vernichtet.

386 *Leipzig:* s. Anm. zu S. 54.
Fontainebleau: in Fontainebleau entsagte Napoleon am 4. 4. 1814 der Krone (ohne allerdings den Kaisertitel abzulegen) und ging nach Elba, das ihm als Fürstentum überlassen wurde.
Crécy, Poitiers, Malplaquet und Ramillies: Orte, an denen im 14. und 18. Jahrhundert die Engländer die Franzosen besiegten.
Peripetie: Schicksalswende in der Tragödie.
Wacht für des Kaisers Reich: Veillons au salut de l'empire, patriotisches Lied von A.-S. Roy auf eine Melodie aus der Oper *Renaud d'Ast* (1789) des Komponisten Nicolas Dalayrac (1753-1809). Es handelt sich hierbei nicht um eine kaiserliche, sondern um eine republikanische Hymne, die vor der *Marseillaise* zu den bekanntesten Liedern der Revolution gehörte. Das Wort »empire« ist darin im Sinne von »Staat« zu verstehen.
389 *orphische Epopöen:* aus dem 6. Jahrhundert v. Chr. stammende geheime heilige Sagendichtungen (in Attika und Süditalien nachweisbar), die für vorhomerisch gehalten und dem Sänger Orpheus zugeschrieben wurden.
393 *Argos:* altgriechische Bezeichnung für die Heimat aller vor Troja kämfenden Griechen, insbesondere auf die Landschaft Argolis auf den Peloppones bezogen.
Pibroch: Dudelsack.
Ben Lothian: »Gipfel von Lothian«, der Lothian ist eine fruchtbare ostschottische Landschaft. Pibroch und Lothian waren Hugo und dem französischen Leser wohl vor allem aus den Romanen Walter Scotts (1771-1832) bekannt, deren Welt in dem stolz-melancholischen Dudelsackpfeifer für einen Augenblick evoziert wird.
394 *Talavera:* Stadt in der spanischen Provinz Toledo. Im Krieg in Spanien und Portugal (1808-1814) siegt hier Wellington 1809 über die Franzosen.
Badajoz: Hauptstadt der spanischen Provinz gleichen Namens, 1812 von Wellington aus der Hand der Franzosen zurückerobert.
395 *holländische Grenadiere ...:* 1811 hatte Napoleon dem Kaiserreich unter anderm Holland einverleibt und holländische Truppen im Spanischen Krieg (1808-1814) eingesetzt. Holland und Belgien wurden 1814 durch die Armee Bülow befreit.
Prinz von Condé: (Louis-Henri-Joseph, Prinz von Condé, 1756-1830), bekannt unter dem Namen Herzog von Bourbon,

war 1814 mit Ludwig XVIII. aus der belgischen Emigration zurückgekehrt, hatte bei der Nachricht von Napoleons Rückkehr aus Elba die östlichen Départements – vergeblich – aufzuwiegeln versucht, und war dann nach Spanien geflüchtet. Wurde am 27. August 1830 in seinem Schloß Saint-Leu erhängt aufgefunden.

Ludwig XVIII. in Gent: s. Anm. zu S. 162.

397 *Bülow:* Friedrich Wilhelm Graf Bülow von Dennewitz (1755-1816) war mit dem Prinzen Louis-Ferdinand von Preußen befreundet gewesen und hatte wie dieser als romantische Künstlernatur gegen das starre friderizianische Preußentum aufbegehrt. 1812-13 bereitete er aktiv die preußische Erhebung gegen die Napoleonische Besatzung vor, deckte 1813 – nach dem Vorbild des Prinzen von Homburg unter Außerachtlassung der Befehle des vorgesetzten Kommandanten – Berlin gegen die Franzosen und befreite 1814 Belgien und Holland. 1815 kam er zwar bei Ligny zu spät, um Blücher noch beizustehen, konnte sein unverbrauchtes Korps aber um so wirksamer bei Waterloo einsetzen und trug entscheidend zum Sieg bei.

402 *Hoc erat in fatis*: »Das war so vom Schicksal beschlossen«, Parodie des Horazischen *Hoc erat in votis*: »Das war so meiner Sehnsucht Wunsch« (Satiren II, 6, 1).

403 *Ulm, Wagram...:* Schauplätze Napoleonischer Triumphe zwischen 1805 und 1809. (Ulm: Napoleon nimmt ein österreichisches Heer mit General Mack im Okt. 1805 gefangen, Wagram: 5./6. 7. 1809 Sieg Napoleons über die Österreicher, Jena: Doppelschlacht von Jena und Auerstädt, 14. 10. 1806 Sieg Napoleons über Preußen, Friedland: Sieg über die Russen 14. 6. 1807).

404 *Scheiße!:* Es existiert eine Schrift des Historikers Henry Houssaye zu der Frage, ob Cambronne der englischen Aufforderung an die Franzosen, sich zu ergeben, tatsächlich in dieser lapidaren oder in noblerer Manier geantwortet habe: *La garde meurt et ne se rend pas*, Paris 1907. Die Auseinandersetzung um Hugos Verwendung dieses Begriffes bei der Schilderung eines Augenblicks von höchster historischer Bedeutsamkeit – für Lamartine (s. Anm. zu S. 357) war das »grammatikalische Demagogie« – zeigt uns aber vor allem, in welcher Weise Hugos Erhebung des Banalen, Nebensächlichen und Niedrigen, des »Elenden«, zur Historizität noch in den sechziger Jahren auf Ablehnung und Mißverständnis stieß. Wie sehr auch jetzt

noch – mehr als dreißig Jahre nach den Auseinandersetzungen um den *Hernani* – die Vorstellung des Historischen und Tragischen an eine stilistisch von Ephemerem und Charakteristischem geläuterte »hohe Form« gebunden war.
Hugo antwortete auf die Vorwürfe, »merde« sei unter den Worten der Elende – und deutete damit an, welche nicht zu unterschätzende Bedeutung es hat, daß dieses Wort ins Zenit jenes gottgewollten geschichtlichen Wendepunkts gesetzt wird, den die Schlacht von Waterloo für ihn darstellt.

405 *Leonidas:* König von Sparta, Verteidiger der Thermopylen, des Engpasses zwischen Mittel- und Nordgriechenland, gegen die Perser (480 v. Chr.).

Rabelais: François (1494-1553). Sein burlesk-satirischer Abenteuerroman um die beiden Riesen *Gargantua und Pantagruel* (1532-1535) ist das bedeutendste Dokument jenes »esprit gaulois«, des gallischen Geistes in der französischen Literatur, der sich in derbkomischen Schilderungen aller Spielarten der Leiblichkeit in einer Sprache ergeht, deren Reichtum und Fülle schier unfaßbar ist.

äschyleische Größe: der attische Tragiker Aischylos (525/24-456/55 v. Chr.) gilt als Begründer der Tragödie als literarischer Kunstform. In erhabener Sprache, die von kühnen Metaphern und Wortschöpfungen durchsetzt ist, schildert er den Menschen, der erschauernd vor der Allmacht der Götter steht, die ihn mit unbarmherziger Gerechtigkeit strafend dem Untergang weihen, sobald er sich anmaßt, ihre Gesetze zu übertreten.

406 *Rouget de L'Isle:* Claude Joseph (1760-1836), Offizier, Dichter und Opernlibrettist, dichtete und komponierte 1792 aus Anlaß des französisch-österreichischen Krieges den »Kriegsgesang für die Rheinarmee«, die *Marseillaise*, die zur französischen Hymne wurde.

Danton: Georges-Jacques (1759-1794), Advokat und großer Redner der Jakobinerpartei, war beim Ausbruch der Revolution Führer der Cordeliers, die sich den Jakobinern anschlossen, löste 1792 mit den »Septembermorden« (s. Anm. zu S. 720) die »Schreckensherrschaft« aus, vernichtete mit Robespierre 1793 die gemäßigten Girondisten und fiel dann, als er seit 1794 für die Beendigung des Terrors eintrat, selbst dem Vorwurf des Verrats an der Revolution zum Opfer. In seinem Roman *Quatre-vingt treize* (*Das Jahr Dreiundneunzig*) beschreibt Hugo Danton als genialisch-titanische Erscheinung: »Der große in einem verwahrlosten weiten Rock von Scharlachfarbe saß mit entblößtem Hals, denn die lose Binde hing unter dem Busenstreif. Die Weste mit abgerissenen Knöpfen stand offen, er trug Stulpenstiefel, sein Haar sträubte sich unordentlich, obwohl man es offenbar zurechtgemacht hatte, eine wahre Mähne ruhte in seiner Perücke. Das Gesicht war blatternarbig, zwischen den Brauen lag eine Zornfalte, doch im Mundwinkel Güte. Er hatte dicke Lippen, starke Zähne, die Faust eines Packträgers, ein blitzendes Auge.« (2. Teil, 2. Buch, I).

Als Robespierre Danton später des Verrats beschuldigt, läßt Hugo ihn »das Gesicht zur Decke gewandt, und mit halbgeschlossenen Augen, einen Arm über die Bank gestreckt« ein Liedchen trällern. (*Dreiundneunzig*, 2. Teil, 3. Buch, I).

Kléber: s. Anm. zu S. 707.

407 *Quot libras in duce?:* »Was wiegt der Feldherr?« (Juvenal, Satiren X,147: »Nimm einmal Hannibal her: Wieviel Pfund von dem größten der Feldherrn fändest du heut' noch?«)

Jomini: Antoine-Henri de, *Précis politique et militaire de la campagne de 1815, pour servir de supplément et de rectification à la vie politique et militaire de Napoléon, racontée par lui-même* (»Politisch-militärischer Abriß des Feldzugs von 1815 zur Ergänzung und Berichtigung der politischen und militärischen Biographie Napoleons, von ihm selbst dargestellt«). Paris 1839.

Muffling: Friedrich Karl Ferdinand von Müffling: Preußischer General, schrieb eine *Geschichte des Feldzugs der englisch-hannöverisch-niederländisch-braunschweigischen Armee unter Herzog Wellington und der preussischen Armee unter Fürsten Bülow von Wahlstadt im Jahre 1815. Nebst den Plänen der Schlachten von Ligny, Quatre-Bras und Belle-Alliance*, Stuttgart und Tübingen 1817.

Charras: s. Anm. zu S. 369.

408 *Wellington:* Sir Arthur Wellesley, Herzog von (1769-1852), hatte seit 1808 in Portugal und Spanien gegen die Napoleonischen Marschälle gekämpft, war vom Wiener Kongreß mit der Führung der britisch-deutsch-holländischen Armee betraut worden, begann nach Waterloo eine erfolgreiche Karriere als Tory-Politiker.

409 *Barrême:* François (1638-1703), französischer Rechenmeister, Autor einer *Arithmétique* (1677).

410 *Lodi, Montebello, Montenetto, Mantua, Marengo, Arcole:* Schlachten der französischen Revolutionskriege zwischen 1796 und 1800 mit denen Napoleon seinen Ruhm begründete.

Der Iron-Soldier...: Iron-Duke war der Heldentitel Wellingtons.

411 *1688:* Absetzung Jakobs II. von England durch das Parlament, in deren Folge die konstitutionelle Monarchie unter Wilhelm III. eingeführt wird.

Inkerman: Schlacht im Krimkrieg am 5. 11. 1854, bei der Franzosen und Engländer den Versuch der Russen vereitelten, das belagerte Sewastopol freizusetzen.

412 *Vergil in der unheilsschwangeren...:* s. Anm. zu S. 382

413 *Braunschweiger, Nassauer, Romanows, Hohenzollern und Habsburger:* die gegen Napoleon verbündeten Herrscherhäuser.

die Charte: die konstitutionelle Verfassung von 1814, die aber bewußt den Ausdruck »Constitution« vermied und nach englischem Vorbild ein liberales Regime mit zwei Kammern vorschrieb, aber dem König die alleinige Vollmacht über die Exekutive gab. Der König ernannte die Mitglieder der Pairskammer, die Deputiertenkammer wurde nach dem Zensuswahlrecht gewählt.

Bonaparte hebt...: Joachim Murat (1767-1815), der nicht den Beruf eines Postillons, sondern von den Eltern zum Priester bestimmt worden war, jedoch die militärische Laufbahn einschlug, unter Napoleon sehr schnell aufstieg, zum Herzog und schließlich 1808 zum König von Neapel ernannt wurde. Der Sergeant auf dem schwedischen Thron war Jean-Baptiste-Jules Bernadotte (1764-1844), der mit siebzehn Jahren in die Armee eintrat, schließlich Kriegsminister wurde, von Napoleon einen Fürstentitel erhielt und 1818 als Carl XIV. zum Nachfolger des schwedischen Königs Carl XIII. gewählt wurde.

Foy: s. Anm. zu S. 360.

Väterchen Elysée: Père Elysée, Beiname des Leibarztes Ludwigs XVIII.

415 *8. Juli:* Am 8. Juli 1815 kehrte Ludwig XVIII. zum zweiten Mal nach Paris zurück und wurde in der Gegend um die Tuilerien mit dem Lied *Vive Henri IV.* empfangen. (»der Béarner« war der Beiname Heinrichs IV.). Am 20. März desselben Jahres war Napoleon von Elba zurückkehrend ebenfalls triumphal in Paris eingezogen.

weiße Kokarde: Weiß ist die Farbe der Bourbonen.

Trestaillon: eigtl. Jacques Dupont, Unterleutnant der Nationalgarde, der 1815 in Nîmes Anführer blutiger Ausschreitungen gegen Anhänger Napoleons wurde.

non pluribus impar: eigtl. *nec pluribus impar,* »nicht vielen unterliegend« – Devise Ludwigs XIV.

Herzog von Enghien: Louis-Antoine-Henri de Bourbon-Condé, Duc d'Enghien (1772-1804), Sohn des Duc de Bourbon (s. Anm. zu S. 395), kämpfte seit 1792 gegen das revolutionäre Frankreich, ließ sich im Herzogtum Baden nieder, geriet in Verdacht, von dort aus eine geheime Verschwörung anzuführen. Napoleon ließ ihn entführen und hinrichten.

König von Rom: s. Anm. zu S. 1197.

416 *Artikel 14:* Dieser Artikel der Verfassungsurkunde von 1814, der »Charte«, gab dem König das Recht, im Krisenfall die Verfassung zu umgehen und alle Macht an sich zu nehmen. Seine Anwendung führte 1830 zum Ausbruch der Julirevolution.

Heilige Allianz: 1815 von Zar Alexander I. angeregtes Bündnis zwischen Rußland, Preußen und Österreich, das später durch den Beitritt aller christlichen Herrscher erweitert werden sollte.

Belle-Alliance: Weiler bei Waterloo, eigentlicher Ort der Schlacht (Bülow nannte sie auch »Schlacht von Belle-Alliance«).

Hudson-Lowe: s. Anm. zu S. 710.

Alexander: Alexander Pawlowitsch (1777-1825), seit 1801 Zar Alexander I., war von Napoleon 1807 zum Frieden von Tilsit gezwungen worden, zog 1812 mit Österreich und Preußen gegen ihn zu Felde.

417 *Wiener Kongreß:* nahm 1814/15 die Neuordnung Europas nach den Napoleonischen Kriegen vor, die vorwiegend in der Wiederherstellung der vorrevolutionären Verhältnisse bestand. Sachsen und Polen wurden zwischen Rußland und Preußen geteilt, Preußen bekam erhebliche Gebiete am Rhein zugeteilt, Österreich wurde im wesentlichen in den Grenzen seines alten Hoheitsgebiets wiederhergestellt, Belgien Holland im Königreich der Vereinigten Niederlande einverleibt.

dem Adler gleichkommt, der …: Beim Aufbruch von Elba am 25. 2. 1815 hatte Napoleon gesagt: »Die Freiheit wird im Sturmschritt marschieren, der Adler wird mit den Farben der Nation von Turmspitze zu Turmspitze fliegen, bis zu den Türmen von Notre-Dame«.

die wilde Jagd: der Sage nach ein von Wotan angeführtes Reiterheer von Gespenstern, das mit großem Tosen durch die Lüfte fährt.

sic vos non vobis: einem Plagiator, der für Verse, die von Vergil stammten, den Lohn des Augustus eingeheimst hatte, widmete Vergil die Zeilen:

»Sic vos non vobis nidificatis, aves; / Sic vos non vobis vellera fertis, oves; / Sic vos non vobis mellificutis, apes; / Sic vos non vobis fertis aratra, boves.«

(»Ihr baut, doch nicht für euch, Vögel, Nester; ihr tragt, doch nicht für Euch, Lämmer, Wolle; ihr sammelt, doch nicht für euch, Bienen, den Honig; ihr zieht, doch nicht für Euch, Rinder, den Karren«).

418 *Vespertilio:* (lat.) Fledermaus.

419 *Cérisoles:* Schlacht von Cérisoles am Ostermontag 1544, bei der die Franzosen eine zahlenmäßig überlegene Streitmacht Karls V. in die Flucht schlugen.

Turenne: Henri de la Tour d'Auvergne, Vicomte de (1611-1675), Feldherr im 30jährigen Krieg und in den anschließenden Feldzügen Ludwigs XIV. 1674 Zerstörung der Pfalz.

Hoche: Lazare (1768-1797), General der Revolutionskriege, schlug den Aufstand in der Vendée und die aus dem Hinterhalt kämpfenden Chouans (s. Anm. zu S. 656) auf der Halbinsel Quiberon vor der bretonischen Küste nieder, besiegte die Österreicher am Rhein 1797.

Marceau: François (1769-1796), ebenfalls General der Republik, der die aufständische Vendée besiegte.

alten normannischen Legende…: die »Alleurs«, die in der Dämmerung umgehen.

423 *Silberkreuz der Ehrenlegion:* Légion d'honneur, 1802 gestifteter höchster französischer Orden. Das silberne Kreuz bezeichnet dessen höchsten Grad, den des »Chevalier«, des Ritters.

425 *Drapeau blanc:* s. Anm. zu S. 349.

426 *Journal de Paris:* erste Pariser Tageszeitung, die von 1777-1840 erschien. Beide Artikel sind erfunden, imitieren aber Stil und politische Ausrichtung der jeweiligen Publikation.

der Patriarch von Ferney: Voltaire hatte das Gut Ferney an der französisch-schweizerischen Grenze erworben, und dort einen patriarchalisch organisierten Idealstaat aufgebaut. Das Zitat ist dem Gedicht *Le pauvre Diable* (1758, *Der arme Teufel*) entnommen:

(»… De Savoie arrivent tous les ans/Et dont la main légèrement essuie/Ces longs canaux engorgés par la suie.«)

427 *Le Constitutionnel:* Liberales Journal für Wirtschaft, Politik und Literatur, das für die konstitutionelle Monarchie eintrat.

428 *Villèle:* Joseph, Comte de (1773-1854), ultraroyalistischer Staatsmann, seit 1822 Ministerpräsident.

429 *Tryphon:* In einem Brief an den Kritiker A. Darcel vom 29. Mai 1862 erklärt Hugo »Tryphon und die Kröten seines Grabes« in der Arbeit eines Heimatforschers aus der Normandie, Auguste Leprévost, über den heiligen Georg von Bocherville gefunden zu haben. (Nachgewiesen konnte von diesem Autor nur eine Geschichte des »hl. Martin du Tilleul« (1848) werden.

430 *Fodit, et in fossa...:* »Er gräbt und versteckt in finsterem Schacht seine Schätze: Einen Sou, Silber, Kiesel, einen Leichnam, Gespenster, gar nichts.«

433 *spanischer Krieg:* Nachdem 1814 mit Hilfe der Engländer die napoleonischen Franzosen aus Spanien vertrieben worden waren, hob Ferdinand VII. die unter französischem Druck erlassene freiheitliche Verfassung wieder auf, was einen Bürgerkrieg auslöste. Frankreich entsandte 1822 von der Heiligen Allianz mit der Wiederherstellung der monarchischen Ordnung beauftragt, ein Interventionskorps unter dem Herzog von Angoulême. 1823 hatte Hugo selbst eine Ode zur Verherrlichung dieses Krieges verfaßt. Damals hatte er noch nicht die Partei der »Descamisados«, der »Ohne-Hemden«, wie sich die spanischen Liberalen zwischen 1820 und 23 nannten, ergriffen. Die ganze Passage ist eine Erweiterung aus der Zeit des Exils.

434 *Andujar:* In Andujar in Andalusien unterzeichnete der Herzog von Angoulême am 8. August 1823 als Anführer der französischen Armee einen Erlaß, in dem er die Übergabe der Regierungsgeschäfte an eine in Madrid als Vertretung des in Gefangenschaft befindlichen Königs Ferdinand VII. eingesetzte Regentschaft zurücknahm, um die royalistischen Gewalttaten, die von dieser ausgingen, einzudämmen. Da diese Rücknahme auf den heftigen Protest der Absolutisten stieß, mußte auch sie wiederum zurückgezogen werden.

Sappe: (von frz. sape), Laufgraben zur Durchquerung des von feindlichem Feuer beherrschten Geländes bei Belagerungen.

Charles-Albert, Prinz von Carignan: (1798-1849): Als 1821 in Turin und Alexandria die Revolution ausbrach, entschied der Sardinische König Vittorio Emanuele I., lieber auf den Thron zu verzichten, als auf die Verfassung der spanischen Cortès (republikanische Freiheitsbewegung) zu schwören, die in Alexandria schon proklamiert worden war. Der dreiundzwanzigjährige Carlo Alberto wurde zum Regenten ernannt. Er hatte bis dahin als Freund der konstitutionellen und nationalen Bewegung gegolten, beschwor auch sofort die spanische Verfassung und setzte eine provisorische Volksvertretung ein. Daraufhin wurde der Regent, als der legitime Nachfolger Vittorio Emanueles, dessen Bruder Carlo Felice, den Thron bestieg, verbannt, konnte sich erst dadurch, daß er 1823 am Zug des Herzogs von Angoulême nach Spanien teilnahm, rehabilitieren und wurde 1829 zum Vizekönig und 1831 zum König von Sardinien ernannt.

435 *Einnahme des Trocadero:* am 21. April 1810 und am 31. August 1823 von den Franzosen eingenommene Festung in der Bucht von Cadiz. Zur Erinnerung an die zweite Einnahme erhielt die Anhöhe auf dem rechten Seineufer in Paris diesen Namen.

Krieg von 1808: Saragossa leistete von Juni bis August 1808 und vom 21. Dezember bis 21. Februar unter Don José de Palafox (1780-1847) den Truppen Napoleons zähen Widerstand, der sich schließlich, nachdem er 54 000 Mann verloren hatte, nicht ohne »ehrenvolle Bedingungen« einfordern zu können, ergab.

Rostopschin: Fedor Wassiljewitsch, Graf (1763-1826), russischer General, entschiedener Feind des revolutionären Frankreich, fiel 1801 als Gegner der russisch-französischen Allianz in Ungnade und trat erst 1810 wieder in den Dienst. Während Napoleons Rußlandfeldzug rief er das Volk zu Gewalttaten gegen die Fremden auf und soll auch die Inbrandsetzung Moskaus bei der Einnahme durch Napoleon veranlaßt haben. Er ist im übrigen auch Verfasser verschiedener Schriften in russischer und französischer Sprache, darunter Komödien, Reisebeschreibungen und der äußerst witzigen *Mémoires écrits en dix minutes* (*In zehn Minuten verfaßte Lebenserinnerungen*, Petersburg 1853).

Ballesteros: Francisco (1770-1832), spanischer General, der 1823 in Navarra und Aragonien ohne Glück den Befehl gegen die Franzosen führte.

436 *1830:* Julirevolution, die zur Abdankung Karls X. und zur Inthronisierung Louis-Philipps, des Bürgerkönigs führte.

rey neto: legitimer König.

438 *Ruyter:* Michiel Adriaanszoonde (1607-1676), holländischer Seeheld, nahm an 40 Seeschlachten teil.

444 *Caracara Polyborus:* amerikanischer Geiervogel, dessen Augen allerdings nicht die Farben der Trikolore tragen, sondern in wechselnden Rottönen changieren.

447 *Delille:* Abbé Jacques (1738-1813), klassizistischer Autor idyllischer und didaktischer Gedichte, der von den Zeitgenossen Voltaire gleichgestellt wurde. Berühmt durch seine Übersetzungen der Vergilschen *Georgika* (1769) und *Aeneis* (1804).

448 *Raynal:* Guillaume-Thomas-François, Abbé (1713-1796), trat 1747 aus dem Jesuitenorden, später ganz aus dem Priesterstand aus und gab eine *Histoire philosophique et politique des établissements et du commerce des Européens dans les deux Indes* (1770, *Philosophische und politische Geschichte der Niederlassungen und des Handels der Europäer in den beiden Indien*) heraus, in der er die wirtschaftlichen, politischen und kulturellen Zusammenhänge des Kolonialismus aufzeigen wollte und unter anderm gegen Katholizismus, Priesterwesen, Aristokratie und die Dummheit insgesamt vom Leder zog. Das Buch, das unter Ludwig XV. problemlos erscheinen konnte, erlebte eine zweite Auflage unter Ludwig XVI. dessen im Ruf der Milde stehende Zensur es indizierte und Raynal zur Emigration zwang.

Parny: Evariste Désiré de Forges, Vicomte de (1753-1814), französischer Dichter kreolischer Herkunft, dessen Hauptwerke die anmutig-eleganten *Poésies érotiques* (1778) und das libertinistisch-komische Epos *La guerre des dieux anciens et modernes* (*Krieg der alten und neuen Götter*, 1799) bilden.

Heiliger Augustin: (Augustinus Aurelius 354-430), bedeutendster abendländischer Kirchenlehrer. Insbesondere seine *Confessiones* (*Bekenntnisse*) zeigen ihn als einen glänzenden Stilisten und fesselnden Schilderer des Menschen in seinem Widerspruch zwischen dem Streben nach Gott und der Niedergeschlagenheit des Zweifels.

Filousoph: aus Filou (Gauner) und Philosoph – diesen Spitznamen gab Hugo auch dem saint-simonistischen Publizisten und Philosoph Pierre Leroux (1798-1871), der an der Revolution von 1848 teilgenommen hatte und wie Hugo 1851 nach dem Staatsstreich Napoleons III. emigrieren mußte.

Champ d'Asile: Sechshundert bonapartistische und liberale Franzosen, die nach der zweiten Restauration nach Amerika geflüchtet waren und sich in Texas auf Ländereien niedergelassen hatten, die sie »Champ d'Asile« (»Feld der Zuflucht«) nannten. 1818 hatte der ehemalige Reichspräfekt Félix Desportes gemeinsam mit der liberal-monarchistischen Zeitschrift *Minerve* eine Sammlung zugunsten dieser Exilanten iniziiert, die aber relativ unergiebig geblieben war.

463 *Choisy-le-Roi:* südlich von Paris gelegenes 1682 von Mansard erbautes Schloß, das in der Revolution zerstört wurde, so daß nur Park und Wirtschaftsgebäude übrigblieben.
Oiseau Royal: s. Anm. zu S. 143.
464) *Graf Anglès:* s. Anm. zu S. 162.
Theater der Porte Saint Martin: Theater, in dem seit 1814 Melodramen und Zauberstücke gegeben wurden. Unter der Direktion Harels wurde es seit 1832 zum Theater des modernen romantischen Dramas. Der größte Interpret desselben, der Schauspieler Frédéric Lemaître (s. Anm. S. 818) spielte hier mit leidenschaftlichen Gebärden und dröhnender Stimme in den Stücken Alexandre Dumas', Alfred de Vignys und auch 1833 in der *Lucrèce Borgia* Victor Hugos, deren Titelrolle Juliette Drouet übernahm, was der Beginn einer langen leidenschaftlichen Affäre zwischen der Schauspielerin und dem Dichter war. Letzterer und Harel überwarfen sich allerdings schon bald wegen der Aufführung der *Maria Tudor*, wodurch Harels Niedergang eingeleitet wurde. Die Porte Saint-Martin im Norden der Stadt war einer der ersten Triumphbögen, die unter Ludwig XIV. die alten Stadttore seit den 1670er Jahren ersetzten.
Die beiden Sträflinge: Les Deux Forçats ou la Meunière du Puy-de-Dôme (1822, *..., oder die Müllerin vom Puy-de-Dôme*), Melodram in drei Akten von Boirie, Carmouche und Poujol.
480 *Muschik:* russ. Bauer.
483 *Berry:* Marie-Caroline-Ferdinand-Louise de Bourbon, Duchesse de (1798-1870): Gattin des 1820 ermordeten zweiten Sohns und Thronfolgers Karls X. und Mutter eines zukünftigen Bourbonenkönigs, dessen Thronbesteigung durch die Julirevolution unmöglich wurde. Erbittert kämpfte sie von da an mit allen Mitteln für die Wiedereinsetzung der Bourbonen.
484 *Französischer Kurier: le Courrier français*, seit 1819 erscheinendes Organ der liberalen »Doktrinäre«, dessen Programm in der Bekämpfung sowohl der revolutionären als der royalistischen Vorurteile und der Durchleuchtung des politischen Lebens für die Öffentlichkeit bestand.
488 *Castlereagh:* Robert Stewart Marquess of Londonderry: (1769-1822), vertrat Großbritannien beim Wiener Kongreß (s. Anm. zu S. 417) und setzte eine nachhaltige Schwächung Frankreichs durch, das auf den Gebietsstand von 1789 zurückgeführt wurde und Reparationen in Höhe von 700 Millionen Francs zahlen mußte.

503 *die Salpêtrière:* Seit Beginn des 19. Jahrhunderts Hospital für geisteskranke Frauen am Boulevard de l'Hôpital. Der »einsame Spaziergänger« in der Nachfolge Rousseaus durchwandert das Viertel um die Place d'Italie vor der Sanierung, die der Präfekt unter Napoleon III, der Baron Haussmann seit 1855 in Paris durchführte, wodurch die Stadt ein grundsätzlich neues Gesicht erhielt.

505 *Châtelet:* Der königliche Gerichtshof.

506 *Dubarry:* Marie-Jeanne Gomard de Vaubernier, Comtesse (1743-1793 – enthauptet) Maitresse Ludwigs XV. (s. Anm. zu S. 704).

507 *Barrière:* die Barrières, die Zollhäuser an der 1787 fertiggestellten Zollmauer, die zum größten Teil von dem klassizistischen »Revolutions-Architekten« Charles-Nicolas Ledoux in Form kleiner Tempel als »Propyläen« der Hauptstadt errichtet worden waren. Hugo nannte Ledoux einen »braven Architekten von zugleich armseliger und überschäumender Imagination« und die Architektur der Barrieren »traurige Fehlgeburten der Mittelmäßigkeit, die vom schlechten Geschmack befruchtet wurde« (Édition Massin, Bd. 7, S. 959). Durch die Erweiterung der Stadtgrenzen und die Sanierung des Stadtbildes durch den Präfekten Hausmann (s. Anm. zu S. 509) wurden sie in den 1860er Jahren überflüssig und in der Folgezeit bis auf wenige abgerissen.

Ulbach: der zwanzigjährige Ulbach hatte im Mai 1827 ein Mädchen, das er liebte, ermordet. Nicht zuletzt dieses Verbrechen und die Hinrichtung des Jungen veranlaßten Hugo zu seiner Anklageschrift gegen die Todesstrafe *Le Dernier Jour d'un Condamné* (1828 *Der letzte Tag eines Verurteilten*).

Place de Grève einer bürgerlichen Krämergesellschaft: Unter Louis-Philippe wurden die Exekutionen – nachdem die Todesstrafe kurzzeitig abgeschafft gewesen war – nicht mehr auf der Place de Grève, sondern auf der Place Saint-Jacques durchgeführt. In seiner Vorrede zur zweiten Auflage des *Dernier jour d'un Condamné* von 1832 hatte Hugo dazu geschrieben: »In Paris kommen wir zu den Zeiten der geheimen Hinrichtungen zurück. Da man es seit den Julitagen nicht mehr wagt, die Hinrichtungen auf dem Greveplatz vorzunehmen, weil man sich fürchtet und feige ist. [...] Seht Ihr nicht, daß Ihr Euch versteckt? Wie? fürchtet Ihr Euch, schämt Ihr Euch Eurer Werke? Was stottert Ihr noch, Euch selbst zum Spott, Euer: ›discite justitiam moniti‹ heraus? Oder seid Ihr, die Sache genau besehen, verblendet, unruhig, Eures Rechts nicht gewiß, in allgemeinen Zweifeln befangen, und schneidet die Köpfe aus bloßer Gewohnheit ab, ohne zu wissen, was Ihr thut? Fühlt Ihr nicht im Grunde Eures Herzens, daß Ihr wenigstens jenes moralische und sociale Gefühl für Eure Blutsendung verloren habt, die Eure Vorgänger, jene alten Parlamentäre, mit so ruhigem Gewissen erfüllen konnten? [...] Ihr vertauscht den Greveplatz mit der Barriere Saint-Jacques, die Menschenmasse mit der Einsamkeit, den Tag mit der Dämmerung. Keine Festigkeit, keine Kraft bezeichnet Euer Thun! Und noch einmal sage ich es: Ihr versteckt Euch!« (Übersetzung: Friedrich Seybold, in: *Sämtliche Werke*, 6. Band, Stuttgart 1859, S. 27f.)

Bicêtre: Bicêtre war Irrenhaus und Besserungsanstalt, von dort wurden auch die zur Galeere verurteilten Sträflinge in die Hafenstädte abtransportiert.

515 *Saint-Médard:* war die Hauptkirche des Faubourg St. Marcel in der Rue Mouffetard.

521 *Sehr viele Jahre schon...:* als Gegner Napoleons III. (s. Anm. zu S. 528, *Kerker von Mazas*) mußte Hugo 1851 ins Exil gehen: nach Brüssel, Jersey und schließlich Guernsey, wo er die Misérables seit 1860 überarbeitete und zu Ende führte. 1870 kehrte er nach dem Sturz Napoleons III. nach Paris zurück. Heinrich Mann schreibt 1925: »Auf seiner englischen Insel nun widersprach ihm niemand, auch der ferne Kaiser nicht, an dem er zäh sich rächte. Der Abstand, die Größe des dazwischenliegenden Meeres nützte ihm. Er wuchs auf seinem Felsen, das romantische Bedürfnis der Zeitgenossen nach Menschengröße bemächtigte sich seiner. Was er dort schrieb, kam nach Frankreich wie das Sendschreiben höherer Mächte. Es hatte den vielfachen Erfolg, es machte ihn reich. Das selbsterbaute Haus der romantischen Entwürfe hatte droben ein gläsernes Zimmer, darin schrieb er, und ringsum stürmte oder glänzte unabsehbar das Meer. So viel hatte Shakespeare nicht gehabt – der das stürmende Meer in sich selbst tragen mußte, in Hinterzimmern kleiner Theater. Es ist bürgerliche Regie. Die Verehrung ihrerseits erreichte ihn nur sicherer, sie sank vor ihn hin nur überschwenglicher. [...] Dumas Vater adressierte: ›Victor Hugo, Ozean.‹ [...] Das bürgerliche Frankreich, das die Segnungen des Kaiserreichs hinnahm und genoß, huldigte dem Verbannten wie einem besseren Selbst.« (*Victor Hugo*, in: H. M.: Essays, Hamburg 1960, S. 66f.)

523 *Saint-Etienne-du-Mont:* Kirche aus dem Übergang der Spätgothik zur Renaissance, 16. Jahrhundert an der Place Sainte-Geneviève.

527 *Râpée:* Quai de la Râpée, ehemaliger Weg am Seineufer, an dem zahlreiche Wirtshäuser und Spelunken lagen, die von Hafenarbeitern, aber auch von jugendlichen Adeligen auf der Suche nach Vergnügungen frequentiert wurden. Vadé (s. Anm. zu S. 1523) zeigt im *Déjeuné de la Râpée* einen Marquis, der nach dem Verlassen der Oper in den Markthallen allerhand Gesindel aufgabelt mit dem er sich in ein Wirtshaus an der Râpée aufmacht.

528 *Kerker von Mazas:* 1845-50 errichtetes und 1900 abgerissenes, insbesondere während der Dezember-Repressionen 1851 in Anspruch genommenes Gefängnis (am 2. Dezember 1851 wurde Prinz Louis Napoléon zum Präsidenten der aus der Februarrevolution 1848 hervorgegangenen Republik gewählt und ließ sich entgegen der Verfassung auf zehn Jahre wiederwählen, um sechs Wochen später eine kaiserliche Verfassung zu verkünden und als Napoleon III. den Thron zu besteigen). 1851 war Hugos Sohn Charles dort wegen eines in der Zeitschrift *l'Evenement* veröffentlichten Artikels gegen die Todesstrafe inhaftiert.

Feydeau: 1801 fusionierte die Opéra-comique mit dem seit 1791 bestehenden Théâtre Feydeau in der Rue Feydeau unter dem Namen »Théâtre de l'Opéra-comique«. Das Gebäude wurde 1829 wegen Baufälligkeit geschlossen.

Petit-Picpus: Das Viertel existiert nicht, die Straßen, die Hugo beschreibt, übertragen die Gegend um die Rue Neuve-Sainte-Geneviève, in der sich die folgenden Ereignisse in der ersten Fassung von 1847 abspielten auf das andere Seineufer. Der Stadtplan von 1727 ist eine Erfindung Hugos.

533 *die Ecke des Hofs der Conciergerie...:* Aus der Conciergerie, dem neben dem Justizpalast gelegenen Stadtgefängnis, war jener Battemolle ausgebrochen, indem er sich »in einen Mauerwinkel lehnte, und allein mit der Muskelkraft der Schultern, der Ellenbogen und der Fersen bis zum Dach hinauf hievte«, wie Hugo in seiner Sammlung von Erlebnissen und »gesehenen Sachen«: *Choses vues* (1830-1846) schreibt: »Im Justizpalast hat man ihn wieder eingefangen.«

538 *Mauern aus stummen Steinen:* die gegen den Götzendienst gerichteten Worte des Habakuk: »Wehe dem, der zum Holz spricht: Wache auf! Und zum stummen Steine: Stehe auf! Wie sollte es lehren?« (Hab. 2,19).

544 *Kloster Petit-Picpus:* s. Anm. zu S. 556.

546 *Mahlstrom:* »maelström«, in der ersten Fassung noch »tourbillon« (Strudel) – möglicherweise hatte Hugo in der Zwischenzeit die Erzählung *A Descent into the Maelström* von Edgar Allen Poe kennengelernt, die 1856 in der Übersetzung Baudelaires erschienen war.

547 *Einzug des »Prinzen-Generalissimus«:* der Herzog von Angoulême, der nach siegreicher Beendigung des spanischen Krieges (s. Anm. zu S. 433) nach Frankreich zurückkehrte.

556 *Das Petit-Picpus:* Für dieses Buch bediente sich Hugo der Aufzeichnungen seiner Geliebten, der Schauspielerin Juliette Drouet (s. a. Anm. zu S. 464), die im Jahre 1819 Pensionärin im Frauenstift von Saint Michel in der rue Saint-Jacques gewesen war, und der Léonie Biard, die die Erinnerungen ihrer Tante zusammentrug, die unter der Restauration bei den Benediktinerinnen in der rue Neuve-Sainte-Geneviève erzogen worden war. In den *Misères* hatte Hugo seine Handlung in das erste dieser beiden Kloster verlegt. Das Kloster Petit-Picpus hat nie existiert, trägt aber Züge der beiden oberwähnten Konvente. (Genaueres hierzu: André Le Breton: *le Vrai Petit-Picpus des »Misérables«*, Revue des deux-Mondes, 15. Juli 1925.)

560 *Martin Verga:* spanischer Stifter der Kongregation der Bernhardinerinnen-Benediktinerinnen (1425).

Clairvaux: Von dem Kirchenlehrer Bernhard von Clairvaux (1090-1153) 1115 gegründetes Kloster des Zisterzienserordens, der nach ihm auch Bernhardinerorden genannt wird.

Cîteaux: 1098 gegründetes Stammkloster der Zisterzienser.

Heiliger Bernhard: Bernhard von Clairvaux.

Heiliger Benedikt: Benedikt von Nursia (480-542), Begründer des ersten abendländischen Mönchsordens nach der von ihm verfaßten Benediktinerregel.

561 *Karmeliterinnen:* weiblicher Ordenszweig der 1155 gegründeten und 1253 in einen Bettelorden umgewandelten Eremitengemeinschaft, deren Name von dem im Gebirge Karmel in Palästina gelegenen Stammkloster abgeleitet ist.

562 *Filippo Neri:* (1515-1595), Stifter der Oratorianer, einer Weltpriestervereinigung ohne Klostergelübde, siehe auch: Goethe, *Philipp Neri, der humoristische Heilige* im dritten Teil der *Italienischen Reise.*

Pierre de Bérulle: Gründer der französischen Oratorianer.

14. September: der Tag der Kreuzeserhöhung, an dem an die Wiederaufrichtung des Kreuzes Christi in Jerusalem erinnert wird, das von den Persern geraubt und 628 von Kaiser Heraklius zurückerobert wurde.

564 *heilige Theresia:* s. Anm. zu S. 76.

565 *Visitandinerinnen:* Heimsuchungsorden, 1610 von Franz von Sales (s. Anm. zu S. 66) gestifteter Orden der Krankenpflege.
Gratia plena: »voll der Gnade« (Eröffnungsformel des *Ave Maria*, des »englischen Grußes«).

568 *Proselytentum:* eigtl. zum Judentum bekehrter Heide, hier im Sinne von »Proselytenmacherei«: aufdringliche Bekehrungsversuche.

570 *Perrault:* s. Anm. zu S. 1101.
Hekuba: Königin von Troja, Gattin des Priamos, erlebte den Untergang der Stadt und Tod oder Versklavung aller ihrer Kinder.

571 *Pulcinell:* vorne und hinten bucklige Figur der neapolitanischen Commedia dell'Arte, rote Hakennase und hoher Hut. Der französische Polichinelle lebte im 19. Jahrhundert nur noch auf der Marionettenbühne fort, wo er in dem Romantiker Charles Nodier (1780-1844) einen begeisterten Zuschauer hatte, bevor der Romanautor und Theoretiker des Realismus Champfleury (1821-1889) ihn in Pantomimenstücken für das »Théâtre des Funambules« wiederbelebte.

572 *Collège Mazarin:* oder auch Collège des Quatre-Nations, von Kardinal Mazarin, dem Premierminister Ludwigs XIV., 1661 gestiftete Schule zur Erziehung junger Edelleute aus den eroberten Gebieten, hatte ihren Sitz in dem gegenüber dem Louvre gelegenen beschwingten Barockbau Le Vaus.
Écouen: im Schloß von Écouen hatte Napoleon 1807 ein Pensionat für Töchter von Ehrenlegionären eingerichtet, das von Frau Campan geleitet und unter Ludwig XVIII., dem Restaurator und Bewahrer zahlreicher nationaler Kulturdenkmäler, aufgelöst wurde, um den Bau nicht weiter schaden nehmen zu lassen.

574 *Arkanum:* religiöses Geheimnis, geheime Kulthandlung.
Nemo regulas…: »Niemand darf unsere Regeln und Bestimmungen Fremden zur Kenntnis bringen.«

575 *Herr von Quélen:* Louis de Quelen (1778-1839), seit 1821 Erzbischof von Paris.

576 *Herzog von Rohan:* Louis-François-Auguste de Rohan-Chabot (1788-1833). Trat 1814 den »compagnies rouges« bei, die 1815 aufgelöst wurden. Bis dahin galanter und eleganter Hofmann, entschied er sich 1819, eine Priesterlaufbahn einzu-

schlagen, wurde 1822 geweiht, war im Jahre 1828 Erzbischof von Auch und wurde schließlich 1830 Kardinal von Besançon. Hugo war in seiner Jugend mit ihm bekannt gewesen und hatte sich im August 1821 bei ihm in Roche-Guyan aufgehalten.

577 *Magnates mulieres:* »hohe Frauen«.

Zetulbé, sei die Herrin...: Ma Zétulbé, viens régner sur mon âme, Rondo von Vincenzo Martini in der Opéra comique *Le Calife de Bagdad* (1800) von Adrien Boildieu.

579 *Genlis:* Stéphanie-Félicité de (1746-1830), die eine der Erzieherinnen Louis-Philippes gewesen war und eine Zahl empfindsamer Romane und Biographien veröffentlicht hatte, gab von 1820 an *L'Intrépide,* den »Unerschrockenen« heraus, der es aber nur auf neun Nummern brachte.

580 *Imparibus meritis...:* Drei Leiber von ungleichem Verdienst hängen am Kreuze: Dismas und Gesmas [die beiden mit Jesus gekreuzigten Schächer], in der Mitte die göttliche Macht. Dismas strebt in die Höhe, der unselige Gesmas in die Tiefe. Uns und unser Gut möge die höchste Macht behüten. Sprich diese Verse, damit du, was Dein ist nicht durch Diebstahl verlierst.«

Die Verse sind dem *Traité des superstitions* (*Abhandlung vom Aberglauben*, 1679) des Jean-Baptiste Thiers entnommen.

581 *Margarete von Blemeur:* Verfasserin eines *Leben der Heiligen aus dem Orden des heiligen Benedikt.*

Dacier: Anne, geb. Tannegay-Lefèvre (1651 od. 1654-1720), angesehene Übersetzerin und Kommentatorin klassischer Autoren, insbesondere des Homer, des Aristophanes, des Plautus und des Terenz.

582 *Chevalier Roze:* Nicolas Roger, genannt Chevalier Roze ist durch seine aufopferungsvolle Hilfe während der Pest in Marseille im Jahre 1720 bekannt geworden.

583 *Post corda lapides:* »Nach dem Herzen die Steine«.

585 *Fontevrault:* Die berühmte Abtei Fontevrault im Bezirk Maine-et-Loire wurde 1804 in eine Haftanstalt umgewandelt, existierte also zur Zeit der Handlung bereits seit neunzehn Jahren nicht mehr.

586 *Miromesnil:* Armand-Thomas Hue de (1723-1796), Präsident des Gerichtshofs. Als der Kanzler Maupeou 1771 den dreizehn *Parlements*, den obersten Gerichtshöfen des Ancien Régime, den Einfluß auf die königliche Gesetzgebung entziehen wollte, war Miromesnil einer der Verteidiger der Unabhän-

gigkeit der Justiz und damit der Position des Adels gegenüber dem Monarchen gewesen.

587 *Der Molière angeregt haben könnte:* Das Klistier, von falschen oder wahren Ärzten verabreicht, ist eine beliebte Quelle der Komik der Farce und wurde von Molière in einer Reihe von Komödien, die sich mit falschen Ärzten und falschen Kranken befassen, häufig eingesetzt. Hugo denkt wahrscheinlich insbesondere an *L'amour médecin* (*Amor als Arzt*) von 1665.

590 *Volaverunt:* »sie sind entflogen«.

Hic jaceo...: »Hier ruhe ich, ich lebte dreiundzwanzig Jahre« – Anfang und Schluß eines antiken Epitaphs, das in den Trümmern von Aventicum, der alten Hauptstadt der Helvetier gefunden wurde, das Hugo in Johannes von Müllers *Geschichten Schweizerischer Eidgenossenschaft* (5 Bde., 1780-1808), der Quelle, die Schillers *Wilhelm Tell* anregte, fand und mit der Anmerkung übersetzte:«diese Inschrift, die Byron weinen und Müller träumen ließ.« (Hugo, *Edition chronologique*, Hg. Jules Massin, Bd. 6, 1839-43 Portefeuille, S. 1138).

Hortus conclusus: abgeschlossener Garten, seit dem 13. und im 15. Jahrhundert besonders ausgeprägt der Bildtypus der Maria im hortus conclusus auf, der auf ihre Jungfräulichkeit und zugleich Fruchtbarkeit hinweist.

Joseph de Maistre: s. Anm. zu S. 26.

591 *Calas:* Jean (1698-1762), französischer Protestant, wurde nach dem Selbstmord seines Sohnes beschuldigt, diesen umgebracht zu haben, weil er angeblich dessen Übertritt zum Katholizismus habe verhindern wollen. Calas wurde zum Tode verurteilt und gerädert. Voltaire hielt 1764 ein berühmtes posthumes Plädoyer für Calas in seiner Schrift *Sur la tolérance*, auf das hin das Urteil nachträglich aufgehoben wurde.

594 *Kislar Aga:* Oberster Eunuch im Serail von Konstantinopel.

Odaliske: weiße Haremssklavin (beliebtes Sujet der Malerei des 19. Jahrhunderts, etwa bei Ingres).

595 *La Barre:* Jean-François Lefebvre (1747-1766), wurde auf die Denunziation eines Mißgünstigen hin der Blasphemie beschuldigt, weil er vor dem Kreuz den Hut nicht abgenommen hatte und beim Singen eines frivolen Liedes über Maria Magdalena gehört worden war und zu einer grausamen Todesstrafe verurteilt. Voltaire protestierte heftig gegen diese Barbarei: »Ein altes Trinklied ist alles in allem nur ein Lied. Es ist das unbekümmert vergossene Menschenblut, die Folter, der Schmerz des Herausreißens der Zunge, der abgehackten

Hand, des Körpers in den Flammen, die furchtbar und abscheulich sind.« – Mit dem Körper des Enthaupteten (man hatte die Strafe etwas »gemildert«) wurde auch ein Band von Voltaires *Dictionnaire philosophique* verbrannt.

Sirven: Pierre-Paul (geb. 1709), Protestant, gegen den 1761 ähnliche Anschuldigungen wie gegen Calas erhoben wurden und dem eine ähnliche Strafe drohte. Auch für ihn traten Voltaire und andere bedeutende Advokaten ein, diesmal mit Erfolg: 1769 wird das Urteil gegen Sirven zurückgenommen und die Familie rehabilitiert.

Tacitus: Cornelius (um 55-um 120), schildert in seinen *Annales* und *Historiae* die Geschichte der römischen Kaiser vom Standpunkt einer pessimistischen Weltsicht.

Nero: Claudius Drusus (37-68): römischer Kaiser seit 54, vergiftete Mutter und Gattin, nahm den (vielleicht von ihm mitverschuldeten) Brand von Rom im Juli 64 zum Anlaß für Christenverfolgungen, die zu grausamen »Schauspielen« im Circus Anlaß gaben (Schilderung bei Tacitus), wurde schließlich vom Senat geächtet, flüchtete und wurde getötet.

Holofernes: der Feldherr des Nebukadnezar im apokryphen *Buch Judith*, dem diese als dem Belagerer ihrer Heimatstadt nachts in seinem Zelt den Kopf abschlägt.

597 *Bos cretatus:* »...führ aufs Capitol einen großen *weißgestrichenen Stier*: man schleppt Seian [den 31 n. Chr. gestürzten Vertrauten des Tiberius] mit dem Haken quer durchs Volk.« (Juvenal, Satiren X,66) – Opfertiere wurden mit weißer Kreide eingerieben.

598 *Fakire, Bonzen, Santons...:* Hugo faßt in dieser Aufzählung das Asketen- und Mönchswesen aller Weltreligionen zusammen.

602 *das Wort »Kraft« durch das Wort »Wille«...:* Schopenhauers *Die Welt als Wille und Vorstellung* erschien erstmals 1819 und 1859 in der erweiterten 3. Auflage.

603 *Marc Aurel:* s. Anm. zu S. 71.

604 *Nehmet, [esset,] das ist mein Leib...:* (Matth. 26,26).

Kaiphas: jüdischer Hohepriester, Vorsitzender des Gerichtshofs, der Jesus verurteilte (Matthäus 26,3,57, Johannes 28, 13ff).

Drakon: (7. Jh. v. Chr.) griechischer Gesetzgeber von sprichwörtlicher Härte und Strenge.

Trimalchio: die Schilderung des »Gastmahls des Trimalchio«, eines dünkelhaften, ungebildeten Emporkömmlings, bildet das Glanzstück des *Satiricon* des Petronius Arbiter (gest. 66 n. Chr.)

Tiberius: Claudius Nero (42 v. Chr.-37 n. Chr.), römischer Kaiser von 14 bis 37 n. Chr., zog sich 26 n. Chr. aus krankhafter Menschenscheu und Verschlossenheit, die despotische Ausmaße annahm und zahlreiche Opfer forderte, auf seine Villa auf Capri zurück.

606 *Thales von Milet:* (um 640-548 v. Chr.), griech. Mathematiker und Philosoph. Diogenes Laertios sagt von ihm in seinem Werk *Über Leben und Ansichten der Philosophen* (3. Jhdt. n. Chr.): »Heraklit überliefert eine Meinung des Clytos, nach der Thales ein zurückgezogenes und einsames Leben geführt hätte.«(I,42)

Deo erexit Voltaire: »Dem Gott errichtet von Voltaire« – Inschrift an der Kirche von Ferney (1770, s. Anm. zu S. 426).

608 *Wie man in ein Kloster kommt:* Ein ebenfalls von Hugo für dieses Kapitel in Erwägung gezogener Titel war: »Jean Valjean hat eine Idee des Carolus Quintus« – womit Hugo auf sein berühmtes Drama *Hernani* (1830) angespielt hätte, in dem König Karl I. von Spanien, der zukünftige Kaiser Karl V. (1500-1558, König ab 1516, Kaiser ab 1519), in das Grab Karls des Großen hinabsteigt und vom leichtlebigen Stutzer zum würdigen Herrscher geläutert daraus hervortritt.

611 *Halb Bürger...:* La Fontaine in *Le Jardinier et son seigneur* (*Der Gärtner und sein Herr, Fabeln* 4,IV):
»Un amateur de jardinage / Demi-bourgeois, demi-manant...«
(»Ein Gartenfreund, nach seinem Stande/Halb Bürger...«).

615 *De profundis«:* Aus der Tiefe (rufe ich Herr zu dir.) Psalm 130,1.

Friedhof Vaugirard: Der Friedhof des Dorfes Vaugirard, das 1860 nach Paris eingemeindet wurde.

619 *Dom Mabillon:* (1652-1707) und Merlonius Horstius (eigtl. Jakob Merlo, 1597-1644) brachten – der erste 1690, der zweite 1641 – Ausgaben der Episteln des Bernhard von Clairvaux heraus.

620 *eine Jansenistin:* Ausgehend vom Kloster Port Royal fand die Jansenistische Lehre in Frankreich im 17. und 18. Jahrhundert insbesondere unter Gelehrten Verbreitung. Im Gegensatz zu ihren Feinden, den Jesuiten, lehrten sie die Vergeblichkeit alles menschlichen Strebens zum Guten: Nur durch die göttliche Gnade könne der Mensch erlöst werden. 1718 wurden die Jansenisten verbannt und zur Flucht in die Niederlande getrieben.

621 *Bérulle:* s. Anm. zu S. 562.

Hanc igitur...: »Dies sei mein Opfer« – Anfangsworte des Gebets zur Hostienweihe
Pius VII: s. Anm. zu S. 62

622 *Der heilige Diodor:* Hier hebt Hugo durch den Mund der Mutter Innocente erneut zu dem an, was Maurice Allem, der Herausgeber der Pléiade-Edition, »eines der Verfahren – und man ist versucht zu schreiben: eine der Posen Victor Hugos« nennt: Der Sturzregen der Gelehrtheit, den Mutter Innocente über den armen Fauchelevent ergießt, trägt natürlich Züge des Selbst-Parodistischen. Hugos Hauptquelle ist an dieser wie an anderen Stellen, an denen der Erzählfaden sich zu solchen Aufknospungen des Enzyklopädischen verdichtet, der *Grand Dictionnaire historique ou le Mélange curieux de l'histoire sacré et profane* (1674, *Großer historischer Diktionär oder allerlei Kuriositäten aus kirchlicher und weltlicher Geschichte*) des Louis Moreri (1643-1680).

624 *Stat crux...:* Das Kreuz steht fest, während die Welt sich dreht.

634 *Austin Castillejo:* Zwar gab es im 16. Jahrhundert einen spanischen Autor namens Cristobal Castillejo, den Mönch Austin Castillejo hat Hugo aber – wie auch die von diesem überlieferte Anekdote um Karl V. – offensichtlich erfunden. Bereits in seinem *Hernani* aber hatte Hugo Karl V. mit dem Motiv einer »Wiedergeburt« durch den Abstieg in ein Grab in Verbindung gebracht (s. Anm. zu S. 608). In Alexandre Dumas' *Comte de Monte-Christo* (1845/46) und Matthew Gregory Lewis' Schauerroman *The Monk* (1796) finden sich Vorbilder zu dieser Episode.

641 *Prytaneum:* Das Prytanée war eine Erziehungsanstalt für Offizierssöhne in Paris.

643 *Qui dormiunt...:* »Die im Staub der Erde schlafen, werden erwachen; die einen zum ewigen Leben, die andern zur immerwährenden Schmach und Schande.« (nach Johannes 5, 28/29) – Dieser Satz, sowie das *de profundis*, gehört nicht zum Beerdigungsritual.
De profundis: s. Anm. zu S. 615.
Requiem aeternam...Et lux...Requiescat...: »Herr, gib ihr die ewige Ruhe und das ewige Licht leuchte ihr. Ruhe in Frieden. Amen.« – Worte der kath. Totenmesse.

654 *de Latil:* Jean-Baptiste-Marie-Anne-Antoine (1761-1839), der Beichtvater von Monsieur, d. h. des Bruders des Königs, war auch Minister, Herzog und Pair von Frankreich sowie einflußreicher Vertrauter des Königs, also Karls X., selbst.

Leo XII.: Annibale della Genga (1760-1829), folgte im Jahre 1823 Pius VII. auf dem Heiligen Stuhl. Wie sein Vorgänger war auch er päpstlicher Nuntius bei Ludwig XVIII. gewesen.

656 *royalistische Assignate:* Assignaten waren Papiergeld, das um 1793 sowohl von republikanischer als auch royalistischer Seite herausgegeben wurde und das – unter anderm auch weil von der jeweils gegnerischen Seite zahlreiche Fälschungen in Umlauf gebracht wurden (siehe Hugo, *Quatrevingt-treize*) – so gut wie wertlos war.

Der Text der abgebildeten Assignate lautet: »Katholisch-königliche Armee: Handelbarer Wechsel/Anleihe über zehn Pfund für der Armee gelieferte Güter – auslösbar im Frieden.«

Jean-Nicolas Stofflet war einer der Anführer der »Mauges«-Armee vom südlichen Loire-Ufer, der zahlreichsten und für die Republik gefährlichsten der Vendée, und wurde 1796 erschossen.

Vendée: von 1793-1796 gab es in dieser westfranzösischen Landschaft zahlreiche Royalistenaufstände.

Chouan: Nach ihrem Anführer Jean Chouan benannte Banden von Königstreuen, in denen sich Adelige, Priester, »revolutionsgeschädigte« Salzschmuggler und Bauern versammelten. (Hugo: *1793*, Balzac: *Les Chouans*, 1829 als *Le dernier Chouan*).

665 *Parvulus:* »das Kindlein« – s. Anm. zu S. 55

homuncio: »der kleine Mann« – ist zwar keine Plautus dezidiert eigentümliche Wendung, die Anleihen bei dem römischen Komödienautor (um 250-184 v. Chr.) sind aber wie die bei dem Satiriker Horaz (65-8 v. Chr.) in folgenden, vom Straßenjungen Gavroche handelnden Kapiteln besonders häufig.

Argot: Gaunersprache, am ehesten noch dem Rotwelsch vergleichbar, die aber weitere Verbreitung in den unteren Schichten findet, als dieses.

666 *Schleicher: le sourd*, »der Taube« hatten auch Victor Hugo und sein Bruder Eugène das »Monster« genannt, das sie in den Gossen suchten (Hugo, Massin I, S. 854).

667 *Talleyrand:* s. Anm. zu S. 144

668 *Mademoiselle Mars:* Anne-Françoise-Hippolyte Boutet (1779-1847), führende, dem gemessenen klassischen Deklamationsstil zuneigende Schauspielerin an der Comédie française, die aber auch in den Dramen der Romantiker – etwa als Dõna Sol in Hugos *Hernani* – reüssierte.

Mantanturlurette: Jargonhafte Wortspielerei, wie sie in den Refrains von Vaudevilles häufig vorkommt.

668 *Rabelais:* s. Anm. zu S. 405

Adamastor: In den *Lusiaden* (1572), dem Epos über die Fahrten des Vasco da Gama des portugiesischen Dichters Luis de Camoes (1524-1580) ist der Riese Adamastor der fürchterliche Wächter des »Kaps der Stürme« (Kap der Guten Hoffnung), der Vasco da Gama an dessen Umschiffung zu hindern trachtet. Dem Theaterfreund Gavroche dürfte Adamastor aber wohl aus Eugène Scribes *L'Africaine* (1842, 2. Fassung 1860 als *Vasco da Gama*) bekannt sein, die Giacomo Meyerbeer zum Libretto seiner 1865 uraufgeführten Oper diente.

669 *Prudhomme:* s. Anm. zu S. 69

Ionier, Böotier: griechische Volksstämme.

currit rota: Horaz, *De arte poetica* XXI,22: »Eine Amphore nahm der Töpfer in Angriff, warum wird daraus, wenn die *Scheibe sich dreht*, nur ein Krüglein?«

Urbis amator wie Fuscus...: Dem Fuscus, *der die Stadt liebt*, sende ich, *der das Land liebt*, meinen Gruß« (Horaz = Quintus Horatius *Flaccus*, *Epistulae* I,10).

670 *La Glacière:* Nachbardorf von Paris.

Cunette: eine der »barrières« (s. Anm. zu S. 507).

Mauer von Grenelle: bis zur Thronbesteigung Napoleons III. Erschießungsstätte der wegen militärischer oder politischer Vergehen zum Tode Verurteilten.

Mont-Parnasse: Ausflugsort mit Marktbuden, Biergärten, Tanz- und Theatersälen.

Mont-Souris: Ausflugsort vor der Barrière Saint-Jacques, ähnlich dem Mont-Parnasse, an dem es zusätzlich noch Windmühlen gab.

Tombe-Issoire: wurde ein bekanntes Haus in Montsouris genannt. Issoire war ein sagenhafter Riese, dessen Grab sich an der Stelle des Hauses befinden sollte.

671 *Pariser Bannmeile:* die »Banlieu« nennt man den Gürtel der Orte, die außerhalb der unter dem Premierminister Thiers 1841 in weitem Ring um die (1860 dann unter Hausmann eingemeindeten) Vororte errichteten Festungsmauer lagen.

674 *Barbier:* Edmond-Jean-François, Autor eines Tagebuchs aus der Zeit Ludwig XV. – *Journal historique et anecdotique du règne de Louis XV*. Paris 1847-1856, 4 Bde.

674 *Claude Gueux:* Roman Victor Hugos (s. Anm. zu S. 111). Von seinem Titelhelden hatte er dort gesagt: »Nichts vermochte zu verhindern, daß dieser dienstälteste Straßenjunge [gamin des rues] zu Zeiten den Geruch des Pariser Rinnsteins an sich

trug.« – Ob das Wort *gamin*, das ursprünglich einen Laufburschen bezeichnete, hier tatsächlich zum ersten Mal gedruckt erschien, und ob es wirklich »Entrüstung« hervorrief, sei dahingestellt. Zumindest zeigt Hugo hier erneut, wie bei dem Ausspruch des Cambronne (S. 404 u. Anm.), daß er gewillt ist, den »Elenden unter den Wörtern« einen Platz in der Literatur zu verschaffen.

675 *Grèveplatz:* s. Anm. zu S. 507.

Sanson: In der Familie Sanson wurde der Beruf des Henkers von 1688-1847 jeweils vom Vater an den Sohn weitervererbt.

Abbé Montès: Gefängnispfarrer unter der Restauration und der Julimonarchie.

Lacenaire, Dautun, Papavoine, Tolleron, Avril, Delaporte, Castaing, Jean-Martin, Lecouffé und seine Mutter waren Verbrecher, zumeist Mörder, die in der ersten Hälfte der 20er Jahre hingerichtet wurden (mit Ausnahme Lacenaires, der bei der Hinrichtung Dautuns 15 Jahre alt war und selbst 1835 wegen Mordes aufs Schafott kam.) Es handelt sich bei diesen Hinrichtungen insgesamt um Jugenderinnerungen Hugos. Zu Castaing: s. Anm. zu S. 155. Siehe auch die Kapitel XI und XII von: *Der letzte Tag eines Verurteilten.*

676 *Louvel:* Mörder des Herzogs von Berry (s. a. Anm. zu S. 743) im Jahre 1820.

Bories: einer der vier Sergeanten von La Rochelle, die 1822 eine republikanische Verschwörung anzettelten und hingerichtet wurden.

die eleusinische Melopöie bei den Panathenäen: kultische Melodien, die bei der Prozession am Hauptfest zu Ehren der Athene vorgetragen wurden (Darstellung auf dem Parthenonfries).

677 *Evoe:* griechischer Jubelruf.

Birne: Der »Bürgerkönig« Louis-Philippe wurde insbesondere in den Karikaturen des 1832 gegründeten Witzblattes *Charivari* aufgrund der Form seines Kopfes üblicherweise als Birne dargestellt. Im *Charivari* war am 28. April 1833 auch eine Karikatur von Joseph Charles J. Traviès erschienen, die das Vorbild zu der hier geschilderten Episode gegeben haben mag: ein zerlumpter Gassenjunge, der, frech pfeifend, mit einem Stück Kohle eine Birne an eine Mauer schmiert.

678 *Poquelin:* Jean (1595-1669), der Vater Molières, Teppichhändler, erwarb 1633 ein Haus bei den Hallen.

Beaumarchais: Pierre Augustin Caron de (1732-1799): Hom-

me d'esprit und Abenteurer, der als Verfasser der drei Figaro-Komödien Berühmtheit erlangte.
des gallischen Geistes: s. Anm. zu S. 405, Rabelais.
Camille Desmoulins: (1760-1794) Journalist und Revolutionär, hatte 1789 durch seinen Aufruf zum bewaffneten Widerstand den Sturm auf die Bastille ausgelöst, forderte 1793 als Verbündeter Dantons, dem Blutvergießen ein Ende zu machen, einen Begnadigungsausschuß zu schaffen und zweihunderttausend Verdächtige freizulassen und wurde wie jener aus der Jakobinerpartei ausgeschlossen und hingerichtet.
Championnet: (1762-1800) In Valence, nicht in Paris geborener Revolutionsgeneral, setzte bei der neapolitanischen Geistlichkeit durch, daß das Wunder des heiligen Januarius (s. Anm. zu S. 154) sich trotz der Präsenz der französischen Armee auch im Jahre 1799 wie gewöhnlich ereignete.
Als Kind pflegte er allerdings nicht Kirchenportale unter Wasser zu setzen, sondern Hugo persifliert an dieser Stelle einen Vers aus Racines *Athalie* (I,1): »il avait, tout petit, *inondé les portiques* de Saint-Jean-de-Beauvais...« (also etwa: »als kleiner Junge hatte er die Portale von ... umflutet«). Bei Racine heißt es:
»Du temple, orné partout de festons magnifiques, / Le peuple saint en foule inondait les portiques.«
(Des Tempels Portale, mit prachtvollem Schmucke behangen, umflutete die Masse des gläubigen Volkes.)
In der Kirche Saint-Étienne-du-Mont neben der Abtei Sainte-Geneviève, in der die Gebeine der heiligen Genoveva aufbewahrt wurden, befindet sich das Grab Racines.
Bara: Joseph (1779-1793), fiel im Alter von dreizehn Jahren auf Seiten der Republikaner im Krieg in der Vendée. (Statue von David d'Angers 1839 – s. Anm. zu S. 682).
679 *Ecce Paris...:* s. Anm. zu S. 314.
Graeculus: ein »Griechlein« – ironische Bezeichnung für die griechischen Rhetoren und Philosophen in Rom.
Plafond: Deckenmalerei in der häufig in allegorischer Weise ein ganzer Weltzusammenhang dargestellt wird (z. B. die Decke von S. Ignazio in Rom von Andrea Pozzo (1642-1709), auf der die vier Weltteile den *Einzug des Heiligen Ignatius in das Paradies* bezeugen).
680 *Gemonien:* Treppe am Aventinischen Hügel, von der in Rom die Hingerichteten mit Haken in den Tiber hinabgeschleift wurden.

Majo: andalusischer Stutzer, der, sich der Wahrung traditioneller Bräuche verpflichtend, die prächtig-pittoreske Nationaltracht trägt (männliches Gegenstück zur Maja). Bereits Gautier bedauerte bei seiner Reise durch Spanien 1836, daß man nur noch wenige von ihnen sähe.

Diskobol Vejanus: möglicherweise der Gladiator Vejanus, von dem Horaz spricht (Epistulae I,1,4): »Auch Vejanus hat seine Waffen im Herkulestempel an den Pfeiler gehängt und birgt sich in ländlicher Stille«.

Therapontigonus Miles: wie die meisten der folgenden lateinischen Namen der einer Figur aus der plautinischen Komödie. Andere sind den Horazischen Satiren entnommen.

Quis properantem...: Wer ergreift mich eilenden am Mantel? – Im *Epidicus* des Plautus die Worte des Sklaven Thesprion, als der Sklave Epidicus ihn in der Eröffnungsszene aufhält.

681 *Mayeux:* Figur des Karikaturisten Traviès (s. a. Anm. zu S. 677) – bucklig (wie Äsop), dünnwadig, an den langen Armen stets den Regenschirm mit sich führend.

Lenormand: Marie-Anne-Adélaïde (1772-1843), berühmte Wahrsagerin.

Le Constitutionel: liberal-monarchistisches Blatt, das seit der Restauration bestand.

Chodruc Duclos: (1780-1842), Exzentriker, der sich im Krieg in der Vendée und in Auseinandersetzungen mit der napoleonischen Polizei als glühender Royalist erwiesen hatte und unter der Restauration entsprechende Belohnung in Form eines Marschalltitels erwartete, der ihm aber nicht verliehen wurde. Daraufhin zog er jeden Morgen vor das Palais Royal um seinen Protest kundzutun und wurde mit seinem langen Bart und seiner grotesken Aufmachung ein stadtbekanntes Kuriosum.

Contra Gracchos...: »Gegen die Gracchen [die Volkstribunen Gajus Sempronius und Tiberius, um 130 v. Chr., s. Anm. zu S. 748] haben wir den Tiber. Den Tiber trinken, heißt den Aufstand vergessen.«

Basilio: der honigsüße Heuchler und Verleumder aus Beaumarchais' (s. Anm. zu S. 678) Figarokomödien.

»Schluckauf« des Priapus: Horaz, Satiren I,8. 1818 unter dem Titel *Priape* von Hugo übersetzt:

»Un long bruit, par la peur chassé de ma vessie, / S'échappe avec effort, sous ma cuisse durcie; / Le bois s'en fend. Alors, oh! si vous aviez vu / Fuir le couple tremblant, à ce bruit imprévu, / Tomber les fausses dents, la chaudière sonore, / Oui, vous en auriez ri comme j'en ris encore!« (»Ein langer Laut, von der Not aus dem Bauch mir gejagt, entwischt mit Macht mir unter dem gespannten Schenkel, daß schier das Holz zerbirst. Oh! hättet ihr da das bibbernde Pärchen laufen gesehen, vor dem unversehenen Schlag, die falschen Zähne, den summenden Kessel fallen, ja ihr hättet drüber gelacht, wie ich noch jetzt.« – Priapus: s. Anm. zu S. 160.)

682 *Ball Mabille:* 1840 von dem Tanzlehrer Mabille gegründetes Ballhaus.

Mutter Saguet: Besitzerin eines Wirtshauses am Montparnasse, Treffpunkt von Schriftstellern und Künstlern, das auch Victor Hugo besuchte.

David d'Angers: Pierre Jean (1788-1856), republikanischer Bildhauer, Freund Hugos, der allegorische Darstellungen der »Freiheit« oder des »Vaterlandes« (im Panthéon), aber auch Monumentalbüsten berühmter Männer wie Tieck und Goethe schuf.

Ramponneau: Wirt einer bei Theaterleuten beliebten Schenke.

683 *Ballhausschwur:* Am 20. 7. 1789 schworen die Abgeordneten des dritten Standes im Pariser *Jeu de Pomme*, dem Ballhaus, sich nicht zu trennen, bis sie dem Land eine Verfassung gegeben hätten.

Nacht des 4. August: 1789, Abschaffung aller ständischen Sonderrechte durch die Nationalversammlung.

684 *Fiat lux:* s. Anm. zu S. 41.

685 *Fex urbis:* Fex urbis, lex orbis – der Abschaum der Stadt ist das Gesetz des Weltkreises.

Burke: Edmund (1729-1797) äußerte sich in seinen *Reflections on the Revolution in France* (1790) entschieden gegen die Französische Revolution.

689 *Rue Boucherat...:* Straßen im Marais, dem bereits seit den Zeiten des Henri IV bevorzugten Wohnviertel des Adels – wurden später zur Rue Turenne zusammengefaßt.

Temple: ehemaliges Konvent der Tempelritter, diente in der Revolution als Gefängnis.

691) *Vivonne:* Louis-Victor de Rochechouart, Comte, später Duc de (1636-1688), seit 1665 oberster Kapitän der Galeeren, stieg bis zum Gouverneur und Vizekönig von Sizilien auf (1675), war auch belesener und geistreicher Freund Boileaus und Molières.

692 *Incroyablen des Direktoriums:* die Zeit des Direktoriums (1795-

1799) war dank des wohlfeilen Erwerbs des Besitzes des Klerus und der emigrierten Aristokratie durch das Bürgertum, das nun im »Rat der Fünfhundert« die Verhältnisse in die Hand nahm, eine Zeit des Luxus, die jene Modenarren, die »Incroyables« (»Unglaubliche«, s. a. Anm. zu S. 1147, *Garat*) hervorbrachte.
Camargo: Marie-Anne du Cupis (1710-1770), Tänzerin an der Pariser Oper von 1726-1751.
La Sallé: ebenfalls Tänzerin an der Pariser Oper (seit 1727), von Voltaire bewundert und gefördert.
Guimard: Marie-Madelaine (1743-1816), seit 1762 Tänzerin an der Oper, nahm im Juli 1789 Abschied von der Bühne und von ihren Amouren und heiratete den Tänzer und Dramatiker Jean-Étienne Despréaux.

693 *Frau von Boufflers:* Catherine de Beaumont-Craon, die geistreiche und hinreißende Mutter des Dichters Stanislas de Boufflers und gerüchteweise Geliebte des exilierten Königs von Polen (s. Anm. zu S. 752). Sie starb 1817.
Corbière: Auguste-Joseph-Guillaume, Comte de (1766-1853), Innenminister von 1822 bis 1828.
Humann: Jean-Georges (1780-1842), einflußreiches Mitglied der Partei der Doctrinaires (s. Anm. S. 720), Finanzminister von 1832 bis 1836 und erneut seit Oktober 1840.
Casimir Périer: (1777-1832), unter Louis-Philippe Minister ohne Ressort, später Ministerpräsident, vertrat den rechten Flügel der Deputiertenkammer. Unter dem Ministerium Périer (März 1831-Mai 31) wurde die Politik in deutlich konservative Bahnen gelenkt, gegen die zahlreichen republikanischen Aufstände dieser Zeit wurden scharfe Maßnahmen ergriffen.
Herzog von Nivernais: Louis-Jules Mancini-Mazarin (1716-1798), bekannter Homme-galant und Schauspieler. Die Grafschaft Nivernais (französisch Nevers) war von 1659 bis 1789 in Besitz der Familie des Neffen des Kardinal Mazarin, Mancini.
blaues Ordensband: das *cordon bleu*, Abzeichen der Ritter vom Heiligen Geist.

694 *Panazee:* Allheilmittel.

697 *Silvae sunt…:* Vergil, Bucolica IV,3: Si canimus silvas, *silvae sunt…*: Singen wir Wälder, *so sei'n des Konsuls würdig die Wälder.*

698 *Faubourg Saint Germain:* wie das Marais von der Aristokratie bevorzugtes Wohnviertel, das aber erst zu Beginn des 18. Jahr-

hunderts um den Invalidendom herum entstanden war und unter Ludwig XVI. Wohnort der eleganten Welt wurde, während das Marais mit seinen nach der Straße durch hohe Mauern sich verschließenden Stadt-Hôtels des 17. Jahrhunderts ehrwürdige Zurückhaltung ausstrahlt.

699 *Cant:* gewohnheitsmäßig heuchlerisches, scheinheiliges Benehmen, das zum Klischeebild der englischen Miss im 19. Jahrhundert gehörte.

702 *Bengy-Puy-Vallée:* Philippe-Jacques de (1743-1823), royalistischer Politiker und politischer Theoretiker, Verfasser eines *Essai sur l'état de la Société religieuse en France et sur ses rapports avec la Société politique depuis l'établissement de la Monarchie jusqu'à ce jour* (Paris 1820, *Über die religiöse Gesellschaft in Frankreich und ihre Verbindungen zur politischen Gesellschaft von der Einführung der Monarchie bis heute*).

Mesmer: Franz Anton (1734-1815), Begründer einer Lehre vom »tierischen Magnetismus« und der Anwendung magnetischer Felder zu Heilzwecken, die im späten 18. und frühen 19. Jahrhundert Furore machte und weitverbreitete Mode war.

703 *Föderierte:* die Truppen der französischen Republik.

weiße Fahne: Banner der Royalisten.

Dessolles: Jean-Joseph-Paul-Auguste (1767-1828): Ludwig XVIII. hatte den unter der Republik und dem Kaiserreich zum General aufgestiegenen Dessolles zum Präsidenten des Nationalrats ernannt, welches Amt er bis 1819 innehatte. Der Herzog von Decazes (1780-1860), der Dessolles' Nachfolger wurde, war bis dahin in dessen Kabinett Innenminister, der Graf von Deserre (eigtl. de Serre, 1776-1824) Justizminister.

Damas: Anne-Hyacinthe-Maxence, Baron (1786-1862), war Soldat unter Napoleon gewesen und trat 1824 vom Posten des Kriegsministers zurück, den er nur ein Jahr innegehabt hatte, weil er das Vorgehen der Regierung gegen ehemalige Militärs des Empire für ungerecht hielt; übernahm dann Chateaubriands Posten im Außenministerium.

Sabran: Elzéar-Louis-Marie, Comte de (1774-1846), hing zwar den Ideen der Revolution an, ging aber mit dem Dichter Stanislas de Boufflers in die Emigration nach Berlin, kehrte 1799 unter Napoleons Konsulatregierung zurück und verließ Frankreich erneut, um Madame de Staël zu begleiten, als diese 1802 verbannt wurde. Erst zur Zeit der Restauration kehrte er endgültig in seine Heimat zurück.

Gouvion-Saint-Cyr: Lambert (1764-1830): Kriegsminister unter Dessolles.

704 *Fualdés-Prozeß:* die Ermordung des Fualdés, der unter dem Kaiserreich Richter gewesen war, am 20. März 1817 war einer der aufsehenerregendsten Kriminalfälle der Restauration. Die beiden mutmaßlichen Mörder Bastide und Jausion wurden am 3. Juni 1818 exekutiert.

Lamothe-Valois: Marc-Ambroise-Nicolas de la Motte-Valois (1754-1831): hatte sich 1786 mit der Gräfin Lamothe und dem Abenteurer und Scharlatan Cagliostro in der berühmten Halsbandaffäre kompromittiert. (Man hatte dem Kardinal Prinz Rohan vorgetäuscht, er könne die Gunst der Königin durch ein kostspieliges Halsband zurückerkaufen. Die Juwelen, die Rohan erstand, schickte die Gräfin aber nach England.) Daraufhin floh er nach England und wurde in Abwesenheit verurteilt. Von der Revolution hatte er sich Begnadigung erhofft und war zurückgekehrt: Sein Gesuch wurde jedoch abgelehnt und er 1793 verhaftet. Der 9. Thermidor (27. 7. 1794, Sturz Robespierres) rettete ihn. Unter der Restauration »bestrafte« er den Agenten des Wohlfahrtsausschusses, der seine Verhaftung betrieben hatte durch eine geschickt eingefädelte Verleumdung.

Marigny: Abel-François Poisson, Marquis de (1727-1781), wie seine Schwester, die Marquise de Pompadour, aus einfachen Verhältnissen stammend und durch deren Einfluß als Geliebte Ludwigs XV. zum Marquis befördert.

Soubise: Charles de Rohan, Prince de (1715-1787), Pair und Marschall von Frankreich. (Vater des auf S. 576 erwähnten Rohan).

Dubarry: Guillaume du Barry machte durch Heirat die unehelich geborene Jeanne Vaubernier zur Madame Dubarry, die durch eine Intrige ihres Schwagers Jean du Barry zur Nachfolgerin der Pompadour als Maitresse Ludwigs XV. wurde.

705 *Valois:* Herrschergeschlecht, das zwischen 1328 und 1589 den französischen Thron innehatte.

König von Preußen: Friedrich Wilhelm III. (1770-1840, König von Preußen seit 1777).

Courrier français: s. Anm. zu S. 484.

Talleyrand: s. Anm. zu S. 144.

Brigant von der Loire: nach der Niederlage von Waterloo hatte sich die Armee des napoleonischen Marschalls Davout an die Loire zurückgezogen. Die Hälfte seiner Truppen desertierte, als man ihn die weiße Kokarde zu tragen drängen wollte. Mit der Bezeichnung »brigand de la Loire« wurden alle ehemaligen Soldaten des Kaiserreichs bedacht, die Napoleon die Treue zu halten verdächtigt wurden.

706 *Eines der roten Gespenster...:* Das Pamphlet eines Auguste Romieu: *Le Spectre rouge de 1852* (*Das rote Gespenst von 1852*) sollte die Angst vor dem Sozialismus in der öffentlichen Meinung schüren, und den Staatsstreich Napoleons III. rechtfertigen. (s. a. Anm. zu S. 521 und S. 527).

707 *Soulange-Bodin:* Étienne (1774-1846): Diplomat des Kaiserreichs, der sich nach 1815 botanischen Studien widmete und eine Schule für Theorie und Praxis des Gartenbaus gründete.

Moniteur: s. Anm. zu S. 43.

Speyer, Worms, Neustadt...: Siege der Rheinarmee unter Custine im Oktober 1793.

Kléber: Jean-Baptiste (1753-1800), General, schlug im Dezember 1794 die »Katholische und Königliche Armee« in der Vendée nieder.

708 *Joubert,* Barthélemi-Catherine (1769-1799): General der Republik an der Spitze der italienischen Armee.

Schlacht von Lodi: 1796, Sieg über die Österreicher.

709 *Eylau:* südlich von Königsberg gelegener Ort, bei dem Napoleon am 8. Februar 1807 die verlustreichste Schlacht seines Lebens schlug: von 65000 Mann blieben mehr als die Hälfte auf dem Schlachtfeld zurück. In La *Légende du siècle* (1874) hat Hugo den Bericht seines Onkels in Alexandriner gesetzt.

710 *Kantonnements:* Truppenunterkunft (s. Anm. zu S. 705).

Hudson Lowe: (1769-1849), Gouverneur von St. Helena und Überwacher Napoleons.

Flaminius: Gaius, römischer Volkstribun aus plebejischer Familie, fand den Tod am Trasimenischen See, wo er 217 v. Chr. Hannibal unterlag.

713 *Requiescant:* Mögen sie ruhen (in Frieden), Teil des Beerdigungsrituals.

714 *Unter diese Gespenster...:* Abermals eine der Hugoschen Aufzählungsketten, in der er Namen nennt, die in der Restaurationszeit mehr oder weniger von sich Reden machten.

Trestaillon: einer der Anführer der *Terreur blanche,* des »weißen Terrors«, gegen die Anhänger Napoleons im Jahre 1815 in Südfrankreich.

715 *Clermont-Tonnerre:* Anne-Antoine-Jules de (1749-1830): seit 1820 Erzbischof, ab 1822 Kardinal von Toulouse. Resoluter

und unduldsamer Gallikaner (s. Anm. zu S. 58), der damit selbst dem König unbequem wurde.

Conservateur: ultraroyalistische Zeitschrift, wurde von Oktober 1818 bis März 1820 von Chateaubriand und Lamenais herausgegeben.

von den vierzig Unsterblichen...: die Mitglieder der Académie française.

716 *Père Duchesne:* s. Anm. zu S. 58.

Beugnot: Jacques-Claude, Comte de (1761-1835): war 1789 Deputierter in der gesetzgebenden Versammlung gewesen, unter der Schreckensherrschaft verhaftet, nach der Hinrichtung Robespierres aber befreit worden. Hatte im Kaiserreich und während der Restauration hohe Ämter inne und ist Verfasser von Memoiren, die interessanten Einblick in die französische Geschichte von der Revolution bis zur Restauration geben.

717 *die Fronde:* Erhebung des französischen Feudaladels gegen die absolutistische Zentralisierung der Macht in der Person des Königs Ludwig XIV., die 1658 endgültig niedergeschlagen wurde.

718 *Villèle:* s. Anm. zu S. 428.

cidevants: vormalige Adlige.

719 *Fontenoy:* Ort in Belgien, 1745 Sieg der Franzosen über Engländer und Holländer im Österreichischen Erbfolgekrieg.

Marengo: Mit dem Sieg in Marengo eroberte Napoleon 1800 Italien zurück.

Scapin: Figur des witzigen, erfinderischen, intriganten geschwätzigen und lügnerischen Dieners der Commedia dell' Arte, wurde durch Molière in die französische Komödie eingeführt (*Les Fourberies de Scapin*, 1671, *Die Schurkereien des Scapin*).

Martainville: Alphonse-Louis-Dieudonné (1776-1830), Schauspieler und Dichter, Gegner der Revolution, der dem Tribunal dennoch entkam, weil einer der Geschworenen ihn deckte. Anhänger Napoleons im Kaiserreich, sah ihn die Restauration als glühenden Royalisten wieder. Gründete *le Drapeau blanc* (s. Anm. zu S. 349). Er ist auch Autor eines witzigen Märchenstücks *le Pied de mouton* (»Der Hammelfuß«) das lange Zeit berühmt war.

Fiévée: Joseph (1767-1839), Journalist, Dramatiker und Romancier, berühmt durch seinen Roman *Le Dot de Suzette* (»Suzettes Mitgift«). Präfekt unter dem Kaiserreich, hielt er sich unter der Restauration von der Politik fern, schrieb aber nach der Julirevolution im oppositionellen *Le National.*

Agier: gehörte nach der Julirevolution zur Partei des Duc d'Orléans (also des Louis-Philippe).

Colnet de Ravel: Charles-Jean-Auguste Maximilien de (1768-1832), führte seit 1797 in Paris eine Buchhandlung, gab eine Zeitschrift: *Mémoires secrets de la République des Lettres ou Journal de l'Opposition littéraire (Geheime Abhandlungen aus der literarischen Republik oder Journal der literarischen Opposition)* heraus, die von der Revolutionszensur verboten wurde, schrieb Satiren, gründete im Kaiserreich das *Journal des Arts, des Sciences et des Lettres*, das bis 1814 erschien. Seine Buchhandlung war royalistischer Treffpunkt. Unter der Restauration wurde er Chefredakteur der *Gazette de France.* Einige seiner Artikel hat er in der zweibändigen Sammlung *L'Hermitte du faubourg Saint-Germain, observations sur les moeurs et les usages des Parisiens au commencement du XIXe siècle* (Paris 1815: *Der Eremit vom Faubourg Saint-Germain, Bemerkungen über die Sitten und Gebräuche der Pariser zu Beginn des 19. Jahrhunderts*) herausgegeben.

Doktrinäre: von Royer-Collard begründete politische Richtung, deren Zeitung der *Courrier français* (s. Anm. zu S. 484) war. Der Journalist Taxile Delord sagte über sie: »Die Schule der Doktrinäre analysiert die Tatsachen und weist nach, daß sie, allein dadurch, daß sie sich ereigneten, auch notwendig waren. [...] Der Fehler der Doktrinäre ist, die Revolution für unfähig zur Freiheit zu halten, weil es ihr nicht gelungen ist, sie mit dem ersten Anlauf zu errichten.« (nach Larousse, *Dictionnaire du XIXeme siècle*).

720 *5. September:* Die Septembermorde vom 2.-5. September 1792, bei denen die Sansculotten die Kerker stürmten und wahllos jeden umbrachten, der ihnen unters Messer geriet: eidverweigernde Priester, Aristokraten oder Kriminelle, bildeten den Anfang der Terreur im Jahre 1793.

8. Juli 1815: zweite Rückkehr Ludwigs XVIII. nach Paris nach den »100 Tagen«.

Vaublanc: Vincent-Marie Viénot, Comte de (1756-1845), Innenminister unter Ludwig XVIII.

Bouvines: 1214, der französische König Philipp II. besiegt den welfischen Kaiser Otto IV., Festigung der französischen Königsmacht.

sie betreffen seine Mutter: Hugos Mutter Sophie, geb. Trébuchet (1772-1821), liebte ihren Mann Léopold Hugo (1773-1828), den herrischen General der Revolution und des Kaiserreichs, wenig. Früh kam es zum Zwist im Elternhaus des Dichters, beide Partner hatten außereheliche Beziehungen, die Mutter zu dem General Lahorie, mit dem gemeinsam sie sich der royalistischen Untergrundbewegung anschließt. Die Überzeugungen seiner »vendéeischen Mutter« übernahm auch der junge Victor, der im Vater nur den Haustyrannen sah. Zu einer Versöhnung zwischen diesem und seinem Sohn kam es erst 1823.

727 *Moniteur:* s. Anm. zu S. 43.

Memorial von Sankt Helena: Mémorial de Sainte-Hélène ou Journal où se trouve consigné jour par jour, tout ce qu'a dit et fait Napoleon pendant dix-huit mois (1823, 8 Bde.) von La Cases, der Napoleons Sekretät auf Sankt Helena war. Walter Scott sagte darüber: »Die Bewunderung für seinen Helden ist so groß, daß man mitunter meinen könnte, er habe keine genaue Vorstellung von Gut und Böse, so sehr ist er bereit, alles, was Napoleon sagt oder tut gleichbleibend gut zu finden.« Das Mémorial trug mit den Napoleonischen Gesängen Bérangers (s. Anm. zu S. 940) und Thiers Geschichte des Konsulats und des Kaiserreichs (s. Anm. zu S. 369) zur Bildung des Napoleon-Mythos bei, der den Weg zum Staatsstreich des Louis-Napoléon und seinem 2. Kaiserreich ebnete.

730 *Tiberius:* s. Anm. zu S. 604.

Talma: François-Joseph (1763-1826), einer der größten Tragöden des französischen Theaters, Parteigänger der Revolution, Freund Marats und Dantons, bewunderter Schützling Napoleons, der ihn 1808 auswählte, vor einem Auditorium mit fünf Königen Voltaires *La Mort de César* zu spielen. Talma versuchte gegenüber dem aus dem absolutistischen Zeremoniell herrührenden Deklamationsstil der französischen Tragödie eine natürliche Spielweise durchzusetzen.

Giftmörder von Jaffa: als General Bonaparte 1799 nach der Eroberung von Jaffa den Rückzug antreten mußte, verbreitete sich unter seinen Truppen eine Pestepidemie. Angeblich hat er, um den Rückzug zu beschleunigen, die Erkrankten vergiften lassen.

732 *Jakobiten:* christl. Sekte der syrischen Monophysiten – erkannten Christus nur eine, die gottmenschliche Natur zu.

733 *Géronte:* der lächerliche Alte bei Molière. In den *Fourberies de Scapin* (1671) heißt es von ihm: »... obwohl er geizig bis zum Letzten ist, braucht's bei ihm nicht vieler Umstände [um ihn zu betrügen], denn Ihr wißt, was den Geist angeht, den hat er,

Gott sei's gedankt, nicht im Übermaß; und ich halte ihn für einen Menschen, den man glauben machen kann, was man will...« (II,7).

737 *Dueña:* Insbesondere durch Alain-René Lesage hatte das 18. Jahrhundert die pikareske und komische Literatur Spaniens entdeckt. In seinem *Diable boiteux* (1709, *Der hinkende Teufel*) beispielsweise spielt der Typus der mit strengster Überwachung mädchenhafter Unschuld betrauten Dueña, die ihre Position durch Kuppelei zur Quelle zusätzlicher Einkünfte mißbraucht, eine bedeutende Rolle.

743 *Berry:* Charles, Duc de (1778-1820), Sohn Karls X. und Thronfolger, 1820 ermordet. Natürlich er, nicht Louis-Philippe gilt dem »Ultra« Gillenormand als rechtmäßiger König von Frankreich.

746 *Tugendbund:* 1808 gegründete Gesellschaft, die nach der Niederlage durch Napoleon die »sittliche Erneuerung« Preußens forderte und im Geheimen gegen die französische Fremdherrschaft kämpfte, wurde 1809 verboten und bestand illegal weiter.

Carbonari: italienische Geheimgesellschaft für die Unabhängigkeit Italiens, 1806 gegründet.

Cougourde: provenzalisch: Kürbis, kleine Geheimorganisation unter der Juli-Monarchie.

Castratus ad castra: »der Kastrat im Heerlager«, Narses (472-568), Eunuch am Hofe von Konstantinopel, wurde oberster Feldherr unter Justinian I, vertrieb die Goten aus Italien.

Barbari et Barberini: »Quod non fecerunt Barbari, fecere Barberini – »Was die Barbaren nicht taten, vollbrachten die Barberini«: die Barberini, eine der mächtigsten Familien im Rom des 17. Jahrhunderts entnahmen den antiken Monumenten zahlreichen Schmuck zur Verschönerung ihrer Paläste.

Fueros y Fuegos: »Fueros (Sonderrechte und Freiheiten gewisser Bezirke in Spanien) und ein Feuer im Herd«.

Tu es Petrus...: s. Anm. zu S. 166.

747 *Antinous:* Liebling des Kaisers Hadrian, als Inbegriff der Jünglingsschönheit in zahlreichen Statuen verewigt.

748 *Gracchus:* Die beiden Gracchen, Volkstribunen aus einem Plebejergeschlecht, bemühten sich um die Förderung des bedrohten Bauernstandes auf Kosten der Vormachtstellung des Adels. Tiberius Sempronius Gracchus (162-133 v. Chr.) handelte als Volkstribun mehrfach gegen die Verfassung und wurde von gegnerischen Senatoren erschlagen, sein Bruder

Gajus Sempronius Gracchus (153-121 v. Chr.) knüpfte an sein Werk an.

Saint-Just: Louis-Antoine de (1767-1794), glühender Jakobiner und Freund Robespierres. Hugo nennt ihn als Typus des fanatisch idealistischen Jünglings (wie er auch in Büchners *Dantons Tod* auftritt).

Euadne: die überaus schöne Euadne verschmähte Apoll, der sie liebte, denn ihr Herz gehörte Kapaneus; als dieser im Kampf der Sieben gegen Theben fiel und sein Leichnam verbrannt wurde, stürzte sie sich in den brennenden Scheiterhaufen.

Aristogeiton und Harmodios: zwei adelige Athener, die 514 v. Chr. Hipparch, den Sohn des Tyrannen Peisistratos ermordeten, weil er die Schwester des Harmodius verführt hatte.

Chérubin: in Beaumarchais' (s. Anm. zu S. 678) *Le Mariage de Figaro* der knabenhafte Liebhaber aller Frauen, den aber eigentlich erst Mozart zu dem flirrenden androgynen Amorknaben machte, in dem irdische und himmlische Liebe verschmelzen.

Cherub des Hesekiel: »gestaltet wie vier Tiere, und dieselben waren anzusehen wie Menschen; und ein jegliches hatte vier Angesichter und vier Flügel.« Hesekiel 1,5-10.

749 *Condorcet:* Marie-Jean-Antoine-Nicolas Caritat, Marquis de (1743-1794), Mathematiker, Politiker und Philosoph aus dem Kreis der Enzyklopädisten, betrachtete unter dem Einfluß der Physiokraten die Gesellschaft unter naturwissenschaftlichen Gesichtspunkten, unterstützte im Nationalkonvent erst Danton, dann die Girondisten, als Anhänger dieser verhaftet, vergiftete er sich im Gefägnis.

Homo et vir: Mensch und Mann.

Arago: Dominique-François (1786-1853), Physiker und Astronom, Direktor des Observatoriums in Paris.

Geoffroy Saint-Hilaire: Étienne (1772-1844), Zoologe, vertrat die Lehre vom analogen Aufbau verschiedener Organismen und die Abstammungslehre.

Saint-Simon: Claude-Henri, Comte (1760-1825), Sozialist, forderte ein Bündnis der »produktiven Klassen«: Arbeiter, Fabrikanten, Landwirte.

Fourier: Charles (1772-1837), s. Anm. zu S. 102.

Puységur: Jacques de Chastenet, Marquis de (1752-1825), Anhänger und Schüler des Magnetisten Mesmer (s. Anm. zu S. 702).

Deleuze: Joseph-Philippe François (1755-1835), ebenfalls Magnetiseur.

750 *Polytechnische Schule: Ecole polytechnique*, 1795 als vorbereitende Schule für Ingenieursstudiengänge gegründet, zog bedeutende Gelehrte an, ihre Schüler waren zumeist republikanisch gesinnt.

Miasma: Ausdünstung aus organischer Materie, die für Infektionen verantwortlich gemacht wurde.

751 *Washington:* George (1732-1799), Begründer der Unabhängigkeit und erster Präsident der Vereinigten Staaten von Amerika.

Danton: s. Anm. zu S. 406.

Chénier: André (1762-1794), Anhänger der Revolution, Gegner des Terrors, 13 Tage vor Robespierre hingerichtet. Bedeutendster Dichter des Revolutions-Klassizismus: am antiken Vorbild orientierte Form verbindet sich mit Unmittelbarkeit des Erlebnisses und der Empfindung. Im Gefägnis schrieb er sein berühmtestes Gedicht: *La jeune captive (Die junge Gefangene).*

Corneille: Pierre Corneille (1606-1684), der »romantischere« der beiden klassischen Dichter, dessen Dramen noch mehr vom Geist der vorklassischen Haupt- und Staatsaktionen tragen als die Racines.

Aubigné: Théodore-Agrippa d' (1552-1630), Historiker und Dichter, überzeugter Calvinist, nach dem Tod Heinrichs IV. (1610) Verfolgungen ausgesetzt, emigrierte er nach Genf. Sein Hauptwerk ist das religiös-politisch-satirische Epos *Les tragiques* (1616), in dem der Kampf der Konfessionen als Ringen zwischen Gut und Böse in erschütternden Bildern geschildert wird, die in einer apokalyptischen Vision des Gerichts gipfeln. Théophile Gautier (1811-1872) hatte in seinen *Grotesques* (1844) die Autoren der Zeit Ludwigs XIII. als unklassische Schilderer bunt-abenteuerlicher Begebenheiten für die französische Romantik wiederentdeckt.

752 *Griechenland:* die 1814 beginnende griechische Befreiungsbewegung gegen die türkische Oberherrschaft und die Unabhängigkeitserklärung von 1822 entfachte Begeisterung in ganz Europa.

Polen: der Wiener Kongreß hatte 1814/15 Polen der Oberherrschaft des russischen Zaren unterstellt. 1830 kam es zum Aufstand, nach dessen Niederschlagung Rußland sich Polen ganz einverleibte.

Ungarn: Ab 1826 gab es in Ungarn Bestrebungen zur Befreiung von der Habsburger-Herrschaft.

Rumänien: die Fürstentümer Moldau und Walachei befreiten sich in der ersten Hälfte des 19. Jahrhunderts von der türkischen Herrschaft und vereinigten sich zum rumänischen Staat.
Italien: Der Wiener Kongreß hatte 1815 den Kirchenstaat wiederhergestellt, Genua zum Königreich Sardinien und die Lombardei und Venetien zu Österreich geschlagen. Seit 1820 gingen verstärkt Befreiungs- und Einheitsbestrebungen von den Geheimbünden der »Carbonari« und des »Jungen Italien« aus.
753 *Gewalttat von 1772:* Katharina II. von Rußland hatte in Polen Unruhen geschürt, durch die der letzte polnische König Stanislaus Poniatowski abdanken mußte. Nicht die Aufrührer ergriffen jedoch die Macht, sondern Rußland teilte sich Polen mit Österreich und Preußen.
ne varietur: »damit sich nichts verändere«.
Minerve: von 1818 bis 20 erscheinende liberal-monarchistische Wochenzeitschrift.
Chauvelin: Bernard-François, Marquis de (1765-1832), Anhänger der Revolution, erklärte sich für die Tilgung aller Standesunterscheidungen und vertrat unter der Restauration liberale Ideen.
Caumartin: Joseph-Étienne (1769-1825), wie Chauvelin Liberaler, der seinen Adelstitel aber nicht – wie Hugo behauptet – ablegen mußte, da er keinen besaß.
754 *Constant de Rebecque:* s. Anm. zu S. 380.
Lafayette: Marie-Joseph de Motier, Marquis de (1757-1834), nahm 1777 am amerikanischen Unabhängigkeitskrieg teil, 1789 an der Revolution, blieb aber Anhänger der Monarchie, emigrierte 1792-97 nach Österreich, führte in der Julirevolution die Nationalgarde, ging nach 1830 in die Opposition.
quasi cursores: Lukrez, *De natura rerum*, II,79: »So wird immer die Summe der Dinge erneuert, und alles Sterbliche lebt unter sich in gegenseitigem Austausch. Es wachsen die einen Geschlechter, die andern mindern sich, und in kurzer Zeit wechselt ein Stamm der lebenden Wesen gegen den andern, und sie reichen *wie Läufer* die Fackel des Lebens weiter.
Paladin: die zwölf Ritter Karls des Großen, allgemein für: ritterlicher Beschützer.
Lallemand: Student, der am 2. Juni 1820 bei den Unruhen, die die Empörung über die Wahlgesetze auslöste, getötet wurde. Bei seinem Begräbnis am 5. Juni auf dem Friedhof Père Lachaise waren mehrere tausend Studenten anwesend,

deren anschließender Demonstration sich mehrere tausend Bürger anschlossen. Ein heftiger Platzregen trieb sie aber auseinander.

755 *Avaray:* Antoine-François de Bésiade, Comte de (1759-1811), hatte den Grafen der Provence, den zukünftigen Ludwig XVIII. (1791) in die Emigration begleitet, der ihn zum Herzog machte.

756 *Bossuet:* »der Adler von Meaux« (s. Anm. zu S. 58).

757 *der eingebildete Kranke: Le malade imaginaire,* Charakterkomödie von Molière (1673).

Feuillants: »Club des Feuillants«, 1789 von den Anhängern der Monarchie als Gegengewicht zum Jakobinerklub gegründet, 1792 aufgelöst.

758 *Café Lemblin:* im Palais Royal gelegenes Café, nach 1814 Treffpunkt bonapartistischer Offiziere.

Café Voltaire: lag an der Place de l'Odéon.

Mutter Saguet: s. Anm. zu S. 682.

der jüngere Robespierre: Augustin-Bon-Joseph (1763-1794), der jüngere Bruder des »Unbestechlichen«, verlangte nach der Hinrichtung seines Bruders Anklageerhebung gegen sich, wurde hingerichtet.

Laizerolles: Jean-Simon de (1772-1845), ging aus väterlicher Hingabe statt seines Sohnes aufs Schafott.

Es lebe Heinrich IV.: Vive Henri IV – Chanson aus Charles Collés (1709-1783) Komödie *La Partie de chasse d'Henri IV* (»Die Jagdpartie Heinrichs IV.«, Vorlage zu Weiße/Hillers Singspiel *Die Jagd*):

»J'aimons les filles/Et j'aimons le bon vin./De nos bons drilles/Voilà tout le refrain.«

(»Ich liebe die Mädchen, und ich liebe den Wein, das ist von den Burschen der ewige Refrain.«)

759 *Darre:* Rückenmarkskrankheit von Haustieren.

Pollux, Patroklos...: berühmte Freunde antiker Helden.

Pechméja: der Freund des Arztes Dubreuil, der, von einer ansteckenden Krankheit befallen, seinen Freund zu sich rief, ihn aufforderte, alle Besucher abzuweisen und ihm sagte: »Wissen Sie, mein Freund, meine Krankheit ist ansteckend, es dürfen nur Sie hier sein.« Pechméja starb vierzehn Tage darauf.

762 *Boileau:* Nicolas (1636-1711), Theoretiker des französischen Klassizismus, Verfasser der *Art poétique* (*Dichtkunst,* 1674). Hugo bezieht sich auf II, 182: »Le Français, né malin forma le vaudeville,...« (»Der Franzose, listig geboren, erfand das Vaude-

ville...«) – Wortspiel mit dem Gleichklang von né – »geboren« und nez – »Nase«.

Erudimini...: Psalm 2,10: »lasset euch züchtigen, ihr Richter auf Erden«.

763 *Molosserhund:* Doggenähnliche Hunderasse des alten Griechenland.

765 *Nieder mit der Tragödie...:* Bahorel ist ein Anhänger der Romantiker, die um 1830 eine Erneuerung des Dramas aus der Kontrastierung des Erhabenen mit dem Grotesken, des Schönen mit dem Häßlichen erstrebten (Hugo: *Préface de Cromwell*, 1830).

Äschylus: s. Anm. zu S. 405.

Jean-Jacques der Findelkindvater: der Autor des pädagogischen Romans *Émile* (1762) Jean-Jacques Rousseau (1712-1778) hatte seine eigenen Kinder ins Findelhaus gegeben, was ihm seine Gegner nicht seither immer wieder hätten vorwerfen können, wenn er seinen Bekenntnisdrang in den *Confessions* nicht so weit getrieben hätte, dies zuzugeben.

766 *Initium sapientiae:* »(Des Herrn Furcht ist) Anfang der Erkenntnis« (Sprüche 1,7).

767 *Alles ist eitel:* »Es ist alles ganz eitel, sprach der Prediger, ganz eitel.« (Prediger 12,8).

Caligula: der verschwenderische und bis zur Grausamkeit irrationale römische Kaiser von 37 bis 41.

Karl II.: (1600-1685), König von England nach der Niederwerfung Cromwells und Wiederherstellung der Monarchie 1660, dessen Regierung als Zeit der Sittenlosigkeit und hemmungslosen Vergnügungssucht gilt.

Gros: Antoine-Jean (1771-1835), Maler, Schüler Davids.

Diogenes: (460-323 v. Chr.), griech. Philosoph, lehrte und praktizierte die Bedürfnislosigkeit.

768 *Brutus:* Marcus-Junius (85-42 v. Chr.), das Haupt der Verschwörung gegen Cäsar war ein großer Kunstfreund und Gelehrter und rang sich nach der Schilderung Plutarchs zum aktiven Vorgehen gegen den Diktator erst durch, als die Mißstände unübersehbar waren.

Strongylion: griech. Bildhauer am Ende des 5. Jh. v. Chr.

Nero: s. Anm. zu S. 595.

Schlacht bei Pydna: 168, Sieg der Römer über den Makedonierkönig Perseus.

Chlodwig: Frankenkönig (465-511), vertrieb die letzten Römer aus Gallien.

Si volet usus: Horaz, *Ars poetica*, 71: »was Sterbliche vollbringen, ist dem Untergang geweiht; wie sollten Lautgebilde sich ewig in Geltung und Gunst behaupten? Vieles harrt der Wiedergeburt, was schon dahinstarb; vieles wird hinsterben, was jetzt an Worten in Geltung ist, *ganz wie der Brauch es will*: er gibt Gesetz, Entscheid und Richtschnur für das Sprachtum.«

Phokion: (um 402-318 v. Chr.), athenischer Feldherr, wurde, weil er eine Politik der Vermittlung angestrebt hatte, als Makedonenfreund zum Tode verurteilt.

Coligny: Gaspard de, Seigneur de Châtillon (1519-1572), Admiral und Hugenottenführer, trachtete danach, König Karl IX. für den reformierten Glauben zu gewinnen und die katholische Großmacht Spanien zu bekämpfen. Seine Gegnerin war Katharina von Medici. Auf ihre Veranlassung wurde er mit tausenden seiner Glaubensbrüder in der Bartholomäusnacht (s. Anm. zu S. 1171) ermordet.

Peisistratos: Tyrann von Athen, gest. 528/27 v. Chr. (s. a. Anm. zu S. 748).

Philetas: 4.-3. Jahrhundert v. Chr., Grammatiker und Dichter von schwacher Gesundheit, Freund Theokrits.

Silanion: Athenischer Bildhauer, 4. Jahrhundert v. Chr.

Albion: antiker Name Britanniens.

John Bull: Spitzname des Engländers.

Bruder Jonathan: Spitzname der Unions-Nordamerikaner.

Königin Isabella II: Maria Luise (1830-1904), folgte im Alter von drei Jahren ihrem Vater Ferdinand IV auf dem spanischen Thron.

770 *Sybariten:* im 6. Jahrhundert v. Chr. sprichwörtlich reiche Bewohner der Stadt Sybaris.

773 *Artikel 14:* s. Anm. zu S. 416.

775 *Quia nominor leo:* »Denn ich nenne mich Löwe« (Phädrus, Fabeln, I,5: *Die Kuh, die Ziege, das Schaf und der Löwe*).

776 *Newton:* Isaac (1643-1727), Mathematiker und Physiker.

Mohammed: (um 570-632), Prophet des Islam dessen Lehre die Grundlage des Koran bildet.

Tilsit: der Tilsiter Frieden von 1807 beendete den Krieg gegen Preußen und Rußland

Laplace, Pierre-Simon (1749-1827): Mathematiker und Astronom.

Merlin du Douai: Philippe-Antoine, Comte de (1754-1838), Mitglied des Staatsrats unter Napoleon.

Cromwell: Oliver (1599-1658), Führer der englischen Revolution. Protagonist des Dramas (1827) von epischer Breite, in dem Hugo die Unvereinbarkeit bürgerlicher Tugendideale mit dem Anspruch auf Herrschaft darstellt (und ihn eben auch als ehrbaren und sparsamen, seine Tochter liebenden Hausvater zeigt).

778 *Gäb Cäsar mir...:* Variation des Liedchens des Alceste in Molières *Misanthrope* (I,2), das dieser dem preziösen Sonett des Oronte entgegenstellt:
»Si le roi m'avait donné/Paris sa grand'ville/Et qu'il me fallût quitter ma mie,/Je dirais au roi Henri:/›'Reprenez votre Paris:/J'aime mieux ma mie, ô gué!/J'aime mieux ma mie.'‹« (»Und gäbe der König Heinrich mir/Seine große Stadt Paris/Und wollte haben, daß ich dafür/Meine Herzallerliebste verließ'/Ich spräche: König Heinerich,/Behalte dein Paris für dich,/Und ich, juche, behalte fein/Die Herzallerliebste mein.«)
Res angusta: Juvenal, Satiren, III,164-65: »Schwer kommen jene empor, wenn *knappes Vermögen* ihrer Entwicklung im Weg steht, doch noch viel schwieriger ist's für solche in Rom.« Das Motto der Verschworenen um *Hernani* hatte gelautet: *Ad augusta per angusta* – »Durch die Enge zur Größe«.

795 *Royol:* Pariser Buchhändler, Freund Hugos.
Allegri: Gregorio (1582-1652), italienischer Kirchenmusiker; alljährlich wurde sein *Miserere* in der Sixtinischen Kapelle zur Aufführung gebracht.

796 *Das Dorf Austerlitz:* kleines, aus drei Straßen bestehendes Dorf, das bereits 1817 eingemeindet wurde, zwischen der Salpêtrière (s. Anm. zu S. 503), dem Boulevard de l'Hôpital und dem heutigen Boulevard de la Gare.

797 *Buddha und der Drache:* Insbesondere der Orientalist Eugène Burnouf (1801-1852) und sein Schüler Philippe-Edouard Foucaux (1811-1894) hatten durch Übersetzungen und gelehrte Abhandlungen die Legenden um das Leben Buddhas in Frankreich bekannt gemacht. Den eigentlichen Kern der buddhistischen Religion, die Lehre des Weltverzichts, hatte der Philosoph und Gelehrte Jules Barthélemy Saint-Hilaire (1805-1895) in seinem *Bouddha et sa religion* bekannt zu machen gesucht, nachdem er aus Protest gegen Napoleon III. 1852 seine Professur der griechischen und römischen Philosophie niedergelegt hatte.

799 *Geschichte Hiobs:* das Buch Hiob enthält neben der Geschichte Hiobs dessen und seiner Freunde Reden, in denen sie um die

Frage des Leidens des Gerechten und der Gerechtigkeit Gottes ringen.

802 *Carnot:* Lazare-Nicolas Marguerite de (1733-1823), Gegner Robespierres im Konvent, Leiter des Kriegsressorts im Wohlfahrtsausschuß, von Napoleon zum Grafen ernannt, wurde nach 1815 in die Verbannung geschickt.

Carbonaro: Mitglied der italienischen Freiheitsbewegung.

803 *Hernani:* Victor Hugos 1830 uraufgeführtes Drama, das im Theater eine regelrechte Schlacht zwischen den Anhängern der klassischen Tragödie nach dem Muster Racines und Voltaires und den Romantikern auslöste.

Tiercelin und Potier: berühmte Variété-Schauspieler.

804 *Arkaden des Odéon:* An den Längsseiten des *Théâtre de l'Odéon* öffnet sich das Erdgeschoß in Arkaden, die früher Buchhandlungen aufnahmen.

Weiße Fahne, Martainville: s. Anm. zu S. 349 und 719.

Moniteur: s. Anm. zu S. 43.

Sieyès: Emmanuel-Joseph, Abbé (1748-1836), Großvikar von Chartres, kehrte dem Klerus den Rücken, setzte in seiner Schrift *Was ist der dritte Stand?* Nation und dritten Stand in eins, stimmte für den Tod des Königs. Im Kaiserreich Baron und Senator, lebte er von 1815 bis 1830 als »Königsmörder« in Verbannung.

Tivoli: Vergnügungspark zur Zeit der Restauration im sogenannten »Quartier de l'Europe«, den z. B. auch die Herzogin von Berry nicht zu besuchen verschmähte.

Bienen: die Bienen, die ein Attribut des Merowingerkönigs Childerich (436-482) sind, wählte Napoleon als Verweis auf die Ursprünge der französischen Monarchie zum Hoheitszeichen.

806 *Sigamber:* germanischer Volksstamm am Rhein, 12 v. Chr. von Drusus besiegt, unter Tiberius zum Teil auf das linke Rheinufer umgesiedelt.

805 *Lux facta est!:* »und es ward Licht!« (Gen. 1, 3). Entsprechung zu S. 43: »Fiat lux«.

815 *Abhandlung über Marcos…:* Der Ausgabe des *Gil Blas,* die Neufchâteau 1819 herausgab, war ein Aufsatz über die Frage der Quellen, die Lesage für seinen Roman herangezogen haben könnte, vorangestellt, der unter dem Namen des Herausgebers erschien, in Wahrheit aber von dem siebzehnjährigen Victor Hugo stammte, auf den der Politiker, der Mitglied der Akademie war, aufmerksam geworden war.

818 *die Petrarca besungen...:* Petrarca und Dante hier als Vertreter des Petrarkismus, der Verehrung idealischer, unerreichbarer Frauengestalten: Petrarca der Laura, Dante der Beatrice.

Audry de Puyraveau: Pierre-François (1773-1852): Vertreter der Linken in der Deputiertenkammer unter der Restauration, der aktiv an der Julirevolution teilnahm, um kurz darauf auch zu der Regierung Louis-Philippes, der er zur Macht verholfen hatte, in Opposition zu gehen.

Lemaître: Frédérick (1800-1876), einer der berühmtesten Schauspieler des 19. Jahrhunderts, wurde der ›Talma (s. Anm. zu S. 730) des Boulevards‹ genannt. Seine berühmteste Rolle war die des halbseidenen Ganoven Robert Macaire in *l'Auberge des Adrets (die Räuberherberge),* wodurch diese Figur so berühmt wurde, daß Karikaturisten wie Daumier sie zum stehenden Typus ihrer Witzzeichnungen machten.

Quicherat: Louis (1799-1884), Autor eines Lateinisch-Französischen und eines Französisch-Lateinischen Wörterbuchs und eines *Traité de versification français où sont exposé les variations successives des règles de notre Poésie et les fonctions de l'accent tonique dans les vers français.*

(*Französische Verslehre, worin die Folge der Wandlungen unserer Dichtkunst und die Funktionen der akzentuierten Hebungen im französischen Vers dargestellt werden.*)

820 *im Schatten irgendeines Spartacus ...«:* Der Jardin de Luxembourg wurde im 19. Jahrhundert mit thematisch zusammengestellten Figurenreihen versehen, wie etwa die »berühmten Frauen des 19. Jahrhunderts«, oder Reihen antiker Kriegs- und Freiheitshelden. (Spartakus: Führer des Sklavenaufstands in Rom 73-71 v. Chr., Leonidas: s. Anm. zu S. 405.)

822 *Vergil:* (70-19 v. Chr.), hier als Autor der unter dem Einfluß Theokrits entstandenen Bucolica (42-39 v. Chr.).

Theokrit: (um 305- nach 260 v. Chr.), Begründer der bukolischen Dichtung, die bei ihm einen herberen, »realistischeren« Anstrich hat, als die idealisierenden Schilderungen des Hirtenlebens bei Vergil – daher offenbar: »...der Nymphen Vergils und der Faune Theokrits...«.

Bartholo: der in der Tradition des Pantalone der Commedia dell'Arte stehende, im *Barbier von Sevilla* von Beaumarchais sein Mündel Rosine ob der eigenen lüsternen Absichten eifersüchtig vor den Nachstellungen des Grafen Almaviva verbergende Arzt und närrische Alte.

823 *Ludwig XV:* (1710-1774), französischer König von 1715 bis zu

seinem Tode. Der zwinkernde invalide Lüstling ist ein burlesker Schatten des galanten Zeitalters. Mit seinem Holzbein und dem Dekor des frühen 18. Jahrhunderts gemahnt der alte Soldat auch an Lesages hinkenden Teufel, den *Diable boiteux* (1707). Dieser aber, der Teufel Asmodeus, ist niemand anders als der Gott Cupido, »denn diesen hübschen Namen haben mir die Dichter gegeben, diese Herren, die mich recht vorteilhaft darzustellen pflegen [...] Sie werden gleich sehen, wie es sich damit verhält«. In Chérubin verbirgt sich auch ein Bartholo, und Amor ist nicht nur der niedliche Nackedei, sondern kommt wohl auch Marius in diesem Moment entgegengehinkt und ziemlich Eindeutiges spielt sich da ab, zwischen dem Bein aus Holz und dem Bein aus Fleisch.

817 *Enzyklopädie:* Die zwischen 1751 und 1780 von Diderot und dem Mathematiker d'Alembert in 28 Bänden herausgegebene *Encyclopédie*, zu der die bedeutendsten Philosophen und Wissenschaftler ihrer Zeit Beiträge lieferten. Ein komplexes System von wechselseitigen Verweisen in dem die einzelnen Artikel sich gegenseitig beleuchten und so Bezüge unter den verschiedenen Disziplinen der Gelehrtheit herstellen, macht aus ihr tatsächlich so etwas wie ein verzweigtes Bergwerk, in dem »Jean Jacques [...] seine Keilhaue Diogenes und der ihm seine Laterne« leiht.

Calvin: Johannes (1509-1564), französisch-schweizerischer Reformator, lehrte, daß der Glaube an die Heiligkeit Christi allein für die Erlangung des Seelenheils ausreichend ist.

Socinus: Lelio Socin (1525-1562), italienischer Häretiker, der die Göttlichkeit Christi, die Existenz des Heiligen Geistes und den Nutzen der Sakramente leugnete.

828 *Jan Hus:* (1369-1415), tschechischer Reformator, vom Konstanzer Konzil (1414-1418) als Ketzer ausgeliefert und auf dem Scheiterhaufen verbrannt.

Descartes: René (1596-1650), rationalistischer Philosoph.

Voltaire: François-Marie Arouet (1694-1778), französischer Aufklärer.

Condorcet: s. Anm. zu S. 749.

Robespierre: Maximilien de (1758-1794), nach Ausbruch der Revolution Mitglied des Jakobinerklubs und vom Herbst 1792 an im Nationalkonvent Führer der radikalen Montagnards (»Bergpartei«). Sein Einfluß führte zur Hinrichtung des Königs und zu Sturz und Verfolgung der gemäßigten Girondisten (1793, Terreur, »Schreckensherrschaft«). Er selbst wurde am 9. Thermidor, dem 27.7.1794 gestürzt und zusammen mit zahlreichen Anhängern am 28./29. 7. hingerichtet.

Babeuf: François-Noël (1762-1797), nach dem Sturz Robespierres 1795 als dessen Anhänger gefangengesetzt, gründete nach seiner Freilassung die geheime Verschwörungsgesellschaft der »Gleichen«, wurde, als diese verraten wurde, hingerichtet.

Owen, Robert: (1771-1858), englischer Industrieller und Sozialist, der sich für Arbeitsschutz und gegen Kinderarbeit einsetzte, gründete eine »Arbeiterbörse« in London und ist damit geistiger Vater der Gewerkschaftsbewegung.

829 *Ugolino:* Dante trifft den pisanischen Tyrannen des 13. Jahrhunderts in der Hölle (*Divina Commedia*, 23. Gesang), das Hirn eines anderen Verdammten verschlingend. Ugolino war mit seinen Kindern in einen Turm gesperrt worden, wo er vor Hunger ihre Leiber auffraß.

830 *Schinderhannes:* eigtl. Johannes Bückler, Anführer einer Räuberbande im Rheinland, 1803 in Mainz enthauptet.

Farnesischer Herkules: Kolossalstatue des Herkules von Glykon (1. Jahrhundert n. Chr.) von gewaltiger, beinahe ornamentaler Ausbildung der Muskulatur aus der Sammlung der unter Alessandro Farnese als Papst Paul III. im 16. Jahrhundert zur Macht gekommenen italienischen Adelsfamilie Farnese.

832 *Kreole:* Bezeichnung für alle in einem Kolonialland Geborenen. Häufig Mischlinge.

Brune: napoleonischer General, wurde beim »weißen Terror«, nach der Niederlage von Waterloo am 2. August 1815 in Avignon von Anhängern der Bourbonen umgebracht.

Bobèche: Gauklerbühne am Boulevard du Temple.

Bobino: Jahrmarktsbühne, auf der seit 1828 auch Vaudevilles und Komödien gespielt wurden.

Messager: Le Messager des Chambres (Kammerbote) Abendzeitung, die zwischen 1828 und 1846 erschien.

834 *Zusammensetzung der Truppe:* Es existiert im Manuskript eine sehr lange, über 30 seitige Passage, in der Hugo das Leben der vier Gauner noch weiter ausgeschildert hatte, und die in einer Reflexion über das soziale Übel der Unterwelt mündete. Offensichtlich wollte Hugo aber das Tempo der Erzählung an dieser Stelle nicht durch eine abermalige Digression aufhalten.

Proteus: weissagender Meergreis in vielerlei Gestalt, wer ihn festzuhalten vermag, kann ihn zum Wahrsagen zwingen.

835 *Ambubaiarum collegia…:* »die Zunft der Flötenspielerinnen, Quacksalber, Bettler und Schauspieler« (Horaz, Satiren I,2,1).

840 *Mathieu Laensberg:* Astrologe des 17. Jahrhunderts, mutmaßlicher Autor des *Almanach liégois* (1635, *Lütticher Almanach*), einer Sammlung von Prophezeiungen und Bauernregeln.

842 *Quadrifrons:* der Viergesichtige.

856 *Städte besitzen…:* Eugène Sue hatte seine 1842/43 als Fortsetzungsroman erschienen *Mystères de Paris* (*Die Geheimnisse von Paris*), ohne die die Misérables und insbesondere ihre Schilderungen der Unterwelt gar nicht zu denken wären, mit den Worten eingeleitet:

»Alle Welt hat die bewundernswerten Bücher gelesen, in denen J. F. Cooper, der amerikanische Walter Scott, die grausamen Sitten der Wilden, ihre malerische, poetische Sprache und die tausend Listen beschrieben hat, mit deren Hilfe sie ihren Feinden entkommen oder sie verfolgen. […] Wir wollen versuchen, dem Leser einige Episoden aus dem Leben anderer Barbaren darzustellen, die ebenso außerhalb der Zivilisation stehen wie die von Cooper so hervorragend geschilderten wilden Völker. Nur leben diese Barbaren, von denen wir sprechen, mitten unter uns; wir können ihnen begegnen, wenn wir uns in ihre Schlupfwinkel wagen, in denen sie hausen und wo sie sich versammeln, um über Raub und Mord zu beraten, um schließlich die Hinterlassenschaft ihrer Opfer unter sich zu teilen.«

858 *Lavater:* Johann Kaspar (1741-1801), Schweizer Theologe und Dichter, der durch seine physiognomischen Studien berühmt wurde, in denen er den Zusammenhang zwischen Gesichtsbildung und charakterlicher Veranlagung untersuchte.

Gott, Ehre und die Damen: L'Hermitage Saint-Jacques ou Dieu, le Roi et la Patrie (1815, *Die Eremitage Saint-Jacques oder Gott, König und Vaterland*) ist der Titel eines Romans von Ducray-Duminil (s. Anm. zu S. 189), den Hugo hier verballhornt.

867 *Talma:* s. Anm. zu S. 730.

868 *Belisar:* oströmischer Feldherr (505-565) unter Justinian, der als blinder Bettler endete. Davids (s. Anm. zu S. 912) Darstellung des um Almosen bettelnden Belisar (1781) war als Sinnbild schändlichen königlichen Undanks eines der Zentralbilder der Revolutionsmythologie, von denen David mehrere lieferte (*Der Schwur der Horatier*, 1785).

872 *Lied vom einfältigen La Palisse:* populäres Scherzlied, zu dem unzählige Strophen hinzugedichtet wurden.

873 *Löwengrube des Kerkers von La Force:* s. Anm. zu S. 935 und S. 991.
882 *Solus cum solo...:* »Allein mit sich, an entlegenem Ort, wollen wir nicht glauben, daß sie ihr Vaterunser beten.«
884 *Gaîté:* Variététheater.
892 *Karl X.:* (1757-1836), Bruder Ludwigs XVI., nach dessen Hinrichtung leitet er von der englischen Emigration aus einen erfolglosen Kriegszug gegen Frankreich, französischer König von 1824 bis 1830, dessen reaktionäres Regime durch die Julirevolution abgelöst wurde.
900 *Bourbe:* Geburtshaus in der Rue de la Bourbe.
911 *Sakoski:* Modeschuster im Palais Royal.
Chevalier: Jean-Gabriel-Augustin, Optiker am Boulevard de l'Horloge.
912 *David:* Jacques-Louis (1748-1825), Hauptrepräsentant des Revolutionsklassizismus in der Malerei, später Hofmaler Napoleons, mußte Frankreich 1816 als ehemaliges Konventsmitglied verlassen und lebte bis zu seinem Tod in Belgien.
926 *Benvenuto Cellini:* (1500-1571), berühmter italienischer Goldschmied und Bildhauer. In seiner von Goethe übersetzten Autobiographie schildert er seine Gefangenschaft und Flucht aus der Engelsburg. 1838 wurde die Oper *Benvenuto Cellini* von Berlioz uraufgeführt.
Villon: François (1431?-nach 1463), bedeutendster spätmittelalterlicher Dichter Frankreichs, führte ein Gauner- und Vagabundenleben und dichtete zum Teil auch in der Gaunersprache des Argot. Obszön, witzig, zynisch und auch wieder einfältig fromm.
934 *im dritten Buch...:* drittes Buch des zweiten Teils des Romans, *Cosette*, S. 446.
935 *La Force:* seit 1782 Gefängnis im ehemaligen Wohnhaus der Familie La Force im Marais. Kerker, in dem 1792 die Septembermorde (s. Anm. zu S. 720) stattfanden. Unter Louis-Philippe wurde die Force in acht Höfe unterteilt, denen die Gefangenen nach der Art ihrer Verbrechen zugeordnet wurden. Die »Löwengrube« (Fosse aux loups) war der Ort, an dem die gefährlichsten Gefangenen verwahrt wurden.
Saint-Lazare: von der Revolution bis 1935 Frauengefängnis.
936 *Madelonnettes:* Jugendstrafanstalt in der Nähe des Temple von 1830 bis 1840.
939 *Widerstand und Bewegung:* »la résistance« und »le mouvement« wurden unter der Julimonarchie das rechte und linke Lager in der Deputiertenkammer genannt.

940 *Prusias II:* (192-148 v. Chr.), König von Bithynien, der, um den Römern zu gefallen, Hannibal, als dieser sein Gast war, ermorden lassen wollte.

König von Yvetot: Le Roi d'Yvetot (1813), Lied, in dem der populäre Dichter von Chansons Pierre Jean Béranger (1780-1857), der sich später gegen die Restauration wenden und maßgeblich zur Bildung der Napoleon-Legende beitragen sollte, die Vermessenheit Bonapartes verspottet.

Mirabeau: Honoré-Gabriel-Victor Riquetti Comte de (1749-1791), Politiker, erstrebte in der Nationalversammlung eine liberale Reform der französischen Monarchie nach englischem Vorbild.

von den Stuarts…: Karl II. stellte 1660 die Monarchie in England wieder her, nachdem der »Lord-Protector« Oliver Cromwell (s. Anm. zu S. 776) bereits 1658 gestorben war, und sein schwächlicher Sohn Richard die Regierung übernommen hatte.

943 *gespenstische Ruhe Karls I.:* s. Anm. zu S. 608.

Guillaume du Vair: (1555-1621), Mitglied der Liga, die sich am 12. Mai 1588 gegen Heinrich III erhob. Die Rede, der Hugo den zitierten Auszug entnommen hat, hielt er am Tag nach den Straßenkämpfen vor dem Parlament.

945 *Machiavelli:* Niccolò (1469-1527), entwarf im *Principe* (1532) eine Theorie des politischen Handelns unter dem Gesichtspunkt der Zweckmäßigkeit im Hinblick auf die Erhaltung des Staates als allen anderen übergeordnetem Wert.

946 *Iturbide:* Don Augustin (1783-1824), mexikanischer General, der sich 1821 zum Kaiser von Mexiko ausrufen ließ, 1823 abgesetzt und im Jahr darauf erschossen wurde.

947 *das Haus Braunschweig:* 1704 setzte das englische Parlament, um den seit dem Sturz Cromwells dauernden Auseinandersetzungen um die Thronfolge zu entgehen, das Haus Braunschweig-Hannover als erbberechtigt ein, das den englischen Thron 1714 übernahm und bis 1837 innehatte.

das Haus Orléans: Louis-Philippe von Orléans.

949 *Die 221:* liberale Deputierte, die im März 1830 in einer Adresse ihrer Unzufriedenheit mit der Politik Karls X. Ausdruck verliehen hatten, woraufhin der König die Deputiertenkammer auflöste. 202 von ihnen wurden bei den Neuwahlen abermals in die Kammer gewählt: wieder hatten die Gegner des Königs die Mehrheit. Als dieser daraufhin – gestützt auf den Artikel 14 (s. Anm. zu S. 416) – die Pressefreiheit

aufhob und eine Änderung des Wahlrechts erließ, kam es zur Julirevolution.

951 *Antwerpen:* Belagerung von 1832 durch Marschall Gérard, Versuch, das befreite Belgien Frankreich einzuverleiben.

Pritchard: englischer Konsul auf Tahiti, der bei der Übernahme Tahitis durch Frankreich Schäden erlitten zu haben behauptete, die ihm mit 25 000 Francs erstattet wurden.

Valmy: in der Champagne, am 20. 9. 1792 siegte die schlecht ausgestattete, hauptsächlich aus Freiwilligen zusammengesetzte französische Revolutionsarmee gegen die preußisch/österreichischen Verbündeten (Beschreibung bei Goethe: *Campagne in Frankreich*, 1822).

Jemappes: Sieg der Franzosen über die Österreicher am 6. 11. 1792.

953 *Schnepper:* chirurgisches Instrument zur Blutentnahme.

Niederkartätschen der Aufstände: Im April 1834 kam es zu Aufständen in Lyon und Paris, die brutal niedergeschlagen wurden. In der Rue Transnonain drang die Armee in ein Haus ein und metzelte alle Bewohner nieder.

Das nicht anerkannte Belgien: Belgien war vom Wiener Kongreß den Niederlanden zugeschlagen worden. Nach der belgischen Revolution versuchte Frankreich, sich Belgien einzuverleiben.

Algerien: der Algerienkrieg dauerte von 1830 bis 1847.

Abd el-Kader: In einem Vertrag war dem Emir Abd el-Kader ein algerisches Königreich im Nordwesten des Landes mit der Hauptstadt Maskara zugesprochen worden, das die Franzosen 1841 dann doch besetzten und den Emir vertrieben.

Blaye: 1832 wurde die Duchesse du Berry, die in der Vendée gefangengenommen worden war, in Blaye eingekerkert und später nach Sizilien deportiert.

Deutz: Die Duchesse du Berry hatte den aberwitzigen Plan gefaßt, einen neuen royalistischen Aufstand in der Vendée auszulösen. Simon Deutz stieß im März 1831 zu ihr und erwarb ihr Vertrauen. In Paris verriet er die Duchesse gegen eine Bezahlung von 500 000 Francs, die er von Ministerpräsident Thiers erhielt.

Dumouriez: Charles-François (1739-1823), girondistischer General, Sieger von Valmy und Jemappes, trat bei Ausbruch der Schreckensherrschaft auf die Seite der Koalition gegen die Revolution über.

954 *Capet:* der bürgerliche Name, den Ludwig XVI. nach der Absetzung tragen mußte.

957 *Fieschi:* versuchte im Juli 1835 ein Attentat auf Louis-Philippe und wurde am 15. Januar 1836 enthauptet.
Seiner Begnadigung...: Der Verurteilte war Barbès (s. Anm. zu S. 1190), der 1839 des Putschversuchs angeklagt und zum Tode verurteilt worden war. Hugo hatte damals ein Gnadengesuch an den König gerichtet:
»Au roi Louis-Philippe après l'arrêt de mort prononcé le 12 juillet 1839: Par votre ange envolé ainsi qu'une colombe!/Par ce royal enfant, doux et frêle roseau!/Grâce encore une fois! grâce au nom de la tombe!/Grâce au nom du berceau!«
(»Bei dem Engel, der wie eine Taube von Dir flog! Bei dem königlichen Kind, süß und zerbrechlich wie ein Zweig! Noch einmal Gnade! Gnade im Namen des Grabes! Gnade im Namen der Wiege!« – im Januar 1839 waren die Prinzessin Marie gestorben und im Jahr zuvor der Graf von Paris, Louis-Philippes Enkelkind geboren worden.)
964 *Polignac:* Jules-Armand, Marquis de (1780-1847), ultraroyalistischer Politiker, 1829 Ministerpräsident, plante den Erwerb Belgiens, leitete den Algerienkrieg ein.
965 *Brüssel:* Am 4. Oktober 1830 setzte eine nach der belgischen Julirevolution aufgestellte provisorische Regierung das niederländische Herrscherhaus der Oranier ab und erklärte die Unabhängigkeit Belgiens.
968 *Quénisset:* s. Anm. zu S. 1181.
Gisquet: Joseph-Henri (1792-1866), wurde als Schützling Casimir Périers 1831 Polizeipräfekt und blieb es bis September 1836.
969 *Jacquerie:* Bauernaufstand in Nordfrankreich im Jahre 1358.
971 *Populaire:* »Zeitung der materiellen, politischen und moralischen Interessen des Volkes«, erschien vom September 1833 bis Oktober 1835 (also noch nicht zur Zeit des sich hier anbahnenden Aufstands).
Gesellschaft für Menschenrechte: »La société des Droits de l'homme«, bürgerlich demokratisch-republikanische Geheimgesellschaft seit 1833.
976 *Ennius:* Quintus (239-169 v. Chr.), römischer Dichter, lebte auf dem Aventin als Geschichtslehrer. Sein Hauptwerk und zugleich das erste der römischen Dichtung ist das gewaltige historische Epos *Annales*, eine Geschichte Roms von den Anfängen bis zum 1. Punischen Krieg, von der zahlreiche Fragmente erhalten sind. Bis zu Vergils *Aeneis* war dies das Nationalepos der Römer.

980 *Prudhomme:* Louis-Marie (1752-1830), Politiker und Journalist, Herausgeber der Wochenzeitung *Les Revolutions de Paris* (1789-1794). Wahrscheinlicher ist aber, daß Grantaire nicht den Zeitungsherausgeber meint, sondern den Sozialisten Pierre-Joseph Proudhon (1809-1865) der für eine Auflösung des Staates eintrat und die Formel »Eigentum ist Diebstahl« prägte, mit der Witzblattfigur des philiströsen M. Prudhomme verwechselt.
Verfassung vom Jahre II: es gibt keine Verfassung vom Jahre II, nur die hier gemeinte Constitution vom Jahre I, also 1793.
Hébertist: Anhänger Jean-Jacques Héberts (1759-1794), materialistischer und atheistischer Jakobiner des linken Flügels.
986 *Escousse und Lebras:* waren beide knappe zwanzig Jahre alt, als ihr gemeinsam verfaßtes Drama *Raymond* 1832 am Théâtre de la Gaîté durchfiel, woraufhin beide beschlossen, sich zu erschießen. Dieses Ereignis veranlaßte Béranger zu einer Totenklage *le Suicide (der Selbstmord)*, Alfred de Musset spielte darauf in seiner Versdichtung *Rolla* (1833) an, und sicher blieb dieser Dichterselbstmord auch nicht ohne Einfluß auf Alfred de Vignys Drama *Chatterton* (1835).
988 *Ruisdael:* niederländische Landschaftsmaler-Familie, Salomon (um 1600-1670), und dessen Neffe Jacob (1628-1682).
990 *Nemorin:* Liebhaber der Estelle in einem der sentimentalen Schäferromane von Jean-Pierre Claris de Florian (1755-1794).
995 *Petrus von Medina: L'Art de naviguer de M. Pierre de Médine, traduit du castillan en français par Nicolas de Nicolaï* (Lyon, G. Rouille 1576).
996 *Vauvert:* das jenseits des Jardin de Luxembourg gelegene Schloß von Vauvert stand bereits seit dem 13. Jahrhundert in unheimlichem Ruf, und man vermied es, dort vorbeizugehen.
998 *Streit von Gans und Savigny:* die beiden deutschen rechtsgelehrten Eduard Gans (1798-1839) und Friedrich Karl von Savigny (1779-1861) führten eine Auseinandersetzung über die Frage des Besitzes. Savigny, Führer der Historischen Rechtsschule, die das Recht als Produkt einer historischen Entwicklung und des »Volksgeistes« oder Nationalcharakters betrachtete, trat für die Definition des Besitzes als Tatsache ein, Gans für den Besitz als ein auf philosophischen Prinzipien beruhendes Recht.
1005 *Mansart, François:* (1598-1666), Architekt des eher strengen, klassischen Frühbarock unter Ludwig XIII.

1010 *Lobau:* Georges Mouton, Comte (1770-1838), Adjutant Napoleons, kommandierte die Nationalgarde unter Louis-Philippe nach dem Rücktritt Lafayettes (s. Anm. zu S. 754).

1011 *Foliis ac frondibus:* Lukrez, De Natura rerum V, 971, von den Menschen der Frühzeit: »Wie die borstentragenden Sauen legten sie im Walde nackt ihre rauhen Glieder auf die Erde, wenn die Nachtzeit sie überraschte, und hüllten sich rings *mit Blättern und Laub* ein.«

1016 *Lamoignon de Basville:* Chrétien-François de (1644-1709), Oberstaatsanwalt, besaß ein Landhaus in Basville, das für seine Schönheit berühmt war. Boileau bedichtet in der sechsten seiner *Epîtres* (1674-98) diesen ländlichen Zufluchtsort: »Tantôt sur l'herbe assis, au pied de ces coteaux,/Où Polycrène épand ses libérales eaux,/Lamoignon, nous irons, libres d'inquiétude,/Discourir des vertus dont tu fais ton étude...« (»Bald, im Grase zu Füßen jener Hügel sitzend, wo Polykren seine freimütigen Wasser ergießt, Lamoignon, werden wir, frei von Sorgen, uns in Gesprächen über jene Tugenden ergehen, die Du zu Deinem Studium machst...«)

Le Nôtre: André (1613-1700), Gartenbaumeister unter Ludwig XIV., Schöpfer des »französischen Gartens«.

1041 *Désaugiers:* Marc-Antoine (1772-1827), Chansonnier, Theaterdirektor, Vaudevilleautor. Sein Potpourri aus Gaspare Spontinis Oper *La Vestale* (1807), der Geschichte der verliebten Vestapriesterin, die zum Tode verurteilt und auf ein göttliches Zeichen hin begnadigt wird, weckt die Erinnerung an die »Vestalin« Fantine (S. 158). Der Name Désaugier war nach dem Ausflug nach Saint Cloud auch gefallen (S. 172). Spontinis Oper, deren Bedeutung im Kaiserreich der eines musikalischen Gegenstücks zu den Gemälden Davids gleichkam, erlebte in den Jahren 1814 und 15 auf kuriose Weise drei glanzvolle Festaufführungen: am 1. April 1814 vor dem russischen Zaren und dem König von Preußen, als den Besiegern Napoleons, am 18. April 1815 vor dem aus Elba zurückgekehrten Napoleon; und kaum ein Vierteljahr später lud Ludwig XVIII. den Kaiser von Österreich und den König von Preußen zur Feier der Wiedereinsetzung der Bourbonenherrschaft – und auch er befand Spontinis »Grand opéra« für einem solchen Anlaß angemessen.

1042 *die sieben Ringe der Hölle:* in Dantes *Divina Commedia* steigt die Hölle in neun Abstufungen (der »Limbus« (Höllenrand), das höllische Elysium und die sieben Ringe, wo die Verdammten nach dem Prinzip des »contrapasso«, des »Gleiches mit Gleichem vergelten«, bestraft werden) trichterförmig nach unten ab und endet im Erdmittelpunkt, wo der gefesselte Luzifer haust.

1059 *Euryanthe:* Carl Maria von Webers (1786-1826) *Euryanthe* (1823) wurde in Paris zum ersten Mal 1831 in einer Übersetzung von Castil-Blaze aufgeführt. Der Jägerchor kündigt das rettende Nahen des Königs an, als Euryanthe, der Untreue verdächtig, von ihrem Mann Adola von Nevers in der Wildnis ausgesetzt, sich in höchster Verzweiflung befindet.

1079 *die erste große Epidemie des Jahrhunderts...:* die Choleraepidemie von 1832, an der auch der Premierminister Casimir Périer (s. Anm. zu S. 693) verstarb, die aber vor allem zahlreichen Bewohnern der Elendsviertel das Leben nahm, war die letzte Seuche in der Geschichte von Paris (siehe: M. Lucas-Dubreton: *La grande peur de 1832; le choléra et l'Émeute.* Paris, Éditions de la N.R.F. 1932 – »Die große Furcht von 1832; die Cholera und der Aufruhr«).

1089 *mardi-gras:* Faschingsdienstag

1090 *Mitglieds des Instituts ...:* Napoleon.

1091 *Elefant:* Gipsmodell einer von Napoleon vorgesehenen bronzenen Monumentalfigur, das von 1814 bis 1846 auf der Place de la Bastille stehenblieb.

Ädilen: altrömische Aufsichtsbeamte der Polizei bei öffentlichen Spielen.

1092 *Julisäule:* die Colonne de juillet (1831-40) mit dem »Genius der Freiheit« von Dumont auf der Place de la Bastille.

1096 *Jonas im Bauch des Wals:* Jona 2,1ff.

Tuilerien: ehemalige königliche Residenz in Paris, 1564 unter Katharina von Medici erbaut, 1792 durch die Sansculotten erstürmt, die den König entthronten, 1871 beim Kommuneaufstand niedergebrannt.

1099 *Paul de Kock:* (1793-1871), Erfolgsautor des 19. Jahrhunderts, der in seinen Romanen und Vaudevilles das Leben der Kleinbürger, der Bohèmiens und das Treiben in Vergnügungsparks wie dem Tivoli in amüsanter Weise schildert. Gavroche kennt diesen Autor sicherlich als ein dem Geschmack der Madame Thénardier angemessenes Lesefutter aus Montfermeil, was in Anbetracht des Umstands, daß einer seiner erfolgreichsten Romane den Titel *La laitière de Montfermeil* (1827, *Das Milchmädchen von Montfermeil*) trug, eine ironische Nebenbedeutung erzeugt.

1100 *Ambigutheater:* 1769 als Puppentheater gegründet, wurden hier seit 1827 Rührstücke und Trauerspiele gegeben.

1101 *Perrault:* Charles (1628-1703), berühmt durch seine *Contes de ma mère l'oye* (1697 – »Märchen meiner Mutter Gans«). Die Anspielung bezieht sich auf das Märchen vom *petit Poucet*, dem der Grimm'sche Däumling entspricht und den Menschenfresser, der bei Perrault nur »de la chair fraîche« riecht, wo er bei den Grimms auf »Christenblut« kapriziert ist.

1106 *Milton:* John (1608-1674), Verfasser des Blankvers-Epos in zwölf Gesängen *Paradise Lost* (1667, *Das verlorene Paradies*), das die Schöpfung, den Fall des Lucifer und den des Menschen behandelt. Hugo spielt hier vor allem auf die eindrucksvollen Höllenschilderungen an (s. Anm. zu S. 263).
Desrues: Antoine-François (1745-1777), berühmter Verbrecher und Giftmischer.

1118 Das siebente Buch des Originals bildet der Abschnitt über den Argot, der hier als unübersetzbar ausgelassen wurde, in dessen Eingangskapitel es heißt:
»Der wahre Argot, der Argot *par excelence* - wenn diese beiden Wörter sich verbinden ließen - der Argot von Alters her, der ein Königreich war, ist nichts anderes, wir wiederholen es, als die häßliche, unruhige, heimtückische, verräterische, giftige, grausame, anrüchige, gemeine, abgründige, verhängnisvolle Sprache des Elends. Am Grunde aller Erniedrigung und allen Unglücks gibt es ein letztes Elend, das aufbegehrt und das sich entschließt, den Kampf aufzunehmen mit allen glücklichen Umständen und dem herrschenden Recht, einen entsetzlichen Kampf, in dem es – zuweilen heimtückisch, zuweilen mit roher Gewalt, aber immer schmutzig und grausam – die gesellschaftliche Ordnung mit den Nadelstichen des Lasters und den Keulenhieben des Verbrechens angreift. Zum Rüstzeug dieses Streites hat sich das Elend eine Kampfsprache erfunden – den Argot.
Nur ein Bruchstück aufzufischen, welcher Sprache auch immer, die Menschen gesprochen haben und die verlorenging – also eines der Elemente, ob gut oder schlecht, aus denen die Zivilisation sich zusammensetzt oder sich verwirrt – und dieses vor dem Vergessen zu bewahren, das heißt, der Zivilisation selbst zu dienen.
[... Der Argot] ist die Sprache, die das Elend in Frankreich seit mehr als vier Jahrhunderten spricht, nicht ein Elend nur, *das* Elend, das ganze menschliche Elend.

Und dann, darauf beharren wir, ist das Studium der gesellschaftlichen Auswüchse und Gebrechen und das Aufzeigen derselben, um sie zu heilen, kein Erfordernis, das uns eine Wahl ließe. Die Aufgabe des Historikers der Sitten und Ideen ist nicht minder ernst, als die des Historikers der Ereignisse. Dieser hat die Oberfläche der Zivilisation, die Kämpfe um Kronen, die Geburten von Prinzen, die Hochzeiten der Könige, die Schlachten, die Versammlungen, die großen Männer des öffentlichen Lebens, die Revolutionen, das ganze Äußere, das unter der Sonne ist; der andere Historiker hat das Innere, den Grund, das Volk, das arbeitet, das leidet und das wartet, die erniedrigte Frau, das sterbende Kind, die heimliche Grausamkeit im Dunkel, die Vorurteile, die überkommene Ungerechtigkeit, die unterirdischen Auswirkungen des Gesetzes, die geheimen Entwicklungen der Seele, die undurchschaubaren Erschütterungen der Massen, die Hungertoten, die Barfüßigen und Bloßärmigen, die Enterbten, die Waisen, die Unglücklichen und die Schändlichen, all die Larven, die in der Finsternis irren.

[...] Haben diese Historiker der Herzen und der Seelen minder bedeutende Pflichten als die Historiker der äußeren Tatsachen? Glaubt man, daß Alighieri weniger zu sagen hatte als Machiavel?« Der wahre Historiker aber ist für Hugo derjenige, der beide Perspektiven zu verbinden weiß.

1119 *auf der Jungfrau:* von der Jungfrau in den Schweizer Alpen will sich Byrons romantischer Held *Manfred* (1817), der rastlose Sucher nach dem Geheimnis der Welt in dem verzweifelten Gefühl einer unsühnbaren Schuld in die Tiefe stürzen (I,2).

1122 *Hyperbel:* rhetorische Übertreibung

1125 *Nadir:* arabisch, der dem Zenit (oberster Punkt der Himmelskugel) gegenüberliegende Punkt der Himmelskugel (»Himmelstiefe«).

Seraph: die Seraphim (Jesaias 6,1) sind die sechsflügeligen Engel, die am Throne Gottes stehen.

1134 *Reusen von Saint-Cloud:* die »filets de Saint-Cloud« dienten dem Auffangen von Ertrunkenen.

1135 *Meinen molligen Arm...:* Verse aus Bérangers Lied *Ma grand'mère*, die Strophe lautet vollständig:

»Combien je regrette/Mon bras si dodu,/Ma jambe bien faite,/Et le temps perdu.«

(»Wie sehr vermiß' ich...«).

1138 *Faublas:* der Held des romanesk-erotischen Romans *Les Aventures du jeune Faublas* (1787-90, die Abenteuer des jungen Faublas), des Jakobiners und Robespierre-Gegners Jean-Baptiste Louvet de Couvray (1760-1797). (In der Fassung von 1848 hatte es an dieser Stelle geheißen: »... die Don Juans fügen hinzu ...«)

1139 *Busiris:* grausamer König von Ägypten in der griechischen Mythologie, von Herakles getötet.

Heinrich VIII.: (1491-1547), König von England von 1509 bis zu seinem Tode, war sechsmal verheiratet, ließ zwei seiner Frauen, Anna Boleyn und Katharina Howard, hinrichten.

1144 *M. Humblot-Conté, pair de France:* Unter Louis-Philippe wurde die Erblichkeit der Pairswürde aufgehoben, damit konnten auch Nichtadelige Mitglied der Pairskammer werden (wie z. B. 1845 Hugo selbst).

1147 *Garat:* Pierre-Jean (1764-1823), berühmter Sänger, der »Troubadour des Direktoriums«, der nur vor auserlesenem Publikum sang und durch seine exzentrischen Allüren und die entsprechende Toilette auffiel. Wurde 1860 Gegenstand einer Vaudeville-Komödie von Victorien Sardou.

1151 *Denkmal des Herzogs von Berry:* an der damaligen Place Richelieu, wo an der Stelle, an der 1820 der Herzog von Berry ermordet worden war (s. Anm. zu S. 743), war unter Karl X. ein Denkmal errichtet worden, das unter der Julimonarchie durch einen Brunnen des Architekten Visconti und des Bildhauers Klagmann ersetzt wurde.

1157 *Pépin oder Morey:* die beiden Kleinbürger Pierre-Théodore-Florentin (1800-1836) und Pierre Morey waren Komplizen Fieschis (s. Anm. zu S. 975) bei dem versuchten Attentat auf Louis-Philippe im Juli 1835 und wurden am 15. Januar 1836 hingerichtet. »Vertöße« gegen die Chronologie wie dieser (die Handlung der folgenden Kapitel spielt sich an den Tagen um den Aufruhr anläßlich der Beerdigung des Generals Lamarque am 5. Juni 1832 ab) sind häufig in den *Misérables* und zeigen, daß es Hugo bei seinen Aufzählung bedeutender und unbedeutender Ereignisse nicht um historische Genauigkeit, sondern um die Erfassung eines Zeitgeistes aus einer Fülle geheimer Querverbindungen geht.

1159 *Othello:* Protagonist der Shakespearschen Charaktertragödie (1604), dessen Eifersucht durch ein so belangloses Indiz, wie ein vertauschtes Taschentuch es darstellt, bis zum Mord getrieben wird.

Candide: der Held von Voltaires gegen Leibniz' Theodizee verfaßten satirischem Roman *Candide où le meilleur des mondes* (1759, *Candide, oder die beste der Welten*) hat von seinem Mentor Pangloss die Lehre erhalten, daß die Welt gut sei und glaubt sie allzu leichtfertig.

1162 *»Die historischen Quadrains...«:* sämtliche Titel der Bibliothek des Herrn Mabeuf hat Victor Hugo zu Beginn des Jahres 1848 dem Verkaufskatalog des Antiquars Villenave entnommen (Dossier des Misérables, in: Oeuvres complètes, *Chantiers*, Hg. v. René Journet, Paris 1990, S. 822f.) Die einzige Ausnahme bildet die Ausgabe des Diogenes Laërtius von 1644, die auch im Verzeichnis der Bibliothèque Nationale nicht nachweisbar ist und die eine bedeutende Rolle im Leben Mabeufs spielt. Diogenes Laertios (3. Jahrhundert n. Chr.) ist der Verfasser einer Philosophengeschichte in 10 Bänden: »Über Leben und Ansichten der Philosophen«, sowie einer Sammlung von Epigrammen, in deren erstem Buch er von den Todesarten berühmter Männer berichtet (s. a. Anm. zu S. 606).

1163 *Robert Estienne:* (1503-1559), französischer Buchdrucker.
Aldus: italienische Buchdruckerfamilie des 16. Jahrhunderts.

1164 *Elzévir:* (oder Elzevier), niederländische Buchdruckerfamilie des 16./17. Jahrhunderts.

1166 *An der Oberfläche...:* Das ganze erste Kapitel sowie das zweite bis zum Absatz: »Die Vorfälle...« auf Seite 1176 sind erst bei der Umarbeitung von 1860-62 entstanden. Sie stellen so etwas wie die Quintessenz von Hugos durch die Erfahrung von 1851 (s. Anm. zu S. 521) veränderten politischen Ideen dar.

1168 *Juste milieu:* »richtige Mitte«. Innenpolitisch versuchte Louis-Philippe einen Balanceakt des Ausgleichs zwischen den Kräften der Legitimisten, der Republikaner und der Anhänger des Kaiserreichs, die ihn gleichermaßen bedrängten.

1169 *Jeanne:* Arbeiter, der einer der Anführer des Aufstands von 1832 war, wurde zur Deportation verurteilt. Die Geschichte der heroischen Verteidigung seiner Barrikade hat Hugo Louis Blanc's *Histoire de dix ans* (1846) entnommen, wie beim Kloster Picpus aber den Schauplatz verlegt.

1170 *Philipp V.:* (1701-1746), Philipp von Anjou (1683-1746), Enkel Ludwigs XIV., setzte im spanischen Erbfolgekrieg seine Ansprüche auf die spanische Krone gegen Karl VI. durch.
14. Vendémiaire: 5. 10. 1795, Niederschlagung eines royalisti-

schen Aufstandes durch den Oberbefehlshaber der Konventstruppen Napoleon Bonaparte.
Terray: Joseph-Marie, Abbé de (1715-1778), Finanzminister Ludwigs XV., versuchte das Defizit im Staatshaushalt durch Steuererhöhungen auszugleichen, was ihn im Volk äußerst unbeliebt machte.
Turgot: Anne-Robert, Baron de l'Aulne (1727-1781), Terrays Nachfolger im Jahre 1774. Suchte die wirtschaftliche und soziale Struktur Frankreichs zu reformieren, was am Widerstand der privilegierten Stände und seiner höfischen Gegner scheiterte – 1776 wurde er entlassen.
Ramus: Petrus (Pierre de la Ramée 1515-1572), in der Bartholomäusnacht ermordeter humanistischer Schriftgelehrter und Philosoph.
Rousseau: 1765 wurde Rousseau mit Steinwürfen aus Môtiers in der Schweiz vertrieben, blieb allerdings in der Schweiz, indem er sich auf die Insel Saint-Pierre flüchtete.
1171 *Israel gegen Moses:* Als Moses sich zu lange auf dem Berg Sinai verweilte, begann das Volk zu murren, begehrte einen neuen Führer und errichtete das goldene Kalb (2. Moses, 32,1 ff.).
Rom gegen Scipio: Publio Cornelius Scipio (Scipio der Jüngere, 235-183 v. Chr.) verdrängte die Katharger aus Italien, besiegte 204 v. Chr. Hannibal bei Zama. Als seine Erfolge Angriffe politischer Gegner herausforderten, zog er sich für den Rest seiner Jahre auf sein Landgut zurück.
Faux saulniers: Salzschmuggler. Da außer in der Bretagne in ganz Frankreich die sogenannte »gabelle«, die Salzsteuer erhoben wurde, herrschte ein reger Salzschmuggelverkehr zwischen Bretagne und dem übrigen Frankreich, der sowohl unter dem König, als auch unter der Revolution mit drakonischen Strafen verfolgt wurde, was in der Revolution zur Bildung der königstreuen Gruppen von »Chouans« (s. Anm. zu S. 656) in der Bretagne führte.
Bartholomäusnacht: die Nacht vom 23. auf den 24. August 1572, in der etwa 2000 Hugenotten, die zur Vermählung des calvinistischen Herzogs Heinrich von Bourbon (dem späteren Heinrich IV.) mit der Tochter Karls IX. sich zahlreich in Paris versammelt hatten, auf Veranlassung der Königinmutter Katharina von Medici hingemetzelt wurden.
Septembermörder: s. Anm. zu S. 720: *5. September.*
Gemetzel von Avignon: s. Anm. zu S. 58: *Jourdan Coupe-Tête.*
Miquelets: spanische Widerstandskämpfer im Unabhängigkeits-

krieg gegen das Napoleonische Frankreich von 1808-14.
Verdets: grüne Kokarden tragende Royalisten, die für den »weißen Terror« von 1815 in Südfrankreich verantwortlich waren.
Cadenettes: Pferdezopf, der unter den Stutzern des Direktoriums beliebt war.
Jéhus Gefährten: Les Compagnons de Jéhu, Helden in dem Roman von Alexandre Dumas (1861), waren militante Konterrevolutionäre im Süden Frankreichs nach 1794.
die Ritter mit der Armbinde: ironische Bezeichnung für die Parteigänger des Herzogs von Angoulême, dessen Garden 1814 grüne Armbinden trugen.

1172 *Lafayette:* (s. Anm. zu S. 754). Nicht Lafayette tat diesen Ausspruch, sondern die Verfassung von 1793 sagt: »Wenn die Macht die Rechte des Volkes vergewaltigt, ist der Aufstand für das Volk [...] das heiligste der Rechte und unerläßliche Pflicht.«
Juvenal: Decimus Junius (58-138 n. Chr.), römischer Satiriker, geißelt leidenschaftlich und direkt, ohne die überlegene Ironie und stilistische Brillanz eines Horaz, den Sittenverfall im Rom des Domitian. Wurde angeblich nach Syene in Ägypten verbannt.
facit indignatio: Juvenal, Satiren I,79: »Wenn das Talent versagt, dann *formt Entrüstung* die Verse.«
Verbannten von Patmos: der heilige Johannes, der dort die Apokalypse schrieb.

1173 *ciceronische Periode:* Marcus Tullius Cicero (106-43 v. Chr.) hat die Lateinische Sprache, was die Eleganz der Diktion, die rhythmische Durchformung und den kunstvollen Aufbau seiner Perioden betrifft, zu klassischer Höhe geführt.
Verres: (1. Jahrhundert v. Chr.) korrupter römischer Beamter in Sizilien, gegen den Cicero sieben Prozeßreden hielt.
die Tiberiusse: s. Anm. S. 604. Tacitus erzählt in seinen *Annales* und *Historiae* die römische Geschichte vom Tod des Augustus (14 n. Chr.) bis zur Ermordung des Gewaltherrschers Domitian (96).

1174 *Vitellius:* Aulus (15-69), römischer Kaiser, als solcher auch vom Senat anerkannt, gab sich ganz dem Lebensgenuß und dem Schmaus hin.
Sulla: Lucius Cornelius (138-78 v. Chr.), römischer Aristokratenführer, Sieger über Jugurtha und Mithridates, stürzte die Volkspartei des Marius und stellte nach einem blutigen

Strafgericht die aristokratische Verfassung wieder her, herrschte als Diktator von 82-79.
Claudius: s. Anm. zu S. 69.
Domitian: Titus Flavius: (81 bis 96), römischer Kaiser, gewalttätiger Despot, wurde ermordet.
Caracalla: Cäsar Marcus Aurelius Antonius (176-217), römischer Kaiser von 211 bis zu seiner Ermordung, grausamer Herrscher, der das Land vereinheitlichte.
Commodus: (161-192), römischer Kaiser, grausamer Despot.
Heliogabalus: eigtl. Marcus Aurelius Antonius (204-222), römischer Kaiser von 218-222, führte die Verehrung des syrischen Sonnengottes Heliogabal in Rom ein.
Masaniello: Thomas Aniello, neapolitanischer Fischer, Führer eines Aufstands gegen die Spanier (1647 erschossen).
Spartakus: Führer des Sklavenaufstands in Rom 73-71 v. Chr.
Buzançais: Im Januar 1847 ermordeten Bauern in Buzançais einen Grundbesitzer, weil er sich weigerte, den Getreidepreis zu senken. Drei von ihnen wurden hingerichtet.
1177 *Lamarque:* Maximilien (1770-1832), General unter Napoleon, unter der Restauration zunächst verbannt, kehrte 1818 nach Frankreich zurück, 1828 in die Deputiertenkammer gewählt, liberaler Gegner des Ministers Polignac, nach der Julirevolution im Parlament.
Gérard: Étienne-Maurice, Comte (1773-1852), Kriegsheld unter Napoleon, jedoch erst von Louis-Philippe zum Marschall ernannt, war nach der Julirevolution für ein Jahr Kriegsminister.
Drouet d'Erlon: Jean-Baptiste (1765-1844), nahm an den »100 Tagen« teil, von Ludwig XVIII. verbannt, 1816 zurückgekehrt, mußte er bald darauf wieder aus Frankreich fliehen, weil er wegen der Teilnahme an einer orleanistischen Verschwörung zum Tode verurteilt worden war. Nach der Julirevolution, als das Haus Orléans die Macht ergriff, kehrte er abermals nach Frankreich zurück und wird schließlich ein Jahr vor seinem Tod zum Marschall von Frankreich ernannt.
in petto: bezieht sich ursprünglich auf die Kardinäle, deren Ernennung der Papst zwar bereits beschlossen, jedoch noch nicht vollzogen hat.
Verträge von 1815: s. Anm. zu S. 417.
1181 *Vendômesäule:* Anstelle der Königssäule 1810 auf der Place Vendôme aufgestellte Colonne d'Austerlitz, auf der in 425

Bronzereliefs nach Art der Trajanssäule in Rom der Feldzug von 1805 (s. Anm. zu S. 66) dargestellt ist.

Fitz-James: Édouard, Duc de (1776-1838), ultraroyalistischer Politiker.

der gallische Hahn: 1830 wurde die Bourbonenlilie als nationales Emblem durch den gallischen Hahn ersetzt.

Polytechnische Schule: s. Anm. zu S. 750.

Quénisset: (1814-1850), Brettschneider und Mitglied der Geheimgesellschaft der »Travailleurs égalitaires« (»Arbeiter für Gleichheit«), hatte am 13. September 1841 ein Attentat auf einen Offizier des aus Algerien zurückkehrenden Herzogs von Aumale ausüben wollen, jedoch nur dessen Pferd getötet. Er wurde zunächst zum Tode verurteilt, dann jedoch von Louis-Philippe begnadigt, ging nach Amerika und eröffnete eine Weinhandlung.

Exelmans: Rémi-Joseph-Isidore (1775-1852), hatte sich unter dem Kaiserreich vom einfachen Soldaten zu hohen Rängen emporgedient, unter der Restauration verbannt und 1819 zurückgekehrt.

1182 *Trenton, Brandywine:* 1776 und 1777, bedeutende Schlachten im amerikanischen Unabhängigkeitskrieg.

1188 *Bugeaud:* Thomas-Robert Bugeaud de la Piconnerie (1784-1849), schlug mit dem Grafen Lobau den Aufstand vom 5. Mai nieder.

Saint-Merry: spätgotische Kirche in der Rue Saint-Martin.

Soult: Nicolas-Jean-de-Dieu (1769-1851), hatte unter Napoleon entscheidend zum siegreichen Ausgang der Schlacht bei Austerlitz beigetragen, sich unter der ersten Restauration in die neuen Verhältnisse gefunden, war aber während der »100 Tage« zu Napoleon übergetreten, wurde daraufhin in der zweiten Restauration verbannt, 1819 rehabilitiert. Unter der Julimonarchie wurde er Nachfolger Gérards (s. Anm. zu S. 1177) als Kriegsminister.

1190 *Aufstand vom 12. Mai 1839:* nach dem Sturz des Ministers Molé kam es zu einem Umsturzversuch durch die Geheimorganisation »Société des Saisons«, dessen Anführer Barbès und Blanqui waren. Der Aufstand wurde niedergeschlagen, Blanqui konnte fliehen, Barbès wurde verhaftet und zum Tode verurteilt, aufgrund einer Bittschrift von Victor Hugo jedoch begnadigt (s. Anm. zu S. 957).

1191 *Armand Carrel:* (1800-1836): Herausgeber der monarchistischen Zeitung *Le National*, nahm die Aufständischen nach der Niederschlagung in Schutz: eine Regierung, die aus einem Volksaufstand hervorgegangen sei, brauche sich nicht zu wundern, wenn im Volk und in der Jugend »irgendwelche konfusen Instinkte des Aufruhrs« fortbestünden.

Clauzel: Bernard (1772-1842), war Generalgouverneur von Algerien gewesen und war im Parlament der Julimonarchie wie Lamarque Anhänger der liberalen Opposition.

Anne Radcliffe: (1764-1823), bedeutende Vertreterin der *Gothic Novel*, des englischen Schauerromans.

Lagrange: Charles (1804-1857), einer der Gründer der »Société du Progrès«, der »Gesellschaft des Fortschritts«, einer Lyoner Arbeitervereinigung, hatte erheblichen Anteil an der Auslösung des Aufstands von Lyon im Jahre 1834.

1194 *Baour:* Pierre-François-Louis (1770-1854), nannte sich Baour-Lormian, Dichter im Stile Ossians (*Poésies galliques*, 1801) und Übersetzer des Tasso. War eine der Lieblingszielscheiben des Spotts des jungen Hugo gewesen, der als Royalist, der er damals war, den Mann, der bis zur Restauration einer der offiziellen Dichter des Kaiserreichs gewesen war, und der seit 1815 die »Rückkehr zur Religion« und »die Salbung Karls X.« besang, wenig schätzte.

1196 *Macbeth:* »Heil dir, Macbeth, dir künft'gem König, Heil!/[...] Kön'ge erzeugst du, bist du selbst auch keiner.« (I,3).

1197 *König von Rom:* Napoleon II. (1811-1832), Sohn von Napoleon I. und Marie-Louise, der Tochter Franz' I. von Österreich. Napoleon II. starb als Herzog von Reichstadt an Lungentuberkulose.

1199 *Ulme von Saint Gervais:* Ulme, unter der im Mittelalter Versammlungen und Gerichte abgehalten wurden.

Prudhomme: sicher ist auch hier wieder die Witzblattfigur, und nicht der Revolutionsjournalist (s. Anm. zu S. 980) gemeint, der Name der Figur steht für den ihres Erfinders Henri Monnier (s. Anm. zu S. 69).

1200 *mit pindarischem Akzent:* der Odendichter Pindar (522 oder 518-nach 446 v. Chr.) galt im Altertum als unerreichbarer Meister des erhabenen Stils.

1202 *para bellum:* »Wenn du Frieden willst, *bereite den Krieg vor*«.

1209 *der alte Théophile:* Théophile de Viau (1590-1626), die Verse sind nicht von ihm, sondern aus dem Gedicht *Solitude* seines Zeitgenossen Marc-Antoine Saint-Amant (1594-1661); beide gehörten zu den sogenannten »Burlesken«, die gegen Sprachregelung und Rhetorik mit Archaismen und dem

Gebrauch vulgärer Wörter auftraten. Sie gehören zu den Autoren, die Gautier in seine Reihe der *Grotesques* (s. Anm. zu S. 751) aufnimmt.
Mathurin Régnier: (1573-1613), glänzender Sittenschilderer und Satiriker, Gegner der frühklassizistischen Regulierung der Dichtung eines Malherbe (auch er einer der von der Romantik wiederentdeckten *Grotesques*.)
Natoire: Charles-Joseph (1700-1777), Maler, der vor allem in dekorativen galant-mythologischen Raumausmalungen brillierte (Hôtel de Soubise 1737).
Ellipse: rhetorische Figur der Weglassung eines aus dem Sinnzusammenhang leicht zu ergänzenden Wortes oder Satzteils (»Korinth« statt »korinthische Traube«).
Korinth: die 244 v. Chr. zuerst von den Spartanern, dann von den Römern geplünderte und zerstörte Stadt der Kunst und des Lebensgenusses, deren Belagerung den Gegenstand von Rossinis Oper *Le siège de Corinth* bildete, die 1826 in Paris aufgeführt wurde.
1210 *Carpe horas:* »Genieße die Stunden«, nach Horaz (Oden I,11,8): Carpe diem – »Genieße den Tag«.
1212 *Bewirte, wenn du kannst...:* Corneille, *Héraclius* (IV,4): »Devine si tu peux et choisis si tu l'oses« – »Rate, wenn du kannst, und wähle, wenn du Mut hast.«
1213 *bini:* ein Laienbruder und ein Pater seines Ordens, dem er unterstellt ist, bilden ein Paar *bini*: »je zwei«.
Laigle mit den Grabreden: Bossuets Grabreden waren berühmt (s. Anm. zu S. 314).
1214 *Du Breul:* Dom Jacques, *Le Théâtre des antiqitez de la ville de Paris* (*Der Schauplatz der Altertümer von Paris*, verschiedene Ausgaben zu Beginn des 17. Jahrhunderts).
Sauval: Louis, *Histoire des antiquités de la ville de Paris* (*Geschichte der Altertümer von Paris*, 3 Bde., Paris 1724)
Lebeuf: Abbé Jean, *Histoire du diocèse de Paris* (*Geschichte der Diozöse Paris*, 15 Bde., Paris 1754-1758) – alle drei Autoren hatten die wichtigsten dokumentarischen Quellen für Hugos *Notre-Dame de Paris* (1831) gebildet.
Rue Richelieu vor der großen Bibliothek: die Bibliothèque Royale, heutige Bibliothèque Nationale.
1215 *Clusium:* in Etrurien.
Diese Episode ist in Titus Livius' Geschichte der Stadt Rom (V,48,9) überliefert.
Vae victis!: »Wehe den Besiegten!«

1216 *Schlag mit dem Kometen:* der Ermordung Cäsars war das Erscheinen eines Kometen vorangegangen.
Komet von 1811: Napoleon II, der König von Rom (s. Anm. S. 1197). In *Napoléon II.*, dem fünften Gedicht der *Chants du Ccrépuscule* (1835, *Gesänge der Dämmerung*) hält Napoleon seinen neugeborenen Erben in die Höhe und ruft: »L'avenir! l'avenir! l'avenir est a moi!« (»Die Zukunft! die Zukunft! die Zukunft ist mein!«) – »Non,« lautet die Antwort der nächsten Strophe, »l'avenir n'est à personne! Sire! l'avenir est à Dieu!« (Nein, die Zukunft ist niemandes, Sire, die Zukunft gehört Gott!«).

1217 *Prinz von Condé am Strick:* s. Anm. zu S. 395.

1219 *Timbraeus Apollo:* die trojanische Stadt Thymbra besaß eine berühmte Kultstätte des Apollom Thymbraios (Vergil, *Georgika* IV, 323).

1224 *Non licet omnibus...:* nach Horaz: »non cuivis homini contingit adire Corinthum« (»Nicht jedem, der reist, gelingt es, Korinth zu erreichen. »Epistulae I,17,36).

1225 *Meister der Blumenspiele:* Am 28. April 1820 war der 18jährige Victor Hugo von der »Académie des jeux Floraux« in Toulouse (»Akademie der Blumenspiele«) zum Meister derselben gekürt worden.
Thermopylen: s. Anm. zu S. 405.
Drogheda: während seiner Regierungszeit unterwarf Cromwell (s. Anm. zu S. 776) Irland und Schottland.

1248 *Paris aus der Sicht eines Nachtvogels:* Anlehnung an den Titel des berühmten Kapitels aus *Notre-Dame de Paris*: *Paris à vol d'oiseau* – »Paris aus dem Vogelflug«.

1254 *Timoleon:* korinthischer Feldherr, der die Katharger 339 v. Chr. am Crimisus schlug und Syrakus befreite.

1255 *Marcel:* Étienne (gest. 1358), versuchte vergeblich, die französische Monarchie auf ständisch-demokratischer Grundlage zu reformieren, wurde bei einem Volksaufstand erschlagen.
Arnold von Blanckenheim: Arnold von Brescia (1100-1155), als Führer der demokratisch-republikanischen Partei in Rom, die einen Senat nach altrömischem Vorbild errichtet hatte, wurde er 1148 mit dem Kirchenbann belegt und schließlich hingerichtet.
Ambiorix: keltischer Stammesführer, der 54/53 v. Chr. anderthalb römische Legionen vernichtete.
Artevelde: Jacob van, Führer einer flandrischen Volksbewegung von 1338.

Marnix: Philips van, Heer van Sint Aldegonde (1540-1598), niederländischer Staatsmann und Schriftsteller, Verfasser einer Satire gegen die katholische Kirche, bekämpfte die spanische Herrschaft.

Pelayo: spanischer Nationalheld (gest. 737), Führer der letzten Westgoten, die sich in den Bergen Asturiens den Arabern widersetzten.

Der gefesselte Prometheus: die Tragödie des Aischylos vom von den Göttern gestraften Aufbegehrer Prometheus liegt zeitlich nach der Ermordung des Tyrannensohns Hipparch durch Aristogeiton und Harmodius (s. Anm. zu S. 748).

10. August: s. Anm. zu S. 163.

Thrasybulos: athenischer Staatsmann und Feldherr (gest. 388 v. Chr.), vertrieb 403 v. Chr. die dreißig Tyrannen aus Athen und stellte die Demokratie wieder her.

1258 *Da draußen ist's duster:* im Original: »voici la banlieu« – der größte Teil der Nationalgarde wurde aus Bewohnern der Banlieu rekrutiert, die traditionellerweise reaktionärer gesonnen waren, als die Bewohner der Innenstadt und sich daher eher bereit fanden, Aufstände niederzuschlagen.

1259 *Statue des Komturs:* in Mozarts Don Giovanni wie auch in Molières Don Juan das sich verlebendigende steinerne Grabmal des ermordeten Komturs das Don Juan in die Hölle holt.

1278 *zur rechten Zeit wieder hiersein:* Notiz des Autors auf dem Manuskript: »14. Februar [1848] hier hat der Pair von Frankreich sein Werk abgebrochen und der Verbannte hat es fortgesetzt. 30. Dezember 1860. Guernsey.«

1294 *Orfila:* Mathieu (1787-1853), Toxikologe, Chemiker an der medizinischen Fakultät von Paris.

1303 *Charybdis und Skylla:* im Altertum die Meerenge von Messina und das dort auf dem Felsenriff hausende Meerungeheuer Skylla.

Juniaufstand von 1848: die Revolution von 1848, aus der die 2. Republik unter Präsident Louis Bonaparte hervorging.

Ochlokratie: aus dem Griechischen abgeleiteter Begriff des 16. Jahrhunderts: Staat, der vom »ochlos«, dem Pöbel, und nicht vom »demos«, dem Volk regiert wird.

1304 *Geusen:* obwohl ihr Name von dem französischen gueux, »Bettler« abgeleitet ist, waren unter diesen im 16. Jahrhundert gegen die spanische Herrschaft verbündeten Niederländern auch zahlreiche Edelleute. »Bettler« nannten sie

sich wahrscheinlich wegen der aschgrauen Gewänder, in die sie sich kleideten und dem Erkennungszeichen, dem »Geusenpfennig«.
Fex urbis lex orbis: »Der Unflat der Stadt ist das Gesetz der Welt. (Cicero, Ad Att., I,16,11)

1306 *Sisyphos:* der Sage nach König von Korinth, der in der Unterwelt als Strafe für seine Gewalttätigkeit einen Felsen auf einen Berggipfel wälzt, von dem er immer wieder hinunterrollt.
Hiobs Scherbe: Hiob schabte sich mit der Scherbe gegen den Aussatz, mit dem er vom Teufel geschlagen wurde (Hiob 2,8).
Ossa auf dem Pelion: Berg und Gebirge in Griechenland.
9. Thermidor: 27.7. 1794, Sturz Robespierres.
21. Januar: 21. 1. 1793, Hinrichtung Ludwigs XVI.
Vendémiaire: s. Anm. zu S. 1170.
Prairial: Prairialaufstand vom 20.-23.5. 1795.

1307 *Zaatcha und Konstantine:* Schlachten des Krieges in Algerien gegen Abd-el-Kader: Einnahme von Constantine im September 1837, Einnahme der Oase von Zaatcha 1849.
Cournet: Frédéric (1808-1852), Marineoffizier, der 1847 vorzeitig verabschiedet wurde. Floh nach dem Staatsstreich vom 2. Dezember (s. Anm. zu S. 527) nach London, traf dort Barthélemy, der wie er politischer Flüchtling war und wurde von diesem in einem Duell getötet. Barthélemy wurde 1854 wegen zweifachen Mordes erhängt.

1311 *Womit beschäftigt man sich...:* La Fontaine, *Le lièvre et les grenouilles* (Fabeln 2,XIV, *Der Hase und die Frösche*): »Car que faire en un gîte à moins que l'on ne songe?« (»Womit beschäftigt man sich im Nest, wenn nicht mit Träumen?«)

1313 *Floß der »Medusa«:* s. Anm. zu S. 144.

1314 *Harmodius:* s. Anm. zu S. 748.
Cherea: (Cassius Choera), Tribun einer Kohorte der kaiserlichen Leibgarde, einer der Mörder Caligulas.
Stephanus: ermordete 96 n. Chr. den Despoten Domitian.
Charlotte Corday: (1768-1793), anfänglich selbst Anhängerin der Revolution, erstach sie 1793 den Jakobiner Marat im Bade, um Frankreich von der Schreckensherrschaft zu befreien.
Sand: Karl Ludwig (1795-1820), jungdeutscher Student, der 1819 den Bühnenautor und antiliberalen, antinationalen Bühnenautor und als »zaristischer Spion« geltenden August von Kotzebue ermordete.
Raux: Esprit, seine Versübertragung der »Georgika« erschien

1802, galt als sehr schlecht und war das Gespött aller Journalisten.
Cournand, Abbé Antoine de: Versübersetzung, 1805
Delille: s. Anm. zu S. 447.

1315 *Malfilâtre:* Jacques-Claude-Louis Clinchamp de: *Le Génie de Virgile, ouvrage posthume publié d'après les manuscrits autographes, avec des notes et des additions, par P.A: Miget,* (Paris 1810: »Der Genius Vergils«).
Diatribe: gelehrte Untersuchung, deren eigentlichen Zweck die Schmähung ihres Gegenstandes bildet.
Zoilos: Sophist des 4. Jahrhunderts v. Chr., wurde der »Plagegeist« Homers genannt.
Eutrop: römischer Geschichtsschreiber des 4. Jahrhunderts: *Breviarium ab urbe condita* (Geschichte Roms in 10 Büchern) VII,20:
»Aliaque *regia ac…*«: Häufig handelte er wie ein König und fast wie ein Tyrann.«
Cydathenaion: attische Stadt, deren Bewohner allesamt vorgaben, von Adel zu sein.
Myrrhinos, Probalynthe…: Stämme und Bezirke Attikas.

1324 *Saint-Juste:* s. Anm. zu S. 748.
Anacharsis Cloots: Jean-Baptiste, Baron de Cloots (1755-1794), republikanischer Kosmopolit und schwärmerischer Anhänger der Revolution, nannte sich »Redner des Menschengeschlechts«, wurde 1794 in Robespierres Kampf mit den Hébertisten verwickelt und hingerichtet.

1326 *Delphi:* ursprünglich Pytho, »Fragestätte«, Kultstätte mit dem berühmten Orakel am Fuße des Parnassos. Auf einem Dreifuß über einer Erdspalte, der betäubende Dämpfe entstiegen, verkündete Pythia ihre Weissagungen. Vor jeder bedeutenden Unternehmung wurde dieses Orakel befragt. Die zwölf griechischen Volksstämme entsandten Abgeordnete, die sogenannten *Amphiktyonen,* die über das Orakel wachten, und die feierlichen Bräuche regelten.

1346 *Henri Fonfrède:* (1788-1841), Journalist in Bordeaux, unter der Restauration republikanischer Oppositioneller, nach der Julirevolution glühender Verteidiger der neuen Monarchie. Kam 1836 nach Paris, war dort aber relativ erfolglos und ging bald zurück nach Bordeaux, wo er den *Courrier de Bordeaux* gründete.
Herzog von Saint-Simon: nicht der Sozialtheoretiker, sondern Louis de Rouvroy, Duc de Saint-Simon (1675-1755), der

mit seinen Memoiren eine glänzende Schilderung des Hoflebens unter dem späten Ludwig XIV. und der Régence schuf. Diese wurden erst 1829 veröffentlicht, als die französischen Romantiker sie als Meisterwerk entdeckten.

1348 *quid divinum:* s. Anm. zu S. 374.

1349 *Cavaignac de Baragne:* Jacques-Marie, Vicomte de (1773-1855), diente unter dem Kaiser, unter der Restauration und unter Louis-Philippe, der ihn zum Pair de France machte.

Soult: s. Anm. zu S. 1188.

Suchet: Louis-Gabriel (1772-1826), der sich vom einfachen Soldaten zum Marschall von Frankreich hochgedient hatte, kommandierte bei der Belagerung von Saragossa (s. Anm. S. 435) in Napoleons Krieg gegen Spanien und Portugal (1808-14).

1351 *Madame Scarron:* Françoise d'Aubigné, die Frau des Dichters und Theatermanns Paul Scarron, die später als Mme Maintenon zur Maitresse und schließlich heimlichen zweiten Gemahlin Ludwigs XIV. wurde, wodurch sie großen Einfluß auf die französische Politik in Richtung einer verstärkten Hinwendung zur Kirche gewann.

Roland: Neben unzähligen anderen bunten Handlungssträngen und abenteuerlichen Episoden schildert Ludovico Ariost (1474-1533) in seinem Stanzenepos *Orlando furioso* (1516, 1521 und 31 erweitert, *Der rasende Roland*) die bis zur Raserei getriebene Liebe des Ritters Roland zu der morgenländischen Prinzessin Angelica.

1356 *Antäus:* Riese von unbändiger Kraft, die er aus der Berührung mit seiner Mutter Gäa, der Erde, schöpfte. Von Herakles in der Luft erwürgt.

1357 *Invenerent parvulum...:* nach Lukas 2,12: »Invenietis parvulum pannis involutum« (»Ihr werdet finden das Kind, in Windeln gewickelt«), heißt es hier: »Sie fanden ein Kind...«.

1359 *Aldebaran:* rot strahlender Stern im Stier.

Horaz, Goethe, La Fontaine: alle drei waren Günstlinge von Fürsten (Horaz des Augustus, Goethe des Herzogs August von Weimar, La Fontaine Ludwigs XIV.) und verhielten sich relativ opportun zu deren Politik. La Fontaine bat aber zumindest in einem Gedicht um die Rehabilitation seines in Ungnade gefallenen ehemaligen Förderers, des Ministers Fouqué.

1360 *Vulkan:* röm. Gott des Feuers und der Schmiede, war häßlich und hinkte.

Solem quis...: »Wer wagt's und zeih'the Phöbus [die Sonne] falschen Berichts? Er warnt uns auch, wenn blinde Tumulte/Dräun und verborgene List und heimlich schwärender Aufruhr.« (Vergil, Georgika 463/64).

Maria von Medici: (1573-1642), Frau Heinrichs IV., errichtete sich ab 1611 das Palais de Luxembourg als Witwensitz, nachdem Heinrich IV. 1610 ermordet worden war.

1362 *al giorno:* bei Tageslicht.

1363 *Saturnalien:* römisches Fest zu Ehren des Saturn, dem Vater des Jupiter, bei dem die Sklaven bewirtet und beschenkt wurden (zu Zeiten des Saturnus hatte es noch keine Unfreien gegeben).

1366 *Mortuus pater...:* »der tote Vater erwartet den sterbenden Sohn«.

1367 *Cougourde:* s. Anm. zu S. 746.

1369 *Clermont-Tonnerre:* s. Anm. zu S. 714.

1375 *aufgezwungene Charte:* s. Anm. zu S. 413 und 416.

1376 *Minerva in Pallas:* Pallas Athene, römisch Minerva, ist die Göttin sowohl der Weisheit als des Krieges.

1377 *Nerval:* Gérard de (1808-1855), der sich insbesondere in seinen Sonetten, den *Chimères*, als Dichter düsterer Traumvisionen, die ihm der bei wachem Bewußtsein verfolgte zunehmende Fall in die Schizophrenie eingab. Am 26. Januar 1855 erhängte er sich in der Rue de la Vieille Lanterne.

1379 *John Brown:* (1800-1859), weißer Amerikaner, der als strenggläubiger Puritaner für die Befreiung der Schwarzen gekämpft und dabei auch zu militanten Mitteln gegriffen hatte, einen Sklavenaufstand auslöste, zum Tode verurteilt und am 2. Dezember 1859 trotz Gnadenappellen aus aller Welt – u.a. auch von Hugo – erhängt wurde (es existieren mehrere Zeichnungen des erhängten John Brown von der Hand Hugos).

Pisacane: Carlo (1818-1857), italienischer Offizier und Patriot, nahm an verschiedenen revolutionären Unternehmungen teil und wurde bei dem Versuch, einen Volksaufstand im Königreich Neapel auszulösen, getötet.

Garibaldi: Giuseppe (1807-1882), italienischer Freiheitskämpfer, Anhänger von Giuseppe Mazzinis revolutionärem Geheimbund des »Jungen Italien«, kämpfte bei der Revolution von 1848/49 gegen Österreich und leitete die Verteidigung der Römischen Republik gegen Frankreich. 1860 eroberte er im »Zug der Tausend« Sizilien und stürzte die Bourbonen.

1382 *Vitae lampada...:* »Sie reichen einander die Fackeln des Lebens zu.« Lukrez, *De natura rerum*, II, 78. Ergänzung des Zitats auf Seite 754.

Sybaris: galt als Stadt der Völlerei und des üppigen Lebensgenusses.

1385 *Zuave:* ursprünglich Angehöriger algerischer Hilfstruppen im französischen Heer, später aus Europäern gebildete französische Truppe in türkischer Uniform.

1387 *Weda:* (sanskrit: Wissen), die heilige Schrift des Brahmanismus, die für Denken und Handeln der Hindus bestimmend ist.

1388 *Franz I:* (1494-1547), französischer König seit 1515, siegte am 13./14. September 1515 in Marignano über die Schweizer und brachte damit Mailand in seine Gewalt.

Homer singt...: sehr frei veränderte Zusammenfassung der Verse 12 bis 35 des 6. Gesanges der *Illias*.

Esplandian: Titelfigur eines spanischen Romans aus dem 16. Jahrhundert: *Las Sergas del esforzado caballero Esplandian, hijo del excelente rey Amadis de Gallia* (*Die Abenteuer des tapferen Ritters Esplandian, Sohn des trefflichen Königs Amadis von Gallien*) von Garcí Ordóñez de Montalvo.

1389 *Ephyre:* das spätere Korinth.

1391 *Katastrophe in der Rue ...«:* s. Anm. zu S. 953.

1392 *Suchet:* s. Anm. zu S. 1349.

Palafox: s. Anm. zu S. 435.

Archimedes: Archimedes von Syrakus (287-212 v. Chr.), Mathematiker und Physiker, gilt als Erfinder des »Griechischen Feuers«, der gefürchteten, auf Schiffe abgefeuerten Brandwaffe.

Bayard: Pierre Terrail, Seigneur de (1476-1524), ließ bei der Verteidigung von Mézières siedendes Pech auf die Angreifer schütten.

1402 *Folie-Beaujon:* das Haus des Hofbankiers Nicolas Beaujon (1708-1796) in der Nähe der heutigen Place de l'Étoile gelegen. Nach seinem Tod wurde der Garten verkauft und in einen Vergnügungspark umgewandelt, der 1824 aufgelöst wurde.

1403 *Liebig:* Justus von (1803-1873), deutscher Chemiker, begründete die Ackerbauchemie (Mineraldüngung): *Die Chemie in ihrer Anwendung auf Agrikultur und Physiologie*, Braunschweig 1840.

Urbi et orbi: »der Stadt und dem Erdkreis« (Segen des Papstes).

1404 *Tyros:* neben Sidon die wichtigste Stadt Phöniziens im Altertum, Glanzzeit unter Hiram (um 950 v. Chr.), 332 v. Chr. Eroberung durch Alexander den Großen.

Sparta: bis zum 5. Jahrhundert v. Chr. führende Macht Griechenlands. Durch Selektion und Strenge fundamentierter militärischer Herrenstaat.

Ninive: die prachtvolle Stadt am Tigris, in der sich der Palast des Assurbinapal (Sardanapal) befand.

Lutetia: einer populären Etymologie zufolge war der römische Name von Paris, Lutetia, von »lutum« – Schlamm, Dreck – abgeleitet. Bereits in einer Notiz aus der Zeit zwischen 1834 und 39 hatte Hugo bemerkt: »Die Urbs der modernen Zeiten heißt Lutetia, was sich von Lutus, Dreck, herleitet und heißt Parisis, was von Isis kommt, der geheimnisvollen Göttin der Wahrheit. So haben 20 Jahrhunderte diese beiden Ideen, die Verschmutzung und das Strahlen, dazu gebracht, sich in dieser Scheußlichkeit voller Glanz, dieser heiligen Prostituierten zu verbinden, die man Paris nennt.« (Massin, Bd. 5, S. 978).

Bacon: Francis (1561-1626), Begründer des Empirismus: alleiniges Ziel der Naturforschung ist die Erweiterung der menschlichen Macht durch das Wissen (»Wissen ist Macht«).

1405 *Johann von Leiden:* (um 1510-1536), Führer der Wiedertäufer in Münster, wo er sein »Königreich Zion« ausrief.

Gemonien: s. Anm. zu S. 680.

Maillotins: »Hammermänner« – Aufständische im Jahre 1382.

Paletotmarder: Manteldiebe.

Morin: Simon (gest. 1663): Illuminat, erklärte sich für Gottes Sohn, der Dichter Desmarets de Saint-Sorlin, Autor der Komödie *Les Visionnaires* denunzierte ihn, er wurde verhaftet und am 14. März 1663 auf der Place de Grève verbrannt.

Fußbrenner: »chauffeurs«, Banditen der Revolutionszeit, die ihren Opfern die Füsse verbrannten, um zu erfahren, wo sie ihr Geld versteckt hielten.

Truanderie: Landstreichertum.

picareria: von Picaro, Schelm, den Protagonisten der Schelmenromane (wie z.B. *Lazarillo de Tormes* (1554).

Mirakelhof: Treffpunkt der Gauner und Bettler in *Notre Dame de Paris*.

1406 *Falstaff:* Sir John, versoffener, verfressener und verhurter prahlerischer Ritter in Shakespeares *Henry IV.* (2 Teile, 1597-

99) und *The Merry Wives of Windsor* (1598) s. a. Anm. zu S. 51.

1407 *Margoton:* Frau von zweideutigen Sitten.

Bartholomäusnächte: s. Anm. zu S. 1174.

Ludwig XI.: (1423-1483), ab 1461 König von Frankreich, galt als hinterlistig und grausam, wo es um die Durchsetzung seiner Machtinteressen ging, bekämpfte den Hochadel und bevorzugte, um sich von diesem unabhängig zu machen, den Umgang mit Dienern niederen Standes, z. B. mit seinem »Gevatter«, dem Henker Tristan.

Duprat: Antoine (1463-1535), Kanzler unter Franz I., der, um dessen Kriege zu finanzieren, eine Zwangssteuer erhob, was ihn im Volk sehr unbeliebt machte. Nach dem Tode seiner Frau trat er einem Orden bei, wurde bald darauf Kardinal und verfolgte aufs Grausamste die Reformierten.

Karl IX.: (1550-1574), wurde mit zehn Jahren König von Frankreich, seine Mutter, Katharina von Medici, initiierte unter seiner Regierung 1572 die Bartholomäusnacht (s. Anm. zu S. 768 u. 1174).

Richelieu: Armand Jean du Plessis, Duc de (1585-1642), Kardinal und leitender Minister Ludwigs XIII. (1601-43, König ab 1610) seit 1624, durch den dem Absolutismus gegen den Widerstand des Hochadels zum Durchbruch verholfen wurde.

1408 *Messalina:* Valeria (25-48), die dritte Frau des Claudius, intrigant, ausschweifend, habgierig.

Mercier: Louis-Sébastien (1740-1814), Pariser Literat, war Konventsmitglied, dann Professor für Geschichte, Verfasser eines kulturhistorischen *Tableau de Paris* 1781-88, dt. *Paris, ein Gemälde,* 1883ff.), worin er ein realistisches Bild der französischen Gesellschaft am Ende des 18. Jahrhunderts gibt.

Dädalus (Daidalos): erbaute als Gefangener des Königs Minos das Labyrinth von Kreta bevor er mit den bekannten selbstgebauten Flügeln gemeinsam mit seinem Sohn Ikaros entfloh.

1410 *Theben:* Hauptstadt Böotiens mit der mehrere Sagen verknüpft sind (z. B. Ödipus, Sieben gegen Theben, Herakles).

Behemoth: hebräisch: Großtier – im Buch Hiob (40,15ff.) zeigt Gott dem Propheten am Bild des Behemoth (Nilpferd) und des Leviathan (Krokodil), wie wenig er als Mensch es mit ihm aufnehmen könne.

Sainte-Foix: (oder: Saint-Foix), Germain-François-de (1698-1776), Schriftsteller und raufslustiger Abenteurer.

Créqui: vielleicht: François, Marquis de (1624-1687), Marschall von Frankreich. Ein Graf Jean de Créqui war auch die Hauptfigur in dem Fragment des Dramas *Les Jumeaux* (1839, *Die Zwillinge*), einer Dramatisierung der Legende um den geheimnisvollen Gefangenen mit der eisernen Maske in den Kerkern Ludwigs XIV.

Marmousets: Gruppe von Verschworenen aus Adel und Geistlichkeit, die sich die Wiederherstellung der staatlichen Ordnung im Hundertjährigen Krieg (1339-1453) zwischen England und Frankreich zum Ziel gesetzt hatten, 1392 ermordet.

Fagon: Guy-Crescent (1638-1708), Arzt und Botaniker.

Barathron: Latinisierung eines griechischen Wortes, das die Schlucht bezeichnete, in die man in Athen die Leichen der Gehenkten warf.

1411 *Decrès:* 1805 gab es keinen Minister dieses Namens. Während der kurzen Zeit der Hundert Tage war ein Denis Decrès Marineminister.

1416 *Rue de Rivoli:* an der Nordseite des Tuileriengartens ab 1802 enstandene schnurgerade Straße mit einheitlicher Bebauung: Arkaden im Erdgeschoß und Fassaden in strenger Ordnung.

Tartüff: Tartuffe, der falsche Frömmler in Molières Komödie (1669).

1424 *Miasmen:* giftige Ausdünstungen.

1426 *Mirakelhof:* s. Anm. zu S. 1405.

1428 *wie der Prophet war er...:* Jona 2,1ff.

1431 *Matrosenhut:* bousingot, kleiner lederner Matrosenhut, nach dem englischen Wort für eine Hafenkneipe (»bowsing«) so genannt. Nach der Julirevolution nannte man so die jungen Aufrührer, die eine Weste à la Marat trugen, die Haare à la Robespierre und eben jenen Matrosenhut. Während die Angehörigen der »Jeune-France«, des »Jungen Frankreich«, sich in der byronesken Pose des Weltschmerzes gefielen, waren die Bousingots politisch radikal und zumindest verbal militant wie ihr Anführer Petrus Borel. Besonders der Figaro, für den zu jener Zeit Balzac, Dumas und Alphonse Karr schrieben, griff 1832 die Bousingots in Wort und Karikatur an. Von da an wurde das Wort synonym mit jeder Art von Demagogen und Anarchisten gesetzt.

1434 *Haus Franz' I.:* noch heute existierendes Renaissance-Haus am Cours Albert Ier, Ecke Rue Bayard, das 1572 in Moret im Wald von Fontainebleau als Jagdhaus erbaut und unter Karl X.

von einem Liebhaber gekauft, Stein für Stein nach Paris gebracht und nach einem veränderten Plan für die Schauspielerin Mlle Mars (s. Anm. zu S. 668) neu aufgebaut wurde. Hugo notierte sich um 1840 die an dem Haus angebrachte Aufschrift und übersetzte sie: »Qui scit froenare linguam sensum qui domare/Fortior est illo qui frangit viribus urbis.« (»Wer Zunge und Sinne in Zaum zu halten weiß, ist mächtiger als der, der Städte zerstört.«)

1444 *Clarence:* George (1449-1478), Bruder des englischen Königs Edward IV. (1442-1483), Anhänger von dessen Gegner Heinrich VI. mit dem gemeinsam er einen Aufstand gegen seinen Bruder führte. Er wurde niedergeschlagen und Clarence zum Tode verurteilt. Als man ihm die Wahl über die Weise, in der er hingerichtet werden sollte, überließ, wünschte er, in einem Faß Malvasier ersäuft zu werden. Hugo ist sein tragikomisches Ende sicher aus Shakespeares *King Richard III* (1592) bekannt gewesen. Seit 1856 hatte sein Sohn François-Victor damit begonnen, die Werke Shakespeares zu übersetzen, wodurch auch er selbst vertauter mit dem britischen Dichter wurde.

1445 *Lérida:* erfolglose Belagerung der katalonischen Stadt durch den Prinzen Condé im Jahre 1647.

Hero: Leander durchschwamm jede Nacht den Helespont, um seine Geliebte, die Priesterin Hero zu erreichen, dem Licht folgend, das diese ins Fenster stellte. Als eines Nachts der Sturm die Lampe ausblies, ertrank Leander (z. B. bei Vergil, *Georgika* III, 258ff.).

Thisbe: Die Eltern von Pyramus und Thisbe verhinderten den Umgang des Paares, das sich aber heimlich durch einen Riß in der Mauer zwischen den beiden benachbarten Häusern verständigte. Man verabredete sich vor der Stadt, Thisbe kam zu früh, floh vor einem Löwen und verlor den Schleier dabei. Pyramus erblickte nur den Löwen und den Schleier, hielt Thisbe für tot und erstach sich. Als Thisbe den Toten erblickte, tat sie desgleichen (Ovid, *Metamorphosen* IV,55-166).

1467 *Tirecuire de Corselle:* Claude Tircuy de Corcelles (1768-1843): liberaler Abgeordneter unter der Restauration, Anhänger Lafayettes, der mit Nachdruck Presse- und Versammlungsfreiheit einforderte.

1473 *Schüssel des Pontius Pilatus:* »und er wusch die Hände vor dem Volk und sprach: Ich bin unschuldig an dem Blut dieses Gerechten; sehet ihr zu!« (Matth. 27,24).

1476 *Fampoux:* Ort, an dem sich 1844 ein großes Eisenbahnunglück ereignete.

1477 *Damaskus:* Bekehrung des Paulus (s. Anm. zu S. 77).

1487 *am siebenten September ...:* der Fehler, der Hugo an dieser Stelle unterläuft (vom 6. Juni bis zum 7. September sind nur drei und nicht vier Monate), wird von den Herausgebern mehrerer französischer Ausgaben dem Umstand zugeschrieben, daß der 7. September der Tag war, an dem Hugo 1843 aus der Zeitung vom Ertrinkungstod seiner geliebten Tochter Léopoldine erfuhr, der sich am 4. September ereignet hatte, und daß sich ihm aus diesem Grunde hier die Zahl Vier aufdrängte. Wie hier, flicht Hugo auch an vielen anderen Stellen, die nicht immer eigens erwähnt wurden, da sie wenig zum Verständnis des Textes beitragen, insgeheim Allerpersönlichstes in Form eines Datums, eines Ortsnamens oder ähnlichem in die Erzählung ein.

1492 *Régence:* Zeit nach dem Tode Ludwigs XIV., in der der Duc d'Orléans bis zur Volljährigkeit Ludwigs XV., also von 1715 bis 1730 die Regierung in der Hand hatte, und die als Zeit der Freizügigkeit und des lockeren Wandels gilt.

1493 *Dorant:* Name des jugendlichen Liebhabers in zahlreichen Komödien, z. B. Corneilles *Menteur*, wo er der Sohn des Géronte ist.

André Chénier: s. Anm. S. 751. *Der junge Kranke (Le Jeune Malade)* ist die XXIV. von Chéniers *Bucoliques* und hatte bis zur Ausgabe von Becq de Fouquières im Jahre 1862 den Titel *Le Malade*. Der junge – natürlich von Liebe – Kranke wird am Ende des Gedichts von der Geliebten selbst belehrt: »Ami, depuis trois jours tu n'es d'aucune fête,/Dit-elle, que fais-tu? pourquoi veux-tu mourir?/Tu souffres: l'on me dit que je peux te guérir,/Vis et formons ensemble une seule famille./Que mon père ait un fils et ta mère une fille.« (Freund, drei Tage schon bleibst du den Festen fern, spricht sie, was tust du? warum suchst du den Tod? man sagt mir, ich könne dich heilen, so lebe und laß uns einander angehören, daß mein Vater einen Sohn und deine Mutter eine Tochter habe.«)

1496 *Boulard:* Antoine-Marie-Henri (1754-1825), Pariser Literat und berühmter Bücherliebhaber, dessen Bibliothek bei seinem Tod 500 000 Bände umfaßte. War auch der Testamentsvollstrecker Jean François de La Harpes (1739-1803), durch den wichtige, die Philosophie des 18. Jahrhunderts betreffende Teile von dessen Literaturgeschichte: *Cours littéraire* (1799) zur Publikation gelangten.

1498 *Saint-Denis:* Saint-Denis du Sacrement befand sich 1833 noch im Bau und wurde erst 1835 vollendet.

Saint-Paul: unter Ludwig XIII. 1627 erbaute Jesuitenkirche in der Rue Saint-Antoine im Marais, die erste in Paris, die sich an das Vorbild der barocken Jesuitenarchitektur in Italien, und insbesondere der Mutterkirche des Jesuitenordens, Il Gesù in Rom anlehnt. Inmitten des Aristokratenviertels gelegen, ist sie im 17. und 18. Jahrhundert vor allem durch ihre Prediger Anziehungspunkt der gesellschaftlichen Oberschicht.

Jeanne d'Arc: (1412-1431), auf die französische Nationalheldin, die 1429 die englische Belagerung von Orláns sprengte, spielt Gillenormand hier vor allem wegen ihrer sprichwörtlichen Jungfräulichkeit an.

Turris eburnea: »Turm von Elfenbein« – eine der Anrufungen der heiligen Jungfrau in den Marien-Litaneien.

So sagst du…: Variation eines Verses von Boileau: »Enfin, bornant le cours de tes galanteries, / Alcippe, il es donc vrai, dans peu tu te maries?« (Satiren, X. – »galanteries« ersetzt Gillenormand durch »rêvasseries«.)

1504 *alter Moiré:* Wortspiel aus »mémoir antique« und »Moire antique«.

1507 *Diomedes:* König von Argos, entführte mit Odysseus das Palladium, das heilige Bildnis der Pallas Athene aus Troja.

Achilles und Hektor: Achilles tötet Hektor vor den Toren Trojas und schleift seine Leiche um das Grab des Patroklos (*Illias*, 22.-24. Gesang).

Nestor: alter Griechenkönig von Pylos, Ratgeber im Trojanischen Krieg.

Cujas: Jacques de (Jacobus Cujacius, 1522-1590): französischer Rechtsgelehrter.

Gamache: Bauer in Cervantes' *Don Quijote*, dessen Hochzeitsfeier Anlaß zu einer jedes Maß übersteigenden Schlemmerei gibt (VIII,3).

Florian: Jean Pierre Claris de (1755-1794), Dragoneroffizier und Autor sentimentaler Schäferromane, von Komödien und Fabeln (s. a. Anm. zu S. 990).

Les Indes galantes: Opéra-ballet (1735) von Jean-Philippe Rameau (1683-1764) und Louis Fuzelier. Die Opéra-ballet, die Zusammenstellung mehrerer Kurzopern empfindsamen Inhalts zu prächtigen, vor allem durch festliche Balletaufzüge

bestimmten Tableaus löste in der Gunst des Publikums zur Zeit der Régence (s. Anm. S. 1492) die an der hohen literarischen Tragödie orientierte strenge Tragédie-lyrique ab, wie sie von dem Komponisten Jean-Baptiste Lully (1632-1687) und seinem Librettisten Qinault als repräsentative Opernform der Zeit Ludwigs XIV. geprägt worden war.
Royer-Collard: Pierre-Paul (1763-1845), Philosoph und doktrinärer Politiker (s. Anm. zu S. 719).

1508 *Amphitryte:* Meeresgöttin, heiratete Poseidon.

1510 Herzogin von Anville in La Roche-Guyon.

1518 *Supraport:* dekoratives Gemälde oder Relief über der Tür.

1519 *Marlborough:* John Churchill, Duke of (1650-1722), englischer Politiker und Feldherr, besiegte die Heere Ludwigs XIV. im spanischen Erbfolgekrieg (1701-1714).

1522 *Lord Seymour:* (1805-1860), exzentrischer Pariser Dandy, wurde wegen seines Umgangs »Mylord l'Arsouille« (»Sudel-Lord«) genannt.
Cassander: Gestalt der Commedia dell'arte.

1523 *Thespiskarren:* Der Dichter Thespis führte 534 v. Chr. in Athen – der Legende nach auf einem Karren – die erste Tragödie auf.
Vadé: Jean-Joseph (1719-1757), Autor von Vaudevilles und komischen Opern, bekannt vor allem durch seine Werke im »style poissarde« (»Fischweiberstil«), in denen er die Welt und den Jargon der Markthallen schilderte.
Collé: Charles (1709-1783), Sekretär des Duc d'Orléans (s. Anm. zu S. 1492) und Verfasser frivoler *Chansons joyeuses* (1765, *Fröhliche Lieder*), Lustspiele und Komische Opern (s. a. Anm. zu S. 758).
Panard: Charles-François (1695-1765), ebenfalls Verfasser von Vaudevilles und Komischen Opern.
Piron: Alexis (1689-1773), Autor von Satiren und witzigen Epigrammen, Lustspielen und Komischen Opern für das Théâtre de la Foire (Jahrmarktstheater, z. B. *Arlequin Deucalion*, 1722).

1524 *Roquelaure:* Gaston, Duc de (1617-1683), geistreicher und häßlicher Höfling Ludwigs XIV., der dessen Bonmots schätzte.
Paillasse: Figur des französischen Jahrmarktstheaters.

1533 *Sancy:* berühmter Diamant, der 1580 von Nicolas Harley de Sancy (1546-1629) vom König von Portugal erstanden wurde, 1688 im Besitz von Jakob II. von England war, der ihn an Ludwig XIV. verkaufte und der von da an bis 1835, als der Zar von Rußland ihn erwarb, das Schmuckstück der französischen Krone bildete.

1534 *Célimène:* die kokette Weltdame, in die der Menschenfeind Alceste in Molières *Misanthrope* verliebt ist.

1535 *Daphnis und Chloe:* die beiden ausgesetzten Kinder, die von Hirten aufgezogen werden und die Liebe kennenlernen in dem anmutigen griechischen Roman des Longos (3. Jh. n. Chr.).

Philemon und Baucis: Ovid erzählt in den *Metamorphosen* von dem greisen Ehepaar, das den in Menschengestalt auf der Erde wandernden Jupiter beherbergte und dafür den Wunsch erfüllt bekam, zu gleicher Zeit zu sterben.

1536 *Musetten:* französische Form des Dudelsacks, in den Balletten und Opern des 18. Jahrhunderts (s. Anm. zu S. 1507, *Les Indes galantes*) das typische Instrument bukolischer Szenen und Schäfertänze.

Bonhomme jadis: Novelle von Henri Murger (1822-1861), dem Autor der berühmten *Scènes de la vie de bohème* (1848, dt. 1864: *Scenen aus dem Pariser Boheme-Leben*), die dieser auch zu einer Komödie gleichen Titels verarbeitete, die mit großem Erfolg 1852 in der Comédie Française aufgeführt wurde.

1540 *Immortale Jecur:* »unzerstörbare Leber« – Aeneas (*Aeneis V*, 598) erblickt im Tartarus den zur Strafe für sein Aufbegehren gegen die Götter am Boden angeschmiedeten Riesen Tityos, dessen wie bei Prometheus immer wieder nachwachsende Leber von einem gewaltigen Geier zerhackt wird.

1544 *auf den rotglühenden Eisenthron …:* Bereits 1820 hatte Hugo sich diese Anekdote notiert: »Ein ungarischer Anführer hatte sich des Thrones bemächtigen wollen. Man band ihn an einen rotglühenden Eisenthron, dann schmückte man sein Haupt mit einer rotglühenden Eisenkrone, seine Brust und seinen Hals mit einer rotglühenden Kette, in die Hand drückte man ihm ein rotglühendes Szepter. Da sitzt das Genie in seiner Glorie.« (Massin I, S. 1183 f.)

1546 *Der letzte Tropfen im Kelch:* Anspielung auf das Gebet Christi in der letzten Nacht am Ölberg, Lukas 22, 42-43.

Siebenter Ring und achter Himmel: s. Anm. zu S. 1042.

1548 *Cook:* James (1728-1779) beschrieb 1777 seine zweite Weltumsegelung: *Eine Reise zum Südpol und um die Welt.*

Vancouver: George (1757-1798), nahm an der zweiten und dritten Weltumsegelung Cooks teil, beschrieb eine weitere Reise in den Pazifischen Ozean im Jahre 1798.

1571 *Vade retro:* »Weiche zurück (Satan)«: Markus 8,33.

1599 *Pitt:* William, »der Jüngere« (1759-1806), Reformator der englischen Handelspolitik, Führer im Kampf gegen Napoleon und Begründer der britischen Seeherrschaft.

Castelcicala: Fabricio Ruffo (1775-1832), der als Gesandter im Dienste des Königs von Neapel als Fürst Castelcicala 1829 in Paris von einem italienischen Landsmann als ehemaliger Vorsitzender eines terroristischen Tribunals in Neapel (1793-98) enttarnt wurde, einen deshalb von ihm angestrengten Prozeß wegen Denunziation verlor und 1832 an der Cholera starb.

1600 *Fürstin Bagration:* russische Prinzessin, Witwe eines russischen Generals, bildete das Vorbild für die Fédora in Balzacs *Peau de Chagrin* (1831, *Das Chagrinleder*).

Dambray: Vicomte Emmanuel (1785-1868): Anhänger der Bourbonen aus legitimistischer Überzeugung, hatte sich nach der Julirevolution geweigert, als Pair von Frankreich Louis-Philippe seinen Eid zu leisten.

Chateaubriand: François-René (1768-1848), romantischer Schriftsteller und Politiker, bekehrt sich um 1800 zum christlichen Glauben, bricht 1804 mit Napoleon, dessen Minister er zuvor gewesen war, hat unter der Restauration verschiedene Ämter inne, die ihn in viele Länder führen und zieht sich nach 1830 aus dem politischen Leben zurück.

Zeittafel

1802 am 26. Februar wird Victor-Marie Hugo als dritter Sohn des napoleonischen Militärkommandanten und Günstlings des Joseph Bonaparte, Léopold Hugo (1773-1828) und dessen Frau Sophie, geb. Trébuchet (1772-1821) in Besançon geboren. Noch im selben Jahr trennen sich die Eltern.

1804 nachdem der Vater die Kinder im Jahr zuvor mit sich nach Elba genommen hatte, wohin er versetzt worden war, holt die Mutter die Kinder zu sich nach Paris. In ihrem Haus versteckt sie den von der Polizei gesuchten, zum Kreis des von Napoleon verbannten General Moreau gehörenden Offizier Lahorie.
Napoleon krönt sich zum Kaiser der Franzosen.

1811 auf die Bitte des Vaters, der sich mittlerweile in Madrid befindet, reist Sophie mit ihren Söhnen zu einem Versöhnungsversuch nach Spanien. Dieser mißlingt und im Jahr darauf kehrt sie mit Victor und Eugène nach Paris zurück, während Abel beim Vater bleibt.

1812 gescheiterter Putschversuch des Generals Malet, an dessen royalistischer Geheimbewegung auch Sophie und Lahorie teilgenommen hatten. Letzterer wird verhaftet und zum Tode verurteilt.

1814 Abdankung Napoleons, 1. Restauration unter Ludwig XVIII.

1815 Die Hundert Tage, denen nach der Niederlage von Waterloo die zweite Restauration folgt.

1819 Victor Hugo und seine Brüder gründen die Zeitschrift *le Conservateur littéraire*, die sich in Name und Ausrichtung an Chateaubriands ultraroyalistischem *Conservateur* anlehnt. Die Hälfte der Zeitschrift wird mit Gedichten, Rezensionen und Theaterkritiken Victor Hugos bestritten, hier veröffentlicht er auch seinen ersten Roman *Bug-Jargal*. Sie erscheint bis Anfang 1821.

1821 Tod der Mutter.

1822 Heirat mit Adèle Foucher (1803-1868).

1823 Versöhnung mit dem Vater. Geburt eines Sohnes Léopold-Victor, der noch im selben Jahr stirbt.

1824 Geburt der Tochter Léopoldine.
Tod Ludwigs XVIII., dem sein Bruder Karl X. folgt.
1826 Geburt des Sohnes Charles.
1827 Im Dezember erscheint *Cromwell*, dessen Vorwort das Manifest des romantischen Dramas bildet.
1828 Tod des Vaters. Geburt des Sohnes François-Victor.
1829 *Le Dernier Jour d'un condamné*.
1830 die Aufführung des *Hernani* am 25. Februar in der Comédie-Française löst eine regelrechte Schlacht zwischen den Anhängern der klassischen Tragödie und den Romantikern aus. Im Juli wird das fünfte Kind, Adèle geboren (sie wird 1915 nach jahrzehntelanger Geisteskrankheit sterben).
Julirevolution, Louis-Philippe wird König der Franzosen.
1832 5. Juni: die Beerdigung des Generals Lamarque löst einen Volksaufstand aus. *Le Roi s'amuse* – nach der ersten Aufführung am 22. November wird das Stück verboten.
1833 *Lucrèce Borgia* und *Marie Tudor* im Théâtre de la Porte Saint-Martin und Beginn des Verhältnisses mit der Darstellerin der Lucrèce, der Schauspielerin Juliette Drouet.
1834 *Claude Gueux*.
1835 *Les Chants du crépuscule* und *Angelo, tyran de Padoue*.
1837 *Les Voix intérieures*.
1838 *Ruy Blas*.
1841 Hugo wird, nachdem er sich in den Jahren zuvor viermal beworben hatte und viermal nicht gewählt wurde, in die Académie française aufgenommen.
1842 *Le Rhin*.
1843 am 4. September verunglücken Léopoldine und Charles Vacquerie, den sie zu Beginn des Jahres geheiratet hat, bei einem Bootsausflug auf der Seine. Hugo, der sich zu dieser Zeit auf einer der zahlreichen Reisen mit Juliette Drouet befindet, erfährt von ihrem Tod erst am 9. September aus der Zeitung.
1845 Hugo wird zum Pair von Frankreich ernannt. Im November beginnt Hugo mit der Niederschrift der ersten Fassung der *Misérables*, den *Misères*.
1848 die Februarrevolution stürzt Louis-Philippe. Hugo redet ohne Erfolg zum Volk zugunsten einer Regentschaft der Herzogin von Orléans, Lamartine ruft am Rathaus die Republik aus und bietet Hugo ein Ministeramt an, den dieser aus Treue zum Haus Orléans ablehnt. Im Juni wird Hugo zum Deputierten von Paris gewählt, geht als solcher entschieden

gegen aufständische Arbeiter vor, sein Haus an der Place Royale wird gestürmt. Hugo unterstützt die Präsidentschaftskandidatur des Louis Bonaparte.

1849 -51 als Deputierter der Konservativen unter dem Präsidenten Louis Bonaparte hält Hugo mehrere Reden zur Bekämpfung des Elends, für die Pressefreiheit und das allgemeine Wahlrecht. Es kommt zum Bruch mit der eigenen Fraktion und dem Präsidenten.

1851 Victors Söhne Charles und François-Victor werden im Laufe dieses Jahres beide wegen in der Presse veröffentlichter politischer Artikel zu mehrmonatiger Haft verurteilt.

1.-2. Dezember: Staatstreich des Louis-Bonaparte, der sich zum Kaiser Napoleon III. erklärt. Hugo ruft das Volk zum Widerstand auf und beschuldigt Louis Bonaparte des Hochverrats. Er muß nach Brüssel fliehen.

1852 Hugo wird mit 65 anderen Deputierten von französischem Territorium verbannt. Im Juni beginnt er mit seiner Kampfschrift gegen Louis Bonaparte, *Napoléon le Petit*. Aufbruch mit dem Sohn Charles und der Geliebten Juliette nach Jersey, wo Tochter und Gattin sie bereits erwarten. François-Victor stößt später dazu.

1853 spiritistische Sitzungen unter dem Vorsitz der Mme de Girardin, an denen Hugo regen Anteil nimmt. Durch das Medium Charles wird Hugo in den folgenden Jahren zunächst Léopoldine, später Napoleon, schließlich den Tod und Christus sprechen lassen, die ihm die „neue Religion" verkünden.

1856 Umzug nach Guernsey, Hauteville-House.

1857 Hugo prozessiert gegen Verdi, dessen *Rigoletto* nach Hugos *Le Roi s'amuse* in Paris aufgeführt wurde, wegen Plagiats, verliert aber den Prozeß. Juliette Drouet bezieht eine Wohnung in der Nähe von Hauteville-House.

1859 Hugo verweigert die Annahme einer von Napoleon III. ausgesprochenen Amnestie: „Ich kehre zurück, wenn die Freiheit zurückkehrt."

1860 Wiederaufnahme der Überarbeitung der *Misérables*.

1861 Aufenthalt in Waterloo.

1862 *Les Misérables* erscheinen.

1864 *William Shakespeare*.

1866 *Les Travailleurs de la mer*.

1868 Hugos Frau stirbt in Brüssel, sie hat die letzten Jahre nur noch zeitweilig mit ihrem Mann verbracht.

1869 *L'Homme qui rit.*

1870 Napoleon III. erklärt Preußen den Krieg, wird am 2. September in Sedan gefangengenommen, woraufhin am 4. September in Paris die Republik ausgerufen wird. Am Tag darauf kehrt Hugo nach Frankreich zurück und erhält einen triumphalen Empfang in Paris.

1871 Frankreich kapituliert gegen Preußen. Hugo wird im Februar zum Deputierten der Nationalversammlung gewählt, tritt aber bald darauf von seinem Amt zurück, weil er mit deren Politik unter dem Präsidenten Thiers nicht einverstanden ist. Am 13. März, dem Tag, an dem der Kommune-Aufstand ausbricht, stirbt Victors Sohn Charles.

1873 am 24. Mai wird Thiers zum Rücktritt gezwungen, an seine Stelle tritt MacMahon. Juliette Drouet verläßt Victor Hugo endgültig, sein Sohn François-Victor stirbt.

1874 *Quatrevingt-Treize* und *La légende du siècle.*

1876 Hugo wird zum Senator der dritten Republik gewählt. Er setzt sich für die Amnestierung der am Kommunarden-Aufstand beteiligten ein.

1881 *Les Quatre Vents de l'esprit.*

1883 Tod der Juliette Drouet.

1885 Victor Hugo stirbt am 22. Mai. Einen Tag zuvor hatte der Erzbischof von Paris – vergeblich – versucht, ihn mit der Kirche auszusöhnen. Hugo erhält ein Staatsbegräbnis.

INHALT

Fjodor M. Dostojewski
Die Brüder Karamasow

1032 Seiten. Gebunden
ISBN 3-491-96123-8

Ein packender Kriminalroman, eine ergreifende Familienchronik, ein beklemmendes Psychogramm der menschlichen Existenz

Dostojewskis letzter und bedeutendster Roman erzählt von der Idee der absoluten Freiheit, die für den Skeptiker und Atheisten Iwan Karamasow auch die Idee des Vatermordes einschließt. »Alles ist erlaubt« ist die Maxime Iwans, die jedoch schließlich von einem anderen der Söhne des alten Karamasow umgesetzt wird.

Miquel de Cervantes
Don Quijote

Mit den Originalillustrationen von Grandville
1104 Seiten. Gebunden
mit Schutzumschlag
ISBN 3-491-96083-5

Der weltbekannte Roman vom Ritter der traurigen Gestalt und seinem Knappen Sancho Pansa

Kaum ein Roman der Weltliteratur hat eine ähnlich anregende kultur- und geistesgeschichtliche Wirkung gehabt und war gleichzeitig so vielen Deutungen und Missdeutungen ausgesetzt wie Don Quijote. Erst im 18. Jahrhundert wurde seine weltliterarische Bedeutung außerhalb Spaniens anerkannt. Ohne ihn ist der europäische Roman nicht denkbar.

ALBATROS